U0938357

商務新詞典

商務印書館

商務新詞典（全新第2版）

主　　編：商務印書館編輯部
編　　著：（按姓氏筆畫排列）
石建榮　田國忠　白嘉薈　李潤生
李鴻福　沈綠茵　阮錦榮　阮智富
周義芳　袁祥榮　陳福疇
策　　劃：王　濤　毛永波
責任編輯：毛宇軒　馮孟琦
封面設計：涂　慧
排　　版：高向明
印　　務：龍寶祺
出　　版：商務印書館（香港）有限公司
香港筲箕灣耀興道 3 號東滙廣場 8 樓
http://www.commercialpress.com.hk
發　　行：香港聯合書刊物流有限公司
香港新界荃灣德士古道 220-248 號荃灣工業中心 16 樓
印　　刷：中華商務彩色印刷有限公司
香港新界大埔汀麗路 36 號中華商務印刷大廈 14 字樓
版　　次：2025年 4 月全新第 2 版第 1 次印刷

ISBN 978 962 07 0630 1
Printed in Hong Kong

出版說明

編寫好的詞典，反映現代生活的變化，反映語言文字的使用狀況，發掘詞語的中華文化內涵，揭示語言應用的各種變化，充分滿足讀者學習和運用中文的需要，一直是我們追求的目標。為此，我們組織詞典編纂的專家學者，切磋琢磨多年，編就這本《商務新詞典》。

本詞典共收單字約 12 000 個，詞語條目 30 000 餘條。收錄字詞以現代漢語通用語彙為主，兼收少量文言詞語。考慮到詞典的區域特點，也收錄了香港地區特有的部分字詞。全書收錄的條目範圍除語文詞語外，也適當收錄文史、百科詞彙，以滿足讀者多方面的要求。

詞典記錄了語言的變化，可以透視出社會發展變遷的軌跡。不斷湧現的新事物、新概念融入我們的生活，詞典也因此要不斷更新。本詞典增加了大量新生詞語，內容涉及社會生活、政治經濟、醫療衞生、信息科技、環保等多個領域，比如：社會民生有“集體記憶、弱勢社羣、負資產”，政治經濟有“基本法、問責制、自由行”，醫療衞生則有“基因工程、沙士、禽流感、登革熱”等等。

語言之道，貴乎運用。詞典除了解釋詞語的意義、提供例證外，還要幫助讀者解決語文運用上遇到的疑難問題。本詞典特別有針對性地設立了語文學習框，辨析詞語意義、用法的異同，提示運用時要注意的要點，介紹多樣的詞語表達方式。學習框和條目解釋珠聯璧合，可謂相得益彰。在學習框以外，一些條目還列舉了同義詞和反義詞，深化使用者對詞目的理解。這些內容，圍繞語言運用而增設，旨在擴展詞彙量，提高寫作能力。

詞語有字面的詞彙意義，也有深層的文化內涵，本詞典嘗試在字裏行間多挖掘一些文化淵源，也嘗試以歷史文化相關的主題圖，把詞語和文化聯繫起來，從而豐富對詞語的認識。

詞典編寫的這些探索，是吸收了多年來教師、學生和廣大讀者的意見而作出的努力，非常希望繼續得到大家的關注，並對其中的疏漏和不足，予以批評指正。

商務印書館編輯部

修訂說明

《商務新詞典》全新版自2008年出版以來，廣受讀者歡迎，眾多學校列入選書書單。其間，我們吸收讀者的意見，在重印時，對個別文字音讀、部首歸屬進行過修改調整。

本次修訂，主要着眼於社會發展和語言文字運用的需求，對詞典內容進行了修改增刪，修訂的內容主要包括：增收單字237個，補充詞語481條，調整修改、新增釋義600餘條。新增加的詞條及例句，以貼近當代生活為要，以期反映科技進步、環境保護、文化變遷等對詞彙帶來的影響。

正文之外，修訂還增加了若干附錄，新增"常見修辭手法簡表、常用的同義詞及反義詞、漢字書寫筆順規則、中國行政區劃簡表"等，以方便讀者查檢學習。

本書出版後，承蒙專家學者、讀者關心支持，特別是學校師生、家長在使用中提出很好的意見和要求，我們對此深表感謝，也誠摯歡迎大家對修訂本提出指正意見，以便我們今後修改完善。

商務印書館編輯部

2025年4月

目錄

凡例

一、條目安排

1. 本詞典以收錄現代漢語語彙為主，所收條目，包括字、詞、詞組、成語、典故、熟語、同義詞與反義詞等共 43 000 餘條。

2. 條目分單字和多字條目。

   a) 單字條目按部首、筆畫順序排列。同部首內，依筆畫多少排序。同筆畫者，按照起筆筆順橫（一）、豎（丨）、撇（丿）、點（丶）、折（乛）排序；首筆相同者，按照第二筆順序排列，依次類推。

   b) 多字條目按音節數順序排列，同音節數者，依筆畫多少順序排列。同筆畫者，按照起筆筆順排序。

3. 簡體字、全等異體字不單立條目，分別用圓括號和方括號加在繁體字後面。非全等異體字立條目。異體字只適用於繁體字的部分義項時，在所適用的義項下標“同‘某’”。

4. 意義相同而寫法不同的多字條目，一般分別立目，以較常用者為主條目，以非常用者為附條。主條目詳加釋義；附條目一般不釋義，只注明“同‘某某’”，釋義見主條目。如【飄颻】……同“飄搖”。

5. 本詞典採用《康熙字典》的部首架構，參考香港教育局《香港小學學習字詞表》所附《常用字字形表》歸部，共立 213 部。副部首除單獨列目之外，並附於主部首之後，讓讀者一目了然，如：刀（刂）、心（忄㣺）、玉（王）、水（氵氺）。另設附加異體字與簡化字的“漢語拼音檢索表”、“難檢字和異體字筆畫索引”，為讀者檢字提供便利。

二、注音

1. 每個字頭均標注普通話和粵語讀音。普通話注音在前，粵語注音在後。

2. 多字條目只標注普通話讀音。

   a) 多音詞的普通話拼音，以分詞連寫為原則。

   b) 由“一”、“不”兩個變調字構成的多字條目，依照其在詞目中的實際變調音標注，如：一竅不通 yíqiàobùtōng。

3. 粵語讀音參考何文匯博士等人的研究成果，並採用香港語言學學會的注音系統為字頭注音，粵語注音一般都標注了直音字。

4. 字頭音項的標注方式，大抵採用以下幾種形式：

a) 若一個字普通話有幾個讀音，各有不同的意義，而粵語讀音相同者，則按照普通話讀音分設音項。如：

扎 〈一〉zhā 粵 zaat3 札
〈二〉zhá 粵 zaat3 札
〈三〉zā 粵 zaat3 札

b) 若一個字粵語有幾個讀音，各有不同的意義，而普通話讀音相同者，則按照粵語讀音分設音項。如：

造 〈一〉zào 粵 zou6 做
〈二〉zào 粵 cou3 澡

c) 有些字複合了上述兩種情形。如：

剔 〈一〉tī 粵 tik1 惕
〈二〉tì 粵 tai3 替

5. 對於意義相同，有幾個不同讀音的字，在第一音後加注又讀音，以斜槓 "/" 分隔。如：醃 yān 粵 jip3 業3/jim1 淹。

三、釋義

1. 釋義主要收錄現代漢語通用義，兼收現代書面語中比較通用的古義。排列次序，一般是常用義在前，引申義在後。

2. 釋義按意義劃分義項，先依序號❶❷❸等排列，一義中需要分述的再依序號(1)(2)(3)等排列。

3. 有些單字條目，只帶一個多音詞（尤其是聯綿詞和專名詞），一般直接附在單字注音後，不另立條目。如：邋……【邋遢】……。

4. 釋義後例證不止一個的，例與例之間用豎線 "|" 隔開。

5. 音譯外來語一般附註外文，用圓括號（ ）列於條目釋文或例證之後，標明語別，如英、法、梵、拉丁、希伯來等。

四、附加項

1. 本詞典設 "語文學習框"，對一些有特殊用法或容易用錯的詞加以說明或提示，並適量介紹與詞目相關的歷史文化知識、生活習慣、詞源及相關詞等。一般放在相關詞目後，並用色框框起。

2. 本詞典末附 "漢語拼音方案"、"廣州話注音與國際音標對照表"、"中國歷史朝代公元對照簡表" 及 "常用文言虛詞簡表" 等。

使用說明

標準楷書字形

簡體字、異體字對照

漢語拼音、粵語注音、粵語直音字兼備

部首外筆畫數

13 **擋**(挡)〔攩〕〈一〉dǎng 粵dong² 黨 ①攔住；抵抗◇阻擋｜水來土掩，兵來將擋。②遮蔽；隔開◇擋雨｜遮擋｜擋住陽光。③用來遮擋的東西◇爐擋｜窗擋。④機動車等用來控制牽引力、改變速度或倒車的裝置；排擋◇換擋｜掛二擋。⑤某些儀器和測量裝置用來表明光、電、熱等量的等級。

〈二〉dàng 粵dong³ 檔 見"摒擋"。

【擋駕】 dǎngjià 婉拒來訪；拒絕進入◇凡有來客，你一律替我擋駕。

【擋箭牌】 dǎngjiànpái 盾牌。比喻推託或掩飾的藉口◇別拿她做擋箭牌。

例詞

字義解釋

字／詞的多種讀法

參見項

例句

詞義解釋

8 **管** guǎn 粵gun² 館 ①吹奏的樂器◇黑管｜單簧管｜管弦樂。②細長而中空的圓筒形物體◇水管｜鋼管。③特指筆管；筆◇搦管為文。④形狀像管的電器件◇真空管｜電子管｜顯像管。⑤量詞。用於管狀物◇雙管齊下｜一管毛筆。⑥負責辦理；料理◇照管｜管家。⑦統轄◇掌管｜現官不如現管。⑧約束◇管束｜管教。⑨過問◇不管閒事。⑩負責；保證◇管吃管住｜西瓜不熟管換。⑪不管◇管牠黑貓白貓，能抓老鼠就是好貓。⑫把◇大家管這人叫老闆。⑬向◇我只管你要人。⑭姓。

【管用】 guǎnyòng 頂用；有效果◇這辦法真管用。㊂ 中用、頂事 ㊀ 無用。

【管束】 guǎnshù 管教約束◇嚴加管束。

【管見】 guǎnjiàn 從管子裏所看到的事物。比喻狹窄淺陋的見識。多用作謙辭◇依敝人的管見。㊂ 拙見、愚見 ㊀ 卓見、高見。

詞目

同義詞

反義詞

語文學習框

包括用法提示、要點注意、多樣表達、慣用說法等。

【按照】 ànzhào 遵從；依照◇按照規定執行。

用法提示：按照、按

"按照"和"按"作動詞和介詞時用法相同。至於選用哪一個就跟後面名詞的音節多寡有關，例如"按期完成"不能寫成"按照期完成"；"按照期限完成"不能寫成"按期限完成"。

對一些有特殊用法或容易用錯的詞加以說明或提示

【節氣】 jiéqì 根據寒暑變化、晝夜長短和中午日影高低等，傳統上把一年分為二十四段，每段或每段的開始叫一個節氣，全年從立春至大寒共二十四個節氣◇時令節氣。

二十四節氣

立春 雨水 驚蟄 春分 清明 穀雨 立夏 小滿 芒種 夏至 小暑 大暑 立秋 處暑 白露 秋分 寒露 霜降 立冬 小雪 大雪 冬至 小寒 大寒

介紹與詞目相關的知識，深化理解

【襟懷】 jīnhuái 胸襟；胸懷◇襟懷坦蕩｜寬廣的襟懷。

多樣表達：襟懷

心眼 心量 心胸 心氣 心懷 宏量 度量 氣量 器量 雅量 胸懷 胸襟 襟抱

列舉詞語的多樣表達方式，擴展詞彙量

漢語拼音檢索表

字右邊的號碼是詞典正文的頁碼，帶圓括號的字是簡體字，帶方括號的字是異體字。

紼 687
(绋) 687
菔 758
幅 289
罦 703
蜉 777
鳧 970
(凫) 970
福 644
榑 463
箙 671
韍 933
(韨) 933
髴 961
蝠 778
幞 289
輻 852
(辐) 852
黻 982
襆 795
鵩 973
(𫛳) 973

fǔ

父 558
甫 587
拊 366
斧 411
府 296
俯 59
〔俛〕 59
釜 888
脯 728
腑 730
滏 523
輔 850
(辅) 850
腐 730
撫 391
(抚) 391
簠 674
黼 982

fù

父 558
付 35
咐 152
阜 910
服 435
附 911
赴 837
負 828
(负) 828
訃 804
(讣) 804
洑 505
祔 643
副 109
婦 235
(妇) 235
〔媍〕 235
傅 65
復 317
(复) 317
富 256
腹 731
複 793
(复) 793
駙 953
(驸) 953
賦 833
(赋) 833
蝮 778
蝜 779
(蝜) 779
鮒 965
(鲋) 965
縛 696
(缚) 696
覆 797
馥 952
鰒 968
(鳆) 968

G

gā

旮 418
夾 222
伽 46
呷 151
咖 153
胳 727
〔肐〕 727
嘎 170
〔嘠〕 170
膈 732

gá

軋 847
(轧) 847
尜 270
釓 887
(钆) 887
嘎 170
〔嘠〕 170
噶 173

gǎ

玍 574
尕 269
嘎 171

gà

尬 270

gāi

垓 192
陔 912
荄 754
賅 832
(赅) 832
該 810
(该) 810

gǎi

改 400
胲 727

gài

丐 12
鈣 888
(钙) 888
溉 521
概 461
戤 353
蓋 761
(盖) 761

gān

干 290
甘 583
玕 574
杆 442
肝 722
坩 190
矸 630
泔 500
苷 748
柑 447
竿 665
酐 880
疳 597
乾 24
(干) 24
漧 525
尷 271
(尴) 271

gǎn

杆 442
桿 454
笴 666
敢 404
稈 652
〔秆〕 652
感 338
趕 839
(赶) 839
澉 529
橄 468
擀 392
鱤 970
(鳡) 970

gàn

旰 418
咁 151
淦 515
紺 686
(绀) 686
幹 294
(干) 294
骭 958
贛 836
(赣) 836
〔灨〕 836
贑 836
(赣) 836
〔贛〕 836
〔灨〕 836

gāng

江 92
扛 359
〔摃〕 359
伉 39
肛 722
〔疘〕 722
矼 630
岡 278
(冈) 278
缸 702
罡 703
剛 108
(刚) 108
崗 279
(岗) 279
釭 888
(𫓩) 888
堽 200
綱 692
(纲) 692
鋼 895
(钢) 895

gǎng

崗 279
(岗) 279
港 518

gàng

筻 669
槓 462
〔杠〕 462
鋼 895
(钢) 895
戇 350
(戆) 350

gāo

皋 609
高 960
羔 706
臯 738
〔皋〕 738
槔 463
睾 625
膏 732
篙 673
糕 680
〔餻〕 680
櫜 472

gǎo

杲 446
搞 386
槁 463
暠 427
稿 654
〔稾〕 654
縞 697
(缟) 697
藁 768
鎬 898
(镐) 898

gào

告 149
郜 878
誥 812
(诰) 812
膏 732
鋯 893
(锆) 893

gē

戈 350
仡 36
圪 186
疙 596
咯 157
紇 682
(纥) 682
格 451
哥 158
胳 727
〔肐〕 727
袼 791
割 110
歌 476
〔謌〕 476
餎 948
(饹) 948
擱 394
(搁) 394
鴿 972
(鸽) 972
謌 819
(诃) 819

gé

革 930
茖 753
格 451
鬲 963
胳 727
〔肐〕 727
蛤 776
塥 199
葛 759
嗝 168
滆 522

O

錫 950
(饧) 950
餹 950
(𫗴) 950
鏜 898
(镗) 898

tǎng

帑 287
倘 57
淌 514
惝 337
躺 847
儻 74
(傥) 74
钂 902
(镋) 902

tàng

趟 839
〔蹚〕 839
燙 555
(烫) 555

tāo

叨 139
掏 378
〔搯〕 378
滔 523
縧 697
(绦) 697
〔絛〕 697
〔縚〕 697
濤 533
(涛) 533
燾 556
(焘) 556
韜 933
(韬) 933
饕 950

táo

咷 157
洮 506
桃 451
逃 859
啕 163
淘 515
陶 914
萄 758
綯 693
(绹) 693
醄 883
檮 472
(梼) 472
鼗 983

tǎo

討 804
(讨) 804

tào

套 225

tè

忑 322
忒 322
特 563
慝 343
鋱 892
(铽) 892
螣 780
蟘 781
(𧍪) 781
〔螣〕 781

te

脦 728

tēng

熥 553
鼟 983

téng

疼 598
滕 521
螣 780
縢 696
謄 818
(誊) 818
藤 769
〔籐〕 769
騰 955
(腾) 955

tī

剔 108
梯 455
踢 843
銻 894
(锑) 894
擿 396
鷉 974
(䴘) 974
體 959
(体) 959

tí

荑 752
提 381
啼 167
綈 691
(绨) 691
緹 695
(缇) 695
醍 883
蹄 844
〔蹏〕 844
題 940
(题) 940
鵜 973
(鹈) 973
騠 955
(𫘨) 955
鶗 973
(𫛳) 973
鯷 968
(鳀) 968

tǐ

體 959
(体) 959

tì

剃 108
剔 108
俶 57
倜 59
涕 511
悌 333
逖 864
〔逷〕 864
惕 337
屜 274
〔屉〕 274
替 431
裼 793
綈 691
薙 767
嚏 175
趯 839

tiān

天 215
添 513
黇 978

tián

田 588
佃 42
畋 590
恬 331
甜 584
菾 757
湉 521
填 199
鈿 890
闐 909
(阗) 909

tiǎn

忝 323
殄 482
淟 515
腆 729
舔 742
餂 948
(𫗧) 948
覥 799
(觍) 799

tiàn

掭 375
瑱 579

tiāo

佻 49
挑 370
祧 644

tiáo

岧 278
苕 751
迢 858
笤 667
條 456
(条) 456
蓨 764
(蓧) 764
蜩 777
髫 961
調 816
(调) 816
齠 985
(龆) 985
鰷 969
(鲦) 969

tiǎo

挑 370
朓 437
窕 660
斢 410

tiào

眺 621
〔覜〕 621
跳 841
糶 681
(粜) 681

tiē

帖 287
怗 327
萜 758
貼 830
(贴) 830

tiě

帖 287
鐵 900
(铁) 900

tiè

帖 287
餮 949

tīng

汀 495
桯 454
烴 542
(烃) 542
鞓 931
聽 720
(听) 720
〔聼〕 720
廳 301
(厅) 301

tíng

廷 301
亭 30
庭 298
莛 755
停 62
渟 520
婷 236
葶 760
蜓 776
霆 925

tǐng

町 589
侹 52
挺 374
珽 578
梃 455
脡 728
艇 744
鋌 893
(铤) 893
頲 940
(颋) 940

tìng

梃 455

tōng

恫 331
通 864
嗵 169

tóng

仝 37
同 141
佟 45
彤 311
峂 278
侗 49
垌 192
峒 278
洞 504
茼 753
桐 451
砼 631
烔 542
童 663
酮 881
僮 70
銅 891
(铜) 891
潼 530
橦 469
曈 429
朣 733
瞳 626
鮦 966
(鲖) 966

箚 671
鍘 896
(铡) 896

zhǎ

拃 366
〔搩〕 366
苲 751
砟 631
眨 621
鮓 965
(鲊) 965

zhà

乍 22
咋 152
柵 448
〔栅〕 448
柞 448
奓 224
咤 157
炸 539
痄 598
蚱 775
詐 807
(诈) 807
溠 524
榨 464
霅 925
醡 884

zha

餷 950
(馇) 950

zhāi

側 61
(侧) 61
摘 388
齋 984
(斋) 984

zhái

宅 245
翟 709
擇 393
(择) 393

zhǎi

窄 659

zhài

砦 633
債 66
(债) 66
寨 257
瘵 602

zhān

占 127
沾 501
栴 451
旃 415
粘 677
詹 808
霑 925
氈 489
(毡) 489
〔氊〕 489
邅 875
瞻 626
譫 822
(谵) 822
鱣 970
(鳣) 970
鸇 975
(鹯) 975

zhǎn

展 274
斬 411
(斩) 411
搌 387
盞 613
(盏) 613
〔琖〕 613
嶄 280
(崭) 280
颭 945
(飐) 945
䁪 625
(𬑡) 625
輾 852
(辗) 852

zhàn

占 127
佔 41
(占) 41
站 663
組 686
(组) 686
棧 458
(栈) 458
湛 518
綻 694
(绽) 694
戰 353
(战) 353
顫 942
(颤) 942
蘸 771

zhāng

章 933
張 307
(张) 307
鄣 880
獐 570
〔麞〕 570
彰 311
漳 527
嫜 237
璋 580
樟 467
餦 949
(𫗠) 949
蟑 781

zhǎng

仉 34
長 902
(长) 902
掌 380
漲 528
(涨) 528
礃 638

zhàng

丈 10
仗 36
杖 442
帳 288
(帐) 288
脹 729
(胀) 729
嶂 280
幛 289
漲 528
(涨) 528
障 916
賬 833
(账) 833
瘴 602

zhāo

招 368
昭 422
釗 887
(钊) 887
啁 163
朝 438
着 623
嘲 172

zháo

着 623

zhǎo

爪 557
找 360
沼 503

zhào

召 140
兆 77
炤 540
笊 666
棹 458
詔 808
(诏) 808
旐 416
照 547
〔炤〕 547
罩 703
趙 839
(赵) 839
肇 721
曌 429
鮡 966
(𬶐) 966

zhē

折 361
蜇 776
嗻 171
遮 873

zhé

折 361
哲 158
〔喆〕 158
晢 424
蜇 776
𥮴 669
摺 389
(折) 389
輒 850
(辄) 850
〔輙〕 850
磔 637
蟄 780
(蛰) 780
謫 820
(谪) 820
〔讁〕 820
轍 854
(辙) 854
讋 823
(詟) 823

zhě

者 713
赭 836
鍺 894
(锗) 894
褶 795

zhè

柘 447
浙 507
〔淛〕 507
這 864
(这) 864
嗻 171
蔗 764
䗪 781
鷓 974
(鹧) 974

zhe

着 623

zhèi

這 864
(这) 864

zhēn

珍 575
貞 827
(贞) 827
胗 725
真 620
砧 631
〔碪〕 631
針 887
(针) 887
〔鍼〕 887
偵 61
(侦) 61
〔遉〕 61
幀 289
(帧) 289
湞 519
(浈) 519
椹 460
楨 460
(桢) 460
獉 569
斟 410
溱 521
禎 645
(祯) 645
蓁 761
榛 462
甄 583
禛 645
箴 672
臻 739
鱵 970
(𫚉) 970

zhěn

枕 445
眕 590
疹 598
袗 790
紾 687
(𬘬) 687
軫 849
(轸) 849
診 807
(诊) 807
縝 697
(缜) 697
鬒 962

zhèn

圳 186
振 372
朕 437
陣 912
(阵) 912
紖 685
(纼) 685
揕 381
瑱 579
賑 832

難檢字和異體字筆畫索引

部分收錄在本詞典中的字，難於分辨是屬於哪個部首的，這些字可在本字表查找。異體字不設字頭，不便查檢，可在本字表查找。異體字放在〔　〕號內。

本字表按筆畫多少排列，同筆畫的字，則按字的起筆，以橫(一)、豎（丨)、撇（丿)、點（丶)、折（乛)為序。字右邊的號碼是詞典正文的頁碼。

二畫

三畫

四畫

五畫

六畫

七畫

八畫

九畫

十 畫

十一畫

十二畫

十八畫

十九畫

二十畫

二十一畫

二十二畫

二十三畫

二十四畫

商務新詞典

一部

0 **一** yī 粵jat¹ 壹 ①數目字。最小的正整數◇一天｜一陣風。②序數。第一◇一等｜一流。③滿；全◇一生｜一身汗。④相同，一致◇整齊劃一。⑤專一◇一心一意。⑥另一個，又一個◇鱉，一名甲魚。⑦用在重疊的動詞中間，表示動作是短暫的、嘗試性的◇想一想｜試一試。⑧與“就、便”等連用，表示兩件事緊接着發生◇一聽就懂｜天一亮便出發。⑨一旦◇不鳴則已，一鳴驚人。⑩語助詞。用以加強語氣◇吏呼一何怒，婦啼一何苦。⑪中國民族音樂中的記音符號，表示音階上的一級，相當於簡譜的“7”。

要點注意：關於“一”的變調

“一”字獨用、作為詞或句子的最後一個字使用時，讀本調第一聲（陰平）yī，如“一九”“統一”“一一得一”。但“一”同大多數字、詞搭配成詞或句子時，聲調發生規律性的變化，其規律是：(ó)用在第四聲（去聲）字的前面時，“一”變調，讀第二聲（陽平）yí。“一”讀yí的常用詞有：一個、一冊、一步、一次、一面、一夜、一陣、一日、一半、一片、一句、一份、一代、一路、一定、一切、一再、一向、一樣、一帶、一味、一概、一致、一併、一貫、一部分、一會兒、一塊兒、一下子。(ǒ)用在第一聲（陰平）、第二聲（陽平）、第三聲（上聲）字的前面時，“一”變調，讀第四聲（去聲）yì（詞語“一一”除外）。“一”讀yì的常用詞有：一回、一種、一本、一張、一根、一條、一頭、一口、一層、一排、一把、一聲、一方、一人、一支、一天、一年、一生、一身、一邊、一起、一齊、一直、一點兒。

【一一】 yīyī 逐個，一個一個◇一一握手 。

【一切】 yíqiè（切，粵cai³ 砌）① 全部◇忘卻一切煩惱。② 全部的事物◇愛護大自然的一切。

【一手】 yìshǒu ① 滿手◇弄了一手泥。② 一種技能或本領◇露一手｜寫得一手好字。③ 指單獨一個人◇媽媽一手種的花。④ 手段◇對他這一手，我早有防備。⑤ 股票交易的數量以“手”計算，最低交易單位是“一手”◇一手100股。

【一方】 yìfāng ① 一帶地方◇稱霸一方。② 一方面◇以一方為主也要兼顧另一方。

【一心】 yìxīn ① 齊心，同心◇萬眾一心。② 專心，全心全意◇一心學技術。

【一世】 yíshì 一生，一輩子◇一世英名｜一生一世。

【一旦】 yídàn ① 一朝，一天之內。形容時間短◇十年之功，毀於一旦。② 忽然有一天。表示時間不確定◇一旦發生，後果不堪設想。

【一生】 yìshēng 一輩子◇一生在顛沛流離中度過。

【一再】 yízài 反復，屢次。有強調語氣◇一再叮囑孩子：過馬路要當心。同 再三。

【一同】 yìtóng 共同，一起◇一同逛街。

【一任】 yírèn 任由，聽憑◇一任她嘮叨，只是不做聲。

【一向】 yíxiàng 一直，始終如此◇桂林山水一向有“甲天下”的美譽。

【一色】 yísè ① 單色，一種顏色◇落霞與孤鶩齊飛，秋水共長天一色。② 全部一樣◇牆壁傢具都是一色的白。

【一身】 yìshēn ① 一個人◇一身二任。② 全身◇一身烏黑的羽毛。

【一直】 yìzhí ① 方向始終不變◇高鐵從貴州一直開到西九龍。② 表示動作或情況始終不變◇雨一直下個不停。

【一些】 yìxiē ① 較少的、不確定的數量◇買一些零食。② 表示不止一種或不止一次◇曾經取得一些好成績。

【一味】 yíwèi 總是；一個勁兒。多含貶義◇一味遷就不是辦法。

【一併】 yíbìng 合在一起◇一併解決｜一併答覆。

【一定】 yídìng ① 規定的；確定不變的◇入會要有一定的條件。② 適當的；確定的條件內的◇種子在一定的溫度下才會發芽。③ 必然的◇兩者之間沒有一定的關係。④ 表示堅決或必須◇一定要保護好森林資源。⑤ 特定的，確定的◇漢字的形旁表示一定的意義。⑥ 相當程度的◇繪畫技巧已達到一定的藝術水準。

【一面】 yímiàn ① 物體的幾個面之一◇這種布料一面光滑，一面粗糙。② 一個方面◇獨當一面。③ 表示動作行為同時發生。可以單用，也可以連用◇一面聽，一面做筆記｜客人起身告辭，一面向主人致謝。④ 見過一次◇一面之緣。

【一律】 yílǜ ① 同樣，相同沒變化◇千篇一律。② 全都如此，沒有例外◇一律憑票進場。

【一度】 yídù ① 一次◇一年一度的龍舟比賽。② 過去的某一段時間◇一度昏迷不醒。

【一起】 yìqǐ ① 在一塊兒◇一起玩耍｜住在一起。② 總共◇飯菜一起不到三百元。

用法提示：一起、一齊

兩個都是副詞，"一齊"表示在時間上同時發生的事情，"一起"表示在空間上合在一處或在同一地點發生的事情，二者一般不能互換。

【一致】 yízhì ① 相同，沒有分歧◇言行一致。② 一齊，一同◇一致推舉他當主席。

【一剗】 yíchàn ① 方言。全部。② 總是。

【一時】 yìshí ① 一段時間，一個時期◇風靡一時｜此一時，彼一時。② 短時間，一下子◇他的名字一時想不起來。③ 偶然；忽然間◇一時心血來潮。④ 一時…一時…。表示情況交替出現◇春天的氣候一時冷，一時熱。

【一晃】 ⟨一⟩yìhuǎng 很快地閃動一下◇那黑影一晃而過。

⟨二⟩yíhuàng 形容時間過得很快◇暑假一晃就過去了。

【一氣】 yíqì ① 生氣◇一氣之下離開了家鄉。② 結成一夥；形成一體。多含貶義◇串通一氣。③ 一陣子。多含貶義◇瞎忙一氣。④ 表表示不停頓◇一氣呵成。

【一徑】 yíjìng ① 一直，一直下去◇順着彌敦道，一徑向南走。② 表示動作連續不間斷◇經理一徑翻着文件，沒有答腔。

【一般】 yìbān ① 一樣，同樣◇牆外桃花牆內血，一般鮮豔一般紅。② 普通，平常◇非同一般｜一般都在教堂舉行婚禮。③ 一種◇別是一般滋味在心頭。

【一流】 yìliú ① 第一等◇一流人才。② 一類；相同的，同類的◇他的作品不過是武俠一流的小說。

【一帶】 yídài ① 泛指某地區及其附近◇西貢一帶的山林。② 形容長形、帶狀物◇隱隱約約一帶遠山。

【一連】 yìlián 表示同一動作接連發生、同一情況接連出現◇一連三天的慶祝活動。

【一貫】 yíguàn 向來如此，從未改變◇為人低調是他的一貫作風。

【一斑】 yìbān 豹子身上的一塊斑紋。比喻事物整體的一小部分。見"管中窺豹"。◇可見一斑。㊀ 全豹。

【一發】 yìfā 更加◇旱災導致，蔬菜一發供不應求了。

【一概】 yígài 用同一標準看待，全都如此，沒有例外◇一概不過問｜不能一概而論。

用法提示：一概、一律

用於通知、規定時，"一概、一律"可概括事物◇一概（一律）作廢；如果是概括人，則常用"一律"◇一律憑票入場。

【一路】 yílù ① 沿途；整個行程◇一路順風。② 一隊◇一路人馬殺過來。③ 同一類◇她倆是一路人。④ 一起，一塊◇我們一路走，好有個伴。⑤ 一直◇房價一路上漲。

【一道】 yídào ① 一同，一起◇一道學習。② 一條；一片◇劃了一道口子｜閃過一道白光｜一道亮麗的風景。

【一經】 yìjīng 表示只要經由某種過程或採取某種行動，所期望的情況就可出現◇一經點撥，便能掌握要領。

【一端】 yìduān ① 物件或事物的一端◇屯馬線的一端是屯門。② 事情的一點或一個方面◇各執一端。

【一齊】 yìqí 同時；一塊兒◇一齊喝彩。

【一線】 yíxiàn 形容極其細微◇一線生機｜一線希望。

【一舉】 yìjǔ 一次行動；一個舉動◇多此一舉｜一舉成名。

【一瞥】 yìpiē ① 迅速地看一眼◇向窗外一瞥，就看得見花園。② 看一眼就能了解到的概況。多用於文章的題目或書名◇《香港經濟一瞥》。

【一邊】 yìbiān ① 一旁；一側◇站在一邊看熱鬧。② 一方，一面◇你究竟站在哪一邊？③ 表示動作行為同時發生◇他一邊哼着歌，一邊整理行李。

用法提示：一邊、一面

"一邊"連接動作時，可以同"一面"互換使用◇他一面哼着歌，一面整理行李｜一邊（一面）看風景，一邊（一面）想心事。

【一覽】yìlǎn ① 一看，一望◇會當凌絕頂，一覽眾山小。② 用簡約的文字、圖表編成的概括性說明。多用作出版物的名稱。

【一刀切】yìdāoqiē 比喻不管各自的實際情況如何，都用同一個辦法處理。

【一卡通】yìkǎtōng 同一張磁卡跨行業互聯共用。八達通、易辦事和各種信用卡，都屬一卡通。

【一把手】〈一〉yìbǎshǒu ① 一個成員◇當初辦這個公司，他也算一把手。② 在某些方面有能力的人◇要説電腦維護，他可是一把手。〈二〉yībǎshǒu 機構或組織的第一負責人◇部門的一把手。

【一身蟻】yìshēnyǐ 螞蟻爬滿一身。比喻惹了很多麻煩。

【一系列】yíxìliè 許多相關聯的（事物）◇推出一系列新措施。

【一言堂】yìyántáng 舊時商店掛的匾額，表示一口價、買賣公平。後形容專斷，一個人説了算。

【一夜情】yíyèqíng 雙方只有一夜短暫的情愛經歷，俗稱一夜情。也指非常短暫的情愛經歷，不局限於一夜。

【一風吹】yìfēngchuī 被風一下子吹光。比喻不論事情的原委，即時全部勾銷，概不作數。

【一連串】yìliánchuàn 數量多，一個接着一個◇受到一連串沉重的打擊。

【一條龍】yìtiáolóng ① 形容長長的行列◇公路上擁擠的汽車排成一條龍。② 比喻在各程序、環節之間協調配合，由頭至尾依次有序地運作，直到完成◇一條龍服務。

【一場空】yìchángkōng 形容徒勞無功或希望全部落空◇竹籃打水一場空。

【一會兒】yíhuìr ① 很短的時間◇一會兒功夫，飯就熟了。② 表示在短時間內兩種情況的變換◇天氣一會兒晴，一會兒陰。

多樣表達：一會兒
一瞬 瞬息 轉瞬 轉眼 一晌 彈指 頃刻 片刻 片時 未幾 旋即 剎那 霎時 短暫

【一腳踢】yìjiǎotī ① 獨自包攬事情，不要他人幫助 ② 全部。

【一窩蜂】yìwōfēng ① 一窩蜜蜂一起飛出來。形容亂哄哄地一擁而上。② 比喻競相追逐時尚或某種風氣的趨勢。

【一鍋煮】yìguōzhǔ 把不同情況的事情或不同性質的事物，不加區分，同樣處理◇把這幾件事一鍋煮，能辦得好嗎？

【一鍋粥】yìguōzhōu 像同一鍋裏的粥一樣，爛乎乎攪在一起。形容混亂無序◇事情亂成了一鍋粥。

【一邊倒】yìbiāndǎo ① 比喻態度、立場完全傾向一方。② 雙方中的一方佔壓倒優勢。

【一了百了】yìliǎobǎiliǎo 了，結束、解決。主要的問題一了結，其餘的問題跟着也就解決了。

【一木難支】yímùnánzhī 一根木頭難以支撐（大屋）。比喻一個人的力量不能挽救崩潰的局勢；也比喻一個人不能勝任艱巨的事業。㊐ 獨木難支。

【一日三秋】yírìsānqiū 三秋，三個秋天、三年。一天沒有見面，就像隔了三年一樣。形容思念之情深厚迫切。出自《詩經・采葛》：“一日不見，如三秋兮。”

【一日千里】yírìqiānlǐ ① 形容跑得飛快。② 形容進步神速或發展極快。㊀ 蝸行牛步。

【一手遮天】yìshǒuzhētiān 比喻倚仗權勢掩飾真相、蒙蔽公眾，或阻斷他人同上級聯繫，造成其可為所欲為的局面。

【一毛不拔】yìmáobùbá 連拔身上的一根毛都不肯。《孟子・盡心上》：“楊子取為我，拔一毛而利天下，不為也。”本指戰國時代哲學家楊朱的極端利己主義。後形容非常吝嗇自私。

【一反常態】yìfǎnchángtài 同平時所持的態度完全相反；因遇到某事，態度驟然改變◇一向不喝酒，今日一反常態，喝了三杯。

【一文不名】yìwénbùmíng 名，擁有、佔有。一文錢都沒有，形容極其貧困。

【一心一意】yìxīnyíyì 專一，沒有其他雜念干擾。㊀ 三心二意、見異思遷。

【一孔之見】yìkǒngzhījiàn 孔，小洞。比喻狹隘片面的見解。

【一本正經】yìběnzhèngjīng 形容莊重嚴謹。有時反用其意，含諷刺意味。㊀ 嬉皮笑臉。

【一本萬利】yìběnwànlì ① 形容本錢小利潤大。② 比喻付出少，收效大。

【一目瞭然】yímùliǎorán 一眼就看得清清楚楚，或一看就能完全了解。

【一丘之貉】yìqiūzhīhé 貉，一種貌似狐狸的走獸。同一個山丘上的貉，比喻都屬同一類。用於貶義。

【一成不變】yìchéngbúbiàn 一旦形成，就不再改變。多用以形容墨守成規，不知變通。㊖ 千變萬化、變化多端。

【一帆風順】yìfānfēngshùn 滿帆順風行駛。比喻順利、毫無阻礙。㊐ 順風順水 ㊖ 一波三折、焦頭爛額。

【一衣帶水】yìyīdàishuǐ 形容河道狹窄，如一條衣帶那麼寬。後泛指一水之隔，往來無阻◇中國和日本是一衣帶水的友好鄰邦。

【一字千金】yízìqiānjīn 秦國丞相呂不韋叫門客編寫《呂氏春秋》，書成後貼出佈告，稱能增減一字者賞千金。後用來稱讚詩文價值極高或文辭精煉。㊐ 字字珠璣。

【一步登天】yíbùdēngtiān 比喻突然發跡，爬上高位。含諷刺意味。

【一見如故】yíjiànrúgù 故，故舊、舊交。初次相見就意氣相投，像老朋友一樣。㊖ 白頭如新。

【一言九鼎】yìyánjiǔdǐng 九鼎，古代象徵國家的寶鼎。一句話重過九鼎。形容説話極有分量。㊖ 人微言輕。

【一板一眼】yìbǎnyìyǎn ① 比喻言語、文章或行為有條理，合規矩，不馬虎。② 比喻做事死板，不知變通◇做起事來一板一眼，沒法通融。

【一枕黃粱】yìzhěnhuángliáng 唐代沈既濟《枕中記》説，盧生在邯鄲旅店中遇見道士呂翁，自歎窮困。道士於是借給他一個枕頭，要他枕着睡覺，這時店家正煮小米飯。盧生入睡後，在夢中享盡榮華富貴，醒來小米飯還未煮熟。後比喻幻想的事或好事落空。㊐ 黃粱一夢。

【一來二去】yìlái'èrqù 表示逐步交往的過程◇他們一來二去成了好朋友。

【一知半解】yìzhībànjiě 知道得不全面，理解得不透徹，似懂非懂。

【一往無前】yìwǎngwúqián 一往，一直向前；無前，不怕前面的艱難險阻。形容無所畏懼地奔向既定目標。㊐ 勇往直前 ㊖ 望而卻步、望而生畏。

【一念之差】yíniànzhīchā 決定問題時，一個念頭的差錯（往往造成令人遺憾或無可挽救的後果）。

【一股腦兒】yìgǔnǎor 所有的，全部◇把多年的積蓄一股腦兒拿出來。

【一波三折】yìbōsānzhé ① 形容寫字筆畫曲折多變。② 比喻文章曲折起伏或事情波折阻礙很多◇談判一波三折，分歧很大。

【一馬平川】yìmǎpíngchuān 馬能疾馳的平地。形容土地平坦遼闊。㊖ 坎坷不平。

【一馬當先】yìmǎdāngxiān 作戰時策馬跑在最前頭。比喻率先做某事或起領頭作用。

【一氣呵成】yíqìhēchéng 呵，張口呼氣。一口氣完成。多形容文章氣勢流暢。也比喻不停頓地快速辦完事情。㊖ 拖拖拉拉。

【一倡百和】yíchàngbǎihè 倡，倡導。和，應和。一人首倡，百人附和。形容附和的人非常多。

【一針見血】yìzhēnjiànxiě 比喻説話或寫文章直截了當，切中要害。

【一脈相承】yímàixiāngchéng 一脈，同一血統或同一派系。由同一血統或流派世代傳承下來。比喻文化、風氣、學説、行為、技藝的前後繼承關係◇中華民族一脈相承，悠悠五千年，從未間斷。

【一敗塗地】yíbàitúdì 塗地，肝腦塗地。形容徹底失敗，無可挽回。

【一唱一和】yíchàngyíhè 和，應和。本指由一人先唱，另一人隨聲應和。後比喻相互配合、相互呼應。多含貶義。

【一貧如洗】yìpínrúxǐ 窮得像被水洗過一樣，一無所有。形容十分窮困。㊐ 囊空如洗、家徒四壁。

【一視同仁】yíshìtóngrén ① 以同樣的仁愛之心待人，不分親疏厚薄。② 對誰都用同一標準。㊖ 厚此薄彼。

【一廂情願】yìxiāngqíngyuàn 一廂，單方面。只想着實現自己的願望，不考慮對方是否願意。㊇ 兩廂情願。

【一勞永逸】yìláoyǒngyì 辛勞一次把事做好，就能得到長久的安逸。

【一筆勾銷】yìbǐgōuxiāo ① 從賬本上把欠賬一筆抹掉，了結舊債。② 比喻完全消除或否定過去的恩怨。

【一絲不苟】yìsībùgǒu 苟，不認真。連最細微的地方也不馬虎，形容認真負責。㊇ 粗枝大葉。

【一葉知秋】yíyèzhīqiū 一片落葉飄下來，就知道秋天將要來了。比喻從細微的跡象可以看出事物的發展趨向。㊐ 見微知著。

【一葉蔽目】yíyèbìmù 一片葉子遮住了眼睛。比喻被事物局部或表面現象所蒙蔽，看不到事物的全貌和真實情況。

【一塌糊塗】yìtāhútú 形容混亂或糟糕到了極點◇道路擁擠得一塌糊塗｜嘉年華過後，場地混亂得一塌糊塗。

【一鼓作氣】yìgǔzuòqì 一鼓，擂起激勵士氣的第一通鼓；作，振作；氣，勇氣。古代與敵拼殺前先擂鼓激發士氣勇往直前。《左傳・莊公十年》："夫戰，勇氣也。一鼓作氣，再而衰，三而竭。"後來指趁銳氣旺盛時鼓足勁頭，把事情做好做完。

【一概而論】yígài'érlùn 用同一標準來看待或處理所有的問題。㊇ 就事論事。

【一團和氣】yìtuánhéqì ① 形容態度和藹或氣氛祥和◇無論對誰，臉上總露着一團和氣。② 用柔和的態度與人和睦相處，避免出現矛盾◇待人接物一團和氣，沒同人爭吵過。

【一鳴驚人】yìmíngjīngrén 鳴，鳥叫。《韓非子・喻老》："雖無飛，飛必沖天；雖無鳴，鳴必驚人。"比喻平時默默無聞，卻一下子做出驚人的成績。

【一塵不染】yìchénbùrǎn ① 佛教稱色、聲、香、味、觸、法為"六塵"，身無六塵污染，叫"一塵不染"。後形容非常純淨或不沾染一點壞習氣。② 形容非常清潔。

【一語破的】yìyǔpòdì 的，箭靶中心，比喻要害、關鍵。一句話就道出要害所在。㊐ 一針見血。

【一暴十寒】yípùshíhán 暴，同"曝"，日曬。最容易生長的東西，如果曬一天，凍十天，也難以長成。比喻做事不持之以恆，時斷時續，難得成功。《孟子・告子上》："雖有天下易生之物也，一日暴之，十日寒之，未有能生者也。"㊇ 鍥而不捨、持之以恆。

【一箭雙雕】yíjiànshuāngdiāo 雕，一種兇猛的大鳥。一箭能射中兩隻雕，形容箭技高超。後比喻一舉兩得。

【一髮千鈞】yífàqiānjūn 鈞，古代重量單位，一鈞三十斤。一根頭髮上掛着千鈞的重量。比喻情況萬分危急。

【一頭霧水】yìtóuwùshuǐ 比喻莫名其妙，摸不着頭腦。

【一舉兩得】yìjǔliǎngdé 做一件事，同時得到兩方面的收穫。㊐ 一箭雙雕。

【一諾千金】yínuòqiānjīn 諾，承諾。一經允諾，價值千金。形容說話算數，恪守信用。出自《史記・季布欒布列傳》："得黃金百斤，不如得季布一諾。"

【一臂之力】yíbìzhīlì 比喻給予的幫助。用於謙稱自己幫助別人，或邀請別人幫助自己◇願助你一臂之力｜請助我一臂之力。

【一瀉千里】yíxièqiānlǐ ① 形容江河奔流直下，浩浩蕩蕩流向遠方。② 比喻文筆氣勢奔放。

【一竅不通】yíqiàobùtōng 竅，窟窿。比喻一點都不懂，甚麼都不知道。

【一蹶不振】yìjuébúzhèn 蹶，跌倒。遭到挫折就再也振作不起來◇不能因為公開試失利就一蹶不振。㊇ 百折不撓、再接再厲。

【一蹴而就】yícù'érjiù 蹴，踏。踏一步就成功。形容事情輕而易舉就能辦成。㊇ 難上加難。

【一籌莫展】yìchóumòzhǎn 籌，計策；展，施展。一個計策也拿不出來；一點辦法也沒有。㊐ 束手無策。

【一觸即發】yíchùjífā 本指箭在弦上，一碰就會射出去。現比喻事態極其緊張，衝突隨時爆發。

【一鱗半爪】yìlínbànzhǎo 原指龍在雲中不

見全貌，東露一片鱗，西露半隻爪。後比喻零星片段的事物。同 一星半點。

【一站式服務】yízhànshìfúwù 多個（或一個）服務機構（或部門），把客戶需要解決的各相關項目集中到一處，一次性全部辦理完畢，為客戶提供快捷方便的服務。

【一問三不知】yíwènsānbùzhī 出自《左傳·魯哀公二十七年》："今我三不知而入之，不亦難乎？"，原義是對某一事情的開始、發展、結果都不知道。後用來表示對實際情況一點也不知道◇此人一問三不知，很難從他那裏得到甚麼線索。

【一鼻孔出氣】yìbíkǒngchūqì 比喻雙方或幾方立場相同或結成一夥。用於貶義。

【一蟹不如一蟹】yíxièbùrúyíxiè 比喻一個不如一個。《艾子雜說·三物》："艾子行於海上，連續見到蝤蛑、螃蟹、蟚、蚏，喟然歎曰：'何一蟹不如一蟹也'！"

【一不做，二不休】yìbúzuò,èrbùxiū 休，停止。除非不幹，既然做了就索性幹到底。

【一朝天子一朝臣】yìcháotiānzǐyìcháo chén 朝，朝廷。比喻上台掌權就要更換一批親信。

【一言既出，駟馬難追】yìyánjìchū, sìmǎ nánzhuī 駟，古代用四匹馬拉的車。話說出口，就是跑得飛快的車也難以追回。表示說話算數，不反悔。

【一波未平，一波又起】yìbōwèipíng, yìbō yòuqǐ 比喻事情波折迭起，舊問題正在解決，新問題又產生了。

1 丁 ㈠dīng 粵ding1 叮 ①天干的第四位。見"干支"。②順序第四，四◇甲、乙、丙、丁。③人口◇人丁興旺。④成年男子◇壯丁。⑤特指從事某種專業勞作的人◇園丁。⑥切成小方塊的菜或肉◇筍丁｜雞丁。⑦形容碰撞聲◇丁當響。⑧姓。

㈡zhēng 粵zang1 爭 見"丁丁"。

【丁丁】zhēngzhēng 象聲詞。形容伐木、下棋、彈琴等的聲音◇一局未了，子聲丁丁。

【丁克】dīngkè 夫妻雙方都有收入，但不生育子女的生活方式。持此種生活方式的人，稱丁克族；這種家庭稱丁克家庭。（英 DINK, double income and no kids 的縮寫）

【丁屋】dīngwū 香港新界原居民的男性後人獲批准興建的房屋。

【丁憂】dīngyōu 古代稱遭逢父母的喪事。同 丁艱。

【丁是丁，卯是卯】dīngshìdīng, mǎoshì mǎo 丁，天干第四位；卯，地支第四位。二者同是第四位，但"干支"相配卻從不搭在一起。比喻互不相干，或分界清楚，不容混淆。

1 七 qī 粵cat1 漆 ①數目字◇戰國七雄。②序數。第七◇七樓｜七姑。③與"八"連用，表示不確定的數量◇七零八落。④民俗，人死後每七天算作一個"七"，共七個"七"，合四十九天。各"七"的最後一天都要祭奠亡靈◇頭七｜斷七。

【七夕】qīxī 節日名。傳說牛郎織女每年只在農曆七月初七晚上才能在天河鵲橋相會。民俗，此時婦女進行乞巧活動。

【七方】qīfāng 中醫根據方劑組成的不同，進行分類，稱為七方。即大方、小方、緩方、急方、奇方、偶方、複方。

【七情】qīqíng 人的七種感情，一般指喜、怒、哀、懼、愛、惡、欲◇他唱歌唱到七情上面，十分賣力。

【七竅】qīqiào 指面部的兩耳、兩眼、兩鼻孔和口。

【七寶】qībǎo 佛教用以修行、供養的聖物。包括金、銀、琉璃、珊瑚、硨磲、珍珠、瑪瑙◇五紋刺繡同毛褐，七寶樓台亦草廬。

【七巧板】qīqiǎobǎn 一種拼板玩具。由七塊不同形狀的小塊組成，可拼湊成多款圖形。

【七言詩】qīyánshī 每句七個字的舊體詩。有七言古詩、七言絕句、七言律詩。

【七七八八】qīqībābā 十之七八，指事物的大部分◇這事已做得七七八八。

【七上八下】qīshàng bāxià 形容心神不安，十分慌亂。同 七上八落。

【七手八腳】qīshǒu bājiǎo 形容人多手雜、動作忙亂。

【七月流火】qīyuèliúhuǒ 出自《詩經·國風·豳風》："七月流火，九月授衣。"指大火星西行，夏去秋來，天氣轉涼◇不與桃李爭春風，七月流火送清涼。

【七零八落】qīlíng bāluò 形容零散雜亂。多指原本完整的事物變得零散殘缺。

【七嘴八舌】qīzuǐ bāshé ① 形容人多嘴雜，議論紛紛。② 形容亂講話，多嘴多舌。

2 **三** ㈠ sān 粵 saam¹ 衫 ①數目字◇三天打魚，兩天曬網。②序數。第三。

㈡ sān（舊讀 sàn）粵 saam³ 表示多次。見“三思”。

【三九】sānjiǔ 三九天。從農曆冬至起算的八十一天中，每九天為一個“九”。第十九至二十七天為第三個“九”，是一年中最冷的時候◇三九嚴寒｜夏練三伏，冬練三九。見“三伏”。

【三生】sānshēng 佛教指前生、今生、來生◇三生有幸。

【三伏】sānfú 農曆夏季間的三個節氣，初伏、中伏、末伏的統稱。農曆夏至後第三個庚日起為初伏（十天），第四個庚日起為中伏（十天或二十天），立秋後第一個庚日起為末伏（十天）。三伏是一年中最熱的時候。見“伏天”。反 三九。

【三昧】sānmèi ① 佛教稱靜心學佛、止息雜念的修行方法。② 借指事物的訣竅或精妙之處。（梵 samādhi）

【三綱】sāngāng 指君為臣綱，父為子綱，夫為妻綱。起源於先王之學，歷經漢朝，並盛行於宋、明、清三代。

【三思】sānsī（三，舊讀 sàn 粵 saam³）反復思考。◇三思而後行。

【三皇】sānhuáng 指伏羲、女媧、神農，中國傳說時代的傑出首領的代表◇揮翰墨以奮藻，陳三皇之軌模。

【三軍】sānjūn ① 古代軍隊佈陣的序列分為中軍、上軍、下軍。泛指軍隊◇勇冠三軍。② 指陸軍、海軍、空軍◇三軍儀仗隊。

【三峽】sānxiá 位於重慶市和湖北省交界的長江上的瞿塘峽、巫峽和西陵峽的合稱。

【三教】sānjiào 指儒教、道教、佛教◇三教合流，盛行於中國民間信仰之中。

【三國】sānguó 指東漢後出現的魏（公元 220–265）、蜀（公元 221–263）、吳（公元 222–280）三國鼎立的歷史時期。

【三圍】sānwéi 人體胸圍、腰圍、臀圍的合稱。

【三角債】sānjiǎozhài 三方（或三方以上）之間形成的債權和債務關係。如甲方是乙方的債務人，同時又是丙方的債權人。

【三板斧】sānbǎnfǔ 僅有的一點本事。也指只有一點點本事的人◇他那三板斧，我看未必行！同 二把刀。

【三隻手】sānzhīshǒu 扒手，小偷。

【三級片】sānjípiàn 電影分級制度：(1) 普通級，人人皆可觀看；(2) 保護級，未成年人須由成人陪同輔導觀看；(3) 限制級，一般都有性愛和暴力內容，只允許成人觀看。限制級影片通常稱為“三級片”。

【三腳凳】sānjiǎodèng 比喻不可靠的人或靠不住的事物。

【三腳貓】sānjiǎomāo 三隻腳的貓捕不到老鼠，比喻技藝不精的人。

【三十六行】sānshíliùháng 泛指各種行業。

【三十六計】sānshíliùjì 本是説計謀策略非常多，並無實指，後漸漸形成三十六種具體的謀略：圍魏救趙、暗渡陳倉、假道伐虢、瞞天過海、借刀殺人、以逸待勞、聲東擊西、趁火打劫、無中生有、隔岸觀火、笑裏藏刀、順手牽羊、打草驚蛇、調虎離山、欲擒故縱、李代桃僵、借屍還魂、拋磚引玉、釜底抽薪、擒賊擒王、混水摸魚、關門捉賊、金蟬脱殼、遠交近攻、偷梁換柱、指桑罵槐、上屋抽梯、樹上開花、反客為主、假痴不癲、反間計、空城計、美人計、苦肉計、連環計、走為上計。

【三人成虎】sānrénchénghǔ 三個人誤傳街上有虎，聽者就會以為真有虎了。比喻謠言或流言一再重複，便能蠱惑人心。

【三三兩兩】sānsān liǎngliǎng 形容零零落落，數量不多。

【三心二意】sānxīn'èryì 想法變來變去，拿不定主意。形容猶豫不決。

【三令五申】sānlìng wǔshēn 申，陳述、説明。再三發出命令，多次申明。

【三更半夜】sāngēng bànyè 午夜，深夜。古代打更報時，三更正當夜半。同 半夜三更、深更半夜。

【三足鼎立】sānzúdǐnglì 鼎，古代三腳兩耳的食器。比喻三方像鼎的三隻腳一樣各據一方，分立相持的局面。

【三長兩短】sāncháng liǎngduǎn ① 指意外的災禍或事故◇人的一生保不其有個三長兩短的。② 特指死亡◇萬一老人家有個三長兩短。

【三姑六婆】sāngū liùpó ① 指不同職業、不同身份的婦女。三姑，尼姑、道姑、卦姑；六婆，牙婆（販賣人口的中間人）、媒婆、師婆（女巫）、虔婆（鴇婆）、藥婆（女醫）、穩婆（接生婆）。② 指走街串戶，不務正業的女人。③ 比喻愛搬弄是非的婦女。

【三教九流】sānjiào jiǔliú 三教：儒教、道教、佛教；九流：儒家、道家、陰陽家、法家、名家、墨家、縱橫家、雜家、農家。泛指宗教、學術領域的各種流派或社會上各種各樣的人。

【三從四德】sāncóng sìdé 古代規範女性行為的道德標準。三從：未嫁從父，既嫁從夫，夫死從子；四德：婦德、婦言、婦容、婦功。

【三緘其口】sānjiānqíkǒu 緘，封閉。形容說話謹慎或沉默不言。

【三顧茅廬】sāngùmáolú 顧，拜訪；茅廬，草屋。東漢末年，劉備三次拜訪隱居在隆中（今湖北襄樊市郊）的諸葛亮，請他出來協助自己。諸葛亮《出師表》："先帝不以臣卑鄙，猥自枉屈，三顧臣於草廬之中。" 後比喻誠心誠意地一再拜訪或邀請。

【三下五除二】sānxiàwǔchú'èr 本為一句珠算口訣，後用以形容動作敏捷利落◇一到家，三下五除二就把飯做好了。

【三天打魚，兩天曬網】sāntiāndǎyú, liǎng tiānshàiwǎng 比喻做事時斷時續，不能持之以恆。

2 **下** ㈠ xià 粵 haa6 夏 ①位置在低處的◇下邊｜樓下。②次序、時間在後的◇下次｜下旬。③等次或品級低的◇下等｜下品。④指地位低的人◇欺上瞞下。⑤由高到低◇下山｜順流而下。⑥去，到◇下鄉。⑦降落◇下雨｜下雪。⑧用◇對症下藥。⑨做出◇下決心。⑩按規定時間結束活動◇下班｜下課。⑪少於◇不下三十人。⑫（動物）產仔◇下了一窩小豬。⑬向下◇上傳下達。⑭限定在一定的範圍、條件內◇名下｜在老師的鼓勵下。⑮表示某個時間、時節◇刻下｜時下。⑯用在數目字後面表示方面或方位◇兩下裏都不落好。⑰頒發；投遞◇下令｜下戰書。⑱退場◇在掌聲中緩步下場。⑲弈棋◇儘耍賴，我不跟你下棋了。⑳放入，投入◇下種｜下本錢。㉑卸掉，取下來◇下掉電風扇的葉片。㉒攻陷◇連下三城。㉓用在動詞後。(1)表示從高處到低處◇坐下｜扔下。(2)表示空間能夠容納◇坐得下｜躺不下。(3)表示動作的完成或結果◇打下基礎｜定下標準。

㈡ xià 粵 haa5 夏5 ①量詞。用於動作的次數◇鐘敲三下。②用在"兩、幾" 後面表示本領、技能◇這小子有兩下｜沒有幾下子這活兒真做不了。

【下凡】xiàfán 天上的神仙降至人間或到人間做常人。

【下元】xiàyuán 中國傳統節日之一，農曆十月十五，是水官大帝的生日，又稱消災日、謝平安日、下元水官節◇路人拂曉到郊南，行色匆匆祭下元。

【下水】㈠ xiàshuǐ ① 入水◇下水暢游。② 把紡織品浸入水中使收縮◇這塊料子沒下過水。③ 比喻拉人入夥做壞事◇就是被她拖下水的。④ 新船入水試航。⑤ 向下游航行的◇下水船快得多。

㈡ xiàshui ① 屠宰後的牲畜內臟。② 供食用的動物腸子、肚◇豬下水｜牛下水。

【下手】㈠ xiàshǒu 動手；着手◇先下手為強，後下手遭殃。

㈡ xiàshou ① 助手◇我給你當下手。② 下首。(1)低一級的位置，習慣上指靠近右邊的位置◇主人坐在下手陪客。(2)（打牌、行酒令）下一個輪到的人◇下手的牌運好。反 上手。

【下文】xiàwén ① 文中某段、某句以後的部分◇結局如何，下文沒有交待。② 比喻事情後續的情況或結果◇這件事再也沒有下文。

【下台】xiàtái ① 比喻有權勢的人喪失職位。② 比喻擺脫難堪、尷尬的處境◇弄得他沒法下台。

【下作】xiàzuo 下流；卑鄙◇下作小人。

【下身】xiàshēn ① 身體的下半部◇上身白襯衫，下身牛仔褲。② 人的陰部。

【下房】xiàfáng 廂房；家內地位低的人住的屋子◇安排新來的女傭住進下房。

【下弦】xiàxián 農曆每月二十二或二十三日，月亮呈弓形，弦向着下方，這種月相叫下弦。㊜ 上弦。

【下風】xiàfēng ① 風吹往的那個方向◇站在下風口。② 比喻地位低下或處於劣勢◇甘拜下風。㊜ 上風。

【下降】xiàjiàng ① 由高處落向低處◇飛機開始下降。② 程度、數量等由高變低、由多變少◇氣溫下降 | 出生率下降。

【下限】xiàxiàn 規定的最後或最低限度◇社會保障金設有下限。

【下架】xiàjià ① 把商品從貨架上撤下來，指停止出售◇這批貨質量不過關，已經下架了。② 圖書館、閱覽室等把圖書、雜誌等從書架上撤下來，指停止借閱◇下架了一批老舊圖書進行維護。

【下馬】xiàmǎ 比喻工作或工程停止進行◇項目要下馬。

【下挫】xiàcuò 向下降。多用於匯率、證券價格◇股市一連三天下挫。

【下海】xiàhǎi ① 出海◇下海捕魚。② 戲曲界指票友成為職業演員◇戲曲大師俞振飛下海前在大學裏教書。③ 比喻官員或非經商人員改行經商。④ 進入色情行業。

【下浮】xiàfú 物價、薪酬、利率等向下降低◇定期存款利率下浮 0.2 個百分點。㊜ 上浮。

【下流】xiàliú ① 不正派，品行卑劣◇下流話 | 下流無恥。㊐ 下作。② 下游，河流接近出口的那一段及其流經的地區◇長江下流 | 珠江下流。

【下處】xiàchu ① 客棧；出門人臨時住宿的地方◇走到半夜，也沒尋得個下處。② 舊時稱低級妓院。

【下野】xiàyě 野，鄉野、民間。當權的軍政要人卸去職權。

【下崗】xiàgǎng ①（士兵、警察等）按時離開執勤的崗位。② 失業。

【下情】xiàqíng ① 下級或民眾的情況或情緒◇體恤下情。② 謙辭。對人稱自己的實況或心情◇區區下情，尚乞鑒諒。

【下款】xiàkuǎn 在禮物、字畫或信函上面所寫的自己的名字。㊜ 上款。

【下場】xiàchǎng ① 退場◇演員還沒下場，大幕已徐徐落下。② 科舉時代指考生進場應試。③ 收場，結局。多指不好的◇他落得這樣的下場，誰也沒想到。

【下策】xiàcè 不高明的策略、主意◇萬不得已，出此下策。㊜ 上策、妙計。

【下飯】xiàfàn 幫助多吃飯◇辣椒炒雞丁很下飯。

【下游】xiàyóu ① 江河接近出口的那一段及其流經的地區◇上海地處長江下游。㊐ 下流。② 比喻落後的地位◇不思進取，甘居下游。③ 指靠近整個產業鏈的末端，加工原材料和零部件、製造成品和從事生產、服務的行業◇石油產業鏈的下游產品是原油。

【下載】xiàzǎi 把網絡上的檔案、數據等儲存至一個裝置上。㊐ 下傳 ㊜ 上載。

【下落】xiàluò ① 尋找中的人或物的去向◇下落不明。② 向下降落◇秋風一吹，黃葉飄飄下落。

【下榻】xiàtà 臨時住宿◇下榻半島酒店。

【下網】xiàwǎng 斷開網絡連線，退出網絡系統。（英 offline）

【下調】xiàtiáo 向下調整，向下降◇每公噸大豆的批發價下調 30 元。㊜ 上調。

【下懷】xiàhuái ① 謙辭。愚意◇下懷以為，此事須三思而後行。② 我的心意◇正中下懷。

【下屬】xiàshǔ 部下；所管轄的部屬◇上司對待下屬要寬嚴適度。

【下馬威】xiàmǎwēi ① 官吏初到任時對下屬擺威風。② 泛指在上任之初或事項開頭時就展示自己的威力，以求懾服他人。

【下意識】xiàyìshi 由一定條件引起的不知不覺、沒有明確意念的心理活動。㊐ 潛意識。

【下不為例】xiàbùwéilì 例，先例、成例。只能有這一次，以後不得援引此例要求獲得同樣的處理。

【下車伊始】xiàchēyīshǐ 下車，指官吏到任；伊，文言助詞。謂新官到任或比喻初次到一個地方。

【下里巴人】xiàlǐbārén 下里、巴人，戰國時期楚國流行的民歌。後泛指通俗的文藝作品。出自楚國宋玉《對楚王問》："客有歌於郢中者，其始曰《下里》《巴人》，國中屬而和者數千人。"反 陽春白雪。

2 **丈** zhàng 粵zoeng^{6}象 ①長度單位。十尺等於一丈。②量，丈量（土地面積）◇丈地。③丈夫◇姐丈｜姨丈。④尊稱長輩或老年男子◇丈人。

【丈人】zhàngren ①岳父，妻子的父親。②尊稱長輩或老年男子。

多樣表達：丈人
岳父 岳丈 泰山 外舅 丈母 丈母娘 岳母 外姑

【丈夫】〈一〉zhàngfū 成年男子。常指有志氣、有作為的人◇丈夫有淚不輕彈。
〈二〉zhàngfu 女子的配偶。

多樣表達：丈夫
老公 男人 外子 夫君 夫婿 郎君 相公

【丈量】zhàngliáng 測量土地面積。

2 **万** 〈一〉wàn 粵maan^{6}慢"萬"的古字。
〈二〉mò 粵mak^{6}默【万俟】mòqí 複姓。

2 **上** 〈一〉shàng 粵soeng^{6}尚 ①位置在高處的◇上不着天，下不着地。②次序、時間在前的◇上次｜上旬。③向上面◇上繳｜上報總公司。④指長輩或地位高的人◇欺上瞞下。⑤指君主、皇帝◇皇上。⑥等級高或質量好的◇上品。
〈二〉shàng 粵soeng^{5}尚^5 ①由低到高◇上山｜上樓。②到，去◇上街｜上北京。③添加，增補◇上貨｜上油。④塗抹◇上色｜上漆。⑤安上◇上刺刀。⑥碰到，遭受◇上圈套｜上當受騙。⑦登載，記錄◇上榜｜上賬。⑧按規定時間開始活動◇上課。⑨登台，出場◇上演｜上場。⑩擰緊◇上發條。⑪達到，合乎（一定數量或程度）◇上年紀｜上檔次。⑫用在動詞後，表示完成◇關上大門。⑬用在動詞後，表示開始、繼續◇愛上了網絡遊戲。⑭中國民族音樂中的記音符號，表示音階上的一級，相當於簡譜的"1"。
〈三〉shǎng 粵soeng^{5}尚^5 上聲，漢語聲調四聲之一。
〈四〉shang 粵soeng^{6}尚 ①表示在物體的表面◇臉上｜衣服上。②表示在某一範圍以內的◇書上也不是全對的。③表示某一方面的◇事實上｜工作上。④用於表述年齡◇他十歲上才上學。

【上巳】shàngsì 古代節日名，在陰曆三月上旬。古人在這一天相約到河中洗澡，祛除身上的不祥之氣。魏晉以後，定為陰曆三月三日。

【上元】shàngyuán 中國傳統節日之一，農曆正月十五，又稱上元節、元宵節◇煙花爆竹綻清流，龍騰獅舞鬧上元。

【上手】shàngshǒu ①（上，粵soeng^{5}尚^5）開始◇工作一上手就很順利。②（上，粵soeng^{6}尚）上首。(1)位置尊貴的一方，習慣上指靠近左邊的位置◇客人謙讓，不肯坐上手。(2)（打牌、行酒令時）坐在左邊的人◇上手有甚麼牌，我心裏一清二楚。(3)方言。處於主要地位的◇餐館裏上手是掌勺的王師傅。反下手。

【上升】shàngshēng ①從低處往高處移動◇一輪明月冉冉上升。②等級、程度、數量等升高或增加◇地位上升｜人氣上升。

【上市】shàngshì ①進入市場◇菜農一大早就上市了。②時令貨物進入市場交易◇春筍剛剛上市。③股份制企業，按照既定程序進入證券交易所發行股票等有價證券，並投入交易◇上市公司。

【上司】shàngsī 主管，上級領導。

【上台】shàngtái ①走上講台或舞台◇上台獻藝。②比喻執掌政權或就任要職◇選舉勝出，重新上台執政。

【上任】shàngrèn ①（上，粵soeng^{5}尚^5）官員或領導人就職◇新官上任三把火。②（上，粵soeng^{6}尚）前一任的官員或領導人。

【上弦】shàngxián ①（上，粵soeng^{6}尚）農曆每月初七或初八，月亮呈弓形，弦向着上方，這種月相叫上弦。反下弦。②（上，粵soeng^{5}尚^5）繃緊弓、琴、瑟等的弦（準備發射或彈奏）。③（上，粵soeng^{5}尚^5）擰緊鐘錶等機械的發條◇給鬧鐘上弦。

多樣表達：月亮
上弦 下弦 月牙（芽） 新月 滿月 明月 皓月 殘月 蛾眉月

【上風】shàngfēng ①風吹來的那個方向◇上

風頭火勢很猛。② 比喻優勢或有利的地位◇人家有錢有勢，處在上風，你惹不起。

【上帝】shàngdì ① 天帝，中國古代指天上主宰萬物的神。② 天主教、基督教所信奉的最高的神，被認為是宇宙萬物的創造者和主宰。③ 比喻最重要的人◇顧客就是上帝。

【上映】shàngyìng（電影）公開放映◇今天有新片上映。

【上限】shàngxiàn 規定的最高限度。

【上架】shàngjià ① 把商品擺放到貨架上，指開始出售◇之前售罄的商品已經重新上架。② 圖書館、閱覽室等把圖書、雜誌等擺放到書架上，供讀者借閱◇這批新書編目後才能上架。

【上馬】shàngmǎ 騎上馬啟程。比喻某項工程或工作開始進行。

【上峯】shàngfēng 舊時對上級的稱呼◇上峯有令。

【上乘】shàngchéng ① 佛教語。大乘，佛教宗派之一。② 上等的；高品位的◇品質上乘｜上乘之作。

【上座】shàngzuò ①（上，粵soeng[6] 尚）最尊貴的席位。②（上，粵soeng[5] 尚[5]）戲院劇場所售出的座位票◇影片的上座率不高。

【上浮】shàngfú 物價、薪酬、利率等向上升。反 下浮。

【上流】shàngliú ① 上游，河流的上游及其流經的地區◇考察長江上流生態環境。② 社會層次、地位高的◇上流社會｜上流人物。

【上陣】shàngzhèn ① 去戰場參加戰鬥◇披掛上陣。② 比喻參加比賽等◇派主力隊員上陣。

【上訪】shàngfǎng 民眾到政府機構反映情況或要求解決問題。

【上款】shàngkuǎn 在禮物、字畫或信函上面所寫的對方姓名、稱呼等字樣。反 下款。

【上揚】shàngyáng 往上升◇物價上揚。反 下降、下挫。

【上報】shàngbào ① 向上級報告。② 登載在報紙上◇她上報了。

【上進】shàngjìn ① 向上，求進步◇追求上進。② 指求取功名◇應考上進。

【上鈎】shànggōu ① 魚吞吃誘餌被鈎住◇姜太公釣魚，願者上鈎。② 比喻受引誘上當◇你要是去了可就上鈎啦。

【上訴】shàngsù 訴訟當事人不服法院的判決或裁定，按照法律程序向上級法院正式提出請求改判的訴訟。

【上游】shàngyóu ① 江河在發源地以下的一段◇黃河上游。同 上流。② 比喻先進◇力爭上游。③ 指靠近整個產業鏈的開始端，包括重要資源和原材料的採掘、供應業以及零部件製造和生產的行業◇電子產業鏈的上游是半導體芯片行業，存在很高的技術和資金壁壘。

多樣表達：上游
中游 下游 上流 中流 下流 支流 幹流 流域 九派 河源 河口

【上載】shàngzǎi 把裝置的檔案、數據等傳送至網絡或雲端。同 上傳 反 下載。

【上當】shàngdàng 受騙吃虧◇放心好了，我不會叫你上當的。

【上路】shànglù ① 動身，啟程◇汽車的喇叭聲似乎催他趕快上路。② 比喻走上正軌◇公司近年來經營已經上路了。③ 婉辭。死，走向黃泉路◇説不定哪天就要上路。

【上裝】shàngzhuāng ①（上，粵soeng[6] 尚）上衣。②（上，粵soeng[5] 尚[5]）演員化裝。

【上蒼】shàngcāng 天；上天。常用以稱主宰萬物的神◇上蒼有眼，保佑萬方。

【上演】shàngyǎn（話劇、舞蹈、戲曲、電影等）演出◇歌劇《卡門》正在文化中心上演。

【上漲】shàngzhǎng ① 水位升高◇潮水緩緩上漲。② 比喻商品價格往上升◇連日暴雨，菜價一路上漲。

【上賓】shàngbīn ① 尊貴的賓客◇敬如上賓。② 婉辭。古代稱帝王去世◇龍御上賓。

【上網】shàngwǎng 把裝置連接網絡，進行網上作業或瀏覽網頁。

【上調】shàngtiáo 向上調整，向上升。反 下調。

【上頭】〈一〉shàngtóu 古代臨出嫁的女子把辮子改梳成髮髻，叫上頭◇張家的三姑娘快要上頭。
〈二〉shàngtou ① 上邊，上面◇小荷才露尖尖角，早有蜻蜓立上頭。② 上級部門，上司領導◇上頭有規定，此處不准設大排檔。

【上聲】shǎngshēng ① 古代漢語四聲的第二聲。② 普通話字調中的第三聲。

【上下其手】shàngxiàqíshǒu 據《左傳・襄公二十六年》：楚國的穿封戌俘虜了鄭將皇頡，王子圍與他爭功相持不下，請伯州犁裁處。伯州犁有意偏袒王子圍，叫皇頡出面説是誰之功，在介紹王子圍時伯州犁"上其手"（舉手），在介紹穿封戌時"下其手"（放下手）。皇頡心領神會，謊稱是王子圍俘獲他的。後指玩弄手法、串通舞弊。

【上方寶劍】shàngfāngbǎojiàn 皇帝用的寶劍。授予上方寶劍的大臣，有先斬後奏的權力。現比喻上級所授予的特別權力。同 尚方寶劍。

【上行下效】shàngxíng xiàxiào 效，模仿。上級或長輩怎麼做，下級或晚輩就跟着效法。多用作貶義。

【上竄下跳】shàngcuàn xiàtiào ① 跳過來跳過去◇孩子們高興得上竄下跳。② 形容上下奔走，多方聯絡。用於搞不正當活動◇他在當中上竄下跳，起了很壞的作用。

【上梁不正下梁歪】shàngliángbúzhèngxiàliángwāi 比喻地位在上的人行為不端，下面的人就會跟着學壞。

3 **丐** gài 粵koi[3] 概 ①乞求，討◇丐食。②討飯的人◇丐幫。③給予，拿財物賙濟（人）◇丐施貧民。

3 **丏** miǎn 粵min[5] 免 遮蔽，看不見。

3 **不** bù 粵bat[1] 筆 ①表示否定◇不知道。②加在疊用的動詞、形容詞或名詞中間，表示不在乎、無所謂◇不謝不謝。③跟"而"配用，表示沒有所需條件，也產生相應結果。多用於成語◇不期而遇 | 不謀而合。④表示否定欲達致的結果◇寫不好 | 跑不快。⑤單用，作否定性回答◇一塊兒走吧！不。⑥用在某些數量短語前面，表示數量少或時間短◇不幾步 | 不一會兒。⑦與"就"配用，表示選擇◇不看書，就看電視。⑧用在句末表示疑問◇你知道不？⑨客套話。表示不用、不必◇不客氣。⑩用在句中，起加強語氣的作用◇好不容易 | 好不嚇人。

要點注意："不"的變調

"不"在同去聲（第四聲）字搭配時聲調發生變化，凡用在去聲字前，一律讀第二聲（陽平）bú；其他情況下，聲調不變，均讀去聲bù。"不"讀陽平bú的常用詞有：不必、不變、不錯、不大、不但、不到、不定、不動、不斷、不對、不夠、不顧、不過、不見、不盡、不快、不愧、不利、不料、不論、不妙、不配、不日、不善、不是、不外、不像、不要、不用、不在、不正、不致、不至、不做、不作

【不二】búèr ① 也作"不貳"。意思是專一，無二心◇忠貞不二 | 不二之臣。② 一律的，沒有差異，唯一的◇不二人選 | 不二法門。③ 不重複，不再次◇不二價。

【不才】bùcái ① 沒有才能◇我雖不才，這點小事還辦得來。② 謙稱自己，無才能的人◇不才在此恭候多時。

【不久】bùjiǔ 時間相隔不遠◇他畢業不久就出國了。

【不凡】bùfán 不平凡，不尋常◇氣度不凡 | 舉止不凡，有大家風度。

【不已】bùyǐ 不止，不停止◇感歎不已 | 興奮不已。

【不止】bùzhǐ ① 停不住◇大笑不止 | 咳嗽不止。② 不止於，多過◇不止一個電話。

【不日】búrì 未來數日內，要不了幾天◇不日將返港。

【不及】bùjí ① 不如，比不上◇桃花潭水深千尺，不及汪倫送我情。② 來不及◇後悔不及。

用法提示：不及、不如

"不及"只比較不同的人或事物，前後只能是名詞◇寫字我不及他；"不如"既可比較人或事物，也可以比較動作行為，因此除名詞外，前後可以是動詞或主謂結構◇走路不如騎車。

【不平】bùpíng ① 不平坦◇凹凸不平。② 不公平；不公平的事◇世事不平，比比皆是。③ 由於不公正而憤怒或不滿◇不平則鳴 | 憤憤不平。

【不必】búbì 不需要，用不着◇這事你不必過問。同 無須 反 務必。

用法提示：不必、未必

兩個詞詞形相近，詞義不同。"不必"是"必須"的否定，意思是不需要、用不着，如"你不必來"，意思是你不用來。"未必"是"必定"的否定，意思是不一定，如"他未必來"，意思是他不一定來。

【不朽】bùxiǔ 永存，永不磨滅。多用於精

神、事業等抽象事物◇千古傳誦的不朽名著。

【不安】bù'ān ① 不安寧；不安定◇局勢動盪不安。② 客套話。表示歉意和感激◇常來麻煩你，真是不安。

【不克】búkè ① 不能◇不克勝任。② 不能戰勝◇攻無不克。

【不肖】búxiào 不像（父親）。引申為不成器、沒出息◇不肖子孫。

【不足】bùzú ① 不充足，不夠◇估計不足｜先天不足。② 不須；不值得◇不足掛齒｜不足為奇。③ 不可以◇不足為外人道。

【不但】búdàn 用在並列複句的上句，和"而且、並且"等連詞呼應，表示更進一層◇司馬遷不但是偉大的史學家，而且是偉大的文學家。

【不免】bùmiǎn 難以避免◇一到端午節，不免會想到詩人屈原、粽子和龍舟。

【不吝】búlìn 不吝惜。用於徵詢意見◇敬請不吝賜教。

【不妨】bùfáng 沒甚麼妨礙。表示可以這樣做◇不妨試試｜不妨多看點經典小説。

【不拘】bùjū ① 不拘泥；不局限於◇不拘小節｜長短不拘。② 不論◇不拘甚麼工作，我都願意幹。

【不幸】búxìng ① 形容倒霉、不走運◇不幸的孩子。② 不希望發生但竟然發生◇不幸言中。③ 災難◇不幸中的大幸。

【不爭】bùzhēng 不用爭辯的，沒有疑義的◇不爭的事實。

【不法】bùfǎ 違法的，不守法的◇不法行為｜不法商人。

【不宜】bùyí ① 不適宜◇飯後不宜作劇烈運動。② 不應該◇措辭不宜過激。

【不若】búruò ① 不如，比不上◇徐公不若君之美也。② 表示比較後的選擇◇與其束手就擒，不若拼個魚死網破。

【不苟】bùgǒu 不隨便；不馬虎◇不苟言笑｜一絲不苟。

【不軌】bùguǐ ① 越出常軌，不合規矩、制度◇行為不軌。② 不法活動。多指叛亂◇圖謀不軌。

【不便】búbiàn ① 不方便，不便利◇交通不便｜行動不便。② 不適宜◇不便馬上拒絕。

【不俗】bùsú 不平庸；相當不錯◇談吐不俗｜近期股市表現不俗。

【不時】bùshí 隨時；經常；時時◇以備不時之需｜聽眾不時報以熱烈的掌聲。

【不特】bútè ① 不僅，不止◇持此看法的，不特李先生一人。② 不但◇不特沒人反對，還有人贊同。

【不值】bùzhí ① 表示沒有多大價值或意義◇區區小事，不值一提。② 貨品與價值不相當◇這幅畫不值錢。

【不料】búliào 沒想到，沒預想到◇我不過説了句玩笑話，不料他大發脾氣。

【不消】bùxiāo 用不着；不需要◇這事不消你費心了。

【不容】bùróng ① 不許，不讓◇不容置疑｜不容分説。② 不能容納◇天地不容。

【不屑】búxiè 不值得。表示輕蔑◇流露出鄙夷不屑的神情。

【不爽】bùshuǎng ①（身體）不舒服；（心情）不愉快◇偶感風寒，稍覺不爽｜聽了這話，未免心裏不爽。同 不適、不快。② 沒有差錯◇屢試不爽｜分毫不爽。

【不惜】bùxī 捨得，不顧惜◇不惜變賣家產｜赴湯蹈火，在所不惜。

【不堪】bùkān ① 承受不了◇往事不堪回首。② 不可以，不能◇不堪設想｜不堪造就。③ 表示程度深。多用於不良狀況◇混亂不堪。

【不菲】bùfěi 不薄；不便宜◇收入不菲｜價格不菲。

【不勝】búshèng ① 經不住，承擔不了◇不勝其煩｜不勝酒力。② 非常，特別◇不勝感謝｜不勝遺憾。③ 用在兩個重複的動詞之間，表示做不完或做不到◇防不勝防｜改不勝改。

【不然】bùrán ① 不是；不是如此。表示否定◇他看上去忠厚，其實不然。② 表示如果不這樣，就會產生下文所預示的結果◇幸虧有你在，不然就糟了。

【不啻】búchì ① 不止◇相差不啻十倍。② 如同◇這消息對她來説不啻當頭一棒。

【不善】búshàn ① 不好，不良◇氣色不善｜來者不善。② 不擅長◇不善言辭。

【不曾】bùcéng 表示以前沒有發生過◇不曾離開過香港。

【不測】búcè ① 意外，難以預料的◇天有不測風雲，人有旦夕禍福。② 意外的災禍◇險遭不測。

【不渝】bùyú 不改變◇始終不渝｜矢志不渝。

【不禁】bùjīn 忍不住；不由得◇忍俊不禁｜聽後不禁大笑起來。

【不虞】bùyú ① 不憂慮，不擔心◇不虞資金匱乏。② 料想不到◇不虞獲此殊榮。③ 指料想不到的事◇有備無患，以防不虞。

【不當】búdàng 不合適，不恰當◇措辭不當｜不當之處，請予指正。

【不過】búguò ① 只，僅僅。起降低動作的程度或圈定範圍的作用◇不過隨便問問｜不過説説罷了，別當真。② 但，但是。語氣比較委婉◇多謝你指正，不過這件事不好辦。③ 用在形容詞後，表示程度最高◇再也美不過她了｜你能幫我，那再好不過。

【不僅】bùjǐn ① 不止，不只。不限於一定數目或範圍◇不僅是我有這樣想法。② 不但◇茶不僅清熱解渴，還可以消痰去毒。

【不遑】bùhuáng 沒有時間，來不及◇不遑他顧｜不遑多讓。

【不義】búyì 不講道義；用不正當的手段◇不仁不義｜不義之財。

【不道】búdào ① 不知，不曉得◇不道這裏住的是誰家？② 難道，莫非◇不道這錢是你的？③ 不料◇不道他把這話當真了。

【不愧】búkuì 沒有愧疚，正切合◇"東方之珠"的美稱，香港當之不愧。

【不遜】búxùn 不謙遜，沒禮貌◇出言不遜。

【不齒】bùchǐ 齒，並立。不與同列，表示極端鄙視◇為眾人所不齒。

【不論】búlùn ① 無論，不管。表示不受條件的限制◇不論困難有多大，都要想法克服。② 不必探討◇是否屬實，姑且不論。

【不適】búshì 不舒服◇稍感不適。

【不獨】bùdú 不但，不僅◇這地方不獨氣候好，風景也美。

【不濟】bújì ① 不頂用；不好◇本事不濟｜命運不濟。② 不成功◇事若不濟，則遠走他鄉。

【不顧】búgù ① 不回頭看◇掉頭不顧。② 不照顧，不關注◇只顧自己，不顧別人。③ 不顧忌，不考慮◇不顧道途艱難。

【不更事】bùgēngshì 沒有經歷過甚麼世事；不懂人情世故◇少不更事。

【不妨事】bùfángshì 沒關係，不嚴重◇這點小傷不妨事。同 不礙事。

【不動產】búdòngchǎn 不能移動的財產，如土地、建築物以及附屬於它們的相關設施。

【不得了】bùdéliǎo ① 表示很嚴重◇不得了，鬧出人命來了！同 了不得。② 表示程度很深◇懊惱得不得了。

【不得已】bùdéyǐ 無可奈何，沒有辦法◇萬不得已｜迫不得已。

【不敢當】bùgǎndāng 謙辭。表示承受不起對方的禮遇或稱讚◇不敢當，承你過獎了。

【不景氣】bùjǐngqì ① 經濟蕭條，不繁榮◇市場不景氣。② 事業不興旺◇生意近來不景氣。

【不過意】búguòyì 過意不去，抱歉◇又來打擾你，很不過意。

【不經意】bùjīngyì 隨便，不在意◇彷彿不經意似的提到這件事。

【不二法門】bú'èrfǎmén 不二，唯一；法門，修行入道的門徑。本為佛教語，後用來比喻獨一無二的門徑和方法。

【不了了之】bùliǎoliǎozhī 事情尚未辦完，就算了結。形容拖延了事◇本已商定的事，竟然不了了之。

【不三不四】bùsān búsì ① 形容不正派◇交了些不三不四的朋友。② 形容不像樣子◇穿上這身衣服有點不三不四。

【不毛之地】bùmáozhīdì 毛，指草木。泛指荒涼貧瘠的土地。

【不亢不卑】búkàng bùbēi 不高傲也不卑屈。形容言行、舉止、態度恰當得體。

【不刊之論】bùkānzhīlùn 刊，削除。形容言論精當，無懈可擊。同 不易之論。

【不打自招】bùdǎzìzhāo 還沒用刑就招認了。比喻無意中透露或主動説出自己的想法。

【不正之風】búzhèngzhīfēng 不正派的作風或風氣。

【不可一世】bùkěyíshì 可，讚許。不讚許同時代的任何人。形容目中無人，狂妄自大。㊐ 目空一切、妄自尊大。

【不可思議】bùkěsīyì 佛教語。本指道理神祕奧妙，不可用心思索，不能用言語評議。後形容難以理解、無法想像◇那麼醜的樹，竟開出那麼美的花，不可思議！丨大自然的奧祕真的很不可思議！

【不可救藥】bùkějiùyào 病重得不能用藥救活。比喻已到無法挽救的地步。

【不可開交】bùkěkāijiāo 開，解開；交，糾纏在一起。形容無法擺脱、無法了結◇忙得不可開交。

【不以為然】bùyǐwéirán 不認為是對的，表示不贊同。含輕視意味◇露出不以為然的表情。㊎ 深以為然。

【不由自主】bùyóuzìzhǔ 由不得自己，控制不住◇眼淚不由自主地流了下來。

【不白之冤】bùbáizhīyuān 白，清楚。難以辯白或得不到昭雪的冤屈。

【不共戴天】búgòngdàitiān 戴天，指頭上的天。不能共存於天底下。形容誓不兩立，仇恨極深◇不共戴天之仇。

【不同凡響】bùtóngfánxiǎng 凡響，平凡的音樂。形容出眾，非同一般。多指詩文、論議、設計、藝術作品。

【不自量力】búzìliànglì 不能正確估量自己的力量。多指高估自己。㊎ 量力而行。

【不名一文】bùmíngyìwén 名，擁有、佔有。沒有一文錢，形容貧窮◇炒了兩年樓，落得不名一文丨生意失敗後，他變得不名一文。

【不亦樂乎】búyìlèhū 亦，也。不也很快樂嗎？謂內心高興。出自《論語・學而》："有朋自遠方來，不亦樂乎？"後常用來表示達到上限。含有詼諧的意味◇忙得不亦樂乎。

【不求甚解】bùqiúshènjiě 只滿足於一知半解，不求深入理解。出自晉代陶淵明《五柳先生傳》："好讀書，不求甚解。"

【不言而喻】bùyán'éryù 不用解説就明白。

【不即不離】bùjí bùlí 即，靠近。本為佛教語。後形容與人相處既不親近，也不疏遠。㊐ 若即若離。

【不知所措】bùzhīsuǒcuò 面對突發事件，不知怎麼辦才好。㊐ 手足無措 ㊎ 應付裕如、處之泰然。

【不近人情】bújìnrénqíng 違背人之常情。多指性情、言行等怪僻。㊎ 通情達理。

【不相上下】bùxiāngshàngxià 兩相比較，分不出大小、高低、勝負、好壞，差別不大。㊎ 高下懸殊、天壤之別。

【不省人事】bùxǐngrénshì 省，知道、明白；人事，周圍的人和事。形容失去知覺，陷於昏迷狀態。

【不郎不秀】bùláng búxiù 郎、秀，元明時代以郎、秀為衡量人的等級，郎為下等，秀為上等。後指沒出息，不成材。

【不約而同】bùyuē'értóng 事先沒有約定卻一齊會合。後指雖然事先沒有商量，彼此的想法、行動卻完全一致。

【不恥下問】bùchǐxiàwèn 不以向學問少、地位低的人請教為可恥。《論語・公冶長》："敏而好學，不恥下問。"㊎ 好為人師。

【不修邊幅】bùxiūbiānfú 修，修剪；邊幅，布帛的邊緣。形容不注意衣着、儀容的整潔。

【不倫不類】bùlún búlèi 不像這一類，也不像那一類。形容不像樣子或不合規範◇旗袍配登山靴，不倫不類。

【不速之客】búsùzhīkè 速，邀請。沒有被邀請、自行來的客人。

【不動聲色】búdòngshēngsè 外表上一點都沒透露出內心活動。形容神態鎮靜，沉得住氣。㊎ 氣急敗壞。

【不假思索】bùjiǎsīsuǒ 假，憑藉。不用考慮。形容應對敏捷、反應快或説話、處事草率。

【不脛而走】bújìng'érzǒu 脛，小腿。沒有腿就跑起來。比喻不事聲張，卻傳播得很快。

【不稂不莠】bùláng bùyǒu《詩經・小雅・大田》："不稂不莠，去其螟螣。"説田裏沒有稂（不結實的禾）、沒有莠（雜草）、沒有害蟲。後指既不像稂又不像莠，甚麼都不是，不成材。㊐ 不堪造就 ㊎ 孺子可教、大有作為。

【不勝枚舉】búshèngméijǔ 不能一個一個地列舉出來。形容數量很多◇這樣的例子不勝枚舉。

【不勞而獲】bùláo'érhuò 自己不出力卻佔有別人的成果。(反) 自力更生、自食其力。

【不寒而慄】bùhán'érlì 慄，發抖。天氣不冷而身體發抖。形容非常恐懼。

【不落窠臼】búluòkējiù 窠臼，老一套、舊框框。多比喻文藝作品不落俗套，有獨創性。(同) 別具一格、獨具匠心。

【不遺餘力】bùyíyúlì 把所有的力量全用出來。(同) 竭盡全力 (反) 敷衍了事。

【不學無術】bùxuéwúshù 既無學識，又沒本事。(同) 胸無點墨 (反) 博學多才。

【不翼而飛】búyì'érfēi 沒有翅膀就飛走。比喻消息流傳很快或東西突然丟失。

【不識抬舉】bùshí táiju 抬舉，稱讚或提拔。不接受或不珍惜別人對自己的好意◇給台階都不下，真是不識抬舉。

【不可同日而語】bùkětóngrì'éryǔ 不能放在同一時間談論。形容差異極大，不能相提並論。

【不敢越雷池一步】bùgǎnyuèléichíyíbù 雷池，古池名，在今安徽望江。本指只坐鎮防區，不擅自領兵越過雷池。後比喻不敢擅自超越界限。

【不入虎穴，焉得虎子】búrùhǔxué, yāndéhǔzǐ 不進老虎洞穴，怎能捕到小老虎呢？比喻不克服艱難險阻便不能獲得成功。

3 **丑** chǒu 粵cau^{2} 醜 ①地支的第二位。②十二時辰之一。指淩晨一點到三點◇丑時。③戲曲或雜技中的滑稽角色◇丑角|小丑。

4 **世** shì 粵sai^{3} 細 ①古代以三十年為一世◇流芳百世。②人的一輩子◇人生一世，草木一秋。③一代又一代◇世交。④時代◇亂世|盛世。⑤世界；社會◇世有伯樂，然後有千里馬。⑥有累世交情的◇世叔|世兄。

【世人】shìrén 世上之人，社會上的人◇規模之宏偉令世人驚歎。

【世代】shìdài ① 代代，一代又一代◇世代相傳。② 朝代；時代◇世代更替 | 長城經歷了許多世代。

【世交】shìjiāo 稱世代有交情的人或家庭◇兩家是世交。

【世事】shìshì 人世間或社會上的事情◇世事洞明皆學問，人情練達即文章。

【世故】(一)shìgù 處世的經驗，人際交往的經驗◇人情世故。

(二)shìgu 處世經驗豐富，人際交往圓通周到◇年紀不大，卻世故得很。

【世面】shìmiàn 社會上的各種情況或場面◇見過大世面的人。

【世界】shìjiè ① 地球上的所有地方和國家。② 自然界和人類社會客觀存在的一切事物的總和◇世界上的事物是複雜的。③ 某個領域、範圍◇海底世界 | 現實世界。④ 社會形勢或風氣◇如今這世界變化太快了。⑤ 佛教指無限的時間和空間◇大千世界。

【世俗】shìsú ① 社會上流行的風俗、習慣、觀念等◇衝破世俗的束縛。② 世間，人間◇不貪圖世俗的享樂。

【世風】shìfēng 社會風氣◇世風日下 | 世風不古。

【世姪】shìzhí 對年青晚輩比較文雅的稱呼。

【世紀】shìjì 計算年代的單位。每一百年為一個世紀◇二十世紀三十年代。

【世家】shìjiā ① 指門第高、世代做官的人家◇世家子弟 | 世家大族。② 紀傳體史書中的一種體式，主要記述世襲封國的事跡。③ 指世世代代從事某類職業的人家◇教師世家 | 官宦世家。

【世道】shìdào 指當時的社會狀況、風氣、特徵等◇世道變了，你那一套落伍了。

【世態】shìtài 社會上人際關係的常態◇人情冷暖，世態炎涼。

【世襲】shìxí 世代承襲。多指傳承帝位、封爵、領地等◇世襲領地 | 世襲貴族。

【世界觀】shìjièguān 人們對整體社會及個人知識的觀點與基本認知取向。也說"宇宙觀"。

【世外桃源】shìwàitáoyuán 晉朝陶淵明在《桃花源記》中虛構了一個與世隔絕、沒有戰亂、安樂美好的社會。後以"世外桃源"比喻不受外界影響的理想樂土。

4 **丙** bǐng 粵bing^{2} 炳 ①天干的第三位。見"干支"。②順序第三◇丙級|甲乙丙丁。③指火。五行中丙屬火◇閱後付丙。④姓。

【丙丁】bǐngdīng 古代以丙丁為火日，故“丙丁”為火的代稱◇百年宅第付諸丙丁。

4 **丕** pī 粵pei1 披 大◇丕績|丕業。

4 **且** qiě 粵ce2 扯 ①暫時；姑且◇且慢|得過且過。②表示更進一層◇既多且好。③表示並列關係◇河水淺且清。④表示兩個動作同時進行◇且歌且舞。⑤尚且◇流血且不惜，何況流汗？⑥將近◇年且九十。

【且夫】qiěfú 況且。用於句首，表示更進一層發表議論◇且夫天下非小弱也。

【且說】qiěshuō 卻說；姑且先說。

【且慢】qiěmàn 不忙，不急。含阻止的意思◇且慢，讓他把話說完。

4 **丘** qiū 粵jau1 休 ①小土山，土堆◇丘陵|沙丘。②姓。

【丘八】qiūbā 稱呼兵。“兵”上下分拆是“丘、八”兩字。

【丘陵】qiūlíng 連綿不斷的小山◇丘陵地帶|丘陵起伏。

【丘墟】qiūxū ①廢墟；荒地◇滄海桑田，昔日的古都，如今的丘墟。②墳墓。

【丘壑】qiūhè ①深山幽谷◇置身丘壑，不問世事。②比喻深遠的意境◇胸有丘壑。

5 **丟** diū 粵diu1 雕 ①遺失；失去◇丟失|丟飯碗。②扔；拋棄◇不要亂丟果皮。③擱置；放下◇丟下不管。

【丟人】diūrén 丟臉◇丟人現眼。

【丟棄】diūqì 扔掉；拋棄◇不可隨意丟棄垃圾。

【丟醜】diūchǒu 丟臉；出醜◇當眾丟醜。

【丟臉】diūliǎn 丟面子，喪失體面◇作弊是很丟臉的事。

【丟三落四】diūsān làsì 形容因馬虎或記性不好，只做了該做的一部分◇她今天怎麼魂不守舍、丟三落四的？

【丟盔卸甲】diūkuī xièjiǎ 盔、甲，古代作戰用的護頭帽和護身衣。跑得連盔甲都丟了，形容戰敗逃跑的狼狽相。

5 **丞** chéng 粵sing4 乘 ①輔佐◇丞相（古代輔佐帝王的最高官員）。②古代輔助主要官員的屬員◇府丞|縣丞。

【丞相】chéngxiàng 古代輔佐君王、職位最高的大臣。

7 **並〔并〕** bìng 粵bing6 兵6 ①平列，平排◇並蒂蓮。②副詞。(1)表示不同的事物同時存在或同時進行◇相提並論。(2)用在否定詞前加強否定語氣◇天氣並不算太熱。③連詞◇並且。

【並且】bìngqiě 連詞。①表示兩個動作同時或先後進行◇討論並且通過了決議。②表示更進一層◇獲得冠軍並且打破世界紀錄。

【並存】bìngcún 同時存在◇失敗與成功並存。

【並列】bìngliè 平列，不分主次◇並列冠軍。

【並肩】bìngjiān ①肩挨着肩◇並肩而坐。②比喻齊心協力，行動一致◇並肩戰鬥。

【並重】bìngzhòng 同等對待，不分主次◇讀書與寫作並重。

【並駕齊驅】bìngjià qíqū 幾匹馬並排拉車，一齊奔跑。比喻齊頭並進，不分前後高低。

丨部

2 **丫** yā 粵aa1/ngaa1 鴉 ①樹枝的分杈◇枝丫。②泛指物體前端的叉形部分◇腳丫。③女孩子◇小丫。

【丫杈】yāchà ①樹木等分出旁枝的地方◇楊樹的丫杈上有個鳥窩。②形容樹枝分杈的樣子◇大樹丫丫杈杈，遮天蔽日。

【丫頭】yātou ①女孩子◇那丫頭長得真水靈。②丫鬟◇你把我當丫頭使喚？

【丫鬟】yāhuan 丫形髮髻。舊時借指供有錢人家役使的女孩子。

3 **中** 〈一〉zhōng 粵zung1 忠 ①處於四方、上下或兩端距離相等的位置◇中心|當中|居中。②內，裏面◇家中|心中無數。③性質、等級在兩端之間的◇中層|中篇小說。④正在進行着的◇問題還在調查中。⑤指中國◇中方|古今中外。⑥指內心◇秀外慧中。⑦不偏向任何一方◇中立國|中庸之道。⑧適合◇說話不中聽|中看不中用。

〈二〉zhòng 粵zung³ 眾 ①正對上；正好符合◇木直中繩，輮以為輪，其曲中規。②遭受（指不好的事）◇中毒｜中暑。③表示因符合某種條件而有所獲得◇中標｜中了頭獎。

【中人】zhōngrén ①在雙方中間作介紹、調解或見證的人◇中人作保。②平常的人，普通的人◇中人身材。③中等人家◇中人之產。

【中元】zhōngyuán 中國傳統節日之一，農曆七月十五，有祭祀祖先和孤魂野鬼的風俗，稱作中元節。

【中止】zhōngzhǐ（事情）中途停止◇中止談判｜談話突然中止了。

【中介】zhōngjiè ①為雙方介紹，使發生聯繫◇房產中介公司。②起中介作用的人或事物◇靠網站作中介，他們結成了詩社。

【中文】zhōngwén 中國語言文字或中國語言文學的簡稱◇中文版｜中文書報。

【中心】zhōngxīn ①心中，內心◇中心藏之。②與四周距離相等的位置◇廣場中心。③事物的主要部分◇中心任務｜中心思想。④在某一方面處於主導地位的區域或機構◇經濟中心｜培訓中心。⑤具特定功能的地方◇健康中心。

【中允】zhōngyǔn 允，公平。公正，沒有偏袒◇態度中允｜貌似中允。

【中正】zhōngzhèng ①公正◇處事中正。②正直◇為人中正。

【中央】zhōngyāng ①中心的地方◇湖中央有個小島。②國家政權或政治團體的最高領導機構◇中央政府。

【中外】zhōngwài 中國和外國◇中外友人｜古今中外｜馳名中外的名勝古跡。

【中立】zhōnglì 在對立的各方之間，不傾向於任何一方◇中立國｜嚴守中立。

【中表】zhōngbiǎo 同姑母、舅父、姨母的子女之間的親戚關係◇中表之親。

【中肯】zhòngkěn 肯，肯綮，筋骨結合的地方。比喻話語恰到好處或切中要害◇中肯的批評｜意見提得很中肯。

【中和】zhōnghé ①指中正和平，不偏不倚◇他是個中和的人，不走極端。②調和；折中◇把不同意見中和一下。③相對的事物互相抵消，失去各自的性質◇酸鹼中和。

【中毒】zhòngdú ①毒物進入人或動物體內，發生毒性作用◇食物中毒｜煤氣中毒。②受到不良意識毒害◇不要輕信邪教，以免中毒。③比喻電腦受到病毒程式入侵◇電腦中毒。

【中秋】zhōngqiū 中國傳統節日之一，在農曆八月十五。民間有賞月、吃月餅等風俗。

【中保】zhōngbǎo 買賣雙方居中介紹或見證的人。

【中風】zhòngfēng 由腦血管破裂溢血或栓塞等引起的一種病，症狀為突然昏迷、口眼歪斜、言語困難或半身不遂等，嚴重可致死亡。

【中原】zhōngyuán ①原野◇血沃中原肥勁草，寒凝大地發春華。②廣義指黃河流域，狹義指河南一帶◇王師北定中原日，家祭無忘告乃翁。③泛指中國◇逐鹿中原。

【中庭】zhōngtíng ①庭院◇小小一個中庭，種了好些花木。②現代高級酒店內庭院式的大廳。

【中流】zhōngliú ①江河中央；水流之中◇到中流擊水，浪遏飛舟。②中等◇甘居中流。③江河的中游。

【中堅】zhōngjiān 古代指軍隊中最主要最堅強的部分。後泛指集體中強有力並起主要作用的成員◇中堅力量｜社會中堅。

【中堂】zhōngtáng ①堂屋；正中的廳堂。②掛在廳堂正中的大幅字畫。③舊時稱宰相。明清兩代的內閣大學士是實際上的宰相，也稱中堂。

多樣表達：中堂

東夾（閣） 西夾（閣） 東堂（東廂） 西堂（西廂） 廳堂 大廳 客廳 正廳 花廳 升堂 坐堂 堂官 登堂入室 杜甫草堂

【中庸】zhōngyōng ①儒家的一種倫理觀念，主張待人處事不偏不倚，既不過分也無不及◇中庸之道。②平庸。

【中華】zhōnghuá 古代對黃河流域一帶的稱呼，是漢族的發祥地。後用來指中國◇中華兒女｜振興中華。

【中游】zhōngyóu ①江河介於上游與下游之間的一段◇長江中游。②比喻不高不低的地位、水平等◇成績在班級裏處於中游。見“上游”“下游”。

【中葉】 zhōngyè 一個世紀或一個朝代的中期◇清朝中葉｜十九世紀中葉。

【中落】 zhōngluò 中途由興盛而衰落◇家道中落。

【中傷】 zhòngshāng 用誣衊的話傷害人◇造謠中傷｜避免流言中傷。

【中飽】 zhōngbǎo 把經手的財物非法地佔為己有◇中飽私囊。

【中意】 zhòngyì 合意，滿意◇老身虛心冷氣，看他眉頭眼後，常是不中意，受他凌辱的。

【中道】 zhōngdào ① 道路的中央；路上◇流離中道，菜色可憐。② 中途，事情進行的中間◇力不足者，中道而廢。③ 中庸之道。

【中樞】 zhōngshū ① 中心樞紐，在事物中起主導作用的部分◇中樞神經｜指揮中樞。② 指中央政府。

【中輟】 zhōngchuò 中斷，中途停止進行◇試驗中輟｜工程被迫中輟。

【中興】 zhōngxīng 復興；由衰落而興盛。多指國家◇中興名臣｜王室中興。

【中學】 zhōngxué ① 對中國傳統學術的稱呼◇中學為體，西學為用。② 實施中等普通教育的學校。

【中醫】 zhōngyī ① 中國傳統的醫學。② 用中醫醫術治病的醫生。

多樣表達：中醫

西醫 醫師 大夫 太醫 郎中 出診 行醫 診脈 切脈 號脈 把脈 脈象 望診 聞診 問診 切診 藥方 驗方 祕方 入藥 金針 針灸 扎針 按摩 拔火罐 世醫 神醫 庸醫 產婆 藥石 中藥 西藥 藥材 草藥 熱藥 涼藥 丸藥 膏藥 補藥 藥酒 藥性 靈丹妙藥 妙手回春 杏林春滿

【中斷】 zhōngduàn 中途停止或斷絕◇中斷學業｜聯繫中斷。

【中藥】 zhōngyào 中國傳統醫學所使用的藥物，多用植物、動物和礦物炮製而成。

【中山狼】 zhōngshānláng 明代馬中錫《中山狼傳》説，戰國時趙簡子在中山打獵，射中一隻狼。狼在逃命途中向東郭先生求救，東郭先生把狼藏在口袋中，騙過了趙簡子。狼活命後卻要吃掉東郭先生。後比喻忘恩負義、恩將仇報的惡人。

【中間派】 zhōngjiānpài 處於對立的兩派或兩種勢力之間的派別或人。

【中流砥柱】 zhōngliúdǐzhù 砥柱，山名，在河南省三門峽東，屹立在黃河激流之中。比喻擔當重任、發揮主要作用的個人或集體。

3 **丰** fēng 粵fung1 風 容貌或姿態、風度美好動人◇丰韻｜丰采｜丰姿綽約。

【丰采】 fēngcǎi 美好的容貌、儀表、舉止◇一睹丰采｜丰采過人。

【丰姿】 fēngzī 風姿；美好的容貌和姿態◇丰姿綽約｜迷人的丰姿。

【丰致】 fēngzhì ① 風采韻致◇名花皓月多丰致，人為花月費神思。② 指詩文的情趣、韻味◇詩文頗有唐人丰致。

【丰容】 fēngróng ① 草木茂盛。② 儀態；風度◇夫人丰容不凡。

【丰韻】 fēngyùn 風韻；優美的姿態和含蓄的韻味，用以形容女性。

4 **丱** guàn 粵gwaan3 慣 形容兒童束髮成兩角的樣子。

6 **串** chuàn 粵cyun3 寸 ①連貫◇貫串｜串珠子。②連貫而成的物品◇羊肉串｜錢串子。③走訪；走動◇串門子｜四處流串。④錯亂地連接◇電話串線｜看書串行。⑤互相勾結◇串供｜串通一氣。⑥扮演◇串演｜客串｜反串。⑦量詞。用於連貫在一起的東西◇一串鑰匙。

【串供】 chuàngòng 同案嫌犯互相串通，編造假供詞。

【串門】 chuànmén 到別人家去閒談。

【串通】 chuàntōng ① 暗中勾結，使彼此的言語行動互相配合。含貶義◇串通一氣，欺騙顧客。② 聯絡，串聯。

【串謀】 chuànmóu 串通，謀劃◇他們串謀出賣公司。

【串聯】 chuànlián ① 貫穿聯接◇把這兩百粒珠子串聯起來。② 為實現共同的目標而互相聯繫◇串聯同學一起去旅遊。③ 把若干電路元件逐個依次連接的電路聯接方法。

丶部

2 **丸** wán ⓢjyun⁴ 元 ①小的球形物◇彈丸之地。②丸藥(中成藥的一種)◇丸散膏丹。③量詞。用於丸藥◇每日三次，每次一丸。

2 **凡〔凢〕** fán ⓢfaan⁴ 煩 ①平庸，平常◇自命不凡。②人世間，塵世◇仙女下凡。③總括某個範圍內的全部事物◇大凡｜但凡。④總共◇大樓凡二十層。⑤總綱；要略◇發凡｜凡例。⑥中國民族音樂中的記音符號，表示音階上的一級，相當於簡譜的"4"。⑦姓。

【凡人】fánrén ①平常的人◇偉人和凡人。②人世間的人。相對"神、仙"而言。

【凡例】fánlì 書的正文前關於該書內容或編纂體例的説明。

【凡是】fánshì 總括某個範圍內的全部事物◇凡是答應過的事就該辦到。

【凡庸】fányōng 平凡，平庸◇瑣碎凡庸｜凡庸之輩。

【凡夫俗子】fánfū súzǐ 人世間的平常人。

3 **丹** dān ⓢdaan¹ 單 ①丹砂，一種含汞的紅色顆粒狀礦物。②紅色的◇丹心｜丹楓。③依據成方配製而成顆粒狀或粉狀的中藥◇靈丹妙藥。

【丹方】dānfāng ①民間相傳的驗方。同 單方。②舊時道士煉丹的方術。

【丹心】dānxīn 赤誠的心◇人生自古誰無死，留取丹心照汗青。

【丹田】dāntián 道家稱人身肚臍下三寸的地方為丹田◇運丹田之氣。

【丹青】dānqīng ①紅色和青色的顏料，借指繪畫藝術◇酷愛書法與丹青。②泛指史冊、史書◇勛業垂丹青。

【丹楓】dānfēng 秋季經霜泛紅的楓葉◇丹楓點綴處有如繪畫。

4 **主** zhǔ ⓢzyu² 煮 ①接待客人的人◇反客為主。②擁有權力、處於支配地位的人◇君主｜一家之主。③擁有財物的人◇物歸原主。④使用僕役的人◇主僕｜主子。⑤當事人◇僱主｜失主。⑥主要的；最重要的◇主力｜主角。⑦承擔主要責任的人◇主編｜主謀。⑧對事物的確定見解◇六神無主。⑨主張；決定◇主戰｜婚姻自主。⑩從自身出發的◇主觀｜主動。⑪預示出現某種結果◇月暈，主七日內有風雨。⑫死者的牌位◇神主。⑬基督教徒、伊斯蘭教徒等對信仰的神的稱呼。

【主人】zhǔrén ①接待賓客的一方◇主人再三挽留。②僕役的僱用者◇車夫送小主人上學｜他雖為主人，但對奴僕親切有禮。③財物或權力的所有者◇錢包的主人。④當事者本人◇名從主人。

【主力】zhǔlì 起主要作用的力量◇主力隊員｜殲滅敵軍主力。

【主子】zhǔzi 舊時奴僕對主人的稱呼，現比喻操縱、主使別人的人。

【主日】zhǔrì ①中國古代認為太陽是諸神之主，稱主日。②基督教以星期日為耶穌復活日，稱星期日為"主的日子"，簡稱主日。

【主旨】zhǔzhǐ 主要的意義；宗旨◇文章的主旨｜以培養技術人才為主旨。

【主次】zhǔcì 主要的和次要的◇分清主次。

【主見】zhǔjiàn 自己的獨立見解◇很有主見｜毫無主見。

【主角】zhǔjué ①戲劇、電影等藝術表演中的主要角色或扮演主要角色的演員。②主要當事人或起主要作用的人。

【主事】zhǔshì ①主持事務◇家有千口，主事一人。②古代的官名。

【主持】zhǔchí ①負責掌握、掌管或處理、引導◇主持人｜主持工作。②主張並維護◇主持公道｜主持正義。

【主要】zhǔyào 最重要的，起決定作用的◇主要來源｜主要人物｜主要原因。

【主頁】zhǔyè 網頁頁面的首頁，內容一般為網絡站點的導引頁面。通過點擊主頁上的各個超鏈接，可以進入更深的瀏覽層次。

【主食】zhǔshí 主要的食物。一般指用糧食製成的米飯、麪食等。

【主席】zhǔxí ①會議的主持人。②某些國家的政府、黨派或團體等的領導人。③筵席中的主人席位。

【主流】zhǔliú ①幹流，同一水系內全部支流所注入的河流。② 比喻事物發展的主要方面或起主導作用的◇主流媒體｜主流民意。

【主宰】zhǔzǎi ① 掌握；支配◇主宰自己的命運。② 居於支配地位的人或事物◇金錢不應成為生活的主宰。

【主教】zhǔjiào 天主教、東正教的高級神職人員。職位在神父之上，通常是一個地區教會的管理人。新教的某些教派也設此職。

【主動】zhǔdòng ① 自發或自覺地行動◇主動承擔責任。② 能駕馭局面，使事情按照自己的意圖發展◇由被動轉為主動。

【主張】zhǔzhāng ① 對於如何行動持有某種見解◇主張和平｜主張改革。② 對於如何行動持有的見解◇自作主張｜這是她一貫的主張。

【主婦】zhǔfù ① 家庭的女主人。② 指全職料理家務、照顧家人的已婚女性。

【主筆】zhǔbǐ 一般指報刊編輯部中負責撰寫評論的人，也指編輯部的負責人。

【主腦】zhǔnǎo ① 首領◇集團的主腦。② 事物最重要的部分◇芯片是電腦的主腦。

【主意】zhǔyi ① 主見◇拿不定主意。② 辦法◇餿主意｜是個好主意。

【主義】zhǔyì ① 對自然界、社會生活以及學術、文藝等問題所持有的系統的理論和主張◇現實主義｜浪漫主義。② 思想作風◇本位主義｜樂觀主義。③ 一定的社會制度和政治經濟體系◇封建主義｜資本主義。

【主管】zhǔguǎn ① 負主要管理責任◇主管部門。② 負主要管理責任的人◇技術主管。

【主語】zhǔyǔ 句子成分。謂語陳述的對象，指出謂語說的是誰或者是甚麼。在漢語一般的句子中，主語通常在謂語之前，多由名詞、代詞或短語充當。

【主編】zhǔbiān ① 在編輯、編撰過程中負主要責任◇主編一套大型叢書。② 編輯、編撰工作的主要負責人◇擔任雜誌的主編。

【主謀】zhǔmóu ① 領頭謀劃（做壞事）◇是誰主謀的？② 領頭謀劃的人◇背後一定有主謀。

【主辦】zhǔbàn 主持承辦◇本屆年會由我們主辦｜2022 年的冬奧會由中國主辦。

【主導】zhǔdǎo ① 主要的並且引導事物向某方面發展的◇主導思想。② 發揮主要導向作用的事物◇他主導這項研究工作｜推動經濟轉型應由市場主導。

【主題】zhǔtí ① 文學藝術作品所表現的中心思想。② 泛指談話、文章或活動的主要內容◇講座以保護環境為主題。

【主顧】zhǔgù 顧客◇招徠主顧｜老主顧。

【主權】zhǔquán 一個國家擁有的獨立自主地處理其內外事務的權力。

【主體】zhǔtǐ ① 事物的主要部分◇人是社會的主體。② 哲學上指有意識和有實踐能力的人。③ 法律上指對客體擁有權力和義務的自然人、法人或國家。

【主觀】zhǔguān ① 哲學上指屬於自我意識方面的。② 不顧實際情況，只憑自己的願望◇你的意見太主觀。

【主人翁】zhǔrénwēng ① 主人。② 文藝作品中的主要人物。

【主心骨】zhǔxīngǔ ① 可以依靠的核心人物。② 主見；主意◇一個大男人怎麼這樣沒主心骨｜你有甚麼主心骨，說來聽聽。

丿部

1 **乂** yì 粵ngaai6 艾 ①治理◇保國乂民。②安定◇天下乂安。③古時稱有才德的人◇俊乂。

1 **乃**〔迺 廼〕nǎi 粵naai5 奶 ①是，就是◇失敗乃成功之母。②你；你的◇乃兄｜乃父。③竟然◇一味縱容，乃至如此。④才，這才◇唯虛心乃能進步。⑤就，於是◇斬絕妄念，文明乃興。

【乃至】nǎizhì 甚至◇揮金數十萬，乃至數百萬。

【乃是】nǎishì ① 卻是，原來是◇忽然驚醒，乃是南柯一夢。② 是，就是◇此書乃是祖父留存之物。

2 **久** jiǔ 粵gau2 九 ①時間長◇地久天長。②所經時間的長短◇病了多久？

【久仰】jiǔyǎng 客套話，仰慕很久。用於初次相見◇久仰大名。

【久違】jiǔwéi 違，離別。客套話，好久不見

◇久違了，甚麼時候回來的？

【久遠】jiǔyuǎn 離現在時間很長久◇年代久遠。

3 之 zhī 粵zi¹知 ①往，到◇君將何之。②這；那◇之子于歸。③相當於"的"◇不毛之地|成人之美。④文言代詞。代替人或事物◇取之不盡，用之不竭。⑤置於主謂結構之間，使變成偏正結構◇世界之大，無奇不有。⑥表示語氣◇總之|久而久之。

【之乎者也】zhīhūzhěyě "之、乎、者、也"都是文言文常用的語助詞。形容半文半白的話或文章，也用來譏諷文人咬文嚼字。

3 尹 yǐn 粵wan⁵允 ①古代官名◇令尹|京兆尹。②治理◇以尹天下。

4 乍 zhà 粵zaa³炸 ①初；剛剛◇乍暖還寒|新來乍到。②忽然◇乍冷乍熱|乍晴乍雨。③(毛髮)豎立◇戰兢兢遍體寒毛乍。

4 乏 fá 粵fat⁶佛 ①缺少◇缺乏|不乏其人。②沒有◇乏人問津|回天乏術。③因消耗精力而感到疲倦◇疲乏|解乏|人困馬乏。

【乏味】fáwèi 單調、枯燥，沒有趣味◇語言乏味|這部電影太乏味。

4 乎 hū 粵fu⁴符 ①用於動詞之後，相當於"於"◇忘乎所以|出乎意料。②詞的後綴。用在形容詞或副詞之後◇幾乎|胖乎乎。③文言助詞。(1)表示疑問或反問語氣◇可乎|天下事有難易乎？(2)表示推測語氣◇其皆出於此乎。(3)表示祈使語氣◇且往觀乎。(4)表示感歎語氣◇嗟乎，燕雀安知鴻鵠之志哉！

5 乒 pīng 粵ping¹平¹ ①象聲詞。形容槍聲、關門聲等。②乒乓球運動的省稱◇世乒賽。

【乒乓】pīngpāng ① 象聲詞，形容物體連續相碰時發出的聲音◇門被風颳得乒乓響。② 指乒乓球◇喜歡打乒乓。

5 乓 pāng 粵pong¹滂 ①象聲詞。形容槍聲、碰撞聲等◇乓地一聲把門關上|槍聲乒乓地響個不停。②見"乒乓"。

7 乖 guāi 粵gwaai¹怪¹ ①違反◇有乖人情。②反常古怪◇乖張|乖僻。③(小孩)聽話◇乖孩子。④機靈；伶俐◇嘴乖|得了便宜還賣乖。

【乖巧】guāiqiǎo ① 合人心意，討人喜歡◇處世乖巧，善於察顏觀色。② 聰明伶俐◇能說會道，乖巧可愛。

【乖戾】guāilì（性情）古怪；（言行）不合情理◇性格乖戾|行為乖戾。

【乖張】guāizhāng ① 不順◇命運乖張。② 偏執怪僻◇性情乖張，不可理喻。

【乖僻】guāipì（性情）執拗孤僻◇性情乖僻，不合羣。

【乖謬】guāimiù 違背常規，不合情理◇行為乖謬，令人難解。

【乖覺】guāijué 機靈；機警◇乖覺可愛|這孩子十分乖覺。

9 乘 〈一〉chéng 粵sing⁴成 ①坐，乘坐◇乘飛機。②趁；利用◇乘勝追擊|乘虛而入。③佛教的教派或教義◇大乘|小乘。④數學上的乘法運算。⑤姓。

〈二〉shèng 粵sing⁶盛 ①古時四匹馬拉的一輛車稱一乘◇千乘之國(形容大國)。②春秋時晉國的史書叫乘，後來就稱史書為乘◇史乘|野乘(野史)。

【乘便】chéngbiàn 順便，順手◇乘便幫我寄封信。

【乘務】chéngwù 車、船、飛機上為乘客服務的各種事務◇乘務員。

【乘虛】chéngxū 趁着對方空虛或沒有防備◇乘虛而入。

【乘隙】chéngxì 鑽空子；利用機會◇乘隙潛逃|乘隙而入。

【乘機】chéngjī ① 趁機，利用機會◇乘機反擊|乘機溜出去玩。② 乘坐飛機。

【乘龍】chénglóng 晉代張方《楚人先賢傳》：東漢孫俊、李膺都是當時名人，都娶太尉桓叔元的千金為妻，"時人謂桓叔元兩女俱乘龍，言得婿如龍也"。後以"乘龍"美稱他人女婿。同 快婿、乘龍快婿。

【乘風破浪】chéngfēng pòlàng 船借風勢而破浪前進。比喻迎着艱難險阻，奮勇前進。多含施展遠大抱負意。

【乘龍快婿】chénglóngkuàixù 見"乘龍"。《魏書・劉昞傳》載，北魏博士郭瑀有五百弟子，一次他對弟子們說，"吾有一女，年向成長，欲覓一快女婿(稱心如意的女婿)"，弟子劉昞自薦説："向聞先生欲求快女婿，昞其人也。"於是郭瑀把女兒嫁給了他。

乙部

0 **乙** yǐ 粵jyut^3 月^3 ①天干的第二位。見"干支"。②順序第二◇乙等。③畫乙字形符號。(1)舊時讀書用以標誌暫時停頓的地方◇鈎乙。(2)勾正顛倒的字或勾進增補的字◇塗乙。④代指一◇乙份。

1 **九** jiǔ 粵gau^2 狗 ①數目字◇十九天。②序數。第九◇九月｜九妹。③表示多次或多數◇九死一生。④時令名稱。從冬至起每九天是一個"九"，到九"九"為止，共八十一天◇數九寒天。

【九天】jiǔtiān 極高的天空。古代傳説天有九重◇飛流直下三千尺，疑是銀河落九天。同九重、九霄。

【九州】jiǔzhōu 傳説中的中國上古時期中原地區的行政區劃。也代指"中國"。

【九泉】jiǔquán 地下深處，常指人死後埋葬的地方。借指陰間◇九泉之下｜含笑九泉。同下泉、重泉、黃泉。

【九原】jiǔyuán ①春秋時晉國卿大夫的墓地。後世也泛指墓地。②九泉，黃泉。

【九流】jiǔliú 秦至漢初的九大學術流派。在《漢書·藝文志》指道家、儒家、陰陽家、法家、農家、名家、墨家、縱橫家、雜家。後常與"三教"並用，泛指形形色色的人◇他有很多三教九流的朋友，所以消息十分靈通。

【九勢】jiǔshì 論述書法運筆的九種規矩，東漢蔡邕所定。包括上覆下承、左右回顧、藏鋒、藏頭、藏尾、疾勢、掠筆、澀勢、橫鱗豎勒。

【九九歸一】jiǔjiǔguīyī 原為周易與道家哲學，後為珠算用語。意思即算來算去最後還是還歸原樣。現在常用來表示歸根到底◇九九歸一，原因還是領導不力。

【九牛一毛】jiǔniúyìmáo 許多頭牛身上的一根毛。比喻極大數量中極其微小的一部分，微不足道。

【九死一生】jiǔsǐyìshēng 九死，多次瀕臨死亡。形容處境十分危險或歷經艱險而幸存下來。

【九霄雲外】jiǔxiāoyúnwài 九霄，天的極高處。形容極高極遠的地方。

【九牛二虎之力】jiǔniú'èrhǔzhīlì 比喻極大的氣力或力量。

1 **乜** (一) miē 粵me^1 咩 ①眼睛略微張開◇老爺子乜着眼，不理不睬。②斜視◇不時溜過眼去乜一乜他。

(二) miē 粵mat^1 物^1 方言。甚麼。

(三) niè 粵ne^6 姓。

2 **乞** qǐ 粵hat^1 核^1 討◇乞憐｜乞援。

【乞丐】qǐgài 專靠向人要飯要錢過活的人。

【乞巧】qǐqiǎo 舊時一種民間風俗。傳説農曆七月初七夜，天上的牛郎與織女相會。這個晚上，婦女在庭院陳設瓜果，用針線做各種遊戲，表示向精於織造的織女乞求紡織、刺繡、縫紉的技巧，叫作乞巧。

【乞求】qǐqiú 請求給予◇乞求施捨｜自由不能靠乞求得來。

【乞命】qǐmìng 乞求保全性命。

【乞討】qǐtǎo 向人討飯要錢◇沿街乞討。

【乞假】qǐjià 請假。

【乞憐】qǐlián 求人憐憫◇搖尾乞憐。

【乞靈】qǐlíng 企盼神靈佑助。

2 **也** yě 粵jaa^5 ①表示兩事相同或並列◇你走，我也走｜左也不是，右也不是。②表示轉折或讓步◇即使下雨，我也要去｜就算你還不了錢，也得有個交代。③表示強調語氣◇一點也不累。④表示委婉語氣◇也只能如此了。⑤文言助詞。(1)用於句末，表示判斷的語氣◇非不能也，是不為也。(2)表示疑問或感歎◇是何言也｜何其愚也。(3)用在句中，表示停頓◇大道之行也，天下為公。

【也好】yěhǎo ①表示允許、贊成◇不買也好，反正不急着用。②兩個或多個連用，表示並列關係◇學業也好，品行也好，都讓人稱道。③便於◇來之前打個電話，我也好有個準備。

【也似】yěsì ①如同◇蘆花也似柳花輕。②一般，一樣◇如臨大敵也似。

【也許】yěxǔ 表示揣測、估計或不很肯定◇也許你是對的｜也許過分了點。

【也罷】yěbà ① 算了，表示容忍或不再計較◇她不同意也罷，不要勉強。② 連用兩個或更多，表示在任何情況下都如此◇你聽也罷，不聽也罷，該說我還得說。

5 **乩** jī 粵gei^{1}機 求神問卜的一種方法。也叫“扶乩”。

7 **乳** rǔ 粵jyu^{5}雨 ①乳房。②奶汁◇水乳交融。③初生的；幼小的◇乳豬｜乳牙。④像奶汁似的食品◇豆乳｜蜂乳。

【乳牙】rǔyá 人和多數哺乳動物幼年期長出的牙齒，以後逐漸脫落，換生恆牙。

【乳名】rǔmíng 小名，幼年時用的非正式的名字。

【乳臭】rǔxiù ① 奶腥味◇乳臭未乾。② 比喻年幼無知◇乳臭小兒。

10 **乾（⊖干）** ⟨一⟩gān 粵gon^{1}干 ①不含水分或水分極少◇衣服乾了。②不含水分或水分少的食品◇餅乾｜葡萄乾。③不用水的◇乾洗。④竭盡；空虛◇外強中乾。⑤徒然，白白地◇乾打雷不下雨。⑥虛假的，徒具形式的◇乾笑。⑦拜認的（親屬關係）◇乾女兒。

⟨二⟩qián 粵kin^{4}虔 ①《易》卦名，八卦之一，卦形為☰，代表天◇扭轉乾坤。②男性的◇乾造（稱婚姻中的男方）。

【乾宅】qiánzhái 八卦中乾卦用作男性代稱，故舊式婚禮中的男家稱“乾宅”。

【乾旱】gānhàn 因降水量不足，氣候、土壤乾燥。

【乾坤】qiánkūn 八卦中的兩個卦名，表示陰陽兩個對立的範疇。後借指天地、日月、男女、父母等◇扭轉乾坤（從根本上改變局面）。

【乾坼】gānchè 土地因缺水而裂開◇大旱之年，滿眼都是乾坼的黃土。

【乾杯】gānbēi 把杯中的酒喝乾。用於勸酒或祝酒。

【乾枯】gānkū ① 草木因缺少水分而枯萎。② 皮膚不潤澤◇一雙乾枯的手。③ 缺水乾涸◇池塘乾枯。

【乾洗】gānxǐ 用揮發油劑、溶劑洗衣物。

【乾脆】gāncuì ① 直截了當；爽快◇辦事乾脆利落。② 索性◇乾脆一走了之。

【乾爽】gānshuǎng 乾燥清爽◇找塊乾爽的地方坐下。

【乾涸】gānhé 水枯竭，由有水變無水◇久旱無雨，河道乾涸。

【乾淨】gānjìng ① 沒有灰塵、污垢等。② 精光，一點不剩◇消滅乾淨。③ 形容說話做事乾脆◇辦事乾淨利落。

【乾酪】gānlào 牛奶、羊奶等提煉發酵、凝固而成的乳製食品。

【乾燥】gānzào ① 沒有水分◇天氣炎熱乾燥，容易增加山火危機。② 除去水分，使乾燥◇乾燥劑。

【乾澀】gānsè ① 因乾燥而不滑潤◇乾澀的眼睛。② 因發乾而滯澀，形容聲音嘶啞◇沙啞乾澀。③ 形容文筆不流暢◇文筆乾澀，才思不暢。

【乾癟】gānbiě ① 乾而收縮，不豐滿◇一堆乾癟的棗子。② 講話或文章內容貧乏，枯燥無味◇語言乾癟乏味。

12 **亂（乱）** luàn 粵lyun^{6}聯^{6} ①無秩序，無條理◇亂哄哄｜雜亂無章。②混淆；擾亂◇以假亂真。③發生變亂；社會動盪不安◇叛亂｜天下大亂。④戰爭；武裝騷擾◇內亂。⑤任意，隨便◇亂收費｜胡言亂語。⑥男女關係不正當◇淫亂｜亂倫。⑦神志昏亂，心緒不寧◇迷亂｜心慌意亂。

【亂子】luànzi 禍事；事故◇出亂子｜鬧出亂子。

【亂世】luànshì 社會動盪不安的時代◇生逢亂世｜亂世出英雄。

【亂臣】luànchén 犯上作亂製造禍端的臣子◇亂臣賊子。

【亂真】luànzhēn 仿製得像真品，難以分辨真假。多指書畫、古玩等◇以假亂真｜幾可亂真。

【亂倫】luànlún 違背倫理道德，特指與近親發生性行為。

【亂離】luànlí 因戰亂或禍亂而流離失所◇百姓亂離，生靈塗炭。

亅部

1 **了** (一) liǎo 粵liu⁵ 聊⁵ ①懂，明白◇一目了然|不甚了了。②完結，結束◇不了了之|沒完沒了。③完全◇了無愧色|了不相干。④在動詞之後，與“得、不”連用，表示可能或不可能◇幹得了|辦不了。

(二) le 粵liu⁵ 聊⁵ ①用在動詞或形容詞後面表示動作或變化已經完成或將要完成◇喝了一瓶水。②用在句末。(1)表示肯定語氣◇颳風了|可以走了。(2)表示勸止或命令語氣◇別吵了|你儘管説好了。(3)表示感歎語氣◇太棒了|這下好了，有救了。

【了卻】liǎoquè ① 結束，完畢◇了卻君王天下事，贏得生前身後名。② 除掉◇了卻心頭之患。

【了結】liǎojié 解決；結束◇這案子還沒有了結|把陳年老賬統統了結。

【了無懼色】liǎowújùsè 了無，全無、毫無。完全沒有懼怕的樣子。形容十分從容鎮定。

3 **予** (一) yǔ 粵jyu⁵ 雨 給◇授予|免予處分。

(二) yú 粵jyu⁴ 餘 我◇予取予求。

【予以】yǔyǐ 給予◇予以重視|予以優先照顧。

【予取予求】yúqǔyúqiú 予，我。從我這裏求取。後指任意求取◇予取予求，都得順着她。

7 **事** shì 粵si⁶ 士 ①事情◇有志者事竟成。②工作，職業◇差事|謀事。③事故；事變◇失事|多事之秋。④做，從事◇大事吹捧|無所事事。⑤責任◇不干我的事。⑥侍候◇安能摧眉折腰事權貴，使我不得開心顏。

【事工】shìgōng 基督教用語。意指服侍上帝的工作，多指教會成員執行教會所任命的工作。

【事由】shìyóu ① 事情的經過和由來◇問清楚事由，再作決定。② 公文用語。公文的主要內容和行文的緣由。

【事主】shìzhǔ ① 操辦紅白喜事的人家。② 刑事案件中的被害人◇事主提供了一些有用的線索。

【事件】shìjiàn 歷史上或社會上發生的重大事情◇911 事件|“九·一八”事件。

【事物】shìwù 客觀存在的一切物體和現象◇新鮮事物。

【事例】shìlì 實際發生的事件；具有代表性的事件◇事例足以表明環境污染的嚴重。

【事宜】shìyí 有待安排或處理的事情◇商討賠償事宜|人事任免事宜。

【事故】shìgù 意外的損失或災禍◇交通事故|發生沉船事故。

【事理】shìlǐ 事情所蘊含的道理◇通達事理。

【事略】shìlüè ① 傳記文體的一種，用簡要的文字記述人的生平概略◇《黃花崗七十二烈士事略》。② 事實的概括敍述◇文學活動事略。

【事情】shìqing ① 人類生活中的活動和所遇到的一切現象◇自己的事情自己做。② 職業，工作◇他想找個事情做做。③ 差錯；事故◇一不小心就會出事情。

【事務】shìwù ① 日常的事情◇陷在事務堆裏。② 總務，行政雜務◇事務工作。③ 指某項專門業務◇民族事務|宗教事務。

【事項】shìxiàng 分成項的事情◇注意事項|有關事項。

【事業】shìyè ① 具有一定目標、規模、對社會發展有影響的系統性工作◇航天事業|教育事業。② 個人所從事的工作◇她的事業心很強。

【事跡】shìjì 個人或團體做過的事，並為世人所稱道◇模範事跡。

【事端】shìduān 糾紛◇製造事端|挑起事端。

【事實】shìshí 事情的真實情況◇事實勝於雄辯。

【事態】shìtài 事件的局面或發展情況。多指不好的狀態◇事態嚴重|擴大事態。

【事變】shìbiàn 突然發生的重大事件。多見於政治、軍事方面◇七七事變|西安事變。

【事半功倍】shìbàn gōngbèi 只花一半的功夫，卻收加倍的成效。形容費力小、收效大。㊀反 事倍功半。

【事必躬親】shìbìgōngqīn 躬，自身。形容親力親為，做事認真，決不懈怠。㊀反 徒託空言、空口白話。

【事倍功半】shìbèi gōngbàn 用加倍的功夫做，卻只收到一半的成效。形容費力多、收效少。㊊事半功倍。

【事過境遷】shìguò jìngqiān 事情已經過去，境況也改變了◇事過境遷之後，也許會看得更清楚些。

【事與願違】shìyǔyuànwéi 事實與主觀願望相違背。

二部

0 **二** èr ㊄ji⁶ 異 ①數目字◇二人同心，其利斷金。②序數。第二◇二樓｜二哥。③兩樣◇三心二意。④副；次一等◇二把手｜二等貨。

用法提示：二、兩

“二”和同義詞“兩”在使用中有時有分工，或者可以用“二”不能用“兩”，或者相反。“二”單用時，不能和普通量詞組合，要用“兩”，如買了兩本書，不能用“二”。數詞組合中的個位數和序數詞中要用“二”，如買了十二本書、第二天。

【二八】èrbā 兩個“八”即十六。多指女子的歲數◇二八少女｜姑娘年方二八。

【二手】èrshǒu ①別人用過的；已經買賣交易過的◇二手樓｜二手房。②輾轉得到的；間接的◇二手材料。③接替別人幹過的工作◇二手活。

【二心】èrxīn 不忠誠、不專一的念頭◇妻子對我從無二心。

【二房】èrfáng ①家庭中排行第二的一支◇這事準是二房那個不肖子幹的。②正妻以外另娶的女子。

【二婚】èrhūn ①第二次結婚。②特指寡婦再嫁。

【二話】èrhuà 其他的話；另外的話；不同的意見◇二話不説，拔腿就走｜都聽你的，我絕對沒二話。

【二手貨】èrshǒuhuò 使用過再轉賣的商品；經別人使用過的◇二手貨比較便宜。

【二手煙】èrshǒuyān 由周邊吸煙者吐出的、被他人吸入的煙霧。

【二手樓】èrshǒulóu 經別人使用過、再次買賣交易的住宅、寫字樓或其他用途的樓宇。

【二百五】èrbǎiwǔ 方言。指做事不分原委、傻乎乎、莽莽撞撞的人◇少答理他，那是個二百五。

【二把刀】èrbǎdāo 方言。①事情做了一部分，但又做不到完美、徹底，總留下些問題。②指水平不高的人。

【二房東】èrfángdōng 把租來的房子再高價轉租給他人，從中賺取租金差額的人。

【二流子】èrliúzi 不務正業、遊手好閒的人。

【二傳手】èrchuánshǒu ①排球運動中負責第二次傳球並組織進攻的隊員。②比喻在雙方之間起媒介作用的人。

【二維碼】èrwéimǎ 在水平和垂直方向的二維平面上儲存信息的代碼標記。一般由黑白相間的幾何圖形組成，可用於機器識別，掃描後能獲得相關信息◇掃描二維碼即可關注官方帳號。

【二十八宿】èrshíbāxiù 中國古代天文學家把觀察到的黃道附近的星空分成二十八個區域，每個區域叫一宿，東西南北四方各七宿。宿，星宿。在古代，二十八宿主要用於測量太陽、月亮的位置，確定四時，為農事服務。

二十八宿

東方蒼龍七宿：角宿 亢宿 氐宿 房宿 心宿 尾宿 箕宿；南方朱雀七宿：井宿 鬼宿 柳宿 星宿 張宿 翼宿 軫宿；西方白虎七宿：奎宿 婁宿 胃宿 昴宿 畢宿 觜宿 參宿；北方玄武七宿：斗宿 牛宿 女宿 虛宿 危宿 室宿 壁宿

【二十四史】èrshísìshǐ 自漢代到清代官方編寫的二十四部紀傳體史書。清乾隆時定為正史，即：《史記》《漢書》《後漢書》《三國志》《晉書》《宋書》《南齊書》《梁書》《陳書》《魏書》《北齊書》《周書》《隋書》《南史》《北史》《舊唐書》《新唐書》《舊五代史》《新五代史》《宋史》《遼史》《金史》《元史》《明史》。

【二一添作五】èryītiānzuòwǔ 謂雙方平分。

1 **亍** chù ㊄cuk¹ 速 小步而行。見“彳亍”。

1 **于** yú ㊄jyu¹ 於 ①往◇之子于歸。②作語助詞◇燕燕于飛。③同“於(yú)”。④姓。

2 **井** jǐng ㊄zing² 整/zeng² 鄭² ①取水的深洞，人工挖成，洞壁多呈圓形，砌上磚石◇坐井觀天。②形狀像井的東西◇礦井｜油井。③井為取水之源、聚居之地，故以“井”喻指鄉里

◇離鄉背井。④整齊有序◇井然有序。④星宿名。二十八宿之一。

【井然】jǐngrán 形容整齊有條理的樣子◇井然有序｜秩序井然。

【井井有條】jǐngjǐngyǒutiáo 井井，整齊而有秩序的樣子。形容條理分明，秩序不亂◇東西放得井井有條。同 井然有序、有條不紊。

【井底之蛙】jǐngdǐzhīwā 在井底下的青蛙，只能窺見井口大小的外界。比喻眼界狹隘、見識短淺的人。

【井水不犯河水】jǐngshuǐbúfànhéshuǐ 比喻彼此界限清楚，互不侵犯。

2 **亓** qí 粵kei[4]其 姓。

2 **云** yún 粵wan[4]雲 ①説◇不知所云。②文言助詞。可用於句首、句中、句末◇云何吁矣｜道之云遠｜東入海，求其師云。

【云云】yúnyún 如此，這樣。用於句末，表示引用的話語、文句結束或有所省略◇政府並無實施之意圖，而裁軍云云，更是無稽之談。

【云爾】yún'ěr 用於句末，表示話語已結束◇記此數行，聊當序文云爾。

2 **五** wǔ 粵ng[5]午 ①數目字◇三五成羣。②序數。第五◇五哥｜第五街。③中國民族音樂中的記音符號，表示音階上的一級，相當於簡譜的"6"。④姓。

【五代】wǔdài 唐宋之間五個朝代（公元907–960）的統稱，包括後梁、後唐、後晉、後漢、後周。五代是中國歷史上最紛亂的時期之一。

【五行】wǔxíng 指金、木、水、火、土。中國古代用"五行"及其相生相剋、互動的關係來説明世界萬物的起源和構成。中醫學用五行的道理解釋病理現象，中國古代星相家則用以預測人的命運和歷史現象。

【五更】wǔgēng ① 舊時把一夜分為五個時段，每段約兩小時，合稱五更，因各段擊鼓報時，又稱五鼓。② 指第五更的時候◇三更燈火五更雞。

多樣表達：晨昏

凌晨 清早 清晨 平明 黎明 拂曉 破曉 中午 正午 黃昏 薄暮 傍晚 子夜 午夜 夜半 半夜 夜闌 夤夜 徹夜 夙夜 起更 三更 旦夕 朝夕

【五金】wǔjīn ① 金、銀、銅、鐵、錫五種金屬。② 泛指金屬或金屬製品◇五金店。

【五音】wǔyīn ① 中國古代五聲音階：宮、商、角、徵、羽。相當於現代簡譜的1、2、3、5、6。② 泛指不同的樂音◇五音不全。③ 音韻學上按發音部位劃分的脣音、舌音、齒音、牙音、喉音五類聲母。

【五官】wǔguān 指人的耳、目、口、鼻、舌。也泛指臉上器官。

多樣表達：五官

七竅 眼睛 眼窩 眼眶 眼圈 眼瞼 眼皮 眼簾 眼泡 眼角 眼梢 睫毛 眼球 眼珠 眼白 瞳仁 耳朵 耳輪 耳廓 耳垂 耳根 鼻頭 鼻梁 鼻尖 咽喉 嘴巴 嘴角 口角 人中 口舌 脣舌 牙齒 乳齒 恆齒 年齒 犬齒 犬牙 齟齬 齒冷 切齒 口齒 脣齒 犬牙交錯 以牙還牙 不足掛齒 脣齒相依 脣亡齒寒

【五帝】wǔdì 傳説中遠古的五位帝王。通常指黃帝（軒轅）、顓頊（高陽）、帝嚳（高辛）、唐堯、虞舜◇三皇五帝。

【五洲】wǔzhōu ① 亞洲、歐洲、非洲、大洋洲和美洲的總稱。② 泛指世界各地。

【五常】wǔcháng 指仁、義、禮、智、信。由董仲舒提出後，貫穿於中華倫理的發展中◇三綱五常是傳統的倫理標準。

【五彩】wǔcǎi ① 古代指青、黃、赤、白、黑五種顏色。② 泛指多種顏色◇五彩蝴蝶上下飛舞。

【五湖】wǔhú 指洞庭湖、鄱陽湖、太湖、洪澤湖、巢湖。後常與"四海""三江"等詞彙並用，泛指江河湖泊流經的廣袤地區◇三江五湖歷已盡，勢合平夷反齟齬。

【五經】wǔjīng 五經是儒家作為研究基礎的古代五本經典書籍的合稱，指《詩經》《尚書》《禮記》《易經》《春秋》。後常與"四書"並用，泛指傳統經典◇度量要宏，熟讀五經諸史。

【五穀】wǔgǔ ① 古代指五種穀物，一般指稻、黍（黏黃米）、稷（穀子）、麥、菽（豆）。② 泛指糧食作物◇人吃五穀雜糧，哪有不生病的呢？

【五嶺】wǔlǐng 橫亙在湘、贛、粵、桂交界處的越城、都龐、萌渚、騎田、大庾嶺的總稱。

【五嶽】wǔyuè 中國歷史上五大名山的合稱：東嶽泰山、南嶽衡山、西嶽華山、北嶽恆山、中嶽嵩山◇五嶽歸來不看山，黃山歸來不看嶽。

五嶽的別稱

泰山—岱、岱宗；衡山—岣嶁山；華山—太華山；恒山—常山；嵩山—嵩室、嵩少。

【五臟】wǔzàng 指人體內心、肝、脾、肺、腎五種器官。

【五里霧】wǔlǐwù 遠近迷漫的大霧。比喻迷離恍惚、不明去向的境況◇如墮五里霧中。

【五言詩】wǔyánshī 每句五個字的舊體詩。有五言古詩、五言律詩、五言絕句。

【五光十色】wǔguāng shísè 五、十，表示數量多。形容花樣繁多，色彩繽紛◇五光十色的彩綢。

【五花八門】wǔhuā bāmén 五花，五行陣。本指古代作戰時長於變化的"五行"和"八門"兩種陣勢。後用來比喻花樣繁多、變化多端。

【五湖四海】wǔhú sìhǎi ① 指全國各地或世界各地。② 指四面八方。

【五體投地】wǔtǐtóudì ① 佛教最虔誠恭敬的一種禮節，行禮時雙膝、雙肘和頭部一起着地。② 形容尊敬或佩服到極點◇令人欽佩得五體投地。

【五十步笑百步】wǔshíbùxiàobǎibù《孟子·梁惠王上》："兵刃既接，棄甲曳兵而走，或百步而後止，或五十步而後止，以五十步笑百步，則何如？"後指問題實質一樣，只有輕重之分，而輕者卻嘲笑重者。

2 **互** hù 粵wu[6] 戶 彼此；互相◇互敬互愛|平等互利。

【互助】hùzhù 互相幫助◇互助協作。

【互相】hùxiāng 彼此同樣對待◇互相勉勵|互相尊重。

【互動】hùdòng 共同參與，互相交流；相互發揮作用或影響◇互動教學。

【互通】hùtōng 互相交流，彼此溝通◇互通信息|互通有無。

【互惠】hùhuì 互相給予優惠待遇◇互惠互利|互惠條約。

【互聯網】hùliánwǎng 泛指多個電腦網絡相互連接在一起，組成的大型、統一的網絡系統。(英 Internet)

4 **亙** gèn 粵gang[2] 耿 ①綿延◇綿亙。②橫貫◇橫亙。③遍；窮盡◇亙古未有。

6 **亞(亚)** yà 粵aa[3]/ngaa[3] 阿 ①較差◇他的水平不亞於你。②次一等的◇亞軍|亞熱帶。③指亞洲◇東亞|亞太地區。

【亞父】yàfù 古代對年長者的敬稱，意思是僅次於父親。

【亞軍】yàjūn 比賽的第二名。

6 **些** xiē 粵se[1] 賒 ①表示不定數量。前面如加數字，僅限於"一"◇這些|那一些人|吃些東西吧。②用於形容詞或某些動詞後，表示"略微、比較"的意思◇聲音大些|看得遠些。

【些小】xiēxiǎo 細小，微小◇些小之事，何足介意。

【些少】xiēshǎo 少許，少量◇些少薄禮，不成敬意。

【些許】xiēxǔ 一點兒。表示少量、少數◇些許小事，何足掛齒！

【些須】xiēxū 少許，一點兒◇有些須睡意。

【些微】xiēwēi ① 少許，一點兒◇一見她笑，些微煩惱頓時消散了。② 略微，稍微◇些微欠一欠身子。

7 **亟** (一) jí 粵gik[1] 激 迫切◇亟待解決|需求甚亟。
(二) qì 粵kei[3] 冀 屢次◇亟經洽商，才達成協議。

亠部

1 **亡** wáng 粵mong[4] 忙 ①逃跑；逃亡◇亡命天涯。②失去；丟失◇亡失。③死亡◇父母雙亡。④死去的◇亡友。⑤滅亡◇救亡|亡國之恨。

【亡化】wánghuà 去世◇不幸渾家亡化已過，撇下這個女孩。

【亡命】wángmìng ① 逃命；流亡◇亡命天涯。② 拼命，不顧性命◇亡命之徒。

【亡故】wánggù 去世◇已亡故多年。

【亡逝】wángshì 亡故，逝世◇過早亡逝。

【亡魂】wánghún ① 迷信，指死者的靈魂◇祭奠亡魂。② 失魂，形容驚慌、害怕◇亡魂失魄。

【亡靈】wánglíng 亡者的靈魂◇告慰亡靈｜在天之亡靈。

【亡羊補牢】wángyángbǔláo《戰國策・楚策四》："亡羊而補牢，未為遲也。"羊走失後，趕緊修補羊圈還來得及。比喻失誤後及時補救為時未晚。㊀ 未雨綢繆。

【亡國之音】wángguózhīyīn ① 國家將亡時充滿悲哀的音樂。② 淫靡的音樂。

【亡魂喪膽】wánghún sàngdǎn 形容驚恐萬狀◇嚇得他亡魂喪膽，奪路而逃。

2 亢 kàng ㊥kong³抗 ①高；傲慢◇不卑不亢。②極度的；過度的◇亢奮。③星宿名。二十八宿之一。

【亢旱】kànghàn 大旱◇時逢亢旱，顆粒無收。

【亢直】kàngzhí 剛強正直◇秉性亢直｜忠正亢直。

【亢進】kàngjìn 生理機能超過正常情況◇甲狀腺機能亢進。

【亢奮】kàngfèn 極度振奮；非常興奮◇精神亢奮。

【亢龍有悔】kànglóngyǒuhuǐ 亢：至高的；悔：災禍。原為周易卦象，意為居高位的人要戒驕，否則會有敗亡之禍。後也形容倨傲者不免招禍◇進則亢龍有悔，退則蒺藜生庭，冀此求安，未知其福。

4 亦 yì ㊥jik⁶譯 ①也；也是◇人云亦云｜不亦樂乎。②姓。

【亦步亦趨】yìbù yìqū 老師走學生也走；老師跑學生也跑。比喻追隨別人，事事模仿，自己沒有主張。

4 交 jiāo ㊥gaau¹郊 ①相交叉；相連接◇相交｜交會。②剛到某個時辰或某個季節◇天交子時｜時交立春。③相連接的時間或地點◇秋冬之交｜兩省之交。④遇到；碰到◇交好運。⑤結交；交往◇遠交近攻。⑥交情，友誼◇刎頸之交。⑦接觸；靠近◇交頭接耳。⑧互相交換◇交杯酒。⑨一齊；同時◇心力交瘁｜飢寒交迫。⑩性交；交配◇交尾｜雜交。⑪把某事或某物轉移給對方◇移交｜送交。

【交口】jiāokǒu 眾口同聲説◇交口讚譽。

【交叉】jiāochā ① 不同方向的線條或線路互相穿過◇立體交叉｜交叉路口。② 部分內容相重疊◇交叉學科。③ 間隔穿插◇交叉作業。

【交手】jiāoshǒu 雙方較量◇一交手就輸了。

【交火】jiāohuǒ 交戰；互相開火。

【交心】jiāoxīn 毫無保留地把自己內心深處的想法或隱情説出來◇朋友之交，貴在交心。

【交付】jiāofù 交給；付給◇交付保險金。

【交代】jiāodài ① 移交給接替的人◇交代工作。② 囑咐◇母親再三交代：照顧好妹妹。③ 説明；解釋◇把餘下的事交代清楚。④ 坦白錯誤或罪行◇交代問題｜交代罪行。

【交加】jiāojiā 多種事物同時出現◇雨雪交加。

【交好】jiāohǎo 往來結交，結成知己或友邦◇冰釋前嫌，交好如初。

【交困】jiāokùn 各種困難同時出現◇內外交困。

【交兵】jiāobīng 交戰◇兩國交兵，不斬來使。

【交尾】jiāowěi 動物交配。一般用於昆蟲。

【交易】jiāoyì ① 買賣◇現金交易。② 指利益交換活動◇政治交易｜幕後交易。

【交往】jiāowǎng 相互來往◇平時很少交往。

【交底】jiāodǐ 交代事情的底細◇只有交底，才能把問題談清楚。

【交契】jiāoqì 情誼；交情◇交契深厚。

【交界】jiāojiè 兩地相接的共同地界◇四川與雲南交界處。

【交拜】jiāobài ① 相對而拜。② 結婚典禮上新郎新娘互相對拜。

【交配】jiāopèi ① 雌雄動物發生性行為。② 植物的雌雄生殖細胞相結合。

【交託】jiāotuō ① 交予並託付◇這麼重要的工作交託給你，是公司對你的信任。② 提交託運◇辦理貨櫃交託手續。

【交差】jiāochāi 任務完成後把結果報告指派者◇小組賽未出線，球隊難交差。

【交涉】jiāoshè 跟對方協商解決問題指派者◇嚴正交涉｜據理交涉。

【交流】jiāoliú ① 同時流淌◇涕淚交流。② 相互溝通；相互交換◇交流信息。

【交納】jiāonà 向有關單位交付錢物◇交納強積金。㊂ 繳納。

【交接】jiāojiē ① 相連；連接◇兩國交接處。② 結交；交往◇交接朋友要注重人品。③ 交替；移交◇政權交接丨交接儀式。

【交情】jiāoqing 交往中建立的感情◇生死交情。

【交通】jiāotōng ① 往來通達◇阡陌交通。② 運輸業的統稱◇城市交通。

【交替】jiāotì ① 接替◇新舊交替。② 輪流替換◇替補隊員交替上場。

【交換】jiāohuàn ① 雙方相互把自己的給予對方◇交換意見丨交換禮品。② 互相掉換◇交換場地。

【交惡】jiāowù 互相憎惡敵視；關係變壞◇兩國交惡丨鄰里交惡。

【交椅】jiāoyǐ 一種能摺疊、椅腿交叉、有靠背的椅子。借指地位◇坐上了第一把交椅。

【交集】jiāojí 同時交織聚集在一起◇百感交集。

【交割】jiāogē ① 買賣雙方辦理結清手續◇期貨交割。② 移交；交代◇把工作交割完畢。

【交遊】jiāoyóu 結交朋友◇交遊甚廣丨交遊四海。

【交媾】jiāogòu 性交。

【交鋒】jiāofēng ① 交戰◇與敵人正面交鋒。② 比喻對抗、競賽或爭論◇球賽一開場，兩隊就展開激烈交鋒。

【交誼】jiāoyì 交情；情誼◇交誼很深丨喜歡跳交誼舞。

【交融】jiāoróng 融合在一起◇悲歡交融。

【交織】jiāozhī ① 錯綜複雜地混合在一起◇愛恨交織丨雨霧交織。② 用不同質地、不同顏色的經緯線編織◇五彩線交織。

【交關】jiāoguān ① 緊密相關◇性命交關。② 方言。(1) 非常；很◇這件事交關重要。(2) 很多◇馬路上車子交關。

【交白卷】jiāo báijuàn 回答不出問題，把空白的試卷交上去。比喻完全沒有完成任務。

【交際花】jiāojìhuā 在社交場合中活躍的出名女子。有時含輕蔑意。

【交響樂】jiāoxiǎngyuè 由管弦樂隊演奏的大型樂曲。最初形成於歐洲，通常由四個樂章組成。

【交頭接耳】jiāotóu jiē'ěr 湊在對方耳旁低聲説話◇開會時不要交頭接耳。

4 **亥** hài 粵hoi6 害 ①地支的第十二位。②十二時辰之一。指夜間九點到十一點◇亥時。

5 **亨** hēng 粵hang1 鏗 ①順利。②姓。

【亨通】hēngtōng 順利通達◇財運亨通丨萬事亨通。

6 **京** jīng 粵ging1 經 ①首都；國都◇京城。②指北京◇京腔丨京九鐵路。③京族。中國少數民族之一。④古代數目字，指一千萬。⑤姓。

【京兆】jīngzhào 漢代指京城長安以東一帶地區，後也借指國都。

【京城】jīngchéng 國都；首都。

【京師】jīngshī 首都；國都。

【京都】jīngdū 京城。

【京劇】jīngjù 中國戲曲的主要劇種之一。十八世紀末，徽劇、漢劇傳入北京後，逐漸融合演變而成。唱腔以西皮、二黃為主。

【京畿】jīngjī 古代指京城及京城附近地區。

6 **享** xiǎng 粵hoeng2 響 ①祭祀◇享祀丨配享。②享受；享有◇坐享其成。

【享用】xiǎngyòng 享受使用◇享用不盡。

【享有】xiǎngyǒu 擁有(權力、聲譽、威望等)◇享有威信丨男女享有同等的權利。

【享年】xiǎngnián 敬辭。稱死者活的歲數◇享年 80 歲。

【享受】xiǎngshòu 享有受用◇貪圖享受丨盡情享受。

【享國】xiǎngguó ① 帝王在位的年數。② 指某王朝統治的年代。

【享福】xiǎngfú 享受幸福；生活得舒適美滿◇回鄉下享福去了。

【享樂】xiǎnglè 享受安樂◇盡情享樂。

【享譽】xiǎngyù 享有聲譽◇享譽全球。

【享堂】xiǎngtáng 祭堂。供奉祖宗牌位或神鬼偶像的廳堂。

7 **亭** tíng 粵ting4 停 ①有頂無牆的小型建築，多建在園林或名勝等處供人休息或觀賞景物◇涼亭丨半山亭。②形狀像亭的小屋◇書報亭。③適中；均勻◇亭午丨亭勻。

【亭亭玉立】tíngtíng yùlì ①形容女子身材修長。②形容花木挺拔。

7 **亮** liàng 粵loeng[6] 諒 ①光線強；明亮有光澤◇敞亮｜亮晶晶。②聲音響亮◇歌聲嘹亮。③清楚；明白◇心明眼亮。④亮光；光線◇屋裏黑洞洞的，一點亮都沒有。⑤燈光等照明物◇到地下室別忘了帶個亮兒。⑥顯現出亮光，發光◇天亮了。⑦顯露、顯示出來◇亮底牌。

【亮相】liàngxiàng ①戲曲表演中，演員上下場時，或在一段舞蹈動作結束時，做出的短暫靜止姿勢，用來突出角色的神態，加強戲劇效果。②比喻人或事物公開展示◇新型車首次亮相。

【亮堂】liàngtang ①明亮；光明◇新裝修的客廳，顯得更亮堂了。②胸懷、思想開朗◇心裏豁然亮堂了。③聲音響亮◇嗓門亮堂。

【亮節】liàngjié 高尚的節操◇高風亮節。

【亮麗】liànglì ①明亮而美麗◇青春亮麗。②形容優美響亮◇嗓音亮麗。

8 **亳** bó 粵bok[6] 薄 用於地名，如亳縣(在安徽)。

11 **亶** 〈一〉dǎn 粵taan[2] 毯 誠信；實在。
〈二〉dàn 粵daan[6] 但 古"但"字。

20 **亹** 〈一〉mén 粵mun[4] 門 山峽中兩岸對峙如門的地方。也用於地名，如亹源(在青海)，今作"門源"。
〈二〉wěi 粵mei[5] 美 見"**亹亹**"。

【亹亹】wěiwěi ①形容勤勉不倦。②形容連續不斷，委婉動聽◇亹亹不倦｜亹亹而談。

人部

0 **人** rén 粵jan[4] 仁 ①具有語言能力、能用語言進行思維和社會交往，並能創造性地進行物質和精神生產活動的高等動物◇男人｜女人｜成人｜老人。②每人；大家◇人所共知｜人心所向。③從事某種職業或有某種身份的人◇軍人｜商人｜經紀人。④指成年人◇長大成人。⑤別人，他人◇寬以待人，嚴以律己。⑥指人的品質、性格、名譽等◇丟人。⑦指人的身體或意識◇抬到醫院時，人已不行了。⑧指人手、人才◇正值用人之際。

【人丁】réndīng ①舊時指成年男子。②(家族或家庭)人口◇人丁興旺。

【人力】rénlì ①人的能力和勞力◇非人力所及。②勞動力，從事勞動的人◇人力不足，進展緩慢。

【人工】réngōng ①人力；人力做的工◇人工挑選良種。②工作量的計算單位，指一個人做工一天◇建大壩用了三萬人工。③人為的，人造的◇人工湖。④方言。工錢，薪水◇增加人工｜人工貴。

【人士】rénshì 在社會上有一定影響或知名度的人物◇知名人士｜消息靈通人士。

【人才】réncái ①有才能、有品德的人；有專長、有特殊本領的人◇選拔人才。②人的品貌◇一表人才。

【人口】rénkǒu ①一定範圍內人的數目◇控制人口增長。②泛指人◇拐賣人口。③眾人的嘴◇膾炙人口｜人口快如風。

【人中】rénzhōng ①人的上脣正中的凹痕。②穴位名。位於人中正中近上方處，扎針或用指甲掐此穴位，可急救昏迷的病人。

【人手】rénshǒu 實際做事的人◇增添人手｜人手緊張。

【人氏】rénshì 人(就籍貫説)。多見於早期白話◇祖籍福州人氏。

【人文】rénwén 人類社會的各種文化現象◇人文科學｜人文景觀。

【人心】rénxīn ①人的感情、意志或願望◇人心齊，泰山移。②人的用心，真實的內心◇路遙知馬力，日久見人心。

【人世】rénshì 人間，世間◇離開人世。

【人生】rénshēng ①人的一生◇人生自古誰無死，留取丹心照汗青(史冊)。②人的生存和生活◇人生多一回挫折，就多一次經驗。

【人犯】rénfàn 刑事訴訟案件中的被告和有連帶刑事責任的人◇一干人犯。

【人民】rénmín ①百姓；構成社會的基本成員◇人民的意志不容忽視。②人類◇洪荒(遠古時代)之時，未有人民。

【人地】réndì 當地的人和當地的情況◇人地

生疏。

【人次】réncì 參加同一類活動的人數的總和◇出外旅遊的人超過百萬人次。

【人身】rénshēn 指個人的生命、健康、行動、名譽等◇保障學生人身安全。

【人妖】rényāo ① 指通過手術，使生理發生變異、男性表現為女性的人。② 人和妖魔。比喻好人和壞人◇人妖不分、黑白顛倒。

【人事】rénshì ① 人世間的事情◇天時人事。② 人與人之間的關係◇人事糾紛。③ 人情事理◇不懂人事。④ 人力能做的事◇盡人事。⑤ 關於工作人員的錄用、培養、調配、獎懲等工作◇人事安排。⑥ 人的意識；思維能力◇不省人事。

【人物】rénwù ① 在某方面有代表性或有名望的人◇重量級人物。② 文藝作品所描繪的人的形象◇小説人物寫得栩栩如生。③ 人的品貌風度◇人物軒昂。

【人和】rénhé 得人心◇天時、地利、人和。

【人性】rénxìng ① 人的本性◇人性論。② 人所具有的正常感情和理性◇產品注重人性化設計。

【人定】réndìng ① 夜深人靜的時候◇午夜人定。② 古時指亥時，即晚上 9 時至 11 時。

【人品】rénpǐn ① 人的品性或品德◇人品高尚，為人敬仰。② 人的相貌、儀表◇看看人品如何再説。

【人為】rénwéi ① 人去做◇事在人為。② 人造成的。用於不應當如此◇土地沙漠化大都是人為造成的。

【人馬】rénmǎ ① 人和馬。借指軍隊◇各路人馬。② 泛指因某種需要而組合在一起的人員◇原班人馬。

【人格】réngé ① 人的性格、氣質、能力等特徵的總和。② 個人的品質、品行、自尊等特點的總和◇提升自己的人格魅力。③ 指社會賦予人的權利和義務的資格◇公民人格不受侵犯。

【人員】rényuán ① 擔任某種職務或做某種事情的人◇公職人員。② 泛指某類人◇閒雜人員。

【人氣】rénqì ① 人的氣質、感情◇略有人氣，就不會做出這樣的事！② 人和事物受歡迎的程度◇促銷活動使商場人氣驟升。③ 人的氣息◇這裏沒有一點人氣，太安靜了。

【人倫】rénlún 指人和人之間的各種關係，特指尊卑長幼之間的關係和應遵循的行為準則◇人倫親情 | 滅絕人倫。

【人海】rénhǎi ① 像大海一樣的人羣。形容人多◇茫茫人海。② 比喻人世間、社會◇慨歎時世變遷，人海滄桑。

【人流】rénliú ① 流水一樣連續不斷走動的人羣◇父親的背影消失在人流之中。② 人工流產的簡稱。

【人家】〈一〉rénjiā ① 住戶◇枯藤老樹昏鴉，小橋流水人家。② 家庭◇富貴人家。③ 指女子待嫁的夫家◇這姑娘有人家了。

〈二〉rénjia ① 別人◇人家幫我，我幫人家。② 指某些人或某個人◇虛心向人家學習。③ 對人稱自己◇人家忙得要死，你卻在這裏添麻煩。

用法提示：別人、人家

兩者都可以指説話人和聽話人以外的人，但“人家”所説的人已見於上文，相當於“他”或“他們”◇小王學習認真，我們應該向人家學習。“人家”還可以稱説話人自己，等於“我”，含有不滿的情緒◇人家快忙死了，你還坐着不幫忙。

【人蛇】rénshé 非法越境的人。因其多像蛇一樣蜷縮於船的底艙，故稱。走私人口的頭目、組織者稱作蛇頭。

【人望】rénwàng ① 為眾人矚目、欽佩◇他在同業中頗得人望。② 眾望所歸的人◇你是本地人望，來日當登門拜訪。

【人情】rénqíng ① 人的情感；人之常情◇人情味 | 不近人情。② 情面；情誼◇顧及人情 | 人情不能大於王法。③ 禮節應酬的習俗◇風土人情。④ 禮物◇還有幾處人情要送。

【人渣】rénzhā 社會渣滓；敗類。

【人間】rénjiān 人世間；人類社會◇人間樂園 | 流水落花春去也，天上人間。

【人道】réndào ① 指人從事各種社會活動應遵循的道德規範。② 愛護人的生命、尊重人的人格和權利的道德◇緊急人道救援。③ 指男女性交◇生而天閹，不能行人道。

【人煙】rényān 住家的炊煙。借指人家或住戶◇人煙稀少 | 人煙稠密。

【人稱】rénchēng 語言中動詞跟名詞或代詞相應的語法範疇。指説話人叫第一人稱，如“我、我們”；指聽話人叫第二人稱，如“你、你們”；指其他人或事物叫第三人稱，如“他、她、它、他們”。

【人際】rénjì 人和人之間◇人際關係｜人際交往。

【人質】rénzhì 被拘管或劫持的人。為脅迫對方履行或接受某項條件，而強行拘管或用暴力劫持對方的人員。

【人潮】réncháo 像潮水一樣湧動的人羣◇人潮湧動｜蜂擁的人潮。

【人緣】rényuán 和周圍人的關係◇廣結人緣｜李先生熱心助人，人緣很好。

【人龍】rénlóng ① 方言。長長的人流◇放工時，一條條人龍擁向出口。② 稱譽傑出的人物◇雖説算不上人龍，卻也是百裏挑一。

【人寰】rénhuán 人世間◇慘絕人寰｜撒手人寰。

【人選】rénxuǎn 推舉或挑選出來的人◇推薦人選｜物色適當人選。

【人證】rénzhèng 由證人提供有關案件的實情作為證據。

【人類】rénlèi 人的總稱；地球上所有的人◇造福人類｜追溯人類的祖先。

【人生觀】rénshēngguān 對人生的根本看法，對於人類生存的目的、價值和意義的看法。

【人云亦云】rényúnyìyún 云，説；亦，也。別人怎麼説，自己也怎麼説。形容隨聲附和，缺乏主見。同 亦步亦趨 反 另闢蹊徑。

【人老珠黃】rénlǎo zhūhuáng 人老了，就像珍珠年久泛黃一樣失去價值。多指婦女。

【人仰馬翻】rényǎng mǎfān 人和馬都被打得仰翻在地。形容激戰時傷亡慘重。後多用以形容狼狽不堪或亂成一團◇被折騰得人仰馬翻｜家裏吵成一片，人仰馬翻。

【人浮於事】rénfúyúshì 浮，超過。在職人數超過了工作的實際需要。形容人多事少，造成浪費。

【人工智能】réngōngzhìnéng 以電腦程式，展現或模仿人類智慧的技術。

【人莫予毒】rénmòyúdú 莫，沒有；予，我；毒，傷害。原意是沒有誰能傷害我，後來表示目空一切，無所顧忌。

【人情世故】rénqíng shìgù 人情，人之常情；世故，處世經驗。為人處世的道理和方法。

【人傑地靈】rénjié dìlíng 靈，靈秀。傑出人物降生在靈秀之地。也指地域靈秀，產生傑出人物。

【人微言輕】rénwēi yánqīng 地位低微，言論、主張不被人重視。

【人為刀俎，我為魚肉】rénwéidāozǔ, wǒwéi yúròu 刀俎，剁肉的刀和砧板。成語出自《史記・項羽本紀》：“如今人方為刀俎，我為魚肉。”比喻別人操着生殺大權，自己處於被宰割的地位。

2 **仄** zè 粵zak[1] 則 ①狹窄◇逼仄｜步仄徑，臨清流。②內心不安◇歉仄。③仄聲。古代漢語四聲中上聲、去聲、入聲的總稱◇平仄。

2 **仁** rén 粵jan[4] 人 ①對人親善，友愛◇為富不仁。②古代的一種道德觀念，核心思想是愛人◇仁道禮義｜求仁而得仁。③敬辭。用於尊稱對方◇仁兄｜仁弟。④感覺靈敏◇麻木不仁。⑤同“人”◇同仁。⑥果核或果殼裏面的種子部分◇花生仁。⑦指魚蝦的肉◇魚仁｜水晶蝦仁。

【仁人】rénrén 有仁愛之心的人◇仁人志士｜仁人君子。

【仁厚】rénhòu 仁愛厚道。

【仁術】rénshù ① 仁道，施行仁政的途徑、方法。② 特指醫術◇醫心仁術，薪火相傳。

【仁愛】rén'ài 同情、有愛心和樂於助人的思想感情◇有仁愛之心，才能做一個好醫生。

【仁義】rényì ① 仁愛和正義◇仁義之師。② 指符合仁愛、正義的心地和行為◇錢財如糞土，仁義值千金。

【仁慈】réncí 慈善，有愛心◇仁慈待人｜仁慈的老太太。

【仁至義盡】rénzhì yìjìn 至，達到極點；盡，全部用出。原指年終祭神極其虔誠，竭盡仁義之道，後用以形容對人的關心、愛護和幫助盡了最大的努力。

【仁者見仁，智者見智】rénzhějiànrén, zhì

zhějiànzhì 對同一事物各人觀察的角度不同，就會有不同的看法和見解。成語出自《周易·繫辭上》："仁者見之謂之仁，知者見之謂之知（智）。"

2 **仃** dīng 粵ding1丁 見"伶仃"。

2 **什** 〈一〉shí 粵sap6十 ①同"十"。多用於分數或倍數◇什一（十分之一）|什百（十倍、百倍）。②《詩經》中的《雅》和《頌》大都以十篇為一卷，稱為"什"。後用為詩篇、文卷的別稱◇篇什|佳什。

〈二〉shí 粵zaap6雜 多樣的；混雜的◇什錦菜。

〈三〉shén 粵sam6甚 見"什麼"。

【什件】shíjiàn ① 雞鴨的內臟做食品時的總稱◇炒什件。② 箱櫃、馬車、刀劍等上面所附的各種起加固作用的金屬裝飾品◇五金什件。

【什物】shíwù 日用的物品，雜物◇書報什物|屋裏堆滿了什物。

【什麼】shénme 同"甚麼"。

【什錦】shíjǐn ① 多種東西拼成的◇什錦火鍋|什錦刀具。② 多種花樣組合成的食品◇素什錦|炒什錦。

2 **仆** pū 粵fu6父 ①向前跌倒◇前仆後繼。②滅，消失◇盜賊害民，隨起隨仆。

2 **仇** 〈一〉chóu 粵sau4愁/cau4酬 ①強烈的恨◇恩將仇報。②仇人；敵人◇疾惡如仇。

〈二〉qiú 粵kau4求 姓。

【仇人】chóurén 因仇恨而敵視的人◇多一個朋友多一條路，多一個仇人多一堵牆。

【仇怨】chóuyuàn 敵視和怨恨◇兩人仇怨日深。

【仇恨】chóuhèn ① 強烈憎恨◇仇恨敵人。② 強烈憎恨的情緒◇滿腔仇恨。

【仇視】chóushì 當敵人看待。

2 **仍** réng 粵jing4形 ①依照；沿襲◇一仍舊例。②接連不斷◇頻仍。③還是；照樣◇仍像平時一樣。

【仍然】réngrán ① 表示某種情況持續不變◇雖然年過半百，精力仍然充沛。② 表示恢復原狀◇雷雨過後，天空仍然一片蔚藍。

【仍舊】réngjiù ① 照老樣子◇一切仍舊。② 仍然◇爭議仍舊未平息。

2 **仉** zhǎng 粵zoeng2掌 姓。

2 **仂** lè 粵lak6肋 零數，餘數。古代通常指平均數的十分之一。

2 **介** jiè 粵gaai3界 ①在兩者當中◇介於兩山之間。②介紹◇中介。③動物的甲殼◇介蟲。④鎧甲◇介冑之士。⑤留存◇介懷。⑥耿直◇耿介。⑦量詞。用於人，相當於"個"◇一介書生。⑧這麼，這樣◇煞有介事。⑨古戲曲劇本中表示情態動作的詞◇笑介。

【介入】jièrù 插入雙方之間，參與其事◇警方已介入此事。

【介紹】jièshào ① 使雙方相識或發生某種關係◇我們是經人介紹認識的。② 引進；帶入◇介紹入住|翻譯介紹了安徒生童話。③ 說明情況，使人了解◇介紹學校情況。

【介詞】jiècí 用在名詞、代詞或名詞性詞組的前邊，合起來表示方向、對象、處所、時間等的詞。如"從、往、在、當、把、對、同、跟、比、被"等。

【介意】jièyì 在意，放在心裏◇小事一樁，何必介意。

2 **今** jīn 粵gam1甘 ①現在；現代◇當今。②當前的◇今夜。③此，這◇今世。

【今世】jīnshì ① 現代；當代◇今世英雄，捨我其誰！② 今生◇立此誓言，今世不悔。

【今生】jīnshēng 此生，這輩子◇今生能來此仙境，死而無憾！

【今朝】jīnzhāo ① 今天◇今朝有酒今朝醉。② 現在，如今◇百年夢想今朝圓。③ 這個早上。

【今非昔比】jīnfēixībǐ 昔，過去。現在不是過去所能比的。形容變化很大。

3 **仨** sā 粵saam1三 ①三個（後面不能再用量詞）◇哥兒仨。②不多；幾個◇仨瓜倆棗。

3 **以** yǐ 粵ji5耳 ①用；拿◇以其人之道還治其人之身。②按照，依據◇物以類聚，人以羣分。③因為，由於◇不以物喜，不以己悲。④表示目的◇韜光養晦，以待時機。⑤表示界限（用於時間、方位、數量）◇五點以後|黃河以北|三十歲以上。⑥表示比較◇此事以早作決

斷為好。⑦作語助詞◇賴友人相助，得以脫險。

【以及】yǐjí 連接並列的詞、詞組或分句◇有美術館、圖書館、展覽館以及博物館。

用法提示：及、以及

兩者都是表示並列關係的連詞，但"及"只能連接名詞性短語，"以及"可以連接小句◇他問了我很多問題：那裏的氣候怎麼樣，生活習慣不習慣以及工作忙不忙，等等。

【以至】yǐzhì ①一直到。表示數量、範圍、程度、時間等方面的遞增或遞減◇一次不行，就去兩次、三次，以至更多次。②因而（造成）。表示因果關係◇違反操作程序，以至造成事故。

【以免】yǐmiǎn 用在後一分句的開頭，表示照前面所說的去做，就可以避免下文所說的結果◇事前做好準備，以免到時忙亂。

【以往】yǐwǎng 過去，今天以前的時期◇追溯以往的歲月。

【以是】yǐshì 因此◇以是知流俗所說，不足取信。

【以便】yǐbiàn 用在後一分句的開頭，表示方便實現下文所說的目的◇請留下電話，以便聯繫。

【以為】yǐwéi 認為◇不以為然｜總以為自己處處比別人強。

【以致】yǐzhì 致使。表示由於前面所說的原因而造成的結果（多是不好的，或不希望出現的）◇長期受污染，以致河水發黑發臭。

用法提示：以致、以至

兩個都是連詞，表示由某種原因產生某種結果，但"以致"多用於不好的或說話人不希望的結果◇他用力過猛，以致拉傷韌帶。"以至"指由小到大，由少到多，由淺到深，由低到高，有時也用於相反的方向◇看一遍不懂，就看兩遍、三遍，以至更多遍。

【以一當十】yǐyīdāngshí 當，抵擋。形容勇猛善戰，以少擊多。

【以身作則】yǐshēnzuòzé 身，自身；則，準則。用自身的行動做出榜樣。

【以身試法】yǐshēnshìfǎ 身，自身；試，嘗試。親身去試探法律的威力。指心存僥倖，知法犯法。

【以卵擊石】yǐluǎnjīshí 卵，蛋。拿蛋碰石頭。比喻不自量力，自取失敗、滅亡。㊐以卵投石。

【以毒攻毒】yǐdúgōngdú 攻，治。用毒性藥物治療毒瘡等病。比喻利用惡人來對付惡人，或用惡人的手段來制服惡人。也比喻利用不良事物本身的弊病來克制其不良因素◇用嫉妒去治驕傲，是以毒攻毒的好辦法。

【以訛傳訛】yǐ'échuán'é 訛，謬誤，錯誤。把本來就不正確的東西又錯誤地傳開去，越傳越錯。

【以逸待勞】yǐyìdàiláo 逸，悠閒；勞，疲倦。作戰時重視養精蓄銳，待敵人疲憊後出擊。㊎疲於奔命。

【以湯沃雪】yǐtāngwòxuě 湯，滾水；沃，澆。用熱水澆雪，雪即融化。比喻輕而易舉，容易成功。

【以管窺天】yǐguǎnkuītiān 管，竹管。從竹管裏看天。比喻見聞狹隘或看問題片面。

【以鄰為壑】yǐlínwéihè 壑，深山溝。原指把鄰國當作排泄本國洪水的溝壑。後比喻把災禍或困難轉嫁給他人的自私行為。

【以蠡測海】yǐlícèhǎi 蠡，瓢。用瓢來測量海水。比喻見識狹隘、膚淺。

【以眼還眼，以牙還牙】yǐyǎnhuányǎn, yǐyá huányá 比喻針鋒相對，以對方使用的手段回擊對方。成語出自《舊約全書・申命記十九章》："你眼不可顧惜，要以命償命，以眼還眼，以牙還牙"。㊎逆來順受。

3 **仕** shì 粵si^{6}士 ①做官◇出仕｜仕途。②象棋棋子之一，紅方的"士"寫作"仕"。

【仕女】shìnǚ ①舊指官宦人家的女子◇踏青時節，仕女雲集。②指以美女為題材的中國畫◇仕女人物。

【仕宦】shìhuàn ①做官◇仕宦人家。②官員◇所交皆仕宦，往來無白丁。

【仕途】shìtú ①做官的道路或前途◇仕途艱險｜醜事一出，就此斷送仕途。②官場◇仕途沉浮。

3 **付** fù 粵fu^{6}父 ①交給◇交付｜付之一笑。②特指給錢◇支付。③同"副"。量詞。用於成對的東西◇一付眼鏡｜三付手套。

【付丙】fùbǐng 丙，指火。燒掉（信件等）◇閱後付丙。

【付訖】fùqì 訖，完。交清（款項等）◇貨款付訖。

【付梓】fùzǐ 梓，刻版。刻版印刷，書稿交付刊印◇付梓問世。

【付諸東流】fùzhūdōngliú 諸，“之於”的合音。把東西丟進東流的水裏。比喻希望落空或成果喪失◇畢生事業付諸東流。

3 **仗** 〈一〉zhàng 粵zoeng6 象 ①兵器的總稱◇儀仗｜明火執仗。②拿着（兵器）◇仗劍走天涯。③憑藉，依靠◇依仗｜狗仗人勢。④打架；爭吵◇幹仗。

〈二〉zhàng 粵zoeng3 障 戰鬥；戰爭◇打仗｜勝仗。

【仗恃】zhàngshì 依仗，依靠◇看他那不可一世的樣子，想必有所仗恃。

【仗勢】zhàngshì 倚仗權勢◇仗勢胡作非為。

【仗義執言】zhàngyìzhíyán 為伸張正義而說公道話◇敢於為百姓仗義執言。

【仗義疏財】zhàngyìshūcái 疏，分出。講義氣，拿出錢財幫助別人。

3 **代** dài 粵doi6 待 ①代替；更換◇代購｜新陳代謝。②代理◇代總理。③朝代◇漢代｜唐代。④歷史上的一段時期◇時代｜古代｜近代｜現代。⑤地質年代分期的第二級◇太古代｜中生代。⑥世系相傳的輩分◇後代｜代代相傳。

【代表】dàibiǎo ① 替個人或大家辦事或表達意見◇代表學校簽約。② 被委派或被選舉出來替委派人或選舉人辦事或表達意見的人◇工會代表。③ 顯示某種典型意義或共同特徵◇代表作。④ 指某一類人或事物的典型◇他們是現代企業家的代表。⑤ 體現，反映◇兩種意見代表了兩種傾向。

【代庖】dàipáo 代廚師烹飪。比喻代別人做事。見“越俎代庖”。

【代理】dàilǐ ① 暫時代人擔任某種職務。② 受當事人委託，代為進行某項活動◇代理訴訟。③ 委託一方代銷其商品的經營方式◇做銷售代理｜代理商。

【代替】dàitì 取代；替換◇你代替他去一次｜機器代替了手工作業。

【代詞】dàicí 具有代替、指示作用的詞。按照不同作用，又分為人稱代詞（我、他們等）、疑問代詞（誰、怎麼等）和指示代詞（這、那裏等）。

【代勞】dàiláo 請別人代替自己辦事，或自己代替別人辦事◇煩請代勞。

【代號】dàihào 為簡便或保密而用來代替正式名稱的別名、編號或字母。

【代價】dàijià ① 買東西付出的錢款◇只要是真品，就不計代價。② 為着某種目的所花費的財物、精力或作出的犧牲◇付出昂貴的代價。

【代駕】dàijià ① 由其他司機代為駕駛（車輛）◇酒後不能開車，需要找人代駕。② 這個職業或從事這個職業的人。

3 **仙〔僊〕** xiān 粵sin1 先 ①仙人◇神仙｜八仙過海，各顯其能。②不同凡俗◇仙才｜仙樂。③指非凡的人◇詩仙｜酒仙。④婉辭。死去◇羽化登仙。

【仙人】xiānrén 神話和童話中指長生不老、有種種神通的人◇傳說蓬萊島上住有仙人。

【仙女】xiānnǚ 年輕的女仙人◇仙女下凡。

【仙丹】xiāndān 神話傳說中吃了可以長生不老或起死回生的藥丸。

【仙逝】xiānshì 婉辭。稱人去世◇驚悉夫人仙逝，不勝傷悼。

【仙境】xiānjìng ① 傳說為仙人居住和活動的境域。② 比喻景物極優美的地方◇瑤林仙境。

多樣表達：仙境

仙人 仙女 神仙 天帝 天宮 天府 帝鄉 東海仙山 蓬萊 瀛洲 方丈 玉清 仙山瓊閣 瓊樓玉宇 瑤林 瑤池 西王母 蟠桃 月宮 桂樹 桂林 廣寒宮 嫦娥 玉兔 吳剛 不死藥 長生不老 琅環洞府

【仙風道骨】xiānfēng dàogǔ 神仙、道長的氣質和神采。形容人神采飄逸，氣度不凡。

3 **仟** qiān 粵cin1 千 “千”的大寫。

3 **仡** 〈一〉yì 粵hat1 乞 勇武壯健的樣子。

〈二〉gē 粵gat1 吉 仡佬族。中國少數民族之一，分佈在貴州、廣西、雲南等地。

【仡仡】yìyì 強壯勇敢◇仡仡勇夫。

3 **仫** mù 粵muk6 目 仫佬族。中國少數民族之一，分佈在廣西。

3 **仔** 〈一〉zī 粵zi1 之 ①見“仔肩”。②方言。了◇前年捐仔知府，新近升仔道台。

〈二〉zǐ 粵zi2 只 ①幼小的（家禽、家畜等）◇仔雞｜

仔豬。②見“仔細”。

〈三〉zǎi 粵zai2 制2 方言。①同“崽”。小孩子或幼小的動物◇男仔|女仔|豬仔。②具有某些特徵或從事某種職業的年輕人◇靚仔|肥仔|打工仔。

【仔肩】zījiān 負擔；責任◇仔肩難卸｜分擔仔肩。

【仔細】zǐxì ①細心；周密◇仔細分析｜仔細看了一遍。②儉省◇日子過得很仔細。③當心；注意◇下雨路滑，仔細點走｜仔細一點檢查細節。

3 **他** tā 粵taa1 它 ①稱自己和對方以外的第三人。現代書面語中一般指男性◇他是老師。②別的，其他的◇他人|他鄉|留作他用。③泛指人物。常與“你”配合使用◇你一宗，他一宗，從正午説到太陽落。④虛指事物。用在動詞和數量詞之間◇唱他幾句|喝他三杯。

【他人】tārén 別人◇善待他人｜各人自掃門前雪，莫管他人瓦上霜。

【他日】tārì ①以後；將來◇此事他日再議｜他日相逢時，兩鬢已斑白。②以往；昔日◇延續他日的輝煌。

【他們】tāmen 稱説話人和聽話人以外的若干人◇他們走了｜他們愛開玩笑。

【他鄉】tāxiāng 異鄉；遠離家鄉的地方◇異國他鄉｜他鄉遇故知。

3 **仞** rèn 粵jan6 刃 古時以八尺或七尺為一仞◇黃河遠上白雲間，一片孤城萬仞山。

3 **仝** tóng 粵tung4 同 ①同“同”。②姓。

3 **令** 〈一〉lìng 粵ling6 另 ①命令；指示◇手令|三令五申。②下命令◇挾天子以令諸侯。③使；叫◇利令智昏。④小令。詞調、曲調名，字少調短◇如夢令。⑤酒令◇猜拳行令。⑥時節◇冬令。⑦古代官名◇縣令。⑧善；美好◇令德|令名。⑨敬辭。稱對方的親屬◇令尊|令堂。

〈二〉líng 粵ling4 零 令狐。①古地名，在今山西臨猗西。②複姓。

〈三〉lǐng 粵ling1 拎 量詞。用於紙張。原張紙五百張為一令。(英ream)

【令名】lìngmíng 美名，好的名聲◇博取令名。

【令郎】lìngláng 尊稱對方的兒子◇犬子不才，豈能與令郎相提並論。

【令堂】lìngtáng 尊稱對方的母親◇不知令堂光臨，有失迎迓。

【令尊】lìngzūn 尊稱對方的父親◇我和令尊交情很深。

【令愛】lìng'ài 尊稱對方的女兒◇令愛很嫻靜、漂亮。

【令箭】lìngjiàn 古代軍隊中發佈命令用作憑據的東西，形狀像箭◇拾得雞毛當令箭。

【令閫】lìngkǔn 閫，婦女居住的內室。尊稱對方的妻子◇驚聞令閫仙逝，不勝悲悼。

【令嬡】lìng'ài 同“令愛”。

【令行禁止】lìngxíngjìnzhǐ 有令即行，有禁即止。形容法紀嚴明，一切遵照上級的指示辦。

4 **佚** fū 粵fu1 呼 服勞役或從事體力勞動的人◇拉佚|佚役。

4 **休** xiū 粵jau1 丘 ①歇息◇休息|午休。②停止◇罷休|一不做，二不休。③別，不要◇休想|閒話休提。④吉祥；喜慶◇休戚相關。⑤舊時指丈夫離棄妻子◇一紙休書。

【休克】xiūkè ①臨牀上常見的一種細胞急性缺氧綜合症。主要症狀有血壓下降、血流減慢、四肢發冷、臉色蒼白、體溫下降、神志淡漠，甚至昏迷不省人事等。②發生休克。(英shock)

【休息】xiūxi 暫時停止工作、學習或體力活動。

【休戚】xiūqī 歡樂和憂愁。泛指有利的和不利的遭遇◇休戚與共。

【休閒】xiūxián ①悠閒地生活、休息。②可耕地在一定時間內不種作物，藉以恢復地力。

【休養】xiūyǎng ①休息調養。②安定人民生活，恢復並發展經濟實力◇休養生息。

【休整】xiūzhěng 休息整頓(多用於軍隊)。

【休憩】xiūqì 休息◇園內有石凳供人休憩。

【休養生息】xiūyǎng shēngxī 休養，休息保養；生息，繁殖人口。國家在戰亂或大動盪之後，保養民力，增殖人口，恢復和發展生產，安定社會秩序。

4 **伍** wǔ 粵ng5 五 ①古代軍隊的最小建制，由五人編成◇伍長。②泛指軍隊◇行伍|退

伍。③同夥的人◇落伍|羞與為伍。④“五”的大寫。⑤姓。

4 **伎** jì 粵gei6 技 ①古代稱以歌舞為業的女子◇歌伎。②同“技”。技巧，本領。現一般用於含貶義的詞語中◇故伎重演。

【伎倆】jìliǎng 手段；花招◇鬼蜮伎倆|騙子的慣用伎倆。

4 **伏** fú 粵fuk6 服 ①趴着；身體向前靠◇伏案作書。②低下去◇此起彼伏。③埋伏；隱蔽◇潛伏|危機四伏。④制服，使屈服◇降龍伏虎。⑤低頭承認；屈服◇伏輸|伏罪。⑥敬辭。用於下對上◇伏惟|伏聞。⑦伏天◇三伏。⑧電壓單位“伏特”的簡稱。⑨姓。

【伏天】fútiān 夏季最炎熱的時期稱為伏天。夏至後第三個庚日為初伏（頭伏），第四個庚日為中伏（二伏），立秋後第一個庚日為末伏（三伏），合稱三伏。初伏和末伏都是十天，中伏是十天或二十天。從入伏到出伏，大抵在公曆的七月中旬到八月下旬。

多樣表達：伏天

酷暑 盛暑 暑天 盛夏 溽（潮濕）暑 炎暑 伏暑 炎夏 孟夏 仲夏 季夏 三夏 夏令 亢陽 火傘 三伏天 梅雨 黃梅雨 霉雨

【伏侍】fúshì 同“服侍”。伺候，照顧別人◇伏侍婆婆，毫無怨言。

【伏法】fúfǎ 犯人被處死刑。

【伏案】fú'àn 上身靠在桌子上（讀書、寫字等）◇伏案夜讀。

【伏惟】fúwéi 敬辭。舊時用於下對上有所陳述時◇伏惟聖朝，以孝治天下。

【伏貼】fútiē ① 緊貼在上面◇整齊伏貼的短髮。② 舒坦◇這頓飯吃得真伏貼。

【伏筆】fúbǐ 文章中為後面的敍述、描寫預先埋伏的線索。

【伏罪】fúzuì 認罪◇涕泣伏罪|低頭伏罪。

4 **伢** yá 粵ngaa4 牙 方言。小孩子◇小伢兒|九歲伢子。

4 **伐** fá 粵fat6 佛 ①砍（樹木等）◇伐木|砍伐。②征討；攻擊，批判◇討伐|口誅筆伐。③功勞◇功伐|勛伐。④誇耀◇矜功自伐。

4 **仳** pǐ 粵pei2 鄙 分別◇仳離。

【仳離】pǐlí ① 離別◇夫妻仳離。② 特指女子被丈夫遺棄◇有女仳離。

4 **仲** zhòng 粵zung6 頌 ①地位居中的◇仲裁。②在兄弟排行裏代表老二◇仲兄|仲弟。③一年四季每一季的第二個月◇仲春|仲夏|仲秋。④姓。

【仲父】zhòngfù 叔父。

【仲裁】zhòngcái 發生爭執時，由雙方同意的第三者居中對爭執問題作出裁決。

4 **件** jiàn 粵gin6 健 ①量詞◇一件小事|幾件行李。②指可論件計算的事物◇案件|零件|條件。③文件◇抄件|密件|急件。

4 **仵** wǔ 粵ng5 五【仵作】wǔzuò 舊時官府中檢驗死傷的差役◇知縣叫仵作下去驗傷。

【仵工】wǔgōng 負責搬運遺體和棺木的人。

4 **任** 〈一〉rèn 粵jam6 音 ①擔當；承受◇任責制|任勞任怨。②擔任◇任職。③委任，任用◇任免|任人唯賢。④官職；職位◇上任|接任。⑤責任◇以天下為己任。⑥量詞。用於擔任官職的次數◇第五十任總統。⑦由着；聽憑◇放任自流。⑧相信；依賴◇信任。⑨任何◇任人皆知。⑩無論；不管◇任誰也不准入內。⑪即使◇任你官清似水，難逃吏滑如油。

〈二〉rén 粵jam4 吟 ①用於地名，如任丘（在河北）。②姓。

【任用】rènyòng ① 任命使用◇幹部任用。② 信任重用◇任用小人，陷害忠良。

【任何】rènhé 不論甚麼◇任何時候|沒有任何藉口。

【任免】rènmiǎn 任用與罷免◇國務院任免工作人員。

【任命】rènmìng 下令任用◇校長任命王老師為訓導主任|高層官員任命。

【任性】rènxìng 由着性子行事◇這孩子太任性。

【任情】rènqíng 任意；恣情◇任情而為|任情隨緣。

【任務】rènwu ① 指派擔任的工作◇各項任務如期完成。② 擔負的責任◇教育下一代的任務可不輕啊！③ 在電子遊戲中，玩家完成遊戲的指示，並獲得獎勵。

【任意】rènyì ① 沒有拘束，隨意而為◇隨流飄蕩，任意東西。② 不受條件限制的◇任意球｜任意多邊形。

【任憑】rènpíng ① 聽憑，聽任◇任憑風浪起，穩坐釣魚台。② 無論；不管◇任憑怎麼勸説，他都不聽。③ 即使◇任憑跑到天涯海角，也要找到他。

用法提示：任憑、即使

兩者用法相近，但“任憑”後面提出的條件是極端的，“即使”則不限◇任憑他跑到天涯海角，我也要找到他。“即使”後面可以是介詞短語，“任憑”後面不行。

【任人唯賢】rènrénwéixián 賢，德才出眾的人。任用人只以德才兼備為標準，不管他同自己的關係如何。反 任人唯親。

【任人唯親】rènrénwéiqīn 只任用同自己關係密切的人，而不管才德如何。反 任人唯賢。

【任重道遠】rènzhòng dàoyuǎn 任，負擔。擔子很重，路途遙遠。比喻責任重大，需要長期的奮鬥。

【任勞任怨】rènláo rènyuàn 任，承受；怨，埋怨。能承受勞苦，不怕招人埋怨。

4 **价** (一)jiè 粵gaai3 介 舊稱被使喚送東西或傳話的人◇小价｜來价。

(二)jie 粵gaa3 嫁 ①用在否定副詞後面加強語氣◇不价｜別价。②詞尾，詞的後綴。大體相當於“地”。常用於古代戲曲◇震天价響。

4 **份** fèn 粵fan6 瞓6 ①整體中的一部分◇股份｜分成三份。②程度◇窮到這個份上還要擺譜。③量詞◇一份禮物｜一份工作。④用在省、縣、年、月後面，表示劃分的單位◇省份｜年份｜月份｜縣份。⑤方言。身份或面子◇丟份｜跌份。

4 **仰** yǎng 粵joeng5 養 ①臉朝上◇仰視｜人仰馬翻。②敬慕◇信仰｜久仰。③敬辭。多用於下對上◇仰祈聖鑒｜下官不敢仰從。④舊時下行公文用語。表示命令◇仰即遵照。⑤依賴，依靠◇仰仗。

【仰仗】yǎngzhàng 依賴，依靠◇仰仗別人｜仰仗各位支持。

【仰承】yǎngchéng ① 敬受；秉承◇仰承庭訓。② 依靠，依賴◇仰承前輩功業。③ 迎合，奉承◇仰承上司意旨。

【仰望】yǎngwàng ① 抬頭往上看◇仰望藍天。② 敬仰並有所期望◇不勝仰望之至｜一時間成為眾人仰望的人物。

【仰給】yǎngjǐ 依賴他人供給◇糧食不足，不得不仰給於外國。

【仰慕】yǎngmù 敬仰嚮往◇自幼就仰慕李白、杜甫兩位大詩人。

【仰賴】yǎnglài 依賴，依靠◇仰賴進口｜治國要仰賴法治，不能仰賴清官。

【仰人鼻息】yǎngrénbíxī 仰，依賴；鼻息，呼吸。比喻依賴別人生存，看別人的臉色行事。

4 **伋** jí 粵kap1 給 用於人名。孔伋，字子思，孔子的孫子。

4 **伉** (一)kàng 粵kong3 抗 ①對等，相稱◇伉儷。②健壯◇伉健。③同“抗”。抵擋◇天下莫之能伉。

(二)gāng 粵kong3 抗 剛直◇為人伉直。

【伉儷】kànglì ① 配偶。多指妻子◇賢伉儷。② 夫婦◇伉儷情深｜結為伉儷。

4 **仿** fǎng 粵fong2 訪 ①相似，好像◇相仿。②仿效，照着樣子做◇模仿。③依照範本寫的字◇寫了一張仿。

【仿似】fǎngsì 相似，好像◇粉嫩的色彩仿似一束溫暖的陽光。

【仿佛】fǎngfú 同“彷彿”。① 似乎，好像◇時光仿佛倒流。② 類似，近似◇年齡相仿佛，經歷也相似。

【仿冒】fǎngmào 仿造冒充◇查禁仿冒侵權違法活動。

【仿效】fǎngxiào 模仿，依樣效法◇不值得仿效。

【仿照】fǎngzhào 按照已有的方法或式樣去做◇競相仿照｜仿照先進模式。

4 **伙** (一)huǒ 粵fo2 火 ①伙食◇伙房｜包伙。②同“夥”。(1)同伴；一起做事的人◇同伙｜散伙。(2)共同；聯合◇伙辦。(3)店員◇店伙。(4)量詞。用以表示人羣◇兩伙人｜一伙人在玩遊戲。

(二)huo 粵fo2 火 見“傢伙”。

【伙同】huǒtóng 聯合別人一起做事。含貶義◇科長伙同會計貪污公款。

【伙食】huǒshí 飯食。多指集體辦的膳食◇學校的伙食不錯。

【伙計】huǒji ① 合作共事的人◇好伙計，好搭檔。② 僱用的店員或員工◇老闆不滿意這個老伙計。

4 **伈** xǐn 粵sam^{2} 審【伈伈】xǐnxǐn 形容恐懼。

4 **伊** yī 粵ji^{1} 衣 ①此，這◇所謂伊人，在水一方。②他或她◇你不認識伊麼？③文言助詞，無實義◇伊於胡底（不知將弄到甚麼地步）|其罪伊何。④姓。

【伊始】yīshǐ 剛開始◇新年伊始，萬象更新。

【伊甸園】yīdiànyuán 猶太教、基督教《聖經》故事中指人類祖先居住的樂園。（伊甸，希伯來 ʻedēn）

【伊斯蘭教】yīsīlánjiào 公元七世紀初阿拉伯人穆罕默德所創立的宗教，奉《古蘭經》為經典。是世界主要宗教之一。盛行於亞洲西南和東南部及非洲北部，分為遜尼派和什葉派兩大派別，自唐代起傳入中國。（阿拉伯 Islām）

4 **伃** yú 粵jyu^{4} 餘 見"倢伃"。

4 **企** qǐ 粵kei^{5} 其^{5} ①踮起腳跟站立◇企足|企立。②盼望，希望◇企盼|企求。③趕上◇企及。

【企及】qǐjí 趕上；達到◇難以企及。

【企求】qǐqiú 希望。也指盼望得到◇企求找到新的表現手法|企求幸福。

【企盼】qǐpàn 盼望，想望◇翹首企盼。

【企望】qǐwàng 盼望，希望◇企望創出更好的業績。

【企業】qǐyè 從事商品生產和經營活動的單位，如工廠、礦山、鐵路、貿易公司等。

【企圖】qǐtú ① 打算。多含貶義◇企圖造成既成事實。② 意圖。多含貶義◇不良企圖被她一下子識破。

【企劃】qǐhuà 計劃；策劃；謀劃◇企劃書。

【企慕】qǐmù 仰慕◇兩人互訴企慕之情。

【企鵝】qǐ'é 棲息在南極洲及附近島嶼上的一種水鳥。羣居，黑白兩色，不能飛，善於潛水游泳。

【企足而待】qǐzú'érdài ① 踮起腳後跟等待。形容盼望的心情很急切。② 形容很快可以實現。

5 **佞** nìng 粵ning^{6} 擰 ①善辯；巧言諂媚◇佞口|佞人。②有才智◇不佞（謙稱自己）。

5 **佤** wǎ 粵ngaa^{5} 雅 佤族。中國少數民族之一，主要分佈在雲南。

5 **佉** qū 粵keoi^{1} 區 驅逐。

5 **估** 〈一〉gū 粵gu^{2} 古 大約地推算；揣測◇估算|低估|評估。

〈二〉gù 粵gu^{3} 故 見"估衣"。

【估衣】gùyi 出售的舊衣服◇估衣鋪。

【估計】gūjì 大概地推斷或推算◇風險估計|增長高於官方估計。

【估量】gūliáng ① 估計◇海嘯帶來的損失難以估量。② 評價。

【估測】gūcè 估計，推測◇難以估測|粗略估測。

【估摸】gūmo 估計；大致推斷◇估摸過了半個小時。

【估價】gūjià ① 估算商品的價格◇對文物進行鑒定估價。② 對人或事物給予評價◇重新估價一些歷史人物。

5 **何** hé 粵ho^{4} 河 ①表示疑問。(1)甚麼◇何物|為何。(2)哪裏◇何去何從。(3)為甚麼◇何今日奇遇之多也？②表示感歎。多麼◇入門兩眼何悲涼，稚子低眉老妻哭！③表示反問◇何足你來過問？④姓。

【何不】hébù 為甚麼不。用反問語氣表示應該或可以◇何不食肉糜？

【何止】hézhǐ 用反問語氣表示不止或超過（某個範圍或數目）◇你不知道的又何止這些？

【何由】héyóu ① 甚麼原因◇父親不解，便問何由。② 從何處，從甚麼途徑◇不食梨，何由得知梨滋味？③ 怎能◇國恥未雪，何由成家？

【何必】hébì 用反問語氣表示不必◇早知今日，何必當初？

【何如】hérú ① 如何，怎麼樣◇先去看一下，何如？② 怎樣的◇不知是何如人，竟有如此功力。③ 用反問語氣表示不如◇與其跪着生，何如站着死！

【何妨】héfáng 不妨，用反問語氣表示無礙◇大膽一點又何妨？

【何其】héqí 多麼，怎麼這樣◇取得成功何其難也！

【何況】hékuàng 用反問語氣表示更進一層的意思或表示進一步申述理由◇坐車都來不及，何況步行？

【何苦】hékǔ 用反問語氣表示不值得◇何苦為這點小事煩惱？

【何消】héxiāo 不須要◇小事何消掛懷。

【何許】héxǔ ① 何處，甚麼地方◇萬里家何許？② 甚麼樣的◇何許人物有如此大的能耐？

【何等】héděng ① 怎樣的；甚麼樣的◇不知是何等人物。② 多麼。用感歎語氣表示不同尋常◇把酒臨風，何等痛快！

【何須】héxū 用反問語氣表示不須要◇羌笛何須怨楊柳，春風不度玉門關。

【何曾】hécéng 用反問語氣表示不曾◇你又何曾了解過他？

【何嘗】hécháng 用反問語氣表示不曾或並不是◇我何嘗不想早點退休，只是身不由己。

【何謂】héwèi ① 甚麼叫做；甚麼是◇何謂真理？② 甚麼；是甚麼意思◇天下興亡，匹夫有責，此何謂也？

【何足掛齒】hézúguàchǐ 掛齒，說話時提起。哪裏值得一提。原表示輕視，後也表示客氣或自謙◇些須薄禮，何足掛齒。

5 **佐** zuǒ 粵zo3左3 ①輔助，幫助◇佐理|輔佐。②輔助別人的人◇僚佐。

【佐餐】zuǒcān 有助於進食◇佐餐小菜。

【佐證】zuǒzhèng 證據◇搜集佐證。

5 **伾** pī 粵pei1披【伾伾】pīpī 有力的樣子。

5 **佑** yòu 粵jau6右 保護和幫助◇保佑|庇佑。

【佑助】yòuzhù 幫助◇多虧他佑助，才渡過難關。

【佑護】yòuhù 保佑庇護◇佑護眾生。

5 **佈〔布〕** bù 粵bou3布 ①散佈；分佈◇星羅棋佈|陰雲密佈。②安排；設置◇佈防|任人擺佈。③宣告，對公眾陳述◇發佈|公佈。

【佈列】bùliè 分佈排列◇刀槍利刃，佈列森嚴。

【佈告】bùgào ① 張貼出來的通告◇招生佈告。② 宣告，遍告◇特此佈告周知。

【佈局】bùjú ① 下圍棋、象棋時開始階段的棋子安排◇佈局階段即佔優勢。② 指對事物的整體結構作出的安排規劃◇調整佈局|佈局合理。

【佈防】bùfáng 佈置兵力防守◇層層佈防|佈防嚴密。

【佈施】bùshī ① 把財物施捨給他人，特指向僧道施捨財物◇唸佛佈施。② 指施捨的財物◇討這些佈施只為修繕廟宇。

【佈設】bùshè 分佈設置◇佈設耳目|佈設商業網點。

【佈景】bùjǐng ① 舞台或攝影場上佈置的景物。② 國畫用語。指按照畫幅大小安排畫中景物◇此畫佈景簡潔凝練，意境開闊。

【佈置】bùzhì ① 在一定場所陳設安排各種物件，使適合某種需要◇房間佈置一新。② 對工作、活動等作出安排◇佈置新的任務。

5 **伻** bēng 粵paang1烹 ①使者。②使令。

5 **作** kǎ 粵kaa1卡 作佤族，佤族的舊稱。

5 **佔（占）** zhàn 粵zim3尖3 ①強取；據有◇霸佔|獨佔鼇頭。②處於（某種情況或地位）◇佔上風|佔便宜。

【佔有】zhànyǒu ① 用強力或某種手段獲得◇佔有人家的別墅。② 掌握◇佔有足夠的資料。③ 處於（某種地位）◇京劇在戲曲中佔有重要地位。

【佔領】zhànlǐng ① 用軍事手段取得（領土、陣地等）◇佔領前沿陣地。② 佔據並擁有◇佔領市場。

【佔據】zhànjù 用強力或某種手段取得並保持（勢力範圍、場所、地域等）◇佔據優勢|佔據有利地形。

【佔優】zhànyōu 佔有優先地位◇說不準哪個候選人在選舉中佔優。

5 **似** 〈一〉sì 粵ci5恃 ①像；如同◇酷似|神似|似水流年。②似乎；好像◇似曾相識。③表示超過，有比較的意思◇一天好似一天。

〈二〉shì 粵ci5 恃 見"似的"。

【似乎】 sìhū 彷彿，好像◇似乎不太可能丨老師似乎看出了我的心事。

多樣表達：似乎

相像 好像 彷彿 好似 相似 貌似 恰似 類似 近似 近乎 相類 相似 相若 有如 宛如 恍如 一如 猶如 儼如 恰如 如同 宛然 儼然 差不多 差不離 相差無幾

【似的】 shìde 用在名詞、代詞或動詞後面，表示同某種事物或某種情況相似◇白象似的羣山丨過着隱士似的生活。

【似是而非】 sìshì'érfēi 好像正確，其實錯誤◇說了一大堆似是而非、無可無不可的話。

【似曾相識】 sìcéngxiāngshí 好像曾經見過面。形容見過的人或物又出現◇無可奈何花落去，似曾相識燕歸來。

5 **但** dàn 粵daan6 憚 ①只，僅僅◇不求有功，但求無過。②可是，不過◇路雖遠，但交通方便。③儘管◇但說無妨。

【但凡】 dànfán 凡是；只要是◇但凡與學習有關的事，我都支持。

【但是】 dànshì 表示轉折，引出同上文相對立的意思，或限制、補充上文的意思，常和"雖然、儘管"呼應◇大樹雖然頂天立地，但是卻取代不了青青的小草。

【但書】 dànshū 法律上表示特別或除外的意思，用來補充條文的正面意義。因在法律條文的句端冠以"但"字，故稱為"但書"，引申為有條件的協約◇合約大致沒有問題，但要附加一條但書。

【但願】 dànyuàn 只願，只希望◇但願人長久，千里共嬋娟。

5 **伸** shēn 粵san1 身 ①舒展；挺直◇伸懶腰丨伸手不見五指。②同"申"。說明；表白◇伸述丨伸冤。

【伸延】 shēnyán 延伸◇公路順着山脊伸延。

【伸展】 shēnzhǎn 延伸；舒展◇小路一直伸展到遠方丨兩臂平直地向前伸展。

【伸張】 shēnzhāng 擴張，發揚◇伸張勢力丨伸張正義。

【伸縮】 shēnsuō ① 伸長和縮短；伸展和收縮◇伸縮進退丨伸縮自如。② 比喻在一定範圍內的變通或變化◇留有伸縮餘地。

5 **佃** 〈一〉diàn 粵din6 電 租地耕種◇佃農丨佃戶。
〈二〉tián 粵tin4 田 ①耕種◇佃作。②同"畋"。打獵。

【佃戶】 diànhù 向地主或官府租種土地的農戶。

5 **佀** sì 粵ci5 似 ①同"似"。②姓。

5 **佚** yì 粵jat6 日 ①遁世隱居◇佚民。②散失◇佚書丨佚事。③放蕩◇淫佚。④同"逸"。安樂◇佚樂。

【佚失】 yìshī 散失◇在歷史變遷中，許多珍貴文獻佚失。

【佚樂】 yìlè 安逸快樂◇沉湎於荒淫佚樂的生活。

5 **作** 〈一〉zuò 粵zok3 昨3 ①起，興起◇振作丨鑼鼓大作。②從事某種工作或活動◇耕作丨合作丨作報告。③建造；製作◇作舟丨為他人作嫁衣裳。④寫；畫◇作詩丨作畫。⑤作品◇處女作。⑥裝；扮◇作態丨裝腔作勢。⑦發生；發作◇作嘔丨興風作浪。⑧當成；作為◇認賊作父丨以身作則。

〈二〉zuō 粵zok3 昨3 手工作坊◇石作丨洗衣作丨油漆作。

〈三〉zuó 粵zok3 昨3 見"作料"。

【作手】 zuòshǒu 工藝或詩文書畫的能手◇看着雖像是小品，然而非真正作手作不出來。

【作文】 zuòwén ① 寫文章。今多指學生學習寫作◇上作文課。② 學生作為練習所寫的文章◇他寫的作文受到老師稱讚。

【作古】 zuògǔ 婉辭。指人死去◇當年的抗戰將領相繼作古。

【作用】 zuòyòng ① 對事物產生影響◇感到有一股強大的力量作用在自己身上。② 對事物產生某種影響的活動◇光合作用丨胃的消化作用。③ 對事物產生的影響；效果，效用◇副作用丨積極作用。④ 用意，用心◇他講這些話的作用你聽不出嗎？

【作死】 zuòsǐ (zuōsǐ) 自尋死路。多用於不知輕重、不顧危險者◇酒後開車，等於作死。

【作伐】 zuòfá 典故出自《詩經・豳風・伐柯》。砍伐作斧柄的樹枝必須用斧頭，娶妻必須通過媒人。後來稱做媒為"作伐"◇她熱衷於為人作伐。

【作色】zuòsè 變了臉色；現出怒容◇憤然作色｜勃然作色｜聞言作色。

【作弄】zuònòng 捉弄；戲弄◇命運作弄人。

【作別】zuòbié 告別，辭別◇作別故鄉。

【作秀】zuòxiù ① 表演，演出。② 在公開場合作出某種姿態，以謀取宣傳效果或博取歡心、同情。(秀，英 show)

【作者】zuòzhě 文章的寫作者；藝術作品的創作者。

【作物】zuòwù 農作物的簡稱◇高產作物｜經濟作物｜糧食作物。

【作供】zuògòng 受審者接受訊問和交代案情◇出庭作供。

【作法】zuòfǎ ① 道士施行法術◇畫符書籙，繞場作法。② 作文或作畫的方法、寫法、畫法◇文章的作法｜插圖的作法很簡練。③ 做事的方法◇這種作法不可取。

【作怪】zuòguài 原指鬼神等與人為難，後泛指搗鬼、搗亂◇這事準是他在暗中作怪。

【作品】zuòpǐn 指文學藝術創作的成品。

【作俑】zuòyǒng 製造殉葬用的偶像。後比喻首開先例。多含貶義。見"始作俑者"。

【作風】zuòfēng 思想、工作和生活上表現出來的態度或行為◇作風正派｜官僚作風。

【作美】zuòměi 成全好事。多用於否定◇天公不作美。

【作為】zuòwéi ① 當做◇把唱歌作為職業。② 從人的身份或事物的性質方面説◇作為立法會議員｜作為給孩子看的書。③ 行為◇她的作為無可挑剔。④ 做出成績。也指做出的成績◇有所作為｜有作為的青年。⑤ 法律上指通過行為人有意識的活動而直接產生法律效力的行為。

【作客】zuòkè ① 去別人處拜訪，做客人◇請到我家來作客｜到人家作客總得提點禮物。② 在別處寄居◇萬里悲秋長作客，百年多病獨登台。

【作息】zuòxī 工作和休息◇按時作息｜新的作息時間表。

【作料】zuóliao 烹飪用的調味品◇做這道菜需要好幾種作料。

【作家】zuòjiā 從事文學創作且有成就的人。

【作案】zuò'àn 進行違法犯罪活動◇作案手段越來越狡猾。

【作祟】zuòsuì 鬼怪害人。借指暗中搗亂、為害◇他從中作祟，讓這事流產了｜世上沒有鬼作祟，只有人作祟。

【作梗】zuògěng 從中阻撓、搗亂，使事情不能順利進行◇暗中作梗。

【作偽】zuòwěi 製造假的，冒充真的（多指文物、著作等）◇古董作偽猖獗，小心贗品。

【作陪】zuòpéi 當陪客◇出席作陪｜專程作陪｜應邀作陪。

【作揖】zuòyī 兩手抱拳高拱，身子略彎，向人敬禮◇打躬作揖。

【作業】zuòyè ① 由教師佈置的功課；由上級佈置的生產或訓練任務◇課堂作業｜野外作業。② 從事生產活動或軍事、科學考察等活動◇井下作業｜海底潛水作業。

【作亂】zuòluàn 發動叛亂；製造暴亂◇犯上作亂。

【作對】zuòduì ① 做對頭；跟人為難◇存心作對｜處處作對。② 成雙，結成配偶 ◇成雙作對。③ 做對聯；對對子◇吟詩作對。

【作嘔】zuò'ǒu ① 噁心得想吐◇一聞到那氣味就要作嘔。② 比喻對某人或某事非常討厭◇那種矯揉造作的表演實在令人作嘔。

【作態】zuòtài 故意作出某種姿態或表情◇惺惺作態｜忸怩作態。

【作弊】zuòbì 用欺騙的手法做違法或違規的事情◇莫因作弊毀前程｜若發現作弊，會取消所有考試成績。

【作數】zuòshù（説話）算數◇口頭承諾也是約定，不能不作數。

【作踐】zuòjian 糟蹋◇這不是作踐人嗎？

【作罷】zuòbà 取消原來的打算，不再進行◇就此作罷。

【作樂】zuòlè 取樂，尋找快樂◇苦中作樂｜萬聖節是年輕人狂歡作樂的節日。

【作興】zuòxīng 方言。① 流行，盛行◇老輩子還作興指腹為婚呢。② 應該；習慣上許可◇欺侮人是不作興的。③ 也許，可能◇再等一歇，伊作興會來。

【作難】(一)zuònán ① 為難，感到難辦◇這事真讓我作難。② 刁難◇老天爺好像故意作難，突然下起了大雨。
(二)zuònàn 發動叛亂；造反◇興兵作難。

【作孽】 zuòniè ① 造成災害。引申為做壞事◇天作孽，猶可恕；自作孽，不可活。② 遭罪受苦◇一輩子作孽。③ 方言。可憐；悲慘◇病成這樣，真作孽。

【作奸犯科】 zuòjiān fànkē 作奸，做壞事；犯科，觸犯法紀。為非作歹，違法亂紀。

【作法自斃】 zuòfǎzìbì 斃，死。原指自己立法反而使自己受害。據《史記・商君列傳》，戰國時商鞅在秦國實行變法，後來政局變化，他被迫逃亡在外，卻因自己立下的苛法而不能入住旅舍，於是歎道：“為法之敝，一至此哉！”後比喻自作自受。

【作威作福】 zuòwēi zuòfú 威，刑罰；福，獎賞。成語出自《尚書・洪範》。本指國君專行賞罰，獨攬威權，後比喻濫用權勢，胡作非為。

【作壁上觀】 zuòbìshàngguān 壁，營壘，軍營的圍牆。別人交戰，自己站在營壘上觀戰。成語出自《史記・項羽本紀》：“及楚擊秦，諸將皆從壁上觀。”後比喻置身事外，坐觀成敗。同 坐觀成敗、坐山觀虎鬥。

【作繭自縛】 zuòjiǎnzìfù 縛，束縛。蠶吐絲作繭，把自己包在裏面。比喻因做某事或出現某種情況而使自己陷入困境◇為情所困，無異作繭自縛。

5 **伯** (一)bó 粵baak^{3} 百 ①在兄弟排行裏代表最大◇伯仲叔季。②父親的哥哥◇伯父。③尊稱跟父親同輩而年紀較大的男子◇老伯|李大伯。④封建五等爵位的第三等◇公侯伯子男。
(二)bǎi 粵baak^{3} 百 妻子對丈夫的哥哥的稱呼◇大伯子。

【伯父】 bófù ① 父親的哥哥。② 尊稱跟父親同輩而年紀較大的男子。

【伯樂】 bólè《列子・說符》：春秋秦穆公時孫陽以善相馬出名，人稱伯樂。後比喻善於發現、推薦或選拔人才的人◇千里馬常有而伯樂不常有。

【伯仲叔季】 bózhòngshūjì 兄弟排行次序的名稱，伯是老大，仲是老二，叔是老三，季最小。

5 **伶** líng 粵ling^{4} 零 ①舊指戲曲演員◇優伶|名伶。②見“伶仃”“伶俜”。③見“伶俐”。

【伶仃】 língdīng ① 孤獨，無依靠◇孤苦伶仃。② 形容瘦弱◇瘦骨伶仃。

【伶俜】 língpīng 孤單的樣子◇伶俜風塵|伶俜孤苦。

【伶俐】 línglì 靈活；機靈◇口齒伶俐|聰明伶俐。

5 **佣** yòng 粵jung^{2} 擁 做生意時付給中間人的報酬◇佣金|佣錢。

5 **低** dī 粵dai^{1} 底^{1} ①從下向上距離短；離地面近◇低矮|高低槓。②向下垂◇低頭|雲層低垂。③(地勢)窪下◇低谷。④等級在下的◇低檔|低年級。⑤在一般標準或平均程度之下◇低溫|低能。⑥低落，消沉◇情緒低。

【低下】 dīxià ① 在一般標準之下的◇智力低下|辦事能力低下。②(品質、格調等)低俗◇格調低下，用語粗俗。

【低劣】 dīliè 很不好，相當差◇品質低劣|醫德低劣。

【低估】 dīgū 過低地估計◇不要低估對手的力量。

【低谷】 dīgǔ 兩山間的低凹地帶。比喻經濟、生產、股市、相互關係等事物，在發展過程中低沉的時期或階段◇股市一下子跌入低谷。

【低沉】 dīchén ① 雲層低，天色陰沉◇低沉潮濕的天氣。②(情緒)低落消沉◇情緒低沉。③(聲音)低而厚重◇大提琴的聲音低沉而綿長。

【低俗】 dīsú 低級庸俗◇言語低俗|格調低俗。

【低迴】 dīhuí ① 回味；留戀◇低迴往事。② 徘徊◇低迴盤旋。③ 聲音低沉、迴蕩◇低迴婉轉的吟唱。

【低迷】 dīmí 低落；不景氣◇市場低迷|股市長期低迷。

【低能】 dīnéng ① 能力低下。② 特指智力低下◇低能兒。

【低級】 dījí ① 初步的；形式簡單的◇低級產

品。② 庸俗的，品味不高的◇庸俗低級。

【低落】 dīluò ① 下降◇水位低落。② 消沉◇情緒低落。

【低微】 dīwēi ①（聲音）細小微弱◇低微的語調。②（身份或地位）卑微◇出身低微。③ 微薄◇以種田為生，收入低微。

【低廉】 dīlián 價格低，便宜◇收費低廉 | 價格低廉。

【低碳】 dītàn 較低的溫室氣體排放。指低能量、低消耗、低開支，減少二氧化碳的排放的模式。

【低語】 dīyǔ 低聲説話◇低語密談 | 悄聲低語。

【低調】 dīdiào 比喻為人處事不張揚、保持低姿態的作風◇槍打出頭鳥，為人低調一點好。㊎ 高調。

【低潮】 dīcháo ① 在潮汐漲落周期內最低的潮位。② 比喻事物發展的低落階段◇事業陷於低潮。

【低頭】 dītóu ① 垂下頭◇在人矮簷下，怎能不低頭。② 比喻屈服◇從不向困難低頭。

【低三下四】 dīsān xiàsì ① 形容社會地位低◇你不像低三下四的人家走出來的。② 形容卑躬屈膝的樣子◇在別人面前低三下四，不能獲得他人的尊重。㊐ 低聲下氣、卑躬屈膝。

【低聲下氣】 dīshēng xiàqì 形容恭順小心、不敢大聲説話的樣子。

5 **你** nǐ 粵nei⁵ 您 ①稱談話的對方（一個人）◇我問你 | 你找誰？②你們◇你校 | 你方。③泛指任何人◇口才叫你不得不佩服。④跟“我”或“他”配合使用，表示大家共同參與或彼此互有交流◇你一言，我一語 | 你一條，他一條，提了幾十條建議。

【你們】 nǐmen 稱不止一個人的對方或包括對方在內的若干人。

【你死我活】 nǐsǐ wǒhuó 形容雙方不能共存，鬥爭激烈◇兩人明爭暗鬥，搞得你死我活。

5 **佝** gōu 粵kau³ 扣【佝僂】gōulóu 脊背彎曲◇佝僂者承蜩。

【佝僂病】 gōulóubìng 由於缺少鈣、磷和維他命 D，並缺乏日光照射而引起的骨骼發育不良的病症。主要症狀為雞胸、駝背、下肢彎曲等。多見於小兒，也叫軟骨病。

5 **佟** tóng 粵tung⁴ 童 姓。

5 **住** zhù 粵zyu⁶ 主⁶ ①居住◇衣食住行。②停息；止住◇兩岸猿聲啼不住，輕舟已過萬重山。③用在動詞後面，表示牢固、停頓、勝任等◇守住 | 愣住 | 禁不住。

【住口】 zhùkǒu 停止説話。多用於禁止◇話説到一半，突然住口不語。

【住宅】 zhùzhái 住房，供人們居住、生活的房屋。

【住所】 zhùsuǒ 個人或家庭居住的處所。

【住持】 zhùchí ① 居住佛寺中總管事務的僧人◇靈隱寺住持。② 道觀中總管事務的道士◇玄都觀住持。

【住宿】 zhùsù 在外居住。多指過夜◇找不到賓館住宿。

5 **位** wèi 粵wai⁶ 慧 ①所在的位置◇座位 | 各就各位。②職位；地位◇不在其位，不謀其政。③特指皇位◇繼位。④為鬼神或祖先設立的牌位◇靈位。⑤每個數在多位數中所佔的位置◇個位 | 十位。⑥量詞。用於人，表尊敬◇各位 | 諸位 | 這位。

【位次】 wèicì ① 官位的等級。② 依次排定的位置或名次◇按位次入座。

【位置】 wèizhi ① 人或物體所在或所佔的地方◇指定的位置。② 職位◇她找到了一個小學老師的位置。③ 地位◇《詩經》在文學史上佔有重要位置。

5 **伴** bàn 粵bun⁶ 叛 ①在一起生活、工作或活動的人◇夥伴 | 結伴而行。特指夫妻中的一方◇老伴。②陪同◇陪伴 | 伴舞。③配合◇伴唱。

【伴奏】 bànzòu 唱歌、跳舞或獨奏時用樂器配合演奏◇鋼琴伴奏 | 樂隊伴奏。

【伴侶】 bànlǚ ① 同在一起生活、工作或活動的另一方◇旅途伴侶。② 特指夫妻◇終身伴侶。

【伴郎】 bànláng 男儐相，婚禮中陪伴新郎的男子。

【伴娘】 bànniáng 女儐相，婚禮中陪伴新娘的女子。

【伴唱】 bànchàng 從旁歌唱，配合表演◇鋼琴伴唱 | 女聲伴唱。

【伴隨】bànsuí ① 陪伴；跟…在一起◇親人的愛伴隨着我成長。② 隨着，跟着發生◇一道破空閃電，伴隨而來的是一陣雷鳴。

5 佇〔伫竚〕zhù 粵cyu5 柱 佇立◇隔籬佇聽。

【佇立】zhùlì 長久地站着◇凝神佇立｜佇立良久。

【佇候】zhùhòu 佇立等候，泛指等候◇佇候光臨｜佇候明教。

5 佗 tuó 粵to4 駝 同"馱"。負載◇這麼重，你佗得動嗎？

5 伺 〈一〉sì 粵zi6 自 ①探察；偵察◇窺伺｜伺其動靜。②等待◇伺機。

〈二〉cì 粵si6 士 見"伺候"。

【伺候】cìhou ① 在別人身邊照料起居飲食和生活事項等◇伺候老太太一輩子。② 為上司或他人辦事◇真難伺候｜不伺候這種人。

【伺察】sìchá 偵探，觀察◇不動聲色，暗中伺察。

【伺機】sìjī 等待機會◇伺機而動｜伺機作案。

5 佛 〈一〉fó 粵fat6 乏 ①佛教◇佛門｜佛經。②指佛陀或修道圓滿的人◇佛牙｜立地成佛。③佛像◇樂山大佛。④佛號或佛經◇唸佛｜高聲唱佛。

〈二〉fú 粵fat1 忽 同"彿"。見"仿佛"。

【佛法】fófǎ ① 佛教的道理。② 佛所具有的法力◇大道有岸，佛法無邊。

【佛陀】fótuó 佛教徒稱佛教創始人釋迦牟尼，簡稱佛。(梵 Buddha)

【佛教】fójiào 世界主要宗教之一。相傳為公元前六至五世紀古印度迦毗羅衛國(今尼泊爾境內)王子釋迦牟尼所創，廣泛流傳於亞洲的緬甸、泰國、柬埔寨、越南、日本等許多國家。西漢末傳入中國。

多樣表達：佛教

釋教 釋門 釋家 釋迦牟尼 如來 佛陀 浮圖 浮屠 佛光 舍利 舍利子 塔 佛塔 佛門 空門 禪宗 天台宗 淨土宗 華嚴宗 大乘 小乘 菩薩 彌勒 觀世音 觀音大士 文殊 普賢 地藏 羅漢 金剛 飛天 阿彌陀佛 西方淨土 極樂世界 大千世界 喇嘛教 藏傳佛教 寺院 庵 大雄寶殿 南華寺 靈隱寺 天竺 五台山 九華山 峨眉山 普陀山 蓮花座 開光 佛法 和尚 住持 方丈 僧侶 尼姑

【佛像】fóxiàng ① 佛陀的像。② 泛指佛教供奉的神像。

【佛頭着糞】fótóuzhuófèn 佛的塑像頭上沾了鳥雀的糞便。比喻美好的事物被褻瀆、糟蹋。

5 伽 〈一〉qié 粵ke4 茄 譯音用字◇伽藍｜伽南香。

〈二〉jiā 粵gaa1 家 譯音用字◇伽利略｜伽倻琴。

〈三〉gā 粵gaa1 家 譯音用字◇伽馬射線。

【伽藍】qiélán 僧眾居住的園林。後泛指佛寺◇伽藍十餘所，僧眾兩千人。(全稱僧伽藍摩，梵 samghārāma)

【伽倻琴】jiāyēqín 朝鮮族樂器名，形似古箏。

5 彼 bǐ 粵bei2 比 邪。

5 佘 shé 粵se4 蛇 姓。

5 余 yú 粵jyu4 餘 ①我◇然是說也，余尤疑之。②姓。

6 來(来) lái 粵loi4 萊 ①由別處到此處◇兵來將擋，水來土掩。②做某種行為◇別來這一套。③發生◇這下麻煩可來了。④從過去到現在◇有史以來｜冬去春來。⑤現在以後的◇未來｜繼往開來。⑥表示約數◇十來個｜三十來歲。⑦表示動作的趨向◇把書拿來｜快出來吧。⑧表示可能或不可能◇談得來｜唱不來。⑨用在另一動詞前，表示要做某事◇你來說｜一起來幹。⑩表示列舉◇一來是購物，二來是看朋友。⑪用在動詞後，表示動作的結果◇說來話長｜看來有把握。⑫用作詩歌等的襯字◇正月裏來是新春。⑬姓。

【來日】láirì 以後的日子◇來日方長｜來日無多。

【來由】láiyóu ① 由來，原因◇事情發生的來由。② 來歷◇調查她的來由背景。

【來生】láishēng 指人死後再轉生到世上的那一輩子◇來生續緣。

【來年】láinián 明年，下一年◇來年日子更紅火。

【來者】láizhě ① 將來出現的人或事◇前無古人，後無來者。② 到來的人或物◇來者不善｜來者不拒。

【來往】láiwǎng ① 來和去；往返◇來往兩地。② 進行交際活動；人和人互相交往◇同鄰居來往不多。

【來電】láidiàn ① 打來電報或電話◇來電查詢。② 指打來的電報或電話◇來電收到｜來電顯示。③ 供電或斷電後接通◇小山村終於來電了。

【來路】láilù ① 通向這裏的道路◇回望那接連家鄉的來路。② 來源◇失業斷了他家的生活來路。③ 來歷◇來路不明。

【來源】láiyuán ① 事物所從來的地方；事物產生的根源◇信息來源｜生活來源。② 起源；產生◇靈感來源於社會生活。

【來潮】láicháo ① 潮水上漲◇海水來潮時，浪花飛騰。② 像潮水般湧起◇心血來潮。③ 指女子來月經。

【來頭】láitou ① 來歷，人的經歷或背景◇此人來頭不小。② 來勢◇一看來頭不妙，悄悄地溜了。③ 從事某種活動的興趣◇整天打牌有甚麼來頭？

【來歷】láilì 人和事物的來路和經歷◇來歷不明。

【來臨】láilín 到來，來到◇春天來臨。

【來歸】láiguī ① 歸來◇滿懷遊子來歸的心情。② 古時稱女子嫁到夫家（從夫家方面説）。③ 歸順，歸附◇四方來歸。

【來日方長】láirìfāngcháng 將來的日子還很長。表示事有可為或還有機會。

6 **俇** kuāng 粵wong^{1} 汪【俇儴】kuāngráng 同“劻勷”。

6 **佳** jiā 粵gaai^{1} 街 美；好◇漸入佳境｜靜候佳音。

【佳人】jiārén ① 美女◇才子佳人｜絕代佳人。② 美好的人。指君子、賢人。③ 指自己所懷念的人◇明月依舊，佳人在何方？

【佳作】jiāzuò 優秀的作品◇一部不可多得的佳作。

【佳音】jiāyīn ① 美妙的聲音◇秋風颯颯伴佳音。② 好消息◇佳音頻傳。

【佳偶】jiā'ǒu ① 美滿的夫妻◇佳偶天成｜新婚佳偶。② 理想的配偶◇佳偶難覓。

【佳期】jiāqī ① 好時光◇節令佳期。② 婚期◇選定佳期，成就百年之好。③ 情侶幽會的日子◇佳期如夢。

【佳節】jiājié 歡樂愉快的節日◇每逢佳節倍思親。

【佳話】jiāhuà 傳誦一時的好事或趣事◇這段風花雪月的故事成就了一段佳話。

【佳賓】jiābīn 嘉賓。尊貴的客人◇座上佳賓多是社會名流。

【佳餚】jiāyáo 優質美味的菜餚◇美酒佳餚｜佳餚美點。

【佳麗】jiālì ① 美麗；秀麗◇容貌佳麗｜風物佳麗。② 美女◇後宮佳麗三千人，三千寵愛在一身。

6 **侍** shì 粵si^{6} 士 伺候；陪伴◇侍立一側。

【侍女】shìnǚ ① 古代宮中侍奉君王后妃的女子。② 婢女，女僕。③ 做服務工作的女子◇咖啡館的侍女。

【侍奉】shìfèng ① 侍候奉養◇侍奉雙親。② 侍候，服侍◇侍奉公婆。

【侍者】shìzhě ① 聽候主人使喚的人。② 指旅館、餐廳接待顧客的人。③ 舊時指妾。

【侍候】shìhòu 服侍，伺候◇在病榻前小心侍候老人。

【侍從】shìcóng ① 隨侍帝王或官員左右並任護衛之責。② 指在帝王或官員左右侍候衛護的人◇王室侍從｜貼身侍從。

【侍養】shìyǎng 奉養◇侍養父母｜侍養老祖母。

【侍衛】shìwèi ① 侍從護衛◇侍衛官。② 在帝王身邊負責侍奉、保衛的禁兵、武官◇宮廷侍衛。

【侍應生】shìyìngshēng 舊時指在銀行、公司等做勤雜工的青年人。現多指餐廳、旅館等的服務員。

6 **佶** jí 粵git^{6} 傑 ①健壯的樣子。②見“佶屈”。

【佶屈】jíqū 曲折；不順暢◇佶屈聱牙（形容文句艱澀）。

6 **佬** lǎo 粵lou^{2} 魯^{2} ①成年的男子；漢子。含輕視意◇闊佬｜鄉巴佬。②方言。用在名詞、形容詞或動賓詞組後面，用作稱呼◇大佬｜肥佬｜收租佬。

6 **佴** 〈一〉èr 粵ji6 二 置，留。
〈二〉nài 粵noi6 內 姓。

6 **供** 〈一〉gōng 粵gung1 工 ①供給；供應◇供水|供不應求。②提供某種可利用的條件◇僅供參考。
〈二〉gòng 粵gung3 貢 ①奉獻祭品◇供佛|供祖宗。②奉獻的祭品◇上供。
〈三〉gòng 粵gung1 工 ①受審者陳述案情◇供認|招供。②供詞◇口供。③從事；擔任◇供事|供職。

【供狀】gòngzhuàng 書面供詞。

【供奉】gòngfèng ① 虔敬地供養（神、佛、祖先）◇屋內供奉神龕佛像。② 供養；奉養◇孝敬父母，供奉天年。③ 以某種技藝在帝王身邊供職的人◇內庭供奉。

【供詞】gòngcí 受審者口頭或書面所交待的與案情有關的內容。

【供給】gōngjǐ 把物資、錢財給予需要的人◇市場供給充裕。

【供認】gòngrèn 被告人承認做過的事情◇供認不諱。

【供銷】gōngxiāo 供應和銷售。

【供養】〈一〉gōngyǎng 供給長輩或年長者生活需要◇供養父母。
〈二〉gòngyǎng 擺設供品祭祀（神佛或祖先）◇虔心供養的居士。

【供應】gōngyìng 供給物資，滿足需要◇糧食供應緊張。

【供職】gòngzhí 擔任職務◇供職於一家保險公司。

6 **使** 〈一〉shǐ 粵si2 史/sai2 洗 ①差遣，派遣◇指使|鬼使神差。②用，使用◇煤氣灶不好使。③讓；令；叫◇迫使|使人失望。④假如◇假使|倘使。
〈二〉shǐ 粵si3 試 ①奉使命辦事◇出使。②奉使命辦事的人◇兩國交兵，不斬來使。③官名。(1)古代指負責某種政務的官員◇節度使|布政使|按察使。(2)近代指派駐國外辦理外交等事務的官員◇大使|公使。

【使用】shǐyòng 將人、財、物等用於實現某種目的◇使用資金|合理使用人才。

【使者】shǐzhě 奉命出使的人◇派出的使者帶回一封信。

【使命】shǐmìng ① 派人辦事的命令◇完成使命，載譽歸來。② 比喻重大的任務或責任◇歷史使命。

【使得】shǐde ① 引起某種結果◇一番話使得我百感交集。② 可以使用◇這支筆使得使不得？③ 行；可以◇這辦法倒使得。

【使喚】shǐhuan ① 支使別人做事◇聽人使喚。② 使用（工具、牲口等）◇這匹烈馬不聽使喚。

【使節】shǐjié 由國家委任的常駐他國的外交官或派往他國去辦理事務的代表。

【使館】shǐguǎn 外交使節在所駐國家的辦公機構。

【使壞】shǐhuài 出壞主意；耍狡猾手段◇暗中使壞。

6 **佰** bǎi 粵baak3 百 “百”的大寫。

6 **侑** yòu 粵jau6 右 勸人吃喝，陪侍助興◇侑食|奏歌侑觴(酒器)。

6 **侉** kuǎ 粵kwaa2 誇2 ①語音不正，特指口音跟本地語音不同◇侉子。②粗大，不細巧◇五大三粗的侉大個兒。

6 **例** lì 粵lai6 麗 ①類；列◇不在此例。②可以做依據的事物◇先例|舉例。③規則；標準◇條例|凡例。④成例，慣例◇破例|援例行事。⑤符合某種條件的事例◇病例|案例。⑥按條例或成規進行的◇例會|例假。⑦比照，對照◇以此例彼。

【例外】lìwài ① 不按一般規律和規定行事◇無一例外。② 在一般規律和常規之外的情況◇爸爸一下班就回家，很少有例外。

【例如】lìrú 舉例用語，表示下面列舉的就是前面所説事物的例子◇叫“魚”的動物可多啦，例如娃娃魚、金魚、墨魚等。

【例言】lìyán 放在書的正文前面，説明該書內容、體例等的文字。

【例假】lìjià ① 法定的假日，如聖誕、元旦、中秋節等。② 婉辭。指婦女月經或月經期。

【例證】lìzhèng 證明某一事實或理論所用的例子◇例證確鑿。

【例行公事】lìxíng gōngshì 按照慣例辦理的

公事，多指形式主義的工作。

6 **侗** ⟨一⟩tóng 粵tung⁴同 幼稚；無知◇侗而不願(老實)。

⟨二⟩dòng 粵dung⁶動 侗族。中國少數民族之一，主要分佈在貴州、湖南和廣西。

6 **侃** kǎn 粵hon²罕 ①剛直◇侃直。②嘲弄；譏笑◇調侃。③閒聊◇侃大山。

【侃侃】kǎnkǎn 形容説話有條有理、從容不迫的樣子◇侃侃而談｜一番話侃侃道來。

【侃價】kǎnjià 交易雙方討價還價，商談成交價格◇買東西要敢侃價，也要會侃價。

6 **侏** zhū 粵zyu¹珠【侏儒】zhūrú ①身材異常矮小的人。②比喻無能的人◇説話的巨人，行動的侏儒。

6 **侁** shēn 粵san¹身【侁侁】shēnshēn 形容眾多◇景點侁侁，勝過昔日。

6 **侜** zhōu 粵zau¹周 欺騙；蒙蔽◇侜誑。

【侜張】zhōuzhāng 欺騙；作偽◇訛言侜張，擾亂人心。

6 **佺** quán 粵cyun⁴全 用於人名。偓佺，古代傳説中的仙人。

6 **佻** tiāo 粵tiu¹條¹ ①輕浮，不莊重◇輕佻。②偷，竊取◇佻天之功為己功。

【佻巧】tiāoqiǎo 輕佻虛浮◇舉止佻巧｜纖靡佻巧的風氣。

【佻薄】tiāobó 輕浮；淺薄◇佻薄輕狂｜文章佻薄空泛。

6 **佾** yì 粵jat⁶日 古代樂舞的行列。一行八人為一佾◇八佾舞於庭。

6 **佩** pèi 粵pui³配 ①同"珮"。古代掛在衣帶上的裝飾品◇玉佩｜環佩。②掛在身上◇佩帶｜佩飾。③服帖而尊敬◇敬佩｜令人感佩。

【佩服】pèifú 欽佩敬服◇你的善舉愛心真讓人佩服。

【佩帶】pèidài 在腰上繫掛（武器等）◇佩帶警棍。

【佩戴】pèidài 在肩上、胸前、臂上繫掛（裝飾品或標誌物等）◇佩戴項鏈｜佩戴校徽。

6 **佹** ⟨一⟩guǐ 粵gwai²鬼 ①乖戾。②奇異◇佹異｜佹誕。

⟨二⟩guī 粵gwai²鬼 忽而；偶而◇佹出佹入｜佹得佹失。

6 **佫** hè 粵hok⁶學 姓。

6 **侈** chǐ 粵ci²齒 ①浪費◇奢侈｜侈靡。②誇大◇侈論。③過分◇侈望。

【侈談】chǐtán ①言過其實地談論◇當起碼的平等都沒有的時候不必侈談其他。②言過其實的話◇這事會取得成功絕非侈談。

6 **侂〔侘〕** tuō 粵tok³託 寄託；依託。

6 **佼** jiǎo 粵gaau²狡 ①超出一般◇佼佼。②美好◇佼美｜形象佼好。

【佼佼】jiǎojiǎo 特別好◇總有一些佼佼者走在業者的前面。

6 **依** yī 粵ji¹衣 ①靠近◇白日依山盡，黃河入海流。②依賴，依靠◇相依為命。③順從；答應◇百依百順｜不依不饒。④按照，遵循◇依法懲處。

【依允】yīyǔn 同意，允許◇慨然依允｜母親勉強依允。

【依存】yīcún 相互依附而同時存在◇互為依存。

【依依】yīyī ①（樹枝）輕柔披拂的樣子◇昔我往矣，楊柳依依。②依戀、不忍分離的樣子◇依依惜別｜兩情依依。③隱約可見的樣子◇曖曖遠人村，依依墟里煙。

【依附】yīfù ①附着；緊貼◇壁虎依附牆壁爬來爬去。②依靠，依賴◇依附三畝菜地維生。③投靠；歸屬依仗◇依附於人｜依附豪門，欺壓良善。

【依託】yītuō ①依靠◇依託於舅父家。②依靠的人或事物◇以秀麗的山川為依託發展旅遊業。③假借某種名義◇依託異端邪説控制人們的精神世界。

【依偎】yīwēi 親熱地緊靠着◇孩子依偎在母親的懷抱裏。

【依從】yīcóng 順從，聽從◇事事都依從太太。

【依稀】yīxī ①模模糊糊，隱隱約約◇依稀可辨。②彷彿，類似◇風景依稀，人事已非。

【依傍】yībàng ①緊靠◇校園依傍着風景秀麗的古城公園。②依靠◇無所依傍。③（藝術、學問方面）參照，摹仿◇做學問常常依傍前人，採用舊說。

【依然】yīrán ① 依舊，照舊◇風采依然。② 仍舊◇他儘管久病在牀，依然樂觀。

【依照】yīzhào ① 以某事物為依據進行◇依照原定計劃。② 按照◇依照新規定，不能這麼辦。

【依靠】yīkào ① 倚仗別的人或事物來達到目的◇依靠關係和權勢賺了大錢。② 可以依靠的人或事物◇父母去世後，祖父成了她唯一的依靠。

【依據】yījù ① 根據◇依據預報，明天有雨。② 作為根據的事物◇提供可靠依據。

【依賴】yīlài ① 依靠別的人或事物而不能自立◇事事依賴父母。② 事物之間彼此互為依存，不可分離◇同病相憐，使他們彼此依賴。

【依舊】yījiù ① 同過去一樣◇河山依舊，故人凋零。② 仍舊，仍然◇他依舊不同意。

【依戀】yīliàn 留戀；捨不得離開◇這麼大了，還依戀媽媽？

【依葫蘆畫瓢】yīhúluhuàpiáo 照葫蘆的樣子畫瓢。比喻照着別人的經驗、辦法去做，毫無新意。

6 **佽** cì 粵ci3 次 幫助◇摯友佽助，不遺餘力。

6 **佯** yáng 粵joeng4 羊 ①假裝◇佯死|佯攻。②見"倘佯"。

【佯狂】yángkuáng 假裝瘋狂◇買醉佯狂，放言無忌。

【佯裝】yángzhuāng 假裝◇佯裝輕鬆，故作灑脫。

6 **併〔并〕** bìng 粵bing3 兵3 合在一起◇合併|兼併|歸併。

【併吞】bìngtūn 將別國領土或別人的財產強行據為己有。

【併發】bìngfā 由正在患的某種病引起另一種病◇感冒併發肺炎|2019 冠狀病毒病可能出現的併發症。

6 **侘** chà 粵caa3 詫【侘傺】chàchì 失意的樣子。

6 **侔** móu 粵mau4 謀 齊等，相同◇等級相侔|風俗習慣大不相侔。

6 **侖(仑)** lún 粵leon4 鄰 見"昆侖"。

7 **俅** qiú 粵kau4 求 ①恭順的樣子◇俅俅。②俅人。中國少數民族獨龍族的舊稱。

7 **俥(俥)** chē 粵ce1 車 ①船上動力機器◇新船試俥|停俥拋錨。②指火車司機或輪船上負責管理機器的人◇大俥。

7 **便** 〈一〉biàn 粵bin6 辨 ①適合；適宜◇不便公開。②容易；方便◇便於操作。③順便的機會或時候◇就便|搭便車。④平常的；簡便的；非正式的◇便飯|便條。⑤屎或尿◇大小便。⑥指排泄屎、尿◇便祕|不可隨處小便。⑦就◇無功便是過。⑧即使◇便是下雨，也不用擔心。

〈二〉pián 粵pin4 篇4 見"便便""便宜""便旋"。

【便衣】biànyī ① 平常人穿的衣服◇脫下軍裝，換上便衣。② 指穿着便衣執行任務的軍人、警員等◇派出便衣進行監視。

【便利】biànlì ① 方便◇環境優美，交通便利。② 使便利◇儘量便利顧客。

【便宜】〈一〉biànyí ① 方便；便利◇三人同車，路上便宜說話。② 根據需要自行斟酌處理◇便宜行事。

〈二〉piányi ① 價錢低◇便宜無好貨。② 上算，合算◇天下哪有這樣的便宜事！③ 不應該有的好處◇得了便宜還賣乖。④ 給人好處◇太便宜這幫傢伙了！

【便便】piánpián 形容腹部肥滿◇大腹便便。

【便宴】biànyàn 比較簡便的宴席◇已備下一席便宴為你洗塵。

【便捷】biànjié ① 動作靈便敏捷◇身手便捷，步法輕盈。② 簡便快捷◇水陸交通十分便捷。

【便條】biàntiáo 寫有簡單事項的紙條；非正式的書信或通知。

【便旋】piánxuán 迴旋◇微風輕輕抖動樹梢，蝶樣的花瓣便旋飄落。

【便當】biàndang ① 方便；簡單容易◇在超市買東西太便當了。② 盒飯。日語用漢字造的詞◇買了份便當填肚子。

【便道】biàndào ① 近便的小道◇走便道抄小路。② 馬路兩邊的人行道。③ 道路施工期間臨時使用的道路。

【便溺】biànniào ①排泄大小便。②屎和尿◇動物的便溺都有特殊的氣味。

【便宜行事】biànyíxíngshì 經過特許，可不拘成規，不須請示，根據當時情勢自行斟酌處理。

7 **俠(侠)** xiá 粵haap⁶ 狹 ①俠客◇遊俠|劍俠。②俠義◇行俠仗義。

【俠士】xiáshì 行俠仗義的人◇江湖俠士|扮演武林俠士。

【俠客】xiákè 指勇武仗義、抑強扶弱的人◇身懷絕技的獨行俠客。

【俠義】xiáyì 見義勇為，肯捨己助人的◇俠義心腸|扶危濟困的俠義精神。

7 **俏** qiào 粵ciu³ 肖 ①容貌美好；漂亮◇俊俏|俏佳人。②貨物銷路好◇緊俏|行情走俏。

【俏皮】qiàopí ①容貌漂亮，舉止美好◇清涼夏裝襯托出她的俏皮可愛。②舉止活潑，言談詼諧風趣◇俏皮話。

【俏語】qiàoyǔ 動聽的話◇傾聽吳儂俏語，水鄉小調。

【俏麗】qiàolì 俊俏美麗◇披紗裹素，輕盈俏麗。

【俏皮話】qiàopihuà ①幽默風趣或含諷刺意味的話◇説點俏皮話給大家解解悶。②指歇後語。

7 **俚** lǐ 粵lei⁵ 理 ①粗俗，不文雅◇俚鄙。②民間的；通俗的◇俚諺|俚曲。

【俚俗】lǐsú ①民間的；通俗的◇俚俗傳聞|俚俗民謠。②粗俗不雅◇用語俚俗，淺白直露。

【俚語】lǐyǔ 流行範圍不廣的方言土語◇碰到俚語，翻譯最感頭痛。

7 **保** bǎo 粵bou² 寶 ①養育，撫養◇保育|保姆。②保護；保衛◇保養|保家衛國。③保存；維持住◇保鮮|性命難保。④保證；擔保◇我保你沒事。⑤保人；保證人◇取保|交保釋放。⑥舊時指傭工◇酒保|傭保。⑦舊時戶籍編制的單位◇保甲|保長。

【保人】bǎorén 為人擔保或作證的人。

【保存】bǎocún 使保持原狀，不受損害◇故宮保存了很多稀世珍寶。

【保全】bǎoquán 保護，使完好或不受損失◇保全生命|保全名譽。

【保守】bǎoshǒu ①保持住，使不失去◇保守機密。②保持原狀，不求改進◇思想保守|保守勢力。

【保安】bǎo'ān ①保護安全◇保安服務公司。②保護人員安全，防止在某種過程中發生人身事故◇保安規程|保安制度。③做保安工作的人。

【保佑】bǎoyòu 指神的庇護和幫助◇菩薩保佑|祈求老天保佑。

【保育】bǎoyù ①照料、教育幼兒，使健康成長。②對生物或物件進行適當的保護、管理◇文物保育。

【保持】bǎochí 維持住，使不消失或不減弱◇保持着川菜的傳統風味。

【保重】bǎozhòng（希望別人）愛護身體，注重健康◇多多保重。

【保皇】bǎohuáng 維護帝制或皇帝。也比喻效忠當權的勢力◇保皇黨|保皇派。

【保值】bǎozhí 保持貨幣購買力的原有價值◇保值儲蓄|買樓保值。

【保留】bǎoliú ①保存下來，不發生變化◇保留歷史文化。②留着不給別人◇毫無保留地傳授絕技。③留下不議或不處理◇我方持保留意見。

【保健】bǎojiàn 保護健康◇保健食品|婦女保健。

【保密】bǎomì 保守祕密，不把材料或情況泄漏出去。

【保管】bǎoguǎn ①保藏和管理◇這批古畫保管得非常好。②做保管工作的人◇倉庫保管。③表示完全有把握◇只要肯學，保管你能學會。

【保障】bǎozhàng ①保護使不受侵犯和破壞◇保障公民權益。②作為保障的事物◇生活沒有保障。③確保◇保障供給。

【保養】bǎoyǎng ①保護調養◇好好保養身體。②保護修理，使保持正常狀態◇保養設備。

【保衛】bǎowèi 護衛着使不受侵犯◇保衛邊疆。

【保險】bǎoxiǎn ①穩妥；靠得住◇放在這個

地方保險。② 保證◇這事交給她辦，保險不出差錯。③ 槍支、門鎖上起安全作用的裝置◇槍上了保險，不會走火。④ 一種保障自身生命、財產遭受損失後得到賠償的辦法。受保者與保險公司簽署合同，並向保險公司交納保險費，在發生死亡、健康醫療、災害或意外事故等合同所規定的情況時，由保險公司按約定的保險數額予以賠償。

【保薦】 bǎojiàn 保舉，負責推薦◇保薦人｜保薦賢能。

【保藏】 bǎocáng 保存收藏，防止遺失或損壞◇把祖輩保藏的字畫捐給了博物館。

【保鏢】 bǎobiāo ① 受僱護送財物或保護人身安全的人。也指從事這一職業的人◇私人保鏢。② 比喻保衞他人安全◇我陪着你去，給你保鏢。

【保證】 bǎozhèng ① 擔保切實做到◇保證供應。② 作為擔保的事物或行為◇良好的信譽是鞏固合作的保證。

【保釋】 bǎoshì 被拘押者由保證人擔保而獲得釋放◇保釋出獄｜請求保釋。

【保護】 bǎohù 盡力照顧，使不受傷害◇大熊貓是受國家保護的動物。

7 **俜** pīng 粵ping1 乒 見"伶俜"。

7 **促** cù 粵cuk1 速 ①挨近，靠近◇促膝談心。②時間短；緊迫◇短促｜倉促。③催促；推動◇督促。

【促成】 cùchéng 推動使成功◇盡力促成此事。

【促使】 cùshǐ 推動使達到一定目的◇促使早下決心解決問題。

【促狹】 cùxiá ① 窄小；狹隘◇地方促狹。② 刁鑽；愛捉弄人◇不知誰做這種促狹的事。

【促進】 cùjìn 推動使發展◇促進兩國的文化交流。

【促膝】 cùxī 坐得很近，膝和膝挨近◇促膝談心｜沽酒對飲，促膝暢談。

【促織】 cùzhī 蟋蟀的別稱◇明月皎夜光，促織鳴東壁。

7 **侶** lǚ 粵leoi5 呂 同伴◇伴侶｜情侶。

7 **俁** yǔ 粵jyu5 雨 大◇碩人俁俁(魁梧的樣子)，大力如虎。

7 **俄** é 粵ngo4 鵝 ①瞬間，一會兒◇俄見一人入內。②俄羅斯的簡稱◇沙俄｜俄國。

【俄而】 é'ér 不久，一會兒◇俄而月出，浮雲盡散。

【俄頃】 éqǐng 片刻，一會兒◇忽然烏雲密佈，俄頃大雨滂沱。

7 **侹** tǐng 粵ting5 挺 ①平直。②長的樣子◇石梁平侹侹。

7 **俐** lì 粵lei6 利 見"伶俐"。

7 **侮** wǔ 粵mou5 母 ①輕慢；輕視◇輕侮｜侮慢。②淩辱，欺負◇欺侮｜同心禦侮。

【侮弄】 wǔnòng 輕侮戲弄◇恣意侮弄｜調戲侮弄。

【侮辱】 wǔrǔ 輕侮羞辱◇侮辱人格｜不堪侮辱。

【侮慢】 wǔmàn 輕侮簡慢◇不能用侮慢的態度對待別人。

【侮蔑】 wǔmiè ① 輕慢蔑視◇諷刺與侮蔑的口吻。② 捏造事實，惡意斥責，毀壞別人或事物的名譽◇我不能忍受這種侮蔑。

【侮罵】 wǔmà 謾罵◇要懂得尊重人，不能隨意侮罵人。

7 **俗** sú 粵zuk6 族 ①風俗，習俗◇入鄉隨俗。②大眾的；通行的◇俗語｜通俗文學。③一般的◇取得不俗的成績。④趣味低的，不高雅的◇庸俗｜粗俗。⑤佛教稱世間。也指未出家的人◇俗緣｜還俗｜僧俗。

【俗世】 súshì 塵世間，人世間◇俗世百姓關注的是柴、米、油、鹽、醬、醋、茶。

【俗套】 sútào ① 世俗的禮節、習慣◇不必講究這些俗套。② 陳舊的格調、程式◇寫文章要不落俗套。

【俗氣】 súqi ① 庸俗的情趣、格調◇言談舉止，十分俗氣。② 粗俗，不高雅◇這身打扮很俗氣。

【俗話】 súhuà 俗語◇俗話説：笑一笑，十年少。

【俗稱】 súchēng ① 習慣上或通俗地叫做◇蟾蜍俗稱癩蛤蟆。② 通俗的或非正式的名稱◇四腳蛇是蜥蜴的俗稱。

【俗語】 súyǔ 民間流傳的並已定型的語句◇俗語説的好，不是冤家不聚頭。

【俗諺】 súyàn 民間流傳的諺語◇俗諺説：瘦死的駱駝比馬大。

【俗體字】 sútǐzì 指寫法不合規範的漢字，如“尽、叫”為“盡、叫”的俗體字。

7 **俘** fú ●fu^{1} 呼 ①作戰時被捉住的敵人◇戰俘。②作戰時捉住(敵人)◇俘獲。

【俘虜】 fúlǔ ① 作戰時活捉（敵人）。② 作戰時被活捉的敵人。

【俘獲】 fúhuò ① 在戰爭中俘虜敵人、繳獲物資。② 在戰爭中俘獲的人或物◇清點俘獲。

7 **係(系)** xì ●hai^{6} 系 ①關聯◇關係。②是◇確係實情。

【係數】 xìshù ① 數學上指與未知數相乘的常數或已知函數。② 科技上用來表示某種性質的程度或比率的數◇膨脹係數 | 保險係數。

7 **信** xìn ●seon^{3} 迅 ①信用◇失信 | 誠信。②確實；真實◇信言不美，美言不信。③相信◇半信半疑。④信奉(宗教)◇信徒。⑤音訊，消息◇通風報信。⑥書信◇回信。⑦憑證；依據◇信物 | 印信。⑧聽憑；隨意◇信步 | 信手。⑨裝在器物中心的芯子◇引信。⑩信石。指砒霜◇紅信 | 白信。

【信子】 xìnzi 蛇的舌頭◇蟒蛇吐着信子。

【信手】 xìnshǒu 隨手◇低眉信手續續彈，説盡心中無限事。

【信心】 xìnxīn 確信願望或目的能實現的心理◇滿懷信心 | 喪失信心。

【信札】 xìnzhá 書信，信件◇信札往來。

【信石】 xìnshí 砒霜。因出產於信州（今江西上饒一帶）而得名。

【信史】 xìnshǐ 記載真實可信的歷史◇漢唐的壁畫就是可考的信史。

【信用】 xìnyòng ① 信任並任用◇信用奸黨，排斥賢能。② 因能遵守諾言和成約而取得的信任◇講信用。③ 指銀行借貸或商業上的賒購、賒銷的經濟活動◇信用卡。

【信件】 xìnjiàn 書信或遞送的文件、印刷品。

【信任】 xìnrèn 相信並敢於託付◇他們之間缺少信任。

【信仰】 xìnyǎng ① 對某種主義或宗教極其信服和崇拜，並奉為自己行為的準則。② 信服、崇拜並奉為行為準則的事物◇人活着不能沒有信仰。

【信守】 xìnshǒu 忠實地遵守◇注重名譽，信守諾言。

【信步】 xìnbù 散步，隨便走走◇信步海灘，領略仲夏夜的風情。

【信奉】 xìnfèng ① 信仰並崇奉◇信奉基督。② 相信並奉行◇信奉和平共處。

【信物】 xìnwù 作為憑證的物品◇留作信物 | 定情信物。

【信使】 xìnshǐ 奉派傳遞消息、公文、材料或擔任使命的人◇外交信使。

【信念】 xìnniàn 自己認為正確並堅信不疑的想法◇堅如磐石的信念。

【信服】 xìnfú 相信並佩服◇你的推斷難以使人信服。

【信風】 xìnfēng 隨時令變化，定期定向而來的風。

【信耗】 xìnhào 音訊，消息◇信耗莫通。

【信息】 xìnxī ① 音訊，消息◇信息靈通人士。② 用電訊、數碼傳遞的數據、內容◇信息戰 | 網絡信息。

【信徒】 xìntú ① 信仰某一宗教的人◇眾多信徒進寺朝拜。② 信仰某一主義、學説或個人的人。

【信託】 xìntuō ① 信任並託付◇律師不得利用當事人的信託去謀私利。② 經營別人委託購銷業務的◇信託公司。

【信差】 xìnchāi ① 被派遞送公文信件的人。② 舊時指郵遞員。

【信條】 xìntiáo 信守的準則◇宗教信條 | 服從是軍人的信條。

【信從】 xìncóng 因相信而聽從或遵從◇盲目信從 | 信從權威。

【信筆】 xìnbǐ 隨意用筆（寫或畫）◇信筆塗鴉 | 信筆寫來。

【信貸】 xìndài 銀行存款、貸款等信用活動的總稱。一般指銀行的貸款。

【信號】 xìnhào ① 用來傳遞消息或命令的光、電波、聲音、旗語、動作等。② 電路中用來控制其他部分的電流、電壓或無線電發射機發射出的電波。

【信義】 xìnyì 信用和道義◇重承諾，守信義。

【信箋】 xìnjiān 信紙。也指書信◇彩色信箋｜一疊泛黃的信箋。

【信實】 xìnshí ① 誠實◇父親是仗義、公正、信實的人。② 真實可靠◇信實可靠的史料。

【信箱】 xìnxiāng ① 郵局設置的供人投寄信件的箱形或筒形物。② 設在郵局內供人租來收信用的編有號碼的箱子。③ 收信人設在門前用來收信的箱子。④ 電腦網絡使用的電子信箱。

【信賴】 xìnlài 信任並依靠◇深受學生信賴與尊敬的老師。

【信譽】 xìnyù 信用和名譽◇品質第一，信譽至上。

【信口開河】 xìnkǒukāihé 隨口亂説◇此人一向信口開河，多不可信。

【信口雌黃】 xìnkǒucíhuáng 信口，隨口；雌黃，可作顏料的黃色礦物。古時寫字用黃紙，常以雌黃來塗改錯字。比喻不顧事實，隨口亂説。

【信手拈來】 xìnshǒuniānlái 隨手拿來。多形容寫作詩文時能得心應手地運用材料和語彙◇寫文章雜以詼諧，信手拈來，皆成妙趣。

【信息技術】 xìnxījìshù 利用電腦和現代通訊技術傳遞、獲取、處理、儲存、利用數據信息等方面的技術。(英 Information Technology)

【信誓旦旦】 xìnshìdàndàn 信誓，真誠可信的誓言；旦旦，誠懇的樣子。誓言説得誠懇可信。

7 **俔** (一) tuō 粵 tyut3 脱 同"脱"。簡易◇通俔（通達脱俗，不拘小節）。
(二) tuì 粵 teoi3 退 相宜，合適。

7 **俤** dì 粵 dai6 弟 同"弟"。多用於人名。

7 **侵** qīn 粵 cam1 尋1 ①(敵人)進犯；(有害事物)進入◇侵略｜酸雨侵蝕。②損害◇侵權。③臨近◇侵晨｜侵曉。④荒年◇歲大侵。

【侵犯】 qīnfàn ① 非法干涉或損害別人權益◇侵犯人權｜公眾利益不容侵犯。② 進犯或侵入別國領域◇侵犯領空。

【侵吞】 qīntūn ① 暗中非法佔有不屬於自己的財物◇侵吞巨額公款。② 用武力吞併別國或佔有其部分領土◇侵吞蠶食別國的領土。

【侵佔】 qīnzhàn ① 非法佔有不屬於自己的財產。② 侵略並佔有別國的領土。

【侵凌】 qīnlíng 侵犯欺凌◇清朝飽受列強侵凌。

【侵害】 qīnhài ① 侵入損害◇淮河長年面臨洪水侵害的困擾。② 用暴力或非法手段損害◇公民權利不得侵害。

【侵略】 qīnlüè 侵犯別國領土和主權，或對別國進行經濟、文化滲透或政治顛覆。

【侵蝕】 qīnshí ① 逐漸侵入損害◇蠹蟲侵蝕衣物。② 逐漸侵害腐蝕◇抵制不良風氣的侵蝕。

【侵漁】 qīnyú 侵奪；從中侵吞牟利◇侵漁百姓，聚斂為奸。

【侵擾】 qīnrǎo 侵犯和騷擾◇不要濫發手機訊息侵擾他人的生活｜業主不能侵擾租客。

【侵權】 qīnquán 侵犯、損害他人的合法權益◇假冒商標和未經許可在戲院裏偷拍都是侵權行為。

【侵襲】 qīnxí 侵入襲擾◇寒潮侵襲香江。

7 **侯** (一) hóu 粵 hau4 猴 ①古代爵位的第二等◇公侯伯子男。②泛指諸侯◇王侯將相寧有種乎？③泛指達官貴人◇侯門深似海。④姓。
(二) hòu 粵 hau4 猴 用於地名，如閩侯(在福建)。

7 **侷** jú 粵 guk6 局【侷促】 júcù 同"局促"。

7 **俑** yǒng 粵 jung2 擁 古代殉葬用的木偶或陶偶◇兵馬俑｜始作俑者。

7 **俟** (一) sì 粵 zi6 自 等待◇俟機而動。
(二) qí 粵 kei4 其 見"万俟"。

7 **俊** jùn 粵 zeon3 進 ①才智超羣的人◇青年才俊。②才智超羣◇俊士。③容貌秀美◇英俊少年。

【俊秀】 jùnxiù ① 才智傑出的人◇延攬俊秀。② 才智傑出◇中華大地，物產豐饒，人物俊秀。③ 俊俏秀麗，秀美◇扮相俊秀。

【俊俏】 jùnqiào 容貌漂亮◇模樣俊俏｜俊俏嫵媚。

【俊美】 jùnměi 清秀美麗◇俊美的少女｜黃山的冬景奇秀俊美。

【俊健】 jùnjiàn ① 健美，漂亮壯健◇雪白俊健的山羊。② 秀美遒勁◇文字俊健。

【俊逸】jùnyì 英俊灑脱；秀美飄逸◇書體俊逸灑脱｜姿態俊逸，談吐不俗。

【俊傑】jùnjié 才智超羣的人◇識時務者為俊傑。

7 **俞** yú 粵jyu4 餘 ①表示答應、允許◇俞允。②姓。

7 **俎** zǔ 粵zo2 左 ①古代祭祀時盛牛羊等祭品的器具◇樽俎｜越俎代庖。②切肉用的砧板◇人為刀俎，我為魚肉。

8 **俸** fèng 粵fung6 奉 俸祿◇薪俸｜俸金優厚。

【俸祿】fènglù 官吏的薪酬。

8 **倩** 〈一〉qiàn 粵sin3 線/sin6 善 ①笑靨(酒窩)美麗◇巧笑倩兮，美目盼兮。②俊秀嫵媚◇倩影。

〈二〉qìng 粵cing3 秤 請求(別人代做)◇倩人執筆。

【倩影】qiànyǐng ① 俏麗的身影◇月光下，滿地都是桃枝稀疏的倩影。② 青年女子照片◇照片拍下了媽媽年輕時的倩影。

8 **俵** biào 粵biu3 標3 散發；分給◇俵分｜俵散。

8 **倀(伥)** chāng 粵coeng1 昌 倀鬼◇為虎作倀。

【倀鬼】chāngguǐ 傳説中被虎咬死的人變成的鬼。此鬼會助虎吃人，故用來比喻壞人的幫兇◇甘當爪牙作倀鬼。

8 **倖(幸)** xìng 粵hang6 幸 ①寵愛◇寵倖｜倖臣。②碰巧得到成功或免去災害◇僥倖｜倖存。

【倖存】xìngcún 僥倖生存或保留下來◇倖存者｜得以倖存的文物。

8 **借** jiè 粵ze3 蔗 ①暫時使用他人的財物◇向你借本書。②把自己的財物暫時給他人使用◇借錢給同學。③假託◇借故｜借題發揮。④依靠；憑藉◇借助｜借重。

要點注意：借

"借" 構成的句子可能會產生歧義，同一個句子，既可表示借入的意思，也可以表示借出的意思。如 "我借了他十塊錢"，既可表示 "我" 拿了 "他" 十塊錢(借入)，也可以表示 "他" 拿了 "我" 十塊錢(借出)。

【借口】jièkǒu ① 假託某種理由◇借口有病，拒絕上班。② 假託的理由◇為自己的過失找種種借口。同 藉口。

【借代】jièdài 修辭手法。不直接説出事物的名稱，而借用和它密切相關的另一事物的名稱來代替。如以 "襁褓" 借代嬰幼兒時期。

【借光】jièguāng ① 借別人的權勢或聲譽而得到好處◇你面子大，這次真得借你的光了。② 謙辭。向人詢問或請人給予方便◇借光，借光，請讓個道。

【借助】jièzhù 依靠別的人或事物的幫助◇借助社會財力辦學校｜借助各界捐獻辦學校。同 藉助。

【借重】jièzhòng ① 憑藉別人的權勢或名望來抬高自己或獲取好處◇不過借重她姐夫的地位罷了。② 敬辭。用於請別人幫忙◇這事還要借重仁兄鼎力相助。同 藉重。

【借問】jièwèn 敬辭。用於向別人詢問事情◇借問酒家何處有？牧童遙指杏花村。

【借貸】jièdài ① 向別人借錢或將錢借給別人。② 簿記或資產表上的借方和貸方。

【借詞】jiècí ① 用某些理由作藉口◇借詞推託。同 託詞。② 指外來詞。

【借鑒】jièjiàn 拿別的人或事作鏡子，對照檢查自己，吸取經驗教訓。

【借刀殺人】jièdāoshārén 比喻自己不出面，利用別人去害人◇此人最善於借刀殺人，你小心被他當刀使。

【借花獻佛】jièhuāxiànfó 本是佛家語，後常用來比喻借用別人的東西做人情◇這酒是你送的，借花獻佛，我拿來招待大家。

【借風使船】jièfēngshǐchuán 比喻憑藉外力來達到自己的目的◇俗話説借風使船，先拿他這一筆錢頂上再説吧。同 借水行舟。

8 **值** zhí 粵zik6 夕 ①碰到，遇上◇正值新春｜值此開張之際。②輪着依次擔任某種職責◇值班。③價值，價格◇幣值｜貶值。④貨物與價錢相符◇這錶值幾百塊。⑤合算；指有意義或有價值◇值得買｜不值一提。⑥數學名詞。用數字表示的量◇數值｜平均值。

【值班】zhíbān (輪流)在規定的時間擔任工作◇值班巡邏。

【值得】zhídé ①價錢合適；合算◇值得投資｜絕對值得。②指有意義、有必要或有價值◇值得推廣｜不值得大驚小怪。

【值勤】zhíqín 部隊或治安、交通等部門的人員值班◇警員上路值勤。

【值遇】zhíyù 遭逢◇值遇不幸。

【值錢】zhíqián 價值高，能賣出好價錢◇古董傢具越久越值錢。

8 **倆(俩)** 〈一〉liǎng 粵loeng⁵兩 見"伎倆"。
〈二〉liǎ 粵loeng⁵兩 ①兩個◇他倆｜兄弟倆。②不多；幾個◇仨瓜倆棗。

要點注意：倆
"倆"：是"兩個"的合音，後面不能再接"個"或其他量詞。

8 **倷** nǎi 粵noi⁶奈 方言，你。

8 **俤** bèn 粵ban⁶笨 用於地名，如俤城（在河北）。

8 **倚** yǐ 粵ji²椅 ①靠着◇半倚半靠｜枯松倒掛倚絕壁。②憑着，仗着◇倚財仗勢｜倚強凌弱非君子。③偏；歪◇不偏不倚。

【倚仗】yǐzhàng 仗恃（別人的勢力或有利的條件）◇倚仗天時地利。

【倚伏】yǐfú ①倚，依託；伏，隱藏。出自《老子》五十八章："禍兮福之所倚，福兮禍之所伏。"後表示好運和惡運互相依存，互相轉化。②向下靠着◇獨自倚伏在窗前。

【倚重】yǐzhòng 信賴器重◇這場比賽因過分倚重老將而失利。

【倚託】yǐtuō 依靠◇他倚託本地財團，辦了一間公司。

【倚靠】yǐkào ①身體靠在物體上◇女友倚靠在他的胸膛上。②依靠，倚仗◇倚靠父母。③所依靠的人◇女人常把丈夫看作終身的倚靠。

【倚賴】yǐlài 依賴，依靠◇學習不能倚賴小聰明。

【倚老賣老】yǐlǎo màilǎo 仗着年紀大，擺老資格◇做人很低調，從不倚老賣老教訓人。

【倚馬可待】yǐmǎkědài 據《世說新語·文學》：晉朝的桓溫領兵出征，命令袁虎起草檄文。袁靠着戰馬，一揮而就寫成了七張紙的漂亮文稿。後形容才思敏捷，文章頃刻寫成。

8 **俺** ǎn 粵aan²晏²/jim³厭 方言。我；我們◇俺不是好欺侮的｜誰不說俺家鄉好。

8 **倢** 〈一〉jié 粵zit⁶截 同"捷"。
〈二〉jié 粵zip³接 同"婕"。見"倢伃"。

【倢伃】jiéyú 同"婕妤"。古代宮中女官名。

8 **倒** 〈一〉dǎo 粵dou²賭 ①人或豎立物橫躺下來◇牆倒眾人推。②垮台；失敗◇內閣倒了｜公司倒閉。③換；替換◇倒手｜倒班｜倒替。④騰出；空出◇倒出門面房開店。⑤(人的器官功能)變差◇倒胃口｜倒嗓子。

〈二〉dào 粵dou²賭 使容器內或某物裏面的東西出來；傾出◇倒茶｜向記者大倒苦水。

〈三〉dào 粵dou³到 ①上下或前後位置相反◇本末倒置。②往回；逆向◇倒流。③表示出乎意料◇妹妹倒比哥哥長得高。④表示與事實相反◇你想得倒美，事情有那麼容易辦嗎？⑤表示轉折◇本事不大，脾氣倒不小。⑥表示讓步◇服務倒還不錯，不過費用貴了點。⑦表示催促或追問◇你倒是得罪誰了？⑧用於舒緩語氣◇能到外國去見識見識，倒也不壞。

【倒伏】dǎofú 農作物因根莖無力支撐而倒在地上◇大風颳得田裏的麥子大片倒伏。

【倒坍】dǎotān 倒塌◇轟然倒坍｜城牆倒坍。

【倒把】dǎobǎ 利用物價漲落，買進賣出獲利◇他專做投機倒把的生意，可別上他的當。

【倒映】dàoyìng 物像倒過來映射在另一物體上◇清澈的湖面上倒映着藍天。

【倒退】dàotuì ①(身子)向後退◇嚇得他連連倒退了幾步。②退回到原來狀況◇改革開放只能向前，不能倒退。

【倒敍】dàoxù 文學寫作的一種手法。先寫發生在後的事情，後寫發生在前的事情。

【倒閉】dǎobì 企業因嚴重虧損等原因破產或停業。

【倒楣】dǎoméi 同"倒霉"。運氣和遭遇不好。

【倒運】dǎoyùn ①運氣不好◇天怕浮雲，人怕倒運。②在甲乙兩地來回販運商品牟利◇靠倒運糧食發家致富。③轉運，指貨物運到某地後再轉往他處◇港口建成倒運貨櫃的露天堆場。

【倒賣】dǎomài 低價買進，高價賣出◇倒賣文物 | 靠倒賣軍火起家。

【倒霉】dǎoméi 運氣和遭遇不好◇屋漏偏遇連夜雨，這兩天簡直倒霉透了。

【倒影】dàoyǐng 倒立的影子◇白塔在湖中的倒影。

【倒懸】dàoxuán ① 上下倒置地懸掛着◇怪石嶙峋，奇松倒懸。② 頭向下腳向上吊着。比喻處境極其艱險◇解人於倒懸，救民於水火。

【倒嚼】dǎojiào 反芻的俗稱◇老牛在夕陽裏安閒地倒嚼。

【倒插門】dàochāmén 男子到女方家成婚，並成為女方家的成員。同 入贅。

【倒行逆施】dàoxíngnìshī 逆，相反；施，實行。做事違反常規和常理◇倒行逆施必定遭歷史唾棄。

8 **俶** (一)chù 粵cuk1 速 ①開始◇俶擾天紀。②整理◇野店風霜俶裝早。

(二)tì 粵tik1 剔【俶儻】tìtǎng 同“倜儻”。形容灑脱不受拘束的樣子。

8 **倬** zhuō 粵coek3 卓 高大而顯著◇倬彼昊天。

8 **修**〔脩〕xiū 粵sau1 收 ①修飾，使完美◇裝修|修辭。②修理；整治◇修補|檢修。③興建，建造◇修築|興修水利。④學習；培養◇進修|選修。⑤削剪使整齊◇修剪枝葉。⑥撰寫；編寫◇修書|修史|編修。⑦指學佛或學道◇出家修行。⑧長◇茂林修竹。⑨姓。

【修士】xiūshì 天主教或東正教指出家修道的男子。

【修女】xiūnǚ 天主教或東正教指出家修道的女子。

【修正】xiūzhèng 修改，改正◇修正錯誤。

【修行】xiūxíng ① 出家學佛或學道。② 行善積德。

【修好】xiūhǎo ① 國與國之間改善或結成友好關係。② 行善；做好事◇行善修好的人。

【修身】xiūshēn 使自身的德行得到磨煉提高◇修身潔行 | 修身養性。

【修改】xiūgǎi 改正文章、計劃、各式文本裏面的缺點錯誤◇修改劇本 | 修改章程。

【修長】xiūcháng 細長◇身材修長 | 眉毛修長，臉龐秀氣。

【修明】xiūmíng ① 闡明◇修明經義。② 昌明◇禮義修明 | 文治修明。③ 指政治清明◇政風修明。

【修訂】xiūdìng 修改訂正◇修訂大綱 | 修訂教科書。

【修浚】xiūjùn 整治疏通◇分段修浚河道。

【修理】xiūlǐ ① 使損壞的東西恢復原來的形狀或作用。② 修剪◇修理果樹的枝杈。

【修偉】xiūwěi 高大魁梧◇身材高大修偉。

【修葺】xiūqì 修理建築物◇修葺一新 | 大師故居修葺完畢後向公眾開放。

【修業】xiūyè 學生在校學習◇修業期滿。

【修飾】xiūshì ① 修整裝飾◇房間簡潔乾淨，沒有多餘的修飾。② 修改潤飾（文字）◇修飾新條例。

【修煉】xiūliàn ① 道教修道、煉氣、煉丹等活動◇隱居廬山，一心修煉。② 修養陶冶◇在大自然中陶冶修煉，提高藝術鑒賞力。③ 學習和鍛煉◇修煉技能。

【修禊】xiūxì 古人在每年的三月初三，為消災除凶、祈求平安而到水邊嬉戲遊樂，叫做修禊。

【修養】xiūyǎng ① 思想、理論、知識、技藝等方面的水準◇文學修養 | 藝術修養。② 言行舉止、待人處世的素養◇注重個人修養。

【修築】xiūzhù 修造建築◇修築公路 | 修築堤壩 | 修築工事。

【修繕】xiūshàn 整修（建築物等）◇古建築的修繕原則是修舊如舊。

【修辭】xiūcí ① 修飾文辭，使語言表達得更準確，效果更好。② 有關修辭的學問。

【修昔底德陷阱】xiūxīdǐdéxiànjǐng 古希臘歷史學家修昔底德認為在國際關係中，一個新崛起的大國必然要挑戰現存的大國，而現存的大國也必然會回應這種挑戰，雙方將不可避免地面臨衝突和戰爭的危機◇只要世界各國堅持合作、對話、協商的政策互動，就可以避免修昔底德陷阱。

8 **倘** (一)tǎng 粵tong2 躺 倘若，假如◇倘能如願，那再好不過。

(二)cháng 粵soeng4 常 見“倘佯”。

【倘或】tǎnghuò 假如，如果◇倘或泄漏出去，一定招來禍事。

【倘使】tǎngshǐ 假如，如果◇倘使不去，你就白白失掉了一次機會。

【倘佯】chángyáng 見“徜徉”。

【倘若】tǎngruò 假如◇倘若時光倒流，我們的選擇會不同。

【倘然】tǎngrán 倘若，假如◇倘然是這樣，那我會原諒你。

【倘來之物】tǎngláizhīwù 倘，同“儻”。意外。指意外得到或不應得而得到的東西◇為官清正，從不接受倘來之物。

8 **俱** jù 粵keoi[1] 拘 ①共同，一起◇鳥同翼者而聚居，獸同足者而俱行。②全；皆◇聲淚俱下|萬事俱備，只欠東風。

【俱全】jùquán 齊全；完備◇酸甜苦辣鹹五味俱全|各種文具，一應俱全。

【俱樂部】jùlèbù 社會、政治、文藝、體育、娛樂的團體或團體活動的場所。(英 club)

8 **倮** luǒ 粵lo[2] 裸 同“裸”。

8 **倡** 〈一〉chàng 粵coeng[3] 唱 ①領唱；發聲先唱◇一倡百和。②發起；首先提出來◇首倡|倡導。

〈二〉chāng 粵coeng[1] 昌 古代指歌舞藝人◇倡優|倡女。

【倡辦】chàngbàn 創辦；帶頭開辦◇捐資倡辦免費醫院。

【倡導】chàngdǎo 帶頭提倡◇倡導捐款扶貧|倡導老年人要全程接種疫苗，符合條件的要完成加強免疫。

【倡議】chàngyì ①首先建議；發起◇倡議開展數學競賽。②首先提出的建議◇一致同意她的倡議|政策倡議。

8 **們(们)** 〈一〉men 粵mun[4] 門 用在代詞或指人的名詞後面，表示複數◇我們|同學們|孩子們。

要點注意：們

名詞前有數量詞時，後面不加“們”，不能說“五個同學們”。

〈二〉mén 粵mun[4] 門 用於地名，如圖們（在吉林）。

8 **個(个)** 〈一〉gè 粵go[3] 哥[3] ①單獨的；個別◇個性。②身子大小◇個子|高個兒。③量詞。(1)一般用於沒有專用量詞的事物◇一個月|一個跟頭|拿個主意。(2)量詞“些”的後綴◇費這麼些個話|那些個事兒算不了甚麼。(3)用在動詞和賓語之間，表示動量的作用◇洗個澡|吃個便飯。(4)用在動詞和補語之間，表示程度或持續◇嚇個半死|風颳個不停。(5)用於約數前◇她剛走，不過差個幾分鐘。④同“箇”。此，這◇個中甘苦，只有自己知道。

〈二〉gě 粵go[3] 哥[3] 用於“自個兒”(自己)。

【個人】gèrén ①單個的人◇個人財產。②本人。用於自稱◇這是我個人的一點心意。

【個子】gèzi 人的身材◇大個子|中等個子|個子矮小。

【個別】gèbié ①單個；單獨◇不能個別人說了算。②特殊的；少見的◇就算有，也是個別情況。

【個性】gèxìng ①個人在氣質、性格、興趣上的特點◇展現個性魅力。②一個事物區別於其他事物的特徵◇年畫、剪紙、泥塑等民間藝術的個性就在於“土”。

【個案】gè'àn 個別的、特殊的案件或事例◇個案處理|衞生署衞生防護中心公佈新型冠狀病毒感染個案最新情況。

【個體】gètǐ ①單個的人或生物◇羣居動物離羣索居，個體很難生存。②指個體經營者◇個體戶|個體營業。

8 **候** hòu 粵hau[6] 后 ①等待◇候診|候補隊員。②伺望；偵察◇候望。③事情的各種情況、特徵◇症候|火候。④泛指氣象情況◇全天候。⑤時間；時節◇時候|候鳥。⑥探望；問好◇問候|敬候撰安。

【候鳥】hòuniǎo 隨季節變化而定時遷徙的鳥，如燕子、大雁等。

【候診】hòuzhěn 門診病人等候診斷治療。

【候補】hòubǔ 等候遞補缺額◇候補人選|候補球員。

【候選人】hòuxuǎnrén 在選舉前預先作為選舉對象的人。

8 **俳** pái 粵paai[4] 排 ①古代指表演雜耍戲、滑稽戲。也指表演這種戲的藝人◇俳優。②詼諧；滑稽◇俳諧。

8 **倭** 〈一〉wō 粵wo1窩 古代指日本◇倭人｜倭寇。
〈二〉wǒ 粵wo2窩2 見“倭墮”。

【倭瓜】wōguā 方言。南瓜。

【倭寇】wōkòu 指十四至十六世紀屢次劫掠朝鮮和中國沿海的日本海盜◇戚繼光抗擊倭寇，功勛卓著。

【倭墮】wǒduò 古代婦女的髮髻名◇頭上倭墮髻，耳中明月珠。

8 **倪** 〈一〉ní 粵ngai4危 ①邊際，邊緣◇端倪。②姓。
〈二〉nì 粵ngai6毅 見“俾倪”。

8 **俾** 〈一〉bǐ 粵bei2比 使，使得◇俾使｜俾有所依循。
〈二〉pì 粵pai3批3【俾倪】pìnì 同“睥睨”。斜着眼看。

8 **倫(伦)** lún 粵leon4鄰 ①同類；同輩◇精美絕倫｜不倫不類。②人和人之間的道德關係◇人倫。③條理；順序◇倫次。

慣用說法：五倫
君臣 父子 兄弟 夫妻 朋友

【倫比】lúnbǐ 匹敵，相當◇無與倫比。

【倫次】lúncì 條理次序◇語無倫次。

【倫理】lúnlǐ 為社會所規範的人與人相處應遵循的道德準則。

【倫常】lúncháng 倫理的常道。古代特指君臣、父子、夫婦、兄弟、朋友之間的尊卑長幼關係。現多指為世人所遵守的一般倫理道德規範◇禮義倫常｜敗壞倫常。

8 **倜** tì 粵tik1剔【倜儻】tìtǎng 豪爽灑脫，不拘於世俗◇風流倜儻。

8 **倞** 〈一〉jìng 粵ging6競 強，強勁。
〈二〉liàng 粵loeng6亮 求；索取。

8 **俯〔俛〕** fǔ 粵fu2苦 ①低頭，面向下◇前俯後仰。②敬辭。用於向對方表示自己行為時◇俯念｜俯允。

【俯伏】fǔfú 低頭趴在地上。表示馴服、尊崇或恐懼◇俯伏聽命｜俯伏在地。

【俯仰】fǔyǎng ①低頭和抬頭◇人生一世，在於俯仰之間。②一舉一動◇俯仰由人。

【俯首】fǔshǒu ①低下頭◇俯首沉思。②比喻屈服或順從◇俯首認輸｜俯首聽命。

【俯視】fǔshì 在高處往下看◇俯視山下，人羣如蟻。

【俯就】fǔjiù ①降格相就；屈尊相從◇賢者俯就，不肖跂及。②敬辭。用於請對方擔任某職務◇教務長一職，不知足下可肯俯就？

【俯衝】fǔchōng 飛機等沿較陡的軌跡急速向下飛◇水鳥俯衝覓食。

【俯瞰】fǔkàn 俯視◇從飛機的舷窗俯瞰維港夜景。

【俯覽】fǔlǎn 俯視◇登上太平山頂俯覽全港，美景盡收眼底。

【俯拾即是】fǔshíjíshì 即，就。到處都是，一彎腰就可撿到。形容為數很多，容易得到。

【俯首貼耳】fǔshǒu tiē'ěr ①貼，帖伏。低着頭，耷拉着耳朵。形容走獸馴服的樣子。②形容服帖、順從的樣子。含貶義◇把柄握在人家手裏，只好俯首貼耳、唯命是從。

8 **倍** bèi 粵pui5佩5 ①增加跟原數相等的數◇事半功倍｜事倍功半。②跟原數相等的數◇增長三倍。③越發；更加◇每逢佳節倍思親。

【倍加】bèijiā 程度成倍增加。泛指程度比原來深得多◇倍加珍惜｜倍加重視。

【倍增】bèizēng 成倍增加。表示增加幅度大◇勇氣倍增｜精神壓力倍增。

8 **倦** juàn 粵gyun6捐6 ①累，疲勞◇倦鳥歸林。②厭倦，懈怠◇誨人不倦｜好學不倦。

【倦怠】juàndài ①疲乏懶怠◇夏日倦怠。②厭倦懈怠◇對枯燥的訓練有些倦怠了。

【倦意】juànyì 疲倦的感覺◇臉上有幾分倦意。

8 **倓** tán 粵taam4談 安靜。多用於人名。

8 **倌** guān 粵gun1官 ①舊時指在茶館、飯店等打雜的人◇堂倌。②農村中專門飼養某些家畜的人◇豬倌｜牛倌｜羊倌。

8 **倥** 〈一〉kōng 粵hung1空 見“倥侗”。
〈二〉kǒng 粵hung2孔 見“倥傯”。

【倥侗】kōngtóng 蒙昧無知◇倥侗無知｜天降生民，倥侗顓蒙。

【倥傯】kǒngzǒng ①窮困；窘迫◇風雪吹簫人倥傯，寒江凝水淚依稀。②緊迫匆忙◇倥傯歲月｜戎馬倥傯。

8 **倨** jù 粵geoi3 句 傲慢◇前倨後恭。

【倨傲】jù'ào 傲慢不恭◇恃才倨傲｜一臉倨傲之色。

【倨慢】jùmàn 傲慢◇倨慢無禮｜為人倨慢。

8 **倔** ㈠jué 粵gwat6 掘 ①頑強，固執◇倔強。②突出；興起◇倔起。

㈡juè 粵gwat6 掘 性子直，態度生硬◇脾氣倔｜倔頭倔腦。

【倔起】juéqǐ 興起◇倔起阡陌之中。

【倔強】juéjiàng（性情）剛強固執◇像公牛一樣倔強。

8 **倉(仓)** cāng 粵cong1 蒼 ①倉庫◇糧倉｜清倉。②匆忙◇倉皇失措。

【倉庚】cānggēng 同“鶬鶊”。黃鶯◇倉庚于飛，熠耀其羽。

【倉促】cāngcù 匆忙；急促◇倉促行事｜倉促上陣。(同) 匆促、倉猝 (反) 從容。

【倉皇】cānghuáng 倉猝慌張◇倉皇失措｜倉皇出逃。

【倉庫】cāngkù 存放糧食或其他物資的建築物。

【倉惶】cānghuáng 同“倉皇”。

【倉廒】cāng'áo 糧倉◇倉廒內米穀如山。

【倉廩】cānglǐn 糧倉◇倉廩實而知禮節，衣食足而知榮辱。

9 **偌** ruò 粵je6 夜 這麼；那麼◇偌大歲數｜偌粗的棍棒。

9 **倻** yē 粵je4 耶 譯音用字◇伽倻琴。

9 **做** zuò 粵zou6 皂 ①從事某種工作或活動◇一不做，二不休。②製作◇做傢具。③寫作◇做詩。④擔任；充當◇做官｜做伴。⑤當作；用作◇花瓶送給你做紀念。⑥結成關係◇做朋友｜做冤家。⑦特指舉行慶祝（活動）◇做生日｜做滿月。⑧假裝出（某種模樣）◇做鬼臉｜故做虔誠狀。

【做人】zuòrén ① 指待人接物◇要學會做人。② 當個沒有不良行為、不良嗜好的正派人◇戒掉毒癮，重新做人。

【做工】zuògōng ① 幹體力活◇一邊做工一邊自學。② 指製作的技術◇做工考究。③ 戲曲中演員的動作和表情◇唱工好，做工也不賴。

【做主】zuòzhǔ 對事情擔負全部責任，並自己作決定◇婚姻大事，自己做主。

【做作】zuòzuo 裝模作樣，不自然地做出某種姿態◇看她那副做作樣｜戲演得太做作。

【做東】zuòdōng 當東道主◇輪流做東。

【做事】zuòshì ① 幹工作或處理事情◇認真做事，老實做人。② 工作；任職◇你在哪裏做事呢？

【做客】zuòkè 作客◇應邀做客｜歡迎你來我家做客。

【做媒】zuòméi 替別人説合婚姻◇拜託朋友為女兒做媒。

【做夢】zuòmèng ① 睡眠中因大腦裏的抑制過程不徹底，在意識中呈現種種幻象。② 比喻不切實際地幻想◇白日做夢。

【做壽】zuòshòu 慶祝生日。多用於老人。

【做戲】zuòxì ① 演戲◇學戲先學德，做戲先做人。② 比喻故意做出虛假的姿態◇要實幹，不要做戲。

【做難】zuònán 為難◇兩頭做難｜你放心，不會讓你做難的。

【做手腳】zuò shǒujiǎo 耍手腕；暗中使壞◇保證不被人從中做手腳。

【做文章】zuò wénzhāng 寫文章。現多比喻抓住某一件事發議論或另有圖謀◇抓住他的錯誤大做文章。

【做功課】zuò gōngkè ① 學生做老師佈置的作業◇認真做功課。② 指佛教徒按時誦經唸佛◇大殿是喇嘛每日誦經做功課的地方。③ 比喻做準備工作。

【做賊心虛】zuòzéixīnxū 比喻做了壞事怕人察覺而心裏不安◇我看她呀，多少有點兒做賊心虛。

9 **偃** yǎn 粵jin2 演 ①仰面倒下◇偃臥。②放倒◇偃旗息鼓。③停止，停息◇偃兵修好。

【偃仰】yǎnyǎng ① 安居；休息◇圖書滿架，偃仰嘯歌。② 向上◇一株松樹偃仰而起。

【偃臥】yǎnwò 仰臥，睡臥◇和衣偃臥，不能成寐｜長城像巨龍一樣偃臥在山巔。

【偃蹇】yǎnjiǎn ① 高聳的樣子◇枝幹偃蹇的大樹。② 艱難困頓◇仕途偃蹇曲折，一生極盡坎坷。

【偃武修文】yǎnwǔ xiūwén 偃，停止。停止戰備，修治文教。指國家統一，社會安定。

【偃旗息鼓】yǎnqí xīgǔ ① 偃，放倒；息，停止。放倒軍旗，停擊戰鼓。指隱蔽行蹤，不暴露目標或停止戰鬥。② 比喻收斂聲勢或事情中止◇一向大張聲勢，如今也不得不偃旗息鼓。(反) 大張旗鼓。

9 **偭** miǎn (粵)min5 免 ①向；面向。②違背◇偭規錯矩（違背正常的法度）。

9 **偕** xié (粵)gaai1 佳 ①一起，一同◇偕老。②與…一起◇偕友重訪故地。

【偕老】xiélǎo 夫妻共同生活到老◇白頭偕老。

【偕同】xiétóng 陪同；和別人在一起◇偕同貴賓參觀。

【偕行】xiéxíng 同行；一起走◇偕行人員｜這對伉儷相依偕行了大半生。

9 **偵（侦）〔遉〕** zhēn (粵)zing1 精 暗中察訪；探查◇偵察｜偵緝。

【偵查】zhēnchá 警察或檢察部門為查明犯罪事實和確認犯罪人而進行調查。

【偵探】zhēntàn ① 暗中偵查探察◇偵探隱私。② 從事偵探工作的人◇私家偵探。

【偵察】zhēnchá 為查明敵情或其他情況而進行祕密探察活動。

【偵緝】zhēnjī 偵查緝捕◇偵緝隊｜警方展開偵緝。

9 **倏〔儵〕** shū (粵)suk1 叔 極快◇兔子倏地竄進了草叢。

【倏忽】shūhū 很快地；忽然◇倏忽一閃｜倏忽傳來一陣幽香。

【倏爾】shū'ěr 一瞬間，很快◇只見遠方身影如一小點，倏爾消失於地平線。

9 **側（侧）** 〈一〉cè (粵)zak1 則 ①旁邊◇側影｜山側。②向旁邊斜着◇側泳｜側耳傾聽。

〈二〉zhāi (粵)zak1 則 方言。傾斜，歪着◇側歪。

【側目】cèmù 斜着眼看，表示畏懼、憤怒或驚訝等◇側目而視｜引人側目。

【側耳】cè'ěr 轉頭，使耳朵向着發聲處。表示恭敬地或仔細地聽◇側耳聆聽。

【側身】cèshēn 向側面斜着身子或轉動身子◇側身而卧｜一側身躲了過去。

【側重】cèzhòng 着重某一方面；偏重◇複習功課要有所側重｜學生對課業不應過於側重。

【側室】cèshì ① 邊上的房間◇客廳有兩個側室。② 偏房，妾◇他偏愛側室生的小兒子。

【側記】cèjì 側面的記述。多用於報刊文章標題◇學童書法展覽側記。

9 **偶** ǒu (粵)ngau5 藕 ①用土、木等製成的人像◇木偶｜玩偶｜偶像。②夫妻；夫妻中的一方◇佳偶｜配偶。③成雙的，成對的◇對偶｜無獨有偶。④偶然，偶爾◇偶發事件。

【偶人】ǒurén 用土木、陶瓷等製成的人形物◇布偶人｜泥偶人。

【偶合】ǒuhé 偶然相合◇內容偶合。

【偶或】ǒuhuò 偶爾，有時候◇走過小巷，偶或聽到數聲犬吠。

【偶然】ǒurán ① 事理上不一定要發生而發生的◇一次偶然的機會。② 偶爾，有時候◇偶然高興了，他也會喝兩杯。③ 意外，突如其來◇偶然遇到多年不見的老同學。

【偶爾】ǒu'ěr ① 間或，有時候◇父親偶爾也發發脾氣。② 偶然發生的◇這是偶爾的疏忽。

【偶像】ǒuxiàng ① 用土、木等雕塑的神像。② 比喻受崇拜的對象◇歌迷心中的偶像。

【偶數】ǒushù 能被 2 整除的整數，如 2、4、6、-2、-4、-6 等。正偶數也叫雙數。

9 **偈** 〈一〉jié (粵)git6 傑 ①快速奔馳◇偈兮若駕駟馬。②勇武◇其人暉（明智）且偈。

〈二〉jì (粵)gai6 計 “偈陀”（梵語 Gatha）的簡稱。佛經中的唱詞◇從師受經，日誦千偈。

9 **偎** wēi (粵)wui1 煨 緊緊靠着◇偎傍｜依偎｜偎山靠水｜臉偎着臉。

【偎依】wēiyī 緊挨着；親熱地靠着◇兩個老人互相偎依着，在夕陽下散步。

【偎倚】wēiyǐ 偎依◇親密偎倚的情侶。

9 **偲** 〈一〉cāi (粵)caai1 猜 多才◇其人美且偲。

〈二〉sī (粵)si1 思 【偲偲】sīsī 互相督促◇朋友切切（互相切磋）偲偲。

9 **偢** chǒu (粵)cau2 醜 同“瞅”。顧視；理睬◇偢問｜偢睬。

9 **偊** yǔ (粵)jyu5 雨 【偊偊】yǔyǔ 獨行無伴的樣子◇偊偊獨行。

9 **偷** tōu 粵tau[1]頭[1] ①得過且過◇偷安|苟且偷生。②竊取；暗中拿◇偷來的鑼鼓打不得。③竊賊◇小偷|偷兒。④瞞着人做某事◇偷襲|偷情。⑤抽出(時間)◇偷空|忙裏偷閒。

【偷生】tōushēng 得過且過地活下去◇苟且偷生|夾縫偷生。

【偷安】tōu'ān 只圖眼前的安逸◇苟且偷安|南宋小朝廷歌舞昇平，偷安一隅。

【偷空】tōukòng 忙碌中抽出時間(做別的事)◇最近事多，只能偷空去圖書館。

【偷眼】tōuyǎn 偷偷地看◇孩子們膽怯地偷眼望着陌生人。

【偷偷】tōutōu 形容行動不使人覺察◇偷偷地溜走了|偷偷地望着她。

【偷情】tōuqíng ①二人間背着人暗地裏談情説愛。②瞞着配偶和他人，暗中與異性發生關係。

【偷盜】tōudào 偷竊，盜竊◇偷盜財物|偷盜團夥。

【偷渡】tōudù ①偷偷地渡過封鎖的水域◇河對岸佈有重兵，偷渡危險。②偷越關卡或國境◇偷渡出境|偷渡團夥。

【偷閒】tōuxián 忙碌中抽出時間◇忙裏偷閒|享受一段悠然自得的偷閒時光。

【偷嘴】tōuzuǐ 偷吃東西◇沒有不偷嘴的貓，沒有不漏風的牆。

【偷懶】tōulǎn 貪圖安逸，逃避應做的事◇偷懶是壞習慣|讀書不能偷懶。

【偷襲】tōuxí 瞞過他人耳目，暗中進行突然襲擊◇日本偷襲珍珠港。

【偷竊】tōuqiè 盜竊◇偷竊銀包。

【偷工減料】tōugōng jiǎnliào ①在生產或施工中，降低品質要求、減省工序和用料。②比喻做事貪圖省事，敷衍馬虎◇辦事要盡心盡責，不能偷工減料。

【偷天換日】tōutiān huànrì 比喻玩弄手段，以假代真，達到蒙混、欺騙的目的。

【偷偷摸摸】tōutōumōmō 形容瞞着人做事，見不得人。

【偷樑換柱】tōuliáng huànzhù 比喻玩弄手法，暗中改變事物的內容或性質。

【偷雞摸狗】tōujī mōgǒu ①不光明正大的低劣行為。②指男女暗中的姦情往來。

9 **偁** chēng 粵cing[1]青 同"稱"。

9 **傯〔傯〕** zǒng 粵zung[2]總 見"倥傯"。

9 **停** tíng 粵ting[4]亭 ①止住，止息◇停車|雨停了。②暫留，逗留◇停兩天再走。③停放，停泊◇停車場|船停在碼頭上。④妥當◇停當|停妥。⑤量詞。總數分成幾份中的一份◇十停人裏九停人都知道了。

【停止】tíngzhǐ ①不再進行◇停止搶救。②停留；停息◇車子停止不動|沙塵暴終於停止了。

【停火】tínghuǒ ①停止燒火◇燒製陶瓷不能隨便停火。②交戰雙方或一方停止攻擊◇停火協定。

【停放】tíngfàng 暫時放置(多指車輛、靈柩等)◇此處不許停放貨櫃車。

【停泊】tíngbó 船隻停靠◇啟德郵輪碼頭停泊了一艘豪華郵輪。

【停息】tíngxī 停止；止息◇風雨停息了|人事風波終於停息下來。

【停留】tíngliú ①暫停，不繼續前進◇火車在大站停留時間長。②停滯，不繼續發展或變化◇不能停留在目前的水平上。

【停頓】tíngdùn ①停留安頓◇人和牛都停頓在一個地方。②停止或中止◇我這一生信奉四個字：永不停頓。③説話時語音上的間歇◇朗讀要注意停頓，不能一口氣讀下去。

【停業】tíngyè ①暫時停止營業◇因疫情嚴峻，多間餐廳宣佈停業。②不再營業◇資不抵債，停業拍賣。

【停當】tíngdang 妥當；完備◇佈置停當|考慮得不夠停當。同 妥貼。

【停歇】tíngxiē ①停下休息◇農夫在樹蔭下停歇。②停止，停息◇永不停歇的大江。③中止經營◇公司處於半停歇狀態。

【停滯】tíngzhì 因受阻而不能前進或發展◇生產停滯|社會停滯不前。

【停靠】tíngkào 車、船等交通運輸工具停留在某個地方◇停靠站|郵輪停靠在碼頭上。

【停學】tíngxué 因故停止上學◇因病申請停

學一年。

【停靈】tínglíng 殯葬前暫時把靈柩停放在某個地方。

9 **偽(伪)〔僞〕** wěi 粵ngai[6] 毅 ①假的◇偽鈔|去偽存真。②非法的◇偽軍|偽政府。

【偽造】wěizào 假造◇偽造證件|偽造手段越來越高明。

【偽善】wěishàn 假裝善良◇偽善的表白。反真誠。

【偽裝】wěizhuāng ① 假裝◇偽裝公正。② 用來掩蓋真相的東西◇偽裝網|迷彩偽裝服。③ 指軍事上用來偽裝的東西或措施。

【偽證】wěizhèng 案件進行偵查或審理中，證人、鑒定人、記錄人或翻譯故意做出的虛假的證明、鑒定或翻譯。作偽證是刑事罪。

【偽君子】wěijūnzǐ 外表正派，實際上卑鄙無恥的人◇道貌岸然的偽君子。

9 **偏** piān 粵pin[1] 篇 ①傾斜，偏斜◇太陽偏西的時候。②有偏向；不公正◇兼聽則明，偏信則暗。③冷僻◇偏遠的山區。④旁側；一半◇偏癱。⑤偏差；錯誤◇糾偏。⑥副；輔助◇偏將|偏師。⑦敬辭。用於請人幫忙或謝人代己做事◇偏勞|有偏大哥了。⑧表示出乎意料◇小孩偏在這時哭出聲來。⑨偏偏。表示故意◇明知山有虎，偏向虎山行。⑩只，僅僅◇吃柿子偏找軟的捏，你倒會欺負老實人。⑪正好，恰巧◇屋漏偏逢連夜雨，船遲更被打頭風。

【偏方】piānfāng 民間流傳的不見於經典醫書的中藥方◇藥膳偏方。

【偏心】piānxīn 偏向一方面；不公正◇偏心眼|你偏心，向着她！

【偏巧】piānqiǎo ① 湊巧◇正愁沒人幫忙，偏巧你來了。② 偏偏。表示同願望相反◇打了幾次電話，偏巧都沒人接。

【偏向】piānxiàng ① 不正確的傾向◇發現問題，糾正偏向。② 偏重某一方◇小説偏向於描寫市井生活。③ 偏袒或無原則地支持某一方◇裁判明顯偏向主隊。

【偏安】piān'ān 封建王朝失去中原而苟安於一方。

【偏見】piānjiàn 成見；片面的見解◇世俗偏見|對他存有偏見。

【偏私】piānsī 徇私情，不公正。

【偏房】piānfáng ① 四合院中東西兩廂的房子◇廊下北邊有兩間偏房。② 妾。

【偏重】piānzhòng 着重一方面◇企業文化偏重於內部員工的凝聚力。

【偏食】piānshí ① 日偏食和月偏食的統稱。② 挑食，只喜歡吃某幾種食物◇偏食對兒童生長發育很不利。

【偏財】piāncái 意外之財◇發偏財。

【偏狹】piānxiá 片面狹隘◇心胸偏狹。

【偏旁】piānpáng 漢字形體中某些經常出現的組成部件，如"代、供"中的"亻"，"吃、吹"中的"口"。

【偏差】piānchā ① 運動的物體偏離確定的方向、角度。② 言行上過頭或不及的差錯◇大膽幹，不要怕出偏差。

【偏袒】piāntǎn 解衣裸露一臂。據《漢書·高后紀》：劉邦死後，呂后專權。呂后一死，太尉周勃為鏟除呂氏勢力，號令軍中將士："為呂氏右袒，為劉氏左袒。"後表示袒護雙方中的某一方。

【偏執】piānzhí 偏激而固執◇偏執狂|意見偏執。

【偏偏】piānpiān ① 表示故意相反◇想叫我走，我偏偏不走。② 表示和願望相反◇盼望下雨，偏偏驕陽似火。③ 唯獨；單單◇那麼多玩具都不喜歡，偏偏喜歡這個。

【偏斜】piānxié 傾斜，不正◇瞳孔偏斜|寂靜的庭院月影偏斜。

【偏勞】piānláo 請求或感謝別人幫忙的客套話◇不敢偏勞|偏勞各位多費心。

【偏愛】piān'ài 特別喜愛若干人或事物中的某個或某種◇過於偏愛辛辣食物。

【偏頗】piānpō 片面；偏於某一方◇議論失之偏頗。

【偏蔽】piānbì 偏執不明◇攻其一端，不及其餘，則不免有所偏蔽。

【偏僻】piānpì ① 偏遠荒僻，交通不便◇偏僻小村|地處偏僻，遊人罕至。② 偏執怪僻◇性情偏僻，很難相處。

【偏廢】piānfèi 偏重某一方面而忽視其餘方

面◇事業和家庭豈可偏廢？

【偏激】 piānjī（思想、言行等）過火，極端◇言論偏激｜看問題很偏激。

【偏幫】 piānbāng 偏袒某一方◇法律不會偏幫任何一方。

【偏題】 piāntí ① 冷僻的考題◇不考偏題難題。② 偏離主旨◇寫文章切忌偏題。

【偏離】 piānlí 離開確定的軌道和方向◇偏離目標｜飛機偏離航線。

【偏癱】 piāntān 身體一側癱瘓，多由腦出血引起。同 半身不遂。

9 **健** jiàn 粵gin^{6} 件 ①強壯；使強壯◇健美｜健壯｜健體運動。②健康◇身體尚健，勿念。③善於；易於◇健談｜健忘。

【健在】 jiànzài 健康地活着。多指年紀大的人◇二戰老兵依然健在的不多了。

【健全】 jiànquán ① 身體不病不殘◇健全的肌體｜身心健全。②（事物）完善無缺◇教學設施健全。③ 使完善；使完備◇健全傳染病預警體系。

【健步】 jiànbù 形容步履輕快有力◇健步如飛｜一路健步走來。

【健壯】 jiànzhuàng 強壯◇野犛牛犄角粗大，體格健壯。

【健兒】 jiàn'ér ① 勇猛的軍士；英勇的鬥士◇藍天健兒｜驃悍的草原健兒。② 體育技能出眾的青壯年◇游泳健兒｜體壇健兒。

【健美】 jiànměi ① 體質健康，體態優美◇健美的身段。② 使身體健美◇健美操。

【健康】 jiànkāng ① 人體發育健全，體質良好，心理正常。② 健康的身體狀況◇不良的生活習慣有害健康。③ 事物情況良好◇內容健康的閱讀物。

【健將】 jiànjiàng ① 勇猛善戰的將領。② 比喻某種活動的能手◇文壇健將｜體壇健將。③ 國家授予運動員等級中最高一級的稱號◇跳高健將｜游泳健將。

【健談】 jiàntán 善於說話，話題很多◇父親是位幽默健談的人。

9 **假** 〈一〉jiǎ 粵gaa^{2} 加^{2} ①借◇假道東京｜久假而不還。②利用；憑藉◇狐假虎威。③授予，給予◇天假其年。④不真實的，虛假的◇假面具｜假仁假義。⑤假冒的東西◇假名牌｜以假亂真。⑥假定◇假說｜假想敵。⑦如果◇假如｜假使。

〈二〉jià 粵gaa^{3} 駕 公休日；假日◇放假｜請假｜度假。

【假山】 jiǎshān 園林中用石頭疊砌成的供遊玩觀賞的小山。

【假日】 jiàrì 放假或休息的日子◇假日休閒。

【假名】 jiǎmíng 日文所用的表音文字，分為片假名和平假名，多借用漢字的偏旁。

【假充】 jiǎchōng 裝出某種樣子；冒充◇假充正經｜外行假充內行。

【假如】 jiǎrú 如果◇假如時光倒流，人人都會避免犯那些愚蠢的錯誤。

【假使】 jiǎshǐ 如果◇假使這是戰場，你能後退嗎？

【假定】 jiǎdìng ① 姑且認定◇假定賣得出去，能賺多少錢？② 哲學和科學上的假設。

【假若】 jiǎruò 如果◇假若你是樹，我就是最溫柔的風｜假若這件事發生在你身上，你會怎麼想？

【假冒】 jiǎmào 以假充真，冒充◇謹防假冒｜假冒商品。

【假借】 jiǎjiè ① 借◇家貧無書，每假借於藏書之家。② 利用某種名義或力量來達到目的◇假借公司名義進行詐騙。③ 六書之一。指借用已有的文字表示語言中同音而不同義的詞，例如借當小麥講的“來”作為來往的“來”。

【假託】 jiǎtuō ① 推託◇假託有事。② 假冒（別人的名義）◇假託古人名義。③ 憑藉，借用◇《莊子》闡述道理和主張，常假託於故事人物。

【假設】 jiǎshè ① 假使◇假設我有回天之力，那就甚麼都好辦了。② 姑且認定◇假設我甚麼都不會，你將怎樣照顧我？③ 虛構◇人物都是假設的。④ 科學研究上指對客觀事物作出的有待證明的解釋◇大膽假設，小心求證。

【假期】 jiàqī 放假或休假的時期◇過一個輕鬆快樂的假期。

【假象】 jiǎxiàng 不符合事物本質的表面現象◇被假象所迷惑。

【假寐】jiǎmèi ① 不脱衣帽打盹◇假寐片刻｜伏在小茶桌上假寐。② 假裝睡覺◇警員假寐，抓了竊賊。

【假想】jiǎxiǎng ① 想像，設想◇徜徉在自己假想的仙境中。② 想像或設想的內容◇科學家使各種各樣的假想和學説能夠共存。

【假裝】jiǎzhuāng 故意裝出一種模樣或姿態來掩飾真相◇假裝糊塗｜假裝熱情。

【假釋】jiǎshì 對刑期未滿的罪犯，認定確有悔改表現或其他特殊原因，採取暫時釋放的做法。

【假惺惺】jiǎxīngxīng 假情假義；假裝同情的樣子◇擠出幾滴假惺惺的鱷魚淚。㊀ 真心實意。

【假仁假義】jiǎrén jiǎyì 假裝仁慈正義。

【假公濟私】jiǎgōng jìsī 假，借；濟，補益，助成。假借公事的名義，謀取私人的利益。㊂ 損公肥私 ㊀ 大公無私。

9 **偓** wò 粵ak1/ngak1 握 用於人名◇偓佺，古代傳説中的仙人。

9 **偉(伟)** wěi 粵wai5 韋 ①高大◇魁偉｜偉丈夫。②偉大◇豐功偉績。

【偉人】wěirén 偉大的人物◇孫中山是一代偉人。

【偉力】wěilì 巨大的力量◇移山填海的偉力｜自強不息的偉力。

【偉大】wěidà ① 人格高尚，才識卓越◇莎士比亞是偉大的文學家。② 規模宏大，氣象雄偉◇長城是中國古代偉大的建築物。③ 超出尋常，令人景仰的◇偉大的國家｜偉大的事業。

【偉岸】wěi'àn 魁梧；高大◇水映着山的偉岸，山欣賞水的柔情。

【偉業】wěiyè 偉大的業績◇千秋偉業｜成就一番偉業。

【偉績】wěijì 巨大的功績◇奇勛偉績，曠世無匹。

【偉麗】wěilì ① 宏偉壯麗◇中環的建築十分偉麗。② 高大俊美◇外貌偉麗，神情秀朗。

10 **傣** dǎi 粵daai2 歹/taai3 太 傣族。中國少數民族之一，主要分佈在雲南。

10 **備(备)〔俻〕** bèi 粵bei6 鼻 ①齊全；完備◇求全責備。②有，具有◇萬事俱備，只欠東風。③預備；準備◇有備無患。④防備◇攻其無備，出其不意。⑤設施◇設備｜裝備。⑥盡；完全◇備受歡迎｜艱苦備嚐。

【備考】bèikǎo ① 留作參考◇此份記載，錄以備考。②（書籍、簿冊、表格等）供參考的附錄或附註◇史實有疑義之處附有備考。

【備至】bèizhì 至極，到了極點◇關懷備至｜讚揚備至。

【備份】bèifèn 複製一份備用。特指電腦系統複製、保存數據，用以防止丟失數據。

【備取】bèiqǔ ① 招考時在正式錄取名額以外再錄取若干名，以備遞補缺額。② 留供索取◇公司有簡介圖冊備取。

【備查】bèichá 留供查考（多用於公文）◇存檔備查。

【備胎】bèitāi ① 汽車等備用的輪胎。② 比喻一段感情中的替補、備選人◇他成了感情中的備胎。

【備案】bèi'àn 把事由寫成報告送主管部門存案◇備案登記｜履行備案手續。

【備戰】bèizhàn ① 準備打仗。② 準備比賽◇備戰亞洲杯決賽。

【備辦】bèibàn 置辦，購置所需物品◇備辦筵席｜備辦禮物。

【備忘錄】bèiwànglù ① 一種外交文書。一般是闡明己方對某個具體問題的觀點、立場，或把某些事項通知對方。② 隨時記錄，留供查閱的筆記◇一份軍事演習備忘錄。

10 **傅** fù 粵fu6 父 ①教導◇傅之德義。②教導或傳授技藝的人◇師傅。③附着；依附◇皮之不存，毛將安傅？④塗抹◇傅粉。⑤姓。

【傅粉】fùfěn 搽粉◇面若傅粉，手如白玉。

【傅會】fùhuì 附會，牽強湊合◇傅會之説｜穿鑿傅會。

10 **傈** lì 粵leot6 律【傈僳族】lìsùzú 中國少數民族之一。主要分佈在雲南和四川。

10 **傉** nù 粵nuk6 恧 用於人名。禿髮傉檀，東晉時南涼國君。

10 **傀** 〈一〉guī 粵gwai1 歸 ①奇異◇傀奇｜傀異。②偉大◇達生（通達人生）之情者傀。③獨立的樣子◇傀然獨立天地之間。

〈二〉kuǐ 粵faai3 快【傀儡】kuǐlěi ①木偶戲中的木頭人，由人控制動作◇泉州傀儡戲。②比喻受人操縱的人或組織。多用於政治◇傀儡政府|傀儡皇帝。

10 **傒** 〈一〉xī 粵hai4 奚 ①等待◇傒公之還。②見"傒倖"。

〈二〉xì 粵hai6 繫 歸向◇普天景仰，率土(境域之內)傒心。

【傒倖】xīxìng 煩惱；焦躁◇聽到這話，她一臉傒倖地説："這可怎麼辦呢？"

10 **傖(伧)** 〈一〉cāng 粵cong1 倉 粗俗◇傖氣|傖夫。

〈二〉chen 粵cong1 倉 見"寒傖"。

【傖俗】cāngsú 粗野鄙俗◇臉上透着一股傖俗氣息。

10 **傑(杰)** jié 粵git6 潔6 ①才智超羣的人◇識時務者為俊傑。②超越一般的◇傑人|傑作。

【傑出】jiéchū 出類拔粹；超越他人◇傑出人材|傑出成就獎。

【傑作】jiézuò 出眾的、非比尋常的作品◇《三國演義》是中國文學史上的傑作。

10 **傍** bàng(1) 粵bong6 磅 ①靠近。多用於處所◇依山傍水|沿水傍岸裝點曲欄迴廊。②伴隨◇一技傍身，走遍天下。③依附◇傍大款|傍人門戶。(2) 粵pong4 旁 臨近。多用於時間◇傍晌|傍午。

【傍晚】bàngwǎn 臨近晚上的時候。同 黃昏 反 清晨。

10 **傢(家)** jiā 粵gaa1 家【傢什】jiāshi 指用具、傢具、器物。

【傢伙】jiāhuo ① 指器具或武器◇電工帶傢伙去安裝燈具。② 對人的戲稱或蔑稱◇小傢伙|壞傢伙|那傢伙很懶。

【傢具】jiājù 家用器具，如沙發、餐枱、牀、衣櫃等。

10 **傕** jué 粵gok3 各 用於人名，如漢末的李傕。

10 **傘(伞)** sǎn 粵saan3 汕 ①遮擋雨或太陽的用具◇雨傘|遮陽傘。②像傘的東西◇傘兵|保護傘。

11 **債(债)** zhài 粵zaai3 齋3 ①所欠的錢財◇欠債|負債。②泛指應做而未做的事或所造成的損失◇血債|文債|風流債。

【債主】zhàizhǔ 借給別人錢財並收取利息的人。

【債券】zhàiquàn 指債務人承諾按一定利率並在規定日期內還本付息的書面憑證。現多指依法定程序發行的，如國債券、地方政府債券、金融債券、公司債券等。

【債務】zhàiwù ① 欠債人所承擔的還債義務◇債務人|債務國。② 指所欠的債◇清理債務|巨額債務。

【債權】zhàiquán 依法要求債務人償還債款或履行一定義務的權利。

【債台高築】zhàitáigāozhù 據《漢書·諸侯王表序》，戰國時周赧王欠債很多，無力歸還，被債主逼得躲在宮裏的一座高台上。後以"債台高築"形容欠債很多。

11 **傲** ào 粵ngou6 懊6 ①驕傲；自高自大◇居功自傲。②不低頭，不屈服◇傲然屹立。③傲視，藐視◇恃才傲物。

【傲岸】ào'àn 高傲◇傲岸自大|神情傲岸。

【傲骨】àogǔ 比喻高傲不屈的性格◇人不可有傲氣，但不可無傲骨。

【傲氣】àoqì 自高自大的作風◇言談笑貌充溢着傲氣。

【傲視】àoshì 傲慢地看待◇傲視羣芳|傲視羣雄。

【傲然】àorán ① 高傲的樣子◇擺出一副傲然的神氣。② 堅強不屈的樣子◇傲然正氣。

【傲慢】àomàn 自高自大，對人沒有禮貌◇態度傲慢|傲慢無知。同 高傲、倨傲 反 謙遜、謙虛。

11 **僅(仅)** 〈一〉jǐn 粵gan2 緊 只；才◇不僅會説，而且會幹。

〈二〉jìn 粵gan6 近 幾乎，將近◇歲入僅三百萬|古樹高大，僅十圍。

【僅見】jǐnjiàn 罕見，非常少見◇變臉的絕活僅見於川劇中。

【僅僅】jǐnjǐn 表示強調限於某個範圍◇僅僅是句空話|僅僅我們倆，做得成嗎？

11 **傳(传)** 〈一〉chuán 粵cyun4 全 ①由一方交給另一方◇世代相傳。②傳授◇傳教｜師傳。③傳播；推廣◇宣傳｜名不虛傳。④表示；表達◇只可意會，不可言傳。⑤招喚；叫人來◇傳呼｜傳訊。⑥傳導◇傳熱｜傳電。

〈二〉zhuàn 粵zyun6 專6 ①解釋經書的著作◇名不見經傳。②記錄個人或團體事跡的文字◇傳記｜自傳。③敍述人物故事的作品◇《射鵰英雄傳》。

〈三〉zhuàn 粵zyun3 鑽 古代驛站◇傳舍。

【傳人】chuánrén ①延續某種血統的人◇龍的傳人。②能夠繼承某種學術、技藝而使它流傳的人◇京劇梅派傳人。③傳授給別人（多指特殊的技藝）◇祖傳祕方不輕易傳人。④（疾病）傳染給別人◇感冒容易傳人。⑤發話叫人來◇傳人問話。

【傳世】chuánshì 流傳於後世◇傳世名畫｜傳世之作。

【傳告】chuángào 傳達，轉告◇望同學們互相傳告。

【傳佈】chuánbù 宣傳公佈◇傳佈事實真相。

【傳言】chuányán ①傳話◇受人之託，代人傳言。②流傳的話◇澄清不實傳言。

【傳奇】chuánqí ①唐代興起的短篇小説。②明清兩代以唱南曲為主的長篇戲曲。③事情或人物的離奇故事◇傳奇式人物。

【傳舍】zhuànshè 中國古代驛站的房屋。也指驛站◇驛館傳舍。

【傳承】chuánchéng 延續繼承◇歷代傳承｜傳承民族文化，弘揚民族精神。

【傳染】chuánrǎn ①病原體從有病的機體侵入別的機體。②通過某種言行引起別人相同的思想感情或行為◇不要把緊張焦慮的情緒傳染給家人。

【傳神】chuánshén 把人或動物的神情、態度、內心世界表現得生動逼真◇一雙烏黑傳神的大眼睛。

【傳真】chuánzhēn ①傳出人或物的形貌◇詩言志，歌頌情，畫傳真。②利用光電效應，通過有線或無線電裝置傳遞照片、圖表或文字等的通訊方法。

【傳訊】chuánxùn 傳喚與案件有關的人到案接受訊問。

【傳記】zhuànjì 記述人物生平事跡的文字◇名人傳記｜古代人物傳記。

【傳送】chuánsòng 傳遞輸送◇傳送帶｜傳送喜訊｜信息傳送。

【傳授】chuánshòu 把知識、技藝教給別人◇傳授球技｜傳授武功。

【傳票】chuánpiào ①傳喚涉案人出庭的書面通知。②會計記賬的憑單◇轉賬傳票。

【傳情】chuánqíng 表達情意（多指男女之間）◇眉目傳情｜言語傳情。

【傳媒】chuánméi ①傳播媒介。指報紙、廣播、電視等各種新聞工具。②疾病傳染的媒介或途徑◇蚊蟲是瘧疾的傳媒。

【傳統】chuántǒng ①世代相傳的風俗習慣、生活方式、倫理道德、意識觀念等◇優良傳統｜民族傳統。②歷史悠久的，世代相傳的◇傳統工藝｜傳統文化。③恪守舊道德的◇母親是一位很傳統的婦女。

【傳達】chuándá ①把一方的話轉告給另一方◇傳達命令｜傳達意見。②傳遞表達◇借這封信傳達自己的心意。

【傳頌】chuánsòng 傳佈頌揚◇傳頌一時｜廣為傳頌。

【傳遞】chuándì 一個接一個傳送過去◇傳遞情報｜傳遞火炬。

【傳説】chuánshuō ①輾轉述説◇傳説后羿射日。②民間長期流傳的關於某人某事的敍述或某種説法◇孟姜女哭倒長城的傳説。

【傳誦】chuánsòng ①傳佈誦讀◇傳誦千古的唐詩名篇。②輾轉述説◇傳誦着動人的故事。

【傳聞】chuánwén ①輾轉聽説◇傳聞公司高層有變動。②輾轉流傳的消息◇就此傳聞，報社採訪了當事人。

【傳播】chuánbō 廣泛散佈（信息、觀念、知識等）◇傳播消息｜傳播經驗。

【傳銷】chuánxiāo ①企業不通過店面經營等流通環節，將產品直接售賣給消費者的一種行銷方式。②公司透過消費者將產品分享、銷售以獲利。

【傳宗接代】chuánzōng jiēdài 子孫一代接一代地延續下去。

11 **傴（伛）** yǔ 粵jyu² 淤 曲背；彎腰◇傴背｜傴着身子。

【傴僂】yǔlǚ ① 脊背彎曲，駝背◇傴僂的老婆婆。② 恭敬的樣子◇傴僂奉迎。

11 **僄** piào 粵piu³ 票 ①輕捷，敏捷◇僄悍。②輕薄◇僄輕無禮。

11 **傾（倾）** qīng 粵king¹ 鯨¹ ①歪，偏斜◇向前傾。②趨向◇左傾｜右傾。③倒下◇大廈將傾，獨木難支。④淩駕，壓倒◇權傾朝野。⑤使器物反轉，全部倒出◇傾箱倒櫃。⑥用盡；竭盡◇傾盡全力。⑦全◇傾巢出動。⑧嚮往；仰慕◇一見傾心。⑨排擠◇傾軋。

【傾心】qīngxīn ① 一心嚮往；愛慕◇她從小就傾心於當老師｜一見傾心。② 誠懇；誠心◇傾心交談。

【傾耳】qīng'ěr 側着耳朵。表示注意地聽◇傾耳細聽｜傾耳諦聽。

【傾吐】qīngtǔ（把心裏的話）全部説出◇傾吐衷腸｜傾吐心聲。

【傾向】qīngxiàng ① 偏向於贊成（某一觀點、意見等）◇雙方都傾向於和解。② 趨勢，發展的方向◇不良傾向｜社會變革的傾向不可逆轉。

【傾軋】qīngyà（在同一羣體中）排擠打擊別人◇派系傾軋｜政敵互相傾軋。

【傾注】qīngzhù ① 從高處流到低處◇大雨傾注｜往杯中傾注美酒。② 把精力、感情等都用到一個目標上◇畫家把激情全部傾注在筆墨之中。

【傾盆】qīngpén 像從盆裏倒出水一樣。形容雨下得很大很急◇傾盆大雨。

【傾倒】㈠qīngdǎo ① 傾斜倒下◇大樓轟然傾倒｜比薩斜塔有傾倒危機。② 愛慕，佩服；使愛慕、佩服◇一曲《琵琶行》傾倒了多少文人墨客。

㈡qīngdào 把容器裏面的東西全部倒出來◇胡亂傾倒廢物會污染環境。

【傾敗】qīngbài 滅亡；失敗◇項羽的傾敗在於不會用人。

【傾動】qīngdòng ① 因極為欽佩而轟動◇作品深受讀者喜愛，聲望傾動一時。② 因愛慕而動情◇姑娘為他芳心傾動。

【傾側】qīngcè 傾斜◇船身向右傾側。

【傾斜】qīngxié ① 歪斜◇寶塔已有些傾斜。② 比喻側重或偏向某一方面◇優惠政策向信息技術業傾斜。

【傾巢】qīngcháo 窩裏的鳥全部飛出。比喻人員全部出動。含貶義◇傾巢出動。

【傾訴】qīngsù（把心裏的話）全部説出來◇傾訴冤屈｜傾訴久別之情。

【傾蓋】qīnggài ① 蓋；傘形車篷。古人路上相遇，停車時兩蓋前傾相靠。形容偶然相遇，親切交談的情形◇傾蓋相逢｜傾蓋一晤。② 比喻初交◇白頭如新，傾蓋如故。

【傾慕】qīngmù 傾心愛慕；傾心仰慕◇傾慕已久｜人格受人傾慕。

【傾銷】qīngxiāo 用低於市場售價的價格大量拋售商品◇反傾銷｜低價傾銷。

【傾頹】qīngtuí ① 倒塌◇牆壁傾頹，長滿了雜草。② 衰敗；衰亡◇家道傾頹｜一派末世的傾頹景象。

【傾覆】qīngfù ① 倒塌；翻倒◇高台傾覆｜渡輪在暴風雨中傾覆。② 垮台；覆滅◇社稷傾覆｜政權傾覆。

【傾瀉】qīngxiè 從高處急速流下來◇瀑布傾瀉於兩山之間｜炸彈像雨點般傾瀉下來。

【傾聽】qīngtīng 側着耳朵聽。形容認真聽取◇傾聽市民心聲｜要多傾聽孩子的感受。

【傾城傾國】qīngchéng qīngguó 傾，傾覆。原指君主因沉溺於美色而亡國，後用於形容女子極其美麗。成語出自《漢書・外戚傳上・李夫人》："北方有佳人，絕世而獨立，一顧傾人城，再顧傾人國。"

多樣表達：傾城傾國

美女 佳人 麗人 佳麗 紅顏 紅粉 紅妝 絕色 美麗 標致 漂亮 俊秀 俊美 俊俏 俏麗 秀氣 秀美 秀麗 清秀 秀媚 嫵媚 姣媚 姣豔 嬌媚 嬌柔 嬌美 嬌豔 豔媚 豔麗 妖豔 妖冶 妍麗 娟秀 娟好 姣好 蛾（娥）眉 柳眉 秋水 秋波 笑靨 酒靨 酒渦 梨渦 櫻桃 楚腰 柳腰 窈窕 苗條 婀娜 輕盈 綽約 裊娜 裊裊婷婷 亭亭玉立 花容月貌 天姿國色 環肥燕瘦 小家碧玉 徐娘半老

11 **僂（偻）** ㈠lǚ 粵leoi⁵ 呂 ①脊背彎曲，駝背◇傴僂。②彎曲（身體、手指等）◇僂身｜不勝僂指（屈指而數，數不過來）。

③馬上；立刻◇賣之不可僂售也。

〈二〉lóu 粵lau4流 見"佝僂"。

11 **催** cuī 粵ceoi1吹 ①催促；使加快◇催辦|催逼|催命。②使事物的發生、發展和變化加快◇催芽。

【催化】cuīhuà 加快化學反應速度的化學作用。起這種作用的化學物質叫催化劑，在催化過程中，其本身的量和化學性質不改變。

【催生】cuīshēng ①催產，使分娩過程加快。同 催產。②促使生長◇毛髮催生劑。③比喻促使產品或作品問世。

【催促】cuīcù 叫人趕快行動或做某事◇催促女兒早點把婚事辦了。

【催眠】cuīmián ①促使入睡◇催眠曲。②心理學上指用特殊的方法來引起一種類似睡眠的狀態◇催眠術。

【催討】cuītǎo 催人歸還（債款、實物等）◇多次催討，仍不歸還。

【催產】cuīchǎn 用藥物或其他方法使母體子宮收縮，產出胎兒。同 催生。

【催淚】cuīlèi ①用刺激性物質使人流淚◇催淚瓦斯。②形容人十分感動◇這部電影十分催淚。

【催進】cuījìn 促進◇日照催進植物生長｜區域合作催進經濟發展。

11 **傷（伤）** shāng 粵soeng1商 ①創傷；受到的損害◇重傷|燒傷。②傷害；損害◇傷和氣|傷筋骨。③悲哀◇憂傷|多情自古傷離別。④妨礙◇無傷大雅|有傷風化。⑤因飲食等過度而感不適◇傷食|喝酒喝傷了。⑥因某種因素而生病◇傷風感冒。

【傷心】shāngxīn 悲傷，痛心◇三分春色描來易，一段傷心畫出難。

【傷疤】shāngbā ①傷口痊合後的疤痕◇好了傷疤忘了痛。②比喻精神上的苦痛◇留在心裏的傷疤。

【傷神】shāngshén ①損耗精神◇別為這些小事傷神。②傷心◇黯然傷神。

【傷害】shānghài 使受到損害（多指身體或感情）◇意外傷害事故。

【傷逝】shāngshì ①哀念去世的人◇故人凋零，黯然傷逝。②為逝去的歲月而傷感◇老大無成，感流光虛度而傷逝。

【傷痕】shānghén ①傷口痊合或物體受損害後留下的痕跡◇傷痕纍纍。②比喻精神上的苦痛◇心靈的傷痕。

【傷悼】shāngdào 悲傷地悼念◇作詩傷悼舊友｜感歎身世，傷悼故國。

【傷殘】shāngcán ①受傷落下殘疾◇傷殘人｜下肢傷殘。②指受損產生的缺陷◇運來的傢具有兩處傷殘。③受傷害◇纍纍傷殘的心。

【傷悲】shāngbēi 悲傷◇少壯不努力，老大徒傷悲。

【傷勢】shāngshì 受傷的情形、程度◇傷勢加劇｜傷勢嚴重。

【傷感】shānggǎn 因有所感觸而悲傷◇每張照片都引發無限傷感。

【傷懷】shānghuái 傷心，傷感◇對月傷懷，臨風灑淚。

【傷痛】shāngtòng ①人體因受傷而疼痛◇醫治傷痛。②悲傷和痛苦◇他身上受苦，心中傷痛。

【傷腦筋】shāng nǎojīn 因事情難辦而費心勞神◇他正在為兒子的婚事傷腦筋。

【傷天害理】shāngtiān hàilǐ 天，天道；理，倫理。指做事兇狠殘暴，違反公認的道德準則。

【傷風敗俗】shāngfēng bàisú 敗壞風俗。多用來譴責道德敗壞的行為。

11 **傻〔儍〕** shǎ 粵so4所4 ①愚蠢；糊塗◇裝傻。②死心眼；不靈活◇不能靠傻勁蠻幹。③失神呆滯的樣子◇嚇傻了。

【傻子】shǎzi ①智力低下的人。②愚笨，不明事理的人。

【傻瓜】shǎguā 傻子。

【傻勁】shǎjìn ①愚笨而糊塗的樣子◇書呆子傻勁十足。②蠻勁，下死力氣◇別死心眼發傻勁。③犟勁◇在鑽研藝術上他確實有股傻勁。

【傻氣】shǎqì ①呆氣◇他事業有成，生活上卻有點傻氣。②死心眼◇小妹被他的痴情和傻氣所感動。③糊塗；愚笨◇你真傻氣，人家説甚麼你都相信？

【傻眼】shǎyǎn 因遇到意外情況而驚呆◇對方突然提出中止合同，大家都傻眼了。

【傻呵呵】shǎhēhē 糊塗不懂事或憨厚老實的樣子◇傻呵呵的淨上當｜出演傻呵呵的喜劇角色。

11 **傺** chì 粵cai3 砌 見"侘傺"。

11 **傭（佣）** yōng 粵jung4 容 ①僱用◇傭工｜僱傭。②僕人◇傭僕｜女傭。

【傭工】yōnggōng ①受僱為人做工的人◇家庭傭工。②僱用人做工◇實行新傭工制度。

【傭耕】yōnggēng 貧民受僱為主人耕種田地◇傭耕自給。

11 **僇** lù 粵luk6 六 ①侮辱◇橫被僇辱。②同"戮"。

11 **僉（佥）** qiān 粵cim1 簽 ①全，都◇眾意僉同（一致贊成）。②同"簽"◇僉事（舊時官名）。

12 **僰** bó 粵baak6 白 中國古代西南地區的少數民族。

12 **僥（侥）** ㈠ jiǎo 粵hiu1 囂/giu1 驕 見"僥倖"。

㈡ yáo 粵jiu4 搖 見"僬僥"。

【僥倖】jiǎoxìng 藉助偶然的因素得到成功或免去災害◇僥倖生還｜僥倖取勝。

12 **僨（偾）** fèn 粵fan3 訓 毀壞；敗壞◇蟻穴僨堤｜輕信僨事。

12 **僖** xī 粵hei1 希 快樂。古代常用作君王的謚號，如周僖王、魯僖公。

12 **僡** huì 粵wai6 慧 同"惠"。

12 **僳** sù 粵suk1 叔 見"傈僳族"。

12 **僚** liáo 粵liu4 聊 ①官吏◇官僚。②在同一官署任職的人◇同僚｜僚屬。

12 **僭** jiàn 粵zim3 佔 ①超越本分。冒用地位在上者的名義、禮儀或器物◇僭越職權。②不合規定的◇僭建物。

12 **僕（仆）** pú 粵buk6 瀑 ①僕人◇女僕｜奴僕。②謙辭。古時男子的自稱◇依僕愚見，此事尚有轉圜餘地。③見"僕僕"。

【僕人】púrén 受僱在家做雜事的人。

【僕從】púcóng ①跟隨在身邊的僕人◇僕從如雲。②比喻受人控制不能獨立自主的人或國家◇僕從國｜僕從地位沒有改變。

【僕僕】púpú 形容旅途勞累◇風塵僕僕。

12 **僑（侨）** qiáo 粵kiu4 橋 ①僑居◇僑胞｜僑民。②寄居在國外的人◇華僑｜外僑。

【僑民】qiáomín 暫時或永久離開所屬國的一種移民◇歡迎國際旅客入境和僑民歸國。

【僑居】qiáojū 寄居外鄉或外國◇僑居廣東｜海外僑居。

12 **僬** jiāo 粵ziu1 焦【僬僥】jiāoyáo 古代傳説中的矮人◇僬僥國，人長一尺五寸。

12 **僢** chuǎn 粵cyun2 喘 通"舛"。

12 **像** xiàng 粵zoeng6 象 ①比照人物製成的形象◇頭像｜肖像。②相似，相像◇温順得像小貓。③如同◇像這樣的情況很多。④似乎，好像◇從此以後，他像是換了一個人。

【像話】xiànghuà （言行）合乎情理。多用於反問◇不像話｜你説説，這樣做像話嗎？

12 **僦** jiù 粵zau3 奏 租賃◇僦屋以居。

12 **僮** ㈠ tóng 粵tung4 同 ①古代指未成年的男子◇三尺僮。②古代指未成年的僕人◇書僮。

㈡ zhuàng 粵zong6 狀 原作僮族，今作壯族。中國少數民族之一，主要分佈在廣西。

12 **僧** sēng 粵zang1 爭 "僧伽"的簡稱。出家修行的男性佛教徒；和尚◇僧多粥少｜天下名山僧佔多。（梵samgha）

【僧侶】sēnglǚ 僧人的總稱◇僧侶誦經法會。

12 **僱〔雇〕** gù 粵gu3 故 ①出錢讓人為自己做事◇僱傭｜解僱。②受僱傭的◇僱員｜僱工。③租用（交通工具）◇僱車｜僱船。

【僱用】gùyòng 出錢叫人替自己做事◇僱用員工。

【僱傭】gùyōng 用錢僱用勞動力◇僱傭關係。

12 **僝** chán 粵saan4 潺【僝僽】chánzhòu ①憂愁；煩惱◇把胸中僝僽，化為筆底芬芳。②嗔怪；埋怨◇怕妻子知道，又來僝僽。③摧殘；折磨◇好花教風雨僝僽｜黃梅天氣，把人僝僽。④奚落；冷遇◇只因流落天涯，受人多少僝僽。

13 **儎(傤)** zài 粵zoi[3] 再 ①運輸工具裝載的貨物◇卸儎。②運載；承受◇把物資儎於馬後|所儎負的壓力大到難以想像。③量詞。一艘船裝運的貨物叫一儎。

13 **傗(㒓)** tà 粵taat[3] 撻 見"挑傗"。

13 **儆** jǐng 粵ging[2] 竟 ①告誡；警告◇懲一儆百|以儆效尤|殺雞儆猴。②讓人自己覺悟而不犯過錯。◇儆戒|以儆效尤。

【儆戒】jǐngjiè 警戒；使人注意，不犯錯誤◇儆戒後人|以示儆戒。

13 **僵** jiāng 粵goeng[1] 疆 ①(肢體)不能活動◇百足之蟲，死而不僵。②事情難辦，沒有進展◇把事情搞僵了。③使表情嚴肅◇僵着臉，一言不發。

【僵化】jiānghuà 變僵硬。形容停滯不前◇陳舊、僵化的辦學模式。

【僵局】jiāngjú 僵持的局面◇打破僵局|對峙僵局。

【僵直】jiāngzhí 僵硬發直，不能彎曲◇手指僵直|雙膝僵直。

【僵持】jiāngchí 相持不下，一時無法解決◇陷於僵持局面。

【僵硬】jiāngyìng ①(肢體)不能活動◇緊張得全身僵硬。②呆板，不靈活◇態度僵硬|人事制度過於僵硬。

13 **價(价)** 〈一〉jià 粵gaa[3] 駕 ①價格◇物價|無價之寶。②價值◇等價交換。③原子價的簡稱◇氫是一價元素。

〈二〉jie 粵gaa[3] 駕 ①用在否定副詞後面加強語氣◇不價|別價。②詞尾，詞的後綴。大體相當於"地"◇成天價忙|震天價響。

【價目】jiàmù 標明的價格◇價目表一目瞭然。

【價格】jiàgé 商品價值的貨幣表現◇這套洋服的價格很貴。

【價值】jiàzhí ①商品的貨幣值。價值的高低與貨幣量成正比◇價值不菲的彩陶。②用途或作用◇參考價值|營養價值。

【價碼】jiàmǎ 價目，價錢◇標明價碼|提高價碼。

【價錢】jiàqian ①物品的價格◇要是誠心買，價錢可以商量。②比喻條件◇你我之間不講價錢。

【價值觀】jiàzhíguān 對經濟、政治、道德、金錢等所持有的總的看法。

【價值連城】jiàzhíliánchéng《史記・廉頗藺相如列傳》：戰國時，趙惠文王得楚和氏璧，秦昭王詐稱願意用秦國相連的十五座城換取這塊寶玉。後來形容十分珍貴的物品◇秦始皇陵內的寶物價值連城。

13 **僶(僶)** mǐn 粵man[5] 敏【僶俛】mǐnfǔ 同"黽勉"。

13 **儂(侬)** nóng 粵nung[4] 農 ①我◇花紅易衰似郎意，水流無限似儂愁。②方言。你◇謝謝儂。

13 **儇** xuān 粵hyun[1] 圈 慧黠而輕浮◇儇薄|儇子。

【儇薄】xuānbó 輕薄，輕佻◇有人説他名士風流，有人説他儇薄無行。

13 **僽** zhòu 粵zau[6] 就 見"僝僽"。

13 **儉(俭)** jiǎn 粵gim[6] 檢[6] 節省；不浪費財物◇省吃儉用|豐儉由人。

【儉省】jiǎnshěng 節約，不浪費◇祖父生活儉省，喝茶卻頗考究。

【儉約】jiǎnyuē 儉樸節省◇山裏人民風淳樸，生活儉約。

【儉素】jiǎnsù 儉樸◇儉素居家|清直儉素，好學不倦。

【儉樸】jiǎnpǔ 儉省樸素◇尊老愛幼，勤勞儉樸。

13 **儈(侩)** kuài 粵kui[2] 繪 以説合買賣從中取利為職業的人◇市儈|牙儈。

13 **僾(僾)** ài 粵oi[3] 愛 ①彷彿◇僾然。②氣不順暢。

13 **儋** 〈一〉dān 粵daam[1] 擔 ①肩挑◇肩荷負儋。②用於地名，如儋縣(在海南省西北部)。

〈二〉dàn 粵daam[3] 擔[3] 量詞。兩石為一儋◇守儋石之祿者，闕卿相之位。

13 **億(亿)** yì 粵jik[1] 益 ①數目。一萬萬。古代也指十萬◇十三億人口。②喻指極大的數目◇億萬|不稼不穡，胡取禾三百億兮。

【億萬】yìwàn 泛指極大的數目◇全球億萬人

收看奧運會開幕儀式。

13 **儀（仪）** yí ⓐji[4] 兒 ①法度；準則◇儀則。②禮節；儀式◇禮儀｜司儀。③儀器◇渾天儀｜地球儀。④禮物◇謝儀｜賀儀。⑤人的外表◇威儀｜儀態萬方。⑥嚮往；傾心◇心儀。

【儀仗】yízhàng ①古代帝王、官員等外出時，侍從人員手持的旗幟、傘、扇、武器等。②國家舉行大典或迎接國賓時護衞所持的軍樂、武器等。也指遊行隊伍前所舉的旗幟、標語、模型等。

【儀式】yíshì 禮儀的程序和形式◇升旗儀式｜簽字儀式｜頒獎儀式。

【儀表】yíbiǎo 指人的容貌、姿態、風度等◇儀表堂堂｜儀表不俗，談吐有致。

【儀門】yímén 明清時代官署、府第的第二重正門◇文官下轎，武官下馬，整冠迎至儀門。

【儀容】yíróng 人的外表、容貌◇公關小姐儀容端莊。

【儀節】yíjié 禮儀，禮節◇婚禮儀節｜傳統儀節和民俗風情。

【儀態】yítài 儀容姿態◇儀態端莊｜模特兒儀態萬方地走上舞台。

【儀器】yíqì 科技上用於實驗、計量、觀測、檢驗、繪圖等方面，比較精密的器具或裝置。

【儀錶】yíbiǎo 測定溫度、氣壓、電量、血壓等的儀器。形狀像計時的錶，能由刻度直接顯示數值。

13 **僻** pì ⓐpik[1] 癖 ①邊遠，離中心地區遠◇偏僻｜僻靜。②性情古怪而不合羣的◇性情乖僻。③不常見的◇冷僻｜生僻。

【僻野】pìyě 偏遠的野外◇荒郊僻野。

【僻遠】pìyuǎn 偏僻邊遠◇僻遠的山村。

【僻靜】pìjìng 偏僻清靜◇僻靜的林間小路。

【僻壤】pìrǎng 偏僻的地方◇窮鄉僻壤｜一片荒山僻壤。

14 **儓** tái ⓐtoi[4] 台 古代官署中的僕役。

14 **儔（俦）** chóu ⓐcau[4] 酬 ①輩；同類◇儔類｜鮮見其儔。②伴侶◇儔伴。

【儔侶】chóulǚ 伴侶，同伴◇神仙儔侶。

14 **儒** rú ⓐjyu[4] 餘 ①古代的知識分子；泛指讀書人◇腐儒｜焚書坑儒。②春秋末年孔子創立的思想學術流派◇儒教｜儒學。

【儒生】rúshēng 古代指崇奉儒家學說的讀書人。後泛指讀書人或知識分子◇一介儒生｜布衣儒生。

【儒林】rúlín 古代指儒家學者羣體。後泛指知識界、讀書人的羣體◇儒林妙語。

【儒家】rújiā 春秋末年以孔子為代表的學派。提倡以"仁"為中心的道德觀念，主張"以德治天下"。

【儒術】rúshù 儒家的學術◇罷黜百家，獨尊儒術。

【儒商】rúshāng 指讀書人出身或有讀書人氣質的商人◇儒商風度。

【儒將】rújiàng 有學者風度或文官出身的將帥◇儒將風範｜一代儒將。

【儒雅】rúyǎ ①古代指博學的儒者◇開設學校，旁求儒雅。②學識淵博◇以儒雅自命。③風度溫文爾雅◇風流儒雅｜舉止儒雅，有學者風範。

14 **儕（侪）** chái ⓐcaai[4] 柴 同輩；同類的人◇儕輩｜吾儕。

14 **儐（傧）** bīn ⓐban[3] 殯 迎接、引導賓客。

【儐相】bīnxiàng ①古代稱接引賓客或主持典禮的人。②舉行婚禮時陪伴新郎、新娘的人。

14 **儘（尽）** jǐn ⓐzeon[2] 準 ①任憑◇儘你挑｜剩下的儘管拿去。②力求達到最大限度◇儘早｜儘可能。③極；最◇儘東邊｜儘裏面。④總是，老是◇儘說空話。⑤表示放在優先的地位◇儘先｜儘着別人去。⑥表示以某個範圍為極限◇沒錢了，你得儘着這百十元花。

【儘先】jǐnxiān 放在優先地位◇儘先錄用有實際經驗的人。

【儘快】jǐnkuài 儘量加快◇儘快結束｜儘快改正錯誤。

【儘量】jǐnliàng 表示力求在可能範圍內達到最大限度◇與人交談應儘量避免打斷對方。

【儘管】jǐnguǎn ①只管。表示無需顧慮，放心去做◇有想法儘管說。②老是，總是◇別儘管說風涼話，幫着出出主意吧。③ **雖然，縱然**◇儘管貴，但值得。

用法提示：儘管、不管

“儘管”表示一個已經存在的事實，後面不能用表示任指的詞語◇**儘管下這麼大的雨，我還是要去。**“不管”表示一種假設，後面用表示任指或選擇的詞語◇**不管下多大的雨，我都要去。**

15 **優（优）** yōu 粵 jau1 休 ①**美好，十分好**◇優質。②**充足；富裕**◇養尊處優。③**悠閒；安逸**◇優哉遊哉。④**猶豫，缺乏決斷**◇優柔寡斷。⑤**勝過；佔上風**◇優勢。⑥**優待**◇擁軍優屬。⑦**舊時指戲曲演員**◇名優。

【優化】yōuhuà **加以改變或選擇，使變得優良**◇綠化山川，優化環境｜因時因勢優化調整防控措施，才能有效應對疫情。

【優先】yōuxiān **放在別人或他事之前**◇優先錄取｜優先發展服務業｜經濟復甦是應最優先關注的問題。

【優秀】yōuxiù **很出色，非常好**◇中華優秀兒女｜優秀的年輕歌手。

【優伶】yōulíng **舊時指戲曲演員**◇一代優伶｜絕世優伶。

【優良】yōuliáng **非常好**◇品種優良｜優良作風。

【優厚】yōuhòu **（待遇等）豐厚**◇工作輕閒，待遇優厚。

【優待】yōudài ① **給予超越一般的待遇**◇優待六十歲以上的長者。② **超越一般的待遇**◇受到特別的優待。

【優美】yōuměi **優雅美妙；美好**◇優美的詩篇｜海灣風景優美，令人留連忘返。

【優恤】yōuxù ① **優待照顧**◇優恤孤寡老人。② **從優撫恤**◇優恤陣亡將士家屬。

【優異】yōuyì **特別好，異乎尋常地好**◇成績優異｜優異的天賦。

【優惠】yōuhuì **比一般的優厚；優待**◇港商投資內地，得到很多優惠。

【優雅】yōuyǎ **優美雅致；優美高雅**◇環境優雅｜舉止優雅大方。㊐ **典雅** ㊒ **粗俗**。

【優勝】yōushèng **成績優異，勝過別人**◇獲得優勝獎。

【優渥】yōuwò **特別優厚**◇優渥的生活條件。

【優裕】yōuyù **富足；充裕**◇生活優裕｜家境優裕。

【優越】yōuyuè **比一般的更好**◇條件優越｜地理位置優越｜投資環境優越。

【優閒】yōuxián **閒適**◇優閒自在｜背靠搖椅，優閒地聽歌。

【優遇】yōuyù **優待**◇優遇有加｜對有特別貢獻者給予優遇。

【優遊】yōuyóu ① **悠閒**◇優遊卒歲｜優遊自得。② **悠閒地遊樂**◇優遊山林，樂而忘返。

【優撫】yōufǔ **優待和撫恤**◇優撫殘廢軍人。

【優點】yōudiǎn **好處，長處**◇多看別人的優點，少看人家的缺點。

【優柔寡斷】yōuróuguǎduàn **優柔，遲疑不決；寡斷，缺乏決斷。指遇事猶豫，不果斷**◇優柔寡斷，坐失良機。㊐ **猶豫不決、舉棋不定** ㊒ **當機立斷、多謀善斷**。

15 **償（偿）** cháng 粵 soeng4 常 ①**歸還**◇償還。②**抵補**◇得不償失。③**代價；報酬**◇有償轉讓。④**實現；滿足**◇如願以償。

【償還】chánghuán ① **歸還（欠債等）**◇欠你的錢，一定按時償還。㊒ **借債**。② **補償，抵償**◇感情所欠，難用金錢償還。

【償願】chángyuàn **滿足心願**◇終得償願，此生沒有遺憾了。

15 **儡** lěi 粵 leoi5 呂 **見“傀儡”**。

15 **儲（储）** chǔ 粵 cyu5 柱 ①**積蓄；儲存**◇儲蓄｜儲藏。②**指儲存的糧食或其他物資**◇倉儲。③**太子**◇王儲｜儲君。④**姓**。

【儲戶】chǔhù **在銀行等開戶存款的個人或團體**。

【儲存】chǔcún ① **把錢或物存放起來，暫時不用**◇藥物不宜長期儲存｜把餘下的錢儲存起來。② **儲存的錢和物**◇要有一點儲存，不能都用光。

【儲君】chǔjūn **皇位繼承人**◇儲君之爭｜冊立儲君。

【儲量】chǔliàng **礦產資源在地下的儲藏量**◇黃金儲量｜儲量豐富。

【儲備】chǔbèi ① **儲存備用**◇儲備物資。② **儲存下來備用的東西**◇石油儲備。

【儲蓄】chǔxù ①把錢或物積存起來。多指把錢存入銀行等。同 儲存 反 支取。②指積存的錢或物◇年年有儲蓄，晚年不發愁。

【儲藏】chǔcáng ①儲存保藏◇儲藏室｜儲藏糧食。②指儲藏的物資◇山洞裏的儲藏很豐富。③蘊藏◇南海儲藏着豐富的石油。

16 **儭（㒋）〔嚫〕** chèn 粵can³ 趁 舊時布施僧道◇儭錢。

17 **儴** ráng 粵joeng⁴ 陽 見"俇儴"。

19 **儺（傩）** nuó 粵no⁴ 挪 古時舉行的驅逐疫鬼的儀式◇儺戲｜鄉人儺。

19 **儷（俪）** lì 粵lai⁶ 例 ①成雙的；對偶的◇駢儷｜儷句。②指夫婦◇儷影。

【儷影】lìyǐng ①夫妻倆的身影。②夫妻的合影◇年輕時的儷影。

19 **儸（㑩）** luó 粵lo⁴ 羅 見"僂儸"。

20 **儻（傥）** tǎng 粵tong² 躺 ①偶然；意外◇儻來之物。②見"倜儻""俶儻"。③同"倘"。

【儻蕩】tǎngdàng 不拘束；放得開◇秋瑾生性儻蕩，自號鑒湖女俠。

20 **儼（俨）** yǎn 粵jim⁵ 染 ①莊重；恭敬◇有美一人，碩大且儼。②整齊。③彷彿，好像◇儼如真的一樣。

【儼然】yǎnrán ①莊嚴的樣子◇望之儼然｜看似儼然。②整齊的樣子◇綠樹成蔭，屋舍儼然。③很像，好像◇度假村儼然世外桃源。

21 **儽** léi 粵leoi⁴ 雷【儽儽】léiléi 漂浮、頹喪的樣子◇儽儽兮若無所歸。

儿部

1 **兀** (一) wū 粵wu¹ 烏 見"兀禿"。
(二) wù 粵ngat⁶ 屹 ①高高地突起◇突兀｜兀立。②禿，光禿◇兀鷲｜兀鷹。

【兀兀】wùwù 形容光禿禿的樣子◇一株兀兀的枯樹｜一片兀兀的石頭山。

【兀立】wùlì 直立◇兀立不動。

【兀自】wùzì 還；仍然；徑自◇他不等別人答話，兀自說了下去｜別人都走了，只有她兀自坐着發呆。

【兀禿】wūtu 烏塗。（飲用的水）半温半涼◇兀禿水不好喝。

【兀坐】wùzuò 獨自端坐◇她氣呼呼地兀坐在那裏。

【兀的】wùde 元曲中的襯詞。一般用作發語詞◇那人鎖了愁眉，兀的不作一聲。

【兀臬】wùniè 形容局勢、環境、心情等不安定◇內心兀臬不安。

【兀然】wùrán 形容昏沉沉的樣子◇兀然倒臥在沙發上。

【兀傲】wù'ào 高傲倔強◇負才兀傲。

【兀鷲】wùjiù 一種兇猛的禽鳥，頭上無毛，嘴鈎形而尖利，以吃動物腐屍為主，或捕食小動物。同 兀鷹。

2 **元** yuán 粵jyun⁴ 原 ①開始的◇元始｜紀元。②為首的；居第一位的◇元老｜元兇。③主要的；基本的◇元音｜元氣。④元素，要素◇多元社會。⑤構成一個整體的◇單元｜元件。⑥本來的；原先的◇元本。⑦圓形的金屬貨幣。也指中國的本位貨幣單位◇銀元｜拾元人民幣。⑧朝代名。公元 1206 年蒙古鐵木真（成吉思汗）建國，1271 年忽必烈定國號為元。1279 年滅宋，定都大都（今北京）。1368 年被朱元璋推翻。⑨姓。

【元日】yuánrì 農曆正月初一。

【元月】yuányuè ①農曆正月。②公曆每年的第一個月。

【元旦】yuándàn 一年的第一天，即公曆 1 月 1 日，一般稱為新年。

【元戎】yuánróng 主將；統帥。

【元老】yuánlǎo 古代稱天子的老臣或政界年輩、資望高的人物。現泛指年紀大、資歷深的人。

【元曲】yuánqǔ 元代雜劇和散曲的統稱。也專指元雜劇。

【元年】yuánnián ①帝王即位或改號後的第一年◇洪武元年。②紀年的第一年◇公元元年｜民國元年。

【元件】yuánjiàn 機器、儀錶等的基本部件。

可以在同類裝置中替換使用。如無線電工業中的晶體管，手錶工業中的寶石軸承等。

【元夜】yuányè 上元節（元宵節）的夜晚。㊂元宵。

【元帥】yuánshuài ① 統帥全軍的主帥。② 高於將官的軍銜。

【元音】yuányīn 音素的一種。發音時聲帶顫動，氣流在口腔的通道中不受阻礙而發出的聲音。如普通話語音的 a、o、e、i、u、ü 等。也稱母音。

【元首】yuánshǒu 比喻君主。現指國家的最高領導人。

【元素】yuánsù ① 構成事物的基本因素。② 化學元素的簡稱。

【元配】yuánpèi 原配。初次娶的妻子。

【元氣】yuánqì ① 中國古典哲學指產生和構成天地萬物的原始物質。② 人、國家或政黨、組織的生命力◇恢復元氣｜元氣大傷。

【元宵】yuánxiāo ① 農曆正月十五日為上元節，這天的夜晚稱元宵◇元宵燈市，火樹銀花。㊂ 元夜。② 元宵節的應時食品，用糯米粉做成，球形，內有餡。

【元勳】yuánxūn 建立特大功勳的人◇開國元勳。

【元寶】yuánbǎo 中國古貨幣。較大的金錠或銀錠，兩頭翹，中間凹。

【元宇宙】yuányǔzhòu 運用數碼技術構建的，由現實世界映射或超越現實世界，可與現實世界交互的虛擬世界。

2 **允** yǔn 粵wan5 韻 ①答應；許可◇應允｜允准｜不允。②公平；恰當◇公允｜中允。

【允許】yǔnxǔ 同意；准許◇允許進入。

【允當】yǔndàng 適當；妥當◇褒貶允當。

【允諾】yǔnnuò 答應；同意◇慨然允諾。

3 **兄** xiōng 粵hing1 卿 ①哥哥◇兄妹｜家兄。②同輩親戚中比自己年長的男子◇表兄｜堂兄。③對男性朋友的尊稱◇仁兄｜學兄。

【兄弟】〈一〉xiōngdì ① 哥哥和弟弟。② 比喻關係密切平等◇兄弟民族。〈二〉xiōngdi ① 專指弟弟。② 指同輩中比自己年齡小的男子。③ 男子對人謙稱自己◇兄弟有不周之處，還請包涵。

【兄長】xiōngzhǎng ① 哥哥。② 尊稱男性朋友。

【兄弟鬩牆】xiōngdìxìqiáng《詩經・小雅・常棣》："兄弟鬩於牆。" 鬩，爭吵；牆，牆內、家庭內部。指兄弟在家裏爭吵。後比喻內部互相爭鬥。

4 **光** guāng 粵gwong1 廣1 ①照在或反射在物體上使人能看見物體的物質◇霞光｜鑿壁偷光。②明亮◇光輝｜光澤。③光榮，榮譽◇為國爭光。④使顯赫，使榮耀◇光大｜光前裕後。⑤敬辭。表示榮幸，用於對方來臨◇光臨｜光顧。⑥比喻好處◇借光｜叨光。⑦時間◇時光。⑧景物，景象◇春光明媚。⑨光滑，平滑◇拋光｜光溜溜。⑩淨；沒有剩餘◇一掃而光。⑪赤裸，裸露◇光頭。⑫只，僅◇光我們同意沒用。⑬姓。

【光大】guāngdà 使更加顯揚盛大◇發揚光大｜光大祖業。

【光年】guāngnián 天文學上量度天體距離的單位。光在一年內走過的距離為一光年。1 光年約等於 9.46 萬億公里。

【光芒】guāngmáng 四射的強烈光線◇光芒萬丈。

【光明】guāngmíng ① 亮光◇摘除了白內障，重見光明。② 明亮◇大廳寬敞光明。③ 比喻有前途的◇光明坦途。④ 形容胸襟坦白，方正無私◇心地光明｜正大光明。

【光亮】guāngliàng ① 明亮，有光澤◇把車擦得光亮照人。② 亮光◇半點光亮都透不進來。

【光彩】guāngcǎi ① 光澤和色彩◇光彩照人。② 光榮，榮耀◇用不正當手段賺錢是不光彩的。

【光陰】guāngyīn 指時間◇一寸光陰一寸金，寸金難買寸光陰。

【光華】guānghuá 明亮的光輝；光彩◇朝陽的光華普照大地。

【光棍】guānggùn ① 沒結婚的成年男子◇一輩子打光棍。② 地痞流氓。

【光景】guāngjǐng ① 風光景色◇好一派雪山光景。② 狀況；情景◇兒時的光景，就像在眼前一樣。③ 表示大致的情況◇直到半夜光景才回來。

【光復】guāngfù 恢復；收復◇光復舊物｜光

復國土。(同) 收復 (反) 淪陷。

【光焰】 guāngyàn ① 火焰；火光◇蠟燭的光焰晃晃閃閃。② 光輝；光芒◇光焰四射。

【光滑】 guānghuá 物體表面平滑細膩。

【光榮】 guāngróng ① 公認的值得尊敬的◇光榮犧牲。② 榮譽，令人欽慕的聲譽◇光榮歸於為國捐軀的人。

【光輝】 guānghuī ① 閃耀的光芒◇太陽的光輝普照大地。② 閃耀光芒；光彩燦爛◇光輝榜樣。

【光盤】 guāngpán ① 能儲存大量信息數據的圓形碟片，是記錄和讀取數據的信息載體。廣泛用於電腦和各種視聽電子產品。(同) 光碟。② 吃光盤子中的食物◇杜絕浪費，倡導光盤行動。

【光潔】 guāngjié 光亮潔淨◇客廳非常光潔。

【光潤】 guāngrùn 光滑而潤澤。多形容皮膚。

【光線】 guāngxiàn 光，亮光◇光線充足。

【光澤】 guāngzé 物體表面反射出來的亮光◇光澤鑒人。

【光環】 guānghuán ① 某些行星周圍明亮的環狀物。② 發光的環◇五彩光環。③ 比喻榮譽、榮耀◇炫目光環下隱藏着不可見人的污垢。

【光臨】 guānglín 敬辭。稱賓客來臨◇歡迎光臨。

【光燦】 guāngcàn 光輝燦爛；光耀◇前景光燦 | 光燦奪目。

【光譜】 guāngpǔ 複色光經過色散系統（如棱鏡、光柵）分光後，按波長或頻率的大小依次排列的圖案。如太陽光經過三棱鏡後形成按照紅、橙、黃、綠、藍、靛、紫次序連續分佈的光譜。

【光耀】 guāngyào ① 光芒；光輝◇光耀可鑒。② 光彩；榮耀◇考上大學很光耀。③ 照耀◇愛國精神，光耀神州。④ 顯揚；光大◇光耀前人。

【光顧】 guānggù 光臨，惠顧◇小店偏僻，光顧的人不多。

【光豔】 guāngyàn 鮮明豔麗◇光豔動人。

【光禿禿】 guāngtūtū 表面沒有任何東西覆蓋◇光禿禿的荒山。

【光天化日】 guāngtiān huàrì 原形容太平盛世，後比喻大庭廣眾的環境。

【光明磊落】 guāngmíng lěiluò 形容胸懷坦蕩，沒有私心。(同) 光明正大。

【光怪陸離】 guāngguài lùlí 形容形狀奇特，色彩繁雜。

【光宗耀祖】 guāngzōng yàozǔ 建立功業，光顯門庭，為祖先增輝。(同) 榮宗耀祖。

【光風霽月】 guāngfēng jìyuè 形容雨雪過後天氣轉晴時風清月朗的景象。舊時比喻清明的政治局面。也比喻人的品格高潔，胸襟開闊。

4 **先** xiān (粵)sin1 仙 ①走在前面◇爭先恐後。②空間或時間在前◇先天下之憂而憂，後天下之樂而樂。③前代人◇先民。④尊稱已去世的◇先父 | 先輩。⑤先前；開始時◇原先 | 起先。⑥姓。

【先人】 xiānrén ① 祖先。② 專指已故的父親◇先人遺訓。

【先王】 xiānwáng ① 歷史上賢明的君王。② 稱前代已故的君王。

【先天】 xiāntiān ① 指人或動物的胚胎時期◇先天不足。② 生來就具有的◇先天性心臟病。

【先手】 xiānshǒu ① 先下手取得主動◇先手在握。② 開局時先走棋。也指下棋時處於主動的形勢◇黑棋先手 | 進馬兑子保持先手。

【先引】 xiānyǐn 前導。

【先世】 xiānshì 前代；祖先◇曹雪芹的先世本是漢人。

【先生】 xiānsheng ① 老師。② 對男子的敬稱◇先生尊姓？③ 稱別人或自己的丈夫◇我先生今天不在。④ 舊時對以管賬、算卦、説書等為職業的人的稱呼◇賬房先生。⑤ 方言。醫生。⑥ 對有才學者的敬稱，不分男女◇楊絳先生。

【先行】 xiānxíng ① 走在前面◇兵馬未動，糧草先行。② 預先去做◇先行準備。

【先兆】 xiānzhào 發生事件的徵兆、徵象◇失敗的先兆。(同) 預兆。

【先決】 xiānjué 為處理某事而必須首先解決或具備的◇先決條件。

【先知】xiānzhī ① 事前就看到了，對事物的認識先於眾人。② 某些宗教指能傳佈神旨或預言未來的人。

【先例】xiānlì 已有的事例◇不乏先例｜不可開此先例。

【先河】xiānhé 古人認為黃河是海的本源，帝王祭海時先祭黃河，以表示重視本源。後泛稱起倡導作用的事物為先河。

【先皇】xiānhuáng 先帝。

【先後】xiānhòu ① 先前和爾後◇排隊總應分個先後吧！② 副詞。表示一定時間內事情進行或發生的早晚順序◇我先後去過張家界、黃山和長江三峽。

【先帝】xiāndì 稱已故的前代帝王。

【先前】xiānqián 以前；從前◇現在的生活比先前好多了。

【先祖】xiānzǔ 祖先◇追念先祖的遺跡。

【先秦】xiānqín 秦統一以前的歷史時期。多指春秋戰國時期。

【先哲】xiānzhé 先世的賢人◇緬懷先哲。(同)先賢。

【先烈】xiānliè 對烈士的尊稱。

【先期】xiānqī 在特定日期之前◇先期趕到｜先期完成任務。

【先容】xiānróng 事先為人介紹、吹噓或疏通◇為之先容｜懇為先容。

【先進】xiānjìn ① 處於領先地位的◇先進理念。② 先進的人、事或集體◇表揚先進。

【先達】xiāndá 有德行學問的前輩◇請教先達｜先知先達。

【先遣】xiānqiǎn 先期派出的◇先遣隊｜先遣人員。

【先賢】xiānxián 先世的賢人◇先賢遺風。(同)先哲。

【先輩】xiānbèi ① 輩分排行在前的人。② 令人崇敬的前輩。

【先鋒】xiānfēng 作戰或行軍時的先頭部隊。泛指起帶頭作用的人或集體◇先鋒模範精神。

【先機】xiānjī 先取得有利的時機。

【先頭】xiāntóu ① 前面的，領頭的◇先頭部隊。② 以前；早先◇先頭沒有聽説過這件事。

【先導】xiāndǎo ① 在前引路◇先導部隊。② 指引路的人◇登山隊的先導是一位尼泊爾人。

【先聲】xiānshēng ① 為震懾他人而先發的聲威◇先聲奪人。② 發生在重大事件前的徵兆或類似事例◇婦女刊物的出版，是新文化運動的先聲。

【先覺】xiānjué ① 事先察覺◇先知先覺。② 覺悟早於他人的人◇孫中山是近代民主革命的先覺。

【先驅】xiānqū ① 走在前面引導；先導◇先驅者。② 指先驅者◇新文化運動的先驅。

【先入為主】xiānrùwéizhǔ 以先聽到的話或先形成的印象為主（後來的就不容易被接受）◇注重了解事實，切忌先入為主。

【先見之明】xiānjiànzhīmíng 事先看清問題的眼力。形容高瞻遠矚，有預見性。

【先斬後奏】xiānzhǎn hòuzòu 原指封建時代臣下先處決罪犯，再上報皇帝。現比喻先採取行動，再向上司報告。

【先發制人】xiānfāzhìrén 搶在對手前邊先開始行動，使對方處於不利地位。(反)後發制人。

【先睹為快】xiāndǔwéikuài 以能先看到（詩文、影視、戲劇作品等）為樂事。

【先意承志】xiānyìchéngzhì 原指不待父母説出，孝子就能揣測其心意而去做，後泛指行事前先揣測逢迎對方心意。

【先聲奪人】xiānshēngduórén 先為己方造聲勢，以壓倒對方士氣◇香港隊先聲奪人，一上場連下三局。

【先禮後兵】xiānlǐ hòubīng 先採用禮貌方式交涉，無效時再採用武力或其他強硬手段。

4 **兆** zhào 粵siu^{6} 紹 ①古人占卜時燒灼龜甲所呈現出的預示吉凶的裂紋。②事先顯現出的跡象◇先兆｜吉兆。③預示；顯示◇瑞雪兆豐年。④數字。一百萬，古代指一萬億。極言眾多◇兆億。⑤姓。

【兆人】zhàorén 兆民。

【兆民】zhàomín 古稱天子之民，後泛指百姓。

【兆頭】zhàotou 預先顯示的跡象◇經濟復蘇的兆頭。

4 **兇〔凶〕** xiōng 粵hung^{1} 空 ①兇惡；可怕◇窮兇極惡。②殺人、傷害人的行為◇行兇｜兇徒。③兇手◇追捕疑兇。④厲害；猛烈◇鬧得太兇｜風勢兇猛。

【兇犯】 xiōngfàn 行兇的罪犯◇兇犯被當場擊斃。

【兇狂】 xiōngkuáng 兇惡猖狂◇賊人見無退路，更加兇狂。

【兇狠】 xiōnghěn ① 兇惡狠毒◇兇狠毒辣，無惡不作。② 兇猛有力◇一個兇狠的扣球，得分。

【兇悍】 xiōnghàn 兇猛強悍◇兇悍的歹徒。

【兇猛】 xiōngměng ① 兇惡猛烈◇花斑虎兇猛地撲了上來。② 形容氣勢猛烈◇颱風橫掃海島，異常兇猛。

【兇惡】 xiōng'è ①（性情、行為）兇殘惡劣◇兇惡的敵人｜奸猾兇惡。②（面相）兇狠◇形貌兇惡｜臉上一道刀疤，兇惡可怕。

【兇殘】 xiōngcán 兇狠殘忍◇兇殘成性。

【兇頑】 xiōngwán 兇惡頑固，不易降服。

【兇嫌】 xiōngxián 兇殺案的作案嫌疑人。

【兇暴】 xiōngbào 兇狠粗暴。

【兇器】 xiōngqì 行兇作案時所用的器具◇搜獲兇器。

【兇險】 xiōngxiǎn ①（情況、地勢等）危險可怕◇病情兇險。② 狠毒奸險◇為人兇險狡詐。

【兇相畢露】 xiōngxiàngbìlù 兇惡的面目完全暴露◇歹徒見罪行被撞破，立刻兇相畢露。

【兇神惡煞】 xiōngshén'èshà 兇惡的神。喻指兇惡的壞人◇個個膀大腰圓，兇神惡煞一般。

4 **充** chōng 粵cung^{1} 沖 ①滿；足◇充滿。②灌；填；使…滿◇充飢｜填充｜充耳不聞。③擔任；擔當◇充當。④補入；抵◇充軍｜充數。⑤裝作，以假的當真的◇冒充｜以次充好。

【充分】 chōngfèn ① 足夠◇充分的根據。② 儘量◇充分滿足要求。

【充公】 chōnggōng 沒收歸公◇海關充公走私物品。

【充斥】 chōngchì 充滿，塞滿◇郵箱裏充斥着垃圾郵件。

【充任】 chōngrèn 充當，擔任◇以一票之差，未能充任總經理。

【充足】 chōngzú 達到能夠充分滿足需要的程度◇貨源充足｜證據不充足。

【充沛】 chōngpèi 充足而旺盛◇充沛的雨量｜保持充沛的精力。

【充盈】 chōngyíng ① 充滿◇內心一直充盈着活躍的幻想。② 充足；富足◇市道暢旺，貨源充盈。

【充軍】 chōngjūn 古代的一種刑法。把罪犯發配到邊遠地區服役。

【充裕】 chōngyù 充足富裕◇資金充裕｜勞動力充裕。

【充電】 chōngdiàn ① 把直流電源接到蓄電池的兩極上，使蓄電池獲得放電能力。② 比喻增加新知識或能力◇為應付激烈的競爭，週末都用來讀書充電。③ 比喻培養精力。

【充電寶】 chōngdiànbǎo 移動電源的通稱◇為了防止手機中途沒電，可以帶上充電寶。

【充當】 chōngdāng 擔當，擔任◇充當翻譯｜充當了甚麼樣的角色？

【充溢】 chōngyì 充滿洋溢◇充溢着溫馨｜充溢着友好氣氛。

【充塞】 chōngsè 充滿，塞滿◇心中充塞着一種永恆的寧靜。

【充滿】 chōngmǎn ① 到處都是；佈滿◇房間充滿了麪包香味。② 充分具有◇充滿自豪感｜他的説法充滿偏見。

【充實】 chōngshí ① 充足；豐富◇庫存充實｜暑期生活充實愉快。② 使充足；使完滿◇調整充實了董事會。③ 踏實，不空虛◇心裏從來沒有像現在這樣充實過。

【充耳不聞】 chōng'ěrbùwén 塞住耳朵不肯聽。形容拒絕聽取別人的意見。

5 **克** kè 粵hak^{1} 黑 ①同剋。(1)戰勝；攻取◇克敵制勝｜攻無不克。(2)制服；抑制；約束◇克服｜柔能克剛｜克己奉公。(3)約定；限定◇克日交貨｜克期完成。②制服；抑制；約束◇克己復禮為仁。③消化（食物）◇克食。④量詞。法定質量單位，習慣上也作重量單位。1000 毫克為 1 克，1000 克為 1 公斤。

【克扣】 kèkòu 非法扣減應該發給別人的財物

而據為己有◇克扣工資。

【克制】kèzhì 抑制；控制◇克制暴躁的脾氣。

【克服】kèfú 戰勝；制伏◇克服心理障礙。

【克復】kèfù 用武力攻克收復。

【克己奉公】kèjǐ fènggōng 約束自己，一心為公◇克己奉公，是公務員的基本素質。

【克勤克儉】kèqín kèjiǎn 既勤勞，又節儉◇生活上克勤克儉，不求奢華。

【克敵制勝】kèdízhìshèng ① 打敗敵人，取得勝利。② 比喻在競技中擊敗對手取勝或在工作中克服困難取得成功。

5 **兕** sì 粵ci5 似 犀牛。

5 **免** miǎn 粵min5 勉 ①去除；除掉；解除◇免冠丨免稅丨免職。②逃脱；避免◇幸免於難丨免卻許多麻煩。③不；不要◇閒人免進。

【免役】miǎnyì 免除服兵役。

【免疫】miǎnyì 具有防禦能力而不患某種傳染病◇免疫力丨免疫接種。

【免冠】miǎnguān ① 脱帽，古代表示謝罪。② 不戴帽子◇免冠照。

【免除】miǎnchú 去除；消除◇免除租金丨免除水患。

【免責】miǎnzé 免除責任。

【免得】miǎnde 避免◇免得麻煩大家丨早點起牀，免得上班遲到。

【免單】miǎndān 用餐或購物時不用支付帳單◇飯店開張，兩人用餐，一人免單。

5 **兌** duì 粵deoi3 對 ①掉換；兑換◇兑付丨擠兑。②掺入；混合◇湯太鹹了，兑點水。③象棋對局中的換子◇兑車丨兑炮。④《易》卦名。八卦之一，卦形為☱代表澤；六十四卦之一，卦形為䷹。

【兑現】duìxiàn ① 憑票據換取現金◇中獎者當場兑現。② 比喻實現承諾◇兑現能力。

【兑換】duìhuàn 兩種貨幣按一定比值交換◇兑換歐元。

6 **兒（儿）** ㈠ ér 粵ji4 而 ①小孩，兒童◇孤兒。②兒子◇兒媳。③青年人（多指男青年）◇健兒。④雄性的◇兒馬。⑤詞的後綴◇花兒丨蓋兒丨盆兒。

㈡ ní 粵ngai4 危 姓。

【兒女】érnǚ ① 子女◇中華兒女丨悉心照顧兒女。② 青年男女◇兒女情長。

【兒化】érhuà 漢語普通話和某些方言中的一種語音現象，後綴“兒”和前面的音節合成一個音，不另成音節，使前一音節的韻母成為捲舌韻母。例如“花兒”的發音是 huār，不是 huā'ér。

【兒童】értóng 指年紀小，未發育、未成年的男女。

【兒歌】érgē 專為兒童創作的，適合兒童唱的歌謠。

【兒戲】érxì 像兒童遊戲那樣，比喻不嚴肅不認真◇別把這件事當兒戲。

6 **兔** tù 粵tou3 吐 哺乳動物，耳長尾短，上脣中間裂開，前肢比後肢略短，善跑跳。肉可食，毛可供紡織或製筆，毛皮可製衣物。

【兔脣】tùchún 嘴脣先天性畸形，嘴的上脣裂開。因形如兔脣，故稱。

【兔脱】tùtuō 比喻像兔子那樣迅速逃走。

【兔死狗烹】tùsǐ gǒupēng《史記·越王勾踐世家》：“蜚（飛）鳥盡，良弓藏；狡兔死，走狗烹。”兔子死了，獵狗就被烹煮吃了。比喻事情成功後，把出力者拋棄或殺掉。

【兔死狐悲】tùsǐ húbēi 比喻因同類的滅亡而感到悲傷。

7 **兗〔兖〕** yǎn 粵jin5 縯 兗州，古九州之一。在今山東。

8 **党** dǎng 粵dong2 擋 姓。

【党項】dǎngxiàng 古族名，西羌的一支。北宋時在今甘肅、寧夏一帶建立西夏國。

9 **兜** dōu 粵dau1 豆1 ①古代的頭盔。②口袋一類的東西◇褲兜丨網兜。③做成兜形把東西盛住◇用手帕兜着雞蛋。④繞；包抄；縈迴◇酸甜苦辣兜上心頭丨沿着會展中心兜了一圈。⑤招攬◇兜生意。⑥擔當；承擔◇這件事你多兜着點。⑦揭露；和盤托出◇把老底兜出來。⑧對着；衝着◇兜頭給了他一巴掌。

【兜風】dōufēng ① 迎住風；擋住風◇兜風耳丨破帆不兜風。② 遊逛◇到海邊去兜風。

【兜捕】dōubǔ 圍捕◇兜捕逃犯。

【兜售】dōushòu 兜攬銷售。

【兜鍪】dōumóu 古代戰士戴的頭盔。

【兜攬】dōulǎn ① 招攬，招引◇兜攬顧客。② 把責任、事情往自己身上拉◇他就喜歡兜攬事。

12 **兢** jīng 粵ging1京 ①小心謹慎◇兢兢業業。②恐懼，戰慄◇戰戰兢兢，如履薄冰。

【兢兢業業】jīngjīngyèyè ① 小心謹慎的樣子◇一生兢兢業業，總算平安。② 勤懇認真◇兢兢業業，十年如一日。

入部

0 **入** rù 粵jap6泣6 ①進去；從外到內◇入鄉隨俗。②進入…內◇入庫。③參加◇入學。④切合；合乎◇打扮入時|入情入理。⑤收入◇量入為出。⑥達到；趨於◇細緻入微|出神入化。⑦入聲，漢語聲調四聲之一◇平上去入。

【入手】rùshǒu 着手；開始做◇無從入手|學習書法先從臨摹碑帖入手。

【入世】rùshì ① 從家庭或學校進入社會◇入世不深，容易受騙上當。② 加入世界貿易組織。

【入行】rùháng 方言。從業◇入行門檻太高。

【入味】rùwèi 配料的味道滲透進食物、菜餚裏面，吃起來可口滋味。

【入定】rùdìng 佛教指閉目靜坐，屏除雜念，使心定於一處◇老僧入定。

【入門】rùmén ① 找到學習的門徑；初步學會◇操作電腦，已經入門。② 為初學者指示門徑的書◇《山水畫入門》。

【入神】rùshén ① 注意力十分集中◇演奏十分精彩，觀眾聽得入神。② 達到精妙、神似的境界◇他的寫生真是入神啊！

【入時】rùshí 裝束合乎時尚；言論、志趣合於時勢◇打扮入時。

【入息】rùxī 方言。收入。

【入迷】rùmí 喜歡某種事物到了沉迷的程度◇爺爺聽戲聽得入迷。

【入場】rùchǎng 進入某一活動場所◇憑券入場|運動員相繼入場。

【入圍】rùwéi 參賽作品或選手取得進入更高一級賽事的資格。

【入港】rùgǎng ① 交談投機◇久坐長談，說得入港。② 男女勾搭上手◇只是眉梢眼角傳情，未能夠入港。③ 船隻進入港口。

【入彀】rùgòu 彀，弓箭射程之內。典故出自五代王定保《唐摭言・述進士上篇》："文皇帝（唐太宗）…嘗私幸端門，見新進士綴行而出，喜曰：'天下英雄入吾彀中矣！'"後比喻受人籠絡，被人控制。

【入微】rùwēi 深入到細微之處◇體貼入微。

【入夥】rùhuǒ ① 加入某種集團或團體◇拉人入夥。② 入伙。方言。遷進新居◇幾時入夥呀|辦完入夥手續。

【入靜】rùjìng 道家指靜坐時屏除雜念。也指練習氣功時意念集中，進入高度寧靜狀態。

【入選】rùxuǎn 被選中◇有幸入選。

【入殮】rùliàn 裝殮，把死者放進棺木內◇草草入殮。

【入贅】rùzhuì 男子就婚於女家，並成為女家的成員。同 倒插門、上門。

【入木三分】rùmùsānfēn 原形容書法筆力強勁。相傳晉代書法家王羲之在木板上寫字，工人刻字時，發現墨汁透入木板有三分深。後用來比喻見解或議論深刻◇一番高論，入木三分。

【入鄉隨俗】rùxiāngsuísú 到了他鄉，待人接物要依照當地的風俗習慣。

【入境問俗】rùjìngwènsú 進入別的國家或地方，先要了解那裏的風俗，以便適應。

2 **內** nèi 粵noi6奈 ①裏面，裏邊；不超出某一確定的範圍◇屋內|內衣|日內。②皇宮◇大內。③內部◇內外交困。④心裏或內臟◇內疚|五內如焚。⑤指妻子或妻子的親戚◇內弟|懼內。

【內人】nèirén 對人稱自己的妻子。

多樣表達：內人

內子 內助 賢內助 中饋 拙荊 山荊 荊妻 荊室 糟糠 渾家 夫人 小君 細君 娘子 髮妻 嫡妻 正妻 令正 側室 別室 偏房 姨太太 如夫人 妻室 老婆 太太 未婚妻 愛人 老伴 前妻

【內子】nèizǐ 內人。對人稱自己的妻子。

【內中】nèizhōng 其中，裏頭。多用於抽象事物◇內中情形，無人知道。

【內心】nèixīn ① 心裏◇內心深處｜內心感受。② 三角形內切圓的圓心。

【內功】nèigōng ① 鍛煉身體內部器官的武術或氣功。② 事物自身具有的生存和發展的能力。

【內地】nèidì 離邊疆或沿海較遠的地區。

【內臣】nèichén ① 宮廷近臣。② 指宦官、太監。

【內在】nèizài ① 事物本身所具有的◇內在聯繫。② 存在於內心的◇內在感情。

【內因】nèiyīn 事物發展變化的內在原因。

【內向】nèixiàng ① 面向內部。② 性格、思想感情不外露◇性格內向。③ 歸順朝廷◇內向稱臣。

【內行】nèiháng ① 對某種業務或技術有豐富經驗和知識◇你這話説得很內行。② 內行的人◇外行看熱鬧，內行看門道｜在這一領域他堪稱內行。

【內奸】nèijiān 潛藏在內部為敵人或對手服務的人。

【內助】nèizhù 指妻子。因為妻子幫助丈夫操持家務◇賢內助。

【內秀】nèixiù 聰明內斂，不張揚◇他平時話不多，是個內秀的人。

【內服】nèifú 口服（藥）◇內服藥。㊀ 外用。

【內疚】nèijiù 因對不起人或做錯事，心裏感到慚愧不安◇懷着內疚的心情。

【內河】nèihé 處於一國之內的河流，特指一國之內通航的河流。

【內政】nèizhèng 一個國家內部的政治事務◇不干涉內政。

【內省】nèixǐng 內心自我反省。

【內耗】nèihào ① 機器或其他裝置本身消耗能量而沒有對外做功。② 機構、團體因內部的矛盾或不協調而耗費精力、財力或物力。

【內訌】nèihòng 內部的傾軋爭鬥。

【內海】nèihǎi ① 為大陸所包圍，僅有狹窄水道和外海相通的海，如地中海、波羅的海等。㊂ 內陸海。② 屬於一個國家領海基線以內的海域，如中國的渤海。

【內容】nèiróng 事物內部所包含的東西◇內容豐富｜深刻的內容。

【內患】nèihuàn 國內的變亂或災禍◇內患漸積，外難方深。

【內部】nèibù ① 裏面的部分。② 一定範圍以內◇內部消息｜公司內部。

【內涵】nèihán ① 概念的含義，即概念所反映的事物的本質屬性◇簡單的概念包含着豐富的內涵。② 語言包含的內容◇話雖短，內涵卻很豐富。③ 內在的涵養◇這個人內涵極深。

【內情】nèiqíng 內部情況◇內情不詳｜不明內情。

【內務】nèiwù 國內民政事務或安全方面的事務◇內務部。

【內陸】nèilù 大陸遠離海岸線的部分◇許多內陸國家缺少水源。

【內勤】nèiqín ① 內部的勤務工作。② 從事內勤工作的人。

【內債】nèizhài 國家向本國公民借的債。通常以政府發行債券方式募集。㊀ 外債。

【內亂】nèiluàn 國內大規模的社會動亂或統治集團內部發生嚴重鬥爭。

【內資】nèizī 國內資本◇內資企業。㊀ 外資。

【內愧】nèikuì 心裏慚愧◇十分內愧。

【內幕】nèimù 隱祕的內部情況。多含貶義◇內幕曝光。

【內需】nèixū 一個國家的內部市場對各種商品的需求◇擴大內需。

【內閣】nèigé ① 明、清兩代宮廷中大臣處理政務的機構。② 某些國家的最高行政機關，由內閣總理（或首相）和若干閣員（部長或大臣）組成。

【內線】nèixiàn ① 暗中安插在對方內部探聽消息或進行活動的情報人員。② 在敵方包圍形勢下的戰線。③ 電話總機控制的電話線路◇通過總機轉內線。④ 內部的人事關係◇走內線，找門路。

【內戰】nèizhàn 國家內部爆發的各種戰爭。包括統治集團爭奪權利的戰爭，也包括民眾反對統治集團的戰爭。

【內應】nèiyìng ① 隱匿在對方內部做策應。② 指做內應的人。

【內蘊】nèiyùn ① 事物所蘊含的內容◇這部作

品有豐富的內蘊。② 在內部蘊藏着◇聰慧外溢，靈秀內蘊。

【內臟】nèizàng 人或動物胸腔、腹腔和盆腔內器官的總稱，包括心、肺、胃、肝、脾、腎、腸、膀胱等。

【內外交困】nèiwài jiāokùn 交，一齊、同時。內部的、外部的困難同時出現，陷入窘境。

【內憂外患】nèiyōu wàihuàn 既有國內的動亂又有外來的侵略。

4 **全** quán 粵cyun⁴存 ①完整；齊備◇健全|十全十美。②整個，全部的◇全家|面目全非。③保全；成全◇兩全|周全。④都；完全◇人全到齊了。⑤姓。

【全民】quánmín 一國之內的全體人民◇全民公決。

【全局】quánjú 整個局面或局勢◇把握全局|事關全局的重大問題。

【全息】quánxī ① 反映物體在空間存在時的全部信息◇鐳射全息技術。② 記錄被攝體於光波中的所有信息。透過不同方位的拍攝，提供立體視覺◇全息投影。

【全豹】quánbào 比喻事物的全貌◇窺一斑而知全豹。見"管中窺豹"。

【全能】quánnéng ① 無所不能◇聖人無全能。② 在一定範圍內具有多項技能的◇田徑五項全能冠軍。

【全副】quánfù 全部的；全套的◇全副精力|全副武裝。

【全部】quánbù ① 各部分的總和；整個◇全部家產。② 完全◇歷史戲不必全部符合真實的歷史。

【全集】quánjí 一個作者或幾個相關作者的全部著作編在一起的書。多用作書名。

【全然】quánrán 完全。只用於否定式◇全然不顧|全然無能為力。

【全貌】quánmào 事物的整體面貌或全部情況◇地球全貌|了解事變全貌。

【全盤】quánpán ① 整個棋局◇一着不慎，全盤皆輸。② 全面，全部◇全盤考慮|全盤否認。

【全職】quánzhí 專一擔任某種職務的◇全職醫生。

【全權】quánquán 全部的權力◇授予全權|全權代表|全權負責。

【全體】quántǐ 各個個體或各個部分的總和◇全體成員|全體起立。

【全天候】quántiānhòu ① 能適應各種氣候條件的◇全天候飛行。② 整天整夜的◇諮詢熱線全天候服務。

【全方位】quánfāngwèi 各個方向或位置；所有方面，全面◇全方位的社會服務。

【全力以赴】quánlìyǐfù 赴，投入。投入全部的力量或精力。

【全心全意】quánxīn quányì 一心一意，沒有雜念◇必須全心全意地投入。

【全神貫注】quánshénguànzhù 貫注，(精神或精力)集中。全部精神集中在一起，形容注意力高度集中。

6 **兩（両）** 〈一〉liǎng 粵loeng⁵倆 ①數目字。二。用在量詞前◇兩個黃鸝鳴翠柳，一行白鷺上青天。②雙方◇兩便|勢不兩立。③成雙成對的◇兩耳不聞窗外事，一心苦讀聖賢書。④表示不確定的少量數目◇有兩下子|過兩天再來。

〈二〉liǎng 粵loeng²啢² 重量單位。舊制十六兩為一斤，今制十兩為一斤◇半斤八兩。

【兩岸】liǎng'àn ① 江河、海峽等兩邊的地方。② 特指台灣海峽兩岸，即中國大陸和台灣地區◇我們將繼續致力於促進兩岸各領域交流合作。

【兩棲】liǎngqī ① 能在水中和陸地兩種環境裏生存或活動◇兩棲動物|兩棲作戰坦克。② 比喻在兩個領域工作或活動◇歌影兩棲演員。

【兩極】liǎngjí ① 地球的北極和南極。② 電極的陰極和陽極；磁極的南極和北極。③ 比喻兩個極端或兩個對立面◇貧富兩極分化。

【兩儀】liǎngyí 是中國道教文化術語，在中國古典哲學中指的是陰陽，主要標誌為黑白雙色，被道教視為大道之本◇易有太極，始生兩儀，兩儀生四象，四象生八卦。

【兩翼】liǎngyì ① 鳥類左右兩隻翅膀。② 比喻正面部隊的兩側◇兩翼包抄。③ 比喻物體主體部分的兩側◇展覽館分東西兩翼。

【兩面派】liǎngmiànpài 從利己出發，因人因事採取不同的態度或玩弄手法◇慣耍兩面派的老滑頭。

【兩小無猜】liǎngxiǎowúcāi 男女幼童一起玩耍，天真無邪，全無疑忌。

【兩全其美】liǎngquánqíměi 照顧到兩方面，讓雙方都圓滿。(反) 顧此失彼。

【兩面三刀】liǎngmiàn sāndāo 形容當面一套，背後一套，用心險惡。(同) 口蜜腹劍、笑裏藏刀 (反) 表裏如一。

【兩袖清風】liǎngxiùqīngfēng 形容居官清廉，沒有餘財。

多樣表達：兩袖清風

清明 清廉 廉政 廉潔 天下為公 廉潔奉公 克己奉公 弊絕風清 涓滴歸公

【兩廂情願】liǎngxiāng qíngyuàn 雙方都樂意接受。(反) 一廂情願。

八部

0 **八** bā (粵)baat^3 捌 ①數目字◇半斤八兩。②序數。第八◇八九不離十。

【八方】bāfāng ①東、南、西、北、東南、東北、西南、西北八個方位。泛指周圍或各地◇一方有難，八方支援｜八方來客。

【八字】bāzì 中國星相家的算命方法。用天干、地支相配來表示人出生的年、月、日、時四項，每項用兩字代替，合共八個字，再根據這八個字來推算人的一生命運。

【八卦】bāguà ①中國古代《周易》中以"--"代表陰，"—"代表陽，用三個符號為一組，構成八種不同的形式，稱作"八卦"：乾(☰)、坤(☷)、震(☳)、巽(☴)、坎(☵)、離(☲)、艮(☶)、兑(☱)。分別象徵天、地、雷、風、水、火、山、澤，八卦互相搭配又得六十四卦，象徵各種自然和社會現象，其中"乾、坤"兩卦最重要，是萬物的本源。②指關於某人的是非，也指沒有根據的，胡亂編造的消息◇不要經常聊八卦，這真是浪費時間。③指愛打聽、愛挑撥是非的行為◇你不要那麼八卦！

【八股】bāgǔ 八股文。明清科舉考試規定的文體名。由破題、承題、起講、入手、起股、中股、後股、束股等部分組成。起股至束股各有兩股排比、對偶的文字，共八股，故名。八股文形式僵化，內容空泛。現多用來比喻形式死板、脱離現實的教條或説教。

【八哥】bāge 鳥名。羽毛黑色，頭部有羽冠。能模仿人説話的聲音。

【八極】bājí 大地最邊遠的地方◇遨遊八極。

【八旗】bāqí 清朝特有，集軍事、生產和行政管理於一體的社會組織，分為鑲黃、正黃、鑲白、正白、鑲紅、正紅、鑲藍、正藍，旗下之人稱作旗人或八旗子弟◇定都北京後，種種特權消磨了八旗子弟的心志。

【八面光】bāmiànguāng 形容為人處世圓滑，各方面都應付得周周到到。

【八斗之才】bādǒuzhīcái 據《南史・謝靈運傳》，南朝謝靈運曾稱讚曹植的才華。"天下才有一石，曹子建獨占八斗"，後形容才學極高的人。

【八仙過海】bāxiān guòhǎi 八仙，道教中的八位神仙：漢鍾離、張果老、呂洞賓、鐵枴李、韓湘子、曹國舅、藍采和、何仙姑。傳説八位仙人，各顯神通，乘風破浪，渡過東海。後用以比喻各有各的本領或辦法。

【八面玲瓏】bāmiànlínglóng 玲瓏，寬敞明亮。原指窗戶通暢明亮，現多形容待人處事圓滑、面面俱到。

【八面威風】bāmiànwēifēng 形容神氣或氣勢十足。

2 **兮** xī (粵)hai^4 奚 古漢語中的語氣詞，近似現代漢語中的"啊"◇路漫漫其修遠兮，吾將上下而求索。

2 **公** gōng (粵)gung^1 工 ①屬於全民、國家、集體的◇天下為公。②屬於國際間的◇公海。③不加隱瞞，讓大家知道◇公開。④不偏向，公平◇處理不公。⑤對老年男子的尊稱◇老公公。⑥丈夫的父親◇公婆。⑦雄性的◇公牛。

【公子】gōngzǐ ①古代稱諸侯的兒子。②泛稱豪門貴族的子弟◇公子哥兒。③尊稱別人的兒子◇貴公子。

【公元】 gōngyuán 公曆紀元。公曆將耶穌誕生的那一年定為公元元年，此一年前定為公元前。如公元前 246 年秦始皇即位；公元前 206 年劉邦建立西漢王朝。

【公公】 gōnggong ① 丈夫的父親。② 對老年男子的尊稱。③ 方言。外祖父。④ 稱太監。

【公文】 gōngwén 處理或聯繫公務的文件。

【公允】 gōngyǔn 公正而不偏袒◇有欠公允。

【公示】 gōngshì 政府部門將與公眾事務、公眾利益有關的事情、情況、規劃、政策等明文公佈，告諭公眾。

【公平】 gōngpíng 公正而合乎情理，不偏向◇公平競爭。

【公主】 gōngzhǔ 帝王的女兒◇白雪公主與七個小矮人。

【公司】 gōngsī 工商業組織之一。從事生產、貿易或提供服務等。

【公民】 gōngmín 具有某國國籍，並根據該國法律規定享有權利和承擔義務的人。

【公式】 gōngshì ① 具有普遍性、適合於所有同類關係的，用數學符號表示幾個數量之間關係的式子◇數學公式。② 泛指能用於同類事物的方式、方法◇報告太公式化了。

【公共】 gōnggòng 公眾共同所有的◇公共利益丨維護公共安全丨公共衞生。

【公安】 gōng'ān 社會的公共治安。

【公告】 gōnggào 政府或機關團體向公眾發佈的通告。

【公佈】 gōngbù 公開發佈，讓大家知道◇公佈經濟數據。

【公判】 gōngpàn ① 公開宣判。法院向當事人和公眾宣佈案件的判決。② 公眾評判◇是非曲直自有公判。

【公事】 gōngshì 公家的或公眾的事務◇公事公辦。

【公函】 gōnghán 平級的政府機構或團體之間的來往公文。

【公屋】 gōngwū 公共屋村的簡稱。政府為低收入居民提供的住宅，由政府出資興建，並擁有業權，以廉價租金出租予居民。

【公約】 gōngyuē ① 指三個或三個以上國家共同簽訂的條約。② 集體訂立的並要求共同遵守的章程◇市民公約丨國際公約。

【公差】 gōngchāi ① 臨時派遣去執行的公務◇出公差。② 舊時衙門裏當差的人。

【公益】 gōngyì 社會的公共利益◇積極參加公益活動。

【公海】 gōnghǎi 各國都可以自主航行、利用，不受任何國家權力支配的海域。

【公案】 gōng'àn ① 舊時官吏審理案件用的桌子。② 指複雜的案件。後泛指社會上複雜、離奇的事情◇公案小説丨這段公案説不清楚。

【公孫】 gōngsūn ① 古代諸侯之孫。② 複姓。

【公理】 gōnglǐ ① 經過長期實踐證實的，不再需要證明的命題。② 社會上一致公認的正確道理。

【公堂】 gōngtáng ① 舊時官吏審理案件的地方◇私設公堂。② 指祠堂。

【公眾】 gōngzhòng 大眾；社會上的大多數人◇公眾利益。

【公祭】 gōngjì 由公共團體或社會人士舉行的祭典，向死者表示哀悼◇ 12 月 13 日是南京大屠殺死難者國家公祭日。

【公務】 gōngwù 有關國家或公眾的事務。

【公報】 gōngbào ① 公開發表的有關重大事項的正式文告◇新聞公報。② 由政府編印的刊物，主要登載法律、法令、決議、條約、命令、協定及其他官方文件。

【公然】 gōngrán 公開地；毫無顧忌地◇公然抵抗丨公然反對。

【公評】 gōngpíng ① 公眾的評論。② 公正的評判。

【公訴】 gōngsù 刑事訴訟的一種。由檢察機關代表國家對有犯罪行為、應負刑事責任的人向法院提出的訴訟。

【公寓】 gōngyù ① 城市中按月計算房租，實行酒店式管理的住所。② 可同時供多戶家庭居住，生活設施齊全的多層建築。

【公開】 gōngkāi ① 不保密的；不隱蔽的◇公開活動。② 把祕密揭示出來◇公開內幕。

【公幹】 gōnggàn ① 公家或集體的事◇有何公幹？② 辦理公事◇赴北京公幹。

【公署】 gōngshǔ 公務人員辦公的處所。

【公債】gōngzhài 納入國家預算，由國家借貸並還本付息的債款。

【公道】〈一〉gōngdào 公正的道理◇主持公道。〈二〉gōngdao 公平合理◇買賣公道，是經商者起碼的素質。

【公僕】gōngpú 為公眾服務的人◇社會公僕。

【公認】gōngrèn 大家一致認為◇中國是世界公認最早發明勾股定理的國家。

【公論】gōnglùn ① 公眾的議論◇事件引起公論。② 公正的評論◇是非自有公論。

【公憤】gōngfèn 羣眾共有的憤怒◇引起公憤丨激起公憤。

【公審】gōngshěn 法院公開審理案件。

【公輸】gōngshū 複姓。

【公曆】gōnglì 世界多數國家通用的曆法。公曆將耶穌誕生的那一年定為公元元年，以此推算年代。

【公德】gōngdé 公共道德◇遵守公德。

【公證】gōngzhèng 法院或被授權的機構對於民事方面的權利、義務關係所做的證明。如公證買賣合同、遺囑等。

【公關】gōngguān ① 公共關係的簡稱。社會組織或個人在其對外活動中所接觸到的各種交往關係。② 負責或處理對外交往關係的人◇公關部丨公關小姐。

【公信力】gōngxìnlì 獲得公眾滿意信任的能力。

【公信度】gōngxìndù 獲得公眾滿意信任的程度。

【公益金】gōngyìjīn 香港非牟利及非政府資助的慈善機構，負責為所資助的社會福利機構籌募捐款。

【公務員】gōngwùyuán 在國家行政機關中從事法定工作的人員。

【公諸同好】gōngzhūtónghào 把自己喜歡的東西展示出來，使有同樣愛好的人共同欣賞享受。

2 **六** liù 粵luk^{6}陸 ①數目字。②中國民族音樂中的記音符號，表示音階上的一級，相當於簡譜的"5"。

【六甲】liùjiǎ ① 古代以天干、地支相配，其中以"甲"起頭的甲子、甲戌、甲申、甲午、甲辰、甲寅稱為六甲。② 稱婦女懷孕◇身懷六甲。

【六合】liùhé ① 天、地與東、南、西、北四方。② 泛指天下、宇宙。

【六神】liùshén 道教稱人的心、肺、肝、腎、脾、膽各有神靈主宰，稱為六神。後用以指精神◇六神不安丨六神無主。

【六畜】liùchù 六種家畜：豬、牛、馬、羊、雞、狗。

【六書】liùshū 古代漢字造字的六種方法：象形、指事、會意、形聲、轉注、假借。

【六朝】liùcháo ① 指中國歷史上在建康（今南京）建都的六個朝代：三國吳、東晉、南朝的宋、齊、梁、陳。② 泛指中國歷史上的南北朝時期。

【六腑】liùfǔ 中醫指人的胃、膽、三焦、膀胱、大腸、小腸為六腑。

【六路】liùlù 指上、下、前、後、左、右。泛指周圍、各個方面◇眼觀六路，耳聽八方。

【六義】liùyì 詩經學名詞，出自《詩・大序》，指風、雅、頌、賦、比、興◇自商暨周，雅頌圓備，四始彪炳，六義環深。

【六穀】liùgǔ 古代指稻、黍、稷、粱、麥、苽六種農作物。

【六慾】liùyù 六慾是中國古代區分感情的一種分類，一般指眼（見慾）、耳（聽慾）、鼻（香慾）、舌（味慾）、身（觸慾）、意（意慾）。後常與"七情"並用，泛指人與生俱來的生理需求或慾望◇凡人皆有七情六慾。

【六親】liùqīn ① 六種親屬。說法不一，通行的說法指父、母、兄、弟、妻、子。② 泛指親屬◇六親無靠。

【六藝】liùyì ① 古代指禮、樂、射、御、書、數六種科目。② 古代指《詩》《書》《易》《禮》《樂》《春秋》六種儒家經典著作。

【六神無主】liùshénwúzhǔ 六神：古人指主宰心、肝、脾、肺、腎、膽六臟之神，泛指心神。形容驚慌或着急而沒有主意◇一聽到東窗事發，他立刻嚇得六神無主。

4 **共** gòng 粵gung^{6}工^6 ①相同的；共同具有的◇共識丨共同語言。②一同，一起◇同舟共濟。③一共，合計◇總共五人。④共產黨的簡

稱◇中共|越共。

【共同】gòngtóng ① 屬於大家的；一樣的◇構建人類命運共同體。② 大家一起（做）◇共同商討。

【共事】gòngshì 在一起工作、做事◇不可與品行不端者共事。

【共和】gònghé 指共和制。國家元首和權力機構定期由選舉產生的政治制度。

【共性】gòngxìng 不同事物所共同具有的性質。

【共勉】gòngmiǎn 共同勉勵◇願與大家共勉。

【共計】gòngjì ① 總計◇共計伍萬圓。② 共同商議◇共計大事。

【共鳴】gòngmíng ① 物體因共振而發聲。② 由他人的某種情緒引起的相同情緒◇他的話引起了與會者的共鳴。

【共融】gòngróng 不同羣組、團體之間相互交往、分享和建立關係◇建立共融平等的社會。

【共識】gòngshí 相同的認識◇消除誤解，取得共識。

5 **兵** bīng 粵bing[1]冰 ①兵器，武器◇兵刃。②軍隊；士卒◇士兵。③有關軍事和戰爭的◇兵役制。

【兵丁】bīngdīng 士兵。

【兵力】bīnglì 軍隊中兵員和武器裝備的實力。

【兵火】bīnghuǒ ① 戰亂，戰爭◇兵火連年。② 因作戰引起的大火◇毀於兵火。

【兵甲】bīngjiǎ ① 兵器和鎧甲。泛指武器。② 指士兵、軍隊◇兵甲八千。

【兵役】bīngyì 當兵的義務◇服兵役是公民的義務。

【兵法】bīngfǎ 用兵作戰的方法、謀略。

【兵革】bīnggé ① 兵器和甲冑。泛指武器。② 指戰爭◇兵革紛擾。

【兵馬】bīngmǎ 士兵和戰馬。泛指軍隊◇兵馬未動，糧草先行。

【兵家】bīngjiā ① 古代指軍事家或研究軍事的學派。② 泛指用兵的人◇勝敗乃兵家常事。

【兵書】bīngshū 論述指揮作戰謀略的書籍。

【兵痞】bīngpǐ 指沾染了惡習、為非作歹的軍人。

【兵禍】bīnghuò 因戰爭而造成的災難◇屢遭兵禍。

【兵團】bīngtuán ① 現代軍隊中的建制單位，相當於集團軍，下轄若干個軍或師。② 泛指部隊集團◇主力兵團|地方兵團。

【兵器】bīngqì 作戰用的各種武器、戰車、器械和裝置。

【兵燹】bīngxiǎn 因戰爭而造成的大火、破壞等災難◇連遭兵燹，滿目瘡痍。

【兵權】bīngquán 統率軍隊的權力。

【兵變】bīngbiàn 軍隊叛變◇發生兵變|平定兵變。

【兵不血刃】bīngbúxuèrèn 兵刃上沒有沾血。指戰事順利，未經交戰就取得了勝利。

【兵不厭詐】bīngbúyànzhà 不厭，不排斥。用兵打仗時，不忌諱用計謀迷惑敵人。

【兵荒馬亂】bīnghuāng mǎluàn 形容戰亂時期動盪不安的景象。

【兵連禍結】bīnglián huòjié 戰爭不斷，災禍頻繁。

【兵強馬壯】bīngqiáng mǎzhuàng 士兵強悍，戰馬強壯。多形容軍隊強盛，富有戰鬥力。也形容實力強大。

【兵貴神速】bīngguìshénsù 貴：重要的是。用兵打仗貴在行動迅速。

【兵臨城下】bīnglínchéngxià 軍隊已到城下。多形容遭到圍困，形勢危急緊迫。

6 **其** ⟨一⟩qí 粵kei[4]期 ①代詞。(1)表示第三人稱或第三人稱領屬關係，相當於他(她、它)、他(她、它)的、他(她、它)們的◇任其發展|物盡其用。(2)表示近指或遠指，相當於“此、彼、這樣、那樣”◇查無其人|身臨其境。(3)表示虛指◇忘其所以|誇誇其談。②助詞。(1)表示推測、反問◇豈其然乎|其奈我何？(2)表示命令、希求◇子其勉之|知音君子，其垂意焉！(3)詞尾◇極其感激|尤其感慨。

⟨二⟩jī 粵gei[1]基 酈食其，古人名。

【其中】qízhōng 當中，裏面◇學校成立了籃球隊，我是其中的一員。

【其他】qítā 別的◇主要問題解決了，其他問題就好辦了。

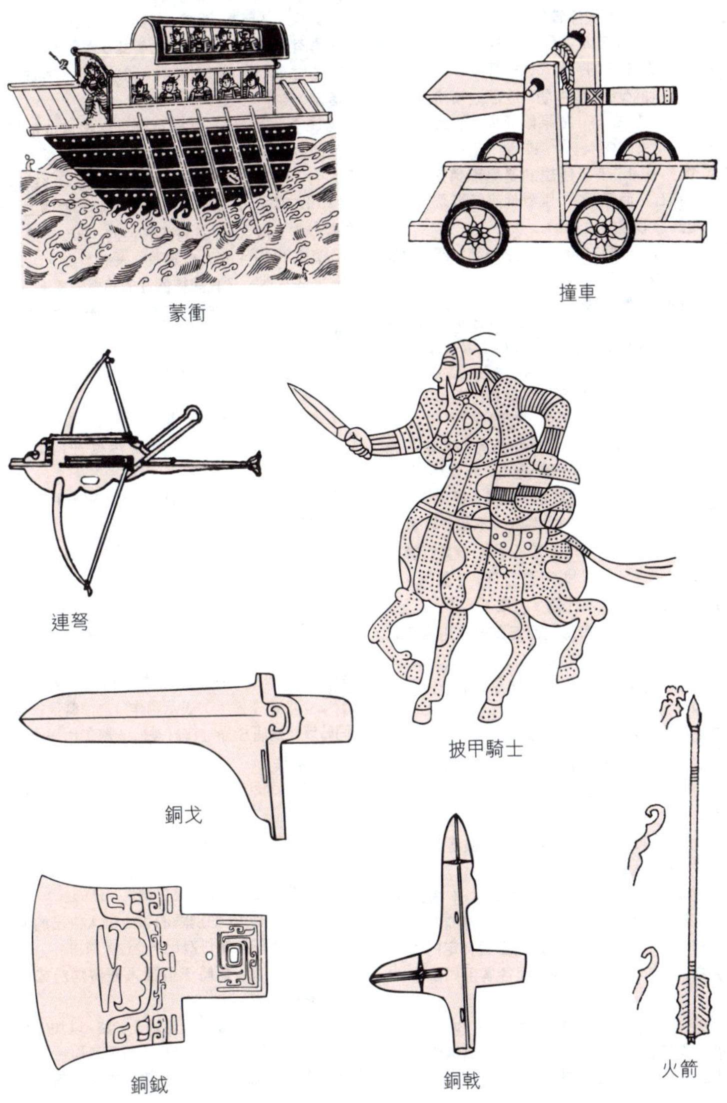

蒙衝

撞車

連弩

披甲騎士

銅戈

火箭

銅鉞

銅戟

【其它】 qítā 其他。只用於事物。

【其次】 qícì ① 次序較後；第二◇首先要制訂好計劃，其次才是如何執行的問題。② 次要的◇內容是主要的，形式還在其次。

【其間】 qíjiān ① 這中間◇他最近情緒不好，其間必有原因。② 指某段時間◇他出國八年了，其間我們從未中斷過聯繫。

【其實】 qíshí 表示所説的是實際情況，事實上（承上文而轉折）◇別看他平時挺嚴肅，其實是個很活躍的人。

【其餘】 qíyú 剩下的；其他的◇請部門經理留下，其餘的人散會。

用法提示：其他、其餘

兩個都可以表示一個大範圍內去掉一部分後所剩下的，如"這幾本書我拿走，其他／其餘幾本留給你"。"其他"還可以用在沒有大範圍，而只是指所説的範圍以外的，"其餘"沒有這種用法，如"我沒有其他意見"，句中的"其他"不能換成"其餘"。

【其貌不揚】 qímàobùyáng 指人的容貌平常或醜陋◇他雖然其貌不揚，但才華出眾。

6 **具** jù 粵geoi^{6} 巨 ①器物，用具◇餐具。②具有◇別具一格。③備辦，準備◇謹具薄禮。④陳述，寫，列明◇知名不具｜條具時弊。⑤才幹◇干城（盾牌和城牆）之具。⑥量詞。用於成件的東西◇一具座鐘。⑦姓。

【具文】 jùwén 徒有形式而無實際作用的規章制度◇一紙具文。

【具有】 jùyǒu 有。多用於抽象事物◇具有誘人的魅力。

【具名】 jùmíng 在文件上簽名。

【具保】 jùbǎo 由人出面擔保◇具保開釋。

【具備】 jùbèi 齊備；具有◇萬事具備，只欠東風。

【具結】 jùjié 交予官署表示自己負責的保證文件◇由保人具結，當堂釋放。

【具體】 jùtǐ ① 確定的；不抽象、不籠統的◇策劃得很具體。② 特定的◇具體的工作。③ 把理論、原則、條例等結合到特定的人或事物上◇作業程序要具體到各個部門的操作上。

【具體而微】 jùtǐ'érwēi ① 事物內容大體完備，而規模或形狀較小。② 從大處着眼，從小處闡述或從小處做起。

6 **典** diǎn 粵din^{2} 電^{2} ①制度；法則；準則◇法典。②典禮；儀式◇盛典。③典故◇出典。④具有典範性、權威性的書籍◇詞典｜經典。⑤主管，掌管◇典試｜典兵。⑥以物作抵押向人借錢◇典押。⑦姓。

【典身】 diǎnshēn 以自身做抵押借貸或取得其他方面的利益。

【典押】 diǎnyā 以實物作抵押借錢。到期還錢，收回物品；到期無力還錢，抵押物歸債主。

【典型】 diǎnxíng ① 有代表性的◇典型經驗。② 具有代表性的人或事件◇表彰典型。③ 既有某些共性、又有獨特個性的藝術形象。

【典故】 diǎngù 詩文所引用的古籍中的故事或詞句。

【典章】 diǎnzhāng 制度法令的統稱◇典章制度。

【典雅】 diǎnyǎ 高雅不粗俗◇陳設典雅。

【典當】 diǎndàng ① 以實物作抵押向人借錢。② 當鋪。

【典範】 diǎnfàn 作為榜樣、起示範作用的有代表性的人或事物◇做人的典範。

【典禮】 diǎnlǐ 制度和禮儀。現指隆重的儀式◇開學典禮。

【典麗】 diǎnlì 典雅華麗◇詩文典麗。

【典籍】 diǎnjí ① 記載古代法制的文獻。② 泛指古代圖書。

8 **兼** jiān 粵gim^{1} 檢^{1} ①兩份或兩份以上合在一起◇兼收並蓄。②表示動作行為同時進行或同時涉及幾個方面◇兼職｜兼做雜務工作。③雙倍的◇兼程。

【兼之】 jiānzhī 加上，加以。表示進一步的原因或條件◇他原本體質就不好，兼之缺少鍛煉，健康狀況越來越差了。

【兼任】 jiānrèn ① 同時擔任◇董事長兼任總經理。② 非專任的◇學生會主席是兼任的。

【兼併】 jiānbìng 把別國的領土併入自己的國家或把他人的產業併為己有◇企業兼併。

【兼祧】 jiāntiāo 舊時一個男人兼做兩房或兩家的繼承人。

【兼程】 jiānchéng 一天走兩天的路，以加倍的速度不停地趕路◇風雨兼程｜日夜兼程。

【兼愛】 jiān'ài ① 中國古代墨子提倡的學説，

主張愛所有的人，不分親疏厚薄、差別等級。②同時愛不同的人或事物。

【兼顧】jiāngù 同時照顧到幾個方面◇統籌兼顧。

【兼收並蓄】jiānshōu bìngxù 把不同性質、不同內容的東西都吸收、包羅進來。

【兼聽則明，偏信則暗】jiāntīngzémíng, piānxìnzé'àn 聽取多方面的意見，就能明辨是非；只聽信一方面的話，容易作出錯誤的判斷。

14 **冀** jì 粵kei³ 暨 ①希望◇希冀｜冀其成功。②河北省的別稱◇冀中平原。③姓。

【冀求】jìqiú 希望得到。

冂部

2 **冇** mǎo 粵mou⁵ 母 方言。沒有◇有冇｜冇錢｜冇料｜冇手尾。

3 **冉** rǎn 粵jim⁵ 染 ①見"冉冉"。②姓。

【冉冉】rǎnrǎn 慢慢地，緩慢地◇一輪紅日冉冉升起。

【冉弱】rǎnruò 柔弱◇柳枝冉弱。

3 **冊〔册〕** cè 粵caak³ 策 ①古代指編在一起的竹簡，後指裝訂好的本子◇賬冊｜畫冊。②特指帝王封爵的命令◇冊封｜冊立。③量詞。用於書籍◇上中下共三冊。

【冊封】cèfēng 帝王用一定的儀式，將載有所賜爵位、封號的冊書連同印璽一併授給受封者。

【冊頁】cèyè 分頁裝裱並裝訂成冊的若干幅小型書畫。是中國書畫裝裱形式之一。

6 **再** zài 粵zoi³ 載 ①又一次或第二次◇一而再，再而三。②更，更加。表示程度加深◇再多一點。③區分兩個動作的先後關係◇吃過飯再走。④表示重複或繼續◇再吃一個｜再等一會兒。⑤重新出現◇青春不再。

用法提示：再、又
在表示動作重複或繼續時，"再"用於未實現的，如"再說一遍"(待重複)；"又"則用於已實現的，如"又說了一遍"(已重複)。

用法提示：再(也)不、不再
兩者都表示以前曾經有的一種情況停止了，但"再(也)不"的意思是"永遠不"，語氣堅決◇他再也不回來了。"不再"是客觀地陳述某種變化，語氣比較平靜◇他走了之後不再回來。

【再三】zàisān 一次又一次。強調多次重複◇再三告誡｜再三挽留。

【再生】zàishēng ①重生，死而復活◇再生之恩｜枯樹再生。②再造，生物體的一部分在脫落、損壞或截除後又重新生長◇即使壁虎的尾巴斷了，也會再生一條新的出來。③對廢棄物進行加工再利用◇再生資源。

【再拜】zàibài ①拜了又拜。古代一種表示恭敬的禮節◇再拜而送之。②敬辭。用在書信的末尾署名後。

【再造】zàizào ①重新給予生命◇再造之恩，沒齒不忘。②加工廢品，恢復其原來的性能，再次使用◇再造紙。

【再會】zàihuì 再見。臨別時禮貌用語。

多樣表達：再會
久仰 久違 失迎 有失遠迎 失陪 告辭 拜辭 留步 再見 回見 回頭見

【再說】zàishuō ①留待以後再考慮或辦理◇先大略看一遍再說。②進一步說明原因或理由，有"而且、並且"的意思◇時間不早了，再說我還有事呢。

【再醮】zàijiào 醮，古代男女婚嫁時，父母給他們酌酒的儀式。古代男子續弦、女子再嫁都稱再醮，後專指婦女再嫁。

【再接再厲】zàijiē zàilì 接，交戰；厲，同"礪"，磨刀石。本指公雞相鬥，每次交鋒都先把嘴磨鋒利。後比喻毫不鬆懈、一次次地不斷努力。

5 **冋** jiǒng 粵gwing² 迥 光，明亮。

7 **冒** (一)mào 粵mou⁶ 務 ①上升；向外透出◇冒煙｜冒汽｜冒出頭來。②頂着；迎着◇頂風冒雪｜冒着炮火。③觸犯；違犯◇冒犯。④以假的充當真的◇假冒｜冒牌貨｜冒名頂替。⑤魯莽，輕率◇冒失｜冒昧。

(二)mò 粵mak⁶ 默 見"冒頓"。

【冒失】màoshī 魯莽，莽撞◇說話冒失｜冒失地撞門進去。同 孟浪 反 穩重、慎重。

【冒犯】màofàn ①用失當的言語、行為衝撞對方或觸犯對方的尊嚴◇說話粗魯，多有冒犯，尚請海涵。反 迎合、道歉。②觸犯、違背規定◇冒犯校規。

【冒充】màochōng 以假充真◇冒充警察｜冒充名牌產品。

【冒昧】màomèi 不顧地位、能力和所在場合，輕率地作為。常用作謙辭◇不揣冒昧｜恕我冒昧。

【冒頓】mòdú 西漢初匈奴單于的名。

【冒險】màoxiǎn 迎着危險；不顧危險地做事◇冒險精神｜冒險進入戰地採訪。反 穩妥、安全。

【冒號】màohào 標點符號"："，表示提示下文。主要用在提示性話語之後。

8 **冓** gòu 粵gau^{3}救 房屋深處；內室◇中冓之言（出自內室的話）。

9 **冕** miǎn 粵min^{5}免 ①古代天子、諸侯、卿、大夫所戴的禮冠。後世專指皇帝的禮冠◇加冕｜冕服。②比喻冠軍的榮譽地位◇衞冕冠軍。

【冕旒】miǎnliú 古代天子、諸侯、卿、大夫的禮冠，前後有旒（成排的玉珠串），故稱。後世專指皇帝的禮冠或借指皇帝、帝位。

10 **最** zuì 粵zeoi^{3}醉 ①表示達到了頂點，無以復加◇最好｜最洪亮｜最喜歡｜得分最高。②表示估計或允許的最大限度◇最早也得八點回家｜最重不能超過二十公斤。③表示方位的盡頭、極限◇最上邊｜最右邊｜最北到羅湖。④指居於首要地位的◇世界之最｜唐宋八大家，實以韓、柳、歐、蘇為最。

【最初】zuìchū 開始的時候；最早的時期◇最初幾天｜最初的一些想法。

【最近】zuìjìn ①在此之前或之後不久的日子◇最近我睡得不好。②路程或距離最短◇書店離我家最近。

【最後】zuìhòu 時間、次序在最晚或最末◇最後出門｜最後通牒。

【最終】zuìzhōng ①最後的，末了的◇最終結果｜最終目標。②到最後；一直到底◇最終不了了之｜最終順利過關。

冖部

2 **冗〔宂〕** rǒng 粵jung^{5}勇 ①閒散的；多餘無用的◇冗員｜冗筆。②繁雜；繁忙◇冗務。③指繁忙的事◇請撥冗出席。

【冗長】rǒngcháng（文章、講話等）多而無用；多餘◇報告冗長空洞，令人生厭。

【冗員】rǒngyuán 多餘的非工作需要的人員◇裁撤冗員。

【冗費】rǒngfèi 過多的費用◇裁減冗費。

【冗繁】rǒngfán（事情、文辭等）瑣碎繁雜◇文章簡潔明快，沒有冗繁之病。

【冗贅】rǒngzhuì（文辭）冗長多餘◇敘述冗贅。

【冗雜】rǒngzá（文章、講話、事務等）多而雜亂，繁雜◇家務冗雜｜刪除冗雜的句子。

3 **冚** kǎn 粵kam^{2}襟^2 方言。①蓋，蓋上◇冚上杯蓋，勿讓茶水涼了。②打，擊◇冚一掌打個正中。③制止；使終止◇冚賭｜經營無牌攤檔被冚。

7 **冠** 〈一〉guān 粵gun^{1}官 ①帽子◇怒髮衝冠。②形狀像帽子或位置在頂上的東西◇樹冠｜雞冠。

〈二〉guàn 粵gun^{3}貫 ①戴帽子；古代男子二十歲行成人儀式，束起頭髮戴上帽子，因而也指二十歲◇年方弱冠。②把某種名號或文字加在前面◇文章寫定，冠以題目。③位居第一◇勇冠三軍。④冠軍◇在決賽中奪冠。⑤姓。

【冠軍】guànjūn 比賽的第一名◇冠軍爭奪戰｜數學競賽的冠軍。

【冠冕】guānmiǎn ①古代帝王、官員所帶的帽子。②喻指首位，居於首位◇李（白）杜（甫）詩作，冠冕百代。

【冠冕堂皇】guānmiǎntánghuáng 形容表面上莊嚴正大，實際上並非如此◇人前說冠冕堂皇的話，人後做偷雞摸狗的事。

8 **冧** lín 粵lam^{1}林^1 方言譯音字◇冧巴｜冧酒。

【冧巴】línbā ①倫巴舞，是一種由古巴黑

人舞演變成的交際舞◇他們正在跳着冧巴。(英 rumba) ② 號碼；編號◇電話冧巴。(英 number)

【冧酒】línjiǔ 朗姆酒。一種用甘蔗汁、蜜糖等發酵蒸餾而成的甜酒。(英 rum)

【冧巴温】línbāwēn 工頭，領班◇小心給冧巴温見着了。

8 冢〔塚〕zhǒng 粵cung^2 寵 隆起的墳墓◇荒冢|衣冠冢。

8 冥 míng 粵ming^4 名/ming^5 皿 ①昏暗◇幽冥|風雨晦冥。②幽深；深沉◇冥思苦想。③高遠；遠離◇鴻飛冥冥|閒居三十載，遂與塵事冥。④指天空◇兩隻蒼鷹直衝蒼冥。⑤糊塗不明事理；愚昧◇冥頑|冥昧。⑥陰間；迷信的人指人死後所去的地方◇冥府|冥鈔|冥壽。

【冥冥】míngmíng ① 昏暗不明◇薄暮冥冥。② 形容迷迷茫茫的樣子◇水波冥冥 | 前路冥冥。③ 指陰間。

【冥想】míngxiǎng 深沉地思索和想像◇半天沉思不語，不知他在冥想甚麼？

【冥暗】míng'àn 昏暗不明◇天色漸漸冥暗下來。

【冥王星】míngwángxīng 太陽系內的矮行星。本為太陽系的行星之一。2006 年，國際天文學聯合會依據新的行星定義將冥王星定性為“矮行星”，剔出太陽系行星之列，太陽系從九大行星減為八大行星。見“行星”。

多樣性表達：行星

行星：水星、金星、地球、火星、木星、土星、天王星、海王星；矮行星：穀神星、冥王星、鬩神星

【冥思苦索】míngsī kǔsuǒ 深入、仔細、反復地想來想去◇不懂就問，單靠冥思苦索不行。

【冥頑不靈】míngwánbùlíng 愚昧無知而又頑固不化◇人老了冥頑不靈，固執不化。

8 冤〔寃〕yuān 粵jyun^1 淵 ①受不公平的待遇；被枉加罪名◇不白之冤|鳴冤叫屈。②因受侵害而產生的仇恨◇往日無冤，近日無仇。③吃虧；上當◇白跑這一趟，真冤！④欺騙；哄騙◇你別冤人。

【冤仇】yuānchóu 遭受侵害或侮辱而產生的仇恨◇冤仇宜解不宜結。

【冤枉】yuānwang ① 把罪名或惡名橫加給別人◇冤枉人家使不得。② 遭誣陷的不實罪名或惡名◇平反假案，辨明冤枉。③ 不值得；吃虧◇這錢花得真冤枉。

【冤屈】yuānqū ① 受屈辱不公的待遇；無辜遭受的指責或被誣陷橫加的罪名◇一肚子的冤屈向誰訴説。② 冤枉；給人加上罪名或惡名◇説他偷人家東西可真冤屈了他。

【冤苦】yuānkǔ 冤屈痛苦◇內心更添冤苦。

【冤家】yuānjia ① 仇人◇一個朋友一條路，一個冤家一堵牆。② 稱似恨而實愛，給自己帶來苦惱而又捨不得丟開的人(多指夫妻一方或情人，有時也指子孫等)◇俏冤家 | 不是冤家不聚首。

【冤案】yuān'àn 因誤判或受誣陷而造成冤屈的案件。

【冤魂】yuānhún 死得冤枉的人的靈魂◇冤魂不散。

【冤獄】yuānyù ① 被冤枉的案件◇文字冤獄。② 因受冤屈而坐牢◇憑白無故蹲了兩年冤獄。

【冤孽】yuānniè ① 佛教指作孽而招致的冤報、罪孽◇須知衰敗後的冤孽都是強盛時種下的。② 指冤仇；仇人◇前世冤孽。③ 冤家。對所愛的人的昵稱◇只要這個冤孽有出息，我的心願就了啦。

【冤大頭】yuāndàtóu 指枉費錢財而上當受騙的人◇做了回冤大頭。

【冤家路窄】yuānjiālùzhǎi 仇人或不願相見的人偏偏狹路相逢，躲不開◇冤家路窄，偏巧碰上了死對頭。

14 冪〔幂〕mì 粵mik^6 覓 ①覆蓋東西的巾◇簋(一種食器)有蓋冪。②覆蓋；罩◇用紅巾冪了新娘的臉。③數學名詞。表示一個數自乘若干次的形式◇a 自乘 n 次的冪為 a^n。

冫部

3 冬 dōng 粵dung^1 東 一年四季的最後一季，農曆的十月至十二月期間◇春夏秋冬|寒冬臘月。

多樣表達：冬
初冬 嚴冬 隆冬 寒冬 窮冬 寒冬臘月 暮冬 殘冬 冬末 孟冬 仲冬 季冬

【冬至】dōngzhì 二十四節氣之一。在公曆十二月二十二日前後。這一天北半球白天最短，夜間最長。

【冬季】dōngjì 一年四季中的最後一季。中國習慣指立冬至立春的三個月時間，也指農曆十至十二月期間。

【冬眠】dōngmián 冷血動物過冬，不吃不動，蟄居洞中的現象◇冬眠期｜驚蟄一到，冬眠的動物就都復蘇活躍起來。

【冬烘】dōnghōng 思想陳腐，學識淺陋◇冬烘先生｜頭腦冬烘。

3 **江** gāng 粵gong[1] 剛 姓。

4 **冱** hù 粵wu[6] 互 ①寒冷；凍結◇冱寒｜清泉冱而不流。②閉塞；乾涸。

4 **冰〔氷〕** bīng 粵bing[1] 兵 ①水因冷而凝結成的固體◇冰凍三尺，非一日之寒。②像冰一樣的（東西）◇冰棒｜冰糖。③純潔；清白◇冰清玉潔。④（碰到涼物）感到寒冷◇河水冰腳。⑤（用冰、涼水或機械）使（東西）變涼◇冰西瓜｜啤酒冰過了。⑥姓。

【冰人】bīngrén《晉書・索紞傳》："冰上為陽，冰下為陰…君當為人作媒，冰泮而婚成。"後來就把媒人叫做冰人◇冰人作伐，喜結良緣。

【冰川】bīngchuān 高山或兩極地區沿地面緩慢移動的大冰塊◇冰川融化導致北極熊流離失所。

【冰山】bīngshān ① 長年冰凍不化的高山。② 漂浮在海中的巨大冰塊，是兩極冰川斷裂，滑到海洋中所形成的。③ 比喻顯赫一時卻不能長久依賴的靠山。

【冰心】bīngxīn 比喻人品高尚，內心純潔◇洛陽親友如相問，一片冰心在玉壺。

【冰冷】bīnglěng ① 形容很冷◇冰冷的河水｜手腳冰冷。② 不熱情，冷淡◇她聲音冰冷，面無表情。

【冰品】bīngpǐn 冷飲；冷食。

【冰凌】bīnglíng 冰塊；冰柱；積冰◇河裏的冰凌漸漸化了。

【冰雹】bīngbáo 空中降下的冰塊，大的像雞蛋、核桃，小的像黃豆、米粒。常見於春末、夏季。也叫雹子、雹。

【冰霜】bīngshuāng ① 冰和霜。比喻磨難◇不經一番冰霜苦，哪得梅花放清香。② 比喻思想純潔，行為端正◇志固冰霜。③ 比喻神情嚴峻◇豔若桃李，冷若冰霜。

【冰點】bīngdiǎn ① 水結成冰的溫度，攝氏零度。② 比喻某事物受人冷落、不被人關注或被遺忘的狀況。同 冷點 反 熱點。

【冰釋】bīngshì 原指冰融化消失。比喻（疑難、誤會、隔閡等）完全消除◇冰釋前嫌。

【冰鑒】bīngjiàn ① 古代一種裝有冰塊的大口罐，用來冷藏食物。② 指月亮或鏡子◇夜空冰鑒朗。③ 喻指明察◇望先生冰鑒。

【冰淇淋】bīngqílín 用牛奶、雞蛋、糖、果汁等調製而成的一種半固體冷食。（英 ice cream）

【冰天雪地】bīngtiān xuědì 冰雪漫天蓋地。形容地方非常寒冷。

【冰肌玉骨】bīngjī yùgǔ 形容女子肌膚瑩潔光潤◇霧鬢雲鬟、冰肌玉骨的美女。

【冰消瓦解】bīngxiāo wǎjiě 冰凍消融，瓦片粉碎。比喻完全消失或崩潰。

【冰清玉潔】bīngqīng yùjié 像冰一樣澈透，玉一樣純潔。比喻人品高尚純潔。

【冰凍三尺，非一日之寒】bīngdòngsānchǐ, fēiyírìzhīhán 冰凍成三尺的厚度，決非一天的寒冷就能結成的。比喻某種情況的形成，有個長時間醞釀積累的過程。

5 **冷** lěng 粵laang[5] ①溫度低或感覺溫度低◇寒冷｜冷暖自知。②冷淡，不熱情◇冷言冷語。③寂靜；不熱鬧◇冷寂｜冷場。④生僻；少見的◇冷僻。⑤受冷落的；無人過問的◇打入冷宮。⑥乘人不備的；突然◇冷不防｜射冷箭。⑦喻指熱情降低；使熱情降低◇心灰意冷｜冷了媽媽的心。⑧姓。

【冷血】lěngxuè 比喻冷酷殘忍，沒有感情的◇冷血殺手｜簡直是冷血動物！

【冷門】lěngmén 賭博時很少有人下注的一門。現比喻很少有人注意的、不時興的，或意料之外的事物◇報考冷門專業｜比賽爆了冷門。反 熱門。

【冷待】lěngdài 冷淡地對待；冷淡的待遇◇別冷待人家。

【冷卻】lěngquè ① 溫度逐漸降低；使溫度降低◇讓滾燙的鐵鍋冷卻一下。② 使高昂的情緒平靜下來◇熱情一天天冷卻下來。

【冷風】lěngfēng ① 寒冷的風。② 比喻背後散佈的消極言論◇總是有人吹冷風。

【冷峭】lěngqiào ① 形容寒氣逼人◇朔風冷峭。② 形容言語尖刻，態度刻薄◇發出冷峭的聲音｜神情冷峭。③ 形容詩文風格嚴肅。

【冷峻】lěngjùn 冷靜嚴肅◇語氣冷峻嚴厲｜他人雖冷峻，字卻意外地溫柔。

【冷笑】lěngxiào 含有譏諷、輕蔑、怒意或妒意等的笑◇冷笑一聲，揚長而去。

【冷宮】lěnggōng 古代君王安置失寵后妃的地方。今也喻指棄置不用的地方◇這些舊書只有打入冷宮了。

【冷眼】lěngyǎn ① 冷靜客觀的眼光；旁觀的眼光◇冷眼旁觀。② 冷淡輕視的眼光◇寄人籬下，遭人冷眼。

【冷清】lěngqīng ① 冷落；淒涼◇場面冷清｜冷清的小巷。② 不興旺◇生意冷清。③ 形容清涼◇冷冷清清，淒淒慘慘戚戚。同 清冷。

【冷淡】lěngdàn ① 冷清；不興旺◇生意冷淡。反 興隆。② 淡漠，不熱情◇態度冷淡。同 冷漠 反 熱情。③ 慢待；怠慢◇別冷淡了顧客。

【冷寂】lěngjì 冷清而寂靜◇冷寂的街道｜冷寂無聊。反 喧鬧、熱鬧。

【冷場】lěngchǎng ① 演出時因演員遲到或忘詞而形成的場面。② 開會時沒有人發言◇會上冷場了好一陣子。

【冷落】lěngluò ① 冷清，不熱鬧◇冷落蕭瑟的秋景。② 對人冷淡，不關心◇別冷落新同學。

【冷暖】lěngnuǎn ① 寒冷和溫暖。泛指人的日常生活。② 比喻人際關係的冷酷。暖是襯詞，在這裏沒有實義◇人情冷暖，世態炎涼。③ 比喻各種各樣的體驗◇如人飲水，冷暖自知。

【冷遇】lěngyù 冷淡的待遇◇想不到遭受這樣的冷遇。反 厚待、禮遇。

【冷酷】lěngkù 冷淡苛刻，不講情面◇人要適應冷酷的現實。

【冷漠】lěngmò（對人、事）冷淡，不關心◇冷漠中帶着一絲同情。

【冷箭】lěngjiàn 乘人不備暗中射出的箭。比喻暗地裏害人的手段◇明槍易躲，冷箭難防。

【冷僻】lěngpì ① 冷落偏僻◇冷僻的角落｜這邊冷僻荒涼，難得人到。② 不常見的；罕見的◇考題冷僻｜冷僻字。

【冷靜】lěngjìng ① 冷清寂靜，不熱鬧◇冷靜的山鄉｜我愛冷靜，愛獨處。② 沉着而不感情用事◇冷靜一下，別太激動。

【冷戰】lěngzhàn ① 因為寒冷或害怕而發抖◇凍得他直打冷戰。② 指國際間除軍事行動以外的鬥爭◇冷戰思維｜蘇聯解體，冷戰結束。③ 指 1947 年至 1991 年間，以美國為首的資本主義國家與以蘇聯為首的共產主義國家之間的政治對抗與對立。

【冷豔】lěngyàn ① 耐寒而美麗◇冷豔梅花俏枝頭。② 淡雅美好◇詩風冷豔。

【冷不防】lěngbufáng 沒有料到；突然◇冷不防竄出一條狗來。

【冷板凳】lěngbǎndèng ① 舊時喻指私塾教師的清苦職位。② 比喻清閒冷落的職務或無事可做的狀況。也指受人冷遇◇坐了半年的冷板凳，很不得志。

【冷笑話】lěngxiàohuà 用不同尋常的思維，如故意混淆概念、違反邏輯等製造笑話◇他講的冷笑話一點也不好笑。

【冷暴力】lěngbàolì 用冷漠、疏遠等方式使他人精神上、心理上受到傷害和侵犯◇冷暴力也屬於家庭暴力的一種。

【冷言冷語】lěngyán lěngyǔ 帶有譏諷意味的冷冰冰的話◇不怕別人冷言冷語。

【冷若冰霜】lěngruòbīngshuāng 形容待人不熱情；也形容態度嚴肅冷漠◇性情冷若冰霜，讓人不敢接近。

【冷眼旁觀】lěngyǎn pángguān ① 用冷靜客觀的眼光從旁觀看而不介入◇只是冷眼旁觀，不發表意見。② 對自己應該管或應該幫助的他人的事，冷冷地袖手旁觀，不聞不問，不管不顧。同 坐觀成敗。

【冷嘲熱諷】lěngcháo rèfěng 尖刻、辛辣的嘲笑和諷刺◇不因那些冷嘲熱諷而氣餒。

5 **冶** yě 粵je5 野 ①冶煉(金屬)◇冶金|陶冶。②形容女子裝飾豔麗。多含貶義◇冶容|妖冶。③姓。

【冶容】yěróng ①(女子)修飾容貌。②美豔的容貌。

【冶煉】yěliàn 用焙燒、熔煉、電解等方法，從礦石中提煉出所需要的金屬。

【冶豔】yěyàn 豔麗異常◇容顏冶豔，傾國傾城。

6 **冽** liè 粵lit6 列 寒冷◇冽風|寒風凜冽。

6 **冼** xiǎn 粵sin2 癬 姓。

8 **凊** qìng 粵cing3 秤 涼；使涼◇井水夏凊|冬溫夏凊。

8 **凌** líng 粵ling4 零 ①冰塊◇冰凌|黃河凌汛。②侵犯；欺侮◇盛氣凌人。③升高；超越◇壯志凌雲。④逼近；迫近◇凌晨。⑤錯雜◇凌亂。⑥姓。

【凌空】língkōng 在高空中或升入高空◇凌空射門|凌空架設飛橋。

【凌虐】língnüè 欺侮虐待◇不能凌虐弱小同學。同 欺凌。

【凌侮】língwǔ 欺凌侮辱◇要懂得尊重別人，切不可凌侮人。

【凌辱】língrǔ 欺壓；侮辱◇不堪凌辱。

【凌晨】língchén 天將亮的時候。泛指午夜到天亮的一段時間◇凌晨起來看日出。

【凌亂】língluàn 雜亂；沒有條理◇思緒凌亂|凌亂的白髮。反 整齊。

【凌厲】línglì ①形容氣勢迅速猛烈◇北風凌厲|攻勢凌厲。②(態度等)尖銳◇凌厲的眼光。

【凌駕】língjià 超越；高出◇任何東西都不能凌駕於法律之上。

【凌遲】língchí 古代一種殘酷的死刑，一刀刀割身上的肉，直至氣絕身亡。

【凌轢】línglì ①欺壓◇凌轢百姓。②排擠；傾軋◇凌轢同仁。

8 **凇** sōng 粵sung1 鬆 空氣中的水汽凝成的冰花◇霧凇。

8 **凍(冻)** dòng 粵dung3 東3 ①液體或含水分的物體遇冷而凝結◇凍土。②凝結了的湯汁及其中的食物◇果凍|羊肉凍。③受冷或感覺冷◇凍得發抖|手凍僵了。

【凍結】dòngjié ①液體受冷而凝結◇凍結成冰塊|凍結的小溪。②比喻阻止(人員或資金)變動或流動◇凍結賬戶|凍結雙方的人員往來。

8 **准** zhǔn 粵zeon2 準 ①允許；許可◇批准|准予入學。②同"準"。(1)依據；按照◇准此辦理(公文用語)。(2)附在名詞前，表示與之近似、可相比並◇准將|准平原。(3)標準；正確；確定◇准則|准確。

【准允】zhǔnyǔn 准許；允許◇請假的事已獲准允。

【准予】zhǔnyǔ 准許；同意。多用於公文中◇成績合格，准予畢業。

【准許】zhǔnxǔ 允許；許可◇准許他復學。

8 **凋〔彫〕** diāo 粵diu1 丟 ①(草木花葉)枯落◇凋落|歲寒，然後知松柏之後凋。②衰敗；困苦◇家境凋殘。

【凋枯】diāokū 凋謝枯萎◇剛到深秋，園裏的花草就都凋枯了。

【凋萎】diāowěi 凋謝枯萎◇百花凋萎盡，獨有寒梅豔。

【凋敝】diāobì ①衰敗◇市場蕭條，百業凋敝。反 繁榮。②指生活困苦◇民生凋敝。反 豐饒、富足。

【凋零】diāolíng ①(草木)凋謝零落◇花易凋零草易生。②比喻衰落或死亡◇歷經變亂，親朋好友凋零殆盡。

【凋謝】diāoxiè ①(花木)枯落◇百花凋謝。②比喻老人死亡◇父輩日見凋謝。

10 **凓** lì 粵leot6 率 寒冷◇凓冽(非常寒冷)。

10 **滄(沧)** chuàng 粵cong1 倉 寒冷。

12 **凘** sī 粵si1 思 解凍時流動的冰◇寒溪流凘。

13 **澤(泽)** duó 粵dok⁶ 踱 見"凌澤"。

13 **凜** lǐn 粵lam⁵ 林⁵ ①寒冷◇凜秋|凜氣如霜。②嚴肅；嚴峻◇凜若冰霜。③害怕；畏懼◇凜於夜行。

【凜冽】lǐnliè 刺骨地寒冷◇寒風凜冽|凜冽的三九天。

【凜然】lǐnrán 表情嚴肅而令人敬畏的樣子◇凜然生畏|大義凜然。

【凜凜】lǐnlǐn ① 形容寒冷◇朔風凜凜。② 形容威嚴而令人敬畏的樣子◇威風凜凜。③ 驚恐畏懼的樣子◇內心常凜凜。

14 **凝** níng 粵jing⁴ 形 ①氣體化為液體，液體結為固體，物體因寒冷而凍結◇雪櫃裏的魚湯都凝成魚凍了。②(精神)專注；集中◇凝神。

【凝止】níngzhǐ 凝固；停止◇天上的雲彩也彷彿凝止了。

【凝固】nínggù ① 由液體結成固體。② 聚集在一起，不容分開◇有些俗語已經凝固成成語了。③ 固定不變◇空氣好像凝固了。

【凝思】níngsī 聚精會神地思考◇凝思良久，仍無善策。

【凝重】níngzhòng ① 濃重◇夜色凝重。② 嚴肅端莊的樣子◇神情凝重。

【凝神】níngshén 集中精神，不分散注意力◇凝神諦聽。同 專心 反 走神、分心。

【凝脂】níngzhī 凝凍的油脂。比喻女子潔白柔滑的皮膚。

【凝眸】níngmóu 注視；目不轉睛地看◇凝眸遠望。

【凝望】níngwàng 目不轉睛地看；專心向遠處看◇凝望大海|凝望着散落在山坡上的點點白羊。

【凝視】níngshì 集中目力看◇凝視着海浪，心潮翻騰。

【凝集】níngjí 凝結；聚集◇這些作品凝集着他畢生的心血。

【凝結】níngjié ① 由氣態變成液態；由液態變成固態◇水氣凝結在窗戶上|河面上凝結了一層薄冰。② 聚集◇他的成長凝結着老師的心血。

【凝碧】níngbì 濃綠◇湖面上密密挨挨的荷葉宛然是凝碧的波浪。

【凝聚】níngjù ①(氣體)變濃或凝結◇遠處的村舍上凝聚着一團煙霧。② 聚集在一起◇每一分錢都凝聚着父親的血汗。

【凝滯】níngzhì 停滯；不靈活◇凝滯的雙眼|坐着，坐着，突然覺得雙腿有些凝滯了。

【凝翠】níngcuì 形容碧綠蔥翠◇萬木凝翠。

【凝噎】níngyē 哽咽；抽抽咽咽地哭，不出大聲◇一想到這事，不禁痛苦地凝噎起來。

【凝練】nínglìàn (文辭)緊湊簡練◇文筆凝練。同 洗練 反 拖沓。

几部

0 **几** jī 粵gei¹ 機 矮小的桌子◇炕几|茶几|窗明几淨。

【几案】jī'àn 桌子；條案。

9 **凰** huáng 粵wong⁴ 王 傳說中的雌鳳。見"鳳凰"。

10 **凱(凯)** kǎi 粵hoi² 海 ①軍隊取勝後奏的樂曲◇奏凱而歸。②姓。

【凱旋】kǎixuán 勝利歸來◇奧運健兒凱旋回國。

【凱歌】kǎigē ① 勝利之歌◇凱歌齊奏。② 歌唱勝利◇一路凱歌。

12 **凳〔櫈〕** dèng 粵dang³ 登³ 沒有靠背的坐具◇凳子|方凳|竹凳。

凵部

2 **凶** xiōng 粵hung¹ 空 ①禍殃；不吉利◇吉凶未卜。②莊稼收成壞◇凶年|凶歲。

【凶年】xiōngnián 荒年◇雖逢凶年，靠親戚救助，並未捱餓。

【凶兆】xiōngzhào 不祥的預兆◇古人認為偶為吉兆，奇為凶兆。

【凶旱】xiōnghàn 嚴重的乾旱。

【凶信】xiōngxìn 死亡的消息◇凶信傳來，全家震驚。

【凶禍】xiōnghuò 災禍。

3 凸 tū 粵dat⁶突 高過周圍，跟"凹"相對◇凸起|凸透鏡。

【凸現】tūxiàn 非常清楚地顯示出來◇礦場事故不斷，凸現設備陳舊和管理不善的問題。同 凸顯、突顯。

【凸顯】tūxiǎn 非常清楚地顯示出來◇各方久久不能達成一致，凸顯了問題的複雜性。同 凸現、突顯。

3 凹 〈一〉āo 粵aau¹/ngaau¹ 坳/nap¹粒 低於四周，跟"凸"相對◇凹陷|凹透鏡|凹凸不平。〈二〉wā 粵waa¹娃 窪。用於地名，如山西省有核桃凹。

【凹陷】āoxiàn 當中部分向下或向裏陷下去◇路面有好幾處都凹陷下去了。

3 出 chū 粵ceot¹ 齣 ①自內往外；從裏面到外面◇進進出出。②來到◇出席|出庭。③往外拿，特指往外拿出錢財；支出◇出主意|有錢出錢，有力出力。④超出；越過◇出軌|出人頭地。⑤顯露◇出名|水落石出。⑥出產；產生；發生◇出品|出問題。⑦發泄；生出◇出氣|出芽。⑧出版；把書刊音像製品製作出來◇出書|出唱片。⑨顯得量多◇好米不出飯。⑩在動詞後表示由內而外的趨向或動作的完成◇走出校門|看出問題|想出辦法。⑪在形容詞後表示超過◇多出幾件衣服|成績高出同學很多。

【出九】chūjiǔ 出了數九的日子◇雖説還沒有出九，天氣卻暖和多了。

【出口】chūkǒu ① 隨口説出◇出口成章。②（貨物等）由本地或本國運出去◇出口到歐美各國。③ 從建築物、場地出去的門或口子◇運動場的出口在那邊。反 進口。

【出山】chūshān 據《晉書・謝安傳》：謝安年青時便有盛名，但不肯為朝廷謀事，寧願高卧東山。直到桓溫做了司馬之後，他方肯出仕做官。後泛指棄隱就官，現也指出任某種職務。

【出手】chūshǒu ① 袖子的長度◇這件衣服的出手短了點。② 一開始就顯露出來的才能本領◇出手不凡。③ 開始行動；動手打◇果斷出手。④ 往外拿（財物）◇出手闊綽。

【出示】chūshì ① 張貼告示◇出示安民。② 拿出給人看◇出示護照。

【出世】chūshì ① 出生◇他倆同一天出世。② 面世；問世◇身故二十年後作品方才出世。③ 超脱人世◇脱塵出世，歸隱山林。

【出台】chūtái ①（演員）從後台到前台。比喻（政策、法規、方案、措施等）發佈、實行◇公司的重組方案就要出台了。② 比喻發佈、實行◇政府將研究出台便利跨境人員往來的新舉措。

【出尖】chūjiān ① 出眾；拔尖◇不愧是個出尖的學生。② 硬要出頭；出風頭◇處處都想出尖。

【出名】chūmíng 名字或名稱為大家所熟知；有名聲◇人怕出名豬怕壯|他出名得豪爽。

【出色】chūsè 特別好；超過一般◇工作很出色|出色的樂手。

【出更】chūgēng 方言。（警察）出外執勤◇今天到油麻地出更。

【出身】chūshēn ① 科舉考試獲選者的身份、資格。也泛指學歷◇進士出身|科班出身。② 個人最早的經歷或身份◇學生出身。③ 出生地◇出身廣東汕頭。

【出沒】chūmò 時而出現時而隱藏◇山裏常有虎狼出沒。

【出局】chūjú ① 棒球、壘球運動員被裁判判處離場。② 因比賽失利而被迫退出下一輪的比賽。③ 因達不到標準或不符合要求而被取消資格，或被迫退出某一領域。

【出巡】chūxún 到常駐地以外的地方巡察。

【出事】chūshì 發生事故；出現危險。

【出奇】chūqí 特別；不同尋常◇懸崖陡得出奇|她出奇地冷靜。

【出具】chūjù 開出；寫出◇出具證明。

【出使】chūshǐ 出國辦理外交使命◇奉命出使。

【出版】chūbǎn 把書刊、音像作品等編印製作出來。

【出挑】chūtiāo ① 長成；成長◇幾年不見，出挑得桃花也似。② 出眾◇姑娘長得越發出挑了。

【出軌】chūguǐ ① 有軌車輛行駛時脱離軌道◇火車出軌。② 言行越出規矩或操守之外◇潔身自好，不做出軌的事。

【出品】chūpǐn ① 製造◇香港出品｜上海出品。② 製造出來的產品◇本次出品只供外銷。

【出首】chūshǒu ① 投案自首◇先行出首了，自然可以免罪。② 檢舉；告發◇買通人出首作證。

【出洋】chūyáng 到外國去◇出洋留學。

【出神】chūshén 因全神貫注而顯出發呆的樣子◇他聽得出神了｜看書看得出神了。

【出馬】chūmǎ ① 將士騎馬上陣◇主力軍隊一出馬就打了勝仗。② 比喻出面做事◇親自出馬設計新款冬裝。

【出格】chūgé 超出常規；異乎尋常◇行為出格。

【出租】chūzū 收取一定的錢款，把東西暫借給別人使用。

【出息】chūxi ① 志氣；發展前途◇這孩子很有出息。② 長進◇眼見得姑娘一天比一天有出息了。③ 收益◇栽果樹要比種糧食出息多了。

【出師】chūshī ① 出兵打仗◇出師北伐。② 泛指做某件事◇運氣不好，出師不利。③（徒工）拜師期滿學成◇學了兩年就出師了。

【出席】chūxí ① 參加（會議等）；到場◇出席生日派對。② 離開席位◇一番爭吵後，他憤然起身出席。

【出庭】chūtíng（訴訟案件的關係人）到法庭上參加庭審。

【出家】chūjiā 離開家庭去寺觀做和尚、尼姑或道士◇出家修行。

【出陣】chūzhèn 上陣作戰。比喻參加某種活動◇雙方出陣的都是主力球員。

【出納】chūnà ① 財務管理中現金和票據的付出和收進。② 擔任出納工作的人。

【出現】chūxiàn 顯露；顯現；產生◇出現問題｜一道彩虹出現在雨後的藍天上。

【出梅】chūméi 出了黃梅季，黃梅季結束，也叫斷梅◇上海剛剛出梅，即連日大熱。

【出處】chūchù（典故、引文等的）來源或根據◇查對出處很費時間。

【出眾】chūzhòng 超出常人；與眾不同◇才華出眾。

【出動】chūdòng ① 派出◇出動防暴警察彈壓。② 眾人為做某事而一齊行動◇同學們一起出動參加消防演習。

【出彩】chūcǎi ① 即舊時戲劇演出，用塗抹紅色表示殺傷叫出彩。② 比喻祕密敗露或出乖露醜。③（表演）精彩；（表現）出色◇最出彩的節目｜如何在面試的時候出彩呢？

【出脱】chūtuō ① 開脱（罪名）◇暗地裏有心替她出脱。② 貨物賣出；脱手◇把金銀首飾出脱得一乾二淨。③ 出落；出挑◇幾年不見，妹妹出脱得這般標致了。

【出訪】chūfǎng 出外訪問；出國訪問。

【出產】chūchǎn ① 天然生成或人工生產◇山裏出產潔淨的礦泉水｜金華出產火腿。② 出產的物品◇家鄉的出產非常豐富。

【出發】chūfā ① 起程到別處去◇明天從上水出發。② 考慮或處理問題時，從某一方面着眼或着手◇從實際情況出發。

【出落】chūluo（年青人，特別是年青女性的體態、容貌等）明顯向好的方面變化◇姑娘出落得十分標致。

【出勤】chūqín ① 按規定時間到工作場所工作◇出勤率。② 外出辦理公務◇不在警署，出勤去了。

【出路】chūlù ① 通向外面的路。比喻能夠向前發展的途徑；前途◇天黑沉沉的，一時竟找不到出路｜只要改過自新，總是有出路的。② 銷路◇過時產品很難找到出路。

【出閣】chūgé 離開閨房。指姑娘出嫁◇姑娘大了，早晚總得出閣的。

【出賣】chūmài ① 以物換錢；出售◇出賣農產品。② 為獲私利，背叛親友、國家、民族等。

【出線】chūxiàn 由低一輪比賽進入高一輪比賽的資格◇只有在亞洲區出線，才能參加世界杯決賽。

【出頭】chūtóu ① 從苦難或困境中解脱◇只要還完債務，就有出頭的一天。② 出面；帶頭◇由他出頭去辦吧。③ 整數後有餘；有零頭◇看上去 20 歲出頭。

【出醜】chūchǒu 露出醜相；丟人◇當場出醜｜穿這身衣服去參加婚禮，太出醜了。

【出擊】chūjī ① 部隊出動，向敵人進攻。② 泛指在競賽或鬥爭中發動攻勢◇香港羽毛球隊多名代表分途出擊。

【出殯】 chūbìn 把靈柩運到安葬或寄放的地點。

【出鏡】 chūjìng ① 上鏡頭；在熒屏出現◇出鏡率｜出鏡的機會。② 出現◇今年報紙上出鏡最多的是"股票"這個詞。

【出籠】 chūlóng ① 從籠子中出來◇小鳥出籠。②（饅頭、包子、糕點等）蒸熟後從籠屜中取出◇才出籠的包子。③ 比喻拋出、出售、推銷、發行等。多含貶義◇方案出籠，便遭到批評。

【出岔子】 chū chàzi 出差錯；發生意外◇一慌就容易出岔子｜保證出不了岔子。

【出風頭】 chū fēngtou 在大庭廣眾之中出頭露面，表現自己。多含貶義◇她在人前特別活躍，就愛出風頭。

【出洋相】 chū yángxiàng 鬧笑話；出醜◇不懂裝懂，出盡洋相。

【出人意料】 chūrényìliào 超出人們的意想之外。

【出人頭地】 chūréntóudì 原意是讓對方高出自己一頭。後指超出一般、高人一等◇希望女兒將來能出人頭地。

【出口成章】 chūkǒuchéngzhāng 隨口說來便成文章。形容口才好或文思敏捷。

【出水芙蓉】 chūshuǐfúróng 出自南朝・梁・鍾嶸《詩品》，原是讚美謝靈運的詩像出水的荷花，清新可人，後比喻女性天生麗質。

【出生入死】 chūshēng rùsǐ 原指從出生到死去；後形容冒着生命危險，不顧個人安危◇這些年槍林彈雨，出生入死，總算過來了。

【出言不遜】 chūyánbúxùn 說話傲慢，沒有禮貌。

【出其不意】 chūqíbúyì《孫子・計》："攻其無備，出其不意。"是說出兵攻擊對方沒有防備、沒有想到的地方。後多指行動出人意料之外。

【出奇制勝】 chūqízhìshèng 用奇兵奇計戰勝敵人。泛指用奇妙的、旁人意想不到的方法策略獲取成功。

【出神入化】 chūshén rùhuà 形容技藝達到絕妙境界或謀略運用得很老練。

【出爾反爾】 chū'ěrfǎn'ěr《孟子・梁惠王下》："出乎爾者，反乎爾者也。"原意是你怎樣對待人家，人家便怎樣回報你。現在指言行前後矛盾，反復無常。(同) 言而無信 (反) 說一不二。

【出類拔萃】 chūlèi bácuì《孟子・公孫丑上》："出於其類，拔乎其萃。"後形容卓越出眾，非同一般。

4 **氹** dàng (粵)tam5 氹 水坑◇水氹｜糞氹。

6 **函〔凾〕** hán (粵)haam4 咸 ①匣子；封套◇鏡函｜這部書共八函。②信件◇來函照登。③包含；包容◇海函｜巨蚌函珠。

【函件】 hánjiàn 信件◇病後上班，案頭積存不少函件。

【函授】 hánshòu 一種以通訊傳授為主的教學方式◇函授大學。

【函購】 hángòu 用通訊方式向生產或經營部門購買（東西）◇函購圖書。

刀部

0 **刀** dāo (粵)dou1 都 ①切、割、砍、削的工具；也專指古代一種兵器◇刀刃｜大刀。②形狀像刀的東西◇冰刀。③古代一種錢幣◇刀幣。④紙張的計量單位，一百張為一刀。⑤姓。

【刀口】 dāokǒu ① 刀刃。刀用來切削的一邊。② 動手術或受傷留下的傷口◇刀口都癒合了。③ 比喻關鍵的地方◇力氣要花在刀口上。

【刀兵】 dāobīng ① 武器。② 借指戰事◇刀兵又起。

【刀俎】 dāozǔ 刀和砧板。比喻宰割者或迫害者◇人為刀俎，我為魚肉。

【刀筆】 dāobǐ 古代用竹木簡記事，字有誤，就用刀刮去，故刀筆指書寫工具。後指有關公文案卷的事◇刀筆吏｜刀筆老手。

【刀鋒】 dāofēng 刀刃；刀尖◇刀鋒鋭利。

【刀斧手】 dāofǔshǒu 劊子手，執行斬刑的人。

【刀山火海】 dāoshān huǒhǎi 比喻極險惡的境地。

【刀光劍影】dāoguāng jiànyǐng ① 形容激烈的廝殺搏鬥。② 形容殺氣騰騰的態勢。

【刀耕火種】dāogēnghuǒzhòng 一種原始的耕種方法，把地上的草木燒成灰做肥料，就地挖坑下種◇隨着農業機械化的普及，刀耕火種的那種原始的農業耕作技術已逐漸消失了。

0 **刁** diāo 粵diu^{1} 丟 ①狡猾；無賴◇奸刁|這個人真刁。②方言。挑食◇他嘴刁，不合胃口不動筷。③姓。

【刁斗】diāodǒu 古代軍中白天用來燒飯、晚上用來打更的用具◇羽書時斷絕，刁斗晝夜驚。

【刁民】diāomín 奸詐狡猾的人◇這些刁民，非辦幾個不行！

【刁滑】diāohuá 狡猾◇陰險刁滑。

【刁潑】diāopō 狡猾兇悍◇刁潑女子|生性刁潑。

【刁橫】diāohèng 刁鑽蠻橫◇刁橫無理。

【刁難】diāonàn 故意使人為難◇百般刁難|一味地刁難她。

【刁鑽】diāozuān 狡猾；奸詐◇刁鑽古怪。

1 **刃** rèn 粵jan^{6} 孕 ①刀、劍等的鋒利部分◇迎刃而解。②刀、劍等武器◇利刃|兵刃。③用刀、劍等殺◇手刃國賊。

2 **切** 〈一〉qiē 粵cit^{3} 設 ①用刀等工具把物品分開◇切成小塊。②截斷；斷開◇切斷電源|切斷退路。③幾何學上稱直線與圓、圓與圓、平面與球只有一個交點叫做切◇切線|兩圓相切。〈二〉qiè (1)粵cit^{3} 設 ①接觸；摩擦◇切齒|切脈。②靠近，貼近◇親切。③符合；切合◇確切|切中時弊。④緊急；急迫◇急切|迫切。⑤表示程度深◇悲切|殷切。⑥務必，一定。多用於否定式◇切勿闖紅燈。⑦反切，中國古代的注音方法，上字取聲母，下字取韻母和聲調，拼出另一音讀◇東，德紅切。(2)粵cai^{3} 砌 見"一切"。

【切入】qiērù 從某一處深入下去◇影片的劇情切入現實生活。

【切切】qièqiè ① 千萬，務必。多用於書信◇切切不可大意。② 表示叮嚀。多用於佈告、條令等末尾◇切切此佈。③ 懇切；迫切◇切切懇請。④ 悲切，淒切◇淒淒切切。⑤ 同"竊竊"。細微聲◇大弦嘈嘈如急雨，小弦切切如私語。

【切中】qièzhòng（言論、辦法等）恰好擊中◇切中問題實質。

【切合】qièhé 密切相合；十分符合◇切合實際。

【切身】qièshēn ① 密切關連到自身的◇切身利益。② 親身◇切身經歷。

【切忌】qièjì 務必避免、防止◇聽課時切忌心不在焉。

【切近】qièjìn ① 貼近，靠近◇切近現實的作品。②（情況）相近；接近◇他說的比較切近事實。

【切要】qièyào ① 切實簡要◇言詞切要。② 緊要；重要。

【切記】qièjì 務必記住◇切記不要濫交朋友。

【切當】qièdàng 貼切恰當◇措辭切當。

【切實】qièshí 切合實際；實實在在◇切實改正錯誤。

【切磋】qiēcuō 比喻在學問和技藝上互相商討研究，取長補短◇切磋棋藝|切磋學問。

【切齒】qièchǐ 咬住牙齒緊磨，表示極為憤怒◇切齒痛恨|恨得咬牙切齒。

【切題】qiètí 切合題目的主旨◇作文首要的是切題。

【切膚之痛】qièfūzhītòng 親身感受到的痛苦，感受非常深切◇她對毒品的危害有切膚之痛。

2 **刈** yì 粵ngaai^{6} 艾 ①割(草、穀物等)◇刈割|刈麥。②消除；除去◇芟刈|刈除。

2 **分** 〈一〉fēn 粵fan^{1} 昏 ①分開；分割；離散◇瓜分|分崩離析。②從總體分出的◇分校|分店。③區別，辨別◇不分青紅皂白。④分配；分發◇分紅|分給她幾顆糖果。⑤分數◇約分。⑥表示分數◇百分之十。⑦成數；表示所佔比率◇三分治，七分養。⑧計量單位。(1)長度。1 分為 0.1 寸。(2)土地面積。1 分為 0.1 畝。(3)重量。1 分為 0.5 克。(4)時間。1 分為 60 秒。(5)弧度，角度。1 分為 60 秒，60 分為 1 度。(6)貨幣。10 分為 1 角。(7)利率。年利一分按百分之十計算，月利一分按百分之一計算。(8)用於成績評定等◇考了100 分。⑨節氣

名。這一天晝夜長短相等◇春分｜秋分。

〈二〉fèn 粵fan⁶ 份 ①成分◇糖分。②名位、職責、權利等的限度◇安分守己。③名譽；情義；關係◇名分｜情分｜看在朋友的分上。④料想◇自分能得優等。⑤同"份"。部分，整體中的局部◇股分｜三分資料。

【分工】fēngōng 明確劃分工作的責任範圍、職權與義務◇分工協作。

【分寸】fēncùn 説話或做事的標準或限度◇説話很有分寸｜玩笑開得沒分寸。

【分子】〈一〉fēnzǐ ① 物質中保持原物質的一切化學性質、能夠獨立存在的最小微粒。分子由原子組成。② 分數中寫在橫線上面或斜線左面的數字叫分子，如 $\frac{4}{5}$ 或 4/5 中的 4 是分子。

〈二〉fènzǐ 屬於一定階層、團體或具有某類特徵的人◇知識分子｜投機分子。

【分內】fènnèi 本分以內，責任和義務之內◇尊老愛幼是分內該做的事。

【分手】fēnshǒu ① 分開；離別◇明天就要分手。② 引申指斷絕關係。

【分化】fēnhuà ①（性質相同的事物）向不同的方向發展、變化，或內部產生分裂◇貧富兩極分化。② 使分化◇設計分化對手的決策層。

【分文】fēnwén 一文錢。指極少的錢◇身無分文。

【分心】fēnxīn ① 分散精力，不專心◇專心做事，別分心！② 費心，操心◇這事還得請您多分心。

【分外】fènwài ① 本分以外，責任和義務之外◇愛管分外的閒事。② 格外；特別；超乎尋常◇人逢喜事精神爽，月到中秋分外明。

【分成】fēnchéng 按成數（十分之一為一成）分配（錢財、物品等）◇三七分成。

【分別】fēnbié ① 不同◇要注意形近字之間的分別。② 區分；辨別◇分別輕重緩急。③ 離別；分手◇即將分別。④ 表示採取不同的辦法◇根據情況分別處理。⑤ 分頭；各自◇大家就同一主題，分別提交了意見｜三組人員分別到不同地區調查。

【分佈】fēnbù 散佈在一定區域內◇橘子產地分佈在中國南方。

【分析】fēnxī 把事物的總體分解成若干部分，找出各部分的本質屬性和相互關係◇分析問題｜化學分析。

【分歧】fēnqí（意見、主張等）有差別；不一致◇存在分歧｜消除分歧。

【分明】fēnmíng ① 清楚；明確◇四季分明｜層次分明，重點突出。② 顯然；明明◇看那神氣，分明是個勝利者。

【分享】fēnxiǎng 與別人共同享受（權利、幸福、快樂、美食等）◇分享美食｜分享成功的喜悦。

【分泌】fēnmì 從生物體的細胞、組織或器官裏產生出某種物質◇分泌胃液。

【分界】fēnjiè ① 劃分界線◇上海的浦西、浦東以黃浦江分界。② 分界線，劃分的界線◇就以這條路為分界吧。

【分派】fēnpài ① 安排；指定◇分派副總去開會。② 分攤◇餐費大家分派，AA 制。

【分袂】fēnmèi 離別；分別◇分袂三載，人事皆非。

【分紅】fēnhóng 分配盈餘或利潤◇公司員工年終有分紅。

【分配】fēnpèi ① 安排；分派◇正等待分配工作。② 按一定標準分給◇每人分配一盒便餐。

【分剖】fēnpōu ① 辯白；訴説◇分剖實情。② 分開◇一一分剖家財。

【分家】fēnjiā ① 原來在一起生活的親屬分了共有的家產，各自獨立生活。② 比喻將整體分開◇分工不分家｜鞋面和鞋底分了家。

【分娩】fēnmiǎn 生小孩兒◇分娩期｜順利分娩。

【分野】fēnyě 劃分為不同兩方的界限◇政治分野｜科學分野。

【分陰】fēnyīn 日影移動一分的時間，指極短的時間◇愛惜分陰，日求進取。

【分散】fēnsàn ① 散在各處；不集中◇精力分散｜兵力分散。② 使分在各處；使不集中◇分散精力｜分散兵力。③ 分發；散發◇分散宣傳單張。

【分裂】fēnliè 整體事物分開；使整體分開◇細胞分裂｜分裂國家。

【分量】fènliàng ① 重量◇行李的分量不輕。

②比喻價值、作用◇這話很有分量｜增強在國際舞台上的分量。

【分割】fēngē 把一個整體或有聯繫的事物分解開來◇分割財產｜母女親情難以分割。

【分號】fēnhào ①商店的分店◇只此一家，別無分號。②標點符號（；），表示複句內部並列分句之間的停頓。

【分解】fēnjiě ①整體分成部分◇演示舞蹈的分解動作。②分化瓦解◇要從內部分解他們。③排解；調解◇他倆的矛盾難以分解。④解說；分辯◇不容分解，拽住就走。

【分隔】fēngé 從中分開；把一件事物分成兩方或分到別處◇分隔兩地｜把大臥室分隔成兩小間。

【分說】fēnshuō 分辯，辯白◇不由分說。

【分際】fènjì ①合適的界限；分寸◇如此措辭，正合分際。②緊要關頭◇二人正打到分際，忽見警察趕了過來。

【分憂】fēnyōu 分擔別人的憂慮；解決別人的困難◇為鄰居孤老分憂解難。

【分擔】fēndān 分別負擔；負擔一部分◇費用分擔｜分擔責任。

【分曉】fēnxiǎo ①知道事情的原委或結果◇欲知後事如何，且聽下回分曉。②事情的原委或結果◇賽場上見分曉。③道理◇好不知分曉。④主意；辦法◇心中自有分曉。⑤明白；清楚◇問個分曉。

【分辨】fēnbiàn 區分，辨別◇分辨是非｜放眼望去水天一色，分辨不出哪裏是水，哪裏是天。

【分離】fēnlí ①分開。②離散；離別◇戰禍連年，骨肉分離。

【分類】fēnlèi ①分別歸類◇貨品要分類放置。②事物按一定標準分成的類別◇貨品的分類有錯誤。

【分贓】fēnzāng 瓜分贓款、贓物。比喻分取不正當的權利或利益◇坐地分贓。

【分辯】fēnbiàn 辯白，說明是非曲直◇分辯是非。(同) 分辨。

【分分鐘】fēnfēnzhōng ①指極短的時間◇網上轉賬只是分分鐘的事情。②時刻；隨時◇危重病人分分鐘都離不開別人的照顧。

【分水嶺】fēnshuǐlǐng ①兩個流域分界的山脊或高原◇巴顏喀拉山是長江與黃河的分水嶺。②區分不同事物的標誌◇新舊兩個時代的分水嶺。

【分斤掰兩】fēnjīn bāiliǎng 比喻斤斤計較，過於計較小事。

【分門別類】fēnmén biélèi 按一定標準把事物分成各種門類。

【分秒必爭】fēnmiǎobìzhēng 一分一秒也要爭取。形容抓緊所有時間。

【分庭抗禮】fēntíng kànglǐ 原意是賓主相見，站在庭院兩邊相對行禮，以示平等相待。後比喻平起平坐或互相對立。

【分崩離析】fēnbēng líxī 形容國家、集團等內部四分五裂，土崩瓦解。(反) 堅如磐石。

【分道揚鑣】fēndàoyángbiāo 揚鑣，提起馬嚼子，驅馬前進。原指分路而行。喻指由於目標、志趣不同而各奔前程或各幹各的事情◇兩人因政見相左，終於分道揚鑣了。(同) 各奔東西 (反) 休戚與共。

3 **刊** kān (粵)hon1 旱1 ①古代指雕刻書版，今指排版印刷◇刊印｜創刊。②成冊的定期出版物。也指報紙有特定內容的版面◇期刊｜副刊。③修訂；刪改◇刊誤｜刊謬補缺。

【刊印】kānyìn 刻板、排版或製版印刷◇刊印問世。

【刊物】kānwù 定期或不定期的出版物，名稱固定，登載各類作品◇辦刊物｜電子刊物。

【刊登】kāndēng 在報刊上登載◇刊登廣告｜刊登了你的文章。

【刊載】kānzǎi 刊登；發表◇本雜誌不刊載理論文章。

3 **刌** cǔn (粵)cyun2 喘 切斷；分割◇爭刌膾脯。

4 **刑** xíng (粵)jing4 形 ①刑罰◇刑期｜判刑。②特指對犯人體罰◇嚴刑逼供。③姓。

【刑事】xíngshì 有關刑法的◇刑事犯罪｜刑事法庭。

【刑法】〈一〉xíngfǎ 對犯罪行為及應受懲罰等項作出具體規定的法律。

〈二〉xíngfa 對犯人的體罰◇動刑法｜用刑法。

【刑訊】xíngxùn 用刑罰逼供的審訊◇刑訊逼

供是違法的。

【刑場】xíngchǎng 處決犯人的地方。

【刑罰】xíngfá 對罪犯施行的法律制裁。

【刑警】xíngjǐng 刑事警察的簡稱。從事刑事偵查或刑事科技鑒定工作的警察。

4 **刓** wán 粵jyun4 元 ①雕刻；挖◇用樹根刓了個花瓶底座。②削去棱角◇刓方以為圓。

4 **列** liè 粵lit6 烈 ①排；行列；位次◇隊列|前列。②按順序排；羅列；擺放◇列隊|開列|擺列。③安排；收進◇列入計劃|列為重點。④類；範圍◇系列|不在此列。⑤各；眾◇列島|列位。⑥量詞。用於成行列的事物◇一列火車。⑦姓。

【列印】lièyìn 依次打印。多指把要印製的內容從電腦傳到打印機系統上印出來。

【列車】lièchē 配有牽引機車、工作人員和規定信號的連掛成列的火車。

【列島】lièdǎo 排列成線形或弧形的羣島◇澎湖列島。

【列席】lièxí（非正式成員）參加會議，有發言權而無表決權。

【列舉】lièjǔ 逐一舉出◇列舉日常生活的事例為證。

4 **划** huá 粵waa1 娃 用槳撥水（前進）◇划船|划龍舟。

【划子】huázi 用槳撥水行駛的輕便小船◇僱隻划子過河。

4 **刖** yuè 粵jyut6 月 古代一種砍掉腳的酷刑◇刖其雙腳。

4 **刎** wěn 粵man5 敏 割斷；割脖子◇自刎|刎頸之交。

【刎頸之交】wěnjǐngzhījiāo 刎頸，割脖子。形容同生死共患難的朋友。

5 **刪〔删〕** shān 粵saan1 山 去掉；削除。

【刪改】shāngǎi 刪除，改動◇文字略有刪改。

【刪削】shānxuē 刪減（文字）◇稍加刪削，即可刊用。

【刪除】shānchú 去掉，使消失◇把文件刪除。

【刪節】shānjié 去掉文章中不需要或無關緊要的部分◇刪節後更顯得文通字順。

【刪繁就簡】shānfán jiùjiǎn 除去繁冗部分，保持簡明扼要。

5 **別** bié 粵bit6 必6 ①區分；辨別◇區別|識別。②類別；差別◇派別|天淵之別。③另外；另外的◇別名|別人。④特殊；不同一般◇接天蓮葉無窮碧，映日荷花別樣紅。⑤分離；離別◇久別重逢。⑥轉動；掉轉◇把頭別過去。⑦用別針等物附着或固定住◇別着校徽|把信紙別在一起。⑧插住；卡住◇把門別上|腰裏別了把玩具手槍。⑨不要；莫◇別走|別開玩笑。⑩表示揣測，常跟"是"連用◇你別是病了吧？⑪姓。

【別字】biézì ①誤讀或誤寫的字◇別字連篇。②別號◇屈平字原，別字靈均。

【別致】biézhì 新奇，不同一般◇款式別致。

【別情】biéqíng ①離情。離別的情懷◇暢敍別情。②另外的因由◇道出別情。

【別號】biéhào 正式名、字以外另起的稱號◇李白字太白，別號青蓮居士。

【別墅】biéshù 本宅以外另建的園林住宅。泛指環境優美的園林住宅，一般建在郊區。

【別稱】biéchēng 正式名稱之外的稱呼◇滬和申都是上海的別稱。

【別緒】biéxù 離別的情緒◇離情別緒。

【別離】biélí 離別；離開◇人情自古傷別離。

【別出心裁】biéchūxīncái 獨創出與眾不同的構想或辦法◇別出心裁的裝潢設計使居室非常個性化。

【別有天地】biéyǒutiāndì 另有一種境界。形容風景引人入勝◇轉到山後，風景奇絕，別有天地。

【別有用心】biéyǒuyòngxīn 心中另有打算。多指懷有不可告人的企圖。

【別有洞天】biéyǒudòngtiān 形容風景、詩文意境等引人入勝◇不料此地別有洞天，竟是當今的桃花源。

【別具一格】biéjùyīgé 另有一種獨特的風格或格調◇入場式別具一格。

【別具匠心】biéjùjiàngxīn 另有一種與眾不同的巧妙構思◇總體設計別具匠心。

【別具隻眼】biéjùzhīyǎn 有獨到的眼光和見解。同 別具慧眼。

【別開生面】biékāishēngmiàn 另外開創新

的局面或創造新的風格、形式。

【別樹一幟】biéshùyízhì 另外樹起一面旗幟。比喻與眾不同，自成一家◇中國書法和繪畫可謂別樹一幟。同 不落窠臼 反 亦步亦趨、率由舊章。

5 **利** lì 粵lei^{6} 吏 ①鋒利；尖利◇犀利|堅甲利兵。②順當；吉利◇無往而不利。③利益；好處◇興利除害|急功近利。④對…有利；使得到利益◇利國利民|良藥苦口利於病，忠言逆耳利於行。⑤利潤；利息◇牟利|高利貸。⑥姓。

【利用】lìyòng ①使用；使（人、物）發揮作用◇利用對方的長處，彌補自己的不足。②讓對方或某物為達到自己的目的服務◇資源再利用｜他可不會讓你利用。

【利多】lìduō 導致證券價格上漲的主要原因或因素。同 利好 反 利空。

【利好】lìhǎo 刺激證券價格上漲的有利消息或因素。同 利多 反 利空。

【利空】lìkōng 刺激證券價格下跌的不利消息或因素。反 利多、利好。

【利是】lìshì ①紅包。指在紅色小信封中放入錢幣送給別人，帶有祝福的意味◇每逢過年，我都能收到很多利是。②運氣好；吉利◇發個利是｜討個利是。③舊時指利潤◇三倍利是。同 利市。

【利索】lìsuo 利落◇手腳利索｜乾淨利索。

【利息】lìxī 存款、貸款所得金額扣除本金以外的餘額。

【利益】lìyì 好處◇國家利益｜利益共享。

【利害】〈一〉lìhài 利益和害處◇利害得失，在所不計。

〈二〉lìhai 厲害；劇烈；兇猛◇痛得利害。同 厲害。

【利率】lìlǜ 利息和本金的比率。

【利落】lìluo ①靈活敏捷◇辦事利落。②整齊；有條理◇收拾得乾淨利落。③妥當；完畢◇等我把事情安排利落了再跟你去。

【利誘】lìyòu 用好處引誘◇威逼利誘。

【利弊】lìbì 好處和害處◇這兩種做法各有利弊。

【利潤】lìrùn 盈利；生產、交易後扣除成本、稅金等費用之後的餘額。

【利令智昏】lìlìngzhìhūn 因貪圖私利而失去理智。同 利慾燻心 反 不謀私利、清心寡慾。

【利慾燻心】lìyù xūnxīn 燻，燻染。貪圖名利的慾望迷住了心竅。同 利令智昏 反 不謀私利、清心寡慾。

5 **刨** 〈一〉páo 粵paau^{4} 咆 ①挖掘◇刨土|刨土豆。②減去；扣除◇刨除|刨去你的錢，我還有三千現金。

〈二〉bào 粵paau^{4} 咆 ①刨子。刮平木料和金屬的工具◇刨刃|刨牀。②用刨子刮平◇刨光|刨木頭。

【刨根問底】páogēnwèndǐ 追究底細◇刨根問底，弄清來龍去脈。

5 **判** pàn 粵pun^{3} 潘^{3} ①區分；分辨◇判明。②明顯有差別；截然不同◇判然不同。③評定；裁定◇評判|裁判。④判決◇判案|宣判。

【判刑】pànxíng 司法部門依據法律給罪犯以刑事處分。

【判別】pànbié 辨別；分別◇判別真偽。

【判決】pànjué ①法院經過審理對案件作出決定◇不服判決｜終審判決。②裁定，決定◇服從球證的判決。

【判定】pàndìng 分辨清楚，加以認定◇一時難以判定優劣。

【判官】pànguān ①古代輔助地方長官處理政事的官員。②傳說是閻王手下掌管生死簿的官。

【判斷】pànduàn ①思維的基本形式之一，對事物的存在、正確性、屬性等加以肯定或否定。②判別斷定◇判斷準確｜判斷失誤。

【判若兩人】pànruòliǎngrén 形容一個人前後明顯不同，好像是兩個人一樣◇他前後的表現判若兩人。

【判若雲泥】pànruòyúnní 像天上的雲和地下泥土那樣大的距離，比喻兩者差距極大◇他們是親兄弟，但視野見識卻判若雲泥。同 天壤之別、天淵之別、天差地遠、判若天淵。

5 **刜** fú 粵fat^{1} 忽 砍；鏟除◇刜除。

6 **刲** kuī 粵kwai^{1} 規 割；宰殺◇刲羊殺豬。

6 **刵** èr 粵ji6 二 古代割耳朵的酷刑。

6 **刺** 〈一〉cì 粵ci3 次 ①(尖物)扎入；穿進◇刺傷｜穿刺。②刺激；使有被刺的感覺◇刺鼻｜刺骨。③偵察；探聽◇刺探情報。④指責；嘲諷◇羣臣吏民能面刺寡人之過者，受上賞。⑤尖銳像針的東西◇魚刺｜粉刺。⑥名帖；名片◇名刺｜投刺。

〈二〉cì 粵ci3 次 行刺；暗殺◇遇刺｜荊軻刺秦王。

〈三〉cī 粵ci3 次 形容撕裂、磨擦等產生的聲音◇刺溜｜刺啦。

【刺史】cìshǐ 古代官名。隋朝以後為一州的行政長官。

【刺耳】cì'ěr 聲音尖銳嘈雜或言語尖酸刻薄，使人聽了不舒服◇竟説出這種刺耳的話。

【刺客】cìkè 用武器進行暗殺的人◇險遭刺客暗算。

【刺配】cìpèi 古代的一種刑罰。在犯人臉上刺字，並發配到邊遠地區充軍、服役。

【刺骨】cìgǔ 深入骨髓。形容程度極深◇寒氣刺骨。

【刺殺】cìshā ① 用槍刺拼殺◇練習刺殺。② 用武器暗殺◇遭人刺殺身亡。

【刺探】cìtàn 暗中探聽，偵察◇刺探軍情。

【刺眼】cìyǎn ① 光線強或顏色太亮令人眩目◇一道刺眼的閃電。② 惹人注目；使人看了不順眼、不舒服◇打扮得太刺眼了。

【刺猬】cìwei 一種頭小、嘴尖、肢短而全身長刺的哺乳動物，遇敵即縮成一團保護自己，捕食鼠、蟲，對農業有益。

【刺激】cìjī ① 外界事物作用於感覺器官◇受不了辣椒的刺激。② 推動事物，使起積極變化◇刺激創作慾望。③ 使（精神）受到打擊或挫折◇她很脆弱，千萬別刺激她。

【刺繡】cìxiù ① 用彩色線在織物上織出圖案花紋等。② 刺繡作品◇蘇州的刺繡頗負盛名。

6 **刳** kū 粵fu1 呼 剖開；挖空◇刳竹｜刳木為舟。

6 **到** dào 粵dou3 刀3 ①抵達；達到◇報到｜馬到成功。②往；向(某處去)◇到同學家去。③表示動作的結果、效果◇説到做到｜禮物收到。④周到；周全◇面面俱到。⑤姓。

【到任】dàorèn（官員）受命就職◇校長剛到任。

【到位】dàowèi 到達預定或規定的位置、程度，合乎某種要求◇資金到位｜服務到位。

【到底】dàodǐ ① 到終點；到盡頭◇堅持到底，就是成功。② 終於。表示幾經變化最後實現的情況◇到底把你盼來了。③ 畢竟。表示對某種情況的肯定、確認◇到底還是團隊合作有成效。④ 究竟。在問句中表示進一步深究◇你到底搞清楚了沒有？

【到處】dàochù 各處；所有的地方◇到處尋找｜街上到處是人。

> **用法提示：處處、到處**
> "處處"除表示各個地方外，還可以指各個方面；"到處"沒有這種意義◇上司處處為員工着想。"處處"和"到處"都要放在句中主要動詞的前面，如果後面的動詞是具體的動作，就不能用"處處"，只能用"到處"◇到處看看｜到處亂跑。

【到達】dàodá 抵達某一地點或階段◇到達香港｜到達理想境界。

> **用法提示：到達、達到**
> "到達"跟"達到"意思相近，但"到達"只能帶處所賓語，"達到"可帶名詞、數量詞、動詞、形容詞、短句作賓語，卻不能帶處所賓語。如"到達北京"不能寫成"達到北京"；"達到目的"不能寫成"到達目的"。

【到職】dàozhí 就職，上任◇新教練已經到職。

【到頭來】dàotóulái 到最後；結果。多用於壞的方面◇年輕時不上進，到頭來自己吃苦果。

6 **制** zhì 粵zai3 際 ①訂立；規定◇制定計劃｜因地制宜。②禁止；限定；約束◇制止｜控制｜節制。③規則；制度◇法制｜學制｜建立一套新規制。④舊指守喪◇守制。

【制止】zhìzhǐ 強迫使停止；強行阻止◇制止不法行為。

【制式】zhìshì 規定的式樣或程式；標準的格式◇兩台電視機的制式不同。

【制服】zhìfú ① 制伏。用強力迫使屈服◇終於制服了烈馬。② 有規定式樣的服裝◇穿制服上學。

【制定】zhìdìng 擬定；定出（法律、計劃、章程等）◇制定教學計劃。

【制度】zhìdù ① 要求大家共同遵守的辦事規程或行動準則◇考核制度。② 在一定歷史條件下形成的政治、經濟、文化等方面的體系◇社會制度。

【制約】zhìyuē 牽制和約束◇寒冷的氣候制約了農業的發展｜權力需要有適當的制約。

【制動】zhìdòng 制止運轉。特指使運行中的運輸工具或機器等減速或停止運動◇制動裝置｜火車緊急制動。

【制裁】zhìcái 懲處；管束◇對賣盜版影碟者要依法制裁。

【制勝】zhìshèng 戰勝；取勝◇克敵制勝｜出奇制勝。

【制衡】zhìhéng 相互制約，實現某種必要的平衡◇權力制衡。

【制導】zhìdǎo 控制和引導導彈等，使其按照一定軌道運行。

【制高點】zhìgāodiǎn 軍事上指具有俯視、控制周圍地面作用、便於發揮火力的高地或建築物等。

6 **刮** guā 粵gwaat3 颳 ①用刀刃平削物體，除去表層的某些東西◇刮臉｜刮鬍鬚。②搜刮榨取◇搜刮民財｜幾乎被他刮得家破人亡。

【刮地皮】guā dìpí 比喻極力搜刮民財◇"三年清知府，十萬雪花銀"，這就叫刮地皮。

【刮目相看】guāmùxiāngkàn 刮目，擦眼睛。指別人已有進步，不能再用老眼光看他。同 士別三日，當刮目相看。

6 **剁** duò 粵do3 多3 / doek3 琢 用刀向下砍◇剁肉｜剁餃子餡。

6 **刻** kè 粵hak1 黑 ①雕◇篆刻｜精雕細刻。②雕刻的成品◇石刻｜碑刻。③計時單位。十五分鐘為一刻；古代用刻漏計時，一刻是一晝夜的百分之一。④時候，特指短暫的時間◇此刻。⑤形容程度深◇深刻｜苛刻。⑥同"剋"。限定；約定(日期)◇刻日｜刻期。

【刻下】kèxià 現在；目前◇刻下父母健在，大小無恙。

【刻本】kèběn 用雕刻版印成的書本◇存世宋刻本已很罕見。

【刻板】kèbǎn ① 印刷用的雕刻底板。② 比喻呆板；不靈活，缺少變化◇他的言談舉止都很刻板。

【刻毒】kèdú 刻薄狠毒◇刻毒的眼神。

【刻苦】kèkǔ ① 肯下苦功；能吃苦◇刻苦求學。② 儉樸◇生活刻苦。

【刻度】kèdù 儀錶、量具等上面所刻畫的表示量的條紋◇體溫計上的刻度。

【刻骨】kègǔ 比喻仇恨或感受深切，牢記不忘◇刻骨思念｜刻骨仇恨。

【刻畫】kèhuà ① 用刀或尖銳的東西刻寫◇請勿在牆上刻畫塗寫。② 用圖文、雕塑、表演等藝術手段來表現人物的形象、性格◇劇中人物刻畫得鮮明生動。

【刻意】kèyì 專心致志；用盡心思◇刻意修飾｜刻意經營。

【刻薄】kèbó ①(待人接物)冷酷無情，過分苛求◇不要刻薄待人。② 譏諷；挖苦◇愛刻薄人的人交不上朋友。

【刻不容緩】kèbùrónghuǎn 片刻也不能拖延。形容情勢緊迫，不可耽擱。

【刻舟求劍】kèzhōuqiújiàn《呂氏春秋・察今》：楚國有個人過江時把劍掉進水裏，他在船身側面落劍的位置刻上記號，等船停下，從刻記號的地方下水找劍。後比喻拘泥古板，不懂變通。反 見機行事、隨機應變。

【刻骨銘心】kègǔ míngxīn 比喻牢記在心，永遠不忘◇師恩刻骨銘心，終生不忘。同 銘心刻骨 反 置諸腦後。

6 **券** (一)quàn 粵hyun3 勸 憑證，票據◇證券｜獎券｜入場券。

(二)xuàn 粵hyun3 勸 見"拱券"。

【券商】quànshāng 證券承銷商的簡稱，接受客戶委託代為從證券市場上買賣證券的機構或個人。

6 **刷** (一)shuā 粵caat3 察 ①刷子◇鞋刷。②用刷子清除或塗抹◇刷牙｜刷上白漆。③淘汰◇初試就被刷了下來。④形容物體摩擦發出的聲音◇風颳得樹葉刷刷響。

(二)shuà 粵caat3 察 見"刷白"。

【刷白】shuàbái 白得發青◇臉色刷白｜燈光把地面照得刷白。

【刷洗】shuāxǐ 用刷子等物在水或其他液體中擦洗東西；用水或其他液體清洗。

【刷新】shuāxīn 洗刷一新。比喻突破已往的紀錄、水平，創造出新的成績◇刷新奧運紀錄。

7 **剋**(克)〔尅〕kè 粵hak1 黑 ①戰勝；攻破◇剋敵制勝丨相生相剋。②消化◇剋食丨剋化。③扣減◇剋斤短兩丨剋扣軍餉。④限定（時間）◇剋期完工丨剋日起程。

7 **剌** 〈一〉là 粵laat6 辣（性情）乖僻；違背常理◇剌戾丨乖剌丨剌謬。

〈二〉lá 粵laai1 拉 割開；劃破◇手上剌了個口子丨剌不破這麼厚的皮。

7 **剅** lóu 粵lau4 流 堤壩下面排水、灌水的水道◇剅嘴丨剅口。

7 **剄**(刭) jǐng 粵ging2 竟 用刀割脖子◇自剄。

7 **削** 〈一〉xiāo 粵soek3 爍 用刀去掉物體的表層◇削梨丨削鉛筆。

〈二〉xuē 粵soek3 爍 ①同“削〈一〉”。用於複合詞或成語◇剝削丨削髮為僧。②減少；分割◇削價丨削地賠款。③刪除；免除◇斧削丨削職為民。④形容陡峭或消瘦◇瘦削丨山高嶺削。

【削平】xuēpíng ① 鏟平；清除◇削平山頭。② 平定；消滅◇削平內亂。

【削肩】xuējiān 坍肩。雙肩朝下坍斜，是美女體形的一種◇削肩細腰，長挑身材。

【削弱】xuēruò 減弱力量或勢力；使力量或勢力減弱◇國力削弱丨削弱競爭力。

【削減】xuējiǎn 減少；在已定的數目中減去◇削減財政開支。

【削壁】xuēbì 像刀削過一樣陡峭的山崖◇懸崖削壁。

【削足適履】xuēzúshìlǚ 把腳削小適應小鞋。《淮南子・說林訓》：“夫所以養而害所養，譬猶削足而適履，殺頭而便冠。”後比喻不恰當地遷就現成條件，或不顧實際情況生搬硬套◇制度需要量體裁衣，不能削足適履。

7 **則**(则) zé 粵zak1 側 ①規章；法規◇總則丨法則。②規範；標準；榜樣◇準則丨以身作則。③效法◇則先烈之言行。④做；作◇則甚丨不則聲。⑤量詞。條；項◇寓言兩則丨新聞三則。⑥乃；乃是◇此則岳陽樓之大觀也。⑦用在“一、二（再）、三”等數字後面，列舉原因或理由◇一則困乏，二則時間太晚，只得作罷。⑧連詞。(1)表順接。就；便◇兼聽則明，偏信則暗。(2)表並列或對比◇有則改之，無則加勉丨思則得之，不思則不得也。(3)表讓步◇此計好則好，只怕瞞不過諸葛亮。(4)表轉折◇今則不然。(5)如果；假若◇德則不競，尋盟何為？

【則例】zélì 成規；定例◇如今一般則例，都是先住店後結賬。

【則聲】zéshēng 做聲◇我再三詢問，她總不則聲。

7 **剎** 〈一〉chà 粵saat3 殺 ①“剎多羅”的省稱。佛塔；佛寺◇寶剎丨千年古剎。（梵 kṣetra）②同“剎那”。極短促的瞬間◇呆了一剎。

〈二〉shā 粵saat3 殺 止住；使停止◇剎車丨剎住歪風邪氣。

【剎車】shāchē ① 止住車的前進或機器的運轉◇急剎車。② 比喻工作、事情停止進行◇投資過熱該剎車了。③ 止住車輛前進的機件◇剎車出問題了。

【剎那】chànà 原指一秒的七十五分之一。後泛指極短的一瞬間◇樹上的兩隻鳥兒剎那間就無影無蹤了。（梵 kṣaṇa）

【剎時】chàshí 轉瞬之間；一會兒功夫◇水滴在滾燙的木炭上，剎時就被吸乾。

7 **前** qián 粵cin4 錢 ①朝面對的方向行進◇停滯不前。②物體正面所對的方向◇前呼後擁。③次序或時間等在先的◇前半夜丨前排。④從前的◇前妻丨前任部長。⑤未來的；將來的◇前途丨向前看。

【前人】qiánrén 從前的人；古人◇完成前人未竟的事業。

【前夕】qiánxī ① 前一天晚上◇出國前夕。② 比喻即將發生重大事情的時刻◇決戰前夕。

【前方】qiánfāng ① 前面的方位◇目視前方。② 接近戰線的地區◇奔赴前方。㊀ 後方。

【前世】qiánshì ① 以前的時代。② 前生，上一輩子◇前世修來的福。

【前生】qiánshēng 原是佛教語。人的上一輩子，相對今生而言◇前生造孽，今世報應。㊂ 前世。

【前台】qiántái ① 舞台的前部。借指演出的事務工作，包括道具、燈光、佈景等。② 劇場中舞台以外的部分。③ 比喻公開的場合◇從幕後跳到了前台。④ 於公司入口負責接待的人員。

【前列】qiánliè 行列的前面。比喻處於領頭的地位◇技術水平位居前列。

【前兆】qiánzhào 事情暴露或發生前所顯示出來的徵兆◇火山爆發的前兆。㊐ 先兆。

【前身】qiánshēn ① 佛教語。前生或前生之身。今泛指事物演變中原來的形態、名稱等◇酒店的前身是一座公寓。② 前襟。上衣、袍子等衣服的前面部分。

【前言】qiányán ① 以前說過的話◇背棄前言。② 圖書正文前的帶說明性質的文章。

【前例】qiánlì 以往的事例◇參照前例。

【前沿】qiányán ① 軍事防禦陣地的最前面◇前沿陣地。② 指第一線◇站在經濟開放的最前沿。

【前奏】qiánzòu ① 前奏曲。② 比喻事情發生或事物出現的先聲。

【前茅】qiánmáo ① 古代行軍時的前哨，遇敵情就舉起茅旌向後軍報警。引申為先頭部隊、先行者。② 泛指名次列於前面◇名列前茅。

【前科】qiánkē ① 曾被法院判處刑罰且已執行完畢的事實，稱作前科。② 現行違法者先前的違法行為和記錄。

【前哨】qiánshào ① 向敵軍所在方向派出的警戒小部隊。② 最前沿的地方◇國防前哨。

【前途】qiántú 前方的路途。比喻發展的前景◇前途渺茫｜光明前途。

【前提】qiántí ① 先決條件◇解決問題的前提是要有誠意。② 邏輯學名詞。在推理上可以推出另一個判斷來的判斷。

【前景】qiánjǐng 即將出現的景象和情況◇光輝前景｜前景不妙。

【前程】qiánchéng ① 前面的路程◇前程似錦。② 指功名、官職、職位等◇丟了前程。

【前進】qiánjìn ① 向前行進◇冒着敵人的炮火，前進！② 向前發展、進步◇社會前進的步伐加快了。

【前愆】qiánqiān 以前的過失◇赦免前愆｜不忘前愆。

【前塵】qiánchén ① 佛教語。稱色、香、聲、味、觸、法為六塵，認為當前的境界由此六塵組成，都是虛幻的、非真實的。② 往事◇回首前塵，有如隔世。

【前漢】qiánhàn 西漢。

【前綴】qiánzhuì 加在詞根前面的構詞成分，如老三、老二、老虎。

【前輩】qiánbèi 年長、資歷深的人◇醫學前輩。

【前線】qiánxiàn ① 作戰時雙方軍隊接近的地帶◇慰問前線士兵。② 第一線｜抗洪前線◇抗疫前線。

【前鋒】qiánfēng ① 先鋒，先頭部隊◇前鋒已到達預定位置。② 籃球、足球等球類比賽中主要擔任進攻的隊員。

【前衛】qiánwèi ① 軍隊行進時，在前方擔任警衛的部隊。② 籃球或足球等球類運動中擔任助攻與助守的隊員，位置在前鋒與後衛之間。③ 在文化、社會、藝術等方面具有實驗性及突破性的人或作品◇衣着前衛。

【前驅】qiánqū ① 先頭部隊◇以小分隊為前驅，搶佔渡口。② 起引導作用的人或事物◇革命前驅。㊐ 先驅。

【前奏曲】qiánzòuqǔ 大型器樂曲、歌劇等的序曲。

【前仆後繼】qiánpū hòujì 前面的人倒下了，後面的人緊跟着上來。形容在鬥爭中不怕犧牲，勇往直前。

【前因後果】qiányīn hòuguǒ 佛教語。先種甚麼因，後就結甚麼果。後泛指事情的整個發展變化過程。

【前仰後合】qiányǎng hòuhé 身體大幅度地前後晃動。多形容大笑時的樣子。

【前車之鑒】qiánchēzhījiàn 前面的車子翻了，後面的車子可以引以為戒。比喻失敗的教訓可以作為借鑒。㊍ 重蹈覆轍。

【前呼後應】qiánhū hòuyìng 前面的人吆喝開道，後面的人簇擁着保護。形容達官貴人出行時隨從眾多，聲勢顯赫。

【前所未有】qiánsuǒwèiyǒu 從來沒有過◇突

如其來的疫情使我們面臨前所未有的挑戰。

【前赴後繼】qiánfù hòujì 前面的人奮勇向前，後面的人緊跟着上來。形容英勇鬥爭，勇往直前。

【前無古人】qiánwúgǔrén 前人從來沒有做過的；前所未有的。多形容富有創新精神◇一項前無古人的偉大事業。

【前怕狼，後怕虎】qiánpàláng, hòupàhǔ 比喻做事顧慮重重，畏縮不前。

【前事不忘，後事之師】qiánshìbúwàng, hòushìzhīshī 師，師表、榜樣。不忘以往的經驗教訓，可以作為今後行事的借鑒。

7 **剃** tì 粵tai^{3}替 用刀刮去(毛髮)◇剃鬍子。

【剃度】tìdù 佛家給決定出家的人剃髮受戒，成為僧尼◇剃度出家。

8 **剒** cuò 粵cok^{3}錯 ①斬；割◇剒臂｜刳肝剒趾。②雕刻；琢磨。

8 **剚** zì 粵zi^{3}至 刺入；插入◇剚刃｜剚腹。

8 **剞** jī 粵gei^{1}機 ①雕刻用的彎刀。②雕刻◇剞玉。

【剞劂】jījué ①刻鏤用的彎刀◇握剞劂而不用。②雕刻；刻印◇玉匠的剞劂之功頗深｜將書稿盡付剞劂。

8 **剗（刬）**（一）chǎn 粵caan^{2}產 同"鏟"。削平；清除◇剗地除草。

（二）chàn 粵caan^{2}產 見"一剗"。

8 **剕** fèi 粵fai^{6}吠 古代斷足的酷刑◇剕刑｜剕罰。

8 **剔**（一）tī 粵tik^{1}惕 ①把肉從骨上刮下◇剔骨肉｜排骨剔得乾乾淨淨。②從縫隙中往外挑◇剔牙｜剔指甲。③去掉不合適的部分；排除◇挑剔｜剔除。④漢字的一種筆畫。由左斜着向上，形狀是"㇀"。

（二）tì 粵tai^{3}替 剃，用刀刮去(毛髮)◇剔毛。

【剔除】tīchú 除去；去掉（不合格或壞的）◇剔除糟粕，取其精華。

【剔透】tītòu 明澈；通澈◇冰雕玲瓏剔透。

8 **剛（刚）** gāng 粵gong^{1}江 ①堅硬；堅強◇剛直｜以柔克剛。②強盛◇血氣方剛。③恰巧；正好◇剛好。④才；僅僅◇剛放學｜這點飯剛夠一個人吃。⑤姓。

【剛才】gāngcái 過去不久的時間；不久前◇剛才還下大雨呢，一會兒就雲開日出了。

用法提示：剛（剛剛）、剛才

兩者意義相近，但詞類不同，"剛"是副詞，只能用在動詞前◇他剛來，還不熟悉這裏的情況；"剛才"是時間名詞，在句中可以放在主語後或主語前◇他把剛才的事忘了。"剛才"後可以用否定詞，"剛"不行。

【剛巧】gāngqiǎo 碰巧；恰好◇兄弟倆剛巧同一天到。

【剛好】gānghǎo ①正好；正合適◇這點錢剛好買張碟。②恰巧；正湊巧◇今天是中秋節，剛好也是她生日。

【剛直】gāngzhí 剛強正直◇脾氣剛直，難免會得罪人。

【剛勁】gāngjìng（風格、姿態等）剛健強勁◇筆力剛勁。

【剛勇】gāngyǒng 剛強勇敢。

【剛烈】gāngliè 剛直有氣節。

【剛剛】gānggāng ①恰好；正巧◇這雙鞋剛剛合適。②剛才；不久之前◇新貨剛剛上市就搶購一空。③只；僅僅◇他剛剛 25 歲就名聞學界了。

【剛健】gāngjiàn 形容（性格、風格、姿態等）堅強有力◇書法剛健雄渾。

【剛強】gāngqiáng 形容（意志、性格等）堅強不屈◇秉性剛強。

【剛毅】gāngyì 剛強堅毅。

【剛正不阿】gāngzhèngbù'ē 剛強正直，不逢迎附和。

【剛愎自用】gāngbìzìyòng 倔強固執，自以為是◇他一向剛愎自用，從不聽別人的建議。

8 **剖** pōu 粵fau^{2}否/pau^{2}掊 ①切開；破開◇剖西瓜。②剖析；分辨◇剖明事理。

【剖分】pōufēn 平分；瓜分；分開◇把財產剖分為三份。

【剖白】pōubái 分辯表白。

【剖析】pōuxī 分辨；分析◇要認真剖析一下投資失敗的原因。

【剖視】pōushì 剖析觀察◇剖視人物的內心世界。

【剖斷】pōuduàn 分辨清楚後加以決斷◇是非

曲直，還請先生剖斷。

【剖露】 pōulù 充分表露◇剖露心聲。

8 **剡** ㈠yǎn 粵jim^{5}染 ①削◇剡林為矢。②銳利◇剡棘。

㈡shàn 粵sim^{6}贍 剡溪。水名，在浙江省。

8 **剜** wān 粵wun^{1}碗^{1} (用刀等)挖◇剜野菜|剜肉補瘡。

【剜肉補瘡】 wānròu bǔchuāng 比喻用有害的方法解救眼前之急。

8 **剟** duō 粵zyut^{3}輟 ①刺；扎；擊◇在板上剟幾個小洞。②删改；削除◇剟定法令。③投擲◇別往池塘裏剟石子。

8 **剝(剥)** ㈠bō 粵bok^{1}博^{1} / mok^{1}莫^{1} ①去掉(外殼或外皮)◇生吞活剝。②脫落；侵蝕◇剝離。③用強力奪去◇剝奪。

㈡bāo 粵bok^{1}博^{1} / mok^{1}莫^{1} 同"剝㈠"。去掉(外殼或外皮)。只用於部分口語句◇剝橘子|剝花生。

【剝削】 bōxuē 無償佔有他人的勞動或其勞動成果◇受高利貸剝削|勞工剝削。

【剝落】 bōluò (附在物體表面的東西)一片片地脫落◇牆壁剝落得斑斑駁駁。

【剝奪】 bōduó 用強制的手段奪去。特指依照法律強制取消◇剝奪發言權。

【剝蝕】 bōshí (物體表面)因被侵蝕而損壞脫落◇門上的油漆已大半剝蝕。

9 **副** fù 粵fu^{3}庫 ①居第二位的；輔助的◇副校長。②附加的；附帶的◇副業|副作用。③輔助的職務；擔任輔助職務的人◇大副|副職。④符合；相稱◇盛名之下，其實難副。⑤量詞。(1)用於成對或配套的東西◇兩副撲克牌。(2)用於面部表情。數詞限於"一"◇一副笑臉|一副愁容。

【副手】 fùshǒu 助手◇校長的副手是福建人。

【副刊】 fùkān 報紙上刊登文史、學術等的專頁或專欄◇文藝副刊。

【副食】 fùshí 伴同主食食用的魚、肉、蔬菜等。

【副詞】 fùcí 用在動詞、形容詞前面，表示範圍、語氣、否定、時間、程度等限制或修飾作用的詞語，如"不、更、都、竟然"等。

【副業】 fùyè 主要職業以外附帶從事的事業◇寫作是王老師的副業。

【副作用】 fùzuòyòng 伴隨主要作用而發生的次要作用，多指不良作用◇藥物都有副作用，只是大小不同而已。

9 **畀** jiè 粵gaai^{3}介 裁；切割◇畀紙。

9 **剮(剐)** guǎ 粵gwaa^{2}寡 ①割肉與骨分離。古代酷刑，一刀刀剮，直至人死去。也叫凌遲◇捨得一身剮，敢把皇帝拉下馬。②尖銳的東西劃過(物體)；劃破◇衣服剮了個口子。

9 **剪** jiǎn 粵zin^{2}展 ①剪刀，剪子。②形狀像剪刀的器物◇火剪。③用剪刀剪開◇剪不斷，理還亂，是離愁。④除去◇剪除。⑤雙手交叉◇反剪着手。

【剪徑】 jiǎnjìng 攔路搶劫◇荒山野嶺，要防被人剪徑。

【剪除】 jiǎnchú 鏟除；消滅◇剪除黑社會惡勢力。

【剪紙】 jiǎnzhǐ ① 用紙剪出或刻出人、物的形象。② 指剪、刻而成的作品◇送給你一對剪紙。

【剪裁】 jiǎncái ① 按一定尺寸剪開(衣料)◇剪裁洋服。② 寫作時取捨安排材料。

【剪滅】 jiǎnmiè 殲滅，消滅。

【剪影】 jiǎnyǐng ① 依照人臉、人體或物體的輪廓剪紙成形◇剪影藝術。② 事物的輪廓或概況◇遠山在夜色下化為剪影。

【剪輯】 jiǎnjí ① 經過選擇、刪剪，重新編排◇剪輯圖片|剪輯錄影帶。② 經過剪輯而成的作品◇電影錄音剪輯。

10 **剴(剀)** kǎi 粵hoi^{2}海 中肯；切實◇剴直|剴摯。

【剴切】 kǎiqiè 切實，懇切；切中事理◇老師的話句句剴切，說得他口服心服。

10 **剩** shèng 粵sing^{6}盛 多餘；餘下◇殘山剩水|殘茶剩飯。

【剩食】 shèngshí 因不同原因被丟棄、損壞或沒有吃完的食物◇珍惜食物，減少剩食。

【剩餘】 shèngyú ① 多餘；餘留◇剩餘物資|剩餘不少酒菜。② 餘留之物◇幾年下來，手頭略有剩餘。

10 **創(创)** 〈一〉chuāng 粵cong^{1} 倉 ①創傷，外傷。指身體受傷的地方◇創口｜創巨痛深。②傷害；打擊◇重創敵王牌軍 39 師。③砍；劈◇創榛闢莽。

〈二〉chuàng 粵cong^{3} 倉^{3} ①開始(做)；初次(做)◇創建｜首創。②嶄新的；前所未有的◇創見｜創意。③經營獲得◇創收｜創匯。

【創立】chuànglì 初次建立◇孫中山創立了同盟會。

【創收】chuàngshōu 利用機構自身的條件或通過經營等手段設法取得收入。

【創投】chuàngtóu 創業投資，向尚未成熟的創業企業投資，以獲取中長期收益◇目前創投行業非常熱門。

【創見】chuàngjiàn 獨到的見解◇書中頗多創見。

【創利】chuànglì 創造利潤；通過經營而獲利。

【創作】chuàngzuò ①寫作文藝作品。②文藝作品◇唐詩是不朽的創作。

【創始】chuàngshǐ 創建；開創◇招商局創始於清末｜微生物學的創始人。

【創造】chuàngzào ①新產生出或新製造出◇大自然創造的奇跡。②創新的事物、理論或方法等◇想不到這項發明創造竟出於一個中學生之手。

【創設】chuàngshè ①創辦；設立◇學校創設了電腦軟件小組。②創造(條件)◇樂府的任務是採集民歌俗曲，創設新聲曲調。

【創痍】chuāngyí 創傷◇滿目創痍。

【創痕】chuānghén 傷痕◇創痕纍纍｜抹不掉心上的創痕。

【創痛】chuāngtòng 傷痛◇多處創痛，一時難見好轉｜心靈上的創痛是難以治癒的。

【創業】chuàngyè 開創基業；創辦事業◇創業難，守業更難。

【創傷】chuāngshāng ①皮肉所受的外傷；身體受傷的地方◇身受十幾處創傷。②精神或物質上遭受的損害◇感情創傷｜戰爭創傷。

【創意】chuàngyì ①創造出新意念◇她腦子靈活，長於創意。②創造出的新意；創新的見解◇廣告設計貴在有創意。

【創新】chuàngxīn 創造出新的概念、作品、技術或產品等◇藝術創新｜技術創新｜創新科技。

【創舉】chuàngjǔ 從來未有過的重大舉動或措施◇鄭和下西洋是航海史上的創舉。

【創辦】chuàngbàn 開創舉辦◇創辦學校｜雜誌的創辦人。

【創獲】chuànghuò 獲得從未有過的成果或心得◇十年研究，創獲兩種新藥。

10 **割** gē 粵got^{3} 葛 ①(用刀)切開；截斷◇割雞焉用牛刀。②分割；劃分；捨棄◇割地｜割據｜割愛。

【割地】gēdì 割讓土地◇割地求和。

【割捨】gēshě 捨棄；放棄◇兩人雖已分手，但舊情始終難以割捨。

【割棄】gēqì 分開捨棄◇親生子女，怎忍心割棄？

【割據】gējù 用武力佔據一方，形成分裂對抗的局面◇軍閥割據。

【割讓】gēràng 劃分部分領土給他國。

11 **剺** lí 粵lei^{4} 厘 割；劃破◇剺面(用刀劃破臉，古代匈奴等民族表示哀痛或忠誠的習俗)。

11 **剽** piāo 粵piu^{4} 瓢/piu^{5} 膘 ①搶劫；掠奪◇剽掠。②(動作)敏捷◇剽悍。

【剽悍】piāohàn 敏捷勇猛◇剽悍兇狠。

【剽掠】piāolüè ①搶劫掠奪◇剽掠百姓財物。②抄襲竊取◇剽掠他人的研究成果。

【剽竊】piāoqiè 抄襲、竊取他人的詩文或研究成果等。

11 **剿〔勦〕** 〈一〉jiǎo 粵ziu^{2} 沼 用武力討伐◇剿匪｜圍剿。

〈二〉chāo 粵caau^{1} 抄 竊取；抄襲。

【剿除】jiǎochú 消滅鏟除◇深入十萬大山剿除殘匪。

【剿滅】jiǎomiè 用武力消滅◇剿滅殘餘的恐怖分子。

【剿襲】chāoxí 亦作“抄襲”。指把別人的文章、作品或其他成果據為己有。

12 **劂** jué 粵kyut^{3} 決 見“剞劂”。

12 **劁** qiāo 粵ciu⁴ 潮 ①割斷；收割◇劁刈｜劁折。②閹割(禽畜)◇他正忙着劁豬。

12 **劃(划)** (一)huà 粵waak⁶ 或 ①劃分；區分◇劃界｜劃等級。②劃撥(錢物)◇劃款｜劃賬。③計劃；籌謀◇出謀劃策。④同"畫"。用筆做出線或記號◇劃押｜劃個記號。⑤漢字的筆畫◇"林"字有八劃。

(二)huá 粵waak⁶ 或 ①擦；摩擦◇劃火柴。②割開；使分開◇劃玻璃｜閃電劃破長空。③合算；劃算◇劃得來｜劃不來。

【劃一】 huàyī ① 一致；統一◇舞蹈動作齊整劃一。② 使一致；使統一◇秦始皇劃一度量衡制度。

【劃分】 huàfēn ① 分割成若干部分◇劃分成四個部門。② 區別；分別◇職責要劃分清楚。

【劃拳】 huáquán 猜拳。飲酒時的一種娛樂活動。兩人在伸出手指的同時各説一個數，説中雙方所伸手指之和者則贏，輸者飲酒。

【劃策】 huàcè 籌劃計策；出主意◇出謀劃策。

【劃算】 huásuàn ① 盤算；算計◇劃算一下過年的費用。② 合算；上算◇貨比三家，才知道買哪家劃算。

【劃時代】 huà shídài 劃定時代界限；開闢新時代◇發明電腦是劃時代的成就。

12 **劀** guā 粵gwaat³ 刮 刮，刮去◇劀殺(清除膿血和腐肉)。

13 **劌(刿)** guì 粵gwai³ 季 割；刺傷。

13 **劇(剧)** jù 粵kek⁶ 屐 ①戲劇◇喜劇｜京劇｜劇本。②借指發生的事件◇醜劇｜慘劇。③激烈；猛烈；程度加深◇劇變｜劇烈｜病情加劇。④很；甚◇劇寒｜急劇。⑤姓。

【劇本】 jùběn 供戲劇上演的本子，含有對白、唱詞、舞台安排等，是一種文藝作品。

【劇目】 jùmù 戲劇的名稱、名目◇傳統劇目｜保留劇目。

【劇毒】 jùdú 極毒，非常毒◇砒霜是劇毒藥物。

【劇烈】 jùliè 猛烈◇劇烈運動｜劇烈爆炸。

【劇痛】 jùtòng 很痛；非常痛◇傷口劇痛｜忍着劇痛。

13 **劏(㓥)** tāng 粵tong¹ 湯 割；宰殺◇劏雞殺鴨。

13 **劍(剑)〔劒〕** jiàn 粵gim³ 檢³ 一種兩邊有刃、前端尖、後端有短柄的兵器。

【劍拔弩張】 jiànbá nǔzhāng 劍拔出鞘，弓弩拉開。形容形勢緊張，即將爆發爭鬥。

13 **劊(刽)** guì 粵kui² 繪 割斷；砍斷。

【劊子手】 guìzishǒu ① 執行死刑的人。② 泛指殺人兇手。

13 **劉(刘)** liú 粵lau⁴ 流 ①一種斧類兵器◇執劉而立。②誅殺◇咸劉商王紂。③姓。

【劉海】 liúhǎi 垂在前額的短髮。

13 **劈** (一)pī 粵pik¹ 僻/pek³ ①砍；破開◇劈柴｜劈成兩半。②(雷電)擊毀◇天打雷劈。③正對着；衝着◇劈面一記耳光。

(二)pǐ 粵pik¹ 僻/pek³ ①分開；掰開；撕開◇劈玉米｜劈成兩份｜劈一半給他。②叉開◇劈腿｜劈叉｜劈開手指。

【劈手】 pīshǒu 形容出手迅速◇劈手奪劫匪的尖刀。

【劈面】 pīmiàn 正對着臉◇劈面一拳打來。

【劈頭蓋臉】 pītóu gàiliǎn 正對着頭部和臉部，也形容批評、打擊等來勢兇猛。◇橫遭劈頭蓋臉一頓打。

【劈頭劈腦】 pītóu pīnǎo 正對着頭部。形容打擊、批評等來勢兇猛◇不由分説就劈頭劈腦地責罵起來。

14 **劓** yì 粵ji⁶ 二 古代割鼻的酷刑。泛指割、斷。

14 **劑(剂)** jì 粵zai¹ 擠 ①配合而成的藥物◇針劑｜沖劑。②某些具有物理或化學作用的物品◇溶劑｜黏合劑。③調節；配合◇調劑。④量詞。用於中藥◇一劑湯藥。

【劑型】 jìxíng 藥物製成後的形狀，如片狀、丸狀、膏狀、散狀等。

【劑量】 jìliàng 藥品的使用分量。也指放射線、試劑、肥料等的用量。

19 **劗(䥶)** jiǎn 粵zyun¹ 尊 同"剪"。

19 **劘** mó 粵mo4 磨 ①切削；磨礪◇劘礪|劘滅。②迫切；迫近◇劘壘。

21 **劚([illegible])** zhǔ 粵zuk1 足 砍；斫。

21 **劙** lí 粵lei4 厘 同“劙”。割；劃破◇劙囊攫貨。

力部

0 **力** lì 粵lik6 曆 ①能改變物體形態和運動狀態的作用◇引力|摩擦力。②氣力；體力◇有氣無力。③力量；能力；效能◇視力|藥力|購買力。④努力；盡力；極力◇力排眾議|據理力爭。⑤姓。

【力求】lìqiú 極力追求；盡力謀求◇力求完美。

【力作】lìzuò 功力深厚的成功作品◇《家》《春》《秋》是巴金的力作。

【力度】lìdù ① 力量的強度◇加大打擊走私活動的力度。② 功力的深度◇一部有力度的作品。

【力挫】lìcuò 竭盡全力擊敗◇力挫羣雄，勇摘桂冠。

【力氣】lìqi 人或動物筋肉的效能；氣力◇人小力氣倒很大。

【力量】lìliang ① 力氣◇用的力量不夠大。② 能力◇盡一切力量去完成。③ 作用；效力◇這種農藥的力量真大。④ 能發揮某種作用的人或集團◇武裝力量。

【力圖】lìtú 極力謀求達到目的◇力圖擺脱困境 | 力圖東山再起。

【力不從心】lìbùcóngxīn 心裏想做而力量或能力達不到，心有餘而力不足。㊀ 應付自如。

【力挽狂瀾】lìwǎnkuánglán 比喻盡力挽救險惡的局面。

【力透紙背】lìtòuzhǐbèi 形容書法遒勁有力或詩文立意深刻有力◇字字力透紙背 | 文辭力透紙背。

3 **功** gōng 粵gung1 工 ①功勞；功績◇一將功成萬骨枯。②成功；成效◇急功近利|好大喜功。③功夫；精力◇氣功|下苦功。④技術和技術修養◇唱功|基本功。⑤姓。

【功力】gōnglì ① 功效◇靈芝確實有抗癌的功力。② 功夫和力量◇功力深厚。

【功夫】gōngfu ① 將做事所費的精力和時間◇只要功夫深，鐵杵磨成針 | 他花了很多功夫才學會英文。② 時間◇沒有功夫逛街。③ 本領；造詣◇少林功夫 | 寫作功夫還不到家。④ 武術。

【功用】gōngyòng 功能；用處◇東西不同，各有各的功用。

【功臣】gōngchén ① 有功之臣◇韓信是漢朝的開國功臣。② 泛指對某項事業有特殊功勞的人。

【功名】gōngmíng ① 功業和名聲◇三十功名塵與土，八千里路雲和月。② 封建時代指科舉稱號或官職名位◇十年寒窗苦，竟未考得個功名。

【功底】gōngdǐ 功夫底子；基本功◇繪畫的功底。

【功效】gōngxiào 功能；效率◇功效極低 | 茶的藥用功效。

【功能】gōngnéng 事物的功用和效能◇消化功能 | 功能齊全。

【功率】gōnglǜ 物理學指做功的量度。常用單位時間內所做的功或消耗的功來表示。單位有瓦、千瓦、馬力等。

【功勛】gōngxūn 做出的重大貢獻或建立的特殊功勞◇功勛卓著。

【功勞】gōngláo 對事業的貢獻；勞績◇立下汗馬功勞。

【功業】gōngyè 功勛和事業◇不朽功業。

【功課】gōngkè ① 學生的課業，所要學習的知識、技能◇門門功課都優秀。② 作業、練習等◇在家做功課。③ 佛教徒誦讀的佛經。每日按時唸佛誦經叫做功課。

【功德】gōngdé ① 功業和德行◇功德無量。② 佛教指唸佛、誦經、佈施等事◇做功德。

【功績】gōngjì 功勞和業績◇不可磨滅的功績。

【功敗垂成】 gōngbàichuíchéng 事情將要成功的時候遭到失敗。含有惋惜之意。

【功虧一簣】 gōngkuīyíkuì《尚書・旅獒》："為山九仞，功虧一簣。"指堆九仞高的土山，只差一筐土沒能完成。後比喻做一件事只差一點兒沒能完成。

3 **加** jiā 粵gaa^{1}家 ①兩個或兩個以上的東西或數目合在一起◇舊友加新知。②增加◇添磚加瓦。③把原來沒有的添上；把用完的再補上◇汽車得加油了｜古文加上標點才好讀。④強加；侵凌◇加害｜橫加阻撓。⑤加以◇嚴加防範。⑥更；更加◇變本加厲。⑦姓。

【加工】 jiāgōng ①將原材料或半成品製成成品◇成衣加工廠｜加工食品。②採取措施，使事物、成品更完美更精緻◇加工零件｜文章還需要加工潤色。

【加以】 jiāyǐ ①在多音動詞前表示如何對待或處理前面所提到的事物◇對空氣污染加以控制｜以例子加以說明。②關聯詞，表示進一步的條件或原因◇身體原本就不好，加以不肯休息，所以病倒了。

【加急】 jiājí ①變得更急◇槍聲又加急了。②特別緊急的；要加快辦理的◇加急費｜加急郵件。

【加冕】 jiāmiǎn 君主即位時舉行的一種儀式，把皇冠戴在君主頭上◇舉行女王加冕禮。

【加強】 jiāqiáng 使更堅強或更有效◇加強軍力｜加強污水處理。

【加意】 jiāyì 注重；特別注意◇加意保護｜加意栽培。

【加緊】 jiājǐn 提高速度或加大強度，使加快進行◇加緊往前奔｜準備工作要加緊。

【加碼】 jiāmǎ 增加籌碼。指交易者提高價格、賭博者增加賭注、生產者提高產量等◇山頂豪宅經過層層加碼，竟飆升到每呎兩萬元｜股市崩盤時不要加碼。

【加劇】 jiājù 變得嚴重或使變得嚴重◇温室效應加劇｜加劇緊張局勢。

【加官進爵】 jiāguān jìnjué 晉升官階爵位。

【加密貨幣】 jiāmìhuòbì 一種數字貨幣，運用密碼學原理來保證交易安全，以及控制交易單位。

4 **劣** liè 粵lyut^{3}捋 ①次等；不好◇低劣｜優勝劣汰。②惡；壞◇惡劣｜卑劣。③弱；小◇強劣。

【劣紳】 lièshēn 地方上品行惡劣、劣跡昭著的紳士◇土豪劣紳。

【劣跡】 lièjì 惡劣的行徑◇劣跡昭彰，人所不齒。

【劣勢】 lièshì 處於不利的形勢或差的條件下◇扭轉劣勢。

【劣質】 lièzhì 質量低劣◇劣質商品。

【劣根性】 liègēnxìng 根深蒂固的不良習性◇民族的劣根性。

5 **劫** jié 粵gip^3 ①強取；搶奪◇洗劫｜趁火打劫。②威逼；脅迫◇劫機｜劫之以兵。③佛教稱從天地形成到毀滅為一劫。後借指災禍、災難◇劫後餘生。

【劫色】 jiésè 用暴力脅迫，侮辱或姦淫婦女。

【劫持】 jiéchí 用暴力挾持◇劫持人質。

【劫掠】 jiélüè 搶劫掠奪◇劫掠財物。

【劫奪】 jiéduó 搶劫奪取◇家中財物被劫奪一空。

【劫獄】 jiéyù 從監獄把在押的人搶出來。

【劫數】 jiéshù 佛教稱從天地形成到毀滅為一劫。後借指厄運、災難、大限◇在劫難逃。

【劫難】 jiénàn 命中注定的災禍◇歷經劫難。

5 **助** zhù 粵zo^{6}左^6 幫助；輔佐◇愛莫能助｜得道多助，失道寡助。

【助長】 zhùzhǎng 幫助和促使成長（多指不良之事）◇揠苗助長｜助長了壞風氣。

【助理】 zhùlǐ ①擁有協助政府、機構、公司責任人處理事務的職權的人◇部長助理｜助理國務卿｜總經理助理。②幫助負責人處理事務的◇助理編輯。

【助教】 zhùjiào 高等學校中教師的初級職稱。

【助詞】 zhùcí 附在詞、短語或句子後邊，表示一定附加意義的虛詞，包括結構助詞（如"的、地、得"）、時態助詞（如"了、着、過"）、語氣助詞（如"啊、呢、嗎"）等。

【助養】 zhùyǎng 以資助金錢的方式，幫助扶養家境貧困、孤伶、殘疾兒童◇助養非洲的愛滋孤兒。

【助興】 zhùxìng 幫助增加興致◇唱首歌給大

家助興。

【助動詞】zhùdòngcí 表示可能、應該、必須、願望等一類的動詞，如“能、能夠、可以、可能、會、該、要、肯、敢、必須、應當、願意”等。多用在動詞或形容詞前面，不能帶“了、着、過”，也不能重疊。

【助紂為虐】zhùzhòuwéinüè 紂，商朝的末代暴君。比喻幫助惡人做壞事。同 為虎作倀 反 嫉惡如仇。

5 **劬** qú 粵keoi4 渠 勞苦；勤勞◇劬勞。

5 **劭** shào 粵siu6 兆 ①勸勉；鼓勵◇劭農。②美好(多指道德品質)◇年高德劭。

5 **努** nǔ 粵nou5 腦 ①儘量使出(力氣)◇努力|努一把勁。②因用力過度而受傷◇幹重活努壞了身子。③凸出；鼓起◇向她努努嘴，暗示她少說話。

【努力】nǔlì (為實現目標而)儘量花心力；勤奮向上◇少壯不努力，老大徒傷悲。

6 **劻** kuāng 粵hong1 康【劻勷】kuāngráng 急迫不安的樣子◇樂天(白居易)無怨歎，倚命不劻勷。

6 **劼** jié 粵kit3 揭 ①謹慎◇劼毖。②勤；盡力◇維用贊勛劼。

6 **劾** hé 粵hat6 瞎 揭發(過失或罪行)◇參劾|彈劾總統。

7 **勃** bó 粵but6 脖 興起；旺盛◇勃發|蓬勃|英姿勃勃。

【勃勃】bóbó 旺盛的樣子◇生氣勃勃|生機勃勃。

【勃然】bórán ①興起、旺盛的樣子。②因憤怒或心情緊張而變色的樣子◇勃然大怒|勃然失色。

【勃興】bóxīng 突然興起；蓬勃發展◇近年來資訊科技業勃興。

【勃谿】bóxī 家庭爭吵◇婦姑勃谿。

7 **勁(劲)** (一)jìn 粵ging3 敬 ①力量；力氣◇勁頭|費勁。②精神；情緒◇心勁。③神情；態度◇傲慢勁|爽快勁。④興趣；趣味◇很帶勁|真沒勁。

(二)jìng 粵ging3 敬 ①堅強有力◇蒼勁|疾風知勁草，日久見人心。②猛烈◇勁酒|勁風。

【勁拔】jìngbá 遒勁挺拔◇青松勁拔。

【勁直】jìngzhí ①剛正不屈◇以勁直聞名。②剛勁挺拔◇蒼松勁直。

【勁旅】jìnglǚ 精銳的軍隊。也泛指強有力的隊伍◇乒壇勁旅|能攻善守的勁旅。

【勁敵】jìngdí 強有力的敵人或對手◇這次算碰上勁敵了。

【勁頭】jìntóu ①力量；力氣◇勁頭很大。②積極的精神或情緒◇越幹勁頭越大。③神情；態度◇一看那個勁頭，就知道他反對這事。

7 **勉** miǎn 粵min5 免 ①盡力；努力◇勤勉。②勸勉；鼓勵◇嘉勉|有則改之，無則加勉。③勉強；不情願地做◇勉從其言。

【勉力】miǎnlì 竭盡全力◇勉力促成此事。

【勉強】miǎnqiǎng ①能力不及卻盡力去做◇勉強堅持下來。②心中不願而強為之◇勉強同意。③使別人做不情願的事◇既然不願去，就不要勉強他了。④將就；湊合◇這點飯菜勉強夠一個人吃。⑤牽強；(理由)不充足◇笑得太勉強|理由很勉強。

【勉勵】miǎnlì 勸勉；鼓勵◇彼此互相勉勵。

【勉為其難】miǎnwéiqínán 勉強做力所不及的或不願做的事。

7 **勇** yǒng 粵jung5 蛹 ①勇猛；勇敢有膽量◇奮勇。②清代指戰時臨時招募的士兵。泛指兵卒◇鄉勇|散兵遊勇。③姓。

【勇士】yǒngshì 勇敢有膽量的人◇荊軻是視死如歸的勇士。

【勇決】yǒngjué 勇敢而果斷◇飛虎隊員個個勇決過人。

【勇武】yǒngwǔ 英勇威武◇勇武善戰，有謀略。

【勇氣】yǒngqì 敢作敢為毫不畏懼的氣概◇鼓足勇氣|勇氣倍增。

【勇猛】yǒngměng 勇敢無所畏懼◇排除萬難，勇猛向前。

【勇敢】yǒnggǎn 有勇氣，有膽量◇勤勞勇敢。

【勇毅】yǒngyì 勇敢堅毅◇勇毅果決。

【勇往直前】yǒngwǎngzhíqián 為達到目的而無所顧忌，勇敢地一直向前。

【勇冠三軍】yǒngguànsānjūn 勇敢為全軍之首。形容勇猛過人◇將軍勇冠三軍，不愧為一世英豪。

8 **勍** qíng 粵king4 鯨 強有力◇勍敵｜勍寇。

【勍敵】 qíngdí ① 勁敵；強大的敵人◇寂然無聲，莫測動靜，此必勍敵。② 有力的對手◇象棋高手，百戰百勝，一無勍敵。

8 **勐** měng 粵maang5 猛 ①猛；勇敢。②傣語指小塊平地，多用於地名◇勐海｜勐臘。

9 **勘** kān 粵ham3 瞰 ①校訂；核對◇校勘。②察看；探測◇踏勘。③審問；查問◇勘問。④姓。

【勘定】 kāndìng ① 校定；核定◇資料尚須勘定。② 勘察測量後加以確定◇勘定地形後再進行整體設計。

【勘探】 kāntàn 查明、測定礦藏分佈和地質構造等◇石油勘探｜地質勘探。

【勘測】 kāncè 勘察並測量◇勘測青藏鐵路的線路。

【勘誤】 kānwù 更正書刊中文字上的失誤◇書後附有勘誤表。

【勘察】 kānchá 實地調查或察看◇勘察礦井。

【勘驗】 kānyàn 對發生案件的處所、物證等進行實地勘察和檢驗◇勘驗現場。

9 **勒** 〈一〉lēi 粵lak6 肋 ①捆住、套住之後再拉緊◇在行李上勒了幾道繩子。②方言。收緊◇勒起嗓子狂喊。

〈二〉lè 粵lak6 肋 ①帶嚼子的牲口籠頭◇馬勒。②拉緊韁繩止住牲口◇懸崖勒馬。③強制；強迫◇敲詐勒索。④雕刻◇勒石｜勒碑。⑤統率◇勒兵｜親勒三軍。⑥姓。

【勒令】 lèlìng 強制；強迫◇勒令停業。

【勒兵】 lèbīng ① 統率軍隊◇勒兵百萬，直搗黃龍。② 檢閱軍隊◇勒兵闕下。

【勒索】 lèsuǒ 用強迫威脅的手段向人索取財物◇巧立名目，勒索百姓。

【勒逼】 lèbī 強迫；逼迫◇老闆勒逼他簽了字。

9 **勔** miǎn 粵min5 免 勤勉；努力◇勔自強而不息。

9 **勖〔勗〕** xù 粵juk1 旭 勉勵◇勖勉｜勖其向上。

【勖勉】 xùmiǎn 勉勵◇相互勖勉。

9 **動（动）** dòng 粵dung6 洞 ①運動；改變原來的位置或狀態◇滾動｜地動山搖。②行動；活動◇舉動｜運動。③動用；使用◇動腦筋｜動刀動槍。④觸動；感動◇動心｜動人。⑤吃；喝；抽。常用於否定式◇不動葷腥｜不動煙酒。⑥常常；動不動◇動輒得咎。

【動人】 dòngrén 讓人內心產生某種感受◇故事非常動人。

【動力】 dònglì ① 使機械運作的各種作用力，如水力、風力、電力、熱力、核能等。② 推動事物運動和發展的力量◇追求財富是創新的動力。

【動工】 dònggōng 開工；施工◇新電視塔定於下週二動工。

【動手】 dòngshǒu ① 開始進行；做◇早動手早完工。② 用手接觸◇愛護花木，請勿動手。③ 指打人◇君子動口不動手。

【動心】 dòngxīn 思想、感情產生波動◇再多的誘惑，也不能讓他動心。

【動用】 dòngyòng 使用人力、財物等◇動用儲備｜動用後備隊。

【動向】 dòngxiàng 活動或發展的趨勢、方向◇觀察時局的動向。

【動作】 dòngzuò ① 人或動物身體本身的運作◇體操的基本動作。② 所採取的行動◇看他下一步如何動作。

【動身】 dòngshēn 出發；啟程◇明天動身去香港。

【動物】 dòngwù 生物的一大類，多以有機物為食，有神經、有感覺，能運動◇哺乳動物｜兩棲動物｜爬行動物。

【動員】 dòngyuán ① 宣傳鼓動使行動起來，發動人積極參加◇動員捐款救災。② 把國家武裝力量由和平狀態轉入戰時狀態，以及把所有經濟部門轉入支持戰爭需求的狀態◇戰爭總動員。

【動容】 dòngróng 激動的心情表露到面容上◇聽者無不動容。

【動脈】 dòngmài ① 把心臟中壓出來的血液輸送到身體各器官的血管。② 比喻重要的交通幹線◇京廣鐵路是南北交通的大動脈。

【動產】 dòngchǎn 指金錢、器物、證券等可以移動的財產。(反) 不動產。

【動情】dòngqíng ① 觸發感情或情慾。② 情緒激動◇她説得很動情，眼裏全是淚花。

【動筆】dòngbǐ 用筆開始寫、畫◇想了很久才動筆。

【動詞】dòngcí 表示人物的行為、動作和發展變化的詞。主要的語法功能是作謂語，分為帶賓語和不帶賓語兩種。

【動搖】dòngyáo ① 不堅定；不穩固；搖擺◇立場動搖｜毫不動搖。② 震撼；使動搖◇挫折和失敗動搖不了他的決心。

【動感】dònggǎn 指靜止的藝術作品具有活動的感覺，也泛指有韻律、節奏，多變化，不呆板◇這幅風景畫很有動感｜動感時空｜動感設計。

【動亂】dòngluàn 社會、政治等騷動變亂◇動亂的年代。

【動輒】dòngzhé 往往；動不動就◇動輒得咎｜動輒訓斥人。

【動漫】dòngmàn 動畫和漫畫的合稱。

【動態】dòngtài ① 事物發展變化的狀況◇科技新動態｜這件事的最新動態。② 活動中的狀態或從活動中的狀態考察的◇動態分析｜股票市場永遠是動態的。

【動彈】dòngtan（人、動物或能轉動的東西）活動◇他被車子壓住，動彈不得。

【動靜】dòngjing ① 動作或説話的聲音◇毫無動靜。② 情況；消息◇一有動靜就報告。

【動機】dòngjī 推動人做某事的念頭或願望◇作案動機｜動機不純。

【動盪】dòngdàng ①（水面、波浪）起伏；不平靜◇碧波連天，動盪不定。② 比喻局勢或情況不穩定；不安定◇社會動盪不安。

【動議】dòngyì 在會議進行中提出的建議或議案。

【動聽】dòngtīng 聽起來使人感動或引發興趣。也指使人感到優美悦耳◇娓娓動聽｜動聽的交響樂。

【動人心弦】dòngrénxīnxián 打動人心，使人十分激動◇淒美的故事動人心弦。(同) 扣人心弦。

【動人心魄】dòngrénxīnpò 形容使人感動或震驚。

9 務（务）wù (粵)mou⁶ 冒 ①從事；致力◇不務正業｜當務之急。②追求；謀求◇貪多務得｜務虛名，得實禍。③事務；事情◇公務｜財務。④必須；一定◇務必｜務求。⑤姓。

【務本】wùběn ① 致力於根本方面◇君子務本。② 古代稱從事農業生產。

【務必】wùbì 必須；一定要◇今天的會議，請你務必出席。(同) 務須 (反) 不必。

【務求】wùqiú 必須要求；一定要做到◇務求做到盡善盡美。

【務期】wùqī 務必要，一定要◇務期家喻戶曉｜務期按計劃完工。

【務虛】wùxū 研究和討論做好工作的觀念、理論和政策等問題◇先務虛，認識一致了再去做。

【務須】wùxū 必須◇重病務須下猛藥。(同) 務必。

【務實】wùshí 講求實際，不尚浮華◇求真務實才能把事情辦好。

10 勛（勋）〔勳〕xūn (粵)fan¹ 芬 ①功勛；功勞◇屢建奇勛。②勛章，榮譽證章◇授勛。③有功勛的人◇元勛。

【勛章】xūnzhāng 頒發給有貢獻者的一種榮譽證章。

【勛勞】xūnláo 功勞◇屢建勛勞。

【勛業】xūnyè 功業；功勞。

【勛爵】xūnjué ① 王朝賜給功臣的封爵。② 英國貴族的一種名譽頭銜，由國王授予，可以世襲。

【勛績】xūnjì 功勛勞績◇勛績卓著。

10 勝（胜）〈一〉shèng (粵)sing³ 聖 ①戰勝；勝利◇戰無不勝｜勝不驕，敗不餒。②超過，勝過◇勝似春光｜事實勝於雄辯。③優美的；美好的◇勝會｜勝友如雲。④指優美的地方、景物◇名勝。⑤古代戴在頭上的一種首飾◇方勝｜玉勝。⑥姓。

〈二〉shèng（舊讀shēng）(粵)sing¹ 星 ①能夠承受；禁得起◇勝任｜不勝其煩。②盡◇不可勝數。

【勝地】shèngdì 風景優美的有名之地◇避暑

勝地｜旅遊勝地。

【勝任】shèngrèn（能力）足以承受或擔任◇能夠勝任這個工作。

【勝利】shènglì ①獲得成功；打敗對方◇我們勝利了。②戰勝的成果◇取得偉大的勝利。

【勝似】shèngsì 勝過，超過◇不是親人，勝似親人。

【勝狀】shèngzhuàng 優美的景色；勝景◇巴陵勝狀，在洞庭一湖。

【勝券】shèngquàn 取勝的憑據；獲勝的把握◇這次考試，他可是勝券在握。

【勝朝】shèngcháo 指已滅亡的前一朝代◇勝朝遺老。

【勝景】shèngjǐng 優美的景色◇西湖勝景。

【勝跡】shèngjì 有名的古跡、遺跡◇南京乃六朝勝跡。

【勝境】shèngjìng ①風景優美的地方◇廬山勝境。②指詩文中美妙的意境。

【勝算】shèngsuàn 能克敵制勝、取得成功的謀略◇這次比賽，你有多少勝算？

10 **勞（劳）**〈一〉láo ●lou^{4} 牢 ①勞動；操勞◇勞作｜辛勞。②疲勞；辛苦◇任勞任怨。③功勞；功績◇汗馬功勞。④敬辭。煩勞；耗費。表示請託◇勞您幫個忙。⑤指勞動者、僱員◇勞資關係。⑥姓。

〈二〉lào ●lou^{6} 路 慰勞◇犒勞。

【勞力】láolì ①從事體力勞動付出的氣力◇賣勞力掙錢。②勞動力，有勞動能力的人◇勞力不足。

【勞工】láogōng 工人。也特指做苦工的人、苦力◇勞工的生活狀況｜被賣到海外當勞工。

【勞作】láozuò ①體力勞動◇在烈日下的水田裏勞作。②手工藝製作。

【勞役】láoyì ①強迫性的無償勞動◇服勞役。②驅使牲畜幹活◇沒有可供勞役的耕牛。

【勞金】láojīn ①酬金◇我們是盡義務，不收勞金。②給店員的工錢◇十四歲就到老闆店裏吃勞金了。

【勞苦】láokǔ 勞累辛苦◇不辭勞苦｜勞苦功高。

【勞神】láoshén ①費心；操心◇勞神費力。②敬辭。煩勞；勞駕◇勞神代為照顧一下。

【勞累】láolèi 因體力或腦力過度消耗而身心乏困◇幹了一天一夜，十分勞累。

【勞動】〈一〉láodòng ①人類創造物質或精神財富的活動◇體力勞動｜腦力勞動。②進行體力勞動；幹活◇下農田勞動。

〈二〉láodong 敬辭。煩勞◇勞動您捎個信。

【勞務】láowù 以勞動形式為別人提供服務的活動。

【勞碌】láolù 辛勞忙碌◇勞碌命｜長年勞碌在外。

【勞頓】láodùn 勞累；疲勞◇鞍馬勞頓｜旅途勞頓。

【勞瘁】láocuì 辛勤勞累◇勞瘁終生，沒過一天好日子。

【勞駕】láojià 敬辭。煩勞◇勞駕扶我一把。

多樣表達：勞駕

勞煩 煩勞 勞動 有勞 勞神 分神 分心 費神 費心 麻煩 借光 難為 辛苦 拜託

【勞什子】láoshízi 方言。泛指東西。含有輕蔑、厭惡的意味◇誰要這勞什子！

【勞師動眾】láoshī dòngzhòng 出動大批軍隊或動用過量的人力。

【勞燕分飛】láoyànfēnfēi 古樂府《東飛伯勞歌》："東飛伯勞西飛燕，黃姑織女時相見。"後比喻夫妻或情侶別離。

11 **募** mù ●mou^{6} 冒 廣泛徵集；招求◇募捐｜招募新兵。

【募化】mùhuà（和尚、尼姑、道士等）向人乞求佈施◇向施主募化。

【募兵】mùbīng 招募兵員◇募兵工作進展順利。

【募捐】mùjuān 廣泛徵集捐款和物品◇募捐助養殘疾人士。

【募集】mùjí 廣泛徵集◇募集衣物，救濟災民。

11 **勣（勣）** jì ●zik^{1} 即 功績。

11 **勢（势）** shì ●sai^{3} 世 ①權力；權勢◇仗勢欺人。②力量；氣勢◇聲勢浩大。③姿態；樣式◇姿勢｜裝腔作勢。④事物表現出來的狀態或趨向◇火勢｜地勢｜時勢。

【勢力】shìlì 政治、經濟、軍事等方面的力量或權勢◇勢力範圍｜人家有勢力。

【勢必】shìbì 表示發展下去，一定是預料中的結果◇不求上進，勢必落後。

【勢利】shìli 權勢和財利。現多指以權位、財產等來區別待人的惡劣表現◇待人勢利｜勢利小人。

【勢頭】shìtóu ①威勢；勢力◇人家勢頭大，惹不起。②事物的現狀和發展趨勢；情勢◇見勢頭不妙，轉身走得無影無蹤。

【勢不兩立】shìbùliǎnglì 雙方矛盾尖鋭，不能並存◇楚強則秦弱，楚弱則秦強，此其勢不兩立。

【勢如破竹】shìrúpòzhú《晉書・杜預傳》："今兵威已振，譬如破竹，數節之後，皆迎刃而解。"後比喻節節獲勝，快速推進。

【勢均力敵】shìjūn lìdí 雙方力量相當，不分高下◇兩隊勢均力敵，打成平手。

11 **勤** qín 粵kan^{4}芹 ①盡力多做，不懈怠◇勤力｜勤學好問。②經常；次數多◇衣服要勤換洗。③勤務◇外勤｜後勤。④在規定時間內的工作或勞動◇缺勤｜考勤。⑤幫助；致力於◇勤民。⑥憂慮；愁苦◇勤恤。⑦殷切盼望◇勤而無怨。⑧姓。

【勤快】qínkuai（做事）勤奮努力，不偷懶◇做勤快人，不做懶散人。

【勤苦】qínkǔ 勤勞刻苦◇勤苦習藝。

【勤勉】qínmiǎn 努力不懈◇勤勉好學。

【勤勞】qínláo 勤奮努力，不辭辛勞。

【勤儉】qínjiǎn 勤勞節儉◇勤儉持家。

【勤樸】qínpǔ 勤勞樸實◇勤樸可信。

【勤奮】qínfèn 勤勉；始終不懈地努力◇勤奮學習｜勤奮做人。

【勤懇】qínkěn ①誠摯懇切◇憑君勤懇意，消息慰孤鵬。②勤勞踏實；做事誠實不懈◇工作勤懇，學習努力。

【勤謹】qínjǐn ①勤奮；勤快。②勤勞而謹慎◇工作勤謹，大家都信任他。

12 **勩（勚）** yì 粵jai^{6}曳 ①勞苦◇勞勩｜勤勩。②（器物等）磨損◇古董錶的齒輪勩得好厲害。

13 **勱（劢）** mài 粵maai^{6}賣 勉力；努力◇如彼老馬，心念超騰，道路崎嶇，勱不可能。

13 **勰** xié 粵hip^{3}脅/hip^{6}協 和諧；協調。

15 **勵（励）** lì 粵lai^{6}例 ①勸勉；鼓勵◇勉勵｜激勵。②振奮；磨煉◇勵志。③姓。

【勵精圖治】lìjīngtúzhì 振奮精神，力圖把國家或所管理的事務治理好。

17 **勷** ráng 粵joeng^{4}羊 見"劻勷"。

18 **勸（劝）** quàn 粵hyun^{3}券 ①勉勵◇勸學｜勸善。②勸説；勸導◇規勸｜勸他戒煙戒酒。

【勸止】quànzhǐ 勸説阻止◇極力勸止他不要輕舉妄動。

【勸化】quànhuà ①佛教指宣傳教義，使人感悟向善。②僧人募化，勸人施捨財物◇勸化佈施。③勸説；勸勉。

【勸誡】quànjiè 規勸告誡。

【勸告】quàngào ①用道理勸説人。②勸説人時所説的話◇不聽勸告。

【勸服】quànfú 勸説別人，使對方心服。

【勸阻】quànzǔ 勸説攔阻◇極力勸阻他別那樣做。

【勸勉】quànmiǎn 勸導勉勵◇同學之間，時相勸勉。

【勸降】quànxiáng 勸對方投降。

【勸進】quànjìn ①鼓勵促進◇勸進服務業，繁榮商貿。②勸説登上帝位◇上書勸進。

【勸解】quànjiě ①勸導寬解◇經過勸解，終於想通了。②調停，排解糾紛◇你去勸解勸解，叫他倆別吵了。

【勸説】quànshuō 用道理勸告説服。

【勸慰】quànwèi 勸解安慰◇勸慰他吸取教訓，再從頭做起。

【勸導】quàndǎo 規勸開導◇經過苦心勸導，終於説服了他。

勹部

1 **勺** sháo 粵soek3削 ①舀東西的器具，多為半球形，有柄。②指勺形物◇飯勺｜後腦勺。③容量單位，一勺為百分之一升。

2 **勿** wù 粵mat6物 表示禁止，不要◇己所不欲，勿施於人。

2 **勼** jiū 粵kau1溝 聚集。

2 **匀** yún 粵wan4雲 ①均匀；匀稱◇匀和｜均匀。②分；使均匀◇把這筐水果匀成十份。③分出，讓出◇週日匀出點時間去看望父母。

【匀淨】 yúnjìng ① 均匀一致◇舞姿輕盈匀淨。② 均匀平靜◇呼吸匀淨。

【匀稱】 yúnchèn 均匀合適◇身材匀稱。

【匀實】 yúnshi 均匀充實◇麥苗長得非常匀實。

【匀整】 yúnzhěng 均匀整齊◇毛筆字寫得很匀整。

2 **勾** gōu 粵ngau1鈎 ①像鈎子一樣彎曲的◇鷹勾鼻子。②表示彎曲的動作◇嘴角勾起一絲冷笑。③鈎形符號。表示認可、合格◇在小方格裏打個勾就行了。④用鈎形符號截取或除去◇把重要的地方勾出來。⑤勾勒；描畫◇寥寥數筆，勾出一個人的特點。⑥招引；勾引◇勾魂｜勾勾搭搭。⑦像用鈎子鈎住◇勾肩搭背。⑧用帶鈎的針編織◇勾花邊。⑨嵌抹建築物的縫隙◇勾牆縫。⑩調和，調製◇勾芡｜勾兑。⑪漢字像鈎形的筆畫形狀，如“亅、乀、乚”等。⑫中國古代指不等腰直角三角形中較短的直角邊◇勾股定理。⑬姓。

【勾引】 gōuyǐn ① 引誘(別人做壞事)◇勾引良家女子｜經不住金錢的勾引。② 招引；引發◇勾引行人添別恨｜勾引起過去的回憶。

【勾留】 gōuliú 短時間停留◇在杭州勾留了二天。

【勾勒】 gōulè ① 用簡單的線條畫出輪廓◇勾勒頭像。② 用簡練的文字描述人或物的概貌◇勾勒人物的內心世界。

【勾連】 gōulián ① 勾結◇他們早有勾連，不是今日才合夥的。② 牽連，牽涉其中◇這個案子同她有點勾連。同 勾聯。

【勾通】 gōutōng 勾結串通◇勾通黑社會。

【勾畫】 gōuhuà ① 用線條描畫◇勾畫人物。② 用簡練的文字描述◇勾畫故事情節。

【勾結】 gōujié 互相串通結合在一起做壞事◇勾結不法之徒。

【勾搭】 gōuda 勾引；串通◇暗中來往勾搭。

【勾銷】 gōuxiāo 原指用筆勾去已了結的賬目，後指取消、抹去◇過往的恩恩怨怨一筆勾銷。

【勾聯】 gōulián 勾連。

【勾欄】 gōulán ① 中國古代宋元時期演出戲劇、百戲等的場所。後泛指劇場。② 妓院。

3 **匆〔怱〕** cōng 粵cung1充 急促；急忙。

【匆匆】 cōngcōng 形容匆忙的樣子◇來去匆匆。

【匆忙】 cōngmáng 急促慌忙◇辦事穩當點些，別總那麼匆忙。

【匆促】 cōngcù 匆忙倉促◇匆促出門，連鑰匙都忘了帶。

【匆遽】 cōngjù 急促，忽然◇事出匆遽，來不及考慮。

3 **包** bāo 粵baau1胞 ①用紙、布等把東西裹起來◇把書包得緊一點。②包好的東西◇郵包｜菜包。③凸出物，疙瘩◇頭上長了個膿包。④圓頂帳篷◇蒙古包。⑤容納，包容◇無所不包。⑥圍住，包圍◇從兩翼包過去。⑦完全；全部；整個◇包租｜包圓兒。⑧放東西的口袋◇錢包｜坤包。⑨擔保◇包你滿意。⑩量詞◇兩包大米。⑪姓。

【包孕】 bāoyùn 包含；含有◇這句名言包孕了很多意蘊。

【包抄】 bāochāo 繞到敵軍側面或背後進行攻擊。

【包含】 bāohán 包容含有。多用於抽象事物◇完整的設計應該包含更多內容｜他的思想包含諸家各派元素。

【包庇】 bāobì 暗中庇護◇互相包庇。

【包括】 bāokuò 裏面含有，總括◇會議包括三個議題。

【包容】bāoróng ①包含；容納◇包容萬有|雜文包容量大，覆蓋面廣。②寬容；容忍◇萬望多一些包容|隱忍包容。

【包紮】bāozhā 包裹捆紮◇包紮前要先清潔傷口。

【包涵】bāohan 客套話。請人原諒◇不敬之處，請多包涵。

【包袱】bāofu ①包衣物等用的布，也指包有衣物的布包。②比喻某種壓力或負擔◇你不覺得我是你的包袱嗎？

【包圍】bāowéi 四面圍住◇她被歌迷們包圍了。

【包廂】bāoxiāng ①劇場、競技場、餐廳等營業場所中專設的小房間。②火車軟卧車廂中的獨立單間。

【包裝】bāozhuāng ①用紙、盒、瓶等將商品包裹起來，以起到保護和裝飾的作用。②指包裝物◇軟包裝。③比喻對人或物進行形象設計◇經過包裝，她確實漂亮多了。

【包裹】bāoguǒ ①包紮；裹紮◇包裹傷口。②包紮成件的包◇郵寄包裹。

【包舉】bāojǔ 包括；總括◇包舉無遺。

【包辦】bāobàn ①獨自負責辦理◇這件事交給你包辦。②不顧當事人的意願，由非當事人徑自作主辦理◇包辦婚姻|越權包辦|包辦代替。

【包藏】bāocáng 包含；隱藏◇包藏禍心。

【包羅】bāoluó 包容；包括◇包羅萬象。

4 **匈** xiōng 粵hung^{1}空【匈奴】xiōngnú 中國古代北方的民族。戰國時遊牧於燕、趙、秦以北。秦漢時期勢力強盛，統治大漠南北廣大地區。東漢時分為南北兩部。後北匈奴為漢所敗，西遷。南匈奴附漢。東晉時南匈奴先後建立了前趙、後趙、夏、北涼等國。

5 **匉** pēng 粵paang^{1}烹【匉訇】pēnghōng 象聲詞。形容轟轟的巨大聲響◇匉訇一聲，圍牆倒了。

7 **匍** pú 粵pou^{4}蒲【匍匐】púfú 身體貼地爬行◇匍匐前進。

9 **匏** páo 粵paau^{4}咆【匏瓜】páoguā 一年生草本植物，果實比葫蘆大，成熟後對半剖開可以做水瓢。

9 **匐** fú 粵fuk^{6}服 見"匍匐"。

匕部

0 **匕** bǐ 粵bei^{2}彼 ①古代湯匙一類的取食用具。②匕首◇圖窮匕現。

【匕首】bǐshǒu 短劍或狹長的短刀之類的兵器。

2 **化** huà 粵faa^{3}花^{3} ①變化；改變◇頑固不化|化險為夷。②融解，溶化◇雪化了。③消除；消化◇化食消積|食古不化。④(僧道)募集財物◇化緣。⑤(僧道)死去◇羽化成仙。⑥燒掉◇焚化。⑦感化◇潛移默化。⑧風氣；習俗◇有傷風化。⑨化學的簡稱◇化肥。⑩放在名詞或形容詞後，表示轉變成某種性質或狀態◇綠化|現代化。

【化石】huàshí 古代生物的遺體、遺物或遺跡埋藏在地下，經過自然界的作用而變成石頭一樣的東西。是古生物學的主要研究材料◇猿人化石|恐龍化石|古生物化石。

【化外】huàwài 指政令教化達不到的偏遠地方◇化外之民|化外之邦。

【化名】huàmíng ①為不暴露真姓名而改用假姓名◇張雲化名李飛。②假名字◇上網聊天大多用化名。

【化身】huàshēn ①佛教稱佛或菩薩來到人間教化眾生的形象。②指人或事物轉化成的另一種形象◇小説的主人翁是作者的化身。③指某種抽象觀念的具體形象◇包公是正義的化身。

【化妝】huàzhuāng 用脂粉等修飾面容使美麗◇她外出前必定要化妝。

【化除】huàchú 消除◇化除隔閡|化除嫌怨。

【化解】huàjiě 消除◇化解衝突。

【化裝】huàzhuāng ①演員為扮演劇中人物而修飾容貌、形體◇正在後台化裝。②假扮，裝扮◇化裝舞會|化裝成米奇老鼠的模樣。

【化境】huàjìng ①指藝術上所達到的高超境

界◇李杜之詩，可謂達於化境。② 佛家指佛教化所及的境界◇禪意化境。

【化緣】huàyuán 僧尼或道士向人求佈施◇寺裏的兩個小和尚都去化緣了，因此寺中冷清，無人走動。

【化驗】huàyàn 用物理或化學的方法查看物質的成分和性質。

3 **北** běi 粵bak1 ①方位詞。四個主要方向之一，早晨面對太陽時左手的一方◇天南地北。②失敗；敗逃◇敗北。

【北方】běifāng ① 北面，北邊。② 指一個國家的北部地區。中國一般指黃河流域及其以北地區。

【北宋】běisòng 中國史學上的朝代名。宋朝的前半期（公元 960 至 1127 年）建都汴京（今河南開封），史稱北宋。宋朝的後半期，北方淪陷，南遷都城至臨安（今杭州），史稱南宋。

【北面】běimiàn ① 北方；靠北的一面。② 面朝北，古代以北面為卑位、南面為尊位，所以“北面”指稱臣或拜師。

【北洋】běiyáng 清末指奉天（遼寧）、直隸（河北）、山東沿海地區。特設北洋通商大臣，由直隸總督兼任◇以袁世凱為代表的北洋軍閥連年混戰。

【北國】běiguó 中國的北方。

【北極】běijí 地極的北端，為北半球的頂點。處於北緯 90°。

【北魏】běiwèi 中國古代南北朝時的北朝之一（公元 386—534 年）。鮮卑人拓跋珪所建，後分裂為東魏和西魏。

【北斗星】běidǒuxīng 北方天空中排列成勺形的七顆明亮的星，屬大熊星座。

北斗七星
天樞 天璇 天璣 天權 玉衡 開陽 搖光

【北極星】běijíxīng 天空北部的一顆亮星，差不多正對着地軸，從地球上看，它的位置幾乎不變，人們以它來辨別方向。

9 **匙** ㈠chí 粵ci4 詞 小勺子◇湯匙丨茶匙。
㈡shi 粵si4 時 見“鑰匙”。

匚部

3 **匝〔帀〕** zā 粵zaap3 眨 ①環繞一周叫一匝◇繞樹三匝，無枝可依。②滿，遍◇柳蔭匝地。

3 **匜** yí 粵ji4 兒 ①古代一種洗手用的扁圓型器具◇捧匜沃灌。②古代一種盛酒的器具。

4 **匡** kuāng 粵hong1 康 ①糾正，改正◇匡謬正俗。②救助；輔助◇匡扶丨匡助。③粗略計算，估計◇匡算。④姓。

【匡正】kuāngzhèng 糾正，改正◇匡正時弊。

4 **匠** jiàng 粵zoeng6 象 ①有專門手藝的人◇能工巧匠。②靈巧，巧妙◇獨具匠心。③在某一方面造詣深、成就大的人◇藝術巨匠。

【匠心獨運】jiàngxīndúyùn 形容獨創性地運用精巧的心思。多指文學、藝術的創作。

5 **匣** xiá 粵haap6 狹 收藏東西的方形盒子，有蓋◇木匣丨鐵匣。

8 **匪** fěi 粵fei2 誹 ①用暴力搶劫財物、危害他人的壞人。②不；不是◇得益匪淺丨我心匪石，不可轉也。

【匪徒】fěitú 像盜匪一樣作惡的壞人。

【匪夷所思】fěiyísuǒsī 夷，平常。不是根據常理所能想像得到的。多形容言談舉止，或某些事情離奇怪誕。

9 **匭（匦）** guǐ 粵gwai2 鬼 匣子；小箱子◇票匭。

11 **匯（汇）** huì 粵wui6 會6 ①水流會合◇匯成巨流。②聚集，聚合◇匯總。③聚集在一起的事物◇語匯丨詞匯表。④通過郵電局、銀行等將款項由一地撥到另一地◇匯款丨電匯。⑤指外國貨幣◇外匯丨創匯。

【匯合】huìhé ①（江河等）合流◇黃浦江在吳淞口與長江匯合。② 泛指聚合在一起◇遊行隊伍在維園匯合。

【匯兑】huìduì 匯出和兑取（款項）。銀行或郵電局受匯款人的委託，將款項撥交給指定的收款人。方式有信匯、電匯、票匯等。

【匯票】huìpiào 銀行或郵電局開具的支取匯款的票據。

【匯率】huìlǜ 指兩種貨幣之間的兑換比例。也稱匯價。

【匯款】huìkuǎn 透過銀行等金融機構，將金錢以電子等方式由一個地方轉移至其他地方◇給在外國讀書的妹妹匯款。

【匯聚】huìjù 聚集到一起◇親朋好友匯聚一堂。

12 **匱(匮)** kuì 粵gwai6 跪 不足，缺少◇匱乏。

【匱竭】kuìjié 缺乏枯竭◇資源匱竭｜物資匱竭。

匸部

2 **匹** pǐ 粵pat1 疋 ①相當，可以相比◇難以相匹。②單獨◇單槍匹馬。③量詞。(1)用於馬、騾等◇兩匹馬。(2)用於整卷的紡織品◇半匹紅綃一丈綾。

【匹夫】pǐfū ① 古代指男性平民，後泛指普通人◇天下興亡，匹夫有責。② 指沒有智謀的人。含貶義◇匹夫之勇。

【匹配】pǐpèi ① 結為婚姻◇匹配良緣。②（電器元件等）配合◇阻抗匹配。

【匹敵】pǐdí 比得上，彼此相當◇自以為無人匹敵。

6 **匼** ㈠ qià 粵hap1 恰 古代一種頭巾◇烏匼。
㈡ kē 粵hap1 恰 用於地名，如匼河（在山西）。

9 **匿** nì 粵nik1 昵 隱藏；躲避◇隱匿｜逃匿。

【匿名】nìmíng 隱瞞真實姓名或不顯示姓名◇匿名信｜匿名恐嚇。

【匿跡】nìjì 隱藏形跡◇藏名匿跡｜銷聲匿跡。

【匿影藏形】nìyǐng cángxíng 隱藏形跡，不露真相。

9 **區(区)** ㈠ qū 粵keoi1 拘 ①分別；劃分◇區別｜區分。②地區，地域◇卧龍大熊貓自然保護區。③行政區劃單位◇區縣｜自治區。
㈡ ōu 粵au1/ngau1 勾 姓。

【區分】qūfēn 找出彼此之間的不同點，從而把它們辨別劃分開來◇區分優劣。

【區宇】qūyǔ 疆域；天下◇威震區宇。

【區別】qūbié ① 區分；辨別◇區別真偽。② 彼此不同的地方◇看不出兩者之間有甚麼區別。

【區域】qūyù 一定範圍內的地方◇區域經濟｜泛珠三角區域合作。

【區區】qūqū ① 少；小；微不足道◇區區小事。② 謙稱自己。含詼諧意◇榜上第二名便是區區。

【區劃】qūhuà 按自然條件或行政管理系統所劃分的地域◇行政區劃。

【區塊鏈】qūkuàiliàn 用分散式資料庫識別、傳播和記錄資訊的智能化對等網絡，儲存在其中的數據無法更改。

9 **匾** biǎn 粵bin2 貶 ①掛在門或牆上部的題字橫牌◇橫匾｜匾額。②一種圓形平底，邊框很淺的竹器◇攤位上擺着一排竹匾。

十部

0 **十** shí 粵sap6 拾 ①數目字◇十年樹木，百年樹人。②序數。第十◇十樓｜十月。③表示達到頂點◇十足｜十全十美。

【十分】shífēn 很，非常。表示程度高◇十分艱難｜大家十分感動。

【十足】shízú ① 非常充足◇神氣十足｜信心十足。② 形容成色純◇十足的黃金。

【十三經】shísānjīng 十三部儒家經書的合稱，是儒學的核心文獻。即《周易》《尚書》《詩經》《周禮》《儀禮》《禮記》《左傳》《公羊傳》《穀梁傳》《孝經》《爾雅》《論語》和《孟子》◇鬥酒縱觀廿四史，爐香靜對十三經。

【十字架】shízìjià ① 因耶穌被釘死在十字架上，故天主教、基督教用十字架作為信仰的標記。在西方文學常作為苦難和死亡的象徵。② 古代羅馬帝國的殘酷刑具。

【十八羅漢】shíbāluóhàn 十八羅漢是指佛教傳說中十八位永住世間、護持正法的阿羅漢。

【十全十美】shíquánshíměi 形容完美無缺。

【十字路口】shízìlùkǒu 兩條道路縱橫交會的地方。比喻在重大問題上需要作出抉擇的關頭。

【十室九空】shíshìjiǔkōng 十戶人家，九家空虛。形容因災荒、戰亂或暴政使得人民破產、流亡的景象。

【十拿九穩】shínájiǔwěn 形容有必定成功或取勝的把握。

【十惡不赦】shí'èbúshè 十惡，封建社會指十種不可赦免的重罪：謀反、謀大逆、謀叛、惡逆、不道、大不敬、不孝、不睦、不義、內亂。形容罪大惡極，不可饒恕。

【十萬火急】shíwànhuǒjí 形容事情非常緊急，到了刻不容緩的地步。

【十八般武藝】shíbābānwǔyì ① 古代一般指使用刀、槍、劍、戟、棍、棒、槊、鏜、斧、鉞、鏟、鈀、鞭、鐧、錘、叉、戈、矛等十八種兵器的武藝。② 泛指多種武藝。現用來比喻多種技能。

【十萬八千里】shíwànbāqiānlǐ 佛教中東土至西天的距離，後用以形容極遠的距離或極大的差距◇這兩家廠相比，經濟效益相差十萬八千里。

【十年樹木，百年樹人】shíniánshùmù, bǎiniánshùrén 樹，種植、培植。比喻培養人才是長久之計。也形容培養人才很不容易。

1 千 qiān 粵cin[1]遷 ①數目字。十個一百。②形容很多◇成千上萬 | 千年古樹。③姓。

【千古】qiāngǔ ① 久遠的年代；長遠的時間◇千古奇聞 | 千古罪人 | 流芳千古。② 婉辭。表示不朽。多用於輓聯、花圈等的上款◇敬功先生千古。

【千秋】qiānqiū ① 千年。泛指很長的時間◇窗含西嶺千秋雪，門泊東吳萬里船。② 指事物的特色◇各有千秋。③ 敬稱別人的壽辰。

【千金】qiānjīn ① 指很多的錢。② 形容貴重、珍貴◇千金之軀 | 一字千金。③ 敬稱別人的女兒◇喜得千金。

多樣表達：千金
令愛 令媛 女公子

【千萬】qiānwàn ① 數目字。表示數量多。② 務必，一定要。表示懇切叮囑的語氣◇千萬不可大意。

【千歲】qiānsuì ① 千年。② 封建時代對太子、王公、皇后等的尊稱。

【千分點】qiānfēndiǎn 以千分數形式所表示的統計指標的變動幅度，千分之一為一個千分點。

【千方百計】qiānfāngbǎijì 形容想盡或用盡一切辦法。

【千里鵝毛】qiānlǐ'émáo 千里送鵝毛。比喻禮物雖輕而情意深厚。

【千恩萬謝】qiān'ēnwànxiè 反復向人道謝，表示感恩。

【千鈞一髮】qiānjūnyífà 鈞，古代重量單位，合三十斤。千鈞的重物吊在一根頭髮上。比喻情況萬分危急。

【千絲萬縷】qiānsīwànlǚ 縷，線。千條絲，萬條線。多形容彼此之間關係密切或複雜，難以分解清楚。

【千載一時】qiānzǎiyìshí 一千年才遇到一次的時機，形容機會非常難得。

【千慮一失】qiānlǜyìshī 聰明人多次思慮，還是會有失誤。㊎ 千慮一得。

【千慮一得】qiānlǜyìdé 得，得當、可取。笨人多次思慮，也會有可取之處。後多用於自謙之語。《晏子春秋·內篇雜下》："聖人千慮，必有一失；愚人千慮，必有一得。"

【千篇一律】qiānpiānyílǜ ① 千篇文章都是一個樣。形容詩文寫作程式化。② 泛指事物形式單調，缺少變化。

【千錘百煉】qiānchuíbǎiliàn ① 形容對詩文反復加工潤色，精益求精。② 比喻久經鍛煉和考驗◇只有千錘百煉，她才會成熟起來。

【千里之行，始於足下】qiānlǐzhīxíng, shǐyúzúxià 千里的行程是從腳下第一步開始的。比喻事情的成功是由小而大逐漸積累的。

【千里之堤，潰於蟻穴】qiānlǐzhīdī, kuìyúyǐxué 千里長的大堤，由於有一個小小的螞蟻洞而崩潰。比喻小事不注意，就會出大亂子。

2 卅 sà 粵saa[1]沙 數目字。三十。

2 午 wǔ 粵ng[5]五 ①地支的第七位。②十二時辰之一。指上午十一點到下午一點◇午時。③泛指中午時間◇鋤禾日當午，汗滴禾下土。

【午夜】wǔyè 半夜，夜裏十二點前後◇午夜剛過，傳來轟轟的雷聲。

【午門】wǔmén 帝王宮城的正門，是羣臣待朝或候旨的地方。

【午時】wǔshí ① 古代指白天十一點到午後一點的時間。② 特指白天十二點◇驕陽高懸，正當午時。

2 **升** shēng 粵sing1 星 ①往上移動◇升旗｜旭日東升。②提高◇升級｜提升。③登上◇升堂入室。④容量單位。公制 1 升等於 1000 毫升。⑤量糧食的器具。容量為斗的十分之一。

【升天】shēngtiān 婉辭。稱人死亡。

【升水】shēngshuǐ 舊時在調換票據或兑換貨幣時，因為比價的不同，比價高的一方應該向另一方收取一定的差額，叫升水。

【升斗】shēngdǒu 微小，少量◇升斗小民。

【升平】shēngpíng 太平，沒有動亂◇歌舞升平。

【升沉】shēngchén ① 舊時指仕途進退◇官場升沉。② 泛指命運的好壞◇榮辱升沉，不必放在心上。③ 時代的變遷與推移◇時代的升沉。

【升降】shēngjiàng 上升和下降。

【升值】shēngzhí ① 本國單位貨幣的含金量增加或本國貨幣對外國貨幣的比價提高◇人民幣升值。② 泛指事物的價值提高◇土地升值。

【升級】shēngjí ① 從較低的級別升到較高的級別◇產品升級換代。② 指戰爭規模擴大、事態緊張、程度加劇等◇衝突不斷升級。

【升帳】shēngzhàng 舊指軍隊將帥到營帳中召集部下議事或發號施令。

【升華】shēnghuá ① 固態物質不經過液態而直接變為氣態。② 比喻事物經過提煉和加工，由低級轉為高級。

【升等】shēngděng 升級；提升級別。

【升擢】shēngzhuó 提拔；晉升◇不拘資歷，破格升擢。

【升騰】shēngténg（火焰、氣體等）翻滾着上升◇熱氣升騰｜怒氣升騰。

【升堂入室】shēngtángrùshì 登上堂屋，再進入內室。後比喻學問和技藝達到高深的境地。

3 **卉** huì 粵wai2 委 草的總稱◇花卉。

3 **卅** xì 粵se3 瀉 數目字。四十。

3 **半** bàn 粵bun3 般3 ①二分之一◇半年｜半價。②在中間的◇半夜｜半山腰。③不完全◇半成品｜半透明。④比喻很少◇連半個人影也沒見到。

【半子】bànzǐ 指女婿。民間有女婿抵半個兒子的説法。

【半生】bànshēng ① 半輩子◇半生心血。② 沒有全熟◇半生不熟。

【半晌】bànshǎng ① 方言。半天，半日◇前半晌（上午）｜後半晌（下午）。② 許久，好久◇聊了半晌｜嚇得半晌沒敢説話。

【半島】bàndǎo 三面被水圍着的陸地◇九龍半島。

【半瓶醋】bànpíngcù 比喻對某種知識或技術知道一些但沒有完全掌握的人。同 半桶水。

【半桶水】bàntǒngshuǐ 比喻對某種知識或技術一知半解的人◇一桶水不響，半桶水晃盪。同 半瓶醋。

【半導體】bàndǎotǐ ① 半導體收音機的俗稱。② 導電能力介於導體和絕緣體之間的物質，具有單向導電等特性，如鍺、硅、硒等。

【半斤八兩】bànjīnbāliǎng 舊制一市斤是十六兩，半斤就是八兩。比喻彼此相當，不分上下。多含貶義。同 不相上下。

【半死不活】bànsǐbùhuó 接近死亡狀態。形容人或事物沒有生氣。

【半身不遂】bànshēnbùsuí 身體的一側癱瘓，排得有點擠，是否可以排鬆一點。也叫偏癱。

【半推半就】bàntuībànjiù 一邊推開，一邊湊近。形容內心願意，表面上卻推辭。

【半途而廢】bàntú'érfèi 半路上停下不走了。比喻做事有始無終，不能堅持到底。

6 **協（协）** xié 粵hip3 脅/hip6 挾6 ①合，共同◇協議｜齊心協力。②輔助，幫助◇協辦｜協助。③和諧；融洽◇色彩協調｜上下不協。

【協同】xiétóng ① 互相配合；協助配合◇各兵種協同作戰｜協同偵破案件。② 共同◇協同辦理｜協同發展。

【協助】xiézhù 幫助，輔助◇大力協助｜協助解決困難。

【協作】xiézuò 互相配合來完成一項工作，或做完一件事情◇協作拓展海外市場。

【協和】xiéhé ① 協調融洽◇氣氛協和。② 使協調融洽◇協和軍民關係。

【協定】xiédìng ① 經過協商，共同訂立◇協定共同綱領。② 雙方或多方經過協商後訂立的共同遵守的條款◇君子協定｜停戰協定。

【協約】xiéyuē（國家間）經談判訂立的條約◇簽訂協約。

【協理】xiélǐ ① 協助辦理◇電視台主辦，樂團協理。② 職務名稱。舊時銀行、企業協助經理主持業務工作的人。

【協商】xiéshāng 共同商量，以便取得一致意見◇協商解決｜反復協商。

【協會】xiéhuì 以促進共同事業為宗旨而組成的羣眾團體◇作家協會｜勞工協會。

【協調】xiétiáo ① 配合適當◇關係協調，進展順利。② 使配合適當◇雙方關係仍需進一步協調。

6 **卓** zhuó 粵coek³ 桌 ①高而直◇孤高卓立。②傑出；高明◇卓爾不羣|遠見卓識。③姓。

【卓拔】zhuóbá 卓越超羣◇堅毅卓拔的氣魄。

【卓異】zhuóyì 特別優秀，超過一般人◇英才卓異。

【卓著】zhuózhù 突出而顯著◇功勛卓著｜成效卓著。

【卓越】zhuóyuè 非常優秀，超越他人◇才華卓越｜卓越的貢獻。

【卓然】zhuórán 傑出，出眾◇功勛卓然｜卓然不羣。

【卓絕】zhuójué 超過一切，無與倫比◇才智卓絕｜卓絕的創新能力。

【卓犖】zhuóluò 高超出眾◇卓犖不羈｜卓犖英姿。

【卓躒】zhuóluò 卓犖，超絕出眾◇英才卓躒。

【卓爾不羣】zhuó'ěrbùqún 卓爾，突出的樣子。形容超羣出眾。

6 **卑** bēi 粵bei¹ 悲 ①(地勢)低凹◇卑濕。②(地位)低下◇尊卑長幼。③謙恭◇謙卑。④品質低劣◇卑鄙。⑤輕視◇自卑。

【卑下】bēixià ①（品格、風格）低劣◇品質庸俗卑下。②（地位）低下◇出身卑下。

【卑劣】bēiliè 卑鄙惡劣◇行為卑劣｜卑劣的小人。

【卑怯】bēiqiè 卑下而怯懦◇生性卑怯。

【卑俗】bēisú 卑下庸俗◇言語卑俗｜格調卑俗。

【卑微】bēiwēi 身份或地位低下◇卑微的小人物。

【卑鄙】bēibǐ（品質、言行）惡劣；不道德◇卑鄙小人。

【卑賤】bēijiàn ① 指出身或地位低下◇身份卑賤。② 卑劣下賤◇只有卑賤的人，沒有卑賤的職業。

【卑職】bēizhí ① 低微的職位。② 舊時下級官吏對上司謙稱自己。

【卑躬屈膝】bēigōng qūxī 卑躬，彎腰；屈膝，下跪。形容低聲下氣地作出逢迎的姿態，奉承討好別人。

【卑之無甚高論】bēizhī wúshèngāolùn 卑，低下；高論，高明的議論。原意是談當前的實際問題，不要空發議論。後用來表示見解一般，沒有甚麼高明的地方。也作“卑無高論”。

6 **卒** (一)zú 粵zeot¹ ①士兵◇馬前卒|身先士卒。②稱差役◇走卒|獄卒。③完畢，結束◇卒業(畢業)|卒歲(過完一年)。④死亡◇生卒年月。⑤終於，最後◇卒成大業。

(二)cù 粵cyut³ 撮 同“猝”。突然◇卒聞此言，大驚失色。

【卒然】cùrán 突然；忽然◇卒然相遇｜卒然倒閉。

【卒業】zúyè ① 完成未竟的事業◇武王伐紂，周公卒業。② 畢業◇卒業於香港大學。

7 **南** (一)nán 粵naam⁴ 男 ①方位詞。四個主要方向之一，早晨面對太陽時右手的一方。②南方的或有南方特點的◇南曲|南味。③姓。

(二)nā 粵naa¹ 那¹ 見“南無”。

【南方】nánfāng ①南面，南邊◇南方飛來的大雁。②泛指長江以南地區。

多樣表達：方位
前方 後方 左方 右方 上方 下方 東方 南方 西方 北方

【南面】nánmiàn ①面朝南。古代以坐北朝南為尊位，所以"南面"指位居高位◇南面之尊。②南方，南邊。

【南洋】nányáng ①清末指江蘇、浙江、福建、廣東等沿海地區。②指東南亞地區與澳洲西北的南洋羣島◇下南洋｜早年飄泊南洋。

【南畝】nánmǔ 農田。古代田地多向南開闢，以利於農作物生長，故稱。

【南國】nánguó 泛指中國南方◇紅豆生南國，春來發幾枝。

【南貨】nánhuò 南方所產的食物的統稱，如筍乾、火腿、龍眼、茶葉等◇南貨店。

多樣表達：南貨
北貨 炒貨 乾貨 鮮貨 雜貨 山貨 土貨 土產 特產 土特產 百貨 行貨

【南無】nāmó 佛教語。對佛表示尊敬和皈依的稱號◇南無阿彌陀佛。(梵 Namas)

【南北朝】nánběicháo 朝代名。東晉亡後，宋、南齊、梁、陳先後在中國南部建立政權，稱南朝(公元 420–589)；北魏、北齊、北周先後在中國北部建立政權，稱北朝(公元 386–581)，合稱南北朝。

【南柯一夢】nánkēyímèng 唐代李公佐《南柯太守傳》：淳于棼在夢中到了大槐安國，娶了公主，被封為南柯郡太守，享盡榮華富貴。醒來後發現，大槐安國原來是住宅南邊大槐樹下的一個螞蟻洞。後指不能成真的夢想或空歡喜。

【南腔北調】nánqiāng běidiào 形容口音不純，夾雜各地方言音。

【南轅北轍】nányuán běizhé 轅，車前駕牲口的兩根直木；轍，車輪滾壓出的痕跡。《戰國策·魏策四》：有個人要到南方楚國去，卻駕着車往北走，別人説他走錯了，他硬説能走到。後比喻所採取的行動和所要達到的目的相反。

10 **博** bó 粵bok[3] 搏 ①大◇寬衣博帶。②廣；豐富◇旁徵博引。③廣泛；普遍◇博愛。④通曉，知道得多◇博古通今。⑤取得◇博取信任。⑥古代的一種棋戲。後泛指賭博◇博局。

【博士】bóshì ①最高一級的學位名稱◇文學博士｜法學博士。②古代對從事某種職業的人的尊稱，如茶博士、酒博士。③古代官職名。漢武帝置五經博士。

【博大】bódà 寬廣；豐富。多用於抽象事物◇博大精深｜博大的胸襟。

【博取】bóqǔ 努力求得，爭取得到◇博取功名｜博取歡心。

【博物】bówù ①萬物◇博物館｜博物誌。②通曉許多事物◇博物洽聞，通達古今。③舊時對動物、植物、礦物、生理等學科的總稱。

【博客】bókè 在互聯網上發表的文章、圖片等。也叫網絡日誌◇他經常寫博客。

【博彩】bócǎi 彩，獎勵給賭博獲勝者的金錢或物質。指賭博、摸彩、抽獎等活動。也特指賭博◇博彩業｜博彩公司。

【博愛】bó'ài 對人類普遍地愛◇博愛眾生｜自由、平等、博愛。

【博學】bóxué 學識廣博◇博學多才。

【博識】bóshí 知識廣博◇博識多才。

【博覽】bólǎn 廣泛閱讀◇博覽羣書。

【博古通今】bógǔ tōngjīn 通曉古往今來的事情。形容知識豐富。

【博聞強識】bówén qiángzhì 識，記住。見聞廣博，記憶力強。

卜部

0 **卜** bǔ 粵buk[1] 僕[1] ①古代指用火灼烤龜甲取裂紋以預測吉凶。後泛指預測吉凶的活動◇求神問卜。②預料，推測◇吉凶未卜。③選擇(處所)◇卜居。④姓。

【卜卦】bǔguà 一種占卜方法，根據八卦的卦象來推斷吉凶。相傳是伏羲創造的。

【卜居】bǔjū 擇地居住◇卜居鄉村。

【卜問】bǔwèn 用占卜的方法來問事◇卜問吉凶。

【卜鄰】bǔlín 選擇鄰居◇擇善而從，卜鄰而居。

【卜辭】bǔcí ① 商代刻在龜甲或獸骨上記錄占卜的人、時間、原因、結果等的文字，現今稱為甲骨文。② 占卜時所寫的文字和所說的話。

2 **卞** biàn 粵bin⁶便 ①性急◇卞急。②姓。

3 **卡** 〈一〉qiǎ 粵kaa¹ ①因夾住而無法移動◇拉鏈卡住了。②夾子◇髮卡。③在交通要道上設置的檢查站◇關卡｜哨卡。

〈二〉kǎ 粵kaa¹ ①卡片◇目錄卡｜資料卡。(英 card)②類似卡片形狀的憑證◇綠卡｜信用卡。③熱量單位卡路里的簡稱。④錄音機上放置盒式磁帶的倉式裝置◇單卡錄音機。(英 cassette)

【卡子】qiǎzi ① 夾東西的器具◇頭髮卡子。② 在交通要道設置的檢查站或收費的地方。

【卡通】kǎtōng 動畫片◇爸爸要求我做完功課後才看卡通片。(英 cartoon)

【卡殼】qiǎké ① 槍膛或炮膛裏的彈殼退不出來。② 比喻因遇到困難而中斷◇轉學的事卡殼了。

【卡路里】kǎlùlǐ 熱量單位。把一克水的溫度升高 1°C 所需要的熱量。簡稱卡。(法 calorie)

【卡拉 OK】kǎlā'ōukèi 二十世紀七十年代日本發明的一種沒有樂隊伴奏的音響設備。日語是"無人樂隊"的意思。現多指利用這種音響設備一邊欣賞影像，一邊跟着播出的音樂和字幕演唱。(日から OK；OK，英 orchestra)

3 **占** 〈一〉zhān 粵zim¹尖 ①占卜。也泛指從某種預兆推測吉凶◇占卦｜占夢。②姓。

〈二〉zhàn 粵zim³佔 同"佔"。

【占卜】zhānbǔ 迷信者借用某些物品推算吉凶禍福。古代用龜甲、蓍草、竹扦等物占卜，後世多用錢幣、紙牌等物。

3 **卟** bǔ 粵buk¹卜【卟吩】bǔfēn 一種有機化合物，是葉綠素、血紅蛋白等的重要組成部分。(英 porphine)

5 **卣** yǒu 粵jau⁵有 古代一種盛酒的器皿。大腹小口，有蓋和提手。

6 **卦** guà 粵gwaa³掛 ①古代一種有象徵意義，用來占卜的符號。②泛指各種預測吉凶的行為◇算卦。

六十四卦

乾 坤 屯 蒙 需 訟 師 比 小畜 履 泰 否 同人
大有 謙 豫 隨 蠱 臨 觀 噬嗑 賁 剝 復 無妄
大畜 頤 大過 坎 離 咸 恆 遯 大壯 晉 明夷
家人 睽 蹇 解 損 益 夬 姤 萃 升 困 井 革
鼎 震 艮 漸 歸妹 豐 旅 巽 兌 渙 節 中孚
小過 既濟 未濟

9 **卨〔禼〕** xiè 粵ze⁶ 謝 多用於人名，例如万俟卨，宋朝人。

卩部

2 **卬** áng 粵ngong⁴昂 ①我◇人涉卬否。②同"昂"。抬起，升高；精神振奮◇卬首。

3 **卮〔巵〕** zhī 粵zi¹ 之 ①古代盛酒的器皿◇卮酒。②一種野生植物，紫赤色，可製胭脂。

3 **卯** mǎo 粵maau⁵牡 ①地支的第四位◇子丑寅卯。②器物接榫處凹下的部分。③十二時辰之一。指上午五點到七點◇卯時｜點卯｜晝卯。④姓。

【卯眼】mǎoyǎn 榫眼。器物的零部件利用凹凸方式連接的地方的凹進部分。

4 **印** yìn 粵jan³ 因³ ①圖章◇印信｜印章。②痕跡◇手印｜烙印。③壓上痕跡；留下印象◇翻印｜純真的友誼印在心田。④符合◇心心相印。⑤印度的簡稱。⑥姓。

【印行】yìnxíng 印刷並發行◇本書由商務印書館印行。

【印花】yìnhuā ① 將花紋或圖案印到紡織品等物上。② 印有花紋、圖案（的）◇印花玻璃杯。③ 印花稅的簡稱。一種作為稅款的特製印刷品，由政府出售，貼在契約、憑證等上面，表示已納稅。

【印泥】yìnní 蓋印時用的一種紅色膠泥狀顏料，一般用硃砂、艾絨和油調製而成。

【印刷】yìnshuā 把圖文製成版，刷油墨，印在紙上。印刷術是中國最早發明的◇雕版印刷開始於隋朝，盛行於唐代。

【印信】yìnxìn 政府機構圖章的總稱。

【印記】yìnjì ① 所蓋章的印跡◇文件上的印記很清晰。② 痕跡；標記◇沙灘上留下一串馬蹄印記。

【印堂】yìntáng 人額頭的兩眉之間◇中庭飽滿，印堂明亮。

【印章】yìnzhāng 圖章；圖章印出的痕跡◇畢業證書上蓋有校長的印章。

【印象】yìnxiàng 客觀事物在人腦裏留下的影像◇印象深刻。

【印證】yìnzhèng ① 證明與事實相符◇這個推論有待印證。② 證明與事實相符的證據◇這是最好的印證。

【印鑒】yìnjiàn 供核對以防假冒的印章底樣◇在銀行留下刻有暗記的印鑒。

【印子錢】yìnziqián 一種高利貸。放債人把本金加上很高的利息，限債務人分次按期償還，每還一次，在預立的摺子上蓋一印記，故名◇手頭再緊也不能借印子錢。

4 **危** wēi 粵ngai^4 霓 ①不安全；使處於不安全的境地◇居安思危|危及生命。②恐懼；使恐懼◇人人自危。③人將死◇垂危。④形容高聳；陡◇危樓高百尺。⑤端正；正直◇正襟危坐。⑥星宿名。二十八宿之一。⑦姓。

【危亡】wēiwáng 瀕於滅亡的危險局面◇萬眾一心，挽救危亡。

【危及】wēijí 危害到；威脅到◇危及生命。

【危殆】wēidài 危險◇處境危殆。

【危重】wēizhòng 嚴重而危險◇搶救危重病人。

【危迫】wēipò 危急。

【危急】wēijí 危險而緊急◇形勢危急｜危急關頭。

【危害】wēihài 使受損害；傷害◇嫉妒是危害友誼的腐蝕劑。

【危惡】wēi'è 危難險惡◇形勢危惡。

【危機】wēijī ① 產生危險的禍根◇安樂中潛伏着危機。② 處於嚴重困難的關頭◇經濟危機。

【危篤】wēidǔ（病勢）危急。

【危險】wēixiǎn 危急而兇險，與“安全”相對◇濫交朋友是危險的。

【危難】〈一〉wēinán 危險困難◇跋涉於危難之路。

〈二〉wēinàn 危險和災難◇救人於危難之中。

【危懼】wēijù 憂慮恐懼◇振作精神，在惶恐中、在危懼裏挺起身子。

【危在旦夕】wēizàidànxī 危險就在早晚之間。形容危險就在眼前。同 危如累卵 反 安如磐石、穩如泰山。

【危如累卵】wēirúlěiluǎn 像疊起的蛋隨時會跌下來一樣危險。形容形勢危急。

【危言聳聽】wēiyánsǒngtīng 故意說嚇人的話令人吃驚◇有些人唯恐天下不亂，總是危言聳聽地散播不實消息。

5 **卵** luǎn 粵leon^5 論^5 ①卵子。人或動植物的雌性生殖細胞，與精子結合產生下一代◇卵巢|排卵。②動物的蛋◇殺雞取卵|以卵擊石。③男子睾丸的俗稱。

【卵生】luǎnshēng 動物的幼體由離開母體的卵孵化出來◇雞是卵生動物。

【卵翼】luǎnyì 鳥用翅膀護卵孵出小鳥。比喻養育；庇護（多含貶義）◇在當權者的卵翼之下，走私活動日漸猖獗。

5 **即** jí 粵zik^1 積 ①靠近；接近◇若即若離|可望而不可即。②登上；到◇即位|即席。③就着（當前環境）◇即興|即景生情。④當時；眼下◇成功在即。⑤就是◇非此即彼。⑥就；便◇招之即來|稍縱即逝。⑦立刻；馬上◇請即派人前往。⑧就算是；即使◇即不死，亦無能為矣。

【即日】jírì ① 當天◇自即日起放假。② 近日；近幾天之內◇本片即日放映。

【即令】jílìng 即使，就算是◇即令三伏天，這裏也不會很熱。

【即位】jíwèi ① 就位；入席◇賓主即位。② 開始做皇帝◇幼帝即位。

【即使】jíshǐ 就是，就算。常和“也”搭配。表示假設◇即使條件再好，自己不努力也不行。

【即刻】jíkè 馬上，立刻◇即刻啟程。

【即便】jíbiàn 即使◇即便下雨也要去。

【即時】jíshí 立刻，立即◇即時啟程。

【即席】jíxí ① 就席；入座◇嘉賓陸續即席。② 宴會或會議當場◇即席賦詩｜即席發言。

【即將】 jíjiāng 將要，就要◇演出即將開始。

【即景】 jíjǐng 就着眼前的景物◇即景生情｜黃山即景。

【即興】 jíxìng 事先沒有準備，僅就當前的感受而即刻進行創作或其他活動◇即興賦詩｜即興作畫。

5 **卲** shào 粵siu6 紹 同"劭"。

6 **卸** xiè 粵se3 瀉 ①把加上去的東西去掉◇裝卸｜卸妝。②分開；拆開◇拆卸｜把窗門卸下來。③解除；推卻◇卸職｜卸責。

【卸任】 xièrèn 解除職務（一般指較高的職位）離去◇卸任返鄉。

【卸妝】 xièzhuāng 除去臉上脂粉、口紅等妝飾。

【卸責】 xièzé 推卸責任◇此事不容卸責。

【卸裝】 xièzhuāng 演員演完戲後除去化裝時的穿戴和塗抹的胭脂、油彩◇到後台卸裝。

【卸職】 xièzhí 解除或辭去職務◇李校長已經卸職了。

6 **卷** 〈一〉juàn 粵gyun2 捲 ①成本或成軸的書畫◇手不釋卷｜開卷有益。②書的一部分◇第五卷。③試卷◇考卷｜交白卷。④存檔的文件◇卷宗｜案卷。

〈二〉juǎn 粵gyun2 捲 同"捲"。

【卷帙】 juànzhì 書籍（就數量說）◇卷帙浩繁。

【卷宗】 juànzōng ①案卷；分類保存的文件◇查閱卷宗。②保存文件的紙夾子◇把這些材料放到那個卷宗裏去。

【卷軸】 juànzhóu 指經過裝裱的帶軸的書畫等◇稀世卷軸。

7 **卼** wù 粵ngat6 迄 見"𡰪卼"。

7 **卻**〔却〕 què 粵koek3 ①後退；使後退◇退卻｜卻敵。②推辭；拒絕◇卻之不恭｜盛情難卻。③去掉；了結◇忘卻｜了卻。④倒；可。表示轉折◇話雖不多，卻有道理｜何當共剪西窗燭，卻話巴山夜雨時。

【卻步】 quèbù 後退◇卻步不前｜望而卻步。

【卻病】 quèbìng 消除病痛◇卻病延年。

【卻說】 quèshuō 舊小說的發端詞，往往用來重提上文說過的事或引起下文。

8 **卿** qīng 粵hing1 兄 ①高級官員名◇卿相｜國務卿。②君主稱呼臣下◇愛卿。③夫妻或朋友間親昵的稱呼，有時還含有戲謔、嘲弄的意味◇機關算盡太聰明，反算了卿卿性命！

【卿卿我我】 qīngqīngwǒwǒ《世說新語・惑溺》："王安豐婦常卿安豐。安豐曰：'婦人卿婿，於禮為不敬，後勿復爾。'婦曰：'親卿愛卿，是以卿卿。我不卿卿，誰當卿卿？'遂恆聽之。"後形容夫妻或相愛男女非常親愛。

厂部

2 **厄**〔阨〕 è 粵ak1 握 ①困苦；災難◇厄運。②險要的地方◇險厄。③受困；面臨險惡◇漁船厄於風暴。

【厄運】 èyùn 艱難困苦的遭遇◇擺脫厄運。

6 **厔** zhì 粵cau3 湊/zat6 疾 河流彎曲的地方。多用於地名。

7 **厙**（厍） shè 粵se3 瀉 ①村莊。多用於村莊名。②姓。

7 **厘** lí 粵lei4 梨 同"釐"。

7 **厚** hòu 粵hau5 口5 ①扁平物體上下兩面的距離大◇厚羽絨被。②厚度◇雪有兩寸厚。③重；大；多◇厚禮｜厚望｜無可厚非。④（情意）深◇深情厚誼。⑤寬厚，不刻薄◇厚道｜忠厚。⑥優待，重視◇厚待｜厚古薄今。⑦（味道）濃◇醇厚｜酒味厚。⑧姓。

【厚重】 hòuzhòng ①厚度大，分量重◇厚重的毛毯。②豐厚貴重◇厚重的禮物。③敦厚持重◇為人厚重可靠。

【厚望】 hòuwàng 深切的期望◇有負恩師的厚望。

【厚愛】 hòu'ài 指對方對自己的深切關愛◇多承厚愛，不勝感謝。

【厚道】 hòudao 為人忠厚，不刻薄◇做人要厚道。

【厚實】 hòushi ①又厚又密實◇這布料很厚實。②富裕◇家底厚實。③深厚扎實◇基本功厚實。

【厚誼】hòuyì 深厚的情誼◇深情厚誼。

【厚此薄彼】hòucǐ bóbǐ 重視或優待一方，輕視或冷遇另一方。形容給予的待遇不同，有偏向◇對下屬要一視同仁，不可厚此薄彼。㊀ 一視同仁。

【厚顏無恥】hòuyánwúchǐ 顏，臉面。臉皮厚，不知羞恥。㊂ 恬不知恥。

8 **厝** cuò 粵cou³澡 ①放置，安置◇厝火積薪(比喻潛伏着極大的危機)。②磨刀石◇他山之石，可以為厝。③停棺待葬或淺埋以待改葬◇暫厝。

8 **原** yuán 粵jyun⁴元 ①最初的；本來的◇原始｜原班人馬。②原本的樣子◇還原。③原來，本來◇原是一片空地。④未作加工的◇原油。⑤寬闊平坦的地方◇離離原上草，一歲一枯榮。⑥諒解，寬恕◇情有可原。⑦推求；追究◇原本窮末｜原始究終。⑧姓。

【原子】yuánzǐ 構成化學元素的小粒子，也是物質進行化學反應的最基本單位。由帶正電的原子核和圍繞原子核運動的帶負電的電子組成。

【原文】yuánwén 引用、抄寫或改寫時所依據的文字。也指翻譯時所依據的文字。

【原本】yuánběn ① 原稿；最初的刊本或翻譯所根據的原書◇根據西班牙文原本翻譯。② 根本，根源◇教化之原本。③ 原來，本來◇原本是你的，怎麼她拿走了？

【原石】yuánshí 並未加工過的，原本開採出來的石頭。

【原由】yuányóu 緣由，原因。

【原因】yuányīn 造成某種結果或引起另一件事情發生的因素。

【原先】yuánxiān 從前；起初◇他原先身體極差。

【原色】yuánsè 能調合成各種顏色的基本顏色。顏料中的原色是紅、黃、藍；色光中的原色是紅、綠、藍。也稱三原色或基色。

【原形】yuánxíng 原來的形狀。引申為本來面目。含貶義◇原形畢露｜現出原形。

【原告】yuángào 向司法機關提出訴訟的一方。

【原來】yuánlái ① 本來的；沒有經過改變的◇按原來的計劃進行。② 表示發現真實情況◇原來如此。

【原委】yuánwěi 事情的緣起本末◇不知道事情的原委。

【原始】yuánshǐ ① 最初的；第一手的◇原始記錄。② 最古老的；未開發的；未開化的◇原始人｜原始森林。

【原則】yuánzé ① 說話、行事所依據的準則◇原則性｜堅持原則。② 整體上◇原則上支持。

【原宥】yuányòu 原諒，寬恕◇請多加原宥。

【原料】yuánliào 供製造產品所用的材料◇化工原料｜紡織原料。

【原理】yuánlǐ 具有普遍意義的基本理論或科學道理◇文學原理｜槓桿原理。

【原野】yuányě 平坦的曠野◇原野上散發着青草的香味。

多樣表達：原野

平地 平川 平原 平野 草原 莽原 雪原 郊原 郊野 田野 野外 荒野 曠野 四野 山野 沃野 一馬平川 沃野千里

【原創】yuánchuàng 首創，第一次創作出來的。一般用於文學作品和繪畫、歌曲等藝術作品。

【原稿】yuángǎo 寫成後未經過別人修改的稿子；據以排版印刷的稿子。

【原諒】yuánliàng 寬恕過失或錯誤。也用作請求對方容忍自己某種言行的謙辭。

【原籍】yuánjí 祖輩原本居住或個人出生的地方◇原籍潮州，久居香港。

【原始股】yuánshǐgǔ 上市公司首次發行的股票。

【原封不動】yuánfēngbúdòng 封，封口。原來的封口沒有動過。比喻照原樣保持，沒有一點變動。

【原原本本】yuányuán běnběn 本寫作"元元本本"。元，本，始。指探清事物的本源。後來多寫成"原原本本"，指事物從始到終的全過程或全部情況。

10 **厥** jué 粵kyut³決 ①氣悶；昏倒◇暈厥。②其，他的◇大放厥詞。

12 **厭(厌)** yàn 粵jim³掩³ ①滿足◇貪得無厭。②因過多而不喜歡◇不厭其

煩。③嫌棄；憎惡◇討厭|厭戰。

【厭世】yànshì 因悲觀而厭棄人世。

【厭倦】yànjuàn 對某事失去興趣而不願繼續◇刻板的生活令人厭倦。

【厭惡】yànwù 對人、事物產生很大的反感◇令人厭惡。

【厭棄】yànqì 因厭惡而嫌棄◇説多了讓人厭棄。

【厭煩】yànfán 感到麻煩而討厭。

13 **厲(厉)** lì 粵lai^{6}例 ①嚴格◇厲禁|厲行節約。②嚴肅；嚴厲◇正言厲色|聲色俱厲。③猛烈；迅疾◇變本加厲|雷厲風行。④同"礪"。磨鋒利◇秣馬厲兵。⑤姓。

【厲行】lìxíng 嚴格實行◇厲行節約。

【厲害】lìhai ① 兇猛；難以對付或忍受◇這女人真厲害|這一着棋厲害|天氣熱得厲害。② 猛烈的手段◇給他點厲害看看。③ 猛烈；劇烈◇心跳得厲害。

【厲聲】lìshēng 高聲；嚴厲的聲音◇厲聲呵斥。

17 **靨(靥)** yǎn 粵jim^{2}掩 ①蟹腹下面的薄殼。②螺類介殼開口處圓片狀的蓋。

厶部

0 **厶** sī 粵si^{1}思 同"私"。

3 **去** qù 粵heoi^{3}許^{3} ①離開◇拂袖而去。②距離◇三皇五帝去今已遠。③喪失，失去◇大勢已去。④前往◇去澳洲旅行。⑤過去的(時間)◇去冬今春。⑥婉辭。死亡◇不料先生竟先我而去。⑦除去◇去火|去偽存真。⑧表示動作的趨向或繼續◇上去|進去|看下去。⑨扮演◇去女主角。⑩方言。用在某些形容詞後，表示"極、非常"的意思◇上海比縣城可大了去啦！⑪去聲，漢語聲調四聲之一◇平上去入。

【去向】qùxiàng ① 所去的方向；去處◇不知去向|善款的去向。② 趨向◇發展去向|就業的去向。

【去處】qùchù ① 所去的地方◇沒人知道他的去處。② 場所；地方◇河邊是散步的好去處。

【去路】qùlù ① 前進的道路◇站在門口，擋住去路。② 去的地方◇這筆錢去路不明。

【去聲】qùshēng ① 古代漢語四聲的第三聲。② 普通話聲調中的第四聲。

5 **丟** dū 粵duk^{1}督 用筆頭、指頭或木棍等輕擊輕點◇丟一個點。

6 **叁** sān 粵saam^{1}衫 "三"的大寫。

9 **參(参)** 〈一〉cān 粵caam^{1}慘^{1} ①齊；等同◇古木參天。②加入；參與◇參軍|參政。③查閱；參考◇參閱。④進見◇參拜。⑤探究；領悟◇參禪|參不透其中的道理。⑥彈劾；檢舉◇被仇家參了一本。⑦檢驗◇參驗。⑧間雜◇葷素參食。

〈二〉cēn 粵cam^{1}侵/caam^{1}慘^{1} 見"參差"。

〈三〉shēn 粵sam^{1}心 ①星宿名。二十八宿之一◇人生不相見，動如參與商。②人參、黨參等參類的統稱。通常指人參◇高麗參。③海參◇梅花參。

【參天】cāntiān 齊天。形容高高地聳入天空◇古木參天。

【參半】cānbàn 各佔一半◇喜憂參半|苦樂參半|褒貶參半。

【參加】cānjiā ① 加入某種組織或參與某項活動。② 提出(意見)◇父母對她的婚事不肯參加意見。

【參考】cānkǎo ① 為學習或研究而查閱有關資料。② 借鑒；利用有關信息◇他的想法值得參考。

【參見】cānjiàn ① 去看與此處有關的另一處。多用於註釋◇參見《刑法》第二十三條之規定。② 以一定的禮節進見◇屬下參見丞相大人。

【參劾】cānhé 彈劾；揭發罪狀。

【參拜】cānbài 以一定禮節進見輩分高的人；敬仰某人的遺像、陵墓等◇到祠廟參拜。

【參看】cānkàn ① 參考另外的相關資料◇參看其他異本，比勘校對。② 註釋用語，提示讀者看了此處後再看其他相關材料。

【參酌】cānzhuó 參考有關情況、意見或材料，斟酌取捨。

【參差】cēncī ① 不齊；不一致◇四面羣山好似參差的劍刃。② 大約；近似◇參差的記憶。③ 蹉跎；錯過◇佳期參差。

【參商】shēnshāng 參星和商星。二星此出彼沒，不會同時出現。比喻親友不能相見◇東西永隔如參商。

【參評】cānpíng 參加評比、評選。

【參照】cānzhào 參考並比照◇參照試行。

【參與】cānyù 參加（做某事）；介入◇這件事我不想參與。

【參錯】cēncuò 間雜交錯◇作者將史料和文學作品參錯運用，互相釋證。

【參謀】cānmóu ① 參與制定作戰計劃和指揮作戰行動的軍官。② 替別人出主意◇請各位參謀參謀。③ 指替別人出主意的人◇給你們請來了一位好參謀。

【參選】cānxuǎn 參加競選◇她是首位宣佈參選的女性候選人。

【參贊】cānzàn ① 參與協助◇參贊軍務｜參贊朝政。② 使館的外交官名，是大使（公使）的主要助理◇商務參贊｜文化參贊。

【參驗】cānyàn 考核驗證◇博採實物，與書本所記載的知識相參驗。

【參觀】cānguān 比較觀察。現指到實地觀察◇參觀歷史博物館。

又部

0 **又** yòu 粵jau⁶右 ①表示動作的繼續或重複、反復◇洗了又洗｜又颳風了。②表示幾個動作、狀態、情況同時存在◇又驚又喜｜既是朋友，又是對手。③表示更進一層◇天冷，路又遠，還是別去了吧。④表示在某個範圍之外另有補充◇花紅之外，又發給津貼。⑤表示整數以外再加零數◇三十又二。⑥表示輕微轉折◇想笑又不敢笑。⑦用在否定句或反問句中，加強語氣◇多交幾個朋友，又有甚麼不好呢？

1 **叉** 〈一〉chā 粵caa¹差 ①一端有長齒而另一端有柄的器具◇魚叉｜刀叉。②用叉取物◇叉魚｜叉草。③交錯；相交◇雙手叉腰｜交叉路口。④“×”形符號的名稱，常用來標誌錯誤或所刪除的事物。

〈二〉chá 粵caa¹差 方言。擋；堵塞◇路口給車輛叉住了。

〈三〉chǎ 粵caa¹差 分開；張開◇叉着腿。

〈四〉chà 粵caa¹差 劈叉。體操、武術等的一種動作，兩腿向相反方向分開、着地。

2 **友** yǒu 粵jau⁵有 ①朋友◇良師益友。②交好；親近◇團結友愛。③關係友好的◇友軍｜友邦。

【友于】yǒuyú 借指兄弟和睦。出自《尚書·君陳》：“惟孝，友于兄弟，克施有政”◇先生家風敦厚樸實，夫妻相敬，兄弟友于。

【友好】yǒuhǎo ① 親善和睦◇一衣帶水的友好鄰邦。② 好朋友◇親朋友好。

【友邦】yǒubāng 與本國關係友好的國家◇友邦人士。

【友情】yǒuqíng 朋友之間的感情◇友情為重｜深厚的友情。

【友善】yǒushàn 友好親近◇友善待人｜友善的微笑。

【友愛】yǒu'ài 友好親愛◇培育友愛互助的道德情懷。

【友誼】yǒuyì 朋友之間的情誼◇金錢買不到純潔的友誼。

2 **反** 〈一〉fǎn 粵faan²返 ①翻轉；倒過來◇易如反掌。②顛倒的；方向相背的◇適得其反｜衣服穿反了。③反對；反抗。④違背◇反常。⑤背叛；造反◇官逼民反。⑥回；還◇義無反顧。⑦類推◇舉一反三。⑧糾正錯案◇平反。⑨傾倒◇反水不收。⑩反而◇偷雞不着反蝕把米。

〈二〉fǎn 粵faan¹翻 指反切。

【反切】fǎnqiè 中國古代注音方法。用兩個漢字標注另一個漢字的讀音。反切上字和被切字聲母相同，反切下字與被切字韻母和聲調相同。如“漫，莫半切”。

【反水】fǎnshuǐ 叛變◇士兵們陣前反水。

【反正】fǎnzhèng ① 表示在任何情況下結果都不會改變◇不管你贊不贊成，反正事情就這麼定了。② 表示強調、肯定、堅決的語氣

◇別算計啦，反正這筆生意賺了。

【反目】fǎnmù 變得不和睦；翻臉◇夫妻反目｜反目成仇。

【反而】fǎn'ér 表示跟前面的意思相反或出乎預料之外◇急於求成反而壞事｜雨非但沒有停，反而越下越大了。

【反攻】fǎngōng 防禦的一方對進攻的一方實行進攻。

【反抗】fǎnkàng 用行動抵制；抵抗◇保衛和平，反抗侵略。

【反串】fǎnchuàn ① 戲曲演員扮演自己行當以外的角色◇反串表演。② 指演員男扮女裝或女扮男裝。

【反面】fǎnmiàn ① 跟正面相反的一面◇衣服的反面。② 與一事物對立的另一方面◇走向反面。③ 壞的方面的；消極方面的◇反面人物｜用反面事例警示自己。

【反省】fǎnxǐng 回想自己的思想、言行，檢查得失◇自我反省｜反省鑄成大錯的根源。

【反映】fǎnyìng ① 光線反射。② 顯示出客觀事物的實質◇小說反映了當時的歷史風貌。③ 向上級報告、說明情況或意見◇反映情況。④ 哲學上指認識，即人感知事物的方式和結果。

【反思】fǎnsī 對過去的言行進行再思考，以提高認識◇反思過去，有益未來。

【反叛】fǎnpàn ① 背叛，叛變◇反叛舊傳統。② 指背叛者或叛變的人◇還不給我滾開，祖宗不容你這個反叛。

【反派】fǎnpài 反面人物◇反派角色。

【反射】fǎnshè ① 聲波、光線等從一種媒質進入另一種媒質時返回的現象◇太陽從海上反射出萬丈光芒。② 動物神經在受到刺激時發生的反應◇條件反射。

【反芻】fǎnchú ① 倒嚼。牛、羊等食草動物把粗嚼吃下的食物再返回到嘴裏細嚼慢嚥。② 比喻反復回味過去◇所謂生活，只有在回憶中反芻才會覺得有滋味。

【反悔】fǎnhuǐ 對以前答應的事感到後悔而改變主意◇一言為定，決不反悔。

【反常】fǎncháng 不正常，不同於正常情況◇天氣有點反常。

【反動】fǎndòng ① 反對社會進步，反對改革。② 逆流而動；起相反作用◇提倡讀經，是對新文化運動的反動。

【反剪】fǎnjiǎn 兩手交叉地放在背後或綁在背後◇老師反剪着雙手在教室裏走來走去。

【反問】fǎnwèn ① 對提問的人發問◇他眼珠一轉，當即便反問了一句。② 用疑問的語氣表達與字面相反的意思，如"誰說我不在乎？"。

【反復】fǎnfù ① 多次重複◇反復考慮。② 多次變化◇反復無常。③（不好的情況）重複出現◇病情反復。④ 重複出現的不好情況◇這件事怕有反復，要多留個心眼。

【反間】fǎnjiàn 利用某種策略，使敵人或對手內部發生矛盾或內訌◇反間計。

【反感】fǎngǎn ① 厭惡，不滿◇粗鄙的舉止令人反感。② 厭惡、不滿的情緒◇上司粗暴的態度引起他的反感。

【反詰】fǎnjié 反問，反過來追問對方◇他不肯回答問話，反而冷傲地出言反詰。

【反駁】fǎnbó 提出理由來否定跟自己不同的意見或理論。

【反對】fǎnduì 不贊成；不同意。

【反腐】fǎnfǔ 反對並打擊腐敗行為◇定期開展反腐倡廉教育。

【反撲】fǎnpū（猛獸、敵人等）被打退後又撲過來◇伺機反撲｜瘋狂反撲。

【反調】fǎndiào 相反的觀點、言論◇多數人說好，少數人唱反調。

【反彈】fǎntán ① 把手放到背後彈奏◇反彈琵琶。② 壓緊的彈簧彈回；運動的物體遇到障礙物後向相反的方向彈回。③ 比喻價格、行情回升◇股市反彈。④ 比喻事物改變發展方向後又回復到原先的發展方向◇整頓以後紀律有所好轉，現在又有些反彈。

【反擊】fǎnjī 回擊進攻的敵軍或敵對勢力。

【反應】fǎnyìng ① 有機體受一定的刺激所引發的相應變化◇過敏反應｜高原反應。② 物質發生化學或物理變化的過程◇化學反應｜熱核反應。③ 事情所引起的反響、回應◇受害者家屬反應強烈。

【反覆】fǎnfù 同"反復"。

【反饋】fǎnkuì 把對方所作所為產生的結果或反應等情況、信息告知對方◇及時反饋民眾意見。

【反顧】fǎngù ①回頭看◇急急奔逃，不敢反顧。②比喻翻悔或按照過去的做◇義無反顧。

【反響】fǎnxiǎng（言行所引起的）反應◇報導引起社會強烈的反響。

【反義詞】fǎnyìcí 意義相反或相對的詞。例如"大"和"小""黑"和"白"。

【反戈一擊】fǎngēyìjī 戈，古代兵器。掉轉槍頭向自己原來的陣營進行攻擊。

【反脣相譏】fǎnchúnxiāngjī 反脣，回嘴。受到指責不服氣，反過來譏諷對方。

【反躬自問】fǎngōngzìwèn 躬，自身。反過來問問自己，反省自己。

2 **及** jí 粵kap^6 級^6 / gap^6 急^6 ①達到◇及格｜由遠及近。②趕上，追上◇望塵莫及。③比得上◇聰明不及哥哥。④和，跟◇數學、語文及其他課程。

【及早】jízǎo 趁早，儘量提前◇及早辦理，免得夜長夢多。

【及格】jígé（考試成績）達到規定的最低標準◇有十多人不及格。

【及時】jíshí ①時間合適◇及時雨。②抓緊時機，不拖延◇有病要及時治療。

【及第】jídì 合乎考試標準，被錄取，名列榜上。科舉時代稱考試中選。也特指在會試中考取進士（明清兩代只用於殿試前三名）。

【及時雨】jíshíyǔ 在最需要雨的時候下的雨。比喻及時的援助◇趕上荒年，這一船大米就成及時雨了。

6 **取** qǔ 粵ceoi^2 娶 ①拿◇索取。②得到；招來◇取樂｜自取滅亡。③選用；採用◇錄取｜取名。④失去原有的◇取代。

【取巧】qǔqiǎo 用巧妙手段謀取不正當利益或某種結果◇鑽營取巧｜投機取巧。

【取代】qǔdài 排除別人或別的事物而佔有其位置◇誰都無法取代他在我心中的地位。

【取笑】qǔxiào 開玩笑；譏笑◇不要隨便取笑別人。

【取消】qǔxiāo 廢除；不再保留原來有的◇取消農業稅｜比賽取消了。㊐ 撤銷 ㊍ 恢復。

【取悅】qǔyuè 討好；取得別人的歡心◇從不取悅權勢人物。

【取捨】qǔshě 採取或捨棄；選擇◇有所取捨｜取捨得當。

【取經】qǔjīng ①佛教徒去印度求取佛經原本◇玄奘取經。②比喻向別人學習，吸取經驗。

【取締】qǔdì 明令取消或禁止◇取締虛假廣告。

【取償】qǔcháng 補償◇給予十倍取償。

【取長補短】qǔcháng bǔduǎn 吸取別人的長處，彌補自己的短處。

6 **叔** shū 粵suk^1 縮 ①父親的弟弟；尊稱跟父親同輩而年紀較小的男子◇叔叔｜叔伯兄弟。②丈夫的弟弟◇小叔子。③在兄弟排行裏代表第三◇伯仲叔季。

6 **受** shòu 粵sau^6 售 ①得到；接受◇受賄｜受教育。②遇到；承受◇遭受｜受騙。③忍；禁受◇逆來順受。④適合◇受聽。

【受用】〈一〉shòuyòng ①享受；享用◇送給老人的禮物都讓兒女們受用了。②受益；得益◇受用一生的忠告。

〈二〉shòuyong 舒服。多用於否定句◇一聽批評的話就不受用。

【受戒】shòujiè ①佛教徒通過一定儀式接受戒律。受戒後才能稱為僧、尼或居士。②伊斯蘭教朝覲時的儀節。

【受制】shòuzhì ①受管制；受控制◇受制於人。②受害；遭罪。

【受命】shòumìng ①接受使命或任務◇受命以來，兢兢業業，不敢懈怠。②受教◇受命於恩師，得益匪淺。

【受享】shòuxiǎng 享受；享用◇億萬產業，受享無窮。

【受洗】shòuxǐ 接受洗禮（成為基督教徒）。

【受降】shòuxiáng 接受敵方投降。

【受訓】shòuxùn 接受訓練。

【受益】shòuyì 得到利益、好處◇受益匪淺｜終身受益。

【受理】shòulǐ ①接受並處理。②法院接受案件，進行審理。

【受累】(一)shòulěi 受到拖累或連累◇一人得病，全家受累。
(二)shòulèi ① 被拖進勞累中◇操心受累｜跟着你受了一輩子累。② 用作煩勞他人後的客套話◇對不起，讓你受累了。

【受眾】shòuzhòng 媒體的傳播對象和文藝作品的接受者。

【受窘】shòujiǒng 陷於尷尬為難的境地。

【受業】shòuyè ① 跟隨老師學習◇受業於大學者胡適。② 舊時學生對老師的自稱。③ 傳授學業◇師者，所以傳道受業解惑也。

【受賄】shòu huì ◇檢察機關起訴受賄者。

【受罪】shòuzuì 受折磨。也泛指碰到煩惱的事◇兩頭奔波太受罪｜死要面子活受罪。

【受禮】shòulǐ 接受別人贈送的禮物。

【受權】shòuquán 接受委託有權做某事。

【受寵若驚】shòuchǒngruòjīng《老子》十三章："寵為下，得之若驚，失之若驚，是謂寵辱若驚。"意思是受寵和受辱都同樣像受到驚嚇一樣。後表示因受寵愛而感到意外驚喜。反 寵辱不驚。

7 **叟** sǒu 粵sau^{2}手 老人。一般指男性◇童叟無欺｜白髮老叟。

7 **叛** pàn 粵bun^{6}伴 ①背離；背叛◇眾叛親離。②叛亂◇平叛。③指叛變投敵的人◇招降納叛。

【叛徒】pàntú 有背叛行為的人。特指背叛民族、國家或集團的人。

【叛逃】pàntáo 背叛逃亡。

【叛逆】pànnì ① 背叛◇家族的叛逆。② 有背叛行為的人◇舊禮教的叛逆。

【叛亂】pànluàn 叛變作亂。通常指使用武力的。

【叛離】pànlí 叛變背離。

【叛變】pànbiàn 背叛自己的一方並採取敵對行動，或投到敵對方面去。

9 **曼** màn 粵maan^{6}慢 ①長◇曼吟｜曼聲長歌。②柔美◇輕歌曼舞。

【曼妙】mànmiào 美豔；柔美◇姿容曼妙｜舞姿輕盈曼妙。

16 **叢(丛)** cóng 粵cung^{4}蟲 ①聚集；聚在一起◇叢林｜叢集。②密集生長的草木◇草叢｜花叢。③泛指聚集在一起的人或物◇人叢｜亂山叢中。④眾多；繁雜◇叢塚｜叢雜。⑤量詞。簇；束◇一叢花束。

【叢生】cóngshēng ①（草木等）聚集在一起生長◇雜草叢生，滿目荒涼。②（疾病、危險等）同時發生或出現◇百病叢生｜懸念叢生。

【叢林】cónglín ① 大片而茂密的樹林◇翠綠青葱的叢林。② 佛教僧眾聚居修行的寺院。

【叢書】cóngshū 由若干種書匯編成集、自成系列的一套書◇中學語文叢書。

【叢莽】cóngmǎng 叢生的草◇生息在密林叢莽之中的部落。

【叢密】cóngmì 密集◇透過叢密枝葉射進來的微光。

【叢集】cóngjí ①（同類事物）聚集在一起◇商旅叢集｜花樹叢集，古柏參天。② 選取若干種書或其中的某些篇章彙編成的一套書◇古本小説叢集。

【叢雜】cóngzá 眾多而雜亂◇山路崎嶇，樹木叢雜。

口部

0 **口** kǒu 粵hau^{2}侯^{2} ①嘴◇病從口入。②口味◇口輕｜口重。③人口◇拖家帶口。④容器通往外面的地方◇瓶口。⑤出入通過的地方◇出口｜入海口。⑥長城的關口，多用於地名◇口外｜古北口。⑦破裂的地方◇裂口｜山口。⑧行業；系統◇農口｜歸口管理。⑨刀、剪等器物的鋒刃◇刀口。⑩驢、馬等牲畜的年齡（由牙齒的多少作判斷）◇六歲口。⑪量詞。多用於人、牲畜或某些器物◇五口人｜一口鍋｜三口豬。

【口才】kǒucái 説話的能力◇口才很好｜真有口才。

【口子】kǒuzi ① 裂口，破裂的地方◇衣服被割了個口子。② 比喻違規的破例做法◇這個口子不能開。③ 量詞。用於人◇你們家有幾口子？

【口占】kǒuzhàn 作詩作詞不打草稿，隨口吟成◇口占七絕一首。

【口令】kǒulìng ① 軍事或體育上的口頭命令◇下達口令。② 在特殊情況下用來識別身份的一種口頭暗號。

【口吃】kǒuchī 說話時發音不由自主地重複、中斷、語氣不連貫的現象，俗稱結巴。

【口舌】kǒushé ① 因說話引起的糾紛或爭吵◇你少說兩句，免生口舌。② 指勸說時說的話◇白費口舌。

【口技】kǒujì 雜技的一種，用口部發音模仿各種聲音的技藝。

【口吻】kǒuwěn ① 豬、狗等動物頭部向前突出的部分。② 說話的口氣、腔調◇教訓人的口吻。

【口角】〈一〉kǒujué 爭吵◇為了一點小事，就口角起來。
〈二〉kǒujiǎo 嘴邊，嘴角◇口角流涎。

【口味】kǒuwèi ① 食物的滋味◇新口味的朱古力。② 喜愛的味道◇他燒的菜很合我的口味。③ 比喻個人的愛好◇喜劇片正合他的口味。

【口岸】kǒu'àn 港口◇沿海口岸｜開放口岸。

【口供】kǒugòng 受審訊的人口頭陳述案情的話◇重證據，輕口供。

【口面】kǒumiàn 髯口，戲曲演員演出時戴的假鬍子。

【口風】kǒufēng 從話語中透露出的意思◇探口風｜口風很緊。

【口音】kǒuyīn ① 說話的聲音◇口音洪亮。② 帶有地方色彩的語音◇山西口音。

【口氣】kǒuqì ① 說話的氣勢◇好大的口氣！② 言外之意◇聽他的口氣，這件事辦不成。③ 說話時流露出來的感情色彩◇訓斥人的口氣真嚴厲！④ 從口腔中散發出來的氣味◇口氣清新。

【口徑】kǒujìng ① 器物圓口的直徑◇小口徑手槍。② 指規格、標準等◇零件的口徑不配，組裝不了。③ 比喻對某一事物的看法和處理原則◇同一件事，兩個部門的口徑竟然不統一。

【口授】kǒushòu ① 口頭傳授◇上課老師口授，學生做筆記。② 口頭說，叫別人寫◇口授書稿｜口授遺囑。

【口訣】kǒujué 根據內容要點編成的便於記憶的語句◇乘法口訣。

【口涎】kǒuxián 口水，唾液◇流口涎。

【口惠】kǒuhuì 口頭上許給別人好處◇口惠而實不至｜口惠不能取信於人。

【口感】kǒugǎn 食物吃到嘴裏的感覺◇口感酥脆。

【口碑】kǒubēi 比喻人們對某人或某事物的口頭頌揚或評價◇口碑載道。

【口號】kǒuhào 專供口頭呼喊的、有鼓動作用的簡短句子。

【口福】kǒufú 能吃到美味佳餚的福氣◇口福不淺。

【口語】kǒuyǔ 口頭表達的語言◇英語口語很流利。

【口實】kǒushí 藉口；話柄◇授人以口實｜不要給人留下口實。

【口齒】kǒuchǐ ① 說話的發音◇口齒清楚。② 口頭表達能力◇口齒伶俐。③ 指牲畜的年齡。

【口頭】kǒutóu ① 用說話方式表達的◇口頭匯報｜口頭文學。② 指語言表達能力。

【口頭禪】kǒutóuchán 經常掛在口頭的詞句。

【口耳相傳】kǒuěrxiāngchuán 通過人與人之間的對話進行信息傳遞，並繼續往下傳授。

【口述影像】kǒushùyǐngxiàng 一種專業描述技巧。指透過口語、文字敍述，將影像訊息轉化為言語符號，協助視障者欣賞相關作品。

【口若懸河】kǒuruòxuánhé 說話滔滔不絕，像河水傾瀉下來一樣。形容很會說話或能言善辯。

【口是心非】kǒushì xīnfēi 嘴裏說得很好，心裏想的卻不是那樣。指心口不一、虛偽。同 言不由衷 反 心口如一。

【口誅筆伐】kǒuzhū bǐfá 用口頭和書面的形式進行揭露和聲討。

【口蜜腹劍】kǒumì fùjiàn 嘴甜心毒，形容人言行不一，陰險狡詐。出自《資治通鑒・唐玄宗天寶元年》："李林甫為相…尤忌文學之士，或陽與之善，啖以甘言而陰陷之。世謂李林甫'口有蜜，腹有劍'。" 同 笑裏藏刀。

2 **古** gǔ 粵gu^{2} 鼓 ①很久以前◇古代｜遠古。②古老◇古木｜古廟。③淳樸◇人心不古。④指古代的事物◇考古｜懷古。⑤古體詩◇五古｜七古。⑥姓。

【古文】gǔwén ①指先秦、兩漢時期的散體文。也泛指文言文（一般不包括駢文、楚辭、漢賦）。②漢代通行隸書，把秦以前的字體叫做古文。

【古代】gǔdài 很久以前。在中國通常指十九世紀中葉以前的歷史時代。

【古老】gǔlǎo 歷史久遠◇古老的文化｜古老的歌謠。

【古玩】gǔwán 供玩賞的古代器物◇愛好收藏古玩。

【古拙】gǔzhuō 古雅質樸◇雕飾很古拙。同古樸。

【古板】gǔbǎn 固執守舊，呆板，缺少變化◇爸爸很古板，道理講不通。

【古典】gǔdiǎn ①典故◇文章用了不少古典，不容易讀懂。②古代流傳下來的被認為是正宗或典範的◇古典文學｜古典音樂。

【古怪】gǔguài 怪異罕見◇脾氣古怪｜樣子很古怪。

【古訓】gǔxùn 古人留下來的、具有教導意義的話◇古訓多含哲理。

【古都】gǔdū 古代的都城◇南京曾經是六朝古都。

【古雅】gǔyǎ 古樸雅致◇形式古雅的端硯｜古雅的明代傢具。

【古稀】gǔxī 指人七十歲。出自唐代杜甫《曲江》詩："酒債尋常行處有，人生七十古來稀。"

【古董】gǔdǒng ①珍貴罕見的古代器物。②比喻過時的東西或迂腐守舊的人◇他是老古董，對電腦網絡不聞不問。

【古奧】gǔ'ào 古老深奧，很難理解◇行文古奧｜中國的鐘鼎文非常古奧。

【古詩】gǔshī ①見"古體詩"。②泛指古代詩歌。和"新詩"相對。

【古道】gǔdào ①古樸厚道◇古道熱腸。②古老的道路◇塞外古道｜絲綢古道。

【古跡】gǔjì 留傳下來的古代建築物或其他遺跡◇古跡保護。

【古遠】gǔyuǎn 年代久遠的；很久以前。

【古樸】gǔpǔ 質樸而具有古代風格◇古樸的建築。同古拙。

【古龍水】gǔlóngshuǐ ①香水中的古龍香型。②香料濃度較低的香水（一般在 2~5%）◇這瓶古龍水的香味太好聞了！

【古體詩】gǔtǐshī 唐代近體詩（律詩、絕句）產生以前的一種詩體，四言、五言、六言、七言都有，句數沒有限制，每句的字數也可以不等，平仄和用韻都比較自由。

【古色古香】gǔsè gǔxiāng 形容器物、藝術品等富有古樸典雅的色彩和情調◇書房陳設古色古香。

【古往今來】gǔwǎng jīnlái 從古代到現在◇古往今來，多少興亡事，都在笑談中。

2 **可** 〈一〉kě 粵ho^{2} 河^{2} ①允許；同意◇許可｜不置可否。②可以；能夠◇話可長可短｜無可無不可。③值得◇可愛。④適合◇可人意。⑤大約◇長可八尺。⑥表示轉折◇人小，可志氣不小。⑦表示強調◇那位姑娘可漂亮了。⑧表示疑問◇你可想過？

〈二〉kè 粵hak^{1} 黑 見"可汗"。

【可人】kěrén 合人的心意；使人滿意◇風味可人｜可人的景色｜溫婉可人。

【可口】kěkǒu 食物味道好或冷熱適宜◇可口的飯菜。

【可以】kěyǐ ①可能；能夠◇可以做到｜可以勝任。②表示許可◇可以走了嗎？③好，不錯◇他的為人還可以。④厲害◇你這張嘴真可以。

【可汗】kèhán 古代鮮卑、突厥、回紇、蒙古等族最高統治者的稱號◇昨夜見軍帖，可汗大點兵。

【可否】kěfǒu ①能不能◇我可否提個問題？②許可不許可◇不置可否。

【可是】kěshì ①表示轉折，常和"雖然"等詞連用◇水雖然很急，可是我一定能游過去。②表示強調◇這個問題可是把我難住了。

【可恨】kěhèn 令人痛恨；使人憎恨。

【可笑】kěxiào ①令人恥笑。②引人發笑◇滑稽可笑。

【可能】kěnéng ① 表示可以實現◇有可能達成協議。② 可能性◇有倒塌的可能。③ 也許，或許◇他可能不來了。

【可恥】kěchǐ 讓人感到羞恥◇奴顏婢膝可恥。

【可望】kěwàng ① 有希望◇可望提前完成。② 可以望見◇可望而不可即。

【可惜】kěxī 值得惋惜的。

【可惡】kěwù 讓人討厭痛恨的。

【可貴】kěguì 值得珍視；寶貴◇難能可貴 | 青春可貴。

【可悲】kěbēi 令人悲痛的；使人傷心的。

【可着】kězhe ① 儘着；盡量◇有的是，可着吃。② 限定在某個範圍內不增減◇可着這點錢，能買多少算多少。

【可愛】kě'ài 令人喜愛◇天真可愛。

【可意】kěyì 合意，如意◇在這裏住得可意嗎？

【可鄙】kěbǐ 卑劣；應予鄙視；讓人看不起◇以權謀私可鄙。

【可疑】kěyí 值得懷疑◇形跡可疑。

【可靠】kěkào ① 值得信賴依靠。② 真實可信◇來源可靠。

【可憐】kělián ① 值得憐憫◇可憐的孤兒。② 憐憫◇自作孽不值得可憐。③ 形容數量很少◇東西少得可憐。④ 可愛◇楚楚可憐。

【可憎】kězēng 使人厭惡；可恨◇面目可憎。

【可謂】kěwèi 可以説得上◇人活九十，可謂長壽。

【可親】kěqīn 能夠親近的；令人喜愛的◇和藹可親 | 可親可敬。

【可體】kětǐ（衣服）合身◇洗得白淨，補得細密，穿着可體。

【可觀】kěguān ① 值得看◇宋代瓷器大有可觀。② 形容程度較高◇規模可觀 | 收入可觀。

【可卡因】kěkǎyīn 從古柯樹的葉子提取的一種麻醉藥物，純品為白色結晶狀粉末，用久可以成癮。（英 cocaine）

【可蘭經】kělánjīng 伊斯蘭教的經典。（阿拉伯 al-Qur'ān）

【可歌可泣】kěgē kěqì 值得讚美歌頌，使人感動得流淚。多形容事跡悲壯動人◇可歌可泣的英雄故事。

【可操勝券】kěcāoshèngquàn 比喻事情有成功把握。

【可望而不可即】kěwàng'érbùkějí 可以望見而不能接近。比喻可以想見而不能實現。

2 **叵** pǒ 粵po2 頗 不可◇居心叵測。

【叵耐】pǒnài 不可忍耐；可恨◇叵耐靈鵲多謾語，送喜何曾有憑據。

【叵測】pǒcè 難以猜測推斷。含貶義◇心懷叵測。

2 **右** yòu 粵jau6 又 ①面向南時靠西的一邊◇右手 | 向右走。②西邊◇山右（指太行山以西）。③高貴的；重要的。古時以右為尊，左為卑◇右職（重要的職位）。④保守的，反動的◇極右分子。

【右翼】yòuyì ① 右邊，右側◇球員從右翼帶球突破。② 作戰時在正面部隊右側的部隊。③ 政治光譜分類之一。支持政府減少干預，雖認為應維持平等的制度，但無法完全達到完全平等。也指相信及支持這一方向的人◇右翼分子。

2 **叮** dīng 粵ding1 丁 ①蚊蟲等用針形口器刺入皮膚吸取血液◇給蚊子叮了一下。②叮嚀◇千叮嚀萬囑咐。③追問◇叮着問個不停。

【叮嚀】dīngníng 反復地囑咐◇叮嚀再三 | 一再叮嚀。

【叮囑】dīngzhǔ 再三囑咐◇叮囑弟弟冷暖要當心。

2 **叶** xié 粵hip3 協/hip6 挾6 和洽；配合◇叶韻。

2 **只** zhǐ 粵zi2 止 ①限定在一定的範圍內◇只顧 | 只告訴他，不告訴別人。②僅僅◇只此一家 | 只有十塊錢 | 我只有一個弟弟。

【只有】zhǐyǒu 表示必需的條件，非此不可◇只有在緊急情況下，才能動用現金儲備。

【只要】zhǐyào 表示必要或充足條件◇只要你願意，就可以參加。

用法提示：只要、只有

"只要"表示具備了某條件就足夠了，但還可以有別的條件引起同樣結果◇只要認真學習，就能把工作做好。"只有"表示某條件是唯一有效的，其他條件都不行◇只有認真學習，才能把工作做好。

【只是】zhǐshì ① 僅僅是；不過是◇那只是一

部枯燥無味的書。② 表示在任何條件下情況不變；就是◇隨便你怎麼問，他只是笑，不回答。③ 表示輕微的轉折。不過；但是◇他各方面都很好，只是欠缺經驗。

2 **叭** bā 粵baa[1]巴 象聲詞。形容清脆短促的聲音◇叭叭兩聲槍響。

2 **史** shǐ 粵si[2]屎 ①歷史。②記載歷史的書籍◇中國通史|二十四史。③古代掌管記載史實的官◇左史|右史|太史。④記述不同學科或事物的發展進程◇哲學史。⑤姓。

多樣表達：歷史
正史 信史 國史 野史 雜史 稗史 編年史 年譜 通史 斷代史

【史冊】shǐcè 記錄歷史的書◇名垂史冊。
【史前】shǐqián 沒有文字記載的遠古（時代）◇恐龍是史前生物。
【史料】shǐliào 歷代留下來的資料，主要有考古發掘的實物材料和書面文獻等。
【史跡】shǐjì 歷史的遺跡。
【史詩】shǐshī 敍述重大歷史事件或英雄傳說的敍事長詩◇荷馬史詩。
【史實】shǐshí 歷史上發生的真實事件◇內容忠於史實。
【史館】shǐguǎn 舊指編撰國史的機構。
【史籍】shǐjí 歷史書籍。
【史無前例】shǐwúqiánlì 歷史上從來沒有過的事例。多形容意義重大的事情。

2 **叱** chì 粵cik[1]斥 ①大聲責罵◇呵叱|怒叱。②吆喝◇叱牛聲。
【叱呵】chìhē 大聲怒斥；怒喝。
【叱咄】chìduō 呼喝；大聲斥責。
【叱責】chìzé 斥責，用嚴厲的語言責罵。
【叱咤風雲】chìzhàfēngyún 一聲怒喝，能使風雲變化。形容聲勢、威力很大，能夠左右形勢。

2 **叼** diāo 粵diu[1]丟 用嘴銜住（物體的一部分）◇嘴上叼着一支香煙。

2 **叫**〔呌〕jiào 粵giu[3]驕[3] ①呼喊；鳴叫◇大叫一聲|雞叫三遍。②招呼；呼喚◇外面有人叫你。③使◇叫人難辦。④稱為；稱呼◇這叫人工智能。⑤被◇這事叫他知道了不好。
【叱喝】chìhè 呵斥、呼喝。
【叫好】jiàohǎo 大聲喊“好”，表示對表演等極為讚賞。
【叫板】jiàobǎn 原為戲劇術語，戲曲中把上一唱段道白的最後一句或最後動作節奏化，以便引入到下面的唱腔上去，這個部分稱為叫板。後借此指代滋事挑釁，不服挑戰等行為◇這個企業的技術硬核，能與具世界領先水準的公司。
【叫屈】jiàoqū 訴說冤屈◇鳴冤叫屈。
【叫春】jiàochūn 貓等動物在春季發情時發出叫聲。
【叫苦】jiàokǔ 訴說苦處◇叫苦連天|叫苦不迭。
【叫座】jiàozuò 電影、戲劇或演員等能吸引觀眾，看的人多◇這齣戲很叫座。
【叫喚】jiàohuan 大聲喊◇疼得直叫喚。
【叫絕】jiàojué 叫好，稱讚事物好極了◇拍案叫絕。
【叫賣】jiàomài 吆喝着賣東西◇沿街叫賣。
【叫囂】jiàoxiāo 大聲叫，吵鬧◇瘋狂叫囂。

2 **叩** kòu 粵kau[3]扣 ①敲；打◇叩門。②磕頭◇叩首。③詢問；打聽◇叩問。
【叩拜】kòubài 叩頭下拜，一種舊式禮節◇叩拜祖先。
【叩頭】kòutóu 磕頭。
【叩謝】kòuxiè 磕頭拜謝。泛指表謝意◇當面叩謝。

多樣表達：叩謝
拜 拜謝 再拜 下拜 叩拜 跪拜 叩頭 叩首 頓首 磕頭 鞠躬 作揖 長揖 拱手 施禮 敬禮 致敬 回禮 還禮 答禮 回敬

2 **叨** 〈一〉dāo 粵dou[1]刀 見“叨叨”“叨念”。
〈二〉tāo 粵tou[1]滔 受到（好處）◇叨光|叨教。
【叨叨】dāodao 沒完沒了地說◇老人家叨叨了半天。
【叨光】tāoguāng 客套話，沾光。用於受到好處，表示感謝◇承蒙關注，叨光非淺|能到這高級餐廳用膳，我是叨光了。
【叨咕】dāogu 小聲絮叨◇他受了委屈，一邊哭，一邊叨咕。
【叨念】dāoniàn 因惦記或想念而不斷地談起◇他最近一直叨念着去探望老人。
【叨教】tāojiào 客套話。領教◇以後還要向你叨教。

【叨擾】tāorǎo 客套話。打擾；麻煩◇常來叨擾你們，過意不去。

2 **叻** 〈一〉lè 粵lik^{1} 瀝 指新加坡。中國僑民稱新加坡為石叻、叻埠◇叻幣。

〈二〉lè 粵lek^{1} 方言。能幹。

2 **另** lìng 粵ling^{6} 零^{6} 另外，別的◇另選｜另有任務｜那是另一件事。

【另外】lìngwài 在提到過的事物之外；此外◇另外一個問題｜另外買份禮物。

【另起爐灶】lìngqǐlúzào 比喻放棄原來的，重新做起或另搞一套◇跟他沒法子合作，我看得另起爐灶了。

【另眼相看】lìngyǎnxiāngkàn 用另一種眼光看待。多指特別重視。同 刮目相看 反 不屑一顧。

2 **句** jù 粵geoi^{3} 據 ①句子◇遣詞造句。②量詞。用於語言◇兩句打油詩。

【句子】jùzi 由詞和詞組構成的、能夠表達一個完整意思的語言單位。

【句法】jùfǎ ① 句子的結構方式，如偏正結構、主謂結構等。② 語法學中研究詞的組合、句子結構和句子類型的部分。

【句號】jùhào 標點符號“。”，用於陳述句末尾。

【句讀】jùdòu 古代指文詞停頓的地方。語意已完整的停頓處叫句，語意未完的停頓處叫讀。書面上用圈（句號）和點（讀號）來表示。

2 **司** sī 粵si^{1} 思 ①主持；掌管◇司儀｜司機。②舊時官署的名稱。現指部一級政府機關裏的一個部門，如外交部禮賓司。

【司令】sīlìng 軍隊裏的高級軍事指揮官。

【司長】sīzhǎng 政府內行政各部分司治事，掌理一司的首長◇財政司司長。

【司命】sīmìng ① 掌管生命；掌握命運◇司命菩薩。② 掌管生命的神。

【司法】sīfǎ 主管同法律相關的事務；執行法律。

【司空】sīkōng ① 古代掌管工程的官。② 複姓。

【司南】sīnán 中國古代發明的一種指示方位的儀器。由一個磁鐵勺和一個中心光滑、刻有方位的托盤組成。在托盤中心轉動勺子，停止後，勺柄所指的方向就是南方。

【司馬】sīmǎ ① 古代掌管軍旅之事的官。② 複姓。

【司徒】sītú ① 古代掌管教化的官。② 複姓。

【司寇】sīkòu ① 古代掌管刑獄、糾察等事的官。② 複姓。

【司掌】sīzhǎng 管事，管理人員。

【司儀】sīyí 舉行典禮或開大會時主持儀式的人。

【司機】sījī 火車、汽車、電車等交通運輸工具的駕駛員。

【司空見慣】sīkōngjiànguàn 唐代孟棨《本事詩・情感》記載：李紳（官居司空）設宴招待詩人劉禹錫（曾任和州刺史），席間命歌妓勸酒，劉賦詩：“司空見慣渾閒事，斷盡江南刺史腸。”後比喻事情經常見到，就不覺得奇怪。同 屢見不鮮 反 少見多怪。

【司馬昭之心，路人皆知】sīmǎzhāozhīxīn, lùrénjiēzhī 據古書記載：三國時魏國大將軍司馬昭專權，蓄意篡奪帝位。魏主曹髦對大臣們說：“司馬昭之心，路人所知也。吾不能坐受廢辱，今日當與卿等自出討之！”後用來比喻人所共知的陰謀、野心。

2 **召** 〈一〉zhào 粵ziu^{6} 趙 呼喚；使…來◇召喚｜召回。

〈二〉shào 粵siu^{6} 兆 周代諸侯國名，在今陝西省鳳翔縣一帶。

【召見】zhàojiàn ① 上級命令下級來見面◇部長有事召見。② 外交部通知外國使節前來商談或處理事宜。

【召喚】zhàohuàn 呼喚◇巫師作法召喚幽靈。

【召集】zhàojí 通知人們集合起來◇召集大家開會。

【召開】zhàokāi 召集人們開會；舉行（會議）◇召開座談會。

2 **台〔臺〕** 〈一〉tái 粵toi^{4} 抬 ①平而高的建築物◇亭台樓閣。②高出地面，便於講話、表演等的設備◇舞台｜主席台。③像台的東西◇窗台｜跳台。④放東西的底座◇燭台｜燈台。⑤量詞◇一台戲｜兩台電腦。⑥某些機構的名稱◇天文台｜電視台。⑦台灣省的簡稱。⑧對

別人的敬稱◇兄台|台端。

〈二〉tāi 粵toi[4]抬 用於地名，如台州、天台山。

【台安】táiʼān 敬辭。多用於書信結尾，表示對收信人的問候。

【台甫】táifǔ 敬辭。舊時初次見面問對方的表字◇請教尊姓台甫？

【台座】táizuò 敬辭。用於稱呼對方。

【台詞】táicí 戲劇中人物所説的話，包括對白、獨白、旁白等。

【台閣】táigé "亭、台、樓、閣" 的略語。

【台鑒】táijiàn 用於書信開頭的稱呼之後，表示請收信人看信。

3 **吉** jí 粵gat[1]桔 ①順利；吉祥◇大吉大利。②好；有福分的◇吉人自有天相。③意指"空"。因"空" 與"凶" 同音，為避諱，則以"吉" 取代"空" ◇交吉。

【吉日】jírì 吉祥的日子◇良辰吉日|黃道吉日|擇吉日喬遷。

【吉凶】jíxiōng 好運氣和壞運氣；吉利和凶險◇吉凶未卜|吉凶難料。

【吉利】jílì 吉祥順利◇揀個吉利的日子舉行婚禮。

【吉祥】jíxiáng 幸運；吉利◇吉祥話|吉祥物|吉祥如意。

【吉期】jíqī 吉日，指結婚的日子。

【吉慶】jíqìng 吉祥喜慶◇吉慶喜事|吉慶有餘。

【吉祥物】jíxiángwù ① 用來象徵吉祥成功的標誌物。② 指地區、活動等所選用或設計，能起到庇佑及宣傳作用的標誌物，多為卡通人物◇熊本熊是日本熊本縣的吉祥物。

【吉光片羽】jíguāngpiànyǔ 相傳吉光是神獸，用它的毛皮做成裘，入水不沉，入火不焦。本指神獸的一小塊毛皮，比喻殘存的珍貴文物◇宋版古籍，即使殘破不全，也是吉光片羽，彌足珍貴。

3 **吏** lì 粵lei[6]利 ①低級官員的通稱◇獄吏|貪官污吏。②專指官府中的下屬隨員或差役◇刀筆吏。

3 **吁** 〈一〉xū 粵heoi[1]虛 ①歎氣◇長吁短歎。②歎詞。表示驚異◇吁，是何言歟！

〈二〉yū 粵jyu[1]於 象聲詞。吆喝牲口的聲音。

【吁吁】xūxū 象聲詞。形容急促喘氣的聲音◇氣喘吁吁。

3 **吐** 〈一〉tǔ 粵tou[3]兔 ①讓東西從嘴裏出來◇吐骨頭。②從一物上長出來或露出來◇柳枝上吐出鵝黃的嫩芽。③説出◇吐露真情。

〈二〉tǔ 粵dat[6]突 見"吐谷渾"。

〈三〉tù 粵tou[3]兔 ①從嘴裏湧出東西來◇嘔吐|吐血。②比喻被迫交出非法所得的財物。

【吐氣】tǔqì 把心中的積鬱或不快發泄出來◇揚眉吐氣。

【吐哺】tǔbǔ 吐出嘴裏的食物，中斷進食。表示禮賢下士，不敢怠慢來客◇周公吐哺，天下歸心。

【吐棄】tǔqì 唾棄；鄙棄。

【吐蕃】tǔbō 中國古代少數民族，主要居住在今青藏高原。唐代曾建立政權。

【吐屬】tǔshǔ ① 作文。② 談吐◇吐屬大方。

【吐露】tǔlù 説出（實情或真心話）◇吐露心事|吐露真相。

【吐豔】tǔyàn 現出豔麗的色彩◇百花吐豔。

【吐谷渾】tǔyùhún 中國古代少數民族，分佈在今青海北部、新疆東南部。

【吐苦水】tǔkǔshuǐ 傾訴受到的委屈或痛苦。

【吐故納新】tǔgù nàxīn 吐出體內廢氣，吸進新鮮空氣。比喻拋棄陳舊的，吸收新鮮的。

3 **吋** cùn 粵cyun[3]寸 英寸的舊稱。英美制長度單位。（英 inch）

3 **同** tóng 粵tung[4]童 ①一樣，相同◇求大同存小異。②共同，一起◇一同。③與…相同◇理由同上。④引進動作涉及的對象，相當於"跟" ◇同大家商量一件事。⑤表示並列關係，相當於"和" ◇我同你一起去。

【同一】tóngyī ① 同一個或一種◇同一目標|採用同一手段。② 一致，相同◇同一意願。

【同人】tóngrén 同仁，同事或同行業的人。含尊敬意。(同) 仝人。

【同仁】tóngrén 同事或同行的人。含尊敬意。(同) 同人。

【同化】tónghuà 一事物受另一事物影響，逐漸變得與之相同或相似◇她被同化了。

【同心】tóngxīn 齊心◇同心協力|二人同心，其利斷金。

【同年】tóngnián ①相同的年份，同一年。②同齡，同歲。③科舉時代指同榜登科的人。

【同行】(一)tóngxíng 一起出行◇同行的還有他的老師。

(二)tóngháng ①行業或專業相同◇我倆同行，都是老師。②同行業的人。

【同志】tóngzhì ①有共同奮鬥目標的人。也指同一政黨的成員。②中國內地過去人們彼此間的稱呼，現多用於官方的正式會議和活動◇同志，你想買甚麼？③指同性戀。

【同步】tóngbù ①幾個隨時間變化的量在變化過程中保持一定的相對關係◇地球同步通信衛星｜聲畫不同步。②比喻同時起步、協調一致◇產銷同步增長。

【同伴】tóngbàn 在一起工作、生活或從事某種活動的人。

【同事】tóngshì ①在同一個機構、團體等工作◇同事多年。②在同一個機構、團體等工作的人◇他是我的同事。

【同居】tóngjū ①在一起居住◇一家老少，三代同居。②夫妻共同生活。③指男女雙方沒有結婚而生活在一起。

【同胞】tóngbāo ①同父母所生的◇同胞兄弟。②同一個國家或民族的人◇海外同胞。

【同桌】tóngzhuō 指同學。

【同時】tóngshí ①同一個時候◇同時開始｜同時失業。②並且，含有更進一層的意味◇要學習好，同時還要身體好。

【同氣】tóngqì 氣質相同；性質相同◇同聲相應，同氣相求。

【同案】tóng'àn 同一個犯罪案件。

【同情】tóngqíng 對於別人的遭遇在感情上發生共鳴◇同情他的遭遇。

【同喜】tóngxǐ 共同高興歡喜。回答對方道喜的客套話。

【同窗】tóngchuāng ①同在一個學校學習◇同窗三載。②同在一個學校學習的人，同學◇昔日的同窗。

【同鄉】tóngxiāng 在外地稱同一籍貫的人◇同鄉會｜我們幾個是同鄉。

【同感】tónggǎn 相同的感想或感受◇產生同感｜深有同感。

【同業】tóngyè ①相同的行業。②指操相同行業的人。

【同盟】tóngméng ①為採取共同行動或因共同利害而結盟◇同盟國確。②結盟方相互間的關係◇訂立軍事同盟。

【同意】tóngyì ①對某種主張或觀點等表示贊同◇我的意見你同意嗎？②批准；允准。

【同道】tóngdào ①志同道合的人。◇同道中人。②同一行業的人◇新聞界的同道。③同路◇他倆同道去廣州。

【同僚】tóngliáo 稱在同一個部門做事的人。

【同學】tóngxué ①在同一個學校學習◇我們同學多年。②在同一個學校學習的人◇老同學｜同班同學。③稱呼學生◇同學，請問校長室在哪裏？

【同儕】tóngchái 同輩。

【同謀】tóngmóu ①共同謀劃（做壞事）◇同謀作案。②共同謀劃做壞事的人。

【同性戀】tóngxìngliàn ①同性別的人之間的戀愛關係、行為或現象。②性傾向為同性別羣體的人。

【同盟軍】tóngméngjūn 為實現共同目標而結成同盟的軍隊。

【同盟國】tóngméngguó 第二次世界大戰中，以美國、英國、法國為首，為抵抗軸心國而組成的聯盟。

【同仇敵愾】tóngchóudíkài 對共同敵人抱有相同的仇視和憤恨。

【同心同德】tóngxīn tóngdé 想法、看法一致，齊心協力。

【同甘共苦】tónggān gòngkǔ 分享幸福，共擔困苦。

【同舟共濟】tóngzhōugòngjì 同坐一條船過河。比喻齊心合力，為達同一目的而努力。㊂和衷共濟 ㊀分道揚鑣。

【同室操戈】tóngshìcāogē 自家人動起刀槍。比喻內部互相爭鬥。

【同病相憐】tóngbìngxiānglián 比喻有同樣不幸遭遇的人互相同情。

【同流合污】tóngliúhéwū 跟着壞人一起做壞事。

【同惡相濟】tóng'èxiāngjì 惡人互相勾結做

壞事。

【同牀異夢】tóngchuáng yìmèng 比喻表面合作，實際各懷打算。

【同聲相應，同氣相求】tóngshēngxiāngyìng, tóngqìxiāngqiú 同調的聲音互相感應，同類的氣味互相融合。比喻情趣、氣質相同而互相投合。

3 **吊** diào 粵diu^{3}釣 ①懸掛◇門口吊着兩個大紅燈籠。②(向上)提或(向下)放◇把水桶吊上來|把人吊下去。③提取◇吊案卷。④收回◇吊銷駕駛證。⑤球類運動，把球輕打過網，使對方難以接到◇打吊結合。⑥古代錢幣單位。通常是一千個制錢為一吊。

【吊銷】diàoxiāo 收回並註銷◇吊銷營業執照。

【吊審】diàoshěn 提取在押犯人審訊。

【吊燈】diàodēng 垂掛式的燈，一般垂掛在房間、大廳的天花板上◇水晶吊燈。

【吊嗓子】diàosǎngzi 戲曲或歌唱演員、學習聲樂者練習發聲。

【吊膀子】diàobàngzi 方言。調情。

【吊兒郎當】diào'erlángdāng 形容生活散慢、態度不嚴肅、儀容不整或做事敷衍不負責任。

3 **吃〔喫〕**〈一〉chī 粵hek^{3} ①咀嚼食物並咽下；服用◇吃飯|吃藥。②吸；喝◇吃奶|吃喜酒。③吃的東西◇有吃有穿。④依靠某種事物維持生活◇靠山吃山，靠水吃水。⑤消滅◇吃掉敵人一個團。⑥耗費◇吃力。⑦受；承受◇吃驚|吃不消。⑧領會；把握◇吃不準|吃不透。

〈二〉chī 粵hek^{3}（舊讀gat^{1}吉）說話不流暢◇口吃。

【吃力】chīlì ①費力氣，費勁◇他挑擔不吃力。②疲勞，疲乏◇跑了一天，十分吃力。③承受力量◇靠承重牆吃力。

【吃水】chīshuǐ ①船體入水的深度◇吃水18米的優良海港。②吸收水分◇糯米做飯吃水少。

【吃香】chīxiāng 受歡迎；受重用◇如今學法律吃香。

【吃重】chīzhòng ①載重◇吃重十噸的卡車。②費力；擔負的責任大◇他做這件事很吃重。

【吃素】chīsù ①只吃素食，不吃魚肉類葷腥食物；佛教徒吃素還包括不吃葱、蒜等。②比喻不做殺生的事情。多用於否定及反問◇我的槍可不是吃素的！

【吃罪】chīzuì 承擔罪名和責任◇倘或失敗，鄙人吃罪不起。

【吃緊】chījǐn ①(形勢)緊張或嚴重◇前線吃緊|銀根吃緊。②重要；緊要◇先管吃緊的事。

【吃醋】chīcù 比喻心生嫉妒。多指在男女感情上◇爭風吃醋。

【吃虧】chīkuī ①遭受損失◇決不讓你吃虧。②(在某方面)不利◇小個子打籃球就是吃虧。

【吃齋】chīzhāi ①吃素◇吃齋唸佛。②僧尼吃飯。

【吃驚】chījīng ①受到驚嚇◇突然躥出一隻大老鼠，她着實吃了一驚。②驚訝◇她悟性之高讓我吃驚。

【吃十方】chīshífāng 佛經把八方、上、下稱為十方。和尚靠信徒佈施，四處化緣度日，因此叫作"吃十方"。

【吃老本】chīlǎoběn 靠消耗本金維持局面。現多指只憑已有的資歷、知識、成績、錢財過日子，不思進取。

【吃回扣】chīhuíkòu 採購物品或代賣主招攬顧客的人，向賣主收取或索要一定份額的交易所得◇嚴查在招標採購中吃回扣的員工。

【吃官司】chīguānsi 遇法律糾紛或受法律制裁。

【吃裏爬外】chīlǐpáwài 也作"吃裏扒外"。享受着一方的好處，暗中卻為另一方盡力。

【吃一塹，長一智】chīyíqiàn, zhǎngyízhì 塹，壕溝。受一次挫折，從中吸取了經驗教訓，進而長一分見識。

3 **吒** zhā 粵zaa^{1}渣 見"哪吒"。

3 **吖** ā 粵aa^{1}/ngaa^{1} 丫 音譯用字，如吖啶黃(一種注射劑)。

3 **吆** yāo 粵jiu^{1}腰 大聲呼喊。

【吆喝】yāohe ①大聲呼喊；叫賣◇小販沿街

吆喝。② 呼喚◇快吆喝幾個人來幫忙。③ 大聲驅趕◇吆喝牲口。④ 叫喊聲◇遠處傳來幾聲吆喝。

3 **向** xiàng 粵hoeng^{3} 香^{3} ①方向；目標◇風向│志向。②對着；朝着◇向南│葵花向太陽。③偏袒◇你總是向着他。④介詞。表示動作的方向◇向遠方看去。⑤從來，一貫◇向無來往。⑥從前；原來◇向日。⑦姓。

【向日】 xiàngrì 往日，從前。

【向來】 xiànglái 一貫，從來◇他做事向來認真。

【向使】 xiàngshǐ 倘若，假使◇向使訴諸法律，我看勝算極微。

【向例】 xiànglì 慣例；以往的做法。

【向背】 xiàngbèi 擁護或反對◇人心向背。

【向時】 xiàngshí 從前；昔時。

【向晚】 xiàngwǎn 傍晚，黃昏。

【向陽】 xiàngyáng 面對太陽；朝着太陽◇向陽花木早逢春。

【向隅】 xiàngyǔ 面對着屋子的一個角落。形容孤獨無援◇他老來無依無靠，經常向隅而泣。

【向壁虛造】 xiàngbìxūzào 面對牆壁，憑空編造。形容毫無事實根據地捏造◇既有人證又有物證，絕非向壁虛造。

3 **后** hòu 粵hau^{6} 後 ①皇后，君主的正妻。②古代君主、諸侯、天子都稱后。

【后土】 hòutǔ ① 古代稱大地為后土。② 土地神。也指祀奉土地神的社壇。

【后王】 hòuwáng 君主，天子。

3 **合** ⟨一⟩hé 粵hap^{6} 俠 ①合攏，閉合◇笑得合不上嘴。②聚集；共同◇合唱│合資。③符合◇合心意。④投合；融洽◇情投意合。⑤配偶◇天作之合。⑥折合；相當於◇一公頃合十五市畝。⑦兩軍交鋒；回合◇一日數合│大戰三百合！⑧應當，應該◇文章合為時而著，歌詩合為事而作。⑨總共◇連吃帶住合多少錢？

⟨二⟩hé 粵ho^{4} 何 中國民族音樂中的記音符號，表示音階上的一級，相當於簡譜的"5̣"。

【合十】 héshí 佛教的一種禮節，兩掌十指對合在一起，放在胸前，表示敬意。

【合力】 hélì 共同出力；一起出力◇齊心合力。

【合成】 héchéng ① 各個小部份或個體，合併成一個整體。② 物質透過化學反應後成為另一種物質。③ 通過特定信息技術生成影像或聲音等媒體信息◇這是一張人工合成的虛假圖片。

【合同】 hétong 合約。

【合作】 hézuò 互相配合做某事或共同完成某事。

【合身】 héshēn 衣服與身材相稱◇衣服大了，不合身。

【合拍】 hépāi ① 共同拍攝製作◇中法兩國合拍的紀錄片。② 一起照相◇合拍一張五人照。③ 合得上節拍◇舞步要和音樂合拍。④ 比喻協調◇跟時代的脈搏不合拍。

【合併】 hébìng 合在一起◇公司合併。

【合金】 héjīn 由兩種以上的金屬元素熔合而成的金屬。

【合法】 héfǎ 符合法律規定◇合法收入│合法經營。

【合宜】 héyí 合適；恰當◇笑口常開，能言善語，她當導遊最合宜。

【合契】 héqì 符合；相投◇驗之以事，合契若神。

【合計】 ⟨一⟩héjì 合起來計算◇三雙鞋合計花了四百圓。

⟨二⟩héji 考慮；商議◇這事合計合計再說。

【合約】 héyuē 當事雙方或幾方為了順利完成某事共同制訂的有法律效力的協議。

【合巹】 héjǐn 古代婚禮的一種儀式，將匏瓜剖成兩個瓢，新郎新娘各拿一個飲酒。表示正式結為夫婦。

【合格】 hégé 合乎規格或標準◇合格產品。

【合時】 héshí ① 入時，合乎時尚◇打扮合時。② 正當其時◇你來得正合時。

【合理】 hélǐ 符合道理；合乎事理◇提出合理要求。

【合當】 hédāng 應當，應該◇合當如此。

【合意】 héyì 合乎心意；中意◇這套房子很合意。

【合羣】 héqún ① 能跟大家相處得好◇她性格開朗合羣。② 結合成一羣◇合羣結夥。

【合夥】 héhuǒ 合在一起（做某事）◇合夥開

店｜合夥做生意。

【合算】hésuàn ① 花費較少，獲得的成效或價值卻較大。② 算計；盤算◇我合算過，這筆買賣值得做。

【合適】héshì 符合要求；適宜◇這雙鞋大小正合適｜大庭廣眾，説這番話不合適。

【合璧】hébì 兩塊半月形的璧合成一塊圓形的璧。比喻兩種事物完美地結合在一起◇詩畫合璧。

【合歡】héhuān ① 指男女交媾。② 一種落葉喬木名。

【合成詞】héchéngcí 由兩個或兩個以上的語素構成的詞，如"書本、友誼"等。

【合縱連橫】hézòng liánhéng 南北為縱，戰國時蘇秦游説南北接連的六國齊、楚、燕、趙、韓、魏聯合抗秦，史稱合縱。東西為橫，張儀游説秦以東的六國，西向事秦，史稱連橫。原是戰國七雄爭霸的策略，後也泛指縱橫捭闔的手段或策略。

3 **各** ㈠gè 粵gok^{3} 角 ①每；每個◇各人做各人的事。②彼此不同的◇各式各樣。③各自◇各抒己見｜各有所長。

用法提示：各、每

兩者都指所有的個體，但意義上有差別。"每"着重於取出一個或一組做例子，"各"則着重遍指，如"每四年一屆"，不能説成"各四年一屆"；"各有各的困難"，不能説成"每有每的困難"。此外，"各"可以直接加在一些名詞前，"每"除了加在"人、家、年、月、日、星期、週"這些名詞前外，一般要跟量詞或數量詞結合才能加在名詞前，如"每個學校"。

㈡gě 粵gok^{3} 角 方言。特別；與眾不同◇這人真各。

【各自】gèzì 各人自己；各方自己◇各自為戰｜把各自的工作做好。

【各色】gèsè ① 各種各樣的◇各色各樣｜各色點心｜各色服裝。② 特別（含貶義），總是持有不同的想法、做法◇這人真各色，沒法合作。

【各別】gèbié ① 各不相同，分別◇神態各別｜根據不同情況各別對待。② 方言。別致；新奇◇式樣很各別。③ 方言。特別◇這人真各別，動不動就生氣。

【各個】gègè ① 所有的；每一個◇各個領域。② 一個個；逐個◇各個擊破｜各個解決。

【各有千秋】gèyǒuqiānqiū 各有長久存在的價值；各有特點或長處。

【各自為政】gèzìwéizhèng 按照各自的主張辦事，行動不統一、不配合。

【各行其是】gèxíngqíshì 各自按照自己想的那一套去做。形容思想、行動不一致。㊎ 齊心協力。

【各得其所】gèdéqísuǒ 各方都得到滿意的安排或合適的位置。出自《論語・子罕》："吾自衞反魯，然後樂正，《雅》《頌》各得其所。"

3 **名** míng 粵ming^{4} 明/meng^{2} 命^{2} ①名字，名稱◇姓名｜書名。②名字是，名字叫做◇姓張名寶。③名義◇以開會為名。④名譽，聲譽◇慕名而來｜大名鼎鼎。⑤出名的，著名的；有名聲的◇名山大川。⑥説出◇莫名奇妙。⑦佔有◇一文不名。⑧量詞。用於人◇三名士兵｜四名考生。⑨姓。

【名人】míngrén 知名度很高的人物◇文化名人｜演藝名人。

【名士】míngshì ① 有一定名氣但不做官的人。② 以詩文著稱的人。

【名片】míngpiàn 印有個人姓名、職務、學銜、住址、電話等信息的卡片，供人際交往使用。

【名分】míngfèn 人的名位和身份◇她從不看重自己的名分。

【名目】míngmù 事物的名稱◇苛捐雜税，名目繁多。

【名次】míngcì 姓名或名稱按照一定標準排列的次序◇爭名次｜名次靠前。

【名字】míngzi ① 原指名和字，後多指姓名或名◇你叫甚麼名字？② 事物的名稱◇這顆星星的名字叫牽牛。

【名利】mínglì 個人的名譽地位和物質利益◇追逐名利｜不求名利。

【名作】míngzuò 出名的藝術作品。

【名位】míngwèi 名譽和地位◇追逐名位｜不計較名位。

【名言】míngyán 著名的話◇至理名言。

【名刺】míngcì 名片。東漢時叫刺，後來叫名刺，明清時叫名帖，現在叫名片。古代用竹片或木片做成，現代名片多用紙造。

【名帖】míngtiě 名片的舊稱。

【名品】míngpǐn 著名的產品；名貴的品種◇龍井茶是杭州的名品｜花梨木是木材中的名品。

【名氣】míngqi 名聲；知名度◇此人在當地頗有名氣。

【名流】míngliú 社會知名人士◇商界名流｜法學界名流。

【名堂】míngtang ① 名目；花樣◇今晚的節目名堂很多。② 內容；道理◇說了半天，也說不出個名堂。③ 指成績◇既然做，就要做出點名堂來。

【名望】míngwàng ① 名氣聲望◇他醫術高超，在世界很有名望。② 指有名望的人。

【名著】míngzhù 出名的著作◇古典名著｜哲學名著。

【名貴】míngguì 著名而且珍貴◇名貴字畫｜名貴珠寶。

【名牌】míngpái ① 著名的品牌。② 借指知名度很高的人或機構◇名牌演員｜名牌學校。

【名勝】míngshèng 著名的風景優美的地方◇江南名勝。

【名詞】míngcí 表示人或事物名稱的詞。

【名媛】míngyuàn 在社交界有名氣、打扮高貴入時的女子。

【名號】mínghào ① 事物的名稱、稱號。② 姓名，字號。

【名義】míngyì ① 做某事時所用的名分、資格等◇以個人名義｜以監護人的名義出現。② 表面上，形式上（後面常帶"上"字）◇名義上他是董事長，實際上大小事都管。

【名諱】mínghuì 舊指尊長或所尊敬的人的名字◇敢問先生名諱？

【名聲】míngshēng 社會給予人或事物的評價◇名聲顯赫。

【名譽】míngyù ① 名聲◇愛惜名譽。② 名義上的。多指贈給的名義，有尊重之意◇名譽市民｜名譽董事長。

【名不副實】míngbúfùshí 名聲與實際不相稱，空有其名。

【名不虛傳】míngbùxūchuán 傳聞的名聲與實際相符◇人人都說杭州西湖美，今日得遊西湖，名不虛傳。

【名正言順】míngzhèng yánshùn 名義正當，道理也講得通。指說話做事有充分的理據。出自《論語・子路》："名不正則言不順，言不順則事不成。"

【名存實亡】míngcún shíwáng 名義上存在，實際已經沒有了。

【名列前茅】mínglièqiánmáo 名字排在最前面。指考試或競賽成績最佳。㊀反 名落孫山。

【名垂青史】míngchuíqīngshǐ 好的名聲和事跡載入史籍，永遠流傳。

【名副其實】míngfùqíshí 名稱或聲譽跟實際相符◇名副其實的腦外科專家。

【名落孫山】míngluòsūnshān 考試不中、榜上無名的委婉說法。出自宋代范公偁《過庭錄》："吳人孫山，滑稽才子也。赴舉他郡，鄉人託以子偕往；鄉人子失意，山綴榜末，先歸。鄉人問其子得失，山曰：'解名盡處是孫山，賢郎更在孫山外。'"

【名不見經傳】míngbújiànjīngzhuàn 一個沒引起注意的人、物、地方等。

4 吞 tūn 粵tan¹ ①不經咀嚼就咽下去◇狼吞虎咽｜囫圇吞棗。②兼併；侵佔◇併吞｜侵吞公款。

【吞吐】tūntǔ ① 比喻大量進出◇客運吞吐量｜海港吞吐量。② 言語支吾，含混不清◇言辭吞吐，似有難言之隱。

【吞沒】tūnmò ① 非法佔有他人財物◇吞沒巨款。② 淹沒◇洪水吞沒了村莊。

【吞併】tūnbìng 侵佔別國領土或將別人財產據為己有◇武力吞併。

【吞噬】tūnshì ① 吞吃◇大魚吞噬小魚。② 侵吞◇大公司吞噬弱小公司。

【吞聲】tūnshēng 強忍着不敢作聲◇忍氣吞聲｜吞聲飲泣。

【吞吞吐吐】tūntūntǔtǔ 形容想說又不敢說，或有話不直說。同 支支吾吾 反 暢所欲言、和盤托出。

【吞雲吐霧】tūnyún tǔwù 原指道家修煉養氣，不吃五穀，餐霞吐霧。後指吸食鴉片或抽煙。

4 **吾** wú 粵ng^{4}吳 我；我的◇吾亦愛吾廬|一日三省吾身。

【吾輩】wúbèi 我們。同 吾人、吾曹、吾儕、吾屬。

4 **否** (一)fǒu 粵fau^{2}剖 ①表示不同意、不認可。②不；不然；不是這樣。用於應對◇否！此非正道也|否，非若是也。③用在句尾表示疑問◇知否|信收到否？④用於"是否、可否、能否"等，表示"是不是、可不可、能不能"等意思◇是否這樣|不問可否|能否這樣？

(二)pǐ 粵pei^{2}鄙 ①壞；惡◇否極泰來。②貶斥◇陟罰臧否。

【否決】fǒujué 否定；不同意◇否決權|提案被否決。

【否定】fǒudìng ①不承認，不認可◇抱否定態度|功勞不容否定。②否認的，反面的◇答案是否定的。

【否則】fǒuzé 如果不是這樣；不然◇必須即刻就去，否則就來不及了。

【否泰】pǐtài《易》的兩個卦名。天地相交，萬物相通，稱之為"泰"；不相交，閉塞，稱之為"否"。現常用來指世事的盛衰，命運的順逆◇否極泰來。

【否認】fǒurèn 完全不承認◇他否認了傳聞。

【否極泰來】pǐjítàilái 厄運到了盡頭，好運就將來臨。事物發展到了極點，就要變化到它的反面。

4 **呈** chéng 粵cing^{4}晴 ①表現出某種形狀、顏色等◇異彩紛呈|毒蛇的頭呈三角形。②恭敬地送上◇呈覽|呈上名片。③呈文◇辭呈。

【呈文】chéngwén ①下級呈報給上級的公文。②舊指人民向官府呈送的文書。

【呈祥】chéngxiáng 呈現吉祥的景象◇龍鳳呈祥。

【呈現】chéngxiàn 顯出；露出◇雨過天晴，天空呈現出一片蔚藍。

【呈堂】chéngtáng 將罪犯押上公堂受審；向法官呈上同案件相關的材料◇呈堂證供。

【呈報】chéngbào 用公文向上司報告◇呈報地震災情。

【呈遞】chéngdì 恭敬地遞上。

【呈請】chéngqǐng 把內容寫成公文向上司請示◇呈請總經理核准。

【呈獻】chéngxiàn 恭敬地獻給。

4 **呋** fū 粵fu^{1}呼 化學名詞音譯用字。見"呋喃"。

【呋喃】fūnán 有機化合物，無色液體，有特殊氣味。用來製藥，也是重要的化工原料。(英 furan)

4 **呆**〔獃〕dāi 粵ngoi^{4}皚/daai^{1}歹^1 ①遲鈍；痴呆◇呆子|呆笨。②表情死板，不靈活◇驚呆了|目瞪口呆。③停留；逗留◇呆多久|別呆在這裏了。

【呆板】dāibǎn 死板；不靈活◇表情呆板|做事呆板。

【呆滯】dāizhì ①遲鈍，不靈活◇目光呆滯。②停滯；流動不暢◇資金呆滯。

【呆賬】dāizhàng 收不回來的賬款。同 壞賬。

【呆澀】dāisè 呆板，不靈活◇目光呆澀。

【呆若木雞】dāiruòmùjī 呆得像一隻木頭做的雞。形容呆笨或因恐懼、驚訝而發愣的樣子。據《莊子·達生》記載：紀渻子替齊王馴養鬥雞，訓練了四十天，不料這隻鬥雞聽見別的雞叫時，卻沒有任何反應，"望之似木雞矣"。

【呆頭呆腦】dāitóu dāinǎo 形容動作和表情遲鈍的樣子。

4 **吱** (一)zhī 粵zi^{1}之 象聲詞。形容剎車等動作發出的聲音◇汽車吱的一聲停住了。

(二)zī 粵zi^{1}之 象聲詞。形容尖細的聲音◇老鼠吱吱叫|油條在鍋裏炸得吱吱響。

【吱聲】zīshēng 方言。做聲；吭聲◇嚇得大家都不敢吱聲。

4 **吥** bù 粵bat^{1}不 見"噴吥"。

4 **呔** (一)dāi 粵taai^{1}太^1 促使對方注意的吆喝聲◇呔，哪裏走|呔！你是甚麼人？

(二)tǎi 粵toi^{2}枱^2 方言。說話帶外地口音。

4 **吠** fèi 粵fai^{6}廢^6 (狗)叫◇蜀犬吠日|粵犬吠雪。

【吠形吠聲】fèixíngfèishēng 一隻狗看見生人叫起來，別的狗聽見聲音也跟着叫。比喻不察真偽而盲目附和。出自漢代王符《潛夫論·賢難》："諺云：'一犬吠形，百犬吠聲'，世之疾此，固久矣哉"。

4 **呟** hóng 粵wang⁴宏 見"噌呟"。

4 **呃** 〈一〉ē 粵ak¹/ngak¹握 歎詞。表示説話人在説話過程中的遲疑、停頓◇我，呃呃，那麼明天也來吧！

〈二〉è 粵ak¹/ngak¹握 歎詞。表示感歎、提醒等語氣◇呃，原來是這麼回事！

〈三〉e 粵ak¹/ngak¹握 用在句末，表示驚歎的語氣◇這車子跑得真快呃！

4 **呀** 〈一〉yā 粵aa¹丫 ①歎詞。表示驚異◇呀，下雪了。②象聲詞◇咿咿呀呀|門呀的一聲開了。

〈二〉ya 粵aa³亞 用於句末，表示疑問、祈使、陳述等語氣◇誰呀？|快點兒去呀。

4 **吡** 〈一〉bǐ 粵bei²比 音譯用字。見"吡啶"。
〈二〉pǐ 粵pei²鄙 斥責；詆毀。

【吡咯】bǐluò 有機化合物，無色液體，有刺激性氣味。用來製藥。(英 pyrrole)

【吡啶】bǐdìng 有機化合物。無色液體，用作溶劑和化學試劑等。(英 pyridine)

4 **吵** 〈一〉chǎo 粵caau²炒 ①聲音雜亂擾人◇馬路上很吵。②爭吵；發生口角◇別吵，有話好好説。

〈二〉chāo 粵caau²炒 見"吵吵"。

【吵吵】chāochao 很多人亂嚷嚷◇大家安靜點，不要吵吵了。

【吵架】chǎojià 激烈爭吵◇夫妻倆從不吵架。

【吵鬧】chǎonào ①大聲爭吵◇吵鬧不休。②發出大的聲音打擾別人◇他在讀書，不要吵鬧。③聲音嘈雜◇步行街裏十分吵鬧。

【吵嚷】chǎorǎng 胡亂喊叫；亂哄哄地爭吵◇一片吵嚷聲。

4 **吶** nà 粵naap⁶納【吶喊】nàhǎn 大聲呼喊，大聲喊叫◇搖旗吶喊|吶喊助威。

4 **吽** hōng 粵hung¹空 佛教咒語用字。

4 **吪** é 粵ngo⁴鵝 ①行動。②感化；教化。

4 **呂** lǚ 粵leoi⁵旅 ①中國音樂十二律中的陰律，有六種，總稱六呂。②姓。

4 **吟** yín 粵jam⁴淫 ①有節奏地誦讀◇吟詩。②因痛苦而發出聲音；歎氣◇哀吟|長吟一聲。③古典詩歌的一種體裁◇《石灰吟》。④鳴，叫◇虎嘯龍吟。

【吟味】yínwèi 吟詠玩味；體味◇吟味詩句|反復吟味。

【吟哦】yín'é 吟詠，也指推敲◇吟哦詩句。

【吟唱】yínchàng 吟詠歌唱◇低聲吟唱。

【吟詠】yínyǒng 有節奏地誦讀◇吟詠唐詩。

【吟誦】yínsòng 吟詠◇吟誦新詩。

【吟風弄月】yínfēng nòngyuè ①古代詩人多以風花雪月為寫作題材，後以此代指吟詩或作詩。②指詩文創作，以風花雪月為題材，思想內容空虛。

4 **吩** fēn 粵fan¹芬【吩咐】fēnfù 口頭指派或命令；囑咐◇聽候吩咐|媽媽吩咐她早些回來。

4 **吻〔脗〕** wěn 粵man⁵敏 ①嘴唇◇接吻。②用嘴唇接觸人或物表示愛的感情◇吻了一下女兒的面頰。③動物的嘴或頭部向前突出的部分◇短吻鱷。

【吻合】wěnhé 相合；完全符合◇意見吻合|血型吻合。

4 **吹** chuī 粵ceoi¹摧 ①合攏嘴唇用力呼氣◇吹滅蠟燭。②吹奏（樂器）◇吹笛|吹簫。③氣體流動、衝擊◇微風吹拂|風吹浪打。④説大話；誇口◇別吹了，説説實在的吧。⑤吹捧；吹噓◇自吹自擂|大吹大擂。⑥感情、事情等破裂或失敗◇婚事告吹|生意談吹了。

【吹牛】chuīniú 誇口，説不切實際的話◇先別吹牛，把事幹成了再説。

【吹拂】chuīfú（微風）輕輕吹動◇春風吹拂，楊柳輕擺。

【吹奏】chuīzòu 吹管樂器。也指演奏音樂◇吹奏嗩吶。

【吹風】chuīfēng ①被風吹◇大病初癒，不要吹風。②把頭髮吹乾或定型。③有目的地向他人透露某種意向或信息◇先給大家吹吹風，好有個心理準備。

【吹捧】chuīpěng 吹噓捧場◇相互吹捧。

【吹噓】chuīxū 誇大和宣揚自己或別人的長處、優點◇成天價到處吹噓。

【吹毛求疵】chuīmáoqiúcī 吹開皮上的毛，尋找裏面的毛病。比喻故意找差錯。

【吹灰之力】chuīhuīzhīlì 比喻只需用很小的力量。多用於否定式◇不費吹灰之力就把事辦好了。

4 **吸** xī ⓐkap1 給 ①把氣體、液體等從口或鼻孔引入體內◇吸氣|一呼一吸。②吸收◇海綿吸水|這種紙不吸墨。③吸引◇異性相吸，同性相斥。

【吸引】xīyǐn 把別的物體、力量或別人的注意力引到自己這方面來◇維港的煙花吸引了成千上萬的觀眾。

【吸收】xīshōu ① 物體把外界的某些物質吸到內部◇植物靠根吸收養分。② 接納；接受◇吸收新會員。

【吸吮】xīshǔn 吮吸◇嬰兒吸吮母乳。

【吸取】xīqǔ 吸收獲取◇吸取養料 | 吸取經驗教訓。

【吸毒】xīdú 吸食鴉片、大麻、可卡因、海洛因等毒品◇吸毒危害健康。

【吸食】xīshí 用嘴或其他器官吸進（食物或毒品）◇吸食花蜜 | 吸食海洛因。

【吸納】xīnà 吸收接納◇吸納人才。

【吸血鬼】xīxuèguǐ ① 西方文化中一種吸食人血的魔鬼。② 比喻靠壓榨他人血汗生活的人。

4 **吭** 〈一〉kēng ⓐhang1 亨 發出聲音，多指說話◇一聲不吭。

〈二〉háng ⓐhong4 杭 喉嚨◇引吭高歌。

【吭聲】kēngshēng 出聲；說話◇無論怎麼盤問，就是不吭聲。

4 **呎** chǐ ⓐcek3 尺 英尺的舊稱。英美制長度單位。（英 foot）

4 **吳（吴）** wú ⓐng4 吾 ①周代諸侯國，建都於吳（今蘇州市）。傳國到夫差，被越國所滅。②三國之一，公元222—280年。由孫權建立，定都建業（今南京市）。③泛指江蘇南部、浙江北部一帶地區。④姓。

【吳戈】wúgē ① 兵器名。產於吳地，故稱。② 泛指精良的戈。

【吳牛喘月】wúniúchuǎnyuè 據說江浙一帶的水牛怕熱，見到月亮以為是太陽就怕得喘氣。比喻見到相似的事物而疑心害怕。出自《世說新語・言語》："臣猶吳牛，見月而喘。"

4 **吲** yǐn ⓐjan5 引【吲哚】yǐnduǒ 有機化合物。無色或淡黃色片狀結晶，可以用來製造香料、染料和藥物。（英 indole）

4 **吧** 〈一〉bā ⓐbaa1 巴 ①象聲詞◇吧的一聲，樹枝斷了。②酒吧◇吧枱|吧女。③指某些形式時尚、提供休閒服務的場所◇網吧|水吧。

〈二〉ba ⓐbaa6 罷 ①用在句末，表示贊同、揣測、命令等語氣◇你快點走吧|好吧，就這麼辦。②在句中表示停頓，帶假設的語氣◇走吧，不禮貌；不走吧，又挺尷尬的。

【吧女】bānǚ 在酒吧中服務的女侍者。

4 **吼** hǒu ⓐhau3 口3 / haau1 敲 ①動物大聲叫◇牛吼|獅子吼。②人大聲叫喊◇你吼甚麼？③風力等發出的巨大響聲◇狂風在怒吼。

【吼叫】hǒujiào 大聲叫◇別向我吼叫。

4 **吮** shǔn ⓐsyun5 宣5 吮吸。

【吮吸】shǔnxī ① 合攏嘴脣吸取液汁◇嬰兒吮吸着乳汁。② 比喻榨取◇吮吸人民的血汗。

【吮癰舐痔】shǔnyōng shìzhì 癰，一種毒瘡。用嘴吸膿瘡裏的膿血，用舌頭舔痔瘡。比喻無恥地諂媚巴結。出自《莊子・列禦寇》："秦王有病召醫，破癰潰痤者得車一乘，舐痔者得車五乘。"

4 **告** gào (1)ⓐgou3 誥 ①告訴◇預告|轉告。②報告◇稟告。③告發，控訴◇告密|控告。④請求◇連連告饒。⑤表明；宣告◇自告奮勇|告一段落。(2)ⓐguk1 谷/gou3 誥 勸告；勸說◇忠告。

【告示】gàoshi 佈告◇安民告示。

【告白】gàobái ① 對公眾的公開聲明或啟事◇在報上登了一則告白。② 說明；表白◇真情告白。

【告老】gàolǎo 年老退休◇告老還鄉。

【告成】gàochéng 宣佈完成◇這項任務可望年內告成。

【告別】gàobié ① 用言辭向別人表示就要離別◇向主人告別。② 離開◇告別故鄉 | 告別親友。③ 特指向死者最後訣別。

【告知】gàozhī 告訴使知道◇把喜訊告知家人。

【告狀】gàozhuàng ① 向司法部門提出控告起訴。② 把受欺負的情況或不公平待遇告訴家長或主管部門◇弟弟向媽媽告狀，説姐姐罵他。

【告急】gàojí 報告情況緊急並請求援救◇前線告急｜告急短訊接連不斷。

【告病】gàobìng ① 官吏因病請求退休。② 因病請假◇告病在家。

【告退】gàotuì ① 要求離去◇家有急事，先行告退。② 請求辭去職位◇年老告退。

【告捷】gàojié ①（戰鬥、比賽等）取得勝利◇首戰告捷。② 報告勝利的消息◇向家鄉父老告捷。

【告假】gàojià 請假◇因病告假一天。

【告密】gàomì 向有關方面告發他人的祕密活動。

【告終】gàozhōng 宣告結束◇比賽以平局告終。

【告貸】gàodài 請求別人借給自己錢◇告貸無門。

【告訴】㈠gàosù 告狀；申訴◇向法院提起告訴｜心中的苦楚無處告訴。
㈡gàosu 説給別人聽，讓別人知道◇借錢的事不要告訴別人。

【告竣】gàojùn 宣告竣工；宣佈完成◇大廈裝修工程告竣。

【告發】gàofā 舉報揭發◇告發弊案。

【告稟】gàobǐng 稟告。

【告誡】gàojiè 警告勸戒，多用於上級對下級、長輩對晚輩◇告誡女兒外出要注意安全。

【告慰】gàowèi 使感到安慰◇沉冤昭雪，終可告慰在天之靈。

【告罄】gàoqìng 財物用盡或貨物等售完◇存糧告罄｜球票發售告罄。

【告辭】gàocí 告別，辭別◇起身告辭｜向朋友告辭。

4 **含** hán 粵ham⁴ 銜 ①東西放在嘴裏，不咽下也不吐出◇含着話梅。②存或藏在裏面；包括◇含着眼淚｜生梨含水分多。③帶着或隱藏着（某種感情）◇含羞｜含情脈脈。④忍受◇含辛茹苦。

【含恨】hánhèn 懷着怨恨或仇恨◇含恨終生。

【含冤】hányuān 身受冤屈得不到昭雪◇含冤抱恨數十年。

【含混】hánhùn 模糊，不清晰◇概念含混不清｜聲音含混。

【含情】hánqíng 懷着或在神態上顯露出情意。多指愛情◇含情脈脈。

【含義】hányì 詞句、話語等包含的意義◇她這番話含義模糊，不甚了了。

【含蓄】hánxù ① 在裏邊含有◇每句話都含蓄着深意。② 意思表述得很委婉◇話語含蓄，不肯明言。③ 思想、感情等不隨意流露◇為人含蓄內向。

【含糊】hánhu ① 模糊，不明確，不清楚◇措辭含糊，令人難解。② 馬虎，敷衍◇這件事千萬含糊不得！③ 畏懼；示弱◇奉陪到底，絕不含糊！

【含血噴人】hánxuèpēnrén 用口含的污血噴射別人。比喻捏造事實誣陷好人。

【含辛茹苦】hánxīn rúkǔ 茹，吃。比喻忍受種種辛苦◇含辛茹苦把孩子養育成人。

【含沙射影】hánshāshèyǐng 晉代干寶《搜神記》説，有一種叫蜮的怪物，在水中用含着的沙子噴射人的影子，被射中的人會生病或死亡。後比喻以惡毒語言影射誹謗或陷害別人。

【含英咀華】hányīng jǔhuá 比喻細細地琢磨和體味詩文中的精華。

【含苞欲放】hánbāoyùfàng 裹着的花蕾即將開放◇早春季節，郊外的桃花含苞欲放。

【含垢忍辱】hángòurěnrǔ 忍受着恥辱。

4 **吝〔悋〕** lìn 粵leon⁶ 論 捨不得；過分愛惜◇不吝賜教。

【吝惜】lìnxī 過分愛惜而捨不得拿出或使用。

【吝嗇】lìnsè 十分看重錢財，該用時捨不得用◇雖説他窮，卻從不吝嗇。

4 **君** jūn 粵gwan¹ 軍 ①君主◇國君｜暴君。②古代的一種封號◇孟嘗君｜平原君。③對男子的敬稱◇張君｜諸君｜落花時節又逢君。④文言文。同“你”。

【君子】jūnzǐ ① 古代指地位高的人，現指品德高尚的人◇彼君子兮，不素餐兮｜以小人之心度君子之腹。② 古代妻子對丈夫的敬稱◇未見君子，憂心忡忡。

【君主】jūnzhǔ ① 古代國家的最高統治者。② 現代君主制國家的國王或皇帝。

【君臨】jūnlín 君主統轄，泛指統治或主宰◇君臨天下。

【君子協定】jūnzǐxiédìng ① 國際間只以口頭承諾或交換函件而不用書面契約形式訂立的協定，它和書面條約具有相同的效力。② 指互相信任的口頭承諾。

5 **味** wèi 粵mei6未 ①滋味；味道◇肉味|辣味。②氣味◇臭味難聞。③意味；趣味◇韻味|語言乾癟無味。④菜餚；食品◇臘味|野味。⑤辨別味道；體會◇品味。⑥量詞。中藥一種叫一味◇一共開了十味藥。

【味道】wèidao ① 滋味◇今天的菜味道好極了。② 興趣；意味◇這幅畫越看越有味道。③ 氣味◇有一股油煙的味道。

【味蕾】wèilěi 分佈在舌頭表面的接受味覺刺激的感受器。

【味覺】wèijué 人的舌頭與物體接觸時所產生的感覺。

【味同嚼蠟】wèitóngjiáolà 像嚼蠟一樣沒有味道。比喻沒情趣、沒意思。多指文章或説話枯燥無味。

5 **吖** dā 粵daa1打1 吆喝牲口向前走的聲音。

5 **咁** gàn 粵gam3噤 方言。這；這麼；這樣◇咁多。

5 **咕** gū 粵gu1姑 象聲詞。多疊用。形容鴿子、母雞等的叫聲◇一羣鴿子咕咕地叫。

【咕唧】〈一〉gūjī 象聲詞。水受壓力而向外排出的聲音◇鞋裏灌進了水，走起來咕唧咕唧直響。

〈二〉gūji 小聲交談或自言自語◇二人咕唧了好一陣子|一個人在那兒咕唧咕唧。

【咕噥】gūnong 小聲説話，含混不清。多指自言自語◇嘴裏不停地直咕噥。

5 **呵** 〈一〉hē 粵ho1苛 ①大聲斥責◇呵斥。②呼氣；哈氣◇一氣呵成|一邊寫，一邊呵手。③象聲詞。疊用，形容笑聲◇呵呵大笑。④同"嗬"。表示驚訝◇呵，真棒！

〈二〉ā 粵aa1丫 同"啊〈一〉"。

〈三〉á 粵aa2啞 同"啊〈二〉"。

〈四〉ǎ 粵aa2啞 同"啊〈三〉"。

〈五〉à 粵aa6亞6 同"啊〈四〉"。

〈六〉a 粵aa6亞6 同"啊〈五〉"。

〈七〉kē 粵ho2可 呵叻，泰國地名。

〈八〉hā 粵aa1丫 彎下◇點頭呵腰。

【呵欠】hēqiàn 哈欠，睏倦時張口深吸氣深呼氣◇打呵欠。

【呵斥】hēchì 大聲斥責◇他被當面呵斥了一頓！

【呵責】hēzé 呵斥◇他的惡作劇引來一片呵責聲。

【呵喝】hēhè 大聲斥責以恫嚇或禁止。

【呵護】hēhù 愛護，保護◇倍受呵護|悉心呵護。

5 **咂** zā 粵zaap3眨 ①用嘴脣吸◇咂了一口酒。②仔細辨別滋味◇我咂過了，這酒味道不錯。③舌尖抵住上顎發出聲音，表示讚賞、驚訝、惋惜等◇咂，歌唱得太好了！

【咂摸】zāmo 仔細品味；琢磨◇咂摸着四川辣蟹的滋味|你再咂摸一下，她究竟是甚麼意思。

【咂嘴】zāzuǐ 舌尖抵住上顎發出的聲音，表示讚賞、驚訝、惋惜等意思◇精彩的雜技表演，讓人咂嘴驚歎。

5 **呸** pēi 粵pei1披 歎詞。表示鄙視或斥責等◇呸！一派胡言。

5 **咔** 〈一〉kā 粵kaa1卡 象聲詞。形容物體碰撞的聲音◇咔的一聲上了鎖。

〈二〉kǎ 粵kaa1卡 音譯用字。見"咔嘰"。

【咔唑】kǎzuò 有機化合物。白色結晶，是製造合成染料和塑料的原料。(英 carbazole)

【咔嘰】kǎjī 一種質地較密較厚的斜紋布。(英 khaki)

5 **咀** 〈一〉jǔ 粵zeoi2嘴 含在嘴裏細嚼；品味◇咀嚼|含英咀華。

〈二〉zuǐ 粵zeoi2嘴 用於地名，如尖沙咀。

【咀嚼】jǔjué ① 用牙齒嚼食物◇多咀嚼一會兒容易消化。② 比喻對事物反復體會、玩味。

5 **呷** 〈一〉gā 粵gaat3軋 象聲詞。形容鴨子、大雁等的叫聲◇鴨子呷呷叫下了水。

〈二〉xiā 粵haap3 頰 小口地喝◇呷了一口茶|呷了一口酒。

5 **呻** shēn 粵san1 身【呻吟】shēnyín 生病或痛苦時，發出低弱的聲音◇無病呻吟。

6 **咒**〔呪〕zhòu 粵zau3 奏 ①禱告；祈禱◇咒願。②詛咒；咒罵◇咒人倒霉。③咒語◇符咒。④誓言◇賭咒。

【咒語】zhòuyǔ 僧、道、方士、神巫等施行法術時口中唸的口訣。

【咒罵】zhòumà 用惡毒的語言謾罵◇開口咒罵|厲聲咒罵。

5 **咋** 〈一〉zhā 粵zaa1 渣 見"咋呼"。

〈二〉zhà 粵zaa3 詐 乍，突然◇咋説|咋響。

〈三〉zé 粵zaa3 詐/zak1 則 咬住◇咋舌。

〈四〉zǎ 粵zaa2 詐2 方言。怎；怎麼◇咋樣|咋辦|這話咋説呢？

【咋舌】zéshé 咬住舌頭。形容因驚訝或害怕而説不出話或不敢説話◇嚇得直咋舌。

【咋呼】zhāhu ①叫喊◇你瞎咋呼甚麼？②炫耀，張揚◇這點兒成績就值得這麼咋呼啦？

5 **咐** fù 粵fu3 庫 見"吩咐"。

5 **呱** 〈一〉guā 粵gwaa1 瓜 見"呱呱〈一〉"。

〈二〉gū 粵gu1 姑/waa1 娃 見"呱呱〈二〉"。

【呱呱】〈一〉guāguā 象聲詞。形容青蛙、鴨子的叫聲。

〈二〉gūgū 形容嬰兒的哭聲◇呱呱墜地。

【呱呱叫】guāguājiào 形容好到極點◇他的圍棋下得呱呱叫。同 刮刮叫。

5 **呼** hū 粵fu1 膚 ①吐氣，使氣從口、鼻中出來◇呼了一口氣。②喚；叫◇傳呼|千呼萬喚。③大聲喊◇大聲疾呼。④稱呼◇直呼其名。⑤象聲詞。形容風聲◇風呼呼地颳着。

【呼叱】hūchì 呵斥◇做人要有禮貌，不可隨便呼叱人。

【呼叫】hūjiào ①呼喊◇遠處有人在呼叫。②電台或通訊設備用呼號與對方聯繫。

【呼吸】hūxī ①呼氣與吸氣，有時偏指吸氣◇呼吸急促|呼吸新鮮空氣。②一呼一吸，指時間很短◇命在呼吸之間。

【呼喊】hūhǎn 大聲喊叫◇呼喊口號。

【呼喝】hūhè 呼叫、喝斥。

【呼喚】hūhuàn ①召喚。②呼喊◇大聲呼喚。

【呼號】〈一〉hūháo ①大聲哭叫◇仰天呼號，痛不欲生。②為請求援助而呼籲◇為災區募集捐款奔走呼號。

〈二〉hūhào 廣播或通訊中使用的各種代號◇電台呼號。

【呼噓】hūxū ①呼吸，吸氣或呼氣◇呼噓毒癘。②有意識的呼吸，道家的一種養生術。

【呼嘯】hūxiào 發出又尖又長的聲音◇狂風呼嘯|列車呼嘯而過。

【呼聲】hūshēng 叫喊的聲音。借指人們的要求或願望◇奪魁呼聲甚高|傾聽市民的呼聲。

【呼應】hūyìng ①一叫一應，互相配合◇遙相呼應。②前後關聯，相互照應◇文章首尾呼應，結構謹嚴。

【呼籲】hūyù 向個人或社會發出請求◇呼籲社會救助弱勢羣體。

【呼天搶地】hūtiān qiāngdì 大聲叫天，用頭撞地。形容極端悲痛。

【呼之欲出】hūzhīyùchū ①形容藝術作品中的人物形象生動逼真，像活的一樣，叫他一聲就會出來。②形容人、事即將揭曉◇答案已經呼之欲出。

【呼朋引類】hūpéng yǐnlèi 呼喊朋友，招引同類。多形容壞人互相勾結。

【呼風喚雨】hūfēng huànyǔ ①使颳風下雨。形容神仙或道士等法力大。②比喻非凡的本領。含貶義◇她是商界可以呼風喚雨的人物。

5 **呤** lìng 粵ling4 零 見"嘌呤"。

5 **咚** dōng 粵dung1 冬 象聲詞。形容撞擊發出的聲音◇震得咚咚直響|鐵錘咚的一聲落在地板上。

5 **咆** páo 粵paau4 刨 （猛獸）嗥叫◇虎哮狼咆。

【咆哮】páoxiào ①猛獸怒吼。②形容水流奔騰轟鳴、人暴怒時的大聲喊叫等◇咆哮的黃河|老人氣得咆哮起來。

5 **呃** è 粵ak1/ngak1 握 同"呃"。

5 **呢** (一) ne 粵ne[1] 語助詞。①表示疑問語氣◇怎麼辦呢？②表示確定語氣◇收穫不小呢。③表示狀態在持續◇他們在開會呢。④用在句中，表示停頓◇如今呢，可比往年強多了。

(二) ní 粵nei[4] 尼 呢子，毛織品的一種，一般比較厚實。

【呢喃】 nínán ①象聲詞。形容燕子的叫聲◇燕語呢喃。②比喻聲音低微婉轉◇呢喃細語。

【呢絨】 níróng 用動物的毛或人造毛等原料織成的各種毛織物的統稱。

5 **咄** duō 粵zyut[3] 輟 呵斥；指責◇烏集之交，初雖相歡，後必相咄。

【咄咄】 duōduō 歎詞。表示驚詫或感慨◇咄咄怪事｜連珠妙語令人咄咄稱奇。

【咄嗟】 duōjiē 形容倉卒或迅速◇咄嗟之間。

【咄咄逼人】 duōduōbīrén ①形容言語或神情盛氣凌人◇言辭犀利，咄咄逼人｜目光咄咄逼人。②形容態勢嚴峻、急迫。

5 **呶** (一) náo 粵naau[4] 撓 叫嚷；吵鬧◇呶嚷｜喧呶｜紛呶。

(二) nǔ 粵nou[5] 努 凸出，翹起◇呶嘴。

【呶呶】 náonáo 形容説話嘮嘮叨叨◇呶呶不休。

5 **咖** (一) kā 粵gaa[3] 駕 見"咖啡"。
(二) gā 粵gaa[3] 駕 見"咖喱"。

【咖央】 kāyāng 東南亞常見的甜點材料，多用作塗麵包、製作蛋糕等。

【咖啡】 kāfēi 一種常綠小喬木或灌木，產在熱帶和亞熱帶地區，種子可製成飲料。這種飲料也叫咖啡。(英 coffee)

【咖喱】 gālí 用胡椒、薑黃、番椒、茴香、陳皮等製成的粉末狀調味品，味香而辣，色黃。(英 curry)

5 **咍** hāi 粵hoi[1] 開 ①喜悦，歡樂◇歡咍。②譏笑◇為眾人所咍。③歎詞。表示慨歎◇咍，叫我怎麼説！

5 **呣** (一) ḿ 粵m[2] 歎詞。表示疑問◇呣，你説甚麼？

(二) m̀ 粵m[6] 歎詞。表示應答◇呣，我在這裏｜呣，我知道了。

5 **呦** yōu 粵jau[1] 休 歎詞。表示驚異◇呦，怎麼是你！

5 **和** (一) hé 粵wo[4] 禾 ①溫順，不猛烈◇溫和。②配合協調◇和諧。③相處融洽◇和睦。④平息(爭端等)◇求和｜講和。⑤比賽不分勝敗◇和棋｜和局。⑥連帶着◇和衣而臥。⑦跟◇我和這事沒關係。⑧與◇爸爸和媽媽。⑨對；向◇他曾和我説過這件事。⑩或者◇去和不去，你自己決定。⑪幾個數加起來所得的總數◇二加四的和是六。

(二) hè 粵wo[6] 禍 ①跟着別人説或唱◇隨聲附和｜一唱一和。②依照別人詩詞的格律或內容作詩填詞◇和詩一首。

(三) hú 粵wu[4] 胡 打麻將時拿到最終獲勝的牌。

(四) huó 粵wo[4] 禾 在粉狀物中加水攪拌揉弄，使黏合在一起◇和麪粉｜和水泥。

(五) huò 粵wo[6] 禍 ①把幾種不同的東西拌合在一起◇和藥｜往蓮子羹裏和點糖。②量詞。次，用於洗東西或煎中藥◇煎了兩和藥｜被子洗了三和。

【和平】 hépíng ①沒有戰爭的狀態。②(藥物等作用)溫和，不猛烈◇藥性和平。③平靜；寧靜◇聽了這番話，心裏和平了一些。

【和好】 héhǎo ①和睦友好。②恢復和睦友好◇兩人和好如初。

【和局】 héjú 平局，競賽時交戰雙方不分勝負的結果。

【和尚】 héshang 出家修行的男佛教徒的俗稱。

【和風】 héfēng 溫和的風，多指春天的微風◇和風撲面。

【和美】 héměi 和睦美滿◇夫妻和美｜和美的一家。

【和約】 héyuē 交戰各方為結束戰爭、恢復正常關係而簽訂的條約或協議。

【和氣】 héqì ①態度溫和友好◇待人和氣。②和睦◇彼此很和氣。③和睦的感情◇別為小事傷了和氣。

【和婉】 héwǎn 溫和委婉◇琴聲和婉。

【和善】 héshàn 和藹友善；溫和善良◇態度和善｜性情和善。

【和睦】 hémù 相處融洽，不爭吵◇和睦相處｜和睦的家庭。

【和暖】 hénuǎn 氣候溫和；暖和◇天氣和暖｜和暖的陽光。

【和煦】 héxù 溫暖◇陽光和煦｜和煦的春風。

【和解】 héjiě 停止爭執，歸於和好◇經勸說後雙方和解了。

【和暢】 héchàng 溫和舒暢◇天朗氣清，惠風和暢。

【和談】 hétán ①交戰各方為結束戰爭而談判。②為結束戰爭而進行的談判活動。

【和緩】 héhuǎn ①溫和平緩◇性情和緩｜藥性和緩。②使溫和平緩◇和緩一下緊張氣氛。

【和諧】 héxié ①配合適當，協調◇房間佈置得很和諧。②融洽◇氣氛和諧｜和諧社會。

【和親】 héqīn 漢族封建王朝與邊疆各族統治者結親，以謀求和平相處。

【和藹】 hé'ǎi 態度溫和；待人親切◇和藹可親｜對顧客非常和藹。

【和議】 héyì ①關於結束戰爭、恢復和平的提議或主張。②交戰各方簽訂的結束戰爭的和平協議。

【和光同塵】 héguāng tóngchén ①《老子》："和其光，同其塵。"指不露鋒芒、與世無爭的處世態度。②比喻與世浮沉，隨波逐流或同流合污◇休要欺三瞞四，我不是與你和光同塵的。

【和風細雨】 héfēng xìyǔ 溫和的風，細微的雨。比喻溫和不粗暴。

【和衷共濟】 hézhōnggòngjì 比喻團結一致，共同克服困難，達致最終目的。

【和盤托出】 hépántuōchū 把所有東西連同盤子一起端出來。比喻毫無保留地全部拿出或說出。

【和顏悅色】 héyán yuèsè 溫和的面容，喜悅的表情。形容臉色和藹可親◇對同事總是和顏悅色的。

5 **命** mìng 粵ming^{6}名^{6} / meng^{6} ①生命，性命◇人命關天。②壽命◇長命百歲。③命運；天命◇算命｜認命。④命令，上對下的指示◇收回成命。⑤發命令，指派◇命部隊轉入進攻。⑥起，擬定(名稱等)◇命名｜命題。

【命令】 mìnglìng ①上級對下級發出指示◇命令軍隊凌晨四點發起進攻。②上級對下級發出的指示◇執行命令｜服從命令。

【命名】 mìngmíng 給予名稱，起名◇命名儀式。

【命脈】 mìngmài 維繫生命的血脈。比喻關係全局的重要事物◇京廣鐵路是南北交通命脈｜水源是國家的命脈。

【命案】 mìng'àn 人命案件◇偵破一起命案。

【命筆】 mìngbǐ 執筆，拿起筆作詩文或書畫◇欣然命筆。

【命運】 mìngyùn ①指人一生中注定的吉凶禍福。②比喻發展變化的趨向◇掌握自己的前途和命運。

【命題】 mìngtí 出題目◇考試由誰命題？

【命根】 mìnggēn ①比喻家族中最受重視的子孫◇孫子是他的命根。②比喻最重要的東西◇這些實驗記錄是他的命根。

5 **周** zhōu 粵zau^{1}舟 ①圈子◇繞場一周。②周圍◇房屋四周。③全；普遍◇周身｜眾所周知。④完備；細密◇周全｜周密。⑤周到◇招待不周。⑥同"賙"。接濟◇周濟。⑦朝代名◇西周｜東周｜北周｜後周。⑧同"週"。時間的一輪。特指一個星期◇周年｜周期｜上周｜周末。⑨姓。

【周正】 zhōuzhèng 端正◇模樣周正。

【周匝】 zhōuzā 周圍◇周匝七十里。

【周全】 zhōuquán ①周到全面◇她把病人照料得非常周全。②幫助成全◇周全小夫妻完婚。

【周折】 zhōuzhé 反復曲折，不順利◇幾經周折。

【周身】 zhōushēn 整個身體，全身◇周身疼痛，連手也抬不起來。

【周到】 zhōudào 很全面；沒有疏漏◇考慮周到｜周到的服務。

【周恤】 zhōuxù 周濟，接濟◇周恤災民。同賙恤。

【周納】 zhōunà 原指彌補漏洞，使周密。後指羅織罪狀，陷人冤獄。

【周旋】 zhōuxuán ①迴旋；盤旋◇海鷗在海面上周旋。②應酬；斡旋；打交道◇這事還得請你從中周旋才行。

【周章】 zhōuzhāng 周折◇多費周章。

【周密】zhōumì 全面而細密◇計劃周密｜經過周密調查。

【周期】zhōuqī ①物體完成一次規律性運動所需的時間◇一晝夜是地球的自轉周期。②事物重複出現的規律性變化所需的時間◇生產周期｜月經周期。

【周圍】zhōuwéi 圍繞着某中心的外面那部分◇屋子周圍｜周圍的居民。

【周詳】zhōuxiáng 周到而詳細◇考慮得很周詳。

【周遊】zhōuyóu 到各處遊歷◇周遊列國。

【周遭】zhōuzāo 周圍◇周遭的鄰居都是文人。

【周濟】zhōujì 接濟；用財物支援貧困的人◇周濟孤寡老人。同 賙濟。

【周轉】zhōuzhuǎn ①資金的流轉◇加快資金周轉。②經濟開支的調度情況或車輛貨物等依次轉運、使用的情況◇現金周轉不過來｜三噸的載重卡車周轉不開。

【周邊】zhōubiān 周圍◇周邊環境｜周邊的市縣。

5 **咎** jiù 粵gau³救 ①過失；罪過◇引咎辭職。②責備；追究罪過◇既往不咎。

【咎由自取】jiùyóuzìqǔ 罪過或災禍是自己招來的◇不要怨天尤人，你是咎由自取。

6 **哉** zāi 粵zoi¹災 ①表示感歎語氣，相當於"啊"◇危乎高哉｜嗚呼哀哉。②與疑問詞合用，表示疑問語氣，相當於"呢"◇而此獨以鐘名，何哉？③表示反問語氣，相當於"呢、嗎"◇豈有他哉？

6 **咸** xián 粵haam⁴函 ①都，全◇老少咸宜｜羣賢畢至，少長咸集。②姓。

6 **呰** zǐ 粵zi²只 詆毀。

6 **哐** kuāng 粵hong¹康 象聲詞。形容撞擊的聲音◇哐的一聲關上了門。

【哐啷】kuānglāng 象聲詞。形容撞擊或震動的聲音◇哐啷一聲，門被撞開了｜火車哐啷哐啷地開起來了。

6 **哇** 〈一〉wā 粵waa¹娃 形容小孩哭或嘔吐等聲音◇孩子嚇得哇哇直哭。

〈二〉wa 粵waa¹娃 語助詞。使語氣緩和委婉◇快走哇｜真好哇｜知道哇！

6 **哎** āi 粵aai¹/ngaai¹唉 歎詞。表示驚異、埋怨、不滿意、提醒等◇哎！真是沒想到｜哎！你不能這麼說。

6 **咭** 〈一〉jī 粵gei¹機 象聲詞。形容小鳥叫聲◇麻雀在枝頭咭咭叫。

〈二〉kǎ 粵kaat¹ 音譯用字，如聖誕咭，賀年咭。(英 card)

6 **咡** èr 粵ji⁶二 ①口旁；口耳之間。②蠶吐絲◇蠶在咡絲。

6 **哄** 〈一〉hōng 粵hung¹空 ①許多人同時發出聲音◇哄傳｜引起哄動。②象聲詞。形容許多人的大笑聲◇人羣哄的一聲笑了起來。

〈二〉hǒng 粵hung³控 ①説假話騙人◇哄騙。②逗引使高興◇她在家哄小孩玩。

〈三〉hòng 粵hung¹空 同"鬨"。許多人在一起喧嚷、吵鬧◇起哄｜哄鬧。

【哄抬】hōngtái (商人) 爭相抬高 (價格) ◇哄抬物價。

【哄笑】hōngxiào 很多人同時大笑，常含有嘲諷的意味◇拙劣的表演引來一陣哄笑。

【哄動】hōngdòng 轟動◇哄動全城。

【哄然】hōngrán 形容很多人同時發出聲音或紛亂喧鬧◇哄然大笑｜會場內外一片哄然。

【哄搶】hōngqiǎng 很多人一擁而上搶購或搶奪◇哄搶一空。

【哄傳】hōngchuán 到處紛紛傳説◇哄傳村外有野獸出沒。

【哄騙】hǒngpiàn 用假話或設圈套欺騙人◇你想用幾句好聽話哄騙我？

【哄堂大笑】hōngtángdàxiào 形容滿屋的人同時大笑◇他的話引來哄堂大笑。

6 **哂** shěn 粵can²診 ①微笑◇哂納｜聊博一哂。②譏諷◇為世人所哂。

【哂笑】shěnxiào 譏笑◇恐為方家哂笑。

【哂納】shěnnà 笑納，微笑地接受。用於請人收下自己的禮物◇一份薄禮，務請哂納。

6 **咴** huī 粵fui¹灰 象聲詞。形容騾、馬的叫聲◇戰馬咴咴地叫着。

6 **咧** 〈一〉liē 粵lit⁶列 見"咧咧"。

〈二〉liě 粵lit⁶列 嘴向旁邊張開◇咧起嘴笑｜齜牙咧嘴。

〈三〉lie 粵le3 助詞。相當於"了、啦、哩"◇好咧|他來咧|我得考慮考慮咧！

【咧咧】liēlie ① 亂說◇他就是喜歡瞎咧咧。② 指小孩哭◇哭哭咧咧。

6 **咦** yí 粵ji2 椅 歎詞。表示驚異◇咦，這水怎麼變清了？

6 **呲**〈一〉cī 粵ci1 雌 申斥，斥責◇呲了他幾句，一賭氣就走了。

〈二〉zī 粵zi1 之 露出(牙齒)◇呲着牙|呲牙咧嘴。

6 **咼(咼)**〈一〉wāi 粵kwaa1 誇 指嘴歪斜。

〈二〉guō 粵gwo1 戈 姓。

6 **咣** guāng 粵gwong1 光 象聲詞。形容撞擊的聲音◇咣的一聲關上了門。

【咣噹】guāngdāng 象聲詞。形容物體撞擊或震動的聲音◇咣噹一聲，把茶几撞倒了。

6 **品** pǐn 粵ban2 稟 ①物品◇農產品。②類，種◇品類齊全。③等級◇次品|上品|極品。④舊時官吏的級別，通常分為九級◇一品大員|七品芝麻官。⑤品質◇品學兼優。⑥品評，鑒別◇品玩古董。⑦吹奏(管樂器)◇品簫。⑧嚐，體味◇品茶。

【品月】pǐnyuè 淡藍色◇品月的短衫|品月的外套。

【品行】pǐnxíng 品德和行為◇品行好，學問也好。

【品位】pǐnwèi ① 古代指官階、位次。② 人或事物的品質、價值◇文化品位|高品位。③ 礦石中所含的有用的元素或其化合物的量(常用百分比表示)，比率越大品位越高。

【品味】pǐnwèi ① 品嚐味道◇經釀酒專家品味，酒質優良。② 仔細體會，玩味◇仔細品味她說的話。

【品性】pǐnxìng 人的品質和性格◇品性誠實溫和。

【品紅】pǐnhóng 比大紅略淺的顏色。

【品格】pǐngé ① 人的品質和性格◇做人的品格。② 文學、藝術作品的風格◇行文流暢，品格清新脫俗。③ 比喻事物的性質和特點。

【品級】pǐnjí ① 古代官吏的等級。大體為正九品、從九品(如正一品、從一品)，共18個等級。② 產品、商品的質量等級。

【品第】pǐndì 等級和所在的位次◇品第很高。

【品牌】pǐnpái 商品的牌子◇品牌效應。

【品評】pǐnpíng 辨別優劣，評議高下。

【品種】pǐnzhǒng 產品或物品的種類◇新品種|品種齊全。

【品綠】pǐnlǜ 像青竹那樣的翠綠顏色。

【品質】pǐnzhì ① 人的思想、感情、品行等方面的素質◇先人後己的高尚品質。② 物品的質量◇品質優良。

【品德】pǐndé 道德品質◇品德高尚。

【品嚐】pǐncháng 嘗試滋味，辨別味道◇品嚐風味小吃。

【品藍】pǐnlán 藍色中略微帶紅的顏色。

【品類】pǐnlèi 品種類型◇品類不一。

【品頭論足】pǐntóu lùnzú 評頭品足。形容隨便評論別人的好壞◇與同事相處，切忌在背後品頭論足。

6 **咽**〈一〉yān 粵jin1 煙 消化道和呼吸道的一部分，位於鼻腔、口腔的後方，喉的上方，由鼻咽、口咽和喉咽三部分組成，通稱咽喉。

〈二〉yàn 粵jin3 宴 ①吞入，吞食◇狼吞虎咽|細嚼慢咽。②憋住(話)；忍住(氣)◇話到口邊又咽回去了|太欺負人了！我咽不下這口氣！

〈三〉yè 粵jit3 熱3 ①悲哀得說不出話；因悲哀而聲音阻塞◇悲咽|嗚咽。②形容聲音嗚咽◇簫聲咽，秦娥夢斷秦樓月。

【咽氣】yànqì 斷氣，指死亡◇剛說出半句話就咽氣了。

【咽喉】yānhóu ① 咽部和喉部◇咽喉發癢。② 比喻重要或險要的交通要衝◇扼守通往西北的咽喉。

6 **咮** zhòu 粵zau3 奏 鳥嘴。

6 **咻** xiū 粵jau1 休 吵，喧擾。

6 **咱〔噡〕** zán 粵zaa1 渣 ①方言。我。②咱們。

【咱們】zánmen 稱說話和聽話的雙方◇咱們是同年同月出生的。

要點注意：咱們

"咱們"包括說話人和聽話人雙方，與"他們"相對；"我們"則不包括聽話人在內，與"你們"相對。但在比較莊重的場合，也會把"咱們"說成"我們"。

【咱家】 zánjiā 我的家；我們的家◇咱家三口人｜咱家門口有個小花園。

6 **咿** yī 粵ji¹ 衣【咿呀】yīyā ①象聲詞。形容搖槳聲◇槳聲咿呀。②形容幼兒學話聲◇咿呀學語。

6 **哌** pài 粵paai³ 派【哌嗪】pàiqín 有機化合物。白色結晶體。可驅除蛔蟲、蟯蟲。(英 piperazine)

6 **哈** 〈一〉hā 粵haa¹ 蝦 ①張口呼氣◇向玻璃窗上哈了口氣。②象聲詞。形容大笑的聲音◇哈哈大笑。③彎下◇點頭哈腰。④歎詞。得意或快意時發出的驚歎聲◇哈，又得了個冠軍。

〈二〉hǎ 粵haa¹ 蝦 呵斥，斥責◇哈他一頓。

〈三〉hà 粵haa¹ 蝦 見"哈什螞"。

【哈欠】 hāqian 人困倦時張口深吸氣深呼氣的動作◇打哈欠。

【哈喇】 hāla 方言。食用油或含油食品因存放時間過長變質而味道不正◇火腿哈喇了｜月餅有點兒哈喇味。

【哈達】 hǎdá 藏族和部分蒙古族人表示敬意和祝賀用的絲巾或紗巾，多用於迎送、饋贈、敬神及日常交往等禮節◇獻哈達。

【哈腰】 hāyāo ① 彎下腰◇一哈腰把筆撿起來。② 稍微彎腰表示敬意◇點頭哈腰。

【哈什螞】 hàshímǎ 一種灰褐色的蛙，喜在陰濕的地方生活。

【哈巴狗】 hǎbagǒu ① 一種身體小、毛長、腿短，可供玩賞的狗。俗稱獅子狗或巴兒狗。② 比喻卑順的奴才。

6 **咷** táo 粵tou⁴ 途 大哭◇號咷痛哭｜兒啼女咷。

6 **哚** duǒ 粵do² 朵 見"吲哚"。

6 **哅** xiōng 粵hung¹ 空【哅哅】xiōngxiōng喧鬧聲。

6 **咯** 〈一〉gē 粵gok³ 各 見"咯吱"。

〈二〉kǎ 粵kaak³ 喀 咳、吐◇咯痰｜咯血。

〈三〉luò 粵lo³ 摞 見"吡咯"。

〈四〉lo 粵lo³ 摞 用在句末，表示肯定語氣◇那可好咯！

【咯血】 kǎxiě 由呼吸道咯出鮮血。

【咯吱】 gēzhī 象聲詞。形容物體相摩擦發出的聲音◇咯吱一聲，門開了。

6 **哆** duō 粵do¹ 多【哆嗦】duōsuo 受到刺激後身體顫動、發抖◇凍得直哆嗦。

6 **咬**〔齩〕 yǎo 粵ngaau⁵ 餚⁵ ①上下牙齒用力對着，把東西夾住或弄斷弄碎◇把胡桃咬碎。②用鉗子等工具夾住或齒輪等互相卡住◇齒輪咬死了，轉不動。③比喻話說定了，不再改變◇一口咬定。④受責難或審訊時攀扯他人◇反咬一口｜口供咬人有疑點。⑤盯住，緊追不放◇咬住線索｜場上比分咬得很緊。⑥正確唸出字音或再三斟酌字句的意義◇咬字清楚｜咬文嚼字。⑦(狗)叫；(蚊子)叮◇雞叫狗咬｜被蚊子咬了一口。

【咬字】 yǎozì 吐字，正確、清晰地唸出文章或唱出歌詞、戲曲中的字。

【咬耳朵】 yǎo'ěrduo 湊近別人耳朵邊小聲說話。

【咬牙切齒】 yǎoyá qièchǐ 咬緊牙齒。比喻痛恨或氣憤到極點◇氣得咬牙切齒。

【咬文嚼字】 yǎowén jiáozì ① 形容仔細斟酌或深摳字句的意義◇要學好語文，少不了咬文嚼字。② 形容死摳字眼，不知變通。

【咬緊牙關】 yǎojǐnyáguān 形容面對困難或痛苦能夠挺住或堅持下來◇斷炊斷糧的日子，她咬緊牙關走過來了。

6 **咳**〔欬〕 〈一〉ké 粵kat¹ 咭 見"咳嗽"。

〈二〉hāi 粵haai¹ 揩 歎詞。表示感慨或驚異◇咳，多麼好的人啊｜咳，沒想到是你！

【咳嗽】 késou 呼吸器官受到刺激時，把吸入的氣猛烈呼出，使聲帶振動發聲。

6 **咩**〔哶〕 miē 粵me¹ 象聲詞。形容羊叫的聲音。

6 **咪** mī (1)粵miu¹ 喵 象聲詞。形容貓叫的聲音。(2)粵mei¹ 瞇 形容微笑的樣子◇笑咪咪。

6 **咤** zhà 粵zaa³ 炸 見"叱咤風雲"。

6 **咹** ǎn 粵am²/ngam² 暗² 歎詞。表示懷疑、質問等◇咹！你在這裏挖坑？

6 **哏** gén 粵gan¹ 巾 ①滑稽可笑；有趣◇他的表演真哏。②指滑稽有趣的動作、語言或表情◇逗哏｜捧哏。

6 **哞** mōu 粵mau4 謀 象聲詞。形容牛的叫聲。

6 **哀** āi 粵oi1/ngoi1 埃 ①哀傷，悲痛◇喜怒哀樂。②憐憫；同情◇哀其不幸。③悼念◇默哀。

【哀切】āiqiè（聲音、神情等）哀傷淒切◇表情哀切｜歌聲哀切動人。

【哀求】āiqiú 苦苦地央求◇百般哀求｜哀求放一條生路。

【哀思】āisī（對死者）悲哀的思念之情◇寄托哀思。

【哀怨】āiyuàn ① 哀傷怨恨◇歌聲哀怨纏綿。② 哀傷怨恨的感情◇詩作透出她內心的一絲哀怨。

【哀矜】āijīn 哀憐，憐憫◇哀矜之心。

【哀悼】āidào ① 悲哀地悼念◇哀悼亡靈。② 悲哀悼念的感情◇表示深切的哀悼。

【哀痛】āitòng 哀傷痛苦◇懷着無限的哀痛離開了人間。

【哀號】āiháo ① 悲哀地大聲哭叫◇哀號不已。② 悲哀的哭叫聲◇耳邊傳來聲聲哀號。

【哀愁】āichóu 悲傷憂愁◇淡淡的哀愁。

【哀傷】āishāng 悲哀傷心◇不要哀傷，要振作、奮發。

【哀鳴】āimíng ① 悲哀地鳴叫◇寒鴉在高枝哀鳴。② 哀鳴的聲音◇孤雁發出哀鳴。

【哀厲】āilì 聲音淒涼而尖厲◇遠處傳來幾聲哀厲的尖叫。

【哀慟】āitòng 哀傷，悲痛。

【哀樂】〈一〉āiyuè 悼念死者時演奏的哀傷的樂曲◇哀樂低沉。
〈二〉āilè 悲哀和歡樂◇枯榮哀樂。

【哀憐】āilián 憐憫；同情◇哀憐她的不幸遭遇。

【哀轉】āizhuàn 聲音哀淒婉轉◇笳聲哀轉｜洞簫吹得哀轉嗚咽。

【哀豔】āiyàn（文辭等）淒切而華麗◇詞風哀豔淒婉。

【哀兵必勝】āibīngbìshèng 心懷憤激或悲憤之情的軍隊必定勝利。出自《老子》六十九章："抗兵相若，哀者勝矣。"後多指受壓迫而奮起反抗的一方必定會勝利。(反) 驕兵必敗。

【哀鴻遍野】āihóngbiànyě 哀鳴的鴻雁遍佈原野。比喻到處都是呻吟呼號、流離失所的災民◇軍閥混戰的年月，哀鴻遍野，民不聊生。(同) 赤地千里。

6 **咨** zī 粵zi1 之 ①徵詢；詢問◇咨詢。②嗟歎，歎息◇怨咨｜咨嗟。

【咨文】zīwén ① 用於同級機關或同級官吏之間的公文。② 某些國家元首向國會提出的關於國情的報告◇國情咨文。

【咨嗟】zījiē 歎息◇日暮途窮，咨嗟不已。

【咨詢】zīxún 詢問；徵求意見◇咨詢法律問題｜有沒有咨詢過主管？

【咨諏】zīzōu 咨詢；訪問◇以咨諏善道，察納雅言。

6 **咫** zhǐ 粵zi2 只 古代長度單位，周代八寸為一咫。現比喻距離近或短◇咫尺之間。

【咫尺】zhǐchǐ 咫，古代長度單位，周制八寸為咫。借指很近的距離◇近在咫尺｜咫尺之遙。

【咫尺天涯】zhǐchǐtiānyá 比喻雖然相距很近，但因受到限制很難相見，就像遠在天邊一樣。

7 **哲〔喆〕** zhé 粵zit3 節 ①聰明，智慧超羣◇哲人。②聰明、智慧超羣的人◇先哲｜聖哲。

【哲人】zhérén 具有超常的智慧和學識的人。

【哲理】zhélǐ 關於人生和宇宙的根本原理◇富於哲理的格言。

【哲學】zhéxué ① 研究自然、社會和思維的一般規律的科學。② 研究普遍問題的學科，包括存在、知識、道德、心理、語言等。

7 **哥** gē 粵go1 歌 ①同父母或只同父、同母而年紀比自己大的男子◇三哥。②親戚中同輩而年紀比自己大的男子◇表哥｜堂哥。③對年紀跟自己差不多的男子的敬稱◇老大哥。

7 **哢** lòng 粵lung6 弄 鳥叫。

7 **哣** dōu 粵dau1 兜 歎詞。表示怒斥聲。

7 **哧** chī 粵ci1 痴 象聲詞。形容笑聲或撕裂聲等◇哧哧的笑個不止｜哧的一聲，衣服扯了個口子。

7 **哳** zhā 粵zaat3 札 見“啁哳”。

7 **哮** xiào 粵haau1 敲 ①野獸怒吼◇咆哮｜虎哮猿啼。②見“哮喘”。

【哮喘】xiàochuǎn 一種呼吸道疾病，主要症狀是支氣管痙攣，呼吸急促困難。

7 **哱** bō 粵but6 勃【哱羅】bōluó 古代軍隊中的一種號角，用海螺殼做成。

7 **唓（咋）** chē 粵ce1 車【唓嗻】chēzhē 很；厲害◇那廝忒唓嗻。

7 **哺** bǔ 粵bou6 步 ①用嘴裏含着的食物餵◇烏鴉反哺。②泛指餵養◇哺乳｜哺養。③嘴裏含着的食物◇周公吐哺，天下歸心。

【哺乳】bǔrǔ 雌性哺乳動物透過乳腺分泌的乳汁餵食後代幼體。

【哺育】bǔyù ①餵養◇哺育小鳥。②比喻養育◇不忘父母的哺育之恩。

【哺養】bǔyǎng 餵養◇哺養兩條北京狗。

【哺乳動物】bǔrǔdòngwù 最高等的脊椎動物。胎生，母體有乳腺，用乳汁哺育幼體。

7 **哽** gěng 粵gang2 耿 ①食物堵塞喉嚨不能下咽◇慢慢吃，別哽着。②因情緒激動而使聲氣阻塞◇哽咽｜哽塞。③堵塞；阻礙◇胸口哽住一股悶氣。

【哽咽】gěngyè 哭時喉嚨堵塞，不能順暢出聲◇哽咽哭訴。

【哽噎】gěngyē ①食物堵住食道，不能下咽◇一塊雞肉哽噎在喉嚨口。②哽咽◇説到這裏，他哽噎了。

7 **唔** 〈一〉ńg 粵ng4 吳 歎詞。表示疑問◇唔？你説甚麼？

〈二〉wú 粵ng6 誤 見“唔唔”。

〈三〉ḿ 粵m4 呣 方言。不◇唔好。

【唔唔】wúwú 形容叫聲或哭聲◇她唔唔地痛哭起來。

7 **哨** shào 粵saau3 筲3 ①警戒防守的崗位◇瞭望哨｜巡邏哨。②巡邏；偵察◇哨探｜巡哨。③哨兵。④哨子，一種小笛◇竹哨。

【哨卡】shàoqiǎ 交通要道或邊境上的哨所◇設立哨卡。

【哨兵】shàobīng 擔任巡邏和警戒任務的士兵。

【哨位】shàowèi 哨兵執行警戒、偵察任務時的崗位。

【哨所】shàosuǒ 哨兵或警戒人員執行警戒任務的處所◇邊防哨所。

【哨棒】shàobàng 走路時隨身帶備防身的長木棍。

7 **唄（呗）** 〈一〉bei 粵be6 啤6 ①表示勉強同意或讓步語氣◇去就去唄｜他愛説就讓他説唄。②表示事實或道理簡單明顯，無須多説◇錯了就改唄。

〈二〉bài 粵baai6 敗 見“梵唄”。

7 **員（员）** 〈一〉yuán 粵jyun4 元 ①從事某種工作或學習的人◇教員｜海員｜公務員。②參加一定團體或組織的人員◇會員｜隊員。③周圍◇幅員遼闊。④量詞。多用於武將◇一員大將。

〈二〉yún 粵wan4 雲 用於古人名。春秋時代有伍員（伍子胥）。

〈三〉yùn 粵wan6 運 姓。

【員工】yuángōng 職員和工人◇師生員工｜公司員工。

【員外】yuánwài ①古代官職員外郎的簡稱。員外郎的地位僅次於侍郎，因最初是加設在侍郎的正式定員以外，故稱。②古人尊稱豪紳為員外。

7 **哩** 〈一〉lī 粵li1 咧 見“哩哩啦啦”。

〈二〉lǐ 粵lei5 理 英里的舊稱。英美制長度單位。（英 mile）

〈三〉li 粵le1 咧 語助詞。①表示確定語氣◇力氣可大哩！②表示疑問語氣◇你去做甚哩？③表示列舉◇紙哩、筆哩，都買好了。

【哩哩啦啦】lìlilālā 形容零散或斷斷續續的樣子◇出席會議的人哩哩啦啦地總算都到了。

【哩哩囉囉】lìliluōluō 形容説話囉唆、拉雜或口齒不清◇哩哩囉囉了半天，也沒説出個所以然來。

7 **哭** kū 粵huk1 酷1 因痛苦、悲哀或激動而流淚◇號啕大哭｜失聲痛哭。

多樣表達：哭

啼哭　哭哭啼啼　大慟　號哭　呼號　哀號　放聲大哭　聲淚俱下　號啕大哭　痛哭　流涕　呼天搶地　哭泣　飲泣　啜泣　抽泣　抽噎　哽咽　嗚咽　飲泣吞聲　流淚　涕零

【哭泣】kūqì 小聲地哭◇獨自在角落哭泣。

【哭喪】kūsāng 一種民俗，在辦喪事時，前來弔唁的人和守靈的人在靈前大聲哭。㊐ 號喪。

【哭喊】kūhǎn 又哭又喊◇哭喊着跑來。

【哭訴】kūsù 一邊哭，一邊訴説或控訴。

【哭靈】kūlíng 面對着靈柩或靈位痛哭。

【哭喪棒】kūsāngbàng 指出殯時孝子手拿的纏着白紙的哀杖。

【哭笑不得】kūxiàobùdé 哭也不是，笑也不是。形容處境尷尬，不知怎麼做才好。

7 **唈** yì 粵jap1 泣 同"悒"。憂鬱，鬱悶。

【唈僾】yì'ài 抑鬱不樂的樣子。

7 **哦** 〈一〉é 粵ngo4 鵝 吟詠◇吟哦。

〈二〉ó 粵o4 柯4 表示驚訝、疑惑等◇哦，他也來開會|哦，還有這種説法？

〈三〉ò 粵o6 柯6 ①歎詞。表示領會、醒悟等◇哦，我明白了|哦，我想起來了。②應答聲◇哦，我馬上就來。

7 **唣〔唕〕** zào 粵zou6 做 見"囉唣"。

7 **唏** xī 粵hei1 希 歎息◇唏噓。

【唏噓】xīxū 抽泣；歎息◇唏噓不已。

7 **唑** zuò 粵zo6 助 見"咔唑"。

7 **唁** yàn 粵jin6 現 對喪家表示慰問◇弔唁|唁函|電唁。

7 **哼** 〈一〉hēng 粵hang1 亨 ①鼻子發出聲音◇他哼了一聲，小明還是不理不睬。②呻吟◇疼得哼個不停。③低聲唱或吟◇嘴裏哼着流行歌曲。

〈二〉heng 粵hng6 歎詞。表示不滿、蔑視或憤慨◇哼，真是膽大妄為|哼，你有甚麼了不起。

【哼唧】hēngji 低聲説話、唱歌或吟詠◇不知道他在哼唧些甚麼。

【哼唷】hēngyō 許多人一起做重活時一起發出的有節奏的聲音。

7 **哪** 〈一〉nǎ 粵naa5 那 ①代詞。(1)用於疑問，表示要求在所問的範圍內給予確定◇你哪天走|哪本書是你的？(2)用於虛指，表示不確定的一個◇哪天有空的話，一定登門拜訪。(3)用於任指，表示任何一個◇哪種花色都行。②表示反問◇我不信，哪有這樣的事？

〈二〉na 粵naa1 那1 語助詞，相當於"啊"◇天哪|要當心哪|大家來看哪！

〈三〉nǎi 粵naa5 那 代詞"哪〈一〉"的口語音。用於疑問，表示要求在所問的範圍內給予確定◇你哪天走|哪本書是你的？

〈四〉né 粵naa4 拿/no4 挪 見"哪吒"。

〈五〉něi 粵naa5 那 "哪(nǎ)"和"一"的合音◇哪棵樹哇|哪天去呀？

【哪吒】nézhā 古代神話中的神名。

【哪怕】nǎpà 連詞。連接分句，常和"也、都、還"連用，表示假設或讓步◇哪怕遇到再大的困難，也要幹下去。

【哪裏】nǎli ① 問處所◇你在哪裏上班？② 表示對處所的虛指或任指◇好像在哪裏看到過他 | 今天我就在家，哪裏也不去。③ 用於反問，表示否定◇我哪裏知道天會下雨？④ 單獨用在答話裏，表示否定，是一種客氣的説法◇"多謝你幫我們出了個好點子！""哪裏，哪裏，這是我應該做的。"

7 **唚** qìn 粵cam3 侵3 ①貓、狗嘔吐◇花貓吃多了，唚了一地。②比喻胡亂説◇滿口胡唚。

7 **喞** jī 粵zik1 即 抽或噴射(水)◇用喞筒喞水|喞了他一身水。

【喞咕】jīgu 小聲説話◇他倆在一起喞咕些甚麼？

【喞噥】jīnong 小聲説話◇他一邊走一邊口中喞噥着。

【喞喞喳喳】jīji zhāzhā 形容鳥叫等細碎雜亂的聲音。

7 **唉** 〈一〉āi 粵aai1 哎 ①表示應答◇唉，我知道了。②歎息聲◇唉，真倒霉！

〈二〉ài 粵aai1 哎/aai6 哎6 歎詞。①表示傷感、失望◇唉，試驗又失敗了。②表示惋惜或懊悔◇唉，這麼好的電影沒看到|唉，真不該這麼説他|唉，我簡直後悔死了。

【唉聲歎氣】āishēng tànqì 因傷感、煩悶、困頓或痛苦而發出歎息◇別總是唉聲歎氣，想想辦法吧。

7 **唆** suō 粵so1蔬 指使或慫恿他人◇教唆|調唆。

【唆使】suōshǐ 挑動或慫恿別人去做不合理、不道德或違法的事◇對唆使他人作偽證的行為，應從嚴處理。

7 **唐** táng 粵tong4堂 ①(言談)虛誇，不切實際◇滿紙荒唐言。②朝代名。公元618–907年，李淵所建，定都長安(今西安)。③姓。

【唐突】tángtū ①冒犯；得罪◇不能唐突長輩。②冒失；莽撞◇出言唐突不遜|做事太唐突了。

【唐裝】tángzhuāng 中國一種傳統服裝，立領，對襟或斜襟，盤扣。

7 **哿** gě 粵go2哥2 稱許；認為可以◇哿以能言。

8 **唪** fěng 粵fung6奉 大聲唸誦◇唪經。

【唪唪】fěngfěng 果實纍纍的樣子◇瓜瓞唪唪。

8 **啪** pā 粵paak1拍1 象聲詞。形容放爆竹、拍擊或撞擊等發出的聲音◇啪的一聲，他臉上捱了一記耳光。

8 **啦** 〈一〉lā 粵laa1喇1 ①方言。閒談◇咱門啦兩句吧。②形容響聲◇呼啦啦地飄|嘩啦啦地流。

〈二〉la 粵laa1喇1 "了"和"啊"的合音，兼有兩者的意義◇不想去啦|你們都走啦|他去開會啦？

【啦啦隊】lālāduì 在競技場為參賽者吶喊助威的有組織的觀眾隊伍。

8 **啈** hèng 粵hng6哼 ①哄騙◇休把人廝啈。②發狠的聲音◇啈聲啈氣。

8 **啞(哑)** 〈一〉yǎ 粵aa2痖 ①因生理缺陷或疾病而不能說話或說不出話◇啞巴|裝聾作啞。②無聲的，不說話的◇啞鈴|啞口無言。③(炮彈、槍彈等因故障)打不響的◇啞彈|啞炮。④聲音低悶乾澀、不響亮◇沙啞|嘶啞。

〈二〉yā 粵aa1丫 見"啞啞"。

【啞巴】yǎba 因生理缺陷或疾病而喪失說話能力的人。

【啞啞】yāyā 形容嬰兒學語聲、烏鴉叫的聲音。

【啞然】yǎrán ①形容寂靜，沒有人說話◇全場啞然。②形容因驚異而說不出話來◇啞然失驚。③形容笑聲◇啞然失笑。

【啞劇】yǎjù 沒有對白、歌唱和伴奏，只用動作和表情來表現劇情的戲劇。

【啞謎】yǎmí 隱語；謎語。比喻難以猜測的問題◇別打啞謎了，直截了當地說吧。

【啞口無言】yǎkǒuwúyán 形容因理虧而無話可說◇一番話把他駁得啞口無言。

8 **啉** lín 粵lam4林 見"喹啉"。

8 **問(问)** wèn 粵man6紊 ①請人解答◇刨根問底。②慰問◇問候|探問。③審訊；追究◇審問|問責。④干預；管◇過問|不問青紅皂白。⑤向(某方面或某人要東西)◇他問我借了十塊錢。

【問卜】wènbǔ 請算命術士占斷吉凶，解疑釋難◇問卜求籤。

【問世】wènshì ①著作出版，同讀者見面◇新作問世。同 面世。②泛指做出新產品並上市供應◇多款新品問世。

【問事】wènshì ①詢問事情◇問事處。②過問國家大事。

【問津】wènjīn《論語・微子》："長沮、桀溺耦而耕，孔子過之，使子路問津焉。"原意為詢問渡口所在，後用為探問情況、沾手、參與等意。多用於否定句◇房屋價格昂貴，乏人問津。

【問訊】wènxùn ①打聽；詢問◇問訊電話。②問候◇逢年過節，互致問訊。③佛教徒向人行合十禮打招呼◇合掌問訊。

【問號】wènhào ①標點符號"？"，表示疑問句末尾的停頓。②藉指疑問◇他今天晚上能不能趕到還是个問號。

【問罪】wènzuì 譴責和聲討對方的罪狀◇興師問罪。

【問題】wèntí ①要求解答的題目◇這份問卷共有十道問題。②必須解決的矛盾、疑難◇解決就業問題。③事故；意外的情況◇電腦又出問題了。④有毛病或有錯誤◇我看你腦子有問題！⑤要點；關鍵◇缺乏毅力是問題的真正所在。

【問責制】wènzézhì ① 追究責任的制度。② 特指香港高官問責制。官員對職務範圍內的事負直接的責任。

【問心無愧】wènxīnwúkuì 回顧、檢討自己的所做所為，沒有值得慚愧的地方。㊀ 無地自容、羞愧難當。

【問寒問暖】wènhán wènnuǎn 形容關切別人的生活。

8 **㖊(啢)** liǎng ●loeng2 兩2 英兩的舊稱。英美制重量單位。(英 ounce)

8 **唵** ǎn ●am2/ngam2 暗2 ①用手進食。②佛教咒語的發聲詞。

8 **啄** zhuó ●doek3 琢 禽鳥用嘴吃食或叩擊東西◇雞在啄食碎米。

【啄木鳥】zhuómùniǎo 一種益鳥，趾端有鋭利的爪，嘴尖鋭強直，舌端有鈎，能啄穿樹皮捕食害蟲。

8 **啑** 〈一〉dié ●dip6 碟 同"喋"。見"啑啑"。
〈二〉shà ●saap3 圾 見"啑喋"。

【啑啑】diédié 同"喋喋"。囉唆，話多◇啑啑不休。

【啑喋】shàzhá 魚或鳥成羣地取食◇所居養鵝雁，菇蒲覩啑喋。

8 **啃** kěn ●kang2/hang2 肯 ①用牙從較硬的東西上一點一點地往下咬◇啃雞腿|啃肉骨頭。②比喻攻讀、鑽研或花大力氣去做某事◇啃書本|這件任務能啃下來最好。

【啃骨頭】kěngǔtou 啃下附着在骨頭上的肉。比喻一點一點解決困難問題。

8 **唬** hǔ ●fu2 苦 虛張聲勢嚇人或蒙混人◇嚇唬|詐唬|唬人。

8 **唱** chàng ●coeng3 暢 ①領唱，帶頭唱◇一唱一和。②按照樂譜發出樂音◇獨唱|唱戲。③大聲叫；高聲唸出◇雞唱三遍|唱收唱找。④説；做◇唱高調。⑤歌曲；戲曲唱詞◇聽唱兒|漁家小唱。

【唱名】chàngmíng ① 按名單次序大聲點名。② 聲樂所用的表示七個記音符號，即 do、re、mi、fa、so、la、si(或 ti)，簡譜的記法是 1、2、3、4、5、6、7。

【唱和】chànghè ① 唱歌時一方唱，一方和，互相呼應。② 依照某人詩詞的韻律，另寫一首詩詞作答，二人以文才一唱一和，又叫唱酬。

【唱票】chàngpiào 投票選舉後，開票時大聲讀出票上的名字。

【唱喏】chàngrě 古代男子所行的一種禮節。給人作揖同時出聲致敬。

【唱白臉】chàng báiliǎn 比喻當反面人物。白臉，古代戲曲的一種臉譜，象徵奸邪◇你們都裝好人，讓我一個人唱白臉。

【唱紅臉】chàng hóngliǎn 比喻當正面人物。紅臉，古代戲曲的一種臉譜，象徵忠良、正直。

【唱高調】chàng gāodiào 比喻説得很漂亮，實際上做不到或不想去做◇就會唱高調，實際本事一點兒沒有。

【唱雙簧】chàng shuānghuáng 比喻兩個人一明一暗、一唱一和地配合行動。

【唱空城計】chàng kōngchéngjì ① 比喻用某種手段掩蓋自己力量空虛，藉以騙過對方。② 比喻內中空虛◇其實公司是靠舉債度日，早唱空城計了。

【唱對台戲】chàng duìtáixì 原指兩個戲班對台表演或同時同地演出，現多用來比喻一方與對方展開競爭。

【唱獨腳戲】chàng dújiǎoxì 比喻一個人獨自做某事◇別人都出差去了，留下我一個人唱獨腳戲。

8 **啡** fēi ●fe1 見"咖啡"。

8 **唯** 〈一〉wéi ●wai4 圍 ①獨，只，僅◇唯一|唯有|唯獨。②只是，表示轉折◇人品、長相都不錯，唯文化低了點。
〈二〉wéi(舊讀 wěi) ●wai2 委 應答的聲音◇唯唯諾諾。

【唯唯諾諾】wéiwéinuònuò 連聲答應。形容不敢提出意見，一味順從別人。㊂ 百依百順。

8 **啤** pí ●be1 音譯用字◇啤酒。

8 **啥** shá ●saa2 耍 方言。甚麼◇你姓啥|啥時候了|你到底要啥？

8 **唫** jìn ●gam3 禁 閉口不言。

8 **唸〔念〕** niàn ●nim6 念 ①出聲誦讀◇唸書。②上學◇唸小學。

【唸珠】niànzhū 數珠。信佛的人唸誦經文時計數的工具。多用香木製成，也有用瑪瑙、玉石等製成的。

【唸經】niànjīng 宗教徒朗讀或背誦經文。

【唸唸有詞】niànniànyǒucí 唸唸，反復地唸誦。原指不停地唸誦經咒，現多形容不停地自言自語。

8 **啁** 〈一〉zhāo ●zaau1 嘲 見"啁哳"。
〈二〉zhōu ●zau1 周 見"啁啾"。

【啁哳】zhāozhā 形容聲音雜亂細碎◇春禽日啁哳。

【啁啾】zhōujiū ① 形容鳥叫聲◇乳雀啁啾。② 形容奏樂聲◇絲管啁啾。

8 **啕** táo ●tou4 途 同"咷"。

【啕氣】táoqì 淘氣，頑皮◇五歲的男孩很啕氣。

8 **唿** hū ●fat1 忽【唿哨】hūshào 用手指放在口中吹出的哨聲◇以唿哨為號。

8 **啐** cuì ●ceoi3 趣 ①嚐；飲◇啐酒。②用力吐出來◇啐了一口痰|啐他一臉唾沫。③歎詞。表示鄙棄、憤怒。

8 **唼** shà ●cip3 妾 水鳥或魚類吞食東西。

【唼喋】shàzhá 形容許多魚或水禽吃食的聲音◇唼喋爭食。

8 **唷** yō ●jo1 喲 歎詞。形容驚訝聲◇唷，是你呀！

8 **啖** dàn ●daam6 淡 ①吃◇日啖荔枝三百顆，不妨長做嶺南人。②給人或動物吃；餵◇以棗啖之|啖虎狼以肉。③用利益引誘或收買◇啖以重金|啖之以利。

8 **啵** bo ●bo1 波 相當於"吧"。用於句末，表示商量、祈使等語氣◇你看這樣做行啵|你來一趟吧，好啵？

8 **啶** dìng ●ding6 定 見"吡啶"。

8 **唳** lì ●lai6 例/leoi6 類 飛鳥鳴叫◇風聲鶴唳。

8 **唰** shuā ●syut3 説/caat3 擦 象聲詞。形容迅速擦過的聲音或雨聲。

8 **啜** 〈一〉chuò ●cyut3 撮/zyut3 輟 ①飲；喝◇啜飲|啜茗。②抽噎的樣子◇低聲啜泣。
〈二〉chuài ●zyut3 輟 姓。

【啜泣】chuòqì 抽泣，抽抽搭搭地哭◇不住地啜泣|悲傷地啜泣起來。

【啜菽飲水】chuòshū yǐnshuǐ 吃豆子，飲清水。形容生活清苦。

8 **啊** 〈一〉ā ●aa1 丫 歎詞。表示驚奇或讚歎◇啊，打雷了|啊，太壯觀了。
〈二〉á ●aa2 啞 歎詞。表示疑問或追問◇啊，你説甚麼|啊，到底誰去開會？
〈三〉ǎ ●aa2 啞 歎詞。表示疑惑、疑問◇啊，這是怎麼回事|啊，他還沒到北京？
〈四〉à ●aa6 亞6 歎詞。①表示應答或醒悟◇啊，就這麼辦吧|啊，原來是這樣！②表示讚歎◇啊，做工太精美了！
〈五〉a ●aa6 亞6 用在句末，表示驚歎、催促等語氣◇快來看啊|唱得真好啊。

8 **售** shòu ●sau6 受 ①賣，賣出◇銷售|售樓處。②實現；施展◇其計不售|以售其奸。

8 **商** shāng ●soeng1 雙 ①商討；交換意見◇磋商|協商|會商。②以買賣方式進行商品交換的經濟活動◇經商|通商。③經銷商品的人◇外商|奸商。④除法運算中的得數◇10 被 2 除的商是 5。⑤古代五音(宮、商、角、徵、羽)之一，相當於簡譜的"2"。⑥星宿名。二十八宿中的心宿。⑦朝代名。約公元前十七世紀初至公元前十一世紀。湯滅夏後所建，建都亳(在今河南)。⑧姓。

【商兑】shāngduì 商量斟酌◇反復商兑|商兑未定。

【商定】shāngdìng ① 商量決定◇具體細節待進一步商定。② 經過協商已確定下來◇此事已經商定了。

【商洽】shāngqià 接洽商談◇商洽業務。

【商約】shāngyuē 國家之間締結的通商條約◇中英簽定了新商約。

【商酌】shāngzhuó 商量斟酌◇判罰球值得商酌。

【商討】shāngtǎo 商量討論◇商討解決問題的

措施。

【商旅】shānglǚ ① 來往各地作買賣的商人。② 商人和旅客◇商旅往來，絡繹不絕。

【商埠】shāngbù 與外國通商的城鎮。

【商務】shāngwù 商業上的事務◇電子商務｜商務往來。

【商量】shāngliang 交換意見；商討◇沒有商量的餘地。

【商貿】shāngmào 商業和貿易◇商貿活動｜商貿公司。

【商業】shāngyè 以買賣方式進行商品流通交換的經濟活動◇商業祕密｜商業網點。

【商榷】shāngquè 進一步商討研究◇是否妥當，值得商榷。

【商標】shāngbiāo 商品或包裝上用以表示品牌或與同類商品區別的標誌、記號等。

【商談】shāngtán 口頭商量◇商談協議的最終文本。

【商議】shāngyì 為取得一致意見而進行商量討論◇商議補救辦法。

9 **喜** xǐ 粵hei2 起 ①高興，快樂◇喜在心頭。②喜慶的事◇喜上加喜。③婦女懷孕◇祝賀你，有喜了。④喜歡；愛好◇喜讀書，不愛活動。

【喜好】xǐhào ① 對某事物感興趣◇喜好唱歌。② 愛好◇喝紅酒是他的喜好。

【喜事】xǐshì ① 值得高興和慶賀的事◇喜事盈門。② 指婚事◇他要給兒子辦喜事了。

【喜氣】xǐqì 喜悅的神色；歡樂的氣氛◇滿臉喜氣｜喜氣洋洋。

【喜訊】xǐxùn 使人高興的消息◇想不到喜訊自天而降。

【喜悅】xǐyuè 欣喜愉悅。

【喜愛】xǐ'ài 愛好；對人或事物有好感或產生興趣◇喜愛書法｜深受觀眾喜愛。

【喜筵】xǐyán 為慶賀喜事所辦的筵席。多指婚宴。

【喜餅】xǐbǐng 傳統婚禮中，男家在過大禮時送給女家作聘禮的糕餅。

【喜劇】xǐjù 戲劇的一種，多用誇張的手法、詼諧的台詞和引人發笑的情節來表現矛盾衝突，往往以矛盾得到圓滿解決為結局。

【喜慶】xǐqìng ① 值得高興和慶賀的◇喜慶場合｜喜慶的日子。② 值得高興和慶賀的事◇人逢喜慶精神爽，月到中秋分外光。③ 高興地慶祝◇喜慶佳節。

【喜錢】xǐqián 辦喜事的人家給的賞錢◇領了喜錢，歡歡喜喜地走了。

【喜鵲】xǐquè 一種鳥。嘴尖、尾長，羽毛大多黑色。傳說這種鳥一叫，必有喜事來臨，故名喜鵲。

【喜歡】xǐhuan ① 喜愛，喜好◇喜歡養寵物｜喜歡打乒乓球。② 喜悅，高興◇哥哥帶來的禮物，小明喜歡得不得了。③ 常常發生◇總喜歡哭。

【喜洋洋】xǐyángyáng 形容非常快樂的樣子◇一片喜洋洋的節日景象。

【喜不自勝】xǐbúzìshèng 喜歡得簡直抑制不住。形容高興到了極點。㊐ 樂不可支 ㊊ 悲痛欲絕。

【喜出望外】xǐchūwàngwài 遇到意想不到的好事而特別高興。㊐ 大喜過望 ㊊ 冷水澆頭。

【喜形於色】xǐxíngyúsè 臉上表現出高興的神情。形容內心的喜悅無法抑制。

【喜笑顏開】xǐxiàoyánkāi 笑得臉部都舒展開了。形容十分高興。㊐ 笑容滿面、笑逐顏開。

【喜聞樂見】xǐwén lèjiàn 喜歡聽，樂意看。指很受歡迎。

9 **喪(丧)** 〈一〉sāng 粵song1 桑 與死人有關的事◇奔喪｜弔喪｜喪服。

〈二〉sàng 粵song3 爽3 ①失去；丟掉◇喪權｜喪盡天良。②死亡◇喪偶。③失意◇懊喪｜沮喪。

多樣表達：喪

喪父：失怙 外艱 丁外艱 丁艱 丁憂；喪母：失恃 內艱 丁內艱 丁憂；喪夫：守寡 寡居 孀居 不再醮 守望門寡；喪妻：喪室 斷弦 悼亡 鰥居

【喪生】sàngshēng 喪命◇因車禍而喪生。

【喪失】sàngshī 丟掉；失去◇聽力完全喪失。

【喪事】sāngshì 泛指各項喪禮流程，包括安置遺體、設靈、入殮、出殯等。

【喪氣】〈一〉sàngqì 因事情不如意而情緒低落◇灰心喪氣｜垂頭喪氣。

〈二〉sàngqi 倒霉◇事情不順心，很喪氣。

【喪家】sāngjiā 有喪事的人家◇到喪家弔唁。

【喪葬】sāngzàng 辦理喪事，埋葬死者。

【喪亂】sāngluàn 死喪戰亂等災難。多指政局、時勢動亂◇喪亂不斷｜喪亂既平。

【喪儀】sāngyí 喪事的儀式◇喪儀從簡｜隆重的喪儀。

【喪膽】sàngdǎn 嚇破膽。形容非常害怕◇聞風喪膽。

【喪鐘】sāngzhōng 教堂為死者舉行宗教儀式時敲出的鐘聲。後用來比喻死亡或滅亡的信號。

【喪心病狂】sàngxīnbìngkuáng 喪失理智，言行極其荒謬昏亂或瘋狂殘暴到極點。

【喪家之犬】sàngjiāzhīquǎn 無家可歸的狗。比喻失去靠山，無處投奔，到處亂竄的人。

【喪魂落魄】sànghún luòpò 嚇得丟了魂魄。形容害怕到了極點。

【喪權辱國】sàngquánrǔguó 喪失主權，使國家蒙受屈辱。◇簽下喪權辱國的條約。

9 **呰** zǐ 粵zi2 只 弱；劣◇呰敗(虛弱衰敗)。

【呰窳】zǐyǔ 苟且懶惰。

9 **喏** (一)nuò 粵nok6 諾 表示要別人注意自己所指的事物◇喏，你爸爸來了｜喏，鉛筆在這裏。

(二)rě 粵je5 野 向人作揖並同時出聲致敬◇唱喏｜向長老唱個喏。

9 **喵** miāo 粵miu1 描1 形容貓的叫聲。

9 **喋** (一)dié 粵dip6 碟 見"喋喋""喋血"。
(二)zhá 粵zaap6 習 見"喋呷"。

【喋血】diéxuè（因殺人多）血流滿地◇喋血紫禁城。

【喋呷】zháxiā 形容成羣的水鳥或魚吃食的聲音◇喋呷有聲。

【喋喋】diédié 話多，囉嗦◇喋喋不休。同 啑啑。

9 **喃** nán 粵naam4 男【喃喃】nánnán 象聲詞。形容連續不斷的細小聲音或鳥叫聲◇喃喃自語｜燕語喃喃。

【喃嘸】nánḿ 佛教用語，指恭敬、禮拜、皈依。

9 **喳** (一)zhā 粵zaa1 渣 ①舊時奴僕對主人的應諾聲。②形容鳥叫的聲音◇清晨的鳥兒在樹上喳喳亂叫。

(二)chā 粵caa1 差 見"喳喳"。

【喳喳】(一)chāchā 象聲詞。形容細小的說話聲◇嘁嘁喳喳不知說些甚麼。

(二)chācha 小聲說◇他倆喳喳了兩句，就分頭走了。

9 **喇** lǎ (1) 粵laa3 罅 見"喇叭"。(2) 粵laa1 啦 見"喇嘛"。

【喇叭】lǎba ①一種銅製的管樂器，吹氣的一端較細，末端口部呈圓形張開，可以擴大聲音◇吹喇叭。②有擴音作用的、形狀像喇叭的器物◇高音喇叭｜汽車喇叭。

【喇嘛】lǎma 原意為"上師"，是對藏傳佛教僧人的尊稱。

9 **喓** yāo 粵jiu1 腰【喓喓】yāoyāo 象聲詞。形容蟲子鳴叫的聲音◇喓喓草蟲。

9 **喊** hǎn 粵haam3 咸3 ①大聲叫◇呼喊｜吶喊。②叫；呼喚◇喊他過來一下｜喊一輛出租車來。③稱呼◇你喊他甚麼｜我喊他大叔。

9 **喱** lí 粵lei1 厘1 見"咖喱"。

9 **喹** kuí 粵kwai4 葵【喹啉】kuílín 有機化合物。無色液體，有特殊臭味，可以製作藥物和染料。(英 quinoline)

9 **喈** jiē 粵gaai1 佳【喈喈】jiējiē ①象聲詞。形容禽鳥鳴叫聲◇雞鳴喈喈。②象聲詞。形容聲音和諧悅耳◇鼓鐘喈喈。

9 **喁** (一)yóng 粵jung4 容 形容魚嘴向上、露出水面的樣子。

(二)yú 粵jyu4 餘 見"喁喁(二)"。

【喁喁】(一)yóngyóng 比喻眾人仰望期待的樣子◇喁喁期盼。

(二)yúyú 形容細小的聲音◇喁喁噥噥｜喁喁私語。

9 **喝** (一)hē 粵hot3 渴 ①吸食液體飲料或流質食物◇喝粥｜喝點兒湯。②指飲酒◇去喝兩杯｜又喝醉了。

(二)hè 粵hot3 渴 大聲喊叫◇喝彩｜吆喝｜大喝一聲。

【喝令】hèlìng 大聲命令◇喝令全部離開。

【喝彩】hècǎi 大聲叫好，表示欣賞讚美◇喝彩聲不斷。

【喝問】hèwèn 大聲責問◇詭異的舉動，引來警察的喝問。

【喝西北風】hē xīběifēng 形容窮困，沒有飯吃◇一分錢都沒得進，快喝西北風了。

9 **喂** wèi 粵wai3 畏 打招呼的聲音◇喂，你好|喂，你是誰呀？

9 **喟** kuì 粵wai2 委 歎息◇感喟不已。

【喟然】kuìrán 形容歎氣的樣子◇喟然長歎|喟然歎息。

【喟歎】kuìtàn 因感慨而歎息◇仰天喟歎|喟歎良久。

9 **單（单）**〈一〉dān 粵daan1 丹 ①單獨；單一◇孤單|單打獨鬥。②奇數的◇單月|單數。③只有一層的◇單衣|單褲。④薄弱◇單弱|單薄。⑤僅；只◇單靠熱情不行。⑥不複雜；少變化◇簡單|單調。⑦記載事物的紙片◇菜單|化驗單。⑧鋪蓋用的大幅的布◇牀單|被單。⑨用在兩個數之間，相當於"零"◇水泊梁山一百單八將。

〈二〉chán 粵sin4 先4 見"單于"。

〈三〉shàn 粵sin6 善 姓。

【單一】dānyī 僅有一種；單純◇思想單一|單一的經濟作物|單一產業。

【單于】chányú 古代匈奴君主的稱號。

【單元】dānyuán 整體中一個相對獨立的部分◇這本書分八個單元。

【單方】dānfāng 流傳於民間的專治某種疾病的較為簡單的藥方。一般取材容易，應用便捷，現在也指單味藥製劑。

【單車】dānchē 一種利用雙腳踩踏前進的輪車，分為四輪、三輪和兩輪。又稱自行車◇愈來愈多人喜歡把踩單車當作休閒活動。

【單位】dānwèi ①計量事物的標準量的名稱。如米、千克、秒分別是長度、重量、時間的計量單位。②企業、機關、團體或所屬的部門◇到單位去|你的工作單位在哪裏？③方言。樓房的單元房。

【單身】dānshēn ①到了婚齡沒有結婚；沒有家屬或不跟家屬一起生活◇單身在外面闖蕩|他快四十了，至今仍是單身。②沒有戀愛對象。

【單純】dānchún ①簡單純潔◇孩子都很單純。②唯一，單單，只是◇不能不顧質量，單純追求數量。

【單單】dāndān 表示把事物或行為限制在特定的範圍內◇別的都沒忘，單單忘了帶照片|單單治病就花去收入的一半。同 僅僅。

【單調】dāndiào 單一而缺少變化◇生活太單調|色彩十分單調。

【單獨】dāndú 不跟別的合在一起；單個的◇單獨行動|單獨核算成本。

【單薄】dānbó ①（衣、被等）不厚實◇大冬天的，穿這麼單薄？②身體瘦弱不結實◇身子單薄。③（內容、力量等）不充實，不雄厚◇內容單薄|資金少，實力單薄。

【單刀直入】dāndāozhírù 比喻說話直截了當，不拐彎抹角。同 直截了當。

【單身貴族】dānshēn guìzú 指獨身的成年人。多指比較年輕富有、注重享受生活的人。

【單槍匹馬】dānqiāng pǐmǎ 打仗時一個人單獨上陣。比喻無人幫助，一個人單獨行動。

9 **喌** zhōu 粵zau1 周【喌喌】zhōuzhōu 呼雞的聲音。

9 **喘** chuǎn 粵cyun2 川2 ①急促地呼吸◇喘息|氣喘吁吁。②指哮喘◇喘病發作。

【喘氣】chuǎnqì ①急促地呼吸◇累得他大口大口喘氣。②緊張活動中的短暫休息◇太累了，讓我喘口氣再幹。

【喘息】chuǎnxī ①急促、費力地呼吸。②某一緊張過程中的短暫休息◇不給對手喘息的機會。

【喎斜】wāixié 嘴、眼等歪斜◇口眼喎斜。

9 **喎（㖞）** wāi 粵waa1 娃 歪◇喎斜。

9 **啡** bai 粵baai3 拜 助詞，同"唄"。

9 **唾** tuò 粵to3 拖3 ①口水，唾沫◇唾腺|唾液。②吐（口水）◇唾手可得。③吐口水表示憤怒、鄙棄或輕視◇唾棄 。

【唾棄】tuòqì 鄙棄◇遭人唾棄。

【唾餘】tuòyú 比喻他人一些無足輕重的言論或意見◇拾人唾餘。

【唾罵】tuòmà 唾棄責罵◇為人唾罵。

【唾手可得】tuòshǒukědé 像往手上吐唾沫那樣容易得到。比喻不費力氣就能得到。

【唾面自乾】tuòmiànzìgān 別人往臉上吐唾沫也不擦，讓它自己乾。形容受到侮辱能極度容忍。出自《新唐書·婁師德傳》："其弟守代州…教之耐事。弟曰：'有人唾面，絜之乃已。'師德曰：'未也。絜之，是違其怒，正使自乾耳。'"

9 **啾** jiū 粵zau1 周【啾啾】jiūjiū 象聲詞。形容蟲鳥等發出的細碎嘈雜的聲音◇蟲聲啾啾。

9 **喤** huáng 粵waang4 橫【喤喤】huánghuáng 象聲詞。①形容鐘鼓聲和諧洪亮◇鐘鼓喤喤。②形容小孩洪亮的啼哭聲◇啼泣喤喤。

9 **嗖** sōu 粵sau1 收 象聲詞。形容快速飛過的聲音◇箭嗖的一聲從頭頂擦過。

9 **喉** hóu 粵hau4 侯 喉頭，呼吸器官的一部分，在咽和氣管之間，有通氣和發音的功能◇歌喉|咽喉|耳鼻喉。

【喉舌】hóushé 咽喉和舌頭。比喻代言人或代為發言的媒體◇報紙發揮喉舌作用。

【喉嚨】hóulong ① 咽部和喉部的統稱◇感冒了，喉嚨疼痛。② 嗓子◇放開喉嚨歌唱。

9 **喻** yù 粵jyu6 遇 ①知曉，了解◇家喻戶曉|不言而喻。②說明；使明白◇喻之以理|喻以利害。③比喻◇借喻|譬喻。

9 **喚**（喚）huàn 粵wun6 換 呼喊；大聲叫◇千呼萬喚始出來，猶抱琵琶半遮面。

【喚起】huànqǐ ① 使覺醒振奮起來◇喚起勞苦大眾。② 引起；引發◇眼前的景象喚起了他童年的回憶。

【喚醒】huànxǐng ① 從睡眠中叫醒。② 使清醒，使醒悟◇喚醒民眾。

9 **喨** liàng 粵loeng6 亮 見"嘹喨"。

9 **喭** yàn 粵jin6 現 魯莽；粗俗◇嚳喭之習。

9 **喑**〔瘖〕yīn 粵jam1 音 ①沉默，不說話◇萬馬齊喑。②嗓子啞，說不出話來◇喑不能言。

【喑啞】yīnyǎ 嘶啞◇說話有些喑啞。

【喑嗚叱咤】yīnwùchìzhà ① 厲聲怒喝◇項王喑嗚叱咤，千人皆廢。② 使人震懾◇喑嗚叱咤之聲勢。

9 **啼** tí 粵tai4 提 ①出聲哭。②鳴，叫◇虎嘯猿啼|月落烏啼。

【啼泣】tíqì 哭泣◇日夜啼泣。

【啼哭】tíkū 大聲哭。

【啼笑皆非】tíxiàojiēfēi 哭也不是，笑也不是。形容左右為難，不知道怎樣對待才好◇碰到這種事，叫人啼笑皆非。

【啼飢號寒】tíjī háohán 因飢餓、寒冷而啼哭號叫。形容飢寒交迫，生活極端困苦。

9 **嗞** zī 粵zi1 之 象聲詞。形容水噴射或遇熱急劇汽化等情況發出的聲音◇淬火時發出嗞的聲音。

9 **喧**〔諠〕xuān 粵hyun1 圈 聲音大而雜亂。

【喧鬧】xuānnào ① 喧嘩熱鬧◇曼谷是一個喧鬧的城市。② 大聲吵鬧◇孩子們湊在一起喧鬧個不停。

【喧嘩】xuānhuá ① 聲音大而嘈雜◇戲謔喧嘩。② 高聲說話或叫喊◇一堆人聚在那裏喧嘩吵鬧。

【喧擾】xuānrǎo 喧嘩攪擾◇大街上沸沸揚揚，球迷們喧擾了一夜。

【喧闐】xuāntián 喧嘩擁擠◇車馬喧闐。

【喧嚷】xuānrǎng 高聲叫嚷◇窗外一陣喧嚷。

【喧騰】xuānténg 喧鬧沸騰◇奪得世界盃後，整個國家一片喧騰。

【喧囂】xuānxiāo ① 聲音嘈雜，亂哄哄的◇繁華喧囂的旺角夜市。② 喧嚷吵鬧◇喧囂一時。

【喧賓奪主】xuānbīnduózhǔ 客人的喧嚷壓住了主人的聲音。比喻外來的、次要的人或事物佔據了主導地位，壓倒了本來的、主要的人或事物。同 反客為主。

9 **喀** 〈一〉kā 粵kaa1 卡 象聲詞。形容咳嗽或物體碰撞、折斷等發出的聲音。

〈二〉kè 粵haak3 客 譯音用字，如喀山。

【喀吧】kābā 象聲詞。形容物體折斷的聲音◇喀吧一聲，把樹枝壓斷了。

【喀嗒】kādā 象聲詞。形容物體輕微撞擊的聲音◇喀嗒一聲，門鎖碰上了。

【喀嚓】kāchā 象聲詞。形容物體猛然斷裂的聲音◇喀嚓一聲扁擔斷了。

9 **啷** lāng 粵long1郎1 見"噹啷"。

9 **喔** wō 粵ak1/ngak1握 ①形容公雞啼叫的聲音◇喔喔喔——，公雞打鳴兒了。②歎詞。表示理解◇喔，我懂了。

【喔唷】wōyō 歎詞。表示驚訝◇喔唷，這麼貴呀！

9 **喙** huì 粵fui3悔 ①鳥獸的嘴◇鳥喙|長喙。②借指人的嘴◇百喙莫辨|毋庸置喙。

9 **喲(哟)**〈一〉yō 粵jo1唷 歎詞。①表示輕微的驚異◇喲，你怎麼也來了？②表示讚歎◇喲，好靚的水庫！

〈二〉yo 粵jo1唷 ①用在句末，表示祈使語氣◇大家用力扛喲。②用作歌詞的襯字◇呼兒嗨喲！

9 **喬(乔)** qiáo 粵kiu4橋 ①高◇喬木。②假扮◇喬裝打扮。③姓。

【喬木】qiáomù 樹幹高大，主幹與分枝區別明顯的木本植物，如松、柏、楊等。

【喬裝】qiáozhuāng 改扮，裝扮◇喬裝成癟子混了過去。

【喬遷】qiáoqiān《詩經・小雅・伐木》："出自幽谷，遷於喬木。"說鳥兒從深谷飛出，遷移到高大的樹上。後來用作祝賀人搬家或升職的敬辭◇恭賀喬遷|喬遷之喜。

9 **啻** chì 粵ci3次 僅，只。多用在"不、何、奚"等字之後◇不啻|何啻|奚啻。

10 **嗇(啬)** sè 粵sik1色 小氣，應當用的財物捨不得用◇吝嗇。

10 **嗪** qín 粵ceon4巡 見"哌嗪"。

10 **嗉** sù 粵sou3掃 嗉囊。鳥類消化器官的一部分，形狀像袋子◇雞嗉子。

【嗉囊】sùnáng 鳥類食道下面儲存食物的囊狀器官，是消化系統的一部分。

10 **嗎(吗)**〈一〉má 粵maa4麻 方言。甚麼◇幹嗎去？

〈二〉mǎ 粵maa5馬 見"嗎啡"。

〈三〉ma 粵maa1媽 ①用在句末，表示疑問◇懂了嗎|這是你的書嗎？②用在句末，表示反問◇這樣做對得起關心你的人嗎？

【嗎啡】mǎfēi 從鴉片中提取的一種藥物，白色粉末、味苦、有毒。常用作鎮痛，久用易成癮。(英 morphine)

10 **嗒**〈一〉dā 粵daap1答1/daap3答3 ①象聲詞。形容馬蹄聲、機槍聲等◇嗒嗒的馬蹄聲越來越近。②舔◇舐嘴嗒舌。

〈二〉tà 粵taap3塔【嗒然】tàrán 形容沮喪失意的樣子◇嗒然若失。

10 **嗊(唝)** gòng 粵gung3貢【嗊吥】gòngbù 柬埔寨地名。

10 **嗜** shì 粵si3試 極端愛好◇嗜酒|嗜賭成性。

【嗜好】shìhào 特別的愛好◇下圍棋是他的嗜好。

【嗜慾】shìyù 貪圖身體官能享受的各種不良慾望◇人要節制嗜慾，不能放縱自己。

【嗜痂成癖】shìjiāchéngpǐ 怪僻的嗜好。出自《南史・劉穆之傳》："(穆之孫)邕性嗜食瘡痂，以為味似鰒魚。"

10 **嗑**〈一〉kē 粵kei1崎 說話；閒談◇嘮嗑。

〈二〉kè 粵gaap3甲/haap3頰 用牙齒咬有殼或硬的東西◇嗑瓜子。

【嗑牙】kèyá 閒談；鬥嘴◇閒嗑牙|嗑牙拌嘴。

【嗑藥】kēyào 泛指吸食毒品。

10 **嗔** chēn 粵can1親 ①發怒，生氣◇嗔怒|半嗔半笑。②責怪，埋怨◇嗔怪|母親嗔着女兒不來看她。

10 **嗦** suō 粵sok3索 見"哆嗦"。

10 **嗝** gé 粵gaak3格 人體由於氣逆反應而發出的聲音◇飽嗝|打嗝。

10 **嗄**〈一〉shà 粵saa3沙3 嗓音嘶啞◇辣椒吃多了，嗓子發嗄。

〈二〉á 粵aa2啞 歎詞。表示疑問、反詰或驚訝。

10 **嗩(唢)** suǒ 粵so2所【嗩吶】suǒnà 民族管樂器。形狀像喇叭，管身正面七個音孔，背面一個音孔，發音響亮。

10 **嗣** sì 粵zi6自 ①繼承；接續◇嗣位|嗣國。②後代；繼承人◇後嗣|子嗣。

【嗣後】sìhòu 以後◇嗣後家道中落。

10 **嗯** ⟨一⟩ńg 粵ng2 吾2 歎詞。表示疑問◇嗯，你説甚麼？

⟨二⟩ňg 粵ng2 吾2 歎詞。表示不以為然或出乎意料◇嗯，我看不一定是他幹的|嗯！天怎麼突然下起雨來了？

⟨三⟩ńg 粵ng6 誤 歎詞。表示肯定或應允◇嗯，就這麼辦吧！

10 **嗅** xiù 粵cau3 臭 聞，用鼻子分辨氣味◇嗅到一股淡淡的幽香。

【嗅覺】 xiùjué ① 用鼻子辨別氣味的感覺◇嗅覺靈敏。② 比喻辨別事物的能力◇政治嗅覺。

10 **嗥〔嘷〕** háo 粵hou4 毫 (野獸)吼叫◇鬼哭狼嗥。

10 **嗚(呜)** wū 粵wu1 烏 形容哭聲、風聲、汽笛聲等◇嗚嗚地哭|風嗚嗚地颳着|嗚——遠處傳來汽笛聲。

【嗚呼】 wūhū ① 表示歎息◇嗚呼哀哉。② 借指死亡◇一命嗚呼。

【嗚咽】 wūyè ① 低聲哭泣◇她嗚咽着訴説自己的悲慘遭遇。② 比喻發出使人感到淒切悲傷的聲音◇事跡太悲壯了，江水也為之嗚咽。

【嗚呼哀哉】 wūhū'āizāi 表示哀痛的感歎語，常用在哀悼死者的祭文中，意思是“唉，悲哀啊！”後用作死亡的代稱。

10 **嗲** diǎ 粵de2 爹2 方言。①形容撒嬌的聲音和姿態◇發嗲|嗲聲嗲氣。②形容好的事物◇味道嗲。

10 **嗆(呛)** ⟨一⟩qiāng 粵coeng1 昌 水或食物進入氣管引起咳嗽◇慢點吃，別嗆着|游泳時嗆水了。

⟨二⟩qiàng 粵coeng3 唱 ①刺激性的氣味使人感覺難受◇香煙味嗆人。②受，忍受◇冰天雪地的，真夠嗆！

10 **嗡** wēng 粵jung1 翁 形容昆蟲飛行或機器開動的聲音◇馬達嗡嗡地響|蜜蜂嗡嗡地飛。

10 **嗽** mǔ 粵mau5 某 舊時對英畝的稱呼。

10 **嗙** pǎng 粵pong3 謗 自誇，吹牛◇你別聽他瞎嗙。

10 **嗟** jiē 粵ze1 遮 ①歎息◇嗟歎|嗟悔。②讚歎◇莫不嗟歎。

【嗟來之食】 jiēláizhīshí《禮記・檀弓下》記載，春秋時齊國發生饑荒，有個叫黔敖的人在路上施捨食物。他對一個飢民説：“嗟，來食！”飢民回答説不吃“嗟來之食”，寧可餓死。後用來比喻帶有侮辱性的施捨。

10 **嗌** ⟨一⟩yì 粵jik1 益 咽喉◇飲食下嗌|嗌不容粒。

⟨二⟩ài 粵aai3/ngaai3 隘 咽喉堵塞。

10 **嗛** ⟨一⟩xián 粵haam4 咸 ①銜在口裏◇烏鴉嗛着一塊肉。②懷恨◇心嗛而未發。

⟨二⟩qiǎn 粵him2 險 猴類臉頰中貯存食物的囊狀物。

10 **嗍** suō 粵sok3 索 用脣舌吸食◇嗍奶頭|嗍飲料。

10 **嗨** ⟨一⟩hāi 粵haai1 揩 歎詞。表示惋惜或傷感◇嗨！真可惜|嗨！我怎麼這麼笨！

⟨二⟩hēi 粵haai1 揩 ①歎詞。表示驚訝、歡樂或招呼◇嗨！你是怎麼啦|嗨，快過來看看。②象聲詞。形容笑聲◇嗨嗨嗨地笑個不停。

10 **嗐** hài 粵haai6 械 歎詞。表示感歎、惋惜、不滿或懊悔等語氣◇嗐，真是沒想到|嗐，可把你等苦了！

10 **嗤** chī 粵ci1 痴 ①譏笑◇嗤之以鼻。②象聲詞。形容笑聲◇低着頭只管嗤嗤地笑。

【嗤笑】 chīxiào 譏笑。

【嗤之以鼻】 chīzhīyǐbí 用鼻子發出冷笑的聲音，表示蔑視、看不起。

10 **嗵** tōng 粵tung1 通 象聲詞◇他嗵嗵地往前走|心嗵嗵直跳。

10 **嗓** sǎng 粵song1 桑 ①喉嚨◇上火了，嗓子痛。②嗓音◇假嗓|尖嗓。

【嗓子】 sǎngzi ① 喉嚨◇飯吃得太快，嗓子噎住了。② 嗓音◇金嗓子。

【嗓音】 sǎngyīn 由嗓子發出的聲音。指説話、唱歌的聲音◇嗓音圓潤|清脆的嗓音。

10 **嗈** yōng 粵jung1 翁【嗈嗈】yōngyōng 形容鳥的鳴叫聲。

11 **嘉** jiā 粵gaa1 家 ①美好的◇嘉名|嘉釀|嘉言懿行。②表揚；誇獎。

【嘉勉】 jiāmiǎn 嘉獎勉勵◇特予嘉勉。

【嘉許】 jiāxǔ 稱讚；誇獎◇立意新穎的雕塑，獲得參觀者的一致嘉許。

【嘉話】jiāhuà ①善言，有教益的話。②佳話。流傳一時，當作談資的好事或趣事◇風流嘉話。

【嘉賓】jiābīn 貴賓，尊貴的客人◇邀請了明星作嘉賓。

【嘉獎】jiājiǎng ①表彰獎勵◇嘉獎有功的人員。②給予的表彰獎勵◇多次獲得嘉獎。

【嘉年華】jiāniánhuá 原為起源於歐洲的一種民間狂歡活動，現代指包括各種娛樂活動在內的公眾盛會◇一年一度的聖誕嘉年華即將開幕！

11 **嘑** hū ●fu1 夫 同"呼"。

11 **嘏** gǔ ●gaa2 加2 福◇承天之嘏。

11 **嘗（尝）〔甞〕** cháng ●soeng4 常 ①同"嚐"。辨別滋味；稍稍吃點試試◇品嘗｜卧薪嘗膽。②試探；試驗◇嘗試。③經歷；身受◇備嘗艱辛｜嘗盡辛酸。④曾經◇未嘗｜何嘗。

【嘗試】chángshì 試行；試着做◇成功要靠不斷嘗試。

【嘗鼎一臠】chángdǐngyìluán《呂氏春秋·察今》："嘗一脟肉而知一鑊之味、一鼎之調。"臠，切成小塊的肉。謂品嘗鼎裏一片肉就可以知道鼎裏的全部肉味了。後比喻依據已知的部分就可推知未知的全部。

11 **嘒** huì ●wai3 畏 （蟬）鳴叫◇高蟬不復嘒。

【嘒嘒】huìhuì 象聲詞。①形容清亮的聲音◇管樂嘒嘒。②形容蟬鳴聲◇嘒嘒寒蟬鳴。

11 **嘖（啧）** zé ●zaak3 責 ①很多人搶着説話；爭辯◇嘖有煩言。②歎詞。表示讚歎◇嘖，嘖，好拳腿！

【嘖嘖】zézé ①形容鳥叫的聲音◇雀聲嘖嘖。②形容咂嘴的聲音，表示讚賞或厭惡◇嘖嘖稱讚｜觀眾席上傳來不滿的嘖嘖聲。

【嘖有煩言】zéyǒufányán 議論紛紛，説一些不滿或抱怨的話。

【嘖嘖稱奇】zézéchēngqí 表示驚奇、讚歎。

11 **嗬** hē ●ho1 苛 ①表示驚訝或讚歎◇嗬，你真能幹！②形容笑聲◇他嗬嗬地笑了。

11 **嘟** dū ●dou1 刀 ①嘴向前突出，嘴撅着◇氣得嘟起嘴不説話。②象聲詞。形容汽車喇叭聲。

【嘟囔】dūnang 含混不清地不斷低聲自語◇一邊嘟囔着，一邊幹活。

11 **嗷** áo ●ngou4 遨【嗷嗷】áo'áo 形容呼號、喊叫、哀鳴的聲音◇嗷嗷待哺｜疼得嗷嗷叫。

11 **嘞** lei ●laa1 啦/lak6 肋 跟"嘍"相似，用在句末，表示肯定、提醒等語氣◇我才不去嘞｜行嘞，你就放心吧。

11 **嘜（唛）** mài ●mak1 默1 方言。商標。（英mark）

11 **嘈** cáo ●cou4 曹（聲音）雜亂◇嘈音｜人聲嘈雜。

【嘈吵】cáochǎo 喧鬧。

【嘈音】cáoyīn 雜亂的聲音。

【嘈嘈】cáocáo ①形容彈奏琵琶等弦樂器的聲音◇嘈嘈切切錯雜彈，大珠小珠落玉盤。②形容聲音嘈雜◇小鎮上的集市，人聲嘈嘈。

【嘈雜】cáozá 聲音雜亂，喧鬧◇地鐵站裏熙熙攘攘，人聲嘈雜。

11 **嗽〔嗽〕** sòu ●sau3 秀 咳嗽◇乾嗽了一陣子。

11 **嘔（呕）** ǒu ●au2/ngau2 毆 吐◇令人作嘔。

【嘔吐】ǒutù 胃裏的食物不由自主地從口腔湧出◇因為暈車，她一路上嘔吐不止。

【嘔心瀝血】ǒuxīn lìxuè 形容耗盡心血，費盡心思◇嘔心瀝血，終於完成這部長篇小説。

11 **嘌** piào ●piu1 飄【嘌呤】piàolìng 有機化合物。無色晶體，其衍生物是核酸的重要成分。（英purine）

11 **嘁** qī ●ci1 痴【嘁嘁】qīqī形容小聲説話的聲音◇嘁嘁低語。

【嘁嘁喳喳】qīqī chāchā ①象聲詞。形容細碎雜亂的説話聲◇會場裏不斷有人嘁嘁喳喳説話。②許多人小聲説話◇她倆湊在一起，嘁嘁喳喳了好一陣子。

11 **嘎〔嘎〕** 〈一〉gā ●gat1 吉 形容響亮而短促的聲音◇汽車嘎地一聲剎住了。〈二〉gá ●gaa1 家 見"嘎嘎"。

〈三〉gǎ 粵gaa2 加2 ①脾氣古怪◇他這人很嘎，跟誰都相處不好。②調皮◇嘎小子。

【嘎嘎】gága 尜尜。一種兒童玩具，兩頭尖，中間大。

11 **嗐** tāng 粵tong1 湯 形容打鐘、敲鑼等的聲音◇嗐嗐的鐘聲|嗐的一聲鑼響。

11 **嗶（哔）** bì 粵bat1 不【嗶嘰】bìjī 一種密度較小的斜紋毛或棉織品。（法 beige）

11 **嘍（喽）**〈一〉lóu 粵lau4 流 見"嘍囉"。〈二〉lou 粵lau3 留3 "了"和"嚘"的合音，表示提醒、注意等語氣◇都準備好嘍|那你是不想去嘍？

【嘍囉】lóuluó ①舊時佔山為王的綠林首領的部下。②比喻幫兇或爪牙。

11 **嘣** bēng 粵bang1 崩 形容跳動聲或爆裂聲◇嚇得心嘣嘣直跳|氣球嘣的一聲破了。

11 **嘚** 〈一〉dē 粵dak1 得 馬蹄踏地的聲音◇嘚嘚的馬啼聲自遠而近。

〈二〉dēi 粵dak1 得 趕驢、騾前行的吆喝聲。

11 **嘝** hú 粵huk6 酷 "蒲式耳"（英美容量單位）的舊譯。

11 **嗻** 〈一〉zhē 粵ze1 遮 見"啅嗻"。〈二〉zhè 粵ze3 借 舊時僕役對主人或賓客的應諾聲。表示"是、遵命"的意思。

11 **嘛** ma 粵maa3 媽3 ①表示很明顯、事理本來如此的語氣◇各人有各人的想法嘛。②表示提醒、建議或希望的語氣◇吃了再説嘛|你知道就講嘛。③用在句中停頓處，引起對下文的注意◇本來嘛，這又不是你的錯。

11 **嘀** 〈一〉dī 粵dik1 的 見"嘀嗒"。〈二〉dí 粵dik6 滴 見"嘀咕"。

【嘀咕】dígu ①私下裏小聲説話◇你們倆別嘀咕了！②猶疑不定◇別在那兒犯嘀咕了，快拿主意吧！

【嘀嗒】dīdā 象聲詞。形容水滴落下來或鐘錶走動的聲音◇雨水嘀嗒嘀嗒往下掉|座鐘發出嘀嗒嘀嗒的聲音。

11 **嗾** sǒu 粵sau2 手 ①用嘴發音驅使狗◇嗾犬。②教唆；慫恿◇嗾使。

11 **嘧** mì 粵mat6 物 音譯用字。見"嘧啶"。

【嘧啶】mìdìng 有機化合物。無色結晶體，有刺激性氣味。可以用來製造化學藥品。（英 pyrimidine）

12 **嘵（哓）** xiāo 粵hiu1 囂【嘵嘵】xiāoxiāo ①受驚嚇的叫聲。②象聲詞。形容嘮叨或爭辯的聲音◇嘵嘵不休。

12 **嘩（哗）〔譁〕**〈一〉huā 粵waa1 娃 象聲詞。形容水聲◇清水嘩嘩地流出來。

〈二〉huá 粵waa1 娃 人聲嘈雜，喧鬧◇喧嘩|輿論大嘩。

【嘩然】huárán 形容很多人吵吵嚷嚷◇全場嘩然|觀眾一片嘩然。

【嘩變】huábiàn（軍隊）叛變◇敵軍嘩變，使戰局逆轉。

【嗶嘰】bìjī 密度比較小的斜紋的毛織品。另有一種斜紋的毛織品，叫充嗶嘰或線嗶嘰，也簡稱嗶嘰。

【嘩眾取寵】huázhòng qǔchǒng 用浮誇的言辭迎合羣眾，博取羣眾的誇獎和歡心。

12 **噴（喷）**〈一〉pēn 粵pan3 貧3（液體、氣體等）受到一定壓力而衝射出來◇噴泉|焊槍噴着耀眼的火焰。

〈二〉pèn 粵pan3 貧3 見"噴香"。

【噴吐】pēntǔ ①噴射出來◇燃燒的大廈噴吐着火舌。②散發◇花壇噴吐着醉人的芬芳。

【噴香】pènxiāng 香味濃郁◇噴香的菜餚。

【噴射】pēnshè 利用壓力把氣體、液體或固體顆粒急速推出去◇噴射飛航|油井裏不斷噴射出有毒氣體。

【噴湧】pēnyǒng ①液體急速冒出◇巖漿噴湧。②比喻情緒爆發出來◇激情噴湧，歡聲雷動。

【噴發】pēnfā ①噴射散發◇一股幽香從瓶口噴發出來。②特指火山噴射熔巖等物◇火山噴發出的濃烈煙灰騰騰上升。

【噴鼻】pènbí 撲鼻◇清香噴鼻。

【噴頭】pēntóu 噴灑設備的出水口。形狀一般像蓮蓬，上面有小孔，噴灑物從小孔噴出。

【噴薄】pēnbó 形容水湧起或太陽初升的樣子◇海潮噴薄，浪花飛濺|一輪紅日噴薄而出。

【噴嚏】pēntì 鼻黏膜受到刺激而引起的鼻孔

猛烈噴氣並發聲◇打噴嚏。

【噴濺】pēnjiàn 噴射飛濺◇泥漿噴濺到牆上。

【噴灑】pēnsǎ 噴射灑落◇噴灑消毒液｜直升機在火場上空噴灑滅火劑。

12 嘻〔譆〕xī 粵hei¹ 希 ①象聲詞。形容笑聲◇他嘻的一聲笑了。②歎詞。表示驚歎◇嘻，善哉！

【嘻笑】xīxiào 嘻嘻地笑◇嘻笑着説。

【嘻皮笑臉】xīpíxiàoliǎn 同"嬉皮笑臉"。形容嘻笑不嚴肅、不莊重的樣子。

12 嘭 pēng 粵paang⁴ 彭 象聲詞。形容敲擊聲◇嘭嘭嘭的亂敲門。

12 噎 yē 粵jit³ 熱³ ①食物堵住喉嚨◇因噎廢食。②氣逆不能呼吸◇噎得人難以呼吸。③説話頂撞人或使人受窘難以繼續説下去◇一句話就把他給噎回去了。

12 噁（恶）ě 粵ok³ 惡【噁心】ěxin ①反胃，要嘔吐的感覺◇有點噁心。②令人厭惡◇讓人覺得噁心。

12 嘶 sī 粵sai¹ 西 ①聲音沙啞◇聲嘶力竭。②(牲畜)叫◇嘶鳴｜人喊馬嘶。

【嘶叫】sījiào 喊叫◇馬兒在嘶叫。

【嘶啞】sīyǎ 嗓音沙啞◇説話有點嘶啞。

12 嘲〈一〉cháo 粵zaau¹ 爪¹ ①用言語譏諷◇嘲笑｜嘲諷。②挑逗◇眉目嘲人，雙睛傳意。

〈二〉zhāo 粵zaau¹ 爪¹ 見"嘲哳"。

【嘲弄】cháonòng 譏笑戲弄，尋人開心◇怎麼可以嘲弄別人？

【嘲哳】zhāozhā 形容聲音雜亂細碎。

【嘲笑】cháoxiào 用言語譏笑別人◇不要嘲笑他人的生理缺陷。

【嘲諷】cháofěng 譏笑諷刺◇不要嘲諷人家。

12 噘 juē 粵kyut³ 決 ①方言。罵，吵嘴◇不許你噘人｜他們從沒有噘過嘴。②翹起◇噘嘴。

【噘嘴】juēzuǐ 翹起嘴脣，表示不滿意或不高興◇説你兩句就噘嘴了？

12 嘹 liáo 粵liu⁴ 聊 見"嘹亮"。

【嘹亮】liáoliàng 形容聲音通透響亮◇軍號嘹亮｜嘹亮的歌聲。

【嘹嚦】liáoliàng 同"嘹亮"。

12 噆 cǎn 粵caam² 慘 ①口銜；咀嚼◇噆味含甘。②叮，咬◇蚊虻噆膚。

12 噓〈一〉xū (1)粵heoi¹ 虛 ①慢慢(地)吐氣◇噓吸｜長噓了一口氣。②歎氣◇仰天而噓｜一聲長噓。③受到火或蒸氣的熱力燻烤◇不小心讓熱氣噓了手｜把饅頭放在籠屜裏噓一噓。(2)粵hoe¹ 靴 用"噓"聲制止某種行為或驅走某人◇觀眾噓聲一片把他轟下台去。

〈二〉shī 粵syu⁴ 殊 發出"噓"聲，表示制止或反對◇噓！別説話。

【噓寒問暖】xūhán wènnuǎn 形容對人熱情關懷。

12 噗 pū 粵pok³ 樸 一種短促的聲音◇噗的一聲把燈吹熄了。

【噗哧】pūchī 象聲詞。形容笑聲◇噗哧一聲樂了。

12 嘬〈一〉zuō 粵zyut³ 輟 ①聚攏嘴脣用力吸取◇嘬奶｜用嘴一嘬，田螺肉就出來了。②翹起◇嘬起嘴脣。

〈二〉chuài 粵ceoi³ 趣 ①咬◇嘬食。②一口吃下◇嘬飯｜嘬炙。

12 嘽（啴）〈一〉tān 粵taan¹ 灘 見"嘽嘽"。〈二〉chǎn 粵cin² 淺 寬舒◇嘽緩。

【嘽嘽】tāntān 形容牲畜喘息的樣子◇嘽嘽駱馬。

【嘽緩】chǎnhuǎn 柔和舒緩。

12 嘿〈一〉hēi 粵hei¹ 希 歎詞。①表示讚歎、驚訝等◇嘿，手腳真快！②笑聲◇嘿嘿地笑起來。

〈二〉mò 粵mak⁶ 默 同"默"。沉默，不出聲◇嘿則思，言則誨。

12 嘸（呒）ḿ 粵mou⁵ 母 沒有◇嘸啥。

12 噍 jiào 粵ziu⁶ 趙 嚼；吃東西◇飲噍自若。

【噍類】jiàolèi 能吃東西的物類，指動物或人。

【噏動】xīdòng 同"翕動"。

12 噏 xī 粵kap¹ 吸 ①同"吸"。②收斂。

12 噚（㖊）xún 粵cam⁴ 尋 舊時對英尋的稱呼。

12 **噇** chuáng (粵)cong4 牀 吃喝；大吃大喝◇噇噇得爛醉。

12 **噌** 〈一〉cēng (粵)cang1 層1 ①形容快速行動或摩擦發出的聲音◇噌地跳上炕|噌的一聲，劃着了火柴。②方言。叱責◇噌了他一頓。

〈二〉chēng (粵)caang1 撐 見"噌吰"。

【噌吰】chēnghóng 形容鐘鼓的聲音。

12 **嘮(唠)** 〈一〉láo (粵)lou4 勞 見"嘮叨"。
〈二〉lào (粵)lou4 勞 説；閒談◇嘮家常|有話慢慢嘮。

【嘮叨】láodao 沒完沒了地説◇她嘮叨了半天。

12 **噀** xùn (粵)seon3 信 含在嘴裏噴出◇噀水。

12 **噔** dēng (粵)dang1 登 形容重物落地或物體撞擊發出的聲響◇咯噔|走起路來噔噔響|噔的一聲撞到了牆上。

12 **噝(咝)** sī (粵)si1 絲 象聲詞，形容槍彈等在空中很快飛過的聲音◇子彈噝噝地從頭頂上飛過。

12 **嘰(叽)** jī (粵)gei1 機 象聲詞。形容小鳥的鳴叫聲。

【嘰咕】jīgu 小聲説話◇你跟她嘰咕甚麼呀？

【嘰嘰喳喳】jījizhāzhā 形容細碎雜亂的聲音◇麻雀嘰嘰喳喳地叫。

13 **噩** è (粵)ngok6 岳 驚人的；可怕的◇噩夢。

【噩耗】èhào 親近或敬愛的人去世的消息◇噩耗傳來，萬分悲痛。

【噩夢】èmèng 令人驚恐的夢◇從噩夢中驚醒。

13 **噶** gá (粵)gaa1 家【噶倫】gálún 藏語。原西藏地方政府主管行政事務的官員。

13 **噠(哒)** dā (粵)daat6 達 象聲詞。形容馬蹄聲、機槍聲等◇機槍噠噠噠掃個不停。

13 **噤** jìn (粵)gam3 禁 ①閉住嘴不出聲◇噤口不言。②因寒冷而哆嗦◇冷噤|寒噤。

【噤若寒蟬】jìnruòhánchán 像天冷時的蟬一樣不作聲。比喻不敢説話。(同) 緘口結舌、鉗口結舌。

13 **嘮** lēng (粵)lang1 象聲詞，形容紡車等轉動的聲音◇紡車嘮嘮轉得歡。

13 **噸(吨)** dūn (粵)deon1 敦 ①重量單位。公制1000千克為一噸。②計算船隻容積的單位。一噸等於2.83立方米◇萬噸輪。

13 **噦(哕)** 〈一〉huì (粵)wai3 畏 見"噦噦"。
〈二〉yuě (粵)jyut3 乙 ①嘔吐◇乾噦|吃的飯都噦了。②象聲詞。形容嘔吐的聲音◇噦的一聲，吐了一地。

【噦噦】huìhuì 有節奏的鈴聲◇鸞聲噦噦。

13 **嘴** zuǐ (粵)zeoi2 咀 ①口，人或動物吃東西、發聲音的器官◇樂得合不上嘴|牛頭不對馬嘴。②像嘴的東西◇壺嘴|瓶嘴。③吃的東西◇貪嘴|忌嘴。④指説話◇插嘴|多嘴|嘴甜。

【嘴刁】zuǐdiāo 方言。指吃東西過分挑剔。

【嘴巴】zuǐba ① 口，嘴◇你嘴巴裏含着甚麼東西？② 嘴部附近的部位◇抽他幾個嘴巴。

【嘴尖】zuǐjiān ① 説話尖酸刻薄◇別看他嘴尖，心眼並不壞。② 辨別味道的能力強◇嘴尖，菜好菜壞，一嚐就知。

【嘴快】zuǐkuài 有話憋不住，很快説出來◇心直嘴快 | 嘴太快，跟她説話可得小心點。

【嘴甜】zuǐtián 説話讓人聽了舒服◇呦，這姑娘嘴真甜 | 嘴甜舌滑。

【嘴笨】zuǐbèn 不善於説話，口頭表達能力差◇我嘴笨，不會討你歡心。

【嘴貧】zuǐpín 愛多説令人厭煩的廢話或淡而無味的話◇嘴貧，別理他。(同) 貧嘴。

【嘴硬】zuǐyìng 明知理虧，口頭上卻不肯認錯◇知錯不認錯，越嘴硬越丟面子。

【嘴緊】zuǐjǐn 説話謹慎，不説不該説的話◇她一向嘴緊，不會亂説的。(同) 嘴嚴。

【嘴臉】zuǐliǎn 面貌；模樣。多用於貶義◇那副嘴臉實在叫人噁心。

【嘴嚴】zuǐyán 嘴緊，説話謹慎◇他嘴嚴，你問不出甚麼東西來。

【嘴皮子】zuǐpízi 嘴脣。借指口才◇耍嘴皮子 | 嘴皮子很利索。

13 **噱** 〈一〉xué (粵)koek6 卻6 方言。笑；使人發笑◇發噱。
〈二〉jué (粵)koek6 卻6 大笑◇相看一噱散千憂。

【噱頭】xuétóu 方言。① 逗人發笑的話語或動作◇相聲演員噱頭就是多。② 滑稽◇真夠噱頭的。③ 手法；花樣◇擺噱頭。

13 **噹(当)** dāng 粵dong1 當 象聲詞。形容金屬器物撞擊的聲音◇噹，噹，噹，大座鐘響了三下。

【噹啷】 dānglāng 象聲詞。金屬器物碰撞的聲音。

13 **器** qì 粵hei3 氣 ①用具的統稱◇瓷器|容器|木器。②人的氣量、風度。③人才或才幹◇大器晚成|不成器的孩子。④重視◇器重。⑤生物的器官◇消化器|生殖器。

【器皿】 qìmǐn 日常用來盛放東西的碗、盤、杯、碟等用具的統稱◇玻璃器皿｜金銀器皿。

【器用】 qìyòng 泛指器皿用具◇器用雜物。

【器件】 qìjiàn 機器、儀器、儀錶等的組成部分，一般由若干零件或元件組成◇電子器件。

【器宇】 qìyǔ 人的儀表、風度◇器宇不凡｜器宇軒昂。

【器材】 qìcái 器具和材料◇健身器材｜滅火器材。

【器具】 qìjù 用具，工具◇購買日常器具。

【器物】 qìwù 日常使用的各種物件的統稱。

【器官】 qìguān 生物體中具有特定生理作用的構成部分。如人的心、肝、腸，植物的根、莖、葉等。

【器重】 qìzhòng（上級對下級、長輩對晚輩）看重；重視◇一向器重他的市場營銷能力｜得到上司的器重。

【器度】 qìdù ① 器量，度量◇器度宏大。② 才具風度◇容貌端謹，器度非凡。

【器械】 qìxiè ① 具有專門用途的器具◇消防器械｜醫療器械。② 特指武器◇收繳散落的器械。

【器量】 qìliàng 氣量，器度，度量◇器量狹小｜男子漢的器量。

【器樂】 qìyuè 由樂器演奏的音樂。區別於“聲樂”。

13 **噥(哝)** nóng 粵nung4 農【噥噥】nóngnong 在嘴裏小聲咕噥着説話◇心裏不服，又不敢説，嘴裏直噥噥。

13 **噪** zào 粵cou3 澡 ①成羣的蟲鳥鳴叫◇蟬噪|羣鴉亂噪。②很多人大聲吵嚷◇鼓噪|聒噪。③（名聲）廣泛傳播◇聲名大噪。

【噪音】 zàoyīn 嘈雜刺耳的聲音◇工地上噪音很大。

13 **噬** shì 粵sai6 逝 咬◇吞噬|噬咬|背恩反噬。

【噬臍莫及】 shìqímòjí 出自《左傳・莊公六年》:“若不早圖，後君噬齊（臍），其及圖之乎？”意思説問題若不及早解決，以後就像咬自己肚臍夠不着一樣，來不及解決了。後比喻後悔不及。

13 **噢** ō 粵ou3 澳 歎詞。表示了解或領悟◇噢，我知道了|噢，原來是你！

13 **噲(哙)** kuài 粵faai3 快 ①鳥獸的嘴。②吞咽，咽下去。

13 **噙** qín 粵kam4 琴 含着◇嘴裏噙着一口飯|眼眶裏噙着淚水。

13 **噯(嗳)** 〈一〉ǎi 粵oi2 藹 ①打嗝兒◇噯氣。②吐◇噴雲噯霧。③歎詞。表示不同意或否定◇噯，你的操作方法不對呀。

〈二〉ài 粵aai1 哎 歎詞。表示悔恨、懊惱◇噯！真後悔啊|噯！這場球又沒打好。

13 **噷** 〈一〉xīn 粵hm1 親吻◇緊抱着噷那孩兒。〈二〉hm 粵hm1 歎詞。表示斥責和不滿◇噷，你還不悔改|噷，你何時才能完成？

13 **噫** yī 粵ji1 衣 表示悲歎傷感，相當於“唉”◇顏淵死，子曰：“噫！天喪予！”

13 **噻** sāi 粵sak1 塞 音譯用字。見“噻吩”。

【噻吩】 sāifēn 有機化合物。無色液體。用來作溶劑及製造染料、藥物等。（英 thiophene）

13 **噼** pī 粵pik1 僻 象聲詞◇噼啪|噼裏啪啦。

【噼啪】 pīpā 象聲詞。形容拍打、爆裂或撞擊的聲音◇狂風颳得帳篷噼啪作響｜噼啪的爆竹聲。

14 **嚄** 〈一〉huò 粵waak6 或 ①表示驚訝◇嚄，你還真行！②大呼；大笑。

〈二〉huō 粵ho1 苛 表示驚歎◇嚄，真了不起|嚄，好美的風景！

〈三〉ǒ 粵o2 哦 表示意外◇嚄，你找到了？

14 **嗃** hāo 粵haau1 敲【嗃矢】hāoshǐ 響箭。因發射時聲比箭先到，所以常用來比喻事物的開端。

14 **嚇(吓)** 〈一〉hè 粵haak3 客 ①威脅；恐嚇◇威嚇|恫嚇。②歎詞。表示不滿或讚歎◇嚇，你怎麼能這樣呢|嚇，看他幹得多賣力！

〈二〉xià 粵haak3 客 ①害怕◇嚇得渾身發抖|嚇出一身冷汗。②使害怕◇你別嚇我|她這些話嚇不倒我們。

【嚇人】xiàrén 使人害怕◇嘆，這部片子真夠嚇人的。

【嚇唬】xiàhu 恐嚇；使害怕◇嚇唬嚇唬他|你休想嚇唬人！

14 **嚏** tì 粵tai3 替【嚏噴】tìpen 噴嚏。

14 **嚅** rú 粵jyu4 餘【嚅唲】rú'ér強顏歡笑的樣子◇喔咿嚅唲。

14 **嚐(尝)** cháng 粵soeng4 常 ①吃一點品味；辨別味道◇嚐嚐湯鮮不鮮。②經歷；體會◇嚐到苦頭。

14 **嚃** tà 粵taap3 塔 不經咀嚼而吞咽◇嚃羹。

14 **嚎** háo 粵hou4 毫 ①大聲叫◇嚎叫|鬼哭狼嚎。②大聲哭叫。

【嚎啕】háotáo 放聲大哭。

14 **嚌(哜)** jiē 粵zai6 滯【嚌嚌】jiējiē 象聲詞。形容眾鳥鳴叫聲、管弦淒切聲等。

14 **嚓** 〈一〉cā 粵caat3 刷 象聲詞。形容物體的摩擦聲◇汽車嚓的一聲停住了。

〈二〉chā 粵caat3 刷 象聲詞。形容東西折斷或撞擊的聲音◇喀嚓一聲，樹枝折斷了。

14 **嚀(咛)** níng 粵ning4 寧 見"叮嚀"。

14 **嘯(啸)** xiào 粵siu3 笑 (人、獸、自然界)發出又長又響的聲音◇海嘯|仰天長嘯|虎嘯猿啼。

【嘯傲】xiào'ào 言談行動瀟灑自在，不受世俗禮法的約束◇嘯傲風月|嘯傲天下。

【嘯聚】xiàojù 聚集在一起吶喊鼓噪。多指盜匪結夥◇嘯聚山林。

【嘯歌】xiàogē 長嘯歌吟◇遠離塵世，嘯歌山林。

【嘯鳴】xiàomíng 呼嘯◇戰馬嘯鳴。

15 **嚙(啮)〔齧〕** niè 粵jit6 熱 咬◇嚙合(上下牙齒咬緊)|蟲咬鼠嚙|嚙齒動物。

15 **嚚** yín 粵ngan4 銀 ①愚蠢而頑固。②奸詐狡猾。③啞◇嚚喑。

15 **嚜** me 粵maa3 媽3 同"嘛"。

15 **嚕(噜)** lū 粵lou1 嘮1【嚕囌】lūsū ①囉嗦，話多而又不乾脆◇說話嚕囌。②步驟多，瑣碎麻煩◇手續嚕囌。

15 **嚮(向)** xiàng 粵hoeng3 向 ①朝着；面對着◇相嚮而哭。②接近◇嚮曉時分。③從前；原來◇嚮日。

【嚮日】xiàngrì 往日；從前。

【嚮往】xiàngwǎng 因熱愛、羨慕而希望得到某種物品或達到某種境界◇嚮往新生活|教師是我嚮往的職業。

【嚮慕】xiàngmù 嚮往仰慕◇嚮慕先生的為人和學問。

【嚮導】xiàngdǎo ①領路◇請當地人嚮導。②領路的人◇找到當地一位嚮導。

16 **嚭** pǐ 粵pei2 鄙 大。古代用於人名，如伯嚭。

16 **嚥** yàn 粵jin3 宴 同"咽〈二〉"。

16 **嚦(呖)** lì 粵lik6 力【嚦嚦】lìlì 象聲詞。形容鳥類清脆的叫聲◇鶯聲嚦嚦。

16 **嚯** huò 粵fok3 霍 ①表示驚異◇嚯，原來是這樣|嚯，這場雪真大！②形容笑聲◇嚯嚯一笑。

16 **嚬(颦)** pín 粵pan4 頻 同"顰"。

16 **嚪(啗)** dàn 粵daam6 淡 同"啖"。

16 **嚨(咙)** lóng 粵lung4 龍 見"喉嚨"。

17 **嚾〔讙〕** huān 粵fun1 歡 ①喧嘩。②同"歡"。

17 **嚶(嘤)** yīng 粵jing1英【嚶嚶】yīngyīng 鳥鳴聲◇鳥鳴嚶嚶，求其友聲。

17 **嚴(严)** yán 粵jim4鹽 ①嚴密；緊密◇嚴加審查|把窗戶關嚴。②嚴厲，嚴格◇嚴守紀律|從嚴要求。③厲害，程度深◇嚴寒。④威嚴，嚴肅◇莊嚴|義正詞嚴。⑤對父親的尊稱◇家嚴|嚴命不敢違。⑥姓。

【嚴正】yánzhèng 嚴肅鄭重；光明正大◇嚴正聲明|態度嚴正。

【嚴冬】yándōng 極其寒冷的冬天◇嚴冬臘月。

多樣表達：嚴冬
隆冬 寒冬 窮冬 苦寒 酷寒 隆寒 嚴寒 寒冷 三九天 數九寒天

【嚴刑】yánxíng 嚴酷的刑罰◇嚴刑拷打|嚴刑峻法。

【嚴妝】yánzhuāng ①整妝，認真地梳妝打扮◇新婦起嚴妝。②打扮齊整◇嚴妝獨坐。

【嚴明】yánmíng ①嚴肅而明確◇號令嚴明|嚴明的紀律。②嚴肅而公正◇獎懲嚴明。③使嚴明◇嚴明法紀。

【嚴重】yánzhòng 形容程度很深、影響很大或情勢危急◇乾旱嚴重|嚴重的後果|病情十分嚴重。

【嚴格】yángé ①非常認真，一絲不苟◇評分很嚴格|嚴格遵守校規。②嚴格執行◇嚴格紀律|嚴格考勤制度。

【嚴峻】yánjùn ①嚴厲；嚴肅◇態度嚴峻|嚴峻的目光。②嚴重；嚴格◇形勢嚴峻|嚴峻的考驗。

【嚴密】yánmì ①物體之間結合緊密，不留空隙◇封閉嚴密。②周密，沒有疏漏◇看守嚴密|嚴密的邏輯推理。

【嚴詞】yáncí ①嚴厲的詞語◇答以嚴詞，據理批駁。②以嚴厲的詞語拒絕、反駁或責問、斥責◇嚴詞追討|嚴詞駁斥|嚴詞拷問。

【嚴寒】yánhán 非常寒冷◇三九嚴寒|嚴寒酷暑。

【嚴禁】yánjìn 嚴格禁止◇嚴禁吸煙。

【嚴肅】yánsù ①（神情、氣氛等）莊重，使人感到敬畏◇嚴肅的氣氛|說話一向很嚴肅。②嚴格認真◇必須嚴肅對待。

【嚴酷】yánkù ①嚴厲，嚴重◇嚴酷的教訓|嚴酷的考驗。②冷酷，殘酷◇嚴酷無情|嚴酷的戰爭環境。

【嚴實】yánshi 嚴密，沒有空隙或漏洞◇嘴很嚴實|箱子蓋得很嚴實。

【嚴厲】yánlì 嚴肅而厲害◇神情嚴厲|受到嚴厲批評。

【嚴整】yánzhěng ①嚴肅整齊◇嚴整的隊形。②嚴密而有條理◇佈局嚴整。

【嚴親】yánqīn 父母。有時單指父親。

【嚴霜】yánshuāng 濃重的霜◇滿地白嘩嘩的嚴霜|不怕暴雨摧，不怕嚴霜打。

【嚴謹】yánjǐn ①嚴肅謹慎◇一言一行都很嚴謹。②嚴密周到◇文章層次清楚，結構嚴謹。

【嚴以律己】yányǐlǜjǐ 對自我嚴格要求。

【嚴陣以待】yánzhènyǐdài 擺好嚴整的陣勢，等待打擊來犯的敵人。

17 **嚼** 〈一〉jiáo 粵zoek3雀/ziu6趙 ①用牙齒把食物咬碎◇細嚼慢咽|味同嚼蠟。②細細玩味◇咬文嚼字。
〈二〉jiào 粵ziu6趙 見"倒嚼"。
〈三〉jué 粵zoek3爵 見"咀嚼"。

【嚼子】jiáozi 橫勒在牲口嘴裏的細鐵鏈，兩端連在轡繩上，用以駕馭牲口。

【嚼舌】jiáoshé ①搬弄閒話◇要不是他亂嚼舌，我倆也不會誤會。②沒有意義地爭論◇兩個人整天在那裏嚼舌。

【嚼蠟】jiáolà 比喻淡而無味◇語言單調，味同嚼蠟。

17 **嚷** 〈一〉rāng 粵joeng5養 見"嚷嚷"。
〈二〉rǎng 粵joeng6讓 ①大聲喊叫◇一進來就大叫大嚷。②吵鬧◇你跟我嚷也沒用|氣得跟他嚷了一頓。

【嚷嚷】rāngrang ①吵鬧◇別嚷嚷，有話好說。②聲張◇這事你可別在外面瞎嚷嚷。

17 **嚳(喾)** kù 粵guk1菊 傳說中的古代"五帝"之一，又叫帝嚳，號高辛氏。

17 **嚲(亸)〔軃〕** duǒ 粵do2躲 下垂。

18 **囁(嗫)** niè 粵zip3接【囁嚅】nièrú 吞吞吐吐，想說又不敢說◇口欲言而囁嚅。

18 **囀(啭)** zhuàn 粵zyun3鑽 鳥婉轉地叫◇鶯啼鳥囀。

18 **囉** qū ⓖkeoi[1] 區 象聲詞，形容吹哨子的聲音或蟋蟀叫的聲音。

18 **囂（嚣）** xiāo ⓖhiu[1] 僥 吵鬧，喧嘩◇喧囂｜叫囂｜甚囂塵上。

【囂張】xiāozhāng（邪氣、惡勢力等）猖狂，放肆◇氣焰囂張｜一時囂張得很。

【囂塵】xiāochén 人世間；紛擾的塵世。

19 **囊** 〈一〉náng ⓖnong[4] 囔 ①袋子，口袋◇皮囊｜猶如探囊取物。②像袋子一樣的東西◇膽囊｜囊腫。

〈二〉nāng ⓖnong[4] 囔 ①見"囊膪"。②像袋子一樣的東西◇膠囊藥丸。

【囊括】nángkuò 全部包括；包攬◇代表隊囊括了乒乓球單打的前三名。

【囊橐】nángtuó 口袋；袋子。

【囊膪】nāngchuài 豬胸腹部肥而鬆軟的肉。

【囊中物】nángzhōngwù 口袋裏的東西。比喻不費力就能得到◇女子體操全能冠軍，看來已是她的囊中物。

【囊空如洗】nángkōngrúxǐ 口袋裏空得像水沖洗過一樣。形容窮得一文不名。同 一貧如洗、家徒四壁。

19 **囈（呓）** yì ⓖngai[6] 毅 夢中說話◇夢囈。

【囈語】yìyǔ ① 夢話◇一說囈語就驚醒。② 比喻荒唐的話◇白日囈語。

19 **囅（冁）** chǎn ⓖcin[2] 淺 笑容可掬的樣子◇囅然而笑。

19 **囉（啰）** 〈一〉luō ⓖlo[1] 羅[1] 見"囉嗦"。
〈二〉luó ⓖlo[4] 羅 見"囉唣"。

【囉嗦】luōsuo ① 說話不利落，重複繁瑣◇這人講話太囉嗦了。② 一再說，絮絮叨叨地重複說◇別跟他囉嗦了｜囉嗦了半天，也沒把事情說清楚。同 囉唆。

19 **㘘（㘎）〔闞〕** hǎn ⓖhaam[3] 喊 虎叫聲。

20 **囌（苏）** sū ⓖsou[1] 蘇 見"嚕囌"。

21 **囑（嘱）** zhǔ ⓖzuk[1] 足 ①吩咐，告誡◇再三叮囑。②託付◇以事相囑。③吩咐或託付的話◇遺囑。

【囑咐】zhǔfù ① 告訴（如何做）◇囑咐他路上要小心。② 囑咐的話◇牢記恩師的囑咐。

【囑託】zhǔtuō ① 託付（別人辦事）◇未了的事都囑託給了同事。② 託付的事情◇不辜負朋友的囑託。

22 **囔** nāng ⓖnong[4] 囊【囔囔】nāngnang 像含在嘴裏似的小聲說話◇一邊走，一邊囔囔些甚麼。

囗部

2 **囚** qiú ⓖcau[4] 酬 ①拘禁◇囚禁。②被拘禁的人◇死囚｜罪囚。

【囚犯】qiúfàn 關押在監獄裏的犯人。

【囚衣】qiúyī 囚犯穿的式樣統一的服裝。

【囚車】qiúchē 押解犯人用的車。

【囚徒】qiútú 囚犯◇囚徒的自白。

【囚禁】qiújìn 把人關押起來◇囚禁在祕密處所。

【囚虜】qiúlǔ 罪犯與俘虜。也單指俘虜。

【囚首垢面】qiúshǒugòumiàn 形容蓬頭垢面，好像囚犯一樣。

2 **四** sì ⓖsei[3] 死[3] / si[3] 試 ①數目字◇一年四季。②序數。第四◇四樓｜四年級。③中國民族音樂中的記音符號，表示音階上的一級，相當於簡譜的"6̣"。

【四下】sìxià 到處，四周◇四下打探｜四下全是水。

【四方】sìfāng ① 東、南、西、北四個方向。泛指各地◇好男兒志在四方。② 正方形或立方體◇四方桌｜四方盒子。

【四至】sìzhì 住宅基地、田地等四周的界限。

【四伏】sìfú 時時、處處都隱藏着◇危機四伏。

【四近】sìjìn 四周，附近◇寓所四近十分安靜。

【四時】sìshí 春、夏、秋、冬四季◇四時常春，遊客不斷。

【四海】sìhǎi 指全國各地。古代認為中國四面環海，故稱。也泛指世界各地◇五湖四海｜四海為家。

【四書】sìshū 中國儒家的經典書籍，又稱

"四子書"，指《論語》《中庸》《大學》《孟子》。後常與"五經"並用，泛指傳統儒學經典◇讀四書五經，誦百年經典。

【四處】sìchù 到處，周圍各個地方◇四處打聽｜四處種滿了水杉。

【四散】sìsàn 向四周散開◇四散奔逃。

【四境】sìjìng 四周邊境；四方◇四境安寧。

【四聲】sìshēng ①古代漢語字調中平、上、去、入四個聲調。②普通話聲調中的陰平、陽平、上聲、去聲四個聲調。

【四顧】sìgù 向四周觀看◇倉皇四顧｜茫然四顧。

【四體】sìtǐ ①人的四肢◇四體不勤，五穀不分。②指篆書、隸書、正楷、草書四種字體。

【四不像】sìbúxiàng ①麋鹿。②比喻不倫不類的事物。

【四合院】sìhéyuàn 中國傳統的院落式住宅，一般座北朝南是正廳，左右是廂房，中間是庭院；講究的四合院分成三進院落，一進是下人的住房，二進是正廳和東西廂房，中間是庭院，三進是內眷的住所。

【四分五裂】sìfēn wǔliè 分裂成很多塊。形容不完整、不團結、不統一。

【四平八穩】sìpíng bāwěn ①形容十分平穩、穩當。②做事穩健，不冒險。

【四面八方】sìmiàn bāfāng 指周圍各地或各個地方。

【四面楚歌】sìmiànchǔgē 四面八方都唱起楚地的歌。出自《史記·項羽本紀》："項王軍壁垓下，兵少食盡，漢軍及諸侯兵圍之數重。夜聞漢軍四面皆楚歌，項王乃大驚曰：'漢皆已得楚乎？是何楚人之多也！'"後比喻勢單力孤，四面受敵。

【四海為家】sìhǎiwéijiā 所到之處都是自己的家。多形容人漂泊不定。

【四通八達】sìtōng bādá 形容道路通向四面八方，交通非常便利。

3 **因** yīn 粵jan¹欣 ①依靠；憑藉◇因人成事。②緣故，原因◇事出有因。③因為，由於◇因小失大。④沿襲◇因循｜因襲。⑤依照，根據◇因材施教。

【因子】yīnzǐ 因素。

【因由】yīnyóu 緣故；理由◇你有甚麼因由缺席呢？

【因而】yīn'ér 連接分句，表示因果關係◇他剛剛上任，因而對這裏的情況還不熟悉。

【因此】yīncǐ 連接分句或句子，表示因果關係，相當於"因為這個"◇昨夜雨大風狂，因此沒去成。

【因果】yīnguǒ ①佛教指因由和果報，即種甚麼因結甚麼果，善有善報，惡有惡報。②原因和結果◇因果關係。

【因為】yīnwèi ①引進表示原因的人或事物◇汽車因為故障拋錨了。②連接分句，表示因果關係。一般用在前一分句裏，常和"所以"連用；當前後兩個分句主語相同時，也可以用在後一個分句裏◇因為下雨，所以活動延期了｜我沒有及時回信，是因為最近工作很忙。

【因素】yīnsù ①事物的構成要素、成分◇調動一切積極因素。②事物發展的原因或條件◇要寫好文章，多讀書是重要的因素之一。

【因循】yīnxún ①沿襲；守舊◇因循舊制，不思變革。②拖延，延遲◇因循時月。

【因數】yīnshù 數學名詞。描述兩個數值之間的整除關係。

【因緣】yīnyuán ①佛教指事物產生、變化和毀滅的根據和條件。②緣分；機緣◇有此因緣而相交相識。

【因應】yīnyìng ①順應；適應◇因應時代的變化。②應付；對付◇因應激烈競爭。

【因襲】yīnxí 沿用照搬（以往的制度、法令、方法等）◇因襲舊制。

【因特網】yīntèwǎng 由眾多計算機網絡互聯而成的開放性網絡。（英 Internet）

【因人成事】yīnrénchéngshì 依靠別人的力量辦成事情。

【因地制宜】yīndìzhìyí 根據當地的具體情況，酌定實行的措施◇政策實施需要因地制宜，不能一刀切。

【因材施教】yīncáishījiào 針對學習者的具體情況，採用不同的方法，施行不同的教育。

【因陋就簡】yīnlòujiùjiǎn 利用原有的簡陋條件辦事。

【因循守舊】yīnxúnshǒujiù 死守老一套，缺乏創新的精神。

【因勢利導】yīnshìlìdǎo 就着事物發展的趨勢，引導到正確的道路。

【因噎廢食】yīnyēfèishí 因為吃飯噎了一下，就連飯也不吃了。比喻做事出點毛病就害怕、退縮，停止不幹了。

3 回 huí 粵wui^4 迴 ①返回；歸來◇春回大地。②答覆；報復◇回話|回擊。③辭謝；拒絕◇回絕|把兼任的職務回了。④回族◇回民飯店。⑤次；件◇沒拿它當回事|這回可見到你了。⑥章回小說的章節◇七十一回本《水滸傳》。

【回升】huíshēng 下降後又往上升◇氣温回升|水位回升。

【回扣】huíkòu ①經手採購或為賣主招攬生意的人向賣主索要的錢。這錢是從買主支付的貨款中扣出的，故稱。同 回佣。②現在泛指其他經濟活動中有收入的一方給中介方或經辦人的好處。

【回合】huíhé ①雙方對打，交鋒一次為一個回合◇大戰三百回合。②雙方較量完一次為一個回合，不論其間交鋒的次數◇這場拳擊共十二個回合。

【回收】huíshōu ①把廢舊物品收集回來再利用◇環保團體大力宣傳回收活動，鼓勵減少浪費。②把發出去的東西收回來◇回收貸款|回收人造衛星。

【回味】huíwèi ①吃過東西後，留在口腔的餘味◇話梅入口回味無窮。②對經歷或接觸過的事情重新體味◇童年的美好時光頗值得回味。

【回帖】huítiě ①舊時收到匯款後，由收款人蓋章，交郵局寄回給匯款人的回條。②在網絡論壇看過發帖後，上載自己的評論或意見的文字。

【回門】huímén 舊時風俗，女子出嫁不久，在規定的時日內，與丈夫一起回娘家探親叫回門。

【回信】huíxìn ①回覆對方來信。②回覆的信；答覆的話◇你的回信我收到了。

【回音】huíyīn ①回聲◇山谷裏傳出回音。②答覆，回信◇盡快給我一個回音。

【回首】huíshǒu ①回頭，向後轉頭◇回首望去，遠處塵土飛揚。②回顧；回憶◇回首往事，感慨良多。

【回紇】huíhé 古代少數民族名，即今維吾爾族。主要分佈在鄂爾渾河流域，後曾改稱回鶻，並西遷至今新疆地區。

【回執】huízhí ①回條。②向寄件人證明郵件已經遞到的憑據，由收件人蓋章或簽字交郵局寄回寄件人。③收到電子郵件後，發給寄件方表明已收閱該件的信息。

【回訪】huífǎng 在對方來訪後去拜訪對方。

【回報】huíbào ①把情況報告給有關方面◇向上司回報市場動態。②用行動報答◇助人不求回報。

【回跌】huídiē 物價、股票價格等先漲後落◇連漲好幾天，看來要回跌了。

【回答】huídá ①對提出的問題作出解釋；對提出的要求表示意見◇回答老師的提問。②對提出的問題或要求作出的答覆◇她的回答顯然不能使人滿意。

【回復】huífù ①回答；答覆。②恢復原樣◇體温回復正常。

【回祿】huílù 傳說中的火神，常借指火災◇慘遭回祿之災。

【回絕】huíjué 拒絕（對方的要求）◇斷然回絕|回絕無理的要求。

【回敬】huíjìng ①回報答謝（別人的敬意或饋贈）◇回敬你一杯|回敬對方一些禮品。②用作反語，表示報復、還擊◇他出口傷人，你怎麼不回敬他兩句？

【回想】huíxiǎng 想過去的事◇回想當年。

【回溯】huísù 向前追溯；回憶，回顧◇回溯這一生。

【回潮】huícháo ①已曬乾或烤乾的東西因吸收水分而變軟◇餅乾回潮了。②比喻舊的事物或習俗重新出現◇近期賭博有所回潮。

【回頭】huítóu ①把頭扭向後面◇猛回頭。②返回來◇回頭重做一遍。③比喻悔改◇浪子回頭金不換。④過不長一段時間；稍等一會兒◇我正忙，回頭再找你。

【回嘴】huízuǐ 頂嘴；受到責備時還嘴◇他是老實人，不敢回嘴。

【回憶】huíyì 想過去的事◇回憶往事|憑我

的回憶，他那時已退休了。

【回聲】huíshēng 反射回來的聲音◇山谷裏回聲四起。

【回擊】huíjī 受到攻擊後還擊對方◇寫文章回擊對手｜用火箭炮猛烈回擊。

【回應】huíyìng 應答；響應◇她的帖子得到許多網友的回應。

【回覆】huífù 答覆◇沒能及時回覆她的信。

【回歸】huíguī 返回，回到◇回歸故鄉｜回歸大自然。

【回護】huíhù 袒護，庇護◇你總是回護她。

【回顧】huígù ①回過頭看◇頻頻回顧送別的人羣。②回想以前的人或事◇回顧當年的崢嶸歲月。

【回響】huíxiǎng ①發出回聲；回蕩◇雷聲在原野上回響。②回聲；反響◇她的倡議引起業界熱烈回響。

【回籠】huílóng ①把已熟而變冷的食物放回籠屜再蒸。②發行貨幣的銀行收回流通中的貨幣◇回籠資金。

【回馬槍】huímǎqiāng ①古代長槍的一種戰法，即在佯裝敗走中突然回頭給追擊者一擊。後泛指在作戰中突然掉轉方向襲擊敵人的戰術。②比喻同夥改變立場，轉過來揭發、攻擊原來一方的行為。

【回憶錄】huíyìlù 文學體裁的一種，真實記錄個人經歷或個人所熟悉的歷史人物和事件。

【回歸線】huíguīxiàn 位於地球赤道南北26°26′的緯度圈。北面的叫北回歸線，南面的叫南回歸線，冬至日太陽直射南回歸線，夏至日直射北回歸線。太陽從直射南回歸線到直射北回歸線，交替轉換，從一處折返另一處，故稱回歸線。

【回心轉意】huíxīn zhuǎnyì 改變原來的心意和態度。多用於捐棄前嫌，重歸舊好。

【回光返照】huíguāngfǎnzhào ①日落時，因光線反射，天空會出現短暫發亮的自然現象。②比喻人臨死前神志忽然清醒或興奮。也比喻事物滅亡前短暫的表面興旺。

【回頭是岸】huítóushì'àn 佛教説“苦海無邊，回頭是岸”，意思是痛苦和磨難像大海一樣無邊無際，但只要皈依佛法，徹底覺悟，就能獲得超度。後也用來比喻犯罪者如同墮入苦海，只要改悔，就有出路。

3 **囝** nān 粵naam⁴男 方言。①小孩◇抱小囝。②指某些動物的幼體◇魚囝。

3 **囡** nān 粵naam⁴男 方言。小孩。多指小女孩◇囡囡。

3 **囟** xìn 粵seon³信 囟門。嬰兒頭頂骨未合縫的地方，位於頭頂前部中央。

4 **困** kùn 粵kwan³睏 ①艱難窘迫；窮苦◇困苦｜貧困。②陷入艱難困苦中◇身無分文，真把我困住了。③包圍，圍困◇被洪水困在高地上。④疲乏。

【困厄】kùn'è 艱難困苦◇擺脱困厄。

【困乏】kùnfá ①疲勞乏力◇身體困乏。②貧困◇民力困乏。

【困苦】kùnkǔ ①貧困窮苦◇一生困苦。②痛苦◇不怕任何艱難困苦。

【困怠】kùndài 疲乏倦怠。

【困倦】kùnjuàn 疲倦想睡◇勞累了一天，感到有些困倦。

【困惑】kùnhuò ①疑惑不解◇困惑的神情。②使疑惑不解◇這個問題始終困惑着我。

【困窘】kùnjiǒng 貧困窘迫；為難◇處境困窘。

【困頓】kùndùn ①極為疲乏◇人馬困頓。②(生活或處境等)艱難窘迫◇困頓潦倒。

【困境】kùnjìng 困難的境地◇從困境中解脱出來。

【困憊】kùnbèi 十分疲乏◇困憊不堪。

【困擾】kùnrǎo 圍困攪擾；使處於困境而無法擺脱◇困擾敵人｜被瑣事困擾。

【困難】kùnnan ①進行起來難度大，阻礙多◇呼吸困難｜學會打字不太困難。②貧困◇經濟困難。

【困獸猶鬥】kùnshòuyóudòu 被困住的野獸仍拼命搏鬥。比喻陷入絕境仍在盡力掙扎。

4 **囤** 〈一〉tún 粵tyun⁴團 儲存◇囤糧｜囤積。〈二〉dùn 粵deon⁶頓 儲存糧食的器物，多用竹篾、荊條等編成◇糧囤｜米囤。

【囤聚】túnjù 聚集儲存(貨物)◇大量囤聚生絲。

【囤積】túnjī 專指商人為牟取暴利而積存貨物◇囤積糧食｜囤積居奇。

【囤積居奇】túnjījūqí 大量收購、囤積緊缺商品，等待時機，高價出售，牟取暴利◇嚴厲打擊哄抬藥價囤積居奇。

4 **囮** é 粵ngo4鵝/jau4由 ①鳥媒。捕鳥人用來誘捕同類鳥的活鳥。②誘騙，詐詐。

【囮子】ézi 鳥媒。

4 **囫** hú 粵fat1忽【囫圇】húlún整個的；完整的◇把藥丸囫圇吞了下去|沒睡過一個囫圇覺。

【囫圇吞棗】húlúntūnzǎo 吃棗時不吐棗核，整個吞下去。比喻不加分析、辨別，籠統地接受。

4 **囥** kàng 粵kong3抗 方言。隱藏，收藏◇把糧食囥起來。

4 **囪**〔囱〕cōng 粵cung1充 爐、灶等排煙的管道◇煙囪。

5 **固** gù 粵gu3故 ①結實；堅固◇牢固|穩固。②使結實、堅固◇固本養顏|固沙造林。③堅硬◇固體|固態。④不易改變的◇頑固|固執。⑤堅決地；堅定地◇固守|固請。⑥本來，原來◇固當如此|固有文化。

【固有】gùyǒu 本來就有的◇固有文化|根除固有弊端。

【固守】gùshǒu ①堅決守衛◇固守陣地。②一成不變地遵循◇固守陳規。

【固定】gùdìng ①不移動的；不變動的◇固定地點|固定收入。②使固定◇固定髮型|把收費標準固定下來。

【固陋】gùlòu（知識）陳舊淺陋◇固陋無知。

【固執】gùzhí ①頑固堅持◇固執己見。②頑固，不變通◇他很固執，不好商量。

【固然】gùrán ①表示確認某一事實，然後轉入下文，前後意思有轉折◇計劃固然萬無一失，但執行起來有困難。②表示確認某一事實，也不否認另一事實，前後意思無轉折◇他提的對，固然要接受，就算不對，也可以作為借鑒。

用法提示：固然、雖然

“固然”側重於確認某種事實，“雖然”側重於讓步。因此“雖然”只能用於表示前後意思不矛盾。如“考上了固然好，考不上也不必灰心”，不能說成“考上了雖然好，考不上也不必灰心”。

【固體】gùtǐ 保持體積和形狀不變、質地比較堅硬的物體，如鋼、磚、木塊等。

【固步自封】gùbùzìfēng 同“故步自封”。

【固若金湯】gùruòjīntāng 形容城池或陣地非常堅固嚴密，不易攻破。

5 **囷** qūn 粵kwan1昆 古代一種圓形的糧倉。

【囷囷】qūnqūn 曲折迴旋的樣子◇短垣囷囷。

5 **囹** líng 粵ling4零【囹圄】língyǔ監獄◇身陷囹圄。

【囹圉】língyǔ 監獄。

6 **囿** yòu 粵jau6右 ①畜養禽獸的有圍牆的園地◇園囿|鹿囿。②拘泥；局限◇囿於陳規。

7 **圃** pǔ 粵pou2普 種植菜蔬、花草、苗木的園子◇菜圃|花圃|苗圃。

7 **圄** yǔ 粵jyu5雨 見“囹圄”。

7 **圂** 〈一〉hùn 粵wan6運 同“溷”。①豬圈。②廁所。③骯髒。

〈二〉huàn 粵waan6患 同“豢”。

【圂腴】huànyú 豬狗的內臟◇君子不食圂腴。

8 **圊** qīng 粵cing1青 廁所。

8 **圉** yǔ 粵jyu5雨 ①養馬◇圉人。②養馬的地方◇圈圉。

8 **國**（国）guó 粵gwok3郭 ①國家。②代表或象徵國家的◇國旗|國徽|國宴。③地域◇北國風光。④本國。特指中國的◇國產|國貨|國畫。

【國力】guólì 國家在政治、經濟、軍事、科技等方面所具有的實力◇綜合國力|國力強盛。

【國王】guówáng 古代某些國家的最高統治者。現代某些君主制國家的元首。

【國手】guóshǒu 精通某項技藝，在全國範圍內水平數一數二的人。

【國父】guófù 對創建國家功勳最大、作用最為卓著的領袖的尊稱。

【國文】guówén ①本國的語言文字。特指漢語、漢文◇學習國文。②指中小學設立的語文課◇國文教材。

【國民】guómín 具有某國國籍的人就是某國的國民。

【國有】guóyǒu 國家所有（包括所有權和經

營權）◇國有農場｜收歸國有。

【國君】guójūn 一國的君主，君主國家的最高統治者。

【國防】guófáng 國家為捍衛主權、防禦外來侵略而擁有的一切武裝力量和安全設施◇國防軍｜國防力量。

【國事】guóshì 國家大事◇操勞國事｜進行國事訪問。

【國法】guófǎ 國家的法律和綱紀◇國法難容。

【國門】guómén ① 國都的城門。② 指國家的邊境、邊關◇鎮守國門。

【國故】guógù ① 國家遭受的災害、戰爭等重大事故或變故。② 中國傳統的古代文化、學術◇研究國故。

【國威】guówēi 國家的名望聲威◇大顯國威。

【國是】guóshì 國策；國家的施政方針◇共商國是。

【國度】guódù 指國家，多就區域而言◇美麗的國度｜不同的國度有不同的人情風俗。

【國格】guógé 在國際社會中一個國家應有的榮譽和尊嚴◇不能喪失國格。

【國庫】guókù 國家金庫的簡稱。是負責國家預算資金保管和出納的機構。

【國家】guójiā ① 由一定的土地邊界和人民組成，有一個執行管理職能的組織和權力機構，它們共同構建成的實體，叫做國家。② 由一個國家政權所管轄的整個區域。

【國宴】guóyàn 國家元首或政府首腦為招待國賓、其他貴賓或慶祝重要節日而舉行的隆重宴會。

【國書】guóshū 一國元首派遣或召回大使、公使時，由大使、公使向駐在國元首遞交的、由本國元首簽署的正式文書。

【國恥】guóchǐ 國家所蒙受的恥辱◇洗雪國恥｜勿忘國恥。

【國情】guóqíng 一個國家在政治、經濟、文化、自然地理環境、國際關係等方面的基本情況。

【國策】guócè 國家的基本方針、政策◇國策研究。

【國葬】guózàng 以國家名義為有特殊功勛的人舉行的葬禮。

【國勢】guóshì ① 國力◇國勢強盛。② 國家的形勢◇國勢穩定。

【國賊】guózéi 出賣祖國或對國家有重大危害的人。

【國債】guózhài 國家用借款、發行債券等方式借的各種債務。包括內債和外債。

【國會】guóhuì 全國性的議會◇國會議員｜解散國會。

【國境】guójìng ① 一個國家的領土範圍◇國境之內。② 國家的邊境◇國境線。

【國歌】guógē 由國家立法機構正式規定的代表本國的歌曲◇奏國歌，升國旗。

【國語】guóyǔ ① 指本國人民共同使用的語言。② 中小學設立的語文課◇國語老師。

【國旗】guóqí 由國家立法機構正式規定的代表本國的旗幟，體現國家的主權和威嚴。中國的國旗是五星紅旗。

【國粹】guócuì 一國文化中的精華◇京劇是中國的國粹。

【國際】guójì ① 國家與國家之間；世界各國之間◇國際往來｜國際會議。② 同世界各國有關的◇國際準則｜國際公法。

【國殤】guóshāng 在保衛國家的戰爭中犧牲的人。

【國慶】guóqìng 國家成立或獲得獨立的紀念日。也說“國慶節”。

【國徽】guóhuī 由國家立法機構正式規定的代表國家的標誌。中國的國徽，中間是五星照耀下的天安門，周圍是穀穗，底部是齒輪。

【國營】guóyíng 國家直接投資經營的。

【國難】guónàn 國家危急的處境和災難。特指由外敵入侵造成的危難。

【國籍】guójí 指個人具有的屬於某個國家的公民的法律資格◇雙重國籍。

【國寶】guóbǎo ① 國家的寶物。特指國家級的文物。② 比喻對國家有特殊貢獻的人才。

【國體】guótǐ ① 國家的政治體制。② 國家的尊嚴、體面。

【國色天香】guósè tiānxiāng 原形容牡丹花色香俱佳。後用來形容女子容貌極美。

【國計民生】guójì mínshēng 國家的財政經濟和人民的生活。

【國泰民安】guótài mín'ān 國家太平，人民安居樂業。

8 **圇（囵）** lún 粵leon4 論 見"囫圇"。

8 **圈** 〈一〉juān 粵hyun1 喧 ①把家禽、家畜等關起來◇把鴨子圈起來｜木欄裏圈着幾頭小豬。②拘禁◇把疑犯圈在拘留所裏。

〈二〉juàn 粵gyun6 倦 飼養家禽或家畜的棚或欄◇羊圈｜豬圈。

〈三〉quān 粵hyun1 喧 ①圓而中空的形狀；環形的東西◇圓圈｜畫了一個圈。②用圓圈做記號◇圈閱。③指一定的範圍◇影視圈｜娛樂圈。④圍住◇圈地。

【圈子】quānzi ①環形或環形的東西◇畫圈子｜説話別繞圈子。②比喻固定的格式或傳統的做法◇跳出前人的圈子才能有所創新。③比喻某種範圍◇拉攏人搞小圈子。

【圈定】quāndìng 在書面材料上畫圈確定有關的人員或事物◇圈定參考書目｜參賽選手圈定了嗎？

【圈套】quāntào 套住東西的圈。比喻誘人上當、受騙的計謀策略◇巧設圈套｜誤入圈套。

【圈點】quāndiǎn 在書或文稿上畫圈或加點，表示句讀或標示精彩、重要的語句。

9 **圌** chuí 粵seoi4 誰 圌山，山名，在江蘇鎮江。

9 **圍（围）** wéi 粵wai4 維 ①圍繞，包圍◇用鐵絲網圍起來。②四周◇周圍｜外圍。③周長◇腰圍｜胸圍。④量詞。雙手拇指和食指合攏或兩隻胳膊合攏的長度◇腰大十圍。

【圍巾】wéijīn 圍在脖子上保暖或做裝飾的長條形織物◇花圍巾｜戴上圍巾吧。

【圍攻】wéigōng ①包圍起來進行攻擊。②受到多方面或眾人用言語、文章進行的指責。

【圍困】wéikùn 團團圍住，使處於困境◇被暴風雪圍困在山裏。

【圍屏】wéipíng 一種可以摺疊的屏風，通常是四扇、六扇或八扇連在一起。

【圍捕】wéibǔ 包圍起來捕捉。

【圍剿】wéijiǎo 包圍起來剿滅◇圍剿土匪。

【圍聚】wéijù 圍攏聚集◇佈告欄前圍聚了很多人。

【圍墾】wéikěn 在海灘、湖灘等灘塗上築起堤壩進行墾殖◇圍懇荒灘。

【圍獵】wéiliè 打獵者從四面八方圍捕野獸。

【圍繞】wéirào ①圍着某一事物轉；圍在四周◇圍繞在老師身邊。②以某個問題或事件為中心◇圍繞產品開發展開討論。

【圍魏救趙】wéiwèijiùzhào《史記・孫子吳起列傳》記載，魏國圍攻趙國都城邯鄲，趙國向齊國求救。齊王派田忌、孫臏率軍救援。孫臏採用圍攻魏國都城大梁來解救趙國的策略，迫使魏軍不得不撤離邯鄲，回救本國，趙國因而解圍。後指作戰中使用圍困敵軍後方，迫使進攻之敵自動撤兵的戰術。

10 **園（园）** yuán 粵jyun4 元 ①種植蔬菜、花果、樹木等的地方◇菜園｜果園｜園丁。②供人們遊覽娛樂的地方◇公園｜遊樂園。

【園丁】yuándīng ①園藝工人。②比喻教師◇王老師是一位受人尊敬的園丁。

【園地】yuándì ①菜園、花園、果園等的統稱◇農業園地。②比喻開展某種活動的地方◇學習園地｜文化活動園地。

【園林】yuánlín 人工建造的花園或風景點，裏面堆山造水、植樹種花，並配以亭台樓閣，供遊人遊玩休息◇蘇州園林｜園林建築。

【園囿】yuányòu 供遊玩的花園或動物園。

【園圃】yuánpǔ 種植蔬菜、樹木、花草等的園地。

【園藝】yuányì 種植和培育蔬菜、果樹、花卉等的技術。

10 **圓（圆）** yuán 粵jyun4 元 ①在平面上和確定的點有確定距離的點的軌跡。◇半圓｜圓周。②圓形的◇圓桌｜圓臉。③完整；周全◇圓滿｜破鏡重圓。④使完整；使周全◇自圓其説。⑤像球的形狀◇滾圓｜珠圓玉潤。⑥（聲音）婉轉◇字正腔圓。⑦圓形的金屬貨幣◇銀圓｜銅圓。⑧中國的本位貨幣單位。10 分為 1 角，10 角為 1 圓。

【圓房】yuánfáng ①舊時童養媳到一定年齡跟未婚夫正式結為夫妻。②結婚後夫婦開始同房。

【圓寂】yuánjì 佛教語。指僧人去世。

【圓通】yuántōng 遇事能隨機應變，不死板◇辦事機敏圓通。

【圓場】yuánchǎng 緩和僵局，調解糾紛◇多虧他來圓場。

【圓渾】yuánhún ①（聲音）圓潤渾厚。②（詩文）韻味濃厚，沒有雕琢的痕跡。

【圓滑】yuánhuá 形容人做事八面玲瓏，四面討好，應付得很周到。

【圓夢】yuánmèng ①解説夢的吉凶。②實現夢想。

【圓滿】yuánmǎn 完美無缺◇圓滿成功｜圓滿完成任務。

【圓實】yuánshí 豐滿充實◇粒粒稻穀都很圓實。

【圓熟】yuánshú 嫻熟；熟練◇技術圓熟｜普通話説得相當圓熟。

【圓潤】yuánrùn ①光滑潤澤◇圓潤的珍珠。②（聲音）柔和甜潤◇嗓音圓潤｜圓潤的歌喉。

11 **團（团）** tuán 粵tyun^4 屯 ①圓◇團扇｜團團臉。②把東西捏成球形◇團肉丸。③聚集；會合在一起◇團聚｜團結。④因工作或活動的需要而組成的團體◇社團｜主席團｜體育代表團。⑤圓形的東西◇紙團｜蒲團。⑥軍隊編制的一級，在師（或旅）之下，營之上。⑦量詞。用於成團的東西◇一團毛線｜一團亂麻。

【團拜】tuánbài 企業、學校、團體等的成員在元旦或春節時聚在一起互相祝賀節日。

【團魚】tuányú 鼈。

【團結】tuánjié ①聯合一致；緊密合作◇團結一致。②和睦；友好相處◇同事之間要團結。

【團圓】tuányuán ①親人團聚◇夫妻團圓｜吃團圓飯。②圓形的◇團圓的水池。

【團聚】tuánjù ①（分別後）相聚◇父子團聚。②團結聚集◇團聚各種力量。

【團夥】tuánhuǒ 拉幫結派進行違法犯罪活動的小集團◇流氓團夥｜販毒團夥。

【團團】tuántuán ①層層環繞◇團團包圍。②形容渾圓◇團團的大氣球。

【團購】tuángòu 為求得到優惠價格，多人組成團體以低價向商家採購◇他和鄰居一起團購了一些食品。

【團體】tuántǐ ①有共同目的或志趣相同的人所組成的集體◇宗教團體｜學術團體。②集體◇團體操｜團體票。

11 **圖（图）** tú 粵tou^4 途 ①圖畫◇看圖識字。②描繪；畫◇畫影圖形。③謀劃◇圖謀不軌。④計劃；謀略◇宏圖大略。⑤謀取◇貪圖｜必有所圖。

【圖存】túcún 設法求得生存◇救亡圖存。

【圖形】túxíng ①繪製而成的物體形狀◇菊花圖形｜施工圖形。②幾何圖形的簡稱。

【圖則】túzé 建築平面圖。

【圖案】tú'àn 有裝飾作用的花紋或圖形，多用在紡織品、工藝美術品、建築物等上面。

【圖書】túshū ①書籍、圖片、刊物等的總稱◇圖書目錄。②私人印章。

【圖紙】túzhǐ ①畫了圖樣的紙；設計圖◇施工圖紙。②繪圖用的紙張。

【圖章】túzhāng ①私人或公家用作標記的印章。②圖章印在紙上的痕跡◇請加蓋圖章。

【圖畫】túhuà 用線條和色彩描繪出來的形象◇圖畫上畫的是桂林山水。

【圖牒】túdié 圖籍表冊。

【圖解】tújiě ①利用圖形來解説或演算◇圖解法。②對圖畫、插圖內容的解説◇漫畫下附有圖解。

【圖像】túxiàng 畫成、印製或拍攝成的形象；屏幕上的畫面◇電視圖像｜圖像的構思很巧妙。

【圖樣】túyàng 按照一定的規格和要求繪製的各種圖形；在製造或建築時用作樣子◇校舍圖樣｜按圖樣施工。

【圖謀】túmóu ①暗中籌劃。含貶義◇圖謀不軌。②企圖獲得◇圖謀發展。③計謀；意圖◇另有圖謀。

【圖譜】túpǔ 按類編製，附有文字説明的圖冊◇哺乳動物圖譜｜稀有植物圖譜。

【圖籍】tújí ①疆域圖和戶口冊。②圖畫書籍◇博覽圖籍。

【圖騰】túténg 上古的人認為每個氏族都和某種自然物（多為動物）有血緣關係，並尊奉該自然物為本氏族的圖騰◇圖騰崇拜。（英totem）

【圖鑒】tújiàn 以圖片、圖畫為主，輔以文字說明的著作。多用作書名◇《中草藥圖鑒》。

【圖窮匕見】túqióngbǐxiàn《戰國策・燕策三》記載，燕太子丹派荊軻刺殺秦王，荊軻假作獻燕國督亢地圖，在秦王面前慢慢把地圖展開，最後露出捲在裏面的匕首。後用來比喻事情發展到最後，真面目或本意徹底暴露。

13 **圜** ⟨一⟩huán 粵waan⁴ 頑 圍繞，環繞◇縣水三十仞，圜流九十里。

⟨二⟩yuán 粵jyun⁴ 元 同"圓"。

【圜丘】yuánqiū 古代帝王冬至祭天的圓形高壇。

【圜室】yuánshì 牢房。

17 **圝（圝）** yóu 粵jau⁴【圝子】yóuzi 用已捉到的鳥把同類的鳥引來，這種起引誘作用的鳥叫圝子。也作"遊子"。

23 **圞（圞）〔圝〕** luán 粵lyun⁴ 聯 ①圓◇皮球溜圞。②整個的◇清蒸圞雞。

土部

0 **土** tǔ 粵tou² 討 ①泥土；土壤◇沃土｜黃土高原。②土地；地域◇疆土｜風土人情。③家鄉；本地◇故土｜熱土難離。④本地的；地方性的◇土著｜土風。⑤不合時尚；不開通◇土氣｜土頭土腦。⑥民間的◇土方子｜土專家。⑦未熬製的鴉片◇煙土。

【土人】tǔrén ① 本地鄉下人；外地人稱居住在經濟、文化不發達地區的當地人◇山野土人｜島上土人的後裔。② 泥人，用泥土捏成的人物。

【土木】tǔmù 土木工程，一般指修建房屋、道路、橋梁、港口等工程。

【土方】tǔfāng ① 民間流行的，不見於醫藥專門著作的藥方◇採訪年長老者，搜集民間土方。反 驗方。② 挖土、填土、運土的工作量通常用立方米計算，一立方米稱為一個土方。這類工作叫土方工程，有時也簡稱土方。

【土布】tǔbù 手工紡織的布◇每逢冬閒，農婦就在家裏織土布。

【土司】tǔsī 元、明、清各朝在西北、西南地區授予少數民族首領以管理本民族事務的世襲官職。也指被授予這種官職的人。

【土地】tǔdì ① 土壤；田地◇土地肥沃｜開墾土地。② 疆域◇土地廣大，物產豐富。

【土豆】tǔdòu 馬鈴薯。

【土星】tǔxīng 太陽系八大行星之一，按離太陽由近而遠的次序排在第六位。自轉周期約為 10 地球小時，繞太陽公轉周期為 29.5 地球年。

【土俗】tǔsú ① 當地的習俗◇民風土俗。② 民間的；通俗的。

【土風】tǔfēng 當地的風俗◇這裏的土風盛行祭神。

【土匪】tǔfěi 在某一區域內劫掠作惡的武裝匪徒。

【土氣】tǔqi ① 不時髦，不洋氣◇穿着雖土氣，談吐卻不俗。② 鄉俗氣，鄉土氣◇民間藝術的土氣正是它的特色。反 洋氣、時髦。

【土產】tǔchǎn ① 當地出產的◇出外旅遊，買些土產帶回來。② 某地出產的富有地方色彩的產品◇從家鄉帶來的土產。

【土著】tǔzhù 世代居住在同一地區的人◇印度安人是美洲土著。

【土葬】tǔzàng 處理死人遺體的一種方法。把屍體先裝在棺木裏，再把棺木埋入地下。

多樣表達：喪葬
火葬 水葬 海葬 天葬 合葬 殉葬 陪葬 叢葬 遷葬

【土話】tǔhuà 在有限地區內使用的方言◇他操着濃濃的土話，與我拉家常。同 土語 反 官話、普通話。

【土豪】tǔháo 原指地方上有錢有勢的人或家族，後特指農村中倚仗錢財和權勢橫行鄉里的人。

【土壤】tǔrǎng ① 地球陸地表面的一層疏鬆物質，包含各種礦物質、有機物質、水分、空氣和微生物等，能生長植物。② 比喻有助於事物發展的客觀條件◇沒有監督的權力是滋生腐敗的土壤。

【土籍】tǔjí 世代居住地的籍貫◇老師的土籍在廣東。

【土包子】tǔbāozi 對鄉下人的貶稱，引申為沒有見過世面的人。

【土地神】tǔdìshén 中國神祇中的一個較低級的小神，是管理一方土地的神。古人普遍在家中供奉土地神，祈求豐衣足食、多福多壽。為土地神立的廟宇叫土地廟，是民間最多的一種廟，規模一般都不大。

【土政策】tǔzhèngcè 指某個地區或部門從局部利益出發制定的某些規定或辦法（多與國家政策不一致）。

【土皇帝】tǔhuángdì 指盤踞一方的軍閥或稱霸一方的豪紳。現也指一手遮天的官吏。

【土生土長】tǔshēng tǔzhǎng 本地出生、本地長大的◇我是土生土長的廣州人。

【土崩瓦解】tǔbēng wǎjiě 像土堆崩塌、瓦片碎裂一樣。比喻徹底崩潰，無法收拾。

3 **圩** 〈一〉wéi 粵wai4 圍 /jyu4 餘 圩堤◇築圩｜圩埂。

〈二〉xū 粵heoi1 虛 同"墟"。南方地區稱集市◇圩場｜趁圩。

【圩堤】wéidī 低窪地區防水護田的土堤。

【圩子】wéizi 圩堤。

【圩田】wéitián 四周有土堤圍住的農田◇圩田能防旱抗澇，常保豐收。

3 **圬** wū 粵wu1 烏 ①抹子，瓦工塗抹牆壁用的工具。②抹平或粉刷（牆壁）◇糞土之牆不可圬也。

3 **圭** guī 粵gwai1 歸 ①古代的帝王、諸侯在舉行典禮時手執的玉器，上尖下方◇圭璧。②古代用以測日影的一種玉製天文儀器，也稱圭表◇圭臬。③古代的容量單位，相當於十萬分之一升。

【圭表】guībiǎo ① 測量日影的儀器。圭是平臥的尺，表是直立的標杆◇圭表測影，漏壺計時。② 比喻典範或表率。

【圭臬】guīniè 臬，測日影的標杆。即圭表。比喻準則或法度◇奉為圭臬。

【圭璋】guīzhāng 兩種貴重的玉製禮器，比喻高尚的品德◇圭璋之質。

3 **圪** gē 粵gat3 吉【圪塔】gēda同"圪墶"。【圪墶】gēda 小土丘◇山圪墶｜黃土圪墶。

3 **圳** zhèn 粵zan3 振 田邊水溝。多用於地名，如深圳。

3 **圮** pǐ 粵pei5 婢 毀壞；倒塌◇圮毀｜傾圮｜牆垣圮塌。

3 **圯** yí 粵ji4 兒 橋◇圯上（橋上）。

3 **地** 〈一〉dì 粵dei6 ①地殼◇天地｜不知天高地厚。②陸地◇地勢｜盆地。③土地；田地◇地產｜鹽鹼地。④地上；地面◇着地｜水泥地。⑤地下◇地鐵｜地洞。⑥疆土；領土◇地大物博。⑦地區；區域◇內地｜本地。⑧場所；地點◇原地｜目的地。⑨所處的境地◇設身處地。⑩底子◇白地黑字。⑪空間的一部分◇給我佔個地兒。⑫路程◇十里地外。⑬思想認識或心意活動的領域◇心地善良。

〈二〉de 粵dei6 助詞，表示它前面的詞或短語是狀語◇人漸漸地老了｜夜以繼日地工作。

【地力】dìlì 土地肥沃的程度◇保養地力｜地力貧瘠。

【地下】〈一〉dìxià ① 地面之下；地層中◇地下商場｜地下礦藏。② 祕密的；不公開的◇地下工廠｜地下刊物。

〈二〉dìxia 地面；地面上◇針落到地下了。

【地方】〈一〉dìfāng ① 中央以下各級行政區劃的統稱。② 指軍隊以外的部門◇從軍隊轉業到地方工作。③ 本地◇地方上有頭有臉的人來了不少。

〈二〉dìfang ① 指某一區域、空間或部位◇房間裏連站腳的地方都沒有。② 部分◇他也有不對的地方。

【地支】dìzhī 子、丑、寅、卯、辰、巳、午、未、申、酉、戌、亥的統稱，常用作表示次序的符號◇天干地支。同 十二支。

【地主】dìzhǔ ① 擁有土地，依靠地租為主要生活來源的人。② 住在本地的主人；主人◇東道主盡了地主之誼。

【地皮】dìpí ① 土地的表面◇水過地皮濕。② 供造房子用的土地◇住宅地皮｜商用地皮。③ 比喻民財◇搜刮地皮。

【地形】dìxíng ① 地面的形勢◇利用地形地物藏身。② 地貌◇中國的地形複雜多樣。

【地址】dìzhǐ 所在地方的信息。內含國家、城市、街道、屋邨、大廈等資料。

【地步】dìbù ① 處境；境地◇淪落到這種地

步。② 程度◇把人欺負到如此地步。

【地利】 dìlì ① 地理條件優越◇天時不如地利，地利不如人和。② 有利於種植作物的土地條件。

【地位】 dìwèi ① 人或物所佔的地方◇一個人佔了兩個人的地位。② 人或集團在社會關係中所處的位置◇經濟地位｜在學術界的地位很高。③ 方言。職業，工作崗位◇東奔西走找地位。

【地牢】 dìláo 設在地面下的牢獄。

【地表】 dìbiǎo 地球表面；地殼的最外層◇過度開採造成地表塌陷。

【地板】 dìbǎn ① 用木板或其他板材鋪成的室內地面或樓面。② 用來鋪室內地面、樓面的木板或其他板材。③ 方言。田地。

【地物】 dìwù 分佈在地面上的固定物體，如房屋、鐵路、水利設施等。

【地府】 dìfǔ 佛教中所説的人死後靈魂所在的地方◇陰曹地府。

【地契】 dìqì 買賣土地所立的契約書。

【地面】 dìmiàn ① 大地的表面◇地面覆蓋着一層積雪。② 房屋等建築物內部及周圍的地上鋪設物料的那一層◇花磚地面｜大理石地面。③ 地上◇地面部隊。④ 地區◇鄉村地面。⑤ 當地◇他和地面上的人交情很深。

【地段】 dìduàn 指地面上範圍不大的一定區域◇商業地段｜中心地段。

【地保】 dìbǎo 舊時在地方上替官府當差辦事的人。

【地氣】 dìqì 大地的氣息，比喻老百姓的現實生活◇這部作品過於華麗，不接地氣。

【地球】 dìqiú 太陽系八大行星之一，按離太陽由近而遠的次序排在第三位。人類居住的星球。形狀像球而略扁。一晝夜自轉一周，繞太陽一周的時間是一年。周圍有大氣層包圍着，表面是陸地和海洋。有一個衛星（月球）。

多樣性表達：地球

地軸 經線 緯線 子午線 本初子午線 回歸線 赤道

【地理】 dìlǐ ① 全世界或某個國家、某個地區的山川、氣候等自然環境，以及物產、交通、城市等社會經濟因素的總的情況。② 地理學，研究各種地理現象及其關係、規律的學科。

【地域】 dìyù 泛指範圍相當大的地方◇地域廣闊｜荒漠地域。

【地基】 dìjī 承受建築物重量的土層或巖層。作為地基的土層必須經過處理，使之堅實。

【地帶】 dìdài 具有某種性質或特徵的一大片地方◇森林地帶｜沙漠地帶。

【地區】 dìqū ① 較大範圍的地方◇長江中下游地區。② 中國省、自治區下設的行政區，一般管轄若干縣和縣級市。改革開放以後，地區大都改為市，稱作“地改市”。

【地產】 dìchǎn ① 土地上的出產（多指農業品）◇東北平原土地肥沃，地產豐富。② 擁有所有權的土地◇地產大亨。

【地税】 dìshuì 中國實行中央政府與地方政府分税制，劃歸地方政府的税種和税收，叫作地税；歸中央政府的，叫作國税。

【地痞】 dìpǐ 地方上的流氓或無賴。

【地勢】 dìshì 地面高低起伏的形勢◇地勢平坦｜中國地勢西高東低。

【地道】 ㈠ dìdào 在地面下挖成的通道◇行人過馬路請走地道。

㈡ dìdao ① 正宗的◇地道的北京烤鴨。② 純正的◇一口地道的美式英語。③ 質量上乘◇這件旗袍做得很地道。④ 為人實在、正派◇我看那人不怎麼地道。

【地圖】 dìtú 依照一定法則，標示和説明地球表面自然和社會景況分佈情況的圖。

【地貌】 dìmào 地球表層各種形態的總稱。

多樣表達：地貌

陸地 高原 丘陵 平原 盆地 山地 草原 濕地 沼澤地 山系 山脈 山麓 冰川 峽谷 山谷 山峽 沙漠 沙丘 流沙 湖泊 內陸河 三角洲 海洋 內海 外海 半島 灘塗 大陸架 島嶼 列島 羣島 海峽 海灣 峽灣 洋流 寒流 暖流 北極 南極

【地獄】 dìyù ① 某些宗教指人死後靈魂受苦受難的地方◇阿鼻地獄｜十八層地獄。② 比喻黑暗而悲慘的生活環境◇暗無天日的活地獄。

【地震】 dìzhèn 由地球內部的變化造成地殼斷裂、移位而引起的震動。

【地價】 dìjià 土地或地皮的價格。

【地質】 dìzhì 地殼的成分和結構。

【地盤】 dìpán ① 佔據或控制的地方。② 地基◇過度開採地下水，引起地盤下沉。③方言。指建築工地◇地盤工。

【地緣】dìyuán 由地理位置所決定的相關方面◇地緣政治 | 地緣經濟 | 地緣優勢。

【地頭】dìtóu ①田地的兩頭◇田間地頭。②書頁下端空白處◇地頭寬，天頭窄。③本地◇強龍不壓地頭蛇。

【地點】dìdiǎn 所在的地方◇出事地點 | 時間地點不變。

【地鐵】dìtiě ①地下鐵道。②在地下鐵道行駛的列車◇搭乘地鐵方便快捷。

【地平線】dìpíngxiàn 天跟地在水平方向上的交界線◇一輪紅日從地平線升起。

【地球村】dìqiúcūn 現代社會隨着交通運輸和信息傳播能力的提升，洲際、國際、人際之間的距離縮短，交往緊密、頻繁，如同生活在同一村莊內一樣，這種現象稱為地球村。

【地毯式】dìtǎnshì 比喻像鋪在地上的毯子一樣，全部覆蓋◇地毯式轟炸 | 地毯式搜索。

【地大物博】dìdà wùbó 博，多，豐富。指國家疆域遼闊，物產豐饒。

【地心引力】dìxīnyǐnlì 地球吸引其他物體的力，力的方向指向地心。物體落到地上就是這種力作用的結果。

【地老天荒】dìlǎo tiānhuāng 形容經歷的時間非常久。

3 **在** zài 粵zoi6 再6 ①生存；存在◇健在|留得青山在，不怕沒柴燒。②(人或事物)處於某個地點或位置◇在家|在南面。③取決；決定於◇謀事在人，成事在天。④處於(某種地位)；屬於(某一團體)◇在位|在野黨。⑤正在◇天在慢慢暗下來。⑥引進動作行為所涉及的處所、時間、範圍等◇在海濱度假|安排在今年底。⑦與"所"字連用，表示強調◇在所難免。

【在下】zàixià 謙稱自己(多見於早期白話)◇各位撥冗光臨，在下感激不盡。

【在世】zàishì 活在世上。

【在乎】zàihu ①在於◇是否幸福，全在乎你如何看待。②在意，放在心上。多用於否定式◇毫不在乎 | 他很在乎我。

【在在】zàizài 處處；到處◇文章中誇張之處在在皆是。

【在即】zàijí 在眼前，即將來到或發生◇開業在即 | 收穫在即。

【在押】zàiyā (嫌犯)在拘留監禁中◇在押候審。

【在於】zàiyú ①取決於◇生命在於運動。②指出事物的本質或關鍵所在。

【在逃】zàitáo (犯人)逃走，還沒抓捕到◇在逃犯。

【在座】zàizuò 在聚會或宴會等的座位上。泛指出席、到場◇在座嘉賓。

【在野】zàiyě 原指不擔任朝廷官職，後來指不當政◇在野黨投反對票。

【在望】zàiwàng ①(遠處的東西)在視線以內，可以望見◇晨霧中大橋隱隱在望。②(盼望的好事)即將到來◇勝利在望 | 豐收在望。

【在場】zàichǎng 在事情發生的現場。

【在握】zàiwò ①在手中，在掌握之中◇大權在握。②有把握◇勝利在握。

【在意】zàiyì 留意；放在心上。多用於否定◇區區小事，何必在意。

【在職】zàizhí 擔任着職務◇在職一天，盡職一日。

【在劫難逃】zàijiénántáo 劫，佛教指注定的災難。命中注定要遭禍害，逃脫不了。

【在所不惜】zàisuǒbùxī 惜，珍惜。表示處於某種境況，不在乎付出任何代價◇只要能治好病，花錢在所不惜。

【在線支付】zàixiànzhīfù 買賣雙方通過電子商務網站進行交易時，銀行為其提供安全、方便、快捷的網上資金結算服務的一種業務。

4 **址〔阯〕** zhǐ 粵zi2 只 ①地基◇基址|遺址。②建築物所在的位置、處所◇地址|廠址。

4 **圻** 〈一〉qí 粵kei4 其 地的邊界◇封圻相接。
〈二〉yín 粵ngan4 銀 同"垠"。邊際。

4 **坂〔阪〕** bǎn 粵baan2 板 山坡；斜坡◇如丸走坂。

4 **坋** 〈一〉fèn 粵fan5 憤 古坋，地名，在福建。
〈二〉bèn 粵ban6 笨 塵埃。

4 **坎** kǎn 粵ham2 砍 ①坑；地面凹陷處◇坎井之蛙。②田壟◇田坎|土坎。③《易》卦名。八卦之一，卦形為☵，代表水。

【坎坎】kǎnkǎn 伐木聲◇坎坎伐檀兮，寘（置）之河之干兮。

【坎坷】kǎnkě ① 高低不平◇路面坎坷。② 比喻屢受挫折而不得志◇一生經歷坎坷。

【坎肩】kǎnjiān 沒有袖子的上衣◇皮坎肩｜坎肩背心。

【坎壈】kǎnlǎn 困頓；不得志◇但看古來盛名下，終日坎壈纏其身。

4 **均** jūn 粵gwan1 軍 ①均勻；相等◇勢均力敵｜機會均等。②使均等，平均◇均貧富。③全；都◇各方均已同意。

【均勻】jūnyún（數量、距離等）分佈相等◇雨水均勻｜秧苗插得很均勻。

【均勢】jūnshì 力量相等的態勢◇打破均勢。

【均衡】jūnhéng 平衡◇飲食要均衡。

4 **坍** tān 粵taan1 灘 倒塌；崩壞◇天坍地陷。

【坍台】tāntái ① 垮台。多指事業、局面不能繼續維持。② 方言。丟臉◇當眾坍台。

4 **圾** jī 粵saap3 霎 見"垃圾"。

4 **坊** 〈一〉fāng 粵fong1 方 ①街巷的通稱◇街坊。②小店鋪◇茶坊。③牌坊◇孝女坊。

〈二〉fáng 粵fong1 方 手工業者的工作場所◇作坊。

【坊間】fāngjiān ① 街巷間。② 街巷中的小書店◇坊間刻本。

4 **坑〔阬〕** kēng 粵haang1 ①中間凹陷的地方◇水坑｜陷坑。②特指糞坑◇茅坑｜登坑。③地洞；地道；巷道◇坑道｜礦坑。④掘坑；活埋◇焚書坑儒。⑤陷害，設法害人◇坑矇拐騙。

【坑害】kēnghài 用狡詐、狠毒的手段危害他人或損害他人利益◇毒品坑害青少年。

【坑陷】kēngxiàn ① 陷害◇坑陷好人。② 凹陷的地方◇路面上有一大片坑陷。

【坑道】kēngdào ① 為開礦而挖成的地下通道。也叫礦坑。② 為作戰而修築的互相通連的地下工事◇坑道工事。

【坑騙】kēngpiàn 用欺騙手段損害他人。

4 **坐** zuò 粵zo6 助 /co5 初5 ①用臀部着物支撐身體◇坐立不安。②搭乘◇坐車｜坐飛機。③位於某個方位◇坐北朝南。④等着不做◇坐吃山空。⑤座位◇入坐。⑥把鍋、壺等放在爐火上；燒煮◇坐上鍋燒飯。⑦居留在某處；固定在某地◇坐牢｜坐堂大夫。⑧主持；掌管◇坐莊｜坐江山。⑨獲罪；定罪◇連坐。⑩下沉；後移◇新樓因地下水位下降而下坐｜這步槍坐勁太大。⑪植物結果◇坐瓜｜坐果。⑫形成◇坐下了寒腿病。⑬因為；由於◇停車坐愛楓林晚，霜葉紅於二月花。

【坐大】zuòdà 逐漸強大起來◇嚴查助長惡勢力坐大的組織。

【坐化】zuòhuà 佛教指教徒盤腿坐着死去。

【坐次】zuòcì 坐位的次序◇按坐次就座。

【坐位】zuòwèi ① 供人坐的地方（多用於公共場所）。② 指椅子、凳子等可以坐的東西◇孩子規規矩矩地坐在坐位上。

【坐牢】zuòláo 坐監。關在監獄裏。

【坐法】zuòfǎ 觸犯法律◇坐法當死。

【坐班】zuòbān 每天在規定時間內上班。多指在辦公室工作。

【坐席】zuòxí ① 坐到筵席的座位上，泛指參加宴會◇賓客陸續坐席。② 座席。供坐的位子。

【坐莊】zuòzhuāng ① 商家派遣人或特約人員常駐某地，採購貨物、招攬生意。② 打牌或賭博時做莊家。③ 股市中人為控制股價使自己獲利，稱為坐莊◇大的證券行輪流坐莊。

【坐探】zuòtàn 專在某處或混入對方內部刺探情報的人。

【坐商】zuòshāng 有固定營業地點的商人◇行商不如坐商，坐商不如立業。

【坐視】zuòshì 坐着看。比喻對該管的事不管或漠不關心◇坐視不理。

【坐落】zuòluò 建築物等的位置處在（某處）◇圖書館坐落在校園左側。

【坐標】zuòbiāo ① 能夠確定一個點在平面或空間的位置的一組數，叫做這個點的坐標。② 比喻定位◇樹立正確的人生坐標。

【坐館】zuòguǎn 舊時稱做家庭教師◇坐館執教｜坐館授徒。

【坐禪】zuòchán 佛教指排除一切雜念，靜坐修行。

【坐贓】zuòzāng 犯受賄罪；犯貪污罪◇吏坐贓者不得為吏。

【坐蠟】zuòlà 方言。陷入為難境地◇咱倆是朋友，我不會讓你坐蠟的。

【坐井觀天】zuòjǐngguāntiān 坐在井裏看天。比喻眼界狹小，見識不廣。唐代韓愈《原道》："坐井而觀天，日天小者，非天小也。" (同) 管窺蠡測 (反) 目光遠大、見多識廣。

【坐以待斃】zuòyǐdàibì 斃，死。坐着等死。比喻遇到危險或困難不積極應對，坐等災禍臨頭。

【坐失良機】zuòshīliángjī 因不積極主動而失去難得的好機會。

【坐地分贓】zuòdìfēnzāng 坐地，就地；贓，贓物。原指盜賊就地瓜分贓物，後多指無需親自動手，坐在家裏就能分到贓物。

【坐而論道】zuò'érlùndào 原指大臣陪侍帝王謀劃政事。出自《周禮冬官・考工記》："坐而論道，謂之王公。"後指空談道理，只會説不會做。(同) 紙上談兵 (反) 身體力行。

【坐吃山空】zuòchīshānkōng 光消費不生財，即使有堆積如山的錢財，終會吃光用盡。

【坐收漁利】zuòshōuyúlì 比喻利用別人之間的矛盾輕而易舉獲得利益。(同) 鷸蚌相爭，漁人得利。

【坐冷板凳】zuò lěngbǎndèng ① 舊時指私塾教書的生涯◇近來在別人家坐冷板凳。② 比喻不受重視，受冷遇◇雖坐冷板凳，照舊認真工作。

【坐享其成】zuòxiǎngqíchéng 指自己不出力而享受別人的勞動成果。(同) 不勞而獲 (反) 火中取栗。

【坐懷不亂】zuòhuáibúluàn 亂，淫亂。女子坐在懷裏也不與其淫亂。據説春秋魯國的柳下惠夜宿城門，有個女子趕不上進城而來求宿。柳下惠怕她受凍，就解開外衣把她裹在懷裏，坐了一夜，卻沒有非禮的行為。後形容男子不動邪念、作風正派。

【坐觀成敗】zuòguānchéngbài 原指坐在一旁看人爭鬥，等勝敗見分曉，再相機行事。後多指對別人的成功或失敗持袖手旁觀的態度。

【坐山觀虎鬥】zuòshānguānhǔdòu《史記・張儀列傳》：有個叫卞莊子的人在兩虎吃牛時不去殺虎，等到兩虎爭食相鬥一死一傷時，再從容殺死受傷的虎，從而博得一舉殺雙虎的名聲。後比喻靜觀雙方爭鬥，待兩敗俱傷，坐收漁利。

4 **坌** bèn 粵ban[6] 笨 ①灰塵◇拭去塵坌。②塵土飛揚着落在物體上面◇塵坌己身。③聚集◇商賈坌集。④同"笨"。粗笨◇坌工。⑤方言。刨挖；翻土◇坌地|坌山芋。

5 **坩** gān 粵ham[1] 堪 盛東西的陶器。

【坩堝】gānguō 用於熔化金屬或其他物料的耐高溫器皿。一般用陶土、石墨或白金製成。

5 **坷** 〈一〉kē 粵ho[1] 苛 見"坷垃"。
〈二〉kě 粵ho[2] 可 見"坎坷"。

【坷垃】kēla 方言。土塊◇他一輩子和莊稼地裏的土坷垃打交道。

5 **坯** pī 粵pui[1] 胚 ①沒有入窰燒過的磚瓦、陶瓷的半成品◇磚坯|景泰藍花瓶的銅坯。②特指土坯◇脱坯|打坯。③泛指半成品◇鋼坯|毛坯。

5 **坾** bù 粵bou[3] 保[3] 茶坾，地名，在福建。

5 **坪** píng 粵ping[4] 評 ①山區和丘陵地區局部的平地。多用於地名◇茨坪|七里坪。②平坦的場地◇草坪|停機坪。

【坪壩】píngbà ① 山區或丘陵中的平坦地帶。多用於地名◇沙坪霸｜茅坪壩（均在重慶）。② 平坦的場地◇汽車停在山腳的坪壩上。

5 **坫** diàn 粵dim[3] 店 ①古時室內放置食物、酒器等的土台子◇土坫。②壇坫。特指文壇◇稱雄文坫。

5 **坦** tǎn 粵taan[2] 毯 ①寬而平◇平坦。②內心平靜◇舒坦。③敞開，無隱瞞◇坦蕩蕩地做人。

【坦白】tǎnbái ① 心地純潔，語言直率◇我們是率意而為，心胸坦白的新一代。② 如實説出（自己的錯誤或罪行）。

【坦直】tǎnzhí 坦白直率◇她熱情外向，有北方女子的率真和坦直。

【坦途】tǎntú ① 平坦的道路◇天險變坦途。② 比喻順利的境況◇人生沒有坦途。

【坦率】tǎnshuài 坦白直率◇愛心、真誠、坦率、光明正大，是做人的偉大品格。

多樣表達：坦率

正大光明 光明正大 堂堂正正 光明磊落 方正不阿 襟懷坦白 胸懷坦蕩 誠心誠意 實實在在 一塵不染 正直 正派 端正 耿介 耿直 公正 剛正 方正 直爽 爽直 爽快 爽利 爽氣 直率 率直 率真 坦蕩 坦誠 誠心 老實 真誠 誠實 誠懇 懇切 實在 清白 純真 純厚 純潔

【坦然】tǎnrán 形容心情平靜，沒有顧慮◇坦然自若｜坦然面對人生的挫折。

【坦誠】tǎnchéng 坦率而真誠◇坦誠相見｜以坦誠的筆觸剖析各種社會現象。

【坦蕩】tǎndàng ① 寬闊而平坦◇坦蕩曲折的海岸。② 形容胸襟坦白寬廣◇他為人真誠，胸懷坦蕩。

【坦露】tǎnlù 敞開；顯露◇坦露成功後面的辛酸。

5 **坤**〔堃〕kūn 粵kwan1 昆 ①《易》卦名。八卦之一，卦形為☷，代表地◇乾坤(天地)。②指女性◇坤錶。

【坤宅】kūnzhái 舊時指締結婚姻的女家◇迎親的人至坤宅，請新人上轎。

【坤伶】kūnlíng 坤角◇坤伶佚事。

【坤角】kūnjué 舊時稱戲曲女演員◇老爺過生日，請了有名的坤角來唱堂會。

5 **垌** jiōng 粵gwing1 迥1 離城市很遠的郊野◇山林垌野。

5 **坼** chè 粵caak3 冊 裂開◇吳楚東南坼，乾坤日夜浮。

【坼裂】chèliè 裂開◇冰層坼裂｜大旱之年，土地坼裂。

5 **坻** 〈一〉chí 粵ci4 詞 河、湖中的小塊陸地◇乘流則逝，得坻則止。

〈二〉dǐ 粵dai2 底 山坡。多用於地名，如寶坻(在天津)。

5 **垃** 〈一〉lā 粵laap6 立 見"垃圾"。

〈二〉la 粵laap6 立 見"坷垃"。

【垃圾】lājī ① 被丟棄的廢物。② 不需要的；有害無益的◇垃圾郵件｜垃圾食品。③ 比喻危害社會的腐朽思想或壞人壞事◇精神垃圾｜社會垃圾。

【垃圾股】lājīgǔ 指業績差、沒有投資價值的公司發行的股票。

【垃圾蟲】lājīchóng 蔑稱亂扔垃圾、隨地吐痰的人。

【垃圾郵件】lājī yóujiàn 非收件人所需要的、無使用和保存價值的電子郵件。

5 **坢** bàn 粵bun6 叛 方言。糞肥◇牛欄坢｜豬欄坢。

5 **坨** tuó 粵to4 駝 ①成塊或成堆的東西◇坨子｜泥坨。②麪食煮熟後黏在一塊兒◇麪條坨了。

5 **坭** ní 粵nai4 泥 ①同"泥"◇坭團塑像。②用於地名，如坭洞(在廣西)。

5 **坡** pō 粵bo1 波 ①地面傾斜的地方◇陡坡｜爬坡。②傾斜◇梯子坡着放。

【坡坨】pōtuó 山坡◇遼闊的平野坡坨。

【坡度】pōdù 斜坡起止點的高度差與水平距離的比值。

【坡跟】pōgēn 鞋的式樣之一。其後跟與前掌由高至低相連。這種式樣的鞋穿着舒適、平穩。

5 **坶** mù 粵muk6 木 坶野，古地名。在今河南淇縣南，為周武王打敗商紂的地方。同牧野。

5 **坳**〔坳〕ào 粵aau3/ngaau3 拗 ①低凹的地方◇坳窪。②山間平地◇山坳。

【坳塘】àotáng 塘坳，池塘◇坳塘雨跳。

6 **型** xíng 粵jing4 形 ①用於鑄造器物的模子◇鑄型｜模型。②類型◇血型｜體型。③式樣◇髮型｜流線型。

【型式】xíngshì 模型樣式◇商品型式目錄｜這次推出的型款產品型式與之前不同。

【型號】xínghào 指機械或其他製品的性能、規格和大小◇種類多，型號齊全。

6 **垚** yáo 粵jiu4 搖 同"堯"。土高的樣子。多用於人名。

6 **垣** yuán 粵wun4 緩 ①牆；矮牆◇殘垣斷壁。②城市◇省垣(省城)。

6 **垮** kuǎ 粵kwaa1 誇 ①倒塌；坍下◇一場大雨，牆垮了。②潰敗；崩潰◇打垮。③支持不住◇身體被累垮了｜把棚架壓垮了。

【垮台】kuǎtái 比喻崩潰瓦解◇軍人政權終於

垮台了。

6 **城** chéng 粵sing4 成 ①城牆◇長城|城門。②城牆以內的地方◇東城|內城。③城市◇滿城風雨。④比喻大型服務實體或專業市場◇影城|電腦城。

【城池】chéngchí 城牆和護城河。借指城或城市◇攻破城池|城池淪陷。

【城府】chéngfǔ 城池和府庫。比喻待人處世的心機◇胸無城府|他城府深不可測。

【城垣】chéngyuán 城牆◇古城垣。

【城郭】chéngguō 內城牆和外城牆，借指城市◇明代城郭|北方城郭。

【城堡】chéngbǎo 四周有圍牆和堡壘護衛的建築物。

【城廂】chéngxiāng 城門內外一帶的地方◇保護老城廂歷史文化風貌。

【城隍】chénghuáng ①護城河◇疏浚城隍。②城的守護神◇城隍廟|城隍老爺。

【城樓】chénglóu 建築在城門上和圍城四角的瞭望樓。

【城鎮】chéngzhèn 城市和集鎮◇城鎮居民|城鎮建設。

【城牆】chéngqiáng 古代在城市周圍建築的又高又厚的防衛牆，城外一般有護城河環繞◇保護西安的明代城牆。

【城闕】chéngquè ①建在城門兩側的瞭望樓。②宮闕，皇家宮室。

【城關】chéngguān 城外靠近城門的一帶地方◇城關南門。

【城下之盟】chéngxiàzhīméng 在敵方兵臨城下時，被迫簽訂的屈辱性盟約。泛指一切被迫簽訂的不平等條約。

【城門失火，殃及池魚】chéngménshīhuǒ, yāngjíchíyú 殃，災禍；池，護城河。漢代應劭《風俗通義》記載，宋國城門着火，大家都用護城河的水救火，水用盡了，魚因此乾死。比喻無端受牽連而遭禍害。

6 **垤** dié 粵dit6 秩 ①螞蟻做窩時堆積在洞口的浮土◇蟻垤。②小土堆◇若垤若穴。

6 **垌** 〈一〉dòng 粵tung4 同 田地。多用於地名，如儒垌(在廣東)。

〈二〉tóng 粵tung2 統 用於地名，如垌冢(在湖北)。

6 **垍** jì 粵gei6 技 土質堅硬◇其土堅垍。

6 **垧** shǎng 粵hoeng2 享 方言。土地面積單位。東北地區以十五畝或五畝為一垧，西北地區以三畝或五畝為一垧。

6 **垢** gòu 粵gau3 救 ①污穢；骯髒◇蓬頭垢面。②髒東西◇藏污納垢。③羞恥；恥辱◇含垢忍辱。

6 **垛〔垜〕**〈一〉duǒ 粵do2 躲 ①建築物向外或向上突出的部分◇門垛|城牆垛口。②箭靶◇箭垛。

〈二〉duò 粵do2 躲 ①將分散的東西整齊地堆積起來◇快把柴草垛起來。②整齊成堆的東西◇草垛|磚垛。③量詞。用於堆積的東西◇一垛柴|兩垛磚。

6 **垝** guǐ 粵gwai2 鬼 毀壞；倒塌◇垝垣。

【垝垣】guǐyuán 倒塌的矮牆◇乘彼垝垣，以望復關。

6 **垓** gāi 粵goi1 該 ①重，層◇壇三垓。②古代的數字。一億為垓。③《史記·項羽本紀》記載項羽最後一戰被劉邦圍困於垓下(今安徽靈璧東南)。後借指戰地、陣地◇垓心。

【垓心】gāixīn 戰場的中心。多見於舊小說◇垓心鏖戰|山背後飛出一彪人馬，直殺入垓心裏來。

6 **垟** yáng 粵joeng4 羊 方言。田地，多用於地名，如黃垟、上家垟(均在浙江)。

6 **垞** chá 粵caa4 茶 小土山。多用於地名，如勝垞(在山東)。

6 **垵** 〈一〉ān 粵am1 庵 用於地名，如新垵(在福建)。

〈二〉ǎn 粵am1 庵 同"埯"。

6 **垠** yín 粵ngan4 銀 邊際◇平沙無垠|一望無垠。

6 **垂** chuí 粵seoi4 誰 ①東西的一頭朝下◇垂柳|垂簾聽政。②向下流或滴◇垂淚|垂涎三尺。③留傳◇名垂千古。④敬辭，相當於"俯"的意思◇垂聽|垂詢。⑤將近；即將◇垂垂老矣|功敗垂成。

【垂死】chuísǐ 臨近死亡◇垂死掙扎|敵人垂

死反撲。

【垂成】chuíchéng 將要完成◇功敗垂成。

【垂危】chuíwēi 將要死亡或滅亡。

【垂名】chuímíng 名聲留傳◇青史垂名｜垂名千古。

【垂青】chuíqīng 青，青眼，黑眼珠。用黑眼珠正視別人，表示重視或喜愛◇格外垂青綠色食品。(同) 青睞。

【垂念】chuíniàn 敬辭。用於稱尊長對自己的關心惦念◇承蒙垂念，感荷不已。

【垂釣】chuídiào 垂竿釣魚◇湖邊垂釣。

【垂涎】chuíxián 因想吃而流口水，比喻非常羨慕◇垂涎三尺。

【垂淚】chuílèi 掉下眼淚◇垂淚惜別。

【垂愛】chuí'ài 敬辭。稱對方對自己的愛護。多用於書面◇承蒙垂愛，備感榮幸。

【垂髫】chuítiáo 古時小孩子頭上下垂的短髮。借指童年或兒童◇黃髮垂髫（老人和小孩）。

【垂範】chuífàn 給後人或下級示範◇垂範後代。

【垂手可得】chuíshǒukědé 垂手，下垂着雙手。形容不費力氣，非常容易得到。(同) 唾手可得 (反) 大海撈針、來之不易。

【垂頭喪氣】chuítóu sàngqì 耷拉着腦袋，神情沮喪。形容失意懊喪的樣子。(反) 趾高氣揚。

6 **垡** fá (粵)fat^{6} 佛 ①耕地翻土◇耕垡。②耕地翻起來的土塊◇泥垡｜打垡。③用於地名，如落垡（在天津）。

6 **垕** hòu (粵)hau^{6} 后 ①同"厚"。②用於地名，如神垕（在河南）。

7 **埔** 〈一〉pǔ ① (粵)bou^{3} 布 用於地名◇黃埔。② (粵)pou^{2} 普 國名地名用字◇柬埔寨｜掃桿埔。

〈二〉bù (粵)bou^{3} 布 用於地名，如大埔。

7 **埂** gěng (粵)gang^{2} 耿 ①田間高起的小路◇田埂｜地埂。②土築的堤◇堤埂｜埂堰。

7 **埗** 〈一〉bù (粵)bou^{6} 步 同"埠"。碼頭。
〈二〉bù (粵)bou^{2} 補 地名用字◇深水埗。

7 **垾** hàn (粵)hon^{6} 汗 小堤。多用於地名，如中垾（在安徽）。

7 **埕** chéng (粵)cing^{4} 晴 ①大甕。特指酒甕◇酒埕｜醋埕｜隔壁三家醉，開埕十里香。②福建、廣東等東南沿海地區養殖介屬生物的水田◇蟶埕｜蚶埕。

7 **埋** 〈一〉mái (粵)maai^{4} 買^{4} ①把東西用土、沙等掩蓋起來，不使顯露◇掩埋。②隱藏；隱沒◇隱姓埋名。

〈二〉mán (粵)maai^{4} 買^{4} 見"埋怨"。

【埋伏】máifú ①隱藏；潛伏◇埋伏在半山腰。②隱瞞◇必須如實説，不許打埋伏。③軍事上指祕密設伏，伺機出擊◇二連埋伏在公路兩側的山坡上。④指埋伏的人◇此處山勢險惡，恐有埋伏。

【埋沒】máimò ①埋藏；埋在地下◇秦始皇兵馬俑埋沒地下兩千年。②不使顯露或發揮◇埋沒功勞｜埋沒人才。

【埋怨】mányuàn 因為事情不稱心而對他人表示或訴説不滿◇埋怨於事無補，重在吸取教訓。

【埋單】máidān 方言。原指在飯店用餐後結賬付款，後也泛指出錢◇朋友吃飯全由他來埋單｜居家養老由政府埋單。

【埋葬】máizàng ①將屍體掩埋起來。②比喻消滅◇埋葬吃人的舊制度｜有些事是埋葬不了的。

【埋頭】máitóu 低下頭來。形容不聲不響地下工夫◇埋頭苦幹｜埋頭工作。

【埋藏】máicáng ①藏在地下，不顯露◇墓碑埋藏在土裏已經很長時間了。②放在心裏不説出來◇把委屈埋藏在心裏。

7 **垻（坝）** bà (粵)baa^{3} 霸 ①平川，也指平坦的地方。②同"壩"。

7 **埒** liè (粵)lyut^{3} 劣 ①同等；相等◇二人才力相埒。②指矮牆、田埂、堤防等◇河埒。

7 **埆** què (粵)kok^{3} 確 土地貧瘠◇埆瘠。

7 **埣** xù (粵)zeoi^{6} 序 古代房屋的東西牆。多用於人名。

7 **垸** yuàn (粵)jyun^{6} 願 房屋、田地周圍的防水堤◇堤垸｜垸田。

7 **埌** làng (粵)long^{6} 浪 見"壙埌"。

7 **埇** yǒng 粵jung2 擁 用於地名，如石埇(在廣東)。

7 **埃** āi 粵oi1/ngoi1 哀 ①灰塵；塵土◇塵埃|黃埃。②計量單位。用於計算光波及電磁波的波長。為紀念瑞典物理學家埃斯特朗而命此名。

【埃米爾】āimǐ'ěr ① 穆斯林國家的高級官職，有親王、王子、領袖、首領、司令官、酋長等不同含義。(阿拉伯 Amir) ② 指國家元首、朝覲團團長。

7 **垽** yìn 粵ngan6 銀6 沉澱物◇磨刀垽。

8 **堵** dǔ 粵dou2 倒 ①土牆。泛指牆◇觀者如堵。②擋住；阻塞◇封堵|堵住嘴巴。③憋悶；不舒暢◇心頭堵得透不過氣來。④量詞。用於牆◇一堵牆。

【堵車】dǔchē 塞車。因道路狹窄或車輛太多，使車輛無法順利通行。

【堵塞】dǔsè ① 堵住(縫隙、洞孔)◇堵塞漏洞。② 阻塞，使不暢通◇淤泥堵塞河道。

【堵截】dǔjié 迎面攔截◇圍追堵截。

8 **堎** lèng 粵ling4 玲 用於地名，如長頭堎(在江西)。

8 **埡(垭)** yà 粵aa3 亞 方言。兩山之間的狹窄地方。多用於地名，如黃桷埡(在重慶)。

8 **埴** zhí 粵zik6 夕 黏土。

8 **域** yù 粵wik6 ①在一定疆界內的地方◇地域|海域|異域。②範圍◇局域|藝術領域|音域寬廣。

8 **埼** qí 粵kei4 其 彎曲的岸。

8 **埯** ǎn 粵am2 諳 ①挖小坑點種瓜、豆等◇埯瓜|埯豆角。②點種瓜豆等挖的小坑◇把埯子刨深點。③量詞。用於點種的植物◇一埯兒花生。

8 **埸** yì 粵jik6 亦 ①田界◇中田有廬，疆埸有瓜。②邊界；邊境◇疆埸無事。

8 **堌** gù 粵gu3 故 河堤。多用於地名，如黃堌(在山東)。

8 **埏** (一)yán 粵jin4 言 ①大地的邊際◇八埏。②墓道◇埏道。

(二)shān 粵sin1 先 用水和土◇埏泥(和泥)。

【埏隧】yánsuì 墓道。

8 **堆** duī 粵deoi1 對1 ①堆積；聚積◇堆雪人|臉上堆滿了笑。②堆積在一起的東西◇土堆|草堆。③比喻眾多的人或事◇問題成堆。④量詞◇一堆青菜。

【堆砌】duīqì ① 用磚石等壘砌建築物◇紀念碑用漢白玉堆砌而成。② 比喻寫文章時使用大量華麗的詞語◇堆砌詞藻。

【堆棧】duīzhàn 供臨時寄存貨物的地方◇行李請送到堆棧裏去。

【堆積】duījī 聚積成堆◇堆積如山 | 站台上堆積着許多貨物。

【堆疊】duīdié 一層一層地堆起來◇堆疊整齊 | 桌上堆疊着許多歷史書。

8 **堄** nì 粵ngai6 毅 見"埤堄"。

8 **埤** (一)pí 粵pei4 皮 增加◇埤益。

(二)pì 粵pai3 批3 見"埤堄"。

(三)bēi 粵bei1 卑 低矮◇埤車小馬。

【埤堄】pìnì ① 城上呈凹凸形、有射孔的矮牆◇埤堄連雲。② 泛指城牆◇四面青山連埤堄。

8 **埠** (一)bù 粵bou6 步 ①碼頭◇河埠|埠頭。②有碼頭的城鎮。

(二)bù 粵fau6 阜 ①通商口岸◇商埠|開埠。②泛指城市◇本埠|外埠。

【埠頭】bùtóu ① 碼頭◇公共埠頭。② 船行。

8 **埝** niàn 粵nim6 念 ①河堤。也指田間或河邊用來攔水的土埂◇土埝|堤埝。②淮北鹽場稱交貨、換船的地方。

8 **堋** péng 粵pang4 朋 在江河中建築的分水堤壩◇壅江作堋。

8 **堍** tù 粵tou3 兔 橋兩端與平地相連的斜坡◇橋堍|斷橋西堍。

8 **埻** zhǔn 粵zeon2 準 箭靶◇畫像於埻，旦起射之。

8 **培** péi 粵pui4 陪 ①在植物的根部或牆、堤等的根基部分加土◇培土。②培育◇培出花兒，結成果子。③教育訓練◇代培。

【培育】péiyù ① 培養幼小生物，使發育成長◇培育幼苗｜培育新品種。② 培養教育◇香港大學培育了幾代優秀人才。

【培訓】péixùn 培養訓練◇培訓計劃｜培訓教材。

【培植】péizhí ① 種植並細心培育◇培植秧苗｜人工培植。② 培養造就◇培植新生代。③ 扶植（勢力）◇培植親信。

【培養】péiyǎng ① 使…逐漸增加、增長◇培養感情。② 提供適宜的條件使生長、繁殖◇細胞培養｜細菌培養。③ 按既定目標長期進行教育和訓練◇培養良好的生活習慣。

8 **堉** yù 粵juk6 肉 肥沃的土地。

8 **執（执）** zhí 粵zap1 汁 ①握持；拿着◇執筆｜明火執仗。②捉住，抓住◇執獲｜當場被執。③掌握；掌管◇執政｜執掌。④堅持◇固執。⑤作憑證的單據◇回執。⑥執行◇執法。⑦從事某種工作◇執教。⑧志同道合的朋友◇父執。

【執友】zhíyǒu 志趣相投、交情深厚的朋友◇平生執友不過二三人。

【執行】zhíxíng 實施；實行◇立即執行｜執行計劃。

【執拗】zhíniù 固執任性，不接受勸告◇生性執拗。

【執事】zhíshì ① 侍從左右、供差遣的人◇左右執事。② 書信中用以敬稱對方，表示不敢直呼對方◇敢以煩執事。③ 舉行典禮時主持禮儀的人◇教堂執事。

【執法】zhífǎ 執行法令、法律◇執法如山｜秉公執法，不徇私情。

【執泥】zhínì 固執；拘泥◇執泥不化｜做事不可執泥陳規。

【執信】zhíxìn 堅守信義◇執信守義。

【執教】zhíjiào 擔任教學工作◇名師執教。

【執紼】zhífú 紼，牽引棺材用的繩索。古代指送葬時幫助牽引棺材，後泛指送葬。

【執掌】zhízhǎng 掌管；掌握◇執掌軍權。

【執筆】zhíbǐ ① 拿起筆寫文章◇親自執筆，撰寫回憶錄。② 負責整理多人討論的內容◇由他執筆定稿。

【執着】zhízhuó 佛教指專心於人世間的事而不能超脱，後用來比喻堅持不懈或拘泥固執◇過分執着於瑣事，難有大出息。

【執勤】zhíqín 執行勤務。

【執業】zhíyè ① 律師、會計、醫生、建築等專業人士，經政府部門認證核准，獲得資格證書，合法開展該項業務◇執業資格。② 從事的職業◇執業不分貴賤。

【執照】zhízhào 由主管機關發給的准許從事某種職業或經營某一業務的憑證◇駕駛執照｜營業執照。

【執意】zhíyì 堅持自己的意見◇執意不從。

【執義】zhíyì 仗義◇剛正不阿，執義敢言。

【執牛耳】zhí niú'ěr 古代諸侯結盟，要割牛耳飲血，由主盟者拿着盛牛耳的禮器，讓參與會盟的人以血塗口，所以稱主盟者為“執牛耳”。後泛指在某一方面居領導地位◇搜索引擎誰執牛耳。

【執迷不悟】zhímíbúwù 執，堅持；迷，迷惑、糊塗。堅持錯誤而不醒覺。㊦ 翻然悔悟。

8 **埮** tán 粵taam4 談 同“罈”。多用於人名。

8 **埭** dài 粵doi6 代 土壩。多用於地名，如石埭（在安徽）。

8 **埽** sào 粵sou3 掃 ①用樹枝、秫稭包裹磚、石、土等捆紮成的圓柱形的物體，用於築堤和護堤◇埽材｜鑲埽｜束埽。②用許多埽築成的擋水建築物◇堤埽。

8 **堀** kū 粵fat1 忽 ①洞穴◇堀穴｜堀室。②打洞◇堀穴而居。

8 **埵** duō 粵zeoi3 最 地名用字。例如塘埵，在廣東。

8 **堊（垩）** è 粵ok3/ngok3 惡 ①白色的土。泛指可用來塗飾的土◇堊土｜白堊｜黃堊。②用白色的土粉刷。泛指塗飾◇土垣不堊。

8 **基** jī 粵gei1 機 ①建築物的根基◇地基｜奠基。②底下的◇基座。③起始的◇基點。④主要的；根本的◇基調｜基本。⑤依據；根據◇基於。

【基本】jīběn ① 根本；最重要的方面◇農業是國民經濟的基本。② 重要的；起決定作用的◇基本因素｜基本方法。③ 大致，大體上◇準備工作基本就緒。

【基石】jīshí 用作建築物基礎的石頭。比喻事物的根基或根本◇民主和法治是現代國家的基石。

【基地】jīdì ① 作為某種事業基礎的地區◇煤炭基地｜教育基地。② 開展某項作業的中心活動場所◇空軍基地｜培訓基地。

【基因】jīyīn 生物的遺傳因子，存在於細胞的染色體上。(英 gene)

【基色】jīsè 原色，本色。

【基金】jījīn ① 指預算派作特定用途的專項資金◇水利基金。② 機構、團體為興辦某種事業而籌集儲備的資金◇福利基金｜獎勵基金。③ 個人出資建立的用於文化、教育、社會福利等方面的儲備資金◇慈善基金。④ 集中分散的資金委託機構進行投資分紅的方式或組織◇投資基金。

【基於】jīyú 表示根據或前提◇基於上述情況，還是趕快行動為好。

【基幹】jīgàn 基礎；骨幹◇基幹隊伍。

【基督】jīdū 基督教徒稱"救世主"耶穌為基督。(希臘 Christos)

【基業】jīyè 作為根基的事業◇創立基業｜成就百年基業。

【基準】jīzhǔn 測量某事物的起算標準◇計量基準｜基準要定得適當。

【基數】jīshù ① 一、二、三…普通整數（與第一、第二、第三等序數相對）。② 作為計算起點或標準的數目。

【基層】jīcéng ① 建築物底層。② 各種組織機構中最低的一級◇基層員工｜基層工作。

【基礎】jīchǔ ① 建築物的根基，地基。② 事物發展的根本或起點◇基礎課｜基礎工業｜發展國家，教育是基礎。

【基本功】jīběngōng 從事某項工作所必需掌握的基礎知識和基本技能。

【基本法】jīběnfǎ 在一個國家或地區擁有最高法律效力的法律。特指中華人民共和國香港特別行政區基本法。香港基本法規定保持香港原有的資本制度和生活方式，五十年不變。

【基督教】jīdūjiào 世界上三大宗教之一。公元一世紀興起於亞洲的西部地區，相傳為耶穌創立。其教徒信仰上帝，奉耶穌為救世主，認為耶穌是上帝之子，降生人世，拯救世界。天主教、正教、新教為基督教的三大派別。

多樣表達：基督教

上帝 基督 耶穌 天主教 公教 羅馬公教 正教 東正教 新教 耶穌教 信義會 長老會 公會 浸禮會 浸信會 公理會 聖母 瑪利亞 教會 教廷 羅馬教廷 教皇 羅馬教皇 梵蒂岡 教區 牧師 神甫 主教 紅衣主教

【基因編輯】jīyīnbiānjí 基因工程技術，指人為地對生物體基因組進行插入、修改等。

【基因工程】jīyīngōngchéng 一種生物工程技術，為現代高科技之一。是提取不同物種細胞內的遺傳基因，按照特定的目的，加以剪接，改變染色體的原有性質，生成新的染色體，從而培育出新的生物品種或生物製品。

8 **堇** 〈一〉jǐn 粵gan^{2}緊 ①堇菜。②紫堇。草本植物，夏天開淡紅色花。全草味苦，可入藥。③一種野菜。也叫堇葵。嫩苗葉可食，味苦。〈二〉jìn 粵gan^{3}巾^3 即烏頭。一種有毒植物，可入藥。

【堇色】jǐnsè 淺紫色。

8 **堅(坚)** jiān 粵gin^{1}肩 ①堅硬；牢固◇堅不可摧。②堅固的工事、陣地◇攻堅戰。③泛指堅固的東西◇披堅執鋭。④堅定；不動搖◇堅守｜堅持不懈。

【堅決】jiānjué（態度、主張、行動等）確定不移，不猶豫◇説話的口氣很堅決。

【堅牢】jiānláo 結實牢固◇大都好物不堅牢，彩雲易散琉璃脆。

【堅忍】jiānrěn 堅持而不動搖◇堅忍不拔。

【堅固】jiāngù 結實牢固，不易毀壞◇堅固耐用｜堅固的堡壘。

【堅定】jiāndìng ①（立場、主張、意志等）堅強穩定，不動搖◇意志堅定。② 使堅定◇堅定信心，沉着應對。

【堅持】jiānchí ① 堅決保持下去，始終不改變◇堅持不懈｜成功在於堅持。② 堅決維護◇堅持真理，改正錯誤。

【堅苦】jiānkǔ 堅忍刻苦◇堅苦卓絕。

【堅貞】jiānzhēn 堅守氣節◇堅貞不屈｜天地

有正氣，危難見堅貞。

【堅信】jiānxìn 堅定地相信◇堅信不疑 | 堅信善有善報，惡有惡報。

【堅執】jiānzhí 堅持；執着◇堅執己見 | 堅執自己的理念。

【堅強】jiānqiáng ① 堅定頑強，不可動搖或摧毀◇意志堅強。② 增強，使堅強◇挫折反而更堅強了自己戰勝困難的信心。

【堅硬】jiānyìng 硬而堅固◇堅硬的巖石。

【堅韌】jiānrèn ① 結實而有韌性◇犀牛皮特別堅韌。② 堅強而有耐性◇堅韌的性格。

【堅實】jiānshí ① 堅固結實◇打下堅實的基礎。② 健壯；壯實◇身體堅實。

【堅毅】jiānyì 堅定而有毅力◇目光堅毅 | 堅毅果敢。

【堅壁清野】jiānbì qīngyě 堅壁，加固營壘；清野，將四野的財物、糧食收藏起來。加固防禦工事，轉移、收藏物資。是戰時對付優勢入侵者的一種策略。

8 **堂** táng 粵tong[4] 唐 ①古代建築，前稱堂，後稱室◇登堂入室。②房屋的正廳◇堂屋。③官府議事、審案的處所◇過堂|對簿公堂。④專作某種活動用的房屋◇佛堂|議事堂。⑤用作廳堂的名稱◇百忍堂|閱微草堂。⑥用作店鋪的牌號。一般用於中藥鋪◇同仁堂|胡慶餘堂。⑦用於尊稱母親◇令堂|高堂。⑧同祖父而非嫡親的親屬關係◇堂兄|堂叔。⑨量詞◇一堂課|一堂傢具。

【堂子】tángzi ① 方言。妓院◇幫她從堂子裏贖身。② 澡堂◇他住過澡堂子，睡過車站碼頭。

【堂房】tángfáng 同宗而非嫡親的（親屬）◇堂房兄弟。

【堂皇】tánghuáng 形容盛大，有氣派◇富麗堂皇 | 冠冕堂皇。

【堂客】tángkè ① 女賓◇寺院規矩不許堂客入內。② 方言。婦女◇那個堂客脾氣火辣，誰敢惹她？③ 方言。妻子◇娶堂客要娶貼心的。

【堂屋】tángwū 正屋。特指正屋居中的一間。

【堂倌】tángguān 茶樓、酒店、飯館裏招待客人的伙計。

【堂堂】tángtáng ① 形容強大或巨大◇堂堂國威。② 形容儀表端莊大方◇相貌堂堂 | 儀表堂堂。③ 形容威嚴而有志氣◇堂堂男子漢。

【堂奧】táng'ào ① 奧，房屋的西南角。房屋的深處。② 比喻深奧的道理或深遠的境界◇難窺堂奧 | 一窺堂奧。

【堂會】tánghuì 有錢有勢的人家在節日或遇喜慶之事時，請藝人在家裏進行的演唱活動◇唱堂會。

【堂而皇之】táng'érhuángzhī ① 堂，古代宮室的前廳；皇，古代沒有四壁的宮室；堂皇，官署的大堂。形容端正莊嚴或雄偉有氣派◇堂而皇之的三殿堂。② 形容公開、無顧忌◇找一個堂而皇之的藉口炒他魷魚。

【堂堂正正】tángtángzhèngzhèng 堂堂，盛大的樣子；正正，整齊。原指軍容盛大嚴整。《孫子・軍爭》："無邀（截擊）正正之旗，勿擊堂堂之陳（陣）。"後形容光明正大◇堂堂正正做人，兢兢業業做事。同 光明正大、光明磊落 反 偷偷摸摸、鬼鬼祟祟。

9 **堯（尧）** yáo 粵jiu[4] 搖 ①傳說中上古帝王名◇堯、舜、禹。②借指賢明的君主◇堯天舜日。

9 **堪** kān 粵ham[1] 含[1] ①忍耐；能承受◇難堪|痛苦不堪。②可以；能夠◇堪稱一絕|不堪設想。

9 **堞** dié 粵dip[6] 碟 城牆上凹凸持續相連的矮牆◇城堞|雉堞。

9 **堰** yàn 粵jin[2] 演 江河中較低的擋水建築物。用以提高上游水位，便利灌溉、發電或航運◇都江堰。

9 **堙〔陻〕** yīn 粵jan[1] 因 ①堵塞◇夷灶堙井。②泯滅；埋沒◇堙滅|堙沒。③人工堆起的土山◇土堙|乘堙而窺城。

9 **堶** tuó 粵to[4] 駝 磚。

9 **堤〔隄〕** dī 粵tai[4] 提 江河湖海邊用土、石等材料修築的擋水建築物◇海堤|千里之堤，潰於蟻穴。

【堤防】dīfáng 堤◇巡查堤防。

【堤岸】dī'àn 堤。

【堤壩】dībà 堤和壩的合稱。也泛指擋水的建築物◇水庫堤壩 | 濱海堤壩。

9 **場(场)〔塲〕**(一)chǎng 粵coeng⁴祥 ①眾人集聚的地方◇會場|廣場。②某種活動範圍◇官場|名利場。③事情發生的地點◇現場|當場。④舞台◇粉墨登場。⑤表演或比賽的全場◇開場|終場。⑥戲劇的一節◇第一幕第二場。⑦量詞。多用於文化體育活動◇一場球賽|玩一場遊戲。⑧物質存在的一種基本形式。包括能量、動量和質量，能傳遞物質間的相互作用，如電場、磁場、引力場。

(二)cháng 粵coeng⁴祥 ①平坦的空地◇場院|曬穀場。②集市◇趕場。③量詞。用於事情的過程◇一場風雪|一場災難。

【場合】chǎnghé 由一定的時間、地點、人員等構成的具體環境◇公開場合|說話要注意場合。

【場次】chǎngcì 電影、戲劇等演出的場數。

【場所】chǎngsuǒ 活動的處所；地方◇娛樂場所|堆放雜物的場所。

【場面】chǎngmiàn ①戲劇、影視、文學作品中，由人物在一定場合下的活動所構成的社會生活情景◇逼真地描繪了戰爭場面。②泛指一定場合下的情景◇演出場面非常熱烈。③表面的排場◇喜歡擺場面、擺闊氣。④指較上層的交際場合◇彼此都是場面上的人，何必搞得這麼僵呢？

【場景】chǎngjǐng ①戲劇、影視等文藝作品中的場面◇經典的對白場景。②情景◇萬人送行的熱烈場景讓人十分感動。

9 **堝(埚)** guō 粵gwo¹戈 見"坩堝"。

9 **塄** léng 粵ling⁴零 方言。田地邊上的坡。也叫地塄。

【塄坎】léngkǎn 方言。田地邊沿的斜坡或田埂◇田間塄坎。

9 **埵** duǒ 粵do²朵 堅硬的泥土◇埵泥。

9 **塅** duàn 粵dyun⁶段 ①方言。指平坦的地區◇在塅上種莊稼。②用於地名，如中塅(在福建)。

9 **堠** hòu 粵hau⁶后 ①古代記里程的土堆◇堠子|土堠。②古代瞭望敵方情況的土堡◇烽堠|堠堡。

9 **報(报)** bào 粵bou³布 ①告訴；傳達◇報平安。②特指向上級報告◇把情況報上來。③回答；答覆◇報以掌聲|報友人書。④酬謝◇投桃報李。⑤回擊他人◇報復。⑥報應◇善有善報，惡有惡報。⑦傳送消息或陳述意見的文字◇捷報|電報。⑧電報◇發報|收報。⑨報紙◇報端。⑩指某些刊物◇畫報|學報。

【報子】bàozi ①報告消息的人。多見於舊戲曲、小說。②舊時給得官、升官、考試得中的人家報喜、討賞錢的人。③報單◇填報子。④指海報或廣告◇演唱會的報子一貼，全城轟動。

【報仇】bàochóu 對仇敵採取報復行動◇報仇雪恨。

【報刊】bàokān 報紙和刊物的統稱◇報刊文萃。

【報名】bàomíng 把自己的名字報告給主管的人或機構，表示願意參加某一組織或某種活動◇報名參加學校的暑期英語班。

【報告】bàogào ①把事情或意見告訴上級或公眾◇及時報告給主管。②用書面或口頭形式向上級或羣眾所作的正式陳述◇在會上作報告|調查報告。

【報社】bàoshè 編輯、出版報紙的機構。

【報馬】bàomǎ 舊時官員出動時，有專人騎馬先行至前站報知，稱為報馬。後泛指騎馬報告消息的人。

【報恩】bào'ēn 報答別人曾給予的恩惠。

【報效】bàoxiào 為報恩而效力。

【報案】bào'àn 把違反法律、危害社會治安的事件報告給警察或治安部門。

【報紙】bàozhǐ ①以國內外社會、政治、經濟、文化等新聞為主要內容的散頁的定期出版物。②紙張的一種，用來印報或印刷一般書刊。

【報捷】bàojié 報告勝利或成功的消息。

【報國】bàoguó 為國家效力盡忠◇精忠報國|拳拳報國心。

【報章】bàozhāng 報紙的總稱◇報章雜誌|華文報章|英文報章。

【報喜】bàoxǐ 報告喜慶的消息。

【報答】bàodá 用行動來回報對方的恩惠◇父母的養育之恩難以報答。

【報復】bàofù 對批評過或損害過自己的人用惡意的言行去回擊◇伺機報復｜報復陷害罪。

【報酬】bàochou 通過為他人或他方工作，付出智力或體力代價而得到的金錢或實物◇支付報酬｜高額報酬。

【報道】bàodào ① 通過報紙、廣播、電視、網絡等把新聞告訴人們◇搶先報道了這條消息。② 用書面或廣播形式發表的新聞稿◇這篇報道獲得新聞獎。

【報幕】bàomù 節目演出之前向觀眾報告節目名稱、作者和演員姓名，有時也簡單地介紹節目內容。

【報銷】bàoxiāo ① 憑發票把開支款項報財務部門審核結清◇報銷差旅費。② 將用壞作廢的物件報主管部門審核銷賬。③ 消滅；除掉。含詼諧意◇一天的飯讓我一頓就報銷了。

【報廢】bàofèi 器物、設備等因質量不合格或因陳舊不能繼續使用而作廢。

【報曉】bàoxiǎo 用聲音使人知道天亮了◇雄雞報曉｜報曉的鐘聲。

【報導】bàodǎo 報道。

【報償】bàocháng 報答和補償◇父母養育子女是不求報償的。

【報應】bàoyìng 佛教指行善有善報，作惡有惡報。後多指惡有惡報◇因果報應｜遭報應。

【報警】bàojǐng 向警署、治安部門報告危急情況或向有關方面發出緊急信號◇及時報警。

9 **埂〔埂〕** gèng 粵gang² 梗 道路。

9 **堖** nǎo 粵nou⁵ 努 ①方言。小山丘◇山堖｜削堖填溝。②用於地名，如南堖(在山西)。

9 **堡** 〈一〉bǎo 粵bou² 保 ①堡壘◇碉堡｜橋頭堡。②堡壘式的建築羣或小城◇古堡｜城堡。

〈二〉bǔ 粵bou² 保 ①圍有土牆的村鎮◇堡子。②用於地名，如瓦窰堡(在陝西)。

〈三〉pù 粵pou³ 普³ 同"鋪"。用於地名◇十里堡｜馬家堡。

【堡壘】bǎolěi ① 軍事上用於防禦的堅固建築物◇軍事堡壘。② 比喻中堅力量或領導層◇各主管發揮了堅強保壘的作用。③ 比喻難於攻破的事物或思想◇封建堡壘。

9 **塈** jì 粵hei³ 氣 /gei³ 寄 ①用泥塗抹屋頂。②取。③休息。

10 **塔** 〈一〉tǎ 粵taap³ 塌 ①一種尖頂分層的佛教建築物，內供藏舍利、佛經、法器及佛家的其他寶物。俗稱寶塔。②像塔的建築物◇水塔｜燈塔。

〈二〉da 粵daap³ 答 見"圪塔"。

【塔吊】tǎdiào 塔式起重機。主要用於建築工程。

【塔台】tǎtái 機場內用於飛行監管控制的建築物，高聳似塔形，故稱。

【塔樓】tǎlóu ① 略呈塔形的高層樓房◇拔地而起的塔樓令人眼前一亮。② 建在建築物上面的呈塔形的小樓。

10 **塃** huāng 粵fong¹ 方 剛開採出來的礦石◇挖塃。

10 **塨** gōng 粵gung¹ 工 人名用字。清代有李塨。

10 **塥** gé 粵gaak³ 格 方言。沙地。多用於地名，如青草塥(在安徽)。

10 **填** tián 粵tin⁴ 田 ①把凹陷的地方墊平或塞滿◇移山填海。②添加；補充◇填補空白。③在表格或單據上按照要求書寫◇填表。

【填充】tiánchōng ① 填補空間◇填充物｜填充氣體。② 在試題空白處依照要求填寫◇填充題。

【填房】tiánfáng ① 女子嫁給死了妻子的人◇嫁給人填房。② 續娶的妻子◇做人家的填房。

【填空】tiánkòng ① 填補空缺的位置、職務等◇填空補缺。② 填充◇填空題。

【填海】tiánhǎi 把原有的海域、河岸等轉變為陸地，以增加平地的面積。

【填詞】tiáncí 按照詞的格律作詞。因為必須嚴格地按照詞牌要求選字用韻，故稱。

【填補】tiánbǔ 補足空缺或欠缺◇填補空缺｜填補空白。

【填寫】tiánxiě 在印好的表格、單據等空白處，按照格式寫上應寫的文字或數字◇填寫履歷表。

【填膺】tiányīng 充滿胸膛◇義憤填膺｜怒氣

填膺。

【填鴨式】tiányāshì 填鴨，把飼料從鴨子的嘴裏塞進去，使牠很快長肥。比喻生硬地灌輸知識的教學方法。

10 **塬** yuán 粵jyun4元 ①中國西北黃土高原地區的一種地貌。呈台狀，四周陡峭，頂上平坦◇塬地|面向深溝，背靠長塬。②用於地名，如孟塬(在陝西)。

10 **塒(埘)** shí 粵si4時 在牆壁上挖洞做成的雞窩，古稱塒◇雞棲於塒，日之夕矣。

10 **塌** tā 粵taap3塔 ①坍下來，倒下◇坍塌|天塌了有地接着。②下陷；凹陷◇眼窩塌下去了。③低平◇塌鼻梁。④安定；鎮定◇塌下心來。

【塌方】tāfāng 方，土石方。道路、堤壩等兩邊的陡坡或坑道、隧道的頂部突然塌落、山丘斜坡的土石向下滑落◇礦井塌方|山體塌方。

【塌台】tātái 瓦解、垮台◇這樣鬧下去，遲早得塌台。

【塌陷】tāxiàn 下陷；沉陷◇道路塌陷。

【塌實】tāshi 同"踏實"。①放心，心情穩定◇聽完大哥一席話，心裏這才塌實下來。②實實在在，不虛不浮◇工作一向塌實認真。

10 **塤(埙)〔壎〕** xūn 粵hyun1圈 古代的一種土製樂器。形狀像雞蛋，有六孔◇塤樂低沉悠遠。

10 **塏(垲)** kǎi 粵hoi2海 地勢高而土質乾燥◇房屋爽塏。

10 **堽** gāng 粵gong1江 ①同"岡"。山脊。②用於地名，如堽城屯(在山東)。

10 **塮** xiè 粵ze6謝 方言。豬羊等家畜圈裏積的糞便◇豬塮|羊塮。

10 **塢(坞)〔隖〕** (一)wù 粵wu2滸 ①古代在村莊周圍建築的、用作防禦的土牆土堡◇結塢自守。②四周高、中間低的山谷或凹地◇山塢|梅花塢。

(二)wù 粵ou3澳 停泊、修理或製造船隻的地方◇船塢。

10 **塊(块)** kuài 粵faai3快 ①土疙瘩◇土塊。②形似塊狀的東西◇石塊|冰塊。③量詞。(1)用於塊狀或某些片狀的東西◇一塊磚頭|兩塊布料。(2)用於貨幣，相當於"圓"◇五塊港幣。

【塊頭】kuàitóu 方言。指人身體的胖瘦◇大塊頭|高挑挑的個子，塊頭不大。

【塊壘】kuàilěi 累積成塊的東西。比喻鬱積在心中的怨憤和愁苦◇借他人的酒杯，澆自己的塊壘。

10 **塕** wěng 粵jung2擁 ①塵土◇埃塕|風起塕飛。②形容塵土飛揚◇風吹塵塕。

10 **塘** táng 粵tong4堂 ①堤岸◇河塘|海塘。②水池◇池塘|荷花塘。③浴池◇澡塘。④室內生火取暖的坑◇火塘。

【塘坳】táng'ào 低窪積水的地方◇高者掛罥(纏繞)長林梢，下者飄轉沉塘坳。

10 **塝** bàng 粵bong6傍 ①田邊土坡；溝渠或土埂的邊◇田塝。②用於地名，如張家塝(在湖北)。

10 **塍〔塖〕** chéng 粵sing4乘 方言。田埂◇田塍。

10 **塑** sù 粵sou3掃 ①用泥土、石膏等製成人或物的形象◇木雕泥塑。②塑料◇全塑傢俬。

【塑料】sùliào 用樹脂等高分子化合物與配料混合，再經加熱加壓而形成的具有一定形狀的材料。

【塑身】sùshēn 塑造形體◇她去進行塑身美容了。

【塑造】sùzào ①用泥土、石膏等可塑材料塑成人、物的形象◇泥人張塑造的泥人栩栩如生。②用語言文字或其他藝術手段表現人物形象◇劇本塑造了市井生活的眾生相。

【塑像】sùxiàng 用石膏、泥土等塑成的人像◇一尊塑像矗立在花畦之中。

【塑膠】sùjiāo 膠型塑料◇田徑場上新鋪了塑膠跑道|每年有逾萬噸塑膠流入海洋，造成污染。

【塑鋼】sùgāng 一種耐磨擦、耐腐蝕的新型建築材料◇塑鋼門窗。

10 **塋(茔)** yíng 粵jing4形 墳地；墳墓◇祖塋|家族塋地。

10 **塗(涂)** tú 粵tou4 途 ①在物體上塗顏色、油漆、脂粉等◇塗上一層漆｜塗脂抹粉。②抹去(文字)◇塗去。③隨意寫、畫◇東塗西抹。④爛泥◇塗炭。⑤淺海灘◇圍塗墾田。

【塗改】túgǎi 抹去原來的字或畫，重新寫或畫◇卷面整潔，幾乎沒有塗改。

【塗抹】túmǒ ①使油漆、顏料、脂粉、藥膏等附着在表層或表皮◇牆上剛塗抹了油漆。②隨便寫或畫◇歷史不能任人隨意塗抹｜不要隨便塗抹書本。③塗改◇手稿塗抹之處甚多。

【塗炭】tútàn ①泥沼和炭火。比喻極端困苦的境地◇生靈塗炭。②使處於極困苦的境遇；蹂躪◇塗炭百姓。

【塗料】túliào 為防止侵蝕、增加美觀而塗在物體表面的材料，如油漆、乾性油、合成樹脂等◇油漆塗料｜建築塗料。

【塗飾】túshì 塗上顏料、油漆等加以裝飾◇車子用油漆塗飾一新。

【塗鴉】túyā ①唐代盧仝《示添丁》詩："忽來案上翻墨汁，塗抹詩書如老鴉。"後用"塗鴉"形容字寫得很差、胡亂寫作(多用作謙辭)或亂塗亂畫◇信筆塗鴉。②利用噴槍等工具，在公有、私有設施或牆上有意地畫出圖案或文字。

【塗脂抹粉】túzhī mǒfěn 往臉上塗胭脂、抹香粉。指婦女面部化妝。也比喻美化掩飾醜惡的事物◇為自己的醜行塗脂抹粉。

10 **塞** (一)sāi 粵sak1 ①堵住；填入◇塞洞｜塞滿。②塞子，堵住容器口的東西◇木塞｜瓶塞。

(二)sài 粵coi3 菜 邊界上的險要地方◇邊塞｜塞北江南。

(三)sè 粵sak1 ①堵住。多用於書面語◇閉塞｜閉目塞聽。②應付◇塞責。

【塞外】sàiwài 古代指長城以北的地區◇塞外的秋天不同於江南的秋天。

【塞車】sāichē 堵車◇公路嚴重塞車，車龍綿延十數公里。

【塞責】sèzé 對工作敷衍了事◇敷衍塞責｜推諉塞責。

【塞翁失馬】sàiwēngshīmǎ《淮南子·人間訓》：古代邊塞上一個老翁丟了一匹馬，別人來安慰他，他卻說："怎麼知道這不是福呢？"後來這匹馬居然帶回來一匹駿馬。後用"塞翁失馬"或"塞翁失馬，安知非福"比喻一時的損失卻可能帶來意外的好處。

10 **塱〔㙟〕** lǎng 粵long5 朗 地名用字。例如元塱(在香港)。今作元朗。

11 **墕** yàn 粵jin2 演 ①同"堰"。②山之間的山地。

11 **墈** kàn 粵ham3 瞰 ①高地堤岸◇壘石砌墈修渠道。②用於地名，如墈上(在江西)。

11 **墐** (一)jìn 粵gan6 近 ①用泥塗塞◇墐戶避風。②同"殣"。掩埋◇行(道路)有死人，尚或(有人)墐之。

(二)qín 粵gan6 近【墐泥】qínní 用黏土和的泥。

11 **墘** qián 粵kin4 虔 ①方言。旁邊；附近◇田墘｜海墘。②用於地名，如車路墘(在台灣)。

11 **塽** shuǎng 粵song2 爽 地勢高而向陽的地方◇塽塏。

11 **墓** mù 粵mou6 冒 墳墓。

【墓穴】mùxué 埋棺材或骨灰的坑穴。

【墓地】mùdì 墳地，埋葬死人的地方。

【墓碑】mùbēi 豎立在墳墓前面或後面的石碑。上面刻有死者的姓名、生卒年月、生平事跡等。

【墓誌】mùzhì 放在墓中刻有死者姓名、籍貫和生平事跡的刻石。也指墓誌上的文字◇自撰墓誌，語甚詼諧。同 墓誌銘。

11 **墁** màn 粵maan6 慢 ①塗牆的工具◇泥墁子。②塗抹粉刷◇墁牆。③用磚、石等鋪地面◇用大理石墁地。

11 **墉** yōng 粵jung4 容 ①城牆◇年年青草沒城墉。②泛指高牆◇蛇鼠穿牆墉。

11 **境** jìng 粵ging2 竟 ①疆界；邊界◇邊境｜入境問俗。②地方；地區◇身臨其境。③狀況；境況◇逆境｜漸入佳境。

【境地】jìngdì ①處境；遇到的情況◇陷入兩難境地。②境界◇功夫到了巔峯境地。

【境況】jìngkuàng 情況；狀況。多指經濟方面◇境況不佳｜勞苦大眾的悲慘境況。

【境界】jìngjiè ① 土地的界限◇測量土地境界。② 事物所達到的程度或表現出來的情況◇理想境界｜自由的境界。

【境遇】jìngyù 境況和遭遇◇境遇不佳。

11 **墒** shāng 粵soeng1 商 土壤適合農作物生長的濕度◇墒情｜保墒。

11 **墊(垫)**〈一〉diàn 粵din3 電3 ①用東西支、鋪或襯◇墊平｜把牀墊高。②填補空缺◇吃兩塊餅乾先墊墊飢。

〈二〉diàn 粵din2 典 墊子，襯墊用的東西◇牀墊｜鞋墊。

〈三〉diàn 粵din6 電 替人暫時付款◇墊支｜錢我先墊上。

【墊付】diànfù 暫時替人付錢◇墊付醫藥費。同 墊支。

【墊肩】diànjiān ① 挑或扛東西的時候放在肩膀上的小塊軟墊，用以減輕摩擦，保護衣服和皮膚◇掀開墊肩，揉揉肩膀。② 在上衣肩部的三角形襯物，使衣服穿起來服帖美觀◇西服墊肩。

【墊底】diàndǐ ① 在底部放上別的東西◇用青菜墊底。② 先少吃點東西充飢◇先吃點點心墊底。③ 比喻打基礎◇多讀些墊底的書，對將來有益。④ 比喻排名最後◇在聯賽中墊底。

【墊腳石】diànjiǎoshí 比喻藉以向上爬的人或事物◇把挫折當成邁向成功的墊腳石。

11 **墚** liáng 粵loeng4 良 中國西北地區稱條狀的黃土山崗◇一道南北向的土墚。

11 **塹(堑)** qiàn 粵cim3 僭 ①隔斷交通的壕溝◇長江天塹。②比喻挫折◇吃一塹，長一智。

【塹壕】qiànháo 位於陣地前沿，修有射擊掩體的壕溝。

11 **墅** shù 粵seoi5 緒 /seoi6 睡 別墅。

11 **塾** shú 粵suk6 淑 舊時民間設立的教學處所◇塾師｜私塾。

11 **塵(尘)** chén 粵can4 陳 ①極細的灰粒和土粒◇煙塵｜洗塵。②人間；俗世◇紅塵｜塵緣。③蹤跡；行蹤◇步人後塵。

【塵凡】chénfán 人間；俗世◇塵凡俗骨｜超脫塵凡。

【塵世】chénshì 佛家或道家稱人世間◇塵世難逢開口笑，菊花須插滿頭歸。

【塵外】chénwài 世俗社會之外◇書法清雅俊逸，飄然有塵外之意。

【塵芥】chénjiè 塵土和小草。比喻微不足道的東西◇視功名如塵芥。同 草芥。

【塵事】chénshì 世俗社會的事物◇塵事纏繞｜塵事如煙。

【塵封】chénfēng 被塵土蓋滿，形容擱置已久◇清理塵封多年的檔案。

【塵埃】chén'āi 塵土◇時時勤拂拭，勿使惹塵埃。

【塵海】chénhǎi 比喻繁雜的世俗社會◇塵海浮游，萍蹤無定。

【塵間】chénjiān 人間◇月涼如水的夜晚，繁華的塵間歸於靜寂。

【塵滓】chénzǐ 比喻污穢或污穢的事物◇讀書養性，盡除內心塵滓。

【塵網】chénwǎng 塵世的羅網。多比喻官場◇塵網舊事｜誤落塵網中，一去三十年。

【塵寰】chénhuán 人世間◇呱呱墜地，降生塵寰。

【塵囂】chénxiāo 世間的紛擾、喧囂◇遠離塵囂，回歸自然。

【塵埃落定】chén'āiluòdìng 比喻事情有了確定的結局或結果。

12 **墳(坟)**〈一〉fén 粵fan4 焚 墓穴上的土堆；墳墓。

〈二〉fèn 粵fan4 焚 高起◇墳起。

【墳地】féndì 埋葬死人的地方。也指某座墳墓的所在地◇蓋房子、選墳地是鄉下人的大事。

【墳起】fènqǐ 凸起；高出◇亂石墳起｜雙臂肌肉墳起，顯出驚人的力量。

【墳墓】fénmù 埋葬死人的地方。墓上的土堆稱墳，地穴稱墓，統稱墳墓。

【墳塋】fényíng 墳墓。

12 **墟〔墟〕** xū 粵heoi1 虛 ①荒廢的遺址◇廢墟。②村莊。③南方地區稱集市◇墟市｜趕墟。

【墟里】xūlǐ 村莊；村落◇墟里人家｜曖曖遠人村，依依墟里煙。

【墟落】 xūluò 村莊◇斜光照墟落｜高原溝壑藏墟落。

12 **播** fán 粵faan4 凡 墳墓◇播祭。

12 **墩〔墪〕** dūn (1)粵deon1 敦 土堆◇土墩｜沙墩。(2)粵dan2 躉 ①某些物體的根基或底座◇樹墩｜橋墩。②厚而粗壯的整塊物體◇木墩｜石墩。③量詞。用於叢生的植物◇一墩墩稻秧。

12 **墡** shàn 粵sin6 善 白堊，白色黏土。

12 **增** zēng 粵zang1 憎 添；加多◇與日俱增｜天增歲月人增壽。

【增廣】 zēngguǎng 增加，擴大◇增廣視野｜增廣知識見聞。

【增刊】 zēngkān 逢紀念日或有某種需要時，報刊增加的版面或另出的冊子。

【增生】 zēngshēng 生物體某一組織的細胞數目增加，體積擴大◇骨質增生｜軟組織增生。

【增加】 zēngjiā 在原有的基礎上加多◇增加品種｜增加員工。

【增色】 zēngsè 增添光彩、情趣等◇玲瓏的假山為公園增色不少。

【增長】 zēngzhǎng 增加或提高◇增長才幹｜收入逐年增長。

【增值】 zēngzhí 在原有基礎上增加的產值或價值◇自我增值。

【增益】 zēngyì 增加；增添◇年來的收入穩定增益。

【增設】 zēngshè 在原有的以外再設置◇增設分公司｜增設商業網點。

【增產】 zēngchǎn 增加產量◇增產原油。

【增添】 zēngtiān 增加，添加◇增添花色品種｜街市燈綵增添了節日氣氛。

【增強】 zēngqiáng 增進，使加強◇增強信心｜增強上進心。

【增援】 zēngyuán 增加人力、物力，給予支援◇增援部隊。

【增殖】 zēngzhí ①因繁殖而增加；繁殖增加◇人口增殖｜增殖小麥良種。②增生◇細胞增殖。

【增幅】 zēngfú 在原有基礎上增加或提升的幅度。反 降幅。

【增進】 zēngjìn 增加並促進◇增進友誼｜增進了解。

【增強現實】 zēngqiángxiànshí 將虛擬資訊與真實世界巧妙融合的技術。運用多種技術手段，將電腦生成的虛擬資訊進行類比模擬後，應用到真實世界中。(英 augmented reality)

12 **墀** chí 粵ci4 詞 台階上面的空地；台階◇丹墀｜青苔生玉墀。

12 **墮（堕）** duò 粵do6 惰 落下；掉下◇墮地｜墮胎｜如墮煙海。

【墮落】 duòluò（思想、行為）變壞◇腐化墮落。

12 **墜（坠）** zhuì 粵zeoi6 序 ①落下；掉下◇天花亂墜｜搖搖欲墜。②(重東西)向下垂◇石榴把樹枝墜彎了。③供垂掛的裝飾品◇耳墜｜胸墜｜扇墜。

【墜地】 zhuìdì ①落地◇隕石墜地。②指嬰兒出生◇呱呱墜地。

【墜落】 zhuìluò 落下；掉下◇墜落到山谷裏。

【墜毀】 zhuìhuǐ 從空中墜地毀壞◇飛機撞山墜毀。

12 **墬** dì 粵dei6 地 同"地"。

13 **墶（垯）** da 粵daat3 笪 見"圪墶"。

13 **壋（垱）** dàng 粵dong3 檔 橫築在河中或低窪田地中用以擋水的小土堤◇壋堤｜築壋挖塘。

13 **壇（坛）** tán 粵taan4 檀 ①古代舉行祭祀、誓師等典禮的高台，多用土石等築成◇天壇｜祭壇。②指文藝界、體育界或輿論場所◇影壇｜文壇｜論壇。③用土堆成的平台◇花壇。④某些會道門設立的拜神集會的場所或組織◇乩壇｜濟公壇。

13 **壈** lǎn 粵lam5 凜 見"坎壈"。

13 **墼** jī 粵gik1 激 ①未燒的磚坯；土坯◇土墼。②用炭末製成的塊狀物◇炭墼。

13 **墾(垦)** kěn 粵han2 很 ①翻地◇墾田|墾地。②開闢荒地◇墾荒|開墾。

【墾殖】kěnzhí 開墾荒地，進行生產◇這裏經過多年墾殖，已是一片沃土。

【墾種】kěnzhòng 開墾種植◇八年墾種，荒山披上了綠裝。

13 **壅** yōng (1)粵jung2 擁 堵塞◇道路無壅。(2)粵ung1 甕1/ngung1 ①堆積◇壅積|爛泥壅在路旁。②把土或肥料培在植物根部◇壅土|壅肥。

【壅土】yōngtǔ ① 堆積的泥土◇決去壅土，疏導江水。② 在植物根部培土。

【壅閉】yōngbì 堵塞；阻隔◇經絡壅閉。

【壅塞】yōngsè 堵塞不通◇泥沙壅塞 | 痰氣壅塞，四肢僵冷。

【壅蔽】yōngbì ① 阻塞◇言路壅蔽。② 遮蔽不明◇不知下情，耳目壅蔽。

13 **壁** bì 粵bik1 碧 ①牆◇家徒四壁|牆有縫，壁有耳。②某些物體的作用像牆的部分◇胃壁|爐壁。③陡峭的山崖◇懸崖峭壁。④古代軍營的圍牆或防禦工事◇堅壁清野。⑤像牆壁一樣挺直◇壁立。⑥邊，面◇一壁說，一壁坐下來。⑦星宿名。二十八宿之一。

【壁立】bìlì 像牆壁一樣直立，形容高聳陡峭◇壁立千仞 | 潮頭壁立，波濤洶湧。

【壁廂】bìxiāng 邊；旁邊◇山谷兩壁廂皆是光石，並無樹木。

【壁畫】bìhuà 繪在牆壁上或天花板上的圖畫◇宮廷壁畫 | 寺廟壁畫。

【壁壘】bìlěi ① 古代軍營的圍牆，泛指防禦工事◇壁壘森嚴。② 比喻對立的事物及其界限◇歷史與小說屬於壁壘分明的兩個領域 | 敵我兩方，壁壘分明。

【壁上觀】bìshàngguān 壁，營壘。《史記·項羽本紀》："及楚擊秦，諸將皆從壁上觀。"後用"壁上觀"比喻置身事外，坐觀成敗。

【壁壘森嚴】bìlěisēnyán ① 壁壘，古代軍營的防禦工事；森嚴，嚴整。形容防守嚴密。② 比喻界限分明。

14 **壖〔堧〕** ruán 粵jyun4 元 ①河邊的空地。②城郭旁邊或宮殿、廟宇外的空地。

14 **壕** háo 粵hou4 毫 ①護城河◇城壕。②溝◇戰壕|防空壕。

【壕溝】háogōu ① 作戰時為掩護身體而挖掘的溝。② 水溝；溝渠。

14 **壓(压)** 〈一〉yā 粵aat3/ngaat3 押 ①從上往下施加重力◇纍纍果實壓彎了枝頭。②用強力制服；用威勢鎮住◇鎮壓|強龍不壓地頭蛇。③抑制；使平靜◇壓驚|壓住火氣。④勝過；超過◇技壓羣芳。⑤擱置；積壓◇資金積壓|把公文壓了很多天。⑥同"押"。賭博時在某一門上下注◇壓寶。⑦迫近◇大兵壓境。⑧壓力◇加壓|減壓。⑨指電壓、氣壓、血壓◇變壓器|高壓氧艙。

〈二〉yà 粵aat3/ngaat3 押 見"壓根兒"。

【壓力】yālì ① 垂直作用在物體表面的力。② 威逼或制伏人的力量◇進一步施加壓力。③ 承受的負擔◇人無壓力不上進。

【壓抑】yāyì ① 對感情、情緒加以抑制◇怒火再也壓抑不住。② 不舒暢；不活躍◇會場氣氛十分壓抑。

【壓制】yāzhì ① 壓迫◇靠權勢壓制人。② 竭力抑制或制止◇壓制民主 | 壓制批評。

【壓服】yāfú 強制別人服從◇教育學生要說服，不能壓服。

【壓卷】yājuàn 詩文或書畫中列為第一、壓倒其餘的作品◇壓卷絕唱 | 壓卷之作。

【壓迫】yāpò ① 以權力或勢力強制別人服從。② 對某一部位施加壓力◇腫瘤壓迫神經。

【壓境】yājìng 軍隊逼近邊境◇大軍壓境。

【壓榨】yāzhà ① 通過加壓使物體流出液汁◇壓榨芝麻油。② 比喻剝削或搜刮◇壓榨民脂民膏 | 壓榨平民。

【壓縮】yāsuō ① 通過加壓使體積變小◇壓縮空氣 | 壓縮餅乾。② 減少◇壓縮經費。

【壓寶】yābǎo 押寶。

【壓驚】yājīng 用酒食等安慰受驚的人◇擺了桌酒席，為你壓驚。

【壓根兒】yàgēnr 根本；從來。多用於否定句◇昨晚壓根兒沒睡過。

【壓軸戲】yāzhóuxì ① 壓，迫近；軸，大軸，最後一齣戲。原指戲曲演出中排在倒數第二的一齣戲。現指一場演出中排在後面最精彩的節目。②比喻精彩的或引人注目的收場、結局◇《紅樓夢》的壓軸戲是寶玉出家。

【壓歲錢】yāsuìqián 民間習俗，過農曆年時，長輩要給小孩子表示賀歲的錢。

14 **壑** hè 粵kok^{3} 確 ①山谷◇千山萬壑。②水溝或土坑◇溝壑|以鄰為壑。

15 **壙（圹）** kuàng 粵kwong^{3} 曠 ①墓穴◇壙穴。②原野◇壙野。

【壙埌】kuànglàng（原野）空曠遼闊，一望無際◇壙埌的荒野。

15 **壘（垒）** lěi 粵leoi^{5} 呂 ①軍營中作防守用的牆壁或工事◇故壘西邊，人道是、三國周郎赤壁。②用磚、石等砌築◇錦江春色來天地，玉壘浮雲變古今。③棒球、壘球運動的守方據點◇跑壘。

16 **壢（坜）** lì 粵lik^{6} 力 ①坑。②用於地名，如中壢(在台灣)。

16 **壚（垆）** lú 粵lou^{4} 勞 ①黑色堅硬的土。②舊時賣酒的店裏安放酒甕的土台子。借指酒家◇當壚賣酒。

16 **壞（坏）** huài 粵waai^{6} 懷^{6} ①不好的；令人不滿意的◇壞脾氣|天氣太壞。②表示後果不好◇把孩子慣壞了。③使破損；使敗壞◇打壞瓶子|敗壞聲譽。④腐敗變質◇肉都壞了。⑤壞主意◇使壞。⑥表示程度深◇樂壞|忙壞了。

【壞水】huàishuǐ 比喻狡詐的心計◇那傢伙一肚子壞水。

【壞處】huàichu 不好的後果；有害的後果◇吸煙的壞處。

【壞蛋】huàidàn 壞人，壞東西。一般用作罵人的話。

【壞賬】huàizhàng 無法收回、確定要損失的貸款、債款等賬目上本應收回的款項◇今年為壞賬撥備 25 億港幣。

16 **壟（垄）** lǒng 粵lung^{5} 隴 ①高丘，高地◇登壟巨商。②用作田界的田埂；田間小路◇縱橫交錯的壟陌。③在田地中壅土培成行的土埂，上面種植農作物◇麥壟|寬壟密植。④壟狀的東西◇瓦壟。

【壟坎】lǒngkǎn 田埂◇坐在壟坎上歇一歇。

【壟畝】lǒngmǔ 田地◇壟畝相接|躬耕壟畝，自食其力。

【壟斷】lǒngduàn 壟，高丘；斷，獨立的。出自《孟子・公孫丑下》："必求龍(壟)斷而登之，以左右望而罔市利。"意思是站在獨立的高地上操縱集市貿易。後泛指把持和獨佔◇壟斷市場|反壟斷法。

17 **壤** rǎng 粵joeng^{6} 讓 ①泥土◇沃壤|土壤。②地，大地◇天壤之別。③疆域；地區◇接壤|窮鄉僻壤。

【壤土】rǎngtǔ ①田地◇使沙漠化為壤土。②國土。③土質比較疏鬆，能保水、保肥、適合種植各種植物的土壤◇沙質壤土|肥沃的壤土。

21 **壩（坝）** bà 粵baa^{3} 霸 ①攔截水流的建築物◇三峽大壩。②為保護堤岸而構建的壩形構築物◇丁壩|防浪大壩。③平地。多用於地名，如沙坪壩(在重慶)。

22 **壪（塆）** wān 粵waan^{1} 彎 ①山溝裏的小塊平地；山村◇我們住在同一個壪。②用於地名，如殷家壪(村鎮名)。

士部

0 **士** shì 粵si^{6} 示 ①古代男子的通稱。特指未婚男子◇有女懷春，吉士誘之。②古代介於大夫和老百姓之間的階層◇士庶。③古代指讀書人◇寒士|士可殺而不可辱。④軍人◇身先士卒。⑤現代軍銜的一級，在尉之下◇上士|中士|下士。⑥對具某種品格的人的敬稱◇紳士|烈士。⑦具備某些技術專長的人員◇醫士|技士。

【士人】shìrén 封建時代稱讀書人◇唐時士人多能寫詩。

【士民】shìmín ①士大夫和庶民的合稱。②泛指百姓◇沃野千里，士民殷富。

【士林】shìlín 指文人士大夫階層；知識界◇交結士林|不齒於士林。

【士卒】shìzú 古代指甲士和步卒。後泛指士兵◇身先士卒。

【士官】shìguān 實行志願兵役制的軍隊授予志願兵的一種軍階。一般分四級或六級，大都包括上士、中士、下士這三級。

【士氣】 shìqì ① 軍隊的戰鬥意志◇士氣低落。② 泛指奮鬥向上的意志◇登山隊員們看到主峯後士氣大振。

【士紳】 shìshēn 紳士◇開明士紳。

【士大夫】 shìdàfū 封建時代泛指官僚階層，也包括某些有聲望而沒有做官的讀書人。

1 **壬** rén 粵jam^{4}吟 ①天干的第九位。②奸詐諂媚◇壬人。

【壬人】 rénrén 巧言諂媚、心術不正的人。

4 **壯（壮）** zhuàng 粵zong^{3}葬 ①強健；結實有力◇年輕力壯。②年輕◇少壯不努力，老大徒傷悲。③雄偉；豪壯◇烈士暮年，壯心不已。④增加勇氣或力量◇壯膽。⑤肥；肥壯◇人怕出名豬怕壯。⑥量詞。中醫稱艾灸爔灼一次為一壯。⑦壯族。中國少數民族之一，分佈在廣西、廣東、雲南等地。

【壯士】 zhuàngshì 豪邁勇敢的人◇風蕭蕭兮易水寒，壯士一去兮不復還。

【壯大】 zhuàngdà ① 強壯粗大；粗壯闊大◇身材結實壯大｜手腳壯大。② 變得強大◇發展壯大。③ 使強大◇發展經濟，壯大國力。

【壯年】 zhuàngnián 指三四十歲的年紀。

多樣表達：壯年

中年 盛年 茂年 茂齒 壯歲 壯齒

【壯志】 zhuàngzhì 宏大的志向◇壯志未酬｜凌雲壯志。

【壯美】 zhuàngměi 雄偉美麗◇山河壯美。

【壯烈】 zhuàngliè 豪壯剛烈◇壯烈殉國。

【壯健】 zhuàngjiàn 強壯健康◇壯健粗獷的山民。

【壯碩】 zhuàngshuò 健壯碩大；肥大◇身軀壯碩｜果實壯碩。

【壯實】 zhuàngshi 健壯結實◇活潑壯實的小伙子。

【壯舉】 zhuàngjǔ 豪邁的舉動；偉大的行為◇英雄壯舉｜偉大壯舉。

【壯闊】 zhuàngkuò 雄偉開闊◇波瀾壯闊｜黃土高原別有一番蒼涼壯闊之美。

【壯麗】 zhuànglì 雄壯美麗；雄健瑰麗◇巍峨壯麗｜壯麗的山河。

【壯懷】 zhuànghuái 豪壯的胸懷◇抬望眼，仰天長嘯，壯懷激烈。

【壯觀】 zhuàngguān ① 雄偉的景象◇登泰山一覽日出的壯觀。② 場面壯闊，景象雄偉◇奧運會的開幕式非常壯觀。

9 **壹** yī 粵jat^{1}一 "一"的大寫。

9 **壺（壶）** hú 粵wu^{4}湖 ①用陶瓷或金屬等製成的有口有把兒的盛器◇茶壺｜酒壺。②量詞◇一壺茶。

【壺漿】 hújiāng 裝在壺中的茶、酒等飲料◇簞食壺漿。

10 **壼（壸）** kǔn 粵kwan^{2}菌 皇宮裏的路。

11 **壽（寿）** shòu 粵sau^{6}受 ①年歲；生命◇福如東海，壽比南山。②壽辰，生日◇祝壽。③活得歲數大◇人壽年豐。④婉辭。生前為死後喪葬準備的（東西）◇壽材｜壽衣。⑤姓。

【壽民】 shòumín 長壽的人。特指男性長壽者。

【壽辰】 shòuchén 生日（用於老年人）◇再過幾天，就是老人的壽辰。

多樣表達：壽辰

生日 生辰 誕辰 壽誕 大慶（用於老人） 初度 壽星 壽禮 壽桃 壽麪 祝壽 拜壽 暖壽（生日頭天，家人與親友拜壽）

【壽命】 shòumìng ① 生存的年限◇蜜蜂的壽命只有幾個月。② 比喻使用的期限或存在的期限◇勤於保養，車的壽命就長。

【壽星】 shòuxing ① 象徵長壽的老人星。② 敬稱長壽的老人。

【壽誕】 shòudàn 壽辰。

【壽數】 shòushu 命中注定的歲數◇壽數天定，不可強求。

【壽終正寢】 shòuzhōngzhèngqǐn ① 正寢，舊式住宅的正屋。年老時在家自然死亡。② 比喻事物消亡◇落後於時代太遠，百年老店壽終正寢。

夊部

7 **夏** xià 粵haa⁶下 ①一年四季的第二季，農曆的四月至六月◇夏天|初夏。②朝代名，即夏朝。中國歷史上第一個朝代。相傳為大禹（一説大禹之子啟）所建。

【夏至】xiàzhì 二十四節氣之一。在公曆六月二十一或二十二日。這一天北半球白天最長，黑夜最短。這一天中午太陽位置最高，日影最短，古人又稱長日至或日北至。

多樣表達：夏至
初夏 炎夏 炎暑 伏暑 大暑 盛暑 酷暑 隆暑 三伏 夏末 殘夏 殘暑 孟夏 仲夏 季夏

【夏季】xiàjì 一年四季的第二季。中國習慣上指立夏到立秋的三個月期間。也指農曆四、五、六月◇夏季作物。

【夏娃】xiàwá《聖經》故事中人類始祖亞當之妻。（希伯來 hawwah）

【夏曆】xiàlì 中國古代曆法之一，相傳創立於夏代，因而得名。又稱陰曆、農曆、舊曆。是一種陰陽合曆。

11 **夐** xiòng 粵hing³慶 遼闊；久遠◇夐古。

16 **夒** náo 粵naau⁴撓 一種猴。

18 **夔** kuí 粵kwai⁴葵 ①中國古代傳説中的一種怪獸。②夔州，古地名，在今重慶市奉節一帶。

【夔門】kuímén 長江三峽瞿塘峽的西口，在重慶市奉節白帝城附近的長江上。江流至此進入瞿塘峽，兩岸峭壁陡直而上，形勢險要，有如江水東去的門戶。

夕部

0 **夕** xī 粵zik⁶直 ①傍晚，太陽落山的時候◇朝夕相處|雞棲於塒，日之夕矣。②夜晚，晚上◇除夕|危在旦夕。

【夕煙】xīyān ①黃昏時的煙氣、煙霧。②黃昏時的炊煙◇疏枝橫夕煙。

【夕陽】xīyáng ①傍晚的太陽◇夕陽無限好，只是近黃昏。②比喻晚年◇朝露貪名利，夕陽憂子孫。

多樣表達：夕陽
落日 落照 殘陽 殘照 夕照 斜陽 斜暉 餘暉 黃昏 傍晚 日暮 薄暮 垂暮 晚霞 落霞 明霞 紅霞 殘霞 餘霞 飛霞 霞光

【夕照】xīzhào 傍晚的陽光◇雷峯夕照。

【夕陽工業】xīyánggōngyè 趨向衰落、沒有發展前途的工業部門的總稱◇紡織業在美國已是夕陽工業。

2 **外** wài 粵ngoi⁶礙 ①一定的範圍之外◇屋外|課外。②外國◇外語|對外貿易。③表面，表層◇外套|外寬內忌。④本姓之外的親戚◇外孫|外祖父。⑤另外◇號外|飲料費外加。⑥非正式的；非正規的◇外快|外號|外編。

【外人】wàirén ①沒有親戚關係或朋友關係的人◇肥水不流外人田。②某個組織或範圍以外的人◇本室圖書，外人不得借閱。③指外國人◇有許多外人來華經商。

【外子】wàizǐ 妻子對人稱自己的丈夫。

【外公】wàigōng 外祖父。母親的父親。

【外文】wàiwén 外國的語言或文字◇外文翻譯。

【外史】wàishǐ 正史以外的野史、雜史之類◇《儒林外史》。

【外用】wàiyòng 藥物用於塗在表皮患處◇注意：外用藥，不得內服。

【外在】wàizài ①事物本身以外的◇外在條件|外在因素。②顯露在外面◇他向來就是一個很外在的人。

【外因】wàiyīn 事物發展變化的外部原因。指一事物與他事物的相互聯繫和相互影響◇遺傳基因證實，外因是生物進化的主因。

【外向】wàixiàng ①人的性格活潑開朗、舉止大方◇性格外向。②面向外國市場的◇外向型經濟。

【外行】wàiháng 對某種工作或技術不懂、缺乏經驗。也指這樣的人◇別説外行話|外行領導內行恐怕不行。

【外交】wàijiāo 一個國家在處理國際關係方面的各種活動◇外交關係|外交人員。

【外衣】wàiyī ① 穿在外面的衣服。② 比喻用來粉飾、遮掩真相的偽裝◇剝去“正人君子”的外衣，還其勢利小人的本來面目。

【外形】wàixíng 人或物體的外表形象；外貌◇外形美觀。

【外快】wàikuài 主要職業以外的收入◇賺外快。

【外表】wàibiǎo 人或物體的表面◇外表美觀｜重視外表。

【外事】wàishì ① 外交事務◇外事活動。② 家庭或個人以外的事◇一心讀書，不聞外事。

【外泄】wàixiè ① 液體、氣體從盛裝物裏流出來或跑出來◇氯氣外泄。② 泄露；泄漏◇密碼外泄｜查找會議決策外泄的原因。

【外界】wàijiè 某一範圍以外的◇外界輿論｜與外界隔絕。

【外侮】wàiwǔ 來自外國、外族的侵犯和凌辱◇百年滄桑，受盡外侮。

【外套】wàitào ① 大衣。② 罩在外面的短上衣。

【外流】wàiliú（人或財物）由本地轉移到外地或外國◇人才外流｜資金外流。

【外家】wàijiā ① 指外祖父、外祖母家。② 指娘家。③ 有妻室的男子在別處納妾所組成的家。

【外孫】wàisūn 女兒的兒子。

【外域】wàiyù ① 本區域以外的地域。② 本國以外的地區和國家。

【外埠】wàibù 本埠以外的城鎮。埠，碼頭，泛指有碼頭，有水路運輸的城鎮。

【外戚】wàiqī 帝王緣自母族、妻族血緣關係的親戚◇外戚專權。

【外患】wàihuàn 來自外部的禍患，多指外國的干涉、侵略◇內憂外患不斷。

【外族】wàizú ① 本家族以外的◇遺產不能流到外族人手裏。② 外國；本國以外的◇屢遭外族入侵。③ 本民族以外的民族。

【外商】wàishāng 外國商人◇吸引外商投資。

【外婆】wàipó 外祖母，母親的母親。

【外務】wàiwù ① 本職工作以外的事。② 外交事務。

【外援】wàiyuán 外部的援助。也指來自外國的援助。

【外景】wàijǐng 戲劇領域中，指舞台上的室外佈景；電影領域中，指攝影棚外的景物。

【外圍】wàiwéi ① 周圍；四周◇房屋外圍種着花草。② 以某一事物為中心，並同其有聯繫或建立某種關係的◇外圍組織。③ 在某組織或機構的外部，進行同該組織或機構運作相關的操作◇外圍馬｜外圍賭球。

【外甥】wàisheng 姐妹的兒子。

【外貿】wàimào “對外貿易”的簡稱。同國外進行的貿易◇外貿公司。

【外間】wàijiān 外界；外面◇外間傳聞很多｜外間流傳着種種説法。

【外鄉】wàixiāng 外地，本地以外的地方◇外鄉人｜外鄉口音。

【外勤】wàiqín ① 軍隊或機構、企業在本部以外進行的工作◇負責外勤事務。② 指從事外勤工作的人。

【外匯】wàihuì 用於國際間結算的外國貨幣和可以兑換外國貨幣的支票、匯票、期票等證券。

【外遇】wàiyù 指正式婚姻之外的情人，第三者。

【外號】wàihào 綽號；諢名。在本名以外，別人根據其特徵給他另起的名號，大都含有親昵、厭惡，或嘲弄的意味。㊐ 諢名。

【外債】wàizhài 國家向外國借的債◇償還外債。

【外傳】〈一〉wàichuán ① 向外人或外界傳播◇不得外傳。② 傳授給外人◇祖傳祕方恕不外傳。

〈二〉wàizhuàn 正史以外的人物傳記。

【外傷】wàishāng 人的身體或事物的表層由於打擊、碰撞、化學物質侵蝕等原因造成的外部損傷。

【外資】wàizī 由外國政府或外商持有的資本。

【外道】〈一〉wàidào 佛教指不合佛法的教派◇邪魔外道。

〈二〉wàidao因過於講究禮節而顯得不親密◇咱們倆就不要説那些外道話了。

【外溢】wàiyì ① 向外流出◇池水外溢。② 顯露於外表◇才華外溢。

【外貌】wàimào 人或物的外表形狀◇外貌秀美，舉止端莊｜金融中心的外貌十分亮麗。

【外賓】wàibīn 外國客人◇歡迎外賓。

【外線】wàixiàn ① 把敵軍包圍起來形成的作戰圈。② 能讓電話分機與外界通話的線路。

【外應】wàiyìng ① 外部接應。② 外部接應的力量。

【外籍】wàijí ① 外國國籍◇外籍專家。② 外地戶籍◇有不少外籍人來上海打工。

【外騖】wàiwù 用心不專，做分外的事◇無暇外騖｜一心讀書，不敢外騖。

【外觀】wàiguān（人或事物）外表的樣子◇傢具的外觀很典雅。

【外來語】wàiláiyǔ 從別的語言吸收來的詞語，如漢語中的"坦克""沙發""幹部"等。

【外強中乾】wàiqiáng zhōnggān 外表顯得很強大，實際上內部很虛弱。

【外圓內方】wàiyuán nèifāng 比喻外表隨和，內心卻嚴正不苟◇為人外圓內方，循規蹈矩。

3 **夙** sù 粵suk^{1}叔 ①早晨◇夙夕|夙興夜寐。②舊有的，一向有的◇得償夙願。

【夙夜】sùyè 朝夕，日夜◇夙夜憂慮｜夙夜不寐。

【夙願】sùyuàn 向來的心願◇夙願未酬。

【夙孽】sùniè 前世的冤孽◇兩人原係夙孽。

【夙世冤家】sùshìyuānjia 積怨很深的仇人。

【夙興夜寐】sùxīng yèmèi 早起晚睡。形容勤勞。出自《詩經・衛風・氓》："夙興夜寐，靡有朝矣。"

3 **多** duō 粵do^{1}朵^1 ①數量大。與"少、寡"相對◇生物多樣性。②過分的；超出範圍◇多嘴|多拿了一份。③整數後的零頭◇三十多歲。④表示相差的程度大◇你比我聰明得多。⑤用在疑問句中，表示詢問。一般用於詢問數字◇珠穆朗瑪峯有多高？⑥副詞。(1)用在感歎句中，表示對所達到的程度的驚歎◇你看她今天多精神啊！(2)表示程度◇不管山多高，也要爬上去。

要點注意

數詞是"十"，量詞是度量詞時，"多"在量詞前或後，意思差別很大。"十多斤"指的是十一斤到十九斤之間的任何一個數；"十斤多"指超過十斤，但不到十一斤之間的數量。

【多士】duōshì ① 眾多的賢士，指百官◇濟濟多士。② 烘烤過的長條麪包的切片（英toast）。

【多少】duōshǎo ① 數量的大小◇多少不等，高矮不齊。② 或多或少◇讀一本書多少有收益。③ 稍微◇你多少吃一點。④ 問數量◇你家裏有多少人？

【多方】duōfāng ① 多個方面◇多方徵求意見。② 多種方法◇多方救治。

【多心】duōxīn 起疑心◇不必多心｜別怪我多心，還是謹慎些好。

【多半】duōbàn ① 超過半數；大半◇人散了一多半。② 大概◇多半不會來了。

【多事】duōshì ① 多事故◇多事之秋。② 多管閒事◇都是你多事，惹出這麼多麻煩。

【多姿】duōzī 姿態多種多樣，形容姿態之美◇婀娜多姿。

【多情】duōqíng 富於感情。多指重愛情◇多情種子｜自作多情。

【多疑】duōyí 多疑惑；疑心重◇生性多疑｜越多疑越自卑。

【多麼】duōme ① 用在疑問句中，詢問達到的數量或程度◇他的病有多麼重｜香港離上海有多麼遠？ ② 用在感歎句中，表示程度很高◇我多麼羨慕你呀｜多麼感人的故事啊！

【多端】duōduān 多方面；多種多樣◇頭緒多端｜詭計多端。

【多慮】duōlǜ 過多地憂慮，不必要的憂慮◇你太多慮了。

【多虧】duōkuī 幸虧，表示由於別人的幫助而避免了不幸或得到好處◇多虧了你，我這病才好了。

【多邊】duōbiān 由三個或更多方面參加的◇多邊會談｜多邊協議。

【多謝】duōxiè 客套話。表示感謝。

【多義詞】duōyìcí 有兩個意義或更多意義的詞。

【多才多藝】duōcái duōyì 具有多方面的才

能、技藝◇大凡詩人，多半都是多才多藝身。

【多此一舉】 duōcǐyījǔ 做不必要的、多餘的事情。

【多多益善】 duōduōyìshàn 越多越好◇韓信將兵，多多益善。

【多事之秋】 duōshìzhīqiū 變故多、困難多的時期。常用於形容時局動盪不安◇意大利足壇正經歷多事之秋。

【多愁善感】 duōchóu shàngǎn 經常發愁，容易傷感。形容人感情脆弱◇説做人難，其實不難：悲觀者多愁善感，樂觀者一切可為。

【多難興邦】 duōnànxīngbāng 國家多災多難，可以激發人民發奮圖強，戰勝困難，使國家興旺起來◇這個國家經歷了艱辛的建國過程，證明了多難興邦的道理。

5 **夜〔亱〕** yè 粵je^6 廿 從天黑到天亮的一段時間◇午夜|夜深人靜。

【夜叉】 yèchā 佛教指惡鬼。後也比喻醜陋兇惡的人。(梵語 yaksa)

【夜分】 yèfēn 半夜。

【夜半】 yèbàn 半夜；午夜。

【夜色】 yèsè 夜晚的天色或景色◇夜色闌珊|夜色漸深。

【夜盲】 yèmáng 夜盲症。在夜間或光線昏暗的地方看不清或看不見物體的一種疾病。

【夜幕】 yèmù 黑暗的夜晚，像被大幕罩住一樣，故稱夜幕◇夜幕籠罩着大地。

【夜闌】 yèlán 夜深；夜將盡◇夜闌人靜。

【夜鶯】 yèyīng 歌鴝之類的鳥。體態嬌小玲瓏，鳴聲清脆婉轉，多在夜間鳴叫。多用在文學語言。

【夜不閉户】 yèbúbìhù 夜間睡覺不必關閉門戶，形容社會安寧，風氣良好。㊐ 路不拾遺。

【夜以繼日】 yèyǐjìrì 晝夜不停。多形容人勞苦勤奮。

【夜長夢多】 yècháng mèngduō 比喻時間拖得越長，事情越可能發生不利的變化。

【夜郎自大】 yèlángzìdà《史記・西南夷列傳》記載：漢代西南諸小國中，夜郎面積最大，便自以為土地廣大。一次夜郎國君問漢朝使臣："漢朝和我們夜郎國比，哪個大呢？"後用"夜郎自大"比喻孤陋寡聞卻妄自尊大。

8 **夠〔够〕** gòu 粵gau^3 救 ①足夠。指數量滿足◇夠本|時間不夠用|吃飯的錢夠了。②達到標準或達到某種程度◇夠格|夠便宜的。③超過限度，多過頭了◇夠累了|苦日子過夠了。

11 **夢〔梦〕** mèng 粵mung^6 蒙^6 ①睡眠時局部大腦皮質進行表象活動所形成的幻象◇悠悠生死別經年，魂魄不曾來入夢。②做夢◇昨夜我夢到外婆了。③比喻幻想或願望◇夢幻|夢想。

【夢幻】 mènghuàn 夢中的幻境◇夢幻世界|夢幻似的景象。

【夢鄉】 mèngxiāng 熟睡時的境界◇頭一倒枕，便入夢鄉。

【夢想】 mèngxiǎng ① 渴望◇從小就夢想成為宇航員。② 空想；幻想◇十年努力，夢想成真|世外桃源只是夢想。

【夢話】 mènghuà ① 睡夢中説的話◇睡覺愛説夢話。② 比喻虛妄的、不能實現的話◇大白天説夢話，你能辦得到嗎？

【夢境】 mèngjìng 夢中經歷的情境。比喻虛幻的美妙境界◇恍如夢境一般。

【夢熊】 mèngxióng 古人認為夢見熊、羆（熊的一種），是生男的吉兆。《詩經・小雅・斯干》："維熊維羆，男子之祥。"後世以"夢熊"作為賀人生男的祝頌詞。

【夢遺】 mèngyí 在睡夢中遺精。

【夢蘭】 mènglán 稱頌女人懷孕為"夢蘭"。典故出自《左傳・宣公三年》。

【夢囈】 mèngyì 夢話。比喻胡言亂語◇你這是想入非非的夢囈。

【夢魘】 mèngyǎn 一種使人感到壓抑並呼吸困難的夢◇這麼多年，他始終像夢魘一樣纏繞着我。

【夢筆生花】 mèngbǐshēnghuā 出自五代王仁裕《開元天寶遺事・夢筆頭生花》："李太白少時，夢所用之筆頭上生花。後天才贍逸，名聞天下。"後世以"夢筆生花"形容才華橫溢，詩文冠絕。㊐ 生花之筆。

【夢寐以求】 mèngmèiyǐqiú 睡夢中都在尋找、追求，形容迫切地希望得到◇在那裏發現了我夢寐以求的珍貴郵票。

11 **夥(伙)** huǒ 粵fo² 火 ①同伴◇同夥。②由若干人組成的集體◇入夥|結夥。③共同，聯合◇合夥人|合夥經商。④量詞。用於人羣◇成羣打夥|來了一夥人。

【夥同】huǒtóng 跟別人合夥（做事）。

【夥伴】huǒbàn 共同參加某一組織或共同從事某種活動的人◇小夥伴|和一羣夥伴去旅遊。

【夥計】huǒji ①合作共事的同伴。②指店員和長工。

11 **夤** yín 粵jan⁴ 人 ①深◇夤夜。②攀附◇夤緣得官。

【夤夜】yínyè 深夜◇夤夜啟程。

【夤緣】yínyuán 攀附上升。比喻拉關係，巴結上司◇夤緣升遷。

大部

0 **大** (一) dà 粵daai⁶ 帶⁶ ①在體積、面積、數量、力量、強度等方面超過一般或超過所比較的對象。②大小的程度◇房子有多大？③程度深◇危害大。④用在"不"後，表示程度淺或次數少◇不大喜歡|不大上街。⑤排行第一的；地位在最上面的◇大兒子|大法官。⑥敬辭。稱與對方有關的事物◇大作|尊姓大名。⑦時間上再往後或再往前◇大後天|大前年。⑧用在時間或節日前，表示強調◇大清早|大年三十。

(二) dài 粵daai⁶ 帶⁶ 見"大王""大夫"。

【大人】(一) dàrén 敬辭，稱長輩。多用於書信◇岳父大人|尊堂大人。

(二) dàren ①成年人◇你是個大人了，別整天嘻嘻哈哈的。②舊時稱地位高的官員◇撫台大人。

【大凡】dàfán 用在句首，表示總括一般的情況◇大凡開會他總要遲到。

【大王】(一) dàwáng ①古代對君主或諸侯的敬稱；統治一個大的疆域的君主◇夢裏依稀慈母淚，城頭變幻大王旗。②經濟方面的壟斷財閥◇石油大王|橡膠大王。③擅長做某種事情的人◇爆破大王。④指撲克牌中的大鬼牌。

(二) dàiwang 舊時稱山寨首領或妖魔頭目◇山大王。

【大夫】(一) dàfū 古代官職，位於卿之下，士之上◇刑不上大夫。

(二) dàifu 醫生◇找大夫看病。

【大户】dàhù ①有錢有勢的人家。②人口多、分支多的大家族◇大戶人家。③指在某一方面數量比較大的機構或個人◇納稅大戶|儲蓄大戶。

【大方】(一) dàfāng 有社會地位的高尚人家。今也指專家或見識廣博的人◇貽笑大方。

(二) dàfang ①對財物不計較；不吝嗇◇出手大方|慷慨大方。②自然，不拘束◇落落大方|談吐大方。③得體，不俗氣◇衣着樸素大方。

【大白】dàbái 事實、內情完全被揭示出來◇大白於天下|真相大白。

【大地】dàdì ①廣大的地面◇斜陽照射着大地，黃金般燦爛。②指地球◇大地的形成和構造。

【大臣】dàchén 君主國家的高級官員◇北洋大臣|外交大臣。

【大早】dàzǎo ①大清早，清晨很早的時候◇一大早就去買菜了。②早已，很早的時候◇大早就告訴她了。

【大同】dàtóng ①儒家提出的理想社會。認為在這樣的社會裏，天下為公，老有所養，少有所長，人人各得其所。②大的方面一致◇求大同，存小異。

【大年】dànián ①農曆十二月有三十天的年份。②指春節◇大年初一。③豐收之年◇今年荔枝是大年。

【大名】dàmíng ①人的正式名字。跟"小名"相區別。②很大的名氣，很大的名聲◇大名鼎鼎|久聞大名。③對別人名字的尊稱◇請問尊姓大名？

【大多】dàduō 大部分；大多數◇在座的大多都講英文。同 大都。

【大安】dà'ān ①社會十分穩定，百姓安居樂業◇萬民大安。②候頌語。安好無恙，身體健康良好。一般用作書信末尾對平輩的祝頌語。

候頌語

(用於長輩)恭請金安 敬請福安 恭叩頤安;(用於祖父母、父母)恭請崇安 恭頌福祉;(用於平輩)敬請台安 即請大安 順頌時綏 順候起居;(用於師長)敬請誨安 敬請教安;(用於政界)恭請鈞安 順頌勛綏;(用於學界)恭請著安 恭請撰安 恭請編安 恭請學安 順頌文祺;(用於商界)恭請崇安 順頌籌祺;(用於夫婦)敬請儷安 順頌雙祺

【大把】dàbǎ 形容很多◇手上有大把錢。

【大劫】dàjié 極大的災難◇幸免大劫。

【大車】dàchē 用騾、馬等大牲畜拉的載重車◇趕大車。

【大亨】dàhēng 指在某地區或某行業中有錢有勢的人◇商界大亨｜石油大亨。

【大局】dàjú 整個局面;總的形勢◇大局不容樂觀。

【大抵】dàdǐ 大概;大致◇我想,她大抵會來的吧。

【大事】dàshì ① 重大的或重要的事情◇關心世界大事｜婚姻是終生大事。② 大力做某事◇大事宣傳｜大事活動。

【大典】dàdiǎn 國家舉行的隆重盛大的典禮◇登基大典｜國慶大典。

【大佬】dàlǎo 方言。① 哥哥。② 尊稱男性同輩,即老兄、大哥。③ 對組織、政黨內資歷深、地位高的人的俗稱。

【大使】dàshǐ 特命全權大使的略稱。派駐他國最高級別的外交代表。

【大命】dàmìng ① 天年;壽命。② 自然規律。

【大法】dàfǎ 國家的基本法,即憲法。

【大治】dàzhì ① 國家強盛,社會安定,經濟繁榮◇天下大治。② 大規模地治理◇大治沙漠化的荒地。

【大宗】dàzōng ① 大批的;大量的◇大宗貨物｜大宗款項。② 數量大的產品或商品◇出口以漁業產品為大宗。

【大計】dàjì 長遠的重大計劃◇國家大計。

【大度】dàdù 氣度寬宏,胸懷開闊◇豁達大度｜雍容大度。

【大炮】dàpào ① 口徑大的火炮。② 比喻喜歡説大話或直言不諱地發表尖鋭意見的人。

【大洋】dàyáng ① 地球表面上被水覆蓋的廣大部分,分成四大洋:太平洋、大西洋、印度洋和北冰洋。② 銀元◇兩塊大洋。

【大軍】dàjūn ① 人數眾多的武裝部隊。② 指從事某項工作的大批人◇產業大軍｜救災大軍。

【大限】dàxiàn 人的壽限。也指死期◇大限已到。

【大約】dàyuē ① 表示估計的,不十分精確的◇已知的海洋動物大約有三萬種。② 表示有很大的可能性◇大約明天下午到美國。

【大荒】dàhuāng ① 重大的災荒◇大荒之年。② 邊遠荒涼的地方◇北大荒。

【大致】dàzhì ① 大約◇大致不會錯。② 大體上◇他們的看法大致相同。

【大員】dàyuán 指職位高的官員◇軍政大員｜內閣大員。

【大氣】dàqì ① 包圍着地球的氣體◇大氣污染。② 用力呼吸的氣息◇直喘大氣｜嚇得大氣兒都不敢出。③ 很大的氣勢;很大的氣量◇為人大氣｜這幅油畫很大氣。

【大乘】dàchéng 佛教的一個派別,形成於公元一、二世紀,因其認為能普渡眾生,成就佛果,所以自命為大乘。

【大師】dàshī ① 尊稱造詣深、名望大的學者、藝術家等◇國畫大師｜國學大師。② 對和尚的尊稱。

【大家】dàjiā ① 一定範圍內的所有人◇大家都喜歡他。② 著名的作家、專家◇散文大家。③ 世家望族;大戶人家◇大家閨秀。

要點注意

"大家"稱代的對象有某種不確定性,在一定的語言條件下,它稱代的可能包括説話人在內◇大家情緒高漲;也可能不包括在內◇大家不要着急;甚至也不包括聽話人在內◇大家對這個結果都很滿意。

【大捷】dàjié 戰爭獲得重大勝利◇戰役取得全線大捷。

【大都】dàdōu 絕大部分◇這些書我大都看過。

【大赦】dàshè 國家依法免除或減輕全國犯人的刑罰。

【大堂】dàtáng ① 舊指衙門中審理案件的公堂。② 賓館、飯店接待顧客的大廳。③ 高級住宅正門內的大廳。見"中堂"。

【大略】dàlüè ① 遠大的謀略◇雄才大略。

②大致的情況或內容◇這件事只能說個大略。③大概；大致◇情況大略就是這樣。

【大眾】dàzhòng 眾多的人；廣大民眾。

【大率】dàshuài 大概；大致◇情況大率如此。同 大抵。

【大陸】dàlù ①面積廣大的陸地。②特指中國的大陸地區，與台灣、港澳等地區相對而言。

【大雅】dàyǎ 堂皇高雅◇無傷大雅 | 不登大雅之堂。

【大量】dàliàng ①數量很多◇漢語有大量的四字成語。②氣量大，能包容事、寬容人◇寬宏大量。

【大牌】dàpái ①氣派大。②比喻名氣大、很有影響力的人（多用於文藝界、體育界）◇大牌導演 | 大牌球星。

【大肆】dàsì 毫無顧忌地。含貶義◇大肆揮霍。

【大勢】dàshì 事情發展的總趨勢；整個局勢◇大勢所趨 | 大勢不妙。

【大聖】dàshèng ①佛教指佛或菩薩。②形容極有神通 ③特指小說《西遊記》中的孫悟空。

【大概】dàgài ①基本的內容或情況◇原因大概有三種。②不十分精確或不十分詳盡◇大概有十二呎長。③表示有很大的可能性◇他大概不會來了。

【大較】dàjiào 大略；大致◇大較如此。

【大業】dàyè 大事業；大功業◇共創大業。

【大路】dàlù ①寬闊的道路◇有大路不走小路。②質量一般而銷路廣的◇大路貨。

【大解】dàjiě 排泄大便。

【大話】dàhuà ①虛誇不切實際的話◇要辦實事，不說大話。②謊話，假話◇做誠實人，不講大話。

【大意】(一)dàyì 主要的意思◇劇情大意。(二)dàyi 疏忽；粗心◇你也太大意了 | 大意失荊州。

【大義】dàyì 大道理；正義◇深明大義 | 大義滅親。

【大獄】dàyù 監獄；牢房◇蹲大獄。

【大端】dàduān 事情的主要方面◇略舉大端。

【大漠】dàmò 廣闊的沙漠◇大漠孤煙直，長河落日圓。

【大盡】dàjìn 農曆的大月，有三十天。

【大綱】dàgāng 綱，網的大繩。比喻著作、文章、講稿、計劃等的要點◇教學大綱 | 近代史大綱。

【大篆】dàzhuàn 籀文，筆畫較繁的篆書，是周朝的字體，相傳是周宣王時太史籀所創。同 籀文。

【大盤】dàpán 金融、期貨市場的整體交易行情，包括債券、股票、期貨，以及各種衍生產品◇大盤下挫 | 大盤持續上揚。

【大慶】dàqìng ①盛大慶祝的節日。②敬辭。稱老年人的生日◇八十大慶。

【大戰】dàzhàn ①大規模的戰爭◇世界大戰 | 星球大戰。②進行大規模的戰爭或激烈的戰鬥◇台兒莊大戰 | 孫悟空大戰白骨精。③比喻激烈競爭◇促銷大戰。

【大圜】dàyuán 圜，同"圓"。古人認為天圓地方，故稱天為大圜。

【大舉】dàjǔ ①大規模地發起◇大舉進攻。②重大的舉動◇共商大舉。

【大選】dàxuǎn 實行普選制的國家，依照憲法的規定，選舉立法機構的成員或國家領導人。

【大殮】dàliàn 喪禮中把屍體裝進棺木並釘上棺蓋的儀式。

【大牆】dàqiáng ①高大的圍牆。②借指監獄◇大牆裏的懺悔。

【大關】dàguān ①重要的關口。②比喻事物發展的重要界限或關頭◇世界人口突破八十億大關。

【大權】dàquán 處理重大事務的權力◇生殺大權 | 獨攬大權。

【大體】dàtǐ ①關乎大局的重要道理◇識大體，明大義。②大致；基本上◇看法大體上一樣。

【大觀】dàguān 盛大而壯麗的景象◇洋洋大觀 | 蔚為大觀。

【大鱷】dà'è 比喻兇惡的人或兇惡的勢力；擁有實力，或擁有勢力、影響力的人或集團。一般含貶義◇國際金融大鱷。

【大丈夫】dàzhàngfu 形容有志氣、有作為的男子◇大丈夫能屈能伸。

【大手筆】dàshǒubǐ ① 名作家的著作。② 形容寫作、辦事、處理問題或做決策，高屋建瓴，掌控全局，有大氣勢。

【大本營】dàběnyíng ① 戰時軍隊的最高統帥部。② 泛指某種活動的基地或策源地◇登山隊的大本營設在山腳下。

【大年夜】dàniányè 農曆除夕。

【大自然】dàzìrán 未經人力改造過的客觀物質世界◇回歸大自然。

【大伯子】dàbǎizi 丈夫的哥哥。

【大阿哥】dà'āgē 清代稱皇帝的長子。

【大哥大】dàgēdà 移動式無線電話的俗稱，今稱手機。

【大氣候】dàqìhòu ① 廣大區域的氣候。② 比喻國際、國內較大範圍內的政治、經濟形勢或社會思潮。

【大排檔】dàpáidàng ① 領有營業執照，擺在路邊供路人吃飯的攤點。② 設在公共場所、面向大眾的平價餐飲攤點，民間也稱之為大排檔。

【大無畏】dàwúwèi 不懼怕任何困難、任何艱險◇大無畏精神。

【大路貨】dàlùhuò 質量一般、價格較低而銷路很廣的貨物。

【大閘蟹】dàzháxiè 河蟹的俗稱。以江蘇陽澄湖所產最負盛名。

【大團圓】dàtuányuán ① 全家團聚◇除夕夜全家大團圓。② 文藝作品中的主要人物經過悲歡離合最終團聚◇結局離不開大團圓的俗套。

【大數據】dàshùjù 在獲取、儲存、管理、分析等方面，規模大大超出傳統數據庫軟件工具能力範圍的資料集合。又稱巨資料。

【大興貨】dàxīnghuò 大興，冒充的，假的。冒牌子的假貨；低劣的商品；假東西◇上當了，你買的是大興貨。

【大鍋飯】dàguōfàn ① 供應給多數人吃的普通伙食。② 比喻不分能力大小、貢獻多少，一律平均分配的做法。

【大雜院】dàzáyuàn 有許多戶人家共同居住的院落◇雅靜的四合院，如今變成了大雜院。

【大刀闊斧】dàdāo kuòfǔ 作戰中使用大刀和寬刃的戰斧。後比喻辦事果斷、魄力大◇大刀闊斧地推行改革。㊀ 畏首畏尾、縮手縮腳、小手小腳。

【大大咧咧】dàdaliēliē 形容做事隨便，漫不經心◇總是大大咧咧的，也不知誤了多少事。

【大大落落】dàdaluòluò 形容態度大方，不受拘束。㊂ 大大方方。

【大千世界】dàqiānshìjiè 佛教認為世界的一千倍是小千世界，小千世界的一千倍是中千世界，中千世界的一千倍是大千世界。現用來指廣闊無邊的世界◇大千世界，無奇不有。

【大公無私】dàgōng wúsī ① 一心為公，沒有半點兒私心。② 秉公辦事，不徇私情。㊀ 假公濟私、損公肥己。

【大有作為】dàyǒuzuòwéi 充分發揮作用，做出重大成就。㊀ 無所作為。

【大名鼎鼎】dàmíngdǐngdǐng 形容名氣很大。㊂ 赫赫有名。

【大材小用】dàcái xiǎoyòng 把大的材料用在小的地方。比喻把有大才能的人用在小事務上，不能充分發揮其才能。

【大步流星】dàbùliúxīng 形容步子邁得大，走得快，像流星飛過一樣。

【大吹大擂】dàchuī dàléi 用力吹喇叭和敲打鑼鼓。現多比喻大肆宣揚◇這名二流演員靠媒體的大吹大擂居然走紅了。

【大吹法螺】dàchuīfǎluó 佛教把講經説法叫作"吹法螺"或"吹大法螺"。現多比喻空口説大話。

【大言不慚】dàyánbùcán 説大話而不感到羞愧。

【大快人心】dàkuàirénxīn 壞人或壞事受到懲罰打擊，使人們心裏非常痛快。

【大放厥詞】dàfàngjuécí 原指作詩文極力鋪陳詞藻，現指誇誇其談，大發謬論◇他越説越不像話，到後來簡直大放厥詞。

【大相徑庭】dàxiāngjìngtíng 原指從門外的小路到門內的庭院還有一段距離，後比喻相差很遠，大不相同。㊂ 迥然不同 ㊀ 一模一樣、毫無二致。

【大庭廣眾】dàtíng guǎngzhòng 人很多的公開場合。同 稠人廣眾。

【大逆不道】dànìbúdào 舊指犯上作亂等重大罪行。現指違背常理，不合標準。

【大海撈針】dàhǎilāozhēn 在大海裏撈一根繡花針，比喻在大範圍裏搜尋小目標，十分困難。

【大家閨秀】dàjiāguīxiù 出身於名門、世家的有教養、有風度的少女。

【大處落墨】dàchùluòmò 繪畫、寫文章時統觀全局，在主要的地方着意下筆。常用來比喻辦事抓住要害，不在細枝末節上糾纏。同 大處着眼。

【大動干戈】dàdònggāngē 動用武器，發動戰爭。比喻大張聲勢地去做某事。

【大張旗鼓】dàzhāngqígǔ 大規模地拉開軍旗、擺開戰鼓。比喻聲勢和規模很大。同 大張聲勢、轟轟烈烈。

【大喜過望】dàxǐguòwàng 結果超過了原來所期望的，因而特別高興。

【大惑不解】dàhuòbùjiě 對某事疑疑惑惑，不能理解。同 茫然不解。反 茅塞頓開、恍然大悟。

【大跌眼鏡】dàdiēyǎnjìng 比喻大大出乎預料之外。

【大智若愚】dàzhìruòyú 極有才智的人不炫耀自己，表面上好像很愚笨。同 大巧若拙。

【大發雷霆】dàfāléitíng 比喻大發脾氣，高聲訓斥。反 平心靜氣、心平氣和。

【大腹便便】dàfùpiánpián 肚子肥大的樣子◇廳裏供着一尊大腹便便的彌勒佛。

【大義滅親】dàyìmièqīn 為了維護正義，對犯罪的親屬不徇私情，使他們受到法律制裁。

【大慈大悲】dàcí dàbēi 佛教指菩薩對世人極其仁慈、憐憫。後泛指人心腸好，富有同情心◇大慈大悲的觀世音菩薩｜大慈大悲的先生，您行個好吧！

【大模大樣】dàmú dàyàng 形容態度傲慢、神氣活現的樣子。

【大醇小疵】dàchún xiǎocī 大體上完美，只是稍有缺點，即優點多，缺點少。

【大器晚成】dàqìwǎnchéng 大的材料需要長時間才能做成器具。比喻有大才幹、能擔負重任的人要經歷長時間的鍛煉，所以成就比較晚。

【大謬不然】dàmiùbùrán 非常錯誤，完全不是這樣。

【大驚小怪】dàjīng xiǎoguài 形容對本來不足為奇的事情過分慌張或詫異◇小事一樁，不必大驚小怪。

【大意失荊州】dàyìshījīngzhōu 三國時期，諸葛亮派關羽鎮守荊州。關羽出兵攻打曹操，孫權乘虛而襲荊州，導致荊州失陷。現比喻因疏忽大意而導致失敗或造成損失。

1 **夫** 〈一〉fū 粵fu1 呼 ①丈夫，女子的配偶。②成年男子的通稱◇一夫當關，萬夫莫開。③從事某種體力勞動的人◇漁夫｜車夫。④舊時稱被強迫服勞役的人◇夫役｜拉夫。

〈二〉fú 粵fu4 符 ①指示詞。這；那◇夫人不言，言必有中。②助詞。用在議論的開始◇夫戰，勇氣也。③助詞。用在句末表示感歎語氣◇逝者如斯夫！

【夫人】fūrén ①古代諸侯的妻子或帝王的妾稱夫人。②明清兩朝一、二品官的妻子封夫人。③尊稱別人的妻子◇向您的夫人問好。

【夫子】fūzǐ ①舊時對學者或老師的尊稱◇孔夫子｜朱夫子。②偏愛古書而思想陳腐的人。含嘲諷意味◇迂夫子。

【夫役】fūyì 舊時指服勞役或做雜務的人。

【夫婦】fūfù 夫妻◇夫婦倆｜新婚夫婦。

【夫婿】fūxù 妻子稱自己的丈夫。

1 **天** tiān 粵tin1 田1 ①天空◇頂天立地。②位置在上面的或架設在空中的◇天窗｜天橋。③一晝夜的時間，有時也專指白天這段時間◇再過幾天｜等了大半天。④季節；天氣；氣候◇春天｜晴天｜天寒地凍。⑤天然的；天生的◇天賦｜天險。⑥自然界◇天災人禍。⑦指萬物的主宰者◇天意｜天命。⑧宗教或神話中指神佛、仙人居住的地方◇天堂。

【天干】tiāngān 甲、乙、丙、丁、戊、己、庚、辛、壬、癸的統稱，一般用作表示次序的符號，如甲、乙、丙、丁，等於第一、第二、第三、第四。天干與地支配合，古人用以表示所在的年、月、日。干支紀年法，大約自漢代開始，直到現代，沒有中斷過。見“地支”。

【天工】tiāngōng 大自然的創造◇巧奪天工。

【天才】tiāncái ① 天賦的才能；超越常人的創造力、想像力◇藝術天才｜天才的軍事家。② 有天才的人◇他是個天才。

【天下】tiānxià ① 指全國或全世界◇天下太平。② 指國家政權◇打天下。

【天子】tiānzǐ 古時認為君權神授，稱統治天下的帝王為天子。

【天井】tiānjǐng ① 宅院中的露天空地◇天井裏長滿了野草。② 樓房住宅中間的豎井，用以通風和排除廚房等產生的廢氣。

【天日】tiānrì 天和太陽。借指光明◇暗無天日｜重見天日。

【天分】tiānfèn 天資◇這孩子很有天分。

【天公】tiāngōng 指天◇天公不作美。

【天文】tiānwén 日月星辰等天體在宇宙間分佈、運行的現象。

【天方】tiānfāng 古代稱中東阿拉伯人所建立的國家◇《天方夜譚》。

【天生】tiānshēng 天然生成◇本領不是天生的，是學來的。

【天仙】tiānxiān 傳說中天上的仙女。多用來比喻美女◇貌似天仙。

【天主】tiānzhǔ 天主教認為上帝是宇宙萬物的創造者和主宰者，稱為天主。

【天地】tiāndì ① 天和地◇天地之大，無奇不有。② 比喻人們活動的範圍◇開闢了科學研究的新天地。③ 地步；境地◇不料竟落到這般天地。

【天成】tiānchéng 不經過修飾，自然生成或形成◇渾然天成。

【天光】tiānguāng ① 天色◇天光大亮。② 天空的光輝；日光◇天光從洞穴外透進來。③ 方言。天亮。

多樣表達：天光

天色 曙色 暮色 夜色 朝暉 曙光 晨光 晨暉 晨曦 霞光 彩霞 朝霞 晚霞 落霞 殘霞 夕陽 斜陽 殘陽 夕照 殘照 落照

【天年】tiānnián 人的自然壽命◇頤養天年｜終其天年。

【天色】tiānsè 天空的顏色，借指時間的早晚和天氣的變化◇天色還早｜天色越來越暗了。

【天宇】tiānyǔ ① 天空◇悠悠天宇曠，切切故鄉情。② 天下◇名震天宇。

【天良】tiānliáng 良心◇喪盡天良。

【天災】tiānzāi 地震、海嘯、水災、旱災、蟲災等各種自然災害的統稱◇天災人禍。

【天竺】tiānzhú 印度的古稱。

【天使】tiānshǐ 基督教、伊斯蘭教等宗教指神的使者。西方文學藝術中，常用天使的形象來比喻天真可愛的女子或小孩子。

【天命】tiānmìng ① 上天的旨意或命令。② 由上天主宰的人的命運◇不信天命信科學。③ 人的自然壽命；天年◇不終天命。

【天府】tiānfǔ ① 土地肥沃、物產富饒的地域◇天府之國。② 經穴名。位於臂內側面，腋前紋下 3 寸處。③ 新宿名，南斗主星。

【天河】tiānhé 銀河的通稱。㊐ 河漢、銀漢、星河、銀河。

【天性】tiānxìng 人先天具有的品質或性情◇天性沉默寡言。

【天穹】tiānqióng 天空◇秋夜的天穹，星光分外耀眼。

多樣表達：天穹

青天 青冥 碧空 碧落 碧霄 霄漢 雲霄 九天 上蒼 蒼天 蒼冥 蒼穹 天空 長空 晴空 星空

【天威】tiānwēi ① 上天的威嚴。② 帝王的威嚴◇觸怒天威。

【天皇】tiānhuáng 古代傳說中三皇（天皇、地皇、人皇）之一。後用以指皇帝。

【天帝】tiāndì 中國古代指在天上主宰萬物的神。

【天真】tiānzhēn ① 心地單純而真摯，沒有做作和虛偽◇天真爛漫。② 頭腦簡單，幼稚◇你的想法太天真了。

【天時】tiānshí ① 天氣；氣候◇天時和暖。② 時間◇天時不如地利，地利不如人和。

【天氣】tiānqì ① 在一定區域的一定時間內，大氣中發生的陰、晴、風、雨、冷、暖等各種氣象變化◇天氣預報。② 時間，時候◇現在是二更天氣。

【天候】tiānhòu 天氣氣候和某些天文現象的統稱，包括陰晴、冷暖、乾濕和月相、晝夜長短、四季更替等。

【天倫】tiānlún 指父母子女、兄弟姐妹等有血緣的親屬關係◇天倫之樂。

【天庭】tiāntíng ① 相術家稱人的兩眉之間為天庭。後泛指前額中央◇天庭飽滿。② 神話中天帝的宮殿。③ 帝王的宮殿。

【天書】tiānshū ① 天上神仙所寫的書或信。② 比喻難認的文字或難懂的文章◇簡直是天書，誰也看不懂。③ 古代指帝王的詔書。

【天理】tiānlǐ 公認的道理；法理◇天理昭彰。

【天曹】tiāncáo 道家稱天上的官府。也指仙官。

【天國】tiānguó ① 基督教稱上帝治理的國度，是人死後靈魂得救的地方。② 喻指理想世界。

【天條】tiāntiáo 上天所定的法規、戒律。

【天涯】tiānyá 天邊，形容極遠的地方◇海內存知己，天涯若比鄰。

【天堂】tiāntáng ① 宗教指人死後靈魂居住的極樂世界。㊀ 地獄。② 比喻幸福美好的生活環境◇人間天堂。

【天象】tiānxiàng 天文現象◇夜觀天象。

【天然】tiānrán 自然存在的；自然產生的◇天然冰｜天然景色｜天然資源。

【天淵】tiānyuān 高空和深淵，比喻相距極遠，差別極大◇天淵之別。

【天窗】tiānchuāng ① 房頂上安裝的用來採光和通風的窗子。② 新聞檢查機關不准報紙刊登某些文章，刪除以後留下的成塊空白◇報紙開天窗了。

【天幕】tiānmù ① 籠罩大地的天空◇天幕上繁星點點，時隱時現。② 舞台上懸掛的大布幔，配以燈光，表現天空的各種景象。

【天稟】tiānbǐng 天性；天賦◇天稟聰穎。

【天資】tiānzī 天生的資質◇天資穎敏｜天資過人。

【天道】tiāndào ① 天氣，氣候◇天道熱，吃個西瓜吧？② 時光；時候◇天道不早了，我該走了。③ 天意◇我不信天道｜天道酬勤。

【天運】tiānyùn ① 天命；事物的必然性。② 天體的運轉。

【天塹】tiānqiàn 天然形成的隔斷交通的壕溝。多指長江。

【天際】tiānjì 天邊，眼睛能看到的天地交接的地方◇天際風雲，瞬息萬變。

【天賦】tiānfù ① 自然賦予；生來就具備◇天賦異稟。② 天資；資質◇天賦很高。

【天數】tiānshù 上天安排的命運◇天數已定｜天數不可違。

【天質】tiānzhì 天資；人天生的智力。

【天敵】tiāndí 自然界中一種動物專門捕食或危害另一種動物，前者就是後者的天敵。如貓頭鷹是鼠類的天敵，獴是蛇的天敵。

【天機】tiānjī ① 指神祕的天意◇天機不可捉摸。② 比喻極重要、極祕密的事情◇一語道破天機。③ 星宿名，南斗第三星。

【天險】tiānxiǎn 天然形成的險要地方。

【天藍】tiānlán 天空晴朗時的顏色◇天藍色的裙子。

【天職】tiānzhí 應盡的職責◇治病救人是醫生的天職。

【天壤】tiānrǎng 天上和地下。比喻相隔極遠，差別懸殊◇天壤之別。

【天驕】tiānjiāo 漢代北方匈奴的單于稱為天之驕子，後用"天驕"稱北方某些少數民族的君主◇一代天驕。

【天籟】tiānlài 自然界的各種聲響，如風聲、鳥聲、流水聲等。

多樣表達：天籟

萬籟 萬籟俱靜 萬籟俱寂 萬籟無聲 晨風 曉風 晚風 夜風 冷風 寒風 陰風 朔風 暖風 熱風 疾風 勁風 春風 和風 清風 惠風 薰風 秋風 金風 海風 山風 旋風 風聲 蕭蕭 淅淅 颯颯 獵獵 颼颼 簌簌 林濤 松濤 江水 泉水 清泉 流泉 飛瀑 水聲 潺潺 淙淙 汩汩 嘩嘩 幽咽 甘霖 膏雨 喜雨 霖雨 苦雨 霪雨 瀟瀟 霏霏 滂沱 涔涔 啾啾 啁啾 嚦嚦 呢喃 咕咕 嚶嚶

【天體】tiāntǐ 宇宙中一切星球的統稱，如太陽、月亮、地球及其他恆星、行星、衞星、彗星、流星、星系等。

【天王星】tiānwángxīng 太陽系八大行星之一，按離太陽由近而遠的次序排在第七位。自轉周期為 24 地球小時，繞太陽公轉周期為 84 地球年。

【天主教】tiānzhǔjiào 基督教一個教派。以羅馬教皇為教會最高領袖，信奉天主（即上帝）和耶穌基督，尊奉瑪利亞為聖母。

【天然氣】tiānránqì 產生在油田、煤田和沼澤地帶的一種可燃氣體，主要成分是甲烷。主要用作燃料和化工原料。

【天靈蓋】tiānlínggài 人或哺乳動物頭頂部分的骨頭。

【天公地道】tiāngōng dìdào 形容十分公平合理◇按質論價，天公地道。

【天文數字】tiānwénshùzì 極大的數字，通常都在億以上。

【天衣無縫】tiānyīwúfèng 天仙的衣服沒有針線縫織的痕跡。五代牛嶠《靈怪錄》記載，郭翰月夜乘涼，見一仙女自天而下，自稱織女，"徐視其衣並無縫，翰問之，謂曰：'天衣本非針線為也。'" 現多用來比喻事物沒有一點破綻或紕漏。

【天作之合】tiānzuòzhīhé 天意安排而成的婚姻。多用來稱頌婚姻美滿。

【天長地久】tiāncháng dìjiǔ 像天地一樣長久存在。多比喻情誼長久，永無改變◇天長地久有時盡，此恨綿綿無絕期。

【天花亂墜】tiānhuāluànzhuì《高僧傳》：梁武帝時，雲光法師講佛經，感動了上天，天上的花紛紛降落下來。現用來比喻説話浮誇動聽，不切實際◇別看廣告説得天花亂墜，實情未必如此。

【天坼地裂】tiānchè dìliè 天和地都裂開了。形容巨大的聲響；也比喻重大突變或巨大災害。

【天昏地暗】tiānhūn dì'àn ① 形容大風、塵沙蔽日，天地間一片昏暗的景象。② 形容氣氛緊張或程度深◇殺得天昏地暗｜哭得天昏地暗。③ 比喻社會黑暗腐敗◇天昏地暗、腐敗不堪的社會。㊂ 昏天黑地。

【天南地北】tiānnán dìběi ① 天之南，地之北，形容距離遙遠◇兩人天南地北，多年未見。② 形容説話漫無邊際◇天南地北地聊起來。

【天香國色】tiānxiāngguósè 原是讚美牡丹花色香俱佳，後用來形容女子容貌美麗。

【天怒人怨】tiānnù rényuàn 上天震怒，百姓怨恨。形容作惡多端，為害嚴重，引起普遍的憤恨。

【天馬行空】tiānmǎxíngkōng 神馬奔馳像騰空飛行一樣。比喻才思奔放，氣勢豪邁◇想像力天馬行空，常常出人意料之外。

【天荒地老】tiānhuāng dìlǎo 形容經歷的時間極為久遠。

【天差地遠】tiānchā dìyuǎn 比喻彼此相差極遠，就像天地間的距離。

【天造地設】tiānzào dìshè 天地的安排。讚美事物天然形成而又合乎理想。

【天涯海角】tiānyá hǎijiǎo ① 形容非常偏遠的地方。② 形容兩地相隔很遠。

【天誅地滅】tiānzhū dìmiè 誅，殺。形容罪惡深重，為天地所不容。常用作表白心跡的誓詞◇倘若變心，天誅地滅。

【天經地義】tiānjīng dìyì 無可懷疑、不能違背的普遍法則或道理。也指理所當然、無可非議的事情◇殺人償命，欠債還錢，天經地義。

【天網恢恢】tiānwǎnghuīhuī 天網恢恢，疏而不漏的省略説法。《老子》七十三章："天網恢恢，疏而不失。" 天道之網廣大無邊，雖然稀疏卻不會有漏失。現比喻作惡的人逃脱不了應得的懲罰。

【天翻地覆】tiānfān dìfù ① 形容變化極其巨大。② 形容鬧得很厲害◇齊天大聖把天宮攪得天翻地覆。

【天羅地網】tiānluó dìwǎng 上下四方都佈下羅網。比喻對敵人或罪犯等設下嚴密的包圍圈或搜捕網，無從逃匿◇警方設下了截擊走私的天羅地網。

【天字第一號】tiānzìdìyīhào "天" 是古人誦讀的《千字文》首句 "天地玄黃" 的第一個字，位居《千字文》的第一類第一號，故以 "天字第一號" 表示第一、最突出、最醒目等意思◇天字第一號的奸狡小人。

【天高皇帝遠】tiāngāohuángdìyuǎn 地處偏遠，帝王的政令難以達到，權力管不着。比喻不聽管束，自行其是，無法無天。

1 **太** tài ㊥taai³ 泰 ①高；大◇太空｜太湖。②極；最◇太古。③身份最高的；輩分更高的◇太公（曾祖父）｜太老師（老師的父親或父親的老師）。④副詞。(1)表示程度過分◇水

太熱|人太多了。(2)表示程度極高，常用來讚歎◇他太好了！(3)相當於“很”，多用於否定句◇不太好|不太熟。

【太子】tàizǐ 已被確定為皇位繼承人的帝王的兒子。

【太太】tàitai ① 對官吏妻子的通稱。② 僕人對女主人的稱呼。③ 對已婚婦人的尊稱。多帶丈夫的姓◇張太太。④ 丈夫對人稱自己的妻子◇我太太是公務員。

【太平】tàipíng ① 社會安定◇太平盛世。② 平安◇太平無事。

【太后】tàihòu 帝王的母親。

【太守】tàishǒu 官名。秦朝設置郡守，漢景帝時改名太守，是一郡（轄若干縣）最高的行政長官。

【太妃】tàifēi ① 古代稱諸王的母親。② 稱死去的帝王遺留下來的妃嬪。

【太牢】tàiláo 古代祭祀所用的牛、羊、豬三牲俱全的祭品。後來也專指祭祀用的祭品牛。

【太空】tàikōng 極高的天空；地球大氣層以外的宇宙空間◇遨遊太空。

【太甚】tàishèn 太過分◇你別欺人太甚。

【太息】tàixī 大聲歎息◇仰天太息。

【太婆】tàipó 方言。曾祖母。

【太尉】tàiwèi 中國古代軍事方面的最高官職，秦至西漢時設置。

【太陰】tàiyīn 指月亮。

【太陽】tàiyáng ① 太陽系的中心天體，是一顆恆星，地球和其他七大行星都圍繞它運轉，獲得光和熱。② 太陽光◇今天的太陽真強，烤得慌。

多樣表達：太陽系
太陽 行星 恆星 衛星 矮行星 彗星 流星

【太極】tàijí 中國古代哲學上指宇宙的本原，世間的萬事萬物由它派生出來。

【太歲】tàisuì ① 木星的別稱，又名歲星。古代用它繞太陽公轉的周期紀年，一週十二年。② 傳說中的凶神。③ 比喻兇惡殘暴的人◇鎮山太歲。

【太監】tàijiàn 宦官。

【太廟】tàimiào 帝王的祖廟，專為祭祀其祖先而建立。

【太學】tàixué 中國古代設立在京城的最高學府。

【太醫】tàiyī ① 皇家的醫生。㊐ 御醫。② 民間對醫生的尊稱。

【太上皇】tàishànghuáng ① 皇帝父親的稱號。把皇位傳給兒子而自己退位的皇帝也稱太上皇。② 比喻在幕後操縱實權的人。

【太平門】tàipíngmén 戲院、電影院等公共場所，為快速疏散場內人員而設置的旁門。

【太平間】tàipíngjiān 醫院、殯儀館等停放遺體的地方。

【太空人】tàikōngrén 宇航員；乘坐航天飛機到太空航行的人。

【太空船】tàikōngchuán 宇宙飛船。

【太陽能】tàiyángnéng 指來自太陽輻射的光能和熱能。

【太湖石】tàihúshí 江蘇太湖產的石料，多孔，有摺皺，常用來堆疊假山，裝飾庭院，為上等建築材料。

【太極拳】tàijíquán 中國的一種拳術，動作柔和緩慢，經常鍛煉，可強身健體。

【太上老君】tàishànglǎojūn 道教尊稱老子（古代思想家李聃）為太上老君。

【太平清醮】tàipíngqīngjiào 道教酬神謝恩、祈求平安的傳統儀式，儀式內容包括迎神、齋戒、祭神等。

【太阿倒持】tài'ēdàochí 太阿，古代寶劍名。倒拿着太阿，比喻把權柄交給別人，自己反而受到威脅或禍害。

【太歲頭上動土】tàisuìtóushàngdòngtǔ 太歲，歲星，即木星。古人認為在太歲出現的方位動土興建，會招來禍事。因以“太歲頭上動土”比喻觸犯強悍的人，將會招致禍殃。

【太公釣魚，願者上鈎】tàigōngdiàoyú, yuànzhěshànggōu 傳說姜太公在渭水河岸用直鈎釣魚，不用香餌，鈎離水面三尺，自言自語說道：“負欠命者上鈎來！”現用來比喻心甘情願地上圈套。

1 **夭** (一) yāo ㊂jiu2 繞 還沒有成年就死亡◇夭折。

(二) yāo ㊂jiu1 腰 形容草木繁茂而美麗◇桃之夭夭，灼灼其華。

【夭折】yāozhé ① 未成年而死◇不到三歲就夭折了。② 比喻事情中途失敗◇計劃還未實施就夭折了。

【夭矯】yāojiǎo 樹枝屈曲的樣子◇夭矯的古柏。

1 **夬** guài 粵gwaai3 怪《易經》六十四卦的一個卦名。卦形為䷪，乾下兑上。

2 **夯** 〈一〉hāng 粵haang1 坑 ①砸實地基用的工具◇石夯|打夯。②用夯砸◇夯實|夯地基。③用力打◇夯他幾拳頭。

〈二〉bèn 粵ban6 笨 同"笨"。愚笨，不聰明◇蠢夯。

【夯貨】bènhuò 罵人的話。愚笨的人。

【夯鳥先飛】bènniǎoxiānfēi 比喻能力差的人做事時，怕落後，比別人先行動一步。也作"笨鳥先飛"。

2 **央** yāng 粵joeng1 秧 ①懇求◇央人作媒。②中心◇中央。③盡；終止；完結◇夜未央。

【央及】yāngjí 請求◇我央及你勸勸他。

【央求】yāngqiú 請求◇苦苦央求|何必央求他！

【央告】yānggao 懇求◇百般央告。

【央浼】yāngměi 懇求請託。

2 **失** shī 粵sat1 室 ①丟掉◇坐失良機。②沒有控制住；沒有把握住◇失手|失算。③找不着◇失散。④沒有達到目的或願望◇失望。⑤改變常態◇失色|失神。⑥違背；背棄◇失禮|失約。⑦錯誤；過失◇惟恐有失|智者千慮，必有一失。

【失口】shīkǒu 失言，把不該說的話說了出來◇一時失口，把奶奶氣走了。

【失手】shīshǒu ① 因手沒有握住或沒有留意，造成不良後果◇失手把花瓶打碎了。② 比喻失利◇商場失手，賠了百多萬。

【失地】shīdì ① 喪失國土；喪失所轄的地域◇失地千里。② 淪陷的國土；失去的地域◇收復失地。

【失色】shīsè ① 失去本來的色彩◇壁畫年久失色。② 因驚恐而臉色蒼白◇大驚失色|花容失色。

【失守】shīshǒu 防守的地區被敵軍佔領◇信息安全無小事，絕對不能失守。

【失收】shīshōu 農作物因遭受災害等原因而沒有收成◇旱情嚴重，晚稻失收。

【失足】shīzú ① 走路時不小心跌倒◇失足滑倒。② 比喻人墮落或犯大錯誤◇一失足成千古恨，再回頭已百年身。

【失利】shīlì 軍事上打敗仗；比賽輸給對方◇首戰失利|比賽失利。

【失身】shīshēn ① 失去氣節，特指婦女失去貞操。② 喪生，死亡。

【失言】shīyán 說出不該說的話◇一時失言，得罪了他。

【失事】shīshì 發生意外事故◇飛機失事。

【失明】shīmíng 喪失視力，看不見。

【失和】shīhé 雙方關係不和睦◇夫妻失和|至友失和。

【失迎】shīyíng 客套話。因沒能親自迎接客人而向對方表示歉意◇晚到一步，失迎失迎。

【失宜】shīyí 不恰當；失當◇舉措失宜。

【失重】shīzhòng 物體失去重量◇人在太空處於失重狀態。

【失信】shīxìn 失去信用◇做人重在信義，不能失信於人。

【失神】shīshén ① 疏忽；注意力不集中◇稍一失神就會出差錯。② 形容人的精神萎靡不振或心神不寧◇呆滯失神的眼光。

【失約】shīyuē 沒有赴約；違背約定的事◇履行合同，不可失約。

【失真】shīzhēn 跟原來的不一樣，有出入◇照片失真|傳媒報道失真。

【失時】shīshí 錯過時機或喪失時機◇做生意抓時機最重要，就怕失時。

【失笑】shīxiào 不由自主地發笑◇啞然失笑。

【失效】shīxiào 失去效力◇藥物過期失效。

【失悔】shīhuǐ 後悔，事後懊惱◇真失悔做了這麼糊塗的事情。

【失眠】shīmián 是一種難以自然進行睡眠的症狀。可以是難以入睡或較難維持長時間睡眠，是睡眠障礙的一種。

【失閃】shīshǎn 意外的差錯或危險◇多加小心，千萬別有失閃。

【失措】shīcuò 舉動失常，不知所措◇舉止失措｜驚慌失措。

【失控】shīkòng 失去控制◇情緒失控。

【失常】shīcháng 失去正常的狀態；不正常◇精神失常。

【失敗】shībài ① 被打敗，輸給對方。和"勝利"相對。② 沒有達到預定的目的和要求。

【失望】shīwàng ① 不再抱有希望◇他對升學已經失望了。② 希望落空而感到無可奈何◇聽説不去旅遊了，孩子們很失望。

【失陷】shīxiàn 領土、城市等被敵人佔領◇收復失陷城鎮。

【失陪】shīpéi 客套話，表示不能再陪伴對方◇先走一步，恕我失陪。

【失期】shīqī 錯過規定的期限；沒有按照約定的日期◇公等遇雨，皆已失期。

【失散】shīsàn 因遭變故而離散或散失◇失散多年的親人如今重逢了。

【失策】shīcè 計劃或主意錯誤◇用人失策。

【失勢】shīshì 失去權勢◇政治上失勢。

【失敬】shījìng 客套話，表示自己對人禮貌不周◇失敬的地方請多包涵。

【失落】shīluò① 遺失；丟失◇身份證不慎失落。② 心中失去寄託◇沒有獲得提名，她略感失落。

【失禁】shījìn 失去控制大小便的能力◇小便失禁｜大便失禁。

【失業】shīyè 有勞動能力者找不到工作。

【失當】shīdàng 不合適；不恰當◇指責失當，讓人無法接受｜公職人員行為失當。

【失節】shījié ① 喪失氣節◇要保持晚節，不能失節。② 婦女失去貞操。

【失傳】shīchuán 沒有流傳下來◇傳統技藝面臨失傳。

【失意】shīyì 不得志；不如意◇處處碰壁，非常失意。

【失道】shīdào 不合正道；違背正義◇得道多助，失道寡助。

【失慎】shīshèn 不小心；不謹慎◇一時失慎，造成差錯。

【失算】shīsuàn 沒有算計到或算計失誤◇一着失算，滿盤皆輸。

【失誤】shīwù 由於疏忽或水平低而造成差錯◇判斷失誤｜發球失誤。

【失察】shīchá 在監督檢查上有疏忽◇一時失察，讓壞人鑽了空子。

【失實】shīshí 不符合事實◇抵制虛假失實資訊。

【失態】shītài 言行舉止失當，不合乎應有的身份或禮貌◇酒後失態。

【失調】shītiáo ① 失去平衡，不協調◇比例失調｜供求失調。② 沒有得到必要的調養◇產後失調，身體虛弱。

【失憶】shīyì 喪失記憶◇車禍讓他失憶了三年。

【失聲】shīshēng ① 情不自禁地發出聲音◇失聲大叫起來。② 因過度悲傷而哭不出聲◇痛哭失聲。

【失聰】shīcōng 喪失了聽力◇熱心幫助失聰者。

【失檢】shījiǎn 有失檢點◇行為失檢。

【失禮】shīlǐ ① 違背禮節；沒有禮貌◇失禮的行為。② 客套話，失敬◇沒去機場迎接，失禮失禮。

【失職】shīzhí 沒有盡到職責◇因嚴重失職被撤換。

【失蹤】shīzōng 指人的下落不明◇地震造成數百人失蹤。

【失寵】shīchǒng 失去寵愛。

【失驚】shījīng 吃驚。

【失竊】shīqiè 財物被人偷走。

【失靈】shīlíng（機器、儀錶、器官等）變得不靈敏或失去應有的功能◇剎車失靈｜聽覺失靈。

【失落感】shīluògǎn 精神或感情上失去寄託而產生的空虛感覺。

【失之交臂】shīzhījiāobì 交臂，兩人胳膊相碰，擦肩而過。形容當面錯過或失去好機會◇他再次與金牌失之交臂。

【失魂落魄】shīhúnluòpò 丟掉了魂魄。形容心神不定、沒精打采的樣子◇輸掉了關鍵的一場比賽，隊員們個個失魂落魄。

【失之東隅，收之桑榆】shīzhīdōngyú, shōuzhīsāngyú 東隅，太陽升起的東方，指早晨；桑榆，日落時太陽照在桑樹和榆樹樹梢，指傍晚。比喻起初遭到失敗或損失，後來得到挽回或補償。

【失之毫釐，謬以千里】 shīzhīháolí, miù yǐqiānlǐ 毫釐，形容很短。謬，差。一開始稍有差失，結果會造成極大的錯誤。

3 **夷** yí 粵ji4 兒 ①中國古代稱東方的民族。也泛指四方的民族◇東夷|四夷。②舊指外國人◇華夷雜處。③平坦；平安◇化險為夷|履險如夷。④削平◇夷為平地。⑤殺戮；滅掉◇夷九族。

【夷滅】 yímiè 消滅；殺掉。

4 **奀** ēn 粵ngan1 ①瘦小；瘦弱◇奀雌雌。②東西小。

4 **夾(夹)** ⟨一⟩jiā 粵gaap3 甲 ①從兩邊用力使物體不動◇用筷子夾菜。②從兩面來的◇夾攻。③在兩旁的◇夾道歡迎。④夾雜；攙雜◇雨夾雪|夾在人羣裏。⑤夾東西的用具◇髮夾|文件夾。

⟨二⟩jiá 粵gaap3 甲 同"袷"。雙層的衣、被◇夾襖|夾被。

⟨三⟩gā 粵gaa1 家 見"夾肢窩"。

【夾生】 jiāshēng 食物半生半熟◇夾生飯。

【夾攻】 jiāgōng 由相對的兩方面同時攻擊◇內外夾攻｜前後夾攻。

【夾板】 jiābǎn 用來夾住物體的板，大多用木頭或金屬製成◇骨折後上了夾板。

【夾帶】 jiādài ① 藏在身上或混雜在其他物品中間偷偷攜帶◇嚴禁夾帶易燃易爆物品上車。② 特指考試時為作弊暗中攜帶與考試內容有關的材料。

【夾道】 jiādào ① 兩側都是牆壁的狹窄通道。② 排列在道路兩旁◇夾道歡迎。

【夾擊】 jiājī 夾攻。

【夾萬】 jiáwàn 保險箱，用以儲存貴重物品。

【夾縫】 jiāfèng 兩個物體之間的狹窄空隙◇一道夾縫｜在夾縫裏生存。

【夾雜】 jiāzá 攙進；混雜◇他的評論夾雜個人成見。

【夾肢窩】 gāzhiwō 上肢和肩膀連接處底下的凹窩。

4 **夻** bā 粵baa1 巴 用於地名，如畲夻屯(在北京)。

5 **奉** fèng 粵fung6 鳳 ①送給；獻給◇奉送|奉上。②接受◇奉命出發。③尊重◇崇奉。④信仰◇信奉上帝|信奉佛陀。⑤侍候◇奉養|侍奉。⑥敬辭。用於自己的舉動涉及到對方時◇奉陪|奉告。

【奉公】 fènggōng 奉行公事◇一心奉公，不謀私利。

【奉行】 fèngxíng 遵照執行◇奉行和平外交政策。

【奉告】 fènggào 敬辭。告訴◇無可奉告｜詳情容後奉告。

【奉祀】 fèngsì 供奉祭祀◇奉祀祖先。

【奉事】 fèngshì 侍奉；侍候◇奉事老人｜奉事父母。

【奉使】 fèngshǐ 奉命出使◇奉使墨西哥。

【奉命】 fèngmìng ① 接受命令◇部隊奉命出發｜奉命行事。② 接受使命◇受任於敗軍之際，奉命於危難之間。

【奉承】 ⟨一⟩fèngchéng 侍奉◇奉承父母。
⟨二⟩fèngcheng 用好聽的話恭維別人◇奉承他幾句。

【奉陪】 fèngpéi 敬辭。陪伴，陪同◇恕不奉陪｜我奉陪你去吧！

【奉養】 fèngyǎng 侍奉贍養◇子女奉養父母，天經地義。

【奉勸】 fèngquàn 鄭重勸告◇奉勸你不要惹怒他。

【奉獻】 fèngxiàn ① 恭敬地或誠懇地獻給◇奉獻愛心。② 奉獻出的東西◇為山區教育做點奉獻。

5 **奈** nài 粵noi6 內 ①如何；怎樣◇無奈|怎奈。②無奈◇正要回去，奈事未畢。③對付◇奈他不得。

【奈何】 nàihé ① 怎麼辦◇無可奈何｜奈何不得。② 如何。用於反問◇民不畏死，奈何以死懼之？

5 **奔** ⟨一⟩bēn 粵ban1 賓 ①急走；快跑◇東奔西跑。②趕急事◇奔喪。③水急流◇奔瀉。④逃跑◇東奔西竄。⑤出走，出逃◇私奔。

⟨二⟩bèn 粵ban1 賓/ban3 殯 ①朝着目標而去；投奔◇投奔親友|我是奔他去的。②朝；向◇汽車奔東開走。③靠近；接近◇真看不出是奔六十

歲的人了。④為某事奔走◇奔球票|奔火車票。

【奔忙】bēnmáng 奔走忙碌◇天天為生活奔忙。

【奔走】bēnzǒu ① 快走；跑◇奔走相告。② 為一定目的而四處活動◇奔走門路，廣託人情。

【奔命】(一)bēnmìng 奉命奔走◇東跑西顛，疲於奔命。

(二)bènmìng ① 拚命地趕路或做事◇為養家糊口奔命｜晝夜奔命，終於如期抵達。② 逃命◇樹倒猢猻散，各自奔命去了。

【奔放】bēnfàng 盡情地展露出來，不受拘束◇熱情奔放｜奔放不羈的氣勢。

【奔波】bēnbō ① 忙忙碌碌地來回奔走◇奔波了大半生。② 奔騰的波濤◇三峽連天水，奔波萬里來。

【奔赴】bēnfù 奔向某一目的地◇奔赴戰場｜奔赴邊疆。

【奔突】bēntū 橫衝直撞地奔跑◇發怒的大象在森林裏往來奔突。

【奔流】bēnliú ① 急速地流動；流淌得很快◇大江奔流。② 急流；奔騰的流水◇君不見，黃河之水天上來，奔流到海不復回。

【奔喪】bēnsāng 從外地急忙趕回去料理長輩親屬的喪事。

【奔湧】bēnyǒng 急速而大量地湧出；奔流◇熱淚奔湧｜泉水奔湧。

【奔馳】bēnchí (車、馬等) 快速地行駛或奔跑◇駿馬在草原上奔馳。

【奔瀉】bēnxiè 水從高處急速地向下流◇江水撞擊着石崖，順着深谷奔瀉而下。

【奔騰】bēnténg ① 馬跳躍着奮力向前奔跑。也形容事物急速向前發展◇萬馬奔騰｜時代奔騰向前。② 水流洶湧◇大江奔騰。

【奔襲】bēnxí 快速祕密進軍，對距離較遠的敵人進行突然襲擊。

5 **奇** (一)qí 粵kei⁴ 其 ①少有的，特殊的◇奇才｜千古奇冤。②想不到的，意料不到的◇出奇制勝。③驚訝◇不足為奇。④極其，非常◇奇癢|天奇寒。

(二)jī 粵gei¹ 機 ①成單的，不成對的。跟"偶"相對◇奇數|奇偶。②零數◇六十有奇。

【奇才】qícái ① 傑出的才能◇年紀雖輕，卻有奇才。② 具有傑出才能的人◇曹植幼年就做得一手好詩，是難得的奇才。

【奇幻】qíhuàn ① 奇異而虛幻◇奇幻夢境。② 奇異而變幻◇奇幻的山野景色。

【奇巧】qíqiǎo 奇特巧妙；新奇精巧◇佈置奇巧｜奇巧的花紋。

【奇秀】qíxiù 奇特秀美◇風景奇秀。

【奇兵】qíbīng 行動祕密，出其不意地進行突然襲擊的軍隊◇四渡赤水出奇兵。

【奇妙】qímiào 稀奇而巧妙◇奇妙的彩虹｜她講的故事奇妙極了。

【奇怪】qíguài ① 稀奇怪異，非同尋常◇奇怪的動物世界。② 出乎意料，難以理解◇他的舉動讓我感到奇怪。

【奇珍】qízhēn 罕見的貴重寶物◇奇珍異寶。

【奇特】qítè 不同尋常；奇怪而特別◇裝束奇特。

【奇異】qíyì ① 奇怪，特別◇奇異的海底世界。② 驚異◇奇異的目光。

【奇偉】qíwěi 奇異雄偉◇黃山名不虛傳，確實奇偉。

【奇景】qíjǐng 奇異的景象◇流星雨是人間一大奇景。

【奇瑰】qíguī 奇特而瑰麗◇奇瑰的海市蜃樓。

【奇想】qíxiǎng 奇怪而特別的想法◇突發奇想｜文中多奇想。

【奇遇】qíyù 意想不到的、奇特的相逢或特殊的經歷◇荒山奇遇｜北極探險充滿了奇遇。

【奇跡】qíjì 非常不平凡的事情◇他竟然奇跡般地活下來了。

【奇聞】qíwén 令人感到驚奇的事情或消息◇奇聞天天有，只要留心聽。

【奇數】jīshù 不能被 2 整除的整數，如 1、3、5、7 等。

【奇麗】qílì 奇特而美麗◇景色奇麗｜奇麗的燈光。

【奇譎】qíjué 離奇◇故事情節曲折奇譎。

【奇襲】qíxí 出其不意地襲擊敵人或對方◇奇襲白虎團。

【奇觀】qíguān 奇特的景象或稀奇的事情◇古今奇觀｜錢塘潮是浙江的一大奇觀。

【奇異果】qíyìguǒ 一種水果，果皮呈暗綠色或褐色，果肉呈鮮綠色或金色，含有豐富的維他命 C。又稱獼猴桃。

【奇文共賞】qíwéngòngshǎng 奇特的文章共同欣賞◇奇文共欣賞，疑義相與析。

【奇形怪狀】qíxíng guàizhuàng 奇特罕見的各種形狀◇桂林蘆笛巖奇形怪狀的鐘乳石巧奪天工。

【奇花異草】qíhuā yìcǎo 珍奇罕見的花草◇園裏栽種着不知名的奇花異草。

【奇門遁甲】qíméndùnjiǎ 中國神祕學中的預測、策略學。利用九宮八卦、五行等道理預測及規劃行程，以達到對自己最有利的態勢。

【奇恥大辱】qíchǐ dàrǔ 極大的恥辱◇洗雪奇恥大辱。

【奇貨可居】qíhuòkějū 囤積稀缺的貨物，等待高價賣出，從中牟取暴利。也比喻把專長或成就當作資本，博取功名錢財◇網絡人才，如今不再奇貨可居。

【奇裝異服】qízhuāng yìfú 式樣稀奇古怪的服裝。

5 **奄** (一)yǎn 粵jim^{1}淹 見"奄奄"。
(二)yǎn 粵jim^{2}掩 ①覆蓋；包括◇奄有四方。②忽然；突然◇奄忽|狼奄至。

【奄奄】yǎnyǎn 氣息微弱的樣子◇氣息奄奄|奄奄一息。

【奄忽】yǎnhū ① 突然，形容時間短◇奄忽滅沒。② 死亡◇遽然奄忽。

5 **奅** pào 粵paau^{3}豹 擴大；誇大。

6 **契** (一)qì 粵kai^{3}溪^{3} ①用刀子刻◇遽契其舟。②刻出的文字◇殷契（商代的甲骨文）。③契約；憑證◇地契|房契|契據。④投合；相合◇默契|投契。
(二)xiè 粵sit^{3}泄 人名，商代的祖先，傳說是舜的臣子。

【契女】qìnǚ 義女。

【契友】qìyǒu 情投意合的好朋友。

【契文】qìwén 甲骨文。

【契仔】qìzǐ 義子。

【契合】qìhé ① 符合◇設計與公司理念非常契合。② 合得來；意氣相投◇兩人互相欣賞，彼此契合。

【契約】qìyuē 雙方依法簽訂的有關買賣、租賃、借貸、抵押等關係的文書◇做生意要有契約精神。

【契爺】qìyé 義父。

【契媽】qìmā 義母。

【契據】qìjù 各種契約、字據的總稱。

【契機】qìjī 事物向有利方向轉化的關鍵◇抓住契機，開拓市場。

6 **奏** zòu 粵zau^{3}咒 ①演奏◇獨奏|奏樂。②發生；取得◇奏效|奏功。③臣子向帝王陳述意見◇啟奏|面奏。④臣子向帝王呈遞的意見書◇奏摺。

【奏功】zòugōng ① 收效；成功◇服用此藥，定能奏功。② 將功績上奏朝廷。

【奏效】zòuxiào 取得效果；收效◇難以奏效|肯定奏效。

【奏捷】zòujié 取得勝利◇出師奏捷 | 頻頻奏捷。

【奏章】zòuzhāng 古代臣子上呈帝王奏事的文書。

【奏凱】zòukǎi 得勝後奏凱歌。泛指取得勝利。

【奏摺】zòuzhé 向皇帝呈遞意見的文書，因寫在用紙摺疊的冊子上，故名。

【奏議】zòuyì ① 臣子向帝王上書陳述事情，議論事非。② 奏章。

【奏鳴曲】zòumíngqǔ 西方的一種樂曲形式。一般由三或四個不同的樂章組成，用一件或兩件樂器演奏◇小提琴奏鳴曲 |G 大調鋼琴奏鳴曲。

6 **奎** kuí 粵fui^{1}灰 ①星宿名。二十八宿之一。②姓。

6 **奓** (一)zhā 粵zaa^{1}渣 用於地名，如奓河、奓山、奓湖（在湖北省）。
(二)zhà 粵zaa^{3}詐 開；張開◇嚇得頭髮奓起來|衣服的下襬有些向外奓。

6 **奐（奂）** huàn 粵wun^{6}換 ①盛大；多。②文采鮮明。

6 **奕** yì 粵jik^{6}亦【奕奕】yìyì 精神飽滿的樣子◇神采奕奕|精神奕奕。

7 **套** tào 粵tou^{3}兔 ①套子，罩在物體外面的東西◇手套｜枕套。②罩在物體外面◇套上外衣。③互相銜接或重疊◇套間｜套色。④用繩子等物做成的環◇雙套結｜牲口套。⑤用套拴繫◇套車｜套牲口。⑥照做；模仿◇生搬硬套。⑦用計引出，騙取◇用話套他。⑧沿用已久的辦法、規矩◇俗套｜老一套。⑨由同類事物組成的一個整體◇配套｜套餐。⑩量詞。用於配成套的事物◇一套書｜兩套傢俬。

【套用】tàoyòng 應用、搬用現成的辦法或模式◇套用老辦法不行了。

【套牢】tàoláo ①用套子套住◇快套牢那匹馬。②陷入某事或某種境況中，脱身不得◇股票買錯了，全都套牢了。

【套房】tàofáng 成套的住房。一般配有客廳、卧室、廚房、洗手間等。

【套問】tàowèn 不露意圖，拐彎抹角地盤問◇扯東拉西，就想套問她的家世。

【套間】tàojiān 住宅中與正房相連的兩側或靠裏的房間，一般比正房窄小，沒有直通外面的門。

【套路】tàolù ①編排成套的武術動作◇少林武術套路。②競賽的成套戰術。

【套話】tàohuà ①可以到處搬用的、沒有針對性、不合實際的空話。②應酬的客套話③用説話技巧套出別人的真心話。

【套裝】tàozhuāng ①上下身配套的服裝。②指裝配在一起成套的事物◇洗護套裝。

【套數】tàoshù ①戲曲或散曲中用多種曲調互相連貫，有首有尾，成為一套的曲子。②比喻成系統的技巧或方法◇這麼難弄的事，辦得這麼好，你用了甚麼套數？

【套餐】tàocān ①搭配好的成套供應的飯菜◇午間供應套餐。②比喻組合起來的商品或項目◇旅遊套餐。

【套購】tàogòu 為從中牟利，用非法手段購買法律、法規不允許其購買的商品、貨幣◇套購軍火。

【套交情】tào jiāoqing 跟不熟識的人拉攏感情、攀緣友情。一般用於貶義。同 套近乎。

【套近乎】tàojìnhu 同不熟識的人拉攏關係，表示親近。一般用於貶義。

7 **奚** xī 粵hai^{4}系^{4} ①甚麼；為甚麼◇奚故｜子奚不為政。②姓。

【奚落】xīluò 用尖刻的話挖苦別人◇受盡奚落，心裏憤恨不已。

7 **奘** 〈一〉zàng 粵zong^{6}狀 ①壯大。多用於人名，唐代有高僧玄奘。②談吐粗俗，態度生硬◇和氣點！説話別這麼奘。

〈二〉zhuǎng 粵zong^{6}狀 又粗又結實◇嘍，你的腰可真奘！

8 **奢** shē 粵ce^{1}車 ①奢侈，不節儉◇窮奢極慾。②過分的◇奢求。

【奢侈】shēchǐ 過分的豪華享受◇奢侈浪費不是好習慣。

【奢望】shēwàng ①過高或過多的希望。多指無力實現的希望◇不要對火箭隊進入季後賽存有奢望。②抱過高或過多的希望◇不要奢望別人給你幸福。

【奢華】shēhuá 奢侈豪華◇大廳的擺設很奢華。

【奢談】shētán 過分誇大，不切實際地談論◇你有幾個錢，奢談高消費！

【奢靡】shēmí 奢侈浪費◇生活奢靡。

【奢侈品】shēchípǐn 非生活必需的昂貴消費品。

9 **奡** ào 粵ngou^{6}傲 ①同“傲”。傲慢。②矯健的樣子。

9 **奤** 〈一〉hǎ 粵haa^{5}下^{5} 用於地名。如奤夿屯，在北京。

〈二〉tǎi 粵tai^{2}體 同“呔”。説話帶外地口音。

9 **奠** diàn 粵din^{6}電 ①用祭品向死者致祭◇祭奠死難烈士。②奠定；建立◇奠基｜奠都。

【奠定】diàndìng 使安定；使穩固◇帶球遠射入網，奠定了勝局。

【奠酒】diànjiǔ 祭祀時的一種儀式，把酒灑在地上。

【奠都】diàndū 確定首都的所在地。同 定都。

【奠基】diànjī ①打下建築物的基礎◇舉行奠基儀式。②比喻開創某種事業的基礎◇現代文學的奠基人。

10 **奧(奥)** ào 粵ou^{3}/ngou^{3}澳 精深；深邃◇深奧｜奧妙。

【奧妙】àomiào 深奧奇妙◇看不出其中的奧

妙。

【奧祕】àomì 奧妙神祕◇探索自然的奧祕。

11 **奩(奁)〔匳〕** lián 粵lim4 廉 ①古代婦女盛放梳妝用品的匣子◇妝奩|鏡奩。②嫁妝，為嫁女而置備的衣物、用具◇嫁奩。

11 **奪(夺)** duó 粵dyut6 ①強取；搶◇掠奪。②拿到；爭取到◇奪豐收。③使失去◇剝奪選舉權。④用力衝開◇奪門而出。⑤做決定◇定奪|裁奪。

【奪目】duómù（光彩）耀眼◇鮮豔奪目|光彩奪目。

【奪取】duóqǔ ①用武力強行取得。②爭取到◇奪取錦標|奪取最終的勝利。

【奪冠】duóguàn 奪取第一名，爭得冠軍◇在奧運賽場上奪冠。

【奪魁】duókuí 奪取魁首，爭得第一名◇在剪紙藝術大賽上奪魁。

【奪標】duóbiāo 奪取優勝的錦標。多指獲得比賽的冠軍。

【奪權】duóquán ①奪取權力。②特指奪取國家政權。

12 **奭** shì 粵sik1 色 ①盛大。②赤色。

13 **奮(奋)** fèn 粵fan5 憤 ①鳥類振翅◇奮飛。②振作；鼓起勁頭◇振奮|興奮。③揮動；用力舉起◇奮筆疾書|奮臂高呼。④奮勇；全力以赴◇奮不顧身|日夜奮戰。

【奮力】fènlì 使出所有的力量◇奮力救助災民。

【奮勉】fènmiǎn 發奮努力◇進入大學後，他更加奮勉讀書。

【奮勇】fènyǒng 鼓足勇氣，全力以赴◇奮勇殺敵。

【奮起】fènqǐ ①振奮起來◇奮起直追。②有力地拿起或舉起◇蒼鷹奮起翅膀直衝崖頂。

【奮鬥】fèndòu 為了達到既定目的，不畏艱難，努力去幹◇做人應該有明確的奮鬥目標。

【奮進】fènjìn 努力朝目標邁進，一步步走向成功◇光陰似箭，催人奮進。

【奮然】fènrán 形容情緒昂揚的樣子◇面對疫情醫護人員仍義無反顧、奮然前行。

【奮發】fènfā 精神振作，情緒高昂◇奮發向上|奮發有為。

【奮戰】fènzhàn ①竭盡全力，勇敢戰鬥◇遠征軍在陰濕的雨林中奮戰。②竭盡全力工作◇日夜奮戰，搶修塌方的公路。

【奮勵】fènlì 振奮；激勵◇奮勵精神|奮勵上進心。

【奮臂】fènbì 舉臂；揮動手臂◇奮臂高呼。

【奮不顧身】fènbúgùshēn 勇敢地維護他人或維護公共利益，不考慮自己的生命安危◇見義勇為，奮不顧身，堪稱青年的表率。

【奮發圖強】fènfātúqiáng 積極進取，追求實現遠大目標◇前半生奮發圖強，後半生功成名就。

15 **奰** bì 粵bei6 鼻 ①怨怒。②壯大。

女部

0 **女** nǚ 粵neoi5 餒 ①女性；女人◇男女|少女。②女兒◇子女|生兒育女。③星宿名。二十八宿之一。

【女人】〈一〉nǚrén 女性，婦女。
〈二〉nǚren 指妻子◇叫你女人和她説去。

【女工】nǚgōng ①女性的工人。②同"女紅"。女子所做縫紉、刺繡、紡織的手工及其成品。③指女佣人。

【女士】nǚshì 敬稱婦女◇女士們，先生們。

【女生】nǚshēng ①女學生。②年輕女子。

【女性】nǚxìng ①人類中的雌性。②女人◇照顧女性。③女人的性格◇一個女性十足的女人。

【女皇】nǚhuáng 女性的皇帝。

【女郎】nǚláng 年輕女性◇妙齡女郎。

【女神】nǚshén ①神話傳説中的女性神。②現代多指容貌出眾、氣質脱俗的女性。

【女紅】nǚgōng 女子所做縫紉、刺繡、紡織的手工及其成品。

【女流】nǚliú 婦女。含輕蔑意◇女流之輩，頭髮長見識短。

【女媧】nǚwā 古代神話中的女神。傳說她捏土為人，煉五色石補天，斬鼇足充當天柱，燒蘆葦成灰堵住洪水，殺死猛獸，使人民安居繁衍。與伏羲同被認為是人類的始祖。

【女優】nǚyōu 女伶，戲曲女演員（有的場合帶輕蔑意）。

【女牆】nǚqiáng 城牆上呈凹凸形的小牆。凹形處是射箭的垛口。同 埤堄、女兒牆。

【女權】nǚquán 婦女在社會生活各方面應享有的權利◇女權運動。

【女大十八變】nǚdàshíbābiàn 女孩子在發育成長過程中姿容、性格不斷變化。

2 **奶〔嬭〕** nǎi 粵naai5 乃 ①乳房。②乳汁◇給孩子吃奶。③餵奶◇奶孩子。④嬰兒時期的◇奶名｜奶牙。

【奶奶】nǎinai ① 祖母。② 尊稱祖母輩或年紀相仿的婦女◇老奶奶您請坐。

【奶名】nǎimíng 乳名；童年時的名字。

【奶油】nǎiyóu 從牛奶中提取的脂肪含量較高、呈白色而微黃的半固體食品，常用於製作糖果、糕點等。

【奶茶】nǎichá 攙和着牛奶或羊奶的茶飲料。

【奶酪】nǎilào 用牛羊奶汁做成的半凝固狀食品。

【奶媽】nǎimā 受僱給人家孩子餵乳的婦女。

2 **奴** nú 粵nou4 努4 ①附屬於主人，受主人役使的人◇奴隸｜家奴｜農奴。②像對待奴隸一樣使喚、役使◇奴役。③舊時婦女自稱的謙辭◇奴家。④對有某種特點的人的蔑稱◇洋奴｜守財奴。

【奴才】núcai ① 家奴；奴僕。② 甘心受人驅使並幫其做事的人◇一副奴才相。③ 明清兩代太監和清代滿人官員對皇帝、太后等人的自稱。

【奴役】núyì 把人當奴隸一樣使用◇遭受奴役。

【奴家】nújiā 古代年輕女子的自稱。

【奴僕】núpú ① 舊指在主人家裏從事雜役的人。② 聽命於主人、為主人辦事、地位低下的人。

【奴隸】núlì ① 古代社會的一個低下階層的人。為奴隸主所有，完全沒有人身自由。② 泛指社會地位近似於奴隸那樣的人。

【奴顏婢膝】núyán bìxī 形容像奴才、婢女那樣諂媚奉承、卑躬曲膝。同 卑躬屈膝。

【奴顏媚骨】núyán mèigǔ 形容卑躬屈節、奉承討好的嘴臉和性格。

3 **妄** wàng 粵mong5 網 ①虛假；不實◇虛妄。②非分的◇痴心妄想｜不可妄求。③狂妄◇妄自尊大。④隨便；任意◇膽大妄為。

【妄求】wàngqiú 非分地要求；不切實際地追求◇凡事隨其自然，不可妄求。

【妄言】wàngyán ① 沒有根據地亂說，胡說◇不了解內情，不要信口妄言。② 胡言亂語；荒誕的言語◇簡直是一派妄言。同 胡說、胡言亂語 反 慎言。

【妄念】wàngniàn 荒誕的或非分、不正當的念頭。

【妄為】wàngwéi 不合理或不合法的隨意行動；胡作非為◇膽大妄為。

【妄動】wàngdòng 輕率地行動；行動不計後果◇輕舉妄動。

【妄想】wàngxiǎng ① 空想；胡思亂想◇妄想一夜成名。② 無法實現的想法◇放棄不實際的妄想。

【妄圖】wàngtú 妄想達到無法實現的目的。

【妄說】wàngshuō 胡說，沒有根據地亂說。同 妄言。

【妄下雌黃】wàngxiàcíhuáng 隨意亂改文章或亂發議論。

【妄自菲薄】wàngzìfěibó 輕易地自卑，沒有自信心。反 妄自尊大。

【妄自尊大】wàngzìzūndà 狂妄地自高自大；過高地估計自己。同 夜郎自大。

3 **奸** jiān 粵gaan1 艱 ①陰險；狡詐◇奸險｜老奸巨滑。②對國家或君主不忠◇奸臣。③背叛或出賣國家、民族利益的人◇漢奸｜內奸。

【奸人】jiānrén 狡詐陰險的人。

【奸宄】jiānguǐ ① 違法亂紀的事情。② 為非作歹的壞人。

【奸臣】jiānchén 對國家或君主不忠的大臣。

【奸兇】jiānxiōng ① 奸險兇惡◇奸兇的眼神。

② 奸險兇惡的人◇攘除奸兇。

【奸邪】jiānxié ① 奸詐邪惡◇奸邪小人。② 奸詐邪惡的事或人◇奸邪日多｜奸邪作亂。

【奸佞】jiānnìng ① 奸邪諂媚。② 奸詐邪惡、阿諛奉承的人◇奸佞當道。

【奸狡】jiānjiǎo 奸詐狡猾◇奸狡詭譎。

【奸計】jiānjì 奸邪的計謀◇中了奸計。

【奸商】jiānshāng 以不正當手段牟取暴利的商人◇他是個奸商，總是賣殘次品。

【奸細】jiānxì 給敵人刺探消息、傳遞情報的人。

【奸詐】jiānzhà 虛偽狡詐。

【奸猾】jiānhuá 奸詐狡猾。

【奸險】jiānxiǎn ① 奸詐陰險。② 奸詐陰險的人。

3 **如** rú 粵jyu^4 餘 ①符合；適合◇萬事如意｜如願以償。②似；好像◇文如其人｜親如兄弟。③及；比得上。用於否定式◇不如｜自愧弗如。④假使，表示假設關係◇如無紅色的，可買黃色的。⑤表示舉例◇例如。⑥到，往◇如市｜如廁。⑦形容詞後綴。表示狀態◇空空如也。⑧依照◇如期完成。

【如一】rúyī 同一；一樣◇言行如一｜始終如一。

【如今】rújīn 現今；現在◇如今科技發展突飛猛進。

【如此】rúcǐ 這樣◇年年如此｜事已如此，後悔也沒用了。

【如同】rútóng 好像；好似◇燈火通明，照耀得如同白晝。

【如字】rúzì 一種注音方法。一字有兩個或兩個以上讀音，依照本音讀叫“如字”。

【如何】rúhé 怎麼；怎麼樣◇如何是好｜這事如何處理？

【如其】rúqí 假如；如果◇如其不然，請速告之。

【如果】rúguǒ 表示假設。假使，假如◇如果有閒錢，不妨買些基金玩玩。

【如若】rúruò 如果；假如◇如若有空，我想約你敍舊。

【如是】rúshì ① 像這樣◇倘能如是，她就滿意了。② 如此，這樣◇說得對，理應如是。

【如許】rúxǔ ① 如此；這樣◇問渠那得清如許，為有源頭活水來。② 這麼些；那麼多◇海邊竟有如許五色貝殼。

【如期】rúqī 按照期限◇如期還清了債務。

【如意】rúyì ① 符合心意◇稱心如意。② 一種象徵吉祥的觀賞性器物。用玉、骨等材料製成，頂端呈靈芝狀或雲狀，柄微曲。

【如實】rúshí 按照實際情況◇如實向媽媽說清楚。

【如願】rúyuàn 合乎心願◇事事如願。

【如日中天】rúrìzhōngtiān 像太陽正處於天空中央時分。比喻事物正在鼎盛興旺的時期。

【如火如荼】rúhuǒ rútú 像火那樣紅，像荼的花那樣白。原比喻軍容壯盛，後形容氣氛、景象旺盛、熱烈或激烈。

【如出一轍】rúchūyìzhé 像從同一條車轍裏走過來一樣。比喻非常相似◇兩人的做法如出一轍。

【如坐針氈】rúzuòzhēnzhān 好像坐在有針的氈子上，比喻心神不寧，坐卧不安。

【如沐春風】rúmùchūnfēng 比喻同品德高尚而有學識的人相處並受其熏陶，好像置身於暖和的春風中一樣。

【如花似錦】rúhuā sìjǐn 像花朵、錦緞那樣絢麗多彩。形容前程美好或風景優美。

【如虎添翼】rúhǔtiānyì 好像老虎長了翅膀。比喻增添力量，使強者更強或使惡者更惡。

【如法炮製】rúfǎpáozhì 仿照成法，炮製藥劑。比喻按照現成的方法去做。

【如泣如訴】rúqì rúsù 形容聲音哀怨淒切，像哭泣又像訴說◇不遠處傳來如泣如訴的簫聲。

【如飢似渴】rújī sìkě 像又餓又渴的人急切需要吃飯喝水一樣，形容非常迫切。

【如魚得水】rúyúdéshuǐ 好像魚兒在水裏一樣，比喻遇到投合的人或適合的環境。

【如喪考妣】rúsàngkǎobǐ 考，亡父；妣，亡母。像死了父母一樣。形容極度悲傷或沮喪。多含貶義。

【如湯沃雪】rútāngwòxuě 像滾水澆在雪上一樣很快融化。比喻事情易如反掌。

【如雷貫耳】rúléiguàn'ěr 像雷聲響徹耳朵。

形容人的名聲很大◇久聞先生令名，如雷貫耳。(同) 鼎鼎大名 (反) 默默無聞。

【如意算盤】rúyìsuànpán ① 比喻考慮問題時，只從好的方面想。② 比喻一廂情願的做對自己有利的打算◇他的如意算盤沒打好，期望落空了。

【如夢初醒】rúmèngchūxǐng 好像從睡夢中蘇醒一樣，剛剛看清楚、明白了過來。(同) 恍然大悟 (反) 執迷不悟。

【如數家珍】rúshǔjiāzhēn 像數家藏珍寶那樣清楚。比喻對所講的事物及其情況十分熟悉。

【如影隨形】rúyǐngsuíxíng 好像影子緊跟身體一樣。比喻彼此關係十分親密，形影不離。

【如膠似漆】rújiāo sìqī 像膠和漆那樣黏在一起。形容感情深厚，難捨難分。多用於形容夫妻或戀人。

【如蟻附膻】rúyǐfùshān 像螞蟻附在有膻腥氣的食物上。比喻許多人趨炎附勢或追逐某種東西。用於貶義場合。

【如釋重負】rúshìzhòngfù 像放下重擔一樣輕鬆。比喻責任已盡，身心輕鬆愉快。

【如墮五里霧中】rúduòwǔlǐwùzhōng 好像掉進濃重的迷霧裏。比喻模模糊糊，辨不清方向；事情使人糊塗，摸不着頭腦。

3 **妁** shuò 粵zoek3 雀 媒人◇父母之命，媒妁之言。

3 **妃** fēi 粵fei1 飛 ①古代帝王的妾或太子、王、侯的妻◇妃子|貴妃|王妃。②古時對神女的尊稱◇天妃|湘妃。

【妃色】fēisè 緋色，淡紅色。

【妃嬪】fēipín 帝王的妾。

3 **好** 〈一〉hǎo 粵hou2 號2 ①美麗◇好醜|長相好。②優良；良好◇好壞|好事情。③友愛；和睦◇相好|友好。④健康；痊癒◇身體很好|感冒好了。⑤完成；完畢◇做好了|吃好飯了。⑥容易◇這事好辦。⑦表示同意、讚許◇好，正合我意。⑧可以；應該◇我好進來嗎|天不早了，你好回家了。⑨很；非常◇好遠|街上好熱鬧。⑩在數量詞、時間詞前，表示多或久◇好幾十塊錢|等了好一會兒。

〈二〉hào 粵hou3 號3 ①喜愛◇勤奮好學|各有所好。②容易；常常發生◇霉雨季節，衣服好發霉。

【好人】hǎorén ① 品行端正的人；善良的人。② 和事佬◇老好人。③ 健康的人◇雖説患病多年，卻像個沒病的好人。

【好不】hǎobù 表示程度深。多麼，非常◇大街上好不熱鬧。

【好歹】hǎodǎi ① 好壞；善惡◇不識好歹。② 意外；危險◇萬一有個好歹，可怎麼辦呢！③ 不問條件，將就着做某件事◇好歹吃點就行了。④ 不管怎樣；無論如何◇好歹你得拿個主意。

【好比】hǎobǐ ① 如同◇自我反省好比洗臉，要日日反省。② 譬如◇好比説他，不懂就問，不像你，不肯問人。

【好手】hǎoshǒu 技藝精湛的人；能力很強的人◇短跑好手。

【好生】〈一〉hǎoshēng ① 好好地；努力地◇求學不易，好生讀書。② 多麼；非常◇好生面熟。

〈二〉hàoshēng 愛惜生靈，不殺戮◇好生之德。

【好似】hǎosì ① 好像；猶如◇聽他説話，好似春風拂面。② 勝過；好於◇日子一天好似一天。

【好事】〈一〉hǎoshì ① 好事情；讓人高興的事。② 宗教法事活動；佛事◇做了三天三夜好事。③ 反話。表示驚訝和不滿◇瞧，你幹的好事！

〈二〉hàoshì 愛管閒事；喜歡多事◇好事之徒。

【好奇】hàoqí 對不了解的事物覺得新奇，發生興趣◇好奇心|好奇的眼光。

【好看】hǎokàn ① 漂亮；看着滿意、舒服◇小女孩很好看|這朵花真好看。② 體面；臉上有光彩◇孩子有出息，父母臉上也好看。③ 反話。使人難堪◇當心點，有人要你好看。

【好客】hàokè 樂於接待客人；熱情待客。

【好笑】hǎoxiào ① 可笑◇這句話有甚麼好笑的。② 有趣，引人發笑◇她這人真好笑。

【好感】hǎogǎn 對人、對事物喜愛或滿意的感情。(反) 惡感、反感。

【好像】hǎoxiàng 好似；彷彿◇好像要下雨了|兩人形影不離，好像親兄弟。

【好說】 hǎoshuō 表示好商量，可以考慮。

【好漢】 hǎohàn 勇敢的、有作為、有膽識的男子◇英雄好漢。

【好自為之】 hǎozìwéizhī 把自己的事妥善處置好。

【好好先生】 hǎohǎoxiānsheng 一團和氣，與世無爭，只求相安無事的人。

【好事多磨】 hǎoshìduōmó 好事圓滿實現很難，中間總有重重障礙或阻力。

【好高騖遠】 hàogāo wùyuǎn 騖，通“務”，追求。超越自己的能力，去追求遠大的目標。形容人不切實際而自命不凡。(反) 循序漸進。

【好逸惡勞】 hàoyì wùláo 追求安逸，憎惡勞動。

3 **她** tā 粵taa^{1}他 ①代詞。女性第三人稱。②指代國家、城市第三人稱。

【她們】 tāmen 代詞。稱自己和對話者以外的若干位女性。

4 **妥** tuǒ 粵to^{5}橢 ①適當；穩當◇穩妥|欠妥。②齊備；完善◇購妥。③妥善；停當◇說妥了，明天去長洲。

【妥協】 tuǒxié 通過讓步，達到合作或平衡解決衝突的目的◇維護國家主權不存在爭辯或妥協空間。

【妥帖】 tuǒtiē ① 穩當；十分合適◇譯文妥帖。② 停當◇安排妥帖。(同) 穩妥。

【妥善】 tuǒshàn 穩當完善◇妥善解決|處理欠妥善。

【妥當】 tuǒdàng 穩妥適當◇妥當的辦法。

4 **妝(妆)** zhuāng 粵zong^{1}莊 ①修飾；打扮◇欲把西湖比西子，淡妝濃抹總相宜。②打扮用的妝飾品◇上妝|卸妝。③女子的陪嫁物品◇嫁妝。

【妝扮】 zhuāngbàn ① 修飾；化妝；打扮◇妝扮入時。② 打扮成的模樣◇時髦的妝扮。③ 假扮，假裝◇妝扮成小丑模樣。

【妝束】 zhuāngshù ① 妝飾，打扮◇經過一番妝束，果然靚了很多。② 打扮成的模樣◇妝束豔麗。

【妝飾】 zhuāngshì ① 打扮◇稍加妝飾就很漂亮。② 打扮出來的樣子◇妝飾高雅。

【妝奩】 zhuānglián ① 女子梳妝用的鏡匣◇打開妝奩。② 借指嫁妝◇妝奩購置齊備。

4 **妍** yán 粵jin^{4}言 美麗◇爭妍鬥豔|妍麗的花卉。

4 **妘** yún 粵wan^{4}雲 姓。

4 **妓** jì 粵gei^{6}技 ①古代指歌舞女藝人◇歌妓|樂妓|舞妓。②賣淫的人◇妓女|妓院|娼妓。

4 **妣** bǐ 粵bei^{2}比 已故的母親◇先妣|如喪考妣。

4 **妙〔玅〕** miào 粵miu^{6}廟 ①高明；神奇◇巧妙|奇妙。②美好；美妙◇妙品|妙境。③年輕；年少◇妙齡女郎。④精微，深奧◇微妙|奧妙|玄妙。

【妙計】 miàojì 高明的計策◇錦囊妙計。

【妙趣】 miàoqù 美妙的情趣◇妙趣橫生。

【妙齡】 miàolíng 指女子的青春時期◇正當妙齡，出落得如花似玉。

【妙不可言】 miàobùkěyán 美妙之極，無法用語言表達。

【妙手回春】 miàoshǒuhuíchūn 形容醫術高超，能把垂死的病人治癒。

【妙筆生花】 miàobǐshēnghuā 筆頭上生出了花。比喻文筆美妙，寫作能力極佳。

4 **妊〔姙〕** rèn 粵jam^{6}任 懷孕。

【妊娠】 rènshēn 懷孕◇妊娠期間，要注意營養。

【妊婦】 rènfù 孕婦。

4 **妖** yāo 粵jiu^{1}腰/jiu^{2}夭^2 ①形狀怪異、用法術害人的精靈◇降魔除妖。②荒誕不正或迷惑人的◇妖術|妖言。③豔麗◇妖姿。④打扮奇特，舉止不莊重◇穿戴得妖裏妖氣。

【妖邪】 yāoxié ① 怪異邪惡。② 妖怪◇妖邪作怪。

【妖言】 yāoyán 迷惑人的邪說◇聽信妖言|妖言惑眾。

【妖冶】 yāoyě 豔麗輕佻。

【妖怪】 yāoguài 有妖術、形狀可怕的害人的怪物◇唐僧取經，一路上遇到很多妖怪。

【妖風】 yāofēng 神話中妖魔興起的風。比喻邪惡的風氣、潮流◇妖風邪氣。

【妖氣】yāoqì ① 邪而不正的雲氣；邪而不正的氣色◇洞口升起一團妖氣｜看上去一臉的妖氣。② 風度或打扮輕佻不莊重◇一舉一動都帶着妖氣。

【妖媚】yāomèi ① 豔麗嫵媚。② 形容女人嫵媚而輕浮。

【妖精】yāojing ① 妖怪。② 比喻以容貌姿色迷惑人的女子。

【妖魅】yāomèi 妖魔鬼怪之類。比喻邪惡的人。

【妖嬈】yāoráo 嬌媚豔麗◇妖嬈多姿。

【妖孽】yāoniè ① 怪異不吉的事物◇驅除妖孽。② 指妖怪。③ 比喻做壞事的人。

【妖魔】yāomó 妖怪魔鬼。常比喻惡人或邪惡勢力◇妖魔鬼怪。

【妖豔】yāoyàn 豔麗而不莊重◇一身妖豔的裝束。

4 **妗** jìn 粵kam5 琴5 ①舅母◇妗母。②妻兄、妻弟的妻子◇大妗子|小妗子。

4 **妨** fáng 粵fong4 防 ①損害，傷害◇久雨妨農。②阻礙，妨礙◇不妨事|這樣做又有何妨？

【妨害】fánghài 損害；有害於◇妨害健康。

【妨礙】fáng'ài 阻礙；使事情不能順利進行◇妨礙通行｜妨礙公務。

4 **妒〔妬〕** dù 粵dou3 到 忌妒；忌恨◇嫉賢妒能。

【妒忌】dùjì 忌妒，對才能、境遇、容貌、穿着等勝過自己的人心懷忌恨◇與其妒忌別人，不如自己努力。

【妒羨】dùxiàn 既妒忌又羨慕。

【妒賢嫉能】dùxián jínéng 妒忌德才勝於自己的人。

4 **妞** niū 粵nau2 紐 女孩子◇小妞|這妞長得俊。

4 **妤** yú 粵jyu4 餘 見"婕妤"。

5 **妻** qī 粵cai1 淒 男子的配偶◇未婚妻。

【妻子】〈一〉qīzǐ 妻子和兒女◇耶（爺）娘妻子走相送，塵埃不見咸陽橋。

〈二〉qīzi 男人的配偶。

【妻孥】qīnú 孥，兒子。妻和子。也泛指妻子和兒女。

【妻室】qīshì 妻子◇妻室王氏，育有三子。

【妻離子散】qīlí zǐsàn 妻子離去，兒女失散◇連年的戰爭使多少人家妻離子散。(反) 闔家團聚。

5 **委** 〈一〉wěi 粵wai2 毀 ①託付；把事交給別人去辦◇委以重任。②拋棄；丟棄◇花鈿委地無人收，翠翹金雀玉搔頭。③推卸◇委過於人。④曲折◇山路委曲。⑤堆積◇委積如山。⑥水的下游；末尾◇窮原究委。⑦不振作◇委靡不振。⑧的確；確實◇委係實情。⑨委員或委員會的簡稱◇編委|市委|工委。

〈二〉wēi 粵wai1 威 見"委蛇"。

【委曲】wěiqū ① 彎曲；曲折◇山路蜿蜒委曲。② 事情的底細、原委◇告知箇中的委曲。③ 壓抑自己，勉強遷就他人他事◇成全別人，委曲自己。

【委任】wěirèn 正式任命擔任某種職務◇委任狀。(同) 任命 (反) 革職、撤職、罷免。

【委身】wěishēn ① 把自己的命運交給別人◇委身權貴。② 女人嫁給男人或以身事人◇委身富貴人家。

【委命】wěimìng 效命◇投身委命。

【委屈】wěiqu ① 受到不公正的指責或待遇後心裏難過◇訴説委屈｜飽受委屈。② 使別人受委屈◇委屈你了，實在抱歉。

【委巷】wěixiàng 僻陋曲折的小巷。引申為草野間、草野之民◇委巷之談｜委巷之議。

【委派】wěipài 交給任務或委任職務◇開會委派工作｜受董事會委派。

【委員】wěiyuán 委員會的成員。

【委託】wěituō 請別人代辦；託付◇這事就委託你了。

【委蛇】wēiyí ① 同"逶迤"。形容彎曲綿延的樣子◇河道委蛇。② 形容順從、敷衍◇虛與委蛇。③ 雍容自得的樣子◇委蛇之樂。

【委婉】wěiwǎn 曲折婉轉◇她委婉表達了歉意。(同) 婉轉 (反) 生硬。

【委頓】wěidùn 困倦，打不起精神來◇神情委頓。

【委瑣】〈一〉wěisuǒ 瑣碎；過分拘泥於小節

◇委瑣不識大體。

〈二〉wěisuo言談舉止或容貌鄙俗，不大方◇形容委瑣不堪。

【委實】wěishí 確確實實◇委實不知道。

【委靡】wěimǐ 意志消沉；不振作◇精神委靡｜士氣委靡不振。也作"萎靡"。

【委曲求全】wěiqūqiúquán 勉強遷就他人他事，以求得到好的結局。

5 **妾** qiè 粵cip3 ①古代男子在妻子之外另娶的女人◇妻妾｜禁止納妾。②古代女子表示謙卑的自稱◇當君懷歸日，是妾斷腸時。

5 **妹** mèi 粵mui6 昧 ①妹妹◇姊妹。②家族中與己同輩而比自己小的女子◇堂妹｜表妹。③稱年輕女子◇外來妹｜打工妹。

5 **妺** mò 粵mut6 末 人名用字。妺喜，傳説是夏朝末代君主桀的寵妃。

5 **姑** gū 粵gu1 孤 ①丈夫的母親◇翁姑｜舅姑。②父親的姐妹◇姑母。③丈夫的姐妹◇姑嫂｜小姑子。④年輕女子◇村姑。⑤出家的女子或從事"鬼神"活動的婦女◇道姑｜尼姑｜三姑六婆。⑥暫且◇姑置勿論。

【姑且】gūqiě 暫且；暫時地◇姑且借他一用。

【姑表】gūbiǎo 與姑母或舅父子女的親戚關係◇姑表兄弟。

【姑息】gūxī 無原則地寬容；寬容放縱◇姑息養奸｜教誨子女，有錯不姑息。

【姑娘】gūniang ① 未婚的女子◇對面走來一位年輕姑娘。② 女兒◇生了個姑娘。

【姑奶奶】gūnǎinai ① 稱父親的姑母。② 娘家尊稱已出嫁的女兒。③ 稱未婚的女子，表責怪或親熱。④ 指女性擺架子。⑤ 女性的自稱，帶自大意味。

【姑妄言之】gūwàngyánzhī 姑且隨便説説。表示所説不一定正確◇姑妄言之，姑妄聽之。

【姑息養奸】gūxīyǎngjiān 寬容或縱容人的錯誤言行，只能助長其變得更壞。

5 **姒** sì 粵ci5 似 ①古代稱姐姐。②古代弟妻稱夫兄之妻◇姒婦｜姒娣。

5 **妲** dá 粵daat3 笪 人名用字。妲己，傳説是商紂王的寵妃。

5 **姐** jiě 粵ze2 者 ①同父母、同父異母、同母異父所生，而年紀大於己的女子◇姐姐。②家族內或有其他特種關係的，比自己大的同輩女子◇表姐｜堂姐｜師姐。③尊稱年紀比自己大的女子◇大姐｜趙姐。④稱呼年輕女子◇空姐。

【姐妹】jiěmèi ① 姐姐和妹妹。② 泛指年紀好似兄弟姐妹的友人、同事等◇她們姐妹幾個。

5 **妯** zhóu 粵zuk6 族【妯娌】zhóuli 兄妻和弟妻的合稱◇她倆是妯娌。

5 **姍〔姗〕** shān 粵saan1 山【姍姍】shānshān 形容走路緩慢從容的樣子◇姍姍而來｜姍姍來遲。

5 **姓** xìng 粵sing3 聖 表明家族血緣系統的字◇姓氏｜請問尊姓。

【姓氏】xìngshì 表示家族的字。古時姓起於女系，氏起於男系。後姓氏專指姓。

【姓名】xìngmíng 姓和名字。

【姓字】xìngzì 姓氏和名字；姓名。

5 **姊〔姉〕** zǐ 粵zi2 只 姐姐◇姊妹。

【姊妹】zǐmèi ① 姐姐和妹妹。② 像姊妹關係一樣密切的◇姊妹篇｜姊妹城市。

5 **妳** nǐ 粵nei5 你 同"你"。專指女性。

5 **姁** xǔ 粵heoi2 許【姁姁】xǔxǔ 安樂和悦的樣子。

5 **妮** nī 粵nei4 尼 小女孩。

5 **始** shǐ 粵ci2 此 ①最初；起頭◇千里之行，始於足下。②才◇始見成效｜夜半雨始停。

【始末】shǐmò 從開始到結束的全過程◇述説變故的始末。

【始祖】shǐzǔ ① 有世系可考的最早的祖先◇據説李姓的始祖是老子李耳。② 比喻某個學派或行業的創始人◇釋迦牟尼是佛教的始祖。③ 原始的◇始祖鳥。

【始終】shǐzhōng ① 從開始到結束的全過程◇貫徹始終｜始終不渝。② 從頭到尾持續不變，一直◇始終不放棄｜我們始終支持你。

【始作俑者】shǐzuòyǒngzhě《孟子・梁惠王上》：孔子反對用俑人殉葬，説："始作俑者，其無後乎！"意思是最早用俑殉葬的人，大概不會有後代吧！後以"始作俑者"比喻開惡劣先例的人。

5 **姆** 〈一〉mǔ 粵mou[5] 母 保姆，在家內料理家務或照看小孩的女傭。

〈二〉mū 粵mou[5] 母【姆媽】mūma ①母親。②尊稱年長的已婚婦女◇王家姆媽。

6 **契** jié 粵git[3] 結 同"潔"。多用於人名。

6 **威** wēi 粵wai[1] 委[1] ①使人畏懼的力量或令人敬畏的態勢◇示威｜狐假虎威。②使用強力壓人◇威脅｜威逼。

【威力】wēilì 具有壓倒性的強大力量；巨大的推動作用◇海嘯的巨大威力。

【威武】wēiwǔ ①權勢和武力◇貧賤不能移，威武不能屈，富貴不能淫。②形容勇壯、強大的樣子◇威武嚴整的海軍陸戰隊。

【威信】wēixìn 威望和信譽◇樹立威信。

【威風】wēifēng ①讓人敬畏、懼怕的聲勢或氣派◇威風掃地。②形容氣勢壯盛◇昂首挺胸走在前頭，顯得很威風｜威風凜凜。

【威猛】wēiměng 威武勇猛◇威猛善戰。

【威望】wēiwàng 威信和名望◇享有崇高的威望｜她的威望一落千丈。

【威脅】wēixié ①威逼脅迫，用權勢或武力逼迫恫嚇◇我不怕他的威脅。②指戰亂、災難、禍患對人的生存構成危害◇洪水嚴重威脅村民的安全。

【威嚇】wēihè 以威勢恐嚇；威逼恐嚇◇別想威嚇我，我才不怕呢。

【威嚴】wēiyán ①嚴厲，嚴肅有威勢◇老爺威嚴的目光嚇得他魂不附體。②權威和尊嚴◇保持父親的威嚴。

【威懾】wēishè ①以武力、權勢、威勢相脅迫；脅迫對方就範◇威懾四方。②威嚇；壓制◇建立威懾力量｜起威懾作用。

【威風凜凜】wēifēnglǐnlǐn 形容又威嚴又有氣勢。

6 **姿** zī 粵zi[1] 之 ①容貌；容顏◇姿容｜姿色。②形態；身體顯現出來的樣子◇舞姿｜千姿百態。

【姿勢】zīshì 身體在動靜之間所表現出來的樣子◇坐姿要端正。

【姿態】zītài ①容貌與體態◇姿態柔美。②態度◇擺出一副教訓人的姿態。③風格；氣度◇做出高姿態的讓步。

6 **姜** jiāng 粵goeng[1] 疆 姓。

6 **娀** sōng 粵sung[1] 鬆 有娀，上古國名。故址在今山西運城。

6 **娃** wá 粵waa[1] 蛙 ①小孩；兒童◇男娃｜胖娃｜娃兒。②指某些小動物◇狗娃｜牛娃｜豬娃。

6 **姞** jí 粵git[6] 傑 姓。

6 **姥** 〈一〉mǔ 粵mou[5] 母 ①丈夫的母親◇勤心養公姥。②老婦人。

〈二〉lǎo 粵lou[5] 老【姥姥】lǎolao ①外祖母。②尊稱年老婦人。

6 **姮** héng 粵hang[4] 恒【姮娥】héng'é ①嫦娥。②借指月亮。

6 **姱** kuā 粵kwaa[1] 誇 美好◇姱名。

6 **姨** 〈一〉yí 粵ji[4] 兒 母親或妻子的姐姐。

〈二〉yí 粵ji[1] 衣 ①母親或妻子的妹妹。②尊稱與母親年齡相仿的婦女。

【姨表】yíbiǎo 母系親緣關係。母親是姐妹，其子女之間是姨表關係◇姨表姐｜姨表弟。

【姨娘】yíniáng ①舊時對父親的妾的稱呼。②方言。姨母。

【姨太太】yítàitai 妾，舊時男人正妻以外的配偶。

6 **姪〔侄〕** zhí 粵zat[6] 疾 兄弟或同輩男性親友的兒子◇姪子｜內姪。

【姪女】zhínǚ 兄弟或同輩男性親友的女兒。

6 **姻〔婣〕** yīn 粵jan[1] 因 ①男女結成夫妻關係◇婚姻｜聯姻。②泛指有婚姻關係的親戚◇姻親｜姻兄。

【姻眷】yīnjuàn 姻緣◇成就了百年姻眷。

【姻婭】yīnyà 同"姻亞"。親家和連襟。泛指姻親。

【姻緣】yīnyuán 結成夫妻的緣分◇千里姻緣一線牽。

【姻親】yīnqīn 由婚姻關係而結成的親戚。如姨夫、姑父、嫂子的兄弟姐妹或者更間接的親戚。

6 **姝** shū 粵zyu1 珠 ①美麗◇姝麗。②美女◇天下名姝。

6 **姤** gòu 粵gau3 救 ①《易》卦名。六十四卦之一。②善，好。

6 **姚** yáo 粵jiu4 搖 ①美好，漂亮◇美麗姚冶。②姓。

6 **姽** guǐ 粵gwai2 鬼【姽嫿】guǐhuà 女子嫻靜美好的樣子。

6 **姣** jiāo 粵gaau2 狡 美麗；美好◇姣妻|姣麗。

【姣好】jiāohǎo 形容容貌美麗，多指女性。

【姣美】jiāoměi 現今泛指美麗◇姣美待嫁的少女。

【姣豔】jiāoyàn 美好豔麗◇姿色姣豔，體態婀娜。

6 **姘** pīn 粵ping1 乒 非夫妻男女的性關係◇姘夫|姘婦。

【姘居】pīnjū 非夫妻的男女同居。

【姘頭】pīntou 有性關係的非夫妻男女。也指其中的一方。

6 **姹〔奼〕** chà 粵caa3 詫 美麗◇姹紫嫣紅。

6 **姦（奸）** jiān 粵gaan1 艱 私通；犯淫◇通姦|姦污|拿賊要贓，捉姦要雙。

【姦污】jiānwū 強姦或誘姦婦女。

【姦淫】jiānyín ① 男女間不正當的性行為。② 強姦或誘姦◇燒殺姦淫。

7 **娑** suō 粵so1 梳 見"婆娑"。

【娑羅樹】suōluóshù 樹名。即柳安。原產於印度、東南亞等地。常綠喬木，木質優良。傳說佛祖釋迦牟尼在娑羅樹下涅槃。中國古代附會為七葉樹或月中桂樹。

7 **姬** jī 粵gei1 機 ①古代對婦女的美稱◇豔姬|瑤姬。②妾◇寵姬|姬妾成羣。③指以歌舞為職業的女子◇歌姬。④姓。

7 **娠** shēn 粵san1 身/zan3 振 見"妊娠"。

7 **娌** lǐ 粵lei5 理 見"妯娌"。

7 **娉** pīng 粵ping1 乒【娉婷】pīngtíng ①形容女子的姿態美好◇體態娉婷。②指美人、佳人◇明珠十斛買娉婷。

7 **娖** chuò 粵cok3【娖娖】chuòchuò 矜持拘謹的樣子。

7 **娟** juān 粵gyun1 捐 美好；秀麗◇娟秀。

【娟媚】juānmèi 清秀嫵媚◇長得娟媚秀麗，楚楚動人。

7 **娛** yú 粵jyu4 餘 ①快樂◇歡娛。②使快樂◇自娛自樂。

【娛悅】yúyuè 使別人或自己歡樂◇娛悅雙親|娛悅身心。

【娛樂】yúlè ① 歡娛快樂，使歡樂◇消遣娛樂。② 消遣性的、快樂有趣的活動◇文化娛樂。

7 **娥** é 粵ngo4 鵝 ①形容女子姿容美好。②指美女◇嬌娥|宮娥。

【娥眉】éméi ① 女子細長而彎的眉毛。② 借指美女。

7 **娒** méi 粵mou5 母 多用於人名。

7 **娩** miǎn 粵min5 免 婦女生孩子◇分娩。

7 **娣** dì 粵tai5 提5 / dai6 弟 ①古代姐稱妹為娣。②古代稱丈夫的弟婦為娣◇娣姒。

7 **娘〔孃〕** niáng 粵noeng4 ①母親。②稱呼母親輩的已婚婦女 ◇嬸娘|大娘。③少女；年輕女子◇姑娘家害羞。

【娘子】niángzǐ ① 妻子。② 古人稱呼青年女子、中年婦女。

【娘家】niángjia 女子出嫁後稱自己出生的父母家。與"婆家"相對。

【娘娘】niángniang ① 皇后或貴妃◇正宮娘娘|西宮娘娘。② 稱呼女神◇娘娘廟。

7 **娜** 〈一〉nuó 粵no5 懦5 見"婀娜"。
〈二〉nà 粵naa4 拿 女性人名用字。多用於音譯。

7 **娓** wěi 粵mei5 美【娓娓】wěiwěi 形容談論不倦或話語動聽◇娓娓而談|娓娓動聽。

7 **娭** 〈一〉xī 粵hei1 希 同"嬉"。嬉戲；喜；樂◇娭笑。
〈二〉āi 粵oi1 哀【娭毑】āijiě ①祖母。②尊稱年老的婦女。

8 **娶** qǔ 粵ceoi2 取 男子把女子接進家成親◇娶妻|娶媳婦。

【娶親】qǔqīn ① 男子成婚◇娶親成家。② 結婚時男方到女方家裏迎娶新娘◇娶親的轎子。

8 **婪** lán 粵laam4 藍 貪心；不滿足◇貪婪。

8 **婁(娄)** lóu 粵lau4 流 ①某些瓜類過熟而中空變質◇西瓜婁了。②比喻體虛，衰弱◇你的身體真夠婁的。③星宿名。二十八宿之一。④姓。

【婁子】lóuzi 亂子；糾紛◇出婁子了|別給我捅婁子。

8 **婆** pó 粵po4 破4 ①老年婦女◇老太婆。②丈夫的母親◇婆媳|公婆。③稱祖母或親屬中跟祖母同輩的婦女◇外婆|姑婆|婆孫二人。④稱特定職業的婦女◇產婆|巫婆|媒婆。

【婆娑】pósuō ① 輕柔盤旋搖擺的樣子◇婆娑起舞。② 形容枝葉疏密有致的樣子◇枝葉婆娑|婆娑樹影。

【婆婆】pópo ① 丈夫的母親◇公公婆婆。② 稱祖母。③ 尊稱老年婦女◇照顧養老院的婆婆。

【婆婆媽媽】pópo māmā ① 形容人做事不爽快或語言囉唆◇做事利索些，別婆婆媽媽的。② 形容人的感情脆弱不堅強◇這人真婆婆媽媽的，一遇上事就會掉眼淚。

8 **娿** ē 粵o1 噢 見"媕娿"。

8 **婧** jìng 粵zing6 靜 ①女子苗條美好。②女子有才能。

8 **婊** biǎo 粵biu2 表【婊子】biǎozi ①俗稱妓女。②辱罵女性的粗話。

8 **婞** xìng 粵hang6 幸 剛直；倔強◇婞直。

8 **婭(娅)** yà 粵aa3/ngaa3 亞 姊妹的丈夫相互的稱呼。俗稱"連襟"。

8 **婕** jié 粵zit3 節【婕妤】jiéyú 古代宮中女官名。

8 **婥** chuò 粵coek3 卓【婥約】chuòyuē 同"綽約"。形容女子體態柔美的樣子◇婥約多姿。

8 **娼** chāng 粵coeng1 昌 妓女◇暗娼|娼婦|逼良為娼。

8 **婗** ní 粵ngai4 危 見"嫛婗"。

8 **婢** bì 粵pei5 披5 供人役使的女子◇婢女|奴婢|奴顏婢膝。

8 **婚** hūn 粵fan1 昏 ①結婚◇已婚婦女|燕爾新婚。②婚姻◇解除婚約。

【婚俗】hūnsú 有關婚姻的風俗◇各民族有不同的婚俗。

【婚姻】hūnyīn 男女結成的夫妻關係◇美滿婚姻|婚姻破裂。

【婚齡】hūnlíng ① 結婚的年齡。特指政府法律規定的最低結婚年齡。② 婚姻經歷的年數◇婚齡三十年了。

【婚變】hūnbiàn 婚姻關係發生變化。多指夫婦離異◇發生婚變。

【婚外戀】hūnwàiliàn 同配偶以外的異性發生的戀愛關係。

8 **婉** wǎn 粵jyun2 院 ①溫順；柔順◇溫婉|和婉|婉順。②委婉；婉轉◇婉言相勸。③美好◇姿容婉麗。

【婉言】wǎnyán 委婉的話◇婉言謝絕。(反) 直言。

【婉約】wǎnyuē 委婉含蓄◇前人論詞分豪放和婉約兩種風格。(反) 豪放。

【婉解】wǎnjiě 委婉寬解◇經過一番婉解，她終於平靜下來。

【婉嫕】wǎnyì 溫順的樣子◇婉嫕有婦德。

【婉轉】wǎnzhuǎn ① 言辭委婉含蓄◇措詞婉轉。② 聲音抑揚動聽◇笛聲婉轉。(同) 委婉 (反) 生硬。

【婉辭】wǎncí ① 委婉的言辭◇婉辭相拒。② 委婉地回絕、推辭◇婉辭了朋友的請求。

【婉謝】wǎnxiè 婉言謝絕◇下屬送禮，他一概婉謝。

8 **婦(妇)〔媍〕** fù 粵fu5 苦5 ①已婚的女子◇寡婦|少婦。②妻子◇夫唱婦隨。③泛指成年女子◇婦科|婦女代表。

【婦人】fùrén ① 已婚女子。② 泛指婦女。

【婦女】fùnǚ 泛稱成年女子◇尊重婦女享有的

各項權利。

【婦道】〈一〉fùdào 古代婦女遵從的道德行為準則，如三從四德等◇恪守婦道。
〈二〉fùdao指婦女◇婦道人家。

【婦孺】fùrú 婦女和小孩◇照顧婦孺。

8
婀 ē 粵o^{1}柯【婀娜】ēnuó 形容姿態輕柔美好◇婀娜多姿。

9
婼 ruò 粵joek^{6}弱【婼羌】ruòqiāng 地名，在新疆。今作"若羌"。

9
媒 méi 粵mui^{4}梅 ①撮合婚姻的人◇遣媒|大媒。②介紹婚姻◇媒人|作媒。③媒介，使雙方發生聯繫的人或事物◇傳媒|風媒花。

【媒介】méijiè 介紹或導致雙方發生關係的人或事物◇新聞媒介|蜜蜂是植物受粉的媒介。

【媒妁】méishuò 媒人；説合婚姻的人◇父母之命，媒妁之言。

多樣表達：媒妁
媒人 媒介 媒婆 月老 月下老人 紅娘 冰人 伐柯人 撮合山

【媒質】méizhì 介質，能傳遞聲波、光波或其他電磁波以及可導電的物質，如水、空氣、光纖、金屬等。

【媒體】méitǐ 傳播和交流信息的載體，如電視、廣播、報刊、廣告、互聯網等。

9
媟 xiè 粵sit^{3}泄 ①形容親昵輕佻◇媟狎。②輕慢不恭◇媟慢。③污穢◇淫言媟語。

【媟瀆】xièdú 狎昵輕慢。

9
媠 duò 粵do^{6}躲^6 同"惰"。

9
媢 mào 粵mou^{6}冒 嫉妒◇媢恨|媢怨。

【媢妒】màodù 嫉妒。

9
媧(娲) wā 粵wo^{1}窩 見"女媧"。

9
嫂 sǎo 粵sou^{2}數 ①稱哥哥的妻子◇兄嫂。②泛稱未老的已婚婦女◇大嫂|嫂夫人。

9
媕 〈一〉yǎn 粵am^1/ngam^{1}庵 形容眉目傳情的表情。
〈二〉ān 粵am^1/ngam^{1}庵【媕婀】ān'ē 附和他人，無主見。

9
媛 〈一〉yuàn 粵jyun^{6}願 美女◇名媛淑女。
〈二〉yuán 粵jyun^{4}元/wun^{4}緩 見"嬋媛"。

9
婷 tíng 粵ting^{4}停【婷婷】tíngtíng形容人或花木長而美。

【婷婷玉立】tíngtíngyùlì 形容女性身材修長，曲線優美。

9
嬀(妫)〔媯〕 guī 粵gwai^{1}歸 水名。

9
㛂 láng 粵long^{4}郎【㛂嬛】lánghuán同"琅嬛"。

9
媚 mèi 粵mei^{6}未 ①美好◇明媚|嫵媚動人。②有意討好；巴結◇諂媚|媚外。③諂媚的◇媚眼。

【媚外】mèiwài 奉承巴結外國◇崇洋媚外。

【媚骨】mèigǔ 比喻奉承諂媚的卑劣品質◇奴顏媚骨。

【媚眼】mèiyǎn 嫵媚動人的眼睛或挑逗、傳情的眼神◇拋媚眼。

【媚態】mèitài ①嬌媚的姿態◇故作媚態。②諂媚的樣子◇媚態十足。

9
媪 ǎo 粵ou^2/ngou^{2}懊^2 老年婦女◇翁媪|媪嫗。

9
婿〔壻〕 xù 粵sai^{3}世 ①丈夫◇妹婿。②女兒的丈夫◇乘龍快婿。

多樣表達：女婿
子婿 婿郎 半子 女夫 東牀 東坦 坦牀 甥館 佳婿 乘龍快婿 姑爺 嬌客 郡馬 駙馬

9
婺 wù 粵mou^{6}冒 ①用於水名，如婺江(在江西)。②用於地名，如婺源(在江西)。

10
媵 yìng 粵jing^{6}認 ①陪送出嫁。②指陪送出嫁的男女◇媵臣|媵婢。③妾；妃嬪◇媵妾|媵嬙。

10
媾 gòu 粵gau^{3}救 ①結為婚姻◇婚媾。②兩性交配◇交媾|媾合。③求和；講和◇媾和。

【媾和】gòuhé 雙方停止交戰，締結和約。

10
媽(妈) mā 粵maa^{1}嗎 ①母親◇媽媽|媽咪。②稱呼親族中與母親同輩的已婚婦女◇姨媽|舅媽|姑媽。③對年歲大的已婚婦女的尊稱◇張大媽|王大媽。④對中老年女僕的稱呼◇趙媽|老媽子。

【媽祖】māzǔ 傳説中掌管海上航行的女神。相傳是福建莆田湄洲島人，原姓林名默，生於公元960年。終身未嫁，二十八歲登山石升天為神，救人苦難，為百姓所愛戴。

10 **嫄** yuán 粵jyun⁴元 人名用字。例如姜嫄，相傳是周的祖先后稷之母。

10 **媳** xí 粵sik¹色 ①兒子的妻子◇兒媳｜婆媳。②弟弟或晚輩親屬的妻子◇弟媳｜孫媳｜姪媳。

【媳婦】〈一〉xífù ①兒子的妻子◇兒媳婦。②弟弟或晚輩親屬的妻子◇弟媳婦｜姪媳婦｜孫媳婦。

〈二〉xífu ①妻子。②泛指已婚婦女。

10 **媲** pì 粵pei³譬 匹配；比得上。

【媲美】pìměi 比美；美的程度差不多◇芍藥可與牡丹媲美。

10 **嫉** jí 粵zat⁶疾 ①妒忌◇妒賢嫉能。②痛恨◇嫉惡如仇。

【嫉妒】jídù 忌妒◇心懷嫉妒。

【嫉恨】jíhèn 憎恨◇自己不努力，反而嫉恨別人。

【嫉賢妒能】jíxián dùnéng 妒嫉品德、才能勝過自己的人。

10 **嫌** xián 粵jim⁴嚴 ①嫌疑◇避嫌｜涉嫌。②厭惡；不滿意◇不嫌窮困｜嫌貧愛富。③仇恨；怨恨◇捐棄前嫌。

【嫌怨】xiányuàn 對人的不滿情緒；怨恨◇消除嫌怨。

【嫌惡】xiánwù 厭惡◇令人嫌惡。

【嫌棄】xiánqì 厭惡並疏遠◇不因家貧而嫌棄他。

【嫌疑】xiányí 被懷疑與某人或某事有牽連◇嫌疑犯｜不避嫌疑。

【嫌隙】xiánxì 隔閡，雙方不和◇漸生嫌隙。

10 **嫁** jià 粵gaa³駕 ①女子結婚◇出嫁｜嫁娶。②推卸；轉移◇轉嫁危機。

【嫁妝】jiàzhuang 出嫁時，女子娘家陪送到男子家中去的衣被、傢具或其他財物◇置辦嫁妝。

【嫁接】jiàjiē 把一種植物的枝或芽，接到另一植物體上，使兩者結合成為雜交的新植株◇嫁接果樹。

【嫁禍】jiàhuò 將禍害、罪責等轉移到別人身上◇嫁禍於人。

10 **媸** chī 粵ci¹痴 醜陋；醜惡◇妍媸莫辨。

11 **嫠** lí 粵lei⁴厘【嫠婦】lífù 寡婦。

11 **嫛** yī 粵ji¹衣【嫛婗】yīní 嬰兒◇嫛婗戀乳。

11 **嫳** piè 粵pit³撇【嫳屑】pièxiè 形容衣服飄動的樣子◇便姍嫳屑，飄搖欲仙。

11 **嫣** yān 粵jin¹煙 ①美好的樣子。常形容笑容。②顏色鮮豔◇奼紫嫣紅。

【嫣紅】yānhóng 鮮豔的紅色◇嫣紅的桃花開滿枝頭。

【嫣然】yānrán 形容美好的笑貌◇嫣然一笑。

11 **嫫** mó 粵mou⁴毛 古代人名用字。嫫母，黃帝時人，相貌醜陋。

11 **嫩**〔嫰〕nèn 粵nyun⁶暖⁶ ①初生的，柔弱的◇嫩芽｜嬌嫩。②形容細白柔滑◇這孩子的小手真嫩。③鮮嫩。多形容食物◇這魚蒸得很嫩。④顏色淺淡◇嫩黃｜嫩綠。⑤不老練；閱歷淺◇字寫得嫩了點｜辦事還麻利，就是人太嫩。

【嫩手】nènshǒu 新手，辦事不老練的人。

11 **嫗**（妪）yù 粵jyu³於³ 老年婦女◇老嫗。

11 **嫖** piáo 粵piu⁴漂⁴ 男子玩弄妓女。

11 **嫕** yì 粵ai³隘 和善溫順◇婉嫕有婦德。

11 **嫦** cháng 粵soeng⁴常【嫦娥】cháng'é 中國神話傳説中月宮裏的仙女。本是后羿的妻子，偷吃了后羿從西王母處得來的不死之藥，飛奔到月亮上成了仙女，與白兔、蟾蜍、桂樹為伴。

11 **嫚** màn 粵maan⁶慢 輕視；侮辱◇嫚罵｜侮嫚。

【嫚罵】mànmà 亂罵；辱罵◇肆意嫚罵。

11 **嫘** léi 粵leoi⁴雷【嫘祖】léizǔ 傳聞中黃帝的妃子，據説她發明了養蠶。

11 **嫜** zhāng 粵zoeng¹章 丈夫的父親；公公◇姑嫜。

11 **嫡** dí 粵dik¹的 ①古代指正妻◇嫡室｜嫡妻。②正妻所生的◇嫡嗣｜嫡子。③血統親近的◇嫡親姐妹。④正宗；正統◇嫡系。

【嫡系】díxì ①血親相傳的正支◇嫡系子孫。②一脈相承的派系◇嫡系部隊。

【嫡派】dípài ①嫡系。②受導師親授的一派◇嫡派傳人。

【嫡傳】díchuán 嫡派相傳，技藝、學術、武術等一代一代直接傳授下來◇嫡傳祕訣。

【嫡親】díqīn 血統最近的親屬，如姐妹兄弟等。

11 **嫪** lào 粵lou6路 姓。嫪毒，古代秦國人。

12 **嬃（媭）** xū 粵seoi1雖 古代楚人稱姐姐◇女嬃。

12 **嬈（娆）** 〈一〉ráo 粵jiu4搖 見"妖嬈"。〈二〉rǎo 粵jiu5繞 煩擾；擾亂◇嬈惱|心神煩嬈。

12 **嬉** xī 粵hei1希 戲樂；玩耍。

【嬉耍】xīshuǎ 玩耍◇他們常在一起嬉耍。

【嬉笑】xīxiào 又笑又鬧◇嬉笑聲不絕於耳。

【嬉鬧】xīnào 嬉笑打鬧◇孩子在草地上嬉鬧個不停。

【嬉戲】xīxì 遊戲；玩耍◇嬉戲追逐。

【嬉皮笑臉】xīpí xiàoliǎn ①嬉笑頑皮的樣子。②油腔滑調，不嚴肅◇嬉皮笑臉的，一點也不在乎批評。

【嬉笑怒罵】xīxiào nùmà ①歡笑與生氣責罵時的表情。②挖苦嘲弄，指摘責罵◇嬉笑怒罵，皆成文章。

12 **嫽** liáo 粵liu5了 美好◇嫽俏。

12 **嫻（娴）〔嫺〕** xián 粵haan4閒 ①熟練◇嫻於辭令。②文雅◇嫻淑。

【嫻雅】xiányǎ 文雅大方◇舉止嫻雅。

【嫻熟】xiánshú 熟練；純熟◇嫻熟的手法。(反)生疏、荒疏。

【嫻靜】xiánjìng 文靜穩重◇性格嫻靜。

12 **嬋（婵）** chán 粵sim4蟬【嬋娟】chánjuān ①美好◇倩女嬋娟。②指美女◇金屋嬋娟。③指月亮◇但願人長久，千里共嬋娟。

【嬋媛】chányuán ①嬋娟。②牽連；交錯相連◇垂條嬋媛。③形容情思縈繞的樣子◇心嬋媛而傷懷。

12 **嫵（妩）** wǔ 粵mou5母【嫵媚】wǔmèi 形容姿態美好可愛◇嫵媚多姿|嫵媚動人。

12 **嬌（娇）** jiāo 粵giu1驕 ①美麗可愛◇江山多嬌。②柔嫩，柔弱◇嬌軀|嬌妻幼子。③寵愛；過分愛護◇嬌縱。④指美女◇金屋藏嬌。⑤嬌氣◇一點兒苦都吃不了，太嬌了。

【嬌小】jiāoxiǎo 柔美小巧◇身材嬌小。

【嬌兒】jiāo'ér 愛子，對年幼兒女的愛稱◇嬌兒痴女。

【嬌美】jiāoměi 嬌柔美麗◇外形嬌美可愛。

【嬌客】jiāokè 指女婿、兒女等嬌貴的人◇新過門的兒媳婦成了家中的嬌客。

【嬌柔】jiāoróu 嬌嫩柔弱◇她天生一副嬌柔樣子。

【嬌氣】jiāoqì ①意志脆弱或不能吃苦的作風。②形容物品容易損壞◇這胸針太嬌氣了，還沒碰就斷了。

【嬌娥】jiāo'é 美人；美貌的少女。

【嬌黃】jiāohuáng 嫩黃色◇春風初到，岸柳嬌黃。

【嬌貴】jiāoguì ①形容貴重而不堅實◇嬌貴的古瓷器。②看得貴重，過分愛護◇新買的手機，嬌貴得不得了。

【嬌媚】jiāomèi ①美好可愛◇姿容嬌媚。②撒嬌獻媚的樣子◇露出嬌媚的神態。

【嬌嗔】jiāochēn（女子）撒嬌似地生氣◇擺出嬌嗔的樣子。

【嬌慣】jiāoguàn 寵愛並順從（對方）◇過分嬌慣孩子，就是溺愛。

【嬌嫩】jiāonèn 嬌柔稚嫩◇嬌嫩的女兒|嬌嫩的玫瑰。

【嬌憨】jiāohān 嬌痴，憨直可愛◇一舉一動，都嬌憨可愛。

【嬌寵】jiāochǒng 嬌養寵愛◇別把孩子嬌寵壞了。

【嬌豔】jiāoyàn 柔美豔麗◇容貌嬌豔|嬌豔的花朵。

【嬌滴滴】jiāodīdī 嬌媚柔嫩的樣子◇枝枝花朵，嬌滴滴的在風中搖曳｜她説起話來嬌滴滴。

【嬌生慣養】jiāoshēng guànyǎng 備受寵愛和縱容，只知享受，不能吃苦。㊀ 吃苦耐勞。

12 **嫿（婳）** huà 粵waak6 或 見"婠嫿"。

12 **嫷（嫷）** tuǒ 粵to5 妥 美好◇嫷服。

13 **嬴** yíng 粵jing4 形 姓。例如嬴政。

13 **嬖** bì 粵bai3 閉 ①寵愛；寵倖◇嬖臣｜嬖妾｜嬖女。②受寵愛的人◇寵嬖。

13 **嬙（嫱）** qiáng 粵coeng4 祥 古代宮廷裏的女官名。

13 **嬛** huán 粵waan4 頑 見"琅嬛"。

13 **嬡（嫒）** ài 粵oi3/ngoi3 愛 見"令嬡"。

13 **嬗** shàn 粵sin6 善 ①演進；演變◇嬗變。②更替◇嬗替。

【嬗變】shànbiàn 一步步變化◇世事嬗變。

14 **嬰（婴）** yīng 粵jing1 英 ①初生的孩子◇嬰兒｜女嬰。②纏繞；遭受◇雜務嬰身｜夙嬰疾病。

14 **嬲** ㈠ niǎo 粵niu5 鳥 糾纏；戲弄。㈡ niǎo 粵nau1 紐1 方言。惱怒。

14 **嬷** mó 粵mo5 摸5【嬷嬷】mómo ①稱呼年老婦女。②稱奶媽。③對天主教和東正教修女的稱呼。

14 **嬪（嫔）** pín 粵pan4 貧 ①古代宮廷中的女官。②指皇帝的妾◇嬪妃。

15 **嬸（婶）** shěn 粵sam2 審 ①叔父之妻◇嬸嬸｜嬸母。②稱呼與母親同輩但年紀較小的已婚婦女◇大嬸｜二嬸。

【嬸子】shěnzi 嬸母◇大嬸子。

【嬸娘】shěnniáng ① 稱叔父的妻子。② 對與母親同輩但年齡較小的已婚婦女的稱呼◇張家嬸娘。

【嬸婆】shěnpó 稱父母的嬸娘。

16 **嬿** yàn 粵jin3 宴 ①美好◇嬿婉。②安樂◇生無榮嬿，沒望歸魂。

17 **孀** shuāng 粵soeng1 商 ①寡婦，喪夫的婦女◇孤孀｜遺孀。②守寡◇孀居。

【孀居】shuāngjū 守寡。

【孀婦】shuāngfù 寡婦。

19 **孌（娈）** luán 粵lyun5 聯5 美好◇姿容婉孌。

【孌童】luántóng 古時稱呼被當作女性玩弄的男性。多為年輕貌美的男子。

子部

0 **子** ㈠ zǐ 粵zi2 只 ①古代指兒女。現代專指兒子◇子女｜獨生子。②泛指人◇遊子｜男子｜女子。③古代尊稱有學問的男子◇孔子｜莊子。④古人尊稱老師◇夫子。⑤指學生◇弟子。⑥古代指你◇以子之矛，攻子之盾。⑦古代圖書經、史、子、集四部分類法的第三部，包括諸子、哲學、政治、科技、藝術等類別的書◇子部｜子書。⑧植物的種子、果實◇瓜子｜菜子｜果子。⑨動物的卵◇蠶子｜魚子。⑩幼小的；嫩的◇子雞｜子豬｜子姜。⑪小而堅硬的塊狀物或粒狀物◇石子｜棋子。⑫利息；利錢◇子息｜子錢。⑬銅錢；銅元。泛指錢◇角子｜一個子兒都沒有。⑭派生的；從屬的◇子母鐘｜子公司。⑮地支的第一位◇子午｜甲子。⑯十二時辰之一。指夜間十一點到次日凌晨一點◇子夜｜子時。

㈡ zi 粵zi2 只 助詞，後綴。附着在名詞、動詞、形容詞、量詞後面◇帽子｜夾子｜胖子｜打了兩下子。

【子女】zǐnǚ ① 兒子和女兒的統稱。泛指後代◇撫養子女｜他家的子女多。② 兒子或女兒◇獨生子女。

【子弟】zǐdì ① 指兒子、姪子、弟弟等近親晚輩男子◇子弟們都出落得很有出息。② 泛指年輕後輩◇紈絝子弟。③ 泛稱親近的人◇子弟兵。

【子夜】zǐyè 午夜，半夜◇子夜時分。

【子姪】zǐzhí 兒子和姪子，泛稱晚輩◇攜子姪春日泛舟。

【子息】zǐxī ① 子嗣。② 利息。

【子孫】zǐsūn 兒子、孫子。泛指後代◇造福子孫｜炎黃子孫。

【子規】zǐguī 杜鵑鳥的別名◇子規啼血。

【子嗣】zǐsì 傳宗接代的兒子。

【子午線】zǐwǔxiàn 經線。為測量地球而假設的北南方向的線。

【子虛烏有】zǐxū wūyǒu 漢代司馬相如《子虛賦》，假託子虛先生、烏有先生和亡是公三人互相問答。後世稱虛構或不真實的事情為“子虛烏有”◇這則新聞根本就是子虛烏有，網絡爆料豈能憑空捏造。㊊ 千真萬確、實實在在。

0 孑 jié 粵git^{3} 潔/kit^{3} 揭 ①孤單；孤立。②見“孑孓”。

【孑孓】jiéjué 蚊卵在水中孵化出來的幼蟲。體細長，游泳時身體一屈一伸。

【孑立】jiélì 獨自站着。形容生活孤獨◇煢煢孑立，形影相吊。

【孑然】jiérán 形容孤獨的樣子◇孑然獨處｜孑然一身。

【孑遺】jiéyí 遺留；餘剩◇靡有孑遺。

0 孓 jué 粵kyut^{3} 決 見“孑孓”。

1 孔 kǒng 粵hung^{2} 恐 ①小洞；窟窿◇毛孔｜無孔不入。②量詞。用於橋洞、窰洞等成洞形的物體◇孔洞｜十七孔橋｜一孔土窰。③姓。

【孔穴】kǒngxué 洞穴；窟窿◇半山腰有一個孔穴。

【孔雀】kǒngquè 鳥類的一種，屬雞形目。

【孔隙】kǒngxì 洞眼；縫◇砂鍋上有一個細小的孔隙。

【孔方兄】kǒngfāngxiōng 指錢。古時銅錢中間有方形的孔，故稱。

2 孕 yùn 粵jan^{6} 刃 ①懷胎◇避孕｜孕婦。②指胎兒◇懷孕｜身孕。③包含，包裹◇包孕。

【孕育】yùnyù ① 懷胎生育◇孕育生命｜孕育過的女人更健康。② 比喻從已有的事物中醞釀出新的事物◇大地孕育萬物。

【孕婦】yùnfù 懷孕的婦女。

3 存 cún 粵cyun^{4} 全 ①在◇名存實亡。②活着◇幸存｜生死存亡。③保留下來◇求同存異。④蓄積；積聚◇積存｜水庫存滿了水。⑤儲蓄◇存摺｜存款。⑥寄放◇寄存行李。⑦剩下；結餘◇庫存｜餘存。⑧懷着◇存心不良｜別存幻想。

【存亡】cúnwáng ① 生存，死亡。② 存在，滅亡◇危急存亡之秋。

【存心】cúnxīn ① 居心；懷着某種用心◇存心不善。② 故意；有意◇存心滋事。

【存在】cúnzài ① 有；未消失◇還存在不少問題。② 哲學上指獨立於人的主觀意識之外的客觀世界的所有內容。

【存身】cúnshēn 安身◇逼得她無處存身。

【存歿】cúnmò 生死。

【存放】cúnfàng 寄存；存儲◇存放單車｜把錢存放在銀行裏｜衣服先存放在店裏。

【存恤】cúnxù 慰問救濟◇存恤孤寡。

【存根】cúngēn 開出票據或證明後留存備查的底子◇支票存根。

【存款】cúnkuǎn 一筆放在銀行或金融機構的金額。

【存疑】cúnyí ① 心中有疑問或疑慮。② 把疑難問題擱置起來，暫不作結論。

【存檔】cúndàng 把處理完畢的公文、資料、文稿等歸檔保留，以備查考。

【存亡絕續】cúnwángjuéxù 要麼繼續生存，要麼滅亡。形容形勢非常危急◇已經到了存亡絕續的緊要關頭。㊐ 生死存亡。

3 字 zì 粵zi^{6} 自 ①文字◇漢字｜簡化字。②用文字寫成的憑據、書東等◇見字速歸｜立字為憑。③字音◇吐字清楚。④字體◇草字｜柳（柳公權）字。⑤書法作品◇字畫。⑥表字◇周瑜，字公瑾。⑦對電錶、水錶中使用量的俗稱◇上個月電用了四十個字。⑧女子已定婚約等着出嫁◇待字閨中。

【字句】zìjù 行文中的字詞和句子。

【字母】zìmǔ ① 拼音文字或注音符號的最小書寫單位◇漢語拼音字母｜國語注音字母。② 音韻學術語。聲母的代表字，如“幫”代表聲母“b”。

【字典】zìdiǎn 以字為單元，有序排列，注明讀音，解釋字義，説明用法的工具書。

【字帖】〈一〉zìtiě 寫着簡單事項、有一定規格的紙片◇留了張字帖就匆匆走了。

〈二〉zìtiè 供學習書法的人臨摹的範本。多為書法名家的墨跡拓本。

【字面】zìmiàn 文字表面上的意思◇不能只從字面理解文章。

【字眼】zìyǎn 指句子中的字或詞◇挑字眼｜換個貼切的字眼。

【字畫】zìhuà 書畫，書法和繪畫作品的統稱。

【字幕】zìmù 在銀幕、屏幕、舞台上映出的文字。

【字號】〈一〉zìhao ①商店的名稱。②指商店◇老字號。

〈二〉zìhào 過去的鉛字排版和現今的電腦排版所用的字的大小等級數。

【字跡】zìjì ①字的筆畫和形體◇字跡要端正。②字的痕跡◇字跡模模糊糊。③人寫字的形跡◇從字跡看個性。

【字樣】zìyàng 用在某處起標誌、提示作用的簡短文字◇信封上印有"航空"字樣。

【字據】zìjù 書面憑證，如合同、收據、借條等。

【字謎】zìmí 以字為謎底的謎語。

【字體】zìtǐ ①同一種文字的不同形體，如漢字的楷書、行書、草書，印刷體的宋體、仿宋體、黑體等。②漢字書法的流派，如顏（顏真卿）體、柳（柳公權）體等。

【字斟句酌】zìzhēn jùzhuó 反復推敲每個字、每句話。形容寫作、説話十分慎重認真。

【字裏行間】zìlǐ hángjiān 字句中間◇字裏行間充滿愛撫之情。

3 **孖** 〈一〉zī 粵zi1之 孿生子。〈二〉mā 粵maa1媽 成雙的；成對的◇孖仔。

【孖展】māzhǎn 方言。①廣東稱與外國商人貿易來往的經紀人。（英 merchant）②在保證金信用交易、期貨和期權交易中，投資者向經紀人或交易所繳納的押金。（英 margin）同 保證金、按金。

4 **孝** xiào 粵haau3效3 ①孝順，子女尊敬父母並盡心奉養與服侍◇孝敬｜忠孝。②守孝，為父母居喪期間遵守的禮俗。在規定的時期內穿喪服、戴孝絹、不娛樂、不應酬交際。③指喪服◇重孝｜披麻帶孝。

【孝子】xiàozǐ ①孝順父母的兒子。②為父母守孝的兒子。

【孝心】xiàoxīn 孝順父母的心意。

【孝服】xiàofú ①居喪時穿的白布或麻布喪服。②為死者服喪的日期◇孝服未滿。

【孝悌】xiàotì 悌，盡做弟弟的本分。孝順父母，順從兄長。

【孝順】xiàoshùn 遵循父母的意願，盡心盡力伺候、奉養父母。

【孝敬】xiàojìng ①孝順尊敬父母、長輩。②送給父母、長輩錢物，表示孝心、敬意。

【孝廉】xiàolián ①古代統治者選拔人才的科目。②指被選拔的士人◇舉孝廉。③明清兩代稱呼舉人。

【孝道】xiàodào 孝順父母的道義責任◇盡孝道。

4 **孛** 〈一〉bèi 粵bui6貝6 彗星。〈二〉bó 粵but6勃【孛老】bólǎo 傳統戲劇中的老年男子。

4 **孚** fú 粵fu1呼 令人信服◇深孚眾望｜不孚眾望。

4 **孜** zī 粵zi1之【孜孜】zīzī ①形容勤勉、努力不懈◇孜孜不倦。②專心一意◇孜孜以求。③憨笑的樣子◇她不禁孜孜地笑了起來。

【孜孜不倦】zīzībújuàn 勤奮努力，不知疲倦。反 無所用心。

5 **季** jì 粵gwai3貴 ①在兄弟排行裏代表第四或最後◇季父｜伯仲叔季。②季度，一年分春夏秋冬四季，三個月為一季。③特定的時間段、年齡段◇雨季｜旱季｜花季少年。④農曆四季的最後一個月◇季秋。⑤一個朝代的末期◇明季｜清季。⑥量詞。作物成熟一次稱一季◇單季稻｜雙季稻。⑦姓。

【季父】jìfù ①叔父。②指最小的叔父。

【季度】jìdù 以一季三個月為一個時間單元◇季度計劃｜季度預算。

【季軍】jìjūn 體育、選美等競賽活動的第三名。

【季節】jìjié 一年裏按氣候、農時劃分的有特徵的時期◇季節性｜嚴冬季節。

5 **孟** mèng 粵maang6猛6 ①在兄弟排行裏代表首位◇孟、仲、叔、季。②農曆四季的第一個月◇孟春｜孟夏｜孟秋｜孟冬。③姓。

【孟浪】mènglàng ① 魯莽；冒失◇出言孟浪。(同) 魯莽、莽撞 (反) 穩重、穩健。② 放浪；到處漂泊◇孟浪四海。

5 **孤** gū 粵gu1姑 ①孤兒，幼年喪父或父母雙亡的人◇託孤|遺孤。②指老而無子的人◇孤老|鰥、寡、孤、獨。③單獨；孤單◇孤帆|勢單力孤。④古代王侯謙稱自己◇孤家|稱孤道寡。

【孤本】gūběn 僅存一本的書籍。

【孤立】gūlì ① 獨自存在，與別的事物沒有關係◇孤立地看待問題。② 得不到同情或幫助◇孤立無援。③ 把對方孤立起來◇切斷後援，孤立固守之敵。

【孤老】gūlǎo 沒有妻室子女、單身生活的老人。

【孤兒】gū'ér 喪父或喪失父母的兒童。

【孤苦】gūkǔ 孤身無靠，生活困苦◇孤苦伶仃。

【孤寂】gūjì 孤獨寂寞◇孤寂的眼神｜兒女回來了，他不再忍受孤寂了。(同) 寂寞 (反) 熱鬧。

【孤傲】gū'ào 孤僻高傲◇性情孤傲，處事武斷。(同) 孤高 (反) 謙恭、謙遜。

【孤僻】gūpì 孤獨怪僻◇生性孤僻。

【孤獨】gūdú 孤單；孤身一人◇一個人孤獨地回家。

【孤孀】gūshuāng ① 無子女的寡婦。② 孤兒和寡婦◇弔死問疾，恤養孤孀。

【孤零零】gūlínglíng 孤單；沒有依靠或沒有陪伴◇孤零零一棵老樹。

【孤芳自賞】gūfāngzìshǎng 自認為是一枝獨秀的香花而自我欣賞。比喻自命清高。

【孤注一擲】gūzhùyízhì 把所有的錢全部押進賭注，寄望一次就贏得大錢。比喻竭盡全力，冒險作最後的拼搏。

【孤陋寡聞】gūlòu guǎwén 學識淺薄，見聞狹窄。(同) 閉目塞聽 (反) 見多識廣。

【孤家寡人】gūjiā guǎrén ① 比喻處於孤立無援境地的人。② 現常指孤獨的、沒有親眷的人。

【孤掌難鳴】gūzhǎngnánmíng 一隻手掌無法拍響。比喻力量單薄，難以成事。(同) 獨木難支 (反) 羣策羣力。

5 **孢** bāo 粵baau1包【孢子】bāozǐ 某些低等動植物產生的一種有繁殖能力的細胞，脫離母體後能直接或間接發育成新的個體。

5 **孥** nú 粵nou4奴 ①兒子。②妻子和兒子。後也指妻子和兒女。

6 **孩** hái 粵haai4鞋 兒童；孩子◇小孩|男孩。

【孩提】háití 幼兒；兒童◇孩提時代。

7 **孬** nāo 粵nau1嬲 ①不好；壞◇孬運|他對你不孬。②膽小，沒有勇氣◇這人真孬，怕這怕那。

【孬種】nāozhǒng ① 軟弱、膽小的人。② 壞種。

7 **孫(孙)** sūn 粵syun1宣 ①兒子的兒子◇長孫|兒孫滿堂。②孫子以後的各代◇曾孫|玄孫。③跟孫子同輩的親屬◇外孫|姪孫。④姓。

8 **孰** shú 粵suk6淑 ①誰◇孰能無過？②哪個。常用於比較◇孰是孰非。③甚麼◇是可忍，孰不可忍？

【孰若】shúruò 何如，哪如，怎麼比得上。表示反問的語氣◇與其坐而待亡，孰若起而拯之？

【孰與】shúyǔ ① 比對方怎麼樣。表示比較，兩者相比，詢問哪個更甚◇我孰與城北徐公美？② 何如；不如。表示抉擇，傾向肯定後一種◇惟坐待亡，孰與伐之？

9 **孳** zī 粵zi1之 滋生；繁殖。

【孳生】zīshēng 繁殖◇水塘孳生蚊蠅。

【孳乳】zīrǔ 動物生子繁殖。引申為事物生生不已。

【孳息】zīxī 繁殖生息。

9 **孱** 〈一〉chán 粵saan4散4 ①懦弱；怯弱◇性格孱弱。②衰弱◇力孱氣餒。

〈二〉càn 粵zaan6賺【孱頭】càntou 軟弱無能的人。

11 **孵** fū 粵fu1呼 ①禽鳥伏在卵上，用體溫使卵內的胚胎發育成幼雛。②用人工保持恰當溫度的方法育卵成雛。

【孵化】fūhuà ① 卵生動物的受精卵在一定的溫度和其他條件下變成幼體。② 比喻培育、扶植新生事物，使之發展起來◇孵化新的產業。

13 **學(学)** xué (粵)hok6鶴 ①學習◇刻苦自學。②模仿◇他很怪，喜歡學雞叫。③學堂，學校◇入學|中學。④學科◇數學|天文學。⑤學問◇博學多才|學有專長。

【學力】xuélì 文化程度或學術水平◇學力深厚。

【學士】xuéshì ① 學者，讀書人◇文人學士。② 大學最低一級的學位，畢業時由學校授予◇獲雙學士學位。

【學子】xuézǐ 學生◇莘莘學子。

【學生】xuésheng ① 在學校求學的人。② 向老師或師傅學習的人。

【學年】xuénián 學校的教學年度。一般從秋季開始到次年夏季，或從春季開始到冬末為一學年。

【學舌】xuéshé 模仿別人説話；只會跟着別人説，沒有主見。

【學名】xuémíng ① 各學科用的專門名稱◇氯化鈉是食鹽的學名。② 入學時用的正式名字，區別於平時習用的小名。

【學位】xuéwèi 高等學校授予學生的學銜。一般分學士、碩士、博士三級。

【學究】xuéjiū ① 科舉中的科目名。唐代取士，明經一科有“學究一經”的科目；宋代稱為“學究”，為禮部貢舉十科之一。② 指迂腐淺陋的讀書人◇學究氣十足。

【學長】xuézhǎng 尊稱比自己年長或年級高的同學。

【學者】xuézhě 在學術上有造詣和成就的人◇學者風範。

【學府】xuéfǔ 久負盛名、為社會所公認的高等學校。

【學界】xuéjiè 學術界，教育界。

【學科】xuékē ① 按照知識的性質劃分的門類。如化學、文學、生物學。② 學校教學的科目。如語文、數學。③ 軍事、體育訓練中的各種知識性科目。

【學風】xuéfēng 學校或學術界的風氣。

【學派】xuépài 同一學科中因學術觀點不同而分成的派別◇老莊學派。

【學徒】xuétú ① 在商店裏學做生意或在作坊、工廠裏隨師學藝的青少年。② 泛指向專家學習的人◇我很希望有機會做她的學徒。③ 當學徒◇十五歲就進廠學徒。

【學堂】xuétáng 學校◇京師大學堂是北京大學的前身。

【學術】xuéshù 專門化、成系統的學問。

【學問】xuéwen 系統的知識◇鑽研學問｜學問淵博。

【學習】xuéxí ① 從閱讀、聽講、研究、實踐中獲得知識或技能◇學習技藝｜學習文化。② 仿效；模仿◇學習他的治學方法。

【學期】xuéqī 學年內劃分的階段。在中國，一學年一般分為兩個學期。

【學業】xuéyè ① 學習的課業◇不要沉湎於玩遊戲機而荒廢學業。② 學識；學問◇學業有成。

【學監】xuéjiān 學校裏監督管理學生的專職人員。

【學説】xuéshuō 在學術上自成體系的主張、理論◇儒家學説。

【學閥】xuéfá 憑借權勢把持教育界或學術界的人。

【學潮】xuécháo 學校中師生為達到某種目的而舉行罷課、請願、遊行示威等活動。

【學歷】xuélì 求學的經歷。多指畢業、肄業學校的級別或所獲得的學銜，如小學、中學、大學、學士、碩士、博士。

【學識】xuéshí 學問，知識◇學識淵博。

【學籍】xuéjí ① 登記學生姓名等內容的冊子。② 學生在校學習的資格◇保留學籍｜開除學籍。

【學霸】xuébà 指學習成績優異的學生◇他作為班上的學霸，經常考第一名。

【學以致用】xuéyǐzhìyòng 要把學到的東西用到實際中來。

【學而不厭】xué'érbúyàn 致力於學習，永不滿足。形容勤奮好學◇學而不厭，誨人不倦。(同) 好學不倦 (反) 淺嘗輒止。

【學富五車】xuéfùwǔchē 五車，形容書多。讀書多，學問淵博。古人在竹木簡上寫書，把寫好的簡編在一起捲起來，叫一卷，一部書往往由多卷組成，體積大，要用車拉。

14 **孺** rú 粵jyu4 餘 ①幼小的◇孺童|孺子。②幼兒；小孩子◇婦孺。

【孺弱】rúruò 幼弱的孩子。

【孺子可教】rúzǐkějiào 年輕有出息，可以把本事傳授給他。

17 **孽**〔孼〕niè 粵jit6 熱/jip6 頁 ①災禍；邪惡。也指邪惡者◇妖孽|殘渣餘孽。②罪惡；壞事◇罪孽|自作孽，不可活。③不忠不孝；忤逆◇孽臣|孽子。

【孽根】niègēn 禍根，罪惡和災禍的根源◇鏟除孽根。

【孽種】nièzhǒng ①壞種。指邪惡的人。②長輩罵不肖子弟的話◇孽種！還不認錯！

【孽障】nièzhàng ①佛教指由自己的罪惡所造成的妨礙修行的障礙。②孽種，長輩罵不肖子孫的話。

19 **孿**（孪）luán 粵lyun4 聯 雙生◇孿生子|孿生姐妹。

宀部

2 **它** tā 粵taa1 他 第三人稱代詞。指代人以外的事物◇碗破了，扔了它吧|小狗不咬人，別怕它。

【它們】tāmen 代詞。指代兩個以上的事物◇長江、黃河，它們是我們的母親河|誰弄亂了這些書？請把它們整理好。

2 **宄** guǐ 粵gwai2 鬼 犯法作亂的人◇奸宄（在外叫奸，在內叫宄）。

3 **宇** yǔ 粵jyu5 雨 ①屋簷。②借指房屋◇屋宇|廟宇。③上下四方；宇宙空間◇天宇|玉宇|宇航員。④疆域；國土◇宇內|故宇。⑤儀表；風度；氣質◇器宇|眉宇|神宇。

【宇內】yǔnèi 四境之內；天地之間◇秦始皇有包舉宇內，併吞四海的雄心壯志。

【宇宙】yǔzhòu ①包括地球在內的，由所有天體和各種物質構成的空間◇宇宙空間|宇宙航行。②一切物質及其存在形式的總合。宇，指空間；宙，指時間。哲學上又叫"世界"。

【宇航】yǔháng ①宇宙航行。如人造地球衛星、宇宙飛船等在太陽系內外空間航行。②跟宇宙航行有關的◇宇航員|宇航站。

3 **守** 〈一〉shǒu 粵sau2 手 ①防守；防衛◇守衛|守門員|堅守陣地。②看護；看管◇守護|看守。③遵守◇守信譽|守紀律。④保持◇守成|守節。⑤挨近◇守着爐子不怕冷。⑥節操◇操守。⑦做太守◇滕子京謫守巴陵。

〈二〉shǒu 粵sau3 秀 古代地方行政長官◇郡守|太守。

【守成】shǒuchéng 保持前人的成就或業績◇創業難，守成更難。同 守業。

【守孝】shǒuxiào 民俗中輩去世後，在喪期內停止婚嫁、娛樂和交際，表示哀悼，叫守孝。◇古時要求守孝三年。

【守拙】shǒuzhuō 視官場為是非混濁之地，寧可清貧自守也不做官，叫守拙◇開荒南野際，守拙歸園田。

【守法】shǒufǎ 遵循法規或法令◇奉公守法|守法商人。

【守則】shǒuzé 共同遵守的規則◇員工守則|學生守則。

【守真】shǒuzhēn 保持天然本性◇守真養氣。

【守候】shǒuhòu ①看護，護理◇守候病人。②等待；等候◇守候多時。

【守望】shǒuwàng 守護瞭望◇在工事裏守望着山下敵人的動靜|與鄰居應守望相助。

【守備】shǒubèi 防守，防備◇加強守備|守備森嚴。

【守歲】shǒusuì 民俗中農曆除夕終夜不睡，送舊歲迎新年。

【守業】shǒuyè 守住前人所創立的事業或家業◇創業難，守業更難。反 創業。

【守節】shǒujié ①古代指堅守節操、遵奉禮法。②舊時指婦女的丈夫或未婚夫死後不再嫁人。

【守寡】shǒuguǎ 婦女死了丈夫後不再嫁人。同 孀居、寡居 反 再醮。

【守衛】shǒuwèi ①警衛，防守保衛◇守衛大橋。②負責防守保衛的人◇門口站着兩三個守衛。

【守禦】shǒuyù 把守防禦◇守禦國門。

【守舊】shǒujiù ① 抱住過去的看法和做法不肯革新◇因循守舊。② 傳統戲劇掛在舞台上作為背景用的底幕，幕上有裝飾性圖案。(同) 保守 (反) 開明、革新、創新、革固鼎新。

【守護】shǒuhù 看守保護◇守護倉庫丨通宵守護在他身邊。

【守靈】shǒulíng 守護在靈牀、靈柩或靈位旁邊。

【守財奴】shǒucáinú 有錢而又非常吝嗇的人。

【守口如瓶】shǒukǒurúpíng 形容説話慎重或嚴守祕密，決不輕言亂語。(同) 三緘其口 (反) 和盤托出。

【守株待兔】shǒuzhūdàitù 據《韓非子・五蠹》：戰國時宋國有一個農民看見一隻兔子撞在樹樁上死了，他便放下農具在那裏等候，希望再得到撞死的兔子。後以“守株待兔”比喻妄想得到意外的收穫，或是墨守成規、不知變通。

3 **宅** zhái (粵)zaak[6] 擇 住所；住家的房院◇住宅丨深宅大院。

【宅子】zháizi 住宅◇新近買了一所宅子。

【宅門】zháimén 深宅大院的正門。

【宅院】zháiyuàn ① 住宅的院落◇只見宅院打掃得乾乾淨淨。② 泛指住宅◇宅院空無一人，鴉雀無聲。

【宅第】zháidì 官僚士紳的住所。

3 **安** ān (粵)on[1]/ngon[1] 胺 ①平安，沒有變故或危險◇居安思危。②平靜；安定◇心神不安丨坐立不安。③使安定不亂◇安心丨安神丨安邦定國。④舒適，快樂◇貪圖安逸。⑤感到滿足◇安於現狀。⑥放到適當的位置或去處◇安插丨安排丨安家落戶。⑦安裝，設置◇安電話丨在壁上安一盞燈。⑧存着，懷着◇你安的是甚麼心眼！⑨憑空加上◇借機給他安了個罪名。⑩疑問詞，哪裏◇安能辨我是雄雌？⑪電流強度單位“安培”的簡稱。符號“A”。

【安土】āntǔ ① 眷戀故土◇百姓安土。② 安逸地住在故土◇安土樂業。

【安心】ānxīn ① 心情平定◇別掛記了，安心旅行去吧。② 居心；存心◇你這是安心作弄人！

【安生】ānsheng ① 安定平靜，安穩◇一心想過安生日子。② 不亂動◇睡覺也不安生。

【安全】ānquán 沒有危險，不出事故，平安無事◇安全駕駛。(反) 危險。

【安危】ānwēi 平安與危險。有時只指危險◇關心國家安危丨不顧個人安危。

【安好】ānhǎo 平安無事。常用於問候、祝福◇近況安好丨祈請安好。

【安身】ānshēn 容身；在某處居住生活◇無處安身丨暫借寺廟安身丨安身立命。

【安放】ānfàng 放置，把物體置於適當的位置上。

【安定】āndìng ① 平靜穩定◇民殷國富，社會安定。② 使平靜穩定下來◇安定人心。

【安神】ānshén 讓心神安定下來◇安神養顏。

【安眠】ānmián ① 安穩地入睡◇一夜安眠，直到天亮。② 死的婉辭。

【安息】ānxī ① 安靜地休息。多指睡眠。② 對死者表示悼念的用語◇安息吧！戰友。③ 古國名。在今伊朗。漢武帝時開始與中國溝通往來。

【安排】ānpái 有先後、有條理地處理或安置◇人事安排丨安排旅遊行程。

【安設】ānshè 安裝，設置◇安設天線。

【安康】ānkāng 平安和健康◇闔家安康丨祝君安康。

【安插】ānchā 安置到某個位置或時間段上◇安插親信丨會議中間安插一次遊覽活動。

【安逸】ānyì 休閒舒適◇貪戀安逸丨不求安逸，但圖平安。

【安然】ānrán 形容安穩或心境坦白的樣子◇安然無事丨安然處之。

【安閒】ānxián 安靜清閒；安寧休閒◇安閒自在丨日子過得很安閒。

【安葬】ānzàng 比較隆重地埋葬。

【安頓】āndùn ① 做出適當安排，使有着落◇把一家老小安頓妥當了才走。② 安寧；安穩◇事情沒辦好，心裏很不安頓。

【安置】ānzhì 安放；把人或物置於適當位置或處所◇安置行李丨新來員工的工作都已安置好了。

【安詳】ānxiáng 從容不迫；平靜自然◇舉止

安詳｜神態安詳。

【安靖】ānjìng ①社會或邊疆安定太平◇邊陲安靖。②把社會或邊疆治理得安定太平◇安靖邊陲。

【安裝】ānzhuāng 按照規定，把零件、部件或成品組合在各自的位置上◇新安裝了一套錄音設備。

【安寧】ānníng ①安定平靜，沒有打擾◇社區的環境還算安寧。②安定寧靜◇人聲嘈雜，終日不得安寧。㊇動盪。

【安撫】ānfǔ 安慰撫問◇好言安撫了他幾句。

【安樂】ānlè 安寧快樂◇生於憂患，死於安樂。

【安適】ānshì 安寧舒適◇安適的生活環境。

【安慰】ānwèi ①得到寬解，感到滿意，或感受到所需要的支持◇孩子有出息，父母心裏很安慰。②安撫慰問，使人心裏得到寬慰◇安慰受傷的人。

【安靜】ānjìng ①沒有聲響◇四周安靜得很。②安穩平靜◇這年月兵荒馬亂，找不到一塊安靜的地方。

【安穩】ānwěn ①平安穩當；平穩◇幾時才能過上安穩的日子。②穩妥；穩重◇他做事安穩。

【安全島】ānquándǎo 設在馬路中間、供行人穿越馬路時安全停留避讓車輛的地方。

【安琪兒】ānqí'ér 西方文學藝術中的天使，神的使者。在聖經故事中原為男性，後來演變為有翼的仙女、仙童。後常比喻可愛的女子或小孩。(英 angel)

【安樂死】ānlèsǐ 遵從末期或長期病人的意願，幫助他們結束生命，以結束痛苦。

【安樂窩】ānlèwō ①宋代名人邵雍，號"安樂先生"，把他的住所命名為"安樂窩"。②指安靜舒適的住處◇四山便是清涼國，一室可為安樂窩。

【安土重遷】āntǔzhòngqiān 留戀故鄉，不肯輕易遷往他處。㊇四海為家。

【安分守己】ānfèn shǒujǐ 説話做事符合身份，規規矩矩。㊂安守本分 ㊇胡作非為。

【安之若素】ānzhīruòsù 素，平時。遇到困難或變故像無事時一樣對待。㊇惶惶不安、驚恐萬狀。

【安民告示】ānmíngàoshì 穩定民心的佈告。

【安步當車】ānbùdàngchē(ānbùdàngjū) 舒緩地走路，就當是坐車。出自《戰國策・齊策四》："晚食以當肉，安步以當車。"

【安身立命】ānshēn lìmìng 生活有着落，精神有寄託。

【安居樂業】ānjū lèyè 安定地生活，愉快地從事自己的事業◇必須要解決房屋問題，讓市民安居樂業。㊇流離失所。

【安家落户】ānjiā luòhù 把家安在一個地方，長期住下去。

【安貧樂道】ānpín lèdào 不在意生活清貧，注重的是追求自己的信念，排斥不合信念的慾望。

【安然無恙】ānránwúyàng 沒有疾病，平安無事。

【安營紮寨】ānyíng zhāzhài ①軍隊臨時駐紮下來。②比喻團隊建立臨時住所◇工程隊在山腳下安營紮寨。

4 **完** wán ㊉jyun⁴ 元 ①齊全；不缺少◇完全。②做成；完成◇完稿｜完工。③盡；沒有剩餘◇燒完了｜大把錢都讓她花完了。④死亡◇魚離開水就完了。⑤失敗◇沒指望了，這次完了。⑥繳納◇完税。

【完人】wánrén 沒有缺點的人◇金無足赤，人無完人。

【完成】wánchéng 按預定目標做完◇完成任務｜剋期完成。

【完全】wánquán ①完整；齊全◇他説得很完全，不需要補充。②全部◇完全同意｜完全正確。

【完好】wánhǎo 完整，沒有損壞和殘缺◇完好如初｜地震過後，沒有一幢完好的樓房｜借別人的東西需要完好無缺地歸還。

【完美】wánměi 完備美好◇形象完美｜他有個完美的家庭。

【完畢】wánbì 結束；了結◇訓練完畢｜抄寫完畢｜處理完畢。㊇開始。

【完蛋】wándàn ①垮台；崩潰。②指死亡◇一場大病下來，她很快就完蛋了。

【完婚】wánhūn 結婚◇想在新春完婚｜都

三十了，還沒完婚。

【完備】 wánbèi 齊備，該有的都有◇設施完備｜所需的材料都已完備。

【完竣】 wánjùn（工程等）完成，結束◇古城樓修復完竣。

【完善】 wánshàn ① 又齊全又好◇教學設備完善。② 使完備無缺失◇完善公司的規章制度。

【完結】 wánjié ① 終了；結束◇演出完結。② 了結◇十年的情誼，就這樣完結了。

【完聚】 wánjù 團圓，分開後重新聚在一起◇全家完聚｜夫妻完聚。

【完滿】 wánmǎn 沒有缺欠，沒有不足◇結局完滿｜問題已完滿解決。(同) 圓滿 (反) 欠缺。

【完整】 wánzhěng 沒有殘缺或損壞◇領土完整｜結構完整。(反) 零碎。

【完璧歸趙】 wánbìguīzhào《史記・廉頗藺相如列傳》記載：趙國得到了楚國的和氏璧，秦昭王提出用十五座城池來換璧，趙王派藺相如帶着璧去換城。相如到秦國獻了璧，見秦王沒有誠意換城，就用計收回璧，完整地帶回趙國。後以"完璧歸趙"比喻將原物完好無損地歸還主人。(同) 完璧、璧還。

4 **宋** sòng 粵sung3 送 ①朝代名。公元960–1279年，趙匡胤所建。②指宋刊本或宋體字◇影宋｜仿宋。③姓。

4 **宏** hóng 粵wang4 弘 大，廣大；大範圍的◇宏觀｜寬宏大量。

【宏大】 hóngdà 巨大◇三峽大壩規模宏大，舉世無雙。

【宏偉】 hóngwěi 氣勢、氣概、規模宏大雄偉◇氣魄宏偉｜宏偉的建築。

【宏富】 hóngfù 廣博豐富◇互聯網可以說是包羅萬象，內容越來越宏富｜故宮博物館是保存中國宏富文物的博物館之一。

【宏達】 hóngdá ① 學識博大通達。② 豁達；曠達◇處世宏達｜胸懷宏達。③ 宏偉◇從景山上看故宮，真是宏達壯麗。

【宏圖】 hóngtú 遠大的設想；規模宏偉的計劃◇大展宏圖｜宏圖在胸。

【宏論】 hónglùn 高瞻遠矚的議論◇大發宏論。

【宏願】 hóngyuàn 遠大的志向或願望◇立下宏願。

【宏觀】 hóngguān ① 自然科學術語。指不涉及分子、原子、電子等物質內部結構或機制的◇宏觀世界。② 總體方面的，全局的◇宏觀經濟。(反) 微觀。

5 **宗** zōng 粵zung1 忠 ①祖先◇光宗耀祖。②家族；同一家族的◇宗弟｜同宗。③派別◇宗派｜正宗。④根本；主旨◇開宗明義｜萬變不離其宗。⑤尊崇；效法◇海內宗仰｜他的書法宗王羲之。⑥眾人所尊重或師法的人◇一代文宗。⑦件；批◇一宗案卷｜大宗款項。⑧西藏地區舊行政區劃單位，相當於縣◇扎青宗。⑨姓。

【宗匠】 zōngjiàng 在學術或藝術上有重大成就並為眾人所推崇的人。

【宗仰】 zōngyǎng 推崇，敬仰◇海內宗仰。

【宗旨】 zōngzhǐ 主要的目的或意圖◇闡明宗旨｜會議的宗旨。

【宗法】 zōngfǎ ① 古代的宗法等級制度。其核心是以血緣家族為中心，按嫡庶長幼來確定各人在宗族中的地位和繼承權◇中國自古以來是宗法社會。② 效法；師法◇著述宗法司馬遷，繪畫宗法吳昌碩。

【宗派】 zōngpài ① 政治、學術、文藝、宗教等方面的不同派別。② 為謀私利而結合成的小集團◇為人奸滑，慣於拉扯小宗派。③ 宗族內部的分支。

【宗室】 zōngshì ① 宗廟。② 皇族，帝王的宗族。

【宗祠】 zōngcí 家廟，同族的人供奉、祭祀祖先的祠堂。

【宗師】 zōngshī 在思想或學術上受人崇仰，堪稱楷模的人◇天下宗師｜一代宗師。

【宗教】 zōngjiào 某種特定的社會意識形態的表現形式。人類社會有多種宗教，主要有天主教、基督教、伊斯蘭教和佛教，各有自己的神明崇拜和形式不同的教會組織。

【宗族】 zōngzú 由出自同一祖宗（父系）的人所構成的家族。

【宗廟】 zōngmiào 古代帝王或諸侯祭祀祖宗的地方。

【宗主國】 zōngzhǔguó ① 封建時代控制藩屬國的國家。② 殖民國家對殖民地稱宗主國。

5 **定** dìng 粵ding6 丁6 / deng6 頂6 ①安穩；平靜◇安定|心神不定。②使穩定，使固定◇定心|定影。③規定的◇定量|定額|定期。④決定；確定◇把議程定下來。⑤預先約好◇定購|約定。⑥必定；一定◇人定勝天|定有原因。

【定心】dìngxīn 心緒安定，不慌亂。

【定向】dìngxiàng ①測定方向◇定向儀。②有確定方向或確定目標的◇定向發展|定向培養。

【定名】dìngmíng 命名；確定名稱◇植物定名。

【定見】dìngjiàn 明確而肯定的見解或主張◇人云亦云，從無定見。

【定位】dìngwèi ①用儀器測量物體所在的位置◇衛星定位系統。②職位；設定的位置◇各有定位，各負其責。

【定局】dìngjú ①不可改變的局面◇走到這一步，也已成定局，無謂再掙扎了。②作出最後決定◇這件事還遠未定局。

【定例】dìnglì 慣例；沿用下來的規定。

【定性】dìngxìng ①測定事物包含的成分和性質◇定性分析。②確定所犯錯誤或罪行的性質◇定性為過失殺人罪。

【定居】dìngjū 在某個地方長期居住◇定居加拿大。

【定弦】dìngxián ①調整樂器上的弦以校正音準。②比喻拿準了主意◇究竟怎麼辦，還沒個定弦。

【定型】dìngxíng ①把事物的形態、結構、特徵等固定下來◇產品已定型，只待批量生產。②形式、型號固定的◇定型產品。

【定律】dìnglǜ 反映事物發展變化規律的論斷或公式◇萬有引力定律。

【定神】dìngshén ①凝神；集中注意力◇定神凝視。②使心情安定下來◇安心定神。

【定案】dìng'àn ①對案件、方案、計劃作出最後決定。②指所作出的最後決定。

【定理】dìnglǐ 正確性已經確證，可以直接使用，不需再證明的命題或公式◇勾股定理。

【定規】dìngguī 成規；確定的規則◇六點鐘起牀是我的定規。

【定都】dìngdū 確定首都的所在地。

【定情】dìngqíng 男女互贈信物，表示確定愛情關係◇定情信物。

【定期】dìngqī ①限定日期或期限◇定期完工。②有確定期限的◇定期存款。③按照一定時間的◇定點班車。

【定然】dìngrán 肯定；必然◇你去問他，他定然不答應。

【定睛】dìngjīng 眼珠一動不動地看着。形容視線集中◇定睛細看，原來是隻蝴蝶。

【定鼎】dìngdǐng 傳説大禹鑄九鼎，以象徵九州，經歷商朝到周朝，作為傳國重器放置於國都。後世就以"定鼎"指定都或建立王朝。

【定義】dìngyì 對事物性質所作的科學表述◇國際天文學會最近給行星下了新的定義。

【定奪】dìngduó 對事情做出可否或取捨的決定◇這件事應該提請董事會定奪。

【定語】dìngyǔ 在名詞前邊表示領屬、性質、數量等的修飾成分。名詞、代詞、形容詞、數量詞等都可以做定語。如"金華火腿"中的"金華"，"新鮮空氣"中的"新鮮"，"三間房子"中的"三間"都是定語。

【定稿】dìnggǎo ①修改確定稿件。②最後確定的稿子◇經多次修改終成定稿。

【定價】dìngjià ①確定銷售價格◇由市場部定價。②售價◇定價五千元，不便宜。

【定論】dìnglùn ①確鑿不移的論斷◇早有定論。②做出確定的論斷◇尚待權威學者定論。

【定親】dìngqīn 訂婚。

【定點】dìngdiǎn ①被限定的地點或範圍◇定點推銷。②按照固定的時間；準點◇火車定點到達。

【定額】dìng'é ①規定的數額。②按照規定的數量◇定額生產。

5 **宕** dàng 粵dong6 蕩 ①放縱，不受拘束◇放宕。②拖延◇事情就這樣延宕下來了。

5 **宜** yí 粵ji4 兒 ①合適；適合◇適宜|不合時宜。②應當；應該◇事不宜遲|不宜操之過急。

【宜人】yírén 令人愜意◇氣候宜人|山清水秀，風光宜人。

5 **宙** zhòu 粵zau6 就 古往今來的時間◇宇宙。

【宙斯】 zhòusī 希臘神話中的主神。主宰諸神和人類，威力無邊。(英 Zeus)

5 官 guān ㊥gun¹管¹ ①在政府和軍隊中擔任正式職務的人員◇軍官|外交官。②屬於政府的◇官辦|官費留學。③器官◇感官|五官端正。④舊時尊稱男性◇客官|看官。

【官人】 guānrén ① 古代稱做官的人，後用以稱普通的男子◇來了一位官人。② 妻子對丈夫的稱呼。

【官方】 guānfāng ① 政府方面的◇官方言論|官方人士。㊀ 民間。② 指掌控解釋權的一方◇官方網站。

【官司】 guānsi 訴訟◇打官司|官司纏身。

【官吏】 guānlì 舊時大小官員的統稱◇過去是縣衙裏的一個小官吏。㊀ 平民、百姓。

【官印】 guānyìn 官員或官署的印信。

【官長】 guānzhǎng ① 舊時政府部門的主管官員。② 舊日尊稱軍官。

【官邸】 guāndǐ 高級官員的住宅◇首相官邸。

【官府】 guānfǔ 舊指政府機構◇押送到官府。

【官軍】 guānjūn 古代稱朝廷的軍隊。

【官員】 guānyuán 在政府擔任一定規格以上職務的人員。

【官氣】 guānqì 官僚習氣，官僚作風◇公務員切不可滋長官氣。

【官家】 guānjiā ① 古代稱皇帝。② 舊指官府。

【官商】 guānshāng ① 官方經營的商業。② 指經營官方商業的人。③ 官員和商人◇官商勾結，魚肉百姓。

【官場】 guānchǎng 政界；政府工作所涉及的範圍◇在官場混了半輩子。

【官腔】 guānqiāng ① 官場中應酬的門面話。② 利用官方的各種規定、政策找尋借口，敷衍塞責、推託了事、冠冕堂皇的話◇打起十足的官腔 。

【官費】 guānfèi 國家供給的費用◇官費出國留洋。

【官媒】 guānméi 官方辦的或具有官方認證背景的媒體◇官媒對此亦表示支持。

【官署】 guānshǔ 舊指官方機構◇隔三差五到官署裏走動走動。

【官話】 guānhuà ① 舊稱官方使用的語言◇説一口道地的官話。② 舊稱國語。③ 漢語方言的一支，分佈在中國北部和西南部的大部分地區。下分北方官話、中原官話和南方官話。④ 官腔◇滿口不着邊際的官話。

【官僚】 guānliáo ① 官員，官吏。② 指官僚主義或官僚作風◇不要對老百姓耍官僚。

多樣表達：官僚

官府 衙門 官衙 官署 官場 官邸 官方 官吏 官員 官位 官階 官銜 官職 官爵 爵位 官氣 官腔 官長 長官 同僚 僚屬 官宦 宦海 俸祿 薪俸 薪水 委任 任命 晉升 升官 免職 撤職 革職 罷免 罷官

【官銜】 guānxián ① 政府官員職位等級的名稱，如部長、局長、署長。② 軍銜，如少將、上校、中尉。

【官網】 guānwǎng 官方辦的網站，也指正式得到授權的網站◇詳情請見官網相關信息。

【官價】 guānjià 政府規定的價格◇按官價成交。

【官辦】 guānbàn 由政府開辦或經營的。

【官爵】 guānjué 官職，爵位◇別小看他，人家的官爵可不低！

【官職】 guānzhí 政府內的職位◇官職升遷|擔任重要官職。

【官官相護】 guānguānxiānghù 官員之間相互包庇、袒護。㊀ 鐵面無私。

【官樣文章】 guānyàngwénzhāng 官場中有固定格式和套語而內容空洞、充斥官腔的公文。後用以指徒具形式、空洞浮泛的文章。

5 宛 wǎn ㊥jyun²院 ①彎曲；曲折◇委宛地訴説。②彷彿，好像◇遠遠望過去，宛在水中央。

【宛如】 wǎnrú 好像；好似◇飛瀉的瀑布宛如一匹匹織錦。

【宛若】 wǎnruò 彷彿；好似◇宛若天仙一般。

【宛然】 wǎnrán 好像；彷彿◇竹籬茅舍，小橋流水，宛然田家氣象。

【宛轉】 wǎnzhuǎn ① 迴旋；盤曲◇宛轉的小路一直延向山的深處。② 同“婉轉”，聲音委婉動聽◇歌喉宛轉|那長笛吹得宛轉悠揚。

5 宓 mì ㊥mat⁶物 寧靜；安靜。

6 宣 xuān ㊥syun¹孫 ①公開地説出；傳播、散佈出去◇宣道|心照不宣。②疏導◇宣泄

洪水。③傳達(皇帝的命令)◇宣詔|宣命。④召喚。用於君王對臣子◇宣兵部尚書上殿。⑤指宣紙◇虎皮宣|玉版宣。

【宣示】xuānshì 公開表示；宣佈◇公開宣示自己的觀點。

【宣告】xuāngào 宣佈，告知公眾◇宣告成立|宣告結束。

【宣佈】xuānbù 公開、正式通告公眾，讓應該知道的人都知道◇宣佈併購決定。

【宣言】xuānyán ① 國家、政黨或團體，為表明自己在重大問題上的立場、政策、要求、做法等而發表的文告◇獨立宣言|和平宣言。② 宣告，公開聲明◇茲鄭重宣言，此事與本公司概無牽涉。

【宣判】xuānpàn 法院在案件審理結束，向當事人宣佈案件的判決◇當庭宣判。

【宣泄】xuānxiè ① 泄露；泄漏◇不承想宣泄出去，鬧得滿城風雨。② 傾吐；發泄◇宣泄心中的苦痛。③ 排放；排泄◇及時開閘宣泄洪水。

【宣紙】xuānzhǐ 一種供中國書法、繪畫用的紙。產於安徽宣城一帶，潔白、綿軟、堅韌、光澤，經久不變。

【宣揚】xuānyáng 廣泛宣傳，使大家都知道◇大肆宣揚。

【宣傳】xuānchuán 用文字、演説等方式向眾人説明講解◇宣傳材料|發起宣傳攻勢。

【宣道】xuāndào 向信眾宣講教義。

【宣誓】xuānshì 在特定的儀式上當眾宣讀誓詞，並承諾履行誓言◇宣誓就職。

【宣稱】xuānchēng 公開表明；聲稱◇宣稱自己無罪。

【宣戰】xuānzhàn ① 某一國家或集團宣佈同另一國家或集團處於戰爭狀態。② 為達到既定目標而展開大規模的活動◇向貧困宣戰|向沙漠宣戰。

【宣講】xuānjiǎng 當眾宣傳講解◇宣講交通法規。

【宣讀】xuāndú 當眾讀出◇宣讀命令|宣讀致市長的公開信。

6 **宦** huàn 粵waan^6 患 ①官吏◇官宦人家。②做官◇仕宦。③侍候帝王的太監◇閹宦。

【宦官】huànguān 古代在宮內侍候皇帝、皇族，經閹割喪失男性功能的侍從。也叫太監。

【宦海】huànhǎi 比喻爭權奪利、升沉不定、變幻莫測的官場◇宦海浮沉。

【宦途】huàntú 做官的路徑，做官的經歷；仕途。

【宦遊】huànyóu 離開故土外出做官◇宦遊四方。

6 **宥** yòu 粵jau^6 右 寬恕；原諒◇寬宥|原宥|諒宥。

6 **宬** chéng 粵sing^4 乘 古代皇家藏書的屋子◇皇史宬(皇宮內收藏文書檔案的地方)。

6 **室** shì 粵sat^1 失 ①房間；房屋◇卧室|會議室。②家；家族◇宗室|十室九空。③妻子或家屬◇妻室|家室。④政府、團體、學校等內部的工作部門◇祕書室|檔案室。⑤器官內部的空腔◇腦室|心室。⑥星宿名，二十八宿之一。

6 **客** kè 粵haak^3 嚇 ①來賓；被邀請的人◇賓客|客隨主便。②專門從事某種活動的人◇俠客|刺客|政客。③一些行業對主顧的稱呼◇旅客|顧客。④商人◇珠寶客。⑤寄居或遷居外地的◇客籍|客居他鄉。⑥外來的，不是本身所有的◇客座|客卿|客家。⑦在意識外獨立存在的◇客體。⑧量詞。用於按份供應的食品◇一客炒飯|兩客甜食。

【客人】kèrén ① 來賓；被邀請來的人◇迎送客人。② 商店、酒店、餐廳、娛樂場所等稱其顧客◇今天客人真多，都招待不過來了。

【客死】kèsǐ 死於他國或他鄉◇客死異鄉。

【客車】kèchē 專門運送旅客的車輛。

【客串】kèchuàn ① 非專業演員臨時參加專業劇團演出◇票友登台客串演出。② 非本團隊的演員臨時參加演出◇另有當紅明星友情客串。

【客店】kèdiàn 規模小、設備簡陋的旅館◇公路邊上有兩家小客店。

【客官】kèguān 舊時店家對顧客的尊稱◇客官請慢走。

【客房】kèfáng 酒店內供客人住宿的房間。

【客居】kèjū 在外鄉居住，或在別人家寄居◇客居日本|長期客居親友家。

【客套】kètào ① 表示客氣的話◇老朋友何必

講客套。② 說客氣話◇彼此客套了幾句。

【客氣】 kèqi ① 對人謙讓，有禮貌◇待人一向都很客氣。② 表現出謙讓的姿態◇大家客氣了一番。

【客家】 kèjiā 古代從中原地區逐漸遷徙到南方定居的漢人，現分佈在廣東、廣西、福建、江西、湖南、台灣等地◇客家人。

【客棧】 kèzhàn 設備簡陋的小旅館，主要接待往來客商。一般兼有供客商臨時堆貨的地方。

【客運】 kèyùn 載運旅客的業務◇客運高峯。

【客籍】 kèjí ① 等於說“客居地”◇原籍上海，客籍香港。② 寄居本地的外地人◇客籍人。

【客體】 kètǐ ① 哲學上指主體以外的客觀事物，即存在於人的意識之外的宇宙世界的一切事物。② 法律上指主體的權利、義務指向的對象。

【客觀】 kèguān ① 哲學上指在人的意識之外的宇宙世界的一切事物◇客觀世界｜客觀環境。② 從事物的本身去考察，不帶個人偏見的◇他看問題比較客觀。

【客廳】 kètīng 接待客人的大房間◇進門是一間方方正正的客廳。

7 **宧** yí 粵 ji^{4} 而 古時指屋子裏的東北角。

7 **宸** chén 粵 san^{4} 臣 ①屋簷；屋宇。②北極星所在的地方。③古代帝王所住的地方◇宸居。④帝王；帝位◇宸駕｜宸旨｜登宸。

7 **家** 〈一〉jiā 粵 gaa^{1} 加 ①家庭的所在地◇家在九龍灣。②家庭◇三口之家｜成家立業。③店鋪，工廠◇酒家｜店家｜廠家。④經營特定行業的人家◇農家｜商家｜船家。⑤具有專業知識或技能的人◇專家｜行家｜成名成家。⑥具有特定身份或特徵的人◇東家｜冒險家。⑦學術上的流派◇儒家｜自成一家｜百家爭鳴。⑧民族◇苗家兒女｜傣家姑娘。⑨跟自己有特定關係的人◇親家｜仇家｜冤家對頭。⑩謙辭。對別人稱自己的長輩或年長的平輩親屬◇家父｜家叔｜家兄。⑪家裏的◇家風｜家規｜家務。⑫人工飼養的◇家畜｜家兔。⑬量詞。用於家庭、企業、工廠等◇兩家人｜三家公司｜兩家工廠。

〈二〉jia 粵 gaa^{1} 加 後綴。①用在男人的名字或排行後面，指其妻子◇文寶家｜老三家。②用在指人的名詞後面，表示屬於某一類人◇親家｜老人家｜姑娘家。

〈三〉jie 粵 gaa^{3} 駕 助詞。用作詞尾，起提示的作用◇每日家歎息｜成天家說。

【家小】 jiāxiǎo 指妻子和兒女。也專指妻子◇尚無家小｜討一房家小。

【家世】 jiāshì 家庭的門第和世系◇家世高貴。

【家伙】 jiāhuo 同“傢伙”。① 日用工具。② 特指武器。③ 對人的蔑稱或昵稱◇那家伙不是好東西｜小家伙笑起來很甜。④ 指牲畜◇這家伙吃得多，可也能幹重活。⑤ 量詞。次；下子◇咱們幹他一家伙。

【家私】 jiāsī ① 家庭財產◇積聚萬貫家私。② 粵方言。指傢具。

【家長】 jiāzhǎng ① 家庭中為首的人，一家之主。② 父母或其他監護人◇學生家長。

【家具】 jiājù 同“傢具”。家庭內的生活用具◇結婚家具｜中式家具。

【家法】 jiāfǎ ① 古代師徒相承、自成派別的學術理論和治學方法◇各以家法傳授。② 實行家族統治的禮法。③ 舊時家長責打子女或奴婢的用具◇家法伺候。

【家居】 jiājū ① 辭官在家◇家居清閒。② 失業在家。③ 家庭的居室◇家居寬敞。

【家政】 jiāzhèng 管理家庭事務的工作◇家政系｜家政服務。

【家信】 jiāxìn 家人寫給外出親人的書信。同 家書。

【家計】 jiājì 家庭的生計◇幫補家計｜家計艱難。

【家室】 jiāshì ① 家屬，家庭◇家室之累。② 指妻子◇他是有家室的人了。③ 房舍；住宅◇營造家室。

【家財】 jiācái 家庭擁有的錢財◇萬貫家財。

【家庭】 jiātíng 以婚姻和血緣關係構成的社會基礎單位，一般包括父母、子女和其他共同生活的親屬◇三代同堂的家庭。

【家畜】 jiāchù 家養的牲畜，如牛、馬、豬、羊等。

【家書】 jiāshū 家信◇烽火連三月，家書抵萬金。

【家教】jiājiào ①家長對子女施加的教育◇家教很嚴｜一點兒家教都沒有。②學生在課堂教學之外另聘家庭教師進行文化、藝術等方面的輔導。③家庭教師的簡稱。

【家常】jiācháng ①日常生活中的事◇拉家常。②普通的；平常的◇家常菜｜家常便飯。

【家累】jiālěi ①家庭生活的負擔◇家累沉重。②指妻子兒女等◇家累日多。

【家訪】jiāfǎng 因工作或了解情況的需要到人家裏訪問◇老師要做好家訪。

【家產】jiāchǎn 家庭財產，一般包括現金、有價證券等流動資產和土地、房屋等不動產。

【家族】jiāzú 有同一血緣延續下來的人組成的羣體，一般包括同一血統的幾輩人◇家族制度｜王氏家族。

【家眷】jiājuàn ①指妻子兒女◇他是回來接家眷的。②專指妻子◇他還是沒有家眷的單身漢。

【家務】jiāwù 維持家庭生活的日常事務◇料理家務。

【家景】jiājǐng 家境◇家景貧困｜魯迅幼時家景還不錯。

【家童】jiātóng 舊指未成年的僕人◇家童肩挑行李。

【家鄉】jiāxiāng 故鄉；自己世代居住的地方。㊀故鄉、故土 ㊁他鄉、異鄉、異地。

【家業】jiāyè ①家庭擁有的產業◇好不容易才掙來這份家業。②家傳的事業或學問、技藝等◇繼承家業。

【家當】jiādàng 家庭財產◇變賣家當｜這些書就是我的全部家當。

【家園】jiāyuán ①家中的庭園。②指家庭或家鄉◇回歸家園｜離開家園十年了。

【家傳】jiāchuán 家庭世代相傳的◇家傳絕技｜家傳祕方。

【家禽】jiāqín 人工飼養的禽類，如雞、鴨、鵝等。

【家道】jiādào ①家境◇家道清貧｜家道中落。②治家的準則或方法◇家道嚴格。

【家慈】jiācí 對人謙稱自己的母親◇家慈早已謝世。

【家境】jiājìng 家庭的境況，一般指經濟狀況，也可包括家庭成員、家庭生活氛圍等方面構成的綜合情況。

【家緣】jiāyuán 家計；家產。

【家譜】jiāpǔ 記載家族世系和重要人物事跡的書或圖表。

【家嚴】jiāyán 對人謙稱自己的父親◇家嚴不日來港。

【家屬】jiāshǔ ①家庭內戶主以外的家庭成員。②指員工本人以外的家庭成員◇員工家屬。

【家徒四壁】jiātúsìbì 家中除了四面牆壁之外，甚麼也沒有。形容非常貧窮。㊀家徒壁立、四壁蕭然 ㊁家財萬貫。

【家常便飯】jiāchángbiànfàn ①家庭日常的飯食。②比喻經常發生而習以為常的事情◇工作到一兩點鐘睡覺，那是家常便飯。

【家喻户曉】jiāyù hùxiǎo 每家每戶都明白，人人皆知。㊀婦孺皆知。

【家給人足】jiājǐ rénzú 家家豐裕，人人富足◇江南地方，家給人足。

7 **宵** xiāo ⓐsiu¹消 夜◇元宵｜春宵。

【宵小】xiāoxiǎo ①指壞人。②小人。

【宵夜】xiāoyè ①夜間；夜晚。②夜裏吃酒食、點心。③夜間吃的酒食、點心◇吃點宵夜再去。

【宵禁】xiāojìn 夜間戒嚴，禁止通行◇實行宵禁。

【宵衣旰食】xiāoyī gànshí 天不亮就穿衣起身，到夜晚才吃飯。形容非常勤勞。多用來稱頌帝王勤於政務。

7 **宴** yàn ⓐjin³燕 ①安閒；安逸◇宴安｜宴居｜宴樂。②喜，樂◇新婚宴爾。③宴請；聚在一起吃飯◇大宴賓客。④酒席，筵席◇家宴｜設宴洗塵。

【宴息】yànxī 休息◇居坐宴息。

【宴席】yànxí 請客的酒席◇宴席設正廳裏。

【宴飲】yànyǐn 設宴聚飲◇宴飲羣英。

【宴會】yànhuì 在一起飲酒吃飯的聚會◇生日宴會。

【宴請】yànqǐng 設宴招待他人。

7 **宮** gōng ◉gung¹ 公 ①指皇室的住所◇皇宮。②神話傳説中神仙的住所◇月宮|龍宮。③佛教廟宇和道教道觀的名稱◇雍和宮|青羊宮。④現代的文化、娛樂場所◇文化宮|少年宮。⑤宮刑。古代男性去勢的刑罰。又稱腐刑。⑥婦女子宮的省稱◇宮頸炎。⑦古代五音之一◇宮、商、角、徵、羽。

【宮人】gōngrén 宮女的通稱。

【宮女】gōngnǚ 在宮廷內侍奉皇后、嬪妃等女性皇家成員的女子。

【宮刑】gōngxíng 古代閹割男性生殖器的酷刑◇古人認為辱莫大於宮刑。

【宮廷】gōngtíng ①帝王居住和處理政務的地方。②喻指統治集團內部◇宮廷政變。

【宮室】gōngshì ①古代房屋的通稱。②專指帝王的宮殿。

【宮娥】gōng'é 宮女。

【宮殿】gōngdiàn 帝王居住的房屋，居室莊重，大殿巍峨。

【宮燈】gōngdēng 一種用絹、紗、玻璃等做成六角或八角形吊燈。上面有各種繪畫，燈底懸有流蘇飾物，因最初為宮廷專用，故名。

【宮闈】gōngwéi 宮內后妃居住的地方。

【宮闕】gōngquè 帝王宮門前左右兩邊的闕(台樓)。後以"宮闕"代稱宮殿◇明月幾時有？把酒問青天。不知天上宮闕，今夕是何年。

【宮觀】gōngguàn ①帝王遊樂休息的離宮。②道教的廟宇。

【宮廷政變】gōngtíngzhèngbiàn ①宮廷內發生篡奪王位的事變。②喻指統治集團內部發生使用暴力或陰謀手段奪取權力的事變。

7 **害** hài ◉hoi⁶ 亥 ①災禍，災難◇蟲害|禍害。②損傷；使受到損傷◇有害健康。③殺害◇遇害|謀害。④妨礙◇妨害。⑤患病◇害病。⑥產生不安的情緒◇害怕。⑦有害的◇害蟲|害鳥。

【害怕】hàipà 對陌生、危險的事物或某種環境產生不安或驚慌。

【害處】hàichù 壞處；有害的因素◇抽煙的害處很多。

【害羞】hàixiū 怕人嗤笑而心中不安；怕難為情；感到不好意思◇小姑娘害羞，不肯出來。

【害喜】hàixǐ 懷孕初期噁心嘔吐等現象，俗稱害喜。

【害臊】hàisào 害羞；怕難為情◇做出這樣的事，真不害臊！

多樣表達：害臊
害羞 含羞 腼腆 羞人 羞澀 羞怯 訕訕 忸怩 羞答答

【害人蟲】hàirénchóng 比喻傷害別人的個人或集團。

【害群之馬】hàiqúnzhīmǎ 危害馬羣的劣馬。比喻危害集體的人。

7 **容** róng ◉jung⁴ 溶 ①包容◇大教室能容一百人。②諒解；寬恕◇寬容|情理難容。③允許；忍讓◇不容分説|容讓。④或許；大概◇容有難處。⑤相貌◇面容。⑥臉上的神情或氣色◇笑容|倦容。⑦事物的形象、狀態◇陣容|市容。

【容止】róngzhǐ 儀容舉止◇容止得體|容止閒雅。

【容忍】róngrěn 包容，寬容對待◇不能再容忍下去了。

【容或】rónghuò 或許；也許◇容或有之。

【容易】róngyì ①不困難；不費事◇回答這個問題很容易。②很有可能出現某種情況◇春季容易患感冒|做這事很煩，容易疲勞。

要點注意：好容易、好不容易
兩者意思相同，均指很不容易，表示否定的意思◇好(不)容易才見到你。

【容留】róngliú 容納；收留◇不肯容留|容留難民。

【容納】róngnà ①在一定的空間或範圍內可以盛得下◇廣場可容納十萬人。②接受◇容納各方意見。

【容許】róngxǔ ①允許；許可◇這是底線，不容許再讓步。②也許；或許◇你要的那本書，她容許有吧。

【容情】róngqíng 給以寬容；講情面◇毫不容情。

【容與】róngyǔ ①形容猶豫不前的樣子◇船容與而不進兮。②形容安然自得的樣子◇優遊容與|步容與於南林。

【容貌】róngmào 人的長相；容顏面貌◇容貌

出眾｜秀麗的容貌。

【容儀】róngyí 容貌和儀表◇容儀端正。

【容諒】róngliàng 包涵，原諒◇請多容諒。

【容顏】róngyán 容貌臉色◇容顏未改｜容顏慈祥。

【容光煥發】róngguānghuànfā 臉上光彩四射。形容人身體健康、精神飽滿。㊇ 面黃肌瘦。

7 **宰** zǎi 粵zoi^{2} 災^{2} ①古代官名◇宰相｜太宰。②主管◇主宰。③屠殺；殺牲畜◇屠宰｜宰牲。

【宰治】zǎizhì 掌管，治理◇宰治天下。

【宰相】zǎixiàng 古代輔助帝王，統領羣僚，總攬政務的最高官員◇宰相肚裏好撐船（比喻寬宏大量）。

【宰殺】zǎishā 殺（牲畜、家禽等）◇禁止宰殺耕牛。

【宰割】zǎigē ① 宰殺切割。② 比喻支配、壓迫、役使、盤剝◇任人宰割。

7 **宭** qún 粵kwan^{4} 羣 羣居。

8 **寇〔寇〕** kòu 粵kau^{3} 扣 ①盜匪；入侵者◇草寇｜流寇｜窮寇勿追。②侵犯◇入寇｜寇邊。③姓。

【寇仇】kòuchóu 仇人；仇敵。

8 **寅** yín 粵jan^{4} 人 ①地支的第三位。②十二時辰之一，指淩晨三點到五點◇寅時。

【寅吃卯糧】yínchīmǎoliáng 寅年是卯年的前一年，寅年就吃卯年的糧食。比喻入不敷出，借支了以後的收入。㊇ 綽綽有餘。

8 **寄** jì 粵gei^{3} 記 ①通過郵局或託人遞送◇寄信｜寄包裹。②依靠，依附◇寄生｜寄食。③委託；託付◇寄售｜寄存。

【寄予】jìyǔ ① 寄託◇寄予厚望。② 給予◇寄予同情。

【寄生】jìshēng ① 一種生物依附在另一種生物體內或體表上，並靠吸取其營養生存，如蛔蟲、菟絲子（一種植物）等。② 比喻依靠別人生存。

【寄存】jìcún 把東西暫時存放在某處，託他人代為保管。㊐ 寄放。

【寄身】jìshēn 託身，把身心寄託在某種事業或環境裏◇終其一生，寄身學林。

【寄言】jìyán 寄語，向某方面傳遞話語◇寄言遠方同學｜寄言父母報平安。

【寄居】jìjū 居住在他鄉或他人家裏◇寄居外地｜寄居朋友家。

【寄食】jìshí 依靠別人生存◇寄食舅父家。

【寄託】jìtuō ① 託付◇從小就寄託在舅父家。② 把希望、理想、感情放在某人或某事物上◇把希望寄託在小女兒身上。

【寄情】jìqíng 寄託情懷◇寄情於山水之間。

【寄宿】jìsù ① 借住◇寄宿姑媽家。② 在學校宿舍裏住宿◇寄宿生｜寄宿學校。

【寄寓】jìyù ① 寄居◇寄寓海外。② 寄託某種意旨或感情◇寄寓着作者的離情別緒。

【寄養】jìyǎng 把子女託付給別人撫養◇把兒子寄養在姑媽家裏。

【寄籍】jìjí 長期寄居異地而取得的該地籍貫◇原是上海人，寄籍香港。㊇ 原籍。

【寄生蟲】jìshēngchóng ① 寄生在人或動植物體表、體內的害蟲，如蛔蟲、血吸蟲等。② 比喻依靠他人生存的人。

【寄人籬下】jìrénlíxià 比喻依靠別人過日子。㊇ 自食其力。

8 **寂** jì 粵zik^{6} 夕 ①靜，沒有聲音◇沉寂。②孤單；冷清◇孤寂。

【寂然】jìrán 形容寂靜◇時已深夜，四處寂然。

【寂滅】jìmiè ① 悄無聲息地消逝◇千年往事，寂滅無聞。② 佛教指涅槃。

【寂寞】jìmò ① 孤單冷清◇離婚後獨處，倍感寂寞。② 沉寂，無聲◇寂寞的原野。

【寂寥】jìliáo ① 空曠冷寂◇星空寂寥。② 沉寂，寂靜◇沙漠的夜晚，寂寥得沒有一絲聲響。

【寂靜】jìjìng 安靜得沒有半點聲音◇寂靜的夜晚｜會場上寂靜無聲。

【寂寂無名】jìjìwúmíng 沒有人認識，形容沒有知名度，不為人知的人。

8 **宿** (一) sù 粵suk^{1} 叔 ①住宿；過夜◇曉行夜宿｜風餐露宿。②年老的；有經驗的◇耆宿｜宿將。③舊有的；過去的◇宿債。④平素；一向◇宿聞其名。

(二) xiǔ 粵suk^{1} 叔 量詞。用於計算夜◇三天兩宿。

〈三〉xiù 粵sau^{3}秀 古時稱星座◇星宿|二十八宿。

【宿仇】 sùchóu ① 蓄積已久的仇恨◇化解宿仇，友好相處。② 向來的仇人◇宿仇相遇，分外眼紅。

【宿好】〈一〉sùhǎo 老朋友；老交情◇偶遇宿好，促膝談心直到深夜。

〈二〉sùhào 一貫愛好◇雖說宿好吟詩弄詞，卻無一佳作。

【宿見】 sùjiàn 長期形成的、不易改變的看法或見解。同 成見。

【宿昔】 sùxī ① 從前；以往◇宿昔舊事，漸漸湮沒無聞。② 比喻很短的時間◇宿昔而就。

【宿舍】 sùshè 提供給公務員、員工、學生等人住宿的房屋。

【宿命】 sùmìng 認為今世的經歷、境遇，乃至生死都是由上天主宰或命運確定的，個人無法改變◇我不認同宿命，我由我自己主宰。

【宿怨】 sùyuàn 過去結下的怨恨◇宿怨已深，很難消除。

【宿逋】 sùbū 逋，拖欠。久欠不還的債務或久欠不繳納的賦稅。

【宿將】 sùjiàng 有豐富作戰經驗的將領。

【宿債】 sùzhài ① 舊債◇償還宿債。② 佛教指前生欠下的孽債。

【宿弊】 sùbì 由來已久、長期積存的弊病◇革除宿弊。

【宿儒】 sùrú ① 老成博學的讀書人。② 久負聲望的學者。

【宿諾】 sùnuò 舊時許下的諾言◇言而有信，一定兑現宿諾。

【宿營】 sùyíng ① 軍隊行軍、戰鬥過程中臨時住宿過夜。② 團體出外活動時在野外過夜。

【宿願】 sùyuàn 一向就懷抱着的志願；早就有的心願◇了卻宿願|終於考取了公務員，實現了宿願。

8 **宷** 〈一〉cǎi 粵coi^{2}彩 古代指官。

〈二〉cài 粵coi^{3}菜 同"采"。

8 **密** mì 粵mat^{6}物 ①隱蔽的；不公開的◇密探|密談。②祕密的或不公開的事物◇告密|泄密。③關係近、感情深的◇親密|密友。④距離近，空隙小◇緊密|疏密。⑤周到，細緻◇細密|緻密。

【密切】 mìqiè ① 關係緊密◇新型冠狀病毒肺炎確診者及密切接觸者需要加強自我監測。② 使關係接近◇密切兩人關係。③ 嚴密，仔細◇密切關注局勢的進展。

【密佈】 mìbù ① 密集地排列、分佈◇崗哨密佈|烏雲密佈。② 暗中佈置◇密佈便衣跟蹤監視。

【密封】 mìfēng 嚴密地封閉起來◇把信密封好再交給他。

【密度】 mìdù ① 疏密的程度◇種植密度|樓宇密度。② 物理學名詞。物體的質量同體積的比值。

【密室】 mìshì 祕密的房間，對外不公開或不許外人進入的地方。

【密約】 mìyuē ① 暗中約定。② 對外保密的條約。

【密集】 mìjí ① 稠密地聚集在一起◇螞蟻密集在骨頭上。② 形容多而集中，稠密◇新城鎮的人口越來越密集。

【密電】 mìdiàn ① 用密碼拍發的電報◇發出兩份密電。② 拍發密碼電報◇密電上海。

【密碼】 mìmǎ ① 用己方保密的邏輯法則編制成的，保護己方通訊祕密不外泄的電碼或數碼◇密碼破譯專家。② 對別人保密的數碼◇密碼鎖|存款密碼。反 明碼。

【密密麻麻】 mìmimámá 又多又密的樣子◇書上滿是密密麻麻的批註。

9 **寒** hán 粵hon^{4}韓 ①冷◇寒風|天寒地凍。②灰心；害怕◇心寒|膽寒。③寒微；窮困◇寒舍|家境貧寒。

【寒士】 hánshì 貧窮的讀書人◇安得廣廈千萬間，大庇天下寒士俱歡顏。

【寒心】 hánxīn 內心感到淒涼、失望、灰心◇多年好友，說變就變，令人寒心。

【寒光】 hánguāng ① 給人以寒冷感覺的光◇冰塊閃着寒光。② 指清冷的月光◇朔氣傳金柝，寒光照鐵衣。③ 刀、劍等反射的光◇一輪劍舞，寒光逼人。④ 眼睛逼視時射出的光芒◇眼睛裏凝射着一道寒光。

【寒衣】 hányī 禦寒的衣服；冬裝。

【寒冷】 hánlěng 溫度很低；過度冷。

【寒舍】hánshè ① 謙稱自己的家◇歡迎光臨寒舍。② 貧寒之家◇寒舍之子。同 寒門。

【寒門】hánmén ① 寒微的家庭；貧寒的家庭◇出身寒門。② 寒舍。謙稱自己的家◇閒時請到寒門小聚。

【寒苦】hánkǔ 貧窮困苦◇家庭寒苦。

【寒食】hánshí 古代節日名。在清明前一日或兩日。從這天起，三天不生火，只吃冷食◇寒食節。

【寒素】hánsù ① 門第低微，地位低下◇家世寒素｜出身寒素。② 清苦儉樸◇山中老農，一生都過着寒素的日子。

【寒流】hánliú ① 高緯度流向低緯度的洋流，能使流經的區域氣温下降。② 又稱寒潮，指高氣壓在高緯度地區生成，冷高壓向低緯度地區侵襲，最後出海變性的冷空氣。

【寒暑】hánshǔ ① 冬天和暑天。常指代一年◇一別二十寒暑。② 冷和熱◇不論寒暑，堅持鍛煉身體。

【寒傖】hánchen ① 醜陋；不體面◇長相寒傖。② 丟人；丟臉◇隨地吐痰，多寒傖。③ 使人難看，使人丟臉◇別寒傖人了。

【寒窗】hánchuāng 比喻寂寞艱苦的讀書環境◇寒窗苦讀。

【寒暄】hánxuān ① 冷和暖◇寒暄往忽，又是一年過去了。② 見面時互相問候起居冷暖◇見面免不了寒暄幾句。

【寒微】hánwēi 家庭貧苦，社會地位低下◇出身寒微。

【寒酸】hánsuān ① 形容貧苦、窘迫的樣子◇一副寒酸相。② 不體面，沒有氣派◇鋪頭夠寒酸的。

【寒潮】háncháo 由北方寒冷地帶向南方侵襲的強冷空氣團◇寒潮襲來。

【寒磣】hánchen ① 不好看；醜陋◇長相太寒磣。② 揭人短處，讓對方丟面子◇別寒磣人了。

【寒噤】hánjìn 寒戰；因受冷或受驚而身體顫動◇打了幾個寒噤。

【寒戰】hánzhàn 因受冷或受驚而顫抖；寒噤◇一陣冷風，禁不住打了幾個寒戰。

【寒顫】hánzhàn 冷得顫抖；寒戰◇朔風吹來，冷得他直打寒顫。

9
富 fù 粵fu³ 庫 ①多；豐富◇富於感情。②錢財多◇富商｜富甲天下。③使富裕起來◇富民｜富國強兵。④資源、財產的總稱◇財富。

【富有】fùyǒu ① 擁有大量財產◇富有的國度。② 充分具有（抽象的）◇富有魅力。

【富足】fùzú 富裕；豐富充足◇蘇州的農民很富足｜心靈富足。

【富厚】fùhòu 財富雄厚◇富厚有餘。

【富翁】fùwēng 擁有很多財產的人◇百萬富翁。

【富庶】fùshù 物產豐富，人口眾多◇富庶的江南水鄉。

【富強】fùqiáng（國家）財富充裕，力量強大◇繁榮富強。

【富貴】fùguì 有錢財，社會地位高◇貧賤不能移，富貴不能淫。

【富裕】fùyù 財物富足充裕◇生活很富裕。

【富豪】fùháo 擁有巨量財富的人；有錢有勢的人。

【富餘】fùyú ① 充足有剩餘◇去年風調雨順，家家的糧食都很富餘。② 多餘出來◇布買多了，做一套衣服還有富餘。

【富麗】fùlì 宏偉華麗◇富麗堂皇。

【富饒】fùráo 財源足，物產豐富◇富饒的珠江三角洲。

9
寓〔庽〕yù 粵jyu⁶ 遇 ①居住◇暫寓上海。②住所，居住的地方◇公寓。③寄託；隱含◇寓情於物。

【寓公】yùgōng ① 古指失去領地、寄居他國的貴族。② 居住在故鄉以外的官僚、紳士等。

【寓目】yùmù 看，過目◇拙作一篇，恭請寓目。

【寓言】yùyán ① 有所寄託的話。② 文學體裁之一。用故事或擬人的手法説明某個深刻的道理或教訓，起勸誡和教育作用◇《伊索寓言》。

【寓所】yùsuǒ 居住的處所；居住的地方◇到他寓所坐了一會兒。

【寓居】yùjū 寄居（他鄉）◇晚年寓居香港｜寓居海外。

【寓意】yùyì ① 寄託或蘊含的意思◇寓意於

物｜寓意山水。② 寄託的意思；蘊含的意旨◇讀寓言重要的是理解它的寓意。

9 **寐** mèi 粵mei6 未 睡；入睡◇夜不能寐｜夙興夜寐。

11 **寨** zhài 粵zaai6 債6 ①防禦用的柵欄◇木寨｜鹿寨。②山寨；軍營◇寨主｜營寨。③寨子，村莊◇進寨的時候，天已經黑了。

【寨子】zhàizi ① 柵欄；圍牆；籬笆◇寨子上爬滿了瓜藤。② 四周有柵欄或圍牆的村落。

11 **寞** mò 粵mok6 莫 寂靜；冷落◇淒涼落寞的秋夜。

11 **寡** guǎ 粵gwaa2 瓜2 ①少；缺少◇優柔寡斷。②淡而無味◇清湯寡水。③婦女喪夫◇守寡。④老而無夫的人◇鰥寡孤獨。⑤古代王侯的謙稱◇稱孤道寡。

【寡人】guǎrén 古代君主自稱。意為寡德之人。

【寡言】guǎyán 很少說話；不愛說話◇沉默寡言。

【寡陋】guǎlòu 見聞不多，學識淺薄◇見識寡陋。

【寡恩】guǎ'ēn 缺少恩情◇刻薄寡恩。

【寡酒】guǎjiǔ 不就菜餚喝酒或獨自飲酒◇喝了幾杯寡酒。

【寡淡】guǎdàn ① 淡薄，不濃厚◇寡淡無味。② 平淡；冷淡◇態度寡淡。

【寡婦】guǎfu 死了丈夫的婦女。

【寡頭】guǎtóu 獨攬政治、經濟大權的人或集團◇金融寡頭｜寡頭政治。

【寡不敵眾】guǎbùdízhòng 人少的抵擋不住人多的◇對方的人越聚越多，我們寡不敵眾，就撤退了。

【寡廉鮮恥】guǎlián xiǎnchǐ 鮮，少。既無操守，又無廉恥◇趨炎附勢，寡廉鮮恥，遭人唾棄。(反) 知書達禮。

11 **察〔詧〕** chá 粵caat3 刷 ①細看◇明察秋毫。②調查，了解◇考察｜勘察｜明察暗訪。

【察看】chákàn 為了解情況而仔細查看◇察看汛情｜察看災民的生活。

【察勘】chákān 到實地調查勘驗◇察勘地勢｜察勘水源。(同) 勘察。

【察訪】cháfǎng 通過考察和訪問了解情況◇察訪民情。(同) 訪察。

【察覺】chájué 發覺；看出來◇早有察覺｜直到事件爆發，這才察覺。

【察言觀色】cháyán guānsè 體會對方的話語，觀察對方的臉色，了解其心意。出自《論語・顏淵》："夫達也者，質直而好義，察言而觀色，慮以下人。"

【察察為明】cháchàwéimíng 在細枝末節、小事上用心，卻自以為精明。

11 **寧(宁)〔甯寕〕** (一)níng 粵ning4 檸 ①安定；平靜◇安寧｜康寧｜坐卧不寧。②使安定下來◇息事寧人。③南京的別稱◇滬寧鐵路。④嫁出的女子回娘家探望父母◇歸寧。

(二)nìng 粵ning4 檸/ning6 擰 ①寧可；寧願◇寧為玉碎，不為瓦全。②難道；豈◇王侯將相寧有種乎？

【寧日】níngrì 安寧的日子；太平的時候◇內患不除，國無寧日。

【寧可】nìngkě 表示兩相比較利害關係，選取一個方面◇寧可出去打苦工，也不肯在家務農。(同) 寧願、寧肯。

【寧肯】nìngkěn 寧願；寧可◇寧肯少些，但要好些。

【寧帖】níngtiē 安寧舒帖◇睡得很寧帖。

【寧靖】níngjìng 社會秩序安定◇邊境寧靖。

【寧靜】níngjìng 安靜，平靜◇心裏不寧靜｜夜色寧靜，月華如水。

【寧謐】níngmì 安寧平靜◇寧謐的原野飄着野花的香味。

【寧願】nìngyuàn 寧可；寧肯◇寧願犧牲，也決不投降。

【寧馨兒】níngxīn'ér 原意是"這樣的孩子"，後轉為"好孩子"的意思。

【寧死不屈】nìngsǐbùqū 寧可死去，也不屈服。

【寧缺毋濫】nìngquēwúlàn 不合要求的，寧可不要，決不濫竽充數。

【寧為玉碎，不為瓦全】nìngwéiyùsuì, bù wéiwǎquán 寧可做美玉被打碎，也不做泥瓦求得保全。比喻寧可嚴重損害自己，甚至犧牲生命，也不苟且偷安。

11 **寤** wù 粵ng6 誤 睡醒◇求之不得，寤寐思服。

【寤寐】wùmèi 醒時與睡時。常用以指日夜◇窈窕淑女，寤寐求之。

11 **寢(寝)〔寑〕** qǐn 粵cam2 侵2 ①睡◇寢室|寢食不安。②卧室；住房◇就寢|內寢。③帝王的墳墓◇陵寢。④平息；停止◇寢兵|其議遂寢。

【寢食】qǐnshí 睡覺和吃飯。泛指日常生活◇寢食不安。

11 **寥** liáo 粵liu4 聊 ①空曠高遠◇寥遠|寥闊。②寂靜；空虛◇寂寥|寥寞。③稀少；稀疏◇寥寥無幾。

【寥落】liáoluò ① 稀少；零落◇曉星寥落｜子孫寥落。② 冷落；冷清◇寥落古行宮，宮花寂寞紅。

【寥廓】liáokuò 高遠空曠◇碧空寥廓｜寥廓的天空。

【寥若晨星】liáoruòchénxīng 像早晨的星星一樣稀少。形容數量極少◇非典肆虐，街上的行人寥若晨星。

【寥寥無幾】liáoliáowújǐ 形容數量非常少◇所剩寥寥無幾。

11 **實(实)〔寔〕** shí 粵sat6 失6 ①果實；種子◇子實|開花結實。②結果實◇春華秋實|秀而不實。③實際；事實◇名存實亡|名實相副。④真實；實在◇華而不實|貨真價實。⑤充滿◇充實|荷槍實彈。⑥富裕；富足◇家道殷實。⑦確實；的確◇實在難得|實不相瞞。

【實力】shílì 實際擁有的力量◇實力雄厚｜增強經濟實力。

【實用】shíyòng ① 實際使用◇實用水泥5噸。② 有實際使用價值◇這張寫字枱又漂亮又實用。

【實地】shídì ① 堅實的地面◇腳踏實地。② 現場；事件發生的地方◇實地調查｜實地考察。

【實在】shízài ① 真實；不假◇為人實在。② 的確；確實◇實在不知道｜做得實在太精緻了。③ 其實◇標價拾元，實在只值捌元。④ 具體切實◇還是多做點實在的事吧。⑤ 扎實，不馬虎◇事情做得實在，沒有水分。

【實行】shíxíng 實際做；執行◇實行新的交通法例。

【實足】shízú 確實足數的◇不多不少，實足三斤。

【實物】shíwù ① 真實存在的東西◇展出的都是當時使用過的實物。② 日常生活中應用的物品◇孝敬老人，實物為好。

【實例】shílì 實際例子；例證◇用實例說服她。

【實況】shíkuàng 真實狀況，實際情況◇實況轉播。

【實則】shízé 實際上；其實◇那片湖面看似平靜，實則暗流湧動。

【實施】shíshī 實際施行◇實施細則。

【實效】shíxiào 實際取得的效果或功效◇不重言辭重實效。

【實現】shíxiàn 使成為事實；使之成功◇奮鬥一生，夢想終於實現了。

【實情】shíqíng 真實的情況◇隱瞞實情。

【實習】shíxí 到實際工作中去應用所學的知識，取得實踐經驗，訓練操作能力◇到會計事務所實習三個月。

【實惠】shíhuì ① 實際獲得的好處◇要讓大家得到實惠。② 有實際好處的◇我從百貨公司買的，挺實惠｜經濟又實惠的飯菜。

【實詞】shící 與"虛詞"相對。表示人或事物及其動作、變化、性狀等概念的詞，能獨立充當句子成分。漢語實詞包括名詞、動詞、形容詞、數詞、量詞、代詞六類。

【實業】shíyè 工商企業◇實業家｜實業救國。

【實話】shíhuà 真實的話◇講實話，不說假話。

【實際】shíjì ① 事實；真實存在的事物或情況◇她說的不合實際。② 合乎事實的◇實際情況是她並不知道。③ 實有的，具體的◇實際行動。

【實踐】shíjiàn ① 履行；實際去做◇實踐既定計劃。② 人們所從事的各種活動◇科學實踐｜社會實踐。

【實質】shízhì 事物的本質◇分析問題的實質。

【實戰】shízhàn **實際作戰**◇雖說是演習，如同實戰一樣。

【實錄】shílù ① **真實的記錄**◇明實錄｜清實錄。② **按照真實情況記錄**◇實錄開庭審理的情況。

【實績】shíjì **實際獲得的成績；成果**◇實績考核。

【實證】shízhèng ① **確鑿的證據**◇所說不虛，都有實證。② **被事實所證明；實際印證**◇實證哲學｜實證主義。

【實驗】shíyàn ① **進行某種驗證活動**◇把儀器搬到實驗室去。② **指實驗的工作**◇老師指導同學做化學實驗。

【實至名歸】shízhìmíngguī **有了實際的學識、技能或成績，自然會有名聲。**

【實事求是】shíshìqiúshì **本指弄清事實，求得正確的結論。後指從實際情況出發，正確地對待和處理問題。**(反) **自行其是、自以為是。**

12 寬(宽) kuān (粵)fun1 歡 ① **橫向的距離大；面積範圍大**◇寬銀幕｜這個廣場真寬！② **橫向的距離；寬度**◇店面寬只有兩公尺。③ **度量大，胸懷廣**◇心寬體胖。④ **放寬；使鬆緩**◇寬限幾天｜寬心。⑤ **經濟不緊張，富裕**◇近日手頭不寬，拿不出這許多錢。⑥ **所涉及的範圍大**◇你也管得太寬了。

【寬大】kuāndà ① **面積大**◇主卧室寬大，有四百呎。② **對犯錯誤或犯罪的人從輕處理。**
③ **氣量大，不苛求**◇做人以寬大為本。

【寬心】kuānxīn **心頭獲得寬解，消除了心中的焦急、愁悶**◇直到兒子平安回來了，母親這才寬心。

【寬宏】kuānhóng **氣量大；心胸開闊**◇寬宏大量。(反) **狹小。**

【寬泛】kuānfàn ① **所涉及的範圍大、方面多**◇你的解釋太寬泛，沒有針對問題說。② **不深刻，不集中**◇講得太寬泛，聽的人不得要領。(反) **具體。**

【寬厚】kuānhòu ① **尺寸寬，厚度大**◇寬厚的門板。② **寬容厚道**◇心地寬厚｜待人寬厚。

【寬宥】kuānyòu **寬恕原諒**◇多有冒犯，尚祈寬宥。

【寬容】kuānróng ① **寬恕諒解**◇不管她犯甚麼錯誤，你都寬容她？② **寬厚能容忍；氣量大**◇寬容大度。

【寬展】kuānzhǎn ① **寬闊開展**◇寬展的場地。② **舒暢**◇事事順利，心情寬展。③ **寬裕，不拮据**◇兒子就業後，家裏寬展多了。④ **向後延緩**◇別催得那麼急，寬展幾天吧。

【寬恕】kuānshù **寬容原諒；寬容饒恕**◇學會寬恕別人｜請求寬恕。

【寬敞】kuānchang **寬大；寬闊**◇大廳寬敞明亮。

【寬貸】kuāndài **寬容；饒恕**◇決不寬貸。

【寬舒】kuānshū ① **愉悦舒暢**◇心情寬舒。② **寬闊舒展**◇機艙寬舒。

【寬裕】kuānyù **充足；富裕**◇時間很寬裕｜日子過得寬裕多了。(同) **富裕** (反) **拮据。**

【寬解】kuānjiě **消除憂愁或煩惱，使心情開朗舒暢**◇一路上都在寬解她。

【寬暢】kuānchàng **心情開朗舒暢**◇從沒見你心情這麼寬暢過，有甚麼喜事啊？

【寬廓】kuānkuò **寬闊廣大**◇眼界寬廓｜寬廓的晴空，藍得像秋水一樣。

【寬綽】kuānchuo ① **空間寬闊，不狹窄**◇兩廳四房，住宅很寬綽。② **財用充足有餘**◇這筆生意要是賺到手，資金可就寬綽了。③ **(心胸)開闊**◇少了完成指標的壓力，他感覺心裏寬綽多了。

【寬餘】kuānyú ① **寬閒，有空餘**◇最近忙得沒半點兒寬餘。② **寬綽富餘**◇經濟寬餘。

【寬廣】kuānguǎng **面積大；範圍廣**◇視野寬廣。(反) **狹窄。**

【寬慰】kuānwèi ① **寬鬆欣慰**◇孩子病情轉好，她才略顯寬慰。② **寬解安慰**◇她想用笑容來寬慰媽媽的心。(反) **焦慮。**

【寬闊】kuānkuò ① **寬廣，廣闊**◇江面寬闊｜窗外是寬闊的草坪。② **胸懷博大**◇心胸寬闊。

【寬鬆】kuānsōng ① **寬舒，不緊身**◇這條褲子我穿上夠寬鬆。② **寬綽，不擁擠**◇車廂裏人少，很寬鬆。③ **(環境、氣氛)輕鬆，不緊張**◇寬鬆的環境｜她一講，氣氛頓時寬鬆下來。
④ **經濟寬裕，不窘迫**◇日子過得還算寬鬆吧。
⑤ **心情不沉重，寬暢舒展**◇這些天心裏急得就

沒寬鬆過。

【寬曠】kuānkuàng 寬闊空曠◇寬曠的原野。

【寬懷】kuānhuái 心胸寬闊◇寬懷大度。

【寬饒】kuānráo 寬大饒恕◇再寬饒她一次吧！

12 **寮** liáo 粵liu^{4} 聊 簡陋的小屋◇僧寮｜茶寮酒肆。

【寮舍】liáoshè 簡陋的房舍。

【寮房】liáofáng 寺廟中僧人的住房。

12 **寫(写)** xiě 粵se^{2} 捨 ①書寫◇寫對聯。②描繪◇速寫。③描寫◇寫景抒情。④寫作◇寫詩｜寫論文。⑤抄錄◇抄寫｜謄寫。⑥文字的寫法◇大寫｜簡寫。

【寫本】xiěběn 手抄本。反 印本。

【寫生】xiěshēng ①面對實物或風景繪畫◇到黃山去寫生。②以寫生方法所作的畫◇寫生畫。

【寫作】xiězuò 寫文章。有時專指文學創作◇寫作課｜寫作小說。

【寫真】xiězhēn ①畫人像◇擅長寫真。②畫出的肖像◇給我看看媽媽的寫真。③對事物的真實描寫◇記者的追蹤報道是對重大事件的寫真。④照片◇明星寫真集。

【寫照】xiězhào ①畫人像◇正在學寫照。②描寫出的真實模樣◇你說的這幾件事真生動，正是她性格的寫照｜這齣劇是當年基層人士的生活寫照。

【寫意】xiěyì ①國畫基本技法之一。不求工細形似，只求精煉地表現神態和抒發作者的意趣，與"工筆"相對◇寫意畫。②逍遙自在，舒服愜意◇偶爾去度假是一件寫意的事。

【寫實】xiěshí ①描繪事物的真實情況◇新聞報道要求寫實，不能虛構。②藝術中對自然或生活作準確且詳盡的描述◇寫實主義。

【寫字樓】xiězìlóu 商用辦公樓或辦公室。

12 **雋** jùn 粵zeon^{3} 進 同"俊"。

12 **審(审)** shěn 粵sam^{2} 沈 ①詳細；周密◇精審｜詳審。②審查；審核◇審訂｜編審。③審訊；審問◇庭審｜審案。④知，知道◇審悉。⑤的確；果然◇審如其言。

【審批】shěnpī 對下級呈報的報告、文件等進行審查並予批示◇呈請局長審批。

【審判】shěnpàn 法庭對案件進行審理和判決。

【審定】shěndìng 審查決定◇審定交通法規。

【審查】shěnchá 仔細地查核◇審查合格，准予開業。

【審訂】shěndìng 審查修改◇審訂初稿。

【審計】shěnjì ①審查核定財務狀況。②政府審計部門或獨立的註冊會計師對各級政府機構或公司的經濟活動進行審查，判定其財務收支及各種經濟活動是否真實、準確、合法和有效◇審計署｜審計長。

【審美】shěnměi 鑒別和欣賞事物或藝術品並作出評價◇審美能力。

【審核】shěnhé 審查核定◇審核財務支出。

【審訊】shěnxùn 向當事人查問案情。同 審問。

【審理】shěnlǐ ①審查處理◇審理稿件。②法院審查和認定有關案件的證據、審問當事人、詢問證人等，查清案件的事實，確定案件的性質，做出相應的判決◇開庭審理。

【審處】shěnchǔ ①謹慎辦理◇請酌情審處。②審訊後據情處理。

【審視】shěnshì 仔細察看◇審視四周｜重新審視教育改革的成效。

【審問】shěnwèn ①審訊◇審問案情。②詳細地問◇博學之，審問之。

【審評】shěnpíng 審查評判◇審評參選的作品。

【審慎】shěnshèn 周密而慎重◇審慎處理｜持審慎的態度。

【審察】shěnchá ①仔細地察看◇審察地形。②核查。

【審閱】shěnyuè 閱覽、審查，並給出意見。

【審議】shěnyì 審查議決◇審議環境保護法。

【審讀】shěndú 審閱◇這篇文稿恐怕得請專家審讀。

【審時度勢】shěnshí duóshì 仔細分析時勢的特點，估計情況的變化◇審時度勢，謀定而後動，方能立於不敗之地。

13 **寰** huán 粵waan^{4} 頑 廣大的地域、地區◇人寰。

【寰宇】huányǔ 古代指全國，現指全世界◇名冠寰宇。

【寰球】huánqiú 整個地球；全世界◇聲名遠震，傳遍寰球。

14 **寱** yì 粵ngai6 毅 同“囈”。夢中說話◇寱語。

16 **寵**（宠）chǒng 粵cung2 充2 ①過分喜愛；偏愛◇寵兒|恩寵。②指妾◇納寵。

【寵物】chǒngwù 家庭中飼養的供賞玩的動物，如狗、貓、鳥等◇飼養寵物前需要三思，不能隨便棄養。

【寵兒】chǒng'ér 比喻受寵愛的人◇時代的寵兒。

【寵信】chǒngxìn 寵愛信任◇寵信小人。

【寵倖】chǒngxìng ① 帝王偏愛后妃或臣下。② 泛指地位高的人寵愛地位低的人或長輩寵愛小輩。

【寵愛】chǒng'ài 特別喜愛，嬌縱偏愛◇過分寵愛孩子也不好。

【寵辱不驚】chǒngrǔbùjīng 無論得寵愛還是受侮辱，都以平常心對待，比喻把得失置之度外。㊀ 受寵若驚。

17 **寶**（宝）〔寳〕bǎo 粵bou2 保 ①古代對玉石、玉器的總稱。②珍貴的◇寶石。③珍貴的物品◇珍寶|無價之寶。④敬辭。用於敬稱對方◇寶眷|寶店|寶號（店鋪）。⑤佛教的事物多冠以“寶”，以示神聖◇寶座|寶蓮。⑥昵稱小孩子◇寶寶。⑦稱滑稽可笑或不成器的人◇活寶|現世寶。⑧一種賭具。正方形，上面刻有記號或點數◇搖寶|押寶。

【寶石】bǎoshí 顏色美麗、有光澤、透明度高、硬度強的礦石，可製裝飾品、儀錶的軸承等。

【寶地】bǎodì ① 地理位置優越，物產豐富的地方◇風水寶地。② 敬稱對方所在的地方◇借貴方一塊寶地。

【寶貝】bǎobèi ① 稀有珍奇的物品。② 昵稱親愛者或小孩子◇乖寶貝 | 我的小寶貝。③ 對人的戲稱或蔑稱◇活寶貝 | 真是個人見人厭的寶貝。④ 珍愛，疼愛◇他可寶貝他的收藏品了。

【寶物】bǎowù 珍貴的東西◇打開匣子，光閃閃的，全是寶物 | 這個玩偶是他的寶物。

【寶庫】bǎokù 儲藏珍貴物品的處所。多用於比喻◇文學寶庫 | 藝術寶庫。

【寶座】bǎozuò ① 帝王和神佛的座位。② 泛指高貴的位置◇冠軍寶座。

【寶貴】bǎoguì 極有價值的；珍貴的◇寶貴財富 | 時間寶貴，要抓緊。

【寶劍】bǎojiàn ① 稀有、珍奇、極其鋒利的劍。② 泛指一般的劍。

【寶藏】〈一〉bǎocáng 珍藏，祕藏◇寶藏祕方。〈二〉bǎozàng ①隱藏於地下的自然資源。②儲藏的珍寶或財富；儲藏的大宗寶物◇藝術寶藏|故宮的寶藏。

【寶寶】bǎobao 對小孩的愛稱。

【寶刀不老】bǎodāobùlǎo 比喻人雖老，但技藝、功夫依舊嫺熟精湛不減當年。

寸部

0 **寸** cùn 粵cyun3 串 ①市制長度單位，一尺的十分之一◇它長三寸，寬六寸。②形容極短或極小◇寸步難行。

【寸土】cùntǔ 一寸長的土地，指極小的一片土地◇寸土必爭。

【寸心】cùnxīn ① 心；內心◇得失寸心知。② 微小的心意◇聊表寸心。

【寸陰】cùnyīn 日影移動一寸的時間，形容極短的時間◇愛惜寸陰。

【寸意】cùnyì 微小的心意◇丹心寸意。

【寸管】cùnguǎn 指筆。毛筆用竹管製造，故稱。

【寸斷】cùnduàn 斷成許多小段。比喻悲傷痛苦◇肝腸寸斷。

【寸步難行】cùnbù nánxíng 行走十分困難。比喻遇到重重阻力，進展很慢。

【寸金尺土】cùnjīn cùntǔ 意指土地昂貴，極其貴重◇香港寸金尺土，樓價問題嚴重。

【寸草不生】cùncǎobùshēng ① 連一點小草都無法生長，形容土地非常荒蕪貧瘠。② 比喻災情嚴重。

【寸草不留】cùncǎobùliú 寸草，一寸長的小草，比喻微小的東西。連一寸草都不留下。比喻斬盡殺絕或把東西毀壞一空。

【寸草春暉】cùncǎochūnhuī 比喻兒女對父母養育之恩無限感戴、難以報答的心情。唐代孟郊《遊子吟》:“誰言寸草心，報得三春暉。”㊀ 忘恩負義、背恩反噬。

3 **寺** sì 粵zi6 自 ①佛教供佛、進行宗教活動及僧侶居住的地方◇佛寺|靈隱寺。②伊斯蘭教進行宗教活動的地方◇清真寺。③古代官署名◇大理寺。

【寺院】sìyuàn 佛教的廟宇。

【寺廟】sìmiào ① 佛寺。佛教供佛、進行宗教活動及僧侶居住的地方，民間俗稱寺廟。佛教正式稱“寺”，不稱寺廟。② 泛指廟宇。

【寺觀】sìguàn 佛寺和道觀。佛教的廟宇稱寺，道教的廟宇稱觀或宮。

6 **封** fēng 粵fung1 風 ①帝王賜給親屬和功臣爵位、土地等◇封爵|分封諸侯。②嚴密關閉、封閉或蓋住，使不得通行或不能隨便打開◇把瓶口封嚴。③用來封東西的紙包、紙袋◇紅封|信封。④量詞。用於有封套的東西◇發一封快信。

【封包】fēngbāo 紅封，賞賜給人的紅包。使用紅色包裝，封內一般裝的是錢。

【封建】fēngjiàn ① 古代一種政治制度，帝王把土地賜給親屬和功臣，讓他們在封地上建立諸侯國。中國周代開始有這種制度。② 封建主義◇封建意識。

【封記】fēngjì 為封閉或查封某物所貼的標記、封條。

【封殺】fēngshā 棒、壘球術語。指守場員對擊跑員進行傳殺的防守行為。後引申為娛樂界和體育界用詞，指禁止人或事物在某一領域存在◇封殺盜版 | 影片遭封殺。

【封閉】fēngbì ① 蓋住或關閉◇大雪封閉了道路。② 查封◇封閉賭場。

【封鎖】fēngsuǒ 用強制手段，使跟外界隔絕◇封鎖邊境 | 海上封鎖。

【封識】fēngzhì ① 封閉並貼上標記。② 密封的標誌、記號◇封識俱存。

【封疆】fēngjiāng 封，邊界。疆界；疆域◇封疆大吏。

【封官許願】fēngguān xǔyuàn 事先許諾給人官職或好處，誘使別人替自己效力。

7 **射〔躲〕** shè 粵se6 捨6 ①借助某種衝力或彈力迅速發出(箭、子彈、足球等)◇射箭|射門。②液體受壓通過小孔迅速噴出◇噴射|注射。③放出光、熱等◇照射|光芒四射。④(話裏的意思)有所指◇暗射|影射。

【射手】shèshǒu ① 善長射箭或其他射擊武器的人◇機槍射手。② 足球等比賽中，射門技術熟練的運動員◇今屆世界錦標賽的最佳射手。

【射門】shèmén 在足球、手球等比賽中，把球強力射向對方球門。

【射程】shèchéng 彈頭等射出後所能達到的最大有效距離◇現代火炮射速快，射程遠。

【射線】shèxiàn ① 數學上指一個定點沿單一方向運動的軌跡。② 物理學上指波長較短的電磁波，或速度高，能量大的粒子流。

【射擊】shèjī ① 用槍、炮等向目標發射。② 體育比賽項目的一種。

【射獵】shèliè 打獵。

8 **專(专)** zhuān 粵zyun1 尊 ①集中在一件事或一個方面◇專一|專業。②獨自掌握或佔有◇煙酒專賣。

【專一】zhuānyī 一心一意；不分心◇愛情專一 | 做事專一。

【專心】zhuānxīn 集中注意力。

【專名】zhuānmíng ① 專用於某一特定對象的名稱，如人名、地名、朝代名、公司、企業名等。② 標點符號之一。

【專攻】zhuāngōng 專門學習研究（某一學科）◇聞道有先後，術業有專攻。

【專利】zhuānlì ① 一項發明的首創者所擁有的在一定期限內受法律保護的獨享權益。◇這個儀器是他們的專利設計。② 比喻壟斷獨享的利益或權利◇鑽石不再是富貴人家的專利。

【專長】zhuāncháng 專門的學問技能；特長◇學有專長。

【專制】zhuānzhì ① 君主、一黨或一人控制政權、獨斷專行◇專制政體。② 全面控制；專權專行◇他做事一向專制，不容不同意見。

【專注】zhuānzhù 把心思用在某一方面；全神貫注◇專注於寫回憶錄。

【專門】zhuānmén ① 特地；特意◇他是專門來拜壽的。② 致力於某事或研究某門學問◇專門研究文學。

【專政】zhuānzhèng 統治者運用強力維護統治。

【專家】zhuānjiā 對某一門學科有專門研究的人；擅長某種技術的人◇烹飪專家｜專家會診。

【專案】zhuān'àn 專門立案處理的重要案件或事件◇依專案辦理。

【專責】zhuānzé 專門擔負某項責任◇專責委員會。

【專訪】zhuānfǎng ① 專門對某個問題、某個人進行採訪◇接受記者專訪。② 指專訪後寫成的文章◇發表兩篇專訪。

【專程】zhuānchéng 為做某事特地到某地◇專程來看望她。

【專業】zhuānyè ① 學業的門類◇中文系文學專業。② 非業餘的、專門從事某種工作或職業的。◇專業人士。

【專誠】zhuānchéng 誠心誠意地；特地◇專誠拜訪｜專誠邀請。

【專意】zhuānyì 專心；一心一意從事某事。

【專賣】zhuānmài 國家對某些特殊商品實行由專營機構經營，如對煙、酒、鹽實行專賣。

【專線】zhuānxiàn 專用的通訊線路或交通線路◇軍用專線｜專線電話。

【專擅】zhuānshàn 不請示報告上級而擅自作主。

【專橫】zhuānhèng 專斷蠻橫，任意妄為◇專橫跋扈。

【專題】zhuāntí 專門研究或討論的題目◇專題演講｜專題研討會。

【專斷】zhuānduàn 不進行必要的商議，單獨作決定◇專斷獨行。

【專欄】zhuānlán 報紙、雜誌上專門刊登某一類稿件或某位作者文章的那一部分版面◇史學專欄｜專欄作家。

【專權】zhuānquán 獨攬大權◇個人專權。

【專心致志】zhuānxīn zhìzhì 一心一意，聚精會神。《孟子·告子上》："不專心致志，則不得也。"(同) 聚精會神、全神貫注 (反) 心不在焉、一心二用。

8 **尉** 〈一〉wèi 粵wai^{3} 畏 ①古代官名◇太尉｜都尉。②軍銜名。級別在士之上，校之下◇少尉｜中尉｜上尉。③姓。

〈二〉yù 粵wat^{1} 屈【尉遲】yùchí 姓。唐代有尉遲恭。

8 **將(將)** 〈一〉jiāng 粵zoeng^{1} 章 ①攙扶；扶助◇將扶。②保養◇將息｜將養。③帶領◇挈婦將子。④用；拿。多用於固定短語◇將功補過｜恩將仇報。⑤把◇將燈關掉。⑥下象棋時攻擊對方的"將"或"帥"◇將他一軍。⑦用言語刺激或為難別人◇這事把他將住了。⑧表示動作或情況不久就要發生◇將近黃昏｜飛機將要起飛。⑨表示對未來的判斷。含有"肯定、一定"的意思◇參加的人將會更多。⑩表示勉強達到某一標準。相當於"剛剛"◇借來的錢將夠交學費。⑪又；且◇將信將疑。

〈二〉jiàng 粵zoeng^{3} 障 ①統率；率領◇不善將兵。②高級軍官。也泛指軍官◇王侯將相｜損兵折將｜激將法。③軍銜名。在元帥之下，校官之上◇上將｜中將｜少將。④比喻能幹或敢幹的人◇幹將｜闖將｜乒壇老將。

〈三〉qiāng 粵zoeng^{1} 章 願；請◇將進酒。

【將士】jiàngshì 將領和士兵。後用為軍隊官兵的統稱◇三軍將士｜前線將士。

【將才】jiàngcái ① 統率、指揮軍隊的才能◇兼具文才和將才。② 具有將才的人◇難得的將才。

【將次】jiāngcì 即將；將要◇班機將次起飛。

【將來】jiānglái 未來；自現在算起以後的時間◇不遠的將來。

多樣表達：將來

未來 不日 來日 次日 他日 改日 改天 異日 日後 今後 以後 此後 往後 過後 明天 後天 長遠 有朝一日

【將近】jiāngjìn 快要接近◇結婚將近十年｜與會者將近一百人。

【將官】jiàngguān 將級軍官，位居校官之上。

【將要】jiāngyào 快要；就要◇火車將要進站。

【將帥】jiàngshuài 指高級將領。

【將軍】jiāngjūn ①古代武職官名◇車騎將軍｜龍驤將軍。②將級軍官。泛指高級將領。③下棋時攻擊對方的"將"或"帥"◇將你一軍。④比喻出難題刁難別人◇要我即席表演，你這不是將我的軍嗎？

【將校】jiàngxiào 將官和校官。泛指高級軍官。

【將息】jiāngxī 保養休息◇乍暖還寒時候，最難將息。

【將就】jiāngjiu 勉強適應；湊合◇將就着吃一點｜日子還能將就着過。

【將領】jiànglǐng 泛指高級軍官◇高級將領。

【將養】jiāngyǎng 調養◇腿跌傷了，得將養幾個月才能走動。

【將信將疑】jiāngxìn jiāngyí 半信不信，持懷疑態度。(同) 半信半疑 (反) 確信不疑。

【將計就計】jiāngjìjiùjì 利用對方的計策反過來對付對方，使其上當。

【將錯就錯】jiāngcuòjiùcuò 將，用；就，順着。事情既然做錯了，乾脆順着錯誤做下去。

9 **尊** zūn 粵zyun1 專 ①輩分或地位高◇尊卑長幼。②敬重；尊重◇尊師重教。③敬辭。稱跟對方有關的人或事物◇尊姓｜尊夫人。④量詞。多用於神佛塑像或炮◇一尊菩薩｜三尊大炮。

【尊長】zūnzhǎng 地位或輩分比自己高的人◇敬重尊長。

【尊者】zūnzhě ①尊長。②佛教對德高望重的和尚的尊稱。

【尊尚】zūnshàng ①尊重推崇；崇尚◇自幼尊尚少林拳術。②尊貴高尚◇尊尚會。

【尊重】zūnzhòng ①尊敬；敬重◇互相尊重。②重視並嚴肅對待◇尊重歷史。③(行為、舉動)莊重，言行舉止合乎規範◇請先生放尊重些，別動手動腳。

【尊貴】zūnguì 高貴，值得尊敬◇尊貴的客人。

【尊敬】zūnjìng ①重視、恭敬地對待◇尊敬師長。②值得崇敬的◇尊敬的張先生。

【尊號】zūnhào ①尊貴的稱號(多指帝、后的稱號)。②對人所開店鋪的敬稱◇尊號生意可好？

【尊稱】zūnchēng ①尊敬地稱呼◇尊稱他為老師。②尊敬的稱呼；敬稱◇"巴老"是對巴金先生的尊稱。

【尊嚴】zūnyán ①崇高莊嚴◇尊嚴的講台。②尊貴的不容侵犯的身份或地位◇維護人權的尊嚴。

9 **尋(寻)〔尋〕** xún 粵cam4 沉 ①找；探求◇尋求｜尋人啟事。②古代長度單位。一尋為八尺。

【尋找】xúnzhǎo 找；尋求◇尋找機會｜尋找答案。

【尋求】xúnqiú 尋找探求◇尋求真理。

【尋味】xúnwèi 仔細體會◇耐人尋味。

【尋思】xúnsi 思索；考慮◇這事我越尋思越覺得奇怪。

【尋看】xúnkàn 尋找查看◇尋看舊友。

【尋常】xúncháng 平常；普通◇尋常人家｜勝敗乃尋常之事。

【尋覓】xúnmì 找；尋求◇尋覓古跡｜尋尋覓覓，冷冷清清，悽悽慘慘戚戚。

【尋訪】xúnfǎng 尋找探訪◇尋訪故友。

【尋機】xúnjī 尋找機會。

【尋釁】xúnxìn 釁，縫隙。挑釁，故意尋找事端◇尋釁鬧事｜尋釁打人。

【尋短見】xúnduǎnjiàn 自殺。

【尋死覓活】xúnsǐ mìhuó 鬧着要死要活。形容用自殺來威脅嚇唬別人◇放出刁蠻，尋死覓活，不肯還錢。

【尋花問柳】xúnhuā wènliǔ ①玩賞花草樹木，遊賞風景。②嫖妓。

【尋根究底】xúngēn jiūdǐ 尋求事物的根源，追究事物的底細。

【尋章摘句】xúnzhāng zhāijù ①讀書只搜尋、摘錄一些漂亮的詞句，不去深入理解其文義、主旨。②也指寫作時堆砌現成的詞句，沒有創造性。

11 **對(对)** duì 粵deoi3 兑 ①回答◇無言以對。②對待；對付◇對人很熱情。③朝着；向着◇對準目標。④處於相反地位◇敵對｜作對。⑤彼此相向◇對流。⑥使兩個東西配合或接觸◇對對聯｜對接。⑦投合；適合◇對脾氣｜文不對題。⑧相互比較；

核對◇對筆跡|對時間。⑨調整；使符合一定標準◇對焦距|對答案。⑩正確；正常◇神色不對|你的話很對。⑪攙和。多指液體◇對點涼水。⑫平均分成兩份◇對摺|對半。⑬對聯◇喜對|五言對。⑭量詞。用於成雙的事物◇一對花瓶|成雙成對。⑮相當於"對於"◇他對花粉過敏。

【對口】duìkǒu ① 互相聯繫的雙方吻合一致◇專業對口。② (味道) 合口◇今天的幾道菜很對口。③ 相聲、山歌的表演方法之一◇對口相聲。

【對子】duìzi ① 對偶的詞句◇他擅長對對子。② 對聯◇寫對子。

【對比】duìbǐ ① (兩種事物) 進行比較◇大小對比 | 對比顏色。② 比例◇雙方人數對比是一對二。

【對手】duìshǒu ① 競賽或鬥爭的對方◇對手實力非常強。② 特指技能、水平和自己不相上下的對方◇棋逢對手，將遇良材。

【對方】duìfāng 跟己方相對的一方◇對方不會接受這種要求的。

【對付】duìfu ① 處理；應付◇來者不善，要認真對付。② 將就；湊合◇舊大衣還能對付着穿幾年。

【對仗】duìzhàng 詩詞中的對偶，叫做對仗。對偶就是把同類的詞或對立的詞並列起來，一般是兩句相對，上句叫出句，下句叫對句。律詩的對仗，一般用在二三兩聯，即第三四句和第五六句。對仗是為了求語句工整、聲韻鏗鏘，如杜甫《前出塞》詩："射人先射馬，擒賊先擒王"，射與擒、人與賊、馬與王，都是對仗。

【對白】duìbái 戲劇、電影中角色之間的對話◇精彩對白。

【對立】duìlì ① 兩種事物或兩個方面相互排斥、矛盾◇不能把工作和學習對立起來。② 相互抵觸◇對立情緒。

【對抗】duìkàng ① (雙方) 對立相持不下◇對抗下去，對雙方都不利。② 抵抗；抵禦◇對抗外來侵略。

【對沖】duìchōng ① 互相抵消◇兩公司的債務已經對沖結清。② 投資人利用一個倉位來抵銷其他倉位，以降低現有倉位的風險。

【對於】duìyú 介詞。引出相關的人或事物◇對於你這一建議，我毫無興趣。

【對面】duìmiàn ① 方位上的另一邊◇他家就在銀行對面。② 正前方◇對面來了一個人。③ 面對面；當面◇這事須要當事人對面談。

【對勁】duìjìn ① 合適；適合心意◇這話聽起來不對勁。② 合得來；投合◇兩人不大對勁，總是爭吵。

【對峙】duìzhì ① 相對而立◇兩山對峙。② 比喻雙方對抗，相持不下◇兩軍對峙。

【對待】duìdài 用某種態度或行為加之於他人或他事物◇用愛心對待別人。

【對接】duìjiē ① 兩個或多個航行中的航天器 (如航天飛機、宇宙飛船等) 相互靠攏後連接成一體◇上海航天研製對接機構已完成 20 次空間對接。② 泛指互相銜接，互相聯繫起來◇離職前需完成工作對接。

【對偶】duì'ǒu 修辭方法之一。用對稱的詞語加強語言效果。㊐ 對仗。

【對等】duìděng 雙方等級、地位等相等◇對等談判 | 雙方代表級別對等。

【對策】duìcè ① 古代應考的人對皇帝所問治理國家策略的回答。② 應對的策略或辦法◇拿不出對策來。

【對象】duìxiàng ① 行動或思考時作為目標的人或事物◇訪問的對象 | 調查的對象。② 特指戀愛的對方◇選對象 | 找對象。

【對照】duìzhào ① 互相對比參照◇英漢對照 | 與原文對照。② 相比；對比◇對照姐姐，我讀的書太少了。

【對過】duìguò 街道、河流、空地等對面的那一邊◇對過有幾家商店。

【對話】duìhuà ① 兩個人或幾個人之間的談話◇人物的對話簡短生動。② (國際上) 兩方或幾方之間的接觸或談判◇雙方就解決貿易糾紛進行對話。

【對稱】duìchèn 相對的兩部分在大小、形狀和排列上相互對應◇對稱是世間萬物的基本現象。

【對質】duìzhì ① 訴訟中的當事人在法庭上面對面互相質問。② 泛指和問題有關聯的各方當面對證。

【對調】duìdiào 互相掉換◇對調座位｜對調工作。

【對頭】(一)duìtóu ① 合適；正確◇這樣處理不對頭。② 正常。多用於否定◇臉色不對頭。③ 合得來。多用於否定◇脾氣不對頭，兩個人很難相處。

(二)duìtou 仇敵；與自己對立的一方◇死對頭｜冤家對頭。

【對聯】duìlián 寫在紙上、布上或刻在竹、木、柱子等上面的對偶語句◇門上貼着一幅對聯：清風明月；鳥語花香。同 對子。

多樣表達：對聯

對子 上聯 下聯 門聯 楹聯 春聯 喜聯 壽聯 輓聯

【對應】duìyìng ① 一個系統中某一項在性質、作用或數量上同另一系統的某一項相當◇同粵語對應的普通話詞語。② 針對某一情況的；與某種情況相應的◇對應措施｜一一對應。

【對壘】duìlěi 兩軍對峙。也用於競賽，如下棋、賽球等◇兩軍對壘｜兩國圍棋手對壘。

【對證】duìzhèng 核對證實◇對證筆跡｜死無對證。

【對襯】duìchèn 相互比較襯托◇黑白對襯。

【對台戲】duìtáixì 兩個戲班子為了互相競爭，在同一地區同時上演的同一齣戲。比喻為雙方所競爭的同類工作或同類事情◇唱對台戲。

【對牛彈琴】duìniútánqín 比喻對不懂道理的人講道理。現多用來譏諷人説話、寫文章或做事不看對象。

【對症下藥】duìzhèngxiàyào 醫生針對病情用藥。比喻針對具體情況制定解決問題的具體方法。

【對答如流】duìdárúliú 回答問話像流水一樣流暢，形容反應快或口才好。反 張口結舌。

13 **導(导)** dǎo 粵dou6 杜 ①引導；疏導◇導航｜因勢利導。②傳送◇導電｜半導體。③教育；開導◇教導｜輔導。④導演◇編導｜執導。

【導引】dǎoyǐn 引導；指引◇導引方向。

【導向】dǎoxiàng ① 引導朝着某個方向前進或發展◇市場導向。② 所引導的方向或目標◇正確的導向。

【導言】dǎoyán 書籍或論文正文前面説明全書或全文內容主旨的簡要文字。

【導致】dǎozhì 引起；使發生◇急於求成導致失敗。

【導師】dǎoshī ① 指導學生學習和研究的老師◇研究生導師。② 在政治、思想、理論、學術或知識的指導者◇革命導師｜人生導師｜治學的導師。

【導航】dǎoháng ① 用雷達、無線電裝置、航標、衛星等引導飛機、船舶、車輛、宇宙航行等的行進方向◇導航塔｜衛星導航。② 可提供方向和路徑指引的科學技術或裝置。

【導遊】dǎoyóu ① 指導遊客遊覽◇導遊圖。② 帶領並指導遊客進行遊覽活動。③ 擔任導遊工作的人。

【導電】dǎodiàn 傳送電流或能夠讓電流通通。

【導源】dǎoyuán 起源；發源◇黃河導源於青海。

【導演】dǎoyǎn ① 組織和指導演出◇導演電影。② 擔任導演工作的人◇電視劇導演。

【導播】dǎobō ① 在錄製和播放廣播、電視節目過程中，對畫面、音響、現場事務等進行編輯、調度、即時處理。② 負責導播工作的人。

【導賞】dǎoshǎng 在博物館、展覽館、古跡等地方，為大眾、團體提供展品介紹及解説的服務。

【導彈】dǎodàn 裝有彈頭和動力裝置的高速飛行武器，依靠自身控制系統自動制導，能使彈頭準確擊中預定目標◇短程導彈｜洲際導彈｜巡航導彈。

【導火線】dǎohuǒxiàn ① 使爆炸物爆炸的引線。同 導火索。② 比喻直接引發事變爆發的事情。

小部

0 **小** xiǎo 粵siu² 笑² ①在體積、面積、數量、力量等方面不大◇小山|數目小|力氣小。②短時間地◇小坐。③稍微◇小有成就。④排行最末的◇小兒子。⑤年紀小的人，指小孩子◇上有老，下有小。⑥地位低◇小官|小人物。⑦妾◇嫁人做小。⑧謙辭。稱自己或和自己有關的◇小弟|小店。⑨不重要的◇小事|小節。⑩非正式的◇小費。

【小人】xiǎorén ①古代指地位低下的人◇小人一向奉公守法，伏望大人明察。②普通人謙稱自己◇小人不敢。③品格卑劣或見識淺陋的人◇小人得志|小人之見|君子坦蕩蕩，小人長戚戚。

【小子】〈一〉xiǎozǐ 年幼的人，後輩◇小子不才。
〈二〉xiǎozi ①男孩◇生了個胖小子。②對男子的輕蔑稱呼◇這小子太不講情義了。

【小手】xiǎoshǒu ①手掌不大。②小偷，小竊賊◇提防小手。

【小月】xiǎoyuè ①公曆一個月只有三十天或農曆一個月只有二十九天的月份。②流產，小產◇懷孕三個月就小月了。

【小户】xiǎohù ①人口少的家庭。②沒有權勢的貧苦人家◇來自山裏的小戶人家。

【小心】xiǎoxīn 當心，留神◇小心火燭|小心點，別滑倒了。

【小引】xiǎoyǐn 寫在詩文前面的簡短説明文字。

【小丑】xiǎochǒu ①戲曲中的丑角或雜技中的滑稽角色。②行為卑劣的人◇跳樑小丑。

【小巧】xiǎoqiǎo 小而靈巧◇小巧玲瓏|精緻小巧。

【小可】xiǎokě ①輕微；尋常◇非同小可。②謙稱自己，多見於早期白話◇小可年幼無知。

【小生】xiǎoshēng ①舊時年輕讀書人的自稱◇小生這廂有禮了。②傳統戲曲中生角的一種，扮演青年男子。

【小令】xiǎolìng ①短的詞調。字數在五十八字以內。②元曲中只含有一支曲子的散曲。

【小囡】xiǎonān 方言。小孩的昵稱。

【小年】xiǎonián ①農曆十二月只有二十九天的年份。②舊俗的祭灶日，在臘月二十三或二十四日。③水果、蔬菜、魚鮮等歉收的年份◇荔枝今年是小年。

【小兒】xiǎoér ①小孩子。②對自己兒子的謙稱。

【小姐】xiǎojie ①僕人稱主人的未婚女兒◇趙家二小姐。②對未出嫁女子或年輕婦女的尊稱。多用於交際場合。③用於稱娛樂場所提供色情服務的年輕女子。

【小品】xiǎopǐn ①小品文。散文的一種，篇幅短小，以生動活潑的文筆説理抒情。②短小的戲劇表演形式。也指這種形式的演出節目◇戲曲小品。

【小食】xiǎoshí ①具有特色風格的食品，可以作為正餐中的點綴。②泛指點心或零食。

【小氣】xiǎoqi ①吝嗇◇小氣鬼，一分錢都不肯花。②氣量狹小◇她比較小氣，別同她一般見識。

【小乘】xiǎochéng 佛教的流派之一，主張自我解脱。大乘派認為小乘派不能普渡眾生，故貶稱它為小乘。

【小販】xiǎofàn 出賣貨物、本錢不多的商人◇街頭擺賣的小販。

【小康】xiǎokāng ①康，安。中國儒家的理想社會，政治清明，社會安定，人民富裕。出自《詩經·大雅·民勞》：“民亦勞止，汔（差不多）可小康。”②表示可以維持中等生活水平的富裕程度◇小康之家。

【小菜】xiǎocài ①家常菜◇小菜口味做得真鮮。②泛指魚、肉、禽、蛋、蔬菜等◇去買些小菜招待客人。③比喻輕而易舉的事◇小菜一碟。

【小費】xiǎofèi 客人額外給服務人員的零錢。

【小楷】xiǎokǎi ①手寫的楷體小字◇蠅頭小楷。②拼音字母的小寫印刷體。

【小節】xiǎojié ①細小事情；瑣細的方面◇不拘小節|注重小節。②音樂節拍的段落。樂譜中用一豎線隔開。

【小傳】xiǎozhuàn 簡略的傳記◇名人小傳。

【小解】xiǎojiě 小便，排尿。

【小説】xiǎoshuō 一種敍事性的文學體裁。通過人物的塑造和事件、環境的描述，概括地反映社會生活。一般分為長篇、中篇、短篇和小小説等。

【小鞋】xiǎoxié 比喻暗中給人的刁難、擠壓◇給不喜歡的人小鞋穿。

【小篆】xiǎozhuàn 筆畫較簡省的篆書。秦朝李斯等依據大篆加以整理簡化而成。㊀秦篆。

【小調】xiǎodiào ① 民間流行的歌曲◇邊走邊哼小調。② 調性的一種。與大調相對。音階中包含七個音，第一音到第三音是小三度音程。

【小廝】xiǎosī 未成年的男僕。

【小寫】xiǎoxiě ① 漢字數目字的通常寫法，如“一、十、百、千”，跟大寫的“壹、拾、佰、仟”相區別。② 拼音字母的一種寫法，如“a、b、c、d”，跟大寫的“A、B、C、D”相區別。

【小器】xiǎoqì ① 器量小◇小器做不成大事。② 吝嗇，不大方◇小器鬼，一分錢掰成兩半花。㊀小氣。

【小學】xiǎoxué ① 對學齡兒童實施初等教育的學校◇剛上小學。② 關於漢字、音韻、訓詁的學問。

【小錢】xiǎoqián ① 清末鑄造的一種小銅錢。② 少量的錢◇就剩這點小錢了，省點兒花吧。

【小覷】xiǎoqù 小看，輕視◇不要小覷他，本事可大啦。

【小心眼】xiǎoxīnyǎn ① 氣量狹小，心胸狹窄◇小心眼的人很難相處。② 心計，小花招◇耍弄小心眼。

【小市民】xiǎoshìmín ① 城市中有少量資產的居民。如手工業者、小商人、小房東等。② 指格調不高，喜歡斤斤計較的人◇小市民心態｜小市民階層。

【小曲兒】xiǎoqǔr 民間流行的小調◇會幾首小曲兒。

【小字輩】xiǎozìbèi 資歷較淺的年輕人◇馬戲團裏的小字輩。

【小兒科】xiǎo'érkē ① 本指兒科。現多比喻小氣、被人看不上◇只送了這些東西，也太小兒科了。② 比喻極容易做的事情◇這幾道算術題對他來説是小兒科。

【小品文】xiǎopǐnwén 散文的形式之一，篇幅較短，以深入淺出的手法，夾敍夾議，説理抒情。

【小皇帝】xiǎohuángdì 比喻嬌生慣養、唯我獨尊的小孩◇溺愛縱容獨生子，結果成了小皇帝。

【小圈子】xiǎoquānzi ① 狹小的生活範圍◇走出家庭的小圈子，看看外面的世界。② 只代表少數人利益或只有少數人參加的小集團◇他辦事光明正大，從不搞小圈子｜小圈子選舉。

【小動作】xiǎodòngzuò ① 偷偷做出的行動◇上課要認真聽講，別做小動作。② 暗中進行的不正當活動◇故意耍小動作，讓裁判誤認為對手犯規。

【小報告】xiǎobàogào 懷着不正當目的，背地裏收集情況向上級做的匯報◇打小報告的偽君子。

【小陽春】xiǎoyángchūn 指農曆十月（因為這個時期天氣温暖如春）。借指經濟活動出現短暫的繁榮◇樓市出現小陽春。

【小意思】xiǎoyìsi ① 客套話。微薄的心意，用在贈送禮物時◇一點小意思，留着做個紀念吧。② 微不足道；算不了甚麼◇這點故障，小意思，一會兒就修好。

【小辮子】xiǎobiànzi ① 短小的辮子。也泛指辮子◇兩隻小辮子甩來甩去。② 比喻把柄◇畢生不沾鍋，沒有小辮子。

【小小不言】xiǎoxiǎobùyán 微不足道，不值一提◇小小不言的事，何必在意？

【小心翼翼】xiǎoxīnyìyì 出自《詩經・大雅・大明》：“維此文王，小心翼翼。”形容舉動十分謹慎，唯恐出錯◇小心翼翼地回答老師的問題。㊀小心謹慎。

【小肚雞腸】xiǎodù jīcháng 比喻人氣量小，喜歡計較小事，看不到大局。

【小恩小惠】xiǎo'ēn xiǎohuì 為籠絡人而給予的一點好處◇用小恩小惠拉攏人。

【小家子氣】 xiǎojiāziqì 小戶人家的氣派。形容做事侷促不大方。

【小家碧玉】 xiǎojiābìyù 年輕貌美的小戶人家女子。

【小試牛刀】 xiǎoshìniúdāo 比喻動用有才幹的人解決小問題，在小事上一露身手。

【小道消息】 xiǎodàoxiāoxi 道聽途說的或非經正式途徑傳播的消息。

【小題大作】 xiǎotídàzuò 把小題目鋪展成大文章。比喻渲染誇大小事，或把小事當大事做。有不應當、不值得的意思◇俗話說，大事化小，小事化了，你卻小題大作！

【小巫見大巫】 xiǎowūjiàndàwū 巫，巫師。小巫師遇見大巫師。比喻兩方面一比較，優劣立刻就顯出來了。

1 **少** 〈一〉shǎo 粵siu^2 小 ①數量小◇人多地少｜錢太少了。②缺；減去；失去◇一個都不少｜少說話，多做事。③虧欠，欠缺◇我少他十塊錢。④稍微；短暫◇少待片刻。⑤不常有的◇少見｜少有。

〈二〉shào 粵siu^3 笑 ①年紀小◇少女｜年少。②年輕人◇有老有少。③少爺◇闊少｜惡少。④軍銜中的一個較低的等級◇少將｜少校｜少尉。

【少小】 shàoxiǎo 幼年，年紀小的時候◇少小離家老大回，鄉音未改鬢毛衰。

【少女】 shàonǚ 未婚的年輕女子◇少男少女。

【少年】 shàonián ① 人十歲到十六七歲的階段◇少年時代。② 處在十歲到十六七歲之間的人◇英俊少年｜自古英雄出少年。

【少男】 shàonán 未婚的年輕男子◇一羣少男少女正在開派對。

【少壯】 shàozhuàng 年輕力壯。也指年輕的時候◇少壯不努力，老大徒傷悲。

【少牢】 shàoláo 古代祭祀，只用羊和豬的祭品，叫少牢；用牛羊豬的，叫太牢。

【少相】 shàoxiang 相貌顯得年輕◇她長得少相。

【少時】 shǎoshí 一會兒，不多時◇少時，烏雲散盡，晨光燦然。

【少頃】 shǎoqǐng 一會兒，片刻◇少頃，雲開日出。

【少許】 shǎoxǔ 一點兒；少量◇再放少許鹽調調味。

【少婦】 shàofù 已婚的年輕女子◇閨中少婦不知愁，春日凝妝上翠樓。

【少陪】 shǎopéi 客套話。表示有事離開，不能陪伴對方◇我去接個電話，少陪。

【少爺】 shàoye ① 僕人稱主人的兒子。② 舊時尊稱別人的兒子。

【少數】 shǎoshù 較小的數量◇少數人｜騰出少數時間。

【少不更事】 shàobùgēngshì 年紀輕，沒有經歷過很多事，缺少經驗◇原諒她吧，少不更事，難免出錯。

【少年老成】 shàoniánlǎochéng 老成，閱歷多、老練成熟。人雖年輕，為人處世卻穩重老練。

【少安毋躁】 shǎo'ānwúzào 稍稍等待一下，不要急躁◇少安毋躁，我們另想辦法。

【少見多怪】 shǎojiànduōguài 閱歷淺，見識少，遇到平常的事也感到奇怪。

2 **尕** gǎ 粵gaa^2 假 小◇尕娃。

3 **尖** jiān 粵zim^1 沾 ①（物體末端）細小；銳利◇把鉛筆削尖。②銳利細小的末端◇針尖｜筆尖。③聲音高而細；使聲音高而細◇尖嗓子｜尖聲大叫。④視覺或聽覺靈敏◇眼睛尖｜耳朵尖。⑤突出的；超出同類的◇拔尖。⑥尖刻，刻薄◇尖酸。

【尖利】 jiānlì ① 尖銳；銳利◇尖利的匕首｜鋼刀尖利耀眼。② 敏銳◇目光尖利。

【尖刻】 jiānkè 尖酸刻薄◇這話太尖刻了。

【尖酸】 jiānsuān 說話帶刺，使人難受◇尖酸刻薄。

【尖端】 jiānduān ① 物體尖銳的末端；頂點◇標槍的尖端｜發射塔的尖端。② 形容水平最高的◇發展尖端科技是國家長遠的目標。

【尖厲】 jiānlì 聲音尖銳刺耳◇尖厲的哨聲｜帶着尖厲的聲音呼嘯而過。

【尖銳】 jiānruì ① 物體末端尖而鋒利◇尖銳的刺刀。② 敏銳而深刻◇眼光尖銳。③ 聲音高而刺耳◇哨聲尖銳。④ 激烈◇尖銳的鬥爭。

【尖團音】 jiāntuányīn 尖音和團音的合稱。尖音指 z、c、s 聲母拼 i、ü 或 i、ü 起頭的韻母，團音指 j、q、x 聲母拼 i、ü 或 i、ü 起頭的韻母。

【尖嘴薄舌】jiānzuǐ bóshé 形容説話尖酸刻薄。

5 **尚** shàng 粵soeng6 常6 ①崇尚，重視◇尚武|禮尚往來。②崇高◇高尚|崇尚。③流行◇時尚。④還◇為時尚早。⑤尚且◇簡單的事尚不能做好，你還幹得了甚麼？

【尚且】shàngqiě 常跟"何況"等連用，表示進一層的意思◇大人尚且如此，何況是小孩子。

【尚書】shàngshū ①古書名，又稱《書經》，儒家經典之一。②古代官名。明、清兩代政府各部的最高長官◇兵部尚書|刑部尚書。

【尚然】shàngrán ①仍然如此。②尚且如此。

【尚方寶劍】shàngfāngbǎojiàn 也作"上方寶劍"。皇帝用的寶劍。授予此劍的大臣，有先斬後奏的權力。現比喻上級所授予的特別權力。

6 **尜** gá 粵gaat3 軋【尜尜】gága ①兩頭尖、中間大的一種兒童玩具。②樣子像尜尜的◇尜尜棗。

尢部

1 **尤** yóu 粵jau4 由 ①過失◇以儆效尤。②責怪怨恨◇怨天尤人。③優異的；突出的◇尤物|無恥之尤。④更加◇山谷的霧氣尤甚於山上。⑤姓。

【尤其】yóuqí 特別；更加◇我尤其喜歡這一幅牡丹圖。

【尤物】yóuwù ①特別出眾的人物。②指美女。有時含貶義◇人間尤物。

3 **尥** liào 粵liu6 廖【尥蹶子】liàojuězi 騾、馬等牲口跳起來用後腿向後踢◇馬尥蹶子，差點兒踢着我。

4 **尪** wāng 粵wong1 汪 ①中醫病症名。指腳跛或胸背彎曲。②身體瘦弱◇病體尪羸。

【尪怯】wāngqiè 怯懦◇生性尪怯。

【尪頓】wāngdùn ①衰弱困頓。②衰弱困頓的身體。

4 **尨** 〈一〉máng 粵mong4 忙①長毛狗。②雜色◇尨服。

〈二〉méng 粵mung4 蒙【尨茸】méngróng 形容蓬鬆的樣子◇狐裘尨茸。

4 **尬** gà 粵gaai3 介見"尷尬"。

9 **就** jiù 粵zau6 宙 ①挨近，靠近◇就着燈看書。②到◇就職|就位。③順着；趁着◇就手拉他一把。④完成◇造就人才。⑤立刻；馬上◇我就去|天就快亮了。⑥單單，只◇我就愛畫老虎。⑦表示加強語氣◇真相早就清楚了。⑧即使◇你就送來，我也不要。

【就木】jiùmù 裝入棺材。死亡的委婉説法◇行將就木。

【就地】jiùdì 在當地，原處◇就地取材。

【就任】jiùrèn 到某職位擔任職務◇宣誓就任總統。

【就位】jiùwèi 到位；到指定的位置◇消防員緊急就位。

【就近】jiùjìn 在附近的◇就近入學。

【就便】jiùbiàn 順便，趁便◇買菜時就便把這封信寄了。

【就座】jiùzuò 入座，到座位上坐下◇請各位就座。同 就坐。

【就教】jiùjiào 向對方求教，請教◇移樽就教。

【就勢】jiùshì 順勢，趁勢◇我走到泳池邊，就勢把他推下了水。

【就業】jiùyè 找到工作，謀到職業◇盼望經濟好轉，就業機會增加。

【就義】jiùyì 為正義事業而遭殺害◇慷慨就義。

【就裏】jiùlǐ 內情；底細◇不明就裏。

【就算】jiùsuàn 連接詞語，提出一種假設，表示姑且承認某種事情，表示轉折◇就算不是他做的，那又如何？

【就緒】jiùxù (事情) 已做妥當◇準備就緒|安排就緒。

【就範】jiùfàn 聽從控制和支配◇逼他就範|不肯就範。反 抗拒。

【就學】jiùxué 到學校讀書學習。

【就讀】jiùdú 進入學校讀書◇就讀國外大學。

【就事論事】jiùshìlùnshì 只就事情本身的實際情況來談論是非得失，不涉及其他方面◇就事論事，不要牽扯別的事。

14 **尷(尲)** gān 粵gaam1 監/gaam3 鑒

【尷尬】gāngà ①處境兩難；事情棘手，難以處理◇說也不好，不說也不好，挺尷尬的。②神態、舉止不自然◇尷尬地笑了笑|神情尷尬。反自然、泰然。

尸部

0 **尸** shī 粵si1 思 ①古代祭祀時代表死者受祭的活人。②比喻空佔着位置不做事◇尸位素餐。

【尸位素餐】shīwèi sùcān 空佔着職位不做事，白吃飯。

1 **尺** (一) chǐ 粵cek3 赤 ①市制長度單位。一尺等於十寸，三尺等於一米。②量長度的器具◇捲尺|卡尺。③像尺一樣細長扁平的東西◇鎮尺|戒尺。④畫圖用的器具◇三角尺|丁字尺|放大尺。

(二) chě 粵ce2 扯 中國民族音樂中的記音符號，表示音階上的一級，相當於簡譜的"2"。見"工尺"。

【尺寸】chǐcùn ①衣或物的長短、大小◇腰圍的尺寸。②形容狹小◇尺寸之地。③分寸◇辦事要把握尺寸。

【尺度】chǐdù 標準；分寸◇放寬尺度|掌握尺度。

【尺書】chǐshū ①書信◇尺書寄情。同尺牘。②書籍。古代書寫用竹簡、木簡，長約一尺，故稱尺書◇篋無尺書|諸子尺書。

【尺碼】chǐmǎ ①尺寸◇上衣尺碼。②標準◇這是兩件事，哪能用一個尺碼判斷。

【尺牘】chǐdú 牘，木簡。書信，信札。古代書寫用竹簡、木簡，長約一尺，故稱尺牘。

【尺蠖】chǐhuò 尺蠖蛾的幼蟲。體細長，爬行時身體向上彎成弧狀，再向前伸，像用拇指和中指量尺寸，故稱。危害果樹、茶樹、桑樹等◇尺蠖之屈（比喻人先屈後伸或以屈求伸）。

【尺幅千里】chǐfúqiānlǐ 一尺長的圖畫，把千里的景象都畫進去。比喻寓大於小，事物雖小，但包含的內容卻很豐富。

【尺短寸長】chǐduǎn cùncháng《楚辭・卜居》："尺有所短，寸有所長。"應用的場合不同，一尺有時覺得短，一寸有時顯得長。比喻人各有長處和短處。

2 **尻** kāo 粵hou1 好1 屁股；臀部◇尻骨。

2 **尼** ní 粵nei4 妮 尼姑，佛教指出家修行的女子◇僧尼。

【尼姑】nígū 出家修行的女佛教徒◇尼姑庵。

【尼古丁】nígǔdīng 煙鹼。一種有毒的生物鹼。(英 nicotine)

4 **屁** pì 粵pei3 譬 ①由肛門排出的臭氣◇放屁。②表示虛指，甚麼。用於斥責或否定◇懂個屁|屁事不管。③比喻沒有價值，不值一提的事。用於斥責或蔑視◇屁話|有個屁用。

【屁滾尿流】pìgǔn niàoliú 形容極度驚恐或狼狽不堪的樣子◇嚇得屁滾尿流。

4 **尿** (一) niào 粵niu6 鳥6 ①小便；人或動物從尿道排泄出來的液體◇撒尿。②排泄小便◇尿牀。

(二) suī 粵seoi1 雖 小便；人或動物從尿道排泄出來的液體◇尿(niào)了一泡尿。

【尿脬】suīpao 膀胱。

4 **尾** (一) wěi 粵mei5 美 ①尾巴◇頭尾|搖尾乞憐。②末端；末尾◇有頭有尾。③跟在後面◇尾隨。④量詞。用於魚◇一尾金魚。⑤星宿名。二十八宿之一。

(二) yǐ 粵mei5 美 ①馬尾巴上的毛◇馬尾羅。②蟋蟀等昆蟲尾部的針狀物◇三尾兒。

【尾欠】wěiqiàn 所剩餘的一小部分欠債◇尾欠三日內還清。

【尾巴】wěiba ①鳥、獸、魚、蟲等動物的身體尾部突出的部分◇搖着尾巴。②指事物最後的部分◇工程快結束，就剩點兒尾巴了。③比喻跟蹤者◇甩掉尾巴。④比喻尾隨附和的人◇他很有個性，不喜歡當別人的尾巴。

【尾市】wěishì 股票或期貨市場當日交易收市前的短暫行情◇尾市高收50點。

【尾花】wěihuā 報刊、書籍上詩文末尾空白處的裝飾性圖畫◇添加一幅尾花。

【尾追】wěizhuī 緊跟在後面追趕◇尾追不放。

【尾款】wěikuǎn 結賬時沒有結清的少數款項◇拖欠尾款不還。

【尾數】wěishù ① 小數點後面的數。② 大數目末尾的小數目。③ 多位號碼末尾的數字。

【尾隨】wěisuí 跟隨在後面◇悄悄地尾隨其後。

【尾聲】wěishēng ① 套曲中的最後一支曲子。② 大型樂曲的最後部分。③ 文學作品的結尾部分。④ 事情或活動的結尾階段◇大會已近尾聲。

【尾大不掉】wěidàbúdiào 尾巴太大，不易擺動。比喻下強上弱，駕馭不了◇末（樹梢）大必折，尾大不掉。

4 **局** jú 粵guk6 焗 ①一定的範圍◇全局|局外人。②政府中按職能劃分設立的辦事機構◇工務局。③業務機構或商店的名稱◇書局|電訊局。④棋盤◇棋局。⑤棋類、球類比賽一次或一場叫一局◇三局兩勝。⑥圈套◇騙局。⑦指某種聚會◇飯局|牌局。⑧形勢；情況◇戰局|大局已定。⑨器量◇器局|局度|局量。⑩同“侷”◇局促。

【局外】júwài 與某事無關◇局外人｜置身局外。

【局面】júmiàn ① 事情所處的某種狀態◇現在的局面對我們不利。② 規模◇小店鋪局面不大，學生用品倒很齊全。

【局促】júcù ① 地方狹小◇居室局促。② 急促◇時間太局促了，來不及做。③ 拘謹束縛，放不開◇局促不安。也作“侷促”。

【局限】júxiàn 限制在某一部分或某一範圍內◇局限性｜不受局限。

【局部】júbù 整體中的一部分◇局部地區性大雨。

【局勢】júshì 在社會、經濟、政治、軍事等方面所呈現的態勢或趨勢◇兩地局勢緊張｜局勢不穩。

【局蹐】jújí ① 形容畏縮不安的樣子◇局蹐不安。② 狹小，不舒展◇住得雖然局蹐，我心上卻很安適。

5 **屆〔届〕** jiè 粵gaai3 介 ①到…時候◇時屆初春|年屆六十。②量詞。次；期。多用於定期的會議或畢業生◇本屆畢業生|珠寶業聯合會第一屆年會。③至、到◇無遠弗屆。

【屆時】jièshí 到時侯◇屆時光臨｜敬請屆時出席。

【屆期】jièqī 到約定的日期◇屆期聚會上海。

5 **居** jū 粵geoi1 句1 ①住◇僑居|分居。②住所，住的地方◇遷居|故居。③處於；在◇居首|後來居上。④佔◇二者必居其一。⑤積儲；囤積◇居奇|奇貨可居。⑥存；懷着◇居心叵測。⑦任；當◇居功|以功臣自居。⑧用作店名◇六必居|陶陶居。⑨停息；停留◇歲月不居|變動不居。

【居士】jūshì ① 信佛禮佛但未曾出家的人。② 文人雅士的自稱◇青蓮居士｜東坡居士。③ 古代指辭官隱居的人。

【居中】jūzhōng 在中間；當中◇居中調停｜門上居中貼着一個“福”字。

【居心】jūxīn 存心；懷着某種念頭◇居心叵測｜居心不良。

【居民】jūmín 定居在某一地區的人◇永久居民身份證。

【居守】jūshǒu ① 守成◇居守基業，過得倒也平穩。② 特指皇帝出征或出巡時，委派重臣鎮守京都。

【居所】jūsuǒ 住所◇居所不算大，但佈置得很溫馨。

【居室】jūshì ① 住宅內的房間◇一套三居室的公寓。② 臥室◇五居室的豪華住宅。

【居屋】jūwū “居者有其屋計劃”的簡稱。為一些收入不足以購買私人樓宇，又不具資格或不願意入住公屋的居民提供的住宅。

【居留】jūliú 居住◇居留上海多年。

【居家】jūjiā ① 閒居在家◇居家過日子。② 指住宅；民房◇居家在此｜悉燒宮廟官府居家。③ 指所有與家庭生活相關的物品。

【居然】jūrán 竟然。表示出乎意料之外◇從不用功，居然考了第一名。

【居孀】jūshuāng 守寡◇居孀多年，未思改嫁。

【居港權】jūgǎngquán 擁有在香港居住的權利◇擁有居港權｜爭取居港權。

【居心叵測】jūxīnpǒcè 叵，不可。懷着壞念頭；存心不良。同 居心不良、心懷叵測。

【居功自傲】jūgōngzì'ào 自以為立有功勞，就傲慢自恃。

【居安思危】jū'ānsīwēi 處在安定的時候，要考慮應付未來可能潛伏的危機。

【居高臨下】jūgāo línxià 佔據高處，俯視下方。形容處於有利的地勢或地位。

5 **屄** bī 粵bei1 悲 女性外生殖器的俗稱。

5 **屈** qū 粵wat1 鬱 ①彎曲◇能屈能伸｜彎腰屈背。②屈服◇寧死不屈｜不屈不撓。③虧◇理屈詞窮。④冤枉；被誤解◇冤屈｜受屈。⑤姓。

【屈才】qūcái 大材小用；才能得不到充分發揮◇在銀行做文員，總覺得屈才｜他得到博士學位，卻只能做收銀員，未免太屈才了。

【屈死】qūsǐ 受冤屈被迫害致死◇屈死獄中。

【屈曲】qūqū 彎曲不直；曲折◇屈曲的長廊。

【屈服】qūfú 對外界壓力妥協，放棄反抗，認輸順從◇無論誰勸説，就是不肯屈服。

【屈指】qūzhǐ ① 逐一彎着指頭計算◇屈指算來已經過去七年了。② 比喻時間短、數量少◇屈指可待｜屈指可數。

【屈辱】qūrǔ ① 委屈和恥辱◇不甘心處於屈辱的地位。② 讓別人受屈辱◇性格暴躁，好屈辱人。

【屈從】qūcóng 屈服順從◇死不屈從｜違心屈從。

【屈就】qūjiù ① 敬辭。請求對方就任某職◇倘蒙屈就，不勝感謝。② 降低自己身份、地位，接受低級職位◇自視才高，不肯屈就。

【屈節】qūjié ① 喪失尊嚴或節操。② 降低自己身份，順從討好對方◇卑躬屈節。

【屈膝】qūxī 膝關節彎曲下來。比喻順從◇卑躬屈膝。

【屈駕】qūjià 敬辭。表示委屈了對方的身份。多用於邀請人◇敬請屈駕光臨。

【屈打成招】qūdǎchéngzhāo 嚴刑拷打無辜的人，迫使他承認強加的過錯或罪行。

【屈指可數】qūzhǐkěshǔ 彎一下手指頭能夠數得清楚，形容數量少、數字小◇參加的人屈指可數。

6 **屍（尸）** shī 粵si1 思 人死後的軀體◇僵屍｜橫屍遍野。

【屍首】shīshou 人的屍體。

【屍骨】shīgǔ ① 屍體腐爛後剩下的骨頭。② 借指剛剛去世的人的屍體◇屍骨未寒。

【屍骸】shīhái 屍體，骸骨。

【屍檢】shījiǎn 對屍體進行病理解剖或法醫學方面的檢查，探究死亡原因◇屍檢報告。

6 **屋** wū 粵uk1/nguk1 ①房子◇高屋建瓴。②房間◇小屋子。

【屋宇】wūyǔ 房屋，多指寬敞的房屋。

【屋舍】wūshè 房屋◇土地平曠，屋舍儼然。

【屋樑】wūliáng 房樑，架在兩邊牆壁上的橫柱，起支撐屋頂的作用。

【屋上架屋】wūshàngjiàwū 比喻重複多餘的機構或結構。同 疊牀架屋。

【屋漏偏逢連夜雨】wūlòupiānféngliányèyǔ 屋子有破洞卻偏偏下大雨，比喻不幸的事接連不斷地發生。

6 **屌** diǎo 粵diu2 丟2 男性生殖器的俗稱。

6 **屏** 〈一〉píng 粵ping4 評 ①屏風◇畫屏｜隔屏密語。②掛在壁上的條幅◇條屏｜掛屏。③遮擋◇屏蔽。④大門外或大門內起遮擋作用的牆。⑤像屏風一樣平面豎立的東西◇電視屏幕｜孔雀開屏。

〈二〉bǐng 粵bing2 丙 ①排除；除去◇屏除｜屏去。②忍住；止住◇屏住呼吸。

【屏風】píngfēng ① 室內用以擋風或遮蔽視線的器具，上面多有字畫。② 在人口密集的城市中，數幢連在一起的建築物◇屏風樓。

【屏氣】bǐngqì 暫時控制住不呼吸。形容謹慎畏懼的樣子◇肅立屏氣。

【屏息】bǐngxī 屏住氣，暫時控制住不呼吸◇凝神屏息｜屏息靜聽｜屏息以待。

【屏退】bǐngtuì ① 排除；斥退◇屏退左右。

② 隱退◇屏退幕後｜屏退鄉里。

【屏除】bǐngchú 排除；除去◇屏除干擾。

【屏條】píngtiáo 書畫成組的條幅，一般為四幅或八幅。

【屏棄】bǐngqì 拋開；除去◇屏棄惡習。

【屏幕】píngmù 顯像管前面顯出圖像的部分◇大屏幕數碼電視機。

【屏障】píngzhàng ① 像屏風一樣起遮蔽、阻擋作用的事物◇一道天然屏障。② 遮蔽；遮擋◇屏障京都。

【屏蔽】píngbì ① 像屏風一樣遮擋住。② 起遮蔽作用的東西；屏障。

【屏藩】píngfān 屏障和藩籬。比喻保衞國家的將士。

【屏氣凝神】bǐngqì níngshén 抑止呼吸，精神專注。形容注意力集中◇説到緊張處，人人屏氣凝神，支耳靜聽。

6 **屎** shǐ 粵si^{2} 史 ①大便，糞便◇拉屎｜牛屎。②耳、眼、鼻的分泌物◇耳屎｜眼屎｜鼻屎。

7 **展** zhǎn 粵zin^{2} 剪 ①張開；放開◇愁眉不展。②擴張；擴大◇擴展｜拓展。③延長；推遲◇展期｜展到年底再説。④施行；發揮◇施展｜大展鴻圖。⑤展覽，陳列◇展出｜畫展。

【展示】zhǎnshì 展現；顯示◇展示出生命的活力。

【展玩】zhǎnwán 賞玩◇展玩再三，愛不釋手。

【展出】zhǎnchū 展示，展覽◇他的作品將會在藝術節展出。

【展延】zhǎnyán ① 向後推延；推遲◇展延會期。② 延伸；伸展◇沿山腳展延。

【展眉】zhǎnméi 舒展眉頭。形容心情放鬆◇展眉舒顏。

【展限】zhǎnxiàn 放寬時日◇到期不再展限。

【展現】zhǎnxiàn 顯現出來◇華燈飛彩，展現出一派繁榮景象。

【展望】zhǎnwàng ① 向遠處看◇展望遠方的羣山。② 對發展前途的預測，對未來的估計◇展望市場前景，很有贏利希望。

【展開】zhǎnkāi ① 鋪開；張開◇展開畫卷｜展開翅膀。② 開展；大規模地進行◇就事件展開調查｜清晨四點，進攻全線展開。

【展銷】zhǎnxiāo 展出並銷售◇手機展銷會。

【展緩】zhǎnhuǎn 放寬或延遲（期限）◇請求展緩交貨日期。

【展覽】zhǎnlǎn 陳列物品供人觀看◇時裝展覽｜展覽中心。

【展露】zhǎnlù 展示顯露◇展露才能｜這些作品展露了她的才華。

7 **屑** xiè 粵sit^{3} 泄 ①碎末◇碎屑｜麪包屑。②瑣碎；細小◇瑣屑。③認為值得。常與"不"連用，組成"不屑"◇不屑一顧。

7 **屓**（屃）〔屭〕 xì 粵hei^{3} 氣 見"贔屓"。

7 **屐** jī 粵kek^{6} 劇 ①木底鞋◇木屐。②泛指鞋◇屐履。

8 **屠** tú 粵tou^{4} 途 ①宰殺牲畜◇屠牛｜屠戶｜屠宰場。②大批殘殺◇屠城。③姓。

【屠刀】túdāo ① 宰殺牲畜的刀◇放下屠刀，立地成佛。② 借指殺人武器。

【屠夫】túfū ① 以宰殺牲畜為職業的人。② 比喻殘害人民的人◇屠夫民賊。

【屠戶】túhù 以宰殺牲畜為業的人或人家。

【屠毒】túdú 殺害；毒害◇屠毒生靈｜屠毒社會。

【屠城】túchéng 攻破城市後，侵略者大量殺害市民。

【屠宰】túzǎi 宰殺牲畜◇屠宰牛羊。

【屠殺】túshā 大批殺害◇南京大屠殺。

【屠戮】túlù 殺戮；殺害◇屠戮忠良｜慘遭屠戮。

8 **屜**〔屉〕 tì 粵tai^{3} 替 ①抽屜◇六屜書桌。②可以疊架起來蒸食品的炊具◇籠屜。

8 **屙** ē 粵o^{1}/ngo^{1} 柯 排泄大小便◇屙屎｜屙尿。

11 **屢**（屡） lǚ 粵leoi^{5} 呂 多次，一次又一次◇屢戰屢勝｜屢戰屢敗。

【屢次】lǚcì 多次，一次又一次◇屢次提出要求。

【屢屢】lǚlǚ 多次◇屢屢失敗，仍不氣餒。

【屢次三番】lǚcì sānfān 反復多次。形容次數很多。同 幾次三番、三番五次。

【屢見不鮮】lǚjiànbùxiān 見得多了就不覺得

新奇。

【屢教不改】lǚjiàobùgǎi 多次教育，仍不改悔。

【屢試不爽】lǚshìbùshuǎng 爽，差誤。多次照樣做下來，都沒有出錯。同 屢試屢驗。

11 **屣** xǐ 粵saai² 徙 鞋◇棄之如敝屣。

【屣履】xǐlǚ 拖拉着鞋走路。形容走得匆忙的樣子◇屣履相迎。

12 **屧** xiè 粵sip³ 涉 古代鞋中的木底，後泛指鞋子或木底鞋。

12 **履** lǚ 粵lei⁵ 理/leoi⁵ 呂 ①鞋◇衣履|草履。②腳步◇步履維艱。③踩；踏◇如履薄冰。④實行，履行◇我們一定履約。⑤經歷◇履歷。

【履行】lǚxíng 實行；執行◇履行協定|履行職責。

【履帶】lǚdài 在拖拉機、坦克車等的車輪上圍繞的鋼質鏈帶。也叫鏈軌。作用可減少車體對地面的壓強，提高車輛的牽引能力。

【履歷】lǚlì ①一個人的經歷◇履歷簡單。②記述一個人經歷的材料◇一份履歷。

【履新】lǚxīn ①過新年。②就任新職◇不日履新。

【履險如夷】lǚxiǎnrúyí 走在險峻的地方，就像在平地上走路一樣。常比喻能平穩地掌控危局，渡過難關。

12 **層（层）** céng 粵cang⁴ 曾 ①重疊◇層巒疊嶂。②重複◇層出不窮。③指某一個斷面，層次◇高層|深層次的問題。④重疊起來的事物◇雲層。⑤量詞。用於可分層次的事物◇雙層列車|更上一層樓。

【層次】céngcì ①內容的安排順序◇第一層次|層次分明。②同一事物因大小、高低等的不同而形成的差異◇年齡層次|文化層次不一。

【層面】céngmiàn 各層次多方面◇涉及的層面很多。

【層疊】céngdié 重疊◇高樓層疊|梯田層疊。

【層出不窮】céngchūbùqióng 接連不斷地出現，沒有窮盡◇新的軟件層出不窮|騙徒犯案手法層出不窮。

【層見疊出】céngxiàn diéchū 接連不斷地出現◇一轉進山裏，美景層見疊出。

【層巒疊嶂】céngluán diézhàng 重疊險峻的山峯。形容山峯高高低低，連綿起伏不斷◇一帶清水，蜿蜒於層巒疊嶂之中。

14 **屨（屦）** jù 粵geoi³ 句 古代用麻、葛等物製成的鞋◇葛屨|草屨。

15 **屩（屫）〔蹻〕** juē 粵goek³ 脚 草鞋。

18 **屬（属）** 〈一〉shǔ 粵suk⁶ 淑 ①類；類別◇屬類|金屬。②有婚姻或血緣關係的人◇親屬|眷屬。③隸屬；歸屬◇附屬中學|恐龍屬爬行動物。④十二種動物屬相◇屬猴|屬牛。⑤是◇純屬虛構|實屬不幸。

〈二〉zhǔ 粵zuk¹ 足 ①連接；連綴◇連屬|前後相屬。②撰寫◇善屬文|屬草稿未定。③專注；集中到一點◇屬思|屬望|屬目。

【屬下】shǔxià ①部下；下屬◇主管要對屬下的工作負責。②統屬下，管轄之下◇那間公司其實是他的屬下機構。

【屬文】zhǔwén 寫文章◇七歲便能屬文。

【屬地】shǔdì 本國法定領土以外所佔有的土地。

【屬於】shǔyú ①歸某方或某個人所有◇此書的版權屬於誰的？②歸某個範圍◇說謊屬於人品道德不良。

【屬性】shǔxìng 事物本身的性質、特徵◇可延展是黃金的屬性|晝伏夜出是夜行動物的屬性。

【屬相】shǔxiang 生肖◇十二屬相。

【屬望】zhǔwàng ①期望；期待◇不負眾人的屬望。②注視◇屬望每一個投資機會。

【屬意】zhǔyì ①意向專注於或傾向於某一事物◇屬意詩詞，小有成就。②意念集中於一人，指歸心、愛慕◇他已有屬意的對象。

屮部

1 **屯** tún 粵tyun⁴團 ①儲存；聚集◇屯積｜屯聚。②駐紮（軍隊）◇屯兵｜駐屯。③用於地名，如屯門、皇姑屯。

【屯紮】túnzhā 駐紮。

【屯落】túnluò 村落，村莊。

【屯聚】túnjù 集結，聚集◇屯聚兵力｜屯聚糧草。

【屯墾】túnkěn 動用軍隊或招募人駐當地墾荒種田◇屯墾戍邊。

山部

0 **山** shān 粵saan¹珊 ①主要由石和土構成的高出地面的部分◇山丘｜山峯。②形狀像山的東西◇假山｜冰山。③蠶簇◇蠶上山吐絲做繭。

【山川】shānchuān 山嶽和江河◇山川阻隔｜壯麗山川。

【山水】shānshuǐ ① 山和水，泛指有山有水的風景◇桂林山水甲天下。② 以風景為題材的中國畫◇掛着一幅山水。

【山色】shānsè 山的景色◇湖光山色。

【山村】shāncūn 山區的村莊。

【山谷】shāngǔ 兩山間狹窄、凹陷下去的地方。

【山坳】shān'ào 兩山間低下的平地◇山坳裏有家獵戶。

【山林】shānlín 有山有樹林的地方◇一帶青翠的山林。

【山岡】shāngāng 低矮的山◇山岡上有一所茅草屋。

【山河】shānhé 山嶺和河流，借指國家的疆土◇氣壯山河。

【山門】shānmén 佛教寺院的大門，借指寺院◇自報山門。

【山洪】shānhóng 因大雨或積雪融化，由山上突然流瀉下來的大水◇山洪暴發。

【山脈】shānmài 像脈絡一樣延展的羣山◇太行山脈。

【山根】shāngēn ① 山腳。② 鼻梁。

【山峯】shānfēng 高而尖的山頂；高而挺立的山◇聳入雲端的山峯。

【山莊】shānzhuāng ① 山裏的村莊。② 山中的住所；建在山裏的別墅◇避暑山莊。

【山崖】shānyá 高山陡峻的崖壁◇鳥兒掠過山崖。

【山貨】shānhuò 泛指山區的土產和特產，如山楂、胡桃等。

【山皋】shāngāo 山野水邊的高地。

【山梁】shānliáng 山脊，沿山頂走勢凸起的部分◇翻過山梁。

【山陵】shānlíng ① 山嶽◇山陵起伏。② 帝王的墳墓。

【山嵐】shānlán 山間的雲霧◇山嵐漸散。

【山塢】shānwù 山間平地。

【山楂】shānzhā 喬木，果實球形、深紅色，上有小斑點，可食，味酸，也是中藥的一種。

【山腰】shānyāo 山頂和山腳之間大約一半的地方◇半山腰｜雲繞山腰。

【山腳】shānjiǎo 山的接近平地的部分。

【山溝】shāngōu ① 兩山之間的谷地。② 山間的流水溝。③ 偏僻的山區◇山溝裏出來的人。

【山寨】shānzhài ① 設在山中的據點，一般築有柵欄等防守工事。② 泛指山區裏有圍牆、柵欄等防禦設施的村莊。③ 仿造的；非正牌的◇這是個山寨貨。④ 非主流的；民間性質的◇這是一支山寨足球隊。

【山窩】shānwō 偏僻的山區。

【山澗】shānjiàn 有流水的山谷。

【山頭】shāntóu ① 山的頂部。② 比喻獨霸一方的宗派、集團。

【山嘴】shānzuǐ 山腳伸出去的尖端◇繞過山嘴才能看見村子。

【山魈】shānxiāo ① 產於非洲的一種獼猴，臉藍色，鼻子紅色，尾短，形貌醜陋，生性兇猛，喜羣居。② 傳説中的山間妖怪。

【山澤】shānzé ① 山林與川澤。② 泛指山野◇山澤之人。

【山嶺】shānlǐng 連綿的高山◇翻越一道道山

嶺。

多樣表達：山嶺

山地 山陵 山麓 山丘 山崖 崗巒 主峯 險峯 絕壁 懸崖 陡壁 峭壁 峽谷 幽谷 溝壑

【山嶽】 shānyuè 高大的山◇明日隔山嶽，世事兩茫茫。

【山牆】 shānqiáng 人字形屋頂的房屋兩側的牆壁。同 房山。

【山麓】 shānlù 山腳。

【山巒】 shānluán 連綿的山峯◇山巒起伏。

【山雨欲來】 shānyǔyùlái 唐代許渾《咸陽城東樓》詩：“溪雲初起日沉閣，山雨欲來風滿樓。”本是描寫山雨即將來臨的情景。後用以比喻重大事件發生前夕的氣氛。

【山明水秀】 shānmíng shuǐxiù 形容山水秀麗，風景優美。

【山珍海味】 shānzhēn hǎiwèi 產自山、海裏的珍貴食品，泛指美味佳餚。同 山珍海錯。

【山南海北】 shānnán hǎiběi ① 指遼遠的地方。同 天南地北、地北天南。② 泛指四面八方。③ 比喻說話漫無邊際◇他們山南海北地聊了起來。

【山重水複】 shānchóng shuǐfù 山巒重疊，河流盤繞。形容優美的山水風光。

【山高水低】 shāngāo shuǐdī 比喻發生意外不幸的事。多指死亡。同 三長兩短。

【山高水長】 shāngāo shuǐcháng ① 指山川阻隔。② 像山一樣高聳，像水一樣長流。比喻人的品德高尚，聲譽流傳久遠。也比喻恩德或情義深厚。

【山盟海誓】 shānméng hǎishì 男女立下的誓言和盟約，表示愛情要像山和海一樣永不改變。

【山窮水盡】 shānqióng shuǐjìn 比喻走投無路，陷入絕境。

【山高皇帝遠】 shāngāohuángdìyuǎn 地處偏遠，法制管轄不到。暗含無法無天的意思。

【山中無老虎，猴子稱大王】 shānzhōngwú lǎohǔ, hóuzichēngdàiwang 俗語。比喻沒有能人，由普通人出面充當主要角色。

3 **屼** wù 粵ngat^6 屹 山禿的樣子。

3 **屾** shēn 粵san^1 身 兩山並立。

3 **屹** yì 粵ngat^6 兀 ①山勢直立高聳的樣子◇遠遠望見天柱山一柱屹天極。②比喻堅定不移◇屹若長城。

【屹立】 yìlì 高聳挺立的樣子◇雄峯屹立｜屹立不倒。

【屹然】 yìrán ① 高聳的樣子◇屹然特立。② 穩固挺立的樣子◇屹然不動。

3 **屺** qǐ 粵hei^2 起 不長草木的山。

4 **岍** qiān 粵hin^1 牽 山名。岍山，在陝西省。

4 **岐** qí 粵kei^4 其 山名。岐山，在陝西省。

4 **岈** yá 粵ngaa^4 牙 山名。嵖岈，在河南省。

4 **岑** cén 粵sam^4 心^4 ①又小又高的山◇明月生岑，涼風度水。②姓。

【岑寂】 cénjì 寂靜◇寺院的鐘聲傳向岑寂的四野。

4 **岌** jí 粵kap^1 級【岌岌】 jíjí ①形容山勢高峻◇山勢岌岌。②形容危險◇岌岌可危。

4 **岜** bā 粵baa^1 巴 石山，多用於地名，如岜關嶺（在廣西）。

4 **岔** chà 粵caa^3 詫 ①山、河或道路分歧的地方◇山岔｜河岔｜岔道。②偏離原來的方向◇車子岔上了小路。③打斷說話或轉移話題◇把話岔開。④時間互相錯開，不同時◇岔開上班時間。⑤差錯◇出岔子。

【岔路】 chàlù 分岔的道路◇岔路口｜三岔路。

5 **岵** hù 粵wu^6 互 多草木的山。

5 **岢** kě 粵ho^2 可 山名。岢嵐，在山西省。

5 **岸**〔峖〕 àn 粵ngon^6 安^6 ①江、河、湖、海等水邊的陸地◇河岸｜靠岸。②高大；雄偉◇偉岸｜魁岸。③高傲；嚴正◇傲岸。

【岸然】 ànrán 嚴肅的樣子◇道貌岸然。

【岸標】 ànbiāo 設在岸上為船舶指引航道的標誌。

5 **岩** yán 粵ngaam4 癌 同"巖"。

5 **岬** jiǎ 粵gaap3 甲 ①兩山之間。②岬角，突入海中的尖形陸地。多用於地名，如成山岬(在山東)。

5 **岫** xiù 粵zau6 就 ①山洞◇雲無心以出岫，鳥倦飛而知還。②峯巒◇遠岫。

5 **岞** zuò 粵zok3 作 用於地名，如岞山(在山東)。

5 **岣** gǒu 粵gau2 九【岣嶁】gǒulǒu 山名。衡山，在湖南省。

5 **峂** tóng 粵tung4 同 用於地名，如峂峪(在北京海淀)。

5 **岷** mín 粵man4 文 ①山名。岷山，在四川和甘肅交界處。②水名。岷江，在四川中部。

5 **岧** tiáo 粵tiu4 條【岧岧】tiáotiáo形容高高的樣子。

【岧嶢】tiáoyáo 形容山高峻的樣子。

5 **岡(冈)** gāng 粵gong1 江 山脊。也指較低而起伏平緩的山◇山岡|高岡。

【岡巒】gāngluán 接連不斷的山岡◇岡巒起伏。

5 **岳** yuè 粵ngok6 鱷 ①同"嶽"。高大的山◇山岳。②稱妻子的父母◇岳父|岳母。③姓。

【岳父】yuèfù 妻子的父親。

【岳母】yuèmǔ 妻子的母親。

【岳家】yuèjiā 妻子的娘家，岳父母家。

5 **岱** dài 粵doi6 代 泰山的別稱。

【岱宗】dàizōng 泰山的別稱◇岱宗夫如何，齊魯青未了。

【岱嶽】dàiyuè 泰山的別稱。

6 **峙** 〈一〉zhì 粵zi6 自/ci5 似 聳立◇山島竦峙。〈二〉shì 粵si6 士 用於地名，如繁峙(在山西省)。

6 **峒** 〈一〉tóng 粵tung4 同 用於山名，崆峒，在甘肅省。

〈二〉dòng 粵dung6 動 山洞；石洞。

6 **峇** bā 粵baa1 巴 用於譯名，如峇厘島(在印度尼西亞，也譯作巴厘島)。

6 **峋** xún 粵seon1 詢 見"嶙峋"。

6 **峧** jiāo 粵gaau1 交 用於地名，如劉家峧(在山西)。

7 **㟖** lòng 粵lung6 龍6 石山間的小片平地。

7 **崁** kàn 粵ham3 瞰 用於地名，如赤崁(在台灣)。

7 **峬** bū 粵bou1 煲【峬峭】būqiào ①形容山勢傾斜曲折。②形容(風姿、文筆等)優美。

7 **峽(峡)** xiá 粵haap6 狹 兩山或兩塊陸地夾着的水道◇三峽|台灣海峽。

【峽谷】xiágǔ 兩山之間，河流經過的深而窄的山谷。

7 **峭** qiào 粵ciu3 肖 ①形容山勢陡直◇峻峭|懸崖峭壁。②比喻嚴峻、嚴厲◇峭正|峭刑。

【峭拔】qiàobá ①形容又高又陡◇山勢峭拔。②形容字體或文筆雄健有力◇筆鋒峭拔|字體清勁峭拔。

【峭直】qiàozhí 嚴峻剛直◇性峭直，攻訐無所迴避。

【峭壁】qiàobì 陡峭的山崖◇懸崖峭壁。

【峭壑】qiàohè 又陡又深的山谷。

7 **峴(岘)** xiàn 粵jin6 現 ①小而高的山。②峴山，山名，在湖北襄陽南。

7 **峨〔峩〕** é 粵ngo4 鵝 高，高聳◇峨冠|巍峨的崑崙山。

【峨嵋】éméi 山名，在四川省。

【峨冠博帶】éguān bódài 高帽和闊衣帶，古代士大夫的裝束。後比喻穿着嚴整◇峨冠博帶，緩步街頭。

7 **峪** yù 粵juk6 肉 山谷。多用於地名，如沙石峪(在河北)。

7 **峯〔峰〕** fēng 粵fung1 風 ①山的尖頂◇主峯|頂峯。②形狀像山峯的事物◇波峯|駝峯|洪峯。③最高處◇登峯造極。

【峯會】fēnghuì 高峯會議，首腦會議◇八國峯會。

【峯巒】fēngluán 連綿的山峯◇峯巒起伏。

【峯迴路轉】fēnghuí lùzhuǎn ①山勢曲折，道路也隨着迂迴。②比喻事情經歷曲折後，出現新的轉機。

7 **崀** làng 粵long6 浪 用於地名，如崀山(在湖南)、大崀(在廣東)。

7 **峻** jùn 粵zeon3 進 ①高；高大◇陡峻|崇山峻嶺。②嚴厲，嚴酷◇峻法|峻酷|嚴峻。

【峻拔】 jùnbá 形容高聳挺拔。

【峻直】 jùnzhí ① 高聳挺直◇峻直的山峯。② 嚴峻正直。

【峻急】 jùnjí ① 水流湍急◇水流峻急，行舟困難。② 性情嚴厲急躁◇生性峻急，作風粗暴。

【峻峭】 jùnqiào 形容山高而陡◇山勢峻峭|峻峭的崖壁。

【峻險】 jùnxiǎn 險峻；高而陡◇山勢峻險。

7 **島（岛）** dǎo 粵dou2 倒 海洋、江河、湖泊中露出水面的陸地◇半島|海島。

【島國】 dǎoguó 全部領土由島嶼組成的國家。

【島嶼】 dǎoyǔ 島的總稱。

7 **猺** náo 粵naau4 撓 古山名。在今山東臨淄南。

8 **崚** léng 粵ling4 零【崚嶒】léngcéng 形容山高峻而又重重疊疊的樣子。

8 **崠（岽）** dōng 粵dung1 冬 多用於地名，如崠羅，在廣西。

8 **崖〔崕〕** yá 粵ngaai4 捱 ①山或高地陡立的側面◇崖壁|懸崖峭壁。②邊際◇天無崖，地無邊。

8 **崎** qí 粵kei1 畸【崎嶇】qíqū ①山地、道路高低不平。②比喻處境困難◇前途崎嶇。

8 **崦** yān 粵jim1 淹 用於山名，崦嵫，在甘肅。

8 **崍（崃）** lái 粵loi4 來 山名。邛崍，在四川。

8 **崑** kūn 粵kwan1 昆【崑崙】kūnlún 山名。在新疆、西藏之間，向東延至青海省。

8 **崮** gù 粵gu3 故 四周陡峭、頂部較平的山。多用於地名，如孟良崮（在山東）。

8 **崗（岗）** ㈠ gāng 粵gong1 江 低而平的山脊◇崗巒。

㈡ gǎng 粵gong1 江 ①哨所；崗位◇崗亭|站崗。②高起的土坡◇山崗。③平面上突起來的長形物◇肉崗子。

【崗位】 gǎngwèi ① 軍警執行守衛任務的地方。② 工作職位◇在平凡的崗位上恪盡職守。

【崗哨】 gǎngshào ① 執行警戒任務的地方。② 執行警戒任務的人◇兩個崗哨在大橋上巡邏。

8 **崔** cuī 粵ceoi1 吹 ①形容山高大◇山勢崔巍。②姓。

【崔嵬】 cuīwéi ① 有石的土山，泛指高山◇騰躍越崔嵬。② 高聳的樣子。

【崔巍】 cuīwēi 高峻；高大雄偉◇羣山崔巍。

8 **崟** yín 粵jam4 吟【崟崟】yínyín ①高聳的樣子◇狀貌崟崟。②形容林木繁茂◇叢林崟崟。

8 **崙（仑）〔崘〕** lún 粵leon4 鄰 見"崑崙"。

8 **崤** xiáo 粵ngaau4 淆 山名。崤山，在河南省。

8 **崢〔峥〕** zhēng 粵zang1 爭 高峻，高聳。

【崢嶸】 zhēngróng ① 形容高峻的樣子◇山勢崢嶸。② 比喻卓越、不平凡◇才氣崢嶸。

8 **崩** bēng 粵bang1 蹦 ①倒塌◇山崩地裂。②破裂；分解◇分崩離析。③炸◇用炸藥崩掉。④用槍打死◇一槍崩了他。⑤指帝王死亡◇駕崩。

【崩坍】 bēngtān 崩塌，崩裂倒塌◇堤岸崩坍。

【崩殂】 bēngcú 古代指帝王死亡◇先帝創業未半而中道崩殂。

【崩塌】 bēngtā 崩裂倒塌◇巨石從山腰崩塌下來。

【崩摧】 bēngcuī 崩潰，完全毀壞◇綱紀崩摧。

【崩潰】 bēngkuì ① 倒塌毀壞◇堤岸崩潰。② 潰敗，潰散；垮台◇全線崩潰|經濟崩潰。③ 人的精神無法承受更多刺激，導致情緒失控◇他的精神已完全崩潰。

8 **崞** guō 粵gwok3 國 山名。崞山，在山西省。

8 **崒** zú 粵zyut6 絕 險峻◇崒若斷岸。

8 **崇** chóng 粵sung4 送4 ①高◇崇山峻嶺。②尊重；重視◇尊崇|推崇。

【崇尚】 chóngshàng 推崇，提倡◇崇尚科學|崇尚禮義。

【崇拜】 chóngbài 尊敬欽佩◇他從小就崇拜英雄。

【崇洋】chóngyáng 崇拜外國。含貶義。

【崇高】chónggāo 高尚；極高◇人格崇高｜享有崇高的地位。

【崇敬】chóngjìng 尊敬，敬仰◇受人崇敬｜崇敬的感情。

【崇山峻嶺】chóngshān jùnlǐng 高大險峻的山嶺。

8 **崆** kōng hung1 空 用於山名，崆峒，在甘肅省。

8 **崛** jué gwat6 掘 高起，突起◇崛立。

【崛起】juéqǐ ①聳起，突起◇高樓大廈平地崛起。②興起；奮起◇中華民族的崛起。

9 **嵌** qiàn ham3 磡 把一物體卡進另一物體內◇鑲嵌｜嵌玉戒指。

【嵌鑲】qiànxiāng 鑲嵌◇手錶上嵌鑲着鑽石。

9 **嵖** chá caa4 茶 山名。嵖岈，在河南省。

9 **崴** 〈一〉wēi wai1 威 見"崴嵬"。
〈二〉wǎi waai1 歪 山水彎曲處。多用於地名，如海參崴。

【崴嵬】wēiwéi 形容高峻不平◇羣山崴嵬。

9 **嵎** yú jyu4 餘 山勢曲折險峻的地方◇巖嵎。

9 **崽** zǎi zoi2 宰 ①兒子◇爺做工，崽享福。②幼小的動物◇乳牛下崽。

9 **崿** è ngok6 岳 山崖。

9 **嵛** yú jyu4 餘 山名。嵛山，在湖南省。

9 **嵐（岚）** lán laam4 藍 山林中的霧氣◇嵐氣｜山嵐。

【嵐靄】lán'ǎi 山間霧氣。

9 **嵫** zī zi1 之 用於山名，崦嵫，在甘肅省。

9 **嵋** méi mei4 眉 見"峨嵋"。

9 **嵇** jī kai1 溪 姓。

10 **嵊** shèng sing6 盛 嵊縣，在浙江省。

10 **嵲** niè jit6 熱 高峻的山嶺。

10 **嵬** wéi ngai4 危 見"崔嵬"。

10 **嵩〔崧〕** sōng sung1 鬆 山名。嵩山，在河南省。有著名的少林寺。

10 **嵴** jí zek3 隻 山脊。

10 **嵯** cuó co4 鋤【嵯峨】cuó'é 形容高峻的樣子。

11 **嶅** áo ngou4 遨 多小石的山。多用於地名，如嶅陽（在山東）。

11 **嶄（崭）** zhǎn zaam2 斬/zaam3 湛 ①高峻，突出◇嶄露頭角。②方言。優異，好◇味道真嶄。③很，特別◇嶄齊｜嶄亮。

【嶄新】zhǎnxīn 全新，非常新◇嶄新的衣服｜嶄新的面貌。

【嶄露頭角】zhǎnlùtóujiǎo 比喻顯示出超羣的才能和本領◇年輕球員嶄露頭角。

11 **嶇（岖）** qū keoi1 拘 見"崎嶇"。

11 **嵽（嵽）** dié dit6 迭【嵽嵲】diéniè 形容山高。

11 **嶁（嵝）** lǒu lau5 柳 見"岣嶁"。

11 **嶂** zhàng zoeng3 障 像屏障一般聳立的山峯◇青嶂｜層巒疊嶂。

11 **嶍** xí zaap6 習 山名。嶍山，在雲南省。

12 **嶢（峣）** yáo jiu4 搖 形容高峻的樣子。

12 **嶠（峤）** 〈一〉qiáo kiu4 橋 形容高高聳立的樣子。
〈二〉jiào giu6 撬 山道。

12 **嶲** xī seoi5 緒 用於地名，如越嶲（今作越西），在四川。

12 **嶕** jiāo ciu4 潮【嶕嶢】jiāoyáo 形容高高聳立。

12 **嶔（嵚）** qīn jam1 音【嶔崟】qīnyín 形容山勢高峻的樣子。

12 **嶓** bō 粵bo¹波 用於山名，嶓冢，在甘肅省。

12 **嶙** lín 粵leon⁴鄰【嶙峋】línxún ①形容山石高聳、重疊◇怪石嶙峋。②形容瘦削的樣子◇瘦骨嶙峋。

12 **嶒** céng 粵cang⁴層 見"崚嶒"。

12 **嶗(崂)** láo 粵lou⁴勞 山名。嶗山，在山東省。

12 **嶝** dèng 粵dang³凳 登山的小路◇嶝道。

13 **嶩(峱)** náo 粵naau⁴撓 古山名，在今山東省臨淄市南。

13 **嶧(峄)** yì 粵jik⁶亦 山名。嶧山，在山東省。

13 **嶼(屿)** 〈一〉yǔ(舊讀xù) 粵zeoi⁶序/jyu⁵雨 小島◇島嶼。

〈二〉yǔ 粵jyu⁴餘 大嶼山，地名，在香港。

13 **嶮(崄)** xiǎn 粵him²險【嶮巇】xiǎnxī 險巇。形容山路危險難行，泛指道路艱險◇世途嶮巇。

13 **嶰** xiè 粵haai⁵蟹 兩山間的澗谷◇嶰壑。

13 **嶨(峃)** xué 粵hok⁶學 用於地名，如嶨口(在浙江)。

13 **嶴(岙)** ào 粵ou³/ngou³澳 山間平地。現多用於地名，如薛嶴(在浙江)。

14 **嶺(岭)** lǐng 粵ling⁵領/leng⁵ ①山頂，山嶺◇翻山越嶺。②高大的山脈◇蔥嶺|秦嶺。③特指五嶺(越城、都龐、萌渚、騎田、大庾)◇嶺南。

【嶺南】lǐngnán 指五嶺以南的廣東、廣西一帶地區◇日啖荔枝三百顆，不辭長作嶺南人。

【嶺嶠】lǐngjiào 泛指五嶺地區◇嶺嶠微草，臨冬不凋。

14 **嶷** 〈一〉nì 粵jik⁶亦 ①幼小聰明懂事◇幼而明嶷。②高尚，傑出。③形容高峻。

〈二〉yí 粵ji⁴兒 九嶷山，地名，在湖南。

14 **嶽〔岳〕** yuè 粵ngok⁶岳 高大的山◇五嶽|東嶽泰山。

14 **嶸(嵘)** róng 粵wing⁴榮/wang⁴宏 見"崢嶸"。

17 **巇** xī 粵hei¹希 見"嶮巇"。

17 **巉** chán 粵caam⁴慚 形容山勢陡峭險峻◇巉峻|巉峭|巉崖陡壁。

【巉巖】chányán 險峻的山巖◇巉巖壁立|峭壁巉巖。

18 **巍** wēi 粵ngai⁴危 高大◇巍峨|巍然屹立。

【巍峨】wēi'é 高大雄偉◇巍峨的羣山|巍峨莊嚴的紀念碑。

【巍然】wēirán 形容高大雄偉的樣子◇巍然屹立。

【巍巍】wēiwēi 形容高大◇巍巍羣山。

18 **巋(岿)** kuī 粵kwai¹規 高大挺立。

【巋然】kuīrán 形容高大聳立的樣子◇巋然獨存。

19 **巔(巅)** diān 粵din¹顛 山頂◇高山之巔。

19 **巙** náo 粵naau⁴撓 同"猱"。多用於人名，例如元代書法家巙巙，字子山。

19 **巒(峦)** luán 粵lyun⁴聯 小而尖的山。也泛指山◇峯巒|山巒|重巒疊嶂。

20 **巖〔岩〕** yán 粵ngaam⁴癌 ①巖石，構成地殼的石頭◇花崗巖|石灰巖。②山巖，山嶺◇千巖萬壑。③山洞◇巖居穴處。

【巖巖】yányán 高大；高聳。

【巖石】yánshí ①大石塊。②構成地殼的石頭。

【巖洞】yándòng 山洞。

【巖畫】yánhuà 刻畫在山洞或崖石上的圖畫。

【巖漿】yánjiāng 地殼深處含有硅酸鹽和揮發氣體的高温熔融物質。噴出地表形成火山。

巛部

0 **川** chuān 粵cyun¹穿 ①河流◇名山大川。②平地，原野◇一馬平川。③四川省的簡稱◇川菜|川劇。

【川資】chuānzī 路費◇川資不足，未能成行。

【川流不息】chuānliúbùxī 河水流淌不停。原比喻時光永無休止地流逝，後常用來比喻連續不斷、往來不絕。多指行人、車馬、船隻等。

3 **州** zhōu 粵zau¹周 ①舊時的一種行政區劃(有的名稱保留至今)◇九州|州縣。②中國少數民族地區的自治行政區劃，介於自治區和自治縣之間◇臨夏回族自治州。

8 **巢** cháo 粵caau⁴抄⁴ ①鳥或昆蟲的窩◇雀巢|蟻巢|蜂巢。②比喻盜匪、壞人或敵人盤踞的地方◇賊巢|賭巢|匪巢。

【巢穴】cháoxué ①蟲、鳥、獸棲身的地方。②比喻壞人、敵人或盜匪盤踞的地方。

【巢窟】cháokū 巢穴。

工部

0 **工** gōng 粵gung¹公 ①工匠；工人◇木工|礦工。②生產勞作◇工地|加工|上工。③工程◇工期|竣工。④工業。⑤一人一個勞動日的工作量◇建造這座橋要花多少個工？⑥本領；技巧◇唱工|做工。⑦擅長；善於◇工詩文書畫。⑧精緻◇工巧。⑨中國民族音樂中的記音符號，表示音階上的一級，相當於簡譜的"3"。

【工力】gōnglì ①完成某項工作所需的人力◇這樣開發既費工力又費時。②工夫和才力◇工力悉敵。③素養或造詣◇碑文字跡工整雋秀，很見工力。

【工夫】gōngfu ①做事所佔用的時間◇花了十年的工夫才寫成這本書。②空閒時間◇有工夫多陪陪父母。③造詣；本領◇於細微處見真工夫。④方言。時候◇我讀書那工夫，可不像你這麼淘氣。

【工尺】gōngchě 中國民族音樂中記音符號的總稱。符號各個時代不同，現代通用的是：合、四、一、上、尺、工、凡、六、五、乙(相當於簡譜的"5̣、6̣、7̣、1、2、3、4、5、6、7")。京劇按工尺定調。

【工本】gōngběn 製造或加工物品所用的成本◇不計工本。

【工匠】gōngjiàng 手藝人的總稱◇培養大國工匠，弘揚工匠精神。

【工作】gōngzuò ①從事體力或腦力勞動◇他一聲不吭地工作着。②機器、儀錶等處於運轉狀態◇發電機正常工作。③職業◇到人才市場找工作。④業務；任務◇日常工作|搜救工作。

【工序】gōngxù ①生產過程中分段完成加工工藝的順序。②製造產品全過程中的某一道工藝。

【工事】gōngshì 軍隊根據作戰需要構築的建築物，如地堡、戰壕、掩蔽體等。

【工具】gōngjù ①從事各種活動所使用的器具。②比喻用以達到某種目的的事物◇英語是你走向世界的工具。

【工科】gōngkē 教學上對工程技術學科的統稱。

【工效】gōngxiào 工作效率，特指施工效率◇提高工效。

【工細】gōngxì 精巧細緻◇高齡之年畫出這樣工細之作，實為罕見。

【工場】gōngchǎng 手工業者集合在一起生產的場所◇工場裏的鐵匠們正在打造農具。

【工程】gōngchéng ①將科學技術原理應用於生產而形成的各應用學科的統稱◇機電工程|水利工程|航天工程|生物醫學工程。②需要用較大而複雜的設備來進行的基本建設項目◇三峽工程。③比喻有系統的大型計劃◇希望工程|基建工程。

【工筆】gōngbǐ 國畫基本畫法之一。用筆工整，注重細部的描繪。與"寫意"相對◇一手工筆梅花，技法絕佳。

【工業】gōngyè 開採自然資源和加工原材料、製造產品的社會生產事業◇食品工業|採掘工業|汽車工業|製造工業。

【工傷】gōngshāng 僱員因公及在僱用期間遭遇意外而致受傷或患上特定職業病。

【工廠】gōngchǎng 生產工業產品的單位。

【工整】gōngzhěng ①對仗整齊，合乎韻律◇對仗工整的對聯。②(字跡)細緻整齊，不潦草◇卷面清潔，書寫工整。

【工緻】gōngzhì 細巧精緻◇畫面精細工緻，

勁挺有力。

【工藝】gōngyì ① 將原材料或半成品加工成產品的工作、方法、技術等◇工藝複雜｜工藝流程｜製造工藝。② 手工工藝◇工藝美術｜風格獨特，工藝精美。

【工齡】gōnglíng 職工參加工作的年數。

【工具書】gōngjùshū 把有關的知識、資料按一定的排檢次序彙編在一起，專供檢索查閱的書，如字典、詞典、索引、歷史年表、年鑒、百科全書等。

【工力悉敵】gōnglìxīdí 彼此工夫、才力完全相當，不分上下。多形容不同的文學、藝術作品同樣好，難分高下。

2 **巧** qiǎo 粵haau2 考 ①技巧；技能◇做到老，學到老，七十三歲還學巧。②巧妙，靈巧◇心靈手巧。③美好；美妙◇巧笑倩兮，美目盼兮。④虛浮不實；欺詐◇花言巧語｜投機取巧。⑤正好；恰好◇恰巧。⑥巧合◇無巧不成書。⑦便宜◇不想吃虧，只想討巧。

【巧舌】qiǎoshé 舌頭靈巧。形容能説會道◇巧舌如簧｜巧舌善辯。

【巧合】qiǎohé（事情）恰巧相合或相同◇劇情純屬虛構，如有雷同，只是巧合。

【巧妙】qiǎomiào 靈巧高明◇他巧妙應答了聽眾的問題。

【巧辯】qiǎobiàn 詭辯◇事實勝於巧辯。

【巧立名目】qiǎolìmíngmù 挖空心思定出許多名目，以達到某種不正當的目的。

【巧言令色】qiǎoyán lìngsè 令，美好。用花言巧語和諂媚的態度討好別人◇古今中外的政客，沒有不巧言令色的。

【巧取豪奪】qiǎoqǔ háoduó 用欺詐的方法或強橫的手段奪取財物。

【巧奪天工】qiǎoduótiāngōng 人工製作的精巧勝過天然形成的。形容技藝極其巧妙高超。

【巧婦難為無米之炊】qiǎofùnánwéiwúmǐzhīchuī 炊，做飯。再聰明能幹的婦女，沒有米也做不出飯來。比喻缺乏必要的條件，再能幹也難以成事。

2 **巨** jù 粵geoi6 具 ①大；極大◇巨輪｜巨款｜山高風巨。②姓。

【巨人】jùrén ① 身材特別高大的人。② 神話或童話中高大而且神力非凡的人。③ 比喻有傑出貢獻和巨大影響的偉人◇文學巨人｜時代的巨人。

【巨大】jùdà 非常大。多用於體積、數量或規模等◇巨大收穫｜巨大變化。

【巨匠】jùjiàng 在科學、藝術領域有傑出成就的人◇文學巨匠｜藝術巨匠。

【巨著】jùzhù 篇幅長而內容精湛的著作◇史學巨著｜一部影響深遠的巨著。

【巨擘】jùbò 大拇指。比喻在某一領域居首位的人物◇文壇巨擘｜學界巨擘。

2 **左** zuǒ 粵zo2 阻 ①面向南時靠東的一邊◇左手。②東面◇江左（江東）。③向左◇左看右看，不見人影。④附近；旁邊◇左鄰右舍。⑤地位低。古時以右為尊，左為卑◇左丞相。⑥貶官◇左遷。⑦偏邪；不正◇旁門左道。⑧不對頭◇想左了。⑨違背；相反◇意見相左。⑩同"佐"。證據◇左證。⑪激進的；偏激的◇左派｜左傾。⑫姓。

【左右】zuǒyòu ① 左面和右面。② 泛指兩方面◇左右逢源。③ 旁邊；周圍◇隨侍左右，寸步不離。④ 跟從的人◇示意左右退下。⑤ 支配；操縱◇誰也左右不了她。⑥ 用在數目字後面表示約數◇三歲左右｜八點左右。⑦ 橫豎；反正◇左右是這樣了，你看着辦吧！

用法提示：左右，上下

"上下"多指年齡或數量，不能指時間、距離，"左右"則不限，如可以説"九點左右"，不能説"九點上下"。

【左近】zuǒjìn 附近◇碼頭左近。

【左券】zuǒquàn 古代稱契約為"券"，分左右兩聯，立約雙方各拿一聯。左券由債權人持有，作為索償的憑證。

【左派】zuǒpài ① 比較激進、主張變革現實的政治派別。也指屬於這一派別的人◇首相在黨內屬傳統左派｜左派勢力。② 政治光譜分類之一。支持平等主義及平等原則，認為社會應消除一切不平等的干預。也指相信及支持這一方向的人。

【左袒】zuǒtǎn 袒露左臂以示擁護。《史記·呂太后本紀》：太尉周勃奪取呂氏兵權後，在軍中説："為呂氏右袒，為劉氏左袒。"結果都左袒。後以"左袒"指袒護一方。

【左傾】zuǒqīng ①傾向激進派別的；傾向偏激派別的◇左傾思想｜左傾分子。②傾向左派的人、國家、思想。

【左遷】zuǒqiān 降職◇白居易曾左遷江州司馬。

【左翼】zuǒyì ①左邊的翅膀。②正面的左方。③作戰時位於正面部隊左側的部隊。④左派◇左翼作家。

【左證】zuǒzhèng 同"佐證"。

【左右手】zuǒyòushǒu 比喻最重要的助手◇挑選得力的左右手。

【左支右絀】zuǒzhī yòuchù 支，支撐；絀，不足。形容力量或能力不足以應付全局，顧此失彼。

【左右逢源】zuǒyòuféngyuán 處處都可以遇到水源。原指學問工夫做到家，便可以取之不盡，處處得益。《孟子・離婁下》:"君子深造之以道，欲其自得之也。自得之，…則取之左右逢其原。"原，水源。後多形容辦事得心應手、順利無阻，或比喻兩面討好、辦事圓滑◇為人機巧，左右逢源，總能撈到許多好處。

【左提右挈】zuǒtí yòuqiè 挈，帶、扶。指得到他人的輔佐、協助◇一個人的成功離不開師友的左提右挈，從旁襄助。

【左道旁門】zuǒdào pángmén ①非正統的宗教派別。②非正統的思想、文學、藝術等方面的派別。③歪邪不正的辦法、手段等。

【左膀右臂】zuǒbǎng yòubì 比喻得力的幫手◇狗是獵人的左膀右臂。

4 **巫** wū 粵mou4 毛 ①以裝神弄鬼替人祈禱為業的人◇小巫見大巫。②姓。

【巫師】wūshī 以裝神弄鬼替人祈禱求福為業的人。

【巫婆】wūpó 女巫，以裝神弄鬼替人祈禱求福為業的女人。

【巫醫】wūyī ①巫師和醫生。②用祈禱、占卜等方式或兼用藥物替人治病的人。

4 **巠** jīng 粵gin1 堅 水脈。

7 **差** 〈一〉chā 粵caa1 叉 ①不同，不一樣。②不同之處◇千差萬別。③不對的；錯誤◇一念之差｜陰錯陽差。④相差◇差之毫釐，謬以千里。⑤減法的得數◇差數。⑥稍微；大致◇差強人意。

〈二〉chà 粵caa1 叉 ①不好；不合格◇質量太差。②短少，缺少◇差不多｜差五分鐘。③差錯；失誤◇説差了｜算差了。④不相當；不相合◇差得太多了。

〈三〉chāi 粵caai1 猜 ①派遣去辦事◇鬼使神差。②公務；被派遣去做的事◇專差｜美差。③被差使的人◇信差｜聽差。

〈四〉cī 粵ci1 痴 ①依次排列◇差肩。②見"參差"。

【差人】chāirén ①派遣人辦事◇差人四處購取名花異卉。②舊時稱在衙門當差的人◇縣官派了兩個差人打探虛實。③方言。警察◇沒説上幾句，那差人就要依違規抄牌。

【差夫】chāifū 舊時指為官方做雜務的人◇老爺身邊連個跑腿的差夫都沒有。

【差互】chāhù 交錯◇羣峯陡峭如利牙差互。

【差失】chāshī 差錯；過失◇飛行作業容不得半點差失。

【差池】chāchí ①差錯◇他當會計三年，不曾有半點差池。②事故◇手術不能出差池。

【差別】chābié 事物間的不同◇中西文化差別｜差別實在太大了。

【差役】chāiyì ①規定從事的勞役◇按規定不服差役則交人頭稅。②舊時指在衙門當差的人◇衙門差役｜三年差役成大爺。

【差事】chāishi ①被派遣去做的事情，多指公務◇這件差事交給他最合適。②職位或官職◇謀了一份好差事。

【差使】〈一〉chāishǐ 差遣；派遣◇差使夥計去討債。

〈二〉chāishi 同"差事"。①舊時指官場上臨時委任的職務，後泛指職務。②被交待去做的事。

【差肩】cījiān ①並肩，肩挨着肩◇差肩而坐｜兩座山峯差肩而立。②並列，相當◇寫得一手好字，以為無人差肩。

【差勁】chàjìn（品德或能力）差；（質量）低◇表現太差勁。

【差異】chāyì 差別，不同之處◇中國南北氣候差異很大。

【差距】chājù 同類事物之間在某方面的差別程度◇貧富差距｜找出差距。

【差評】chàpíng 不好的評價◇這家餐廳的差評很多，恐怕不是很好吃。

【差遣】chāiqiǎn 指派；支使◇哪能隨便差遣他去做分外事。

【差撥】chāibō ① 調派；派遣◇將軍暗暗差撥部下，乘勢奪了城門。② 宋代管囚犯的差役◇吩咐差撥將犯人帶上堂。

【差價】chājià 同一商品因各種條件不同而產生的價格差別◇批發和零售的差價｜地區差價｜季節差價。

【差錯】chācuò ① 錯誤；失誤◇工作中難免出差錯，接受教訓就好。② 意外的禍事◇如有差錯，誰也擔當不起。

【差額】chā'é 跟作為標準或用來比較的數額相差的數◇補足差額｜差額選舉。

【差點兒】chàdiǎnr ① 不夠好，質量稍次。② 表示某件事接近於實現或勉強實現。

要點注意：差點兒、差點兒沒
① 句子是表示不希望實現的事情，動詞用肯定式或否定式，意思一樣，都是表示否定◇我差點兒摔倒｜我差點兒沒摔倒。② 句子是表示希望實現的事情，如是肯定式，是惋惜未能實現；如是否定式，是慶幸終於勉強實現◇我差點兒跑到終點｜我差點兒沒跑到終點。

【差強人意】chāqiángrényì 差，略微；強，振奮。大體還能使人滿意◇她的作品很多，唯獨這兩部小說差強人意。

【差之毫釐，謬以千里】chāzhīháolí, miùyǐqiānlǐ 差，相差；毫釐，形容極少的數量；謬，錯誤。開始雖只相差一點點，結果卻造成很大的錯誤。強調一點兒差錯也不能有。出自《禮記・經解》："君子慎始，差若毫釐，謬以千里。"

11 **巯（巰）** qiú 粵kau^{4} 求 由氫和硫兩種元素組成的一價原子團。也叫巯基或氫硫基。

己部

0 **己** jǐ 粵gei^{2} 紀 ①天干的第六位。②自己；自身◇捨己為人｜以天下為己任。

0 **巳** sì 粵zi^{6} 自 ①地支的第六位。②十二時辰之一。指上午九點到十一點◇巳時。

0 **已** yǐ 粵ji^{5} 耳 ①停止◇死而後已｜學不可以已。②完畢◇言猶未已。③算了，罷了◇不鳴則已，一鳴驚人。④已經◇事已至此｜由來已久。⑤太；過◇已詳｜已甚。⑥後來；隨後◇始為籬，已為牆。

【已而】yǐ'ér ① 後來；不久◇縛之，已而釋之。② 罷了；算了。

【已往】yǐwǎng 以前；過去◇已往的做法不足取。

【已然】yǐrán ① 已經◇已然到達。② 已成事實；已經這樣◇自古已然｜已然如此。

【已經】yǐjīng 表示事情完成，或事物發展到某種程度◇飯已經吃了｜大橋已經修好一半了。

1 **巴** bā 粵baa^{1} 爸 ①原四川東部地區（今重慶市一帶）◇巴蜀｜巴山蜀水。②緊挨；靠近◇前不巴村，後不巴店。③盼望◇巴不得｜朝巴夜盼。④粘結在一起的東西◇泥巴｜鍋巴。⑤討好；奉承◇巴結上司。⑥巴士的簡稱◇中巴｜小巴。⑦作詞尾用，無實義◇嘴巴｜尾巴。

【巴士】bāshì 公共汽車。（英 bus）

【巴望】bāwàng ① 期望◇巴望過好日子。② 指望；盼頭◇今年的收成是沒巴望了。

【巴掌】bāzhang 手掌◇打了他一巴掌。

【巴結】bājie ① 極力討好◇專愛巴結有錢的。② 努力；勤奮◇工作巴結。

【巴不得】bābùdé 急切地盼望◇他巴不得快點解決事情。

6 **巷** 〈一〉xiàng 粵hong^{6} 項 狹窄的街道；胡同。巷的兩邊一般是住宅，少有店鋪◇深巷｜桃花巷。

〈二〉hàng 粵hong^{6} 項 礦井內的通道◇巷道。

【巷弄】xiàngnòng 泛稱窄小的街頭◇這個社區巷弄又多又亂，很容易迷路。

【巷陌】xiàngmò 街巷◇尋常巷陌。

【巷道】(一)xiàngdào 街道；里巷道路◇城郭巷道｜僻靜的巷道。
(二)hàngdào採礦或探礦時挖成的呈水平或有傾斜度的坑道。

【巷戰】xiàngzhàn 在街巷中進行短兵相接的戰鬥。

6 **巹** jǐn ●gan2 緊 古代婚禮上新郎新娘用作酒器的瓢。由一個匏瓜(葫蘆)剖成兩半，新郎新娘各執一半◇合巹。

9 **巽** xùn ●seon3 信《易》卦名。八卦之一，卦形為☴，代表風。

巾部

0 **巾** jīn ●gan1 根 日常生活用的小塊紡織品。多用於揩擦、包裹或覆蓋東西◇毛巾｜餐巾｜頭巾。

【巾幘】jīnzé 頭巾，古人用幅巾製成的帽子。

【巾幗】jīnguó 古代婦女戴的頭巾。後用來指婦女◇巾幗英雄。

2 **布** bù ●bou3 報 ①用棉、麻等原料織成，用以做衣物的材料◇棉布｜布帛。②古代的一種錢幣◇刀布。③同"佈"。

【布匹】bùpǐ 布的總稱(因布用"匹"作計量單位)。

【布衣】bùyī ① 用布做的衣服◇身穿灰色布衣。② 借指平民◇臣本布衣，躬耕於南陽。

【布帛】bùbó 泛指棉、麻、絲類的紡織品。

【布施】bùshī 同"佈施"。① 向他人施捨財物◇布施天下。② 施捨的財物。

【布景】bùjǐng 同"佈景"。

【布置】bùzhì 同"佈置"。

【布穀】bùgǔ 鳥名。即杜鵑鳥。

2 **市** shì ●si5 思5 ①集中做買賣的場所◇早市｜門庭若市。②交易◇罷市。③市場交易的價格◇行市。④城市，市鎮◇市區｜市容。⑤行政區劃單位，有直轄市、省(或自治區)轄市等◇重慶市｜杭州市。⑥屬於市制的◇市斤｜市尺。

【市井】shìjǐng 市場，街市◇市井無賴｜這裏很幽靜，沒有市井的喧鬧聲。

【市制】shìzhì 中國人習用的計量制度。市制長度的主單位是市尺，重量的主單位是市斤，容量的主單位是市升。

【市政】shìzhèng 維持城市運作的管理工作，包括規劃、交通、安全、衞生、環保、工商業、文化教育、公共設施的修建等。

【市面】shìmiàn ① 街面，街上◇市面上沒這種貨。② 市場上商業活動的情況◇市面一片繁榮。

【市容】shìróng 城市的外觀或面貌◇市容整潔。

【市場】shìchǎng ① 商品、金融買賣交易的場所◇市場繁榮｜金融市場。② 商品銷售的區域◇國際市場｜東南亞市場。③ 比喻思想、言論、風氣所影響的範圍◇這種言論頗有市場｜他的言行只是迎合市場需要。

【市集】shìjí ① 集市。② 市鎮。③ 於固定地方定期舉行的貿易活動◇文藝市集。

【市肆】shìsì 商店；市場◇洛陽市肆。

【市道】shìdào ① 集市中的道路◇棄之市道。② 指一般人◇市道嗟怨。③ 指市場買賣◇市道近來很淡靜。

【市價】shìjià 市場出售的價格◇豬肉的市價一直很平穩。

【市儈】shìkuài ① 買賣的中間人。② 唯利是圖的商人或貪圖私利、庸俗狡詐的人◇市儈習氣｜簡直像個市儈。

【市廛】shìchán ① 街上的店鋪◇市廛未開。② 店鋪集中的地方。

【市鎮】shìzhèn 較大的集鎮。

3 **帆〔帆〕** fān ●faan4 凡 ①掛在桅杆上的布篷，承接風力推動船前進◇揚帆｜一帆風順。②指帆船◇征帆｜千帆競發。

【帆布】fānbù 用棉紗或亞麻等織成的粗厚的布，用來做船帆、帳篷、囊袋等◇帆布袋｜帆布篷。

【帆船】fānchuán 利用風力張帆行駛的船。

4 **帊** pà ●paa3 怕 同"帕"。

4 **希** xī ●hei1 嬉 ①盼望◇敬希撥冗指正。②同"稀"。少，罕有◇物以希為貴。

【希世】 xīshì 世上少有的◇希世之珍｜希世絕技。

【希罕】 xīhan ①稀少◇熊貓是很希罕的動物。②少見的，希奇的◇這裏出了件希罕事。③貪圖◇誰希罕你的錢。

【希奇】 xīqí 罕見而新奇◇希奇事｜希奇古怪。

【希望】 xīwàng ①心裏想着實現某種願望或達到某種目的◇希望做飛機師。②願望◇弟弟考上港大，是全家人的希望。③希望所寄託的對象◇孩子是母親的希望。④指美好的願望或理想◇充滿希望。

【希圖】 xītú 企圖；希望達到某種目的。多指不好的◇希圖牟取暴利｜希圖騙取酬金。

【希冀】 xījì 希望得到◇希冀家庭幸福。

5 **帖** 〈一〉tiè 粵tip3 貼 ①學習寫字或繪畫時摹仿的樣本◇字帖｜臨帖。②對聯◇春帖｜楹帖。
〈二〉tiě 粵tip3 貼 ①官府文書，公文◇軍帖。②邀請客人的柬帖◇請帖｜喜帖。③寫着生辰八字等內容的柬帖◇庚帖｜換帖。④量詞。由若干味中草藥配成一劑的湯藥◇一帖藥。
〈三〉tiē 粵tip3 貼 ①妥當；安定◇妥帖｜寧帖。②服從，順從◇服帖｜俯首帖耳。

5 **帙** zhì 粵dit6 秩 ①（包書的）布套子。②量詞。中國的線裝書用封套包裝，書一套叫一帙。

5 **帕** pà 粵paak3 拍 擦手、臉或包頭用的紡織品◇手帕｜頭帕。

5 **帔** pèi 粵pei3 譬 古代婦女披在肩上的服飾◇鳳冠霞帔。

5 **帛** bó 粵baak6 白 絲織品的總稱◇布帛｜玉帛｜帛書。

5 **帘** lián 粵lim4 廉 舊時酒家或店鋪的望子◇酒帘。

5 **帚**〔箒〕 zhǒu 粵zau2 走 掃除塵土、垃圾或洗刷污物的工具◇掃帚｜笤帚｜用炊帚洗刷炊具。

5 **帑** tǎng 粵tong2 躺 ①古代國家收藏錢財的地方◇帑藏。②國庫裏的錢財；公款◇公帑｜國帑。

6 **帡** píng 粵ping4 評 **【帡幪】** píngméng ①帳幕。②保護，庇護。

6 **帥**（帅） shuài 粵seoi3 稅 ①軍隊中的最高指揮官◇元帥｜將帥。②英俊；漂亮◇帥哥｜帥氣。

6 **帝** dì 粵dai3 諦 ①宗教或神話中稱主宰萬物的天神◇上帝｜玉皇大帝。②君主；皇帝◇帝位。

【帝子】 dìzǐ ①帝王的子女。②指娥皇、女英，傳說為堯的女兒。

【帝王】 dìwáng 君主國的最高統治者。

【帝京】 dìjīng 京都；皇帝所在的京城。

【帝室】 dìshì 皇室，皇族。

【帝國】 dìguó ①由皇帝掌握最高權力的君主制國家。②比喻實力強大的集團化企業◇零售業帝國。③領土遼闊、人口眾多的強盛國家◇羅馬帝國。

6 **帣** 〈一〉juǎn 粵gyun2 捲 捲袖子。
〈二〉juàn 粵gyun3 絹 有底的囊。

7 **帩** qiào 粵ciu3 肖 **【帩頭】** qiàotóu 古代男子束髮的頭巾。

7 **帨** shuì 粵seoi3 稅 古代婦女用的一種佩巾。

7 **師**（师） shī 粵si1 思 ①傳授知識或技藝的人◇尊師重教。②掌握某種專門知識或技術的人◇醫師｜工程師。③學習，效法◇在唱腔上師承梅派。④榜樣◇前事不忘，後事之師。⑤由師徒關係產生的◇師母｜師兄。⑥軍隊◇正義之師。⑦軍隊的編制單位，在軍以下，團以上◇師團。⑧對和尚、尼姑、道士的尊稱◇禪師｜師太｜法師。

【師父】 shīfu ①對和尚、尼姑、道士等的尊稱。②古代對老師的尊稱。③師傅。

【師表】 shībiǎo 表率，在學問、道德上值得學習的榜樣◇為人師表｜萬世師表。

【師長】 shīzhǎng ①對老師的尊稱。②軍隊建制師的最高指揮官。

【師法】 shīfǎ ①老師傳授的學問和技術。②效法，學習◇師法古人但不泥古。**【師承】** shīchéng ①學習並繼承◇師承名家。②學術、技藝上的一脈相承。

【師傅】 shīfu ①向學徒傳授技藝的人◇請師傅教你。②尊稱有技能的人◇修電腦的師傅。

【師傳】 shīchuán 指學識來自名師的傳授

◇學有師傅。

【師爺】shīye ① 明、清官署內幕僚的俗稱◇刑名師爺。② 舊時稱替他人管賬的人，也叫賬房先生。③ 法律界中為客人提供法律意見，但沒有律師牌照的人員，正名為法律行政員（英 Legal Executive）。

【師資】shīzī 指教師或可以做教師的人才◇師資缺乏｜培養師資｜師資優良。

【師範】shīfàn ① 模範，學習的表率◇為世人之師範。② 師範學校的簡稱◇幼兒師範。

【師出無名】shīchūwúmíng 出兵去打沒有道理的不義之仗。比喻做事沒有正當理由。

【師道尊嚴】shīdàozūnyán 為人師表的地位是崇高尊貴的。

7 **席** xí 粵zik⁶ 夕 ①同"蓆"。用竹篾、葦篾、麥秸、草等編成的坐臥或搭棚用的片狀物◇草席｜涼席｜席棚。②席位，座位◇出席｜來賓席。③成桌的飯菜◇酒席｜筵席。④量詞。用於酒筵、談話等◇一席酒｜聽君一席話，勝讀十年書。⑤姓。

【席地】xídì 以地面為座席，坐在地面上◇席地而坐｜席地野餐。

【席位】xíwèi ① 座位。② 特指議會中的席位，表示當選的人數◇獲得了 45 個席位。

【席捲】xíjuǎn 像捲蓆子一樣把東西全部捲進去◇席捲一空｜席捲全球。

【席不暇暖】xíbùxiánuǎn 連座席都來不及坐暖，就要走了。形容事務非常繁忙。

8 **帶（带）** dài 粵daai³ 戴 ①泛指窄而長的條狀物◇皮帶｜領帶｜傳送帶。②輪胎◇車帶。③地域，區域◇寒帶｜沿海一帶。④攜帶◇帶了把小刀。⑤連帶，附帶◇沾親帶故｜帶上一筆。⑥帶領；引導◇帶路｜帶徒弟。⑦呈現；含有◇面帶笑容｜說話帶刺。

【帶挈】dàiqiè 帶領；攜帶。

【帶累】dàilěi 連累，連帶別人受損害◇可別帶累人｜這事危險，怎好帶累你。

【帶動】dàidòng ① 通過動力使相關部分動起來◇一輛機車帶動四十節車廂。② 以所作所為促使、推動他人起來效仿◇她的善舉帶動很多人捐款。

【帶領】dàilǐng ① 作為頭目，領着一批人去做某件事◇帶領同學去書展。② 領導或指揮◇連長帶領新兵訓練射擊。

【帶頭】dàitóu ① 領頭；走在前面◇老師帶頭，我們都跟着加入了。② 以所作所為或其結果帶動他人他事跟着行動起來或效法◇他帶頭進軍上海房地產業。

8 **常** cháng 粵soeng⁴ 裳 ①長久；不變的◇常備｜常數。②平常，普通◇照常｜人之常情。③時常，經常◇常見面｜常來常往。④姓。

【常人】chángrén 平常人，普通人◇膽識高過常人。

【常年】chángnián ① 往年◇今年比常年熱。② 多年，終年◇常年累月。③ 一般的、沒特殊情況的年份◇今年的降雨量差不多是常年的兩倍。

【常任】chángrèn 長期擔任的◇常任理事｜聯合國安理會常任理事。

【常例】chánglì 通常的做法；慣例◇不應拘守常例｜這種做法違反常例。同 慣例。

【常理】chánglǐ 通常的道理，人們認可的事理◇做事不合常理。

【常規】chángguī ① 普遍沿用的規矩、辦法◇按常規辦事。② 普通，一般，不特殊的◇常規武器。③ 醫療上沿用的固定檢測數據或分析、處理的規則、方法◇尿常規｜血常規。

【常常】chángcháng 經常，時常◇常常到我家來｜常常深夜才回家。

【常務】chángwù ① 日常事務◇常務工作。② 主持日常工作的◇常務委員。

【常態】chángtài ① 正常狀態◇一反常態｜恢復常態｜實施常態化防控措施。② 固定的姿態◇舞無常態，鼓無定節。

【常識】chángshí 人們普遍具備的一般性知識◇自然常識｜科學常識。

8 **帳（帐）** zhàng 粵zoeng³ 障 ①用織物製成的張掛起來作遮蔽用的東西◇帳篷｜蚊帳。②同"賬"。(1)關於銀錢、貨物出入的記載◇查帳｜流水帳。(2)記帳的簿子◇一本帳。

【帳幕】zhàngmù 帳篷，營帳。

【帳篷】zhàngpeng 支撐在地上供遮蔽風雨、日光的物品。用帆布或其他紡織品做成。

8 **帷** wéi 粵wai⁴ 維 用布帛製作的環繞四周的遮蔽物◇帷幕|車帷子。

【帷子】wéizi 可把東西圍住、遮蔽起來的帳子。用紡織品做成◇車帷子|桌帷子。

【帷幄】wéiwò 宮廷或豪宅內使用的高級帷帳；軍中用的帳幕◇運籌帷幄，決勝千里。

【帷幕】wéimù 掛在大廳、房間、舞台等地方起遮擋作用的大型織物。

【帷幔】wéimàn ① 帷幕。② 帳子。

8 **帵** wān 粵wun² 碗【帵子】wānzi 剪裁衣服時剩下的大塊衣料。

9 **幅** fú 粵fuk¹ 福 ①綢、布、呢絨等紡織品的寬度◇單幅|雙幅|幅面。②泛指寬度◇振幅|篇幅。③量詞。用於綢布、字畫等◇兩幅布|一幅畫|一幅掛曆。

【幅度】fúdù 物體振動或搖擺所展開的寬度。比喻事物變動的大小◇振動幅度|物價上漲的幅度|產量大幅度上升。

【幅員】fúyuán 指疆域的面積◇幅員遼闊。

9 **幀（帧）** zhēn 粵zing³ 正 量詞。用於字畫，相當於"幅"◇一幀山水畫。

9 **帽** mào 粵mou⁶ 冒 ①帽子◇呢帽|鴨舌帽|安全帽。②形狀像帽子或扣在另一物上、形似帽子的東西◇鉛筆帽|螺絲帽。

【帽子】màozi ① 戴在頭上起保暖、保護、裝飾等作用的用品◇絨線帽子。② 比喻所加的罪名或壞名義◇給人亂扣帽子|用大帽子壓人。

9 **幄** wò 粵ak¹/ngak¹ 握 用紡織品做的帳子。

9 **帡** píng 粵ping⁴ 評【帡風】píngfēng 屏風。放在室內用來擋風或隔斷視線的用具。

9 **幃（帏）** wéi 粵wai⁴ 維 帳子◇羅幃|牀幃。

10 **幌** huǎng 粵fong² 訪 ①帷幔；窗簾。②店家掛在門口用來招引顧客的標識◇酒幌。

【幌子】huǎngzi ① 懸掛在店門外，標誌該店性質的旗號。一般用布帛製成◇酒幌子。② 為掩飾真相而假託的名義◇打着考察的幌子遊山玩水。

10 **幎** mì 粵mik⁶ 覓 ①蓋物的巾。②覆蓋。

11 **幕** mù 粵mok⁶ 莫 ①帳篷◇帳幕。②幕布◇開幕|銀幕。③像幕一樣的東西◇煙幕|夜幕。④戲劇中按劇情劃分的段落◇序幕|第三場第二幕。⑤古代將帥辦公的處所◇幕僚。

【幕府】mùfǔ ① 古代將帥辦公的地方。將帥領兵在外常以帳幕作為指揮所，故稱。② 日本明治以前執掌全國政權的軍閥。

【幕後】mùhòu ① 舞台幕布的後面。② 比喻在所發生事件的背後◇幕後操縱|幕後交易。

【幕僚】mùliáo 古代將帥官府中的參謀、書記等屬官。後泛指文武官署中的輔佐官員。

【幕賓】mùbīn 幕僚或幕友。

【幕天席地】mùtiān xídì ① 以天為幕，以地為席，形容行為曠達。② 形容生活範圍或活動場所廣闊。

11 **幘（帻）** zé 粵zaak³ 責 古代包紮髮髻的頭巾。

11 **幖** biāo 粵biu¹ 標 旗幟。

11 **幔** màn 粵maan⁶ 慢 掛起來遮擋門窗或作裝飾用的帷帳，一般用布帛等製成◇窗幔|布幔|牆幔。

11 **幗（帼）** guó 粵gwok³ 國 見"巾幗"。

11 **幛** zhàng 粵zoeng³ 障 幛子。慶賀或弔唁時用作禮物的整幅綢布，上面一般題有賀詞或輓詞◇喜幛|壽幛|輓幛。

11 **幣（币）** bì 粵bai⁶ 陛 貨幣◇硬幣|幣值|人民幣。

12 **幞** fú 粵fuk⁶ 服 幞頭。古代男子用的頭巾◇高幞廣帶。

【幞頭】fútóu 古代男子束髮用的頭巾。

12 **幠（怃）** hū 粵fu¹ 夫 ①大；寬大。②怠慢；傲慢。③覆蓋◇小苗讓草幠住了，趕快鋤吧！

12 **幡** fān 粵faan¹ 翻 一種垂直懸掛的長方形旗子◇長幡|招魂幡。

【幡然】fānrán 形容一下子翻過來的樣子◇幡然醒悟|幡然改悔。同 翻然。

12 **幢** ⟨一⟩chuáng 粵cong⁴ 牀 ①古代一種下垂的筒形旗幟，作儀仗用◇旗幢。②經幢。一般有兩種形式：佛經刻在石柱上或寫在圓筒形的綢傘上。

〈二〉zhuàng 粵zong6狀 ①張掛在車船上的帷幔。②量詞。用於矗立形的物體或直立的建築物。

【幢幢】chuángchuáng 形容影子搖晃的樣子◇人影幢幢｜鬼影幢幢。

12 **幟(帜)** zhì 粵ci3次 旗子◇旗幟｜獨樹一幟。

14 **幪** méng 粵mung4蒙 見"帲幪"。

13 **幧** qiāo 粵ciu1超【幧頭】qiāotóu古代男子束髮的頭巾。

13 **幨** chān 粵zim1尖 車帷子。

14 **幫(帮)** bāng 粵bong1邦 ①相助，從旁協助◇幫工｜幫扶。②物體周邊直立的部分◇鞋幫｜菜幫｜船幫。③為實現同一目的而結合起來的團體◇茶幫｜青幫｜幫會｜拉幫結夥。④量詞。夥；羣◇來了一幫人。

【幫手】bāngshou 協助做事的人◇身單力孤，缺個好幫手。

【幫兇】bāngxiōng 助人行兇、作惡的人◇及早悔悟，別做幫兇。

【幫忙】bāngmáng 協助別人做事或解決困難◇王媽來家裏幫忙帶孩子。

【幫助】bāngzhù 替別人出力或給以物質、精神等支持◇幫助媽媽做家務。

【幫派】bāngpài ①因同鄉、同行等關係而結成的團體。②為維護共同私利而結成的集團。

【幫腔】bāngqiāng ①在戲曲演出中，台上一人主唱，多人在台後唱。②支持或附和別人，替他說話◇看見沒人幫腔，也就作罷了。

【幫閒】bāngxián ①幫有錢有勢的人消閒作樂。②指幫閒的人◇幫閒文人。

【幫傭】bāngyōng ①給別人做傭工◇靠幫傭為生。②用人，替別人做傭工的人◇她是張家的幫傭。

【幫襯】bāngchèn 方言。①資助；幫補◇目前委實缺錢，咱們幫襯他一下吧。②陪襯；襯托◇一個唱，一個在旁幫襯。

【幫倒忙】bāngdàománg 看上去在幫忙，實際上在添麻煩。

14 **幬(帱)** chóu 粵cau4酬 ①帳子◇衾幬｜夏日無幬帳。②車船的帷幔◇素幬。

15 **幮(㡡)** chú 粵cyu4處4 古代一種形狀像櫥的帳子。

16 **幰** xiǎn 粵hin2顯 古人用來遮蓋車子或遮擋塵土的帷幔◇黃絹幰衣｜通幰車七香車。

干部

0 **干** gān 粵gon1肝 ①古代指盾◇干戈。②觸，觸及◇哭聲直上干雲霄。③冒犯；觸犯◇干犯。④擾亂◇干擾。⑤干預◇干政。⑥求，求取◇干祿。⑦關聯；牽涉◇干你甚事？⑧水邊◇江干。⑨天干◇干支。⑩量詞。(1)相當於"個"◇若干。(2)相當於"夥""幫"◇一干人。⑪姓。

【干支】gānzhī 天干和地支的合稱。天干有十干：甲乙丙丁戊己庚辛壬癸；地支有十二支：子丑寅卯辰巳午未申酉戌亥。古人用干支相配來表示年、月、日的次序。現在農曆的年份仍用干支。

【干戈】gāngē 干和戈，古代用於攻防的兩種常用兵器，後泛指武器。引申指戰事或糾紛◇化干戈為玉帛。

【干犯】gānfàn 冒犯；觸犯◇干犯禁忌｜干犯國法。

【干休】gānxiū 甘休；罷手。干同"甘"，情願◇倘有差錯，決不與你干休。

【干求】gānqiú 請求；求取◇干求請託。

【干冒】gānmào 觸犯；冒犯◇干冒禁令｜干冒大人，望乞恕罪。

【干係】gānxì 牽涉到責任、後果或能引起糾葛的關係◇擺脫干係｜干係重大，不可掉以輕心。

【干涉】gānshè ①強行過問或制止◇父母無權干涉子女婚姻。②關涉；關係◇我與此人本無干涉。

【干將】gānjiāng 春秋時人名。善鑄劍，曾獻劍與吳王。後世以其名借指寶劍◇干將莫邪，千錘百煉而成名劍。

【干預】gānyù 過問或參與（別人的事）◇橫加干預｜沒有出面干預。

【干擾】gānrǎo ① 打擾；擾亂。② 某些雜亂電波或電信號，妨礙無線電設備正常接收信號。

【干礙】gān'ài 關涉；妨礙◇對你的發展大有干礙。

2 **平** píng ●ping^{4}評 ①表面上無高低凹凸；不傾斜。②使…平◇平整土地。③平均；公平◇平分｜不平則鳴。④對等；相等◇平等。⑤達到與…相同◇平了世界紀錄。⑥安定；寧靜◇心平氣和。⑦使安定；使平靜◇平民憤｜平心靜氣。⑧以武力壓制；征服◇蕩平。⑨平常的；普通的◇平民百姓。⑩憑空；無緣無故地◇學校裏平添了一番新氣象。⑪平聲，漢語聲調四聲之一◇平上去入。⑫姓。

【平川】píngchuān 寬廣平坦的土地◇一馬平川｜百里平川。

【平凡】píngfán 平常；普通◇不平凡的歷程。

【平仄】píngzè 平聲和仄聲。泛指由平仄構成的詩文的韻律◇對聯追求工整，注意平仄諧和。

【平日】píngrì 平時；平常的日子◇平日不喝酒，逢年過節才喝一點兒。

【平手】píngshǒu 不分高下的比賽結果◇最終打成了平手。

【平反】píngfǎn 糾正冤案、錯案◇平反昭雪。

【平允】píngyǔn 公平而恰當◇執法必須公正平允。

【平正】píngzhèng ① 公平；公正。② 沒有高低；不歪斜◇地板鋪得很平正｜前額寬闊，臉型平正。

【平生】píngshēng ① 一生；有生以來◇平生不作虧心事，世上應無切齒人。② 從來◇素昧平生。

【平地】píngdì ① 平坦的土地◇找塊平地建籃球場。② 平整土地◇翻地、平地，準備播種。

【平年】píngnián ① 公曆沒有閏日或農曆沒有閏月的年份。公曆平年 365 天，農曆平年 354 天或 355 天。② 農作物收成一般的年份。

多樣表達：平年
常年 平歲 中歲 中等年景

【平行】píngxíng ① 地位相等，不相隸屬的◇內部設立平行機構。② 同時進行的◇多種工序平行作業。③ 數學名詞。兩個平面或一個平面內的兩條直線或一條直線，與一個平面永不相交，稱為平行。

【平安】píng'ān 平穩安全；沒出事故◇飛機終於平安降落。

【平均】píngjūn ① 把總數按等份均勻計算◇平均氣溫較常年偏高。②（在數量、程度上）各部分相等，沒有差別◇平均分配。

【平抑】píngyì 抑制使平穩◇平抑物價｜平抑情緒，保持冷靜。

【平坦】píngtǎn（地勢等）沒有高低凹凸◇草原平坦遼闊，一望無際。

【平昔】píngxī 往常◇現在才明白你平昔對我的心意。

【平易】píngyì ① 態度謙遜和藹◇平易近人｜待人謙和平易。② 文字淺顯易懂◇語言簡潔平易。

【平和】pínghé ①（性情、態度、言行）溫和，不生硬不嚴厲◇平和委婉的語氣。②（藥物的作用）不劇烈◇玫瑰花氣味芳香，藥性平和。③（環境）安寧◇平和寧靜的田園風光。④（紛擾）停息◇爭端終於平和下來。

【平定】píngdìng ① 平靜安定◇大自然的天籟聲音，讓人心情平定。② 使平靜安定◇不要發火，先平定一下情緒。③ 用武力鎮壓◇平定叛亂。

【平素】píngsù ① 平時；素日◇平素喜歡舞槍弄棒。② 往常；向來◇平素膽小怕事，這次卻一反常態。

【平原】píngyuán 起伏較小、海拔較低的寬廣平坦地區◇華北平原｜東北平原。

【平時】píngshí ① 平常的時候◇平時不燒香，臨時抱佛腳。② 太平時日。

【平息】píngxī ① 停止、靜止下來◇暴風雨平息了，天色漸漸恢復了晴朗。② 使停止、靜止下來◇社工設法平息了這起風波。③ 用武力平定◇平息暴亂。

【平展】píngzhǎn ① 平坦開闊◇一片平展的綠色大草原。② 平整舒展◇他穿上平展挺括的軍服，神氣極了。

【平常】píngcháng ① 普通，不特殊◇大家都在過平常的日子。② 平時，通常的時候◇平常開車上下班。

【平野】píngyě 廣闊的平地◇山隨平野盡，月湧大江流。

【平庸】píngyōng 很一般，不突出◇不甘平庸和寂寞，追求奮鬥與成功。

【平添】píngtiān ① 無端地增添◇凡事想得開，就不會平添煩惱。② 無形中增添◇悠揚的蟲鳴，為靜謐的夜晚平添了幾分生機。

【平淡】píngdàn 平常而無趣味◇平淡無味｜平淡無奇。

【平貼】píngtiē ① 平整地緊貼着◇一頭短髮平貼在額側。② 平伏，平整◇在鋪得極平貼的地毯上緩緩地走着。③ 平展地粘貼◇把海報平貼在牆上。

【平等】píngděng 彼此地位相等，享有相同待遇◇法律面前人人平等。

【平復】píngfù ① 恢復平靜◇心情漸漸平復。② 康復，痊癒◇傷痕日漸平復。

【平話】pínghuà 中國古代民間流行的口頭文學形式。有說有唱，內容多為歷史或小說故事，盛行於宋代。如《三國誌平話》《五代史平話》。

【平實】píngshí 平易樸實◇平實無華｜文章寫得平實感人。

【平價】píngjià ① 平抑上漲的物價◇對醫療、藥品實行平價是必要的。② 正常的商品價格◇平價收購。

【平緩】pínghuǎn ① 坡度小，比較平坦◇地勢平緩，土質肥沃。② 平穩緩慢◇載重卡車平緩地開過了橋。③ 使平穩緩慢◇撫撫心口，平緩下急促的心跳。④ 平靜和緩◇語調低沉平緩。

【平靜】píngjìng（心情、環境等）安定寧靜◇心情平靜不下來｜局勢開始趨於平靜。

【平整】píngzhěng ① 平正整齊◇過道上鋪着方磚，十分平整。② 填挖土方使地面平坦整齊◇平整場地。

【平衡】pínghéng ① 衡器兩端承受的重量相等。② 對立的各方在數量、質量或程度上相等或相抵◇收支平衡。③ 調整各部分的比例，使更合理◇平衡預算。④ 作用於同一物體上的幾個力相互抵消，使物體成相對靜止的狀態◇飛機失去平衡，情況緊急。

【平聲】píngshēng ① 古代漢語四聲的第一聲。② 普通話字調中的第一聲（陰平）和第二聲（陽平）。

【平穩】píngwěn ① 安穩；沒有波動或危險◇心態平穩｜物價平穩。② 穩定；不搖晃◇發動機運行平穩。

【平分秋色】píngfēn qiūsè 平均分配秋天的景色。比喻雙方各得一半或力量不相上下。

【平心而論】píngxīn'érlùn 不帶成見，公允地給予評價或分析。

【平心靜氣】píngxīn jìngqì 心平氣和，態度冷靜。

【平白無故】píngbái wúgù 平白，憑空；故，緣故。無緣無故，毫無道理。㊂ 無緣無故 ㊇ 事出有因。

【平地風波】píngdìfēngbō 平地上起風浪。比喻突然發生意料不到的變化或事故。

【平地樓台】píngdìlóutái 在平地上造起樓台。比喻在原先沒有基礎的條件下創建起一番事業。

【平步青雲】píngbùqīngyún 平步，平常舉步；青雲，高空。比喻不費力氣就升到很高的地位。

【平易近人】píngyìjìnrén 形容態度謙遜和藹，使人容易接近。㊇ 盛氣凌人。

【平起平坐】píngqǐ píngzuò 比喻彼此地位或權力相當。

【平鋪直敍】píngpū zhíxù 平，沒有起伏；直，沒有曲折。說話、寫文章不講究修飾，只把意思直接地表達出來。

【平頭百姓】píngtóubǎixìng 普通老百姓。

3 **年** nián ㊟nin[4] ①年度，地球繞太陽一周的時間。現行曆法規定平年 365日，閏年 366日，每四年有一個閏年。②年節，指農曆春節◇過年｜賀年。③歲數◇年過半百。④人的一生中年齡劃分的階段◇少年｜青年｜老年。⑤一年中的收成◇豐年｜歉年。⑥按年計算或安排的◇年產量。⑦時期；時代◇康熙年間。⑧一年一次的◇年曆。⑨姓。

【年少】niánshào ① 年輕◇年少氣盛。② 少年。指青年男子◇翩翩年少。

【年月】niányuè ① 年代；年頭◇你爺爺那年月，東西可便宜了丨兵荒馬亂的，這年月誰管得了誰呀！② 長久◇這傢具可有些年月了。③ 日子，生活◇雖説年月好過了，也還是要勤儉。

【年兄】niánxiōng 科舉考試同榜錄取的人互相尊稱為年兄。

【年代】niándài ① 年數；時間◇年代太久，完全變了樣子。② 時代；時期◇戰爭年代。③ 現代計時方式，以 10 年為一個年代，比如 1990 年至 1999 年是二十世紀九十年代。

【年成】niánchéng 一年中農作物的收穫情況◇風調雨順的好年成。

【年份】niánfèn ① 指某一年◇具體的年份我也記不清了。② 經歷的年代◇這幅字畫年份可不短。

【年青】niánqīng ① 年齡正處於青年時期◇年青一代。② 富有活力的◇我雖然老了，但還有顆年青的心。

【年事】niánshì 年紀◇老先生年事已高。

【年夜】niányè 農曆除夕，一年最後一天的夜晚。

【年庚】niángēng 庚，年齡。指用天干地支中的八個字所表示的一個人出生的年、月、日、時。俗稱八字。

【年度】niándù 按照規定的有一定起止日期的十二個月◇年度審計丨財政年度。

【年限】niánxiàn 規定的年數◇使用年限丨放寬年限。

【年紀】niánjì 歲數◇這孩子年紀不大，懂的卻很多。

【年宵】niánxiāo 年夜。

【年華】niánhuá 歲月；時光◇似水年華丨金色年華。

【年景】niánjǐng ① 當年的收穫；收成◇年景好，收入有所增加。② 過年的景象◇熱鬧喜慶的年景。

【年畫】niánhuà 中國民間過春節時張貼的圖畫，色彩鮮明，畫面多為吉祥之物或喜慶場面。

【年號】niánhào 自漢武帝起歷代皇帝紀年的專用名稱，如貞觀、乾隆等。

【年節】niánjié 春節及其前後的日子。一般指從農曆臘月二十三至正月十五的一段時間。

【年輕】niánqīng ① 年紀不大◇年輕有為。② 相比之下年紀小◇她看上去比你年輕。

【年歲】niánsuì ① 年成◇年歲不好，柴米又貴。② 年代，年數◇年歲太久，記不清楚了。③ 年紀，年齡◇上了年歲的人。

年、季的名稱

(1)年：年 歲 載 稔 星霜 寒暑 春秋(2)季：春季 青春 青陽 九春；夏季 朱夏 朱明 九夏；秋季 素秋 白藏 金秋 金商金素 商素 素商 九秋；冬季 玄冬 玄英 九冬

【年齒】niánchǐ 年齡，歲數◇年齒徒增。

【年誼】niányì 指科舉時代同年考中的人相互之間的情誼。

【年頭】niántóu ① 每年的開頭◇年頭歲尾。② 一整年◇來上海已有十個年頭了。③ 多年的時間◇這事可有些年頭了。④ 時代◇這年頭要有知識才行。⑤ 年成◇今年年頭不會壞。

【年薪】niánxīn 按照年度計算的薪酬，區別於月薪。

【年譜】niánpǔ 按年月順序記載某個人生平事跡的著作◇《李太白年譜》。

【年關】niánguān 舊時習慣在農曆年底結賬，因而欠租、負債的人過年如過難關，所以也把年底叫做年關。

【年鑒】niánjiàn 彙集全年資料，每年出版一次的參考書。有綜合性的，也有專科性的◇百科年鑒丨世界知識年鑒。

【年高德劭】niángāo déshào 劭，美好。年紀大，品德高尚。

【年富力強】niánfù lìqiáng 年富，未來的年歲多。年紀輕，精力充沛。

3 **并** (一)bīng 粵bing1冰 并州。古代地名，大抵相當今之山西太原。

(二)bìng 粵bing3兵3 ①同"並"。②同"併"。

5 **幸** xìng 粵hang6杏 ①幸運；幸福◇榮幸丨三生有幸。②高興◇幸事丨慶幸。③僥倖◇幸存。④希望◇幸勿推辭。⑤寵愛◇得幸丨幸臣。⑥指帝王到達某地◇巡幸。⑦姓。

【幸存】xìngcún 僥倖生存或保存下來◇幸存老兵｜幸存的古建築重現昔日的風采。

【幸而】xìng'ér 僥倖；幸虧◇幸而你沒去，否則也完了。

【幸好】xìnghǎo 幸虧。

【幸免】xìngmiǎn 僥倖避免（災禍）◇幸免於難｜無一幸免。

【幸甚】xìngshèn ①很值得慶幸◇生逢盛世，幸甚幸甚。②十分榮幸。多用於書信◇承君賜教，幸甚！

【幸喜】xìngxǐ ①欣喜。②幸虧◇不慎落水，幸喜被及時搭救。

【幸運】xìngyùn ①運氣好；機會好◇你真幸運，中了大獎。②好運氣；好機會◇幸運眷顧｜幸運年年光顧。

【幸福】xìngfú ①令人舒適愉快的生活境況。②生活境況稱心如意◇婚後生活幸福。

【幸虧】xìngkuī 表示因某種有利條件而得以免除困難或危險◇幸虧有你幫助，不然真不知怎麼辦好！

用法提示：幸虧、多虧

兩者意義相近，但"幸虧"帶有一種幸運的口氣，常表示因為某種偶然的客觀原因而避免了不好的結果◇天突然下起了雨，幸虧帶了雨傘。"多虧"則帶有感激的語氣，還可以用於説明出現某種好的局面或結果是因為別人的主動幫助◇這次多虧了你，不然就麻煩了。

【幸災樂禍】xìngzāilèhuò 別人遭到災禍時自己覺得高興◇別人有難，我們不應該有幸災樂禍的心態。

10 **幹**（干）gàn 粵gon³ 干³ ①事物的主體或重要部分◇樹幹｜骨幹。②做（事）◇實幹｜埋頭苦幹。③事情◇有何貴幹？④有能力的，善於辦事的◇聰明能幹。⑤辦事能力◇才幹。⑥擔任；從事◇在工廠幹了幾年活。⑦幹部◇提幹（提拔幹部）。⑧方言。爭鬥；爭吵◇幹架。

【幹才】gàncái ①辦事的才能◇先生幹才卓越，能力出眾。②有辦事才能的人◇現在需要的是幹才。

【幹事】〈一〉gànshì 辦事◇他不會幹事｜幹事能力強。

〈二〉gànshi 負責某方面事務的工作人員◇宣傳幹事。

【幹勁】gànjìn 做事的勁頭◇幹勁衝天｜幹勁十足。

【幹部】gànbù 政府公務員或軍隊、官方團體中的公職人員。也指擔任領導或管理工作的非公職人員◇管理幹部任前公示。

【幹將】gànjiàng 有能力又肯幹的人◇得力幹將。

【幹練】gànliàn 有才能有經驗◇精明幹練｜處事幹練果敢。

【幹線】gànxiàn 交通線、輸電線路、輸送管道等的主要路線◇鐵路幹線｜天然氣輸送管道幹線。

幺部

0 **幺**〔么〕yāo 粵jiu¹ 腰 ①小；細◇幺小。②指排行最小的◇幺兒｜幺妹。③等於"一"◇呼幺喝六。

【幺麼】yāomó ①小人；微不足道的人◇跳梁幺麼。②微小◇幺麼小丑。

1 **幻** huàn 粵waan⁶ 患 ①虛構的；不存在的◇虛幻｜幻境｜夢幻世界。②幻化；變化◇奇幻｜變幻莫測。

【幻化】huànhuà 變化，變幻◇幻化成仙。

【幻景】huànjǐng 虛幻的景象；幻想中的景物◇美麗的幻景。

【幻想】huànxiǎng ①空想；想像不存在的事物◇幻想作火星居民｜幻想中的未來。②指想像中的不存在的事物◇今天看似幻想，明天可能變成現實。

【幻滅】huànmiè 像幻象一樣破滅了◇希望幻滅。

【幻境】huànjìng 虛無縹渺的境界◇夢中幻境。

【幻覺】huànjué 所感受到的虛幻、實際不存在的境界◇產生幻覺。

2 **幼** yòu 粵jau³ 休³ ①年紀小；未長成的◇幼蟲｜幼兒園。②小孩◇嬰幼兒｜男女老幼。③初生的◇幼苗｜幼芽。

【幼小】 yòuxiǎo 年齡小；未長大◇幼小的心靈。

【幼年】 yòunián 年紀幼小的時期。

【幼稚】 yòuzhì ① 年紀小◇他還幼稚，不懂事。② 不熟悉世情，天真無邪◇幼稚可笑｜幼稚的想法。

【幼嫩】 yòunèn ① 嬌嫩，細嫩◇幼嫩的花蕾。② 天真幼稚◇幼嫩的孩子。

6 **幽** yōu 粵jau1 休 ①深；遠◇幽谷｜幽遠。②隱蔽的；不公開的◇幽會｜幽居。③昏暗；陰暗◇幽暗｜幽昧。④僻靜◇幽寂｜幽僻。⑤深藏在內心的◇幽怨｜幽懷。⑥囚禁◇幽禁。⑦微弱◇幽咽｜幽微。⑧清閒；安閒◇幽閒。⑨指陰間◇幽冥｜幽靈。⑩幽州，古代九州之一◇幽燕。

【幽谷】 yōugǔ 幽深的山谷◇出於幽谷，遷於喬木。

【幽居】 yōujū 隱居◇幽居鄉間。

【幽思】 yōusī ① 沉思；深思◇徹夜幽思不得其解。② 隱藏在內心的思想感情◇一腔幽思。

【幽咽】 yōuyè 形容深沉、低微◇簫聲幽咽｜清泉幽咽。

【幽幽】 yōuyōu ① 形容輕微、微弱◇幽幽地哭泣｜兩三點幽幽的星光。② 形容深遠、深沉◇幽幽南山｜幽幽的思鄉情。

【幽香】 yōuxiāng 清淡的香氣◇幽香四溢｜空內飄逸着陣陣幽香。

【幽怨】 yōuyuàn 隱藏在內心的怨恨◇深閨的幽怨。

【幽美】 yōuměi 幽靜而美麗◇風光幽美。

【幽冥】 yōumíng ① 昏暗：黑暗◇幽冥的山林死一般沉寂。② 指地府、陰間。

【幽晦】 yōuhuì 光線昏暗◇遠處幾絲幽晦的燈光。

【幽淡】 yōudàn ① 清幽淡雅◇花香幽淡。② 暗淡；昏暗◇幽淡的燭光。

【幽深】 yōushēn 深邃幽靜◇幽深的峽谷｜幽深的庭院。

【幽情】 yōuqíng ① 深邃的情感；深沉的感情◇發思古之幽情。② 隱藏在內心的感情◇吐露幽情。

【幽寂】 yōujì 冷清寂寞◇四周一片幽寂。

【幽婉】 yōuwǎn 深沉而曲折◇曲調幽婉。

【幽雅】 yōuyǎ 幽靜雅致；安適典雅◇環境幽雅｜幽雅的客廳。

【幽禁】 yōujìn 軟禁；囚禁。

【幽暗】 yōu'àn 昏暗不明◇房間很幽暗。㊍明朗。

【幽微】 yōuwēi 細微；微微◇稻花散發出幽微的香氣。

【幽會】 yōuhuì 相愛的男女暗中約會。

【幽僻】 yōupì 偏僻幽深◇走上一條幽僻的小路。

【幽憤】 yōufèn 心中鬱結的怨恨、憤怒◇滿懷幽憤。

【幽嫻】 yōuxián 文靜雅致◇姑娘舉止幽嫻。

【幽靜】 yōujìng 寧靜；清靜◇夜色幽靜｜幽靜的居室。

【幽默】 yōumò 詼諧風趣而又意味深長◇談吐幽默。(英 humour)

【幽邃】 yōusuì 深邃◇幽邃的眼神。

【幽靈】 yōulíng 指人死後的靈魂。也泛指鬼神。

9 **幾**(几) ⟨一⟩jǐ 粵gei2 己 ①詢問數目的多少◇你種了幾棵樹？②表示不確定的數目◇幾十年如一日｜路邊站着幾個人在聊天。③表示數量不多◇所剩無幾。

⟨二⟩jī 粵gei1 基 接近；差不多◇幾乎｜幾近｜幾不可辨。

【幾乎】 jīhū ① 接近於；差不多◇嚇得幾乎要死｜所有房間幾乎都裝上了空調。② 差一點兒◇事情幾乎成功。

要點注意：幾乎沒(有)

幾乎的否定式用“沒、沒有”時，如指不希望發生的事，意思跟肯定式一樣，如“幾乎沒摔倒”跟“幾乎摔倒”的意思相同，都表示沒有摔倒。如果指希望發生的事，意思跟肯定式相反，如“幾乎沒辦成”意思是辦成了，而“幾乎辦成了”意思是沒辦成。

【幾多】 jǐduō 多少。問數量◇問君能有幾多愁？恰似一江春水向東流。

【幾何】 jǐhé ① 多少◇人生幾何？② 指幾何學。

【幾許】 jǐxǔ 多少；若干◇新添幾許白髮？

【幾曾】 jǐcéng 何曾；何嘗；哪裏◇我幾曾提過這些事情？

广部

2 **庀** pǐ 粵pei² 鄙 ①準備；備辦◇鳩工庀料｜庀其衣食。②治理；辦理◇庀家事｜治官政，庀民事。

4 **庋** guǐ 粵gwai² 鬼 ①放置東西的架子或木板◇板庋。②擱置；收藏◇庋置｜庋藏。

4 **庇** bì 粵bei³ 祕 遮蓋；保護◇包庇｜庇護。

【庇佑】bìyòu 保佑庇護◇仰賴祖宗庇佑。

【庇蔭】bìyìn ① 遮蔽◇在榕樹的庇蔭下｜如置身沙漠，無所庇蔭。② 來自祖先的保佑或尊長的庇護。

【庇護】bìhù ① 保護◇尋求政治庇護。② 包庇；袒護◇利用職權庇護親屬。

4 **序** xù 粵zeoi⁶ 聚 ①先後排列的順序；次序◇程序｜循序漸進。②開頭的；在正式內容以前的◇序論。③序文◇自序｜請他寫篇序。④依次排列◇序齒。

【序列】xùliè ① 依照次序排列。② 按次序排成的行列◇排成整齊的序列。③ 依照規定所劃分的部分或等級◇同一序列｜調集後備部隊進入戰鬥序列。

【序曲】xùqǔ ① 歌劇、舞劇等開場前演奏的樂曲，用來渲染氣氛或暗示劇情。② 比喻事情的開端。

【序次】xùcì ① 按照次序◇大家進得屋來，序次坐下。② 指排列的次序◇展出的手稿序次，同作者在文壇的地位相應。

【序言】xùyán 寫在著作正文前的文章。由作者自己撰寫，大抵是闡述著作宗旨、敍述寫作經過，若由他人撰寫，則多為評論、介紹等。

【序幕】xùmù ① 多幕戲劇第一場之前的開場戲，一般比較簡短。內容多是介紹劇情和人物，或預示該劇主題。② 比喻重大事件的開端◇拉開了決戰的序幕。

【序齒】xùchǐ 按年齡大小排定先後次序◇序齒坐下。

【序數】xùshù 表示次序的數目如一、二、三、四等，都是正整數。通常在序數前加“第”字，如第一、第二、第十二；如序數後邊是量詞或名詞，一般省去“第”字，如三弟、四號、五樓。

5 **店** diàn 粵dim³ 惦 ①商店。②客棧；旅館◇住店｜客店。

【店面】diànmiàn 商店的門面◇裝修店面｜佔兩間店面。

【店家】diànjiā ① 商店；店鋪。② 舊稱開店的店主或在店鋪裏管事的人。

【店號】diànhào ① 商店的名稱。② 指商店◇店號叫杏花樓。

【店鋪】diànpù 商店◇店鋪林立。

5 **府** fǔ 粵fu² 苦 ①舊時稱官吏辦理公事的地方◇官府。②稱國家各級政權機關◇政府｜港府。③高官、貴族的住宅；國家元首辦公或居住的地方◇王府｜相府｜總統府｜總理府。④敬辭。尊稱對方的家◇貴府｜府上。⑤舊指官方收藏文書或財物的處所，今多指人或事物聚集的地方◇府庫｜天府｜學府。⑥唐朝至清朝的行政區劃。比縣高一級◇松江府｜濟南府。

【府上】fǔshàng 尊稱對方的家或原籍◇明天到府上拜訪｜請問您府上是哪裏？

【府君】fǔjūn ① 古代對已故長輩的尊稱。② 漢代指太守◇府君得聞之，心中大歡喜。

【府邸】fǔdǐ 府第，高級官員的住所◇宰相府邸。

【府第】fǔdì 高級官員的住宅◇狀元府第。

5 **底** ㈠dǐ 粵dai² 抵 ①下面；最下部分◇井底之蛙｜釜底抽薪。②裏面；深處◇盡收眼底。③末尾；盡頭◇年底｜走到胡同底就是八號。④內情；實情◇摸底｜亮出了底。⑤留作根據的◇底本｜底稿。⑥文字、圖案、繪畫的底子◇白底黑字｜淡綠的底，殷紅的花。⑦剩餘的部分◇庫底｜倉底｜貨底。⑧何，甚麼◇底事｜底處雙飛燕。

㈡de 粵dai² 抵 舊日的結構助詞。用在定語後面，表示領屬關係◇我底叔叔｜明麗底朝陽。

【底下】dǐxià ① 下面；裏面◇榕樹底下｜手底下錢不寬綽。② 以後◇底下的話我就聽不清楚了。

【底片】dǐpiàn 照相後沖洗出的膠片，用來洗印照片。

【底座】dǐzuò 承托物體的座子◇紀念碑的底座。

【底貨】dǐhuò 存貨；陳貨◇多年底貨也都賣光了。

【底情】dǐqíng 內情；真實情況◇了解底情｜不知底情。

【底細】dǐxì 實際情況；內情◇摸清底細｜沒有人知道他的底細。

【底牌】dǐpái ①撲克牌遊戲中未亮出來的牌。②比喻握在手中、可同對方較量的事物或條件◇別小看她，她還有幾張底牌可打。③比喻底細、內情◇終於亮出了底牌。

【底裏】dǐlǐ 內幕；實情◇必須弄清底裏，再作決定。

【底數】dǐshù ①事情的緣由或內情◇心裏有了底數，事情就好辦了。②預定的計劃、數字等◇報出底數。

【底層】dǐcéng ①建築物的最下一層◇老太太住在大樓底層。②處在社會最下面的階層◇小說描寫社會底層的人物百態。

【底線】dǐxiàn ①內線；在敵人內部刺探情報的人員。②足球、籃球、網球等運動場地兩端的界線◇把球打出了底線。③事物的最低或最後界限◇新推出的樓房呎價底線是6400元｜每個人都有自己的底線。

【底蘊】dǐyùn 內情；隱藏的情況◇你清楚箇中的底蘊嗎？

【底下人】dǐxiarén ①僕人。②下屬，在手下做事的人◇交給底下人去辦。

5 **庖** páo 粵paau4 咆 ①廚房◇庖廚｜庖丁（廚師）。②廚師◇良庖｜名庖｜越俎代庖。

【庖代】páodài 代替廚子做飯。比喻越權辦事，做別人所管的事情。

【庖丁解牛】páodīngjiěniú 據《莊子・養生主》記載，庖丁為文惠君解牛，技藝之妙獲文惠君讚歎。庖丁說，平生宰牛數千頭，如今全以神運，目"未嘗見全牛，刀入牛身若無厚入有間"，游刃有餘。因此牛刀雖已用了十九年，鋒利得仍舊像新磨過似的。後比喻做事得心應手，運用自如。

5 **庚** gēng 粵gang1 羹 ①天干的第七位。②年齡◇貴庚｜同庚。

【庚甲】gēngjiǎ ①人出生的年、月、日、時。②年歲，年齡◇齒搖眼始暗，庚甲到知非。

【庚帖】gēngtiě 民俗訂婚時，男女雙方互換的寫有姓名、籍貫、生辰八字的帖子。同 八字帖。

6 **庤** zhì 粵zi6 自 儲備；儲存◇庤倉。

6 **度** ㈠dù 粵dou6 杜 ①計量長短◇度量衡。②物質的某種性質所達到的程度◇熱度｜濃度｜濕度。③經度或緯度，測定地球球面各點所在位置的單位◇東經八十四度｜北緯二十三度。④記算電的單位。一千瓦小時的電量為一度。⑤次；回◇一年一度｜曾三度訪問香港。⑥限度；程度◇勞累過度｜長短適度。⑦法則；準則；規則◇法度｜制度。⑧器量；胸懷◇氣度不凡。⑨人的外貌或氣質◇態度｜風度翩翩。⑩一定範圍的時間或空間◇年度｜國度。⑪度過；過◇歡度春節｜光陰沒有虛度。

㈡duó 粵dok6 鐸 推測；估計◇忖度｜揣度｜審時度勢。

【度曲】dùqǔ ①作曲，譜曲◇她演唱的歌，大都是自己度曲。②按曲譜歌唱◇度曲未終，雲起雪飛。

【度命】dùmìng 維持生命◇荒旱年份，靠吃野菜度命。

【度荒】dùhuāng 度過饑荒；捱過荒年。

【度量】㈠dùliáng 用以計量長短、容積的標準。

㈡dùliàng 氣量，對人寬容忍讓的幅度◇他待人度量大，從不計較小事。

【度牒】dùdié 舊時官府發給和尚、尼姑的身份憑證。

【度假村】dùjiàcūn 建造在風景優美、環境優雅的地方，擁有食宿遊樂設施，專供人們旅遊度假的場所。

【度日如年】dùrìrúnián 過一天像過一年那樣長。形容愁苦、困頓的日子很難熬◇幾單生意都是一波三折，急得她度日如年。

【度德量力】duódé liànglì 估量自己的德行

和能力，等於說“有自知之明”。

6 **庥** xiū 粵jau1 休 保護；庇蔭◇庥蔭|庥庇。

6 **庠** xiáng 粵coeng4 祥 古代的地方學堂◇庠序|邑庠。

【庠序】 xiángxù ① 古代的鄉學。② 泛指學堂◇謹庠序之教，申之以孝悌之義。

7 **庫（库）** kù 粵fu3 富 ①儲存財物的房屋或地方◇倉庫|金庫|糧庫。②把知識、信息按一定方式彙集、存儲到一起，這種存儲結構叫做庫◇題庫|數據庫。

【庫存】 kùcún ① 在庫房內存放◇庫存物資。② 庫內存着的現金或物資◇庫存減少 | 盤點庫存。

【庫房】 kùfáng 倉庫；做倉庫用的房舍。

【庫藏】 (一)kùcáng ① 在庫中儲藏◇庫藏金幣。② 倉庫內存放的貨品財物◇清點庫藏。(二)kùzàng 倉庫；收藏財物的庫房。

7 **庯** bū 粵bou1 褒【庯峭】būqiào同“峬峭”。

7 **庭** tíng 粵ting4 停/ting3 聽 ①廳堂◇大庭廣眾。②正房前的空地；院子◇門庭若市|前庭後院。③法庭◇開庭|民事審判庭。

【庭除】 tíngchú ① 庭前的台階◇月移花影過庭除。② 庭院◇黎明即起，灑掃庭除。

【庭院】 tíngyuàn ① 正房前的院子◇庭院內種着幾畦芍藥。② 泛指宅院◇庭院深深深幾許。

7 **座** zuò 粵zo6 助 ①座位◇寶座|對號入座。②在座的人◇語驚四座。③底座◇燈座|炮座。④星座◇織女座|仙后座。⑤敬稱官長◇帥座|委座|局座。⑥量詞。用於有底座的或較大的物體◇一座鐘|兩座山|一座水庫。

【座次】 zuòcì 按照官階、職務、地位、尊卑長幼等排定的座位順序◇闔家二十多人都依照輩分排了座次，這才坐下。

多樣表達：座次

座位 座席 席位 席次 官位 職位 學位 地位 位子 到位 就位 即位 讓位 遜位 篡位 虛位以待 虛席以待 座無虛席

【座位】 zuòwèi 供人坐的位子。多指坐具而言◇劇場有八百個座位。

【座談】 zuòtán 不拘形式漫談討論◇座談會。

【座駕】 zuòjià 專供某人乘坐的飛機、汽車等交通工具◇總理座駕 | 太太您的座駕到了，請上車。

【座上客】 zuòshàngkè ① 在宴席上受主人尊敬的貴客。② 泛指受到禮遇的客人◇從階下囚變成座上客。

【座右銘】 zuòyòumíng ① 放置在座位右邊用以自警的銘文。② 用以警誡、激勵人的格言◇“難得糊塗”是他的座右銘。

【座無虛席】 zuòwúxūxí 座位沒有空着的。形容賓客或觀眾、聽眾極多◇報告會座無虛席。

8 **庶** shù 粵syu3 恕 ①眾多◇富庶|庶品。②平民，百姓◇庶人|黎庶。③旁支，非正妻所生的孩子◇庶兄|庶出。④表示希望或可能◇庶竭駑鈍|庶免於難。

【庶子】 shùzǐ 不是嫡妻所生的兒子。

【庶民】 shùmín 平民百姓◇貶為庶民 | 天下太平，庶民安樂。

【庶事】 shùshì 各種事務◇庶事纏身。

【庶務】 shùwù ① 各種政務、事務◇躬親庶務。② 雜務◇庶務繁雜。

【庶幾】 shùjī ① 差不多◇仰賴你的慷慨解囊，生活庶幾可以維持。② 希望◇庶幾從此洗心革面，重新做人。③ 或許，也許◇庶幾能夠免難。

8 **庹** tuǒ 粵tok3 託 ①量詞。成人兩臂左右平伸的長度，約合五市尺◇一庹多長的大石頭。②姓。

8 **庵〔菴〕** ān 粵am1/ngam1 暗1 ①圓頂的小草屋◇茅庵|草庵。②尼姑禮佛、居住的地方◇庵堂|尼姑庵。

【庵堂】 āntáng 尼姑庵。

8 **庾** yǔ 粵jyu5 雨 ①露天的穀倉◇倉庾。②姓。

8 **庳** bì 粵pei5 婢 低窪；矮小◇庳濕|地處卑庳。

8 **庸** yōng 粵jung4 容 ①平凡；不高明◇平庸|庸醫|庸庸碌碌。②用，需要◇無庸諱言|無庸置疑。

【庸人】 yōngrén 見識淺陋、沒本事的人◇庸人自擾。

【庸才】yōngcái 才智平庸、能力低下的人◇不招人嫉是庸才。

【庸夫】yōngfū 平庸而沒有作為的人。

【庸俗】yōngsú 平庸鄙俗，不高尚◇作風庸俗 | 庸俗趣味。

【庸碌】yōnglù 平凡而無所作為◇庸碌之輩。

【庸人自擾】yōngrénzìrǎo 本來沒有事，卻自找麻煩。出自《新唐書・陸象先傳》："天下本無事，庸人擾之為煩耳。"後多作"天下本無事，庸人自擾之"。

8 **康** kāng 粵hong¹ 腔 ①健康，身心沒有疾病◇安康 | 康強。②富裕；豐足◇小康 | 康年。③寬闊；寬廣◇康衢 | 康逵(四通八達的道路)。④安寧，安樂◇安康 | 歡康。

【康健】kāngjiàn 健康◇身體康健。

【康復】kāngfù 恢復健康◇祈望早日康復。

【康寧】kāngníng 健康安寧◇闔家康寧。

【康樂】kānglè 安康快樂◇闔家康樂。

【康莊大道】kāngzhuāng dàdào 四通八達、寬闊平坦的大路。比喻光明而美好的前程。

9 **廂〔厢〕** xiāng 粵soeng¹ 商 ①廂房，正房前面兩側的房屋◇西廂 | 東廂。②分隔開像房間一樣的地方◇車廂 | 包廂。③靠近城的地區◇城廂。④邊，旁◇這廂 | 那廂。

【廂房】xiāngfáng 正房前邊兩側的房屋◇廂房之間有兩個大花壇，清一色種着月季花。

9 **廁(厕)〔厠〕** cè 粵ci³ 次 ①廁所，洗手間。②置，參與◇廁身教育界。

【廁足】cèzú 涉足；插足。比喻參與某事◇廁足其間，難以脫身。

【廁身】cèshēn 置身；參與其中◇廁身商界。

9 **廋** sōu 粵sau¹ 收 隱藏；藏匿◇廋語(隱語)。

9 **廊** láng 粵long⁴ 郎 廊子。屋簷下的過道；有篷頂的獨立通道◇走廊 | 長廊 | 前廊後廈。

【廊柱】lángzhù 支撐廊簷的柱子。

【廊廟】lángmiào 指朝廷。

【廊簷】lángyán 廊頂突出在柱子之外的部分◇站在廊簷下靜聽雨打芭蕉的響聲。

9 **廄〔廐廏〕** jiù 粵gau³ 救 馬房；泛指牲口棚◇馬廄 | 廄肥。

10 **廈〔厦〕** (一) shà 粵haa⁶ 下 ①高大的房屋；大樓◇高樓大廈。②房屋後面的廊子◇前廊後廈。

(二) xià 粵haa⁶ 下 用於地名，如廈門(在福建)。

10 **廆** wěi 粵wai⁵ 偉 用於古代人名，如慕容廆(西晉人)。

10 **廉〔亷〕** lián 粵lim⁴ 簾 ①清白方正◇清廉 | 寡廉鮮恥。②價錢低，便宜◇價廉物美。③姓。

【廉明】liánmíng 廉潔清明◇公正廉明。

【廉政】liánzhèng ①為政廉潔清明◇廉政愛民。②保持政務廉潔、不腐敗◇廉政公署。

【廉恥】liánchǐ 廉潔的品行和羞恥之心◇不知廉恥。

【廉價】liánjià 便宜的價錢，低價◇廉價出售 | 廉價商品。

【廉潔】liánjié 清廉，不貪污受賄◇廉潔奉公。

11 **廒** áo 粵ngou⁴ 遨 糧倉◇倉廒。

11 **廑** jǐn 粵gan² 緊 小屋。

11 **廎(庼)** qǐng 粵king² 頃 小廳堂。

11 **廙** yì 粵ji⁶ 二 ①小心謹慎；恭謹。②可遷移的屋子，近似現在的帳篷或蒙古包。

11 **廓** kuò 粵kwok³ 擴 ①廣大；空闊◇寥廓的天空。②肅清，掃除◇廓清寰宇。③物體的外緣◇輪廓 | 耳廓。④擴展；開拓◇廓大 | 廓通。

【廓清】kuòqīng 澄清；肅清◇廓清事實 | 廓清邪說。

【廓張】kuòzhāng 擴大；擴張◇別讓事態廓張開去，怕難了結。

【廓開】kuòkāi ①開闢◇廓開山間谷地。②闡明；發揚◇廓開大計 | 廓開朝廷之德。

11 **廕(荫)** yìn 粵jam³ 陰³ ①廕庇。②封建時代由於父祖有功而給予子孫入學或任官的權利。

【廕庇】yìnbì 大樹枝葉遮蔽陽光，宜於人們休息。比喻尊長照顧晚輩或祖先保佑子孫。

11 **廖** liào 粵liu⁶料 姓。

12 **廚〔厨厨〕** chú 粵cyu⁴儲⁴/ceoi⁴除①廚房◇庖廚。②從事烹調職業的人◇名廚|大廚。③烹調工作◇掌廚|幫廚。

【廚具】chújù 烹調用的工具，如鍋、菜刀、炒勺等。

【廚房】chúfáng 做飯菜的地方。

【廚師】chúshī 掌握烹調技術並以此為職業的人。

【廚餘】chúyú 廚房垃圾，或食物廢棄物。

【廚藝】chúyì 烹調的技藝；做飯菜的手藝◇廚藝冠粵港。

12 **廝〔厮〕** sī 粵si¹思 ①男性僕人◇小廝。②對人輕蔑的稱呼◇這廝|那廝。③互相◇廝打|廝混。

【廝守】sīshǒu 彼此在一起，不分離◇長相廝守。

【廝殺】sīshā 互相拚殺。

【廝混】sīhùn ①同他人在一起混日子◇他們天天廝混在一塊。②混雜◇幾十種布料廝混在一起，真看不出哪一種好。

12 **廣（广）** guǎng 粵gwong²光²①寬闊◇寬廣|地廣人稀。②遠大◇君子貧窮而志廣。③擴大◇廣開言路。④多◇稠人廣眾|兵強將廣。⑤普遍；廣泛◇廣為宣傳。⑥廣東、廣州或廣西的省稱◇廣貨|廣交會|兩廣總督。

【廣大】guǎngdà ①面積、空間寬闊◇廣大地區|幅員廣大。②（人數）眾多◇獲得廣大歌迷的熱情支持。

【廣告】guǎnggào 通過媒體、櫥窗、招牌、海報、電腦網絡等方式向公眾介紹商品、服務項目、娛樂節目等內容的一種宣傳形式。

【廣泛】guǎngfàn 涉及的範圍大、方面廣◇影響廣泛|廣泛諮詢公眾意見。

【廣度】guǎngdù（針對事物）橫向探究所及的範圍◇做學問要有深度，也要有廣度。

【廣袤】guǎngmào 指土地的面積。東西的長度叫“廣”，南北的長度叫“袤”◇廣袤千里。

【廣博】guǎngbó 學識、胸襟寬廣博大。

【廣場】guǎngchǎng ①城市中寬廣的場地◇天安門廣場。②商場；商廈◇時代廣場|太古廣場。

【廣廈】guǎngshà 高大的房屋◇安得廣廈千萬間，大庇天下寒士俱歡顏。

【廣義】guǎngyì 範圍寬泛的定義◇廣義相對論|從廣義的文化概念去理解。

【廣漠】guǎngmò 遼闊空曠◇廣漠的荒野。

【廣播】guǎngbō ①廣播電台、電視台向公眾播放節目。②特指廣播電台播報的節目◇收聽廣播。

【廣闊】guǎngkuò 廣大寬闊◇視野廣闊|廣闊的平原。

【廣場舞】guǎngchǎngwǔ 羣眾自發組織用來健身、娛樂的集體舞。動作簡單，參與者廣泛（以中老年人為主）。因舞蹈場地多在廣場而得名。

12 **廟（庙）** miào 粵miu⁶妙 ①供奉祖宗神位、受尊崇的名人或神佛的建築物◇宗廟|孔廟|土地廟。②朝廷；與帝皇有關的◇廟堂|廟號。③廟會◇趕廟。

【廟宇】miàoyǔ 供奉神佛或受尊崇的名人的殿堂房屋◇山凹裏有座廟宇。

多樣表達：廟宇
廟 寺 寺院 佛寺 伽藍 禪林 禪寺 禪院 禪堂 蘭寺 蘭若 庵 尼姑庵 觀 道觀

【廟祝】miàozhù 廟宇中管香火的人◇廟祝陪同上香。

【廟堂】miàotáng ①廟宇。②指朝廷◇居廟堂之高，則憂其民。

【廟會】miàohuì 在寺廟之節日或規定的日子，設在寺廟內或附近的集市◇三月三，趕廟會。

12 **廠（厂）** chǎng 粵cong²闖 ①工廠◇紡織廠|鋼鐵廠。②有空地可以堆放貨物或進行加工的場所◇煤廠|磚瓦廠。

12 **廛** chán 粵cin⁴前 ①古代指城市平民一家所住的房屋。②城市供商人儲藏、堆積貨物的房舍◇市廛|廛肆。

【廛里】chánlǐ 古代城市居民住宅的通稱。

12 **廡（庑）** wǔ 粵mou⁵母 ①堂下四周的走廊。②大屋。③泛指房屋◇田舍廬廡。

12 **廢(废)** fèi 粵fai^{3} 費 ①倒下；衰敗下去◇廢屋|興廢。②停止；放棄◇因噎廢食|半途而廢。③撤除；罷免◇廢黜。④失去效用的；無用的◇廢紙|廢銅爛鐵。⑤荒蕪◇廢園。⑥沮喪，頹唐◇頹廢。

【廢弛】fèichí 政令、法紀等因鬆弛或沒有認真執行而失去應有的作用◇法紀廢弛。

【廢物】fèiwù ①沒有使用價值的東西◇廢物回收有助減輕堆填區的壓力。②罵人話。沒用的東西◇純粹是個廢物！

【廢品】fèipǐn ①破舊的或失去原有使用價值的物品◇回收廢品。②質量不合規格的產品◇廢品率|減少廢品生產。

【廢除】fèichú 取消；由有效變成無效◇廢除不合時宜的規章制度。

【廢然】fèirán 形容沮喪、失望的樣子◇廢然而返|廢然長歎。

【廢棄】fèiqì 丟棄不用◇廢棄物|廢棄電池。

【廢置】fèizhì 擱置起來不用◇重新啟用廢置多年的糧倉|這塊土地已廢置多年。

【廢話】fèihuà ①沒用的話。②説沒用的話◇少廢話，多幹實事！

【廢墟】fèixū 城鎮村莊遭受破壞或災害後變成的荒涼地方◇戰爭一結束，就着手在廢墟上重建家園。

【廢學】fèixué ①荒廢學業。②輟學，停止求學◇家境貧寒，被迫中途廢學。

【廢黜】fèichù 罷免官職；取消王位或廢除特權地位。

【廢寢忘食】fèiqǐn wàngshí 顧不得睡覺，忘記了吃飯。形容做事專心致志。

13 **廨** xiè 粵gaai^{3} 介 古代官署；官員辦公的處所◇官廨|公廨。

13 **廩〔廪〕** lǐn 粵lam^{5} 凜 ①糧倉◇倉廩實而知禮節，衣食足而知榮辱。②官方供給(糧食)◇廩生|廩食。

【廩生】lǐnshēng 廩膳生員。明清兩代由官府按時發給銀子或糧食補助的讀書人。

【廩食】lǐnshí ①倉庫存儲的糧食。②官府發給糧食。③指官府發給的糧食。

16 **廬(庐)** lú 粵lou^{4} 勞 簡陋的房舍◇廬舍|茅廬|結廬在人境，不思車馬喧。

【廬塚】lúzhǒng 建在墓旁守墓的小屋。

【廬山真面目】lúshānzhēnmiànmù 宋代蘇軾《題西林壁》詩："橫看成嶺側成峯，遠近高低各不同。不識廬山真面目，只緣身在此山中。"後比喻事物的真相或本來面目。

16 **龐(庞)** páng 粵pong^{4} 旁 ①大；高大◇龐然大物。②多而雜亂◇龐雜。③臉盤◇臉龐|面龐。④姓。

【龐大】pángdà 形體、數字、機構等過於大◇規模龐大|數目龐大。

【龐然】pángrán 形容巨大的樣子◇龐然大物。

【龐雜】pángzá 多而繁雜◇內容龐雜|龐雜的聲音。

22 **廳(厅)** tīng 粵ting^{1} 庭^{1}/teng^{1} 聽 ①會客、聚會或娛樂用的大房間◇客廳|會議廳|歌舞廳。②政府辦事部門的名稱◇辦公廳|財政廳|教育廳。

【廳事】tīngshì ①官署辦公問案的廳堂。②住宅的堂屋◇不等延請，直上廳事。

【廳堂】tīngtáng ①住宅內，面積大、陳設講究，主要用於正式活動或接待賓客的正房。②官方議事、辦事的大房間。

廴部

4 **廷** tíng 粵ting^{4} 停 ①朝廷，古代君主接受朝拜、處理政事的地方。②王朝的統治機構◇清廷。③舊時地方官辦理公務的廳堂◇縣廷。

【廷掾】tíngyuàn 舊時指下級官吏。

5 **延** yán 粵jin^{4} 言 ①伸展；延長◇益壽延年。②時間向後推遲◇順延。③引進；聘請◇延請|延醫。

【延伸】yánshēn 延長；伸展◇綿綿山脈一直延伸到天際。

【延長】yáncháng 使伸展或連續◇會議延長了兩天|將地鐵線路延長。

【延宕】yándàng 拖延耽擱◇終於結束了延宕已久的工作。

【延挨】yán'ái 拖延◇此事十分緊急，片刻延挨不得。

【延展】yánzhǎn 延伸；擴展◇小路在綠色的田野上向前延展。

【延納】yánnà ① 接待◇延納賓客。② 聘請接納◇爭相延納一流人才。

【延期】yánqī 延長限期；把原定的日期推遲◇把護照延期｜旅行要延期。

【延聘】yánpìn ① 聘請◇重金延聘人才。② 延長聘用期◇科研項目負責人，可延聘至項目結束。

【延誤】yánwù 遲延耽誤◇延誤時日｜班機延誤。

【延緩】yánhuǎn 延遲，推遲◇延緩衰老。

【延燒】yánshāo 蔓延燃燒◇火隨風勢，延燒戰艦數百艘。

【延遲】yánchí ① 向後拖延◇不能再延遲解決了。② 推遲◇生長期延遲。

【延擱】yángē 拖延耽擱◇計劃暫時延擱｜片刻都不能延擱。

【延續】yánxù 延長下去，持續◇會議延續了四個多小時。

【延攬】yánlǎn 聘請招攬；邀請◇延攬技術人才。

6 **建** jiàn ●gin[3] 見 ①創設；建立◇建國｜創建。②建造；修築◇擴建｜修建。③倡議；提出◇建言獻策。④指福建◇建漆｜建茶。

【建功】jiàngōng 建立功勳◇建功立業。

【建立】jiànlì ① 開始成立◇建立國家。② 興建◇建立工業基地。③ 開始產生或形成◇建立友情｜建立外交關係。

【建交】jiànjiāo 國和國之間建立外交關係◇中美建交｜兩國正式建交。

【建制】jiànzhì 政府、軍隊的組織編制和行政區劃等制度的總稱。

【建造】jiànzào 建築；製造（大型設備）◇建造軍艦｜建造摩天大廈。

【建設】jiànshè ① 創建新事業或增加新設施◇建設國家｜加快碼頭建設。② 有關建設方面的工作◇經濟建設｜城市建設。

【建樹】jiànshù ① 建立功績◇建樹功業。② 建立的功績◇卓有建樹。

【建築】jiànzhù ① 修建房屋、道路、橋梁等。② 建築物，如住宅、倉庫等。

【建議】jiànyì ① 向別人提出自己的主張或意見。② 向別人提出的主張或意見◇我的建議，請你考慮。

【建設性】jiànshèxìng 對事物的正常發展發揮起促進作用的。

廾部

1 **廿** niàn ●nim[6] 念/jaa[6] 也[6] 數目字。二十◇廿年之交。

2 **弁** biàn ●bin[6] 便 ①古代男子戴的一種帽子。②古代稱武官，後指級別很低的武官◇武弁｜馬弁。

【弁言】biànyán 前言；序言。

4 **弄** 〈一〉nòng ●lung[6] 龍[6] ①玩；戲耍◇捉弄｜耍弄。②做；搞◇弄飯｜先弄明白再說。③攪擾◇弄得鄰居睡不着覺。④想辦法取得◇弄兩張電影票來。

〈二〉lòng ●lung[6] 龍[6] 小巷；小街道◇里弄｜弄堂。

【弄堂】lòngtáng 小巷◇上海弄堂。

【弄權】nòngquán 濫用權力，玩弄權術。

【弄潮兒】nòngcháo'ér ① 在水中搏擊、嬉戲的年青人。② 駕小舟搏擊潮水的人◇錢塘江的弄潮兒。③ 比喻敢於在風險中拼搏的人◇時代的弄潮兒。

【弄瓦之喜】nòngwǎzhīxǐ 瓦，古代紡織用的紡錘。祝賀人生女孩的賀辭。◇聽聞她產下一名可愛女嬰，大家紛紛向她道賀，同沾弄瓦之喜。

【弄巧成拙】nòngqiǎochéngzhuō 本想耍巧妙的手段，結果反而把事情搞糟。

【弄假成真】nòngjiǎchéngzhēn 本來是假的，結果卻變成真的。

【弄虛作假】nòngxū zuòjiǎ 用一套虛假的東西騙人◇新聞要求真實，不能弄虛作假。

【弄璋之喜】nòngzhāngzhīxǐ 祝賀人生男孩的賀辭◇朋友發來消息，告知他家弄璋之喜，我趕忙準備賀禮。

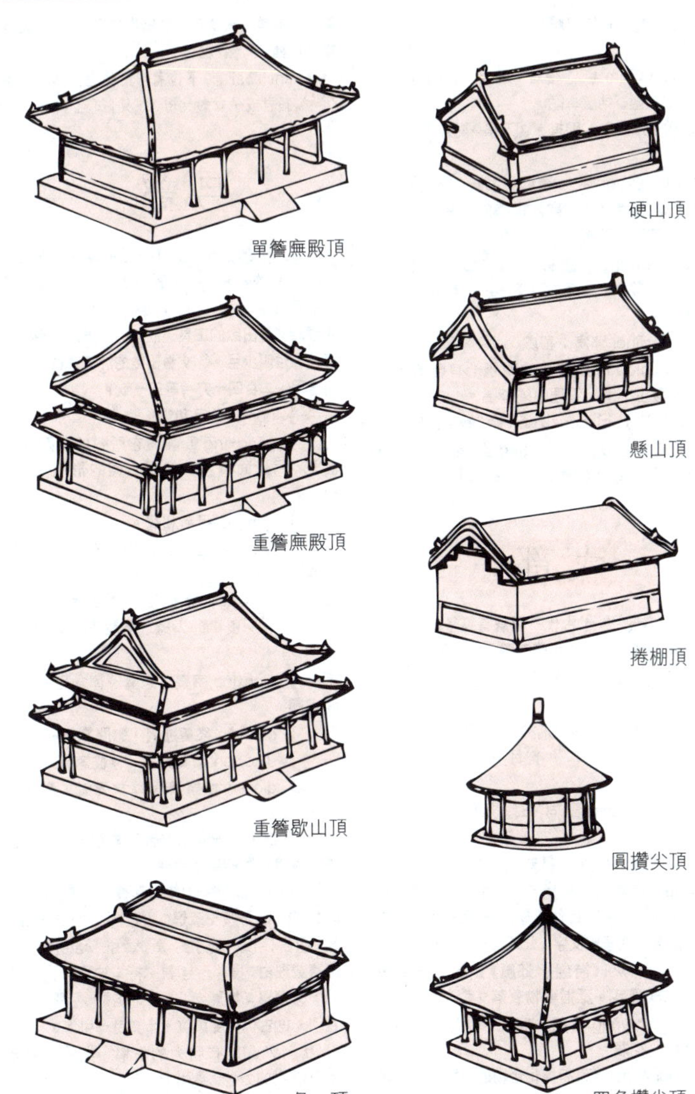

單簷廡殿頂

硬山頂

重簷廡殿頂

懸山頂

捲棚頂

重簷歇山頂

圓攢尖頂

盝 頂

四角攢尖頂

5 **弆** jǔ 粵geoi² 舉 收藏。

6 **弇** yǎn 粵jim² 掩 ①覆蓋；遮蔽◇弇跡|弇目。②狹隘◇見識弇陋。

6 **弈** yì 粵jik⁶ 亦 ①圍棋。②下棋◇對弈。

11 **弊** bì 粵bai⁶ 幣 ①害處，毛病◇興利除弊|切中時弊。②欺詐矇騙的行為◇營私舞弊。③破敗；破舊。

【弊病】bìbìng ① 漏洞，問題◇法制不健全，產生很多弊病。② 毛病，缺點◇這樣做恐怕弊病不少。

【弊害】bìhài 弊病；害處◇消除弊害。

【弊端】bìduān 所存在的問題；有害的事情◇弊端叢生|消除管理中的弊端。

【弊帚自珍】bìzhǒuzìzhēn 見"敝帚自珍"。

【弊絕風清】bìjué fēngqīng 弊端、弊病沒有了，不正之風肅清了。形容清廉公正。

弋部

0 **弋** yì 粵jik⁶ 亦 ①古代一種繫有繩子的箭，專用於射禽鳥。②用帶有繩子的箭射鳥。

【弋取】yìqǔ 獵取；獲取◇弋取野獸|弋取功名。

【弋獲】yìhuò ① 射到飛禽。② 抓獲，擒獲。

2 **弍** èr 粵ji⁶ 二 同"二"。數目字。

3 **弎** sān 粵saam¹ 三 同"三"。數目字。

3 **式** shì 粵sik¹ 色 ①樣式◇款式|西式。②規格；標準◇格式|模式。③儀式；典禮◇結業式|開幕式。④自然科學中表明某種規律的符號組合、式子或文字◇公式|分子式。

【式微】shìwēi《詩經・邶風》篇名。後指國家、家族衰落。泛指事物衰落◇家道式微。

【式樣】shìyàng 形狀，樣式◇新潮式樣|各種式樣的花瓶。

4 **甙** dài 粵doi⁶ 代⁶ 有機化合物的一類，由糖類和非糖類的各種有機化合物縮合而成，多為白色晶體，廣泛存在於植物體中，也叫"配糖物""葡糖苷"或"糖苷"。

10 **弒** shì 粵si³ 試 下位者殺上位者。多用於臣殺君或子女殺父母◇弒父|弒君。

弓部

0 **弓** gōng 粵gung¹ 工 ①靠弦的彈性發射箭或彈丸的器具◇拉弓射箭。②形狀或作用像弓的用具◇琴弓。③彎；屈曲◇弓腰|弓着背。④舊時丈量田畝的工具，狀似弓，兩端的距離是五尺，也叫步弓。⑤丈量田畝的計算單位。五尺為一弓，二百四十方弓等於一畝。

【弓矢】gōngshǐ 弓和箭。

【弓形】gōngxíng ① 弧與它所對的弦圍成的圖形◇弓形面積。② 像弓一樣的形狀◇弓形橋。

【弓弩】gōngnǔ 弓箭和弩。

【弓鞋】gōngxié 古代纏足婦女穿的鞋◇繡花弓鞋。

1 **弔〔吊〕** diào 粵diu³ 釣 哀悼死者或對遭到喪事的人家、團體表示慰問◇弔喪|弔唁。

【弔孝】diàoxiào 弔喪，祭奠、悼念死者，慰問家屬。

【弔唁】diàoyàn 祭奠逝者，慰問家屬。

【弔問】diàowèn 祭奠死者，存恤家屬。

【弔喪】diàosāng 祭奠、悼念死者，慰問家屬。

【弔民伐罪】diàomín fázuì 撫慰受苦的百姓，討伐有罪的統治者。

1 **引** yǐn 粵jan⁵ 蚓 ①伸；延長◇引橋|引首北望。②帶領；疏導◇引路|引水。③招致；惹◇引咎|引逗。④拉；牽◇牽引。⑤引用來作證據或理由◇援引。⑥執，持；抽取◇引觴|引絲。⑦薦舉；推薦◇引薦。⑧退避◇引避|且戰且引。⑨古代長度單位。十丈為一引。

【引力】yǐnlì 萬有引力的省稱，指一切物體相互吸引的力◇地心引力。

【引子】yǐnzi ① 戲曲角色初上場時所唸的

一段詞句，有時唱和唸相間。② 某些樂曲的開始部分，有渲染氣氛、提示內容的作用。③ 比喻引起正文的話或啟發別人發言的話◇此話是下文的引子丨我說的不過是個引子。④ 指藥引子。在中藥藥劑另加的藥物，起加強療效的作用。

【引文】yǐnwén 引用別人的話語或著作，來說明自己的觀點。

【引申】yǐnshēn ① 由字詞的本義衍生出新義◇引申義。② 由一事延伸、擴展到有關的他事◇從明星代言效應引申到廣告道德問題。

【引用】yǐnyòng 拿別人的話或著作作為根據。

【引見】yǐnjiàn 引雙方相見，使之互相認識。

【引言】yǐnyán 寫在書或正文前面的說明性或評價性短文，類似序言、導言。

【引決】yǐnjué 同"引訣"，指自殺◇引決自裁。

【引述】yǐnshù 援用敍述他人的文章言詞◇引述消息。

【引咎】yǐnjiù 由自己承擔過失責任◇引咎自責丨引咎辭職。

【引信】yǐnxìn 炮彈、炸彈、地雷等爆炸物的引爆裝置。㊐ 信管。

【引致】yǐnzhì 導致；招來◇亂吃東西引致腹瀉。

【引退】yǐntuì ① 辭去官職或職務◇中年引退，以寫作為生。② 撤退◇敵軍節節引退。

【引逗】yǐndòu 引誘；挑逗◇引逗發笑。

【引喻】yǐnyù 引用例證來說明道理◇引喻得當，容易理解。

【引進】yǐnjìn ① 引薦；推薦◇引進人才。② 由外地或外國引入◇引進玉米新品種。

【引渡】yǐndù ① 引導渡過水面◇引渡她安全過了河。② 應犯罪所在國的請求，把在本國拘捕的罪犯解交給該國。引渡一般在簽有引渡協議的兩國間進行。

【引號】yǐnhào 標點符號（“” 及 ‘’ 或「」及『』）。行文中表示引用或提示的部分。也用來標示有特殊含義的詞語。有雙引號和單引號之分。

【引罪】yǐnzuì 伏罪，承認罪過。

【引領】yǐnlǐng ① 伸直脖子◇引領遠眺。② 引導；帶領◇引領貴賓進入會議廳。

【引誘】yǐnyòu 用利益、物質或行為誘惑人。

【引線】yǐnxiàn ① 導火線，引火線◇點燃了引線。② 起媒介作用的人或物◇靠她作引線，才辦成了。③ 縫衣針的別名。④ 把線穿過針眼◇穿針引線。

【引導】yǐndǎo ① 帶路。② 帶領；誘導◇引導學生理解題義。

【引擎】yǐnqíng 發動機◇噴氣引擎丨引擎故障。（英 engine）

【引薦】yǐnjiàn 推薦；舉薦◇他引薦的人都很稱職。

【引避】yǐnbì ① 讓路；躲避◇引避道旁。② 避嫌引退◇引避去位。

【引證】yǐnzhèng 引用事實或他人的言論、著作來證實自己的觀點。

【引爆】yǐnbào 點燃引火裝置使爆炸物爆炸。

【引人入勝】yǐnrénrùshèng 引人進入美好的境界。形容文章或風景等非常吸引人◇故事寫得生動曲折，引人入勝。

【引人注目】yǐnrénzhùmù 吸引人們注意。形容人或事物具有特別的吸引力。

【引火燒身】yǐnhuǒshāoshēn ① 比喻自討苦吃或自取滅亡。② 比喻主動爭取別人的批評意見，以改進自己的缺失。

【引以為榮】yǐnyǐwéiróng 以某人、某事感到光榮◇他最引以為榮的就是他的琴技。

【引玉之磚】yǐnyùzhīzhuān 謙辭。比喻為引出別人高明見解而自己首先發表的粗淺意見◇我的拙見充其量不過是引玉之磚。

【引而不發】yǐn'érbùfā《孟子・盡心上》："君子引而不發，躍如也。"意思是拉開弓，搭上箭，做出要射的樣子卻不射出去。後比喻做好準備，待機行事。

【引吭高歌】yǐnhánggāogē 吭，喉嚨。放開嗓子高聲歌唱。

【引狼入室】yǐnlángrùshì 比喻把敵人或壞人引到內部或家中來。㊐ 開門揖盜。

【引經據典】yǐnjīng jùdiǎn 引用經典著作或權威性語句、典故，作為自己論點的依據。㊐ 旁徵博引。

2 **弗** fú 粵fat^1 忽 不◇自愧弗如｜揮之弗去。

2 **弘** hóng 粵wang^4 宏 ①大◇弘圖。②光大；擴大◇弘揚傳統文化｜恢弘士氣。

【弘大】 hóngdà 廣大；巨大；宏偉。

【弘揚】 hóngyáng 發揚光大◇弘揚民族精神。

【弘量】 hóngliàng ① 寬容，大度量。② 酒量大。

【弘論】 hónglùn 見識廣博的言論◇大發弘論。

【弘願】 hóngyuàn 偉大的志願◇他懷有改造大自然的弘願。

3 **弛** chí 粵ci^2 始/ci^4 池 ①鬆懈；鬆開◇一張一弛。②解除◇弛禁。③延緩◇弛緩｜弛期。④毀壞；廢除◇崩弛。

【弛然】 chírán 放鬆的樣子◇弛然而眠。

【弛廢】 chífèi 敗壞；廢棄◇綱紀弛廢。

【弛緩】 chíhuǎn 變得緩和◇局勢日漸弛緩。㊐ 和緩。

4 **弟** dì 粵dai^6 第 ①同父母或只同父、只同母而年紀比自己小的男子。②親戚中同輩而年紀比自己小的男子◇表弟｜堂弟。③朋友之間謙稱自己◇愚弟｜小弟。④姓。

【弟子】 dìzǐ ① 學生、門徒◇少林弟子。② 舊時稱戲劇、歌舞藝人◇梨園弟子。

【弟兄】 dìxiōng ① 弟弟和哥哥。② 朋友之間的親切稱呼。

【弟妹】 dìmèi ① 弟弟和妹妹。② 弟弟的妻子。

4 **弝** bà 粵baa^3 霸 ①弓部中央手握的地方。②器物的柄◇劍弝。

5 **弧** hú 粵wu^4 胡 ①弓。②圓周的一段◇圓弧｜弧形。

【弧光】 húguāng 由電弧發出的一種紫藍色強光。

【弧度】 húdù 量角的單位。當圓心角所對的弧長和半徑長相等時，該角就是一弧度。舊稱"弳"。

5 **弦〔絃〕** xián 粵jin^4 言 ①拴在弓背兩端間用以彈射箭矢的繩狀物◇箭在弦上。②樂器用以發音的絲線或金屬線◇琴弦｜五弦琴。③比喻妻子◇斷弦｜續弦。④半圓的月相◇上弦｜下弦。⑤圓周上兩點連接的直線。⑥不等腰直角三角形對着直角的斜邊。⑦鐘錶的發條。

【弦歌】 xiángē 用琴笛伴奏並歌唱◇弦歌一曲。

【弦管】 xiánguǎn ① 弦樂器和管樂器。泛指樂器。② 泛指歌吹彈唱。

【弦外之音】 xiánwàizhīyīn 琴弦停止彈撥以後的餘音或琴音寄託的含義。比喻言外之意。

5 **弨** chāo 粵ciu^1 超 ①弓鬆弛開來。②弓◇大弨掛壁。

5 **弩** nǔ 粵nou^5 努 ①古代一種用機械發射箭的弓◇弩箭｜弓弩。②射弩的弓箭手◇強弩三千，步騎五萬。

6 **弮** quān 粵hyun^1 圈 弩弓◇張弮。

6 **弭** mǐ 粵mei^5 美 消除；平息◇消弭｜弭亂。

【弭兵】 mǐbīng 平息戰事；停止戰爭◇弭兵務農。

【弭患】 mǐhuàn 消除禍患◇弭患濟世。

7 **弳(弪)** jìng 粵ging^3 敬 弧度。量度平面角的單位。

7 **弱** ruò 粵joek^6 若 ①弱小；實力差◇弱國｜孤弱。②體質差；虛弱◇體弱多病。③懦弱；膽小◇軟弱｜不甘示弱。④不夠；差一點。多用於分數或小數後面◇弱智兒童｜五分之一弱。

【弱冠】 ruòguàn 指二十歲左右的年青人。古代男子二十歲行冠禮，表示已經成人，但身體還未強壯，所以稱"弱冠"。

【弱智】 ruòzhì 智力低於正常人的。

【弱點】 ruòdiǎn ① 缺點，不足之處◇每個人都有弱點。② 不合格或力量薄弱的地方◇總裁沒有決斷力才是最致命的弱點。

【弱不禁風】 ruòbùjīnfēng 身體瘦弱得禁不住風吹。形容嬌弱。

【弱肉強食】 ruòròuqiángshí 動物中弱者被強者吃掉。借指弱者被強者、弱國被強國欺凌、吞併。

【弱勢社羣】 ruòshìshèqún 指社會上收入低、地位低的階層。

8 **張(张)** zhāng 粵zoeng1 章 ①安上或拉開弓弦◇劍拔弩張。②緊迫；緊急◇緊張｜慌張。③打開；放開◇張開翅膀｜綱舉目張。④擴大；伸開◇擴張｜伸張。⑤誇大◇虛張聲勢。⑥放縱；放肆◇囂張｜乖張。⑦陳設；佈置◇鋪張｜張掛。⑧開始營業◇新張誌喜。⑨看；望◇東張西望。⑩量詞。常用於嘴、紙、皮革、桌椅等◇一張嘴｜兩張紙｜三張桌子。⑪星宿名。二十八宿之一。⑫姓。

【張力】zhānglì 受到牽拉的物體任一截面兩側存在的相互作用的拉力。

【張大】zhāngdà ①擴大；誇大◇張大其詞。②張得很開◇張大眼睛。

【張本】zhāngběn ①為事態的發展而預先做的準備。②伏筆，文章中預先説在前面、為後文作鋪墊的話◇這一細節描寫是後文的故事張本。

【張目】zhāngmù ①瞪大眼睛。形容憤怒的樣子◇張目嗔視。②助長聲勢◇為歹徒張目。

【張狂】zhāngkuáng 猖狂；囂張◇態度張狂，拒不服輸。

【張皇】zhānghuáng 慌張；驚慌◇張皇失措。同 倉皇 反 鎮靜。

【張望】zhāngwàng 向遠處或四周看◇立在橋頭四處張望。

【張揚】zhāngyáng 宣揚；聲張◇切不可張揚出去。

【張貼】zhāngtiē 把佈告、廣告等貼在公眾場所◇張貼尋人啟事。

【張聲】zhāngshēng ①大聲◇在咖啡廳裏不宜張聲説話。②作聲◇不張聲了。

【張羅】zhāngluo ①籌劃；料理◇張羅款項｜張羅婚事。②應酬；招待◇張羅賓客。

【張口結舌】zhāngkǒu jiéshé 張着嘴説不出話。形容理屈的窘態或害怕驚愕的樣子◇説得她張口結舌，無言以對。

【張牙舞爪】zhāngyá wǔzhǎo ①形容猛獸的兇相。②形容惡人猖狂兇惡的樣子。同 兇相畢露 反 心慈面軟、慈眉善目。

【張冠李戴】zhāngguānlǐdài 把姓張的帽子戴到姓李的頭上，比喻弄錯了對象或弄顛倒了。反 一絲不差、不爽分毫。

【張燈結綵】zhāngdēng jiécǎi 掛起燈籠，紮起綵帶。形容喜慶或節日的景象。

8 **弸** péng 粵pang4 朋 ①強勁的弓。②充滿◇弸中彪外。

8 **弶** jiàng 粵goeng6 姜6 ①捕捉鳥獸的工具。②用弶捕捉◇弶小鳥。

8 **強〔强彊〕** (一)qiáng 粵koeng4 ①健壯；有力◇身強力壯。②強盛；勢力大◇民富國強。③加強；使強大◇強心針｜強本節用。④使用全力；使用暴力◇強渡｜強佔。⑤橫暴◇強權政治。⑥堅定；剛毅◇堅強｜剛強。⑦好，優越◇他比我強。⑧程度高◇責任心強｜藝術性強。⑨有餘，在分數或小數後面表示“略多”◇三分之一強。

(二)qiǎng 粵koeng5 襁 ①迫使◇強迫｜強使。②竭力；盡力◇強諫。③勉強◇強打精神。

(三)jiàng 粵koeng5 襁/goeng6 犟 固執；不屈服◇嘴強｜倔強。

【強人】qiángrén ①強盜◇從樹林裏竄出一夥強人。②精明能幹的人；強有力的人◇女強人｜政界的強人。

【強化】qiánghuà 加強；使之加大力度◇強化訓練。

【強行】qiángxíng ①強制進行◇強行通過。②強硬執行◇倚仗權勢，強行收購。

【強求】qiǎngqiú 硬性要求；勉強求成◇各人喜好不同，不要強求一致。

【強佔】qiángzhàn ①強行佔為己有◇強佔農民田產。②用武力攻佔。

【強壯】qiángzhuàng ①強健有力◇體格強壯。②使強壯起來◇強壯身體。

【強直】qiángzhí ①肌肉、關節因病變僵硬不能活動。②剛強正直◇為人強直，講究義氣。

【強制】qiángzhì 強迫對方服從◇被強制遷出祖居老屋。反 自願。

【強勁】qiángjìng 強有力◇對手強勁｜強勁的北風。反 微弱。

【強迫】qiǎngpò 使用強力或暴力令對方服從◇廢除強迫勞動公約。反 自願。

【強度】qiángdù ①作用力的大小；聲、光、電、磁的強弱◇照明強度｜作用力的強度。

②物體抵抗外力作用的能力◇抗震強度。

【強姦】qiángjiān ①在沒有得到當事人同意的情況下，與之性交。②比喻把自己的意願強加於人◇強姦民意。

【強烈】qiángliè ①形容熱情超乎一般◇強烈的求知慾。②鮮明的；程度很深的◇強烈的對比｜強烈的感情。③強硬激烈；猛烈◇強烈抗議｜藥性強烈。

【強悍】qiánghàn 勇猛彪悍。同 驍勇 反 怯懦、怯弱。

【強盛】qiángshèng 強大興盛◇國家強盛，人民安樂。反 衰敗。

【強健】qiángjiàn 強壯結實◇強健的體魄。

【強梁】qiángliáng ①強橫兇暴。同 強橫。②強橫兇暴的人或勢力◇不畏強梁。

【強項】qiángxiàng ①不肯低頭。形容剛強正直不屈服。②實力強、有望領先的項目或領域◇數學是她的強項｜高台跳水是我國的強項。

【強硬】qiángyìng 堅持己意不妥協◇態度強硬。反 軟弱。

【強勢】qiángshì ①強大的勢力◇仗着岳父的強勢欺侮人。②優勢◇強勢在人家那一邊。③強勁的勢頭◇保持強勢。

【強幹】qiánggàn 能力強，辦事幹練◇為人強幹｜精明強幹。

【強暴】qiángbào ①強橫兇暴◇性格強暴。②兇暴的勢力◇抗擊強暴。③施暴；強姦◇強暴婦女。

【強調】qiángdiào 特別着重指出或提出◇強調自由貿易的重要性。

【強橫】qiánghèng 蠻橫不講道理◇脾氣又粗暴又強橫。反 和善。

【強諫】qiǎngjiàn 下級對上級竭力規勸。

【強辯】〈一〉qiángbiàn ①能言善辯◇聰明敏捷，以強辯服人。②指有説服力的辯論◇這是一場勢均力敵的強辯。

〈二〉qiǎngbiàn 強詞奪理◇沒有道理，就別強辯了。

【強權】qiángquán 憑借武力或經濟優勢頤指氣使，欺壓他國。

【強積金】qiángjījīn 強制性公積金的簡稱。香港法例規定僱主和僱員按每月收入的百分之五，共同供款，由政府核准的委託人公司管理，直至僱員退休才清算戶口，領回資金。

【強人所難】qiǎngrénsuǒnán 勉強別人去做為難的事◇人各有志，不要強人所難。

【強弩之末】qiángnǔzhīmò《漢書·韓安國傳》："強弩之末，力不能入魯縞。"意思是即使強勁的弩弓射出的箭，到了最後，也穿不透魯國產的極薄的絲織品。後比喻原來強大的力量已經變得非常微弱了。

【強詞奪理】qiǎngcíduólǐ 把無理説成有理。同 蠻不講理。

【強顏歡笑】qiǎngyánhuānxiào 勉強做出歡欣的笑容。

【強龍不壓地頭蛇】qiánglóngbùyādìtóushé 比喻面對盤據在當地的勢力，再有本事的外地人也得退讓三分。

9 **弼** bì 粵bat6 拔 ①輔佐◇輔弼。②輔佐的人◇良弼。

10 **彀** gòu 粵gau3 救 ①張滿弓◇彀弩而射。②同"夠"。表示達到一定標準或程度◇酒已彀了｜不彀朋友。

【彀中】gòuzhōng 箭能射及的範圍。比喻牢籠、圈套◇天下英雄入我彀矣。

11 **彆（别）** biè 粵bit3 別3 ①扭曲；不順當◇同家裏人彆一股勁兒。②扳，扭轉◇得把他的壞習慣彆過來｜本想不依他，可又彆不過他。

【彆扭】bièniu ①心情不快◇這幾天心裏彆扭。反 暢快。②意見不合◇跟我鬧了三天彆扭。反 和諧。③文句不通順◇句子寫得真彆扭。同 晦澀、拗口、佶屈聱牙。

11 **彄（弦）** kōu 粵kau1 摳 弓弩兩端繫弦的地方。

12 **彈（弹）**〈一〉dàn 粵daan6 但 ①彈丸。②子彈；內裝炸藥、具有殺傷力的東西◇手榴彈｜彈無虛發。

〈二〉tán 粵taan4 壇 ①借一物的彈性發出的力射出另一物◇彈跳｜彈射。②利用有彈力的機械抖動纖維使鬆軟◇彈棉機｜彈羊毛。③用手指叩打或撥弄◇彈鋼琴｜彈琵琶。④用拇指扣住另一指，讓被扣的一指用力掙脱，借產生的動力去掉附着之物◇彈指｜彈灰塵。⑤抨擊；糾劾◇彈劾。⑥揮灑◇男兒有淚不輕彈。

【彈力】tánlì ① 物體變形時所產生的自動恢復原狀的作用力。② 肌體向上彈跳的力◇跳高運動員要彈力好。

【彈丸】dànwán ① 供彈弓彈射的鐵丸、泥丸等。② 槍彈的子彈頭。③ 形容狹小◇彈丸之地。

【彈弓】dàngōng 利用彈力發射彈丸的弓。

【彈劾】tánhé 檢舉、追究違法官員的責任。

【彈性】tánxìng ① 物體受外力作用而變形，當外力消失時則恢復原來形狀的性質。② 比喻事物的伸縮性◇計劃要留有餘地，要有些彈性。

【彈奏】tánzòu 用彈撥的樂器演奏◇彈奏吉他｜彈奏一曲。

【彈指】tánzhǐ 彈動一下手指。比喻時間極短暫◇彈指間三十年過去了。

【彈壓】tányā 用武力制服、鎮壓◇出動軍警彈壓騷亂。

【彈簧】tánhuáng 利用彈性材料製成的零件，在外力作用下發生變形，外力消失則恢復原狀◇彈簧牀｜彈簧坐椅。

【彈冠相慶】tánguānxiāngqìng《漢書·王吉傳》：“王陽（王吉）在位，貢公（貢禹）彈冠。”説王吉做了官，貢禹把帽子撣乾淨，也準備去做官。後指一人當官或升官，其同夥則互相慶賀，謂將有官可做。多含貶義。

14 **彌**（弥）mí 粵mei^4 眉/nei^4 尼 ①遍；滿◇彌漫｜彌月。②填；補◇彌縫｜彌補。③更加◇奉之彌繁，侵之愈急。

【彌天】mítiān 滿天，形容極大◇犯下彌天大罪。

【彌月】míyuè ① 整月，滿一個月◇彌月陰雨。② 初生嬰兒滿一個月。③ 胎兒足月◇懷孕彌月。

【彌合】míhé ① 彌補縫合，使合在一起◇彌合傷口。② 消除分歧◇彌合兩國關係的裂痕。

【彌留】míliú 病危將死◇彌留之際。

【彌勒】mílè 佛教菩薩之一。佛寺中多供奉其塑像，袒胸露腹，笑容滿面。（梵語 Maitreya）

【彌望】míwàng 滿眼；充滿視野◇春色彌望｜碧波彌望。

【彌補】míbǔ 補足不夠或不滿的部分◇彌補赤字｜彌補損失｜物質是無法彌補心靈的缺失。

【彌滿】mímǎn 充滿；佈滿◇彌滿着青春活力｜街上彌滿着白玉蘭的芳香。

【彌漫】mímàn 形容煙霧、氣味等充滿空間◇煙霧彌漫｜鮮花香味彌漫山野。

【彌撒】mísa 天主教的一種宗教儀式，用象徵耶穌身體的麪餅和象徵耶穌的血的葡萄酒來祭祀天主。（拉丁 missa）

【彌縫】míféng 彌補縫合。比喻補救缺失◇彌縫感情的裂痕。

【彌天大謊】mítiāndàhuǎng 極大的謊話◇一個彌天大謊，居然騙了這麼多人！反 由衷之言、實事求是、和盤托出。

15 **彍**（𫸩）〔彉〕guō 粵kwok^3 擴 拉開弓弦。

19 **彎**（弯）wān 粵waan^1 灣 ①拉◇彎弓。②曲折；不直◇彎刀｜紅杏把枝頭壓彎了。③使彎曲◇把鐵絲彎成圓形。④彎曲處◇山彎｜急轉彎。⑤量詞。用於月亮◇一彎新月。

【彎曲】wānqū ① 曲折；不直◇彎曲的小路。② 使彎曲◇把鋼筋彎曲成 S 形。

【彎路】wānlù ① 不直的路。② 比喻工作、學習中所遇到的曲折◇記取教訓，可以少走彎路。

彐部

6 **彖** tuàn 粵teon^3 盾^3 論斷，推斷◇彖吉凶。

【彖辭】tuàncí《易經》中説明各卦義的文字。

8 **彗** huì 粵wai^6 惠/seoi^6 睡 掃帚◇彗星｜彗核｜彗尾。

【彗星】huìxīng 繞着太陽運行的一種天體。當接近太陽時，背太陽的一面拖一條掃帚似的長尾巴，俗稱掃帚星。古人認為彗星象徵不吉利。

9 **彘** zhì 粵zi6 自 豬◇彘肩。

10 **彙（汇）** huì 粵wui6 匯 ①聚集；綜合◇彙釋|彙編。②聚集到一起的東西◇字彙|詞彙。

【彙萃】huìcuì 同“薈萃”。聚集◇江浙兩省是文人彙萃的地方。

【彙報】huìbào ① 匯總並綜合有關的情況或材料向上級報告◇彙報工作丨書面彙報丨彙報最新股市行情。② 指彙報的材料◇這是一份工作彙報。

【彙集】huìjí 匯集；聚集◇資料彙集丨人們從大街小巷彙集到廣場上。

【彙編】huìbiān ① 把分散的資料或文章等彙總編輯到一起◇彙編成書丨彙編成冊。② 編輯到一起的資料、文章等◇文件彙編丨參考資料彙編。

15 **彝** yí 粵ji4 而 ①古代用青銅製成的盛酒器具或祭祀的禮器◇鼎彝|彝樽。②中國少數民族之一，分佈在雲南、四川和貴州◇彝族|彝民。

23 **彠（彟）** huò 粵wok6 獲 尺度◇矩彠。

彡部

4 **形** xíng 粵jing4 迎 ①物體，形體◇有形|如影隨形。②形狀；樣子◇圖形|地形|奇形怪狀。③顯現；表露◇喜形於色|形諸筆端。④對比；對照◇相形見絀。

【形式】xíngshì 事物的表面形狀、結構等◇藝術形式丨形式多樣丨形式主義。

【形成】xíngchéng 逐漸變化出某種新事物，或變化成為新的狀態、新的局面◇兩者形成鮮明對比丨地殼變動，形成高山深谷。

【形似】xíngsì 形式上、表面上相像◇畫人物重在神似，不在形似。

【形制】xíngzhì 形狀，款式◇寺內有石塔，形制古樸。

【形狀】xíngzhuàng 事物或圖形的外觀、樣子◇雪花的形狀丨形狀各異。

【形容】xíngróng 描述事物的形象、狀態或性質◇夕陽中的西湖，美得筆墨無法形容。

【形勝】xíngshèng ① 佔據優越的地理位置，地勢險要◇巴蜀進可攻，退可守，乃天下形勝之地。② 山川壯麗，風景優美◇江南形勝。

【形象】xíngxiàng ① 具體事物的形狀、樣子；留在人們心目中的印象◇形象代言人丨樹立良好的形象。② 藝術形象。即作家、藝術家通過藝術概括，創造出來的特定的生活畫面或人物。③ 描繪或表達得具體而生動◇寥寥數筆，把小花貓畫得很形象。

【形勢】xíngshì ① 事物變化發展的狀況◇國際形勢丨經濟形勢。② 地勢；地理狀況◇山川形勢丨形勢險要。

【形跡】xíngjì ① 神色，舉動◇不露形跡丨形跡可疑。② 痕跡◇不留形跡。

【形貌】xíngmào 外形容貌◇形貌醜陋。

【形態】xíngtài ① 事物的形狀和神態◇形態各異丨玉雕的蒼鷹，形態栩栩如生。② 事物在一定條件下的表現形式◇意識形態丨社會經濟形態。

【形骸】xínghái 指人的身體、軀殼◇放浪形骸之外。

【形聲】xíngshēng 六書之一。由“形”旁和“聲”旁合成的造字方法◇形聲字。

【形體】xíngtǐ ① 身體的外形◇形體勻稱丨形體訓練。② 形狀和結構◇漢字的形體變化。

【形容詞】xíngróngcí 表示人或事物的性質或狀態的詞，如長、短、黑、白、冷冰冰、溫暖等。

【形而上學】xíng'érshàngxué ① 同辯證法相對立的世界觀或方法論。通常是用孤立、靜止、片面的觀點看世界。② 透過理性的邏輯推論，研究事物本質和存在的學問。

【形形色色】xíngxíng sèsè 各種各樣◇大街上走着形形色色的人。

【形格勢禁】xínggé shìjìn 格，阻礙。事物發展的進程受形勢的阻礙或限制。

【形單影隻】xíngdān yǐngzhī 形容孤零零◇老來形單影隻，無依無靠。

【形影不離】xíngyǐngbùlí 形容彼此關係非

常密切，難以分開◇兩人形影不離，不是親兄弟，勝似親兄弟。

【形影相弔】xíngyǐngxiāngdiào 弔，撫恤，存問。只有身體和影子互相安慰。形容孤孤單單，沒有依靠。

【形銷骨立】xíngxiāo gǔlì 銷，減少。形容身體極為消瘦◇突然遭此橫禍，茶飯不思，日漸形銷骨立。

4 **彤** tóng 粵tung4 同 紅色◇霎那間彤雲密佈｜小臉蛋兒紅彤彤的。

【彤雲】tóngyún ① 紅色的雲彩◇彤雲朵朵，格外絢麗。② 下雪前的濃密陰雲◇彤雲密佈。

6 **彥** yàn 粵jin6 現 有才德的人◇俊彥｜碩彥｜彥士。

7 **彧** yù 粵juk1 旭【彧彧】yùyù ①形容茂盛的樣子◇黍稷彧彧。②富有文采的樣子◇其光熊熊然，其文彧彧然。

8 **彬** bīn 粵ban1 奔【彬彬】bīnbīn文雅的樣子◇文質彬彬｜彬彬有禮。

【彬彬有禮】bīnbīnyǒulǐ 文雅有禮貌◇為人謙遜，彬彬有禮。

8 **彩** cǎi 粵coi2 採 ①彩色；各種顏色◇彩筆｜五彩繽紛。②歡呼聲，叫好聲◇喝彩｜喝倒彩｜滿堂彩。③獲勝的獎品、獎金◇頭彩｜彩金。④負傷流的血◇掛彩。⑤花樣；式樣◇姿彩｜豐富多彩。

【彩色】cǎisè 多種顏色◇彩色照片｜彩色繽紛。

【彩虹】cǎihóng 日光和水氣相映，呈現在天空的弧形彩色光帶。

【彩排】cǎipái 正式演出或正式表演前的化妝排練。

【彩雲】cǎiyún 彩色的雲霞◇彩雲飛動｜一天明麗的彩雲。

【彩號】cǎihào 作戰負傷的人員◇慰勞彩號。

【彩飾】cǎishì ① 彩色裝飾◇彩飾鮮豔奪目。② 塗上彩色，加以裝飾◇三艘遊船，彩飾一新。

【彩錦】cǎijǐn 彩色的絲織品。

【彩霞】cǎixiá 絢麗的彩雲◇漫天彩霞。

多樣表達：彩霞

雲霞 煙霞 明霞 紅霞 落霞 飛霞 朝霞 早霞 晚霞 霞光

【彩禮】cǎilǐ 訂親時男家送給女家的財物。

【彩繪】cǎihuì 繪在器物、建築物上的彩色圖案或圖畫◇彩繪陶器｜頤和園長廊上的彩繪各有故事。

9 **彭** péng 粵paang4 棚 姓。

11 **彰** zhāng 粵zoeng1 章 ①明顯；顯著◇欲蓋彌彰｜相得益彰。②表揚◇表彰。

【彰明】zhāngmíng 顯豁，明顯◇彰明的史實。

【彰顯】zhāngxiǎn 鮮明地顯示◇英雄們的壯舉，彰顯了人民的崇高品格。

【彰善癉惡】zhāngshàn dàn'è 癉，憎恨。表彰好的，憎惡壞的。

12 **影** yǐng 粵jing2 映 ①人或物體在光線下的陰影◇樹影｜形影相弔。②鏡面、水平面所映照出來的虛影◇倒影｜杯弓蛇影。③照片，圖像◇留影｜攝影。④方言，指拍照◇影相。⑤電影的簡稱◇影視｜影評。⑥描摹；影印◇影宋本。

【影片】yǐngpiàn ① 供放映電影的膠片。② 放映的電影◇藝術影片｜故事影片。③ 以通訊科技或攝影器材所拍攝的動態片段。

【影印】yǐngyìn 用照相的方法製版印刷，多用於翻印珍本書籍。

【影射】yǐngshè 表面上是說此人、此事，實際上是說另一人、另一事◇所寫人物，無不有所影射。

【影集】yǐngjí ① 用來放置照片的本子。② 以單集為播放單位的影片，多指電視劇集。

【影碟】yǐngdié 錄有電影、電視劇的光碟。

【影像】yǐngxiàng 物體通過光學裝置、電子裝置等顯示出來的形象◇影像清晰。

【影樓】yǐnglóu 照相館。

【影寫】yǐngxiě 摹寫，仿照着寫。

【影壇】yǐngtán 電影界◇影壇新秀｜影壇高手。

【影壁】yǐngbì ① 照壁；大門內或屏門內做屏蔽用的牆壁。② 飾以各種圖像的牆壁。

【影響】yǐngxiǎng ① 對人或事物起作用◇吸煙影響健康｜環境影響經濟｜新科技對未來生活模式造成影響。② 對人或事物所起的作用◇她的性格受老師的影響很大。

【影影綽綽】yǐngyǐngchuòchuò 模模糊糊；似隱似現，看不真切◇影影綽綽看到前面有個人影。

彳部

0 **彳** chì 粵cik¹斥【彳亍】chìchù 小步緩行，走一走停一停◇獨自在江邊彳亍。

4 **役** yì 粵jik⁶亦 ①戰事◇淮海戰役。②當兵的義務◇服役｜預備役。③強制性的無償勞動◇勞役｜徭役。④使喚，役使◇奴役。⑤被役使的人◇僕役｜雜役。

【役夫】yìfū 服勞役的人。

【役使】yìshǐ ① 使喚，支配◇聽從役使。② 使用（牲畜）◇有兩匹馬供役使。

【役畜】yìchù 專門用於耕作或運輸的家畜，如牛、馬等。同 力畜。

4 **彷** 〈一〉páng 粵pong⁴旁 同"徬"。見"彷徨"。
〈二〉fǎng 粵fong²訪 見"彷彿"。

【彷彿】fǎngfú ① 相似，相像，差不多◇兩人模樣相彷彿，一時沒認出來。② 似乎；好像◇我彷彿記得有過這件事。

【彷徨】pánghuáng 無所適從，不知如何是好◇生性懦弱，一遇事就彷徨猶豫，拿不出主意來。同 躊躇、遲疑 反 果斷。

5 **征** zhēng 粵zing¹精 ①遠行，走遠路◇長征｜征帆。②出兵到遠處討伐◇東征西討｜中國的緬甸遠征軍給日寇以沉重打擊。

【征夫】zhēngfū 古時指出征的士兵◇將軍白髮征夫淚。

【征伐】zhēngfá 出兵到遠處討伐。

【征服】zhēngfú ① 用武力壓服對方。② 用某方面的優勢、成就、魅力、手段等折服他人◇她清甜的歌喉征服了聽眾。

【征討】zhēngtǎo 征伐。

【征途】zhēngtú ① 出征作戰所走的路途◇告別家鄉，踏上抗日的征途。② 遠行的路途，行程◇萬里征途。

【征程】zhēngchéng 征途；長途行程◇踏上萬里征程。

【征戰】zhēngzhàn 開赴遠方打仗。

5 **徂** cú 粵cou⁴曹 ①往；去◇自西徂東。②死亡◇徂亡｜徂謝。

5 **往** wǎng 粵wong⁵王⁵ ①去；到◇飛往上海｜人來人往。②朝；向◇往前走｜勁往一處使。③從前；過去◇往年｜繼往開來。④以後◇自今以往。

【往日】wǎngrì 從前，過去◇往日的溫情時常勾起我對她的美好回憶。同 往昔、過去 反 今後、此後。

【往昔】wǎngxī 從前；往日◇回憶往昔，叫人遺憾的事太多了。同 往日。

【往事】wǎngshì 從前的，過去的事情◇往事歷歷在目。

【往來】wǎnglái ① 來來去去◇遊人往來不絕｜車船往來頻繁。② 交往，交際◇老死不相往來。

【往往】wǎngwǎng 常常，時常◇憑想像辦事，往往會出差錯。

【往返】wǎngfǎn 來回，來來去去◇徒勞往返｜往返於京滬之間。

【往後】wǎnghòu ① 向後面◇往後挪兩步。② 從今以後◇往後不再做傻事了。

【往常】wǎngcháng 過去的；平時的日子◇如今不比往常，工作要忙多了。

【往復】wǎngfù ① 來往；往返◇書信往復。② 重複多次◇循環往復｜往復看了好幾遍。

【往還】wǎnghuán ① 前去和回來◇從家裏到學校，往還一次要一小時。② 往來，交往◇經常有書信往還。

5 **彿** fú 粵fat¹忽 見"彷彿"。

5 **彼** bǐ 粵bei²比 ①那，那個；那裏◇彼時｜由此至彼｜此起彼伏。②對方；他方◇彼竭我盈｜知己知彼。

【彼此】bǐcǐ ① 對方和己方；你和我；雙方◇不分彼此｜彼此相見｜彼此還不熟悉。② 客套話。表示大家一樣◇彼此彼此。

【彼岸】bǐ'àn ① 江、河、湖、海的對岸◇大洋彼岸。② 佛家把有生有死的境界比做此岸，把超脫生死的境界比做彼岸。③ 比喻所嚮往的美好境界◇幸福的彼岸。

6 **待** ㈠dài 粵doi6 代 ①等候；等待◇待業｜守株待兔。②招待；對待◇款待｜以禮相待。③需要◇自不待言。④打算；想要◇待理不理｜待做不做。

㈡dāi 粵doi6 代 呆，逗留，停留◇待一天再去｜在英國待了一個月。

【待字】dàizì 指女子成年尚未定親、出嫁◇待字閨中。

【待命】dàimìng 等待命令；聽候指示。

【待業】dàiyè 等待着就業。

【待遇】dàiyù ①對待；接待◇受到非人待遇。②指所享有的地位、權利、榮譽等◇給予元首級的待遇。③指工資、福利等物質報酬◇大公司收入待遇不菲。

【待理不理】dàilǐbùlǐ 好像理睬而又不似理睬的樣子。形容對人態度冷淡或故意給人臉色看。㊀反 滿腔熱忱。

【待價而沽】dàijià'érgū 等待好價錢出售。比喻懷才的人等待被賞識重用之日才肯出來做事。

6 **徊** huái 粵wui4 回 見"徘徊"。

6 **徇〔狥〕** xùn 粵seon6 順/seon1 詢 ①維護；依從◇徇情｜徇私。②同"殉"。

【徇私】xùnsī 為了私利（而做不合理、不合法的事）◇徇私舞弊。

【徇情】xùnqíng 為維護一己私情（而做不合理、不合法的事）◇徇情枉法。

6 **徉** yáng 粵joeng4 羊 見"徜徉"。

6 **律** lǜ 粵leot6 栗 ①規定；準則◇法律｜紀律。②約束◇嚴於律己，寬以待人。③中國古代把樂音分為六律和六呂，合稱十二律◇律呂。④古詩的一種體裁◇五律｜七律｜排律。

【律呂】lǜlǚ 古代定音的器具，用以確定基準音。用竹管或金屬管製成。從低音算起，奇數的六個管叫"律"，偶數的六個管叫"呂"，合稱"律呂"。後泛指樂律或音律。◇閏余成歲，律呂調陽。

【律師】lǜshī 受案件當事人委託或由法院指定，代表當事人進行訴訟及處理案件相關法律事務的專業人員◇大律師｜律師事務所。

【律詩】lǜshī 中國古詩的體裁之一。起源於南北朝，成熟於初唐，有嚴格的格律要求。每首八句，二、四、六、八句押韻，三四句、五六句對偶，各字平仄聲有定規。五字一句的稱五律，七字一句的稱七律。五律和七律各八句，八句以上多句的叫排律。

6 **很** hěn 粵han2 狠 非常，表示已達到相當高的程度◇很美｜很深｜很熱｜很認真｜厲害得很。

6 **後（后）** hòu 粵hau6 后 ①時間晚的，延遲一段時間的◇後期｜雨後｜後發制人。②後面，從"前"面退過來的空間位置◇後院｜後襟｜房前屋後。③次序在末尾的◇後記｜後排。④後嗣；子孫◇絕後｜無後。

【後人】hòurén ①子孫◇炎黃後人。②後代的人◇前人種樹，後人納涼。③落在別人的後面◇一向爭強好勝，不願後人。

【後天】hòutiān ①明天的再下一天◇旅行團後天出發。②人或動物誕生之後的生活時期◇習慣是後天養成的。㊀反 先天。

【後方】hòufāng ①後邊，在後面的位置◇跟在她的後方。②敵我雙方所控制的遠離戰線的地區◇留守後方｜到敵人後方去。

【後世】hòushì 今後的時代◇揚名後世。

【後生】hòushēng ①青年男子◇英俊的後生。②後輩◇後生可畏。③形容年輕◇她看上去很後生。

【後代】hòudài ①子孫◇造福後代｜兒孫後代。②今後的歷史時代。

【後台】hòutái ①舞台後面，供演員化裝和做演出準備的地方。②比喻背後操縱、支持的人或集團◇後台老闆｜人家沒有後台一樣成功。

【後事】hòushì ①此後的事◇後事如何，下回接着説。②人死後的喪事◇料理後事。

【後來】hòulái ①某一時間點之後的時間◇後來改變主意了。②後到的；此後出現的◇後來人｜以待後來。

【後果】hòuguǒ 由某種原因所造成的最終局面。多用於貶義◇輕率離婚，後果可能很糟｜錯誤做決定，後果可以很嚴重。

【後門】hòumén ①房屋或院子後面的門◇後

門外有條小河。②比喻辦事走不合法、不合規定、不合制度的途徑◇找關係，走後門。

【後盾】hòudùn 比喻支持或援助己方的力量◇隊友是最強後盾。

【後記】hòujì 一種文體，也稱“跋”“書後”。由作者或他人撰寫，放在書或文章後面，說明寫作目的、經過或補充正文、做簡要評論的短文。

【後悔】hòuhuǐ 事後懊悔◇後悔莫及。

【後院】hòuyuàn ①正廳後面的院子。一般是內眷居住的地方。②比喻後方或內部◇沒想到公司後院起火，核心員工接連跳槽。

【後患】hòuhuàn 日後的禍害◇後患無窮｜根除後患。

【後援】hòuyuán ①可以支援第一線的後備軍隊。②泛指支援自己的力量◇等待後援。

【後備】hòubèi 為補充需要而準備或儲備的（軍隊、裝備、物資、錢財、人才等）。

【後進】hòujìn ①學識較少或資歷較淺的人◇獎掖後進。②進步比較慢的人或集體◇後進要趕上先進。

【後勤】hòuqín ①供應軍隊給養、裝備及各種生活、作戰物資的工作。②泛指機關、學校、企業、團體等內部的物資和必需品供給工作。

【後嗣】hòusì 子孫。

【後裔】hòuyì 後代子孫。同 苗裔 反 祖先、祖宗。

【後福】hòufú 未來的或晚年的幸福◇大難不死，必有後福。

【後塵】hòuchén 車、馬、人前行時在其後揚起的塵土。比喻跟在別人後邊（照人家的一套做）◇步人後塵。

【後輩】hòubèi ①晚輩；後代子孫◇後輩人才輩出｜保護環境，造福後輩。②同行中年輕或資歷淺的人。

【後學】hòuxué ①後起的晚輩學人◇指點後學｜先生對後學愛護有加。②謙辭。在師長或學識高的人前稱自己。

【後衛】hòuwèi ①軍隊行進時，在後方擔任掩護或警戒的部隊。②在籃球或足球等球類運動中擔任防禦的隊員。

【後遺症】hòuyízhèng ①疾病痊癒後留下、持續存在的某些症狀◇新冠感染者可能受到中長期“新冠後遺症”困擾。②事情處理不當所留下的消極後果◇現在的困局正是草率決策的後遺症。

【後生可畏】hòushēngkěwèi 年輕人超過老年人，後一代超越前一代，令人敬畏。出自《論語・子罕》：“後生可畏，焉知來者之不如今也。”

【後台老闆】hòutáilǎobǎn 原指戲班子的班主，後代指在幕後操縱、支持的人或集團。

【後來居上】hòuláijūshàng 後起的事物超過先前的；後輩勝過前輩。出自《史記・汲鄭列傳》：“陛下用羣臣如積薪耳，後來者居上。”

【後起之秀】hòuqǐzhīxiù 新湧現出來的優秀人物。

【後發制人】hòufāzhìrén 避開對方鋒芒，待其弱點暴露之後，伺機反擊，戰勝對方。反 先發制人。

【後顧之憂】hòugùzhīyōu 需要回頭照顧的憂患，指對問題或不利的後果存在的憂患。

7 **徒** tú 粵tou⁴ 途 ①靠雙腳走路◇徒步旅行。②空的，不憑藉別的東西◇徒手。③徒然，白白地◇少壯不努力，老大徒傷悲。④只，僅僅◇家徒四壁｜徒有虛名。⑤徒弟；學生◇師徒｜高徒。⑥信奉宗教的人◇信徒｜佛教徒。⑦某一類人。含貶義◇匪徒｜囚徒｜不法之徒。⑧徒刑。

【徒手】túshǒu 空着手，不拿東西◇徒手攀援。

【徒刑】túxíng 剝奪人身自由的刑罰，分有期徒刑和無期徒刑兩種。

【徒步】túbù 不憑藉交通工具行走；步行◇徒步前進。

【徒弟】túdì 隨師學藝的人◇調教徒弟。

【徒兒】túér 跟隨師父學習的徒弟。

【徒然】túrán ①沒有效果地◇徒然耗費精力，於事無補。②只不過是；僅，只◇說來說去，徒然幾句空話而已。

【徒勞】túláo 白費力氣，勞而無功◇徒勞往返。

【徒屬】túshǔ 門徒；部屬。

【徒有虛名】túyǒuxūmíng 空有名聲，有名無實。(同) 名不副實 (反) 名副其實。

【徒託空言】tútuōkōngyán 講講而已，並不實行。(同) 坐而論道。

7 徑(径)〔逕〕jìng 粵ging3 敬 ①狹窄的道路；小路◇千山鳥飛絕，萬徑人蹤滅。②比喻達到目的的方法或門路◇捷徑|門徑。③直徑◇半徑|口徑。④直接◇徑向對方聯繫就行了。

【徑自】jìngzì 只是按自己的想法做，不考慮相關的情況◇沒到下班時間，他徑自走了。

【徑直】jìngzhí 表示直接做某件事或到某處，不繞道、無周折或不停頓◇徑直寫下去|徑直向山頂走去。

【徑庭】jìngtíng 差別很大；差得很遠◇大相徑庭。

【徑道】jìngdào 小道；小路。

7 徐 xú 粵ceoi4 除 ①緩慢◇徐行|徐緩|清風徐來。②姓。

【徐徐】xúxú 慢慢地，緩緩地◇旭日徐徐升起|煙霧徐徐飄散。

【徐圖】xútú 一步步籌劃；一步步設法達到目的◇徐圖良策|徐圖發展。

【徐娘半老】xúniángbànlǎo《南史・梁元帝徐妃傳》："徐娘雖老，猶尚多情。"後指婦女到中年還存有風韻。

8 徛 jì 粵kei5 企 站立。

8 徠(徕) (一) lái 粵loi4 來 招引人來◇招徠顧客|廣徠觀眾。
(二) lài 粵loi6 萊 慰問，慰勞◇勞徠|親往徠軍。

8 徙 xǐ 粵saai2 璽 搬遷◇遷徙|徙居。

【徙倚】xǐyǐ 留戀徘徊，不願離開的樣子◇往復徙倚|徙倚彷徨。

8 徜 cháng 粵soeng4 常【徜徉】chángyáng 倘佯。安閒自得地來回走動◇徜徉湖畔|徜徉於山林的綠海中。

8 得 (一) dé 粵dak1 德 ①獲得；得到◇得獎|得益。②適合；適宜◇得宜|各得其所。③滿意，得意◇揚揚自得。④許可；容許◇不得入內|不得有誤。⑤表示演算的結果◇一一得一|二乘二得四。⑥可以；算了◇得！就這樣吧|得！別説了。

要點注意

"得"前後加"不"，表示客觀情況迫使這樣做，後面必帶動詞短語或"這樣、如此"一類的詞◇買不到飛機票，我們不得不改乘火車。

(二) de 粵dak1 德 ①用在動詞後面，表示可以◇他做得，我也做得|她這個人説不得。②用在動詞和補語之間，表示能夠◇辦得到|走得動|看得見。③用在動詞或形容詞後，連接表示結果或程度的補語◇冷得很|寫得端正|看得清清楚楚。

要點注意

在動結式和動趨式複合動詞的中間插入"得"或"不"，表示可能或不可能，如"看得清楚|看不清楚；睡得着|睡不着"。這一類有的已經凝固為熟語，沒有相應的不帶"得、不"的格式；或者有，意思卻不同，如"對得起|對不起；來得及|來不及"。

(三) děi 粵dak1 德 ①需要◇買一台電腦得多少錢？②必須；應該◇想學問好，就得多看書。③將；將要◇看這天色，得下雨了。

【得力】délì ① 能幹◇得力的幫手。② 有力◇措施得力。③ 獲得幫助◇作文成績如此好，得力於平時博覽羣書。④ 有效◇效益好，全靠得力的管理。

【得中】(一) dézhōng 適中；適宜。
(二) dézhòng ①科舉考試被錄取◇得中狀元。②(各種)彩券中獎◇得中頭獎。

【得手】déshǒu 如願以償；達到目的◇買賣得手|屢屢得手。

【得以】déyǐ 可以；能夠◇理想得以實現|得以充分發表意見。

【得失】déshī ① 得到的和失去的◇不要斤斤計較一時一事的得失。② 成功和失敗◇熟讀歷史，可知前代的得失。③ 利弊◇權衡利弊得失。

【得主】dézhǔ 榮譽、獎勵等的獲得者◇奧斯卡金像獎得主。

【得志】dézhì 實現了自己的願望。多指名利慾望得到滿足◇少年得志|小人得志。

【得便】débiàn 遇到適宜的機會◇得便來玩。

【得計】déjì 計謀得以實現。多含貶義◇自以為得計，殊不知為以後種下了禍根。

【得逞】déchěng 達到目的，實現了原定的目標。含貶義。

【得當】dédàng 恰當；正合適◇安排得當｜措詞得當。

【得罪】dézuì 冒犯；惹人生氣或讓人不愉快◇哪知一句話就得罪了她。

【得意】déyì ①稱心如意，非常滿意◇得意之作｜得意之筆。②因成功或獲某種滿足感而顯露出來的滿意情態◇一聽讚美的話，就得意揚揚起來。

【得寵】déchǒng ①被君主寵幸。②受到別人寵愛。

【得體】détǐ ①儀容、服飾、舉止與身份相稱。②言行得當，恰如其分◇話説得很得體。

【得寸進尺】décùn jìnchǐ 得到了一寸，又想得到一尺。比喻貪得無厭。㊀同 得隴望蜀。

【得天獨厚】détiāndúhòu ①獨具優越的自然條件◇大灣區協同創新優勢得天獨厚。②所處的環境特別優越。

【得不償失】débùchángshī 得到的不足以補償失去的。形容不合算，划不來。

【得心應手】déxīn yìngshǒu 依照自己的想法，運用自如。多形容技術純熟或做事順手。反 事與願違。

【得魚忘筌】déyúwàngquán 筌，捕魚用的竹器。得到了魚，就忘掉了捕魚用的筌。比喻一旦達到目的，就忘了所依靠的東西或幫助自己的人。出自《莊子·外物》："筌者所以在魚，得魚而忘筌。"

【得勝回朝】déshènghuícháo 打了勝仗後返回朝廷向皇帝報功。後泛指勝利歸來。

【得過且過】déguòqiěguò ①安於現狀，馬馬虎虎過日子◇理想渺茫，得過且過。②做事不認真，敷衍塞責◇得過且過，做一天和尚撞一天鐘。

【得隴望蜀】délǒngwàngshǔ《後漢書·岑彭傳》："人苦不知足，既平隴，復望蜀。"後比喻貪心不足。同 得寸進尺。

8 **徘** pái 粵pui⁴ 陪 【徘徊】páihuái ①在某一地方踱來踱去或轉來轉去◇在河邊徘徊良久｜孔雀東南飛，五里一徘徊。②比喻猶豫不決◇左右徘徊，拿不定主意。③在某個界限內上下波動◇恒生指數在低位徘徊。

8 **從（从）**〈一〉cóng 粵cung⁴ 蟲 ①由；自◇從小到大｜從上海到北京｜泉水從洞裏流出。②跟，跟隨◇跟從｜隨從。也指隨從的人◇侍從｜僕從。③聽從，順從◇言聽計從｜力不從心。④從屬的；次要的◇主從｜從犯。⑤參加；參與◇從業｜從政。⑥採取某種方式或辦法◇從簡｜從新辦理。⑦堂房親屬◇從叔｜從兄。⑧一向；從來。多用在否定詞前◇從沒聽説過。

〈二〉cóng 粵sung¹ 嵩 見"從容"。

【從子】cóngzǐ 姪子。

【從戎】cóngróng 投身軍隊，參軍◇投筆從戎。

【從而】cóng'ér 因此就…，表示上文是原因，下文是結果◇平日廣結善緣，從而能在關鍵時刻獲得多數票支持。

【從此】cóngcǐ 自某一時刻起；自某一事算起◇從此杳無音訊｜從此就事事順利。

【從事】cóngshì ①處置；處理◇以軍法從事。②做某種事情或職業◇從事農耕｜從事英文教學。

【從來】cónglái ①來自哪裏；出發地點◇問所從來。②從過去到現在◇從來沒聽説過｜從來都講究禮貌待人。

【從命】cóngmìng 遵命；聽從吩咐◇恭敬不如從命。

【從政】cóngzhèng 參與政事；做官◇棄商從政。

【從缺】cóngquē 使其空缺或缺額◇本次比賽的作品水平一般，因此決定第一名從缺。

【從師】cóngshī 跟着老師學習知識或技藝。

【從容】cóngróng ①不慌不忙；鎮靜自若◇從容不迫｜從容對答。②（時間和經濟）寬裕◇不急，時間從容｜家境還算從容吧。

【從速】cóngsù 盡快；趕緊◇從速辦理。

【從略】cónglüè 省略◇因篇幅所限，以下從略。

【從眾】cóngzhòng 依照多數人的意見或做法行事。

【從優】cóngyōu 給予某種優惠待遇。

【從長計議】cóngchángjìyì 考慮成熟或條件

成熟再商議，不急於做出決定。

【從善如流】cóngshànrúliú 像河川的流水一樣自然順暢，誠心誠意地接受別人的好意見、好做法。出自《左傳・成公八年》："君子曰：從善如流，宜哉！"㊐ 虛懷若谷、從諫如流 ㊊ 一意孤行、諱疾忌醫。

8 御 yù ㊥jyu[6]遇 ①控制拉車的馬，驅車前行◇御車｜駕御｜御者。②與皇帝有關的◇御用｜御筆｜御墨｜御制詩。

【御世】yùshì 統治國家；治理天下。

【御史】yùshǐ 官名。秦以前為史官。漢以後歷朝都設置，隨事立名，職掌與名稱各異，如漢有符璽御史、治書御史，唐有殿中侍御史、監察御史，明清有監察御史、巡按御史等。

【御用】yùyòng ① 皇帝所用的。② 受統治者驅使或利用的◇御用文人｜御用工具。

9 復(复) 〈一〉fù ㊥fuk[6]服 ①返回◇循環往復。②還原；恢復◇復刊｜復位｜收復。③報仇◇報復。④再，又◇死灰復燃｜舊病復發。

〈二〉fù ㊥fuk[1]福 回答◇回復｜復信｜答復。

【復工】fùgōng 停工或罷工後恢復工作。

【復古】fùgǔ 恢復古代的某種制度、文化、風尚等◇尊重傳統不是復古。

【復返】fùfǎn 再重新回來◇一去不復返。

【復述】fùshù ① 把已經說過的話再說一遍◇請注意聽，我再復述一遍。② 語文學習方法之一。學生用自己的話把學習內容說出來。

【復活】fùhuó ① 從死亡中活過來◇人死不能復活，請你節哀。② 已毀棄或消失的事物恢復了原有的能力◇廢水井復活了。③ 把已毀棄或消失的事物再恢復到原樣◇青春的魅力復活在她的臉上。

【復核】fùhé 再次審查核對或核定◇復核賬目。

【復原】fùyuán ① 病後或傷後恢復健康。② 把變化後的事物恢復成變化前的樣子◇猿人頭蓋骨復原模型。

【復習】fùxí 溫習、鞏固學過的東西◇在圖書館復習英文。

【復辟】fùbì ① 失位的君主復位。② 比喻被推翻的舊勢力重新上台或恢復舊制度。

【復興】fùxīng ① 衰落後再興盛起來◇文藝復興。② 衰落後使之再興盛起來◇復興經濟｜復興中華文化。

【復舊】fùjiù 把已消失的制度、觀念、習俗、狀態等重新恢復過來。

【復職】fùzhí 停職或離職後又恢復原職。

【復蘇】fùsū 蘇醒過來；恢復生機◇冬去春來，萬物復蘇｜經濟復蘇。

【復議】fùyì 對已經決定的事再做討論、商議；再議◇要求復議。

9 徨 huáng ㊥wong[4]王 見"彷徨"。

9 循 xún ㊥ceon[4]巡 ①沿着，順着◇循着小河一路進入密林深處。②遵守；沿襲◇遵循｜有前例可循。

【循吏】xúnlì 奉公守法、依照規矩辦事的官員。

【循例】xúnlì 按照常例；依照慣例或舊例。

【循環】xúnhuán 事物周而復始地運動或變化◇血液循環｜循環往復。

【循名責實】xúnmíngzéshí 依其名求其實，要求名稱或名義與其實際符合。

【循序漸進】xúnxùjiànjìn 學習或做事按一定規程、條理一步步朝前進展◇實現共同富裕要循序漸進。㊐ 按部就班 ㊊ 操之過急。

【循規蹈矩】xúnguī dǎojǔ 言行舉止、做事都合乎規矩、規則，不出格。

【循循善誘】xúnxúnshànyòu 善於一步步啟發、引導別人學習或做事，形容教育或指導有方。

10 微 wēi ㊥mei[4]眉 ①隱蔽，不顯露◇微行｜微服私訪。②精深；奧妙◇微旨｜精微。③衰落◇衰微｜式微。④地位低下◇卑微｜人微言輕。⑤細小；輕微◇微量｜微風。⑥稍稍，少少的◇略微｜微感不適。

【微小】wēixiǎo 形容細小或很少◇微小的進步。

【微末】wēimò 細小，微不足道◇區區微末之力，不足掛齒。

【微行】wēixíng 帝王或高官隱匿身份改裝出行◇微行察訪。

【微妙】wēimiào ① 深奧玄妙。② 形容內有隱情，局外人不可捉摸◇兩人的關係微妙得很。

【微服】wēifú 帝王或高官為隱藏真實身份、避人眼目，改穿平民服裝◇微服私訪。

【微波】wēibō ① 小波浪◇湖面上微波蕩漾。② 波長在 1 米到 1 毫米之間，頻率為 300MHz 到 300GHz 的電磁波◇微波爐。

【微型】wēixíng 體積或規模小的◇微型小說｜微型計算器。

【微茫】wēimáng 不清晰，不透明，像薄霧罩住似的◇月色微茫｜遠處一排微茫的燈光。

【微弱】wēiruò ① 細弱◇呼吸微弱。② 少，弱小，沒有優勢◇法案以微弱多數通過。

【微細】wēixì 非常小◇微細血管。

【微創】wēichuàng 手術形式的一種。主要透過內窺鏡及顯像技術，讓外科醫生在毋需對患者造成巨大傷口的情況下進行手術。

【微詞】wēicí 隱晦或私下的批評◇語含微詞｜員工對新規定多有微詞。

【微渺】wēimiǎo ① 細小；低微◇微渺之身。② 精微深奧◇察於微渺。

【微微】wēiwēi 稍微；略微◇微微一笑｜微微動了動身子。

【微漠】wēimò 依稀，淡漠◇微漠的悲哀。

【微賤】wēijiàn 社會地位低下卑賤。

【微薄】wēibó 小而輕；少量◇貢獻微薄｜願效微薄之力。

【微觀】wēiguān ① 物質的分子、原子、電子等結構領域◇微觀世界。② 具體方面的，局部的◇微觀經濟。㊜ 宏觀。

【微生物】wēishēngwù 生物大類之一，形體微小，構造簡單，繁殖迅速，廣泛分佈在自然界中，如細菌、病毒、真菌等。

【微不足道】wēibùzúdào 價值小得不值一談◇一件微不足道的小事，竟鬧得這麼大！

【微乎其微】wēihūqíwēi 小之又小，形容非常小或非常少◇發生這種事的機會微乎其微。

【微言大義】wēiyándàyì 精微的言辭中包含深刻的道理◇春秋筆法，微言大義。

10 **徯** xī 粵hai⁴ 奚 ①等待。②同"蹊"。小路◇徯徑。

10 **徭**〔傜〕yáo 粵jiu⁴ 搖 勞役◇徭役。

12 **德**〔悳〕dé 粵dak¹ 得 ①道德；品德。②意志；心意◇同心同德｜離心離德。③恩惠，給別人好處◇以德報怨。④德國的簡稱◇德語。

【德行】(一)déxíng 道德品行◇德行足以為後人的楷模。

(二)déxing 譏諷用語。低俗的儀態、言行、舉止、作風◇瞧你那份兒德行！

【德育】déyù 道德品質方面的教育◇德育、體育、智育。

【德政】dézhèng 有益於人民的施政措施。

【德澤】dézé 恩惠，恩德，恩澤◇廣佈德澤，惠及百姓。

【德高望重】dégāo wàngzhòng 道德高尚，名望很大。

12 **徵**〔(一)征〕(一)zhēng 粵zing¹ 精 ①徵召，由國家召集合資格者為某項事務服務◇應徵｜徵兵。②徵收；徵用◇徵稅｜橫徵暴斂。③尋求；徵求◇徵稿｜徵婚。④預兆；跡象◇象徵｜特徵。⑤證驗；證明◇旁徵博引。

(二)zhǐ 粵zi² 只 古代五音(宮、商、角、徵、羽)之一。相當於簡譜的"5"。

【徵文】zhēngwén 公開向社會徵求詩文稿件◇徵文啟事。

【徵引】zhēngyǐn 引用；引證◇徵引史料。

【徵用】zhēngyòng 國家依法徵調使用產權所有者的動產或不動產◇徵用土地｜徵用民用船舶。

【徵召】zhēngzhào 由國家召集合資格者為國家事務服務◇徵召入伍。

【徵兆】zhēngzhào 預兆，事前表露出的跡象◇地震的徵兆。

【徵收】zhēngshōu 政府依法向公民、企業等收取稅款或物資◇徵收營業稅｜徵收個人所得稅。

【徵求】zhēngqiú 公開尋求◇就修建郵輪碼頭的方案徵求市民意見。

【徵候】zhēnghòu 發生某種情況的先兆、跡象◇事發前半點徵候也沒有。

【徵象】zhēngxiàng 徵候；跡象。

【徵募】zhēngmù 招募人員或物品◇徵募兵士｜徵募救災物資。

【徵聘】zhēngpìn 公開招聘◇徵聘高級技術人員。

【徵詢】zhēngxún 徵求詢問◇徵詢意見和建議。

【徵調】zhēngdiào 政府徵集和調用人員、物資◇徵調軍隊。

【徵購】zhēnggòu 國家依法向生產者或所有者購買（土地、農產品和其他物資）。

12 徹（彻）chè 粵cit³ 設 通透；穿透◇響徹夜空｜徹夜忙碌｜理解透徹。

【徹夜】chèyè 整夜；通宵◇徹夜不眠。

【徹底】chèdǐ 一直到底；非常深透◇徹底查清這件事的來龍去脈。

【徹骨】chègǔ 透骨，入骨。形容程度極深◇徹骨的寒冷｜不經一番寒徹骨，哪得梅花撲鼻香。

【徹頭徹尾】chètóu chèwěi 自始至終，完完全全。多用於貶義。

13 徼 jiào 粵giu³ 叫 ①巡邏；巡視◇徼巡。②邊界◇邊徼。

14 徽 huī 粵fai¹ 揮 ①標誌；符號◇國徽｜校徽。②用於地名◇徽州｜安徽。

【徽記】huījì 標誌，符號◇機身塗有航空公司的徽記。

【徽章】huīzhāng 佩戴在胸前，用來表示身份或職業的標誌。

【徽號】huīhào 美好的稱號◇"詩人"是朋友送給他的徽號。

心部

0 心 xīn 粵sam¹ 深 ①心臟◇心跳。②指人的思想感情◇自尊心｜心甘情願。③指大腦。古人認為心是思維的器官，故稱◇用心｜心口如一。④思慮；謀劃◇處心積慮。⑤心地◇發善心｜好心有好報。⑥中心；事物的中央部分◇湖心｜核心｜手心。⑦星宿名。二十八宿之一。

【心力】xīnlì ①精神和體力◇心力交瘁｜費盡心力。②心臟收縮舒張的力量◇心力衰竭。

【心切】xīnqiè 心情迫切◇思鄉心切｜求學心切｜愛子心切。

【心目】xīnmù ①指內心和視覺方面的感受◇娛樂心目。②指對人和事物的了解和認識◇在她的心目中，他就是英雄。

【心田】xīntián 內心◇滋潤他幼小的心田。

【心地】xīndì ①人的內心、思想、意念等◇心地單純。②本性◇心地善良。③氣量◇心地狹窄。④心境，心情◇心地愉快。

【心曲】xīnqū ①內心深處◇亂人心曲。②衷情，內心的情意◇盡情傾訴心曲。

【心血】xīnxuè 指心思、精力◇耗盡心血｜畢生心血，付諸東流。

【心折】xīnzhé ①形容傷心到極點◇心折骨驚。②從內心佩服◇他的演講，令人心折。

【心坎】xīnkǎn ①心口◇心坎有點不舒服。②內心深處◇一句話正説到他心坎上。

【心志】xīnzhì ①意志◇心志堅定。②抱負；志向◇心志遠大。③心意◇父母看出他的心志不在成家，也就只好隨他去了。

【心肝】xīngān ①良心；正義感◇賣國求榮，毫無心肝。②對最親熱最疼愛的人的昵稱◇心肝寶貝。

【心事】xīnshì 腦子裏時常想着的事（多指感到為難的）◇心事重重。

【心底】xīndǐ 內心深處◇從心底裏佩服。

【心性】xīnxìng 性情；性格◇心性孤傲，不合羣。

【心房】xīnfáng ①心臟內部的兩個空腔，在左邊的叫左心房，在右邊的叫右心房。②內心，心裏◇幸福的感覺充滿他的心房。

【心弦】xīnxián 指受感動而引起興奮、共鳴的內心◇扣人心弦｜動人心弦。

【心思】xīnsi ①念頭；想法◇猜不透她的心思。②心事◇心思重重。③心神；腦力◇費盡心思。④心情，情緒◇沒心思讀書。

【心神】xīnshén ①心思；精神◇空耗心神｜這事頗費心神。②心情；精神狀態◇心神不定｜心神恍惚。

【心氣】xīnqì ①志氣；志向◇心氣一向很高。

② 心思◇他的心氣全集中在讀書上。③ 心情◇通達事理，心氣平和。

【心胸】xīnxiōng ① 胸懷；氣量◇心胸寬廣｜心胸狹窄。② 志向；抱負◇心胸遠大。

【心病】xīnbìng ① 憂愁煩悶的心情◇心病還需心藥治。② 隱藏在內心不便説的心事或傷痛◇欠款沒還清成了他一大心病。

【心疼】xīnténg ① 疼愛◇媽媽最心疼小兒子。② 捨不得；異常惋惜◇你這樣花錢，我感到心疼。

【心理】xīnlǐ ① 人的頭腦反映現實的過程，具體表現為感覺、知覺、記憶、思維、情緒等。② 泛指人的內心活動◇心理活動｜心理諮詢。

【心眼】xīnyǎn ① 內心◇打心眼裏感到高興。② 心地◇心眼好，為人厚道。③ 心計◇有心眼，會辦事。④ 氣量◇心眼窄，愛生氣。⑤ 防人之心◇遇事要留個心眼。

【心術】xīnshù ① 居心；用意（多指壞的）◇心術不正。② 心計；計謀◇耍弄心術。

【心得】xīndé 在工作和學習中體驗、領會到的東西◇讀書心得｜傳授心得。

【心情】xīnqíng 感情的狀態◇心情舒暢｜沒心情參加聚會。

【心悸】xīnjì ① 心臟跳動加速、加強，心臟感到不舒服的一種病症◇她有心臟病，時常感到心悸。② 心裏感到害怕◇驚險場面令人心悸。

【心裁】xīncái 心中的構思或設計（多指詩文、繪畫、建築、雕塑等方面）◇別出心裁｜心裁獨運。

【心虛】xīnxū ① 因做錯了事而心裏害怕被發現◇做賊心虛。② 缺乏信心，心中不踏實◇我從沒做過這行，有點心虛。

【心智】xīnzhì ① 心理；神志◇心智健全。② 才智；智慧◇心智過人。

【心焦】xīnjiāo 心裏煩躁着急◇等人等得心焦。

【心脾】xīnpí 心臟和脾臟。多指內心◇沁人心脾。

【心寒】xīnhán ① 害怕◇膽戰心寒。② 因失望而內心絕望痛苦◇這些絕情的話真令人心寒。

【心扉】xīnfēi 思想感情的門戶，指內心◇敞開心扉｜動人心扉。

【心結】xīnjié 積結在心裏的憂抑情緒◇心結難消。

【心跡】xīnjì 內心活動的真實情況◇表明心跡｜心跡袒露。

【心愛】xīn'ài 衷心喜愛◇心愛的玩具。

【心腸】xīncháng ① 待人的心意；情感◇好心腸｜鐵石心腸。② 心情；心緒◇身無分文，哪有心腸去上網？③ 心事◇兩人互相傾吐心腸。

【心腹】xīnfù ① 心和肚。比喻要害部位◇心腹之患。② 藏在內心的◇心腹之語。③ 親信的人◇老闆的心腹。

【心意】xīnyì ① 想法；意圖◇他理解我的心意。② 情意◇心意我領了，但禮物不能收。

【心慌】xīnhuāng ① 心裏驚慌◇一時有些心慌。㊀ 沉着。② 指心動過速的症狀◇心慌氣短，呼吸困難。

【心境】xīnjìng 心情；情緒◇心境欠佳｜心境平和。

【心酸】xīnsuān 心裏悲痛難受，傷心◇心酸落淚｜不堪回首的心酸往事。

【心算】xīnsuàn 只用腦子而不用其他工具進行運算◇他心算了一下，很快報了一個數。

【心魄】xīnpò 心靈、魂魄，內心深處的感觸◇動人心魄。

【心態】xīntài 心理狀態◇心態平衡｜調整心態。

【心緒】xīnxù 心情；情緒◇心緒不寧｜心緒煩亂。

【心醉】xīnzuì 因極度喜愛而陶醉◇優美的旋律令人心醉。

【心數】xīnshù 心計◇心數奇巧｜這人心數多，不可不防。

【心儀】xīnyí 儀，傾向。指心中嚮往、仰慕◇她對他心儀已久，但羞於開口。

【心潮】xīncháo 潮，潮水。比喻激動起伏的心情或思緒◇心潮澎湃，百感交集。

【心聲】xīnshēng 心中的聲音；出自內心的話◇言為心聲｜傾聽民眾的心聲。

【心顏】xīnyán 心情和面色◇安能摧眉折腰事

權貴，使我不得開心顏。

【心竅】xīnqiào 心中的孔穴。古人以為心有竅才能思維，故也指認識和思維的能力◇鬼迷心竅｜用啟發式開啟學生的心竅。

【心願】xīnyuàn 願望，心裏想做的事◇實現長久以來的心願。

【心懷】xīnhuái ① 心中存有（念頭）◇心懷不軌｜心懷叵測。② 胸懷◇心懷坦白。③ 心意◇大稱心懷，兩人樂得眉開眼笑。

【心臟】xīnzàng ① 人和高等動物身體內推動血液循環的器官。② 比喻中心或要害部門◇核反應堆是核潛艇的心臟。

【心靈】xīnlíng ① 內心世界◇心靈深處｜純潔的心靈。② 頭腦靈敏◇心靈手巧。

【心不在焉】xīnbúzàiyān 在焉，在這裏。思想不集中。《禮記・大學》："心不在焉，視而不見，聽而不聞，食而不知其味。" ㊀ 專心致志。

【心心相印】xīnxīnxiāngyìn 唐代裴休《唐故圭峯定慧禪師傳法碑並序》："但心心相印，印印相契，使自證知光明受用而已。" 心，思想感情；印，合。形容情趣相合，心意一致。㊀ 格格不入。

【心甘情願】xīngān qíngyuàn 完全出於自願，一點也不勉強。㊀ 迫不得已。

【心平氣和】xīnpíng qìhé 心情平和，不急躁，不生氣。㊀ 暴跳如雷。

【心有餘悸】xīnyǒuyújì 悸，因害怕而心跳加速。指危險雖已過去，心裏依然感到害怕。

【心灰意懶】xīnhuī yìlǎn 灰，失望；懶，懶怠，消沉。情緒低落，意志消沉。㊁ 心灰意冷。

【心血來潮】xīnxuèláicháo 形容一時衝動而突然產生某種念頭。㊀ 深思熟慮。

【心安理得】xīn'ān lǐdé 自信事情做得合情合理，心裏很坦然。㊀ 忐忑不安。

【心花怒放】xīnhuānùfàng 怒放，盛開。心裏樂開了花，高興極了。

【心直口快】xīnzhí kǒukuài 性情直爽，有話直説。㊁ 快人快語。

【心明眼亮】xīnmíng yǎnliàng 心裏明白，眼睛雪亮。形容能洞察事理，明辨是非。㊀ 懵懵懂懂。

【心思縝密】xīnsīzhěnmì 考慮事情很周到，不容易出差錯。

【心急火燎】xīnjíhuǒliǎo 心裏急得像火燒似的。形容十分焦急。

【心悦誠服】xīnyuèchéngfú《孟子・公孫丑上》："以力服人者，非心服也，力不贍也；以德服人者，中心悦而誠服也。" 真心誠意地服從或佩服。㊀ 心猶未甘。

【心勞日拙】xīnláorìzhuō《尚書・周官》："作德，心逸日休；作偽，心勞日拙。" 勞，勞累；拙，困窘。費盡心力，反而越弄越糟。多用於貶義。

【心馳神往】xīnchí shénwǎng 心神飛向所嚮往的地方。形容思慕之情不能自已。

【心照不宣】xīnzhàobùxuān 照，明白、知道；宣，公開説出。彼此心裏明白，不用説出來。

【心腹之患】xīnfùzhīhuàn 體內要害部位的疾病。比喻嚴重的隱患或隱藏在內部要害部門的禍患◇土地沙漠化，是生態安全的心腹之患。

【心猿意馬】xīnyuán yìmǎ 佛教語。用猿騰馬奔比喻凡心無常、無定而又多變。後多形容思想情緒變化不定、控制不住。㊀ 氣定神閒。

【心慌意亂】xīnhuāng yìluàn 心裏驚慌煩亂，不知如何是好。㊁ 六神無主。

【心領神會】xīnlǐng shénhuì 不須明言而心裏已經領悟◇稍一點撥，便心領神會。

【心滿意足】xīnmǎn yìzú 心裏感到非常滿意◇我的寫作能力有他一半好，我就心滿意足了。㊁ 如願以償、稱心如意 ㊀ 大失所望。

【心餘力絀】xīnyú lìchù 絀，不足。心裏很想去做，但力量不夠。

【心廣體胖】xīnguǎng tǐpán ① 心胸寬廣，身體安舒。《禮記・大學》："富潤屋，德潤身，心廣體胖，故君子必誠其意。" 廣，開闊；胖，舒泰。② 因內心安樂、無所牽掛而身體壯實。㊀ 心力交瘁。

【心曠神怡】xīnkuàng shényí 曠，開闊、開朗。心境開朗，精神愉快。

【心懷叵測】xīnhuáipǒcè 叵，不可。居心險惡，難以測度。反 光明正大。

【心驚肉跳】xīnjīng ròutiào 形容因擔心禍患臨頭而驚恐不安。反 處之泰然。

【心驚膽戰】xīnjīng dǎnzhàn 戰，發抖。形容極度驚恐。

【心靈雞湯】xīnlíngjītāng 比喻在精神方面提供教益和撫慰作用的話語或讀物◇這本書裏大部分都是心靈雞湯類的小故事。

【心有靈犀一點通】xīnyǒulíngxīyìdiǎntōng 靈犀，傳說犀牛是種靈獸，觸角有白紋如線，貫通兩端，感覺靈敏，故稱。唐代李商隱《無題》："身無彩鳳雙飛翼，心有靈犀一點通。"比喻彼此的心意相通。

1 **必** bì 粵bit1 別1 ①必定；必然◇必敗無疑|勇者必勝。②必須，一定要◇言必有據|有法必依，違法必究。

【必定】bìdìng ① 表示確定的判斷或推論◇真正的學者必定是珍惜時間的人。② 表示意志堅定◇已經承諾的事，必定要認真做好。

【必要】bìyào ① 不可缺少的◇建立必要的制度。② 非這樣不行◇有必要再開一次會議。

【必須】bìxū ① 一定要。表示事理和情理上的必要◇必須遵守法律。② 加強命令語氣◇明天你必須來。

【必然】bìrán ① 一定◇成功必然屬於不畏艱辛的探索者。② 必定如此的◇必然趨勢。③ 哲學上指不以人意志為轉移的客觀規律◇從必然王國到自由王國 | 世界存在必然的定律。

【必需】bìxū 一定要有的，不可缺少的◇水是生命所必需的。反 多餘。

【必恭必敬】bìgōng bìjìng 同"畢恭畢敬"。形容非常恭敬。

2 **忉** dāo 粵dou1 刀【忉心】dāoxīn憂心。【忉忉】dāodāo 憂愁的樣子◇無思遠人，勞心忉忉。

3 **志** zhì 粵zi3 至 ①志向；意志◇凌雲壯志|有志者事竟成。②同"誌"。

【志士】zhìshì 志向崇高、節操堅定的人◇志士仁人 | 愛國志士。

【志向】zhìxiàng 一個人決心達到的理想目標◇她的志向就是要做個舞蹈家。

【志氣】zhìqì 力求有所作為的決心、勇氣或氣概◇從小就有志氣。

【志趣】zhìqù 志向和興趣◇志趣相投。

【志願】zhìyuàn ① 志向和意願◇填報志願。② 自願◇志願獻血。

【志大才疏】zhìdà cáishū 疏，粗疏、淺薄。志向大而才能小。

【志同道合】zhìtóng dàohé 道，信仰。志向相同，信仰一致。

3 **忑** tè 粵tik1 惕 見"忐忑"。

3 **忒** 〈一〉tè 粵tik1 惕 ①變更◇法度不忒。②差錯◇差忒。

〈二〉tuī 粵tik1 惕 太；過於◇忒過分了|雨忒大了。

3 **忐** tǎn 粵taan2 毯【忐忑】tǎntè 心神不定；膽怯◇忐忑不安|第一次出錯，心裏有點忐忑。

3 **忘** wàng 粵mong4 忙 不記得，沒記住◇終身難忘|別忘了帶鑰匙。

【忘本】wàngběn 忘掉了過去窮困或不利境遇得以好轉的根源，或自己原來的情況◇要記住幫助過自己的人，不能忘本。

【忘形】wàngxíng 因為得意或高興而失去常態◇得意忘形。

【忘我】wàngwǒ 忘掉或不顧及自己。多形容公而忘私◇忘我地工作。

【忘卻】wàngquè 忘掉◇忘卻了所有的煩惱。

【忘記】wàngjì ① 經歷過的事情不記得了。② 應該做的事因疏忽而沒有做◇忘記關門了。

【忘情】wàngqíng ① 對喜怒哀樂等情感放得下◇忘情於江湖 | 未能忘情的初戀。② 不能控制感情◇球迷們忘情地助威吶喊。

【忘懷】wànghuái 忘記，不記在心上◇難以忘懷。

【忘年交】wàngniánjiāo 不拘年齡、輩分的懸殊而結成的知心朋友◇老師成了我的忘年交。

【忘乎所以】wànghūsuǒyǐ 所以，適宜的言行舉止。由於激動或得意而忘了保持應有的風度或行為的分寸。同 得意忘形。

【忘恩負義】wàng'ēn fùyì 忘記別人對自己的恩惠，辜負別人對自己的情義。反 感恩戴德。

3 **忖** cǔn 粵cyun2 喘 仔細考慮；推測◇自忖|暗忖|忖量。

【忖度】cǔnduó 估量；推測◇她忖度了半天，才決心見他。

【忖量】cǔnliàng ① 猜測；估量◇我忖量這是他的主意。② 思量；考慮◇項目的可行性還須仔細忖量。

3 **忙** máng 粵mong4 忘 ①事情多，沒有空閒◇繁忙|忙裏偷閒。②急促；急迫◇匆忙|不慌不忙。

【忙月】mángyuè 農事繁忙的一段時間（立夏後一百二十天內）◇恰逢忙月，出不來。

【忙碌】mánglù ① 繁忙，沒有空閒◇這一陣非常忙碌，等有空了我去找你。反 清閒。② 忙着做事；急迫不停地做事◇一整天都忙碌着。

【忙亂】mángluàn 忙碌而沒有條理◇做事沒計劃就會忙亂。

3 **忌** jì 粵gei6 技 ①怨恨；嫉妒◇猜忌|妒忌。②害怕；有顧慮◇諱疾忌醫|橫行無忌。③認為不適宜而避免◇犯忌|禁忌。④戒除◇忌煙|忌酒|忌惡習。

【忌口】jìkǒu 因有病或其它原因，不能吃不相宜的食品。

【忌辰】jìchén 先輩去世的日子。民俗，這一天不舉行宴會和娛樂活動。同 忌日 反 生辰。

【忌妒】jìdu 對比自己優越的人心懷怨恨◇忌妒別人的才能，正好說明自己無能。

【忌刻】jìkè 心胸狹窄，待人刻薄◇心存忌刻，不能容人。

【忌恨】jìhèn 因為忌妒而憎恨◇這事過去多年了，她還忌恨在心。

【忌憚】jìdàn 顧忌和懼怕◇肆無忌憚 | 諸葛亮對司馬懿還是有些忌憚。

【忌諱】jìhuì ① 因風俗習慣或個人原因，以某些不吉利的話和事為禁忌◇他晚上睡覺忌諱腳南頭北。② 力求避免◇做事忌諱半途而廢。

3 **忍** rěn 粵jan2 隱 ①控制住感覺、情緒；勉力承受◇忍痛|忍無可忍。②狠心◇人皆有不忍人之心。

【忍心】rěnxīn 硬着心腸◇不忍心丟下孩子不管。

【忍受】rěnshòu 勉強承受（痛苦、困難、不幸遭遇等）◇忍受蚊蟲叮咬 | 難以忍受噪音干擾。

【忍垢】rěngòu 忍受着恥辱◇忍垢蒙恥。

【忍耐】rěnnài 抑制煩惱、痛苦、憤怒等情緒，不讓顯露出來◇為了顧全大局，只得忍耐。

【忍痛】rěntòng 抑制內心的痛苦◇忍痛割愛 | 忍痛放棄留學的機會。

【忍俊不禁】rěnjùnbùjīn ① 唐代崔致遠《答徐州時溥書》："足下去年，忍俊不禁，求榮頗切。" 忍俊，克制自己不外露；不禁，禁不住。指熱衷於某事而不能克制自己。② 忍不住笑出來◇說着說着，忽然忍俊不禁，自己先笑起來。

【忍辱負重】rěnrǔ fùzhòng 忍受一時的屈辱，承擔起重任。《三國志・陸遜傳》："國家所以屈諸君使相承望者，以僕有尺寸可稱，能忍辱負重故也。"

【忍氣吞聲】rěnqì tūnshēng 把委屈和怨氣強壓在心中，有話不敢或不願說出來。同 逆來順受。

【忍無可忍】rěnwúkěrěn 再也無法忍受。表示忍受已到極點。反 忍氣吞聲。

【忍痛割愛】rěntòng gē'ài 忍受住內心的痛苦，放棄自己所深愛的人或東西。

4 **忝** tiǎn 粵tim2 舔 辱沒；有愧於。常用作謙辭◇忝為人師|忝附同名。

4 **忠** zhōng 粵zung1 終 赤誠；盡心竭力◇盡忠|赤膽忠心。

【忠告】zhōnggào ①真誠地勸告◇老師忠告她不要過早談戀愛。反 唆使。②誠懇勸告的話◇朋友的忠告他聽不進去。

【忠忱】zhōngchén 忠誠◇一片忠忱。

【忠良】zhōngliáng ① 忠誠善良◇忠良之士。② 忠誠善良的人◇殘害忠良 | 貌似忠良。

【忠於】zhōngyú 以忠誠態度對待◇忠於職守。

【忠貞】zhōngzhēn 忠誠堅貞◇忠貞不渝 | 忠貞不屈。

【忠勇】zhōngyǒng 忠誠勇敢◇忠勇的戰士。

【忠烈】zhōngliè ① 忠義壯烈，為國捐軀◇忠烈之人。② 為國家壯烈犧牲的人◇緬懷忠烈。

【忠誠】zhōngchéng 真誠；盡心盡力◇忠誠可靠。

【忠義】zhōngyì ① 忠貞正義◇忠義美名天下傳。② 忠貞正義的人◇滿門忠義。

【忠實】zhōngshí ① 忠誠可靠◇忠實的朋友。② 真實◇忠實記錄｜忠實地反映情況。

【忠心耿耿】zhōngxīngěnggěng 形容忠誠不二，對人、做事一片赤膽忠心。

【忠言逆耳】zhōngyánnì'ěr 誠懇勸告的話，常使人聽起來不順耳◇忠言逆耳利於行，良藥苦口利於病。

4 **念** niàn 粵nim6 黏6 ①想念，牽掛◇思念｜掛念。②想法◇雜念｜一念之差。③同"唸"。

【念叨】niàndao ① 因惦念而經常談起◇母親總是念叨在國外的女兒。② 談，說◇反復念叨這件事，聽的人都煩了。

【念頭】niàntou 心中的想法或打算◇打消念頭。

【念舊】niànjiù ① 不忘往日的朋友、情誼◇人老了，難免有些念舊。② 懷念故舊◇他很念舊，東西都不捨得扔。反 絕情。

4 **忿** fèn 粵fan5 奮 憤怒；憤恨◇忿怒｜忿恨。

【忿忿】fènfèn 氣憤的樣子◇他忿忿地坐在一邊，不說話。同 憤憤。

【忿恚】fènhuì 惱怒；怨恨◇忿恚而死。

【忿然】fènrán 憤怒的樣子。同 憤然。

4 **忽** hū 粵fat1 拂 ①不注意，不重視◇疏忽｜玩忽職守。②忽而，一會兒◇忽冷忽熱｜忽明忽暗。③忽然◇忽發奇想。④古代極小的長度和重量單位。10忽等於1絲，10絲等於1毫。⑤表示某些計量單位的十萬分之一◇忽米。

【忽地】hūdì 忽然，突然◇燈忽地滅了。

【忽而】hū'ér ① 忽然◇見到了她，我忽而記起兒時的一件趣事。② 一會兒◇琴聲忽而高忽而低。

【忽如】hūrú 突然◇忽如一夜春風來，千樹萬樹梨花開。

【忽忽】hūhū ① 形容時間過得很快◇十年歲月，忽忽而過。② 形容失意的樣子◇忽忽不樂｜忽忽不得志。

【忽閃】〈一〉hūshan 形容閃動的樣子◇一雙大眼睛忽閃忽閃的，真可愛。

〈二〉hūshǎn 形容光閃耀的樣子◇閃光燈忽閃不定。

【忽略】hūlüè ① 疏忽；不注意◇只顧拼命賺錢，忽略了身體健康。② 認為不重要而有意省去或不予考慮◇忽略不計。

【忽視】hūshì 疏忽；不重視◇忽視保護環境，必然會受到懲罰。

【忽然】hūrán 突然，表示情況來得很快而又出乎意料◇剛才天氣還很好，忽然下雨了。

【忽微】hūwēi 形容極其細微◇禍患常積於忽微。

4 **忮** zhì 粵zi3 至 嫉妒；忌恨◇不忮不求。

4 **忡** chōng 粵cung1 充 形容憂愁不安◇忡悵｜忡怛。

【忡忡】chōngchōng 形容憂愁不安的樣子◇憂心忡忡。

4 **忤** wǔ 粵ng5 午 違逆；觸犯◇忤犯權貴｜不以為忤。

【忤逆】wǔnì ① 違反；冒犯◇不敢忤逆父親的意思，決定報考醫科。② 對長輩不孝順◇忤逆不孝。

4 **忻** xīn 粵jan1 因 ①同"欣"。快樂；喜悅◇忻然｜忻喜。②用於地名，如忻州市（在山西）。③姓。

4 **忪** 〈一〉zhōng 粵zung1 忠 心悸；驚恐◇頭眩心忪。

〈二〉sōng 粵sung1 鬆 見"惺忪"。

4 **忺** xiān 粵him1 謙 適意；高興◇今日遇君忺。

4 **忭** biàn 粵bin6 便 喜樂◇歡忭｜歡呼忭舞。

4 **忱** chén 粵sam4 岑 心意；情意◇熱忱｜赤忱。

4 **快** kuài 粵faai3 塊 ①速度高◇快車｜快艇｜跑得快。②高興；喜悅；舒服◇愉快｜親者痛，仇者快。③鋒利◇把刀磨快。④迅速；靈敏◇快馬加鞭｜眼明手快。⑤爽直；爽快◇快人快

語|心直口快。⑥趕快，趕緊◇儘快回覆。⑦就要，將要◇天快黑了|快要畢業了。⑧古代衙門的緝捕差役◇捕快。

【快手】kuàishǒu ① 古時衙門裏專管捕捉盜賊的差役。② 指動作敏捷、做事效率高的人◇論起裁剪衣服，她可是個快手。

【快活】kuàihuo 快樂，開心◇日子過得十分快活。

【快捷】kuàijié 迅速便利◇搭地鐵快捷方便。

【快速】kuàisù 速度快；迅速◇汽車快速向前駛去。

【快婿】kuàixù 稱心滿意的女婿◇乘龍快婿。

【快感】kuàigǎn 暢快舒適的感覺◇運動的快感。

【快意】kuàiyì 心情舒暢愉快◇快意人生|快意旅行。

【快樂】kuàilè 情緒很好，感到幸福或滿意◇新年快樂|快樂的節日。㊊ 悲哀、憂愁、煩惱。

【快慰】kuàiwèi 心情愉快而安慰◇在異鄉收到你的信深感快慰。

【快餐】kuàicān 預先做好、能迅速銷售給顧客食用的方便飯食。

【快嘴】kuàizuǐ ① 形容有話藏不住，隨時會說出來◇都怪你快嘴，走露了消息。② 說話速度快，伶牙俐齒◇快嘴快舌|相聲演員練就一套快嘴功夫。

【快馬加鞭】kuàimǎjiābiān 比喻快上加快，加速前進。

【快刀斬亂麻】kuàidāozhǎnluànmá 比喻果斷迅捷地解決紛繁糾葛的問題。

4 **忸** niǔ 粵nau^{2}扭【忸怩】niǔní害羞或不大方的樣子◇忸怩作態。

5 **思** sī 粵si^{1}私 ①考慮；想◇思索|三思而後行。②想念；懷念◇思念|睹物思人。③情緒◇愁思。④思路；想法◇文思|構思|才思敏捷。

【思凡】sīfán 神仙想到人間來生活；僧尼、道士想過世俗生活◇仙女思凡。

【思考】sīkǎo 深入地思索考慮◇獨立思考。

【思忖】sīcǔn 考慮；揣度◇思忖再三|暗自思忖。

【思念】sīniàn 想念；懷念◇思念親人。

【思索】sīsuǒ 思考探索◇思索救國之道。

【思量】sīliang ① 考慮；盤算◇思量了半天，還是下不了決心。② 想念◇不思量，自難忘。

【思想】sīxiǎng ① 念頭；想法◇他早有探險的思想。② 考慮◇思想起來，覺得有些不妥。③ 客觀存在反映在人的意識中經過思維活動而產生的結果，屬於理性認識◇思想體系|思想境界。

【思路】sīlù 思考的方向或線索◇打斷思路|思路清晰。

【思緒】sīxù ① 思路，思考的頭緒◇思緒萬千。② 心情；情緒◇思緒不寧，徹夜難眠。

【思維】sīwéi ① 思考；思量◇經過再三思維，決定來試一試。② 人認識客觀事物的精神活動過程，通常是在表象、概念的基礎上運用分析、綜合、判斷、推理等方式有序地進行。思維藉助語言進行，是人類特有的一種精神活動。

【思慕】sīmù ① 仰慕◇思慕恩師。② 思念◇日夜思慕。

【思慮】sīlù 思索考慮◇思慮周密。

【思潮】sīcháo ① 在某一時期流行較廣、影響較大的思想傾向◇文藝思潮|時代思潮。② 比喻像潮水一樣起伏的思想活動◇思潮澎湃。

【思謀】sīmóu 考慮，想主意◇這事已思謀很久了。

【思辨】sībiàn 哲學上指運用邏輯推理進行思考和理論推導。泛指思考分析◇思辨清晰|思辨能力強。

【思戀】sīliàn 懷戀，思念◇思戀愛人|思戀故鄉。

5 **怎** zěn 粵zam^{2}枕 怎麼。表示疑問◇怎樣|怎能如此不講理？

【怎生】zěnshēng 怎樣，如何◇如此天塹，怎生飛渡？

【怎奈】zěnnài 無奈。表示無法做到、無法實現◇怎奈年紀大了，力不從心。

【怎麼】zěnme ① 詢問性質、狀況、原因等◇這是怎麼一回事？② 表示任指◇你想怎麼辦就怎麼辦。③ 表示虛指◇他怎麼來的，我不清楚。④ 表示有一定程度。用於否定式◇這人我不怎麼熟悉。⑤ 表示反問◇強人所難，這怎麼行呢？

【怎樣】zěnyàng ① 詢問性質、狀態、方式等◇怎樣才能學好數學？② 表示任指◇這個企業過去怎樣，現在又怎樣，你應該了解一下。③ 表示虛指◇我不知他是怎樣對你說的。

【怎麼樣】zěnmeyàng ① 用於詢問性質、狀況、方式等◇後天的天氣怎麼樣？② 代替不直接說出來的情況。只用於否定式◇這部電影拍得不怎麼樣。

5 **怹** tān 粵taa1 他 方言。"他" 的敬稱。

5 **怨** yuàn 粵jyun3 丸3 ①怨恨；仇恨◇天怒人怨。②責怪◇埋怨|事到如今，怨誰也沒用！

【怨尤】yuànyóu 埋怨或責怪◇對此我們不能有任何怨尤。

【怨艾】yuànyì 怨恨；悔恨◇心有怨艾|深自怨艾。

【怨言】yuànyán 抱怨的話◇連日加班，他毫無怨言。

【怨毒】yuàndú 怨恨；仇恨◇怨毒的眼神。

【怨苦】yuànkǔ 怨恨痛苦◇戰亂頻仍，百姓怨苦。

【怨恨】yuànhèn ① 強烈不滿或仇恨◇怨恨自己甚麼事都做不好。② 憤怨或仇恨的情緒◇心懷怨恨。

【怨望】yuànwàng 心懷不滿；怨恨◇心存怨望。

【怨悵】yuànchàng 埋怨◇怨悵的話語不絕於耳。

【怨憤】yuànfèn 怨恨憤怒◇發泄怨憤。

【怨謗】yuànbàng 怨恨非議◇心生怨謗。

【怨懟】yuànduì 怨恨；不滿◇充滿怨懟。

【怨天尤人】yuàntiān yóurén《論語·憲問》："不怨天，不尤人，下學而上達。"天，指命運；尤，責怪。抱怨命運，責怪別人。形容對不如意的事情一味歸咎於別人，不從自己找原因。㊎ 自怨自艾。

【怨聲載道】yuànshēngzàidào《後漢書·李固傳》："天下紛然，怨聲滿道。"載，充滿。怨恨的聲音充滿道路。形容民眾普遍有強烈的不滿情緒。㊎ 交口稱譽。

5 **急** jí 粵gap1 ①急躁◇他性急地拆開了所有的禮物。②着急◇急得不知如何是好。③使着急◇還沒有消息，真急人。④迅速而猛烈◇急流|急風暴雨。⑤迫切；緊急◇急需物品。⑥急迫而要緊的事◇救急|當務之急。⑦惱怒◇還沒說幾句，她就急了。⑧把別人的事當作急事趕快去做◇急人之難（熱心幫人擺脫困難）。

【急切】jíqiè ① 迫切◇她急切希望得到這份工作。② 倉促◇急切間忘了鎖門。

【急件】jíjiàn 必須很快處理或傳遞的緊急文件、信件以及物品◇批閱急件|快遞急件。

【急忙】jímáng 心裏着急而行動加快◇急忙把他送去醫院。㊎ 從容。

【急促】jícù ① 快而短促◇急促的敲門聲。② 短；倉促◇時間急促，請大家抓緊時間。

【急迫】jípò ① 緊急迫切，不容延緩◇任務急迫，必須限時完成。② 急促，匆促◇時間急迫，來不及仔細考慮。

【急流】jíliú 流得快而猛的水流◇急流險灘。

【急救】jíjiù 緊急救治◇急救車|急救處理。

【急速】jísù 快速◇跑車急速而去。

【急眼】jíyǎn ① 着急；焦急◇半年多找不到工作，他可真急眼了。② 生氣；發火◇不要動不動就急眼。

【急湍】jítuān 急流◇急湍漂流，驚心動魄。

【急需】jíxū 迫切需要◇災區急需帳篷|出遠門要多帶些錢，以備急需。

【急劇】jíjù 快速而轉變大◇氣溫急劇下降。

【急遽】jíjù 急速◇城市面貌急遽變化。

【急難】jínàn ① 熱心幫助擺脫危難◇扶危急難。② 危難的事◇如有急難，找警方救助。

【急躁】jízào ① 不冷靜；焦躁不安◇因為比分落後，球員表現得很急躁。② 因急於達到目的而不慎重行事◇學習要循序漸進，不能急躁。

【急變】jíbiàn 緊急的變故◇局勢可能急變，要有心理準備。

【急驟】jízhòu 急速猛然◇氣溫急驟下降。

【急先鋒】jíxiānfēng 衝鋒在前的人。比喻積極帶頭的人。

【急性子】jíxìngzi ①性情急躁◇急性子脾氣。②急性子的人◇姐姐是個急性子，恨不得馬上就有結果出來。(反) 慢性子。

【急就章】jíjiùzhāng 原名《急就篇》，漢代史游著的識字課本。後借指匆促完成的文章或工作。

【急中生智】jízhōngshēngzhì 遇到緊急情況時突然想出應付的好辦法。(反) 束手無策。

【急公好義】jígōng hàoyì 熱心公益事務，樂於助人。(反) 自私自利。

【急功近利】jígōng jìnlì 功，功效、成績；近，眼前的。急於獲得眼前的成效或利益。

【急於事功】jíyúshìgōng 想很快取得成功。(同) 急於求成。

【急風暴雨】jífēng bàoyǔ 急劇而猛烈的風雨。形容聲勢浩大，來勢兇猛◇抗議運動有如急風暴雨，席捲各地。(反) 和風細雨。

【急起直追】jíqǐzhízhuī 立即行動，努力追趕上去◇球隊在落後的情況下急起直追，最終反敗為勝。(反) 安於現狀。

【急流勇退】jíliúyǒngtuì 船在急流中順水行進時果斷地退出。宋代蘇軾《贈善相程傑》："火色上騰雖有數，急流勇退豈無人。" 原比喻官場得意時及時引退，避禍保身；今多比喻不留戀眼前的名利而抽身退出。(反) 急流勇進。

【急轉直下】jízhuǎnzhíxià 突然轉變，並且很快地順勢發展下去，多指往不利的方向發展◇股票指數急轉直下，一路下跌。

5 **怔** (一)zhēng (粵)zing1 精 見"怔忪""怔營"。(二)zhèng (粵)zing1 精 因吃驚而愣住◇見了她，大家一怔。

【怔忡】zhēngchōng ①中醫指心悸。②形容惶恐不安◇心裏怔忡着。

【怔忪】zhēngzhōng 驚恐的樣子◇怔忪不安。

【怔營】zhēngyíng 驚恐不安的樣子◇他怔營惝怖，不知如何才好。

5 **怯** qiè (粵)hip3 脅 ①膽小；害怕◇膽怯｜怯陣。②虛弱◇身小力怯。③土氣，不時髦◇這款式有點怯。④見識不廣◇露怯。

【怯怯】qièqiè ①膽怯不敢向前的樣子◇孩子怯怯地站在門外。②嬌羞的樣子◇羞怯怯。

【怯弱】qièruò 膽小軟弱◇個性怯弱｜怯弱的小女孩兒。

【怯陣】qièzhèn ①臨陣膽怯。②臨場感到緊張害怕◇她有表演天賦，上場從不怯陣。

【怯場】qièchǎng 臨場因心情緊張而態度、言行不自然◇第一次上台演講，免不了有些怯場。

【怯懦】qiènuò 膽小◇性格怯懦。

【怯生生】qièshēngshēng 因膽小而畏縮不前的樣子◇這孩子見了人總是怯生生的。

5 **怙** hù (粵)wu6 互 ①依靠，倚仗◇怙勢作威。②指父親◇失怙｜怙恃(父母)。

【怙惡不悛】hù'èbùquān 作惡到底，不肯改悔。

5 **怵** chù (粵)zeot1 卒 ①害怕，恐懼◇發怵。②警惕◇怵惕｜怵然為戒。

【怵惕】chùtì 恐懼警惕◇日夜怵惕，修身正行。

【怵目驚心】chùmùjīngxīn 一看到，就不禁令人非常震驚。指情況已經到了罕有的嚴重程度◇大海嘯過後的慘狀，令人怵目驚心。

5 **怖** bù (粵)bou3 布 恐懼，害怕◇可怖｜恐怖。

5 **怦** pēng (粵)paang1 烹 形容心跳的聲音。

【怦然】pēngrán 形容心跳的樣子◇怦然心動。

5 **怗** tiē (粵)tip3 貼 ①平定；平息◇怗息。②安寧◇安怗。

5 **怛** dá (粵)daat3 笪 ①痛苦；憂傷◇慘怛。②驚恐；畏懼◇怛怖。

5 **怏** yàng (粵)joeng3 央3/joeng2 央2 不滿意；不高興◇怏怏不樂。

【怏然】yàngrán 不滿意或不高興的樣子◇怏然不悦。

5 **性** xìng (粵)sing3 聖 ①人的本性◇人性｜性善。②性情；脾氣◇性子｜任性。③事物所固有的性質、性能、特點◇彈性｜慣性｜共性。④性別◇女性｜雄性｜異性。⑤有關生物的生殖或性慾的◇性愛｜性成熟。⑥用作詞的後綴。表示事物在某方面所表現的程度◇先天性｜流行性｜藝術性。

【性別】xìngbié 男、女或雌、雄兩性的區別◇性別歧視。

【性命】xìngmìng 人和動物的生命◇保全性命|機關算盡太聰明，反誤了卿卿性命。

【性急】xìngjí 脾氣急躁，沒有耐心◇你別性急，讓我從頭說起。

【性格】xìnggé 人在態度和行為方面所表現出的心理特徵◇性格溫和。

【性能】xìngnéng 器材、機械等所具有的性質和功能◇性能齊全。

【性情】xìngqíng 人的氣質或性格◇陶冶性情。

【性質】xìngzhì 事物的特性和本質。

【性靈】xìnglíng ① 人的心理、性情、情感等◇陶冶性靈。② 智慧；聰明◇性靈超凡。

【性命交關】xìngmìngjiāoguān 關係生死存亡。形容事情重大◇這可是性命交關的事，來不得半點馬虎。同 性命攸關。

5 **怍** zuò 粵zok6 鑿 ①慚愧◇愧怍|不怍於人。②改變臉色◇怍然變色。

5 **怕** pà 粵paa3 爬3 ①害怕◇貪生怕死|不怕失敗。②表示疑慮或擔心◇怕是出事了|我們有足夠的汽油，不怕開不到營地。③表示估計◇這個箱子怕有一百斤了。

【怕人】pàrén ① 見了人就害怕◇廣場上的鴿子不怕人。② 使人害怕◇山洞裏陰森森的，有些怕人。

【怕生】pàshēng 怕見陌生人◇這孩子怕生。

【怕事】pàshì 怕招惹是非，怕捲入糾紛◇膽小怕事。

5 **怩** ní 粵nei4 尼 見“忸怩”。

5 **怫** 〈一〉fú 粵fat6 佛 憂鬱，心情不舒暢◇怫鬱。
〈二〉fèi 粵fat6 佛 憤怒◇怫然而去。

【怫鬱】fúyù 憂鬱，心情暢快◇內心怫鬱。

5 **怊** chāo 粵ciu1 超 ①惆悵；失意。②悲傷。

【怊悵】chāochàng 惆悵，失意◇怊悵失望。

5 **怪** guài 粵gwaai3 乖3 ①奇異的；罕見的◇怪事|古怪。②奇異的人或物◇揚州八怪|妖魔鬼怪。③覺得驚奇◇大驚小怪|少見多怪。④責備；埋怨◇她有點怪你多嘴|考不好只能怪自己。⑤很，非常◇怪有趣的|怪難為情的。

【怪物】guàiwu ① 指妖魔或形狀奇怪的東西◇傳說尼斯湖裏有怪物。② 指性情古怪的人◇天才往往被人看成怪物。

【怪胎】guàitāi ① 形狀異常的胎兒◇近親繁殖易生怪胎。② 比喻人為製造出的怪異醜惡現象◇畸形制度產生畸形怪胎。③ 比喻一個人的舉止、言語怪異。

【怪異】guàiyì ① 奇怪異常◇舉止怪異。② 奇特異常的現象◇地震之前，頗多怪異。

【怪圈】guàiquān 比喻難以擺脱的某種惡性循環◇走出“污染—治理—再污染”怪圈。

【怪罪】guàizuì 責怪；責備◇怪罪他多嘴多舌。

【怪僻】guàipì 性情古怪，不合羣◇性格怪僻，不好接近。

【怪誕】guàidàn 離奇荒誕◇怪誕不經|怪誕的傳聞。

【怪癖】guàipǐ 古怪的嗜好。

【怪不得】guàibude ① 不能責怪◇這事怪不得她。② 表示明白了原因，就不再覺得奇怪◇原來有好處，怪不得她這麼積極。

5 **怡** yí 粵ji4 兒 和悅；快樂◇心曠神怡。

【怡怡】yíyí 喜悦；愉快◇怡怡自喜。

【怡然】yírán 愉悦的樣子◇怡然自樂。

【怡顏】yíyán 和悦的臉色◇怡顏悦色。

【怡然自得】yíránzìdé 愉悦而滿足的神態。

5 **怒** nù 粵nou6 腦6 ①生氣；發火◇勃然大怒|惱羞成怒。②盛大；旺盛◇怒潮|鮮花怒放。

【怒火】nùhuǒ 比喻強烈的憤怒◇怒火中燒|滿腔怒火。

【怒色】nùsè 發怒的臉色◇一臉怒色。

【怒吼】nùhǒu 本指人或猛獸因發怒或發威而大聲吼叫。現也常用以形容大風、急流等發出巨大的聲響◇狂風怒吼。

【怒放】nùfàng 盛開◇心花怒放。

【怒氣】nùqì 憤怒的情緒◇怒氣沖天。

【怒發】nùfā 勃發◇野心怒發。

【怒號】nùháo ① 大聲呼喊。② 形容大風、急流發出巨大的聲音◇狂風怒號|大海怒號，

掀起滔天巨浪。(同) 怒吼。

【怒潮】nùcháo ① 洶湧澎湃的浪潮。② 比喻聲勢浩大的反抗運動◇反奴役的怒潮此起彼伏。

【怒沖沖】nùchōngchōng 形容非常憤怒的樣子。

【怒不可遏】nùbùkě'è 遏，阻止。憤怒得難以抑制自己的感情。(反) 平心靜氣。

【怒目而視】nùmù'érshì 圓睜兩眼，憤怒地看着對方。(反) 相視而笑。

【怒形於色】nùxíngyúsè 形，顯露；色，臉色。內心的憤怒在臉上表露出來。

【怒髮衝冠】nùfàchōngguān《史記・廉頗藺相如列傳》:“相如因持璧卻立，倚柱，怒髮上衝冠。”憤怒得頭髮直豎，把帽子都頂起來了。形容憤怒到極點◇怒髮衝冠，憑欄處，瀟瀟雨歇。

5 **怠** dài (粵)toi5 殆 ①懶惰；鬆懈◇怠工|懈怠。②(待人)冷淡，不恭敬◇怠慢。

【怠工】dàigōng 故意不積極工作◇消極怠工。

【怠惰】dàiduò 懶惰；鬆懈◇學業因怠惰而荒廢。

【怠慢】dàimàn ① 冷淡，欠熱情◇貴客臨門，豈能怠慢？② 待客不周的客套話◇招待不周，怠慢得很。

6 **恝** jiá (粵)gaat3 嘎 不經心，無動於衷。

【恝然】jiárán 漠不關心的樣子。

6 **恚** huì (粵)wai6 惠 憤怒；怨恨◇恚恨。

6 **恐** kǒng (粵)hung2 孔 ①害怕◇有恃無恐。②使害怕◇恐嚇。③擔心◇唯恐|爭先恐後。④或許；可能◇恐遭不測|她這時還不到，恐路上堵車了。

【恐怖】kǒngbù ① 極度害怕◇恐怖心理|令人恐怖。② 使人極度害怕◇恐怖片|神情恐怖。③ 使人極度害怕的手段或氣氛。多指危及人生命的犯罪活動◇恐怖分子。

【恐怕】kǒngpà ① 擔心；憂慮。② 大概。表示估計◇去晚了，恐怕來不及。

【恐慌】kǒnghuāng ① 因懼怕而慌亂◇產生恐慌心理。② 使人感到不安的現象◇金融恐慌|恐慌性拋售。

【恐嚇】kǒnghè 用兇狠的話語或手段威脅◇恐嚇信|我不怕辱罵和恐嚇。(同) 威嚇。

【恐懼】kǒngjù 畏懼，害怕◇恐懼心理|感到十分恐懼。

6 **恥〔耻〕** chǐ (粵)ci2 齒 ①羞愧◇可恥|厚顏無恥。②以…為羞愧◇不恥下問。③看不起◇恥笑。④聲譽上受到損害的事◇雪恥|引以為恥。

【恥辱】chǐrǔ 可恥的事情；聲譽所受的損害◇洗刷恥辱。

【恥笑】chǐxiào 鄙視並譏笑◇遭人恥笑。

6 **恭** gōng (粵)gung1 工 ①尊敬；謙遜有禮◇洗耳恭聽|卻之不恭，受之有愧。②拱手敬禮◇打恭作揖。

【恭候】gōnghòu 恭敬地等候◇恭候光臨|恭候大駕。

【恭喜】gōngxǐ 客套話。用於祝賀喜事◇恭喜發財|恭喜你考取大學。(同) 恭賀。

【恭順】gōngshùn 恭敬順從◇謙卑恭順。

【恭賀】gōnghè 恭敬地祝賀◇恭賀新禧。

【恭敬】gōngjìng 謙恭而有禮貌◇恭敬不如從命。

【恭維】gōngwéi 奉承，為討好而稱讚◇當面恭維|不敢恭維。

【恭謹】gōngjǐn 恭敬而謹慎◇溫良恭謹。

6 **恧** nǜ (粵)nuk6 朒 慚愧◇慚恧。

6 **恩〔恩〕** ēn (粵)jan1 因 ①給人的好處◇恩惠。②情愛；情義◇一日夫妻百日恩。③感謝◇千恩萬謝。

【恩人】ēnrén 對自己有恩惠的人◇救命恩人|恩人相見，分外眼明。

【恩仇】ēnchóu 恩德和仇恨。多指仇恨◇不計恩仇|相逢一笑泯恩仇。

【恩典】ēndiǎn ① 古代皇帝按定制給予臣子的恩賜和禮遇。② 恩惠，好處◇受人恩典，理應回報。③ 施恩，給予恩惠◇懇求上司恩典|上帝的恩典。

【恩怨】ēnyuàn 恩情和仇怨。多指仇怨◇恩怨分明|不計較個人恩怨。

【恩情】ēnqíng 恩惠，深厚的情義◇恩情深似海。

【恩惠】ēnhuì 稱他人給予的好處◇他對我的恩惠，終身難忘。

【恩遇】ēnyù 給予的恩惠和知遇◇仁兄恩遇，沒齒不忘。

【恩愛】ēn'ài 感情融洽◇恩愛夫妻。

【恩蔭】ēnyìn 愛護庇佑◇蒙祖宗恩蔭，大家家庭幸福安康。

【恩賜】ēncì ① 君王賞賜臣下。② 施予；施捨。

【恩澤】ēnzé 指統治者給臣民恩德，如雨露滋潤草木◇恩澤後世。

【恩將仇報】ēnjiāngchóubào 用仇怨報答別人的恩德。(同) 以怨報德。

6 **恁** ㈠nèn (粵)jam6 任 ①此，這◇恁時方有音信。②如此，這樣◇那邊桂花開得恁早。③甚麼◇恁人在此？

㈡nín (粵)nei5 你 同"您"，見於早期白話。

【恁地】nèndì ① 如此，這樣◇既然恁地，明日絕早再來。② 怎麼◇老夫約人同遊此山，恁地尚未到也？

【恁時】nènshí 那時候◇待東風花開，恁時卻重來。

【恁般】nènbān 這樣；那樣◇不知黃粱恁般難熟。

【恁麼】nènme ① 如此，這樣◇恁麼才中我意。② 甚麼◇哭恁麼？

6 **息** xī (粵)sik1 色 ①停止◇止息|生命不息，奮鬥不止。②休息◇歇息|作息。③滋生；繁殖◇息肉|生息。④呼吸時進出的氣◇屏息|仰人鼻息。⑤利息，利錢◇還本付息。⑥兒子◇子息。⑦音信◇消息|信息。

【息肉】xīròu 贅肉。增生的團塊或肉瘤◇鼻孔裏生了息肉。

【息怒】xīnù 停止發怒◇請您息怒！

【息腳】xījiǎo 歇腳休息◇遊客們走累了，要息腳。

【息影】xīyǐng ①《莊子·漁父》："不知處陰以休影，處靜以息跡，愚亦甚矣！"後指退隱閒居。② 指電影演員不再從事演藝工作◇從此息影，不再涉足影視圈。

【息隱】xīyǐn 歸隱閒居◇息隱山林。

【息壤】xīrǎng 古代傳說中的一種自生自長，永不減耗的土壤。

【息事寧人】xīshì níngrén《後漢書·肅宗孝章帝紀》："其令有司，罪非殊死且勿案驗，及吏人條書相告不得聽受，冀以息事寧人，敬奉天氣。"原指不多事，使人民生活安寧。後多指平息事端糾紛，使彼此相安。(反) 無事生非。

【息息相關】xīxīxiāngguān 息，呼吸的氣息。呼吸相通，比喻兩者關係密切。

6 **恣** zì (粵)zi3 至/ci3 次 放縱；毫無拘束◇恣肆|恣意妄為。

【恣情】zìqíng 縱情◇恣情酒色|恣情歡笑。

【恣肆】zìsì ① 任情放縱◇驕橫恣肆。②（文筆等）豪放不拘◇汪洋恣肆|他的草書恣肆狂放，不拘一格。

【恣睢】zìsuī ① 任性妄為◇暴戾恣睢。② 自在無拘束◇閒適恣睢。

【恣意】zìyì 任性；任意◇恣意妄為。

【恣縱】zìzòng 放縱任性◇恣縱放蕩。

6 **恙** yàng (粵)joeng6 讓 疾病◇染恙|近來無恙。

6 **恃** shì (粵)ci5 似 依賴；憑仗◇自恃強大|有恃無恐。

【恃才傲物】shìcái'àowù 物，指他人。倚仗才高，傲視他人。

6 **恓** xī (粵)sai1 西 憂傷；煩惱。

【恓恓】xīxī 忙碌不安的樣子◇聖人恓恓憂世。

【恓惶】xīhuáng 悲傷的樣子◇恓惶不安。

6 **恆〔恒〕** héng (粵)hang4 衡 ①永久；長久不變的◇永恆|恆温。②通常的；經常的◇恆態|恆量。③恆心，持久的決心◇持之以恆。

【恆久】héngjiǔ 長久；永久◇恆久不變的愛情。

【恆心】héngxīn 不可動搖的意志或決心。

【恆星】héngxīng 由超高温下的氣態元素組成，能不斷發出光和熱的天體，如太陽。

【恆產】héngchǎn 指田地、房屋等不動產◇故鄉又無恆產，不如出外闖蕩一番。

【恆量】hénglìang 常量。在某一過程中，數值固定不變的量。

【恆溫】héngwēn 保持不變的溫度。

【恆河沙數】hénghéshāshù 恆河，流經印度和孟加拉國，印度教徒奉為聖河。數量多得像恆河裏的沙那樣無法計算。形容數量極多。(同) 數不勝數。

6 **恢** huī 粵fui1 灰 ①廣大；寬廣◇恢弘。②擴大；拓展◇恢我疆宇。

【恢弘】huīhóng ① 寬廣；廣大◇氣勢恢弘。② 發揚◇恢弘正氣。

【恢恢】huīhuī ① 非常寬廣的樣子◇天網恢恢，疏而不漏。② 形容寬綽◇恢恢乎游刃有餘。

【恢復】huīfù ① 收復。多指收復失地◇恢復故疆。② 回復原狀◇恢復名譽。

6 **恍〔怳〕** huǎng 粵fong2 訪 ①模糊不清◇迷離恍惚。②突然醒悟◇恍然大悟。③彷彿；好像◇恍若夢境|恍同隔世。

【恍悟】huǎngwù 突然間明白◇經他一指點，我恍悟到自己上當了。

【恍惚】huǎnghū ① 神志不清；心神不寧◇精神恍惚。② 模模糊糊；隱隱約約◇恍惚聽見有人敲門。

【恍然】huǎngrán ① 猛然領悟的樣子◇恍然大悟。② 彷彿；好像◇恍然進入仙境一般。

6 **恫** 〈一〉tōng 粵tung1 通 痛苦；哀傷◇恫瘝在抱。

〈二〉dòng 粵dung6 動 ①恐懼◇恫恐。②威嚇，使恐懼◇恫嚇。

【恫嚇】dònghè 恐嚇；威脅◇虛聲恫嚇。

6 **恬** tián 粵tim4 甜 ①安靜；平靜◇恬靜|心境恬適。②淡泊◇恬於進取。③無所謂，不在乎◇恬不知恥|處之恬然。

【恬退】tiántuì 淡於名利，安於退讓◇恬退隱忍。

【恬淡】tiándàn ① 淡泊；不慕名利◇天性恬淡，不追名逐利。② 清靜；閒適◇退休後過着恬淡的生活。

【恬然】tiánrán 安寧閒靜的樣子◇恬然自安。

【恬暢】tiánchàng 淡泊豁達◇恬暢樂道。

【恬適】tiánshì 安靜舒適◇每天觀花釣魚，日子過得倒也恬適。

【恬靜】tiánjìng ① 安詳；平靜◇心境恬靜|恬靜寡慾。② 安靜◇恬靜的山村。

【恬謐】tiánmì 安靜；寧靜◇恬謐的夜晚。

【恬不知恥】tiánbùzhīchǐ 恬，安然。做了壞事滿不在乎，不知羞恥。(反) 無地自容。

6 **恤〔卹〕** xù 粵seot1 摔 ①擔憂；憂慮◇不恤國事|恤眾為善。②同情；憐憫◇體恤|憐貧恤老。③救濟；周濟◇撫恤金。

【恤衫】xùshān 襯衫。（英 shirt）

6 **恰** qià 粵hap1 洽 ①正巧；剛好◇恰逢其時。②合適；妥當◇恰如其分。

【恰才】qiàcái 剛才◇恰才下過一場雨。

【恰巧】qiàqiǎo 碰巧，正好◇這個題目恰巧我以前做過。

【恰如】qiàrú 正如，正像◇煙雨朦朧的西湖恰如一幅山水畫。

【恰好】qiàhǎo 正好，湊巧◇明天恰好是我的生日。

【恰似】qiàsì 恰如◇恰似一江春水往東流。

【恰恰】qiàqià 正好，剛好◇事情真相和你說的恰恰相反。

【恰當】qiàdàng 合適；妥當◇這個比喻不太恰當。

【恰如其分】qiàrúqífèn 分，分寸，合適的界限。形容說話、做事恰當穩妥。(反) 言過其實。

【恰到好處】qiàdàohǎochù 好，合適。形容說話、做事達到最適當的程度。

6 **恂** xún 粵seon1 詢 ①相信；信任。②形容謙恭的樣子。③形容恐懼的樣子◇恂懼。

【恂恂】xúnxún ① 恭敬謹慎的樣子。② 心有顧慮的樣子◇吾恂恂而起，視其缶，而吾蛇尚存，則弛然而臥。

6 **恪** kè 粵kok3 確 恭敬而謹慎◇恪守|恪盡職守。

6 **恨** hèn 粵han6 很6 ①怨恨；仇視◇惱恨|報仇雪恨。②後悔◇一失足成千古恨。③遺憾；悔恨◇相見恨晚|書到用時方恨少。

【恨事】hènshì 遺憾的事情◇終身恨事。

【恨鐵不成鋼】hèntiěbùchénggāng 比喻對所期望的人不爭氣、不上進感到焦急和不滿。

6 **恕** shù 粵syu3 庶 ①仁愛，推己及人◇忠恕之道。②寬容；原諒◇寬恕|罪不可恕。③客套詞。用於請對方諒解◇恕我直言|恕不奉陪。

【恕罪】shùzuì 客套話。用於請別人原諒自己的過錯◇萬望恕罪。

7 **患** huàn 粵waan6 幻 ①災禍；災難◇禍患|心腹之患|有備無患。②憂慮；擔心◇不患貧而患不均。③生病◇患病|患者。

【患難】huànnàn 困難和危險的處境◇患難之交|患難見真情。

【患得患失】huàndé huànshī《論語・陽貨》："其未得之也，患得之；既得之，患失之。"沒有時擔心得不到，得到了又擔心失去。指過分計較個人的利害得失。

7 **悠** yōu 粵jau4 由 ①久遠；長遠◇悠久|悠遠。②閒適◇悠閒|悠然自得。③在空中晃動◇晃悠|顫悠。

【悠久】yōujiǔ 年代久遠◇悠久的歷史|悠久的文化傳統。

【悠長】yōucháng 長久；漫長◇笛聲悠長|悠長的歲月。(同) 綿長 (反) 短暫。

【悠悠】yōuyōu ① 久遠；遙遠◇悠悠歲月|白雲悠悠。② 閒適自在◇悠悠自得。③ 形容眾多◇悠悠萬物。

【悠揚】yōuyáng ① 遠播的聲音飄忽不定，時高時低◇琴聲悠揚。② 飄忽◇世事悠揚春夢裏。

【悠然】yōurán 悠閒的樣子◇採菊東籬下，悠然見南山。

【悠游】yōuyóu ① 悠閒自得地游動◇鴛鴦在池塘裏悠游。② 悠閒◇悠游自在。

【悠閒】yōuxián 清閒而舒適◇悠閒自得|神態悠閒。

【悠遠】yōuyuǎn ① 離現在時間長◇年代悠遠。② 距離遠◇山川悠遠。

【悠盪】yōudàng 懸在空中不停地來回擺動◇少女在鞦韆上來回悠盪。

【悠謬】yōumiù 荒誕無稽◇悠謬之談。

【悠哉游哉】yōuzāi yóuzāi 悠、游，悠閒。哉，文言語氣詞，表感歎。形容從容不迫、悠閒自得的樣子◇日子過得悠哉游哉。

7 **您** nín 粵nei5 你 "你"的敬稱◇您三位請|老人家，您慢走。

7 **悉** xī 粵sik1 色 ①詳盡◇知之甚悉|書不能悉。②知道；明白◇獲悉|知悉。③全；盡◇悉心照料|悉數歸還。④完全；都◇悉如家人|悉聽尊便。

【悉心】xīxīn 盡心；全心◇悉心培養|悉心照顧老人。

【悉數】〈一〉xīshǔ 一一計數◇名目繁多，難以悉數。

〈二〉xīshù ①全數；全部◇悉數上繳。②全部、全數◇悉數奉還。

7 **悖〔誖〕** bèi 粵bui6 背6 ①違背；衝突◇悖於事理|前後相悖。②荒謬；謬誤◇悖論。③糊塗◇先生老悖乎？

【悖妄】bèiwàng 荒唐狂妄◇生性悖妄。

【悖亂】bèiluàn 糊塗昏亂◇病中悖亂之言，怎麼能相信呢？

【悖論】bèilùn 一種導致矛盾的命題，通常在邏輯上無法判斷正確或錯誤。

【悖謬】bèimiù 違背情理，荒謬◇與虎謀皮，豈非悖謬？

【悖入悖出】bèirù bèichū 悖，違背道義。用不正當的手段弄來的財物也會被別人用不正當手段拿走；胡亂得來的錢也會胡亂地花掉。出自《禮記・大學》："貨悖而入者，亦悖而出。"

7 **悚** sǒng 粵sung2 送2 恐懼；懼怕◇惶悚|震悚。

【悚然】sǒngrán 恐懼的樣子◇毛骨悚然。

【悚懼】sǒngjù 驚慌害怕◇心懷悚懼|悚懼不安。

7 **悟** wù 粵ng6 誤 ①理解；明白◇領悟|悟出了道理。②覺醒◇醒悟|至死不悟。

【悟性】wùxìng 人的理解、判斷和推理的能力◇悟性高。

【悟道】wùdào 指領悟佛理◇參禪悟道。

7 **悄** 〈一〉qiǎo 粵ciu2 超2 ①憂愁的樣子。②寂靜；安靜◇悄無一言。

〈二〉qiāo 粵ciu2 超2 見"悄悄"。

【悄悄】qiāoqiāo 聲音低微或不聲不響的◇悄悄離去|考場裏靜悄悄的。

【悄然】qiǎorán ①憂傷的樣子◇悄然淚下。②寂靜的樣子◇悄然無聲。

【悄悄話】qiāoqiāohuà 低聲說的不讓別人聽到的話；私下說的知心話◇開會時不要說悄悄話。

7 悍 hàn 粵hon6 汗 ①勇猛；強勁◇強悍|悍將。②兇暴；蠻橫◇兇悍|悍然入侵。

【悍吏】hànlì 兇暴蠻橫的官吏◇悍吏擾民。

【悍婦】hànfù 兇暴蠻橫的婦女。

【悍然】hànrán 蠻橫的樣子◇悍然不顧。

7 悝 〈一〉lǐ 粵lei5 理 憂愁；悲傷◇悠悠我悝。
〈二〉kuī 粵fui1 灰 嘲笑；詼諧。

7 悃 kǔn 粵kwan2 菌 誠懇，心意真誠◇聊表謝悃。

7 悒 yì 粵jap1 泣 愁悶不安◇悒悶。

【悒鬱】yìyù 形容憂愁苦悶◇悒鬱寡歡。

7 悔 huǐ 粵fui3 灰3 ①懊悔◇悔不當初。②改過◇改悔|悔過自新。③反悔◇悔約|悔婚。

【悔改】huǐgǎi 認識過錯並加以改正◇悔改之心｜死不悔改。

【悔恨】huǐhèn 後悔而痛恨◇悔恨不已。

【悔悟】huǐwù 認識到自己的錯誤，懊悔並醒悟◇翻然悔悟。

【悔過】huǐguò 認識過錯並改正過錯◇悔過自新。

【悔罪】huǐzuì 悔恨自己所犯的罪行◇犯人有悔罪的表現。

7 悅 yuè 粵jyut6 月 ①高興；愉快◇喜悅|心悅誠服。②使高興，使愉快◇悅耳動聽|賞心悅目。

【悅目】yuèmù 好看，看着心裏愉快◇賞心悅目｜色彩悅目。

【悅耳】yuè'ěr 好聽，聽着心裏舒適◇歌聲悅耳｜悅耳動聽。

【悅服】yuèfú 從心裏佩服◇人心悅服。

7 悌 tì 粵dai6 弟 弟弟敬愛兄長◇孝悌忠信。

7 悢 liàng 粵loeng6 亮 悵悵；傷感◇臨書悢然，不知所云。

7 悛 quān 粵syun1 酸 悔改◇怙惡不悛。

7 恿〔慂〕yǒng 粵jung5 勇 見"慫恿"。

8 惡（恶）〈一〉è 粵ok3 堊/ngok3 岳3 ①壞，不良◇惡習|惡意。②兇狠◇窮兇極惡。③壞人；壞事◇首惡|作惡多端。
〈二〉wù 粵wu3 戶 ①憎恨；討厭◇深惡痛絕|好逸惡勞。②恥辱；慚愧◇羞惡之心，人皆有之。
〈三〉ě 粵ok3 堊 同"噁"。

【惡人】èrén ①壞人◇惡人先告狀。②不肯行方便而得罪人的人◇誰也不願意做惡人。

【惡少】èshào 品德惡劣、胡作非為的年輕人◇洋場惡少。

【惡化】èhuà 變壞◇關係惡化｜水質惡化。

【惡劣】èliè 很壞◇品行惡劣｜惡劣的環境。

【惡果】èguǒ 壞的後果或下場◇環境污染帶來嚴重惡果。

【惡念】èniàn 邪惡的念頭◇頓生惡念。

【惡性】èxìng 能產生很壞後果的◇惡性腫瘤｜惡性事故。

【惡毒】èdú 陰險狠毒◇心腸惡毒｜惡毒咒罵。

【惡疾】èjí 不易治好的疾病◇身染惡疾。

【惡習】èxí 不良習慣◇改掉惡習。

【惡棍】ègùn 為非作歹、欺壓百姓的壞人◇流氓惡棍。

【惡感】ègǎn 不滿或怨恨的感情◇我對他並無惡感。

【惡意】èyì 壞的用意◇懷有惡意｜好心當惡意。㊎ 善意。

【惡夢】èmèng ①不祥的夢；情景可怕的夢◇惡夢初醒｜做惡夢。②比喻可怕的遭遇◇她已完全從過去的惡夢中走出來。㊐ 噩夢 ㊎ 美夢。

【惡濁】èzhuó 污穢混濁◇空氣惡濁｜惡濁世界。

【惡魔】èmó ①佛教稱阻礙佛道及一切善事的惡神、惡鬼。②比喻極兇惡的人或危害人的事物◇殺人惡魔｜遠離毒品惡魔。

【惡霸】èbà 憑藉權勢或暴力稱霸一方、欺壓百姓的人◇危害一方的惡霸。

【惡作劇】èzuòjù 故意捉弄人，使人難堪。

【惡狠狠】èhěnhěn 形容非常兇狠◇瞪着惡狠狠的眼睛。

【惡貫滿盈】èguànmǎnyíng《尚書・泰誓上》:“商罪貫盈，天命誅之。”孔傳:“紂之為惡，如物在繩索之貫，一以貫之，惡貫已滿，物極則反，天下欲畢其命矣。”貫，古代穿錢用的繩子；盈，滿。罪惡累累，如同錢已穿滿了繩子。比喻作惡多端，已到末日。

【惡語中傷】èyǔzhòngshāng 用惡毒的語言誣衊傷害別人。

8 **惠** huì 粵wai6 慧 ①仁愛◇安民則惠。②恩惠；好處◇受惠|小恩小惠。③給予好處◇互利互惠|惠及子孫。④敬辭。意為對方的行動是給自己面子◇惠臨|惠顧|惠存。⑤柔和；柔順◇惠風和暢|賢惠的媳婦。

【惠允】huìyǔn 敬辭。指對方允許自己(做某事)◇如蒙惠允，不勝榮幸！

【惠存】huìcún 敬辭。請予保存。多用於送人紀念品時所題的上款◇某某先生惠存。

【惠風】huìfēng ①和風；暖和的風◇天朗氣清，惠風和暢。②比喻仁愛、仁政◇惠風廣被。

【惠臨】huìlín 敬辭。稱別人來臨◇敬候惠臨。同 蒞臨。

【惠顧】huìgù 敬辭。光臨照顧。多用於商店或服務行業對顧客◇歡迎惠顧。

8 **惑** huò 粵waak6 或 ①迷惑，不明白◇困惑|四十而不惑。②欺騙，使迷惑◇誘惑|惑亂人心。③疑難的問題◇人非生而知之者，孰能無惑？

【惑亂】huòluàn 使人迷惑錯亂◇惑亂視聽|惑亂人心。

8 **悶(闷)** (一)mèn 粵mun6 門6 ①心煩；不痛快◇煩悶|悶悶不樂。②密不透氣的；關緊的◇悶葫蘆|悶罐子車。

(二)mēn 粵mun6 門6 ①空氣不流通引起的不舒暢感覺◇天氣很悶。②蓋緊使不透氣◇悶飯|菜再悶一會兒吧。③吃得過飽而脹肚◇吃了太多肉，悶住了。④不出聲；聲音不響亮◇悶坐|悶聲悶氣。⑤呆在某處不出來◇悶在家裏不出去。

【悶倦】mènjuàn 煩悶厭倦，精神不振◇看書悶倦了，到外面走走。

【悶氣】(一)mènqì 鬱結在心裏的怨恨或憤怒◇一吐悶氣|他躲在屋裏生悶氣。
(二)mēnqì 空氣沉悶所引起的不舒暢感覺◇地下室又悶氣又潮濕。

【悶悶】mènmèn 心裏煩悶不快活◇悶悶不樂。

【悶熱】mēnrè ①氣溫高，濕度大，使人感到不暢快◇天氣這麼悶熱，可能要下大雨。②泛指溫度高、空氣不通暢◇房間裏太悶熱，打開空調吧。

8 **悲** bēi 粵bei1 卑 ①傷心；哀痛◇悲傷|悲歡離合|樂極生悲。②同情；憐憫◇慈悲|悲天憫人。

【悲切】bēiqiè 悲傷悽切◇哭聲悲切。

【悲壯】bēizhuàng 悲哀而雄壯◇歌聲悲壯。

【悲泣】bēiqì 悲傷地哭泣◇暗自悲泣。

【悲苦】bēikǔ 悲哀痛苦◇悲苦的命運。

【悲哀】bēi'āi 痛苦傷心◇神色悲哀。

【悲戚】bēiqī 哀痛悽苦◇內心悲戚，暗自垂淚。

【悲涼】bēiliáng 悲哀淒涼◇孤身一人，心境悲涼。

【悲悽】bēiqī 悲傷悽切◇悲悽的哭泣聲。

【悲悼】bēidào 傷心地悼念◇悲悼遇難同胞。

【悲痛】bēitòng 傷心悲傷◇悲痛欲絕|化悲痛為力量。

【悲楚】bēichǔ 哀傷而悽楚◇心裏泛起一陣悲楚。

【悲愁】bēichóu 悲傷愁苦◇過分悲愁。

【悲催】bēicuī ①悲哀而催人淚下的◇悲催的故事結局。②倒霉；不幸◇剛買的手機就丟了，真悲催。

【悲傷】bēishāng 悲痛傷心◇悲傷過度。

【悲愴】bēichuàng 十分哀傷◇追思先人，悲愴流涕。

【悲摧】bēicuī 哀傷◇世事變遷，令人不勝悲摧。

【悲歌】bēigē ①悲壯地吟唱◇慷慨悲歌。②悲壯哀傷的歌曲◇悲歌一曲動山川。

【悲酸】bēisuān 悲哀而辛酸◇一段悲酸的經歷。

【悲鳴】bēimíng (動物的)哀叫◇紅鬃烈馬，蕭蕭悲鳴。

【悲慟】bēitòng 極度哀傷◇悲慟萬分｜悲慟的哭聲。

【悲慘】bēicǎn 處境或遭遇極其悽慘，令人痛苦傷心◇命運悲慘｜悲慘的遭遇。

【悲劇】bēijù ①戲劇的主要類別之一。以表現主人公同命運抗爭及其悲慘結局為基本特點，如《奧賽羅》《竇娥冤》等。②比喻不幸的遭遇◇家庭悲劇。㊀反 喜劇。

【悲憤】bēifèn 悲痛憤怒◇悲憤難平｜悲憤填膺。

【悲憫】bēimǐn 慈悲憐憫；哀憐◇充滿悲憫的眼神。

【悲觀】bēiguān 精神沮喪，對前途失去信心◇悲觀消沉｜悲觀的心態。

【悲天憫人】bēitiān mǐnrén 天，指時世；憫，憐憫。哀歎世事艱難，憐憫人民的疾苦。形容憂國憂民的感傷心情。

【悲歡離合】bēihuān líhé 人們在相聚或離別的遭遇中，所感受的歡樂或悲傷心境。

8 **情** qíng 粵cing⁴晴 ①感情；情意◇豪情｜恩情。②道理；常理◇合情合理｜人情世故。③愛情◇多情｜談情說愛。④情面◇求情｜手下留情。⑤情趣◇情致｜詩情畫意。⑥事情的狀況◇病情｜災情。⑦性慾◇春情｜發情。

【情分】qíngfèn 人際交往中所形成的情感◇姐妹情分｜情分不薄。

【情由】qíngyóu 事情的經過和緣由◇申訴情由｜不問情由胡亂評論。

【情好】qínghǎo 感情交好◇百年情好。

【情形】qíngxing 事物所呈現的狀況◇股票情形｜特殊情形。

【情知】qíngzhī 深知；明知◇情知覆水難收，還是對他不死心。

【情狀】qíngzhuàng 情況；狀況◇詢問病中情狀。

【情況】qíngkuàng ①人或事物發展變化的狀況◇工作情況｜銷售情況。②敵方或對手值得注意的變化、動向◇一有情況，馬上報告。

多樣表達：情況

情形 情狀 情景 情事 情節 情境 境地 境遇 遭遇 近況 狀況 景況 境況 實況 盛況 現狀 絕境 佳境 環境

【情面】qíngmiàn 交情；面子◇礙於情面｜不講情面。

【情思】qíngsī ①思念的情意◇情思綿綿｜故國情思。②情緒；心情◇恬靜的情思。

【情侶】qínglǚ 相愛中的兩人◇情侶手錶。

【情致】qíngzhì 情趣韻味◇煙雨中的西湖，別有一番情致。

【情理】qínglǐ 人的常情和事情的一般道理◇不近情理｜情理難容。

【情商】qíngshāng 情感商數的簡稱。心理學上指一個人控制自己情感、承受外來壓力、合理把握心理平衡的能力。

【情報】qíngbào 關於某方面的消息和報告。多帶有機密性質◇分析情報｜搜集情報。

【情景】qíngjǐng ①具體的情況和景象◇動人情景｜情景會話。②感情和景色◇情景交融。

【情結】qíngjié 一直藏在內心深處的感情◇戀母情結｜鄉土情結。

【情勢】qíngshì 事情發展的狀況和趨勢◇情勢不妙｜迫於情勢，才採取措施。

【情感】qínggǎn ①人受外界刺激引起的喜、怒、哀、樂、好、惡等心理反應◇情感交流｜情感豐富。②人與人的感情◇兩姊妹情感很深。

【情節】qíngjié ①事情發展的經過◇情節惡劣｜有些情節還未弄清楚。②文藝作品中矛盾衝突的演變過程◇故事情節曲折，內容豐富。

【情意】qíngyì 對人的感情和心意◇情意深厚｜情意綿綿。

【情義】qíngyì 親屬、朋友間應有的感情◇情義深重｜情義無價。

【情愫】qíngsù ①感情◇內心的情愫｜朋友間的情愫。②真實的心情◇披露情愫。

【情歌】qínggē 以表現愛情為主題的歌曲。

【情態】qíngtài ①情狀◇生活情態。②神情；神態◇情態逼真｜嬌羞的情態。

【情緒】qíngxù ①人從事某種活動時產生的心理狀態◇情緒高漲｜不要有急躁情緒。②特指不愉快的心情◇鬧情緒。

【情趣】qíngqù ①性情和志趣◇情趣相投。②情調和趣味◇缺乏情趣。

【情調】qíngdiào ①所觸發的內心活動表現

出來的格調◇簫聲如泣如訴，表現出她哀怨的情調。②外在事物所帶給人獨特感受的情趣和風格◇異國情調｜田園情調。

【情誼】qíngyì 人與人之間的感情、友誼◇同窗情誼｜情誼深厚。

【情緣】qíngyuán 男女情愛的緣分◇情緣未了｜永結情緣。

【情操】qíngcāo 思想感情和品德操守◇培養高尚的情操。

【情願】qíngyuàn ①心裏願意◇心甘情願｜兩廂情願。②寧願；寧可◇他們情願住舊房子，也不願搬走。同 甘心。

【情懷】qínghuái 心情；心胸◇抒發情懷｜高尚的情懷。

【情變】qíngbiàn 戀人或夫妻間的愛情突然發生變故。多指戀人分手◇兩人情變分手。

【情不自禁】qíngbúzìjīn 禁，控制。形容感情激動，一時控制不住自己◇一聽到樂曲聲，就會情不自禁地打拍子。

【情有可原】qíngyǒukěyuán《後漢書・楊李翟應霍爰徐列傳》："光之所坐，情既可原，守闕連年，而終不見理。"説在情理上有可以原諒的地方。

【情投意合】qíngtóu yìhé 投，相合。雙方感情融洽，心意一致。

【情急智生】qíngjízhìshēng 智，計謀、辦法。情況緊急時，突然想出了對付的辦法。同 急中生智。

【情隨事遷】qíngsuíshìqiān 遷，變遷、變化。感情隨着世事的變遷而發生變化。出自晉代王羲之《蘭亭集序》："及其所之既倦，情隨事遷，感慨係之矣！"

8 **悵(怅)** chàng 粵coeng3 唱 不如意；失望◇惆悵。

【悵恨】chànghèn 失望並惱恨◇悵恨不已。

【悵悵】chàngchàng 失意的樣子◇悵悵不樂。

【悵惘】chàngwǎng 惆悵迷惘◇神色悵惘。

【悵然】chàngrán 失意的樣子◇悵然若有所失｜訪友未遇，悵然而歸。

【悵然若失】chàngránruòshī 好像丟失心愛的東西一樣惆悵迷惘，心境索然。

8 **悻** xìng 粵hang6 幸 怨；怒。

【悻悻】xìngxìng 形容惱怒、怨恨而又感到掃興◇悻悻而歸。

【悻然】xìngrán 惱恨怨怒的樣子◇悻然離去。

8 **惜** xī 粵sik1 色 ①珍愛；重視◇憐香惜玉。②感到遺憾；表示同情◇痛惜｜惋惜。③捨不得◇吝惜｜不惜犧牲。

【惜力】xīlì 捨不得用力◇做事不惜力。

【惜別】xībié 捨不得離別◇依依惜別。

【惜福】xīfú 珍惜福氣，不過分享受。指做善事，不糟蹋東西◇常言道惜福積福。

【惜老憐貧】xīlǎo liánpín 愛護老年人，同情貧苦人。

【惜墨如金】xīmòrújīn 惜，吝惜。吝惜筆墨如同吝惜金子。原指繪畫時不輕易落筆，後也用來形容寫字、寫文章態度極其嚴謹，不輕易下筆。

8 **悽** qī 粵cai1 妻 悲傷；悲痛。

【悽切】qīqiè 悽涼而悲切◇寒蟬悽切｜琴聲哀婉悽切。

【悽苦】qīkǔ 悽慘痛苦◇生活悽苦。

【悽怨】qīyuàn 哀怨◇文中多悽怨之詞。

【悽哽】qīgěng 悲咽，哭不出聲來◇望着亡父的遺像，悽哽不已。

【悽涼】qīliáng 內心慘淡悲涼◇看着一片破敗的景象，倍感悽涼。

【悽惘】qīwǎng 傷感，悵惘◇一臉的悽惘。

【悽婉】qīwǎn 悲涼婉轉；哀傷◇歌聲悽婉。

【悽然】qīrán 悽慘悲傷的樣子◇悽然淚下｜看着他悽然離去。

【悽惻】qīcè 哀傷；悲痛◇觀者莫不悽惻。

【悽惶】qīhuáng 悲傷惶恐◇悽惶驚恐。

【悽絕】qījué 極度悽慘、悲傷◇溪水嗚咽，蟬聲悽絕。

【悽楚】qīchǔ 悽慘而痛苦◇父母雙亡，悽楚不已。

【悽傷】qīshāng 痛苦哀傷◇悽傷之情溢於言表。

【悽愴】qīchuàng 悽慘；悲傷。多用在書面語◇神情悽愴。

【悽慘】qīcǎn 悲痛；悲慘◇家境悽慘｜悽悽慘慘地來到海邊。

8 **悼** dào 粵dou⁶杜 ①哀傷；悲痛◇悼同胞之疾苦，傷異族之欺凌。②特指追念死者◇哀悼｜追悼。

【悼念】dàoniàn 對死者表示哀痛懷念◇沉痛悼念｜悼念烈士。

【悼詞】dàocí 悼念死者的講話或文章◇致悼詞。

8 **惝** chǎng/tǎng 粵cong²廠/tong²躺 悵惘；失意◇惝然。

【惝恍】chǎnghuǎng ①失意的樣子◇神情惝恍。②迷糊不清的樣子◇惝恍迷離。

8 **惕** tì 粵tik¹剔 小心謹慎；戒懼◇警惕｜無日不惕。

【惕厲】tìlì 警惕危懼◇謹儉惕厲，卒以無咎。

8 **惘** wǎng 粵mong⁵網 失意；精神恍惚◇悵惘｜迷惘。

【惘然】wǎngrán 失意的樣子◇惘然若失｜此情可待成追憶，只是當時已惘然。

【惘然若失】wǎngránruòshī 見"悵然若失"。

8 **悱** fěi 粵fei²匪 想説又不能明白説出來的樣子◇纏綿悱惻。

【悱惻】fěicè 形容憂悶抑鬱，不快活。

【悱惻纏綿】fěicè chánmián 心情糾結在憂悶抑鬱之中，得不到排遣消解。

8 **悸** jì 粵gwai³季 ①心跳加劇◇驚悸｜心悸。②驚恐；懼怕◇心有餘悸。

8 **惟** wéi 粵wai⁴圍 ①思；思考◇思惟。②願，希望◇惟君子察焉｜惟將軍憐之。③僅；只；單單◇惟利是圖｜惟我獨尊。④表示轉折關係，只是◇學識淵博，惟不善言談。⑤語助詞。無義◇惟妙惟肖。

【惟一】wéiyī 只有一個，獨一無二◇惟一的希望。

【惟有】wéiyǒu 只有◇惟有你的想法對，別人都是錯的？

【惟其】wéiqí 正因為。表示因果關係，常同"所以"連用◇惟其稀有，所以才顯得珍貴。

【惟恐】wéikǒng 只怕，只擔心◇努力爭先，惟恐落後。

【惟獨】wéidú 只，單單◇那麼多孩子中，導演惟獨選中了他。

【惟我獨尊】wéiwǒdúzūn 認為只有自己最尊貴。形容自高自大，目中無人。

【惟利是圖】wéilìshìtú 是，起把賓語"利"提前的作用。等於説"惟圖利"：一心貪圖財利而不顧及其他。

【惟妙惟肖】wéimiào wéixiào 妙，巧妙；肖，相似、逼真。形容模仿或描寫得極其傳神，非常相似。

【惟命是聽】wéimìngshìtīng 是，起把賓語"命"提前的作用。等於説"惟聽命"：只要是命令就聽，絕對服從。出自《左傳・宣公十二年》："使君懷怒以及敝邑，孤之罪也，敢不惟命是聽。"

8 **惆** chóu 粵cau⁴酬 ①失意◇惆悵。②悲痛◇惆惕。

【惆悵】chóuchàng 失意傷感◇惆悵的思緒｜惆悵萬分。

8 **惛** hūn 粵fan¹分 ①糊塗；不明瞭◇久病惛亂。②欺蒙◇巧語惛人。

【惛懵】hūnměng 迷糊不清醒◇神志惛懵。

8 **惚** hū 粵fat¹忽 見"恍惚"。

8 **惇** dūn 粵deon¹敦 ①敦厚；誠實◇惇謹（惇厚謹慎）。②勸勉◇惇誨。

【惇厚】dūnhòu ①誠懇篤厚◇用情惇厚。②注重；看重◇惇厚舊故。

8 **惦** diàn 粵dim³店 掛念◇惦記｜心裏總惦着她。

【惦念】diànniàn 心裏老想着◇下了飛機，先打電話回家，免得父母惦念。

【惦記】diànjì 惦念；記掛◇時時惦記着遠方的親人。同 掛念、掛記。

【惦掛】diànguà 想念；掛念◇常來信，免得家裏惦掛。

8 **悴**〔顇〕cuì 粵seoi⁶睡 ①憂傷◇愁悴。②枯萎；衰弱◇萎悴｜憔悴。

8 **惓** (一)juàn 粵gyun³絹 ①危急；疲倦◇病人已惓。②顧念。見"惓惓(一)"。

(二)quán 粵kyun⁴權 懇切。見"惓惓(二)"。

【惓惓】(一)juànjuàn ①煩悶；失落◇惓惓不自得。②深切思念，念念不忘◇心殊惓惓。

〈二〉quánquán 懇切的樣子◇惓惓之心。

8 **悰** cóng 粵cung^{4}蟲 ①歡樂◇歡悰。②心情；情緒◇悰緒。

8 **惋** wǎn 粵wun^{2}碗/jyun^{2}院 可惜；歎惜◇惋惜｜歎惋。

【惋惜】wǎnxī 感到可惜，引以為憾◇令人惋惜｜深感惋惜。

【惋傷】wǎnshāng 歎息悲傷◇英年早逝，人們惋傷不已。

8 **惙** 〈一〉chuò 粵zyut^{3}輟 ①憂傷◇惙怛。②疲乏◇惙頓(委頓)。

〈二〉chuì 粵zyut^{3}輟 呼吸急促的樣子。

【惙惙】〈一〉chuòchuò 形容憂鬱的樣子◇憂心惙惙。

〈二〉chuìchuì 形容呼吸短促的樣子◇氣息惙惙。

9 **惹** rě 粵je^{5}野 ①招致；引起◇惹禍｜惹麻煩。②沾染；染上◇時時勤拂拭，勿使惹塵埃。③觸犯◇惹不起，躲得起。

【惹眼】rěyǎn 顯眼或刺眼；引人注目◇穿着一身紅衣服，十分惹眼。同 搶眼。

【惹火燒身】rěhuǒshāoshēn 引火燒自己。比喻自己招來災禍。

【惹是生非】rěshì shēngfēi 招惹是非，挑起爭端。

9 **想** xiǎng 粵soeng^{2}賞 ①思考，動腦筋◇左思右想。②估計；推測◇猜想｜意想不到。③打算；希望◇非分之想｜想當一名宇航員。④惦記；思念◇朝思暮想。⑤回憶；回想◇想了很久，才記起來。

【想必】xiǎngbì 表示肯定的推斷◇寄給你的畫冊，想必已收到。

【想見】xiǎngjiàn 由推想而得知◇可以想見他當時的尷尬樣子。

【想來】xiǎnglái 估計；料想◇她正忙着辦嫁妝，想來婚期不遠了。

【想念】xiǎngniàn 對親近、仰慕的人或喜愛的地方念念不忘，渴望見到◇想念親人｜遊子想念故鄉。

【想法】〈一〉xiǎngfǎ 設法，想辦法◇想法找工作。

〈二〉xiǎngfa 主意；意見◇搞節日促銷的想法很好。

【想望】xiǎngwàng ① 希望；盼望◇一直想望作一次太空旅行。② 仰慕◇想望作者已久，盼着一睹風采。

【想像】xiǎngxiàng ① 心理學上指在感覺材料的基礎上，經過重新組合而構想新形象的心理過程◇想像力豐富。② 設想◇難以想像｜想像不出他十年前的樣子。

【想當然】xiǎngdāngrán 憑自己的想像或推測認為事情應該如此。出自《後漢書・孔融傳》："以今度之，想當然耳。"

【想入非非】xiǎngrùfēifēi 非非，佛教語，指凡人達不到的玄妙境界。比喻不切實際地胡思亂想。

9 **感** gǎn 粵gam^{2}敢 ①覺得，感到◇深感歉疚。②打動，使內心激動◇感觸｜感人至深。③表示致謝◇感謝｜感恩。④感覺；感想◇美感｜自豪感｜百感交集。⑤中醫指受風寒◇流感｜感冒。⑥(攝影膠片等)接觸光線而發生變化◇感光。

【感化】gǎnhuà 用真誠的言行打動人，使人向好的方面轉變◇真情感化誤入歧途者。

【感召】gǎnzhào 感動和召喚◇這些老歌曾經感召過整整一代人｜他受到政府的感召，毅然決定回國報效。

【感知】gǎnzhī ① 感覺到◇感知親情。② 外界事物通過感官在頭腦中的直接反映◇直覺感知。

【感佩】gǎnpèi 感動並敬佩◇她的奉獻精神令人感佩。

【感受】gǎnshòu ① 感覺到；接受◇感受大自然的美景。② 接觸外界事物所產生的體會或想法◇心靈感受｜參觀感受。

【感性】gǎnxìng 屬於感覺、知覺、表象等直觀形式的◇感性認識。

【感官】gǎnguān 感覺器官。如皮膚、眼睛、耳朵、鼻子、舌頭等。

【感冒】gǎnmào ① 一種由病毒引起的呼吸道傳染病。症狀是咽喉發乾、鼻塞、咳嗽、打噴嚏、頭痛、發燒等◇重感冒｜流行性感冒。② 患感冒◇昨天衣服穿得少，今天就感冒了。

【感染】gǎnrǎn ① 生物體受病原體侵入而發生病變◇傷口感染。② 通過語言、行動或某種環境氣氛，使別人心理情緒起變化◇他真切而激情的表演感染了我們。

【感悟】gǎnwù 有所感觸而領悟◇心靈感悟｜培養學生感悟能力。

【感動】gǎndòng ①感情受外界事物的影響而激動◇感動得流下了眼淚。②使感動◇他的話感動了聽眾。

【感情】gǎnqíng ①人心理上所產生的喜怒哀樂等反應◇感情豐富。②對人或事物關切、喜愛的心情◇婚後彼此感情更深了。

【感喟】gǎnkuì 有所感觸而歎息◇回首往事，感喟不已。

【感慨】gǎnkǎi 有所感觸而慨歎◇感慨萬千｜不勝感慨。

【感想】gǎnxiǎng 與外界事物接觸引起的想法◇實習感想。

【感傷】gǎnshāng 因有所感觸而悲傷◇流露出感傷的情緒。

【感憤】gǎnfèn 面對不平的事情而激動憤慨◇感憤時事。

【感歎】gǎntàn 感慨歎息◇瀑布飛流的壯觀景象令人感歎。

【感激】gǎnjī 衷心感謝◇萬分感激｜感激涕零。

【感應】gǎnyìng ①受外界影響而引起相應的反應◇心理感應。②宗教語。指神明對人事的回應◇天人感應。③某些物體因受到電場或磁場的作用而發生電磁狀態的變化。

【感覺】gǎnjué ①外界事物的特性在人腦中起的反應或留下的印象◇感覺良好。②產生出來的感受◇感覺呼吸困難。③認為（語氣不太肯定）◇感覺這人還不錯。

多樣表達：感覺

聽覺 視覺 嗅覺 觸覺 冷覺 色覺 痛覺 味覺 温覺 膚覺 直覺 幻覺 平衡覺

【感觸】gǎnchù 與外界事物接觸而引起的感受◇深有感觸｜感觸良多。

【感謝】gǎnxiè 用言語或行動表示謝意◇衷心感謝｜感謝光臨。

【感同身受】gǎntóngshēnshòu 身，親身。內心感激如同親身領受恩惠一樣。多用來代人致謝。現在多指雖然未親身經歷但感受就像親身經歷過一樣。

【感恩戴德】gǎn'ēn dàidé 戴，尊奉、推崇。感激別人給予自己的恩德。

9 **愚** yú 粵jyu⁴ 餘 ①笨；傻◇愚蠢｜愚不可及。②欺騙◇愚弄。③謙辭。用於自稱◇愚兄｜愚見。

【愚妄】yúwàng 又愚蠢又狂妄◇愚妄之極。

【愚弄】yúnòng 欺騙耍弄◇操縱媒體，愚弄民眾。

【愚拙】yúzhuō 愚昧笨拙；不聰明、不機靈◇愚拙可笑｜天性愚拙。

【愚氓】yúméng 愚蠢的人。

【愚昧】yúmèi 頭腦簡單，不明事理◇愚昧落後｜愚昧無知。

【愚陋】yúlòu 愚昧淺陋◇依我愚陋之見。

【愚弱】yúruò 愚昧怯懦◇稟性愚弱。

【愚笨】yúbèn 頭腦遲鈍，不靈活◇天生愚笨。

【愚鈍】yúdùn 愚笨遲鈍◇天資愚鈍。

【愚頑】yúwán 愚昧頑固◇愚頑不化。

【愚蒙】yúméng 愚昧，沒有知識。

【愚魯】yúlǔ 愚笨遲鈍◇生性愚魯。

【愚蠢】yúchǔn 愚笨，不聰明◇愚蠢的行為。

【愚公移山】yúgōngyíshān《列子・湯問》：古代有位被稱為愚公的老人，年近九十，率領子孫立志鏟除家門前擋路的太行、王屋兩座大山，一個叫智叟的老人認為他們的想法很愚蠢。愚公卻說：只要子子孫孫挖山不止，終能將兩座大山鏟除。後比喻做事有頑強的毅力和堅持不懈的精神。

9 **愁** chóu 粵sau⁴ 仇 ①憂慮苦悶◇哀愁｜多愁善感。②憂慮苦悶的心情◇離愁｜消愁。

【愁思】chóusī 憂慮鬱悶的心情◇愁思難解。

【愁眉】chóuméi 因發愁而皺着眉◇愁眉不展。

【愁容】chóuróng 憂慮的神色◇愁容滿面。

【愁悶】chóumèn 憂慮煩悶◇心情愁悶。

【愁楚】chóuchǔ 憂傷痛苦◇愁楚的心事。

【愁慘】chóucǎn 悲慘；悽慘◇面容愁慘，淚如雨下。

【愁緒】chóuxù 憂愁的心緒◇愁緒滿懷｜離別的愁緒。

【愁眉苦臉】chóuméi kǔliǎn 皺着眉頭，哭喪着臉。形容心情悲傷、憂愁很多。

【愁雲慘霧】chóuyún cǎnwù 雲、霧，比喻景象、氣氛。形容愁苦淒慘的景象和氣氛◇股市一路下跌，市場一片愁雲慘霧。

9 **愆〔諐〕** qiān 粵hin1 牽 ①罪過；過失◇罪愆。②超過；耽誤◇愆期。

9 **愈** yù 粵jyu6 遇 ①同"瘉"。病情好轉、好了◇病愈|痊愈。②好過；勝過◇與強辭奪理者辯，不如沉默之為愈。③更；越◇每況愈下|隊伍愈排愈長。

【愈加】yùjiā 更加；越發◇久別重逢，愈加親切。

【愈合】yùhé (瘡口、傷口)長好◇傷口已愈合。

【愈益】yùyì 更加◇形勢愈益嚴重。(同) 愈加。

【愈發】yùfā 更加，程度進一步加深。

9 **愛(爱)** ài 粵oi3/ngoi3 哀3 ①對人或事物有很深厚的感情◇愛國|熱愛|母愛。②愛護；珍視◇尊老愛幼|愛惜時光。③喜愛；愛好◇愛上網|酷愛音樂。④常常做某種行為或容易產生某種變化◇愛哭|愛發脾氣。

【愛人】àiren ①指丈夫或妻子。②指戀愛中的二人。③指情人。

【愛心】àixīn 關懷愛護的感情◇向失學兒童獻一份愛心。

【愛好】àihào ①喜愛◇愛好書法|愛好旅遊。②由喜愛而產生的濃厚興趣◇收集郵票是我的愛好。

【愛河】àihé ①指情慾。《楞嚴經》卷四："愛河乾枯，令汝解脱。"佛教認為情慾像河水，可以使人沉溺其中而無法自拔。②比喻甜蜜的愛情◇永浴愛河。

【愛情】àiqíng 相愛的感情◇嚮往愛情|純潔的愛情。

【愛惜】àixī ①珍惜◇愛惜糧食|愛惜時間。②疼愛；愛護◇全家對他百般愛惜。

【愛慕】àimù ①喜歡羨慕◇愛慕虛榮。②喜愛仰慕◇對他愛慕已久。

【愛撫】àifǔ 疼愛撫慰◇愛撫地摸摸孩子的頭。

【愛憐】àilián 疼愛；憐愛◇母親愛憐地望着孩子。

【愛憎】àizēng 喜愛和憎惡◇愛憎分明。

【愛戴】àidài 敬愛擁戴◇深受師生愛戴。

【愛護】àihù 愛惜並保護◇愛護兒童|愛護備至。(反) 傷害。

【愛不釋手】àibúshìshǒu 釋，放下。喜愛得捨不得放手。形容非常喜愛。(反) 不屑一顧。

【愛屋及烏】àiwūjíwū 烏，烏鴉；及，達到。喜愛一個人，進而喜愛他屋頂上的烏鴉。比喻因愛一個人而連帶喜愛同那人有關的人或物。

【愛莫能助】àimònéngzhù 愛，同情；莫，不。有心幫助，但無能為力。出自《詩經・大雅・烝民》："維仲山甫舉之，愛莫助之。"

9 **意** yì 粵ji3 衣3 ①含義；意思◇本意|言外之意。②心願；願望◇中意|萬事如意。③情緒；精神◇心慌意亂|心灰意懶。④意氣；性子◇一意孤行|恣意妄為。⑤情意；感情◇情投意合|情深意長。⑥意味；情趣◇意趣|詩情畫意。⑦目的；意圖◇醉翁之意不在酒|項莊舞劍，意在沛公。⑧預料；料想◇出乎意外|出其不意。

【意下】yìxià ①指意見◇不知你意下如何？②心裏◇這些流言他並不放在意下。

【意外】yìwài ①意料之外◇意外的驚喜。②意料之外的事件◇避免發生意外。

【意向】yìxiàng 心意所向；意圖◇意向不明|參加培訓的意向。

【意旨】yìzhǐ ①指尊長的意圖◇違背意旨|秉承上級意旨。②詩文的主旨◇全詩的意旨非常鮮明。

【意志】yìzhì 意圖和志向◇意志堅定|意志消沉。

【意見】yìjiàn ①對事情的看法或想法◇徵求意見|傾聽意見。②對人或事不滿意的想法◇意見不少|這個方案大家很有意見。

【意表】yìbiǎo 意料之外◇出人意表。

【意味】yìwèi ①含蓄的沒有明確地表達出來的意思◇意味深長|意味無窮。②情調；情趣；趣味◇富於文學意味。③包含有某種意思；標誌◇連年虧損，意味着工廠面臨倒閉。

【意念】yìniàn 念頭；想法◇意念集中|原創意念。

【意思】yìsi ①用語言、文字等表達的內容◇我明白你的意思。②意義◇這種簽名售書活動沒有甚麼意思。③意見；想法◇他的意思是取消活動。④動向；跡象◇天有點要下雪的意思。⑤ 情調；趣味◇這本書很有意思。⑥ 禮物所代表的心意◇不要客氣，這是大家的一點小意思。⑦ 象徵式表示◇意思意思一下就好了。

【意氣】 yìqì ① 意志和氣概◇意氣風發。② 志向、興趣和性格◇意氣相投。③ 偏激、任性的心理情緒◇做買賣不能意氣用事。

【意料】 yìliào 事先對情況、結果的估計◇意料之中｜意料之外｜出乎意料。

【意象】 yìxiàng ① 意境◇意象超俗。② 想像◇他的作品多出人意象之外。③ 印象◇兒時意象，多已淡忘。

【意想】 yìxiǎng 意料；料想◇取得意想不到的成績。

【意會】 yìhuì 不經説明而內心領會◇這首樂曲的妙處只能意會，難以言傳。

【意義】 yìyì ① 語言、文字或其他信號所表示的含義、內容◇詞語的意義。② 作用；價值◇歷史意義｜探討人生的意義。

【意境】 yìjìng 文學藝術作品通過形象描寫表現出來的境界和情調◇意境深遠。

【意圖】 yìtú 實現某種目的的想法、打算◇作戰意圖｜意圖明顯。

【意趣】 yìqù 意味和情趣◇意趣盎然。

【意興】 yìxìng 興趣；興致◇意興正濃｜意興索然。

【意願】 yìyuàn 願望；心願◇表達參選意願。

【意識】 yìshi ① 人的頭腦對於外界事物的反映，是各種心理過程的總和◇民族主義意識。② 對某一事物的認識◇環保意識｜要有參與意識。③ 覺察◇他意識到機會來了｜一點都沒意識到自己錯了。

【意譯】 yìyì ① 按照原文的文意而不拘泥於原文的字句詞義進行翻譯。② 根據某種語言的詞義，翻譯成另一種語言的詞語。

【意氣風發】 yìqìfēngfā 意氣，意志和氣概；風發，像飈風一樣迅猛有力。形容精神振奮，氣概昂揚。㊎ 垂頭喪氣。

9 **愜(惬)〔㥦〕** qiè 粵hip3 脅 ①滿足（心願）◇愜意｜愜心。②合適；適當◇愜當。

【愜意】 qièyì 稱心，滿意；舒服◇睡得十分愜意。

9 **惰** duò 粵do6 墮 ①懶；懈怠◇懶惰｜怠惰。②不易變動的◇惰性氣體。

【惰性】 duòxìng ① 不想行動、不想改變的心理◇克服不思進取的惰性。② 物質不易跟其他元素或化合物發生化學反應的性質◇惰性氣體。

9 **惻(恻)** cè 粵cak1 測 ①憂傷；悲傷◇惻然｜百感悽惻。②同情；憐憫◇惻隱。

【惻隱】 cèyǐn 憐憫；同情◇惻隱之心，人皆有之。

9 **愠〔慍〕** yùn 粵wan3 蘊 含怒；怨恨◇人不知而不愠，不亦君子乎？

【愠怒】 yùnnù 惱怒；埋怨和氣惱◇強壓愠怒。

9 **惺** xīng 粵sing1 星 ①清醒、醒悟◇惺悟。②機靈；聰明◇惺惺惜惺惺。

【惺忪】 xīngsōng 剛睡醒時眼睛模糊不清的樣子◇睡眼惺忪。

【惺惺作態】 xīngxīngzuòtài 賣弄聰明；故作姿態。

【惺惺惜惺惺】 xīngxīngxīxīngxīng 惺惺，聰明。聰明人愛惜聰明人。比喻同類人趣味相投，互相同情。也説“惺惺相惜”◇惺惺惜惺惺，兩人一見面就成了朋友。

9 **愕** è 粵ngok6 岳 驚訝◇驚愕。

【愕然】 èrán 驚訝的樣子◇愕然相視。

9 **惴** zhuì 粵zeoi3 最 畏懼；因恐懼而擔憂◇惴懼｜惴惴不安。

【惴恐】 zhuìkǒng 恐懼。

【惴惴不安】 zhuìzhuìbù'ān 形容擔憂害怕、心裏動盪不寧的樣子。㊐ 驚恐不安。

9 **愣** lèng 粵ling6 另 ①發呆；失神◇發愣｜嚇得愣住了。②魯莽；冒失◇愣頭愣腦。

【愣怔】 lèngzheng 木然發呆地直視的樣子◇面對記者的發問，主席愣怔了片刻。

【愣頭愣腦】 lèngtóulèngnǎo ① 魯莽冒失的樣子◇愣頭愣腦地闖進了會場。② 形容反應遲鈍的樣子◇他愣頭愣腦的，一句話也答不上來。

9 **愀** qiǎo 粵ciu2 悄【愀然】qiǎorán ①形容臉色一下子變得嚴肅、不快或憂愁等◇愀然改容。②形容憂愁、悽苦的樣子。

9 **愎** bì 粵bik1碧 任性；固執◇剛愎自用。

9 **惶** huáng 粵wong4王 恐懼；驚慌◇惶恐|人心惶惶。

【惶急】huángjí 驚慌焦急◇惶急中不知怎麼辦才好。

【惶恐】huángkǒng 驚慌恐懼◇惶恐萬狀。

【惶惑】huánghuò 心中恐懼，不知所措◇惶惑不安。

【惶惶】huánghuáng 不安恐懼的樣子◇惶惶不可終日。

【惶遽】huángjù 恐懼驚慌◇神色惶遽｜惶遽而走。

9 **愉** yú 粵jyu4餘 喜悅；快樂◇歡愉|愉快。

【愉快】yúkuài 心情舒暢；快樂◇心情愉快｜愉快的節日。

【愉悅】yúyuè ①愉快；喜悅◇心情愉悅。②使愉快、喜悅◇旅遊可以愉悅身心。

9 **愔** yīn 粵jam1音【愔愔】yīnyīn ①安閒和悅的樣子◇安樂何愔愔。②寧靜無聲的樣子◇萬籟靜愔愔。

9 **惲**（恽）yùn 粵wan6運 姓。

9 **慨** kǎi 粵koi3丐 ①感歎；歎息◇感慨萬分。②憤激◇憤慨|慷慨陳詞。③不吝惜，大方◇慨允|慷慨解囊。

【慨然】kǎirán ①感慨的樣子◇慨然賦詩｜目睹此情，能不慨然。②慷慨；大方◇慨然應允｜慨然相贈。

【慨歎】kǎitàn 感慨歎息◇慨歎不已｜回憶痛苦的往事，不勝慨歎。

9 **惱**（恼）nǎo 粵nou5努 ①生氣；發怒◇氣惱|我說這話也不怕你惱。②心中愁悶；苦悶◇煩惱|苦惱。

【惱火】nǎohuǒ 生氣；發怒◇惱火透頂｜對這種做法，他十分惱火。

【惱恨】nǎohèn 氣惱怨恨◇你自己不努力，怎能惱恨別人？

【惱怒】nǎonù ①氣惱發怒◇沒等他說完，她已十分惱怒。②使氣惱、發怒◇這句話惱怒了大家。

【惱羞成怒】nǎoxiūchéngnù 惱，忿恨；羞，羞辱。因惱恨、羞愧而發怒。

9 **愍** mǐn 粵man5敏 ①悲傷；憂愁◇愍生民之顛沛。②憐憫；哀憐◇愍其不幸。

【愍恤】mǐnxù 撫恤◇愍恤百姓。

10 **慈**〔慈〕cí 粵ci4詞 ①仁愛；和善◇慈祥。②指母親◇家慈。

【慈和】cíhé 慈祥和藹◇慈和的目光｜慈和的笑容。

【慈祥】cíxiáng 和藹安詳（多形容老年人）◇慈祥的面容。

【慈悲】cíbēi ①佛教語。意為給人快樂，除人苦惱◇慈悲為懷。②慈善和憐憫◇慈悲心腸。

【慈善】císhàn 仁慈善良；富有同情心◇慈善事業|天性慈善。

【慈愛】cí'ài 慈祥而充滿愛憐◇母親慈愛的目光始終注視着她。

【慈憫】címǐn 仁慈憐憫◇大發慈憫之心。

【慈藹】cí'ǎi 仁慈和藹◇慈藹可親｜慈藹的母親。

【慈眉善目】címéi shànmù 形容面容慈祥和善◇慈眉善目的老婆婆。

10 **愫** sù 粵sou3掃 真情；情意◇情愫。

10 **慌** huāng 粵fong1方 ①慌張◇驚慌|慌手慌腳|心慌意亂。②難以忍受◇熱得慌|餓得慌。

【慌忙】huāngmáng 急忙；忙亂◇突然下起了暴雨，行人都慌忙找地方躲雨。

【慌張】huāngzhāng 心情緊張，動作忙亂◇把舵的不慌張，乘船的才穩當。

【慌亂】huāngluàn 慌張忙亂◇神情慌亂。

【慌手慌腳】huāngshǒu huāngjiǎo 手忙腳亂。形容慌張失措的樣子。

10 **慎** shèn 粵san6腎 謹慎；小心◇不慎|慎言慎行。

【慎重】shènzhòng 謹慎不輕率◇婚姻大事要慎重對待。

【慎微】shènwēi 在細微之處也很謹慎◇謹小慎微。

【慎獨】shèndú《禮記・大學》："此謂誠於

中，形於外，故君子必慎其獨也。”一個人獨處時要特別謹慎，不做任何苟且的事。

【慎終追遠】shènzhōngzhuīyuǎn 依禮慎重辦理父母喪事，祭祀時要誠心追念祖先。現在也指慎重行事，追念先賢。

10 **慄〔栗〕** lì 粵leot6 律 因寒冷或恐懼而發抖◇戰慄｜不寒而慄。

10 **愷（恺）** kǎi 粵hoi2 海 安樂；和樂◇君子愷悌（平易近人）。

10 **愾（忾）** kài 粵koi3 丐 憤恨◇同仇敵愾。

10 **愧〔媿〕** kuì 粵kwai5 葵5 羞愧；慚愧◇問心無愧｜卻之不恭，受之有愧。

【愧汗】kuìhàn 羞愧得出汗。形容羞愧至極。

【愧疚】kuìjiù 慚愧內疚◇愧疚不安｜過年沒去看他，我深感愧疚。

【愧怍】kuìzuò 慚愧；羞愧◇深感愧怍。

【愧避】kuìbì 羞愧迴避。

10 **愴（怆）** chuàng 粵cong3 創3 悲傷；憂傷◇悲愴｜悽愴。

【愴然】chuàngrán 悲傷的樣子◇愴然流涕。

10 **慊** 〈一〉qiàn 粵him3 欠 怨恨；遺憾◇生也無慊，死也無憾。
〈二〉qiè 粵hip3 脅 滿足；滿意◇不慊於心｜意有未慊。

10 **愬** sù 粵sou3 掃 ①同“訴”。訴說；告發◇愬苦｜愬訟。②誹謗◇愬無辜者。

10 **態（态）** tài 粵taai3 太 ①形狀；狀態◇體態｜病態｜千姿百態。②狀況；情況◇心態｜動態｜故態復萌。③態度◇表態。④一種語法範疇。指句子裏的動詞所表示的動作跟主語所表示的事物之間的關係◇主動態｜進行時態。

【態度】tàidù ①人的舉止神態◇態度冷淡｜態度和藹。②對人對事的看法及採取的行動◇表明態度｜態度堅決。

【態勢】tàishì ①現時所處的狀態◇現在的態勢對我們不利。②動態和趨勢◇分析未來的經濟態勢。

11 **慧** huì 粵wai6 惠 聰明◇智慧｜聰慧｜秀外慧中。

【慧眼】huìyǎn ①佛教指能認識到過去、未來的眼力。②指特別敏銳的眼力◇獨具慧眼｜慧眼識英雄。

【慧黠】huìxiá 聰明而機警◇慧黠過人。

11 **慝** tè 粵tik1 惕 罪惡；邪念◇隱慝｜民無懷慝。

11 **慕** mù 粵mou6 冒 ①羨慕；敬仰◇愛慕｜慕名。②思念◇思慕｜如怨如慕。③姓。

【慕仰】mùyǎng 仰慕◇為眾人所慕仰。

【慕名】mùmíng 仰慕別人的名氣◇慕名求教。

11 **愨（悫）〔慤〕** què 粵kok3 確 誠實；恭謹；樸實◇愨誠｜愨樸。

11 **憂（忧）** yōu 粵jau1 休 ①憂愁；擔心◇憂傷｜煩憂｜心憂炭賤願天寒。②令人憂愁的事◇隱憂｜人無遠慮，必有近憂。

【憂心】yōuxīn ①憂愁的心情◇憂心如焚｜憂心忡忡。②憂慮；擔心◇她的病情讓家人憂心。

【憂抑】yōuyì 憂愁抑鬱◇陰雨綿綿，使人心情憂抑。

【憂苦】yōukǔ 憂愁痛苦◇流露內心的憂苦。

【憂思】yōusī ①憂慮◇憂思難忘｜日夜憂思。②憂愁的思緒。

【憂悒】yōuyì 憂慮愁悶◇他的臉上佈滿了憂悒。

【憂戚】yōuqī 憂愁悲哀◇講到家鄉的災情，他顯得非常憂戚。

【憂國】yōuguó 憂慮國家大計和人民疾苦◇位卑未敢忘憂國。

【憂患】yōuhuàn 憂慮和危難。也指憂慮和危難的處境◇生於憂患，死於安樂｜飽經憂患。

【憂勞】yōuláo 憂患勞苦◇憂勞可以興國，逸豫可以亡身。

【憂悶】yōumèn 憂愁苦悶◇心情憂悶。

【憂愁】yōuchóu 憂慮愁苦◇憂愁過度。

【憂傷】yōushāng 憂愁悲傷◇神色憂傷｜滿臉憂傷。

【憂慮】yōulǜ 憂愁擔心◇憂慮不安｜市場憂慮通貨膨脹持續。

【憂憤】yōufèn 憂愁憤慨◇憂憤成疾。

【憂懼】yōujù 憂愁害怕◇對於無償的命運，

他常懷憂懼之心。

【憂鬱】 yōuyù 憂愁抑鬱◇憂鬱成疾｜心情憂鬱。㊂ 憂抑。

11 慮（虑） lǜ 粵leoi6 類 ①思考；謀劃◇深謀遠慮｜智者千慮，必有一失。②擔心；擔憂◇顧慮｜無憂無慮。

11 慫（怂） sǒng 粵sung2 聳 ①驚懼◇慫兢。②見"慫恿"。

【慫恿】 sǒngyǒng 從旁鼓動別人去做某事◇慫恿朋友買郵票收藏。

11 慾〔欲〕 yù 粵juk6 肉 慾望◇貪慾｜食慾｜求知慾。

【慾火】 yùhuǒ 比喻強烈的慾望，多指情慾。

【慾念】 yùniàn 慾望。

【慾望】 yùwàng 想得到某些或想達到某種目的的強烈願望。

【慾壑難填】 yùhènántián 形容慾望太大太多，難以滿足。

11 慶（庆） qìng 粵hing3 磬 ①祝賀；慶賀◇普天同慶。②值得慶祝的紀念日◇校慶｜國慶。

【慶幸】 qìngxìng 為意外避免了災禍或獲得好結果而感到高興◇值得慶幸的是，這次事故沒有傷人。

【慶典】 qìngdiǎn 慶祝典禮◇舉行隆重的慶典。

【慶祝】 qìngzhù 為共同的喜事進行祝賀活動，表示歡慶或紀念◇慶祝生日｜慶祝建校五十週年。

【慶賀】 qìnghè 慶祝；向人表示祝賀道喜◇慶賀金婚｜比賽獲得了勝利，球員互相擁抱慶賀。

11 慚（惭）〔慙〕 cán 粵caam4 蠶 羞愧不安◇羞慚｜大言不慚。

【慚怍】 cánzuò 羞愧◇主人拒見，客人慚怍而退。

【慚愧】 cánkuì 因有缺點、錯誤或沒盡到責任而感到不安◇説來慚愧，我答應他的事沒有做到。

11 慪（怄） òu 粵au3 勾3 ①故意逗弄，取笑◇他心裏本來就很難過，你就別再慪他了。②生悶氣；使人生氣◇心裏慪得不得了｜一句話慪得他直冒火。

【慪氣】 òuqì 鬧情緒，生悶氣◇為這點小事慪氣，實在不值得。

11 慳（悭） qiān 粵haan1 閒1 ①吝嗇◇慳吝。②缺少；缺乏◇緣慳一面。

【慳吝】 qiānlìn 吝嗇；小氣◇慳吝鬼。

11 慓 piāo 粵piu5 瞟 ①迅疾；輕捷◇慓悍。②勇猛◇慓勇。

【慓悍】 piāohàn 敏捷勇猛◇性情慓悍｜慓悍的獵人。

11 慢 màn 粵maan6 萬 ①待人冷淡，沒有禮貌◇傲慢｜輕慢。②速度或動作遲緩◇慢跑｜慢條斯理。

【慢性】 mànxìng ①持續時間較長的；發作較慢的◇慢性病｜慢性中毒。②性情綿緩，生就做事慢吞吞的秉性◇碰到這種慢性的人，你急不得。

【慢待】 màndài ①冷淡地待人◇不能慢待顧客。②客套話。用於表示招待不周◇太慢待了，請諸位包涵。

【慢説】 mànshuō 別説；不要説。表示讓步、轉折的意思◇慢説是小孩子，連大人也喜歡這部電影。

【慢條斯理】 màntiáo sīlǐ 形容説話做事不慌不忙。㊀ 急如星火。

【慢慢吞吞】 mànmàntūntūn 言語行動緩慢的樣子◇路上堵車，只能慢慢吞吞地向前挪。

【慢慢悠悠】 mànmànyōuyōu 形容言語行動緩慢。

【慢聲細語】 mànshēng xìyǔ 形容語調緩慢，聲音柔細。

11 慥 zào 粵zou6 做/cou3 澡 忠厚誠實◇慥慥君子。

【慥慥】 zàozào 忠厚誠實的樣子。

11 慟（恸） tòng 粵dung6 動 極度悲哀◇慟哭｜悲慟。

【慟哭】 tòngkū 痛哭◇放聲大哭。

11 慷 kāng 粵kong2 抗2/hong2【慷慨】kāngkǎi ①情緒激昂◇慷慨激昂｜慷慨陳詞。②大方，不吝嗇◇慷慨解囊｜慷慨好施。

11 慵 yōng 粵jung4 容 睏倦；懶散◇慵睏｜慵懶。

【慵倦】yōngjuàn 懶散睏倦◇慵倦欲睡。

【慵睏】yōngkùn 懶散睏倦◇午後慵睏，欲小睡片刻。

【慵懶】yōnglǎn 懶散；懶惰◇慵懶地躺在沙灘上。

11 **慘(惨)** cǎn 粵caam^{2} 蠶^{2} ①遭遇不幸而使人悲傷◇悲慘|慘遭不幸。②程度嚴重◇慘敗|輸得太慘。③殘酷；狠毒◇慘毒|慘殺無辜。

【慘白】cǎnbái ①蒼白◇臉色慘白。②景色暗淡◇清冷慘白的月光。

【慘苦】cǎnkǔ 悽慘悲苦◇慘苦的乞討生活。

【慘怛】cǎndá 憂傷悲痛◇心中慘怛，痛不欲生。

【慘毒】cǎndú 兇殘狠毒◇遭受慘毒的拷打。

【慘重】cǎnzhòng 極其嚴重◇傷亡慘重|颱風造成慘重的損失。

【慘案】cǎn'àn ①殘殺的事件。②造成大量人員傷亡的悲慘事件。

【慘敗】cǎnbài 慘重的失敗；慘痛的失敗。

【慘淡】cǎndàn ①昏暗無光◇月色慘淡。②淒涼；蕭條◇景象慘淡|生意慘淡。③形容煞費苦心◇慘淡經營。

【慘痛】cǎntòng 悲慘痛苦◇慘痛的教訓。

【慘禍】cǎnhuò 慘重的災禍◇開車打手機釀成了慘禍|機件故障釀成了慘禍。

【慘厲】cǎnlì 悽慘尖利◇慘厲的叫聲。

【慘劇】cǎnjù 指悲慘的事件◇大火釀成了無一幸存的慘劇。

【慘不忍睹】cǎnbùrěndǔ 悽慘的情狀讓人不忍心看。形容悽慘到了極點。

【慘無人道】cǎnwúréndào 殘暴得滅絕人性。

【慘絕人寰】cǎnjuérénhuán 人寰，人世間。人世間沒有比這更悲慘的。形容極端慘痛◇慘絕人寰的南京大屠殺。

11 **慣(惯)** guàn 粵gwaan^{3} 關^{3} ①經常；習以為常◇慣用|習慣成自然。②縱容；放任◇嬌生慣養|被慣壞的孩子。

【慣犯】guànfàn 經常犯罪、屢教不改的刑事犯罪分子。

【慣例】guànlì 一向的做法；常規◇國際慣例。

【慣性】guànxìng 物理學名詞。物體保持自身原有的運動狀態或靜止狀態的性質。如汽車開動時乘客會向後方倒，急剎車時乘客又會向前方倒，就是慣性的表現。

【慣匪】guànfěi 經常行兇搶劫的匪徒。

【慣竊】guànqiè 經常作案、屢教不改的盜竊犯。

11 **憋** biē 粵bit^{3} 別^{3} ①強行抑制；極力忍住◇別把話憋在肚子裏。②氣不通暢而感到悶◇房間裏憋得慌。

【憋氣】biēqì ①因空氣不暢通或呼吸受阻而感覺胸悶◇室內太憋氣，把窗戶打開吧。②有委屈和煩惱不便訴說而感到不舒暢◇這場球賽輸得太憋氣了。

【憋悶】biēmen ①呼吸不暢而胸悶◇被子捂得太嚴實，覺得胸口憋悶。②心情不舒暢◇有苦無處訴，她感到很憋悶。

11 **慰** wèi 粵wai^{3} 畏 ①心情安適◇快慰|欣慰。②使心情安適◇撫慰|聊以自慰。

【慰安】wèi'ān 安撫；安慰◇慰安軍心。

【慰勉】wèimiǎn 安慰勉勵◇互相慰勉|慰勉有加。

【慰留】wèiliú 慰勉挽留◇校方誠意慰留，希望王老師繼續執教。

【慰問】wèiwèn（用話語、物品或其他形式）安慰、問候◇慰問演出|慰問傷員。

【慰勞】wèiláo 慰問犒勞◇慰勞前方將士。

【慰藉】wèijiè 撫慰；安慰◇親人的問候讓他得到了莫大的慰藉。

12 **憨** hān 粵ham^{1} 堪 ①傻；木訥◇憨痴|憨笑。②樸實；天真◇憨厚|憨態可掬。

【憨直】hānzhí 樸實直爽◇待人憨直。

【憨厚】hānhòu 純樸厚道◇為人憨厚可靠。

【憨頑】hānwán 頑皮◇淘氣憨頑。

【憨實】hānshí 樸實厚道◇憨實純樸。

12 **憩〔憇〕** qì 粵hei^{3} 氣 休息◇休憩|小憩。

【憩息】qìxī 休息。

12 **憊(惫)** bèi 粵bei^{6} 備 極端疲乏◇疲憊不堪。

12 **憑(凭)〔凴〕** píng 粵pang^{4} 朋 ①身體靠着◇憑窗|憑欄。②倚靠；倚仗◇這事全憑大家努力了。③憑藉；依據

◇憑票入場|憑經驗判斷。④證據◇真憑實據|口説無憑。⑤任憑；無論◇憑你説破嘴，我也不會同意。

【憑弔】 píngdiào 對着遺跡、遺物等懷念前人或感慨往事◇在汨羅江畔憑弔屈原。

【憑仗】 píngzhàng 倚仗；依靠◇憑仗優異成績獲得獎學金。

【憑依】 píngyī ① 憑藉◇憑依經驗辦事。② 依靠；依託◇無所憑依。

【憑空】 píngkōng 毫無根據地◇憑空捏造|憑空想像。

【憑信】 píngxìn ① 信賴；相信◇小説之言，不足憑信。② 賴以取信的東西◇你要取貨，需要提供憑信。

【憑眺】 píngtiào 從高處遠望◇登高憑眺。

【憑據】 píngjù 可作為證據的事物◇憑據不足，難以定罪。

【憑藉】 píngjiè 依靠；倚仗◇憑藉自己的實力，他獲得冠軍。

【憑證】 píngzhèng 憑據；證據◇寫下收條作為借款的憑證。

12 **懟** duì 粵deoi6 隊 ①怨恨；憎惡。②惡人◇巨懟。

12 **憤（愤）** fèn 粵fan5 奮 惱怒；怨恨◇氣憤|憂憤|公憤難平。

【憤青】 fènqīng 對某些現實狀況不滿，喜歡發洩憤怒的青年人◇互聯網上許多憤青言辭過激。

【憤恨】 fènhèn 氣憤痛恨◇憤恨不已。

【憤怒】 fènnù 非常生氣◇發出憤怒的吼聲。

【憤然】 fènrán 憤怒的樣子◇一聽此話，他憤然離去。

【憤慨】 fènkǎi 激憤，情緒氣憤不平◇激起人們極大的憤慨。

【憤發】 fènfā 奮發◇憤發圖強。

【憤憤】 fènfèn 很氣憤的樣子◇憤憤不平。

【憤激】 fènjī 因氣憤而激動◇羣情憤激。

【憤懣】 fènmèn 氣憤；抑鬱不平◇令人憤懣。

【憤世嫉俗】 fènshì jísú 憤，恨；嫉，憎惡。痛恨社會的不平與黑暗，憎惡庸俗小民苟且偷生於現實。

12 **憫（悯）** mǐn 粵man5 敏 ①憂愁；愁悶◇窮而不憫。②哀憐；同情◇憐憫|悲天憫人。

【憫恤】 mǐnxù 憐恤◇憫恤難民。

【憫然】 mǐnrán ① 哀憐的樣子◇憫然動容。② 憂愁的樣子◇曲罷憫然。

12 **憬** jǐng 粵ging2 竟 覺醒◇憬悟。

【憬悟】 jǐngwù 醒悟；覺醒◇驟然憬悟。

【憬然】 jǐngrán 醒悟的樣子◇憬然而悟。

12 **憒（愦）** kuì 粵kui3 繪3 昏亂；糊塗◇昏憒|憒憒。

12 **憚（惮）** dàn 粵daan6 但 畏懼；害怕◇過則勿憚改。

12 **憮（怃）** wǔ 粵mou5 母 ①哀憐。②形容惆悵失意。③驚愕的樣子。

【憮然】 wǔrán ① 驚愕的樣子◇憮然有懼色。② 失意的樣子◇憮然不悦。

12 **憔〔顦〕** qiáo 粵ciu4 潮【憔悴】qiáocuì 枯瘦；黃瘦◇面容憔悴。

12 **憧** chōng 粵cung1 充【憧憬】chōngjǐng 嚮往◇憧憬着美好的未來。

【憧憧】 chōngchōng ① 形容來往不定◇人影憧憧。② 形容搖晃不定◇燈影憧憧。

12 **憐（怜）** lián 粵lin4 連 ①哀憐；同情◇可憐|同病相憐。②愛◇憐愛|憐恤。

【憐恤】 liánxù 憐愛體恤；愛護關心◇憐恤孤苦無依的老人。

【憐惜】 liánxī 同情愛惜◇惹人憐惜。

【憐愛】 lián'ài 憐惜疼愛◇憐愛子女。

【憐憫】 liánmǐn 同情遭遇不幸的人◇我不想大家出於憐憫而幫助我。

【憐香惜玉】 liánxiāng xīyù 香、玉，比喻女子。形容男子對女子溫存、體貼、愛憐。

12 **憎** zēng 粵zang1 增 痛恨；厭惡◇愛憎分明|面目可憎。

【憎恨】 zēnghèn 厭惡痛恨◇招人憎恨。

【憎惡】 zēngwù 憎恨，厭惡◇言談舉止粗俗，易惹人憎惡。

12 **憲（宪）** xiàn 粵hin3 獻 ①法令◇憲令|憲章。②國家的根本大法◇立憲|

修憲。

【憲令】xiànlìng 國家的法令。

【憲兵】xiànbīng 某些國家執行軍事監察任務的士兵。

【憲法】xiànfǎ 國家的根本大法，規定一個國家的社會制度、政府體制、公權力和公民的權利、義務等。憲法具有至高無上的法律效力，是其他一切立法的依據。

【憲政】xiànzhèng 依據憲法和法律治理國家的政治制度。

【憲章】xiànzhāng ① 典章制度。② 具有憲法作用的章程◇聯合國憲章。

【憲警】xiànjǐng 憲兵和警察。

13 **懋** mào 粵mau6 茂 ①勤勉；努力◇懋修|懋學。②大；盛大◇懋功|懋典。

13 **懇(恳)** kěn 粵han2 很 ①真誠；誠摯◇懇請|懇切。②請求◇懇請大力支持。

【懇切】kěnqiè 真誠而殷切◇老師懇切地指出他的長處與不足。

【懇求】kěnqiú 誠懇地請求◇懇求隊長再給一次機會。

【懇託】kěntuō 懇切地託付◇這事就懇託您了。

【懇摯】kěnzhì 誠懇真摯◇情意懇摯|言語懇摯動人。

【懇請】kěnqǐng 誠懇地邀請或請求◇一再懇請|懇請專家指教。

【懇願】kěnyuàn 殷切希望◇懇願好人一生平安。

13 **應(应)** ㈠yīng 粵jing1 英 ①同意；答應◇應允|應許。②應該；應當◇理應|罪有應得。③姓。

㈡yìng 粵jing3 英3 ①應聲回答◇呼應|應答如流。②接受◇應聘|應邀。③適合；適應◇應時|應機立斷|得心應手。④對待；對付◇應急|應付自如。⑤接應◇裏應外合。⑥證實（預言、預想、預感）◇應驗|果然應了此事。

【應口】yìngkǒu ① 回答；答話◇問了好幾遍，他也不應口。② 回嘴◇説他懶，他還不服氣地應口。

【應分】yīngfèn 分內所應該的◇為顧客服務是商家應分的事。

【應允】yīngyǔn 答應；允許◇滿口應允|點頭應允。

【應付】yìngfu ① 對付；採取對策或措施◇應付突發事件。② 敷衍；將就◇事事應付|還能應付得過去。

【應用】yìngyòng ① 使用◇應用新方法|把太空科技應用到日常生活。② 實用的◇應用科學|應用技術。

【應卯】yìngmǎo 古時官員每天早晨卯時（五點到七點）到衙門聽候點名，點到時答應一聲表示到班，叫應卯。後比喻按例到場，應付一下。

【應考】yìngkǎo 參加考試◇進京應考。

【應名】yīngmíng 掛名◇他只是個應名的經理，沒有實權。

【應和】yìnghè ① 呼應唱和◇琴聲應和着宛轉的歌聲。② 應答；應對◇問他話，他總是漫不經心地應和着。

【應命】yìngmìng 遵命；接受命令◇不敢應命|眾人應命而去。

【應門】yìngmén 為敲門或叫門的人開門◇到他家，十有八次沒人應門。

【應屆】yīngjiè 本期的；本屆的◇應屆畢業生。

【應承】yìngchéng 承接下來；承諾◇這件事他不敢應承。

【應時】yìngshí 適合時令或時尚的◇應時糕點|應時手袋。

【應許】yīngxǔ 答應；允許◇對借款十萬元的事，他一口應許。

【應景】yìngjǐng ① 為應付場面而做◇應景文章。② 適合當時的節令◇中秋節到了，吃月餅最應景。

【應酬】yìngchou ① 交際往來。多指禮節性的◇不善應酬。② 接待◇客人來了，你先應酬一下。③ 私人間的宴會。也泛指社交宴飲◇晚上有個應酬。

【應當】yīngdāng 應該◇情況越緊急，頭腦越應當冷靜。

【應試】yìngshì ① 參加考試◇古人以讀書應試為正路。② 應對考試◇應試技巧。

【應運】yìngyùn 原指順應天命。後泛指適應機遇◇應運而生。

【應對】yìngduì ① 應答；對答◇從容應對｜應對如流。② 對付；想辦法解決◇沉着冷靜地應對挫折。

【應徵】yìngzhēng ① 回應徵求◇應徵的稿件。② 接受徵召◇應徵入伍。

【應戰】yìngzhàn ① 迎擊來犯之敵◇沉着應戰。② 接受對方的挑戰◇對手向我們發出戰書，我們能不應戰嗎？

【應諾】yìngnuò 答應；允諾◇滿口應諾｜不肯應諾。

【應聲】yìngshēng ① 出聲回答◇喊他他不應聲。② 隨着聲音◇球應聲落網。

【應驗】yìngyàn（預言或估計）與後來所發生的事相一致◇你的話果然應驗了。

【應變】yìngbiàn 應付突然變化的情況◇隨機應變｜應變能力。

【應用文】yìngyòngwén 日常生活或工作中經常使用的文體，如便條、書信、公文、通知、廣告、協議、合同等，一般都有慣用的格式。

【應聲蟲】yìngshēngchóng 唐代劉餗《隋唐嘉話》記載：相傳古時有人得了應聲病，他講甚麼話，蟲在他肚裏也講甚麼話。後用來比喻沒主見而隨聲附和的人◇他聲言在會上要堅持自己的意見，不做應聲蟲。

【應召女郎】yìngzhàonǚláng 在色情行業或酒店等場所靠出賣色相為生的女子。

【應有盡有】yīngyǒujìnyǒu 應該有的全都有了。形容非常齊全。

【應接不暇】yìngjiēbùxiá 不暇，沒有空閒。原指沿途美景很多，看不過來。後也用來形容人或事太多，接待、應付不過來。

【應答如流】yìngdárúliú 回答得像流水一樣順暢。形容回答得很流利、很得當。

13 **懂** dǒng 粵dung² 董 明白；理解◇懂事｜這個道理我懂。

【懂行】dǒngháng 熟悉某方面的業務◇買古董得找個懂行的人來幫忙。

【懂事】dǒngshì 了解一般的事理或懂得人情世故◇孩子很懂事，從不讓父母操心。

【懂得】dǒngde 知道；理解◇她早晚會懂得我的良苦用心的。

13 **憾** hàn 粵ham⁶ 陷 不如意；不稱心◇遺憾｜引以為憾。

【憾事】hànshì 遺憾的事情◇沒能獲得金牌，是他運動生涯的一大憾事。

13 **懌（怿）** yì 粵jik⁶ 亦 高興；喜悅◇不懌｜悅懌。

13 **懊** ào 粵ou³/ngou³ 澳 悔恨；惱恨◇懊悔｜懊惱。

【懊恨】àohèn 懊悔；悔恨◇她對自己的過激行為，懊恨不已。

【懊悔】àohuǐ 後悔◇錯過了找份好工作的機會，她懊悔不已。

【懊喪】àosàng 煩惱沮喪◇找不到工作，他懊喪得很。

【懊惱】àonǎo 煩惱；心裏悔恨◇為比賽失利而懊惱。

13 **懈** xiè 粵haai⁶ 械 ①鬆懈；懶惰◇懈怠｜堅持不懈。②弱點；漏洞◇無懈可擊。

【懈怠】xièdài 鬆懈怠惰◇他堅持鍛煉，從不懈怠。

13 **懍〔懔〕** lǐn 粵lam⁵ 凜 ①畏懼；謹慎◇小心懍懍。②嚴肅；嚴正◇懍若冰霜。

【懍然】lǐnrán 嚴正不阿的樣子◇大義懍然。

【懍懍】lǐnlǐn 形容方正剛烈◇氣節懍懍｜懍懍正氣。

【懍若冰霜】lǐnruòbīngshuāng 嚴肅得像寒冰和凝霜一樣。形容人方正剛直。

13 **憶（忆）** yì 粵jik¹ 益 ①回憶；回想◇追憶｜回憶。②記住◇記憶。

【憶念】yìniàn ① 思念◇旅居海外，時時憶念故鄉。② 紀念◇手錶送給你作個憶念。

14 **懟（怼）** duì 粵deoi⁶ 隊 怨恨◇心懷怨懟。

14 **懣（懑）** mèn 粵mun⁶ 悶/mun⁵ 滿 ①煩悶◇憂懣。②惱怒；憤慨◇憤懣。

14 **懨（恹）** yān 粵jim¹ 淹【懨懨】yānyān 身體不舒服、無精打采的樣子◇病懨懨｜懨懨欲睡。

14 **懦** nuò 粵no⁶ 糯 膽小怕事，軟弱無能◇怯懦。

【懦夫】nuòfū 膽小軟弱的人◇逃跑是懦夫行為。

【懦弱】nuòruò 膽小柔弱；膽小怕事◇性格懦弱，遇事就逃。

15 **懲（惩）** chéng 粵cing^{4}晴 ①警戒◇懲前毖後。②處罰◇懲治|懲惡揚善。

【懲戒】chéngjiè 通過懲罰使人警戒起來。

【懲處】chéngchǔ 處罰◇懲處違紀人員。

【懲創】chéngchuàng 懲治；懲辦。同 懲辦。

【懲罰】chéngfá 處罰◇依法懲罰。同 懲處、懲辦。

【懲辦】chéngbàn 懲處；治罪◇懲辦肇事者。

【懲一警百】chéngyī jǐngbǎi 懲罰一個人，起到警戒眾人的作用。

【懲前毖後】chéngqián bìhòu 毖，謹慎。吸取過去錯誤或失敗的教訓，以後謹慎小心，不再重犯。

16 **懵** měng 粵mung^{2}蒙^{2}（心裏）迷亂；不明白事理。

【懵懂】měngdǒng 糊塗；不懂事◇聰明一世，懵懂一時。

16 **懸（悬）** xuán 粵jyun^{4}元 ①吊；掛◇懸掛|懸燈結綵|明鏡高懸。②不着地；沒有支撐◇懸空|懸浮。③公開告示◇懸賞捉拿。④惦記；掛念◇懸念|懸望。⑤沒有結果◇懸而未決。⑥距離遠；差別大◇懸隔千里|天懸地隔。⑦危險◇差點摔下樓，太懸了！⑧憑空想像◇懸想|懸擬。

【懸心】xuánxīn 掛念；擔心◇日夜懸心|不必懸心。

【懸念】xuánniàn ① 掛念◇父母時刻懸念遠行的子女。② 欣賞小説、戲劇、影視等文藝作品或演出時，對情節發展和人物命運的期待心理◇製造懸念。

【懸殊】xuánshū 差別很大◇貧富懸殊|兩支球隊實力懸殊。

【懸案】xuán'àn ① 長期拖延沒有結果的案件。② 指沒有解決的問題◇歷史懸案。

【懸崖】xuányá 高而陡的山崖◇懸崖絕壁。

【懸望】xuánwàng 掛念盼望◇兒子久無消息，舉家懸望。

【懸梁】xuánliáng ① 在屋梁上上吊◇懸梁自盡。② 把頭髮拴在屋梁上，以防入睡。指刻苦攻讀。典故出自《太平御覽》卷三六三引《漢書》："（孫敬）好學，晨夕不休。及至眠睡疲寢，以繩繫頭，懸屋梁。"◇懸梁刺股。

【懸掛】xuánguà ① 懸空掛起◇懸掛國旗|宮燈懸掛在樓門上。② 牽掛◇多寫家信，免得父母懸掛。

【懸揣】xuánchuǎi 猜想◇憑空懸揣。

【懸想】xuánxiǎng 憑空想像或猜測◇閉門懸想，一無所獲。

【懸隔】xuángé ① 相距很遠◇兩地懸隔，音信全無。② 相差很大◇地位懸隔。

【懸賞】xuánshǎng 用公佈獎賞的辦法徵求別人幫助做某件事◇懸賞緝拿逃犯。

【懸崖勒馬】xuányálèmǎ 在陡峭的山崖邊上勒住馬。比喻到了危險邊緣，及時醒悟回頭。

16 **懶（懒）〔嬾〕** lǎn 粵laan^{5}蘭^{5} ①不勤快，不喜做事◇懶漢|好吃懶做。②疲倦；精神不振◇伸懶腰|懶洋洋。

【懶怠】lǎndai ① 懶惰◇懶怠貪睡。② 不願意（做某件事）◇累得連話都懶怠説。

【懶得】lǎnde 不想，不願意◇天太熱，懶得出門。

【懶散】lǎnsǎn 懶惰散漫◇做事懶散。

【懶惰】lǎnduò 做事不勤快或不想做事◇生性懶惰。

【懶洋洋】lǎnyángyáng 無精打采的樣子◇懶洋洋地躺在沙灘上曬太陽。

16 **懷（怀）** huái 粵waai^{4}淮 ①胸部；胸前◇懷錶|懷裏抱着孩子。②心胸；懷抱◇胸懷|襟懷|壯懷激烈。③心意；心情◇抒懷|正中下懷|孤獨的情懷。④心裏存有◇懷怒|懷恨|不懷好意。⑤腹中有（孕）◇懷孕|懷胎十月。⑥懷念；想念◇緬懷|懷鄉。

【懷古】huáigǔ 追念古代的人和事◇懷古傷今。

【懷抱】huáibào ① 懷裏抱着◇懷抱嬰兒。② 心裏懷有◇懷抱雄心壯志。③ 胸前；兩臂向前圍攏處◇孩子投向母親的懷抱。④ 胸襟；抱負◇抒寫懷抱。

【懷念】huáiniàn 思念；想念◇懷念故鄉|懷念親人。

【懷春】huáichūn 指少女愛慕異性◇少女懷春。

【懷恨】huáihèn 心存怨恨，記恨◇懷恨在心。反 感恩、感激。

【懷想】huáixiǎng 懷念◇懷想當年快樂的歲月。

【懷疑】huáiyí ① 心存疑惑，不能斷定◇令人懷疑｜懷疑消息的真實性。反 相信。② 猜度◇我懷疑他把地址搞錯了。

【懷舊】huáijiù 懷念老朋友或過去的事◇懷舊金曲｜人到老年，愈加懷舊。

【懷鬼胎】huái guǐtāi 比喻心裏藏着不可告人的隱私或念頭。

【懷才不遇】huáicáibúyù 懷，懷藏；遇，機遇。有才學而不被賞識，沒有施展的機會。

【懷瑾握瑜】huáijǐn wòyú 戰國楚屈原《楚辭・九章・懷沙》："懷瑾握瑜兮，窮不知所示。"瑾、瑜，美玉。懷裏藏着的、手裏握着的都是美玉。比喻人有高貴的品德和出眾的才能。

17 **懺**（忏）chàn 粵caam^{3}杉 ①為所犯的過失而悔恨◇懺悔｜愧懺。②僧人或道士代人懺悔時唸的經文◇禮懺｜拜懺。

【懺悔】chànhuǐ ① 向神佛表示悔過以求寬恕◇發願懺悔。② 對過去的錯誤或罪過感到痛心和悔過◇向父母懺悔自己不孝的言行。

18 **懿** yì 粵ji^{3}意 美好◇懿範｜懿行。

【懿旨】yìzhǐ 古代皇后、皇太后下達的旨意。

【懿德】yìdé 美好的品德◇懿德可嘉｜嘉行懿德。

18 **懾**（慑）〔慴〕shè 粵sip^{3}涉 ①恐懼；畏懼◇懾於對方的權勢，他只能乖乖地服從。②使畏懼，嚇倒◇震懾｜威懾｜懾人魂魄。

【懾服】shèfú ① 因恐懼而服從◇從心理上懾服對手。② 威懾使屈服◇不為權勢而懾服。

18 **懼**（惧）jù 粵geoi^{6}具 ①恐懼，害怕◇臨危不懼。②使恐懼、害怕◇民不畏死，奈何以死懼之！

【懼內】jùnèi 丈夫怕妻子（古時稱妻子為"內子"）◇坦言自己有點懼內。

【懼怕】jùpà 畏懼，害怕◇不懼怕困難。

19 **戀**（恋）liàn 粵lyun^{2}聯^{2} ①愛慕不捨；不忍離開◇依戀｜迷戀｜留戀。②相愛◇熱戀｜戀歌｜戀人。

【戀人】liànrén ① 戀愛中的兩人◇一對戀人。② 戀愛中的一方，自己所戀的人◇戀人捨他而去。

【戀土】liàntǔ 留戀故土◇戀土情深。

【戀念】liànniàn 眷戀懷念◇時時戀念闊別的故鄉。

【戀情】liànqíng ① 對人或事物依戀的感情◇對故鄉的一片戀情。② 愛戀的感情；愛情◇辦公室戀情。

【戀棧】liànzhàn 指做官的人捨不得離開自己的職位，後比喻為貪戀祿位◇戀棧權位。

【戀愛】liàn'ài ① 兩人相愛。② 相愛的行動表現◇談戀愛。

【戀慕】liànmù 眷戀愛慕◇互相戀慕｜戀慕虛榮。

【戀戀不捨】liànliànbùshě 形容十分留戀，捨不得分離。同 依依不捨。

24 **戇**（戆）〈一〉zhuàng 粵zong^{3}壯 憨厚剛直◇戇直。

〈二〉gàng 粵ngong^{6}盎^{6} 方言。傻◇戇笑｜戇得不轉彎。

【戇大】gàngdà 方言。傻子。

【戇直】zhuàngzhí 憨厚剛直◇善良戇直。

【戇頭戇腦】gàngtóu gàngnǎo 方言。形容傻裏傻氣，做事不動腦子。

戈部

0 **戈** gē 粵gwo^{1}果^{1} ①古代兵器。長柄，尖端有一橫刃。用青銅或鐵製成。②泛指兵器◇干戈｜反戈一擊｜枕戈待旦。③姓。

【戈壁】gēbì 粗砂和礫石地或由其覆蓋的植物稀少的沙漠地區◇戈壁灘。（蒙 Говь）

1 **戊** wù 粵mou^{6}冒 ①天干的第五位。見"干支"◇戊戌變法。②順序第五◇甲乙丙丁戊。

2 **戎** róng (粵)jung4 容 ①兵器◇兵戎相見。②軍事；軍隊◇戎裝|投筆從戎。③中國古代西方少數民族的總稱◇西戎|戎狄。④姓。

【戎馬】róngmǎ 軍馬，戰馬。借指軍事、戰事◇戎馬生涯。

【戎機】róngjī ① 戰爭；軍事機宜◇參決戎機 | 萬里赴戎機，關山度若飛。② 戰機，用兵作戰的時機◇貽誤戎機。

2 **戌** xū (粵)seot1 恤 ①地支的第十一位◇丙戌年|戊戌變法。②十二時辰之一。指晚上七點到九點◇亥時。

2 **戍** shù (粵)syu3 恕 軍隊駐守、防守◇戍卒|謫戍|衛戍司令。

【戍守】shùshǒu 駐守，守衛◇戍守邊疆 | 戍守長城的士兵。

【戍邊】shùbiān 駐守邊疆◇戍邊部隊的將士。

2 **成** chéng (粵)sing4 乘/seng4 ①完成；成功◇大功告成|成事不足，敗事有餘。②收穫；業績◇收成|坐享其成。③變為，成為◇成仙|眾志成城。④發展或生長到成熟的階段◇成人|成蟲。⑤幫助人達到目的◇玉成|君子成人之美。⑥定型的；確定的；已有的◇成語|成品|現成。⑦表示達到了一定數量◇成批|成千上萬。⑧十分之一叫一成◇八成新|有九成希望了。⑨表示肯定、許可◇那可不成|成！就這麼辦。⑩表示有才幹、有能力◇你可真成。⑪姓。

【成人】chéngrén ① 成年；發育成熟◇長大成人 | 尚未成人。② 成材，成器◇成人不自在，自在不成人。③ 成年人◇成人考試。

【成才】chéngcái 成為有才能的人◇自學成才 | 在生活中磨煉成才。

【成分】chéngfèn 事物的構成部分◇含有食糖成分 | 人員成分複雜。

【成心】chéngxīn 故意，有意識地説或做◇成心搗亂。(同) 存心。

【成功】chénggōng ① 獲得預期的結果；達到預期的目的◇努力多年，終於獲得成功。(反) 失敗。② 成就功業◇成功立業。

【成本】chéngběn 生產、銷售一種產品所花費的全部費用。也泛指做一件事情要花費的費用。

【成立】chénglì ① 創辦；建立◇舉行學生會成立大會 | 工會已成立三十年了。(反) 解散。② 證據、説理充分，站得住腳◇這個理由不能成立。

【成因】chéngyīn 形成的原因◇洪澇的成因。

【成年】chéngnián ① 發育到已經成熟的年齡◇成年人 | 成年婦女。② 事物發展到成熟期◇詩在唐朝發展到成年時期了。③ 一年到頭，整年◇成年累月 | 成年在外。

【成行】〈一〉chéngxíng 起行，動身◇祝你歐洲之旅早日成行。

〈二〉chéngháng 排成行列◇綠樹成行。

【成全】chéngquán 幫助別人達到目的◇此事全靠幾位知己朋友成全。(同) 玉成 (反) 作梗。

【成見】chéngjiàn 對人或事物所抱的固執不變的看法◇存有成見 | 成見很深。

【成長】chéngzhǎng ① 長大；長成◇茁壯成長 | 小雞成長得真快。② 向成熟階段發展◇關懷孩子的成長。

【成果】chéngguǒ 收穫到的果實。借指在某一方面的收穫◇科技成果 | 成果展示。

【成活】chénghuó 動植物在種植或出生後能繼續發育成長◇柳枝插進土裏就能成活。

【成員】chéngyuán 團體、組織或家庭內的人員◇研究小組的成員。

【成效】chéngxiào 功效；效果◇取得了顯著的成效。

【成就】chéngjiù ① 業績，作出的成績◇非凡成就。② 完成；使成功◇成就大業 | 她的資助成就了你。

【成語】chéngyǔ 長期習用、結構固定、意義完整、表現力強的固定詞組。漢語成語大多由四字組成。

【成熟】chéngshú ① 生物體發育到完善階段。特指果實或穀物生長到可收穫的階段◇成熟的高粱。② 比喻已到完美或合乎條件的程度◇我的意見不夠成熟 | 逐漸成熟的法制社會。(反) 欠缺。③ 閱歷豐富，見多識廣，老於世故◇年紀不大，卻很成熟。(同) 老練 (反) 幼稚。

【成績】chéngjì 所取得的成果或收穫◇銷售成績 | 學業成績優異。

【成人之美】chéngrénzhīměi《論語・顏淵》:

"君子成人之美，不成人之惡。"本意為成全他人為善的美名。後指成全別人的好事。㊁從中作梗。

【成竹在胸】chéngzhúzàixiōng 見"胸有成竹"。

3 **戒** jiè 粵gaai3介 ①防備；警惕◇警戒|戒備。②同"誡"。警告◇勸戒|訓戒。③教訓◇引以為戒。④戒除◇戒煙|戒酒。⑤宗教約束教徒的條規。泛指禁止做的事情◇開戒|破戒|大開殺戒。⑥指戒指◇鑽戒。

【戒心】jièxīn 警惕、戒備之心◇懷有戒心。

【戒尺】jièchǐ ①佛教戒師向徒眾說戒時，用以敲擊發聲的器物。為一仰一俯兩塊長方小木，仰木在下稍大，用俯木敲出響聲。②古代塾師懲罰學童用的木尺。也用作紙鎮。

【戒律】jièlǜ ①禁止教徒不當行為的宗教法規。②泛指成文或不成文的規條◇破除陳舊的清規戒律。

【戒除】jièchú 改掉，去掉◇戒除不良嗜好。

【戒備】jièbèi 警戒防備◇戒備森嚴。

【戒嚴】jièyán 在戰爭或非常情況下，當局所採取的確保安全的措施，包括警戒防範、限制通行、強行搜查，甚至動用武力等。

3 **我** wǒ 粵ngo5卧5 ①說話人自稱◇我正在讀中學。②稱自己的一方◇我國|敵我不分。③泛指某人◇你一言，我一語。④稱自己◇唯我獨尊|超越自我。

【我們】wǒmen 代詞。稱包括自己在內的若干人。

【我行我素】wǒxíngwǒsù《禮記·中庸》："君子素其位而行，不願乎其外。素富貴，行乎富貴；素貧賤，行乎貧賤；素夷狄，行乎夷狄；素患難，行乎患難；君子無入而不自得焉。"後指自行其是，不管別人怎麼看怎麼說，還是照自己的習慣、意願去做。

4 **或** huò 粵waak6惑 ①也許。表示不肯定的口氣◇倘或|或能得到寬免。②表示選擇或列舉◇或多或少|你去或我去都行。③用在否定句中，加強否定語氣◇不可或缺|不可或緩。④有的。泛指人或物◇或曰|或重於泰山，或輕於鴻毛。

【或者】huòzhě ①或許，也許◇早點告訴她，或者她不會上當。②表示選擇◇或者升學或者就業，尚未決定。

用法提示：或者、還是

用"還是"時，說話人不知道是哪一個或哪種情況，所以"還是"通常用在問句裏；有時也可以不用在問句裏，這時句子的謂語經常是"不知道、不清楚、沒決定"等。用"或者"時，說話人是告訴別人有這幾種可能性，不能用在問句裏。

【或許】huòxǔ 也許。表示不能肯定◇展覽會或許會延期。

【或然】huòrán 隨機、沒有規律的可能性◇或然率。

4 **戔（戋）** jiān 粵zin1煎【戔戔】jiānjiān 微小；細微◇所得戔戔|為數戔戔。

4 **戕** qiāng 粵coeng4祥 殺害，殘害◇自戕|戕斃。

【戕害】qiānghài 殘害；損害；傷害◇荼毒天下，戕害百姓。㊂殘害、戕賊 ㊁救助。

7 **戚** qī 粵cik1斥 ①古代兵器，似斧◇干戚。②親屬◇親戚|皇親國戚。③憂愁；悲哀◇憂戚|悲戚|休戚與共。④姓。

【戚戚】qīqī ①形容憂傷悲哀的樣子◇兩眼淚滴如珠，終朝戚戚如痴。②憂懼的樣子◇君子坦蕩蕩，小人長戚戚。③低語聲◇戚戚低語。

【戚然】qīrán 憂傷的樣子。㊂淒然。

7 **戛〔戞〕** jiá 粵gaat3 ①輕輕地敲擊◇真不如敲秋竹，似戛春冰。②象聲詞◇戛戛鳴叫。

【戛戛】jiájiá ①形容獨特、獨創◇戛戛生造|戛戛獨造。②形容艱難費力的樣子◇戛戛乎其難哉！③象聲詞◇夜聞林莽間有戛戛聲。

【戛然】jiárán ①形容聲音忽然停止、突然中止◇戛然曲終|鼓聲戛然而止。②象聲詞◇窗外戛然有聲。

8 **戟** jǐ 粵gik1激 ①古代兵器，長柄，頂端有直刃，直刃上有月牙形橫刃，兼有直刺、橫擊兩種功用。②刺激◇戟刺|戟喉癢肺。

9 **戡** kān 粵ham1堪 用武力平定。

【戡亂】kānluàn 以武力平定叛亂。

9 **戢** jí 粵cap1輯 ①收斂；收藏◇戢羽|戢怒|戢兵。②姓。

9 **戥** děng ⓦdang²等 ①戥子，用以稱量微量物品的小型桿秤，計量單位小到分厘，最大到兩，多用以測定金銀、珠寶、藥品等的分量。②用戥子稱量物品◇戥一戥戒指有多重。

9 **戤** gài ⓦkoi³丐 方言。①抵押。②倚靠；站◇梯子戤在牆上。

9 **戣** kuí ⓦkwai⁴葵 古代戟一類的兵器。

10 **截** jié ⓦzit⁶捷 ①切斷；割斷◇斬釘截鐵｜截長補短。②阻攔，阻擋◇堵截｜阻截。③到期限而停止◇截稿日期｜報名截至月底。④量詞。段◇半截鉛筆｜一截木頭｜話説了半截。

【截止】jiézhǐ 限至某時停止◇優惠期早就截止了。

【截取】jiéqǔ 切取，割取，從中取得一段或一部分◇截取利潤｜截取一段竹竿。

【截屏】jiépíng 在手機或電腦上截取屏幕上的內容◇把這個頁面截屏保存下來。

【截留】jiéliú ①攔取◇截留貨車裏的糧食。②把應給他處的款項、物品、人員等留下使用◇截留貨款。

【截然】jiérán 界限分明；顯明地◇不能把因果截然分開。

【截然不同】jiéránbùtóng 完全不同，沒有半點相同之處。㊐ 大相徑庭、迥然不同 ㊀ 一模一樣。

10 **戬（戩）** jiǎn ⓦzin²展 ①福；吉祥◇人生大戩，莫過於此。②殲滅；翦除◇戩商克紂。

10 **戧（戗）** ㈠ qiāng ⓦcoeng¹昌 ①逆，方向相反◇戧風｜對付他的倔脾氣，不能戧着來。②衝突；決裂◇幾句話就説戧了。

㈡ qiàng ⓦcoeng³唱 ①撐住；支持◇用兩根竹竿戧住要倒的老樹｜不多吃點身子骨可戧不住。②鞏固、保護大堤的外圍小堤◇土戧。③浸漬◇戧蝦｜戧蟹（用酒浸活的蝦、蟹做成的菜餚）。

11 **戮** lù ⓦluk⁶六 ①殺◇殺戮｜誅戮｜屠戮。②並；合◇戮力。

【戮力】lùlì 勉力；並力◇戮力同心。

12 **戰（战）** zhàn ⓦzin³箭 ①打仗，作戰；戰爭◇百戰百勝｜備戰｜巷戰。②泛指爭勝負，比高低◇商戰｜舌戰｜筆戰。③發抖◇冷得打戰｜心驚膽戰。④姓。

【戰士】zhànshì ①士兵。②泛指參加公益、正義事業的人◇白衣戰士（醫生、護士）。

【戰友】zhànyǒu ①並肩打過仗的人。②正在一起戰鬥或奮鬥的人。

【戰犯】zhànfàn 戰爭罪犯，犯有嚴重戰爭罪行的人◇戰犯被處以絞刑。

【戰地】zhàndì 處於交戰狀態的地區◇赴戰地採訪。

【戰役】zhànyì 為達到戰略目的而組織的若干具體戰鬥的總和◇中途島戰役｜台兒莊戰役。

【戰局】zhànjú 戰事形成的局面；戰爭全局的形勢◇戰局每況愈下。

【戰事】zhànshì 有關戰爭的各種活動。泛指戰爭◇戰事頻繁，民不聊生。

【戰爭】zhànzhēng 民族、國家、政治集團之間的武裝鬥爭◇抗日戰爭｜兼併戰爭。

多樣表達：戰爭

陣地戰 游擊戰 持久戰 前哨戰 阻擊戰 爭奪戰
拉鋸戰 車輪戰 遭遇戰 消耗戰 破擊戰 殲滅戰
攻堅戰 街壘戰 閃電戰 野戰 巷戰 海戰 陸戰 空戰

【戰鬥】zhàndòu ①敵對雙方進行的武裝衝突◇檢查戰鬥前的準備工作。②同敵軍作戰◇一直戰鬥到底。③泛指從事艱苦、險惡的工作◇進行深海搶救戰鬥。

【戰敗】zhànbài ①打敗仗；失敗◇球隊戰敗了。②戰勝，擊敗，打敗對方◇孫悟空戰敗了鐵扇公主。

【戰略】zhànlüè ①指導戰爭全局的策略和計劃◇採取包圍戰略。②比喻重大的、帶有全局性質的謀略◇增加教育經費是一項戰略措施。

【戰國】zhànguó 中國歷史上的一個時期，始於周威烈王二十三年（公元前 403 年）韓、魏、趙三家分晉列為諸侯，止於秦始皇二十六年（公元前 221 年）秦滅六國實現統一。因秦、楚、燕、韓、魏、趙、齊七個諸侯大國的兼併戰爭連年不斷，故稱“戰國”。

【戰術】zhànshù ①作戰的策略和方法◇游擊戰術。②比喻指導、解決具體問題或局部問題的方法。

【戰場】zhànchǎng ① 兩軍交戰的地方◇抗日戰場。② 比喻處在激烈或鬥爭中的場所◇交易所就是戰場，氣氛十分緊張。

【戰勝】zhànshèng ① 在戰爭或競賽中，打敗對手取得勝利◇戰勝了法西斯，取得了二戰的勝利｜中國女排以 3:0 戰勝對手。② 泛指克服惡劣環境、各種困難等不利因素◇戰勝疾病｜戰勝大地震帶來的災難。

【戰鼓】zhàngǔ ① 古代作戰時，用來鼓舞士氣、號令士兵進擊所敲的鼓◇戰鼓齊鳴。② 比喻號令或號召◇擂起開發大西北的戰鼓。

【戰亂】zhànluàn 戰爭造成的動盪混亂狀態◇連年戰亂，損失慘重。㊀反 和平、安寧。

【戰慄】zhànlì 因恐懼、寒冷或激動而顫抖◇戰慄失色｜她激動得渾身戰慄。

【戰線】zhànxiàn ① 兩軍交戰時的接觸線◇縮短戰線，集中兵力。② 喻指工作、事業領域◇教育戰線｜工業戰線。

【戰無不勝】zhànwúbúshèng ① 只要作戰，每仗必贏。② 比喻事事順遂，無往而不利。

【戰戰兢兢】zhànzhànjīngjīng ① 形容戒懼、謹慎的樣子。② 形容極端害怕或寒冷顫抖的樣子。

13 **戴** dài 粵daai3 帶 ①把東西加在頭、面、手、胸等處◇戴眼鏡｜戴手套｜張冠李戴。②擁護；尊奉◇擁戴｜愛戴｜推戴。③比喻頂着、承受着◇披星戴月｜不共戴天。④姓。

【戴罪立功】dàizuìlìgōng 背負着罪責去建立功勞，將功贖罪。

13 **戲(戏)〔戲〕** 〈一〉xì 粵hei3 氣 ①玩耍◇嬉戲｜視同兒戲。②嘲弄；開玩笑◇戲弄｜戲言。③戲劇、雜技等的藝術表演◇演戲｜京戲｜馬戲。④"戲劇" 的統稱◇戲迷｜地方戲。

〈二〉hū 粵fu1 呼 見"於戲"。

【戲子】xìzi 稱職業戲曲演員。含輕視意。

【戲曲】xìqǔ ① 中國傳統的舞台表演藝術形式。是文學、音樂、舞蹈、美術、武術、雜技、人物扮演等多種藝術的綜合，包括崑曲、京劇和各種地方戲，以演唱、舞蹈為主要表演手段。② 一種文學形式。指雜劇和傳奇中的唱詞，按定式的曲調譜寫，有嚴格的字數、平仄、押韻等要求。

【戲弄】xìnòng 輕侮捉弄；耍笑逗引，拿別人開心◇你怎麼戲弄起我來了？

【戲劇】xìjù 通過演員表演故事情節的藝術形式，是包括戲劇文學、導演、表演、音樂、舞蹈、舞台美術等多種門類的綜合藝術。按演出形式可分為戲曲、話劇、舞劇、歌劇等；按內容可分為歷史劇、現代劇、童話劇等；按情節可分為悲劇、喜劇等。

【戲謔】xìxuè 用詼諧有趣的話開玩笑◇他受不了別人的戲謔。

14 **戳** chuō 粵coek3 綽 ①使用長條形物體的頂端向前刺或捅◇戳了一刀｜他不小心把手指頭戳到她臉上。②因用力戳另一物體令本身受損傷◇手指戳痛了｜筆尖戳斷了。③豎立；站◇那銅鐘戳在地上有兩人高｜標桿就戳在河邊。④圖章，印記◇郵戳｜蓋了日戳的首日封。

【戳穿】chuōchuān ① 刺穿◇薄薄的窗戶紙一指頭就戳穿了。② 拆穿，説破◇謊話竟被他自己戳穿了。

【戳破】chuōpò 戳穿。

【戳壁腳】chuō bìjiǎo 方言。在背後説壞話，拆台◇當面不説，背後戳壁腳。

戶部

0 **户** hù 粵wu6 互 ①門◇夜不閉戶。②住家；人家◇家喻戶曉｜安家落戶。③門第◇門當戶對。④從事某種職業的人家或人◇農戶｜工商戶。⑤在某種機構建立賬冊登記的戶頭◇賬戶｜開戶｜訂戶。

【户口】hùkǒu ① 住戶和每戶的人口◇戶口激增。② 戶籍◇查戶口｜遷戶口。

【户限】hùxiàn 門檻◇戶限為穿｜足不出戶限。

【户庭】hùtíng 戶外庭園。泛指門庭、家院◇整天在家看書，不出戶庭半步。

【户牖】hùyǒu ① 門和窗。② 比喻門戶、流派◇收徒講學，自開戶牖。

【户籍】hùjí ① 以戶為單位登記當地居民戶口

的冊子。② 屬於某地區居民的身份◇戶籍登記｜審定戶籍。

4 **所** suǒ 粵so^{2}瑣 ①地點；地方◇住所｜流離失所｜各得其所。②用作機構名稱◇研究所｜診療所。③量詞。用於學校、醫院等◇一所學校｜兩所住宅。④跟"為"或"被"連用，表示被動◇不為假象所迷惑｜被同學所笑。⑤用在動詞性詞語前邊，構成所字結構，相當於名詞◇各有所長｜所見所聞。⑥姓。

【所以】suǒyǐ ① 真實的情由；適宜的舉動◇忘乎所以｜不知所以。② 用以，用來◇師者，所以傳道受業解惑也。③ 表示因果關係◇因為連日暴雨，所以引發洪水。④ 用在上半句（前面可加"之"和"其"），突出原因或理由◇產品所以大受歡迎，是因為設計人性化。⑤ 作語助詞，後面加"呀、嘛"等，在口語中單獨成句，有"就是這個原因"的意思◇所以嘛，做事要多想想。

用法提示：所以、因此
"所以"可以和"因為"或"由於"配合，"因此"一般只能同"由於"配合。"所以"可以用在主語謂語之間，如"案情所以能很快弄清楚，是因為在現場發現了一件重要的證物"。"因此"沒有這種用法。

【所在】suǒzài ① 處所；地方◇真是個風景宜人的所在。② 存在的地方◇關鍵所在｜癥結所在。

【所有】suǒyǒu ① 指擁有的東西◇一無所有｜盡其所有。② 佔有，擁有◇所有權｜土地歸政府所有。③ 一切；全部◇所有問題都解決了。

用法提示：所有、一切
兩個都可以修飾名詞，但"所有"修飾名詞可以帶"的"，也可以不帶"的"；"一切"只能直接修飾名詞，不能帶"的"◇所有（的）問題｜一切問題。"一切"只能修飾可以分類的事物，不能修飾不能分類的事物；"所有"不受此限。

【所謂】suǒwèi ① 通常所說的。多用於需要解釋的詞語◇所謂"三廢"，就是廢水、廢氣、廢渣。② 用於引述別人的詞語，含不承認的意思◇這就是你所謂的"世外桃源"？

【所屬】suǒshǔ ① 統屬的◇通知所屬部門派人參加會議。② 自己隸屬的◇向所屬總公司彙報。

【所以然】suǒyǐrán 所以如此。指原因或道理◇知其然而不知其所以然。

【所向披靡】suǒxiàngpīmǐ 風吹到的地方，草木隨風倒伏。比喻力量所到之處，障礙全被消除。同 所向無敵 反 望風潰逃。

【所向無敵】suǒxiàngwúdí 敵，抵擋的敵人。形容無往而不勝。

4 **戾** lì 粵leoi^{6}類 ①罪惡；罪過◇罪戾。②（性情、行為）有違情理，兇暴◇乖戾｜暴戾。

【戾氣】lìqì 暴戾的習氣；邪惡的情緒◇互聯網評論環境戾氣太重。

4 **房** fáng 粵fong^{4}防 ①房子；房間◇樓房｜書房。②像房子的東西◇蜂房｜蓮房。③家族的一支◇長房｜遠房親戚。④星宿名。二十八宿之一。⑤姓。

【房車】fángchē ① 裝備有工作或生活設施的汽車，車廂大而長，能當房子居住。② 方言。指大型高級轎車。

【房事】fángshì 男女性行為。

【房舍】fángshè 房屋；房間◇院子周圍有十餘間房舍。

【房屋】fángwū 房子的總稱。

【房產】fángchǎn 個人或法人依法擁有產權的房屋。

4 **戽** hù 粵fu^{3}庫 ①引水澆田的農具◇戽斗｜風戽。②用戽斗、水車等農具取水◇戽水灌田｜月下取魚戽塘水。

【戽斗】hùdǒu 一種取水灌田用的舊式農具。用竹篾、籐條等編成。形狀像斗，兩邊有繩，使用時兩人對站拉繩，將水舀上來。

5 **扁** (一) biǎn 粵bin^{2}貶 ①物體又平又薄◇扁平｜壓扁了。②比喻輕、小◇別把人看扁了。
(二) piān 粵pin^{1}篇 小◇扁舟。

【扁舟】piānzhōu 小船◇一葉扁舟。

【扁豆】biǎndòu 一年生草本植物，莖蔓生，莢果扁平，微彎。嫩莢是普通蔬菜，種子可以入藥。

【扁食】biǎnshi 方言。餛飩；餃子。

【扁擔】biǎndan 木或竹製的挑東西的工具，形狀扁而窄長。

5 **扃** jiōng 粵gwing^{1}迥^{1} ①從外面關門的門閂、門環等◇門戶不扃。②泛指門戶◇掩扃閉戶。③關門；上閂◇扃戶閉門。

6 **扅** yí 粵ji4 而見"扊扅"。

6 **扆** yǐ 粵ji2 椅 ①古代的一種屏風。②姓。

6 **扇** (一)shàn 粵sin3 線 ①扇子，搖動生風取涼的用品◇紙扇|電風扇。②指片狀或板狀的東西◇門扇。③量詞。用於門、窗、屏風等片狀物◇一扇門|四扇屏風。

(二)shān 粵sin3 線 ①搖動扇子等物生風◇扇風點火。②用手掌或手背打◇扇了他一記耳光。③同"煽"。鼓動別人做不該做的事◇扇動。

【扇動】shāndòng ①搖動◇扇動翅膀。②煽動；鼓動◇扇動羣眾鬧事。

7 **扈** hù 粵wu6 互 ①隨從；護衛◇扈駕。②姓。

【扈從】hùcóng ①帝王或官吏的侍從。②跟隨保護。

8 **扉** fēi 粵fei1 飛 ①門◇柴扉|以手叩扉。②像門扇的東西◇窗扉|心扉。

【扉頁】fēiyè 書刊封面內印有書名、作者、出版社、出版年月等內容的一頁。

8 **扊** yǎn 粵jim5 音5【扊扅】yǎnyí門閂。

手部

0 **才** cái 粵coi4 財 ①能力◇多才多藝。②稱特定的某種人◇奴才|奇才。③只，僅僅◇才這點錢，還不夠我買車票。④剛剛，剛才◇昨晚才回來。⑤表示只有在某種情況、程度或條件下，然後能做到◇直到三歲，才會説話。⑥表示強調、確定的語氣◇這才是真本事。⑦姓。

【才子】cáizǐ ①德才兼備的人◇才子佳人。②有學問、才思敏捷的人◇文壇才子。

【才思】cáisī 才氣和文思，多指寫作能力◇筆力雄健，才思敏捷。

【才能】cáinéng 知識和能力◇才能越高，越容易出成就。

【才略】cáilüè 才幹和謀略◇才略過人。

【才華】cáihuá 才能學識。多指文才◇才華蓋世，著作等身。

【才智】cáizhì 能力和智慧◇靠聰明才智拔得頭籌。

【才幹】cáigàn 辦事的能力◇增長才幹。

【才學】cáixué 才能和學問◇有才學，就不怕被埋沒。

【才識】cáishí 才能和見識◇才識過人。

【才疏學淺】cáishū xuéqiǎn 疏，空虛。才能低下，學問淺薄。多用於自謙。反 才高八斗、學富五車。

0 **手** shǒu 粵sau2 守 ①人體上肢前端能拿東西的部分◇手掌|握手。②指動物的前肢或動物前部伸出的感觸器官◇豬手|觸手。③代替人手工作的機械◇扳手|機械手。④手藝；本領；手段◇心靈手巧|眼高手低|心狠手辣。⑤擅長某種技能或做某種工作的人◇舵手|助手|吹鼓手|第一把手。⑥用在動詞後，表示動作的開始或結束◇動手|住手|無從入手。⑦小巧易拿，便於使用的◇手鼓|手機。⑧拿着◇人手一冊。⑨親手(寫)◇手書|手稿。⑩量詞。(1)用於技能、本領等◇留一手|有兩手。(2)用於經手的次數◇二手貨|第一手資料。(3)股票最低的交易單位◇成交一萬手。

【手工】shǒugōng ①用手操作◇手工編織。②靠手的技能做出的工作◇手工精細。③指手工勞動的報酬◇做身西服要多少手工？

【手心】shǒuxīn ①手掌心。②比喻所掌控的範圍、權限◇逃不出他的手心。

【手冊】shǒucè ①一種記事小冊子◇工作手冊。②介紹某種知識的參考書。多用作書名◇《繁簡字對照手冊》。

【手民】shǒumín 古代指木工，後指雕板排字工人◇手民之誤。

【手印】shǒuyìn ①手留下的痕跡。②特指在契約、文書等上面所按的指紋。

【手足】shǒuzú ①舉動；動作◇手足無措。②喻指兄弟◇手足情深|情同手足。

【手尾】shǒuwěi 指事情或工作剩餘的部分◇這件事你做得不好，留下的手尾誰來幫你收拾？

【手法】shǒufǎ ①技巧方法。常用於藝術、文學作品◇修辭手法。② 手段；應付人事的權術◇耍兩面派手法。

【手相】shǒuxiàng 一種以看手紋預卜凶吉的相術。

【手段】shǒuduàn ① 所採取的方法和措施◇採取手段振興經濟。② 本領，技巧◇手段高明。③ 指待人處世所用的不正當方法◇耍手段。

【手風】shǒufēng 運氣◇手風極順。

【手術】shǒushù 醫生用醫療器械在病人身體上進行的切除、縫合等治療◇動手術。

【手勢】shǒushì ① 用手做的表意姿勢◇打手勢。② 手藝；技藝◇廚師手勢不錯。

【手腳】shǒujiǎo ① 動作；舉止◇手腳利落 | 慌了手腳。② 心力；手段◇費盡手腳 | 他的手腳不簡單。③ 暗中採取的行動；偷竊行為◇手腳不乾淨 | 從中做了手腳。④ 指大手大腳，講排場◇有錢人家，手腳大。

【手語】shǒuyǔ 聾啞人用手指字母或手勢來代替語言的交際工具。

【手稿】shǒugǎo 作者手寫的原稿。

【手談】shǒután ① 下圍棋。② 打麻將。

【手頭】shǒutóu ① 伸手可以拿到的地方◇東西不在手頭 | 手頭有不少資料。② 手中所有。指個人的經濟狀況◇手頭寬裕 | 手頭有點緊。③ 手裏正在進行的◇放下手頭工作。

【手藝】shǒuyì 手工操作的技能◇手藝人 | 學門手藝。

【手續】shǒuxù 辦事的程序◇手續費 | 入學手續。

【手不釋卷】shǒubúshìjuàn 三國魏曹丕《典論・自敍》："上（曹操）雅好詩書文籍，雖在軍旅，手不釋卷。" 手裏捨不得放下書本，形容讀書勤奮，看書看得入迷。

【手忙腳亂】shǒumáng jiǎoluàn 形容做事慌亂而無條理。㊐ 驚慌失措 ㊁ 從容不迫、有條不紊。

1 **扎** 〈一〉zhā 粵zaat[3] 札 ①刺；刺穿◇扎針 | 扎花。②鑽(進去)◇扎進人羣裏。③同"紮"。

〈二〉zhá 粵zaat[3] 札 見"掙扎"。

〈三〉zā 粵zaat[3] 札 同"紮"。

【扎根】zhāgēn 植物的根向土裏長。比喻深入進去，打下基礎◇扎根香港。

【扎眼】zhāyǎn ① 刺眼◇穿着扎眼。② 惹人注目；引人注意（含貶義）。

【扎實】zhāshi ① 結實；牢固◇身體扎實 | 地基打得扎實。②（學問、工作、作風等）踏實；穩當◇功底扎實 | 扎實的作風。

2 **打** 〈一〉dǎ 粵daa[2] ①敲擊；撞擊◇打鼓 | 風吹雨打。②因撞擊而破碎◇雞飛蛋打。③毆打；攻打◇扭打 | 屈打成招。④發射；發出◇打靶 | 打電話。⑤塗抹；寫；畫；印◇打草稿 | 打格子 | 打手印 | 地板打蠟。⑥人際交涉◇打交道 | 打官司。⑦製造；建造◇打鐵 | 打地基。⑧捆綁；編織◇打行李 | 打毛衣。⑨揭開；鑿開◇打開蓋子 | 打一口井。⑩舉；提◇打傘 | 打燈籠 | 打起精神。⑪開出；出具◇打介紹信 | 打個證明。⑫砍；割；除去◇打柴 | 打草 | 蘿蔔打皮。⑬舀取；攪拌◇打水 | 打粥。⑭撥動；搬動◇打算盤 | 打方向盤。⑮注入◇給輪胎打氣。⑯購買◇打油 | 打酒。⑰捕捉◇打獵 | 打魚。⑱收穫◇打麥子 | 打糧食。⑲算計；評定；預計◇打主意 | 打滿分 | 成本要多打點。⑳做；從事◇打工 | 打游擊。㉑運動；玩◇打球 | 打鞦韆。㉒合；結合◇打夥 | 打成一片。㉓做出（某種動作）；採取（某種方式）◇打手勢 | 打哈欠 | 打官腔 | 打比方 | 打馬虎眼。㉔表示進行◇打掃 | 打劫。㉕介詞。自；從◇打明天起 | 打門縫裏往外看。

〈二〉dá 粵daa[1] 量詞。十二個叫一打◇一打鉛筆。（英 dozen）

【打工】dǎgōng 工作，或勞動賺取報酬◇他年紀輕輕就要到外地去打工。

【打手】dǎshou 受主子僱用來欺壓、毆打人的人。

【打扮】dǎban ① 使衣着穿戴及容貌好看；裝飾◇悉心打扮。② 指衣着穿戴；妝扮出來的樣子◇喬裝學生打扮。

【打劫】dǎjié ① 用強力劫奪◇趁火打劫 | 攔路打劫。② 圍棋術語。指雙方在一處可以交互吃一子的爭奪戰。

【打拼】dǎpīn 方言。拼搏；奮鬥◇為生活打拼。

【打破】dǎpò 突破原有的限制、拘束◇打破紀錄 | 打破沉默。

【打氣】dǎqì ① 充氣◇球得打氣了｜給輪胎打氣。(反) 放氣。② 比喻鼓勁◇給球員打氣。(同) 鼓氣。

【打躬】dǎgōng 彎腰行禮◇打躬作揖。(同) 打恭。

【打烊】dǎyàng 商店晚上關門停止營業。

【打消】dǎxiāo 消除。用於抽象的事物◇打消顧慮｜打消念頭。(同) 去除 (反) 產生。

【打理】dǎlǐ ① 經營；整理◇打理業務｜你快去上班罷，家裏由我打理。② 照料；照管◇打理家人的起居飲食。

【打掃】dǎsǎo 掃除；清理◇打掃戰場｜房間得打掃一下。

【打量】dǎliang ① 察看；端詳◇把他上下打量了一番。② 以為；估計◇你打量我不知道這件事情？

【打發】dǎfa ① 派遣◇快打發人去找他。② 消磨，度過（時光）◇打發時間｜假期在家看電視打發日子。③ 使離去◇把這些人打發走。

【打緊】dǎjǐn 重要；要緊。多用於否定式◇這事不打緊。

【打算】dǎsuàn ① 考慮；計劃◇打算去旅遊｜你打算幾時出發？② 想法；念頭◇各有各的打算。

【打滾】dǎgǔn ① 躺着來回滾動◇在草地上打滾。② 比喻長期置身某種環境，歷盡艱辛◇在商界打滾。

【打趣】dǎqù 拿人開玩笑；捉弄取笑◇我都愁死了，你別來打趣了。

【打壓】dǎyā ① 壓制◇打壓新人｜長期遭打壓。② 壓低◇鋁庫存高企，打壓鋁價。

【打諢】dǎhùn 原指演員在表演中即興說趣話逗樂，後泛指說詼諧的話活躍氣氛◇插科打諢｜打諢說笑。

【打擊】dǎjī ① 敲擊；撞擊◇打擊樂器。② 攻擊；使受挫折或失敗◇打擊販毒者｜遭到沉重的打擊。

【打點】dǎdian ① 收拾；整理；準備◇打點行裝。② 用錢財疏通關節，請求關照◇經過多方打點，事情才算辦成。

【打擾】dǎrǎo ① 攪擾；攪亂◇別去打擾他。② 客套話。受招待後表示給人帶來麻煩◇打擾了，謝謝！

【打雜】dǎzá 做雜務事◇跑腿打雜。

【打聽】dǎting 探問（消息、情況等）◇四處打聽｜打聽失蹤者的下落。

【打攪】dǎjiǎo ① 干擾，擾亂◇別打攪我們學習。② 受人招待或請人幫助時表示謝意之詞◇多有打攪，就此告辭。

【打下手】dǎ xiàshǒu 當助手；做幫手◇你掌勺，我打下手。

【打牙祭】dǎ yájì 方言。原指月初、月中吃有葷腥的飯菜，後泛指偶爾吃一頓豐盛的菜餚◇上館子打牙祭。

【打交道】dǎ jiāodao 交往；聯繫◇善於打交道｜整天同動物打交道。

【打招呼】dǎ zhāohu ① 見面時用言語、動作或表情向對方致意◇鄰居跟我打招呼。② 事先告知或關照◇項目取消的事，還是先跟他打個招呼。

【打油詩】dǎyóushī 一種通俗詼諧、不拘格律的舊體詩。相傳是唐代張打油所創，故名。

【打官司】dǎ guānsi 進行訴訟◇因房產糾紛打官司。

【打秋風】dǎ qiūfēng 借故索取財物、分享好處。

【打保票】dǎ bǎopiào 作出保證，表示有絕對把握◇他今天準來，我打保票。

【打圓場】dǎ yuánchǎng 調解糾紛，緩和僵局或矛盾。

【打抱不平】dǎbàobùpíng 遇見不公平的事，站出來支持受欺壓的一方。

【打草驚蛇】dǎcǎo jīngshé 比喻機密的行動泄露了風聲，驚動了對方。

【打退堂鼓】dǎ tuìtánggǔ 古代官吏退堂時要擊鼓。後借喻碰到困難或中途變卦而退縮。(反) 一往直前。

【打破沙鍋問到底】dǎpòshāguō wèndàodǐ "問"是"璺"的諧音，指陶器的裂紋。沙鍋一經打破，裂紋就一通到底。比喻對事情究根問底。

扒[2] (一) pá ●paa4 爬 ①聚攏或散開◇扒草｜把土扒開。②從別人身上摸竊◇扒竊。③一種煨爛食物的烹調方法◇扒雞｜扒白菜。④西餐

菜餚的一種◇牛扒|豬扒。

〈二〉bā paa4 爬/paa1 趴 ①挖；刨◇扒土|扒了一個洞。②攀援；用手抓附其他東西◇扒牆|扒鐵欄杆。③剝掉；拆除◇扒皮|扒舊房子。④分；撥◇扒開眾人。

【扒手】páshǒu 從別人身上摸取財物的小偷◇謹防扒手。

2 **扔** rēng jing4 形 ①擲；投◇扔球。②丟掉；拋棄◇扔家什|錢都扔到水裏。③放◇帽子扔在車上。

3 **扞** hàn hon6 汗 ①遮蔽；遮擋◇舉手扞頭。②觸犯◇扞法網。③同“捍”。抵禦；保衛◇扞拒|扞衛。

【扞格】hàngé 互相抵觸◇扞格不入。

3 **扛〔摃〕**〈一〉káng kong1 抗1/gong1 江 ①用肩膀負擔物件◇扛行李。②承擔；擔負◇扛大梁|把工作扛起來。

〈二〉gāng gong1 江 ①雙手舉重物◇力能扛鼎。②方言。抬；用肩、手承重◇大箱子得兩個人扛。

【扛活】kánghuó 做長工◇在碼頭扛活。

【扛鼎】gāngdǐng 雙手舉起鼎。形容勇武有力，或比喻有才力、能擔當重任◇力能扛鼎|扛鼎之懷。

3 **扤** wù ngaat6 搖動。

3 **扣** kòu kau3 叩 ①套住；搭緊；纏繞◇把皮帶扣緊|門扣上了沒有？②捕捉；扣留◇人給警署扣了|行李扣在海關裏。③敲打◇鐘不扣不鳴。④減除；除去◇扣工資|不折不扣。⑤覆蓋◇扣肉|把花盆扣在地上。⑥比喻加上、安上（罪名等）◇扣人帽子。⑦條狀物打成的結◇把鞋帶打上活扣。⑧同“釦”。紐扣◇衣扣。⑨螺紋的一圈叫一扣◇擰了三扣。

【扣子】kòuzi ①條狀物打成的結◇把扣子解開。②紐扣◇把襯衣的扣子扣好。

【扣帽子】kòu màozi 比喻給人加上某種罪名或不好的名義◇亂扣帽子。

【扣人心弦】kòurénxīnxián 敲擊人們的心。形容十分感人，激動人心。

3 **扦** qiān cin1 千 ①栽◇扦樹苗。②扦子。一種用竹木、金屬等做成的針狀物或中空而略彎的細管狀物◇竹扦|鐵扦。③方言。插◇扦插|把百合扦在花瓶裏。

3 **托** tuō tok3 託 ①用手掌附着或承受着（物體）◇托腮|和盤托出。②陪襯◇襯托|烘托。③同“託”。(1)托付；寄托。(2)推托；假托。④承托器物的座子；托子◇茶托|槍托。⑤壓強單位。一托等於一毫米高的汞柱所產生的壓強。（英 torr）

【托付】tuōfù 同“託付”。

【托名】tuōmíng 同“託名”。

【托福】tuōfú ①同“託福”。②指美國對非英語國家留學生設立的一種測定英語水平的考試。（英 TOEFL，Test of English as a Foreign Language 的縮寫）

【托詞】tuōcí 同“託詞”。

【托夢】tuōmèng 同“託夢”。

3 **扠** chā caa1 差 ①叉；刺取，扎取◇扠魚|扠稻草。②大拇指和其餘四指分開作叉狀撐着◇雙手扠腰。

4 **扶** fú fu4 符 ①用手支持使不倒或豎起◇攙扶|扶老攜幼。②把着；按◇扶犁|扶着欄杆。③支援；幫助◇扶貧|救死扶傷|扶危濟困。④姓。

【扶持】fúchí ①攙扶◇扶持媽媽上樓梯。②扶助；護持◇能有今日，多虧老師一手扶持|牡丹也要綠葉扶持。

【扶桑】fúsāng ①古代神話中東海外的大桑樹，是日出的地方。②傳說中的東方古國。也代指日本。③一種觀賞植物，葉卵形，花有紅白黃三色，多產於中國南方，也叫“朱槿”。

【扶搖直上】fúyáozhíshàng《莊子·逍遙遊》：“摶扶搖而上者九萬里。”說鵬鳥藉旋風直上九萬里的高空。後比喻地位、價值等迅速上升。

4 **抏** wán jyun4 元 使受挫折；消耗。

4 **技** jì gei6 忌 技藝；本領◇絕技|演技|雕蟲小技。

【技巧】jìqiǎo 所表現出的精巧技能◇寫作技巧|游泳技巧|技巧高超。

【技能】jìnéng 專門的技藝和才能◇技能高

超｜掌握多種技能。

【技術】jìshù ① 知識技能、經驗和操作技巧◇技術熟練｜攝影技術｜技術人員。② 指技術裝備◇引進最先進的技術。

【技藝】jìyì 手藝；技巧性的表演藝術◇技藝精湛｜有過人的技藝。

4 **抔** póu 粵pau4 ①用雙手捧◇抔飲。②量詞。捧；把。前面只限於用"一"◇一抔土｜一抔粟。

4 **扼〔搤〕** è 粵ak1/ngak1 握 ①掐住；抓住◇扼殺｜扼住喉嚨。②據守；控制◇扼守｜扼險。

【扼要】èyào 説話或寫文章時抓住要點◇扼要説明｜簡明扼要。同 簡要 反 煩瑣。

【扼殺】èshā 掐住脖子弄死。比喻摧殘、壓制，使不能存在◇扼殺孩子純真的天性。反 栽培。

【扼腕】èwàn 用一隻手握住另一隻手腕，表示振奮、痛苦或惋惜◇扼腕歎息。

4 **扽** dèn 粵dan3 燉3 抓住繩子、布、衣服等的兩頭用力猛拉一下◇把衣服扽一扽再晾。

4 **找** zhǎo 粵zaau2 爪 ①尋覓◇找人｜找東西。②退還多餘的錢◇找錢｜找零。

【找死】zhǎosǐ 自尋死路。多用於罵人◇你是要找死！

【找事】zhǎoshì ① 尋找職業；謀求工作◇他想找事做。② 故意挑毛病；尋釁◇沒事找事。

【找補】zhǎobu 把不足的部分補上；補足◇沒掃乾淨，再找補一下｜這些錢先拿去，零頭過幾天再找補。

【找碴】zhǎochá 故意挑毛病；挑刺◇看來他是來找碴的。同 找茬。

【找贖】zhǎoshú 找零錢◇不設找贖。

4 **批** pī 粵pai1 ①用手掌打◇批他一巴掌。②(對下級的文件、文章)評點，評述◇批示｜審批｜批作業。③指出缺點和錯誤◇批評｜挨批｜批得他無話可説。④大量地、成批地買賣◇批發｜貨已經批完了。⑤量詞。用於數量較多的人或物◇一批人｜來了三批貨。⑥所批示的文字或評語◇眉批｜批語。

【批示】pīshì ① 對下級送呈的報告作出書面指示◇你的報告，校長已批示。② 所批示的書面意見◇部長的批示大家都看過了。

【批判】pīpàn ① 分析、批駁錯誤的思想或言行等。② 評論是非；批評檢討◇現代經濟學批判。

【批改】pīgǎi 評判修改◇批改作業。

【批核】pīhé 審批核准◇批核大橋修建項目。

【批准】pīzhǔn 同意下級的意見、建議或請求◇批准休假。

【批評】pīpíng ① 提出優缺點，分析評論◇文藝批評｜歡迎大家批評。② 指出缺點、錯誤◇受到批評｜批評我做事不認真。③ 所提出的批評意見◇中肯的批評。

【批註】pīzhù ① 批語和註釋◇在空白處加批註。② 加上批語和註釋◇金聖歎批註《水滸傳》。

【批發】pīfā 成批出售(商品)◇經營批發業務。

【批語】pīyǔ ① 對於文章或人的評語。② 所批示的話◇照批語辦理。

【批閱】pīyuè 閱讀並加以批示或批改◇批閱文件。

4 **扯** chě 粵ce2 且 ①拉；牽引◇拉扯｜扯後腿(牽制別人的行動)｜扯着小孩走。②撕；撕下◇扯碎｜扯下牆上的海報。③説話；閒聊；使勁叫◇扯家常｜東拉西扯｜扯着嗓子喊。

【扯皮】chěpí 無原則地爭吵；不負責地推諉◇部門之間互相扯皮。

【扯淡】chědàn 胡説；閒談◇別扯淡，説正經的吧。同 扯談。

【扯謊】chěhuǎng 説謊話。同 説謊、撒謊。

4 **抄** chāo 粵caau1 鈔 ①查點；搜查沒收◇抄家｜查抄。②從側面或較近的路走◇抄小路｜抄近道。③謄寫◇抄生字｜抄筆記。④把別人的文章、作業等寫下來當做自己的；搬用◇天下文章一大抄｜不能照抄別人的經驗。⑤拿；手持◇抄起棍子就打。⑥兩手交叉放在袖子裏◇抄手｜抄腰。

【抄件】chāojiàn 抄錄或複製的文件。

【抄錄】chāolù 照原文謄錄◇名人名言是從書上抄錄下來的。

【抄襲】chāoxí ① 從側面或背後繞道襲擊。② 搬來別人的作品或成果當做自己的◇抄襲同學的作業。③ 生硬搬用別人的方法、經驗等◇藝術最忌抄襲。

4 **折** 〈一〉zhé 粵zit3 節 ①斷；使斷◇骨折|折一枝花。②彎曲；轉折；迴轉◇折腰|折射|半路折回。③折服；信服◇令人心折。④損失◇賠了夫人又折兵。⑤死亡◇夭折。⑥折合；抵作◇折算|折舊|將功折罪。⑦折扣◇七折八扣。⑧元代雜劇的一個段落，相當於現代戲曲的"場"◇《西廂記》第三本第二折。⑨漢字的筆劃，包括眾多的曲筆筆形，如"乛㇆亅乚く"。⑩姓。

〈二〉zhē 粵zit3 節 ①倒轉；翻轉◇折跟斗|折騰。②倒騰；倒過來倒過去◇躺在牀上折來折去睡不着。

〈三〉shé 粵zit3 節/sit6 舌 ①(長條形的東西)斷◇打折了腿。②虧損；蝕耗◇折本|折耗。

【折中】zhézhōng 調和不同的意見，使各方都能接受◇折中辦法。

【折扣】zhékòu ①貨物買賣照原標價減去的成數◇全場貨品都打折扣|聖誕折扣。②比喻事物的數量或質量有所下降的程度◇演唱會因為音響設備差而大打折扣。

【折合】zhéhé ①錢物之間按比價計算◇把糧食折合成銀錢繳稅。②對不同計量單位進行換算◇將英寸折合成厘米。

【折服】zhéfú ①制服；説服◇再大的壓力，也折服不了我。②信服；佩服。

【折桂】zhéguì《晉書·郤詵傳》："臣舉賢良對策，為天下第一，猶桂林之一枝，崑山之片玉。"後喻指及第、登科。今多指獲得冠軍或拔得頭籌◇蟾宮折桂日，豈敢笑王孫。

【折射】zhéshè ①光線、聲波等從一種媒質進入另一種媒質時，由於波速改變而引起傳播方向的偏折。②比喻曲折地表現、反映出來。

【折磨】zhémó 使在肉體或精神上受打擊、痛苦◇遭受疾病折磨。

【抓包】zhuābāo 當場抓到做壞事的人或察覺隱祕的事(多用於被動式)◇小偷在公共汽車上行竊，被當場抓包。

【抓狂】zhuākuáng 因憤怒或沮喪懊惱無處發洩而狂躁◇孩子不聽話，真讓人抓狂。

4 **抓** 〈一〉zhuā 粵zaau2 爪 ①用手、爪握住◇抓一把米|眉毛鬍子一把抓。②用手指、爪或帶鈎齒的東西搔◇抓癢|手給貓抓破了。③配；買◇抓藥。

〈二〉zhuā 粵zaa1 渣 ①掌握◇抓重點|抓緊時間。②逮捕；捕捉◇抓兇手|抓小偷。③控制；吸引◇抓住觀眾的情緒。

【抓週】zhuāzhōu 民俗，嬰兒週歲，父母陳列各色小物件，任其抓取，以預測孩子未來的志趣和成就。

【抓瞎】zhuāxiā 忙亂慌急，不知所措◇不早作準備，到時豈不抓瞎？

【抓鬮】zhuājiū 從預先做好記號的紙團中摸取一個，由記號決定誰該得甚麼或幹甚麼。

【抓辮子】zhuā biànzi 比喻抓住缺點、錯誤作為把柄◇我沒做錯甚麼，不怕抓辮子。

【抓耳撓腮】zhuā'ěr náosāi ①形容沒有辦法，無可奈何◇直把她急得抓耳撓腮。②形容高興得不知怎麼辦才好◇喜得他抓耳撓腮，眉開眼笑。

4 **扳** 〈一〉bān 粵baan1 班 ①拉；撥動◇扳閘|扳動槍栓。②扭轉；把輸的贏回來◇扳本|扳回一球。

〈二〉pān 粵paan1 攀 攀◇扳藤|扳談|扳親。

4 **扮** bàn 粵baan6 辦 ①化裝成(某種形象)◇扮作學生混進學校。②特指扮演◇扮小生|扮《空城計》裏的諸葛亮。③裝成特定的樣子或表情◇扮哭相|扮鬼臉。

【扮相】bànxiàng 演員化裝成戲中人物後的形象◇扮相維妙維肖。

【扮演】bànyǎn ①化裝表演◇扮演曹操|扮演聖誕老人。②充當。含貶義◇扮演不光彩的角色。

4 **抈** yuè 粵jyut6 月 ①折斷◇車軸折，其衡抈。②動搖◇其為本也固矣，故不可抈也。③摺疊◇抈衣裳。

4 **抵** zhǐ 粵zi2 只 側手擊；拍◇抵掌(表示高興)而談。

4 **抑** yì 粵jik1 益 ①向下按；壓制◇抑止|壓抑|抑強扶弱。②低沉◇抑揚頓挫。③連詞。(1)或是；還是。表示選擇◇抑或|走抑不走，殊難決定。(2)但是；可是。表示轉折◇美則美

矣，抑臣又有懼也。(3)於是；而且。表示承接、遞進◇非惟天時，抑亦人謀。

【抑制】yìzhì ① 約束；壓制◇抑制通貨膨脹｜抑制不住內心的憤怒。② 大腦皮層控制興奮並減弱器官機能活動的一種神經活動。

【抑揚】yìyáng 高低起伏◇琴聲抑揚婉轉。

【抑揚頓挫】yìyángdùncuò 形容聲音、氣勢高低起伏，停頓轉折。

4 **投** tóu 粵tau4頭 ①扔；擲◇投籃｜投手榴彈。②放入；送入◇投票｜投進監獄。③跳入；擲入◇投河｜投羊虎口。④投射◇把眼光投到他身上。⑤寄送；呈交◇投送｜投稿。⑥贈給◇投桃報李。⑦迎合；相合◇投合｜情趣相投。⑧找上去；參加進去◇投親｜棄暗投明。

【投入】tóurù ① 放進；參加◇投入票箱｜投入戰鬥｜產品投入市場。② 傾注感情、精力，全力以赴◇他無論做甚麼事，都很投入。

【投身】tóushēn 親自參加；獻身出力◇投身教育事業。

【投奔】tóubèn 前往投靠；前往參加◇投奔親友｜投奔新的田徑隊。

【投降】tóuxiáng 停止抵抗，向對方屈服繳械。

【投射】tóushè ① (光線、目光等) 照射◇陽光從窗戶投射進來｜他投射出驚訝的目光。② 發射；投擲◇舉起標槍猛力投射。

【投票】tóupiào 將填寫好的選票、議決票等放進票箱，是選舉、表決議案的一種方式。

【投訴】tóusù 上告；向有關部門或機構提出申訴◇投訴信｜投訴司機拒載｜處理投訴。

【投誠】tóuchéng 軍隊或政府人員叛離所屬集團，歸附敵對的另一方。

【投資】tóuzī ① 把資金投給企業◇投資藥廠｜投資石油股。② 投入的資金◇收回投資｜龐大的投資。

【投標】tóubiāo 承包企業、工程或承買大宗商品時，按招標公告的標準和條件，提出承包費用，填具標單，供招標者選擇。

【投影】tóuyǐng ① 借光線把形象投射到一個平面上。② 投射在一個面上的物體或圖形的影像。③ 比喻甲事物借乙事物而表現出來的跡象◇時代的投影。

【投靠】tóukào 投奔依靠；依附◇賣身投靠｜投靠親友。

【投稿】tóugǎo 把稿件投寄給媒體或出版機構，要求發表。

【投緣】tóuyuán 情意、志趣相投合◇越談越投緣。

【投機】tóujī ① 相合；談得來◇話不投機半句多。② 乘機牟利◇投機取巧｜投機炒房。

【投井下石】tóujǐngxiàshí 見人落入井中，非但不救，反而扔下石頭。比喻乘人之危加以陷害。同 落井下石。

【投石問路】tóushíwènlù 行路時或打探情況時，扔石子探測前方情況。比喻在採取某一行動之前，先打探虛實◇城市建設可以採取試點探索、投石問路的辦法。

【投桃報李】tóutáo bàolǐ《詩・大雅・抑》："投我以桃，報之以李。" 後比喻相互贈答、禮尚往來。

【投筆從戎】tóubǐ cóngróng《後漢書・班超傳》："嘗輟業投筆歎曰：'大丈夫無它志略，猶當效傅介子、張騫立功異域，以取封侯，安能久事筆研間乎？'" 後指代棄文投軍。

【投鼠忌器】tóushǔ jìqì 漢代賈誼《治安策》："'欲投鼠而忌器。' 此善諭也。鼠近於器，尚憚不投，恐傷其器，況於貴臣之近主乎？" 後比喻想除壞人，但顧忌傷害主人或相關者。

4 **抃** biàn 粵bin6便 鼓掌，表示歡欣◇抃悦｜抃賀歡呼。

4 **抆** wěn 粵man5敏 擦；揩◇抆淚｜抆血。

4 **抗** kàng 粵kong3亢 ①抵禦；抵擋◇抗敵｜抗災｜喝口酒抗抗風寒。②拒絕；不接受◇抗命｜抗稅。③匹敵；對等◇抗衡｜分庭抗禮。④姓。

【抗旱】kànghàn ① 採取措施，減少旱災造成的損失。② 具有抵禦乾旱的性能◇抗旱作物。

【抗災】kàngzāi 採取措施抵禦自然災害，盡力減輕損失◇抗災自救。

【抗拒】kàngjù 抵制；拒絕接受◇抗拒父命｜潮流是不可抗拒的。同 抵抗 反 服從、順從。

【抗疫】kàngyì 對抗病疫◇抗疫需要各位齊心

合力。

【抗訴】 kàngsù 檢察部門不接受法院的裁定而提出上訴。

【抗戰】 kàngzhàn 抗擊外國侵略的戰爭。特指中國的抗日戰爭。

【抗衡】 kànghéng 對抗；實力不相上下◇難與抗衡。

【抗議】 kàngyì 對認為不合理的言行、措施等表示強烈反對◇提出抗議｜抗議公司剋扣員工工資。

4 **抖** dǒu 粵dau^2 斗 ①振動；甩動◇抖去身上的雨水｜公雞抖了抖翅膀。②顫動；哆嗦◇顫抖｜凍得渾身發抖。③全部倒出；徹底揭穿◇把醜事全抖出來。④鼓起；振作◇抖起精神。⑤譏諷人突然有錢有勢而得意◇經商沒幾年就抖起來了。

【抖動】 dǒudòng ① 輕輕顫動◇氣得嘴唇直抖動。② 用手甩動；振動◇抖動沾着雨水的風衣。

【抖擻】 dǒusǒu 振作；奮發◇精神抖擻。反 沮喪。

4 **抉** jué 粵kyut^3 決 挖出；挑出；剔◇抉擇｜抉摘｜抉瑕擿釁(比喻刻意挑剔缺點毛病)。

【抉擇】 juézé 挑選；選擇◇何去何從，及早抉擇。

4 **扭** niǔ 粵nau^2 紐 ①擰；用手旋轉◇扭開門｜扭開瓶蓋。②翻轉；掉轉◇扭過頭｜扭轉乾坤。③擺動；搖擺◇扭屁股｜扭來扭去。④因轉動不慎而受傷◇扭了腰｜扭了腳。⑤違拗；執拗◇扭不過他。⑥揪；抓◇扭打｜扭在一起。

【扭曲】 niǔqū ① 扭轉彎曲而變形◇枝幹扭曲的老樹。② 比喻歪曲◇扭曲歷史｜被扭曲了的靈魂。

【扭捏】 niǔnie ① 走路故意左右搖擺的樣子。② 言談舉止裝腔作勢，不自然不大方◇扭捏作態。反 落落大方。

【扭轉】 niǔzhuǎn ① 掉轉；改變原來的方向◇扭轉頭｜扭轉身子。② 改變或糾正事物的發展方向或不正常情況◇扭轉長期虧損的局面。

4 **把** 〈一〉bǎ 粵baa^2 靶 ①用手握住◇把舵｜把玩。②把守；看守◇把關｜把大門。③掌管；把持◇所有事情都把着不放。④按；診◇把脈。⑤緊靠◇把牆角站着。⑥自行車、摩托車等把握方向的地方◇車把｜把歪了，要校正一下。⑦指結拜成異姓兄弟等關係◇把兄弟。⑧捆成束的東西◇草把。⑨用在數量詞後表示約數◇千把人｜個把月。⑩量詞。(1)用於手握持的數量◇兩把芥蘭。(2)用於有把手的器物◇一把梳｜兩把刀｜一把茶壺。(3)用於手的動作◇拉他一把｜三把兩把就抹乾淨了。(4)用於抽象事物◇加把勁｜一把年紀。⑪介詞。(1)將，表示處置◇把他叫進來｜快把飯吃了。(2)使，表示致使◇把他嚇壞了｜把衣服弄髒了。(3)對；拿。引進動作的對象◇你能把他怎麼樣。

〈二〉bà 粵baa^3 霸 ①柄；器物上握持的部分◇車把｜刀把｜笤帚把。②花、葉子、果實的柄◇花把｜蘋果把。

【把手】 〈一〉bǎshǒu ① 握手◇把手言歡。② 主持工作的負責人◇一把手｜第二把手。

〈二〉bǎshou ① 拉手◇門上安了把手。② 把柄，器物上可用手拿、握、扶的設置◇車門把手。

【把玩】 bǎwán 拿着玩賞◇把玩玉墜，不忍放手。

【把持】 bǎchí 獨攬，不容別人參與◇把持朝政｜把持財務大權。

【把柄】 bǎbǐng ① 柄；器物上用手拿的部分◇握住車上的把柄。② 比喻可以被人用來交涉、攻擊或要挾的憑據◇有把柄在手，不怕他抵賴。

【把風】 bǎfēng 做隱蔽的事情時（如賭博、行竊、特務情報工作等），派人把守望風◇蹲在屋外把風。

【把握】 bǎwò ① 握；拿◇把握好方向盤。② 掌握；抓住。用於抽象事物◇把握時機。③ 成功的根據或信心◇有把握完成任務。

【把戲】 bǎxì ① 雜技◇耍把戲。② 比喻騙人的花招◇玩鬼把戲。

【把關】 bǎguān ① 把守關隘◇重兵把關。② 根據一定標準、原則，嚴格掌管◇產品質量必須嚴格把關。

4 **抒** shū 粵syu^1 書 表達；傾吐◇抒懷｜各抒己見｜直抒胸臆。

【抒情】 shūqíng 抒發情感◇抒情文｜抒情歌曲｜借景抒情。

【抒發】shūfā 表達，發泄（感情）◇抒發滿腔憂憤｜把內心的情思抒發出來。

【抒寫】shūxiě 抒發描寫◇把心中的感受抒寫出來。

4 **承** chéng 粵sing4 乘 ①托着；支撐着◇承載｜承重。②接受；擔當◇承辦｜承當。③受；蒙受。表示客氣◇承蒙指教。④接下去；繼續◇繼承｜一脈相承。

【承允】chéngyǔn 應允，答應。

【承平】chéngpíng 太平相承；持續的和平安定◇一片承平景象。

【承付】chéngfù 承擔並支付（貨、款等）◇這筆款由甲方承付。

【承包】chéngbāo 依照雙方議定的條件，接受按期完成的生產或經營等任務。多指工程施工、大宗訂貨等◇家庭聯產承包責任制。

【承受】chéngshòu 接受；禁得起◇承受考驗｜承受重壓。

【承接】chéngjiē ①用容器接住從上方流下來的液體◇用臉盆承接屋頂的漏水。②接受◇承接批發業務。③連接並繼續◇承接上文。

【承載】chéngzài 裝載，裝運◇這輛貨車能承載八噸。

【承蒙】chéngméng 受到，接受。用於應酬客套◇承蒙關照，不勝感激。

【承認】chéngrèn ①認可；同意◇承認新的協議。②特指認可新國家、新政權的合法地位◇有一百多個國家承認該國獨立。

【承擔】chéngdān 擔負，擔當◇承擔義務｜主動承擔事故責任。

【承諾】chéngnuò ①答應按約定辦◇承諾不使用核武器。②答應按約定辦的話◇信守作出的承諾。

【承繼】chéngjì ①接受延續、繼承◇承繼父業。②過繼◇他一出生就承繼給伯父。

【承襲】chéngxí ①封建時代稱繼承皇位或封爵。②沿襲◇承襲傳統。

【承上啟下】chéngshàng qǐxià 承，承接；啟，開創、引出。接續上面的，引起下面的。多用於寫文章等。

【承先啟後】chéngxiān qǐhòu 啟，開、開創。繼承前人的傳統，開創後代人的事業等。

5 **抹** 〈一〉mǒ 粵mut3 沫3 ①搽；塗◇淡妝濃抹｜東塗西抹。②擦；揩◇抹淚｜嘴一抹就走了。③勾掉；除去◇一筆抹殺｜把這行字抹了。④量詞。用於細長的雲霞、陽光等（限用數字“一”）◇一抹朝霞｜一抹斜陽。

〈二〉mò 粵mut3 沫3 ①輕按；彈◇琵琶輕抹。②把泥灰等平整地塗上◇抹牆｜抹上水泥。③緊挨着繞過；轉◇轉彎抹角｜地方太小，抹不開身。

〈三〉mā 粵mut3 沫3 ①擦；揩◇抹桌子｜抹一把臉。②用手按着移動；捋◇抹頭髮｜把鐲子從手臂上抹下來。③拉；突然改變◇抹下臉來。

【抹殺】mǒshā 同“抹煞”。全部勾銷，不予承認◇不要抹殺她的成績。

【抹黑】mǒhēi（往臉上）塗抹黑色。比喻醜化◇抹黑對手。

5 **拒** jù 粵keoi5 距 ①抵禦；抵抗◇拒捕｜抗拒。②拒絕；抵制◇來者不拒。

【拒絕】jùjué 不接受；不答應◇拒絕參加｜拒絕來人的賄賂。

【拒諫飾非】jùjiàn shìfēi 拒絕別人的勸告，掩飾自己的錯誤。

5 **拓** 〈一〉tuò 粵tok3 託 開闢；開創；擴展◇開拓｜拓寬｜開山拓荒。

〈二〉tà 粵taap3 塔 將紙覆在刻有圖文的碑版或器物上輕拍而顯出凹凸輪廓，再着墨使圖文分明◇拓印｜把碑文給拓下來。

【拓荒】tuòhuāng 開闢荒山荒地。比喻探索、研究新領域◇開山拓荒｜拓荒者。

【拓展】tuòzhǎn 開闢並加以擴展◇拓展事業｜拓展市場。

5 **拔**〔拔〕bá 粵bat6 跋 ①拉出；抽出；拽出◇拔草｜拔劍｜拔蘿蔔。②選取；提升（人才）◇提拔｜選拔。③超出；突起◇海拔｜出類拔萃。④吸出；除去◇拔毒｜拔罐｜拔去眼中釘。⑤攻佔◇連拔三城。⑥移動；動搖◇拔營｜堅韌不拔。

【拔尖】bájiān ①出眾；超出一般◇拔尖補底。②突出個人，自居於眾人之上◇輕狂霸道，處處都想拔尖。

【拔高】bágāo ①提高◇拔高嗓門。②有意識地加以抬高。含貶義◇人物一經拔高，便失真遜色了。

【拔刀相助】bádāoxiāngzhù 形容遇到不平的事，出手相助。反 袖手旁觀。

【拔苗助長】bámiáozhùzhǎng 見"揠苗助長"。

5 **拋〔抛〕** pāo 粵paau^{1}泡^{1} ①丟棄；撇開◇拋荒|拋家捨業。②扔；投擲◇拋錨|連拋幾個球都沒有中。③顯露；暴露◇拋頭露面。④拋售；壓價出手◇把積壓商品全部拋出。

【拋荒】pāohuāng ① 田地任其荒蕪。② 荒廢；荒疏◇學業早都拋荒了。

【拋棄】pāoqì 扔掉不要◇拋棄果皮｜拋棄妻子。

【拋錨】pāomáo ① 投錨水中使船隻停住◇船已拋錨，可以上岸。② 汽車等因故障而停止行駛◇巴士半路拋錨。③ 比喻進行中的事情因故中止◇辦廠的事進行到一半就拋錨了。

【拋灑】pāosǎ 灑落；流出◇拋灑熱血｜拋灑汗水。

【拋頭露面】pāotóu lùmiàn 公開露面。多含貶義。反 銷聲匿跡。

【拋磚引玉】pāozhuān yǐnyù 比喻以粗淺、不成熟的意見或作品引出別人高明、成熟的意見或佳作。多用作謙辭。

5 **抨** pēng 粵ping^{1}乒 用言語或文字攻擊◇抨彈污吏。

【抨擊】pēngjī 用言論攻擊、斥責◇抨擊時弊｜遭到輿論抨擊。

5 **拤** qiá 粵kaa^{1} 用手掐住◇拤住傷口止血。

5 **拈** niān 粵nim^{1}念^{1} 用手指夾起或捏起。泛指夾、取◇拈香|拈鬮|信手拈來。

【拈輕怕重】niānqīng pàzhòng 專挑輕便的做，怕做繁重的。

5 **抻** chēn 粵can^{2}診 拉；伸◇抻麪|把被單抻一抻|抻着脖子往外瞧。

5 **押** yā 粵aap^{3}/ngaap^{3}鴨/aat^{3}/ngaat^{3}壓①在公文、契約上簽字或畫符號。也指所簽的名字或符號◇押署|押尾|簽押|畫押。②借款、訂貨或租借東西時，把錢或貴重物品交給對方作為保證◇典押|押金|那隻鑽戒押了一萬元。③拘留；扣留◇關押|在押犯。④跟着監管或照料◇押運|押車|押送。⑤賭博者在某一門上下(注)◇押寶。⑥寫詩詞韻文時在字音上求得和諧◇押韻。

【押後】yāhòu ① 在後面看管照料◇我前面走，你押後。② 推遲；延期◇決定將行程押後。

【押送】yāsòng ① 押解；拘送◇押送俘虜｜把歹徒押送到警署。② 押運◇展品由專人押送。

【押解】yājiè ① 監督解送◇押解罪犯。② 押運◇押解貨物。

【押運】yāyùn 監督運送◇押運行李。

【押韻】yāyùn 在詩詞韻文中，用韻母相同或相近的字使聲韻和諧。

【押寶】yābǎo 賭博的一種。寶，指可贏的那一處。押寶者向估測是"寶"之所在下注。

5 **抽** chōu 粵cau^{1}秋 ①把夾在中間的東西取出◇抽獎|抽身。②從全部中取出一部分◇抽查|抽樣|抽時間談談。③萌發；長出◇抽芽|抽穗。④縮小；收縮◇抽搐|這種布下水就抽。⑤吸◇抽泣|抽煙|倒抽一口冷氣。⑥打◇抽陀螺|抽牲口。

【抽水】chōushuǐ ① 用水泵吸水◇抽水澆地。② 縮水◇這種布抽水，要多剪一點才夠。

【抽泣】chōuqì 一吸一頓地低聲哭泣◇不禁抽泣起來。

【抽空】chōukòng 擠出空閒時間◇抽空做家務｜抽空去探望奶奶。

【抽查】chōuchá 從中挑一部分檢查◇抽查食物樣本。

【抽筋】chōujīn ① 抽掉動物體中肌肉的韌帶◇抽筋剝骨。② 肌肉痙攣◇腿腳抽筋。

【抽象】chōuxiàng ① 從許多事物中，捨棄個別的非本質的屬性，抽出共同的本質的屬性的過程。② 泛指籠統空洞，不能具體經驗到的◇抽象的概念｜這種議論太抽象。反 具體。

【抽樣】chōuyàng 從大量同類事物中抽取少許樣品◇抽樣檢查。

【抽籤】chōuqiān ① 從做有標記的許多籤中抽出一根或幾根，以決定先後次序或輸贏。② 在神廟中抽籤以卜吉凶。

5 **拐** guǎi 粵gwaai^{2}柺 ①瘸；跛行◇走路一拐一拐的。②轉彎；改變方向◇向左拐|拐了

幾拐，又拐回來了。③欺騙；詐騙◇孩子讓人拐走了。④同"枴"。拐杖。

【拐騙】guǎipiàn 用欺騙手法弄走人或錢財◇拐騙婦女｜拐騙錢財。

【拐彎抹角】guǎiwān mòjiǎo 沿着彎曲轉折的路走。比喻説話、寫文章或做事繞彎子，不直截了當。(反) 開門見山。

5 **拙** zhuō 粵zyut³ 輟 ①笨；不靈巧◇拙於表達｜弄巧成拙。②謙辭◇藏拙。

【拙劣】zhuōliè 笨拙低劣◇文筆拙劣｜拙劣的表演。

【拙荊】zhuōjīng 相傳漢代梁鴻的妻子孟光生活儉樸，平時用荊枝作釵，粗布為裙。後用作謙稱自己的妻子。

5 **抶** chì 粵cik¹ 斥 鞭打；笞。

5 **拃〔搩〕** zhǎ 粵zaa³ 詐 ①張開拇指和中指來量長度◇拃拃桌子的寬度。②張開的拇指和中指兩端間的長度◇桌子有三拃多寬。

5 **拖〔拕〕** tuō 粵to¹妥¹ ①曳引；拉◇拖地｜拖車｜拖老帶幼。②牽累；牽制◇拖累｜我被她拖住，脱不出身來。③下垂◇拖着長辮子｜裙子快拖到地上了。④拖欠；拖延◇拖時間｜聲音拖得很長。

【拖欠】tuōqiàn 長期欠着不歸還◇拖欠銀行貸款。

【拖沓】tuōtà ① 拖拉；不利落◇作風拖沓｜做事拖沓。② 繁瑣而且延長◇文章拖沓。

【拖延】tuōyán 推遲或延長時間，不盡快處理◇拖延進度｜事情被拖延下來。

【拖累】tuōlěi 連累；牽累◇我這一病拖累了大家｜拖累大市走低。

【拖泥帶水】tuōní dàishuǐ 沾着泥巴沾着水。比喻話語囉唆或做事拖沓。

5 **拊** fǔ 粵fu² 苦 拍；擊◇拊手｜拊胸（表示哀痛）。

【拊掌稱快】fǔzhǎngchēngkuài 拍手叫好，合自己的心意而感到快慰。

5 **拍** pāi 粵paak³ 魄 ①用手掌輕打；用工具打◇拍門｜拍掉身上的塵土｜用鐵鍬把土拍實。②把形象記錄下來◇拍照｜拍電影。③發送◇拍電報｜拍賀電。④拍賣◇拍古董。⑤奉承◇拍馬屁｜善拍能吹。⑥用於拍擊的工具◇球拍｜蠅拍。⑦拍子，樂曲的節拍◇合拍｜這曲子是3/4 拍的。

【拍拖】pāituō 粵方言。談戀愛◇不要只顧拍拖而耽誤學業。

【拍板】pāibǎn ① 一種打擊樂器。由三塊木板用繩連結一起，手拿着打出節拍。② 擊板打拍子◇表演者邊唱邊拍板。③ 拍賣貨物時，主持人拍打木板表示成交。泛指成交或作出決定◇拍板成交｜這事我拍板了。

【拍照】pāizhào 照相；攝影◇拍照留念。

【拍賣】pāimài ① 通過競買實現交易的買賣方式。主拍人叫價出賣寄售物品，購買者出價爭買，直至無人出更高價時拍板成交◇拍賣房產｜古董拍賣。② 減價拋售◇大拍賣｜清倉物品全部拍賣。

【拍檔】pāidàng ① 搭檔◇最佳拍檔。② 合作；配合◇很願意與他拍檔。（英 partner）

【拍攝】pāishè 用相機、攝影機等攝錄◇拍攝照片｜戶外拍攝。

【拍馬屁】pāi mǎpì 比喻説好話奉承討好人。

5 **拆** ㈠chāi 粵caak³ 冊 ①打開；分開◇拆信｜拆線｜拆成兩個小組。②拆毀；拆除◇拆房｜過河拆橋。

㈡cā 粵caak³ 冊 方言。排泄（大小便）。

【拆台】chāitái 用手段使人或集體倒台，或使事情不能順利進行。

【拆穿】chāichuān 揭露；使隱蔽的事物顯露出來◇拆穿騙局｜拆穿西洋鏡。

【拆夥】chāihuǒ 解散◇他們意見不合，最後決定拆夥。

【拆借】chāijiè 按日計息的短期借貸。

【拆散】㈠chāisǎn 把整體或成套的東西分開。用於拆東西◇把這套茶具拆散了賣。

㈡chāisàn 使家庭、伴侶、社會團體組織等分開◇戰爭拆散了一家人。

5 **拎** līn 粵ling¹令¹ 用手提◇拎了桶水｜拎包。

5 **抵** dǐ 粵dai² 底 ①頂住；支撐◇把門抵住。②抗拒；擋住◇抵抗｜抵擋。③抵消；補償◇收支相抵｜將功抵罪｜殺人抵命。④相當；能替代◇一個抵倆｜家書抵萬金。⑤抵押◇用房產作抵。⑥至；到達◇平安抵港。⑦同"牴"。用角頂、觸。引申指對立、排斥◇抵觸｜抵牾。

【抵抗】dǐkàng 抵禦抗拒◇抵抗侵略｜增強抵抗力。

【抵押】dǐyā 借債時把財產作為擔保，押給債主◇把房產抵押給銀行。

【抵制】dǐzhì 抗拒，制止◇抵制外界干擾｜抵制不良風氣。

【抵消】dǐxiāo 兩種事物的作用因為相反而互相消除◇高收入被高消費抵消掉了。

【抵達】dǐdá 到達◇抵達目的地。

【抵罪】dǐzuì 因犯罪而受到相應的處罰◇將功抵罪。

【抵債】dǐzhài 抵償債務◇資不抵債。

【抵擋】dǐdǎng 擋住；抵抗◇堤壩抵擋住洪水｜這股潮流誰也抵擋不住。

【抵賴】dǐlài 拒不承認過失或罪行◇百般抵賴｜無從抵賴。

【抵償】dǐcháng 用價值相等的事物賠償或補償◇拿房產抵償。

【抵禦】dǐyù 抵擋防禦◇抵禦寒流｜抵禦外來侵略。

5 **拘** jū 粵keoi1 軀 ①逮捕；囚禁◇拘押｜拘捕。②限制；拘束◇拘於形式｜不拘一格。③固執，不變通◇拘禮｜不拘小節。

【拘束】jūshù ①限制，約束◇不要拘束兒童個性發展。(反) 放縱。②拘謹不自然◇在生人面前顯得很拘束。

【拘泥】jūnì 固執，不知變通◇不拘泥於陳規舊法。(反) 變通。

【拘捕】jūbǔ 逮捕；捉拿◇拘捕歸案。

【拘留】jūliú 扣留；拘禁◇拘留嫌犯。(反) 釋放。

【拘謹】jūjǐn（説話或行動）過分謹慎而顯得不自然◇表現拘謹。(同) 拘束 (反) 自然、灑脱。

5 **抱** bào 粵pou5 普5 ①用手臂圍持◇擁抱｜抱孩子。②環繞◇環山抱水。③初次得到兒孫◇抱孫子。④領養；撫育◇到孤兒院抱了個孩子。⑤藏；心裏存有◇抱不平｜抱恨終天。⑥量詞。表示兩臂合圍的量◇兩抱粗的大樹。⑦孵◇抱窩（孵小雞或小鳥）。

【抱負】bàofù 遠大的志向◇抱負遠大。

【抱怨】bàoyuàn 因不滿而責怪別人；埋怨◇成績不好，不能抱怨教練。

【抱病】bàobìng 帶病；有病在身◇抱病上學。

【抱歉】bàoqiàn 客套話。表示心中不安，對不起人◇我對這件事感到抱歉。

【抱佛腳】bào fójiǎo 唐代孟郊《讀經》詩："垂老抱佛腳，教妻讀黃經。"後比喻事先無準備，事到臨頭才慌忙應付◇平日不燒香，臨時抱佛腳。

【抱殘守缺】bàocán shǒuquē 固守陳舊過時的東西，不肯革新進步。(同) 墨守成規 (反) 推陳出新。

【抱薪救火】bàoxīn jiùhuǒ 抱着柴草去救火。《史記・魏世家》："譬猶抱薪救火，薪不盡，火不滅。"後比喻用錯誤的方法去消除災害，反而使災害擴大。

5 **拄** zhǔ 粵zyu2 主 支撐；頂着◇拄着枴棍。

5 **拉** 〈一〉lā 粵laai1 賴1 ①拖；牽着朝前走◇拉車｜拉他上岸。②用車運載◇三車拉不完。③牽引（樂器、弓箭、健身器等）◇拉胡琴｜拉弓射箭。④拖長；使延伸◇拉長聲音｜拉開距離。⑤拉攏；聯絡◇拉關係｜拉交情。⑥連累；牽扯◇這是我的事，別拉上別人。⑦組織；帶領◇拉山頭｜拉幫結派。⑧幫；幫助◇他有困難，你要拉他一把。⑨養育；撫養◇好不容易才把孩子拉大了。⑩排泄（大小便）◇拉肚子。

〈二〉lā 粵laa1 啦 方言。談；閒談◇拉家常。

〈三〉lá 粵laai1 賴1 割開；劃破◇手拉破了｜把衣服拉開了。

【拉扯】lāche ①拉；拽◇他要走，誰也拉扯不住。②撫養◇好不容易拉扯大一對兒女。③牽扯；牽連◇這事與我無關，別把我拉扯進去。

【拉鋸】lājù 比喻一來一往不斷地進行◇拉鋸戰｜在雙方比分拉鋸的情況下，教練及時調整了戰術。

【拉縴】lāqiàn ①在岸上用繩子拉船前進。②比喻為雙方牽引撮合◇説媒拉縴｜這樁買賣多虧他拉縴。

【拉雜】lāzá 雜亂沒有條理◇寫得太拉雜｜拉拉雜雜講個不停。

【拉攏】 lālǒng 用手段使別人靠攏自己◇很會拉攏人｜拉攏感情。

【拉大旗，作虎皮】 lādàqí，zuòhǔpí 比喻借助權威的名義嚇唬和蒙騙人。

5 **拌** bàn 粵bun6 叛 ①攪和；攪拌◇拌飼料｜小葱拌豆腐。②爭吵◇拌嘴｜拌了兩句，沒大事。

5 **抿** mǐn 粵man5 敏 ①用油、水等抹◇對着鏡子抿了抿頭髮。②稍稍合攏（嘴、耳朵、翅膀等）◇抿嘴一笑｜水鳥一抿翅膀鑽到水裏去。③嘴脣收斂，輕沾一下◇抿了口酒。

5 **拂** fú 粵fat1 忽 ①輕輕擦過；撣除◇拂拭｜春風拂面。②甩動；撩起◇拂袖而去。③違背；不順從◇美意難拂。

【拂拭】 fúshì 撣除；揩擦◇拂拭桌椅｜用手巾拂拭汗水。

【拂袖】 fúxiù 甩動衣袖。表示不悦、氣憤◇拂袖而去。

【拂煦】 fúxù 帶來溫暖◇春風拂煦。

【拂曉】 fúxiǎo 天快亮的時候。

5 **招** zhāo 粵ziu1 焦 ①揮手致意◇招呼｜招手。②讓對方來◇招聘｜招考｜招之即來。③逗；引；惹◇招笑｜樹大招風｜滿招損，謙受益。④供認◇屈打成招。⑤招數，武術上的動作。引申指手段、計策◇高招｜出花招。⑥商店招徠顧客的幌子、牌子◇酒招｜招牌。⑦姓。

【招安】 zhāo'ān 勸説反抗者投降歸順。

【招呼】 zhāohu ① 招引呼喚◇招呼他過來。② 問候；接待◇打招呼｜招呼不周。③ 吩咐；關照◇招呼廚師菜裏別放糖｜有甚麼動靜，我會來招呼你的。④ 照料；伺候◇招呼病人｜請多招呼點老人。

【招供】 zhāogòng 認罪並供出犯罪事實◇如實招供。

【招待】 zhāodài ① 迎接；接待◇記者招待會｜設宴招待來客。② 擔任招待工作的人。

【招架】 zhāojià ① 抵擋◇招架不住。② 應付；對付◇難以招架。

【招致】 zhāozhì ① 引起，導致（不良後果）◇招致失敗｜招致重大損失。② 招收；搜羅◇招致人才。

【招展】 zhāozhǎn 飄盪；搖動◇彩旗招展｜花枝招展。

【招徠】 zhāolái 招攬◇招徠顧客。

【招貼】 zhāotiē 印、寫在紙上供張貼宣傳用的圖文、廣告等。

【招惹】 zhāorě ① 招致引來◇招惹麻煩。② 觸犯；逗弄◇誰也不敢招惹他｜別把孩子招惹哭了。

【招募】 zhāomù 招收募集◇招募新兵｜招募賢才。

【招聘】 zhāopìn 公開招收聘請◇招聘高層管理人員。

【招標】 zhāobiāo 興建工程或進行大宗商品交易時，公佈標準和條件，供人承包或承買。

【招攬】 zhāolǎn 兜攬；招引◇招攬生意。

【招搖撞騙】 zhāoyáo zhuàngpiàn 假借名義，張揚炫耀，到處行騙。

5 **披** pī 粵pei1 丕 ①搭在肩上；覆蓋◇披着大衣｜披星戴月。②敞開；表露◇披肝瀝膽｜披露消息。③打開；翻開◇披閱｜披卷有益。④散開◇披散｜披頭散髮。⑤裂開；分開◇竹竿子披了。

【披靡】 pīmǐ ① 隨風倒伏。② 比喻潰敗四散◇所向披靡｜望風披靡。

【披露】 pīlù ① 表露；陳述◇披露心跡。② 宣佈；發表◇披露內幕。

【披肝瀝膽】 pīgān lìdǎn 比喻坦誠相見或極盡忠誠。同 肝膽相照。

【披沙揀金】 pīshā jiǎnjīn 唐代劉知幾《史通·直書》："雖古人糟粕，真偽相亂，而披沙揀金，有時獲寶。"撥開沙礫，揀到金子。比喻從大量事物中選取精華。同 沙裏淘金。

【披荊斬棘】 pījīng zhǎnjí《後漢書·馮異傳》："為吾披荊棘，定關中。"比喻掃除障礙、克服困難。◇攀山拯救專隊披荊斬棘，開拓生路。

5 **拚** (一) pàn 粵pun3 判/pun2 盆2 捨棄不顧惜；豁出去◇拚命｜拚死吃河豚。

(二) pīn 粵ping3 聘/ping1 乒 同"拼"。

5 **抬**〔擡〕 tái 粵toi4 台 ①舉；向上提◇抬頭｜抬價。②共同用手或肩搬運◇抬擔架｜兩個和尚抬水吃。③爭吵；爭辯◇一見面就抬個沒完。

【抬槓】táigàng ①故意爭辯；吵嘴。②舊時指抬運靈柩。

【抬頭】táitóu ①仰頭。比喻受壓抑的得以伸展◇抬頭遠望｜背負惡名，連抬頭做人都難。②發票、收據、支票上寫收件人或收款人的地方◇支票沒寫抬頭。③公文書信行文中，遇到應該尊敬的名稱或對方姓名，另起一行表示尊敬，叫做抬頭。

【抬舉】táiju 因看重而誇獎、提拔◇不識抬舉｜多謝你抬舉。

5 **拇** mǔ 粵mou⁵母 手、腳的大指◇拇指。

5 **拗**〔抝〕〈一〉ǎo 粵aau² 方言。折斷；轉折◇把樹枝拗斷｜把鐵管拗成 90 度角。

〈二〉ào 粵aau³ ①不順◇拗口。②違反◇違拗。

〈三〉niù 粵aau³/ngaau³餚³ 固執；不順從◇執拗｜性子特拗。

【拗口】àokǒu 説話不順口◇文章讀起來很拗口。

5 **拜** bài 粵baai³湃 ①敬禮；行禮表示祝賀◇跪拜｜團拜｜拜壽。②禮節性的看望；訪問◇回拜｜拜訪。③古代指通過一定禮儀任命官職◇拜相｜官拜監察御史。④通過某種儀式結成親密關係◇拜師｜拜乾爹。⑤敬辭。用於人事往來◇拜託｜拜領｜拜讀大作。⑥尊崇；敬奉◇崇拜｜甘拜下風。⑦姓。

【拜年】bàinián 祝賀新年或春節。

【拜見】bàijiàn 訪問會見；謁見（尊長）◇拜見主人｜拜見公婆。

【拜候】bàihòu 敬辭。進見問候◇登門拜候。

【拜祭】bàijì 禮拜祭祀◇拜祭祖先｜到中山陵拜祭。

【拜訪】bàifǎng 敬辭。訪問；探望◇拜訪親友｜到府上拜訪。

【拜會】bàihuì 敬辭。訪問會見。多用於外交場合。

【拜謝】bàixiè 用恭敬的禮節表示感謝◇拜謝老師悉心教誨。

6 **挈** qiè 粵kit³揭 ①提起；提◇挈水｜提綱挈領。②帶領；攜帶◇扶老挈幼。

6 **拭** shì 粵sik¹色 揩；擦◇拭淚｜拂拭。

【拭目以待】shìmùyǐdài 擦亮眼等着瞧。表示殷切期望或等待某種情況出現。

6 **持** chí 粵ci⁴詞 ①拿着；握住◇持刀｜手持球拍。②掌管；料理◇主持｜操持｜勤儉持家。③主張；抱有◇持論公允｜持反對意見。④保持；支撐◇支持｜堅持。⑤控制；挾制◇自持｜劫持。⑥對抗；抵抗◇僵持｜爭持。

【持久】chíjiǔ 維持長久；長期堅持◇要作持久打算｜爭取持久和平｜曠日持久。

【持平】chípíng ①公正；公平◇持平之論。②保持原來水平，基本沒有增減◇產量與去年持平。

【持身】chíshēn 對待自己；要求自己。◇慎於持身。

【持重】chízhòng 穩重；謹慎◇老成持重。同穩健 反輕率。

【持論】chílùn 立論；提出主張◇持論與眾不同。

【持續】chíxù 延長下去；繼續◇持續高温｜比賽持續了兩小時。

【持之以恆】chízhīyǐhéng 長久地堅持下去。

6 **拮** jié 粵git³潔【拮据】jiéjū 缺錢，經濟狀況窘迫◇手頭拮据。

6 **拷** kǎo 粵haau²巧 ①打◇拷問｜拷打。②拷貝，複製。

【拷打】kǎodǎ 用棍棒等打◇嚴刑拷打。

【拷貝】kǎobèi ①複製件；摹本◇這個文件有四份拷貝。②指由底片複製出來供放映電影用的膠片。③複製；複印◇請拷貝兩份。（英copy）

【拷問】kǎowèn 拷打審問◇嚴刑拷問。

6 **拱** gǒng 粵gung²鞏 ①兩手在胸前合抱，表示敬意◇拱手。②兩手合圍的大小。用於比量樹木的粗細◇墓木已拱。③環繞◇拱抱｜眾星拱月。④肢體彎曲成弧形；聳起◇拱背｜拱腰｜拱肩縮背。⑤成弧形的◇拱門｜拱橋。⑥用力往上頂；掀開◇肥豬拱門｜幼苗拱出新芽。⑦姓。

【拱手】gǒngshǒu ①兩手在胸前合抱，表示敬意◇拱手告別。②形容容易、輕易◇拱手相讓｜拱手可得。

【拱券】gǒngxuàn 門窗上方、橋梁下方的弧形構件。

【拱橋】gǒngqiáo 中部高起，橋洞呈弧形的橋。

【拱衛】gǒngwèi 環繞保衛◇羣峯拱衛。

6 **挎** kuà ◎kwaa3 跨3 ①彎起手臂掛着或鉤住◇挎着手袋｜挎着胳臂散步。②掛着◇腰裏挎着槍｜書包挎在肩上。

6 **拽** 〈一〉zhuāi ◎jai6 曳 方言。扔；拋◇拽皮球｜把客人拽在一邊。

〈二〉zhuài ◎jai6 曳 拉；拖◇把門拽上｜一把拽住｜生拉硬拽。

〈三〉yè ◎jai6 曳 同"曳"。拉；拖◇拽起風帆。

6 **括** 〈一〉kuò ◎kut3 豁 ①結紮；捆束◇括髮｜括約肌（在肛門、尿道處的環形肌肉）。②包括；包含◇概括｜囊括｜總括。③用括號標記◇這幾個字要括起來。

〈二〉guā ◎gwaat3 刮 見"挺括"。

6 **拴** shuān ◎saan1 山 繫；捆綁◇拴馬｜拴根繩子晾衣服。

6 **拾** 〈一〉shí ◎sap6 十 ①撿取；從地上把東西拿起來◇拾柴｜拾金不昧。②收拾；整理◇拾掇。③"十"的大寫。

〈二〉shè ◎sip3 涉 慢步從容登上◇拾級而上。

【拾掇】shíduo ① 收羅；拾取◇拾掇破玩藝。② 整理；修理◇屋子已經拾掇好了｜車壞了要拾掇一下。③ 懲治◇讓我來拾掇這傢伙。

【拾零】shílíng 收集某方面零星的材料。多用於標題◇賽場拾零。

【拾遺】shíyí ① 拾取別人遺失的東西◇路不拾遺。② 補充別人的缺漏◇拾遺補闕。

【拾人牙慧】shírényáhuì《世説新語·文學》："殷中軍云：'康伯未得我牙後慧。'"韓康伯是殷中軍的外甥。後指襲取別人的言論。

6 **挑** 〈一〉tiāo ◎tiu1 佻 ①用肩膀擔（物）◇挑水｜挑一擔貨。②扁擔及其兩頭所挑的東西。比喻擔負責任◇挑重擔。③揀選◇挑肥揀瘦｜百裏挑一。④過於嚴格地要求或指摘◇挑毛病｜橫挑鼻子豎挑眼。⑤量詞。用於成挑的東西◇一挑水｜兩挑西瓜。

〈二〉tiǎo ◎tiu1 佻 ①用細長物的一端向上撥起◇挑刺｜挑開面紗。②懸掛；支起◇挑着酒望｜挑燈夜戰。③引誘；挑逗◇挑起事端。④提出；顯露◇把話挑明。⑤一種刺繡手法◇挑花。⑥漢字的筆畫，形狀是"㇀"，也叫提或剔。

【挑剔】tiāoti 苛求指責；過分地在細節上找毛病◇百般挑剔。

【挑事】tiǎoshì 挑起事端◇他們都和好了，你還在這裏挑事。

【挑逗】tiǎodòu 撩撥；逗引◇用眼神挑逗人。

【挑動】tiǎodòng ① 引發；惹起◇這番話挑動起我的好奇心。② 挑撥煽動◇挑動內訌。

【挑揀】tiāojiǎn 挑選；從中選擇出適合要求的◇挑揀稻種。

【挑撥】tiǎobō 從中搬弄是非以引起糾紛◇挑撥離間｜挑撥父子關係。

【挑戰】tiǎozhàn ① 激使、逗引敵人出戰。② 鼓動對方與自己競賽◇互相挑戰｜迎接未來的挑戰。

【挑選】tiāoxuǎn 按一定要求選擇◇挑選嚴格｜挑選運動員。

【挑釁】tiǎoxìn 蓄意挑起事端，企圖引發衝突或爭鬥◇採取軍事挑釁。

【挑肥揀瘦】tiāoféi jiǎnshòu 形容挑來挑去，一味挑選好的和對自己有利的。(同) 挑三揀四。

6 **指** zhǐ ◎zi2 只 ①手指；腳指◇指紋｜拇指｜屈指可數。②指向；含意所指◇指南｜指鹿為馬｜這話是指誰説的？③明確説出◇指示｜承蒙指教。④批評；斥責◇指摘｜千夫所指。⑤仰仗；依靠◇指望｜全家都指着你呢。⑥直立；豎起◇令人髮指。⑦量詞。一個手指的寬度叫一指◇一指寬｜下了三指雨。

【指引】zhǐyǐn ① 指點引導◇指引路徑。② 帶有引導性的指示◇行動指引。

【指示】zhǐshì ① 用手指點告知。泛指指引、指點◇指示燈｜指示方位｜這事該如何處理，請指示。② 對下級、下屬發的指令性意見或文件◇口頭指示｜執行上司的指示。

【指正】zhǐzhèng 指出錯誤並改正。多用作請人提意見的客套話◇敬請指正。

【指令】zhǐlìng ① 指示命令◇指令他三日內完

成。② 對下級下達的指示命令◇剛接到一道指令。③ 指定電腦實現某種控制或進行某種運算的代碼。

【指事】 zhǐshì 漢字六書之一。指事是說字由象徵性的符號構成。如“刀”上加“丶”成為“刃”，表示刀刃。

【指明】 zhǐmíng 明確指出◇指明出路丨指明發展方向。

【指定】 zhǐdìng 指明確定◇到指定地點集合丨指定專人負責。

【指南】 zhǐnán ① 指南針。比喻辨別方向的根據，指導行動的準則◇行動的指南。② 比喻起正確指導作用的工具。多用於書名◇《香港購物指南》。

【指責】 zhǐzé 指出錯誤，加以批評；斥責◇無理指責。

【指教】 zhǐjiào 指點教導。多用作請人提批評意見的客套話◇請多多指教。

多樣表達：指教
賜教 見教 請教 求教 討教 就教 候教 不吝金玉 不吝指教

【指控】 zhǐkòng 指責控告◇提出指控丨指控他受賄。

【指望】 zhǐwàng ① 期望；盼望◇指望他早日成才。② 盼頭；實現目標的可能◇今年加薪有指望了丨他這次是沒指望了。

【指揮】 zhǐhuī ① 發令調遣◇指揮作戰丨指揮整個工程。② 發令調遣的人◇工程總指揮丨充當臨時指揮。③ 特指指揮樂隊或合唱團的人◇大合唱的指揮。

【指標】 zhǐbiāo 規定要達到的目標◇生產指標丨任務指標。

【指壓】 zhǐyā 用手捏控按摩人體穴道的一種治療方法。

【指靠】 zhǐkào 依靠◇生活有了指靠丨指靠兒女照顧。

【指導】 zhǐdǎo ① 指示教導；指點引導◇歡迎莅臨指導丨指導學生做實驗。② 負責指導的人◇技術指導。

【指點】 zhǐdiǎn ① 指給人看；指明；指引◇請名師指點。② 指責；數說人的缺點或錯誤◇好管閒事，少不得遭人指點。③ 議論；評說◇指點時政。

【指日可待】 zhǐrìkědài 不久就可達到目的或出現期望的情況。同 計日程功 反 遙遙無期。

【指手畫腳】 zhǐshǒu huàjiǎo 說話時用手腳比畫示意。形容亂加批評、指點或發號施令。

【指桑罵槐】 zhǐsāng màhuái 比喻明罵此，暗罵彼。

【指鹿為馬】 zhǐlùwéimǎ 相傳秦相趙高想篡位，怕羣臣不服，便牽了頭鹿獻給秦二世，說是馬。二世問羣臣，有人說這是馬，有人這說是鹿。事後趙高把說是鹿的人殺了。後喻指故意歪曲事實，顛倒是非。

6 **拼** pīn 粵ping³ 聘/ping¹ 乒 ①湊；合在一起◇拼盤丨拼板丨東拼西湊。②不顧一切地幹◇拼搏丨拼命丨拼死拼活。

【拼車】 pīnchē 幾個同路的人共同使用一輛車出行，費用分攤◇他們互相不認識，只是一起拼車的乘客。

【拼命】 pīnmìng ① 捨命；豁出命去幹◇上戰場拼命。② 竭盡全力；不顧一切◇拼命工作丨拼命揮霍，花錢如流水。

【拼音】 pīnyīn ① 把兩個或兩個以上的音素拼合起來而成複合音。② 指拼音字母◇羅馬拼音丨漢語拼音。

【拼湊】 pīncòu 把零星的合在一起◇拼湊材料丨拼湊了幾百元錢。

【拼搏】 pīnbó 全力搏鬥；拼命爭取◇在商界拼搏丨為理想拼搏。

6 **拃** zhā 粵zaa¹ 渣【拃挲】zhāsha 張開；伸開◇拃挲着雙手丨松樹的枝條向四周拃挲。

6 **挖** wā 粵waat³ 斡 ①掘；掏取◇挖煤丨挖人參。②比喻探索、深入研究◇挖問題。

【挖苦】 wāku 用刻薄的話譏諷◇不要挖苦人丨諷刺挖苦。同 譏刺。

【挖掘】 wājué ① 挖◇挖掘珍貴文物。② 深入探尋◇挖掘舊資料中有價值的東西。

【挖肉補瘡】 wāròu bǔchuāng 唐代聶夷中《詠田家》：“二月賣新絲，五月糶新穀，醫得眼前瘡，剜卻心頭肉。”後比喻只管眼前，不顧後果，用有害的方法來救急。

6 **按** àn 粵on³/ngon³ 案 ①用手向下壓◇按脈丨按鈴。②壓制；抑制◇按不住胸中怒火。③依照；按照◇按時丨按計劃進行。④按語；加按語◇編者按。⑤考查；核對◇有原文可按。

【按捺】 ànnà 抑制；忍耐◇按捺不住激動的心情。

【按揭】 ànjiē 一種購房的貸款方式，以所購的房屋為抵押向銀行借款，然後分期償還，貸款還清後銀行歸還抵押物◇這家銀行提供優惠的樓宇按揭。

【按照】 ànzhào 遵從；依照◇按照規定執行。

用法提示：按照、按

"按照"和"按"作動詞和介詞時用法相同。至於選用哪一個就跟後面名詞的音節多寡有關，例如"按期完成"不能寫成"按照期完成"；"按照期限完成"不能寫成"按期限完成"。

【按摩】 ànmó 中醫一種保健、治療方法。用手在身體各部推、拿、按、摩、敲、捏、揉、搓，用以放鬆肌肉，促進血液循環，調節神經功能。

【按兵不動】 ànbīngbúdòng 控制住軍隊，暫不行動。比喻面對問題而不採取行動。

【按部就班】 ànbù jiùbān 原意是作文要按其門類、順序選詞定句，安排結構。後泛指按照一定的條理和程序。

【按圖索驥】 àntúsuǒjì《漢書・梅福傳》："猶察伯樂之圖，求騏驥於市，而不可得。" 騏驥，指好馬。意為照伯樂畫的良馬圖像到市上尋覓好馬，終究還是找不到。後比喻拘泥於成法而不知變通。現多比喻按照線索去尋找事物。

6 **拯** zhěng 粵cing2 請 援救；救助◇拯救｜拯災。

【拯救】 zhěngjiù 援救；救濟◇拯救災民｜拯救瀕危動物。

6 **拶** (一) zā 粵zaat3 札 逼迫；擠壓◇逼拶｜排拶。(二) zǎn 粵zaat3 札 ①拶子，古代一種夾手指的刑具。用繩子聯五根小木棍，用刑時套入手指用力收緊。②壓緊◇拶指。

6 **拿**〔舒 拏 挐〕 ná 粵naa4 娜 ①抓住；握住◇手拿一束花｜把書拿過來。②捕捉；強行奪取◇緝拿｜拿下縣城。③把握；掌握◇拿得準｜拿得牢。④要挾；刁難◇拿不住他｜別想用這事來拿我。⑤獲得；得到◇拿金牌｜拿薪水。⑥故意做出；裝出◇拿大｜拿架子。⑦提出；決定◇拿主意｜得拿出個章程來。⑧介詞。(1)用；憑藉◇拿尺量布｜拿證據說話。(2)對；把。引進動作的對象◇拿他沒辦法｜別拿我尋開心。(3)從某方面提出話題◇拿這一點說，恐怕不夠標準。

【拿手】 náshǒu 擅長◇拿手好戲｜畫馬他最拿手。

【拿獲】 náhuò 捕獲；捉住◇歹徒終於被拿獲。(同) 擒獲。

【拿腔作勢】 náqiāng zuòshì 見"裝腔作勢"。

6 **拳** quán 粵kyun4 權 ①拳頭◇握拳｜拳打腳踢。②拳術，一種徒手的武術◇打拳｜太極拳。③拳曲；彎曲◇拳着腿。④用拳頭互相搏擊的體育運動◇拳王｜拳壇。

【拳曲】 quánqū 彎曲◇頭髮拳曲｜拳曲的紫藤。(反) 挺直。

【拳拳】 quánquán 誠摯懇切的樣子◇拳拳之心｜情意拳拳。

【拳術】 quánshù 一種手腳並用的徒手武術◇中國拳術。

7 **捕** bǔ 粵bou6 步 捉拿；逮捕◇捕魚｜捕盜。

【捕快】 bǔkuài 古時衙門中負責緝捕任務的差役。

【捕捉】 bǔzhuō ① 捉；捉拿◇禁止捕捉野生動物｜捕捉強盜。② 趕緊抓住(轉瞬即逝的東西)◇捕捉鏡頭｜捕捉商機。

【捕撈】 bǔlāo 捕捉和打撈(魚類和水產)◇捕撈魚蝦貝類。

【捕獲】 bǔhuò 捉住◇捕獲歸案｜捕獲一頭野豬。

【捕風捉影】 bǔfēng zhuōyǐng 事情虛空不實，好像捕捉風和影子那樣。比喻缺乏充分事實，而以似是而非的跡象做根據。(反) 有憑有據。

7 **捂** wǔ 粵wu2 滸 遮蓋；封住◇捂着嘴笑｜把酒罈捂實。

7 **振** zhèn 粵zan3 鎮 ①振作；奮起◇振奮｜委靡不振。②揮動；搖動；抖動◇振臂｜振筆疾書。

【振作】 zhènzuò 精神旺盛；奮發◇振作精神｜鼓勵他振作起來。(反) 消沉。

【振動】 zhèndòng 振盪，物體通過一個中心位置，不斷地往復運動。

【振奮】zhènfèn ① 振作奮發◇羣情振奮。(同) 奮發。② 使振奮◇振奮精神 | 振奮人心。

【振興】zhènxīng 大力發展，使之興盛◇振興中華 | 振興經濟。

【振振有詞】zhènzhènyǒucí 形容理由似乎很充分，説個不休。

【振聾發聵】zhènlóng fākuì 發出極大響聲，讓耳聾的人聽到。比喻用言論、文章喚醒糊塗麻木的人。

7 **挾(挟)** ㈠xié 粵hip[3] 協 ①夾持；夾在腋下或指間◇挾着一支箭 | 腋下挾着書。②脅持；強迫人服從◇要挾 | 挾天子以令諸侯。③隱藏；心裏懷着◇挾恨 | 挾嫌報復。

㈡jiā 粵gaap[3] 甲 夾住；夾取◇挾在中間動彈不得 | 用筷子挾紅燒肉。

【挾制】xiézhì 倚仗權勢或抓住弱點使服從◇受人挾制。

【挾持】xiéchí ① 從兩旁架住。多指壞人捉住好人◇挾持人質。② 控制；用威力強制對方順從◇把小偷挾持住。

7 **捎** ㈠shāo 粵saau[1] 筲 順便帶◇捎口信 | 正好順路，就捎上她吧。

㈡shào 粵saau[1] 筲 ①(牲口等)稍微向後退◇馬車往後捎一捎。②(顏色)減退◇捎色。

【捎帶】shāodài 附帶；順便◇回家時捎帶買些水果 | 捎帶再檢查一下電腦。

7 **捍〔扞〕** hàn 粵hon[6] 汗 抵禦；防衛◇捍禦 | 捍拒。

【捍衛】hànwèi 保衛◇捍衛邊疆 | 捍衛國家的尊嚴。

7 **捏〔揑〕** niē 粵nip[6] 聶 ①用拇指和別的手指夾住◇手裏捏着一朵花。②用手把軟東西做成一定形狀◇捏泥人 | 捏餃子。③握緊；抓住◇把證據捏在手裏 | 捏住這人的短處。④無中生有；編造◇捏造。

【捏造】niēzào 故意編造◇捏造事實。

7 **捉** zhuō 粵zuk[1] 足 ①握；抓◇捉筆 | 捉刀。②擒拿；捕捉◇貓捉老鼠 | 生擒活捉。

【捉刀】zhuōdāo《世説新語・容止》：曹操接見匈奴來使，自以為形陋，叫崔季珪代自己接見，自己捉刀立牀頭。會見完畢，使人問匈奴使："魏王何如？"使答："魏王雅量非常，然牀頭捉刀人，此乃英雄也。"後來便稱代人作文或頂替人做事為"捉刀"。

【捉弄】zhuōnòng 戲弄；耍弄，使人為難◇捉弄人 | 被他捉弄了一回。

【捉摸】zhuōmō 揣測；估計。多用於否定式◇捉摸不透她的心思。

【捉迷藏】zhuō mícáng ① 一種遊戲，一人蒙住眼睛，捕捉周圍來回躲藏的人。② 比喻言行曖昧，故意使人難以捉摸。

【捉襟見肘】zhuōjīn jiànzhǒu《莊子・讓王》："曾子居衞……十年不製衣，正冠而纓絕，捉衿而肘見。"衿，襟，上衣的前幅。説整一整衣襟就露出了胳膊肘，後形容衣衫襤褸或比喻顧此失彼、處境困難。(反) 應付自如。

7 **捆〔綑〕** kǔn 粵kwan[2] 菌 ①用繩子等綁緊並打上結◇捆行李 | 把書捆好。②比喻束縛、限制◇被孩子捆住了手腳。③量詞。用於成捆的東西◇兩捆柴火。

【捆綁】kǔnbǎng 用繩子纏住；把兩個以上的東西綁在一起◇捆綁住手腳。

7 **捐** juān 粵gyun[1] 娟 ①放棄；捨棄◇棄捐勿復道，努力加餐飯。②獻出；捐助◇捐款 | 捐贈 | 募捐。③賦稅◇捐稅 | 苛捐雜稅。

【捐助】juānzhù 用財物幫助◇捐助糧食 | 捐助孤兒。

【捐款】juānkuǎn ① 捐助錢款◇捐款救災 | 捐款助學。② 捐助的錢款◇社會各界的捐款近億元。

【捐棄】juānqì 拋棄；捨棄◇捐棄前嫌。

【捐軀】juānqū (為國家、正義) 獻出生命◇為國捐軀。

【捐贈】juānzèng 拿出財物贈送◇捐贈圖書 | 捐贈文物。

【捐獻】juānxiàn 拿出財物獻給(國家或團體)◇把圖書捐獻給母校 | 捐獻文物。

7 **挹** yì 粵jap[1] 泣 ①舀；酌取◇挹取。②提拔；拉◇獎挹 | 挹衣袖。

【挹注】yìzhù "挹彼注茲"的略語。《詩・大雅・泂酌》："泂酌彼行潦，挹彼注茲，可以濯罍。"意思是將那個大盛器中的水，倒到一個小盛器中。後用"挹彼注茲"或"挹注"喻指取用一方補助另一方。

7 **捌** bā 粵baat³ 八 "八"的大寫。

7 **挺** tǐng 粵ting⁵ 鋌 ①直；硬而直◇筆挺｜挺立。②特出；傑出◇挺拔｜英才挺出。③伸直；突出◇挺身而出｜挺胸凸肚。④勉強支撐◇挺不住。⑤很◇挺好｜挺有意思。⑥量詞。用於竹、機槍等◇竹子千挺｜一挺機槍。

【挺立】tǐnglì ①直立◇白楊樹挺立在公路兩旁。②比喻頑強堅持。

【挺秀】tǐngxiù 秀美突出◇英姿挺秀｜字體挺秀。

【挺拔】tǐngbá ①直立而高聳◇挺拔的青松。②形容高而出眾◇英俊挺拔。③形容剛健有力◇柳公權的書法挺拔蒼勁。

【挺括】tǐngguā 挺直平整◇腰板挺括｜這套西服很挺括。

【挺進】tǐngjìn 照直向目標前進◇挺進中原｜向新的高度挺進。

7 **挩** tuō 粵tyut³ ①解脱。②遺漏；失誤。

7 **挫** cuò 粵co³ 錯 ①阻礙；打擊◇挫折｜挫敗｜受挫。②壓低；抑制◇挫抑｜挫了鋭氣。

【挫折】cuòzhé ①失敗；失利◇遭受挫折。②折斷；損傷◇骨頭挫折了。

【挫敗】cuòbài ①挫折和失敗◇慘遭挫敗。②使受挫折；擊敗◇挫敗對手。

7 **捋** 〈一〉luō 粵lyut³ 劣 用手握着條狀物向一端用力滑動◇捋袖子｜捋桑葉。

〈二〉lǚ 粵lyut³ 劣 用手指順着抹過去，使物體順溜或乾淨◇捋鬍子｜捋羊毛。

【捋袖揎拳】luōxiù xuānquán 見"揎拳捋袖"。

7 **挼〔挼〕** ruó 粵no⁴ 挪 揉搓；摩挲◇挼搓｜兩手相挼。

7 **挽** wǎn 粵waan⁵ 鯇 ①拉；牽引◇挽弓｜挽車｜手挽手。②扭轉；挽回◇挽救｜力挽狂瀾。③挎；彎手鈎住◇臂上挽隻籃子。④捲起；疊起◇挽起袖子。⑤同"輓"。哀悼◇挽聯｜哀挽。

【挽回】wǎnhuí 扭轉，設法使好轉或恢復原狀◇挽回敗局｜挽回損失。

【挽留】wǎnliú 請將要離去的人留下來◇再三挽留｜挽留客人。

【挽救】wǎnjiù 從危急中援救；使脱離危險境地◇挽救瀕危動物｜設法挽救她的生命。

【挽歌】wǎngē 哀悼死者的歌；悼念逝者或逝去事物的文辭。

【挽聯】wǎnlián 哀悼死者的對聯。

7 **捃** jùn 粵gwan³ 棍/kwan² 菌 拾取；撿取◇捃拾｜捃其菁華。

7 **挪** nuó 粵no⁴ 懦⁴ 移動；轉移◇騰挪｜桌子還是挪到那邊好。

【挪用】nuóyòng ①把已經安排用途的錢移用到其他方面◇挪用救濟款。②未經允許，私自使用（公款）◇挪用公款。

【挪借】nuójiè 暫借（別人的錢）。

【挪動】nuódong 人或東西短距離地移動位置◇挪動椅子。

7 **挶** jū 粵guk⁶ 局 ①抬土的器具。②握持。

7 **捅** tǒng 粵tung² 統 ①刺戳；撞擊◇捅馬蜂窩｜捅了個大窟窿。②碰；觸動◇用手指捅他一下。③揭穿，揭露；公開出去◇捅破這套把戲｜把他的事捅出去。

【捅馬蜂窩】tǒng mǎfēngwō 比喻惹禍或觸動難以對付的人或事。

7 **挨** 〈一〉āi 粵aai¹/ngaai¹ 唉 ①靠近；緊接着◇挨着媽媽坐｜他家挨着學校。②依次；按順序◇挨戶搜查｜挨家通知開會。

〈二〉ái 粵ngaai⁴ 崖 同"捱"。

【挨次】āicì 順着次序；依次◇挨次檢查。

【挨個兒】āigèr 順着次序；一個一個地◇挨個兒進場，不要擁擠。

7 **挼** zùn 粵zeon³ 俊 用手擠、推、捏、搓◇挼他的手｜把橡皮泥挼了挼。

7 **挲** 〈一〉sā 粵saa¹ 沙 見"摩挲〈二〉"。

〈二〉shā 粵saa¹ 沙 見"挓挲"。

〈三〉suō 粵so¹ 蔬 見"摩挲〈一〉"。

8 **捧** pěng 粵pung² 碰² ①雙手托着◇捧腹大笑｜捧水洗臉。②奉承；替人吹噓◇吹捧｜捧紅了她。③量詞。用於雙手能捧起的東西◇一捧大紅棗。

【捧場】pěngchǎng 原指為演員表演喝彩，抬高其身價。後泛指特意到場為別人的活動表示支持，也指為別人的活動或作品説好話◇新店開張，親朋好友都來捧場。㊀ 拆台。

【捧腹】 pěngfù 雙手托着肚子，形容大笑時的情態◇令人捧腹｜捧腹大笑。

8 **掭** tiàn 粵tim³添³ ①方言。撥動◇掭燈草。②用筆橫拖蘸墨◇飽掭濃墨。

8 **掛〔挂〕** guà 粵gwaa³卦 ①懸掛；吊起◇掛牌｜掛衣服｜牆上掛着一幅畫。②牽掛；惦記◇掛念家人｜心掛兩頭。③蒙上；附着◇身上掛滿了灰｜瓷器上掛了一層釉彩。④鈎；鈎住◇被釘子掛破了｜這列火車掛了十五節車廂。⑤打(電話)；斷開(電話線路)◇掛電話給公司｜一氣之下把電話掛了。⑥登記；聯繫◇掛失｜這是兩碼事，掛不到一起。⑦量詞。用於懸掛的或成串的東西◇竹簾三掛｜一掛鞭炮。

【掛心】 guàxīn 心裏掛念，記掛在心上◇一到家就給電話，免得我掛心。㊂ 牽掛 ㊀ 放心。

【掛失】 guàshī 對遺失的票證到相關機構登記備案，聲明作廢。

【掛名】 guàmíng ① 記名；列名◇在提案上掛名了。② 擔當空頭名義而不做事◇掛名董事｜頭銜很多，大多是掛名的。

【掛花】 guàhuā 作戰時負傷流血。

【掛念】 guàniàn 記掛想念◇掛念父母。

【掛彩】 guàcǎi ① 披掛彩色布帛紙花等，表示慶賀◇節日裏到處張燈掛彩。② 作戰時負傷流血。

【掛單】 guàdān ① 行腳僧到寺廟憑度牒登記投靠。② 指單身，無異性朋友。

【掛號】 guàhào ① 編號登記以確定次序，便於查考◇掛號看病。② 郵局對重要郵件進行登記編號，出具收據，以備查檢賠償損失的手續◇掛號信。

【掛漏】 guàlòu "掛一漏萬"的略語。遺漏◇倉促發言，難免掛漏。

【掛齒】 guàchǐ 客套話。談到；提及。多用於自謙◇區區小事，何足掛齒。

【掛一漏萬】 guàyī lòuwàn 表示列舉不全，遺漏很多。㊀ 涓滴不漏、面面俱到。

【掛羊頭賣狗肉】 guàyángtóu màigǒuròu 比喻用好的名義作幌子，實際上名不符實或做壞事。

8 **措** cuò 粵cou³澡 ①安放；安排；處置◇手足無措｜驚慌失措。②籌辦；預先計劃或辦理◇措辦｜籌措資金。

【措施】 cuòshī 針對情況採取的處理辦法◇採取措施。

【措辭】 cuòcí 説話；説話寫文章時選擇詞句◇措辭不當｜措辭客氣。

【措手不及】 cuòshǒubùjí 措手，着手處理。來不及處理和應付◇打他個措手不及。

8 **捱** ái 粵ngaai⁴崖 ①忍受；遭受◇捱打｜忍飢捱餓。②拖延；等待◇捱三四天再還｜捱到幾時才能出院呀？

8 **捺** nà 粵naat⁶ ①用手向下按◇捺手印。②抑制；控制◇捺住性子｜按捺不住。③漢字的一種向右斜下的筆畫，形狀是"㇏"。

8 **掎** jǐ 粵gei²己 ①牽制；拖住◇掎掣。②牽引；拉◇掎拔｜掎鹿。

【掎角】 jǐjiǎo 拉住腿，抓住角。比喻牽制或夾擊◇成掎角之勢。

8 **掩** yǎn 粵jim²淹² ①遮蓋；遮蔽◇掩蔽｜掩人耳目。②關閉；合上◇掩門｜掩卷歎息。③突然襲擊或捕捉◇掩殺｜掩襲｜掩捕。

【掩映】 yǎnyìng 遮掩襯托◇掩映成趣｜紅牆綠柳相互掩映。

【掩埋】 yǎnmái 用泥土等覆蓋；埋葬。

【掩飾】 yǎnshì 掩蓋粉飾，使真相不顯露出來◇掩飾罪行｜毫不掩飾感情。

【掩藏】 yǎncáng 隱蔽；隱藏◇掩藏不住內心的痛苦。

【掩護】 yǎnhù ① 暗中掩藏保護；庇護◇打掩護｜派人掩護證人。② 採取手段壓制敵方，保障己方行動安全◇掩護部隊過江。③ 指作戰陣地的工事、山岡、樹木等。也指起保護作用的方式、手段◇用一堵殘壁作掩護。

【掩耳盜鈴】 yǎn'ěrdàolíng《呂氏春秋·自知》:"百姓有得鍾者，欲負而走，則鍾大不可負。以椎毀之，鍾況然有音，恐人聞之而奪己也，遽揜其耳。"指把自己的耳朵捂住去偷鍾。比喻自欺欺人。

8 **捷〔㨗〕** jié 粵zit⁶截 ①戰勝；勝利◇捷報｜出師未捷身先死。②迅速，快◇敏

捷|迅捷。

【捷徑】jiéjìng 近路。比喻速成的方法或手段◇抄捷徑|做學問無捷徑可走。

【捷報】jiébào 報告勝利的文書；勝利的消息◇捷報頻傳。

【捷足先登】jiézúxiāndēng 比喻行動迅速，先達到目的。

8 **捯** dáo 粵dou² 島 方言。①(用兩手或兩腿)交替進行◇捯毛線|把風箏捯下來|他那兩條腿捯得倒真快。②弄清；追究◇捯出頭緒。

8 **掯** kèn 粵kang³ 啃³ 方言。①摁；按◇掯住他的頭。②強制；刁難；卡◇勒掯|車被甚麼東西掯住了？

8 **掉** diào 粵diu⁶ 調 ①落下；落後◇掉淚|從桌上掉下來|掉隊。②減少；降低◇掉膘|掉色|掉價。③遺失；遺漏◇錢包掉了|做習題老掉符號、小數點甚麼的。④賣弄◇掉舌。⑤回；轉◇掉過車頭|翻過來掉過去。⑥交替；互換◇掉換|掉包。⑦用在某些動詞後，表示動作完成◇扔掉|抹掉|打掉官氣|小鳥飛掉了。

【掉包】diàobāo 暗中掉換，以假換真或以次充好◇不小心被人掉了包。

【掉換】diàohuàn 同"調換"。①互換◇掉換一下座位。②更換◇掉換工作。

【掉隊】diàoduì ①結隊行進時落在後面。②跟不上進度◇現今的科技推陳出新，不跟貼就很容易掉隊。

【掉頭】diàotóu ①回頭；轉身◇掉頭一看，人不見了|見勢不妙，掉頭就跑。②轉到相反的方向◇船小好掉頭|胡同太窄，車沒法調頭。

【掉轉】diàozhuǎn 轉到反方向◇掉轉槍口|掉轉身快步離去。

【掉書袋】diào shūdài 史稱南唐有個人叫彭利用，他平時與家人、孩子以至童僕説話，言必據書史。後譏諷人愛引經據典，賣弄才學。

【掉以輕心】diàoyǐqīngxīn 唐代柳宗元《答韋中立論師道書》："故吾每為文章，未嘗敢以輕心掉之。"説每寫文章都非常注意立論牢靠，從不敢搖來擺去。後指漫不經心，不當回事。㊐滿不在乎 ㊑一絲不苟、兢兢業業。

8 **捫(扪)** mén 粵mun⁴ 門 按住；摸◇捫足|捫心。

【捫心自問】ménxīn zìwèn 撫摸着胸口問自己，表示反省。

8 **排** (一)pái 粵paai⁴ 牌 ①推開；推擠◇排斥|排山倒海。②消除；除掉；疏通◇排除|排雷|排污。③按次序站；按次序擺◇排隊|排名|排字。④在上演前進行的練習◇排演|彩排。⑤排成的行列◇前排|第五排。⑥用竹、木編成的。也指用竹、木編成的筏子◇竹排|放木排。⑦軍隊編制單位。在連之下、班之上◇排長|偵察排。⑧排球或排球隊的簡稱◇男排|排壇。⑨一種西式食品，由大片的肉魚加佐料煎成◇牛排|豬排|鱈魚排。⑩量詞。用於成行列的事物◇一排子彈|兩排潔白的牙齒。

(二)pǎi 粵paai⁴ 牌 ①方言。用鞋楦把鞋撐大◇這雙鞋有點夾腳，讓修鞋師傅排一排。②排子車。一種人力拉的載貨車。

【排比】páibǐ 修辭手法。把三個或三個以上結構相似、內容相關的平行短語或句子組成一個句羣，有深化意蘊、增強語勢的作用。

【排斥】páichì 排擠斥逐；使別的人或事物離開自己一方◇排斥異己|互相排斥。㊑吸引。

【排列】páiliè 按次序站立或擺放◇隊伍排列好了|依筆畫排列。

【排行】páiháng ①排成行列◇排行就列。②按長幼排列的次序◇排行第三。③根據數量多少或質量高低排列次序◇銷售排行榜。

【排放】páifàng 排出去放掉◇排放污水|工廠的氣體排放會造成污染。

【排泄】páixiè 讓無用的水流出去。特指把無用的東西排出體外◇雨水排泄不暢|排泄糞便。

【排除】páichú 除去；消除◇排除萬難|不能排除失敗的可能性。

【排場】páichǎng ①鋪張奢侈的形式或場面◇講排場。②鋪張而奢侈◇婚禮辦得很排場。

【排解】páijiě 排除；調解◇難以排解的苦悶|排解糾紛。

【排演】páiyǎn ①正式演出或開拍前進行演練◇排演新戲。②正式演出或開拍前進行的演練◇最後一次的排演。㊐ 排練。

【排山倒海】páishān dǎohǎi 推開山，翻倒海。形容勢大力猛，不可阻擋。

8 **推** tuī ㊥teoi[1] 退[1] ①用力使物體向前移動◇推車|把窗推開。②使工具緊貼物體向前移動◇推草機|把土推平。③開展；鋪開◇推廣|推銷。④據已知求得未知◇推算|類推。⑤不接受；找藉口拒絕◇推辭|推得掉就推。⑥尊重；尊崇◇推崇|推許。⑦薦舉；提名◇推選|推他作代表。⑧延遲◇比賽推到下星期三舉行。

【推介】tuījiè 推銷；介紹◇推介新書 | 向招聘企業推介自己。

【推行】tuīxíng 推廣實行◇推行新政策。

【推卸】tuīxiè 推掉；不願承擔（責任等）◇推卸責任。

【推倒】tuīdǎo ① 向前用力，使物體倒下◇推倒了欄柵 | 把人推倒了。② 推翻；作廢◇計劃必須推倒重來。

【推理】tuīlǐ ① 由已知的前提推出新的結論。② 指得出來的結論◇他的推理不合邏輯。

【推崇】tuīchóng 推重尊崇◇推崇備至。㊐ 崇敬。

【推動】tuīdòng ① 用力使物體前進或搖動◇推動車子脱離泥潭。② 使工作展開；使事物前進或發展◇推動社會的現代化。

【推進】tuījìn ① 一直向前進◇部隊迅速向前推進。② 推動工作、事業向前進◇推進工作。

【推測】tuīcè 據已知推想未知◇推測誰能當選 | 推測結果。

【推算】tuīsuàn 測算；根據已有的數據進行計算◇推算吉凶禍福 | 推算產值。

【推敲】tuīqiāo 相傳唐代詩人賈島在騎驢途中吟得“鳥宿池邊樹，僧敲月下門”這一名句。其中第二句的“敲”，原用“推”，但舉棋不定，就去問韓愈，韓説用“敲”好。後人就用這一典故，把下功夫反復考慮琢磨稱為“推敲”。

【推銷】tuīxiāo 擴大銷售◇推銷保健品。

【推論】tuīlùn ① 推理；論説◇依此推論，石油資源很快就要枯竭。② 用推理方法得出的結論◇這樣的推論過於武斷。

【推廣】tuīguǎng ① 擴大施行或使用範圍◇推廣科技。② 推銷◇宣傳推廣。

【推舉】tuījǔ 推選；舉薦◇推舉代表。

【推薦】tuījiàn 推舉引薦；介紹好的人或事物希望被任用或接受◇推薦信 | 推薦人才。

【推翻】tuīfān ① 把豎立之物推倒◇推翻柏林牆。② 用武力或其他手段使對方垮台◇推翻政權。③ 根本否定原先的（方案、計劃、決定等）◇推翻原先的結論。

【推斷】tuīduàn 經推測判斷而得出結論◇推斷未來的變化。

【推辭】tuīcí 委婉地拒絕◇婉言推辭。

【推讓】tuīràng 推辭謙讓◇互相推讓 | 推讓了一陣子才坐下。

【推己及人】tuījǐjírén 用自己的心思去推想別人的心思。意思是將心比心，設身處地為別人着想。

【推心置腹】tuīxīnzhìfù《後漢書・光武帝紀》：“蕭王（指劉秀）推赤心置人腹中，安得不投死乎！”後比喻真心誠意地待人。㊍ 勾心鬥角。

【推本溯源】tuīběn sùyuán 推究根本，追溯來源，徹底搞清楚。

【推波助瀾】tuībō zhùlán 推動水波，助長大浪。比喻從旁推動，助長聲勢令其影響大起來。多含貶義。㊐ 推濤作浪 ㊍ 息事寧人。

【推陳出新】tuīchén chūxīn ① 推倒舊的，取其精華並往新的方向發展。多指繼承文化遺產。② 去掉舊有的，並創造出新的事物或方法。

8 **捭** bǎi ㊥baai[2] 擺 分開◇捭闔。

【捭闔】bǎihé ① 開合。② 運用手段進行聯合或分化◇縱橫捭闔之術。

8 **掀** xiān ㊥hin[1] 牽 ①揭開；撩起◇掀被子|掀門簾。②翻；翻騰◇大風掀屋|白浪掀天。

【掀起】xiānqǐ ① 揭起；揭開◇掀起蓋子 | 掀起新娘的頭紗。② 翻騰；湧起◇大風掀起巨浪。③ 興起；發動◇掀起學習外語的熱潮。

8 **捨（舍）** shě ㊥se[2] 寫 ①放棄；丟開◇捨棄|捨近求遠。②拼；不顧惜◇捨命陪君子|捨着這張老臉。③施予；佈施◇施捨|捨飯。

【捨得】shěde 忍心割捨；不吝惜◇不捨得離開｜捨得下本錢。

【捨棄】shěqì 丟掉；拋棄◇捨棄多餘的衣物｜捨棄世俗的名利。

【捨己為人】shějǐwèirén 為了他人而放棄個人的利益。

【捨本逐末】shěběn zhúmò 放棄根本的、重要的，反而去追求枝節的、次要的。形容本末倒置。

8 **掄（抡）**〈一〉lūn 粵leon4 鄰 用力揮動◇掄拳｜掄大錘。〈二〉lún 粵leon4 鄰 挑選；選拔◇掄選｜掄材。

8 **捻〔撚〕** niǎn 粵nin2 年2 ①用手指捏着搓◇捻線。②用紗、紙等搓成的細條◇紙捻｜燈捻。

8 **採（采）** cǎi 粵coi2 彩 ①摘取◇採茶｜採花。②選取；選用◇採購｜博採眾長。③搜集◇採訪｜旁徵博採。④挖掘（礦藏）◇採礦｜採油｜開採。

【採用】cǎiyòng 採納並加以利用◇採用新方法種植玫瑰｜建議獲採用。

【採取】cǎiqǔ 選擇施行；採用◇採取緊急措施｜採取精華部分。

【採風】cǎifēng 採集民歌、民謠。

【採納】cǎinà 認為正確而接受採用◇採納眾人的意見。

【採訪】cǎifǎng 調查訪問◇採訪社會新聞｜獨家採訪。

【採集】cǎijí 搜羅；收集◇採集蝴蝶標本｜採集員工的意見。

【採摘】cǎizhāi 摘取；摘錄◇採摘茶葉｜採摘所需的文獻。

【採花賊】cǎihuāzéi 比喻性騷擾、性侵犯女性的男性。

8 **授** shòu 粵sau6 受 ①交付；給予◇授旗｜授權｜頒授。②委任；任命（職位）◇授銜｜舉賢授能。③教給；傳授◇授課｜函授。

【授命】shòumìng ① 交出生命。指不顧一切◇臨危授命。② 下命令◇授命炸毀堤壩。

【授意】shòuyì 把意圖告訴或暗示人照着辦◇授意編造新聞。

8 **掙〔挣〕**〈一〉zhēng 粵zang1 爭 見"掙扎"。〈二〉zhèng 粵zang1 爭 ①用力擺脱（束縛）◇掙脱爸爸的手｜掙脱枷鎖。②憑自己的能力獲取◇掙錢｜掙面子。

【掙扎】zhēngzhá ① 用力支撐或反抗◇竭力掙扎｜在貧困線上掙扎。② 形容非常猶疑，難以決定◇他掙扎了很久，還是決定放棄升學。

【掙揣】zhèngchuài 掙扎。

8 **掏〔搯〕** tāo 粵tou4 途 ①挖；掘◇掏河泥｜牆上掏了個洞。②用手或工具伸進去往外拿取◇掏錢包｜把心裏話掏出來。

8 **掐** qiā 粵haap3 頰 ①用手指、指甲按或刺◇掐人中｜手都被你掐紫了。②用拇指和另一個手指的指甲用力切。③截斷（線路）；扣留◇電話被掐線｜報賬時掐下這個數目。④用虎口和手指緊握◇掐着腰｜掐脖子。

8 **掬** jū 粵guk1 谷 ①用雙手捧◇掬飲｜掬起一捧泉水。②比喻可用雙手捧住的狀態◇笑容可掬｜憨態可掬。

【掬誠】jūchéng 拿出誠意；竭誠◇掬誠相告。

8 **掠** lüè 粵loek6 略 ①搶劫；奪取◇擄掠｜把財物掠走。②輕輕擦過；拂過◇春風掠面｜掠了一下散亂的長髮。③比喻很快地閃現◇浮光掠影｜脣邊掠過一絲微笑。④拷打；鞭打◇拷掠｜掠笞。

【掠美】lüèměi 奪別人的功績或美名據為己有◇豈敢掠美｜難免有掠美之嫌。

【掠奪】lüèduó 用強力奪取◇寶物被強盜掠奪一空。

8 **掂** diān 粵dim1 點1 以手托物估量。比喻斟酌、估計、揣測◇掂掂這包海味有多重｜掂不出這句話的分量。

【掂掇】diānduo ① 斟酌；估摸◇你掂掇着辦吧。② 揣摩；估計◇掂掇讓他去能辦好。

【掂量】diānliang 估量；斟酌◇掂量金塊有多重｜掂量這事是否值得做。

【掂斤播兩】diānjīn bōliǎng ① 估量輕重。比喻品評優劣。② 形容斤斤計較◇何必為這點小事與他掂斤播兩？

8 **掖**〈一〉yē 粵jik6 亦 塞進；藏◇掖好被子｜把錢掖進懷裏。

〈二〉yè 粵jik6 亦 ①攙扶着(別人的胳膊)；扶持◇掖着爺爺上洗手間。②扶助；提拔◇獎掖|提掖。

8 **捽** zuó 粵zyut6 絕 ①抓；揪住◇一把捽住她的頭髮。②拔◇捽草。③衝撞◇一頭捽過去。

8 **掊** 〈一〉póu 粵pau4 抔 ①用手、爪或工具扒、掘◇掊挖|掊坑。②搜刮；聚斂◇掊斂民財。

〈二〉pǒu 粵pau2 剖 砸；擊破；抨擊◇掊鎖|掊擊。

【掊擊】pǒujī 抨擊；打擊◇掊擊貪官|掊擊不良風氣。

8 **接** jiē 粵zip3 摺 ①把分開的連到一起◇接合|焊接|接電線。②挨着；碰到◇交頭接耳|短兵相接。③連續；交替◇接着説|接二連三|交接儀式。④承托；收受◇接球|接收失學兒童。⑤迎接◇去接客人。⑥姓。

【接手】jiēshǒu 接替；接過來繼續做◇我走後，這工作由你接手。

【接收】jiēshōu ① 收受；特指依法接管（機構、財產等）◇接收信號|奉命接收抄沒的貨品。② 接納◇接收新學員。

【接見】jiējiàn 跟來訪或與會的賓客見面。也用於上級會見下屬◇接見來賓|接見與會的代表。

【接近】jiējìn ① 靠近；使兩者間的距離縮小◇找機會接近員工|問題已接近解決。② 相差不遠◇兩人的意見很接近。

【接受】jiēshòu 容納而不拒絕；收受◇接受批評|接受禮物。

【接軌】jiēguǐ ① 連接路軌◇全線接軌通車。② 比喻兩者之間銜接起來◇加快與世界經濟接軌。

【接待】jiēdài 迎接；招待◇接待來賓|熱情接待。

【接洽】jiēqià 聯繫，磋商◇接洽工作|接洽妥當。

【接班】jiēbān ① 接替上一班的工作。② 接替前任的工作或職務◇李校長離任後，誰來接班？

【接納】jiēnà 接受◇接納新會員|申請已被接納。

【接種】jiēzhòng 將疫苗打到身體裏面◇接種流感疫苗。

【接踵】jiēzhǒng 腳尖緊連着腳跟。形容人多，接連不斷◇摩肩接踵|接踵而至。

【接應】jiēyìng ① 配合己方的人行動◇快速接應傳中，給前鋒射門。② 接續◇糧食接應不上，快要斷炊了。

【接濟】jiējì ① 在物質上援助；賙濟◇接濟有困難的親友。② 接續◇生活費接濟不上，向親戚借一點。

【接壤】jiērǎng 邊界相連；交界◇上海同江蘇浙江兩省接壤。

【接觸】jiēchù ① 挨上；碰着◇接觸病人|要讓孩子從小接觸社會。② 接近並進行交往◇工作上的接觸。③ 發生衝突；打起來◇先頭部隊已同敵軍接觸。

【接二連三】jiē'èr liánsān 一個接着一個，連續不斷。

8 **捲(卷)** juǎn 粵gyun2 卷 ①把東西裹成圓筒形◇捲鋪蓋|捲袖子。②裹成圓筒形的東西◇膠捲|蛋捲。③掀起或裹住◇北風捲着雪花。④比喻牽涉到(某種事件中)◇不幸捲進這場糾紛。⑤量詞。用於筒形的東西◇一捲紙。

【捲鋪蓋】juǎn pūgai 比喻被解僱或辭職而去。

【捲土重來】juǎntǔchónglái 捲土，捲起塵土，形容人馬奔跑的樣子。比喻失敗後積蓄力量，東山再起。

8 **掞** 〈一〉shàn 粵sim3 閃3 舒展；鋪張◇掞張|摛文掞藻。

〈二〉yàn 粵jim6 驗 照耀◇才華掞天。

8 **掟** dìng 粵deng3 方言。擲；扔；拋◇掟股票。

8 **控** kòng 粵hung3 空3 ①掌握；操縱◇控股|遙控。②告發；申訴◇控告|控訴。③使口朝下，讓裏面的液體慢慢流出◇瓶裏的水控淨了嗎？④身體前傾；彎曲◇控背躬身|控身陪笑。

【控告】kònggào 控訴；向司法機關告發◇控告貪官污吏|控告超市出售過期食品。

【控制】kòngzhì ① 操縱；掌握住使不任意活動或超出範圍◇控制人流|控制自己的感情。

②把持；佔領◇控制交通要道。

【控訴】kòngsù 向司法機關或公眾告發、申訴。

【控罪】kòngzuì 指控罪行◇他否認控罪。

8 **捩** liè 粵lit6 列 扭轉◇捩轉｜轉捩點。

8 **掮** qián 粵kin4 虔 方言。用肩膀扛◇掮上｜掮箱子。

【掮客】qiánkè ①替人介紹生意，從中賺取佣金的人。②比喻居間漁利的人。多指投機的政客。

8 **探** tàn 粵taam3 貪3 ①伸手進去摸取◇探囊取物。②進行嘗試或考察尋求◇探險｜鑽探｜探奇訪勝。③暗中訪查；打聽◇探聽｜窺探｜探口氣。④看望；訪問◇探病｜探親訪友。⑤向前伸出◇探頭探腦｜探身走進山洞。⑥做偵察工作的人◇密探｜敵探。

【探戈】tàngē 一種動作舒緩，多為滑步的雙人舞。跳起來步法多變。（英 tango）

【探索】tànsuǒ 多方尋求；深入研究◇探索宇宙的奧祕｜探索人生的價值。

【探討】tàntǎo 探索研討◇探討太陽能發電的可行性。

【探訪】tànfǎng ①搜尋；採訪◇探訪大熊貓的蹤跡。②看望；訪問◇探訪老人。

【探望】tànwàng ①察看；張望◇不時向車外探望｜一進門就四下探望。②看望問候◇到醫院探望伯父。

【探測】tàncè 用儀器考察測量◇探測風力風向｜探測石油的儲量。

【探尋】tànxún 探測尋找◇探尋海底石油｜探尋真理。

【探險】tànxiǎn 到危險、偏遠的地方去探索考察◇到南極探險。

【探頭探腦】tàntóu tànnǎo 不斷伸頭張望。多形容鬼鬼祟祟地窺探。

【探囊取物】tànnáng qǔwù 伸手到袋中取東西。比喻事情極易辦成。同 唾手可得 反 來之不易。

8 **掃(扫)** 〈一〉sǎo 粵sou3 訴 ①用掃帚清除（塵土、垃圾等）◇掃地｜清掃。②清除；消滅◇掃雷｜掃盲｜掃尾。③迅速地橫向掠過◇掃視｜掃射。④全部歸攏一起◇掃數歸公。

〈二〉sào 粵sou3 訴 見"掃帚"。

【掃地】sǎodì ①清掃地面使乾淨。②比喻（名譽、信用、威風等）完全喪失◇信譽掃地。③比喻沒收全部財產◇掃地出門。

【掃帚】sàozhou 一種清除塵土、垃圾的用具。

【掃除】sǎochú ①打掃清除，使乾淨清潔◇大掃除。②廓清；蕩滌；清除◇掃除舊勢力｜掃除權力的障礙。

【掃視】sǎoshì 目光迅速地向周圍掃過◇講者向台下掃視了一下。

【掃墓】sǎomù 祭掃墳墓◇清明掃墓。

【掃興】sǎoxìng 原有的興致因被干擾而低落◇淨説掃興話｜掃興而歸。同 敗興 反 盡興。

【掃盪】sǎodàng 用武力肅清；徹底清除◇掃盪殘敵｜被洪水掃盪殆盡。

8 **据** jū 粵geoi1 居 見"拮据"。

8 **掘** jué 粵gwat6 倔 挖；刨◇掘洞｜發掘｜臨渴掘井。

8 **掇** duō 粵zyut3 輟 ①拾取；選取◇拾掇｜掇擷｜掇採所聞。②方言。搬；端取◇掇條凳子｜掇盆洗臉水。③量詞。撮。用於少許成堆的東西◇一掇細沙。

【掇弄】duōnòng ①擺佈；逗引◇喜歡掇弄人｜掇弄小孩。②對付；應付◇這家伙不好侍候，真難掇弄。③收拾；修理◇掇弄電器玩意。

【掇拾】duōshí ①收拾；拾取。②搜集◇掇拾舊聞。

8 **掌** zhǎng 粵zoeng2 獎 ①手掌；腳掌；泛指掌狀的東西◇掌心｜鼓掌｜給馬釘個掌。②用手掌打◇掌嘴。③主持；掌管◇掌勺｜掌舵｜掌櫃｜執掌。④釘補鞋底◇掌鞋。⑤姓。

【掌心】zhǎngxīn ①手心。②比喻被控制的範圍◇孫悟空逃不出如來佛的掌心。

【掌故】zhǎnggù 歷史上的制度、史實、故事、傳説等◇熟悉文壇掌故。

【掌握】zhǎngwò ①了解、熟習並加以運用◇掌握基礎知識｜掌握動作技巧。②控制；主持；主宰◇掌握大權｜掌握時間進度｜掌握命運。

【掌管】zhǎngguǎn 掌握和管理；主持◇掌管財務 | 這個部門由他掌管。

8 **掱** pá 粵paa4 爬【掱手】páshǒu 扒手。偷人財物的人。

8 **掣** chè 粵cit3 設/zai3 制 ①拔；拉；抽◇掣籤 | 掣筆。②牽制；控制◇掣肘 | 掣控。③疾行；一閃而過◇風馳電掣。④按紐；開關◇電掣 | 煤氣掣。

【掣肘】chèzhǒu 拉別人的胳膊。比喻從旁牽制、阻撓◇暗中掣肘 | 相互掣肘。

【掣紐】chèniǔ 按紐，用手按的開關◇電視機的掣紐壞了。

【掣電】chèdiàn ①閃電。②形容迅疾◇冬去春來，光陰掣電。

8 **掰** bāi 粵baai1 擺1 ①扳◇掰手腕 | 掰着指頭算日子。②用手把東西分開、折斷或剝下◇掰着吃饅頭 | 掰斷樹枝 | 把橘子掰開。

9 **揳** xiē 粵sit3 泄 把木楔、釘子等打進物體裏去。

9 **揍** zòu 粵zau3 奏 打◇揍人 | 捱揍。

9 **描** miáo 粵miu4 苗 ①照着樣子寫或畫◇描字 | 描龍畫鳳。②反復塗抹修改◇描眉 | 字跡不清，再描一描。

【描述】miáoshù 描繪敍述◇描述事發經過。

【描摹】miáomó ①照着樣子寫或畫◇臨帖描摹。②用語言、文字刻畫◇描摹人物的心理。

【描寫】miáoxiě 用語言文字把人物、事件、環境等形象具體地表述出來◇景物描寫 | 描寫人物心理。

【描繪】miáohuì 描寫；畫◇描繪五官輪廓 | 這幅畫描繪了少女嬌羞的神情。

9 **揕** zhèn 粵zam3 浸 用刀劍等刺。

9 **揶** yé 粵je4 耶【揶揄】yéyú 嘲弄；戲弄◇受盡揶揄。同嘲諷。

9 **揲** 〈一〉dié 粵dip6 碟 摺疊。〈二〉shé 粵sit3 舌 古代用蓍草占卦時，數數蓍草的數目，把它分成幾份。

9 **揸**〔摣䶥〕zhā 粵zaa1 渣 ①用手指撮東西。②把手指伸張開◇揸開五指。

9 **揠** yà 粵aat3/ngaat3 壓 拔◇揠苗助長。

【揠苗助長】yàmiáozhùzhǎng《孟子・公孫丑上》：宋國有人擔心禾苗不長，於是一棵棵往上拔高一點，結果反而使禾苗枯死。後比喻急於求成，反而將事情弄糟。

9 **揦** lá 粵laa2 啦2 ①割；劃了一道口子。②見"揦子"。

【揦子】lázi 方言。玻璃瓶的俗稱。

9 **揀**(拣) jiǎn 粵gaan2 簡 ①選擇；挑選◇揀選 | 挑揀 | 挑肥揀瘦。②撿；拾取◇揀便宜 | 揀了芝麻丟了西瓜。

9 **揻** wēi 粵wai1 方言。彎；使彎曲◇揻鐵絲 | 把竹片揻個圓圈。

9 **揩** kāi 粵haai1 鞋1 擦拭；抹◇揩汗 | 揩桌子。

【揩油】kāiyóu ①比喻佔便宜◇假公濟私，從中揩油。②對女性動手動腳。

9 **揹** bēi 粵bui3 貝 同"背〈三〉"。

9 **提** 〈一〉tí 粵tai4 題 ①垂手拎着◇提水 | 這麼重的東西我提不了。②比喻懸着◇提心吊膽 | 心快提到嗓子眼了。③拉上去；使由下向上升；振作◇提升 | 提神 | 每天從井裏提五桶水。④時間移前◇提早 | 提前完成。⑤取出；拿走◇提取 | 提成 | 提貨。⑥説出；指出；舉出◇提醒 | 提示 | 提意見。⑦談起；説到◇相提並論 | 不值一提。⑧建議；推舉◇提議 | 提親 | 提候選人。⑨率領；帶領◇提兵 | 提挈。⑩帶出，押出(罪犯)◇提審 | 提人犯。⑪一種有長柄的舀取液體的量具◇酒提 | 油提。⑫漢字的筆畫，形狀是"㇀"。也叫挑。

〈二〉dī 粵tai4 題 見"提防"。

【提升】tíshēng ①把東西從低處移向高處◇標杆高度已提升到2.4米。②提高，向上◇提升品質。同擢升。

【提示】tíshì 提出重要的或容易忽略的地方，使引起注意◇答案提示 | 獲老師提示。

【提名】tímíng 在決定人選前提出可能當選的人或事物的名單◇踴躍提名 | 獲得奧斯卡最佳外語片提名。

【提交】tíjiāo 提出來交給（有關機構、會議）◇提交董事局審議｜已提交大會討論。

【提防】dīfang 小心防備◇提防扒手｜提防假冒。

【提拔】tíbá 選拔提升◇獲提拔為部門經理｜提拔優秀的員工。

【提取】tíqǔ ① 通過一定手續取出◇提取存款｜提取行李｜提取嫌犯的指紋檔案。② 經過提煉而取得◇提取香精｜提取石油。

【提供】tígōng 供給◇提供方便｜提供線索。

【提挈】tíqiè ① 用手提拎◇提挈行李。② 帶領；攜帶◇提挈一家去香港。③ 統率；指揮◇提挈全軍。④ 照顧；提拔◇提挈下屬。

【提倡】tíchàng 鼓勵；倡導◇大力提倡｜提倡勤儉節約。

【提高】tígāo 向上升高，使位置、水平、速度、數量、質量等比原來高◇提高工作效率｜提高生產力。(反) 降低。

【提案】tí'àn 向會議或法定機構提交議案。

【提煉】tíliàn ① 用科學的方法提取（所需的東西）◇提煉精製油｜從石油中提煉汽油。② 經過選材並加工提取◇從生活中提煉藝術創意。

【提綱】tígāng 內容要點◇草擬提綱。

【提醒】tíxǐng 從旁提示指點，使引起注意◇提醒他晚上有約會｜多虧你提醒。

【提議】tíyì ① 提出建議或主張◇提議辦一個學生刊物。② 提出的建議或主張◇你的提議很好。

【提攜】tíxié ① 攙扶；扶持◇提攜幼小｜上山時大家相互提攜。② 照顧；幫助◇鄰里間彼此提攜。③ 提拔；扶植◇提攜後進｜蒙校長提攜。

【提心吊膽】tíxīn diàodǎn 形容十分擔心或害怕。(同) 心驚膽戰。

【提綱挈領】tígāng qièlǐng 綱，魚網上的總繩。提起魚網的主繩，拎起衣服的領子。比喻抓住事物的關鍵。

9 **揚**（扬）yáng 粵joeng4 羊 ①舉起；升起◇揚帆｜催馬揚鞭。②飛起；飄起◇飛揚｜飄揚。③向上撒◇揚穀去糠。④傳出去◇揚言｜傳揚。⑤發揮；顯示◇揚長避短｜耀武揚威。⑥指容貌美麗。用於否定◇其貌不揚。⑦指江蘇揚州◇淮揚菜。⑧姓。

【揚帆】yángfān 升起風帆。指開船或行船◇揚帆出海。

【揚言】yángyán 對外宣揚或故意散佈某種言論◇揚言要參加競選。

【揚揚】yángyáng ① 得意的樣子◇揚揚得意｜得意揚揚。② 形容飄揚的樣子◇大雪紛紛揚揚。③ 鎮定自若的樣子◇揚揚自若｜揚揚如常。④ 形容翻動的樣子◇沸沸揚揚。

【揚棄】yángqì ① 哲學上指事物在新陳代謝過程中，保存舊事物中的積極因素，拋棄其中的消極因素。② 拋棄◇揚棄陋習。

【揚長而去】yángcháng'érqù 揚長，大模大樣的樣子。不管不顧，徑自離去。(反) 抱頭鼠竄。

【揚長避短】yángcháng bìduǎn 發揮長處，迴避短處。

【揚眉吐氣】yángméi tǔqì 抬起眉頭，吐出胸中怨氣。形容擺脱了受壓抑的心情而興高采烈。(反) 忍氣吞聲。

【揚揚得意】yángyángdéyì 形容自鳴得意，神采飛揚。(反) 垂頭喪氣。

【揚湯止沸】yángtāng zhǐfèi 湯，滾水。反復把滾水從鍋中舀出再倒回去，想以此止住水的沸騰。後比喻方法不當，不能從根本上解決問題。(反) 釜底抽薪。

9 **揖** yī 粵jap1 泣 ①行恭敬禮的方式。雙手抱拳，舉至胸前◇揖而進之。②指“揖”這種拱手禮◇打躬作揖。

9 **揾**〔搵〕wèn (1)粵wan3 蘊 ①按住◇揾倒｜揾不住汪汪含淚眼。②擦拭◇揾英雄淚。(2)粵wan2 穩 方言。混，掙◇揾飯食。

9 **揭** jiē 粵kit3 竭 ①掀起；拉開◇揭蓋｜揭幕｜揭去偽裝。②把粘貼的東西取下◇揭榜｜揭郵票｜揭膏藥。③使隱蔽的東西顯露◇揭瘡疤。④舉◇揭竿而起。⑤姓。

【揭示】jiēshì 指出或闡明不易看清的事物◇揭示真相｜深刻地揭示人物的內心世界。

【揭穿】jiēchuān 揭露，把掩蓋的真相暴露出來◇揭穿騙局。

【揭發】jiēfā 揭露（缺點、錯誤、罪行等）；

舉告◇揭發罪行丨揭發內幕。

【揭幕】jiēmù ① 在紀念物或建築物落成典禮上，把蒙在上面的幕布揭開◇紀念碑落成揭幕。② 演出開幕。也比喻重大活動或重大事件的開始◇話劇會演於今晚揭幕。

【揭露】jiēlù 把隱蔽的事物暴露出來◇揭露真相丨揭露欺騙手法。反 掩蓋、隱瞞。

【揭蓋子】jiē gàizi 比喻揭露掩蓋着的矛盾或問題。

9 **揌** sāi 粵sak[1]塞 同"塞"。向裏面填塞，把東西塞進去◇櫃裏揌滿了衣服。

9 **揣** (一)chuǎi 粵ceoi[2]取/cyun[2]喘 ①估量；推測◇揣度丨不揣冒昧。②姓。

(二)chuāi 粵ceoi[2]取/cyun[2]喘 懷着；藏着◇懷裏揣着密信丨把錢揣在口袋。

(三)chuài 粵ceoi[2]取/cyun[2]喘 見"掙揣"。

【揣度】chuǎiduó 估想；推測◇揣度不透她的心思。

【揣測】chuǎicè 猜想，猜測◇揣測選舉結果。

【揣摩】chuǎimó 仔細琢磨；反復思考◇揣摩其意丨揣摩詩中意蘊。

9 **捶〔搥〕** chuí 粵ceoi[4]除 用拳頭或棒槌敲打◇捶背丨捶衣丨捶胸頓足。

【捶擊】chuíjī（用棍棒）敲打。

【捶胸頓足】chuíxiōng dùnzú 拍着胸脯，跺着腳。形容極度悲傷或悔恨的樣子。反 捧腹大笑。

9 **插〔揷〕** chā 粵caap[3] ①刺入；穿進◇插花丨直插雲霄。②栽植◇插秧丨插枝。③中途或中間加入◇插班丨插手丨插話。

【插手】chāshǒu 比喻參與◇你不要插手這事。

【插足】chāzú ① 擠進去把腳站穩◇滿屋子的人，休想再插足進去。② 插入；參與其中◇不想插足這場糾紛。

【插隊】chāduì 插入隊伍中。多指不遵守秩序◇排隊買票，不准插隊。

【插話】chāhuà ① 在別人談話中間插入講話◇你別插話。同 插嘴。② 在別人談話中間插進去的話。③ 穿插在大事件中的小故事；插曲。

【插科打諢】chākē dǎhùn 科，指演員的表情動作；打諢，指用詼諧的話開玩笑。戲曲演員（多為丑角）在表演中插入一些滑稽動作、表情和對白。後泛指逗趣說笑話。

【插翅難飛】chāchìnánfēi 插上翅膀也逃不掉。比喻被困或受困而難以逃脫。反 逃之夭夭。

9 **揪** jiū 粵zau[1]周 抓緊；抓住並用力拉◇揪耳朵丨揪辮子丨把繩子揪斷了。

【揪心】jiūxīn ① 擔心；放心不下◇為這件事揪心了很久。② 形容疼痛難忍◇傷口痛得揪心。

【揪辮子】jiū biànzi 比喻抓住缺點、錯誤，作為把柄◇我一生光明正大，不怕揪辮子！

9 **搜** sōu 粵sau[1]收/sau[2]手 ①尋找◇搜尋丨搜集。②仔細檢查；搜索◇搜身丨毒品終於搜出來了。

【搜刮】sōuguā 用各種手段掠奪民財◇搜刮民脂民膏。

【搜查】sōuchá 搜索檢查◇搜查罪證丨搜查罪犯可能藏匿的地方。

【搜捕】sōubǔ 搜查緝捕◇搜捕逃犯。

【搜索】sōusuǒ（索，粵sok[3]朔 /saak[3]）仔細尋找◇搜索失蹤的船隻。

【搜掠】sōulüè 搜索掠奪◇錢財被搜掠一空。

【搜集】sōují 搜尋並彙集到一起◇搜集資料丨搜集古今錢幣。

【搜索枯腸】sōusuǒkūcháng 形容絞盡腦汁，致力於所做的事，多指寫詩文。

9 **揄** yú 粵jyu[4]餘 牽引；提出◇揄揚丨揄策。

【揄揚】yúyáng ① 宣揚；讚揚◇極力揄揚。② 揮揚；揚起◇揄揚滌蕩。

9 **援** yuán 粵jyun[4]元/wun[4]緩 ①牽拉；牽引◇援手丨攀援。②引用；引證◇援引丨援例。③幫助；救助◇援救丨聲援丨孤立無援。

【援手】yuánshǒu 伸手拉人一把，以解救其困厄；救助◇施以援手丨不必他人援手，我自己設法解決。

【援引】yuányǐn ① 引用◇援引實例。② 提拔；引薦◇援引賢能。

【援助】yuánzhù 支援；幫助◇援助災民丨經濟援助。

9 **換(换)** huàn 粵wun⁶喚 ①對調；互易◇交換|兌換|換位置。②變更；更替◇換牙|換季|換屆。③兌換(貨幣)。

【換代】huàndài ①舊朝代改換成新朝代；國家領導層或政權更替◇改朝換代。②原產品被經改進的新一代產品所代替◇電腦更新換代的速度真快。

【換血】huànxiě 比喻成規模地更新改造或更換成新的◇技術設備要大換血|領導層一換血，經營策略怕要變動了。

【換湯不換藥】huàntāngbúhuànyào 比喻只改變表面形式，內容依舊未改。

9 **掔** yán 粵jin⁴然 同"研"。

9 **揞** ǎn 粵am²諳 用手指往下按住◇往傷口上揞白藥。

9 **揈(轰)** hōng 粵gwang¹轟 趕；驅趕◇揈麻雀|把他揈出去。

9 **揢** ké 粵kik¹ 方言。①卡住◇抽屜被揢住，怎麼也拉不開。②刁難；為難◇你別拿這事來揢人。

9 **揃** jiǎn 粵zin²展 剪斷；分割。

9 **揎** xuān 粵syun¹宣 ①捲捋衣袖◇揎衣露臂|揎臂高呼。②方言。推；打◇揎倒|揎她一掌。

【揎拳捋袖】xuānquán luōxiù 伸出拳頭捲起袖子。形容怒氣沖沖準備動武，或形容情緒激昂。

9 **揮(挥)** huī 粵fai¹輝 ①舉起手臂晃動◇揮舞|揮手|大筆一揮。②指揮◇揮師南下。③用手抹去◇揮淚斬馬謖。④散出；散發◇揮發|揮金如土。

【揮斥】huīchì 奔放；放縱◇揮斥幽憤。

【揮毫】huīháo 毫，指毛筆。運筆寫字或繪畫◇揮毫潑墨。

【揮發】huīfā (液體或固體)轉化為氣體向四周散佈◇酒精、樟腦很容易揮發。

【揮舞】huīwǔ 舉手(連同拿着的東西)舞動◇揮舞國旗。

【揮霍】huīhuò ①無節制地亂花錢◇揮霍錢財|揮霍無度。②形容奔放、灑脱◇揮霍風流|揮霍談笑，落落大方。

【揮灑】huīsǎ ①拋灑；灑落◇揮灑熱血。②揮筆灑墨，指寫字、繪畫◇他作起畫來揮灑自如。

【揮汗如雨】huīhànrúyǔ 流的汗水多得像下雨一樣。形容人多。

9 **握** wò 粵ak¹厄 / aak¹ / ngak¹軛 ①用手拿；屈指成拳◇握拳|握住相機。②掌管；控制◇掌握|大權在握。

【握手】wòshǒu 彼此伸手相握，是會面、告別、祝賀、慰問時的常用禮節◇握手告辭|握手言歡。

【握別】wòbié 握手告別◇揮淚握別。

9 **摒** bìng 粵bing³併 排除；除去◇摒除|摒棄|摒於門外。

【摒除】bìngchú 排除；除去◇摒除惡習。

【摒棄】bìngqì 拋棄◇摒棄陋習樹新風。

【摒擋】bìngdàng 收拾；料理◇摒擋行裝|摒擋婚事。

9 **揆** kuí 粵kwai⁴葵/kwai⁵愧 ①推測；揣度◇揆度|揆其用意。②管理；掌管◇總揆百事。③道理；準則◇古今同揆|千載一揆。④事務；政事◇百揆允當。⑤借指宰相或相當於宰相的職位◇日揆|閣揆(內閣總理)|段(祺瑞)居首揆。

【揆度】kuíduó 估量；揣測◇揆度事勢。

9 **揉** róu 粵jau⁴由 用手反復按壓或搓◇揉腿|揉搓|別揉眼睛。

9 **掾** yuàn 粵jyun⁶願 古代官署中做輔助工作的屬員◇掾吏|丞掾。

10 **搆〔構〕** gòu 粵gau³救/kau³扣 同"構"。

10 **搽** chá 粵caa⁴茶 敷；塗抹◇搽粉|搽臉。

10 **搭** dā 粵daap³答 ①輕放在他物之上◇衣服搭在晾衣杆上|沙發靠背上搭着飾巾。②架設；支起◇搭橋|搭帳篷|搭架子。③共同抬◇把大牀搭起來|把箱子搭上去。④扶；按◇把右手搭在她肩上。⑤乘；坐◇搭車|搭飛機。⑥配合；連接；賠進去◇搭配|前言不搭後語|把命搭上不合算。

【搭界】dājiè ① 交界◇這裏是江、浙、皖三省搭界的地方。② 相關；有關係。多用於否定◇與她不搭界。

【搭配】dāpèi 按適當比例或標準安排、調配◇合理搭配｜詞語搭配｜廳裏的陳設搭配不當。

【搭訕】dāshàn 想跟人接近或應付尷尬局面而主動找話説◇只見他上前搭訕説了幾句。

【搭救】dājiù 援救；幫助人脱離困境、危險或災難◇搭救落水兒童｜把她從火坑裏搭救出來。同 救助 反 陷害。

【搭橋】dāqiáo ① 架橋◇逢山開路，遇水搭橋。② 比喻撮合、拉關係◇牽線搭橋｜他出面搭橋，才談成了這筆生意。③ 一種改善心臟血液供應的手術。

【搭檔】dādàng ① 協作；合夥◇兩人搭檔開餐館。② 夥伴；協作的人◇老搭檔｜好搭檔。

【搭架子】dā jiàzi ① 搭起框架。比喻佈局初具規模或有基本結構◇先搭架子，具體內容再斟酌。② 方言。擺架子，自以為了不起而裝腔作勢◇做了官就容易搭架子。

10 **搢（搢）** jìn 粵zeon³ 進 ①插。②搖。

10 **搏** bó 粵bok³ 博 ①撲上去捉◇獅子搏兔。②格鬥；對打◇拼搏｜肉搏戰。③跳動◇脈搏。

【搏鬥】bódòu 徒手或用器械激烈對打。比喻激烈的鬥爭。

【搏動】bódòng 跳動。多指心臟。

【搏殺】bóshā 搏鬥；拼殺◇與歹徒搏殺｜經過艱苦搏殺，中國女排終於獲勝。

【搏擊】bójī 奮力爭鬥；拍擊◇搏擊風浪｜海燕在暴風雨中搏擊。

10 **損（损）** sǔn 粵syun² 選 ①減少；喪失◇損兵折將｜損有餘，補不足。②原有的形狀或功能遭到破壞◇損壞｜完好無損。③使遭到損失或傷害◇損公肥私。④方言。用尖刻的話挖苦◇損他幾句，他也不生氣。⑤方言。刻薄；惡毒◇話説得真損｜這麼做太損了。

【損友】sǔnyǒu《論語・季氏》："益者三友，損者三友：友直、友諒、友多聞，益矣；友便辟、友善柔、友便佞，損矣。"意為與諂媚逢迎、阿諛奉承、巧言善辯的人為友，是有害的。後指對自己有害的朋友。

【損失】sǔnshī ① 消耗；丢失◇連續三年沒有損失一件行李。② 消耗或失去的東西◇賠償損失｜精神損失。

【損耗】sǔnhào ① 損失消耗◇路上磕磕碰碰，貨物損耗不少。② 損失消耗的東西◇減少損耗。

【損害】sǔnhài 傷害；使蒙受損失◇吸煙損害健康。

【損傷】sǔnshāng ① 損害；挫傷◇損傷積極性｜元氣大受損傷。② 損失◇損傷慘重。③ 被損傷的地方◇表面有小的損傷。

【損壞】sǔnhuài 使受損變壞，失去原來的效能◇不要損壞公物。同 破壞 反 修復。

【損人利己】sǔnrén lìjǐ 損害別人，使自己得到好處。反 捨己為人。

【損兵折將】sǔnbīng zhéjiàng 兵將都有死傷。泛指作戰、競賽等受挫失利。

10 **摁** èn 粵on³/ngon³ 按 撳；按壓◇摁門鈴｜摁汽車喇叭。

10 **搰** hú 粵wat⁶ 核 ①掘。②攪渾。

10 **搗（捣）〔擣〕** dǎo 粵dou² 倒 ①用棍棒的一頭撞捶；舂◇搗藥｜搗米｜搗衣服。②擊打；攻打◇搗毀｜搗他一拳｜直搗黃龍。③攪擾；胡搞◇搗亂｜搗蛋。

【搗鬼】dǎoguǐ 暗中搗亂，耍花招◇肯定有人搗鬼｜他竟敢在我面前搗鬼！

【搗蛋】dǎodàn 無理取鬧；藉故尋釁◇瞎搗蛋｜有人故意和我搗蛋！

【搗亂】dǎoluàn ① 擾亂；破壞◇有人從中搗亂。② 添亂；找麻煩◇你是存心和我搗亂。

10 **搋** chuāi 粵caai¹ 猜 用手使勁壓、揉或擊打◇搋麪｜搋衣服｜搋他一拳。

10 **搬** bān 粵bun¹ 般 ①移動；運送◇搬運｜搬起石頭打自己的腳。②遷移◇搬遷｜搬進新居。③套用；移植◇生搬硬套｜把故事搬上舞台。④擺弄；挑撥◇搬唆｜搬弄是非。

【搬用】bānyòng 不顧實際情況，生硬簡單地採用◇搬用陳規舊例。

【搬弄】bānnòng ① 挑撥◇搬弄是非｜搬弄兄

弟倆不和。② 賣弄◇搬弄學問｜搬弄小聰明。③ 用手撥動；撥弄◇搬弄槍栓。

10 **搶(抢)** ⟨一⟩qiāng 粵coeng1 昌 ①碰；撞◇以頭搶地｜呼天搶地。②同"戧"。逆；頂着◇搶水｜搶着風走得很慢。

⟨二⟩qiǎng 粵coeng2 昌2 ①用強力奪取◇搶錢｜搶東西。②爭先；趕緊◇搶購｜搶着幹活。③刮或磨掉物體表層◇搶菜刀｜腿上搶掉一塊皮。

【搶手】qiǎngshǒu 暢銷的；很多人搶着要的◇搶手貨｜金融人才最搶手。

【搶白】qiǎngbái 當面嘲諷或指責◇被人搶白了一頓，他覺得丟面子。

【搶先】qiǎngxiān 趕在前頭；爭先◇搶先登上泰山｜搶先佔領市場。

【搶劫】qiǎngjié 用暴力劫奪。㊜ 施捨。

【搶掠】qiǎnglüè 用暴力掠奪財物◇燒殺搶掠｜搶掠一空。

【搶救】qiǎngjiù 在危急情況下迅速救護◇搶救病人｜搶救被淹的物資。

【搶眼】qiǎngyǎn 特別引人注目◇她那一身打扮十分搶眼。

【搶奪】qiǎngduó ① 用強力奪取◇被人搶奪錢包。② 互相爭奪◇搶奪遺產。

【搶鏡】qiǎngjìng 吸引媒體或公眾注意◇穿紅鞋搶鏡。

【搶灘】qiǎngtān ① 搶佔灘頭陣地◇搶灘登陸。② 搶先佔領市場◇新型家電搶灘市場。

10 **搖〔摇〕** yáo 粵jiu4 姚 ①擺動；晃動◇風不動，草不搖。②使擺動；使晃動◇搖頭｜搖來搖去。

【搖曳】yáoyè 搖盪；晃動◇燭光搖曳｜柳影在湖水裏搖曳。

【搖晃】yáohuàng 搖擺晃動◇這椅子搖晃得厲害｜輕輕搖晃孩子的手臂。

【搖撼】yáohàn 搖動；動搖◇狂風搖撼着大樹｜不為名利所搖撼。

【搖擺】yáobǎi ① 來回移動或變動◇柳枝迎風搖擺。② 比喻不堅定；動搖◇立場搖擺不定。

【搖籃】yáolán ① 一種可以左右搖動的長籃形嬰兒睡具。② 比喻事物的發源地◇黃河是中華民族的搖籃。

【搖滾樂】yáogǔnyuè 吸收黑人音樂、爵士音樂、鄉村音樂等形式而形成的一種通俗音樂，音調亢奮，節奏強烈。

【搖錢樹】yáoqiánshù 傳説中一種一搖晃就會落下錢來的樹。比喻可藉以生財的人或事物。

【搖搖欲墜】yáoyáoyùzhuì 將要倒塌或崩潰。形容處境非常危險。㊜ 穩如泰山、安如磐石。

【搖脣鼓舌】yáochún gǔshé《莊子·盜跖》："不耕而食，不織而衣，搖脣鼓舌，擅生是非。"後用為油嘴滑舌、賣弄口才或遊説煽動、挑撥是非的意思。

【搖旗吶喊】yáoqí nàhǎn 古代打仗時，陣後兵士搖着旗子喊殺助威。後比喻給別人助長聲勢。

10 **搊(㑳)** chōu 粵cau1 抽 ①彈奏(樂器)。②攙扶◇搊着老人走上講台。③從器具的一端或一側用力使它翻倒◇把箱子搊過來。

10 **搞** gǎo 粵gaau2 狡 ①做，幹，辦◇搞創作｜搞知識競賽。②弄；設法獲得◇搞花樣｜搞個水落石出｜搞一點吃的來。③整治；處理◇把電腦搞壞｜兩人的關係搞不好。

【搞法】gǎofǎ 做法◇這樣的搞法不行。

【搞定】gǎodìng 完成，做好了◇這份計劃書終於搞定了。

【搞鬼】gǎoguǐ 暗中施詭計、玩花招◇不怕他搞鬼。

【搞活】gǎohuó 採取措施使事情具有活力◇搞活經濟。

【搞笑】gǎoxiào 方言。逗笑◇搞笑能手｜影片一味搞笑，沒有甚麼深度。

10 **搪** táng 粵tong4 堂 ①擋；抵擋◇搪飢｜搪風。②推脱；敷衍◇搪賬｜閻王好見，小鬼難搪。③塗抹◇搪泥｜搪瓷｜搪爐子。

【搪瓷】tángcí 用石英、長石、硝石、碳酸鈉等燒製成的像釉子的物質，塗在金屬器皿上，可防銹。

【搪塞】tángsè 敷衍塞責；應付◇把討債的人搪塞過去。

10 **搒** (一) bàng 粵bong3 邦3 撐；划◇搒船｜搒舟。

(二) péng 粵pang4 朋 ①用木棍、竹板、鞭子等打◇搒掠｜搒笞｜搒死。②掩；閉門而不上鎖◇搒上門。

10 **搐** chù 粵cuk1 速 (筋、肌肉)不由自主地收縮、抽動◇抽搐｜搐動。

【搐縮】chùsuō 抽縮◇他的心不禁搐縮起來。

10 **搓** cuō 粵co1 初 兩個手掌來回摩擦；把東西放在手掌間揉擦◇搓手｜搓洗｜搓麻繩。

10 **搤** è 粵ngak1 / ak1 厄 同"扼"。

10 **搛** jiān 粵gim1 兼 用筷子夾取◇搛菜｜把菜搛到她碗裏。

10 **搠** shuò 粵sok3 索 刺；捅；插◇搠他一刀｜人擠得連一隻腳也搠不進去。

10 **搳** huá 粵waak6 或【搳拳】huáquán 猜拳，飲酒助興的一種遊戲，輸者罰飲酒。

10 **搉** què 粵kok3 確 ①敲擊 ②同"榷"。研究；商討◇商搉。

10 **搌** zhǎn 粵zin2 展 輕輕揩拭或按壓，吸去物體上的液體◇把紙上的水搌乾。

10 **搦** nuò 粵nok6 諾 ①握；拿◇搦筆。②按壓◇搦取果汁。③挑動；惹◇搦戰｜搦他出馬。

【搦管】nuòguǎn 握筆◇搦管著文。

10 **搔** sāo 粵sou1 蘇 用指甲輕刮；抓撓◇搔搔頭｜搔首弄姿｜隔靴搔癢。

【搔首弄姿】sāoshǒu nòngzī 抓抓頭，擺弄姿勢。本指修飾容貌，後多形容女子忸怩作態，賣弄風情。

10 **搡** sǎng 粵song2 爽 猛推◇推推搡搡｜被他搡了一跤。

10 **搴** qiān 粵hin1 牽 ①採摘；拔取◇搴野菜｜搴旗斬將。②舉；扛◇搴起一根鐵棒。

11 **摸** mō 粵mo2 麼2 ①用手接觸或撫摩；拿；做◇撫摸｜摸鋤頭｜摸針線。②伸手探取；掏出◇渾水摸魚｜從口袋裏摸出幾百元錢。③在黑暗中行動◇摸黑｜摸了半夜才到家。④偷；偷襲◇偷雞摸狗｜小偷小摸｜摸敵人的崗哨。⑤探求；了解◇摸底｜摸出情況。

【摸底】mōdǐ 了解底細、內情◇先摸底再說吧。

【摸索】mōsuǒ ①試探着行進◇在漆黑的隧道裏摸索前進。②探求；尋找◇在工作中摸索｜摸索經驗。

11 **摶(抟)** tuán 粵tyun4 團 ①揉捏東西成球狀◇摶弄｜摶飯糰｜女媧摶土造人。②空中盤旋◇摶飛｜摶扶搖而上九萬里。

11 **摳(抠)** kōu 粵kau1 溝 ①用手指或細小的東西掏挖◇摳耳朵｜從縫裏摳出一枚針。②雕刻◇椅背上摳花。③探求；過分死板地深究◇摳書本｜摳字眼。④吝嗇；小氣◇摳門｜摳得要命。

11 **摽** (一) biào 粵piu5 漂5 ①捆綁使連在一起◇把這袋大米摽在車架上。②胳膊緊鈎住◇姐妹倆摽着胳膊走。③過分親近；依偎；纏着◇摽在一起｜一天到晚摽着她。④暗中較量，比高下◇摽勁｜他倆摽上了，都想考第一。⑤落下◇摽梅。

(二) biāo 粵biu1 標 揮去；驅逐；拋棄◇摽出｜摽諸大門之外。

【摽梅】biàoméi《詩・召南・摽有梅》："摽有梅，其實七兮；求我庶士，迨其吉兮。"梅子成熟而落下。比喻女子已到結婚年齡。

11 **摹** mó 粵mou4 毛 依樣寫描或繪製；模仿◇臨摹｜摹寫｜把壁畫摹下來。

【摹仿】mófǎng 模仿；仿效◇摹仿簽名｜摹仿作畫的風格。

【摹寫】móxiě 照着樣子寫；描寫◇摹寫作文｜摹寫家庭狀態。

【摹擬】mónǐ 模擬；模仿◇摹擬考試｜摹擬實驗。

11 **摴** chū 粵syu1 書【摴蒱】chūpú同"樗蒲"。

11 **摟(搂)** (一) lōu 粵lau4 流 ①把分散的東西聚攏到一起◇摟柴火。②搜刮◇摟錢｜摟到不少好處。③撩起；挽起◇摟起袖子｜摟着裙子過河。④方言。勾；扳◇摟動扳機。⑤方言。核算；結算◇摟賬｜摟算成本。

(二) lǒu 粵lau5 柳 ①雙臂合抱◇摟着孩子。②量詞。以兩臂合抱的粗細為單位◇這棵樹足有兩摟粗。

【摟抱】lǒubào 兩臂圍攏；抱住◇大家摟抱在

一起。

11 **撂** liào 粵liu1 遼1 ①放下；丟開；擱置◇這事先撂一撂再説|撂下書包。②弄倒◇把對手撂倒。

【撂手】liàoshǒu 放下手中的事不做；丟開不管◇撂手不幹。

【撂挑子】liào tiāozi 放下挑子。比喻丟下應承擔的工作，甩手不幹◇不能一遇到困難就撂挑子。

11 **摞** luò 粵lo3 羅3 ①一層一層地往上放◇把書摞起來。②量詞。用於成疊的東西◇一摞書|好幾摞碗。

11 **摑（掴）** guāi 粵gwaak3 用手掌打；打耳光◇摑耳光|摑他一巴掌。

11 **摧** cuī 粵ceoi1 吹 ①折斷；毀壞◇單者易折，眾則難摧。②挫敗；挫損◇摧敗|摧敵。③傷心；悲痛◇摧愴|悲摧。

【摧折】cuīzhé ①折斷；毀壞◇颱風摧折了大樹。②挫折；打擊◇歷經摧折。

【摧殘】cuīcán 損害；殘害◇摧殘身體|摧殘文化。

【摧毀】cuīhuǐ 用強力破壞；毀壞◇摧毀敵人的堡壘|摧毀意志。

【摧頹】cuītuí ①摧折；衰敗。②困頓；失意◇潦倒摧頹。③毀廢◇詩人的墳塋早已摧頹。

【摧枯拉朽】cuīkū lāxiǔ 毀掉除去枯草朽木。比喻很容易摧毀腐朽勢力。

【摧眉折腰】cuīméi zhéyāo 低眉彎腰。形容卑躬屈膝的樣子◇安能摧眉折腰事權貴，使我不得開心顏。

11 **摠〔捴〕** zǒng 粵zung2 種 同“總”。

11 **摐（㧐）** chuāng 粵coeng1 窗 用手或器具撞擊物體◇摐金伐鼓下榆關。

11 **摋（搽）** 〈一〉sà 粵saat3 殺 側手擊。〈二〉shā 粵saat3 殺 雜糅。

11 **摭** zhí 粵zek3 隻 拾取；摘錄◇摭拾|採摭|摭其要者。

11 **摛** chī 粵ci1 癡 舒展；散佈◇摛藻。

11 **摘** zhāi 粵zaak6 宅 ①用手採；取下◇摘花|採摘|把帽子摘下來。②選取；抽取◇摘錄|摘引|尋章摘句。③責備，斥責◇指摘。④借用◇摘些錢應急。⑤摘要；摘錄的要點◇文摘。

【摘抄】zhāichāo ①選取一部分抄錄下來◇摘抄論文。②選取並抄錄下來的文字◇論文摘抄。

【摘要】zhāiyào ①從全文中摘錄其中要點◇摘要發表。②指摘錄下來的要點◇刊登論文的摘要。

【摘借】zhāijiè 急需用錢時臨時向人商借◇摘借點錢救急。

【摘記】zhāijì ①有選擇地記錄或抄錄◇摘記主要論點。②有選擇地記錄下來的文字◇討論會的摘記。

【摘除】zhāichú 去掉；除掉◇摘除腦瘤|白內障摘除。

【摘錄】zhāilù ①有選擇地抄錄◇從書中摘錄了幾段。②有選擇地抄錄下來的文字◇名言摘錄。

【摘桃子】zhāi táozi 比喻不付出代價就取得他人的成果；坐享其成。

【摘帽子】zhāi màozi 比喻除去原被錯加的罪名或壞名義。㊀反 扣帽子。

11 **摔** shuāi 粵seot1 恤 ①用力往下扔；拋◇一發脾氣就摔東西|把衣服順手摔在牀上。②從高處掉下；掉下弄壞◇從樹上摔下來|玻璃杯給摔了。③跌倒；倒下◇小心別摔着。④砸；打◇摔打|把掃把摔到他頭上。

【摔打】shuāida ①抓在手裏磕打◇摔打沾滿泥巴的鞋子。②比喻磨練、鍛煉◇經得起摔打|摔打出一副好身板。

【摔跤】shuāijiāo ①摔倒在地上◇地滑容易摔跤。②比喻遭受挫折◇摔跤不用怕，爬起來再做就是了。③一種體育運動。兩人摔打較量，以摔倒對手為勝。

【摔跟頭】shuāi gēntou ①身體失去平衡而倒下◇地上很滑，小心別摔跟頭。②比喻犯錯誤、受挫折◇做生意摔了個大跟頭。

11 **摯（挚）** zhì 粵zi3 至 真誠；誠懇◇摯愛|真摯|情深意摯。

【摯友】zhìyǒu 交情深厚的朋友◇好書如摯友，終生不相忘。

11 **撇** (一)piē 粵pit3 瞥 ①丟下；捨棄◇撇開|撇下不管。②在液體面上平舀◇把肉湯上的浮沫撇出來。

(二)piě 粵pit3 瞥 ①平着扔出；遠擲◇撇瓦片|撇手榴彈。②(嘴角)向下拉，表示輕蔑、不以為然等◇撇嘴|孩子嘴一撇哭了起來。③向外斜◇撇着八字腳。④漢字向左下斜掠的筆畫，形狀是“丿”。⑤刻意講(某種腔調)◇撇京腔|撇強拿調。⑥量詞。用於鬍鬚、眉毛等◇兩撇八字鬍。

【撇棄】piēqì 拋棄；丟開◇撇棄前嫌，重歸於好|撇棄家業。

【撇嘴】piězuǐ 下脣前伸，嘴角向下，表示輕蔑、不高興等◇撇嘴想哭。

11 **摺(折)** zhé 粵zip3 接 ①疊；摺疊◇摺扇|摺紙鶴。②摺子；用紙摺成的小冊子◇奏摺|銀行存摺。

【摺疊】zhédié 把衣服、紙等薄片狀物的一部分翻過去，與另一部分疊合◇被子摺疊好了|把衣服摺疊一下。

11 **摻(掺)** chān 粵caam1 參 攙；混合；雜入◇摻水|水泥漿裏再摻一些黃沙。

【摻水】chānshuǐ ①加入水分。②比喻加入虛假的成分◇數據摻水嚴重，與實際情況出入很大。

【摻和】chānhuo ①混合在一起；攙雜◇玉米麪和麪粉摻和着吃。②參加進去；添亂◇做正事時別把感情摻和進去。③干擾；插手◇那是別人的家事，不要瞎摻和。

【摻雜】chānzá 混雜；夾雜◇叫賣聲、喧嘩聲和汽車聲摻雜在一起。

11 **摜(掼)** guàn 粵gwaan3 慣 方言。①扔；擲◇摜烏紗帽|摜進垃圾箱。②跌倒；使跌倒◇摜跤|把他摜倒在地。

【摜紗帽】guàn shāmào 扔掉烏紗帽，比喻辭職或撒手不幹。

11 **摩** (一)mó 粵mo1 麼 ①兩物互相接觸並來回移動；磨；撫摸◇按摩|撫摩|摩拳擦掌。②迫近；接近◇摩天大樓。③切磋；研究◇觀摩|揣摩。

(二)mā 粵maa1 媽 見“摩挲(二)”。

【摩天】mótiān 接天；接近上天。形容極高◇摩天嶺|摩天大廈。

【摩挲】(一)mósuō ①用手輕輕撫摩◇摩挲着孩子的頭。②摸索◇暗中摩挲，不辨方向。

(二)māsā 方言。用手輕輕按着並一下一下地移動。

【摩登】módēng 時新的，時髦的◇打扮摩登|摩登女郎。(英 modern)

【摩擦】mócā ①物體間互相接觸並來回移動◇摩擦生電|增加摩擦力。②比喻彼此因利害矛盾而引起衝突◇鬧摩擦。

【摩肩接踵】mójiān jiēzhǒng 肩挨肩，腳碰腳。形容人多擁擠。

【摩拳擦掌】móquán cāzhǎng 比喻行動前精神振奮、積極準備、躍躍欲試的樣子。反 垂頭喪氣。

12 **撓(挠)** náo 粵naau4 鐃 ①從中作梗；阻止◇撓亂|阻撓。②彎曲，比喻屈服◇撓鈎|不屈不撓|百折不撓。③抓；搔◇撓癢|撓頭|抓耳撓腮。

【撓頭】náotóu ①因事情複雜，難以處理而抓頭◇急得他直撓頭。②比喻事情難辦、麻煩◇真是件撓頭的事！

12 **撕** sī 粵si1 思 用手把紙、布等扯裂分開或脫離附着處◇撕開信封|撕下郵票|撕下假面具。

【撕毀】sīhuǐ ①撕破毀掉◇把手稿全撕毀。②指單方面背棄或破壞(協議、條約等)◇背信棄義，撕毀協定。

12 **撒** (一)sā 粵saat3 殺 ①張開；放出◇撒手|撒網|撒腿就跑。②排出；發泄◇撒尿|撒氣。③耍；故意做，故意表現◇撒潑|撒嬌|撒謊。

(二)sǎ 粵saat3 殺 ①散落；灑下◇撒了一地水|花生撒得滿地都是。②使散落，散播◇拋撒|撒種子|撒胡椒粉。

【撒手】sāshǒu ①鬆開手◇一撒手氣球便飛上天。②放開不管◇撒手不管。③婉辭。指死亡、離開人世◇撒手人寰。

【撒氣】sāqì ①球膽、車胎等漏氣或放氣。②藉故發泄怒氣◇別拿孩子撒氣。

【撒野】sāyě 粗野無禮，任性放肆◇藉酒瘋撒野。

【撒潑】sāpō 耍賴；無理取鬧◇撒潑打滾。

【撒嬌】sājiāo 仗着有人寵愛故意作出嬌態。

【撒賴】sālài 耍無賴；糾纏胡鬧。

【撒謊】sāhuǎng 説謊。

【撒手鐧】sāshǒujiǎn 舊小説中，指廝殺時出其不意用暗器"鐧"投擊敵手。比喻關鍵時刻使出最拿手的辦法。㊂ 殺手鐧。

12 **撅** juē ㊥kyut³決 ①翹起◇撅嘴|撅起尾巴。②折斷；弄斷◇撅成兩截|撅根樹枝當枴杖。

12 **撩** ㈠liāo ㊥liu¹遼¹ ①掀起◇撩窗簾|撩起長裙。②用手舀水潑灑◇給鮮花撩點水|撩兩把水洗洗臉。

㈡liáo ㊥liu⁴聊 挑逗◇春色撩人|撩得他心癢癢的。

【撩亂】liáoluàn 繚亂；紛亂◇撩亂的心緒|風一吹，柳絮撩亂。

【撩撥】liáobō ① 挑逗；招惹◇別用話去撩撥他。② 排除◇濃霧撩撥不開。

12 **撲(扑)** pū ㊥pok³樸 ①向目標衝過去◇餓虎撲食|一頭撲進媽媽懷裏。②(氣味、氣流等)直逼過來◇香氣撲鼻|清風撲面。③把精力、心思等完全投入到(某方面)◇一心撲在工作上。④方言。伏◇撲在桌子上打瞌睡。⑤拍；打◇撲粉|撲蝶|撲着翅膀飛了。⑥輕拍或拂拭的工具◇粉撲。

【撲打】㈠pūdǎ 用扁平的東西突然打下◇撲打蚊蠅。

㈡pūda 輕拍◇撲打身上的塵土。

【撲克】pūkè 一種遊戲用的紙牌，共五十二張，有多種玩法。(英 poker)

【撲空】pūkōng ① 沒有撲中◇老虎撲空撞到了大樹上。② 在目標所在地沒有找到目標◇接連兩次來找你，都撲空了。

【撲面】pūmiàn 迎面(而來)◇清風撲面。

【撲哧】pūchī 象聲詞。笑聲或水、氣擠壓發出的聲音◇撲哧一笑|火車發出撲哧撲哧的聲音。

【撲閃】pūshǎn 閃動；眨◇小姑娘撲閃着水汪汪的大眼睛。

【撲救】pūjiù ① 滅火搶救人和財物◇鄰家失火，眾力撲救。② 撲向前去搶救◇撲救不及，球飛進了門。

【撲通】pūtōng 象聲詞。形容落地或落水的聲音◇撲通一聲跪在地上|青蛙撲通撲通跳進了池塘裏。

【撲鼻】pūbí (氣味)直衝鼻孔◇酒香撲鼻，令人垂涎。

【撲滿】pūmǎn 一種陶質的儲錢罐，有入口沒出口，蓄滿時擊碎取錢。

【撲簌】pūsù ① 形容往下流的樣子◇眼淚撲簌撲簌直往下掉。② 形容鳥拍翅膀的聲音。

【撲朔迷離】pūshuòmílí《樂府詩集・木蘭詩》："雄兔腳撲朔，雌兔眼迷離。雙兔傍地走，安能辨我是雄雌？"撲朔，腳毛蓬鬆；迷離，眼睛眯縫。意思是雌雄兔子靜止時尚有細微差別，但一跑起來，就難以辨認了。後形容事物錯綜複雜，不易看清真相。㊍ 一清二楚。

12 **撐〔撑〕** chēng ㊥caang¹橙¹ ①支着；抵住◇支撐|用木棍把門撐住。②用篙行船◇撐船。③勉強支持；維持◇凍得撐不住了。④張開◇撐傘|把口袋撐開。⑤吃得過飽；裝得過滿◇吃得太撐了|袋子快撐不下了。

【撐腰】chēngyāo 支撐着腰部。比喻給予有力的支持◇撐腰打氣。

【撐門面】chēng ménmiàn 維持外表上的體面和排場。

12 **撮** ㈠cuō ㊥cyut³猝 ①聚合；聚攏◇撮集|撮徒成黨。②摘取；選取◇撮其旨要。③從(沙、土、垃圾等物的)底下鏟走◇撮土|把垃圾撮走。④用手指頭捏取◇撮藥|撮一點鹽。⑤吃◇出去撮一頓。⑥量詞。(1)市制容量單位，一撮等於一毫升。(2)指手指所能撮取的量；泛指少量、少數◇一撮茶葉|一小撮壞人。

㈡zuǒ ㊥cyut³猝 量詞。用於成叢的毛髮等◇一撮頭髮|一撮小鬍子。

【撮合】cuōhé 從中説合；介紹◇撮合親事。

【撮弄】cuōnòng ① 擺佈；戲弄◇撮弄人|讓他撮弄得夠受。② 教唆；煽動◇撮弄他鬧事。

【撮錄】cuōlù 採錄；摘錄◇撮錄名言。

【撮合山】cuōhéshān 指媒人。

12 **撣（掸）**〈一〉dǎn 粵daan⁶但 用撣子、毛巾等拂去（塵土等）◇灰都撣乾淨了｜撣去身上的雪花。

〈二〉shàn 粵sin⁶善 傣族的古稱。

【撣子】dǎnzi 用雞毛、布條等綁在細棍上製成的除塵用具。

12 **撫（抚）** fǔ 粵fu²苦 ①按；摸；握◇撫弄｜撫摸｜撫劍。②安慰；慰問◇安撫｜撫恤。③照管；愛護◇撫養｜撫育｜撫愛。④拊；拍◇撫掌｜撫膺（表示悲痛）長歎。⑤彈奏◇撫琴一曲。

【撫育】fǔyù 撫養培育◇悉心撫育摯友遺孤。

【撫恤】fǔxù 撫慰救濟◇撫恤金｜撫恤殉職人員的家屬。

【撫琴】fǔqín 彈琴◇月夜撫琴。

【撫愛】fǔ'ài 養育愛護◇撫愛嬰兒。

【撫摸】fǔmō 用手輕輕摸◇撫摸女兒的頭髮。

【撫養】fǔyǎng 保護教養◇把子女撫養成人。

【撫慰】fǔwèi 安撫慰問◇撫慰災區人民。

【撫今追昔】fǔjīn zhuīxī 觸到眼前的情景而追思起往事。形容思緒萬千，不勝感慨。

12 **撬** qiào 粵giu⁶驕⁶（用棍棒刀錐等）插入縫孔用力扳壓◇撬門｜巨石撬不動。

【撬竊】qiàoqiè 撬開門窗偷竊。

12 **撟（挢）** jiǎo 粵giu²繳 ①抬起；舉起；翹起◇撟首高視。②同"矯"。

12 **撳（揿）** qìn 粵gam⁶今⁶ 方言。用手按◇撳電鈴｜撳遙控器。

【撳釘】qìndīng 圖釘。一種有帽的釘子，用來固定紙、布等。

12 **播** bō 粵bo³波³ ①把種子種下去；撒種◇春播｜點播。②傳佈；傳揚◇廣播｜直播｜播音。③遷徙；流亡◇播蕩。

【播弄】bōnòng ①操縱；擺佈◇播弄朝政｜任人播弄。②挑撥；搬弄◇播弄是非。③翻動；撥弄◇播弄草料｜播弄燈芯。

【播放】bōfàng ①播發放送◇播放音樂｜播放錄音。②播送放映◇播放電影。

【播映】bōyìng 播送放映◇播映古裝連續劇｜嚴禁播映不雅鏡頭。

【播送】bōsòng 通過廣播、電視傳送（節目）◇播送新聞｜播送體育節目。

【播種】〈一〉bōzhǒng 撒佈種子◇清明過後，農家忙着春耕播種。

〈二〉bōzhòng 把種子種進土裏去◇播種水稻｜正在播種。反 收穫。

【播遷】bōqiān 流離遷徙◇輾轉播遷。

12 **撝（㧑）〔撝〕** huī 粵fai¹輝 指揮。

12 **撴** dūn 粵deon¹敦 揪住◇撴住他，別讓他跑了。

12 **撞** zhuàng 粵zong⁶狀 ①敲擊；猛然相碰◇撞了個滿懷｜做一天和尚撞一天鐘。②猛衝；莽撞行事◇橫衝直撞｜到處亂撞。③不期而遇◇撞見｜想不到會在這裏撞上你。④試探；碰◇撞大運｜撞着好機會。

【撞擊】zhuàngjī 猛力碰撞◇汽車撞擊測試｜頭部受到撞擊。

【撞騙】zhuàngpiàn 找機會行騙◇招搖撞騙。

12 **撤** chè 粵cit³設 ①拿走；取消；免除◇撤酒席｜把涼蓆撤了｜撤職。②收回；後退◇撤回｜撤軍｜撤退。

【撤防】chèfáng 撤除防守的軍隊和工事◇部隊開始撤防。

【撤消】chèxiāo 取消；除去◇撤消合同｜撤消職務。

【撤換】chèhuàn 撤去原有的，換上另外的◇撤換不稱職的經理。

【撤職】chèzhí 撤消職務◇撤職查辦。

12 **撙** zǔn 粵zyun²轉 節省；減縮◇撙節｜撙衣節食。

12 **撈（捞）**〈一〉lāo 粵laau⁴ ①從水或其他液體中取出來◇打撈｜大海撈針。②順手拿◇撈起棍子就打。

〈二〉lāo 粵lou¹老¹ 用不正當的手段謀取◇撈一把｜撈個一官半職。

【撈稻草】lāo dàocǎo ①快要淹死的人連稻草也要抓住。比喻在絕境中作徒勞無益的掙扎。②比喻伺機謀取利益。

12 **撏（挦）** xián 粵cim⁴潛 / cam⁴尋 撕；取；拔（毛髮）；拉◇撏雞毛。

12 **撨（㨭）〔𢹬〕** xiāo 粵sok¹索¹ 敲打；敲擊。

12 **撖** hàn 粵ham[1] 堪 姓。

12 **撰〔譔〕** zhuàn 粵zaan[6] 賺 寫作；著述；編纂◇撰著｜撰稿｜編撰｜杜撰。

【撰述】 zhuànshù ① 寫作；著述◇長年撰述不輟。② 指文章著作◇撰述頗豐。

12 **撥（拨）** bō 粵but[6] 勃 ①用手腳、棍棒等使物體移動或分開◇撥鐘｜撥弦｜把額前的頭髮撥開。②分給；調配◇撥款｜調撥｜撥些人過去。③掉轉◇撥轉船頭。④量詞。用於成批成組的人或物◇兩撥人先後到達｜這批貨分三撥運走。

【撥冗】 bōrǒng 客套話。推開繁忙的事務；抽空◇敬請撥冗出席。

【撥弄】 bōnòng ① 使物體來回轉動◇撥弄琴弦｜撥弄算盤珠。② 挑撥；搬弄◇撥弄是非。③ 擺佈；擺弄◇任人撥弄。

【撥雲見日】 bōyúnjiànrì 撥開雲霧，見到太陽。比喻衝破黑暗，重見光明，或消除疑慮，豁然明亮。

【撥亂反正】 bōluànfǎnzhèng《公羊傳・哀公十四年》："撥亂世，反諸正。"説治理亂世，回復正常秩序。後泛指消除混亂，使恢復正常。

13 **擖** kā 粵jip[6] 業 用刀刮或割◇擖毛｜擖山草。

13 **擎** qíng 粵king[4] 鯨 托起；舉起◇一柱擎天｜擎起大旗。

13 **撻（挞）** tà 粵taat[3] 躂（用鞭子、棍棒）打；打擊◇鞭撻。

【撻伐】 tàfá ① 迅疾攻伐，征討◇大張撻伐。② 抨擊；批判◇極力撻伐不同意見。

13 **擀** gǎn 粵gon[2] 趕 用木棍來回碾壓◇擀麪條｜把胡椒擀碎。

13 **撼** hàn 粵ham[6] 陷 搖動◇震撼｜撼天動地。

【撼動】 hàndòng 搖動；震動◇根深蒂固，不易撼動｜捷報傳來，撼動人心。

13 **擂** 〈一〉léi 粵leoi[4] 雷 ①研磨◇擂藥｜擂花椒。②敲；捶打◇擂鼓｜擂了兩拳｜自吹自擂。

〈二〉lèi 粵leoi[4] 雷 擂台◇打擂｜擂台賽。

【擂台】 lèitái 為比武所搭的台子◇擂台賽｜擺擂台。

13 **據（据）〔㩀〕** jù 粵geoi[3] 句 ①依靠；憑藉◇依據｜據險固守。②根據；依照◇據理力爭｜據實報告。③佔有；佔領◇盤據｜據為己有。④憑證◇證據｜憑據｜事出有因，查無實據。

【據守】 jùshǒu 佔據防守◇據守孤城｜據守要衝。

【據説】 jùshuō 據別人説；根據傳言◇據説他很有天分｜據説這部電影曾得獎。

【據點】 jùdiǎn ① 軍隊據以戰鬥行動的地點◇攻佔敵人的據點。② 泛指據以活動的地方◇把江南水鄉當成體驗生活的據點。

13 **擄（掳）** lǔ 粵lou[5] 老 把人搶走◇擄獲。

【擄掠】 lǔlüè 搶奪人和財物◇燒殺擄掠，無惡不作。

13 **擋（挡）〔攩〕** 〈一〉dǎng 粵dong[2] 黨 ①攔住；抵抗◇阻擋｜水來土掩，兵來將擋。②遮蔽；隔開◇擋雨｜遮擋｜擋住陽光。③用來遮擋的東西◇爐擋｜窗擋。④機動車等用來控制牽引力、改變速度或倒車的裝置；排擋◇換擋｜掛二擋。⑤某些儀器和測量裝置用來表明光、電、熱等量的等級。

〈二〉dàng 粵dong[3] 檔 見"摒擋"。

【擋駕】 dǎngjià 婉拒來訪；拒絕進入◇凡有來客，你一律替我擋駕。

【擋箭牌】 dǎngjiànpái 盾牌。比喻推託或掩飾的藉口◇別拿她做擋箭牌。

13 **撾（挝）** 〈一〉zhuā 粵zaa[1] 渣 ①擊；敲打◇撾鼓｜撾殺。②抓◇見錢便撾｜撾了芝麻丢了西瓜。

〈二〉wō 粵wo[1] 窩 用於國名：老撾。

13 **操** cāo 粵cou[1] 粗 ①拿；握◇操刀｜同室操戈。②控制；掌握◇穩操勝算｜操縱｜操舟車前往。③做（事）；從事◇操作｜重操舊業。④訓練；演習◇操演｜出操。⑤用某種語言或方言説話◇操多國語言｜操流利英語。⑥彈奏◇操琴。⑦由一系列動作編排而成的體育活動項目◇體操｜健美操。⑧品行；氣節◇情操｜節操。⑨姓。

【操刀】 cāodāo 手拿着刀。比喻主持其事◇名師操刀培訓｜由前鋒操刀主罰點球。

【操心】 cāoxīn ① 費神；擔心◇這事我已辦妥，不必操心。同 費心 反 省心。② 料理；操勞◇家裏的事，全由她操心。

【操行】 cāoxíng 品德；品行。

【操守】 cāoshǒu 平時的節操品德◇廉潔的操守。

【操作】 cāozuò ① 按照一定程序和技術要求進行活動◇操作簡易｜照説明書操作洗衣機。② 泛指工作、勞動◇正在田間操作。

【操持】 cāochí ① 料理；主持◇操持家務。② 籌劃；籌辦◇操持婚禮。

【操勞】 cāoláo ① 辛苦勞動◇操勞公務｜日夜操勞。② 費心料理；關照◇孩子的事，煩你多操勞些。

【操練】 cāoliàn ① 訓練（軍事、體育等方面的技能）◇加緊操練。② 鍛煉（工作能力）◇好銷售員都是操練出來的。

【操縱】 cāozòng ① 駕馭；控制◇操縱方向盤｜學會操縱機器。② 用不正當的手段支配、掌握◇操縱選舉。

【操之過急】 cāozhīguòjí 辦事、處理問題過於急躁。同 急於求成 反 不慌不忙。

13 擇（择）〈一〉zé 粵zaak[6] 宅 挑選；挑揀◇抉擇｜擇偶｜飢不擇食。

〈二〉zhái 粵zaak[6] 宅 挑選；挑揀。用於口語◇擇菜｜擇席｜這團線亂得擇不開。

【擇善而從】 zéshàn'ércóng《論語・述而》："三人行，必有我師焉。擇其善者而從之，其不善者而改之。"後表示選擇並遵從好的，仿效好榜樣去做。

13 擐 huàn 粵waan[6] 患 貫穿；穿着◇擐甲執兵。

13 擻 qiào 粵gik[1] 擊 從旁邊敲打。

13 撿（捡）jiǎn 粵gim[2] 檢 ①拾取◇撿柴｜撿破爛｜撿了個錢包。②比喻僥倖獲得◇撿了個便宜。

13 擒 qín 粵kam[4] 琴 捕捉；捉拿◇擒獲｜欲擒故縱｜擒賊先擒王。

13 擔（担）〈一〉dān 粵daam[1] 耽 ①肩挑◇擔水｜擔幾捆柴。②承受；承當◇分擔｜擔憂。

〈二〉dàn 粵daam[3] 耽[3] ①挑在肩上的東西；擔子◇挑擔｜貨郎擔。②比喻肩負的任務、責任◇勇挑重擔。③量詞。(1)市制重量單位。一擔等於五十千克。(2)用於成擔的東西◇三擔水｜一擔行李。

【擔子】 dànzi ① 扁擔和挑在兩端的東西◇一副賣餛飩的擔子。② 比喻擔負的責任◇身上的擔子很重。

【擔心】 dānxīn 放心不下；有顧慮◇擔心父親的病｜為孩子升學的事擔心。

【擔任】 dānrèn 擔當（職務、工作）；擔負（任務）◇擔任部門經理｜擔任聯繫工作。

【擔待】 dāndài ① 包涵；原諒◇招待不周，請你多擔待。② 擔負；承當◇你放心去幹，一切由我擔待。

【擔負】 dānfù 擔任；承受◇擔負重任｜弟弟的留學費用由我擔負。

【擔當】 dāndāng 接受並負起責任；承受◇擔當重任｜敢於擔當風險。

【擔綱】 dāngāng 擔任主要角色；挑大樑◇由著名演員擔綱演出。

【擔憂】 dānyōu 發愁；憂慮◇兒行千里母擔憂。

13 擅 shàn 粵sin[6] 善 ①獨攬；專行◇擅權｜專擅。②善於；在某方面有專長◇擅書畫｜不擅辭令。③超越職權，任意行事◇擅自｜擅作主張。

【擅自】 shànzì 越權自作主張◇擅自離開崗位｜擅自改變計劃。

【擅長】 shàncháng 特別善於；在某方面有專長◇擅長中國畫｜擅長講故事。

【擅斷】 shànduàn 獨斷◇專權擅斷｜職位再高，也不得擅斷。

13 擁（拥）yōng 粵jung[2] 湧 ①抱；圍；追隨◇擁抱｜簇擁｜前呼後擁。②擠在一起；聚◇擁擠｜一擁而入。③據有◇擁兵自重。④支持；贊成◇擁護｜擁戴。

【擁有】 yōngyǒu 領有；具有◇擁有豐富資源｜擁有版權。

【擁抱】 yōngbào ① 互相抱住，表示親熱或親愛。② 抱在懷裏◇擁抱孩子。

【擁戴】 yōngdài 擁護推戴；擁護愛戴◇受到

員工的擁戴。

【擁擠】yōngjǐ ① 多而密集地擠在一起◇請排隊上車，不要擁擠。② 在較小的空間裏有太多的人或物◇百貨店裏十分擁擠。

【擁躉】yōngdǔn 方言。捧場者；擁護者。

【擁護】yōnghù 贊成並支持◇擁護公司的決定。(反) 反對。

13 **擗** pǐ 粵pik^{1}劈 ①破開；使分離◇擗木頭|擗根樹枝作枴杖。②用手拍胸◇擗踊（捶胸頓足，表示非常悲痛）。

13 **擊（击）** jī 粵gik^{1}激 ①打；敲打◇擊鼓|擊掌|旁敲側擊。②攻打；進攻◇擊敗|襲擊|反戈一擊。③刺；射◇擊劍|射擊|擊落。④碰撞；接觸◇撞擊|拍擊|目擊。

【擊破】jīpò 打敗；攻破◇逐一擊破|防線被擊破。

【擊掌】jīzhǎng ① 拍手掌，表示立誓以取信◇擊掌為誓|擊掌絕交。② 拍手，鼓掌，表示贊成、歡迎。

【擊節】jījié ① 打拍子。② 形容十分讚賞◇擊節三歎|擊節叫好。

【擊潰】jīkuì 打垮；攻打使潰散◇擊潰敵軍。

13 **擘** bò 粵maak^{3} ①分開；剖開◇擘劃|分擘。②大拇指◇巨擘（在某方面處於領袖地位的人物）。

【擘劃】bòhuà 籌劃；安排◇擘劃人事|擘劃未來藍圖。

【擘肌分理】bòjī fēnlǐ《文選·張衡〈西京賦〉》："剖析毫釐，擘肌分理。"理，肌膚的紋理。細到區分辨別肌膚及其紋理。比喻分析事理十分細密。

14 **擩** rǔ 粵jyu^{5}雨 方言。插；塞◇把菜刀擩到刀架上|擩點好處給人家吧。

14 **擱（搁）** 〈一〉gē 粵gok^{3}各 ①安放；放置◇錢都擱在櫃裏|心裏擱不住事。②放進；添加◇湯裏再擱點雞精。③放下；停頓◇擱筆|這事擱一擱再說。

〈二〉gé 粵gok^{3}各 禁受；承受◇擱不住如此摔打|她臉皮薄，擱不住你責罵。

【擱淺】gēqiǎn ① 船隻陷進淺灘，不能行駛。② 比喻做事受阻而中途停頓◇擴建的事已經擱淺。

【擱置】gēzhì ① 把事情停下不辦◇公司上市的事暫時擱置。② 放着不用◇這些電器已經擱置很久了。

14 **擤** xǐng 粵sang^{3}生^{3} 捏着鼻孔用力出氣，使鼻涕排出◇擤鼻涕。

14 **擬（拟）** nǐ 粵ji^{5}耳 ①模仿；仿照◇擬人|模擬。②相比；類似◇比擬|擬於豪富。③準備；打算◇不擬採納|擬於明天啟程。④起草；設計◇擬稿|擬方案。

【擬人】nǐrén 修辭手法。把事物人格化，使之具有人的思想感情和行為。

【擬古】nǐgǔ 模仿古代的風格和形式◇擬古詩|擬古之作。

【擬作】nǐzuò 模擬別人風格或假託別人口吻而寫的作品。

【擬定】nǐdìng 起草制定◇擬定方案。

【擬訂】nǐdìng 草擬◇擬訂計劃。

【擬議】nǐyì ① 提出的建議；打算◇取消原先的擬議。② 擬訂；草擬◇擬議評獎辦法。

【擬聲詞】nǐshēngcí 模擬聲音的詞，如吱吱（叫）、乒乒乓乓（響）。

14 **擠（挤）** jǐ 粵zai^{1}劑 ①緊靠在一起；集中在同一時間◇擁擠|屋裏很擠|擠在同一天。②在狹小擁擠的地方活動◇擠進會場|擠着老人了。③用壓力使排出；比喻盡力拿出◇擠奶|擠牙膏|擠時間|擠出點經費。④排斥；迫使失去某種資格◇排擠|擠出八強|升職的名額被擠掉了。

【擠兌】jǐduì（許多人爭向銀行）擠着提取現金。(同) 擠提。

【擠軋】jǐyà 排擠傾軋◇互相擠軋內鬥。

【擠塞】jǐsè 擁擠阻塞◇路面擠塞。

【擠眉弄眼】jǐméi nòngyǎn 用眉眼傳情示意。

14 **擯（摈）** bìn 粵ban^{3}殯 排斥；捨棄◇擯斥|擯棄。

【擯除】bìnchú 排除；拋棄◇擯除陳規陋習。

【擯棄】bìnqì 拋棄◇擯棄雜念。(同) 摒棄、屏棄 (反) 保留、保存。

【擯黜】bìnchù 斥退；放逐。

14 **擦** cā 粵caat^{3}刷 ①物與物緊貼着來回移動；摩擦◇擦火柴|手上擦破了塊皮。②挨近；貼近◇擦邊|擦肩而過|蜻蜓擦着水面飛走

了。③揩拭◇擦桌子|把眼淚擦乾。④搽抹◇擦粉|擦鞋油。⑤刨(成絲)◇把蘿蔔擦成絲。

【擦拭】cāshì 用布巾等摩擦使乾淨◇擦拭自行車|把窗子擦拭乾淨。

【擦屁股】cā pìgu 比喻幫人處理未了的事務。多指難辦的◇留下這個爛攤子，誰肯替他擦屁股？

14 **擰(拧)** ⟨一⟩níng 粵ning6 寧6 ①握住物體兩端，向相反方向轉；絞◇擰毛巾|把衣服擰乾。②用手指捏着皮肉轉動◇擰耳朵|擰她一把。

⟨二⟩nǐng 粵ning6 寧6 ①扭轉；轉過◇擰瓶蓋|一擰身回房去。②顛倒；錯誤◇把我的話聽擰了|我叫他往東，他卻往西，方向弄擰了。③彆扭；對立◇兩人越説越擰。

⟨三⟩nìng 粵ning6 寧6 方言。倔強；任性◇擰脾氣|這孩子真擰。

14 **擢** zhuó 粵zok6 鑿 ①拔取；抽出◇擢髮難數。②提拔◇擢拔。

【擢升】zhuóshēng 提升(職位)◇擢升為總經理。

【擢用】zhuóyòng 選拔任用◇擢用賢能|善於擢用良才。

【擢髮難數】zhuófànánshǔ 戰國時，魏國的須賈曾陷害范雎，後范雎為秦相，須賈使秦向范雎謝罪。范雎質問須賈犯過多少罪，須賈回答説："擢賈之髮以續之罪，尚未足。"擢，抽。後形容罪行極多。

15 **攆(撵)** niǎn 粵lin5 連5 ①驅趕◇把他攆走。②追趕◇攆上前面的人。

15 **擷(撷)** xié 粵kit3 揭 採摘；擇取◇擷取|願君多採擷，此物最相思。

15 **擾(扰)** rǎo 粵jiu5 繞 ①攪亂；使失去秩序、規律◇騷擾|庸人自擾。②混亂，沒有秩序的◇紛擾。③客套話。受接待而表示感謝◇叨擾|打擾了。

【擾害】rǎohài 侵擾危害◇擾害老百姓。

【擾亂】rǎoluàn 攪擾，使混亂不安◇擾亂治安|擾亂秩序。

【擾攘】rǎorǎng 紛亂；喧囂◇塵世擾攘|窗外面擾攘了很久。

15 **攄(摅)** shū 粵syu1 書 ①表示；發表◇略攄己意。②騰躍；奔騰。

15 **擻(擞)** ⟨一⟩sòu 粵sau3 秀 ①通◇香氣直擻人的鼻子。②用通條插到火爐裏把灰抖掉；捅掉(灰土)◇擻擻爐灰。

⟨二⟩sǒu 粵sau2 手 見"抖擻"。

15 **擺(摆)** bǎi 粵baai2 拜2 ①安放；陳列◇擺放|把書擺整齊。②列舉；説出◇擺事實，講道理|擺條件。③顯示；炫耀◇擺架子|擺威風。④搖動◇擺手|搖頭擺尾。⑤鐘錶、精密儀器上用來控制擺動頻率的機械裝置◇鐘擺|停擺。

【擺弄】bǎinòng ①撥弄；把玩；修理◇擺弄手機。②處置；捉弄◇不能任人擺弄。③賣弄；炫耀◇擺弄自己的身材|擺弄風騷。

【擺佈】bǎibù ①安排；佈置◇會議室擺佈得煥然一新。②處置；捉弄◇受人擺佈。

【擺局】bǎijú 設局◇這分明是騙子擺局，小心上當。

【擺脱】bǎituō 掙脱；甩掉◇擺脱困境|擺脱那個糾纏不休的男人。

【擺設】⟨一⟩bǎishè 安放；佈置◇客廳擺設得美觀大方。

⟨二⟩bǎishe ①佈置安放的東西；陳設品◇家裏的擺設古色古香。②喻指徒有其表而無用處的東西◇家裏沒人會彈琴，買它回來只是當擺設。

【擺渡】bǎidù ①用船載人、物過河◇擺渡到河西頭。②指過河用的船◇坐在顛簸的擺渡上過河。

【擺闊】bǎikuò 講排場，顯闊氣◇剛賺了點錢就擺闊。㊀哭窮、裝窮。

【擺架子】bǎi jiàzi ①擺出架式◇他只會擺架子，沒有真功夫。②裝腔作勢，自以為了不起◇剛當上經理就擺架子。

15 **擼(撸)** lū 粵lou1 勞1 方言。①捋◇擼起袖子|把手鐲擼下來。②撤銷(職務)◇他這業務經理給擼了。③訓斥；斥責◇挨了一頓擼。

15 **擴(扩)** kuò 粵kwok3 廓/kong3 抗 使(範圍、規模等)變大◇擴大|擴建|擴散。

【擴大】kuòdà 使範圍、規模、數量等增大◇擴大影響｜擴大招生名額｜擴大學生的視野。同 擴展 反 縮小、收縮。

【擴充】kuòchōng 擴大充實◇擴充實力｜把文章擴充到 1000 字。反 收縮、緊縮。

【擴展】kuòzhǎn 向外展開；使展開擴大◇擴展對外貿易｜業務擴展到北美。

【擴張】kuòzhāng 擴大◇擴張勢力範圍｜設法擴張血管，避免心肌梗塞。

【擴散】kuòsàn 向外擴展散佈◇癌細胞擴散｜擴散影響。

15 **擿** 〈一〉zhì 粵zaak[6] 宅 ①同"擲"。投擲◇擿玉毀珠。②搔；撓◇擿癢。
〈二〉tī 粵tik[1] 惕 ①揭發◇擿發。②指使；發動◇擿其前往。③挑出；挑剔◇擿抉。

【擿發】tīfā 揭露◇擿發其奸。

【擿奸發伏】tījiān fāfú 發伏，檢舉隱藏的壞事。揭露奸邪之徒，檢舉隱匿的壞事。

15 **擲(掷)** zhì 粵zaak[6] 宅 用力投；扔◇擲鉛球｜一擲千金。

【擲還】zhìhuán 客套話。請人把原物歸還自己◇所寄書稿如不採用，務請擲還。

【擲地有聲】zhìdìyǒushēng《世説新語・文學》："孫興公作《天台賦》成，以示范榮期云：'卿試擲地，當作金石聲。'"意思説賦的文辭優美，聲調鏗鏘，能發出鐘磬一般的聲音。後形容人説話有力，言語豪邁。

15 **攀** pān 粵paan[1] 扳 ①抓住可以借力的東西向上爬◇攀登｜攀越｜攀崖。②依附；跟地位高的人拉關係◇攀附｜高攀。③設法接近；牽扯◇攀談｜攀連｜你別攀上我。

【攀比】pānbǐ 跟比自己高的或強的相比◇互相攀比。

【攀升】pānshēng ① 抓住東西往上升；爬升◇在陡峭的山壁上攀升｜飛機起飛後開始攀升。② 指價格上升◇股價大幅攀升。

【攀附】pānfù ① 附着東西往上爬◇常青藤攀附在牆上。② 投靠依附◇攀附權貴。

【攀越】pānyuè 攀登翻越◇攀越險峯。

【攀援】pānyuán ① 抓着東西往上爬◇攀援登上山頂。② 依附；投靠◇一心想攀援豪門。同 攀緣。

【攀登】pāndēng ① 抓住東西往上爬◇攀登山峯｜攀登高樓。② 比喻不畏艱險，積極進取◇攀登文學高峯。

【攀談】pāntán 拉扯閒談◇一見面就攀談起來。

【攀龍附鳳】pānlóng fùfèng 漢代揚雄《法言・淵騫》："攀龍鱗，附鳳翼，巽以揚之，勃勃乎其不可及也。"意思是指依附帝王、權貴以求飛黃騰達。後比喻巴結、投靠有權勢的人。

16 **攉** huō 粵fok[3] 霍 鏟起搬移到另一處；掀◇攉土｜把煤攉到那邊去。

16 **攏(拢)** lǒng 粵lung[5] 隴 ①聚合；合在一起◇聚攏｜拉攏｜談不攏｜笑得合不攏嘴。②歸總；彙總◇攏總｜攏賬。③靠近；到達◇靠攏｜船攏岸。④整理；使不鬆散或離開◇攏一下桌上的碗筷｜把柴火攏住｜懷裏攏着孩子。⑤梳理◇把頭髮攏一攏。

17 **攖(撄)** yīng 粵jing[1] 英 ①接觸；迫近；觸犯◇攖鋒｜攖鱗｜虎負嵎，莫之敢攖。②擾亂；糾纏◇攖擾｜攖病｜不以人物利害相攖。③受；遭受◇此塔屢攖兵燹｜從此不攖一切煩惱。

17 **攔(拦)** lán 粵laan[4] 蘭 ①阻擋；不讓通過◇阻攔｜攔路搶劫｜攔住一輛車。②正對着某個部位◇攔腰抱住。

【攔腰】lányāo ① 正對着腰部◇攔腰抱住。② 從中間；從半中央◇攔腰截斷｜講話被攔腰打斷。

【攔截】lánjié 攔擋阻截◇攔截車輛｜攔截走私貨船。

【攔路虎】lánlùhǔ ① 指攔路打劫的強盜。② 比喻阻礙前進的事物◇制約經濟發展的攔路虎。

17 **攙(搀)** chān 粵caam[1] 參 ①混和；混雜◇往咖啡裏攙點奶。②扶；挽◇手攙手｜攙着爺爺上樓。

【攙扶】chānfú 用手架着別人的手或胳膊◇攙扶着爺爺過馬路。

【攙和】chānhuo ① 攙雜；混合◇將水泥和黃沙攙和在一起。② 參加進去，添亂◇這裏夠亂的了，你就別攙和啦！③ 插手，干擾◇他們的事你瞎攙和甚麼！

【攙假】chānjiǎ（好東西裏）攙進了偽劣的東西◇奶粉裏攙假，害人不淺。

【攙雜】chānzá 混雜；夾雜◇白麪和玉米麪攙雜來做饅頭。

17 **攘** 〈一〉rǎng 粵joeng^{5} 養 ①驅逐；排斥；抵禦◇攘除|攘外|攘敵。②搶奪；侵犯；竊取◇攘奪|攘美|攘竊。③捋起（袖子）◇攘臂高呼。

〈二〉rǎng 粵joeng^{6} 讓 擾亂；紛亂◇擾攘|熙熙攘攘。

【攘袂】rǎngmèi 捋上衣袖。形容奮起的樣子◇攘袂而起。

【攘除】rǎngchú 驅除；鏟除◇攘除羣兇。

【攘攘】rǎngrǎng 紛亂的樣子◇天下攘攘，皆為利往。

18 **攝（摄）** shè 粵sip^{3} 涉 ①吸取◇攝取|攝食。②拍照◇攝影|拍攝|攝像。③保養◇攝生|攝護。④代理；代管◇攝政|攝理。

【攝生】shèshēng 養生；保養身體◇攝生有道。

【攝取】shèqǔ ① 吸收；吸取◇攝取營養。② 拍攝◇用長焦鏡頭攝取遠景。

【攝政】shèzhèng 代替君主處理國政◇周成王即位後，由周公旦攝政。

【攝理】shèlǐ 暫時代理◇攝理政務。

【攝製】shèzhì 拍攝並製作◇電視攝製。

【攝像】shèxiàng 用攝影機把人物、景物拍攝記錄下來。

【攝影】shèyǐng 拍攝影像。指照相、攝像、拍電視、拍電影等◇藝術攝影|電視攝影。

18 **攜〔携擕〕** xié 粵kwai^{4} 葵 ①隨身帶着；領着◇攜眷|扶老攜幼。②手拉着；牽挽◇攜手。

【攜手】xiéshǒu 手拉着手。比喻聚首、齊心合力◇攜手同行|攜手合作。

【攜帶】xiédài ① 隨身帶着◇攜帶妻兒|攜帶行李。② 照顧；幫助◇孩子尚小，還望老師多加攜帶。

【攜貳】xié'èr 離心；懷有二心◇士卒攜貳，誰與守四方？

【攜離】xiélí ① 離心；背叛◇人心攜離，士氣低落。② 離間◇攜離敵人，使其內訌。

18 **攛（撺）** cuān 粵cyun^{1} 川 方言。①扔；拋擲◇攛入澗中|攛到火裏燒了。②慫恿；教唆◇攛弄。③急忙趕做◇臨時現攛。④發怒；發脾氣◇你先別攛兒，等我把話説完。

【攛唆】cuānsuō 慫恿挑唆◇攛唆挑撥。

【攛掇】cuānduo ① 慫恿◇攛掇他買新手機。② 催促◇攛掇匠人早些裝修停當。

19 **攤（摊）** tān 粵taan^{1} 灘 ①鋪開；展開；敞開◇攤開枱布|兩手一攤|問題都攤出來談。②分擔；分派◇平攤|每人攤上十元。③碰上，遇到（不如意的事）◇這種事怎麼就攤到我頭上了？④把糊狀食物鋪成片狀煎烤◇攤煎餅|攤春捲皮。⑤設在路旁、廣場上的售貨處◇地攤|書攤。⑥量詞。用於鋪展開的糊狀或流質物◇一攤爛泥|一攤水。

【攤子】tānzi ① 攤點；一種臨時售貨點◇擺個小攤子。② 比喻辦事的規模、事業的格局、工作的局面等◇攤子鋪得太大|真是個爛攤子。③ 量詞。堆◇公司破產，這一攤子人怎麼辦？

【攤位】tānwèi 所設攤子的單位、單元◇遊戲攤位|年宵攤位。

【攤派】tānpài 按人頭、單位或地區等分派（錢物、任務等）◇按人頭攤派|給大家攤派任務。

【攤販】tānfàn 擺攤子售貨的小商販。

【攤牌】tānpái ① 玩牌到最後，把手中所有的牌亮出來比大小，決定勝負。② 比喻到最後關頭，把意見、條件、實力等擺出來給對方看◇先摸清對方底細，不要一下子攤牌。

19 **攧（攧）** diān 粵din^{1} 顛 跌；下來（多見於早期白話）

19 **攢（攒）** 〈一〉zǎn 粵zaan^{2} 棧 積存；積蓄◇攢錢|積攢|攢下這點家當。

〈二〉cuán 粵cyun^{4} 全 聚集；拼湊◇攢集|配齊零件攢了一台電腦。

【攢眉】cuánméi 皺起眉頭。不快或痛苦的樣子◇攢眉歎息。

【攢動】cuándòng 擁擠移動◇人頭攢動。

19 **攣(挛)** luán 粵lyun⁴聯 抽動蜷曲，不能伸直◇攣縮|痙攣|拘攣。

20 **攫** jué 粵fok³霍 抓取；奪取◇攫為己有。

【攫取】juéqǔ 掠取；搶奪◇攫取財物。

【攫奪】juéduó 掠奪◇攫奪他人的成果。

20 **攥** zuàn 粵zaan⁶賺 緊握；抓住◇攥緊拳頭|攥着一把刀。

20 **攪(搅)** jiǎo 粵gaau²狡 ①拌和；混雜◇攪勻|把水攪渾。②擾亂；打擾◇攪亂|胡攪蠻纏。

【攪局】jiǎojú 擾亂已安排好的事情◇你別攪局，我們正趕工呢。

【攪拌】jiǎobàn 用手或工具在混合物中轉動使均勻◇攪拌飼料|混凝土還沒攪拌好。

【攪和】jiǎohuo ①混和；攙雜◇這是兩回事，你別攪和在一起。②擾亂◇別在這裏攪和。

【攪亂】jiǎoluàn 擾亂◇攪亂秩序|攪亂人心。

【攪擾】jiǎorǎo 騷擾；打擾◇攪擾別人做功課。

20 **攬(揽)** lǎn 粵laam⁵覽 ①採摘；收取◇上天攬月|春光可攬。②招惹；招引◇招災攬禍。③拉到自己這邊或自己身上；摟◇攬活|攬生意|把孩子攬到自己懷裏。④把散開的東西聚攏◇把柴火攬到一起|攬緊行李包。⑤掌握；把持◇大權獨攬。

【攬事】lǎnshì 管閒事；惹事◇在外邊切莫攬事。

【攬活】lǎnhuó 招攬活計◇每天外出攬活。

【攬權】lǎnquán 抓權◇四處攬權。

22 **攮** nǎng 粵nong⁵囊⁵ (用尖刀)刺；扎◇被攮了一刀。

支部

0 **支** zhī 粵zi¹之 ①撐着；架起◇支起帳篷。②支持◇體力不支。③調派；指使◇支配|把人支走。④付出或領取(款項)◇收支平衡。⑤分支；支派◇支流|支線。⑥地支。⑦量詞。(1)用於桿狀物◇一支鉛筆。(2)用於光度◇十五支光的燈泡。(3)用於歌曲或樂曲◇一支進行曲。(4)用於隊伍◇一支先頭部隊。(5)紗線粗細程度的計算單位。用單位重量的長度來表示，如 1 克重的紗線長 100 米叫作 100支。紗線越細，支數越多。

【支付】zhīfù 付出，付給◇支付現金|網上支付。

【支出】zhīchū ①支付，付出去◇已支出 50 萬元。②付出的款項◇增加社會保障支出。

【支吾】zhīwu 用話應付、搪塞；說話含混躲閃◇支吾了多時，就是不肯明說。

【支助】zhīzhù 支持幫助◇支助困難家庭。

【支拄】zhīzhǔ 支撐◇全靠母親支拄着這個家。

【支取】zhīqǔ 領取◇支取現金|支取退休金。

【支使】zhīshǐ 差使；指使；調開◇受人支使|沒人支使我|把他支使走。

【支承】zhīchéng 支撐；承載。

【支持】zhīchí ①支撐；維持◇虛弱得快支持不住了|收入不多，但生活尚可支持。②支援；贊同並鼓勵◇你做得對，我支持。

【支柱】zhīzhù 起支撐作用的柱子。比喻中堅力量◇精神支柱|產業支柱。

【支派】zhīpài ①支使；調派◇總是支派別人幹活，自己甚麼也不幹。②分出的派別，分支◇北方昆曲是昆曲的一個支派。

【支配】zhīpèi ①安排◇壓歲錢由孩子自己支配。②控制◇弱國不能任憑強國支配。

【支流】zhīliú ①流入幹流的河流◇嘉陵江是長江的支流。②比喻事物發展的次要方面。

【支絀】zhīchù 錢款不夠使用◇財政支絀。

【支援】zhīyuán 支持並給予援助◇支援非洲貧困兒童。

【支解】zhījiě 同"肢解"。

【支撐】zhīchēng ①支承住使不倒塌◇把帳篷支撐起來。②勉強維持◇靠姨媽支撐日常開支。③支持，給予援助◇再優秀的科學家也離不開技術支撐人員。

【支應】zhīyìng ①應付；應酬◇支應差事|她那裏我去支應。②供應◇支應充足。

【支離破碎】zhīlí pòsuì 形容事物零散破碎，不完整◇他出身於支離破碎的家庭。反 完好無損。

8 **攲** qī 粵kei[1] 崎 傾斜◇攲側|攲斜。

攴部

2 **收** shōu 粵sau[1] 修 ①把分散或攤開的事物聚攏◇收集|收拾|收帆。②把外面的拿進裏面◇收藏|收入名冊。③取回自己應有的東西◇收回|收歸國有。④接受；容納◇收禮物|收留|收容。⑤獲得；得到（利益）◇收益|收支平衡。⑥收穫；收割◇秋收|麥收。⑦約束；控制◇收不住的激情。⑧逮捕；拘押◇收捕|收監。⑨結束；停止◇收工|收兵。

【收入】shōurù ① 收進；收下◇新詞已收入本詞典。② 收進的錢物◇微薄的收入｜全靠教書收入維持生活。

【收支】shōuzhī 收入和支出◇收支相抵｜收支不符。

【收市】shōushì ① 市場、商店、餐廳等因下班中止交易或營業◇商鋪多已收市。② 金融、證券等行業當天的交易結束。

【收成】shōucheng 所獲得的成果。多指收穫農產品而言；也用於水產品等◇農家盼望好收成｜颱風不斷，出不了海，這個月的收成沒指望了。

【收服】shōufú 使對方歸順自己◇齊桓公收服諸侯小國，成就霸業。

【收拾】〈一〉shōushí ① 收斂；收藏◇他收拾笑容，神情嚴肅起來。② 收復◇待重頭收拾舊山河，朝天闕。

〈二〉shōushi ① 整理；整頓◇收拾屋子｜收拾殘局。② 整治；教訓◇這夥賭棍早該收拾了。

【收留】shōuliú 接收容留◇收留流浪兒童。

【收效】shōuxiào 成效；產生效益◇多閱讀，對寫文章必有收效。

【收益】shōuyì 所獲得的利益、好處◇投資房地產，收益豐厚。

【收場】shōuchǎng ① 結束◇演出收場｜事情不易收場。反 開場。② 結局；下場◇大團圓收場｜落得慘淡收場。

【收買】shōumǎi ① 收購◇收買二手電器。反 出售。② 用錢財、恩惠或其他手段籠絡人◇收買人心｜被敵人收買了。反 排斥。

【收集】shōují 搜集；聚集◇收集郵票｜收集影碟。反 散發。

【收復】shōufù 奪回原先失去的◇收復失地。

【收盤】shōupán 指黃金、股票、證券等每日報出的最後一次交易行情◇石油期貨收盤報每桶 56 美元。

【收養】shōuyǎng 收容並撫養。多指把他人子女作為自己子女來撫養◇收養孤兒。

【收錄】shōulù 吸收或選取進來，加以錄用◇收錄海外學子｜年鑒中收錄了他的論文。

【收購】shōugòu 從各處收集買進◇收購原料｜收購兼併行動。

【收斂】shōuliǎn ① 聚集；搜集◇收斂錢財。② 檢點；約束；收起來◇氣勢多少收斂了一點。③ 減弱或消失◇她收斂起笑容｜夕陽收斂了餘輝。④ 通過藥物作用使肌體收縮，減少腺液分泌。

【收縮】shōusuō ① 聚縮；（物體）由大變小或由長變短◇遇冷收縮。② 緊縮，由分散變為集中◇收縮兵力。

【收藏】shōucáng 收集保存◇收藏善本古籍。

【收攏】shōulǒng ① 把散開的聚集起來◇收攏雨傘｜把攤開的衣服收攏起來。反 散開。② 收買拉攏◇收攏人心。

【收穫】shōuhuò ① 收割農作物◇春天耕耘，秋天收穫。② 指所得到的農作物◇今年風調雨順，收穫頗豐。同 收成。③ 比喻取得的成果◇參觀自然博物館，學生大有收穫。

【收羅】shōuluó 從各處尋找人才或物品，並集中到一起◇收羅人才｜收羅文物。

3 **攻** gōng 粵gung[1] 工 ①攻擊；進攻◇圍攻|對足球説來，攻和守同等重要。②指責別人的過失、錯誤◇攻其一點，不及其餘。③專心從事；專心研習◇專攻文學。④姓。

【攻克】gōngkè ① 進攻並克敵致勝◇攻克敵方堡壘據點。同 攻陷 反 丟失。② 經過艱苦努力，終於取得成功◇攻克技術難關。

【攻陷】gōngxiàn 攻佔；攻取。

【攻擊】gōngjī ① 進攻打擊◇部隊發起攻擊。同 攻打。② 惡意指摘◇他遭到無端攻擊。同 誹謗。

【攻關】gōngguān ① 攻奪城池要塞。② 攻克難關◇攻關目標。

【攻讀】gōngdú 傾全力讀書或鑽研某一門學問◇攻讀博士學位。

【攻守同盟】gōngshǒutóngméng ① 兩個或多個國家締結軍事盟約，協調進攻或防禦的行動。② 指事先約定、共同隱瞞、互不揭發的串謀行為◇訂立攻守同盟。

【攻無不克】gōngwúbúkè 只要是發動攻擊，一定獲勝。形容力量強大。同 戰無不勝 反 不堪一擊。

3
攸 yōu 粵jau^{4}由 助詞。相當於"所"◇性命攸關。

3
改 gǎi 粵goi^{2}該^2 ①變更；更改◇改變初衷｜古城改了模樣。②改正；修正◇改過自新｜有則改之，無則加勉。③修改；修訂◇篡改｜批改。

【改口】gǎikǒu 改變原先説話的內容或語氣◇她發現誤解了朋友，連忙改口。

【改天】gǎitiān 當天以後、近期的某一天◇改天請你飲茶。

【改正】gǎizhèng 把錯誤的變為正確的◇改正缺點｜改正個人資料。

【改行】gǎiháng 放棄原來的行業，從事新的行業◇許多漁民改行做建築工人。

【改良】gǎiliáng ① 去掉事物的缺點，使之更適合要求◇改良大豆品種。② 改善，使之進一步好起來◇綠化可以改良空氣素質。

【改革】gǎigé 革除原有不合理的部分，使之適合新情況的舉措◇進行教育改革｜改革稅制。

【改建】gǎijiàn 在原有的基礎上加以改動修建◇擴充改建校舍。

【改造】gǎizào ① 翻新重建◇舊房改造。② 改變舊的，建立新的◇以改造社會為己任。

【改動】gǎidòng 更改，變動◇改動建橋方案｜作出輕微改動。

【改進】gǎijìn 改變舊有狀況，向前推進一步◇改進服務質素｜技術有待改進。

【改善】gǎishàn ① 改正過失、錯誤，回心向善◇棄惡改善。② 改變或改進原來的情況，使之向好或較完美◇改善同鄰國的關係。

【改過】gǎiguò 改正過失或錯誤◇勇於改過，不斷進取。

【改道】gǎidào ① 改變原定的行進路線◇道路維修，請改道行駛。②（河流）改變經過的路線◇歷史上黃河多次改道。

【改裝】gǎizhuāng ① 改變衣着裝束◇由長袍馬褂改裝換上了西服。② 改變包裝◇由車庫改裝成的儲物室。③ 改變原有的裝置設備◇改裝賽車。

【改寫】gǎixiě ① 換成另一種説法；改變所寫的內容◇歷史不容改寫。② 根據原著修改重寫◇改寫劇本。

【改編】gǎibiān ① 改變原有的編制。多指軍隊。② 根據原著重新編寫◇電視劇乃根據小説原著改編。

【改變】gǎibiàn ① 發生了變化，與過去不一樣了◇互聯網改變了人際交往方式｜世紀流行病改變了人們的生活習慣。② 變更；更動◇改變策略｜改變生活方式。

【改觀】gǎiguān ① 改變原本的觀點、看法◇世事變化，令人改觀。② 改變原來的樣子，出現新的面貌◇市容大大改觀。

【改邪歸正】gǎixié guīzhèng 改變邪惡行徑，重新走上正路。

【改弦更張】gǎixián gēngzhāng 換裝新的琴弦，再行彈奏。比喻改變原來的思想、行為，另走一條新路。反 舊調重彈。

【改弦易轍】gǎixián yìzhé 調換新琴弦，不走翻車的路。比喻捨棄舊做法，用新辦法。

【改過自新】gǎiguò zìxīn 改正過失或錯誤，重新做人。

4
放 fàng 粵fong^{3}況 ①流放，驅逐到邊遠荒涼地區。②把牲畜趕到田野，任其活動、吃草◇放牛｜放羊。③解除約束，還其自由◇釋放｜放走俘虜。④放縱；行為過分◇放任｜放蕩。⑤發出◇放射｜茉莉花綻放幽香。⑥點燃◇放火｜放煙花。⑦借錢給人，收取利息◇放款｜放債。⑧擴展；展開◇放大尺寸｜放寬規格。⑨(花卉)開放◇百花齊放。⑩擱置◇放下

分歧。⑪弄倒◇上山放樹。⑫擺到一個位置上◇把書放在桌上。⑬加進；加入◇中國菜放調料十分講究。⑭控制行為，掌握分寸◇放輕腳步|別糊塗下去，放清醒些。⑮停止；終止◇放學|放工。

【放手】fàngshǒu ① 鬆手，放開手。② 解除束縛或顧慮◇放手讓下屬去開拓。

【放火】fànghuǒ ① 點火，燃火焚燒。② 比喻煽動或發動騷亂事件◇煽風放火，挑動事端。

【放心】fàngxīn 沒有憂慮、牽掛◇放心休養|細節安排妥當，你可放心。

【放任】fàngrèn 不以道理、規矩、道德、制度加以制約，一切隨其自由、任行任為◇監護人不得放任未成年人沉迷上網。

【放牧】fàngmù 把牲畜放到野外吃草和活動◇科爾沁草原是放牧的天堂。

【放映】fàngyìng 利用裝置把圖片或影片上的形象照射在屏幕上。

【放風】fàngfēng ① 讓空氣流通◇多開窗，勤放風。② 監獄裏定時讓犯人到牢房外活動。③ 透露或散佈消息◇四處放風説生意垮了。

【放洋】fàngyáng 舊指出使國外或到外國留學◇清末首批放洋到美國的幼童留學生。

【放射】fàngshè ① 由一點向四面射出◇放射激光。② 噴發◇煙花放射出絢麗的光彩。

【放逐】fàngzhú ① 古時把罪犯流放到邊遠荒涼地區。② 古代被貶官到邊遠或次要地區◇蘇東坡被放逐海南。

【放棄】fàngqì 棄置；拋棄；丟掉◇放棄學業去打工|死抱着陳舊的觀念不肯放棄。

【放肆】fàngsì 言行不受約束，任意妄為◇酒後放肆|不可在長輩面前放肆。

【放置】fàngzhì 安放◇危險物品要妥善放置。

【放債】fàngzhài 借錢給他方，一般按年、月、日計收利息。㊐ 放賬、放款。

【放蕩】fàngdàng 放縱；不受約束或行為不檢點◇放蕩不羈|放蕩成性。

【放縱】fàngzòng ① 不守規矩，恣意任性◇生活放縱，不思進取。② 縱容；不以規矩約束◇從小放縱孩子，將來自食苦果。

【放鬆】fàngsōng ① 由拉緊、繃緊等狀態轉到鬆弛的狀態。② 由緊張轉變為鬆懈；由嚴密轉變為開放◇把心情放鬆點|放鬆管制。③ 不抓緊；不認真負責◇民生大事一刻也不可放鬆。

【放虎歸山】fànghǔguīshān 比喻讓在掌握之中的仇敵、對手回歸自由，為日後留下了隱患。㊉ 斬草除根。

5 **政** zhèng 粵zing³ 正 ①政治；政事◇政局|政務。②國家各級行政部門主管的業務◇財政|民政|郵政。③政權；政府。④指團體或家庭的事務◇校政|家政。

【政令】zhènglìng 政府頒佈的法令◇政令嚴明，社會安定。

【政局】zhèngjú 政治局勢◇政局穩定，經濟繁榮。

【政府】zhèngfǔ 國家各級行政機關，即國家權力的執行機構。

【政治】zhèngzhì 政黨、社會組織和個人在國內及國際關係方面的活動。

【政務】zhèngwù ① 政治方面的事務。② 泛指國家各級政府所負責的管理工作。

【政策】zhèngcè 政府或政黨為實現政治或管治的目標而制定的行為依據。

【政壇】zhèngtán 政界◇政壇的新星。

【政黨】zhèngdǎng 代表社會階層或集團，並為實現其利益而鬥爭的政治組織。

【政權】zhèngquán ① 政治和行政上的管治權力；掌控國家或地區的權力。② 指政權機構，即國家各級行政機關。

【政變】zhèngbiàn 統治階層內部一部分人採取軍事或政治手段驟然變更國家政權。

5 **故** gù 粵gu³ 顧 ①原有的；從前的；陳舊的◇故地|依然故我|吐故納新。②舊交；老朋友◇沾親帶故。③死亡；已經死亡的◇病故|故友。④事故；意外◇因故早逝。⑤原因；緣故◇不知何故。⑥刻意；有意◇故弄玄虛。⑦因此，所以◇遭逢暴雨，故未能準時赴約。

【故人】gùrén ① 舊友；老友◇故人西辭黃鶴樓，煙花三月下揚州。② 指死者◇昔日同窗多成故人。

【故土】gùtǔ ① 故鄉；家鄉◇懷念故土。② 國土◇收復故土。

【故世】gùshì 逝世。

【故交】gùjiāo 舊交，老朋友。㊐故人、故知、故舊、舊交 ㊍ 初交、新知。

【故址】gùzhǐ 舊址；原來的地點◇時世變遷，故址難尋。

【故里】gùlǐ 故鄉；老家◇在外漂泊，總是思念故里。

【故事】〈一〉gùshì ① 舊事；往事◇老人喜歡述説故事。② 往昔的典制、舊例◇虛應故事｜沿襲故事。

〈二〉gùshi 具有前後連貫的情節和因果關係的生活事件◇民間故事。

【故知】gùzhī 故交，老朋友◇他鄉遇故知。

【故居】gùjū 從前居住過的房子◇齊白石的故居。

【故宮】gùgōng ① 舊王朝的宮殿。② 特指北京明清兩代的皇宮。始建於明代永樂年間。是世界上現存規模最大的宮殿建築羣。

【故鄉】gùxiāng 家鄉，出生或長期居住過的地方◇依依故鄉情。

【故園】gùyuán 故鄉；昔日的家園◇記憶中的故園是兒時的樂土。

【故意】gùyì 存心；有意識地◇故意搗亂，想引起大家注意。

【故障】gùzhàng ① 產生障礙或事故而停止運作◇及時避免了故障。② 所發生的障礙或事故◇檢修故障。

【故紙堆】gùzhǐduī 數量多而又十分陳舊的書籍和資料。

【故弄玄虛】gùnòngxuánxū 刻意做些迷離恍惚的事情或説些難明究裏的言論，以求達到掩人耳目或賣弄自己的目的。

【故步自封】gùbùzìfēng 故步，走原來的步子；自封，自我限制。比喻安於現狀，不求進取。

【故作鎮靜】gùzuòzhènjìng 有意識地做出鎮定自若、不驚不慌的樣子。

【故態復萌】gùtàifùméng 老樣子又逐漸恢復。形容重犯老毛病。

6 效 xiào ㊥haau[6]校 ①功能；成效◇功效｜一針見效。②仿效◇上行下效。③為他人或集團獻出(力量或生命)◇效力｜效命。

【效用】xiàoyòng 效能和作用◇發揮正常效用｜這藥效用顯著。

【效果】xiàoguǒ ① 言行、做法所產生的結果。多指好的方面◇廣告宣傳的效果非常好。② 影視戲劇名詞。指配合劇情而製造的音響效果、光影效果、舞台美術佈景效果等。

【效忠】xiàozhōng 一心不二，竭誠貢獻自己之所能◇宣誓效忠國家。

【效法】xiàofǎ 依照別人的做法去做；學習◇效法成功的經驗｜值得效法。

【效益】xiàoyì 效果和收益◇經濟效益｜能源效益。

【效率】xiàolǜ ① 消耗能源的設備，有用功在消耗總功中所佔的百分比。② 單位時間內完成工作量的比率◇提高生產效率。

【效勞】xiàoláo 出力服務◇為社會效勞。㊐效力。

【效應】xiàoyìng ① 人的言行、作為所得到的結果及其引起的效果反應。② 物理、化學作用產生的效果◇光電效應｜中和效應。

6 敉 mǐ ㊥mei[5]美 安撫；安定◇敉平｜敉亂。

7 教 〈一〉jiāo ㊥gaau[3]較 把知識、技能傳授給別人◇教鋼琴｜在小學教書。

〈二〉jiào ㊥gaau[3]較 ①教育；教導；教誨◇管教｜虛心受教｜言傳身教。②宗教◇佛教｜基督教。③使，令，讓◇教人興奮。④姓。

【教父】jiàofù 天主教、東正教行洗禮時為受洗者設置的男性監護人。某些教派、幫派和結社組織的首腦也稱作教父。

【教正】jiàozhèng 客套語。指教修正◇不肖之子，請多教正｜奉上拙著，敬祈教正。

【教育】jiàoyù ① 教導；啟發；説服◇教育民眾。② 教導培育◇耐心教育頑皮的孩子。③ 指培養公民成材的社會事業◇教育是國家興旺的基礎。

【教官】jiàoguān 在軍隊和軍事學校中擔任教職的軍官。

【教皇】jiàohuáng 天主教會的最高領袖，由樞機主教選舉產生，終身任職，駐地在梵蒂岡。

【教徒】jiàotú 信仰宗教的人◇佛教徒｜基督教徒。

【教訓】jiàoxùn ①教育訓導◇教訓孩子主要靠誘導。②從過失中獲得的經驗和啟示◇吸取慘痛教訓。③捱，打◇狠狠教訓他一頓。

【教授】〈一〉jiāoshòu 向學生講解傳授◇在中學教授地理。

〈二〉jiàoshòu 大學內的教職名稱，是職別最高的教師◇數學教授｜心理學教授。

【教堂】jiàotáng 基督徒舉行宗教儀式的地方。

【教務】jiàowù ①教學任務。②與教學活動有關的行政事務。

【教會】jiàohuì 天主教、基督教、東正教的宗教組織。

【教義】jiàoyì 宗教信奉的義理、信條。

【教誨】jiàohuì 教導勸諭◇牢記老師的諄諄教誨。

【教養】jiàoyǎng ①教育培養◇老師悉心教養弟子。②文化、素質方面的修養◇有教養的淑女。

【教練】jiàoliàn ①培養訓練他人掌握專業知識、技能◇教練排球｜教練駕駛飛機。②從事教練工作的人員◇足球教練｜體操教練。

【教學】jiàoxué ①"教"和"學"兩個方面◇教學相長。②教師向學生傳授知識、技能的過程◇豐富的教學經驗。

【教導】jiàodǎo ①教育指導◇教導有方。②教育和訓導◇銘記父母的教導。

【教學相長】jiàoxuéxiāngzhǎng《禮記・學記》："是故學然後知不足，教然後知困。知不足然後能自反也；知困然後能自強也。故曰教學相長也。"後指說在"教"與"學"的過程中，老師和學生都得到提高。

7 **敖** áo 粵ngou4 遨 ①同"遨"。遊玩◇敖遊。②姓。

7 **救** jiù 粵gau3 究 幫助免除災禍、脫離危險或解決急難問題◇救火｜營救｜救急不救窮。

【救亡】jiùwáng 把國家從危急存亡的局面中解救出來。

【救火】jiùhuǒ 滅火。

【救生】jiùshēng ①佛教和道教指救護眾生。②救助生命脫離險境◇救生員｜救生衣。同 救命。

【救助】jiùzhù 救護和幫助◇救助受傷的災民。同 拯救、搭救。

【救兵】jiùbīng ①遭受危難時前來援助的軍隊。②指前來幫助解除危局的外援。

【救災】jiùzāi ①救助受災的人◇捐款救災｜醫療隊趕赴海嘯地區救災。②消除災害◇抗洪救災。

【救命】jiùmìng ①幫助有生命危險的人◇救命恩人。②呼喚別人拯救自己的性命◇呼喊救命。

【救治】jiùzhì 救護治療◇救治車禍的受傷者。

【救急】jiùjí 救助突然發生的災禍和危險。

【救國】jiùguó 拯救面臨危亡的祖國。

【救援】jiùyuán 拯救並給予所需要的幫助◇礦難須要緊急救援。

【救濟】jiùjì 用金錢或物資幫助遇到困難的人◇救濟非洲的難民。

【救護】jiùhù 醫治、護理傷病人員◇救護傷員｜醫療救護。

【救死扶傷】jiùsǐ fúshāng 挽救將死的，照料受傷的。

7 **敕〔勅勑〕** chì 粵cik1 斥 皇帝的詔令◇敕命｜敕封｜敕建護國寺。

7 **敔** yǔ 粵jyu5 宇 古代打擊樂器名。形如伏虎，用木製成。奏樂將結束時，擊敔使演奏停止。

7 **敗(败)** bài 粵baai6 拜6 ①失利；失敗；不成功◇戰敗｜功敗垂成｜成敗在此一舉。②打敗；使失敗◇大敗日本女排。③損害；弄糟；搞壞◇傷風敗俗｜成事不足，敗事有餘。④殘破；腐爛；凋謝。指事物的質地向壞的方向變化◇敗絮｜敗肉｜殘花敗柳。⑤解除；消除◇敗火｜敗毒｜敗熱。

用法提示：敗、勝

"敗"和"勝"是一對反義詞，但用法不盡相同。"敗"作不及物動詞時，"球隊敗了"和"球隊勝了"的語義指向是一樣的；當"敗"作及物動詞或補語時，"甲隊大敗了乙隊"和"甲隊打敗了乙隊"，"敗"是指向賓語(乙隊敗了)；"甲隊大勝了乙隊"和"甲隊打勝了乙隊"，"勝"是指向主語(甲隊勝了)。

【敗北】bàiběi ①背向敵軍逃跑。形容軍隊打敗仗◇未嘗敗北｜連連敗北。②泛指競賽中失敗。

【敗筆】bàibǐ 詩文、書畫等有毛病或不成功的部分◇名家也有敗筆。

【敗訴】bàisù 訴訟失敗，被法院裁定駁回訴訟請求。(反) 勝訴。

【敗絮】bàixù ① 破舊的棉絮◇寒冬臘月，只有敗絮護體。② 凋殘的花絮◇敗絮殘花滿園飛舞。

【敗落】bàiluò 破落，衰落，指由盛而衰。(同) 衰敗、沒落 (反) 昌盛。

【敗興】bàixìng 失去了興致；興致低落下來◇乘興而來，敗興而返。(同) 掃興 (反) 盡興。

【敗壞】bàihuài ① 損害；破壞◇敗壞社會風氣丨敗壞他人聲譽。② 低劣；腐敗◇品德敗壞。

【敗類】bàilèi 集體中墮落或品行不端的人，背叛及變節分子◇社會敗類。

【敗露】bàilù 暴露；泄露。多用於陰謀、壞事。(反) 隱祕。

7 敏 mǐn 粵 man^{5} 吻 ①靈敏；敏捷◇敏鋭丨敏感。②聰明；通達◇敏而好學。③努力；奮勉◇敏於事而慎於言。

【敏捷】mǐnjié ① 迅速靈活，靈巧◇身手敏捷。(反) 笨拙。② 反應快◇思維敏捷丨才思敏捷。

【敏感】mǐngǎn ① 對外界事物反應迅速◇他敏感地意識到氣氛異常。(反) 麻木。② 有過敏反應◇她對花粉敏感。③ 尖鋭的，容易引起強烈反應的◇敏感的話題。

【敏鋭】mǐnruì 靈敏鋭利◇嗅覺敏鋭丨敏鋭地預感到泡沫經濟的危機。(反) 遲鈍。

7 敍〔敘敘〕xù 粵 zeoi^{6} 序 ①説，談◇敍舊丨閒言少敍。②記述；講述◇敍事丨敍説。③評議等級序次◇敍獎丨敍功。④序，序文。

【敍事】xùshì 敍述事情。多指書面表達方式◇敍事體裁丨敍事長詩《格薩爾王》。

【敍述】xùshù 講述或記載（事情的始末經過）◇慢慢地敍述他的苦難經歷。

【敍説】xùshuō 講述，敍述。多指口頭表達方式◇聽祖父敍説早年創業的艱辛。

7 敝 bì 粵 bai^{6} 幣 ①破舊；破爛◇敝衣遮體丨破敝不堪。②衰敗；凋零◇衰敝丨凋敝丨時政日敝。③謙辭。稱自己或自己的事物◇敝人丨敝舍丨敝公司。

【敝屣】bìxǐ 破舊的鞋。比喻沒有價值的東西◇棄之若敝屣。

【敝帚自珍】bìzhǒuzìzhēn 自己的破掃帚，當寶貝一樣愛惜。比喻自己的東西雖差，卻很珍愛。

7 啟(启)〔唘晵〕qǐ 粵 kai^{2} 溪^{2} ①開；打開◇開啟丨啟門而入。②開導；教導◇啟發丨啟蒙。③開始◇啟用。④陳述；報告◇謹啟丨敬啟者。⑤較簡短的書信◇小啟丨謝啟。

【啟口】qǐkǒu 啟齒；開口説話。

【啟示】qǐshì ① 啟發提示，使有所領悟◇啟示錄。② 領悟出的道理◇從中獲得了啟示。

【啟用】qǐyòng 開始使用◇新機場落成啟用。(反) 廢除。

【啟事】qǐshì 一種應用文體。公開發表某事的文字。多採用登報或張貼等方式◇尋人啟事丨招聘啟事。

【啟迪】qǐdí 啟發；開導◇啟迪心靈丨啟迪後學。

【啟動】qǐdòng ① 開動；發動◇火車慢吞吞地啟動了。② 開始實施或運作◇啟動改造工程丨啟動擴寬税基的諮詢工作。(反) 停止。

【啟程】qǐchéng 動身出發◇啟程飛往曼谷。

【啟發】qǐfā ① 通過事例説明或解釋開導，使從中領悟出道理◇啟發他深入思考下去。② 領悟出的道理◇他的做法對我很有啟發。

【啟碇】qǐdìng 把纜繩從碇上解開。指開船◇本班船五點啟碇。

【啟蒙】qǐméng ① 向初學者傳授入門的基本知識或技能◇啟蒙老師丨啟蒙讀物。② 通過宣傳教育，使社會接受新事物，擺脱落後愚昧的狀態◇啟蒙思潮丨啟蒙運動。

【啟齒】qǐchǐ 開口説。多用於有求於人時◇難以啟齒。

【啟明星】qǐmíngxīng 金星的別稱。因金星在黎明前出現於東方的天空而得名。

8 敢 gǎn 粵 gam^{2} 感 ①有勇氣；有膽量◇勇敢丨果敢。②有足夠的勇氣、膽識做某事◇剛直敢言丨敢為天下先。③肯定，斷定◇我敢説他今天一定遲到。④謙辭。表示冒昧◇敢問丨敢勞大駕。

【敢自】gǎnzi 方言。原來；敢情◇敢自你就是那位明星？

【敢情】gǎnqing 方言。①當然；自然。表示滿意◇能讓我上大學，那敢情好！②原來。表示發現了新情況◇敢情他倆早就認識了。③莫非；難道。多用於疑問◇敢情你們是兄弟倆？

8 **散** 〈一〉sàn 粵saan³傘 ①分散，分離開來◇濃霧散去|電影散場。②散佈，使分佈、遍佈四處◇散傳單|中藥鋪裏彌散着草藥味。③排除；解除◇散心|散憂解悶。

〈二〉sǎn 粵saan²山² ①鬆開；散開；不受約束◇散漫|游兵散勇。②零碎；不集中的◇散裝啤酒|一盤散沙。③加工成粉末狀的中成藥◇丸散膏丹|小兒驅風散。

【散文】sǎnwén 文學創作的一種形式。包括雜文、隨筆、特寫等多種。主要用以抒發作者的感悟、感觸◇唐宋散文。

【散心】sànxīn 消除鬱悶，令心情舒暢◇母親出門散心去了。

【散失】sànshī ①散佚丟失◇文物因戰爭而散失。②（熱量、水分等）消散◇烈日下水分容易散失。

【散步】sànbù 隨意漫步。作為鍛煉身體、放鬆心情的方式◇到海濱散步。

【散佈】sànbù ①分佈，分散到各處◇草原上散佈着羊羣。㊀集中。②傳播◇散佈謠言。

【散佚】sànyì 散失，分散遺失◇手稿散佚了。

【散落】〈一〉sànluò ①分散地掉下來◇爆竹的碎屑散落在大街小巷。②因分散而失落或流落◇西夏覆滅，黨項民族散落四方。

〈二〉sǎnluò 零零落落，不集中◇牛羊散落在草原上。

【散亂】sǎnluàn 零亂；雜亂◇頭髮散亂。㊂凌亂 ㊀整潔、整齊。

【散夥】sànhuǒ 解散團體、組織等◇合唱團早就散夥了。

【散髮】sànfà ①把頭髮披散開來◇披頭散髮。②表示脫離塵世，做方外之人◇人生在世不稱意，明朝散髮弄扁舟。

【散播】sànbō 向四處傳開去◇蒲公英靠風散播種子|散播流言。

8 **敞** chǎng 粵cong²廠 ①開闊；寬大◇寬敞。②張開；打開，沒有封閉◇敞篷跑車|敞門迎客。

【敞亮】chǎngliàng ①寬大明亮◇敞亮的房間。㊀陰暗。②比喻心胸開闊◇心裏頓覺敞亮。

【敞開】chǎngkāi 毫無遮掩地打開；完全開放◇敞開校門|敞開心扉。

8 **敦** 〈一〉dūn 粵deon¹噸 ①誠摯；誠懇◇敦厚|敦請。②姓。

〈二〉duì 粵deoi³對 古代器皿名。用以盛黍、稷、稻、粱等。一般為三短足，二環耳，圓腹有蓋。後世也指形體較大的酒器。

【敦促】dūncù 懇切地催促◇敦促學習。

【敦請】dūnqǐng 誠摯地邀請◇敦請參加就職典禮。

9 **敬** jìng 粵ging³徑 ①尊敬，尊重◇尊師敬老|肅然起敬。②恭敬◇敬請光臨|敬謝不敏。③恭敬有禮地送上◇敬酒|敬茶|敬你一杯。

【敬仰】jìngyǎng 尊敬仰慕◇萬世敬仰的科學家。㊂景仰 ㊀鄙視。

【敬佩】jìngpèi 敬重佩服◇受人敬佩的文學家。㊀蔑視。

【敬畏】jìngwèi 既敬重又心存畏懼◇張教授不苟言笑，學生都很敬畏他。

【敬重】jìngzhòng 恭敬尊重◇深得大家敬重。㊀輕蔑。

【敬業】jìngyè 專心致力於事業或學業◇她的敬業精神令人欽佩。

【敬愛】jìng'ài 尊敬愛戴◇敬愛的老師。

【敬禮】jìnglǐ ①表達恭敬的方式。通常已形成固定的形式，如立正、鞠躬、手掌舉至頭部等◇向國旗敬禮。②敬辭。多用於書信結尾◇此致敬禮。

【敬辭】jìngcí 含有恭敬口氣的用語。

多樣表達：敬辭

(1) 用於稱人：君 公 兄 貴 尊 雅 仁 賢；先生 仁兄 仁弟 賢兄 賢弟 賢姪 足下 閣下；小姐 夫人 太太 諸君；台甫 尊姓 貴姓 尊姓大名；貴體 玉體；雅意 雅正；府上 尊府 貴府 閣府 閤府；台端

(2) 稱別人的親屬：令 令尊 令堂 令郎 令愛 公子 千金 女公子 令閫 令正 令兄 令弟 令姊 令姪 令親

【敬而遠之】jìng'éryuǎnzhī《論語・雍也》："敬鬼神而遠之。"後多表示雖然尊敬對方，但卻不願與之貼近。

9 **敫** jiǎo 粵giu2 繳 姓。

10 **敲** qiāo 粵haau1 哮 ①叩打，敲擊，叩擊物體◇敲門|敲鑼打鼓。②敲詐，訛詐◇先敲下這筆再說。③譏諷；批評◇他被眾人敲得有口難辯。

【敲打】qiāodǎ ① 敲擊；擊打◇敲打門窗。② 方言。訓誡提醒；譏諷刺激◇不時敲打他幾句 | 冷言冷語敲打人。

【敲詐】qiāozhà 用威脅、欺騙手段或依仗權勢非法索取財物。

【敲竹槓】qiāo zhúgàng 利用別人的弱點或尋找藉口索取財物或進行不公平交易。

【敲門磚】qiāoménzhuān 比喻求取名利所借用的手段◇把學位當作敲門磚。

【敲邊鼓】qiāo biāngǔ 比喻從旁幫腔助勢。

【敲骨吸髓】qiāogǔ xīsuǐ 比喻殘酷盤剝。

11 **敷** fū 粵fu1 呼 ①塗抹；搽拭◇敷粉|敷藥。②鋪開；擴展◇敷設。③充足，足夠◇糧油敷足|入不敷出。

【敷衍】fūyǎn ① 搪塞應付，不肯負責或缺乏誠意◇敷衍了事 | 用託辭敷衍隊友。② 勉強維持◇收入微薄，敷衍度日。③ 敘述並發揮，也作"敷演"◇敷衍經文要旨。

【敷設】fūshè ① 鋪設(軌道、管道、道路等)◇敷設煤氣管道。② 佈置(水雷、地雷等)◇敷設水下電纜。

【敷陳】fūchén 詳細講述；一一述說◇敷陳利弊。

【敷衍了事】fūyǎnliǎoshì 應付搪塞，草草了結，做事不負責任。同 敷衍塞責 反 一絲不苟。

【敷衍塞責】fūyǎnsèzé 應付着做一做，交差了事。

11 **數(数)** (一)shù 粵sou3 掃 ①數目；數量◇人數|不計其數|數以千計。②算術；數學◇古代六藝，包括禮、樂、射、御、書、數。③表示不確定的數目◇數日後開學。④表示量的基本數學概念◇自然數|實數|有理數。⑤指語法範疇◇單數|複數。

(二)shǔ 粵sou2 嫂 ①清點數目，逐個按數字序列說出◇數一下到會的人數。②比較之後，肯定、認定是◇數一數二|同學中，成績數他優異。③列舉(罪狀)◇歷數其罪。

(三)shuò 粵sok3 索 多次，屢次◇數見不鮮。

【數九】shǔjiǔ 從冬至起算，每過九天為一個"九"，冬天共九個"九"，合計八十一天，其中"三九"最寒冷◇數九寒天。

【數目】shùmù 事物的數量◇存款數目。

【數字】shùzì ① 表示數的書寫符號，常用阿拉伯數字。② 代指數碼◇數字經濟。

【數落】shǔluo ① 列舉過失並指責◇在家裏可沒人敢數落她。② 不住嘴地列舉、講述◇祖母家長裏短地數落個沒完。

【數量】shùliàng 數目的多少◇數量有限，售完即止。

【數說】shǔshuō ① 列舉講述◇數說香港的變化。② 責備◇老人數說兒女不孝。

【數據】shùjù ① 數值。多指科學研究、技術設計、統計、計算等方面所需的數值。② 電腦內存儲的文字、數字、符號、圖象、程序等，統稱為數據。狹義的數據，指存儲於電腦數據庫內供調用的內容。

【數額】shù'é 一定的數目；額度◇營業數額 | 數額不足。

【數一數二】shǔyī shǔ'èr 形容出眾，名列前茅。

【數典忘祖】shǔdiǎnwàngzǔ《左傳・昭公十五年》：在晉國執掌典籍的籍談對周天子說，晉國未受周天子的恩賜，所以不向周王室進貢。周王列舉了晉國受賞的歷史事實後，譏諷他"數典而忘其祖"，即說他空講禮制掌故卻不知祖宗的歷史。後比喻忘掉自己的本源或根本。

11 **敵(敌)** dí 粵dik6 滴 ①有利害對立、互不相容的◇敵人|敵軍。②對立、互不相容的人；仇人◇仇敵|分清敵我。③對抗；抵擋◇天下無敵|敵不過誘惑。④力量相等◇匹敵|勢均力敵。

【敵手】díshǒu 力量相當的對手◇走遍天下無敵手 | 棋逢敵手。

【敵視】 díshì 仇視，用敵對的眼光和心理看待另一方◇互相敵視的局面。

【敵意】 díyì ① 惡意，壞主意◇懷有敵意。㊞ 好意。② 仇視的心理◇產生敵意。㊞ 好感。

【敵對】 díduì ① 因利害衝突不能相容而造成的對抗狀態◇敵對情緒日益加深。② 仇視，敵視◇互相敵對，日甚一日。

12 **整** zhěng 粵zing² 晶² ①完整；不殘缺◇整天|化整為零。②整齊◇儀容不整。③整理；整頓◇整裝待發|整容。④修理◇整舊如新。⑤折磨；使吃苦頭◇整人|不能整朋友。⑥方言。搞；弄◇整單車|把電腦整壞了。

【整合】 zhěnghé 調整組合，指把原本分離的事物通過協調規範組合到一起◇整合資源|整合人力。

【整治】 zhěngzhì ① 整理；修理◇整治河道。② 處置；懲罰◇整治懶漢。③ 搞；做（某項工作）◇你在整治甚麼呢？

【整容】 zhěngróng ① 修飾、化妝面容◇在鏡前整容打扮了一番。② 修整受損害的面容；通過手術，使面容漂亮完美起來◇進行整容手術。

【整理】 zhěnglǐ 使有條理、有秩序◇整理書包|整理文化遺產。

【整頓】 zhěngdùn 通過整治使條理、有秩序，狀態變好◇經過整頓，社區面貌煥然一新。

【整齊】 zhěngqí ① 有條理，不亂◇整齊劃一|衣着整齊。② 規則有序◇儀仗隊排列整齊|廠房整齊地建在山坡上。

【整潔】 zhěngjié 整齊清潔◇課堂明亮整潔。

【整體】 zhěngtǐ ① 全體；整個的。指事物的全部◇整體利益。② 全局◇整體上看，增長得不算快。

13 **斁（斁）** (一) dù 粵dou³ 到 敗壞。(二) yì 粵jik⁶ 亦 厭棄；厭倦。

13 **斂（斂）** liǎn 粵lim⁵ 臉 ①收起；收住◇斂容|斂足。②收集；徵收◇斂財|橫徵暴斂。③約束；節制◇斂跡|斂情。

【斂足】 liǎnzú 收住腳步；停步◇大家不約而同地斂足而立，欣賞這動人的景色。

【斂衽】 liǎnrèn 整理衣襟。向來者表示恭敬的姿態◇眾人斂衽肅立，市長同大家一一寒暄。

【斂財】 liǎncái ① 積聚錢財。② 騙取錢財。

【斂容】 liǎnróng 收起面部笑容；臉色變得嚴肅、恭敬起來◇沉吟放撥插弦中，整頓衣裳起斂容。

【斂跡】 liǎnjì 隱蔽行蹤。指不敢再出頭露面◇廉政公署成立後，貪贓枉法者漸漸斂跡。

13 **斃（毙）** bì 粵bai⁶ 幣 ①死亡。用於人時多含貶義◇斃命|倒斃。②用槍打死◇擊斃通緝犯。

16 **斆（敩）** (一) xiào 粵haau⁶ 校 教導。(二) xué 粵hok⁶ 學 同"學"。

文部

0 **文** wén 粵man⁴ 民/man⁶ 問 ①字；文字；語言的書面形式◇甲骨文|英文|古文。②特指文言，古代漢語的書面語言◇文白夾雜|半文半白。③文章；篇幅不很長的單篇作品◇散文|論文|文不對題。④禮節；儀式◇繁文縟節|虛文俗套。⑤自然界、人類社會中具有規律性的現象◇天文|人文。⑥指社會人文科學◇文科|重理輕文。⑦非軍事的◇文官|文武雙全。⑧柔和◇文火|溫文爾雅。⑨華麗◇文采。⑩掩飾；粉飾◇文過飾非。⑪刺畫（花紋或文字）◇文身|文面。⑫量詞。用於舊時的錢◇一文錢|身無分文。⑬姓。

【文人】 wénrén 知書善文的知識分子◇文人墨客|文人相輕。

【文几】 wénjī ① 供讀書作文用的几案。② 書信用語，相當於"足下"。對尊上或朋友的敬稱◇弟拜奉仁兄文几。

【文才】 wéncái 作文的才能。

【文化】 wénhuà ① 指運用文字的能力及具有的書本知識◇文化水平|做個有文化的人。② 人類所創造的物質財富和精神財富的總和。特指教育、科學、文藝等精神財富◇堅定文化自信，建設文化強國。③ 考古學上指同一歷史時期的不依分佈地點為轉移的遺跡、遺物的綜合體◇仰韶文化。

【文火】wénhuǒ 烹飪時用的小火；柔和不旺的火◇鴨子要用文火燉。㊐ 微火 ㊍ 猛火。

【文本】wénběn 文件的文字本。也泛指文件◇這個文件有中英文兩種文本｜雙方在合約文本上簽字。

【文句】wénjù 文章的詞句◇文句暢達而富於變化。

【文件】wénjiàn ① 指公文、信件等◇機密文件。② 電腦系統中記錄存貯在某個主題下的一組相關信息的集合。③ 指有關政治理論、時事政策、學術研究等方面的文章。

【文字】wénzì ① 記錄語言的書寫符號◇拼音文字。② 整篇或片段的書面文辭、詞句◇這篇文字是我的舊作。

【文告】wéngào 政府發佈的通告民眾的文件◇元旦文告。

【文秀】wénxiù 文雅秀麗；文弱纖秀◇姑娘顯得文秀嫻靜。

【文言】wényán 以古代漢語為基礎的、辭句簡古的書面語。㊍ 白話。

【文青】wénqīng 稱愛好文藝的青年人◇他時常吟詩作賦，是個文青。

【文明】wénmíng ① 指文化。人類所創造的財富的總和。也特指精神財富◇古老文明。② 社會發展水平較高、具有較高文化狀態的◇文明的社會｜這裏的人純樸而講文明。③ 合乎人道的◇文明對待俘虜。④ 新的，現代的，開明的◇文明戲｜文明結婚。㊍ 野蠻。

【文物】wénwù 被保存或發現的歷史文化遺物◇國寶級文物｜出土文物。

【文采】wéncǎi ① 絢麗的色彩◇文采斑斕。② 華美雅麗的詞藻◇文章富於文采。③ 在文藝方面表現出來的才華◇一位很有文采的青年作家。

【文盲】wénmáng 不識字或識字極少的成年人◇農村裏文盲多。

【文法】wénfǎ ① 古指法令條文。② 文章的作法◇不愧為文壇老手，文法富於變化。③ 語法。指語言的結構方式◇作文多語病，不合文法。

【文治】wénzhì ① 以文教禮樂治民。② 以文教治國的業績。㊍ 武功。

【文契】wénqì 買賣或借貸雙方所立的文書契約◇賣身文契。

【文思】wénsī 作文的思路；富於文采的構思◇文思敏捷。

【文科】wénkē 學科體系中的一大類，包括語言、文學、哲學、經濟、政治、歷史等科。

【文風】wénfēng ① 文德教化的風氣；崇尚文化、文學的風氣◇蘇杭歷來都是文風很盛的地方。② 文章的風格；使用語言文字的作風◇作文要講究文風。

【文氣】〈一〉wénqì 文章的氣勢；文章的連貫性◇文氣暢通。

〈二〉wénqi 文雅安靜，不粗暴◇這個小女孩很文氣。

【文庫】wénkù 文化寶庫。借指多冊成套的圖書。多用作叢書名◇萬有文庫｜中學生文庫。

【文書】wénshū ① 公文、書信、契約等的總稱◇辦公桌上堆滿了文書。② 負責公文、書信等收發保管工作的人◇招聘文書。

【文弱】wénruò 文雅柔弱◇文弱書生。

【文娛】wényú 文化娛樂◇文娛康樂設施｜文娛生活。

【文理】wénlǐ ① 文辭義理；文章條理◇文理不通。② 文科和理科。

【文教】wénjiào ① 古指禮樂法度、文章教化◇五代之餘，文教衰落。② 指文化教育◇文教事業。

【文章】wénzhāng ① 文辭或獨立成篇的文字。泛指著作◇文章創作｜他喜歡讀朱自清的文章。② 曲折隱含的意思◇他聽了這話，覺得裏面有文章。③ 比喻值得用力去做的主意或事情◇在肚皮裏做文章｜大有文章可做。

【文雅】wényǎ 言談舉止溫文爾雅、有禮貌◇姑娘文雅大方。㊍ 粗野。

【文筆】wénbǐ ① 文辭，文章◇以文筆著稱。② 文才技巧；文章的風格◇文筆流暢｜文筆婉約雋永。

【文集】wénjí 一人或數人的作品匯集編成的書。

【文痞】wénpǐ 指專以舞文弄墨來害人的無賴。

【文飾】wénshì ① 修飾文辭◇辭句質樸，不加文飾。② 裝飾◇女士總是愛文飾。③ 掩飾；遮蓋◇文飾醜惡，豈不自欺欺人？

【文摘】wénzhāi 文章或著作的摘錄。

【文豪】wénháo 傑出的作家。

【文墨】wénmò 指寫文章，從事文字工作◇粗通文墨。

【文稿】wéngǎo 文章、公文的原稿或草稿◇修改文稿。

【文靜】wénjìng 文雅嫻靜◇性格文靜。

【文壇】wéntán 文學界◇文壇泰斗。

【文學】wénxué 運用語言文字塑造形象、反映社會生活的藝術。

【文憑】wénpíng ① 舊指用作憑證的官方文書。② 學校發給學生的畢業證書。③ 學歷資格。

【文職】wénzhí 文官的職務◇選拔文職人員。

【文藝】wényì 文學藝術。特指文學或表演藝術◇文藝作品 | 文藝會演 | 文藝界人士。

【文牘】wéndú ① 公文、書信等的總稱◇辦理文牘。② 辦理文牘工作的人。

【文辭】wéncí 文章的用詞。泛指文章◇文辭優美 | 以善文辭著稱。

【文藻】wénzǎo ① 辭藻；文采◇文藻豐富，意蘊深刻。② 指文章、文字◇工餘兼事文藻。

【文獻】wénxiàn 有歷史價值或參考價值的圖書、文件等◇文獻資料。

【文體】wéntǐ ① 文章的體裁◇這篇散文就文體而言更像是小小説。② 文娛、體育的合稱◇文體活動。

【文曲星】wénqǔxīng 傳説中主文運的文昌星、文星。也比喻重要的文官或文才蓋世的人。

【文字獄】wénzìyù 舊時統治者從文化人的作品中摘取字句，羅織罪名造成的冤獄◇大興文字獄。

【文縐縐】wénzhōuzhōu 談吐、舉止斯文的樣子◇説話文縐縐的。

【文山會海】wénshān huìhǎi 文件堆積成山，會議泛濫如海。形容陷進繁重的工作環境裏。

【文不加點】wénbùjiādiǎn 漢代禰衡《鸚鵡賦》："衡因為賦，筆不停綴，文不加點。" 加點，表示刪改。形容才思敏捷，揮筆立就。

【文不對題】wénbúduìtí 文章的內容同題目不匹配，或答非所問。

【文化沙漠】wénhuà shāmò 比喻文化不發達或不重視文化保育和文物保護的地區。

【文房四寶】wénfángsìbǎo 書房裏的筆墨紙硯四種文具。

【文從字順】wéncóng zìshùn 行文順暢，字詞妥帖。(反) 佶屈聱牙。

【文過飾非】wénguòshìfēi 文，掩飾。用漂亮的話掩飾過錯和缺點。(同) 塗脂抹粉。

【文質彬彬】wénzhìbīnbīn《論語・雍也》："質勝文則野，文勝質則史。文質彬彬，然後君子。" 説文采和實質相諧和一致，方能成為君子。後用以形容人斯文有禮貌。(反) 粗聲粗氣。

【文藝復興】wényìfùxīng 歐洲在十四至十六世紀發生的文化、思想革新運動。提倡以人為本位的人文主義，反對以神為本位的宗教、神權觀念，從而開闢了西方文明史的一個新時代。因當時學界認為這個運動是古代希臘、羅馬文化的復興，故稱。

8 **斑** bān 粵baan¹ 班 ①色彩混雜◇斑斑駁駁。②斑點；斑紋◇雀斑 | 銹斑 | 窺豹一斑。③有斑點的；有斑紋的◇斑竹 | 斑馬。

【斑白】bānbái 黑白混雜◇兩鬢斑白。

【斑紋】bānwén 花紋，條紋◇長着鮮豔斑紋的觀賞魚。

【斑斑】bānbān 形容斑點很多或斑點遍佈◇斑斑點點 | 墨跡斑斑 | 血淚斑斑。

【斑駁】bānbó 形容色塊錯雜，花花搭搭的◇斑駁陸離 | 茂密的枝葉投下斑駁的光影。

【斑斕】bānlán ① 形容色彩雜錯，燦爛鮮明◇五彩斑斕。② 形容靚麗◇斑斕的青春。

【斑馬線】bānmǎxiàn 准許行人由該處橫穿道路的標誌線。准行區用多條白色或黃色平行橫線組成，如斑馬的條紋，故稱。

8 **斐** fěi 粵fei² 匪 ①有文采◇斐斐 | 斐然。②姓。

【斐炳】fěibǐng 文采鮮明的樣子◇文辭斐炳。

【斐然】fěirán 顯著；有文采的樣子◇成績斐然 | 斐然成章。

8 **斌** bīn ⓐban¹ 奔 ①同"彬"。多用於人名。②姓。

9 **斒** bān ⓐbaan¹ 班【斒斕】bānlán 同"斑斕"。色彩錯雜鮮明的樣子◇五色斒斕。

17 **斕(斓)** lán ⓐlaan⁴ 蘭 見"斒斕"。

斗部

0 **斗** dǒu ⓐdau² 陡 ①古代酒器。有柄◇酌以大斗。②量糧食的器具。容量為一斗◇車載斗量。③容量單位。十升等於一斗◇一斗米。④像斗狀的東西◇煙斗|漏斗。⑤形容特別大或特別小◇斗膽|斗室。⑥迴旋狀的圓型指紋◇十指九斗，不作就有。⑦指抽屜◇五斗櫥。⑧星宿名。二十八宿之一，通稱南斗◇氣衝牛斗。⑨指北斗星◇斗柄。⑩泛指星辰◇滿天星斗。

【斗拱】dǒugǒng 同"枓栱"。

【斗室】dǒushì 指狹小的房子。

【斗膽】dǒudǎn 形容大膽。多用作謙辭◇容我斗膽說一句。

6 **料** liào ⓐliu⁶ 廖 ①推測，估計◇意料|料事如神|不出所料。②整理；照看◇料理|照料。③可供製造、加工的材料◇原料|木料|衣料。④供參考或用作依據的材料◇史料|資料。⑤具有特定用途的物品◇飲料|飼料|燃料。⑥一種人造的半透明物，可以用來仿造珠寶◇料器|料貨。⑦比喻人的素質或能否做某事◇他不是做生意的料。⑧量詞。中醫處方規定的全份是一料◇配一料中藥。

【料及】liàojí 預料到◇未曾料及有這樣的結局。

【料定】liàodìng 料想並確定◇我料定這事必然成功。

【料峭】liàoqiào 形容略有寒意。多指春天◇春寒料峭。

【料理】liàolǐ ① 照料；處理◇料理家務 | 料理完公務，馬上回家。② 烹調◇名廚料理。③ 指菜餚◇日本料理。

【料想】liàoxiǎng 猜想；預想◇料想不到的事發生了 | 誰都沒有料想到他會得第一名。

7 **斜** xié ⓐce⁴ 邪 ①歪，不正◇傾斜|斜坡|斜主意。②(動作)傾斜◇斜視|斜着身子。

【斜陽】xiéyáng 傍晚時分的陽光◇斜陽西照。

【斜暉】xiéhuī 落日西斜的陽光◇早迎朝霞，晚送斜暉。

【斜路】xiélù ① 斜向的路。② 比喻錯誤的途徑◇我不能眼看着你在斜路上走下去。

【斜槓】xiégàng ① 斜線。② 意指有多種職業和身份，或彈性就業◇他是一個斜槓青年。

7 **斛** hú ⓐhuk⁶ 酷 ①舊時量糧食的容器。②量詞。用於量糧食。一般以十斗為一斛。

8 **斝** jiǎ ⓐgaa² 假 古代青銅製的酒器，圓口平底，三足兩柱。

9 **斟** zhēn ⓐzam¹ 針 ①向杯子、碗裏倒(酒或茶等)◇斟酒|自斟自飲。②仔細思量，推敲◇字斟句酌。

【斟酌】zhēnzhuó 反復考慮◇再三斟酌 | 斟酌得失。

【斟量】zhēnliàng 估量；盤算◇用眼睛斟量遠近 | 仔細斟量。

10 **斠** jiào ⓐgaau³ 教 ①古代稱量穀物時劃平斗斛的器具。②校正◇斠正。

10 **斡** wò ⓐwaat³ 挖 旋轉◇斡轉。

【斡旋】wòxuán 調停，調解◇從中斡旋 | 幾經斡旋，雙方重新坐下來談判。

12 **斢** tiǎo ⓐtau² 偷² 方言。調換◇你和他斢一下座位。

13 **斣** jū ⓐkeoi¹ 區 用斗、勺等舀取。

斤部

0 **斤** jīn ⓐgan¹ 巾 ①斧頭一類的砍伐工具◇斧斤|運斤伐木。②重量單位。一斤舊制為十六兩，今改為十兩，合500克。③姓。

【斤兩】jīnliǎng 重量；分量◇斤兩十足 | 掂掂他講話的斤兩。

【斤斤計較】jīnjīnjìjiào 一點點小事都要計

較。形容過分計算。(同) 掂斤播兩、錙銖必較。

1 **斤** chì 粵cik1 叱 ①排斥；使離開◇斥退|排斥|貶斥。②責備◇斥責|斥罵|駁斥。③拿出(錢)◇斥資。④多；滿◇充斥。

【斥候】chìhòu ① 偵察；候望◇以輕騎一隊，軍前斥候。② 指用來瞭望敵情的土堡。

【斥退】chìtuì ① 喝令退出◇斥退左右隨從。② 革職；開除學籍◇斥退不用 | 斥退品學不良者。

【斥責】chìzé 責備。(同) 訓斥。

4 **斧** fǔ 粵fu2 苦 ①一種裝有木柄、頭部呈楔形的金屬砍伐工具◇鐵斧|班門弄斧。②一種斧形兵器◇斧鉞。

【斧正】fǔzhèng 請人修改詩文的敬辭◇拙作呈上，敬請斧正。

【斧鉞】fǔyuè ① 斧和鉞。古代的兩種兵器。② 用刑的工具。借指刑戮之事◇雖斧鉞在前，凜然不易其色。

【斧鑕】fǔzhì 古代刑具。鑕，鍘刀的底座◇斧鑕之罪。

【斧鑿】fǔzáo ① 斧子和鑿子。泛指工具或刑具。② 喻指詩文過分雕琢造作，不自然◇斧鑿痕跡太重，文章反倒不自然。

4 **斨** qiāng 粵coeng1 昌 斧的一種◇斧斨。

5 **斫**〔斲 斵〕zhuó 粵zoek3 雀 砍；削◇緣染溪，斫榛莽。

【斫輪老手】zhuólúnlǎoshǒu《莊子·天道》："是以行年七十而老斫輪。"輪，車輪。後指技藝高超、經驗豐富的老行家。

7 **斬**(斩) zhǎn 粵zaam2 站2 ①砍斷；殺死◇斬盡殺絕|先斬後奏。②古代一種死刑◇斬首|腰斬。③姓。

【斬除】zhǎnchú ① 斬斷去除◇斬除草木。② 砍殺消滅◇斬除頑惡。

【斬獲】zhǎnhuò 本指戰場上斬殺敵人所得，後引申至收獲◇他在大特價中沒有甚麼斬獲。

【斬草除根】zhǎncǎo chúgēn 比喻徹底清除禍根，避免後患。

【斬釘截鐵】zhǎndīng jiétiě 比喻堅定不移，說話做事果斷堅決。

8 **斯** sī 粵si1 思 ①這；這裏；這樣◇斯人|生於斯長於斯|薄情寡義，竟至於斯！②於是；就◇我欲仁，斯仁至矣。③姓。

【斯文】(一)sīwén 指文化或文人◇假充斯文 | 斯文掃地。

(二)sīwen 文雅◇舉止挺斯文。(反) 粗魯、鄙俗。

【斯文掃地】sīwén sǎodì ① 文人不顧名節，自甘墮落。② 文化或文化人失盡體面。

9 **新** xīn 粵san1 身 ①剛出現的◇新式|新聞|新秀。②沒有用過的◇嶄新|新居。③變新；使變新◇裝修一新|改過自新。④結婚或結婚不久的◇新娘|新媳婦。⑤指新人或新事物◇迎新|推陳出新。⑥最近；剛剛◇新上任|新做的衣服。⑦新疆維吾爾族自治區的簡稱◇新藏公路。⑧姓。

【新人】xīnrén ① 新郎新娘，或單指新娘◇新人拜見父母。② 新來的人員；新出現的人物◇編輯部來了幾位新人 | 文壇出了不少新人。③ 改過自新的人◇誠心悔過，做個新人。④ 具有新時代的觀念和道德品質的人◇一代新人在成長。

【新手】xīnshǒu 剛從事某種工作還不熟練的人◇培訓新手。

【新月】xīnyuè 農曆月初出現的彎形月亮◇一彎新月。

【新巧】xīnqiǎo 新奇巧妙◇設計新巧。

【新生】xīnshēng ① 剛產生的◇新生事物。② 新的生命◇新生嬰兒。③ 新入學的學生◇新生入學。

【新年】xīnnián 元旦。過去指陰曆年，現多指陽曆年，陰曆年多稱春節。

【新秀】xīnxiù 新湧現的優秀人才◇藝壇新秀頻出。

【新奇】xīnqí 新鮮奇妙◇新奇玩意。

【新知】xīnzhī ① 新結交的知己◇舊雨新知，歡聚一堂。② 新的知識◇熟諳舊學求新知。

【新近】xīnjìn 最近；近日◇新近剛去過濕地公園。

【新居】xīnjū 剛建成或剛遷入的住所◇搬入新居。

【新春】xīnchūn ① 春節，農曆新年◇歡度新春佳節。② 初春◇細柳發新春。

【新星】xīnxīng ① 在短期內亮度突然增大，再逐漸回降到原來亮度的恒星。② 新發現的星◇又發現了一顆新星。③ 比喻新出現的傑出人物或新的明星◇影視新星｜醫學界的新星。

【新冠】xīnguān 新型冠狀病毒病的簡稱，也稱為 2019 冠狀病毒病。是由新型冠狀病毒引起的呼吸系統疾病。

【新娘】xīnniáng 稱剛結婚或結婚不久的女子。

【新教】xīnjiào 十六世紀歐洲宗教改革中，從羅馬教皇統治下分裂出來的各基督教派的統稱，與天主教、正教並稱基督教三大派別。

【新異】xīnyì 新穎奇異◇扮妝新異｜想法新異。

【新婦】xīnfù ① 新娘子◇新郎新婦。② 稱妻子或妻子自稱◇新婦自當侍候公婆。③ 泛指婦人◇樓上新婦，多嘴多舌。

【新貴】xīnguì 新近得勢的顯貴；新的貴族◇政界新貴。

【新詩】xīnshī 指"五四"以來的新體白話詩，相對古詩、舊詩而言。現代第一部有影響的新詩集是胡適的《嘗試集》。

【新聞】xīnwén ① 傳播媒體對國內外最新事件的報道。② 社會上新近發生的事；剛聽來的事◇學校裏出了一件新聞。

【新鋭】xīnruì 新而敏鋭◇思想新鋭｜新鋭導演。

【新潮】xīncháo ① 新的社會風氣和思潮；時代最新流行的事物◇藝術新潮。② 趕時髦的；新流行的◇新潮服飾層出不窮。

【新興】xīnxīng 新近興起的◇新興城市。

【新學】xīnxué ① 指清末到"五四"前由西方傳入的新文化，包括社會政治學説和自然科學◇光緒以來，新政新學興起。② 指新式學堂，對舊式私塾而言。

【新穎】xīnyǐng 新鮮別致；不同流俗◇題材新穎。㊀ 古舊、陳舊。

【新鮮】xīnxiān ① 清新鮮潔◇空氣新鮮。㊀ 渾濁。② (食物) 鮮美沒有變質◇新鮮魚蝦。㊀ 腐爛。③ 新流出的；新抽出的◇新鮮血液｜新鮮秧苗。④ 新出現的；新奇的◇新鮮事｜你這話可真新鮮。

【新大陸】xīndàlù 美洲的別稱。十五世紀歐洲人發現這塊大陸，對原住的歐洲而言，稱其為新大陸。

【新紀元】xīnjìyuán 新的歷史階段的開端。比喻劃時代性的開始◇開創了新紀元。

【新能源】xīnnéngyuán 傳統能源之外的各種能源形式，例如太陽能、風能等。

【新陳代謝】xīnchéndàixiè 生物體細胞中各種化學反應的總稱，包括合成及分解，以維持生命所需。比喻新事物不斷代替舊事物。

13 **斶** chù 粵cuk1 速 多用於人名。例如顏斶，戰國時齊國人。

14 **斷(断)** (一) duàn 粵dyun6 段/tyun5 團5 ① 截開；分開◇割斷｜折斷｜藕斷絲連。② 隔絕；不再連貫◇斷電｜斷交。③ 攔截◇斷球。

(二) duàn 粵dyun3 鍛 ① 判定◇診斷｜獨斷專行。② 絕對；一定。多用於否定式◇斷無此理。

【斷片】(一) duànpiàn 整體中的一部分◇這部電影經過大量剪輯，只剩下斷片。

(二) duànpiān 比喻因醉酒等原因導致的思維或記憶暫時中斷，接續不上。也作"斷篇"◇大腦突然斷片了。

【斷代】duàndài ① 按歷史時期或朝代分段◇斷代史｜斷代研究。② 斷絕了後代。比喻後繼無人◇擔心事業從此斷代，無人承繼。

【斷交】duànjiāo ① 絕交◇從此跟他斷交，不相往來。② 指斷絕邦交◇兩國斷交。

【斷言】duànyán 肯定地下結論◇斷言他不會成功。

【斷炊】duànchuī 家無柴米，不能舉炊做飯。形容生活無着，身處困境◇缺糧斷炊。

【斷定】duàndìng 肯定；下結論◇斷定是他幹的｜誰是誰非，一時很難斷定。

【斷弦】duànxián 古以琴瑟調和喻夫妻和諧，後比喻喪妻◇叔父壯年斷弦，餘生都沒有再續。

【斷後】duànhòu ① 沒有後代；沒有後續者◇不料老人斷了後｜絕種斷後。② 軍隊撤退時派一部分人在後面掩護。

【斷送】duànsòng 喪失；葬送◇斷送前程。

【斷案】duàn'àn ① 審判訴訟案件◇斷案如神。② 結論◇可靠的斷案。

【斷裂】duànliè 折斷裂開◇石碑斷裂，散落在山崖邊。

【斷然】duànrán ① 堅決；果斷◇斷然拒絕他的請求。② 絕對；一定◇此事斷然不可。

【斷絕】duànjué 中斷聯繫；隔絕往來◇音信斷絕｜斷絕外交關係。(反) 恢復。

【斷腸】duàncháng 形容極度思念或悲傷◇言辭令人斷腸｜念君客遊思斷腸。

【斷語】duànyǔ 斷定之語；結論◇證據不充分，怎能妄下斷語。

【斷檔】duàndàng ① 商品缺貨，在市場脱銷。② 指某一方面或某一年齡段的人嚴重缺乏。

【斷續】duànxù 時而中斷，時而接續◇歌聲斷續傳過來。

【斷崖式】duànyáshì（價格、數量等）急劇下降◇本季利潤斷崖式下降。

【斷頭台】duàntóutái 執行斬刑的台子。現多比喻滅亡◇被押上了歷史的斷頭台。

【斷壁頹垣】duànbì tuíyuán 垣，矮牆。形容建築物倒塌殘破的景象。

【斷章取義】duànzhāngqǔyì《左傳·襄公二十八年》:“賦《詩》斷章，余取所求焉。”引用《詩經》的詩句表達自己的意思，而不問整篇詩的原意。後指孤立地截取別人言語文章中的一句一段而不顧全文或原意。

【斷簡殘編】duànjiǎn cánbiān 簡，用來書寫的竹片、木片；編，用繩革把竹木簡串聯成冊。殘缺不全的書本、文稿。

方部

0 **方** fāng 粵fong1 芳 ①四個角都是直角的四邊形◇方桌｜方糖。②一個數自乘的積，乘方◇平方｜立方。③方向；方位◇東方｜四面八方。④方面◇我方｜官方｜對方。⑤地區；區域◇地方｜遠方｜方言。⑥辦法◇想方設法｜教導有方。⑦配藥的單子◇處方｜祕方。⑧量詞。(1)用於方形物◇一方手帕｜兩方圖章。(2)平方或立方的簡稱◇運了二百方沙石。⑨正直◇品行方正。⑩副詞。(1)正在；正當◇方興未艾｜來日方長。(2)才；剛◇年方十六｜書到用時方恨少。⑪姓。

【方士】fāngshì 方術之士；求仙、煉丹以求長生不老的人。後也指從事醫、卜、星、相類職業的人。

【方才】fāngcái ① 剛才；不久以前◇他方才還在這裏，現在回家去了。② 才；表示時間或條件關係◇方才趕到｜方才明白。

【方寸】fāngcùn ① 一寸見方；周邊各長一寸的正方形。多形容小◇方寸之木。② 心思；心緒◇亂了方寸。

【方丈】〈一〉fāngzhàng 邊長一丈的正方形，平方丈◇院子方丈有餘。
〈二〉fāngzhang ① 寺觀中僧尼長老和住持的住所。② 指寺觀中的住持。

【方正】fāngzhèng ① 正方形；四四方方，既方且正◇臉形方正｜字寫得方正。②（品行）正直不阿◇為官清廉方正。

【方式】fāngshì 方法和形式◇學習方式｜換種方式生活。

【方向】fāngxiàng ① 東南西北等方位◇迷失方向。② 前進的目標；面對的位置◇朝落日的方向走去。

【方步】fāngbù 斯文穩重、大而緩慢的步子◇踱方步。

【方位】fāngwèi 方向位置◇確定飛機的方位。

【方言】fāngyán 語言的地方變體；一種語言內跟標準語有區別的、只通行於某個地區的話。(反) 官話、國語、普通話。

【方法】fāngfǎ 解決問題並達到目的的辦法、門徑、手段等◇採用新方法｜處理方法。

【方始】fāngshǐ 才，方才◇寫了三個月方始定稿。

【方面】fāngmiàn 某一個方向；某一方或某一面◇向聲音傳來的方面望去｜照顧各方面的利益。

【方便】fāngbiàn ① 便利◇交通方便。② 合適；適宜◇這裏人多，談話不方便。③ 容易◇聽説在海上掙錢很方便。④ 寬裕有餘錢◇最近我手頭不大方便。⑤ 使方便◇方便顧客。⑥ 排泄大小便◇對不起，我去方便一下。⑦ 指便利條件◇你行個方便，讓我們進去吧。

【方俗】fāngsú 地方風俗◇異域方俗。

【方音】fāngyīn 民族共同語以外的方言語音◇一口閩廣方音。

【方針】fāngzhēn ① 羅盤中測定方向的指針。② 比喻做事的綱領◇教育方針｜經營方針。

【方案】fāng'àn ① 工作或行動的計劃◇開發方案｜施工方案。② 法式；條例◇教學方案｜漢語拼音方案。

【方略】fānglüè 通盤的計謀、策略◇建國方略。

【方圓】fāngyuán ① 方形和圓形。比喻一定的規則和標準◇不依規矩，不成方圓。② 周圍；範圍◇方圓左近的人沒有不知道他的。③ 指周圍的長度◇這個農場方圓近一百里。

【方誌】fāngzhì 詳細記載一地的地理、歷史、風俗、教育、物產、人物、名勝古跡等的書。(同) 地方誌。

【方輿】fāngyú 大地；領域◇方輿之內，萬民同樂。

【方枘圓鑿】fāngruì yuánzáo《楚辭・九辯》："圓鑿而方枘兮，吾固知其鉏鋙而難入。" 枘，榫子；鑿，卯眼。意思是圓形的榫眼和方形的榫頭，二者不能相合。後比喻格格不入。

【方興未艾】fāngxīngwèi'ài 艾，停止。形容正處在興盛階段，還沒有終止。(同) 蒸蒸日上 (反) 強弩之末。

4 **於** (一)**亍**) 〈一〉yú jyu1 迂 ①介詞。(1)引進處所、時間◇畢業於香港的大學｜生於 1985 年。(2)引進對象、方向、目標等◇有求於人｜致力於教育工作。(3)引進方面、原因◇敢於鬥爭｜樂於助人｜難於實行。(4)引進行為的主動者◇敗於對手｜見笑於方家。(5)引進比較對象◇苛政猛於虎｜霜葉紅於二月花。②用於地名，如於陵(在山東鄒平東南)。

〈二〉yū jyu1 迂 姓。

〈三〉wū wu1 烏 歎詞◇於乎！

【於乎】wūhū 同 "嗚呼"。歎詞◇於乎哀哉！

【於是】yúshì 連詞。因此。表示後事乃前事所引起的◇電影叫好又叫座，於是導演決定開拍續集。

【於菟】wūtù 虎的別稱。

【於戲】wūhū 同 "嗚呼"。

5 **斿** yóu jau4 由 ①旌旗上面的飄帶。②同 "遊"。③同 "游"。

5 **施** shī si1 思 ①實行；執行◇實施｜施行仁政｜因材施教。②加；加上◇施壓｜己所不欲，勿施於人。③給予；施捨◇施肥。④姓。

【施工】shīgōng 進行土木建築、水利等工程的修建工作◇工程施工。

【施主】shīzhǔ 佛道對佈施者的敬稱◇施主請上座。

【施加】shījiā 給予；加給◇施加壓力。

【施行】shīxíng ① 實施，執行（法令、制度等）◇本條例自公佈之日起施行。② 按某種方式或辦法進行◇施行手術。③ 施展；發揮◇施行威壓。

【施放】shīfàng 放出；發出◇施放禮炮｜施放毒氣。

【施政】shīzhèng 施行政務◇施政演說｜施政方針。

【施展】shīzhǎn 顯示；發揮◇施展本領｜施展渾身解數。

【施捨】shīshě 送給財物，予以救援◇施捨財物。

【施與】shīyǔ 給予（財物、恩惠等）◇施與錢財。

【施暴】shībào ① 施加暴力◇對無辜羣眾施暴。② 特指強姦◇施暴惡魔。

【施禮】shīlǐ 行禮◇向老師施禮。

6 **斾** pèi pui3 佩 ①古代旗幟末端狀如燕尾的飾物◇虹旗委斾。②泛指旌旗◇紅斾飄展。

6 **旄** máo mou4 毛 古代一種用氂牛尾做竿飾的旗子◇擁旄出征。

6 **旂** qí kei4 其 古代畫有兩龍並在竿頭懸鈴的旗幟。後泛指旗幟◇龍旂陽陽。

6 **旅** lǚ leoi5 呂 ①大於團而小於師的軍隊編制單位。泛指軍隊◇勁旅｜裝甲旅。②出門在外◇旅行｜旅居海外。③出門在外的人◇旅客｜商旅｜行旅。④共同；一起◇旅進旅退。

【旅行】lǚxíng 離家外出，暫去異地◇這次出國旅行收穫很大。

【旅次】lǚcì ① 旅途中暫居之地◇我在京城旅次曾寫信給你。② 旅途中暫作停留◇旅次京城，並拜會了一些師友。

【旅伴】lǚbàn 旅行中的同伴。

【旅客】lǚkè 旅行或旅遊的人。

【旅途】lǚtú 旅行途中◇旅途見聞 | 祝你旅途愉快。

【旅程】lǚchéng ① 旅行的路程◇旅程十分愉快。② 比喻人生的歷程◇短暫的生命旅程。

【旅遊】lǚyóu 旅行遊覽◇出外旅遊。

【旅館】lǚguǎn 營業性的供旅客暫住的地方。

【旅進旅退】lǚjìnlǚtuì《國語・越語上》:“吾不欲匹夫之勇也，欲其旅進旅退也。”指大家同進同退，整齊劃一。後多用來形容自己沒有主見，隨着別人行動。

6 **旃** zhān 粵zin1 煎 ①古代一種赤色、無飾、曲柄的旗。泛指旗幟◇旃旌。②語助詞，“之、焉”的合音◇勉旃。③同“氈”。毛製的像厚呢似的東西◇旃席 | 旃帳。

6 **旁** ⟨一⟩páng 粵pong4 龐 ①廣泛；普遍◇旁徵博引 | 旁收博採。②旁邊；近側◇旁側 | 路旁。③別的；其他◇旁人 | 旁證。④不正；邪◇旁門左道。⑤漢字的偏旁◇單人旁 | 提手旁。

⟨二⟩bàng 粵bong6 傍 同“傍”。靠近；臨近；依附◇依山旁水 | 旁晚時分 | 旁人門戶。

【旁白】pángbái ① 演員背着台上其他劇中人對觀眾說的話。② 影視中的畫外音。指不是由畫面中的人物直接發出的聲音◇影片的旁白是由導演兼任的。③ 以對畫面作說明解釋或交代人物內心的感受。

【旁落】pángluò ① 落在別人手裏◇大權旁落。② 衰落◇魏晉以後，古文旁落，駢儷興起。

【旁騖】pángwù 別有追求而不專心◇專心讀書，從不旁騖 | 心無旁騖。

【旁聽】pángtīng ① 列席會議或聽取法庭開庭實況，沒有發言權◇到法庭旁聽審訊結果。② 非正式地跟班聽課◇旁聽了一節哲學課。③ 泛指在旁邊聽◇旁聽他們的談話。

【旁觀】pángguān (局外人)從旁觀察◇當局者迷，旁觀者清。

【旁門左道】pángmén zuǒdào 非正統的宗教派別或學術流派。借指不正派的思想、作風或門徑。

【旁若無人】pángruòwúrén《史記・刺客列傳》:“高漸離擊筑，荊軻和而歌於市中，相樂也，已而相泣，旁若無人者。”說旁邊雖有人在，卻好像沒有人一樣。形容神色自若，不以他人為意。也形容高傲、目中無人。

【旁敲側擊】pángqiāo cèjī 比喻不直接說明本意，而是繞彎子從側面曲折表達。㊜ 開門見山。

【旁徵博引】pángzhēng bóyǐn 廣泛大量地引用材料。

7 **旌** jīng 粵zing1 精 ①古代用犛牛尾或兼五色羽毛飾竿頭的旗幟。泛指旗幟◇旌旄 | 旌蔽日兮敵若雲。②表揚；表明◇旌孝 | 旌信。

【旌表】jīngbiǎo 用立牌坊或掛匾額等方式表彰(忠孝節義之人)◇旌表孝子。

【旌旗】jīngqí 旗幟◇旌旗招展。

7 **族** zú 粵zuk6 逐 ①有血緣關係的人羣的統稱◇族兄 | 家族。②民族；種族◇漢族 | 回族。③有共同屬性、特徵的一大類；種類◇水族 | 上班族 | 追星族。④一人犯罪，罪及親族的刑罰◇族誅 | 族滅。

【族人】zúrén 同家族或宗族的人。

【族長】zúzhǎng 宗法家族的首領，通常由族中輩分高、年長而有權勢的人擔任◇族內的紛爭都由族長來裁決。

【族望】zúwàng ① 有聲望的名門大族◇崔氏為河南鄭州族望。② 在宗族中的聲望◇他倚仗妻舅家的族望謀得這個職位。

7 **旎** nǐ 粵nei5 你 見“旖旎”。

7 **旋** ⟨一⟩xuán 粵syun4 船 ①繞着中心轉動◇旋轉 | 盤旋。②返回；歸來◇旋里 | 凱旋。③圈子◇打旋。④頭髮呈螺旋狀的地方◇頭頂上有兩個旋兒。⑤不久；很快地◇旋即。⑥姓。

⟨二⟩xuàn 粵syun4 船 ①旋轉的；迴旋的◇旋風。②臨時地◇旋做旋賣。

【旋子】⟨一⟩xuánzi ① 圈兒◇打旋子。② 指陀螺，一種玩具。

⟨一⟩xuànzi ① 一種金屬器具，像盤而較大，通常用來做粉皮等。② 溫酒時盛水的金屬器具。③ 武術的一種動作，甩臂，擰腰，旋腿，平身躍起，雙腳落地。④ 在兩維或者四維空間中有複坐標的一個相似於矢量的量，特別用於相對論的數學中。

【旋里】xuánlǐ 返回故鄉◇旋里省親。

【旋即】xuánjí 很快地；立即◇剛回家旋即又要出門。

【旋律】xuánlǜ 聲音經過藝術構思，組成能體現內容和風格的長短、高低、強弱變化的和諧運動，是樂曲的基礎。

【旋風】xuànfēng ① 呈螺旋狀運動的風◇強熱帶旋風。② 比喻來勢兇猛或引起震撼的事◇颳起一陣復古的旋風。

【旋渦】xuánwō ① 水流急轉所激起的螺旋形◇行船要小心江中的旋渦。② 比喻複雜事件的核心，危險的境地◇捲入糾紛的旋渦之中。

【旋踵】xuánzhǒng 掉轉腳跟。形容時間短促。也比喻退縮◇義不反顧，計不旋踵。

【旋轉】xuánzhuǎn ① 物體繞一個點、軸作圓周運動◇木馬旋轉起來了。② 轉動；扭轉◇旋轉身子丨旋轉乾坤。③ 指眩暈◇頭腦開始旋轉起來。

【旋繞】xuánrào 回環旋轉◇炊煙旋繞。

8 **旐** zhào 粵siu6 兆 古代畫有龜蛇圖像的旗；舉喪時用的旗幡◇旌旐。

9 **旒** liú 粵lau4 流 ①旌旗懸垂的飾物。泛指旌旗◇旒蘇丨旒旗。②古代帝王冕冠前後懸垂的玉串◇冕旒。

10 **旗** qí 粵kei4 其 ①旗子；用綢、布、紙等做成的長方形、方形或三角形標識◇國旗丨彩旗。②清代滿族以旗幟名色作為區別的兵民一體的組織◇八旗丨正黃旗。③屬於八旗的；滿族的◇旗人丨旗袍。④內蒙古自治區的區劃單位，相當於縣◇喀喇沁旗。

【旗手】qíshǒu ① 在隊伍前面執旗的人。② 比喻領導人或先行者◇新文化運動的旗手。

【旗號】qíhào 古代標明將領姓氏或軍隊名稱的旗幟。今多比喻做事所借用的名義。多含貶義◇打着大公司的旗號非法集資。

【旗語】qíyǔ 一種用手揮動旗子傳達意思的通信方法。多用於航海、軍事或某些野外作業。

【旗幟】qízhì ① 旗子。② 比喻某種思想、學說、立場或政治力量◇旗幟鮮明，立場堅定。③ 比喻榜樣或模範◇樹立一面愛國旗幟。

【旗艦】qíjiàn 海軍艦隊司令、編隊司令所在的軍艦。因在該艦上掛有司令旗，故名。

【旗開得勝】qíkāidéshèng 軍隊的令旗一揚便取得了勝利。比喻事情一開始便取得了成功。反 出師不利。

【旗鼓相當】qígǔ xiāngdāng《後漢書・隗囂傳》："如令子陽到漢中、三輔，願因將軍兵馬，鼓旗相當。" 指雙方對陣，相爭相抗。鼓、旗是古代軍隊中用以指揮戰鬥的工具。後多比喻雙方力量不相上下。同 勢均力敵。

10 **旖** yǐ 粵ji2 椅【旖旎】yǐnǐ ①旌旗隨風飄揚的樣子。也形容宛轉曼舞的樣子◇彩旗旖旎丨垂柳旖旎。②柔和美好的樣子◇風光旖旎。

16 **旟(𬀩)** yú 粵jyu4 如 古代的一種軍旗。

无部

0 **无** wú 粵mou4 毛 同"無"。

【无妄之災】wúwàngzhīzāi 意外的災禍。

5 **既** jì 粵gei3 記 ①盡；完結；終了◇取之不竭，用之不既。②副詞。已經◇既定的計劃。③連詞。(1)既然◇既來之，則安之丨家既不保，子孫如何能夠存續？(2)同"又、且"等連用，構成並列關係，表示二者並存◇雨後的山崖，既陡且滑丨樹既高大，又濃蔭蔽空。

【既而】jì'ér 隨後；不久；過了一段短暫的時間◇本來想走，既而覺得自己應該留下。

【既成】jìchéng 已經形成；已經確定下來◇面對既成事實，毫無辦法。

【既往】jìwǎng 以往；已經成為過去◇既往不咎丨重建既往的權威。

【既然】jìrán 表示提出前提條件，在此條件之下，再做某事或導出某一推論◇既然你開口了，那我只好照辦丨既然如此，當初你為甚麼答應她呢？

【既往不咎】jìwǎngbújiù 對過去所犯的錯誤不再追究、責問◇倘若真正改過自新，我可以既往不咎。

【既來之，則安之】jìláizhī, zé'ānzhī《論語·季氏》："夫如是，故遠人不服，則修文德以來之。既來之，則安之。"本指招引遠方的人，加以安撫。後用為"已經來了，就該安下心來"的意思。

日部

0 **日** rì 粵jat^6 逸 ①太陽◇日曬雨淋｜撥雲見日。②白天◇日夜｜夜以繼日。③一晝夜◇今日｜一日千里。④每天；一天一天◇日記｜江河日下。⑤指特定的日子◇生日｜黃道吉日。⑥泛指某段時間◇昔日｜夏日。⑦日本的簡稱◇日語｜日圓。

【日子】rìzi ① 時光，時日◇這些日子，我總覺得不舒服。② 日期，特定的那一天◇定個日子舉行婚禮。③ 生活；生計◇靠打工過日子。

【日用】rìyòng ① 日常使用的；每天應用的◇日用品｜日用器皿。② 指日常生活費用◇一應日用都由大哥承擔。

【日後】rìhòu 以後；將來◇日後的發展｜日後自會明白。

【日食】rìshí 月球運行到地球和太陽中間並和地球、太陽成一直線時，太陽的光被月球擋住，照射不到地球。太陽全被月球擋住叫日全食，部分被擋叫日偏食，中央被擋叫日環食。也作"日蝕"。

【日益】rìyì 越來越；一天比一天◇生活日益改善｜污染日益嚴重。

【日常】rìcháng 平日；平時；慣常的◇日常生活｜日常工作。

【日期】rìqī 確定的日子或時期◇開學的日期｜有限日期。

【日程】rìchéng 按日排定的做事程序◇工作日程｜議事日程。

【日久天長】rìjiǔ tiāncháng 形容歲月長久。

【日不暇給】rìbùxiájǐ 每天的時間都不夠用。形容事務繁忙，沒半點空閒。反 無所事事。

【日新月異】rìxīn yuèyì 形容發展、進步很快，每天每月都在變化，新事物、新現象不斷出現。

【日暮途窮】rìmù túqióng 日落黃昏，路也走到了盡頭。形容到了走投無路的地步。

多樣表達：日暮途窮

同 日暮途遠 山窮水盡 窮途末路 走投無路；

反 如日中天 方興未艾 前程似錦 鵬程萬里

【日積月累】rìjī yuèlěi 長期積累；一直累積下來。

【日薄西山】rìbóxīshān 漢代揚雄《反離騷》："臨汨羅而自隕兮，恐日薄於西山。"薄，逼近。形容太陽接近西山，即將落下。後比喻已到垂死的地步。反 旭日東升、如日中天。

1 **旦** 〈一〉dàn 粵daan^3 誕 ①天亮；早晨◇枕戈待旦｜通宵達旦。②指特定的日子◇元旦｜毀於一旦。

〈二〉dàn 粵daan^2 但^2 戲曲中扮演婦女的角色◇花旦｜武旦｜刀馬旦。

【旦夕】dànxī ① 早晨與晚上◇旦夕聞笛聲，響在孤樓上。同 旦暮。② 比喻短時間內◇危在旦夕。

2 **早** zǎo 粵zou^2 組 ①清晨；太陽出來的時候◇清早。②時間靠前◇趁早｜早期。③比某一個確定的時間更靠前◇早產｜早走了兩小時。④強調離現在已有一段時間◇他早離開了｜問題早就解決了。⑤早晨見面時的問候語◇老師，您早！

【早日】zǎorì ① 往日；從前◇早日的狹窄小巷，已經消失得無影無蹤了。② 及早，時日提前◇爭取早日完工。

【早年】zǎonián ① 從前，多年以前◇現在的居住環境比早年好多了。② 年輕的時候◇早年曾到海外留學。

【早春】zǎochūn 初春，剛進入春天不久的時候。反 暮春。

【早晨】zǎochen 從天將亮到上午八、九點鐘這段時間。也泛指上午。反 黃昏、傍晚。

【早晚】zǎowǎn ① 早晨和晚上。② 或早或遲，遲早◇反正早晚得幹，不如現在就開始幹。

【早期】zǎoqī 初期；最早或靠前的階段◇早期白話｜早期的作品。

【早熟】zǎoshú ①農作物生長期短、成熟快◇江南氣候溫暖，水稻早熟。②指人的身體或智力發育較快，成熟早◇這孩子早熟，個子也比同齡孩子高。

2 **旯** lá 粵laa¹啦 / lo¹咯 見"旮旯"。

2 **旭** xù 粵juk¹沃 日出時光明燦爛的樣子◇朝旭｜初旭。

【旭日】xùrì 初升的太陽◇旭日東升。同 朝日、朝陽 反 落日、夕陽。

2 **旬** xún 粵ceon⁴巡 ①指時間。十天為一旬，一個月分為上中下三旬◇下旬｜五月中旬。②指年齡。十歲為一旬。多指老人◇年過六旬。

2 **旨** zhǐ 粵zi²只 ①美味；滋味甘美◇旨味｜甘旨｜旨餚。②意思；目的◇宗旨｜要旨｜旨在提高設計能力。③特指皇帝的命令◇聖旨｜傳旨｜奉旨。

【旨意】zhǐyì ①主旨，意圖◇遵循董事長的旨意辦事。②指聖旨。舊稱皇帝的意志和主張◇矯傳旨意。

【旨趣】zhǐqù 宗旨和意圖◇編輯方針及旨趣。

2 **旮** gā 粵go¹哥 / kaa¹卡【旮旯】gālá 方言。①角落◇牆旮旯｜屋子旮旯。②偏僻的地方；不被人注意的小地方◇山旮旯。

3 **旰** gàn 粵gon³幹 天色晚；晚上◇宵衣旰食。

3 **旱** hàn 粵hon⁵寒⁵ ①長期缺少雨雪降水◇乾旱｜防旱｜抗旱。②與水無關的；陸地上的◇旱煙｜旱稻｜旱船。③指陸路交通◇水旱兼程。

【旱災】hànzāi 由於長期無雨少雨造成乾旱，致使農作物枯死或大量減產的災害。

【旱情】hànqíng 因長期缺少雨雪自然降水，造成土地乾燥缺水的情況。

【旱澇保收】hànlàobǎoshōu 無論正常年景還是遭受旱災、澇災都能保證農作物的較好收成。常比喻收入有保障、不受條件變化的影響。

4 **昔** xī 粵sik¹色 從前，過去◇今非昔比｜撫今追昔。

【昔日】xīrì 從前，往日◇昔日的繁華｜回想昔日的恩情。

4 **旺** wàng 粵wong⁶往⁶ 興盛；充裕◇興旺｜旺季｜火燒得正旺。

【旺季】wàngjì 生產或銷售旺盛的季節◇旺季水果大量到貨。反 淡季。

【旺盛】wàngshèng ①熾烈；興旺◇火苗旺盛｜家運旺盛。②繁茂，生命力強◇麥子長得旺盛｜精力旺盛。③形容情緒強烈、高漲◇士氣旺盛｜旺盛的求知慾。

> **多樣表達：旺盛**
> 興旺 興盛 興隆 昌盛 隆盛 鼎盛 熾盛 繁榮 繁盛 蓬勃 衰敗 衰落 凋敝 凋零 零落

【旺舖】wàngpù 生意興旺的店舖◇旺舖招租。

4 **昊** hào 粵hou⁶號 ①廣闊無邊◇昊天。②指天◇蒼昊。

4 **昃** zè 粵zak¹則 指太陽西斜。

4 **昆** kūn 粵kwan¹坤 ①兄◇諸昆。②子孫◇萬代後昆。

【昆仲】kūnzhòng 對別人兄弟的雅稱◇賢昆仲｜楊氏昆仲。

【昆季】kūnjì 兄弟。長稱昆，幼稱季，合稱昆季◇賢昆季名揚海內。

【昆侖】kūnlún 見"崑崙"。

【昆蟲】kūnchóng 節肢動物，身體分頭、胸、腹三部。頭有觸角，胸有足三對兼有翅膀兩對或一對，腹有節。種類繁多，多數經過卵、幼蟲、蛹、成蟲等發育階段。

4 **昌** chāng 粵coeng¹窗 ①美好；正當◇昌言。②興盛，興隆◇順之者昌，逆之者亡。

【昌明】chāngmíng ①興盛發達◇文化昌明。②發揚光大◇昌明中華文化。

【昌盛】chāngshèng 興隆，興盛◇繁榮昌盛｜子孫昌盛。

4 **昕** xīn 粵jan¹因 ①黎明，太陽將要升起的時候◇晨昕｜自昕至夕。②鮮明；鮮亮◇咿喔天雞鳴，扶桑色昕昕。

4 **明** míng 粵ming⁴名 ①亮，光亮◇明月｜窗明几淨。②光明、正義之所在◇棄暗投明。

③亮麗◇山明水秀｜柳暗花明。④公開的，顯露在外的◇明碼標價｜明爭暗鬥。⑤說明，闡明◇開宗明義｜澹泊明志。⑥明白，清楚◇表明｜涇渭分明。⑦理解，懂得◇深明大義｜讀書明理。⑧視力◇失明。⑨視力好，目光敏銳◇耳聰目明｜眼明手快。⑩明智；明察◇英明｜先見之明。⑪時間上次於今天或今年◇明日｜明年。⑫舊時指人世間，陽世◇幽明之隔｜出幽入明。⑬朝代名。公元1368–1644年，朱元璋所建，定都南京，後遷都北京。⑭姓。

【明文】míngwén ①公開發表的文件◇明文規定。②沒有加密，一般人能看懂的文字◇這是一條用明文傳遞的信息。

【明白】míngbai ①清楚，明確◇看得明白｜必須把事情弄明白。②聰明，懂道理◇她是個明白人，不必多說。③了解，知道◇明白事理。④公開地，明確地◇請明白指教｜明白地表達意見。

【明快】míngkuài ①明白通暢；明朗流暢◇明快的筆調｜明快的節奏。②開朗直爽◇明快爽朗的女孩｜江先生是位明快人。

【明星】míngxīng ①稱著名的、為大眾喜愛的演員、運動員等。②舊時稱交際場中有名的女子◇交際明星｜社交場上的明星。

【明亮】míngliàng ①光亮，亮堂◇燈光下的大廳，寬敞明亮。㊀黑暗。②晶瑩發亮◇一對明亮而濕潤的眼睛。㊀暗淡。③明白而清楚◇你該明亮了，話說得如此坦白。㊀糊塗。

【明珠】míngzhū 光澤晶瑩的珍珠。比喻所珍愛的人或事物◇掌上明珠｜江出大貝，海出明珠。

【明朗】mínglǎng ①明亮，光線充足◇天空清澈明朗。㊁明亮。②清晰，明白無誤◇態度明朗｜局勢開始明朗了。㊀含混、含糊。③歡快開朗，不晦暗◇畫面色彩明朗｜他的新詩風格明朗。㊁明快。

【明淨】míngjìng 明麗潔淨◇臉膛剛強，眼睛明淨｜秋高氣爽，天空格外明淨。

【明晰】míngxī 明白清晰，不模糊◇羣山漸漸顯出明晰的輪廓｜思路明晰。

【明媚】míngmèi ①鮮明悅目◇春光明媚。②明亮美好◇雙眸明媚。

【明察】míngchá 觀察細致◇明察秋毫。

【明確】míngquè ①清楚明白，確定不移◇分工明確｜明確表示意向。②使確定無疑◇明確了奮鬥的方向。㊀模糊。

【明澈】míngchè 明亮清澈◇水光明澈｜明澈的大眼睛。

【明瞭】míngliǎo ①明白，清楚◇道理簡單明瞭。②清楚地了解或懂得◇這件事我們都不大明瞭。㊀糊塗。

【明麗】mínglì 鮮明，純淨美麗◇春光明麗｜繁花滿枝，明麗絢爛。

【明鑒】míngjiàn 看得十分清楚；一切都看得明明白白。多用於籲請對方洞察實情◇祈請明鑒。

【明碼】míngmǎ ①供公眾使用的、公開的電碼◇明碼電報。②在商品上標明售價◇明碼實價。

【明顯】míngxiǎn 清楚地顯露或表露在外，容易讓人看出或感覺到◇變化非常明顯｜明顯是在偏幫買家。㊁顯明 ㊀隱晦、曖昧。

【明豔】míngyàn 鮮明美麗；美好豔麗◇裝束明豔｜明豔照人。

【明晃晃】mínghuǎnghuǎng 形容光亮閃爍◇明晃晃地掛着大燈籠｜明晃晃的刺刀。

【明日黃花】míngrìhuánghuā 明日，指重陽節後；黃花，指菊花。古人重陽賞菊，重陽過後的菊花已經過時。後比喻過時的事物或消息。

【明火執仗】mínghuǒ zhízhàng 燃着火把，拿着武器。形容公開搶劫、做壞事。

【明目張膽】míngmù zhāngdǎn《晉書・王敦傳》："今日之事，明目張膽為六軍之首。寧忠臣而死，不無賴而生矣。"本意為公開面對權勢者，為伸張正義而敢作敢為。後多形容無所畏忌，公然作惡。

【明珠暗投】míngzhū'àntóu《史記・魯仲連鄒陽列傳》："臣聞明月之珠，夜光之璧，以闇投人於道路，人無不按劍相眄者。何則？無因而至前也。"後比喻有才能的人或貴重的東西不被重用、不被賞識。

【明哲保身】míngzhébǎoshēn《詩・大雅・烝民》："既明且哲，以保其身。"原指明智的人不參與可能給自己帶來危難的事。現多貶斥那些只顧保全自己、小心謹慎的處世態度。(反) 見義勇為。

【明槍暗箭】míngqiāng ànjiàn 明處掷來的槍和暗處射來的箭。比喻公開的和隱蔽的攻擊。

【明察秋毫】míngcháqiūháo《孟子・梁惠王上》:"明足以察秋毫之末。"眼力非常好，能看清鳥獸秋天新長出的細毛。後形容為人精明，目光敏鋭，能洞察一切。(同) 洞若觀火。

【明辨是非】míngbiànshìfēi 分清是非，明確正誤。(反) 混淆黑白、混淆是非。

【明鏡止水】míngjìngzhǐshuǐ 原為道家用語，指人內心的平靜境界。

【明鏡高懸】míngjìnggāoxuán《西京雜記》卷三：漢高祖劉邦入咸陽宮，得一方鏡，"人直來照之，影則倒見，以手捫心而來，則見腸胃五臟，歷然無礙；人有疾病在內，則掩心而照之，則知病之所在；又有女子邪心，則膽張心動；秦始皇常以照宮人，膽張心動者則殺之"。後用來稱頌官吏執法嚴明、判案公正，或辦事明察秋毫、公道無私。

4 **易** (一)yì (粵)ji6 二 ①容易；不費力◇易燃物|易學易懂。②平和◇平易近人。
(二)yì (粵)jik6 亦 ①改變，變換◇變易|移風易俗。②交換◇交易|以物易物。③姓。

【易於】yìyú ① 做起來很容易，不難◇此人易於説服，我去勸她。② 比…容易，做一事比做另一事容易◇建造巨型郵輪易於建造巨型客機。(反) 難於。

【易如反掌】yìrúfǎnzhǎng《孟子・公孫丑上》:"以齊王，由反手也。"説以齊國之大，如行王道，像翻一下手掌那樣容易。後形容非常容易，一點不難◇以我們的實力，壓倒他們易如反掌。

4 **昀** yún (粵)wan4 雲 日光。多用於人名。

4 **昂** áng (粵)ngong4 盎4 ①仰起，抬起（頭）◇昂首挺胸|昂着頭仰視塔尖。②高；高漲◇昂貴|高昂|昂揚。③高傲無畏◇昂然。

【昂揚】ángyáng 情緒振奮、高漲◇鬥志昂揚|人們的情緒更加昂揚。

【昂貴】ángguì 價格很高◇物價昂貴|付出昂貴的代價。

【昂然】ángrán 形容仰頭挺胸、高傲無畏的樣子◇昂然的神態|昂然走向戰場。

【昂首闊步】ángshǒu kuòbù 仰起頭，邁着大步。形容精神抖擻，意氣風發。

4 **旻** mín (粵)man4 文 ①天空◇蒼旻。②秋天◇旻雲。

4 **昉** fǎng (粵)fong2 訪 ①天明。②開始◇昉始。

4 **昏** hūn (粵)fan1 芬 ①傍晚，天剛變黑的時候◇黃昏|昏定晨省。②天色暗，光線不足◇天昏地暗。③糊塗；昏聵◇頭昏眼花|利令智昏。④失去知覺◇昏迷|被人一拳打昏。

【昏沉】hūnchén ① 黑暗；昏暗◇昏沉的夜。② 昏亂；迷糊◇頭腦昏沉|他昏沉地睡了一夜。(反) 清醒。

【昏花】hūnhuā 形容視力模糊。多指老年人◇老眼昏花。

【昏迷】hūnmí 因大腦功能嚴重紊亂而失去知覺◇昏迷不醒。

【昏庸】hūnyōng 糊塗而愚蠢◇昏庸無道|昏庸老朽。

【昏黃】hūnhuáng 暗淡模糊的黃色。常形容光色朦朧暗淡◇昏黃慘淡的燈光。

【昏厥】hūnjué 昏迷，失去知覺◇昏厥倒地。(同) 暈厥 (反) 蘇醒。

【昏暗】hūn'àn 光線不足；陰暗◇天色昏暗|昏暗的燈光。(反) 明亮。

【昏聵】hūnkuì 糊塗昏庸。(反) 清醒。

【昏天黑地】hūntiān hēidì ① 形容天色黑暗、光線不足。② 形容頭腦迷亂、懵懵懂懂。③ 形容生活荒唐、放蕩。④ 形容社會黑暗。

5 **春** chūn (粵)ceon1 巡1 ①一年四季中的第一季◇迎春花|枯木逢春。②比喻生機◇妙手回春。③年；歲◇原定三年歸，今已歷九春。④春情，情慾◇懷春|春心。

多樣表達：春
初春 新春 早春 暮春 晚春 殘春 春殘 孟春 仲春 季春

【春分】chūnfēn 二十四節氣之一。在公曆三月二十或二十一日，這一天太陽直射赤道，南北半球晝夜對分，長短一樣。

【春光】 chūnguāng ①春天的風光、景色◇春光明媚。②形容和悦◇滿面春光。③指男女的私情◇漏泄春光。

【春秋】 chūnqiū ①春季和秋季◇這屋子夏熱冬冷，春秋還算好。②光陰，歲月◇虛度春秋。③年紀◇春秋已高，難免糊塗。④年數。指整年◇轉眼過了五十多個春秋。⑤書名。孔子刪定的魯國史，是中國最早的編年體史書◇春秋筆法。⑥中國歷史上的一個時期，從周平王四十九年（公元前722年）至周敬王（公元前481年）止。

慣用說法：四書五經

四書：論語 大學 中庸 孟子；五經：詩 書 易 禮 春秋

【春風】 chūnfēng ①春天的風。②比喻教誨、教育◇春風化雨。③形容喜悦的表情◇滿面春風。

【春茗】 chūnmíng ①春茶。春季採製的茶葉；用春茶沏出的茶水◇剛沏好的春茗，清香誘人。②在春節期間宴請有關人士的交際應酬活動。

【春節】 chūnjié 節日名。古人以立春為春節，今人以農曆正月初一為春節。

【春意】 chūnyì ①春天的氣象◇桃紅柳綠，春意盎然。②兩性愛戀的情意。

【春聯】 chūnlián 春節時貼在門上或門兩旁的對聯，一般用紅紙書寫吉祥、祝頌語。

【春花秋月】 chūnhuā qiūyuè 春日的鮮花，秋天的明月。泛指春秋美景或美好時光◇春花秋月何時了，往事知多少？

【春風化雨】 chūnfēnghuàyǔ《孟子·盡心上》："君子之所以教者五：有如時雨化之者。"說君子的教育像及時的春雨化育萬物。後比喻良好的教育或適宜的環境、條件。

【春華秋實】 chūnhuá qiūshí ①春天開花，秋天結果。比喻有前因必有後果。②比喻努力沒有白費，終於取得豐碩成果。

5 **昧** mèi (粵)mui6 妹 ①模糊不清；不明顯◇曖昧|暗昧。②糊塗；不明白◇蒙昧|愚昧無知。③不了解；不熟悉◇素昧平生|昧於形勢。④隱藏，隱匿◇拾金不昧。⑤違背◇昧着良心替別人圓謊。

【昧心】 mèixīn 欺心，違背良心◇昧心錢賺不得|昧心騙人。

5 **昰** shì (粵)si6 是 同"是"。多用於人名。

5 **是** shì (粵)si6 士 ①正確，對◇自以為是|這話說得是！②認為正確；認為對的◇口是心非|各行其是。③這；這個；這樣◇如是|是日小暑|是可忍，孰不可忍。④表示確認性的判斷◇他是司長|這是本數學書。⑤表示答應◇是，我懂了|是，我馬上就去。⑥表示存在◇回頭是岸|俯拾皆是。⑦表示適合◇來的正是時候|東西放得是地方。⑧表示解釋和分類◇她是一片好心|這雙筷子是象牙做的。⑨用在名詞前表示若是、凡是◇是人就得講人話、做人事。

【是否】 shìfǒu 是不是◇是否要他上台演出|不知是否靠得住。

【是非】 shìfēi ①對的和錯的；正確與錯誤◇分清是非|要有是非觀念。②糾紛；口舌◇招惹是非|搬弄是非。

【是可忍，孰不可忍】 shìkěrěn, shúbùkěrěn《論語·八佾》："孔子謂季氏：'八佾舞於庭，是可忍也，孰不可忍也？'"連這樣的事都可以容忍，還有甚麼事不能容忍呢？就是說絕不能容忍。

5 **昺** bǐng (粵)bing2 丙 明亮，光明◇昺煥。

5 **映** yìng (粵)jing2 影 ①照耀；照射◇映照|月映東牆。②借光線照射而顯出物體的形象◇映現|湖面上映出橋的倒影。③對照；襯托◇相映成趣。④放映影片、電視片等◇播映|上映。

【映射】 yìngshè 照射，映照◇在陽光映射下的殿宇。

【映照】 yìngzhào 照射，光線照耀◇晚霞映照得滿山一片金色。

【映襯】 yìngchèn ①映照襯托◇雷峯塔把西湖映襯得格外清秀。②修辭手法。並列相似、相對或相反的事物，互相對照。

【映山紅】 yìngshānhóng 杜鵑花的別名。

【映雪囊螢】 yìngxuě nángyíng 晉代孫康家貧，常借助雪光讀書；晉代車胤無錢點燈，把螢火蟲裝進袋子裏，借螢光讀書。後表示勤奮好學、孜孜不倦。(同) 鑿壁偷光。

5 **星** xīng sing1 升 ①宇宙間發光或反射光的天體，如恆星、衞星、彗星等。②形狀像星的東西◇海星|五角星。③細碎的；少量的◇星星之火|一星半點。④秤桿上標記斤兩的小點◇秤星|定盤星。⑤喻指文藝、體育等方面有突出才能的人◇歌星|影星|球星。⑥星宿名。二十八宿之一。

【星火】xīnghuǒ ①星星點點的火頭或燈火◇星火燎原。②泛指天上的星，繁星◇滿天星火。③指流星的光◇急如星火。

【星斗】xīngdǒu ①泛指天上的星星◇滿天星斗|星斗無光，夜色寒冷。②指北斗星◇從星斗的位置辨別方向。

【星辰】xīngchén 星星的通稱◇日月星辰。

【星系】xīngxì 恆星系的簡稱。由宇宙物質和恆星構成的龐大天體系統，大到多以萬光年計算。

【星星】〈一〉xīngxīng 形容細小、零散的。常表示極少的分量◇星星落落|星星點點|天上一星星雲也沒有。
〈二〉xīngxing 泛指夜晚天空的星◇天上綴滿星星。

【星座】xīngzuò 天文學把星空劃分為若干區域，每一區域叫一個星座。現代天文學分為八十八個星座，如天鵝座、仙女座等，著名的北斗七星屬大熊座。

【星級】xīngjí ①服務行業標示的級別。國際通行的酒店、賓館星級為五級，以五星級為最高◇一家沒有星級的小旅館。②泛指高水平的、高等級的◇星級服務。

【星球】xīngqiú 宇宙間能發光或反射光的天體，如太陽、月亮、地球等。

【星宿】xīngxiù ①中國古代把周天黃道的恆星分為二十八個星羣，叫"二十八宿"，通稱星宿。②星辰、星斗，泛指星星◇滿天星宿|日月星宿。

【星體】xīngtǐ 天體。一般指個別星球，如太陽、火星等。

【星移斗轉】xīngyí dǒuzhuǎn 星座移位，北斗轉向。表示時光流逝，歲月改變◇星移斗轉，不覺已屆花甲之年。

【星羅棋佈】xīngluó qíbù 似繁星羅列，像棋子分佈。形容數量多、分佈廣◇大大小小的湖泊星羅棋佈。

5 **昳** 〈一〉dié dit6 秩 太陽偏西，日落◇日昳。
〈二〉yì jat6 日【昳麗】yìlì 光豔美麗◇裊娜昳麗。

5 **昨** zuó zok6 鑿 ①今天的前一天◇昨日|昨夜。②泛指往日、以前◇今是昨非。

【昨天】zuótiān ①今天的前一天◇昨天休假。②過去，往昔。多指不遠的過去◇昨天還是學生，今天已經踏入社會。

5 **昫** xù heoi2 許 同"煦"。日出溫暖◇和昫如春。

5 **昴** mǎo maau5 牡 星宿名。二十八宿之一。

5 **昱** yù juk1 旭 ①明亮◇譪如其言，昱如其光。②照耀◇燈光昱乎晝夜，日月所不及。

5 **昡** xuàn jyun6 願 日光。

5 **昵〔暱〕** nì nik1 匿 親近；親熱◇親昵|昵友。

【昵稱】nìchēng 愛稱，親昵的稱呼。

5 **昭** zhāo ciu1 超 ①明顯；明白◇昭告|臭名昭著。②洗雪；洗刷◇昭雪冤屈。③顯揚；彰明◇功昭日月|以昭陛下平明之理。

【昭示】zhāoshì 明白地宣示，明示◇此事應該昭示大家。

【昭雪】zhāoxuě 洗清冤屈，並予宣佈◇昭雪冤案|平反昭雪。同 平反、洗雪 反 誣陷、陷害、蒙冤。

【昭然】zhāorán 很明顯、很清楚的樣子◇是非曲直，昭然若揭。

5 **昪** biàn bin6 卞 ①光明。②歡樂。

5 **昝** zǎn zaan2 盞 ①同"咱"。我。②姓。

5 **昶** chǎng cong2 闖 ①指白天的時間長◇誰料陽烏仍昶。②舒暢；通達。③姓。

6 **晉〔晉〕** jìn zeon3 進 ①進；向前◇晉見|晉謁。②升，升級◇晉爵。③山西省的別稱◇晉劇。④朝代名◇西晉|東晉。⑤姓。

【晉升】jìnshēng 提高級別、職位◇獲得晉升加薪。㊎反 罷黜。

【晉級】jìnjí 升級◇加官晉級。

6 **時(时)** shí 粵si⁴ 匙 ①時間◇時差|曾幾何時。②時代；較長的一段時間◇古時|戰時。③季節◇農時|應時果品。④規定或約定的時間◇準時|按時。⑤現在，當前◇時局。⑥時俗；時尚◇裝扮入時。⑦時機◇機不可失，時不再來。⑧時辰。古代計時單位◇子時|午時。⑨小時。法定計時單位◇時速|上午九時。⑩有時候◇時陰時晴|時斷時續。⑪語法範疇，表示動詞的時態◇過去時|現在時|將來時。

【時下】shíxià 眼下，當前◇時下最流行的款式。

【時日】shírì ① 時辰和日子。古人認為時日有吉凶之分，常靠占卜選擇吉日良辰。② 指時間◇調查花費了不少時日。

【時分】shífēn(舊讀 shífèn) 時候；時刻◇黎明時分|分別的時分。

【時代】shídài ① 依據政治、經濟、文化的不同狀況劃分出來的歷史時期◇青銅時代|殖民時代|資訊發達的時代。② 個人生命中的某個時期◇少年時代。

【時而】shí'ér ① 表示不定時地重複發生◇時而傳來幾聲雷聲。② 連用，表示交替發生◇那聲音時而清晰，時而模糊|這天也怪，時而晴，時而大雨。

【時光】shíguāng ① 時間，光陰◇時光不能倒流。② 日子◇苦捱時光。

【時辰】shíchen ① 中國古代的計時單位。把一晝夜分成十二段，每段為一個時辰，合現在的兩個小時，分別依次以子、丑、寅、卯、辰、巳、午、未、申、酉、戌、亥表示，子時為半夜十一點至凌晨一點，餘類推。② 時候◇不是不報，時辰未到。

【時序】shíxù 時間先後的次序；節令、季節變化的次序◇時序更迭。

【時事】shíshì 當前國內外發生的大事◇時事新聞。

【時刻】shíkè ① 時間裏短暫的一段或某一點◇關鍵時刻|決定命運的時刻。② 時時，經常◇時刻提醒自己。

【時空】shíkōng 時間和空間◇網絡的誕生打破了時空的限制。

【時候】shíhou ① 有起點和終點的一段時間◇差不多喝一杯茶的時候。② 時間裏的某一點◇快到開會的時候|時候不早了。

【時效】shíxiào ① 能發揮作用的時間段◇那瓶藥的時效都過了。② 法律所規定的刑事責任、民事訴訟權利的有效期限。

【時常】shícháng 常常，經常◇時常下雨|時常犯錯。㊀同 不時、時時 ㊀反 偶爾、有時。

【時期】shíqī 指一段特定的時間◇戰爭時期|幼年時期|非常時期。

【時間】shíjiān ① 與"空間"共存，由過去、現在、將來構成的連續不斷的系統。是物質的運動、變化的持續性和順序性的表現。② 有起點和終點的一段時間◇辦公時間|飛行時間。③ 時間裏的某一點◇請通知他開會的時間。

用法提示：時間、時候

"時間"指可以用數字或數量來表示的某個時間點或時間段◇面試的時間是下午三點|那麼長的時間；"時候"常常指某一特定的時刻或特指的某一段時間◇傍晚的時候|上大學的時候。

【時節】shíjié ① 節令；季節◇清明時節|最是江南好風景，落花時節又逢君。② 時候；時光◇孩子上學那時節真夠她操心的。

【時裝】shízhuāng ① 式樣最新的服裝；時下最流行的服裝◇時裝表演。② 現代通行的服飾。㊀反 古裝。

【時髦】shímáo ① 時尚◇趕時髦。② 新穎趨時的◇時髦打扮。㊀同 摩登。

【時機】shíjī 機會；事情的當口或關鍵◇等待有利時機。

【時興】shíxīng ① 一時流行；正在流行◇如今時興你這種髮式。② 流行一時的◇時興款式。㊀同 摩登、時髦 ㊀反 過時。

【時過境遷】shíguò jìngqiān 時間推移流逝，境況發生變化。

6 **晅** xuǎn 粵hyun¹ 圈 光明◇晅耀。

6 **晟** ㈠shèng 粵sing⁶ 盛 ①光明。②興盛；旺盛。

〈二〉chéng 粵sing6 盛 姓。

6 **晃** 〈一〉huǎng 粵fong2 訪 ①明亮◇明晃晃。②光芒閃爍◇晃眼。③瞬間閃過◇人影一晃，就不見了。

〈二〉huàng 粵fong2 訪 搖動；擺動◇晃動｜搖頭晃腦。

【晃悠】huàngyou 晃蕩◇酒喝多了，走起路來直晃悠。

【晃蕩】huàngdang ① 搖曳；擺動◇小船在湖面上晃蕩。(反) 穩定。② 閒逛，遊蕩；無所事事◇獨自一人在市內晃蕩。

6 **晌** shǎng 粵hoeng2 享 ①半天◇前晌｜下半晌。②一會兒；片刻◇這晌心情好｜停了半晌才想起來。③方言。正午◇晌午｜歇晌。

6 **晁〔鼂〕** cháo 粵ciu4 潮 姓。

6 **晏** yàn 粵aan3/ngaan3 眼3 ①晴朗◇天清日晏。②晚；遲◇晏起｜晏歸。③平靜；安逸◇晏居｜晏處｜河清海晏。④姓。

【晏安】yàn'ān 安定逸樂◇晏安酖毒。(反) 動盪、動亂。

【晏然】yànrán ① 安定◇四海晏然。② 安閒；不慌不忙◇遇事不慌，晏然自若。

【晏駕】yànjià 車駕晚出。帝王死亡的諱辭。

7 **晢** zhé 粵zit3 節 ①明亮◇晢明｜晢耀。②明白。③色白。

7 **晡** bū 粵bou1 褒 ①指申時。即午後三時到五時的一段時間◇晡時抵京。②傍晚；夜晚◇晡食｜晡夕。

7 **晤** wù 粵ng6 誤 見面，會見◇會晤。

【晤面】wùmiàn 見面◇久未晤面。

【晤談】wùtán 見面交談◇晤談終日，倍生敬意。

7 **晨** chén 粵san4 臣 ①天亮，日出時。②泛指半夜以後至中午以前的一段時間◇清晨｜早晨。

【晨光】chénguāng 曙光，清早的陽光◇晨光熹微｜晨光映照着遠山。

【晨星】chénxīng 早晨稀疏的星星。常比喻人或物的稀少◇晨星稀落｜寥若晨星。

【晨曦】chénxī 清晨的陽光◇晨曦初現。

【晨鐘暮鼓】chénzhōng mùgǔ 佛寺清晨撞鐘、傍晚擊鼓以報時，並借鐘聲勸人精進修身。後借"晨鐘暮鼓"表示時光推移、歲月流逝，或敲醒人的警言。

7 **晛(𬀪)** xiàn 粵jin5 演 太陽出現。

7 **晦** huì 粵fui3 悔 ①農曆每月的最後一天◇晦日｜晦朔。②夜晚；日暮◇風雨如晦。③昏暗◇幽晦。④不明顯◇隱晦。⑤隱祕不露◇韜晦｜晦跡｜晦藏。⑥不吉利；不順利◇晦氣。

【晦氣】huìqì ① 不吉利，不順利，倒霉◇自認晦氣｜這兩年夠晦氣。(同) 背時 (反) 幸運、吉祥。② 倒霉時難看的青黃臉色◇一臉的晦氣。(反) 喜氣。

【晦暗】huì'àn ① 昏暗陰沉◇天色晦暗｜心情晦暗。② 形容社會腐敗黑暗◇世道晦暗，貪腐橫行。

【晦暝】huìmíng 形容昏暗不明。(同) 晦暗 (反) 明朗。

【晦澀】huìsè 隱晦難懂，不流暢◇文辭晦澀難懂。(反) 曉暢。

7 **晞** xī 粵hei1 希 ①乾；乾燥◇蒹葭萋萋，白露未晞。②破曉◇東方未晞。③曝，曬◇晞曬｜霜露晞解。

7 **晗** hán 粵ham4 含 天將明。

7 **晚** wǎn 粵maan5 萬5 ①日暮，黃昏◇傍晚｜天色將晚。②夜晚◇昨晚。③遲，比規定的或合適的時間靠後◇大器晚成｜相見恨晚。④接近終了；人的晚年◇思君令人老，歲月忽已晚。⑤後來的；繼任的◇晚父｜晚娘。⑥後輩對前輩的自稱◇晚生。

【晚年】wǎnnián ① 年老之時，老年◇安度晚年。② 末年；末世◇唐朝晚年。

多樣表達：晚年

晚歲 老年 老境 暮年 暮景 暮歲 殘年殘生 餘年 餘生 桑榆 風燭殘年 桑榆暮景

【晚期】wǎnqī 處於整段時間中的最後一段◇癌症已到了晚期。(同) 後期 (反) 早期、初期。

【晚景】wǎnjǐng ① 黃昏、傍晚的景色◇欣賞遠山的晚景。② 比喻人晚年的境況◇膝下無兒無女，晚景淒涼。

【晚節】wǎnjié ① 晚年或一個朝代將終結之時。② 晚年的節操◇保持晚節。

【晚會】wǎnhuì 晚上舉行的各種集會◇聯歡晚會 | 納涼晚會。

【晚輩】wǎnbèi 輩分、等級處於下面的。同 小輩、後輩 反 長輩、前輩。

【晚霞】wǎnxiá 日落前後出現的彩霞◇炊煙四起，晚霞爛然。

【晚點】wǎndiǎn 公共交通工具開出或抵達比規定的時間遲◇晚點起飛 | 火車晚點四小時。同 誤點 反 正點、準點。

7 **晝（昼）** zhòu 粵zau3 奏 白天◇白晝 | 晝有所思，夜有所夢。

【晝夜】zhòuyè 白天和黑夜◇晝夜兼程。

8 **晴** qíng 粵cing4 呈 天空無雲或少雲◇雨過天晴 | 天氣晴朗。

【晴空】qíngkōng 晴朗的天空◇晴空萬里，碧藍碧藍的。

【晴朗】qínglǎng 天氣清明，沒有雲霧，陽光燦爛。

多樣表達：晴朗

清朗 清明 明淨 晴天 晴和 晴空 天朗氣清 萬里無雲 陰天 陰冷 陰沉 陰暗 陰霾 陰雲密佈 彤雲密佈

【晴天霹靂】qíngtiānpīlì 晴天突然打響雷。比喻突然發生令人震驚的事情或災禍。

8 **暑** shǔ 粵syu2 鼠 ①炎熱◇酷暑 | 中暑 | 寒往暑來。②指炎熱的夏季◇炎暑 | 暑假。

【暑天】shǔtiān 夏日，夏天炎熱的日子◇雖說是暑天，卻不覺得熱。

【暑氣】shǔqì 盛夏的熱氣◇暑氣全消。

【暑期】shǔqī ① 指學校放暑假期間◇暑期作業。② 指夏季◇正當暑期，趕路可真辛苦。

【暑熱】shǔrè 盛夏時期的炎熱。

8 **晰〔晳〕** xī 粵sik1 色 明白；清楚◇清晰 | 明晰。

8 **晻** (一) àn 粵am3 暗 同"暗"。
(二) yǎn 粵jim2 掩 陰暗不明。

8 **晶** jīng 粵zing1 精 ①光亮，明亮◇亮晶晶。②水晶的簡稱◇茶晶 | 墨晶。③晶體◇結晶。

【晶瑩】jīngyíng 光亮透明◇晶瑩剔透 | 晶瑩的淚花。

【晶體】jīngtǐ 自然生成、具有規則外形的固體，如食鹽、石英、雲母、明礬等。

8 **晷** guǐ 粵gwai2 鬼 ①日影；日光◇焚膏繼晷。②光陰，時間◇苦無暇晷（苦無閒暇）| 唯晷是寶（珍惜光陰）。③古代測度日影以確定時刻的儀器◇日晷 | 立晷測影。

8 **景** jǐng 粵ging2 竟 ①風景，風光◇勝景 | 盆景。②情形，情況◇家景 | 晚景。③人為設置或選取的景物◇外景 | 佈景 | 遠景。④劇本各幕中劃分的場景◇第二幕第三景。⑤仰慕；敬佩◇景仰 | 景慕。⑥姓。

【景仰】jǐngyǎng 佩服尊敬；仰慕◇受人景仰。同 欽敬 反 鄙視。

【景色】jǐngsè 景致◇景色宜人。

【景物】jǐngwù 可供觀賞的景致和事物◇景物描寫。

【景況】jǐngkuàng 光景；情況。多指人的境遇◇景況淒涼。

【景致】jǐngzhì 風景◇迷人景致。

【景氣】jǐngqì ① 社會、經濟繁榮的景象◇百業興旺景氣。反 凋敝。② 興旺；繁榮◇近來市場很不景氣。③ 社會經濟運行的狀況◇房地產景氣指數。

【景象】jǐngxiàng 情景；現象◇太平景象 | 一派欣欣向榮的景象。

【景點】jǐngdiǎn 景觀集中的地方。

【景觀】jǐngguān 泛指自然景色或人文景物◇維港景觀 | 景觀設計。

8 **晾** liàng 粵long6 浪 ①把東西放在通風的地方或太陽下使乾燥◇晾乾 | 晾曬 | 晾衣服。②方言。擱置；冷落◇許多事情晾着沒人幹 | 他埋頭看書，把她晾在一邊。

【晾台】liàngtái ① 曬台，屋頂上的露天平台。② 讓場面冷落下來，等於說拆台◇你們都不講話，這不是成心晾我的台嗎？

8 **晬** zuì 粵zeoi3 最 ①週歲。特指嬰兒的週歲◇晬盤 | 試晬。②嬰兒滿月或滿百日。

【晬日】zuìrì 嬰兒滿週歲這一天。中國民俗在晬日以盤盛紙筆刀箭等各式物件，任嬰兒抓取，以占其將來的志趣，稱作"試晬"；盛物的盤叫"晬盤"。

【晬盤】zuìpán 見"晬日"。

8 **智** zhì 粵zi3 至 ①聰明，有智慧◇才智|睿智|機智。②智慧；見識；才識◇急中生智|利令智昏|經一事，長一智。③儒家所提倡做人的道德準則之一，包括仁、義、禮。

【智力】zhìlì 認識、理解事物的能力和解決問題的能力◇智力測驗。

【智能】zhìnéng ① 智慧和能力◇發展學生的智能。② 具備某些人的智慧和能力的◇智能機械人。

【智商】zhìshāng 智力商數。心理學家用以標示智力發展水平的數值。通常以英文 IQ (intelligence quotient) 來代表。

【智慧】zhìhuì 聰明才智。也指認識、辨析、判斷事物及發明創造、解決問題的能力。

【智齒】zhìchǐ 人類口腔內牙槽骨最裏面的第三顆臼齒。此牙萌出時間約在 16 至 25 歲，有智慧到來的象徵，又稱智慧齒。

【智謀】zhìmóu 智慧和謀略◇他年紀雖小，智謀過人。

【智囊】zhìnáng 比喻足智多謀，善於出謀獻策的人◇諸葛亮是劉備的智囊。

【智勇雙全】zhìyǒngshuāngquán 智慧與勇武，二者兼備。反 有勇無謀。

【智能硬件】zhìnéngyìngjiàn 也稱為智能終端設備。通過與程式互相配合，而具有智能化的功能的設備。

【智慧城市】zhìhuìchéngshì 一種城市管理模式。指利用各種資訊科技或創新意念，整合都市的系統和服務，提升效率，以改善人民的生活品質。

8 **普** pǔ 粵pou2 譜 ①廣泛；全面◇普渡眾生|普降大雨。②姓。

【普及】pǔjí ① 普遍推廣；廣泛傳播◇網絡應用普及全國|普及教育。② 指大眾化的◇普及讀物。

【普通】pǔtōng 平常的，一般的◇普通百姓|普通的菜餚。反 特別、特殊。

【普照】pǔzhào 照耀所有的地區◇陽光普照大地。

【普遍】pǔbiàn 遍及各方面，廣泛而有共同性的◇普遍現象|普遍存在。

【普選】pǔxuǎn 一種選舉方式，合資格公民可普遍參加投票。

【普羅】pǔluó 原指古羅馬社會的最下等級；今指一般百姓、無產者階層◇普羅大眾。(法 proletariat)

【普洱茶】pǔ'ěrchá 雲南省西南地區出產的一種茶葉。清代於產地設普洱府，故稱普洱茶。

【普通話】pǔtōnghuà ① 平常的話◇她不過說了一句普通話，不足為怪。② 以北方話為基礎方言，以北京語音為標準音，以典範的現代白話文著作為語法規範的漢語標準語。

9 **暘(旸)** yáng 粵joeng4 羊 ①日出◇暘谷(古代傳說日出的地方)。②初升的太陽◇新暘破曉晴。

9 **暍** yē 粵hot3 喝 中暑，傷暑◇暍死|暍疾。

9 **暖〔煖〕** nuǎn 粵nyun5 嫩5 ①溫暖，不冷也不太熱的舒適感覺◇暖風|氣溫回暖。②使物體變熱或讓身體變暖◇暖酒|暖暖身子。

【暖色】nuǎnsè 給人以溫暖感覺的顏色，如紅色、橙色、黃色。反 冷色。

【暖和】nuǎnhuo ① 溫暖，既不冷也不太熱◇屋裏暖和，進來坐吧！同 溫暖 反 冰冷。② 使暖和起來◇喝薑茶暖和身子。

【暖氣】nuǎnqì ① 溫暖的氣息◇一陣暖氣迎面撲來。② 把蒸汽或熱水通過管道輸送到建築物內的散熱器中，借以提高室溫的取暖設備。

【暖場】nuǎnchǎng ① 在活動正式開始前為現場烘托氣氛◇由歌手登台進行暖場演出。② 泛指捧場◇有十幾位名人前來暖場。

【暖洋洋】nuǎnyángyáng ① 形容溫暖舒適◇太陽曬在身上暖洋洋的。② 形容感情裏得到溫暖◇她的話讓我心窩暖洋洋的。同 暖烘烘 反 冷冰冰。

【暖烘烘】nuǎnhōnghōng 形容很暖和◇喝了一回酒，身上暖烘烘的。

9 **暗** àn 粵am3/ngam3 庵3 ①光線微弱，不明亮◇黑暗|昏暗。②糊塗；不明事理◇兼聽則明，偏信則暗。③隱蔽的，不公開顯露的◇暗號|暗溝|明爭暗鬥。④私下裏；偷偷地◇暗笑|

暗下決心。

【暗中】ànzhōng ① 沒有光線的黑暗環境◇暗中摸索行走。② 暗地裏；私下裏◇祈求菩薩暗中保佑｜是誰在暗中幫助她呢？

【暗示】ànshì ① 不明白、清楚地説明，而是用含蓄的語言、示意性舉動等方式向對方表達想説的意思◇她在暗示我趕快離開。② 用語言、手勢、表情等施加心理影響，使人下意識地依照其意去做。如催眠術是一種暗示。

【暗自】ànzì 暗中，私下裏◇暗自發笑｜暗自神傷。

【暗淡】àndàn ① 不明亮；不鮮豔◇燭光暗淡｜暗淡無光。② 比喻沒有希望或前景不光明◇前途暗淡｜暗淡的命運。

【暗算】ànsuàn 暗中謀劃傷害或陷害人◇遭人暗算｜避過多次暗算。

【暗地裏】àndìli 私下裏；背後◇表面上一套，暗地裏另一套。

【暗度陳倉】àndùchéncāng《史記・高祖本紀》載：劉邦明修棧道，暗度陳倉（今陝西寶雞市東），打敗了降楚的秦將章邯，重新佔領咸陽。後把在正面迷惑對手、從側面突然襲擊，或陰一套、陽一套，暗中搗鬼，稱作“暗度陳倉”。也説“明修棧道，暗度陳倉”。

【暗送秋波】ànsòngqiūbō 秋波，比喻女人的媚眼。女子暗送媚眼傳情。引申指向對方做出表示，暗中勾連。

【暗無天日】ànwútiānrì 形容社會腐敗黑暗◇在暗無天日的舊年代，人命如草芥。

9 **暄** xuān 粵hyun¹ 圈 ①温暖◇寒暄。②炎熱◇暄氣｜暄熱。③方言。鬆軟；膨鬆◇饅頭蒸得特暄。

9 **暉（晖）** huī 粵fai¹ 揮 ①陽光◇朝暉｜誰言寸草心，報得三春暉？②照耀；輝映◇星月交暉｜與日月同暉。

9 **暈（晕）** 〈一〉yūn 粵wan⁴ 雲 ①昏迷◇暈倒。②昏亂◇暈頭轉向。

〈二〉yùn 粵wan⁴ 雲 頭暈。一種好像在旋轉、想要傾跌的感覺◇眩暈｜暈場。

〈三〉yùn 粵wan⁶ 運 ①日月周圍出現的光環◇日暈｜月暈。②色彩、光影周圍的模糊部分◇紅暈｜眉暈｜墨暈。

【暈厥】yūnjué 昏厥，昏迷失去知覺◇一聽這噩耗，她登時暈厥過去。

【暈暈忽忽】yūnyunhūhu ① 頭腦昏昏沉沉，略感眩暈。② 形容飄飄然、得意的樣子。

【暈頭轉向】yūntóuzhuànxiàng 形容頭腦昏昏沉沉，迷失方向。

9 **暇** xiá 粵haa⁶ 下 空閒◇無暇兼顧｜目不暇接｜應接不暇。

9 **暐（暐）** wěi 粵wai⁵ 偉 形容光很盛。

9 **暌** kuí 粵kwai⁴ 葵 隔開；分離◇暌違｜暌離｜暌隔。

【暌隔】kuígé 分隔；分開◇暌隔日久。

【暌違】kuíwéi 別離；隔離◇遠客他鄉，舊人都暌違了｜暌違三年，他終於回來了。

【暌離】kuílí 分離，別離◇新婚不久，即告暌離。

9 **暋〔敃〕** mǐn 粵man⁵ 敏 強橫。

10 **暢（畅）** chàng 粵coeng³ 唱 ①沒有障礙，通行無阻◇通暢｜晝夜兼程，暢達雲南。②痛快；盡情◇暢飲｜暢敍離情。③舒適；歡快◇舒暢。

【暢快】chàngkuài ① 舒適快活◇精神暢快。同 舒暢 反 鬱悶。② 盡情；盡興◇暢快地笑。③ 率直爽氣◇她是暢快人，你只管照直説。

【暢通】chàngtōng 全無障礙，通行無阻◇政令暢通｜行洪暢通｜行車暢通。

【暢飲】chàngyǐn 盡情、痛快地喝◇開懷暢飲，一醉方休。

【暢想】chàngxiǎng 毫無拘束，盡情想像◇暢想美好的未來。

【暢遊】chàngyóu 盡情、快樂地遊覽◇到西湖暢遊。

【暢銷】chàngxiāo 貨物銷路廣，賣得快◇暢銷海外。反 滯銷。

【暢談】chàngtán 愉快盡情地談◇暢談心曲。

【暢所欲言】chàngsuǒyùyán 痛快地説出想要説的話。同 直抒己見 反 萬馬齊喑、吞吞吐吐。

10 **暠** 〈一〉gǎo 粵gou² 稿 光明，明亮◇暠暠。

〈二〉hào 粵hou⁶ 號 同“皓”。

10 **暝** míng 粵ming^{4}名/ming^{5}皿 ①幽暗；昏暗◇幽暝|落日西沉，羣山漸漸暝暗下來。②日暮；夜晚◇暝鐘|暝煙。

【暝色】míngsè 暮色；夜色◇暝色蒼茫。

10 **㬎** xiǎn 粵hin^{2}顯 同"顯"。

10 **暨** jì 粵kei^{3}冀 ①和，及，與◇首屆會員大會暨成立典禮。②至，到◇暨今|西至葱嶺，東暨於海。

11 **暮** mù 粵mou^{6}冒 ①傍晚，日落時◇遲暮|朝思暮想。②晚，時間臨近末了的一段◇歲暮|垂暮之年。

【暮色】mùsè 傍晚昏暗的天色◇暮色蒼茫。

【暮春】mùchūn 春末，農曆三月◇暮春三月。

【暮氣】mùqì ①黃昏時的霧靄◇暮氣中傳來沉悶的鐘聲。②比喻全無生氣、不求進取的態度◇暮氣沉沉。

【暮靄】mù'ǎi 傍晚的雲霧◇田野被暮靄籠罩着。

【暮鼓晨鐘】mùgǔ chénzhōng 見"晨鐘暮鼓"。

11 **暫(暂)〔蹔〕** zàn 粵zaam^{6}站 ①時間短◇短暫。②姑且；臨時◇暫緩|暫停。

【暫且】zànqiě 暫時；姑且◇暫且不提這事|暫且歇息一會兒。

【暫行】zànxíng 在一段較短的時期內實行◇暫行規定|今年暫行，明年再說。

【暫時】zànshí 在不長的時間內，短時間◇計劃暫時擱置|生活暫時過得去。

11 **暵** hàn 粵hon^{3}漢 ①曬乾。②使乾枯。

11 **暴** 〈一〉bào 粵bou^{6}步 ①突然而又猛烈◇山洪暴發|暴飲暴食。②兇狠殘酷◇殘暴|兇暴。③急躁◇粗暴|脾氣暴|暴性子。④欺凌；損害◇強暴|自暴自棄。⑤露出；展現◇暴屍街頭。⑥鼓起來，突出◇氣得青筋暴現。⑦徒手搏擊◇暴虎馮河。⑧糟蹋◇自暴自棄|暴殄天物。

〈二〉pù 粵buk^{6}僕 曝，曬◇雖有槁暴，不復挺者，輮使之然也。

【暴力】bàolì 武力；強制的力量◇使用暴力|家庭暴力。

【暴君】bàojūn 殘暴的君主或統治者◇紂王是中國歷史上的暴君。

【暴政】bàozhèng 統治者所推行的暴虐措施。㊀仁政。

【暴虐】bàonüè 兇惡殘忍◇暴虐無道。

【暴風】bàofēng 又強又急的風◇突然颳起暴風。

【暴怒】bàonù ①大怒。②形容兇猛、激盪◇大海奔騰咆哮，忽然暴怒起來。

【暴烈】bàoliè ①暴躁剛烈◇脾氣暴烈。②猛烈◇火勢暴烈。

【暴跳】bàotiào ①猛烈地跳腳。形容盛怒或急躁◇她在那裏跺腳暴跳。②劇烈地跳動。

【暴躁】bàozào 急躁；亂發脾氣，控制不住感情◇性情暴躁。

【暴露】bàolù 隱蔽的東西顯露出來◇暴露矛盾|不要暴露目標|不要向敵人暴露弱點。㊀隱藏。

【暴虎馮河】bàohǔ pínghé《詩經・小雅・小旻》："不敢暴虎，不敢馮河。"暴虎，徒手與虎搏鬥；馮河，徒步渡河。比喻冒險行事，有勇無謀。

【暴風驟雨】bàofēng zhòuyǔ ①來得又猛又快的風雨。㊀風和日麗。②比喻聲勢浩大、發展迅猛。

【暴跳如雷】bàotiàorúléi 盛怒之下大發脾氣，連吼帶鬧。㊀平心靜氣。

12 **曆(历)〔厤〕** lì 粵lik^{6}力 ①曆法◇農曆|公曆。②記錄年、月、日和節氣的書、表、冊頁◇日曆|掛曆|黃曆。

【曆法】lìfǎ 以年、月、日、時為單位，記錄和計算時間的方法。曆法大致分為三類：陽曆、陰曆、陰陽曆。現在通行的公曆是陽曆的一種。

【曆書】lìshū 按一定的曆法編製的記載年、月、日、時、節候等供查考的書。

12 **曉(晓)** xiǎo 粵hiu^{2}囂^{2} ①天亮；天明◇拂曉|金雞報曉|曉行夜宿。②明白，了解◇知曉|家喻戶曉。③叫人知道，使明白◇曉以大義|曉以利害。

【曉得】xiǎode 明白；知道◇這道理你也應該曉得。

【曉諭】xiǎoyù 告知；勸告。多用於上對下◇曉諭天下｜見她脾氣過了，這才用道理曉諭一番。

【曉暢】xiǎochàng ①熟習；精通；了解得透徹◇曉暢佛經｜曉暢軍事。②（文辭）流暢◇白樂天的詩，曉暢而有深意。

12 **曀** yì 粵ai3 矮3 天陰沉。

12 **曄（晔）** yè 粵jip6 葉 ①光彩燦爛◇光曄照人。②美盛；華美◇曄如春葩。

12 **曇（昙）** tán 粵taam4 談 密佈的雲氣◇雨氣斂青靄，月華揚彩曇。

【曇花一現】tánhuāyíxiàn《長阿含經·遊行經》："汝等當觀如來時時出世，如優曇缽花時一現耳。" 曇花，優曇缽花的簡稱，開花幾小時就凋謝。比喻事物一現即逝。㊀反 終古不息。

12 **暹** xiān 粵cim1 簽/cim3 僭 暹羅，泰國的舊稱。

12 **曌** zhào 粵ziu3 照 同"照"。唐代武則天為自己的名字造的字。

12 **暾** tūn 粵tan1 吞 ①初升的太陽◇朝暾。②和暖，不冷不熱◇溫暾水。

12 **曈** tóng 粵tung4 同【曈曈】tóngtóng ①日出時天色漸漸明亮的樣子◇曈曈扶桑日，出有萬里光。②形容光亮、明亮◇城頭上烈火曈曈。

13 **曙** shǔ 粵cyu5 柱/syu5 樹5 天剛亮，破曉◇思來想去，不眠至曙。

【曙光】shǔguāng ①黎明的陽光◇曙光初照。②比喻美好的前景◇漸露曙光。

【曙色】shǔsè 黎明時的天色◇窗外現出曙色。

13 **曖（暧）** ài 粵oi3/ngoi3 愛 ①日光昏暗◇幽曖｜昏曖。②隱隱約約不清楚◇曖昧。

【曖昧】àimèi ①形容含混、模糊不明◇立場曖昧｜曖昧的態度。②不光明，有不能公開的隱情◇關係曖昧｜他這錢來得有點曖昧。

【曖曖】ài'ài ①形容昏暗不明朗◇曖曖的暮色。②形容迷迷茫茫、隱隱約約的樣子◇曖曖遠人村，依依墟里煙。

13 **曏（曏）** xiǎng 粵hoeng3 向 從前；舊時。

14 **曚** méng 粵mung4 蒙【曚曨】ménglóng 太陽將出，模糊不明的樣子◇天色曚曨｜霧氣曚曨。反清楚、清晰。

【曚曚亮】méngméngliàng 太陽未出，天色剛剛發亮。

14 **曝** qī 粵jap1 泣 ①東西濕了之後將要乾，而未全乾◇雨過了，太陽一曬，路上就漸漸曝了。②用沙土等吸收水分◇地上有水，鋪上點沙子曝一曝。

14 **曛** xūn 粵fan1 芬 ①夕陽的餘暉◇夕曛。②傍晚，黃昏◇曛霧蔽天。③昏暗◇日色漸曛。

14 **曜** yào 粵jiu6 耀 ①光輝明亮◇暉曜。②指日、月、星。古人把日、月和金、木、水、火、土五星合稱"七曜"。③同"耀"。炫耀，顯示自己◇曜威｜曜武。

15 **曝** （一）bào 粵bou6 步 見"曝光"。
（二）pù 粵buk6 僕 ①曬◇曝曬｜曝衣。②暴露在陽光下◇曝屍。

【曝光】bàoguāng ①使照相膠片、感光紙等感光材料感光。②比喻被暴露、揭露出來◇幕後交易被媒體曝光了。

【曝露】pùlù 露在外面，無所隱蔽。反隱藏、隱蔽。

【曝曬】pùshài ①受強烈的陽光照射◇皮衣切忌曝曬。②曬物使乾燥◇曝曬海魚｜曝曬冬天的衣服。

15 **曠（旷）** kuàng 粵kwong3 鄺 ①空闊；開闊◇空曠｜地曠人稀。②豁達；開朗◇曠達｜心曠神怡。③久遠；長遠◇曠遠｜曠古。④荒廢；耽誤◇曠課｜曠工。

【曠古】kuànggǔ ①遠古◇曠古以來，未曾聽說過這等事。②空前，從古至今◇曠古未聞。

【曠野】kuàngyě 空曠的原野◇茫茫曠野。

【曠達】kuàngdá 開朗豁達。多形容人的心胸、性格◇李白天性曠達。

【曠日持久】kuàngrìchíjiǔ 指耗費時日，拖延很久◇這一場反壟斷訴訟曠日持久。反指日可待。

16 **曨（昽）** lóng 粵lung4 龍 見"曚曨"。

16 **曦** xī 粵hei1 希 ①陽光◇晨曦。②映照。

【曦微】xīwēi 清晨尚不明亮的日光◇晨光曦微。

17 **曩** nǎng 粵nong5 囊5 過去，從前◇曩日|曩歲(從前的歲月)。

【曩昔】nǎngxī 往日，昔日。

19 **曬(晒)** shài 粵saai3 徙3 ①太陽的光和熱照射到物體上◇日曬雨淋|才出外幾天就曬黑了。②在陽光下接受光和熱◇晾曬|到海灘曬太陽。③比喻置之不理；慢待◇把他給曬在那兒不管了。④展示自己的東西或信息供大家分享(多指在互聯網上)◇大家紛紛曬出自己的創意。

【曬台】shàitái 屋頂上專供晾曬衣物的露天小平台。

曰部

0 **曰** yuē 粵jyut6 月/joek6 若 ①説◇老子曰："道可道，非常道。"②叫做◇山名曰華山|子之子曰孫。

2 **曳** yè 粵jai6 拽 拖，拉；牽引◇拖曳|搖曳|牽曳。

2 **曲** 〈一〉qū 粵kuk1 ①彎◇蜷曲|曲徑通幽。②使彎曲◇彎腰曲背。③彎曲的地方◇河曲|山曲。④偏僻的處所；隱祕的地方◇鄉曲|心曲。⑤理虧，理屈◇是非曲直。⑥曲折；宛轉◇曲筆|曲盡其妙。⑦姓。

〈二〉qǔ 粵kuk1 ①樂曲；歌譜◇歌曲|作曲。②一種盛行於元代的韻文形式◇元曲|散曲|套曲。

【曲子】qǔzi ①指詞、散曲等韻文。②指現代歌曲、樂曲。

【曲折】qūzhé ①彎曲◇街巷曲折。(反)筆直。②不順利，周折多◇幾經曲折。(反)順當、順遂。③指錯綜複雜的情節◇這件事內情曲折，怕不簡單。

【曲直】qūzhí 本指彎曲與平直，借指是與非、正確與錯誤、有理與無理◇混淆是非曲直。

【曲筆】qūbǐ ①古代史官不據事直書而迂迴表述或掩蓋真相。(反)直筆。②泛指委婉表達的寫作手法◇慣用曲筆表達個人觀點。

【曲解】qūjiě 不顧事實或故意歪曲原意，作出錯誤的解釋或錯誤的理解。

【曲調】qǔdiào 歌曲、樂曲、戲曲的調子◇轉軸撥弦三兩聲，未成曲調先有情。

【曲線】qūxiàn ①動點運動時，方向連續變化所形成的線。②物理、化學、統計學等在平面上表示隨參數變化的線。

【曲藝】qǔyì 流行於民間、富有地方色彩的各種説唱藝術，出場演員不多，道具也很簡單。評話、相聲、快板、大鼓、琴書、上海滑稽、蘇州評彈等均屬曲藝。

【曲突徙薪】qūtū xǐxīn 突，煙囱；徙，移動；薪，柴。某人家灶上的煙囱是直的，旁邊放了一堆木柴；有人勸他把煙囱改成彎的(曲突)，把木柴搬走(徙薪)，避免失火。這家人不聽，果然失了火。後表示防患於未然、避開危險的意思。

【曲高和寡】qǔgāo hèguǎ 戰國楚宋玉《對楚王問》："客有歌於郢中者，其始曰《下里巴人》，國中屬而和者數千人。其為《陽阿》《薤露》，國中屬而和者數百人。其為《陽春白雪》，國中屬而和者不過數十人…是其曲彌高，其和彌寡。"意謂曲調高雅，能跟着唱的人就少，比喻知音難覓。後比喻言論或作品高深，能理解的人很少。

3 **更** 〈一〉gēng 粵gang1 庚 ①改換，變換◇萬象更新。②經歷，經過◇少不更事。

〈二〉gēng 粵gaang1 耕 古代一夜分為五更，每更約兩小時◇深更半夜。

〈三〉gèng 粵gang3 庚3 ①愈加，表示程度進一層◇天更冷了。②又，再◇欲窮千里目，更上一層樓。

【更正】gēngzhèng 改正(已發表的文章或談話中的錯誤)◇特此更正。

【更生】gēngshēng ①重新獲得生命。比喻復興◇自力更生。②再生。加工某種廢品，使成為新的產品。③指幫助獲釋出獄的囚犯重新融入社會活動的過程。

【更加】gèngjiā 表示程度加深◇更加小心|

明天更加美好。

【更衣】gēngyī ① 換衣服◇更衣室｜更衣沐浴。② 婉辭。指上洗手間。

【更改】gēnggǎi 改換，改動◇更改名次｜決定不可更改。

【更迭】gēngdié 輪流替換或改換◇人事更迭｜朝代更迭。

【更替】gēngtì 輪番替代◇季節更替。

【更換】gēnghuàn 改換，掉換◇更換展品｜更換座位。

【更番】gēngfān 輪流替換◇更番出擊｜更番轟炸。

【更新】gēngxīn 用新的替換舊的◇設備更新｜萬象更新。

【更僕難數】gēngpúnánshǔ 僕，僕人；數，説。換了幾班侍僕，賓主的話還沒談完。原形容要訴説的話很多，後泛指事物繁多，數不勝數。

5 **曷** hé 粵hot3 喝 疑問代詞。詢問時間、原因等◇吾子其曷歸｜曷為久居此而不歸。

6 **書（书）** shū 粵syu1 舒 ①寫；記錄；記載◇書寫｜秉筆直書｜罄竹難書。②字體◇隸書｜楷書｜草書。③裝訂成冊的著作◇叢書｜讀書。④文件◇證書｜申請書｜判決書。⑤信札◇家書｜情書。

【書目】shūmù 圖書的目錄◇書目索引。

【書生】shūshēng 讀書人◇書生意氣｜書生之見。

【書局】shūjú 晚清官立刊印書籍的機構。後多用稱書店、出版社◇江南書局｜中華書局。

【書卷】shūjuàn 書籍。古代的書最早作卷軸裝，故稱◇書卷不離手。

【書法】shūfǎ 文字的書寫藝術，通常指用毛筆寫漢字的藝術。用鋼筆、圓珠筆等書寫漢字的藝術則稱硬筆書法。

【書面】shūmiàn 寫在紙上的；用文字形式記述表達的◇書面意見｜書面發言。反 口頭。

【書香】shūxiāng 古人藏在書中防蠹的芸香草。後表示稱頌讀書風氣盛行、讀書習尚濃厚◇書香門第｜書香人家。

【書聖】shūshèng 稱造詣最高的書法家◇王羲之、王獻之父子被歷代書法家尊為書聖。

【書寫】shūxiě 用筆寫；抄寫◇書寫春聯｜代人書寫文章。

【書齋】shūzhāi 書房。

【書籍】shūjí 圖書；圖書冊籍的總稱。

【書籤】shūqiān ① 夾在書裏、作為閱讀進度標記的小薄片，多用紙、木或塑料製成。② 古代線裝書貼在封面上署有書名的紙條或絹條。

【書面語】shūmiànyǔ 用文字表達的語言◇書面語和口語有差別。反 口語。

7 **曹** cáo 粵cou4 嘈 ①同輩；同類◇吾曹｜兒曹。②古代分科辦事的官署或部門◇部曹。③姓。

8 **替** tì 粵tai3 涕 ①衰敗；衰微◇興替｜衰替。②代替；替換◇我替她參賽吧？③介詞。給，為。用於引進行為的受益者◇替他出路費｜替顧客着想。

【替代】tìdài 代替，換用另一個◇這味藥功效相同，可以替代。

【替換】tìhuàn 把原來的換成另一個◇沒有可替換的衣服｜幾個兒子替換着照料母親。

【替罪羊】tìzuìyáng《舊約全書・利未記》：古代猶太教習俗，每年一次由大祭司把手按在羊頭上，表示全民族的罪過已由此羊承擔，然後將羊趕入曠野。後比喻代人承擔罪責的人。

8 **曾** （一）céng 粵cang4 層 曾經，表示已經發生過或已經出現過◇似曾相識｜他曾到我家作客。

（二）zēng 粵zang1 憎 ①中間隔了兩代的親屬關係◇曾祖父｜曾孫女。②姓。

【曾經】céngjīng 表示從前有過或經歷過◇曾經動過手術｜曾經有過榮耀的歷史。

用法提示：曾經、已經

"曾經"表示從前有過某種行為或情況，時間一般不是最近，而所表示的動作或情況現在已結束◇我曾經在外國生活三年。"已經"表示事情完成，時間一般在不久以前，所表示的動作或情況可能還在繼續◇我已經在外國生活了三年。

【曾經滄海】céngjīngcānghǎi 唐代元稹《離思》詩："曾經滄海難為水。"意指見過海洋，對別處的水，再也看不上眼了。比喻見過大世面，眼界開闊，平常的事就算不得甚麼了。

9 **會(会)** 〈一〉huì 粵wui⁶ 匯 ①聚合；匯合◇會師|聚精會神。②見面◇約會|再會。③付賬◇會鈔|飯錢會過了。④許多人聚在一起進行議事等活動◇開會|聯歡會|紀念大會。⑤定期舉行的宗教活動◇廟會|迎神賽會。⑥組織，團體◇工會|青年會。⑦指重要的城市◇省會|都會。⑧時機◇機會|適逢其會。⑨表示很短的時間◇等會兒再説。⑩懂得；理解◇誤會|體會|心領神會。

〈二〉huì 粵wui⁵ 匯⁵ ①熟習；通曉◇會唱歌|你真會安排呵！②表示可能實現◇今晚她會來。

〈三〉kuài 粵kui² 繪 總計，合計◇財會|會計。

【會心】huìxīn 領悟到對方沒有直接説出來的意思◇臉上露出會心的微笑。

【會合】huìhé 本來分散的，聚集到一起◇與遊行隊伍會合|江河會合。

【會見】huìjiàn 同別人相見；與人見面◇會見各國代表。

【會所】huìsuǒ 供人們進行社會交際、休閒娛樂和文化活動的場所；也指提供給住客的休閒設施，如健身室、游泳池、室內運動場、閱覽室等。

【會計】kuàijì ①監督管理管轄範圍內的經濟活動、財務狀況◇會計業務|會計制度。②從事會計工作的人員。

【會師】huìshī 幾個獨立行動的部隊，在某一地點會合。

【會晤】huìwù 會面；會見◇定期會晤|會晤各國領袖。

【會商】huìshāng 兩方或多方聚在一起商議事情。

【會話】huìhuà 與別人對話。多用於學習語言時◇英語會話。

【會意】huìyì ①領會別人沒有明説的意思◇每有會意，便欣然忘食。②漢字六書之一。用兩個或兩個以上的字，依據事理加以組合，合成一個含新義的新字的造字法。如合"酉、水"成"酒"，表示用釀酒的瓦瓶盛着液體的意思。

【會談】huìtán 兩方或多方在一起商討待解決的問題或交換意見◇雙方經貿部門負責人面對面會談。

【會館】huìguǎn 以地區或行業為單位所建的機構，其館舍供同鄉、同業聚會或寄寓◇紹興會館|中國留學生會館舊址。

【會議】huìyì ①為商討問題而舉行的聚會、集會。②商討並處理重要事務的常設組織機構◇國務會議|國家安全會議。

月部

0 **月** yuè 粵jyut⁶ 粵 ①月亮；月球◇月光|風花雪月。②計時單位。一年分十二個月◇月初|日積月累。③每月的；按月計的◇月刊|月薪|月息。④形狀像月亮的；圓的◇月餅|月琴。⑤顏色似月色的◇月白|月色。

多樣表達：月

正月 孟春 上春 初春 開春 發春 首春 初歲 開歲 發歲 首歲；二月 杏月 仲春 仲陽；三月 桃月 蠶月 季春 暮春 晚春 末春；四月 麥月 孟夏 首夏；五月 榴月 蒲月 仲夏；六月 荷月 伏月 季夏 徂暑；七月 蘭月 巧月 孟秋 上秋 首秋 蘭秋；八月 桂月 仲秋 仲商；九月 菊月 季秋 暮秋 末秋 季商 授衣；十月 孟冬 上冬 陽月；十一月 仲冬；十二月 臘月 除月 季冬 暮冬 暮歲 暮節

【月子】yuèzi ①月亮◇月子彎彎照九州。②指分娩的時期。③指分娩後的第一個月◇坐月子|月子裏得保養好。

【月牙】yuèyá ①新月，農曆月初形狀如鈎的月亮。②像新月形的；鈎狀的◇月牙湖|月牙灣。

【月白】yuèbái 淺藍色◇月白上裝。

【月令】yuèlìng ①農曆某個月的氣候、物候。也指節氣時令。②借指命運、運氣◇他偏有月令，很快便找到新工作。

【月台】yuètái ①露天平台。②站台；列車停靠的平台◇在月台上話別。

【月老】yuèlǎo 見"月下老人"。

【月色】yuèsè ①月光◇月色朦朧。②淺藍色，像月光的顏色◇一襲月色長裙。

【月夜】yuèyè 有月光的夜晚◇月夜泛舟。

【月食】yuèshí 農曆十五左右，地球有時會轉到太陽和月球之間，太陽光被地球擋住，照不到月球上去，月球或全部成黑影（月全食），或部分呈黑影（月偏食），這種現象叫月食，也作“月蝕”。

【月亮】yuèliang 月球的通稱◇皎潔的月亮。

【月俸】yuèfèng 官吏按月所得的俸祿；月薪◇月俸豐厚。

【月宮】yuègōng 神話中月亮上的宮殿，為嫦娥所居，又叫廣寒宮。

【月球】yuèqiú 繞着地球轉的衛星，本身不發光，只能反射太陽光，通稱月亮。

【月琴】yuèqín 一種琴面似圓月，多為三弦或四弦的弦樂器。

【月華】yuèhuá ① 月光；月色◇月華如晝｜此時相望不相聞，願逐月華流照君。② 由於月光衍射而在月亮周圍形成的五彩光環，內紫外紅，多見於中秋日前後。

【月報】yuèbào ① 按月的呈報、匯報◇月報表。② 月刊；按月出的報刊。

【月經】yuèjīng ① 女子生殖細胞發育成熟後周期性子宮出血的生理現象，一般一個月一次，故名。② 指月經期流出的經血。

【月餅】yuèbing 一種有餡的餅，多呈圓形，象徵團圓，為中秋節應時食品。

【月下老人】yuèxiàlǎorén 唐代李復言《續玄怪錄・定婚店》：韋固夜經宋城，見一老者月下倚囊而坐，向月翻檢書本。原來老人是掌管人間姻緣的神仙，他據姻緣簿所載將天下男女配對，繫以紅繩，結為夫妻。後用以指媒人，簡稱“月老”。

【月白風清】yuèbái fēngqīng 月夜晴朗，月光皎潔，和風清爽。後形容月夜明朗幽靜。

【月黑風高】yuèhēi fēnggāo 元代元懷《拊掌錄》：“歐陽公與人行令，各作詩兩句…一云：‘月黑殺人夜，風高放火天。’”後形容天黑風大、氣候惡劣的夜晚。

2 **有** ㈠ yǒu 粵jau5 友 ①存在；具有；表示領屬◇有困難｜房間裏有十個人｜三人行，必有我師焉。②呈現，產生，發生（某種情況或現象）◇有病｜有轉機。③表示所領屬的事物（多為抽象的）多、大、程度深◇有學問｜很有研究。④表示達到一定程度或數量◇有十點鐘了吧｜問題有那麼嚴重嗎？⑤表示泛指，跟“某、某些”相近◇有時候｜有人贊成，有人反對。⑥在某些動詞前表示客氣◇有請｜有勞。⑦前綴。用在某些朝代、民族名前，無實義◇有周｜有苗。

㈡ yòu 粵jau6 右 又。整數外加零數◇他今年五十有八。

【有力】yǒulì ① 有力氣；有力量◇有力出力｜給予有力打擊。② 有權勢；有財力◇有力的官宦人家。

【有方】yǒufāng 得法；有辦法；採取的方略正確◇領導有方｜指揮有方。

【有心】yǒuxīn ① 懷有某種心意、想法◇言者無意，聞者有心。② 有情意；有愛心◇送禮不在輕重，在於有心。③ 有意；故意◇有心找茬。

【有生】yǒushēng 生命存在；活着◇有生之年。

【有司】yǒusī 指官吏。古代設官分職，各有專司，故名。

【有成】yǒuchéng 成功；有成效◇事業有成｜談判可望有成。

【有年】yǒunián ① 豐年◇野老歡娛為有年。㊀ 豐年 ㊁ 歉年。② 多年◇遊學有年。

【有名】yǒumíng 名字廣為人知；出名◇這所學校很有名｜有名的醫生。

【有如】yǒurú 猶如，好像◇年青人有如朝陽，充滿生機。

【有事】yǒushì ① 正在做事；正在處理事情◇有事在外，趕不回來。② 有問題◇有事向你請教。③ 出事；發生事故◇有事之秋｜不會有事。④ 有工作；有職業◇他現在有事了，待遇也不低。⑤ 有心事；憂慮◇我看他心裏有事。⑥ 指軍事，即用兵◇季氏將有事於顓臾。

【有故】yǒugù ① 有舊交。② 有根有據◇持之有故。

【有待】yǒudài 要等待；等待着◇問題有待解決。

【有為】yǒuwéi 有作為◇年輕有為｜有為青年。

【有神】yǒushén ① 有神幫助。比喻神妙生動、有神韻◇讀書破萬卷，下筆如有神。② 很有精神◇眼睛炯炯有神。

【有限】yǒuxiàn ① 有限制；有限度◇有限責任｜權力有限。② 表示數量不多、程度不高◇人數有限｜水平有限。

【有鬼】yǒuguǐ 比喻有不可告人的打算或勾當◇心裏有鬼｜我看當中有鬼。

【有救】yǒujiù 有可能挽救或補救◇這事還有救｜孩子的病有救了。

【有頃】yǒuqǐng 片刻；一會兒◇有頃，遂告別回府。

【有喜】yǒuxǐ 指懷孕。

【有勞】yǒuláo 勞駕；麻煩。用於請別人做事的客套話◇有勞二位費心。

【有閒】yǒuxián ① 有空閒；閒暇◇飯後有閒，下棋聊天。② 指生活優裕，無所事事◇有閒階級。

【有意】yǒuyì ① 有意圖；有願望◇有意買車。② 故意◇有意跟老師作對。③ 有愛慕之意◇落花有意，流水無情。㊐ 有心 ㊎ 無心、無意。

【有隙】yǒuxì ① 有空子；有漏洞◇有隙可乘。② 有隔閡，有嫌隙◇彼此有隙。

【有趣】yǒuqù 有趣味；有興味◇有趣的故事｜他為人很有趣。

【有數】yǒushù ① 清楚數目。多指了解情況，心中有底◇他是甚麼人，我心中有數。② 為數不多；極難得◇有數的幾個人。㊐ 零星、少數。

【有機】yǒujī ① 原指與生物體有關的或從生物體來的（化合物），現指除一氧化碳、二氧化碳、碳酸、碳酸鹽和某些碳化物之外，含碳原子的（化合物）◇有機肥料｜有機玻璃。② 指事物構成的各部分互相關連，具有不可分的統一性◇將語言和思維有機聯繫起來。

【有賴】yǒulài 表示一種事物要依賴另一事物的幫助、促成。常跟"於"連用◇此事還有賴於諸位相助。

【有舊】yǒujiù 過去曾有交往；有老交情◇與其父有舊。

【有識】yǒushí ① 見多識廣；有見識◇有識之士。② 指成年、懂事的年紀◇自予及有識，志不在功名。

【有關】yǒuguān ① 有關係，相關◇這事與他有關。② 關涉；涉及◇找有關部門解決問題｜掌握與此事有關的材料。

【有心人】yǒuxīnrén 懷有某種意願，並為之專心留意、認真思索的人◇功夫不負有心人｜世上無難事，只怕有心人。

【有意識】yǒuyìshí 刻意；故意◇有意識地疏遠她。

【有機體】yǒujītǐ ① 具有生命的個體的統稱，包括動物和植物。② 指事物構成的各個部分相互關連，像生命的個體一樣統一在一起◇一篇好文章是一個完整的有機體。

【有口無心】yǒukǒu wúxīn 嘴上隨便說說，並不經心；心直口快◇他是有口無心，你別見怪。

【有口皆碑】yǒukǒujiēbēi《五燈會元・太平安禪師》："勸君不用鐫頑石，路上行人口似碑。"路上行人的嘴，都如同是稱頌功德的石碑。碑，功德碑。後指人人都稱頌。㊐ 交口稱譽 ㊎ 千人所指。

【有天無日】yǒutiān wúrì ① 暗無公理；暗無天日。② 比喻言行肆無忌憚。

【有目共睹】yǒumùgòngdǔ 人人都看到，形容事物顯而易見。

【有血有肉】yǒuxuè yǒuròu 比喻文藝作品內容充實，形象豐滿生動◇故事人物有血有肉，性格鮮明。

【有名無實】yǒumíng wúshí《管子・明法解》："如此者，有人主之名而無其實。"後用於指空有虛名而無實際內容。

【有色眼鏡】yǒusèyǎnjìng 比喻看待人或事所抱的成見◇不要戴有色眼鏡看人。

【有求必應】yǒuqiúbìyìng 只要有人請求，肯定答應。

【有板有眼】yǒubǎn yǒuyǎn 唱腔合乎節拍。比喻說話辦事有條不紊，合宜得體。

【有的放矢】yǒudìfàngshǐ 的，靶心。對準目標放箭。比喻說話做事目標明確。

【有恃無恐】yǒushìwúkǒng《左傳・僖公二十六年》："室如縣罄，野無青草，何恃而不恐？"恃，倚仗。後指因有所倚仗而無顧忌。含貶義。

【有氣無力】yǒuqì wúlì 形容氣力衰弱、無精打采的樣子。(同) 沒精打采 (反) 生龍活虎。

【有案可稽】yǒu'ànkějī 有案卷可以查考；有根有據◇有案可稽，不是我空口說白話。

【有教無類】yǒujiào wúlèi《論語・衛靈公》：“子曰：‘有教無類’。”指教育不分賢愚貴賤，一視同仁。

【有眼無珠】yǒuyǎn wúzhū 形容見識淺薄，沒有辨別是非、好壞的能力。

【有條不紊】yǒutiáobùwěn《書・盤庚上》：“若網在綱，有條而不紊。”網線依次結到魚網的總繩之上，很有條理，紋絲不亂。後形容做事有序不亂。(同) 井井有條 (反) 雜亂無章。

【有朝一日】yǒuzhāoyírì 如果將來有那麼一天；總有那一天。

【有棱有角】yǒuléng yǒujiǎo ① 比喻為人有鋒芒、有主見、不含糊。② 形容表情嚴峻◇臉板得有棱有角的。③ 形容端正、方正◇被子疊得有棱有角。

【有備無患】yǒubèi wúhuàn 凡事先做好準備，就可以避免禍患◇事事防範，有備無患。

【有機可乘】yǒujīkěchéng 有可以利用的機會，有空子可以鑽。(同) 有隙可乘。

【有頭有臉】yǒutóu yǒuliǎn 身份、地位較高，有一定名氣◇在社會上有頭有臉的人物。

【有聲有色】yǒushēng yǒusè 形容說話或表演生動精彩或豐富多彩。(同) 繪聲繪色。

【有奶便是娘】yǒunǎibiànshìniáng 比喻見利忘義，誰能給好處就投靠誰。

【有鼻子有眼】yǒubíziyǒuyǎn 比喻說得活靈活現，十分逼真。

【有志者事竟成】yǒuzhìzhěshìjìngchéng《後漢書・耿弇傳》：“將軍前在南陽建此大策，常以為落落難合，有志者事竟成也。”說有志氣、有毅力、努力奮鬥的人，做事情終究會成功。

【有眼不識泰山】yǒuyǎnbùshítàishān 比喻見識淺陋，認不出地位高、本領大的名人。

【有過之而無不及】yǒuguòzhī'érwúbùjí 相比起來只有超過而沒有不如的。多用於壞的方面。

【有一說一，有二說二】yǒuyīshuōyī, yǒu'èr shuō'èr 說話不誇大，不隱瞞，實事求是。

【有則改之，無則加勉】yǒuzégǎizhī, wúzéjiāmiǎn（對於他人的批評）如果有就改正，如果沒有就引為鑒戒，勉勵自己不犯同類錯誤。

4 **朋** péng (粵)pang4 憑 ①彼此有交情的人；朋友◇高朋滿座｜有朋自遠方來，不亦樂乎？②幫派；結成幫派◇朋黨。③同類；可類比的◇碩大無朋。

【朋友】péngyou ① 志同道合的人；交誼深厚的人◇知己朋友。(反) 仇敵。② 特指戀人◇她有朋友了。

【朋黨】péngdǎng ① 同類的人為私利而勾結成的集團。② 指因政見不同而形成相互傾軋的宗派集團◇結為朋黨，狼狽為奸。

【朋比為奸】péngbǐwéijiān 互相勾結起來做壞事◇朋比為奸，喪盡天良。(同) 狼狽為奸。

4 **服** 〈一〉fú (粵)fuk6 伏 ①從事；承當◇服務｜服刑。②順從；聽從◇信服｜心悅誠服。③使順從；使聽從◇說服｜以理服人。④習慣；適應◇舒服｜水土不服。⑤吃（藥）◇服藥。⑥穿（衣）◇服喪（穿喪服，表示哀悼）。⑦衣裳◇服裝｜西服。⑧特指喪服◇有服在身。⑨姓。

〈二〉fù (粵)fuk6 伏 量詞。劑，用於煎熬的中藥◇三服藥。

【服用】fúyòng ① 衣着器用◇服用寧儉毋奢。② 吃（藥）◇服用人參大補元氣。

【服式】fúshì 衣服的樣式◇潮流服式｜傳統服式。

【服刑】fúxíng ① 服徒刑；承受刑罰◇服刑八年。② 服法；被處決。

【服役】fúyì 服兵役，承擔當兵的義務◇服役期滿。(反) 退役。

【服侍】fúshi 照料；侍候◇服侍病人。

【服法】fúfǎ ① 服從法令◇認罪服法。②（藥物的）服用方法◇人參有好幾種服法。

【服氣】fúqì 由衷地信服◇心裏不服氣｜服不服氣，都得聽命令。

【服從】fúcóng 順服遵從◇服從命令。(同) 聽從、遵從 (反) 違抗、反抗。

【服務】fúwù 為社會或確定的對象辦事工作◇客戶服務｜在這家公司服務了十年。

【服貼】fútiē ① 平整；妥當◇衣服摺疊得十分

西周

窄袖衫，大襟，腰佩大帶，並飾有韠膝。

秦代

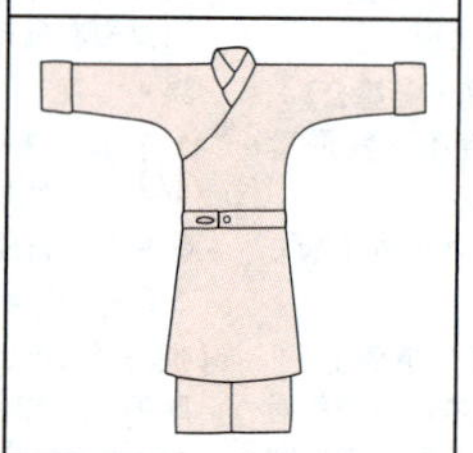

窄袖衫，腰繫革帶，帶端綴有帶鈎，下着褲。

漢代

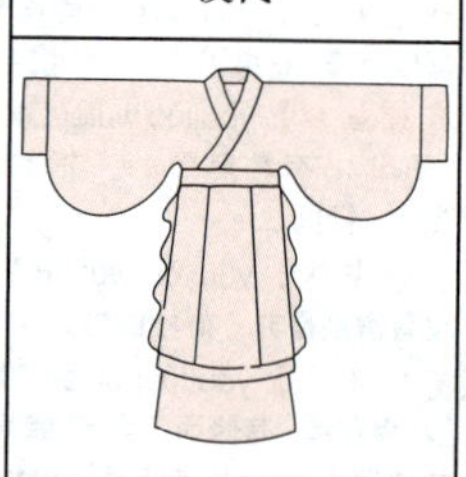

曲裾袍，袖袪寬大，腰繫大帶，下着圍裳。

魏晉

大襟衫，兩袖寬博，腰繫圍裳。

唐代

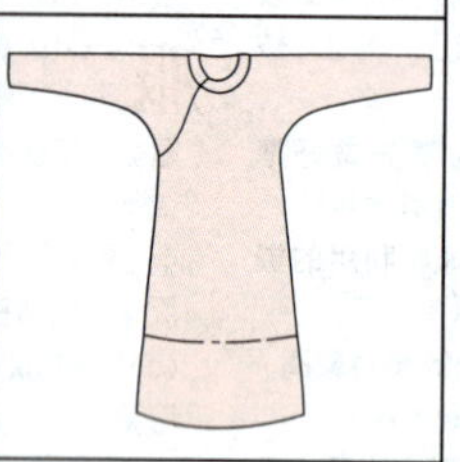

圓領大襟袍，窄袖，膝下施一橫襴。

宋代

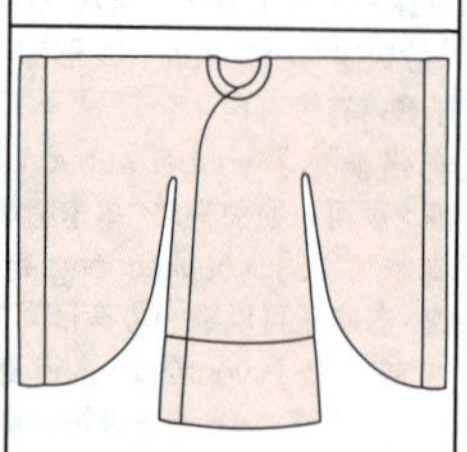

圓領袍衫，大袖，膝下施一橫襴。

元代

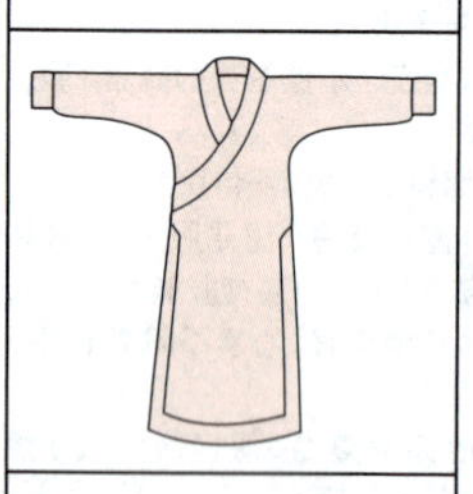

大襟袍，窄袖，下垂至地。

明代

盤領袍，前後各綴一方補子，左右脇下綴襬。

清代

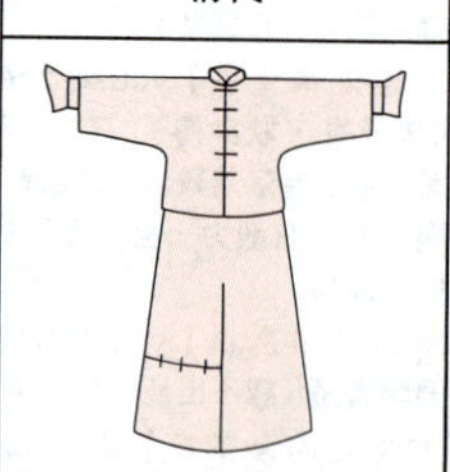

馬蹄袖，長袍，開衩，外着窄袖對襟馬褂。

服貼｜事事都辦得服服貼貼。(同) 妥貼。② 馴服；順從◇獅子變得服貼了｜她對丈夫很服貼。③ 舒暢；踏實◇心裏服貼得很。

【服罪】fúzuì 認罪，承認所犯的罪過◇低頭服罪。

【服飾】fúshì 衣着裝飾；衣服和首飾◇服飾淡雅｜華麗的服飾。

【服裝】fúzhuāng 衣服鞋帽的總稱。多指衣服◇服裝店｜服裝設計。

【服輸】fúshū 認輸，承認失敗◇願賭服輸。

【服辯】fúbiàn 認罪供狀；悔過書。

【服務生】fúwùshēng 服務員；勤雜人員；接待顧客的工作人員。

6 **朒** nǜ (粵)nuk6 恧 ①農曆初一晚，月出於東方。也指那時的月亮。②虧缺；不足◇彼盈一度，則我朒一度。③退縮◇朒縮。④扭；折傷◇朒腿。

6 **朓** tiǎo (粵)tiu2 條2 指農曆的月底，月亮出現在西方。

6 **朕** zhèn (粵)zam6 浸6 ①我；我的。用於秦代以前◇朕不食言。②秦始皇二十六年(公元前221年)定為皇帝專用的自稱，歷代沿用◇朕為始皇帝。③徵兆；預兆◇朕兆。

【朕兆】zhènzhào 徵兆；預兆◇這次地震早有朕兆。

6 **朔** shuò (粵)sok3 索 ①農曆每月初一，月球運行到太陽和地球之間，地面看不見月光的月相◇朔日｜朔望。②指北方◇朔方｜朔風。

【朔日】shuòrì 農曆每月初一。(反) 望日。

【朔方】shuòfāng 北方◇朔方飛雪。

【朔風】shuòfēng 北風◇朔風呼嘯。

【朔氣】shuòqì 北方的寒氣◇朔氣襲人。

6 **朗** lǎng (粵)long5 郎5 ①光線充足；明亮◇明朗｜晴朗｜天朗氣清。②(聲音)清晰響亮◇朗誦｜朗聲回答。③姓。

【朗朗】lǎnglǎng ① 明亮清澈的樣子◇朗朗乾坤｜秋月朗朗。② 形容（聲音）響亮◇書聲朗朗｜朗朗上口。

【朗照】lǎngzhào ① 明亮的光◇新月無朗照，落日有餘輝。② 明亮地照射◇中秋之夜，滿月朗照。

【朗誦】lǎngsòng ① 高聲誦讀◇即席朗誦。② 高聲誦讀的節目◇配樂詩朗誦。

【朗潤】lǎngrùn ① 明亮潤澤◇光彩朗潤的藍寶石。② 爽朗溫和◇生性朗潤，好交朋友。③（聲音）響亮圓潤◇他唸得雖快，聲音卻是朗潤的。

【朗讀】lǎngdú 清晰響亮地讀◇朗讀課文。

7 **望〔朢〕** wàng (粵)mong6 忙6 ①向高遠處看◇望月｜一望無際。②期待◇渴望｜大失所望。③拜訪；問候◇探望｜拜望。④中醫指察看氣色◇望聞問切。⑤敬仰◇眾望所歸｜萬民所望。⑥怨恨；責怪◇怨望｜能無望乎？⑦盼頭；指望◇豐收有望｜喜出望外。⑧視力、想像等所及；視野◇旌旗在望｜勝利在望。⑨好名聲◇名望｜聲望｜德高望重。⑩招徠顧客的標識◇酒望。⑪農曆每月十五日的月相(圓月)。也指十五這一天◇朔望｜望日。⑫向着；對着◇望南走｜望上看。⑬姓。

【望子】wàngzi 店鋪門前懸掛的招簾，多指酒旗。

【望日】wàngrì 農曆的月半，即十五日。(反) 朔日。

【望月】wàngyuè 望日的月相；滿月◇望月照天下。

【望外】wàngwài 出乎意料之外◇喜出望外。

【望風】wàngfēng ① 遠望；仰望◇望風懷想。② 聽到風聲；見到動靜◇望風而逃。③ 為正在進行祕密活動的人觀察動靜◇放哨望風。

【望族】wàngzú 有名望、地位的家族◇豪門望族。

【望斷】wàngduàn 向遠處看直到看不見◇望斷南飛雁。

【望子成龍】wàngzǐ chénglóng 龍，借指顯赫高貴的人物。盼望兒子成為出類拔萃的人物。

【望文生義】wàngwén shēngyì 讀書不求甚解，只從字面上牽強附會，作出錯誤解釋。

【望而生畏】wàng'érshēngwèi《論語・堯曰》："君子正其衣冠，尊其瞻視，儼然人望而畏之，斯不亦威而不猛乎？"意思是説一看就令人害怕。

【望而卻步】wàng'érquèbù 看一眼就怕得向

後退。形容在危難面前退縮不前。

【望風披靡】wàngfēngpīmǐ 本指草木隨風倒伏。後比喻被對方的聲勢所壓倒。

【望洋興歎】wàngyángxīngtàn《莊子・秋水》："於是焉，河伯始旋其面目，望洋向若而歎…"望洋，仰視的樣子。後比喻因為力量不足或條件不夠，無法達到目的而慨歎。

【望穿秋水】wàngchuānqiūshuǐ 秋水，比喻明亮的眼睛。把眼睛都望穿了。形容殷切盼望。㊐望眼欲穿。

【望梅止渴】wàngméizhǐkě《世說新語・假譎》："魏武行役失汲道，軍皆渴，乃令曰：'前有大梅林，饒子，甘酸可以解渴。'士卒聞之，口皆出水，乘此得及前源。"士兵聽說有酸甜可口的大梅子可採吃，不覺都流出口水。後比喻願望無法實現，聊以空想自慰。㊐畫餅充飢。

【望眼欲穿】wàngyǎnyùchuān 眼睛都要望穿了。形容盼望殷切。

【望塵莫及】wàngchénmòjí《後漢書・趙咨傳》："…暠送至亭次，望塵不及。"指曹暠望見趙咨人馬走過揚起的塵土而不能追上。後比喻遠遠落後。多用作謙辭◇先生高見，在下望塵莫及。

8 **期** 〈一〉qī ㊥kei⁴ 其 ①邀約；約定◇不期而遇。②希望；企求◇期待|預期。③預定的時間；一段時間◇假期|青春期|定期存款。④量詞。用於分期的事物◇培訓辦了三期。

〈二〉jī ㊥gei¹ 機 一週年；一整月◇期年|期月。

【期刊】qīkān 定期出版的刊物。

【期求】qīqiú 希望；追求◇期求幸福。㊐企求。

【期盼】qīpàn 期待；盼望◇期盼父親早日康復。

【期待】qīdài 盼望，等待◇期待兒子事業有成。

【期限】qīxiàn 限定的一段時間；時限的最後界線◇繳費期限。㊐限期。

【期票】qīpiào 按預定日期支付商品或貨幣的票據。

【期貨】qīhuò 買賣成交後，約定期限交付的貨物◇大豆期貨|期貨市場。

【期許】qīxǔ 期望和稱許◇有負期許。

【期望】qīwàng 期待；希望◇期望大橋早日落成|寄予很大的期望。㊐期待 ㊍失望。

【期間】qījiān 某個時期內◇會議期間|暑假期間。

用法提示：期間、其間

"期間"是指某個特定的時段，使用時，必須指明自己所要表示的是甚麼時段◇放假期間。"其間"既可表示空間，意為"那中間、其中"；也可表示時間，即"那段時間之內"。"其"可以用於回指上文提及的事，有指代作用。

【期冀】qījì 期望，希冀◇期冀兒子早日學成歸來。

【期期艾艾】qīqī'ài'ài 相傳漢時周昌口吃，說話時總夾有"期期"之音；晉時的鄧艾也口吃，語必稱"艾艾"。後形容人口吃結巴。

8 **朝** 〈一〉cháo ㊥ciu⁴ 潮 ①拜見；進見◇朝聖|朝山。②(君主)處理政務◇早朝|朝政。③朝廷，君主處理政事之處◇朝野|上朝。④朝代；一個君主的統治時期◇唐朝|康熙朝。⑤面對着◇坐北朝南|仰面朝天。⑥向。表示方向、對象◇朝前走|朝我一笑。⑦姓。

〈二〉zhāo ㊥ziu¹ 焦 ①早晨◇朝思暮想。②日；天◇今朝有酒今朝醉|一朝權在手，便把令來行。

【朝山】cháoshān 到名山大寺進香參拜。

【朝夕】zhāoxī ①從早到晚；天天，經常◇朝夕事奉|朝夕相處。②一朝一夕；短時間◇朝夕不保|只爭朝夕。③時日，光陰◇徜徉於書畫間，以娛朝夕。

【朝日】zhāorì 早晨的太陽。㊐旭日。

【朝代】cháodài 某一世系帝王或某一帝王的統治時期；泛指某一歷史時代◇朝代更迭。

【朝廷】cháotíng ①君主接受朝見和處理政事的地方。②指君主或以君主為首的中央政府。

【朝奉】cháofèng 宋有朝奉郎、朝奉大夫等官名，用以尊稱士人。南宋後用來稱富豪、店主；清以後更用來稱當鋪的老闆及店員。

【朝政】cháozhèng ①朝廷的政事或政令◇獨攬朝政。②處理朝廷政務。

【朝拜】cháobài ①(官吏)上朝拜見君王◇百官朝拜。②教徒向神佛禮拜◇朝拜佛祖。

③ 拜謁◇朝拜烈士陵園。

【朝貢】 cháogòng 君主時代，藩國或外國使節朝見君主並敬獻禮品。

【朝氣】 zhāoqì 早晨的陽氣。比喻精神振作、力求進取的氣概◇年青人充滿朝氣。

【朝野】 cháoyě 朝廷和民間；政府和非政府方面◇權傾朝野。

【朝陽】 ㈠ zhāoyáng 初升的太陽；早晨的太陽。
㈡ cháoyáng 朝南向着太陽◇房間朝陽。

【朝聖】 cháoshèng ① 到孔廟拜謁◇赴曲阜孔廟朝聖。② 教徒朝拜聖像、聖地◇去耶路撒冷朝聖。

【朝暉】 zhāohuī 早晨的陽光◇滿園朝暉。

【朝暮】 zhāomù ① 早晚；時時◇朝暮服侍母親 | 朝暮兩相依，恰似姐妹行。② 不久；短時間◇重病纏身，命在朝暮。

【朝霞】 zhāoxiá 早晨的彩霞。

【朝覲】 cháojìn ①（臣子）上朝拜見君主◇朝覲上國君王。② 教徒拜謁（聖像、聖地）◇去麥加朝覲。

【朝露】 zhāolù 早晨的露水。比喻很快就消失的事物◇人生如朝露。

【朝三暮四】 zhāosān mùsì《莊子・齊物論》說：耍猴的人拿橡栗餵猴，先是早上三個，傍晚四個，眾猴皆怒；後改為早上四個，傍晚三個，猴子都高興了。原指使用名變實不變的欺騙手段，後比喻變化多端或反復無常。同 朝秦暮楚。

【朝不保夕】 zhāobùbǎoxī《左傳・襄公十六年》："敝邑之急，朝不及夕。"後說早晨保不住晚上會發生變化，形容情況危急或境遇窘迫。

【朝令夕改】 zhāolìng xīgǎi 早晨發佈的政令，晚上就改了。形容政策法令多變，叫人無所適從。

【朝秦暮楚】 zhāoqín mùchǔ 戰國時的游說之士都非常功利，往往今天事秦，明日又改事楚。後形容人反復無常。同 朝三暮四 反 始終如一。

【朝氣蓬勃】 zhāoqìpéngbó 比喻人充滿青春活力，勇於向上的精神。同 生氣勃勃 反

暮氣沉沉。

【朝乾夕惕】 zhāoqián xītì《易經・乾》："君子終日乾乾，夕惕若厲，無咎。"說君子整天勤奮自強，深自警惕，不敢懈怠。

【朝發夕至】 zhāofā xīzhì 早晨出發晚上就到達。形容路程不遠或交通快捷。

9 **腼** miǎn 粵 min^5 免【腼腆】miǎntiǎn 因羞澀等原因，神情表現不自然。

14 **朦** méng 粵 mung^4 蒙【朦朧】ménglóng ①昏暗不明的樣子◇月色朦朧。②模糊不清◇山色朦朧 | 往事朦朧。

16 **朧（胧）** lóng 粵 lung^4 龍 見"朦朧"。

木部

0 **木** mù 粵 muk^6 目 ①樹木◇灌木 | 無本之木。②木材，木頭◇原木 | 朽木。③木本的◇木棉 | 木芙蓉。④用木材製成的◇木器 | 木馬。⑤質樸◇木訥。⑥遲鈍；沒感覺◇木頭木腦 | 麻木不仁。

【木本】 mùběn 植物的一大類別，幹、莖木質部發達，通常稱作"樹"的植物，都屬木本。

【木材】 mùcái 樹木砍伐後，經初步處理，可供進一步加工使用的木料。

【木星】 mùxīng 太陽系八大行星之一，按離太陽由近而遠的次序排在第五位。自轉周期約為 9.83 地球小時，繞太陽公轉周期為 11.86 地球年。

【木偶】 mù'ǒu 木製的人偶。常用以形容神情呆滯的人◇木偶戲 | 木偶般的呆坐着。

【木訥】 mùnè 質樸遲鈍，不善言辭◇外表木訥，內心善良。

【木然】 mùrán 形容麻木、冷漠的樣子◇表情木然。

【木樨】 mùxī ① 桂花樹。常綠小喬木。秋季開黃色或黃白色的花，氣味芳香，是中式點心食品的配料。花可提取芳香油或香料。② 攪碎、烹製過的雞蛋。用於菜餚名◇木樨肉 | 木樨湯。

【木雕】mùdiāo ① 在木頭上雕刻的藝術。② 指用木頭雕成的藝術品。

【木乃伊】mùnǎiyī 古代埃及用特別防腐技術處理而保存下來長久不腐的乾屍。

【木已成舟】mùyǐchéngzhōu 比喻已成定局，不可更改、挽回。(同) 生米煮成熟飯 (反) 未定之天。

【木雕泥塑】mùdiāo nísù 形容神情呆板，木然不動◇噩耗傳來，她頓時像木雕泥塑一般。

1 **末** mò 粵mut^{6}沒 ①樹梢；事物的尖端◇末梢｜秋毫之末。②非根本的或不重要的◇本末倒置。③碎屑；細粉◇粉末｜茶葉末。④次序、時間在最後的◇末代皇帝｜強弩之末。⑤扮演中年男子的戲曲角色。京劇歸入老生一類。

【末了】mòliǎo 最尾；最後階段；最後一段時間◇直到末了，還是沒説清楚。

【末日】mòrì ① 基督教所指世界毀滅的那一天◇世界末日。② 死亡或滅亡的時候◇末日來臨。

【末世】mòshì ① 一個歷史時期的最後階段◇清季末世。② 基督教所指人類社會即將終結之前的時間。

【末年】mònián 朝代或君主在位的最後時期◇唐朝末年｜康熙末年。

【末尾】mòwěi ① 最後的部分◇文章末尾，略顯拖沓。② 最後一段時間◇等到婚宴末尾，也不見她來。

【末葉】mòyè 一個世紀或一個朝代的最後時期◇清朝末葉｜二十世紀末葉。

【末路】mòlù 最後的一段路程。比喻絕境◇窮途末路。

1 **未** wèi 粵mei^{6}味 ①沒有；不曾◇從未｜未老先衰。②不◇未免｜未知數。③地支的第八位。④十二時辰之一。指下午一點到三點◇未時。

【未卜】wèibǔ 無法預料，不可預知結果◇命運未卜｜生死未卜。

【未了】wèiliǎo 沒有了結；沒有結束◇夙願未了｜餘波未了。

【未央】wèiyāng 未盡，尚未完◇寒夜未央。

【未必】wèibì 不一定◇她説的未必正確。

【未免】wèimiǎn ① 實在是；真是◇你的做法未免太不近人情了。② 難免，免不了◇初次見面，未免有些生疏。

用法提示：未免、不免、難免

“未免”表示對某種過分的情況不以為然，側重在評價。“不免”和“難免”則表示客觀上不容易避免，因此“未免”不能與“不免、難免”換用。

【未來】wèilái ① 將來，此時以後的日子◇面向未來｜以大數據預測未來發展路線｜未來會怎麼樣？② 即將到來的時間◇未來兩天，氣溫將下降十度。

【未始】wèishǐ 未嘗◇這樣做未始不可。

【未然】wèirán 尚未如此，還沒有成為事實◇防患於未然。

【未曾】wèicéng 沒有；不曾◇未曾料到｜未曾告訴過她。

【未遂】wèisuì 目的沒有達到或願望沒能實現◇未遂政變｜壯志未遂｜殺人未遂。

【未嘗】wèicháng ① 不曾；沒有◇我未嘗説過這句話｜未嘗有過這樣的想法。② 不是；未必◇明天再去未嘗不可。

【未亡人】wèiwángrén ① 寡婦自稱。相對已亡的丈夫而言。② 指寡婦。

【未知數】wèizhīshù ① 數學名詞。代數式或方程式中需要經過運算才能確定的數值。② 還不知道的情況◇幼株能否成活還是個未知數。

【未卜先知】wèibǔxiānzhī 有先見之明，不用占卜就知道結果。

【未雨綢繆】wèiyǔchóumóu《詩・豳風・鴟鴞》：“迨天之未陰雨，徹彼桑土，綢繆牖戶。”本指鴟鴞在下雨前就及早把巢穴修補牢固了，後比喻提前做好準備◇各地應當未雨綢繆保障汛期安全。

1 **本** běn 粵bun^{2}般^{2} ①樹木的根◇無源之水，無本之木。②事物的根本或根源◇基本｜正本清源。③本來；原來◇本不想對她説。④自己方面的◇本人｜本國。⑤此；現今的◇本週｜本次航班。⑥按照；依據◇本着事實説話。⑦本錢；本金◇虧本｜一本萬利。⑧基礎的；中心的◇本科。⑨裝訂成冊的東西◇課本｜賬本。⑩版本◇善本｜抄本。⑪演出的底本◇劇本｜腳本｜唱本。⑫古時的奏章◇奏上一本。⑬量詞。用於書籍簿冊等◇一本書｜三本日記冊。

【本人】běnrén ①說話人自稱◇本人鄭重聲明。②指當事人或前面所提到的人自身◇本人並不知情｜憑本人身份證兌獎。

【本分】běnfèn ①自身應盡的責任和義務◇治病救人是醫生的本分。②規矩老實，沒有出格的想法和要求◇為人本分，做事一向誠實可靠。

【本心】běnxīn ①本意◇我的本心可不是這樣的。②天生的善性；天良◇草木有本心。

【本末】běnmò 樹根和樹梢。比喻始末原委、先後主次◇詳述本末｜本末倒置。

【本地】běndì 當地，特指說話人所在的地區◇本地人｜本地不出產香蕉。

【本色】běnsè ①本來的顏色◇本色布料。②本來的面目◇英雄本色。

【本字】běnzì ①漢字在漫長的發展歷程中，同一個字的寫法變化往往很大，最早的寫法稱本字。如"武"的本字是"[illegible]"。②古人往往用音同或音近的字代替本來該寫的正字，後人就把正字稱作替代字的本字。如把"早"寫成"蚤"，"早"是"蚤"的本字。

【本位】běnwèi ①保證貨幣價值的基礎。②貨幣價值的計算標準。③所處的位置、地位。多就工作而言。④某種理論觀點或做法的出發點◇教學工作要以學生為本位。

【本身】běnshēn 指人或事物自身◇企業要注重本身的形象。

【本事】〈一〉běnshì 文學作品創作所依據的基本事實。
〈二〉běnshi 本領；技能◇他是有本事的人。

【本來】běnlái ①原本；原本真實的◇本來面目｜本來無一物，何處惹塵埃？②在此以前◇學習本來不太好，現在長進多了。③照理說；理當如此◇本來就不該這麼想。

用法提示：本來、原來

兩者都可以表示起初、原先的意思◇他本來／原來學醫的，後來改學文學了。不過"本來"還表示按道理就應該這樣，如"當天的功課本來就該當天做完"，不能換成"原來"。"原來"則有發現以前不知道的情況或突然明白了某事的意思◇原來你還沒睡啊！

【本金】běnjīn ①用來做金融、債券投資，獲取回報的款項。②投資於商貿企業的資金。

【本性】běnxìng 固有的性質、個性◇江山易改，本性難移。

【本紀】běnjì 紀傳體史書中帝王的傳記。一般按帝王的紀年順序記事，如《史記》的《五帝本紀》《項羽本紀》等。

【本家】běnjiā 同一父系家族的。

【本能】běnnéng ①人和動物天生具有、不學就會的能力，如雞孵蛋、鳥築巢的行為。②下意識地作出反應◇她本能地退了幾步。

【本意】běnyì 原有的想法或意圖◇你誤解了我的本意。

【本義】běnyì 詞的最基本的意義。如"水深"是"深"的本義，"感情深""顏色深"中的"深"的意思，都是從"深"的本義演變而來。

【本領】běnlǐng 才能；能力◇就算你有天大的本領，這場官司怕也打不贏。

【本質】běnzhì ①本性和品質◇此人本質不錯，就是脾氣大。②事物自身固有的性質。

【本錢】běnqián 用來獲取利潤、利息的錢財。比喻可以憑藉、利用的人或事物◇孝順女兒是我最可靠的本錢｜青春就是他的本錢。

【本職】běnzhí 自己擔任的職務◇本職工作。

【本願】běnyuàn 本來的意願、想法◇這樣做正是我的本願。

1 **札** zhá 粵zaat3 紮 ①同"劄"。(1)古代用來寫字的木片。(2)舊時的一種公文◇札子｜奏札。②信件◇書札｜大札。

【札記】zhájì 讀書時記下的文字，如要點、解說、心得、隨筆記事等。

1 **朮** zhú 粵seot6 術 多年生草本植物。有白朮、蒼朮等。

2 **朽** xiǔ 粵nau2 鈕 ①腐爛◇腐朽。②衰退，衰敗◇老朽。③磨滅；消失◇永垂不朽。

【朽木】xiǔmù ①腐爛的木頭◇牆角堆着幾根朽木。②比喻不可造就的人◇朽木不可雕。

【朽敗】xiǔbài 腐朽破敗◇倒塌多年的正殿，柱礎已朽敗不堪。

【朽邁】xiǔmài 衰朽年邁◇朽邁之年。

2 **朴** 〈一〉pō 粵pok3 撲 朴刀，一種刀身狹長的古代兵器。
〈二〉pò 粵pok3 撲 落葉喬木，早春開黃色小花。木材可製器具。

〈三〉piáo 粵piu4瓢 姓。

2 **杋** bā 粵baat3八 沒有齒的耙。

2 **朱** zhū 粵zyu1珠 ①大紅色。②姓。

【朱門】zhūmén 紅漆大門。借指貴族豪門◇朱門酒肉臭，路有凍死骨。

【朱砂】zhūshā 礦物名。紅色或棕紅色，主要成分是硫化汞，用以提煉汞，也可做顏料或入藥。

【朱雀】zhūquè ①星宿名。二十八宿中南方七宿（井、鬼、柳、星、張、翼、軫）的合稱。也代指南方。◇朱雀門｜朱雀橋邊野草花，烏衣巷口夕陽斜。②中國古代傳説中的祥瑞動物“四靈”（蒼龍、白虎、朱雀、玄武）之一。

2 **朵〔朶〕** duǒ 粵do2躲 ①花朵◇花骨朵。②量詞。用於花或形狀像花的東西◇一朵玫瑰｜浪花朵朵。③姓。

【朵頤】duǒyí 形容鼓起兩腮嚼食物的樣子◇大快朵頤。

3 **杆** 〈一〉gān 粵gon1干 長的棒狀物◇旗杆｜桅杆｜欄杆。

〈二〉gǎn 粵gon1干 ①器物上的細長部分◇筆杆｜鑽杆｜腰杆。②量詞。用於杆狀的東西◇一杆筆｜兩杆槍。

3 **杜** dù 粵dou6渡 ①杜梨，木名。落葉喬木，又叫棠梨。②阻斷；封閉◇防微杜漸｜杜門不出。③見“杜撰”。④姓。

【杜康】dùkāng 傳説中最早釀酒的人。借指酒◇何以解憂？惟有杜康。

【杜絕】dùjué 堵塞，消除◇杜絕不正之風｜杜絕安全隱患。

【杜塞】dùsè 堵塞；阻絕◇杜塞言路。

【杜撰】dùzhuàn 編造；虛構。反 真實。

【杜鵑】dùjuān ①鳥名。羽毛黑灰色，尾有白斑。夏初常晝夜鳴叫，啼聲哀切。②灌木名，花也叫杜鵑，多為紅色。又名映山紅。

3 **材** cái 粵coi4才 ①木料◇木材。②原材料◇就地取材。③資料◇素材｜題材。④人的資質◇蠢材｜因材施教。⑤人的相貌、體形◇一表人材。⑥指棺木◇壽材。

【材料】cáiliào ①用來生產、製作成品或建造建築物的東西。如木材、布匹、水泥等。②資料◇學習材料｜宣傳材料。③比喻人才◇這孩子是練體操的好材料。

【材質】cáizhì ①材料的質地◇這套衣櫃用的材質不錯。②人的資質◇材質出眾。

3 **村〔邨〕** cūn 粵cyun1川 ①村莊◇農村｜荒村。②城市內某種特定區域或聚居區◇奧運村｜祈福新村。③粗野；鄙俗◇村野｜村俗。

【村民】cūnmín 鄉村的居民。

【村俗】cūnsú 農村的民風習俗◇邊遠山區，村俗淳樸。

【村莊】cūnzhuāng 鄉間民眾聚居的地方。

【村野】cūnyě ①鄉村田野◇村野上空炊煙裊裊。②粗野，粗魯◇言語村野。

【村落】cūnluò 村莊。

【村寨】cūnzhài 居民聚居的村莊、寨子。

3 **杖** zhàng 粵zoeng6丈 ①拿在手裏拄着用的棍狀物。多為老人使用◇手杖｜龍頭拐杖。②泛指棍狀物◇禪杖｜錫杖。③用棍棒打◇杖脊｜杖刑。

3 **杌** wù 粵ngat6兀 ①凳子。②見“杌隉”。

【杌隉】wùniè 同“阢隉”。

【杌凳】wùdèng 矮凳子。

3 **杙** yì 粵jik6亦 木樁。

3 **杏** xìng 粵hang6幸 果木名。春天開白色或粉紅色花。果實圓形，酸甜可口，或做成杏脯；核仁叫杏仁，做糕點或飲料用，也是中藥。

【杏黃】xìnghuáng 像熟杏那種黃而微紅的顏色。

3 **杉** 〈一〉shān 粵caam3懺 喬木，葉子呈針狀或鱗片狀，樹幹高直，木質細緻，木材用於建築或製造傢俬。

〈二〉shā 粵caam3懺 同杉〈一〉。口語音，只用於少數“杉”的複合詞，如“杉篙”。

【杉篙】shāgāo 去掉皮和枝杈的杉木杆子。多用以做建築材料、搭腳手架或撐船等。

3 **杓** 〈一〉biāo 粵biu1標 ①勺子柄。②古代指北斗七星柄部的三顆星。又稱斗柄。

〈二〉sháo 粵soek3削 同“勺”。勺子。

3 **杧** máng 粵mong¹芒¹ 杧果，果木名。開黃色或淡紅色的花。果實也叫杧果，形如腎臟，淡黃色，是著名的果品。也作"芒果"。

3 **杞** qǐ 粵gei²己 ①木名。②周朝諸侯國名。在今河南杞縣。③姓。

【杞柳】qǐliǔ 落葉喬木。枝條細長柔韌，可編織箱筐一類盛物的器具。

【杞人憂天】qǐrényōutiān《列子・天瑞》：杞國有個人擔心天會塌下來，愁得寢食不安。比喻不必要的擔心和憂慮。同 庸人自擾。

3 **李** lǐ 粵lei⁵理 ①果木名。落葉喬木，開白色花。果實也叫李子，黃色或紫紅色，為常見果品。②姓。

【李代桃僵】lǐdàitáojiāng 古樂府詩《雞鳴》："桃生露井上，李樹生桃旁。蟲來嚙桃根，李樹代桃僵。樹木身相代，兄弟還相忘。"原意比喻兄弟間應該同甘苦共患難，友愛互助。後比喻代人受過。

3 **杈** 〈一〉chā 粵caa¹叉 木製農具，一端有柄，一端有略彎的長齒，用來挑取柴草等。
〈二〉chà 粵caa³詫 杈子，植物的分枝◇樹杈|丫杈。

3 **束** shù 粵cuk¹促 ①捆綁；繫住◇束之高閣|束緊腰帶。②控制；限制◇管束|無拘無束。③集成捆狀或條狀的東西◇花束|激光束。④量詞。用於成捆的東西◇一束紙花。⑤姓。

【束手】shùshǒu ①捆住雙手。②拱着手，兩隻手搭在一起◇束手旁觀。

【束身】shùshēn ①自縛其身。表示歸順。②自律，不放縱◇束身自好。

【束脩】shùxiū 十條乾肉。古代入學時敬師的禮物。後指學生付給老師的酬金。

【束裝】shùzhuāng 收拾行裝◇離鄉背井，束裝出洋。

【束髮】shùfà ①結紮髮髻。②古代男孩成童時束髮為髻，因特指成童之年（八歲或十五歲以上，說法不一）。

【束縛】shùfù ①捆綁◇束縛手腳。②約束，限制◇束縛人的創造性|從金錢的束縛中擺脫出來。

【束手待斃】shùshǒudàibì 捆着雙手等死。比喻無計可施。同 坐以待斃。

【束手無策】shùshǒuwúcè 像被綁住雙手似的，毫無辦法。同 一籌莫展 反 錦囊妙計、良謀善策。

【束手束腳】shùshǒu shùjiǎo 捆住手腳。形容膽小顧慮多，不敢放開去做。同 縮手縮腳 反 大刀闊斧。

【束之高閣】shùzhīgāogé 把東西捆起來放在高高的閣樓上。比喻棄之一邊，不聞不問。

4 **枉** wǎng 粵wong²汪² ①彎曲◇矯枉過正。②使彎曲不正◇徇私枉法。③冤屈◇冤枉|誣枉。④委屈；屈就◇枉駕|枉顧。⑤白白地；徒然◇枉送性命。

【枉自】wǎngzì 徒然，白白地◇枉自苦惱。

【枉法】wǎngfǎ 執法者違背、歪曲或破壞法律◇貪贓枉法。

【枉屈】wǎngqū 使蒙受冤屈◇枉屈無辜。

【枉然】wǎngrán 徒然，沒有任何成效◇用盡心思終是枉然。

【枉費】wǎngfèi 白費，白白消耗◇枉費精神|枉費心機。

【枉駕】wǎngjià 敬辭。用在稱對方來訪或請對方往訪他人◇請仁兄枉駕一顧。

4 **林** lín 粵lam⁴臨 ①成片的樹木或竹木◇竹林|獨木不成林。②指林業◇林場。③比喻聚集在一起的同類人或同類事物◇碑林|武林|儒林。④姓。

【林立】línlì 像森林中的樹木密集地立着。形容非常多◇高樓林立。

【林狖】línyì 猞猁。

【林海】línhǎi 像海洋一樣看不到盡頭的大片森林◇林海松濤。

【林莽】línmǎng 茂密的樹林和草叢。

【林蔭】línyīn 樹木下的陰涼處◇老人家喜歡在林蔭下乘涼。

【林檎】línqín 花紅的別稱。落葉小喬木，花淡紅色，果實似蘋果、小於蘋果。

【林濤】líntāo 風吹動森林發出的波濤般的聲音◇一進山林，就聽得一片林濤聲。

【林藪】línsǒu ①山林與水澤。②比喻事物聚集的處所◇古小說林藪。

4 **枝** zhī 粵zi¹之 ①植物主幹上旁生的細杈◇枝條|柳枝。②量詞。用於枝狀的東西◇一枝

花|兩枝筆。

【枝丫】zhīyā 枝椏。

【枝柯】zhīkē ① 枝條，枝椏◇一排枝柯茂密的大榕樹。② 比喻不重要的◇總是拿些枝柯小事來糾纏。

【枝梧】zhīwú ① 斜柱；支柱。引申為支撐、支持。② 同“支吾”。形容說話論事遮遮掩掩、含混不清。

【枝椏】zhīyā 枝杈，植物主幹上分出的細枝。

【枝葉】zhīyè ① 枝和葉◇枝葉茂盛。② 比喻次要的、瑣碎的◇不要在枝葉問題上花費時間。

【枝節】zhījié ① 植物的枝和枝上長葉子的部位。② 比喻瑣細、無關緊要的◇枝節問題以後再說。③ 比喻新冒出來的問題◇盡快了結，免得橫生枝節。

【枝蔓】zhīmàn ① 枝條和蔓生的植物莖。② 比喻不必要的或多餘的◇砍掉枝蔓，刪繁就簡。

4 **杯〔盃〕** bēi 粵bui1 貝1 ①盛液體的器皿◇茶杯|交杯酒。②杯狀獎品◇金杯獎。

【杯葛】bēigé 有計劃地抵制。(英 boycott)

【杯弓蛇影】bēigōngshéyǐng 古時某人到別人家吃飯，掛在牆上的弓映在酒杯中，某人誤認杯中有蛇，返家後疑心中了蛇毒，就病倒了。後比喻疑神疑鬼，自相驚擾。

【杯水車薪】bēishuǐ chēxīn 用一杯水去澆滅着火的滿車柴草。比喻力量太小，無濟於事。

【杯盤狼藉】bēipánlángjí 形容飯後餐桌上亂七八糟。

4 **枇** pí 粵pei4 皮【枇杷】pípá 果木名。常綠喬木，開白色花，果實淡黃色，可食，葉與核可入藥。

4 **楛** hù 粵wu6 戶 見“梐楛”。

4 **杪** miǎo 粵miu5 秒 ①樹枝的末梢。②指年月或季節的末尾◇歲杪|春杪。③細微◇杪小。

4 **杳** yǎo 粵jiu2 繞/miu5 秒 ①幽暗；幽寂◇杳冥。②深遠；渺茫◇杳渺。③消失，不見蹤跡◇杳無音信。

【杳杳】yǎoyǎo 依稀，隱約◇杳杳梵音。

【杳然】yǎorán ① 無影無蹤◇杳然無跡。② 幽深；幽寂◇空山杳然。

【杳渺】yǎomiǎo 渺茫◇春夢杳渺。

【杳如黃鶴】yǎorúhuánghè 唐代崔顥《黃鶴樓》詩：“黃鶴一去不復返，白雲千載空悠悠。”後比喻一去無蹤。

4 **枘** ruì 粵jeoi6 銳 榫頭。

【枘鑿】ruìzáo 榫頭與卯眼。《史記・孟子荀卿列傳》：“持方枘欲入圜(圓)鑿，其能入乎？”圓榫頭、方卯眼或方榫頭、圓卯眼，都無法合在一起。比喻事物互相矛盾，扞格不入。

4 **杵** chǔ 粵cyu5 柱 ①舂搗東西用的圓木棒◇木杵|杵臼。②一種古代棒狀武器◇金剛杵。③戳；捅◇窗戶紙一杵就破。

4 **枚** méi 粵mui4 梅 ①古代行軍時士卒銜在口中禁絕發聲的器具，形狀像筷子◇銜枚疾走。②量詞。(1)用於小的片狀物◇一枚銅錢|兩枚郵票。(2)用於細、長、小的東西◇一枚別針。(3)用於近似圓形的小東西◇一枚戒指|三枚紅棗。③姓。

【枚舉】méijǔ 一個個地列舉◇不勝枚舉|不可枚舉。

4 **析** xī 粵sik1 色 ①劈開；分開◇分崩離析。②分解辨析◇奇文共欣賞，疑義相與析。

【析疑】xīyí 分析解釋疑難問題◇析疑問難。

4 **板** bǎn 粵baan2 版 ①硬的片狀物◇木板|鋼板|板畫。②像板的東西◇腳板|甲板。③特指店鋪的門板◇晚上八點，鋪子就都上了板。④打拍子的樂器◇檀板。⑤節拍◇慢板|一板一眼。⑥死板，不靈活◇文章失於刻板。⑦像板子那樣硬◇板實|板結。⑧表情嚴肅◇把臉一板。

【板本】bǎnběn 同“版本”。

【板眼】bǎnyǎn ① 中國民族音樂、戲曲中的節拍，強拍稱“板”，其他稱“眼”。② 比喻條理、規矩、辦法等◇辦事很有板眼。

【板塊】bǎnkuài ① 大地構造理論指地球上岩石圈的構造單元，由海嶺、海溝等構造帶分割而成。② 比喻具有某些共同點或聯繫的各個部分的組合◇報告共 16 個部分，分為三大板塊。

【板結】bǎnjié ① 土壤乾硬結塊。② 泛指凝結變硬◇像塗了一層漿糊，都板結起來了。

【板滯】bǎnzhì 死板；呆滯◇舉止板滯｜構圖板滯｜神情板滯。(同) 呆板 (反) 靈活。

【板凳】bǎndèng 長條形的凳子。

【板蕩】bǎndàng《板》和《蕩》是《詩經·大雅》中的兩首詩，描寫周厲王當政無道，百姓受苦受難。後形容時政混亂、社會動盪或戰亂不已◇疾風知勁草，板蕩識忠臣。

【板上釘釘】bǎnshàngdìngdīng 比喻已成定局或説話算數。

【板凳隊員】bǎndèngduìyuán 比賽的替補隊員，因大部分時間都坐在板凳上不能上場而得名◇他做了多年板凳隊員，這次終於上場了。

【板板六十四】bǎnbǎnliùshísì 宋時鑄銅錢，每板六十四枚，無可增減。後比喻刻板不變通◇此人板板六十四，不必多費脣舌。

4 **松** sōng (粵)cung4 蟲 多為常綠喬木，樹皮大多呈鱗片狀，針形葉，有馬尾松、油松、黑松、落葉松等種類，是重要的木材樹種。果實球形，樹幹分泌松脂，松子供榨油或食用，松脂供醫藥或工業用。

【松花】sōnghuā 松花蛋，皮蛋。

【松明】sōngmíng 劈成細條的松木，點燃可照明◇松明火把。

【松香】sōngxiāng 松脂蒸餾後留下的物質。固體透明，質地脆硬，淡黃或黃褐色，是製造油漆、肥皂、火柴的原料。提琴、二胡等多種弦樂器的弓毛也用到松香。

【松鼠】sōngshǔ 哺乳綱嚙齒目一個科。體形細長，後肢細長，前後肢間無皮翼，耳朵長，耳尖有毛，有尖鋭鉤爪，尾毛多而蓬鬆。喜食松子等堅果，及昆蟲與鳥卵。

【松濤】sōngtāo 風吹松林發出的波濤般的聲音。

4 **枋** fāng (粵)fong1 方 ①古書記載的一種樹。②長方形木料。

4 **枊** àng (粵)ngong6 昂6 拴馬樁。

4 **杭** háng (粵)hong4 航 ①渡河◇誰謂河廣，一葦杭之。②浙江杭州市的簡稱◇蘇杭｜滬杭甬地區。③姓。

【杭育】hángyō 號子聲。在重體力勞動中呼喊的聲音。

4 **料** dǒu (粵)dau2 斗 【料栱】dǒugǒng 中國古代建築獨有的木結構料與栱的合稱，主要用以支撐飛簷。栱，從立柱和橫梁結合部探出的弓形承重木，栱有數層，上層的栱外延長過低一層的栱；墊在兩栱間的方形木塊叫料。也作"斗拱"。

4 **枕** 〈一〉zhěn (粵)zam2 怎 ①躺卧時墊頭的用具◇高枕無憂。②墊在下面的◇枕木。

〈二〉zhèn (粵)zam3 浸 枕着；躺卧時把頭放在墊具上◇枕戈待旦。

【枕藉】zhěnjiè 縱橫相枕。形容多個物體雜亂橫陳◇死傷枕藉。

【枕戈待旦】zhěngēdàidàn 枕着兵器睡卧等待天明。形容保持警惕，隨時準備戰鬥。(反) 高枕無憂。

4 **杻** chǒu (粵)cau2 醜 古代的一種刑具，類似手銬。

4 **杷** pá (粵)paa4 爬 見"枇杷"。

4 **杼** zhù (粵)cyu5 柱 舊式織布機上往來織緯線的梭子◇不聞機杼聲，唯聞女歎息。

【杼軸】zhùzhóu ① 織布機上的兩個部件，用來穿緯線的梭子和持經線的筘。② 比喻詩文的主體構思。

4 **東(东)** dōng (粵)dung1 冬 ①方位詞。四個主要方向之一，太陽升起的方向◇聲東擊西。②主人。古代主位在東，賓位在西，故以"東"代稱主人◇股東｜店東。③東道主◇今天請客，我做東。

【東方】dōngfāng ① 太陽升起的方向◇日出東方。② 特指亞洲◇東方文化。

【東市】dōngshì 漢代在長安東市處決死囚。後泛指刑場。

【東西】〈一〉dōngxī ① 方位詞。東邊與西邊。② 從東到西（距離）◇中央大道東西長三公里。

〈二〉dōngxi ① 泛指各種事物◇搬東西｜感情這東西沒人能摸得透。② 指人或動物◇蠢東西｜

老東西｜這小東西可是通人性的。

【東牀】dōngchuáng《世説新語・雅量》：東晉太尉郗鑒派門生到丞相王導家選女婿，門客回來説：王家子弟聽説是來擇婿，都顯得很拘謹，"唯有一郎在東牀上袒腹卧，如不聞"。郗鑒説，這位正是好女婿，就把女兒嫁給他。此人就是王羲之。後用作女婿的別稱。◇東牀快婿。(同) 東牀袒腹、袒腹東牀。

【東風】dōngfēng ① 東方吹來的風◇明天轉吹東風。② 春風◇相見時難別亦難，東風無力百花殘。③ 比喻某種可借用的力量◇乘中國經濟發展的東風，股市穩步上揚｜萬事俱備，只欠東風。

【東洋】dōngyáng ① 東方的海洋◇東洋大海。② 指日本◇東洋貨｜東洋留學。

【東家】dōngjia ① 受僱用、聘用的人稱其主人。② 房客稱房東。(同) 主人 (反) 下人。

【東宮】dōnggōng ① 古代太子居住的地方。② 指太子。

【東溟】dōngmíng 指東海。

【東漢】dōnghàn 朝代名。公元 25 年至 220 年，光武帝劉秀所建，都城在洛陽。

【東曦】dōngxī 初升的太陽◇東曦出水，漫天華彩。

【東道主】dōngdàozhǔ 春秋時，晉秦圍攻鄭國，鄭文公派人游説秦穆公説：如果不滅鄭國，以之作為東方道路上的主人，接待往來東方的使節，對你沒有壞處。鄭在秦之東，故稱"東道主"。後用於稱接待或宴請客人的主人◇北京冬奧宣講團作為好客的東道主，講述冬奧故事。

【東山再起】dōngshānzàiqǐ 東晉謝安辭官後隱居會稽東山，四十歲後又出任要職。後指失勢後重新得勢。(反) 一蹶不振。

【東施效顰】dōngshīxiàopín《莊子・天運》：越國美女西施病了，按着胸口，皺着眉頭，顯得更美。同村的醜女東施見了，就學西施的樣子，但卻更醜。後比喻不夠條件而硬加模仿，效果適得其反。

【東窗事發】dōngchuāngshìfā 傳説宋朝的秦檜是在自己家中東窗下與妻子密謀計策殺害岳飛的。後比喻陰謀或罪行敗露。

【東鱗西爪】dōnglín xīzhǎo 傳説龍在雲中只露出龍體的一小部分，很難見到全貌。因此，在畫龍時就東畫一片鱗，西畫一隻爪。比喻零星瑣碎，不全面、不完整。

【東風吹馬耳】dōngfēngchuīmǎ'ěr 東風從馬耳邊吹過。比喻聽不進別人的意見。

4 **杲** gǎo 粵 gou2 稿 ①明亮；光明◇杲日｜秋陽杲杲。②姓。

4 **果** guǒ 粵 gwo2 裹 ①結局◇惡果｜前因後果。②成為事實；實現◇索賠未果。③飽；充實◇食不果腹，衣不蔽體。④堅決，不猶豫◇果敢｜果斷。⑤果然，跟預料的相同◇果如其言｜果不出所料。⑥同"菓"。植物的果實◇鮮果｜開花結果。⑦姓。

【果決】guǒjué 果斷堅決◇處置得很果決，有魄力。

【果若】guǒruò 果真；如果◇果若如此，那不是很好嗎？

【果品】guǒpǐn 鮮果和乾果的統稱。

【果真】guǒzhēn ① 果然，真的◇果真如此｜這孩子果真聰明。② 如果，要是…的話◇果真計較起來，你讓讓她算了。

【果敢】guǒgǎn 堅定勇敢◇行動果敢。

【果報】guǒbào 佛教語。因果報應。認為今生種甚麼因，來生就結甚麼果，善有善報，惡有惡報。

【果然】guǒrán 果真，同預料的相合◇女孩果然聰明伶俐｜這件事果然是他所為。

【果腹】guǒfù 吃飽肚子◇食不果腹。

【果實】guǒshí ① 植物開花後結出來、內含種子的東西。② 比喻所取得的成果◇勝利果實｜勞動果實。

【果毅】guǒyì 果敢堅毅◇果毅力行。

【果斷】guǒduàn 當機立斷，不猶豫◇辦事果斷｜採取果斷措施。

【果子狸】guǒzilí 哺乳動物。形似家貓而大，食穀物、果實、鳥、昆蟲等。面部有黑白相間的斑塊，故也叫花面狸。

【果不其然】guǒbùqírán 果然不出所料；本來就在預料之中。

5 **某** mǒu 粵 mau5 畝 ①代替確定但不言明的事物◇鄰居李某｜不是説定某日見面嗎？②指代

不確定的◇某種程度|浙江某地。③指代自己◇我李某願意承擔這份責任。

5 **柰** nài 粵noi6 內 果木名。類似花紅。也指柰樹的果實。

5 **柑** gān 粵gam1 今 果木名。開白花，果實也叫柑，橘黃色，多汁，酸甜可口，品種不一，是人們常食用的水果。

5 **枻** yì 粵jai6 曳 船；船槳。

5 **枯** kū 粵fu1 呼 ①草木失去水分◇枯枝敗葉。②乾涸◇枯澤。③窮盡；斷絕◇資源枯竭。④單調；平淡◇枯坐家中。⑤憔悴◇面容枯乾。

【枯朽】kūxiǔ 乾枯腐爛◇老榕樹樹幹都已枯朽。

【枯涸】kūhé 乾涸枯竭。多形容水、資源、財產、思想等方面。

【枯寂】kūjì 寂寞無聊◇內心枯寂|生活枯寂。(反) 熱鬧。

【枯萎】kūwěi 植物因嚴重缺水而變乾變皺◇土地龜裂，禾苗枯萎。

【枯黃】kūhuáng 乾枯發黃◇枯黃的落葉。(反) 青翠。

【枯焦】kūjiāo 乾枯得像燒焦了似的◇赤日炎炎似火燒，野田禾稻半枯焦。

【枯腸】kūcháng 比喻貧乏枯竭的思路◇搜索枯腸，硬做文章。

【枯槁】kūgǎo ①草木乾枯◇枯槁的花木。②瘦削；憔悴◇形容枯槁。③形容窮困潦倒◇半世落寂，一生枯槁。(反) 滋潤。

【枯瘦】kūshòu 乾癟而消瘦◇枯瘦如柴|面容枯瘦。

【枯竭】kūjié 斷絕；用盡；匱乏◇泉水枯竭|文思枯竭|資本枯竭|天然資源會有枯竭的一天。

【枯燥】kūzào 單調沒有變化，毫無趣味◇枯燥無味|你的日子過得太枯燥了。

【枯澀】kūsè ①乾而不潤◇皮膚枯澀|枯澀的雙眼。②枯燥乏味◇文字枯澀，乾癟無味。

【枯木逢春】kūmùféngchūn 比喻重新獲得生機。

5 **柯** kē 粵o1/ngo1 屙 ①草木的枝、莖◇柯條。②斧頭柄。③姓。

5 **柄** bǐng 粵bing3 兵3 / beng3 餅3 ①器物上供握持的部位◇手柄|勺柄。②植物的花、葉、果與枝莖相連的部分◇花柄|葉柄。③權力◇權柄。④比喻紕漏、問題◇把柄|話柄。⑤執掌；掌握◇柄國|柄事。⑥量詞。用於帶把兒的東西◇三柄鋤頭|一柄大刀。

5 **柘** zhè 粵ze3 借 落葉灌木或小喬木。葉卵形或橢圓形，果實球形。木質堅韌緻密，是貴重的木材。葉可餵蠶。

5 **柩** jiù 粵gau6 舊 裝着屍體的棺材◇靈柩|扶柩。

5 **枰** píng 粵ping4 評 棋局；棋盤◇對枰|棋枰。

5 **查** 〈一〉chá 粵caa4 茶 ①仔細地察看◇查票|扣查。②考察，了解情況◇查個水落石出。③翻檢着看◇查字典|查資料。④同"槎"。木筏。

〈二〉zhā 粵zaa1 渣 ①山楂。果樹名。果實紅色，小球形，味酸。②姓。

【查考】chákǎo 探查鑒實；查詢考證◇查考真偽。

【查找】cházhǎo 調查尋求；翻檢尋找◇查找線索|查找資料|查找不足。

【查抄】cháchāo 清查並沒收；搜查並沒收◇查抄財產|查抄地下賭場。

【查究】chájiū 查問追究◇查究瀆職行為。

【查明】cháming 進行調查，弄清事實◇查明偽鈔的來源。

【查封】cháfēng 強制性地予以封閉◇貨倉已被法院查封。(反) 啟封。

【查核】cháhé 查對核實◇反復查核|查核賬目。

【查探】chátàn 調查深究◇查探起火的原因。

【查勘】chákān 進行實地調查；探測◇查勘銅礦資源|查勘海底石油資源。

【查處】cháchǔ 調查清楚實情，並做出處理◇查處盜版光碟。(同) 查辦。

【查訪】cháfǎng 通過調查詢問了解情況◇暗中查訪。

【查問】cháwèn ①調查問訊◇查問事情經

過。②審查盤問◇查問來龍去脈。

【查禁】chájìn 查處並禁止◇查禁假冒商品。

【查照】cházhào 公文用語。提請對方注意文件內容或按照文件內容辦事◇希查照辦理。

【查詢】cháxún 尋找；詢問◇歡迎來電查詢｜查詢地址。

【查實】cháshí 經調查證實◇現已查實，李某犯有偽證罪。

【查辦】chábàn 查明事實，據以處理或懲罰◇查辦走私案件。同 查處。

【查檢】chájiǎn ①檢查◇查檢進口貨櫃。②翻檢查閱；檢索◇部首查檢法。

【查驗】cháyàn 核查驗證。

5 **柙** xiá 粵haap6 狹 ①古代用來關野獸的木籠子。②舊時關押犯人的囚籠。

5 **枵** xiāo 粵hiu1 囂 ①樹老中空。②空虛。

【枵腹從公】xiāofùcónggōng 餓着肚子辦公家的事。

5 **柚** 〈一〉yóu 粵jau4 由 柚木。落葉喬木，開白色花。木質堅硬，暗褐色，是上等優質木材。

〈二〉yòu 粵jau6 又 果木名。花白色，果實圓形或梨形，也叫柚子，味酸甜。花、葉、果皮可提製芳香油。

5 **枳** zhǐ 粵zi2 止 落葉灌木或小喬木。莖上有刺，果實球形，味酸，可做藥材。

5 **枴** guǎi 粵gwaai2 拐 用來支撐身體，幫助行走的手杖◇枴棍｜枴杖。

5 **柲** bì 粵bei3 祕 戈戟等兵器的柄。

5 **柮** duò 粵deot1 咄 見"榾柮"。

5 **柞** 〈一〉zuò 粵zok6 鑿 ①常綠灌木或小喬木，花黃白色。材質堅硬，可做傢具。②柞樹，櫟樹的通稱，葉子可養蠶◇柞絲。

〈二〉zhà 粵zaa3 詐 柞水。在陝西。

【柞蠶】zuòcán 蠶的一種，吃柞樹的葉子。柞蠶絲較桑蠶絲粗，是紡織品的重要原料。

5 **柂〔杝〕** 〈一〉duò 粵to4 駝 ①同"舵"。②溝通；引。

〈二〉yí 粵ji4 而 古時一種似白楊的樹。

5 **柎** fū 粵fu1 夫 ①花萼。②鐘鼓架的腿。

5 **柏〔栢〕** 〈一〉bǎi 粵baak3 百 ①常綠喬木，有側柏、刺柏、扁柏等。鱗片狀小葉，木質堅硬，是優質木材。②見"柏油"。③姓。

〈二〉bó 粵baak3 百 柏林，德國首都。

〈三〉bò 粵baak3 百 同"檗"，見"黃柏"。

【柏油】bǎiyóu 瀝青的俗稱◇柏油馬路。

5 **柝** tuò 粵tok3 託 古代打更用的梆子◇朔氣傳金柝，寒光照鐵衣。

5 **柃** líng 粵ling4 零 常綠灌木或小喬木。開白色花，漿果紫黑色，可做黑色染料。

5 **柢** dǐ 粵dai2 底 樹根◇根深柢固｜歸根結柢。

5 **柵〔栅〕** 〈一〉zhà 粵caak3 冊 柵欄◇柵門｜鐵柵。

〈二〉shān 粵saan1 山 柵極。多極電子管中最靠近陰極的一個柵狀電極。有控制電流強度，改變電子管性能等作用。

【柵欄】zhàlan 用竹、木、鐵條等物做成的類似籬笆的圍欄◇鐵柵欄裏面是一幢漂亮的別墅。

5 **枸** 〈一〉gōu 粵gau2 韭 見"枸橘"。

〈二〉gǒu 粵gau2 九 見"枸杞"。

〈三〉jǔ 粵geoi2 舉 見"枸櫞"。

【枸杞】gǒuqǐ 落葉小灌木，莖有短刺，花淡紫色，卵圓形的紅色漿果，是重要的中草藥。根、皮也入藥。

【枸橘】gōujú 即枳。

【枸櫞】jǔyuán 常綠灌木或小喬木。有硬刺，花白中帶紫。果實卵形，有香味，供觀賞。果皮入藥。也叫香櫞。

5 **柳** liǔ 粵lau5 留5 ①落葉喬木或灌木。柔軟的枝條長而下垂，葉狹長，花黃綠色。常植於水邊。②指垂柳柔軟的枝條。多用以形容女子的腰肢或眉毛◇柳腰｜柳眉。③指娼妓◇尋花問柳｜花街柳巷。④星宿名。二十八宿之一。⑤姓。

【柳下惠】liǔxiàhuì 春秋時期魯國人，因讓女性坐在他懷中也沒有發生越禮的事，受到後人敬仰。後指男性為人正直，意志堅強。

【柳暗花明】liǔ'ànhuāmíng ① 形容綠柳成蔭，繁花明麗的美景。② 宋代陸游《遊山西村》詩："山重水複疑無路，柳暗花明又一村。" 本形容前面村落的美麗春色，後比喻在困境中出現了希望或轉機。

5 **柊** zhōng 粵zung[1] 忠 柊葉。多年生草本植物。地下有塊狀根狀莖，開紫花。根、葉入藥。

5 **枹** fú 粵fau[4] 浮 同"桴"。鼓槌。

5 **柱** zhù 粵cyu[5] 貯 ①建築物中起支撐作用的直立構件，多以木、石、型鋼或鋼筋混凝土製成◇偷梁換柱。②形狀像柱子的東西◇光柱|煙柱|水銀柱。

【柱石】zhùshí 柱子和其下的基石。比喻起支撐作用的力量或擔當重任的人。

5 **柿** shì 粵ci[5] 似 果木名。花黃白色，果實叫柿子，扁圓形，橙黃色或紅色，甘甜可口。

5 **柈** bàn 粵bun[6] 伴 柈子。方言。劈成大塊、供燒火用的木柴。

5 **柁** 〈一〉duò 粵to[4] 駝 同"舵"。
〈二〉tuó 粵to[4] 駝 木結構屋架上，架在前後兩根柱子上、承載屋頂的大橫梁。

5 **枷** jiā 粵gaa[1] 家 古代套在罪犯脖子上的木製刑具◇披枷戴鎖。

【枷鎖】jiāsuǒ ① 古代刑具，枷和鎖鏈。② 比喻遭受到的壓迫或束縛◇衝破感情上的枷鎖。

5 **枱〔檯〕** tái 粵toi[4] 台 ①桌子◇餐枱|寫字枱。②支撐起來的平展的枱面狀器物（枱面下可安裝供儲物等用的附件）。在枱上可進行工作、操作及各種活動◇手術枱|電腦枱|乒乓球枱。

【枱面】táimiàn ① 位於桌子和各種枱類器物上方的平面物◇正在油漆乒乓球枱的枱面。② 比喻公開的場合◇這件事擺不上枱面呀，叫我如何替你說情？

5 **柬** jiǎn 粵gaan[2] 簡 信札、名片、請帖等◇請柬|書柬|柬帖。

5 **柒** qī 粵cat[1] 漆 "七" 的大寫。

5 **染** rǎn 粵jim[5] 掩[5] ①用染料着色◇染坊|層林盡染。②沾染；感染◇染病|千萬別染上壞習氣。

【染指】rǎnzhǐ《左傳・宣公四年》：春秋時，鄭靈公請臣下品嚐甲魚，故意不給子公吃，子公氣得用手指在盛甲魚的鼎裏蘸了點湯，嚐了嚐就走了。後比喻分取不該得到的利益◇確保本國資源不受他人染指。

【染缸】rǎngāng 給紡織物染色的大缸。比喻影響人的環境。

5 **架** 〈一〉jià 粵gaa[2] 加[2] ①支撐或放置東西的用具◇支架|書架|衣架。②人或事物的主體結構◇骨架|框架。
〈二〉jià 粵gaa[3] 嫁 ①搭建；支撐◇架橋|疊牀架屋。②攙扶◇架着老人上樓。③抵擋；承受◇招架|錢再多也架不住這麼揮霍。④量詞。多用於表示形似框架的東西◇一架鋼琴|兩架飛機。⑤毆鬥，爭吵。

【架子】jiàzi ① 支撐或放置東西的用具，多用竹、木、金屬材料製成◇花盆架子|書架子。② 比喻事物的結構、框架◇劇本的架子已經構思好了。③ 指傲慢、自負、裝腔作勢的姿態◇他雖然是高層，卻從不擺架子。

【架空】jiàkōng ① 支撐起來，使離開地面、架在空中◇架空電線|架空的傣家竹樓。② 比喻失去實權，徒有虛名◇職權被架空了。

【架設】jiàshè 凌空作業，安裝物件◇架設山間索道|架設高壓電線。

【架勢】jiàshi ① 姿勢；姿態◇擺個架勢。② 形勢；態勢◇擺出決戰的架勢。

【架構】jiàgòu ① 起定型作用的主體結構◇網絡架構。② 比喻事物的結構或格局◇文章的架構|架構重組。同 結構。

5 **枲** xǐ 粵saai[2] 徙 枲麻，大麻的雄株，只開雄花，不結子。

5 **柔** róu 粵jau[4] 由 ①軟◇纖柔|柔風細雨。②讓硬的東西變軟◇柔麻。③溫和◇溫柔|嬌柔。④姓。

【柔長】róucháng 柔軟修長◇體態柔長|柔長的秀髮。

【柔和】róuhé ① 溫柔和順◇性情柔和|聲音柔和。② 柔軟，軟◇動作柔和|鴨絨被又輕又柔和。③ 柔弱溫和◇柔和的陽光。

【柔弱】róuruò 不堅強；不強烈；不強壯◇性

格柔弱｜陽光柔弱｜柔弱的幼苗。

【柔軟】róuruǎn 軟，不硬◇聲調柔軟｜柔軟的絲綢｜她的柔軟度很高。

【柔情】róuqíng 溫柔的感情◇柔情蜜意。

【柔婉】róuwǎn ① 柔和委婉◇唱腔柔婉動聽。② 柔和溫順◇生性柔婉。㊐ 和婉 ㊎ 暴躁。

【柔順】róushùn ① 溫柔和順◇性情柔順。② 柔軟順溜◇柔順的秀髮。

【柔韌】róurèn 柔軟而有韌性◇質地柔韌｜柔韌的皮革。

【柔媚】róumèi 溫柔嬌媚；柔和嫵媚◇柔媚多姿｜柔媚動人。

【柔腸】róucháng 柔軟的心腸。比喻溫柔纏綿的情意◇似水柔腸｜柔腸百結。

【柔嫩】róunèn 柔軟而細嫩◇柔嫩的麥苗｜柔嫩的小臉蛋。

【柔靜】róujìng 溫柔嫻靜◇性格柔靜。

6 **栽** zāi 粵zoi1 災 ①種植◇栽花｜盆栽。②供種植的幼苗◇稻栽｜柳栽子。③織入；插上◇栽絨｜板刷的毛栽得不齊。④強加，硬給安上◇隨便栽個罪名，就抓走了。⑤摔倒；跌倒◇一頭栽到地上。⑥比喻受挫、失敗或遭陷害◇沒想到栽到他手裏！

【栽培】zāipéi ① 種植並培育◇精心栽培｜栽培技術。② 比喻培養造就或扶植提拔◇多承您栽培，我才有今日。

【栽植】zāizhí 種植◇栽植雪松。

【栽種】zāizhòng 種植◇栽種花木。

【栽贓】zāizāng 把贓物或違禁物品暗中放到別人處，然後誣告其犯法◇被人栽贓陷害。

【栽跟頭】zāigēntou 頭朝地跌倒。比喻受挫、失敗或出醜◇在船期上栽了個跟頭。

6 **框** kuàng 粵hong1 康/kwaang1 ①嵌在牆上、固定門窗的架子；加在器物周邊起固定作用的架子◇門框｜鏡框。②在四周加上確定範圍的線條◇框住的文字是要刪除的。③限制；束縛◇別叫舊觀念把你框死了。

【框架】kuàngjià ① 建築物的主體結構。② 指事物的基本結構◇協議框架。

【框框】kuàngkuang ① 圈定四周、成封閉形的線條◇在地上畫了幾個方框框。② 比喻固定的格式、規章、制度、範圍或不合時宜的傳統做法◇改變舊觀念，破除條條框框。

6 **栻** shì 粵sik1 色 古代占卜用的器具。

6 **桂** guì 粵gwai3 季 ①桂花樹。秋季開白色或金黃色花，花極香，做香料或食品用。②肉桂。常綠喬木，花白色，樹皮稱桂皮，做香料、烹調作料或入藥。③廣西壯族自治區的簡稱。④姓。

【桂月】guìyuè ① 指月亮。傳說月亮中有桂樹，故稱。② 指農曆八月。八月桂花盛開，故稱。

【桂冠】guìguān 用月桂樹的枝葉編成的帽子。古希臘人授予傑出詩人或競技優勝者。後指榮譽稱號、獎項或競技冠軍。

【桂圓】guìyuán 龍眼。

6 **桔** 〈一〉jié 粵gat1 吉 見“桔梗”。
〈二〉jié 粵git3 潔 見“桔槔”。
〈三〉jú 粵gat1 吉 同“橘”。

【桔梗】jiégěng 多年生草本植物，開暗藍或暗紫色花，根可入藥。

【桔槔】jiégāo 汲水的工具。在水源邊架設槓桿，前端掛水桶取水，後端墜石塊平衡水桶重量，汲水方便省力。

6 **栲** kǎo 粵haau2 巧 常綠喬木。果實球形，表面有短刺，材質堅硬，用作枕木、輪軸、建材等。樹皮可製栲膠和染料。

【栲栳】kǎolǎo 用柳條或竹篾等編成的斗狀容器。

6 **栳** lǎo 粵lou5 老 見“栲栳”。

6 **栱** gǒng 粵gung2 拱 見“枓栱”。

6 **桓** huán 粵wun4 緩 ①古代立在驛站、官署、城門等處用作標誌的柱子。②姓。

6 **栭** ér 粵ji4 而 ①斗拱。②朽木上生的蕈類。

6 **桎** zhì 粵zat6 姪 古代刑具，近似現在的腳鐐。

【桎梏】zhìgù ① 古代戴在腳和手上的刑具。② 比喻束縛人、阻礙事物發展的東西◇打破精神桎梏。

6 **桄** 〈一〉guāng 〔粵〕gwong[1] 光 桄榔。常綠喬木，肉穗花序的汁液可以製糖，莖中的髓可做澱粉，葉柄的纖維可做繩或刷子。樹幹高而直，中有一條細的空心。

〈二〉guàng 〔粵〕gwong[3] 光[3] ①門、車、牀、織機等器物上的橫木◇門桄│牀桄。②桄子。手工繞線的器具。竹木製成，呈工字形，中間有較長立木。③把線繞在桄子上◇桄線。④在桄子上繞好的成圈的線◇線桄。⑤量詞。用於繞好的線◇一桄線。

6 **桐** tóng 〔粵〕tung[4] 同 落葉喬木，經濟植物。種類很多，有梧桐、泡桐、油桐等，木材屬輕質，用途廣泛。

6 **株** zhū 〔粵〕zyu[1] 珠 ①樹被伐後露在地面上的樹樁、樹根◇守株待兔│枯木朽株。②指植物個體◇植株│修整棉株。③量詞。棵◇一株果樹│種樹千株。

【株連】 zhūlián 一人獲罪牽連他人◇株連九族。〔同〕牽連。

【株幹】 zhūgàn 樹幹，植物的主體部分。

6 **栝** guā 〔粵〕kut[3] 括 ①檜樹。②箭羽、弩後部搭弦的地方◇箭栝│機栝。

6 **栴** zhān 〔粵〕zin[1] 煎 栴檀，即檀香。"栴檀那"(梵 candana)的簡稱。

6 **栿** fú 〔粵〕fuk[6] 服 房樑。

6 **桕** jiù 〔粵〕kau[5] 舅 烏桕。

6 **桁** héng 〔粵〕hang[4] 恒 檁◇桁條│屋桁。

6 **栓** shuān 〔粵〕saan[1] 山 ①裝在器物上用於開關的機件◇門栓│槍栓。②塞子。泛指形狀或作用像塞子的東西◇腦血栓。

6 **桃** táo 〔粵〕tou[4] 途 ①果木名。落葉喬木，開白色或粉紅色花。果實叫桃或桃子，球形或扁圓形，核仁做食品或入藥。②形狀像桃子的東西◇棉桃│核桃。③特指核桃◇桃酥。

【桃色】 táosè ① 粉紅色。多形容女子容顏◇面如桃色。② 指男女風流韻事方面的◇桃色新聞。

【桃李】 táolǐ《韓詩外傳》卷七："夫春樹桃李，夏得陰其下，秋得食其實。"後比喻培養出來的學生◇桃李門牆│桃李滿天下。

【桃符】 táofú 古代掛在大門左右的兩塊桃木板，畫有神像，用以避邪。五代時開始在桃木板上寫春聯，因也借指春聯◇爆竹一聲除舊，桃符萬戶更新。

【桃李不言，下自成蹊】 táolǐbùyán, xiàzìchéngxī 比喻只要人品高尚，就會得到別人的尊敬和仰慕。

6 **桅** wéi 〔粵〕wai[4] 圍 桅杆。帆船掛帆的桂杆；艦船懸掛航海信號、架設天線的桂杆。

6 **栒** 〈一〉xún 〔粵〕ceon[4] 旬 栒子。落葉灌木，花白色或粉紅色，果實球形，材質堅韌，可製器物柄等物。

〈二〉sǔn 〔粵〕seon[2] 筍 古代懸掛鐘磬的架子上的橫木。

6 **格** 〈一〉gé 〔粵〕gaak[3] 隔 ①隔成的空欄或空框◇窗格。②標準；格式；規矩◇合格│規格。③品質；特性◇品格│別具一格。④推究；探求◇格物致知。⑤擊，打鬥◇格鬥。⑥某些語言中詞的語法範疇，通過詞尾變化表示和其他詞的語法關係。如俄語的名詞、代詞、形容詞有六個格。⑦姓。

〈二〉gē 〔粵〕gaak[3] 隔 見"格格〈二〉"。

【格外】 géwài ① 特別，超出尋常◇格外關心│格外高興。② 額外；另加的◇格外的負擔。〔同〕分外。

【格式】 géshì ① 一定的規格樣式◇官方文書一般都有固定的格式。② 電腦為儲存資料而使用的特殊編碼方式，例圖片為 jpg、文字檔為 doc 等。

【格言】 géyán 富有教育意義或哲理的話，如"三人行必有我師""學如逆水行舟，不進則退"就是格言。

【格局】 géjú 架構；佈局◇商業格局。

【格律】 gélǜ 創作詩、詞、曲、賦時，在字數、句數、對仗、平仄、押韻等方面所遵循的格式和規則。

【格格】 〈一〉gége 滿語。清代皇族女兒的統稱。

〈二〉gēgē 象聲詞。咯咯◇風把門吹得格格作響│妹妹格格地笑個不停。

【格鬥】 gédòu 搏鬥◇殊死格鬥。

【格調】gédiào ① 文學藝術的風格和情調◇創作格調端莊典雅。② 指人的品格和風範◇格調高雅｜格調平庸。

【格物致知】géwùzhìzhī 從推究事物的道理中獲取知識。

【格格不入】gégébúrù 互相抵觸，不相合。同 扞格不入。

【格殺勿論】géshāwùlùn 把犯罪拒捕或違抗禁令的人當場打死而不以殺人論罪，意謂擁有合法的殺人權。

6 **栘** yí 粵ji⁴ 而【栘栘】yíyī常綠喬木，葉子橢圓形或卵狀披針形，花白色，果實卵形。樹皮和果實可入藥。

6 **校** (一)xiào (1)粵haau⁶ 效 ①學校◇校花｜接送學童的校車。②姓。(2)粵gaau³ 較 現代軍隊建制的軍銜，在將官之下、尉官之上◇少校｜中校｜上校。

(二)jiào 粵gaau³ 教 ①較量高低◇校場。②計較◇犯而不校。③考核，考察◇考校。④核對；考訂◇校正｜校點。

【校友】xiàoyǒu 稱呼曾在同一學校學習或工作過的人。多指同校的學生◇校友通訊錄。

【校正】jiàozhèng 校對更正◇校正準星｜校正錯字。

【校服】xiàofú 學校規定學生在校必穿的制式統一的服裝。

【校風】xiàofēng 校園內的風氣◇校風一貫良好。

【校訂】jiàodìng 校勘、訂正錯誤◇認真校訂書稿。

【校規】xiàoguī 學校制定的師生員工必須遵守的規則。

【校勘】jiàokān 對同一書籍用不同的版本和有關資料加以比較核對，考訂文字的異同和正誤真偽。

【校場】jiàochǎng 古代演練、比武的場所。

【校對】jiàoduì ① 找出錯誤、不合標準的地方予以糾正◇校對稿件。② 從事校對工作的人◇特級校對。

【校驗】jiàoyàn 校正檢驗◇校驗儀器｜校驗量具。

【校讎】jiàochóu 校勘。

6 **核** (一)hé 粵hat⁶ 瞎 ①果實中心包裹果仁的堅硬部分◇桃核｜杏核｜棗核。②事物中心像核的部分◇細胞核。③特指原子核◇核裁軍｜核電站｜核反應堆。④仔細對照檢查◇核查｜稽核。

(二)hú 粵wat⁶ 屈⁶ 同"核(一)①"。用於口語。

【核心】héxīn 中心；主要部分◇核心工作｜球隊的核心人物。

【核准】hézhǔn 審核批准◇核准按揭申請｜方案已獲核准。

【核能】hénéng ① 原子能。原子能是原子核發生裂變或聚變反應時產生的能量，故稱核能。② 發電的一種方法。

【核對】héduì 審核查對◇核對筆跡｜核對報表。

【核算】hésuàn 核對計算◇核算成本。同 核計。

【核實】héshí 核對查證；審核查實◇經過核實，確有其事。

【核彈】hédàn 原子彈、氫彈等原子武器的統稱。

【核動力】hédònglì 由核子反應產生的熱能轉變成的動力◇核動力潛艇。

6 **栟** (一)bīng 粵bing¹ 冰 ①栟櫚，即"棕櫚"。②栟柑，果木名。花白色，果實橙黃色。

(二)bēn 粵ban¹ 奔 地名。江蘇有栟茶鎮。

6 **桉** ān 粵on¹/ngon¹ 安 常綠喬木。樹幹高而直。木質堅韌，用於枕木、橋樑等。從枝葉提取的桉油，供製藥製香料用。

6 **根** gēn 粵gan¹ 巾 ①植物最下端吸收養分的部分，一般都深入泥土中，並起固定、支撐植物枝幹的作用；有的水生植物的根浮在水中；寄生植物的根扎在寄生體上◇根深葉茂。②物體的基部或與其他東西相接的部分◇牆根｜舌根。③事物的本源◇禍根｜盤根問底。④依據◇根據。⑤從根本上；徹底地◇根絕｜根除。⑥比喻子孫後代◇獨根｜他是楊家的根苗。⑦佛教把眼、耳、鼻、舌、身、意稱作根◇六根清淨。⑧數學名詞。(1)方根◇平方根。(2)一元方程的解。⑨化學名詞。帶負電的基◇硫酸根。⑩量詞。用於細長的條狀物◇一根牙籤｜一根拐杖。

【根本】gēnběn ① 事物的根源；最主要的基

點◇問題要從根本上解決｜產品創新，人才是根本。② 重要的，起決定作用的◇根本措施｜根本保證。③ 徹底；完全◇這根本是在誣衊人！④ 從來；本來◇你誤會了，我根本沒這樣想過。

【根由】gēnyóu 來歷；緣由◇事情的根由。

【根究】gēnjiū 徹底追究◇依法根究貪腐人員｜追根究底。

【根底】gēndǐ ① 基礎◇根底扎實｜文化根底深厚。② 底細◇此人的根底不甚清楚。

【根除】gēnchú 徹底鏟除◇根除隱患。

【根基】gēnjī ① 事物的基礎部分◇事實是科學的根基。② 事物發展的起點◇他的英語根基非常好。

【根腳】gēnjiǎo ① 建築物的根基；基礎◇大樓的根腳很堅實。② 指出身、履歷。多見於早期白話◇根腳清白｜這人根腳深厚。

【根源】gēnyuán ① 事物發生的主因◇歷史根源｜事故的根源。② 起源；來源◇創作靈感根源於豐富的想像。

【根據】gēnjù ① 按照；依照◇根據法律辦事｜根據事實説話。② 作為依據的事物◇理論根據｜證據是斷案的根據。

用法提示：根據、據

"根據"和"據"的介詞用法基本上相同，但"據"可以跟單音節詞組合，如"據實、據説"，"根據"不能。"據"常跟"某人説、某人看來"之類的小句組合，用"根據"時，通常要把這種小句改為名詞性短語◇根據我的看法。

【根據地】gēnjùdì 被某一勢力掌控的地區或基地◇抗日根據地｜反叛勢力的根據地。

【根深蒂固】gēnshēn dìgù 比喻基礎牢固，不易動搖◇重男輕女的意識根深蒂固。

6 **栩** xǔ 粵heoi² 許 ①木名。櫟樹。②見"栩栩如生"。

【栩栩如生】xǔxǔrúshēng 形容相似，逼真◇她筆下的人物栩栩如生，儼然真人一般。

6 **栗** lì 粵leot⁶ 律 ①栗子樹。落葉喬木。果實包在多刺的球狀殼內，稱栗或栗子，是日常食品；材質堅硬，是優良的木料。②姓。

6 **柴** chái 粵caai⁴ 豺 ①散碎的木料。②作燃料用的木頭◇眾人拾柴火焰高。③方言。食物纖維多而韌，不易嚼斷◇這牛肉柴得不能吃。

【柴火】cháihuo 作燃料用的木頭、樹枝、秸稈、雜草等植物體。

【柴米夫妻】cháimǐfūqī 指共同過艱苦生活的夫妻。

6 **桌** zhuō 粵zoek³ 雀/coek³ 卓 ①傢具，由作業平面及其支撐物組成◇方桌｜書桌｜飯桌。②量詞。用於表示同"桌"相關的事物◇三桌喜酒｜開了兩桌麻將。

【桌布】zhuōbù ① 鋪在桌上起保護和裝飾作用的布。② 抹布。

【桌面上】zhuōmiànshang 比喻公開的場合◇有話請擺到桌面上説。

6 **桀** jié 粵git⁶ 傑 ①橫暴，兇悍◇性情桀驁。②人名。夏朝的末代君主，相傳是個暴君◇助桀為虐。

【桀紂】jiézhòu 夏桀和商紂的並稱。相傳都是暴君，後指代暴虐的統治者。

【桀黠】jiéxiá 兇悍狡黠。也指兇悍狡黠的人。

【桀犬吠堯】jiéquǎnfèiyáo 夏桀的狗朝着堯（傳説中的聖君）狂叫。比喻壞人的走卒為主子效勞。

【桀驁不馴】jié'àobúxùn 兇悍倔強，不溫順◇他生性桀驁不馴，人人避而遠之。

6 **桊** juàn 粵gyun³ 絹 穿在牛鼻子上的小木棍或小鐵環◇牛鼻桊。

6 **案** àn 粵on³/ngon³ 按 ①古代盛食物的矮腳木盤或漆盤◇舉案齊眉。②狹長的桌子◇伏案。③案板◇肉案。④案卷；記錄◇檔案｜有案可查。⑤建議、計劃、設計等方面的文件、圖紙等◇方案｜提案｜設計草案。⑥觸及法律的事件；列為偵辦的事件◇涉案｜翻案｜慘案。

【案子】ànzi ① 案板或長桌子◇案子上堆滿雜物。② 案件◇這個案子明天判決。

【案由】ànyóu 案件提起訴訟的緣由。

【案件】ànjiàn 提起訴訟的事件；犯法的事件◇民事案件｜刑事案件。

【案板】ànbǎn ① 做食物菜餚用的枱板。② 工作用的平面枱子。

【案底】àndǐ 以前違法犯罪的記錄。

【案卷】ànjuàn ① 分類保存、備查閱的文件材料。② 辦理案件的檔案材料。

【案值】ànzhí 涉案的財產總值◇案值超過

二千萬港幣。

【案頭】àntóu 指几案或書桌上◇案頭上堆滿了書。

【案牘】àndú 官方的公務文書◇案牘勞形。

【案驗】ànyàn 查問驗證◇副本供會計部案驗。

6 **桑** sāng 粵song1 爽1 ①落葉喬木。葉餵蠶，果實叫桑葚，樹皮造紙。葉、果、枝、根、皮均可入藥。②姓。

【桑田】sāngtián 種植桑樹的土地。泛指田地◇高岸成平地，滄海變桑田。

【桑梓】sāngzǐ 桑樹和梓樹。《詩・小雅・小弁》："維桑與梓，必恭敬止。"說家鄉的桑樹和梓樹都是父母種的，對它應懷敬意。後借指故鄉◇埋骨何須桑梓地，人生無處不青山。

多樣表達：桑梓

井里 故土 故地 故里 故園 故鄉 家鄉 家園 鄉井 鄉梓 梓里

【桑葚】sāngshèn 桑樹的果實，紫紅或黑紫色，味甜，可食。

【桑拿浴】sāngnáyù 利用蒸汽排汗的一種沐浴方式。人在浴室中，向燒紅的石頭澆水產生高溫蒸汽。因源於芬蘭，又稱芬蘭浴。(英 sauna)

【桑榆暮景】sāngyúmùjǐng 日落時光照桑榆的黃昏景象。比喻晚年、垂暮之年。

7 **梆** bāng 粵bong1 邦 ①梆子。②象聲詞。敲打、碰撞木頭的聲音◇梆的一聲，門被風吹得關上了。

【梆子】bāngzi ① 古代巡更用的發聲器，一般用挖空的木頭製成。② 民間、地方劇種梆子腔◇河北梆子 | 陝西梆子。③ 梆子腔的伴奏樂器。用兩根長短不同的硬木製成。

7 **械** xiè 粵haai6 懈 ①木枷、鐐銬之類的刑具◇身被重械。②兵器◇槍械|繳械。③器械；器具◇機械。

【械鬥】xièdòu 持武器聚眾毆鬥◇酒後械鬥被警察拘捕。

7 **梽** zhì 粵zi3 至 梽木山，地名，在湖南。

7 **梵** fàn 粵faan6 犯 ①古印度的◇梵語|梵文。②關於佛教的◇梵經|梵剎。

【梵文】fànwén 印度古代的一種文字。印度許多佛教經典用梵文寫成，若干中文佛經譯自梵文。

【梵唄】fànbài 佛教作法事時唸誦經文的聲音。

【梵啞鈴】fànyǎlíng 西洋樂器小提琴。(英 violin)

7 **桲** po 粵but6 勃 見"榅桲"。

7 **梗** gěng 粵gang2 耿 ①植物的莖和枝◇荇梗|花梗。②挺直；挺着◇梗着脖子|把頭一梗。③正直；直爽◇梗直。④阻塞；阻礙◇梗塞|從中作梗。⑤大略◇梗概。

【梗直】gěngzhí 誠實正直◇他為人梗直熱情。同 耿直 反 奸詐。

【梗阻】gěngzǔ ① 阻塞；阻隔◇河道梗阻 | 打破地域梗阻。② 從中阻撓；阻攔◇橫加梗阻。

【梗概】gěnggài 大概的內容或情形◇內容梗概 | 略知梗概。

【梗塞】gěngsè 堵塞；阻塞◇交通梗塞 | 血管梗塞。

7 **梧** wú 粵ng4 吳【梧桐】wútóng 落葉喬木。葉子掌狀，開黃色小花，種子可食。木質輕而韌，可製樂器。

7 **桮** bēi 粵bui1 杯 同"杯"。

7 **梐** bì 粵bai6 幣【梐枑】bìhù 古代官署前攔阻人和馬的柵欄，來人至此下馬。

7 **梢** shāo 粵saau1 筲 ①樹枝的末端◇柳梢|樹梢。②條狀物較細的一端◇辮梢|喜上眉梢。③時間的末尾；事情的結局◇漫步春梢|希望有一個好的收梢。④見"梢公"。

【梢公】shāogōng 同"艄公"。

【梢林】shāolín 灌木林。

7 **桿** gǎn 粵gon1 干 同"杆〈二〉"。

7 **桯** tīng 粵ting1 庭1 ①古代放置牀前的小桌。②見"桯子"。

【桯子】tīngzi ① 錐子等用具的桿◇錐桯子。② 某些蔬菜開花時支持花的長莖◇韭菜都長出桯子了。

7 **梖(𰘨)** bèi 粵bui³ 貝【梖多】bèiduō同"貝多"。

7 **梘(枧)** jiǎn 粵gaan² 簡 ①古時的一種輸水管。多用竹、木管製成。②方言。指肥皂◇洋梘|香梘。

7 **梩** lí 粵lei⁴ 離 鍬一類的器具。

7 **梣** chén 粵sam⁴ 岑 落葉喬木。木質堅韌，可製器具，枝條可編筐，樹皮入藥。

7 **梏** gù 粵guk¹ 谷 ①古代刑具。像木製的手銬◇桎梏。②用梏拘禁；囚禁◇梏其手足|執而梏之。

7 **梃** (一)tǐng 粵ting⁵ 挺 ①植物枝、莖不計葉子的那一部分◇竹梃|花梃折了。②棍棒◇梃擊。

(二)tìng 粵ting⁵ 挺 ①宰豬後在其腿上切個口子，用鐵棒貼着腿皮向裏捅，然後往裏吹氣，使豬皮膨脹繃緊，方便去毛除垢◇梃豬。②梃豬用的鐵棒。

7 **梅** méi 粵mui⁴ 煤 ①落葉喬木。早春開花，花清香，有白、紅、粉紅等色，供觀賞。果實叫梅子，球形，味酸，可食，也入藥。②指黃梅季節（春末夏初梅子發黃成熟的時期）◇入梅|出梅。③見"梅毒"。④姓。

【梅雨】méiyǔ 指初夏時出現在江淮流域的陰雨天氣。因時值梅子黃熟，故稱。

【梅毒】méidú 一種性病。由梅毒螺旋體引起。

【梅香】méixiāng 梅花的清香氣。

【梅開二度】méikāièrdù ① 同一件事成功地做到兩次。② 比喻再婚。

7 **梔** zhī 粵zi¹ 之 木名。即梔子。

【梔子】zhīzi ① 常綠灌木或小喬木。葉對生，長橢圓形，春夏開白花，香氣濃烈。花供觀賞，果實可做黃色染料，也入藥。② 指梔子花。

7 **桼** qī 粵cat¹ 七 同"漆"。

7 **桴** (一)fú 粵fu¹ 呼 ①房屋大梁上的小梁。②竹木編成的小筏子◇道不行，乘桴浮於海。

(二)fú 粵fau⁴ 浮 鼓槌◇桴鼓相應。

7 **桵** ruǐ 粵jeoi⁴ 古書上指一種植物。

7 **桷** jué 粵gok³ 各 方形的椽子。

7 **梓** zǐ 粵zi² 只 ①落葉喬木。開黃白色花，木質輕軟耐朽，可供建築或製作傢具、樂器，皮和種子可入藥。②指故鄉◇桑梓|梓里。③印刷用的刻版◇梓行|付梓。

【梓里】zǐlǐ 故鄉。

【梓童】zǐtóng 皇帝對皇后的稱呼。

7 **梳** shū 粵so¹ 蔬 ①梳子，整理頭髮等毛髮的用具◇梳篦|牛角梳。②梳理頭髮或動物的毛等◇梳妝|梳辮子。

【梳妝】shūzhuāng 梳洗打扮◇對鏡梳妝。

【梳洗】shūxǐ 梳頭洗臉。

【梳理】shūlǐ ① 用梳子整理鬚髮等毛髮◇梳理頭髮。② 整理；理清◇梳理思路。③ 紡織工藝中用有針和齒的機件整理纖維，使之平直、整潔。

【梳攏】shūlǒng 梳理頭髮等毛髮◇將長髮梳攏在耳後。

7 **梯** tī 粵tai¹ 替¹ ①供人攀上攀下的用具或設備◇樓梯|竹梯|雲梯。②形狀或作用像梯的◇梯級|梯形。

【梯己】tījǐ 同"體己"。① 家庭成員個人私存的財物◇攢了些梯己。② 貼近的；親密的◇梯己人|梯己話。

【梯田】tītián 山坡上開闢的一層一層的梯狀農田。

7 **桫** suō 粵so¹ 梳【桫欏】suōluó 蕨類植物。木本，莖柱狀，高而直，葉長於莖上端，呈鱗紋狀，葉片長一至三公尺。莖含澱粉，可食用。

7 **桹** láng 粵long⁴ 郎 同"榔"。

7 **梫** qǐn 粵cam² 寢 ①肉桂，桂樹的一種。②梫木，又名馬醉木。灌木，葉有毒，牛馬誤食後會呈醉態。

7 **梮** jū 粵guk¹ 谷 登山的轎子。

7 **桶** tǒng 粵tung² 統 盛東西的容器，多為圓筒形，上有提手◇水桶|木桶。

7 **梭** suō 粵so¹ 梳 ①織布機上牽引緯線使它同經線交織的部件，兩頭尖，中間粗。②量詞。用於子彈◇打了兩梭子。

【梭鏢】 suōbiāo 裝有長柄的尖頭兩刃刀。

7 **梨** lí 粵lei⁴ 離 果木名。落葉喬木，葉卵圓形，花白色，果實多汁，為常見水果。

【梨園】 líyuán 唐玄宗時教練樂工、宮女學習音樂舞蹈的地方。後泛指戲班或戲院◇梨園子弟。

【梨花雨】 líhuāyǔ 梨花開放時下的雨水。形容女子泣下如雨的姿容◇玉容寂寞淚闌干，梨花一枝春帶雨。

7 **條（条）** tiáo 粵tiu⁴ 調 ①植物的細長枝◇柳條｜藤條。②狹長的東西◇鏈條｜麪條。③長條形狀的◇條凳｜條紋。④字條◇收條｜留個條兒。⑤按項目分列的。也指按項目分列說明的文字◇條款｜戒條。⑥秩序；層次◇井井有條｜有條不紊。⑦量詞。(1)用於細長的東西◇一條大河。(2)用於分項的事物◇幾條措施。(3)用於跟人有關的◇一條心｜三條人命。

【條子】 tiáozi ① 長條形的東西◇紙條子｜布條子。② 長條形紙張；便條◇警員在車窗上別條子告知違章停車罰款。③ 細長的花紋◇領帶是淺灰色底子淡藍色條子。④ 方言。指金條◇買這幢房子花了十根條子。

【條文】 tiáowén 法規、章程等內容的分項說明文字◇擬訂詳細條文。

【條令】 tiáolìng 用簡明條文規定的行動準則。多用於軍隊◇作戰條令｜內務條令。

【條件】 tiáojiàn ① 影響事物發生、存在或發展的因素◇艱苦的條件能鍛煉人。② 為某件事情而提出的要求或定出的標準◇條件過於苛刻，無法接受。③ 狀況◇生活條件不錯。

【條例】 tiáolì ① 具有法律效力的某種規定◇文物保護管理條例。② 團體制定的章程或規則◇協會工作條例。

【條約】 tiáoyuē 國家與國家之間所簽訂的有關政治、軍事、經濟或文化等方面的協議書。

多樣表達：條約

談判 措辭 條款 條文 文本 文件 草案 草約 草簽 簽署 簽字 簽訂 簽約 締結 締約 換文 成約 條約 商約 盟約 和約 協約 協議 協議書 協定 議定書 君子協定 聯盟 同盟 軍事同盟 城下之盟

【條理】 tiáolǐ ① 思想、語言、文章的層次◇條理分明｜條理清晰。② 生活、工作的秩序◇安排得很有條理。

【條陳】 tiáochén ① 分條述說◇條陳議和的危害。② 舊時向上級分條述說意見的文書◇條陳言辭犀利，擊中時弊。

【條貫】 tiáoguàn 條理◇文章思路明晰，條貫清楚。

【條款】 tiáokuǎn 文件或契約上的項目◇合同條款｜補充條款。

【條幅】 tiáofú 直掛的長條字畫。有單條（單幅）和屏條（組合的）之分。

【條分縷析】 tiáofēn lǚxī 一條條地詳加分析。也形容分析得細緻而有條理◇律師就涉及的法律問題條分縷析。

【條條框框】 tiáotiáokuàngkuàng 束縛人的各種規章制度。

7 **梟（枭）** xiāo 粵hiu¹ 囂 ①鳥名。即鵂鶹。傳說梟食母，因而常比喻惡人。②強悍；驍勇◇梟騎｜梟將。③斬下來◇梟首示眾。④特指販私鹽的人◇鹽梟｜私梟。⑤犯罪團夥的首領◇毒梟｜匪梟。

【梟首】 xiāoshǒu 舊時的一種死刑，斬首後把人頭掛起來◇梟首示眾。

【梟雄】 xiāoxióng ① 強橫而有野心的人◇亂世梟雄。② 有抱負的英雄豪傑◇一世梟雄。

7 **梁** liáng 粵loeng⁴ 良 ①水平方向的長條形承重構件◇房梁｜橫梁｜門梁。②橋◇橋梁｜津梁。③在山或物體上隆起的部分；器物上成弧形做提手的部分◇山梁｜鼻梁｜提梁。④朝代名。(1)南朝之一，公元 502–557 年，蕭衍（梁武帝）所建。(2)五代之一，公元 907–923 年，朱溫所建，史稱後梁。⑤姓。

【梁木】 liángmù 棟梁。比喻能承當重任的人才◇國之梁木。

【梁上君子】 liángshàngjūnzǐ《後漢書・陳寔傳》：有個竊賊夜入陳寔家裏，躲在屋梁上，被陳寔發現，稱他“梁上君子”。後用來借指竊賊。

8 **棸** qín 粵kam⁴ 琴 同“琴”。

8 **棻** fēn 粵fan¹芬 香木。

8 **棒** bàng 粵paang⁵棚⁵ ①棍子◇當頭一棒。②棒狀物◇電棒|炭精棒。③強壯；高超；美好◇身體棒|球藝棒|長得真棒。

【棒針】bàngzhēn ①編織毛線衣物的竹製用具。②用棒針編織的◇棒針衫。

【棒喝】bànghè 佛教禪宗在接待初學佛理的人時，對其所問，不用言語答覆，常常是虛擊一棒或大喝一聲，使其不假思索便作出反應，以驗證其悟性。後比喻對人敲警鐘促其醒悟◇當頭棒喝|這幾句話猶如棒喝，她立刻清醒起來。

8 **棖(枨)** chéng 粵caang⁴橙 ①古代門兩旁豎立的木柱。②觸動◇棖觸。

8 **楮** chǔ 粵cyu²處² ①落葉喬木。雌雄異株，花淡綠色，皮可製紙。②指紙◇隻字片楮。

【楮錢】chǔqián 紙錢。

8 **棱** 〈一〉léng 粵ling⁴零 ①物體上兩個不同方向的平面相接的部分◇三棱鏡|桌子棱。②物體上的條狀突起部分◇冰棱|瓦棱。

〈二〉líng 粵ling⁴零 用於地名，如穆棱（在黑龍江）。

【棱角】léngjiǎo ①物體的棱和角。②比喻人的鋒芒或鮮明的個性◇歲月磨去了他身上的棱角。

【棱鏡】léngjìng 用透明材料製成的多面體。用在光學儀器中，把複合光分解成光譜或改變光的方向。常見的有剖面呈三角形的三棱鏡。

8 **椏(桠)〔枒〕** yā 粵aa¹/ngaa¹丫 樹木分枝的地方◇椏杈。

8 **棋〔碁〕** qí 粵kei⁴其 ①一種用於娛樂、體育活動的器具。棋手按規則在棋盤上移動棋子來比賽勝負◇圍棋|國際象棋。②棋子◇舉棋不定|星羅棋佈。

【棋子】qízǐ 下棋用的小塊物體，可用不同材料製成。用不同的顏色或形狀區分各方，或標誌不同的文字或圖案以表示各自的功能。

【棋佈】qíbù 像棋子一樣分佈，形容多而密集◇星羅棋佈|東南沿海，島嶼棋佈。

【棋局】qíjú ①棋盤。古代指圍棋棋盤。②下棋時雙方在棋盤上佈子和博弈的態勢。

【棋枰】qípíng 棋盤；棋局。

【棋盤】qípán 下棋時擺放棋子的盤，上面畫有規定的格子或標記。

【棋藝】qíyì 弈棋的能力、技巧◇棋藝一流。

【棋逢對手】qíféngduìshǒu 比喻雙方本領、力量不相上下◇棋逢對手，將遇良才。

8 **植** zhí 粵zik⁶夕 ①栽種◇植樹造林。②植物◇植被。③樹立；培養◇培植|扶植。④移植◇腎移植手術。⑤姓。

【植皮】zhípí 移植皮膚。

【植物】zhíwù 生物的一大類，是無神經、無感覺的生物體。葉子一般是綠色，含有葉綠素，能進行光合作用，製造營養。植物吸入二氧化碳，排出氧氣，提供食物和原材料，美化環境，人類不可或缺。

【植株】zhízhū 成長中的、包括根、莖、葉等部分的植物體。

【植被】zhíbèi 覆蓋在地表、具有不同密度的各種植物的總和。

【植樹】zhíshù 種植樹木◇植樹有助綠化環境。

【植物人】zhíwùrén 腦組織受嚴重損害，雖保持腦幹功能及進行反射動作，但失去自主意識能力。

8 **森** sēn 粵sam¹心 ①形容樹木多◇原始森林。②繁密；眾多◇萬象森羅|星辰森列。③幽暗；陰冷◇陰森|幽谷蕭森。

【森列】sēnliè 整齊排列；繁密排列◇警衛森列|荒蕪多年的院落草木森列。

【森冷】sēnlěng 陰森而冷酷◇森冷的目光。

【森森】sēnsēn ①形容樹木繁密◇丞相祠堂何處尋，錦官城外柏森森。②形容肅殺可怖或寒意逼人◇陰森森的破廟|冷森森的溶洞。

【森然】sēnrán ①形容茂密高聳的樣子◇竹木森然。②形容陰沉可怕◇森然可怖。

【森嚴】sēnyán ①威嚴不可侵犯◇等級森嚴。②嚴密◇戒備森嚴|紀律森嚴。

【森鬱】sēnyù 形容濃鬱茂盛。

【森羅萬象】sēnluówànxiàng 指紛然羅列的各種各樣的事物和現象。

8 **棼** fén 粵fan4 墳 ①閣樓的棟梁。②紛亂◇治絲益棼。

8 **棟(栋)** dòng 粵dung3 凍/dung6 動 ①屋的正梁◇雕梁畫棟。②指房屋◇汗牛充棟。③比喻重要的人◇國之棟材。④量詞。房屋一座為一棟◇一棟別墅。⑤姓。

【棟梁】dòngliáng ①房屋的正梁。②比喻擔負重任的人◇社會棟梁｜國家的棟梁。

8 **棫** yù 粵wik6 域 木名。即白桵。

8 **椅** (一)yǐ 粵ji2 綺 椅子。有靠背的坐具◇桌椅｜轉椅｜椅墊。

(二)yī 粵ji1 衣 木名。即山桐子。落葉喬木，花黃綠色，紅色球形漿果。木材可製器具，種子可榨油，也可製肥皂。

8 **棶(梾)** lái 粵loi4 來 棶木，落葉喬木或灌木，開白色或黃色小花，果實球形。樹皮和葉可製栲膠，種子可榨油或製肥皂，木材可做器具。

8 **椓** zhuó 粵doek3 啄 ①敲打；槌擊。②古代酷刑。割去男性的生殖器。

8 **棲〔栖〕** (一)qī 粵cai1 妻 ①禽鳥歇宿◇鳳棲梧桐。②居住；停留◇棲止｜水陸兩棲。

(二)xī 粵sai1 西 見"棲棲"。

【棲身】qīshēn 安身；寄居◇無處棲身｜總算有了暫時棲身之所。

【棲居】qījū 棲息居留◇遠古時代人們棲居在樹上。

【棲息】qīxī 停留；歇息◇米埔是鳥類舒適的棲息地。

【棲棲】xīxī 形容忙碌不安的樣子。

8 **棧(栈)** zhàn 粵zaan6 賺 ①養牲畜的柵欄。②棧道。③堆放貨物的地方◇糧棧｜堆棧｜貨棧。④客店◇客棧。

【棧房】zhànfáng ①堆放貨物的庫房。②旅店，客店。

【棧道】zhàndào 在懸崖峭壁上鑿孔、打樁、鋪上木板修成的小路◇明修棧道，暗度陳倉。

【棧橋】zhànqiáo 形狀像橋的建築物，在車站、碼頭、貨場等處，用於裝卸貨物或上下旅客。

8 **椒** jiāo 粵ziu1 焦 ①花椒。落葉灌木或小喬木。有香氣，果實多做調味品，或提煉麻醉藥。②胡椒。常綠藤本植物，黃花，果實球形，多做調味品，也可入藥。③辣椒◇青椒。

8 **棹** zhào 粵zaau6 驟 ①船槳。②用槳划◇棹舟。③借指船◇歸棹。

【棹歌】zhàogē 漁夫、船夫所唱的歌。

8 **椇** jǔ 粵geoi2 舉 見"枳椇"。

8 **棵** kē 粵fo2 火 量詞。用於植物◇一棵樹｜八棵桂花。

8 **棍** gùn 粵gwan3 君3 ①棍棒◇鐵棍｜掄起棍子就打。②無賴；惡徒◇惡棍｜賭棍。

8 **椥** zhī 粵zi1 之 地名用字。例如檳椥，在越南。

8 **椎** (一)chuí 粵ceoi4 除 ①同"槌"。敲打物體的工具。②同"捶"。敲打。

(二)zhuī 粵zeoi1 追 椎骨◇胸椎｜脊椎動物。

【椎心泣血】chuíxīnqìxuè 捶打胸膛，哭得眼中出血。形容極度悲痛。

8 **棉** mián 粵min4 眠 ①木棉樹。落葉喬木。樹幹高而直，開紅色鈴狀花，種子表皮有纖維，可做枕芯、褥墊等。花、根、皮均可入藥。②棉花。一年生草本植物，花多為白色、黃色或帶紫色，果實桃形，有草棉、樹棉、海島棉、陸地棉多種。果內纖維叫棉花，是紡織品的主要原料；棉子是油料。③像棉花的絮狀物◇石棉。

【棉絮】miánxù ①棉花的纖維。②用棉花絮做成的棉被、棉衣的內胎。

8 **椑** (一)pí 粵pei4 皮 古代一種橢圓形的酒器。

(二)bēi 粵bei1 悲 椑柿，果木名。柿的一種，果實似柿而色青黑，汁可製漆，用於染漁網、漆雨傘等。又稱椑柹、漆柿。

8 **棚** péng 粵paang4 彭 ①用竹、木、金屬支架搭起的帳篷、簡陋小屋或餵養牲畜的簡易建築◇草棚｜工棚｜馬棚。②天花板◇頂棚｜天棚。

【棚戶】pénghù 在簡陋房屋裏居住的人家。

8 **棔** hūn 粵fan1 昏 合棔，木名，一名合歡。落葉喬木，夜間葉子成對相合，開粉紅色花。木材可製傢具。

8 **椋** liáng 粵loeng4 良 ①椋鳥，性喜羣飛的一類鳥，種類很多，羽毛多為灰褐色，喙和足橙紅色，吃種子和昆蟲。②椋子，似水桶而較小的木製提水工具。

8 **棓** 〈一〉bàng 粵paang5 棒 同“棒”。
〈二〉bèi 粵bui6 焙 用於中藥名◇五棓子。

8 **棬** quān 粵hyun1 圈 木製的盛水器◇柳棬|杯棬。

8 **椪** pèng 粵pung3 碰【椪柑】pènggān ①常綠小喬木，葉片小，橢圓形，花白色，果實大，皮橙黃色，汁多味甜。②這種植物的果實。

8 **棪** yǎn 粵jim5 染 古書上説的一種樹，果實像柰。

8 **棕〔椶〕** zōng 粵zung1 忠 ①見“棕櫚”。②棕毛◇棕繩。

【棕櫚】zōnglǘ 熱帶常綠喬木。莖幹圓柱形，直立不分枝，外為棕毛所包。掌狀葉片集生於幹頂，裂成披針形，花黃色，核果長圓形。棕毛可製繩、刷、牀墊等。

8 **棺** guān 粵gun1 官 棺材◇楠木棺|蓋棺定論。

【棺材】guāncai 裝殮死人的器具。一般用木材製成。

【棺槨】guānguǒ 安葬死者的複式棺木。裝死者的器具叫棺，套在棺外面的大棺叫槨。古代的富有顯貴者用棺槨厚葬。

8 **棣** dì 粵dai6 弟【棣華】dìhuá《詩·小雅·常棣》:“常棣之華，鄂不韡韡。凡今之人，莫如兄弟。”後比喻兄弟。

【棣棠】dìtáng 落葉灌木。花黃色，單生於短枝頂端，可供觀賞，也可入藥。

8 **椐** jū 粵geoi1 居 木名。即靈壽木，一種枝節膨大的小樹，可以製作手杖。

8 **棘** jí 粵gik1 激 ①木名。酸棗樹。落葉灌木或喬木，枝上有刺，果實較棗小，味酸，核仁可入藥。②泛指有刺的草木◇荊棘叢生|披荊斬棘。③刺；扎◇棘手。

【棘手】jíshǒu 荊棘刺手。形容事情難辦或難以對付◇棘手的問題|這件事解決起來真棘手。同 扎手、辣手 反 順手、便當。

8 **棗(枣)** zǎo 粵zou2 早 ①果樹名。枝上有刺，花黃綠色，結核果，卵形或長圓形，味甜美，也可入藥。②棗樹的果實。

8 **棠** táng 粵tong4 堂 木名。有赤棠、白棠兩種。赤棠木理堅韌，實澀無味；白棠又稱棠梨，果實似梨而小，可食，味甜酸。

【棠棣】tángdì 木名。即郁李。

8 **棐** fěi 粵fei2 匪 輔助；輔導。

8 **椉** shèng / chéng 粵sing6 剩 / sing4 成 同“乘”。

8 **棄(弃)** qì 粵hei3 氣 ①捨去；扔掉◇揚棄|棄而不顧|棄車而逃。②離開◇棄世。

【棄世】qìshì 離開人世；去世◇棄世登仙|產生棄世念頭。

【棄置】qìzhì 扔在一邊◇棄置不顧。

【棄嫌】qìxián 嫌棄。

【棄權】qìquán 放棄權利◇投了棄權票。

【棄甲曳兵】qìjiǎ yèbīng 丟掉鎧甲，拖着兵器。形容打仗敗下陣來的狼狽相。

【棄若敝屣】qìruòbìxǐ 像扔破鞋子似的拋棄掉。比喻毫不可惜或毫不留情。

【棄暗投明】qì'àn tóumíng 離開黑暗，投向光明。比喻脱離黑暗勢力，走向光明的道路。

8 **棨** qǐ 粵kai2 啟 ①古代官員出行時用作前導的儀仗。②古代木製的符信，出入關津的憑證。

9 **楔** xiē 粵sit3 泄 ①楔子◇木楔。②把楔子或釘子等物捶打到物體裏面◇椅子腿鬆了，該楔個釘子進去。

【楔子】xiēzi ①把竹木下端削成尖頭或刀刃狀，打入榫縫或空隙中，起緊固或堵塞作用。②戲曲、小説的引子，一般在篇首，用以開宗明義或引出劇情。元雜劇也有在兩折之間使用，起銜接劇情的作用。

9 **椿** chūn 粵ceon1 春 椿樹。落葉喬木。有香椿和臭椿之分：春天香椿新生的枝葉鮮嫩有香味，美味可食；臭椿葉子有臭味，不可食。

【椿年】chūnnián 椿樹的樹齡。《莊子·逍遙遊》説，上古有大椿樹，以八千歲為一春，八千歲為一秋。後被用作祝人長壽之詞。

【椿庭】chūntíng《莊子・逍遙遊》説上古有長壽大椿樹，《論語・季氏》記孔鯉趨庭接受父訓。椿，喻長壽，庭，指子受父訓。後用以代稱父親。

【椿萱】chūnxuān《莊子・逍遙遊》説上古有長壽大椿樹；《詩・衞風・伯兮》："焉得諼草，言樹之背。"諼草，萱草。後世以"椿"稱父，以"萱"稱母，以"椿萱"代稱父母。

9 **楛** hù 粵wu6 互 木名。荊屬植物。莖堅韌，是製箭桿的材料。

9 **椹** 〈一〉shèn 粵sam6 甚 桑樹的果實。現通常寫作"葚"。

〈二〉zhēn 粵zam1 針 同"砧"。砧板。

9 **椰** yē 粵je4 耶 椰子。常綠喬木。樹幹直立無枝，頂部叢生羽狀複葉，果實橢圓形，裏以纖維層，果殼堅硬，中空有汁液。果肉白色可食，也可榨油；果汁做飲料。

9 **楠** nán 粵naam4 男 常綠大喬木。花綠色，結藍黑色漿果。木質緻密芳香，是貴重的木材。產於四川、雲南和東南亞等地。

9 **楂** 〈一〉chá 粵caa4 茶 ①短而硬的頭髮或鬍子。②同"茬"。

〈二〉zhā 粵zaa1 渣 山楂。

9 **榃** tán 粵taan4 壇 水塘。多用於地名。

9 **楚** chǔ 粵co2 礎 ①痛苦◇淒楚|痛楚。②清晰；整齊◇齊楚|衣冠楚楚。③周代侯國名。最初在今湖北和湖南北部，後擴展到今河南、安徽及長江中下游一帶。④指湖南和湖北。也特指湖北。

【楚天】chǔtiān 楚地的天空。指今湖南、湖北地區◇念去去，千里煙波，暮靄沉沉楚天闊。

【楚囚】chǔqiú 被俘的楚國人。後借指處境窘迫無計可施的人。

【楚楚】chǔchǔ ① 形容鮮明；整潔◇衣冠楚楚。② 形容姿容清秀、美好、纖弱◇楚楚動人｜楚楚可憐。③ 形容傑出、出眾◇楚楚不凡。

9 **楝** liàn 粵lin6 練 落葉喬木。花紫色，長圓形核果。木質堅硬，可製器具。根、皮、果實均可入藥。

9 **極（极）** jí 粵gik6 擊 ①最高點；頂點；盡頭◇登峯造極|無所不用其極。②用盡；竭力◇極言|極目遠眺。③表示最大限度或最高的程度◇極重要|樂極生悲。④地球的南北兩端；指電極、磁極◇南極|極光|陽極。

【極力】jílì 竭盡全力；想盡一切辦法◇極力幫助｜極力解決問題。

【極目】jímù 縱目遠望◇極目遠眺。

【極刑】jíxíng 最高刑罰，指死刑◇處以極刑。

【極地】jídì 地球南北極圈以內的地區◇極地考察｜極地觀光。

【極其】jíqí 極端；非常◇極其認真｜後果極其嚴重。

【極品】jípǐn 品級最好的◇獅峯龍井是茶中的極品。

【極度】jídù ① 表示程度非常深◇極度勞累｜極度激動。② 頂點◇悲痛到了極度。

【極為】jíwéi 非常；十分◇態度極為誠懇｜説得極為動聽。

【極限】jíxiàn ① 最大限度◇車速已近極限。② 不可能再超越的事物◇挑戰極限。

【極端】jíduān ① 事物發展的頂點◇從一個極端走向另一個極端｜因全球暖化，各地都出現極端天氣。② 非常，超出一般◇極端負責｜極端熱忱。

【極點】jídiǎn 頂點，達到最高程度◇恐懼到了極點｜緊張到了極點。

【極樂世界】jílèshìjiè 佛教指阿彌陀佛居住的地方，認為在那裏可以擺脱人間的一切煩惱，獲得光明、清靜和快樂。

9 **楷** 〈一〉jiē 粵gaai1 佳 即黃連木。

〈二〉kǎi 粵kaai2 ①法式；典範◇楷模。②楷書◇大楷|楷體。

【楷書】kǎishū 漢字字體的一種，由隸書演變而來。是現今通行的漢字手寫體。也叫正楷、真書。

【楷模】kǎimó 榜樣；模範◇奉為楷模。同 表率、榜樣、典範。

9 **楨（桢）** zhēn 粵zing1 精 古代築牆時，豎在兩端的木柱。

9 **楊（杨）** yáng 粵joeng4 羊 ①落葉喬木，種類多。樹高大，生長快。常見的有銀白楊、毛白楊、胡楊、小葉楊等。木材可做器具、造紙等。②姓。

【楊柳】yángliǔ 楊樹和柳樹的合稱，或專指柳樹◇昔我往矣，楊柳依依；今我來思，雨雪霏霏。

【楊梅】yángméi ① 常綠灌木或喬木。果實表面有顆粒狀突起，紫紅色，味酸甜，可食。也指這種植物的果實。② 方言。草莓。③ 梅毒◇楊梅瘡。

【楊花水性】yánghuāshuǐxìng 楊花，即柳絮。柳絮飄揚，水性流動，比喻輕薄女子用情不專。

9 **楫** jí 粵zip3 接 ①船槳◇舟楫。②划船。

9 **榅〔榲〕** wēn 粵wat1 屈【榅桲】wēnpo 落葉灌木或小喬木。花淡紅色，果實有香氣，味甘酸，供食用、做蜜餞或入藥。

9 **楬** jié 粵kit3 揭 用作標記的小木樁。

【楬櫫】jiézhū 用作標記的木樁。

9 **椳** wēi 粵wui1 偎 門臼。

9 **榀** pǐn 粵ban2 品 量詞。一個屋架叫一榀。

9 **楞** léng 粵ling4 零 同"棱"。

9 **棰** chuí 粵ceoi4 除 ①杖；短木棍。②用棍子打。③同"箠"。鞭子，馬鞭子。④同"槌"。

9 **楸** qiū 粵cau1 秋 落葉喬木。樹高大，花白色。木質細密耐濕，供建築、造船、製作傢具等用。葉和樹皮可入藥。

【楸枰】qiūpíng 棋盤。古時棋盤多用楸木製作，故名。

9 **椴** duàn 粵dyun6 段 落葉喬木。花黃色或白色，果實球形或卵圓形。木質紋理細密，可供建築、製作傢具、造紙等用。

9 **楩** pián 粵pin4 片4 古書上説的一種植物。

9 **楯** 〈一〉shǔn 粵seon5 信5 ①欄杆的橫木。②指欄杆。

〈二〉dùn 粵teon5 盾 同"盾"。

9 **榆** yú 粵jyu4 餘 落葉喬木。翅果稱榆莢、榆錢。木質堅硬，供建築或做器具用。

9 **楓(枫)** fēng 粵fung1 風 落葉喬木。樹高大，葉呈掌狀，邊緣鋸齒形，花黃褐色，翅果。秋季葉成紅色。

9 **楹** yíng 粵jing4 形 ①堂屋的前柱◇楹聯。②量詞。房屋一間為一楹。

【楹聯】yínglián 掛在楹上的對聯。也泛指對聯。

9 **榹** yí 粵ji4 兒 古時的衣架。

9 **揃** jiān 粵zin1 煎 同"箋"。

9 **楢** yóu 粵jau4 由 古書上指一種質地柔軟的樹木。

9 **楦** xuàn 粵hyun3 勸 楦子，製作鞋帽時的模型，撐在鞋帽裏起定型的作用，又叫楦頭。

9 **榔** láng 粵long4 郎 ①捕魚時，用以敲擊船舷趕魚入網的木棒。②見"榔槺"。

【榔槺】lángkāng 笨重；使用起來不靈活。

【榔頭】lángtou 錘子。

9 **楗** jiàn 粵gin6 件 ①豎着插在門閂上防止門閂左右滑動的木棍。②豎在堤岸邊固定埽的樁柱。埽，用樹枝、秫秸、石頭等物捆紮而成的護堤、堵缺口的器材。

9 **概** gài 粵koi3 丐 ①大略；大致◇大概｜概覽。②總括◇一言以概之。③一律；一概◇商品售出，概不退換。④氣度；風度◇英雄氣概｜行立有節概。⑤景象；狀況◇勝概。⑥舊時量穀物時，用來刮平斗斛所裝米之表面的工具。

【概念】gàiniàn 反映事物根本屬性的思維形式。把不同事物的共同點抽象出來，從理性方面概括提升，就成為概念。

【概況】gàikuàng 大致的情況◇各國概況｜介紹規劃的概況。同 概略 反 詳情。

【概括】gàikuò ① 歸納；總結◇他的總結概括了大家的意見。② 簡單扼要◇概括地加以解説。

【概述】gàishù 大略地敍述出來◇概述考察的成果。

【概要】gàiyào 主要的、基本的內容要點◇故事概要｜《中國詩史概要》。

【概略】gàilüè ① 大概的情況◇新書概略。② 扼要；簡略◇概略地作個說明。

【概算】gàisuàn ① 大致估量◇概算一下裝修房子所需的費用。② 大致估算出來的數目◇編製預算前提出的概算。

【概貌】gàimào 大概的面貌、狀況◇歷史文化名城的概貌。

【概觀】gàiguān ① 大略地觀察◇概觀問題的複雜性。② 概括的看法；概況。常用於書名◇《亞洲概觀》。

【概莫能外】gàimònéngwài 所有的都不能例外◇法律面前人人平等，男女老幼，概莫能外。

9 **楣** méi 粵mei[4]眉 門框上的橫木◇門楣。

9 **椽** chuán 粵cyun[4]全 椽子。架在檁條上承放覆蓋屋頂的面板、泥、瓦和其他用料的條形木。

【椽筆】chuánbǐ 如椽的大筆，稱譽別人文筆出眾◇椽筆著華章。同 如椽大筆。

9 **業(业)** yè 粵jip[6]葉 ①學業◇課業|結業。②職業◇就業|不務正業。③行業◇工業|企業家。④事業；基業◇創業|業績輝煌。⑤財產◇祖業|家業殷實。⑥已經◇業已準備就緒。⑦佛教把人的行動、言語、思想稱為業，分別叫身業、口業、意業。業包括善惡兩方面，通常指緣分或罪孽◇業緣|業果。⑧姓。

【業主】yèzhǔ 房地產業權持有人。

【業根】yègēn 指罪惡之根◇業根未斷。

【業務】yèwù 個人或機構的專業工作◇業務水平|業務培訓。

【業障】yèzhàng ① 佛教語。妨礙修行證果的罪惡。② 惡果、禍患的根源。長輩常用以罵不肖子弟。

【業餘】yèyú ① 工作時間以外的◇業餘打工|業餘短訓。② 非專業的◇業餘歌手。

10 **榛** zhēn 粵zeon[1]津 ①落葉灌木或小喬木。花黃褐色，結球形堅果，果實稱榛子，食用或榨油。②叢生的灌木。

【榛莽】zhēnmǎng 叢生的草木◇榛莽塞途|橫遭兵火，名勝化為榛莽。

【榛榛】zhēnzhēn 草木叢生的樣子◇草木榛榛。

10 **樲** nì 粵nik[1]匿【樲木】nìmù八角楓。

10 **構(构)** gòu 粵gau[3]救/kau[3]扣 ①把各部分組合、接合、聯合起來◇構詞|構木為巢。②結成；造成；編造。多用於抽象事物◇構怨|向壁虛構。③陷害◇讒構|為人所構。④指作品◇佳構。⑤落葉喬木。樹身高大，花淡綠色，果實橘黃色。木材做傢具，樹皮造紙。

【構成】gòuchéng ① 形成；成為◇構成事實|構成犯罪。② 事物所包含的成分◇產品的成本構成。

【構思】gòusī ① 為達致某一目的而進行思考◇構思故事情節。② 構想出來的結果◇構思巧妙。

【構怨】gòuyuàn 結怨，同他人之間產生了仇怨◇構怨甚多。

【構造】gòuzào ① 建造◇構造橋樑。② 同一事物內部各部分之間的成分及其組合關係◇地質構造|發電機的構造。

【構陷】gòuxiàn 捏造罪名，陷害別人◇構陷忠良。

【構想】gòuxiǎng ① 構思；設想◇構想未來。② 經構想而形成的想法◇切實可行的構想|治理河水污染的構想。

【構圖】gòutú 繪畫時依照設想的形象設計，組合成完整的圖像、畫面。

【構築】gòuzhù ① 建造；修建◇構築大廈|構築工事。② 構建◇構築新市區。

10 **榧** fěi 粵fei[2]匪 香榧，常綠喬木。葉針形，種子有硬殼，兩頭尖，種仁可食用、榨油。木質堅硬，用於造船等。

10 **榪(杩)** 〈一〉mǎ 粵maa[5]馬 見"榪槎"。〈二〉mà 粵maa[6]罵 牀頭橫木。

【榪槎】mǎchá 三根木頭交叉搭成的三腳木架，架中設平台，台上放土石，多個榪槎排列成行，用來擋水。最早見於古代都江堰水利工程。

10 **槓〔杠〕** gàng 粵gong[3]鋼 ①粗棍◇竹槓|鐵槓。②一種體育器械◇單槓|雙槓|高低槓。③機牀上的棍狀零件◇絲槓。④讀書或批改文稿時作為標記所畫的直線。

【槓桿】gànggǎn ① 簡單機械，是一個能繞着固定點轉動的桿，如剪刀、秤等。◇槓桿原理。② 比喻利用較少的資源來撬動更大的效果◇經濟槓桿。

10 **榰** zhī 粵zi1 之 ①柱下的木礎或石礎。②支撐。

10 **榼** kē 粵hap6 合 古代盛酒、貯水的器具。

10 **榑** fú 粵fu4 符 榑桑，扶桑。

10 **槅** gé 粵gaak3 格 ①傢具、器物上的隔板◇多寶槅。②中式窗戶上的格子◇四間大敞廳，一色的朱紅亮槅。

10 **榎** jiǎ 粵gaa2 假2 楸樹。

10 **榥** huàng 粵fong2 訪 帷幕、屏風之類的東西。或釋為窗櫺。

10 **榻** tà 粵taap3 塔 ①長而矮的牀。泛指牀◇竹榻｜卧榻之側豈容他人酣睡。②古代指几案◇合榻對飲。

【榻車】 tàchē 板車。

10 **榾** gǔ 粵gwat1 骨 砍掉樹幹後剩下的樹的基部和根。

【榾柮】 gǔduò 木頭塊；樹根墩子。

10 **榫** sǔn 粵seon2 筍 榫頭，器物或構件上凹凸相接部位的凸出部分◇木榫｜榫眼。

10 **榭** xiè 粵ze6 謝 建在高台上的廳室，四壁一般都是窗櫺◇水榭｜樓台亭榭。

10 **槔** gāo 粵gou1 高 見"桔槔"。

10 **槐** huái 粵waai4 懷 落葉喬木。花黃白色，結圓筒形莢果。花和果實可製黃色染料。

【槐棘】 huáijí 周代朝廷內種三槐、九棘，公卿大夫分坐其下，以定三公九卿之位。後代指三公九卿。

【槐安夢】 huái'ānmèng 用"南柯太守"的典故，說人生如夢，富貴無常。見"南柯一夢"。㊀ 南柯夢。

10 **槌** chuí 粵ceoi4 除 捶擊敲打的工具。一般多指木製的槌子，捶打的一頭漸粗或呈球形、圓柱形◇棒槌｜鼓槌。

10 **槍(枪)** 〈一〉qiāng 粵coeng1 昌 ①古代兵器。長柄，頂端有金屬尖頭◇明槍暗箭。②口徑在2厘米以下，能發射子彈的武器◇手槍｜自動步槍。③性能或形狀像槍的器械◇水槍｜焊接槍。④見"槍替"。

〈二〉chēng 粵coeng1 昌 槍星，中國古代星名。

【槍支】 qiāngzhī 槍的統稱◇槍支彈藥｜繳獲槍支無數。

【槍手】 qiāngshǒu ① 古代使用長槍的士兵；現代槍式武器的射擊手。② 冒名替別人應試的人。見"槍替"。

【槍法】 qiāngfǎ ① 用槍射擊的技術◇槍法真準，十個十環。② 使用長槍（古代兵器）的武藝◇槍法嫻熟。

【槍械】 qiāngxiè 依靠身管內的加壓氣體噴射拋射物來殺傷目標的武器。

【槍替】 qiāngtì 考試作弊，冒名替別人應試◇充當槍替代人考試。

【槍斃】 qiāngbì ① 槍決，用槍處決。② 比喻被否定◇你提的意見讓經理槍斃了。

【槍林彈雨】 qiānglín dànyǔ 槍桿如林，子彈如雨。形容火力密集，戰況激烈。

【槍打出頭鳥】 qiāngdǎchūtóuniǎo 比喻首先處置出頭露面、領頭的人。

10 **榤** jié 粵git6 傑 雞棲息的橫木◇雞棲於榤。

10 **榴** liú 粵lau4 流 ①石榴◇五月榴花紅似火。②見"榴彈"。

【榴火】 liúhuǒ 石榴花。石榴花紅豔如火，故稱。

【榴紅】 liúhóng 像石榴花似的紅色。

【榴蓮】 liúlián 果木名。長綠喬木。果實近球形，表皮多硬刺，果肉柔軟有異香，是熱帶著名果品之一。原產馬來西亞，中國廣東與海南省有種植。也作"榴槤"。

【榴彈】 liúdàn ① 一種爆炸後依靠彈體碎片和衝擊波殺傷或摧毀目標的炮彈◇榴彈炮。② 泛指手榴彈、槍榴彈、榴彈發射器發射的炮彈。

10 **榱** cuī 粵ceoi1 崔 椽子◇榱崩棟折。

10 **槁** gǎo 粵gou2 稿 乾枯◇形若枯槁。

【槁木死灰】 gǎomù sǐhuī 乾枯的樹木和熄

滅後的冷灰。比喻心灰意懶，對一切事情都無動於衷。

10 **榜** bǎng 粵bong²綁 ①匾額◇榜額。②張貼的名單◇發榜|紅榜|金榜題名。③古代指文告◇揭榜|張榜招賢。

【榜主】bǎngzhǔ 位居榜首的人◇他是這場大賽的榜主。

【榜首】bǎngshǒu 原指科舉考試的第一名，現泛指首名◇榮登榜首|名列榜首。

【榜眼】bǎngyǎn 明清兩代稱科舉考試中殿試的第二名。第一名稱為狀元，第三名稱為探花。

【榜單】bǎngdān 公佈出來的按某種次序排列的名單◇這首歌位於流行歌曲的榜單首位。

【榜樣】bǎngyàng ① 楷模，值得學習的人或事◇好榜樣。② 樣子◇可別給大家做個壞榜樣。

多樣表達：榜樣
楷模 模範 表率 樣板 樣子 典範 典型 師表

【榜上有名】bǎngshàngyǒumíng 古時參加科舉考試，錄取人的名字會寫在一張榜上貼在牆上，意指成功錄取。

10 **槎** chá 粵caa⁴茶 ①木筏◇乘槎|浮槎。②同"茬"。

【槎枒】cháyā ① 樹木的枝杈。② 形容錯落不齊。同 杈杈、槎椏。

10 **榕** róng 粵jung⁴容 ①木名。熱帶、亞熱帶常綠喬木。花黃色或淡紅色。枝繁葉茂，冠大蔭濃。枝幹生出下垂的氣根，入土則長成新幹。木材可製器具。②福建省福州市的別稱。

10 **榨** zhà 粵zaa³詐 ①把物體的汁液壓出來◇榨油|壓榨。②壓榨汁液的器具◇榨汁機。

【榨取】zhàqǔ ① 用擠壓的方法取得◇榨取椰汁|榨取甘蔗汁。② 比喻剝削、搜刮◇榨取錢財|榨取窮人的血汗。

10 **榠** míng 粵ming⁴明【榠楂】míngzhā榲桲。

10 **榷** què 粵kok³確 ①研究；商討◇商榷。②專賣；專營◇榷茶|榷稅。

10 **榍** xiè 粵sit³泄 榍子，小木楔。

10 **槃** pán 粵pun⁴盤 ①同"盤"。(1)古代承接盥洗水的器具。(2)盤子。②見"涅槃"。

10 **槊** shuò 粵sok³索 古代兵器，長矛◇橫槊賦詩。

10 **榮(荣)** róng 粵wing⁴永⁴ ①花。②草木茂盛，繁茂◇本固枝榮|木欣欣以向榮，泉涓涓而始流。③興盛；顯貴◇一損俱損，一榮俱榮。④光彩；光榮◇殊榮|虛榮。⑤姓。

【榮休】róngxiū 光榮退休◇校長榮休。

【榮任】róngrèn 十分光彩地出任◇榮任要職|榮任形象大使。

【榮幸】róngxìng 榮耀和幸運◇閣下光臨，實為敝公司的榮幸。

【榮枯】róngkū 繁盛和枯萎。比喻繁榮與衰敗◇世上榮枯無百年|看盡人間的榮枯消長。

【榮辱】róngrǔ 光榮和恥辱◇榮辱與共|個人榮辱何足惜。

【榮華】rónghuá ① 開花。榮、華，草木的花◇草木榮華。② 比喻興盛顯達◇享不盡的榮華富貴。

【榮獲】rónghuò 顯耀地獲得◇榮獲冠軍。

【榮歸】róngguī 載譽歸來◇榮歸故里|衣錦榮歸。

【榮膺】róngyīng 榮任；光榮地獲得◇榮膺局長|榮膺文學獎。

【榮耀】róngyào 光彩顯耀◇無上榮耀|為母校爭得榮耀。同 榮譽 反 恥辱。

【榮譽】róngyù ① 光榮的名譽◇維護公司的榮譽。② 榮耀；光榮◇榮譽稱號。

10 **槊** lǎng 粵long⁵朗 槊梨，地名，在湖南。

11 **槷** niè 粵jit⁶熱 ①同"臬"。箭靶的中心。②測日影的標杆。

11 **槥** huì 粵seoi⁶睡/wai⁶胃 小棺材。

11 **樁** zhuāng 粵zong¹莊 ①一端或全部打入、埋入土中的柱形物◇木樁|橋樁|打樁。②量詞。件。多用於事情、生意◇一樁心事|樁樁都是好消息|你那樁生意做得如何？

11 **模** 〈一〉mó 粵mou⁴ 毛 ①標準；規範；榜樣◇模式|模本|楷模。②依照樣子做；仿效◇模仿|模擬。③指模範人物◇英模|勞模。

〈二〉mú 粵mou⁴ 毛 ①模子，模具，用來壓製、澆鑄零部件或物件的模型◇銅模|字模。②外貌；樣子◇模樣。

【模式】móshì 標準結構；標準樣式◇電子商務模式|教育的發展模式。

【模仿】mófǎng 照着現成的樣子做◇模仿秀|模仿鳥叫。

【模具】mújù 製造工藝使用的一種工具。用澆鑄、壓製的方法使進入模具內的材料成為確定的形狀。同 模子。

【模型】móxíng ① 仿照實物的形狀按比例製成的物品◇汽車模型|建築模型。② 鑄造工藝用以製砂型的工具，形狀、大小與要鑄造的物件完全相同。③ 模具。

【模樣】múyàng ① 人的長相或裝束打扮◇長得一副好模樣|雙胞胎的模樣外人很難分清。② 趨勢；情況◇看這模樣，天快下雨了|按這模樣説，他真的不去了。③ 表示時間或年齡大體上的範圍。同"左右、上下"的用法相似◇來公司才半年模樣|看上去他有四十歲模樣。

【模範】mófàn ① 可作為榜樣、楷模的◇模範作用。② 可作為榜樣、楷模的人◇她是我學習的模範。

【模糊】móhu ① 不明確；不清楚◇寫得模糊不清|嚇得神志模糊。② 混在一起，變得一片糊塗◇淚水模糊了視線。

【模擬】mónǐ 模仿；仿照◇模擬考試|模擬交易。

【模特兒】mótèr ① 藝術家寫生或雕塑時，用作參照物的人體、實物或模型。② 文學家藉以塑造人物形象的原型。③ 展示服裝式樣的人或人體模型◇時裝模特兒。(法 modele)

【模棱兩可】móléngliǎngkě 不肯定，也不否定。形容態度含糊、不明確。

11 **槿** jǐn 粵gan² 緊 木名。木槿。

11 **槤(梿)** lián 粵lin⁴ 連 槤枷，脱粒用的農具。由長手柄和一組平排的木條或竹條構成。現也寫作"連枷"。

11 **槽** cáo 粵cou⁴ 曹 ①盛飼料、餵牲畜的長形器具◇牛槽|豬槽|跳槽。②泛指槽形器具◇酒槽|水槽。③兩邊高、中間凹下的部分◇河槽|渡槽|槽鋼。④方言。量詞。用於門窗等◇一槽窗戶。

【槽牙】cáoyá 臼齒。

11 **樞(枢)** shū 粵syu¹ 書 ①門扇的兩端的轉軸◇流水不腐，戶樞不蠹。②比喻中心的或關鍵的部分◇樞要|中樞神經。

【樞紐】shūniǔ 門的轉軸和器物的提紐。比喻事物的關鍵部位或相互聯繫的中心環節◇交通樞紐|水利樞紐|信息樞紐。

【樞機】shūjī ① 指朝廷的重要機構或職位。② 比喻事物的關鍵◇別小看他，那可是個樞機人物。

11 **標(标)** biāo 粵biu¹ 彪 ①樹梢；末端◇標枝|標端。②非根本的或非實質的方面◇治標不治本。③標誌；記號◇浮標|商標|標點。④旗幟。也泛指發給優勝者的獎品◇標旗|錦標|奪標。⑤目的◇目標|標的。⑥標準◇音標。⑦學習的榜樣◇標兵。⑧指標◇超標|達標。⑨用文字或其他記號表明◇標價|標籤|標上符號。⑩開出的條件或價格◇招標|投標|中標。⑪俊美◇標致。⑫清朝綠營兵的建制，相當於現代軍隊的"團"。⑬量詞。用於隊伍◇一標人馬。

【標示】biāoshì 標明；顯示；表明◇標示出要修改的部分。

【標本】biāoběn ① 枝節和根本◇標本兼顧。② 保持實物原樣或經過整理製作，供研究、展覽的生物、礦物樣品◇蝴蝶標本|植物標本。③ 用來化驗或研究的血液、痰液、尿液、組織切片等。④ 在同類中作為樣板的事物◇拙政園是江南園林的標本。

【標明】biāomíng 標示明白讓人知道◇告示牌上已經標明不得帶寵物入內。

【標致】biāozhì 相貌、姿態秀麗。同 漂亮 反 醜陋。

【標記】biāojì 具有特徵性的記號◇在地上畫個十字當標記。

【標高】biāogāo 地面或建築物上的一點同作

為基準的水平面之間的垂直距離◇大樓的標高是 120 米。

【標準】biāozhǔn ① 衡量事物的準的◇最低薪酬標準。② 本身合乎準則、確定無差錯，可供同類事物比較參照的◇格林威治標準時間。

多樣表達：標準
尺度 法度 準的 準則 準確 準繩 規則 規範

【標榜】biāobǎng ① 借用某種名義，加以宣傳◇標榜自己的實力。② 吹噓；誇耀◇在朋友面前最好少標榜自己。

【標誌】biāozhì ① 用以識別的有特徵的記號◇交通標誌。② 以某物或某事所具有的象徵性作為前後的區分點◇蘇聯解體標誌着冷戰結束。

【標語】biāoyǔ 起宣傳鼓動作用的簡短口號◇張貼標語｜大幅標語。

【標價】biāojià ① 標出貨物的價格◇明碼標價。② 標出的價格◇這批銅標價太高。

【標點】biāodiǎn ① 標點符號。用來表示停頓、語氣、詞語性質和作用的書寫符號。② 給沒有標點的文字加上標點符號◇標點《史記》。

【標題】biāotí 表明作品內容的簡明文句◇新聞標題｜醒目的標題。

【標籤】biāoqiān ① 標明物品名稱、用途、價格等的紙籤。② 比喻某種身分的象徵◇不要按照核板印象就隨便給別人貼上標籤。

【標新立異】biāoxīn lìyì 提出與眾不同的新見解，表示獨樹一幟。同 另闢蹊徑、別出心裁 反 人云亦云、抱殘守缺。

11 **槱** yǒu 粵jau5 有 聚積木柴以備燃燒。

11 **槭** qì 粵cik1 戚 木名。槭樹類植物，雙翅果，種子可食。中國有百餘種，較重要的有雞爪槭、平基槭，三角槭等。木質堅韌，可製器具。

11 **樗** chū 粵syu1 書 木名。臭椿。落葉喬木。樹幹高，葉有臭味，木質粗硬，可供建築、膠合板、造紙用。

【樗材】chūcái 樗木無用。比喻無用之材。多用作謙辭◇小弟不過樗材而已，不敢當此重任。

【樗櫟】chūlì《莊子·逍遙遊》："吾有大樹，人謂之'樗'，其大本擁腫而不中繩墨，其小枝捲曲而不中規矩，立之塗，匠者不顧。"《莊子·人世間》："匠石之齊，至於曲轅，見'櫟'社樹…曰：'散木也，以為舟則沉，以為棺槨則速腐，以為器則速毀，以為門戶則液樠，以為柱則蠹。是不材之木也，無所可用。'"後比喻無才無能。也用作謙辭。

11 **樘** táng 粵tong4 堂 ①門或窗的框◇門樘｜窗樘。②量詞。一副門框、門扇或一副窗框、窗扇稱一樘◇一樘門｜三樘窗。

11 **樓(楼)** lóu 粵lau4 流 ①樓房。兩層以上的房子◇高樓大廈。②樓房的一層◇我家住在十樓。③某些裝飾性建築◇牌樓｜門樓。④在建築物上加蓋的房子◇城樓｜角樓｜塔樓。⑤指某些食肆、鋪頭、娛樂場所◇酒樓｜銀樓｜戲樓。⑥姓。

【樓市】lóushì 泛指房地產市場◇樓市復蘇。

【樓宇】lóuyǔ 樓房的通稱◇樓宇林立｜智能樓宇。

【樓花】lóuhuā 開始預售、尚未竣工的樓房◇炒樓花。

【樓盤】lóupán 興建中或正在出售的樓宇。

11 **樅(枞)** 〈一〉cōng 粵cung1 充 冷杉。〈二〉zōng 粵zung1 宗 地名，樅陽，在安徽省。

11 **樊** fán 粵faan4 凡 ①籬笆◇樊籬。②籠子◇樊籠。③姓。

【樊籠】fánlóng ① 關鳥獸的籠子。比喻受束縛、不自由的境地◇久在樊籠裏，復得返自然。② 古代關押犯人的牢籠、囚籠。

【樊籬】fánlí 籬笆。比喻束縛和限制◇衝破樊籬｜拆除心中的樊籬。

11 **槲** hú 粵huk6 酷 落葉喬木或灌木。花黃褐色，堅果圓卵形。木質堅實，供建築、做器具用。葉可飼養柞蠶。

11 **槨〔椁〕** guǒ 粵gwok3 國 套在棺木外面的大棺。見"棺槨"。

11 **槺** kāng 粵hong1 康 見"榔槺"。

11 **樟** zhāng 粵zoeng[1] 章 常綠喬木。花白色或略帶綠色。枝幹葉有樟腦香氣，防蟲防蛀，可提取樟腦、樟油。木質緻密堅硬，是做傢具的優良木種。

【樟腦】zhāngnǎo 有機化合物。由樟樹的枝葉提製成的無色透明晶體，有香味，易揮發，可用於製造香料、炸藥、防腐劑和強心劑等。

11 **樀** dī 粵dik[1] 滴【樀樀】dīdī敲門的聲音。

11 **樣（样）** yàng 粵joeng[6] 讓 ①物體的形狀◇模樣｜照原樣做一個。②作為標準、楷模的，或供人觀看、選擇的◇榜樣｜看樣定貨。③模樣；神情◇多年沒見，還是那樣兒｜瞧那陰陽怪氣的樣兒，神氣甚麼？④樣子；情況◇看這樣兒，咱們是贏定了。⑤量詞。表示種類、件數◇餐廳裏新增了六樣菜｜走的時候，把那兩樣東西帶上。

【樣子】yàngzi ① 式樣，款式◇鞋的樣子多得很。② 人的模樣或神態◇一副美滋滋的樣子。③ 供人參照、模仿的標準樣品◇照這件的樣子裁剪就行了。④ 情景；狀況◇看樣子要下雨了｜照這樣子鬧下去，那還有完嗎？

【樣本】yàngběn ① 作為樣品的出版物。② 商品圖樣的印本，拿來徵求意見、作為廣告或供選購商品之用。

【樣式】yàngshì 款式；形式◇百十件衣服，樣式沒一件相同的。

【樣板】yàngbǎn ① 產品的標準件。用於檢驗產品是否合乎已確定的標準。② 建築工程上供比照、參考的樣品◇樣板房寬敞明亮，有時代氣派。③ 榜樣◇奉為學者的樣板。

【樣品】yàngpǐn 作為標準件的物品。多用於商品推銷、產品試製◇生物製劑樣品。

11 **樑〔梁〕** liáng 粵loeng[4] 良 ①水平方向的長條形承重構件◇房樑。②橋梁。③在山或物體上隆起的部分；器物上成弧形做提手的部分◇山樑｜鼻樑｜提樑。

11 **樛** jiū 粵kau[1] 溝 樹木向下彎曲。

11 **槧（椠）** qiàn 粵cim[3] 暹 ①古代供書寫用的木板◇斷木為槧。②書的刻本◇宋槧｜元槧。③簡札，書信◇密槧。

11 **樂（乐）** 〈一〉lè 粵lok[6] 落 ①快樂；高興◇歡樂｜安樂。②令人高興的事情◇取樂｜作樂。③興趣放在做某事上◇津津樂道。④笑◇樂得合不上嘴。⑤姓。

〈二〉yuè 粵ngok[6] 岳 音樂◇奏樂｜交響樂。

〈三〉yào 粵ngaau[6] 餚[6] 喜愛；喜好◇樂山樂水。

【樂土】lètǔ 安寧快樂的地方◇佛國樂土｜一方樂土。

【樂天】lètiān 安於自己的境遇而無憂無慮◇樂天派｜樂天達觀。

【樂曲】yuèqǔ ① 音樂作品的統稱。② 音樂的曲調◇這首樂曲的節奏感很強。

【樂府】yuèfǔ 漢代掌管音樂的官署，主要負責制定樂譜、訓練樂工和採集民間樂曲。後指由樂府採集配樂的民歌或文人模擬樂府體材創作的詩歌。

【樂音】yuèyīn 有一定旋律的、和諧悅耳的聲音。

【樂師】yuèshī 以演奏音樂為職業的人。

【樂理】yuèlǐ 音樂的基礎理論。

【樂章】yuèzhāng ① 古代指配樂的詩詞。② 成套樂曲中有一定主題、相對獨立的部分，有的可以單獨演奏。③ 泛指樂曲◇震撼人心的樂章。

【樂歲】lèsuì 快樂的年月，豐年。

【樂業】lèyè 安心愉快地致力於自己的業務◇安居樂業。

【樂園】lèyuán 快樂的園地◇兒童樂園。

【樂意】lèyì ① 願意；情願◇大家都樂意幫助他。② 滿意；高興◇這樣的條件，人人都樂意｜話太刺耳，誰聽了都有點不樂意。

【樂趣】lèqù 快樂的情趣◇享盡人生的樂趣。㊀反 痛苦。

【樂壇】yuètán 音樂界◇樂壇動態｜樂壇新秀。

【樂觀】lèguān 認為前景光明，充滿信心◇生態環境，不容樂觀｜無論發生甚麼事，她總是那樣樂觀。反 悲觀。

【樂不思蜀】lèbùsīshǔ 蜀漢亡國後，後主劉禪住在魏國首都洛陽，仍過着奢侈的生活。一天，司馬昭問他想不想念西蜀，他說："此間樂，不思蜀。"後比喻樂而忘返或樂而忘本。事見《三國志・蜀志・後主傳》註引《漢晉春秋》。

【樂此不疲】lècǐbùpí 因喜歡做某事而不覺得疲乏。

【樂善好施】lèshàn hàoshī 樂於做善事，喜歡把財物施捨給窮困人家。

【樂極生悲】lèjíshēngbēi 快樂到了極點時，發生了悲痛的事情。反 否極泰來。

11 **槳(桨)** jiǎng 粵zoeng2 掌 撥水推動船前進的工具，多用木製，上半截圓桿，下半截平板。現代船艦使用機械槳◇盪槳│划槳│螺旋槳。

12 **樲(樲)** èr 粵ji6 二 古書上指酸棗樹。

12 **橈(桡)** ráo 粵jiu4 搖 ①船槳◇桂槳蘭橈。②小船。

12 **樺(桦)** huà 粵waa6 話/waa4 華 落葉喬木或灌木。品種很多，主要有白樺、紅樺、黑樺。木質堅硬，可供建築、製造傢具。

12 **樾** yuè 粵jyut6 月 ①樹蔭◇林樾│和風入樾。②成蔭的樹。

12 **橄** gǎn 粵gaam3 鑒/gam2 感 橄欖。常綠喬木，花白色。果實綠色，長橢圓形，兩端尖，也叫橄欖，可食用、榨油。同 青果。

12 **樹(树)** shù 粵syu6 豎 ①木本植物的總稱◇樹木│樹欲靜而風不止。②栽種；培育◇十年樹木，百年樹人。③樹立；建立◇樹威│樹雄心│獨樹一幟。④量詞。棵，株◇湖邊種着幾樹楊柳。

【樹立】shùlì 建立；確立◇樹立品牌│樹立自信心。

【樹蔭】shùyīn 樹木枝葉遮住陽光而形成的陰影◇坐在樹蔭下乘涼。

【樹敵】shùdí 把他人變成了同自己敵對的人◇樹敵甚多。

【樹碑立傳】shùbēi lìzhuàn ① 把生平事跡刻在石碑上或寫成傳記世代流芳。② 比喻通過某種途徑樹立威信、抬高聲望◇想方設法為自己樹碑立傳。

【樹倒猢猻散】shùdǎohúsūnsàn 比喻頭領一垮台，依附追隨的人也就四散而去。

12 **橫** 〈一〉héng 粵waang4 ①同水平面平行的◇橫匾│橫梁。②東西向的。跟“縱”相對◇橫渡太平洋。③左右方向的◇橫寫│一字橫隊排開。④漢字由左向右平寫的筆畫，形狀是“一”◇“工”字的起筆是橫。⑤跟物體長的一邊垂直的◇橫剖面│橫穿馬路。⑥把長形物體橫向平放或手持着◇橫刀立馬│把竹杆橫過來。⑦交錯；雜亂◇熱淚橫流│雜草橫生。⑧蠻不講理；兇惡的◇橫行霸道│橫加指責。⑨充滿◇老氣橫秋。⑩方言。也許，可能；橫是◇雨太大了，他橫不來了。

〈二〉hèng 粵waang6 ①粗暴，蠻不講理◇專橫│驕橫。②不正常的；意外的◇橫財│飛來的橫禍。

【橫生】héngshēng ① 雜亂地生長◇草木橫生。② 意外地發生◇橫生枝節。③ 接連不斷地發生◇趣味橫生│妙語橫生。

【橫加】héngjiā 強行施加◇橫加指責│橫加干涉。

【橫死】hèngsǐ 自殺、他殺等各種不正常死亡◇橫死街頭。

【橫行】héngxíng 依仗權勢任意胡為◇橫行鄉里。

【橫是】héngshi 等於説“大概、就是、怎麼也”◇看來她橫是不肯吧│説破嘴，他橫是不聽│車要開了，他橫是趕不上了！

【橫眉】héngméi 形容怒目的樣子◇橫眉冷對千夫指，俯首甘為孺子牛。

【橫財】hèngcái 意外得到的錢財。多指用不正當的手段獲得◇在戰爭中大發橫財。

【橫笛】héngdí 笛子。

【橫貫】héngguàn 橫向穿過◇隴海鐵路橫貫河南省。

【橫渡】héngdù 從江河、湖泊、海洋等水面的此岸過到彼岸◇橫渡長江。

【橫溢】héngyì ① 泛濫◇江河橫溢。② 比喻人的才思、感情等奔湧而出◇才華橫溢│激情橫溢。

【橫禍】hènghuò 意外發生的禍難◇遭遇橫禍。

【橫豎】héngshù ① 橫和豎的方向，指範圍◇橫豎百十里。② 反正；無論怎樣◇橫豎是個死，誰怕誰呀｜由他去，橫豎他自己負責。

【橫暴】hèngbào 強橫殘暴◇橫暴的手段｜橫暴不法。

【橫七豎八】héngqī shùbā 形容雜亂無序、交錯不齊◇桌子橫七豎八倒了一地。同 亂七八糟 反 整齊劃一。

【橫生枝節】héngshēngzhījié 比喻意外地生出一些糾葛，干擾主要問題不能順利解決。同 節外生枝 反 一帆風順、順順當當。

【橫行霸道】héngxíng bàdào 憑藉權勢胡作非為。

【橫眉怒目】héngméi nùmù 怒目而視，形容憤怒或堅毅不屈的樣子。反 慈眉善目。

【橫徵暴斂】héngzhēng bàoliǎn 強行徵收捐稅，殘酷搜刮民財。

【橫衝直撞】héngchōng zhízhuàng 形容行為魯莽，毫無顧忌地亂衝亂撞。

12 **橛** jué 粵kyut3 決 短木樁◇木橛子。

12 **樸（朴）** pǔ 粵pok3 撲 ①未經加工的木材。②純真；不奢華◇淳樸｜簡樸｜質樸無華。③本質；天性◇守樸｜抱樸守真。

【樸拙】pǔzhuō ① 質樸率直◇生性樸拙，不善辭令。② 古樸，樸實，不精巧◇造型樸拙。

【樸直】pǔzhí 質樸率真◇樸直誠實。

【樸厚】pǔhòu 淳樸厚道；樸實厚重◇為人樸厚深沉｜明代的牙雕大都樸厚渾圓。

【樸陋】pǔlòu 樸實簡陋◇衣着樸陋。

【樸素】pǔsù ① 質樸；不豔麗◇樸素大方。② 節儉；不奢侈◇生活樸素｜艱苦樸素。

【樸實】pǔshí ① 淳樸誠實◇為人寬厚樸實。② 樸素；不華麗◇房間裝飾得很樸實｜樸實無華。

【樸質】pǔzhì 樸實純真，不加修飾。

【樸學】pǔxué ① 上古樸實的學問。後泛指儒家學説。② 特指清代的考據學。

12 **橇** qiāo 粵hiu1 囂 ①古代在泥地上滑行的一種乘具。②在冰雪上拖拉滑行的交通工具◇雪橇。

12 **橋（桥）** qiáo 粵kiu4 喬 ①橋樑◇浮橋｜石拱橋｜金門大橋。②形狀像橋的建築物◇過街橋｜登機橋。

【橋涵】qiáohán 橋樑和涵洞的合稱。

【橋樑】qiáoliáng ① 跨越水面、溝渠、道路、鐵路等，把兩邊連接起來的建築物。② 比喻起聯繫、溝通作用的人或事物◇搭建貿易橋樑｜通向成功的橋樑。

【橋頭堡】qiáotóubǎo ① 建在大橋橋頭的裝飾性建築物。② 為守衛橋樑、渡口而在橋頭建造的碉堡或據點。③ 泛指據點或前沿陣地◇搶灘建立橋頭堡。

12 **檇** zuì 粵zeoi3 最【檇李】zuìlǐ 李子的一種，果實鮮紅，汁多，味甜。也指這種植物的果實。

12 **樵** qiáo 粵ciu4 潮 ①柴，薪◇到山裏去採樵。②打柴◇樵夫。③打柴的人◇漁樵問答。

12 **橡** xiàng 粵zoeng6 象 ①櫟樹◇橡實｜橡子。②橡膠樹。常綠喬木。生長在熱帶、亞熱帶地區，樹內含乳白色膠質物，是製造天然橡膠的原料。

【橡膠】xiàngjiāo 高分子化合物。分天然橡膠和合成橡膠兩類。具有彈性、韌性、絕緣性、不透水、不透氣等特性。

12 **橦** tóng 粵tung4 同 古代指木棉樹。

12 **樽〔罇〕** zūn 粵zeon1 津 古代盛酒器◇折衝樽俎。

【樽俎】zūnzǔ 古代盛放酒食的器具。樽盛酒，俎盛肉。也借指宴席。

12 **樨** xī 粵sai1 西 見"木樨"。

12 **橙** chéng 粵caang4 撐4 ①果木名。常綠喬木，果實圓形，紅黃色，多汁，味酸甜。②紅、黃合成的顏色。

12 **橘** jú 粵gwat1 骨 常綠灌木或小喬木。開白花，果實也叫橘，成熟後紅黃色，汁多味甜。果皮、種子可入藥。

12 **橢（椭）** tuǒ 粵to5 妥 長圓形◇橢圓。

【橢圓】tuǒyuán ① 長圓形◇橢圓的梳妝鏡。② 數學上指平面上的一個動點到兩個定點的距離的和等於一個常數時，這個動點的軌跡叫做橢圓。

12 **機(机)** jī 粵gei1 基 ①古代弩上和現代槍械的發射裝置◇弩機|扳機。②機器◇發電機|洗衣機。③飛機◇專機|機翼。④事物的關鍵或重要的關節◇契機|轉機。⑤重要的大事◇日理萬機。⑥時機，機會；關鍵的、適宜的當口◇坐失良機。⑦生物的機能；活力◇有機體|生機勃勃。⑧心思；念頭◇動機|殺機。⑨靈敏；靈活◇機警|機靈。

【機巧】jīqiǎo 巧妙◇機巧的設計思路。

【機車】jīchē 牽引鐵路車輛的動力車◇內燃機車|電氣機車。

【機杼】jīzhù ①紡織機。②比喻詩文創作中的構思和佈局◇文章當別立機杼，自成一家。

【機制】jīzhì ①機器的構造和協調運作的能力。②指有機體內的構造、相互關係和功能◇生理機制。③事物藉以運行的內在系統◇市場機制|競爭機制。

【機宜】jīyí 根據客觀情況所採取的相應對策◇面授機宜。

【機要】jīyào 機密、重要的◇機要祕書|機要部門。

【機能】jīnéng ①生物體細胞、器官等方面的相互作用和運行能力◇消化機能|免疫機能。②政府、企業和各類社會組織履行職責和發揮作用的內在能力。

【機械】jīxiè ①機器和利用力學原理組成的各種裝置。②呆板，不靈活◇不能機械地套用這種做法。

【機動】jīdòng ①用機器驅動的◇機動車。②視情況而隨時調整◇靈活機動的措施。③可以靈活使用的◇機動部隊|機動款項。

【機敏】jīmǐn 機智靈敏；機警敏鋭◇處事機敏|機敏過人。

【機密】jīmì ①重要且不得外泄◇機密文件|機密檔案。②機密的事項◇刺探軍事機密。

【機智】jīzhì 頭腦靈敏，能隨機應變◇機智果敢。

【機遇】jīyù 時機，有利的境遇◇抓住機遇，快速發展。

【機會】jīhuì 能達致目的的最佳時機◇把握機會是成功的訣竅。

【機器】jīqì 能產生、轉換或利用機械能的裝置，如內燃機、汽車等。

【機謀】jīmóu 應變的謀略◇老於機謀，長於應變。

【機關】jīguān ①控制機械的關鍵機件◇佈設機關|啟動機關。②用機械控制的◇機關槍|機關炮。③計謀；心計◇機關算盡太聰明，反算了卿卿性命。④辦理事務的機構或部門◇政府機關。

【機警】jījǐng 機智敏鋭，反應迅速◇辦事機警|機警的目光。反 遲鈍。

【機體】jītǐ ①有機體，生物體的統稱，包括動物和植物◇增強機體抗病力。②飛機自身的整體◇滑出跑道，機體斷成兩截。

【機變】jībiàn ①機智靈活地應付突發的變化◇他在工作中缺乏機變的能力。②機智靈活的應變能力◇老成有餘，機變不足。反 死板。

【機靈】jīling 聰明伶俐；機智靈敏◇瞧她回答得多機靈。

【機不可失】jībùkěshī 良機不可多得，決不能輕易錯過。常同"時不再來"連用。反 坐失良機、錯失良機。

【機器學習】jīqìxuéxí 一門專門研究電腦怎樣模擬人類的學習行為，以獲取新的知識或技能，並使之不斷改善自身性能的學科。

12 **橐** tuó 粵tok3 託 ①古代的一種無底的小口袋◇囊橐。②象聲詞。形容硬物連續碰擊聲◇木屐發出橐橐的響聲。

【橐駝】tuótuó 駱駝。

12 **橤〔蘂蕊〕** ruǐ 粵jeoi5 蕊 形容下垂◇橤橤芬華落。

13 **檠** qíng 粵king4 鯨 ①矯正弓弩的器具。②燭台；燈架◇燈檠。③指燈◇夜雨孤檠，無限淒涼。

13 **檉(柽)** chēng 粵cing1 青 檉柳，落葉小喬木。枝條細長下垂，皮紅色，可編器具。

13 **檣(樯)〔艢〕** qiáng 粵coeng4 祥 ①桅杆◇商旅不行，檣傾楫摧。②指帆或帆船◇風檣(風帆)|巨檣(大船)百艘。

13 **檟(槚)** jiǎ 粵gaa2 假2 ①楸樹的別稱。②茶樹的別稱。

13 **櫑** léi 粵leoi[4] 雷 櫑木。古代作戰時，從高處推下、撞擊敵人的大段圓木。

13 **檔(档)** dàng (1)粵dong[2] 黨 ①帶格子的櫥櫃。多用來存放案卷◇存檔|歸檔。②指檔案◇查檔。③量詞。相當於件、樁、批的用法◇這檔事情|一檔節目。(2)粵dong[3] 黨[3] ①器物上的支撐物◇橫檔|窗檔。②檔次，等級◇高檔產品|中檔襯衣。③時間或空間的空隙◇空檔|兩幢樓之間的開檔太小了。

【檔子】dàngzi ① 器物上的支撐物◇這書桌的檔子太細了。② 物與物的間隔處◇書架間的檔子太窄。③ 等級，層次◇此人的檔子太低。④ 量詞。件，樁，批◇幾檔子事｜那檔子貨。

【檔案】dàng'àn 分門別類，集中保管，備查閱的文件、記錄、材料等◇檔案館｜歷史檔案｜醫療檔案。

13 **櫛(栉)** zhì 粵zit[3] 節 ①梳子、篦子等梳頭用具◇銀櫛|鱗次櫛比。②梳頭◇櫛髮|櫛風沐雨。

【櫛比】zhìbǐ 像梳篦的齒那樣密密地排列着◇樓館櫛比｜小街兩旁，商鋪櫛比。

【櫛風沐雨】zhìfēng mùyǔ 風梳髮，雨洗頭。形容奔波勞苦，歷盡艱辛。同 風餐露宿 反 養尊處優。

13 **檄** xí 粵hat[6] 瞎 ①檄文◇傳檄聲討。②用檄文徵召、聲討、告諭◇檄告天下。

【檄文】xíwén 古代用於徵召、告喻、聲討的官方文書。也特指聲討的文告◇討伐檄文。

13 **檢(检)** jiǎn 粵gim[2] 撿 ①約束；限制◇失檢|行為不檢。②查◇抽檢|藥檢|免檢。③同"撿"。拾取。④姓。

【檢查】jiǎnchá ① 一一查看檢驗◇健康檢查｜質量檢查。② 檢索查找◇檢查工具書。③ 檢討◇個人檢查。

【檢索】jiǎnsuǒ 查找◇資料檢索｜改進檢索手段。

【檢修】jiǎnxiū 檢查問題，加以修理◇設備檢修｜車輛停運檢修。

【檢討】jiǎntǎo ① 說出自己的缺點、錯誤，並做出自我批評◇深刻檢討｜誠懇檢討。② 總結研討，找出正確與錯誤、成績與不足，以求進取◇定期檢討公司策略。

【檢視】jiǎnshì 檢驗查看◇檢視傷情。

【檢測】jiǎncè 檢驗測試◇檢測空氣質量。

【檢察】jiǎnchá 偵察確定犯罪事實◇檢察官｜檢察院。

【檢閱】jiǎnyuè ① 翻檢查閱◇檢閱書稿｜檢閱會議記錄。② 特指高級首長按照一定的儀式視察部隊或他類隊伍◇檢閱裝甲部隊。

【檢舉】jiǎnjǔ 揭發他人的過失或違法犯罪行為◇檢舉電話｜保護檢舉人。反 包庇。

【檢點】jiǎndiǎn ① 驗看查點◇檢點人數｜檢點槍支彈藥。② 約束自己，不出格◇生活不檢點｜個人行為要檢點。反 放縱。

【檢驗】jiǎnyàn 檢查驗證◇食品安全檢驗。

13 **檜(桧)** 〈一〉guì 粵kui[2] 潰 常綠喬木。幼樹葉針形，大樹葉鱗形。材質細緻堅實，可供建築或製傢具。

〈二〉huì 粵kui[2] 潰 用於人名。南宋有秦檜，是後世公認的奸臣。

13 **檎** qín 粵kam[4] 琴 見"林檎"。

13 **檞** jiě 粵gaai[2] 解 古書中一種木質似松的樹名。

13 **檀** tán 粵taan[4] 壇 ①落葉或常綠喬木。有黃檀、紫檀、青檀、檀香等。木質堅韌，是製傢具和裝飾物的上等貴重木料◇檀香扇|紫檀雕屏。②淺紅色◇檀口|檀腮。③見"檀越"。④姓。

【檀板】tánbǎn 樂器名。檀板做的拍板，以繩串聯檀木片，用以擊節。

【檀香】tánxiāng 常綠喬木。生長於熱帶。木質堅硬，有香味，可用作製器物、扇骨、香料等。

【檀郎】tánláng ① 晉代美男子潘岳小名檀奴，故以"檀郎"或"檀奴"為美男子的代稱。② 古代婦女對夫婿或所愛慕男子的美稱。

【檀越】tányuè 佛教稱施主。(梵 Dānapati)。

13 **檁** lǐn 粵lam[5] 凜 架在屋梁上承載椽子的橫木。

13 **檗** bò 粵baak[3] 百 黃檗。落葉喬木。莖可製黃色染料，樹皮可入藥。

14 **檬** méng 粵mung[4] 蒙 檸檬。

14 **檮(梼)** táo 粵tou4 途 ①見"檮杌"。②見"檮昧"。

【檮杌】táowù 傳説中的惡獸。借指惡人◇檮杌肆虐。

【檮昧】táomèi 愚昧。多作自謙之辭◇不揣檮昧丨自慚檮昧。

14 **櫃(柜)** guì 粵gwai6 跪 ①存放文件、書籍、衣物、商品貨物等的器具，形狀多方形或長方形，一般用木料或鐵鋁等金屬製成◇櫥櫃丨衣櫃丨貨櫃丨裝飾櫃。②店鋪的櫃枱。借指賬房或商鋪◇掌櫃丨請問櫃上有沒人哪？

【櫃房】guìfáng 商店管理錢物的賬房◇今天的貨款都交櫃房了。

【櫃枱】guìtái 商店的售貨枱◇櫃枱前擠滿了顧客。

14 **檻(槛)** 〈一〉jiàn 粵haam5 咸5 ①關牲畜或野獸的柵欄、木籠◇獸檻丨樊檻。②囚禁、押送犯人的囚籠◇檻車丨檻送。③欄杆◇雲想衣裳花想容，春風拂檻露華濃。

〈二〉kǎn 粵laam6 濫 門框下的橫木◇門檻。

【檻車】jiànchē 用柵欄圍起來、運送犯人或猛獸的車。

14 **櫆** kuí 粵fui1 灰 北斗星。

14 **檳(槟)** 〈一〉bīng 粵ban1 奔 見"檳榔"。〈二〉bīn 粵ban1 奔 ①見"檳子"。②見"檳椥"。

【檳子】bīnzi 蘋果和沙果嫁接而成的果樹。果實也稱檳子，比蘋果小，味酸。

【檳椥】bīnzhī 越南地名。

【檳榔】bīngláng 常綠喬木。生長於熱帶、亞熱帶地區。果實也稱檳榔，可食，也可入藥。

14 **檫** chá 粵caat3 刷 落葉喬木。樹高大，木質堅韌，供建築或製作傢具。

14 **檸(柠)** níng 粵ning4 寧 檸檬，常綠小喬木。果實也稱檸檬，卵形，味酸，可製作飲料、提取檸檬酸。

14 **檵** jì 粵gai3 計 檵木，常綠灌木或小喬木。枝葉可提製栲膠，種子可榨油。

15 **櫝(椟)** dú 粵duk6 獨 ①匣子；櫃子◇啟櫝丨買櫝還珠。②用櫝收藏◇囊帛櫝金。

15 **櫚(榈)** lǘ 粵leoi4 雷 見"棕櫚"。

15 **櫟(栎)** 〈一〉lì 粵lik1 礫 落葉喬木。堅果卵形。幼葉可飼柞蠶，樹皮可做染料。木質堅硬，可製傢具、枕木等。又稱麻櫟、橡樹。

〈二〉yuè 粵joek6 若 櫟陽，古地名，在今陝西臨潼北。

15 **櫓(橹)〔樐艪〕** lǔ 粵lou5 老 安裝在船邊或船尾的搖船工具，比槳長而大◇談笑間、檣櫓灰飛煙滅。

15 **櫧(槠)** zhū 粵zyu1 珠 常綠喬木。花黃綠色，果實球形。木質堅硬，可製器具、枕木等。

15 **櫥〔橱〕** chú 粵cyu4 廚/ceoi4 除 存放衣服、器皿等物件的傢具◇衣櫥丨書櫥丨碗櫥丨裝飾櫥。

【櫥窗】chúchuāng ①商店展示樣品的臨街玻璃窗。②用來展覽圖片、物件或張貼告示、宣傳品的玻璃窗，形狀似櫥而淺。

【櫥櫃】chúguì 存放衣物、食具等物品的櫃子。

15 **櫞(橼)** yuán 粵jyun4 元 見"枸櫞"。

15 **櫜** gāo 粵gou1 高 ①收藏盔甲、弓箭的袋子。②收藏；用袋子裝◇櫜弓。

15 **櫫** zhū 粵zyu1 珠 見"楬櫫"。

16 **櫪(枥)** lì 粵lik1 礫 馬槽◇老驥伏櫪，志在千里。

【櫪驥】lìjì 俯卧馬槽旁的駿馬。比喻抱負未得施展者。出自三國魏曹操《步出夏門行》："老驥伏櫪，志在千里。"

16 **櫨(栌)** lú 粵lou4 勞 ①木名。即黃櫨。落葉灌木。葉子秋季變紅。木材可製器具。②科栱。見"科栱""欂櫨"。

16 **櫸(榉)** jǔ 粵geoi2 舉 落葉喬木。木質堅實，紋理細密，可供造船、傢具、建築等用。

16 **櫬(榇)** chèn 粵can^{3}趁 ①棺木◇靈櫬|扶櫬。②梧桐的別稱。

16 **櫳(栊)** lóng 粵lung^{4}龍 ①圈養禽獸的柵欄。②窗上的格木。③指窗戶◇無奈夜長人不寐，數聲和月到簾櫳。

17 **欂** bó 粵bok^{3}博【欂櫨】bólú 枓栱。中國傳統木結構建築中立柱和棟梁交接處的方形支承構件。

17 **櫻(樱)** yīng 粵jing^{1}英 ①櫻桃。落葉灌木或小喬木。花白色或淺紅色。果實淺紅色，小球形，味酸甜。木質堅硬，可製傢具。②櫻花。落葉喬木。原生於日本。花紅白色，開花之日，花樹燦然。

【櫻脣】yīngchún 形容女子小而紅潤的嘴脣。

17 **欄(栏)** lán 粵laan^{4}蘭 ①欄杆◇橋欄|雕欄|憑欄遠眺。②關養家畜的圈◇牛欄|存欄量。③為了區分類別、內容、性質、數字等而劃分出的不同版面或格子◇備註欄|新聞專欄|通欄標題|報表共有十欄。④體育器材◇跨欄。

【欄杆】lángān 在橋梁、道路、高台等處，以竹、木、石、水泥、金屬等製成的起阻攔保護作用的設施。

【欄楯】lánshǔn 欄杆。

17 **櫼** jiān 粵zim^{1}尖 木楔。嵌入榫縫間的小木片。

17 **檃(檃)〔櫽〕** yǐn 粵jan^{2}隱【檃栝】yǐnkuò ①矯正木材彎曲的器具。②(就原有文章、著作)剪裁改寫。也作"隱括"。

18 **權(权)** quán 粵kyun^{4}拳 ①秤錘◇銅權。②衡量；比較◇權衡利弊|權其輕重。③權力◇實權|生殺予奪之權|大權旁落。④權利◇人權|著作權|尊重女權。⑤有利的形勢、地位◇制空權|主動權。⑥權變；權宜◇權詐|通權達變。⑦暫且；姑且◇死馬權當活馬醫。⑧姓。

【權力】quánlì ①進行統治的強制力量◇權力部門。②職責範圍內的領導和支配力量◇行使權力。

【權且】quánqiě 暫且；姑且◇這次權且饒過你！

【權臣】quánchén 專橫跋扈、有權勢的大臣◇權臣當道|權臣誤國。

【權利】quánlì 公民和法人依法享有的權力和利益。

用法提示：權力、權利

"權力"指政治上的強制力量，或者職責範圍裏的支配力量，對象可以是個人或國家機關。"權利"跟"義務"相對，指依法行使的權力和享有的利益，對象是公民、法人或國家機關。因此"權利"的含義廣，包括了"權力"。

【權宜】quányí 暫且如此；臨時應變的◇權宜之計。

【權門】quánmén 有權勢的人家◇蔑視權門|甘當權門的鷹犬。

【權柄】quánbǐng 權力◇失去權柄|權柄在握。

【權威】quánwēi ①使人信服的力量和威望◇權威著作|權威已喪失殆盡。②最有影響、地位的人◇學術權威。

【權限】quánxiàn 職權範圍◇超出權限|不在你的權限之內。

【權益】quányì 依照法律而享有的不容侵犯的權力和利益◇正當權益|維護消費者權益。

【權術】quánshù 權謀和手段◇一貫耍弄權術。

【權貴】quánguì 官位高、權勢大的人物◇不畏權貴|攀附權貴。(反) 平民。

【權勢】quánshì 權力和勢力◇權勢顯赫|依仗權勢，欺壓百姓。

【權當】quándāng 姑且認為；姑且當作◇權當消遣。

【權慾】quányù 執掌權力的慾望◇權慾燻心。

【權衡】quánhéng ①秤錘和秤桿。②比喻斟酌衡量◇權衡得失|權衡各種因素。

【權謀】quánmóu 權術和謀略◇玩弄權謀|處世權謀。

【權變】quánbiàn 隨機應變◇善於權變|權變的管理方式。

18 **欋** qú 粵keoi^{4}渠 農具名。四齒耙。

19 **欐(𣗋)** lì 粵lai^{6}例 正樑；棟。

19
欏（椤） luó 粵lo[4] 羅 見"桫欏"。

19
欒（栾） luán 粵lyun[4] 聯 ①木名。落葉喬木。花淡黃色，果實長橢圓形。葉、花可製栲膠和染料。②姓。

21
欖（榄） lǎn 粵laam[5] 覽 見"橄欖"。

24
欞（棂） líng 粵ling[4] 零 中式房屋的窗和門上雕有花紋的格子◇窗欞。

21
櫑 léi 粵leoi[4] 雷 古代走山路乘坐的器具。

欠部

0
欠 qiàn 粵him[3] 險[3] ①疲倦時張口呵氣，打呵欠◇欠伸。②(身體)稍稍向上移動◇欠身|欠着柳腰。③借人財物未還；應給人的未給◇虧欠|欠債|欠人情。④缺少；不夠◇欠恭|欠妥|説話欠考慮。

【欠身】qiànshēn 身子略微向上向前，以示禮貌◇長者欠身還禮。

【欠缺】qiànquē ① 缺少；不足◇欠缺經驗。② 不足之處；缺點◇工作還有不少欠缺。

【欠運】qiànyùn 運氣不好；不走運◇球隊落敗，只能説欠運。

2
次 cì 粵ci[3] 刺 ①順序；先後◇名次|依次入席。②中間；中途歇息處◇言次|途次。③第二◇次子|次日。④量詞。用於可重複出現的事物或動作◇三次機會|看過好幾次。⑤(質量、品位等)較差的◇次品|這人的品行真次。⑥停留在外；駐紮◇舟次淮安|師次遼陽。

【次序】cìxù 排列先後的順序◇次序混亂｜請按次序上車。

【次要】cìyào 不很重要；重要性的等級低◇次要的問題｜除主角外，其他人物都是次要的。㊦ 首要、主要。

【次第】cìdì ① 次序；等第◇排名以得分多少為次第。② 一個接一個地；依次◇眾人次第入座。

4
欣〔訢〕 xīn 粵jan[1] 因 ①喜悦；高興◇欣喜|歡欣。②姓。

【欣幸】xīnxìng 歡快而慶幸◇欣幸自己戰勝病魔，獲得重生。

【欣悦】xīnyuè 喜悦◇見他考上了大學，全家人莫不欣悦。

【欣喜】xīnxǐ 歡喜；快樂◇欣喜若狂。

【欣然】xīnrán 喜悦的樣子◇欣然接受邀請。㊦ 淒然。

【欣羨】xīnxiàn 喜愛而羨慕◇你有一對好兒女，真令人欣羨。

【欣賞】xīnshǎng ① 領略玩賞◇欣賞奇山異水｜欣賞舞台劇。② 喜歡；賞識◇我十分欣賞他的才幹。

【欣慰】xīnwèi 高興並感到安慰◇老太太見子女孝順有加，倍感欣慰。

【欣欣向榮】xīnxīnxiàngróng 晉代陶潛《歸去來辭》："木欣欣以向榮，泉涓涓而始流。"形容草木生長茂盛。後比喻事業繁榮昌盛、蓬勃發展。㊐ 蒸蒸日上 ㊦ 奄奄一息、每況愈下。

6
欬 kài 粵kat[1] 咳 / koi[3] 概 咳嗽。

7
欷 xī 粵hei[1] 希 歎息聲；抽咽聲◇欷歔|欷吁。

【欷歔】xīxū 抽咽；歎息◇不勝欷歔。

7
欲 yù 粵juk[6] 肉 ①想要；希望◇暢所欲言|己所不欲，勿施於人。②要；需要◇膽欲大而心欲小。③將要◇東方欲曉|山雨欲來風滿樓。④同"慾"。

【欲蓋彌彰】yùgàimízhāng《左傳・昭公七年》："或求名而不得，或欲蓋而名章，懲不義也。"章，同"彰"，明顯。有人求名而不可得，有人想隱名卻名聲更顯赫。後指企圖掩蓋過失或壞事的真相，結果卻暴露得更加明顯。

【欲擒故縱】yùqíngùzòng 想要抓住他，卻故意放走他。比喻為更好地控制而故意放鬆一步。

【欲速則不達】yùsùzébùdá《論語・子路》："欲速則不達，見小利則大事不成。"説性急圖快，反而達不到目的。

【欲加之罪，何患無辭】yùjiāzhīzuì, héhuànwúcí《左傳・僖公十年》：晉大夫里克在晉惠公掌權前為他先後殺了公子奚齊、公子卓及大夫荀息。後來晉惠公卻借故殺里克，里克死前對惠公説："不有廢也，君何以興？欲加之罪，其無辭乎？"後指説要想給人安個罪名，不愁找不到藉口。

7 **欸** 〈一〉āi 粵aai1/ngaai1唉/oi1/ngoi1哀 同"唉"。
〈二〉ǎi 粵oi2/ngoi2藹 見"欸乃"。
〈三〉ēi 粵ei1 同"誒"。歎詞。表示招呼◇欸，過來一下。
〈四〉éi 粵ei4 同"誒"。歎詞。表示詫異◇欸，你怎麼還沒走？
〈五〉ěi 粵ei2 同"誒"。歎詞。表示不以為然◇欸，他可不是那種人。
〈六〉èi 粵ei6誒 同"誒"。歎詞。表示答應或同意◇欸，就照你説的辦。

【欸乃】ǎinǎi ①行船搖櫓聲；船歌聲◇歌聲欸乃｜欸乃一聲山水綠。②欸乃曲，划船時唱的歌◇歌欸乃，櫓咿啞。

8 **款**〔欵〕kuǎn 粵fun2歡2 ①條文裏的分項◇條款｜第二條第六款。②錢財；經費◇巨款｜公款。③器物上刻鑄的文字；字畫、書信上的題名◇款識｜題款｜上下款。④規格；樣式◇款式｜新款。⑤量詞。用於樣式種類◇四款點心｜設計了幾款時裝。⑥敲打；叩擊◇款門｜款關。⑦殷勤招待◇款客｜款待。⑧誠懇；懇切◇款好｜款惻。⑨緩慢◇款步｜款款而來。

【款式】kuǎnshì 格式；式樣◇衣服款式別致。

【款曲】kuǎnqū ①衷情；殷切的心意◇久別重逢，互敍款曲。②內情；詳情◇久居其地，當知其款曲。③殷勤；周詳◇款曲周至｜款曲陳情。

【款步】kuǎnbù 緩慢地步行◇款步江濱。

【款待】kuǎndài 殷勤招待◇盛情款待｜款待客人。

【款洽】kuǎnqià 親切融洽◇兩人彼此情意款洽。

【款留】kuǎnliú 誠懇地挽留◇熱情款留遠方來的朋友。

【款款】kuǎnkuǎn 緩慢地◇蜻蜓款款飛過。同 徐徐 反 匆匆。

【款項】kuǎnxiàng ①法規、條約等條文的項目◇合約中有兩條款項需要洽商。②數目較大的錢◇款項去向不明。

【款誠】kuǎnchéng 真誠；忠誠◇款誠相待。

【款識】kuǎnzhì ①器物上鑄刻的銘記文字。②書畫上的題名。

8 **欺** qī 粵hei1希 ①騙；隱瞞真相◇欺騙｜自欺欺人。②壓迫；侮辱◇仗勢欺人｜欺人太甚。③勝過；超過◇諸葛亮才欺管樂。

【欺生】qīshēng ①欺負新來者。②（驢、馬等牲口）不聽生疏的人使喚◇這匹馬欺生，你可要小心。

【欺哄】qīhǒng 欺騙蒙哄◇用假貨欺哄顧客。

【欺侮】qīwǔ 欺凌侮辱◇欺侮別人｜遭人欺侮。

【欺負】qīfu 用蠻橫無理的手段侵犯、壓迫或侮辱◇擔心孩子受欺負。

【欺辱】qīrǔ 欺負侮辱◇不堪欺辱。

【欺凌】qīlíng 欺負凌辱◇受盡欺凌。反 愛護。

【欺詐】qīzhà 用狡猾奸詐的手段騙人◇攤販用偽劣商品欺詐顧客。

【欺壓】qīyā 欺凌壓迫◇欺壓百姓。

【欺瞞】qīmán 欺騙蒙混◇商家欺瞞顧客。

【欺騙】qīpiàn 用虛假言行掩蓋事實真相，使人上當◇欺騙選民｜欺騙消費者。

【欺世盜名】qīshì dàomíng 欺騙世人，竊取名譽。同 盜名竊譽。

【欺行霸市】qīháng bàshì 做買賣時欺壓同行，稱霸市場◇欺行霸市，強買強賣。

8 **欹**〔攲〕qī 粵kei1崎 歪；傾斜◇欹斜｜欹正相依。

8 **欽**（钦）qīn 粵jam1音 ①恭敬；敬重◇欽佩｜欽敬｜欽仰。②皇帝親自（做）◇欽定｜欽賜｜欽差大臣。③姓。

【欽佩】qīnpèi 敬重佩服◇他的獻身精神令人欽佩。

【欽定】qīndìng 皇帝親自審定或裁定。多用於書名◇《欽定四庫全書》。

【欽敬】qīnjìng 欽佩敬重◇他的為人，業內無不欽敬。

【欽羨】qīnxiàn 欽佩羨慕◇誰都欽羨他的成就。

【欽差大臣】qīnchāidàchén 由皇帝特命並頒授關防的大臣。現多指由中央或上級部門派出檢查工作或處理重大問題的人員。含戲謔意。

8 **欿** kǎn 粵ham^{2} 砍 ①不自滿◇欿然。②憂愁；不得意。

8 **欻** 〈一〉xū 粵fat^{1} 忽 ①忽然◇暴雨欻至。②動作迅疾的樣子◇欻忽｜欻吸。

〈二〉chuā 粵caa^{3} 岔 形容物體碰擦的聲音◇儀仗隊欻欻地正步走過來。

【欻忽】xūhū 動作迅疾的樣子◇舞起劍來，欻忽有神。

9 **歅** yīn 粵jan^{1} 因 用於人名。例如九方歅，春秋時人，善相馬。

9 **歇** xiē 粵hit^{3} 蠍 ①休息◇歇一會兒。②睡覺；住宿◇上牀歇了｜在朋友家歇了一夜。③停止◇歇工｜歇業。④一會兒；短暫的一段時間◇沉思一歇。

【歇手】xiēshǒu 停止手頭正在做的事◇幹到天黑了還不歇手。同 住手 反 上手。

【歇乏】xiēfá 勞作後休息，消除疲乏◇坐着歇乏。

【歇伏】xiēfú 伏，伏天，盛夏。避暑休息◇去廬山歇伏。

【歇晌】xiēshǎng 午飯後休息；午睡◇在沙發上歇晌。

【歇氣】xiēqì 稍作休息◇爬到半山腰再作歇氣。

【歇息】xiēxi ① 休息◇累了一天，快歇息吧。② 睡覺；住宿◇爺爺每晚都很早歇息｜在寺廟裏歇息了一晚。

【歇頂】xiēdǐng 頂部的頭髮因病或衰老而脫落◇他盛年時就歇頂了。

【歇腳】xiējiǎo 走路疲乏時停下來休息◇在亭子裏歇腳。

【歇後語】xiēhòuyǔ 用歇後法構成的一種熟語。由兩部分組成，前文是比喻語，後文是解釋語，使用時可隱去後文，以前文示意，也可以用雙關的方法喻義，如"外甥打燈籠，照舅（舊）"。

【歇斯底里】xiēsīdǐlǐ 醫學上指癔病。泛指情緒激動，舉止失常◇突然歇斯底里大發作。（英 hysteria）

9 **歃** shà 粵saap^{3} 圾 用嘴吸取◇歃血。

【歃血】shàxuè ① 古代盟會中的一種儀式。盟約宣讀後，參加者稍微吸點所殺牲的血，以示誠意◇歃血為盟。② 泛指結盟。

9 **歈** yú 粵jyu^{4} 如 ①歌。②同"愉"。

9 **歆** xīn 粵jam^{1} 音 ①祭祀時供鬼神吸、嗅、享用祭品的香味◇歆享。②用食品祭祀鬼神或招待貴賓◇以酒牲歆神人。③喜悅◇歆快｜歆然。④羨慕；貪圖◇歆羨｜歆豔。⑤觸發；驚動◇歆動。

【歆享】xīnxiǎng（神靈）享用供物。

【歆羨】xīnxiàn 羨慕◇她的新裝扮立刻引來歆羨的眼光。

【歆慕】xīnmù 羨慕◇令人歆慕。

10 **歌**〔謌〕gē 粵go^{1} 哥 ①歌曲；能唱的文辭◇歌謠｜民歌｜唱歌。②按一定樂曲、節拍詠唱◇歌唱｜引吭高歌。③頌揚◇可歌可泣。

【歌手】gēshǒu 擅長唱歌的人◇晚會上歌手雲集。

【歌曲】gēqǔ 詩歌與音樂的結合，供人歌唱的作品◇流行歌曲｜西洋歌曲。

【歌伎】gējì 以歌舞為業的女子。

【歌唱】gēchàng ① 唱歌。② 指用唱歌、朗誦等形式頌揚◇歌唱祖國。

【歌喉】gēhóu ① 唱歌人的嗓子◇歌喉很好。② 指歌聲◇歌喉婉轉。

【歌詠】gēyǒng 歌唱吟詠◇歌詠團｜作詩歌詠友誼。

【歌頌】gēsòng 用詩歌頌揚或用言語文字讚美◇歌頌團結友愛的精神。

【歌劇】gējù 綜合音樂、詩歌、舞蹈等藝術，以歌唱為主的戲劇形式。

【歌謠】gēyáo 古以合樂為歌，徒歌為謠，後泛指可隨口唱出的歌詞◇巴蜀歌謠｜民間歌謠。

【歌功頌德】gēgōng sòngdé《史記・周本紀》："民皆歌樂之，頌其德。"現指歌頌功績和德行。有時也反用為譏諷之義。

【歌舞升平】 gēwǔshēngpíng ① 唱歌跳舞，歡慶太平。形容繁榮的太平盛世。② 指粉飾太平。含貶義。

10 **歉** 〈一〉qiàn 粵him³欠 收成不好◇以豐補歉。〈二〉qiàn 粵hip³脅 感覺對不住別人；心中不安◇道歉|深感抱歉。

【歉收】 qiànshōu 收成不好◇家鄉鬧水災，作物歉收。同 歉產 反 豐收。

【歉疚】 qiànjiù 覺得對不住別人，內心感到不安◇深感歉疚。

【歉歲】 qiànsuì 收成不好的年頭◇生兒子時正值歉歲。同 歉年 反 豐歲、豐年。

【歉意】 qiànyì 抱歉的心意◇為此深表歉意。

11 **歎(叹)〔嘆〕** tàn 粵taan³炭 ①歎氣；歎息◇一聲長歎|夙夜憂歎。②讚許◇歎賞|讚歎。③吟詠；和唱◇詠歎|一唱三歎。

【歎服】 tànfú 讚歎佩服◇由衷歎服。

【歎氣】 tànqì 因不如意或無可奈何而口出長氣，發出聲音◇唉聲歎氣。

【歎息】 tànxī 感歎；歎氣◇搖頭歎息。

【歎惜】 tànxī 感歎惋惜◇他英年早逝，叫人歎惜！

【歎號】 tànhào 標點符號"！"，表示感歎句或語氣強烈的祈使句、反問句末尾的停頓。

【歎為觀止】 tànwéiguānzhǐ 讚歎所見事物盡善盡美，好到了極點◇展品令人大飽眼福，歎為觀止。

11 **歐(欧)** ōu 粵au¹/ngau¹勾 ①指歐洲◇歐化|西歐。②電阻單位歐姆的簡稱。③姓。

12 **歔** xū 粵heoi¹虛 緩緩出氣；歎息◇欷歔。

12 **歙** 〈一〉xī 粵kap¹吸 ①吸；吸進◇歙風吐雲。②收斂；斂藏◇將欲歙之，必固張之。③和順的樣子◇歙然。

〈二〉shè 粵sip³涉 用於地名，如歙縣(在安徽)、歙硯(因江西婺源歙溪所產硯石而得名)。

13 **歟(欤)** yú 粵jyu⁴餘 表示疑問或感歎語氣◇子非三閭大夫歟|此事可怪也歟！

15 **歠** chuò 粵zyut³啜 ①飲，喝◇大歠|小歠。②指羹湯◇熱歠。

18 **歡(欢)〔懽讙驩〕** huān 粵fun¹寬 ①快樂，高興◇歡樂|悲歡離合。②和美；和好◇不歡而散|握手言歡。③喜愛◇喜歡。④指相愛的人、戀人◇新歡|唱盡新詞歡不見。⑤方言。活躍；起勁◇越説越歡|幹得正歡。

【歡心】 huānxīn 喜愛或賞識的心情◇博取歡心。

【歡快】 huānkuài 歡樂而輕快◇歡快的歌聲。

【歡呼】 huānhū 歡快地呼喊◇全場爆發出勝利的歡呼。

【歡欣】 huānxīn 歡喜；喜悦◇人們歡欣雀躍，載歌載舞。

【歡迎】 huānyíng ① 高興地迎接◇歡迎蒞臨。② 樂於接受；高興地盼望◇歡迎大家批評指正。

【歡度】 huāndù 快樂地度過◇歡度春節。

【歡洽】 huānqià 歡樂和洽◇談笑歡洽。

【歡悦】 huānyuè 歡樂；喜悦◇滿心歡悦。

【歡喜】 huānxǐ ① 快樂，高興◇皆大歡喜 | 內心歡喜。② 喜愛；喜好◇歡喜獨自旅行。

【歡愉】 huānyú 歡樂愉快◇臉上泛着歡愉的笑容。

【歡聚】 huānjù 歡樂地聚會◇老朋友歡聚一堂。

【歡暢】 huānchàng 高興；暢快◇心情歡暢。

【歡樂】 huānlè 快樂◇一片歡樂氣氛。

【歡慶】 huānqìng 歡快地慶祝◇歡慶農業大豐收。

【歡慰】 huānwèi 歡樂欣慰◇抒發內心的歡慰。

【歡顏】 huānyán 歡樂的容顏；笑臉◇老人強作歡顏。

【歡騰】 huānténg 歡喜得手舞足蹈◇普世歡騰 | 廣場上一片歡騰。

【歡躍】 huānyuè 歡騰◇大家聽到喜訊歡躍不已。

【歡天喜地】 huāntiān xǐdì 形容非常歡喜。

【歡欣鼓舞】 huānxīngǔwǔ 非常高興，精神非常振奮。

【歡蹦亂跳】 huānbèng luàntiào 形容活潑、歡樂而有活力。

止部

0 **止** zhǐ 粵zi^{2}只 ①停下不再活動或運動◇停止|中止|止息。②使停下不再動◇阻止|快給傷口止血！③只，僅僅◇不止一次|止此而已。④截止◇展銷到明日止。

【止水】zhǐshuǐ 不流動的水，死水◇止水無波｜心如止水。

【止境】zhǐjìng 終點，盡頭◇學無止境｜永無止境。

1 **正** ⟨一⟩zhèng 粵zing^{3}政 ①當中；不偏不斜◇正門|正中。②指時間正在那一點上或那段的當中◇正午|十二點正。③正直不邪◇剛正不阿。④公正，公平◇廉正|公正無私。⑤合於法則或規矩的◇字正腔圓|名正言順。⑥端正，不歪斜◇正楷|正襟危坐。⑦純，不雜◇正紅|味道不正。⑧正面◇這種紙正反兩面都很光潔。⑨基本的；主要的◇正本|正職。⑩使端正；使位置不斜◇正骨|正了正衣領。⑪糾正錯誤、偏差，使正確◇訂正|改正。⑫嫡傳的；出於本源的◇正統|正宗。⑬恰好，剛好◇正合適|我正找你哪。⑭表示動作或狀態在持續中◇外面正下着雨|我正忙着呢。⑮加強肯定語氣◇問題正在這裏|我正是為此而來。⑯表示大於零的◇正數|正號。⑰表示失去電子的◇正極|正電。⑱圖形的各個邊或各個角都相等的◇正方形|正六邊形|正六面體。⑲姓。

⟨二⟩zhēng 粵zing^{1}精 正月，農曆一年的第一個月◇新正。

【正大】zhèngdà 公正無私，端正不邪◇言行正大，人神共仰。

【正文】zhèngwén 著作的本文。區別於“序言、附錄、後記”等◇本書的正文將近兩百萬字。

【正巧】zhèngqiǎo 正好，恰巧◇正巧你來了，剛想找你呢。同 恰好、湊巧。

【正本】zhèngběn 正式的文本。反 副本。

【正式】zhèngshì 合乎標準或規定的；合法的◇正式結婚了｜非正式談判。

【正色】zhèngsè ①指青、赤、黃、白、黑五種顏色◇花無正色鳥無名，只要取個意思就成。②神色莊重，態度嚴肅◇他正色謝絕，扭頭就走了。

【正直】zhèngzhí 公正剛直；坦率無私。同 耿直 反 奸邪。

【正宗】zhèngzōng 佛教禪宗指初祖達摩所傳的嫡系宗派。後泛指技藝、學業等的正統流派◇正宗川菜｜梅派正宗傳人。

【正面】zhèngmiàn ①人體臉部所在的一面◇正面免冠照片｜不必看正面，就知道他是誰。②建築物正門所對的一面或朝陽的一面◇學校正面臨街｜紀念碑的正面。③面對的前方；前進的方向◇凌晨四時發起正面進攻。④片狀物朝外的一面，或供使用的一面◇外牆的正面｜料子的正面有塊污斑。⑤正確的、好的、積極的或直接顯示的一面◇正面人物｜正面作用。反 負面。⑥直接的，不拐彎抹角的◇正面衝突｜正面答覆。

【正派】zhèngpài 品行作風規矩、端正，不歪邪◇辦事正派，待人忠厚。

【正氣】zhèngqì ①光明正大的作風、氣概◇浩然正氣｜正氣凜然。②純正良好的風氣、作風◇培植正氣，抵制歪風。

【正規】zhèngguī 符合正式規定或公認的標準◇正規教育｜打球的動作非常正規。

【正常】zhèngcháng 合乎常情、常規，沒有意外情況◇情緒不正常｜正常情況下她該在。反 反常、異常。

【正視】zhèngshì ①從正面看◇他不敢正視她。反 睥睨。②嚴肅認真地對待，不迴避、不敷衍◇正視困難｜真的猛士，敢於直面慘淡的人生，敢於正視淋漓的鮮血。反 迴避。

【正統】zhèngtǒng ①先後一脈相承的嫡傳系統。②泛指學派、黨派等嫡派傳承◇自稱是本門的嫡傳正統。同 正宗 反 異端。③符合傳統的◇正統思想。

【正當】⟨一⟩zhèngdāng 正處在，正值◇如今正當盛夏，何來西北風呵。

⟨二⟩zhèngdàng ①符合法律或情理的◇正當防衛|居民的正當權益。②正經；公正合理◇正當經營|辦事正當。

【正義】zhèngyì ①公正的、正當的道理◇伸

張正義。② 公正的、正確合理的◇正義戰爭|站在正義的立場上。③ 經史類古書註疏的一種。意思是正確的註解詮釋◇《史記正義》|《周禮正義》。

【正經】〈一〉zhèngjing ① 正派◇正經人家。② 端莊嚴肅；嚴肅認真◇一臉的假正經。③ 正當的；不偏斜的◇錢要花在正經的地方。④ 正式、正規、合乎標準的◇好幾天沒正經吃飯了。

〈二〉zhèngjīng 正宗的經典。指“十三經”等古代典籍。

【正確】zhèngquè 符合事實、規律、道理或標準◇答案正確|正確的姿勢。(反) 錯誤、謬誤、差錯。

【正點】zhèngdiǎn 飛機、火車、船舶等按規定時間準時開出、運行或到達。(反) 晚點。

【正能量】zhèngnéngliàng 積極健康、起正面作用的能量◇弘揚真善美，傳播正能量。

【正人君子】zhèngrén jūnzǐ 優秀、正派、道德高尚的人。(反) 狭邪小人。

【正中下懷】zhèngzhòngxiàhuái 別人說的話或做的事正合自己的心意。

【正本清源】zhèngběn qīngyuán《漢書・刑法志》:“豈宜惟思所以清原正本之論，刪定律令。”原，同“源”。後指從根基上整頓，從源頭上清理；或從根本上進行整治、改革◇唯有正本清源才能使社會重回正軌。(同) 撥亂反正。

【正言厲色】zhèngyán lìsè 話語嚴正，表情嚴肅。

【正氣凜然】zhèngqìlǐnrán 形容光明磊落、嚴正可畏，令人尊敬。

【正經八百】zhèngjīngbābǎi 嚴肅認真；嚴肅莊重。(同) 一本正經、正正經經 (反) 嘻皮笑臉、油腔滑調。

【正襟危坐】zhèngjīnwēizuò《史記・日者列傳》:“宋忠、賈誼瞿然而悟，獵纓正襟危坐。”意為整理好衣服端端正正地坐着。形容嚴肅、恭敬或拘謹的樣子◇正襟危坐，不苟言笑。

2 **此** cǐ 粵ci2 齒 ①這；這個◇顧此失彼|此地無銀三百兩。②此時；此地◇到此為止|就此告別。③這樣；這種◇事已至此|人同此心，物同此理。

【此刻】cǐkè 這時，指說話的時間點◇此刻她正急得團團轉呢。(同) 現在、此時。

【此後】cǐhòu ① 自即刻起向後延續的時間◇此後，我就再沒見到他。(同) 往後、以後 (反) 以前、先前。② 從一特定的時間點向後延續的時間◇她兩年前得的病，此後一直沒治好。

【此間】cǐjiān 此地，此處。指說話者所在的地方◇上次來此間尚且泉水淙淙，怎麼這麼快就枯了？(同) 這裏。

【此起彼伏】cǐqǐ bǐfú 這裏起來，那邊落下。形容連續不斷◇反對的聲音此起彼伏。(同) 此起彼落。

【此一時，彼一時】cǐyìshí, bǐyìshí 表示時間不同，情況就變化了，不可同日而語。(同) 時過境遷。

3 **步** bù 粵bou6 部 ①用腳行走◇漫步|亦步亦趨。②腳步◇方步|邁步。③踩，踏。指追隨、跟隨◇步人後塵。④階段◇初步|逐步|下一步。⑤境地；地步◇竟落到這一步。⑥舊制長度單位。一步合五尺。⑦水邊停船處。今寫作“埠”，多用於地名◇江步|鹽步。⑧弈棋時，正式移動或着一隻子叫一步◇這一步走得妙。⑨姓。

【步伐】bùfá ① 腳步，步子。指行進時腳步的大小快慢。② 比喻事情進展的速度◇加快建設的步伐。

【步行】bùxíng 徒步行走◇她每天步行上學。

【步調】bùdiào ① 行走時腳步的大小快慢◇步調一致。② 比喻做事或活動的方式、步驟、速度等◇按部就班，不可亂了步調。

【步驟】bùzhòu 事情進行的程序、次第。

【步人後塵】bùrénhòuchén 後塵，走路時揚起的塵土。跟在別人後面走。比喻追隨、模仿。(同) 亦步亦趨。

【步步為營】bùbùwéiyíng 軍隊每前進一步就設置一道營壘。比喻做事、行動極其謹慎，時刻提防出錯。

【步履維艱】bùlǚwéijiān ① 走路不靈便，非常困難。(反) 健步如飛。② 比喻事情阻力重重，進展緩慢、艱辛。(反) 一帆風順、順風順水。

【步履蹣跚】bùlǚpánshān 形容走路搖搖晃晃不穩健。

4 **武** wǔ 粵mou5 母 ①關於軍事征戰、技擊、強力方面的◇武器|武術|動武打人。②勇猛；雄壯◇勇武|威武。③步子，腳步◇步武。④姓。

【武力】wǔlì ① 軍事力量，武裝力量◇武力侵佔。② 強暴的力量◇只可説服，不可使用武力強制。

【武士】wǔshì ① 有勇力的人◇幸虧一武士出手相救，他才逃了出來。② 宮廷衛士。③ 古代歐洲的騎士。

【武功】wǔgōng ① 軍事方面的業績◇文治武功 | 武功顯赫。② 武術功夫◇武功了得。

【武官】wǔguān ① 領兵打仗的官員；軍隊內的長官。反 文官。② 在本國駐外大使館內、代表本國軍事機構進行軍事方面外交活動的軍官。

【武術】wǔshù 中國傳統的體育項目。一般指徒手或操持器械的技擊動作，形式有套路和對抗等，含長拳、太極拳、劍術、刀術、棍術、槍術等，自古就是中國人鍛煉身體和自衛禦敵的手段之一。

【武裝】wǔzhuāng ① 軍裝，戎裝。② 軍隊。③ 武力；暴力◇武裝偵察 | 武裝鬥爭。④ 武器裝備。⑤ 用武器加以裝備◇武裝起來三個師。⑥ 用物質或精神的東西來裝備◇必須在精神上武裝他們，使他們能經受艱苦的考驗。

【武器】wǔqì ① 用於直接殺傷或破壞的器械、裝置◇核武器 | 重型武器。② 喻指進行鬥爭的手段或工具◇團結是一種強力武器。

【武斷】wǔduàn ① 不管實際情況，只憑主觀作出判斷或處理問題◇真相未明，不敢武斷。② 形容言行主觀片面◇下結論過於武斷 | 生性傲慢武斷。反 慎重、謹慎。

【武藝】wǔyì 指騎、射、擊、刺等武術方面的技藝◇十八般武藝樣樣精通。

十八般武藝

刀 槍 劍 戟 棍 棒 槊 鏜 斧 鉞 鏟 鈀 鞭 鐧 錘 叉 戈 矛

4 **歧** qí 粵kei4 其 ①分叉，分出的◇歧路|歧舌|歧道。②不同，不一致；有差別◇歧義|歧視|歧異。

【歧異】qíyì 差異；不同◇看法沒有歧異。

【歧途】qítú 岔道，歧路。比喻錯誤的道路、邪路◇誤入歧途 | 走入歧途。

【歧視】qíshì 不平等地看待◇不應歧視成績差的同學。

【歧路】qílù 從大路上分出來的小路，岔道。比喻錯誤的道路◇年輕無知，一度誤入歧路。同 歧途 反 正途、大道。

【歧義】qíyì 語義或詞義有兩種或多種解釋。

【歧路亡羊】qílùwángyáng《列子・説符》："楊子之鄰人亡羊，既率其黨，又請楊子之豎追之。楊子曰：'嘻！亡一羊何追之者眾？'鄰人曰：'多歧路。'既反，問：'獲羊乎？'曰：'亡之矣。'曰：'奚亡之？'曰：'歧路之中又有歧焉，吾不知所之，所以反也。'"後比喻情況複雜多變而誤入歧途或終無所成。

5 **歪** wāi 粵waai1 懷1 ①偏；斜；不正◇東倒西歪|歪歪扭扭。②不正派；不正當◇歪才|歪門邪道。③側卧；和衣隨意躺下◇累了，在牀上歪一會兒吧。

【歪曲】wāiqū ① 歪斜曲折◇沿着歪曲的小道走。② 曲解，故意改變（事實的真象或內容）◇歪曲事實 | 本意被歪曲。

【歪打正着】wāidǎzhèngzháo 比喻本來採取的做法不對頭，卻僥倖得到滿意的結果。

【歪風邪氣】wāifēng xiéqì 不良的風氣◇如今的官場，上下貪瀆，歪風邪氣盛行。

9 **歲(岁)〔歳〕** suì 粵seoi3 税 ①年◇歲末|寸陰若歲。②時光◇日月逝矣，歲不我與。③年齡◇歲數|他倆同歲。④表示年齡的單位◇五歲的兒子|父親六十歲了。⑤年成；年景◇歉歲|豐歲。

【歲月】suìyuè 年月；時光◇崢嶸歲月 | 歲月不待人。

【歲時】suìshí ① 一年；四季◇烽鼓相望，歲時不息。② 歲月；時間◇兵戈四起，正逢其在任之歲時。③ 指一年內的節令時日，等於説逢年過節◇歲時捐出財物，年年如此。

【歲晚】suìwǎn 一年之晚，準備迎接新年之前。

【歲暮】suìmù ① 年末，一年將盡的日子◇歲暮百草凋零。② 喻指人的晚年◇壯齒不恆居，歲暮常慨慷。

12 **歷(历)〔歴〕** lì 粵lik6 力 ①經歷；經過◇歷盡艱辛|親歷其境。②過往的◇歷朝|歷次。③普遍地；一一地◇歷覽|歷陳利害。

【歷史】lìshǐ ① 過去事實的記載◇歷史檔案|歷史文獻。② 過去的經歷，往事◇發跡歷史。③ 自然界和人類社會的發展進程◇人類進化的歷史|宇宙演變的歷史。④ 指歷史學科◇歷史考試。

【歷代】lìdài ① 以往的各個朝代、各個時代◇歷代文選|儒學經典，歷代奉為至寶。② 經歷數代◇歷代書香|歷代傳承祖師。

【歷年】lìnián ① 經歷的年月◇歷年已久|歷年來發生了多次。② 過去多年；以往各年◇整理歷年的日記|歷年欠賬，越積越多。

【歷來】lìlái 從來，從過去到現在◇歷來如此|泰山日出歷來被描繪成壯觀的奇景。

【歷屆】lìjiè 以往各屆◇歷屆政府|歷屆畢業生。

【歷程】lìchéng 經歷的過程◇走過艱苦的歷程。

【歷練】lìliàn ① 閱歷廣而經驗豐富◇歷練老成。② 經歷曲折，飽經磨練◇十多年的官場生涯，他歷練得非常世故。

【歷歷】lìlì 形容清晰分明的樣子◇歷歷在目|歷歷花間，似有馬蹄聲。

【歷險】lìxiǎn 經歷險阻；經歷危險◇海上歷險。

14 **歸(归)** guī 粵gwai1 龜 ①返回◇衣錦榮歸|放虎歸山。②還給◇完璧歸趙|物歸原主。③趨向；集中到同一地方◇百川歸海|殊途同歸|眾望所歸。④聚攏；合併◇歸總|歸併。⑤屬於；由◇這事不歸他管。⑥歸順◇歸降|歸心。⑦用在相同的動詞間，表示動作同結果不一致◇説歸説，做起來可不簡單。⑧姓。

【歸化】guīhuà ① 歸順；歸附◇匈奴分裂以後，南匈奴歸化東漢王朝。② 舊稱加入他國國籍◇她前年已歸化新加坡。

【歸功】guīgōng 把功勞歸於某人或集體◇我的成績歸功於老師的教導。

【歸併】guībìng ① 併入◇兩個分公司都歸併到總公司了。② 合在一起，合併◇營銷點太分散，要早日歸併。

【歸咎】guījiù 把過失、錯誤加到別人頭上。(同) 歸罪。

【歸附】guīfù 同原來所在的一方斷絕，轉而依附另一方。(同) 歸順 (反) 背叛、叛離。

【歸案】guī'àn 逮捕在逃的犯人並移送到司法機構移送審判結案◇逮捕歸案。

【歸納】guīnà ① 歸併，歸總◇他把討論的內容歸納為三方面。② 邏輯學術語。一種由具體事實概括出一般原理的推理方法。亦指用歸納法運作◇把這些事情歸納起來，很可能看出其中是有不少道理的。(反) 演繹。

【歸途】guītú 返回的路途◇他滿懷喜悦地踏上歸途。

【歸宿】guīsù 結果，結局；最終的着落◇流浪孤兒終於找到個歸宿。

【歸順】guīshùn 歸降投順◇叛軍將領反正，歸順政府。

【歸結】guījié ① 總括而得出結論◇上述意見歸結為一句話：力量懸殊，凶多吉少。② 歸宿，最後的去處◇她困惑、迷茫，不知人生的歸結在哪裏。

【歸罪】guīzuì 把罪過、錯誤加給某人或集體◇我一開口，他便乘機歸罪於我了。

【歸檔】guīdàng 把文件、資料和其他具有保存價值的東西整理、分類，歸入檔案。

【歸還】guīhuán ① 將所借或所拾的錢物等還給原主◇他把拾到的錢包歸還原主|圖書已按期歸還。② 回到原來的地方◇把房子賣了，一旦他歸還，住哪兒？

【歸隱】guīyǐn 回家隱居◇歸隱江湖。

【歸總】guīzǒng ① 合併，把分散的合到一起◇歸總整理。(同) 歸攏、歸併。② 總計，一共◇歸總起來有四十本書。(同) 總共。

【歸攏】guīlǒng 合併，把分散的東西合在一起。

【歸屬】guīshǔ 劃分隸屬關係，確定屬於哪一方◇歸屬未定，人心不穩。

【歸根結底】guīgēn jiédǐ 歸結到根本上。

歹部

0 **歹** dǎi 粵daai^{2}帶^{2} 壞，惡◇為非作歹|不知好歹。

【歹毒】dǎidú 陰險毒辣◇用心歹毒｜歹毒的陰謀。

【歹徒】dǎitú 惡人，壞人。

2 **死** sǐ 粵sei^{2}四^{2} ①死亡，生命終止。②指不可轉變的、不活動的◇死棋|死火山。③拼死；堅決◇死守陣地|死不悔改。④絕望◇哀莫大於心死|不到黃河心不死。⑤堅持不變◇死心塌地。⑥固定不變；死板，不靈活◇死心眼|死記硬背。⑦不通的◇死路|死胡同。⑧指不可調和◇死敵|死對頭。⑨表示討厭、氣憤等情緒◇別在這兒出醜了，還不死一邊去|你這沒心肝的，死到哪兒去啦？⑩表示程度達到了極點◇嚇死我了|看煙火的人多死了。

【死亡】sǐwáng 喪失生命。

> **多樣表達：死亡**
> 下世 去世 逝世 棄世 辭世 謝世 故去 亡故 身故 物故 作古 死 卒 斷氣 咽氣

【死刑】sǐxíng 剝奪犯人生命的刑罰。

【死守】sǐshǒu ① 死命地保護；死命地防守◇死守着那幾個錢不肯投資。② 固執地遵守◇死守過時的規矩。

【死板】sǐbǎn ①（做事）刻板，呆板不靈活◇做事倒算認真，就是太死板。㊄ 靈活。② 面無表情◇一看他那死板樣，就不想理他。㊄ 活潑。

【死寂】sǐjì ① 寂靜得沒有半點聲音◇四周一片死寂。② 形容沒有生路或出路◇她終於走出死寂的婚姻。㊄ 鼎沸。

【死機】sǐjī 電腦在運行過程中因程式出錯或其他原因而突然無法操作◇請定時保存已做好的文檔，儘量降低電腦死機造成的損失。

【死難】sǐnàn ① 特指為正義而犧牲◇撫恤抗日死難者的家屬。② 遇難，死於災難◇沉船事故的死難者。

【死黨】sǐdǎng ① 死心塌地為某人或某集團出力的黨羽。多含貶義◇利益集團結成了死黨。② 方言。指至交密友。含戲謔意◇一班死黨為她辦了個生日派對。

【死不瞑目】sǐbùmíngmù 到死也閉不上眼睛。形容不肯抱恨死去。多用以表示實現願望的堅定決心。

【死心塌地】sǐxīntādì 認定的事決不改變，一心做到底◇跟着他死心塌地過一輩子。㊄ 三心二意。

【死有餘辜】sǐyǒuyúgū 雖然死了，也抵償不了罪過。形容罪大惡極。

【死而後已】sǐ'érhòuyǐ 到死才罷休。形容為某一事業終身奮鬥。出自《論語・泰伯》："仁以為己任，不亦重乎？死而後已，不亦遠乎？"

【死灰復燃】sǐhuīfùrán 比喻失勢的人重新得勢，或已消失的事物又重新活動起來。

【死氣沉沉】sǐqìchénchén 形容氣氛沉悶，沒生氣，不活躍。㊄ 生氣勃勃。

4 **歿** mò 粵mut^{6}沒 死◇病歿。

5 **殂** cú 粵cou^{4}曹 死亡◇先帝創業未半，而中道崩殂。

5 **殃** yāng 粵joeng^{1}央 ①禍害◇遭殃|禍殃。②使受禍害◇禍國殃民|城門失火，殃及池魚。

【殃及池魚】yāngjíchíyú 見"城門失火，殃及池魚"。

5 **殄** tiǎn 粵tin^{5}田^{5} 滅絕；盡絕◇殄滅|暴殄天物。

5 **殆** dài 粵toi^{5}怠 ①危險◇危殆|知己知彼，百戰不殆。②幾乎；差不多◇儲備殆盡。

【殆盡】dàijìn 幾乎甚麼都沒有剩下◇庫存石油消耗殆盡。

6 **殊** shū 粵syu^{4}薯 ①差異；不同◇懸殊|特殊。②特別的；卓絕的◇殊榮|殊勛。③決絕◇殊死搏鬥。④竟，竟然◇殊不知。⑤很，極◇殊覺意外|殊感不安。

【殊死】shūsǐ 拼命，竭盡全力◇殊死搏鬥。

【殊榮】shūróng 特殊的榮譽◇獲十大傑出青年的殊榮。

【殊途同歸】shūtútóngguī《易・繫辭下》："天下同歸而殊途，一致而百慮。"原指經由不同的道路，到達同一目的地。後比喻通過不同的方法或途徑，得到相同的結果。(反) 南轅北轍、背道而馳。

6 **殉** xùn (粵)seon1 詢 ①用人或物陪葬◇殉葬。②為履行職責或達致某種結局而奉獻生命◇殉職|殉節|殉情。

【殉教】 xùnjiào 為宗教或信仰而不畏迫害和殺戮，以致犧牲生命。

【殉國】 xùnguó 為國家利益而犧牲生命◇以身殉國。

【殉情】 xùnqíng 因愛情受阻而自殺。

【殉葬】 xùnzàng ① 古代的一種習俗，用人或物陪葬。② 比喻為奉陪某事物而犧牲自我◇我不會為沒落腐朽的制度殉葬。

【殉職】 xùnzhí 因公務而犧牲◇以身殉職。

【殉難】 xùnnàn 為國家或正義事業而遇難犧牲。

7 **殍** piǎo (粵)piu5 漂5 餓死的人◇赤地千里，餓殍遍野。

8 **殖** zhí (粵)zik6 夕 生育；孳生◇繁殖|墾殖|養殖。

【殖民】 zhímín 移民。多指強國向被征服的地區移民。

【殖民地】 zhímíndì 指被剝奪了政治、經濟等獨立權利，並受宗主國控制的國家或地區。

8 **殘（残）** cán (粵)caan4 產4 ①剩下的；將盡的◇殘雪|殘羹剩飯。②有缺損的；不全的◇殘骸|殘舊不堪。③傷害；毀壞◇摧殘|自殘。④兇狠；兇惡◇兇殘|貪殘。

【殘存】 cáncún 幾經變遷得以保存或餘留下來◇殘存的宋代善本書。

【殘年】 cánnián ① 指人的晚年◇風燭殘年。② 一年即將結束的時候◇殘年將近。

【殘局】 cánjú ① 將近結束的棋局◇善弈殘局。② 比喻衰敗的局面◇收拾殘局。

【殘忍】 cánrěn 兇殘狠毒◇手段極其殘忍。(反) 仁愛、善良。

【殘夜】 cányè 夜將盡時◇夢醒殘夜。

【殘破】 cánpò 缺損破碎；殘缺破損◇年久失修、殘破不堪的寺院。(同) 破損、破敗 (反) 完好、完整。

【殘缺】 cánquē ① 殘破缺損◇雖説殘缺得厲害，但仍有收藏價值。② 整體中少了一部分◇殘缺不全|第三卷殘缺了兩頁。

【殘留】 cánliú 少量遺留◇蔬菜中的殘留農藥。

【殘疾】 cánjí 肢體、器官等有缺陷或機能有障礙◇殘疾老人。

【殘害】 cánhài 殘酷地傷害或殺害◇殘害百姓|殘害生靈。

【殘敗】 cánbài 敗落；衰落頹壞◇家道殘敗。

【殘陽】 cányáng 夕陽◇山角的一抹殘陽。

多樣表達：殘陽

落日 夕陽 斜陽 斜暉 殘照 晚霞 朝日 旭日 朝陽 朝暉 晨光 朝霞

【殘損】 cánsǔn ① 傷殘受損◇殘損的雙手。②（物品）殘破缺損◇到銀行兑換殘損的港幣。

【殘酷】 cánkù ① 殘忍冷酷◇生性殘酷不仁。② 形容艱難、激烈◇殘酷的戰爭|市場競爭殘酷無情。

【殘暴】 cánbào 殘忍兇惡。(反) 仁慈。

【殘廢】 cánfèi ① 肢體、器官等殘缺或喪失機能。② 殘廢的人。

9 **殛** jí (粵)gik1 激 殺死◇雷殛。

10 **殞（殒）** yǔn (粵)wan5 允 ①死亡◇殞命|玉殞香消。②墜落◇殞落。

【殞滅】 yǔnmiè ① 死亡；喪生◇生命殞滅。② 消亡；消失◇愛情的火花緩緩殞滅。

11 **殣** jìn (粵)gan2 謹 ①餓死◇道無殣殍。②埋葬。

11 **殤（殇）** shāng (粵)soeng1 商 ①未成年就死去◇夭殤。②指戰死者◇國殤。

12 **殪** yì (粵)ji3 意 死；殺死◇投井而殪|殪敵數千人。

12 **殨** huì (粵)kui2 繪 潰爛◇殨膿。

12 **殫（殚）** dān (粵)daan1 丹 盡；竭盡◇財殫力盡|殫精竭慮。

【殫精竭慮】 dānjīngjiélǜ 用盡精力，費盡心思。(同) 煞費苦心 (反) 無所用心。

13 **殮（殓）** liàn (粵)lim5 斂 將死者入棺◇入殮|大殮|殮葬。

14 **殯（殡）** bìn (粵)ban3 鬢 ①停放靈柩以待葬◇殯儀館。②將靈柩送往火

化或埋葬之地；埋葬◇出殯|殯葬。

【殯儀館】bìnyíguǎn 供安放靈柩、舉行喪儀的專門機構。

17 **殲(歼)** jiān 粵cim¹ 簽 消滅◇圍殲|殲敵數千。

【殲滅】jiānmiè 消滅◇殲滅戰。

殳部

0 **殳** shū 粵syu⁴ 殊 ①用竹、木製成的一端有尖棱的兵器◇殳仗|執殳。②姓。

5 **段** duàn 粵dyun⁶ 短⁶ ①事物劃分成的部分或方式◇段落|地段|唱段|手段。②某些行業的行政單位◇工段|機務段。③圍棋棋手等級的名稱◇段位|九段高手。④量詞。用於事物、時間、文藝作品及話語等◇兩段電線|一段時間|一段京戲|幾段話。⑤姓。

【段落】duànluò（文章、事情等）根據內容劃分成的部分◇文章的段落清楚 | 事情已告一段落。

6 **殷** ㈠yīn 粵jan¹ 因 ①豐盛；富足◇殷實|殷富。②深厚；深切◇殷勤|殷憂。③古地名。在今河南安陽西北。公元前十四世紀商王盤庚遷都於此，故商後期也稱殷◇殷墟甲骨。④姓。

㈡yān 粵jin¹ 煙 暗紅色◇殷紅|殷血。

㈢yǐn 粵jan² 忍 雷聲；震動（聲）◇雷聲殷殷|殷天動地。

【殷切】yīnqiè 深厚而急切；深切◇殷切的期望。

【殷盛】yīnshèng 豐盛；繁盛◇家資殷盛 | 工商殷盛。

【殷富】yīnfù 繁盛，富足◇殷富人家。

【殷勤】yīnqín ① 熱情周到◇侍應生對顧客十分殷勤。② 指深切的情意◇獻殷勤。㊀ 冷淡、冷漠。

【殷實】yīnshí 充實；富裕◇家境殷實 | 殷實的人家。

【殷憂】yīnyōu 深切的憂慮◇對前途心存殷憂。

【殷鑒】yīnjiàn《詩・大雅・蕩》："殷鑒不遠，在夏后之世。"説殷商的子孫應當以夏的滅亡作為鑒戒。後泛指可以作為借鑒的往事◇前人的失誤，正好是我們的殷鑒。

7 **𣪘** guǐ 粵gwai² 鬼 同"簋"，見於金文。

7 **殺(杀)** shā 粵saat³ 煞 ①把活物弄死◇殺蟲|自殺。②戰鬥；爭鬥◇衝殺|殺一盤棋。③削弱；清除；敗壞◇殺價|殺威風|殺風景。④收束；勒緊◇殺尾|殺一殺腰帶。⑤方言。刺激身體◇酒精殺痛了傷口。⑥用在動詞、形容詞後表示程度深◇恨殺|熱殺|氣殺。

【殺生】shāshēng 宰殺動物；殺害生靈。㊀ 放生。

【殺青】shāqīng ① 古人著書先寫在青竹皮上，改定後再削去青皮，書於竹白，叫做殺青。後指寫作最後定稿◇拙作經七易其稿，已於日前殺青。② 綠茶加工初製的頭道工序，將鮮茶葉炒焙，使保持固有的綠色。③ 比喻指電影、電視劇等拍攝完成◇這部電影拍攝經年，終於殺青了。

【殺氣】shāqì ① 陰氣；寒氣◇殺氣入秋多。② 兇惡的神氣；殺伐的氣氛◇一臉殺氣 | 戰場上殺氣騰騰。③ 發泄氣憤；出氣◇工作不順利，也不應該拿家人殺氣。

【殺害】shāhài 殺死；害死◇人質慘遭殺害 | 嚴禁殺害珍稀動物。

【殺價】shājià 伺機壓低價格◇那批商品可以殺價。

【殺戮】shālù 屠殺；殺害◇同胞慘遭殺戮。

【殺機】shājī 殺害人的動機、念頭◇因謀財而動了殺機。

【殺風景】shā fēngjǐng 同"煞風景"。① 破壞美好的風光景物。② 以低俗傷高雅，敗人興致◇公園成了市場，大殺風景。

【殺一儆百】shāyījǐngbǎi 儆，告誡、警告。殺一人以警戒許多人；懲罰一人以警戒眾人。

【殺人越貨】shārén yuèhuò《尚書・康誥》："殺越人於貨，暋不畏死，罔弗憝。"越，搶劫。意思是殘殺人命，並劫其財物。後指盜匪行徑。【殺身成仁】shāshēn chéngrén《論語・衛靈公》："志士仁人，無求生以害仁，有殺身以成仁。"説志士仁人犧牲生命來成全仁義。㊀ 苟且偷生。

【殺雞取卵】shājī qǔluǎn 比喻只圖眼前好

處，不顧長遠利益。也比喻貪得無厭，不擇手段。

【殺人不見血】 shārénbújiànxiě 殺人不露痕跡。用來形容害人的手段極其陰險毒辣。

【殺雞焉用牛刀】 shājīyānyòngniúdāo《論語·陽貨》："夫子莞爾而笑曰：'殺雞焉用牛刀！'" 説殺雞用不着宰牛的刀。比喻不要大材小用、小題大作。

8 **殼（壳）**〈一〉qiào 粵hok3 學3 堅硬的外皮◇甲殼|地殼。
〈二〉ké 粵hok3 學3 同"殼〈一〉"。用於一些口語詞◇貝殼|雞蛋殼|子彈殼。

8 **殽** xiáo 粵ngaau4 淆 ①同"淆"。混雜；錯雜◇殽亂|混殽。②古山名◇殽山，在今河南洛寧北。

9 **毀（毁）** huǐ 粵wai2 委 ①破壞；損害◇毀約|毀容|自毀前程。②燒掉；焚燒◇焚毀|毀林。③誹謗；説壞話◇毀謗|詆毀。

【毀容】 huǐróng 毀壞容貌。

【毀棄】 huǐqì 廢棄；毀除拋棄◇黃鐘毀棄，瓦釜雷鳴|他連房產都毀棄不要。

【毀滅】 huǐmiè 摧毀消滅◇毀滅罪證|毀滅世界。

【毀齒】 huǐchǐ 本指兒童乳齒脱落換恒齒，後借指七八歲或童年◇毀齒之年始入塾。

【毀謗】 huǐbàng ① 用言語攻擊或嘲諷◇惡意毀謗|毀謗他人。② 用虛假的事實及言語詆譭，為他人、企業、團體等帶來負面形象。

【毀壞】 huǐhuài 破壞；損害◇嚴禁毀壞林地|毀壞名聲。

【毀譽】 huǐyù ① 毀壞名譽◇她的毀譽案終於勝訴。② 詆毀和讚譽◇毀譽參半。

【毀家紓難】 huǐjiāshūnàn《左傳·莊公三十年》："自毀其家以紓楚國之難。" 紓，解除。指不惜捐棄家產以解救楚國危難之事。後泛指捐獻家產，解救國難。

9 **殿** diàn 粵din6 電 ①高大的建築物。特指供奉神佛或帝王上朝理政的大屋◇佛殿|宮殿。②列在最後◇殿後|殿軍。③姓。

【殿下】 diànxià 對君主國王儲、親王、皇太后、皇后、公主等的尊稱。現多用於外交場合。

【殿宇】 diànyǔ 宮殿；寺院殿堂◇殿宇巍峨。

【殿後】 diànhòu 走在行軍隊伍的最後。

【殿軍】 diànjūn ① 行軍時走在最後的部隊。② 指某時期或某領域最後出現的重要人物或著作◇章炳麟是清代樸學的殿軍。③ 考試或競賽入選的最末一名◇屈處殿軍。④ 比賽的第四名。

【殿堂】 diàntáng ① 宮殿、廟宇等建築物的大殿。② 指高大的房屋◇殿堂華麗精巧。③ 比喻薈萃之地◇學術殿堂。④ 引申指在領域中具有巨大貢獻及深遠影響的人物或作品◇米高·積遜是流行樂界殿堂級人物。

【殿試】 diànshì 科舉考試中最高一級。在宮廷內大殿上舉行，由皇帝親臨主持。

11 **毆（殴）** ōu 粵au2/ngau2 嘔 打◇毆打|羣毆|鬥毆。

【毆打】 ōudǎ 打，擊打◇毆打致死。

【毆傷】 ōushāng 毆鬥致傷；打傷◇被歹徒毆傷。

11 **毅** yì 粵ngai6 藝 果斷；堅決◇剛毅|堅毅|毅然決然。

【毅力】 yìlì 堅強、持久的意志◇堅強的毅力。

【毅然】 yìrán 堅決而果斷的樣子◇毅然奔赴邊疆。

【毅然決然】 yìrán juérán 堅決果斷，毫不猶豫。㊫ 優柔寡斷。

毋部

0 **毋** wú 粵mou4 毛 ①不要；不可以。表示禁止◇毋談國事|寧缺毋濫。②沒有◇舍毋食客。③姓。

【毋乃】 wúnǎi ① 莫非；難道◇多日不來，毋乃病乎？② 無奈◇毋乃天高路遠，音信全無。

【毋庸】 wúyōng 無須；用不着◇毋庸諱言|毋庸置疑。

【毋寧】 wúnìng 寧可；不如◇不自由，毋寧死。

1 **母** mǔ 粵mou5 武 ①媽媽◇母親|慈母。②稱呼長輩婦女◇伯母|姑母|師母。③雌性的◇母豬|母雞。④有產生出新的能力或作用的◇失敗乃成功之母。⑤指一凹一凸配套部件中的凹件◇螺絲母。⑥姓。

【母校】mǔxiào 稱自己畢業或學習過的學校◇獻給母校的禮物。

【母家】mǔjiā ① 母親的娘家。② 娘家◇她是我母家的鄰居。

【母愛】mǔ'ài 母親愛護兒女的感情◇他從小失去母愛。

【母語】mǔyǔ 本民族的語言，即人在幼兒時期掌握的第一種語言。

【母親】mǔqīn ① 有子女的女人◇母親節。② 對生育自己的女子的稱呼，口語稱媽媽◇侍奉母親。③ 比喻養育或培養自己的地方◇大地，我的母親！

3 **毐** ǎi 粵oi2/ngoi2 藹 ①指男子品行不端。②用於人名，如嫪毐(戰國時秦國人)。

3 **每** měi 粵mui5 梅5 ①各；逐個。指全體中的任何個體◇每件貨品|每個人都有份。②表示同一個動作或事物有規律地反復出現◇每逢佳節倍思親|每星期工作五天。③常常；往往◇因口吃，每為人所笑。

【每每】měiměi ① 常常；往往◇與人發生爭執，每每退讓。② 大概；大致◇英雄本色，每每如此。

【每常】měicháng ① 常常◇他每常説他的女婿非常孝順。② 平時；平常◇每常有事，就叫鄰居幫忙。

【每況愈下】měikuàngyùxià《莊子・知北遊》："正獲之問於監市履狶也，每下愈況。"意思是説，監管集市的官"獲"向屠夫詢問，檢驗豬的肥瘦為何要用腳踩豬的小腿？屠夫答道：豬的小腿最難長肉，所以愈往豬小腿的下端踩，就愈能看出豬的肥瘦。莊子原以"每下愈況"比喻越是從低微的事物上去推求，就越能看出"道"的真實情況。現寫作"每況愈下"，多指境況越來越壞。同 江河日下。

4 **毑** jiě 粵ze2 姐 方言。母親◇爹毑。

5 **毒** dú 粵duk6 獨 ①能破壞生物體內組織和生理機能的有害物質◇中毒|服毒|以毒攻毒。②指鴉片、海洛因等毒品◇吸毒|販毒。③比喻對思想有害的東西◇肅清流毒。④有毒的◇毒藥|劇毒。⑤用毒物使人或動物死亡◇用藥毒老鼠。⑥殘酷；兇狠；猛烈◇毒打|毒辣|中午太陽正毒。⑦怨恨◇冤毒。

【毒手】dúshǒu 殺人或傷害人的狠毒手段◇下毒手|險遭毒手。

【毒化】dúhuà ① 利用毒品殘害人們。② 用腐朽的觀念毒害社會，使風氣變壞◇毒化社會風氣。

【毒刑】dúxíng 殘酷的肉刑◇毒刑拷打，套取口供。

【毒品】dúpǐn 攝入體內後能使人成癮並傷害人的健康和生命的物品，如鴉片、嗎啡、大麻、海洛因、可卡因、冰毒、搖頭丸等。

【毒素】dúsù ① 某些動植物體內產生的有毒物質，如毒蛇的毒腺中所含的毒素。② 比喻對思想意識有不良影響的東西◇封建毒素。

【毒草】dúcǎo ① 有毒的草。② 比喻對社會有害的言論、主張和作品。

【毒氣】dúqì ① 專指作為化學武器的氣態毒劑。舊稱毒瓦斯◇毒氣彈。② 泛指有毒氣體。

【毒害】dúhài ① 用毒物害人◇遭人毒害。② 用有害的東西給人以不良影響◇不良讀物使青少年深受毒害。③ 指害人的事物◇消除毒害。

【毒梟】dúxiāo 製造、販賣毒品的集團首領◇毒梟落網。

【毒辣】dúlà (心腸、手段等) 惡毒殘忍◇手段毒辣，令人髮指。

10 **毓** yù 粵juk1 旭 ①繁殖；養育◇鳥魚之毓川澤。②孕育；產生◇鍾靈毓秀|怨亂毓災。

比部

0 **比** (一) bǐ 粵bei2 彼 ①比較(異同)；較量(高下)◇評比|比得上。②能夠相比◇無與倫比|壽比南山。③比照，仿照◇比着葫蘆畫瓢。④比方；比喻◇把兒童比作幼苗。⑤引進比較對象◇他比我跑得快|今天比昨天暖和。⑥比賽雙方得分的對比◇三比零大勝對手。⑦比劃◇連説帶比，非常激動。⑧連續；近來◇比年|比來。⑨數學上指前項和後項是被除數和除數

的關係。如“4:5”讀“四比五”。⑩數學上指比較兩個數得出的倍數關係，其中一個數是另一個數的幾倍或幾分之幾◇成品和半成品為二與一之比。

〈二〉bǐ 粵bei6 鼻 ①緊靠，並列◇比肩接踵|鱗次櫛比。②依附；勾結◇朋比為奸。

用法提示：不比…、沒(有)…

“不比…”跟“沒(有)…”意思不一樣。如“他不比我高”，意思是他跟我差不多高；“他沒(有)我高”，意思是他比我矮。

【比方】bǐfang ①用一個常見易懂的事物來説明另一個不易説明白的事物◇用你來比方她的相貌，我看差不多。②用一事物來説明另一事物的方法◇我不過打個比方，你別在意。③比如◇他精通武術，比方説劍術、棍術、太極拳等樣樣都會。④假如，如果。多用於委婉的語氣◇比方你早點來，時間會更充裕。

【比如】bǐrú 譬如。表示接下來的話是舉例◇保持環境清潔人人有責，比如不隨地吐痰、不亂拋雜物。

【比例】bǐlì ①表示兩個比相等的式子，如1:3 = 2:6。②兩個同類數相互比較，其中一數是另一數的幾倍或幾分之幾◇黃金比例。③一種事物在整體中所佔的分量◇男女出生比例失調。

【比重】bǐzhòng 在整體中所佔的分量◇租金佔了日常開支很大比重。

【比美】bǐměi 美好的程度差不多◇張家界的山水風光能和黃山比美。

【比喻】bǐyù ①打比方◇把青年比喻為初升的太陽。②修辭手法。用跟甲事物有類似特點的乙事物來比擬説明甲事物。

【比較】bǐjiào ①對照若干同類事物，辨別異同或高下◇兩相比較高下立見。②相比◇比較去年，今年的經濟好多了。③表示具有一定的程度◇她的打扮比較時尚。

【比照】bǐzhào ①依照現成的模式、標準、方法等◇比照這個模型做。②比較對照◇把實驗結果比照一下，找出差異。

【比試】bǐshì ①較量高低◇比試比試，看誰力氣大。②模擬某種動作◇開賽前，他拿起球拍比試了一下。

【比對】bǐduì 比較對照；比較核對◇比對指紋|兩相比對，優劣分明。

【比鄰】bǐlín ①近鄰◇海內存知己，天涯若比鄰。②位置靠近；緊挨着◇比鄰而居。

【比擬】bǐnǐ ①比較；相比◇無可比擬的藝術珍品。②修辭手法。把物當成人或把人當成物，或把甲物當成乙物來寫◇寫作時善用比擬，文章會更生動。

【比賽】bǐsài 較量本領、技術的高低優劣。也指此類活動的賽事◇你敢跟我比賽嗎|歌唱比賽。

多樣表達：比賽

初賽 複賽 預賽 決賽 半決賽 準決賽 總決賽 聯賽 對抗賽 淘汰賽 循環賽 邀請賽 友誼賽 錦標賽 田徑賽 衛冕賽

【比翼】bǐyì 指雌雄比翼鳥並翅齊飛，比喻夫妻感情融洽◇比翼雙飛。

【比比皆是】bǐbǐjiēshì 到處都是，形容非常多。同 俯拾即是、觸目皆是 反 寥若晨星。

5 **毖** bì 粵bei3 祕 告誡；使謹慎小心◇懲前毖後。

5 **毗〔毘〕** pí 粵pei4 皮 ①連接◇毗鄰。②幫助；輔佐◇毗佐|毗輔。

【毗連】pílián 互相連接；互相靠近◇住宅毗連小河。

毛部

0 **毛** máo 粵mou4 無 ①動植物表皮上生長的絲狀物◇羊毛|桃毛。②鳥類的羽毛◇雞毛。③指人的頭髮、鬍子等◇毛髮|體毛。④指地面上生長的農作物、植物◇不毛之地。⑤物體上長的霉菌◇蛋糕長毛不能吃了。⑥細小；微不足道◇毛孩子|毛賊|毛毛雨。⑦粗糙；未加工的◇毛坯|毛樣。⑧粗略；不純淨◇毛重|毛利。⑨粗心；莽撞◇毛手毛腳。⑩害怕；驚慌失措◇嚇毛了|心裏發毛。⑪惱怒；發火◇別把他惹毛了|他一發毛就打人。⑫量詞。貨幣單位，“角”的俗稱◇三毛錢。⑬姓。

【毛皮】máopí 從獸體上剝離下來帶毛的皮，加工後可用來製衣褥等。

【毛竹】máozhú 竹子的一種，高可達兩三丈，可作建築材料和製造器物。

【毛利】máolì 在經銷總收入中，只除去成本而未除去其他費用所得到的利潤。

【毛坯】máopī 已具有所要求的形狀，還需再加工的製造品或半成品。

【毛病】máobìng ①病，疾病◇有毛病就要看醫生。②器物上的損傷故障或存在質量問題◇發動機出了毛病。③缺點；錯誤◇他這人毛病多，但也有不少長處。

【毛筆】máobǐ 把羊毛、兔毛、鼬毛等安在細竹管下端做成的筆。

【毛糙】máocao ①粗糙；不細緻◇做工毛糙。②不細心◇他做事毛糙，讓人放心不下。

【毛躁】máozao ①不穩重；不細心◇做事毛躁。②急躁；不冷靜◇你的毛躁脾氣該改一下了。

【毛毛雨】máomaoyǔ ①細小得不成雨滴的雨；細小的雨◇正下着毛毛雨。②比喻微不足道；小意思◇拿出這點錢請客還不是毛毛雨？

【毛茸茸】máoróngróng 形容細毛又軟又密的樣子◇小花貓全身毛茸茸的。

【毛手毛腳】máoshǒu máojiǎo 形容做事粗心或行動不沉穩◇這傢伙幹甚麼都毛手毛腳的，總是出錯。

【毛骨悚然】máogǔsǒngrán 從毛髮和骨頭裏都覺得恐懼起來。形容極其害怕、驚恐的樣子。

【毛遂自薦】máosuìzìjiàn《史記・平原君虞卿列傳》：公元前259年，秦兵圍趙，趙王命平原君到楚國求援，他的門客毛遂自我推薦，隨同前往楚國。至楚，平原君未能說服楚王，毛遂陳述利害，終於說服楚王，派遣楚兵救趙。後比喻推薦自己。

【毛舉細故】máojǔ xìgù 毛舉，瑣碎列舉。細故，小事。瑣碎地列舉細小的事情。

6 **毨** xiǎn 粵sin² 仙²（鳥獸新生的毛）齊整。

6 **毪** mú 粵mou⁴ 毛 毪子。中國西藏產的一種羊毛織品◇毪衫。

7 **毬** qiú 粵kau⁴ 求 同"球"。古代遊戲踢的球，內裝禽鳥的毛。

7 **毫** háo 粵hou⁴ 豪 ①細長的毛◇羊毫筆 | 明察秋毫。②毛筆頭；毛筆◇筆毫 | 對客揮毫。③量詞。(1)長度單位。厘的1/10◇不差毫厘。(2)重量單位。1毫等於10絲◇絲毫。④比喻極小、細微。多與否定詞"不、無、沒"連用◇毫不動搖 | 毫無辦法。

【毫毛】háomáo 人和鳥獸表皮上的細毛。喻指極輕微的東西◇你敢動我一根毫毛！

【毫髮】háofà 毫毛和頭髮。喻指極微小的量◇毫髮不爽（絲毫不差）。

【毫無二致】háowú'èrzhì 絲毫沒有兩樣，完全相同。

7 **毧〔氄〕** rǒng 粵jung⁵ 勇（毛）細而柔軟◇毧毛 | 羽毛發毧。

【毧毛】rǒngmáo 細而軟的毛◇剛孵出來的小雞長着一身毧毛。

8 **毳** cuì 粵ceoi³ 趣 鳥獸的細毛；絨毛。

【毳毛】cuìmáo ①鳥獸的細毛。②醫學上指人頭髮、腋毛和陰毛以外的細毛。

8 **毰** péi 粵pui⁴ 賠【毰毸】péisāi 形容羽毛披散。

8 **毯** tǎn 粵taan² 攤 一種厚實有毛絨的毛、棉織品，用來鋪蓋或作裝飾之用◇毛毯 | 地毯 | 掛毯。

9 **毷** mào 粵mou⁶ 務【毷氉】màosào 煩惱。

9 **毸** sāi 粵soi¹ 腮 見"毰毸"。

9 **毽** jiàn 粵gin³ 見 毽子，一種用腳踢的玩具。下方為用布、皮包裹好的銅鐵片，上方插有雞毛。

9 **毹** shū 粵syu¹ 書 見"氍毹"。

11 **氂〔牦〕** máo 粵mou⁴ 毛 氂牛，牛的一種，腿短，耐寒，毛多黑褐色或黑白花斑，善馱運，是青藏高原地區主要的力畜。

11 **毿（毵）** sān 粵saam¹ 三【毿毿】sānsān ①形容細長的樣子◇楊柳毿毿 | 鬢毛不覺白毿毿。②形容散亂的樣子◇家裏亂毿毿的 | 半巖花雨落毿毿。

12 **氅** chǎng 粵cong² 廠 ①鳥羽製成的外套◇鶴氅。②泛指長外衣◇大氅 | 氅衣。

12 **氆** pǔ 粵pou2 普【氆氌】pǔlu 藏族用的一種羊毛織品，可作毯子、衣服等。

13 **氈**(毡)〔氊〕zhān 粵zin1 煎 ①用羊毛、駝毛壓製成的厚呢；氈子◇氈靴|氈帽|如坐針氈。②一種像氈子似的建築材料◇油毛氈。

【氈帽】zhānmào 氈製的帽子。

13 **毿** sào 粵cou3 措 見“毷毿”。

15 **氌**(氇) lu 粵lou5 老 見“氆氌”。

18 **氍** qú 粵keoi4 渠【氍毹】qúshū ①毛織的毯子，可作地毯、牀毯、壁毯、簾幕等。②舊時演戲用紅氍毹鋪地，故代指舞台◇在氍毹上舞了起來。

22 **氎** dié 粵dip6 碟 棉布。

氏部

0 **氏** shì 粵si6 士 ①氏族；家族；姓氏◇神農氏|王氏父子。②舊時稱已婚婦女，加在娘家姓之後。也有在娘家姓之前再加夫姓的◇王氏|趙王氏。③用來稱名人專家等。也用在一些親屬稱謂姓名字號後，表示尊敬◇太史氏|舅氏|伯氏|孟軻氏。

【氏族】shìzú 原始社會時期由血緣關係結成的人的羣體；宗族◇氏族社會|近古氏族之盛，莫過於唐。

1 **氐** ㈠dī 粵dai1 低 ①星宿名。二十八宿之一。②中國古代西方少數民族之一。商、周以至魏晉南北朝時分布在今陝西、甘肅、四川一帶。東晉時曾建前秦、後涼等國。

㈡dǐ 粵dai2 底 同“柢”。根本；基礎◇民為國之氐。

1 **民** mín 粵man4 文 ①人民，百姓◇國民|民眾。②某族的人◇回民|藏民。③從事某種職業或具有某種身份、特徵的人◇農民|漁民|股民|網民。④民間的◇民謠|民俗|民樂。⑤非軍事的◇民航。⑥非官方的◇民辦|民營。⑦姓。

【民力】mínlì 民眾的人力、物力、財力等◇民力聚然後國力強。

【民心】mínxīn 人民共同的心願、意志◇民心所向。

【民生】mínshēng ①民眾；人生◇民生維艱|民生各有苦樂。②人民的生計、生活◇國計民生|民生凋敝。

【民主】mínzhǔ ①人民有參與國事、選舉國家各級領導人、對國事有自由發表意見的權利◇爭取民主的權利。㊍ 專制、獨裁。②合乎民主原則◇作風民主。

【民法】mínfǎ 有關公民及法人的財產關係、人身關係的各種法律。

【民居】mínjū 人民居住的住房，不同地區和民族有不同的風格。

【民政】mínzhèng 與人民大眾有關的行政事務，如選舉、地政、婚姻登記等。

【民俗】mínsú 民間的風俗習慣。

【民風】mínfēng 民間的風尚；社會風氣◇民風淳厚。

【民怨】mínyuàn 人民的怨恨情緒◇民怨沸騰。

【民眾】mínzhòng 人民大眾◇喚起民眾。

【民族】mínzú 歷史上形成的，有共同語言、共同地域、共同生活習慣，以及表現於共同文化上的共同心理素質的人的共同體。

【民情】mínqíng ①民眾的心情、願望等◇順應民情。②民眾的生產活動、生活、風俗、習慣等◇每到一地，必先熟悉民情。

【民間】mínjiān ①人民中間◇民間疾苦|民間藝術。②人民的；民眾方面的◇民間團體|民間往來。

【民賊】mínzéi 殘害民眾的人◇獨夫民賊，得而誅之。

【民意】mínyì 人民的意見或意願◇尊重民意|民意調查。

【民歌】míngē 民間口頭流傳的歌謠。

【民憤】mínfèn 人民大眾對於某些人或事共有的憤恨◇惹起民憤。

【民瘼】mínmò 民眾的疾苦◇關心民瘼，多辦實事。

【民謠】mínyáo 民間流傳的歌謠。

上海石庫門

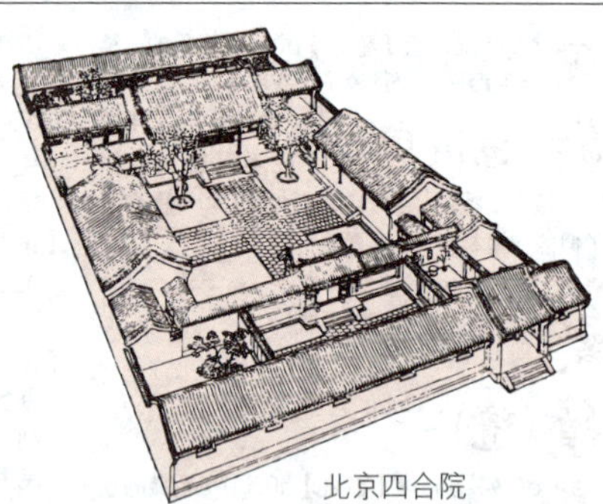
北京四合院

雲南竹樓

湖南吊腳樓

陝西窰洞

【民權】 mínquán 人民在政治上的民主權利◇民權運動。

【民不聊生】 mínbùliáoshēng 聊，依賴。人民無以為生，活不下去。㊐ 民生塗炭 ㊑ 民康物阜、國泰民安。

【民生塗炭】 mínshēngtútàn 塗，爛泥；炭，炭火。形容百姓沒有活路，生活艱難困苦。㊐ 民不聊生、生靈塗炭。

【民脂民膏】 mínzhī míngāo 比喻人民用血汗創造的財富。

【民康物阜】 mínkāng wùfù 人民安康，物資豐富。形容太平盛世的景象。

4 **氓** 〈一〉méng 粵mong4 亡 從外地遷來的平民；百姓◇招徠遠氓，不遺餘力。
〈二〉máng 粵man4 文 見"流氓"。

气部

1 **氕** piē 粵pit3 撇 氫的同位素之一，符號 ^{1}H。是氫的主要成分。

2 **氘** dāo 粵dou1 刀 氫的同位素之一，符號 D 或 $^{2}_{1}H$。氘核能參與許多核反應。也叫重氫。

2 **氖** nǎi 粵naai5 乃 稀有氣體元素，符號 Ne。無色無臭無味，化學性質不活潑，放電時發紅色光，用來製信號燈、霓虹燈等。

3 **氙** xiān 粵sin1 先 稀有氣體元素，符號 Xe。無色無臭無味，化學性質極不活潑，具有極高的發光強度，用來製光電管、閃光燈等。

3 **氚** chuān 粵cyun1 川 氫的同位素之一，符號 T 或 $^{3}_{1}H$。有放射性，用於熱核反應。也叫超重氫。

4 **氛** fēn 粵fan1 分 周圍的情景；環境呈現出的情調◇氛圍|氣氛。

【氛圍】 fēnwéi 籠罩在某個特定場合的氣氛和情調◇派對在歡樂的氛圍中舉行｜營造良好的讀書氛圍。

5 **氡** dōng 粵dung1 冬 稀有氣體元素，符號 Rn。無色無臭無味，有放射性，可用於治療癌症。

5 **氟** fú 粵fat1 忽 氣體元素，符號 F。淡黃綠色，有劇毒，腐蝕性極強，化學性質非常活潑，是製造特種塑料、橡膠和冷凍劑的原料。

【氟利昂】 fúlì'áng 一類含氟和氯的有機化合物，是無色無毒無味無腐蝕性、易液化的氣體。(英 Freon)

6 **氤** yīn 粵jan1 因【氤氳】yīnyūn 煙氣或雲霧濃重的樣子◇靈山多秀色，空水共氤氳。

6 **氦** hài 粵hoi6 害 稀有氣體元素，符號 He。無色無臭無味，化學性質極不活潑，用來製電子管、霓虹燈等，液態氦用作冷卻劑。

6 **氧** yǎng 粵joeng5 養 氣體元素，符號 O。無色無臭無味，能助燃，化學性質活潑，是人類和動植物生存所必需的。

6 **氣(气)** qì 粵hei3 汽 ①氣體；空氣◇煤氣|氣流|開窗透透氣。②氣象◇氣候|秋高氣爽。③呼吸；氣息◇喘氣|上氣不接下氣。④氣味◇香氣|腥氣。⑤精神狀態；情緒◇勇氣|朝氣蓬勃。⑥習性作風；風氣習俗◇官氣|正氣|邪氣。⑦中醫指人體內使器官正常發揮機能的動力◇補氣|氣血不足。⑧中醫指某種病象◇痰氣|肝氣。⑨氣惱；生氣◇氣憤|氣沖沖。⑩使生氣◇真氣人|別氣我了。⑪欺侮；欺壓◇受氣。

【氣力】 qìlì 體力；力氣；精力◇氣力很大｜花費氣力。

【氣功】 qìgōng 中國特有的一種健身術；武功。

【氣色】 qìsè 神態；面色◇近來氣色不錯。

【氣宇】 qìyǔ 胸襟；氣概◇氣宇不凡，聰慧過人｜氣宇軒昂。

【氣味】 qìwèi ①味道；滋味◇氣味芬芳。②志趣；情調◇氣味相投。

【氣氛】 qìfēn 特定環境中給人強烈感覺的景象或情調◇新年氣氛。

【氣性】 qìxìng ①脾氣；性格◇氣性溫和。②愛生氣的性格◇這孩子氣性大，不好惹。

【氣度】 qìdù 氣魄和度量◇氣度不凡。

【氣派】 qìpài ①人的態度作風◇氣派不凡。②有氣勢◇新建的圖書館很氣派｜皇宮氣派不凡。

【氣候】 qìhòu ①氣象情況；天氣◇氣候異常｜

海洋性氣候。② 比喻成就、結果、前途等◇成不了氣候｜發憤苦幹，總能成氣候。③ 比喻政治環境、動向等◇關注政治氣候的變化。

【氣息】 qìxī ① 呼吸時出入的氣◇氣息微弱。② 氣味◇田野的風吹來泥土的氣息。③ 情趣；氛圍◇這部電視劇充滿了生活氣息。

【氣流】 qìliú ① 流動的空氣◇飛機遇上了氣流。② 由氣管吸入或呼出的氣，是發音的動力◇根據口腔氣流通路受阻與否分成輔音和元音。

【氣盛】 qìshèng 氣勢旺盛；血氣方剛◇少年氣盛。

【氣量】 qìliàng 胸懷；度量◇缺乏氣量｜氣量太小，就難交朋友。

【氣短】 qìduǎn ① 呼吸急促◇爬到山中央就覺得有點兒氣短。② 沮喪；氣餒◇英雄也有氣短的時候。

【氣象】 qìxiàng ① 氣候；天象；大氣的狀態和現象◇氣象異常。② 情景；景象◇農家氣象｜盛唐氣象。

【氣焰】 qìyàn 原指燃燒成勢的火焰，用以比喻人的威勢、聲勢◇氣焰囂張。

【氣惱】 qìnǎo 生氣；惱怒。

【氣悶】 qìmèn ① 由於空氣不流通或呼吸受阻礙而產生憋氣的感覺◇胸口突然感到氣悶，呼吸也急迫起來。② 煩悶；憂悶◇心中氣悶，便借酒澆起愁來。

【氣勢】 qìshì 人或事物所表現出來的氣概、威勢◇氣勢洶洶（力量和聲勢很厲害）｜氣勢雄偉。

【氣概】 qìgài 豪邁的態度、氣勢◇豪邁的英雄氣概。

【氣節】 qìjié 志氣和節操◇民族氣節。

【氣運】 qìyùn 氣數；命運。

【氣魄】 qìpò ① 做事的魄力◇為人耿直，很有氣魄。② 氣勢◇初具國際大都市的氣魄。

【氣數】 qìshu 氣運；命運◇清朝氣數已盡。

【氣質】 qìzhì ① 人的生理、心理等素質；個性特徵◇氣質高雅。② 風格；氣度◇他具有詩人的氣質。

【氣餒】 qìněi 喪失勇氣和信心◇雖然遇到挫折，但他從不氣餒。

【氣憤】 qìfèn 生氣；憤怒。

【氣韻】 qìyùn ① 風格、意境或韻味◇氣韻生動｜氣韻天成。② 神采和風度◇她氣韻靈慧，讓人嚮往。

【氣體】 qìtǐ 沒有固定的形狀和體積，可以流動，能自發充滿任何容器的物質。

【氣沖沖】 qìchōngchōng 形容很生氣的樣子◇氣沖沖地跑去與他理論。

【氣吞山河】 qìtūnshānhé 形容氣魄宏大。(同) 氣壯山河。

【氣味相投】 qìwèixiāngtóu 性格、愛好、想法等都很投合。多用於貶義。(同) 沆瀣一氣 (反) 格格不入。

【氣急敗壞】 qìjíbàihuài 形容上氣不接下氣、十分慌張的樣子◇氣急敗壞地跑了出去。(反) 從容不迫、平心靜氣。

【氣度恢弘】 qìdù huīhóng 恢弘，寬廣。形容氣魄大，胸襟寬廣。(同) 氣度不凡。

【氣息奄奄】 qìxīyǎnyǎn ① 形容呼吸微弱或生命垂危。② 比喻沒落，到了盡頭。(反) 欣欣向榮、蒸蒸日上。

【氣貫長虹】 qìguànchánghóng《禮記・聘義》："氣如白虹，天也。"後形容氣勢壯盛，足以貫通天空的長虹。

【氣象萬千】 qìxiàngwànqiān 宋代范仲淹《岳陽樓記》："朝暉夕陰，氣象萬千。"形容景象千變萬化，極為壯觀◇觀泰山日出，氣象萬千。

6 **氨** ān 粵 on1/ngon1 安 氮和氫的化合物，化學式 NH_3。無色氣體，有刺激性臭味，易溶於水，液態氨可作冷卻劑。

【氨基酸】 ānjīsuān 分子中同時含有氨基和羧基的有機化合物，是組成蛋白質的基本成分。

7 **氪** kè 粵 hak1 黑 稀有氣體元素，符號 Kr。無色無臭無味，化學性質很不活潑，能吸收 X 射線，可作 X 射線的屏蔽材料。

7 **氫（氢）** qīng 粵 hing1 兄 氣體元素，符號 H。無色無臭無味，是已知元素中最輕的，工業上用途很廣。

8 **氰** qíng 粵 cing4 晴 碳和氮的化合物，化學式 $(CN)_2$，無色氣體，有劇毒和刺激性臭味，燃燒時發紫紅色火焰。

8 **氬**（氩）yà Ⓐaa^3/ngaa^3 亞 稀有氣體元素，符號Ar。無色無臭無味，化學性質不活潑，用於高溫冶煉純金屬和充氣燈泡。

8 **氮** dàn Ⓐdaam^6 淡 氣體元素，符號N。無色無臭，化學性質很不活潑，是植物營養的重要成分，用來製氮肥、硝酸等。

8 **氯** lǜ Ⓐluk^6 六 氣體元素，符號Cl。黃綠色，有毒，有刺激性異味，用來漂白、消毒，也用於製鹽酸、農藥、塑料等。

【氯綸】lǜlún 用聚氯乙烯樹脂製成的纖維，耐強酸強鹼，阻燃，用來做工業濾布、漁網、絕緣布及布料等。

9 **氳**〔氲〕yūn Ⓐwan^1 温 見"氤氳"。

水部

0 **水** shuǐ Ⓐseoi^2 雖^2 ①存在於江河湖海中與地表之下的液體，無色，無味，無臭，由氫氣和氧氣化合而成。②指河流◇漢水|殘山剩水。③泛稱液體◇墨水|鋼水|血水。④指江河湖海一切水域◇水產品|水陸交通|三面環水。⑤水災；洪水◇水患|大禹治水。⑥指不正當的領域◇拉人下水。⑦指額外的費用或收入◇貼水|外水。⑧量詞。指用水洗過的次數◇牀單已洗過幾水。⑨水族。中國少數民族之一，分佈在貴州。⑩姓。

【水力】shuǐlì 水流的衝擊力◇水力發電|水力資源。

【水土】shuǐtǔ ① 地表的水和土◇防止水土流失。② 指賴以生存的自然條件或環境◇水土不服|一方水土養一方人。

【水分】shuǐfèn ① 物體內所含的水◇仙人掌會儲存水分|流失水分。② 多餘的部分；虛假的成分◇寫得累贅，水分太多|統計數字水分不少。

【水文】shuǐwén 自然水和人造水庫中水的變動現象和規律◇水文測量資料。

【水平】shuǐpíng ① 同水平面平行◇基座符合水平標準。② 所達到的高度或程度◇文化水平|生活水平不高。③ 指能力◇提高管理水平。

【水利】shuǐlì ① 利用水力資源和防止水害◇水利發電。② 指水利工程◇興修水利|水利年久失修。

【水位】shuǐwèi ① 江河湖海、水庫等水面的高度，一般以確定的基準面作為標準◇洪峯逼近，水位迅速上升。② 地下水上緣至地面的距離。

【水災】shuǐzāi 因久雨、暴雨、山洪、河水泛濫等原因造成的災害。㊀ 旱災。

【水果】shuǐguǒ 含水分較多，可食用的植物果實的統稱，如桃、梨、西瓜等。

【水軍】shuǐjūn 古代稱在水上作戰的軍隊。

【水草】shuǐcǎo ① 水源和草◇水草豐美。② 某些水生植物的通稱◇兩岸的豆麥和河底的水草散發着清香。

【水星】shuǐxīng 太陽系八大行星之一，按離太陽由近而遠的次序排在第一位。自轉周期為 58.6 地球天，繞太陽公轉周期為 88 地球天。

【水庫】shuǐkù 攔洪蓄水和調節水流的水利工程建築物。水庫所蓄之水可作為飲用水源或用於灌溉、發電、養魚等。

【水流】shuǐliú ① 流動的水◇順着水流而下。② 泛稱江河。

【水域】shuǐyù 江河湖海中，包括水面和水下的被限定的範圍◇漁船在限定水域內捕魚作業。

【水患】shuǐhuàn 水災造成的禍患。

【水貨】shuǐhuò ① 通過水路走私入境的貨物。泛指以逃税、走私等非正常途徑或不正當手段弄到的貨物。② 指劣質產品。

【水晶】shuǐjīng ① 無色透明的結晶石英，貴重礦石，可製光學儀器、無線電器材、飾物、印章等。② 像水晶一樣晶瑩透明的物體◇水晶棺|水晶包。

【水鄉】shuǐxiāng 河流、湖泊多的地區◇水鄉澤國|山地種菜，水鄉捕魚。

【水源】shuǐyuán ① 江河發源的地方◇黃河

水源在巴顏喀喇山北麓。② 民用水、工業用水、灌溉用水的來源◇防止水源污染。

【水準】shuǐzhǔn ① 地球上各處的水所形成的平面。② 水平。比喻所達到的高度或程度◇知識水準｜生活水準。

【水汪汪】shuǐwāngwāng ① 形容多水的樣子◇大雨過後，街上水汪汪的。② 形容眼睛明澈、靈活◇水汪汪的大眼睛。③ 形容淚盈盈的樣子◇她沒有哭，只是兩眼水汪汪的。

【水墨畫】shuǐmòhuà 純施水墨而不用彩色的國畫。

【水中撈月】shuǐzhōnglāoyuè 比喻白費力氣，做不可能做成的事。(同) 海底撈月 (反) 立竿見影、唾手可得。

【水火不容】shuǐhuǒbùróng 像水和火那樣對立。比喻矛盾尖銳，不能共存。(同) 冰炭不容 (反) 水乳交融。

【水到渠成】shuǐdàoqúchéng 水流過的地方自然形成渠道。比喻隨其自然發展，一旦條件成熟，便可獲得成功。(同) 瓜熟蒂落 (反) 揠苗助長、欲速不達。

【水乳交融】shuǐrǔjiāoróng 水和乳溶合在一起。比喻關係融洽或彼此結合得十分緊密。(反) 水火不容。

【水泄不通】shuǐxièbùtōng 連水都流不出來。形容十分擁擠或包圍嚴密◇廣場擠得水泄不通。

【水深火熱】shuǐshēn huǒrè《孟子·梁惠王下》："如水益深，如火益熱。"説百姓好像在水火之中，受的災難越來越深重。後比喻處境艱難，生活困苦。

【水落石出】shuǐluòshíchū 宋代蘇軾《後赤壁賦》："山高月小，水落石出。"水位下降石頭顯露出來。比喻事情的真相被揭示出來。(反) 石沉大海。

【水滴石穿】shuǐdīshíchuān 比喻只要持之以恒，日久天長，自會成就大事。

1 **永** yǒng (粵)wing5 榮5 ①長；久◇永恆｜永世。②永久，永遠◇永不凋謝｜永不言敗｜永無止境。③終究；一直◇他永不相信靠一次收成好就可以還清了債。

【永久】yǒngjiǔ 永遠；長久。在時間上沒有終止。(反) 短暫、暫時。

【永世】yǒngshì 永遠；終生◇永生永世。

【永生】yǒngshēng ① 長久生存，永遠生存◇雖死猶榮，她是永生的。② 永遠；終生◇永生難忘。

【永恆】yǒnghéng 永久不變，永遠存在◇永恆的愛情。

【永訣】yǒngjué 永遠離別。多指將要去世或一去難再見的情況。(同) 永別 (反) 暫別。

【永遠】yǒngyuǎn 長遠，永久◇永遠銘記在心。

【永垂不朽】yǒngchuíbùxiǔ 榮譽、精神等永久流傳後世，不會磨滅◇為國捐軀的英烈永垂不朽。

【永續發展】yǒngxùfāzhǎn 又稱可持續發展，為既能滿足現今需求，又不損害子孫後代，滿足他們需求的發展模式。

2 **求** qiú (粵)kau4 球 ①想方設法得到◇求學｜追求真理。②請求；懇求◇求饒｜求見。③需要；需求◇供求平衡｜供不應求。④要求◇精益求精。⑤姓。

【求生】qiúshēng 想辦法活下去，謀求生路◇求生技能｜求生意志堅定。

【求全】qiúquán ① 要求完美無缺◇處處求全，事事好勝。② 企求事情得以成全◇委曲求全。

【求助】qiúzhù 請求幫助◇向人求助並不是羞恥的事。

【求知】qiúzhī 探求知識，求得學問◇熱忱於求知。

【求和】qiúhé ① 戰敗或處境不利的一方，向對方請求停止作戰，恢復和平◇潰敗求和。② 比賽的一方在比賽不利的情況下力爭平局。

【求教】qiújiào 請求別人指教◇登門求教。

【求學】qiúxué ① 在校學習◇到海外求學。② 探求學問◇求學四十年孜孜不倦。

【求證】qiúzhèng 尋找證據，得以證實、證明◇大膽假設，小心求證。

【求同存異】qiútóng cúnyì 尋求共同之處，保留不同意見◇求同存異，達成一致。

【求全責備】qiúquánzébèi 要求人或事物完美無缺，沒有一絲毛病或錯誤。

2 **氽** cuān 粵cyun1 穿 ①漂浮◇木板在水上氽。②把食物放到開水裏稍微煮一下◇氽丸子。

2 **汀** tīng 粵ting1庭1 水邊的平地◇岸芷汀蘭，郁郁青青。

2 **汁** zhī 粵zap1執 含有某種物質的液體◇墨汁丨乳汁丨膽汁丨絞盡腦汁。

【汁液】zhīyè 汁◇汁液從桃子中滲出。

2 **氿** 〈一〉guǐ 粵gwai2鬼 泉水從旁側流出◇氿水丨氿泉。

〈二〉jiǔ 粵gau2九 用於地名。江蘇宜興市有東氿湖、西氿湖。

【氿泉】guǐquán 從側旁流出的泉水◇有洌氿泉。

2 **汈** diāo 粵diu1丟 用於地名。湖北漢川縣有汈汊湖。

2 **氾** fàn 粵faan3販 同"泛"。

3 **汞** gǒng 粵hung3控/hung6哄 金屬元素。符號Hg。常溫下呈銀白色液態，能溶解金、銀、錫、鈉、鉀等多種金屬，蒸氣劇毒。通稱水銀。可用於製造鏡子、溫度計、水銀燈等；汞的化合物在醫學上可做瀉劑、消毒劑、利尿劑等。

3 **汗** 〈一〉hàn 粵hon6翰 ①人或某些動物由汗腺分泌排泄的液體◇汗水丨冷汗丨出汗。②出汗◇汗顏丨汗馬之勞。

〈二〉hán 粵hon4寒 古代鮮卑、突厥、回紇、蒙古等少數民族首領的稱號◇可汗丨成吉思汗。

【汗顏】hànyán 因感到羞愧而臉上出汗。形容慚愧、不好意思◇感到汗顏丨汗顏無地。

【汗馬功勞】hànmǎgōngláo 勞苦征戰而立下的戰功。泛指在事業發展中作出重大貢獻，立大功勞。

【汗流浹背】hànliújiābèi 汗出得多，背上的衣服都濕透了。常形容十分惶恐、緊張或慚愧。

3 **污〔汙〕** wū 粵wu1烏 ①不流動的濁水。後泛指污濁骯髒的東西◇油污丨血污丨去污粉。②不清潔的，骯髒的◇污水丨污斑丨污漬。③不廉潔◇貪官污吏。④弄髒◇污染丨玷污。⑤用無理的言行使受辱◇污辱丨污衊。

【污垢】wūgòu 積聚在人身上或物體上的髒東西◇滿臉污垢丨清除污垢。

【污染】wūrǎn ①使沾染上有害的東西或不健康的因素◇污染環境丨污染語言。②指事物受到污染的現象◇隨便排放化學物質會污染河流。

【污濁】wūzhuó ①混濁；骯髒◇空氣污濁丨污濁的池塘。②骯髒的東西◇清除地磚上的污濁。

【污點】wūdiǎn ①沾染在人身上或物體上的污垢◇用手帕擦去裙子上的污點。②穢跡，不光彩的事跡◇人生的污點。

【污穢】wūhuì ①骯髒，不乾淨◇污穢腥羶丨語言粗俗污穢。②骯髒的東西；污垢◇屋裏滿牆滿地污穢。③卑污；卑下◇思想污穢。

【污衊】wūmiè 捏造事實詆毀他人◇造謠污衊丨橫遭污衊。

【污泥濁水】wūní zhuóshuǐ 比喻落後、腐朽的東西。

3 **江** jiāng 粵gong1剛 ①大河流的通稱◇珠江丨江河。②特指長江◇江南丨江淮平原。③江蘇省的簡稱◇江浙。④姓。

【江山】jiāngshān ①江河山嶽◇江山易改，本性難移。②借指國家的疆土、政權◇定江山，安社稷。

【江珧】jiāngyáo 一種海蚌。殼略呈三角形，表面蒼黑色。生活於海邊泥沙中。

【江湖】jiānghú ①江河湖海。泛指四方各地◇流落江湖丨闖蕩江湖。②指文人士大夫隱居之處◇遁跡江湖。③指四方流浪，靠賣藝、占卜等為生的人。也指這種人從事的行業◇江湖郎中丨江湖藝人丨江湖騙術。

【江河日下】jiānghérìxià 江河的水一天天向下流。比喻景況一天天壞下去。同 每況愈下 反 蒸蒸日上。

【江郎才盡】jiānglángcáijìn 原指南朝文人江淹晚年才思減退。後比喻文人才思枯竭，已無法寫出佳作。

3 **汏** dà 粵daai6大 方言。洗滌◇汏衣裳丨汏菜丨汏頭。

3 **汕** shàn 粵saan3傘 用於地名，如汕頭市（在廣東）。

3 **汔** qì 粵ngat6兀 ①庶幾，差不多◇民亦勞止，汔可小康。②一直，終竟◇自閩走粵，汔無小休。

3 **汍** wán 粵jyun⁴元【汍瀾】wánlán 流淚的樣子◇老淚汍瀾｜涕泗汍瀾。

3 **汐** xī 粵zik⁶夕 晚潮◇潮汐｜海汐。

3 **汛** xùn 粵seon³信 江河定期的漲水◇潮汛｜春汛｜防汛。

【汛期】xùnqī ①江河湖的水位定時上漲的時期◇汛期前巡視堤防工程。②指魚汛◇汛期將臨，漁民作好了出海的準備。

3 **汜** sì 粵ci⁵似 水名。汜水，在河南滎陽西，北流入黃河。

3 **池** chí 粵ci⁴詞 ①城池，護城河◇池魚之禍。②水停積處；池塘◇魚池｜硯池。③指某些四周高、中間低的池狀物◇舞池｜樂池。④指劇場正廳前部◇池座｜池子。⑤姓。

【池沼】chízhǎo 池和沼。泛指池塘。

【池塘】chítáng ①蓄水的坑。一般不太大，也不太深◇青草池塘處處蛙。②浴池的俗稱。

【池魚之殃】chíyúzhīyāng 據古書記載，古代有叫池仲魚的人，居於宋城門附近，一日，城門失火，燒及其家，把他燒死了。一說，宋城門失火，眾人汲取池中水澆救，池乾而魚遭殃悉死。後比喻因牽連而無端遭殃。同城門失火，殃及池魚。

3 **汝** rǔ 粵jyu⁵雨 ①你；你的◇艱難困苦，玉汝於成。②古水名。汝水，源出河南省，入淮河。③姓。

3 **汊** chà 粵caa³詫 水流分岔的地方。也指分支的小河◇汊港｜河汊｜汊流。

【汊港】chàgǎng 水流的分支。

4 **沓** 〈一〉tà 粵daap⁶踏 ①重疊，繁多◇雜沓｜紛至沓來。②輕慢，懈怠◇拖沓｜疲沓。

〈二〉dá 粵daap⁶踏 量詞。用於疊起來的紙張或薄的東西◇一沓信封｜把紙分成三沓。

4 **汪** wāng 粵wong¹王¹ ①水深而廣的樣子◇碧水汪然｜汪洋大海。②液體聚積◇淚汪汪｜湯裏汪着幾滴油。③水或其他液體積聚停留處◇水汪｜血汪。④量詞。用於液體◇一汪湖水。⑤象聲詞。形容犬吠聲◇汪汪地叫。⑥姓。

【汪汪】wāngwāng ①水深而廣闊無邊的樣子◇汪汪千頃波。②液體聚積充盈的樣子◇淚汪汪｜菜炒得油汪汪的。③象聲詞。狗叫聲。

【汪洋】wāngyáng ①寬廣無際。形容水勢浩大的樣子◇汪洋巨浸，無邊無際。②比喻氣度寬宏或文章義理深廣◇汪洋自肆｜汪洋奧美。

4 **汫** jǐng 粵zeng²井 用於地名，如汫洲（在廣東）。

4 **汧** qiān 粵hin¹牽 水名。渭水有支流汧水，今名千河。

4 **沅** yuán 粵jyun⁴元 水名。沅水，即今湖南省西部沅江。

4 **沄** yún 粵wan⁴雲 水洶湧迴旋的樣子◇流水沄沄。

4 **沐** mù 粵muk⁶木 ①洗頭髮。泛指洗澡◇櫛風沐雨。②受潤澤；蒙受◇沐恩｜沐澤。③姓。

【沐浴】mùyù ①洗髮和洗身。泛指洗澡◇齋戒沐浴｜經年不沐浴，塵垢滿肌膚。②蒙受，受潤澤◇沐浴在陽光中。③比喻沉浸在某種環境氛圍中◇沐浴在歡樂的氣氛中。

4 **沛** pèi 粵pui³佩 ①盛大；充足◇滂沛｜充沛。②跌倒，傾仆◇顛沛流離。

4 **沔** miǎn 粵min⁵免 水名。沔水，在陝西。

4 **汰** tài 粵taai³太 淘汰。從羣體中去除差的、沒用的◇優勝劣汰｜挑選精壯，汰去老弱。

4 **沌** 〈一〉dùn 粵deon⁶頓 混沌。

〈二〉zhuàn 粵zaan⁶撰 水名。沌水，在湖北省。

4 **沘** bǐ 粵bei²比 水名。古沘水。①今河南泌陽河及其下游唐河。②今安徽淠河。

4 **沏** qī 粵cai³砌 用開水沖、泡◇茶已沏過幾次了。

4 **沚** zhǐ 粵zi²只 水中小塊陸地◇海中沙田，江中洲沚。

4 **沙** 〈一〉shā 粵saa¹紗 ①細碎的石粒◇風沙｜流沙。②形狀像沙的東西◇鐵沙｜豆沙。③用含有沙粒的陶土製成的◇沙鍋｜沙罐。④聲音嘶啞，不清脆◇喊得聲音沙了。⑤姓。

〈二〉shà 粵saa¹紗 搖動，使東西中的雜物集中以便清除◇把綠豆裏的土渣沙一沙。

【沙士】shāshì 嚴重急性呼吸道綜合症，由冠狀病毒引起的傳染性非典型肺炎。簡稱非典。（英 SARS，Severe Acute Respiratory Syndrome 的縮寫）

【沙丘】shāqiū 在風力作用下由沙粒聚集成的沙堆。

【沙啞】shāyǎ 聲音嘶啞，不清脆、不圓潤◇嗓音沙啞。

【沙場】shāchǎng 平沙曠野。多借指戰場◇醉卧沙場君莫笑，古來征戰幾人回。

【沙漠】shāmò 地面完全為流沙覆蓋，乾旱缺水，植物稀少的沙質荒漠地區。

【沙龍】shālóng 原義為客廳，十七世紀末和十八世紀，法國文人和藝術家常接受貴族婦女的招待，在客廳集會，談論文學、藝術。後把聚會敍談的場所稱為"沙龍"◇文藝沙龍｜藝術沙龍。（法 salon）

【沙鍋】shāguō 用陶土或摻有沙的陶土燒製的鍋◇沙鍋豆腐。

【沙灘】shātān 水邊或水中由沙子淤積而形成的陸地。

【沙裏淘金】shālǐtáojīn 比喻費力大而收效小或從大量材料中選擇精華。

4 **汨** mì 粵mik6 覓 水名。汨水，湘江支流，發源江西省，流入湖南省，與羅水合流稱汨羅江。詩人屈原憂憤國事，投此江而死。

4 **汩** gǔ 粵gwat1 骨 ①治水◇決汩九川。②淹沒；湮滅◇水下土，汩陵谷。

【汩汩】gǔgǔ ① 水急流的樣子◇淚水順着臉頰汩汩而下。② 説話滔滔不絕的樣子◇他總有奇談汩汩而出。③ 象聲詞。形容水或其他液體流動的聲音◇山泉汩汩地流着。

4 **沖〔冲〕** chōng 粵cung1 充 ①用水、酒等澆注調製◇沖茶｜沖奶粉｜沖咖啡。②水流撞擊而過◇沖刷｜沖積。③使感光材料顯影◇沖印｜沖膠捲。④星相家指相忌相克◇子午相沖。⑤一方克服一方；互相抵消◇沖喜｜沖賬｜對沖。⑥山間平地◇韶山沖。⑦幼小◇幼沖。

【沖洗】chōngxǐ ① 沖刷洗滌◇沖洗汽車｜碗要沖洗一下再用。② 對曝光後的感光材料進行顯影、定影等加工◇沖洗膠捲｜沖洗照片。

【沖涼】chōngliáng 洗澡◇他一天不沖涼都會覺得不舒服。

【沖淡】chōngdàn ① 加入新的液體，使原液體在同一單位內所含的成分相對減少◇加點水沖淡苦味。② 使某種感情、氣氛、效果等減弱或降低◇時間可沖淡傷痛。

【沖蝕】chōngshí 海水或雨水長期沖擊石頭或土壤，會形成損耗◇岩石長期受到海水的沖蝕，形成奇岩怪石。

4 **汭** ruì 粵jeoi6 銳 河流會合或彎曲的地方◇東過洛汭。

4 **汽** qì 粵hei3 氣 水蒸氣。泛指液體或固體受熱而變成的氣體◇蒸汽｜汽錘｜汽船｜汽化。

【汽車】qìchē ① 用內燃機作動力，裝有四個或四個以上橡膠輪胎的陸上交通工具◇出租汽車｜載重汽車。② 舊指以內燃機作動力的火車。

【汽油】qìyóu 碳氫化合物的混合液體。易揮發，燃點很低，供作內燃機的燃料，也作油漆、橡膠等的溶劑。

【汽笛】qìdí ① 利用從氣孔中噴出蒸汽而發出很大聲響的裝置，過去常裝於火車、輪船、工廠中。② 汽笛發出的聲音。

4 **沃** wò 粵juk1 旭 ①澆；灌◇沃田。②肥美◇沃野千里｜肥沃｜沃土。③姓。

4 **沂** yí 粵ji4 兒 ①山名。沂山，在山東省。②水名。沂河，發源於山東，南流入江蘇。

4 **汾** fén 粵fan4 墳 水名。汾河，為黃河的第二大支流，在山西省，源於呂梁山。

4 **汲** jí 粵kap1 給 從井裏取水。泛指打水◇汲水。

【汲取】jíqǔ ① 取水，打水。② 吸取，吸收◇汲取經驗｜從泥土中汲取營養。

4 **沒** 〈一〉méi 粵mut6 沫 ①不存在，不具備◇沒錯｜沒法子。②不如，比不上◇他沒你高｜這屋沒那屋光亮。③不足，不到◇上班沒幾天｜坐了沒幾分鐘就走了。④表示對"已然、曾經"的否定◇沒來過｜事情沒完。

〈二〉mò 粵mut6 沫 ①沉入水中；沉下◇沉沒｜太陽沒入山背後。②蓋過；漫過◇埋沒｜水深沒膝。③覆滅；敗亡◇覆沒｜沒落。④藏匿；消失◇隱沒｜神出鬼沒。⑤盡；終。相當於"直到…

終結”◇沒齒不忘|沒世難忘。⑥把財物扣下◇沒收|吞沒。⑦歿，死◇老伴沒了。

【沒有】méiyǒu ①表示對“存在、領有、具有”的否定◇教室裏沒有人｜你這話太沒有道理了。②用於比較，表示“不如、不及”◇做得沒有她認真｜這畫沒有那幅畫好。③用在數量詞等的前面，表示“不足、不夠、不到”◇還沒有二十平方米大｜去了沒有兩天就回來了。④用在動詞、形容詞前，表示對“已然”的否定◇沒有說完｜天沒有亮。⑤用在“誰、哪個”前，表示全都不◇沒有誰能一口氣背完｜沒有哪個能超越他。⑥用在問句中，表示懷疑或驚訝，並要求證實◇他還活着？沒有出事嗎｜你們都沒有去過？⑦用在句末，表示詢問◇去了沒有｜她買了沒有｜飯吃了沒有？

【沒收】mòshōu 把違法或違反禁令者的錢財物品無條件地強制收歸公有或扣下◇沒收非法所得。

【沒命】méimìng ①失去生命，丟掉性命◇要不是他，你早沒命了。②捨命，盡全力◇嚇得他沒命地朝外逃。

【沒勁】méijìn ①沒力氣，乏力◇病了幾天，渾身上下沒勁。②情緒低落；感到乏味◇天天下雨，做甚麼事都沒勁。

【沒好氣】méihǎoqì 不高興；生氣◇他沒好氣地答道：“不知道！”

【沒門兒】méiménr 方言。①找不到門徑，做不成◇他已經做了三題，可我這兒一題還沒門兒呢。②辦不到；休想做得成◇想佔便宜，沒門兒！

【沒大沒小】méidà méixiǎo 形容不分長幼尊卑，失禮沒規矩。

【沒精打采】méijīngdǎcǎi 形容精神不振、情緒低落的樣子。

4 **汴** biàn 粵bin6便 河南省開封市的別稱。

4 **汶** wèn 粵man6問 水名。汶河，源出山東臨朐，入濰河。也稱“濰汶河”。

4 **沆** hàng 粵hong4航 水氣，露水◇沆瀣。

【沆瀣】hàngxiè ①夜間的水氣，露水。古人說是仙人所飲◇春食朝霞……冬飲沆瀣。②彼此契合，意氣相投◇沆瀣之契。

【沆瀣一氣】hàngxièyíqì 宋代錢易《南部新書》戊集：唐代崔瀣參加科舉考試，為考官崔沆錄取，時人嘲笑曰：“座主門生，沆瀣一氣。”後用以比喻氣味相投的人聯結一氣。多用於貶義。同 臭味相投。

4 **沉〔沈〕** chén 粵cam4尋 ①沒入水中並往下落◇破釜沉舟|石沉大海。②日、月、星等降落隱沒◇月落星沉|紅日西沉。③物體向下陷落◇陸沉|地基下沉。④穩住；不躁◇沉得住氣。⑤分量重◇沉甸甸|幾本書拿在手裏很沉。⑥指感覺或心情沉重，不舒服◇兩腿發沉。⑦低沉；深沉◇消沉|陰沉。⑧形容程度深◇沉寂|沉思|沉睡。

【沉沒】chénmò ①沒入水中◇船觸礁沉沒。②降下，降落◇太陽沉沒在遠山後面。

【沉思】chénsī 深思◇沉思良久，還是沒有悟透其中的奧妙。

【沉重】chénzhòng ①形容分量重◇行李沉重｜沉重的負擔。②形容心情不輕鬆或病情嚴重◇心情沉重｜在她病勢沉重的時候，母親絕望了。

【沉降】chénjiàng 向下沉。多指地層、浮在氣體或液體中的物體向下沉◇地面沉降。

【沉浸】chénjìn 浸在水中。比喻深陷於某種境界或思想活動中◇沉浸在節日的歡樂中。

【沉寂】chénjì ①寂靜，無聲息◇一聲長嘶劃破了沉寂。②消息全無，杳無音信◇消息沉寂。

【沉湎】chénmiǎn ①沉迷；迷戀◇沉湎酒色。②比喻潛心於某事物或某種心理、感情活動中◇沉湎於古玩字畫｜沉湎在自己的憂傷中。

【沉悶】chénmèn ①沉重而煩悶，不爽朗，不舒暢◇心情沉悶。②天氣、氣氛等使人感到沉重而煩悶◇暴風雨前的沉悶｜會場裏氣氛沉悶。

【沉痛】chéntòng ①深切的悲痛◇心情沉痛。②深沉痛切◇沉痛的控訴呵！

【沉着】chénzhuó 從容不迫、非常鎮定冷靜的樣子◇沉着應戰。反 驚慌。

【沉醉】chénzuì ① 大醉◇倚闌暢飲，不覺沉醉。㊍ 清醒。② 比喻深深地迷戀、沉浸在某種境界中◇他沉醉在浪漫的樂曲中。㊐ 陶醉。

【沉靜】chénjìng ① 沉穩平靜；沉默安靜◇性格沉靜自信。② 寂靜◇農家的雞啼，驚破了大自然的沉靜。

【沉默】chénmò ① 不説話；不出聲◇沉默地緩轡前進。② 深沉閒靜◇沉默寡言。

【沉積】chénjī ① 指水的流速降低以及冰川融化所挾帶的巖石、沙礫、泥土等物質墜落、沉澱並淤積起來的現象◇沉積巖｜泥沙大量沉積在河底。② 泛指物質在溶液中沉澱積聚的現象。③ 比喻逐漸積聚◇文化沉積。

【沉澱】chéndiàn ① 難溶解的物質沉到溶液底層◇河水流得慢，泥沙就容易沉澱下來。② 沉到溶液底層的難溶解物質◇水渾了，沉澱都泛起來了！③ 比喻凝聚、沉滯◇資金沉澱｜情感沉澱。

【沉穩】chénwěn ① 穩重◇舉止沉穩。② 深沉而安穩◇這幾天睡得不沉穩。

【沉鬱】chényù ① 沉悶憂鬱◇沉鬱的心緒無法排解。② 深刻含蘊◇非子云澹雅之才，沉鬱之思。

4 沈 〈一〉shěn 粵sam^{2}瀋 姓。
〈二〉chén 粵cam^{4}尋 同"沉"。

4 沁 qìn 粵sam^{3}滲 ①滲入或透出◇陰涼沁骨｜額頭上沁出細汗。②方言。頭向下垂◇倒沁着頭睡着了。

【沁人心脾】qìnrénxīnpí 指吸入芳香、涼爽的空氣或喝了清涼飲料使人心身俱爽，感到舒適。常形容優美的詩文、樂曲等給人以清新爽朗的感覺。

4 決〔決〕jué 粵kyut^{3}缺 ①水沖破堤岸◇決口｜堤潰河決。②作出判斷，確定◇猶豫不決｜懸而未決。③判定最後勝負◇決鬥｜決賽。④處死犯人◇處決。⑤不猶豫，不動搖◇堅決｜果決。⑥一定。用於否定詞前◇決不後退｜決不讓步。

【決心】juéxīn ① 堅定不移的意志◇下決心。② 拿定主意，下決心◇決心改正錯誤。

【決定】juédìng ① 拿出主張◇我的事由我自己決定。② 確定◇決定不參加｜決定離開。③ 指某一事成為另一事的先決條件◇成績決定名次。④ 已決定的事項◇尊重大會的決定。

【決裂】juéliè 關係、感情破裂或與某種觀念、習俗等決然斷絕◇談判決裂。㊐ 破裂 ㊍ 和好。

【決策】juécè ① 決定計策或辦法◇這事得由董事會決策。② 決定的計策或辦法◇重大決策｜戰略決策。

【決勝】juéshèng 決定勝負◇決勝千里。

【決然】juérán ① 形容堅決果斷的樣子◇毅然決然地離家出走。② 必然，必定◇害人終害己，決然沒有好下場。

【決絕】juéjué ① 堅決斷絕關係◇與損友決絕往來。② 堅決而肯定◇"我不去！"他決絕地説。

【決戰】juézhàn ① 決定勝負的戰鬥◇爭奪制空權的決戰。② 進行決定性的戰鬥◇雙方在山谷地帶決戰。

【決賽】juésài 體育、文藝、知識、辯論等各類競賽中決定名次的最後一次或最後一輪比賽。

【決斷】juéduàn ① 做決定，拿主意◇既然意見不一，就由他決斷吧。② 做出的決定◇做出正確的決斷。③ 決定事情的魄力和果斷作風◇做事決斷，讓人印象深刻。

5 泰 tài 粵taai^{3}太 ①安寧，安定◇泰然｜國泰民安。②通達；通暢◇三陽開泰。③好，美好◇否極泰來。④極，最◇泰古｜泰西各國。⑤泰國的簡稱。⑥姓。

【泰山】tàishān ① 山名。在山東省，為"五嶽"之一。古人認為是最高的山。比喻重大的、有價值的事物。也比喻德高望重、功業卓著而受敬仰的人◇功若泰山｜有眼不識泰山。② 岳父的別稱。

【泰斗】tàidǒu 泰山北斗◇文壇泰斗｜他是科技界的泰斗。

【泰山北斗】tàishān běidǒu《新唐書・韓愈傳》中"贊曰"："自愈沒，其言大行，學者仰之如泰山、北斗云。"後以泰山和北斗星比喻德高望重或卓有成就而深受眾人景仰的人。

【泰山壓頂】tàishān yādǐng 泰山壓在頭頂上。比喻壓力大。也比喻極大的壓力或絕對的優勢。

5 **泵** bèng 粵bam1 乓 ①一種吸入和排出液體或氣體的機械◇氣泵|水泵|液壓泵。②用泵壓入或抽出流體◇泵油。(英pump)

5 **泉** quán 粵cyun4 全 ①從地下湧出來的水◇礦泉|溫泉|泉眼。②地下。指人死後所在的地方◇黃泉|九泉之下。

【泉下】quánxià 黃泉之下。指人死後埋葬之處或陰間鬼魂所在之處◇泉下有知。

【泉水】quánshuǐ 從地下湧流出來的水。

5 **沫** mò 粵mut6 沒 ①液體形成的許多細泡◇泡沫|肥皂沫|吐沫。②唾液◇唾沫|相濡以沫。

5 **法** fǎ 粵faat3 發 ①由立法機構制定，並由政府強制力保證實施的社會規範◇憲法|犯法。②標準；準則◇法度|章法。③合法的◇非法|不法行為。④方法；辦法◇設法|無法想像。⑤仿效，效法◇法古|師法自然。⑥佛教的義理。也指與佛教儀式有關的◇佛法|弘法|法器。⑦法術；技藝◇妖法|變戲法。⑧法國的簡稱◇英法百年戰爭。⑨姓。

【法人】fǎrén 法律用語。區別於"自然人"的，具有民事權利能力和民事行為能力，依法獨立享有民事權利和承擔民事義務的組織◇法人代表。

【法老】fǎlǎo 古代埃及國王的稱呼。法老集政權、神權於一身，實行專制統治◇金字塔是古代埃及法老的陵墓。(希 Pharaō)

【法事】fǎshì ① 指佛教徒禮佛、供佛等各種宗教法會、儀式◇廟內僧眾虔修法事，晝夜不息。② 僧侶或道士為超度亡魂而舉行的儀式。③ 指巫師、術士"作法"驅邪捉妖◇設壇行法事。

【法治】fǎzhì 根據法律治理國家◇法治社會|遵行法治，反對人治。

【法定】fǎdìng 依照法律、法令所規定的◇法定程序|法定繼承權。

【法官】fǎguān 法院的審判長、審判員的統稱◇法官宣佈休庭。

【法則】fǎzé ① 準則；規則◇遵守遊戲法則。② 規律◇自然法則|經濟法則。

【法律】fǎlǜ ① 由立法機關制定，具有確定不移的文字形式，由政府保證執行，公民必須遵守的行為規則。② 泛指由政權機關制定的各種法令、法規、條例、規定等。

【法紀】fǎjì 法律和紀律◇遵守法紀|目無法紀。

【法庭】fǎtíng 法院內審判訴訟案件的組織機構或場所◇上訴法庭|在法庭旁聽。

【法院】fǎyuàn 行使審判權的司法機關◇地方法院|最高法院。

【法規】fǎguī 法律、法令、條例、規則、章程等法定文件的總稱◇國際航運法規。

【法器】fǎqì 指僧侶、道士舉行宗教儀式時所用的鐘、鼓、鐃、鈸、木魚等樂器及瓶、缽、杖、麈等器物◇法器響起，唸誦聲也整齊地響起來了。

【法醫】fǎyī 協助偵查造成人體傷亡原因或情況的職業或從業人員。

【法寶】fǎbǎo ① 佛教指教義和教典。是構成佛教的佛、法、僧三寶之一。② 神話傳說中能降伏妖魔的神奇寶物。比喻有奇效的武器、方法、經驗等◇護身法寶。

5 **泔** gān 粵gam1 今 淘米水◇米泔。

【泔水】gānshuǐ 淘米、洗菜、洗鍋碗等用過的水。

5 **泄〔洩〕** xiè 粵sit3 屑 ①液體或氣體排出◇排泄|泄洪|毒氣泄出來。②比喻鬆勁◇泄勁。③漏◇泄露。④發泄；發散◇泄憤|泄恨|泄怨氣。

【泄勁】xièjìn 失去信心和勇氣◇別泄勁。

【泄氣】xièqì ① 泄勁◇遇上困難不要泄氣。反 鼓氣。② 發泄怒氣◇她吃了虧正沒處泄氣呢！③ 譏諷人沒出息、沒本事◇這點事都辦不了，你也太泄氣了。

【泄密】xièmì 泄露祕密。反 保密。

【泄漏】xièlòu ① 泄露出來◇他還藏着兩句要緊的話，不肯泄漏。② 不嚴密以致滲透出來◇煤氣從橡皮管泄漏出來。

5 **沽** gū 粵gu1 姑 ①買◇沽酒。②賣◇待價而沽|善價而沽。③獲取；獵取◇沽名釣譽。④天津市的別稱。

【沽名】gūmíng 獵取名譽◇買官沽名。

【沽名釣譽】gūmíng diàoyù 故意做作，用不正當、不光彩的辦法或手段取得聲名榮譽。

5 **沭** shù 粵seot6 術 水名。沭河，發源於山東沂山，南流入江蘇省。

5 **河** hé 粵ho4 何 ①特指黃河◇河清海晏|江、淮、河、漢。②較大水道的統稱◇河流|運河|過河拆橋。③指銀河◇天河|河外星系|河漢清且淺，相去復幾許！

【河口】hékǒu 河流注入海洋、湖泊或大河的地方◇河口寬闊|河口的泥沙淤塞嚴重。

【河山】héshān 河流和山脈。借指國土、疆域◇還我河山|河山壯闊。

【河川】héchuān 河流的總稱◇三角洲散佈着大小河川。

【河牀】héchuáng 河流兩岸之間承受流水的部分。也叫河身。

【河套】hétào ① 河流彎曲成大半個圈的河道。也指這樣的河道圍着的地方。② 地區名。黃河自寧夏青銅峽到陝西府谷一段，因流成一個套形大彎曲，故名◇河套地區|富庶的河套。

【河流】héliú 地球表面天然水流的統稱◇河流奔騰出山。

【河道】hédào 能通航的河流的水道◇疏浚河道|河道狹窄。

【河槽】hécáo 河牀◇水順着河槽沖下來。

5 **沾** zhān 粵zim1 尖 ①浸濕，浸潤◇淚水沾衣|滿臉沾着汗。②因接觸而附上◇鞋底沾了張紙。③稍微接觸，挨上◇煙酒不沾|這事我絲毫不沾邊。④帶着點關係◇沾親帶故。⑤受益，因某種關係而分得好處◇利益均沾|沒沾過你的好處。

【沾染】zhānrǎn ① 沾上，附着上◇衣服沾染了油漆|沾染細菌。② 因接觸而受影響（多指不良影響）◇沾染壞習氣。

【沾沾自喜】zhānzhānzìxǐ《史記·魏其武安侯列傳》："魏其者，沾沾自喜耳，多易。"形容驕矜自得的樣子。後指自以為很優越或有成績而洋洋得意。同 自鳴得意。

5 **沮** 〈一〉jǔ 粵zeoi2 嘴 ①阻止◇沮其成行|勸善沮惡。②頽喪，消沉◇神厝志沮|沮喪|氣沮。

〈二〉jù 粵zeoi3 最 潮濕，濕潤◇沮澤|沮洳場。

〈三〉jū 粵zeoi1 追 姓。

【沮喪】jǔsàng 灰心失望，傷心失意◇神情沮喪|他沮喪地搖搖頭。

5 **油** yóu 粵jau4 由 ①動植物內所含的脂肪◇豬油|豆油|奶油。②各種碳氫化合物的混合物◇汽油|石油。③用油塗飾◇油門窗|櫥櫃去年油過一次。④被油弄污◇短衫油了一大片。⑤浮滑，不誠懇◇這人油得很，說話不算數。

【油水】yóushui ① 菜餚裏的油脂◇端來的湯麪油水不小。② 比喻可以撈到的好處。多指不正常的額外收入◇這差事油水多。

【油畫】yóuhuà 用快乾油調和顏料，在布、木板、厚紙板上繪成的畫，為西洋畫的一種。

【油漬】yóuzì ① 被油浸漬◇油漬罐頭。② 粘在物體上的油污◇袖口粘滿了油漬。

【油漆】yóuqī ① 用礦物顏料、樹脂、乾性油製成的塗料。塗飾器物表面，起保護和增加光澤的作用。也泛指油類和漆類塗料。② 用油漆塗抹◇把牆壁油漆一新。

【油腔滑調】yóuqiāng huádiào 形容說話、寫文章浮滑不實，不嚴肅，無誠意。同 油頭滑腦、油嘴滑舌。

5 **泱** yāng 粵joeng1 央【泱泱】yāngyāng ①形容水深廣的樣子◇湖水泱泱，往返十里。②形容氣勢宏大◇泱泱大國|泱泱大典。

5 **況〔况〕** kuàng 粵fong3 放 ①情形；情景◇概況|實況|近況。②比擬；比方◇以孟子自況|以古況今。③況且；何況。表示遞進關係◇天地尚不能久，而況於人乎？

【況且】kuàngqiě 連詞。表示更進一步的意思◇這套傢具外形時尚，況且價錢又不貴，就買吧！

【況味】kuàngwèi 景況和情味◇鄉野的荒涼況味。

5 **泂** jiǒng 粵gwing2 迥 遠◇泂遠。

5 **泅** qiú 粵cau4 酬 游水◇泅水|泅渡|兩人泅到岸邊來了。

5 **泗** sì 粵si3 試 ①鼻涕◇涕泗橫流。②水名。泗水，源於山東蒙山，四源併發，故名。③古州名。泗州，在今安徽東北部◇泗州戲。

5 **泆** yì 粵jat6 日 ①同"溢"。水滿而泛濫◇湖流多行泆。②放蕩，放縱◇驕奢淫泆。

5 **泊** ㈠bó 粵bok6 薄 ①停船靠岸◇停泊|泊岸|漂泊。②停留，棲止◇飄泊|泊車。③恬澹，恬靜◇淡泊|澹泊。

㈡pō 粵bok6 薄 湖，湖澤◇湖泊|水泊|梁山泊。

5 **泛** fàn 粵faan3 販 ①漂浮◇在湖上泛舟。②浮現；露出◇白裏泛紅。③向上冒出◇覺得胃裏泛酸水|泛出香氣。④廣泛；普遍◇泛指|泛稱。⑤浮淺；不切實際◇浮泛|空泛。⑥水漫溢◇泛濫。

【泛舟】fànzhōu 在水上行船；坐船遊玩◇泛舟秦淮|泛舟湖上。

【泛泛】fànfàn 浮淺；尋常◇泛泛之論|泛泛之交。

【泛濫】fànlàn ①大水漫溢◇河水泛濫。②比喻不好的東西比比皆是◇觀念僵化，公式泛濫。

5 **沴** lì 粵leoi6 類 ①天地陰陽之氣不和而產生災害◇沴戾。②相害，相傷◇陰陽相沴，寒燠繆節。③惡氣；災病◇沴氣|沴瘴。

5 **泠** líng 粵ling4 零 ①清涼◇泠風|清泠的泉水。②姓。

【泠泠】línglíng ①形容清涼◇清清泠泠。②形容聲音清越、悠揚◇琴弦泠泠|泠泠的鴿哨響。

5 **泜** zhī 粵zi1 之 水名。泜河，在河北省，入滏陽河。

5 **泃** jū 粵keoi1 拘 水名。泃河，源出天津，經北京流入薊運河。

5 **沿** yán 粵jyun4 元 ①順着（江河、道路、物體的邊）◇沿街|沿江|沿牆。②承襲，遵照原來的方法、規矩◇沿習|沿用。③岸，邊緣◇溝沿|河沿|帽沿。④給衣物鑲邊◇沿衣邊|沿鞋口。

【沿用】yányòng 繼續使用◇他習慣沿用老辦法。

【沿岸】yán'àn 江河湖海邊的地區◇海邊沿岸興建房屋。

【沿革】yángé 沿襲和變革。指事物發展變化的歷程◇歷史沿革。

【沿海】yánhǎi 靠海一帶◇沿海城市。

【沿途】yántú 沿路，一路上◇沿途風光旖旎。

【沿襲】yánxí 沿用過往舊的東西，不改革，不創新。同 因襲 反 革新。

5 **泖** mǎo 粵maau5 牡 ①水面平靜的湖塘◇乘槎泛泖。②古湖名。在今上海市西南部，現已淤積。也用於地名◇泖橋|泖港。

5 **泡** ㈠pāo (1)粵paau1 拋 ①鼓起而鬆軟的東西◇眼泡|豆腐泡。②小湖。多用於地名◇海蘭泡。③量詞。用於屎尿◇一泡屎|兩泡尿。(2)粵pau3 剖3 方言。質地鬆軟而膨脹◇泡棗。

㈡pào (1)粵pou5 抱 液體形成的含氣體的球狀或半球狀物◇肥皂泡|雨點打得江水冒泡。(2)粵paau3 豹 ①在液體裏較長時間地浸漬◇泡茶|浸泡。②沉浸。指較長時間地呆在某處◇兩人整天泡在一起。③故意拖延或纏磨◇泡病號|軟磨硬泡。(3)粵paau1 拋 泡狀物體◇燈泡|手上磨起了血泡。

【泡沫】pàomò ①聚集的小泡。②比喻虛浮不實的成分◇股市泡沫|經濟泡沫。

5 **注** zhù 粵zyu3 註 ①流入；灌入◇注入|灌注。②傾瀉◇傾注|大雨如注。③集中，聚集於◇關注|全神貫注。④指投入賭博的錢財◇下注|孤注一擲。⑤量詞。用於賭注、錢財交易、酒等◇下了一注|暖了一注酒|發了一注大財。

【注目】zhùmù 注視，集中目光看◇引人注目|備受注目。

【注定】zhùdìng 預先決定，不可避免◇命中注定|注定失敗。

【注重】zhùzhòng 看重，注意並重視◇注重衛生。

【注音】zhùyīn 用同音字或符號注明文字的讀音◇給生字注音。

【注射】zhùshè ①用器具把液體藥劑注入體內◇肌肉注射|注射鏈霉素。②把目光集中射向某處◇全場目光注射到他的臉上。

【注視】zhùshì ①專注地看◇警方注視着窗外的動靜。②關注；重視◇密切注視事態發展。

【注意】zhùyì ①留意。把心神集中到某一方面◇過馬路要注意來往車輛。②關注；重視◇注意事態發展。

5 **泣** qì 粵jap1 邑 ①無聲或低聲地哭◇抽泣｜啜泣｜泣不成聲。②眼淚◇飲泣｜涕泣如雨。

5 **泫** xuàn 粵jyun5 遠 水點下滴。多指淚水、露水等。

【泫然】 xuànrán 流淚。也形容淚水下垂的樣子◇相對泫然｜泫然淚下。

5 **泮** pàn 粵pun3 判 ①泮宮，古代學校◇入泮｜泮池｜主泮。②融解◇未覺泮春冰，已復謝秋節。

5 **沱** tuó 粵to4 駝 ①形容雨下得很大◇大雨滂沱。②可以停船的水灣。多用於地名◇朱家沱｜牛角沱。

5 **泌** 〈一〉bì 粵bat6 拔 水名。在河南省西南部，為今唐河上游的別稱。

〈二〉mì 粵bei3 祕 分泌，液體由生物體內細小的孔、縫滲出或排出◇泌尿｜額上泌出汗珠來。

5 **泳** yǒng 粵wing6 詠 浮游或潛行於水中◇游泳｜冬泳｜蛙泳。

5 **泥** 〈一〉ní 粵nai4 ①水和土混和成的漿狀物◇淤泥｜泥巴｜污泥濁水。②像泥的東西◇棗泥｜蒜泥。

〈二〉nì 粵nai6 ①拘執，死板◇拘泥｜泥守成規。②用稀泥或像稀泥的東西塗抹◇泥牆｜泥窗縫。

【泥古】 nìgǔ 拘泥於古代的成規和古人的說法◇泥古不化。

【泥濘】 nínìng ①形容道路上泥土又爛又滑不好行走◇道路泥濘，走得艱難。②指淤積在路上的爛泥、污泥◇汽車陷入泥濘熄火了。

【泥牛入海】 níniúrùhǎi《景德傳燈錄・潭州龍山和尚》："我見兩個泥牛鬥入海，直至如今無消息。"後比喻一去不返，杳無消息。

【泥沙俱下】 níshājùxià 泥土和沙子一起隨水沖下來。比喻好壞不同的人或事物混雜在一起。

【泥菩薩過江】 nípúsàguòjiāng 泥塑的菩薩一落入水就會溶化，比喻自顧不暇，更幫不上別人。

5 **泯** mǐn 粵man5 敏 消滅；消失◇泯除｜一笑泯恩仇。

【泯滅】 mǐnmiè 滅絕；已經存在的消失掉◇泯滅人性。

5 **沸** fèi 粵fai3 費 ①沸騰◇沸點｜揚湯止沸。②形容聲音喧囂，嘈雜◇沸反盈天。

【沸騰】 fèiténg ①液體達到一定溫度時，表面和內部同時發生的急劇汽化、蒸騰翻湧的現象。②比喻情緒高漲◇觀眾沸騰起來。③比喻聲音喧鬧◇人馬沸騰。

【沸沸揚揚】 fèifèiyángyáng 形容像沸騰的水一樣，到處議論紛紛。

5 **泓** hóng 粵wang4 宏 ①深水◇泓下亦龍吟。②水清澈的樣子◇清泉泓泓。③量詞。用於清澈的水，一片或一道叫一泓◇一泓碧水｜一泓流泉。

5 **沼** zhǎo 粵ziu2 剿 天然的水池或水澤◇湖沼｜池沼｜泥沼。

【沼澤】 zhǎozé 水草叢生的泥濘地帶。大多因湖泊淤淺、湖裏物質長期沉積而形成。

5 **波** bō 粵bo1 坡 ①起伏的水面◇波浪｜推波助瀾｜隨波逐流。②比喻事情的意外變化、曲折◇軒然大波｜一波未平，一波又起。③喻指流轉的眼光◇眼波｜秋波暗送。④物理學指振動在空氣或其他物質中的傳播過程◇電波｜衝擊波。

【波及】 bōjí ①擴散到，傳播到◇風暴波及南方各省。②影響到；牽連到◇事件恐將波及全家。

【波折】 bōzhé 事情在進行中所發生的曲折◇幾經波折，終於完成。

【波浪】 bōlàng 江河湖海上起伏不定的水面◇波浪奔騰｜洶湧的波浪拍打着堤岸。

【波動】 bōdòng ①起伏，不穩定◇情緒波動｜物價波動。②物理學上指振動傳播的過程，是能量傳遞的一種形式。

【波濤】 bōtāo ①江河湖海中的大波浪。強調波浪的猛烈廣闊◇萬頃波濤｜波濤洶湧。②比喻起伏不平的思潮。③比喻艱險的處境◇浮沉於商海的波濤。

【波瀾】 bōlán ①波浪。強調波浪的浩瀚起伏◇波瀾壯闊。②比喻心中不平靜，思緒萬千◇人心若波瀾。③比喻詩文的跌宕起伏◇文章掀起的幾個波瀾，都是為了突出主題。

【波譎雲詭】 bōjuéyúnguǐ 比喻千態萬狀，變幻莫測。

【波瀾壯闊】bōlánzhuàngkuò 比喻氣勢雄壯浩大。

5 **治** zhì 粵zi6自 ①統治；管理◇自治|治國之道。②整治，修治◇治水|治沙。③社會太平、安定◇天下大治。④備辦；辦理◇治裝|治喪。⑤醫療◇治病|診治。⑥懲處◇懲治|治罪。⑦消滅◇治蟲|治蝗。⑧研究；攻讀◇治史|專治倫理學。⑨指地方政府所在地◇州治|府治|縣治。⑩姓。

【治水】zhìshuǐ 整治水道，興修水利，消除水患◇大禹治水。

【治本】zhìběn 處理事務從根本上着手◇治標不如治本。

【治安】zhì'ān ① 社會秩序◇治安良好。② 維護社會秩序安寧◇晚上巡邏，負責治安。

【治理】zhìlǐ ① 統治；管理◇治理國家 | 忙於治理公司，無暇顧及進修。② 整治；整修◇治理環境，美化生活。

【治喪】zhìsāng 辦理喪事。

【治罪】zhìzuì 給犯罪的人以應得的處罰◇依法治罪。

【治標】zhìbiāo 不從根本上謀求解決，只就表面的枝節問題作應急處理◇治標不治本，難以解決問題。

【治學】zhìxué 研究學問◇治學嚴謹。

【治癒】zhìyù ① 使病人痊癒，使恢復健康。② 泛指令人舒適放鬆◇這個短篇非常治癒。

5 **泐** lè 粵lak6肋 ①石頭因風化、遇水而形成的紋理。②石頭依紋理裂開◇石未剝泐，文尚可讀。③同"勒"。刻◇泐石|結之片石泐芳名。④書寫◇手泐|僅泐數行。

6 **洭** kuāng 粵hong1康 古水名。洭水，即今廣東省的連江。

6 **洱** ěr 粵ji5耳 湖名。洱海，在雲南大理市，為耳形湖泊，故稱。

6 **洪** hóng 粵hung4紅 ①大水◇山洪|抗洪。②大◇聲如洪鐘。③姓。

【洪水】hóngshuǐ 大水。多指因降雨或冰雪融化造成江河暴漲的水流◇洪水橫流，泛濫成災。

【洪亮】hóngliàng 形容聲音洪大、響亮◇他個子不高，嗓音卻最洪亮。

【洪水猛獸】hóngshuǐměngshòu《孟子・滕文公下》："昔者禹抑洪水而天下平，周公兼夷狄、驅猛獸而百姓寧。"宋朱熹集註："蓋邪説橫流，壞人心術，甚於洪水猛獸之災。"後比喻危害極大的人或事物。

【洪福齊天】hóngfúqítiān 洪，大。福氣大得可以同高高在上的青天齊等。

6 **洹** huán 粵wun4緩/jyun4元 水名。洹水，在河南省北部。

6 **洧** wěi 粵fui2灰2 古水名。洧水，在今河南省雙洎河。

6 **洏** ér 粵ji4兒 形容流淚的樣子。

6 **洿** wū 粵wu1 烏 ①低窪的地方◇洿池。②掘成水池。

6 **洌** liè 粵lit6列 清澄，不濁◇清洌|泉清酒洌。

6 **泚** cǐ 粵ci2齒 ①清澈◇清泚。②冒汗◇泚額|泚顙。③用筆蘸墨◇泚筆。

6 **洸** guāng 粵gwong1光 用於地名，如洸洸(在廣東)。

6 **洞** (一)dòng 粵dung6動 ①洞穴；窟窿◇山洞|破洞。②穿透◇洞穿。③透徹；清楚◇洞察|洞悉|洞曉。④敞開◇大門洞開|空洞無物。(二)tóng 粵tung4銅 洪洞，縣名，在山西省。

【洞天】dòngtiān 道教指神仙居住的地方，意為洞中別有天地。泛指引人入勝的風光景物◇洞天福地 | 別有洞天。

【洞見】dòngjiàn 十分清楚地看到◇洞見癥結。

【洞房】dòngfáng 新婚夫婦的卧室◇洞房花燭夜。

【洞悉】dòngxī 透徹地知道◇洞悉世情。

【洞達】dòngdá ① 透徹了解，通曉◇洞達人情世故。② 胸襟開闊磊落◇行事洞達如日月。

【洞察】dòngchá 深入、清楚地察知◇洞察孩子的心理變化。

【洞若觀火】dòngruòguānhuǒ 形容觀察得非常清楚，就像看火一樣。

6 **洇** yīn 粵jan1因 液體在紙、布、土壤中向四外散開或滲透浸濕◇墨漬洇開了|雨下得小，連地皮都沒洇透。

6 **洄** huí 粵wui⁴回 水迴旋地流◇洄流。

【洄水】huíshuǐ 迴旋的水流。

【洄游】huíyóu 指魚類等水生動物因產卵、索餌、越冬等原因，形成的定期定向的規律性移動。

6 **洙** zhū 粵zyu¹朱 古水名。在今山東省西南部。

6 **洗** ㈠xǐ 粵sai²駛 ①用水等除去污垢◇洗臉|沖洗。②清除◇洗塵|清洗。③革除，免除◇洗雪|洗罪。④對已曝光的照相材料進行顯影、定影等◇洗膠捲|洗相片。⑤搶光；殺盡◇血洗山村|洗劫一空。⑥把牌攙和了重新整理◇洗牌。⑦用以盛水洗筆的器皿◇筆洗。⑧基督教徒的入教儀式◇受洗|洗禮。

㈡xiǎn 粵sin²冼 同"冼"。姓。

【洗手】xǐshǒu ① 洗去手上的污穢。② 比喻盜賊、賭徒等改邪歸正◇金盆洗手 | 你就洗手別幹了。③ 比喻不再從事某項職業◇洗手不幹改行了。

【洗白】xǐbái 比喻通過某些手段消除污點使人顯得清白◇此人劣跡斑斑，怎麼可能洗白。

【洗刷】xǐshuā ① 用水洗，用刷子蘸水刷◇洗刷地面。② 清除；清洗◇洗刷恥辱。

【洗練】xǐliàn 簡潔利落。多形容語言、文字、技法、動作、藝術風格等◇信寫得短而扼要，文辭洗練。㊜ 冗長。

【洗錢】xǐqián 通過種種手法把非法所得變成合法財產。

【洗心革面】xǐxīn gémiàn《易・繫辭上》："聖人以此洗心。"《易・革》："君子豹變，小人革面。" 洗心，洗滌心胸，除去惡念、雜念；革面，改變臉色或態度。後比喻徹底悔改。

【洗耳恭聽】xǐ'ěrgōngtīng 形容專心、恭敬地傾聽。㊜ 置若罔聞。

6 **活** huó 粵wut⁶ ①生存，有生命◇死去活來|這棵樹活了。②救活，使存活◇養家活口|活命之恩。③有生命的◇活魚|活人。④在活的狀態下◇活捉|活埋。⑤不固定的，可變動的◇活塞|活期。⑥形容逼真，酷似真的◇活觀音|演關羽出了名，人稱"活關公"。⑦生動靈活◇活潑。⑧工作，勞動◇幹活|粗活。⑨產品；成果◇出活|借着送活的名義出去了。⑩非常，簡直。表示程度◇這孩子活像他爸。

【活力】huólì ① 旺盛的生命力◇充滿活力的年青人。② 生機；潛力◇企業富有活力。

【活水】huóshuǐ 有源頭、常流動的水。

【活計】huóji ① 指裁縫、刺繡等工作、技藝◇她還會這一手活計！② 泛指各類工作、勞動◇冬天活計不多。③ 做成的或待做的手工製品◇給繡莊送活計。

【活動】huódòng ① 運動；行動；走動◇活動筋骨 | 冬眠的動物開始活動了。② 搖動，晃動◇門牙活動了 | 沙發扶手活動了。③ 不固定；靈活的◇活動房屋。④ 指鑽營、說情、行賄等◇經他這一活動，才把事情辦成。⑤ 為達到某種目的而從事的行動◇文娛活動 | 宣傳活動。

【活該】huógāi 表示本該如此，不值得同情或憐惜◇勸說不聽，活該出事！

【活潑】huópo ① 活躍富有生氣；不呆板◇年輕活潑 | 文筆生動活潑。② 化學上指某些單質或化合物性質活躍，容易與其他單質或化合物起化學反應。

【活躍】huóyuè ① 活潑，積極，蓬勃有生氣◇近來市場很活躍。② 積極踴躍地活動、行動◇活躍在影視界。③ 使活躍◇活躍一下氣氛。

【活火山】huóhuǒshān 現今仍經常或周期性噴發的火山。

【活生生】huóshēngshēng ① 有生命力，充滿生機◇一個活生生的人突然消散得無影無蹤。② 生動，逼真；發生在眼前實際生活中的◇書中的人物活生生地呈現在我們面前。③ 活活。指在活的狀態下受到傷害◇活生生地給拆散。

【活剝生吞】huóbō shēngtūn 比喻不加改變地搬用或模仿。

【活靈活現】huólíng huóxiàn 形容說話、作文、繪畫描繪得生動逼真，像活的一樣。㊐ 活龍活現。

6 **洑** ㈠fú 粵fuk⁶服 ①洄流，漩渦◇亂石流洑間。②水在地下流。

㈡fù 粵fuk⁶服 游水◇洑在涼嗖嗖的塘水中。

6 **洎** jì 粵gei3 記 至，到◇自古洎今。

6 **浉** yī 粵ji1 衣 水名。浉水，在湖南省。

6 **洫** xù 粵gwik1 隙 田間的水溝◇溝洫。

6 **派** pài 粵paai3 排3 ①江河的支流。泛指水流◇九派。②指團體或派別◇黨派｜學派。③派遣；委派◇派兵｜派他去做司機。④分配；送發◇攤派｜派發｜派利是。⑤指責◇編派｜派他的不是。⑥作風；氣度◇氣派｜正派。⑦量詞。前面加上"一"，用於景色、言語等◇一派胡言｜好一派田園風光。⑧量詞。用於派別◇這些人分成三派。⑨一種帶餡的西式點心◇蛋黃派｜蘋果派。(英 pie)

【派生】pàishēng 從一個主要事物的發展中分化出來◇派生詞｜從總公司派生出來的子公司。

【派別】pàibié 學術、宗教、政黨等內部因觀點、主張不同而形成的支派◇派別鬥爭。

【派對】pàiduì 指以社交和娛樂為目的而舉辦的聚會，通常用於慶祝或休閒◇生日派對。(英 party)

【派遣】pàiqiǎn 指派、差遣人到某處做某事◇派遣他去督察工程｜派遣先頭部隊。

6 **洽** qià 粵hap1 恰 ①和睦；協調◇融洽｜感情不洽。②廣博◇洽聞｜博洽。③交換意見，商量◇面洽｜接洽。

【洽商】qiàshāng 接洽；商談。

【洽談】qiàtán 接洽商談◇洽談生意｜洽談投資事宜。

6 **洮** táo 粵tou4 途 水名。洮河，在甘肅省西南部，流入黃河。

6 **洈** wéi 粵ngai4 危 洈水，水名，在湖北。

6 **洵** xún 粵seon1 詢 誠然，實在◇洵屬可貴｜洵非虛傳。

6 **洶**〔汹〕xiōng 粵hung1 空 ①形容水波騰湧的樣子◇洶湧澎湃。②形容聲勢壯盛兇猛◇氣勢洶洶。

【洶湧】xiōngyǒng ① 形容水勢翻騰上湧◇波濤洶湧｜洶湧澎湃。② 形容氣勢盛大◇洶湧的歷史洪流。③ 形容人聲喧雜吵鬧◇吵鬧聲洶湧嘈雜。

【洶湧澎湃】xiōngyǒngpéngpài 巨浪翻滾，互相撞擊。形容聲勢浩大，不可阻擋。

6 **洚** jiàng 粵gong3 降 大水氾濫◇洚水(洪水)。

6 **洛** luò 粵lok3 絡 ①古水名。洛水，即今河南省洛河，流入黃河。②洛陽的簡稱◇洛花｜洛社。③姓。

【洛陽紙貴】luòyángzhǐguì《晉書・左思傳》：晉左思構思十年，寫成《三都賦》，卻不為時人所重。後經皇甫謐作序，張載、劉逵作注，名流張華讚歎左思是班固、張衡一流的人物。於是左思名聲大振，豪門富家爭相傳抄《三都賦》，洛陽紙價因之昂貴。後以此稱譽別人的著作大受歡迎，廣為流傳。

6 **洺** míng 粵ming4 名 水名。洺河，在河北省南部。

6 **洨** xiáo 粵ngaau4 淆 水名。洨河，在河北省。

6 **洋** yáng 粵joeng4 羊 ①地球表面被水覆蓋的廣大水域，約佔地球總面積的十分之七◇太平洋｜印度洋｜北冰洋。②盛多；廣大◇洋溢｜洋洋大觀｜洋洋萬言。③外國的，外來的◇洋人｜洋氣｜洋貨。④洋錢；銀元◇大洋三百｜罰洋五元。⑤姓。

五大洋

太平洋 大西洋 印度洋 北冰洋 南大洋

【洋奴】yángnú 泛指崇洋媚外、甘心受外國人驅使的人。

【洋行】yángháng ① 外國人在中國開設的商行。② 專跟外國人做買賣的商行。

【洋財】yángcái ① 跟外國做買賣得到的財物◇染了一股洋派，發了一些洋財。② 泛指意外之財◇只想尋找發洋財的機會。

【洋溢】yángyì 充分顯示；充分流露◇熱情洋溢｜洋溢着友好的氣氛。

【洋洋灑灑】yángyángsǎsǎ 形容文辭豐富流暢，連續不斷。

6 **洴** píng 粵ping4 評【洴澼】píngpì 漂洗(絲絮)◇洴澼絖。

6 **洣** mǐ 粵mai5 米 水名。洣水，在湖南省，流入湘江。

6 **洲** zhōu 粵zau1 周 ①地球表面的大塊陸地和所屬島嶼的總稱◇亞洲｜非洲｜歐洲。②江河中由泥沙淤積成的成片陸地◇鸚鵡洲｜沙洲。

七大洲

亞洲 歐洲 非洲 北美洲 南美洲 大洋洲 南極洲

6 **津** jīn 粵zeon1 樽 ①渡口◇要津｜問津。②唾液◇津液｜生津止渴。③汗液◇遍體生津。④滋潤，潤澤。引申為資助、補貼◇潤葉津莖｜給予津貼。⑤天津的簡稱◇津浦鐵路。

【津貼】 jīntiē ① 補貼，補助◇每月津貼他生活費。② 工資以外的補助費◇薪水之外另給車馬費津貼。

【津渡】 jīndù 渡口。

【津津有味】 jīnjīnyǒuwèi 形容興味濃厚◇這本書他讀得津津有味。

【津津樂道】 jīnjīnlèdào 形容饒有興味地談論◇去年的比賽讓球迷仍然津津樂道。

6 **洳** rù 粵jyu6 預 潮濕；低濕之地◇洳濕｜沮洳。

7 **浙〔淛〕** zhè 粵zit3 節 ①古水名。浙江，即今錢塘江，在浙江省。②浙江省的簡稱◇江浙一帶。

7 **浡** bó 粵but6 勃 興起◇浡然興之。

7 **浦** pǔ 粵pou2 普 ①水邊；河流入江海處。多用於地名◇浦口｜乍浦｜江浦。②姓。

7 **浭** gēng 粵gang1 庚 浭水，水名，薊運河的上游，在河北。

7 **涑** sù 粵cuk1 束 水名。涑水，在山西省西南部，流入黃河。

7 **浯** wú 粵ng4 吳 水名。浯河，在山東省，流入濰河。

7 **浹（浃）** jiā 粵zip3 接 遍及；滿◇汗流浹背。

7 **涇（泾）** jīng 粵ging1 京 ①水名。涇河，渭河的支流，在陝西省流入渭河◇涇渭分明。②方言。河溝；浜。

【涇渭分明】 jīngwèi fēnmíng《詩・邶風・谷風》："涇以渭濁，湜湜其沚。" 毛傳："涇渭相入而清濁異。" 據説舊時涇河水清，渭河水濁，涇水匯入渭水合而不混，清濁分明。後比喻優劣、是非等非常清楚。㊐ 一清二楚 ㊚ 涇渭不分。

7 **涉** shè 粵sip3 攝 ①徒步渡水。泛指渡水◇長途跋涉｜遠涉重洋。②經歷◇涉世｜涉險。③涉及；關連◇牽涉｜涉外。④指閱讀學習◇涉獵。

【涉及】 shèjí 關聯到；牽涉到◇涉及個人隱私，不宜公開。㊐ 牽涉 ㊚ 無涉、無關。

【涉世】 shèshì 經歷世事◇涉世不深，缺乏經驗。

【涉足】 shèzú 進入某一境界、環境或範圍◇涉足影視界｜從不涉足娛樂場所。

【涉嫌】 shèxián 有嫌疑，可能牽扯進所發生的事件◇涉嫌金融詐騙。

【涉獵】 shèliè ① 泛泛閱讀和粗略浮淺的了解◇琴棋書畫，無不涉獵，也無一精通。② 接觸，涉及◇涉獵的題材。

7 **消** xiāo 粵siu1 燒 ①逐漸減少，直至完全散失◇煙消雲散｜冰消瓦解。②除掉；滅掉◇消炎｜消防。③耗費；減少◇消耗｜此消彼長。④排遣；打發◇消夏。⑤需要◇不消説｜只消他一句話。

【消亡】 xiāowáng 消失，逐步自行消滅◇瑪雅文明的消亡。

【消化】 xiāohuà ① 指動物或人的消化器官把食物變成可以被機體吸收的營養物質的過程。② 比喻對知識、事物的理解和吸收◇消化在課堂上得到的知識。

【消失】 xiāoshī 事物逐漸減少以至沒有；人或事物不復存在◇背影消失在人羣中。

【消毒】 xiāodú ① 用物理方法、化學藥品殺滅能致病的微生物◇消毒毛巾。② 消除毒害。

【消耗】 xiāohào ① 因使用、受損失而逐漸減少◇繁榮的生活來自大量的能源消耗。② 所消耗的東西◇減少消耗。

【消息】 xiāoxi ① 報社、通訊社、電台、電視台關於國內外新近發生的重要事情的報道。② 音訊◇彼此互通消息。

【消除】 xiāochú 除去，使不復存在◇消除隱患｜消除分歧。

【消逝】 xiāoshì 消失；逝去◇彩虹在天邊消

逝｜隨着歲月的消逝，她衰老了。

【消散】xiāosàn 消失；散開而漸消失◇那腫塊後來自行消散了｜煙霧漸漸消散。

【消閒】xiāoxián ①消磨空閒時間◇三杯兩盞，遣興消閒｜消閒讀物。②清閒，閒暇無事◇消閒自在的生活｜秋收冬藏，農民始得消閒。

【消費】xiāofèi ①消耗物質財富以滿足生活、生產的需要。②泛指開銷、耗費◇日常消費｜家裏的消費都靠他。

【消魂】xiāohún 靈魂離散，形容極度悲愁、恐懼、歡樂，以及情緒難以控制的狀態◇離別使人黯然消魂｜大兵到處，聞者消魂。

【消極】xiāojí ①否定的；反面的；阻礙發展的◇消極影響｜消極因素。②消沉；不求進取◇消極頹唐｜態度消極。

【消滅】xiāomiè ①消失；滅亡◇封建帝制已經被時代所消滅了。②毀掉；除掉；滅掉◇消滅貧窮｜消滅罪證｜消滅害蟲。

【消遣】xiāoqiǎn 用使自己愉快的事來消磨時光◇下棋消遣｜週末消遣。

【消融】xiāoróng ①融化◇冰雪消融。②消失◇疏落的村屋消融在黑暗裏。

【消磨】xiāomó ①消耗，磨滅◇消磨精力｜消磨志氣。②消遣，打發時光◇消磨長夜｜消磨歲月。

【消聲匿跡】xiāoshēng nìjì 消聲，不公開講話；匿跡，不露行跡。隱藏起來，不再出現。

7 **涅〔湼〕** niè 粵nip⁶捏 ①黑色礬石◇涅石。②染黑◇涅齒｜涅面。

【涅槃】nièpán ①佛教語。指超脱生死、超脱一切煩惱的境界。②死亡的美稱。（梵 Nirvāna）

7 **浬** lǐ 粵lei⁵理 海里的舊稱。計量海上距離的長度單位。

7 **浞** zhuó 粵zok⁶昨 淋；使濕◇讓雨浞了｜一下雨，桌子上的書全浞濕了。

7 **涓** juān 粵gyun¹捐 ①細小的水流◇涓滴｜微涓細水。②比喻微少◇涓涓。

【涓埃】juān'āi 細流與微塵。比喻微小◇涓埃之助｜涓埃之力。

【涓涓】juānjuān 細水慢流的樣子◇涓涓而流。

【涓滴】juāndī ①一點一點地流滴◇石鐘乳涓滴不絕。②水點；極少的水。比喻極小、極少的事物◇涓滴歸公｜涓滴不漏。

7 **浥** yì 粵jap¹泣 濕潤◇渭城朝雨浥輕塵，客舍青青柳色新。

7 **涔** cén 粵sam⁴岑 ①雨多積水，澇◇涔旱災害。②不斷地流淌◇不由得涔出了眼淚。

【涔涔】céncén ①形容不斷流出或滲出的樣子◇淚涔涔｜汗水涔涔。②形容脹痛煩悶、病痛困頓的樣子◇頭腦涔涔，不可忍受。

7 **浩** hào 粵hou⁶號 ①形容大、盛大◇浩大｜浩渺｜浩然。②形容多、眾多◇浩博｜浩如煙海。

【浩大】hàodà 形容聲勢、規模、數量等極大◇浩大的聲勢｜規模浩大｜此事所費浩大，恐難成功。

【浩劫】hàojié 大災難，範圍廣闊而又深重的災難◇空前的浩劫｜一場浩劫，歷時十年。

【浩蕩】hàodàng ①水勢浩大。泛指場面壯闊或氣勢雄偉◇江水浩蕩｜遊行隊伍浩浩蕩蕩地通過廣場。②形容廣大曠遠◇皇恩浩蕩。

【浩瀚】hàohàn ①形容水勢盛大◇遼闊浩瀚的大海。②形容廣大、繁多◇浩瀚的沙漠｜古代典籍浩瀚如煙海。

【浩如煙海】hàorúyānhǎi 形容數量多得像迷茫無際的煙雲一樣。多形容文獻、資料極豐富。㊀寥若晨星。

7 **涐** é 粵ngo⁴俄 古水名，今四川省大渡河。

7 **海** hǎi 粵hoi²凱 ①鄰接大陸而小於“洋”的水域◇百川歸海｜海角天涯。②大湖。多用於湖泊的名稱◇中南海｜青海｜黑海。③喻指數量多、範圍廣的事物◇林海｜雲海｜花海。④容量大的東西◇墨海｜腦海。⑤大，極大◇海碗｜海量｜誇海口。⑥來自海外的（物品）◇海棠｜海榴｜海棗。⑦方言。沒有節制；漫無邊際◇海聊｜海罵｜海吃海喝。⑧上海的簡稱◇海派。⑨姓。

【海內】hǎinèi 四海之內。指全國。古人認為中國疆土四面臨海，故以此代稱國境之內的疆土◇海內存知己，天涯若比鄰。

【海外】hǎiwài ①四海之外，泛指邊遠之地。

② 外國；國外◇僑居海外 | 在海外成家立業。

【海里】hǎilǐ 計量海上距離的長度單位，一海里等於 1852 米。

【海防】hǎifáng 為保衛國家安全，在沿海和領海內佈置的一切軍事設施及採取的一切軍事措施。

【海拔】hǎibá 以平均海面為標準的陸地、山嶽的高度。

【海岸】hǎi'àn 水面和陸地接觸處。

【海洋】hǎiyáng 海和洋的統稱。

【海軍】hǎijūn 海上作戰的軍隊。現代海軍由水面艦艇、潛水艇、海軍航空兵、海軍陸戰隊等兵種及各種專業部隊組成。

【海員】hǎiyuán 在海輪上工作的人員的統稱。

【海峽】hǎixiá ① 在兩塊陸地之間，兩端連接海洋的較狹窄的水道。② 特指台灣海峽◇海峽兩岸。

【海域】hǎiyù 海的區域，包括海面和水下◇地中海海域 | 爭議海域。

【海豚】hǎitún 哺乳動物。生活在海洋中，體形似魚，呈紡錘形。背部青黑色，有背鰭，腹部白色，前肢變為鰭。

【海淘】hǎitáo 通過海外購物網站購買◇這副墨鏡是海淘來的。

【海參】hǎishēn 棘皮動物。身體呈圓柱狀，色黑，體壁多肌肉，生活在海底，加工成乾製品，是名貴的海味。

【海報】hǎibào 預告演出或體育活動等的招貼。

【海港】hǎigǎng 海邊供船隻進出停泊的港口。

【海盜】hǎidào 出沒在海洋上，搶劫過往船隻的強盜。

【海獅】hǎishī 哺乳動物。體粗，前後肢呈鰭狀。有的種類雄性頸部有長毛似獅，故名。生活在海洋中，繁殖期到海島上產仔，每胎一仔。

【海潮】hǎicháo 海洋潮汐。指海水定時漲落的現象。

【海燕】hǎiyàn 一種小型海鳥，擅長在海面飛翔。食水生動物。

【海嘯】hǎixiào 由風暴或海底地震造成的海面惡浪並伴隨着巨響的現象。巨浪往往沖上陸地，造成災害。

【海螺】hǎiluó 海裏所產的螺。殼可以作酒杯、號角或工藝品。

【海鮮】hǎixiān 供食用的新鮮海生動物。

【海濱】hǎibīn 近海之處；海邊。

【海關】hǎiguān 設在口岸的國家行政機關。負責對進出國境的貨物、貨幣、金銀、郵遞物品、旅客行李、運輸工具等進行監督檢查、徵收關税和查禁走私。

【海鷗】hǎi'ōu 鳥名。生活在海邊或內陸的江河湖泊附近，上體多為蒼灰色，下體白色，常成羣飛翔於海面或江河上。

【海灣】hǎiwān ① 海洋伸入陸地呈凹進的部分◇渤海灣。② 特指波斯灣◇海灣國家 | 海灣地區。

【海王星】hǎiwángxīng 太陽系八大行星之一，按離太陽由近而遠的次序排在第八位。自轉周期為 22 地球小時，繞太陽公轉周期為 164.8 地球年。

【海外奇談】hǎiwàiqítán 四海之外邊遠地方的奇談怪論。多指毫無根據的荒唐言論或傳聞。

【海市蜃樓】hǎishìshènlóu 光線經過不同密度的空氣層，發生顯著折射或全反射時，把遠處景物顯示在空中或海面上、沙漠中而形成的各種奇異景象。古人誤認為是蜃吐氣而成，故稱。多比喻虛幻的事物。

【海底撈針】hǎidǐlāozhēn 在大海底尋找一根針。比喻極難找到。㊀ 俯拾皆是。

【海闊天空】hǎikuò tiānkōng《詩話總龜》前集卷三十引《古今詩話》:“(禪僧元覽) 題詩於竹曰‘海闊從魚躍，長空任鳥飛’。”後形容大自然的寬廣遼闊。也喻指思想活動、説話議論無拘無束或漫無邊際。

7 **涂** tú ㊊tou[4]途 姓。

7 **浠** xī ㊊hei[1]希 水名。浠水，在湖北省，流入長江。

7 **浴** yù ㊊juk[6]肉 ①洗身，洗澡◇沐浴 | 浴池 | 浴佛。②比喻沉浸、浸染◇永浴愛河 | 全身

浴在温暖的陽光裏。

【浴血】yùxuè ①滿身是血◇浴血而立，英雄不倒。②形容戰鬥激烈、殘酷◇浴血奮戰。

7 **浮** fú 粵fau^{4}否^4 ①漂在水或其他物體表面◇浮雲遊子意，落日故人情。②表面的◇浮土|浮塵|浮面。③可移動的；暫時的◇浮財|浮支。④在水裏游◇一口氣浮到了對岸。⑤不穩重；不踏實◇輕浮|心浮。⑥空虛；不合實際◇浮誇|虛浮。⑦露出；呈現◇浮現|浮想。⑧超過；多餘◇人浮於事。

【浮沉】fúchén ①在水中或空中時上時下。也比喻升降、盛衰、得失◇在大海裏浮沉|宦海浮沉。②比喻隨波逐流◇與世浮沉。

【浮泛】fúfàn ①在水上或空中飄浮◇縷縷香氣浮泛在空氣中。②呈現；流露◇臉上浮泛着歡愉的笑容。③淺薄；浮淺◇文意浮泛|浮泛之交。

【浮現】fúxiàn ①顯現；出現◇往事又浮現在腦海裏。②流露；顯露◇嘴角浮現出一絲笑意。

【浮動】fúdòng ①飄浮移動◇落葉在水面上浮動。②動盪，不穩定◇人心浮動。③不固定，上下波動◇浮動匯率|浮動工資。

【浮淺】fúqiǎn 淺薄，膚淺◇見識浮淺。

【浮屠】fútú 佛教語。①佛陀。②指和尚。③指佛塔◇勝造七級浮屠。(梵 Buddha)

【浮華】fúhuá 講究表面上的華麗或闊氣。◇文章辭藻浮華，空洞無物。

【浮游】fúyóu 在水裏或空中飄流游動◇鯉魚浮游荷花香|烏雲在天際浮游|浮游生物。

【浮想】fúxiǎng 不斷浮現的想像◇午夜不寐，浮想聯翩。

【浮誇】fúkuā 虛浮誇大，不切實際。

【浮雕】fúdiāo 雕塑的一種。在平面上雕出凸起的形象◇紀念碑底座四周是一組浮雕。

【浮躁】fúzào 不沉着，不穩重，急躁不安◇做事切忌浮躁。反 持重、冷靜。

【浮光掠影】fúguāng lüèyǐng 浮光，水面反射的光；掠影，一掠而過的影子。形容觀察得很浮淺，印象不深。也比喻辦事不認真、不深入、不細緻。

7 **浛** hán 粵ham^{4}含 用於地名，如浛洸(在廣東)。

7 **浼** měi 粵mui^{5}每 ①玷污◇浼瀆天聽。②央求，請求◇浼人說情。

7 **流** liú 粵lau^{4}留 ①水或其他液體移動◇河水東流|流淚。②像液體流動一樣運行、移動◇流星|資金外流。③流傳，傳佈◇流行|流芳百世。④向不好的方向演變、變化◇放任自流。⑤流放，把罪人放逐到荒僻偏遠的地方。⑥指流水、江河裏的水◇激流|支流|暗流。⑦像水流的東西◇人流|電流|泥石流。⑧分支；等級；品類◇流派|名流|上流社會。⑨通順，順暢◇流暢|流利。⑩指河水離開源頭後的部分◇源遠流長。

【流亡】liúwáng 因在家鄉、祖國不能存身而逃亡流落在外◇流亡海外|流亡政府。

【流水】liúshuǐ ①流動的水◇流水潺潺|流水不腐，戶樞不蠹。②像流水一樣連貫的◇流水賬|流水作業。③指商店的銷貨金額◇小雜貨店每天的流水近千元。④京劇的一種板式◇西皮流水。

【流失】liúshī ①散失◇資產流失。②指水、土、礦石等沒有被利用而流散喪失◇水土流失|土地肥力流失。③比喻人員離開工作、學習的地方◇人才流失。

【流行】liúxíng ①盛行一時◇流行文化。②傳播開來◇瘟疫流行。

【流利】liúlì ①(說話、寫文章等)通暢清楚◇英文說得很流利。②靈活，不呆板◇運筆流利，一揮而就。

【流放】liúfàng ①把犯人放逐到邊遠地方◇拿破侖被流放到聖赫勒那島。②運輸原木的一種方法，把原木放在江河裏順流而下◇利用上漲的江水流放木材。

【流氓】liúmáng ①本指無業遊民，後多指不務正業、滋事擾民、為非作歹的人◇地痞流氓。②施展下流手段或放刁撒潑等惡劣行為◇耍流氓。

【流浪】liúlàng 遊走各地，行蹤無定◇流浪漢|母子兩人流浪度日。同 飄泊 反 安居。

【流域】liúyù 江河流經的區域，通常指一個水系的幹流和支流所流過的整個地區◇黃河流域｜珠江流域。

【流逝】liúshì 像流水一樣迅速消逝◇時間流逝｜似水年華，倏然流逝。

【流連】liúlián 留戀不捨，不願離去◇流連忘返｜流連山水。

【流動】liúdòng ① 移動◇空氣的流動形成了風。② 經常變動，不固定◇流動人口｜流動資產。③ 形容轉動靈活◇烏亮流動的眼睛。

【流淌】liútǎng 液體流動◇汗水流淌｜清清的溪水日夜流淌。

【流通】liútōng ① 流轉通行，暢通◇空氣流通｜河道寬暢，水路流通。② 特指貨幣、商品的流轉◇商品流通渠道。

【流落】liúluò 窮困失意，漂泊流浪在外◇流落他鄉。

【流傳】liúchuán 傳下來；傳播開◇流傳海外｜世代流傳。

【流暢】liúchàng 流利通暢，順暢◇文筆流暢｜整套體操動作流暢優美。

【流離】liúlí 流浪離散◇流離失所｜顛沛流離。

【流蘇】liúsū 用彩色羽毛、絲線等製成的穗狀垂飾物，常飾於錦旗、帷帳、劍柄、車馬等物上。

【流露】liúlù 思想感情等不自覺地表現出來◇真情流露｜流露憂傷的神色。同 表露。

【流媒體】liúméitǐ 把多媒體文件分成很多部分，由視頻伺服器向用戶實時、連續不斷地傳送的一種技術。可以實現一邊下載一邊播放多媒體內容。

【流線型】liúxiànxíng 前圓後尖，表面光滑，略像水滴的形狀。具有這種形狀的物體在空氣或水中運動時所受的阻力最小。

【流言蜚語】liúyán fēiyǔ 沒有根據的話。多指在別人背後散佈的誹謗言論或不實之詞。

【流芳百世】liúfāngbǎishì《資治通鑒·晉簡文帝咸安元年》:“大司馬溫……嘗撫枕歎曰:‘男子不能流芳百世，亦當遺臭萬年！’”意為好名聲流傳後世，永遠為人所稱頌。同 名垂青史、流芳後世。

7 **涕** tì 粵tai3 替 ①眼淚◇痛哭流涕。②哭泣◇破涕為笑。③鼻涕◇涕淚俱下|戎馬關山北，憑軒涕泗流。

7 **浣〔澣〕** huàn 粵wun5 碗5 洗滌；漂洗◇竹喧歸浣女，蓮動下漁舟。

7 **浪** làng 粵long6 郎6 ①水面上起伏不平的大波◇興風作浪|乘風破浪。②像波浪起伏的東西◇聲浪|麥浪|熱浪。③隨便；放縱◇浪遊|放浪形骸。④淫蕩◇嬌聲浪語。

【浪子】làngzǐ 不務正業、遊蕩玩樂的年輕人◇浪子回頭金不換。

【浪花】lànghuā ① 波浪激起的水花◇驚濤拍岸，浪花四濺。② 比喻富有意義的片段◇生活的浪花｜激起情感的浪花。

【浪費】làngfèi 無效使用，濫用（財物、人力、時間等）◇浪費筆墨｜浪費時間｜鋪張浪費｜不要浪費珍貴的地球資源。反 節省、節約。

【浪漫】làngmàn ① 富有詩意，充滿幻想◇浪漫的愛情故事。② 風流，不拘小節◇浪漫輕浮。（英 romantic）

【浪潮】làngcháo ① 如潮水般洶湧起伏的波濤◇浪潮沖擊海岸。② 比喻大規模的社會運動◇反戰浪潮席捲全球。

【浪蕩】làngdàng ① 游手好閒，不務正業◇那孩子，從小就浪蕩慣了！② 行為不檢點，放蕩不端◇浪蕩公子。

【浪頭】làngtou ① 指波浪◇一個大浪頭，打得小船差點翻了。② 喻指一時的社會風氣或潮流◇趕浪頭。

【浪濤】làngtāo 巨大的波浪。

7 **浸** jìn 粵zam3 針3 ①泡在液體中◇浸酒|浸泡。②沉溺◇全城都浸在歡樂裏。③滲入；滲透◇只覺得寒氣浸骨。

【浸沉】jìnchén 沉浸。比喻處在某種境界或活動中◇浸沉在成功的喜悅中。

【浸染】jìnrǎn 逐漸感染或沾染◇浸染一身不良習性。

【浸透】jìntòu ① 滲透◇汗水浸透了上衣。② 充滿◇作品浸透了作者的感情。

【浸潤】jìnrùn ① 液體漸漸滲入；滋潤◇清水浸潤出翠綠的秧田。② 逐漸滲透，積久而發生作用◇水彩滴到宣紙上，慢慢地浸潤開來。

7 **淰** niǎn 粵nin5 碾 形容出汗。

7 **涌** (一)yǒng 粵jung2擁 同“湧”。
(二)chōng 粵cung1充 河汊。多用於地名◇河涌|鰂魚涌。

7 **涘** sì 粵zi6自 水邊；河岸◇海涘|江涘|在水之涘。

7 **浚**〔濬〕jùn 粵zeon3進 深挖以清理、疏通(水道)◇疏浚|浚河|浚泥船。

8 **淼** miǎo 粵miu5秒 水廣大而漫無邊際◇大水淼漫|銀河淼淼，天幕森森。

【淼茫】miǎománg 形容水面廣闊，茫茫無際。

8 **清** qīng 粵cing1青 ①液體或氣體純淨透明，沒有雜質，不渾濁◇清泉|天朗氣清。②潔淨；純潔◇清潔|冰清玉潔。③單純；單一◇清唱|清談|清燉。④高潔◇清高|清風亮節。⑤廉潔；公正◇清官|清廉。⑥寂靜◇清靜|冷清。⑦閒暇◇清閒|享清福。⑧清楚◇旁觀者清|講清道理。⑨徹查；點驗◇清查|清賬目。⑩還清；結清◇清欠|賬已清了。⑪清除(不純的部分)◇肅清|清洗。⑫朝代名。公元1616年，滿洲人愛新覺羅·努爾哈赤所建，初名後金，後改清，定都北京。

【清白】qīngbái ① 純潔，沒有污點◇清白無辜|家境清白的女子。② 清秀白皙◇一張清白的瘦臉。

【清秀】qīngxiù 清俊秀美◇山水清秀|此人清秀閒雅，必成大器。(同) 秀氣 (反) 俗氣。

【清冷】qīnglěng ① 清涼而微寒◇清冷的寒風。② 冷清寂寞，冷落◇午夜清冷的街頭，沒有人影，沒有聲息。

【清明】qīngmíng ① 政局穩定，有法度，有條理◇政治清明。(反) 黑暗。② 神志清晰◇理智清明。③ 清澈明朗◇月色清明。(同) 清澈、澄澈。④ 二十四節氣之一。中國有在清明節掃墓、踏青的習俗。

【清官】qīngguān ① 清正廉明的官吏◇清官難斷家務事。② 清朝的官吏。

【清苦】qīngkǔ 貧苦◇家境不好，生活清苦。

【清查】qīngchá 徹底檢查，一一查驗◇清查賬目。

【清幽】qīngyōu 清新幽雅；清靜幽遠◇清幽的花香|環境清幽。

【清香】qīngxiāng 清淡的香氣◇清香撩人|清香撲鼻。

【清秋】qīngqiū 明淨爽朗的秋天◇清秋景色淒美。

【清風】qīngfēng 清微的風，涼爽的風◇清風徐來。

【清洗】qīngxǐ ① 洗乾淨◇清洗餐具。② 從…內清除掉◇清洗內奸|為遭受錯誤清洗的人平反昭雪。

【清脆】qīngcuì 聲音清亮悅耳◇琴音圓熟清脆。

【清高】qīnggāo ① 純潔高尚◇品格清高|教育是清高的事業。② 不合羣，孤芳自賞。含貶義◇自視清高，不願與人共事。

【清酒】qīngjiǔ ① 清醇的酒。② 日本人日常飲用的一種米酒。

【清朗】qīnglǎng ① 清晰響亮◇清朗的笑聲從門外傳來。② 清淨明亮◇天氣清朗。

【清除】qīngchú ① 掃除乾淨◇清除垃圾。② 去掉◇清除積弊|把品行不端的敗類清除出去。

【清純】qīngchún ① 清正純潔◇清純的女孩。② 清新純淨◇空氣清純。

【清理】qīnglǐ 清查整理◇清理遺產|清理舊衣物|清理沙灘垃圾。

【清爽】qīngshuǎng ① 清新涼爽◇清爽的秋風。② 輕鬆爽快◇旅行令人心情清爽。③ 整潔，乾淨◇房間收拾得十分清爽。④ 清楚；清晰◇請把話講清爽|聲音清爽。⑤ 清淡爽口◇清爽小菜。

【清晨】qīngchén 早晨。日出前後的一段時間◇清晨下過小雨。(反) 黃昏。

【清淨】qīngjìng ① 沒有紛擾，心境潔淨而不受外擾◇住在鄉間，圖個清淨罷了。② 佛教語。指遠離惡行和煩惱。

【清涼】qīngliáng 清爽涼快◇入秋天氣清涼。

【清晰】qīngxī 清楚明晰◇紋理清晰|思路清晰。(同) 清楚、明晰 (反) 糊塗、模糊、含糊。

【清閒】qīngxián 清靜悠閒◇雖然冷清，倒也清閒。(反) 忙碌。

【清楚】qīngchu ① 清晰明白◇把事情搞清楚|咬字清楚。② 不糊塗，清醒◇頭腦清楚。③ 清潔整齊◇把書桌整理清楚。④ 知道，了解

◇這事的前因後果我都清楚。

【清新】qīngxīn ① 清爽新鮮◇海上的清新氣息。② 清美新穎，不落俗套◇文筆雖不細膩，卻剛健清新。

【清輝】qīnghuī 清亮的光輝。一般指月光。

【清盤】qīngpán 清算盤點。指公司停止運作，將所有資產出售變現，償還債務。

【清潔】qīngjié ① 潔淨無塵，乾淨衛生◇空氣清潔｜清潔能源。② 使乾淨◇清潔辦公室。

【清澈】qīngchè 清淨透明◇明亮清澈的皓月｜泉水清澈。

【清澄】qīngchéng 清澈，澄澈◇潭水清澄｜茶水清澄，透着香氣。

【清靜】qīngjìng 安靜，不喧鬧，不嘈雜◇性好清靜，不喜喧鬧。

【清醒】qīngxǐng ① 頭腦清楚明白，不糊塗◇對事態要有清醒的估計。② 神志由昏迷狀態恢復至正常。

【清麗】qīnglì ① 清新華麗◇文辭清麗。② 清雅秀麗◇園中景色清麗。

【清一色】qīngyīsè ① 比喻整體中的每一個體都屬同一類型◇他們的衣服清一色都是藍色。② 麻將用語，指由同一種花色組成的一副牌。

【清水衙門】qīngshuǐyámen 比喻沒有油水的機構或地方。現指福利少、物質待遇差的部門。

【清規戒律】qīngguījièlǜ 佛教語。僧尼、道士必須遵守的規則和生活準則。後指一般的規章制度，多指不合理的、過於繁瑣的。多含貶義。㊐ 條條框框。

【清源正本】qīngyuán zhèngběn 從根本上整頓清理，徹底解決問題。

8 **添** tiān (粵)tim1 甜1 ①增加；增補◇錦上添花｜添油加醋｜添麻煩。②生育◇添丁。

【添置】tiānzhì 增添，在原有的基礎上再購置◇添置新設備。

【添油加醋】tiānyóu jiācù 比喻在敍述事情或轉達別人的話時，任意添加細節，誇大或歪曲事實真相。㊐ 添枝加葉。

【添磚加瓦】tiānzhuān jiāwǎ 比喻盡一份微薄的力量。

8 **渚** zhǔ (粵)zyu2 主 水中的小塊陸地；小洲◇江渚｜黿頭渚(在無錫太湖)。

8 **淇** qí (粵)kei4 其 水名。淇河，在河南省北部。

8 **淋** 〈一〉lín (粵)lam4 林 澆，使水或其他液體落到物體上◇淋浴｜淋濕了｜給花淋點水。

〈二〉lìn (粵)lam4 林 ①過濾◇過淋｜淋鹽。②一種性病◇淋病。

【淋漓】línlí ① 形容濕得往下滴◇大汗淋漓。② 形容酣暢◇淋漓盡致｜痛快淋漓。

【淋漓盡致】línlíjìnzhì 形容十分詳盡透徹或暢快◇發揮得淋漓盡致。

8 **淅** xī (粵)sik1 色 淘◇淅米。

【淅瀝】xīlì 象聲詞。見“淅淅瀝瀝”。

【淅淅瀝瀝】xīxīlìlì 象聲詞。形容綿綿不斷的細碎聲音。多形容風雨的聲音。也說“淅瀝”。

8 **淞** sōng (粵)sung1 鬆 水名。淞江，通稱吳淞江，發源於江蘇太湖，流經上海，與黃浦江合流後注入長江。

8 **涯** yá (粵)ngaai4 捱 ①水邊，岸◇涯岸｜海有涯，人無涯。②邊際；極限◇天涯海角｜學海無涯。

8 **淹** yān (粵)jim1 醃 ①水漫過◇淹死｜淹沒｜莊稼被水淹了。②久；遲延◇淹滯。③廣，精深◇淹博。④浸漬◇臉被汗淹得難受極了。

【淹沒】yānmò ① 漫過；浸沒◇洪水淹沒了幾百畝良田。② 埋沒；隱沒◇秦始皇的歷史功績是不可淹沒的。③ 掩蓋；蓋過◇隆隆的機器聲淹沒了講話的聲音。

【淹留】yānliú 久留◇淹留旅邸，苦不堪言。

【淹博】yānbó 淵博◇學識淹博。

8 **淶(涞)** lái (粵)loi4 來 水名。淶水，又名拒馬河，在河北省。

8 **涿** zhuō (粵)doek3 琢 用於地名，如涿郡、涿鹿(在河北)。

8 **淒〔凄〕** qī (粵)cai1 妻 ①寒冷◇淒風苦雨。②比喻冷落；蕭條◇淒清。③同“悽”。悲傷◇淒楚｜淒慘。

【淒切】qīqiè 淒涼而悲切◇寒蟬淒切｜琴聲哀婉淒切。

【淒淒】qīqī ①寒冷；寒風◇風雨淒淒。②水往下流滴的樣子◇兩眼淚淒淒。③草木茂盛的樣子◇芳草淒淒。④悽悽。悲傷的樣子◇淒淒憶別離。

【淒冷】qīlěng 悽情，寒冷。

【淒迷】qīmí ①悲涼迷茫◇滿臉淒迷惆悵的神情。②形容景物淒涼迷茫◇煙雨淒迷｜夜色淒迷。

【淒清】qīqīng ①清冷◇月色淒清。②淒涼◇淒清的號角聲響起。

【淒涼】qīliáng ①寂寞冷落◇淒涼的舊花園。②悲苦◇她的表情從喜悅變為淒涼。

【淒然】qīrán 悽慘悲傷的樣子◇淒然淚下｜看着他淒然離去。

【淒緊】qījǐn 形容寒氣逼人◇西風淒緊，山河冷落。

【淒厲】qīlì ①形容寒風凜冽◇西風淒厲｜淒厲的冬天。②形容聲音悲慘而尖利◇街上響起淒厲的警笛聲｜哭聲淒厲。

【淒風苦雨】qīfēng kǔyǔ ①淒厲的風，久下不停的雨。形容天氣惡劣◇每當淒風苦雨的時候，就特別想家。②比喻境遇淒涼，處境艱難◇在淒風苦雨的日子裏，他沒有低頭。

8 淺(浅)〈一〉qiǎn 粵cin^{2} 千^{2} ①水不深◇淺海｜淺灘。②泛指從上到下、從前到後、從外到裏的距離小◇深淺｜洞挖得很淺。③學識、修養不深◇才疏學淺。④明白易懂◇深入淺出。⑤顏色淡薄◇淺綠｜淺藍｜淺妝。⑥感情不深◇淺交｜交情尚淺。⑦時間不長◇相交的日子還淺。⑧表示程度低◇害人不淺｜淺嘗輒止。

〈二〉jiān 粵zin^{1} 煎 象聲詞。形容流水聲◇流水淺淺。

【淺見】qiǎnjiàn 短淺的見解。多用於謙稱自己的意見◇淺見寡聞｜淺見如此，請賜教。

【淺近】qiǎnjìn 淺顯，不深奧◇淺近易懂。

【淺陋】qiǎnlòu 見識貧乏，見聞狹隘◇自慚淺陋。

【淺薄】qiǎnbó ①膚淺。多形容人的學識、修養淺陋。②輕微；微薄；不深厚◇交情淺薄，不宜相託。

【淺顯】qiǎnxiǎn 淺近明白，易懂◇道理淺顯。

【淺嘗輒止】qiǎnchángzhézhǐ 輒，就。略微嘗試即停止。比喻不肯下功夫深入鑽研。㊀好學不倦。

8 淑 shū 粵suk^{6} 熟 善，美好◇淑行｜淑女｜賢淑。

【淑女】shūnǚ 賢淑美好的女子◇窈窕淑女，君子好逑。

8 淖 nào 粵naau^{6} 鬧 爛泥；泥沼◇泥淖。

8 淌 tǎng 粵tong^{2} 躺 流出；流下◇淌汗｜流淌｜淌口水。

8 淏 hào 粵hou^{6} 浩 水清。

8 混〈一〉hùn 粵wan^{6} 運 ①攙雜，攙和◇混戰｜混合。②冒充，以假亂真◇蒙混｜魚目混珠。③敷衍了事，苟且過活◇混日子｜混飯吃｜混得不錯。④胡亂，隨便◇混説｜混鬧。

〈二〉hún 粵wan^{4} 雲 ①同"渾"。水污濁不清◇一湖混水。②糊塗◇混話｜混小子。

【混同】hùntóng 把不同性質的人或事物混到一起等同看待◇把自己混同於普通員工。

【混合】hùnhé 攙雜，合併◇混合編隊｜這藥是十多味藥材混合製成的。

【混沌】hùndùn ①古代指天地開闢前元氣未分、模糊一團的狀態◇盤古劈開混沌造區宇。②模糊，不分明◇腦海中混沌地浮現出各種幻象。③糊塗無知的樣子◇這孩子一點兒也不混沌，精得很咧。

【混淆】hùnxiáo 混雜，使界限模糊◇混淆黑白｜混淆是非。

【混跡】hùnjì 隱身其間；使行蹤混雜在大眾間◇混跡江湖。

【混亂】hùnluàn ①雜亂，沒有條理◇思緒混亂｜衣物、食品混亂地堆在一起。②沒有秩序，不安定◇槍聲一響，街上一片混亂。

【混濁】hùnzhuó 含雜質，不清明◇空氣混濁不堪｜洶湧着混濁的波濤。

【混雜】hùnzá 混合攙雜◇男女混雜｜良莠混雜｜龍蛇混雜。

【混血兒】hùnxuè'ér 由不同種族的男女通婚後生育的子女。

【混凝土】hùnníngtǔ 由水泥、砂、石子和水按一定比例混合而成的建築材料，硬化後耐水、耐火、耐壓。

【混水摸魚】húnshuǐmōyú 比喻趁混亂時機或故意造成混亂撈取不正當的利益。

【混世魔王】hùnshìmówáng 本為古小説中神魔、綠林人物的諢名，後喻指擾亂社會的兇徒或驕縱恣肆的人。

【混為一談】hùnwéiyìtán 把不同的事物混在一起，説成是同樣的事物。

8 **淠** pì 粵pei^{3}譬 水名，淠河，在安徽省。

8 **淟** tiǎn 粵tin^{2}腆 污濁；骯髒。

8 **涸** hé 粵kok^{3}確 水枯竭◇乾涸無水。

【涸轍之鮒】hézhézhīfù 轍，車轍；鮒，鯽魚。《莊子・外物》："周昨來，有中道而呼者。周顧視車轍中，有鮒魚焉。周問之曰：'鮒魚來！子何為者邪？'對曰：'我，東海之波臣也。君豈有斗升之水而活我哉？'" 後比喻處於困境之中，亟待救援的人或物。

8 **涎** xián 粵jin^{4}言 ①口水，唾液◇口涎|垂涎三尺|饞涎欲滴。②厚着臉皮；嬉皮笑臉。

【涎皮賴臉】xiánpí làiliǎn 嬉皮笑臉、厚着臉皮跟人糾纏。

8 **淮** huái 粵waai^{4}懷 水名。淮河，發源於河南桐柏山，流經河南、安徽至江蘇入洪澤湖。

8 **淦** gàn 粵gam^{3}禁 水名。淦水，在江西省。

8 **淪(沦)** lún 粵leon^{4}鄰 ①水面的小波紋◇漪淪。②陷入◇沉淪|淪為囚犯。③亡失◇淪喪|淪亡。

【淪亡】lúnwáng 淪陷喪失◇國土淪亡。

【淪陷】lúnxiàn ① 失陷，國土被敵方佔領。② 沉淪；陷沒。

【淪落】lúnluò ① 流落，漂泊◇淪落異鄉 | 同是天涯淪落人，相逢何必曾相識。② 衰敗，沉淪◇家計淪落 | 道德淪落。

8 **淆〔殽〕** xiáo 粵ngaau^{4}餚 混雜，混亂◇淆亂|顛倒黑白，混淆是非。

【淆惑】xiáohuò 混淆迷惑◇荀子和孟子的理論不同，不能因為同屬儒家而淆惑。

【淆亂】xiáoluàn ① 混淆；混亂◇淆亂視聽 | 淆亂黑白。② 雜亂◇紛然淆亂。

8 **淫** yín 粵jam^{4}吟 ①過分；過度無節制◇淫威|淫雨|淫刑。②放縱，恣肆◇驕奢淫逸|富貴不能淫，威武不能屈。③非分不當的性關係◇淫蕩|淫穢|奸淫。④淫穢的◇淫書|淫畫。

【淫雨】yínyǔ 持續不斷、過量的雨◇淫雨霏霏。

【淫威】yínwēi 濫用的威力，肆行的暴虐。

【淫亂】yínluàn 違反道德標準，放縱性行為◇驕奢淫亂，醜聞不斷。

【淫穢】yínhuì 下流猥褻，淫亂醜惡◇淫穢照片。

8 **淨〔净凈〕** ⟨一⟩jìng 粵zing^{6}靜/zeng^{6}鄭 ①清潔；乾淨◇白淨|窗明几淨。②擦洗使乾淨◇淨一淨桌面。

⟨二⟩jìng 粵zing^{6}靜 ①純；純粹◇淨利。②沒有剩餘◇浮塵早已被風颳淨。③全；都◇書架上淨是書。④只；僅止◇不要淨玩遊戲機，先做功課。⑤戲曲角色，俗稱花臉，扮演性格剛烈或粗獷的人物，如《三國》裏的張飛。

【淨土】jìngtǔ 佛教指佛、菩薩居住的，沒有塵世污染的世界。也比喻人世的清淨之地◇西方淨土 | 桃花源是人們心目中的淨土。

【淨化】jìnghuà 清除雜質、污穢，使純淨◇淨化環境 | 淨化心靈。㊦ 污染。

【淨身】jìngshēn ① 洗淨身體。② 男性割去生殖器官◇ 淨身是成為太監前的必經階段。③ 透過宗教儀式，減少人的罪孽。

【淨重】jìngzhòng 商品除去包裝後自身的重量；禽畜除去毛皮後的重量。㊦ 毛重。

8 **淝** féi 粵fei^{4}肥 古水名。淝水，在今安徽省境內◇淝水之戰。

8 **淘** táo 粵tou^{4}途 ①以器物盛顆粒狀的東西在水中攪蕩，除去雜質◇淘米|淘洗|沙裏淘金。②從深處舀出；疏浚◇淘井|淘河泥。③沖刷◇浪淘沙。④方言。尋覓，尋找◇淘書|淘舊貨。⑤頑皮◇淘氣的孩子。

【淘汰】táotài 甄別裁汰。指留下好的，去掉壞的；留下合適的、強的，去掉不合適的、弱的◇自然淘汰 | 淘汰過時產品 | 過時的電子產品已被淘汰。

【淘氣】táoqì ① 頑皮◇這孩子真淘氣！② 方言。慪氣；惹氣。

8 **滵** hū ●fat^{1}忽 ①水急速流動的樣子◇滵泱。②方言。洗澡◇滵浴。

8 **涼〔凉〕**〈一〉liáng ●loeng^{4}良 ①溫度較低，微冷◇陰涼|涼菜。②冷淡◇世態炎涼。③冷清◇荒涼|蒼涼。④比喻灰心或失望◇我的心早涼了。⑤避暑防熱用的◇涼棚|涼蓆|涼鞋。

〈二〉liàng ●loeng^{6}亮 把熱的東西擱置一會或放在通風的地方，使溫度降下來◇茶太燙，涼一涼再喝。

【涼快】liángkuai ① 清涼爽快◇這層樓高，夏天挺涼快的。② 使清涼爽快◇涼快一下再走。

【涼果】liángguǒ 一種蜜餞。起源為潮州的特產，以瓜果為主要原料，經醃製熬煮或浸漬乾燥而成。

【涼亭】liángtíng 供行人避陽、躲雨、休息的亭子。

【涼爽】liángshuǎng 涼快◇一陣風吹來很涼爽。

【涼棚】liángpéng ① 夏季搭的用以遮蔽太陽的棚子。② 遠望時手放在額前的遮陽動作◇手搭涼棚極目遠眺。

8 **淳** chún ●seon^{4}純 質樸，敦厚◇淳厚|淳樸。

【淳樸】chúnpǔ 敦厚樸實◇民風淳樸 | 淳樸的農村孩子。

8 **液** yè ●jik^{6}亦 液體◇唾液|溶液|液化天然氣。

【液化】yèhuà 物質從氣態變為液態的過程。一般是通過降溫、加壓或兩者並用的方法實現液化的。

【液態】yètài 物質的液體狀態◇液化天然氣是液態的可燃氣體。

【液體】yètǐ 有一定體積、無一定形狀，可以流動的物質，如常溫下的水、油、汞等。

8 **淬** cuì ●ceoi^{3}趣 把金屬、玻璃等加熱到一定溫度後，迅速浸入水中或油中使急劇冷卻，以增強其硬度和強度◇淬火|淬刃。

8 **涪** fú ●fau^{4}浮 水名。涪江，在四川省中部。

8 **淤** yū (1)●jyu^{1}於 ①水中泥沙沉積、堵塞◇淤塞|淤積|淤滯。②水中淤積的泥沙◇河淤|溝淤。③淤積起來的◇淤泥。(2)●jyu^{1}於/jyu^{2}於^2 同"瘀"。(血液等)凝滯不通◇淤血。

【淤塞】yūsè 水道被沉積的泥沙堵塞而不暢通◇水渠淤塞。

【淤滯】yūzhì 因沉積堵塞而不通暢◇河道淤滯多年。

【淤積】yūjī 凝積，沉積◇崇明島是長江帶下來的泥沙淤積成的。

8 **淯** yù ●juk^{6}肉 古水名。淯水，即今白河，在河南省。

8 **湴** bàn ●baan^{6}辦 爛泥。

8 **淡** dàn (1)●daam^{6}氮/taam^{5}談^5 ①味道不鹹；不濃◇淡水|淡而無味。②所含的成分少，稀薄；顏色淺◇沖淡了|淡紅色|天高雲淡。(2)●daam^{6}氮 ①冷淡，不熱心◇淡漠|淡然處之。②經營不旺盛◇淡季|淡月。③比喻輕微◇輕描淡寫。④無聊的；不相干的；無關緊要的◇淡話|扯淡。

【淡水】dànshuǐ 不含或含鹽分極少的水◇淡水湖 | 淡水魚。

【淡化】dànhuà ① 減少水中的鹽分◇海水淡化。② 減弱或減輕；逐漸淡薄◇淡化處理 | 危機意識淡化了。

【淡出】dànchū ① 電影電視畫面由清晰明亮變得模糊暗淡，音量由大變小，表示劇情轉換或結束。② 逐漸退出（某一領域、範圍等）。泛指影響逐漸衰退◇淡出政壇 | 低檔空調產品已淡出市場。

【淡忘】dànwàng 記憶中的印象漸淡以至於忘卻◇童年的往事早已淡忘了。

【淡泊】dànbó 恬淡，不熱衷於功名利祿◇天性淡泊，與世無爭。

【淡定】dàndìng（心情、態度）淡然而平靜◇保持淡定，千萬別讓人知道你在害怕！

【淡雅】dànyǎ ① 顏色、花紋等素淡雅致◇那個款式淡雅高貴。② 清淡。

【淡然】dànrán 淡漠，不經心，不在意。

【淡漠】dànmò ① 冷淡，不熱情◇態度淡漠。② 淡薄，模糊◇年代久遠，記憶也淡漠了。

【淡薄】dànbó ① 稀薄。指密度小或味不濃◇太陽升起後，濃霧淡薄了。② 輕淡；微弱◇湖水在淡薄的月光下粼粼閃動。③ 冷淡；不濃厚◇人情淡薄｜利益關係使親情淡薄了。④ 印象淺而模糊◇時間久了，記憶也漸漸淡薄了。

8 **淙** cóng 粵cung^{4} 蟲【淙淙】cóngcóng 象聲詞。水流聲◇澗水淙淙。

8 **淀** diàn 粵din^{6} 電 淺水湖泊。常用於地名◇白洋淀｜荷花淀。

8 **涫** guàn 粵gun^{3} 灌 沸。

8 **涴** wò 粵wo^{3} 窩^{3} 方言。弄髒；污染◇誰在壁上寫字，涴了這白牆壁。

8 **淚〔泪〕** lèi 粵leoi^{6} 類 ①眼淚◇熱淚盈眶。②形似眼淚的東西◇蠟淚。

【淚花】lèihuā 淚珠。多指含在眼裏未落下的淚珠◇噙着淚花｜眼裏閃爍着淚花。

【淚崩】lèibēng 瞬間淚流滿面◇看到動情之處，觀眾紛紛淚崩。

【淚痕】lèihén 眼淚留下的痕跡◇滿面淚痕｜信箋上淚痕斑斑。

【淚點】lèidiǎn ① 讓人感動或傷心流淚的地方◇父女相認的情節是這部電影的淚點。② 使人流淚的最低限度◇他很容易哭，是個淚點很低的人。

8 **深** shēn 粵sam^{1} 心 ①從水面到水底的距離大◇深海｜深水。②泛指從上到下、從外到內的距離大◇深谷｜巷子很深。③深度◇水深十米。④深入；深刻◇深思遠慮｜發人深省。⑤高深；深奧◇艱深｜博大精深。⑥感情厚◇情深誼長｜恩深義重。⑦顏色濃◇深紅｜深藍。⑧距離開始的時候久◇深秋｜年深日久。⑨很，非常◇深信不疑｜深得人心。

【深入】shēnrù ① 進入事物的內部或深處◇深入調查｜深入人心。② 深切；透徹◇深入研究｜作深入的分析。

【深切】shēnqiè ① 深刻而切實◇他深切感受到她的不幸。② 深厚而真切◇深切的慰問。

【深化】shēnhuà 程度不斷加深◇矛盾深化｜深化主題。

【深交】shēnjiāo ① 深厚的交情，推心置腹地交往。(反) 初交。② 進一步交往◇目前還不宜深交。

【深沉】shēnchén ① 形容極深◇一雙深沉的大眼睛。② 形容人沉着持重，喜怒不形於色，不浮躁◇深沉大度。③ 沉重◇一聲深沉的歎息。

【深刻】shēnkè ① 形容程度深◇深刻的變化。② 形容內心的體會很深◇留下了深刻的印象。

【深厚】shēnhòu ① 堅實；雄厚◇他的隸書工力深厚｜深厚的藝術修養。②（感情、情義）濃厚◇深厚的友情。

【深思】shēnsī 深入思考，深入思索◇陷入深思｜深思熟慮。

【深重】shēnzhòng 罪孽、災難、苦悶、憂愁等程度深；嚴重◇苦難深重｜抹不去心頭深重的憂愁。(反) 輕微。

【深度】shēndù ① 向下或向裏進深的距離◇湖水的平均深度有六米。② 水準所達到的程度◇論文深度不夠，學術價值不大。③ 程度深的◇深度遊。

【深造】shēnzào 不斷前進以達到精深的境地。後泛指進一步學習和研究◇出國深造。

【深淺】shēnqiǎn ① 水的深淺程度或顏色的濃淡◇河水清明，連深淺都看得清楚｜顏色深淺不一。② 比喻分寸◇這人説話不知深淺。

【深情】shēnqíng ① 深厚的感情◇深情厚誼。② 感情深沉濃厚◇深情地唱完那首歌。

【深淵】shēnyuān ① 很深的水潭◇如臨深淵，如履薄冰。② 比喻危險的或糟糕的境地◇罪惡的深淵｜苦難的深淵。

【深奧】shēn'ào 高深而不易理解◇文章太深奧，看了半天也不懂。

【深遠】shēnyuǎn 深刻而長遠◇意義深遠｜深遠的影響。

【深邃】shēnsuì ① 幽深◇深邃的古洞｜那大河寬闊深邃。② 深沉◇目光深邃。③ 精深，深奧◇文義深邃。

【深入淺出】shēnrùqiǎnchū 內容、道理很深刻，措辭表達卻淺近易懂。

【深謀遠慮】shēnmóuyuǎnlǜ 周密籌劃，長遠考慮。(反) 鼠目寸光。

8 **涮** shuàn ●saan3 傘 ①在水中搖動或晃動着清洗◇涮碗｜涮毛巾。②把薄肉片等在沸水裏略燙一下取出來吃◇涮羊肉。

8 **涵** hán ●haam4 咸 ①包含；容納◇內涵｜蘊涵。②涵洞，公路和鐵路下面流水的管道◇橋涵｜涵閘。

【涵容】hánróng 包涵，寬容◇多有冒犯，尚祈涵容。

【涵蓋】hángài 包容，覆蓋◇涵蓋古今，博大精深。

【涵養】hányǎng ①積蓄、保持水分◇植樹造林，涵養水分。②指學問、道德方面的修養◇學術涵養。③指善於控制情緒的功夫◇涵養太差，幾句話不合就暴跳如雷。

8 **淥(渌)** lù ●luk6 六 水名。淥水，發源於江西省，至湖南省淥口入湘江。

8 **淄** zī ●zi1 之 水名。淄河，在山東省。

9 **湊〔凑〕** còu ●cau3 臭 ①聚合；聚集◇湊份子｜湊幾個人一起去。②碰上，趕上◇湊巧｜湊熱鬧。③接近；靠近◇湊近他耳邊説了幾句。

【湊巧】còuqiǎo 碰巧，正巧碰上◇事有湊巧，那邊正少個人手。

【湊合】còuhe ①聚集，會聚◇幾個人湊合起來商量了一夜。②臨時拼湊◇講稿是臨時湊合的。③將就◇沒菜，湊合吃點吧。

【湊數】còushù ①湊足數額。②以不合格的充數◇人不夠，讓她來湊數吧。

9 **湛** zhàn ●zaam3 斬3 ①深◇深湛｜精湛。②清澈◇清湛。

【湛藍】zhànlán 深藍色◇湛藍的天空｜河水湛藍湛藍的。

9 **港** gǎng ●gong2 講 ①港灣；機場◇軍港｜海港｜空港。②與江河湖泊相通的小河◇港汊。③香港的簡稱◇港元。

【港口】gǎngkǒu 江河湖海岸邊設有碼頭，供船隻停泊，上下旅客、裝卸貨物的地方。同 口岸。

【港灣】gǎngwān 天然的或經人工修建的，可以停泊船隻的江灣或海灣。

9 **渫** xiè ●sit3 泄 ①清除污垢◇百川潛渫。②發泄；疏散◇渫憤｜粟有所渫。

9 **湖** hú ●wu4 胡 ①陸地包圍的大片水域◇湖濱｜洞庭湖。②湖南、湖北兩省的合稱◇兩湖｜湖廣。③指浙江省湖州市◇湖筆｜湖縐。

【湖泊】húpō 湖的通稱。

【湖光山色】húguāng shānsè 湖上風光，山中景色。形容自然風光美麗。

9 **渣** zhā ●zaa1 楂 ①物品經提煉、使用後殘餘的部分◇豆渣｜蔗渣｜煤渣。②碎末◇麪包渣｜點心渣。

【渣滓】zhāzǐ ①物品提取精華後的殘餘部分。②比喻對社會起破壞作用的人或事物◇社會渣滓。

9 **湘** xiāng ●soeng1 商 ①水名。湘江，發源於廣西，經湖南流入洞庭湖。②湖南省的別稱◇瀟湘｜湘軍｜湘劇。

【湘繡】xiāngxiù 湖南的刺繡，以長短針法分出遠近層次，表面有立體感。

【湘妃竹】xiāngfēizhú 斑竹。相傳舜出巡時死於蒼梧之野，葬於九嶷山。他的妃子娥皇與女英在湘江邊痛哭，淚下染竹，從此竹竿上有了斑點。後兩人投江死，為湘水神，稱湘妃，故後人稱斑竹為"湘妃竹"。

9 **渤** bó ●but6 勃 海名。渤海，中國內海，位於山東半島和遼東半島之間。

9 **渠** qú ●keoi4 瞿 ①人工開鑿的水道◇溝渠｜灌溉渠｜水到渠成。②大◇渠帥｜渠魁。③姓。

【渠道】qúdào ①在河、湖、水庫周圍開挖的供引水、排灌用的水道。②比喻途徑、門路◇祕密渠道｜外交渠道｜發行渠道。

9 **湢** bì ●bik1 逼 浴室。

9 **湮** 〈一〉yān ●jin1 煙 ①埋沒；淹沒◇湮沒｜湮田稼。②淤塞；堵塞◇河道久湮｜湮塞不通。

〈二〉yīn ●jan1 因 液體在紙上或布上面漾開◇淚珠湮透了手帕。

【湮沒】yānmò 埋沒◇湮沒無聞。

9 **減〔减〕** jiǎn ●gaam2 監2 ①從總體或某個數量中去掉一部分◇削減｜減產｜

偷工減料。②降低；衰退◇減色|減弱|熱情減退。

【減免】jiǎnmiǎn 減輕或免除◇減免學費|減免刑罰。㊀增加。

【減員】jiǎnyuán ①裁減人員。②因傷病、死亡、被俘等原因所致的人員減少◇部隊減員嚴重。

【減退】jiǎntuì（程度）減少，降低，下降◇記憶力減退。

【減弱】jiǎnruò 由強到弱或由大到小，表示程度降低◇風勢減弱|心跳減弱。㊂減退。

【減輕】jiǎnqīng 減少重量、數量或程度◇減輕負擔|減輕處分|病情減輕了。㊀加重。

9 **湎** miǎn 粵min[5]免 沉迷，迷戀。多指酒◇沉湎酒色。

9 **湝** jiē 粵gaai[1]佳 水流動的樣子◇古井無湝|蒲青露白水湝湝。

9 **湞（浈）** zhēn 粵zing[1]精 水名。湞水，在廣東省。

9 **湜** shí 粵zik[6]夕 水清澈的樣子◇鑒湖湜湜。

9 **渺** miǎo 粵miu[5]秒 ①水深遠，漫無邊際◇煙波浩渺|渺無涯際。②遙遠，模糊不清◇渺無人煙|渺無音信。③微小◇渺小|渺視。

【渺小】miǎoxiǎo ①微小；藐小◇人類在宇宙間顯得很渺小。㊀偉大。②指人格卑鄙◇渺小無恥。

【渺茫】miǎománg ①煙波遼闊的樣子◇煙波渺茫|湖水渺茫。②模糊不清◇往事渺茫|姓氏渺茫，無可考訂。③難以預期，沒有把握◇歸期渺茫|前途渺茫。④空虛◇心中更覺渺茫。

9 **測（测）** cè 粵cak[1]惻 ①（用儀器）度量，勘測◇檢測|監測|測繪。②揣摩，推斷◇臆測|神祕莫測|居心叵測。

【測定】cèdìng 經過測量後確定◇測定方位。

【測量】cèliáng ①有關地形等的度量◇測量地質。②用儀器或量具測定空間、時間、溫度、速度、功能、形狀、高低、大小等的數值◇測量血壓|測量溫度。

【測試】cèshì ①測驗考查人的知識、技能◇測試不合格。②檢測試驗◇快速抗原測試是判斷市民是否感染新冠的重要依據之一。

【測繪】cèhuì 測量繪製◇測繪中國地形圖。

【測驗】cèyàn ①測量檢驗；測試驗證◇測驗機械性能。②考查學習狀況的一種方式◇歷史測驗|智力測驗。

9 **湯（汤）** （一）tāng 粵tong[1]堂[1] ①熱水；沸水◇赴湯蹈火|揚湯止沸|如湯沃雪。②食物煮熟後所得的汁液◇菜湯|米湯|魚湯。③食物加水煮成的、汁水很多的副食◇酸辣湯|蛋花湯。④中藥材加水煎熬出的液汁◇湯劑|湯藥|參湯。⑤溫泉◇湯池。⑥姓。

（二）shāng 粵soeng[1]商 見"湯湯"。

【湯池】tāngchí ①指難以逾越的護城河◇金城湯池。②溫泉浴池；溫泉。

【湯湯】shāngshāng 大水急流的樣子◇河水湯湯|浩浩湯湯。

【湯藥】tāngyào 用水煎成的中藥。

9 **温〔溫〕** wēn 粵wan[1]瘟 ①既不冷也不熱，暖和◇温水|温室。②略加熱，使暖和◇温酒。③冷熱的程度，温度◇恆温|保温|體温。④性情平和◇温和。⑤複習◇温習|温書。⑥回憶或再現◇重温舊夢。⑦姓。

【温和】（一）wēnhé ①温柔平和；親切柔和◇口氣温和|性情温和。㊂温柔、柔和㊀暴躁、粗暴。②（氣候）不冷不熱，使人感到舒適的適當温度◇陽光温和|温和的氣候。㊀寒冷。

（二）wēnhuo（物體）不冷不熱，温度適合◇飯還温和呢。

【温泉】wēnquán 温度超過當地年平均氣温的泉水◇浸温泉浴。

【温室】wēnshì ①有防寒、加温、透光等設施、供冬季培育不耐寒植物的房間◇温室盆栽。②比喻優越的環境◇温室裏長大的孩子吃不得苦。

【温柔】wēnróu ①温和柔順◇性情温柔。②温暖柔軟◇鑽進温柔的被窩。

【温存】wēncún ①體貼地撫慰◇結婚後他對她温存有加。②柔和而蘊含感情◇無論對誰，她説話總是那麼温存。

【温帶】wēndài 指南、北極圈和南、北回歸線之間的地帶，氣候温和，四季分明◇南温帶｜北温帶。

【温情】 wēnqíng 温柔的感情◇温情脈脈。

【温習】 wēnxí 複習◇温習功課。

【温順】 wēnshùn 温良順服◇脾氣温順。

【温煦】 wēnxù 温暖，温和。

【温暖】 wēnnuǎn ① 和暖◇天氣温暖如春。② 形容融洽而親切◇温暖的家庭。③ 使感到温暖◇老師的關懷，温暖了學生的心。

【温馨】 wēnxīn 温暖；温和馨香◇温馨的家｜温馨浪漫。

【温文爾雅】 wēnwén'ěryǎ 言行舉止文雅大方，態度柔和。

【温故知新】 wēngù zhīxīn 重温舊學問，從中學到或悟出新的知識和體會。

【温室效應】 wēnshìxiàoyìng 指地球大氣層上的保温效應。即大氣中的二氧化碳、甲烷等氣體含量增加，使地球表面的温度逐漸上升。

9 **湦** shēng 粵sang1 人名用字。

9 **渴** kě 粵hot3 喝 ①口乾想喝水◇解渴｜望梅止渴｜如飢似渴。②迫切；急切◇渴求｜渴念。

【渴求】 kěqiú 急切地要求；迫切地追求◇渴求上進｜渴求已久的一部書｜心靈上的渴求。

【渴念】 kěniàn 非常想念。

【渴望】 kěwàng ① 迫切地盼望或希望◇渴望父親早日歸來。② 殷切的希望◇他從小就有走出山村的渴望。

9 **渭** wèi 粵wai6 慧 水名。渭河，發源於甘肅，東流經陝西入黃河。

9 **渦（涡）** 〈一〉wō 粵wo1 窩 ①水的旋流◇旋渦｜渦流｜水渦。②渦狀；渦形物◇酒渦｜渦輪發動機。

〈二〉guō 粵gwo1 戈 水名。渦河，源於河南省，流經安徽省西北部入淮河。

9 **湍** tuān 粵teon1 盾1/cyun2 喘2 ①水勢急◇湍流｜湍激。②急流的水◇急湍｜疾湍。

【湍急】 tuānjí 水流急速◇溪水湍急，激石作聲。

9 **湃** pài 粵paai3 派/baai3 拜 見"澎湃"。

9 **湫** 〈一〉jiǎo 粵ziu2 沼 低窪◇湫隘｜湫仄。〈二〉qiū 粵cau1 秋 水潭◇湫泊｜大龍湫（在浙江雁蕩山）。

9 **溲** sōu 粵sau1 收 ①排泄大小便。也特指排尿◇溲器｜溲便。②尿液◇撒了一泡溲。

9 **淵（渊）** yuān 粵jyun1 冤 ①深潭；深池◇如臨深淵｜積水成淵。②深◇淵深｜淵泉。

【淵博】 yuānbó 精深廣博◇學問淵博。

【淵源】 yuānyuán 水的源頭。比喻事物的本原◇有悠久的歷史淵源。

9 **湟** huáng 粵wong4 王 水名。湟水，源於青海，至甘肅入黃河。

9 **渝** yú 粵jyu4 餘 ①改變；變更。多指態度或感情◇永世不渝｜矢志不渝｜忠貞不渝。②重慶市的別稱◇成渝鐵路。

9 **湲** yuán 粵jyun4 元/wun4 緩 見"潺湲"。

9 **湓** pén 粵pun4 盤 ①水湧溢流◇湓溢｜河水湓湧。②古水名。湓水，今龍開河，在江西。

9 **渙（涣）** huàn 粵wun6 換 離散；消散◇渙散｜渙若冰消。

【渙散】 huànsàn ① 散漫；鬆懈◇組織渙散｜紀律渙散。② 不專注，不集中◇精神渙散。

【渙然冰釋】 huànránbīngshì 像冰化成水一樣消融。形容疑慮、困難等完全消除◇兩人的誤會渙然冰釋。

9 **渢（沨）** fēng 粵fung1 風 象聲詞。形容水聲或風聲等◇空谷來風，有聲渢渢。

9 **渟** tíng 粵ting4 停 水停滯不流◇淵渟。

9 **渡** dù 粵dou6 杜 ①由此岸通過水面到達對岸；用船隻載運通過江河湖海等◇遠渡重洋。②泛指通過；跨過◇渡過難關｜過渡階段。③渡口。多用於地名◇風陵渡。

【渡口】 dùkǒu 有擺渡通過江河湖等水流的地方。

【渡輪】 dùlún 載運人或貨物等橫渡江河湖泊等的輪船。

9 **游** yóu 粵jau4 由 ①人或動物在水中行動◇游水｜游泳｜魚在池塘裏游來游去。②河流的

一段◇上游|中游|下游。③同"遊"。④姓。

9 **渼** měi 粵mei5 美 波紋。

9 **湔** jiān 粵zin1 煎 洗◇湔洗|湔滌|湔雪國恥。

9 **滋** zī 粵zi1 之 ①繁殖；生長◇滋生|滋芽|滋長。②引發事端◇滋事|滋擾|滋鬧。③增益；加多◇滋益|滋補。④味道；美味◇滋味|滋旨。⑤方言。噴射◇滋了我一身水。

【滋生】zīshēng ①繁殖；產生◇草木滋生|滋生蚊蟲。②使發生；引起◇滋生事端|滋生貪腐。

【滋長】zīzhǎng 增長；產生◇滋長驕傲自滿的情緒。

【滋味】zīwèi ①味道。常指美味◇滋味鮮美。②指苦樂感受◇別是一般滋味在心頭。

【滋補】zībǔ 以養分滋潤補養身體◇病後虛弱，需要滋補。

【滋養】zīyǎng ①滋補養育◇滋養身體|長江滋養了豐饒的三角洲。②養分，養料◇從民間文藝中吸取滋養。

【滋潤】zīrùn ①濕潤，不乾燥◇雨後的野草十分滋潤。同 潤澤 反 乾枯。②豐裕◇活得自在，過得滋潤。③增加水分，使濕潤不乾枯◇雨露滋潤禾苗壯。

【滋擾】zīrǎo 製造事端，擾亂，使人不安寧◇他經常受到狂熱粉絲的滋擾。

9 **溈（沩）〔潙〕** wéi 粵gwai1 歸 水名。溈水，在湖南省，流入湘江。

9 **湉** tián 粵tim4 甜 水平靜的樣子◇湖水湉湉。

9 **渲** xuàn 粵syun3 算 中國畫的一種技法，用淡色塗染畫面。

【渲染】xuànrǎn ①中國畫的一種技法。以水墨或淡彩塗染畫面，烘染物像，增強藝術效果。②比喻鋪張、誇大◇傳媒過分渲染事件。

9 **渾（浑）** hún 粵wan4 雲 ①水污濁不清◇渾濁|把水攪渾。②糊塗；不明事理◇渾人|渾話。③天然；自然◇渾樸|渾厚。④全；滿◇渾身。

【渾然】húnrán ①全然，完全◇渾然不知|渾然不覺。②完整而不可分割的樣子◇渾然一體|渾然天成。

【渾圓】húnyuán 非常圓◇粒粒珍珠都渾圓飽滿。

【渾濁】húnzhuó 水、空氣等含雜質，不潔淨，不明澈◇市區空氣渾濁。

【渾金璞玉】húnjīn pǔyù 未經提煉的金，未經琢磨的玉。比喻天然美質。

【渾渾噩噩】húnhún'è'è ①形容渾然無知，迷糊不明事理。反 明明白白。②形容景象或狀態模糊。反 清清楚楚。

9 **溉** gài 粵koi3 丐 澆；灌◇灌溉|溉田。

9 **渥** wò 粵ak1/ngak1 握 ①沾濕，沾潤◇顏如渥丹。②優厚；厚重◇優渥|渥惠。

9 **湣** mǐn 粵man5 敏 古代謚號用字◇齊湣王|魯湣公。

9 **湋（沣）** wéi 粵wai4 圍 湋源口，地名，在湖北。

9 **湄** méi 粵mei4 眉 岸邊；水和草相接的地方◇河湄。

9 **湑** 〈一〉xū 粵seoi1 雖 水名。湑水，在陝西，南流入漢水。

〈二〉xǔ 粵seoi2 水 ①把酒過濾清◇湑酒。②清澈。用於酒、泉、露水等◇清泉湑湑。③茂盛◇其葉湑湑。

9 **湧（涌）** yǒng 粵jung2 擁 ①水向上冒出◇噴湧|淚如泉湧。②像流水一樣湧出◇人流湧動|往事湧上心頭。③水奔騰翻滾◇洶湧澎湃。④像水一樣奔騰翻滾◇風起雲湧。

【湧現】yǒngxiàn ①大量出現◇科技創新不斷湧現。②突然出現◇靈感湧現。

【湧動】yǒngdòng 水向上翻滾流動，奔湧◇心潮湧動|田野上綠浪湧動。

10 **滕** téng 粵tang4 籐 ①用於地名，如滕縣（在山東）。②姓。

10 **滎（荥）** 〈一〉xíng 粵jing4 形 用於地名，如滎陽（在河南）。

〈二〉yíng 粵jing4 形 用於地名，如滎經（在四川）。

10 **溱** 〈一〉zhēn 粵zeon1 津 水名。溱水，在河南。

〈二〉qín 粵ceon4 巡 用於地名，如溱潼鎮（在江蘇姜堰）。

10 **溝（沟）** gōu 粵gau1/kau1 鳩 ①水道◇溝渠｜明溝｜陰溝。②類似溝的窪處◇山溝｜瓦溝。③人工挖掘的似水道的工事◇壕溝｜深溝高壘。④比喻隔閡◇代溝。

【溝通】gōutōng ①挖溝使兩水相通。②彼此相通、交流◇溝通的渠道｜兩代人之間的溝通很重要。

【溝渠】gōuqú 為排灌而挖的水道。◇奈何明月照溝渠。

10 **溘** kè 粵hap6 合 突然，忽然◇溘然｜溘死｜溘然長逝。

10 **溚** tǎ 粵taap3 塔 焦油的舊稱。

10 **溍（溍）** jìn 粵zeon3 進 古水名。

10 **滇** diān 粵din1 甸/tin4 田 ①湖名。滇池，在雲南省昆明市。②雲南省的別稱◇滇劇｜滇軍。

10 **溥** pǔ 粵pou2 普 ①廣大◇溥原｜獲利日溥。②普遍◇溥天同慶｜溥天之下，莫非王土。③姓。

10 **滆** gé 粵gaak3 格 湖名。滆湖，在江蘇省。

10 **溧** lì 粵leot6 律 用於地名，如溧水、溧陽，均在江蘇。

10 **溽** rù 粵juk6 肉 濕潤◇溽熱｜溽暑｜溽夏。

10 **滅（灭）** miè 粵mit6 蔑 ①火熄了；停止發光◇燈滅了｜煙消火滅。②使火或光熄滅◇滅火｜滅燈。③淹沒◇滅頂之災。④消失；不再存在◇磨滅｜自生自滅。⑤使不存在◇滅蟲｜滅口。

【滅亡】mièwáng 消失，不復存在◇自取滅亡｜朝代滅亡。

【滅絕】mièjué ①消失斷絕◇東北虎瀕臨滅絕｜過度捕獵會導致動物品種滅絕。②完全喪失◇滅絕人性。

【滅種】mièzhǒng ①種族被滅絕◇亡國滅種。②絕種◇瀕臨滅種的珍稀動物。

10 **源** yuán 粵jyun4 元 ①水流開始的地方◇源源不絕。②來源◇電源｜資源｜貨源。③姓。

【源泉】yuánquán 水的源頭。比喻事物的來源或事物發展的根源。

【源流】yuánliú 水的本源和支流。比喻事物的起源和發展◇中國文化的源流。

【源源】yuányuán 形容連續不斷的樣子◇源源不斷｜援軍源源開到。

【源源本本】yuányuánběnběn 漢代班固《西都賦》："元元本本，殫見洽聞。"元元本本，後寫作"原原本本""源源本本"。事物的源頭和根本。後多指事情的始末。

【源遠流長】yuányuǎn liúcháng 河流的源頭很遠，水流很長。多比喻歷史悠久◇中華文化博大精深、源遠流長。

10 **滉** huàng 粵fong2 訪 水深廣的樣子◇滉漭｜滉漾。

10 **滑** huá 粵waat6 猾 ①表面平潤不毛糙，光溜◇雨後的山路，又陡又滑。②在光滑的物體表面迅速移動◇滑動｜滑滑梯｜滑了一跤。③狡詐，不誠實◇刁滑｜油滑｜藏奸耍滑。④姓。

【滑行】huáxíng ①滑動前行◇在冰上滑行。②指汽車、飛機、機車等在熄火後靠慣性在地面或跑道上向前滑動。

【滑冰】huábīng ①體育運動項目之一。穿着冰鞋在冰上或專用的滑冰場上滑行◇花樣滑冰｜速度滑冰。②泛指在冰上滑行◇到北歐滑冰度假。

【滑坡】huápō ①地表大量土石整體沿斜坡向下滑動的自然現象◇山體滑坡。②比喻下降、衰退的趨勢◇經濟滑坡｜收入連年滑坡。

【滑翔】huáxiáng 不靠動力，利用空氣的浮力和本身重力的相互作用在空中飛行◇滑翔機。

【滑稽】huájī ①言語、動作或事態令人發笑◇動作滑稽可笑。②地方曲藝劇種。流行於上海及江浙部分地區。

【滑潤】huárùn 光滑潤濕◇皮膚滑潤。

【滑頭】huátóu ①圓滑；不老實◇為人滑頭。②慣於耍滑頭的人◇老滑頭。

10 **溳（涢）** yún 粵wan4 雲 水名。溳水，漢水的支流，在湖北省。

10 **溷** hùn 粵wan6 運 ①污濁；混亂◇邪穢濁溷之氣。②圈，養牲畜的地方◇豬溷。③廁所◇溷廁。

10 **溦** wēi 粵mei4 眉 小雨，微雨。

10 **準(准)** zhǔn 粵zeon2 准 ①標準；準則◇水準|以此為準。②比照；依據◇準前例處理。③準確；正確◇放之四海而皆準。④一定；確定◇説準了，不能變。⑤程度接近、可作某類事物看待◇準決賽。

【準則】zhǔnzé 作為依據的標準或原則◇為人準則|行為準則。

【準星】zhǔnxīng ①槍上瞄準裝置的一部分，用來瞄準目標。②秤上的定盤星，作為稱重的標誌。比喻確定不變的主意或一定之規◇他説話沒準星。

【準時】zhǔnshí 時間上準確；依照規定時間◇準時赴約。

【準備】zhǔnbèi 事先計劃、安排；打算◇作了充分準備|暑期準備去澳洲旅遊。

【準確】zhǔnquè 完全符合實際情況或預期要求◇氣象衛星準確進入預定軌道。

【準點】zhǔndiǎn 準時；按照既定時間無偏差◇班機準點起飛。

【準繩】zhǔnshéng 準，測定平面的器具；繩，取直的墨線。比喻衡量事物的標準、準則或法度。

10 **溴** xiù 粵cau3 臭 非金屬元素，化學符號 Br。赤褐色液體，有刺激性氣味，有毒。可用於製染料，醫學上用溴化合物作鎮靜劑。

10 **浉(浉)** shī 粵si1 思 水名。浉河，在河南省南部，流入淮河。

10 **溵** yīn 粵jan1 因 用於地名，如溵溜(在天津市)。

10 **滏** fǔ 粵fu2 苦 古水名。滏水，即今滏陽河，在河北省西南部。

10 **滔** tāo 粵tou1 韜 大水瀰漫◇波浪滔天。

【滔天】tāotiān ①瀰漫天際。形容水勢浩大◇白浪滔天。②比喻罪惡、災禍或權勢等極大◇滔天大禍|勢焰滔天。

【滔滔】tāotāo ①大水奔流的樣子◇洪水滔滔。②比喻言語連續不斷◇滔滔不絕。

10 **溪** xī 粵kai1 稽 山間小水流◇溪水|小溪|溪澗。

【溪流】xīliú 從山裏流出來的小股水◇溪流淙淙。

10 **滄(沧)** cāng 粵cong1 倉 水青綠色◇滄海|滄浪之水|滄流。

【滄海】cānghǎi 大海，因水深而呈青綠色的海◇揚帆啟碇，直入滄海。

【滄桑】cāngsāng "滄海桑田"的略語，比喻變化巨大◇歷經滄桑|飽經滄桑。

【滄海一粟】cānghǎiyísù 宋代蘇軾《前赤壁賦》："寄蜉蝣於天地，渺滄海之一粟。"大海裏的一粒粟穀。比喻極其渺小。

【滄海桑田】cānghǎi sāngtián 晉代葛洪《神仙傳·麻姑》："麻姑自説云：'接侍以來，已見東海三為桑田。'"大海變成桑田，桑田變成大海。比喻世事變化巨大。

10 **滃** 〈一〉wěng 粵jung2 擁 ①雲氣騰湧的樣子◇滃鬱|滃滃翳翳。②水沸湧的樣子◇清泉滃然。

〈二〉wēng 粵jung1 翁 水名。滃江，在廣東省。

10 **溜** 〈一〉liū 粵liu1 了1 ①滑動，滑行◇溜冰|溜滑梯|直溜下坡。②偷偷地跑開◇溜之大吉|別讓他溜了。③光滑；圓轉；流利◇滑溜|光溜|圓溜|書背得很溜。④順着；隨順◇溜邊|溜牆根|溜鬚拍馬。⑤熘◇溜腰花。⑥方言。很；非常◇溜圓|溜尖|溜熟。

〈二〉liù 粵lau6 漏 ①水流◇急溜|大溜。②房簷上流下來的水◇簷溜|房溜|承溜。③屋簷◇重溜。④量詞。用以表示成串、成條、成排的東西◇一溜平房|排成一長溜|割一小溜肉。⑤用石灰、水泥等材料抹牆縫◇溜縫|溜窗縫。

【溜冰】liūbīng 穿冰鞋在冰上滑行。

【溜達】liūda 散步；閒走◇沿街道溜達。

【溜圓】liūyuán 很圓，極圓◇那顆大珍珠，溜圓晶亮。

【溜鬚拍馬】liūxū pāimǎ 比喻諂媚奉承。

10 **滈** hào 粵hou6 號 古水名。滈水，在今陝西西安市西。

10 **溏** táng 粵tong4 堂 像糊狀的，不凝結的◇溏便|溏心蛋。

10 **滂** pāng 粵pong4 旁 水勢盛大的樣子◇滂沱。

【滂沱】pāngtuó ① 形容雨下得大◇大雨滂沱。② 形容流得多◇涕泗滂沱。

10 **滀** chù 粵cuk1 速 聚積。

10 **溠** zhà 粵zaa3 炸 溠水，水名，在湖北。

10 **溢** yì 粵jat6 日 ①因充滿而外流◇漫溢|洋溢|橫溢。②過度；過分◇溢譽|溢美之詞|溢言虛美。

10 **溯〔泝〕** sù 粵sou3 掃 ①逆流而上◇溯江西進|溯水行舟。②往上推求；回想◇追溯|回溯|推本溯源。

10 **溶** róng 粵jung4 容 ①在液體中化開◇溶解|溶劑。②冰雪等化為液體◇冰溶雪化。③見"溶溶"。

【溶化】rónghuà ① 固體遇水後分解消散◇糖在嘴裏溶化了。② 冰雪等融化為液體◇積雪開始溶化。③ 消散；分解◇灰色的雲塊溶化在藍天裏。

【溶液】róngyè 物質溶解在溶劑中形成的均勻的混合物。

【溶解】róngjiě ① 溶化◇鹽溶解在水裏。② 一種物質的分子均勻地分佈在溶劑中的過程◇溶解度。

【溶溶】róngróng ① 明淨潔白的樣子◇月色溶溶。② 形容水寬廣的樣子◇碧溶溶滿溪綠水。

10 **滓** zǐ 粵zi2 只 ①渣；沉澱的雜質◇渣滓|泥滓。②污濁；污穢◇垢滓|滓污。

10 **溟** míng 粵ming4 名 ①海◇溟海|滄溟。②小雨迷濛◇溟濛|細雨溟溟。

10 **滘** jiào 粵gaau3 教 方言。河道相通處。多用於地名◇大黃滘|滘西洲。

10 **溺** (一) nì 粵nik6 昵6 ①沉於水；水淹◇溺水|遇溺。②沉湎；無節制◇溺愛|溺於酒色。(二) niào 粵niu6 尿 ①小便。今多寫作"尿"◇溺壺|溺盆子。②撒尿◇溺尿|溺溲。

【溺愛】nì'ài 過分寵愛◇他從小為族中長輩所溺愛。

10 **溨** zhì 粵zi6 自 古水名。溨水，即今河南省境內的沙河。

10 **滁** chú 粵ceoi4 除 ①水名。滁河，源於安徽，經江蘇入長江。②用於地名◇環滁皆山也。

10 **滃** yōng 粵jung1 翁 滃湖，古湖名，在今湖南岳陽。

11 **鰲** chí 粵ci4 詞 魚、龍類的涎沫◇鯨鰲。

11 **潁(颍)** yǐng 粵wing6 泳 潁河，發源於河南登封，流至安徽注入淮河。

11 **漬(渍)** zì (1)粵zi3 至 浸；泡◇蜜漬|腌漬|浸漬。(2)粵zik1 即 ①地面的積水◇防洪排漬。②沾染；積存髒物污垢◇袖口漬污|便池裏漬了厚厚一層尿鹼。③積在器物上的滓污◇茶漬|油漬|血漬。

11 **漭** mǎng 粵mong5 網 水廣闊無邊的樣子◇大水漭漭，無邊無際。

11 **漠** mò 粵mok6 莫 ①沙漠◇荒漠|大漠。②廣大◇荒原漠漠。③冷淡；不在意◇漠視|漠不關心。

【漠視】mòshì 冷淡地對待；輕視◇漠視他人的意見。同 無視 反 重視。

【漠然】mòrán ① 沉默無聲的樣子◇眾人漠然，無以應對。② 茫然，無所知覺◇神情漠然無知。③ 冷淡，不關心◇漠然置之|漠然無動於衷。

【漠漠】mòmò ① 迷濛的樣子◇煙塵漠漠|漠漠的林間。② 廣闊而沉寂的樣子◇荒原漠漠|漠漠水田飛白鷺。

11 **滶** jiào 粵gaau3 教 用於地名，如東滶(在廣東)。

11 **漢(汉)** hàn 粵hon3 看 ①水名。漢水，長江最長的支流，發源於陝西，在武漢入長江。②天河，銀河◇雲漢|星漢燦爛。③男子◇鐵漢|硬漢|窮漢。④漢族◇漢語|漢人。⑤漢語◇英漢詞典。⑥朝代名。公元前206年–公元220年，劉邦所建，定都長安。⑦漢口或武漢市的簡稱◇粵漢鐵路|駐漢辦事處。

【漢字】hànzì 漢語的記錄文字，由甲骨文、金文發展演變而來。除極個別之外，一個漢字代表一個音節。

【漢族】hànzú 中國人數最多的民族，由古代華夏族和其他少數民族融合發展而成，分佈全國，也有不少僑居海外，語言屬漢藏語系。

【漢語】hànyǔ 漢族的語言。中國的主要語言，歷史悠久，使用人數最多，為國際通用語之一。

11 **滿(满)** mǎn 粵mun^{5} 門^{5} ①充盈，達到最大限量而無空餘◇客滿|裝滿了|满满壕平。②全；整個◇滿天烏雲|滿身大汗。③裝滿；使充滿◇滿上這杯酒|兒子忙過來給他滿茶點火。④感到足夠；願望達到◇不滿|躊躇滿志。⑤達到某種期限、限度◇期滿|災消難滿。⑥遍；遍及◇桃李滿天下。⑦自滿，不謙虛◇滿招損，謙受益。⑧完全；十分。表示程度◇滿不在乎|滿有把握|滿打滿算。⑨中國少數民族名◇滿族|滿文。⑩姓。

【滿口】mǎnkǒu ①整個口腔◇滿口黃牙。②包括口音、口氣、內容在內的所説話語的全部◇滿口謊言。

【滿月】mǎnyuè ①滿一個月◇孩子明天滿月。②農曆每月十五的月亮。

【滿心】mǎnxīn 全部心思，整個心裏◇滿心歡喜|她滿心希望有個人出現幫她一把。

【滿目】mǎnmù 滿眼，充滿整個視野◇滿目瘡痍|滿目雪色長林，景致一新。

【滿足】mǎnzú ①感到滿意；感到已經足夠◇滿足於現狀。②使得到滿足◇儘量滿足學生的要求。

【滿師】mǎnshī 學徒學習期滿，出師◇滿師後就離開師傅自己打工。

【滿腔】mǎnqiāng 充滿胸膛，充滿心中◇滿腔怒火|滿腔熱情。

【滿意】mǎnyì 感到滿足，合意◇讓顧客滿意|不滿意自己的表現。

【滿懷】mǎnhuái ①整個前胸部分◇兩人撞了個滿懷。②心中充滿，充滿胸中◇滿懷深情。

【滿堂紅】mǎntánghóng 原為燈名，點亮後一屋紅光。後比喻全面勝利或處處興旺。

【滿城風雨】mǎnchéng fēngyǔ 秋天城內到處秋風秋雨的景象。比喻事情傳遍全城，到處議論紛紛。多指不好的事。

【滿面春風】mǎnmiàn chūnfēng 春風拂面，溫暖宜人。形容心情喜悦，滿臉笑容。同 喜形於色 反 愁眉苦臉。

【滿腔熱忱】mǎnqiāng rèchén 心裏充滿了飽滿的熱情。

【滿載而歸】mǎnzài'érguī 裝滿了東西回來。形容收穫極為豐富。

【滿腹經綸】mǎnfù jīnglún 經綸，整理過的蠶絲，代指處事的才能和學識。用於形容學識淵博，才幹出眾。反 不學無術。

11 **滯(滞)** zhì 粵zai^{6} 制^{6} ①積留停止；不流動◇停滯不前。②拘泥；呆板◇呆滯|板滯。③遲緩；遲鈍◇遲滯|滯拙。

【滯拙】zhìzhuō 遲鈍笨拙。多用作謙辭。

【滯後】zhìhòu 停滯不前而落後；落伍◇發展滯後|城市規劃滯後。

【滯銷】zhìxiāo 貨物積壓，賣不出去◇產品滯銷。

11 **潅** gān 粵gon^{1} 乾 乾燥。

11 **漤** lǎn 粵laam^{5} 覽 ①用鹽或其他調味品拌漬生的魚、肉、蔬菜等。②用水浸泡並密封的方法加工水果，使其發酵◇漤梅|漤桃|漤汁。③用熱水或石灰水浸泡柿子以除去澀味◇漤柿子。

11 **漆** qī 粵cat^{1} 七 ①樹名。漆樹，其樹皮中的汁液可製成塗料◇桑漆麻苧。②用漆樹汁製成的塗料。泛指各種人造的黏液狀塗料◇磁漆|清漆|地板漆。③用漆塗◇漆門框|桌子還沒漆完。④姓。

【漆黑】qīhēi ①形容黑暗無亮光◇滿屋漆黑。②形容顏色極黑◇頭髮染得漆黑。

【漆器】qīqì 一種工藝品，塗漆的器物。

11 **漸(渐)** 〈一〉jiàn 粵zim^{6} 尖^{6} ①逐步，慢慢地◇逐漸|循序漸進。②指逐漸發展的過程◇防微杜漸。

〈二〉jiān 粵zim^{1} 尖 ①流入◇長江東漸於海。②漬染；浸漬◇漸染|漸漬。

【漸漸】jiànjiàn 表示程度、數量等隨着時間推移而逐步變化◇人羣漸漸散去|天氣漸漸冷了。

11 **漣(涟)** lián 粵lin^{4} 連 ①水面被風吹起的波紋◇漣漪|漣波|漣紋。②淚流

不斷的樣子◇漣洏|眼淚漣漣。

【漣漪】liányī 水面細微的波紋，微波。

11 **漕** cáo 粵cou4 曹 古代從水道運輸糧食供應京城或軍需◇漕糧|漕事|漕渠。

11 **漱** shù 粵sau3 秀 含水沖洗口腔◇漱口。

11 **漚(沤)** 〈一〉òu 粵au3/ngau3 勾3 ①長時間地浸泡◇漚麻。②壅埋堆積◇漚肥|漚糞。③方言。長期憋悶在心裏◇漚氣|有話不説漚在肚裏。

〈二〉ōu 粵au1/ngau1 勾 水中的浮泡◇浮漚。

11 **漂** 〈一〉piāo 粵piu1 飄 ①浮在液體表面◇漂浮|河上漂着一隻帆船。②順風或順水浮動◇漂移|漂游。

〈二〉piǎo 粵piu3 票 ①用化學品使纖維和紡織品變白◇漂白|漂白粉。②沖洗；洗滌◇漂洗|漂一下，衣服乾淨多了。

〈三〉piào 粵piu3 票 ①落空；將要成功，突遭失敗◇漂賬|眼看快成的事漂了。②見“漂亮”。

【漂泊】piāobó 隨水漂流停泊。比喻生活、職業不固定，東奔西走◇漂泊海外|漂泊一世，始終居無定所。

【漂亮】piàoliang ①美麗；好看◇漂亮的別墅|長得漂亮。②出色；精彩◇幹得漂亮極了|打了一場漂亮的仗。

【漂浮】piāofú ①在水或別的液體表面移動或停留◇水面上漂浮着幾片樹葉。②比喻浮現◇眼角上漂浮着一絲不悦的神情。③比喻工作不踏實、不深入◇辦事漂浮。

【漂流】piāoliú ①漂浮流動◇木筏隨水漂流。②漂泊，行蹤不定◇漂流他鄉。

11 **滷(卤)** lǔ 粵lou5 老 ①濃汁◇肉滷|陳年老滷。②用濃汁煮製的食物◇滷肉|滷蛋。

【滷味】lǔwèi 用滷煮的方法做的冷菜，如滷肉、滷鴨、滷豆腐乾等。

11 **滹** hū 粵fu1 呼 水名。滹沱河，在河北省。

11 **滮** biāo 粵piu4 瓢 水流的樣子。

11 **漊(溇)** lóu 粵lau4 流 水名。漊水，源出湖北，至湖南入澧水。

11 **漫** màn 粵maan6 慢 ①水滿而外溢；上漲而淹沒◇水漫金山|河水浸漫，堤岸塌陷。②長；無邊際◇漫長|路漫漫|漫無邊際。③充滿；遍及◇瀰漫|漫山遍野|漫天星斗。④無拘束地；隨意地◇漫遊|漫步|漫無目的。⑤副詞。表示否定◇漫説是他，就連你也未必行。

【漫天】màntiān ①滿天；佈滿天空◇漫天星斗。②無邊際；無限度◇漫天大謊|漫天要價。

【漫步】mànbù 悠閒地隨意走動◇漫步廣場|書林漫步。

【漫長】màncháng ①形容距離長到望不見盡頭◇漫長而坎坷的山路。②形容時間長◇漫長悠久的歷史。

【漫畫】mànhuà 一種以簡潔誇張的手法描繪生活、時事的圖畫。一般用變形、比擬、象徵等手法畫成。

【漫遊】mànyóu ①隨意遊玩◇漫遊秦淮河。②移動電話異地通訊。

【漫溢】mànyì 水向外溢出◇洪水漫溢過堤壩。

【漫漫】mànmàn 形容時間或空間沒有邊際◇長夜漫漫。

【漫漶】mànhuàn 文字、圖像等變得模糊不清，難以辨別。

【漫罵】mànmà 胡亂罵人◇無理漫罵。

【漫談】màntán 不拘形式地發表意見或談感受體會。

【漫山遍野】mànshān biànyě 佈滿山坡山岡、田間曠野。形容數量多、範圍廣或聲勢大。

【漫不經心】mànbùjīngxīn 不當回事；滿不在乎；心不在焉◇漫不經心，致成心頭之患。㊐ 粗心大意、掉以輕心 ㊁ 小心翼翼、全神貫注。

11 **潩** yì 粵ji6 二 古水名。潩水，今名清潩河，在河南省。

11 **漯** 〈一〉tà 粵taap3 塔 古水名。漯水，為古黃河支流，在今山東省。

〈二〉luò 粵lok3 洛 用於地名，如漯河市(在河南)。

11 **漶** huàn 粵waan6 患 見“漫漶”。

11 **漼** cuǐ 粵ceoi2 取 ①水深的樣子。②涕淚流下的樣子。

11 **滌**(涤) dí 粵dik6 滴 ①洗，洗濯◇洗滌|滌濯。②清除；掃除◇蕩滌|滌除|滌故更新。

11 **滫** xiǔ 粵sau2 手 ①酸臭的陳淘米水。泛指污臭的水。②用澱粉拌和食物，使柔軟滑爽。也指食物柔軟滑爽◇滫食|滫滑|滫糒。

11 **潊**〔敘漵〕 xù 粵zeoi6 序 水邊。

11 **漁**(渔) yú 粵jyu4 餘 ①捕魚◇漁翁|漁獵。②謀取(不應得的東西)◇漁利|侵漁。

【漁夫】 yúfū 以捕魚為業的男子。

【漁火】 yúhuǒ 漁船上的燈火◇漁火在遠處河邊閃爍。

【漁利】 yúlì 用不正當的手段謀取利益◇從中漁利。

【漁業】 yúyè 開發、利用、培育各種水產資源的事業，包括捕撈、養殖、加工水生動植物及對水產資源的保護◇海洋漁業｜淡水漁業。

【漁歌】 yúgē 漁民唱的民歌小調。

【漁人之利】 yúrénzhīlì《戰國策·燕策二》：蘇代為了勸説趙王不要攻燕，以免秦國乘機得利，向趙王講了個故事：一個蚌張殼曝日，一隻鷸用長嘴啄它，蚌合殼夾住鷸的長嘴，鷸蚌相持，漁人見了，把鷸蚌都抓了。後指利用別人之間的矛盾輕鬆取得利益。同 鷸蚌相爭，漁人得利。

11 **漪** yī 粵ji1 衣 風吹水面形成的波紋◇清漪|漪瀾|漣漪。

11 **漈** jì 粵zai3 制 水邊◇津漈|河邊水漈。

11 **滸**(浒) (一)hǔ 粵wu2烏2 水邊◇水滸|江滸。
(二)xǔ 粵heoi2 許 用於地名，如滸墅關(在江蘇)。

11 **漷** huǒ 粵kwok3 擴 古水名。漷水，在今北京市通縣境內。

11 **滻**(浐) chǎn 粵caan2 產 水名。滻河，在陝西，流入灞河。

11 **滾**〔滚〕 gǔn 粵gwan2 軍2 ①大水奔流的樣子◇巨浪滾滾|波濤滾滾。②翻轉着移動，旋轉◇滾筒|打滾。③煮沸◇水滾了。④流淌；泄◇屁滾尿流|眼裏滾出淚珠。⑤要人立刻走開或離開。表示斥責◇滾蛋|滾出去。⑥極；非常◇滾圓|滾燙|滾熱。⑦一種縫紉方法，在衣服的邊緣鑲上布條◇滾邊|在袖口滾上花邊。

【滾動】 gǔndòng 一物體在另一物體表面不斷改變接觸面地旋轉着移動，泛指翻滾着移動◇腳一蹬，車輪滾動了。

【滾蛋】 gǔndàn 斥責、罵人的話。叫人走開或離開◇給我捲鋪蓋滾蛋。

【滾滾】 gǔngǔn ① 水湧流的樣子◇無邊落木蕭蕭下，不盡長江滾滾來。② 形容急速地翻騰或轉動◇滾滾寒流｜車輪滾滾。③ 形容渾圓◇圓滾滾。

【滾燙】 gǔntàng 形容非常熱。強調人的主觀感覺◇孩子發燒，額頭滾燙。

【滾瓜溜圓】 gǔnguāliūyuán 形容瓜熟飽滿滾圓的樣子，後常以形容牲畜體型肥壯飽滿◇養得那幾頭牲口滾瓜溜圓。

【滾瓜爛熟】 gǔnguālànshú 形容讀書、背書記得流利純熟◇珠算口訣，他早已背得滾瓜爛熟。

11 **漓** lí 粵lei4 厘 見“淋漓”。

11 **漉** lù 粵luk6 六 ①液體往下滲流◇雨水滲漉。②過濾◇漉酒|漉汁。

11 **漳** zhāng 粵zoeng1 章 ①水名。山西省東南部有清漳河、濁漳河，流至河北省南部邊境合流稱“漳河”。②用於地名，如漳州(在福建)。

11 **滴** dī 粵dik6 敵 ①液體一點一點地落下◇滴水成冰|饞涎欲滴。②使液體一點一點地落下◇滴眼藥水|滴幾點麻油。③滴落的液體◇水滴|雨滴。④量詞。液體成顆粒狀的一點叫一滴◇幾滴血|兩滴眼淚。

【滴答】 dīda 象聲詞。滴水聲或鐘錶走動聲。

【滴漏】 dīlòu 漏壺，中國古代的計時儀器，利用滴水的多少來計量時間，始見於周代。

【滴瀝】 dīlì 象聲詞。水的下滴聲◇雨水滴瀝滴瀝了一夜。

【滴水不漏】dīshuǐbúlòu 比喻説話、做事非常周全、嚴密。(同) 無懈可擊 (反) 漏洞百出。

【滴水穿石】dīshuǐchuānshí《漢書・枚乘傳》:“泰山之霤穿石”,“水非石之鑽……漸靡使之然也”。泰山上滴流的水可以穿透泰山石。後比喻力量雖小,只要不斷努力,持之以恒,則事必有成。(反) 一暴十寒。

11 **漩** xuán 粵syun4 船 迴旋的水低流◇漩渦。

【漩渦】xuánwō ① 水流遇低窪處所激成的螺旋形水渦◇江面上佈滿了大大小小的漩渦。② 比喻某種使人不能自脱的危險境地◇遠離是非漩渦。

11 **漾** yàng 粵joeng6 讓 ①形容水波動盪的樣子◇盪漾|水面上漾起一層波紋。②泛出;溢出◇眼裏漾着淚水|河水漾出堤外。③飄散;流露◇房裏漾着幽雅的花香|臉上漾着笑容。

11 **演** yǎn 粵jin2 言2 ①歷時長久的、不斷的變化發展◇演進。②推廣;發揮◇推演|演義。③操練;按照一定的程式進行練習或計算◇演武|演算。④表演技藝或在戲劇影視中扮角色◇演奏|扮演|演戲。⑤姓。

【演化】yǎnhuà 演變。多用以指自然界的變化發展◇現代類人猿與人類都是從森林古猿演化而來。

【演出】yǎnchū 表演,演給觀眾看◇劇場正在演出京劇。

【演奏】yǎnzòu 用樂器表演◇演奏交響樂。

【演員】yǎnyuán 參加戲劇、影視、曲藝、音樂、舞蹈、雜技等表演的人員。

【演唱】yǎnchàng 表演唱歌、戲曲等◇登台演唱流行曲。

【演習】yǎnxí 按照設想方案,模擬實際情況進行實地訓練◇軍事演習|消防演習。

【演説】yǎnshuō ① 就某個問題對聽眾説明事理,發表見解◇就職演説。② 就某個問題當眾發表的見解◇他的演説很精彩。

【演講】yǎnjiǎng 演説,講演◇演講技巧。

【演藝】yǎnyì 表演藝術◇演藝世家。

【演繹】yǎnyì 一種邏輯推理方法,由一般原理推演出特殊情況下的結論。亦泛指推演鋪陳。(反) 歸納。

【演變】yǎnbiàn 經歷時間很久的、逐漸進行的發展變化◇生物演變過程。

11 **滬(沪)** hù 粵wu6 互 ①古代一種捕魚的竹器◇魚滬。②上海市的別稱◇滬劇。

11 **漏** lòu 粵lau6 陋 ①從孔或縫中透出、滴下、掉出◇漏氣|漏水|泄漏。②泄露◇走漏消息|説漏了嘴。③孔隙,縫隙。比喻破綻◇紕漏。④遺忘;疏失◇遺漏|掛一漏萬。

【漏斗】lòudǒu 由錐形的斗和細管構成的器具,用以將液體、顆粒、粉末灌注入小口的容器中。

【漏壺】lòuhú 中國古代的計時儀器,水從疊置的壺中逐層滴漏,以滴水的多少來計量時間。

【漏網】lòuwǎng ① 從網中漏掉◇幾隻漏網的麻雀得意地飛走了。② 喻指逃過了搜查、追捕或殲滅。也比喻逃脱法網◇漏網之魚。

【漏洞百出】lòudòngbǎichū 漏洞,孔穴或縫隙。比喻破綻、疏忽或矛盾很多。(同) 破綻百出 (反) 天衣無縫。

11 **漲(涨)** ⟨一⟩zhǎng 粵zoeng3 障 ①水上升;升高◇水漲船高|漲潮。②提高◇物價飛漲。

⟨二⟩zhàng 粵zoeng3 障 ①充滿◇漲紅了臉|煙塵漲天。②體積增大◇木耳才泡了一會兒就漲大不少。③多出;超出◇午餐費漲了百分之三十。

【漲價】zhǎngjià 提高價格◇學費又漲價了。

【漲潮】zhǎngcháo 潮水上漲◇因為漲潮,大船不能從橋下通過。

11 **漻** liáo 粵liu4 聊 清澈的樣子。

11 **滲(渗)** shèn 粵sam3 心3 液體慢慢地透入或漏出◇水滲到土裏去|汗水不斷從額上滲出來。

【滲入】shènrù ① 液體逐漸地滲到裏面◇水滲入地下。② 喻指一種事物對另一種事物的滲透、影響。

【滲透】shèntòu ① 液體、氣體通過微小縫隙滲入◇一股寒流滲透了全身。② 比喻某種抽象事物逐漸進入其他事物中。

11 **漿（浆）** 〈一〉jiāng 粵zoeng¹章 ①汁液；較濃的液體◇豆漿|糖漿|血漿。②古代一種微酸的飲料◇簞食壺漿|引車賣漿者流。③特指豆漿◇甜漿|鹹漿。④用粉漿、米湯等浸潤紗、布、衣物等，使乾後發硬變平直◇漿衣服。

〈二〉jiàng 粵zoeng¹章 同"糨"。稠；濃◇漿糊|漿子|粥熬得太漿了。

【漿洗】jiāngxǐ 把衣物洗淨並浸揉漿平直◇襯衣該漿洗了。

12 **潔（洁）** jié 粵git³結 ①清潔；乾淨◇整潔|光潔。②白；明淨◇皎潔|潔白。③德行操守清白不污◇廉潔|聖潔。④簡練；精煉◇簡潔。

【潔白】jiébái ①沒有混雜其他顏色或被其他顏色污染的白色◇潔白無瑕。②清白純真◇品行潔白方正。

【潔淨】jiéjìng 清潔乾淨◇空氣潔淨。

【潔癖】jiépǐ 過分愛清潔，變成了嗜好。

【潔身自好】jiéshēnzìhào 保持自己的純潔清白，不與世俗同流合污。同 潔身自愛 反 同流合污。

12 **潖** pá 粵paa⁴爬 水名。潖江，北江的支流，在廣東省。

12 **澆（浇）** jiāo 粵giu¹驕/hiu¹囂 ①液體落下；淋◇火上澆油|大雨把行李澆濕了。②灌溉◇澆地|澆花。③把液體灌注到模型裏◇澆鑄。

【澆灌】jiāoguàn ①灌注◇澆灌混凝土。②澆水灌溉◇澆灌麥田。

【澆鑄】jiāozhù 把金屬熔化注入模型，鑄成物件的一種工藝◇澆鑄鋼錠。

12 **澉** gǎn 粵gam²感 用於地名，如澉浦（在浙江）。

12 **澒（澒）** hòng 粵hung⁶哄【澒洞】hòngdòng 彌漫無際。

12 **澍** shù 粵syu⁶樹 ①雨。多指及時雨◇甘澍|嘉澍。②降（雨）◇澍雨|甘霖大澍。③雨水滋潤，比喻恩澤◇收既往之詔，奪已澍之施。

12 **澎** 〈一〉péng 粵paang⁴棚 見"澎湃"。

〈二〉pēng 粵paang¹烹/paang⁴棚 ①濺◇澎濕了衣服|澎了一身水。②滿而溢出◇水從堤堰上澎出來。

【澎湃】péngpài ①大浪相擊發出巨聲◇浪濤澎湃。②比喻聲勢浩大，氣勢浩大雄偉◇人聲澎湃|氣勢澎湃的新思潮。③比喻心情起伏激盪◇心潮澎湃。

12 **澌** sī 粵si¹思 盡；消◇澌亡|冰澌雪融。

12 **潢** huáng 粵wong⁴王 ①積水池◇潢池|潢污。②用黃檗汁染紙◇潢紙|入潢。③用潢紙裱褙字畫以防蟲蛀。泛指裝飾◇裝潢|潢飾。

12 **潵** sǎ 粵saat³殺 古水名。潵河，在河北省。

12 **潮** cháo 粵ciu⁴樵 ①潮水，海潮◇漲潮|潮汛。②像潮水一樣洶湧起伏的東西◇心潮|風潮|學潮。③潮流◇新潮|思潮。④濕◇潮氣|防潮。⑤廣東潮州的簡稱◇潮汕|潮劇|潮繡。

【潮水】cháoshuǐ 海洋及沿海江河中受潮汐影響而定期漲落的水流。

【潮汐】cháoxī 海水受日月引力的影響而定時漲落的現象。

【潮流】cháoliú ①因潮汐影響而產生的海水流動。②比喻社會變動、發展的趨勢◇時代潮流|思想新潮流。

【潮濕】cháoshī 含有比正常狀態下較多的水分◇空氣潮濕|牆面長期潮濕，已開始霉變。

12 **潸** shān 粵saan¹山 形容流淚的樣子◇潸然淚下|熱淚潸潸。

12 **潓** huì 粵wai⁶慧 古水名。潓水，為廬江支流，在今安徽省。

12 **潭** tán 粵taam⁴談 深水池◇水潭|深潭|龍潭虎穴。

12 **潏** jué 粵kyut³決 潏水，水名，在湖北省。

12 **潦** 〈一〉liáo 粵liu⁴遼 見"潦草""潦倒"。

〈二〉lǎo 粵lou⁵老 ①雨後的大水。也指雨水大◇秋潦冬雪。②積水◇積潦。

【潦草】liáocǎo ①字不工整◇寫得太潦草了。②（做事）草率，不認真◇調查潦草收尾。

【潦倒】liáodǎo 失意，頹喪◇窮愁潦倒|一事無成，半生潦倒。

12 **澐(沄)** yún 粵wan^{4}雲 ①江中的大波濤◇漲濤湧澐。②水流洶湧的樣子◇大江澐澐。

12 **潛〔潜〕** qián 粵cim^{4}簽^4 ①隱在水下活動◇潛泳|潛水|潛游。②隱藏；不顯露◇潛伏|潛力|潛流。③祕密；暗中◇潛逃|潛謀。④深入；專心◇潛心|潛思。

【潛入】qiánrù ①鑽進水中◇他縱身一躍，潛入水中。②暗中進入；偷偷地進入◇潛入敵軍陣地。

【潛力】qiánlì 潛在的能力或力量◇具發展潛力的行業|發揮潛力。

【潛水】qiánshuǐ 進入水面以下活動◇潛水運動。

【潛心】qiánxīn 專心◇潛心研究。

【潛伏】qiánfú 潛藏隱伏◇潛伏着嚴重的危機。

【潛能】qiánnéng 潛在的能力或能量◇開發潛能。

【潛艇】qiántǐng 能在水面和水下航行，並能在水下以魚雷、水雷、導彈等攻擊敵人的海軍艦艇。

【潛質】qiánzhì 潛在的素質◇開發潛質|有潛質成為科學家。

【潛藏】qiáncáng ①隱藏◇潛藏在草叢裏。②蘊藏◇民眾中潛藏着不可估量的巨大力量。

【潛台詞】qiántáicí ①影視、戲劇表演技巧術語。指台詞中所蘊含的言外之意。②喻指不願或不便明說的言外之意◇這話的潛台詞是叫我不要參與其事。

【潛伏期】qiánfúqī 從接觸或暴露於病原體、化學物質或輻射中到出現疾病症狀的中間時期。

【潛規則】qiánguīzé 明文規定的規章制度之外，不成文、不公開的規則（多含貶義）◇行業、部門的潛規則往往會滋生腐敗。

【潛移默化】qiányí mòhuà 指人的思想、性格和習慣，因長期受到感染和影響而在不知不覺中發生了變化。

12 **潰(溃)** kuì 粵kui^{2}繪 ①大水沖垮堤防◇千里之堤，潰於蟻穴。②突破包圍◇潰圍而出。③被擊敗而逃散，敗逃◇潰兵|潰不成軍。④肌肉腐爛◇潰瘍。

【潰決】kuìjué 大水沖開堤防◇大堤潰決。

【潰逃】kuìtáo 打了敗仗各自逃跑。

【潰退】kuìtuì 戰敗而退卻◇狼狽潰退，爭相逃命。

【潰爛】kuìlàn 傷口或潰瘍的組織受感染而糜爛化膿。㊎ 痼合。

【潰不成軍】kuìbùchéngjūn 軍隊潰敗得失去陣形，指慘敗◇在我方猛烈攻擊下，敵方早已潰不成軍。

12 **潤(润)** rùn 粵jeon^{6}閏 ①滋潤，使潤濕不乾燥◇浸潤|潤滑|潤嗓子。②濕；不乾燥◇濕潤|土地肥潤。③細膩光滑◇細潤|珠圓玉潤。④修飾，使有光彩◇潤飾。⑤利益；好處◇利潤|分潤。

【潤色】rùnsè 修飾文字◇把文稿從頭到尾潤色一遍。

【潤澤】rùnzé ①含的水分多，光潤不乾◇摘了幾朵潤澤豔麗的鮮花。㊐ 滋潤 ㊎ 乾枯、焦枯。②供給水分，使光滑細膩、不粗糙◇潤澤皮膚。

12 **澗(涧)** jiàn 粵gaan^{3}諫 有水流的山溝◇山澗|溪澗|谷底澗流。

12 **潿(涠)** wéi 粵wai^{4}圍 混濁的積水◇湍潿。

12 **潕(沅)〔潕〕** wǔ 粵mou^{5}母 潕水，發源於貴州，流入湖南。

12 **潲** shào 粵saau^{3}哨 ①雨斜打下來◇雨點潲進來了。②用泔水、米糠、野菜等煮成的飼料◇潲水|豬潲。③方言。灑◇潲點水再掃。

12 **潷(滗)** bì 粵bei^{3}祕 擋住渣滓或浸泡物，把液體倒出來◇潷米湯|藥煎好了，潷出來喝吧。

12 **潟** xì 粵sik^{1}色 鹽鹼地◇潟鹵。

12 **澔** hào 粵hou^{6}號 同"浩"。形容遼闊廣大的樣子◇澔旰。

12 **潘** pān 粵pun^{1}判^1 ①方言。淘米水◇潘水。②姓。

12 **潼** tóng 粵tung^{4}同 用於地名，如潼關、臨潼（在陝西）。

12 **澈** chè 粵cit3 設 水清澄◇清澈|明澈|澄澈。

【澈底】chèdǐ ① 清澈見底◇小河水清，澈底清。② 同“徹底”。完全，由表及裏◇澈底調查。

12 **潽** pū 粵pou1 普1 液體沸騰而溢出◇湯潽了|稀飯快潽了，快把鍋蓋打開！

12 **潾** lín 粵leon4 鄰【潾潾】línlín ①水清澈的樣子◇潾潾河水|桂水潾潾桂山矗。②形容水波蕩漾、波光閃爍的樣子◇水波潾潾|月光波動水潾潾。

12 **澇（涝）** lào 粵lou6 路 ①雨水過多，淹了田地◇旱澇|澇災|防澇。②田中的積水◇排澇。

12 **潯（浔）** xún 粵cam4 尋 ①水邊。泛指邊際、極限◇江潯|天潯。②海洋測量中計算水深的單位，一潯等於1.852米。③江西九江市的別稱。

12 **潺** chán 粵saan4 散4【潺湲】chányuán ①水緩緩流動的樣子◇澗泉潺湲。②流淚的樣子。

【潺潺】chánchán ① 形容水流動的樣子◇溪水潺潺流走。② 象聲詞。流水或下雨的聲音◇夜雨潺潺。

12 **澄〔澂〕** 〈一〉chéng 粵cing4 晴 水清澈◇澄澈|澄淨|澄碧。

〈二〉dèng 粵dang6 鄧 使液體中的雜質異物沉澱分離出來◇水可用明礬澄清|把渾水澄一下再用。

【澄清】〈一〉chéngqīng ① 清澈；明潔◇泉水澄清甘洌|天空碧藍而澄清。同 澄澈。② 搞清楚；弄明白◇澄清事實|是否誤會，將通過調查來澄清。反 混淆。

〈二〉dèngqīng 使雜質沉澱，液體變清◇把渾水澄清了才能用。

【澄碧】chéngbì 清澈而碧綠◇潭水澄碧|海天茫茫，空明澄碧。

【澄澈】chéngchè ① 水清見底◇湖水澄澈|潭水澄澈可鑒。② 清亮明潔◇中秋夜之月亮，晶瑩澄澈。同 清澈、明澈 反 混濁、渾濁。

12 **潑（泼）** pō 粵put3 ①向外傾倒液體，使散開◇潑水|潑灑|瓢潑大雨。②態度粗暴蠻橫；兇悍◇潑婦|撒潑。

【潑辣】pōlà ① 兇悍◇性格潑辣|潑辣的叫罵聲。② 做事果敢有魄力，無顧忌◇作風潑辣，不能不佩服。

【潑灑】pōsǎ 將液體或其他細小的東西向外倒或揚出去，使散開◇不小心把牛奶潑灑了一地。

12 **潏** yù 粵wat6 鷸 水湧蕩的樣子◇潏蕩|潏波。

13 **濆（𬇙）** fén 粵fan4 焚 水邊。

13 **澾（𬇕）** tà 粵taat3 撻 滑溜；光滑。

13 **澫（𬇹）** wàn 粵maan6 萬 用於地名。例如澫尾（在廣西防城港市）。

13 **濇（㴔）** sè 粵sik1 色 同“澀”。

13 **澽** jù 粵geoi6 具 澽水，水名，在陝西。

13 **濉** suī 粵seoi1 雖 水名。濉河，在安徽，至江蘇流入洪澤湖。

13 **澠（渑）** 〈一〉shéng 粵sing4 乘 古水名。澠水，在今山東省。

〈二〉miǎn 粵man5 敏 用於地名，如澠池（在河南）。

13 **潞** lù 粵lou6 路 ①古水名。潞水，即今山西省濁漳河。②江名。潞江，即怒江。③姓。

13 **澧** lǐ 粵lai5 禮 水名。澧水，在湖南省北部，流入洞庭湖。

13 **濃（浓）** nóng 粵nung4 農 ①厚；密；多◇濃墨|濃眉|濃厚。②在液體或氣體中所佔的成分多◇濃茶|濃煙。③顏色重◇濃綠|濃妝豔抹。④程度深◇興趣濃|睡意正濃|濃濃的親情。

【濃厚】nónghòu ① 色濃而稠密◇濃厚的黑髮。② 色彩、氣氛、興趣等厚、重、強烈◇濃厚的興趣|濃厚的鄉土氣息。③ 深厚◇共同的生活使兩人的感情更加濃厚。

【濃郁】nóngyù 濃重馥郁◇香氣濃郁。

【濃重】nóngzhòng ① 形容煙霧、氣味、色彩、露水等又濃又重◇濃重的色彩|濃重的夜

露濡濕了草葉。② 深厚◇濃重的友情。

【濃烈】nóngliè 濃重而強烈◇酒香濃烈丨作品帶着濃烈的鄉土氣息。

【濃淡】nóngdàn 色澤的深淺程度◇色彩濃淡相宜。

【濃密】nóngmì 茂密；稠密◇濃密的頭髮丨雲層濃密。

【濃縮】nóngsuō ① 減少或去掉不需要的成分，保留需要的成分，或讓精華相對增加◇濃縮橙汁丨提煉濃縮之後，文章更精煉。② 食物的處理方法之一。把食物中的水份去除，提高濃度◇濃縮咖啡粉。

【濃豔】nóngyàn 豔麗；色澤濃重而美麗◇濃豔的鬱金香花丨凝重濃豔的裝飾。

【濃鬱】nóngyù ① 稠密；茂密◇濃鬱的森林。② 濃厚◇濃鬱的興趣。

13 **澡** zǎo 粵cou3 措/zou2 早 ①洗手。②泛指洗浴◇澡盆。

【澡身浴德】zǎoshēn yùdé《禮記・儒行》："儒有澡身而浴德。"以沐浴比喻人必須修身養德，提高自己的道德品行。

13 **澤(泽)** zé 粵zaak6 宅 ①聚水的窪地；水草叢雜的地方◇沼澤丨深山大澤丨竭澤而漁。②濕；濕潤◇潤澤。③恩惠◇恩澤丨澤被四表。④物體表面的光亮◇光澤丨色澤。⑤化妝用的脂膏◇香澤。

【澤國】zéguó ① 河流湖泊眾多的地方◇水鄉澤國。② 被水淹沒的地區◇一夜之間，平原竟成澤國。

13 **澴** huán 粵waan4 頑 ①水迴旋湧起的樣子。②水名。澴水，在湖北省。

13 **濁(浊)** zhuó 粵zuk6 族 ①液體混濁◇污泥濁水。②聲音低沉粗重◇濁聲丨聲音重濁。③喻指社會混亂；昏亂◇濁世。

【濁音】zhuóyīn ① 語音學名詞。指發音時聲帶震動的音。普通話中輔音 m、n、ng、l、r 都是濁音。② 重而混濁的聲音◇他説話帶着北方男子的濁音。

【濁流】zhuóliú 渾濁的水流◇渾黃的濁流。

13 **澨** shì 粵sai6 逝 ①水濱；水邊地◇海澨丨湖澨。②大堤；水邊的堤防◇灘澨（灘水的堤防）。

13 **激** jī 粵gik1 擊 ①水勢受阻或震蕩而騰湧飛濺◇江水激盪丨一石激起千層浪。②沖刷◇激濁揚清。③急劇；猛烈◇激烈丨過激丨激增。④使衝動、奮發◇激勵丨刺激。⑤感情亢奮；感情強烈◇感激丨激於義憤。⑥冷水、冷風等加給的突然刺激◇冷水一激，她蘇醒了丨冷風一激，不由得打了個寒戰。⑦方言。用冷水浸泡降溫變涼◇把汽水放在冰裏激一激再喝吧。

【激化】jīhuà 向激烈尖銳的方向發展◇雙方的衝突激化了。

【激光】jīguāng 激發低能級原子變成高能級原子，並輻射出相位、頻率、方向等完全相同的光。

【激昂】jī'áng 奮發昂揚；激動高昂◇羣情激昂丨語調慷慨激昂。

【激怒】jīnù 刺激使發怒◇這話激怒了她。

【激烈】jīliè 猛烈；劇烈◇競爭激烈丨心臟激烈地跳動。

【激流】jīliú ① 湍急的水流◇橋下是滾滾激流丨激流泛舟。② 喻指急速發展變化的過程◇生命的激流。

【激動】jīdòng ① 感情因受刺激而產生強烈的感受◇激動得渾身顫抖。② 使感情激揚衝動◇激動人心。③ 感情衝動◇情緒激動。

【激情】jīqíng 激動的感情；突發的強烈感情◇充滿創作激情丨滿懷激情。

【激越】jīyuè ① 高亢◇聲音激越。② 激動；激揚◇言辭激越丨情緒激越。

【激進】jījìn 急進；急切◇思想激進丨激進分子。

【激發】jīfā 激勵使奮發；刺激引發◇激發鬥志。

【激憤】jīfèn 激動而憤慨◇羣情激憤。

【激戰】jīzhàn ① 激烈的戰鬥◇展開激戰。② 激烈戰鬥◇激戰多時，還未分勝負。

【激勵】jīlì 激發鼓勵◇互相激勵。

【激盪】jīdàng ① 受衝擊而動盪◇心潮激盪丨波濤洶湧激盪。② 衝擊使動盪◇雙槳激盪着平靜的河水。

【激濁揚清】jīzhuó yángqīng 沖去污水，揚起清水。比喻指斥壞的，褒獎好的。

13 **澳** ào 粵ou³/ngou³ 懊 ①江海邊彎曲可停泊船隻的地方。常用於地名◇三都澳。②澳門的簡稱◇港澳地區|港澳同胞。③澳洲的簡稱。④姓。

13 **澮（浍）** ⟨一⟩huì 粵kui² 繪 水名。澮河，源出河南，流經安徽入淮河。

⟨二⟩kuài 粵kui² 繪 田間排水道；小溝◇以澮瀉水。

13 **澹** ⟨一⟩dàn 粵daam⁶ 淡 ①水波起伏的樣子◇澹漾|水波澹澹。②安靜；安定◇澹然的日子。③恬淡；淡泊◇澹泊|澹雅。④淡薄，不濃厚◇香味澹薄|款款春風澹澹雲。

⟨二⟩tán 粵taam⁴ 談 澹台。複姓。

13 **澥** xiè 粵haai⁵ 蟹 ①伸入陸地的海灣◇渤澥（即今渤海）。②糊狀物、膠狀物由稠變稀◇粥澥了|糨糊澥了。③方言。加水使糊狀物、膠狀物變稀◇糨糊太稠，加點水澥一澥。

13 **澶** chán 粵sin⁴ 先⁴ 古湖名。澶淵，故址在今河南省濮陽。

13 **濂** lián 粵lim⁴ 廉 古水名。濂水，今名濂江，在江西省南部。

13 **澱（淀）** diàn 粵din⁶ 電 淤積；沉積◇沉澱|澱粉。

【澱粉】 diànfěn 有機化合物，由許多葡萄糖分子縮合而成，是主要的碳水化合物食品。

13 **澼** pì 粵pik¹ 僻 見"洴澼"。

13 **澦（滪）** yù 粵jyu⁶ 遇 用於地名，如灩澦堆（長江瞿塘峽口的險礁，已爆破清除）。

14 **濛（蒙）** méng 粵mung⁴ 蒙 形容雨細微迷茫的樣子◇濛濛細雨|濛雨茫茫。

14 **濤（涛）** tāo 粵tou⁴ 途 ①大波浪◇怒濤|驚濤駭浪。②像波濤一樣的聲音◇林濤|松濤。

14 **濫（滥）** làn 粵laam⁶ 艦 ①大水漫溢◇泛濫成災。②過度，沒有節制◇濫伐森林|濫用職權。③浮泛雜亂，不切實用◇陳詞濫言|粗製濫造。

【濫用】 lànyòng 不得當、過度或無限制地使用◇濫用權力|濫用藥物。

【濫調】 làndiào 一再重複，令人厭煩的言辭或論調◇陳詞濫調。

【濫竽充數】 lànyúchōngshù《韓非子・內儲說上》：齊宣王愛聽三百人的樂隊吹竽，不會吹竽的南郭先生混入樂隊裝模作樣地湊數。後來宣王死，湣王即位，喜歡獨奏，要樂師一個一個吹給他聽，南郭先生只好逃了。比喻沒有真本事的人混在行家裏面充數，或比喻以次充好。

14 **濡** rú 粵jyu⁴ 餘 ①沾濕；沾染◇濡染|耳濡目染|相濡以沫。②停留◇濡滯。

【濡染】 rúrǎn ①沾染◇濡染惡習。②受熏陶◇濡染家學，博覽羣書。③浸濕◇濡染大筆，揮灑自如。

【濡濕】 rúshī 沾濕；浸濕◇我的衣服被雨水濡濕了。

14 **濕（湿）〔溼〕** shī 粵sap¹ 十¹ 沾水的；含水分多的◇沾濕|潮濕|濕透衣衫。

【濕地】 shīdì 泛指水陸交接之處，包括淡水或鹹淡水沼澤、濕草地等。濕地中水生動植物多，對生態環境的平衡起着重要作用。

【濕度】 shīdù 指大氣或物質中所含水分的多少、潮濕的程度◇空氣濕度。

【濕氣】 shīqì ①天氣濕度◇雨季濕氣重。②中醫指風濕邪毒，是致病原因◇除濕氣。③指濕疹、手癬、腳癬等皮膚病症◇腳上長了濕疹。

【濕潤】 shīrùn 潮濕而潤澤◇土地濕潤|望着這一切，她眼睛濕潤了。

【濕淋淋】 shīlínlín 形容物體水分多並往下滴水◇雨澆得他濕淋淋的。

【濕漉漉】 shīlùlù 形容含水多或表層有水◇地上濕漉漉的，幾乎沒處下腳。

14 **濮** pú 粵buk⁶ 僕 ①用於地名，如濮陽（在河南）。②姓。

14 **濞** bì 粵pei³ 譬 古水名。濞水，在今雲南省，注入瀾滄江。

14 **濠** háo 粵hou⁴ 毫 護城河◇城濠。

14 **濟（济）** ⟨一⟩jì 粵zai³ 制 ①渡；渡河◇同舟共濟|和衷共濟。②有益；補益◇假公濟私|寬猛相濟。③救助；扶助◇賑濟|

救濟。④齊全；好◇文武兼濟|時運不濟。

〈二〉jǐ 粵zai2 仔 見"濟濟"。

【濟濟】jǐjǐ 形容人多的樣子◇濟濟一堂 | 人才濟濟。

14 **濚(滢)** yíng 粵jing4 形 水迴旋的樣子◇濚洄。

14 **濱(滨)** bīn 粵ban1 奔 ①水邊，近水的地方◇海濱|黃河之濱。②靠近；臨近◇濱海|濱江|濱近。

14 **濘(泞)** nìng 粵ning6 擰 爛泥；泥漿◇泥濘|濘淖。

14 **濜(浕)** jìn 粵zeon6 盡 水名。濜水，在湖北省棗陽。

14 **澀(涩)〔澁〕** sè 粵sap1 濕 ①不光滑；不靈活；不滑潤◇粗澀|滯澀|她揉了揉發澀的眼皮。②味不甘滑，像不熟的柿子一樣使舌頭有麻木感的味道◇苦澀|澀柿子|生香蕉澀口。③説話、行文生硬遲鈍，不流暢◇晦澀|艱澀|生澀。

14 **濯** zhuó 粵zok6 鑿 ①洗滌◇濯足|濯洗。②見"濯濯"。

【濯濯】zhuózhuó 形容山上沒有草木，光禿禿的樣子◇童山濯濯。

14 **濰(潍)** wéi 粵wai4 圍 古水名。濰水，今稱濰河，在山東省。

15 **瀆(渎)** dú 粵duk6 獨 ①溝渠◇溝瀆。②輕慢；冒犯◇褻瀆|瀆犯。

【瀆犯】dúfàn 冒犯，説話做事衝撞了對方，惹人不快。同 觸犯 反 迎合。

【瀆職】dúzhí 失職，執行職務時因不負責任而釀成大錯。反 盡職。

15 **瀔** gǔ 粵guk1 谷 古水名。瀔水，今作穀水，在河南省。

15 **瀦〔豬〕** zhū 粵zyu1 珠 ①水停聚；蓄積◇停瀦。②水停聚的地方◇以瀦蓄水。

【瀦留】zhūliú 特指尿液停留在膀胱內◇尿瀦留。

15 **濾(滤)** lǜ 粵leoi6 類 使液體、氣體、光線等通過一定的裝置，除去雜質◇過濾|濾色鏡|用沙濾水。

15 **瀑** 〈一〉bào 粵bou6 步 水名。瀑河，在河北省。

〈二〉pù 粵buk6 僕 瀑布◇懸流飛瀑。

【瀑布】pùbù 從懸崖或河牀縱斷面陡坡處傾瀉下來的水流。遠看像掛着的白布，故稱。

多樣表達：瀑布

飛泉 飛流 飛溜 飛瀑 匹練 玉簾 玉龍 谷雷 垂水 懸水 懸布 懸河 懸泉 懸流 懸淙 懸溜 懸瀨 懸瀑

15 **濺(溅)** 〈一〉jiàn 粵zin3 箭 液體向四面迸射◇水花四濺|濺了一身泥。

〈二〉jiān 粵zin1 煎 濺濺，形容流水聲◇不聞爺娘喚女聲，但聞黃河流水鳴濺濺。

15 **濼(泺)** 〈一〉luò 粵lok6 落 古水名。濼水，在今山東省，流入古濟水。

〈二〉pō 粵bok6 薄 湖泊◇梁山濼。

15 **瀃** guó 粵gwik1 隙 水流聲◇溪水瀃瀃。

15 **瀏(浏)** liú 粵lau4 流 ①水流清澈明亮的樣子◇瀏其清矣。②形容風颳得很緊◇秋風瀏以蕭蕭。

【瀏覽】liúlǎn 大略地看，泛泛地閱讀◇瀏覽網頁 | 沒有時間細看，只是瀏覽了一番。

15 **瀍** chán 粵cin4 前 水名。瀍河，在河南省，流入洛水。

15 **瀌** biāo 粵biu1 標 ①見"瀌瀌"。②方言。液體沖射而出◇鮮血直瀌出來。

【瀌瀌】biāobiāo 形容雨雪很大◇雨雪瀌瀌。

15 **瀅(滢)** yíng 粵jing4 仍 清澈；清亮◇瀅瀅的淚花。

15 **瀉(泻)** xiè 粵se3 舍 ①水急速地流◇傾瀉|一瀉千里。②拉肚子◇腹瀉|上吐下瀉。

15 **瀋(沈)** shěn 粵sam2 審 ①汁液◇墨瀋|汗下如流瀋。②遼寧省瀋陽市的簡稱。

16 **瀚** hàn 粵hon6 汗 形容廣大的樣子◇浩瀚。

16 **瀨(濑)** lài 粵laai6 賴 沙石上急速流過的水◇石瀨|沙瀨。

16 **瀝(沥)** lì 粵lik6 力/lik1 礫 ①水、淚、血等液體滴下或落下◇滴瀝|嘔心瀝血。②液體的點滴。多指酒的點滴◇殘瀝|餘瀝。

【瀝青】 lìqīng 提煉石油、煤焦油所得的一種副產品，黑色膠凝有機化合物，也有產自天然的，可用於鋪設路面，作防水、防腐、絕緣材料。俗稱柏油。

16 **瀕（濒）** bīn 粵ban1奔/pan4貧 ①緊靠水邊◇瀕海｜瀕河｜瀕湖。②臨近；接近◇瀕危｜瀕臨｜瀕於破產。

16 **瀣** xiè 粵haai6械 見"沆瀣"。

16 **瀘（泸）** lú 粵lou4勞 水名。瀘水，今金沙江下游一段，即四川宜賓以上至雲南四川交界處的一段。

16 **瀧（泷）** ㈠ lóng 粵lung4龍 湍急的河流。多用於地名◇昌樂瀧。
㈡ shuāng 粵soeng1商 古水名。瀧水，即今武水，源於湖南，流入廣東。

16 **瀛** yíng 粵jing4形 大海◇瀛海｜東瀛。

【瀛洲】 yíngzhōu 中國古代傳說中的仙山，在渤海之東。後常以"瀛洲""東瀛"借指日本。

16 **瀠（潆）** yíng 粵jing4形 水流環繞迴旋的樣子◇瀠洄｜瀠繞。

17 **瀾（澜）** lán 粵laan4蘭 大波浪◇波瀾壯闊｜力挽狂瀾｜推波助瀾。

17 **瀹** yuè 粵joek6若 ①烹，煮◇瀹茗｜瀹茶。②疏通水道◇疏瀹。

17 **瀲（潋）** liàn 粵lim5殮【瀲灩】liànyàn ①形容水波瀲漾◇湖光瀲灩。②水盈滿的樣子◇玉杯瀲灩。

17 **瀼** ㈠ ráng 粵joeng4陽 地名用字。例如瀼河，在河南。
㈡ ràng 粵joeng4陽 瀼水，水名，在四川。

17 **瀵** fèn 粵fan3訓 水由地下噴湧而出◇瀵發｜瀵湧｜瀵泉。

17 **瀽** jiǎn 粵zin2展 方言。傾倒；潑出◇甕瀽盆傾的驟雨。

17 **瀰（弥）** mí 粵mei4眉/nei4尼 ①形容水又深又滿。②充滿，遍佈◇瀰天的黑雲。

【瀰漫】 mímàn ① 形容水滿盈◇湖上水瀰漫。② 佈滿；充滿◇洞中霧氣瀰漫。

18 **瀟（潇）** xiāo 粵siu1消 ①見"瀟灑"。②見"瀟瀟"。

【瀟瀟】 xiāoxiāo ① 風雨急驟、狂風暴雨的樣子◇風雨瀟瀟｜急雨瀟瀟。② 形容小雨迷濛的樣子◇春雨瀟瀟｜微雨瀟瀟。

【瀟灑】 xiāosǎ ① 形容灑脱不拘、落落大方的樣子◇風度瀟灑｜瀟灑不羈的風姿。② 形容悠閒自在◇活得瀟灑，心無掛礙。

18 **灄（滠）** shè 粵sip3涉 水名。灄水，在湖北省，流入長江。

18 **灃（沣）** fēng 粵fung1風 古水名。灃水，源出陝西秦嶺，向北流至西安市西北注入渭水。

18 **灌** guàn 粵gun3貫 ①用水澆地◇灌溉｜澆灌｜引水灌田。②注入；倒入；裝入◇灌腸｜灌漿｜灌了一肚子黃酒。③特指錄製（唱片）◇灌唱片。

【灌木】 guànmù 植株矮小、靠近地面枝條叢生，且無明顯主幹的木本植物◇灌木叢｜小灌木。㊎ 喬木。

【灌溉】 guàngài 用水澆灌田地◇修整農田水利，擴大灌溉面積。

18 **灊** qián 粵cim4 潛 古地名，在今安徽霍山東北。

19 **灘（滩）** tān 粵taan1攤 ①江河湖海邊，泥沙淤積成的平地◇沙灘｜海灘｜灘頭陣地。②江河中水淺流急而多石的地方◇暗灘｜急流險灘。

19 **灑（洒）** sǎ 粵saa2耍 ①使水或其他液體均勻地散落◇灑水｜噴灑｜灑掃庭除。②散落◇灑淚而別｜東西灑了一地。③形容舉止自然大方、不拘束◇瀟灑｜灑脱。④姓。

【灑脱】 sǎtuō 瀟灑脱俗，不拘束◇言談舉止灑脱。

【灑落】 sǎluò ① 散開落下◇汗珠灑落在地上｜陽光灑落在花園裏。② 灑脱飄逸，不拘束◇直爽灑落。

19 **灒（澯）** zàn 粵zaan3 讚 濺◇灒了一身水。

19 **灕（漓）** lí 粵lei4厘 水名。灕江，在廣西。

21 **灞** bà 粵baa^3 霸 水名。灞河，渭河支流，在陝西中部。

21 **灝（灏）** hào 粵hou^6 號 浩大；廣大◇灝瀚|灝茫。

【灝瀚】hàohàn 形容水勢浩淼無邊◇灝瀚的太平洋，天水相連，一望無際。

21 **灅** lěi 粵leoi^5 屢 古水名，今河北的永定河。

22 **灣（湾）** wān 粵waan^1 彎 ①水流彎曲處◇河灣|水灣。②海洋伸入陸地的部分◇海灣|渤海灣|北部灣。③停泊◇船還灣在港口|且把船灣在江邊。

23 **灤（滦）** luán 粵lyun^4 聯 水名。灤河，在河北省，流入渤海。

28 **灩（滟）〔灎〕** yàn 粵jim^6 驗 水浮動盈溢的樣子◇瀲灩|杯盈自灩。

火部

0 **火** huǒ 粵fo^2 伙 ①物體燃燒時發出的光和焰◇火光|火把|着火。②槍炮彈藥◇火力|開火|軍火。③中醫指引起發炎、紅腫、煩躁等症狀的病因◇上火|心火|虛火。④憤怒；怒氣◇怒火|發火。⑤旺盛；興旺◇紅火|地產業越來越火。⑥比喻緊急◇十萬火急。⑦紅色◇火腿|火雞。⑧姓。

【火力】huǒlì ① 燃燒所產生的動力◇火力發電。② 彈藥發射或投擲後形成的殺傷力、破壞力◇敵人的火力很猛。③ 人體的抗寒能力◇人老了，火力不及年輕人。

【火山】huǒshān 因地熱作用噴出巖漿、巖塊的錐形高地◇火山噴發。

【火化】huǒhuà 用火焚化屍體。

【火舌】huǒshé 上騰的火苗；子彈射出槍口時冒出的火光◇火舌快要舐着樓板了|槍口吐着長長的火舌。

【火坑】huǒkēng 比喻極端悲慘痛苦的處境◇救出火坑。

【火把】huǒbǎ 束狀的照明物；火炬。

【火災】huǒzāi 因失火造成的災害。

【火花】huǒhuā ① 迸發的火焰或火星◇火花四濺|煙火噴發出五彩繽紛的火花。② 比喻如火花般閃耀的事物◇思想的火花|智慧的火花。③ 比喻力量◇擦出火花。④ 火柴盒貼紙。

【火併】huǒbìng 同伙決裂，自相殘殺◇林沖火併王倫。

【火苗】huǒmiáo 火焰◇火苗躥得很高。

【火星】huǒxīng 太陽系八大行星之一，按離太陽由近而遠的次序排在第四位。自轉周期約為 24.61 地球小時，繞太陽公轉周期為 687 地球天。

【火盆】huǒpén ① 盛炭火取暖、烘衣的盆子。② 民間習俗。跨過火堆以祛穢氣、趨吉避凶◇過火盆。

【火急】huǒjí 形容非常緊急◇火急火燎|火急趕來，參加搶險。

【火炬】huǒjù ① 下部為握柄、頂部燃火的棒狀照明物；火把。② 奧林匹克運動會的象徵，表示傳承火焰，生生不息。

【火紅】huǒhóng ① 像火一樣紅◇晚霞把天空染得火紅。② 比喻旺盛、有生氣◇火紅的青春|火紅的年代。

【火氣】huǒqì ① 怒氣；暴躁的脾氣◇火氣大。② 中醫指引起發炎、紅腫、煩躁等症狀的原因◇火氣大，嘴角都爛了。③ 指人體中的熱量◇小伙子火氣足，不怕冷。

【火候】huǒhou ①（燒火時）恰當的火力強度和時間長短◇烹飪祕訣之一就是要掌握火候。② 比喻學問、技藝等功夫成熟◇武藝練到了火候。③ 比喻緊要的時機或關鍵時刻◇公司兼併的事已到火候了。

【火速】huǒsù 急速；用極快的速度◇火速完成報告。

【火場】huǒchǎng 發生火災的現場◇火場離這裏很近。

【火焰】huǒyàn 物體燃燒時所發的熾熱的光◇眾人拾柴火焰高。

【火葬】huǒzàng 用火焚化屍體並安葬。

【火種】huǒzhǒng ① 供引火用的火。② 比喻能引起事物發展、壯大的苗子◇衝突的火種越燃越旺。

【火網】huǒwǎng 指彈道縱橫交織的火力◇突擊隊穿過嚴密的火網。

【火熱】huǒrè ① 火一般的熱◇火熱的太陽。② 親熱◇他倆打得火熱。③ 形容緊張激烈◇火熱的鬥爭。

【火輪】huǒlún ① 舊稱汽輪、輪船◇乘小火輪回鄉。② 舊指火車◇坐火輪到上海。③ 指太陽◇東方升起了火輪。

【火暴】huǒbào ① 旺盛；熱鬧◇新店開張，場面火暴。② 急躁；暴烈◇脾氣火暴，動不動就罵人。

【火箭】huǒjiàn 以自帶燃料、不靠周圍媒質飛行的發動機作為推進動力的飛行器，用來運載人造衛星、宇宙飛船及彈頭等。

【火線】huǒxiàn ① 最前線；作戰雙方對峙的前沿地帶◇退下火線。② 電路中輸送電的電源線◇火線斷了，造成斷電。

【火頭】huǒtóu ① 火焰；火苗◇蠟燭的火頭太小了。② 火候，火力的大小◇火頭不到，饅頭就蒸不熟。③ 火主，發生火災時首先起火的地方◇火災的火頭是亂丟的煙頭。④ 怒氣；火氣正旺的時候◇他正在火頭上。

【火熾】huǒchì ① 火勢旺盛◇炎夏如火熾一般。② 比喻旺盛、熱烈◇賽車進入驚心動魄的火熾場面。

【火雞】huǒjī 吐綬雞的通稱。頸長，個大。頭部肉瘤的顏色像火一樣紅，故稱。

【火警】huǒjǐng 發生火災的警報◇發生多宗火警。

【火辣辣】huǒlàlà ① 形容酷熱◇火辣辣的太陽在頭上烤。㊊ 冷冰冰、冷颼颼。② 形容被燒、被打，疼痛難受的感覺◇被打得身上火辣辣的痛。③ 形容言辭尖銳、行動或性格潑辣，情緒興奮活躍◇火辣辣的批評｜球迷們個個火辣辣的，忘形地呼喊。

【火藥味】huǒyàowèi 比喻挑戰或矛盾激化的緊張氣氛◇討論充滿火藥味。

【火上加油】huǒshàngjiāyóu 比喻激化矛盾，使人更憤怒或使事態更嚴重。

【火中取栗】huǒzhōngqǔlì 出自法國拉・封丹的寓言《猴子與貓》。猴子想吃火上烤的栗子，騙貓去取。貓從火中取出了栗子，腳毛被燒掉了，栗子卻被猴子吃掉。後便比喻為他人冒險，吃盡苦頭卻沒得到好處。㊐ 坐享其成。

【火海刀山】huǒhǎi dāoshān 比喻極其艱難、危險的境地。

【火樹銀花】huǒshù yínhuā 唐代蘇味道《正月十五夜》詩："火樹銀花合，星橋鐵鎖開。"原指燦爛的燈火，後也指焰火。

【火燒眉毛】huǒshāoméimao 宋代釋普濟《五燈會元》："問：'如何是急切一句？'師曰：'火燒眉毛。'"後比喻情勢非常緊迫。

2 **灰** huī 粵fui1 恢 ①物質燃燒後殘留的粉狀物◇煙灰｜燒成灰。②塵土；粉末◇灰塵｜灰土。③指石灰◇灰漿｜抹灰。④介於黑白之間的顏色，灰色◇灰白｜銀灰。⑤沮喪；消沉◇灰心喪氣｜萬念俱灰。

【灰心】huīxīn 意志消沉，喪失信心◇這次沒考合格，可我並不灰心。

【灰死】huīsǐ ①《莊子・知北遊》："心若死灰。"後形容失意的心情◇灰死如我心，雪白如我髮。② 形容灰白無人色◇面色灰死。

【灰色】huīsè ① 灰的顏色◇灰色西服。② 比喻消極悲觀◇灰色的人生。③ 比喻曖昧不明◇態度灰色｜灰色收入｜灰色地帶。

多樣表達：灰色

淡灰 淺灰 藕灰 藕色 深灰 鐵灰 暗灰 銀灰 葡萄灰 中灰

【灰暗】huī'àn 昏暗；暗淡◇天色灰暗｜前景灰暗。

【灰燼】huījìn 物體燃燒後的剩餘物◇化成灰燼。

【灰蒙蒙】huīméngméng 形容暗淡模糊的樣子◇灰蒙蒙的夜色。

【灰溜溜】huīliūliū ① 形容顏色暗淡◇這些衣服灰溜溜的，真難看。② 形容情緒懊喪、消沉◇他被訓得灰溜溜的。

【灰飛煙滅】huīfēi yānmiè 比喻人或事物徹底消亡◇強虜灰飛煙滅。

3 **灸** jiǔ 粵gau3 救 中醫的一種療法。用燃燒的艾絨燻灼人體的穴位◇針灸｜艾灸。

3 **灶〔竈〕** zào 粵zou3 早3 ①用來烹飪、燒水、煮東西用的設備◇灶台｜爐灶｜煤氣灶。②指廚房◇灶間｜下灶。③指灶神◇祭灶。

【灶神】 zàoshén 民俗供於灶上的神，相傳掌管全家的禍福財氣。(同) 灶君、灶王爺。

3 **灼** zhuó (粵) zoek3 雀 ①燒；烤◇灼傷|烈日灼人。②明亮◇灼亮|日光灼灼。③明白；透徹◇真知灼見。

【灼見】 zhuójiàn 明白而透闢的見解◇他的文章多有灼見。

【灼灼】 zhuózhuó 形容明亮◇眼睛灼灼|桃之夭夭，灼灼其華。

【灼熱】 zhuórè ① 火燙般熱；熾熱◇盛夏灼熱難熬。② 熱情似火◇年青人有一顆灼熱的心。

【灼爍】 zhuóshuò 鮮明、光彩的樣子◇珠翠灼爍。

3 **灺** xiè (粵) se3 瀉 燈燭或焚香的灰燼◇更殘燈灺。

3 **災〔灾〕** zāi (粵) zoi1 栽 ①災害；禍患◇天災|旱災|泛濫成災。②不幸的遭遇◇破財消災。

【災殃】 zāiyāng 災難禍殃◇一場災殃從天而降。

【災荒】 zāihuāng 因自然災害造成的饑荒◇鬧災荒。

【災害】 zāihài 天災人禍造成的損害◇自然災害|戰爭的災害。

【災異】 zāiyì 自然災害；異常的自然現象◇連遭洪水、地震等災異。

【災禍】 zāihuò 自然或人為的災難禍患◇意外的災禍|戰爭帶來的災禍。

【災難】 zāinàn 災禍；災禍造成的損害和苦難◇避免了一場災難|洪水造成的災難。

4 **炅** 〈一〉jiǒng (粵) gwing2 迥 ①火光；明亮◇炅然。②熱◇卒然而痛，得炅則痛立止。

〈二〉guì (粵) gwai3 季 姓。

4 **炙** zhì (粵) zek3 隻 ①烤；炒灼◇炙肥牛|炙手可熱。②燻陶；受燻陶◇親炙。③烤熟的肉◇酒炙|殘羹冷炙。

【炙熱】 zhìrè 熾熱◇今年夏天，陽光炙熱得可怕。

【炙手可熱】 zhìshǒukěrè ① 唐代崔顥《霍將軍》："莫言炙手手可熱，須臾火盡灰亦滅。"後比喻權勢很大，氣焰極盛。② 比喻廣受歡迎，名聲極盛。

4 **炒** chǎo (粵) caau2 吵 ①把食物放在鍋裏加熱並隨時翻攪使其變熟◇炒貨|炒麪|炒肉片。②比喻轉手買賣；倒買倒賣◇炒股|炒地皮。③比喻反復哄抬◇炒作|炒新聞。④比喻辭退、解僱◇炒魷魚|被公司炒了。

【炒更】 chǎogēng 方言。在正業之外兼職，業餘兼職。

【炒作】 chǎozuò ① 投機倒賣◇從事房地產的炒作。② 哄傳；大力宣傳鼓噪◇通過媒體炒作，這本書身價大增。

【炒家】 chǎojiā 做投機買賣的人◇境外炒家。

【炒熱】 chǎorè 反復談論使之成為熱門◇這部電影讓報紙給炒熱了。

【炒冷飯】 chǎo lěngfàn 比喻重複説過的話或做過的事，老一套沒有新意◇炒冷飯的文章沒人看。

【炒魷魚】 chǎo yóuyú 比喻解僱，捲起鋪蓋走人◇沒幾天就被炒魷魚了。

【炒買炒賣】 chǎomǎi chǎomài 就地迅速轉手買賣，從中牟利◇他是靠炒買炒賣樓宇發財的。

4 **炘** xīn (粵) jan1 因 熱氣盛；熾熱◇炘炘。

4 **炊** chuī (粵) ceoi1 吹 燒火煮食◇炊事|巧婦難為無米之炊。

【炊火】 chuīhuǒ ① 燒火◇在灶下炊火。② 燒飯時的煙火。比喻人煙◇遠遠望去，那裏很荒涼，沒有炊火。

【炊事】 chuīshì 料理飯菜飲食的事務◇炊事用具。

【炊煙】 chuīyān 燒火煮食時冒出的煙◇炊煙裊裊。

【炊沙成飯】 chuīshāchéngfàn《楞嚴經》："若不斷淫修禪定者，如蒸沙石欲成其飯，經百千劫，只名熱沙。"後比喻白費力氣，徒勞無功。

4 **炆** wén (粵) man1 蚊 用小火燉或熬◇炆肉。

4 **炕** 〈一〉kàng (粵) kong3 抗 中國北方用土坯或磚砌成的牀，下有孔道，可生火取暖◇熱炕|火炕。

〈二〉kàng 粵hong3 康3 ①烤◇把濕衣服炕乾。②乾涸；乾渴◇喝過水後就不炕了。

4 **炎** yán 粵jim4 嚴 ①極熱◇炎熱。②比喻炙人的權勢◇趨炎附勢。③指身體因有害刺激產生的紅腫熱痛癢等症狀；炎症◇發炎|肺炎。④指炎帝，傳說中的上古帝王◇炎黃子孫。

【炎炎】yányán ①形容陽光灼熱◇赤日炎炎似火燒，野田禾稻半枯焦。②形容火焰猛烈◇烈火炎炎。

【炎涼】yánliáng ①指氣候冷熱寒暑◇人生百歲間，炎涼倏代謝。②比喻人情冷暖◇世態炎涼。

【炎黃】yánhuáng 指炎帝神農氏和黃帝軒轅氏，為中國古史傳說時代的兩個帝王。借指中華民族的始祖。

【炎暑】yánshǔ ①酷熱的夏天。②暑天的炎熱；暑氣◇上廬山避炎暑。

【炎陽】yányáng 烈日。

【炎熱】yánrè 非常熱◇炎熱的夏天。

4 **炔** 〈一〉quē 粵kyut3 決 有機化合物，是不飽和的烴類◇乙炔。

〈二〉guì 粵gwai3 季 姓。

5 **炭** tàn 粵taan3 歎 ①木炭，用木柴燒成的黑色燃料◇炭火|伐薪為炭|雪中送炭。②像炭的東西◇山楂炭|藕節炭。③煤◇煤炭|挖炭。

5 **炻** shí 粵sek6 石【炻器】shíqì 介於陶器和瓷器之間的陶瓷製品，質地緻密堅硬，多呈棕色、黃褐色或灰藍色，如水缸、砂鍋等。

5 **炬** jù 粵geoi6 具 ①火把◇火炬|目光如炬。②燭◇蠟炬成灰淚始乾。③點燃；焚燒◇付之一炬。

5 **炳** bǐng 粵bing2 丙 ①光明；明亮◇炳若日月。②明顯；明白；昭著◇彪炳|炳然可知。③照耀◇如日月炳天。④點燃◇炳燭。

【炳燭】bǐngzhú ①點燭◇炳燭照之。②漢代劉向《說苑・建本》："晉平公問於師曠曰：'吾年七十，欲學恐已暮矣。'師曠曰：'何不炳燭乎…臣聞之：少而好學，如日出之陽；長而好學，如日中之光；老而好學，如炳燭之明。炳燭之明，孰與昧行乎？'"後用來比喻老而好學。

【炳耀】bǐngyào ①照耀◇秋陽炳耀。②煥發；燦爛◇文采炳耀。③顯赫◇門第炳耀。

5 **炟** dá 粵daat3 達3 用於人名。例如漢章帝劉炟。

5 **炯**〔烱〕jiǒng 粵gwing2 迥 ①火光。②明亮；明顯◇炯然|炯炯有神。

【炯戒】jiǒngjiè 明顯的警戒◇嚴懲貪官，以昭炯戒。

【炯炯】jiǒngjiǒng ①明亮的樣子◇目光炯炯。②明察、明白的樣子◇心中炯炯而不惑。

5 **炸** 〈一〉zhà 粵zaa3 詐 ①(物體)突然爆裂；(用炸藥等使物體)爆破◇爆炸|玻璃杯炸了。②因受刺激而發作◇他一聽就炸了。③方言。因受驚而突然逃散◇鳥兒炸窩|羊炸了羣。

〈二〉zhá 粵zaa3 詐 ①烹調方法，把食物浸到熱油鍋中使其熟◇炸魚|炸油條。②方言。用開水燙；焯◇把菠菜炸了吃。③將舊金屬器物淬火加工，使重現光澤◇妹妹的項圈我瞧瞧，只怕該炸一炸去了。

【炸彈】zhàdàn 一種裝有炸藥，觸動信管會爆炸的武器，有較大的殺傷力。

5 **烀** hū 粵fu1 呼 用少量水把食物半蒸半煮地做熟◇烀白薯。

5 **炮** 〈一〉bāo 粵baau3 爆 ①烹調方法，把魚、肉片等在旺火上快炒◇炮魚片|炮豬肚。②烘焙◇把濕透的布鞋擱爐子上炮一炮。

〈二〉páo 粵paau4 咆 ①燒；烤◇炮鳳烹龍。②用烘烤炒等方法加工(中藥)◇炮製|炮薑。

〈三〉pào 粵paau3 豹 ①一種射程遠、威力大的重型武器。把炸彈投射到遠方，殺傷敵方◇大炮|炮火連天。②爆竹◇炮仗|鞭炮。③為進行爆破而裝在土石鑿眼或建築物裏的炸藥◇打眼放炮。

【炮火】pàohuǒ ①發射的炮彈及炮彈爆炸後發出的火焰。②指炮彈◇炮火連天。

【炮仗】pàozhang 爆竹◇放炮仗。

【炮灰】pàohuī ①炮火燒剩的灰燼。②比喻參加非正義戰爭而送命的士兵◇在前線當炮灰。

【炮樓】pàolóu 瞭望周邊及敵情的高層碉堡。

【炮艦】pàojiàn ①以火炮為主要裝備的輕型軍艦，擔負海上攻擊或巡防任務。②比喻用武力做手段的◇炮艦政策|炮艦外交。

【炮筒子】pàotǒngzi 比喻性情急躁、心直口快、好發議論的人◇這個炮筒子又着急啦。

5 **炷** zhù 粵zyu^{3} 註 ①油燈芯，燈捻◇燈炷。②燈；燭◇彩霞如赤炷。③點燃◇炷燈|炷香。④量詞。用於點着的線香◇燒幾炷香。

5 **炫** xuàn 粵jyun^{6} 願 ①耀眼◇光彩炫目。②誇耀；賣弄◇炫耀|炫奇。

【炫示】xuànshì 炫耀顯示◇他為人低調，從不炫示自己。

【炫目】xuànmù 炫人眼目；光彩奪目◇百花競放，光豔炫目。

【炫技】xuànjì 炫耀技巧◇對文藝作品來説，真情比炫技更能打動人。

【炫耀】xuànyào ①閃耀；照耀◇一道彩虹炫耀藍天。②誇耀；顯示◇炫耀自己的才學。

5 **炤** zhào 粵ziu^{3} 照 同"照"。光線射到物體上。

5 **為(为)〔爲〕** ⟨一⟩wéi 粵wai^{4} 圍 ①做；幹◇敢作敢為|事在人為。②製造；造作◇此煙斗以牛角為之|為山九仞，功虧一簣。③學習；研究◇為學須有恆心。④充當；擔任◇能者為師。⑤變成；成為◇變廢為寶|化險為夷。⑥是◇言為心聲|識時務者為俊傑。⑦顯得◇關心別人比關心自己為重。⑧被（與"所"字合用）◇不為所動|為人所害。⑨助詞。用於句末表示疑問或感歎◇匈奴未滅，何以家為？⑩附在單音形容詞後構成副詞，表示程度、範圍等◇廣為流傳|深為感動|大為高興。⑪附在單音副詞後，加強語氣◇極為重要|頗為得意。⑫姓。

⟨二⟩wèi 粵wai^{6} 慧 ①幫助；衞護◇為人為到底，送人送到鄉。②介詞。(1)給；替◇為民請命|為子女擔心。(2)對；向◇且為諸君言之|不足為外人道。(3)因為；為了◇為何不來|捨身為國。

【為人】wéirén ①做人◇為人一世，總得有所成就。②指做人處世的態度◇為人忠厚|佩服他的學識和為人。

【為了】wèile ①表示動作、行為的目的◇為了能考取牌照，他花了很多時間讀書。②由於，表示原因◇為了天旱，莊稼都枯死了。

【為止】wéizhǐ 截止；作為終點◇到此為止|直到把功課做完為止。

【為伍】wéiwǔ 做夥伴◇請不要與壞人為伍。

【為何】wèihé 為甚麼。詢問動作、行為的原因和目的◇為何整天愁眉苦臉的？

【為首】wéishǒu 作為首領或領頭人◇以科學家為首的探險隊。

【為時】wéishí ①時間是；期限是◇畫展為時一週。②從時間上看◇為時已晚|為時不久。

【為荷】wéihè 公文及書信套語，表示承情感謝之意◇今將拙稿奉上，恭請大駕審示為荷。

【為期】wéiqī ①期限是；作為限期◇會議為期三天|以一年為期，過期作廢。②距預定期限◇為期不遠。

【為數】wéishù 從數量上看◇為數不多|為數有限。

【為難】wéinán ①刁難；作對◇不要為難他了。②難辦；難以應付◇左右為難。

【為人作嫁】wèirénzuòjià 唐代秦韜玉《貧女》詩："苦恨年年壓金線，為他人作嫁衣裳。"貧女一年到頭用金線辛苦刺繡，卻總是為他人作嫁妝。後比喻白白地替人辛苦忙碌。

【為民請命】wèimínqǐngmìng《史記・淮陰侯列傳》："因民之欲，西鄉為百姓請命，則天下風走而響應矣。"後指替老百姓訴請，給民眾以出路。

【為虎添翼】wèihǔtiānyì 替老虎加上翅翼。比喻助長惡人的勢力。

【為虎作倀】wèihǔzuòchāng 傳説被老虎咬死的人變成倀鬼，又幫老虎帶路去吃人。比喻替壞人做幫兇。

【為非作歹】wéifēi zuòdǎi 歹，壞。指做各種壞事。同 胡作非為。

【為所欲為】wéisuǒyùwéi 原指幹自己想要幹的事，後多指想幹甚麼就幹甚麼。同 恣意妄為。

【為富不仁】wéifùbùrén《孟子・滕文公上》："為富不仁矣，為仁不富矣。"意即仁、富相悖而不能並存，只知趨利為富的人，是不會有仁慈之心的。

【為淵驅魚，為叢驅雀】wèiyuānqūyú, wèicóngqūquè《孟子・離婁上》："為淵驅魚者，獺也；為叢驅爵（雀）者，鸇也；為湯武驅民者，桀與紂也。”意思是水獺想捉魚吃，卻把魚趕到深淵；鸇鷹想捉麻雀吃，卻把麻雀趕往叢林；桀紂總欺壓百姓，結果百姓投向了湯武。後比喻把可以依靠的力量推向對立的一方。

5 **炱** tái 粵toi⁴ 台 火煙凝積成的黑灰◇煤炱｜松炱。

6 **烖** zāi 粵zoi¹ 災 同“災”。

6 **烈** liè 粵lit⁶ 列 ①(火勢)很猛；強烈◇熾烈｜愈演愈烈。②剛正；堅貞◇忠烈｜剛烈。③功業；業績◇功烈｜遺烈。④指重義輕生或建功立業的人◇英烈｜先烈。

【烈士】lièshì ① 有氣節、有壯志的人◇烈士暮年，壯心不已。② 為正義事業而犧牲的人。

【烈日】lièrì 炎熱的太陽◇烈日當空。

【烈性】lièxìng ① 性格剛烈◇烈性女子。② 性質猛烈；威力極大◇烈性酒｜烈性毒藥。

【烈焰】lièyàn ① 熾熱的火焰◇烈焰騰空。② 比喻激情◇忿恨的烈焰在心裏冒起來。

6 **烏(乌)** ㈠ wū 粵wu¹ 污 ①烏鴉◇愛屋及烏。②黑色的◇烏雲｜烏亮。③傳説太陽中有三足烏，因此代指太陽◇金烏。④何；哪裏。多用於反問◇烏足道哉｜烏敢犯人？⑤姓。

㈡ wù 粵wu¹ 污 見“烏拉㈠”。

【烏有】wūyǒu 虛幻；不存在◇子虛烏有｜化為烏有。

【烏青】wūqīng 青黑色◇膝蓋上磕出一團烏青塊。

【烏拉】㈠ wùla ① 烏拉草，產於中國東北地區的多年生草本植物，莖葉曬乾後可用作鞋靴的保暖墊層。② 中國東北地區冬天穿的鞋，裏面墊有烏拉草◇人參、貂皮、烏拉是東北三寶。

㈡ wūlā 西藏舊時農奴向官府或農奴主支應的種種無償勞役。也指服勞役的農奴。

【烏雲】wūyún ① 黑雲◇烏雲密佈。② 比喻險惡的形勢◇烏雲壓城城欲摧。③ 比喻婦女的黑髮。

【烏黑】wūhēi 深黑色◇烏黑發亮。㊡ 雪白。

【烏焦】wūjiāo (燒得)又黑又焦◇好好的魚被煎得一團烏焦。

【烏賊】wūzéi 墨魚，一種呈扁橢圓形的軟體動物，體內有墨囊，遇到危險時能放出黑液逃遁。

【烏鴉】wūyā 一種黑羽的鳥，嘴大而直，叫聲難聽，中國民間把它作為不祥的預兆。

【烏龍】wūlóng ① 方言。差錯◇後衛擺烏龍。② 指烏龍茶。

【烏藍】wūlán 黑中泛藍◇烏藍的夜空。

【烏龜】wūguī ① 一種體扁有硬甲、頭尾四肢能縮入殼內的爬行動物，多生活在江湖中，善游泳。② 譏稱妻子有外遇的男人。

【烏托邦】wūtuōbāng 英國空想社會主義者莫爾所著書名的簡稱。書中描述在一個叫烏托邦的小島上，實現了理想完美的公有制社會。後用來泛指不能實現的願望、計劃等。(英 utopia)

【烏紗帽】wūshāmào 古代用烏紗做成的官帽。指官位、官職◇丢了烏紗帽。

【烏鴉嘴】wūyāzuǐ 比喻説話不吉利；話多叫人討厭。

【烏煙瘴氣】wūyān zhàngqì 比喻環境嘈雜、秩序混亂或社會腐敗。

【烏七八糟】wūqībāzāo ① 形容十分雜亂骯髒◇滿屋子烏七八糟的。② 形容淫穢下流◇烏七八糟的三級片。㊐ 亂七八糟。

【烏合之眾】wūhézhīzhòng《管子》：“烏合之眾，初雖有歡，後必相吐，雖善不親也。”意指如烏鴉一般聚集的一羣。比喻臨時湊合起來散漫的一幫人。

【烏飛兔走】wūfēi tùzǒu 烏，指太陽；兔，指月亮。比喻光陰流逝◇烏飛兔走換春秋。

6 **烤** kǎo 粵haau¹ 敲 ①用火烘熱或烘乾◇烤肉｜烤紅薯｜衣服烤乾了。②挨近火或高温處取暖◇烤火｜烤暖和了。

【烤炙】kǎozhì 烤◇烈日烤炙大地。

6 **烘** hōng 粵hung¹ 空 ①烤乾；挨近火取暖◇烘麪包｜烘手。②襯托；渲染；映照◇烘雲托月｜雲霞燦爛烘幽徑。

【烘托】hōngtuō ① 中國畫技法。用水墨或淡彩在物象的外廓渲染襯托，使其明顯突出。② 通過陪襯，使所要表現的事物鮮明突出◇互相烘托｜用一些次要人物來烘托主要人物。

【烘染】hōngrǎn ①中國畫的設色技法。用水墨或色彩塗抹畫面，使陰陽相襯，濃淡得宜。②襯托渲染；裝點，點綴◇這副對聯把亭閣烘染得更加典雅。

【烘焙】hōngbèi 用小火烤乾◇烘焙茶葉｜烘焙餅乾。

【烘雲托月】hōngyúntuōyuè 本是畫月的一種技法，渲染雲彩來襯托月亮。後用來比喻從側面加以點染來突出所描繪的事物。

6 **烜** xuǎn 粵hyun2 犬 盛大；顯赫。

【烜赫】xuǎnhè 盛大；顯赫◇聲勢烜赫。

6 **烔** tóng 粵tung4 同 (氣)因熱而蒸騰的樣子◇熱氣烔烔。

6 **烙** 〈一〉lào 粵lok3 洛 ①用高熱的金屬燒灼、打上(印記)◇烙印｜木板上的圖案是烙出來的。②用熨斗等熨◇烙衣服。③在鍋、鐺上烤(麪餅等)◇烙餅。

〈二〉luò 粵lok3 洛 燒；灼◇炮烙(古代的一種酷刑)。

【烙印】làoyìn ①烙在人畜或器物上作為標識的火印◇給牛打上烙印。②比喻難以磨滅的痕跡或特徵◇時代的烙印。

6 **烊** 〈一〉yáng 粵joeng4 羊 熔化；融化◇烊點錫鑞焊電線｜屋簷上的雪都烊了。

〈二〉yàng 粵joeng2 央2 見"打烊"。

6 **烝** zhēng 粵zing1 精 ①原指冬祭。泛指祭祀◇烝享｜烝祭歲。②眾多；美盛◇烝民｜烝烝。③下淫上，與母輩通姦◇烝淫｜衛宣公烝於庶母夷姜。

【烝民】zhēngmín 民眾，百姓◇天生烝民。

7 **焉** 〈一〉yān 粵jin1 煙 ①怎麼；哪裏。多用於反問◇殺雞焉用牛刀｜不入虎穴，焉得虎子？②豈；何◇我身自請之而不肯，汝焉能行之？③乃；則◇若赴水火，入焉焦沒耳！④姓。

〈二〉yān 粵jin4 言 ①於此；於是◇心不在焉｜三人行，必有我師焉。②語助詞。用於句末或句中，補足某種語氣◇語焉不詳｜六藝從此缺焉。

7 **烹** pēng 粵paang1 棚1 ①煮；燒煮◇烹飪｜烹茶。②指用油爆煎的烹調方法◇烹蝦｜烹豆芽。③古代一種酷刑，將人放進滾水中煮死◇烹醢。

【烹飪】pēngrèn 烹調(食物)。泛指做飯做菜◇烹飪高手｜她的烹飪技術了得。

【烹調】pēngtiáo 燒煮調製(食物)◇烹調家鄉菜。

7 **焐** wù 粵ng6 誤 ①用熱的東西使涼物變暖◇拿熱水袋焐焐手。②把熱的東西放進不易導熱的容器中，使保温◇把飯菜焐到保暖瓶中。

7 **烴(烃)** tīng 粵ting1 庭1 由碳元素和氫元素構成的有機化合物，也叫碳氫化合物◇脂環烴｜芳香烴。

7 **焊〔銲〕** hàn 粵hon6 汗 ①用熔化的金屬連接金屬零件或修補破損的金屬器物◇焊接｜電焊｜把斷裂的鐵腳焊牢。②指物體黏合在一起◇燭台給大堆燭油焊在桌上。

7 **烯** xī 粵hei1 希 有機化合物，分子中含有一個雙鍵的不飽和烴類◇乙烯｜丙烯。

7 **焓** hán 粵ham4 含 熱力學中表示物質系統能量狀態的一個參數，也叫熱函◇絕熱焓降。

7 **烽** fēng 粵fung1 風 ①古代邊境報警的煙火。②指戰爭、戰火◇烽火。

【烽火】fēnghuǒ ①古代邊境報警的煙火◇遠望塞上燃烽火。②指戰火、戰亂◇烽火連三月，家書抵萬金。

【烽煙】fēngyān 烽火。烽火台報警之煙。借指戰爭◇北邊忽地起烽煙。同 狼煙。

【烽燧】fēngsuì 烽火。白天放煙叫燧，夜裏舉火叫烽◇長城上十里一台，使烽燧相望。

【烽火台】fēnghuǒtái 古代邊防用以舉火報警的建築。

7 **烷** wán 粵jyun4 元 有機化合物，是構成天然氣和石油的主要成分◇甲烷｜丁烷。

7 **烺** lǎng 粵long5 朗 明朗◇烺烺｜烺然。

【烺烺】lǎnglǎng ①明朗；明亮◇夜空明星烺烺。②光彩華麗的樣子◇尊作烺烺萬言，汪洋恣肆。

7 **焗** jú 粵guk6 局 ①烹調方法，在密閉的容器中燜蒸◇鹽焗雞。②給頭髮塗上髮膏，在特製的罩子裏蒸氣，使頭髮柔順或染色◇焗油。③因空氣不流通或氣温高、濕度大而覺得悶氣。

7 **焌** 〈一〉qū 粵zeot[1] 卒 ①把燃燒的東西弄滅◇把煙頭焌了。②在熱油鍋中先放作料，稍煎一下，再放菜迅速炒熟；把熱油淋到菜餚上◇焌一下鍋|菜上焌點花椒油。

〈二〉jùn 粵zeon[3] 進 點火；燒。

8 **煮〔煑〕** zhǔ 粵zyu[2] 主 把食物或其他東西放在有水的容器中加熱◇煮飯|把碗筷煮一下再用。

【煮豆燃萁】zhǔdòuránqí《世說新語・文學》：魏文帝曹丕命令其弟曹植在七步之內作詩，作不成就行大法。曹植應聲吟道：“煮豆持作羹，漉菽以為汁。萁在釜下燃，豆在釜中泣。本自同根生，相煎何太急！”後比喻骨肉相殘或內部自相迫害。

8 **焚** fén 粵fan[4] 墳 用火燒◇焚香|玩火自焚|心急如焚。

【焚芝】fénzhī《三國志・魏志・公孫度傳》裴松之註引《魏略》：“芝艾俱焚，安能白別乎？”芝，白芷，香草。後比喻賢人遭難。多作哀悼之辭。

【焚燒】fénshāo 燒；燒掉◇房屋被大火焚燒。

【焚書坑儒】fénshū kēngrú 公元前 213 年，秦始皇採納李斯建議，除秦紀、醫卜、農書之外，焚燒民間所藏《詩》《書》、百家等典籍；次年又在咸陽坑殺儒生四百六十餘人，史稱“焚書坑儒”。後用以指破壞文化和殘害知識分子的行為。

【焚琴煮鶴】fénqín zhǔhè 宋代胡仔《苕溪漁隱叢話前集・西崑體》引《西清詩話》：“《義山雜纂》品目數十，蓋以文滑稽者。其一曰殺風景，謂清泉濯足，花上曬褌，背山起樓，燒琴煮鶴，對花啜茶，松下喝道。”是説把仙鶴煮着吃，把琴當柴燒，乃大殺風景之事。後便比喻魯莽庸俗，糟蹋美好事物。

【焚膏繼晷】féngāojìguǐ 唐代韓愈《進學解》：“焚膏油以繼晷，恆兀兀以窮年。”意為點燃燈燭來繼日光照明。後形容夜以繼日地勤奮工作或學習。

8 **無（无）** 〈一〉wú 粵mou[4] 毛 ①沒有◇大公無私|互通有無|無業遊民。②副詞。(1)表示否定，相當於“不、未曾”◇無論|無須|無之有也。(2)表示禁止，相當於“不可、不要”◇無妄言|無失其時。(3)表示疑問或反問，相當於“否(麼)、得無(該不會)”◇無有後艱|能飲一杯無？③連詞。不論，無論◇事無大小，都安排得很好。

〈二〉mó 粵mo[4] 磨 見“南無”。

【無干】wúgān 沒有關係；沒有牽涉◇這事與你無干。同 無關、無涉。

【無上】wúshàng 至高，無出其上◇無上榮光|至高無上。

【無比】wúbǐ 沒有甚麼能與之相比；非常◇感到無比幸福|馬力強勁無比。

【無日】wúrì ①不日；不久；沒有幾天◇無日就見面了，我非常高興。②無一日；常和“不”連用，表示天天◇無日不在盼望着你。

【無心】wúxīn ①沒有心思◇無心向學|作業還沒做好，實在無心賞月。②無意；不是故意的◇言者無心，聽者有意。

【無以】wúyǐ 沒有甚麼可以拿來；無從◇不積跬步，無以至千里|無以為報。

【無由】wúyóu 沒有機會；無從◇無由打聽消息。

【無成】wúchéng 沒有成功；沒有成就◇一事無成。

【無任】wúrèn ①不能勝任；無能◇恕我無任。②不勝；十分◇無任歡迎|無任感激。

【無行】wúxíng 沒有善行；行為不端◇少時無行，為害鄉里。

【無名】wúmíng ①沒有名字的；叫不出名稱的◇無名山頭。②不出名的；聲名不顯於世的◇無名小卒。反 著名。③不想説出姓名的；不具名的◇這些錢是無名氏捐的。④説不出所以然來的；不可名狀的◇無名的惆悵。

【無如】wúrú 無奈，表示無法對付或處置◇無如之何。

【無形】wúxíng ①沒有形式可表現出來的；不露形跡的◇無形的壓力。②不知不覺地◇無形中受朋輩影響。

【無邪】wúxié 沒有不正當的念頭；心地純潔◇心中無邪|天真無邪。

【無私】wúsī 沒有私心；不自私◇無私奉獻。

【無忌】wújì ①無所忌憚◇橫行無忌。②沒有忌諱；不必避忌◇童言無忌。

【無妨】wúfáng ① 無礙；不會有妨害◇這本書看看也無妨。② 姑且；不妨◇有意見無妨當面提出。

【無奈】wúnài ① 無可奈何；沒有辦法◇萬般無奈｜出於無奈，只好變賣家產還債。② 可惜；可是。表示因故不能如願而有所惋惜◇我正想外出購物，無奈表哥來了。

【無非】wúfēi 只；不過；不外乎◇他們聚在一起，無非聊聊天。

【無知】wúzhī 沒有知識；不明事理◇年幼無知。

【無朋】wúpéng ① 無可比擬◇碩大無朋｜泰山主峯，特立無朋。② 沒有友誼◇小人無朋。

【無怪】wúguài 明白了原因，所以不感到奇怪◇冷鋒來襲，無怪氣温驟降。

【無垠】wúyín 沒有邊際◇一望無垠的大草原。

【無故】wúgù 沒有緣故◇無故缺席｜無故受人欺侮。

【無畏】wúwèi 沒有畏懼；不感到害怕◇無私才能無畏｜無畏忘我的精神。

【無度】wúdù 沒有限度；不加節制◇揮霍無度｜飲食無度。㊊ 有限。

【無為】wúwéi ① 道家指順應自然，不求有所作為◇清靜無為。② 儒家指任用賢能，以德化人◇無為而治。

【無限】wúxiàn ① 沒有窮盡；沒有限度◇前程無限。② 非常；極其◇夕陽無限好，只是近黃昏。

【無恙】wúyàng 沒有疾病；沒受損害◇別來無恙｜安然無恙。

【無益】wúyì 沒有好處；沒有裨益◇徒勞無益。

【無能】wúnéng 沒有能力；不會辦事◇軟弱無能｜無能為力。

【無恥】wúchǐ 不知羞恥；不顧羞恥◇厚顏無恥。

【無聊】wúliáo ①（精神）沒有寄託；空虛◇最近閒得無聊。②（言行等）沒有意義而低俗◇撇開無聊的話題。

【無常】wúcháng ① 變化不定；令人捉摸不定的◇氣候變化無常。② 傳説中的勾魂之鬼◇你再作惡，小心無常勾了你去。③ 婉辭。指死亡◇一旦無常萬事休。

【無異】wúyì 沒有差別；相同◇大小無異｜浪費時間無異於謀害生命。

【無從】wúcóng 找不到門徑或頭緒；不知從哪裏；沒法◇一時無從着手｜生卒年月已無從查考。

【無猜】wúcāi 沒有猜忌；彼此不避嫌疑◇青梅竹馬，兩小無猜。

【無庸】wúyōng 無須，不必；用不着◇其中道理無庸多説。

【無望】wúwàng 沒有指望；沒有希望◇升學無望。

【無情】wúqíng ① 沒有情誼；沒有感情◇冷酷無情｜落紅不是無情物。㊌ 薄情 ㊊ 多情。② 不留情面◇水火無情｜法律無情。㊊ 留情。

【無視】wúshì 漠視；不放在眼裏；不認真對待◇無視課堂紀律。

【無辜】wúgū ① 沒有罪◇殘害無辜百姓。② 指無罪之人◇屠殺無辜，天理不容。

【無量】wúliàng 沒有限量；沒有止境◇青年人前途無量。

【無須】wúxū 不用；不必◇無須恐慌｜無須請老師出面。

【無愧】wúkuì 沒有甚麼慚愧之處；不感到慚愧◇問心無愧。㊊ 內疚。

【無補】wúbǔ 無益；無所幫助◇光説不做，無補於事。

【無間】wújiàn ① 沒有空隙◇親密無間。② 不間斷；不分◇合作無間｜堅持鍛煉，寒暑無間。

【無幾】wújǐ 沒有多少；不多◇兩人的成績相差無幾。

【無暇】wúxiá 沒有空閒時間◇無暇顧及家務。

【無意】wúyì ① 無心；不是故意的◇無意中發現。② 沒有某種願望和打算；不願◇無意干涉人家私事｜無意捲入這場糾紛。

【無道】wúdào ① 不行正道；做壞事◇殷紂無道，天下共伐之。② 指無道之人或暴君◇天下諸侯共伐無道。③ 指社會政治紛亂、黑暗◇天下無道。

【無算】wúsuàn 不計其數。泛指很多◇殺伐無算。

【無疑】wúyí 沒有疑問，表示肯定◇確信無疑。

【無語】wúyǔ 無話可説，特指因無奈等而不想説話◇他的荒唐行為實在讓人無語。

【無端】wúduān 沒有來由；無緣無故◇無端惹禍｜無端猜測。同 無故。

【無寧】wúnìng ① 寧可；不如◇讀書與其多而濫，無寧少而精。同 毋寧。② 無乃；實乃◇父母的鼓勵，無寧是一種精神上的壓迫。

【無際】wújì 沒有邊際◇一望無際的大海。

【無慮】wúlǜ ① 無所憂慮；不愁◇無憂無慮｜吃穿無慮。② 大約；總共◇參加者無慮千人。

【無數】wúshù ① 無法計數。形容極多◇閱人無數。② 不知底細；沒有把握◇能否考上大學，他心中無數。

【無論】wúlùn ① 不管，不論。表示在任何條件下結果都一樣◇無論怎麼説，他都不理解。同 無論如何。② 且不説；更不要説。表示遞進關係◇問今是何世，乃不知有漢，無論魏晉。

【無敵】wúdí 沒有敵手◇所向無敵。

【無窮】wúqióng 沒有窮盡；沒有限度◇無窮的力量｜樂趣無窮。

【無線】wúxiàn 無線電或無線電波。不需要電纜或電線即可連結或傳送信息。

【無緣】wúyuán ① 沒有緣分◇倆人無緣再見。② 沒有緣由◇無緣無故斥責孩子。③ 無從◇無緣下手。

【無賴】wúlài ① 指撒潑放刁等惡劣行為◇耍無賴。② 指無賴的人◇市井無賴。

【無謂】wúwèi 沒有意義；沒有道理◇無謂的爭執。

【無償】wúcháng 不付出代價的；沒有報酬的◇無償援助災民。反 有償。

【無雙】wúshuāng 獨一無二；無與倫比◇天下無雙。

【無邊】wúbiān ① 沒有邊際◇無邊的草原。② 沒有限度◇法力無邊｜寬大無邊。

【無關】wúguān ① 沒有關係；沒有牽連◇這事與他無關。同 無干。② 不涉及；不影響◇無關緊要。同 不關。

【無疆】wújiāng 無窮；永遠◇萬壽無疆。

【無厘頭】wúlítóu ① 指語言或行為毫無來由和目的，或莫名其妙令人難以理解◇他總是無厘頭地發脾氣。② 指那些無意義但令人覺得有趣而發笑的談話或藝術風格。

【無名火】wúmínghuǒ 説不出來由的怒火◇早上發了一通無名火。

【無人機】wúrénjī 利用無線電遙控設備和自帶的程式控制操縱的不載人飛機。

【無所謂】wúsuǒwèi ① 沒有甚麼可以叫作；説不上◇昆明四季如春，無所謂春夏秋冬。② 沒有甚麼關係；不在乎◇大致分一分，多點少點無所謂。

【無底洞】wúdǐdòng 比喻難以滿足的慾望或深不可測的事物。

【無間道】wújiàndào ① 佛經中説罪孽深重的人會被打落無間地獄，不斷受苦，永不超生。② 用來形容間諜事件，指黑白兩道互相安插卧底。

【無中生有】wúzhōngshēngyǒu《老子》："天下萬物生於有，有生於無。" 後指本無其事，憑空捏造。反 有根有據。

【無孔不入】wúkǒngbúrù 比喻善於鑽營，善於利用一切機會。多含貶義。

【無可奈何】wúkěnàihé 奈何，如何、怎麼辦。沒有任何辦法。

【無可厚非】wúkěhòufēi 雖有錯誤或缺點，但可以原諒，沒有可過分責難的。

【無以復加】wúyǐfùjiā《左傳・文公十七年》："敝邑有亡，無以加焉。" 意思是敝邑（鄭國自稱）只能等待滅亡，不能對貴國（指晉國）再增加貢物了。後指已達到極點，沒法再增加、提升了。

【無地自容】wúdìzìróng 沒有地方能讓自己藏身，形容羞愧至極或處境窘迫。反 厚顏無恥。

【無妄之災】wúwàngzhīzāi《周易・无妄》："六三，无妄之災。" "无" 同 "無"。無妄，意外、不期而至。後指平白無故遭受災禍。

【無米之炊】wúmǐzhīchuī "巧婦難為無米之炊" 的省語。比喻沒有辦成事的條件。

【無足輕重】wúzúqīngzhòng 不足以影響事物的輕重；指無關緊要、不值得重視。反 舉足輕重。

【無拘無束】wújū wúshù 沒有限制，毫無約束。形容自由自在。

【無事生非】wúshìshēngfēi 原本沒有問題，卻無端製造是非糾紛。㊎ 息事寧人。

【無的放矢】wúdìfàngshǐ 沒有目標亂放箭。比喻説話做事沒有明確目的、不看對象。

【無往不利】wúwǎngbúlì 無論到哪裏，沒有不順利的，時時處處都順遂。㊎ 一波三折。

【無所不至】wúsuǒbúzhì ① 沒有不到的地方◇細菌無所不至。② 無所不為，甚麼事都幹得出來。常用作貶義。

【無所不為】wúsuǒbùwéi 甚麼事都幹得出。多用於貶義◇欺行霸市，無所不為。

【無所用心】wúsuǒyòngxīn《論語・陽貨》："飽食終日，無所用心，難矣哉！"指不動腦子，甚麼事也不關心。㊎ 冥思苦想。

【無所作為】wúsuǒzuòwéi 作為，做出成績。沒有成績做出來。㊎ 大有作為。

【無所事事】wúsuǒshìshì 沒有可做的事情；閒着甚麼事都不做。

【無所適從】wúsuǒshìcóng《左傳・僖公五年》："狐裘尨茸，一國三公，吾誰適從？"後指不知跟從誰才好，或不知道該怎麼辦。

【無法無天】wúfǎ wútiān 目無法紀、天理。形容毫無顧忌地為非作歹。㊐ 膽大妄為 ㊎ 安分守己。

【無病呻吟】wúbìngshēnyín ① 諷喻文辭矯揉作態，缺乏真情實感。② 比喻本來無事而空自憂慮歎息。

【無疾以終】wújíérzhōng ① 原指人沒疾病而去世，後比喻事物未受外物干擾就自行消滅了。② 半途而廢，不了了之。

【無能為力】wúnéngwéilì 指無力完成某事，或有勁使不上、能力達不到。㊎ 無所不能。

【無堅不摧】wújiānbùcuī 再堅固的東西也能被摧毀。形容力量大，所向披靡。

【無動於衷】wúdòngyúzhōng 內心毫無觸動；對事情毫不在意。

【無惡不作】wú'èbúzuò 沒有壞事不幹的；做盡壞事。

【無與倫比】wúyǔlúnbǐ 倫比，類比、匹敵。沒有甚麼能與之相比的。多用於褒義。

【無傷大雅】wúshāngdàyǎ 雅，純正、合乎規範。只有細小的毛病，對主要方面沒有妨害。

【無微不至】wúwēibúzhì 每一個細小的地方都考慮到、照顧到。形容十分細心，體貼入微。

【無精打采】wújīngdǎcǎi 采，精神、神色。毫無精神和興致。形容精神委靡，情緒低落。

【無隙可乘】wúxìkěchéng 隙，空隙、裂縫。沒有空子可鑽。指沒有機會可以利用。㊐ 無機可乘。

【無影無蹤】wúyǐng wúzōng 不見一點兒影子和蹤跡。形容完全消失，不知去向。

【無稽之談】wújīzhītán 沒有根據、無從查考的事情或話語。

【無窮無盡】wúqióng wújìn 沒有盡頭和止境。

【無獨有偶】wúdúyǒu'ǒu 罕見的事物不止這一個，偏有類似的與之配成一對。多用於貶義。㊎ 獨一無二。

【無懈可擊】wúxièkějī 懈，漏洞、破綻。沒有弱點可以讓人攻擊或挑剔。形容十分嚴謹或周密。㊐ 天衣無縫 ㊎ 破綻百出。

【無聲無息】wúshēng wúxī 沒有聲音和氣息。形容沉寂、沉默而不為人知。

【無濟於事】wújìyúshì 濟，補益、幫助。對事情沒有甚麼幫助。

【無邊風月】wúbiānfēngyuè 無邊無際的清風明月。形容風景無限美好◇環視西湖，無邊風月。

【無所措手足】wúsuǒcuòshǒuzú《論語・子路》："禮樂不興，則刑罰不中；刑罰不中，則民無所措手足。"措，放置。不知如何安放手足。形容不知該怎麼辦才好。

【無風不起浪】wúfēngbùqǐlàng 沒有風就不會掀起浪頭。比喻事出有因。

【無所不用其極】wúsuǒbúyòngqíjí《禮記・大學》："詩曰：周雖舊邦，其命維新。是故君子無所不用其極。"指做事無不用盡心力。後多指做壞事時，甚麼手段都使得出來。

【無線射頻識別】wúxiànshèpínshíbié 簡稱 RFID，是一種利用無線電波進行非接觸雙向通信的自動識別技術。可達到識別目標和數據交換的目的。

【無可奈何花落去】wúkěnàihéhuāluòqù 宋代晏殊《浣溪沙》詞："無可奈何花落去，似曾相識燕歸來。"任憑春花飄落，沒有辦法。後比喻大勢已去，無法挽回。

【無事不登三寶殿】wúshìbùdēngsānbǎodiàn 三寶殿，佛殿。沒有事不去登佛殿。比喻有所求才急着找上門來。

8 **焦** jiāo 粵ziu1 招 ①物體經猛火燒烤後失去水分，呈現黃黑色並發硬、發脆◇焦土｜燒焦。②乾燥；乾枯◇焦渴｜枯焦。③着急；擔憂◇焦慮｜心焦。④焦炭◇煉焦｜煤焦。⑤中心點◇焦點｜焦距。⑥中醫指身體特定的部位◇上焦｜下焦。⑦焦耳的簡稱。⑧姓。

【焦土】jiāotǔ ① 烈火燒焦的土地。形容建築物、莊稼等被戰火毀壞的景象◇大火過後，木屋區一片焦土。② 把地面上的一切化為焦土◇焦土政策。

【焦心】jiāoxīn 着急；憂慮◇孩子這麼晚還不回來，真叫人焦心。

【焦耳】jiāo'ěr 功的單位。等於一牛頓的力使物體在力的方向上移動一米所做的功，或等於一瓦特的功率在一秒鐘內所做的功。

【焦灼】jiāozhuó 心急火燎◇焦灼不安。

【焦急】jiāojí 着急◇焦急萬分。同 焦灼。

【焦愁】jiāochóu 焦急憂愁◇為籌措學費而焦愁。

【焦慮】jiāolǜ 着急憂慮◇心裏異常焦慮。

【焦點】jiāodiǎn ① 平行的光線經透鏡折射或拋物面鏡反射所會聚的那一點。② 比喻事物或道理引人注意的集中點◇焦點人物｜矛盾的焦點。

【焦躁】jiāozào 着急煩躁◇工作不順，容易焦躁。

8 **然** rán 粵jin4 言 ①如此；這樣◇不盡然｜知其然而不知其所以然。②是的；對◇大謬不然｜不以為然。③然而；不過。表示轉折◇言之雖易，然行之甚難。④用在形容詞、副詞等後面表示狀態◇顯然｜忽然｜超然。

【然而】rán'ér 用於連接分句，表示轉折◇他生性孤僻，然而為人正直。

【然則】ránzé 既然如此，那麼⋯。用來連接分句，表示連貫◇是進亦憂，退亦憂，然則何時而樂耶？

【然後】ránhòu ① 表示接在某種動作或情況之後◇學然後知不足。同 而後。② 表示一件事之後接着發生另一件事。

8 **焯** 〈一〉zhuō 粵zoek3 雀 ①明徹；明顯◇焯著｜焯然。②照耀◇燭焯南枝鵲。

〈二〉chāo 粵coek3 卓 把蔬菜投入開水中，一燙便取出◇焯菠菜。

8 **焜** kūn 粵kwan1 昆 明亮；光耀◇焜耀｜焜如星火。

8 **焮** xìn 粵jan3 印 燒；灼。

8 **焰**〔燄〕yàn 粵jim6 驗 ①火苗◇火焰。②比喻氣勢◇氣焰囂張。

【焰火】yànhuǒ 一種用紙裹着火藥以及鋁、鎂、鍶、鈉、鋇等金屬鹽類的喜慶用品，燃放時能噴射多彩的火花或景物，發出不同的響聲，供人觀賞◇焰火晚會。同 煙火、煙花。

8 **焙** bèi 粵bui6 貝6 用微火烘烤◇焙炙｜焙煙葉。

8 **焱** yàn 粵jim6 驗 光華；火焰◇焱炎｜焱焰。

9 **煐** yīng 粵jing1 英 人名用字。

9 **煳** hú 粵wu4 湖 食品經火變焦變黑；衣物等經火變黃、變黑◇飯燒煳了。

9 **煚** jiǒng 粵gwing2 冏 日光。

9 **煦** xù 粵heoi2 許 溫暖◇煦風｜拂煦。

9 **照**〔炤〕zhào 粵ziu3 焦3 ①光線射到物體上◇照耀｜回光返照。②反射影像◇照鏡｜湖水照出了塔影。③拍攝◇這張相照得特好。④相片◇玉照｜拍照。⑤關心；看顧◇請多關照。⑥通知；示悉◇知照。⑦知曉；明白◇心照不宣。⑧比對；察看◇比照｜查照。⑨日光◇夕照｜殘照。⑩憑據；證明◇執照｜護照。⑪依；按◇按照。⑫向；朝；對◇照着這個方向走。⑬表示按原樣或某種標準（去做）◇照辦不誤｜照抄一遍。

【照拂】zhàofú ① 照顧；照料◇侍應生殷勤地照拂食客｜照拂子女。② 映照◇煦日照拂着大地。

【照明】zhàomíng 用燈光照耀使明亮◇照明用電。

【照例】zhàolì 依照慣例或常情◇春節照例放假。

【照相】zhàoxiàng ① 拍照◇她不喜歡照相。② 相片◇兒時的照相都散失了。同 照像。

【照面】zhàomiàn ① 面對面地不期而遇◇兩人在路口打了個照面。② 露面；見面。多用於否定◇他們彼此不照面。

【照看】zhàokàn 照料看顧◇我去買票，你照看好行李。同 照管。

【照射】zhàoshè 光線放射出來，照在物體上◇廣場被照射得通明。

【照料】zhàoliào 照顧料理◇悉心照料。

【照常】zhàocháng 跟平常一樣，沒有變動◇節日照常營業。

【照搬】zhàobān 照原樣不動地搬用。多含貶義◇全盤照搬別人的經驗。

【照會】zhàohuì ① 國家間往來的一種外交文書◇向日本發出照會。② 發出照會這種外交文書◇照會各國政府。

【照管】zhàoguǎn 照顧看管◇照管孩子｜家中由你照管。

【照樣】zhàoyàng ① 依照原來樣子或式樣（做）◇照樣做了一條裙子。② 仍舊；照舊◇下雨天照樣步行上學。

【照壁】zhàobì 舊式宅院門外對着大門的牆垣，起屏障作用。同 影壁、照牆。

【照臨】zhàolín 照射到◇和煦的陽光照臨大地。

【照應】zhàoyìng ① 呼應；配合◇文章要做到前後照應｜互相照應。② 照料。

【照舊】zhàojiù ① 跟原來一樣，沒有改變◇新辦公室裝潢照舊。② 依舊；依然◇壞習慣照舊不改。

【照耀】zhàoyào（強烈的光線）照射◇太陽照耀在湖面上。

【照顧】zhàogù ① 關心；優待◇照顧孩子｜照顧老人。② 照管；照料◇照顧病人｜照顧好財物。③ 顧及；考慮到◇照顧全局。④ 指顧客來商店光顧生意◇小店還請各位多多照顧。

【照本宣科】zhàoběnxuānkē 照着本子唸條文。比喻只會照搬現成的東西，不會靈活運用。

【照貓畫虎】zhàomāohuàhǔ 照着貓的樣子畫老虎。比喻照樣子模仿。

【照葫蘆畫瓢】zhàohúluhuàpiáo 瓢，把葫蘆切成兩半做成的舀水工具。照葫蘆的樣去畫瓢。比喻照樣子模仿。同 照貓畫虎。

9 **煲** bāo 粵bou[1]保 ①底深壁直的鍋◇瓦煲｜電飯煲。②把食物放在煲裏煮或熬◇煲湯｜煲粥。

9 **煞** (一)shā 粵saat[3]殺 ①結束；收住◇煞車｜煞尾。②勒緊；束緊◇煞行李。③同"殺"。削弱；損害◇煞價｜煞風景。④消除；止住◇煞住歪風邪氣。⑤用在一些表示心理活動的動詞後。表示程度深◇愛煞人｜秋風秋雨愁煞人。

(二)shà 粵saat[3]殺 ①指惡鬼◇兇神惡煞。②極；很。表示程度極深◇臉色煞白。

【煞白】shàbái（臉色）白中帶青，沒有血色◇嚇得他臉色煞白。同 刷白。

【煞車】shāchē 同"剎車"。① 止住車輛前進。② 比喻停止工作或運轉◇生意越做越虧本，該煞車了。③ 使車輛停止前進的裝置◇煞車壞了。

【煞尾】shāwěi ① 結尾；（文章、書信、事情的）最後一段◇文章還不錯，只是煞尾鬆勁了。② 結束事情的最後一段；收尾◇事情很快就可以煞尾。

【煞氣】(一)shāqì 出氣；發火◇不要拿孩子煞氣。同 撒氣。

(二)shàqì 兇惡的神色；邪氣◇滿臉煞氣。

【煞筆】shābǐ ①（作文、寫信結束時）停筆◇就此煞筆。② 指文章的結束語◇這篇散文的煞筆很精彩。

【煞掣】shāchè 剎車◇剎掣不及，撞上了前面的車。

【煞風景】shā fēngjǐng 損害美好的景色。比喻在興高采烈的場合使人掃興◇森林公園裏，垃圾成堆煞風景。

【煞有介事】shàyǒujièshì 故作姿態，讓人覺得真有其事。

【煞費苦心】shàfèikǔxīn 費盡心思。

9 **煎** jiān 粵zin¹ 氈 ①把東西放進水裏久煮◇煎藥。②把食物放在少量熱油中燒至焦黃◇煎黃魚。③量詞。煎中藥的次數◇頭煎|二煎。

【煎熬】jiān'áo ① 熬煮；熬製◇煎熬膏藥。② 比喻受折磨◇倍受煎熬。

9 **煤** méi 粵mui⁴ 梅 一種主要成分為碳、氫、氧、氮的黑色可燃固體，作燃料和化工原料◇煤炭|無煙煤。

【煤氣】méiqì ① 煤炭乾餾或重氣化後所得的可燃氣體，用作燃料、化工原料等。② 煤不完全燃燒時產生的有毒氣體◇煤氣中毒。③ 液化石油氣的俗稱◇液化煤氣。

9 **煙〔烟〕** yān 粵jin¹ 湮 ①物質燃燒時產生的氣體◇煤煙|炊煙。②像煙的東西◇雲煙|煙霧。③煙燻所積的碳素顆粒的凝結物◇煙子|煙墨。④指大煙、鴉片◇煙土|禁煙運動。⑤指煙草或煙草製品◇烤煙|煙捲兒。⑥由於煙的刺激使眼睛流淚或睜不開◇煙了眼睛。

【煙火】〈一〉yānhuǒ ① 煙和火。② 特指炊煙、人煙◇煙火騰騰 | 荒山中不見煙火。③ 指人做的食物、熟食◇不食人間煙火。④ 指後嗣◇延續煙火。

〈二〉yānhuo 焰火，煙花◇放煙火。

【煙花】yānhuā ① 指綺麗的春景◇故人西辭黃鶴樓，煙花三月下揚州。② 一種用紙裹着火藥以及鋁、鎂、鍶、鈉、鋇等金屬鹽類的喜慶用品，燃放時能噴射多彩的火花或景物，發出不同的響聲，供人觀賞。同 煙火、焰火。③ 指古代以性交易為主要產業的區域◇煙花之地。

【煙囱】yāncōng 爐灶、鍋爐上出煙的管子。

【煙雨】yānyǔ 如煙似霧的細雨◇多少樓台煙雨中。

【煙波】yānbō 煙霧蒼茫的水面◇煙波浩渺。

【煙柱】yānzhù 烈火燃燒時生成的呈柱狀的煙◇遠見火災現場升起一股煙柱。

【煙草】yāncǎo ① 一年生草本植物。葉子大而呈圓形、卵形或披針形等，是製造煙絲、捲煙的原料。② 指捲煙、煙絲等煙草製品。

【煙海】yānhǎi ① 煙霧茫茫的大海◇宛如蓬萊隔煙海。② 比喻事物眾多紛繁◇浩如煙海。

【煙雲】yānyún ① 煙靄雲霧◇羣山被繚繞的煙雲籠罩着。同 煙靄。② 像雲一般的煙火氣◇煙囱日夜噴吐着煙雲。

【煙幕】yānmù ① 燃燒燃料或使用化學藥劑產生的濃重煙霧。用來遮擋視線或防止農地霜凍◇施放煙幕阻止敵人進攻。② 比喻掩蓋真相或本意的言行◇散佈煙幕，迷惑對手。

【煙塵】yānchén ① 煙霧灰塵◇滿屋煙塵。② 烽煙和戰場上揚起的塵土。形容戰亂◇邊境無煙塵之擾。③ 指人煙稠密的地方◇錦里煙塵外，江村八九家。

【煙霞】yānxiá ① 煙霧和雲霞◇煙霞滿天。② 指山水◇以煙霞自適。

【煙濤】yāntāo 煙波◇兩地煙濤一葉舟。

【煙霧】yānwù ① 泛指煙、氣、雲、霧等◇煙霧籠罩江面。② 指生產企業排放的煙塵聚集成的霧狀物◇工廠上空煙霧彌漫。同 煙靄。

【煙靄】yān'ǎi 雲霧◇山頂被重重的煙靄籠罩着。

【煙消雲散】yānxiāo yúnsàn 煙雲消散無蹤。比喻消失得乾乾淨淨◇聽完他的解釋，大家的顧慮都煙消雲散了。

9 **煉(炼)〔鍊〕** liàn 粵lin⁶ 練 ①用加熱等方法使物質純淨或堅韌◇煉鋼|冶煉|提煉。②推敲字句使精確優美◇煉字|煉句。③燒；鍛煉◇煉山。

【煉丹】liàndān 原指置朱砂於爐中煉製丹藥。古代道家視所煉出的丹藥為長生不老之藥。後除這種外丹術外，更有把以氣功修煉人體精、氣、神的內丹術，也叫煉丹。

【煉獄】liànyù 天主教指人死後暫時受苦的地方。待罪愆煉盡，即可實現精神升華而步入天堂。後比喻險惡的境遇或經受鍛煉的環境◇戰爭的煉獄。

9 **煩(烦)** fán 粵faan⁴ 凡 ①內心不安寧，不暢快◇煩躁|心煩意亂。②繁多；雜亂◇要言不煩。③厭倦；討厭◇厭煩|耐煩|聽煩了。④使厭倦；使討厭◇煩人|別煩我。⑤敬辭。煩勞；勞駕◇煩你指個路。

【煩冗】fánrǒng ①（事務、心情）繁雜◇手頭瑣事煩冗不堪。②（文章）煩瑣冗長◇這篇作文主題不錯，可惜內容過於煩冗。

【煩惱】 fánnǎo 煩悶苦惱◇自尋煩惱。同 苦惱。

【煩悶】 fánmèn 心情鬱悶不暢快◇隊員們為賽場失利而煩悶。

【煩亂】 fánluàn ① 紛繁雜亂◇手頭的事務煩亂不堪。② 心情煩悶，思緒混亂◇最近心裏煩亂得很。

【煩瑣】 fánsuǒ 繁雜瑣碎◇手續煩瑣。

【煩厭】 fányàn 厭煩◇假期裏無所事事，令人煩厭。

【煩憂】 fányōu 煩惱憂愁◇為升學的事煩憂。同 煩慮。

【煩慮】 fánlǜ 煩惱憂慮◇為家事煩慮。

【煩擾】 fánrǎo ① 紛擾；雜亂◇煩擾的問題一齊湧上心頭。② 攪擾；干擾◇不可煩擾他人。③ 因受攪擾而心煩◇心裏煩擾無盡。

【煩雜】 fánzá 繁雜；紛繁雜亂◇煩雜的事務。

【煩懣】 fánmèn 煩悶氣惱◇煩懣不安。

【煩難】 fánnán ① 複雜困難，不容易解決◇處理人際關係可真煩難！② 複雜難懂，難以理解掌握◇煩難的試題。③ 指煩悶苦惱◇她就是多愁善感，愛生煩難。

【煩躁】 fánzào 煩悶急躁◇煩躁不安｜心裏煩躁，靜不下心來。

【煩囂】 fánxiāo 喧擾；嘈雜◇煩囂之聲不絕於耳。

9 **煬（炀）** ㈠ yàng 粵 joeng6 讓 ①烘烤；烘乾◇就火煬之。②焚燒◇煬《詩》《書》而為煙。③火旺◇火勢煬煬。

㈡ yáng 粵 joeng4 羊 熔化（金屬）。

9 **煴〔熅〕** ㈠ yūn 粵 wan1 溫 ①微火；沒有光焰的火。②溫暖；暖和◇狐貉雖煴，不能熱無氣之人。

㈡ yùn 粵 wat1 屈 同"熨"。燙平◇煴衣。

9 **煜** yù 粵 juk1 旭 光耀；照耀◇煜明｜星光煜煜。

9 **煨** wēi 粵 wui1 偎 ①把生的食物放在灰火裏加熱使其變熟◇煨紅薯。②用文火慢慢燉熟◇紅酒煨牛肉。

9 **煅** duàn 粵 dyun3 斷 ①中藥製法，指放在火裏燒◇煅石膏。②同"鍛"。

9 **煌** huáng 粵 wong4 王 明亮◇輝煌｜煌煌巨著。

9 **煖** xuān 粵 hyun1 圈 溫暖◇煖然似春。

9 **煥** huàn 粵 wun6 換 光亮；鮮明◇煥然一新｜青春煥發。

【煥然】 huànrán 有光彩的樣子◇重新裝修，家中煥然一新。

【煥發】 huànfā ① 光彩四射◇神采煥發。② 迸發；顯現◇煥發精神。

9 **煢（茕）** qióng 粵 king4 鯨 孤獨無依◇煢子｜煢居。

【煢煢】 qióngqióng ① 孤單無依的樣子◇煢煢孑立，形影相弔。② 憂思的樣子◇憂心煢煢。

9 **煸** biān 粵 bin1 邊 方言。把肉、菜放在熱油中煎到半熟◇煸魚｜煸刀豆。

9 **煒（炜）** ㈠ wěi 粵 wai5 偉 鮮明；有光澤◇彤管有煒。

㈡ huī 粵 fai1 揮 光；光輝◇煒爍｜煒煌。

9 **煣** róu 粵 jau2 黝 用火烤木材，使曲直變形◇煣木為耒。

10 **熙〔煕煕〕** xī 粵 hei1 希 ①光明◇熙天曜日。②和樂；和悅◇熙和｜熙熙。③興盛◇庶績咸熙。

【熙來攘往】 xīláirǎngwǎng 形容人來人往，熱鬧擁擠。

【熙熙攘攘】 xīxī rǎngrǎng《史記・貨殖列傳》："天下熙熙，皆為利來；天下攘攘，皆為利往。"熙熙，和樂的樣子；攘攘，紛雜的樣子。後形容人來人往，喧鬧紛雜。同 熙來攘往。

10 **熏** ㈠ xūn 粵 fan1 分 ①和暖◇熏風。②同"燻"。

㈡ xùn 粵 fan1 分 使中毒窒息◇被煤氣熏着了。

【熏風】 xūnfēng 和暖的風◇熏風自南來。

10 **熄** xī 粵 sik1 色 （火）滅；（燈）關◇熄火｜熄燈。

【熄火】 xīhuǒ 使火熄滅；停止燃燒◇煤氣灶熄火了｜汽車熄火，發動不起來。

【熄滅】 xīmiè ① 不再燃燒◇篝火已經熄滅。② 讓火停止燃燒◇熄滅了大火。③ 消亡；消滅◇熄滅舊情。

10 **熗(炝)** qiàng 粵coeng³ 唱 ①將菜餚在沸水中略煮後用作料拌入◇熗蛤蜊。②把肉菜等用熱油略炒使出味◇熗鍋。

10 **熘** liū 粵lau⁶ 漏/liu¹ 溜 把肉菜焯或加油炒後再勾芡◇熘魚片｜熘白菜。

10 **熒(荧)** yíng 粵jing⁴ 形 ①光微弱的樣子◇星光熒熒。②迷惑；疑惑◇熒惑。

【熒光】yíngguāng 某些物質受光或其他射線照射時，發出的可見光◇熒光燈｜熒光屏。

【熒屏】yíngpíng 熒光屏。借指電視◇熒屏世界。

【熒惑】yínghuò ① 炫惑；使人迷惑◇熒惑人心。同 迷惑。② 中國古代指火星。因其隱現不定，令人迷惑，故稱。

【熒熒】yíngyíng（亮光）微弱閃動的樣子◇燈光熒熒如豆。

10 **熔** róng 粵jung⁴ 容（固體）在高溫下轉變為液態◇熔化｜熔鐵。

【熔化】rónghuà（物質）由固態變為液態的過程。固體加熱到熔點時便開始熔化。

【熔解】róngjiě 熔化◇錫鑞已經熔解。

【熔融】róngróng 熔化◇高溫下鐵塊熔融為鐵水。

【熔鑄】róngzhù ① 熔化並鑄造◇熔鑄鐵錠。② 鍛煉；鑄就◇熔鑄出堅強的品格。

10 **煽** shān 粵sin³ 線 ①同"扇"。搖動扇子等使空氣流動；扇火使旺盛◇煽扇子｜把爐子的火煽旺點。②鼓動(人做壞事)◇煽風點火。

【煽動】shāndòng 鼓動；慫恿◇煽動民眾鬧事。

【煽情】shānqíng ① 煽動人的感情。② 能煽動人感情的◇影片很煽情，觀眾無不落淚。

【煽惑】shānhuò 煽動誘惑◇用甜言蜜語煽惑人心。

【煽風點火】shānfēng diǎnhuǒ 煽動、唆使人幹壞事。

10 **煺** tuì 粵teoi³ 退 已宰殺的豬、雞等用滾水燙後去掉毛◇煺毛｜煺豬。

10 **熊** xióng 粵hung⁴ 紅 ①大型哺乳動物。頭大四肢粗短，能直立行走並攀緣，以肉食為主◇白熊｜棕熊。②方言。斥責；捉弄◇他喜歡熊人。③方言。軟弱無能◇熊包｜你真熊！④姓。

【熊市】xióngshì 價格、成交量和成交金額全面下跌的證券行情。

【熊熊】xióngxióng 形容火焰旺盛的樣子◇熊熊大火。

【熊貓】xióngmāo 哺乳動物。體肥胖，似熊而較小，兩耳、眼周、肩部和四肢黑色，餘皆白色，憨態可掬。生活在中國西南高山區和原始竹林中，是中國特有的珍稀動物。

【熊羆】xióngpí 熊和羆兩種猛獸。比喻勇士、雄師◇擁有熊羆之師。

11 **熱(热)** rè 粵jit⁶ 噎⁶ ①溫度高◇熱水｜天熱。②情意深厚；情緒興奮激動◇熱愛｜熱心腸。③走俏的；吸引人的◇熱銷｜熱門。④羨慕而想得到的◇熱中｜眼熱。⑤紅火；喧鬧◇熱鬧。⑥使溫度升高◇熱冷飯冷菜。⑦高體溫◇發熱｜退熱。⑧指時尚潮流◇出國熱｜旅遊熱。⑨物體內部分子、原子不規則運動所產生的能◇物質燃燒都能產生熱。

【熱土】rètǔ 懷有深厚感情、久住過的地方；鄉土◇熱土難離，鄉情永駐。

【熱切】rèqiè 熱烈懇切◇熱切盼望。

【熱中】rèzhōng ① 急切追逐（名利、權勢等）◇熱中政界官場。② 沉湎於（某種嗜好）；被(某種愛好)吸引◇熱中於上網、旅遊。

【熱心】rèxīn 熱誠；盡心竭力◇熱心工作｜熱心公益。

【熱血】rèxuè 鮮血。比喻為正義而獻身的熱情◇甘灑熱血｜熱血青年。

【熱忱】rèchén 熱烈真誠的感情；熱情◇一片熱忱。

【熱門】rèmén ① 風行一時、吸引人的事物◇商業管理現在是個大熱門。② 受人關注、歡迎的◇熱門貨｜熱門話題。

【熱烈】rèliè 形容興奮激動◇氣氛熱烈｜熱烈鼓掌。

【熱氣】rèqì ① 炎熱的空氣；熱的氣體◇桑拿浴室裏熱氣蒸騰。② 熱情；激情◇憑着一股熱氣上戰場。③ 中醫術語。指因氣機不宜，陽氣鬱積而變化為可導致疾病的邪氣。

【熱流】rèliú ① 在導熱物體中，單位時間內通過垂直於傳熱方向某一截面的熱量。② 比喻激動振奮時的感受◇一股熱流湧上心頭。③ 熱潮◇北上搵工的熱流｜虛擬世界的熱流。

【熱浪】rèlàng ① 滾滾而來的熱空氣◇熱浪襲來，空調熱銷。② 比喻熱烈沸騰的景象◇競賽的熱浪。③ 熱的輻射。

【熱望】rèwàng ① 熱切希望；急切盼望◇熱望兒子成才。② 熱切的希望◇不負熱望。

【熱淚】rèlèi 動情的眼淚◇熱淚盈眶。

【熱情】rèqíng ① 熱烈的感情◇熱情可嘉。② (感情) 誠厚熱烈◇熱情接待。

【熱詞】rècí 一個時期內使用頻率極高的詞語◇評選年度熱詞。

【熱絡】rèluò ① 關係親熱◇兩人關係熱絡。② 氣氛熱烈◇氣氛熱絡。③ 交往頻繁◇兩國領導人往來熱絡。

【熱愛】rè'ài 熱烈地愛；(對人、事物) 有深厚的感情◇熱愛父母｜熱愛教育事業。(反) 痛恨。

【熱誠】rèchéng ① 熱烈而誠摯◇熱誠企盼早日回國。② 熱烈的誠意◇充滿熱誠｜為人熱誠。

【熱賣】rèmài 暢銷；賣得非常快◇熱賣商品。

【熱鬧】rènao ① 熱烈喧鬧，繁盛活躍◇花市很熱鬧。(反) 冷清。② 熱烈喧鬧的景象◇看熱鬧。③ 造成熱烈、活躍、快樂的場面◇歡迎春節來我家熱鬧一下。

【熱潮】rècháo 比喻蓬勃發展、熱火朝天的形勢或行動◇掀起搶購熱潮。

【熱線】rèxiàn ① 為及時聯繫而經常準備着的直通電話等通訊線路◇熱線電話服務 ② 通向熱點的路線；流量大的繁忙線路◇旅遊熱線｜交通熱線。③ 指紅外線◇關節痛照照熱線能減輕症狀。

【熱點】rèdiǎn ① 吸引人或引人注目的地方◇旅遊熱點。② 引人關注的問題；爭議或研究的焦點◇議論的熱點。

【熱戀】rèliàn 熱烈地愛戀◇一對熱戀中的情侶。

【熱心腸】rèxīncháng 待人熱誠、助人為樂的心地品性◇熱心腸的鄰居。

【熱烘烘】rèhōnghōng 很熱的樣子；暖和◇屋內熱烘烘的。

【熱辣辣】rèlàlà ①（食物）熱而且辣◇熱辣辣的重慶火鍋。② 很熱；滾燙◇太陽曬得地面熱辣辣的。③ 形容（心情）熱烈激動◇心裏熱辣辣的。

【熱騰騰】rèténgténg ① 熱氣蒸發，向上直冒的樣子◇熱騰騰的飯菜。② 形容心情激動◇我考上了大學，心裏熱騰騰的。

【熱火朝天】rèhuǒcháotiān 比喻氣氛熱烈，情緒高漲。

11 **熬** ‹一› áo 粵ngou4 遨 ①用文火久煮◇熬藥｜熬稀飯。②勉強忍受、支撐◇熬出頭了｜熬了半輩子。

‹二› āo 粵ngou4 遨 把菜餚放入水中久煮使其爛熟◇熬白菜｜熬骨頭湯。

【熬夜】áoyè 通宵或至深夜忍睏不睡◇考試前幾天，他幾乎天天熬夜。

【熬煎】áojiān ① 煎煮◇中藥熬煎好了嗎？② 折磨；痛苦◇受盡熬煎。

11 **熲(颎)** jiǒng 粵gwing2 迥 火光。

11 **熟** ‹一› shú 粵suk6 淑 ①把生的食物加熱到可食用的程度◇熟食｜肉都爛熟了。②完全長成；成熟◇稻穀熟了｜瓜熟蒂落。③收成好；豐收◇湖廣熟，天下足。④經過加工或處理的◇熟鐵｜熟皮。⑤因做得時間長而精通◇熟能生巧◇熟練｜熟手。⑥仔細；周詳◇熟思｜熟覽。⑦表示程度深◇深思熟慮。

‹二› shóu 粵suk6 淑 同"熟‹一›"。用於口語，多單用◇熟睡｜飯熟了｜我和他並不熟。

【熟手】shúshǒu 熟悉某種工作的人◇熟手技工。(反) 新手。

【熟年】shúnián 豐收的年頭◇風調雨順，又是一個熟年。(同) 豐年。

【熟悉】shúxī ① 清楚地知道◇熟悉學校的情況。② 知道得清楚◇對同學並不熟悉。(反) 生疏。

【熟習】shúxí 熟練掌握；了解深刻◇熟習駕車技術。

【熟睡】shúshuì 深沉地睡；酣睡◇熟睡不醒。(反) 失眠。

【熟稔】shúrěn 十分熟悉◇他對這一帶很熟稔。

【熟語】shúyǔ 語言中定型的短語，一般不能改變其形式，包括成語、俗語、諺語、慣用語、歇後語等。

【熟練】shúliàn 常做而精熟老到◇技巧熟練。

【熟諳】shú'ān 熟悉◇飽讀史書，熟諳歷史。

【熟識】shúshi 認知得很透徹◇我們彼此熟識｜熟識兵法。

【熟視無睹】shúshìwúdǔ 經常看到，卻像不曾看見一樣。形容對眼前的事不關心或漫不經心。

11 **熯** hàn 粵hon³漢 ①方言。烘烤◇熯餅。②用極少的油煎。

11 **熰（㶩）** ǒu 粵au¹歐 ①燒火時柴草等沒有充分燃燒而產生大量的煙◇熰了一屋子煙。②冒煙，不起火苗地燒◇把這堆柴火熰了。③用燃燒艾草等的煙驅蚊蠅◇熰蚊子。

11 **熛** biāo 粵biu¹標 ①火，火焰◇一家失熛，百家皆燒。②焚燒◇火烈熛林。③形容風迅疾、迅猛◇熛風｜熛起。

11 **熳** màn 粵maan⁶慢 鮮麗；豔麗◇綠窗桃李熳。

11 **熜** cōng 粵cung¹充 ①微火；熱氣。②同"囱"。煙囱。

11 **熵** shāng 粵soeng¹商 物質系統狀態存在可能性的量度，是描述熱力學系統狀態的一個物理量。熵標誌熱量轉化為功的程度。

11 **熠** yì 粵jap¹邑 光耀；鮮明◇熠然｜熠熠｜熠耀。

【熠熠】yìyì 鮮明、閃爍的樣子◇熠熠生輝。

11 **熥** tēng 粵tung¹通 方言。把涼的熟食用蒸、烤等方式加熱◇熥饅頭。

11 **熨** 〈一〉yùn 粵wan⁶運 燙平◇洗熨｜熨衣服。
〈二〉yù 粵wat¹屈 見"熨帖"。

【熨斗】yùndǒu 燙平衣物的器具。因初期產品形狀似斗，故名。

【熨帖】yùtiē ①（遣詞用字）恰當，妥帖，合適◇文章用詞熨帖。②（心情）安適；平靜◇聽了他的話，心裏熨帖好多。③慰藉；體貼◇音樂可以熨帖人的心情。④方言。辦妥；整理妥當◇還債的事已經辦熨帖了。

12 **熹** xī 粵hei¹希 明亮；光明◇晨熹。

【熹微】xīwēi 清晨陽光微弱的樣子◇晨光熹微。

12 **燕** 〈一〉yàn 粵jin³宴 ①候鳥類的一科，體型小，翅尖而長，尾巴分開呈剪刀狀，捕食昆蟲，對農作物有益◇燕子｜乳燕。②同"宴"。(1)宴飲；宴請◇燕飲。(2)宴會；酒席◇酒燕。(3)安樂；安閒◇燕居。
〈二〉yān 粵jin¹煙 ①古國名。在河北北部和遼寧南部。後也作河北或河北北部的別稱◇燕趙｜燕京。②姓。

【燕雀】yànquè ①燕子和麻雀。泛指小鳥◇燕雀安知鴻鵠之志哉？②雀科小候鳥。嘴黃色，尖端微黑，尾羽和翼羽黑色，體羽下部白色，其餘黃褐色，食昆蟲和植物種子。

【燕婉】yànwǎn ①溫順安詳的樣子◇神情燕婉。②優美；柔和◇燕婉動聽。

【燕爾】yàn'ěr 安樂的樣子。《詩經・邶風・谷風》："宴（燕）爾新昏（婚），如兄如弟。"後指新婚◇燕爾之夕｜燕爾新婚。

【燕窩】yànwō 金絲燕在海邊崖洞等處築的窩，由其唾液混合絨羽、海藻等凝結而成，是一種滋補食品，有補肺養陰、祛痰止咳等功效。

【燕尾服】yànwěifú 歐美男子穿的一種黑色晚禮服，後襟較長而下端開叉如燕尾，故名。

12 **燒（烧）** shāo 粵siu¹消 ①使着火◇燒焦｜燃燒。②（物體）因受熱或接觸某些化學藥品而發生變化◇燒水｜衣服被硫酸燒了個洞。③泛指烤、炸、炒、蒸、燉等烹調方法◇燒餅｜紅燒肉｜乾燒大蝦。④因生病而體溫高。也指比常溫高的體溫◇發燒｜燒剛退。⑤因肥料過量使作物枯萎或死亡◇秧苗被肥料燒死了。⑥強烈刺激；激發◇燒心｜燒起心中的希望。⑦形容因富有或條件優越而得意忘形，炫耀自誇◇有了幾個錢，看燒得他！

【燒手】shāoshǒu 比喻事情難辦、棘手◇燒手的難題。

【燒荒】shāohuāng 開荒前燒掉荒地上的野草◇燒荒墾地。

【燒烤】shāokǎo ① 用炭火燒、烤（生肉、生魚等食物）；烘烤◇生火燒烤。② 指烤着吃的食物◇韓國燒烤。

【燒酒】shāojiǔ 酒精含量高的白酒，因能點燃而得名。

【燒紙】shāozhǐ ① 迷信的人焚燒紙錢，用以祭奠死者◇在父母墳頭上點燭燒紙。② 印上或刻出錢形、用作祭品的紙。

【燒菜】shāocài 烹調飯菜。

【燒高香】shāo gāoxiāng ① 燒香禮拜。指虔誠感謝神佛保佑。② 比喻因請託而送禮。

12 **熺** xī 粵hei¹ 希 同"熹"。

12 **燁（烨）** yè 粵jip⁶ 業 ①火光；日光。②光盛。

【燁燁】yèyè 明亮；燦爛◇篝火燁燁。

12 **燂** tán 粵taam⁴ 談 放在火上使熱。

12 **燎** 〈一〉liǎo 粵liu⁶ 廖 ①靠近火而燒焦◇燎眉|燎鬚。②烘烤◇燎衣|燎背。
〈二〉liáo 粵liu⁴ 聊 ①火把；火炬◇庭燎。②延燒；燒◇燎原|燎着一肚子火。③燙◇燎泡。

【燎原】liáoyuán ① 延燒草原◇星星之火，可以燎原。② 指大火◇燎原撲滅無餘燼。

12 **熸** jiān 粵zim¹ 尖 ①火熄滅。②軍隊潰敗。

12 **燜（焖）** mèn 粵mun⁶ 悶/man¹ 蚊 蓋緊鍋蓋，用小火把食物煮熟◇燜飯|油燜筍。

12 **燀（婵）** chǎn 粵cin² 淺 ①燃燒；燒。②火花飛迸的樣子。③熾熱。

12 **燔** fán 粵faan⁴ 凡 ①焚燒◇燔燒|燔柴。②烤◇燔肉。

【燔肉】fánròu ① 烤肉使其熟◇烹雞燔肉。② 指祭肉◇從而祭，燔肉不至。

12 **燃** rán 粵jin⁴ 言 ①焚燒◇燃燒|自燃。②引火點着◇燃香|燃起篝火。③引發◇燃起希望。

【燃料】ránliào 能產生熱能、光能的可燃物質，如煤炭、石油等◇燃料短缺。

【燃燒】ránshāo ①（物質）劇烈氧化而發光發熱；着火焚燒◇柴堆燃燒起來了。② 比喻處於激烈狀態◇怒火燃燒。

【燃眉之急】ránméizhījí 比喻急得像眉毛被燒着了一樣。也指極為緊迫之事◇新一輪紓困措施旨在解民燃眉之急。

12 **燉（炖）** dùn 粵dan⁶ 墩⁶ ①用文火煮使爛熟◇燉豬蹄|燉雞湯。②把東西放入盛器，然後連同盛器放在水裏加熱◇燉酒|燉人參湯。

12 **熾（炽）** chì 粵ci³ 次 ①（火）很旺◇熾烈|熾灼。②比喻旺盛、興盛◇熾盛|熾情。

【熾烈】chìliè（火、光等）旺盛，猛烈◇火勢熾烈。

【熾盛】chìshèng ① 旺盛；繁盛◇火勢熾盛|國力強大熾盛。②（感情、慾望等）強烈◇發財的慾念日益熾盛。

【熾熱】chìrè ① 溫度高；極熱◇煉鋼車間裏空氣熾熱燻人。② 比喻非常強烈或熱烈◇一顆熾熱的心。

12 **燊** shēn 粵san¹ 身 火勢熾盛的樣子。多用於人名。

12 **燚** yì 粵jik⁶ 亦 人名用字。

12 **燈（灯）** dēng 粵dang¹ 登 ①用來照明、加熱等，能發光的器具◇燈光|電燈|拿酒精燈加加熱。②比喻佛法◇傳燈。

【燈火】dēnghuǒ 亮着的燈；燈光。

【燈塔】dēngtǎ ① 設置在航線附近的島嶼或海岸上的大型強光源航標，因呈塔形，故名。② 比喻指引前進方向的事物。

【燈盞】dēngzhǎn 油燈。後泛指燈。

【燈節】dēngjié 農曆正月十五日元宵節。期間有放燈、觀燈的習俗。

【燈飾】dēngshì 兼具照明及裝飾用的燈。

【燈謎】dēngmí 貼在花燈上的謎語。後泛指謎語。

【燈籠】dēnglong 一種籠子狀的燈具，供照明、裝飾或玩賞。

【燈紅酒綠】dēnghóngjiǔlǜ 形容繁華景象或奢侈腐化的生活◇十里洋場，到處是燈紅酒綠。同 紙醉金迷。

12 **燏** yù 粵wat[6] 核 火光。

12 **燙(烫)** tàng 粵tong[3] 趟 ①接觸高温物體而受傷或感到疼痛◇腳燙傷了。②感覺到温度太高◇水太燙｜滾燙。③用高温物使低温物升温或改變狀態◇燙酒｜燙髮。

【燙手】 tàngshǒu 手接觸高温物而感到疼痛。比喻事情難辦或難以接受◇小心燙手｜這件差事可燙手。

【燙花】 tànghuā 用燒熱的鐵扦子在木製品上燙出圖案或花紋；烙花◇在扇骨上燙花。

【燙金】 tàngjīn 一種燙印工藝。用加熱的金屬凸版壓印在鋪着金箔的印刷品上，燙出金色的文字圖案◇燙金封面。

【燙手山芋】 tàngshǒushānyù 比喻難於處理的事；難題。

13 **燮** xiè 粵sit[3] 泄 調和；協和◇燮理｜調燮。

13 **燦(灿)** càn 粵caan[3] 璨 明亮耀眼的樣子◇光燦燦｜燦若白晝。

【燦爛】 cànlàn ① 明亮絢麗的樣子◇陽光燦爛｜春花開得分外燦爛。② 形容輝煌美好◇中國有五千年的燦爛文化。

13 **燥** zào 粵cou[3] 澡 乾；缺少水分◇乾燥。

【燥熱】 zàorè ① 炎熱◇夏天天氣燥熱。② 熱得難受；心情煩躁◇渾身燥熱。

13 **燭(烛)** zhú 粵zuk[1] 足 ①蠟燭◇燭火｜花燭。②照亮；明察◇火光燭天｜洞燭其奸。③電燈泡的功率單位，瓦特◇ 40 燭的燈泡。

【燭花】 zhúhuā ① 蠟燭的光焰◇燭花照人。② 蠟蠋芯燒結成的穗狀物◇燭芯結了小小的燭花。

【燭淚】 zhúlèi 蠟燭燃燒時淌下的液態蠟◇盈盈燭淚因誰泣？

【燭照】 zhúzhào ① 照射；照亮◇陽光燭照人間。② 明察；洞曉◇燭照人生。

【燭察】 zhúchá 洞察，明察◇燭察人心。

13 **燬** huǐ 粵wai[2] 委 燒掉◇燒燬｜焚燬。

13 **燠** yù 粵juk[1] 旭 暖；熱◇燠暖｜燠熱。

13 **燴(烩)** huì 粵wui[6] 匯 ①把菜置鍋中先炒再加芡汁燒煮◇燴白菜｜燴蝦仁。②把多種菜或菜同主食混在一起煮◇燴飯｜大雜燴。③比喻把不相關的人或事拉扯在一起◇別把外人燴在自己的家事裏。

13 **燧** suì 粵seoi[6] 睡 ①古代指木、鏡等取火的工具◇燧木取火。②古代邊防夜間報警的火炬◇燔燧告警。

13 **營(营)** yíng 粵jing[4] 形 ①在四周壘土而居。②建造◇營建｜營窟。③經營；管理◇營業｜合營。④謀求◇營利｜鑽營。⑤軍隊的駐地◇安營紮寨。⑥軍隊編制單位，團以下、連之上的一級◇營部｜二營。⑦像軍營似的聚眾場所◇集中營｜夏令營。⑧姓。

【營火】 yínghuǒ 露營時生的篝火◇營火旺盛，人聲鼎沸。

【營生】 ㈠yíngshēng 做生意；謀生活◇離家到社會上營生。
㈡yíngsheng 方言。職業；活計◇以賣字為營生。

【營地】 yíngdì ① 短期落腳，進行集體活動的住地◇夏令營營地。② 軍隊的駐地。

【營求】 yíngqiú 尋求；謀求◇營求名利｜營求能人賢士。

【營私】 yíngsī 圖謀私利◇結黨營私。

【營房】 yíngfáng 軍隊的駐地，包括住房及周圍設施。

【營建】 yíngjiàn 經營建造◇營建大型遊樂場。

【營救】 yíngjiù 想方設法救援◇營救失蹤人質。

【營帳】 yíngzhàng ① 野外臨時搭建的住宿用的帳篷◇探險隊的營帳。② 營房。

【營造】 yíngzào ① 經營建造◇營造一棟商業大廈。② 有計劃、有目的地造◇營造和諧氣氛｜營造良好的學習環境。

【營落】 yíngluò 軍營；營寨◇佔領了好幾個營落。

【營業】 yíngyè ① 經營業務；經商◇商場假日照常營業。② 指職業、工作◇他總想找一個正經的營業做做。

【營運】yíngyùn 經營和運作、運行◇公司營運情況良好｜鐵路即將投入營運。

【營盤】yíngpán 軍營。同 營地。

【營銷】yíngxiāo 經營銷售◇營銷部門｜網上營銷。

【營養】yíngyǎng ①吸取養分以維持生命。②養分；養料。

【營謀】yíngmóu 想方設法；謀求◇一心營謀出國深造。

【營營】yíngyíng ①象聲詞。多用於昆蟲發出的聲音。②形容忙碌不息或鑽營追逐的樣子◇營營一生｜營營役役。

【營壘】yínglěi ①軍營四周的防禦建築物；堡壘◇堅固的營壘。②泛指陣營。

【營營苟苟】yíngyínggǒugǒu 同"蠅營狗苟"。形容人不顧廉恥、不擇手段，一味鑽營。

14 **燾**(焘) (一)tāo 粵tou4 途 用於人名。(二)dào 粵tou4 途 ①覆蓋◇燾覆｜燾育。②蔭庇◇蔭燾後人。

14 **燹** xiǎn 粵sin2 冼 ①火。特指戰火◇兵燹｜烽燹。②燒，焚燒◇不慎失火，住屋被燹。

14 **燻**〔熏〕 xūn 粵fan1 分 ①由於煙、氣等接觸物體，使物體變顏色或沾染氣味◇煙燻火燎。②影響；侵襲；彌漫◇燻陶｜利慾燻心｜臭氣燻天。③燻製；焙製◇燻魚｜燻花茶。

【燻沐】xūnmù ①燻香沐浴。泛指梳洗打扮◇燻沐後再祭拜天地。②燻陶◇他的詩作燻沐於李白。

【燻染】xūnrǎn 燻陶沾染。多指壞的人或事物◇燻染不良習氣。

【燻陶】xūntáo 被外在的思想、品行、習慣或方式所濡染而漸趨同化。多指好的◇受環境的燻陶。

【燻蒸】xūnzhēng 受熱升騰或散發◇暑氣燻蒸。

【燻熾】xūnchì 熾熱◇權慾燻熾。

14 **燼**(烬) jìn 粵zeon6 盡 物體燃燒剩下的殘餘物◇灰燼｜餘燼。

15 **爇** ruò 粵jyut6 月 ①燒；焚燒◇爇香｜爇雞。②烘烤◇爇衣。

15 **爆** bào 粵baau3 包3 ①猛然破裂；四散迸出◇爆炸｜爆出火星。②突然出現或發生◇爆新聞｜爆冷門。③用熱油快速烹炸，或在沸水中短促燙煮，或置密封器中加壓加熱，然後突然減壓取出◇爆魚｜爆牛肚｜爆玉米花。

【爆竹】bàozhú 一種點燃後能爆裂發聲的喜慶用品。用多層紙密裹火藥，接以引線而成。古人本用燃竹爆聲，故名◇燃放爆竹。同 炮仗、鞭炮。

【爆炸】bàozhà ①物體急劇脹大，使周圍氣壓發生強烈變化並產生巨大聲響，使原物體遭到破壞◇油罐爆炸｜炸彈爆炸。②形容數量劇增，突破限度◇信息爆炸｜人口爆炸。

【爆紅】bàohóng 突然走紅或廣受歡迎◇這位明星爆紅後片約不斷。

【爆破】bàopò 利用炸藥爆炸破壞（巖石、工事、建築物等）◇定向爆破。

【爆棚】bàopéng ①爆滿；滿座◇影院爆棚。②轟動性的◇終於採訪到這項爆棚新聞。

【爆裂】bàoliè ①猛然破裂◇輪胎爆裂。②迸出；迸發◇小心電焊爆裂出來的火星。

【爆發】bàofā ①炸開。特指火山內部巖漿突然沖破地殼向外噴發◇火山爆發。②突然發生或發作◇爆發起義｜靈感爆發，寫出了絕妙好詩。

【爆滿】bàomǎn 形容人、物等多到幾乎超過可容納的限度◇庫存爆滿｜影院場場爆滿。

【爆錶】bàobiǎo 實際數值超過儀表上的最高刻度，也形容數量和程度極高◇今天的空氣污染指數爆錶。

【爆冷門】bàolěngmén 突然出現意料不到的結果◇足球世錦賽爆冷門｜世界杯爆冷門。

15 **燺**〔焅〕 kào 粵kaau3 靠 用微火使魚、肉等菜的湯汁變濃或耗乾。

15 **爍**(烁) shuò 粵soek3 削 光亮閃動的樣子◇爍亮｜閃爍。

【爍爍】shuòshuò 光芒閃耀的樣子◇星光爍爍。

15 **爊** āo 粵ou1 奧1 ①放在微火上煨熟。②烹調方法，用多種香料加工某種食品◇爊鴨。③同"熬"。

16 **爐**（炉）〔鑪〕lú 粵lou4 勞 供烹飪、冶煉、取暖等用的器具或設備◇爐灶｜煉鋼爐｜圍爐夜談。

【爐灶】lúzào 爐子和灶的統稱。

【爐火純青】lúhuǒchúnqīng 本指道家煉丹，爐中火焰至純青色便宣告成功。後比喻學問、技藝、修養等達到純熟完美的境界。

16 **爔** xī 粵hei1 希 同"曦"。

17 **爛**（烂）làn 粵laan6 蘭6 ①食物熟透後呈鬆軟狀態◇肉煮爛了。②水分多而呈鬆軟稀糊狀態◇爛泥｜泡爛了。③腐壞；破碎◇潰爛｜蘋果爛了｜破磚爛瓦。④混亂無頭緒◇爛賬｜爛攤子。⑤明亮；鮮豔◇燦爛｜爛漫。⑥表示程度極深◇爛熟｜爛醉。⑦表示壞；蔑視◇爛貨｜爛仔。

【爛尾】lànwěi ①指建築工程由於各種原因（例如資金不足、銷量差）而導致中途停建，無法竣工◇爛尾樓。②指事物、事件不了了之、草草收場。

【爛漫】lànmàn ①形容色彩絢麗◇山花爛漫。②形容廣而分散◇燈火爛漫。③形容真摯坦率，不做作◇天真爛漫。

【爛賬】lànzhàng ①混亂不清的賬目◇這筆爛賬誰也算不清。②壞賬，被拖欠很久難以收回的債款◇銀行的爛賬居高不下。

【爛熟】lànshú ①果實熟透；肉菜煮得極熟◇爛熟的牛肉｜桃子已經爛熟。②極熟悉；極熟練◇背得滾瓜爛熟。

【爛糊】lànhu（食物煮得）極軟爛◇爛糊肉絲。

【爛攤子】làntānzi 淩亂殘破的攤子。比喻難以收拾整頓的混亂局面◇留下一個爛攤子。

17 **爚** yuè 粵joek6 弱 火光。

17 **爝** jué 粵zoek3 爵 ①小火◇爝火。②燃燒葦把◇爝以祭廟。

25 **爨** cuàn 粵cyun3 寸 ①燒火做飯◇他們同居而分爨。②灶◇釜爨。③姓。

爪部

0 **爪** 〈一〉zhǎo 粵zaau2 找 ①鳥獸的腳◇鷹爪｜虎爪｜張牙舞爪。②動物的腳趾甲◇貓掌前端有尖爪。

〈二〉zhuǎ 粵zaau2 找 "爪〈一〉"的口語音，用於"爪兒、爪子"等詞。

【爪子】zhuǎzi 動物帶尖甲的腳◇鷹爪子｜雞爪子｜貓爪子。

【爪牙】zhǎoyá 動物的尖爪和利牙。比喻黨羽、幫兇◇豢養了一批爪牙。

4 **爬** pá 粵paa4 琶 ①（人或動物）伏地移動◇連滾帶爬｜蟲子爬來了｜娃娃會爬了。②抓着東西往上攀登◇藤蘿爬滿了架。③由躺而起身（多指起牀）◇病得爬不起來｜清早五點就爬起來看書。

【爬行】páxíng 爬；伏地而行◇在草叢中爬行。

【爬行類】páxínglèi 脊椎動物的一類，行動時多用腹部貼地，身體表面有鱗或甲，體溫隨環境溫度高低而變化，用肺呼吸。包括了龜、蛇、蜥蜴等。

【爬格子】págézi 指從事寫作◇以爬格子謀生。

4 **爭**〔争〕zhēng 粵zang1 憎 ①力求獲得或奪得◇爭奪｜分秒必爭。②由於觀點、意見不同而相互辯論◇爭吵｜百家爭鳴。③因利害關係而衝突；較量◇戰爭｜鷸蚌相爭，漁翁得利。

【爭光】zhēngguāng 爭取光榮和榮譽◇為國爭光。

【爭先】zhēngxiān 爭着趕在別人前頭；爭着居於領先地位◇爭先發言｜個個奮勇爭先｜爭先恐後。

【爭吵】zhēngchǎo 因意見不合或利害衝突而激烈爭辯，互不相讓◇為小事爭吵不休。

【爭取】zhēngqǔ ①爭奪；力求獲得◇爭取勝利。②力求實現◇爭取更高的銷售業績。

【爭持】zhēngchí ①爭執而相持不下◇雙方爭持不下。②爭相拿着；競相拿出◇爭持酒食來相饋。

【爭鬥】 zhēngdòu ① 爭吵；鬥毆◇一言不合，兩人爭鬥起來。② 鬥爭。

【爭氣】 zhēngqì 發憤爭光，努力有為◇孩子很爭氣，考進了名牌大學。

【爭執】 zhēngzhí 各執己見，互不相讓◇雙方意見分歧，爭執不下。

【爭強】 zhēngqiáng 爭做強者◇爭強好勝。

【爭奪】 zhēngduó 爭搶；奪取◇爭奪市場 | 爭奪激烈。(反) 謙讓、讓步、妥協。

【爭鳴】 zhēngmíng ① 競相鳴叫◇百鳥爭鳴。② 比喻(學術界)各種觀點、意見進行爭辯◇百家爭鳴。

【爭端】 zhēngduān 引起爭執的事由◇解決爭端。

【爭鋒】 zhēngfēng ① 爭取獲勝；交兵作戰◇上陣爭鋒 | 楚漢爭鋒。② 爭風吃醋。

【爭論】 zhēnglùn 意見不同的人各執一詞互相辯論◇激烈爭論。

【爭戰】 zhēngzhàn 交戰；作戰◇兩軍爭戰。

【爭衡】 zhēnghéng 較量高下勝負。

【爭議】 zhēngyì 爭論◇索賠金額還有爭議。

【爭辯】 zhēngbiàn 爭論；辯駁◇無可爭辯。

【爭分奪秒】 zhēngfēn duómiǎo 爭奪一分一秒的時間。泛指抓緊時間◇爭分奪秒地搶修線路故障。(反) 虛度光陰。

【爭先恐後】 zhēngxiān kǒnghòu 指爭着搶先，唯恐落在後面◇爭先恐後地報名。

【爭奇鬥豔】 zhēngqí dòuyàn 形容爭相比美◇花展上百花爭奇鬥豔。

【爭風吃醋】 zhēngfēng chīcù 比喻因爭寵或相互忌妒而明爭暗鬥。

5 **爰** yuán 粵wun4 緩/jyun4 元 ①變更；更換◇爰宅而居。②何處；哪裏◇爰有寒泉。③於是；就◇爰書其事以告。

13 **爵** jué 粵zoek3 雀 ①古代一種盛酒禮器。也用作飲酒器，有三足◇玉爵。②爵位；君主國家貴族封號的等級◇公爵 | 勛爵 | 封爵。

【爵士】 juéshì 歐洲君主國(如英國)的最低爵位，不能世襲。

【爵士樂】 juéshìyuè 源起於美國黑人民間音樂，二十世紀初演變為舞曲音樂，後風行世界。(英 jazz)

父部

0 **父** (一) fù 粵fu6 付 ①爸爸◇父親 | 子不教，父之過。②家屬、親戚中的男性尊長；像父親一樣的尊長◇祖父 | 伯父 | 姨父 | 繼父 | 養父。③對大事業創始者的尊稱◇國父 | 氫彈之父。

(二) fǔ 粵fu2 苦 對年老男子的尊稱◇漁父 | 田父。

【父兄】 fùxiōng ① 父親和兄長◇家裏尚有父兄二人。② 家長；家中長輩◇出則事公卿，入則事父兄。

【父老】 fùlǎo 稱鄉里故舊中的老年人◇父老鄉親 | 多謝各位父老關愛。

【父執】 fùzhí《禮記・曲禮上》："見父之執，不謂之進，不敢進；不謂之退，不敢退；不問，不敢對。"後代指父親的好友。

【父母官】 fùmǔguān 古代的州縣地方官。泛指地方長官。

4 **爸** bà 粵baa1 巴 父親。多用於當面稱呼。

6 **爹** diē 粵de1 ①父親◇爹娘 | 乾爹。②對老年男子的尊稱◇老爹。

【爹爹】 diēdie ① 父親。② 祖父。③ 對老年男子的尊稱◇爹爹請坐。

9 **爺(爷)** yé 粵je4 耶 ①父親◇爺娘。②祖父；與祖父同輩的男性親戚◇爺爺 | 舅爺。③對長輩或年長男子的尊稱◇二爺 | 趙爺 | 老大爺。④舊時對主人、官長、財主等有錢有勢者的稱呼◇老爺 | 少爺 | 王爺。⑤對神佛的稱呼◇佛爺 | 老天爺 | 財神爺 | 龍王爺。

【爺們】 yémen ① 男人；男子漢◇虧你還是個爺們。② 丈夫◇她爺們不在家裏。

【爺爺】 yéye ① 祖父。② 稱跟祖父同輩的老年男子◇李爺爺 | 老爺爺。

【爺兒們】 yérmen 長輩和晚輩男子的合稱。

爻部

0 **爻** yáo 粵ngaau4 淆 古代占卦的符號："—"為陽爻，"--"為陰爻。爻含有交錯和變化之意。

7 **爽** shuǎng 粵song2 桑2 ①明朗；清亮◇神清目爽｜秋高氣爽。②開朗；直率◇豪爽｜直爽。③舒服；暢快◇人逢喜事精神爽，月到中秋分外光。④違背◇爽約。⑤差失◇分毫不爽。

【爽口】shuǎngkǒu 清爽可口◇青瓜很脆，吃得爽口。

【爽利】shuǎnglì 爽快利落◇辦事爽利｜動作爽利。同 麻利。

【爽快】shuǎngkuai ① 舒服痛快◇洗了熱水澡，身上爽快多了。② 直爽；直截了當，不遮遮掩掩◇爽快人説爽快話。

【爽直】shuǎngzhí 直爽；直率◇性情爽直｜説話爽直。

【爽性】shuǎngxìng 乾脆；索性◇既然你想知道，爽性把來龍去脈全告訴你。同 索性。

【爽約】shuǎngyuē 失約，不履約◇爽約讓別人看不起。

【爽氣】shuǎngqì ① 清新的空氣。② 爽快；乾脆◇他説話做事爽氣得很。

【爽朗】shuǎnglǎng ① 天氣明朗使人感到舒暢◇爽朗的秋天。② 直率開朗◇爽朗的笑聲。

【爽然】shuǎngrán ① 茫茫然心思不定的樣子◇爽然若失。同 恍然。② 爽快舒暢的樣子◇立秋一過，頓覺爽然。

【爽心悦目】shuǎngxīn yuèmù 景色美麗，令人心情愉快◇在戈壁荒灘上竟有幾處爽心悦目的綠洲。

10 **爾（尔）〔尒〕** ěr 粵ji5 耳 ①你；你的◇爾等｜爾母即吾母。②如此，這樣◇不過爾爾｜問君何能爾。③這，那◇爾後｜爾夜月明星稀。④形容詞、副詞後綴◇莞爾而笑。

【爾來】ěrlái 近來◇爾來身體不適。

【爾曹】ěrcáo 你們這些人◇爾曹身與名俱滅，不廢江河萬古流。

【爾雅】ěryǎ ① 文雅，斯文◇舉止雍容爾雅。② 書名。中國現存最早解釋字詞意義的專著。

慣用説法：十三經

易 書 詩 周禮 儀禮 禮記 春秋左傳 春秋公羊傳 春秋穀梁傳 論語 孝經 爾雅 孟子

【爾爾】ěr'ěr 如此，這樣◇不過爾爾。

【爾虞我詐】ěryú wǒzhà 虞、詐，欺騙。形容互不信任，相互欺騙。反 推心置腹。

爿部

0 **爿** pán 粵baan6 辦 ①(劈開的竹木等的)片狀物◇竹爿｜柴爿。②方言。(1)用於田地。相當於“塊、片”◇一爿田。(2)用於商店、工廠等。相當於“家、座”◇兩爿店。(3)用於整體的部分。相當於“邊、段”◇魚剖成兩爿。

4 **牀〔床〕** chuáng 粵cong4 藏 ①供人睡的傢具◇牀鋪｜雙人牀。②像牀的器具或地面◇車牀｜河牀｜礦牀。③量詞。用於睡具◇一牀棉被｜兩牀毛毯。

【牀第】chuángzǐ ① 牀鋪。② 借指閨房◇牀第之歡。

5 **牁** kē 粵go1 哥 繫船的木樁。

6 **牂** zāng 粵zong1 裝 ①母羊。②見“牂牂”。

【牂牂】zāngzāng 草木茂盛的樣子◇東門之楊，其葉牂牂。

13 **牆（墻）〔墻〕** qiáng 粵coeng4 祥 ①用土、磚或石等砌成的扁長、扁方形構築物，用以承架屋頂或隔斷內外◇城牆｜院牆｜狗急跳牆。②形狀或作用像牆的東西◇人牆｜防火牆。

【牆垣】qiángyuán 牆壁◇牆垣半頹｜石砌牆垣。

【牆紙】qiángzhǐ 粘貼在牆壁上起裝飾和保護作用的紙。

【牆腳】qiángjiǎo ① 牆的根基部分◇牆腳長滿了青苔。② 比喻基礎◇挖牆腳。

【牆頭草】qiángtóucǎo 牆頭上的草，風吹向哪邊就倒向哪邊。比喻一味隨外界情勢而變換態度的人。

【牆倒眾人推】qiángdǎozhòngréntuī 比喻人一旦失勢或倒霉，眾人也跟着去打擊、欺負他。

片部

0 **片** 〈一〉piàn 粵pin^{3} 遍 ①扁薄的東西◇卡片│明信片│眼鏡片。②整體中的一部分；大地區中劃出的小地區◇片段│分片銷售。③用刀橫削成薄片◇片肉片得很薄│片黃瓜。④不全的；零星的；短暫的◇片面│片言隻語│休息片刻。⑤量詞。(1)用於扁薄的東西◇上無片瓦，下無立錐之地。(2)用於地面、水面等範圍方面◇一片草地│一片汪洋。(3)用於景色、氣象、聲音、語言、心意等◇一片春光│一片歡騰│一片心意。

〈二〉piān 粵pin^{2} 篇^{2} 指記錄聲音、形象的扁薄的東西◇相片│碟片│影片。

【片刻】piànkè 短暫的時間；一會兒◇片刻不離。同 片時 反 長久、許久。

【片面】piànmiàn ① 單方面◇片面之詞。② 不全面；偏於一面◇片面地認識問題│反映的情況太片面。

【片段】piànduàn 整體中的一個段落◇電視片段。同 片斷 反 整體。

【片時】piànshí 很短的時間；片刻。

【片斷】piànduàn ① 同"片段"。② 零碎的；不完整的◇片斷材料。

【片瓦無存】piànwǎwúcún 一塊瓦片也沒剩下。形容房屋全毀◇地震後，整個村寨片瓦無存。

【片甲不留】piànjiǎbùliú 一片鎧甲也沒留下。形容全軍覆沒。同 片甲不存。

【片言隻語】piànyán zhīyǔ 簡短零星的話語或文字材料。

4 **版** bǎn 粵baan^{2} 板 ①供印刷書刊用的底版◇木版│鉛版│排版。②版本◇宋版│英文版。③報紙的一面叫一版，版面◇體育版│整版廣告│頭版新聞。④書刊排印一次叫一版(一版可分幾次印刷)◇初版│再版│印了好幾版。

【版本】bǎnběn 同一部書，因傳抄、編輯、修訂、刻版、排版或裝訂形式不同，所產生的內容文字不盡相同的本子◇《紅樓夢》有許多版本。

【版式】bǎnshì 版面的格式。

【版面】bǎnmiàn ① 書報刊第一面的編排形式◇設計的版面很別致。② 指書報刊物每一頁的整面◇今天報紙有 16 個版面。

【版稅】bǎnshuì 出版者按出售印刷物所得收入的約定百分比，付給著作者的報酬。

【版畫】bǎnhuà 一種在木版、石版、銅版、鋅版等版面上雕刻或蝕刻後，印刷出來的圖畫。

【版圖】bǎntú ① 戶籍和地圖。② 國家的疆域、領土◇中國版圖遼闊。③ 泛指領域、範圍◇擴大產品銷售的版圖。

【版權】bǎnquán 作者或出版者對其作品享有的署名、出版、獲得報酬等法定權利。

8 **牌** pái 粵paai^{4} 排 ①做標誌或告示用的板◇路牌│廣告牌。②企業為商品起的專用名稱◇名牌│老牌│冒牌。③古典詞曲的調子◇詞牌│曲牌。④娛樂用品◇撲克牌│麻將牌。⑤古代防禦武器◇盾牌。

【牌坊】páifāng 為表彰某人德行而建的紀念性建築物；牌樓。

【牌位】páiwèi 寫着逝者名字，作為供奉、祭祀對象的木牌。

【牌照】páizhào ① 政府發給的經商營業的許可證◇申領牌照。同 執照。② 汽車駕駛執照；車牌。同 駕照。

【牌號】páihào ① 商店的招牌和字號。② 商標；標誌。

【牌樓】páilóu 一種裝飾性建築物。有兩根或四根並立直柱，上有簷額，多建於街市要衝或名勝處◇廟街牌樓。

【牌價】páijià 商品明碼標出的價格◇全部貨品按牌價打八折。

9 **牒** dié 粵dip^{6} 碟 ①簿冊；書籍◇譜牒│名牒│史牒。②文書；證件◇牒文│牒狀(訴訟公文)│最後通牒。

11 **牖** yǒu 粵jau^{5} 有 窗戶◇戶牖│窗牖。

15 **牘(牍)** dú 粵duk^{6} 獨 ①古代寫字用的木片；稿紙◇簡牘│連篇累牘。②公文；書信◇文牘│案牘│尺牘。

牙部

0 **牙** yá 粵ngaa⁴ 芽 ①牙齒◇青面獠牙|張牙舞爪。②指象牙◇牙筷|牙章(象牙印章)。③形狀像牙齒的東西◇牙輪。④舊指介紹買賣並從中取得佣金的人◇牙婆|牙行。⑤姓。

【牙口】yákou ①指牲口的年齡。牲口年齡可據其牙齒數目推知,故稱。②牙齒和嘴。借指老年人的咀嚼能力◇牙口好,身體好。

【牙牙】yáyá 形容嬰兒開始學語的聲音◇牙牙學語。

【牙儈】yákuài 舊時介紹買賣、從中取得佣金的人。

【牙碜】yáchen 方言。①咀嚼到食物中所夾帶的砂子雜物而感到不舒適◇菜葉沒洗淨,吃起來牙碜。②比喻語言粗鄙,不堪入耳◇這小子説話太牙碜了!

【牙雕】yádiāo 雕刻象牙的技藝。也指用象牙雕刻出的藝術品。

【牙關】yáguān 上下頜之間的關節◇咬緊牙關|牙關緊閉。

【牙齦】yáyín 俗謂牙牀,牙根處的肉◇牙齦出血。

8 **牚** (一)chèng 粵caang³ 撐³ 起支撐作用的構件,如建築物的斜柱,桌椅腿間的橫檔等◇椅子牚。

(二)chēng 粵caang¹ 撐 同"撐"。支撐;頂着。

牛部

0 **牛** niú 粵ngau⁴ 勾⁴ ①哺乳動物。頭部有一對角,體大力強,供役使、乳用或乳肉兩用◇黃牛|乳牛|肉牛。②比喻固執、驕傲、狂妄◇頂牛|牛脾氣。③方言。比喻有本領、有辦法◇人家就是牛,不服不行。④喻指行情上漲、看好◇牛市。⑤星宿名。二十八宿之一。也指牽牛星◇牛女|氣沖斗牛。⑥姓。

【牛市】niúshì 價格、成交量和成交金額全面上升的證券行情。

【牛皮】niúpí ①牛的皮◇牛皮鞋。②比喻柔韌有彈性,耐磨耐拉的◇牛皮紙|牛皮糖。③比喻誇張、誇大的話◇吹牛皮,車大炮。

【牛氣】niúqi 方言。形容傲慢自恃的樣子◇得了個滿分就牛氣起來!

【牛角尖】niújiǎojiān 比喻不值一提的小問題,或無法解決的問題◇看問題要靈活,不能鑽牛角尖。

【牛刀小試】niúdāoxiǎoshì 晉代楊泉《物理論》:"夫解小而引大,了淺而伸深,猶以牛刀割雞,長殳刈薺。"原比喻大材小用,後比喻有大本領,先在小事上顯一下身手。

【牛郎織女】niúláng zhīnǚ 牛郎星和織女星。兩星隔銀河(天河)相對。傳説織女是天帝孫女,長年織造雲錦,自嫁河西牛郎後就不再紡織。天帝大怒,用天河將兩人分開,只准每年農曆七月七日由喜鵲搭橋,在橋上相會一次。後比喻分居兩地的夫妻。

【牛鬼蛇神】niúguǐ shéshén ①佛經中有牛頭及鐵蛇之鬼,是邪惡形象。後用來形容虛幻怪誕。②比喻社會上種種醜惡現象和形形色色的壞人。

2 **牝** pìn 粵pan⁵ 貧⁵ (鳥獸)雌性的◇牝牛|牝雞司晨。

【牝牡】pìnmǔ 雌性和雄性。

【牝雞司晨】pìnjīsīchén 母雞代替公雞報曉。比喻本該由男人做的事,如今違背常理,由女人代之。古時代稱女人當政。

2 **牟** (一)móu 粵mau⁴ 謀 ①想盡辦法得到◇牟取|從中牟利。②姓。

(二)mù 粵muk⁶ 木 用於地名,如牟平(在山東)。

【牟取】móuqǔ 謀得;謀取◇牟取暴利。

3 **牡** mǔ 粵mau⁵ 某 (鳥獸)雄性的◇牡牛|牝牡相誘。

【牡丹】mǔdan ①落葉小灌木,為著名的觀賞植物。初夏開花,世稱花王,有國花的美譽。②這種植物的花。

【牡蠣】mǔlì 軟體動物。生於海邊灘塗,肉鮮美,殼入藥。同 蠔、海蠣子。

3 **牤** māng 粵mong⁴ 忙 方言。公牛◇牤子|牤牛。

3 **牠** tā ⓐtaa[1] 他 指稱動物的代詞。

3 **牣** rèn ⓐjan[6] 刃 盈滿◇充牣其中，不可勝記。

3 **牢** láo ⓐlou[4] 勞 ①關養牲畜的欄圈◇亡羊補牢。②監獄◇水牢|坐牢。③堅固；結實；長久◇牢固|鋼絲繩很牢。④穩妥可靠◇嘴上沒毛，辦事不牢。

【牢固】 láogù 結實；堅固◇地基牢固。

【牢房】 láofáng 監獄中關押犯人的房間。也泛指監獄◇他被抓進了牢房。

【牢記】 láojì 長久地記住，不忘記◇牢記父親的教誨。㊐ 銘記 ㊎ 忘卻。

【牢獄】 láoyù 監獄◇牢獄之災。

【牢靠】 láokào ① 牢固結實◇椅子很牢靠，你儘管坐。② 穩妥可靠◇辦事牢靠。

【牢騷】 láosāo ① 煩悶不滿的情緒◇滿腹牢騷。② 說抱怨、不滿的話◇牢騷了半天。

【牢籠】 láolóng ① 關鳥獸的籠檻。比喻束縛人的事物◇衝破牢籠。② 籠絡◇牢籠天下豪傑。③ 束縛◇不受舊觀念牢籠。

【牢不可破】 láobùkěpò 十分結實、堅固，不能摧毀◇兒時結下的友誼牢不可破|工事牢不可破。

4 **牧** mù ⓐmuk[6] 木 ①放養(牲畜)◇牧羊|放牧。②統治◇牧萬民。③古指州官◇荊州牧。④姓。

【牧師】 mùshī 基督教主持宗教儀式、管理教務的神職人員。

【牧場】 mùchǎng ① 有豐富水草宜放牧牲畜的場所◇這片大草原是個天然的好牧場。② 指畜養牲畜的管理機構。

4 **物** wù ⓐmat[6] 勿 ①東西，物品◇物件|貨物。②內容；實質◇言之有物|言之無物。③指自己以外的人或環境；眾人◇橫遭物議|待人接物|恃才傲物。

【物力】 wùlì 可供使用的物資、財物◇不能浪費人力、物力。

【物化】 wùhuà ① 具體，實際化◇這只是粗略的設想，還沒有物化到可以運作的程度。② 指死亡。

【物色】 wùsè 挑選；尋求◇物色人才|物色仿古傢具。

【物品】 wùpǐn 物件，東西◇危險物品|貴重物品要自行保管。

【物候】 wùhòu 自然氣候的變化在生物的生長、活動現象上的周期性反映。

【物流】 wùliú 產品從供應地到接收地的流動轉移。一般經過包裝、運輸、倉儲、流通、加工、資訊處理等環節◇物流中心。

【物理】 wùlǐ ① 事物的常理◇人情物理。② 指物理學，是研究物質和能量及其相互作用的自然科學。

【物產】 wùchǎn 天然出產或人工製造的物品◇土地肥沃，物產富庶。

【物業】 wùyè 指有價的土地及土地上的附屬物，包括住宅、工業或商業大廈等及其附屬的設施、場地等。

【物資】 wùzī 生產和生活上所需要的物質資料◇物資豐富|戰地物資短缺。

【物質】 wùzhì ① 哲學上指獨立存在於人的意識之外的客觀存在。② 指金錢、生活資料等◇物質生活|人不能只顧物質享受。

【物議】 wùyì 外界眾人的批評、議論◇物議紛紛。

【物體】 wùtǐ 佔有一定空間的物質實體◇水晶是一種透明的物體。

【物聯網】 wùliánwǎng 在互聯網的基礎上延伸和擴展而成，將各種資訊傳感設備與互聯網結合起來的一個巨大網絡。

【物極必反】 wùjíbìfǎn 事物發展到極端，必然會向相反的方向轉化。

5 **牯** gǔ ⓐgu[2] 古 閹割過的公牛。泛指牛◇大水牯。

【牯牛】 gǔniú 閹割過的公牛。泛指牛◇兩頭大牯牛。

5 **牲** shēng ⓐsang[1] 生 ①家畜◇牲畜。②供祭祀、盟誓用的牛、羊、豬等◇獻牲。

【牲口】 shēngkou 能幫助人幹活的家畜。泛指飼養的禽獸◇牲口棚|餵牲口。

【牲畜】 shēngchù 牛、羊、豬、馬、犬、雞等家畜的總稱。

5 **牴〔觝〕** dǐ ⓐdai[2] 底 同"抵"。用角頂。引申指對立、排斥◇牴觸|牴牾。

【牴牾】dǐwǔ 矛盾；衝突◇文章前後牴牾。(同)牴觸。

【牴觸】dǐchù 一方跟另一方有矛盾；對立◇互相牴觸｜有牴觸情緒。

5 **牮** jiàn 粵zin3 箭 ①用木柱撐屋使不傾斜。也指使屋不傾的木柱◇打牮撥正。②用土石擋水。也指土石構築的擋水設施。

6 **特** tè 粵dak6 得6 ①挺拔聳立◇特立。②不同一般；不平常的◇獨特｜奇特｜特權。③非常；特別◇特好｜大錯特錯。④專門◇特此告知｜特請你赴宴。⑤只；僅僅◇不特｜非特。⑥指間諜◇敵特。

【特出】tèchū 特別突出；非常出眾◇才能特出｜特出的運動員。

【特地】tèdì 特意；特為◇特地趕回家給父親祝壽。

【特色】tèsè 事物所表現出來的獨特風格、色彩等◇特式食品｜這篇文章很有特色。

【特技】tèjì 特殊的技能和技巧◇特技演員｜特技鏡頭。

【特別】tèbié ① 不一般；與眾不同◇特別快車｜式樣特別。(同)獨特 (反)普通。② 非常；格外◇特別小心｜節目特別吸引人。③ 特地，特意◇特別為四川客人準備了辣椒調料。(反)趁便。④ 尤其◇他特別喜歡上網。

【特使】tèshǐ 國家臨時派赴國外執行特定任務的外交代表◇聯合國特使。

【特性】tèxìng 特殊的性格、性質或性能◇民族特性｜這種藥的特性。

【特定】tèdìng ① 特別規定；特別指定◇特定人選｜國家特定的節假日。② 跟一般不同的某一個◇特定場合｜特定人物。

【特殊】tèshū 特別；不同一般◇特殊人物｜情況特殊。

【特赦】tèshè 國家減輕或免除犯人的刑罰。

【特區】tèqū ① 在政治或經濟上實行特殊政策和管理的地區◇深圳經濟特區。② 特別行政區的簡稱◇香港特區｜特區政府。

【特產】tèchǎn 某地特有的或特別著名的產品。

【特務】tèwù ① 軍隊中擔任警衛、通訊、運輸、偵察等特殊任務的◇特務營。② 從事間諜活動的。③ 指間諜。

【特意】tèyì 特地。表示專為某件事◇今天特意來看望你。(同)特地 (反)順便。

【特賣】tèmài 減價出售；廉價出售◇年終清貨特賣。

【特徵】tèzhēng 人或事物可供識別的特有徵象、標誌；特點◇角色特徵｜形象是藝術的主要特徵之一。

【特點】tèdiǎn 人或事物所具有的獨特之處◇地形特點｜他的特點是善於團結人。

【特權】tèquán 特有的權利；特殊的權力◇行政特權｜不許利用職務搞特權。

6 **牸** zì 粵zi6 自 母牛。泛指牛或雌性牲畜◇牸牛｜牸牝｜牸馬。

7 **牾** wǔ 粵ng5 午 違逆；不順從◇牾意｜牴牾。

7 **牻** máng 粵mong4 忙 毛色黑白相間的牛。

7 **牿** gù 粵guk1 谷 ①養牛馬的柵欄◇牿毀牛逸。②綁在牛角上以防牛牴人的橫木。

7 **犁**〔犂〕lí 粵lai4 黎 ①耕地翻土的農具◇犁鏵｜扶犁耕種。②用犁耕地◇犁田。③姓。

7 **牽**（牵）qiān 粵hin1 軒 ①拉；挽；帶領；引導◇順手牽羊｜牽着孩子過馬路。②涉及；連累◇牽涉。

【牽掛】qiānguà ① 記掛；想念◇心裏老是牽掛着雙親。② 拖累◇來去無牽掛。

【牽引】qiānyǐn 拖拉；拉動◇火車頭牽引了四十多節車廂。

【牽制】qiānzhì ① 約束；控制◇受別人牽制。(同)制約。② 拖住對方，使不能按照自己的意願行動◇牽制敵人。

【牽連】qiānlián ① 連累；株連◇他這案子牽連很多人。② 連接；聯繫◇這兩件事互相牽連。

【牽強】qiānqiǎng 把沒有關連或關係很遠的兩件事勉強拉扯到一起◇理由太牽強。

【牽強附會】qiānqiǎngfùhuì 把本來沒有關聯的事勉強拉扯到一起。

【牽腸掛肚】qiāncháng guàdù 形容非常掛念，放不下心。

【牽一髮而動全身】qiānyífà'érdòngquánshēn 比喻動極小的部分就影響全局。

8 **犇** bēn 粵ban1奔/ban3殯 同"奔"。

8 **犄** jī 粵gei1基 ①兩角相對的樣子。②牽制◇掣其左，犄其右。

【犄角】(一)jījiǎo 方言。①棱角；角落◇牆犄角丨桌子犄角。②對峙、並立的樣子◇佈成犄角之勢丨立法、司法互為犄角。

(二)jījiao 獸類頭上相對而生的兩角◇牛犄角。

8 **犋** jù 粵geoi6具 計算畜力的單位。能拉動車、耙、犁等農具的畜力叫一犋，有時用一頭牲口拉，有時用兩頭以上拉◇挑選好三犋牲口。

8 **犀** xī 粵sai1西 ①哺乳動物。通稱犀牛◇心有靈犀一點通。②銳利；堅固◇犀利丨犀車。

【犀利】xīlì 銳利；鋒利◇目光犀利丨言辭犀利丨犀利的大刀。

9 **犏** piān 粵pin1篇【犏牛】piānniú 母犛牛和公黃牛交配所生的第一代雜種牛。多產於中國西南地區。

9 **犍** (一)jiān 粵gin1堅 閹割過的公牛◇老犍丨黃犍。

(二)qián 粵kin4虔 用於地名，如犍為(在四川)。

10 **犒** kào 粵hou3耗 用酒食財物慰勞；賞賜◇犒勞丨犒軍。

【犒勞】kàoláo ①用酒食等犒賞慰勞◇犒勞前線將士。②用於慰勞的酒食等◇吃犒勞。

【犒賞】kàoshǎng 用酒食等慰勞賞賜◇犒賞全軍將士。

10 **犖(荦)** luò 粵lok6落 ①雜色牛。②明顯；傑出◇犖犖丨卓犖丨犖然。

11 **犛** máo 粵maau4矛 犛牛。

11 **犡** léi 粵leoi4雷 牡牛。

12 **犟(犟)〔勥〕** jiàng 粵goeng6薑6 固執；不服勸◇脾氣犟。

【犟勁】jiàngjìn 頑強的意志、勁頭◇他犟勁一上來，誰也勸不住。

【犟嘴】jiàngzuǐ 同"強嘴"。

15 **犢(犊)** dú 粵duk6獨 小牛◇牛犢丨初生之犢不怕虎。

16 **犧(牺)** xī 粵hei1希 古代祭祀用的純色牲畜。也指祭祀用的禽鳥◇犧牛丨犧牲。

【犧牲】xīshēng ①古代祭祀、盟誓時用的純色牲畜◇凡是祭祀，皆供犧牲。②放棄或損害(權益)；付出代價◇犧牲個人利益丨不能犧牲產品的質量。③特指為正義事業而捨棄生命◇為國犧牲。

16 **犨** chōu 粵cau4酬 ①牛喘息的聲音。②突出。

犬部

0 **犬** quǎn 粵hyun2圈2 狗◇警犬丨雞鳴犬吠丨喪家之犬。

【犬子】quǎnzǐ ①謙辭。用於稱自己的兒子◇犬子冒犯尊駕，還望原諒些些。②對別人兒子的鄙稱◇關雲長大怒："吾虎女安肯嫁犬子乎！"

【犬馬】quǎnmǎ ①狗和馬。特指良狗名馬，引申為玩好之物◇聲色犬馬丨娛聲色，好犬馬。②臣下對君上的自卑之稱◇犬馬之勞。

【犬儒】quǎnrú 古希臘犬儒學派的哲學家。他們主張絕對的個人精神自由，輕視一切社會習俗和文化規範，過禁慾的簡陋生活。泛指具有這些特點的人。

【犬牙交錯】quǎnyájiāocuò《史記・孝文本紀》："高帝封王子弟，地犬牙相制。"指封地如犬牙參差，藉以互相牽制。後形容交界處參差不齊，互相交錯。也泛指各種因素互相牽連，關係、局面錯綜複雜◇游擊區和敵佔區犬牙交錯。

2 **犰** qiú 粵kau4求【犰狳】qiúyú 哺乳動物。軀幹分前、中、後三段，背部、尾部、頭部及四肢有角質鱗片，中段鱗片組成帶狀，有筋肉相連接，可以伸縮。腹部多毛，趾有利爪，善掘土，晝伏夜出，食昆蟲、鳥卵等，產於南美等地。

2 **犯** fàn 粵faan6飯 ①侵害；進攻◇進犯丨秋毫無犯。②違反；抵觸◇明知故犯丨眾怒難

犯。③發生；發作。多指錯誤或不好的事◇犯愁|犯錯誤。④犯罪的人◇戰犯|逃犯。⑤值得◇犯不上|犯得着。

【犯人】fànrén 在押的犯罪人員。

【犯奸】fànjiān ①作奸犯法◇弄法犯奸。②犯通姦罪。

【犯忌】fànjì 觸犯禁忌◇入鄉問俗，避免犯忌。

【犯法】fànfǎ 違反法律、法令，觸犯法律。同 違法 反 守法。

【犯規】fànguī 違反規則、規定◇球員被判犯規。

【犯禁】fànjìn 違反禁令◇在鬧市燃放鞭炮犯禁。

【犯罪】fànzuì 觸犯法律而構成罪行◇減少犯罪。

【犯愁】fànchóu 發愁◇正在為這事犯愁。

【犯疑】fànyí 生疑，懷疑◇奇怪的行為令警察犯疑。同 起疑 反 信任。

【犯難】fànnán 發生困難；為難◇公司人際關係複雜，讓他犯難。

【犯不着】fànbùzháo 不值得◇你犯不着為這種人生氣。

3 **犴** àn 粵ngon6 岸 見"狴犴"。

4 **狂** kuáng 粵kwong4 鄺4 ①精神失常，發瘋◇瘋狂|欣喜若狂。②猛烈；聲勢大◇狂風暴雨|狂轟濫炸。③傲慢；自大◇口出狂言|這人也太狂了！④縱情地；肆意地◇狂喜|狂飲狂賭。

【狂人】kuángrén ①狂妄、胡作非為的人◇戰爭狂人。②狂妄無知的人◇狂人囈語。③精神病患者。

【狂妄】kuángwàng 妄自尊大，放肆妄為◇狂妄自大 | 大家給她一點面子，她反倒更加狂妄了。反 謙虛。

【狂言】kuángyán ①狂妄的話◇口吐狂言。②胡亂說的話◇狂言亂語。

【狂奔】kuángbēn 迅疾奔跑，飛奔◇她狂奔着跑出屋子。

【狂放】kuángfàng 任性放蕩，不受約束◇狂放不羈 | 生性狂放。

【狂喜】kuángxǐ 欣喜欲狂，極端高興◇消息傳來，大家一陣狂喜。反 狂怒。

【狂想】kuángxiǎng 幻想；空想◇狂想曲 | 與其狂想，不如腳踏實地去幹。

【狂亂】kuángluàn ①昏亂；錯亂◇神情恍惚，舉動狂亂。②猛烈而無序◇路旁的高粱在大風中狂亂地搖擺着。

【狂熱】kuángrè 極度熱情◇狂熱地搶購 | 狂熱的歌迷。

【狂暴】kuángbào 猛烈兇暴；兇猛殘暴◇狂暴的山洪。

【狂潮】kuángcháo ①洶湧的潮水◇狂潮洶湧，挾着風勢撲向堤岸。②比喻迅猛發展的情勢◇改革的狂潮。

【狂濤】kuángtāo 洶湧的波濤◇縱身撲向狂濤巨浪！

【狂瀾】kuánglán 洶湧猛烈的波瀾。比喻急劇的社會變動或巨大的社會潮流◇力挽狂瀾 | 革命的狂瀾，轟天撼地。

【狂歡】kuánghuān 縱情歡樂◇徹夜狂歡。

4 **狄** dí 粵dik6 滴 ①中國古代泛稱北方的民族◇北狄|戎狄。②姓。

4 **狃** niǔ 粵nau2 扭 ①因襲；拘泥◇狃於成見|狃於舊習。②貪圖◇狃近功而忘遠略。

4 **狁** yǔn 粵wan5 允 見"獫狁"。

4 **犼** hǒu 粵hau3 口3 古獸名。似犬，吃人。傳說是佛的坐騎。

4 **狀(狀)** zhuàng 粵zong6 撞 ①外形；樣子◇形狀|驚恐萬狀。②情況，情形◇現狀|狀況。③陳述；描寫◇繪景狀物|不可名狀。④陳述事件或記載事跡的文字◇行狀|供狀。⑤指起訴書◇告狀|訴狀。⑥指褒獎、委任的文書◇獎狀|委任狀。

【狀元】zhuàngyuan ①科舉考試殿試第一名。②喻指行業中成績卓著的人◇三百六十行，行行出狀元。

【狀況】zhuàngkuàng 情況，情形◇健康狀況 | 經濟狀況。

多樣表達：狀況

情況 情形 情狀 情景 情節 實情 現狀 狀態 實況 近況 現況 動態 態勢

【狀貌】 zhuàngmào 相貌，外貌◇狀貌醜陋｜幾棵狀貌奇古的大柏樹。

【狀語】 zhuàngyǔ 語法名詞。動詞、形容詞前邊的表示狀態、程度、時間、處所、方式等的修飾成分。副詞、形容詞及表示時間、處所的名詞都可以作狀語。

【狀態】 zhuàngtài ① 人或事物所表現出來的形態◇處在昏迷狀態｜精神狀態。② 特指物質所處的狀況，如氣態、固態、液態。

5 **狉** pī 粵pei¹ 披【狉狉】pīpī形容羣獸走動的樣子◇鹿豕狉狉。

【狉獉】 pīzhēn 草木叢生、野獸出沒的樣子。形容原始野蠻◇這些土著，狀極狉獉。

5 **狙** jū 粵zeoi¹ 追 ①獼猴◇宋有狙公，愛狙，養狙成羣。②伺察；窺視◇狙伏。

【狙擊】 jūjī 暗中埋伏，等待機會進行襲擊◇狙擊手。

5 **狎** xiá 粵haap⁶ 狹 親近；接近。後多指態度不莊重、不正當地過分親昵◇玩狎｜狎妓。

【狎邪】 xiáxié 行為放蕩，品行不端◇狎邪小人。

【狎玩】 xiáwán 戲弄。

【狎昵】 xiánì ① 親近；親昵◇漢武帝暮年好仙術，與東方朔狎昵。② 態度輕佻地親近◇以浪語相狎昵。

5 **狌** 〈一〉xīng 粵sing¹ 星 同“猩”。〈二〉shēng 粵sang¹ 生 同“鼪”。黃鼬，俗名黃鼠狼◇狸狌。

5 **狐** hú 粵wu⁴ 湖 哺乳動物。外形似狼，面部較長，耳朵三角形，尾巴長，毛色多呈赤黃色，性狡猾多疑，晝伏夜出，食野鼠、小型鳥獸等。通稱狐狸。常喻指壞人、小人◇白狐｜狐精｜狐朋狗友。

【狐狸】 húli ① 狐的通稱。② 比喻狡黠機敏的人或奸佞狡詐的壞人。

【狐疑】 húyí 指人遇事猶豫、猜疑◇滿腹狐疑。

【狐假虎威】 hújiǎhǔwēi《戰國策・楚策一》：“虎求百獸而食之，得狐。狐曰：‘子無敢食我也。天帝使我長百獸，今子食我，是逆天帝命也。子以我為不信，吾為子先行，子隨我後，觀百獸之見我而敢不走乎！’”老虎以為然，於是就跟隨狐狸走，百獸見了都趕緊逃走，老虎不知是怕它，還以為是怕狐狸呢。後比喻倚仗別人的威勢欺壓人。

【狐羣狗黨】 húqún gǒudǎng 比喻勾結在一起的壞人。

5 **狗** gǒu 粵gau² 九 ①哺乳動物。聽覺、嗅覺靈敏，性機敏，易於訓練，用於看家守戶、牧羊、打獵、搜尋探物等。也可作寵物畜養。②比喻忠於主子的奴才或幫助作惡的人◇走狗。

【狗腿】 gǒutuǐ 喻替主子奔走效力充當幫兇的人。

【狗仔隊】 gǒuzǎiduì 指靠跟蹤名人以獲取獨家新聞的記者，發佈的內容主要為花邊新聞。

【狗血噴頭】 gǒuxuèpēntóu 形容罵得很兇，對方一時語塞而無言以答◇被罵了個狗血噴頭。

【狗尾續貂】 gǒuwěixùdiāo《晉書・趙王倫傳》：“奴卒斯役亦加以爵位。每朝會，貂蟬盈坐，時人為之諺曰：‘貂不足，狗尾續。’”古代近侍官員以貂尾為冠飾，趙王司馬倫僭位，封官太濫，以致貂尾不足，只好用狗尾代替。後比喻以壞續好，前後不相稱。

【狗急跳牆】 gǒujítiàoqiáng《敦煌變文集・燕子賦》：“人急燒香，狗急驀牆。”驀，上、超越。後比喻走投無路時，不顧一切地冒險。

【狗頭軍師】 gǒutóujūnshī 蔑稱在背後出謀劃策的人。

5 **狍** páo 粵paau⁴ 咆 狍子。鹿的一種，體長尾短，後肢略比前肢長，夏季毛短，栗紅色；冬季毛長，棕褐色。有白色臀盤，雄有小角，分三叉。棲息於山坡森林中，食青草、野果、野蕈等。

5 **狖** yòu 粵jau⁶ 右 一種長尾猿◇登巖攀樹，捷如猿狖。

5 **狒** fèi 粵fai³ 廢【狒狒】fèifèi 靈長類哺乳動物。形似猿，頭部像狗，毛色灰褐，四肢粗，尾細長。羣居，雜食，產於非洲。

5 **㹢** jiā 粵gaa¹ 家 見“貜㹢”。

5 **狓** pī 粵pei¹ 披 猖狂，飛揚跋扈◇狓猖。

6 **狨** róng 粵jung⁴ 容 動物名。即金絲猴。

6 **狡** jiǎo 粵gaau² 搞 奸猾，詭詐◇狡佞|狡計|狡猾。

【狡詐】 jiǎozhà 狡猾奸詐◇詭計多端，十分狡詐。

【狡猾】 jiǎohuá 狡詐刁鑽，詭計多端◇狡猾的傢伙。

【狡賴】 jiǎolài 狡辯抵賴◇鐵證如山，豈容狡賴。

【狡獪】 jiǎokuài 詭詐，狡猾◇他狡獪地笑了。

【狡黠】 jiǎoxiá 詭詐奸猾◇她臉上露出狡黠的笑容。

【狡辯】 jiǎobiàn 詭辯，強詞奪理地辯解◇他不但不接受批評，還一再狡辯。

【狡兔三窟】 jiǎotùsānkū《戰國策・齊策四》："狡兔有三窟，僅得免其死耳；今君有一窟，未得高枕而卧也，請為君復鑿二窟。" 比喻設有多處藏身之地或預備多種避禍的辦法。

6 **狩** shòu 粵sau³ 秀 打獵。特指古代君主冬天打獵◇狩獵|秋獮冬狩。

【狩獵】 shòuliè 打獵◇在林子裏狩獵。

6 **狠** hěn 粵han² 很 ①兇暴，殘忍◇兇狠|心狠手辣。②堅決；嚴厲◇狠打貪官污吏|懲治罪犯要狠。③極力控制感情，作出決定◇狠狠心，放下孩子走了。

【狠心】 hěnxīn ① 心地殘忍；心腸硬◇世上竟有這樣狠心的母親！② 指極大的決心◇下狠心改過自新。

【狠命】 hěnmìng 用盡全力，拚命使勁◇舉起大錘，狠命地敲！

【狠毒】 hěndú 兇狠毒辣◇心腸狠毒。

7 **狹(狭)〔陿〕** xiá 粵haap⁶ 峽 窄，橫的距離小◇狹長|狹路相逢。

【狹小】 xiáxiǎo ① 形容空間不寬大◇狹小的房間。② 形容心胸、氣量等狹隘窄小◇心胸狹小。

【狹窄】 xiázhǎi ① 形容寬度小◇那段小路特別狹窄。② 形容心地、氣量、見識不宏大、不寬廣◇心地狹窄|眼界狹窄。

【狹義】 xiáyì 涉及面比較狹窄的意義或定義◇狹義的"金"指黃金，廣義的"金"指金屬。

【狹隘】 xiá'ài ① 寬度小，狹窄◇狹隘的山谷。② 心胸、見識等不寬廣◇胸襟狹隘。

【狹路相逢】 xiálùxiāngféng 兩車狹路相遇，無可避讓。後喻指仇人相遇，不肯輕易放過對方。

7 **狴** bì 粵bai⁶ 幣【狴犴】bì'àn 古代傳説中的一種走獸。相傳龍生九子，其中一個叫狴犴，形似虎，有威力，古代監獄門上常畫有狴犴的形象。後借指牢獄。

7 **狽(狈)** bèi 粵bui³ 貝 傳説中的獸名。前腿很短，只能趴在狼身上與之同行◇狼狽為奸。

7 **狸** lí 粵lei⁴ 厘【狸貓】límāo 豹貓。形狀像貓，圓頭大尾，性兇猛，以鳥鼠等小動物為食。

7 **狷〔獧〕** juàn 粵gyun³ 絹 ①性情耿直孤僻◇狷介。②性情褊急◇狷急|狷狹。

【狷介】 juànjiè 正直孤高，潔身自愛◇狷介之士|狷介之人。

7 **猁** lì 粵lei⁶ 利 見"猞猁"。

7 **狳** yú 粵jyu⁴ 餘 見"犰狳"。

7 **狺** yín 粵ngan⁴ 銀 犬吠聲◇狺狺|狺吠。

【狺狺】 yínyín 狗叫的聲音◇話音未落，傳來狺狺的狗叫聲。

7 **狼** láng 粵long⁴ 郎 哺乳動物。形狀似狗，面長，口裂深，耳豎立，毛黃色或灰褐色，尾下垂，晝伏夜出，性兇殘，傷害人畜。

【狼煙】 lángyān ① 燃燒狼糞升起的煙。古代邊防用作報警的信號。② 借指戰火◇狼煙四起。同 烽煙。

【狼狽】 lángbèi 狼和狽。傳説狽是一種似狼的野獸，前腿特別短，趴在狼身上行走，失狼則不能行，故用以形容困頓窘迫的樣子◇狼狽不堪|一副狼狽相。

【狼藉】 lángjí ① 形容縱橫雜亂的樣子◇杯盤狼藉|滿桌狼藉的書報雜物。② 形容行為不檢，聲名不好◇聲名狼藉。

【狼顧】 lánggù ① 狼懼怕從後面來的襲擊，常回頭後顧，以防不測。比喻人有所疑懼而四面張望◇環視狼顧。② 像狼一樣視物。形容兇狠貪婪◇狼顧虎視｜狼顧鷹視。

【狼子野心】 lángzǐyěxīn《左傳・宣公四年》："諺曰：'狼子野心。'是乃狼也，其可畜乎！"狼崽子雖幼小，卻本性兇殘。比喻本性惡毒，且懷有野心。

【狼心狗肺】 lángxīn gǒufèi 形容心腸狠毒或忘恩負義。同 蛇蠍心腸 反 菩薩心腸。

【狼吞虎咽】 lángtūn hǔyàn 形容又猛又快地大口吞食。反 細嚼慢咽。

【狼奔豕突】 lángbēn shǐtū 狼和豬四處奔跑。形容成羣的壞人四散逃竄。

【狼狽為奸】 lángbèiwéijiān 比喻互相勾結做壞事。

7 **狻** suān 粵syun1 宣【狻猊】suānní 古代稱獅子為"狻猊"。

8 **猋** biāo 粵biu1 標 ①迅速。②同"飆"。

8 **猜** cāi 粵caai1 釵 ①懷疑，起疑心◇青梅竹馬，兩小無猜。②猜想，推測，並力圖做出正確判斷◇猜謎｜猜拳｜猜猜他今年幾歲。

【猜忌】 cāijì 懷疑別人對己不利而心懷不滿◇他好猜忌人，很難共事。

【猜度】 cāiduó 推測揣度◇無法猜度在深山裏怎樣生活｜他們沒有信任可言，經常互相猜度。

【猜測】 cāicè 憑想像估計，推測◇很難猜測他內心的想法。

【猜想】 cāixiǎng 猜測，揣度◇我猜想他今天不會來。

【猜疑】 cāiyí 懷疑，起疑心；對人對事不放心◇不要無根據地隨便猜疑人。反 信賴。

8 **猗** yī 粵ji1 衣 ①閹割過的狗。②歎詞。表示讚美◇猗與至德｜猗與休哉！③語助詞。用於句末，相當於"啊"◇河水清且漣猗。

8 **猇** xiāo 粵haau1 敲 虎吼聲◇猇聲狺語。

8 **猖** chāng 粵coeng1 昌 兇猛；狂妄◇猖狂｜猖獗。

【猖狂】 chāngkuáng 狂妄放肆◇綁匪越來越猖狂。

【猖獗】 chāngjué ① 任意橫行◇猖獗一時的土匪已被肅清。② 兇猛放肆。也比喻疾病、災害鬧得很兇◇鼠疫曾在歐洲猖獗一時。

8 **猘〔狾〕** zhì 粵zai3 製 (狗)瘋狂。

8 **猊** ní 粵ngai4 危 見"狻猊"。

8 **猞** shē 粵se3 瀉【猞猁】shēlì 食肉類哺乳動物。似貓而大，兩頰有長毛，尾短，全身淡黃色，有灰褐色斑點，性兇猛，行動敏捷，善爬樹，多夜行。

8 **猙〔狰〕** zhēng 粵zang1 爭【猙獰】zhēngníng 兇惡。形容性情、狀貌十分可怖◇面目猙獰。

8 **猄** jīng 粵ging1 京/geng1 驚 黃猄，小型麂類動物。

8 **猝** cù 粵cyut3 撮 突然，忽然；意外，意想不到◇猝發｜猝死｜猝不及防。

8 **猛** měng 粵maang5 蜢 ①兇暴，兇惡◇猛禽｜兇猛。②勇猛◇猛將｜猛士。③氣勢、強度大而急速，猛烈◇迅猛｜突飛猛進。④突然，忽然◇猛吃一驚。

【猛士】 měngshì 勇士，勇敢有力的人◇真的猛士，敢於直面慘淡的人生，敢於正視淋漓的鮮血。

【猛烈】 měngliè 兇猛，強烈。多形容來勢急、力量強、氣勢大◇猛烈的炮火｜洪水猛烈地沖擊大壩｜藥性猛烈。反 平和、和緩。

【猛進】 měngjìn 奮勇前進；快速前進◇突飛猛進｜長驅猛進。同 突進 反 漸進。

【猛然】 měngrán 突然，驟然◇猛然抬頭。

【猛獁】 měngmǎ 毛象。古哺乳動物。形狀、大小都與現代的象相似，全身有長毛，門齒向上彎曲，生活在西伯利亞等寒冷地帶，已絕種。

【猛獸】 měngshòu 兇猛的野獸。多指體大而兇猛的食肉類哺乳動物，如獅、虎、豹等。

9 **猰** yà 粵aat3/ngaat3 壓【猰貐】yàyǔ 古代傳説中的食人猛獸。常喻兇惡的人◇終除猰貐。

9 **猢** hú 粵wu[4] 湖【猢猻】húsūn ①獼猴的一種，身長密毛，生活在中國北方山林中。②猴子的別稱◇樹倒猢猻散。

9 **猹** chá 粵zaa[1] 渣 一種野獸，形狀像獾，喜歡吃瓜。

9 **猩** xīng 粵sing[1] 星 猩猩。比猴子大的一種靈長類哺乳動物，前肢長，全身有赤褐色長毛，無尾，能在前肢幫助下直立行走，主食野果。

【猩紅】xīnghóng 像猩猩血那樣鮮紅的顏色◇猩紅的玫瑰。

9 **猲** xiē 粵hit[3] 歇【猲獢】xiēxiāo 古代指一種短嘴的狗◇短喙猲獢。

9 **猥** wěi 粵wai[2] 毀/wui[1] 偎 ①多；雜◇猥雜|猥濫。②卑劣，下流◇猥賤|猥劣。③親昵；親近◇猥褻。

【猥劣】wěiliè 鄙陋，卑劣◇言辭猥劣|人品猥劣，不堪大用。

【猥瑣】wěisuǒ ①鄙陋，庸俗，卑下◇猥瑣的嘴臉。②形容容貌、言談舉止庸俗不大方◇身材矮胖，相貌猥瑣。

【猥鄙】wěibǐ 卑劣；低劣◇言辭猥鄙，不登大雅。

【猥崔】wěicuī ①形容容貌醜陋難看、舉止庸俗拘束。②蜷縮；局限◇難道讓我天天猥崔在屋裏不成？

【猥褻】wěixiè ①下流；淫穢◇言辭猥褻|猥褻的眼光。②污辱；做下流的動作◇猥褻少女。

9 **猬** wèi 粵wai[6] 慧 刺猬。哺乳動物。頭、嘴似鼠，身上長刺毛似豪豬，是禦敵的利器。

9 **猴** hóu 粵hau[4] 侯 ①猴子。靈長類哺乳動物，種類很多，有尾巴，口腔有儲存食物的頰囊，體毛為灰色或褐色，行動靈活敏捷，羣居，以野果、野菜、鳥卵等為食。②方言。稱道孩子的乖巧、機靈◇這孩子多猴呵！

9 **猶（犹）** yóu 粵jau[4] 由 ①如，同◇風韻猶存。②還；尚且◇言猶在耳|困獸猶鬥。

【猶大】yóudà《新約全書·馬太福音》：猶大是耶穌的十二門徒之一，因貪圖三十個銀幣而出賣了耶穌。後用作叛徒的代稱。

【猶且】yóuqiě ①仍然◇國雖大，人雖眾，兵猶且弱也。②尚且◇死猶且不懼，還怕困難麼？

【猶如】yóurú 如同◇燈火輝煌，猶如白晝。

【猶若】yóuruò 猶如，如同◇詞人墨客得此箋紙，猶若拱璧，珍貴不已。

【猶疑】yóuyí 猶豫不決◇猶疑不定。

【猶豫】yóuyù 遲疑不決◇猶豫再三，仍然拿不定主意。

9 **猸** méi 粵mei[4] 眉 猸子。即山獾。哺乳動物，體長約一尺，毛棕灰色，生活在水邊，夜行，雜食。

9 **猱** náo 粵naau[4] 撓 古書上說的一種猴，身體便捷，善攀援。

9 **猷** yóu 粵jau[4] 由 謀劃；計劃◇猷謀|新猷|嘉猷。

10 **獉** zhēn 粵zeon[1] 尊【獉狉】zhēnpī 同"榛柸"。

10 **獁（犸）** mǎ 粵maa[5] 馬 見"猛獁"。

10 **猿〔猨〕** yuán 粵jyun[4] 元 靈長類哺乳動物，種類多，跟猴相似，比猴大，沒有頰囊和尾巴，生活在森林中◇兩岸猿聲啼不住，輕舟已過萬重山。

【猿人】yuánrén 最原始的人類，生活在距今三百萬年到二十萬年前。猿人仍保留着猿類的某些特徵，但已能直立行走，使用火和簡單的工具，並且有了簡單的語言。

10 **猾** huá 粵waat[6] 滑 奸詐◇狡猾|奸猾|老奸巨猾。

【猾黠】huáxiá 狡黠，奸狡◇猾黠之徒|此人猾黠，善奉承人。同 狡黠。

10 **獅（狮）** shī 粵si[1] 思 獅子。食肉類哺乳動物。身體大而雄壯，毛呈棕黃色，尾端生叢毛。雄獅頸部有長鬣，產於非洲和亞洲西部，以羚羊、斑馬、長頸鹿等動物為食，性兇猛，吼聲洪亮◇河東獅吼|獅子大開口。

10 **猺〔猺〕** yáo 粵jiu[4] 搖 ①哺乳動物，體似貓而細長，全身灰色，鼻和眼部有白紋，耳部有白色環紋，生活在山林中。②舊時指瑤族。

10 **猻**〔猻〕sūn 粵syun1宣 見"猢猻"。

11 **獒** áo 粵ngou4遨 一種高大兇猛的狗，體大尾長，四肢較短，毛黃褐色，善鬥。

11 **獕** cuī 粵ceoi1崔 見"猥獕"。

11 **獄**(狱) yù 粵juk6肉 ①監禁罪犯的場所◇監獄|越獄。②官司；罪案◇斷獄|冤獄|文字獄。

【獄訟】yùsòng 訟事；訟案◇猜釁叢生，漸成獄訟。

11 **獐**〔麞〕zhāng 粵zoeng1章 獐子。哺乳動物，形似鹿而小，無角，毛粗長，背部黃褐色，腹部白色，行動機敏，善跳躍，能游泳。產於長江中下游及東南沿海地區等。

【獐頭鼠目】zhāngtóu shǔmù 獐子頭小而尖，老鼠眼小而圓，古時相術家以為寒賤之相，故用以形容寒酸之態。後世多用以形容相貌醜陋而神情狡詐。㊎ 儀表堂堂、一表人才、氣宇軒昂。

11 **獍** jìng 粵ging3敬 古代傳說中的惡獸，形狀像虎豹，生下來就吃其母獸。常比喻不孝或忘恩負義的人◇梟獍之心。

11 **獎**(奖)〔奬〕jiǎng 粵zoeng2掌 ①稱讚；表揚◇嘉獎|褒獎。②為鼓勵或表揚而給予的榮譽或錢物等◇頒獎|中獎。

【獎券】jiǎngquàn 一種按票面價格出售的、上面印有號碼的證券。開獎後，持有與開獎號碼相同的獎券的人可獲獎。

【獎品】jiǎngpǐn 用作獎勵的物品。

【獎掖】jiǎngyè 獎勵提拔；鼓勵扶持。

【獎牌】jiǎngpái 用作獎勵的各種牌子的統稱，常見的有金牌、銀牌和銅牌。

【獎賞】jiǎngshǎng ① 用現金或財物獎勵優勝者或有功的人。② 獎賞的東西。

【獎勵】jiǎnglì ① 給予榮譽或財物，用以鼓勵◇獎勵救助孤弱老人的青年。② 所獎勵的榮譽或財物◇給予巨額獎勵。

【獎懲】jiǎngchéng 獎勵和懲罰◇獎懲分明。

【獎譽】jiǎngyù ① 獎勵讚揚◇獎譽太過，愧不敢當。② 榮譽。

【獎學金】jiǎngxuéjīn 給學習成績優秀的學生的獎金，用於繳納學費、購置書籍及生活費用等。

12 **獗** jué 粵kyut3決 見"猖獗"。

12 **獠** 〈一〉liáo 粵liu4聊 兇惡醜陋的樣子◇獠牙|獠面。

〈二〉lǎo 粵lou5老 中國古代少數民族名。分佈在今廣東、廣西、雲南、貴州、湖南、四川等地，近代壯、侗、仡佬族與古獠族有淵源關係。

【獠牙】liáoyá 露在嘴外面的長牙◇青面獠牙|長着獠牙的野豬。

【獠面】liáomiàn 粗野醜陋的容貌。

12 **獘** bì 粵bai6幣 同"斃"。

13 **獨**(独) dú 粵duk6毒 ①孤單◇孤獨|獨身。②一個；單一◇獨奏|獨輪車。③獨自◇獨來獨往|獨闢蹊徑。④唯一，只有◇唯我獨尊|大家都去，獨他不去。⑤自私，容不得他人◇他這人太獨。⑥特別◇獨特|獨創。

【獨力】dúlì 一個人的力量；單方面的力量。◇她獨力一人養大兒子。

【獨立】dúlì ① 單獨站立◇獨立窗前。② 不依靠他人◇獨立思考。③ 自立，不靠他人養活◇找到工作有了收入，就可以獨立了。④ 指國家、民族、政權完全自主，不受外界的統治支配。

【獨自】dúzì 自己一個人，單獨◇獨自在家。

【獨步】dúbù ① 獨自步行，獨自漫步◇獨步江邊。② 超羣出眾，無與倫比◇獨步文壇。

【獨到】dúdào 與眾不同，有獨特之處◇獨到的見解。㊎ 普通。

【獨特】dútè 獨有的；特別的◇見解獨特|獨特的建築風格。

【獨裁】dúcái ① 獨自裁斷；獨自決定◇個人獨裁專斷。② 獨攬政權，實行專制統治◇專制獨裁。㊎ 民主。

【獨創】dúchuàng 從未有過的創新；獨自創造。㊐ 首創 ㊎ 沿襲、因循。

【獨斷】dúduàn 獨自決斷，專斷◇獨斷獨行。

【獨霸】 dúbà 獨自稱霸或霸佔；壟斷◇獨霸一方｜獨霸啤酒行業。

【獨一無二】 dúyī wú'èr 唯一的；沒有相同的；沒有可與相比的。㊣ 無獨有偶。

【獨木難支】 dúmùnánzhī 一根木頭難以支撐高大的建築。比喻力量單薄，無力維持局面。

【獨出心裁】 dúchūxīncái 原指詩文構思獨特，別出一格。後泛指想出的辦法與眾不同或構思設計有獨創性。

【獨佔鼇頭】 dúzhàn'áotóu 鼇頭，皇宮石階前刻有鼇（大鼈）的浮雕，狀元及第時才可立其上。故科舉時代用於代稱中狀元。後比喻佔據首位或居第一名。㊣ 名落孫山。

【獨具隻眼】 dújùzhīyǎn "隻眼"原是大自在天神的頂門眼，豎在雙眉之上，功能卓異。佛教禪宗用"隻眼"典故，指別具能夠"見性"之"眼"、慧眼。後表示具有獨到的見解或獨特的眼力，看待問題目光敏鋭，見解新穎深刻。

【獨當一面】 dúdāngyímiàn《史記・留侯世家》："漢王之將獨韓信可屬大事，當一面。"謂可以單獨指揮一支軍隊，承擔一個方面的作戰防守任務。後指獨力擔當一個方面的重任。

【獨樹一幟】 dúshùyízhì 單獨樹立一面旗幟。比喻與眾不同，自成一家。

13 **獫（猃）** xiǎn 粵him² 險【獫狁】xiǎnyǔn 中國古代北方少數民族名。夏商稱獯鬻，周代稱獫狁，秦漢稱匈奴。

13 **獪（狯）** kuài 粵kui² 繪 狡猾，奸詐◇狡獪｜獪猾。

【獪猾】 kuàihuá 狡猾，刁鑽◇傾險獪猾、趨利賣國之徒。

13 **獬** xiè 粵haai⁵ 蟹【獬豸】xièzhì 古代傳説中的異獸，似鹿，獨角，能分辨是非曲直，見人爭鬥，就以角抵觸邪惡無理的一方。古人視為祥瑞之物。

14 **獴** měng 粵mung⁴ 蒙 食肉類哺乳動物，身長約30–50厘米，頭小嘴尖，耳朵小，四肢短，尾巴長。捕食蛇、蟹、鼠、蛙等動物。

14 **獲（获）** huò 粵wok⁶ 穫 ①獵得；擒住◇獵獲｜俘獲。②得到；取得◇獲救｜如獲至寶。

【獲取】 huòqǔ 獲得，取得◇獲取經驗｜從生活中獲取創作素材。

【獲准】 huòzhǔn 得到准許◇獲准在港口卸貨。

【獲得】 huòdé 得到，取得◇獲得冠軍｜獲得豐收。

【獲悉】 huòxī 得知◇獲悉閣下將於近日歸國，不勝切盼。

【獲釋】 huòshì 被釋放獲得自由。指被拘押、囚禁者得到釋放。

14 **獮（狝）** 〈一〉xiǎn 粵sin² 冼 古代君王秋天打獵。也泛指狩獵◇獮場｜秋獮冬狩。

〈二〉mí 粵mei⁴ 眉/nei⁴ 尼 同"獼"◇獮猴。

14 **獯** xūn 粵fan¹ 芬【獯鬻】xūnyù 中國古代北方少數民族名。夏商稱獯鬻，周代稱獫狁，秦漢稱匈奴。

14 **獰（狞）** níng 粵ning⁴ 寧 兇惡◇獰視｜猙獰可怖。

【獰笑】 níngxiào 兇狠陰毒地笑◇發出一聲獰笑。

15 **獸（兽）** shòu 粵sau³ 秀 ①指有四條腿、全身生毛的哺乳動物◇野獸｜禽獸。②比喻殘忍、野蠻、非人類的◇獸心｜獸性大發。

【獸行】 shòuxíng ① 極端野蠻殘忍、喪失人性的行為◇侵華日軍的獸行。② 指發泄獸慾的行為◇侵犯女性的獸行。

【獸慾】 shòuyù 野蠻的性慾。

15 **獷（犷）** guǎng 粵gwong² 廣 勇猛；野蠻；強悍◇獷勇｜粗獷。

【獷悍】 guǎnghàn 兇悍，粗野強悍◇獷悍不馴｜人物獷悍，風俗怪誕。

15 **獵（猎）** liè 粵lip⁶ 鬣 ①捕捉禽獸◇打獵｜漁獵｜狩獵。②打獵的◇獵人｜獵狗。③搜尋；尋求◇獵奇｜獵豔。

【獵户】 lièhù ① 以打獵為業的人家。② 指獵人。

【獵取】 lièqǔ ① 捕捉；打獵取得◇禁止獵取

野生動物。② 求取；奪取◇獵取功名｜獵取財物。

【獵奇】 lièqí 刻意追求新鮮奇異的事物◇他只是獵奇，無意深入探索。

【獵豔】 lièyàn 尋找、追逐看中的女性。

16 **獻（献）** xiàn 粵hin3 憲 ①進奉；恭敬而鄭重地送上◇獻花|奉獻。②表演◇獻技|獻藝。③表現出來做給他人看◇獻媚|獻殷勤。④指有價值的圖書資料◇文獻。

【獻技】 xiànjì 表演技藝◇出場獻技。

【獻身】 xiànshēn 貢獻自己的全部精力或生命◇獻身教育事業。

【獻詞】 xiàncí 祝賀的話或文字◇校慶五十週年獻詞。

【獻媚】 xiànmèi 做出討人歡心的姿態或舉動。

【獻醜】 xiànchǒu 謙辭。用於向人出示著作或呈獻技藝時◇我只好獻醜了。

【獻禮】 xiànlǐ 為表示慶祝而獻出禮物◇國慶獻禮。

16 **獺（獭）** tǎ 粵caat3 刷 水獺、旱獺、海獺的統稱。通常指水獺，哺乳動物，扁頭小耳短腳，趾間有蹼，毛短而柔密，棲息水邊，善游泳，主食魚類。

16 **獾** huò 粵fok3 霍【獾㹢狓】huòjiāpí哺乳動物，體形像長頸鹿，但小得多，毛赤褐色，臀部與四肢有黑白相間的橫紋。生活在非洲原始森林中，吃樹葉。（英 Okapi）

17 **獼（猕）** mí 粵mei4 眉【獼猴】míhóu 猴的一種。上身皮毛灰褐色，腰部以下橙黃色，胸腹和腿部深灰色，面部微紅，有頰囊；臀部有紅色臀疣。羣居於山林中，喧嘩好鬧，以野果、野菜等為食。

18 **獾〔貛〕** huān 粵fun1 歡 鼬科哺乳動物，形如狗而足短，趾端有長而鋭利的爪，善掘土，在土丘或大樹下穴土而居，晝伏夜出，毛多為灰色，腹部和四肢黑色，頭部有三條白色縱紋，有冬眠習慣。

19 **玀（猡）** luó 粵lo4 羅 見“豬玀”。

20 **獮（狝）** xiǎn 粵him2 險【獮狁】xiǎnyǔn 同“玁狁”。

玄部

0 **玄** xuán 粵jyun4 元 ①黑色◇玄色。②悠遠；遠◇玄孫。③深奧難懂◇玄妙。④虛妄；不實在；難以把握◇你説得太玄了。

【玄乎】 xuánhu 玄虛離奇，捉摸不透◇別弄得太玄乎｜他的思想聽上去異常玄乎。

【玄妙】 xuánmiào ① 深奧微妙，難以捉摸◇道術玄妙｜神奇玄妙。② 微妙的道理◇他這番話自有玄妙｜功夫的玄妙，在於變化莫測。

【玄武】 xuánwǔ ① 星宿名。二十八宿中北方七宿（斗、牛、女、虛、危、室、壁）的合稱。也代指北方◇玄武門。② 中國古代傳説中的祥瑞動物“四靈”（蒼龍、白虎、朱雀、玄武）之一，其形象為龜蛇合體。

【玄黃】 xuánhuáng 黑色和黃色，借指天地的顏色◇宇宙洪荒，天地玄黃。

【玄虛】 xuánxū ① 玄妙虛無。② 形容捉摸不透的手段◇故弄玄虛。③ 形容神祕莫測◇這件事真有點玄虛。

【玄奧】 xuán'ào 玄妙深奧◇用語玄奧，很難理解。

【玄機】 xuánjī ① 深奧微妙的道理◇解讀生命的玄機。② 不可示人的機宜◇暗藏玄機。

【玄學】 xuánxué ① 魏晉時期以老莊思想為主的一種哲學思想。② 形而上學。（拉丁 metaphysica）

【玄關】 xuánguān ① 佛教指入道的法門。② 泛指大門、門戶。③ 置於廳內正對入門處的屏狀裝飾物，遮蔽住門戶，避免直視廳內。豪華住宅的正廳往往裝飾玄關。

【玄之又玄】 xuánzhīyòuxuán《老子》第一章：“玄之又玄，眾妙之門。”原指“道”深幽不可測。後形容事理深奧，難以理解。

6 **率** 〈一〉shuài 粵seot1 恤 ①帶領◇率部前進。②遵循；順着；隨着◇率由舊章。③楷模；榜樣◇表率。④考慮不周；不慎重◇草率|輕率。⑤直爽；坦誠◇坦率|直率。⑥大概；大抵◇大率如此。⑦同“帥”。瀟灑；漂亮。

〈二〉lǜ 粵leot6 律 兩個具有某種關係的數值的比

值。

【率先】shuàixiān 帶頭；最先◇率先發言。

【率直】shuàizhí 坦率直爽◇個性率直。

【率性】shuàixìng ①索性；乾脆◇事情已經發生了，率性隨它去吧！②任性◇率性行事。③稟性；本性◇率性豪爽。

【率真】shuàizhēn 直率而真誠◇為人率真。

【率領】shuàilǐng 帶領◇率領公司一步步整合上市。

玉部

0 **王** ㈠wáng 粵wong⁴ 皇 ①君主；國家的最高統治者◇君王｜王位。②中國秦漢至清代皇帝敕封予親屬、重臣的最高爵位◇王侯將相｜藩王｜親王。③首領◇射人先射馬，擒賊先擒王。④居首位的；最大的◇蟻王｜王牌軍。⑤古代尊稱祖父母◇王父（祖父）｜王母（祖母）。⑥姓。

㈡wàng 粵wong⁶ 旺 稱王；統治天下◇王天下。

【王八】wángba ①烏龜、鱉的俗稱。②指妻子有外遇的男人。

【王公】wánggōng ①王爵和公爵◇王公大臣。②泛指顯貴的爵位或達官貴人。

【王府】wángfǔ 古代被敕封王爵者的住宅。

【王法】wángfǎ 古代王朝的法律政令。泛指法律、規則、準則◇目無王法｜王法難容。

【王侯】wánghóu 王爵和侯爵。泛指有爵位的達官顯宦◇王侯將相寧有種乎！

【王室】wángshì ①帝王的家族◇王室成員。②指朝廷。

【王冠】wángguān ①古代帝王所戴的正式冠冕。②泛指一般諸侯王所戴之冠。

【王師】wángshī ①古代指天子的軍隊◇王師北定中原日，家祭無忘告乃翁。②稱仁義之師。

【王孫】wángsūn 王侯的子孫。泛指貴族子弟◇王孫公子｜王孫貴戚。

【王國】wángguó ①古代指天子之國或諸侯之國。②指君主制或君主立憲制的國家。③比喻自成一體的領域或範疇◇足球王國｜數學王國。

【王朝】wángcháo 朝代；朝廷◇漢王朝｜明王朝。

【王牌】wángpái 撲克牌中最大的牌。比喻最強的勢力或手段◇王牌軍｜她手上沒有王牌了。

【王爺】wángye 尊稱有王爵封號的人。

【王道】wángdào 古代儒家稱以仁義治天下的政治主張。㊜霸道。

【王儲】wángchǔ 君主國中被確定的王位繼承人。

【王老五】wánglǎowǔ 稱年齡較大的未婚者◇鑽石王老五。

0 **玉** yù 粵juk⁶ 肉 ①細膩、溫潤、有光澤的美石，是製作首飾或工藝品的上好材料◇翠玉｜拋磚引玉。②比喻潔白、晶瑩、美麗◇玉容｜亭亭玉立。③敬辭。尊稱同對方相關的◇玉體｜玉照。

【玉立】yùlì 形容修長秀美或秀麗挺拔◇亭亭玉立｜千峯玉立。

【玉成】yùchéng 敬辭。請對方幫助成全某事◇祈望仁兄玉成｜此事仰仗鼎力玉成。㊜作梗。

【玉色】yùsè ①玉的顏色。②特指淡青色。

【玉米】yùmǐ ①玉蜀黍的俗稱。②玉蜀黍的果實。

【玉宇】yùyǔ ①天空，宇宙◇玉宇無塵。②神話傳說中仙人的居處。泛指華麗的宮殿◇瓊樓玉宇。

【玉佩】yùpèi 供人佩掛的玉製裝飾品。

【玉帛】yùbó ①玉器和絲織品。古代常用作禮品，因而也借指友好關係◇化干戈為玉帛。②泛指財富。

【玉兔】yùtù ①傳說月亮中有白兔、蟾蜍、桂樹。②借指月亮◇金烏西墜，玉兔東升。

【玉帝】yùdì 玉皇大帝。

【玉笏】yùhù 玉製的手板。笏，古代官員上朝面見皇帝時手持的記事版。

【玉液】yùyè 比喻美酒◇瓊漿玉液。

【玉碎】yùsuì 美玉破碎。比喻為保全理想、正義、節操而奉獻生命◇寧為玉碎，不為瓦全。(反) 瓦全。

【玉璽】yùxǐ 帝王玉製的印璽。

【玉蟾】yùchán 傳說月中有蟾蜍、桂樹、白兔，而月色如玉，故此後來用玉蟾借指月亮。

【玉體】yùtǐ ① 尊稱別人的身體◇玉體欠安。② 指美麗女性的身體。

【玉蜀黍】yùshǔshǔ 主要的農作物之一。籽實比黃豆大，食用、製澱粉、作飼料。又稱玉米、苞米、棒子等。

【玉石俱焚】yùshíjùfén 美玉和石頭一起毀滅。(同) 同歸於盡。

【玉皇大帝】yùhuángdàdì 道教稱天上地位最高、權力最大的神。

【玉粒桂薪】yùlì guìxīn 米貴如玉，柴價似桂。比喻生活費用高昂。

【玉潔冰清】yùjié bīngqīng 像玉和冰那樣純潔清白。

1 **玍** gǎ (粵)gaa^{2} 假^{2} ①脾氣古怪；乖僻◇這個人玍得很，沒人願意跟他往來。②調皮◇玍小子。

2 **玎** dīng (粵)ding^{1} 丁【玎玲】dīnglíng 象聲詞。玉石等物碰撞的聲音。

【玎璫】dīngdāng 象聲詞。玉石、金屬等物碰撞的聲音。

2 **玏** lè (粵)lak^{6} 勒/laak^{6} 肋 見"瑊玏"。

3 **玕** gān (粵)gon^{1} 干 見"琅玕"。

3 **玖** jiǔ (粵)gau^{2} 九 ①似玉的黑色石頭，古代常用來作飾物。②"九"的大寫。

3 **玓** dì (粵)dik^{1} 滴【玓瓅】dìlì 珠光。

3 **玘** qǐ (粵)hei^{2} 起 玉名。多用於人名。

4 **玞** fū (粵)fu^{1} 呼 見"珷玞"。

4 **玩** ㈠ wán (粵)waan^{4} 還/waan^{2} 彎^{2} ①遊戲；玩耍◇遊玩。②從事特定的活動◇玩牌 | 玩電腦。③施展◇玩花招 | 玩陰謀。

㈡ wán (粵)wun^{6} 換 ①擺弄；戲弄◇把玩。②以不在意、不嚴肅的態度對待◇玩忽職守。③觀賞，欣賞◇遊山玩水。④體會；品味◇玩味。⑤供觀賞的物品◇金石古玩。

【玩弄】wánnòng ① 把玩，擺弄◇玩弄電動汽車。② 施展手段，以求滿足慾望或達到利己之目的◇玩弄女性 | 玩弄兩面手法。③ 賣弄，顯示自己◇玩弄新名詞。

【玩味】wánwèi 反復體會，仔細品味◇值得玩味 | 玩味無窮。

【玩具】wánjù 供人玩耍的器具。

【玩物】wánwù ① 供賞玩的器物。② 賞玩器物◇玩物喪志。

【玩忽】wánhū 不當真，不經意，不放在心上◇玩忽職守。(反) 認真。

【玩耍】wánshuǎ 做自己喜歡的遊戲、娛樂類活動◇盡情地玩耍。

【玩笑】wánxiào ① 玩耍和笑謔◇難得有時間和孩子玩笑。② 俏皮話；善意戲弄的話◇開玩笑。

多樣表達：玩笑
笑話 笑料 笑談 笑柄 戲言 噱頭 俏皮話

【玩偶】wán'ǒu 用布、木頭、泥土等材料製成的玩具人物。

【玩賞】wánshǎng 把玩觀賞、欣賞◇玩賞名人字畫。

【玩意兒】wányìr ① 玩具。② 東西。(1) 泛指小型器物◇你把那玩意兒藏在哪兒了？(2) 泛指不屑一顧的人◇他算個甚麼玩意兒！③ 特指技藝◇變魔術這玩意兒其實不難學。

【玩火自焚】wánhuǒzìfén 玩弄火的人反而讓火燒了。比喻鋌而走險，自食惡果。

【玩世不恭】wánshìbùgōng 對待人生極不嚴肅，當作遊戲一般。

4 **玡** yá (粵)je^{4} 耶/ngaa^{4} 牙 見"琅玡"。

4 **玭〔蠙〕** pín (粵)pan^{4} 頻 珍珠。

4 **玫** méi (粵)mui^{4} 梅【玫瑰】méigui 植物名。枝上有刺，夏季開花，有紫紅、白、黃等多種顏色，香氣濃郁，是重要的觀賞和禮品花卉。玫瑰花是優良的香料資源。

4 **玠** jiè 粵gaai3 界 大的圭。

4 **玢** 〈一〉bīn 粵ban1 奔 一種玉石。〈二〉fēn 粵fan1 芬 見"賽璐玢"。

4 **玥** yuè 粵jyut6 月 古代傳說中的一種神珠。

4 **玦** jué 粵kyut3 決 一種供佩戴的玉器。環形，有一個缺口。

5 **珏** jué 粵gok3 各 合在一起的兩塊玉。

5 **珐〔琺〕** fà 粵faat3 法【珐琅】fàláng 一種像釉子的物質。塗在金屬器物表面，經過燒製，能形成不同顏色的釉質層，有防護和裝飾作用。著名的景泰藍就是珐琅製品。

5 **珂** kē 粵o1/ngo1 柯 ①像玉似的一種美石。②馬籠頭上的飾物。

【珂羅版】kēluóbǎn 印刷上用的一種照像版，多用於印製美術品。（英 collotype）

5 **玷** diàn 粵dim3 店 ①玉石上的斑點。②比喻缺點。③弄髒，使有污點◇玷污。

【玷污】diànwū 污損；使受到污辱◇不可玷污他人的名譽。

【玷辱】diànrǔ 使蒙受恥辱◇玷辱祖先。

5 **珅** shēn 粵san1 身 一種玉石。

5 **珊〔珊〕** shān 粵saan1 山 ①見"珊珊"。②見"珊瑚"。

【珊珊】shānshān ① 形容玉飾、風雨等發出的聲音◇環佩珊珊｜急雨珊珊。② 形容晶瑩的樣子◇珊珊的淚珠滾滾而下。

【珊瑚】shānhú 珊瑚蟲分泌的石灰質骨骼聚集物，狀若樹枝，顏色鮮豔，供觀賞，或做裝飾品、工藝品。

5 **玳〔瑇〕** dài 粵doi6 代 ①見"玳瑁"。②見"玳玳花"。

【玳瑁】dàimào 爬行動物，狀似龜。甲殼光澤細潤，黃褐色間有黑色斑塊，是裝飾品的原料。產於熱帶、亞熱帶沿海。

【玳玳花】dàidàihuā 常綠灌木，枝有短刺，花白色。也作"代代花"。

5 **珀** pò 粵paak3 拍 見"琥珀"。

5 **珍** zhēn 粵zan1 真 ①玉和珠之類的寶物。泛指寶貴的東西◇如數家珍。②貴重的；稀有的；精美的◇珍木｜珍禽異獸。③愛惜；看重◇敝帚自珍｜珍視。

【珍本】zhēnběn 珍貴罕見的圖書版本。

【珍玩】zhēnwán 供賞玩的珍品。多指古董、字畫等收藏品。

【珍奇】zhēnqí ① 珍貴奇特◇珍奇文物｜展品。② 珍貴奇特的物品◇難得一見的珍奇。

【珍品】zhēnpǐn 稀少貴重的物品◇稀世珍品。

【珍重】zhēnzhòng ① 珍惜重視◇珍重主人心，酒深情亦深。② 愛惜保重◇珍重身體。

【珍珠】zhēnzhū ① 蚌類體內產的圓珠，一般為乳白色，有光澤。主要做裝飾品。② 起源於台灣的食品，粉圓的一種，常見加入奶茶中作茶飲配料◇珍珠奶茶。

【珍惜】zhēnxī 珍視愛惜◇我們要珍惜友情。㊐ 珍愛。

【珍視】zhēnshì 珍愛重視◇珍視兩人多年的友誼。㊍ 漠視。

【珍貴】zhēnguì 貴重，價值高；具有特別意義◇彌足珍貴。

【珍愛】zhēn'ài 珍惜愛護◇珍愛生命，遠離毒品。㊐ 珍惜。

【珍聞】zhēnwén 少有的傳聞；罕見的事情◇珍聞軼事。

【珍餚】zhēnyáo 珍美豐盛的飯菜◇珍餚百味。

【珍藏】zhēncáng ① 珍惜並妥善收藏◇他拿出珍藏的書法作展覽。② 收藏的珍貴物品◇傳世珍藏展。

【珍饈】zhēnxiū 稀少珍貴的食物◇珍饈美味。

【珍寶】zhēnbǎo 珍珠、寶石等價值很高的物品◇珍寶古玩。㊐ 瑰寶 ㊍ 草芥、廢品。

5 **玲** líng 粵ling4 零【玲瓏】línglóng ①形容玉石相撞的清越聲音。②形容靈巧◇小巧玲瓏的身材。③形容小巧精緻◇玲瓏的鏤空水晶球。㊍粗笨。④形容機靈敏銳◇為人八面玲瓏。

【玲瓏剔透】línglóngtītòu 形容精緻、奇巧、可透視◇玲瓏剔透的玉雕。

5 **珉** mín 粵man4 文 一種像玉的美石。

5 **珈** jiā 粵gaa1 家 古代婦女的一種首飾。

5 **玻** bō 粵bo1 波【玻璃】bōli ①一種安裝在各種窗上的透明物體。常規玻璃多用石英、石灰石、碳酸鈉等混合熔化製成。②指像玻璃一樣的物體◇玻璃絲襪。

6 **珪** guī 粵gwai1 歸 同"圭"。

6 **珥** ěr 粵ji5 耳 ①珠玉做的耳飾。②日月周圍的光暈◇日珥。

6 **珙** gǒng 粵gung2 拱 大的璧。

6 **珖** guāng 粵gwong1 光 一種玉。

6 **珠** zhū 粵zyu1 朱 ①珍珠◇夜明珠｜買櫝還珠。②像珍珠形的東西◇露珠｜水珠｜眼珠。

【珠算】zhūsuàn 使用中式算盤進行加、減、乘、除、開方等運算的方法。

【珠簾】zhūlián 用珍珠綴成的簾子。古代詩詞常以此形容簾子高貴華美。

【珠寶】zhūbǎo 珍珠寶石一類的飾物。

多樣表達：珠寶

寶物 寶貝 寶石 珍寶 瑰寶 至寶 國寶 紅寶石 藍寶石 鑽石 珍珠 珠玉 美玉 碧玉 珠翠 翡翠 瑪瑙 首飾 祖母綠 貓兒眼 雞血石 田黃石

【珠璣】zhūjī 珠寶。比喻優美的詩文或詞句◇字字珠璣。

【珠光寶氣】zhūguāng bǎoqì 珍珠寶石閃耀的光彩。形容服飾或陳設奢華富麗。

【珠聯璧合】zhūlián bìhé《漢書・律曆志上》："日月如合璧，五星如連珠。"説日月像合起來的美玉，金、木、水、火、土五星像串聯起來的珍珠。後比喻優秀人物或美好事物聚集在一起。

6 **珩** héng 粵hang4 恆 玉佩上端的橫玉。泛指玉佩。

6 **珧** yáo 粵jiu4 搖 ①見"江珧"。②蚌、蛤的介殼，內面閃耀光彩。古人常用其閃光的一面做刀、弓等器物上的裝飾物。

6 **珮** pèi 粵pui3 佩 古人繫在衣帶上的玉飾◇隔篁竹，聞水聲，如鳴珮環。

6 **珣** xún 粵seon1 詢【珣玗琪】xúnyúqí 中國古代東方產的一種美玉。

6 **珞** luò 粵lok6 落 ①見"瓔珞"。②見"珞巴族"。

【珞巴族】luòbāzú 中國少數民族之一，分佈在西藏地區。

6 **珓** jiào 粵gaau3 教 古代占卜用具，用兩片蚌殼或蚌殼狀竹片、木片製成，可分可合，占卜時投在地上，按其正反來定吉凶。

6 **班** bān 粵baan1 斑 ①把瑞玉分開。瑞玉，古代玉質的信物，中分為二，各執其一作為憑證。②班子。從事某一專業或為學習、工作等目的而集成的人員組合◇戲班｜徽班｜培訓班。③按時間劃分的，或按時間劃分的段落◇早班｜加班｜班車｜班機。④現代軍隊的建制單位，在排之下◇一排的三班長。⑤返回◇班師。⑥量詞。(1)用於表示多人◇一班朋友。(2)用於定時運行的交通工具◇每天有十班車去中環。⑦姓。

【班次】bāncì ①學校班級的排列次序。②泛指排班的次序或次數◇你乘坐的是哪一班次｜增加飛行班次。

【班房】bānfáng ①古代官衙差役值班的地方。②指監獄或拘留所◇坐班房（坐監）。

【班師】bānshī 出征的軍隊凱旋而歸◇班師回朝。

【班門弄斧】bānménnòngfǔ 在魯班（公輸班，古代能工巧匠）門前舞弄斧頭。比喻不自量力，在高手面前賣弄。

7 **球〔毬〕** qiú 粵kau4 求 ①美玉。②即鞠，古代遊戲用品。近圓形，外表用皮革製成，裏面以毛填實，用杖擊打或用足踢◇蹴球。③現代體育用品◇足球｜籃球｜棒球。④指球類活動◇球迷｜球賽。⑤球形或近似球形的東西◇眼球｜月球。⑥特指地球◇全球｜環球旅行。⑦數學上指以半圓的直徑為軸，旋轉一周而成的立體，由中心到表面各點的距離都相等◇球面。

【球技】qiújì 球藝。

【球員】qiúyuán 球類運動項目的運動員。

【球迷】qiúmí 對某一球類運動入迷的人。

【球藝】qiúyì 駕馭某一球類運動的技能◇球藝精湛。

【球證】qiúzhèng 球類比賽的裁判員。

7 **現(现)** xiàn (粵)jin6 彥 ①表現；顯露；出現◇體現|浮現|現身説法。②此刻；目前◇現存|現已發售。③當時；臨時◇現炒現賣。④即時就有的◇現貨|現成。⑤指現款◇貼現。

【現下】xiànxià 當前；眼下◇現下我正忙，過一會兒你再來電話。

【現今】xiànjīn 如今；當今◇現今的世界。

【現世】xiànshì ①當今◇這個款式現世已經過時了。(同)現今。②今生，對前世、來世而言◇現世報。(同)今世。③當眾丟臉出醜◇做事收斂點吧，別到處現世了。(同)丟臉、丟人、現眼。

【現代】xiàndài ①當今所處的時代。②歷史分期，繼古代、近代之後的歷史時期。

【現在】xiànzài 現時；此刻◇現在就去。

【現存】xiàncún 目前存在的；現有的◇現存的遺跡。

【現成】xiànchéng 原來就有的，本來就存在的◇傢具都是現成的，不必再買了。

【現行】xiànxíng ①現時有效的◇現行制度。②正在進行或正在實施的◇作惡多端的現行犯。

【現役】xiànyì ①軍人服役，從入伍到退伍這段期間稱現役◇服現役。②正在服兵役的◇現役軍人。

【現金】xiànjīn ①可以即時用於實際支付的實物貨幣。②國庫或銀行庫存的貨幣。

【現狀】xiànzhuàng 目前的實際狀況◇不滿現狀|要求改變現狀。

【現洋】xiànyáng 過去稱銀元。

【現時】xiànshí 即刻；當前◇現時正是旅遊旺季。

【現眼】xiànyǎn 丟臉，出醜◇丟人現眼。

【現場】xiànchǎng ①案件、事故發生的場所◇保護現場。②進行特定活動的場所◇現場辦公|試驗現場。

【現象】xiànxiàng 事物存在的外部形態◇社會現象|表面現象。

【現實】xiànshí ①當前環境的實際狀況◇面對現實。②符合實際，行得通◇你的想法不現實。

【現世報】xiànshìbào 人做了壞事，今生就會得到報應。

【現身説法】xiànshēnshuōfǎ 佛教語。説佛針對不同的對象，現出不同的身形來宣講佛法。今比喻以親身經歷為例子，向人進行講解或勸誡。

7 **理** lǐ (粵)lei5 李 ①治玉，順着璞(含玉的石頭)的紋路剖開，把玉分解出來。②治理；管理；處理◇經理|護理|日理萬機。③修整，使整齊◇清理|整理|理髮。④玉石的紋路。泛指條紋、層次◇紋理|肌理|文理清晰。⑤事物的規律、道理、秩序◇真理|言之有理|有條有理。⑥回應，作出反應◇答理|不理不睬。⑦自然科學。也特指物理學◇理科|數理化。

【理由】lǐyóu 道理，緣由◇你有甚麼理由這樣做？

【理合】lǐhé 按理應該◇理合如此。(同)理當。

【理事】lǐshì ①處理事務◇穩重勤奮，善於理事。②理事會的成員◇執行理事。

【理念】lǐniàn ①信念，抱定的宗旨◇積極向上的人生理念。②觀念，對事物的看法、分析和判斷。

【理性】lǐxìng ①理智◇理性對待判決。②分析、判斷、推理等思維活動方面的。(反)感性。

【理財】lǐcái ①管理財物；負責財務工作。②籌劃投資增值。

【理智】lǐzhì ①辨別是非，分析、判斷、控制言行的能力◇喪失理智。②形容遇事冷靜，不衝動◇一時失控，很不理智。

【理想】lǐxiǎng ①對未來的設想或希望◇美好的理想。②符合願望的；令人滿意的◇結果不理想。

【理睬】lǐcǎi 對他人的言行、表情給以回應◇沒人理睬他。

【理會】lǐhuì ①理解；領會◇他的用意不難理會。②理睬；重視◇不必理會那些流言蜚語。③評理；理論◇這事現在不跟你理會。

【理解】lǐjiě 了解；懂得◇相互理解|不理解文章的深刻涵義。

【理髮】lǐfà 頭髮護理，多指剪髮。

【理論】lǐlùn ① 關於自然界或社會現象的產生、發展、變化、終結的說明和論斷。② 評理，分清是非◇這事一定要理論清楚。

【理據】lǐjù 根據；道理；論據◇理據充分。

【理學】lǐxué 宋明時期的儒家哲學思想。其代表人物有程顥、程頤、朱熹、陸九淵、王守仁等。同 道學。

【理直氣壯】lǐzhí qìzhuàng 做事、論事有足夠理據，切直有底氣。反 理屈詞窮。

【理所當然】lǐsuǒdāngrán 按理說，本來就應當如此。反 豈有此理。

【理屈詞窮】lǐqū cíqióng 輸了理，無話可辯駁。反 理直氣壯、慷慨陳詞。

7 **珽** tǐng 粵ting5 挺 古代帝王手中所持的玉笏。

7 **琇** xiù 粵sau3 秀 像玉的石頭。

7 **琀** hán 粵ham3 嵌 古代放在死者口中的玉。

7 **琉** liú 粵lau4 流【琉璃】liúlí ① 一種半透明的有色玉石◇彩雲易散琉璃脆。② 把釉料塗於缸、盆、磚瓦坯上，燒製後表面形成的玻璃質表層。中國的琉璃，多為綠色、藍色或金黃色。③ 指玻璃。

【琉璃瓦】liúliwǎ 燒製成的表面塗有琉璃釉料的瓦。多用來建造宮殿或廟宇。

7 **琅** láng 粵long4 郎【琅玕】lánggān ① 似珠玉的美石。② 比喻珍貴美好的東西。

【琅琊】lángyá 山名，在山東。

【琅琅】lángláng 象聲詞。形容清脆響亮的聲音◇書聲琅琅｜環佩琅琅。

【琅嬛】lánghuán 傳說中天帝的藏書處◇琅嬛洞府。

7 **珺** jùn 粵kwan2 菌 一種美玉。

8 **琫** běng 粵bung2 古代刀鞘上端的飾物。

8 **琵** pí 粵pei4 皮【琵琶】pípá 彈撥樂器名。琴身瓜子形，上面有長柄，琴身至柄有四弦。聲韻鏗鏘有力◇尋聲暗問彈者誰？琵琶聲停欲語遲。

8 **珷** wǔ 粵mou5 母【珷玞】wǔfū 像玉的石塊。

8 **琴** qín 粵kam4 禽 ① 古琴，彈撥樂器。琴身狹長，最初五弦，漸變七弦。② 某些彈撥和鍵盤等樂器的統稱。如胡琴、鋼琴、小提琴。

【琴瑟】qínsè 古代樂器琴和瑟，合奏時和諧優美，故用來比喻融洽的感情。多用於形容夫妻◇結為琴瑟之好｜琴瑟和鳴。

8 **琶** pá 粵paa4 爬 見"琵琶"。

8 **琪** qí 粵kei4 其 一種美玉。

8 **琳** lín 粵lam4 林 一種美玉。

【琳琅】línláng 美玉。比喻珍貴的東西◇琳琅滿目。

8 **琦** qí 粵kei4 其 ① 一種美玉。② 美好的◇琦行｜琦辭。

8 **琢** 〈一〉zhuó 粵doek3 啄 雕刻玉石◇玉不琢不成器。

〈二〉zuó 粵doek3 啄 見"琢磨"。

【琢磨】〈一〉zhuómó ① 雕刻磨治玉石。② 比喻反復修改加工，精益求精◇切磋琢磨。

〈二〉zuómo 反復思考，認真推敲◇琢磨了半天，還是沒明白。

8 **琥** hǔ 粵fu2 苦【琥珀】hǔpò 松柏樹脂的化石，淡黃色、褐色或紅褐色的透明固體。是裝飾品的上等材料。

8 **琨** kūn 粵kwan1 昆 一種美玉。

8 **琤(琤)** chēng 粵zang1 掙【琤琤】chēngchēng 象聲詞。形容玉器撞擊聲、水聲等清脆的聲音◇佩玉琤琤｜泉水琤琤。

【琤瑽】chēngcōng 象聲詞。形容玉器撞擊聲、琴聲、水聲等◇流水響琤瑽。

8 **琰** yǎn 粵jim5 染 ① 一種美玉。② 上端有尖棱的玉圭。

8 **琮** cóng 粵cung4 蟲 ① 古代一種玉器，方柱形，中有圓孔。多用作禮器、符節。② 見"琮琤"。

【琮琤】cóngchēng 象聲詞。形容玉器碰擊聲、水聲等。

8 **琯** guǎn 粵gun2 管 古代管樂器，用玉製成，形狀像笛子，六孔。

8 **琬** wǎn 粵jyun2 院 上端為圓形的圭。

8 **琛** chēn 粵sam1 心 珍寶。

8 **琚** jū 粵geoi1 居 ①佩玉。②姓。

8 **琭（琭）** lù 粵luk6 六 ①玉名。②見"琭琭"。

【琭琭】lùlù 稀少珍貴。

9 **瑟** sè 粵sat1 失 ①古代撥弦樂器，形似古琴，有25弦、16弦兩種。②見"瑟縮""瑟瑟"。

【瑟索】sèsuǒ ①形容因寒冷而發抖◇只穿一件單衣，凍得渾身瑟索着。②形容風雨聲◇寒風瑟索。

【瑟瑟】sèsè ①形容輕微的聲音◇潯陽江頭夜送客，楓葉荻花秋瑟瑟。②形容寒冷顫抖的樣子◇她在雪地裏瑟瑟地抖個不停。

【瑟縮】sèsuō 形容因寒冷而蜷縮◇凍得瑟縮在被子裏。

9 **瑛** yīng 粵jing1 英 一種像玉的美石。

9 **瑚** hú 粵wu4 胡 ①古代宗廟中的禮器。②見"珊瑚"。

9 **瑊** jiān 粵zam1 針【瑊玏】jiānlè像玉的美石。

9 **瑒（玚）**〈一〉yáng 粵joeng4 羊 玉名。〈二〉chàng 粵coeng3 唱 古代宗廟中祭祀用的一種玉圭。

9 **瑕** xiá 粵haa4 霞 ①玉上的斑點◇白璧無瑕。②比喻缺點過失◇瑕疵。

【瑕疵】xiácī 玉上的斑痕。比喻缺點過失。

【瑕不掩瑜】xiábùyǎnyú 玉上的斑點遮不住玉的光澤。比喻缺點掩蓋不了優點。

【瑕瑜互見】xiáyúhùjiàn 玉的斑點和光澤同時顯現。比喻缺點和優點並存。

9 **瑁** mào 粵mou6 冒 ①古代天子接見諸侯時手中所持的玉器，用以合諸侯所持的圭。②見"玳瑁"。

9 **瑞** ruì 粵seoi6 睡 ①古代用作符信的玉器。②吉祥的徵兆◇祥瑞。③吉祥、吉利的◇瑞雪兆豐年。④姓。

9 **瑀** yǔ 粵jyu5 雨 一種像玉的美石。

9 **瑜** yú 粵jyu4 餘 ①美玉名。②玉的光彩。也用來比喻優點◇瑕不掩瑜。

【瑜伽】yújiā ①指修行。②印度的傳統健身法。強調"克制、守規、坐姿、調息、制感、執持、禪定、等待"等修習過程，以解除緊張、修身養性。現在成為廣泛流行的健身法。（梵 Yoga）

9 **瑗** yuàn 粵jyun6 願 古代一種大孔璧。

9 **瑄** xuān 粵syun1 宣 古代祭天用的大璧。

9 **琿（珲）**〈一〉huī 粵fai1 揮 見"瑷琿"。〈二〉hún 粵wan4 雲 ①美玉。②琿春，地名，在吉林省。

9 **瑋（玮）** wěi 粵wai5 偉 ①玉名。②美好的，珍奇的◇瑋麗｜瑋奇。

9 **瑑** zhuàn 粵syun6 篆 ①玉器上凸起的花紋。②在玉器上雕刻凸起的花紋或文字。

9 **瑙** nǎo 粵nou5 努 見"瑪瑙"。

10 **瑪（玛）** mǎ 粵maa5 馬【瑪瑙】mǎnǎo一種礦物，顏色鮮麗，質地堅硬耐磨，可做研磨工具、儀錶軸承和裝飾品等。

10 **瑨（瑨）** jìn 粵zeon3 進 像玉的石頭。

10 **瑱**〈一〉tiàn 粵tin3 天3 古代冠冕兩側用以塞耳的玉墜。
〈二〉zhèn 粵zan3 振 壓東西的玉器。

10 **瑣（琐）〔瑲〕** suǒ 粵so2 所 ①零碎；細小◇瑣聞｜煩瑣。②卑微，猥瑣◇瑣微｜委瑣。

【瑣事】suǒshì 瑣碎的小事◇家庭瑣事｜生活瑣事。

【瑣屑】suǒxiè 煩瑣，細碎◇處理這些瑣屑的事要有耐心。

【瑣碎】suǒsuì 細小而繁雜◇些須瑣碎小事，無關大體。同 零碎。

【瑣議】 suǒyì 瑣碎零星的議論。多用於謙稱自己的文章、議論。

10 **琿**（珌） bì 粵bat¹ 不 刀鞘下端的飾物。

10 **瑰**〔瓌〕（一）guī 粵gwai¹ 歸 ①一種像玉的石頭。②奇異；珍奇◇奇瑰|瑰寶。

（二）guī 粵gwai³ 貴 見"玫瑰"

【瑰奇】 guīqí 瑰麗奇特◇張家界的羣峯，瑰奇無比。

【瑰怪】 guīguài 奇特；怪異◇流泉飛瀉，山崖瑰怪。

【瑰異】 guīyì 瑰麗奇異。

【瑰麗】 guīlì 奇特絢麗；華麗。

【瑰寶】 guībǎo 特別珍貴的東西◇人類文明的瑰寶 | 藝術瑰寶。

10 **瑲**（玱） qiāng 粵coeng¹ 昌 形容玉器相碰撞的聲音。

10 **瑤**〔瑶〕 yáo 粵jiu⁴ 搖 ①一種美玉◇瓊瑤|瑤佩。②美好；珍貴◇瑤漿美酒。

【瑤池】 yáochí 古代傳説西王母所住的地方。

10 **瑭** táng 粵tong⁴ 堂 一種玉名。

10 **瑢** róng 粵jung⁴ 容 見"瑽瑢"。

10 **瑴**（珏） jué 粵gok³ 角 合在一起的兩塊玉。

10 **瑩**（莹） yíng 粵jing⁴ 形 ①一種像玉的美石。②光潔透明◇晶瑩。

【瑩白】 yíngbái 晶瑩潔白◇瑩白的月光。

【瑩潤】 yíngrùn 潔淨潤滑，有通透感◇肌膚瑩潤 | 瑩潤的翡翠戒指。

11 **璈** áo 粵ngou⁴ 遨 古代打擊樂器，形狀如同現在的雲鑼。

11 **瑾** jǐn 粵gan² 緊 一種美玉。

11 **璊**（㻞） mén 粵mun⁴ 門 赤色的玉。

11 **璉**（琏） liǎn 粵lin⁵ 連⁵ 古代宗廟裏的禮器。

11 **璀** cuǐ 粵ceoi¹ 吹/ceoi² 取【璀璨】cuǐcàn 形容色彩絢爛，光耀奪目◇星光璀璨|香港夜景璀璨無比。

11 **璁** cōng 粵cung¹ 充 類似玉的美石。

11 **瑽**（玐） cōng 粵cung¹ 充【瑽瑢】cōngróng 形容佩玉相碰撞的聲音。

11 **璃** lí 粵lei⁴ 厘 見"玻璃""琉璃"。

11 **璋** zhāng 粵zoeng¹ 章 古代的一種玉板，像半個圭，作禮器或用兵的信物。

11 **璇**〔璿〕 xuán 粵syun⁴ 船 ①美玉名。②見"璇璣"。

【璇璣】 xuánjī ① 古代指北斗星的第一星至第四星。② 古代測天象的儀器。

11 **璆** qiú 粵kau⁴ 求 美玉名。

11 **璅** suǒ 粵so² 所 同"瑣"。

12 **璜** huáng 粵wong⁴ 王 半璧形的玉器。古人用作禮器或裝飾。

12 **璞** pú 粵pok³ 樸 ①內裏包裹着玉的石頭。②當材料用的未經雕鑿的玉石。③淳樸；質樸◇抱璞。

【璞玉渾金】 púyùhúnjīn ① 比喻天然美好的質地。② 比喻質樸的人品。

12 **璟** jǐng 粵ging² 竟 玉的光影。

12 **璡**（琎） jīn 粵zeon¹ 津 一種似玉的美石。

12 **璠** fán 粵faan⁴ 凡 美玉名。

12 **璘** lín 粵leon⁴ 鄰 玉的光彩。

【璘璘】 línlín 明亮閃爍的樣子◇月光下的湖面銀光璘璘。

12 **璕**（玙） xún 粵cam⁴ 尋 一種美石。

12 **璣**（玑） jī 粵gei¹ 機 ①不圓的珍珠。②古代測天象的儀器。

13 **璨** càn 粵caan³ 燦 ①美玉名。②指玉的光澤。

13 **璩** qú 粵keoi4 渠 ①玉名。②玉製的耳環。③姓。

13 **璫（珰）** dāng 粵dong1 當 ①古代婦女的耳飾◇耳著明月璫。②漢代宦官帽子上的裝飾品。後也借指宦官。

13 **璐** lù 粵lou6 路 一種美玉。

13 **璪** zǎo 粵zou2 早 古代帝王皇冠上下垂的成串玉飾，用絲線穿成。

13 **環（环）** huán 粵waan4 還 ①中空的圓形玉器◇玉環｜佩環。②泛指圓圈形的物品◇耳環｜花環。③圍繞◇環球旅行。④周圍，四周◇環境｜環視。⑤環節，整體中互相關聯的一部分◇環環相扣。⑥量詞。用於記錄射擊、射箭等中靶的成績◇總成績五槍四十九環。

【環行】huánxíng 繞着圈子行走◇環行立交橋。

【環伺】huánsì 四面窺察，尋找機會。◇清朝末年中國面臨着羣雄環伺的局面。

【環抱】huánbào 環繞；圍抱◇雙手環抱在胸前｜綠樹環抱的一片草地。

【環拱】huángǒng 環繞◇此地青山環拱，溪水長流。

【環保】huánbǎo 環境保護的簡稱。指為大自然和人類福祉而保護自然環境的行為。

【環海】huánhǎi 被海水圍繞◇這個島嶼四面環海。

【環球】huánqiú ①圍繞地球◇單人駕機完成環球飛行。②全地球；全世界◇環球氣候變暖。

【環節】huánjié ①組成某些低等動物軀體的環狀結構。如蚯蚓、蜈蚣等。②比喻互相關聯事物中的一個◇銷售環節｜薄弱環節。

【環境】huánjìng ①人們生活的周圍地方◇居住環境鬧中取靜。②指自然生成並持續存在的狀態◇大嶼山生態環境優良。③人為劃分出的特定社會活動範圍◇投資環境｜經營環境｜學習環境。

【環繞】huánrào 圍繞◇環繞月球飛行。

【環顧】huángù 向四周看◇環顧左右而言它。

【環境污染】huánjìngwūrǎn 因向環境添加污染物質，超過了環境的自淨能力，導致環境及生態系統損壞。

13 **璵（玙）** yú 粵jyu4 餘 美玉。

13 **璦（瑷）** ài 粵oi3/ngoi3 愛 ①美玉。②見"璦琿"。

【璦琿】àihuī 地名。在黑龍江省，今作"愛輝"。

13 **璧** bì 粵bik1 碧 ①玉器，扁圓形，中間有孔。古代用作祭祀、朝聘、喪葬的禮器和裝飾物。②泛指美玉◇和氏璧｜白璧無瑕。

【璧還】bìhuán 歸還原物的敬辭。

14 **璽（玺）** xǐ 粵saai2 徙 皇帝的印章◇玉璽。

14 **璺** wèn 粵man6 問 裂痕◇花瓶上有一條細璺｜打破砂鍋璺到底。

15 **瓅（珠）** lì 粵lik1 力1 見"玓瓅"。

15 **瓊（琼）** qióng 粵king4 鯨 ①一種美玉。②美好的；精美的◇瓊漿｜仙山瓊閣。③海南省的簡稱。

【瓊瑤】qióngyáo ①美玉。②比喻如玉的白雪或珠玉般的詩文。

【瓊樓玉宇】qiónglóuyùyǔ 傳説中神仙居住的地方或指月中宮殿。現多借指華麗的建築物。

16 **瓏（珑）** lóng 粵lung4 龍 ①古人大旱求雨時用的玉器，上面刻有龍紋。②見"玲瓏"。

17 **瓔（璎）** yīng 粵jing1 英 ①一種像玉的石頭。②見"瓔珞"。

【瓔珞】yīngluò 古代一種用珠玉穿成的戴在頸部的裝飾物。

17 **瓖** xiāng 粵soeng1 商 馬帶上的玉飾。

18 **瓘** guàn 粵gun3 貫 玉名。

19 **玀（㻏）** luó 粵lo4 羅 見"珂玀版"。

19 **瓚（瓒）** zàn 粵zaan3 贊 古代祭祀用的玉器，近似勺形。

20 **瓛(瓛)** huán 粵wun4 豌4 玉圭的一種，多用於人名。

瓜部

0 **瓜** guā 粵gwaa1 掛1 ①葫蘆科植物，種類很多。果實也叫瓜，是重要的蔬菜、水果和糧食◇瓜子|南瓜|西瓜。②形狀像瓜的東西◇糖瓜|腦瓜。③比喻蠢笨的人◇傻瓜|笨瓜。

【瓜分】guāfēn 像切瓜一樣地分割並佔有。常指分割財物、國土◇瓜分贓物｜瓜分殖民地｜瓜分勢力範圍。

【瓜代】guādài 瓜，瓜成熟。原指明年瓜熟時再派人去替換。後指任職期滿換人接替。出自《左傳・莊公八年》："齊侯使連稱、管至父戍葵丘。瓜時而往，曰：'及瓜而代。'"

【瓜瓞】guādié 瓞，小瓜。(藤蔓上的)大瓜小瓜(一個挨一個)。比喻子孫昌盛。出自《詩經・大雅・緜》："緜緜瓜瓞，民之初生。"緜，連續不斷◇玉葉金枝，瓜瓞永續。

【瓜葛】guāgé 瓜和葛都是蔓生的植物，能纏繞或攀附在別的物體上。比喻輾轉相連的親戚關係或其他有牽連的關係。

【瓜田李下】guātián lǐxià 古樂府《君子行》："君子防未然，不處嫌疑間。瓜田不納履，李下不整冠。"說為避偷瓜摘李的嫌疑，瓜田裏不彎腰提鞋子，李樹下不舉手端正帽子。後比喻容易引起猜疑的場合或情況。

【瓜熟蒂落】guāshú dìluò 瓜熟了，瓜蒂自然脱落。比喻時機、條件成熟了，事情就會順利辦成。同 水到渠成。

3 **瓝** bó 粵bok6 薄 ①小瓜。②古書上説的一種草。

5 **瓞** dié 粵dit6 秩 小瓜◇瓜瓞。

6 **瓠** hù 粵wu6 互【瓠瓜】hùguā 一年生草本植物。果實也叫瓠瓜，長圓形，用作蔬菜。

11 **瓢** piáo 粵piu4 嫖 舀水酒等液體或其他東西的器具。多用對半剖開的葫蘆做成，或用木頭挖成◇按下葫蘆浮上瓢。

【瓢潑】piáopō 像用瓢往外潑水。形容雨很大◇瓢潑大雨。

【瓢蟲】piáochóng 甲蟲的通稱，常具紅、黑或黃色斑點。

14 **瓣** bàn 粵baan6 辦 ①花瓣，組成花冠的各片◇櫻花有五片花瓣。②植物的種子、果實或球莖內可以分開的部分◇蒜瓣|豆瓣。③物體自然地分成或破碎後分成的部分◇七棱八瓣|碗被摔成幾瓣。④瓣膜。人和動物器官裏面可以開閉的膜狀結構◇二尖瓣。⑤量詞。略等於"塊"。用於花瓣、葉片或種子、果實等分開的小塊◇吃幾瓣蒜|把西瓜切成八瓣。

17 **瓤** ráng 粵nong4 囊 ①瓜果內的肉或瓣◇沙瓤西瓜|橘子瓤。②泛指皮或殼裏包着的東西◇信瓤。③質地鬆軟，充滿孔隙◇蟲把房梁蛀得兩頭都瓤了。

瓦部

0 **瓦** (一)wǎ 粵ngaa5 雅 ①用黏土燒製、捻線用的原始紡錘◇載弄之瓦|弄瓦之喜。②用黏土燒製的鋪屋頂的建築材料◇秦磚漢瓦|添磚加瓦。③泛指黏土做成坯後燒製而成的(器物)◇瓦器|瓦盆|瓦罐。④功率單位。"瓦特"的簡稱。

(二)wà 粵ngaa6 訝 蓋，鋪(瓦)◇瓦屋頂。

【瓦全】wǎquán 比喻苟且偷生◇寧為玉碎，不為瓦全。

【瓦斯】wǎsī ①泛指氣體。②指煤氣、沼氣等可燃氣體。(日 瓦斯，日譯自荷 gas)

【瓦解】wǎjiě ①瓦片碎裂。比喻崩潰或分裂◇土崩瓦解｜大勢已去，面臨全面瓦解。②使崩潰或分裂◇瓦解犯罪集團。

【瓦礫】wǎlì 破碎的磚頭瓦片等◇放眼望去，一片瓦礫廢墟。

【瓦釜雷鳴】wǎfǔléimíng《楚辭・卜居》："黃鐘毀棄，瓦釜雷鳴；讒人高張，賢士無名。"瓦釜，用黏土燒製的鍋。瓦釜發出雷鳴般的響聲。比喻小人居高位，囂張得意。

3 **瓩** qiānwǎ 粵cin1 ngaa5 千雅 "千""瓦" 兩字的合文，指1000瓦特。現多寫作"千瓦"。

5 **瓴** líng 粵ling4 零 古代盛水的陶器，形似瓶◇高屋建瓴。

6 **瓷** cí 粵ci4 詞 一種用高嶺土燒成的質料，比陶質細緻、堅硬◇瓷器|瓷枕|瓷磚。

6 **瓶〔缾〕** píng 粵ping4 評 ①通常指腹大、頸長、口小的容器◇酒瓶|花瓶|守口如瓶。②量詞。用於瓶裝的東西◇兩瓶酒。

【瓶頸】 píngjǐng ① 瓶的頸部，即細長部分。② 比喻道路中受阻塞的路段◇這個路口一到車流高峯期就成為瓶頸。③ 比喻阻礙工作發展的環節◇經濟發展的瓶頸。

【瓶瓶罐罐】 píngpíngguànguàn ① 指隨意放置排列的瓶子和罐子◇幾尊陶俑居然夾雜在那些瓶瓶罐罐當中。② 借指價值不高或意義不大的事物◇他就是放心不下那些瓶瓶罐罐。

7 **甁** chī 粵ci1 痴 古代一種陶製的酒器。古人借書常以甁盛酒酬謝◇借書一甁，還書一甁。

8 **甈** cèi 粵seoi6 須 打碎；摔碎(瓷器、玻璃等)◇甈了一個碗|不小心把杯子甈了。

8 **瓿** bù 粵pau2 剖 古代盛器，圓口、深腹、圈足◇醬瓿。

9 **甄** zhēn 粵jan1 因/zan1 真 ①製作陶器◇甄陶。②審查鑒定◇甄選|甄拔。③姓。

【甄別】 zhēnbié 考核鑒別；審查辨別◇甄別選拔官員 | 甄別藏畫的真偽。

【甄選】 zhēnxuǎn 甄別，選擇。

9 **甃** zhòu 粵zau3 奏 ①用磚瓦砌的井壁◇甃甓|磨磚砌甃。②用磚砌井壁、水池等◇甃砌|甃井。

11 **甍** méng 粵mang4 萌 屋脊；棟梁◇雕甍|甍棟。

11 **甌(瓯)** ōu 粵au1/ngau1 勾 ①盆、盂一類的瓦器◇金甌無缺。②杯、碗之類的飲具◇茶甌|酒甌。③古地名。在今浙江溫州一帶。後為溫州的別稱◇甌繡。

12 **甏** bèng 粵paang6 彭6 罈子，甕類陶器◇酒甏|缸甏|甏子。

12 **甑** zèng 粵zang6 贈 ①蒸食物的炊具。古用陶製，底有孔，用時置於鬲上，商周時代用青銅製，後多用木製。今多指蒸飯用的桶狀物◇釜甑。②用於蒸餾或使物體分解的一種器皿◇曲頸甑。

13 **甔** dān 粵daam1 耽 瓶。

13 **甕〔瓮〕** wèng 粵ung3/ngung3 ①陶製盛器，小口大腹◇水甕|酒甕|請君入甕。②因鼻子不暢通而聲音重濁◇甕聲甕氣。③姓。

13 **甓** pì 粵pik1 僻 ①磚◇運甓|甃甓。②用磚砌◇甓城。

16 **甗** yǎn 粵jin5 演 古代一種炊器，外形上大下小，以陶或青銅製成。上部為甑，蒸食物；下部為鬲，煮食物。

甘部

0 **甘** gān 粵gam1 今 ①甜◇甘甜|甘泉。②美好；幸福◇同甘共苦|苦盡甘來。③願意；樂意◇不甘寂寞|甘拜下風。④甘肅省的簡稱。⑤姓。

【甘心】 gānxīn ① 願意；情願◇甘心情願 | 甘心受罰。② 稱心；滿意◇不奪第一，絕不甘心。

【甘休】 gānxiū 自願罷休◇不達到目的，他絕不甘休。

【甘苦】 gānkǔ ① 比喻美好的和艱苦的處境◇同甘苦，共患難。② 在工作或經歷中體會到的滋味。多指苦的一面◇暢談人生的甘苦。

【甘美】 gānměi (味道) 甜美◇甘美的水果。

【甘霖】 gānlín 甜美的雨。指久旱之後下的及時雨◇久旱逢甘霖。㊐ 甘雨 ㊊ 苦雨、霪雨。

【甘願】 gānyuàn 心甘情願。

【甘露】 gānlù 甜美的露水◇清晨的花瓣沾滿了甘露。

【甘之如飴】 gānzhīrúyí《吳越春秋・勾踐歸國外傳》："嘗膽不苦甘如飴，令我採葛以作絲。" 飴，麥芽糖。後比喻樂意承受艱難困苦或作出犧牲。

【甘拜下風】 gānbàixiàfēng《左傳・僖公十五

年》："晉大夫三拜稽首，曰：'君履后土而戴皇天…羣臣敢在下風。'" 下風，風向的下方，比喻劣勢地位。指甘願居於低位或表示真心佩服、自認不如對方。

4 **甚** 〈一〉shèn 粵sam6 心6 ①很，非常◇效果甚佳|不甚理解。②過分；嚴重◇欺人太甚|言之過甚。③超過；勝過◇日甚一日。

〈二〉shén 粵sam6 心6 同"什"。甚麼◇你説甚麼|出去做甚麼？

【甚至】 shènzhì 表示更進一層，強調突出的事例◇一直端坐着不動，臉上甚至帶着冷冰冰的表情。

【甚麼】 shénme ① 表示疑問◇留甚麼給你|有甚麼意見？② 表示虛指◇大街上沒甚麼人|甚麼人來過？③ 表示任指，任一（種、個等）◇林子大了，甚麼鳥都有。④ 表示驚訝或不滿◇這是甚麼話，太不近人情了！⑤ 表示責難◇明明全知道了，裝甚麼糊塗？⑥ 表示不同意或不以為然◇年輕甚麼，都五十五了|道個歉有甚麼不好意思的！⑦ 表示列舉不盡◇甚麼打掃房間啊，做針線活啊，她都會。

【甚囂塵上】 shènxiāochénshàng 囂，喧鬧。原形容人聲喧鬧，塵土飛揚。後形容議論紛紛或十分囂張。

6 **甜** tián 粵tim4 恬 ①像糖、蜜的味道◇甜味|甘甜|酸甜苦辣。②比喻幸福、美滿、愉快◇甜蜜。③比喻乖巧，討人喜歡◇嘴巴甜。④形容舒適、酣暢◇睡得真甜。

【甜品】 tiánpǐn 西餐下午茶中，或正餐的最後一道的甜味菜品，後泛指甜味點心，例如小蛋糕、布丁等。

【甜美】 tiánměi ① 甘甜可口◇甜美多汁的水蜜桃。② 形容感到幸福或愉快◇生活甜美|甜美的笑容。(同) 甜蜜 (反) 痛苦。③ 形容聲音柔和動聽◇音色甜美。

【甜柔】 tiánróu 甜美柔和◇甜柔動聽的女中音。

【甜蜜】 tiánmì 形容感到幸福美滿或愉快舒適◇甜蜜的愛情|生活甜蜜。

【甜潤】 tiánrùn ① 新鮮而滋潤◇空氣清新甜潤。② (聲音) 甜美而圓潤◇嗓音甜潤。

【甜頭】 tiántou ① 有些甜的味道；可口的味道◇這種梨有甜頭。② 比喻好處、利益◇嘗到甜頭。(反) 苦頭。

【甜滋滋】 tiánzīzī ① 形容味道甘甜。② 形容幸福、愉快的感覺。

【甜言蜜語】 tiányán mìyǔ 為騙人或討好別人而説的動聽的話。(同) 花言巧語。

生部

0 **生** shēng 粵sang1 牲 ①產生；發生◇生事|生效|惹事生非。②生育；生長◇生日|生小孩|生根發芽。③活着；生存◇生物|起死回生。④維持生活的辦法，生計◇謀生|教書為生。⑤生命◇捨生忘死。⑥具有生命力的◇栩栩如生。⑦活物，有生命的東西◇殺生|放生。⑧一輩子◇畢生|今生今世。⑨點火◇生火|生爐子。⑩不熟練；不熟悉◇生字|一回生，二回熟。⑪陌生的人◇怕生|欺生。⑫果實沒有成熟；食物未煮過或煮得不夠火候◇生柿子|生雞蛋|半生不熟。⑬沒有進一步提煉或加工的◇生鐵|生石灰。⑭生硬；勉強◇生造|生拉硬拽。⑮執意；硬是◇不聽門衛的阻攔，生往裏闖。⑯很，甚。用在少數表示感情、感覺的詞前◇生怕|生疼。⑰用作某些副詞的後綴◇偏生|好生|怎生。⑱戲曲中扮演男子的角色，如小生、武生等。⑲讀書人；學生◇書生|儒生|師生|畢業生。⑳從事特定職業的人；具有特定身份的人◇醫生|侍應生。㉑姓。

【生人】 shēngrén ① 不認識的人◇見到生人就害羞。② 方言。出生◇你是哪年生人？

【生日】 shēngrì ① 出生的日子。(同) 生辰 (反) 忌日、忌辰。② 每年滿週歲的那一天◇生日快樂。③ 借指國家、組織、公民團體等成立的日子或週年紀念日。

【生分】 shēngfen ① 疏遠；不親密◇太客氣就顯得生分了。② 陌生◇這裏的環境，他並不生分。

【生平】 shēngpíng ① 一生的經歷；一輩子◇生平事跡。② 有生以來◇生平第一次獲獎。

【生民】shēngmín ① 指人類。② 人民；百姓◇生民塗炭。

【生存】shēngcún 保存生命；活着，不死亡◇環境惡劣，植物很難生存｜生存競爭。

【生色】shēngsè 增添光彩◇盛放的鮮花為房間生色不少。⊜ 着色。

【生辰】shēngchén 生日，出生的日子◇生辰八字。

【生肖】shēngxiào 和十二地支相配，用來記人的出生年的十二種動物：鼠（子）、牛（丑）、虎（寅）、兔（卯）、龍（辰）、蛇（巳）、馬（午）、羊（未）、猴（申）、雞（酉）、狗（戌）、豬（亥）。⊜ 屬相。

【生長】shēngzhǎng ① 生物體的體積和重量逐漸增加◇莊稼生長很快。② 出生和成長◇我生長在香港。③ 產生和增長◇勢力日益生長。

【生事】shēngshì 挑起事端；惹事◇造謠生事。

【生來】shēnglái 與生俱來，從生下來或從小時候起◇生來如此｜這孩子生來聰明伶俐。

【生物】shēngwù 自然界中具有生命的物體。能通過新陳代謝作用跟外界環境進行物質交換，保障自身的生存能力。動物、植物、微生物都是生物。

【生命】shēngmìng ① 生物體的存在和所具有的活動能力◇迎接新生命｜犧牲生命。② 生命力，事物生存發展所依賴的◇藝術的生命在於不斷創新。

【生育】shēngyù 生孩子◇計劃生育｜生育了四個兒女。

【生性】shēngxìng 天性；從小養成的性格、習慣◇生性活潑｜生性怯懦。

【生怕】shēngpà 很怕；很擔心◇生怕錯過機會｜做了壞事生怕人知道。⊜ 生恐。

【生俘】shēngfú 打仗時活捉（敵人）。

【生計】shēngjì 維持生活的方式；生活◇為生計奔忙｜維持生計。

【生活】shēnghuó ① 人或生物所進行的各種活動◇日常生活｜觀察蜜蜂的生活。② 衣、食、住、行等方面的情況◇提高生活水準。③ 生存；過日子◇魚離開水無法生活｜由於家庭貧窮，他生活艱難。

【生恐】shēngkǒng 生怕◇生恐得罪人。⊜ 唯恐。

【生根】shēnggēn ① 植物長了根系◇生根發芽。② 比喻扎下根基，建立起牢固的基礎◇在海外生根立足。

【生員】shēngyuán 明清時代稱經過本地考試合格進入府、州、縣學讀書的人。通稱秀才。

【生氣】shēngqì ① 因不滿意而氣惱、發怒◇她的傲慢態度叫人生氣。② 生命力；活力◇生氣勃勃｜充滿生氣。

【生息】shēngxī ① 繁殖（人口）◇休養生息。② 生活；生存◇世代生息在這塊土地上。③ 積蓄並發展◇生息力量。

【生理】shēnglǐ 機體的生命活動及體內各器官的機能◇生理特徵｜生理缺陷。

【生造】shēngzào 憑空編造◇生造詞語。

【生動】shēngdòng 有生氣的；有感染力的◇描寫生動｜生動的語言。

【生猛】shēngměng 方言。活蹦亂跳◇生猛海鮮。

【生產】shēngchǎn ① 使用工具來創作、製造各種物質產品◇生產汽車｜農業生產。② 分娩，生孩子◇剖腹生產。③ 人類從事創造社會財富的活動◇不事生產的人對社會是一種負擔。

【生涯】shēngyá ① 從事某種活動或某一職業的生活◇藝術生涯｜記者生涯。② 所過或所經歷的人生◇生涯規劃。

【生硬】shēngyìng ① 不自然的；勉強的◇表演太生硬｜用字生硬。② 不柔和；不細緻◇態度生硬。

【生殖】shēngzhí 生物產生新的個體以維持種族延續◇生殖繁衍｜生殖能力。

【生就】shēngjiù 生來就有；天生◇生就一對招風耳｜生就一副硬骨頭。

【生疏】shēngshū ① 不熟悉◇他是新手，業務生疏。㊀ 熟悉。② 因長期荒廢而不熟練◇許久不打球，拿起球拍覺得很生疏。㊀ 熟練。③ 疏遠；不親密◇多年不見，難免生疏一些。

【生發】shēngfā 滋生；發展◇大樹的根系不斷生發。

【生路】shēnglù 維持生活或保存生命的途徑◇另謀生路｜放他一條生路。

【生意】〈一〉shēngyì 生命力；生機◇生意盎然｜林子裏鳥語花香，充滿生意。
〈二〉shēngyi 商業經營；買賣◇做生意｜蝕本生意。

【生疑】shēngyí 產生懷疑◇令人生疑。

【生態】shēngtài ①生物生存、發展的狀況或態勢◇生態平衡｜生態環境｜生態保育有助保護動物的棲息地。②生物的生理特徵和生活習性◇研究海洋生態。

【生趣】shēngqù ①生活情趣◇充滿生趣。②生動的興致情趣◇生活平淡乏味毫無生趣可言。

【生齒】shēngchǐ ①生出乳齒。②古時把長出乳齒的男女登入戶籍。後借指人口◇生齒日繁。③年歲◇生齒逾邁。

【生僻】shēngpì ①冷僻的，不常見的◇生僻字。②生疏偏僻◇生僻的山村。

【生養】shēngyǎng ①生育◇喪失生養能力。②生育和養育◇感謝生養我的父母。

【生機】shēngjī ①生存的機會◇一線生機。②生命力；活力◇春天來臨，大地充滿生機。

【生還】shēnghuán（脱離危難）活着回來◇生還者｜生還的希望渺茫。

【生澀】shēngsè 不熟練；不流暢。多用於説話、寫文章等◇語言生澀｜文辭生澀。

【生靈】shēnglíng ①人民，百姓◇生靈塗炭。②生命◇蜜蜂是非常可愛的小生靈。

【生力軍】shēnglìjūn ①新投入的、具戰鬥力的軍隊。②比喻新加入的、能起積極作用的人員◇培養生力軍。

【生果金】shēngguǒjīn 公共福利計劃下高齡津貼的俗稱。香港政府每月向年滿 70 歲或以上的長者提供現金津貼。

【生命力】shēngmìnglì ①生物體維持生命的能力◇頑強的生命力。②生存、發展的能力◇產品連年暢銷，顯示出旺盛的生命力。

【生命線】shēngmìngxiàn ①比喻事物得以生存和發展的根本條件。②手相學術語。在手掌中由拇指與食指間的虎口部位延伸呈弧形線紋，表現壽命長短、健康狀態。

【生產線】shēngchǎnxiàn 從材料投入到產品製成、連貫的系列作業工序。也指能完成連貫生產工序的全套設備◇汽車生產線。

【生不逢時】shēngbùféngshí 生下來就沒有遇上好時機。用來慨歎命運不好，際遇坎坷。

【生死肉骨】shēngsǐ ròugǔ 讓死者復生，使白骨長肉。形容恩惠深厚，受益極大。

【生死攸關】shēngsǐyōuguān 攸，所。關係到生存和死亡。形容關係重大。

【生死與共】shēngsǐyǔgòng 同生共死。形容情誼極深，關係密切。㊐患難與共 ㊊分道揚鑣。

【生吞活剝】shēngtūn huóbō 原指生硬搬用別人詩文的詞句。出自唐代劉肅《大唐新語・諧謔》：“有棗強尉張懷慶，好偷名士文章……人謂之諺曰：‘活剝王昌齡，生吞郭正一。’”後比喻生硬地搬用別人的言論、經驗或方法等。㊐囫圇吞棗。

【生花之筆】shēnghuāzhībǐ 五代王仁裕《開元天寶遺事・夢筆頭生花》：傳説李白小時候夢見筆頭生花，從此才華橫溢，名作迭出。後比喻傑出的寫作才能。㊐大筆如椽、生花妙筆。

【生殺予奪】shēngshāyǔduó《周禮・春官・內史》：“內史掌王之八枋之法，以詔王治。一曰爵，…五曰殺，六曰生，七曰予，八曰奪。”生，讓人活；殺，叫人死；予，給予；奪，剝奪。後用“生殺予奪”來形容握有生死賞罰的大權。

【生搬硬套】shēngbān yìngtào 形容不顧實際情況，機械地搬用別人的辦法、經驗等。

【生龍活虎】shēnglóng huóhǔ 比喻人活潑矯健，生氣勃勃。

【生離死別】shēnglí sǐbié 難以再見面的分離和死前的永別。

【生米煮成熟飯】shēngmǐzhǔchéngshúfàn 比喻已成定局，無法改變。多含無可奈何的意思。㊐木已成舟。

5 **甡** shēn 粵san[1] 申 形容眾多◇甡甡。

6 **產(产)** chǎn 粵caan[2] 鏟 ①(人或動物)生幼體◇產婦|產卵。②生產，使用工具做出東西來◇出產|產煤。③人做出的東西；天然供給或土地生長出來的◇產品|礦產|土特產。④產業◇財產|房地產|破產。

【產生】chǎnshēng ① 生成；出現◇產生變化丨當今是產生科技精英的時代。② 從一種事物中演變出另一種事物◇由選舉產生代表。

【產物】chǎnwù 在一定條件下生成的事物；結果◇人類是自然界發展出來的產物。

【產業】chǎnyè ① 私人財產。多指不動產，如工廠、土地、房屋等。② 泛指人所經營的各種事業◇鋼鐵產業丨金融產業丨服裝產業丨第三產業。

【產權】chǎnquán ① 有形資產的所有權。一般指不動產，如機器設備、房屋、土地等。② 無形資產的所有權◇知識產權。

7 **甦** sū 粵sou[1] 酥 同"蘇⑤"。從昏迷中醒過來◇復甦|甦醒。

7 **甥** shēng 粵sang[1] 生 姐姐或妹妹的兒子◇外甥。

用部

0 **用** yòng 粵jung[6] 容[6] ①使用◇運用自如|用望遠鏡觀察。②功能，用處◇沒用|物盡其用。③費用；支出◇零用錢|省吃儉用。④需要。多用於否定◇木蘭不用尚書郎，願借明駝千里足，送兒還故鄉。⑤敬辭。吃；喝◇慢用|請用茶。

【用心】yòngxīn ① 集中注意力；肯花心思◇做事非常用心。② 居心；存心◇別有用心丨母親的用心是很深的。③ 使用心力（思考、做事）◇飽食終日，無所用心。

【用功】yònggōng ① 努力學習◇天天晚上在家用功。② 學習勤奮努力◇讀書用功。

【用武】yòngwǔ ① 使用武力，採取軍事行動。② 比喻施展才能◇英雄無用武之地。

【用事】yòngshì（憑感情、意氣等）採取某種行動◇做事要理智，不能感情用事。

【用度】yòngdù 各種費用的總稱◇用度不足。

【用途】yòngtú 使用的方面、範圍◇新款手機有多種用途。

【用場】yòngchǎng 用途◇大有用場丨派不上用場。

【用意】yòngyì ① 打算；意圖◇不明白你的用意。② 企圖，居心◇用意明顯丨用意何在？

【用語】yòngyǔ ① 措辭，運用詞語◇用語恰當。② 運用的詞語◇禮貌用語。③ 某種專業或行業的專用詞語◇商業用語丨科技用語。

【用捨行藏】yòngshě xíngcáng 用，任用；捨，不被任用。獲任用就出去做官，不被任用就隱退。成語出自《論語・述而》："用之則行，捨之則藏。"

0 **甩** shuǎi 粵lat[1] ①揮動；擺動◇甩乾|大象甩着長鼻子。②用力往外扔◇甩鐵餅|甩出去。③丟開；拋開◇把他遠遠甩在後面。

【甩賣】shuǎimài 商店聲稱減價，大量拋售貨物◇減價大甩賣。

1 **甪** lù 粵luk[6] 六 ①用於地名。甪直，在蘇州東南。②傳說中的獸名。

2 **甫** fǔ 粵fu[2] 苦 ①剛剛，方才◇驚魂甫定。②舊時指人的表字（本名外所取的與本名意義關聯的另一名字）◇台甫。③姓。

2 **甬** yǒng 粵jung[2] 擁 ①巷道，通道◇甬道。②甬江，水名，在浙江省，發源於四明山，流過寧波。③浙江寧波市的別稱。

【甬道】yǒngdào ① 院落或墓地中用磚石砌成的通道。同 甬路。② 過道；走廊。

【甬路】yǒnglù 甬道。

4 **甭** béng 粵bung[2] 琫 方言。"不用" 的合音。不必，用不着◇甭哭了|你甭跟我來這一套。

7 **甮** béng 粵fung[6] 奉 不用。

田部

0 **甲** jiǎ (粵)gaap[3] 夾 ①天干的第一位。用來表示次序第一◇甲等|甲乙丙丁。②位居第一◇桂林山水甲天下。③動物身上起保護作用的硬殼◇龜甲|甲蟲。④手指、腳趾上的角質硬殼◇指甲|趾甲。⑤古代作戰時穿的用皮革或金屬製成的護身服◇盔甲|鎧甲|解甲歸田。⑥現代用金屬製成、起保護作用的裝備◇裝甲部隊。⑦裝備盔甲的士兵◇精甲數萬。⑧泛指武器◇甲庫。⑨一種戶籍編制單位◇甲長|保甲。

【甲子】jiǎzǐ “甲”居天干之首，“子”居地支之首。以十干和十二支依次配合的六十組“干支”統稱甲子。古代用甲子紀日、紀年或計算歲數。

【甲兵】jiǎbīng ① 鎧甲和兵器，泛指武器裝備。② 戰爭的代稱◇甲兵之事，不可輕舉妄動。③ 披甲的士兵◇室內暗伏甲兵。

【甲板】jiǎbǎn 船體分隔上下幾層的板。多指船面的一層◇飛行甲板。

【甲冑】jiǎzhòu 古代軍人作戰時用的鎧甲和頭盔。(同) 盔甲。

【甲骨文】jiǎgǔwén 殷商時代刻在龜甲、獸骨上的文字，內容多為占卜的紀錄。也叫契文、卜辭、龜甲文字、殷墟文字。現在的漢字就是從甲骨文演變過來的。

0 **申** shēn (粵)san[1] 身 ①說明；陳述◇申冤|三令五申。②地支的第九位。③十二時辰之一。下午三點到五點◇申時。④上海的別稱◇申城。⑤姓。

【申斥】shēnchì 斥責。多用於對下屬◇當面申斥。

【申令】shēnlìng 下令；發佈命令。

【申明】shēnmíng 鄭重說明◇再度申明｜申明立場。

【申述】shēnshù 詳細陳述◇向公眾申述施政綱領。

【申討】shēntǎo 聲討，公開譴責◇憤怒申討野蠻暴行。

【申冤】shēnyuān ① 洗雪冤屈◇為民申冤。② 自己申訴遭受的冤屈，要求得到昭雪◇申冤叫屈。(反) 含冤、銜冤。

【申報】shēnbào 用書面向上司或有關部門呈報◇申報世界文化遺產名錄。

【申飭】shēnchì ① 告誡◇申飭前線將士，做好防禦準備。② 斥責◇在嚴受申飭。

【申訴】shēnsù ① 向上級申述、訴說意見◇向世界貿易組織申訴。② 訴訟當事人或公民對已發生法律效力的判決或裁定不服時，依法向法院或法定部門提出理由要求重新處理。

【申說】shēnshuō 詳細說明◇反復申說情由。(同) 申述。

【申請】shēnqǐng 向上司或有關部門說明理由，提出請求◇申請撥款｜申請專利。

【申辯】shēnbiàn 陳述理由，進行辯解◇申辯案情。

0 **田** tián (粵)tin[4] 填 ①種植農作物的土地◇良田|稻田。②比喻人體內的某些部位◇心田|丹田。③可供開採資源的地帶◇煤田|油田|天然氣田。④同“畋”。打獵◇田獵。⑤姓。

【田地】tiándì ① 耕種農作物的土地。② 地步；境地◇想不到如今淪落到這般田地。

【田舍】tiánshè ① 田地和房屋◇遠遠望去，田舍儼然。② 農舍◇家鄉尚有田舍數間。③ 泛指農家或農村◇田舍翁｜田舍人家。

【田畝】tiánmǔ 田地，耕地。

【田家】tiánjiā 農民；農家◇田家樂｜草屋別有一種田家風味。

【田莊】tiánzhuāng ① 田地和莊園◇廣置田莊。② 莊戶；村莊◇田莊人家。

【田野】tiányě ① 田地和原野◇田野上散發着早春青草的香味。② 指實地參與現場的調查研究工作◇田野考察。

【田產】tiánchǎn 擁有產權的田地◇沒收田產｜置辦田產。

【田間】tiánjiān ① 田地裏◇在田間勞作。② 借指農村◇來自田間的作家。

【田業】tiányè ① 田地、房屋等產業◇田業買賣。② 指田地◇第宅田業。

【田園】tiányuán ① 田地和園圃◇置買田園｜田園將蕪胡不歸！② 泛指農村◇田園生活｜

田園風光。

【田塍】 tiánchéng 田間的土埂子◇田塍小路。

【田賦】 tiánfù (中國歷代官方) 按田畝徵收的土地稅。

【田雞】 tiánjī ① 青蛙的通稱。② 形狀略像雞的小鳥，羽毛赤栗色，生活在草原和水田裏。

【田獵】 tiánliè 畋獵，狩獵，打獵。

【田疇】 tiánchóu 田地。同 田地、田畝。

0 **由** yóu 粵jau4 遊 ①原因；來源◇事由|根由。②由於◇成由勤儉，敗由奢華。③經過◇必由之路。④自，從。表示起點◇由表及裏|由淺入深。⑤遵循◇率由舊章。⑥順從；聽任◇聽天由命|身不由己。⑦交給；歸◇這事由你負責。⑧表示憑藉◇由此可見。⑨姓。

【由來】 yóulái ① 來源；原因◇弄清事情的由來。② 從開始到現在◇這種風俗的由來，可以追溯到春秋時期。

【由於】 yóuyú ① 表示原因或理由◇由於時間限制，今天就講到這裏。② 因為◇由於彼此了解，所以合作得很順利。

用法提示：由於、因為

"由於"多用於書面語，"因為"多用於口語。"由於"可以和"因此、因而、所以"配合，"因為"一般只和"所以"搭配使用。"因為"可以用在後一小句，如"這裏無法過江，因為水流太急"；"由於"不能。

【由是】 yóushì ① 因此◇平時注意搜集，由是書中的史料豐富翔實。② 由此；照這樣◇由是看來，成功的把握不大。

【由衷】 yóuzhōng 出於內心的◇言不由衷|由衷的感謝。

【由頭】 yóutou ① 藉口◇找個由頭來增加預算。② 事由。指公文的主要內容。

0 **甴** yóu 粵gaat6 見"甲由"。

0 **曱** yuē 粵zaat6 扎6【甲由】 yuēyóu 蟑螂。

2 **町** (一)tǐng 粵ting5 挺 ①田界；田界小路◇町畦。②田地◇嘉穀秀町。

(二)dīng 粵ding1 丁 用於地名，如畹町(在雲南西部)。

2 **男** nán 粵naam4 南 ①人中的雄性◇男女平等。②指男人◇俊男。③兒子◇長男。④封建五等爵位的第五等◇公、侯、伯、子、男。也用作其他君主制國家中的爵位◇男爵。

【男人】 (一)nánrén ① 男性成年人。② 好漢，男子漢◇頂天立地的男人。

(二)nánren 指丈夫◇她男人出去做生意了。

【男士】 nánshì 尊稱成年男子。

【男女】 nánnǚ ① 男性和女性；男人和女人◇青年男女|男女老幼。② 指性慾◇飲食男女，人之大欲。③ 兒女◇生有五個男女。

【男性】 nánxìng 人類兩性之一，能在體內產生精細胞。

【男子漢】 nánzǐhàn ① 成年男子。② 特指健壯、剛強的男人◇十足的男子漢氣概。

2 **甸** diàn 粵din6 電 ①古人稱郊外的地方◇郊甸。②田野◇喧鳥覆春洲，雜英滿芳甸。③甸子。多用於地名，如樺甸(在吉林)、寬甸(在遼寧)。

【甸子】 diànzi 方言。可放牧的草地◇草甸子。

3 **畀** bì 粵bei3 臂 給予；付與◇畀以重任|投畀豺虎。

3 **甾** zāi 粵zoi1 災 有機化合物的一類，廣泛存在於動植物體內。膽固醇和多種激素都屬於甾類化合物。在醫藥上應用很廣。

4 **畎** quǎn 粵hyun2 犬 田地間的小溝。

【畎畝】 quǎnmǔ 田間；田野◇身在畎畝，心繫天下。

4 **畏** wèi 粵wai3 慰 ①怕，害怕◇望而生畏。②敬佩◇後生可畏。

【畏友】 wèiyǒu 令人敬畏的朋友◇我一向視他為畏友，在他面前不敢亂開玩笑。

【畏日】 wèirì ① 指夏天的太陽。出自《左傳・文公七年》："趙衰，冬日之日也；趙盾，夏日之日也。"杜預註："冬日可愛，夏日可畏。"指炎熱得可怕。② 指不宜做某種事的忌日。

【畏怯】 wèiqiè 畏懼膽怯◇面對歹徒的火力，警察毫不畏怯。

【畏途】 wèitú 艱難可怕的道路。比喻不敢做的事情◇視為畏途。

【畏葸】 wèixǐ 葸，膽怯。畏懼◇畏葸不前，坐失良機。

【畏瑟】 wèisè 瑟，瑟縮。形容欲進又退、不自然的樣子◇畏瑟忸怩，羞於見客。

【畏縮】 wèisuō 因害怕而退縮◇一見她那樣子，他立時畏縮下來。

【畏難】 wèinán 害怕困難◇畏難不前。

【畏懼】 wèijù 害怕，心懷恐懼◇生死關頭，毫不畏懼。反 勇敢。

【畏首畏尾】 wèishǒu wèiwěi 畏，怕。前也怕，後也怕。形容做事顧慮重重，猶豫不決。同 縮手縮腳。

4 **畋** tián 粵tin⁴ 田 ①耕種◇畋爾田。②打獵◇畋獵。

4 **畈** fàn 粵faan³ 泛 ①成片的田地◇滿畈麥，金燦爛。②用於地名。常用於村鎮，如白水畈(在湖北)、葛畈(在浙江)。

4 **界** jiè 粵gaai³ 介 ①地域交接的地方◇邊界｜國界。②毗連，地域相接◇界河而居。③範圍◇外界｜內心世界。④職業、工作或性別等相同的社會成員集合成的羣體◇體育界｜文藝界｜婦女界。⑤指大自然中動物、植物、礦物等物質的最大分類◇有機界｜無機界。⑥地質學名詞。地層系統分類的最高一級，相當於地質年代中的代◇古生界。

【界石】 jièshí 用作分界標誌的石碑、石樁◇界石標定了邊界。

【界河】 jièhé ① 毗連河流◇其北界河。② 作為國家或地區分界的河流◇界河兩岸，商貿繁榮。

【界限】 jièxiàn ① 地域的邊緣◇浩瀚的沙漠似乎沒有界限。② 事物的分界◇分清公私界限。③ 事物的限度◇年齡界限。

【界線】 jièxiàn ① 劃分不同地區的標誌線◇中區與西區的界線。② 不同事物的分界◇戰爭的正義與非正義界線。③ 邊緣◇劃定機場的界線。

4 **昀** yún 粵wan⁴ 雲【昀昀】yúnyún 形容田地整齊平坦◇田疇昀昀。

5 **畛** zhěn 粵can² 診 田間小路◇畛陌。

【畛域】 zhěnyù ① 界限；範圍◇畛域分明｜不分畛域。② 比喻成見或宗派◇畛域之見。

5 **畔** pàn 粵bun⁶ 叛 ①田地的邊界◇耕者不侵畔。②旁；邊◇沉舟側畔千帆過，病樹前頭萬木春。③同"叛"。背叛◇百姓怨望而海內畔矣。

5 **留**〔畱畱〕 liú 粵lau⁴ 流 ①停在某一處不離開◇逗留｜留校｜留任。②到外國(學習)◇留學｜留洋。③集中注意力◇留意｜留神。④保留；保存◇自留地｜留底稿。⑤接受◇送的畫冊我留下兩本。⑥遺留；不帶走◇留言｜雁過留聲，人過留名。⑦姓。

【留存】 liúcún ① 保存；存放◇食品留存不多。② 一直存在，沒有消失◇童年趣事依舊留存在記憶中。

【留成】 liúchéng 從錢財收入的總數中按比例扣下一部分◇年底分紅按比例留成。

【留步】 liúbù 停步。告別主人時請不必再送的客套話◇張教授，請留步。

【留言】 liúyán ① 分手時寫下要說的話◇互贈留言。② 留給他人的話語或文字◇電話留言。

【留念】 liúniàn 留存作紀念◇合影留念。

【留洋】 liúyáng 留學外國的舊稱◇留洋歸來。

【留神】 liúshén 注意；小心◇一不留神就迷了路。同 留心。

【留級】 liújí 學生學年成績不符合升級標準，在原所在年級重新學習。反 升級。

【留連】 liúlián 留戀不願離開◇留連忘返。

【留情】 liúqíng ① 因顧及情面而寬恕或原諒◇手下留情。② 傾心；表達情意◇處處留情的花花公子。

【留傳】 liúchuán 留存下來傳給後世◇這門古老的手藝留傳至今。

【留意】 liúyì 留心，注意◇留意股市行情。

【留學】 liúxué 到外國居住學習◇留學歐洲。

【留難】 liúnàn 故意阻撓刁難◇出國簽證受到留難。同 為難 反 通融。

【留戀】 liúliàn 不忍捨棄，不願離開◇留戀學生時代的生活。

5 **畝**(亩)〔畮〕 mǔ 粵mau⁵ 某 中國的土地面積單位。1 畝等於 60 平方丈，約等於 666.67 平方米。

5 **畜** 〈一〉chù 粵cuk¹ 速 被人馴養的獸類，如牛、馬、羊、騾等◇家畜｜六畜｜畜牲。

(二)xù 粵cuk1 速 飼養；牧養◇畜養|畜牧業。

【畜生】chùsheng 畜牲，家畜。常用作罵人的話。

【畜牧】xùmù 飼養、放牧（大批的）牲畜◇牧民隨着水草遷徙畜牧｜畜牧是去森林化的元兇。

【畜養】xùyǎng 飼養（動物）◇畜養牲口。

5 **畚** běn 粵bun2 本 ①畚箕。②方言。用畚箕撮物◇畚垃圾。

【畚箕】běnjī 簸箕，用柳條、荊條或竹篾材料等編織的，盛放搬運垃圾、泥土、肥料等物的器具。

6 **畢（毕）** bì 粵bat1 不 ①結束；完成◇完畢|畢業。②全部；完全◇畢生|真相畢露。③星宿名。二十八宿之一。④姓。

【畢生】bìshēng 一生，一輩子◇畢生精力｜畢生事業。

【畢肖】bìxiào 完全像◇神情畢肖他父親。

【畢竟】bìjìng 終歸；到底◇事實畢竟是事實｜弟弟畢竟還小，不懂事。

【畢業】bìyè 在學校學習期滿，達到規定要求，校方准予結束學業。㊣ 肄業。

【畢恭畢敬】bìgōng bìjìng 恭恭敬敬，恭敬到一絲不苟。

6 **畦** qí 粵kwai4 葵 用土埂劃分成的長方形田塊◇菜畦。

6 **畤** zhì 粵zi6 自 古時祭天地、五帝的場所◇五畤|立畤郊(祭天)上帝。

6 **異（异）** yì 粵ji6 二 ①不相同，不一樣◇神色異常|同牀異夢。②奇特的；特別的◇優異|奇花異草。③別的；另外的◇見異思遷。④奇怪；感到驚奇◇詫異|駭異。⑤分開◇離異。⑥怪異的事◇災異。

【異己】yìjǐ ① 同一羣體內部，存在根本分歧的成員◇異己思想｜異己分子。② 泛指同自己有分歧或者敵對的人◇排斥異己。

【異日】yìrì ① 往日；從前◇今之盛況，非異日可比。② 來日；以後◇此事留待異日再議。③ 隔日◇氣象預報異日天晴。

【異化】yìhuà ① 相同或相似的事物變成不相同或不相似的。② 哲學上指主體在發展過程中轉化為同自己對立或支配自己的東西。

【異地】yìdì ① 外地；外鄉◇異地相遇，分外親熱。② 異處，不同的地方◇銀行新增異地存取的業務。

【異同】yìtóng ① 不同和相同之處◇辨析異同。② 指不同的（意見等）◇獨持異同。

【異邦】yìbāng 外國。

【異志】yìzhì 貳心，叛離的想法◇擁兵自重，顯然有異志。

【異味】yìwèi ① 不同尋常的美味◇珍饈異味。② 不正常的氣味◇一股刺鼻的異味。

【異物】yìwù ① 指死亡的人◇化為異物。② 奇異的物品。③ 醫學上指誤入體內的物體。多指非生物體◇醫生為患者取出了卡在食道中的異物。

【異性】yìxìng ① 性別不同的人◇追求異性。② 性質不同的事物◇異性相吸，同性相斥。

【異域】yìyù ① 外地；他鄉◇背井離鄉，獨處異域。② 外國◇異域風情。

【異教】yìjiào ① 不是自己所信奉的宗教◇改奉異教。② 非正統的宗教◇異教徒｜異教惑眾。

【異常】yìcháng ① 非同尋常◇神情異常｜氣候異常。㊣ 正常。② 非常；特別◇異常美麗｜這頭東北虎兇猛異常。

【異動】yìdòng 不合常規的變動或舉動◇價格異動｜大戰前夕，並沒有發現異動跡象。

【異彩】yìcǎi 奇異的光彩。比喻突出的成就或表現◇大放異彩｜異彩紛呈。

【異族】yìzú 外族；不是本民族的。

【異鄉】yìxiāng 他鄉；外地◇獨在異鄉為異客。

【異端】yìduān 和正統思想不一致的學説或言論◇異端邪説。㊣ 正統。

【異樣】yìyàng ① 不一樣；不同◇天才從外表上同一般人沒有甚麼異樣。② 特別的；不尋常的◇眼神異樣｜異樣的感覺。

【異類】yìlèi ① 種類不相同◇玉石相似而異類。㊣ 同類。② 古代指外族。③ 人以外的，指禽獸神怪等◇這小狗雖為異類，卻很通人性。

【異議】yìyì 不同的或反對的意見◇對這個裁決，我們沒有異議。

【異讀】yìdú 一個字在習慣上有兩個或幾個不同的讀法而字義不變，叫做異讀，如“殼”字讀“qiào”，又讀“ké”。

【異體字】yìtǐzì 跟規定的正體字同音同義而寫法不同的字。如“喆”是“哲”的異體字。

【異口同聲】yìkǒutóngshēng 很多人説同樣的話。形容一致。㊣ 眾説紛紜。

【異曲同工】yìqǔtónggōng 工，精緻、美妙。曲調雖然不同，演奏起來卻同樣精彩。比喻做法或説法雖然不同，卻能得到同樣好的效果。

【異軍突起】yìjūntūqǐ《史記・項羽本紀》：“少年欲立嬰，便為王，異軍蒼頭特起。”異軍，另外一支軍隊。比喻新的勢力或派別突然興起◇近年來，線上消費模式異軍突起。

【異想天開】yìxiǎngtiānkāi 異，奇特；天開，天門打開。突發奇想要將天門打開。比喻想法非常離奇，不切實際。

6 **略**〔畧〕lüè 粵loek6 掠 ①簡單◇設計略圖｜詳略得當。②略微；粗略◇略勝一籌｜略知一二。③簡要的敍述◇要略｜歷史人物傳略。④簡化；省去◇省略。⑤計謀；規劃◇膽略｜建國方略。⑥侵佔；奪取◇攻城略地。⑦全；大致◇略無難色｜英雄所見略同。

【略略】lüèlüè 稍微；稍稍◇先略略解説一下行程安排。

【略微】lüèwēi 稍微◇顏色略微深了一些。

【略語】lüèyǔ 縮略語。由短語緊縮而成的合成詞，如“高校（高等學校）、科技（科學技術）、外貿（對外貿易）”等。

7 **畯** jùn 粵zeon3 進 ①古代管農事的官◇田畯。②農民◇農畯。

7 **畲** shē 粵se4 蛇 畲族，中國少數民族之一，主要聚居在福建和浙江兩省。通用漢語。

7 **畬** ⟨一⟩yú 粵jyu4 餘 已開墾三年的熟田。泛指田地◇鋤畬鶴髮翁。

⟨二⟩shē 粵se1 些 ①一種原始的耕作方法。播種前先將田中草木焚燒成灰作肥料。俗稱火耕◇燒畬。②指火耕的田◇種畬。

7 **番** ⟨一⟩fān 粵faan1 翻 ①輪換◇更番｜輪番。②古代稱外族或外國◇番邦｜番菜。③量詞。(1)次、回◇三番五次。(2)種◇別有一番滋味。(3)倍◇產量翻了一番。

⟨二⟩pān 粵pun1 潘 用於地名，如番禺（在廣州市）。

【番茄】fānqié 一年生草本植物。花黃色，果實球形或扁圓形，紅或黃色。果實也叫番茄，富含營養，是一種普通蔬菜。原產南美洲，俗稱西紅柿。

【番號】fānhào 軍隊的編制代號。

7 **畫**（画）⟨一⟩huà 粵waak6 或 ①用筆或類似筆的東西作出圖形、標記◇畫像｜畫押｜畫山水。②用手腳做類似畫圖的動作以示意◇比畫｜在胸前畫十字。③漢字的一筆叫一畫◇筆畫｜“江”字有六畫。④書法上指橫筆◇一點一畫都要寫端正。

⟨二⟩huà 粵waa6 話 ①畫成的藝術品◇國畫｜動漫畫｜江山如畫。②用圖畫、圖案作裝飾的◇畫屏｜雕梁畫棟。

【畫皮】huàpí《聊齋誌異》的“畫皮”故事：惡鬼用彩繪的人皮披在身上偽裝美女。後比喻掩蓋兇惡面目或醜惡本質的美麗外表。

【畫押】huàyā 當事人在公文、契約或供詞等上面畫符號或簽名，並按手印，表示認可或承擔責任◇簽字畫押。

【畫知】huàzhī 在自己的姓名下寫個“知”字，表示已經知道此事。

【畫供】huàgòng 犯人在供狀上簽字或畫押，表示供詞屬實◇畫供作實。

【畫卷】huàjuàn ①捲軸形的長幅圖畫。②比喻壯麗的景色或動人的場面◇共繪經濟發展畫卷。

【畫面】huàmiàn 畫幅、銀幕、熒屏等上面所顯現的形象◇畫面清晰。

【畫屏】huàpíng 用圖畫裝飾的屏風◇銀燭秋光冷畫屏，輕羅小扇撲流螢。

【畫眉】huàméi ①用黛筆修飾眉毛。《漢書・張敞傳》：西漢張敞，夫妻恩愛，為妻子畫眉。後常用“畫眉”作為夫妻恩愛的典故◇新妝莫點黛，余還自畫眉。②鳥名。背部綠褐色，下體黃褐色，腹部灰白色，頭部有黑斑，眼圈白色。鳴叫聲婉轉動聽，雄鳥好鬥。

【畫舫】huàfǎng 裝飾華美的遊船。

【畫圈】huàquān 在文件上畫圈，表示已閱。

【畫地為牢】huàdìwéiláo 漢代司馬遷《報任少卿書》："故有畫地為牢，勢不可入，削木為吏，議不可對。"原説在地上畫個圈當作牢獄，後比喻嚴格限定活動範圍，不得逾越。

【畫虎類犬】huàhǔlèiquǎn《後漢書・馬援傳》："效季良不得，陷為天下輕薄子，所謂畫虎不成反類狗也。"説畫虎畫不成，反倒像條狗。比喻模仿不到家，弄得不倫不類。也比喻好高騖遠而無所成，徒然留下笑柄。

【畫蛇添足】huàshétiānzú《戰國策・齊策二》：戰國時期楚國有個貴族，把一壺酒賞給手下人喝。大家商定：各人都在地上畫一條蛇，誰先畫好誰喝酒。有一個人先畫好了，又給蛇畫腳。這時另一個人也把蛇畫好，奪過酒説："蛇本來沒有腳，你怎能給牠畫上腳！"説完就把酒喝了。後比喻多此一舉，弄巧成拙。

【畫餅充飢】huàbǐngchōngjī 比喻徒有虛名而無實際用途，或以空想來自我安慰。出自《三國誌・盧毓傳》："選舉莫取有名，名如畫地作餅，不可啖也。"

【畫龍點睛】huàlóngdiǎnjīng 唐代張彥遠《歷代名畫記・張僧繇》：梁代畫家張僧繇在金陵安樂寺牆上畫了四條龍，他剛點了兩條龍的眼睛，頓時雷電大作，震破牆壁，這兩條龍乘雲上天，牆上只剩下沒有點眼睛的兩條龍。後比喻在關鍵的地方用精闢的詞句一語破的，指出要害。

8 **當(当)** ⟨一⟩dāng 粵dong¹ 噹 ①向着；對着◇當眾|首當其衝。②正在(那時或那地)◇當場|當我睡着時。③相稱；對等◇旗鼓相當|門當戶對。④應該◇挽弓當挽強。⑤擔任；充當◇當官|當中介人。⑥擔當；承擔◇不敢當|難當重任。⑦主持；掌管◇當家|獨當一面。⑧抵擋；阻擋◇鋭不可當|一夫當關，萬夫莫開。⑨(空間或時間)空隙◇插當|空當。⑩頂端◇瓦當。⑪同"噹"。象聲詞。形容撞擊金屬器物的聲音。

⟨二⟩dàng 粵dong³ 檔 ①作為◇安步當車。②以為；認為◇我當你不來了。③抵得上；相當於◇以一當十。④用實物作抵押向當鋪借錢◇典當|把首飾當了。⑤押在當鋪裏的實物◇贖當。⑥圈套；詭計◇上當受騙。⑦恰當；合適◇不當之處|用詞不當。⑧表示在事情發生的(時間或地點)◇當天|當地。

【當口】dāngkou 事情發生或進行的時候◇尋找事發當口的目擊者。

【當天】dàngtiān 就在本日；同一天◇交通方便，當天就能返回。

【當日】⟨一⟩dāngrì 從前的某一天或某一段時間◇當日的事大多記不清了。

⟨二⟩dàngrì 當天◇當日的事，當日做完。

【當中】dāngzhōng ① 正中，居於中央部位◇湖當中有隻小船。② 在一定的範圍之內◇你們當中誰有駕駛證？

【當今】dāngjīn ① 現在；如今◇當今世界。② 古代稱在位的皇帝◇奉當今聖旨。

【當世】dāngshì 當代◇成就當世無雙。

【當代】dāngdài 現今所處的時代◇當代英雄|當代文學家。

【當地】dāngdì 本地；人或物之所在，或事情發生的地方◇當地流傳的消息。

【當年】⟨一⟩dāngnián ① 往年，以前某個時候◇英雄不提當年勇。② 處在年青力壯時期◇孩子正當年，正是做事的好時候。

⟨二⟩dàngnián 同一年。

【當先】dāngxiān ① 趕在最前面；領先◇奮勇當先|一馬當先。② 方言。當初◇當先我也曾勸過他。

【當初】dāngchū ① 起初；從前◇當初這裏是一片農田，現在已是高樓林立。② 特指過去發生某事的時候◇早知今日，何必當初。

【當即】dāngjí 立刻；馬上就◇當即答覆。

【當局】dāngjú ① 對局，下棋。② 比喻身處於某事中◇當局者迷，旁觀者清。③ 政府的執政者、掌權者◇政府當局|財政當局。

【當前】dāngqián ① 在面前；面對◇一事當前，先替自己打算。② 目前；現階段◇當前要加緊建設。

【當真】dàngzhēn ① 以為是真的◇別當真，那只是開玩笑。② 確實◇你當真能講韓語？③ 果然◇第二天他當真跑過來陪我。

【當時】⟨一⟩dāngshí ① 過去的事情發生的時候◇當時他才十歲。② 處於合適的時期◇讀書求學十八十九正當時。

〈二〉dàngshí 就在那個時刻；即刻◇一聽到消息，他當時就給我打電話。

【當值】dāngzhí 值班◇今天誰當值？

【當差】dāngchāi ① 指做小官吏或在官府裏做事◇給人家當差。② 指男僕。

【當家】dāngjiā ① 主持家務◇不當家不知柴米貴。② 比喻掌握主管的權力◇公司由你當家，責任重大。

【當場】dāngchǎng 就在事情發生的時間和場所◇小偷被路人當場抓獲。

【當街】dāngjiē ① 靠近街道；對着街道◇當街的店鋪升值潛力大。② 大街上◇隊伍浩浩蕩蕩從當街走過。

【當然】dāngrán ① 應當這樣◇理所當然。② 合於事理或情理，沒有疑問◇同學聚會，我當然要參加。

【當道】dāngdào ① 路的中央◇別站在當道上。② 執掌政權。含貶義◇豺狼當道。③ 指掌權的大官。含貶義◇觸怒當道｜取悦當道。

【當鋪】dàngpù 專門通過收取抵押品來放款，從中營利的店。所放款子按當鋪對抵押品的估價支付給當戶。到期不贖，抵押品就歸當鋪所有。

【當頭】dāngtóu ① 迎頭；正對着頭◇當頭棒喝。② 臨頭；正在眼前◇國難當頭。③ 放在第一位◇利字當頭，錙銖必較。

【當權】dāngquán 掌握大權◇當權執政。

【當之無愧】dāngzhīwúkuì 當，承受。享有某種稱號或榮譽，一點也不必慚愧。

【當仁不讓】dāngrénbúràng 當仁，面對仁義的事；讓，謙讓。見到應當做的事，主動去做，不推辭。出自《論語・衛靈公》："當仁，不讓於師。" ㊐ 義不容辭 ㊍ 推三阻四。

【當行出色】dānghángchūsè 當行，本行。在同行裏幹得特別突出。

【當務之急】dāngwùzhījí《孟子・盡心上》："知者無不知也，當務之為急。"務，事情。指當前所做的事才是最緊要的。後來指當前最急需辦的事情。

【當機立斷】dāngjīlìduàn 當機，面臨關鍵時刻。在緊要關頭，迅速作出決斷◇防疫需要當機立斷，儘早切斷傳播鏈條。㊍ 當斷不斷、優柔寡斷。

【當頭棒喝】dāngtóubànghè 喝，猛叫一聲。佛教禪宗和尚教導初學者時，常用棒當頭一擊或大喝一聲，使他頓悟。比喻促人猛醒的警告。㊐ 當頭一棒。

【當局者迷，旁觀者清】dāngjúzhěmí, pángguānzhěqīng 局，棋局。當局者，下棋的人；旁觀者，看棋的人。比喻當事人因陷於利害得失的考慮之中，反而不及旁觀者看得清楚。

8 **畸** jī 粵gei1 基 ①不整齊的田。②不規則的；不正常的◇畸形。③偏◇畸輕畸重。④數的零頭；零星◇畸零｜畸數。

【畸形】jīxíng ① 生物體某部分發育不正常◇腳部畸形。② 事物發展不正常或不均衡◇畸形的繁榮不會持久。

【畸零】jīlíng ① 零頭，零散的數◇不足五之數，名曰畸零。也作"奇零"。② 孤單；孤獨◇畸零人。③ 零散的土地◇幾塊畸零的土地。

8 **畹** wǎn 粵jyun2 苑 古代土地面積單位。一般以三十畝為一畹。

10 **畿** jī 粵gei1 基 古代稱靠近國都的地方◇京畿重地。

【畿輔】jīfǔ 古代指國都周邊的地方◇遊學畿輔。

12 **疃〔町〕** tuǎn 粵teon2 盾2 村莊；屯(多用於地名)◇柳疃｜王疃。

14 **疇(畴)** chóu 粵cau4 酬 ①田地◇田疇。②種類；同類◇疇類｜範疇｜物各有疇。

14 **疆** jiāng 粵goeng1 姜 ①邊界；疆界◇海疆｜邊疆。②極限；止境◇萬壽無疆。③新疆維吾爾自治區的簡稱。

【疆土】jiāngtǔ 疆域；領土。

【疆界】jiāngjiè ① 地域之間的界限。② 國與國的邊界◇劃定疆界。

【疆域】jiāngyù 國家領土範圍◇中國疆域廣闊。

【疆埸】jiāngyì ① 田界◇兩家疆埸相連。② 邊境；國界◇駐守疆埸。

【疆場】jiāngchǎng 戰場◇戰死疆場。

17 **疊(叠)** dié 粵dip[6]碟 ①往上堆積◇疊羅漢|疊石為山。②重複◇重疊|層見疊出。③摺疊(衣服、紙張等)◇疊被子|疊紙鶴。

【疊韻】diéyùn 構成一個詞的兩個字的韻部相同，稱為疊韻。如"爛漫"的韻母同是"an"，"汪洋"的韻部同是"ang"。

【疊牀架屋】diéchuáng jiàwū 牀上疊牀，屋上架屋。比喻重複累贅。

疋部

0 **疋** pǐ 粵pat[1]匹 同"匹"。量詞。①用於馬、騾等◇一疋馬|兩疋騾子。②用於整卷的綢、布等◇一疋布|兩疋錦緞。

3 **疌** jié 粵zit[6]捷 迅速，同"捷"。

5 **疍** dàn 粵daan[6]但 疍民，以船為家的水上居民。

7 **疏** 〈一〉shū 粵so[1]蔬 ①清除阻塞，使通暢◇疏導|大禹疏九河。②稀疏，不密◇疏密不均|天網恢恢，疏而不漏。③分散；分給◇仗義疏財。④粗糙◇疏糲。⑤粗心；忽略◇粗疏|疏漏。⑥關係遠，不親密◇無論親疏，一視同仁。⑦拉開距離；遠離◇疏遠朋友|疏小人而親君子。⑧空虛；淺薄◇空疏|志大才疏。⑨不熟悉；不熟練◇人地生疏|學業荒疏。⑩姓。

〈二〉shū 粵so[3]所[3] ①古代臣子向君王陳述事情的文字本◇上疏|奏疏。②古書中比"註"更詳細的解釋◇註疏。

【疏失】shūshī 因粗心而犯的錯誤◇做事決不能疏失大意。

【疏狂】shūkuáng 豪放，不受拘束◇疏狂不羈|年少疏狂。

【疏忽】shūhu ①漫不經心◇疏忽大意|不容半點疏忽。②玩忽，不負責任◇疏忽職守，釀成事故。

【疏放】shūfàng 不受拘束；不拘常規◇舉止疏放|文筆疏放。

【疏浚】shūjùn 清除淤泥或挖深河道，使水流通暢◇疏浚珠江航道。

【疏朗】shūlǎng ①寬展明亮◇眉目疏朗。②稀疏明亮◇星光疏朗。③爽朗◇性格疏朗。

【疏略】shūlüè ①粗心大意◇為人疏略，沒有防人之心。②忽略◇疏略思考，觀察社會的能力就難以提高。③粗疏簡略◇資料疏略，難以利用。

【疏淡】shūdàn 淡泊◇疏淡成性，不汲汲於名利。

【疏通】shūtōng ①疏導開通◇疏通管道。②溝通◇疏通關係，增進感情。③闡釋◇疏通文義。

【疏散】shūsàn ①稀疏不集中◇疏散的莊稼，東一塊，西一塊。②使分散開◇緊急疏散居民。

【疏落】shūluò 稀疏零落◇晨星疏落。

【疏解】shūjiě ①疏導解除◇無法疏解心中的鬱悶。②疏通調解◇疏解家庭糾紛。

【疏遠】shūyuǎn 在關係上、感情上有距離◇關係日益疏遠。

【疏漏】shūlòu 因疏忽而出現的漏洞◇杜絕疏漏。

【疏導】shūdǎo ①疏浚水道，使它暢通◇疏導運河。②疏通引導◇疏導人流|心理疏導。

【疏闊】shūkuò ①粗略，不周密◇天下初定，制度疏闊。②迂闊◇疏闊之論不足法。③久未見面◇疏闊良久，十分懸念。

【疏鬆】shūsōng ①鬆散，不緊密◇土質疏鬆|骨質疏鬆。②使疏鬆，使鬆散◇疏鬆土壤。

【疏證】shūzhèng 解釋考證◇旁徵博引，廣為疏證。

【疏離】shūlí 疏遠；漸漸離開◇久居國外，和親戚的關係越來越疏離了。

【疏懶】shūlǎn 懶散；鬆懈◇疏懶成性。

【疏糲】shūlì 糲，糙米。粗糙的飯食◇疏糲果腹，淡然度日。

9 **疐** zhì 粵zi[3]至 ①碰到障礙。②跌倒◇跋前疐後(進退兩難)。

9 **疑** yí 粵ji[4]兒 ①懷疑；因不信任而猜度◇猜疑|半信半疑。②有懷疑的；不能作結論的◇毫無疑義，我們必須堅定地幹下去。③疑難的問題◇存疑|釋疑解難。④令對方迷惑的◇故佈疑陣。⑤猶豫◇遲疑|疑而不決。⑥似，好像

◇山重水復疑無路，柳暗花明又一村。

【疑心】yíxīn ① 猜疑的念頭◇起疑心｜疑心生暗鬼。② 懷疑；猜想◇我疑心這裏的食物有問題。

【疑犯】yífàn 犯罪嫌疑人。

【疑似】yísì 似是似非之間◇密切監控疑似病例。

【疑兇】yíxiōng 有犯罪嫌疑的兇手。

【疑兵】yíbīng 以假象迷惑敵人的軍隊◇巧施疑兵計。

【疑忌】yíjì ① 猜疑妒忌◇遭人疑忌。② 由猜疑而產生的妒忌◇心生疑忌。

【疑念】yíniàn 懷疑的想法◇疑念冰銷。

【疑案】yí'àn 真相不明，有疑點的案件或事件◇千古疑案｜清代內宮疑案。

【疑問】yíwèn ① 有疑惑而發問◇疑問句。② 有懷疑的問題或弄不明白的事◇還有疑問，請提出來。

【疑惑】yíhuò ① 困惑，心裏不明白◇疑惑不解｜令人疑惑的問題。② 懷疑，不相信◇起初聽到這個消息，她還有點疑惑。③ 感到困惑或懷疑的地方◇一番話消除了他心中的疑惑。

【疑雲】yíyún 像濃雲一樣籠罩在心頭的疑團◇驅散疑雲｜心裏堆滿了疑雲。

【疑義】yíyì ① 不理解的意思或道理◇奇文共欣賞，疑義相與析。② 可懷疑的地方◇毫無疑義。

【疑團】yítuán 集在一起的種種懷疑◇滿腹疑團。

【疑慮】yílǜ ① 懷疑顧慮◇大膽工作，不必疑慮。② 因懷疑而產生的顧慮◇消除疑慮。

【疑點】yídiǎn 可疑之處◇案件疑點重重。

【疑難】yínán 有疑問而難以判斷或處理的◇疑難雜症｜疑難問題。

【疑竇】yídòu 疑點，值得懷疑的地方◇疑竇叢生。

【疑懼】yíjù ① 疑慮恐懼◇終日疑懼，坐立不安。② 由疑慮而產生的恐懼◇心存疑懼。

【疑神疑鬼】yíshén yíguǐ 形容神經過敏，胡亂猜疑◇神思恍惚，總是疑神疑鬼。

疒部

2 **疔** dīng 粵ding^{1}丁 疔瘡，一種毒瘡。因其形小根深，堅硬如釘，故名◇疔毒。

3 **疝** shàn 粵saan^{3}傘 疝氣，病名。通常指陰囊脹大的病。同小腸氣。

3 **疙** gē 粵gat^{1}吉/ngat^{6}屹【疙疸】gēda 同"疙瘩"。

【疙瘩】gēda ① 皮膚上突起或肌肉上結成的硬塊◇跳蚤咬了我幾個疙瘩｜他的兩臂上都是疙瘩肉。② 球狀或塊狀的東西◇土疙瘩｜冰疙瘩。③ 鬱結在心裏的或不易解決的問題◇解不開心頭的疙瘩。④ 不順暢，不利落◇文章疙瘩得很。⑤ 麻煩；難辦；彆扭◇這事辦起來有點疙瘩｜今天真倒霉，盡碰上疙瘩事。⑥ 量詞。用於球狀、塊狀物◇一疙瘩麪粉糰。

3 **疚** jiù 粵gau^{3}救 因有過失而內心感到慚愧和痛苦◇負疚｜內疚。

4 **疣** yóu 粵jau^{4}由 ①皮膚病。通稱瘊子。症狀是皮膚上出現黃褐色的小疙瘩，不痛也不癢。②比喻多餘而無用的東西◇疣子｜贅疣。

4 **疥** jiè 粵gaai^{3}介 疥瘡。一種傳染性皮膚病，非常刺癢◇身上長疥｜疥癬之疾。

4 **疧** qí 粵kei^{4}其 病。

4 **疫** yì 粵jik^{6}亦 疫病，急性傳染病的總稱◇鼠疫｜瘟疫。

【疫苗】yìmiáo 能使機體產生免疫力的生物製品。習慣上用病毒、細菌、抗生素等製成。用於預防接種和預防注射，如牛痘苗、傷寒疫苗等。

【疫病】yìbìng 流行性傳染病◇防止災後出現疫病。

4 **疢** chèn 粵can^{3}趁 疾病◇疢疾｜舊疢復發。

4 **疤** bā 粵baa^{1}巴 ①傷口或瘡口長好後留下的痕跡。②器物上像疤的痕跡◇杯子上有塊疤。

5 **症** zhèng 粵zing^{3}正 疾病；病象◇重症｜對症下藥｜不治之症。

【症狀】 zhèngzhuàng 疾病的狀態。肌體因患病所表現出來的異常狀態◇咳嗽症狀嚴重。

【症候】 zhènghòu ① 疾病◇身上忽冷忽熱，不知得了甚麼症候。② 症狀◇出現感染症候。

5 **疳** gān ●gam¹ 今 中醫指小兒面黃肌瘦、腹部脹大的病症。多由消化不良或腹內的寄生蟲引起。俗稱疳積。

5 **疴** kē ●o¹ 噢 病◇沉疴(重病)|養疴。

5 **病** bìng ●bing⁶ 並/beng⁶ 餅⁶ ①生物體發生的不健康狀況◇病來如山倒，病去如抽絲。②生病◇久病成良醫。③比喻痛苦或不幸◇同病相憐。④指器物損壞或發生故障◇機器出毛病了。⑤缺點；錯誤◇病句|弊病。⑥損害；禍害◇禍國病民。⑦指責；責備◇詬病|為人所病。

【病危】 bìngwēi 病情危急，臨近死亡◇病危通知。

【病灶】 bìngzào 有機體發生病變的部位◇肺結核病灶。

【病毒】 bìngdú ① 比病菌更小的病原體◇病毒感染。② 以破壞電腦內的軟件、數據或運行機制為目的、自身能複製傳播的電腦軟件，可破壞儲存的文件，使電腦無法正常運行。

【病故】 bìnggù 因病死亡◇不幸病故。

【病根】 bìnggēn ① 沒有完全治好的舊病◇沒有病癒就出院，從此坐下病根。② 致病的根源◇找出病根，才好對症下藥。③ 比喻缺點、錯誤或災禍產生的根源◇管理混亂是公司倒閉的病根。

【病症】 bìngzhèng 疾病◇疑難病症。

【病患】 bìnghuàn ① 疾病◇染有病患。② 比喻毛病、缺點、問題、弊端◇剛愎自用，是她的致命病患。

【病菌】 bìngjūn 能使生物體患上疾病的細菌。

【病殘】 bìngcán ① 疾病和殘疾◇病殘之軀。② 病人和殘疾人◇老弱病殘。

【病勢】 bìngshì 病情；症狀◇病勢嚴重。

【病榻】 bìngtà 病人睡的牀鋪◇在病榻上仍堅持寫作。

【病篤】 bìngdǔ 病勢沉重◇病篤亂投醫。

【病魔】 bìngmó 致人疾病的惡魔。比喻長期未治癒的重病。

【病變】 bìngbiàn 病理變化，由疾病引起的細胞或組織的變化。

【病懨懨】 bìngyānyān 因生病而萎靡不振的樣子◇大病初癒，她一副病懨懨的樣子。

【病入膏肓】 bìngrùgāohuāng 膏，心尖脂肪；肓，心臟和隔膜之間。古人認為膏肓之間是藥力不能達到的地方。《左傳・成公十年》："疾不可為也，在肓之上，膏之下，…藥不至焉。"後形容病情已嚴重到無可救藥，或比喻事情已惡化到不可挽救的地步。

【病從口入】 bìngcóngkǒurù 疾病常因飲食不慎而發生。

5 **痁** shān ●sim¹ 閃¹ 瘧疾。

5 **疸** 〈一〉dǎn ●taan² 坦 黃疸。病人的皮膚、黏膜和眼白發黃的症狀。

〈二〉da ●daap³ 答 見"疙疸"。

5 **疽** jū ●zeoi¹ 追 中醫指一種毒瘡，多生於背部，俗稱"瘩背瘡"。症狀是皮膚腫起、堅硬、化膿，可轉成敗血症致死◇癰疽。

5 **疾** jí ●zat⁶ 姪 ①病◇諱疾忌醫|積勞成疾。②疼痛◇痛心疾首。③痛苦◇憐恤民生疾苦。④憎恨；厭惡◇疾惡如仇。⑤急速；猛烈◇疾走|疾風。

【疾雨】 jíyǔ 急驟的雨◇一陣疾雨過後，空氣清新。

【疾苦】 jíkǔ 生活上的艱難困苦◇不知民間疾苦。㊜ 幸福。

【疾首】 jíshǒu 頭痛。形容傷心、悔恨或痛恨到極點◇痛心疾首。

【疾病】 jíbìng 各種病的總稱。

【疾速】 jísù 急速；快速◇部隊奉命疾速前進。

【疾患】 jíhuàn 疾病◇疾患在身，不便遠行。

【疾馳】 jíchí 飛快地奔馳◇疾馳而去。

【疾言厲色】 jíyán lìsè 厲，嚴厲。説話急躁，態度嚴厲。形容發怒時説話的神情。㊀ 嚴詞正色。

【疾惡如仇】 jí'èrúchóu 漢代孔融《薦禰衡表》："見善若驚，疾惡若讎(仇)。"惡，壞。憎恨壞人壞事如同憎恨仇人一樣。㊜ 助紂為虐、同流合污。

【疾風知勁草】jífēngzhījìngcǎo 只有在狂風中才看得出哪些草堅韌不可摧折。比喻在危急艱難時，方顯出人的堅強意志和忠貞品質。出自《東觀漢記・王霸傳》："上謂霸曰：'穎川從我者皆逝，而子獨留，始驗疾風知勁草。'" ◇疾風知勁草，板蕩識誠臣。

5 **痄** zhà 粵zaa3 詐【痄腮】zhàsai 中醫學病名。腮部一側或兩側腫脹、疼痛，與流行性腮腺炎相似。多發於兒童，有傳染性。

5 **疹** zhěn 粵can2 診 皮膚上起的小疙瘩，通常是紅色，多由皮膚表層發炎浸潤引起◇麻疹|濕疹。

5 **疼** téng 粵tang4 騰/tung3 痛 ①疼痛◇頭疼發燒。②喜愛；愛惜◇疼愛|心疼。

【疼痛】téngtòng 疾病、創傷等原因引起的難受的感覺◇疼痛難忍。

【疼愛】téng'ài 關心喜愛◇這孩子很招人疼愛。同 憐愛。

5 **疱〔皰〕** pào 粵paau3 炮 皮膚上生的水泡狀的小疙瘩◇水疱|疱疹。

5 **疰** zhù 粵zyu3 注【疰夏】zhùxià ①中醫指夏季長期發燒的病，患者多為小兒。多由排汗機能發生障礙引起。症狀是持續發燒，食慾不振，消瘦，口渴，多尿，皮膚乾熱，天氣愈熱體溫愈高等。②方言。苦夏。

5 **痂** jiā 粵gaa1 家 傷口或瘡口上凝結而成的塊狀物，痊癒後自行脱落◇瘡痂|嗜痂之癖。

5 **疲** pí 粵pei4 皮 ①感到勞累；疲乏◇精疲力盡。②懶散；懈怠◇疲塌|樂此不疲。

【疲乏】pífá 疲勞困乏◇走了一天路，大家都有些疲乏了。同 疲倦。

【疲困】píkùn ① 疲勞困乏◇工作單調容易使人疲困。② 疲軟◇市場疲困不振。

【疲沓】píta 鬆懈不起勁◇這項目拖延了，人都疲沓起來。反 奮發。

【疲倦】píjuàn 疲乏困倦◇連續加班，他看上去很疲倦。

【疲弱】píruò 疲乏虛弱◇身體疲弱。

【疲軟】píruǎn ① 疲乏無力◇腿腳疲軟。② 商品流通不暢、銷售價格低落◇市場疲軟。

【疲敝】píbì 困苦貧乏◇百姓疲敝。

【疲勞】píláo ① 因勞累而感到疲乏◇消除疲勞|疲勞過度。② 因多次重複而感到厭倦◇審美疲勞。③ 力學上指因外力過強或作用時間過久，不能繼續起正常反應◇金屬疲勞。

【疲頓】pídùn 疲乏困頓◇人馬疲頓。

【疲憊】píbèi 極度疲勞乏力◇疲憊不堪。

【疲於奔命】píyúbēnmìng《左傳・成公七年》："余必使爾罷(疲)於奔命以死。" 奔命，奉命奔走。① 因忙於奔走應付差事而筋疲力盡。② 形容事情太多應付不過來。

6 **痔** zhì 粵zi6 自 一種肛管疾病。因直腸靜脈曲張、血液瘀滯而形成。通稱"痔瘡"。

6 **痏** wěi 粵fui2 灰2 ①傷痕◇創痏。②瘡◇毒痏。

6 **痍** yí 粵ji4 兒 傷；創傷◇瘡痍滿目。

6 **疵** cī 粵ci1 痴 ①黑斑。②缺點◇吹毛求疵。③非議；挑剔◇疵毀。

【疵瑕】cīxiá 瑕疵。比喻毛病或缺點◇人無完人，難免有疵瑕。

6 **痊** quán 粵cyun4 全 病體康復◇痊癒|忽患一疾，醫治不痊。

【痊癒】quányù 傷、病已治好，恢復了健康。

6 **痎** jiē 粵gaai1 街 古書上指一種瘧疾。

6 **痕** hén 粵han4 很4 ①瘡、傷痊癒後留下的疤◇傷痕|瘡痕。②痕跡◇淚痕|裂痕。

【痕跡】hénjì ① 留下的印痕◇山路上發現老虎走過的痕跡。② 殘存的跡象◇戰爭留下的痕跡處處可見。

7 **痣** zhì 粵zi3 至 皮膚上生出的有色斑點或小疙瘩，無痛癢感覺。多數略高出皮膚，有青、紅、黑褐等色。

7 **痡** fū 粵pou1 鋪 病；疲勞過度。

7 **痦** wù 粵ng6 誤 皮膚上突起的痣◇痦子。

7 **痘** dòu 粵dau6 豆 ①痘瘡，通稱天花。人和禽畜都能感染的一種急性傳染病。發病後皮膚上出現豆狀皰疹，痊癒後會留下疤痕。②痘苗，為防止出天花接種的牛痘疫苗。

7 **痞** pǐ 粵pei2 鄙 ①痞塊，肌體上可以摸得到的硬塊。②惡棍；無賴◇痞子|地痞|文痞。

7 **痙（痉）** jìng 粵ging[6]競【痙攣】jìngluán 肌肉突然緊張，不由自主地抽縮。多由中樞神經系統受刺激引起◇胃痙攣|臉色漸變，全身痙攣。

7 **痟** yuān 粵jyun[1] 冤 ①痠痛。②憂鬱。

7 **痢** lì 粵lei[6] 利 ①痢疾，一種腸道傳染病◇赤痢|白痢。②見"瘌痢"。

7 **痗** mèi 粵mui[6] 妹 憂思成病。

7 **痤** cuó 粵co[4] 鋤【痤瘡】cuóchuāng 一種皮膚病，多生在青年人的面部或背、肩、胸等部位。俗稱"粉刺"。

7 **痧** shā 粵saa[1] 沙 中醫病名。指霍亂、中暑、腸炎等急性病◇發痧|絞腸痧。

7 **痛** tòng 粵tung[3] 通[3] ①生病、受傷等原因引起的難受感覺◇止痛|頭痛腦熱。②悲傷，傷心◇痛心|痛不欲生。③盡情地；嚴厲地；徹底地◇痛飲|迎頭痛擊|痛改前非。

【痛切】tòngqiè ① 十分懇切◇批語句句痛切，深中其病。② 悲痛哀切◇見母親哭得痛切，女兒上前勸解。③ 沉痛深切◇痛切的教訓。

【痛心】tòngxīn 極端傷心；心情沉痛◇痛心疾首丨森林被毀，令人痛心。

【痛斥】tòngchì 嚴厲斥責；狠狠地斥責◇歷舉事實，痛斥對方的卑劣行徑。

【痛快】tòngkuài ① 高興；盡興◇這場球踢得真痛快。② 爽快；直率◇我知道你是個痛快人。

【痛苦】tòngkǔ ① 身體或精神感到非常難受◇發出痛苦的呻吟。② 痛苦的事◇專心研究數學，想以此來忘卻痛苦。③ 苦楚◇默默忍受着內心的痛苦。④ 沉痛◇痛苦的教訓使她變得聰明起來。

【痛恨】tònghèn ① 極其憎恨◇痛恨官商勾結。② 深深悔恨◇她痛恨自己沒有及早帶兒子去診治。

【痛處】tòngchù ① 感到疼痛的部位◇一碰到腳上的痛處，他就叫起來。② 內心隱痛所在；心病◇這句話說到他的痛處。

【痛惜】tòngxī 心痛惋惜；異常惋惜◇英年早逝，令人痛惜。

【痛悼】tòngdào 沉痛哀悼◇痛悼英靈。

【痛惡】tòngwù ① 非常厭惡◇亂拋垃圾是人人痛惡的壞習慣。② 憎恨◇一向痛惡放蕩的行為。

【痛楚】tòngchǔ ① 痛苦，感到難受◇失戀使她痛楚萬分。② 苦楚◇內心的痛楚丨我的痛楚只有我知道。

【痛感】tònggǎn ① 深切地感覺到◇失去自由才會痛感自由的可貴。② 疼痛的感覺◇胸口隱隱有些痛感。

【痛癢】tòngyǎng ① 痛和癢的感覺◇整個下半身不知痛癢丨傷口痛癢。② 比喻生活的疾苦◇不關心民眾痛癢，就不是好的官員。③ 比喻緊要的事◇他只說幾句無關痛癢的話。

【痛心疾首】tòngxīn jíshǒu 疾首，頭痛。① 形容痛恨惱怒到極點。② 形容懊悔到極點。

【痛改前非】tònggǎiqiánfēi 下決心徹底改正過去的錯誤。同 悔過自新 反 怙惡不悛。

【痛定思痛】tòngdìngsītòng 定，安定。悲痛的心情平靜之後，再追想當時所遭受的痛苦。含告誡或警惕未來之意。

7 **痠〔酸〕** suān 粵syun[1] 酸 因疲勞或疾病引起的微痛而無力的感覺◇腰痠腿痛|腿站痠了。

【痠軟】suānruǎn（身體）發痠而無力◇四肢痠軟。

【痠痛】suāntòng（身體）又痠又痛。

【痠懶】suānlǎn（身體）發痠而疲倦。

【痠溜溜】suānliūliū 形容輕微痠痛的感覺◇走了一天的路腿肚子有點痠溜溜的。

8 **瘏** tú 粵tou[4] 圖 疲勞致病。

8 **瘂（痖）** yǎ 粵aa[2] 啞 同"啞"。

8 **痲** má 粵maa[4] 麻【痲風】máfēng 同"麻風"。慢性傳染病。症狀是皮膚發生斑紋或結節，知覺喪失，毛髮脫落，手指、腳趾變形或爛掉。

【痲疹】mázhěn 同"麻疹"。由病毒引起的呼吸道急性傳染病。多見於兒童。

【痲痺】 mábì 同“麻痺”。① 醫學上指人體某一部分的感覺或運動功能完全或部分喪失◇手足痲痺。② 疏忽大意；失去警覺◇痲痺大意。

8 **痺〔痹〕** bì 粵bei3 祕 中醫指由風、寒、濕等引起的肢體疼痛或麻木的病◇風痺｜寒痺｜麻痺。

8 **痼** gù 粵gu3 故 ①經久難痛的（病）◇痼疾｜沉痼。②長期養成不易克服的◇痼習難改。

【痼疾】 gùjí 積久難治的病。

【痼癖】 gùpǐ 長期養成不易克服的嗜好。

8 **瘃** zhú 粵zuk1 足 凍瘡◇凍瘃。

8 **痱〔疿〕** fèi 粵fei2 匪/fai6 吠 痱子。暑天皮膚表面生出來的小紅疹，很刺癢。多由於暑天出汗過多、汗腺發炎引起。

8 **痴〔癡〕** chī 粵ci1 雌 ①傻；愚笨◇痴呆。②癲狂；神志不清◇發痴｜痴癲。③入迷；迷戀◇痴心｜如醉如痴。④迷戀某種對象而難以自拔的人◇情痴｜書痴。

【痴木】 chīmù 痴呆，遲鈍◇神情痴木。

【痴心】 chīxīn ① 深深迷戀的心思◇痴心女子負心漢。② 一心專注；迷戀極深◇他一生對教育事業痴心不改。

【痴呆】 chīdāi ① 反應遲鈍，木頭木腦。② 呆傻◇痴呆兒。

【痴狂】 chīkuáng ① 癲狂◇大畫家凡高行為常有些痴狂。② 形容迷戀的程度極深◇痴狂地崇拜明星。

【痴長】 chīzhǎng ① 瘋長◇不能任由水仙的葉子痴長，否則開不了花。② 虛長。稱自己比對方歲數大的謙辭◇我痴長你一歲，多吃一年飯罷了。

【痴迷】 chīmí 沉迷，深深地迷戀◇她痴迷於言情小說。

【痴情】 chīqíng ① 執着於愛情，一片痴心◇不要辜負她的一片痴情。② 泛指對感情的投入達到痴迷程度◇他對藝術痴情不移。

【痴想】 chīxiǎng ① 呆呆地想◇整天痴想，書一點也看不進去。② 不切實際的瞎想◇總痴想着馬上交好運，發大財。

【痴人說夢】 chīrénshuōmèng 原指不可對傻子說夢話，因為傻子會信以為真。宋代耐得翁《就日錄》："陶淵明有云：痴人前不可說夢，而達人前不可言命。"後譏諷人想入非非，說話荒唐。

【痴心妄想】 chīxīn wàngxiǎng 痴心，入迷的心思；妄想，荒唐的、不可實現的想法。形容異想天開。(同) 白日做夢。

8 **痿** wěi 粵wai2 委 中醫指身體某部分萎弱或喪失正常機能的病症◇痿痺｜陽痿。

8 **瘐** yǔ 粵jyu5 雨（囚犯）因飢寒致病◇瘐死獄中。

【瘐斃】 yǔbì 囚犯因受刑、凍餓等原因病死在監獄中。(同) 瘐死。

8 **瘁** cuì 粵seoi6 睡 過度勞累◇不辭勞瘁｜心力交瘁。

8 **⿸疒咅** pēi 粵pui1 胚 中醫指瘡。

8 **瘀** yū 粵jyu1 於/jyu2 於2 積血；血液不流通◇瘀血｜瘀熱。

【瘀滯】 yūzhì 中醫指經絡血脈等阻塞不通。

8 **痰** tán 粵taam4 談 由肺泡、氣管或支氣管黏膜分泌出來的黏液。病患者的痰裏常含有病菌，能傳播疾病◇痰盂｜痰迷心竅｜不能隨地吐痰。

8 **痯** guǎn 粵gun2 管 疲勞；病。

8 **痾** ē 粵o1/ngo1 柯 同“屙”。排泄（大小便）◇痾屎痾尿。

9 **瘈** 〈一〉zhì 粵zai3 制（犬）瘋狂◇瘈狗｜狂瘈。〈二〉chì 粵kai3 契 瘈瘲，中醫指痙攣的症狀。

9 **瘌** là 粵laat6 辣【瘌痢】 làlì 禿瘡。一種生在人頭上的皮膚病◇瘌痢頭。

9 **瘧（疟）** nüè 粵joek6 若 瘧疾，一種周期性發冷發燒的傳染病。病原體是瘧原蟲，由蚊子傳染到人體血液中。通稱"瘧子"。

9 **瘍（疡）** yáng 粵joeng4 羊 ①癰瘡。②潰爛◇胃潰瘍｜口腔潰瘍。

9 **瘕** jiǎ 粵gaa2 假2 肚子裏結塊的病◇瘕疾｜瘕症。

9 **瘟〔瘟〕** wēn 粵wan1 温 ①瘟疫◇瘟病｜雞瘟。②萎靡不振，無生氣◇看他那個瘟樣，沒精打采的。

【瘟疫】wēnyì 容易廣泛傳播的急性傳染病，如鼠疫、天花、猩紅熱等。

【瘟神】wēnshén ①傳説中專以瘟疫害人的惡神。②借指給人帶來災難的人◇碰到你這個瘟神，真晦氣！

【瘟頭瘟腦】wēntóuwēnnǎo 形容神情呆滯、萎靡不振的樣子。

9 **瘦** shòu 粵sau^{3} 秀 ①體內脂肪少，肌肉不豐滿◇面黃肌瘦|瘦死的駱駝比馬大。②特指食用的肉類脂肪少，不肥◇瘦肉餡。③(衣服鞋襪等)窄小◇褲腳太瘦了|衣裳做瘦了。④(土地)貧瘠，不肥沃◇瘦地。⑤(字體的筆跡)細而有力◇書貴瘦硬|字勢疏瘦如枯樹。⑥使…瘦；減少◇減肥瘦身。

【瘦身】shòushēn 減肥，使身材勻稱◇瘦身應該從均衡飲食開始。

【瘦削】shòuxuē 形容身體或臉很瘦◇瘦削的臉龐。

【瘦弱】shòuruò 消瘦而虛弱。

【瘦損】shòusǔn 消瘦◇日漸瘦損。

【瘦瘠】shòují ①身體非常瘦◇瘦瘠的身軀。②(土地)不肥沃◇瘦脊的鹽鹼地，種不了莊稼。

【瘦骨伶仃】shòugǔlíngdīng 形容瘦弱得皮包骨。

【瘦骨嶙峋】shòugǔlínxún 形容瘦削得骨頭一條條顯露出來。

9 **瘊** hóu 粵hau^{4} 侯 皮膚上長的無痛癢的小瘤子。

9 **瘉(愈)** yù 粵jyu^{6} 遇 病好了◇痊瘉。

9 **瘓** huàn 粵wun^{6} 換 見"癱瘓"。

9 **瘋(疯)** fēng 粵fung^{1} 風 ①精神錯亂，言行失常◇瘋癲|瘋子。②農作物生長旺盛，但不結果實◇棉株瘋長了一陣子，一個棉桃也沒結。③無節制地嬉笑哄鬧◇孩子們在外面瘋，你也不管。④形容言語出格，不合常理◇瘋話|瘋言瘋語。⑤癱瘓◇瘋癱。

【瘋狂】fēngkuáng ①發瘋◇喪失理智，言語瘋狂。②形容猖狂◇敵機又一次瘋狂地俯衝掃射。③形容狂熱到極點◇那些歌迷瘋狂追捧歌星。

【瘋癱】fēngtān 癱瘓。身體的某一部分完全或不完全地喪失運動功能◇瘋癱在牀。

【瘋瘋癲癲】fēngfengdiāndiān 精神錯亂的樣子。多形容人的言談舉止不合常態或十分輕狂。

9 **瘖** yīn 粵jam^{1} 音 同"喑"。啞。

【瘖啞】yīnyǎ ①啞巴，不會説話。②聲音嘶啞。

10 **瘛** chì 粵cai^{3} 砌 筋脈痙攣。

【瘛瘲】chìzòng 中醫指手腳痙攣、口眼歪斜的症狀，俗稱"抽風"。

10 **瘩〔瘩〕** 〈一〉dá 粵daap^{3} 答 瘩背，中醫指生在背部的毒瘡。
〈二〉da 粵daap^{3} 答 見"疙瘩"。

10 **瘞(瘗)** yì 粵ji^{3} 意 掩埋；埋葬◇瘞葬。

【瘞藏】yìcáng ①殉葬品。②隱藏；埋藏。

10 **瘝** guān 粵gwaan^{1} 關 病；痛苦◇恫瘝在抱。

10 **瘜** xī 粵sik^{1} 色 瘜肉，黏膜發育異常而形成的像肉質的突起，多發生在鼻腔或腸道中。

10 **瘢** bān 粵baan^{1} 班 創傷或瘡癤等痊合後留下的疤痕◇瘢痕纍纍。

10 **瘡(疮)** chuāng 粵cong^{1} 倉 ①皮膚上腫爛潰瘍的病◇凍瘡。②外傷傷口◇金瘡|刀瘡。

【瘡疤】chuāngbā 瘡口上所結的疤◇好了瘡疤忘了痛。

【瘡痍】chuāngyí 創傷；傷痕。比喻受破壞後的破敗凋敝景象◇滿目瘡痍。

10 **瘤** liú 粵lau^{4} 流 體表或體內長出的多餘肉塊◇腫瘤|毒瘤|贅瘤。

10 **瘠** jí 粵zik^{6} 夕/zek^{3} 隻 ①瘦◇瘦瘠|枯瘠。②不肥沃◇瘠土|貧瘠的小山村。

【瘠薄】jíbó 土地不肥沃◇把瘠薄的山地改造成良田。

10 **瘥** 〈一〉chài 粵caai^{3} 猜^{3} 病癒◇久病初瘥。
〈二〉cuó 粵co^{4} 鋤 病；疫病◇瘥癘。

10 **瘙** sào 粵sou^{3} 掃 ①疥瘡◇調蚌粉，滌瘙痱。②皮膚發癢◇瘙癢。

【瘙癢】sàoyǎng 皮膚發癢◇瘙癢難忍。

11 **瘼** mò 粵mok^{6} 莫 ①病痛。②疾苦◇關心民瘼。

11 **瘭** biāo 粵biu^{1} 標【瘭疽】biāojū手指頭或腳指肚發炎化膿的病，症狀是局部紅腫，劇烈疼痛，發燒。

11 **瘻（瘘）** lòu 粵lau^{6} 漏 中醫指頸部生瘡，久而不癒，常出濃水。

【瘻管】lòuguǎn 人或動物體內因發生病變而向外潰破所形成的管道，病灶裏的分泌物由瘻管裏流出來。

11 **瘰** luǒ 粵lo^{2} 裸【瘰癧】luǒlì 頸部的淋巴結核病◇海帶含碘質，可醫瘰癧病。

11 **瘲（疭）** zòng 粵zung^{3} 眾 見"瘛瘲"。

11 **瘸** qué 粵koe^{4} 腿腳有毛病，走路時左右晃動，身體不能保持平衡◇走路一瘸一拐的。

【瘸子】quézi 腿瘸的人；跛子。

11 **瘵** zhài 粵zaai^{3} 債 病。多指癆病◇癆瘵。

11 **瘴** zhàng 粵zoeng^{3} 障 瘴氣◇瘴雨蠻煙。

【瘴氣】zhàngqì 熱帶或亞熱帶山林中散發出的能使人致病的濕熱霧氣。

【瘴癘】zhànglì 濕熱地區流行的惡性瘧疾等傳染病◇瘴癘浸染。

11 **瘳** chōu 粵cau^{1} 秋 病癒◇大病初瘳。

11 **瘮（瘆）** shèn 粵sam^{3} 滲 使人感覺害怕◇漆黑的夜晚一個人走山路真瘮人。

12 **瘢** bān 粵baan^{1} 班 皮膚上生斑點的病◇紅瘢狼瘡。

12 **癀** huáng 粵wong^{4} 王 癀病，牛馬豬羊等家畜的炭疽病。

12 **療（疗）** liáo 粵liu^{4} 聊 ①醫治◇醫療｜診療。②解除痛苦；解除困難◇療飢｜療貧。

【療效】liáoxiào 醫治疾病的效果◇這個偏方療效顯著。

【療程】liáochéng 醫治疾病所規定的一個連續治療的階段◇不到一個療程病就好了。

【療養】liáoyǎng 慢性病人或體弱的人，到特設的醫療機構，進行以休養為主的治療◇療養勝地。

12 **癇（痫）** xián 粵haan^{4} 閒 癲癇病。俗稱"羊癇風""羊角風"。見"癲癇"。

12 **癉（瘅）** 〈一〉dàn 粵daan^{3}誕 ①因勞累造成的病。②憎恨◇彰善癉惡。

〈二〉dān 粵daan^{1}丹 中醫指熱症。

12 **癌** ái 粵ngaam^{4}巖 生物細胞發生變異，造成惡性增生所形成的惡性腫瘤◇胃癌｜肝癌。

12 **癆（痨）** láo 粵lou^{4} 勞 癆病。中醫稱結核病，通常指肺結核◇肺癆。

12 **癃** lóng 粵lung^{4} 龍 ①衰弱多病◇疲癃。②小便不暢◇癃閉。

【癃閉】lóngbì 中醫指小便不通的病。

13 **癘（疠）** lì 粵lai^{6} 例 ①瘟疫◇癘疫｜天有災癘。②癩病。通常叫作痲風。

13 **癗** lěi 粵leoi^{5} 屢 中醫指皮膚上起的小疙瘩。

13 **癤（疖）** jiē 粵zit^{3} 節 皮膚上生的小瘡。

【癤子】jiēzi 一種皮膚病，症狀是皮下局部出現充血硬塊、紅腫、疼痛，以至化膿。

13 **癙** shǔ 粵syu^{2} 鼠 憂悶成病◇癙憂。

13 **癒（愈）** yù 粵jyu^{6}遇 同"瘉"。疾病痊癒。

13 **癔** yì 粵ji^{3} 意 癔病，一種神經官能症。又叫"歇斯底里"。患者發病時喜怒無常，感覺過敏，嚴重時手足或全身痙攣，説胡話，可出現似昏迷狀態。此病多由精神受劇烈刺激所引起。

13 **癜** diàn 粵din^{6}電 一種皮膚病。皮膚上呈現斑片形狀，有紫、白兩種◇白癜風。

13 **癖** pǐ 粵pik^{1}僻 對事物的偏愛成為習慣、嗜好◇煙癖｜酒癖｜惡癖。

【癖好】pǐhào 對某種事物特別愛好◇多年養成的癖好，很難改變。

【癖性】pǐxìng 對某事物偏愛的習性◇癖性難

除。

14 **癟(瘪)〔癟〕** 〈一〉biě 粵bit⁶別 不飽滿；凹下◇癟花生｜輪胎癟了。

〈二〉biē 粵bit⁶別【癟三】biēsān 方言。①無正當職業、行為不端的遊民。癟，形容瘦癟，容貌不揚。②罵人貧窮的詞。

14 **癡** chī 粵ci¹ 雌 同"痴"。

15 **癥(症)** zhēng 粵zing¹精【癥結】zhēngjié ①腹內結塊的病。②比喻事情發生糾葛或難解決的關鍵所在◇這件事的癥結，你很清楚。

15 **癢(痒)** yǎng 粵joeng⁵ 養 ①皮膚或黏膜受刺激想抓撓的感覺◇撓癢｜蚊子咬得手上直癢癢。②形容極欲表現自己的願望◇技癢｜心癢。

16 **癩(癞)** lài 粵laai³ 賴³ ①一種惡性傳染病，即麻風。②黃癬，一種頑癬◇癩皮｜癩頭瘡。③像生了癩瘡的。比喻外表凹凸不平◇癩瓜｜癩蛤蟆。

【癩皮狗】 làipígǒu ① 身上長頑癬、禿毛露皮的狗。② 比喻卑鄙低賤的人。

【癩蛤蟆】 làiháma ① 蟾蜍的俗稱。② 比喻醜陋的人。

16 **癧(疬)** lì 粵lik⁶ 力 見"瘰癧"。

17 **癭(瘿)** yǐng 粵jing² 映 ①中醫指生在脖子上的一種囊狀瘤子。俗稱大脖子。②樹幹外部隆起如瘤的東西◇蟲癭。

17 **癬(癣)** xuǎn 粵sin² 冼 皮膚感染霉菌引起的一種皮膚病◇腳癬｜頭皮癬。

17 **癮(瘾)** yǐn 粵jan⁵ 引 ①難以抑制的不良嗜好◇賭癮｜毒癮大發。②泛指濃厚的興趣◇戲癮｜茶癮｜玩電腦遊戲上了癮。

【癮君子】 yǐnjūnzǐ 有煙、酒、毒品嗜好的人。

18 **癯** qú 粵keoi⁴ 渠 瘦◇清癯。

18 **癰(痈)** yōng 粵jung¹ 翁 ①皮膚和皮下組織化膿性的炎症，多發生在背部或頸部，嚴重者會引發敗血症◇癰腫｜癰疽。②比喻禍害或隱患◇養癰貽患。

【癰疽】 yōngjū ① 古人總稱毒瘡。多指"瘩背"◇身上生了癰疽，膿血迸流，疼痛難忍。② 比喻禍患◇山崩土陷，天地之癰疽也。

19 **癱(瘫)** tān 粵taan¹灘/taan²毯 癱瘓◇偏癱｜瘋癱。

【癱瘓】 tānhuàn ① 由於神經機能發生障礙，身體的一部分不能隨意活動◇常年癱瘓在牀。② 比喻機制渙散或功能停頓，不能正常運作◇交通癱瘓。

19 **癲(癫)** diān 粵din¹ 顛 ①癲癇病。②精神錯亂◇瘋癲。③形容驚詫或高度興奮的樣子◇聽説這事兒，一時驚癲了｜可把他樂癲了。

【癲狂】 diānkuáng ① 精神錯亂，言語行動失常◇癲狂症發作。② 玩世不恭，放縱不羈◇詩人的癲狂是憤世嫉俗的表現。③ 形容興奮到極點。

【癲癇】 diānxián 一種大腦暫時性機能紊亂的病症，常表現為突然發作。發病時神志喪失，全身痙攣，有的口吐白沫。俗稱"羊角風"

癶 部

4 **癸** guǐ 粵gwai³ 季 天干的第十位。常作序數詞，順序為第十。

【癸水】 guǐshuǐ ① 稱婦女月經。② 古代廣西灕江的別稱。

7 **登** dēng 粵dang¹ 燈 ①升上，由低處到高處◇登山｜攀登｜一步登天。②記載；刊登◇登記｜登載。③(穀物)成熟◇五穀豐登。④科舉考試中選◇登科｜登第。⑤踩；踏◇跳牆越城，如登平地｜天明登前途，獨與老翁別。⑥腿和腳向下用力踏◇登三輪車。⑦穿，穿上(鞋、褲)◇足登一雙鋥亮的皮鞋。⑧姓。

【登入】 dēngrù 向需要表明操作身份的電腦系統內輸入身份證明（用戶名或帳號）和個人專有證明（密碼），以便系統提供相應的服務和權限◇登入內聯網。

【登天】 dēngtiān 升天◇一步登天｜登天探月。

【登門】 dēngmén 上門，到對方家裏◇登門拜訪｜無事不登門。

【登科】dēngkē 科舉時代指考中進士或應試人被錄取◇五子登科。

【登時】dēngshí 立即；馬上◇一上山頂，登時涼爽了很多。

【登記】dēngjì 把有關事項寫在表格或簿冊上，以備統計或查考◇登記人口｜重新登記庫存圖書。

【登高】dēnggāo ① 升到高處◇登高望遠。② 特指古代重陽節登山的風俗◇重陽登高｜登高感懷。

【登基】dēngjī 君主即位。

【登第】dēngdì 第，等級。登科，考中。科舉考試錄取時要評定等第，故稱。㊀ 落第。

【登陸】dēnglù ① 渡過水域登上陸地◇兩棲登陸作戰｜颱風將在沿海登陸。② 到達◇登陸月球。

【登場】〈一〉dēngcháng 場，農家打穀、曬穀的場地。指穀物收割後被運到場上◇稻穀登場｜麥子登場。

〈二〉dēngchǎng 上台演出◇粉墨登場｜亂哄哄你方唱罷我登場｜有名的歌手登場後引來一陣歡呼。

【登程】dēngchéng 啟程，上路◇救援醫療隊今日登程。

【登載】dēngzǎi 在報刊上刊登出來◇登載廣告。

【登錄】dēnglù ① 註冊或登記。② 將資料輸入電腦系統◇我已把這些資料登錄完畢。③ 同"登入"。

【登臨】dēnglín 登山臨水；登高臨下。泛指瀏覽山水◇登臨泰山，一覽天下。

【登攀】dēngpān ① 抓着東西爬上高處◇登攀高峯。② 比喻奮力向上進取◇世上無難事，只要肯登攀。

【登革熱】dēnggérè 由登革熱病毒引起的急性傳染病，經白紋伊蚊傳播。症狀包括持續發高燒、嚴重頭痛、肌肉及關節痛、嘔吐及出疹。病情嚴重者可能會出血、中風，甚至死亡。(英 dengue fever)

【登峯造極】dēngfēng zàojí 造，到達；極，最高點。攀登上山峯的頂端。比喻達到極高的水平、達到極點。

【登堂入室】dēngtáng rùshì《論語・先進》："由也升堂矣，未入於室也。"堂，處理事務、接待客人的正廳；室，堂後的內宅。仲由雖已入門進入廳堂，但尚未跨進內室。説所學雖已有成就，但還未精通。後比喻學識和技藝漸趨精深，已達到很高的境界。

7 **發(发)** fā 粵faat^{3} 法 ①射出◇發炮｜彈無虛發。②起程◇出發｜朝發夕至。③遣，把人派出去◇發配｜打發人去報信。④交付；送出◇發稿｜分發。⑤產生；發生◇發病｜一觸即發。⑥説出；表達◇發言｜一言不發。⑦興起；展開◇勃發｜奮發圖強。⑧散開◇揮發｜噴發。⑨流露，露出(情緒)◇發怒｜發脾氣。⑩因得到很多財物而興盛起來◇他發財後就變得豪爽。⑪食物因發酵或水浸而膨脹◇發麪｜把蹄筋發一發。⑫打開；揭示◇發掘｜揭發。⑬顯現◇臉色發白｜紅得發紫。⑭感到◇發癢｜嘴裏發苦。⑮引起；啟示◇發人深省｜發聾振聵。⑯量詞◇一發子彈｜幾發炮彈。

【發力】fālì ① 迸發力量◇她在最後的一百米才發力衝刺。② 顯現潛力◇股市全面發力上揚。

【發凡】fāfán 説明全書的體例或陳述某一學科的要旨◇發凡以明例｜修辭學發凡。

【發生】fāshēng 產生；出現◇發生衝突｜好雨知時節，當春乃發生。

【發付】fāfù ① 交付◇稿件可以發付排印。② 打發◇明天就發付他回鄉下去。

【發行】fāxíng 發出或銷售貨幣、郵票、債券或書報雜誌等◇發行新股｜發行圖書。

【發抖】fādǒu 由於驚恐、生氣或受冷而身體發生顫抖◇小女孩凍得渾身發抖。

【發抒】fāshū 儘量表達(意見、感情)◇發抒胸臆｜發抒豪情。

【發佈】fābù 向眾人宣佈(命令、指示、新聞等)◇新聞發佈會。

【發作】fāzuò ① 隱伏的事物突然發生或起作用◇舊病發作｜藥性發作。② 發脾氣◇再生氣也不能當場發作。

【發言】fāyán ① 發表意見◇踴躍發言。② 發表的意見◇精彩的發言。

【發表】fābiǎo ① 公開表達意見◇發表談話。② (在報刊上) 登載◇新近發表在報紙上的文章。

【發明】fāmíng ① 闡明前人未知的義理◇闡釋經義，多所發明。② 首次創造出新的事物或方法◇電燈是愛迪生發明的。③ 指創造出的新事物或新方法◇中國古代有四大發明。

【發育】fāyù 生物體的構造和機能發生變化，逐漸長大，趨向成熟◇孩子營養好，自然發育得好。

【發泄】fāxiè 儘量排遣，傾泄 (情緒或情慾) ◇發泄私憤 | 發泄不滿情緒。

【發起】fāqǐ ① 倡議 (做某件事) ◇比賽由學生會發起。② 發動◇發起進攻 | 發起募捐活動。

【發軔】fārèn ① 軔，墊在車輪前使車穩定的橫木。拿掉支住車輪的木頭，使車前進。意為起程、上路◇朝發軔於蒼梧兮，夕余至乎縣圃。② 比喻開始◇中國立憲運動發軔於戊戌變法。

【發配】fāpèi 把罪犯押送到邊遠地區服勞役◇因得罪權貴，被發配到關外。

【發射】fāshè 射出 (槍彈、炮彈、火箭、電波、航天器等) ◇發射火箭彈 | 火星探測器發射成功。

【發祥】fāxiáng ① 顯現吉祥之兆，發生吉祥之事◇天兆厥昌，惟桂發祥。② 勢力或事業發展起來；興起◇中華民族發祥於黃河流域。

【發展】fāzhǎn ① 事物由小到大、由少到多、由簡單到複雜、由低級到高級、由舊到新的變化過程◇網絡技術的發展日新月異。㊎ 停滯、後退。② 擴大 (範圍、規模等) ◇發展會員 | 發展服務業。

【發現】fāxiàn ① 發覺◇你才發現她有舞蹈天賦啊！② 找到本已存在而不為人所知的事物、道理或規律◇發現新大陸。③ 指發現的事物、道理或規律◇沒有大膽假設，就沒有偉大發現 | 發現槓桿原理。

【發掘】fājué ① 把埋藏的東西挖掘出來◇考古發掘。② 比喻深入尋求潛在的東西◇發掘潛力 | 發掘民間藝術。

【發硎】fāxíng 硎，磨刀石。本指刀剛從磨刀石上磨出來，後比喻初展抱負或初露才華◇十年寒窗苦，文章見發硎。

【發動】fādòng ① 使機器運轉◇發動汽車。② 使開始◇陸戰部隊發動攻擊。③ 動員◇發動大家捐款救災。

【發情】fāqíng 雌性的高等動物卵子成熟前後，性慾亢進，要求交配◇大熊貓的發情期不長。

【發揚】fāyáng ① 奮發昂揚◇發揚蹈厲 (精神振作，意志昂揚)。② 發揮並使之傳佈開來◇發揚愛心 | 發揚尊老愛幼的道德。

【發揮】fāhuī ① 把潛在的力量充分表現出來◇發揮聰明才智。② 把意思或道理儘量地表達出來◇借題發揮 | 論點發揮得很透徹。

【發喪】fāsāng ① 發佈人死的消息◇祕不發喪。② 辦理喪事◇發喪之前，棺木停在堂屋。

【發落】fāluò 處置；處分◇從輕發落 | 發落一干人犯。

【發達】fādá ① 發展得較充分；發展的程度較高◇科學技術高度發達。㊎ 落後。② 興盛；興旺◇生意發達 | 他們家最近幾年才發達起來。㊎ 凋敝。③ 發跡；顯耀◇指望他將來有發達的一天。

【發跡】fājì 由貧寒卑微變得有錢有勢◇靠經營地產發跡。

【發源】fāyuán ① 河流從源頭流出◇青海省西南隅的各拉丹冬是長江的發源地 | 黃河發源於青海省巴顏喀拉山北麓的雅拉達澤山。② 比喻事物發端、起源◇一切真知皆自實踐發源。

【發慌】fāhuāng 心裏慌亂、不安定◇一碰到新問題，她就六神無主，心裏發慌。

【發福】fāfú 說人發胖的客套話◇你老又發福了。㊎ 消瘦。

【發誓】fāshì 鄭重地發出誓言◇對天發誓 | 賭咒發誓。

【發酵】fājiào ① 複雜的有機化合物，在自由微生物的作用下，分解成比較簡單的物質。如釀酒、製作糕點等通常要先使原料發酵。② 發展◇事件在發酵後引起各方關注。

【發遣】fāqiǎn 強制遣送◇發遣原籍。

【發瘋】fāfēng ① 因受到嚴重刺激而患了精神病◇受刺激而發瘋。② 比喻言行違反常理常情◇你發瘋了，三伏天曬太陽。

【發端】fāduān 事情的開始◇京戲發端於徽劇、漢劇的融合。

【發熱】fārè ① 溫度增高，產生熱量◇這種取暖器發熱性能好。② 發燒，身體溫度升高◇量了體温，是有點發熱。③ 比喻不清醒◇遇事要冷靜，不要頭腦發熱。

【發霉】fāméi ① 有機物表面因滋長霉菌而變質◇發霉的花生不能吃。② 物體表面因受潮而生出毛狀物◇梅雨天太潮濕，櫃子裏的衣服都發霉了。

【發憤】fāfèn 下決心努力去做◇發憤圖強｜發憤學習。

【發奮】fāfèn 奮發，振作起來◇發奮圖強｜發奮有為的青年。

【發燒】fāshāo ① 體溫超過正常範圍，是疾病的一種症狀。㊂ 發熱。② 比喻對某事物狂熱喜愛◇發燒友。

【發聲】fāshēng ① 發音◇避免發聲器官損傷。② 指公開發表意見和要求◇專家們針對事件發聲。

【發難】fānàn ① 發動反抗◇武昌是辛亥革命首先發難的地方。② 發動叛亂◇叛軍乘機發難，攻佔了電視台。③ 發出詰責；給對方出難題◇記者在會上頻頻發難，提問尖鋭。

【發覺】fājué 察覺到或發現以前沒注意到的或隱藏的事◇同事發覺他已經兩天沒有來工作了。

【發祥地】fāxiángdì ① 帝王生長和開始興起的地方。② 事物的起源地◇黃河是漢民族的發祥地。

【發語詞】fāyǔcí 文言虛詞。用於句子的開頭，如“夫、蓋、維”等。

【發燒友】fāshāoyǒu 對某種事物、某些人物或活動非常着迷的人◇電腦發燒友。

【發人深省】fārénshēnxǐng 唐代杜甫《遊龍門奉先寺》詩：“欲覺聞晨鐘，令人發深省。”省，反省、檢討。啟發人深刻思考而有所覺醒◇這種為國家犧牲個人利益的精神發人深省。

【發揚光大】fāyáng guāngdà 光大，使輝煌盛大。充實發展，使更加顯著盛大。◇將本國文化發揚光大。

【發號施令】fāhào shīlìng 發出命令，下達指示。

【發憤圖強】fāfèn túqiáng 發憤，下決心；圖，謀求。下定決心，努力求得進取。㊜ 自暴自棄。

【發縱指使】fāzòngzhǐshǐ《史記・蕭相國世家》：“夫獵，追殺獸兔者，狗也，而發蹤指示獸處者人也。”説獵人發現野獸蹤跡，指示獵狗追捕。後比喻在後面操縱指揮◇明面上是他，其實是受人發縱指使的。

【發聾振聵】fālóng zhènkuì 聵，耳聾。發出很大的聲響，使聾子也能聽見。比喻用話語或文章喚醒糊塗麻木的人。也説“振聾發聵。”

白部

0 **白** bái 粵baak⁶ 帛 ①白色，像雪一樣的顏色◇白髮｜黑白分明。②白色的東西◇蛋白｜眼白。③明亮◇白天。④清楚；明白◇不白之冤｜真相大白。⑤象徵對立事物相反的一方，與“紅”相對。(1)反面；反派◇白臉。(2)反動的◇白軍。(3)喪事◇紅白喜事。⑥純潔◇清白。⑦無代價；無報償◇白吃白喝｜替人白幹。⑧空無所有的；沒加別的東西的◇空白｜白卷｜白開水。⑨(字音或字形)錯誤◇白字｜唸白了。⑩無效地◇白説｜白跑一趟。⑪用白眼珠看人。多含不滿或輕蔑意◇狠狠地白了他一眼。⑫陳述；説明◇表白｜辯白｜自白。⑬戲曲、歌劇中不唱的台詞◇對白｜獨白。⑭白話◇半文半白。⑮地方話◇蘇白。⑯銀子◇黃白之物。⑰中國少數民族之一◇白族。⑱姓。

【白丁】báidīng 指平民，沒有功名的人◇談笑有鴻儒，往來無白丁。

【白日】báirì ① 指太陽◇白日依山盡，黃河入海流。② 白天◇做白日夢。

【白水】báishuǐ 清水。

【白地】báidì ① 空地，沒有建築或樹木的地◇居民稀少，白地居多。② 白色的質地◇印刷紙都用白地，不要染色。

【白字】báizì 錯別字◇文理不通，白字連篇。

【白虎】báihǔ ① 星宿名。二十八宿中西方七宿（奎、婁、胃、昴、畢、觜、參）的合稱。也代指西方◇霜清東林鐘，水白虎溪月。② 中國古代傳説中的祥瑞動物“四靈”（蒼龍、白虎、朱雀、玄武）之一。

【白金】báijīn ① 古時指銀子。② 鉑的通稱◇白金鑽戒。

【白相】báixiàng ① 方言。遊玩◇出去白相總要帶點錢。② 方言。玩弄◇在外面白相女人。

【白食】báishí 不付代價而吃到或得到的東西◇那人遊手好閒，慣吃白食。

【白首】báishǒu 白頭。指老年◇黑髮不知勤學早，白首方悔讀書遲。

【白粉】báifěn ① 白色的化妝粉。② 指毒品海洛英。

【白宮】báigōng 美國總統的官邸，在華盛頓。是一座白色建築物，故稱。白宮常作為美國政府的代稱。

【白眼】báiyǎn 看別人時眼睛向上或向旁，現出眼白。表示蔑視、不屑一顧◇白眼相看｜遭人白眼。㊦ 青睞。

【白條】báitiáo ① 不符合財務制度和會計憑證手續的字條或單據◇這幾張白條不能報銷。② 特指收購部門不付現款而臨時開出的欠款條◇不許給售糧農民打白條。

【白脫】báituō 黃油，牛油。一種營養豐富的食用脂肪。（英 butter）

【白淨】báijing 白而潔淨◇肌膚白淨。

【白晝】báizhòu 晝，白天。從天亮到天黑的一段時間◇燈火通明，亮如白晝。

【白描】báimiáo ① 中國畫的技法之一，純用墨線勾描物像，不着色彩。② 文學寫作的一種方法，不渲染，不烘托，用最簡練的筆墨刻畫出生動的形象。

【白皙】báixī（皮膚）白淨◇面色白皙。

【白話】báihuà ① 無法兑現或毫無根據的話◇空口説白話。② 現代漢語的書面語，是唐宋以來在北方話口語的基礎上逐漸形成的◇白話詩。③ 本地話◇廣東白話。

【白領】báilǐng 原本是西方社會對從事非體力勞動的人的通稱。後指需要長期在辦公室工作的職員◇白領麗人。

【白旗】báiqí 白色的旗子。戰爭中常用作戰敗投降或要求停戰的標誌。

【白頭】báitóu ① 指年老◇白頭偕老。② 不具名或不蓋章◇白頭文件。

【白痴】báichī ① 病名。患者智力低下，動作遲鈍，語言不清，嚴重者不能料理自己的生活。② 患白痴病的人。③ 比喻愚人、笨蛋。

【白廳】báitīng 英國倫敦的一條大街，因有白廳宮而得名。現在是英國主要政府機關的所在地。常用為英國政府的代稱。

【白皮書】báipíshū 一些國家的政府或議會正式發表的重要文件或報告書。封面各有慣用的顏色。白色的叫白皮書。◇政府發表生態環境保護白皮書。

【白花花】báihuāhuā 白得耀眼◇白花花的銀元｜太陽下的沙灘白花花的。㊦ 黑糊糊。

【白茫茫】báimángmáng 形容雪、霧、雲、大水等一望無邊的白色◇湖上一片白茫茫的水霧。

【白骨精】báigǔjīng《西遊記》中的一個女妖精，狡詐兇狠，善於偽裝變化。常用來形容陰險毒辣的女人。

【白菜價】báicàijià 指非常低的價格◇機票打折賣出白菜價。

【白話文】báihuàwén 用白話寫成的文章，與“文言文”相對。它是唐宋以來在口語基礎上形成的，起初只用於通俗文學作品中，到“五四”新文化運動後，才普遍使用。

【白熱化】báirèhuà 形容事態、感情等發展到最緊張的階段◇競爭呈現白熱化。

【白皚皚】bái'ái'ái 形容霜、雪等潔白的樣子◇白皚皚的雪峯。

【白日做夢】báirìzuòmèng 比喻痴心妄想，實際上辦不到。

【白手起家】báishǒuqǐjiā 白手，空手。形容在原來一無所有或條件很差的情況下，靠自己的雙手艱苦創業◇白手起家，建成了一家小工廠。

【白衣天使】báiyītiānshǐ 對醫護人員特別是護士的美稱。因她們身穿白色工作服，從事救死扶傷的工作，故稱。

【白馬王子】báimǎwángzǐ 德國童話故事《灰姑娘》中的人物。主人公灰姑娘受盡後母等家人的虐待，卻獲得了王子的愛，並和他結了婚。故事中的王子騎着白馬，英俊瀟灑。後比喻年輕女子心目中理想的青年男子。

【白雲蒼狗】báiyún cānggǒu 蒼狗，黑狗。天上的白雲頃刻間變成像黑狗一樣的烏雲。比喻世事變化無常。出自唐代杜甫《可歎》詩："天上浮雲如白衣，斯須改變如蒼狗。" ㊐ 滄海桑田。

【白駒過隙】báijūguòxì 白駒，白色駿馬。時間流逝，就像白馬在縫隙前飛快地一閃而過。形容時間過得極快。出自《莊子·知北遊》："人生天地之間，若白駒之過隙，忽然而已。"

【白璧微瑕】báibìwēixiá 瑕，玉上的疵斑。潔白的玉上面有微小的斑點。比喻美中略有不足。㊎ 白璧無瑕。

1 百 bǎi ㊥baak³ 伯 ①數目字。十個十◇百分比｜百歲老人。②比喻數量多◇千方百計｜百言不如一行。

【百年】bǎinián ① 指很長時間或很多年◇百年大計｜百年不遇。② 終身，人的一生◇百年好合｜一失足成千古恨，再回頭已百年身。③ 死亡的婉辭◇百年之後。

【百姓】bǎixìng 平民；民眾◇黎民百姓｜只許州官放火，不許百姓點燈。

【百般】bǎibān ① 各種各樣◇受盡百般屈辱，依然無怨無悔。② 形容採用多種方法◇百般刁難｜百般奉承。③ 十分◇錯過了機會，心中百般懊惱。

【百貨】bǎihuò 各種貨物。多用作以生活用品為主的商品的總稱◇百貨商店｜日用百貨。

【百越】bǎiyuè 中國古代南方越人的總稱。因部族眾多，故稱"百"。分佈在今浙、閩、粵、桂等地◇北逐匈奴，南定百越。

【百端】bǎiduān ① 各種；種種◇百端待舉。② 指各種各樣的感受◇思緒百端交集。

【百分點】bǎifēndiǎn 統計學上稱百分之一為一個百分點。

【百衲衣】bǎinàyī 衲，縫綴。指僧人穿的衣服。因用許多小塊布片縫綴而成，故稱。也指補丁很多的舊衣服。

【百川歸海】bǎichuānguīhǎi 千百條的江河都流歸大海。① 比喻人心所向、眾望所歸或大勢所趨。② 比喻分散的東西統統歸總到一起。

【百孔千瘡】bǎikǒng qiānchuāng 孔，洞；瘡，創傷。比喻破壞嚴重或毛病很多。㊐ 瘡痍滿目。

【百年大計】bǎiniándàjì 關係到長遠利益的計劃或措施。

【百折不撓】bǎizhébùnáo 百折，多次挫折；撓，彎曲、屈服。形容意志堅強，無論受多少挫折都不動搖屈服。

【百步穿楊】bǎibùchuānyáng 楊，指楊柳樹的葉子。在百步以外射穿一片選中的楊樹葉子。形容射箭或射擊的技術很高明。

【百花齊放】bǎihuāqífàng ① 各種花一齊開放。② 比喻不同形式和風格的文學藝術作品自由發展。

【百依百順】bǎiyī bǎishùn 凡事都順從、遷就◇當父母的對孩子百依百順，容易寵壞孩子。㊎ 倔頭倔腦、桀驁不馴。

【百科全書】bǎikēquánshū 系統地介紹文化科學知識的大型工具書。收錄各種專門名詞和術語，分列條目，詳細解說。有包羅較廣的綜合性百科全書，如《中國大百科全書》《不列顛百科全書》，也有專科性百科全書，如《醫藥學百科全書》《哲學百科全書》。

【百家爭鳴】bǎijiāzhēngmíng 原指先秦時代儒、道、法、名、墨等各種思想流派互相爭辯的風氣。現比喻各種學術流派競相發表意見，自由爭論。

【百無一失】bǎiwúyìshī 失，差錯。形容有完全把握，不會失手◇這件事交給我，保管百無一失。

【百無禁忌】bǎiwújìnjì 百，一切；禁忌，忌諱。甚麼忌諱都沒有；不避任何忌諱。

【百無聊賴】bǎiwúliáolài 聊賴，依靠、寄託。形容精神上沒有寄託，覺得一切都沒有意思。

【百發百中】bǎifābǎizhòng 射箭或射擊準

確，每次都命中目標。《戰國策・西周策》：“楚有養由基者，善射，去柳葉百步而射之，百發百中。”後形容射擊技術高明，或比喻料事如神，做事有把握。

【百感交集】bǎigǎnjiāojí 各種感受、感想都交織在一起◇回首往事，不禁百感交集。

【百煉成鋼】bǎiliànchénggāng 鐵經多次冶煉，才能成鋼。比喻久經鍛煉，變得非常堅強。

【百廢俱興】bǎifèijùxīng 百廢，指各種荒廢的事業。許多被廢置的事業又都興辦起來◇經過一輪重建後，城市百廢俱興。(反) 百廢待興。

【百廢待興】bǎifèidàixīng 許多廢置的事業都有待重新興辦◇大災以後，百廢待興。(反) 百廢俱興。

【百戰百勝】bǎizhànbǎishèng 每戰必勝。形容善於作戰，所向無敵◇知己知彼，才能百戰百勝。

【百聞不如一見】bǎiwénbùrúyījiàn《漢書・趙充國傳》：“百聞不如一見。兵難遙度，臣願馳至金城，圖上方略。”聽說一百次，不如親眼見到一次。形容眼見為實，遠勝耳聞。

【百尺竿頭，更進一步】bǎichǐgāntóu, gèngjìnyíbù 百尺竿頭，百尺高竿的頂端。佛教用來比喻道行修養達到極高的境界。《祖堂集・岑和尚》：“百尺竿頭須進步，十方世界是全身。”後比喻不滿足於已有的成就，仍要繼續努力，更求上進。

2 **皂〔阜〕** zào 粵zou[6] 做 ①黑色的◇皂靴。②古代官府中的差役◇皂隸。③洗滌去污用品◇肥皂|香皂。

【皂白】zàobái 黑和白。比喻是非◇不分青紅皂白。

3 **的** 〈一〉dí 粵dik[1] 嫡 實在；真實◇的證|的的確確。

〈二〉dì 粵dik[1] 嫡 靶子的中心◇有的放矢|眾矢之的。

〈三〉dī 粵dik[1] 嫡 的士。出租汽車，計程車◇打的。

〈四〉de 粵dik[1] 嫡 ①表示修飾關係◇高大的樹木|美麗的山川。②表示領屬關係◇我的筆|人家的車子。③構成“的”字結構，代替所指的人或物◇穿好的，吃好的|老的，少的，男的，女的，全都來了。④用在動詞後面，起強調作用◇這是她買的車，不是借的|字是我寫的，還過得去吧？⑤用在句末，表示肯定的語氣◇這樣做是不行的|李先生甚麼時候走的？

【的士】dīshì 小型出租汽車，計程車。（英 taxi）

【的的】dídí 確實；的確◇的的佳句，不可多得|此人的的有奇才，不可等閒視之。

【的情】díqíng 真實的情況◇所言確屬的情，不敢有半句捏造。

【的當】dídàng 合適恰當◇對每位員工的評價一定要的當。

【的確】díquè 確實；實在◇這次的確是我自己搞錯了。

4 **皆** jiē 粵gaai[1] 佳 全；都是◇皆大歡喜|啼笑皆非|一着不慎，滿盤皆輸。

4 **皇** huáng 粵wong[4] 王 ①盛大◇堂而皇之|冠冕堂皇。②君主；帝王◇三皇五帝|皇親國戚。③姓。

【皇上】huángshang 稱在位的皇帝。

【皇天】huángtiān 對天的尊稱◇皇天后土|皇天不負苦心人。

【皇后】huánghòu ①皇帝的正妻。②比喻處於中心地位的女性◇舞會皇后。

【皇皇】huánghuáng 形容盛大◇皇皇巨著。

【皇帝】huángdì ①君主制國家的最高統治者◇皇帝女兒不愁嫁|捨得一身剮，敢把皇帝拉下馬。②比喻驕悍霸道，誰也不敢惹的人◇土皇帝|這孩子被嬌慣成了小皇帝。

【皇家】huángjiā ①皇室◇皇家花園|皇家陵墓。②指王朝◇皇家海軍|皇家驃騎兵。

4 **皈** guī 粵gwai[1] 歸 歸向；依附◇皈心|皈命。

【皈依】guīyī ①佛教語。原指佛教信仰者的入教儀式，表示誠心歸向佛教。後泛指虔誠地信奉佛教或其他宗教◇皈依佛門|皈依天主教。②身心歸向；依託◇皈依酒色，一天天頹靡下來。

5 **皋** gāo 粵gou[1] 高 ①沼澤地◇鶴鳴於九皋。②江河湖沼的水邊淤積地◇江皋。③姓。

5 **皊** líng 粵ling⁴ 令 白色。

6 **皎** jiǎo 粵gaau² 狡 ①潔白明亮◇皎白｜一輪皎月。②姓。

【皎潔】jiǎojié 明亮潔白◇月色皎潔。

7 **皕** bì 粵bik¹ 碧 二百。

【皕宋樓】bìsònglóu 清代陸心源的藏書樓，因藏有二百種宋版書，故名。

7 **皓〔皜〕** hào 粵hou⁶ 號 ①白；潔白◇明眸皓齒。②明亮◇皓月當空。

【皓首】hàoshǒu 白頭。指老年◇皓首蒼顏。

【皓首窮經】hàoshǒuqióngjīng 原說古代讀書人，一輩子都陷在推究儒家經典裏。現多形容學習鑽研勤奮不懈，一直到老年白頭。

7 **皖** wǎn 粵wun⁵ 碗⁵ 安徽省的別稱。因境內有皖山(天柱山)而得名。

8 **皙** xī 粵sik¹ 色 形容人的皮膚白◇面龐白皙。

10 **皝** huàng 粵fong² 訪 多用於人名。例如慕容皝，東晉初年鮮卑族的首領，建立前燕國。

10 **皚(皑)** ái 粵ngoi⁴ 呆 潔白◇皚如白雪｜雪山皚皚。

10 **皞** hào 粵hou⁶ 浩 明亮。

11 **皠** cuǐ 粵ceoi³ 翠 潔白。

12 **皤** pó 粵po⁴ 婆 ①白◇皤髮老翁。②形容大肚子◇皤腹。

13 **皦** jiǎo 粵giu² 繳 ①潔白明亮◇皦日。②清白◇皦皦素心。

【皦皦】jiǎojiǎo ①潔白◇嶢嶢者易缺，皦皦者易汚。②顯著、出色，超出一般◇庸中皦皦，鐵中錚錚。

17 **皭** jiào 粵ziu³ 照/zoek⁶ 嚼⁶ ①白而潔淨◇皭然。②清白◇皭白之吏。

皮部

0 **皮** pí 粵pei⁴ 疲 ①人或動植物表面的一層組織◇皮膚｜虎皮｜樹要皮，人要臉。②皮革或毛皮製品◇皮衣｜皮箱｜皮貨。③物體的表面◇蘋果皮｜水過地皮濕。④表面的；膚淺的◇皮相。⑤包在外表的東西◇封皮｜包皮。⑥薄片狀的東西◇鐵皮｜水餃皮。⑦有韌性；不鬆脆◇皮糖｜麻花放皮了不好吃。⑧淘氣◇頑皮｜調皮。⑨受斥責而滿不在乎◇不能老教訓孩子，教訓皮了就不好辦了。⑩指橡膠◇橡皮｜膠皮。⑪姓。

【皮毛】pímáo ①帶毛的獸皮的總稱◇皮毛服裝｜皮毛專賣。②皮膚和毛髮◇幸虧躲閃得快，連皮毛也沒傷到。③比喻表面的、淺顯的知識◇略知皮毛｜剛懂了點皮毛。

【皮肉】píròu ①皮和肉。泛指肉體◇皮肉之苦｜受了點皮肉傷。②指皮膚◇出去度假，回來皮肉都黑了。

【皮革】pígé 用牛、羊、豬等的皮去毛後製成的熟皮，可以做皮衣、皮鞋、皮箱等製品。

【皮相】píxiàng 只看到表面。形容膚淺◇皮相之談。

【皮草】pícǎo ①指皮毛和草蓆等貨品◇專賣皮草。②指裘皮、裘皮衣◇保護動物的組織號召抵制穿皮草。

【皮球】píqiú 一種供兒童遊戲用的空心球，有彈性。多用橡膠製成。

【皮蛋】pídàn 用石灰、食鹽、草木灰等加水拌合後包在禽蛋外殼上製成的蛋製食品。

【皮實】píshi ①(身體)結實◇這孩子長得真皮實。②堅固耐用◇這椅子夠皮實。

【皮膚】pífū 包在人和動物肌肉外部的組織。有保護身體、調節體溫、排泄廢物等作用。

【皮囊】pínáng ①皮口袋。②比喻人的身體◇空有一副好皮囊，可惜內裏沒料。

【皮包公司】píbāogōngsī 指資產小、職員少，沒有固定經營地點，掛有公司名義，從事經營活動的人或集團。

【皮開肉綻】píkāi ròuzhàn 綻，裂開。形容被打得傷勢慘重的樣子。

【皮裏陽秋】pílǐyángqiū 本作"皮裏春秋"。皮裏，指內心；春秋，相傳為孔子編定的史書，用語隱含褒貶。後用"春秋"代指評判好壞。晉代簡文帝為避其母"阿春"之諱，改"春秋"為"陽秋"。指表面上不作評論，心中卻有所褒貶。出自《世説新語・賞譽》："桓茂倫云：褚季野皮裏陽秋，謂其裁中也。"

【皮笑肉不笑】píxiàoròubúxiào 勉強不自然地裝出一副笑臉。形容虛偽或用心不良。

【皮之不存，毛將焉附】pízhībùcún, máojiāngyānfù 焉，哪兒；附，依附。皮都沒有了，毛還能長在哪兒？比喻事物沒有依託的基礎，就不能存在。出自《左傳・僖公十四年》："皮之不存，毛將安傅？"

7 **皴** cūn 粵ceon[1] 春 ①皮膚因受凍等原因，表皮變得粗糙不平或裂開小口子◇手腳皴裂。②方言。皮膚上的泥垢和皮屑◇搓掉一層皴。③中國畫的一種技法◇麻皮皴|遠水無波，遠山無皴。

【皴法】cūnfǎ 中國畫筆法之一。畫山石時，先勾出輪廓，再用淡乾墨側筆而畫，以顯示山石的紋理和立體感。

9 **皸(皲)** jūn 粵gwan[1] 軍 (皮膚)因乾寒而坼裂◇皸裂|冬日手皸。

【皸裂】jūnliè 皮膚因寒冷乾燥而破裂◇手腳皸裂。同 龜裂。

10 **皺(皱)** zhòu 粵zau[3] 奏 ①皮膚因鬆弛而起的褶紋◇皺紋|額頭上起了皺。②紙張、衣服、布匹等因摺疊、揉弄而起的褶紋◇衣服弄皺了。③使起褶紋◇皺起眉頭|風乍起，吹皺一池春水。

【皺紋】zhòuwén 物體表面上因鬆弛、收縮或揉弄而形成的褶紋◇臉上又多了幾條皺紋。

皿部

0 **皿** mǐn 粵ming[5] 冥 盛東西的器物。碗、碟、杯、盆一類日常用具的統稱◇日用器皿。

3 **盂** yú 粵jyu[4] 餘 ①古代一種盛飲料食物的敞口器皿◇酒盂。②一種盛液體的器皿◇痰盂|漱口盂。

4 **盅** zhōng 粵zung[1] 忠 ①沒有把兒的小杯子◇酒盅|茶盅。②量詞◇一盅酒。

4 **盆** pén 粵pun[4] 盤 ①口大底小、比盤深的圓形、方形或橢圓形的盛器◇臉盆|花盆|傾盆大雨。②量詞◇一盆湯|兩盆菊花。③形狀略似盆的◇盆地|骨盆。

【盆地】péndì 山或高地圍繞下的平地。因其地貌像盆，四周高中間低平，故稱◇四川盆地|塔里木盆地。

【盆栽】pénzāi ①在花盆裏栽種◇觀賞花木可以盆栽。②借指盆栽的花木。

【盆景】pénjǐng 一種擺設。在盆中栽種花草、樹木或佈置奇石等，有的並以水相配，好像縮小的自然景觀。

4 **盈** yíng 粵jing[4] 形 ①充滿◇賓客盈門|熱淚盈眶。②圓，圓滿◇月盈月虧。③豐滿◇體態豐盈。④增加，比原有的多出來◇盈縮|盈利。

【盈利】yínglì ①獲得利潤◇生意已經由虧損轉為盈利。②獲得的利潤◇盈利豐厚。

【盈盈】yíngyíng ①形容儀態美好◇盈盈顧盼。②形容水清澈◇盈盈秋水。③形容充滿或充分流露◇淚水盈盈|笑臉盈盈。④形容動作輕快◇盈盈起舞。

【盈餘】yíngyú ①(收入減去開支後)剩下，餘下◇這個月盈餘一萬元。反 虧空、透支。②收入中除去開支後剩下的部分◇略有盈餘|減少支出，增加盈餘。

【盈虧】yíngkuī ①月亮的圓和缺◇花須開謝，月有盈虧。②贏利或賠本◇自負盈虧。

5 **盍〔盇〕** hé 粵hap[6] 合 何不◇狡兔三穴，盍早圖之？

5 **盋** bō 粵but³ 撥 同"鉢"。

5 **盎** àng 粵ong³/ngong³ 骯³ ①古代一種盛器，腹大口小。②洋溢；充滿◇興趣盎然|春意盎然。

【盎司】àngsī 英美制重量、容量單位。重量：1盎司等於0.02835千克；容量：1盎司等於0.0284125升。(英 ounce)

【盎盎】àng'àng ①形容興盛的樣子◇盎盎乎似有王者氣象。②充盈的樣子◇春意盎盎。

【盎盂相敲】àngyúxiāngqiāo 盎盂，家中日用器皿。比喻家庭成員爭吵口角◇四世同堂，總有些盎盂相敲的事。

5 **盉** hé 粵wo⁴ 禾 古代青銅製的酒器，大腹小口。

5 **益** yì 粵jik¹ 憶 ①好處◇權益|受益匪淺。②有好作用的◇益友。③增加◇延年益壽。④更加◇老當益壯|精益求精。

【益友】yìyǒu 對自己有幫助的朋友◇良師益友。

【益處】yìchù 好處；有利的因素◇經常鍛煉，對身體大有益處。㊇ 壞處、害處。

【益鳥】yìniǎo 捕食害蟲，直接、間接對人類有益的鳥類，如燕子、啄木鳥、貓頭鷹等。

【益智】yìzhì ①增進智慧◇益智遊戲|益智健身。②植物名。多年生草本，生於林下陰濕處。莖直立，叢生。葉有紅色脈紋，短柄，花粉白色。產於海南省。種子入藥，稱"益智仁"。

【益發】yìfā 越發；更加◇生意益發紅火。

【益蟲】yìchóng 直接或間接有益於人類的昆蟲。如蠶、蜜蜂、蜻蜓、螳螂等。㊇ 害蟲。

6 **盔** kuī 粵kwai¹ 規 ①像瓦盆而略深的器皿。②用來保護頭部、起防護作用的帽子，多用金屬製成◇盔甲|鋼盔|頭盔。

【盔甲】kuījiǎ 古代軍人打仗時穿戴的衣帽。用來護頭的叫盔、用來護身的叫甲，用金屬或皮革製成。

6 **盛** ㈠shèng 粵sing⁶ 剩 ①興旺；繁茂◇繁榮昌盛|百花盛開。②規模大；隆重◇盛事|盛況空前。③豐盛；豐富◇盛筵|盛產。④華美◇盛裝|盛服。⑤深厚◇盛意|盛情。⑥大◇盛怒|盛名。⑦極力◇盛讚|盛誇。⑧普遍；廣泛◇盛行|盛傳。⑨強壯◇盛年。⑩猛烈；旺盛◇年輕氣盛|火勢很盛。⑪姓。

㈡chéng 粵sing⁴ 誠 ①容納◇這體育館能盛幾萬人。②把食物放入盛器◇盛飯|盛湯。

【盛大】shèngdà 宏大，隆重◇舉行盛大的閱兵儀式。

【盛世】shèngshì 昌盛的時代◇太平盛世|盛世修典。㊇ 亂世。

【盛年】shèngnián 青壯年◇盛年難再。

【盛行】shèngxíng 廣泛流行◇盛行一時。

【盛名】shèngmíng 很高的名望◇享有盛名|盛名之下，其實難副。

【盛典】shèngdiǎn 盛大的典禮◇躬逢盛典。

【盛況】shèngkuàng 盛大而熱烈的狀況◇盛況空前。

【盛怒】shèngnù 大怒；狂怒◇盛怒之下，口不擇言。

【盛夏】shèngxià 夏季最熱的時候。㊞ 炎夏、酷暑 ㊇ 寒冬。

【盛產】shèngchǎn 大量出產◇家鄉盛產柑桔和龍眼。

【盛情】shèngqíng 深厚的情意◇盛情難卻。

【盛開】shèngkāi (花)開得茂盛◇桃花盛開。

【盛傳】shèngchuán 廣泛傳說。

【盛會】shènghuì 盛大的集會◇良宵盛會。

【盛意】shèngyì 盛情◇拳拳盛意。

【盛裝】shèngzhuāng 莊重或華美的裝束◇身着盛裝|公園披上了節日的盛裝。㊞ 盛服。

【盛舉】shèngjǔ ①盛大的活動◇空前的盛舉。②未曾有過的好事◇廢除延續兩千年的農業税，是件功德無量的盛舉。

【盛德】shèngdé ①大德，非常高尚的品德◇為人有盛德。②盛情，恩情，恩德◇非常感謝您的盛德。

【盛譽】shèngyù 很高的榮譽；很高的聲譽◇享有盛譽。

【盛氣凌人】shèngqìlíngrén 凌，侵犯、欺侮。以驕橫傲慢的氣勢欺壓人。㊇ 忍氣吞聲。

6 **盒** hé 粵hap⁶ 合 ①有蓋的或抽屜式的盛器◇飯盒|文具盒|火柴盒。②量詞。用於盒

裝的東西◇一盒朱古力。

【盒飯】héfàn 速食的一種，裝在盒子裏出售。

7 盜〔盗〕dào 粵dou6 杜 ①偷竊◇掩耳盜鈴。②騙取；用不正當手段謀取◇欺世盜名。③偷竊、搶掠財物的人或竊取權柄的人◇穿窬之盜|江洋大盜|竊國大盜。④偷偷地；暗中◇盜運軍火。

【盜用】dàoyòng 非法使用法人或他人的名義、財物等◇盜用公司名義招搖撞騙。

【盜版】dàobǎn ① 未經版權所有者同意而私自翻印書刊、翻製軟件和音像出版物等◇盜版是違法犯罪行為。② 指被盜版製作的軟件和各類出版物◇搜繳盜版總值 3200 萬。

【盜掘】dàojué 私下非法挖掘◇盜掘陵墓。

【盜賊】dàozéi 強盜和竊賊的泛稱◇盜賊橫行。

【盜賣】dàomài 盜竊並出賣。

【盜竊】dàoqiè 偷竊；用違法手段暗中取得◇入室盜竊|盜竊商業機密。

8 盞(盏)〔琖〕zhǎn 粵zaan2 棧 ①淺而小的杯子◇酒盞|茶盞。②像盞的東西◇燈盞。③量詞◇一盞明燈|一盞清茶。

8 盟 méng 粵mang4 萌 ①古代諸侯等在神前立誓，表示締約結盟◇設壇為盟。②發誓◇山盟海誓。③(國家、社會組織、團體之間的)聯合◇社盟|同盟國。④結拜的◇盟兄|盟友。⑤中國內蒙古自治區的一級行政管轄區◇烏蘭察布盟。

【盟友】méngyǒu ① 結成同盟的朋友◇結成生死盟友。② 指盟國◇盟友的軍隊不會坐視不救。

【盟軍】méngjūn ① 結成軍事同盟的軍隊。② 特指第二次世界大戰中的同盟國軍隊。

【盟約】méngyuē 為結成同盟所訂立的誓約或條約◇信守盟約。

【盟誓】méngshì 發誓；宣誓◇對天盟誓。

9 監(监)〈一〉jiān 粵gaam1 鑒1 ①從旁察看；督察◇監聽|監視|監督。②牢獄◇女監|探監。

〈二〉jiàn 粵gaam3 鑒 ①古代官府名和官名◇太監|祕書監|國子監。②姓。

【監考】jiānkǎo ① 監督考試情況，維持考場紀律◇嚴格監考。② 做監考工作的人◇每個考場有兩名監考。

【監牢】jiānláo 監獄。

【監押】jiānyā ① 監禁關押。② 監視押解。

【監控】jiānkòng ① 監測和控制◇水文監控。② 監督並控制◇監控物價的漲幅。

【監視】jiānshì 暗中注視、觀察別人的行動◇密切監視疑犯的動向。

【監測】jiāncè 監視並檢測◇水質污染監測。

【監禁】jiānjìn 把犯人關押起來，不許自由行動◇終身監禁。㊀ 釋放。

【監督】jiāndū ① 監視督察◇監督政府預算的執行情況。② 做監督工作的人◇財務監督。

【監管】jiānguǎn 監視和管理◇監管囚犯|監管證券市場。

【監獄】jiānyù 關押犯人的地方。

【監察】jiānchá 監視檢察(違反法律、法規的事情)◇民間監察。

【監護】jiānhù ① 觀察注視情況變化和給予護理◇病人受到日夜監護。② 法律上特指對未成年人、精神病人的人身、財產以及其他一切合法權益的監督和保護◇剝奪監護權。

【監護人】jiānhùrén 法律上指對未成年人、精神病人負有監護責任的人。

【監守自盜】jiānshǒuzìdào 監守，看管。盜竊自己所看管的財物。

9 盡(尽)jìn 粵zeon6 進6 ①完畢◇説不盡|筋疲力盡。②極端；達到最大限度◇仁至義盡|淋漓盡致。③全部用出；竭力做到◇盡心|盡職|各盡所能。④終止；終了◇盡頭|山窮水盡。⑤全；所有的◇盡數歸還|應有盡有。⑥死◇同歸於盡。

【盡人】jìnrén 人人；所有的人◇盡人皆知。

【盡忠】jìnzhōng ① 竭盡忠誠。② 效忠祖國並獻身◇為國盡忠，雖死猶榮。

【盡責】jìnzé 做到職責內該做的◇盡心盡責。

【盡情】jìnqíng 儘量由着自己的感情(行事)◇盡情歌唱|盡情抒發自己的感情。

【盡然】jìnrán 全都這樣。多用於否定◇你這話雖有道理，但也不盡然。

【盡意】jìnyì ① 盡情；儘量抒發自己的情感

◇手持畫筆，盡意揮灑。② 充分表達心情◇書不盡言，言不盡意。

【盡數】 jìnshù 全數；全部◇贓款盡數追還。

【盡頭】 jìntóu 末端；終點◇一眼望不到盡頭。

【盡興】 jìnxìng 興致得到完全的滿足◇盡興而歸｜盡興痛飲。

【盡善盡美】 jìnshàn jìnměi 非常完美，半點不足都沒有。(同) 完美無缺、十全十美 (反) 一塌糊塗。

10 **盤(盘)** pán 粵pun4 盆 ①古代一種用於沐浴盥洗的用具◇瓦盤。②扁而淺、全敞口的盛器◇杯盤狼藉。③形狀或功用像盤子的東西◇棋盤｜方向盤。④依託的處所◇地盤｜營盤。⑤盤繞；旋轉◇盤旋｜盤山公路。⑥查問；清點◇盤問｜盤查。⑦商品市場行情，指買賣價格◇開盤｜收盤。⑧商店或企業轉讓◇盤讓｜盤店。⑨壘，砌，搭◇盤炕。⑩經營；料理◇把家業盤大些。⑪搬運◇把貨盤到庫裏去。⑫量詞。(1)用於圓形或盤旋纏繞的東西◇一盤磨石｜兩盤蚊香。(2)用於盤中物的量◇一盤水果｜三盤炒菜。(3)用於棋類、球類比賽◇下了兩盤棋｜打幾盤乒乓球。

【盤山】 pánshān 環繞着山◇盤山公路。

【盤古】 pángǔ 中國古代神話中開天闢地創世的人。

【盤曲】 pánqū 曲折環繞◇公路盤曲而上。

【盤究】 pánjiū 盤查追究◇氣量狹小，老愛在小事上盤究。

【盤陀】 pántuó ① 形容高低不平◇山高路險，巨石盤陀。② 盤繞迴旋◇走進盤陀路，好像進了迷魂陣，只是出不去。

【盤查】 pánchá 盤問檢查。

【盤桓】 pánhuán ① 徘徊；逗留◇這裏景色秀麗，我多盤桓了幾日。② 曲折；盤曲◇盤桓髻。③ 迴旋環繞◇這個想法一直盤桓腦際。

【盤剝】 pánbō 層層剝削◇救濟款經過層層盤剝，已經所剩無幾。

【盤旋】 pánxuán ① 旋轉；繞着圈子飛行或走動◇雄鷹在空中盤旋。② 徘徊；逗留◇她在門外盤旋了半天才離開。

【盤問】 pánwèn 查問◇盤問形跡可疑的人士。

【盤費】 pánfèi 旅費；外出花費◇帶足盤費去旅行。(同) 盤川、盤纏。

【盤詰】 pánjié 反復追問◇再三盤詰下，他終於說了實話。

【盤遊】 pányóu 遊樂◇盤遊無度。

【盤算】 pánsuan 算計，籌劃◇母親仔細盤算着如何籌措這筆錢。

【盤據】 pánjù 非法佔據某一地方作為活動地盤◇盤據一方。

【盤點】 pándiǎn 清查點算（存貨）◇年終盤點，休市一天。

【盤繞】 pánrào 纏繞（在別的東西上）◇牽牛花藤盤繞在籬笆上。

【盤纏】 pánchan 方言。① 費用◇這些錢足夠你作養老盤纏。② 旅費，路費◇老漢帶足盤纏出門了｜賣了棉袍做回家的盤纏。(同) 盤川、盤費。

【盤馬彎弓】 pánmǎ wāngōng 唐代韓愈《雉帶箭》詩："將軍欲以巧伏人，盤馬彎弓惜不發。"騎着馬盤旋，拉滿弓欲射。比喻先擺出姿態、架勢，但不立刻行動。

【盤根錯節】 pángēn cuòjié 樹根盤曲，枝節交錯。① 比喻情況複雜，不易處理◇盤根錯節的人事關係。② 比喻某種勢力根深蒂固，極難鏟除◇當地各種勢力盤根錯節。

11 **盬** gǔ 粵gu2 古【盬子】gǔzi烹飪用具，周圍陡直的深鍋，一般用沙土燒製，也有鐵製的◇沙盬子｜瓷盬子。

11 **盧(卢)** lú 粵lou4 勞 ①黑◇盧弓。②姓。

11 **盥** guàn 粵gun3 貫 ①洗（手、臉）◇盥手｜盥洗。②盥洗的器皿◇奉盥｜潔其盥。

【盥洗】 guànxǐ 洗手洗臉◇盥洗室。

11 **盦** ān 粵am1/ngam1 庵 ①覆蓋◇盦蓋。②古代一種盛食物的器皿。③同"庵"。圓形草屋◇乃築盦以避寒暑。

12 **盩** zhōu 粵zau1 周 用於地名，如盩厔（在陝西，今改作"周至"）。

12 **盨(䇓)** xǔ 粵seoi2 水 古代盛食物的銅製器皿，有蓋和兩個耳。

12 **盪** dàng 粵dong6 宕 ①搖動；擺動◇震盪｜動盪｜盪氣迴腸。②沖洗◇滌盪。③清除；弄光◇盪除｜掃盪｜傾家盪產。

13 **盬** gǔ 粵gu^2 古 ①鹽池。②不堅固。③停止。

15 **盭** lì 粵leoi^6 累 同"戾"。兇狠；乖戾。

目部

0 **目** mù 粵muk^6 木 ①眼睛◇耳聞目睹。②看；看作◇一目十行|目為異端。③孔眼◇綱舉目張。④大項中再分的小項◇細目|條目。⑤生物分類系統上所用的等級之一，在綱以下，科以上◇雁形目|銀杏目。⑥目錄◇書目|劇目。⑦名稱◇名目繁多。⑧指為首的人◇頭目。⑨圍棋術語。指棋盤上縱線和橫線的交叉點。終局時以目多少判勝負◇勝七目|負二目半。

【目力】mùlì 視力◇目力所及。

【目今】mùjīn 現在；當前◇目今的難處。

【目光】mùguāng ①眼睛的光采◇目光炯炯。②指視線◇目光停留在她身上。③洞察能力；見識◇目光遠大|目光短淺|目光敏銳。

【目次】mùcì 目錄，書刊在正文前所列出的篇章名目。

【目的】mùdì 要去的地點或想達到的目標；想要得到的結果◇離目的地不遠|辦學的目的|漫無目的。

【目前】mùqián 當前；現在◇目前的情況|到目前為止。(反) 今後。

【目眩】mùxuàn 眼花◇燈光閃爍，令人目眩。

【目測】mùcè 不借助儀器，只用眼睛估測◇進行目測勘察。

【目睹】mùdǔ 親眼看到◇耳聞目睹|目睹案發經過。

【目標】mùbiāo ①射擊、打擊或尋找的對象◇瞄準目標|發現目標。②希望達到的目的或標準◇訂下學習目標|完成目標。

【目錄】mùlù ①按一定次序編排的供查考的事物名目◇圖書目錄|產品目錄。②書刊正文前面列出的篇章名目。

【目擊】mùjī 親眼看到◇目擊證人。(同) 目睹。

【目不交睫】mùbùjiāojié 漢代荀悅《漢紀·文帝紀上》："太后嘗病三年，陛下目不交睫，睡不解衣冠。"上下眼毛沒有交合，睜着眼睛。形容沒睡覺或難以睡着。

【目不忍睹】mùbùrěndǔ 形容情景極其悽慘，不忍心看下去。(同) 慘不忍睹。

【目不暇接】mùbùxiájiē 暇，空閒。形容好看的東西太多，眼睛一時看不過來◇景象萬千，令人目不暇接。

【目不窺園】mùbùkuīyuán《漢書·董仲舒傳》：(董仲舒)"蓋三年不窺園，其精如此"。形容埋頭讀書，專心治學。

【目不轉睛】mùbùzhuǎnjīng 眼珠一動不動地看。形容看得出神，注意力集中。(反) 東張西望。

【目不識丁】mùbùshídīng《舊唐書·張弘靖傳》："今天下無事，汝輩挽得兩石力弓，不如識一丁字。"最簡單的"丁"字也不識。形容人不識字或沒文化。(反) 滿腹經綸。

【目中無人】mùzhōngwúrén 不把別人放在眼裏。形容高傲自大，看不起人。(同) 旁若無人。

【目光如豆】mùguāngrúdòu 眼光像豆子那樣小。比喻見識短淺，沒有遠見。(同) 目光短淺 (反) 目光如炬。

【目光如炬】mùguāngrújù 眼光像火炬那樣亮。形容目光銳利逼人。也比喻眼光遠大，見識高明。

【目空一切】mùkōngyíqiè 甚麼都不放在眼裏。形容驕傲自大。(反) 虛懷若谷。

【目迷五色】mùmíwǔsè 顏色紛雜，使人眼花繚亂。比喻事物錯綜複雜，令人難以分辨清楚。出自《老子》："五色令人目盲。"

【目無全牛】mùwúquánniú《莊子·養生主》：庖丁初學宰牛時，看到的是整隻牛；三年後技術純熟了，動刀時就只看到骨肉的間隙，而"未嘗見全牛也"。後形容技藝純熟精湛，達到得心應手的境界。

【目瞪口呆】mùdèng kǒudāi 瞪，睜大眼睛；呆，發愣。形容因吃驚或感到奇怪而愣住的樣子。

2 **盯** dīng ●ding1丁/deng1掟1 ①注視；注意力集中地看◇一直盯着台上看。②緊跟；不放鬆◇盯住他|再三盯問。

【盯梢】dīngshāo 暗中跟蹤、監視◇他下車，盯梢的人也跟着下了車。

3 **直** zhí ●zik6夕 ①不彎曲◇筆直|直線。②挺直；使挺直◇直起腰來。③豎，垂直的◇直立|直升機。④公正的；正確的◇正直|理直氣壯。⑤直接◇直播|直呼其名。⑥坦率；爽快◇直言不諱|直截了當。⑦一個勁兒地，不斷地◇開心得直笑。⑧簡直◇哭得直叫人難受。⑨漢字的筆畫，形狀是"丨"，也叫豎。⑩姓。

【直言】zhíyán 直說，直率地說◇恕我直言|直言不諱。

【直面】zhímiàn 直接面對；正視◇直面法官，慷慨陳辭。

【直音】zhíyīn 用同音字直接注音。

【直航】zhíháng 飛機或輪船直接航行到達目的地，中途不繞道、不換乘。

【直接】zhíjiē 不經過中間環節的◇雙方已直接會晤。

【直爽】zhíshuǎng 直率爽快，言行不加掩飾◇性格直爽|說話直爽。

【直率】zhíshuài 爽直、坦率，沒有顧忌◇說話直率，容易得罪人。

【直達】zhídá 中途不換乘、不停靠，直接到達目的地◇從香港直達廣州。

【直裰】zhíduō ①古代指在家裏穿的便服。②僧人、道士穿的大領長袍。

【直播】zhíbō 在廣播或網絡媒體上不經剪輯，播出即時影像。

【直銷】zhíxiāo 生產者把自己的產品直接賣給消費者，其交易不通過中間環節，故稱直銷。㊀傳銷、分銷。

【直選】zhíxuǎn 由選民直接選舉代表或領導成員，一般指直接選舉國家和各級政府領導人、立法機構成員。

【直轄】zhíxiá 直接管轄◇直轄市|直轄機構。

【直擊】zhíjī ①報紙、電視等新聞媒體到現場採訪、拍攝並即時直接報道。②從電視、網絡上觀看來自現場直接報道的真實情景。③正好打中；正好打動◇那一拳直擊他的面門|這個問題直擊他的靈魂。

【直覺】zhíjué 受外界刺激而產生的直接反應◇直覺告訴我，一定會贏。

【直譯】zhíyì 忠實於原文詞句的翻譯手法。

【直屬】zhíshǔ ①直接隸屬◇直屬律政司。②有直接管轄關係的◇直屬部門。

【直觀】zhíguān 直接觀察的。也泛指用感官直接接受的◇直觀印象|操作直觀、簡便。

【直性子】zhíxìngzi ①性情爽直。②性情爽直的人◇他是個直性子。

【直系親屬】zhíxìqīnshǔ 有直接血統關係或婚姻關係的人，如父母、夫妻、子女。

【直截了當】zhíjiéliǎodàng 形容言語行動乾脆爽快，不繞彎子。

3 **盱** xū ●heoi1虛 睜大眼睛向上看◇揚眉盱目。

3 **盲** máng ●maang4猛4 ①眼瞎，看不見東西◇盲童。②眼瞎的人◇盲文|問道於盲。③比喻缺乏知識或辨認能力的人◇文盲|色盲。④比喻沒有認知判斷能力，缺乏主見◇盲從。

【盲目】mángmù 眼睛看不見東西。比喻對事物認識不清◇盲目樂觀|盲目崇拜偶像。

【盲流】mángliú 指盲目流入某地的人。多指從農村流入城市的。

【盲動】mángdòng 沒有明確目標，沒有經過考慮，也不做必要的準備，就貿然採取行動◇買樓千萬不能浮躁盲動。

【盲從】mángcóng 自己沒有主見，盲目附和或聽從別人。

【盲人摸象】mángrénmōxiàng《大般涅槃經》卷三十二：幾個瞎子摸一頭象，摸到耳朵的說大象像簸箕，摸到背脊的說大象像牀…摸到尾巴的說大象像繩子，各執己見。後比喻只看到事物的局部，就亂加猜測，以偏概全地下結論。

【盲人瞎馬】mángrénxiāmǎ《世說新語·排調》："盲人騎瞎馬，夜半臨深池。"比喻不明情況，亂闖瞎撞，處境危險。

4 **相** ㈠ xiāng ●soeng1商 ①互相◇相識|自相矛盾|相親相愛。②表示一方對另一方的(行為、態度)◇另眼相看|實不相瞞。③親自看◇相親|相中這套公寓。④姓。

〈二〉xiàng 粵soeng³想³ ①相貌；樣子◇長相｜狼狽相。②物體的外觀◇月相。③輔助；幫助◇吉人自有天相。④古代輔佐帝王的大臣◇宰相｜丞相。⑤一些國家中央政府的高級官員◇首相｜外相。⑥幫主人接待賓客的人◇儐相。⑦仔細察看◇相馬｜相面。⑧同"像"。照片◇照相。⑨姓。

【相干】xiānggān 有關聯；牽涉進來。多用於否定式◇互不相干｜這事和我絕不相干。

【相互】xiānghù 互相；兩相對待的◇相互尊重｜相互促進｜相互關係。

【相中】xiāngzhòng 看中◇相中了一款新手機｜相中了這個女婿。

【相反】xiāngfǎn ①方向相背離◇向相反的方向走。②互相對立或互相排斥◇恰恰相反｜相反的意見。同 相左。③用在下文句首或句中，表示所説是上文的反面◇苦難沒能摧毀他，相反，卻造就了他堅強的品質。

【相公】xiànggong ①古代妻子對丈夫的敬稱。②舊時對讀書人、官宦富貴子弟、宰相等的敬稱。

【相左】xiāngzuǒ 相違背；不一致◇意見相左。

【相同】xiāngtóng 彼此一致，沒有區別◇愛好相同｜達到相同的效果。

【相仿】xiāngfǎng 大致相同；相差不多◇顏色相仿｜年齡相仿。

【相向】xiāngxiàng ①相對，面對面◇相向而坐。②向着對方（採取某種行動）◇老拳相向｜武力相向。

【相交】xiāngjiāo ①相互交叉◇兩條公路在此相交。②互相交往；做朋友◇相交多年。

【相好】xiānghǎo ①親密；友好◇朋友裏他倆最相好。反 反目。②相愛，戀愛◇兩人相好多年。③情人◇舊相好。

【相形】xiāngxíng 兩者比較◇相形見絀。

【相似】xiāngsì 相像◇性格相似｜相似的經歷。

【相知】xiāngzhī ①彼此了解，感情好◇相知恨晚｜人之相知，貴相知心。②知心朋友◇老相知。

【相沿】xiāngyán 沿襲舊的一套◇清明掃墓的風俗相沿至今。

【相宜】xiāngyí 適宜；合適◇人地相宜｜她做事細心，當會計很相宜。

【相持】xiāngchí 雙方爭持，各不相讓◇相持不下｜戰爭相持了幾個月。

【相若】xiāngruò 同樣；類似◇兩人年紀相若。

【相厚】xiānghòu 彼此交情深厚。

【相面】xiàngmiàn 觀察人的面容來推測人的吉凶禍福。

【相映】xiāngyìng 對照；互相襯托◇去年今日此門中，人面桃花相映紅。

【相信】xiāngxìn 認為正確或真實而不懷疑◇我相信他的話｜這幅字畫相信是真跡。

【相約】xiāngyuē 互相約定◇相約同行｜相約賽場再見。

【相配】xiāngpèi 匹配；相稱◇兩人年貌相配｜上下衣服款式不相配。

【相時】xiàngshí 觀察時機◇相時而動。

【相容】xiāngróng 互相包容；同時並存◇水火不相容｜不同政見可以相容。

【相處】xiāngchǔ 共同生活；彼此交際往來◇和睦相處｜相處融洽。

【相國】xiàngguó 古代官名。後為宰相的尊稱。

【相符】xiāngfú 相合；彼此一致◇情況相符｜與事實相符。

【相逢】xiāngféng（偶然）遇見◇萍水相逢。

【相望】xiāngwàng ①對看；相向◇隔江相望。②互相看見。形容接連不斷◇難民接踵而來，相望不絕。

【相率】xiāngshuài 相繼；一個接一個◇相率罷工，表達不滿。

【相通】xiāngtōng ①彼此連着，可以通過◇兩家院子有個小門相通。②互相連貫溝通◇心靈相通｜這其間的道理是相通的。

【相間】xiāngjiàn 一個隔着一個◇黑白相間。

【相當】xiāngdāng ①彼此差不多或能夠相抵◇水平相當｜收支相當｜旗鼓相當。②相稱；適宜◇沒有相當的人選。③表示達到比較高的程度◇相當困難｜手術相當成功。

【相與】xiāngyǔ ①交往；相處◇他這個人不

難相與。② 一起；共同◇奇文共欣賞，疑義相與析。

【相傳】xiāngchuán ① 長期輾轉傳説◇相傳黃帝曾經過這裏。② 遞相傳授，一代傳一代◇一脈相傳｜世代相傳｜薪火相傳。

【相對】xiāngduì ① 面對面◇相對枯坐｜遙遙相對。② 互相對立而並存◇大小相對｜美醜相對。(反) 絕對。③ 在一定條件下存在，隨條件的變化而變化◇相對高度｜相對真理。④ 比較的◇相對自由｜相對穩定。

【相稱】(一)xiāngchēng 以某種名義稱呼◇二人以兄妹相稱。

(二)xiāngchèn 配起來很合適；相當◇他倆很相稱｜他的工作能力與職位不相稱。

【相像】xiāngxiàng 相似；相同◇母女長得十分相像。

【相貌】xiàngmào 長相；容貌◇相貌英俊｜相貌堂堂。

【相認】xiāngrèn ① 認識；彼此熟悉◇從小相認，情投意合。② 親人在失散或中斷關係多年後重新認定關係◇母女相認，抱頭痛哭。

【相機】xiàngjī ① 觀察或等待時機◇相機行事｜相機而動。② 照相機。

【相親】xiāngqīn ① 互相親愛◇相親相愛｜骨肉相親。② 男女雙方及家長在訂婚前所安排的會面。③ 雙方由親友或媒人介紹並互相見面，以求確立戀愛或婚姻關係。

【相聲】xiàngsheng 曲藝的一種。多用北京話，用説、學、逗、唱等手法表演，使聽眾發笑，取得喜劇效果。

【相應】(一)xiāngyìng ① 互相呼應或照應◇首尾相應。② 相適應，與實際情況相合◇採取相應措施。

(二)xiāngyīng 舊式公文用語。應該；理應◇相應函達。

【相擾】xiāngrǎo ① 互相干擾◇互不相擾。② 客套話。打擾◇不敢相擾。

【相識】xiāngshí ① 互相認識◇我們早已相識。② 指相識的人◇老相識｜相識滿天下，知心有幾人？

【相關】xiāngguān 互相關聯、牽涉◇休戚相關｜密切相關。

【相繼】xiāngjì 一個接一個◇講者相繼發言｜明星相繼登台亮相。

【相反相成】xiāngfǎn xiāngchéng《漢書·藝文志》:"仁之與義，敬之與和，相反而皆相成也。"相互對立的事物有相互依賴、相互促成的一面。

【相形失色】xiāngxíngshīsè 失色，失去光彩。和同類的事物相比較，就差得多了。

【相形見絀】xiāngxíngjiànchù 絀，不足。和同類的事物相比之下，就顯出遜色不足了。(同) 相形失色。

【相依為命】xiāngyīwéimìng 晉代李密《陳情表》:"臣無祖母，無以至今日；祖母無臣，無以終餘年。母孫二人，更相為命。"説互相依靠着生活，誰也離不開誰。

【相映成趣】xiāngyìngchéngqù 互相映襯、對照，更添情趣◇池塘裏的綠萍紅蓮相映成趣。

【相得益彰】xiāngdéyìzhāng 漢代王褒《聖主得賢臣頌》:"明明在朝，穆穆列佈，聚精會神，相得益章（彰）。"彰，明顯。互相配合、補充，更能發揮雙方的長處和優點。

【相提並論】xiāngtíbìnglùn《史記·魏其武安侯列傳》:"相提而論，是自明揚主上之過。"把不同的人或事放在一起看待或評論。

【相敬如賓】xiāngjìngrúbīn《左傳·僖公三十三年》記載：晉國的臼季出使他國，途經冀的田頭，見冀缺在鋤草，妻子送飯給他，"敬，相待如賓"。彼此尊敬，有如對待賓客。後形容夫妻互相尊敬、平等相待。

【相輔相成】xiāngfǔxiāngchéng 二者相互輔助，相互促成。

【相濡以沫】xiāngrúyǐmò《莊子·大宗師》:"泉涸，魚相與處於陸，相呴以濕，相濡以沫。"呴，吹氣；濡，沾濕；沫，口沫。用口沫互相濕潤。比喻在困境中互相救助，共渡難關。

4 **省** (一)shěng (粵)saang^2 生^2 ①節約；節儉◇省錢｜省吃儉用。②減免；免掉◇省一道手續｜省卻麻煩。③省略◇省稱。④中國第一級地方行政區劃單位◇省界｜山西省。⑤指省會◇進省探親。⑥中國古代中央官署名◇尚書省。

〈二〉xǐng 粵sing2 醒 ①檢查；省察◇反省|吾日三省吾身。②看望；問候◇省親|省視。③覺悟；知覺◇省悟|不省人事。

【省心】shěngxīn 少操心；不費神◇孩子大了，我也省心多了。

【省事】shěngshì ① 減少事務或辦事的手續◇網上求職，確實省時省事|電子化讓事務變得省事。② 方便；不費事◇午餐吃速食麪，圖個方便省事。

【省記】xǐngjì 記在心裏；回憶◇不復省記|省記不全。

【省悟】xǐngwù 醒悟◇翻然省悟。

【省略】shěnglüè 免掉；除去◇省略主語|這段文字可以省略。

【省得】shěngde 免得。用於後邊小句的開頭，表示避免可能出現的情況◇你也別管了，省得煩心。

【省視】xǐngshì 察看；探望◇省視災情|省視病中的父親。

【省問】xǐngwèn 探望；問候◇省問病人。

【省會】shěnghuì 省級政府所在的城市。

【省察】xǐngchá ① 審察；考察◇留神省察。② 反省；檢討自己的思想行為◇自我省察。

【省略號】shěnglüèhào 標點符號（…），表示引文省略的部分或沒有説完全的部分，或者表示斷斷續續的話語中的停頓。

4 **眄** miǎn 粵min5 免 ①斜着眼睛看◇相眄|眄視。②看，望◇做事時不要左顧右眄。

【眄睨】miǎnnì 斜視，表示輕慢◇他平生自負，眄睨天下人。

4 **盹** dǔn 粵deon6 頓 時間很短的睡眠◇中午打了個盹。

4 **眇**〔眇〕miǎo 粵miu5 秒 ①原指一目失明，後也指雙目失明◇眇一目|生而眇者不識日。②小，細小◇眇乎小哉。

4 **眊** mào 粵mou6 冒 眼睛昏花，看不清楚東西◇眼目眊昏。

4 **盻** xì 粵hai6 系 怒目◇瞋目盻之。

4 **盼** pàn 粵paan3 攀3 ①眼珠黑白分明◇巧笑倩兮，美目盼兮。②看◇流盼|左顧右盼。③希望；期望◇企盼|切盼。

【盼望】pànwàng 殷切地期望◇盼望已久|盼望早日團聚。

【盼頭】pàntou 可能實現的願望◇脱貧有望，生活有了盼頭。

4 **眈** dān 粵daam1 擔【眈眈】dāndān 注視的樣子◇虎視眈眈|狼不敢前，眈眈相向。

4 **看**〈一〉kàn 粵hon3 漢 ①觀看；閱讀◇看電視|讀書看報。②觀察並作出判斷；認為◇看不透|看問題|我看這人靠得住。③診治◇沒找醫生看。④看待；對待◇小看|另眼相看。⑤探望；訪問◇看望|看朋友。⑥斷定要出現某種趨勢◇股票行情看漲|前景看好。⑦取決於◇成不成，全看你了。⑧當心；注意◇走路看着點。⑨用在動詞後面，表示嘗試◇試試看|想想看。⑩用作句中獨立語。對預料中的事表示感歎◇叫你穿衣服你不穿，看，着涼了吧？

〈二〉kān 粵hon1 刊 ①守護；照料◇看家|照看孩子。②監視；監押◇把疑犯看起來。

【看中】kànzhòng 看了以後感到滿意；選中◇看中他的才幹。

【看守】kānshǒu ① 守衞；守護◇看守倉庫。② 監視管押◇看守所|看守犯人。③ 看守犯人的人。

【看法】kànfǎ ① 意見或見解◇看法一致|談談你的看法。② 與"有"連用，表示不贊成的意思◇上司這樣做，我有看法。

【看承】kànchéng ① 看待；對待◇把她當作親女兒一樣看承。② 照顧。

【看重】kànzhòng 重視；看得很重要◇公司看重的是實際工作能力。

【看待】kàndài 對待◇老師把他當家人看待。

【看客】kànkè 方言。觀眾；旁觀者◇不甘心只做看客。

【看破】kànpò 看穿；識破◇看破紅塵|看破鬼把戲。

【看家】kānjiā ① 看守門戶。② 比喻特別拿手，不輕易傳人的◇看家本領。

【看望】kànwàng 探望問候◇看望父母|去看望住院的老師。

【看輕】kànqīng 輕視；小看◇讓人看輕|你沒有理由看輕自己。

【看管】kānguǎn ① 監視和管理◇看管罪犯。

② 照管◇出門在外要看管好自己的財物。

【看護】kānhù ① 照料護理◇病人晝夜受到看護。② 護士的舊稱。

【看顧】kàngù 照料；照顧◇我走之後，全靠你看顧她了。

【看風使舵】kànfēngshǐduò 隨着風向的變化來轉動船舵。比喻見機行事，善於應變。多含貶義。

4 **盾** dùn 粵teon5 ①盾牌，古代的防禦性兵器。②盾形的東西◇金盾|銀盾。③外國貨幣名。(1)荷蘭的舊本位貨幣。(荷 Guilder)(2)越南、印度尼西亞等的本位貨幣。(越 Dong)

【盾牌】dùnpái ① 古代作戰時用來遮擋刀箭、防護身體的兵器。② 比喻推託的藉口◇她自己不想去，卻拿我作盾牌。

【盾構機】dùngòujī 全名為盾構隧道掘進機，是集光學、機械、電氣、液壓、感測器和資訊技術於一體，用於隧道掘進的專用工程機械。

4 **眉** méi 粵mei4 微 ①眉毛◇畫眉|眉開眼笑。②指書頁上端空白處◇書眉|眉批。

【眉心】méixīn 兩眉之間◇眉心打結|眉心有顆痣。

【眉目】(一)méimù ① 眉毛和眼睛。泛指容貌◇眉目傳情|眉目清秀。②(文章、文字等)要領，條理◇文章寫得眉目不清。

(二)méimu 比喻端倪、頭緒◇經過調查，案情有了一點眉目。

【眉宇】méiyǔ ① 兩眉上面的地方。② 指容貌◇聲名赫赫，眉宇堂堂。

【眉批】méipī 在書頁或文稿上端的空白處所寫的批註。

【眉梢】méishāo 眉毛的末尾◇喜上眉梢。

【眉眼】méiyǎn 眉毛和眼睛。泛指容貌◇眉眼俊俏。

【眉棱】méiléng 生長眉毛、略微高起的部位◇眉棱骨。

【眉睫】méijié 眉毛和睫毛。比喻臨近眼前◇迫在眉睫。

【眉頭】méitóu 兩眉上方的額頭◇皺眉頭|眉頭緊鎖。

【眉黛】méidài 女子的眉毛。古代女子用黛畫眉，故稱◇遠山眉黛。

【眉來眼去】méilái yǎnqù ① 以眉眼傳情。② 形容暗中勾結。

【眉飛色舞】méifēi sèwǔ 形容高興或得意的神情。同 眉開眼笑 反 愁眉苦臉。

【眉清目秀】méiqīng mùxiù 形容相貌俊美。反 其貌不揚。

【眉開眼笑】méikāi yǎnxiào 形容高興的樣子。

【眉頭一皺，計上心來】méitóuyízhòu, jìshàngxīnlái 形容稍動腦筋，馬上就想出了辦法。

5 **真** zhēn 粵zan1 珍 ①本性；本源◇返璞歸真。②真實的；正確的◇真真假假。③清楚；確切◇光線太暗，看不真。④確實，實在◇真讓人感動。⑤肖像。也指事物的原樣◇傳真|人物寫真。⑥漢字正楷的別稱◇真、草、隸、篆。⑦姓。

【真切】zhēnqiè ① 真實確切；一點都不模糊◇內容真切|看不真切。② 真誠懇切◇真切的關懷。

【真心】zhēnxīn 真實的心意◇真心對待|一片真心。

【真正】zhēnzhèng ① 名實完全相符◇真正的朋友。② 確實◇真正讓人感到欽佩。

【真本】zhēnběn 書籍的原本或字畫碑帖的原作。

【真主】zhēnzhǔ 伊斯蘭教信奉的唯一的神阿拉的稱謂。認為是萬物的創造者、人類命運的主宰。

【真空】zhēnkōng ① 沒有空氣或空氣極少的狀態。也指真空的空間。② 借指不存在任何勢力或不受任何影響的地方◇權力真空。

【真相】zhēnxiàng 事物的本來面目或真實情況◇不明真相。

【真書】zhēnshū 楷書。同 正書。

【真理】zhēnlǐ 符合客觀事物實際情況及其發展變化規律的道理◇真理面前人人平等。

【真率】zhēnshuài 真誠坦率；不做作◇為人真率。

【真情】zhēnqíng ① 真實的情況◇掩蓋真情。同 真相 反 假象。② 真誠的心情和感情◇表露真情。

【真跡】zhēnjì 出自書畫作者本人的作品。

【真傳】zhēnchuán 在技藝、學術等方面得到的某人或某一派傳授的精髓。

【真誠】zhēnchéng 真實誠懇◇真誠合作｜真誠相待。

【真實】zhēnshí 與事實相符合，不虛假◇故事情節真實可信。

【真摯】zhēnzhì 真誠懇切◇真摯的情意。

【真諦】zhēndì 真實的意義或精深的道理◇領悟人生的真諦。

【真才實學】zhēncái shíxué 真正的才能和扎實的學問。

【真知灼見】zhēnzhī zhuójiàn 正確而透徹的見解。

5 **昚〔昚〕** shèn 粵san[6] 慎 同"慎"。多用於人名。

5 **昧** mò 粵mut[6] 沒 ①眼睛看不清楚。②不顧◇昧險搜奇｜昧良心。

5 **眨** zhǎ 粵zaap[3] 砸 (眼睛)很快地一閉一開◇眨眼｜眼睛一眨不眨。

【眨眼】zhǎyǎn ① 眨動眼睛◇眨眼示意｜殺人不眨眼。② 比喻短促的時間◇一眨眼就不見了。

5 **眩** xuàn 粵jyun[4] 元 ①兩眼昏花◇頭昏目眩。②迷惑；迷亂◇眩於名利，失於道義。

【眩目】xuànmù 耀眼◇五色眩目。

【眩暈】xuànyùn 頭暈眼花◇突然起身，有時會一陣眩暈。

5 **眠** mián 粵min[4] 棉 ①睡覺◇失眠｜長眠｜催眠曲。②某些動物在一段時間裏不吃不動◇冬眠｜蠶眠。

5 **眙** yí 粵ji[4] 兒 用於地名，如盱眙(在江蘇)。

5 **眚** shěng 粵saang[2] 省 ①眼睛生白翳。②過失◇不以一眚掩大德。

5 **眢** yuān 粵jyun[1] 淵 ①眼珠枯陷，指失明◇目眢。②枯乾無水◇眢井。

6 **眥〔眦〕** zì 粵zi[6] 自 眼角，上下眼瞼的接合處◇目眥盡裂｜決眥入歸鳥。

6 **眶** kuàng 粵hong[1] 康/kwaang[1] 框 眼的周圍部分◇眼眶｜熱淚盈眶。

6 **眭** suī 粵seoi[1] 須 ①目光深注。②姓。

6 **眺〔覜〕** tiào 粵tiu[3] 跳 眺望；向遠處看◇登高遠眺｜依欄憑眺。

【眺望】tiàowàng 從高處遠望◇眺望遠山。

6 **眵** chī 粵ci[1] 痴 眼中分泌出的黃色液體凝結物。俗稱眼屎。

6 **眼** yǎn 粵ngaan[5] 顏[5] ①眼睛，人和動物的視覺器官。②眼光；見識◇慧眼識英雄｜沒見過大世面，眼淺得很。③孔眼；窟窿◇針眼｜泉眼。④事物的關鍵或要點◇節骨眼。⑤戲曲音樂的節拍◇有板有眼。⑥圍棋術語。對方不能在其中落子的空網格。⑦量詞。用於井、泉或窰洞◇兩眼井｜一眼清泉水｜幾眼破窰洞。

【眼力】yǎnlì ① 視力◇眼力不濟。② 鑒別能力◇他真有眼力，一看就知真偽。

【眼下】yǎnxià 目前；現在◇眼下忙得不可開交。

【眼目】yǎnmù ① 指眼睛◇炫人眼目。② 為人暗中察看情況並通風報信的人◇安插的眼目起了作用。

【眼生】yǎnshēng 陌生；不熟悉◇門衛看這人眼生｜幾年沒來，連從前最熟悉的路也眼生了。

【眼尖】yǎnjiān 視覺敏鋭◇妹妹眼尖，一下子從書堆裏認出了那本書。

【眼光】yǎnguāng ① 視線◇觀眾的眼光都集中在台上。② 觀察事物的能力◇眼光獨到｜你要相信我的眼光，我選的一定不會錯。㊂ 眼力。③ 看法；觀點◇老眼光｜眼光遠大｜歷史的眼光。

【眼色】yǎnsè ① 向人示意的目光◇使眼色｜看人眼色行事。② 眼力；見識◇她恨他沒眼色，選了這樣一個推銷員。

【眼快】yǎnkuài 視覺反應敏捷◇還是兒子眼快，看見窗外有人影閃過連忙追了出去。

【眼花】yǎnhuā 看東西模糊不清◇頭昏眼花｜一時眼花看錯了。

【眼拙】yǎnzhuō 客套話。表示沒有認出對方◇恕我眼拙，實在想不起在哪兒見過你。

【眼底】yǎndǐ ① 眼睛可以看到的範圍內◇登臨俯視，全城景色盡收眼底。② 醫學上指眼睛內部的視網膜、黃斑、視神經等◇眼底檢查。

【眼界】yǎnjiè 眼睛所能看到的範圍。借指見識的廣度◇眼界開闊｜大開眼界。

【眼看】yǎnkàn ①看見（正在發生的事）◇眼看病勢一天天沉重。②坐視；任憑◇不能眼看孩子受苦不管。③馬上；很快◇雷聲隆隆，眼看要下大雨。

【眼前】yǎnqián ①眼睛前面；跟前◇遠在千里，近在眼前。②眼下；目前◇好漢不吃眼前虧。

【眼神】yǎnshén ①眼睛表露的神態◇大家用異樣的眼神看着我。②視力◇眼神不好，走山路要小心。③眼色◇兩人交換了下眼神。

【眼紅】yǎnhóng ①非常羨慕、嫉妒別人得到好處或有好東西◇看到你們發財，他有些眼紅。②形容憤恨、仇視◇仇人相見，分外眼紅。

【眼球】yǎnqiú ①眼的主要組成部分。呈球形，在眼眶內。由角膜、鞏膜、脈絡膜、視網膜和眼房水、晶狀體及玻璃體三種屈光物質構成，中央有一個圓形的瞳孔。②代指眼睛。

【眼梢】yǎnshāo 靠近兩鬢的眼角。

【眼眶】yǎnkuàng ①眼皮邊緣所構成的框◇眼眶裏浮着淚珠。②指眼睛周圍的部位◇眼眶紅腫。

【眼圈】yǎnquān 眼眶◇一宿沒睡好，眼圈有些發黑。

【眼福】yǎnfú 能看到美好事物的福分◇大飽眼福｜眼福不淺。

【眼熱】yǎnrè 眼紅；羨慕◇你中了大獎，我也不會眼熱。

【眼熟】yǎnshú 好像見過；面熟◇奇怪，這地方怎這麼眼熟｜我看你很眼熟，只是一時叫不出名字。㊄眼生。

【眼簾】yǎnlián ①眼皮◇垂下眼簾。②眼內◇映入眼簾。

【眼中釘】yǎnzhōngdīng 比喻心目中最討厭、最忌恨的人或事物。

【眼巴巴】yǎnbābā ①形容急切盼望的樣子◇天天眼巴巴地盼着他回來。②形容眼看着不如意的事發生而又無可奈何◇一家人眼巴巴地看着房子被燒毀。

【眼底下】yǎndǐxia 目前；現在◇眼底下最要緊的降低成本。

【眼睜睜】yǎnzhēngzhēng 睜着眼睛。形容無可奈何或無動於衷◇我不能眼睜睜看着公司垮下去。

【眼花繚亂】yǎnhuāliáoluàn 看着紛繁的東西而感到迷亂◇節日的禮花看得人眼花繚亂。

【眼明手快】yǎnmíng shǒukuài 眼力好，動作快，反應敏捷。㊂眼疾手快。

【眼高手低】yǎngāo shǒudī 眼界很高，而實際做事的能力低。

6 **眸** móu ㊎mau⁴ 謀 眼中的瞳仁。泛指眼睛◇凝眸｜回眸｜明眸｜雙眸緊閉。

【眸子】móuzi 瞳仁。借指眼睛◇眸子清亮｜一雙眸子炯炯有神。

6 **眾（众）〔衆〕** zhòng ㊎zung³ 忠³ ①多；許多◇眾多｜眾人拾柴火焰高。②很多人◇眾裏尋他千百度。③量詞。佛教用於稱教徒的人數◇一行四眾｜收了一眾徒弟。

【眾生】zhòngshēng 佛教指人和一切動物。也專指人◇普濟眾生｜但得眾生皆得飽，不辭羸病卧殘陽。

【眾籌】zhòngchóu 向大眾籌集（資金）◇這家公司發起了股權眾籌。

【眾口一詞】zhòngkǒuyìcí 眾多的人都講同一句話。表示看法或見解一樣。

【眾口鑠金】zhòngkǒushuòjīn 眾人都説起來，可以熔化金屬。①形容輿論的力量、影響很大。②比喻大家都這樣説，就可顛倒是非，弄假成真。㊂積言銷骨。

【眾目睽睽】zhòngmùkuíkuí 睽睽，睜大眼睛看着。形容大家都在注視、注意着。

【眾矢之的】zhòngshǐzhīdì 的，箭靶。眾人攻擊、仇視、嘲弄的目標。

【眾志成城】zhòngzhìchéngchéng《國語·周語下》："眾心成城，眾口鑠金。"大家一條心，就像城池一樣堅固，比喻力量無比強大。◇眾志成城，齊心抗疫。

【眾星拱月】zhòngxīnggǒngyuè 好像眾多

星辰環繞着月亮一樣。比喻多物圍繞一物或眾人擁護一人。

【眾怒難犯】zhòngnùnánfàn 引起眾人憤怒的事不可做。

【眾望所歸】zhòngwàngsuǒguī 望，期望；歸，歸向。聲望很高，為眾人所敬仰、期待◇他成為領袖是眾望所歸。

6 **眷〔睠〕** juàn (粵)gyun³ 絹 ①關心；懷念◇眷注｜眷顧。②親屬；家屬◇親眷｜神仙美眷。

【眷念】juànniàn 想念；懷念◇眷念往日舊情。

【眷眷】juànjuàn 深切懷念；依依不捨◇情眷眷而思歸｜眷眷之心。

【眷屬】juànshǔ ①家屬；親屬。②指夫妻◇願天下有情人皆成眷屬。

【眷戀】juànliàn 懷念；留戀不捨◇眷戀故土｜眷戀親人。

7 **𥇦〔睒〕** shǎn (粵)sim² 閃 眼睛很快地開閉◇那飛機飛得很快，一𥇦眼就不見了。

7 **睄** shào (粵)saau³ 哨 方言。略看一眼。

7 **睅** hàn (粵)hon⁶ 汗 眼睛瞪大突出。

7 **睏（困）** kùn (粵)kwan³ 困 ①疲倦欲睡◇昨晚太睏了，一早就睡了。②方言。睡◇睏覺。

7 **睊** juàn (粵)gyun³ 絹 側目而視。

7 **睋** é (粵)ngo⁴ 俄 ①望；看。②突然；不久。

7 **睎** xī (粵)hei¹ 希 ①望，遠望◇偶睎窗外，海景奇麗。②仰慕◇睎古。

7 **睇** dì (粵)dai⁶ 弟/tai² 體 ①斜着眼睛看◇睇目相視，不交一語。②看；望◇回眸凝睇｜仰睇天路。

7 **睆** huàn (粵)wun⁵ 碗⁵ ①明亮。②美好。

7 **睃** suō (粵)so¹ 疏 斜着眼睛看◇那人睃了她一眼。

7 **着** ㈠zhuó (1)(粵)zoek³ 爵 穿◇穿着。(2)(粵)zoek⁶ 雀⁶ ①接觸到；挨上◇附着｜着陸｜不着邊際。②使接觸某事物；使附着在別的物體上◇着手｜着眼｜着色｜不着形跡。③下落◇遍尋無着。④使；派遣◇着人前往。⑤公文用語，表示命令口氣◇着即辦理。

㈡zháo (粵)zoek⁶ 雀⁶ ①燃燒；點燃◇着火｜燈着了。②感受；受到◇着急｜着慌｜着涼。③挨到；碰上◇上不着天，下不着地｜歪打正着。④表示動作的結果，跟在動詞後面◇睡着了｜猜着了。

㈢zhāo (粵)zoek⁶ 雀⁶ ①下棋走一步或落一個子◇妙着｜一着不慎，滿盤皆輸。②比喻計策、手段、辦法◇失着｜你自己想辦法吧，我沒着了。③放；擱◇炒菜總要着點鹽。④表示答應、同意◇着，就這樣吧！

㈣zhe (粵)zoek⁶ 雀⁶ ①表示動作、狀態在持續◇門開着｜他壞着呢。②表示提醒或命令◇做事要悠着點兒｜你聽着，我不說第二遍。

【着手】zhuóshǒu 下手；開始做◇着手籌備｜大處着眼，小處着手。

【着重】zhuózhòng 把重點放在某方面◇着重談這一點｜着重練習英語發音。

【着急】zháojí 心中急躁不安◇別着急，有問題慢慢商量。

【着迷】zháomí 對人或事物喜歡到沉溺不捨的地步◇聽音樂聽着迷了｜電子遊戲玩得着迷了。(同) 入迷。

【着眼】zhuóyǎn 從某個方面觀察或考慮◇着眼於這筆生意｜從長遠利益着眼。

【着陸】zhuólù（飛機等）從空中降到地面◇跳傘着陸｜飛機就要着陸了。

【着落】zhuóluò ①尋找中的人或物所在的地方◇遺失的珠寶有着落了。(同) 下落。②可靠的來源◇經費有着落，事情就好辦了。③結果◇到現在還沒有個着落。④落實；責成某人負責◇這件事就着落在你身上吧。

【着想】zhuóxiǎng（為某人或某事）考慮，打算◇替別人着想。

【着實】zhuóshí ①實在；確實◇這孩子着實可愛。②言語、動作分量重或力量大◇着實把他數落了一通。

8 **督** dū (粵)duk¹ 篤 ①察看；觀察◇循名而督實。②監管指導◇監督｜督戰｜督辦。③指

帶兵的將領◇校尉一統於督。④擔任監督的官員◇都督|總督。⑤統率。

【督促】dūcù 監督催促◇督促工廠加班加點。

【督軍】dūjūn ①東漢末設立的武官名。②民國初年一省的最高軍事長官。實際上總攬全省軍政大權。

【督率】dūshuài 監督並率領◇督率所部連夜進發。

【督察】dūchá ①監督察看◇派員到現場督察。②指作督察工作的人◇控煙督察|投考督察。

【督導】dūdǎo ①監督、指導。②負責監督指導的人或崗位。

【督戰】dūzhàn 監督並指揮作戰◇親臨前線督戰。

【督學】dūxué ①清代指派往各省主持考試的學官。②教育行政機構中負責巡視、監督學校工作的人員。

【督辦】dūbàn ①監督辦理◇督辦糧草。②指擔任督辦工作的人。

8 **睛** jīng 粵zing1 精 眼珠，眼球◇定睛一看|畫龍點睛。

8 **睹〔覩〕** dǔ 粵dou2 倒 看見◇先睹為快|睹物思人|耳聞目睹。

8 **睦** mù 粵muk6 木 ①相處和好；親近◇親睦|和睦。②姓。

【睦鄰】mùlín 同鄰居或鄰國和睦相處◇睦鄰友好|睦鄰政策。

【睦親】mùqīn 對親屬友好和睦。

8 **睖** lèng 粵ling6 另 ①睜大眼睛注視◇睖着眼睛，一言不發。②發愣◇父親聽了，睖了半晌。

【睖睜】lèngzheng 同"愣怔"。發呆地直視◇睖睜着眼睛，盯着人家看。

8 **睚** yá 粵ngaai4 崖 眼角。

【睚眥】yázì ①瞪眼怒視◇百口嘲謗，萬目睚眥。②借指小的怨憤◇素無睚眥。

【睚眥必報】yázìbìbào 像被人瞪了一眼這樣微不足道的嫌怨都一定要報復。形容心胸非常狹窄。

8 **睞（睐）** lài 粵loi6 萊6 ①瞳仁不正。②看；向旁邊看◇青睞|明眸善睞。

8 **睫** jié 粵zit3 節/zit6 截 睫毛，眼瞼上下邊緣的細毛◇迫在眉睫|目不交睫。

8 **睨** nì 粵ngai6 毅 斜着眼睛看◇睨視|睥睨。

8 **睢** suī 粵seoi1 雖 ①自以為是的樣子◇恣睢(任意妄為)。②用於地名，如睢縣(在河南)。③姓。

8 **睥** pì 粵pai3 批3【睥睨】pìnì 斜着眼睛看。形容看不起、鄙視◇睥睨世人。

8 **睬〔倸〕** cǎi 粵coi2 彩 理會；答理。常用於否定句◇理睬|不睬他，我們自己去。

8 **睜〔睁〕** zhēng 粵zang1 憎 張開(眼睛)◇怒目圓睜|睜不開眼睛。

【睜眼瞎子】zhēngyǎnxiāzi ①比喻不識字的人，文盲。②比喻不了解情況而盲目行動的人。

【睜一眼閉一眼】zhēngyìyǎn bìyìyǎn 比喻對該管的事不聞不問，有意敷衍了事。

8 **睟** suì 粵seoi6 須 ①光潤的樣子。②顏色純粹。

8 **睩（睩）** lù 粵luk6 六 眼珠轉動。

9 **睿〔叡〕** ruì 粵jeoi6 鋭 明智；通達◇睿哲|心思而睿。

【睿智】ruìzhì 明智有遠見；聰慧◇睿智過人。

9 **瞄** miáo 粵miu4 描 把視線集中在一點上；注視◇瞄準|偷瞄了她一眼。

【瞄準】miáozhǔn ①調整槍口、炮口的方位，使其命中目標◇瞄準目標。②泛指對準特定對象◇瞄準國際市場，開發商品。

9 **睡** shuì 粵seoi6 瑞 ①睡覺；打盹；大腦皮層進入抑制狀態◇酣睡|昏昏欲睡。②躺；躺下◇睡在草地上仰看白雲飄過。

【睡眠】shuìmián 大腦各中樞神經逐漸進入抑制狀態的生理現象，睡覺◇充足的睡眠。

【睡眼】shuìyǎn 欲睡時或剛醒時呈矇矓神態的眼睛◇睡眼惺忪。

【睡鄉】shuìxiāng 指處在睡眠的狀態◇進入睡鄉。同 夢鄉。

【睡意】shuìyì 想睡覺的感覺◇睡意朦朧｜全無睡意。

【睡夢】shuìmèng 指熟睡的狀態◇從睡夢中驚醒。

9 **瞅〔眝〕** chǒu 粵cau2 醜 看，望◇瞅見|瞅了一眼|瞅着他笑。

9 **瞍** sǒu 粵sau2 手 ①眼睛裏沒有瞳仁，看不見東西。②瞎子◇瞽瞍。

9 **睽** kuí 粵kwai4 葵 ①違背；不合◇睽異。②見"睽睽"。③同"暌"。隔離；分離◇睽離|睽違。

【睽異】kuíyì 分歧◇意見睽異。

【睽睽】kuíkuí 瞪着眼睛看的樣子◇眾目睽睽。

9 **睾** gāo 粵gou1 高 睾丸。

【睾丸】gāowán 男子或某些雄性動物生殖器官的一部分，在陰囊內，橢圓形，能產生精子和分泌雄性激素。

9 **瞀** mào 粵mau6 茂 ①目眩，眼花◇目瞀。②心神煩亂◇悶瞀。③愚昧◇瞀儒。

【瞀亂】màoluàn ① 昏亂；精神錯亂◇中心瞀亂。② 紊亂；淆亂◇綱紀瞀亂｜是非瞀亂。

【瞀儒】màorú 愚昧無知的書生◇世俗瞀儒。

10 **瞌** kē 粵hap1 恰 睏倦想睡。

【瞌睡】kēshuì 因睏倦而進入睡眠或打盹的狀態◇瞌睡又上來了｜打瞌睡。

10 **瞋** chēn 粵can1 親 ①(因憤怒而)瞪着眼睛◇瞋目。②發怒；惱火◇瞋怒|瞋怪。

【瞋目】chēnmù 瞪着眼睛◇瞋目叱之。

10 **瞓** fèn 粵fan3 訓 方言。睡◇眼瞓。

10 **瞇〔眯〕** (一)mī 粵mei1 微1 ①眼皮半開半閉◇笑瞇瞇|瞇縫着眼睛。②方言。小睡◇中午瞇了一會兒。

(二)mí 粵mai4 迷 灰塵等進入眼中，使一時睜不開◇沙子瞇了眼。

10 **瞎** xiā 粵hat6 核 ①喪失視力◇瞎了一隻眼。②胡亂；無效◇瞎鬧|瞎忙|瞎操心。③槍彈打不響或爆炸物引火後不爆炸◇瞎炮|瞎彈。

【瞎子】xiāzi ① 喪失視力的人。② 比喻文盲、不識字的人◇睜眼瞎子。

【瞎扯】xiāchě 無根據、無中心地亂說◇天南海北地瞎扯。

【瞎話】xiāhuà 不真實的話，謊話◇瞎話連篇｜睜眼說瞎話。

【瞎說】xiāshuō 沒有根據地亂說◇瞎說八道｜別聽他瞎說！同 胡說。

【瞎指揮】xiāzhǐhuī 不了解情況，隨意胡亂指揮◇聽他瞎指揮，越搞越糟。

10 **瞑** míng 粵ming4 名 ①閉上(眼)◇死不瞑目。②眼花◇耳目聾瞑。

【瞑目】míngmù 閉上眼睛。多比喻安然死去◇死不瞑目。

11 **瞢** méng 粵mung4 蒙 ①看東西不清楚◇瞢眊|目光瞢然。②昏聵；愚昧◇兒童初學，瞢然無知。③慚愧◇面有瞢色。④迷糊；昏昏沉沉◇把我打瞢了。

11 **瞖** yì 粵ai3 矮3 同"翳"。

11 **瞞(瞒)** mán 粵mun4 門 隱藏真相，不讓人知道◇隱瞞|欺上瞞下。

【瞞哄】mánhǒng 隱瞞哄騙◇你休想瞞哄我。

【瞞上欺下】mánshàng qīxià 向上隱瞞真相，對下欺凌壓制。

【瞞天過海】mántiānguòhǎi 比喻用偽裝的手段作掩護，暗中行事。

【瞞心昧己】mánxīnmèijǐ 昧，隱瞞、泯沒。昧着良心做壞事。

11 **瞓(䁪)** zhǎn 粵zaam2 斬 眼皮開合；眨眼。

11 **瞟** piǎo 粵piu2 漂2 斜看；偷看◇她臉向着他說話，眼睛卻瞟着門外。

11 **瞘(眍)** kōu 粵kau1 摳 眼珠深陷◇瘦得連眼睛都瞘進去了。

11 **瞠** chēng 粵caang1 撐 瞪着眼睛看◇瞠目結舌。

【瞠目】chēngmù 瞪着眼。用以形容受窘或驚愕的樣子◇瞠目相視｜瞠目無語。

【瞠視】chēngshì 瞪着眼睛看◇倆人瞠視而笑。

【瞠目結舌】chēngmù jiéshé 瞪着眼睛說不出話來。形容受窘或驚愕的樣子。同 張口結舌。

11 **瞜（䁖）** lōu 粵lau[1] 流[1] 口語中表示看◇這是你新買的嗎？我瞜瞜。

11 **瞥** piē 粵pit[3] 撇 ①很快地看一下◇瞥一眼。②略看◇中國現狀之一瞥。

【瞥見】 piējiàn 一眼看見◇忽然在路邊上瞥見那個騙子。

12 **瞫** shěn 粵sam[2] 審 往深處看。

12 **瞰〔矙〕** kàn 粵ham[3] 勘 ①從高處往下看◇俯瞰｜鳥瞰。②窺視。

12 **瞭** 〈一〉liǎo 粵liu[5] 了 同“了”。清楚；明白◇一目瞭然。

〈二〉liào 粵liu[4] 聊 在高的地方遠望◇瞭望。

【瞭望】 liàowàng ① 登高望遠◇登山瞭望，見遠處炊煙裊裊。② 特指從高處或遠處監視敵情◇瞭望塔。

【瞭然】 liǎorán 清楚；明白◇一目瞭然｜瞭然於心。

【瞭解】 liǎojiě ① 清楚地知道◇我瞭解他的性格。② 調查；弄明白◇連細節都瞭解過了。

【瞭如指掌】 liǎorúzhǐzhǎng 清楚得就像指着自己的手掌給人看一樣。形容非常清楚◇嚮導對山上的地形瞭如指掌。同 一清二楚。

12 **瞤（瞤）** rún 粵seon[3] 信 ①眼皮跳動。②肌肉抽縮跳動。

12 **瞯（𥇣）〔覸〕** jiàn 粵gaan[3] 間[3] 窺視。

12 **瞧** qiáo 粵ciu[4] 潮 看◇瞧熱鬧｜瞧不上眼｜我沒瞧見｜甚麼好東西，讓我瞧瞧。

12 **瞬** shùn 粵seon[3] 信 ①眼珠轉動；眨眼◇眼睛瞬也不瞬地望着他。②一眨眼功夫。形容時間短暫◇轉瞬即逝｜學生時代瞬將結束。

【瞬時】 shùnshí 一瞬間，立刻◇眼睛瞬時充滿眼淚。

【瞬息】 shùnxī 一眨眼一呼吸，形容極短的時間。

【瞬間】 shùnjiān 一眨眼之間。形容極短的時間◇百萬資產瞬間化為烏有。

【瞬息萬變】 shùnxīwànbiàn 形容在極短的時間內變化極多。

12 **瞳** tóng 粵tung[4] 同 瞳孔◇雙瞳。

【瞳人】 tóngrén 瞳孔。看它的人被映在瞳孔裏，故稱。也作“瞳仁”。

【瞳孔】 tóngkǒng 眼珠中央的小圓孔。光線通過瞳孔進入眼內，能根據外界光的亮度自動調節大小。同 瞳人、瞳仁。

12 **瞵** lín 粵leon[4] 鄰 瞪目注視◇鷹瞵鶚視。

12 **瞪** dèng 粵dang[1] 登 ①睜大眼睛注視着◇把眼睛都瞪圓了。②怒目直視◇那人狠狠地瞪了我一眼。③眼睛睜大呆滯。形容被驚嚇刺激的樣子◇目瞪口呆，半天說不出一句話來。

13 **瞽** gǔ 粵gu[2] 古 ①眼睛瞎◇瞽目｜瞽叟。②比喻不合實情事理◇瞽言｜瞽論。

【瞽說】 gǔshuō 指不合事理、不合實情的言論◇瞽說惑眾。同 瞽言。

13 **瞿** 〈一〉qú 粵keoi[4] 渠 ①古代戟一類的兵器。②姓。

〈二〉jù 粵geoi[3] 句 ①驚恐地四下張望。②驚懼。

【瞿然】 jùrán ① 形容因驚嚇而四顧張望的樣子。② 驚駭的樣子◇瞿然奔逃。③ 驚喜的樣子◇瞿然驚悅。

13 **瞼（睑）** jiǎn 粵gim[2] 檢 眼皮◇眼瞼浮腫。

13 **瞻** zhān 粵zim[1] 尖 ①往前或往上看◇有礙觀瞻｜高瞻遠矚。②姓。

【瞻仰】 zhānyǎng 恭敬地看◇瞻仰遺容｜瞻仰先烈的陵園。

【瞻玩】 zhānwán 觀賞；玩賞。

【瞻念】 zhānniàn 展望並考慮◇瞻念前程，他心中充滿希望。

【瞻望】 zhānwàng ① 遠望；展望◇瞻望未來｜瞻望前途。② 仰望；仰慕◇匍匐瞻望｜瞻望感慕。

【瞻顧】 zhāngù ① 向前看又回頭看；思前想後◇彷徨瞻顧。② 泛指觀看◇瞻顧古跡｜上下瞻顧。③ 照應；看顧◇兄弟兩人在外要彼此瞻顧。

【瞻前顧後】 zhānqián gùhòu ① 看看前面，再看看後面。形容思考周密、做事謹慎◇考慮事情瞻前顧後，面面俱到。② 形容顧慮很多，拿不定主意◇做事如果瞻前顧後，患得患失，將一事無成。

14 **矇(蒙)** ⟨一⟩mēng ⓐmung[4]蒙 ①同"蒙"。欺騙◇別矇人|矇騙。②胡亂猜測◇答案被我矇對了。

⟨二⟩méng ⓐmung[4]蒙 眼睛瞎◇有眼如矇。

【矇騙】 mēngpiàn 欺騙◇用花言巧語矇騙顧客。

【矇矓】 ménglóng ①形容兩眼欲閉又開的樣子◇醉眼矇矓|睡眼矇矓。②模糊不清◇暮色矇矓。

15 **矍** jué ⓐfok[3]霍 ①驚視的樣子◇矍然失容。②見"矍鑠"。

【矍鑠】 juéshuò 形容老人精神健旺◇精神矍鑠。

16 **曨(昽)** lóng ⓐlung[4]龍 見"矇矓"。

19 **矗** chù ⓐcuk[1]速 高聳◇矗立|矗入雲霄。

【矗立】 chùlì 高聳直立◇紀念碑矗立在廣場中央。

21 **矚(瞩)** zhǔ ⓐzuk[1]足 注視；凝望◇矚目|高瞻遠矚。

【矚目】 zhǔmù 注視，把視線集中在一點上◇萬眾矚目|舉世矚目。

【矚望】 zhǔwàng ①期望；期待◇矚望將來|矚望成材。②注視◇佇立矚望|舉目矚望。

矛部

0 **矛** máo ⓐmaau[4]茅 古代刺殺兵器。在長桿的一端裝有青銅或鐵製的槍頭◇長矛|丈八蛇矛。

【矛盾】 máodùn ①古代的兩種兵器，分別用於刺殺和抵擋。《韓非子·難一》：楚國有一個賣矛和盾的人吹噓説，他的盾最堅固，甚麼東西也刺不穿它；又説，他的矛最鋭利，甚麼東西都能刺進去。有人問，用你的矛刺你的盾，會怎麼樣？他答不上來。後比喻彼此抵觸，互不相容。也比喻彼此抵觸、互不相容的問題◇自相矛盾|解決矛盾。②哲學上指對立面之間相互依賴而又相互排斥的關係。

【矛頭】 máotóu 矛的尖端。多比喻抨擊所指的方向◇廉政風暴的矛頭直指貪官污吏|矛頭直指在場人士。

4 **矜** ⟨一⟩jīn ⓐging[1]京 ①憐憫◇矜老恤貧。②自誇；自以為了不起◇自矜|驕矜。③崇尚；注重◇不矜細行，終累大德。④端莊◇矜持|矜重。

⟨二⟩qín ⓐkan[4]勤 矛的柄；戟的柄。

【矜示】 jīnshì 炫耀◇他誇誇其談，故意矜示自己的博學。

【矜持】 jīnchí ①竭力保持莊重◇矜持而高傲。②拘束；拘謹◇為人過於矜持，膽小怕事。

【矜誇】 jīnkuā 自我誇耀◇一時的勝利，並不值得矜誇。

【矜詡】 jīnxǔ 詡，自詡、自誇。誇耀◇言語之間，頗多矜詡。

【矜疑】 jīnyí 舊時司法上指罪犯可憫，案情可疑。對可憫可疑案犯，一般會酌情減刑◇斷獄無矜疑。

【矜驕】 jīnjiāo 自大高傲◇態度矜驕。

7 **矟** shuò ⓐsok[3]朔 同"槊"。

7 **矞** yù ⓐwat[6]鬱 雲的彩色◇矞雲（祥瑞的雲彩）。

【矞皇】 yùhuáng 輝煌；光輝◇天地為之矞皇。

矢部

0 **矢** shǐ ⓐci[2]齒 ①箭◇弓矢|無的放矢。②立誓，發誓◇矢志|矢天誓日。③同"屎"◇遺矢。

【矢志】 shǐzhì 立下誓言，表明決心◇矢志獻身教育事業。

【矢口否認】 shǐkǒufǒurèn 矢口，一口咬定。堅決否認，一概不承認。

【矢志不渝】 shǐzhìbùyú 指天誓日，決不改變所立下的志向、願望或承諾。

2 **矣** yǐ ⓐji[5]耳 文言助詞。①表示陳述，相當於"了"◇悔之晚矣。②表示感歎，相當於

“啊”◇甚矣，吾衰也！③表示祈使或疑問，相當於“吧、呢”◇先生休矣|年幾何矣？④表示停頓◇漢之廣矣，不可泳思。

3 **知** zhī 粵zi1 之 ①知道；了解◇先知|知難而退|溫故知新。②使知道；告訴◇通知|告知。③主持；掌管◇知政|知府|知縣。④知識◇無知|真知灼見。⑤知己；朋友◇知友|他鄉遇故知。

【知了】 zhīliǎo 蟬的俗稱。因叫聲似“知了”而得名。

【知己】 zhījǐ ① 了解自己的◇士為知己者用，女為悅己者容。(同) 知心。② 彼此了解、結有深厚情誼的人◇知己良朋。(同) 知交。

【知心】 zhīxīn 相互了解，情誼深切◇知心朋友 | 相識滿天下，知心能幾人？

【知名】 zhīmíng 出名；著名◇知名人士 | 知名學府。

【知交】 zhījiāo 相互了解、有着深厚情誼的朋友◇知交半零落。

【知足】 zhīzú 滿足於已有的，沒有過分的要求和慾望◇知足常樂。

【知命】 zhīmìng ① 認識天命或命運◇樂天知命。②《論語・為政》載：“五十而知天命。”後指人五十歲◇知命之年。

【知府】 zhīfǔ 明清兩代府一級的行政長官。

【知音】 zhīyīn《列子・湯問》載：伯牙彈琴，鍾子期能從琴聲中聽出高山流水之意。後稱能深切理解和賞識自己的人為“知音”◇高山流水覓知音。

【知悉】 zhīxī 知道；了解◇來函知悉。

【知情】 zhīqíng ① 了解內情◇知情人 | 知情不報。② 領情◇你對我好，我是知情的。

【知遇】 zhīyù 得到賞識並加以提拔、重用◇知遇之恩。

【知會】 zhīhui ① 口頭通知；告訴◇早就派人知會她們了。② 通知文書。

【知道】 zhīdào 了解事實，懂得道理◇知道詳情 | 他知道的事情很多。

【知趣】 zhīqù 言行得當，知道進退，不惹人討厭◇識情知趣 | 見我們正忙，她知趣地走了。(同) 識趣。

【知縣】 zhīxiàn 明清兩代縣一級的行政長官。

【知曉】 zhīxiǎo 知道；曉得◇無人知曉他的下落。

【知識】 zhīshi ① 人類對社會和自然界所存在的各種事物的狀況、現象及其變化規律的認知，稱為知識◇歷史知識 | 醫學知識 | 知識無價。② 掌握知識的◇知識分子 | 知識階層。

【知覺】 zhījué ① 心理學上指人的心理活動過程，在感覺的基礎上形成。② 感覺◇失去知覺 | 恢復知覺。③ 知道；覺察◇既然她已知覺，不如把這事告訴她罷。

【知己知彼】 zhījǐ zhībǐ《孫子・謀攻》：“知彼知己，百戰不殆。”知道自己的強弱，也了解對方的短長。指雙方的情況都知道得很清楚。

【知足常樂】 zhīzú chánglè 足，滿足。人知道滿足就會總覺得快樂。出自《老子》：“禍莫大於不知足，咎莫大於欲得。故知足之足常足矣。”(反) 得寸進尺。

【知易行難】 zhīyì xíngnán《尚書・說命中》：“非知之艱，行之惟艱。”懂得道理比較容易，實行起來卻困難。

【知法犯法】 zhīfǎfànfǎ 懂得法律條文卻故意違犯。(反) 奉公守法。

【知根知底】 zhīgēn zhīdǐ 知道底細或內情，了解得一清二楚。

【知書達禮】 zhīshū dálǐ 達，通曉。熟讀詩書，懂得禮儀。形容人有學問，修養好。

【知情達理】 zhīqíng dálǐ 懂得人情，明白事理。

【知難而退】 zhīnán'értuì 原指作戰要見機而行，不做實際上辦不到的事。後泛指遇到困難就畏縮退卻。(反) 知難而進。

【知難而進】 zhīnán'érjìn 明知有困難，仍然堅持去做。

4 **矧** shěn 粵can2 診 況且；何況。

5 **矩** jǔ 粵geoi2 舉 ①畫直角和方形的曲尺◇矩尺|不以規矩不能成方圓。②方；方正◇矩形。③規矩；準則◇循規蹈矩。

7 **短** duǎn 粵dyun2 端2 ①兩端之間距離小。用於空間、時間◇短途|晝短夜長|短期課程。②缺點；不足◇揭短|取長補短。③少；缺

少◇理短|短斤缺兩。④淺薄◇見識短。

【短工】duǎngōng 臨時的僱工◇他利用暑期打短工。

【短見】duǎnjiàn ①淺薄的見識◇短見薄識。(同)短視(反)遠見。②指自殺的行為◇自尋短見。

【短長】duǎncháng ①短和長◇請君試問東流水，別恨與之誰短長？②指人的短處◇不在背後議人短長。③婉辭。指禍事或死亡◇萬一有個短長，叫我怎麼向他父母交待！

【短促】duǎncù（時間）極短；急促◇時間短促|呼吸短促|短促而有力的節奏。(反)持久。

【短缺】duǎnquē 缺乏；不足◇人手短缺|物資短缺。(反)充裕。

【短途】duǎntú 不遠的路程；近的距離◇短途運輸|短途旅行。(同)短程(反)長途。

【短淺】duǎnqiǎn（對事物的認識）狹隘，不深刻◇目光短淺|見識短淺。

【短視】duǎnshì ①近視。②目光短淺◇忽略環境保護是一種短視行為。

【短語】duǎnyǔ 詞組。

【短暫】duǎnzàn 時間短◇時間短暫|短暫休息。

【短視頻】duǎnshìpín 指一種視頻內容形態，長度在幾秒到幾分鐘之間，通常在互聯網社交平台分享。

【短小精悍】duǎnxiǎojīnghàn ①形容人個子矮小卻精明能幹◇他長得短小精悍，卻是球隊的主力。②形容文章、言論等簡短有力◇短小精悍的評論。

【短兵相接】duǎnbīngxiāngjiē ①短兵，刀、劍等短兵器；接，交戰。指近距離的激烈搏鬥。②比喻面對面進行交鋒。

7 **矬** cuó 粵co^4 鋤 ①矮小；低◇又黑又矬。②變低◇日色矬西。

8 **矮** ǎi 粵ai^2/ngai^2 ①身材短◇個子矮|矮胖。②指物體高度低◇矮凳|矮牆。③等級、地位低◇矮人一級。

【矮墩墩】ǎidūndūn 形容又矮又粗壯◇矮墩墩的中年漢子。

12 **矯(矫)** ㈠jiǎo 粵giu^2 繳 ①把彎曲的弄直；改正◇矯箭|矯正|矯形。②假託；詐稱◇矯飾|矯命。③舉起；昂起◇矯首。④強壯；英勇◇矯健|矯猛。

㈡jiáo 粵giu^2 繳 見"矯情㈡"。

【矯正】jiǎozhèng 改正；糾正◇矯正偏差|矯正發音。

【矯捷】jiǎojié 矯健敏捷◇身手矯捷。

【矯健】jiǎojiàn ①指詩文等風骨雄健◇文章峭拔矯健。②強健◇身體矯健。

【矯情】㈠jiǎoqíng 故意違反常情，表示與眾不同◇毫不矯情。

㈡jiáoqing 方言。①強詞奪理◇你也太矯情了，我不跟你説。②驕氣，不能觸犯；因受批評而耍小性，賭氣不理睬人◇犯矯情。

【矯枉過正】jiǎowǎngguòzhèng 比喻糾正偏差超過了應有的限度。

【矯揉造作】jiǎoróuzàozuò 矯，把彎的變成直；揉，使直的變成彎。形容過分做作，不自然。

12 **矰** zēng 粵zang^1 憎 古代射鳥用的繫有絲繩的箭◇矰矢|矰弋。

14 **矱** yuē 粵wok^3 獲^3 尺度◇矩矱(規矩)。

石部

0 **石** ㈠shí 粵sek^6 碩 ①石頭。構成地殼的礦物硬塊◇巖石|石器|水落石出。②刻有文字或圖形的石製品◇刻石|金石。③古代治病用的石針。④作藥材的礦石◇藥石。⑤借指某些堅硬物質◇結石|膽石。⑥姓。

㈡dàn 粵daam^3 耽^3 容量單位。十斗為一石。

【石青】shíqīng 礦物名。主要成分為碳酸銅。可製藍色顏料，多用於國畫。

【石刻】shíkè ①刻有文字、圖畫的碑碣或石壁。②指碑碣或石壁上刻的文字、圖畫◇大足石刻。

【石油】shíyóu 液體礦物。是多種碳氫化合物的混合物，可以燃燒。一般呈褐色、暗綠色或黑色。從中可提取汽油、煤油、柴油、潤滑油、石蠟、瀝青等。

【石英】shíyīng 礦物名。一般是乳白色半透明或不透明結晶體，質地堅硬。廣泛用於製造光學儀器、玻璃、無線電器材和耐火材料等◇石英鐘｜石英玻璃。

【石棉】shímián 纖維狀的礦物。有絲絹般的光澤，耐高温，耐酸鹼，不導電。廣泛用於製造消防、保温、電氣絕緣、隔音等材料◇石棉板｜石棉布。

【石窟】shíkū ①山上的石洞。②依着山壁開鑿成的佛教寺廟，裏面雕有佛像或佛教故事等。中國著名的石窟有敦煌、雲崗、龍門等。

【石榴】shíliu 落葉灌木或小喬木。花紅色，美而豔。果實也叫石榴，球形，內有許多種子，有甜而酸的汁，可以吃。根皮、樹葉和果皮可入藥。

【石膏】shígāo 無機化合物。白色，硬度小。用於建築、裝飾、醫藥、灌製模型和肥料製造等。

【石器】shíqì ①用石材製成的器物。②考古學指遠古人類製作的石頭工具。

【石雕】shídiāo ①在石頭上雕刻人物、圖案的藝術。②指用石頭雕刻成的作品。

【石鼓文】shígǔwén 中國現存最早的刻石文字。在十塊鼓形石上，用籀文（大篆）分刻十首成一組的四言詩。內容記述秦國國君的遊獵。近人考證它的時代為東周初。

【石鐘乳】shízhōngrǔ 石灰巖洞中懸在洞頂上像冰錐的物體。由含碳酸鈣的水逐漸蒸發凝結而成。常和石筍上下相對。

【石沉大海】shíchéndàhǎi 石頭沉入海底。比喻無影無蹤，沒有一點消息或事情沒有下文◇他投出去的應徵信都石沉大海。同 泥牛入海。

【石破天驚】shípòtiānjīng 唐代李賀《李憑箜篌引》："女媧煉石補天處，石破天驚逗秋雨。"原形容樂聲高亢激越，驚動天界，後比喻文章或議論新奇使人震驚。反 平淡無奇。

3 矸 gān 粵gon^{1}干【矸石】gānshí 原煤裏夾雜的碎石塊◇煤矸石。

3 矼 gāng 粵gong^{1}剛 石橋。

3 矻 kū 粵fat^{1}忽【矻矻】kūkū 勤奮、努力的樣子◇終日矻矻。

3 矽 xī 粵zik^{6}夕 硅的舊稱。

【矽谷】xīgǔ 地名。位於美國加州北部，是新型電子產品和技術的誕生地，也是電子工業集中的地方。因電子工業所用基本材料矽片而得名。借指高新技術工業園區。（英 Silicon Valley）

4 研 ㈠yán 粵jin^{4}言 ①把東西磨成粉末◇研墨｜研藥。②深入探究◇研究｜鑽研。
㈡yàn 粵jin^{6}現 同"硯"◇筆研｜石研｜研台。

【研究】yánjiū ①鑽研，探求（事物的真相、性質、規律等）◇學術研究｜研究科學。②考慮或商討◇這事需要董事會研究一下。

【研核】yánhé 仔細研究核察◇反復研核數據。

【研討】yántǎo 研究探討◇專題研討｜詩詞研討會。

【研製】yánzhì 研究製造◇研製新產品。

【研磨】yánmó ①用工具細磨使成粉末◇研磨中藥。②用磨料或磨具摩擦器物使光滑◇研磨光學鏡片｜鏡面拋光是研磨拋光的一種。

【研讀】yándú 閱讀並鑽研◇研讀經史｜悉心研讀。

4 砑 yà 粵ngaa^{6}訝 碾壓或摩擦東西使密實、光亮◇砑皮革｜砑銀飾。

4 砘 dùn 粵deon^{6}頓 ①砘子。②播種後用砘子把鬆土壓實◇砘地。

【砘子】dùnzi 播種覆土以後，用來壓實鬆土的石製農具。

4 砒 pī 粵pei^{1}披 ①砷的舊稱。②砒霜。

【砒霜】pīshuāng 劇毒化合物。白色或灰色固體。

4 砌 ㈠qì 粵cai^{3}沏 ①台階◇雕欄玉砌。②用泥灰等填料將磚石粘合壘高◇砌牆｜堆砌。
㈡qiè 粵cit^{3}設 古代戲劇中滑稽笑謔的動作。

【砌末】qièmò 演戲用的簡單佈景和小道具。

4 砂 shā 粵saa^{1}沙 ①同"沙"。細碎的石粒◇砂石。②泛指細碎如砂的物質◇砂糖。③特指道家修煉的丹砂◇吞金服砂。

【砂仁】shārén 中藥名。性温，味辛，有健胃、化滯、消食等作用。

【砂紙】shāzhǐ 粘有玻璃粉或金鋼砂的紙。用來磨光竹木或金屬等器物。

【砂壺】shāhú 用黏土做原料燒製成的紫砂陶壺。

【砂輪】shālún 磨削刀具和零件用的輪狀工具。

【砂糖】shātáng 蔗糖的結晶粒。

【砂礓】shājiāng 土壤中的石灰質結核體，不透水，可代替磚石做建築材料。

4 **砍** kǎn 粵ham² 嵌 ①用刀斧等劈、斬◇砍刀|砍柴|亂砍亂伐。②比喻削減◇文章太長，起碼要砍掉一半。③方言。説話；閒聊◇砍大山|他倆一砍就是半天。

【砍伐】kǎnfá 用鋸、斧等把樹木弄倒或弄斷◇禁止砍伐樹木。

4 **砉** 〈一〉huā 粵waak⁶ 或 象聲詞。形容尖烈的聲響，如雷聲、水聲、關門聲、破裂聲等◇門砉地關上了。

〈二〉xū 粵waak⁶ 或 象聲詞。形容低弱而又拖長的聲響◇砉的一聲把黏着的紙條拉下來。

4 **砄** jué 粵kyut³ 決 石頭。

5 **砝** fǎ 粵faat³ 法【砝碼】fǎmǎ ①在天平或磅秤上作為重量標準的物體，一般為圓柱形的金屬塊。②比喻作為交換條件的價值或依靠的手段◇談判的砝碼。

5 **砵** bō 粵but³ 缽 用於地名，如麻地砵(在內蒙古)。

5 **砢** kē 粵o¹ 柯【砢碜】kēchen 方言。①寒碜，不體面；難堪丟臉◇嫌你穿得太砢碜|説這話也不嫌砢碜！②使人難堪丟臉◇你這不是砢碜人嗎？

5 **砸** zá 粵zaap³ 眨 ①用重的東西撞擊；重東西落在別的物體上◇砸地基|被石頭砸傷了腳。②打碎；破壞◇杯子砸了|幾個流氓把她的鋪子砸了。③方言。壞；糟；失敗◇這下砸了|事情辦砸了|生意搞砸了。

【砸鍋】záguō 方言。比喻事情辦糟了◇這件事怕要砸鍋。

【砸牌子】zá páizi 比喻敗壞聲譽◇經商不講信譽會砸牌子的。

【砸飯碗】zá fànwǎn 比喻失業，失去生活來源◇這事弄不好會砸飯碗。

【砸鍋賣鐵】záguō màitiě 把鍋砸壞當廢鐵賣掉。比喻傾其所有去辦某事◇就是砸鍋賣鐵也要送孩子上學。

5 **砰** pēng 粵paang¹ 烹 象聲詞。形容物體撞擊、重物落地或打槍的聲音◇砰的一聲槍響|門被砰地關上了。

5 **砧〔碪〕** zhēn 粵zam¹ 針 捶、搗、砸、切東西時，墊在下面的器具◇木砧|肉砧。

【砧板】zhēnbǎn 切菜或剁肉用的墊板。

5 **砷** shēn 粵san¹ 身 化學元素，符號 As。舊稱“砒”。有黃、灰、黑褐三種同素異形體。砷和砷的可溶性化合物都有毒。

5 **砟** zhǎ 粵zok⁶ 昨 小塊硬物◇砟子|道砟(鋪在鐵路路基上的石子)。

【砟子】zhǎzi 小塊硬物◇煤砟子。

5 **砼** tóng 粵tung⁴ 同 混凝土。

5 **砭** biān 粵bin¹ 邊 ①中國古代治病用的石針◇砭石。②用石針或金針刺穴位治病◇針砭。③刺◇寒風砭骨。④批評；批判◇痛砭時弊。

【砭石】biānshí 古代治病用的石針。

5 **砥** dǐ 粵dai² 底 ①質地較細的磨刀石◇砥石。②磨煉◇砥節。

【砥柱】dǐzhù ① 山名。在河南省三門峽市，位於黃河激流之中，形狀像柱子，故名。為河道暢通，今已炸毀。② 比喻堅強有力、能起支柱作用的人或事物◇國之砥柱 | 鋼鐵是工業社會的砥柱。

【砥礪】dǐlì ① 磨刀石。② 在磨刀石上磨◇刀劍不加砥礪就不鋒利。③ 磨煉◇砥礪意志 | 砥礪成才。④ 勉勵◇互相砥礪。

5 **砲〔礮〕** pào 粵paau³ 豹 同“炮〈三〉”。

5 **砫** zhù 粵cyu⁵ 柱 石柱◇砥砫。

5 **砬** lá 粵laap⁶ 立【砬子】lázi 方言。巖石◇石砬子。

5 **砣** tuó 粵to⁴駝 ①秤錘◇秤砣。②碾盤上的圓柱形石輪◇碾砣。③用砣子打磨玉器◇砣一副玉鐲。④量詞。計量成團、成堆、成塊的東西◇三砣肉|一砣和好的麪。

【砣子】tuózi ① 打磨玉器的砂輪。② 方言。指成團、成塊的東西◇冰砣子。

5 **砩** 〈一〉fèi 粵fai³廢 用石塊攔水。也指堤壩◇砩長數里。

〈二〉fú 粵fat¹忽【砩石】fúshí 氟石的舊稱。即"螢石"。一種等軸晶系的礦石。

5 **破** pò 粵po³頗³ ①碎裂；不完整◇石破天驚|衣服破了。②使碎裂、毀壞◇牢不可破|乘風破浪。③剖開；劈開◇破開西瓜|勢如破竹。④突破；超出◇破格錄用|讀書破萬卷，下筆如有神。⑤破除；消除◇破愁消悶。⑥攻克；打敗◇破城|破敵之計。⑦耗損；花費◇破財|破費。⑧揭穿；使真相顯露◇破案|識破騙局。⑨糟；低劣；不好◇破車|破唱片。

【破土】pòtǔ ① 建築等工程項目開始施工◇破土動工。㊀ 落成。② 大地回春後開始耕種◇破土春耕。③ 幼苗頂開土層，長出地面◇種子破土而出。

【破亡】pòwáng 破敗滅亡◇國家破亡，百姓流離。

【破句】pòjù 在句子不該停頓的地方讀斷或點斷。

【破冰】pòbīng ① 航行時破開封凍的堅冰◇這是一艘破冰船。② 比喻打破僵局，緩和關係◇兩國關係終於破冰回暖。

【破戒】pòjiè ① 宗教徒違反戒律。② 重做已經戒掉的事。

【破局】pòjú ① 破解困難局面，使情況得到改善◇破局改革難題。② 結局失敗◇和談以破局告終。

【破格】pògé 打破通常的規格或標準的限制。含褒義◇破格錄取|破格提升。

【破財】pòcái 損失錢財；破費錢財◇破財消災|勞神破財。

【破除】pòchú 打破；廢除◇破除陳規陋習。

【破敗】pòbài ① 破滅敗亡◇家庭破敗，妻離子散。② 破損殘缺◇破敗的古廟。㊀ 完整、完好。③ 破落衰敗◇家境破敗。

【破產】pòchǎn ① 喪失全部財產◇公司宣告破產。② 比喻徹底失敗◇陰謀破產|誠信破產。

【破裂】pòliè ①（東西）裂開，出現縫隙◇水管破裂|牆面破裂。②（感情、關係等）破壞，分裂◇感情破裂|談判破裂。

【破費】pòfèi 花費，耗費。多指金錢◇讓你破費了。

【破落】pòluò 敗落；衰落◇家道破落。

【破損】pòsǔn 破舊缺損；殘破損壞◇破損的書籍|老房子破損得沒法住。

【破碎】pòsuì ① 破損碎裂；裂成碎塊◇衣褲破碎|修復破碎的瓷器|玻璃是易碎品，破碎了就無法修補。② 殘破；不完整◇支離破碎|山河破碎。③ 使破成碎塊◇這台機器一天可以破碎百十噸礦石。

【破解】pòjiě 揭開奧祕，解除疑難◇破解咒語|破解致病原因。

【破滅】pòmiè（願望、幻想等）落空◇出國留學的夢想破滅。

【破綻】pòzhàn ① 衣服上的破洞、裂縫◇縫補褲子上的破綻。② 比喻説話或做事出現的漏洞◇破綻百出。

【破曉】pòxiǎo 天剛亮◇隊伍破曉出發。

【破獲】pòhuò 偵破案件並捕獲作案者◇破獲走私集團。

【破題】pòtí ① 指八股文的開頭兩句。這兩句須點破題目的要義，故稱。② 泛指事情的開頭或第一次◇你來看我，真是破題兒第一遭。

【破顏】pòyán 露出笑容◇破顏一笑。

【破壞】pòhuài ① 損壞；損害◇破壞公物|破壞友誼。② 違反◇破壞合同|破壞紀律。③ 使內部組織結構受損◇高溫可破壞食物營養成分。

【破譯】pòyì 把截獲的祕密資訊翻譯出來◇破譯密碼。

【破爛】pòlàn ① 破舊霉爛；殘破◇衣服破爛不堪|兩三箱破爛書。② 破爛的東西；廢品◇撿破爛。

【破天荒】pòtiānhuāng 天荒，從未開墾過的土地。比喻前所未有，第一次出現的事情。

【破折號】pòzhéhào 標點符號"——"，表示話題的轉換，或者表示之後有註釋性部分。

【破落户】pòluòhù ① 衰敗沒落的人家。② 衰敗沒落人家的無賴子弟。

【破口大罵】pòkǒudàmà 張口大聲叫罵。

【破涕為笑】pòtìwéixiào 涕，眼淚。正在哭泣時，忽然露出笑容。表示轉悲為喜。

【破釜沉舟】pòfǔ chénzhōu《史記・項羽本紀》：項羽跟秦軍作戰，渡過黃河後命令士兵"皆沉船，破釜甑，燒廬舍，持三日糧"，表示不打勝仗決不生還。後比喻自斷退路，下定決心幹到底。同 拼死一搏、背水一戰。

【破綻百出】pòzhànbǎichū 漏洞、矛盾之處比比皆是，無法自圓其說。同 漏洞百出 反 無懈可擊。

【破舊立新】pòjiù lìxīn 破除舊的不合時宜的事物，代之以新的富有生命力的事物。反 因循守舊、抱殘守缺。

【破鏡重圓】pòjìngchóngyuán 唐代孟棨《本事詩・情感》：南朝陳將亡時，駙馬徐德言預料妻子樂昌公主將被人擄去，就破開一面銅鏡，各執一半，作為將來重逢時的憑證，並約定正月十五賣鏡於市。陳亡，樂昌公主沒入楊素家。徐德言到了京城，正月十五日遇一人叫賣破鏡，與自己所藏半鏡正好吻合，夫妻得以重新團聚。後比喻夫妻失散或離異後團聚、重歸於好。

【破罐破摔】pòguànpòshuāi 比喻有錯誤、缺點，不加改正，或落後的人自暴自棄，甚至向壞處發展。

5 **砮** nǔ 粵nou5 腦 可做箭鏃的石頭。

6 **硎** xíng 粵jing4 形 ①磨刀石◇刀刃新發於硎。②磨製。

6 **硅** guī 粵gwai1 歸 非金屬元素，符號 Si。高純度的半導體材料，也是冶金、玻璃工業的重要原料。舊稱矽。

6 **砹** ài 粵ngaai6 艾 非金屬放射性元素，符號 At，可用來治療甲狀腺機能亢進。

6 **硒** xī 粵sai1 西 非金屬元素，符號 Se，可製光電管、半導體電晶體等。

6 **硐** dòng 粵dung6 動 山洞、窰洞或礦坑。

6 **硃（朱）** zhū 粵zyu1 珠 ①硃砂，紅色或棕紅色礦物質原料，可做顏料和藥材◇脣若塗硃。②大紅色◇硃筆（蘸紅色的毛筆）。

6 **硇（硇）** náo 粵naau4 撓 可用作地名。如硇洲，在廣東。

【硇砂】náoshā 天然產的氯化銨，可入藥。

6 **硊** huì 粵kwai3 愧 石硊鎮，地名，在安徽。

6 **硌** ⟨一⟩gè 粵gok3 各 因觸到凸起的硬物，覺得難受或受損傷◇硌腳｜硌牙。

⟨二⟩luò 粵lok6 落 山上的大石。

6 **硋** ài 粵ngoi6 外 同"礙"。

6 **砦** zhài 粵zaai6 寨 同"寨"◇鹿砦。

7 **硭** máng 粵mong4 忙【硭硝】mángxiāo 無機化合物，是含有10個分子結晶水的硫酸鈉（$Na_2SO_4 \cdot 10H_2O$），白色或無色，是化學工業、玻璃工業、造紙工業的原料，醫藥上用作瀉藥。也作"芒硝"。

7 **硨（砗）** chē 粵ce1 車【硨磲】chēqú 生活在海底的軟體動物。介殼大而厚，呈三角形。殼可做器物，肉可以吃。

7 **硬** yìng 粵ngaang6 ①堅固，結實；受外力後不易變形◇堅硬｜硬木。②剛強；厲害◇硬漢｜強硬｜欺軟怕硬。③本領高；質量好◇硬功夫｜技術過硬。④（態度）堅決◇他硬要來，擋不住。⑤強行；勉強◇硬撐｜生搬硬套。

【硬木】yìngmù 質地堅實緻密的木材，如楠木、花梨、紫檀等◇硬木傢具。

【硬水】yìngshuǐ 硬度高，含有較多鈣鹽、鎂鹽等礦物質的水。硬水容易形成水鹼，一般供工業用。

【硬手】yìngshǒu 高手；能手◇王伯是養花的硬手。

【硬仗】yìngzhàng ① 雙方實力相當，須付出很大代價的戰鬥◇打硬仗。② 比喻艱巨的任務◇一場人生的硬仗。

【硬件】yìngjiàn ① 電腦系統的組成部分。電腦的中央處理器、顯示屏、記憶體及外部設備等裝置的統稱。② 借指裝備、設施、物質材料等◇這家酒店的硬件配套不錯。

【硬性】 yìngxìng 強制的，不能改變或通融的◇硬性規定。

【硬朗】 yìnglang ①（老人）身體健壯◇九十歲了，身體還很硬朗。㊀ 虛弱。② 堅定有力◇球員球風硬朗，拼搶兇狠。

【硬筆】 yìngbǐ 筆頭堅硬的筆，如鋼筆、鉛筆、圓珠筆等◇硬筆書法。

【硬實】 yìngshi 方言。① 壯實◇身子骨挺硬實。② 結實◇找張硬實點的紙來。

【硬幣】 yìngbì 金屬貨幣。

【硬骨頭】 yìnggǔtou ① 指堅強不屈的人◇他可是個硬骨頭，説幹就幹到底。㊀ 軟骨頭。② 比喻艱巨的工作◇你們工程隊啃得下這塊硬骨頭嗎？

【硬碰硬】 yìngpèngyìng ① 比喻用強硬態度對付強硬態度◇要耐心勸導脾氣犟的學生，不要硬碰硬。② 比喻沒有伸縮餘地◇選拔賽的成績可是硬碰硬的。

【硬幫幫】 yìngbāngbāng 也作"硬邦邦"。① 形容堅硬結實◇他的肌肉硬幫幫的。② 生硬，不自然◇舞蹈動作硬幫幫的，一點也不優美。

7 **硤（硖）** xiá haap6 狹 ①同"峽"。兩山夾水的地方。②山間狹路◇硤路津關。

7 **硜（硁）** kēng hang1 亨 ①敲擊石頭的聲音。②形容愚陋固執◇硜執小節，不顧大義。

【硜硜】 kēngkēng 形容愚陋固執◇硜硜自守。

7 **硝** xiāo siu1 消 ①礦物名。多為無色晶體，可製火藥、肥料等◇硝石|朴硝|芒硝。②用芒硝等處理毛皮使柔軟◇硝皮。

【硝煙】 xiāoyān 火藥爆炸後產生的煙霧◇硝煙瀰漫。

7 **硯（砚）** yàn jin6 現【硯台】yàntai 供寫毛筆字時磨墨的文具，一般用硯石製成◇端硯|筆墨紙硯。

7 **硪** wò ngo4 俄 打樁或打地基用的工具。通常為一圓形石塊或鐵餅，周圍繫幾根繩子，由數人拉起砸下，以打實地基或使樁子堅固◇石硪。

7 **硫** liú lau4 流 非金屬元素，符號 S。可製硫酸、火藥、火柴、硫化橡膠等。醫藥上可用來治皮膚病◇硫磺|硫酸。

7 **硠** láng long4 郎 硠硠，形容水石相撞的聲音。

8 **碏** què coek3 卓 雜色石。

8 **碘** diǎn din2 典 非金屬元素，符號 I。紫黑色結晶，易升華為紫色氣體。供醫藥和工業上使用◇碘酊|碘片。

【碘酒】 diǎnjiǔ 含碘的酒精溶液，可做消毒劑。

8 **碓** duì deoi3 對 ①舂米的器物◇水碓。②舂◇碓米。

8 **碑** bēi bei1 悲 刻有字、畫或浮雕，豎立起來作為紀念或標記的石頭◇墓碑|紀念碑。

【碑文】 bēiwén 刻在碑上的文字◇撰寫碑文。

【碑帖】 bēitiè 石刻、木刻文字的拓本或印本，供學習書法時臨摹或供人欣賞◇書畫碑帖。

【碑刻】 bēikè 刻在石碑上的文字或圖畫。

【碑碣】 bēijié 石碑。古代石刻稱方形的為碑、圓頂形的為碣。後不再區別而統稱碑碣。

8 **硼** péng pang4 朋 非金屬元素，符號B。非結晶硼呈粉末狀；結晶硼有光澤，硬度與金剛石相近。用於工業、農業、醫藥等方面◇硼酸|硼鋼。

8 **碉** diāo diu1 丟【碉堡】diāobǎo 軍事上防守用的堅固建築物，從各方向均可觀察、瞭望和射擊。多用磚、石、鋼筋混凝土等建成。

8 **碎** suì seoi3 稅 ①完整的東西破裂成多片或多塊◇碗打碎了。②使破碎◇碎石機|粉身碎骨。③零星；零散；不完整◇碎屑|瑣碎|碎玻璃。④瑣細；煩雜◇碎事|風暖鳥聲碎。⑤嘮叨◇嘴碎|閒言碎語。

【碎步】 suìbù 小而快的步子◇老人踩着碎步趕來。

【碎瓊亂玉】 suìqióng luànyù 瓊，美玉。比喻地上潔白的雪花。

8 **碚** bèi pui5 倍 地名用字。例如北碚，在重慶市。

8 **碰**〔踫〕pèng 粵pung3 篷3 ①兩物相接觸或撞擊◇碰杯|磕碰|碰得頭破血流。②相遇◇碰見|碰到。③試探；試一試◇碰運氣|碰碰機會。

【碰巧】pèngqiǎo 湊巧；恰巧◇正想找工作，碰巧有個面試機會。

【碰面】pèngmiàn 見面；會面◇我們好久沒碰面了。

【碰瓷】pèngcí 故意使自己或自己的利益受到損傷，借機訛詐◇這個騎自行車的男子成心撞上轎車碰瓷。

【碰硬】pèngyìng 比喻主動去處理最困難的事情。多指跟有權勢的人或邪惡勢力作鬥爭。

【碰撞】pèngzhuàng 物體相撞◇避免相互碰撞。

【碰頭】pèngtóu 會面；見面◇在大廳碰頭。

【碰壁】pèngbì 撞牆。比喻受到阻礙或遭到拒絕◇四處碰壁。

【碰釘子】pèng dīngzi 比喻遭到拒絕或斥責◇他的建議遭人家一口回絕，碰了個大釘子。

【碰一鼻子灰】pèngyìbízihuī 比喻受到拒絕或斥責，落得沒趣◇走上前去討好她，不料碰了一鼻子灰。

8 **碇**〔矴〕dìng 粵ding3 丁3 ①船停泊時沉落水中，使船體穩定的大石塊◇碇石。②繫船的石礅◇啟碇。

8 **碗**〔盌椀甆〕wǎn 粵wun2 腕 ①盛飲食的器具，一般呈圓形，口大底小◇飯碗|茶碗。②量詞◇兩碗麪。

8 **碌**〔磟磟〕〈一〉lù 粵luk1 六1 ①事務繁忙◇勞碌|忙碌。②平庸◇庸碌。

〈二〉lù 粵luk6 六 ①一種礦物，又稱"石碌""孔雀石"。①石青色。

〈三〉liù 粵luk1 六1 見"碌碡"。

【碌碌】lùlù ① 繁忙辛苦◇忙忙碌碌|碌碌半生。② 平庸；無所作為◇他到現在還是碌碌無為。

【碌碡】liùzhou 石頭做的圓柱形農具。用來碾脱穀粒或壓平場地。

9 **碧** bì 粵bik1 壁 ①青綠色的美玉◇碧玉|金碧輝煌。②青綠色或淡藍色◇碧草|碧海藍天|碧空萬里。

【碧玉】bìyù ① 青綠色的玉石。② 比喻年輕貌美的姑娘◇小家碧玉。

【碧血】bìxuè 指為正義事業而流的血◇碧血丹心。

【碧空】bìkōng 晴天時淺藍色的天空◇孤帆遠影碧空盡，唯見長江天際流。

【碧落】bìluò 碧空；天空◇上窮碧落下黃泉，兩處茫茫皆不見。

【碧綠】bìlǜ 青綠色◇潭水碧綠|碧綠的草坪。

多樣表達：碧綠

水綠 豆綠 豆青 茶青 淡青 菜青 品綠 青綠 青翠 湖色 淡綠 淺綠 深綠 翠綠 蒼綠 墨綠 黛綠 嫩綠 葱綠 鸚鵡綠 綠油油 綠瑩瑩 綠茸茸

【碧藍】bìlán 青藍色◇天空碧藍|碧藍的海水。

9 **碶** qì 粵kai3 契 水閘。

9 **碡** zhóu 粵duk6 毒 見"碌碡"。

9 **碟** dié 粵dip6 蝶 ①碟子，比盤子小的盛器。②圓或扁圓形的薄片◇飛碟|唱碟。③量詞◇一碟花生米。

9 **碴**〔鎈〕〈一〉chá 粵caa4 茶 ①小碎塊；碎屑◇玻璃碴。②器物上的破口◇碗碴。③方言。碎片劃破皮肉◇腳被碎玻璃碴了。④引起爭吵的事由；事端◇找碴。⑤指提到的事情或對方剛説完的話◇答碴。

〈二〉chā 粵caa1 差 短而豎起的毛髮；特指剃後殘餘或復生的短毛髮◇毛毛碴碴的|一臉的絡腮鬍子碴。

9 **碩**（硕）shuò 粵sek6 石 大◇肥碩|碩大無比。

【碩士】shuòshì ① 泛指學問淵博的人◇宿師碩士。② 學位的一級，在學士之上，博士之下。

【碩大】shuòdà 巨大◇果實碩大|碩大的身軀。

【碩果】shuòguǒ 很大的果實。比喻巨大的成就◇碩果纍纍。

【碩師】shuòshī 學問淵博的人◇碩師名人。

【碩大無朋】shuòdàwúpéng 大得找不到第二個。形容非常大◇碩大無朋的鑽石，價值連城。

【碩果僅存】shuòguǒjǐncún 樹上唯一留下的大果子。比喻經過長時間淘汰，留存下來的稀少可貴的人或物◇碩果僅存的手工製鼓師傅。

9 **碭(砀)** dàng 粵dong^{6}蕩 有花紋的大石頭。

9 **碣** jié 粵kit^{3}揭 圓頂的石碑◇墓碣|斷碣殘碑。

9 **碨** 〈一〉wěi 粵wai^{2}委 見"碨磊"。
〈二〉wèi 粵wai^{3}畏 方言。石磨。

【碨磊】wěilěi 形容山崖高低不平。

9 **碳** tàn 粵taan^{3}歎 非金屬元素，符號C。化學性質穩定，在空氣中不起變化。碳的化合物很多，在工業、醫藥上用途很廣◇碳水化合物。

【碳中和】tànzhōnghé 以採用低碳能源、節能減碳等方式，抵消活動所產生的温室氣體，以達至相對零排放◇為實現碳中和，城市會引進電動巴士。

【碳足跡】tànzújì 一項活動或產品的生產周期中，直接或間接產生的温室氣體排放量◇航空公司正努力減少飛行的碳足跡。

9 **碫** duàn 粵dyun^{3}鍛 ①鍛鐵用的砧石；磨刀石。泛指石頭◇碫磨|以碫投卵。②磨礪◇耕者碫鋤，樵者礪斧。

9 **碸(砜)** fēng 粵fung^{1}風 有機化合物。由硫酰基與烴基或芳香基結合而成。(英 sulfone)

9 **碲** dì 粵dai^{3}諦 非金屬元素，符號Te。銀白色結晶或棕色粉末，用於煉製合金。

9 **磁** cí 粵ci^{4}詞 ①磁性，能吸引鐵、鎳、鈷等金屬的性能◇磁場|電磁。②同"瓷"。

【磁力】cílì 磁體之間相互作用的力。

【磁石】císhí ① 磁鐵，吸鐵石◇鋼針被磁石牢牢吸住。② 磁鐵礦的礦石。

【磁帶】cídài 塗着氧化鐵粉等磁性物質的塑膠帶子。用來記錄聲音、影像、數據等電磁信號，如錄音帶、錄影帶。

【磁場】cíchǎng ① 傳遞實物間磁力作用的場。磁體和有電流通過的導體的周圍空間都有磁場存在。② 借指有巨大吸引力的場所。

【磁頭】cítóu 錄音機、錄影機和電腦中重要的電磁換能元件。不同的磁頭能記錄、重放、消去文字、聲音或圖像。

9 **碹** xuàn 粵syun^{6}篆 同"鏇"。

9 **碥** biǎn 粵bin^{2}扁 ①在水旁斜着伸出來的山石。②山崖險峻地方的登山石級。

10 **碼(码)** mǎ 粵maa^{5}馬 ①表示數目的符號或用具◇數碼|頁碼|籌碼。②量詞。用於事情◇這是兩碼事。③英美制長度單位。一碼等於三英尺，合0.9144米。(英 yard)④方言。疊起來◇碼磚頭。

【碼子】mǎzi ① 計數號碼◇包裹上記個碼子，免得搞錯。② 籌碼◇照碼子兑了現錢。③ 砝碼。④ 尺碼◇這雙鞋碼子太大。

【碼頭】mǎtou ① 在岸邊及港灣內，供船隻停泊的建築◇船靠上了碼頭。② 方言。指交通便利的商業城市◇水陸碼頭。③ 指被幫會控制的區域◇拜碼頭。

10 **磕** kē 粵hap^{6}合 ①碰撞；碰在硬物上◇磕碰|膝蓋磕破了皮。②叩頭，拜◇磕頭。

【磕牙】kēyá 説閒話；聊天◇閒磕牙。

【磕打】kēda ① 碰擊◇凍得上下牙直磕打。② 把衣物等向較硬的地方碰撞，使附着物掉下來◇磕打煙袋鍋|掄起衣服往樹上磕打。

【磕碰】kēpèng ① 互相碰撞◇瓷碗禁不起磕碰。② 比喻發生矛盾或爭吵◇鄰里之間磕碰總是難免的。

【磕頭】kētóu 中國古代禮節。雙膝跪地，兩手扶地，前額靠近或碰着地行禮。

【磕磕絆絆】kēkebànbàn ① 因路面不平或腿腳不便而腳步不穩◇路上都是石子，走起來磕磕絆絆的。② 形容遇到的困難多，不順利◇我這輩子磕磕絆絆的，經歷了很多坎坷。

10 **磊** lěi 粵leoi^{5}呂 石頭層層疊疊的樣子◇頑石磊磊。

【磊落】lěiluò ① 堆疊、雜亂的樣子◇山頂上怪石磊落。② 形容胸懷坦白◇做人光明磊落。

10 **磑(硙)** 〈一〉wèi 粵ngoi^{6}外 ①磨子。碾碎穀物的器具◇碾磑。②同"碨"。碾碎◇睡起何妨自磑茶。
〈二〉ái 粵ngai^{4}危 見"磑磑"。

【磑磑】ái'ái ① 形容堆疊、高峻的樣子◇怪石磑磑｜羣山磑磑。② 同“皚皚”。形容潔白光亮◇霜雪磑磑。

10 **磈** kuǐ 粵faai3 快【磈磊】kuǐlěi ①堆積不平的石塊。②比喻鬱積在胸中的不平之氣◇斗酒聊澆磈磊胸。

10 **磎** xī 粵kai1 溪 同“溪”。

10 **磔** zhé 粵zaak6 擇 ①古代一種酷刑。用向不同方向拉的車把人的肢體撕裂。②漢字書法中的“捺”，形狀為“㇏”。

【磔磔】 zhézhé 象聲詞。① 形容鳥鳴聲◇磔磔禽移樹。② 形容爆裂的聲音◇爆竹鳴磔磔。

10 **磅** ㈠páng 粵pong4 旁 見“磅礴”。
㈡bàng 粵bong6 傍 ①英美制重量單位。一磅約等於454克。(英 pound)②磅秤的簡稱◇過磅。③用磅秤稱重量◇磅體重。

【磅秤】 bàngchèng 底座上有承重金屬板的秤◇過一過磅秤。

【磅礴】 pángbó 形容盛大、廣大◇氣勢磅礴。

10 **磋** cuō 粵co1 初 ①磨治(骨、角、玉石等)◇磋玉。②商量討論◇切磋。

【磋商】 cuōshāng 反復商量◇問題有待磋商解決。㊂ 協商。

10 **磏** lián 粵lim4 廉 一種磨刀石。

10 **確(确)** què 粵kok3 涸 ①真實；符合事實◇的確｜千真萬確。②堅定；堅決◇確信｜確保品質。

【確切】 quèqiè ① 準確；恰當◇用詞確切｜確切的時間。② 真實可靠◇證據確切｜確切的消息。

【確乎】 quèhū 確實；的確◇確乎如此｜確乎有效。

【確立】 quèlì 牢固地建立或樹立◇確立積極向上的人生觀。

【確定】 quèdìng ① 明確而肯定◇答案確定｜不能確定是否參加。② 制定；決定◇確定會議程序。

【確信】 quèxìn ① 堅定地相信◇確信無疑｜確信試驗能成功。② 確切的信息◇只有傳聞，沒有確信。

【確診】 quèzhěn 確切地診斷◇是不是癌症，尚不能確診｜他確診新冠。㊄ 誤診。

【確當】 quèdàng 得當；正確妥當◇詞語運用確當。

【確實】 quèshí ① 準確；真實可靠◇確實的消息｜確實的證據。② 肯定情況的真實性；肯定事物是真實存在的◇劇院的音響效果確實不錯。

【確鑿】 quèzáo 明確而真實◇證據確鑿。

10 **碾** niǎn 粵nin5 年5/zin2 展 ①碾子◇石碾｜藥碾。②用碾子軋或壓◇碾米。

【碾子】 niǎnzi 用於滾壓或研磨的工具◇推碾子磨豆腐。

10 **磉** sǎng 粵song2 爽 柱子底下的石礅。

10 **磐** pán 粵pun4 盤 大石頭◇風雨如磐。

【磐石】 pánshí 厚重的石頭◇安如磐石｜堅如磐石。

11 **磬** qìng 粵hing3 慶 ①古代打擊樂器。用石或玉製成，形狀像曲尺◇玉磬｜編磬。②佛教打擊樂器。形似缽，用銅製成◇擂動法鼓，鳴鐘擊磬。

11 **磧(碛)** qì 粵cik1 斥 ①淺水中的沙石◇磧礫。②沙石積成的淺灘◇磧岸。③沙漠◇沙磧。

11 **磡** kàn 粵ham3 瞰 ①山崖；巖崖之下。多用於地名◇崖磡壁立｜紅磡。②石築的堤壩；堤岸◇淘河砌磡。

11 **磚(砖)〔甎塼〕** zhuān 粵zyun1 專 ①建築材料。用黏土壓成坯，乾燥後入窰燒製而成。多為長方形◇磚頭瓦塊。②形狀像磚的◇冰磚｜茶磚｜瓷磚。③比喻粗陋的事物或見解◇拋磚引玉。

11 **磜** qì 粵zai3 製 地名用字。例如小磜，在江西。

11 **磙〔碌〕** gǔn 粵gwan2 滾 ①磙子。用石頭製成的圓柱形的滾壓工具。②用磙子碾壓◇磙地｜磙路面。

11 **碹** xuàn 粵syun6 篆 ①橋梁、涵洞等建築的弧形部分◇砌石碹。②用磚、石等築成弧形◇碹拱｜碹窰。

11 **磟** liù 粵luk1六1 同"碌"。見"碌碡"。

11 **磣(碜)** chěn 粵cam2 寢 ①食物中混入沙土◇牙磣。②出醜；難堪◇磣事|寒磣。

11 **磨** 〈一〉mó 粵mo4 麼4 ①摩擦◇磨損|耐磨。②為使光滑、鋒利等而將物體在磨料上研磨、磨擦◇磨墨|鐵杵磨成針。③使在肉體上、精神上受苦◇折磨|磨難。④阻礙◇好事多磨。⑤糾纏◇軟磨硬泡。⑥拖延；耗時間◇磨時間|磨洋工。⑦消亡◇磨滅|百世不磨。

〈二〉mò 粵mo6 麼6 ①碾碎糧食的工具◇石磨|水磨。②用磨碾碎糧食◇磨麪|磨豆腐。③反復；掉轉◇胡同太窄，車磨不開。④方言。轉變想法◇勸了半天，她就是磨不過來。

【磨合】móhé ① 新組裝的機器，使用一段時間後，摩擦面上的加工痕跡會因磨光而變得更密合。② 比喻雙方經過一段時間的相互接觸或調整，逐漸適應、協調。

【磨損】mósǔn 長期磨擦和使用而損耗◇機件磨損。

【磨滅】mómiè 隨着時間的推移而逐漸消失◇不可磨滅的功績 | 她留給我的印象難以磨滅 | 難以磨滅的傷痛。

【磨煉】móliàn 在艱苦的環境中鍛煉◇磨煉意志 | 接受艱苦磨煉。

【磨難】mónàn 折磨和苦難◇歷經磨難。

【磨蹭】móceng ① 輕輕摩擦◇黑熊靠着大樹磨蹭解癢。② 比喻動作遲緩◇快點走吧，別磨蹭了。③ 糾纏◇我跟媽媽磨蹭了半天，她才答應。

【磨礪】mólì ① 把刀劍等的刃磨鋒利◇寶劍鋒從磨礪出，梅花香自苦寒來。② 比喻磨煉、鍛煉◇艱苦磨礪 | 久經磨礪。同 砥礪。

【磨洋工】móyánggōng 工作時故意拖拉，不賣力。

【磨穿鐵硯】móchuāntiěyàn《新五代史·桑維翰傳》："主司惡其姓，以為'桑'、'喪'同音。人有勸其不必舉進士，可以從佗求仕者。維翰…鑄鐵硯以示人曰：'硯弊，則改而佗仕。'卒以進士及第。"後形容學習刻苦用功，堅持不懈。同 鐵杵成針。

12 **磽(硗)** qiāo 粵haau1 敲 土質堅硬不肥沃◇磽薄。

【磽瘠】qiāojí 土地堅硬而瘠薄◇磽瘠的山地。

【磽薄】qiāobó ① 土地堅硬不肥沃◇田土磽薄，不宜耕種。② 薄情，淡漠無情◇風俗磽薄。

12 **磺** huáng 粵wong4 王 硫磺◇硝磺|磺胺。

12 **磹** diàn 粵dim3 店 地名用字。例如磹口，在福建。

12 **磢** zhǎng 粵zoeng2 掌【磢子】zhǎngzi 煤礦裏掘進和採煤的工作面。

12 **磾(䃅)** dī 粵dai1 低 多用於人名，例如金日磾，漢代人。

12 **礄(硚)** qiáo 粵kiu4 橋 用於地名，如礄口(在湖北武漢市)。

12 **礁** jiāo 粵ziu1 焦 ①礁石◇暗礁|觸礁。②由珊瑚蟲的遺骸堆積成像巖石的東西◇珊瑚礁。

【礁石】jiāoshí 江河、海洋中隱於水下或露出水面不高的巖石。

12 **磻** pán 粵pun4 盤 磻溪，水名。在今陝西寶雞市東南。相傳為姜太公垂釣處。

12 **礅** dūn 粵deon1 敦 粗大厚實的石頭◇石礅。

12 **磷〔燐〕** lín 粵leon4 鄰 非金屬元素，符號P。有白磷、紅磷、黑磷。可供製煙幕彈、燃燒彈、安全火柴等。磷的化合物可用於治療和製造化肥等。

【磷火】línhuǒ 夜間野外出現的青色火光，多在墳塋處。因是屍體腐爛時分解出的磷化氫自燃時發出的，故稱磷火。俗稱鬼火。

12 **磲** qú 粵keoi4 渠 見"硨磲"。

12 **磴** dèng 粵dang3 凳 ①山路的石階。②泛指台階◇盤磴迴廊古塔深。③量詞。用於台階或樓梯◇數百磴台階。

【磴道】dèngdào 登山的石徑◇磴道盤且峻。

12 **磯(矶)** jī 粵gei1 機 水邊突出的巖石或石灘。多用於地名，如釣磯、燕子磯(在南京)、採石磯(在安徽)。

13 **礎(础)** chǔ 粵co² 楚 ①柱子底下的石礅◇石礎｜月暈而風，礎潤而雨。②指根基◇基礎。

【礎潤而雨】chǔrùn'éryǔ 柱下的基石潮潤，是將要下雨的徵兆。比喻從事先的徵兆可以預測事情的發展。

13 **礓** jiāng 粵goeng¹ 疆 ①小石頭◇砂礓石塊。②見"礓礤"。

【礓礤】jiāngcā 石頭台階◇走下礓礤，緩步而行。

13 **礌〔礧〕** léi 粵leoi⁶ 類 ①轉動撞擊的石頭。②礌石。古代禦敵時，從高處投下、打擊敵人的石塊。

14 **礞** méng 粵mung⁴ 蒙 礞石。礦物，有青礞石和金礞石兩種。研成粉可入藥，有祛痰、鎮驚作用。

14 **礤** cā 粵caat³ 刷 見"礓礤"。

14 **礙(碍)** ài 粵ngoi⁶ 外 阻礙；妨礙◇障礙｜礙手礙腳。

【礙眼】àiyǎn ① 看着不順眼◇頭髮染成綠色太礙眼了｜街道上的垃圾很礙眼。② 因在人跟前而感到不方便◇你們有話要説，我不在這裏礙眼。

【礙難】àinán 難以◇礙難照准（過去公文套語）。

【礙手礙腳】àishǒu àijiǎo 妨礙別人做事◇別在廚房裏礙手礙腳，媽媽要做飯。

15 **礬(矾)** fán 粵faan⁴ 凡 某些金屬硫酸鹽的含水複鹽，如明礬、藍礬、綠礬等。

15 **礤** cǎ 粵caat³ 刷 ①粗石。②見"礤牀"。

【礤牀】cǎchuáng 刨刮瓜、果、蘿蔔等，使其成絲狀的器具。

15 **礪(砺)** lì 粵lai⁶ 例 ①粗磨刀石◇礪石。②磨◇礪劍｜磨礪。③磨煉◇礪志｜砥節礪行。

15 **礫(砾)** lì 粵lik¹ 瀝 小石塊；碎石◇沙礫｜礫石｜瓦礫。

15 **礩** zhì 粵zat¹ 質 柱下石。

15 **礦(矿)〔鑛〕** kuàng 粵kwong³ 曠 ①蘊藏在地層中有開採價值的自然物質◇鐵礦｜探礦。②開採礦物的場所◇礦山｜煤礦。③與採礦有關的◇礦工｜礦井｜礦業。

【礦山】kuàngshān 開採礦物的場所，有井下採礦和露天採礦。

【礦石】kuàngshí 可提取有用元素或化合物的巖石◇鐵礦石。

【礦物】kuàngwù 地層中所蘊藏的天然生成的化合物和自然元素，如金剛石、鐵礦石、煤、石油、天然氣等。

【礦泉】kuàngquán 含有大量礦物質和微量元素的泉水。一般都是溫泉。

【礦產】kuàngchǎn 地層中蘊藏的有開採價值的礦物。

【礦藏】kuàngcáng 地層中蘊藏的自然礦物資源的總稱。

16 **礳** mò 粵mo⁶ 麼⁶ 用於地名，如礳石渠（在山西）。

16 **礱(砻)** lóng 粵lung⁴ 龍 ①去掉稻穀殼的工具，形狀略像磨，多用木料製成。②用礱去掉稻穀殼◇礱了兩擔稻子。

【礱糠】lóngkāng 稻穀礱過後脱下的外殼。

17 **礴** bó 粵bok⁶ 薄 見"磅礴"。

17 **礵** shuāng 粵soeng¹ 商 砒礵，同"砒霜"。

示部

0 **示** shì 粵si⁶ 士 ①給人看，使人知道◇展示｜不甘示弱。②敬辭。尊稱別人的吩咐或信函◇請示｜敬請賜示。

【示例】shìlì ① 舉出具體例子作為示範◇示例如下。② 舉出的範例◇中學生作文示例。

【示威】shìwēi ① 向對方顯示威力◇他連續投中兩個三分球向對手示威。② 用集體行動表示某種強烈的抗議或要求◇遊行示威。

【示弱】shìruò 表示比對方軟弱，不敢對抗或較量◇不甘示弱。

【示眾】shìzhòng ①把東西公開展示給大家看。②當眾懲罰罪犯以警戒◇遊街示眾。

【示愛】shì'ài 向意中人表示愛慕之意。

【示意】shìyì 用表情、動作等暗示的方法表明意圖◇點頭示意｜老師招手示意我們快進去。

【示範】shìfàn 做出榜樣供大家學習模仿◇示範表演｜操作示範。

【示警】shìjǐng 用信號或動作表示危險或情況緊急，使人警覺◇鳴槍示警。

2 **礽** réng 粵jing4 形 ①福。常用於人名，如允礽(清代康熙子)。②從自身起第八代孫，稱呼"礽孫"。

3 **社** shè 粵se5 舍 ①古代指土地神◇社稷。②指祭祀土地神的處所或節日◇封土為社｜社日。③羣體性組織；公民團體◇結社｜棋社｜通訊社。④某些機構或服務性單位的名稱◇出版社｜旅行社。

【社日】shèrì 古代春秋兩季祭祀土神的日子。按照民俗在此日要停業和不可動針線。

【社火】shèhuǒ ①古代農村為慶祝收穫而舉行的迎神集會。②民間在節日舉行的舞獅、耍龍燈、踩高蹺等遊藝活動。

【社交】shèjiāo 人和人之間的交際來往◇社交圈｜社交頻繁。

【社區】shèqū ①一定範圍的居民區◇華人社區｜社區義工。②生活、居住、商業、學校、醫療等設施齊全的區域。

【社會】shèhuì ①以人的各種交往活動為基礎，又相互聯繫、相互制約的生存共同體◇社會科學。②同一階層的羣體◇上流社會｜貴族社會。

【社團】shètuán 公民的社會團體組織，如工會、學生會等。

【社稷】shèjì 社，土神；稷，穀神。①古代君主所祭祀的土地神和穀神◇社稷壇。②國家的代稱◇社稷永固｜執干戈以衛社稷。

【社論】shèlùn 報社、雜誌以本社名義在自己的報紙或刊物上發表的評論當前重大問題的文章。同 社評。

【社戲】shèxì 過去農村中的某些地區，在春秋兩季祭祀土地神時所演出的戲。一般在廟裏的戲台或露天搭台演出。

3 **祀** sì 粵zi6 自 向神佛或祖先奉獻祭品並行禮致敬，以祈求保佑◇祀祖｜祭祀｜奉祀。

3 **祁** qí 粵kei4 其 ①大◇冬祁寒。②用於地名，如祁門縣(在安徽)。③姓。

4 **祆** xiān 粵hin1 牽 拜火教的神名。

【祆教】xiānjiào 拜火教。一種起源於古代波斯的宗教，由波斯人瑣羅亞斯特創立。崇拜火和日月星辰，認為世界只有光明(善)和黑暗(惡)兩種神。公元六世紀傳入中國。

4 **祉** zhǐ 粵zi2 止 福◇福祉。

4 **祈** qí 粵kei4 其 ①向神祈禱訴求◇祈福｜祈甘雨。②請求；希望◇祈求｜敬祈函覆。③姓。

【祈求】qíqiú 懇切地請求或希望◇祈求平安｜祈求寬恕。

【祈使】qíshǐ 文法中表示請求、命令、禁止、勸導的類型。

【祈望】qíwàng 希望；盼望◇祈望你平安歸來。

【祈禱】qídǎo 信仰宗教的人舉行儀式向神默告自己的願望，求得神助，實現願望或降福免災。也泛指祈求◇虔誠祈禱｜祈禱爸爸媽媽和好如初。

【祈願】qíyuàn ①祈望；祝願◇祈願人壽年豐。②企求的願望◇我的祈願果真實現了。

4 **祇** (一)qí 粵kei4 其 地神◇神祇。(二)zhǐ 粵zi2 只 同"只"。僅僅；限定在明確的範圍內◇祇此一家，別無分店｜祇告訴他，不告訴別人。

4 **祊** bēng 粵bang1 崩 ①古代在宗廟門內所設的祭祀。②指在宗廟門內設祭祀的地方。

5 **祟** suì 粵seoi6 睡 ①(鬼神)帶來災禍◇其鬼不祟。②搗鬼作怪◇暗中作祟。③不光明正大；見不得人◇鬼鬼祟祟。

5 **祛** qū 粵keoi1 拘 除去；消除◇祛痰｜祛疑｜祛災消禍。

5 **祜** hù 粵wu6 互 福◇受天之祜。

5 **祏** shí 粵sek⁶ 石 ①宗廟中藏神主的石室。②指宗廟中的神主。

5 **祐** yòu 粵jau⁶ 右 保佑，神靈的幫助。

5 **祓** fú 粵fat¹ 忽 ①古代祈求除災降福的一種祭祀儀式◇祓禳。②清除；去除◇祓除不祥。③洗滌；使潔淨◇祓濯。

5 **祖** zǔ 粵zou² 早 ①宗廟◇左祖右社。②父母的上一輩人◇祖母|外祖父。③祖宗◇遠祖|祭祖|數典忘祖。④世代◇祖祖輩輩。⑤開創事業或派別的人◇田祖|開山鼻祖。⑥事物的最初狀態◇萬物之祖。⑦姓。

【祖上】 zǔshàng 家族中較早的前代◇祖上傳下來的規矩。

【祖代】 zǔdài 世代；祖祖輩輩◇他們家祖代經商。

【祖先】 zǔxiān ①一個民族或家族年代久遠的先輩◇中華民族的祖先|拜祭祖先。②演化成現代各類生物的古代生物◇鳥類的祖先。

【祖宗】 zǔzong 祖先；家族的先代◇祖宗三代|祖宗牌位。

【祖述】 zǔshù 效法、承繼前人的學說或行為◇祖述盛唐詩歌。

【祖師】 zǔshī ①指創立某種學說或技藝的人◇開山祖師|魯班是木匠的祖師。②佛教、道教等指創立教派的人◇祖師立教。

【祖國】 zǔguó 祖籍所屬的國家；自己的國家◇報效祖國。

【祖傳】 zǔchuán 祖先所傳授下來的◇三代祖傳|祖傳祕方。

【祖墳】 zǔfén 祖輩的墳墓◇祭掃祖墳。

【祖蔭】 zǔyìn 後世子孫依靠做官的祖先而得到庇護或得到官職◇託庇祖蔭。

【祖籍】 zǔjí 原籍；祖輩出生和居住的地方◇祖籍山東。

【祖母綠】 zǔmǔlǜ 一種含鉻、呈鮮綠色的寶石。(阿拉伯 zumunrud)

5 **神** shén 粵san⁴ 臣 ①指天地萬物的創造者和主宰，或具有超人能力的人物；也指功德顯赫的人死後的精靈◇天神|神仙|奉若神明|驚天地，泣鬼神。②精神；注意力◇費神|聚精會神。③表情；神態◇眼神|神采飛揚。④玄妙莫測的◇神祕|神效|神機妙算。⑤超常的；出眾的◇神童|神醫。

【神人】 shénrén ①神仙；道家指得道的人。②才貌出眾的人◇乍一見她，驚為神人。

【神力】 shénlì 超過常人的力氣◇生有神力，能挽強弓。

【神父】 shénfu 神甫。天主教、東正教的男性神職人員。通常負責管理一個教堂，主持宗教活動。

【神幻】 shénhuàn 神奇幻化◇神幻小說。

【神仙】 shénxiān ①神話傳說或宗教中指能超脫塵世、長生不老的人◇神仙方士。②比喻無憂無慮、逍遙自在的人◇過着神仙的日子。

【神色】 shénsè ①神情；神態◇神色慌張|神色自若。②中醫指人的精神氣色◇神色平和。

【神交】 shénjiāo ①指心投意合、相知相契的朋友◇忘年神交。②彼此沒有見過面，但心靈相通，互相傾慕◇神交已久，今始相見。

【神州】 shénzhōu 戰國時齊人鄒衍稱中國為"赤縣神州"。後作中國的別稱◇神州大地。

【神志】 shénzhì 知覺和意識◇神志清醒|神志昏迷。

【神甫】 shénfu 神父。

【神似】 shénsì ①神態或神情相像◇兄弟倆十分神似。②在精神實質上相似◇水墨畫注重的是神似。㊋形似。

【神妙】 shénmiào 特別高明巧妙◇筆法神妙。

【神奇】 shénqí 神妙奇特；神祕奇妙◇化腐朽為神奇|神奇的物理世界。

【神明】 shénmíng ①泛指神◇奉若神明。②高明；英明◇斷案神明。

【神物】 shénwù ①神奇怪異的東西◇天生神物。②指神仙◇欲與神通，神物不至。

【神往】 shénwǎng 心裏嚮往◇神往已久|令人神往。

【神采】 shéncǎi ①人臉上的神氣和光采◇神采飛揚|沒有神采的眼睛。②指藝術作品的神韻風采◇插圖生動之極，活現了全書的神采。

多樣表達：神采

神色 神情 神氣 神韻 臉色 風采 風度 風致 風範 英姿 風姿 風貌 風韻 韻致 容止 表情 儀容 儀表 儀態

【神祇】shénqí 天神和地神的合稱。也泛指神◇全賴神祇保佑。

【神威】shénwēi 神奇、巨大的威力◇大顯神威。

【神思】shénsī 精神，思緒◇神思飛揚｜神思恍惚。

【神勇】shényǒng 形容人非常勇猛◇神勇無敵。

【神祕】shénmì 高深莫測的；使人摸不透的◇神祕莫測｜神祕人物｜探索神祕的宇宙。

【神氣】shénqì ① 神情；神態◇神氣自若。② 精神飽滿，有生氣◇穿上制服顯得很神氣。③ 得意或驕傲的樣子◇一得獎，她立刻神氣起來。

【神速】shénsù 速度快得驚人◇功效神速｜兵貴神速。

【神異】shényì ① 神怪◇傳說中的神異。② 神奇◇神異幻術。

【神情】shénqíng 臉上顯露出的神態、表情◇神情緊張｜神情莊重。

【神通】shéntōng ① 佛教語。指具有無所不能的力量◇神通廣大。② 指高超的手段或本領◇各顯神通。

【神智】shénzhì ① 精神智慧◇益人神智。② 意識◇神智不清。

【神馳】shénchí 心思飛往（某種境界）◇神馳九州。

【神聖】shénshèng ① 崇高而莊嚴的；不可褻瀆的◇神聖領土｜神聖的事業。② 指神靈◇何方神聖。

【神話】shénhuà ① 古代人關於神或神化的英雄故事◇希臘神話｜傳說充滿神話色彩。② 荒誕離奇、毫無根據的話。

【神遊】shényóu 在想像中遊歷◇故國神遊｜神遊太虛。

【神經】shénjīng ① 人和動物體內傳導興奮的組織，由許多神經纖維和纖維束組成◇中樞神經｜神經系統。② 精神失常的症狀◇發神經｜她又犯神經了。

【神魂】shénhún 精神；神志◇神魂顛倒。

【神漢】shénhàn 男巫師◇巫婆神漢。

【神態】shéntài 神情態度◇神態自如｜神態安詳。

【神器】shénqì ① 古代指代表國家政權的實物，如玉璽、寶鼎之類◇神器乃是國之重寶。② 借指帝位、政權。③ 泛指在某一範疇內非常有用的軟件或者產品。

【神學】shénxué ① 論證神的存在和本性，以及宗教教義和教規的學說。② 泛指宗教學說。

【神韻】shényùn ① 人的神采、風度◇年輕時的神韻。② 詩文書畫的風格韻味◇宋詩得唐人之神韻。

【神權】shénquán ① 指鬼神具有操縱人命運的權力。② 天主教、東正教指神職人員所擁有的神賦予的權力。

【神靈】shénlíng 神的總稱◇神靈保佑｜神靈降福。

【神經病】shénjīngbìng ① 神經系統的疾病。主要表現為癱瘓、麻木、疼痛、昏迷等。② 精神病的俗稱。③ 指精神不正常。含貶義◇你神經病呀，這麼好的東西都丟掉！

【神經質】shénjīngzhì ① 人的心理紊亂的一種病態特徵，主要表現為多疑、大驚小怪、怯懦、情感易衝動等。② 指言行性情類似“神經質”的表現◇這人有點神經質，別理他。

【神工鬼斧】shéngōng guǐfǔ 形容技藝高超、精妙。

【神不守舍】shénbùshǒushè 魂魄不在軀體裏。形容心神不定、失魂落魄的樣子。

【神乎其神】shénhūqíshén 乎，語助詞；其，那樣。神奇奧妙到了極點。出自《莊子・天地》：“深之又深而能物焉，神之又神而能精焉。”

【神出鬼沒】shénchū guǐmò 出，出現；沒，消失。原比喻用兵靈活，變化莫測。後多形容變化多端，令人難以捉摸。

【神來之筆】shénláizhībǐ 創作時不期而至的精彩筆墨。形容作品的構思和技法奇妙絕倫。

【神采奕奕】shéncǎiyìyì 形容精神飽滿，容光煥發。㊀ 沒精打采。

【神氣活現】shénqìhuóxiàn 自以為了不起，

趾高氣揚、旁若無人的樣子。㊀反 低三下四。

【神搖意奪】shényáoyìduó 形容精神為某事物所吸引而不能自持。

【神機妙算】shénjī miàosuàn 機，心思；算，謀劃。超人的智慧和巧妙的策劃。形容謀略高明，善於洞察情勢。

5 **祝** zhù 粵zuk1 足 ①指寺廟中管祭禮、香火的人◇廟祝。②向神禱告祈福◇祝禱。③祝頌，表示良好願望◇祝你一路平安。④斷絕；削去◇祝髮為僧。⑤姓。

【祝酒】zhùjiǔ 向人敬酒，表示祝願◇舉杯祝酒。

【祝捷】zhùjié 慶祝勝利◇祝捷大會。

【祝賀】zhùhè 慶賀◇祝賀勝利｜向你表示祝賀。

【祝頌】zhùsòng 祝願讚頌◇宴會上雙方相互祝頌。

【祝福】zhùfú ① 求神賜福。② 祝人平安和幸福◇朋友傳來祝福。③ 在除夕祝告天地、祈求賜福的民俗。

【祝壽】zhùshòu 祝賀他人的壽辰。多指對老年人◇大家都來給爺爺祝壽。

【祝融】zhùróng 火官之神，後用以代指火或火災◇秋天乾燥，是祝融肆虐的時機。

【祝願】zhùyuàn ① 向人表示良好願望◇祝願心想事成。② 對人的良好願望◇帶着親人的祝願告別家鄉。

5 **祚** zuò 粵zou6 做 ①福◇門衰祚薄。②賜福；保佑◇天若祚我，必無此事。③皇位◇太祖登祚。④流傳；傳代◇傳祚萬代。

5 **祔** fù 粵fu6 父 ①後死的人附祭於先祖。②將後死的人同先死的人合葬。

5 **祇** zhī 粵zi1 之 恭敬地◇祇仰｜祇候光臨。

5 **祕〔秘〕** (一) mì 粵bei3 臂 ①不公開的◇祕訣｜祕密｜祕方。②罕見；稀有的◇祕寶｜祕笈。③使人無法捉摸的◇神祕｜奧祕｜行蹤詭祕。④隱藏；保守祕密◇祕而不宣。⑤堵塞◇便祕。⑥祕書的簡稱◇文祕。

(二) bì 粵bei3 臂 用於譯音，如祕魯。

【祕方】mìfāng ① 不公開的、有顯著療效的藥方◇祖傳祕方。② 比喻特別有效的解決辦法◇如果説學外語有祕方，那就是持之以恆。

【祕史】mìshǐ ① 未公開的史實◇清宮祕史。② 指私生活的記載◇影星祕史。

【祕書】mìshū ① 古代宮禁中的藏書、朝廷機要文書等。② 古代掌管典籍或起草文書的官員。③ 掌管文書並協助機關或部門負責人處理日常事務的人員◇行政祕書｜祕書長。

【祕訣】mìjué 不公開、有特效的方法◇成功的祕訣｜處世祕訣。

【祕密】mìmì ① 不公開的；隱密不讓人知道的◇祕密文件｜祕密武器。② 祕密的事情◇軍事祕密｜我倆之間的祕密。

5 **祠** cí 粵ci4 詞 祠堂◇宗祠｜先賢祠。

【祠堂】cítáng 祭祀祖宗或功德顯赫人物的廳堂◇王家祠堂｜諸葛丞相祠堂。

6 **票** piào 粵piu3 漂 ①作為憑證的紙券◇車票｜支票｜投票選舉。②紙幣◇鈔票｜票面。③指被盜匪綁架的人質◇綁票｜撕票。④非專業的戲曲表演◇玩票｜票友。⑤量詞。批，用於貨物、生意◇一票生意｜一票買賣。

【票友】piàoyǒu 非職業的戲曲演員、樂師◇京劇票友｜票友上場。

【票據】piàojù ① 按照法定形式製成，並寫明支付一定貨幣金額義務的憑證。② 出納或運送貨物的憑證。

6 **祭** jì 粵zai3 制 ①祭祀；祭奠◇祭祖｜祭神｜公祭。②指唸咒語施放法寶◇土行孫祭起捆仙繩。

【祭文】jìwén 祭祀神佛或祭奠死者時，表示哀悼或禱祝的文章。

【祭主】jìzhǔ 主持祭祀的人。

【祭灶】jìzào 祭祀灶神。民俗於農曆臘月二十三或二十四日舉行◇供上糖果、臘八粥祭灶。

【祭祀】jìsì 擺上供品向神佛或祖宗行禮，表示恭敬並祈求保佑◇祭祀天地。

慣用説法：六儀

祭祀 賓客 朝廷 喪紀 軍旅 車馬

【祭品】jìpǐn 祭祀或祭奠用的供品◇祭品豐盛。

【祭掃】jìsǎo 在墳墓前打掃祭奠◇祭掃祖墳。

【祭奠】jìdiàn 為死者舉行追念儀式◇祭奠亡靈。

6 **祫** xiá 粵haap6 狹 古時在太廟中合祭祖先。

6 **祧** tiāo 粵tiu1 挑 ①原指祭遠祖的廟，後來指繼承上代◇兼祧。②把隔了幾代的祖宗的神主遷入遠祖的廟◇不祧之祖。

6 **祥** xiáng 粵coeng4 場 ①吉凶的預兆。後來專指吉兆◇祥瑞。②吉利；幸運◇祥雲|吉祥|和氣致祥。

【祥和】xiánghé ①吉祥平和◇祥和的景象|氣氛祥和。②慈祥和藹◇老人神情祥和。

【祥瑞】xiángruì 吉祥的徵兆◇紅雲蒸騰，天降祥瑞。

7 **視(视)** shì 粵si6 士 ①看◇注視|目不斜視。②察看；考察◇巡視|視察。③看待◇一視同仁。

【視力】shìlì 眼睛辨別物體形象的能力◇保護視力。

【視野】shìyě ①眼睛所能看到的範圍◇視野開闊，一覽無餘。②指所看到的東西。比喻知識領域◇周遊列國，擴大視野。

【視察】shìchá ①察看◇視察災情。②上級人員到下屬機構檢查工作或了解情況。

【視線】shìxiàn ①在眼睛和所注視的物體之間的假想直線◇視線模糊|視線集中。②比喻注意的方向和目標◇轉移對手的視線。

【視聽】shìtīng ①視力和聽力。②看到的和聽到的◇混淆視聽|明確是非，以正視聽。

【視而不見】shì'érbújiàn 形容不重視或不注意◇視而不見，聽而不聞。

【視死如歸】shìsǐrúguī 把死亡看成像回家一樣。形容勇於獻身、不怕犧牲的精神和意志。⊜反 貪生怕死。

7 **祲** jìn 粵zam1 針 古代迷信稱不祥之氣；妖氣。

8 **禁** (一)jìn 粵gam3 今3 ①不許可；不准◇禁止|禁賭|嚴禁出入。②關押◇禁閉|軟禁。③監獄◇禁子|禁卒。④法令或習俗不允許做的事◇犯禁|違禁|開禁|入國問禁。⑤特指皇宮◇宮禁|禁中。

(二)jīn 粵gam1 今 ①承受；耐；經得起◇禁受考驗|弱不禁風|這種鞋不禁穿。②忍住◇情不自禁|忍俊不禁。

【禁止】jìnzhǐ 不允許；不准◇禁止喧嘩|禁止攀折花木。

【禁地】jìndì 禁止一般人或不相干的人進入的地方◇軍事禁地。

【禁忌】jìnjì ①犯忌諱的言行◇百無禁忌。②避忌，特指不得食用(某些食品或藥物)◇服藥期間，禁忌葷腥。

【禁書】jìnshū 禁止刊行、收藏或閱讀的書籍。

【禁區】jìnqū ①一般人或不相干的人不得進入的地區◇軍事禁區。②某些球類運動指發球區以內的地方◇在禁區內犯規。③比喻某些不許涉及的範圍或領域◇科學無禁區。④醫學上指禁止動手術或針灸的部位。

【禁閉】jìnbì 把違規或犯錯的人關在屋子裏，責令其反省◇禁閉三天。

【禁絕】jìnjué 徹底禁止◇禁絕吸毒。

【禁慾】jìnyù 抑制性慾或抑制享樂的慾望◇禁慾主義。

【禁錮】jìngù ①關押；監禁◇終身禁錮。⊜反 釋放。②封閉；強力限制◇禁錮人的思想。

8 **祺** qí 粵kei4 其 ①吉祥。書信中用為祝頌語◇春祺|敬頌文祺。②安祥◇祺然。

8 **祼** guàn 粵gun3 灌 古代酌酒灌地的祭禮。

8 **祿(禄)** lù 粵luk6 六 ①福◇薄祿相。②古代官吏的俸給◇俸祿|高官厚祿。

【祿位】lùwèi 俸祿和官位◇保全祿位。

9 **禊** xì 粵hai6 系 古代一種消除不祥的祭祀儀式，春秋兩季在水邊舉行。

9 **福** fú 粵fuk1 複 ①幸福；福氣◇享福|福分。②古時婦女行萬福禮。③指福建省◇福橘。

【福分】fúfen 福氣◇子女孝順是你的福分。⊜反 薄命。

【福地】fúdì ①道教指神仙居住的地方◇洞天福地。②幸福安樂的地方◇安居福地，頤養天年。③風水好的墳地或宅基◇福地留與福人來。

【福利】fúlì ①幸福和利益◇為民眾謀福利。②特指給予的好處和照顧◇員工福利。

【福祉】fúzhǐ 幸福◇福祉昌延。

【福星】fúxīng ①木星。古人稱木星為歲星，認為它所對應的地方，諸事順利。②比喻能帶來幸福和希望的人◇福星高照。㊀ 災星。

【福音】fúyīn ①基督徒稱耶穌所說的話及其門徒傳佈的教義。②比喻好消息◇天降福音。㊀ 噩耗。

【福氣】fúqi 享福的運氣◇老太太真有福氣。

【福蔭】fúyìn 福分庇護。

【福禮】fúlǐ 祭祀所用的酒肉◇置備三牲福禮。

9 **禋** yīn 粵jan1 因 ①古代祭天的祭名。②泛指祭祀。

9 **禎(祯)** zhēn 粵zing1 精 吉祥。

【禎祥】zhēnxiáng 吉祥幸運（的徵兆）。

9 **禍(祸)** huò 粵wo6 和6 ①災難；危害性大的事情◇闖禍。②危害；使受災難◇禍國殃民。

【禍水】huòshuǐ ①指迷惑人導致惡果的女性◇紅顏禍水。②比喻引起災難的人或社會勢力◇危害社會安定的禍水。

【禍心】huòxīn 做壞事的念頭◇包藏禍心。

【禍殃】huòyāng ①災禍◇惹起禍殃。②禍害；殃及◇環境污染將禍殃後代。

【禍胎】huòtāi 禍根◇亂世多財是禍胎｜敗家的禍胎。

【禍首】huòshǒu 造成禍患的主要人物◇罪魁禍首｜戰爭禍首。

【禍根】huògēn 災禍的根源。比喻引起災禍的人或事物◇留下禍根，後患無窮。

【禍害】huòhai ①災禍◇招來禍害。②引起災禍的人或事物◇核子武器是世界和平的禍害。③危害；損壞◇禍害青少年的書籍｜衣服都給耗子禍害了。

【禍祟】huòsuì 鬼神帶給人的災禍◇村裏的人不敢拆廟，怕有禍祟。

【禍患】huòhuàn 災禍；災難。

【禍亂】huòluàn 災禍和動亂◇社會不穩，禍亂叢生。

【禍端】huòduān 災禍的徵兆；災禍的開端◇禍端一發，不可收拾。

【禍不單行】huòbùdānxíng 不幸的事接連發生◇福無雙至，禍不單行。㊂ 多災多難 ㊀ 洪福齊天。

【禍起蕭牆】huòqǐxiāoqiáng《論語・季氏》："吾恐季孫之憂，不在顓臾，而在蕭牆之內也。"蕭牆，門屏，用來分隔內外的小牆。比喻禍亂發生在內部。

【禍國殃民】huòguó yāngmín 殃，使受災禍。使國家受害，人民遭殃。㊀ 強國富民。

【禍從天降】huòcóngtiānjiàng 形容災禍突然降臨。㊂ 大禍臨頭 ㊀ 吉星高照。

9 **禘** dì 粵dai3 帝 古代一種祭祀。

9 **禕(祎)** yī 粵ji1 衣 美好。

10 **禡(祃)** mà 粵maa6 罵 古代在軍隊駐紮的地方舉行的祭禮。

10 **禛** zhēn 粵zan1 真 因真誠而得到福佑。常用於人名◇清雍正皇帝名胤禛。

10 **禚** zhuó 粵zoek3 雀 姓。

11 **禤** xuān 粵hyun1 圈 姓。

12 **禦(御)** yù 粵jyu6 遇 抵擋◇防禦｜禦敵｜禦寒衣物。

12 **禧** xǐ 粵hei1 希 吉祥；幸福◇鴻禧｜恭賀新禧。

12 **禫** dàn 粵taam5 探5 古時喪家除服的祭祀。

12 **禪(禅)** ㈠shàn 粵sin6 善 ①古代帝王的祭地禮◇封禪。②帝王讓位給別人◇禪讓｜禪位｜受禪。

㈡chán 粵sim4 蟬 ①禪那的簡稱。佛教指摒除雜念，靜心領會佛理的修煉◇參禪｜禪宗。（梵 Dhyāna）②有關佛教的人和事物◇禪師｜禪堂｜禪機｜禪林（寺院）。

【禪房】chánfáng ①僧尼等修行、居住的房舍◇靜室禪房｜曲徑通幽處，禪房花木深。②泛指寺院。

【禪師】chánshī 對佛教僧侶的尊稱◇禪師長老。

12 **禨(机)** jī 粵gei1 肌 福；祥。

13 **禮(礼)** lǐ 粵lai^{5}黎^{5} ①表示敬意的態度或動作◇敬禮|先禮後兵。②社會上約定俗成的禮節或儀式◇婚禮|畢業典禮。③古代社會的等級制度及相應的行為準則、道德規範◇禮教|禮義廉恥。④禮物◇賀禮|禮輕情意重。⑤禮遇；尊重◇禮賢下士。

【禮帖】lǐtiě ① 禮單，送禮時開列禮物名稱和數量的單子。② 請柬。

【禮物】lǐwù 送給別人的物品◇生日禮物。

【禮服】lǐfú 舉行典禮時按規定穿的服裝。後泛指在莊重場合所穿的服裝◇晚禮服｜結婚禮服。

【禮法】lǐfǎ 禮儀法度。

【禮品】lǐpǐn 送給人的禮物。

【禮拜】lǐbài ① 教徒敬神祈禱的儀式◇燒香禮拜｜到教堂做禮拜。② 指一個星期◇下禮拜｜開學有一個禮拜了。③ 跟"天、日、一、二、三、四、五、六"連用，表示一星期中的某一天◇禮拜天在家休息。④ 禮拜天的簡稱。

【禮俗】lǐsú 禮儀和習俗◇不拘禮俗｜尊重各民族的禮俗。

【禮炮】lǐpào ① 在慶典或歡迎貴賓的隆重場合鳴放的炮。② 泛指民間喜慶活動點燃的爆竹。

【禮教】lǐjiào 古代的禮法規條和道德標準◇封建禮教。

【禮堂】lǐtáng 供舉行典禮或集會用的大廳◇禮堂內張燈結綵，備辦春節晚會。

【禮遇】lǐyù 尊重而又禮貌的待遇◇受到禮遇。㊇ 冷遇。

【禮節】lǐjié 用以表示尊敬、祝賀、歡迎、送行、哀悼等的各種形式，如鞠躬、握手、鼓掌、獻花圈等◇注重禮節｜禮節性拜訪。

【禮貌】lǐmào 以謙恭文明的言行對待別人◇有禮貌｜禮貌待人。

【禮數】lǐshù ① 古代按名位規定的禮儀等級制度◇宮廷禮數。② 禮貌；禮節◇禮數周到。

【禮儀】lǐyí 禮節和儀式◇禮儀之邦｜公關禮儀。

【禮讚】lǐzàn ① 佛教指向三寶（佛、法、僧）行禮和頌揚功德。② 懷有敬意地讚美。③ 舉行典禮時擔任司儀的人。

【禮讓】lǐràng 禮貌地謙讓◇夫妻之間也要互相禮讓。㊐ 謙讓 ㊇ 爭奪。

【禮尚往來】lǐshàngwǎnglái《禮記・曲禮上》："禮尚往來。往而不來，非禮也；來而不往，亦非禮也。"禮，禮節；尚，重視。在禮節上注重有來有往。後來表示用對等的方式回報對方◇兩國交往，禮尚往來。

【禮賢下士】lǐxiánxiàshì 禮賢，尊重賢者；下士，降低身份結交有才德的人。多指地位較高的人敬重有才德的人。

14 **禱(祷)** dǎo 粵tou^{2}土 ①向神佛求助◇禱告|祈禱。②請求，企盼。用於書信結尾的敬辭◇至禱|盼禱。

【禱告】dǎogào ① 祝告神靈，求福、求庇佑◇禱告神明。② 宗教徒祈求神保佑的儀式◇做禱告。

【禱祝】dǎozhù 禱告祝願◇焚香禱祝。

14 **禰(祢)** 〈一〉nǐ 粵nei^{5}你 宗廟裏所立的亡父牌位。

〈二〉mí 粵nei^{4}尼 姓。

17 **禳** ráng 粵joeng^{4}羊 向鬼神祈禱消災◇禳災。

禸部

4 **禺** yú 粵jyu^{4}餘 ①一種長尾猴。②區域。古稱一里之地為一禺。

4 **禹** yǔ 粵jyu^{5}雨 ①傳説中夏代的第一個君主，又稱大禹、夏禹。因治水有功，成為部落聯盟首領。據傳其治水十三年中，三過家門而不入。②姓。

8 **萬(万)** wàn 粵maan^{6}慢 ①數目，十個一千是一萬。②形容很多◇萬眾一心。③極；絕對◇萬幸|萬難照辦。④姓。

【萬一】wànyī ① 萬分之一。表示極小的一部分◇兄長大恩，沒身不能報答萬一。② 可能性很小的意外情況◇不怕一萬，就怕萬一。③ 表示可能性極小的假設◇萬一發生意外怎麼辦？

【萬千】wànqiān ① 形容數量很多◇萬千心事，從何説起？② 紛繁；多種多樣◇思緒萬千｜氣象萬千。

【萬分】wànfēn 非常；極其◇萬分感謝｜萬分高興。

【萬世】wànshì 萬代。形容非常久遠◇萬世師表｜千秋讚頌，萬世景仰。

【萬死】wànsǐ 死一萬次。形容受嚴厲懲罰或冒生命危險◇赴湯蹈火，萬死不辭！

【萬全】wànquán 非常周到全面，萬無一失◇萬全之計｜萬全之策。

【萬幸】wànxìng 萬分幸運（多指免於災禍）◇能夠生還，已是萬幸。

【萬狀】wànzhuàng 一萬種樣子或情況。表示已經到了“不得了”的程度◇驚恐萬狀｜危險萬狀。

【萬般】wànbān ① 各種各樣◇萬般變化。② 極其；非常◇萬般無奈｜萬般憐愛。

【萬能】wànnéng ① 無所不能◇誰都不是萬能的。② 有多種功能的◇萬能膠。

【萬貫】wànguàn 一萬貫銅錢。形容錢財極多◇腰纏萬貫｜萬貫家產。

【萬象】wànxiàng 一切事物；所有的景象；各種情況◇萬象更新｜包羅萬象。

【萬萬】wànwàn ① 數目。一萬個萬，即億。② 絕對；無論如何◇萬萬不能走漏風聲。

【萬歲】wànsuì ① 千秋萬代，永遠存在。用於祝頌。② 古代臣民對皇帝的專稱。

【萬福】wànfú 古代婦女的一種禮儀。行禮時，兩手輕輕抱拳，在胸前右下側上下移動，微鞠躬，同時口稱“萬福”。

【萬籟】wànlài 自然界的各種聲音◇萬籟俱寂｜萬籟俱靜。

【萬金油】wànjīnyóu ① 清涼油的舊稱。應用範圍很廣，但不能治大病。② 比喻甚麼都能做一點，但甚麼都不擅長的人。

【萬人空巷】wànrénkōngxiàng 所有的人都從巷子裏出來了。多形容歡迎、慶祝等盛況。

【萬水千山】wànshuǐ qiānshān 形容路途遙遠而艱險。

【萬念俱灰】wànniànjùhuī 心灰意冷，甚麼想法都打消了。(同) 心如死灰 (反) 雄心勃勃。

【萬馬奔騰】wànmǎbēnténg 形容聲勢浩大，場面壯觀。

【萬馬齊喑】wànmǎqíyīn 喑，啞，不出聲。比喻眾人都不說話，都不表示意見，處在沉悶狀態。(反) 暢所欲言。

【萬紫千紅】wànzǐ qiānhóng ① 形容百花盛開，色彩豔麗。② 比喻豐富多彩或繁榮興旺。

8 **禽** qín 粵kam4 琴 ①鳥獸的總稱◇五禽戲。②鳥類的通稱◇飛禽｜珍禽｜禽鳥。

【禽獸】qínshòu ① 鳥類和獸類◇草木茂盛，禽獸繁殖。② 比喻卑鄙無恥、沒有人性的人◇衣冠禽獸。

【禽流感】qínliúgǎn 禽流行性感冒的簡稱，由病毒引起的動物傳染病，屬甲型流感，主要影響禽鳥，也有人類受感染個案。

禾部

0 **禾** hé 粵wo4 和 ①粟，小米◇禾黍。②禾苗，特指水稻的植株。③糧食作物的總稱◇禾稼。

【禾苗】hémiáo 穀類作物的幼苗◇雨露滋潤，禾苗茁壯。

【禾場】hécháng 脫粒、晾曬穀物的場地。

2 **秃** tū 粵tuk1 ①（人）沒有頭髮；（鳥獸頭、尾、身體）沒有毛◇秃頭｜秃鷲。②（山）沒有草木；（樹木）沒有枝葉◇秃山｜秃樹。③（物體尖端）不鋭利◇秃筆。④（結構）不完整，首尾不全◇小說結尾顯得有點秃。

2 **秀** xiù 粵sau3 獸 ①莊稼抽穗開花◇秀穗。②茂盛◇佳木秀而繁陰。③高出；突出◇玉山秀立，喬松直上。④優異◇優秀。⑤優異的人◇新秀｜後起之秀。⑥美麗而不俗◇秀髮｜山清水秀｜秀外慧中。⑦聰明；靈巧◇內秀。⑧表演；演出◇作秀｜服裝秀。（英 show）

【秀才】xiùcai ① 明清兩代經考試進入府、州、縣學的生員。② 指讀書人◇秀才不出門，能知天下事。

【秀色】xiùsè ① 優美的景色◇蒼山多秀色。② 俊美的容顏◇秀色隨年衰。

【秀美】xiùměi 清秀美麗◇容貌秀美｜秀美的山川景物。

【秀氣】 xiùqi ① 清秀◇靈巧秀氣｜字體秀氣。②（器物）精巧輕便◇手提包做得精緻秀氣。③ 言談、舉止文雅◇説話斯文秀氣。㊀ 俗氣。

【秀雅】 xiùyǎ 清秀文雅；秀麗雅致◇裝飾秀雅。

【秀逸】 xiùyì 俊秀而灑脱◇風姿秀逸。

【秀媚】 xiùmèi 秀美嫵媚◇容貌秀媚。

【秀麗】 xiùlì 清秀美麗◇山川秀麗｜字跡秀麗。㊁ 俊秀。

【秀外慧中】 xiùwài huìzhōng 形容女子外貌秀麗，資質聰明。

【秀色可餐】 xiùsèkěcān 晉代陸機《日出東南隅行》："鮮膚一何潤，秀色若可餐。" 形容女子姿容非常秀麗。也形容景色非常優美。

2 **私** sī 粵si1 思 ①屬於個人的；非官方的◇私宅｜私產｜隱私。②利己◇徇私｜自私自利。③暗地裏；不公開◇私通｜竊竊私語。④非法的◇走私｜私貨。

【私人】 sīrén ① 個人的；自己的◇私人祕書｜私人辦的學校。② 個人之間的◇私人交情。③ 指基於私交、私利的心腹、親友等◇安插私人。

【私下】 sīxià ① 暗地裏◇私下交談。② 私自進行的，不通過公眾或未經主管同意而進行的◇私下了結。

【私己】 sījǐ ① 自私；利己◇此皆私己之言，非出於公心。② 私囊。

【私心】 sīxīn ① 為自己打算的念頭。㊁ 私念。② 個人的心意；內心◇私心竊喜。

【私立】 sīlì ① 私自設立◇私立名目。② 私人設立或開辦的◇私立學校｜私立醫院。

【私有】 sīyǒu 屬於個人所有的◇私有財產。

【私自】 sīzì 暗自；擅自。多指背着部門或有關的人做違反規章制度的事◇私自查案｜私自飼養禽鳥。

【私見】 sījiàn ① 個人的意見或見解◇一己私見。② 成見或偏見◇他一向處事公正，不存私見。

【私利】 sīlì 個人的利益◇不謀私利。

【私事】 sīshì 個人的事◇不為私事耽誤工作。

【私奔】 sībēn 舊時指未婚女子私自投奔所愛的人或與他一起逃走。

【私房】 ㈠ sīfáng 私人所有的房屋。㊀ 公房。㈡ sīfang ① 指個人私下的積蓄◇私房錢｜這是我的私房，你拿去救急吧。② 不願讓外人知道的◇私房話。

【私法】 sīfǎ 保護私人利益的法律，如民法、商法等。

【私貨】 sīhuò ① 非法販賣的貨物◇收繳私貨。② 比喻在某種名義掩飾下夾帶的與這種名義不相干的東西◇夾帶私貨。

【私訪】 sīfǎng 古代官員不露身份察訪民情◇微服私訪。

【私淑】 sīshū《孟子・離婁下》："予未得為孔子徒也，予私淑諸人也。" 淑，善、認為好。後人指雖未親身受教，但尊奉為師表，稱為 "私淑" ◇私淑弟子。

【私信】 sīxìn ① 私人信件。② 指利用即時通訊工具，向特定用戶發送信息◇聽到消息後，他私信朋友送出了祝福。

【私通】 sītōng ① 通姦◇與人私通。② 暗中勾結◇私通外敵。

【私語】 sīyǔ ① 低聲談話；私下談話◇竊竊私語｜夜半無人私語時。② 低聲或私下説的話◇偷聽人家的私語。

【私塾】 sīshú 中國古代家庭、宗族或教師自己設立的教學處所。

【私憤】 sīfèn 由個人的利害關係而引起的怨恨◇發泄私憤。㊀ 公憤。

【私黨】 sīdǎng ① 因利害相同而結合在一起的小集團。② 心腹；黨羽◇拉攏私黨。

【私囊】 sīnáng 私人的錢袋◇中飽私囊。

【私生子】 sīshēngzǐ 非夫妻關係的男女所生的子女。㊁ 非婚生子女。

3 **秈〔籼〕** xiān 粵sin1 先 一種早熟的水稻，米粒細長，黏性小◇秈稻｜秈米。

3 **秉** bǐng 粵bing2 丙 ①手持；拿着◇秉燭｜秉筆。②掌握；主持◇秉政。③遵循；依照◇秉時｜秉公辦事。④同 "稟"。承受◇秉承。⑤古代容量單位，合16斛。

【秉公】 bǐnggōng 按照公認的道理或公平的準則◇秉公執法。

【秉性】 bǐngxìng 同 "稟性"。性格，天性◇秉性忠厚｜江山易改，秉性難移。

【秉承】 bǐngchéng 同“稟承”。承受；接受◇秉承旨意。

【秉持】 bǐngchí 主持；掌握◇秉持公道｜秉持大權。

【秉政】 bǐngzhèng 執政；掌握政權◇秉政多年。

9 **穊** jì ㊠gei³ 記 禾稻種得稠密◇深耕穊種。

4 **秕〔粃〕** bǐ ㊠bei² 比 ①穀中空或不飽滿；癟穀◇秕穀｜糠秕。②壞；劣◇秕政。

4 **秒** miǎo ㊠miu⁵ 渺 ①時間單位。60 秒等於 1 分。②弧、角、經緯度等的單位。60 秒等於 1 分。

4 **秋〔烁龝〕** qiū ㊠cau¹ 抽 ①秋季◇深秋｜春華秋實。②莊稼成熟時節◇麥秋｜三秋大忙。③秋天成熟的莊稼◇收秋｜穫秋。④一年的時間◇千秋萬代。⑤某個時期。多指負面的◇多事之秋｜危急存亡之秋。⑥姓。

多樣表達：秋
初秋 深秋 晚秋 暮秋 殘秋 秋末 孟秋 仲秋 季秋

【秋水】 qiūshuǐ ① 秋天江河的水◇落霞與孤鶩齊飛，秋水共長天一色。② 比喻眼睛。多指女子的◇望穿秋水。

【秋分】 qiūfēn 二十四節氣之一。在公曆九月二十三或二十四日，這一天南北半球晝夜對分，長短一樣。

【秋色】 qiūsè 秋天的景色◇絢麗燦爛的秋色｜平分秋色。

【秋收】 qiūshōu 秋季收穫農作物冬藏。也指秋季收穫的農作物◇秋收季節｜今年秋收比去年增加了一成。

【秋季】 qiūjì 一年四季中的第三季。中國習慣上指立秋到立冬的三個月，即農曆七、八、九三個月。

【秋波】 qiūbō 比喻美女清澈明亮的目光、眼神或眼睛◇暗送秋波。

【秋娘】 qiūniáng ① 本為唐代長安城中著名妓女名，後來作為歌伎女伶的通稱。② 指蟬。

【秋毫】 qiūháo 鳥獸在秋天新生的細毛。比喻細小的東西◇明察秋毫。

【秋景】 qiūjǐng ① 秋天的景色。② 秋天的收成◇看樣子，今年秋景好過去年。

【秋霜】 qiūshuāng ① 秋天的白霜◇秋霜如雪。② 比喻白髮◇兩鬢秋霜。

【秋老虎】 qiūlǎohǔ 比喻立秋後仍然十分炎熱的天氣。

【秋後算賬】 qiūhòusuànzhàng 原指農民在秋收後結算收支賬目。現多比喻事後進行清算報復。

【秋高氣爽】 qiūgāo qìshuǎng 秋日天空明淨，氣候涼爽。

【秋毫無犯】 qiūháowúfàn 軍隊紀律嚴明，所到之處，絲毫不侵犯民眾利益。㊜ 洗劫一空。

【秋風掃落葉】 qiūfēng sǎo luòyè 比喻以強大的力量掃蕩衰朽的勢力。

4 **科** kē ㊠fo¹ 火¹ ①法令，法律條文◇科條｜金科玉律｜作奸犯科。②徵收；判處；處罰◇科稅｜科罪｜科以罰金。③學術、課程或業務的分類◇文科｜理科｜牙科。④行政部門分設的辦事機構◇財務科｜失蹤人口調查科。⑤動植物分類的名目之一，目以下為科，科以下為屬◇豆科植物｜貓科動物。⑥古代科舉考試及考試的科目、等第、年份等◇登甲科｜父子同科｜博學鴻詞科。⑦訓練戲曲藝徒的組織◇科班出身。⑧古典戲曲中指示演員表情、動作的用語◇科白｜笑科｜插科打諢。

【科幻】 kēhuàn 科學幻想◇科幻電影。

【科目】 kēmù ① 按事物的性質劃分的類別◇考試科目｜研究科目。② 科舉考試分科取士的名目◇以科目取士。

【科甲】 kējiǎ 漢唐兩代考選官吏後備人員設甲、乙、丙等科，後通稱科舉為“科甲”。

【科技】 kējì 科學技術◇科技發展日新月異。

【科研】 kēyán 科學研究的簡稱◇科研成果豐碩。

【科班】 kēbān ① 培養兒童成為戲曲演員的訓練班。② 比喻正規的教育或訓練◇人家是科班出身的法學專家。

【科舉】 kējǔ 從隋唐到清代分科考試選拔後備官員的制度。

【科學】 kēxué ① 關於自然界、社會和思維的存在形式和變化規律的知識體系◇自然科學｜

宇宙科學。② 合乎科學的◇方法很科學｜科學養殖。

【科斂】kēliǎn ① 徵收；強迫攤派◇科斂丁口。② 搜刮錢財◇科斂百姓。

5 **秦** qín 粵ceon4 巡 ①周朝國名。嬴姓，在今陝西中部、甘肅東部的關隴地區。②朝代名。公元前221年—前226年，秦始皇嬴政所建，定都咸陽。秦朝是中國歷史上第一個大一統的封建王朝。③漢時西域各國稱中國。④陝西的別稱。⑤姓。

5 **秣** mò 粵mut3 沫3 ①牲畜的飼料◇糧秣。②餵養，飼養◇秣馬厲兵。

【秣馬厲兵】mòmǎ lìbīng 餵飽戰馬，磨快兵器。形容準備作戰。

5 **秫** shú 粵seot6 術 黏性高粱◇秫米｜春秫釀美酒。

5 **秬** jù 粵geoi6 具 一種黑黍◇秬黍。

5 **秤** chèng 粵cing3 稱 衡量重量的器具◇桿秤｜磅秤｜彈簧秤。

5 **租** zū 粵zou1 遭 ①古代土地稅◇田租。②有償借用他人的土地、房產或其他東西◇租地｜租借｜租房。③向他人有償出借土地、房產或其他東西◇出租｜租給商戶。④交給租借物所有者的錢或實物◇房租｜地租。

【租用】zūyòng 出錢借用東西，並在約定的時間歸還◇租用傢具｜租用球場。

【租金】zūjīn 出租者所收或承租者所付的租賃田地、房屋或物品的費用。

【租界】zūjiè 一國在他國的都市內"租借"的直接管轄區域。多在通商口岸城市。一些西方國家曾在上海、天津、廣州等地擁有租界，二次世界大戰後被中國政府收回。

【租借】zūjiè ① 租用◇租借房子。② 出租◇把土地租借作貨櫃堆場。

【租賃】zūlìn ① 租用◇租賃寫字樓。② 出租◇有鋪位租賃。

【租讓】zūràng 租借後，又轉讓給第三方◇公司把這塊地租讓給外商。

5 **秧** yāng 粵joeng1 央 ①植物的幼苗◇樹秧｜瓜秧。②特指水稻苗◇插秧｜秧苗青青。③某些植物的莖◇白薯秧。④一些為飼養而培育的初生動物◇豬秧｜蟹秧。

【秧田】yāngtián 培植稻秧的田。

【秧歌】yāngge ① 指插秧時唱的歌◇水田裏秧歌四起。② 流傳於中國北方農村的一種民間歌舞◇扭秧歌｜秧歌劇。

5 **秩** zhì 粵dit6 迭 ①古代官員的俸祿。也指官員的級別、職位◇秩八百石｜加官進秩。②次序◇秩序。③整齊，有條理◇秩然有序。④十年為一秩◇年近九秩。

【秩序】zhìxù 有條理、不混亂的狀態◇秩序井然｜課堂秩序良好｜維持秩序。

5 **秭** zǐ 粵zi2 只 ①古代數目名。說法不一：(1)十億；(2)千億；(3)萬億；(4)億億。②秭歸。地名，在湖北省。

6 **秸〔稭〕** jiē 粵gaai1 街 農作物的莖稈◇豆秸｜高粱秸。

6 **移〔迻〕** yí 粵ji4 兒 ①挪動；搬動◇遷移｜寸步難移。②改變；變動◇潛移默化｜移作他用｜貧賤不能移。

【移民】yímín ① 使公民改換居住地或公民遷居外國◇向西部移民｜移民加拿大。② 由一地遷入另一地，或由一國遷入另一國定居的人◇三峽庫區移民｜新來的墨西哥移民。

【移交】yíjiāo ① 將人或物轉交給有關方面◇把竣工的大廈移交給業主。② 離職前向接替者交代經管的工作◇辦理工作移交。

【移易】yíyì ① 改變◇決議不能移易。② 轉移；調換◇借貸移易。

【移時】yíshí 過了一會兒；短時間之後◇移時之間，突然起了大風。

【移植】yízhí ① 將植物或植物的幼苗連土掘起，移到別處栽種◇從苗圃移植雪松。② 將有機體的部分組織補在同體或異體所缺損的部位，或以器官代替異體的同一器官，使之成活並恢復正常功能◇器官移植。

【移山倒海】yíshān dǎohǎi 移動高山，翻倒大海。本指神仙法術高超，今多比喻改造自然的力量和氣魄。

【移花接木】yíhuā jiēmù 原指嫁接花草樹木。後比喻暗中用手段偷換人或事物。

【移風易俗】yífēng yìsú《禮記・樂記》："移風易俗，天下皆寧。"指改變舊的風俗習慣。

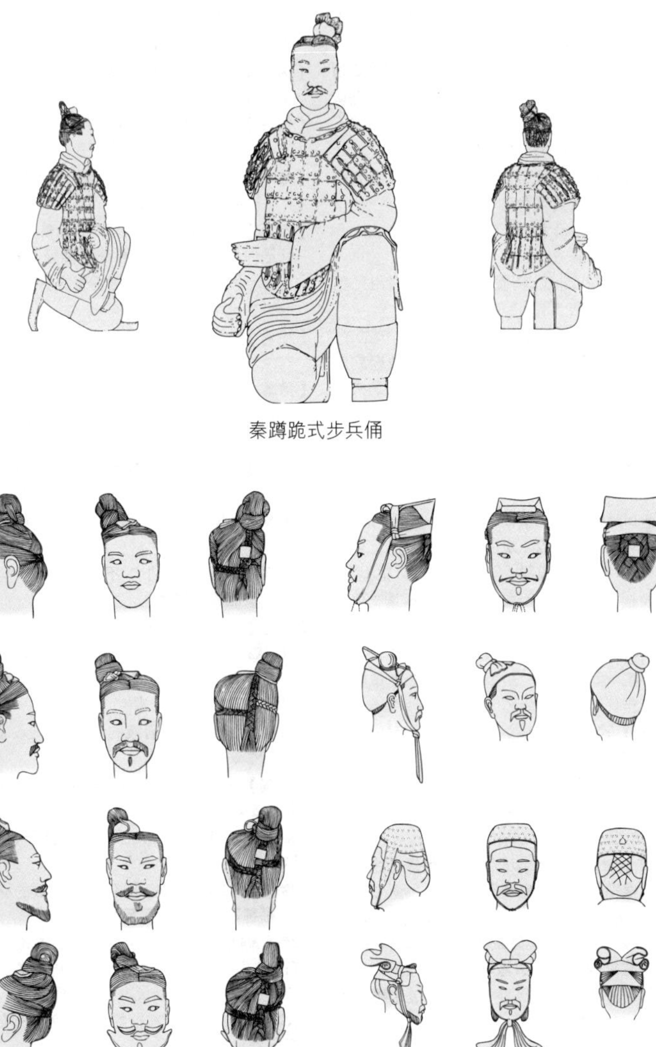

秦蹲跪式步兵俑

【移樽就教】yízūnjiùjiào 端着酒杯坐到別人席前，就近請教。形容主動向別人請教。

7 **稍** (一)shāo (粵)saau^{2} 筲^{2} ①禾的尖端。泛指末端◇月上柳稍頭，人約黃昏後。②略微◇燈光稍暗|年齡稍長。

(二)shào (粵)saau^{2} 筲^{2} 見"稍息"。

【稍息】shàoxī 軍事或體操口令，命令列隊人員從立正姿勢變為休息姿勢。

【稍許】shāoxǔ 稍微；略微◇稍許用點力|今天稍許暖和些。

【稍稍】shāoshāo 稍微，略微◇稍稍用了點勁|稍稍休息一下。

【稍微】shāowēi 略微◇上衣稍微大了一點。

【稍縱即逝】shāozòngjíshì 稍微一放鬆就消失了。形容機遇、時間或靈感等很容易消失。

7 **稈〔秆〕** gǎn (粵)gon^{2} 趕 稈子◇麥稈|玉米稈。

【稈子】gǎnzi 某些植物的莖◇高粱稈子|秫秸稈子。

7 **程** chéng (粵)cing^{4} 晴 ①準則；法則◇章程|程式。②步驟；次序◇過程|療程|日程安排。③(行進的)道路；一段路◇航程|旅程|風雨兼程。④達到的距離◇射程。⑤衡量；估計◇計日程功。⑥姓。

【程序】chéngxù ① 事情進行的次序；工作的步驟◇操作程序|法律程序。② 為使電腦執行操作任務，按邏輯順序設計的指令集合。

【程度】chéngdù ① 文化知識、能力、技術等方面的水準◇大學程度|提升英語程度。② 事物所達到的狀況◇迷戀到瘋狂的程度。

【程控】chéngkòng 程序控制的簡稱◇程控電話|程控機牀。

【程序控制】chéngxùkòngzhì 用預先編制的電腦程序來實現的自動控制。

【程門立雪】chéngménlìxuě《宋史・楊時傳》載：下雪天，楊時去拜訪著名學者程頤，頤正在打盹，楊不敢驚動，站立等候，待程頤醒來，門外積雪已經一尺厚。後比喻尊師重道、虔誠求教。

7 **稀** xī (粵)hei^{1} 希 ①少，不多◇稀有|稀客|門前冷落車馬稀。②空隙大；不稠密◇月明星稀|地廣人稀。③稀薄；含水分多◇稀粥|和稀泥。④表示程度深，相當於"很"◇稀巴爛|暴雨將花木打了個稀爛。

【稀少】xīshǎo 事物出現得很少◇人口稀少。(反) 繁多。

【稀世】xīshì 世上少有◇稀世之寶|稀世奇珍。

【稀有】xīyǒu 很少有的；極少見的◇世間稀有|稀有動物。

【稀罕】xīhan 也作"希罕" ① 稀奇◇六月飛霜可是件稀罕事。② 因稀奇而喜愛；貪圖◇沒人稀罕那幾個工錢。③ 指稀奇的事物◇瞧個稀罕。

【稀奇】xīqí 稀少新奇。也作"希奇"◇稀奇古怪。(反) 尋常。

【稀客】xīkè 難得來的客人◇遠道來的稀客。

【稀疏】xīshū 空間上間隔大；不稠密◇頭髮稀疏|天上的星星稀疏而明亮。(反) 濃密。

【稀落】xīluò 稀疏，零落◇平原上稀落地分佈着十來戶人家。

【稀微】xīwēi 隱約；微弱◇前方有稀微的燈光。

【稀薄】xībó 密度小；不濃厚◇高原空氣稀薄。(反) 濃厚、濃重。

【稀鬆】xīsōng ① 極為鬆散◇泥土稀鬆。② 懶散；鬆懈◇學習稀鬆，不肯上心。③ 差勁；不怎麼樣◇那傢伙本事稀鬆，口氣倒不小。④ 無關緊要◇稀鬆平常的事。

【稀釋】xīshì 降低溶液的濃度◇糖放多了，加點水稀釋下。

【稀爛】xīlàn ① 非常爛，極爛◇把肉煮得稀爛。② 破碎到極點◇衣服被扯得稀爛。

【稀奇古怪】xīqí gǔguài 形容既罕見又怪誕離奇。

【稀稀拉拉】xīxilālā 形容零零散散的樣子。(同) 稀稀落落、疏疏落落。

【稀裏糊塗】xīlihútú ① 糊塗；不清楚，不明白◇越解釋越聽得稀裏糊塗。② 馬馬虎虎，隨便◇沒有認真討論就稀裏糊塗地通過了。

7 **稃** fū (粵)fu^{1} 呼 禾本植物包在花外的硬殼◇內稃|外稃。

7 **稅** shuì (粵)seoi^{3} 碎 政府按規定向納稅人徵收的貨幣或實物◇利得稅|個人入息稅。

【稅收】shuìshōu 政府徵稅所得的收入。

7 **稂** láng 粵long4 郎 一種危害禾苗的雜草◇稂莠。

【稂莠】lángyǒu 稂和莠均為狀似禾苗的雜草。常用以比喻壞人或不成才的人◇稂莠之輩。

8 **稙** zhī 粵zik1 即 穀物種得早或早熟◇稙禾｜白玉米稙。

8 **稞** kē 粵fo1 科 稞麥，麥的一種◇青稞。

8 **稚**〔穉稺〕zhì 粵zi6 自 幼小◇幼稚｜童稚｜稚子。

【稚拙】zhìzhuō 稚氣而笨拙◇畫風看似稚拙。

【稚氣】zhìqì 孩子氣◇一臉稚氣｜稚氣未泯。

【稚嫩】zhìnèn ① 幼小嫩弱◇稚嫩的新枝。② 幼稚；不成熟◇文筆稚嫩。

8 **稗**〔粺〕bài 粵baai6 敗 ①稗子，稻田裏的有害雜草◇稗草。②小；卑微◇稗官。③非正式的；非官方的◇稗說｜稗史。

【稗史】bàishǐ 記載軼聞瑣事的非正史類的書◇清宮稗史。

【稗官】bàiguān 原指專給帝王述說街談巷議、風俗故事的小官。後稱野史小說為稗官。

8 **稔** rěn 粵nam5 諗5 ①莊稼成熟◇歲稔。②年；一年◇五稔。③熟悉◇稔熟。

8 **稠** chóu 粵cau4 酬 ①多而密◇稠密｜人稠地窄。②濃；厚◇稠粥爛飯。

【稠密】chóumì 又多又濃密◇枝葉稠密｜人煙稠密。

【稠人廣眾】chóurén guǎngzhòng 指人煙稠密的地方。

8 **棓** bàng 粵bong6 傍【棓頭】bàngtóu方言。未脫粒的玉米。

8 **稟**〔禀〕bǐng 粵ban2 品 ①予；賦予◇天稟其性。②接受；承受◇稟承｜稟受。③(向上級或尊長)報告◇稟告｜稟報。

【稟告】bǐnggào (向上級或尊長) 報告◇把談判過程稟告銷售主管。

【稟性】bǐngxìng 天性；本性◇稟性愚弱｜稟性忠厚。

【稟承】bǐngchéng 承受；接受◇稟承公平公正的原則。

【稟報】bǐngbào (向上級或長輩) 陳說事情◇如實稟報。

【稟賦】bǐngfù 指人先天具有的生理和心理素質◇稟賦聰明｜自然稟賦。

9 **種**(种)〈一〉zhǒng 粵zung2 總 ①人種；種族◇黃種人｜白種人。②生物傳代繁殖的物質◇稻種｜配種｜變種。③生物學分類的基本單位，在屬以下◇種屬｜貓是哺乳動物貓科貓屬的一種。④種類；類別◇劇種｜品種。⑤指膽量或骨氣。多跟“有、沒有”連用◇有種的站出來！⑥量詞。用於表示人或事物的種類◇一種願望｜好幾種顏色。

〈二〉zhòng 粵zung3 眾 ①種植；栽種◇種瓜得瓜，種豆得豆。②接種（疫苗）◇種牛痘｜種卡介苗。

【種子】zhǒngzi ① 顯花植物的胚珠經受精後長成的結構，萌發後能長出新個體◇撒播種子｜玉米種子。② 體育競賽中預先選出實力較強的運動員◇種子選手｜一號種子。

【種民】zhòngmín 道教稱謹慎忠厚的信徒◇願為種民，學長生之術。

【種族】zhǒngzú 人種。具有共同起源和共同遺傳特徵的人羣◇種族歧視。

【種植】zhòngzhí 播種種子，栽培幼苗◇種植水稻｜人工種植。

【種羣】zhǒngqún 生活在同一環境、屬於同種生物個體的總和◇麋鹿的野生種羣早已絕跡。

【種種】zhǒngzhǒng ① 各種各樣◇克服種種困難。② 各種各樣的事物◇凡此種種，不一而足。

【種類】zhǒnglèi 依據事物的性質或特點劃分的門類◇種類繁多｜識別魚的種類。

【種瓜得瓜，種豆得豆】zhòngguādéguā, zhòngdòudédòu 種甚麼就能收穫甚麼。比喻做了甚麼事情，就會得到甚麼結果。

9 **稱**(称)〈一〉chēng 粵cing1 青 ①名稱◇簡稱｜敬稱｜別稱。②稱做，叫做◇自稱｜稱兄道弟｜人稱活神仙。③說；述說◇連聲稱好｜據稱山中多美玉。④讚揚；頌揚◇稱揚｜交口稱譽。⑤舉◇稱觴祝壽。⑥測定輕重◇稱分量｜稱一稱體重。

〈二〉chèn 粵can3 趁 相當；符合◇對稱|才德相稱|稱心如意。

〈三〉chèng 粵cing3 秤 同"秤"。衡量事物輕重的工具。

【稱心】chènxīn 符合心願；感到滿足◇稱心如意|稱心的工作。

【稱快】chēngkuài 感到快意；表示快意◇拍手稱快。

【稱奇】chēngqí 稱歎奇妙◇嘖嘖稱奇。

【稱呼】chēnghu ①叫◇不知該怎樣稱呼他？②當面招呼時用來表示彼此關係的名稱◇注意在不同場合需要用不同的稱呼。

【稱述】chēngshù 讚揚述説◇小事一樁，不足稱述。

【稱便】chēngbiàn 感到方便；稱道帶來方便◇社區有了班車後居民個個稱便。

【稱許】chēngxǔ 稱讚；讚許◇他樂善好施，獲得社會稱許。

【稱雄】chēngxióng ①憑藉武力權勢，獨霸一方◇擁兵稱雄|稱雄四方。②比喻在某一領域實力無人可及◇稱雄足壇。

【稱號】chēnghào 賦予個人、團體或事物的名稱。多用於讚譽◇他無愧於英雄的稱號。

【稱頌】chēngsòng 稱讚頌揚◇萬世稱頌。反詆毀。

【稱羨】chēngxiàn 稱讚羨慕◇擁有人人稱羨的好身材。

【稱道】chēngdào 稱述；讚許◇助人為樂的精神值得稱道。

【稱歎】chēngtàn 讚歎◇稱歎不已。

【稱賞】chēngshǎng 稱讚欣賞◇人人點頭稱賞。

【稱謂】chēngwèi 人際間緣於彼此的關係或出於身份、職位等原由而得來的稱呼，如父親、老師、警察、總經理等。

【稱職】chènzhí 能勝任所擔任的職務◇稱職的教師。

【稱譽】chēngyù 稱讚；讚揚◇交口稱譽。

【稱霸】chēngbà 依仗權勢和實力，以霸主自居，控制指揮他方◇稱霸武林|稱王稱霸。

【稱讚】chēngzàn 誇獎；讚揚◇獲得上司的稱讚。

【稱孤道寡】chēnggū dàoguǎ 孤、寡，孤家、寡人，古代帝王自稱。多指奪取政權自為帝王，或比喻自封為王、稱霸一方。

9 **稨** biǎn 粵bin2 扁 稨豆，一年生草本植物，其莢果是常用蔬菜。

10 **穀(谷)** gǔ 粵guk1 谷 ①莊稼和糧食作物的總稱◇百穀|五穀豐登。②北方指粟，南方指稻穀◇穀子|打穀。

【穀物】gǔwù ①穀類作物。②穀類作物的子實。

10 **稽** 〈一〉jī 粵kai1 溪 ①考核；查考◇稽考|無稽之談。②計較；爭辯◇反脣相稽。③停留；延遲◇稽留|稽延。④姓。

〈二〉qǐ 粵kai2 啟 叩頭至地◇稽首。

【稽考】jīkǎo 查考；考核◇無從稽考。

【稽查】jīchá ①檢查◇稽查走私貨物。②稽查人員。

【稽首】qǐshǒu 古時一種禮節，跪下叩頭至地◇稽首叩謝。

【稽核】jīhé 查對；核對◇稽核賬目。

10 **稷** jì 粵zik1 即 ①粟或黍，一説是高粱。②古代主管農事的官，後奉祀為五穀神◇社稷。

10 **稻** dào 粵dou6 杜 主要糧食作物之一。一年生草本植物，成熟時穗呈金黃色，子實稱稻穀，去殼後叫大米◇稻米|水稻。

【稻粱謀】dàoliángmóu 唐代杜甫《同諸公登慈恩寺塔》詩："君看隨陽雁，各有稻粱謀。"本指禽鳥尋覓食物，後用以比喻人謀求衣食。

10 **稿〔稾〕** gǎo 粵gou2 高2 ①禾穀的莖稈。②詩文、圖畫等的底本◇起稿|底稿|腹稿。③寫成的詩文、畫成的圖畫◇手稿|講稿|投稿。

【稿子】gǎozi ①文章、圖畫等的草稿◇趕稿子。②寫成的詩文◇審稿子。

【稿草】gǎocǎo 草稿◇不立稿草，下筆便就。

【稿酬】gǎochóu 出版機構付給作者的報酬。同稿費。

10 **稼** jià 粵gaa3 駕 ①種植(穀物)◇耕稼。②穀物◇莊稼。

【稼穡】jiàsè 種植和收穫。泛指農業勞動◇不事稼穡。

11 **積(积)** jī 粵zik1 即 ①聚集；積累◇積水｜積少成多。②堆積◇積土成山｜積雪。③長時間逐步形成的◇積習｜積重難返。④中醫指積久形成的一些疾病◇食積｜寒積。⑤數學上指若干個數相乘的得數◇二乘二的積是四。

【積欠】jīqiàn ①累積欠下◇積欠債務。②積累下的虧欠◇還清積欠。

【積存】jīcún 積聚留存◇倉庫裏積存大量過期刊物。

【積年】jīnián 積累多年◇積年陳賬，一筆勾銷。同 經年。

【積威】jīwēi 長久形成的強大威勢◇懾於積威，敢怒而不敢言。

【積怨】jīyuàn 積壓在心頭的怨氣◇積怨甚多｜消除積怨。

【積案】jī'àn 長期積壓未了結的案件◇積案如山。

【積累】jīlěi ①逐漸增加；逐漸聚集起來◇積累教學經驗。②指積累起來的東西◇生活積累｜工作積累。

【積習】jīxí 長期形成的習慣。多指惡習◇積習難改。

【積貯】jīzhù ①積聚儲存◇積貯糧食，防備荒年。②積存起來的財物。

【積集】jījí 積聚彙集◇將資料積集成冊｜文化積集。

【積勞】jīláo 長期勞累◇積勞成疾。

【積蓄】jīxù ①積聚儲存◇積蓄力量。反 耗費。②指積蓄的財物◇拿出歷年的積蓄。

【積極】jījí ①正面的；起促進作用的◇積極作用｜積極影響。②主動，熱心；努力◇積極參加公益活動｜辦事積極。反 消極。

【積聚】jījù 逐漸聚集；累積◇積聚在心頭的鬱悶｜積聚物資。

【積壓】jīyā 長期積存，未加使用或處理◇積壓來信｜積壓資金。

【積弊】jībì 長久以來形成的弊病◇積弊盡除。

【積德】jīdé 累積德行，為求福而做好事。泛指善舉善行◇積德行善。反 作孽。

【積攢】jīzǎn 一點點地存下來◇把零用錢積攢起來。

【積鬱】jīyù ①長期鬱結（憂愁或怨憤）◇積鬱成疾。②積久的愁悶◇傾吐心中的積鬱。

【積重難返】jīzhòngnánfǎn 積重，積累得很深；返，回轉。長期形成的惡習或弊病很難改變。

【積毀銷骨】jīhuǐxiāogǔ 毀謗太多，會致人於死地。同 眾口鑠金。

【積銖累寸】jīzhū lěicùn 銖，古代的計量單位，二十四銖為一兩。比喻一點一滴的積累。

11 **穆** mù 粵muk6 木 ①恭敬；莊嚴◇肅穆｜靜穆。②溫和；敦厚◇穆如清風。③姓。

【穆斯林】mùsīlín 伊斯蘭教信徒的通稱。本意為順從者，指順從阿拉（穆斯林尊奉的神）的人。（阿拉伯 Muslim）

11 **穄** jì 粵zai3 制 一種糧食作物。像黍子◇穄子｜穄米。

11 **穇(䅟)** cǎn 粵saam1 衫【穇子】cǎnzi ①一年生草本植物，莖有很多分枝，葉子狹長。子實橢圓形，可以吃。②這種植物的子實。

11 **穌(稣)** sū 粵sou1 蘇 ①同"蘇"。蘇醒；復活◇死而復穌。②耶穌。

11 **穎(颖)〔頴〕** yǐng 粵wing6 泳 ①禾穗的末端。②小而細長物的尖端◇脫穎而出。③聰敏◇聰穎｜穎慧。④新奇◇新穎。

12 **穗** suì 粵seoi6 睡 ①稻、麥等穀類植物頂端聚生的花或果實◇稻穗｜麥穗｜抽穗。②用絲線等物紮成、掛起來下垂的飾物◇旗穗｜垂着大紅穗子的宮燈。③廣州的別稱。④姓。

12 **穟** suì 粵seoi6 睡 同"穗"。

13 **穡(穑)** sè 粵sik1 色 收割穀物◇勤身稼穡｜不稼不穡。

13 **穢(秽)** huì 粵wai3 畏 ①骯髒◇污穢｜穢土。②醜惡；醜陋◇穢跡｜自慚形穢。③淫亂；下流◇淫穢｜穢褻。

【穢行】huìxíng 醜惡放蕩的行為。多指淫亂。

【穢言】huìyán 粗俗污穢的話◇口出穢言。

【穢亂】huìluàn 淫亂◇穢亂宮室，醜聲遠播。

13 **穠(秾)** nóng 粵nung4 農 ①花木繁茂◇柳暗花穠。②濃；厚◇雲氣穠鬱。

【穠豔】nóngyàn 花木茂盛而鮮豔◇桃李穠豔。

14 **穫（获）** huò 粵wok6獲 收割莊稼◇收穫|十月穫稻。

14 **穩（稳）** wěn 粵wan2温2 ①平穩；不搖晃◇穩如泰山|政局不穩|立場穩定。②沉着；不輕浮◇沉穩。③妥帖；穩當◇穩紮穩打|辦事很穩。④有把握◇十拿九穩|穩奪冠軍。⑤使穩定不動；叫人暫緩行動◇穩住局面|將那騙子穩在酒店，我去報警。

【穩步】wěnbù 步子平穩地；一步一步地。多用於比喻◇經濟穩步增長。

【穩妥】wěntuǒ 可靠妥當◇穩妥的解決辦法。

【穩固】wěngù ①安穩牢固◇基礎穩固。②使穩固◇穩固權力。

【穩定】wěndìng ①平穩安定；沒有變動◇情緒穩定|病情穩定。㊄動搖。②使穩定◇穩定局勢|穩定軍心。③指物質性能不易發生變化◇化學性質穩定。

【穩重】wěnzhòng 莊重沉着，有分寸◇舉止穩重大方|態度穩重。㊄輕浮。

【穩健】wěnjiàn ①平穩而有力◇穩健的腳步。②穩重；不妄動◇做事穩健。

【穩當】wěndang ①穩妥恰當◇他辦事很穩當。②平穩；穩定◇落地動作輕捷穩當。

【穩練】wěnliàn 穩重老練◇辦事穩練。

【穩如泰山】wěnrútàishān 泰山，在山東省中部。穩固得像泰山一樣。形容非常穩固，不可動搖。

【穩紮穩打】wěnzhā wěndǎ 紮，紮營。原指步步設營，穩當而有把握地進攻。現比喻有步驟、有把握地做事情，不貪多求快◇穩紮穩打地發展。

【穩操勝券】wěncāoshèngquàn 穩操，穩穩地拿着。比喻對勝利有充分的把握。㊂勝券在握。

15 **穭（稆）** lǚ 粵leoi5屢 穀物等不種自生◇穭生。

15 **穮〔穮〕** biāo 粵biu1標 除草。

17 **穰** 〈一〉ráng 粵joeng4羊 ①稻、麥等的莖稈◇黍穰|穰柴。②同"瓤"。果實的肉。③莊稼豐收◇穰歲（豐年）。

〈二〉rǎng 粵joeng6樣 眾多◇人稠物穰。

穴部

0 **穴** xué 粵jyut6月 ①窟窿；土室；巖洞◇石穴|墓穴|穴居。②動物的窩◇蟻穴|龍潭虎穴。③比喻壞人盤據、藏匿的地方◇匪穴。④中醫指人體可以針灸的部位◇穴位|穴道|點穴。

2 **究** jiū 粵gau3救 ①仔細探求◇研究|深究。②追究；查問◇既往不究|違法必究。③畢竟；到底◇終究|究應由哪方負責？

【究竟】jiūjìng ①結果◇總想知道個究竟。②畢竟；到底◇我怎能不惦記他？究竟是我生的孩子。③用在問句中，表示進一步追究◇這究竟是怎麼回事？

【究辦】jiūbàn 查究法辦◇依法究辦|追查究辦。

3 **空** 〈一〉kōng 粵hung1兇 ①裏面沒有東西◇空盒子|教室裏空無一人。②沒有內容；不合實際◇空談|空想。③天空◇晴空|空投。④無，沒有◇目空一切|只落得人財兩空。⑤無着落；無成效◇落空|撲了空。⑥白白地◇空歡喜|空跑一趟。

〈二〉kòng 粵hung1兇 ①使空着；騰出來◇空一格|空出位置。②缺；欠◇虧空|我空人家不少錢。③沒有被佔用的◇空額|還有沒有空房？④指沒有被佔用的地方或時間◇填空|偷空|有空請再來。

【空子】kòngzi ①尚未佔用的地方或時間◇你抽個空子去看看奶奶|家裏沒有空子擺你的東西了。②可利用的機會◇鑽空子。

【空心】kōngxīn（東西的）內部是空的◇空心磚|空心蘿蔔。

【空幻】kōnghuàn 虛構不真實◇武打小說情節空幻。

【空白】kòngbái ①未被利用的◇空白支票。

②未被利用的地方◇書頁的空白上寫滿了批語。③喻指尚未涉及的領域◇他的研究成果填補了仿生學方面的一個空白。④比喻空無所有◇緊張得腦子裏一片空白。

【空乏】kōngfá 空洞乏味◇通篇空乏，沒人愛聽的講話。

【空名】kōngmíng 虛名，有名無實的名義◇掛空名的官職丨我要那空名有甚麼用？

【空投】kōngtóu 從飛機上投下來◇空投傘兵丨空投救災物資。

【空明】kōngmíng ①空闊明澈◇遠遠望去，湖水空明。②指空闊明澈的水面或天空◇東方雲海空復空，羣仙出沒空明中。③形容心性純真坦蕩◇有智慧的人心裏空明，不雜成見。

【空泛】kōngfàn 空洞浮泛，不着邊際◇只有空泛的口號，沒有切實的行動。

【空門】kōngmén ①佛教認為世界一切皆空，故以空門指代佛門◇削髮為僧，遁入空門。②在足球、手球等球類比賽中，臨時出現的無人防守的球門。

【空姐】kōngjiě 空中小姐，民用飛機上的女乘務員。

【空前】kōngqián 前所未有◇演唱會盛況空前，氣氛火爆。

【空洞】kōngdòng ①物體裏的窟窿◇牙齒蛀了個空洞。②沒有內容或內容不充實◇空洞的説教，沒有人願意聽。

【空降】kōngjiàng ①利用飛機、降落傘由空中降落到地面◇空降部隊。②指官員或管理人員由上級直接派下◇他是從總公司空降的主管。

【空耗】kōnghào 白白地耗費◇有話快説，別空耗我的時間。

【空氣】kōngqì ①構成地球周圍大氣的氣體。②氣氛；情勢◇空氣一時緊張起來丨有説有笑，空氣異常活躍。③比喻故意透露或散佈出來的消息、言論等◇他早就放出空氣，説他不想幹了。

【空寂】kōngjì ①空闊寂靜◇空寂的原野。②空虛寂寞◇眼神空寂。

【空虛】kōngxū ①裏面沒有東西◇沒吃早餐，腹中有點空虛。②不充實；不充足◇精神空虛丨生活空虛。

【空閒】kòngxián ①不做事或沒有事情◇等你空閒下來再來找你。㊎忙碌。②不做事或沒有事情的時候◇一有空閒就讀書。③閒置不用◇出租空閒的房子。

【空間】kōngjiān ①由長度、寬度和高度構成的物質的三維存在形式。②由確定的長度、寬度和高度構成的範圍◇空間藝術丨房子裏東西少，空間就比較大。③地方◇只有在這裏才找到發揮自己才能的空間。

【空想】kōngxiǎng ①憑空想像；光想不做◇成績是腳踏實地做出來的，不是空想出來的。②不切實際的想法◇你這些願望都是空想，沒有實現的可能性。

【空暇】kòngxiá 空閒，閒暇◇一有空暇就去做義工。

【空話】kōnghuà ①內容空洞、不切實際的話◇空話連篇。②不準備兑現的許諾◇你不要再用空話來糊弄我。

【空廓】kōngkuò 空曠廣闊◇一走到郊外，就覺得天地分外空廓。

【空隙】kòngxì ①中間空着的少量地方◇櫥和牆壁之間應有點空隙。②短暫的空閒時間◇在排戲的空隙，她也拿出書來讀一會兒。③空子，可乘的機會◇我們不減價銷售，會給那些低價傾銷的商戶留下空隙。

【空餘】kòngyú ①剩餘◇空餘一刻鐘讓大家休息吧。②空閒的◇學習很緊張，沒有一點空餘時間。③閒置的◇我家還有空餘房間，你們可以來住。

【空論】kōnglùn 空洞的或不切實際的言論◇少發些空論，多辦些實事。

【空調】kōngtiáo 空氣溫度調節器的簡稱。

【空談】kōngtán ①脱離實際地談論◇空談誤國。②只是口頭上説説，並不去做◇不能空談，要採取實際步驟。③不切實際的言論◇這些話都出自過來人的經驗，並非空談。

【空頭】kōngtóu ①有名無實的◇空頭文學家丨開空頭支票。②從事投機交易的人，預料股票或貨價將跌，先賣出股票、期貨，等跌價後再買進，從中賺取差額。因賣出後並不立即買進，故稱“空頭”◇目前股價暴跌，空頭市場已形成。

【空濛】kōngméng 形容迷茫、縹緲的樣子◇水光瀲灩晴方好，山色空濛雨亦奇。

【空難】kōngnàn 飛機或其他航空器在航行中因失事而發生的災難◇空難頻仍。

【空曠】kōngkuàng 地方廣闊，沒有遮擋物◇海濱遊人稀少，顯得很空曠。

【空襲】kōngxí 用飛機、導彈等武器對目標進行突然襲擊。

【空城計】kōngchéngjì《三國演義》九十五回：蜀將馬謖失守街亭以後，魏將司馬懿的大軍直逼西城。諸葛亮兵微將寡，無力迎敵，就大開城門，坐在城樓上焚香彈琴。司馬懿疑有埋伏，退兵而去。後形容為應付危局而採取的掩飾實情、蒙騙對方的計策。

【空口無憑】kōngkǒuwúpíng 僅用嘴巴說，沒有憑據。(同) 口說無憑 (反) 立此存照。

【空中樓閣】kōngzhōnglóugé 建築在半空中的樓閣。比喻憑空幻想、虛構的事物或脫離現實的東西。

【空心湯糰】kōngxīntāngtuán 方言。① 比喻徒有虛名而無實利。② 比喻兑現不了的諾言。

【空穴來風】kōngxuéláifēng 戰國楚宋玉《風賦》：“臣聞於師，枳句來巢，空穴來風。”空穴，門窗的洞；來，招致。門窗的孔洞引風從中吹進來。① 比喻消息的流傳不是完全沒有原因的。② 比喻流言蜚語。

【空谷足音】kōnggǔzúyīn 空谷，空曠的山谷；足音，腳步聲。《莊子・徐無鬼》：“夫逃虛空者…聞人足音跫然而喜矣。”跫然，形容腳步聲。在空寂的山谷裏聽到人的腳步聲，比喻極難得的音信、言論或行為。

【空空如也】kōngkōngrúyě 如，…的樣子。形容甚麼都沒有。出自《論語・子罕》：“有鄙夫問於我，空空如也。”(反) 滿滿當當。

【空空蕩蕩】kōngkōngdàngdàng ① 形容空闊冷清◇一放假，校園裏就空空蕩蕩的。② 形容不踏實、無所寄託◇整天無事可幹，心裏空空蕩蕩的。

【空前絕後】kōngqián juéhòu 以前不曾有過，以後也不會再有，只此一次或僅此一個。形容非常罕有，很難得。也形容卓越非凡。

【空頭支票】kōngtóuzhīpiào 空頭，有名無實的。票面支付金額超過存款或透支限額而不能兑現的支票。比喻不準備實現的諾言◇說到做到，我向來不開空頭支票。

3 **穸** xī 粵zik6 夕 墓穴◇窀穸。

3 **穹** qióng 粵kung4 窮 ①隆起成拱形的◇穹宇。②特指天空◇蒼穹。③高◇穹崖千仞。

【穹形】qióngxíng 中間拱起的半圓形◇一座穹形的小石橋。

【穹門】qióngmén 中間拱起的半圓形的門。

【穹蒼】qióngcāng 蒼天，天空◇青碧的穹蒼。

【穹窿】qiónglóng ① 中間隆起而四周下垂的樣子。多形容天空的形狀◇天形穹窿，其色蒼蒼。② 泛指高起成拱形的◇穹窿屋頂。

【穹廬】qiónglú 氈房，氈做的圓頂帳篷◇天似穹廬，籠蓋四野。

4 **突** tū 粵dat6 凸 ①猛衝；衝破◇衝突|突圍。②凸出；高過周圍◇峯巒突起。③忽然◇突變。④煙囱◇曲突徙薪。⑤象聲詞◇心還在突突地跳|從山上突突突跑了下來。

【突兀】tūwù ① 高聳突起◇奇峯突兀。② 奇怪；彆扭◇夜裏做了一個怪夢，醒來後心中有些突兀。③ 突然；出乎意外◇消息來得突兀，讓人不知所措。

【突出】tūchū ① 衝出◇被包圍後，派人突出告急。② 突然出現◇鐵騎突出刀槍鳴。③ 鼓出來，高於周圍◇前額突出。④ 超過一般顯露出來◇成績突出，得到老師表揚。⑤ 使超過一般地顯露出來◇在描寫中突出了主人公。

【突起】tūqǐ ① 高起，凸起◇顴骨高高突起。② 突然發生或出現◇異軍突起。③ 生物體上長的凸起物，形狀像瘤子。

【突破】tūpò ① 集中兵力向一點進攻，打開缺口◇突破重圍｜突破防線。② 打破；超過◇產量突破了歷年的最高紀錄。

【突厥】tūjué 中國古代遊牧民族。公元五世紀中葉遷徙於金山（今阿爾泰山）南麓。六世紀中葉，開始強盛起來，併吞了鄰近的部族。西魏時建立政權。隋開皇二年（公元 582 年）

分裂為東突厥和西突厥。七世紀中葉，先後被唐所滅。

【突然】tūrán 表示情況發生得急促且出人意外◇海嘯突然發生，人們爭相奔逃。

【突擊】tūjī ① 集中兵力、出其不意地打擊敵人◇夜出精兵，突擊敵營。② 比喻集中力量在短時間內完成某項工作◇突擊搶修被洪水沖毀的大橋。

【突襲】tūxí 突然發起進攻◇乘夜突襲敵軍大本營。

【突變】tūbiàn ① 突然發生急劇的變化◇形勢突變，要趕緊想辦法。② 哲學上指質變，即事物性質發生根本變化的一種形態。㊣ 漸變。

【突如其來】tūrúqílái《周易・離》："突如其來如。" 如，…的樣子。突然來臨；突然發生。◇突如其來的新冠疫情打亂了人們的生活節奏。

【突飛猛進】tūfēi měngjìn 形容發展、進步得十分迅速。

4 **穿** chuān 粵cyun1 川 ①鑽孔使通透◇穿耳。②開鑿；挖掘◇穿井。③通過（孔隙、空地等）◇穿針引線｜橫穿馬路。④把衣服、鞋襪套在身上相應的部位◇穿着打扮｜穿不窮，吃不窮，算計不到一世窮。⑤用繩、線等物把有小孔的物品貫串起來◇穿佛珠。⑥用在動詞後表示揭破，露出真相◇説穿｜凡事要看穿。

【穿孝】chuānxiào 為對死者表示孝道或悼念穿上素色衣服。

【穿刺】chuāncì 為了診斷或治療，用特製的針刺入肢體或器官，抽出液體或組織◇肝穿刺｜腰椎穿刺。

【穿梭】chuānsuō 像織布時的梭子來回不停。形容來往頻繁◇穿梭外交｜穿梭似的人來人往。

【穿越】chuānyuè 穿過；越過◇穿越國境線。

【穿插】chuānchā ① 交錯；交叉◇幾項工作可以穿插進行。② 中間插入◇這個節目很難再穿插進去。③ 軍事上指派突擊部隊，深入敵方控制區進行各種作戰行動。④ 寫作上指為了襯托主題而安排次要情節◇為了文章生動，作者擷取了不少花絮穿插其間。

【穿着】chuānzhuó 衣着；裝束◇穿着講究。

【穿窬】chuānyú 打洞穿牆（行竊）◇穿窬之盜。

【穿戴】chuāndài ① 穿上和戴上，泛指着裝、打扮◇穿戴整齊。② 穿的和戴的。泛指衣帽、首飾等◇穿戴入時。

【穿鑿】chuānzáo ① 鑿通；打通◇穿鑿山洞。② 非常牽強地解釋◇註釋古書，切不可穿鑿。

【穿小鞋】chuān xiǎoxié 給人穿比他腳小的鞋。比喻打擊、刁難人◇他敢説真話，不怕給他穿小鞋。

【穿雲裂石】chuānyún lièshí 穿破雲層，震裂山石。形容聲音高亢嘹亮◇一曲穿雲裂石的交響樂。

【穿鑿附會】chuānzáo fùhuì 很牽強地作解釋，把沒有關聯的事物或意思硬扯在一起◇其所論説，多穿鑿附會。

4 **窀** zhūn 粵zeon1 津【窀穸】zhūnxī ①埋葬。②墓穴。

5 **窅** yǎo 粵jiu2 繞 形容深遠◇下有絕澗，窅然無底。

5 **窄** zhǎi 粵zaak3 責 ①狹小，橫的距離小◇窄狹｜冤家路窄。②（氣量）小◇心胸狹窄｜心眼窄。③不寬裕；窘迫◇生計窄｜寬算窄用。

【窄小】zhǎixiǎo 狹小◇窄小的房間裏堆滿了雜物。

5 **窆** biǎn 粵bin2 扁 ①將棺木放進墓穴。②埋葬◇窆葬。

5 **窈** yǎo 粵jiu2 繞/miu5 秒 ①幽靜；深遠◇窈深。②見"窈窕"。

【窈窕】yǎotiǎo ① 形容文靜美好的樣子◇窈窕淑女。② 形容妖冶的樣子◇窈窕作態。③ 形容深遠曲折的樣子◇白壁丹楹，窈窕連亘。

【窈陷】yǎoxiàn 深陷◇熬了一夜，眼睛就窈陷下去了。

【窈然】yǎorán 幽深；幽遠◇幽谷窈然而深藏。

6 **窒** zhì 粵zat6 疾 阻塞不通◇窒悶｜窒塞。

【窒息】zhìxī ① 呼吸困難或暫停呼吸◇空氣

稀薄，她感到快要窒息了。② 比喻事物發展受阻◇學術自由窒息。

【窒礙】zhì'ài 阻礙；障礙◇這樣的舉措會窒礙發展。

6 **窕** tiǎo 粵tiu5 條5 ①有間隙；未充滿。②見"窈窕"。

7 **窖** jiào 粵gaau3 教 ①為收藏東西而挖的地洞或坑；地下儲藏東西的地方◇冰窖|地窖|酒窖。②把東西藏在地窖裏◇窖藏|家裏的酒都窖在地下。

7 **窗**〔牕窻〕chuāng 粵coeng1 昌 開在房屋或車、船等的壁上或頂上的透光通風裝置◇天窗|鋁窗|百葉窗。

【窗口】chuāngkǒu ① 窗戶或窗戶跟前◇窗口放着一盆花 | 窗口閃過她的身影。② 售票、服務等專用窗形洞口◇去窗口買票 | 到 3 號窗口辦手續。③ 比喻可以從中觀察情況的地方◇眼睛是心靈的窗口 | 博覽會是展示窗口。④ 電腦顯示屏上特設的區域。用戶通過窗口進行直觀操作，獲取和處理信息。⑤ 比喻渠道、途徑◇成為了解市場信息的窗口。

【窗簾】chuānglián 掛在窗戶上起遮蔽作用的簾子。多用織物製成。

【窗櫺】chuānglíng 中國式窗戶上的格子。

【窗明几淨】chuāngmíng jījìng 几，一種矮小的桌子。形容室內明亮整潔。

7 **窘** jiǒng 粵kwan3 困 ①受困◇窘於陰雨，連日不出。②窮困；貧乏◇生計窘迫|家境窘困。③為難；難堪◇面有窘色|大家都看着我，我真窘了。④刁難；為難◇你不要窘他了。

【窘況】jiǒngkuàng 很困難的境況◇面對公司的財政窘況，他不知怎麼辦才好。

【窘迫】jiǒngpò ① 處境艱難，情勢迫人◇越是窘迫，越要穩住。② 非常窮困◇衣食無着，生活窘迫。

【窘急】jiǒngjí ① 困頓急迫◇一時借不到錢，處境窘急。② 為難；着急◇他覺得有點窘急，連忙聲辯。

【窘態】jiǒngtài 尷尬難堪的神態◇窘態畢露。

8 **窠** kē 粵fo1 科 ①鳥巢；動物的窩◇鳥窠|蜂窠|雞犬同窠。②借指藏身處；居室◇匪窠|俗話說金窠銀窠，不及自家的草窠。

【窠臼】kējiù 門臼，舊式門上承受轉軸的凹形小坑。比喻陳舊的形式、老一套◇文藝創作貴在不落窠臼。

8 **窣** sū 粵seot1 恤 見"窸窣"。

8 **窟** kū 粵fat1 忽 ①洞穴◇石窟|狡兔三窟。②指特定人羣的聚集處◇匪窟|魔窟|貧民窟。

【窟窿】kūlong ① 孔；洞◇窟窿眼 | 牆上有個窟窿。② 比喻錢財上的虧空◇借債還債，窟窿常在。③ 比喻漏洞、禍亂◇小心點，不要給我捅窟窿。

9 **窩**（窝）wō 粵wo1 渦 ①鳥獸、昆蟲等動物的巢穴◇鳥窩|狗窩|螞蟻窩。②比喻人藏匿或安身之處◇賊窩|安樂窩。③比喻人體或物體所佔的位置◇你可別動窩|把書櫃挪個窩。④凹陷的地方◇心窩|酒窩|山窩|胳肢窩。⑤藏匿◇窩在山上不敢下來。⑥蜷伏◇整天窩在家裏不出門。⑦憋着，不能發泄◇窩心|窩火|窩了一肚子氣。⑧(人力、物力)閒置，不能發揮作用◇窩工|產品窩在倉庫裏賣不出去。⑨弄彎，使捲曲◇把鐵條窩成圓圈。⑩量詞。用於同胎所生或一次孵出的動物◇一窩小豬|一窩小雞。

【窩工】wōgōng 因安排或調配不好，出勤者沒事可做或發揮不了作用。

【窩火】wōhuǒ 不能把委屈、煩惱、憤怒發泄出來◇平白無故地捱了一頓訓，心裏很窩火。

【窩心】wōxīn ① 受了委屈、侮辱或冤枉，不敢或不能表白，只得悶在心裏◇你爸這幾天窩心得很，別去惹他。② 高興，開心的感覺◇丈夫的問候讓她感到很窩心。

【窩主】wōzhǔ 窩藏罪犯、贓物或違禁品的人。

【窩氣】wōqì 窩火，憋氣◇就算是心中窩氣，也不能拿孩子做撒氣筒！

【窩家】wōjiā 窩主。

【窩棚】wōpeng 用蓆、草、竹等臨時搭蓋的簡陋小屋。

【窩點】wōdiǎn 窩藏罪犯或贓物的地方◇警方已摸清盜竊集團的幾處窩點。

【窩藏】 wōcáng 私自隱藏（罪犯或贓物等）◇窩藏逃犯。(反) 舉報。

【窩贓】 wōzāng 替罪犯隱藏贓款、贓物等。

【窩囊】 wōnang ① 受委屈又不得不隱忍◇憋了一肚子窩囊氣。(反) 痛快。② 無能；懦弱◇這麼窩囊，哪像個男子漢！

【窩窩頭】 wōwotóu 用玉米麪、高粱麪等做成的食物，略作圓錐形，底下有陷進去的窩兒，利於蒸熟。

9 **窬** yú 粵jyu4 餘 翻越◇穿窬之盜。

9 **窨** (一) yìn 粵jam3 蔭 ①地下室；地窨◇地窨子。②藏在地窨裏◇窨藏。
(二) xūn 粵fan1 芬 同"燻"◇窨茶葉（把茉莉花放在茶葉裏，使茶葉染上花香）。

【窨井】 yìnjǐng 地下管線工程中，為便於檢查、疏通而設置的井狀建築物。

9 **窪(洼)** wā 粵waa1 娃 ①凹陷◇岈然窪然。②凹陷的地方◇一腳踩進泥窪裏。

10 **窮(穷)** qióng 粵kung4 穹 ①處於困窘的環境中◇窮則思變|窮極無聊。②不得志，不顯貴◇窮則獨善其身，達則兼濟天下。③貧困◇貧窮|人窮志不窮。④荒遠◇窮鄉僻壤。⑤盡；完◇理屈詞窮|層出不窮。⑥探求；推究◇皓首窮經|窮根究底。⑦極；極其◇窮兇極惡|窮奢極侈。⑧徹底；全力◇窮究|窮追猛打。

【窮厄】 qióng'è 窮困◇窮厄的命運。

【窮乏】 qióngfá 貧窮，沒有積蓄◇一生過着窮乏清貧的生活。

【窮冬】 qióngdōng 隆冬，深冬◇窮冬臘月|窮冬烈風，砭人肌骨。

【窮困】 qióngkùn 貧窮困難。(反) 富足。

【窮究】 qióngjiū ① 深入研究◇窮究原委。② 徹底查究◇窮究不捨。

【窮苦】 qióngkǔ 貧窮困苦◇窮苦人家。

【窮寇】 qióngkòu 走投無路的敵人◇窮寇勿追。

【窮愁】 qióngchóu 窮困愁苦◇窮愁潦倒。

【窮匱】 qióngkuì ① 匱乏，缺少◇資財窮匱。② 窮盡◇子子孫孫無窮匱也。

【窮酸】 qióngsuān ① 家境貧窮，為人迂腐◇窮酸相。② 指貧窮迂腐的讀書人。

【窮盡】 qióngjìn ① 竭盡◇推演其事，窮盡要妙。② 盡頭◇學術研究是沒有窮盡的。

【窮僻】 qióngpì 荒遠偏僻◇窮僻的山村。

【窮措大】 qióngcuòdà 對貧寒讀書人的輕慢稱謂。

【窮山惡水】 qióngshān èshuǐ 荒涼的山，洶湧的河流。形容自然條件惡劣、物產貧乏的地方。(反) 山明水秀、沃野千里。

【窮年累月】 qióngnián lěiyuè 年復一年，月復一月。形容歷時長久◇父親窮年累月在外工作，難得見上一面。

【窮兇極惡】 qióngxiōng jí'è 形容極其殘暴兇惡。

【窮形盡相】 qióngxíngjìnxiàng 晉代陸機《文賦》："雖離方而遯（遁）員（圓），期窮形而盡相。" 原指文章描寫生動逼真，後形容醜態畢露，怪相百出。

【窮兵黷武】 qióngbīng dúwǔ 黷，濫用。用盡所有兵力，肆意發動戰爭。形容非常好戰。

【窮家富路】 qióngjiāfùlù 在家可以過窮日子，出門上路必須準備充裕，不然會求告無門。

【窮奢極侈】 qióngshē jíchǐ 形容任意揮霍，盡情享樂，生活奢侈到了極點。(反) 克勤克儉。

【窮途末路】 qióngtú mòlù 窮途，絕路；末路，路的盡頭。形容無路可走，面臨絕境。(同) 日暮途窮。

【窮鄉僻壤】 qióngxiāng pìrǎng 荒遠偏僻的地方。

【窮源竟委】 qióngyuán jìngwěi 窮、竟，探求、追尋；源，水流的源頭；委，水流的歸宿。指追究事物的來龍去脈。

【窮源溯流】 qióngyuán sùliú 源，河流的源頭；溯，逆流而上。比喻全面了解事物的發展過程並探究其本原。

10 **窳** yǔ 粵jyu5 羽 ①(事物)惡劣；壞◇窳敗|窳劣|良窳。②敗壞；腐敗◇窳敗|弊窳。③懶惰◇窳怠|窳惰。

【窳劣】 yǔliè 粗劣；惡劣◇器具窳劣。

【窳敗】 yǔbài 敗壞；腐敗。

【窳惰】yǔduò 懶惰。

10 **窰**（窑）〔窯窯〕yáo 粵jiu⁴搖 ①燒製磚、瓦、陶瓷等物的爐灶◇磚窰|瓦窰。②土法採煤時挖的洞◇煤窰。③特指名窰所出的瓷器◇聽説你有家傳汝窰，那可值錢啦！④在土坡上為居住而挖的洞或建成的土屋◇寒窰。⑤舊時指妓院◇窰姐|逛窰子。

【窰洞】yáodòng 中國西北黃土高原地區依土山挖成、供人居住的洞形住所。

11 **窺**（窥）〔闚〕kuī 粵kwai¹規 ①從小孔或隱蔽處看◇管中窺豹|從窗戶口偷窺。②看；觀看◇窺而不見|窺鏡自照憐。③暗中探伺；覬覦◇藏金巨萬，常為盜賊所窺。

【窺見】kuījiàn 看出；察覺到◇從這首歌中可以窺見作者濃濃的思鄉之情。

【窺伺】kuīsì 暗中察看，等待機會◇窺伺動靜。

【窺探】kuītàn 窺視；暗中察看打探。

【窺望】kuīwàng 暗中觀察；偷看◇兩人悄悄走到窗子邊，向裏面窺望。

【窺視】kuīshì 暗中察看；偷看◇窺視他人隱私。

【窺測】kuīcè 暗中察看揣度◇窺測方向，以求一逞。

11 **窶**（窭）jù 粵geoi⁶具 貧窮◇貧窶。

11 **窵**（窎）diào 粵diu³吊 遙遠◇窵遠。

11 **窸** xī 粵sik¹色【窸窣】xīsū 象聲詞。形容細小的摩擦聲◇傳來一陣衣裙的窸窣聲。

12 **窾** kuǎn 粵fun²款 ①孔穴；空隙◇窾木（有孔洞的樹木）。②空虛；空乏◇窾缺|窾貧。③同"款"。款識◇窾識。

12 **窿** lóng 粵lung⁴龍 ①高起◇山岡窿然。②方言。採煤的坑道◇把煤車推到窿門口。③見"窟窿"。

13 **竄**（窜）cuàn 粵cyun³寸 ①奔逃；亂跑。用於人時含貶義◇流竄|東奔西竄|抱頭鼠竄。②改動◇竄改|點竄字句。③騷擾◇竄犯。

【竄犯】cuànfàn 小規模的侵犯騷擾◇竄犯邊境。

【竄改】cuàngǎi ①改動；刪改。多用於貶義◇竄改條文，欺騙鄉民。②偷偷的、任意做不實的更改◇竄改歷史會被世人譴責。

13 **竅**（窍）qiào 粵hiu³撬 ①洞；孔穴◇鑿石為竅，以繫纜繩。②特指人或動物器官的孔◇七竅|鬼迷心竅|斑蝥從後竅噴出一陣煙霧。③事情的關鍵或要害◇訣竅。

【竅門】qiàomén 能解決問題的巧妙方法◇動腦筋找竅門。

15 **竇**（窦）dòu 粵dau⁶豆 ①孔；洞◇狗竇|（獄中）見死而由竇出者日三四人。②人的某些器官內部凹入的部分◇鼻竇|胃竇。③事物的開關或某一點◇情竇初開|疑竇叢生。④姓。

16 **竈** zào 粵zou³灶 同"灶"。

18 **竊**（窃）qiè 粵sit³泄 ①偷◇偷竊|失竊。②賊，小偷◇慣竊|鼠竊狗盜。③非法佔據◇篡權竊國|上士忘名，中士立名，下士竊名。④抄襲◇剽竊。⑤偷偷地；暗中地◇竊笑|竊聽器。⑥謙辭。私下◇竊以為這件事你做得不妥。

【竊取】qièqǔ 偷取；非法獲得或佔有◇竊取機密|竊取別人的成果。

【竊笑】qièxiào 私下裏譏笑◇忍不住暗自竊笑。同 暗笑。

【竊案】qiè'àn 偷竊的案件◇破獲一起特大竊案。

【竊國】qièguó 篡奪國家最高權力◇竊鈎者誅，竊國者侯。

【竊賊】qièzéi 盜賊，小偷。

【竊據】qièjù 非法取得或佔據◇竊據要職。

【竊竊】qièqiè ①暗中，偷偷地◇竊竊私語。②（聲音）低微而細碎◇竊竊有聲。

立部

0 **立** lì 粵laap^{6}臘/lap^{6}粒^6 ①站；直立◇屹立|鶴立雞羣。②豎起◇立碑。③直豎的◇立櫃。④存在；生存◇自立|孤立。⑤設置；建立◇創立|立功。⑥制定；訂立◇立法。⑦指君主登基◇立了個小皇帝。⑧確定名分、地位◇立嗣|立太子。⑨即刻◇當機立斷。

【立功】 lìgōng 建立功績。

【立足】 lìzú ① 站得住◇屋裏到處是書，客人進去都無法立足。② 比喻安身或生存◇在這個新地方一時還難以立足。③ 比喻處於某種場合◇青年人要立足現實，展望未來。

【立身】 lìshēn ① 做人，處世◇立身行事的箴言。② 立足，安身◇誠信是立身之本。

【立即】 lìjí 立刻◇立即起身給老人讓座。

【立刻】 lìkè 隨即；馬上◇一聽這話，立刻收斂了笑容。

【立法】 lìfǎ ① 政府按照一定的程序制定法律◇立法程式。② 合議性團體負責審議及制定法律，由公民按人口比例組成◇立法會。

【立春】 lìchūn 二十四節氣之一。在公曆二月四日前後。習慣上以此為春季的開始◇立春一過，天氣漸漸轉暖。

【立馬】 lìmǎ 方言。立刻◇我立馬就去。

【立時】 lìshí 立刻◇立時明白了其中的奧妙。

【立案】 lì'àn ① 政府主管部門接受申請並註冊備案。② 法院已受理指控，列為訴訟案件。

【立場】 lìchǎng 認識和處理問題時所處的地位、所抱的態度◇闡明立場。

【立就】 lìjiù 立即◇一躺下，他立就睡着了。

【立業】 lìyè ① 建立事業◇建功立業。② 置辦產業◇成家立業。

【立意】 lìyì ① 打定主意，決意◇從小就立意要做一名醫生。② 確立作品的主題◇先立意，再動筆。③ 指作品的主題◇文章立意新穎。

【立說】 lìshuō 提出看法，述說觀點◇著書立說。

【立憲】 lìxiàn 制定憲法。特指君主國家制定憲法，實行議會制度◇君主立憲。

【立體】 lìtǐ ① 具有長、寬、厚的物體◇立體模型。② 由平面和曲面圍成的有限空間部分，也叫幾何體。③ 上下多層次的；全方位的◇立體交通|立體戰爭。④ 具有立體感的◇立體聲|立體電影。

【立腳點】 lìjiǎodiǎn 也說"立足點" ① 觀察或判斷事物時所持的立場◇從自身利益的立腳點出發。② 生存或佔有的地方◇新產品要在市場上先找到立腳點。

【立竿見影】 lìgānjiànyǐng 在陽光下把竹竿豎起，立刻就見到影子。比喻收效極快。

【立錐之地】 lìzhuīzhīdì 插錐子的地方。形容佔有的地方極小◇上無片瓦，下無立錐之地。

【立體打印】 lìtǐdǎyìn 以數碼模型為基礎，用粉末狀金屬或塑膠等可粘合的材料，通過逐層列印的方式來製造新物件的技術。

4 **竑** hóng 粵wang^{4}宏 廣大；博大◇正言竑議。

5 **站** zhàn 粵zaam^{6}暫 ①身體直立◇站立。②停住◇乘坐公共巴士不怕慢，只怕站。③等候車、船的處所◇站台|汽車站。④專設的機構◇兵站|氣象站。⑤量詞。用於車站之間的距離◇走了三站路才到碼頭。

【站台】 zhàntái 車站內供上下旅客或裝卸貨物而築起的平台。

【站崗】 zhàngǎng 站在崗位上，執行守衛和警戒任務◇站崗放哨。

7 **竦** sǒng 粵sung^{2}送^2 ①伸長頭頸、提起腳跟站着◇竦而望歸。②高起向上；直立◇竦立|竦身。③恭敬；肅敬◇竦敬。④同"悚"。恐懼；驚懼◇竦懼|竦駭。

【竦立】 sǒnglì 聳立；挺立◇怪石竦立。

【竦身】 sǒngshēn 聳身，縱身向上(跳)◇竦身一躍。

【竦峙】 sǒngzhì 聳立，屹立◇山島竦峙。

【竦然】 sǒngrán ① 恭敬的樣子◇竦然敬之。② 驚懼的樣子◇毛骨竦然。

7 **童** tóng 粵tung^{4}同 ①小孩；未成年人◇牧童|返老還童。②未成年的僕人◇家童|書童。③幼小的◇童稚。④未有過性行為的◇童男|童女|童身。⑤禿◇童山|頭童齒豁。⑥姓。

【童工】 tónggōng 未成年的僱工。

【童山】tóngshān 沒有草木的山◇把童山變成森林。

【童子】tóngzǐ ① 男孩子；兒童◇童子軍｜童子功。② 未成年的僕役◇五尺童子，執帚灑掃。③ 科舉考試中指低級的◇童子試。④ 未曾有過性行為的男性。

【童心】tóngxīn 小孩子或像小孩子那樣純真的心◇童心未泯｜他年紀雖大，但仍保持着童心。

【童生】tóngshēng 明清兩代指沒有考秀才或沒有考取秀才的讀書人（不論年齡大小）。

【童年】tóngnián 兒童時期；幼年。

【童真】tóngzhēn 兒童的天真稚氣◇一臉童真。

【童稚】tóngzhì ① 兒童；小孩子◇童稚不解人世艱辛。② 稚氣；幼稚◇童稚無邪。

【童話】tónghuà 兒童文學的一種。用幻想、誇張和擬人化的手法所編寫的適合兒童閱讀的故事。

【童蒙】tóngméng ① 幼稚愚昧◇開啟童蒙。② 指無知的兒童◇三尺童蒙。

【童聲】tóngshēng 兒童或少年變聲以前的嗓音。

【童謠】tóngyáo 兒童口耳相傳的歌謠，形式比較短小。

【童養媳】tóngyǎngxí 舊時指幼年被人領養，長成後做領養人媳婦的幼女。

【童顏鶴髮】tóngyán hèfà 鶴髮，白髮。臉色像兒童那樣紅潤，頭髮像鶴的羽毛那樣雪白。形容老年人氣色好，有精神。

7 **竣** jùn 粵zeon3 俊 完畢；結束◇竣工｜告竣。

【竣工】jùngōng 完工，工程結束◇大廈如期竣工。

9 **竭** jié 粵kit3 揭 ①盡；完◇聲嘶力竭｜取之不盡，用之不竭。②用盡；全部拿出◇竭力｜竭誠相助。③乾涸◇河竭。

【竭力】jiélì 用出全部力量，盡力◇竭力阻撓調查。

【竭誠】jiéchéng 用全部真誠；極其真誠◇竭誠歡迎｜竭誠幫助。

【竭盡】jiéjìn 盡，用盡◇竭盡全力。

【竭蹶】jiéjué ① 乏力而行走困難的樣子。② 比喻資財匱乏◇經濟竭蹶。

【竭澤而漁】jiézé'éryú《呂氏春秋・義賞》："竭澤而漁，豈不獲得，而明年無魚。"澤，水塘；漁，捕魚。排乾水塘捕魚。比喻做事不管長遠，只顧眼前利益。(同) 殺雞取卵。

9 **端** duān 粵dyun1 短1 ①直；正◇端坐。②正派◇品行不端。③仔細◇端詳。④物體的一頭◇尖端｜筆端。⑤某方面或某一項◇思緒萬端｜詭計多端。⑥（不好的）事情◇禍端｜弊端｜事端。⑦開始◇開端。⑧原因；理由◇無端生事。⑨辦法◇別無他端。⑩平舉捧物◇端水捧茶。⑪拿出；列舉出◇把問題端出來解決。⑫拿架子◇老端着多難受。⑬的確；實在◇端的可人煩。⑭究竟；到底◇晏（晚）眠又早起，端為誰辛苦？⑮姓。

【端午】duānwǔ 中國傳統節日之一，在農曆五月初五。相傳古代大詩人屈原在這一天投江自盡，後人為紀念他，把這天定為節日。過端午節有吃粽子、賽龍舟等風俗。

【端方】duānfāng 正直；正派◇人品端方。(同) 端正。

【端正】duānzhèng ① 物體的位置不歪斜◇五官端正。(反) 歪斜。② 正直；正派◇品行端正。(反) 卑劣。③ 使端正◇端正學風。

【端秀】duānxiù 端莊秀麗◇姿容端秀。

【端直】duānzhí ① 正直◇品行端直。② 筆直◇端直的鼻梁。

【端的】duāndì ① 真的；確實◇一見此情，方知端的出事了。② 究竟；到底◇端的是甚麼人？③ 底細，事情的詳情◇細說此中端的。

【端倪】duānní ① 事情的跡象或頭緒◇案件撲朔迷離，難察端倪。② 推測事物始末◇千變萬化，不可端倪。

【端莊】duānzhuāng 端正莊重◇舉止端莊。

【端量】duānliang 仔細察看、打量◇留心端量他的表情變化。

【端然】duānrán ① 端莊的樣子◇神態端然。② 果然◇將息至一月之後，端然好了。

【端節】duānjié ① 端午節。② 水族傳統節日，在水曆十二月。

【端詳】duānxiáng ① 詳細情形◇細說端詳。

(同) 詳情。② 端莊安詳◇端詳穩靜。(反) 浮躁。③ 仔細地看◇端詳了好長時間。

【端麗】duānlì 端正秀麗◇字體端麗｜容顏端麗。

15 **競(竞)** jìng 粵ging6 痙 ①互相爭勝◇競選｜競爭。②強勁；強盛◇南風不競。③爭着◇競相效仿｜競買公債。

【競技】jìngjì 競賽技巧。多指體育競賽◇競技狀態｜競技體操。

【競爭】jìngzhēng 為了自身的生存、發展和利益而互相爭勝◇生存競爭｜市場競爭。

【競渡】jìngdù ① 比賽划船◇龍舟競渡。② 比賽游泳◇競渡長江。

【競銷】jìngxiāo 爭相銷售；在銷售中爭勝◇低價競銷。

【競選】jìngxuǎn 為爭取當選而進行的活動◇競選總統｜發表競選演說。

【競賽】jìngsài 互相比賽，爭取優勝◇奪得百米跨欄競賽的冠軍。

竹部

0 **竹** zhú 粵zuk1 足 ①竹子。常綠植物，莖中空有節，質地堅硬，可做器具，也可做建築材料◇竹椅｜竹排｜竹籃打水一場空。②竹製的管樂器◇何必絲與竹，山水有清音。

【竹帛】zhúbó 竹簡和白絹。古代用以書寫文字。也借指史冊或典籍◇名垂竹帛。

【竹刻】zhúkè 在竹製的器物上雕刻文字、圖畫的工藝◇竹刻筆筒。

【竹馬】zhúmǎ ① 兒童放在胯下當馬騎的竹竿◇青梅竹馬。② 民間歌舞使用的一種道具。用竹片紮成馬形，外面糊上彩色的布或紙，可繫在表演者的身上。

【竹筍】zhúsǔn 竹子剛破土長出地面的幼芽。可做菜食用。

【竹簡】zhújiǎn 古代寫字用的竹片◇出土的竹簡字跡清晰。

2 **竺** zhú 粵zuk1 足 ①印度古譯名"天竺"的簡稱◇竺國。(梵 Sindu)②姓。

3 **竿** gān 粵gon1 干 ①竹竿◇立竿見影｜百尺竿頭，更進一步。②特指釣竿◇垂竿。③量詞。用於竹的計量◇長着三兩竿翠竹。

3 **竽** yú 粵jyu4 餘 古代簧管樂器，形狀像現在的笙◇吹竽｜濫竽充數。

4 **笄** jī 粵gai1 雞 ①古代束髮用的簪子。②古代指女子可以插笄的年齡，即年滿十五歲或成年◇及笄｜笄年。

4 **笑〔咲〕** xiào 粵siu3 嘯 ①露出愉快的表情，發出快樂的聲音◇歡笑｜笑一笑，十年少。②譏笑，嘲笑◇恥笑｜貽笑大方｜五十步笑百步。③令人發笑的◇笑料。

【笑柄】xiàobǐng 被人拿來取笑的資料◇他倆的故事被人傳為笑柄。(同) 笑料。

【笑料】xiàoliào 引人發笑的素材、內容。

【笑容】xiàoróng 含笑的面容◇笑容可掬｜在睡夢中露出笑容。

多樣表達：笑容

奸笑 冷笑 苦笑 暗笑 假笑 乾笑 獰笑 呆笑 哄笑 痴笑 傻笑 憨笑 微笑 大笑 歡笑 笑呵呵 笑眯眯 笑盈盈 笑嘻嘻 仰天大笑 哄堂大笑 笑容可掬 笑容滿面 眉開眼笑 粲然一笑 嫣然一笑 靦然而笑 喜笑顏開 啞然失笑 皮笑肉不笑

【笑話】xiàohua ① 能引人發笑的話或事◇講個笑話。② 被人取笑的事◇鬧笑話｜看笑話。③ 譏笑，嘲笑◇說話不得體，別人要笑話的。④ 十分可笑。表示否認的意思◇說我貪小便宜，真是笑話！

【笑語】xiàoyǔ 談笑的話語◇笑語歡歌｜笑語連連。

【笑臉】xiàoliǎn 帶笑的面孔◇陪笑臉｜笑臉相迎。

【笑顏】xiàoyán 笑臉，笑容◇笑顏常開。

【笑靨】xiàoyè ① 笑時頰上露出的酒窩◇她笑的時候，臉上露出淺淺的笑靨。② 笑臉◇笑靨如花。

【笑面虎】xiàomiànhǔ 外表笑吟吟、和藹可親，內心卻陰險的人。

【笑逐顏開】xiàozhúyánkāi 逐，隨；顏，面容。笑得臉都舒展開了。形容滿心喜悅的樣子。

【笑裏藏刀】xiàolǐcángdāo《舊唐書·李義府傳》："義府貌恭柔，與人言，嬉怡微笑，而陰賊褊急着於心，凡忤意者皆中傷之，時號義府'笑中刀'。"形容外表和善而內心卻陰險毒辣。(同)兩面三刀(反)表裏如一。

4 **笊** zhào 粵zaau3罩【笊籬】zhàoli 方言。用竹篾、柳條、金屬絲等物編成的能漏水的用具，用來在湯水裏撈東西◇拿笊籬把餃子撈起來。

4 **笫** zǐ 粵zi2只 竹篾編的蓆子◇牀笫。

4 **笏** hù 粵fat1忽 古代大臣上朝時拿着的手板。用玉、象牙或竹片做成，上面可以記事。

4 **笈** jí 粵kap1級 ①書箱◇負笈遊學。②書冊；書籍◇古笈|祕笈。

4 **笆** bā 粵baa1巴 用竹片、柳條等編成的片狀物◇笆簍|竹籬笆。

【笆斗】bādǒu 柳條等編成的容器，可以盛糧食等◇一笆斗豆子。

5 **笨** bèn 粵ban6品6 ①不靈巧；不靈活◇嘴笨|笨手笨腳。②愚蠢，不聰明◇愚笨。③粗大沉重◇粗笨的傢具。

【笨拙】bènzhuō ①不聰明◇伎倆笨拙，一眼就能看破。②不靈巧◇動作笨拙。

【笨重】bènzhòng ①體積大，分量重◇運載笨重的機器，裝卸比較困難。②繁重而費力◇笨重的體力活。

【笨鳥先飛】bènniǎoxiānfēi 比喻能力差的人做事，怕落在別人後面，就先行一步。

【笨嘴拙舌】bènzuǐ zhuōshé 不善言辭，沒有口才。(反)巧舌如簧。

5 **笴** gǎn 粵gon2趕 箭桿◇箭笴。

5 **笸** pǒ 粵po2頗【笸籮】pǒluo 用竹篾或柳條編成的盛物器具。較籮筐淺，多為圓形。

5 **笪** dá 粵daat3達3 ①用粗竹篾編成的蓆子◇竹笪。②拉船的竹索◇牽笪。③姓。④用於地名◇大笪地。

5 **笛** dí 粵dek6 ①一種橫吹的管樂器。用竹管或金屬管製成，上面有孔◇竹笛|長笛|橫笛。②響聲尖厲的發音器◇汽笛|警笛。

5 **笙** shēng 粵sang1生 管樂器名。用若干根長短不一的簧管製成，用口吹奏◇笙歌|吹笙。

5 **笮** (一)zé 粵zaak3窄 狹窄◇逼笮。
(二)zuó 粵zok6鑿 用竹皮編成的繩索◇笮橋(竹索橋)。

5 **符** fú 粵fu4乎 ①古代用竹、木、玉等製成的憑證。分成兩半，一半存朝廷，一半給外任官員或出征將帥，以便驗證◇兵符|虎符。②記號；標記◇符號|音符。③道士、巫師等畫的聲稱能驅鬼求福的圖形或線條◇護身符。④相合；符合◇相符|名不符實。⑤姓。

【符合】fúhé 兩者相合；彼此一致◇符合要求|符合標準。

【符咒】fúzhòu 符籙和咒語的合稱。道教認為用符咒可驅使鬼神。

【符號】fúhào ①含有特定意義或用以辨識事物的記號◇化學元素符號|在書上畫了許多符號。②佩戴在身上表示身份、職業等的標誌。

【符籙】fúlù 道士所畫、用以驅使鬼神的圖形線條。

5 **笭** líng 粵ling4零【笭箵】língxīng 盛魚的竹籠子◇朝空笭箵去，暮實笭箵歸。

5 **笱** gǒu 粵gau2九 竹製的捕魚器具。大口小頸，魚進得去出不來◇笱門(喻險要的隘口)。

5 **笠** lì 粵lap1粒 用竹篾或草、棕編成的圓形寬簷帽，遮雨或擋陽光用◇斗笠|竹笠|孤舟蓑笠翁，獨釣寒江雪。

5 **笥** sì 粵zi6字 古代盛飯或裝書和衣物等的方形竹器◇書笥|食笥|箱笥。

5 **笢** mǐn 粵man5敏 竹篾。

5 **第** dì 粵dai6弟 ①次序；等級◇次第|等第。②詞綴。加在整數的前面，表示次序◇第一排|第三世界。③科舉考試及格的等次◇及第|落第。④大住宅◇府第|書香門第。⑤儘管，只管◇君第無憂，臣能令君勝。⑥但；僅僅◇江山之外，第見風帆、沙鳥、煙雲、竹樹而已。

【第一】dìyī ①等級、次序列在首位的◇考試第一名|世界第一高樓。②最重要的◇安全第一|健康第一。

【第一時間】dìyīshíjiān 做事某可用的最早時間◇事情緊急，必須在第一時間趕過去。

5 **笤** tiáo 粵tiu4 條【笤帚】tiáozhou 掃除塵土、垃圾等的用具，用去粒的高粱穗、黍子穗或棕毛等紮成。

5 **笳** jiā 粵gaa1 家 胡笳。中國古代北方民族的一種樂器，類似笛子◇日落笳初動，城空鳥自還。

5 **笞** chī 粵ci1 痴 用鞭子、棍棒或板子打◇笞刑|鞭笞。

6 **筐** kuāng 粵hong1 康 用竹篾、柳條、荊條等編製的盛東西的器具◇竹筐|籮筐。

6 **筀** guì 粵gai3 計【筀竹】guìzhú同“桂竹”。

6 **等** děng 粵dang2 登2 ①品級；級別◇劣等|特等|等而下之。②種；類◇竟有這等人|此等小事不勞您的大駕。③相同；一樣◇份量相等|等價交換。④等候；等到◇稍等片刻|等我停下車來，那人早已跑了。⑤表示列舉未完◇水、電、煤等用費一個月不止三百元。⑥列舉以後煞尾，後面常有前面所列舉各項的總數◇語文、數學、外語等三門課程。⑦放在人稱代詞後面，表示複數◇吾等（我們）|爾等（你們）。

【等外】 děngwài 因不合標準而不列入等級的◇等外品。

【等同】 děngtóng 把不同的事物看成同樣的事物◇繁體字並不等同於傳統文化。

【等次】 děngcì 等級高低的次序◇區分等次|實習期間的學生只寫評語，不定等次。

【等於】 děngyú ①（數量）相等◇二加二等於四。②差不多就是。表示兩者沒甚麼區別◇只說不作，等於不說|學而不用，等於白學。

【等待】 děngdài 不採取行動，直到期望中的人或事物出現◇等待時機。

【等級】 děngjí ①按某種標準劃分的級別◇技術等級。②區分等級的◇等級制|等級觀念。

【等第】 děngdì 等級◇等第有別。

【等閒】 děngxián ①尋常；平常◇非等閒之輩|對這次事件不可等閒視之。②輕易；隨便◇莫等閒，白了少年頭，空悲切。③無端地；白白地◇今年歡笑復明年，秋月春風等閒度。

【等而下之】 děng'érxiàzhī 從某一等級再向下數；低過某一等級。反 等而上之。

【等量齊觀】 děngliàngqíguān 等，同等；量，估量、衡量；齊，同樣。對有差別的事物同等看待。同 相提並論。

6 **筘** kòu 粵kau3 扣 織布機上的主要機件之一。形狀像梳子，用來確定經紗的密度和寬度，保持經紗的位置，並把緯紗打緊，與經紗合成織物。

6 **⿱⺮考** kǎo 粵haau2 考【⿱⺮考⿱⺮老】kǎolǎo同“栲栳”。

6 **⿱⺮老** lǎo 粵lou5 老 見“⿱⺮考⿱⺮老”。

6 **筑** zhù 粵zuk1 足 ①古樂器。像箏，有十三根弦◇擊筑悲歌。②貴州省貴陽市的別稱。

6 **筇** qióng 粵kung4 窮 ①一種竹子，可以做手杖。②指手杖◇筇杖|扶筇而出。

6 **策**〔筴〕 cè 粵caak3 冊 ①古代書寫用的條形竹木片，長寬有一定的規格◇史策|簡策。②古代用於計算的小籌碼◇籌策。③計謀；策略；辦法◇計策|國策|束手無策。④古代議論文的一種文體◇策論。⑤馬鞭◇舉策疾馳。⑥鞭打◇鞭策|揚鞭策馬。⑦督促；勉勵◇策勉。

【策士】 cèshì 謀士，幫助分析、策劃、出主意的人◇謀臣策士。同 顧問、智囊。

【策略】 cèlüè ①適合具體情況的一套做事原則和方式方法◇商品銷售要講究策略。②（手段、方法）靈活有效◇他的談判手法不夠策略。

【策動】 cèdòng 謀劃鼓動◇策動叛亂。

【策劃】 cèhuà 謀劃；設計安排◇這部新片由年輕導演策劃。同 謀劃。

【策勵】 cèlì 敦促勉勵◇同學之間互相策勵，互相幫助。

【策應】 cèyìng ①與友軍呼應配合，協同作戰。②泛指互相配合，共同行動◇兩人內外策應，狼狽為奸。

【策源地】 cèyuándì 戰爭或各種社會運動的策動、發起的地方。

6 **筒**〔筩〕 tǒng 粵tung4 同 ①竹管◇竹筒。②形狀像竹管的器物◇槍筒|筆筒|打氣筒。③衣服等的筒狀部分◇袖筒|靴筒|襪筒。④放進筒狀物中◇手筒到袖子裏。

6 **筅** xiǎn 粵sin²冼【筅帚】xiǎnzhǒu 用竹絲等物紮成的刷洗鍋碗的用具。

6 **筈** kuò 粵kut³括 箭的末端，射箭時搭在弓弦上的部分。

6 **筏〔栰〕** fá 粵fat⁶佛 運載人或物的水上行駛工具。用竹或木編排而成，也有用牛羊皮、橡膠等製成囊狀的◇竹筏|木筏|皮筏。

6 **筌** quán 粵cyun⁴全 捕魚用的竹器◇得魚忘筌。

6 **答** ㈠dá 粵daap³搭 ①回話；回答◇答話|對答如流。②回報；還報◇報答|酬答。
㈡dā 粵daap³搭 對答；應允◇答理|答應。

【答卷】dájuàn ① 解答試卷◇同學們都在認真答卷。② 已寫明答案的試卷◇黑板上貼着一張標準答卷。

【答訕】dāshàn 同"搭訕"。

【答案】dá'àn 對問題做出的解答◇反復思考，終於找到了答案。

【答報】dábào 報答；回報別人的情意或恩德◇待我生意成功了，再重重答報你。

【答詞】dácí 表示謝意或回答時所說的話◇致全體師生的答詞。

【答話】dáhuà 回答問話。多用於否定式◇我在問你呢，你怎麼不答話？

【答對】dáduì 對答；回答◇從容答對。

【答疑】dáyí 解答疑問◇答疑解惑。

【答應】dāying ① 應聲回答◇門衛邊答應邊來開門。② 允許；同意◇決不答應。

【答禮】dálǐ 回禮；還禮◇拱手答禮。

【答覆】dáfù 回答（別人的問題或要求等）◇未及答覆，很抱歉。

【答謝】dáxiè 受到別人幫助或招待，表示謝意◇特地登門送禮，表示答謝。同 道謝、致謝。

【答辯】dábiàn 答覆別人的指責、控告或提出的疑難，為自己的行為或論點辯護。

6 **筋** jīn 粵gan¹巾 ①附着在骨上的韌帶◇牛筋|抽筋。②泛指筋肉◇筋骨。③皮下可見的靜脈管◇青筋暴露。④像筋的東西◇麪筋|鋼筋。

【筋力】jīnlì ① 體力◇不知筋力衰多少，但覺新來懶上樓。② 韌性◇蘭州拉麪筋力極大。

【筋斗】jīndǒu 跟頭◇翻筋斗。

【筋骨】jīngǔ 筋肉和骨頭。泛指身體◇筋骨強健|苦其心志，勞其筋骨。

【筋疲力盡】jīnpí lìjìn 形容十分疲勞，沒有一點兒力氣。同 精疲力盡 反 力大無窮。

6 **筍〔笋〕** sǔn 粵seon²信² ①竹子剛破土長出地面的幼芽，可以做菜吃◇冬筍|雨後春筍。②嫩的；幼小的◇筍雞|筍鴨。

6 **筊** jiǎo 粵gaau²狡 ①用竹篾編的繩索。②一種較小的簫。

6 **筆（笔）** bǐ 粵bat¹不 ①寫字、畫畫的用具◇毛筆|畫筆。②筆畫◇起筆|"毛"字有四筆。③筆法，寫或畫的技巧◇工筆|伏筆|敗筆。④與用筆有關的◇筆名|筆誤。⑤真跡；手跡◇古筆遺墨。⑥用筆寫◇代筆|親筆。⑦像筆一樣直的◇筆挺|筆直。⑧量詞。(1)用於款項、債務等◇一筆錢|兩筆債|做幾筆生意。(2)用於書畫藝術◇一筆好字|會畫幾筆花鳥。

【筆力】bǐlì ① 書畫在筆法上所表現的力度◇碑刻書法筆力遒勁，揮灑自如。② 寫作詩文的功力◇才情有限，筆力不足。

【筆下】bǐxià ① 用筆寫下的文字或文章◇筆下非常出色。同 筆頭。② 寫文章時作者的措辭和用意◇作者筆下似另有所指。

【筆伐】bǐfá 用文字公開聲討◇口誅筆伐。

【筆名】bǐmíng 作者發表作品時所用的別名◇魯迅是周樹人的筆名。

【筆供】bǐgòng 受審者的書面供詞◇在筆供上簽了字。

【筆法】bǐfǎ ① 寫字、畫畫時用筆的方法、技巧◇筆法細膩。② 寫作的技巧或特色◇春秋筆法。

【筆洗】bǐxǐ 用陶瓷、石頭、貝殼等製成的洗涮毛筆的文房用具。

【筆挺】bǐtǐng ① 像筆桿一樣直挺◇站得筆挺。②（服裝）平整挺括◇男士們個個西裝筆挺。

【筆耕】bǐgēng ① 靠寫作手段謀生。② 指寫作◇筆耕生涯，甘苦自知。

【筆記】bǐjì ① 聽課、聽人講話或讀書時所作的記錄◇專心做筆記。② 隨筆記錄、不拘體例的寫作體裁，多由分條的短篇彙集而成，如清代紀昀的《閱微草堂筆記》。

【筆順】bǐshùn 漢字筆畫的書寫次序◇寫字要注意筆順。

【筆畫】bǐhuà 組成漢字的橫、豎、撇、點、折等。也指漢字的筆畫數◇署名按姓氏筆畫為序。

【筆勢】bǐshì ① 書畫運筆的氣勢◇筆勢飛動，姿態如生。② 詩文的風格◇筆勢遒勁奔放，一氣呵成。

【筆路】bǐlù ① 筆法◇筆路直致，無含蓄之美。② 寫作的思路◇筆路清晰。

【筆跡】bǐjì 個人所寫下的字的形象◇查對筆跡｜筆跡鑒定。

【筆試】bǐshì 要求把答案寫出來的考試方法。㊎ 口試。

【筆資】bǐzī 寫字、畫畫、做文章所得的報酬◇筆資豐厚。

【筆誤】bǐwù ① 因疏忽把字寫錯。② 因疏忽而寫錯的字◇改正了幾處筆誤。

【筆端】bǐduān 寫作、寫字、繪畫所表現出來的意向◇作者的筆端飽含深情。

【筆墨】bǐmò ① 筆和墨。泛指文具。② 指文字或詩文作品◇此時的心情，用筆墨無法形容。③ 寫字和畫畫的技法◇國畫有其獨特的筆墨。

【筆鋒】bǐfēng ① 筆毫的尖端部分◇運用筆鋒很有講究。② 書畫的筆勢◇筆鋒飽滿。③ 文章的鋒芒◇筆鋒犀利。

【筆調】bǐdiào 文章的格調◇筆調風趣幽默。

【筆談】bǐtán ① 用書面形式交談◇隔海筆談。② 筆記的一種體裁。如宋代沈括的《夢溪筆談》。

【筆頭】bǐtóu ① 筆用以寫字的部分。② 寫作或記錄的能力◇好記性不如爛筆頭。③ 指寫出來的文章◇人家的筆頭誰看了都說好！

【筆戰】bǐzhàn 用文章進行爭論◇大打筆戰。

【筆錄】bǐlù ① 用筆記錄下來◇見聞所及，隨時筆錄。② 記錄下來的文字◇保存調查筆錄。

【筆觸】bǐchù 書畫、作文中所表現的筆力、風格◇筆觸犀利。

【筆桿子】bǐgǎnzi ① 裝筆頭的桿子，供手握寫字。② 指筆◇耍筆桿子。③ 指擅長寫文章的人。

【筆墨官司】bǐmòguānsi 筆墨，文字或文章；官司，訴訟。用書面形式進行的爭辯。

7 **筭** suàn 粵syun3 算 ①古代計數用的籌碼。②同"算"◇計筭。

7 **箝** zhé 粵zit3 節【箝子】zhézi 一種粗的竹蓆。

7 **筠** 〈一〉yún 粵wan4 雲 竹子的青皮；竹子◇綠筠｜松筠。
〈二〉jūn 粵gwan1 軍 用於地名，如筠連（在四川）。

7 **筢** pá 粵paa4 爬 竹耙，一般分為五齒，分、摟柴草或穀物的農器。

7 **筮** shì 粵sai6 逝 古代用蓍草占卦以問吉凶◇筮卜。

7 **筻** gàng 粵gaang3 耕3 用於地名，如筻口（在湖南省岳陽市）。

7 **筴（筞）** 〈一〉cè 粵caak3 策 同"策"。
〈二〉jiā 粵gaap3 甲 古代指箸；筷子。

7 **筲〔籍〕** shāo 粵saau1 梢 ①古代一種竹製的圓形容器◇斗筲。②筲箕。③桶◇水筲｜筲桶。

【筲箕】shāojī 淘米、洗菜用的竹器。

7 **筧（笕）** jiǎn 粵gaan2 簡 用來引水的長竹管。多用在屋簷接水或田間輸水。

7 **筥** jǔ 粵geoi2 舉 盛物的圓形竹筐◇筐筥。

7 **筱** xiǎo 粵siu2 小 ①小竹子◇筱屋（竹屋）。②同"小"。多用於人名、藝名◇筱翠花。③姓。

7 **筷** kuài 粵faai3 快 夾取飯菜用的細長棍◇碗筷｜象牙筷。

7 **筦** guǎn 粵gun2 管 ①古代繞絲的竹管。②同"管"。

7 **節（节）** 〈一〉jié 粵zit3 浙 ①動植物和其他物體各段之間相連的地方◇竹節｜骨節。②段落；整體中的部分◇章節｜環節。③古代用來控制樂曲節奏的樂器◇擊節。④節奏◇節拍｜應節而舞。⑤節日；季節◇清明節｜寒暑易節。⑥禮儀◇上下有節｜繁文縟節。⑦事項◇細節｜小節。⑧節操◇氣節｜高風亮節。⑨節約；

限制◇節流|節用。⑩刪節；節選◇節本|節錄。⑪古代使臣所持的憑證◇符節|旌節。⑫量詞。用於分段的東西◇兩節藕|五節車箱|一星期有九節英語課。⑬姓。

〈二〉jiē 粵zit3捷 見“節子”“節骨眼”。

【節子】jiēzi 樹的枝杈去掉後在枝幹上留下的疤痕◇天然的木材地板都有節子。

【節目】jiémù ①樹木枝幹交接處。②關鍵◇做事要抓大節目，不能鬍子眉毛一把抓。③文藝演出或廣播、電視播出的項目◇節目預告|精彩節目。

【節令】jiélìng 節氣時令◇歲時節令。

【節制】jiézhì ①控制；限制◇節制飲食，控制體重。②指揮管轄◇節制三軍。

【節奏】jiézòu ①音樂中音的強弱、長短交替出現的規律性現象◇隨着音樂的節奏翩翩起舞。②比喻有節制有秩序的活動進程◇注意生活節奏，有利健康。

【節省】jiéshěng 節約，不浪費◇節省時間|平時很節省，從不亂花錢。

【節約】jiéyuē 減省，限制消耗◇節約開支|節約能源。(同)節省 (反)浪費。

【節氣】jiéqì 根據寒暑變化、晝夜長短和中午日影高低等，傳統上把一年分為二十四段，每段或每段的開始叫一個節氣，全年從立春至大寒共二十四個節氣◇時令節氣。

二十四節氣

立春 雨水 驚蟄 春分 清明 穀雨 立夏 小滿 芒種
夏至 小暑 大暑 立秋 處暑 白露 秋分 寒露 霜降
立冬 小雪 大雪 冬至 小寒 大寒

【節節】jiéjié ①逐次，一一；一步步◇節節敗退|節節進逼。②處處，到處◇只見她被打得節節青紫。

【節儉】jiéjiǎn 節約儉省◇勤勞節儉。(反)浪費。

【節餘】jiéyú ①因節省而剩餘◇她省吃儉用，把節餘下來的錢供孩子讀書。②節餘的財物◇月月都有節餘。

【節操】jiécāo 氣節操守◇保持高尚的節操。

【節錄】jiélù ①從整篇文字中摘取出部分來◇文章太長，發表時作了節錄。②從整篇中摘取的部分文字◇簡本是小說原文的節錄。

【節骨眼】jiēguyǎn 比喻事情的關鍵或契機◇在這節骨眼上，他站出來了。

【節外生枝】jiéwàishēngzhī 枝節上又生出枝杈。①比喻在原有問題之外又出現新的問題。②比喻故意製造麻煩，使問題不能順利解決。(同)橫生枝節。

【節衣縮食】jiéyī suōshí 吃的穿的，儘量節省。形容生活節儉樸素。

8 **箐** qìng 粵sin3線 ①山間的大竹林◇山箐。②泛指竹木叢生的山谷。

8 **箍** gū 粵ku1 ①用竹篾或金屬條把器物束緊。②勒住；裹緊◇箍木桶|頭上箍一條毛巾|衣服太瘦，身子箍得慌。③束緊器物的圈子◇鐵箍|木桶散了箍。

8 **箸**〔筯〕zhù 粵zyu6住 筷子◇象箸|下箸。

8 **箕** jī 粵gei1機 ①簸箕；畚箕◇箕帚|糞箕。②簸箕狀的指紋◇斗箕。③星宿名。二十八宿之一。

【箕踞】jījù 古人席地而坐時，兩腿岔開伸出，像簸箕形，是一種不拘禮節的坐姿◇箕踞而坐，旁若無人。

8 **箣** cè 粵caak3策【箣竹】cèzhú竹的一種，莖高達20米，質堅韌，可做扁擔、傢具等。

8 **箑** shà 粵saap3霎 扇子◇手搖蕉箑。

8 **箋**（笺）jiān 粵zin1煎 ①古代一種文體，多用於向尊長陳述自己的意見。②古書註釋的一種◇箋註。③信紙；作留言用的紙◇信箋|便箋。④書信◇箋札。

【箋註】jiānzhù 古書的註釋◇詩詞箋註。

【箋疏】jiānshū 古書的註釋和古書註釋的註釋，是註釋古書的一種體裁◇《山海經箋疏》。

8 **算** suàn 粵syun3蒜 ①計算◇能寫會算。②計劃；謀劃◇失算|神機妙算。③預測；推想◇推算|算下來，他也該到家了。④計算進去◇義務獻血，算上我一個。⑤當作；稱得上◇他可算是個名人了。⑥作數；表示有效◇說了算數|你講了不算。⑦作罷；不計較◇算了，這錢不用還了。⑧總算◇直到現在，才算弄清楚了。⑨表示退一步◇就算你有那個心，恐怕也沒那個膽。⑩比較起來最突出◇幾個徒弟中，算他學得最快。

【算命】suànmìng 根據人的生辰八字，用陰陽五行推算命運，判斷吉凶。同 占卜。

【算計】suànjì ① 計算◇究竟損失了多少，還需要仔細算計一下。② 考慮；計劃◇事關重大，得算計一下才行。③ 猜測；估計◇我算計他們早晚會來找你的。④ 暗算◇背後算計人。

【算數】suànshù ① 計數◇扳着手指頭算數。② 不失信，有效◇説話算數，決不翻悔。③ 指事情取得最終結果◇貨款到手才算數。

【算盤】suànpān ① 一種計算工具。長方形，四周為木框，內貫多根直檔，每檔穿木珠七顆。檔中又有橫梁把木珠隔成上二下五，上珠一作五，下珠一作一。可以作加、減、乘、除的運算。② 打算，計劃◇如意算盤｜你打錯算盤了。

【算無遺策】suànwúyícè 比喻計劃周密，從不失策◇《三國演義》中諸葛亮被刻畫成算無遺策的謀士。

8 **箇** gè 粵go3 個 ①竹子一枝，叫做“箇”。②同“個”。

8 **箅** bì 粵bai3 閉 能起間隔作用的有空隙的器物◇爐箅子｜油箅子。

8 **箠** chuí 粵ceoi4 隨 ①鞭子。②鞭打。

8 **筵** yán 粵jin4 言 ①古人席地而坐所鋪的席子。②指座位◇講筵｜高談雄辯驚四筵。③指酒席◇壽筵｜婚筵。

【筵席】yánxí 本指宴飲時陳設的座位。借指酒席◇結婚喜筵。

【筵宴】yányàn 宴會；酒席◇大排筵宴。

8 **箄** (一) bēi 粵bei6 匕 捕魚的小竹籠。
(二) pái 粵paai4 牌 同“簰”，以竹、木成排的水上交通工具。

8 **箚** (一) zhā 粵zaat3 札 ①扎；刺◇箚破手了。②同“紮”。駐紮◇安營箚寨。
(二) zhá 粵zaat3 札 ①箚子；札子。古代一種公文。②箚記；筆記◇讀書小箚。

8 **箏**〔筝〕zhēng 粵zang1 爭 一種弦樂器。古代的箏最初為五弦，後增至十三弦，現代箏增至二十五弦。

8 **箙** fú 粵fuk6 服 用竹木或獸皮等做成的盛箭的用具◇矢箙。

8 **箔** bó 粵bok6 薄 ①用葦子、秫稭等編成的簾子◇蘆箔｜葦箔。②用竹篾編成的養蠶器具，像蓆子或篩子◇蠶箔。③金屬薄片◇金箔｜鋁箔。④塗上金屬粉末的紙◇錫箔。

8 **管** guǎn 粵gun2 館 ①吹奏的樂器◇黑管｜單簧管｜管弦樂。②細長而中空的圓筒形物體◇水管｜鋼管。③特指筆管；筆◇搦管為文。④形狀像管的電器件◇真空管｜電子管｜顯像管。⑤量詞。用於管狀物◇雙管齊下｜一管毛筆。⑥負責辦理；料理◇照管｜管家。⑦統轄◇掌管｜現官不如現管。⑧約束◇管束｜管教。⑨過問◇不管閒事。⑩負責；保證◇管吃管住｜西瓜不熟管換。⑪不管◇管牠黑貓白貓，能抓老鼠就是好貓。⑫把◇大家管這人叫老闆。⑬向◇我只管你要人。⑭姓。

【管用】guǎnyòng 頂用；有效果◇這辦法真管用。同 中用、頂事 反 無用。

【管束】guǎnshù 管教約束◇嚴加管束。

【管見】guǎnjiàn 從管子裏所看到的事物。比喻狹窄淺陋的見識。多用作謙辭◇依敝人的管見。同 拙見、愚見 反 卓見、高見。

【管事】guǎnshì ① 對事務負責的；主持工作的◇打了許多電話也沒找到一個管事的。② 管總務的人◇劉府裏的管事。③ 起作用；頂用◇你跟我説這些不管事，我是奉命而來。

【管制】guǎnzhì ① 監督制約；強制性管理◇交通管制。② 管理控制◇管制產品品質。

【管保】guǎnbǎo 保證；肯定◇照這樣做管保沒錯。同 準保、保管、包管。

【管家】guǎnjiā ① 為富貴人家管理家產和日常事務的地位較高的僕人。② 泛指管理財物的人◇馬小姐是公司的好管家。

【管理】guǎnlǐ ① 負責確定範圍內的工作，解決各種問題，使之正常運作。② 看管約束◇管理俘虜。③ 保管；照料◇管理圖書資料。

【管教】guǎnjiào ① 約束教導◇管教有方。反 放任。② 管保；一定讓…◇我燒的菜，管教你吃得滿意。

【管道】guǎndào ① 用作輸送、排除流體的通道的管子◇石油管道｜天然氣管道。② 途經；方式◇通過多種管道溝通。

【管轄】guǎnxiá 管理統轄◇直接由地方政府

管轄。

【管中窺豹】 guǎnzhōngkuībào《世説新語·方正》："此郎亦管中窺豹，時見一斑。"窺，從孔隙中看；斑，豹身上的斑紋。① 比喻只是事物的一小部分，並不全面。② 比喻從看到的一部分推測全貌。

【管窺蠡測】 guǎnkuī lícè 漢代東方朔《答客難》："以筦窺天，以蠡測海，以筳撞鐘，豈能通其條貫，考其文理，發其音聲哉？"後形容眼界狹窄，見識淺薄。㊂ 管窺之見。

8 **箜** kōng 粵hung1 空【箜篌】kōnghóu 古代一種弦樂器，像瑟但較小。有豎式、卧式兩種，弦數多少不等，最少五弦，最多二十五弦。

8 **箢** yuān 粵jyun1 冤【箢箕】yuānjī 用竹篾編製的盛物器具。

9 **篋（箧）** qiè 粵haap6 匣 小箱子◇書篋｜行篋｜翻箱倒篋。

9 **箬〔篛〕** ruò 粵joek6 若 ①箬竹，一種葉大而寬的竹子。②箬竹的葉子◇青箬｜蓑衣箬笠。

9 **箱** xiāng 粵soeng1 商 ①箱子，放衣服等物的長方形器具◇皮箱｜行李箱。②像箱子的東西◇冰箱｜車箱。

【箱籠】 xiānglǒng 籠，大箱子。泛指盛衣物的器具。

9 **範（范）** fàn 粵faan6 犯 ①模型，模具◇銅範｜錢範。②法式；榜樣◇規範｜典範。③範圍；界限◇就範｜範疇。④限制；約束◇防範。

【範文】 fànwén 供學習仿效的文章◇獲獎作文被當作範文發給同學。

【範本】 fànběn 可作楷模的樣本◇書法範本。

【範例】 fànlì 可以供仿效的事例◇文書範例｜教學範例。

【範圍】 fànwéi ① 界限◇涉及的範圍很廣。② 限制◇如天馬行空，不受範圍。

【範疇】 fànchóu 類型；範圍◇雜文、小品、隨筆、遊記、人物特寫都屬於散文範疇。

9 **箴** zhēn 粵zam1 針 ①規勸；告誡◇箴言｜規箴。②古代一種文體，用於規誡勸告◇箴銘。

【箴言】 zhēnyán 規勸告誡的話◇警世箴言。

9 **箵** xīng 粵sing2 升2 見"笭箵"。

9 **箯** biān 粵bin1 邊【箯輿】biānyú 古代一種竹轎。

9 **篁** huáng 粵wong4 王 ①竹林◇幽篁。②竹子◇修篁(長竹)。

9 **篌** hóu 粵hau4 侯 見"箜篌"。

9 **箭** jiàn 粵zin3 戰 ①用弓弩發射到遠處刺殺的兵器，杆狀，裝有金屬尖頭，末梢附有羽毛。②形狀像箭的東西◇令箭｜火箭。③像箭射出一樣快速◇箭步。

【箭步】 jiànbù 跨得又快又遠的腳步◇一個箭步跨進車廂。

【箭樓】 jiànlóu 古代城門上的樓，周圍有供瞭望和射箭用的小窗。

【箭垛】 jiànduǒ ① 箭靶。② 城牆上面呈凹凸形的短牆。

【箭在弦上】 jiànzàixiánshàng 箭已搭在弦上。比喻情況緊急，非採取某種行動不可。

9 **篇** piān 粵pin1 偏 ①首尾完整的詩文◇長篇大論｜千篇一律。②一部書中可以分開的部分◇上下篇。③有文字的單張紙◇單篇｜歌篇。④量詞。用於文章或紙張、書頁等◇一篇論文｜三篇稿紙。

【篇目】 piānmù ① 篇章的標題◇《論語》的篇目都取自正文首句。② 書籍的目錄◇書雖未寫成，但篇目早已擬定。

【篇章】 piānzhāng ① 作品的篇和章。泛指詩文◇篇章結構｜華麗的篇章。② 比喻某種形勢或局面◇翻開歷史的新篇章。

【篇幅】 piānfú ① 文章的長短◇篇幅太長，要刪削。② 書刊篇頁的數量◇篇幅不夠，書太薄。

9 **篆** zhuàn 粵syun6 宣6 ①漢字的一種字體◇大篆｜小篆｜真、草、隸、篆。②用篆體字寫或刻◇書法篆刻。③印章多用篆文，因此代指印信或名字◇台篆(敬稱別人名字)。

【篆文】 zhuànwén 大篆、小篆的總稱。漢字形體的一種。筆畫圓勻，結構整齊，是漢魏以前通用的字體。

10 **篝** gōu 粵kau1 溝 竹籠◇篝籠。

【篝火】gōuhuǒ 原指用竹籠罩着的火，現指在野外或空曠的地方燃起的火堆。

10 **篤（笃）** dǔ 粵duk1 督 ①忠誠；專心◇篤信|篤學。②深厚◇感情甚篤。③(病勢)沉重◇病篤。④方言。確定；安穩◇篤定|篤悠悠。

【篤行】dǔxíng ①專心實行◇博學篤行。②為人淳厚，做事踏實◇篤行君子。

【篤守】dǔshǒu 忠實地遵守◇篤守商業道德。

【篤志】dǔzhì 堅守自己的志向◇篤志求學。

【篤定】dǔdìng 方言。①肯定；有把握◇做這些題目篤定。②安詳鎮定◇面對質詢，他倒顯得篤定。

【篤厚】dǔhòu 真誠厚道◇民風篤厚。同 忠厚。

【篤信】dǔxìn ①虔誠地信仰◇篤信上帝。同 崇信。②深信不疑◇篤信不移。反 猜疑。

【篤愛】dǔ'ài 深愛，非常喜愛◇弟弟從小篤愛集郵。

【篤實】dǔshí ①忠厚老實◇為人仁厚篤實。同 誠實。②踏實；實在◇治學篤實。

【篤摯】dǔzhì 深厚真摯◇情感篤摯。

【篤學】dǔxué 專心好學◇篤學不倦。

10 **篢（䇲）** lǒng 粵lung5 攏 ①方言，同"籠"。②用於地名，織篢，在廣東。

10 **築（筑）** zhù 粵zuk1 足 ①修建；建造◇築路|築堤|債台高築。②房子◇小築|新築。

10 **篥** lì 粵leot6 律 見"觱篥"。

10 **篚** fěi 粵fei2 匪 盛東西的圓形竹器◇篚篋|筐篚。

10 **篡** cuàn 粵saan3 傘 ①臣下奪取君位◇篡位。②用不正當手段非法奪取◇篡奪|篡權。③故意歪曲◇篡改。

【篡位】cuànwèi 臣子奪取君位。

【篡改】cuàngǎi 用作偽的手段改動或歪曲◇篡改歷史。

【篡奪】cuànduó 用不正當的非法手段奪取(地位、權力等)◇篡奪王位|篡奪了最高權力。

【篡權】cuànquán 篡奪國家權力。

10 **篹** ㈠zhuàn 粵zaan6 賺 ①同"饌"。②同"撰"。

㈡zuǎn 粵syun2 選 同"纂"。

10 **篔（筼）** yún 粵wan4 雲【篔簹】yúndāng 一種生長在水邊的大竹子。

10 **篩（筛）** shāi 粵sai1 西 ①篩子，用竹篾、鐵絲等編成的有許多孔的器具，用來分開粗細顆粒。②用篩子來回搖動，把東西從篩子的孔隙中過下來◇篩米。③溫酒或斟酒◇篩酒。④敲◇篩鑼。

【篩選】shāixuǎn ①用篩子進行選種、選礦◇篩選良種。②經過反復比較來挑選◇總共篩選出五人。

10 **篦** bì 粵bei6 避/bai1 跛 ①篦子，一種有密齒的梳頭用具。②用篦子梳◇篦頭。

10 **篪** chí 粵ci4 詞 ①古代一種竹管樂器。單管橫吹，有八孔，形狀像笛子。②一種竹子◇山多篪竹。

10 **篘（𥬠）** chōu 粵cau1 抽 ①濾酒的器具。②過濾(酒)。

10 **篙** gāo 粵gou1 高 撐船用的竹竿或木杆，通常在一端包上鐵製的篙頭。

11 **篲** huì 粵seoi6 睡 ①同"彗"。掃帚。②用掃帚清掃。

11 **簀（箦）** zé 粵zaak3 責 ①用竹片編成的牀墊◇牀簀。②竹蓆◇易簀。

11 **簕** lè 粵lak6 肋 一種有刺的竹子。幹比較高，葉子背面有稀疏的短毛。

11 **簌** sù 粵cuk1 促【簌簌】sùsù ①象聲詞。風吹樹葉等物的聲音◇簌簌的風聲。②抖動的樣子◇簌簌發抖。③流淚的樣子◇簌簌淚下。

11 **篳（筚）** bì 粵bat1 不 用荊條、竹子等編成的籬笆或其他遮攔物◇篳門|蓬門篳戶。

11 **簍（篓）** lǒu 粵lau5 柳 一種盛東西的器具。一般為圓桶形，比較深。多用竹篾、荊條編成◇油簍|醬簍。

11 **篾** miè 粵mit6 滅 ①竹子劈成的薄片◇篾片|篾蓆。②藤類植物、葦子或高粱稈子上劈下的皮◇四片黃藤篾，搓成一條繩。

11 **簉** zào 粵zou6 做 副的；附屬的◇簉室（指妾）。

11 **簃** yí 粵ji4 兒 樓閣旁邊的小屋◇矮簃。

11 **篼** dōu 粵dau1 兜 盛東西的器具，用竹、藤、柳條等製成◇背篼。

11 **篷** péng 粵pung4 碰4 ①遮蔽風雨和陽光的設備，用篾蓆或帆布等物製成◇船篷｜車篷。②船帆◇扯篷出發。

11 **簏** lù 粵luk1 麓 ①較高的竹箱◇筐簏。②用竹子、柳條或藤條編成的圓形盛物器具◇字紙簏。

11 **篰** bù 粵bou6 步 竹簍◇豬篰裏有一頭小豬。

11 **簇** cù 粵cuk1 速 ①聚集◇簇聚｜簇擁。②聚集在一起的東西◇花團錦簇｜翠峯如簇。③量詞。用於聚在一起的東西◇一簇紅霞｜兩簇翠竹｜桃花一簇開無主，可愛深紅愛淺紅？④很；全◇簇新。

【簇新】cùxīn 極新；嶄新◇一身簇新的衣服。

【簇聚】cùjù 集聚在一起◇遊客簇聚遊覽景區。

【簇擁】cùyōng （許多人）聚集圍攏◇球員簇擁着教練走進賽場。

11 **簋** guǐ 粵gwai2 鬼 古代盛食物的器皿。圓形，大口。

12 **簙** bó 粵bok3 博 古代的一種棋戲，後來泛指賭博◇簙徒｜簙局。

12 **簧** huáng 粵wong4 王 ①樂器裏用來振動發聲的薄片，用竹、金屬或其他材料製成◇笙簧｜單簧管｜巧舌如簧。②動聽的語言◇唱雙簧。③器物上有彈力的零件◇彈簧｜鎖簧。

12 **簠** fǔ 粵fu2 苦 古代祭祀時，盛稻粱的方形器具◇青銅簠｜五鼎四簠。

12 **簟** diàn 粵tim5 恬 竹蓆◇枕簟｜曬簟。

12 **簝** liáo 粵liu4 聊 古代祭祀時盛肉的竹器。

12 **簪**〔簮〕zān 粵zaam1 站1 ①古時用來把頭髮聚總連在冠上的長針。後來專指婦女別住髮髻用的條狀首飾◇玉簪｜白頭搔更短，渾欲不勝簪。②（在頭髮上）插或戴◇簪花。

12 **簡**（简）jiǎn 粵gaan2 揀 ①古代書寫用的條形竹片或木片，長寬有一定的規格◇竹簡｜斷編殘簡。②信件◇短簡｜書簡。③簡易；簡單◇簡潔｜簡略。④使減少◇簡縮｜精兵簡政。⑤少◇深居簡出｜輕裝簡從。⑥輕視；怠慢◇簡慢。⑦選擇◇簡選｜簡拔。⑧姓。

【簡化】jiǎnhuà 把繁雜的變成簡單的◇簡化報關手續。

【簡直】jiǎnzhí ①簡單直截◇議論簡直，析辨甚嚴。②強調完全如此或差不多如此。含有誇張語氣◇好得簡直無可挑剔｜這麼做生意，簡直是賠本賺吆喝。

【簡明】jiǎnmíng 簡單明瞭◇簡明扼要｜簡明易懂。反 高深。

【簡易】jiǎnyì ①簡單而容易◇方法簡易可行。②簡省的；不完備的◇簡易手術室。同 簡約。

【簡要】jiǎnyào 簡明扼要◇簡要介紹。同 簡練。

【簡便】jiǎnbiàn 簡單方便◇方法簡便。

【簡陋】jiǎnlòu 簡單粗陋；不完備◇陳設簡陋。

【簡訊】jiǎnxùn 簡短的消息◇新聞簡訊。

【簡捷】jiǎnjié ①直截了當◇回答簡捷。②簡便快捷◇演算方法簡捷。

【簡略】jiǎnlüè 簡單粗略◇簡略的提綱。反 詳盡。

【簡章】jiǎnzhāng 簡要的章程◇招工簡章。

【簡報】jiǎnbào 內容比較簡略的報道◇會議簡報。

【簡單】jiǎndān ①頭緒不複雜；結構單純◇情節簡單。②考慮不周；草率◇不可簡單從事。③平凡；平常◇別看他相貌平平，人可不簡單！

【簡短】jiǎnduǎn 不長◇簡短留言｜開一個簡短的會議。

【簡稱】jiǎnchēng ①簡單地叫作◇人民代表大會簡稱“人大”。②名稱的簡化形式◇“彩電”是彩色電視的簡稱。

【簡慢】jiǎnmàn 怠慢；禮貌不周◇待人冷漠簡慢。反 周到。

【簡潔】jiǎnjié 簡明扼要◇文章簡潔，沒有多餘的字句。㊀繁雜、繁複。

【簡寫】jiǎnxiě 漢字的簡化字的寫法。如"张"是"張"的簡寫、"东"是"東"的簡寫。

【簡練】jiǎnliàn 簡要精練◇簡練生動的語言。㊀繁冗。

【簡編】jiǎnbiān ① 內容比較簡略的著作。② 指某一著作的簡本◇《中國哲學史簡編》。

【簡樸】jiǎnpǔ 簡單而樸素◇陳設簡樸。

【簡歷】jiǎnlì 簡明的履歷◇撰寫簡歷。

【簡化字】jiǎnhuàzì 指以國家公佈的《簡化字總表》為規範的漢字。

12 **簣**（篑）kuì 粵gwai6 跪 古代盛土的竹筐◇為山九仞，功虧一簣。

12 **簞**（箪）dān 粵daan1 丹 古代盛飯用的圓形竹器◇一簞食，一瓢飲。

【簞食壺漿】dānsì hújiāng《孟子・梁惠王下》："簞食壺漿，以迎王師。"漿，用米熬成的酸汁，古人用來代酒。用簞盛飯，用壺裝酒。形容軍隊受歡迎的情景。

12 **簰** pái 粵paai4 排 用竹木等物編成的水上交通工具◇竹簰｜伐木為簰。

12 **簨** sǔn 粵seon2 筍 古代懸掛鐘、磬、鼓的架子，其中的直柱叫虡，橫杆叫簨。

12 **簦** dēng 粵dang1 登 古代有柄的笠，類似現在的雨傘◇簦笠。

13 **籀** zhòu 粵zau6 就 ①讀書◇籀讀。②籀文，古代一種字體，也叫大篆或籀書◇篆籀。

13 **簸** ㈠ bǒ 粵bo2 跛/bo3 播 ①用簸箕顛動穀物，揚去其中的糠皮或雜物◇簸穀。②上下搖動◇簸動｜一路顛簸。

㈡ bò 粵bo3 播 見"簸箕"。

【簸揚】bǒyáng ① 上下顛動簸箕，揚去穀物中的糠皮或雜物◇簸揚稻穀。② 顛簸動盪◇小舟在江面上簸揚。

【簸箕】bòji ① 用來簸穀物或裝泥土、垃圾等的用具。② 簸箕形的指紋。

【簸盪】bǒdàng 顛簸搖盪◇漁船在海浪中劇烈簸盪。

13 **簹**（筜）dāng 粵dong1 當 見"篔簹"。

13 **簽**（签）qiān 粵cim1 籤 ①寫上姓名或畫記號，表示負責◇簽到。②用簡短的文字提出要點或意見◇簽證。

【簽名】qiānmíng ① 親筆寫上自己的名字◇簽名留念。② 親筆寫下來的自己的名字◇得到了球星的簽名。

【簽字】qiānzì ① 簽上自己的名字以示負責◇文件簽字後立即生效。② 所簽下的名字◇文件尚缺他的簽字。

【簽訂】qiāndìng 訂立協議、條約或合同並簽字◇簽訂協定。

【簽單】qiāndān 在單據上簽字表示認可◇簽單消費。

【簽署】qiānshǔ 在文件上簽字確認生效◇簽署協定。

13 **簷**〔檐〕yán 粵jim4 嚴 ①屋頂伸出屋牆外的部分◇房簷｜飛簷。②物體上像屋簷的部分◇帽簷。

13 **簾**（帘）lián 粵lim4 廉 遮蔽門窗的用具◇竹簾｜窗簾｜垂簾聽政。

【簾幕】liánmù 簾子和帷幕◇簾幕重重。

【簾櫳】liánlóng 櫳，窗。窗簾。也泛指門窗的簾子。

13 **簿** bù 粵bou6 步 簿子，書寫用的本子◇簿冊｜賬簿｜練習簿。

【簿記】bùjì ① 會計的記賬工作◇簿記很花時間。② 財務工作專用的賬簿◇財務簿記。

14 **籌**（筹）chóu 粵cau4 酬 ①用竹、木、象牙等製成的條形薄片。用於計數或領物的憑證◇籌碼。②計策；謀略◇一籌莫展｜運籌帷幄之中，決勝千里之外。③策劃；謀劃◇籌劃｜統籌兼顧。④想辦法收集◇籌款｜籌餉。

【籌建】chóujiàn 籌備修建或建立◇籌建新的碼頭。

【籌措】chóucuò 想辦法得到◇籌措資金。

【籌商】chóushāng 磋商；謀劃商議◇明日開會，籌商投資要務。

【籌備】chóubèi 籌劃準備◇籌備婚禮。

【籌集】chóují 想辦法收集◇籌集資金。

【籌募】chóumù 籌措募集◇籌募款項。

【籌算】chóusuàn 計算；估算◇籌算項目成本。

【籌劃】chóuhuà 謀劃；制定計劃◇籌劃慶祝活動。

【籌碼】chóumǎ ①計數的用具，賭博時常用於計輸贏。②比喻做某種交易時手中掌握的交換條件◇政治交易的籌碼｜人質成為談判籌碼。

【籌謀】chóumóu 謀劃；策劃◇籌謀對策。

【籌辦】chóubàn 籌劃舉辦◇籌辦奧運會｜組委與多方面緊密合作，按時完成各項籌辦任務。

14 **籃**（篮）lán laam4 藍 ①籃子，用竹篾、柳條、藤條等物編成的有提梁的器具◇菜籃｜花籃。②籃球架上帶網的鐵圈◇上籃｜投籃。③籃球隊或籃球運動◇男籃｜女籃｜籃壇新秀。

14 **籍** jí zik6 夕 ①書冊◇書籍｜典籍｜古籍。②人的各種隸屬關係◇國籍｜祖籍｜戶籍｜學籍。

【籍貫】jíguàn 祖居或本人出生的地方。

14 **簫**（箫）xiāo siu1 消 一種管樂器。古代用許多管子排在一起做成，也叫排簫。後世用一根管子做成，豎着吹，也叫洞簫◇吹簫｜簫聲嗚咽，隱含幽怨。

16 **籜**（箨）tuò tok3 託 筍殼，竹筍的外皮。

16 **籟**（籁）lài laai6 賴 ①古代的一種簫◇鳴籟。②從孔穴裏發出的聲音。泛指聲響◇天籟之聲｜萬籟俱寂。

16 **籙**（箓）lù luk6 六 ①簿籍；冊子◇鬼籙。②道教的祕文◇符籙。

16 **籠**（笼）〈一〉lóng lung4 龍 ①用來養蟲、鳥或裝東西的器具，多用竹木、鐵絲、塑膠等做成◇竹籠｜燈籠｜筷籠｜提籠架鳥。②古代囚禁犯人的刑具◇站籠｜囚籠。③蒸食物的器具◇籠屜｜蒸籠。④把手插入袖筒中◇籠着手。⑤生火◇把炭火籠旺一些。

〈二〉lǒng lung4 龍/lung5 壟 ①籠罩◇雲籠霧罩｜心頭籠上一層陰影。②大箱子◇箱籠。

【籠屋】lóngwū 方言。分成牀位租賃的房屋◇十多人擠住在籠屋裏。

【籠絡】lǒngluò 用手段拉攏人◇籠絡人心。

【籠統】lǒngtǒng 概括，不具體；含糊，該區分的未區分◇話說得太籠統，大家不知道該怎麼做。

【籠罩】lǒngzhào 罩住；扣在…之上◇烏雲籠罩羣山｜一陣憂傷籠罩心頭。

【籠而統之】lǒng'értǒngzhī 含混地總括在一起，不分別清楚。

16 **籯** yíng jing4 形 ①箱籠一類的竹器。②放筷子、勺子的竹筒。

17 **籣**（𫂆）〔韊〕lán laan4 蘭 古時盛弩矢的器具。

17 **籤**（签）qiān cim1 簽 ①竹子或木材削成的有尖兒的細棍◇竹籤｜牙籤。②作為標誌用的小紙片或其他小型製品◇標籤｜書籤。③占卜、賭博、比賽等用的上面刻有文字的小竹片或小細棍◇求籤｜抽籤｜籤筒。④古代官府拘捕、懲罰犯人的憑證◇朱籤｜火籤。⑤粗疏地縫合◇籤貼邊｜把領子籤上。

18 **籪**（簖）duàn dyun6 段 插在河裏攔截捕獲魚蟹的竹柵欄◇魚籪。

19 **籮**（箩）luó lo4 羅 用竹篾或柳條編的盛東西的器具◇笸籮｜淘籮｜飯籮。

【籮筐】luókuāng 用竹篾或柳條編的盛糧食或蔬菜的器具。

19 **籩**（笾）biān bin1 邊 古代祭祀或宴會盛果脯的竹器◇籩豆（豆，古代盛食物的木製器皿）。

19 **籬**（篱）lí lei4 厘 ①籬笆◇樊籬｜竹籬茅舍｜採菊東籬下，悠然見南山。②見"笊籬"。

【籬笆】líba 用竹木、樹枝等編成的遮攔物，一般環繞在房屋、菜園等周圍。

20 **籰** yuè jyut6 月 繞絲或繞紗、繞線的工具◇籰子。

26 **籲**（吁）yù jyu6 預 為實現某種要求而呼喊◇籲請｜呼籲。

【籲請】yùqǐng 呼籲並請求◇籲請資方關注工人權益。

米部

0 **米** mǐ 粵mai5 迷5 ①稻米；大米◇碾米|米飯。②泛指去掉皮殼的種子◇高粱米|花生米。③像米粒的東西◇蝦米。④公制長度單位。1 米等於 100 厘米。⑤姓。

【米酒】mǐjiǔ 用糯米、黃米等釀成的酒。

【米珠薪桂】mǐzhū xīnguì《戰國策・楚策三》："楚國之食貴於玉，薪貴於桂。"米貴得像珍珠，柴貴得像桂木。形容物價昂貴，生活困難。

3 **籽** zǐ 粵zi2 只 植物的種子◇菜籽|花籽|西瓜籽。

3 **籹** nǚ 粵neoi5 女 見"粔籹"。

4 **粉** fěn 粵fan2 昏2 ①細末◇粉末|奶粉|花粉。②使碎成粉末◇粉身碎骨。③化妝或粉飾用的粉末◇香粉|塗脂抹粉。④粉刷◇這牆是昨天粉的。⑤白色的；帶有白色的◇粉蝶。⑥淡色的◇粉綠|粉紅。⑦用米粉、澱粉製成的食品◇腸粉|炒粉|粉皮。

【粉刷】fěnshuā 用白堊、石灰或其他塗料塗抹牆壁、門窗等◇粉刷門面 | 粉刷一新。

【粉絲】fěnsī ①用綠豆等的澱粉製成的線狀食品。②指迷戀、崇拜某個名人的人◇這位歌星擁有大批粉絲。(英 fans)

【粉碎】fěnsuì ①破碎得像粉末一樣◇碗摔得粉碎 | 把書撕得粉碎。②使粉碎◇粉碎機 | 粉碎礦石。③使徹底失敗或毀滅◇粉碎了恐怖分子的陰謀。

【粉飾】fěnshì ①粉刷裝飾，使美觀◇店堂內外粉飾一新。②比喻裝飾表面，掩蓋內裏存在的問題◇粉飾太平。

【粉身碎骨】fěnshēn suìgǔ ①全身粉碎而死。②比喻為達目的不惜犧牲生命。

【粉墨登場】fěnmòdēngchǎng ①粉墨，指化妝品。化妝後上台演戲。②比喻登上政治舞台。含諷刺意。

4 **粑** bā 粵baa1 巴 用米麪做成的餅類食物◇糍粑|玉米粑。

5 **粔** jù 粵geoi6 具【粔籹】jùnǚ 古代一種油炸的食品，類似今天的麻花、饊子。

5 **粘** ㈠zhān 粵nim4 念4 ①黏的東西互相連結起來，或附着在別的東西上◇粘連|糖粘牙。②用黏的東西把物件連結起來◇粘貼|粘信封。

㈡nián 粵nim4 念4 同"黏"。能粘合東西的。

【粘連】zhānlián ①粘在一起◇把花邊粘連牢。②體內的黏膜、漿膜等因發炎而粘在一起◇腸粘連。

【粘貼】zhāntiē 用糨糊、膠水等使東西附着在另一物體上◇粘貼郵票 | 粘貼廣告。

【粘補】zhānbǔ 粘連修補◇把破損的地方粘補好。

【粘糊】niánhu 同"黏糊"。①形容東西有黏性◇麪粉加水就這樣粘糊。②形容做事磨來磨去、扯不清說不明，不乾脆、不爽利◇生就那副粘糊樣，做事總是拖拉。

5 **粗**〔麤〕cū 粵cou1 草1 ①物體徑圍大、顆粒大◇粗沙|粗紗|粗鐵絲。②聲音低濁◇粗聲粗氣。③粗糙；不精緻◇粗布|粗瓷碗。④疏忽；馬虎◇粗疏|粗心大意。⑤略微；稍稍◇粗知一二|粗具規模。⑥魯莽◇粗野。

【粗心】cūxīn 不細心；不謹慎◇粗心大意。

【粗劣】cūliè 粗糙低劣◇質量粗劣。㊫ 精細。

【粗壯】cūzhuàng ①粗大強壯；粗大結實◇身體粗壯 | 粗壯的樹幹。②洪大有力◇粗壯的嗓音。

【粗放】cūfàng ①粗獷豪放◇粗放的風格。②指農業生產上因人力不足而粗耕淺作，廣種薄收◇地多人少，耕作粗放。㊫ 集約。③粗疏；不精細◇粗放的管理，無法適應市場變化？

【粗重】cūzhòng ①粗大有力◇手腳粗重。②(器物) 笨重◇粗重的傢具都留在老宅裏。③低沉有力◇傳來粗重的吼叫聲。④(條狀物) 寬而顏色深◇筆跡粗重 | 兩道粗重的眉毛。⑤繁重費力◇幹粗重的活兒。

【粗俗】cūsú 粗野庸俗；不文雅◇言談粗俗 | 動作粗俗。㊫ 優雅。

【粗陋】cūlòu ①粗糙簡陋◇校舍粗陋，條件很差。② 粗俗醜陋◇那人面貌粗陋，說話倒很斯文。③ 粗略簡陋◇履歷寫得過分粗陋。

【粗野】 cūyě 粗魯野蠻，沒有禮貌◇行為粗野｜粗野得像頭牛。反 斯文。

【粗略】 cūlüè 大概；不精確◇粗略地計算一下。

【粗率】 cūshuài ① 粗疏草率◇粗率地做出了決定。反 仔細。② 粗糙簡陋◇建築粗率的簡易房。

【粗淺】 cūqiǎn 淺顯；不深奧◇認識粗淺｜粗淺的道理。

【粗疏】 cūshū ① 不細緻；粗心大意◇我一時粗疏，忘了問他家的地址了。② 又粗又稀疏◇林木粗疏。

【粗鄙】 cūbǐ 粗野鄙俗◇言語粗鄙不堪。

【粗暴】 cūbào 魯莽暴躁◇性情粗暴。

【粗魯】 cūlǔ 粗野魯莽◇言行粗魯｜性格粗魯。反 文雅。

【粗糙】 cūcāo ① 不光滑；不精細◇皮膚粗糙｜早期的西漢紙還很粗糙。反 細嫩。② 草率馬虎，不細緻◇工藝粗糙｜這批貨做得太粗糙。

【粗獷】 cūguǎng ① 粗野◇粗獷蠻橫。② 豪放◇粗獷的性格｜書法粗獷，自成一格。

【粗茶淡飯】 cūchá dànfàn 簡單普通的飲食。形容生活簡樸。同 布衣疏食。

5 **粕** pò 粵pok3 樸 釀酒、榨油等剩下的渣滓◇糟粕｜豆粕。

5 **粒** lì 粵nap1 凹/lap1 笠 ①像米一樣細小、圓珠形或碎塊狀的東西◇沙粒｜鹽粒｜誰知盤中餐，粒粒皆辛苦。②量詞。用於顆粒狀的東西◇一粒米｜兩粒豆｜三粒子彈。

6 **粟** sù 粵suk1 叔 ①穀子，去殼後叫小米。②泛指糧食。③姓。

6 **粢** 〈一〉zī 粵zi1 之 古代供祭祀的糧食。
〈二〉cī 粵ci1 痴 粢飯。

【粢飯】 cīfàn 方言。一種食品。用糯米攙和粳米，洗淨蒸熟後裹上油條等捏成的飯糰。

6 **粞** xī 粵sai1 西 ①碎米。②方言。米糠。

6 **粥** 〈一〉zhōu 粵zuk1 足 用糧食熬成的半流質食物◇稀粥｜八寶粥。
〈二〉yù 粵juk6 肉 同"鬻"。賣。

【粥少僧多】 zhōushǎo sēngduō 比喻東西少。

6 **粧** zhuāng 粵zong1 莊 同"妝"。

7 **粲** càn 粵caan3 燦 ①上等白米。②鮮亮而美麗◇雲淡星粲。

【粲然】 cànrán ① 明亮的樣子◇星月粲然。② 開口笑的樣子◇粲然一笑。

7 **粵** yuè 粵jyut6 月 ①廣東的別稱◇粵劇｜粵菜｜粵語。②指廣東、廣西◇兩粵。

中國八大菜系
魯菜 粵菜 川菜 湘菜 閩菜 浙菜 蘇菜 徽菜

7 **粳**〔稉秔〕 jīng 粵gang1 庚 稻的一種。米粒短粗較圓潤，有黏性◇粳稻。

7 **粯**（粯） xiàn 粵jin6 現 米屑。

7 **粱** liáng 粵loeng4 良 ①古代稱上等穀子◇黃粱夢｜稻粱謀。②精美的飯食◇膏粱（肥肉和細糧）｜食必粱肉。

8 **精** jīng 粵zing1 晶 ①經過提煉或挑選的◇精鹽｜精兵。②提煉出來的精華◇酒精｜味精｜香精。③精神；精力◇無精打采｜聚精會神。④完美；最好◇精良｜精美。⑤細緻；嚴密◇精密｜精雕細刻。⑥機靈；心細◇精明｜這人很精，誰也騙不了他。⑦熟練掌握學識、技能等◇精通｜精於武術。⑧有妖術的靈怪◇妖精｜狐狸精。⑨男人和雄性動物的生殖物質◇精子｜受精。⑩用在一些形容詞前，相當於"很、非常"◇精瘦｜精濕。

【精力】 jīnglì 精神和體力◇精力充沛｜他年事雖高，精力仍很旺盛。

【精工】 jīnggōng 精緻工巧◇精工製作。

【精心】 jīngxīn 特別用心；特別盡心◇精心照看｜精心設計。

【精巧】 jīngqiǎo 精緻巧妙◇製作精巧｜精巧的構思。反 粗糙。

【精光】 jīngguāng ① 一點兒沒有剩下◇吃得精光｜把錢花了個精光。②（物體表面）光亮潔淨◇玻璃窗被擦得精光發亮。

【精良】 jīngliáng 精緻優良◇製作精良｜精良

的探測儀器。

【精妙】jīngmiào ① 境界精微，義理深奧◇佛學哲理非常精妙。② 精緻巧妙◇文辭精妙｜精妙的手工藝品。

【精明】jīngmíng 精細聰明◇精明強幹｜他辦事精明。

【精采】jīngcǎi 同"精彩"◇重温書中精采片段。

【精英】jīngyīng ① 才能出眾的人◇科技精英｜文壇精英。② 精華◇展品都是出土文物中的精英。

【精品】jīngpǐn 精美優良的物品或作品◇時裝精品｜國畫精品｜選出精品參展。

【精美】jīngměi 精緻美觀◇印刷精美｜精美絕倫。

【精神】(一)jīngshén ① 指人的心理、意識、思想等◇精神支柱｜精神面貌。② 內容的實質所在；主旨◇領會精神所在｜傳達會議精神。(二)jīngshen ① 表現出來的活力◇精神飽滿｜強打精神。② 形容有活力、有生氣◇格外精神｜老兩口如今還算精神。

【精悍】jīnghàn ① 精明能幹◇精悍的團隊。②(文筆)精練而有力◇文章短小精悍。

【精純】jīngchún ① 精湛純熟◇技術精純。② 純粹無雜質◇提煉精純的航空汽油。

【精彩】jīngcǎi 美妙，出色◇精彩的演講｜表演很精彩。

【精深】jīngshēn (理論、學問)精粹高深◇博大精深｜造詣精深。

【精密】jīngmì 精確細密◇精密儀器｜工藝精密。

【精通】jīngtōng 透徹理解並能熟練掌握◇精通英語｜琴棋書畫，樣樣精通。

【精細】jīngxì ① 精巧細緻◇刻工精細｜精細模具。② 精明細心◇他是個精細人。

【精華】jīnghuá ① 事物中最好的部分◇古代詩歌的精華｜取其精華，去其糟粕。同 精髓、精粹。② 光輝◇日月精華。同 光華。

【精進】jīngjìn ① 積極進取◇精進不懈，終於成就大業。② 向精深的方向發展◇只有勤奮刻苦，學業才能精進。

【精湛】jīngzhàn 高超，精深◇技藝精湛｜精湛的藝術造詣。同 精深。

【精當】jīngdàng 精確恰當◇解説精當｜論證精當。

【精微】jīngwēi ① 尖端的，深奧的◇學問精微。② 精微的地方◇探索大自然的精微。

【精誠】jīngchéng 真心誠意；至誠◇精誠團結｜精誠所至，金石為開。

【精煉】jīngliàn ① 除淨雜質，提煉精華◇精煉原油。② 精練◇內容精煉｜語言精煉。

【精粹】jīngcuì ① 精練純粹；精美純粹◇短而精粹的雜文｜水晶吊墜晶瑩精粹。② 精華◇傳統文化的精粹。

【精確】jīngquè 極準確；極正確◇計算精確｜使用制導武器，精確打擊目標。

【精鋭】jīngruì 形容裝備精良、戰鬥力強◇精鋭部隊。

【精練】jīngliàn 簡明扼要，沒有多餘的◇講話精練。同 簡練 反 拖沓。

【精緻】jīngzhì 精巧細緻◇圖案精緻｜作工精緻。

【精簡】jīngjiǎn ① 去掉不需要的，只留下必要的◇精簡員工｜精簡機構。② 精練◇行文精簡。

【精闢】jīngpì 深刻透徹◇見解精闢｜論述精闢。反 膚泛。

【精髓】jīngsuǐ 精華；實質；最核心的◇這段文字是全書精髓所在。

【精靈】jīnglíng ① 鬼怪；神靈。② 機靈，聰明機智◇他精靈得很，一點就透。

【精疲力竭】jīngpí lìjié 沒有一點精神、力氣。形容非常疲憊。反 精神抖擻。

【精益求精】jīngyìqiújīng 已經很好了，還要求更好◇對工作要求精益求精。

【精衛填海】jīngwèi tiánhǎi《山海經・北山經》：上古炎帝的女兒淹死在東海，靈魂化為精衛鳥，每天銜西山的木石去填東海，誓把東海填平。後比喻仇恨極深，立志必報。也指意志堅決，不畏艱難地做下去，直至達到目的為止。

粼 8 lín 粵leon4 鄰【粼粼】línlín 形容清澈、明淨◇湖水粼粼｜碧波粼粼｜白石粼粼。

8 **粹** cuì 粵seoi[6] 隧 ①純一，不雜◇純粹。②精華◇精粹｜國粹｜文粹。

8 **粽〔糉〕** zòng 粵zung[3] 眾 粽子，用箬竹或蘆葦的葉子分別包裹糯米、肉、蛋黃、紅棗、豆類等煮成的食品。中國民俗端午節有吃粽子的習俗。

9 **糊** 〈一〉hū 粵wu[4] 湖 用濃稠的東西塗抹◇糊牆縫｜糊上一層泥。

〈二〉hú 粵wu[4] 湖 ①粥。②用粥充飢◇養家糊口。③用有黏性的糊狀物粘住◇裱糊｜糊信封。④有黏性的糊狀物◇糨糊。⑤見"糊塗"。⑥同"煳"。東西被火燒烤變焦變黑◇飯燒糊了。

〈三〉hù 粵wu[4] 湖 ①樣子像粥的食品◇麪糊｜芝麻糊｜辣椒糊。②蒙混；欺騙◇糊弄。

【糊口】 húkǒu 勉強維持生活◇養家糊口。

【糊弄】 hùnong ① 蒙混；欺騙◇糊弄人。② 將就；應付◇明天就要開會了，先把報告糊弄完再說。

【糊塗】 hútu ① 不明事理；迷惑不清◇你真是老糊塗了。反 清醒。② 形容混亂◇一筆糊塗賬｜商店裏擠得一塌糊塗。反 清楚。③ 方言。模糊不清◇眼前一片糊塗，甚麼也看不清。

9 **糇** hóu 粵hau[4] 侯 乾糧◇糇糧。

9 **糌** zān 粵zaam[1] 簪【糌粑】zānba 藏族人的主要食品。把青稞麥炒熟磨成的麪粉。一般用酥油茶拌和，捏成糰兒吃。

9 **糍** cí 粵ci[4] 詞 把糯米蒸熟後製成的一種食品◇糍粑。

9 **糈** xǔ 粵seoi[2] 水 糧食。

9 **糅** róu 粵jau[2] 釉[2] 混雜；混合◇雜糅｜糅合。

10 **糒** bèi 粵bei[6] 鼻 乾糧；乾飯◇乾糒。

10 **糗** qiǔ 粵cau[3] 臭 ①古代指炒熟的米或麥。②乾糧。

10 **糖** táng 粵tong[4] 堂 ①食糖的統稱。一般用甘蔗或甜菜等熬成◇白糖｜冰糖。②糖果◇喜糖｜奶糖。③碳水化合物，是人體內產生熱能的主要物質◇乳糖｜葡萄糖。

【糖衣】 tángyī ① 包在苦味藥品外面的糖皮。② 比喻掩飾邪惡的甜蜜外表◇他的話語是包着糖衣的毒藥。

10 **糕〔餻〕** gāo 粵gou[1] 高 以麪粉、豆粉或糯米粉等為主要原料做成的塊狀食品◇蛋糕｜年糕｜紅豆糕。

11 **糜** 〈一〉mí 粵mei[4] 眉 ①粥◇肉糜。②腐爛◇糜爛。③浪費◇糜費。

〈二〉méi 粵mei[4] 眉 穄。黍類穀物，子實無黏性◇糜子。

【糜費】 mífèi 浪費◇糜費財物｜奢侈糜費。

【糜爛】 mílàn ① 腐爛◇暑天魚肉容易糜爛。② 腐朽◇生活糜爛。

11 **糟** zāo 粵zou[1] 遭 ①釀酒剩下的渣子◇酒糟。②用酒或糟醃製食品◇糟蛋｜糟魚。③腐爛；朽爛◇糟木頭。④事情或情況壞◇身體很糟｜糟了，忘了件事。

【糟朽】 zāoxiǔ 腐朽；腐爛◇門窗多年遭風雨，早已糟朽了。

【糟粕】 zāopò 酒渣、豆滓之類的東西。比喻粗劣而沒有價值的東西◇取其精華，去其糟粕。反 精華。

【糟糕】 zāogāo ① 指事情或情況不好◇糟糕，下雨了｜又出麻煩了，真糟糕。② 品質差，製造得不好◇鞋沒穿幾天就破了，質量太糟糕了。

【糟蹋】 zāotà ① 浪費或損毀◇糟蹋糧食｜時間就這樣白白糟蹋了。反 愛惜。② 蹂躪；作踐；姦污◇你這不是成心糟蹋人嗎｜糟蹋良家女子。

【糟糠】 zāokāng ① 窮人用來充飢的酒渣、糠皮等粗劣食物◇貧者食糟糠。②《後漢書・宋弘傳》："貧賤之知不可忘，糟糠之妻不下堂。"後稱曾共患難的妻子。◇糟糠之妻不下堂。

11 **糞（粪）** fèn 粵fan[3] 訓 屎◇豬糞｜牛糞。

【糞土】 fèntǔ ① 糞便和泥土，泛指穢土◇朽木不可雕也，糞土之墻不可圬也。② 比喻令人鄙視厭惡的或不值錢的東西◇朽木糞土｜視名利如糞土。

11 **糙** cāo 粵cou[3] 澡 ①碾得不精的（米）◇糙米。②不細緻；不光滑◇粗糙｜毛裏毛糙。

11 **糠**〔糠〕kāng 粵hong[1] 康 ①從稻、麥等穀物的子實上脫下的皮◇米糠。②因為失去水分，在裏面形成空隙，質地變得疏鬆不實◇蘿蔔糠了。

11 **糨**〔糨〕jiàng 粵goeng[6] 彊 ①用麪等做成的可以黏貼東西的糊狀物◇糨糊|糨子。②液體稠濃◇粥熬得太糨了。

11 **糝**（糁）〈一〉sǎn 粵saam[2] 摻[2] 米飯粒◇飯糝。

〈二〉shēn 粵sam[2] 審 穀物磨成的小碎粒◇玉米糝。

12 **糧**（粮）liáng 粵loeng[4] 良 ①糧食◇糧草|雜糧|彈盡糧絕。②作為農業稅的糧食◇公糧|錢糧|納糧。

【糧食】liángshi 可吃的穀物、豆類和薯類的總稱。

【糧草】liángcǎo 供軍用的糧食和草料◇兵馬未動，糧草先行。

【糧倉】liángcāng ①儲藏糧食的倉庫。②比喻盛產糧食的地區◇北大荒是中國的大糧倉。

【糧餉】liángxiǎng 軍隊發給官兵的口糧和薪金◇剋扣糧餉。

14 **糯**〔稬〕nuò 粵no[6] 懦 有黏性的（米穀）◇糯米|糯高粱。

14 **糰**（团）tuán 粵tyun[4] 屯 用米或粉做成的圓球形食物◇湯糰|糯米糰子。

15 **糲**（粝）lì 粵lai[6] 例 糙米◇粗糲。

16 **糴**（籴）dí 粵dek[6] 笛 買進（糧食）◇糴米。

17 **糵** niè 粵jit[6] 熱 酒麴。釀酒用的發酵劑◇麴糵。

19 **糶**（粜）tiào 粵tiu[3] 跳 賣出（糧食）◇糶米。

糸部

1 **系** xì 粵hai[6] 係 ①系統◇水系|派系|直系親屬。②高等學校中按學科分的教學管理單位◇中文系|數學系。③地層系統分類的第二級，小於"界"，相當於地質年代的紀◇石炭系。

【系列】xìliè 相互關聯的成套事物◇系列化|系列郵票|動畫系列。

【系統】xìtǒng ①同類事物按照內在的關係組合成的整體◇商業系統|消化系統|操作系統。②有條理的；連貫的，全面的◇系統介紹|材料不夠系統。

【系統整合】xìtǒngzhěnghé 將軟體、硬體與通信技術組合起來，為使用者解決資訊處理問題。（英 system integration）

2 **糾**（纠）〔糺〕jiū 粵gau[2] 九/dau[2] 抖 ①繞在一起◇糾纏。②聯合；集合◇糾合。③督察◇糾察。④改正◇有錯必糾。

【糾正】jiūzhèng 改正◇糾正錯別字|糾正不良習慣。

【糾紛】jiūfēn 爭執的事情◇鬧糾紛|財產糾紛。

【糾葛】jiūgé ①糾纏在一起的葛藤。②比喻糾纏不清的事◇感情糾葛。

【糾察】jiūchá ①督察◇糾察人員。②維持秩序◇糾察隊。③維持秩序的人。

【糾纏】jiūchán ①繞在一起◇糾纏不清。同糾結。②攪擾；給別人找麻煩◇糾纏不休|別來糾纏我。

3 **紆**（纡）yū 粵jyu[1] 於 ①曲折；彎曲◇紆迴|紆曲的水路。②繫結◇紆青拖紫（身佩印綬）。

3 **紅**（红）〈一〉hóng 粵hung[4] 洪 ①像火或鮮血那樣的顏色◇紅棗|紅日|面紅耳赤。②借指紅色的東西◇落紅（指花）|披紅戴花（指紅色織物）。③象徵喜慶◇紅白喜事。④象徵順利、成功◇紅運|在歌壇上走紅。⑤紅利◇年終分紅。

〈二〉gōng 粵gung[1] 工 指女子所做的紡織、縫紉、刺繡等工作◇女紅。

【紅人】hóngrén ①走運得意的人◇商界紅人。②受上司賞識寵信的人◇大老闆的紅人。

【紅火】hónghuo 形容興旺、熱鬧◇生意紅火|龍燈賽會非常紅火。

【紅包】hóngbāo 裝着錢的紅色紙包紙袋。用於喜慶、節日、送禮或給小孩兒壓歲錢，或發給員工的獎金。

【紅豆】hóngdòu 紅豆樹。常綠喬木。生長在亞熱帶地區。花白色，種子鮮紅色，也叫紅豆。古人常用來象徵愛情或相思之情。

【紅利】hónglì ① 企業分給股東的利潤◇股東每年分一次紅利。② 企業分給職工的額外報酬◇員工都得到金額不等的一份紅利。

【紅妝】hóngzhuāng ① 豔麗的裝束◇紅妝少婦。② 指年輕女性◇一代紅妝。

【紅粉】hóngfěn ① 婦女化妝用的脂粉◇紅粉佳人。② 指年輕女子◇紅粉隊裏消磨日月。

【紅娘】hóngniáng 古典戲劇《西廂記》中的人物，崔鶯鶯的侍女。她在崔鶯鶯、張生間傳遞消息，促成二人結合。後泛指促成別人結成美滿婚姻的人。現也借指為各方建立合作關係牽線搭橋的人。

【紅牌】hóngpái ① 某些球類比賽中裁判員處罰嚴重犯規的運動員、教練員而出示的紅色標誌牌。受紅牌處罰的運動員、教練員須立即退出賽場或教練席◇亮紅牌。② 比喻對違反法規的行為實施的禁令◇因污染嚴重，被環境保護部門出示了紅牌。

【紅葉】hóngyè 秋天的楓樹、槭樹、黃櫨等變紅的葉子◇登香山賞紅葉。

【紅暈】hóngyùn ① 周圍淡中心濃的一團紅色◇夕陽為浪花和帆影添上紅暈。② 人在尷尬或特殊氣氛下產生的表情，泛指少女害羞時的表現。

【紅運】hóngyùn 好運氣◇紅運來了，生意越做越好。

【紅塵】hóngchén ① 鬧市的飛塵◇滾滾紅塵｜紅塵拂面。② 指繁華熱鬧的地方◇紅塵鬧市。③ 佛教指人世間◇看破紅塵，削髮出家。

【紅潤】hóngrùn（皮膚）紅而滋潤，有光澤◇面色紅潤｜皮膚紅潤細嫩。

【紅線】hóngxiàn ① 古人認為婚姻緣分是命中注定，夫妻被月老用一條紅線牽連着。因而以此為締結婚姻的代稱。② 比喻貫穿在整個著作或作品中的主旨或情節。

【紅顏】hóngyán ① 年輕人紅潤的臉色。特指女子美麗的容貌◇對鏡覽紅顏。② 美貌的女子◇紅顏知己｜自古紅顏多薄命。

【紅彤彤】hóngtóngtóng 形容紅得很鮮豔◇臉龐紅彤彤的｜紅彤彤的朝霞。

【紅燈區】hóngdēngqū 色情行業集中的地區。因色情場所的門外多有紅燈標誌，故稱。

【紅寶石】hóngbǎoshí 紅色透明的剛玉。硬度大，不怕磨損，可做首飾、精密儀器的軸承等。

【紅男綠女】hóngnánlǜnǚ 穿着各色漂亮服裝的青年男女。

3 **紂（纣）** zhòu zau6 就 ①駕車時繫在牲口後的皮帶◇紂棍。②商代最後一個君主。傳為暴君。

3 **紇（纥）** 〈一〉hé hat6 核 見“回紇”。〈二〉gē gat1 吉 見“紇繨”。

【紇繨】gēda 同“疙瘩”。

3 **約（约）** 〈一〉yuē joek3 躍 ①事先商定◇預約｜約好晚上見面。②事先商定的事；共同議定、必須遵守的條款◇踐約｜立約。③邀請◇約請｜邀約。④節儉◇儉約｜節約。⑤簡要◇簡約。⑥含蓄；不明顯◇婉約｜隱約其詞。⑦限制◇制約。⑧大約；大概◇約有三十人。⑨數學用語。以公因數除分子和分母，使分數簡化◇約分。

〈二〉yāo joek3 躍 用秤稱重量。用於口語◇約一斤肉｜約一約這西瓜有多重？

【約同】yuētóng 相邀一起（去）◇約同去參觀畫展。

【約束】yuēshù 限制，使不超出限定的範圍◇自我約束｜約束過嚴。同 管束 反 放任。

【約見】yuējiàn 預先約定會見◇約見外籍專家。

【約計】yuējì 約略計算；約略統計◇這部字典約計八十萬字。

【約略】yuēlüè ① 大概◇約略發生在十年前的一樁往事。② 略微◇我還約略記得當時的一些情景。

【約期】yuēqī ① 約定日子◇以後約期再談。② 約定的日期◇不能誤了約期。③ 契約規定的期限◇合同約期未滿。

【約會】yuēhuì ① 預先約定相會◇約會見面。② 約定的會晤◇赴約會。

【約法三章】yuēfǎsānzhāng《史記・高祖本

紀》：漢高祖劉邦攻下咸陽後，“與父老約，法三章耳：殺人者死、傷人及盜抵罪。”後泛指議定簡單易行、共同遵守的規定。

【約定俗成】yuēdìng súchéng 人們在長期的社會實際生活中共同認定形成的。多指語言、習俗、社會規則等。(同) 相沿成習。

3 **紈（纨）** wán (粵)jyun^{4}元 白色細絹◇紈素｜紈扇。

【紈扇】wánshàn 用細絹做的團扇。

【紈絝】wánkù 富貴人家穿的用細絹做的褲子。借指豪門官宦人家◇紈絝子弟。

3 **紀（纪）** 〈一〉jì (粵)gei^{2}己 ①要求遵守的條文和法規◇軍紀｜遵紀守法。②年歲◇年紀。③記載◇紀行｜紀實。④紀年的單位。古代以十二年為一紀，公曆以一百年為一世紀◇中世紀｜二十世紀。⑤地質年代分期的第二級，上一級為代，下一級為世◇侏儸紀｜奧陶紀。

〈二〉jǐ (粵)gei^{2}己 姓（近人多讀 jì）。

【紀元】jìyuán ① 紀年的起算年份。中國古代多以皇帝即位或中途改換年號的第一年為元年；公曆紀年以耶穌誕生那年為元年。② 借指時代◇開創歷史的新紀元。

【紀年】jìnián ① 記載年代。中國古代用干支紀年；從漢武帝建元元年起到清末宣統三年止，又兼用皇帝年號紀年；現在用各國通用的公曆紀年。② 中國古代史書體裁之一。按照年月先後排列史實，如《竹書紀年》。

【紀行】jìxíng 記述旅途見聞的作品。多用作標題◇《加拿大紀行》。

【紀念】jìniàn ① 用一定的方式對人或事物表示懷念◇紀念館｜隆重紀念。② 用作紀念的物品◇留個紀念。

【紀要】jìyào 記述要點的文字◇會議紀要｜會談紀要。

【紀律】jìlǜ 必須共同遵守的規章◇課堂紀律｜人人遵守紀律。

【紀遊】jìyóu 記述旅遊情況。

【紀實】jìshí ① 記錄實際情況◇紀實文學。② 記錄實際情況的文字。多用於標題或書名◇《亞洲運動會紀實》。

【紀錄】jìlù 同“記錄”。

3 **紉（纫）** rèn (粵)jan^{6}刃 ①把線穿過針孔◇眼花了，紉不上針。②用針縫◇縫紉。③非常感激。多用於書信中◇至紉高誼。

4 **素** sù (粵)sou^{3}掃 ①本色的生絹◇織素。②本色；白色◇素服｜素色。③質樸；不華麗◇樸素｜窗簾太素了。④本來的；原有的◇素質｜素材。⑤構成事物的基本成分◇色素｜元素。⑥平常；向來◇平素｜素不相識。⑦蔬菜、瓜果一類的食物◇三葷兩素。

【素日】sùrì 平日；平時◇素日很少往來。

【素心】sùxīn ① 心地純潔◇素心人。② 平素的心願◇與素心相違。

【素材】sùcái 文學、藝術創作使用的原始材料◇生活素材｜積累創作素材。

【素來】sùlái 從來；向來◇兩家素來不互相走動｜我素來敬重他的人品。

【素服】sùfú 本色或白色衣服。多指喪服。(反) 豔裝。

【素性】sùxìng 本性◇素性善良｜素性殘暴。(同) 天性。

【素淨】sùjing ① 顏色樸素，不鮮豔◇她喜歡穿素淨的衣服。(反) 濃豔。② 味道清淡，不肥濃◇吃點素淨的吧。(反) 肥膩。

【素淡】sùdàn ① 素淨淡雅◇裝束素淡。② 不油膩，清淡◇飯菜素淡可口。

【素描】sùmiáo ① 只用線條描畫，不着彩色◇人物素描。② 用素描畫法畫成的畫◇這幅素描是她畫的。③ 文學上指不加渲染的樸素描寫◇運用素描的筆法刻畫主人公。

【素雅】sùyǎ 樸素淡雅◇衣着素雅｜花色素雅。(反) 豔麗。

【素質】sùzhì ① 心理學上指人的神經系統和感覺器官的先天特點。② 素養◇藝術素質。③ 事物本來的性質、特點◇這塊玉石的素質不錯。④ 人的體質、品質、情感、知識和能力等方面的總和◇提高人口素質。

【素養】sùyǎng 本身具有的修養◇缺乏素養｜提升文化素養。

【素樸】sùpǔ 樸素◇衣着素樸｜素樸大方。

【素餐】sùcān ① 不帶葷的飯食。② 吃素食。③ 不做事白吃飯◇尸位素餐。

【素昧平生】sùmèipíngshēng 從來不認識。

4 **索** 〈一〉suǒ 粵sok^{3}朔 ①粗繩。泛指各種繩索◇船索|絞索。②鏈子◇鐵索。③孤單◇離羣索居。④平淡無奇◇索然。⑤姓。

〈二〉suǒ 粵saak^{3} ①搜尋；探求◇搜索|探索真理。②向別人要◇勒索|索賠。

【索引】suǒyǐn 一種彙編性資料。把書報刊物等被查找物的名稱、內容等分別摘出，標明出處，按一定規則分類、分條依次編排彙總，供人查閱使用。

【索性】suǒxìng 乾脆；直截了當◇索性把心裏話全講出來。

【索然】suǒrán 形容沒有興趣或意味的樣子◇興致索然|索然無味。

【索賄】suǒhuì 索取賄賂◇嚴禁索賄、受賄。

【索解】suǒjiě 尋求解釋◇索解真諦。

【索賠】suǒpéi 索取賠償◇依據合約索賠。

4 **紊** wěn 粵man^{6}問 雜亂，紛亂◇有條不紊。

【紊亂】wěnluàn 沒有條理和秩序◇紊亂不堪|秩序紊亂。同 混亂。

4 **紝(纴)** rèn 粵jam^{6}任/jam^{4}吟 ①織布帛的絲縷。②紡織◇紝織。③用線穿針。

4 **紜(纭)** yún 粵wan^{4}雲【紜紜】yúnyún 形容多而亂◇紛紛紜紜|眾說紜紜。

4 **紘(纮)** hóng 粵wang^{4}宏 ①古代帽子上的帶子，用來把帽子繫在頭上。②古代編磬成組的繩子。

4 **純(纯)** chún 粵seon^{4}純 ①沒有雜質◇純金|水質很純。②單一；單純◇純黑|爐火純青。③熟練◇技巧不純。④全；都◇純屬編造。

【純正】chúnzhèng ①純粹，不夾雜其他成分◇酒味純正|說一口純正的普通話。②純潔正派◇心地純正。

【純良】chúnliáng 純正善良◇心地純良。反 奸惡。

【純厚】chúnhòu 純樸敦厚◇為人純厚。

【純貞】chúnzhēn 純潔忠貞◇純貞的感情。

【純真】chúnzhēn 純潔真誠◇純真無邪|純真的愛情。反 狡詐。

【純淨】chúnjìng 純粹潔淨，不含雜質◇純淨水。

【純情】chúnqíng ①純潔的感情或愛情◇一片純情。②感情或愛情純真◇純情少女。

【純粹】chúncuì ①不夾雜別的成分的◇這件上衣是純粹的毛料做成的。②完全◇純粹是吹牛|純粹是跟你開玩笑。

【純熟】chúnshú 十分熟練◇手法純熟|純熟的技巧。反 生疏。

【純潔】chúnjié ①純粹清白◇心靈純潔。反 污濁。②使純潔◇純潔隊伍。

【純樸】chúnpǔ 純正樸實◇性格純樸|純樸的語言。

4 **紕(纰)** pī 粵pei^{1}披 ①布帛、絲縷等破裂散開◇線紕了。②疏忽；錯誤◇紕漏|紕繆。

【紕漏】pīlòu 因疏忽而產生的差錯◇他辦事很少出紕漏。

【紕繆】pīmiù 錯誤◇時有紕繆。

4 **紗(纱)** shā 粵saa^{1}沙 ①棉、麻等紡成的細縷，可捻成線或織成布◇棉紗|紡紗織布。②經緯線稀疏、質地輕薄的織物◇窗紗|紗巾。③像紗一樣經緯線稀疏的製品◇鐵紗窗。

4 **納(纳)** nà 粵naap^{6}吶 ①收進；收入◇出納。②接受◇接納|採納。③享受◇納福|納涼。④使進入◇納入計劃。⑤上繳；交付◇納稅|繳納。⑥密密地縫◇納鞋底。⑦姓。

【納采】nàcǎi 中國傳統婚姻習俗禮儀。三書六禮之一，其中六禮分別為納采、問名、納吉、納徵、請期、親迎。男家在納采時，需將有象徵吉祥意義的禮物（多為雁）送給女家，女家亦在此時向媒人打聽男家的情況◇今日宜納采。

【納涼】nàliáng 乘涼◇在院子裏納涼。同 乘涼。

【納悶】nàmèn 疑惑不解，心裏發悶◇這事真叫人納悶。同 納罕。

【納賄】nàhuì ①收受賄賂◇貪污納賄。②進行賄賂◇納賄求官。同 受賄、行賄。

【納新】nàxīn ①吸入新鮮空氣◇吐故納新。②指吸收新成員或新成分。

【納福】nàfú 享福◇四時納福。

4 **紟(绐)** jīn 粵gam1 今 聯結衣襟的帶子。

4 **紛(纷)** fēn 粵fan1 芬 ①眾多；雜亂◇紛繁|眾說紛紜。②爭執；糾紛◇排難解紛。

【紛呈】fēnchéng 接連不斷地出現◇足球比賽精彩紛呈。

【紛爭】fēnzhēng 糾紛；爭執◇引起紛爭|調解紛爭。

【紛飛】fēnfēi 多而雜亂地飄飛◇大雪紛飛。

【紛紜】fēnyún 多而雜亂◇眾說紛紜|頭緒紛紜。(同) 紛亂。

【紛紛】fēnfēn ①多而雜亂◇議論紛紛|紛紛揚揚。②接連不斷◇紛紛報名。

【紛繁】fēnfán 複雜多樣◇頭緒紛繁|事務紛繁。(同) 繁雜。

【紛至沓來】fēnzhì tàlái 沓，多而重複。形容連續不斷地到來◇遊客紛至沓來，應接不暇。

4 **紙(纸)〔帋〕** zhǐ 粵zi2 只 ①寫字、繪畫、印刷、包裝等用的片狀物，多用植物纖維製成◇信紙|包裝用紙。②指紙錢◇燒紙|化紙。③量詞。用於書信、文件等◇一紙休書|一紙空文。

【紙張】zhǐzhāng 紙的總稱。

【紙幣】zhǐbì 紙製的貨幣。一般由國家銀行或政府授權的銀行發行。

【紙錢】zhǐqián 象徵錢的紙製品。民俗用以燒給逝去的親屬或鬼神當錢用。

【紙上談兵】zhǐshàngtánbīng《史記・廉頗藺相如列傳》：戰國時趙國名將趙奢之子趙括，熟讀兵書，談起打仗頭頭是道。後率四十萬大軍與秦作戰，全軍覆沒。後比喻空談理論、空發議論，卻不會解決實際問題。

【紙醉金迷】zhǐzuì jīnmí 宋代陶穀《清異錄・居室》：唐末孟斧家裏有一小室，室內器具都用金紙貼面，光彩奪目。見過的人說："此室暫憩，令人金迷紙醉。"後形容沉迷於奢侈豪華的享樂中。(同) 燈紅酒綠。

4 **級(级)** jí 粵kap1 給 ①台階◇拾級而上。②等次◇等級|高級。③年級，學年的分級◇班級。④人頭◇首級|斬級千餘。⑤量詞。(1)用於台階、樓梯或塔層等◇七級浮屠。(2)用於等級◇官大一級壓死人。(3)用於人頭◇斬首十數級。

【級別】jíbié 等級的區別◇薪酬級別|級別分得很清楚。

4 **紋(纹)** wén 粵man4 文 ①絲織品上的花紋。②泛指其他物品上的皺痕或紋路◇皺紋|指紋|波紋。

【紋理】wénlǐ 物體上的線條狀紋路◇劈柴看紋理，講話憑道理。

【紋銀】wényín 中國古代一種成色最好的標準銀。塊狀，形似馬蹄，表面有皺紋。

4 **紡(纺)** fǎng 粵fong2 訪 ①把絲、棉、麻、毛等纖維製成紗或線◇紡紗|紡線。②一種質地輕薄的平紋絲織品◇杭紡|紡綢。

【紡車】fǎngchē 過去手工紡紗、紡線用的一種工具。有紡輪，用手搖或腳踏。

【紡綢】fǎngchóu 一種平紋絲織品。質地細軟輕薄，適宜做夏季衣料。

【紡績】fǎngjì 紡紗績麻。

【紡織】fǎngzhī ①把棉、麻、絲、毛或化學纖維紡成紗或線，織成各色紡織品。②紡紗織布的◇紡織女工。

4 **紖(纼)** zhèn 粵zan3 鎮 ①穿在牛鼻上供牽引用的繩子。②泛指拴牲口的繩子。

4 **紐(纽)** niǔ 粵nau2 扭 ①紐扣。②器物上供提起或抓住的東西◇印紐。③聯結◇紐帶。④作控制用的鍵◇電紐。⑤關鍵的部分◇樞紐。

【紐帶】niǔdài 比喻起聯結作用的人或事物。

4 **紓(纾)** shū 粵syu1 書 ①寬緩◇紓緩。②寬裕◇歲豐人紓。③解除◇紓禍|紓人之憂。

【紓難】shūnàn 解除危難◇解困紓難。

5 **紮〔扎紥〕** 〈一〉zā 粵zaat3 札 ①捆；纏；束◇紮行李|紮辮子|用繩子紮緊。②量詞。用於捆起來的東西◇一紮柴|一紮芥藍。

〈二〉zhā 粵zaat3 札 駐紮◇紮營|安營紮寨。

5 **累** 〈一〉lěi 粵leoi5 呂 ①堆積；積聚◇累土為山｜日積月累。②重疊◇危如累卵｜碩果累累。③多次◇累建奇功｜累犯不改。④連續◇連篇累牘。⑤牽連◇連累｜累及無辜。

〈二〉lèi 粵leoi6 類 ①疲勞◇勞累｜不怕累。②使疲勞◇別累着他。③操勞◇累了一天，早點休息吧。

〈三〉léi 粵leoi4 雷 ①見"累贅"。②同"纍"。

【累卵】lěiluǎn 一層層堆起來的蛋。比喻非常危急◇勢如累卵｜危如累卵。

【累累】lěilěi ① 形容累積得很多◇罪行累累｜傷痕累累。② 屢屢；多次◇累累犯錯。

【累積】lěijī 積累；積聚◇累積資金｜三個月盈利累積增長一成多。

【累贅】léizhui ① 多餘，特指語言、文字不簡潔◇行文累贅不着邊際。② 額外多出來的負擔◇家庭不是事業的累贅。③ 增加額外負擔，感到麻煩◇只顧自己輕鬆，不管別人累贅。

5 **紿** dài 粵doi6 代6 纖度單位的舊稱。

5 **紺(绀)** gàn 粵gam3 禁 微帶紅色的黑色◇紺帛｜紺玉。

5 **紲(绁)〔絏〕** xiè 粵sit3 泄 ①牽牲畜的繩子◇羈紲。②捆綁犯人的繩索◇縲紲。③拴；縛◇紲馬。

5 **紱(绂)** fú 粵fat1 忽 ①古代祭服上的皮質護膝圍裙。②古代繫官印的絲帶◇印紱。

5 **組(组)** zǔ 粵zou2 早 ①少量人組成的小單位◇組長｜學習小組。②結合；組織◇組合｜組成。③構成一組的◇組詩｜組曲｜組歌。④量詞。用於成套的事物◇兩組雕塑。

【組成】zǔchéng ①（部分、個體）結合成為（整體）◇組成樂隊｜組成新的機構。② 組成整體的各個部分◇人員的組成頗為複雜。

【組合】zǔhé ① 把個體組織成為整體。② 組織結合起來的整體。③ 由若干分散的構件合成的◇組合傢具。

【組建】zǔjiàn 組合建立◇組建新的公司。

【組裝】zǔzhuāng 把零部件組合起來，裝配成可使用的整體◇組裝電視機。

【組織】zǔzhī ① 把分散的人或事物有目的、有系統、有秩序地結合起來◇組織同學做義工。② 有目的、有系統地結合起來的團體◇學生會組織｜世界衛生組織。③ 機體中構成各種器官的單位◇神經組織｜植物的細胞組織。

5 **組(组)** zhàn 粵zaan6 賺 縫補。

5 **紳(绅)** shēn 粵san1 身 ①中國古代士大夫束在腰間的寬帶子。②紳士◇鄉紳｜士紳。

【紳士】shēnshì ① 古代指地方上有勢力、有地位的人◇開明紳士。② 泛指有修養、素質高、值得尊敬的男士◇紳士風度。③ 代表特定社會地位的頭銜。

5 **細(细)** xì 粵sai3 世 ①條狀物橫剖面小◇髮絲很細。②長條形兩邊的距離短；物體的圓周小◇腰細｜柳葉細眉毛。③顆粒小◇麪粉磨得細。④細微；細小◇細節｜瑣細。⑤聲音輕微◇細聲細語。⑥周密；仔細◇詳細｜精打細算。⑦精細；精緻◇細瓷｜精雕細刻。⑧密探；間諜◇奸細。⑨方言。年齡小◇細妹。

【細心】xìxīn 認真細緻，不粗枝大葉◇細心護理｜辦事細心。

【細則】xìzé 規章、制度等的詳細規則◇工作細則｜比賽細則。

【細胞】xìbāo ① 構成生物體的基本單位。由細胞核、細胞質和細胞膜構成。② 比喻基本單位◇家庭是社會的細胞。③ 比喻人的稟賦◇藝術細胞。

【細軟】xìruǎn ① 纖細柔軟◇細軟的柳條。② 指金銀珠寶、衣服、字畫等輕便而易於攜帶的貴重物品。

【細密】xìmì ① 仔細周密◇分析細密。反 粗略。② 精細緊密◇這衣服手工好，針腳細密。

【細節】xìjié 細微的環節或情節◇細節描寫｜不注意生活細節。

【細微】xìwēi ① 很細小◇細微的差別。② 微弱◇聲音很細微。

【細嫩】xìnèn 細膩柔嫩◇皮膚細嫩｜細嫩的葉芽。

【細潤】xìrùn 細膩潤澤；細微潤濕◇皮膚細潤｜細潤的春雨。

【細膩】xìnì ① 細潤光滑◇肌膚細膩｜面料的手感很細膩。(反) 粗糙。②（描寫、表演等）細緻入微◇人物刻畫細膩。

【細緻】xìzhì ① 精細◇工藝細緻｜做工細緻。② 細密；周密◇分析細緻｜他辦事一向認真細緻。

【細大不捐】xìdàbùjuān 唐代韓愈《進學解》："貪多務得，細大不捐。"小的大的都不捨棄。形容愛惜人力物力。

5 **絅**（䌹）〔褧〕jiǒng 粵gwing2 冏 罩在外面的單衣。

5 **紩**（𫄧）zhì 粵dit6 迭 縫；補綴。

5 **絁**（𫄩）shī 粵si1 絲 一種粗綢子。

5 **紾**（𬘂）zhěn 粵can2 診 扭；轉。

5 **絀**（绌）chù 粵zyut3 拙 不夠；不足◇相形見絀｜心餘力絀。

5 **終**（终）zhōng 粵zung1 忠 ①最後；末尾◇有始有終。②結束◇以失敗告終。③人死亡◇壽終正寢。④從開始到最後的整段時間◇終年積雪。⑤終於；到底◇善惡終有報。⑥姓。

【終止】zhōngzhǐ 結束；停止◇辯論到此終止。

【終生】zhōngshēng 一生，從生到死◇奮鬥終生｜終生不忘。

【終年】zhōngnián ① 整年；全年◇山頂終年積雪。② 指人死時的年齡◇終年九十八歲。

【終身】zhōngshēn ① 一生；一輩子◇終身受益。(同) 終生。② 指女孩子的婚姻大事◇不要誤了女兒的終身大事。

【終究】zhōngjiū 畢竟；到底◇產權終究還是判歸她｜他終究走上了歪路。

【終於】zhōngyú 表示最後出現某種結果◇探險隊終於平安抵達南極。

用法提示：最後、終於

"最後"用於時間上或次序上最晚的那個階段或處於最末尾的一個◇最後他把前邊説過的作了一個總結。"終於"用於經過很長的一個過程，最後出現了某種結果◇經過多年的努力，他終於實現了自己的理想。

【終結】zhōngjié 最後結束◇事情已經終結。

【終極】zhōngjí 最終；最後◇終極目標。

【終歸】zhōngguī 畢竟；最後◇別着急，事情終歸會解決的。

5 **絆**（绊）bàn 粵bun6 伴 行走時腳下被擋住或纏住◇絆腳石｜絆馬索｜絆了一跤。

【絆腳石】bànjiǎoshí 比喻障礙◇驕傲自滿是成功的絆腳石。

5 **紵**（纻）zhù 粵cyu5 柱 苧蔴纖維織成的布◇紵衣。

5 **紼**（绋）fú 粵fat1 忽 ①古代出殯時拉棺材用的繩索◇執紼（送殯）。②繫印章的絲帶。

5 **紹**（绍）shào 粵siu6 兆 ①接續；繼承◇紹復先人之大業。②介紹。③指浙江紹興◇紹酒｜紹劇。

【紹介】shàojiè 介紹◇紹介東歐文學。

5 **紿**（绐）dài 粵doi6 代 欺騙◇四月一日愚人節，人們相紿以為樂。

6 **絜** xié 粵kit3 揭 ①用繩圍起來量粗細。②比較；衡量◇度長絜大。

6 **紫** zǐ 粵zi2 只 ①藍和紅合成的顏色◇萬紫千紅。②姓。

多樣表達：紫

紺青 紅青 紺紫 淺紫 雪青 青蓮色 堇色 藕荷 葡萄紫 紅紫 絳紫

【紫氣】zǐqì 紫色雲氣。古人以為祥瑞之氣◇紫氣東來。

【紫毫】zǐháo 紫色兔毛。也指用紫毫製成的毛筆。

【紫禁城】zǐjìnchéng 北京故宮。明清兩代的皇宮。是中國現存最大最完整的宮殿羣。

6 **絮** xù 粵seoi6 睡/seoi5 緒 ①古代指粗絲綿。今指棉花◇棉絮。②像棉絮的東西◇柳絮｜花絮。③把棉花或絲綿鋪進衣被的裏子和面子中間◇絮棉襖｜絮被子。④（言語）囉唆重複◇絮叨｜絮語。⑤膩煩◇又是麪條，都吃絮了。

【絮叨】xùdao ① 形容説話重複囉唆◇老人家容易絮叨｜絮叨起來沒完。② 囉裏囉唆地説◇無論甚麼事，她都要絮叨幾句。(同) 嘮叨。

【絮煩】xùfan 因囉唆而使人厭煩◇話休絮

煩，言歸正傳。同 厭倦。

6 **絨(绒)〔羢毧〕** róng 粵jung4 容 ①細軟的短毛◇絨毛|駝絨|羊絨。②表面有絨毛的紡織品◇呢絨|絲絨。③刺繡用的細絲。

6 **結(结)** ⟨一⟩jié 粵git3 潔 ①用線、繩等編織◇結網|結毛衣。②用條狀物打成的疙瘩形的東西◇活結|領帶結|蝴蝶結。③突起的塊狀物◇喉結。④凝聚◇凝結|結冰。⑤結合，形成某種關係◇結交|巴結。⑥了結；結束◇結案|完結。⑦表示承認或保證負責的字據◇具結。
⟨二⟩jiē 粵git3 潔 植物長出(種子或果實)◇結籽|結穗|結了許多桃子。

【結仇】jiéchóu 種下仇恨◇以和為貴，大家不要結仇。

【結巴】jiēba ① 口吃的俗稱◇一緊張，說話就結巴。② 口吃的人。

【結合】jiéhé ① 人或事物間發生密切聯繫◇理論結合實際。② 結為夫妻◇幾經周折，終於圓滿結合。

【結交】jiéjiāo 跟人交往，結為朋友◇結交學者名流。

【結束】jiéshù 完畢；不再繼續◇會議結束|結束戰爭。

【結伴】jiébàn 跟人結成同伴◇結伴去旅遊。同 結夥。

【結尾】jiéwěi ① 結束的階段、部分◇工程已接近結尾|文章的結尾很精彩。② 結束◇事情至此可以結尾了。

【結局】jiéjú 最後的結果或局面◇結局美滿|大團圓的結局。

【結果】⟨一⟩jiēguǒ 結出果實◇蘋果樹結果了。
⟨二⟩jiéguǒ ① 事物發展變化到最後的狀態◇結果如何，大家拭目以待。② 結束，指殺死◇一刀便結果了惡徒的性命。

【結拜】jiébài 舉行一定儀式後結為異姓兄弟姐妹◇結拜姐妹|結拜為兄弟。

【結晶】jiéjīng ① 液態或氣態的物質凝結成有一定形狀的小顆粒。② 指結晶體。③ 比喻珍貴的成果◇愛情的結晶|智慧的結晶。

【結集】jiéjí ① 把單篇文章合在一起，編成集子。② 聚集；集結◇結集兵力。

【結業】jiéyè 學習期滿，完成學業◇結業證書|結業典禮。

【結義】jiéyì 結拜◇桃園三結義。

【結構】jiégòu ① 整體中各部分的搭配和安排◇文章結構得當。② 房屋構造的樣式；建築物承重部分的構造◇磚木結構|鋼筋混凝土結構。

【結算】jiésuàn 對各項經濟收支進行結賬清算。分現金結算和非現金結算兩種。

【結實】⟨一⟩jiēshí 植物長出果實◇揚花結實。
⟨二⟩jiēshi ① 牢固耐用◇這雙鞋很結實。② 健壯◇長得結實。

【結髮】jiéfà ① 指束髮。古時男子自成童開始束髮，因以指初成年◇且臣結髮而與匈奴戰，今乃一得當單於。② 成婚。古禮，成婚之夕，男左女右共髻束髮◇結髮為夫婦，恩愛兩不疑。③ 妻子，後亦指原配◇令孺人何姓？是結髮還是再娶？

【結賬】jiézhàng 結算賬目。

【結餘】jiéyú ① 結算以後剩餘◇每月結餘四千元。② 結算以後剩下的錢◇略有結餘。

【結論】jiélùn 對人或事物所下的論斷◇了解透徹再下結論。

【結緣】jiéyuán ① 佛教指人與佛結下緣分。② 泛指有緣分◇他倆結緣已久|年輕時就已同音樂結緣。

【結親】jiéqīn ① 因婚姻關係而成為親戚。② 結婚。

【結識】jiéshí 跟人相識並來往◇結識新朋友。同 結交。

6 **絝(绔)** kù 粵fu3 庫 ①古時無褲襠的套褲，套穿在褲子外面。②同"褲"◇紈絝。

6 **絰(绖)** dié 粵dit6 秩 古代喪服用的麻帶。繫在腰上或頭上◇腰絰|首絰。

6 **絖(纩)** kuàng 粵kwong3 礦 同"纊"。

6 **絪(䌷)** yīn 粵jan1 因【絪縕】yīnyūn同"氤氳"。

6 **絎(绗)** háng 粵hong4 杭 中式手工縫紉的一種方法。用線粗粗地縫，把面子、裏子(或夾上棉絮等保暖物)固定在一起

◇絎被子|絎幾針就行了。

6 **給(给)**〈一〉jǐ 粵kap1吸 ①供給；供應◇配給|自給自足。②富裕；富足◇家給人足。

〈二〉gěi 粵kap1吸 ①給予；使對方得到◇交給|給我一本書。②讓；叫◇不給我看|給醫生檢查一下。③為；替◇給我當翻譯|給父母做晚飯。④被◇小樹給風吹倒了。⑤向◇給大家拜個年。⑥加強主動或被動的語氣◇你給找個人|茶碗給摔碎了。⑦表示命令語氣◇你給我出去！

【給力】gěilì ①給予力量；給予支持◇只要政策給力，新能源汽車一定能夠發展起來。②出力；盡力◇抗擊疫情時，前線醫護人員最給力。③帶勁兒◇這場球賽太給力了。

【給予】jǐyǔ 提供；使別人得到◇給予獎勵|給予同情。

【給養】jǐyǎng 指軍需物資◇運送給養|補充給養。

6 **絢(绚)** xuàn 粵hyun3勸 色彩鮮豔華麗◇絢麗。

【絢麗】xuànlì 燦爛華麗◇文采絢麗|絢麗的朝霞。

【絢爛】xuànlàn 燦爛；色彩華麗◇絢爛奪目|絢爛的彩虹。

6 **絳(绛)** jiàng 粵gong3降 深紅色◇絳紫。

6 **絡(络)**〈一〉luò 粵lok3烙 ①纏繞◇絡紗|絡線。②網狀的東西◇橘絡|絲瓜絡。③人體的脈絡◇經絡。④用網狀物罩住◇用髮網絡住頭髮。

〈二〉lào 粵lok3烙 見"絡子"。

【絡子】làozi ①用線繩編結成的網狀袋子。②纏線繞紗的用具。

【絡繹不絕】luòyìbùjué 形容人或車馬等前後相接，連續不斷◇慕名求醫的人絡繹不絕。

6 **絕(绝)** jué 粵zyut6拙 ①斷◇隔絕|絕交。②盡；到底◇滅絕|話不要說得太絕。③死亡◇絕命|悲痛欲絕。④極；最◇絕妙|絕大多數。⑤完全；絕對。用於否定詞前◇絕無此事|絕非等閒。⑥走不通的；無法挽救的◇絕路|絕症。⑦獨特的；特別出色的◇絕代佳人|拍案叫絕。⑧古詩詩體之一，即絕句◇五絕|七絕。

【絕句】juéjù 中國古詩的體裁之一。每首四句，平仄和押韻有固定規則。每句五字的稱五言絕句，每句七字的稱七言絕句。

【絕技】juéjì 極高超的技藝；獨有的技藝◇身懷絕技|傳授絕技。

【絕妙】juémiào 非常美妙；非常巧妙◇絕妙好詞|絕妙的諷刺。

【絕倫】juélún 沒有可以相比的；到頂的◇精美絕倫|荒謬絕倫。

【絕唱】juéchàng ①具有最高水平的詩文創作◇千古絕唱。②生前最後唱的歌◇沒想到這次演唱會成了她的絕唱。

【絕望】juéwàng 失去希望；毫無希望◇困難再大，也不該絕望|事情還沒絕望，不要灰心。

【絕密】juémì ①極端祕密的◇絕密消息。②密件等級的最高一級。

【絕境】juéjìng ①與外界隔絕的地方◇隱居於深山絕境。②沒有出路的境地◇陷入絕境。

【絕對】juéduì ①沒有任何條件的；不受任何限制的◇絕對服從|絕對不行。②只依據某一條件而不管其他條件的◇絕對溫度|絕對高度。③極其肯定◇絕對可靠|絕對沒問題。④最；極◇絕對優秀|絕對新鮮。

【絕壁】juébì 極陡峭的山崖◇懸崖絕壁。(同)峭壁。

6 **絞(绞)** jiǎo 粵gaau2狡 ①把多股條狀物扭在一起◇絞麻繩|絞鐵索。②擰◇把濕衣服絞乾。③用繩子勒死◇絞殺。④把繩索的一端繫在輪上，轉動輪軸，使繫在另一端的物體移動◇絞車。⑤糾纏◇別老絞着我吵。⑥量詞。用於紗、線等◇一絞線|一絞頭繩。

【絞痛】jiǎotòng 體內器官發生的陣發性劇痛，像有東西在擰◇心絞痛|腸絞痛。

6 **統(统)** tǒng 粵tung2桶 ①事物之間的連續關係◇傳統|血統。②總括；總起來◇統稱|統觀。③統領；管轄◇統兵|統治。④同"筒"。呈筒狀的衣物◇長統靴。⑤全；全部◇家裏的錢統給他拿走了。

【統一】 tǒngyī ① 部分合為整體；分歧歸於一致◇統一天下丨統一文字。② 整體的；一致的◇統一安排丨佈局統一。

【統治】 tǒngzhì ① 憑藉政權來控制、管理國家或地區◇專制統治。② 控制；支配◇統治文壇丨佔據統治地位。

【統帥】 tǒngshuài ① 軍隊的最高指揮官◇三軍統帥。② 統轄率領◇統帥全軍，指揮若定。

【統計】 tǒngjì ① 總括地計算◇統計一下人數。② 搜集、整理、計算和分析與某一現象有關的數據◇據統計，地球上許多物種已經瀕臨滅絕。③ 統計的結果；統計資料◇統計不夠準確。

【統率】 tǒngshuài 統轄率領。(同) 統帥。

【統統】 tǒngtǒng 也說"通通"。全部◇把資料統統放在一起。

【統稱】 tǒngchēng ① 總起來叫◇槍彈、炮彈統稱彈藥。② 總的名稱◇文藝是文學和藝術的統稱。

【統轄】 tǒngxiá ① 統一管轄。② 總管。

【統籌】 tǒngchóu 統一考慮或統一制定計劃◇統籌兼顧丨統籌安排。

6 **絲(丝)** sī 粵si^1 思 ①蠶吐出來的細長纖維，是絲織品的原料◇蠶絲丨絲線。②像絲的東西◇粉絲丨千絲萬縷。③形容極小、細微◇絲毫丨一絲微笑。④中國古代指弦樂器◇絲竹。⑤重量單位。10 絲等於 1 毫。

【絲竹】 sīzhú ① 中國民族樂器中弦樂器和管樂器的統稱。② 泛指中國民族音樂◇絲竹合奏。

【絲毫】 sīháo 極小，極少；一點兒◇絲毫不差丨絲毫不能鬆懈。

7 **綁(绑)** bǎng 粵bong^2 邦^2 捆紮；拴縛◇捆綁丨五花大綁。

【綁架】 bǎngjià 出於某種目的把人劫走◇綁架人質。

【綁匪】 bǎngfěi 幹綁架勒索勾當的匪徒。

【綁票】 bǎngpiào 把人劫走，強迫被劫者的家屬等拿錢去贖。

7 **綆(绠)** gěng 粵gang^2 耿 打水用的繩子。

【綆短汲深】 gěngduǎnjíshēn 汲，從下往上打水。提水桶的繩子短，但卻要從很深的井裏打水。比喻才學淺薄，理解不了深奧的道理。或能力薄弱，擔負不了重任。

7 **經(经)** jīng 粵ging^1 京 ①紡織物縱向的紗線◇經紗。②地理學上假設的沿地球表面通過南北極跟赤道垂直的線◇東經丨西經丨經度。③中醫指人體裏氣血運行的通路◇經絡丨經脈。④經典◇佛經丨聖經丨經、史、子、集。⑤管理；治理◇經營丨經邦治國。⑥經過；經歷；通過◇身經百戰丨途經澳門。⑦禁受◇經不住日曬雨淋。⑧上吊◇自經。⑨不變的；正常的◇經常丨不經之談(荒誕無稽的話)。⑩婦女的月經◇調經活血。⑪姓。

【經久】 jīngjiǔ ① 經過很長的時間◇掌聲經久不息。(反) 短暫。② 經過很長時期不變◇經久不衰丨經久耐用。

【經手】 jīngshǒu 經過親手(辦理)◇他經手的案件不少。

【經典】 jīngdiǎn ① 具有權威性的著作◇《論語》是儒家經典。② 宗教宣揚其教義的重要著作◇佛教經典。③ 具有權威性、典型性的◇經典樂章丨經典影片。

【經受】 jīngshòu 禁受；承受◇這樣大的壓力，怕他經受不起。

【經度】 jīngdù 地理座標之一。以本初子午線為零度，以東叫東經，以西叫西經，東西各一百八十度。某地的經線與本初子午線相距的度數，就是該地點的經度。

【經書】 jīngshū 儒家經典著作，包括《易經》《尚書》《詩經》《周禮》《儀禮》《禮記》《春秋》等。

【經理】 jīnglǐ ① 經營管理。② 企業中負責經營管理的人。

【經常】 jīngcháng ① 平常的；日常的◇經常事丨經常用品。② 常常；時常◇經常鍛煉身體丨經常工作到深夜。

【經略】 jīnglüè 籌劃治理◇經略邊塞丨經略國事。

【經貿】 jīngmào 經濟與貿易的統稱◇政府積極拓展與他國的經貿往來。

【經費】 jīngfèi 維持運作的費用◇項目經費丨籌集經費。

【經過】jīngguò ① 通過（地點、時間、動作等）◇經過討論，問題解決了。② 所經歷的過程◇報告破案的經過。

【經意】jīngyì 留心；注意◇一不經意就會出差錯。(同) 在意。

【經歷】jīnglì ① 親身見過、做過或遭受過◇這些事我都經歷過。② 經歷過的事◇傳奇般的經歷。

【經營】jīngyíng ① 按照目標的要求，從事所需的各項工作◇經營管理｜苦心經營多年。② 籌劃管理，經辦業內的事務◇獨自經營一家便利店。

【經濟】jīngjì ① 治理國家◇經濟之才。② 經濟學上指社會物質資料的生產、流通、分配、交換和消費等活動。③ 一個國家的國民經濟的總稱。也指國民經濟的某一部類◇發展經濟｜農業經濟。④ 指家庭或個人的收支情況◇我的經濟狀況很好。⑤ 花費少的，便宜的◇經濟實惠。

【經驗】jīngyàn ① 從實際生活中得到的知識、技能等◇經驗豐富｜積累經驗。② 經歷；體驗◇我從來沒經驗過這麼難辦的事。

7 綃（绡）xiāo 粵siu1 消 生絲織成的輕紗等絲織品◇紅綃｜紫綃。

7 絹（绢）juàn 粵gyun3 娟3 ①一種薄而堅韌的絲織品。②手帕◇手絹。

7 絺（絺）chī 粵ci1 癡 細葛布。

7 綌（绤）xì 粵gwik1 隙 粗葛布。

7 綏（绥）suí 粵seoi1 雖 ①安撫◇綏靖。②安好；平安。用於書信結尾處表示祝頌◇近綏｜時綏。

【綏靖】suíjìng 安撫；使有秩序，使安定◇綏靖政策。

7 綈（绨）〈一〉tí 粵tai4 題 厚綢子◇綈袍。〈二〉tì 粵tai4 題 比綢子厚實、粗糙的紡織品，用蠶絲或人造絲做經，棉線做緯織成。

8 綦 qí 粵kei4 其 ①青黑色◇縞衣綦巾。②極；甚◇希望綦切。③姓。

8 緊（紧）jǐn 粵gan2 僅 ①物體受到壓力或拉力後形成的狀態◇鬆緊｜收緊繩子。②使緊◇緊一緊螺絲。③牢固◇緊緊地捲住。④距離近；間隙小◇緊鄰｜緊身衣。⑤密集；急驟◇緊鑼密鼓｜槍聲越來越緊。⑥嚴緊；不放鬆◇他家門戶緊｜孩子不能管得太緊。⑦急；迫切◇緊急｜緊迫感。⑧緊張◇風聲太緊。⑨不寬裕◇手頭緊。

【緊要】jǐnyào 緊急重要；要緊◇無關緊要｜緊要的事情先做。

【緊迫】jǐnpò 十分急迫◇時間緊迫。

【緊急】jǐnjí 非常急迫，需要立即行動，不容許拖拉◇緊急會議｜情況緊急。

【緊密】jǐnmì ① 十分密切◇緊密合作。② 多而連續不斷◇雨點越來越緊密。

【緊張】jǐnzhāng ① 精神處於高度不安的狀態◇情緒緊張。(反) 鬆弛。② 激烈；緊迫◇比賽很緊張｜工作很緊張。③ 緊缺；不充裕◇貨源緊張｜供應緊張。④ 關係不好◇他倆的關係很緊張。

【緊湊】jǐncòu 連接緊密，中間沒有空隙或多餘的◇文章很緊湊｜節目安排得很緊湊。(反) 鬆懈、寬鬆。

【緊鄰】jǐnlín 緊挨着的鄰居。(同) 比鄰。

【緊縮】jǐnsuō 壓縮；收縮◇緊縮開支｜緊縮包圍圈。

8 綮 qìng 粵hing3 慶 見"肯綮"。

8 綪（綪）qiàn 粵sin3 扇 青赤色絲織品。用於人名。

8 緒（绪）xù 粵seoi5 髓 ①絲頭。②開頭，開端◇頭緒｜就緒｜千頭萬緒。③心情；情緒◇心緒｜離情別緒。④剩餘；殘餘◇餘緒｜緒年。⑤（前人留下的）事業◇未竟之緒。⑥姓。

【緒言】xùyán 即緒論。

【緒論】xùlùn 學術著作的開頭部分。一般介紹全書主旨和內容等。

8 綾（绫）líng 粵ling4 零 一種比緞子薄、有花紋的絲織品◇綾羅綢緞。

8 緅（缎）zōu 粵zau1 周 黑裏帶紅的顏色。

8 **綝（𬘭）** chēn 粵sam^1 心 ①止。②善。

8 **緉（𬘯）** liǎng 粵loeng^5 兩 量詞，雙，用於鞋襪◇一緉絲履|綾襪一緉。

8 **綺（绮）** qǐ 粵ji^2 椅 ①有花紋的絲織品◇綺羅。②美麗；美妙◇綺豔|綺文。

【綺麗】 qǐlì 美麗；華美◇景色綺麗｜綺麗的詞藻。

8 **綽（绰）** 〈一〉chuò 粵coek^3 卓 ①寬裕◇寬綽。②姿態柔美◇綽約|柔情綽態。

〈二〉chāo 粵coek^3 卓 抓，抓起◇隨手綽起一塊石頭。

【綽約】 chuòyuē ① 柔弱、柔軟的樣子。② 溫柔美好的樣子。

【綽號】 chuòhào 外號◇他的綽號叫“火星人”。

【綽有餘裕】 chuòyǒuyúyù 綽綽有餘。

【綽綽有餘】 chuòchuòyǒuyú《孟子・公孫丑下》：“我無官守，我無言責也，則吾進退豈不綽綽然有餘裕哉？”後形容 ① 泰然自若，行若無事。② 寬裕、富足。同 綽有餘裕。

8 **緔（绱）** shàng 粵soeng^5 上^5 把鞋幫和鞋底縫在一起◇手工緔鞋。

8 **緄（绲）** gǔn 粵gwan^2 滾 ①繩◇蒜緄。②編織的帶子。③滾邊，沿着衣服等的邊緣縫上條、帶形的裝飾物◇在袖口和領口上緄一道邊。

8 **網（网）** wǎng 粵mong^5 妄 ①用繩線等結成的捕魚或捉鳥獸的用具◇撒網捕魚|一網打盡。②形狀像網的東西◇蜘蛛網|鐵絲網。③用網捕捉◇網了一條魚。④像網一樣籠罩着◇炎炎的熱氣把他網住了。⑤縱橫交錯如網的組織或系統◇通訊網|交通網。

【網絡】 wǎngluò ① 網狀的東西。② 比喻由許多相互關聯的分支組成的系統◇運輸網絡｜通信網絡。③ 由若干元件、器件、裝置等組成的具有特定功能的系統。特指電腦網絡◇網絡營銷｜網絡遊戲。

【網銀】 wǎngyín 網絡銀行的簡稱◇通過網銀進行轉帳。

【網購】 wǎnggòu 網上購物，即通過互聯網購買商品◇快遞送來了網購的商品。

【網點】 wǎngdiǎn 商業、服務業等行業設置在各處的基層業務單位◇銷售網點｜維修網點。

【網羅】 wǎngluó ① 捕魚的網和捕鳥的羅。泛指捕捉的手段◇網羅密佈，插翅難逃。② 比喻束縛人的東西◇擺脱陳舊觀念的網羅。③ 比喻從各方面搜求招致◇網羅人才｜網羅黨羽。

【網癮】 wǎngyǐn 指對網絡過分依賴的心理障礙，表現為長時間上網不能自拔，對現實生活冷漠等◇未成年人網癮問題日趨嚴重。

【網開一面】 wǎngkāiyímiàn《史記・殷本紀》：成湯外出，看見野外有人四面張着羅網捕捉鳥獸，並且禱告説，天下四方的鳥獸都到我的網裏來。湯説，這樣一來，就一網打盡了啊！於是下令撤去其中三面，只留一面。後比喻寬大施恩。

8 **綱（纲）** gāng 粵gong^1 江 ①魚網上的總繩。比喻事物的主要部分◇大綱|提綱挈領。②古代成批運送貨物的組織◇茶綱|生辰綱|花石綱。③生物學上指分類系統的一個等級。門下為綱，綱下為目。

【綱目】 gāngmù 大綱和細目◇綱目清楚｜《本草綱目》。

【綱要】 gāngyào ① 提綱和要則◇演講綱要｜寫作綱要。② 概要◇《中國歷史綱要》。

【綱紀】 gāngjì 國家法紀和社會秩序◇整頓綱紀｜綱紀廢弛，國政敗壞。

【綱領】 gānglǐng 最根本的方針政策或基本原則◇建國綱領｜行動的綱領。

【綱舉目張】 gāngjǔ mùzhāng 綱，魚網上的總繩；舉，提起；目，網上的眼。提起魚網上的總繩一撒，網眼就全部張開。比喻抓住主要的，就可以帶動其他。

8 **緋（绯）** fēi 粵fei^1 飛 大紅色◇緋衣|緋裙。

【緋紅】 fēihóng 鮮紅◇滿面緋紅｜遍山都是緋紅的楓葉。

多樣表達：緋紅

鮮紅 朱紅 赤紅 殷紅 嫣紅 嫩紅 淡紅 淺紅 粉紅 桃紅 肉色 正紅 大紅 品紅 絳紅 深紅 暗紅 銀紅 橘紅 棗紅 紫紅 玫瑰紅 杜鵑紅

【緋聞】 fēiwén 桃色新聞，有關男女間關係的傳聞◇兩人傳出緋聞。

8 **緌(緌)** ruí 粵jeoi⁴ 蕊 帽子上或旗杆頂上的纓子。

8 **維(维)** wéi 粵wai⁴ 圍 ①繫物的大繩。②聯結◇維繫。③保持；保護◇維持｜維修。④思，思考◇思維。⑤物體的絲狀組織◇纖維。⑥乃；是◇進退維谷。⑦表示加強語氣。用於句首或句中◇維妙維肖｜舉步維艱。⑧幾何學及空間理論的基本概念。構成空間的每一個因素叫做一維，如直線是一維，平面是二維，人的生存空間是三維。

【維持】 wéichí ① 保持，使繼續存在◇維持原狀｜維持秩序。② 保護；支持◇幸虧有你維持，小女才平安無事。

【維修】 wéixiū 保養和修理◇維修房屋｜汽車維修。

【維新】 wéixīn 改變舊的，實行新的。一般指政治上的革新、改良◇變法維新。

【維繫】 wéixì 維持並聯繫，使不渙散不中斷◇維繫人心｜友誼靠誠信維繫。

【維護】 wéihù 維持保護，使不受破壞◇維護世界和平｜維護消費者權益。

【維生素】 wéishēngsù 人和動物營養、生長所必需的某些少量有機化合物。現已知的有二十餘種。

【維他命】 wéitāmìng 維生素。(英 vitamin)

8 **綿(绵)** mián 粵min⁴ 眠 ①絲綿。②柔軟；薄弱◇綿軟｜綿薄之力。③延續；連續不斷◇綿亙｜綿延。④纏繞◇纏綿。

【綿力】 miánlì 微薄的力量。多用作謙辭◇稍盡綿力。

【綿亙】 miángèn 連續不斷（多指山脈）◇太行山綿亙千里。同 綿延。

【綿羊】 miányáng ① 羊的一種。公羊多有螺旋狀大角，母羊角短小或無角。毛白色，濃密捲曲。性溫順。肉食用，毛作紡織品原料，皮製革。② 比喻柔弱的人◇不能把孩子培養成綿羊。

【綿長】 miáncháng 延續長久；漫長◇福壽綿長｜道路綿長。

【綿延】 miányán 延續不斷◇天山綿延幾千里。

【綿軟】 miánruǎn ① 柔軟◇這種衣料手感綿軟。② 形容無力◇渾身綿軟，沒有一點力氣。

【綿密】 miánmì 細緻周密◇思慮綿密。同 細密。

【綿遠】 miányuǎn ① 久遠。② 遙遠；漫長。

【綿綿】 miánmián 連續不斷的樣子◇情意綿綿｜綿綿細雨｜綿綿不絕。

【綿裏藏針】 miánlǐcángzhēn 綿，絲綿。① 比喻外表柔和、內裏尖刻。② 比喻處事軟中硬、柔中剛，平和有原則。

8 **綸(纶)** 〈一〉lún 粵leon⁴ 鄰 ①古代官吏繫印用的青色絲帶。②較粗的絲線，常指釣絲◇垂綸（釣魚）。③指某些合成纖維◇錦綸｜滌綸。

〈二〉guān 粵gwaan¹ 關 見"綸巾"。

【綸巾】 guānjīn 古代配上青絲帶的頭巾◇羽扇綸巾。

8 **綵** cǎi 粵coi² 採 彩色的絲綢◇張燈結綵｜剪綵。

8 **綬(绶)** shòu 粵sau⁶ 受 繫官印或勛章的彩色絲帶◇印綬｜綬帶。

8 **綢(绸)〔紬〕** chóu 粵cau⁴ 酬 綢子。薄而軟有光澤的絲織品◇絲綢｜紡綢。

【綢緞】 chóuduàn 綢子和緞子。泛指絲織品◇綢緞商店。

【綢繆】 chóumóu ① 緊密纏縛。② 纏綿，感情好◇情意綢繆。③ 修繕◇未雨綢繆。

8 **綯(绹)** táo 粵tou⁴ 途 繩索。

8 **綹(绺)** liǔ 粵lau⁵ 柳 量詞。用於成束的細絲狀的東西◇一綹線｜一綹頭髮。

8 **綷(綷)** cuì 粵zeoi³ 最 五色相雜；合。

【綷縩】 cuìcài 象聲詞，行動時衣服摩擦的聲音◇華妝綷縩。

8 **綣(绻)** quǎn 粵hyun³ 勸 見"繾綣"。

8 **綜(综)** 〈一〉zōng 粵zung¹ 宗 總合在一起◇綜合｜新聞綜述。

〈二〉zèng 粵zung³ 眾 織布機上使經線上下錯開，以便梭子通過、引進緯線的裝置。

【綜合】zōnghé ① 把各部分組合為統一的整體加以考察◇培養學生的分析和綜合能力。② 把不同性質的事物組合在一起◇綜合利用｜綜合各方面的情況。

【綜援金】zōngyuánjīn 綜合社會保障援助金的簡稱。香港政府向有需要的人和家庭提供經濟援助，使他們可以應付生活上的基本需要。

8 **綻(绽)** zhàn 粵zaan6 賺 開裂◇破綻｜皮開肉綻。

【綻放】zhànfàng（花）開放◇百花綻放。

【綻裂】zhànliè 破裂；裂開◇褲子綻裂｜棉桃綻裂。

【綻露】zhànlù 顯露；流露◇青筋綻露｜綻露出笑容。

8 **綰(绾)** wǎn 粵waan2 彎2 把長條形的東西打成結◇綰個結｜腦後綰着髮髻。

8 **綟(綟)** lì 粵lit6 烈【綟木】lìmù落葉灌木或小喬木，葉子卵狀橢圓形，總狀花序，花冠白色。

8 **綴(缀)** zhuì 粵zeoi3 最 ①縫合◇袖口破了，我給你綴幾針。②連結；組合◇連綴｜綴合。③裝飾◇點綴｜各色野花綴滿湖畔。④指詞綴◇前綴｜後綴。

8 **綠(绿)** ㈠ lǜ 粵luk6 六 像夏天的草和樹葉的顏色；黃和藍合成的顏色◇草綠｜深綠｜青山綠水。

㈡ lù 粵luk6 六 意義同"綠㈠"，但專用於"綠林""鴨綠江"等詞語。

【綠化】lǜhuà 種植樹木花草，優化環境，防止水土流失。

【綠色】lǜsè ① 顏色的一種。是大自然常見的顏色，源自於葉綠素。② 代表自然、生命、健康等◇綠色食品。③ 多指關注生態環境，或以保護環境為目標◇綠色和平｜綠色建築。

【綠豆】lǜdòu 一年生草本植物。果莢內有綠色種子。種子也叫綠豆，供食用。

【綠林】lùlín 中國西漢末年王匡、王鳳等領導農民起義，聚集在綠林山（今湖北大洪山一帶）。後用以泛指聚集於山林反抗官府或搶劫財物的集團◇綠林好漢。

【綠洲】lǜzhōu ① 江河中草木繁茂的小片陸地◇江心的綠洲上長滿橘樹。② 沙漠中有水、草的地方◇沙漠綠洲是生命的象徵。

【綠茵】lǜyīn 成片的綠色草地。

【綠蔭】lǜyìn 樹蔭◇綠蔭夾道｜在綠蔭下聊天。

【綠油油】lǜyóuyóu 濃綠而有光澤的樣子。

【綠茸茸】lǜróngróng 碧綠而細密的樣子◇綠茸茸的草坪。

8 **緇(缁)** zī 粵zi1 之 黑色◇緇衣。

9 **緙(缂)** kè 粵kaak3【緙絲】kèsī ①中國特有的一種絲織手工藝。根據底稿上已描好的圖畫或文字，在織衣料或絲織品的同時，一併織出圖案或文字。②用緙絲法織成的衣料和物品。同刻絲。

9 **緗(缃)** xiāng 粵soeng1 商 淺黃色◇緗黃｜緗綺。

9 **練(练)** liàn 粵lin6 煉 ①把生絲放在沸水中煮，使柔軟潔白◇練絲。②練過的絲織品。一般指白色的絲絹◇江平如練。③經驗多；純熟◇老練｜幹練。④練習；訓練◇排練｜勤學苦練。⑤姓。

【練功】liàngōng 練習技藝、本領等◇舞蹈演員要堅持天天練功。

【練習】liànxí ① 反復學習，使熟練◇練習鋼琴。② 為鞏固所學知識、技能而安排的作業◇認真做練習。

【練達】liàndá 經歷多而通曉人情世故◇世事洞明，人情練達。反 幼稚。

9 **緘(缄)** jiān 粵gaam1 監 ①封；閉◇緘默｜三緘其口。②指書信。因信寫好後要封口，故稱◇信緘｜緘札。

【緘默】jiānmò 沉默，閉口不説話◇保持緘默。

9 **緬(缅)** miǎn 粵min5 免 ①遙遠；久遠◇緬想。②緬甸的簡稱◇中緬邊境。

【緬想】miǎnxiǎng 遙想◇緬想當年景象。

【緬懷】miǎnhuái 追思過去的（人或事）◇緬懷先人｜緬懷逝去的時光。反 遺忘。

10 **緻(致)** zhì 粵zi3 至 精密；細密◇精緻｜細緻。

【緻密】zhìmì 細緻精密。

9 **緹（缇）** tí 粵tai4 提 橘紅色◇緹衣|緹扇。

9 **緲（缈）** miǎo 粵miu5 秒 見"縹緲"。

9 **緝（缉）** ⟨一⟩jī 粵cap1 輯 搜查；捉拿◇偵緝|通緝。

⟨二⟩qī 粵cap1 輯 針腳細密，一針挨一針地縫◇緝邊|緝鞋口。

【緝私】jīsī 偵察走私活動，搜捕走私犯◇緝私隊｜水上緝私。

【緝捕】jībǔ 搜捕；追捕◇緝捕要犯。㊎逃脫。

【緝拿】jīná 搜查捉拿◇緝拿兇手｜緝拿歸案。

9 **緼（缊）〔縕〕** ⟨一⟩yūn 粵wan1 温 見"絪緼"。

⟨二⟩yùn 粵wan3 慍 ①新舊混合的棉絮。②碎麻。

9 **緦（缌）** sī 粵si1 思 細麻布。多用於做喪服。

9 **緺（锅）** guā 粵gwaa1 瓜 ①紫青色的綬（絲帶）。②古時女子頭髮一束為一緺。

9 **緞（缎）** duàn 粵dyun6 段 緞子。質地較厚，正面平滑有光澤的絲織品◇軟緞|錦緞。

9 **緶（缏）** ⟨一⟩biàn 粵bin1 邊 用麥稈等物編成的形似辮子的扁平帶子◇草帽緶。

⟨二⟩pián 粵pin4 篇4 用針縫合◇緶袖口。

9 **線（线）〔綫〕** xiàn 粵sin3 扇 ①用棉、毛、絲、麻、合成纖維等紡成的細長的東西◇棉線|絲線|線毯。②像線一樣細長的東西◇銅線|光線。③交通路線◇航線|沿線。④邊緣，交界的地方◇國境線|海岸線。⑤某種境況的邊緣◇貧困線|死亡線。⑥線索◇暗線|眼線。⑦量詞。表示極少。用於抽象事物◇一線希望|一線光明。⑧幾何學名詞。指一個點任意移動所構成的圖形。

多樣表達：線

直線 曲線 切線 虛線 割線 法線 折線 斜線 中線 母線 拋物線 對角線 平行線 水平線 鉛垂線

【線人】xiànrén 佈置在偵察目標裏的內線；提供情報的眼線。

【線索】xiànsuǒ 比喻事物發展的脈絡或探求問題的途徑◇破案的線索｜小說故事線索分明。

【線條】xiàntiáo ①繪畫時勾勒輪廓的線。②人體或工藝品輪廓的曲度◇線條優美。

【線路】xiànlù 電流、電磁訊號或運動物體所經過的路線◇輸電線路｜傳輸線路。

9 **緱（缑）** gōu 粵kau1 溝 纏在刀劍柄上的繩子。

9 **緩（缓）** huǎn 粵wun6 換 ①慢◇緩慢|緩步當車。②推遲；延緩◇緩辦|刻不容緩。③緩和；不緊張◇緩解|和緩。④恢復正常狀態◇緩過氣來了。

【緩刑】huǎnxíng 緩期執行所處刑罰的判決。

【緩和】huǎnhé ①（局勢、氣氛、心情等）變得不緊張了◇局勢逐漸緩和下來。②使緩和；使緩解◇這場雨緩和了旱情。

【緩急】huǎnjí ①寬鬆與緊迫；慢和快◇分清輕重緩急。②緊急的事◇萬一有個緩急，還望大力相助。

【緩衝】huǎnchōng 緩和衝突◇緩衝地帶｜起到緩衝作用。

【緩緩】huǎnhuǎn 徐徐，形容慢慢的樣子◇緩緩站起來。

9 **締（缔）** dì 粵dai3 帝 ①結合◇締交。②訂立◇締約|締姻。③創建，創立◇締造。④制止◇取締。

【締交】dìjiāo ①國家之間建立邦交。②結成朋友◇兩人締交已有半個世紀。

【締造】dìzào ①創立；建立◇締造一個嶄新的國家。②營造◇夫妻合力締造快樂家庭。

【締結】dìjié ①結合◇締結良緣。②訂立（條約等）◇兩國締結了友好條約。

9 **緪（緪）〔絚〕** gēng 粵gang1 庚 粗繩索。

【緪索】gēngsuǒ 粗的繩索。

9 **編（编）** biān 粵pin1 篇 ①古代串連竹簡的皮條或繩子◇韋編三絕|斷編殘簡。②按順序組織或排列◇編號|編碼。③編輯◇編雜誌。④交織；編結◇編草帽|編蓆子。⑤整本的書；書的一部分◇簡編|上編。⑥創作；編寫◇編劇。⑦假造◇胡編亂造。

【編制】biānzhì ①組織機構的設置及其人員數量的定額和職務分配◇職工編制。②根據資料做出（規程、方案、計劃等）◇編制作戰方案。

【編排】biānpái ① 按次序排列◇編排節目。② 編劇並排演◇準備編排一個新的小品。③ 譏諷別人；捏造事實◇背後把他編排得一無是處。

【編造】biānzào ① 組織編排資料，製成表冊◇編造名冊｜編造預算。② 虛構；捏造◇編造故事｜編造事實。

【編隊】biānduì ① 把分散的或無序的人按一定的順序編排成序列。② 軍艦、飛機等按一定要求組成戰鬥單位。

【編製】biānzhì 用細長的東西編織器物◇用麥秸編製草帽。

【編撰】biānzhuàn 編寫。

【編寫】biānxiě ① 根據一定的材料加以整理，寫成書或文章◇編寫教科書。② 創作◇編寫劇本。

【編審】biānshěn ① 編輯並審定◇編審稿件。② 做編審工作的人。

【編輯】biānjí ① 整理加工資料或文稿。② 做編輯工作的人◇責任編輯。

【編導】biāndǎo ① 編劇和導演。② 指從事編劇和導演的人。

【編織】biānzhī 把細長的東西交叉起來連成片，編成器物◇編織魚網｜編織毛線衣。

【編纂】biānzuǎn 編寫、編輯（篇幅長的、資料多的著作）◇編纂詞典｜編纂百科全書。

【編譯】biānyì ① 編輯和翻譯◇編譯外國名著。② 做編譯工作的人。

9 緍（缗）mín 粵man4 文 ①釣魚用的絲線◇釣緍。②古代穿銅錢用的繩子◇緍繈。③成串的錢。也泛指錢◇酒緍｜房緍。④量詞。古代計算銅錢的單位。1000文等於1緍。

9 緯（纬）wěi 粵wai5 偉 ①織物上橫向的紗或線◇緯線｜緯紗。②地理學上假定的沿地球表面與赤道平行的線◇緯度｜南緯｜北緯。③緯書。漢代以神學附會儒家經義的一類書◇讖緯。

【緯度】wěidù 地球表面南北距離的度數。以赤道為零度，由赤道到南北兩極各分為90度，在北的叫北緯，在南的叫南緯。通過某地緯線距離赤道的度數即為該地點的緯度。

9 緣（缘）yuán 粵jyun4 元 ①邊◇邊緣。②沿；順◇緣溪行｜緣於人情謂之禮。③爬；攀附◇攀緣。④緣分；機緣◇姻緣｜一面之緣。⑤原因◇無緣無故。⑥因為；由於◇不識廬山真面目，只緣身在此山中。

【緣分】yuánfèn ① 人與人之間注定的遇合機會◇大家天南海北能聚到一起就是緣分。② 人與事物之間發生聯繫的機遇◇煙酒跟我沒有緣分。

【緣由】yuányóu 原因◇說明緣由｜成敗的緣由。

【緣故】yuángù 原因◇不知甚麼緣故又停電了。

【緣起】yuánqǐ ① 事情的起因◇釐清糾紛的緣起。② 說明發生、發起的原因或宗旨的文字◇《重刊〈壇經〉緣起》｜關於成立"長者安撫會"的緣起。

【緣木求魚】yuánmùqiúyú《孟子·梁惠王上》："以若所為求若所欲，猶緣木而求魚也…緣木求魚，雖不得魚，無後災。"爬到樹上抓魚，比喻做法與目的背道而馳，勞而無功。

10 縠 hú 粵huk6 酷 縐紗◇縠衫｜縠紋。

10 縣（县）xiàn 粵jyun6 願 中國行政區劃單位。隸屬於省、自治區、直轄市或隸屬於省轄市、自治州。

10 縢 téng 粵tang4 騰 ①封閉；纏束◇金縢（用金屬物件加以牢固封住）｜縢枝（纏束的枝條）。②繩子。

10 縈（萦）yíng 粵jing4 形 ①纏繞◇瑣事縈身。②牽掛◇縈念｜縈懷。

【縈紆】yíngyū 迴旋曲折◇山水縈紆。

【縈迴】yínghuí 盤旋；迴旋；繞來繞去。也作"縈回"◇溪水縈迴｜哀傷之情縈迴心頭。

【縈繞】yíngrào 纏繞；繞過來轉過去◇山間縈繞着幾條雲帶。

【縈懷】yínghuái 牽掛在心◇往事縈懷，難以忘卻。同 縈念。

10 縛（缚）fù 粵bok3 駁/fok3 霍 捆綁◇作繭自縛｜手無縛雞之力。

10 **縉(缙)** jìn 粵zeon3 進 ①淺紅色的絲織品。②插◇縉笏。

【縉紳】jìnshēn ①插笏於紳帶間。古代高級官吏的裝束。②稱官僚或做過官的人。

10 **縝(缜)** zhěn 粵can2 診 細緻。

【縝密】zhěnmì 細緻周密◇縝密思考丨思路縝密。

10 **縟(缛)** rù 粵juk6 肉 繁瑣◇繁文縟節。

10 **縧(绦)〔絛 縚〕** tāo 粵tou1 土1 縧子◇絲縧丨縧帶。

【縧子】tāozi 用絲線編織成的圓的或扁平的帶子，可以鑲衣服、枕頭、窗簾等的邊。

【縧蟲】tāochóng 扁形動物，身體柔軟，像帶子，由許多節片構成，每個節片都有雌雄兩性生殖器。常見的有鈎縧蟲和無鈎縧蟲兩種，都能附在宿主的腸道裏。成蟲寄生在人體內，幼蟲叫囊蟲，多寄生在豬、牛等動物體內，也能寄生在人體內。

10 **縋(缒)** zhuì 粵zeoi6 序 把人或物拴在繩子上從高處放下去◇夜縋而出丨把籃子縋下來。

10 **縐(绉)** 〈一〉zhòu 粵zau3 奏 一種有皺紋的絲織品◇湖縐丨縐裙。
〈二〉zhōu 粵zau3 奏 見"文縐縐"。

10 **縗(缞)** cuī 粵ceoi1 吹 古代用粗麻布做成的喪服◇縗絰。

10 **縞(缟)** gǎo 粵gou2 稿 ①古代一種白色的絲織品◇縞衣。②白色◇縞素。

10 **縊(缢)** yì 粵ai3/ngai3 矮3 吊死；用繩子勒死◇自縊丨縊殺。

10 **縑(缣)** jiān 粵gim1 兼 細絹◇縑帛。

11 **縶(絷)** zhí 粵zap1 汁 ①馬韁繩。②拴；捆。③拘禁◇囚縶。

11 **繄** yī 粵ji1 衣 ①惟◇繄我獨無！②是。

11 **繁** fán 粵faan4 凡 ①多；許多◇繁多丨繁忙。②複雜◇手續太繁。③茂盛；興旺◇繁茂丨繁華。④繁殖(牲畜)◇自繁自養。

【繁冗】fánrǒng ①又多又雜；繁忙◇公務繁冗。②(説話、文章)煩瑣冗長◇寫文章切忌繁冗。

【繁忙】fánmáng 事情很多，沒有空閒◇事務繁忙丨一片繁忙的景象。(反)閒散。

【繁育】fányù 繁殖培育◇繁育優良品種。

【繁茂】fánmào 繁密茂盛◇枝葉繁茂。(同)繁盛(反)枯萎。

【繁重】fánzhòng 又多又重◇工作繁重丨繁重的負擔。

【繁衍】fányǎn 滋生繁殖，逐漸增多◇繁衍後代。

【繁盛】fánshèng ①繁榮興盛◇繁盛一時。②繁茂◇花木繁盛。

【繁華】fánhuá 熱鬧興旺◇繁華的夜市。(反)冷清。

【繁殖】fánzhí 生物產生後代◇繁殖魚苗丨繁殖良種奶牛。

【繁喧】fánxuān 聲音繁雜喧鬧◇清早的街市人聲繁喧。

【繁瑣】fánsuǒ 繁雜瑣碎。(同)煩瑣。

【繁榮】fánróng ①繁密茂盛◇草木繁榮。②形容蓬勃興旺◇繁榮昌盛丨市場繁榮。③使繁榮◇繁榮經濟。

【繁蕪】fánwú ①多而蕪雜◇繁蕪瑣碎。②借指繁多蕪雜的文字◇刪削繁蕪。

【繁難】fánnán 複雜而困難◇他工作從來不怕繁難。

【繁文縟節】fánwén rùjié 指繁瑣的禮儀。

11 **繇〔繇〕** 〈一〉yáo 粵jiu4 搖 ①同"徭"。勞役。②同"謠"。歌謠。
〈二〉yóu 粵jau4 由 同"由"。從；自◇繇是丨福繇德興。

11 **縻** mí 粵mei4 眉 ①拴牛的繩子。②捆；拴◇羈縻。

11 **績(绩)** jì 粵zik1 即 ①把蔴或別的纖維接續起來搓撚成線◇績蔴丨紡績。②成果；功業◇成績丨豐功偉績。

11 **縹(缥)** piāo 粵piu2 漂2【縹緲】piāomiǎo 形容隱隱約約、若有若無的樣子◇虛無縹緲。

11 **縷（缕）** lǚ 粵leoi[5] 呂 ①線◇千絲萬縷｜不絕如縷。②逐條地；詳細地◇條分縷析。③量詞。用於線形的東西◇幾縷斑白的鬢絲。

【縷縷】 lǚlǚ 形容線條狀的東西連續不斷或數量很多的樣子◇縷縷炊煙｜桃花朵朵，柳絲縷縷。

11 **縵（缦）** màn 粵maan[6] 慢 沒有花紋的絲織品◇縵帛。

11 **縲（缧）** léi 粵leoi[4] 雷 捆綁犯人的粗繩子◇縲紲。

【縲紲】 léixiè ① 牢獄。② 囚禁。

11 **繃〔綳〕** 〈一〉bēng 粵bang[1] 崩 ①纏束；包紮◇繃帶。②拉緊；張緊◇繃緊繩子。③猛然彈起◇橡皮筋繃飛了。④硬撐◇繃場面。⑤粗粗地縫上或用針別上◇繃被頭｜在袖子上繃臂章。⑥四周有木框，當中用藤皮或棕繩等織成的卧具◇藤繃｜棕繃｜繃牀。⑦繃子。刺繡時用來張緊布帛的竹圈或木框◇竹繃｜繡花繃。

〈二〉běng 粵bang[1] 崩 ①板着（臉）◇繃着臉，半天不説話。②強忍着◇他繃不住笑了。

〈三〉bèng 粵bang[1] 崩 ①裂開◇襯衫繃了一條縫。②用在某些形容詞前面，表示程度深，相當於“非常”◇繃硬｜繃脆。

11 **總（总）** zǒng 粵zung[2] 腫 ①匯集；合到一起◇匯總｜總而言之。②所有的；全面的◇總的情況。③概括全部的◇總綱｜總則。④領導全面的；為首的◇總公司｜總司令。⑤一直；一貫◇總這麼認真｜總是那麼刻苦。⑥終歸◇將來總會好起來的。⑦都◇萬紫千紅總是春。⑧大概◇一個月總要花掉千把塊錢。

【總之】 zǒngzhī 總而言之，總括起來説◇總之，愛人之心不可少，害人之心不可有。

【總共】 zǒnggòng 一共；加在一起◇總共獲得 32 枚金牌。

【總和】 zǒnghé 各項數額加在一起的總量。

【總括】 zǒngkuò 匯總到一起◇總括各方面的情況。

【總結】 zǒngjié ① 對一個階段的情況進行回顧和分析並做出結論◇總結投資的效果。② 通過回顧和分析做出的結論◇遞交投資效益總結報告。

【總匯】 zǒnghuì ①（水流）匯合在一起◇三條河流在這裏總匯。② 匯合在一起的◇百科全書稱得上是知識的總匯。

【總算】 zǒngsuàn ① 總括起來計算◇總算起來，淨賺五十萬。② 表示目的終於達到◇兒時的夢想總算實現了。③ 表示慶幸◇緊趕慢趕，總算沒遲到。④ 表示勉強可以算得上◇這次考試總算過關。

【總管】 zǒngguǎn ① 全面管理◇副校長總管教學。② 負責全面管理的人◇技術總管｜財務總管。③ 富豪人家負責管理僕人和雜務的人◇老總管。

【總綱】 zǒnggāng 總的綱領；總的原則和要點。

【總歸】 zǒngguī 終究，表示最後必然如此◇孩子總歸是孩子，看見甚麼都好玩。

【總覽】 zǒnglǎn 綜觀，綜合起來看。同 綜覽。

【總攬】 zǒnglǎn 全面掌握；全面掌控◇總攬全局。

【總而言之】 zǒng'éryánzhī 總括起來説；總之◇總而言之，發展經濟最主要｜總而言之，你脱不了責任。

11 **縱（纵）** 〈一〉zòng 粵zung[3] 眾 ①放；釋放◇縱火｜欲擒故縱。②放任；不加約束◇縱容｜縱情歌唱。③身體用力向上或向前跳◇將身一縱，跳入河中。④廣泛地；任意地◇縱觀｜縱論。⑤即使◇縱有一死，也在所不惜。

〈二〉zòng 粵zung[1] 忠 ①豎的；南北方向的◇縱貫南北。②從前到後的◇縱深。

【縱目】 zòngmù 放眼向遠處看◇縱目遠眺｜縱目四望。同 極目。

【縱令】 zònglìng ① 即使◇縱令歹徒再狡猾，也難逃法網。② 任憑；聽任◇縱令手下橫行跋扈。

【縱身】 zòngshēn 身體用力向前或向上躍◇縱身上馬，飛也似地走了。

【縱使】 zòngshǐ 即使，即便◇縱使你不同意，也改變不了我的決定。

【縱情】 zòngqíng 盡情，放開自己的情感、情緒◇縱情歌唱。

【縱然】zòngrán 即使◇縱然一無所有，我也無怨無悔。同 縱使、即使。

【縱談】zòngtán 暢談，無拘無束地談論◇縱談網絡技術的發展前景。

【縱橫】zònghéng ① 豎和橫；橫豎交錯◇縱橫交錯。② 奔放自如◇筆意縱橫，揮灑自如。③ 往來奔馳，毫無阻擋◇長驅兩萬里，縱橫十餘省。④ 合縱和連橫◇縱橫捭闔。

【縱覽】zònglǎn 放眼觀看；任意瀏覽◇縱覽全局 | 縱覽羣書。

【縱橫捭闔】zònghéngbǎihé 縱橫，合縱和連橫；捭闔，開合。原指戰國時代策士游説的兩種政治主張。現指在政治、外交上運用手段進行聯合或分化。

11 **縫（缝）**〈一〉féng 粵fung4 逢 用針線連綴起來◇縫補衣服。
〈二〉fèng 粵fung6 奉 ①接合的地方◇衣縫 | 天衣無縫。②罅隙；空隙◇裂縫 | 見縫插針。

【縫紉】féngrèn 裁剪、縫製衣服等。

【縫隙】fèngxì 裂開的或接合處的狹長空間◇山崖的縫隙 | 從門的縫隙向裏偷窺。

11 **縩（䌨）**cài 粵coi3 菜 見"綷縩"。

11 **縭（缡）**lí 粵lei4 厘 古代女子出嫁時所繫的佩巾◇結縭(出嫁)。

11 **縴（纤）**qiàn 粵hin1 牽 拉船前行的粗繩◇縴繩 | 扯篷拉縴。

【縴夫】qiànfū 背縴繩拉船的人。

11 **縯（𬙂）**yǎn 粵jin2 演 延長。

11 **縮（缩）**suō 粵suk1 叔 ①由大變小；由長變短◇縮小 | 縮短。②把伸出的收回去◇龜縮 | 把頭縮了回去。③後退◇退縮不前。④節省；減少◇節衣縮食 | 緊縮開支。

【縮水】suōshuǐ ① 紡織品下水後收縮◇這種布料不縮水。② 將紡織品放進水中浸泡使收縮◇做衣服前，衣料最好先縮水。③ 比喻規模、數量減少◇工程大幅縮水。

【縮手】suōshǒu 比喻不敢做或無從下手◇財力不夠，只好縮手了。

【縮減】suōjiǎn 減少◇縮減開支 | 縮減軍費。

【縮影】suōyǐng 可代表同類型的具體而相對規模較小的事物◇上海是中國城市發展的縮影。

【縮寫】suōxiě ① 拼音文字語言選用一個或幾個字母來代替詞或詞組（多為專名）的簡單寫法，如 TV 是 television 的縮寫。② 把長篇作品改寫成篇幅短的◇縮寫本。

【縮手縮腳】suōshǒu suōjiǎo ① 形容四肢不能舒展的樣子◇地方太小，他耍太極只能縮手縮腳的。② 形容顧慮多、不敢放開◇辦事有魄力，從不縮手縮腳。

11 **繆（缪）**〈一〉móu 粵mau4 謀 見"綢繆"。
〈二〉miù 粵mau6 茂 見"紕繆"。
〈三〉miào 粵miu6 妙 姓。

11 **繅（缫）**sāo 粵sou1 蘇 把蠶繭浸泡在熱水裏，抽出蠶絲◇繅絲。

12 **繞（绕）**rào 粵jiu5 擾/jiu2 夭 ①纏束◇繞毛線 | 把繩子繞成團。②環繞；圍着轉◇繞了一圈。③使不順暢◇繞嘴 | 繞口令。④從彎路迂迴而過◇從旁邊繞過去。⑤不直接，轉來轉去◇我腦子給你繞糊塗了。

【繞口令】ràokǒulìng 一種語言遊戲。用聲、韻、調極易混同的字編成的拗口的句子，説快了讀音容易錯誤。同 拗口令、急口令。

12 **繚（缭）**liáo 粵liu4 聊 ①纏繞；圍繞◇繚繞。②用針線斜着縫◇繚縫兒 | 衣服的貼邊繚好了。

【繚亂】liáoluàn 紛亂。也作"撩亂"◇眼花繚亂 | 心緒繚亂 | 落花繚亂。

【繚繞】liáorào 迴旋，迴環；環繞◇雲霧繚繞 | 歌聲繚繞。

12 **繙（繙）**〈一〉fān 粵faan1 翻 同"翻"。
〈二〉fán 粵faan4 凡 見"繙帑"。

【繙帑】fányuān ① 風吹擺動的樣子。② 亂取。

12 **織（织）**zhī 粵zik1 即 ①用經緯線交叉的方法將紗或線編製成紡織品◇紡織 | 男耕女織。②用相互交錯、勾連的方法編製物品◇織毛衣 | 織魚網。③交叉；穿插◇感愧交織 | 來往船隻穿織如梭。④搜羅；收集◇羅織。

【織女】zhīnǚ ① 紡紗織布的女子。② 中國神話人物。相傳天河之西的織女是天帝的女兒，年年為天帝織造雲錦，與河東牛郎結為夫妻後就不再紡織。天帝怒，責令她返回河西，只准每年農曆七月七日過鵲橋與牛郎相會一次。③ 指織女星。

【織補】 zhībǔ 仿照原來的編織方式把衣物上破的地方修補好◇織補上衣｜織補好魚網。

12 **繕(缮)** shàn 粵sin[6] 善 ①修補◇修繕房屋。②抄寫◇繕寫文稿。

12 **繒(缯)** 〈一〉zēng 粵zang[1] 增 絲織品的總稱。

〈二〉zèng 粵zang[6] 贈 綁；紮◇用細繩把口袋繒緊｜把裂的竹筒繒起來。

13 **繭(茧)〔蠒〕** jiǎn 粵gaan[2] 簡 ①某些昆蟲的幼蟲(如蠶)在變成蛹之前吐絲做成、包裹自己的殼◇蠶繭｜作繭自縛。②手掌、腳掌因摩擦而生出的硬皮◇老繭。

【繭綢】 jiǎnchóu 柞蠶絲織成的綢子。

13 **繫(系)** 〈一〉xì 粵hai[6] 系 ①拴◇繫馬。②拘禁◇繫獄。③牽掛◇情繫遠方。④把人或東西捆住後往上提或往下送◇把下面的木頭繫上來。

〈二〉jì 粵hai[6] 系 打結；扣上◇繫鞋帶｜繫領帶。

【繫囚】 xìqiú 在押的犯人。

【繫念】 xìniàn 掛念◇繫念親人。

【繫獄】 xìyù 關押在獄中。

【繫縛】 xìfù 束縛。

【繫懷】 xìhuái 掛念◇日夜繫懷。

13 **繩(绳)** shéng 粵sing[4] 乘 ①用兩股以上的纖維或金屬絲擰成的長條狀物◇草繩｜麻繩｜尼龍繩。②木工用的墨線◇木直中繩。③標準；準則◇準繩。④制裁◇繩之以法。

13 **繰(缲)** 〈一〉zǎo 粵zou[2] 早 絳紫色的帛。

〈二〉sāo 粵sou[1] 蘇 同"繅"。繅絲。

〈三〉qiāo 粵sou[1] 蘇 手工縫紉方法。把布邊往裏面捲進去，不露針腳縫◇繰邊。

13 **繹(绎)** yì 粵jik[6] 亦 ①抽絲。②抽出或理出事物的頭緒◇尋繹｜演繹。③連續不斷◇絡繹不絕。

13 **繯(缳)** huán 粵waan[6] 患/waan[4] 環 ①繩索做的套環◇投繯(上吊自殺)。②絞死◇繯首。

13 **繳(缴)** 〈一〉jiǎo 粵giu[2] 矯 ①交納；交付◇上繳｜繳學費。②收繳◇繳械｜追繳非法所得。

〈二〉zhuó 粵zoek[3] 雀 古代繫在射鳥的箭上的生絲繩◇援弓繳而射之。

【繳納】 jiǎonà 交納◇繳納稅款。

【繳獲】 jiǎohuò ① 收繳取得◇繳獲機槍三挺。② 繳獲的東西◇交出所有的繳獲。

13 **繪(绘)** huì 粵kui[2] 賄 ①彩繡◇綿繪。②畫◇繪畫｜繪圖。③描寫；形容◇繪聲繪色。

【繪畫】 huìhuà ① 用色彩和線條繪製圖畫。② 指圖畫◇這幅繪畫出自名家手筆。

【繪圖】 huìtú 繪製圖形、圖樣、地圖等。

【繪聲繪色】 huìshēng huìsè 形容敍述、描寫得活靈活現，非常逼真。同 繪聲繪形、繪聲繪影。

14 **繡(绣)〔綉〕** xiù 粵sau[3] 秀 ①用絲線等在綢、布等織物上穿插做成花紋、圖像或文字◇繡花｜描龍繡鳳。②指繡好的成品◇湘繡｜蘇繡。③華麗的；精美的◇繡房｜繡閣。

【繡房】 xiùfáng ① 華美的房間。② 指年輕女子住的房間。同 繡閣。

【繡像】 xiùxiàng ① 繡成的人像。② 精工畫成的人物像◇繡像小説。

14 **纂** zuǎn 粵zyun[2] 轉 ①編輯◇編纂。②婦女在腦後邊梳挽的髮髻。

14 **辮(辫)** biàn 粵bin[1] 邊 ①編結，把幾股擰成一股◇把粗麻辮成繩子。②辮子，把多股頭髮編起來結成的束狀條◇髮辮。③像辮子的東西◇拎着一條蒜辮。

【辮子】 biànzi ① 把頭髮分股交叉編成的束狀條◇頭髮被編成兩條大辮子。② 比喻可被人用來進行要脅的過失、錯誤等◇他被人抓辮子，丟了烏紗帽。

14 **繻(𦈡)** xū 粵seoi[1] 須 ①彩色的繒。②古時出入關卡的憑證，用帛製成。

14 **繾(缱)** qiǎn 粵hin[2] 顯【繾綣】qiǎnquǎn 情意纏綿，難捨難分◇柔情繾綣，軟語温存。

14 **纁（纁）** xūn 粵fan¹ 紛 淺紅色。

14 **繽（缤）** bīn 粵ban¹奔【繽紛】bīnfēn繁多而紛雜◇五彩繽紛|落英繽紛。

14 **繼（继）** jì 粵gai³計 ①接續；連續◇前仆後繼|日以繼夜。②繼承；承接◇承繼|繼往開來。③隨後◇繼而。

【繼而】jì'ér 隨後◇先是快走，繼而跑了起來。

【繼承】jìchéng ①接續前人留下的傳統或未竟的事業◇繼承祖傳醫術|繼承先人遺志。②依法承受死者的財產、權利、地位等◇繼承遺產|繼承王位。

【繼續】jìxù ①連續下去，不間斷◇繼續上課|繼續奮鬥。②跟某事有連續關係的另一件事◇資本市場開放是金融改革的繼續。

【繼往開來】jìwǎng kāilái 繼承前人的事業，開闢未來的道路◇京港洽談會見證了兩地合作繼往開來。㊐ 承前啟後。

15 **纍（累）** 〈一〉léi 粵leoi⁴雷 見"纍纍"。〈二〉lěi 粵leoi⁵呂 同"累〈一〉"。

【纍纍】léiléi ①連接成串◇橘實纍纍，豐收在望。②頹喪的樣子◇纍纍若喪家之犬。

15 **纇（纇）** lèi 粵leoi⁶ 累 缺點；毛病◇疵纇。

15 **纈（缬）** xié 粵kit³揭 有花紋的絲織品。

15 **續（续）** xù 粵zuk⁶ 族 ①連接◇狗尾續貂。②接連不斷；接下去◇連續|時斷時續。③添；增加◇請給續點茶水。④辦事的程序◇手續完備。⑤姓。

【續弦】xùxián 男子死了妻後再娶。古人以琴瑟比喻夫婦，故稱。

15 **纆（纆）** mò 粵mak⁶ 默 繩索。

15 **纊（纩）** kuàng 粵kwong³曠 絲綿。

15 **纏（缠）** chán 粵cin⁴前 ①繞，圍繞◇頭上纏着紗巾。②糾纏；攪擾◇家務纏身|胡攪蠻纏。③應對；對付◇這人真難纏。

【纏手】chánshǒu 事難辦；病難治◇他的病很纏手，名醫也沒辦法。㊐ 棘手。

【纏綿】chánmián ①情意深厚◇情意纏綿。㊐ 繾綣。②被糾纏住，擺脫不開◇纏綿病榻。③婉轉動人◇曲調纏綿|歌聲柔和纏綿。

【纏擾】chánrǎo 糾纏，攪擾◇各種不順心的事纏擾着他。

【纏繞】chánrào ①條狀的東西一圈圈地繞在別的物體上◇一棵紫藤纏繞在樹上。②糾纏，攪擾◇一點小事就纏繞不休。

16 **纑（纑）** lú 粵lou⁴ 爐 ①織細麻布的線坯子。②古書上指苧麻一類的植物。

17 **纓（缨）** yīng 粵jing¹英 ①古人繫在下巴上的帽帶◇冠纓。②帶子；繩子◇長纓|請纓。③纓子，繫在服裝或器物上的穗狀飾物◇纓帽|紅纓槍。④像纓子的東西◇蘿蔔纓|苞米纓。

17 **纖（纤）** xiān 粵cim¹ 簽 ①細小；細微◇纖細|纖芥|纖塵。②纖維◇化纖。

【纖巧】xiānqiǎo 細巧，小巧◇精緻纖巧的手工藝品。

【纖弱】xiānruò 細小而柔弱◇纖弱的幼苗經不起風吹雨打。

【纖悉】xiānxī 細微而全面；詳盡◇纖悉無遺。

【纖毫】xiānháo 形容極其細微◇纖毫不漏。

【纖細】xiānxì ①細微◇筆畫纖細|纖細如牛毛。②細長柔美◇身材纖細|纖細的楊柳。

【纖維】xiānwéi 天然的或人工合成的細絲狀物質◇棉花纖維|玻璃纖維。

【纖纖】xiānxiān 形容細長、柔軟◇纖纖擢素手，札札弄機杼。

17 **纔（才）** cái 粵coi⁴才 ①剛剛，方始◇你怎麼纔來？②僅僅◇纔給這點錢？③表示只有在某種情況、程度或條件下，然後能做到◇養兒纔知父母恩。④表示強調、確定的語氣◇這纔像個男子漢！

19 **纛** dào 粵duk⁶獨/dou⁶杜 古代軍隊裏的大旗。

19 **纘（缵）** zuǎn 粵zyun²轉 繼承◇纘承。

21 **纜（缆）** lǎn 粵laam⁶ 濫 ①拴船用的粗繩或鐵索◇船纜。②許多股擰成的像纜繩的東西◇電纜。③用繩索拴◇纜舟|把牲口纜好。

【纜車】lǎnchē 一種爬山坡用的交通工具。用鋼纜把車廂繫在電力驅動的絞車上，轉動絞車，纜車在軌道上上下行駛。

缶部

0 **缶** fǒu ●fau² 否 ①古代一種大腹小口的瓦器，多用來盛酒或打水。②古代一種瓦質的打擊樂器◇擊缶而歌。

3 **缸** gāng ●gong¹ 江 ①盛東西的器物，一般底小口大，質地有陶、瓷、搪瓷、玻璃多種◇水缸｜酒缸｜缸中之魚，籠中之虎。②缸瓦。用砂子、陶土等混合而成的一種質料◇缸磚｜缸盆。③像缸的器物◇汽缸。

4 **缺** quē ●kyut³ 決 ①破損不全◇殘缺不全。②短少，不足◇缺人手｜寧缺毋濫。③不完善◇缺點｜缺陷。④應到而未到◇缺課｜缺勤。⑤空出來的待補的官職或位置◇補缺｜肥缺。

【缺口】quēkǒu ① 物體上缺掉一塊而形成的空隙◇花瓶碰了個缺口。② 所短少，不足的部分◇彌補消費增長缺口，將成為一定時期的重要政策導向。③ 借指被突破的一點◇打開缺口，乘虛而入。

【缺少】quēshǎo 缺乏；不夠◇缺少資金｜缺少金融管理人才。㊀ 多餘、富裕。

【缺失】quēshī ① 缺少，應該有的卻沒有◇她雖然很完美，但我總覺得好像還缺失點甚麼。② 失誤；過失◇檢討工作中的缺失。

【缺乏】quēfá 沒有或不夠◇缺乏經驗｜缺乏說服力。

【缺陷】quēxiàn 弱點或不完美的地方◇產品存在缺陷。

【缺勤】quēqín 沒有在規定時間內上班工作◇因病缺勤。㊀ 出勤。

【缺漏】quēlòu ① 短少遺漏◇你寄來的東西，缺漏了我要的香草。② 疏失，當做而未做◇工作缺漏。

【缺德】quēdé 所作所為違背道義；失去做人應有的品德◇缺德行為｜欺侮弱小，就是缺德。

【缺憾】quēhàn 令人不滿意的地方◇航班晚點是這次旅行的一大缺憾。㊀ 完美。

【缺點】quēdiǎn 不合要求或不合標準，需要改正或彌補的地方◇改正缺點。㊀ 優點、長處。

【缺額】quē'é ① 少於規定的數額◇補足缺額。② 空出來的名額或職位◇公司編制裏還有缺額。

5 **缽〔鉢〕** bō ●but³ 勃³ ①陶製的敞口器皿，用於盛飲食◇飯缽｜茶缽。②"缽多羅"的簡稱。僧人的食器。底平，口略小，形圓而稍扁。(梵pātra)③本指佛家世代相傳之缽，後泛指前人傳下來的思想、學術、技能等◇衣缽。

6 **缿** xiàng ●hong⁶ 項 ①古代陶製或竹製的儲錢器具。入口小◇錢缿。②古代官府接受告密文書的器具。形狀像瓶，可入不可出。

11 **罄** qìng ●hing³ 慶 ①空，沒有東西◇簞瓢屢罄｜酒瓶常罄。②盡；用盡◇罄其所有｜罄南山之竹，不足以書其罪。

【罄盡】qìngjìn ① 用盡，盡心竭力◇罄盡全力。② 淨盡，沒有剩餘◇最後一點銳氣也消磨罄盡了。

【罄竹難書】qìngzhúnánshū《呂氏春秋・明理》:"此皆亂國之所生也，不能勝數，盡荊越之竹，猶不能書。"後形容多得無法一一寫出來。多用以指罪惡。

11 **罅** xià ●laa³ 喇 ①縫隙◇窗罅｜石罅。②漏洞；缺漏◇罅漏｜修弊補罅。

【罅漏】xiàlòu ① 裂縫和漏洞◇茅屋到處是罅漏，外面下大雨，裏面下小雨。② 缺失；缺漏◇理家料事，從無罅漏｜做事不穩，總是罅漏百出。

【罅隙】xiàxì ① 裂縫，縫隙◇山崖壁立千尺，罅隙中飛泉奔瀉。② 嫌怨；嫌隙◇二人素有罅隙。

14 **罌（罂）** yīng ●aang¹/ngang¹ 鶯 古代一種大腹小口的容器◇罌瓶｜瓦罌。

【罌粟】yīngsù 二年生草本植物。花有紅、紫、粉、白等色。果實球形，未成熟時有白漿，是提製毒品和麻醉藥的原料。

15 **罍** léi ●leoi⁴ 雷 古代一種盛酒或盛水的器具。有圓形和方形兩種，多用青銅或陶製成◇金罍美酒。

16 **罎(坛)〔罈〕** tán 粵taam4 談 ①口小腹大的陶製盛器◇酒罎|罎罎罐罐。②量詞◇一罎酒|半罎小菜。

18 **罐(罐)〔鑵〕** guàn 粵gun3 貫 ①盛物、烹煮或汲水用的圓筒形器皿◇水罐|藥罐|瓦罐不離井上破，將軍難免陣中亡。②形狀像罐的東西◇油罐車。

【罐頭】guàntou ①罐子，盛東西用的圓筒形器皿。②指罐頭食品，是加工後裝在密封的鐵皮罐或廣口瓶裏的食品，可以存放較長時間。

网部

3 **罔** wǎng 粵mong5 網 ①蒙蔽；欺騙◇欺君罔上。②迷惑◇學而不思則罔。③無，沒有◇置若罔聞。④不◇罔顧。

3 **罕** hǎn 粵hon2 看2 稀少；難得◇罕有|人跡罕至。

【罕世】hǎnshì 世上少見◇罕世珍本|罕世奇遇。

【罕見】hǎnjiàn 少見；難得見到◇罕見的天文奇觀。同 罕有 反 常見。

4 **罘** fú 粵fau4 浮 ①捕獸的網◇彌野張罘。②見"罘罳"。

【罘罳】fúsī ①古代一種屏風，設在門外。②古代置於屋簷下防鳥雀來築巢的網。

5 **罡** gāng 粵gong1 江 ①同"剛"。剛勁◇罡風。②星名。天罡星，北斗星的斗柄◇北斗隨罡轉。

【罡風】gāngfēng 道教稱天空極高處的風。後來泛指強勁的風◇罡風疾勁，颳得人臉面生疼。

5 **罟** gǔ 粵gu2 古 ①網◇魚罟|網罟。②指法網◇豈不懷歸，畏此罪罟。③用網捕捉◇罟魚。

5 **罝** jū 粵zeoi1 追/ze1 遮 ①捉兔子用的網◇張罝以待兔。②捕野獸用的網◇焚萊平場，結罝百里。

5 **罛** gū 粵gu1 姑 大型魚網。

6 **罣** guà 粵gwaa3 掛 ①同"掛"。牽掛◇罣念|罣記。②阻礙；牽制◇罣礙。

7 **罥** juàn 粵gyun3 眷 ①捕鳥獸的網◇設置張罥。②纏繞；懸挂◇罥掛。

7 **罦** fú 粵fau4 浮/fu1 呼 古代一種裝設有機關的捕鳥獸的網。

8 **署** shǔ 粵cyu5 柱 ①辦公的處所；政府部門的名稱◇官署|警署|移民署。②佈置；安排◇部署。③暫時代理◇署理。④簽名；題名◇署名|簽署。

【署名】shǔmíng 在書信、文件或文稿等上面簽上自己的名字◇署名的舉報信|問卷以不署名形式進行。同 具名、簽名。

【署理】shǔlǐ 暫時代理空缺的官職◇署理財政司司長。

8 **置〔寘〕** zhì 粵zi3 至 ①放；擱；棄◇安置|置之死地而後快。②設立；安排◇佈置|配置。③買，購買◇添置|購置。

【置身】zhìshēn 把自己放在（某一位置上）◇置身事外。

【置信】zhìxìn 相信。多用於否定◇令人無法置信。

【置喙】zhìhuì 插嘴以發表言論◇家事不容外人置喙。

【置疑】zhìyí 存有懷疑。多用於否定◇無庸置疑。

【置辦】zhìbàn 購置；採購◇置辦嫁妝。同 備辦。

【置辯】zhìbiàn 辯論；申辯。多用於否定◇不容置辯。

【置之不理】zhìzhībùlǐ 放在一邊，不予理睬。

【置若罔聞】zhìruòwǎngwén 放在一邊，好像沒聽見似的。形容漠不關心，不予理會。

8 **罭** yù 粵wik6 域 捕捉小魚的細網。

8 **罨** yǎn 粵jim2 掩 ①一種使用時從上往下蓋的網，用以捕取魚或鳥。②覆蓋◇熱罨。

8 **罩** zhào 粵zaau3 爪3 ①捕魚、養雞鴨用的竹籠◇魚罩|雞罩。②覆蓋物體的東西◇燈

罩|紗罩|雷達罩。③用竹籠捕取◇罩魚。④覆蓋；套在外面◇罩件外衣。

【罩衣】zhàoyī 穿在外面的單褂◇主持人身穿紅色中式罩衣。

8 **罪〔辠〕** zuì 粵zeoi⁶序 ①犯法的行為◇罪大惡極|言者無罪，聞者足戒。②過失◇賠罪|歸罪於人。③苦難；痛苦◇遭罪|受罪。④責怪◇怪罪|不知者不罪。⑤懲處◇待罪|王子犯法，與庶民同罪。

【罪尤】zuìyóu 罪過。(同) 罪愆。

【罪犯】zuìfàn 犯罪後被判刑的人◇懲處罪犯。

【罪行】zuìxíng 犯罪的行為◇罪行敗露。

【罪狀】zuìzhuàng 犯罪的事實◇列舉罪狀。

【罪責】zuìzé ① 對所犯罪行應負的責任◇戰爭罪責。② 因犯罪而應受的懲罰◇免除罪責。

【罪惡】zuì'è ① 犯罪作惡的行為◇罪惡昭彰。② 犯罪作惡的◇罪惡的魔手。

【罪過】zuìguò ① 罪行；過失◇承擔罪過|犯下罪過。② 謙辭。表示不敢當，受之有罪◇真是太罪過了，怎好叫您老人家送來！③ 方言。可憐◇真罪過，我看了眼淚都落下來了。

【罪愆】zuìqiān 罪過；過失。(反) 功勞、功勳。

【罪孽】zuìniè 佛教指應受到報應的罪惡◇罪孽深重。

【罪不容誅】zuìbùróngzhū 容，容納；誅，處死。即使處死也抵償不了所犯的罪惡。形容罪惡極大。(同) 死有餘辜。

【罪有應得】zuìyǒuyīngdé 所受的懲處、制裁與所犯的罪過相當。

【罪惡滔天】zuì'ètāotiān 滔天，漫天。形容罪大惡極。(同) 罪惡如山、罪惡山積 (反) 功德無量。

【罪魁禍首】zuìkuí huòshǒu 應對犯罪或肇禍負首要責任的人。

9 **罱** lǎn 粵laam⁵覽 ①捕魚或撈水草、河泥的工具。在兩根平行的短竹竿上張一個網，能開合。②用罱撈◇罱河泥|罱泥船。

9 **罳** sī 粵si¹思 見"罘罳"。

9 **罰(罚)〔罸〕** fá 粵fat⁶佛 懲處違規或犯罪行為◇處罰|懲罰|賞罰分明。

【罰款】fákuǎn ① 司法或政府行政部門，強制違反法規的人繳納一定數量的錢款，作為處罰。② 被罰款時繳納的錢◇繳交罰款。(同) 罰金。

【罰不當罪】fábùdāngzuì《荀子・正論》："夫德不稱位，能不稱官，賞不當功，罰不當罪，不祥莫大焉。"當，適合。作出的懲罰和所犯的罪行不相稱。多指懲罰過重。

10 **罵(骂)〔駡〕** mà 粵maa⁶麻⁶ ①用粗野、污穢或惡毒的話侮辱人◇咒罵|辱罵|破口大罵。②用嚴厲的話訓斥◇責罵|被狠狠罵了一頓。

【罵名】màmíng 捱罵的名聲◇賣國求榮，留下了千古罵名。

【罵街】màjiē 不指明對象，當眾謾罵◇潑婦罵街。

10 **罶** liǔ 粵lau⁵柳 捕魚的簍子，魚進去就出不來。

10 **罷(罢)** 〈一〉bà 粵baa⁶吧 ①停止◇罷手|欲罷不能。②解除或免去(官職)◇罷官|罷職。③完；結束◇吃罷飯|説罷就走。

〈二〉ba 粵baa⁶吧 同"吧"。語氣詞◇大家都去罷。

【罷了】〈一〉bàle 用在陳述句末尾，表示"如此而已"，有把事情往小裏説的意味。常和"不過、無非、只是"等詞語前後呼應◇他只是説説罷了，別當真。

〈二〉bàliǎo 作罷，算了。表示容忍，不計較◇沒想到你不肯罷了，那我們就在法庭見了。

【罷工】bàgōng 工人為實現某些要求或表示抗議而集體停止工作◇罷工浪潮。

【罷手】bàshǒu 住手；不再做(某事)◇她並沒有因大家反對而就此罷手。(同) 作罷 (反) 繼續。

【罷市】bàshì 商人為實現某種要求或表示抗議而聯合起來停止營業◇商販揚言要罷市。

【罷休】bàxiū 停止做某事。多用於否定◇不達目的，她是不肯罷休的。(同) 作罷、罷手。

【罷免】bàmiǎn ① 上級免去下級的官職。(反) 任用。② 選民撤銷所選出的人員的職務。

【罷論】bàlùn 不提的事；取消了的打算◇既

然如此，這件事只好作罷論了。

【罷黜】bàchù ① 廢棄並排斥◇罷黜異端｜罷黜百家，獨尊儒術。② 罷免（官職）◇罷黜不稱職的官員。

11 **䍡** lù 粵luk6 六 小漁網。

11 **罹** lí 粵lei4 厘 遭遇；遭受◇罹禍｜罹病。

【罹難】línàn 遭遇不幸而死；被害◇飛機墜毀而罹難。

11 **罻** wèi 粵wai3 畏 捕鳥的網◇罻羅。

12 **罽** jì 粵gai3 計 氈子一類的毛織品◇罽帳｜罽毯。

12 **罿** chōng 粵cung1 充 捕鳥的網。

12 **罾** zēng 粵zang1 爭 ①一種有支架的魚網◇樵夫叉柴，漁翁扳罾。②用罾捕魚◇罾魚。

14 **羆（罴）** pí 粵bei1 悲 熊的一種。毛棕褐色，能爬樹游水。俗稱“馬熊”“人熊”。

14 **羅（罗）** luó 粵lo4 蘿 ①捕鳥的網◇羅網｜天羅地網。②張網捕鳥◇門可羅雀。③一種密孔篩子◇銅絲羅。④用羅篩東西◇羅麪｜羅穀子。⑤質地輕軟而稀疏的絲織品◇羅帳｜綾羅綢緞。⑥搜尋；招請◇搜羅｜羅致人才。⑦包羅，包容◇胸羅宇宙。⑧排列；分佈◇星羅棋佈｜萬象森羅。⑨量詞。十二打為一羅。（英 gross）⑩姓。

【羅列】luóliè ① 分佈；排列◇餐桌上杯盤羅列得井然有序。② 列舉◇羅列事實｜羅列罪狀。

【羅致】luózhì 原指用網羅捕取鳥類，後比喻搜羅珍物或招攬人才◇四處羅致人才。

【羅漢】luóhàn “阿羅漢”的簡稱。佛教稱已斷絕一切嗜慾、解脱一切塵世煩惱而修行成功的僧人◇十八羅漢。（梵 Arhat）

【羅網】luówǎng ① 捕鳥的羅和捕魚的網。② 比喻法網或圈套◇自投羅網。③ 比喻束縛人的東西◇人情羅網｜情慾羅網。

【羅盤】luópán 測定方向的儀器。由刻着方位、度數的圓盤和裝在圓盤中央的指南針構成。

【羅鍋】luóguō ① 駝背◇這小孩有點兒羅鍋。② 指駝背的人。③ 拱形◇羅鍋橋。

【羅織】luózhī 捏造罪狀，陷害無辜◇憑空羅織罪名。

【羅宋湯】luósòngtāng 俄式菜湯。中國人以前稱俄羅斯人為羅宋人，稱俄國湯為“羅宋湯”。羅宋湯沒有固定做法，但基本的幾樣原料是不變的，如牛肉、土豆、蕃茄、洋葱、胡蘿蔔等。

【羅曼蒂克】luómàndìkè 浪漫。（英 romantic）

19 **羈（羁）〔覊〕** jī 粵gei1 機 ①馬籠頭◇無羈之馬。②拘束；束縛◇放蕩不羈。③在外停留；寄居◇羈旅｜羈寓海外。

【羈押】jīyā 拘押；關押◇保釋制度可防止超期羈押。

【羈留】jīliú ① 在外地停留◇羈留海外。② 拘押◇羈留非法入境者。

【羈旅】jīlǚ 寄居他鄉◇嶺南羈旅。

【羈絆】jībàn 束縛◇擺脱名利羈絆。

羊部

0 **羊** yáng 粵joeng4 陽 ①哺乳動物。有家養的山羊、綿羊和野生的羚羊、黃羊等。毛可作紡織原料，皮可製革，肉和乳供食用。②姓。

【羊腸小道】yángchángxiǎodào 彎曲而狹窄的小路。多指山路。

2 **羋** 〈一〉mǐ 粵me1 咩 羊叫聲。
〈二〉mǐ 粵mei5 美 姓。

2 **羌〔羗𦍋〕** qiāng 粵goeng1 疆 古代西部的民族，東晉時曾建立“後秦”。

3 **美** měi 粵mei5 尾 ①好看◇美貌｜良辰美景。②好；讓人滿意的◇完美｜物美價廉。③美好的事物；好事◇成人之美｜天公不作美。④使好看◇美容｜美髮。⑤得意；高興◇瞧他美的｜心裏美滋滋。⑥稱讚◇溢美之詞。⑦指美洲

◇南美|北美。⑧指美國◇美元。

【美女】měinǚ 年輕貌美的女子◇美女如雲。

【美化】měihuà 加以裝飾、點綴，使變得美觀◇栽樹植草，美化環境。

【美色】měisè 指美女◇不近美色|不為金錢和美色所誘惑。

【美好】měihǎo 好；令人滿意◇美好的印象|期待更美好的未來。

【美言】měiyán ①漂亮話；美好的言辭◇信言不美，美言不信。②替人説好話◇還請代為美言幾句。

【美妙】měimiào 美好而奇妙◇美妙的琴聲|共度一個美妙的夜晚。

【美味】měiwèi 味道美好的食品◇美味佳餚|珍饈美味。

【美容】měiróng 使容貌美麗◇美容術|美容院。

【美術】měishù 繪畫、雕塑、工藝等造型藝術。也特指繪畫藝術◇美術史|美術館|美術學院。

【美感】měigǎn 對美的感覺和體會◇遍地的野花給人以生機勃勃的美感。

【美意】měiyì 美好的心意◇你的美意我心領了|不能辜負人家的美意。

【美夢】měimèng ①好夢；幻想◇黃粱美夢。②比喻美好的願望◇美夢成真。

【美稱】měichēng 讚美的稱呼◇香港有“東方之珠”的美稱。

【美貌】měimào ①美麗的容貌◇美貌如花。②容貌美麗◇美貌女子。

【美滿】měimǎn 美好而圓滿◇美滿的姻緣|日子過得挺美滿。

【美髮】měifà 修飾頭髮，使美觀◇美髮廳。

【美談】měitán 人們樂於稱道的好事情◇傳為美談。(同)佳話(反)笑柄。

【美餐】měicān ①美味可口的飯菜◇享用一頓美餐。②非常滿意地吃◇美餐一頓。

【美德】měidé 美好的品德◇勤勞是一種美德。

【美譽】měiyù 美名；美好的聲譽◇美譽滿天下|享有十佳運動員的美譽。

【美觀】měiguān 漂亮好看◇式樣美觀|美觀大方。

【美人計】měirénjì 用美女引誘人入圈套的計謀。

【美不勝收】měibúshèngshōu 美好的東西太多，一時來不及欣賞。

【美輪美奐】měilún měihuàn 輪，高大；奐，眾多。《禮記·檀弓下》：“晉獻文子成室，晉大夫發焉。張老曰：‘美哉輪焉，美哉奐焉。’”後形容房屋高大眾多、宏偉壯麗。

3 羑 yǒu 粵jau5 有【羑里】yǒulǐ 古地名，在今河南湯陰一帶。

4 羖 gǔ 粵gu2 古 公羊。

4 羔 gāo 粵gou1 高 ①小羊◇羊羔|羔兒皮。②幼小的動物◇鹿羔|狼羔。

【羔羊】gāoyáng ①小羊。②比喻天真純潔或弱小的人◇迷途的羔羊。

5 羚 líng 粵ling4 零 羚羊。哺乳動物，外形似山羊，四肢細長，善於奔跑。角可做中藥。

5 羝 dī 粵dai1 低 公羊。

5 羞 xiū 粵sau1 收 ①恥辱；不光彩◇羞恥|遮羞布。②感到恥辱◇羞惡之心，義之端也。③難為情；不好意思◇害羞|怕羞。④使難為情◇羞人|羞紅了臉。⑤同“饈”◇珍羞。

【羞人】xiūrén 使人難為情或感到羞恥◇我不去，怪羞人的|這事張揚出去真太羞人了。

【羞怯】xiūqiè 又害羞又膽怯◇羞怯的眼神|小姑娘見到陌生人就羞怯不語。

【羞辱】xiūrǔ ①恥辱◇蒙受羞辱。②使受恥辱◇當眾羞辱。

【羞恥】xiūchǐ 不光彩，不體面◇毫無羞恥之心|不知羞恥的人。

【羞惱】xiūnǎo 因羞愧而惱怒◇深為羞惱|他面帶羞惱，一言不發。

【羞愧】xiūkuì 感到羞恥慚愧◇羞愧難當|內心感到羞愧。(同)羞慚。

【羞慚】xiūcán 感到羞恥和慚愧◇滿面羞慚。

【羞澀】xiūsè 因難為情而態度不自然◇羞澀的笑容。(同)羞怯。

6 善 shàn 粵sin6 羨 ①善良，心地好。②完美；美好◇完善|多多益善。③友好；和睦

◇友善|親善。④好事；好的行為◇行善|積善成德。⑤擅長，善於◇循循善誘|能歌善舞。⑥做好，辦好◇善後|善始善終。⑦容易，易於◇善忘|多愁善感。⑧熟悉◇此人好面善。⑨好好地◇善自珍重|善罷甘休。

【善人】shànrén 一貫行善的人◇做善人，不做惡人。

【善心】shànxīn 善良的心，好心腸◇向來都是以善心待人。

【善本】shànběn 珍貴稀缺的古代圖書刻本或寫本◇宋代善本|善本書。

【善良】shànliáng 心地好◇心地善良。

【善於】shànyú 長於；在某一方面有特長◇善於舞蹈|善於思考問題。

【善待】shàndài 誠懇地好好對待◇要善待同事。

【善後】shànhòu 妥善處理事後遺留的問題◇做好善後工作。

【善視】shànshì 誠懇地善加對待◇要善視下人。

【善終】shànzhōng ①指順應自然，安詳地在熟悉的地方逝去。本人可決定臨終意願。②把事情的最後階段工作做好，亦指好的結局◇工作要善始善終，不要虎頭蛇尾。

【善感】shàngǎn 容易傷感◇多愁善感。

【善意】shànyì 好意；良好的心願◇善意相勸|出於善意。

【善戰】shànzhàn 善於作戰◇驍勇善戰。

【善舉】shànjǔ 慈善的舉動◇推行領養計劃是一項善舉。

【善男信女】shànnánxìnnǚ 佛教稱誠心向佛的人們。

【善始善終】shànshǐshànzhōng 很好地開頭，圓滿地結束。形容事情從頭到尾都做得很好。

【善罷甘休】shànbàgānxiū 心甘情願地妥善了結糾紛。多用於反問或否定。

7 **羥(羟)** qiǎng 粵koeng5 襁【羥基】qiǎngjī 由氫原子和氧原子組成的一價原子團(-OH)。

7 **羧** suō 粵so1 蔬【羧基】suōjī 由羰基和羥基組成的一價原子團(-COOH)。

7 **義(义)** yì 粵ji6 二 ①公正的、有利於民眾的道理◇道義|大義滅親。②合乎正義和公益的◇義演|義舉。③情誼；感情◇無情無義|忘恩負義。④意義；意思◇含義|斷章取義。⑤非同一血統而拜認的親屬關係◇義父|桃園三結義。⑥人工仿造的(人體的某一部分)◇義肢|義齒。

慣用說法：五義
父義 母慈 兄友 弟恭 子孝

【義工】yìgōng ①自願參加無報酬的公益性工作◇做義工。②做義工的人。

【義勇】yìyǒng 為正義事業而勇於鬥爭的◇義勇軍|義勇之士。

【義氣】yìqi ①因看重情誼而甘願替人承擔風險或犧牲自己利益的氣概◇講義氣|重義氣。②形容有義氣◇節骨眼上他挺身而出，真義氣！

【義務】yìwù ①個人對國家、社會或親友應盡的責任◇義務兵役制|贍養父母是子女應盡的義務。②不要報酬的◇義務提供法律諮詢。㊎有償。

【義項】yìxiàng 字典、詞典的同一條目中，按意義分列的項目。

【義診】yìzhěn ①醫生為正義或公益事業籌款而給人治病。②醫生無償地給人治病。

【義演】yìyǎn 為正義或公益事業籌款而演出◇義演三天|舉行兩場義演。

【義賣】yìmài 出售物品，把所得捐獻給正義事業或公益事業◇賑災義賣。

【義齒】yìchǐ 假牙。

【義憤】yìfèn 被非正義行為或不公正的事情所激起的憤怒◇一腔義憤|激起眾人的義憤。

【義正辭嚴】yìzhèng cíyán 道理充分、正大，措辭嚴厲。㊎理屈辭窮。

【義無反顧】yìwúfǎngù 反顧，回頭看。為了正義而勇往直前，決不退縮。

【義憤填膺】yìfèntiányīng 膺，胸。胸中充滿了義憤。㊐義憤填胸。

7 **羨〔羡〕** xiàn 粵sin6 善 ①羨慕◇欣羨|豔羨。②多餘；剩餘◇羨餘|以羨補缺。

【羨慕】xiànmù 見到別人的長處、擁有的好東西或優越的境遇、條件等，就希望自己也具備或擁有◇令人羨慕的好成績｜真羨慕他的一手好字。

7 **羣**〔群〕qún 粵kwan4 裙 ①聚在一起的人或物◇人羣｜建築羣｜害羣之馬。②眾多的人◇羣起｜武藝超羣。③集聚的；許多的◇羣書｜羣山。④量詞。用於成羣的人或物◇一羣人｜一羣羊。

【羣芳】qúnfāng ① 各種芳香美麗的花草◇早春二月，羣芳鬥豔。② 比喻許多年輕貌美的女子◇技壓羣芳。

【羣居】qúnjū 許多人聚在一起◇喜歡獨處，不愛羣居。

【羣起】qúnqǐ 大家一同起來（從事某項活動）◇羣起抗議｜羣起而攻之。

【羣島】qúndǎo 海洋中互相接近的一羣島嶼◇南沙羣島。

【羣眾】qúnzhòng 眾人；民眾◇羣眾輿論｜改善羣眾生活。

【羣體】qúntǐ 由許多有相同或相似點的人或物組成的集體◇羣體生活｜建築羣體。

【羣策羣力】qúncèqúnlì 大家共同出主意、出力氣。反 勢孤力單。

【羣龍無首】qúnlóngwúshǒu《易・乾》:“見羣龍，無首，吉。”後比喻一羣人中沒有首領。

9 **羯** jié 粵kit3 竭 ①閹割了的公羊。②古代中國北方匈奴族的一支。

9 **羰** tāng 粵tong1 湯【羰基】tāngjī 由碳原子和氧原子組成的二價原子團。

10 **羱** yuán 粵jyun4 元 羱羊。哺乳動物，形狀像山羊但比山羊大，生活在高山地帶。

10 **羲** xī 粵hei1 希 ①伏羲，古代傳說中的三皇之一◇羲皇。②姓。

13 **羹** gēng 粵gang1 庚 蒸成或煮成的糊狀食品◇雞蛋羹｜蓮子羹｜豆腐羹。

13 **羸** léi 粵leoi4 雷 瘦弱；衰病◇羸弱｜羸病。

15 **羼** chàn 粵caan3 燦 把一種東西攙進另一種東西內◇羼雜｜羼入。

羽部

0 **羽** yǔ 粵jyu5 雨 ①鳥類的羽毛。②鳥或昆蟲的翅膀◇振羽。③代指鳥類。④古代五音（宮、商、角、徵、羽）之一，相當於簡譜的“6”。

【羽毛】yǔmáo ① 鳥類的毛◇羽毛已豐，正待高飛。② 鳥類的羽和獸類的毛。

【羽化】yǔhuà ① 人升天成仙◇羽化成仙。② 道教婉稱人死。③ 昆蟲由蛹變為成蟲。

【羽絨】yǔróng ① 禽類腹部、背部的絨毛。② 經過加工處理的鴨鵝的羽毛◇羽絨服｜羽絨被。

【羽翼】yǔyì ① 鳥類的翅膀。② 比喻輔佐的人或力量。多用於貶意◇要削弱他的勢力，必先剪除其羽翼。同 黨羽。

【羽毛未豐】yǔmáowèifēng 小鳥的羽毛還沒長全。比喻尚未成長壯大起來。反 羽翼已豐。

3 **羿** yì 粵ngai6 毅 ①傳說是堯時的神射手。當時十日並出，禾稼焦枯，羿射落九日。②傳說中夏代有窮氏的君主。③姓。

4 **翅**〔翄〕chì 粵ci3 次 ①翅膀。昆蟲、鳥類的飛行器官◇插翅難逃｜展翅高飛。②魚類的鰭◇金翅鯉魚。③特指鯊魚的鰭，可加工成珍貴食品◇魚翅｜鮑翅席。④物體上形狀像翅膀的部分◇風箏翅｜紗帽翅｜飛機翅膀。

4 **翃** hóng 粵wang4 宏 飛。

4 **翁** wēng 粵jung1 雍 ①老年男子◇賣炭翁｜醉翁之意不在酒。②父親◇王師北定中原日，家祭無忘告乃翁。③稱丈夫或妻子的父親◇翁姑（公公和婆婆）｜翁婿（岳父和女婿）。④姓。

4 **翀** chōng 粵cung1 充 鳥向上直飛◇翀天。

5 **翎** líng 粵ling4 零 ①鳥的翅膀或尾巴上長而硬的羽毛。有的顏色很美，可做裝飾品◇孔雀翎｜野雞翎。②清代官員官帽上用翎毛做成的區別品級的飾物◇頂戴花翎。

【翎毛】língmáo ①泛指鳥的羽毛。②指以鳥類為題材的中國畫◇善畫翎毛。

5 **翊** yì 粵jik6 亦 輔佐；輔助◇翊戴(輔佐擁戴)|翊贊(輔助)。

5 **習(习)** xí 粵zaap6 集 ①反復地學；溫習◇學習|練習。②因常常接觸而熟悉◇習以為常。③常常，經常◇習見|習用。④習慣◇陋習|相沿成習。⑤姓。

【習用】xíyòng 慣用；經常使用◇習用語|習用的筆名。

【習作】xízuò ①練習寫作或繪畫◇作家也有嘗試習作的階段。②練習寫作、繪畫的作業◇每週交一篇習作。

【習尚】xíshàng 風尚◇尊重當地的習尚。

【習性】xíxìng 長期在某種條件下養成的特性◇習性難改|動物的生活習性。

【習俗】xísú 習慣和風俗◇各地習俗不同。

【習染】xírǎn 沾染；燻染◇習染上壞毛病。

【習氣】xíqì 逐漸養成的不良習慣或作風◇官僚習氣|流氓習氣。

【習習】xíxí ①形容鳥飛來飛去◇春燕習習築巢忙。②形容風輕輕吹動◇涼風習習。

【習慣】xíguàn ①逐漸熟悉和適應(新情況、新環境)◇習慣成自然。②長期形成的不易改變的行為、生活方式或社會風尚◇飲食習慣|養成早睡早起的好習慣。

【習以為常】xíyǐwéicháng 經常如此，覺得平淡無奇了。同 不足為奇。

【習非成是】xífēichéngshì 對錯誤的説法或做法習慣了，就認為是正確的。

5 **翌** yì 粵jik6 亦 次於今天或今年的◇翌日|翌年。

6 **翕** xī 粵jap1 泣 ①收斂；閉合◇鼻翼翕動|目自翕張。②協調；一致；和順◇輿論翕然|天下翕然。

6 **翔** xiáng 粵coeng4 祥 ①飛；盤旋地飛◇翱翔|飛翔。②同"詳"。詳盡◇翔實。

【翔實】xiángshí 詳盡確實◇翔實可信。

7 **翛** xiāo 粵siu1 消 ①無拘無束，自由自在◇翛然。②見"翛翛"。

【翛然】xiāorán 無拘無束、自由自在的樣子◇翛然自得|翛然出塵。

【翛翛】xiāoxiāo 羽毛殘破無光澤的樣子◇翛翛孤鳥。

8 **翥** zhù 粵zyu3 註 鳥向高處飛◇龍翔鳳翥。

8 **翡** fěi 粵fei2 匪【翡翠】fěicuì ①翡翠鳥。嘴長而直。羽毛藍色或綠色，可做裝飾品。②翠綠色的硬玉。半透明，有光澤，做裝飾品和藝術品。

8 **翟** (一)dí 粵dik6 滴 長尾野雞。(二)zhái 粵zaak6 宅 姓。

8 **翠** cuì 粵ceoi3 趣 ①青綠色◇翠竹|蒼松翠柏。②指翡翠鳥◇翠羽。③指翡翠玉◇珠翠滿頭。

【翠眉】cuìméi 婦女用青黑色顏料畫的眉◇翠眉蟬鬢。

【翠碧】cuìbì 青翠碧綠◇春天綠樹發芽，滿枝翠碧。

【翠綠】cuìlǜ 青綠色◇翠綠的草場。同 翠碧、碧綠。

9 **翦** jiǎn 粵zin2 展 ①同"剪"。②姓。

9 **翩** piān 粵pin1 篇 ①輕快地飛◇蜂舞蝶翩。②形容輕快◇翩然。

【翩然】piānrán 形容動作輕快◇翩然而至。

【翩翩】piānpiān ①動作輕快的樣子◇翩翩起舞|翩翩飛舞。②形容風度瀟灑◇風度翩翩|翩翩少年。

【翩躚】piānxiān 形容舞姿輕盈◇翩躚起舞。

9 **翬(翚)** huī 粵fai1 揮 ①一種有五彩羽毛的野雞。②快速飛行的樣子◇翬飛。

10 **翰** hàn 粵hon6 汗 ①長而硬的羽毛。②指毛筆◇翰墨|揮翰。③指文章、書信等◇文翰|華翰(敬稱他人來信)。

10 **翮** hé 粵hat6 核 ①鳥羽中間的硬管，中空透明。②鳥的翅膀◇振翮高飛。

10 **翱〔翶翺〕** áo 粵ngou4 遨【翱翔】áoxiáng 在天空盤旋地飛◇展翅翱翔。

10 **翯** hè 粵hok6 學 翯翯，羽毛潔白有光澤◇白鳥翯翯。

11 **翳〔瞖〕** yì 粵ai3/ngai3 矮3 ①遮蔽◇烏雲翳日。②起遮蔽作用的東西◇雲翳。③眼球上生的遮蔽視線的白膜◇翳子|白翳。

11 **翼** yì 粵jik⁶亦 ①鳥類和昆蟲的翅膀◇鳥翼|蟬翼|如虎添翼。②像翅膀的東西◇機翼。③左右兩側中的一側◇左翼|右翼|側翼。④輔佐；幫助◇翼佐|翼助。⑤同"翌"◇翼日。⑥星宿名。二十八宿之一。

【翼蔽】yìbì 像鳥張開翅膀那樣遮蔽、掩護。同 庇護。

【翼翼】yìyì 嚴肅謹慎的樣子◇小心翼翼。

12 **翹(翘)** (一)qiáo 粵kiu⁴橋 ①鳥尾上的長毛。②抬起（頭）◇翹首企望。③(板狀物)變形不平◇地板曬翹了。

(二)qiào 粵kiu³竅 物體的一頭向上揚起◇翹尾巴。

【翹首】qiáoshǒu 抬起頭◇翹首遠望|翹首故鄉，不勝感慨。

【翹望】qiáowàng ① 抬頭遠望◇翹望遠去的行人。同 企望。② 殷切盼望◇翹望她早日回來。

【翹楚】qiáochǔ ① 楚，牡荊。高出雜樹叢的荊樹。② 比喻出類拔萃的人才或事物◇文中翹楚|數學界的翹楚。

12 **翻〔飜〕** fān 粵faan¹番 ①交換或改變上下裏外的位置；歪倒◇翻船|翻箱倒櫃。②變換◇花樣翻新。③推翻原來的◇翻案|翻供。④越過◇翻山越嶺。⑤照原樣再做◇翻工|翻印。⑥數量成倍地增長◇產量翻兩番。⑦翻譯◇把英文翻成中文。⑧翻臉，對人的態度突然變得不好◇他倆鬧翻了。

【翻車】fānchē 比喻事情中途遭到意外的挫折或失敗◇沒想到竟在弱隊手下翻了車。

【翻身】fānshēn ① 轉動身體◇護士幫病人翻身。② 比喻從原有的處境、狀況中脫出來，更上層樓。

【翻供】fāngòng 推翻自己原來所供認的話。

【翻悔】fānhuǐ 反悔。

【翻案】fān'àn ① 推翻已作出的判決。② 泛指推翻原來的處分、結論、評價等。

【翻越】fānyuè 翻過；越過◇翻越圍牆|翻越崇山峻嶺。

【翻番】fānfān 翻一番；數量增加一倍。

【翻新】fānxīn ① 把舊東西改成新的◇舊大衣翻新。② 從舊的變化出新的◇花樣翻新。同 更新。

【翻滾】fāngǔn 翻騰滾動◇波濤翻滾|水燒得翻滾起來。

【翻篇】fānpiān 比喻事情已經過去或對過去的事情不再計較◇這件事就算翻篇了，今後誰也不要再提了。

【翻檢】fānjiǎn 翻閱查檢◇翻檢文獻。

【翻覆】fānfù ① 位置歪倒或反轉過來◇渡船因超載翻覆。② 巨大的變化◇天地翻覆。③ 反覆◇翻覆無常。

【翻騰】fānténg ① 上下滾動；翻過來兜過去◇池子水太少，魚都翻騰不開。同 翻滾。② 翻動；翻弄◇翻騰了半天也沒找到那本書。

【翻譯】fānyì ① 把一種語言文字譯成另一種語言文字。② 做翻譯工作的人。

【翻天覆地】fāntiānfùdì 形容變化巨大、徹底。◇國家經歷翻天覆地的變化。

13 **翽(翙)** huì 粵wai³畏 翽翽，形容鳥飛的聲音。

13 **翾** xuān 粵hyun¹圈 輕輕地飛翔◇翾飛。

14 **耀〔燿〕** yào 粵jiu⁶要⁶ ①強光照射◇照耀|光芒耀眼。②顯示；誇耀◇炫耀|光宗耀祖。③光榮◇榮耀。④光芒◇光耀奪目。

【耀眼】yàoyǎn 光線刺眼或色彩搶眼◇耀眼的陽光|木棉花的橘紅色十分耀眼。同 奪目。

【耀武揚威】yàowǔ yángwēi 炫耀武力，顯示威風。

老部

0 **老** lǎo 粵lou⁵魯 ①年齡在中年以上；年歲大◇老來俏|老當益壯。②老年人◇敬老院|尊老愛幼。③對老年人的尊稱◇徐老|陳老。④衰老；顯得老相◇紅顏老去|思君令人老。⑤人死的諱稱◇他前幾年老去了。⑥經歷豐富；經驗多◇老行家|老於世故。⑦存在時間長◇古老|老交情。⑧原來的；陳舊的◇老樣子|老黃曆。⑨不嫩◇雞煮得太老了。⑩形容顏色

深◇老綠|老藍。⑪形容質地變得硬脆◇老化|防老劑。⑫厚；大◇老臉皮|上了老當。⑬極；很。表示程度高◇老遠|老早|老大一個碗。⑭經常；總是◇老睡不醒|天老下雨。⑮很久；長久◇老沒見了|腦子老不用，遲鈍了。⑯詞綴。用於稱呼人或某些事物◇老張|老虎|老百姓。⑰排行在最末的◇老妹子|老兒子。⑱古代哲學家老子及其學派的省稱◇佛老|老莊。

【老大】lǎodà ① 年齡大；年老◇少壯不努力，老大徒傷悲。㊀ 少小。② 排行第一的人◇老大在國外讀書。③ 木船上的掌舵人。也泛指船夫◇船老大。④ 幫會或黑社會團夥對首領的稱呼◇黑幫老大。⑤ 很大◇臉上有塊老大的疤。⑥ 很；極◇心裏老大不痛快。

【老千】lǎoqiān ① 方言。賭博場上的騙子◇掉入老千佈下的陷阱。② 指騙術◇耍老千。

【老子】(一)lǎozi ① 老頭，老年男子。② 父親的俗稱◇他老子是個生意人。③ 自高自大的人自稱◇老子天下第一|老子今天要你們好看！

(二)lǎozǐ 即老聃，姓李名耳，道家學派的創始人，楚國苦縣（今河南鹿邑人）。曾任周朝管理藏書的史官。其主要思想保存在《老子》一書中。

【老夫】lǎofū 老年男子的自稱。

【老手】lǎoshǒu 在某方面富有經驗的人◇情場老手|馴犬老手。

【老化】lǎohuà ① 老年人所佔的比重增長◇人口老化。②（生物體的組織、機能）逐漸衰退◇介紹了幾種預防皮膚老化的方法。③（某些高分子化合物質地）逐漸變硬、變脆◇塑膠管老化了。④（知識、設施、產品等）變得陳舊落後◇知識老化|設備老化。

【老公】lǎogōng 丈夫◇大家都羨慕她有一個好老公。

【老旦】lǎodàn 傳統戲曲腳色行當。旦行的一支。扮演老年婦女。

【老生】lǎoshēng ① 上一屆學生◇新生喜歡稱老生為師哥師姐。② 傳統戲曲角色行當。生行的一支。扮演中老年男性，大都為正面人物。又叫"鬚生"。

【老外】lǎowài ① 外行的人◇說到電腦程序，你可是個老外。② 指外國人。

【老朽】lǎoxiǔ ① 衰老不中用◇年屆老朽。② 謙辭。老年人自稱◇老朽膝下僅此一女。

【老成】lǎochéng 老練成熟◇別看他年輕，做事卻很老成|他看起來年輕，性格卻很老成。

【老伴】lǎobàn 老年夫婦的互稱。

【老身】lǎoshēn 老年婦女自稱。

【老表】lǎobiǎo ① 表兄弟◇他是我的老表。② 方言。(1) 江西等地對年齡相近、不相識的男子的客氣稱呼。(2) 俗稱江西人◇有個老表找過你。

【老到】lǎodào 處事經驗豐富，周密有辦法。㊂ 老練 ㊀ 幼稚。

【老虎】lǎohǔ ① 獸名。虎的通稱。② 比喻憑藉職權危害公眾利益的人物◇奉令南下打老虎。③ 比喻兇狠的人；叫人懼怕的事物◇雌老虎|秋老虎。

【老例】lǎolì 舊規矩；舊習慣◇按老例，新春這天要給長輩拜年。

【老底】lǎodǐ ① 內情；底細◇揭老底。② 根底，原有的東西◇家裏的老底全給他賭光了。

【老秋】lǎoqiū 晚秋；收穫季節◇老秋時節。

【老氣】lǎoqì ① 外貌老相◇他看上去比實際年齡老氣。② 形容顏色深暗，樣式陳舊◇出門看朋友，不要穿這麼老氣的衣服。

【老師】lǎoshī ① 尊稱傳授文化、技藝的人◇拜老師學習繪畫。② 泛指在某方面值得學習的人◇人生的老師。

【老翁】lǎowēng 年老的男人◇八旬老翁。

【老家】lǎojiā ① 故鄉的家庭◇你老家還有甚麼人？② 原籍◇老家湖南。③ 指陰間。

【老娘】lǎoniáng ① 稱呼自己的母親◇家裏老娘來信了。② 強勢女人的自稱◇你有甚麼本事，竟敢欺侮老娘！

【老婦】lǎofù 年老的婦女。

【老細】lǎoxì 方言。老闆。

【老鄉】lǎoxiāng ① 同鄉人。② 稱呼不知名的農民。

【老農】lǎonóng 有經驗的年老農民。也泛指年紀大的農民。

【老爺】lǎoye ① 僕人稱呼男主人。② 稱呼官吏、權勢者或有名望的人。③ 同"姥爺"。外祖父◇你兄弟老爺家姓王。④ 比喻陳舊、過時◇老爺車。

【老辣】lǎolà ① 老練厲害◇手段老辣。② 老到辛辣◇文筆老辣。

【老漢】lǎohàn ① 老年男子。② 老年男子的自稱◇我老漢有言在先。

【老實】lǎoshi ① 誠實◇說老實話，辦老實事｜他很老實，從不欺騙人。② 規規矩矩，不惹是非◇老實人最終不吃虧。③ 婉辭。愚鈍，不靈活◇你就是太老實，被人騙了還幫人數錢。

【老賬】lǎozhàng ① 舊賬；舊債◇老賬未清，又欠新債。② 指過去多年的事情或未了結的事情◇又要翻這些陳年老賬。

【老鴇】lǎobǎo 鴇母，開妓院的女人。

【老練】lǎoliàn 經驗豐富，處事穩重得體◇手法老練。

【老賴】lǎolài 譏稱長期賴帳不還的人◇以限制高消費等方式，明確對老賴的懲戒措施。

【老親】lǎoqīn ① 指年老的父母◇高堂老親。② 舊親戚◇他家和咱家是老親。

【老邁】lǎomài 年老體衰◇老邁年高。㊀ 少壯。

【老鴰】lǎoguā 烏鴉。

【老闆】lǎobǎn ① 工商業的資產所有者。② 僱員稱僱主◇老闆待人不錯。③ 對著名戲曲演員或戲班班主的尊稱◇梅老闆（梅蘭芳）｜周老闆（周信芳）。④ 方言。家長；當家人◇當時夫人還在，有這個老闆，他還有些懼怕。㊁ 老細。

【老總】lǎozǒng ① 民間對軍人、警察的稱呼。② 尊稱軍隊的高級指揮官。③ 稱有總工程師、總編輯、總經理等頭銜的人。

【老人家】lǎorenjia ① 對老年人的尊稱◇老人家您走好。② 對人稱自己的或對方的父母◇今天老人家心情不錯。

【老天爺】lǎotiānyé ① 對天的尊稱。② 用來表示驚異、感歎◇老天爺，你怎麼這麼晚才來！

【老太婆】lǎotàipó ① 稱老年婦女。② 丈夫稱妻子。一般用於年老的。

【老古董】lǎogǔdǒng ① 古代留傳下來的器物◇祖上留下來的老古董。② 陳舊過時的東西◇我這塊錶現在成了老古董了。③ 比喻守舊的人◇爸爸是老古董，和他商量不通。

【老百姓】lǎobǎixìng 平民；民眾◇關注老百姓的利益。

【老虎凳】lǎohǔdèng 一種刑具。長凳形，受刑人坐在上面，雙腿平放，緊綁膝蓋，在腳跟下墊磚，使人痛苦難忍。

【老姑婆】lǎogūpó 方言。老姑娘。

【老黃牛】lǎohuángniú 比喻勤勤懇懇做事而又不計名利的人。

【老媽子】lǎomāzi 老年或中年女傭◇在大戶人家當老媽子。

【老頭子】lǎotóuzi ① 稱年老的男子◇那人是個瘦瘦矮矮的老頭子。② 妻子稱丈夫。③ 幫會、黑社會等稱其首領、頭目。

【老牛破車】lǎoniúpòchē ① 老牛拉着破車。形容行動緩慢遲鈍。㊀ 風馳電掣。② 形容做事緩慢、效率很低。㊁ 蝸行牛步。

【老牛舐犢】lǎoniúshìdú 舐，舔；犢，小牛。老牛舔牛犢。比喻父母疼愛兒女。

【老生常談】lǎoshēngchángtán《三國誌·魏誌·管輅傳》："此老生之常譚（談）。"老書生平凡的議論。後比喻平常的、沒有新意的老話。

【老成持重】lǎochéngchízhòng 老成，老練成熟；持重，謹慎穩重。形容人閱歷豐富，辦事老練穩妥。㊀ 稚氣可掬、年幼無知。

【老奸巨猾】lǎojiān jùhuá 奸，奸詐、陰險；猾，狡猾。老於世故，奸詐狡猾。

【老馬識途】lǎomǎshítú 老馬認識道路。比喻有經驗的人能起指導作用。《韓非子·說林上》：管仲跟隨齊桓公出征，回來時迷了路，管仲讓老馬走在隊伍前面，果然找到了歸路。

【老氣橫秋】lǎoqìhéngqiū 老氣，老年的意氣；橫秋，充滿於秋季的天空。① 形容老練而自負的神態。② 形容年輕人缺乏朝氣，或倚老賣老。㊀ 天真爛漫。

【老羞成怒】lǎoxiūchéngnù 同"惱羞成怒"。老，很、極。因極其羞愧而發怒。

【老當益壯】lǎodāngyìzhuàng《後漢書·馬援傳》："丈夫為志，窮當益堅，老當益壯。"當，應該；益，更加。後形容人年紀大了，志氣更高，幹勁更大。㊀ 未老先衰。

【老態龍鍾】lǎotàilóngzhōng 龍鍾，行動不靈便的樣子。形容年老體衰。㊎ 風華正茂。

【老調重彈】lǎodiàochóngtán 重新演奏陳舊曲調。比喻舊話重說，沒有新意。

【老謀深算】lǎomóu shēnsuàn 計劃周密，算計深遠，辦事老練有眼光。㊎ 少不更事。

【老驥伏櫪】lǎojìfúlì 三國魏曹操《步出夏門行》："老驥伏櫪，志在千里。烈士暮年，壯心不已。"驥，良馬；櫪，馬槽。說老馬雖然埋頭馬槽就食，但仍想着日行千里。後比喻人雖已年老，仍有雄心大志。

【老虎屁股摸不得】lǎohǔpìgumōbude 比喻自以為了不起，不容他人觸犯。

【老王賣瓜，自賣自誇】lǎowángmàiguā, zìmàizìkuā 自己誇耀自己。

2 **考** kǎo 粵haau^2 巧 ①老，長壽◇壽考。②本指父親，後指已死去的父親◇先考｜顯考。③考試；考查測試◇考生｜報考大學。④進行知識或技能的測試、考核◇高考｜一考定終身。⑤查核；檢查◇考勤｜考察。⑥探索；研究◇考古｜考證。

【考古】kǎogǔ ① 根據古代遺物、文獻等來研究古代社會的政治、經濟、文化。② 指考古學。

【考究】kǎojiu ① 考查研究◇考究孔子的身世。② 講究；重視◇他平日不太考究吃穿。③ 精美；華麗◇設計考究。

【考妣】kǎobǐ 父親和母親◇先考妣｜如喪考妣。

【考查】kǎochá（按一定標準）衡量檢查；測驗。

【考訂】kǎodìng 考據訂正◇考訂古籍｜考訂真偽。

【考核】kǎohé 考查核實；考查評審◇年終考核。

【考勤】kǎoqín 考查、記錄工作或學習的出勤情況。

【考試】kǎoshì ① 考查測試知識或技能掌握的程度◇到考試時間了。② 所進行的考查測試活動◇順利通過了英語考試。

【考察】kǎochá ① 觀察了解◇到受災地區考察災情｜到分公司考察業務。② 深入觀察研究。

【考慮】kǎolǜ 思考問題，以便做出決定◇考慮再三。

【考據】kǎojù 研究學問的一種方法。根據文獻或實物資料對問題進行考核、辨證和說明◇清代的考據學派。

【考績】kǎojì 考核官員或工作人員的業績◇年終考績。

【考題】kǎotí 考試的題目，試題◇考題設計。

【考證】kǎozhèng ① 參加考試，求得相關證書。② 考據◇古城遺跡考證。

【考釋】kǎoshì 考證並作解釋◇古文字考釋。

【考驗】kǎoyàn 通過具體事件、行動或困難環境來考查檢驗◇經不起考驗｜久經考驗。

4 **者** zhě 粵ze^2 姐 ①表示某一類人◇記者｜弱者｜有志者事竟成。②指代所說的事物◇前者｜後者｜兩者缺一不可。③用在句中表示提示或停頓◇風者，無根而行於天下。④相當於"這"。多見於宋元詞曲和早期白話◇者廂｜者回｜者人。

4 **耆** qí 粵kei^4 其 ①古代稱六十歲以上的年紀。②泛指年老◇耆老｜耆年。

【耆老】qílǎo ① 老年人。② 特指有一定地位的老人◇文壇耆老。

【耆宿】qísù 有社會名望的老人◇文壇耆宿｜學界耆宿。

【耆耋】qídié 泛指老年◇耆耋老人｜耆耋之年。㊂ 耄耋。

4 **耄** mào 粵mou^6 冒 ①古代稱八九十歲的年紀。②指年老◇老耄｜老夫耄矣！③昏亂；糊塗◇昏耄。

5 **耇** gǒu 粵gau^2 九 高壽；長壽◇耇老（高壽的賢達）。

6 **耋** dié 粵dit^6 秩 ①古代稱七八十歲的年紀。②泛指年老◇耄耋之年。

而部

0 **而** ér 粵ji^4 兒 ①你（你們）；你的（你們的）◇余知而無罪也｜是而子殺余之弟也。②連

詞。(1)表示並列關係◇少而精|美麗而聰明。(2)表示轉折關係◇肥而不膩|議而不決。(3)表示修飾關係◇不謀而合|挺身而出。(4)表示承接關係◇取而代之|一而再，再而三。(5)表示假設關係◇中秋而無月亮，那是很掃興的事。(6)表示過渡關係◇自上而下|由東而西。

【而已】éryǐ 罷了，用在句末◇略懂皮毛而已。

【而今】érjīn 如今；現在◇往日的孩童，而今快大學畢業了。

【而且】érqiě ① 表示意思更進一層◇工作努力而且卓有成效。② 表示並列和互相補充◇嚴肅而且認真|聰明而且活潑。

【而或】érhuò 有時◇而或長煙一空，皓月千里。

【而況】érkuàng 何況◇看戲是有味兒的，而況又在北京。

【而後】érhòu 然後◇確有把握而後動手。

3 **耐** nài 粵noi⁶ 內 忍受得住；禁得起◇忍耐|耐用|耐寒。

【耐久】nàijiǔ 能經久；能持久不變◇絹花固然耐久，可它沒有鮮花的芬芳。

【耐心】nàixīn ① 心裏不急躁、不厭煩◇耐心等待。② 不急躁、不厭煩的心情◇保持一份寬容，一份耐心。

【耐性】nàixìng 能忍耐，不急躁的性情◇做事有耐性，才可能取得成就。

【耐勞】nàiláo 禁得起辛勞◇勤奮耐勞，踏實上進。

【耐煩】nàifán 有耐心；不怕麻煩◇誰耐煩理這些閒事。

【耐人尋味】nàirénxúnwèi 尋味，仔細體會。禁得起反復琢磨體會。形容意味深長。

3 **耎** ruǎn 粵jyun⁵ 遠 同"軟"◇耎脆|耎弱。

3 **耍** shuǎ 粵saa² 灑 ①玩；遊戲◇玩耍|一塊兒耍了一會兒。②戲弄；捉弄◇戲耍|耍弄。③舞動；舞弄◇耍大刀|耍槍弄棒。④施展。多含貶義◇耍威風|耍手段。

【耍弄】shuǎnòng ① 戲弄；捉弄◇他這才意識到被人耍弄了。② 玩弄；施展◇耍弄權術。

【耍笑】shuǎxiào ① 說笑；逗樂◇圍在一起耍笑。② 取笑◇你說這話，不是耍笑我吧？

【耍滑】shuǎhuá 投機取巧或想法子推卸責任。

【耍賴】shuǎlài ① 胡攪蠻纏耍無賴◇躺在地上耍賴。② 推卸；抵賴◇證據全在，你還想耍賴？

【耍錢】shuǎqián 賭錢◇整天在外面耍錢。

【耍花招】shuǎ huāzhāo ① 施展狡詐手段◇跟她打交道，可得提防她耍花招。② 賣弄小聰明，玩點小計謀◇不用跟我耍花招，實話實說吧！

【耍花腔】shuǎ huāqiāng 玩弄花言巧語矇混、欺騙◇別跟我耍花腔！

【耍筆桿】shuǎ bǐgǎn 寫作◇靠耍筆桿維持生計。

【耍嘴皮子】shuǎ zuǐpízi ① 賣弄口才。含貶義◇光靠耍嘴皮子逗聽眾，不算好相聲演員。② 光說不做◇他這人，只會耍嘴皮子，頂甚麼用？

3 **耑** 〈一〉duān 粵dyun¹ 端 同"端"。〈二〉zhuān 粵zyun¹ 專 同"專"。

耒部

0 **耒** lěi 粵leoi⁵ 呂/leoi⁶ 類 ①一種像木叉的舊式農具。②古代犁上的木把。

4 **耕**〔畊〕gēng 粵gaang¹ ①把田土翻鬆，使透氣◇耕田|深耕細作。②比喻為謀生所需的各種非體力勞作◇目耕|筆耕|硯耕。

【耕作】gēngzuò 用耕、耙、鋤等方法使土壤適合農作物的生長、發育。

【耕耘】gēngyún ① 耕田和除草。泛指田間勞動◇春夏耕耘，秋冬收穫。② 借指其他勞動、工作◇在教學園地耕耘了三十年。

【耕種】gēngzhòng 耕田和種植◇土地肥沃，適於耕種。

4 **耘** yún 粵wan⁴ 雲 除草◇耘田|耕耘|春耕夏耘。

4 **耖** chào 粵caau³ 吵³ 舊式碎土的農具。上有橫梁，下有一列釘齒◇扶耖整地。

4 **耗** hào 粵hou³ 號³ ①減損；消耗◇空耗|耗油量。②拖延◇耗時間|別耗着了，快幹活吧！③消息；音信。多指不好的◇噩耗|凶耗。

【耗費】hàofèi ①消耗；花費◇耗費能源|耗費錢財。②指消耗的費用◇出國留學，耗費太大。

【耗損】hàosǔn ①消耗損失◇日日夜夜上網聊天，太耗損精神。②指耗損的財物◇長途運輸瓜果，耗損肯定不小。

【耗資】hàozī 耗費資金◇建造豪宅，耗資百萬。

【耗竭】hàojié 消耗盡了◇財力耗竭。

4 **耙** ⟨一⟩bà 粵paa⁴ 爬 ①舊式碎土平地的農具◇釘齒耙|圓盤耙。②用耙碎土平地◇鬆土耙地。

⟨二⟩pá 粵paa⁴ 爬 ①舊式平整土地的農具，裝有鐵齒或木齒；用來聚、散穀物或柴草的工具◇釘耙|草耙。②用耙子平整土地，或把穀物、柴草聚攏起來◇把麥子耙成堆。

5 **耜** sì 粵zi⁶ 自 ①古代的一種農具，形狀像鍬。一說是古代犁上的部件，和後來的犁鏵相似。②泛指農具◇耒耜|斵木為耜。

6 **耠** huō 粵hap⁶ 合 ①耠子，鬆土開溝的農具。②用耠子鬆土開溝◇耠地。

8 **耥** tāng 粵tong² 躺 ①耥耙。②用耥耙鬆土除草◇耥田。

【耥耙】tāngbà 用於水稻田鬆土除草的舊式農具。在屐形木塊或木框下面釘有許多鐵釘耙齒，有長柄。

9 **耦** ǒu 粵ngau⁵ 偶 兩人並肩耕地◇耦耕。

10 **耩** jiǎng 粵gong² 港 ①耕種；用耬來播種◇耩蕎麥|耩豆子。②用糞耬施肥◇耩糞。

【耩子】jiǎngzi 方言。耬車。一種畜力條播農具。

10 **耨** nòu 粵nau⁶ 紐⁶ ①鋤草用的農具。形狀像鋤，比鋤輕巧。②鋤草◇深耕細耨。

10 **耪** pǎng 粵pong⁵ 蚌 用鋤鬆土◇耪地。

11 **耬(耧)** lóu 粵lau⁴ 流 ①耬車◇套耬|搖耬。②播種後把種子覆蓋上土◇耬播。

【耬車】lóuchē 古代一種由牲畜牽引，後面有人扶的農具，可同時完成開溝和下種的工作。

12 **耮(耢)** lào 粵lou⁶ 路 碎土平地的農具。功用類似耙。

15 **耰** yōu 粵jau¹ 休 ①古時一種農具，用於平整田地。②播種後用耰翻土、蓋土◇播種而耰之。③泛指耕種。

16 **耱** mò 粵mo⁶ 麼⁶ ①農具名，也叫耮。碎土平地的農具。②用耱平整土地。

16 **耲** huái 粵waai⁴ 懷【耲耙】huáibà 中國東北地區一種碎土平地的農具。

耳部

0 **耳** ěr 粵ji⁵ 以 ①耳朵，聽覺器官◇耳膜|面紅耳赤。②樣子像耳朵的東西◇銀耳|木耳。③位於兩旁的◇耳房|耳門。④而已；罷了◇想當然耳|技止此耳。

【耳目】ěrmù ①耳朵和眼睛◇掩人耳目。②借指見聞◇耳目一新。③指替人打探消息的人◇這裏耳目眾多，我們再找個地方吧。

【耳光】ěrguāng 用手掌打耳朵前面的臉部叫打耳光。

【耳房】ěrfáng 正房或廂房兩側的小屋◇中間正房自己住，兩邊耳房租給人家。

【耳語】ěryǔ 湊近別人耳朵小聲說話◇輕輕耳語了幾句。

【耳聞】ěrwén 聽說過◇這件事有所耳聞。同聽說 反目睹。

【耳熟】ěrshú 聽着熟悉◇李公祠這個名稱，泉州人是耳熟的。

【耳環】ěrhuán 戴在耳垂上的飾物。

【耳刮子】ěrguāzi 耳光。

【耳邊風】ěrbiānfēng 耳邊吹過的風。比喻聽過後不放在心上的話◇隨他怎麼說，他只當耳邊風。

【耳目一新】ěrmùyìxīn 聽到的和看到的都換了樣子，感到很新鮮。

【耳提面命】ěrtí miànmìng《詩經・大雅・抑》："匪面命之，言提其耳。" 匪，不只是；

耳提，附耳；命，教誨、指導。附在耳旁提醒，面對面地教誨。後形容殷切地教導。

【耳聞目睹】ěrwén mùdǔ 聞，聽到；睹，看見。形容親身經歷過、切身體會到。

【耳熟能詳】ěrshúnéngxiáng 宋代歐陽修《瀧岡阡表》："其平居教他子弟，常用此語。吾耳熟焉，故能詳也。"聽的次數多了，熟悉得能詳盡地説出來。形容非常熟悉。

【耳聰目明】ěrcōng mùmíng《周易・鼎》："巽而耳目聰明。"聰，聽力好；明，視力好。聽得清，看得明，感覺靈敏，頭腦清晰。

【耳濡目染】ěrrú mùrǎn 唐代韓愈《清河郡公房公墓碣銘》："目濡耳染，不學以能。"濡，潤濕；染，感染。形容接觸多了，不知不覺就受影響。

2 **玎** dīng 粵ding^{1}丁【玎聹】dīngníng 耳垢，耳朵裏分泌出的蠟狀物。

3 **耶** ㈠ yé 粵je^{4}爺 ①同"爺"。父親◇軍書十二卷，卷卷有耶名。②表示疑問或反問的語氣◇是耶非耶？|吏不當若是耶？

㈡ yē 粵je^{4}爺 音譯用字◇耶穌。

【耶穌】yēsū 基督教徒信奉的救世主，即基督。耶穌教於十九世紀初傳入中國。(拉丁 Jesus)

【耶和華】yēhéhuá 猶太教徒所信奉的神。在基督教《舊約》中"耶和華"與"上帝"同義。(希伯來 Yahweh)

3 **耷** dā 粵daap^{3}答 ①大耳朵。②見"耷拉"。

【耷拉】dāla 下垂◇耷拉着腦袋一言不發。

4 **耿** gěng 粵gang^{2}梗 ①明亮；光明◇耿耀。②正直◇性情耿介。③心情不安◇耿無眠，披衣顧影。④姓。

【耿介】gěngjiè 正直，不隨波逐流◇天性耿介，非己應得，一文不取。

【耿直】gěngzhí 同"鯁直"。正直坦率◇為人耿直。反 奸詐。

【耿耿】gěnggěng ① 形容明亮◇銀河耿耿。② 形容忠誠◇忠心耿耿。③ 有心事，不能擺脱的樣子◇耿耿於懷。

4 **耽** dān 粵daam^{1}擔 ①拖延◇耽擱。②過分投入；沉迷◇耽玩|耽於幻想。③同"擔"。擔負；承當◇耽憂|耽驚受怕。

【耽心】dānxīn 擔心，憂慮◇最耽心的事果然發生了。

【耽延】dānyán 拖延；停留◇火車為何在車站耽延這麼久？

【耽誤】dānwu 因拖延而誤事◇塞車耽誤了開會時間。

【耽擱】dānge ① 暫時停留◇快去快回，路上不要耽擱。② 拖延；延誤◇庸醫誤診，把病給耽擱了。

5 **聓** xù 粵sai^{3}世 同"婿"。

5 **聃** dān 粵daam^{1}擔 ①耳朵又長又大◇聃耳。②同"耽"。迷戀◇聃於酒色。

5 **聆** líng 粵ling^{4}零 聽；細聽◇面聆教誨。

【聆教】língjiào 聽取教誨◇登門聆教。

【聆聽】língtīng 細聽，注意地聽◇聆聽教誨。同 諦聽。

5 **聊** liáo 粵liu^{4}療 ①依靠；憑藉◇百無聊賴|民不聊生。②閒談◇閒聊|邊喝邊聊。③暫且；姑且◇聊以自慰。④稍微；略微◇聊勝於無。

【聊天】liáotiān 閒談◇沒工夫聊天。

【聊且】liáoqiě 姑且；暫且◇漁舟一葉，聊且躲避風雨。

【聊賴】liáolài 依靠；寄託◇百無聊賴。

【聊以卒歲】liáoyǐzúsuì《左傳・襄公二十一年》引《詩》："優哉游哉，聊以卒歲。"卒，盡；歲，年。原指悠閒自在地過日子，後多形容生活艱難，勉強度日。

6 **聒** guō 粵kut^{3}括 喧擾；嘈雜◇喧聒|鴉聲聒天。

【聒耳】guō'ěr 嘈雜的聲音貫耳；在耳邊迴響◇明月在天，松濤聒耳。

【聒聒】guōguō 形容聲音嘈雜◇水聲聒聒亂人耳。

【聒噪】guōzào 聲音雜亂；吵鬧◇鳥雀聒噪|嘰嘰喳喳整天聒噪不休。

7 **聘** pìn 粵ping^{3}拼^{3} ①派遣使者出訪◇聘使往來。②請人擔任某項工作◇應聘|聘用。③訂婚◇聘禮。④女子出嫁◇出聘。

【聘用】pìnyòng 聘任；請人工作◇聘用合同丨聘用人才。

【聘任】pìnrèn 請人任職◇聘任高級管理人才。

【聘約】pìnyuē 聘書◇任何一方不得擅自變更聘約。

【聘書】pìnshū 聘請別人任職的文書◇頒發聘書。

【聘請】pìnqǐng 請人任職◇聘請一位律師做法律顧問。

【聘禮】pìnlǐ ①聘請時贈送的禮物◇呈上聘書和聘禮。②訂婚時男家送給女家的禮物。

7 **聖（圣）** shèng (粵)sing3 勝 ①最崇高的◇神聖。②稱道德智慧極高的◇聖賢丨先聖。③稱在某一領域有極高成就的◇詩聖丨畫聖丨超凡入聖。④對帝王的尊稱◇聖旨丨聖上。⑤宗教徒對崇拜的人或事物的敬稱◇聖誕丨聖經丨聖母。

【聖人】shèngrén ①指品德最高尚、智慧最高超的人。如孔子被尊稱為聖人。②對君主的尊稱◇聖人出而四海一。③佛教對佛祖、道教對神仙的尊稱。(反)凡夫。

【聖上】shèngshàng 古代尊稱在位的皇帝◇聖上巡遊江南。

【聖手】shèngshǒu 指某方面技藝高超的人◇書法聖手丨回春聖手。

【聖母】shèngmǔ ①尊稱一些女神◇聖母祠丨聖母廟。②天主教徒尊稱耶穌的母親瑪利亞。

【聖地】shèngdì ①宗教徒稱與教主的生平事跡有重大關係的地方，如伊斯蘭教徒稱麥加、基督教徒稱耶路撒冷為聖地。②有重大歷史意義的地方◇革命聖地。

【聖旨】shèngzhǐ ①皇帝的命令◇假傳聖旨。②比喻崇信而照辦的話◇簡直把他的話當聖旨。

【聖明】shèngmíng 智慧超凡，見解高明。多用於稱頌帝王◇皇上聖明。

【聖經】shèngjīng ①中國儒家的經典◇聖經大義。②猶太教的經典。包括《律法書》《先知書》和《聖錄》。③基督教的經典。包括《舊約全書》和《新約全書》。

【聖賢】shèngxián 聖人和賢人。泛指道德才智極高的人◇人非聖賢，孰能無過丨兩耳不聞窗外事，一心苦讀聖賢書。

【聖潔】shèngjié 神聖而純潔◇不容褻瀆聖潔的感情。(反)卑污。

【聖誕】shèngdàn ①古代指孔子的生日。②基督教徒稱耶穌的生日◇聖誕禮物丨聖誕祝福。

【聖靈】shènglíng 神靈◇聖靈顯現。

【聖誕節】shèngdànjié 基督教徒紀念耶穌誕生的傳統節日，在公曆每年的 12 月 25 日。

【聖誕樹】shèngdànshù 聖誕節作裝飾用的松樹、樅樹等常綠樹。樹上點綴着小蠟燭、玩具和贈送的禮品等。

8 **聚（聚）** jù (粵)zeoi6 序 ①村落◇聚落。②會合；集聚◇聚餐丨聚散離合，人之常情。

【聚合】jùhé 會集；會合。

【聚居】jùjū 集中居住◇少數民族聚居地。(反)散居。

【聚首】jùshǒu 相會；會面◇羣星聚首，雲集一堂丨闊別數十載，今日終於能重新聚首。

【聚集】jùjí 集中在一起◇遊行的人聚集在廣場上，等候出發。(反)分離。

【聚會】jùhuì ①聚集，會合◇在北京聚會。②聚在一起進行活動◇家庭聚會，其樂融融。

【聚積】jùjī 逐步地聚集◇聚積人氣。

【聚斂】jùliǎn ①搜刮（錢財）◇揮霍聚斂來的錢財。②聚集；收集◇展出他費盡心力聚斂的珍品。

【聚殲】jùjiān 圍殲，把敵人包圍起來消滅。

【聚沙成塔】jùshāchéngtǎ 聚集細沙，堆成佛塔。《妙法蓮花經・方便品》："乃至童子戲，聚沙為佛塔，如是諸人等，皆已成佛道。"原指兒童在玩耍無意中做了佛事。後比喻積少成多。

【聚精會神】jùjīnghuìshén 漢代王褒《聖主得賢臣頌》："聚精會神，相得益章。"會，集中；章，同"彰"，顯著。原指把大家的精神智慧會聚起來，後形容專心致志。(反)神不守舍。

7 **聞（闻）** wén (粵)man4 文 ①聽見◇百聞不如一見。②知識；見聞◇博聞強

記。③聽到的事情；消息◇趣聞|傳聞|新聞。④傳揚；傳佈◇名聞天下。⑤有名的◇聞人。⑥名聲；名望◇令聞|穢聞|默默無聞。⑦用鼻子嗅◇聞味|入芝蘭之室，久而不聞其香。⑧姓。

【聞人】wénrén 有名氣的人◇學界聞人｜社會聞人。

【聞名】wénmíng ①聽到名聲◇聞名不如見面。②有名◇舉世聞名。

【聞達】wéndá 顯達；有名望◇不求聞達｜景德鎮因陶瓷聞達於世。

【聞所未聞】wénsuǒwèiwén 聽到了從未聽到過的事。形容罕見、少有。同 見所未見。

【聞風而動】wénfēng'érdòng 風，風聲、消息。一聽到消息馬上就行動起來。同 雷厲風行。

【聞風喪膽】wénfēngsàngdǎn 風，指自己所懼怕的人或勢力。一聽到風聲就嚇破了膽。

【聞過則喜】wénguòzéxǐ《孟子・公孫丑上》："子路，人告知以有過則喜。"後説聽到別人指出自己的缺點錯誤就高興，認為幫助自己找出了問題。反 諱疾忌醫、怙惡不悛。

11 **聱** áo 粵ngou4遨【聱牙】áoyá 文詞艱澀，讀起來不順暢◇通篇詞句聱牙，不易讀懂。

11 **聲(声)** shēng 粵sing1星/seng1腥 ①聲音◇歡聲笑語|雷聲大，雨點小。②講出來；宣佈◇聲稱|不聲不響。③音訊；消息◇銷聲匿跡|無聲無息。④名譽；名氣◇蜚聲海外。⑤量詞。用於發出聲音的次數◇大喝一聲|三聲槍響。⑥聲母◇雙聲疊韻。⑦漢字的聲調◇四聲|上聲。

【聲口】shēngkǒu ①口音◇聽他的聲口，不像南方人。②口氣；口吻◇這才像自家人聲口。

【聲母】shēngmǔ 漢字一個音節開頭的音。如"報 bào"的"b"就是聲母。聲母都是輔音，少數以元音開頭的字，其聲母叫"零聲母"。

【聲名】shēngmíng 名聲，名望◇聲名顯赫。同 聲望、名氣。

【聲色】shēngsè ①指歌舞和女色◇沉溺於聲色犬馬。②説話時的聲音和臉色◇聲色俱厲。③生氣，活力◇報紙辦得很有聲色。

【聲言】shēngyán 用言語或文字公開表示◇工會聲言要罷工。同 聲稱。

【聲明】shēngmíng ①公開説明事實真相，表明態度◇嚴正聲明。②聲明的文字◇發表聲明。

【聲威】shēngwēi ①名聲和威望◇聲威遠播。②氣勢；威勢◇聲威大振。

【聲音】shēngyīn 聲波通過聽覺所產生的印象◇聲音響亮｜電話那頭的聲音僵硬冰冷。

【聲氣】shēngqì ①説話的聲音、語氣◇表妹説話的聲氣輕悠悠的。②消息；音訊◇互通聲氣。

【聲息】shēngxī ①聲音；動靜◇院子裏的狗，叫了三四聲就沒了聲息。②消息◇互通聲息。③氣息◇聲息微弱。

【聲討】shēngtǎo 公開譴責。

【聲浪】shēnglàng ①指許多人呼叫吶喊的聲音◇歡呼的聲浪此起彼伏，經久不息。②聲波的舊稱。

【聲納】shēngnà 用在艦船上的一種水聲儀器。可以根據這種儀器發出的聲波或超聲波在水中的傳播和反射來導航、測量距離和偵測水面與水下船艦。(英 sonar)

【聲望】shēngwàng 聲譽和名望◇他在中醫界頗有聲望。

【聲張】shēngzhāng 把事情傳揚開去◇還沒最後決定，請不要聲張。

【聲揚】shēngyáng 聲張；宣揚◇一旦聲揚出去，必將名譽掃地。

【聲勢】shēngshì 聲威和氣勢◇大造聲勢。

【聲稱】shēngchēng 聲言；宣稱◇聲稱要採取法律手段。

【聲價】shēngjià 名譽地位◇一登龍門，聲價百倍。

【聲樂】shēngyuè 歌唱的音樂。有獨唱、重唱、合唱、表演唱等多種演唱形式。

【聲請】shēngqǐng 申請◇聲請破產｜離婚聲請書。

【聲調】shēngdiào ①音調，説話時的腔調◇臉色憂鬱，聲調淒楚。②字調，字音的高低升降。

【聲譽】shēngyù 聲望名譽◇聲譽鵲起｜他在學術界聲譽很高。(同)聲名。

【聲辯】shēngbiàn 公開辯解◇事故發生後，他還沒有為自己聲辯。

【聲名狼藉】shēngmínglángjí 狼藉，零亂不堪。名聲非常壞。(同)名譽掃地 (反)名滿天下。

【聲色俱厲】shēngsèjùlì 說話的聲音和臉色都非常嚴厲。(同)疾言厲色 (反)和顏悅色。

【聲東擊西】shēngdōng jīxī 聲稱要打東邊，實際上卻打西邊。一種迷惑對方的戰術。

11 **聰(聡)** cōng (粵)cung[1] 充 ①聽覺；聽力◇失聰。②聽覺靈敏◇耳聰目明。③智力強◇聰明能幹。

【聰明】cōngming ① 聽覺和視覺靈敏◇耳聰目明。② 天賦好，智力高◇聰明伶俐｜聰明一世，糊塗一時。

【聰敏】cōngmǐn 聰明敏捷◇聰敏端莊，應對得體。

【聰慧】cōnghuì 聰明有智慧◇聰慧美麗。(同)聰敏。

【聰穎】cōngyǐng 聰明，悟性高◇天性聰穎，一點就通。(反)愚拙。

11 **聯(联)** lián (粵)lyun[4] 戀 ①接續；接連◇聯句｜蟬聯。②結合；聯合◇聯姻｜珠聯璧合。③對聯◇春聯｜輓聯。

【聯合】liánhé ① 聯繫使不分散；結合◇聯合起來開發市場。② 結合在一起的；共同◇聯合舉行軍事演習。

【聯名】liánmíng 共同具名◇乘客聯名投訴航班誤時｜夫婦聯名戶口。

【聯邦】liánbāng ① 由若干共和國或具有國家性質的邦、州聯合組成的統一國家。聯邦有統一的憲法和政府，國防和外交歸聯邦政府管轄，聯邦中的各成員在內政上相對獨立。美國實行聯邦制，但稱做"合眾國"(美利堅合眾國)。② 國家之間一種鬆散的結合體，各自完全獨立，相互間沒有約束和管轄關係。一般由歷史原因或現實的政治、經濟等原因促成，如"英聯邦"。

【聯防】liánfáng ① 聯合起來共同防衛◇珠澳因時因勢優化疫情聯防聯控。② 球賽中的聯合防守。

【聯軍】liánjūn 由幾國或幾支武裝力量聯合組成的軍隊◇多國聯軍｜東北抗日聯軍。

【聯袂】liánmèi 袂，衣袖。衣袖相聯，指手拉着手。比喻共同合作◇聯袂登台演出。

【聯姻】liányīn ① 兩家由婚姻關係結成親戚◇門當戶對的聯姻。(同)締姻 (反)退婚。② 比喻結合在一起◇中外企業聯姻。

【聯接】liánjiē 連接，互相銜接◇水路和陸路聯接成交通網。

【聯貫】liánguàn 連貫，連接貫通◇地鐵線四通八達，相互聯貫。

【聯結】liánjié 連結；結合◇孩子是聯結他倆感情的紐帶。

【聯絡】liánluò 聯繫；接洽；溝通◇聯絡感情。

【聯想】liánxiǎng 由某人、某事或某概念而想到相關的人、事或概念◇聯想起當年的輝煌歲月，他不禁感慨萬千｜一提起中國，很多人就會聯想起大熊貓。

【聯盟】liánméng ① 兩個或兩個以上的個人、團體、企業、黨派、國家等為某種目的而聯合結盟◇無黨派聯盟。② 由聯盟而結成的共同體◇組成聯盟。

【聯網】liánwǎng 指供電、電信、電腦等網絡系統內各部分互相聯結，形成更大的網絡◇手機聯網｜報警聯網系統。

【聯綿】liánmián 連綿，接連不斷◇遠處羣山起伏，聯綿不斷。

【聯翩】liánpiān 形容鳥扇翅飛翔的樣子。形容連續不斷◇浮想聯翩。

【聯營】liányíng 聯合經營◇聯營企業。

【聯繫】liánxì ① 彼此接上關係◇與僑居海外的親人聯繫上了。② 人或事物之間的某種關係◇兩者之間毫無聯繫。

【聯歡】liánhuān 在一起歡聚◇聯歡晚會。

【聯綿字】liánmiánzì 由兩個音節聯綴成而不可分割的單純詞，兩個音節有"雙聲""疊韻"或"雙聲疊韻"的關係，如"玲瓏""徘徊"等。

11 **聳(耸)** sǒng (粵)sung[2] 送[2] ①高起；直立◇高聳｜聳立。②向上抬或向上升◇聳肩｜聳身一跳。③驚懼；驚動◇毛骨聳然｜危言聳聽。

【聳立】sǒnglì 高高地直立◇羣山聳立，萬壑爭流。(同) 矗立。

【聳峙】 sǒngzhì 高高矗立◇山島聳峙。

【聳動】 sǒngdòng ①（肩膀或肌肉等）向上抖動◇孩子聳動着雙肩，哭得很傷心。② 使人吃驚或震動◇聳動人心的大標題新聞。

【聳人聽聞】 sǒngréntīngwén 原指聽了使人震驚，後多指故意誇大或捏造事實，使人震驚的意思。

12 **聶(聂)** niè (粵)nip^{6}捏 姓。

12 **聵(聩)** kuì (粵)kui^{2}潰 ①耳聾◇振聾發聵。②昏庸不明；糊塗◇昏聵。

12 **職(职)** zhí (粵)zik^{1}即 ①職務◇本職|職權。②職業◇求職。③職位◇就職|撤職查辦。④下屬對上司的自稱◇卑職|職等奉命。⑤職責；分內應做的事◇盡職|失職。⑥掌管◇職掌司法大權。

【職工】 zhígōng ① 職員和工人◇鐵路職工。② 指工人◇碼頭職工。

【職分】 zhífèn ① 應盡的職責◇承擔各自的職分。② 職位；官職◇你是有職分的人，說話要有分寸。

【職守】 zhíshǒu 本職工作和相應的職責◇恪盡職守，勤政廉政。

【職位】 zhíwèi 所任職務佔據的位置◇職位升遷。

【職官】 zhíguān 官職◇歷代職官表。

【職員】 zhíyuán 擔任行政工作或業務工作的人員◇外籍職員｜公司小職員。

【職能】 zhínéng 本身應有的作用、功能◇政府職能｜貨幣職能。

【職責】 zhízé ① 職務範圍內應負的責任◇職責分明。② 分內的責任◇軍人的職責是保衛國家不受侵犯。

【職務】 zhíwù 職位上所應做的事情；職位的工作範圍◇利用職務謀取私利。

【職掌】 zhízhǎng ① 掌管◇職掌生殺大權。② 所主管的事情◇各有各的職掌。

【職業】 zhíyè ① 個人所從事的作為主要生活來源的工作◇選擇職業。② 當作職業來做的◇職業歌手｜職業運動員。

【職銜】 zhíxián 標示職務名稱和等級的稱號，一般用於各級官員。(同) 官銜。

【職稱】 zhíchēng 特指標示專業職務等級的名稱，如教授、研究員等。

【職權】 zhíquán 職責範圍內的權力。

14 **聹(聍)** níng (粵)ning^{4}寧 見“耵聹”。

16 **聽(听)〔聼〕** 〈一〉tīng (粵)ting^{1}庭^{1}/teng^{1}廳 ①用耳朵接受聲音◇傾聽|聽音樂。②聽從；遵從◇言聽計從|俯首聽命。

〈二〉tìng (粵)ting^{3}庭^{3} ①治理；審理◇聽政|聽訟。②聽憑；任由◇聽之任之|聽天由命。③馬口鐵罐◇聽裝清雞湯。(英 tin)④量詞。聽裝物品的計數單位◇一聽沙丁魚|兩聽蕃茄醬。

【聽任】 tīngrèn 聽憑，任憑◇政府不會聽任貨幣貶值｜在封建社會裏，婦女要聽任擺布。(同) 聽憑、放任 (反) 拘管。

【聽取】 tīngqǔ ① 聽到◇稻花香裏說豐年，聽取蛙聲一片。② 傾聽，專注地聽◇虛心聽取民眾意見。

【聽事】 tīngshì ① 處理政事◇已不聽事數日。② 官署的大廳。後來也指私宅的廳堂◇聽事前積雪盈尺。

【聽命】 tīngmìng ① 聽從命令◇辦事處直接聽命於公司本部。② 聽憑命運的安排◇人算不如天算，只好聽命。

【聽政】 tīngzhèng ① 帝王或代行帝王權力的人上朝處理政務◇垂簾聽政。② 泛指官員處理政務◇病月餘，未能聽政。

【聽便】 tīngbiàn 聽憑自便，不予干涉◇悉聽尊便｜喝酒喝飲料聽便。

【聽信】 tīngxìn 聽到就相信。多指不正確的話或不確的消息◇聽信一面之詞。

【聽候】 tīnghòu 等候（官方或上級的決定）◇聽候處理｜聽候指示。

【聽差】 tīngchāi ① 聽從差遣◇到縣衙門聽差。② 舊時指幹雜事的男僕◇貼身聽差。

【聽書】 tīngshū 聽說書人說書◇聽書者都是常客，風雨無阻。

【聽眾】 tīngzhòng 聽講演、廣播或音樂的人◇聽眾點播。

【聽從】 tīngcóng 接受並依從◇聽從了老師的

勸告。(同) 服從、順從。

【聽喚】tīnghuàn 聽候使喚◇門外站着幾個隨時聽喚的丫頭。

【聽診】tīngzhěn 診病的一種方法。用耳朵或聽診器來聽心肺等內臟器官的聲音，以確診疾病。

【聽話】tīnghuà ①聽別人說話◇聽話聽聲，鑼鼓聽音。②聽從尊長或上級的話◇聽父母的話，選了醫生作職業。

【聽聞】tīngwén ①聽到◇此事從未聽聞。②聽到的內容◇駭人聽聞｜聳人聽聞。

【聽憑】tīngpíng 任憑；由別人隨意去做◇聽憑上級安排，我沒有意見。

【聽天由命】tīngtiān yóumìng 聽，任憑；由，順從。聽憑天意安排，順從命運擺佈。多指任由事情自然發展，不作任何努力去改變◇是好是壞，聽天由命吧。(反) 事在人為。

【聽之任之】tīngzhī rènzhī 聽，聽任；之，代人或事物。任憑自行發展而不加過問。

【聽而不聞】tīng'érbùwén《禮記・大學》："心不在焉，視而不見，聽而不聞，食而不知其味。"聽了像沒聽見一樣，形容漫不經意或漠不關心。(同) 充耳不聞。

【聽其自然】tīngqízìrán ①順從對方的意志，不加約束◇對孩子一味聽其自然，不加管教不行。②任憑自然發展，不去影響、引導、規管或加以改變◇局勢如何，我們無法控制，聽其自然吧！

16 **聾（聋）** lóng 粵lung4 龍 耳朵喪失聽覺或聽覺遲鈍◇聾子｜說大聲點，她有點聾。

聿部

0 **聿** yù 粵jyut6 月 助詞。古代用在句首或句中，無義。

7 **肆** sì 粵si3 試/sei3 四 ①不顧一切，任意胡來◇放肆｜肆虐｜大肆揮霍。②小商店；店鋪◇茶樓酒肆。③"四" 的大寫。

【肆力】sìlì 盡力◇肆力農耕。

【肆行】sìxíng 放肆地胡作非為◇肆行無忌｜恣意肆行。

【肆虐】sìnüè 任意殘害或破壞◇肆虐無辜｜瘟疫肆虐｜洪水肆虐。

【肆意】sìyì 任性；任意◇肆意妄為｜肆意橫行。(同) 恣意。

【肆無忌憚】sìwújìdàn 憚，畏懼。任意妄為，毫無顧忌。(同) 恣意妄為 (反) 循規蹈矩。

7 **肄** yì 粵ji6 二 學習◇肄習｜肄業。

【肄業】yìyè 在學校學習。多指沒有學完規定年限或沒有達到畢業水平◇大學肄業。

8 **肅（肃）** sù 粵suk1 叔 ①恭敬◇肅立｜肅然起敬。②莊重；嚴肅◇肅穆｜肅靜。③整飭◇整肅紀律。④蕭瑟◇肅殺。⑤清除◇肅清。

【肅立】sùlì 恭敬莊嚴地站立着◇全體肅立，行注目禮。

【肅殺】sùshā ①形容深秋和冬天草木枯落、景象淒涼的樣子◇肅殺的隆冬｜秋氣肅殺，黃葉凋落。(同) 蕭瑟、蕭索。②形容氣氛嚴肅冷峻◇台上嚴辭厲語，台下沉寂肅殺。

【肅清】sùqīng 徹底清除乾淨◇肅清殘匪。

【肅然】sùrán 形容恭敬的樣子◇肅然起敬｜在紀念碑前肅然脫帽致敬。

【肅靜】sùjìng 嚴肅寂靜◇會場一片肅靜。

【肅穆】sùmù 嚴肅而莊重；寧靜沉寂◇莊嚴肅穆｜積雪使大地顯得異常肅穆。

8 **肇** zhào 粵siu6 兆 ①創始；開始◇肇建｜肇始｜肇端。②引發；引起◇肇禍｜肇事。

【肇事】zhàoshì 鬧事；引發事故◇尋釁肇事｜肇事司機逃逸。

【肇造】zhàozào 開始建立。

肉部

0 **肉** ròu 粵juk6 育 ①人和動物的肌肉。②瓜果中可以吃的部分◇果肉｜桂圓肉。③像肉的淺紅或淺黃的顏色◇肉紅色｜肉色絲襪。④酥軟；不脆◇肉瓤西瓜。⑤方言。性子慢，動作

遲緩◇性子太肉|做事真肉。

【肉刺】ròucì 雞眼。腳掌或腳趾角質增生而形成的硬塊。

【肉食】ròushí ① 肉類食物◇老人以素食為主，肉食為輔。② 以肉類為食物◇肉食動物。

【肉眼】ròuyǎn ① 指人的眼睛◇肉眼看不見的微生物。② 凡人的眼睛。比喻平庸的眼光◇肉眼凡胎|肉眼不識泰山。

【肉麻】ròumá ① 因別人輕佻、虛偽的言行所引起心理上嫌惡、不舒服的感覺◇當面吹捧得讓人肉麻。② 愛人間的情話，使人感動。多有調情之意。

【肉搏】ròubó 徒手或用短兵器搏鬥◇肉搏戰。

【肉彈】ròudàn 用身綁炸藥、同歸於盡的自殺行為，打擊敵對一方的人。

【肉體】ròutǐ 人的身體◇精神和肉體都備受折磨。

【肉中刺】ròuzhōngcì 比喻非常痛恨而急欲除掉的東西◇把她視作眼中釘、肉中刺。

2 **肏** cào 粵cou3 澡 男子施行性行為的粗俗説法。多用作罵人的話。

2 **肌** jī 粵gei1 機 ①肌肉◇肌膚|平滑肌。②指皮膚◇肌理|肌如白雪。

【肌理】jīlǐ 皮膚的紋理◇肌理細膩。

【肌膚】jīfū 肌肉皮膚◇肌膚嫩滑|乳液滲進肌膚。

【肌體】jītǐ ① 軀體，身體◇健全的肌體。② 比喻組織、機構◇侵蝕政府的肌體。

2 **肋** 〈一〉lèi 粵lak6 勒 胸部的側面◇肋骨|兩肋|雞肋。

〈二〉lē 粵lak6 勒【肋脦】lēte（穿着）不整潔，不利落◇你也穿得太肋脦了。

3 **肖** 〈一〉xiào 粵ciu3 俏 相似；像◇酷肖|維妙維肖。

〈二〉xiāo 粵siu1 消 姓。

【肖像】xiàoxiàng 利用繪畫、雕塑、攝影等方法形成的人物像◇肖像權|人物肖像。

3 **肝** gān 粵gon1 干 人和高等動物的消化器官之一，有合成並貯存養料、分泌膽汁、解毒、造血和凝血等功能◇肝臟|肝火|心肝寶貝。

【肝火】gānhuǒ ① 中醫指由於肝的機能亢盛而出現的眩暈、易怒等症候◇肝火太旺。② 指急躁、發怒等情緒◇大動肝火。

【肝膽】gāndǎn ① 肝和膽。② 比喻血性、勇氣◇肝膽過人。③ 比喻誠懇、赤誠◇肝膽照人。

【肝腸寸斷】gānchángcùnduàn 像肝臟、腸子斷裂一樣，形容極度悲痛。同 肝腸斷絕。

【肝腦塗地】gānnǎotúdì 原指人慘死的情景，後形容盡心竭力，不惜一死◇雖肝腦塗地，在所不辭。

【肝膽相照】gāndǎnxiāngzhào 比喻赤誠相見◇你我肝膽相照，榮辱與共。同 披肝瀝膽、推心置腹 反 虛情假意。

3 **肟** wò 粵wo3 渦3 有機化合物一類，是醛或酮的羰基和羥胺縮合後的衍生物◇甲醛肟|丙酮肟。（英 oxime）

3 **肚** 〈一〉dù 粵tou5 土5 ①人和動物的腹部。借指內心◇肚子|挺胸凸肚|心知肚明。②指物體中間鼓出的部分◇腿肚子|大肚瓷瓶。

〈二〉dǔ 粵tou5 土5 用作食物的動物的胃◇豬肚|牛肚。

【肚量】dùliàng ① 飯量◇肚量大，一頓要吃兩三碗。② 氣量；度量◇他肚量大，從不生氣。

3 **肛**〔疘〕gāng 粵gong1 江 指肛門及肛管，是人和動物排泄糞便的器官◇脱肛。

3 **肘** zhǒu 粵zau2 走/zaau2 爪 ①人的上下臂交接處可以彎曲的部分◇胳膊肘|掣肘|捉襟見肘。②特指作食物用的豬牛等腿的上半段◇豬肘|後肘。

【肘子】zhǒuzi ① 肘◇胳膊肘子往裏彎。② 作為食物的豬、牛等腿的上半段◇紅燒肘子。

【肘腋】zhǒuyè 胳膊肘與胳肢窩。比喻極近之地◇肘腋之患。

3 **肫** dū 粵duk1 督 見"胍肫"。

3 **肜** róng 粵jung4 容 古代的一種祭祀。

3 **肓** huāng 粵fong1 方 指心臟與膈膜之間◇病入膏肓。

4 **肯** kěn 粵hang2 亨2 ①附着在骨頭上的肉。比喻關鍵、要害◇肯綮|中肯。②表示同意、願意◇首肯|不肯答應。

【肯定】kěndìng ①承認事物的存在或其真實性◇肯定成績|肯定關係。②作出判斷；確定◇可以肯定他不會來了。③表示承認的；正面的◇肯定的答覆。④確定；明確◇說得非常肯定。⑤一定；毫無疑問◇他肯定會來|你肯定記錯了。

> **用法提示：肯定、一定**
> "肯定"作副詞表示一種推斷、猜測，一般可以用"一定"替換◇這個房間肯定|一定有人進來過。但當推測的是將來的情況時，"肯定"後常常跟"要"或"會"，而"一定"後只能跟"會"，一般不跟"要"◇今天肯定要下雨|今天一定會下雨。

【肯綮】kěnqìng 筋骨結合的地方。比喻事物的關鍵或要害◇深中肯綮。

4 **肼** jǐng 粵zeng2 井 有機化合物的一種，聯氨的衍生物，有類似氨的氣味，有劇毒，腐蝕性強，可用來製藥和作火箭燃料◇苯肼|二甲肼。(英 hydrazine)

4 **肺** fèi 粵fai3 費 ①人和高等動物的呼吸器官◇肺病|肺活量。②借指內心◇肺腑之言。

【肺腑】fèifǔ 肺臟。借指內心◇感人肺腑。

4 **肢** zhī 粵zi1 之 人的胳膊和腿；動物的腿◇肢體|上肢|義肢|截肢。

【肢解】zhījiě ①割去四肢，古代的一種酷刑。②零碎地分割碎◇慘遭肢解。③使四分五裂◇軍閥割據，國家被肢解。

【肢體】zhītǐ 四肢和軀幹。有時特指四肢或身軀◇肢體完好|肢體殘缺。

4 **肽** tài 粵taai3 太 有機化合物，由氨基酸脫水而成◇多肽|肽聚糖。(英 peptide)

4 **肱** gōng 粵gwang1 轟 胳膊由肘到肩的部分。泛指手臂◇股肱|曲肱而枕。

4 **肫** zhūn 粵zeon1 津 ①家禽、鳥類的胃◇雞肫|肫乾。②誠懇；懇切◇肫摯|肫篤。

4 **肭** nà 粵neot6 訥 見"膃肭"。

4 **肸** xī 粵jat6 日 多用於人名。例如羊舌肸，春秋時晉國大夫。

4 **肷**〔膁〕qiǎn 粵him2 險 身體兩側肋骨和胯骨之間的部分。多用於獸類◇肷窩|狐肷。

4 **股** gǔ 粵gu2 古 ①大腿◇股肱|懸梁刺股。②中國古代稱不等腰直角三角形中較長的直角邊◇勾股定理。③某些機構中小於科的一級單位◇總務股。④資本或財物的一份◇股份|入股|股票。⑤量詞。(1)用於成條的事物◇兩股毛線|一股泉水|兩股道上跑的車。(2)用於氣體、力氣等◇一股清香|一股勁兒。(3)用於成批的人◇一股匪徒。

【股市】gǔshì 買賣股票的市場◇股市行情。

【股民】gǔmín 進入股票市場，進行股票買賣交易的人。

【股份】gǔfèn 股份制企業中把資本總額平分為金額相等的份額。

【股東】gǔdōng 持有股份公司股票、享受股權的人。也指合夥企業的投資人。

【股肱】gǔgōng ①大腿和胳膊。比喻在左右輔佐的得力之人◇股肱之臣。②輔佐◇股肱王室。

【股票】gǔpiào 股份公司用來表示股份的一種有價證券◇炒股票|股票買賣。

【股慄】gǔlì 腿發抖。形容恐懼的樣子。

4 **肪** fáng 粵fong1 方 見"脂肪"。

4 **肥** féi 粵fei4 飛4 ①含脂肪多；胖◇肥肉|肥頭大耳。②(衣服鞋襪等)寬大◇褲腰不肥不瘦，正合適。③養分充足◇肥沃。④使養分充足◇肥田。⑤能供給植物養分的物質；肥料◇施肥|化肥。⑥用不正當的手段獲得收入或好處◇損公肥私。⑦收入或好處多。含貶義◇這活兒肥|肥差。

【肥水】féishuǐ ①含有肥料的水；有養分的水。②比喻好處；油水◇肥水不流外人田。

【肥皂】féizào 一種洗滌去污用的塊狀化學製品。

【肥壯】féizhuàng 肥大而健壯◇牛羊肥壯。

【肥沃】féiwò (土地)含適合植物生長的養分和水分◇土地肥沃。同 膏腴、肥美 反 貧瘠。

【肥厚】féihòu 肥大厚實◇果肉肥厚|肥厚的手掌。

【肥胖】féipàng 體形粗大；過於胖◇身體過度肥胖不好。

【肥美】 féiměi ① 肥沃◇土地肥美。② 豐茂；壯實◇牧草肥美｜牛羊肥美。

【肥缺】 féiquē 指收入高的職位◇他一直覬覦這個肥缺。同 美差。

【肥料】 féiliào 能供給養分，使植物發育生長的物質◇化學肥料｜有機肥料。

【肥碩】 féishuò ① 肥胖而個頭大◇肥碩的波斯貓。②（果蔬等）飽滿壯實。反 乾癟。

【肥饒】 féiráo 肥沃富饒◇土地肥饒。

【肥皂劇】 féizàojù 一種題材輕鬆的電視連續劇。因從前常在中間插播肥皂之類的生活用品廣告，故名。

4 **育** 〈一〉yù 粵 juk6 肉 ①生（孩子）◇生育｜孕育｜不育。②養活；使成長◇育嬰｜育苗｜育雛。③培養；教育◇育才｜育英｜智育。

〈二〉yō 粵 jo1 喲 見"杭育"。

4 **肩** jiān 粵 gin1 堅 ①人的兩臂和身軀相連的地方◇摩肩接踵。②擔負◇身肩重任。

【肩胛】 jiānjiǎ ① 肩膀；肩膀的後部。② 比喻承擔的責任◇他想卸肩胛。

【肩負】 jiānfù 擔負◇肩負重任。

【肩荷】 jiānhè 擔負◇肩荷興邦治國的責任。

【肩膀】 jiānbǎng ① 人的脖子旁邊胳膊上邊的部分。② 比喻敢於承擔責任◇這個人有肩膀。

【肩摩轂擊】 jiānmó gǔjī 轂，車輪中心的圓木，借指車輪。肩和肩相擦，車輪和車輪相碰。形容路上人車擁擠。

5 **胡** hú 粵 wu4 湖 ①泛指古代中國北方或西方的民族◇胡馬依北風，越鳥巢南枝。②泛指來自外族或外國的（東西）◇胡琴｜胡椒｜胡蘿蔔。③隨意亂來◇胡説｜胡作非為。④怎麼；為甚麼◇胡不歸｜胡可比也。⑤姓。

【胡扯】 húchě ① 瞎説◇胡扯瞎編。② 閒談◇他倆有空就胡扯。

【胡亂】 húluàn ① 馬虎；草率◇胡亂拼湊。反 認真。② 雜亂◇把碗筷胡亂地放在桌上。③ 任意；沒有根據◇胡亂猜測人家可不好。

【胡鬧】 húnào 亂鬧；無理取鬧◇不要瞎胡鬧。

【胡謅】 húzhōu 信口瞎編；隨意亂説◇信口胡謅。

【胡攪】 hújiǎo ① 搗亂；胡鬧◇胡攪蠻纏。② 狡辯◇沒理還胡攪甚麼。

【胡作非為】 húzuò fēiwéi 不顧法律，不講道理，肆意做壞事◇依仗權勢，胡作非為。反 安分守己。

【胡言亂語】 húyán luànyǔ 沒有根據地亂説；説胡話。

【胡思亂想】 húsī luànxiǎng 沒有根據、不切實際地瞎想◇專心讀書，不要胡思亂想。同 想入非非。

【胡説八道】 húshuō bādào 瞎扯；沒有根據、毫無道理地亂説。

5 **背** 〈一〉bèi 粵 bui3 貝 ①軀幹後面跟胸腹相對的部位◇脊背｜馬背｜腹背受敵。②後面；上面；反面◇背面｜刀背｜力透紙背。③背部對着；後面靠着◇背山面海｜背水一戰。④朝向後面；轉◇背着手｜背過臉去。⑤躲避；隱瞞◇背着家人幹壞事。⑥離開；棄去◇背井離鄉。⑦違反；對立◇違背｜背叛。

〈二〉bèi 粵 bui6 貝6 ①不看文字憑記憶唸誦◇背古詩。②偏僻◇背靜｜背街小巷。③不順利；倒霉◇背時｜手氣真背｜生意越做越背。④聽覺不靈◇耳朵有點背。

〈三〉bēi 粵 bui3 貝 ①用脊背馱◇背着書包上學堂。②負擔；承受◇背債｜出了問題我背着。

【背叛】 bèipàn 反叛；叛變◇背叛祖國｜背叛諾言。

【背約】 bèiyuē 違約；失信◇指責對方背約。反 履約。

【背書】 bèishū ① 背誦讀過的書◇合起課本背書。② 票據轉讓時在背面簽名或蓋章。③ 比喻作出保證◇聯署背書。

【背景】 bèijǐng ① 襯托主體事物的景象；背後景物◇舞台背景｜照片的背景不清晰。② 對人物、事件起作用的歷史情況或現實環境◇時代背景｜家庭背景｜社會背景。③ 指靠山及支持者◇此人有背景，説話有玄機。

【背棄】 bèiqì 違背拋棄◇背棄了自己的誓言。

【背誦】 bèisòng 不看原文，靠記憶唸出來◇背誦台詞。

【背影】 bèiyǐng 人的背面身影。

【背靜】 bèijìng 僻靜；清靜◇背靜的小山村｜寺院裏平日很背靜。同 冷清 反 熱鬧。

【背離】bèilí ①離開；離散◇價格背離價值|人心背離。②違背；違反◇背離原來的宗旨。

【背包客】bēibāokè 指背着背包自助旅遊的人，也泛指登山、探險等戶外活動的參與者。也説"背囊客"◇在本次泥石流中有兩位背包客被困。

【背黑鍋】bēi hēiguō 比喻代人受過或蒙受冤屈◇替人背黑鍋。

【背井離鄉】bèijǐng líxiāng 被迫離開家鄉，流落他方。井，古時實行井田制，八家合一井，因此用"井"表示鄉里。

【背水一戰】bèishuǐyízhàn《史記・淮陰侯列傳》：漢將韓信率兵攻趙，命將士背對着河水列陣。漢軍前臨大敵，後無退路，拼死作戰，結果大敗趙軍。後指決一死戰。同 破釜沉舟。

【背城借一】bèichéngjièyī《左傳・成公二年》："請收合餘燼，背城借一。"説背靠自己的城池，決一死戰。後多指用全力進行最後的拼爭。

【背信棄義】bèixìn qìyì 不守信用，拋棄道義。

【背道而馳】bèidào'érchí 朝着相反的方向奔馳。比喻方向、目標完全相反。

5 **胃** wèi 粵wai⁶慧 ①人和動物容納和消化食物的器官，上承食道，下接十二指腸◇胃液|脾胃。②星宿名。二十八宿之一。

【胃口】wèikǒu ①食慾◇胃口大開|胃口不大好。②比喻興趣或慾望◇這工作正對他的胃口。③比喻野心◇胃口不小，竟想同時攬兩個大工程。

5 **胄** zhòu 粵zau⁶就 ①古代帝王或貴族的後代◇胄裔|貴胄|華胄。②古代戰士所戴的頭盔◇甲胄。

5 **胠** qū 粵keoi¹拘 ①腋下◇兩胠。②從旁撬開◇胠篋（指偷竊）。

5 **胚** pēi 粵pui¹佩¹ 生物初期發育的幼體◇胚胎|胚芽。

【胚胎】pēitāi ①在母體內初期發育的動物體◇胚胎發育正常。②比喻事物的開始或起源◇中國明代開始出現資本主義的胚胎。

5 **胈** bá 粵bat⁶拔 腿上的毛。

5 **胩** kǎ 粵kaa¹卡 含異氰基的有機化合物。無色液體，有惡臭，通稱異腈◇甲胩。（英 carbylamine）

5 **胛** jiǎ 粵gaap³甲 背上兩臂之間的部分◇肩胛|胛骨。

5 **胂** shèn 粵san⁶慎 有機化合物的一類，大都有劇毒。（英 arsine）

5 **朏** fěi 粵fei²匪 ①新月開始發光◇朏魄。②天剛亮◇朏明。

【朏魄】fěipò 新月；新月的月光◇朏魄昏微，乍明乍沒。

5 **胙** zuò 粵zou⁶做 ①古代祭祀時用的肉◇胙肉|胙餘。②賜；封◇世胙江南|胙茅土於子弟。

5 **胍** 〈一〉guā 粵gu¹姑 有機化合物的一種，無色結晶體，為製藥工業原料。（英 guanidine）
〈二〉gū 粵gu¹姑【胍肫】gūdū 形容腹大的樣子◇其腹胍肫。

5 **胗** zhēn 粵zan¹真 禽鳥、動物的胃◇胗乾|鴨胗。

5 **胝** zhī 粵zi¹之 見"胼胝"。

5 **朐** qú 粵keoi⁴渠 地名用字。例如臨朐，在山東。

5 **胞** bāo 粵baau¹包 ①胎衣◇雙胞胎。②同父母所生的◇胞兄|胞妹。③同民族或同祖國的人◇同胞|僑胞|台胞。

5 **胖** 〈一〉pàng 粵bun⁶叛 人體內脂肪多◇肥胖|孩子長胖了。
〈二〉pán 粵pun⁴盤 安泰舒適◇心廣體胖。

【胖大海】pàngdàhǎi 落葉喬木，屬梧桐科，種子橢圓形，浸水後即膨大成海綿狀，含豐富的黏液質及半乳糖等成分，可入藥治咳嗽、音啞、咽喉腫痛等。

【胖乎乎】pànghūhū 形容肥胖。

【胖墩墩】pàngdūndūn 形容胖而壯實，胖乎乎◇胖墩墩的孩子。

5 **胎** tāi 粵toi¹台¹ ①人和其他哺乳動物孕於母體內的幼體◇胎兒|胚胎|十月懷胎。②某些器物的坯子◇泥胎|土胎。③襯在衣帽被褥裏

和面子之間的東西◇棉花胎。④輪胎◇車胎｜內胎。（英 tyre）⑤量詞。懷孕或生育的次數◇已經是第三胎了。

【胎衣】tāiyī 中醫對胎盤和胎膜的統稱。入藥時叫紫河車，用來療傷和滋補。

【胎教】tāijiào 指孕婦用調節身心的手段促進體內胎兒健康發育。

【胎死腹中】tāisǐfùzhōng 比喻新事物、計劃等在萌芽狀態即被扼殺或取消。

5 **胤** yìn 粵jan6 刃 後代。

5 **胥** xū 粵seoi1 雖 ①小官吏◇胥吏｜里胥。②都；皆◇萬事胥備。③姓。

5 **朒** nǔ 粵nou4 奴【朒肉】nǔròu 中醫指眼球結膜增生而突起的肉狀物。

6 **胾** zì 粵zi3 至 切成大塊的肉◇巨臠大胾。

6 **胔** zì 粵zi6 自 帶有腐肉的屍骨◇剖棺露胔。

6 **脊** jǐ 粵zik3 即3/zek3 隻 ①人或動物背部中間垂直的骨頭◇脊椎。②比喻物體中間高起的部分◇山脊｜屋脊。

【脊柱】jǐzhù 脊梁骨，人和脊椎動物背部的主要支架，由椎骨組成，形狀像柱子。

【脊背】jǐbèi 背部；胸腹背面的軀幹部分◇脊背都累彎了。

【脊梁】jǐliáng ①脊背；脊柱◇壓壞了脊梁。②比喻中堅骨幹力量◇這些志士仁人是中國的脊梁。

【脊椎】jǐzhuī 脊柱；構成脊柱的椎骨◇脊椎酸痛。

【脊檁】jǐlǐn 大梁，架在木結構屋架上面最高的一根橫木。

【脊梁骨】jǐlianggǔ ①脊柱◇摔得脊梁骨都斷了。②比喻骨氣、節操◇這個人沒有脊梁骨，遇事隨風倒。③比喻中堅骨幹力量◇這幾位已經成了公司的脊梁骨。

6 **胹** ér 粵ji4 兒 煮。

6 **胯** kuà 粵kwaa3 跨3 腰兩側和大腿之間的部分◇胯骨｜胯下之辱。

6 **胰** yí 粵ji4 兒 人和高等動物的腺體之一，能分泌胰液幫助消化，又能分泌胰島素調節糖的新陳代謝。

【胰島素】yídǎosù 胰腺分泌出來的一種激素，能調節體內血糖的含量。胰島素不足，血糖會升高，引起糖尿病。

6 **脞** chī 粵ci1 痴 鳥胃。泛指鳥獸的五臟◇膍脞。

6 **胱** guāng 粵gwong1 光 見"膀胱"。

6 **胴** dòng 粵dung6 動 ①軀幹◇胴體。②大腸◇胴腸。

6 **胭〔臙〕** yān 粵jin1 煙 ①胭脂◇醉錦胭叢。②像胭脂般的（紅色）◇胭紅。

【胭脂】yānzhi ①一種花，又叫紅藍花，可用來提取紅色顏料，古時多作為婦女塗脣頰的化妝品，也用於作中國畫。②現代化妝品一種，多塗擦於臉上，使臉部紅潤。

6 **脈〔脉〕** 〈一〉mài 粵mak6 默 ①血管◇動脈｜脈絡。②脈搏◇脈象｜切脈。③像血管一樣分佈的組織或事物◇葉脈｜山脈｜礦脈｜人脈。④有因果或相承關係的東西◇來龍去脈｜一脈相承。

〈二〉mò 粵mak6 默 見"脈脈"。

【脈脈】mòmò 默默地用眼神表達情意的樣子◇含情脈脈｜脈脈不語｜盈盈一水間，脈脈不得語。

【脈絡】màiluò ①中醫指人身上的經絡，包括動脈和靜脈。②像脈絡般的；特指文章或事理的線索、條理◇文章脈絡分明｜思想脈絡。

【脈搏】màibó ①心臟輸出血液的沖擊所引起的動脈的跳動。②比喻一種動態的情勢或規律◇掌握時代脈搏。

6 **脎** sà 粵saat3 殺 有機化合物的一種，常用來鑒別某些糖類。（英osazone）

6 **脆** cuì 粵ceoi3 趣 ①容易斷裂破碎；缺乏韌性◇鬆脆。②（食物）容易咬碎，酥鬆好吃◇脆麻花｜蘋果很脆。③（聲音）清亮◇清脆｜嗓音挺脆。④形容説話、做事爽利痛快，不拖泥帶水◇辦事脆得很。

【脆弱】cuìruò 軟弱不堅強；經不起挫折◇人

的感情很脆弱。(反) 堅毅、剛強。

6 **脂** zhī 粵zi1 之 ①動植物所含的油質◇油脂|民脂民膏。②含油質的化妝品；特指胭脂◇香脂|塗脂抹粉。

【脂肪】zhīfáng 生物體的組成部分和儲能物質，存在於人和動物的皮下組織及植物體中。

【脂粉】zhīfěn ① 胭脂和香粉。泛指化妝品◇不施脂粉。② 借指婦女◇這個男人脂粉氣十足。

【脂膏】zhīgāo ① 油脂◇取來脂膏作油燈。② 比喻用血汗換來的財富◇榨盡百姓的脂膏。③ 富庶◇脂膏之地。

6 **胸〔胷〕** xiōng 粵hung1 空 ①身體頸腹之間的部位◇胸膛|胸圍|袒胸露背。②指內心、頭腦裏◇胸有成竹。

【胸口】xiōngkǒu 胸骨下端周圍的部分。

【胸脯】xiōngpú 胸部。

【胸膛】xiōngtáng 胸部◇挺起胸膛。

【胸臆】xiōngyì 內心；心中真實的想法和情感◇直抒胸臆。

【胸襟】xiōngjīn ① 氣量；抱負◇胸襟開闊。② 人體或衣服上身前面的部分。

【胸懷】xiōnghuái ① 胸襟；抱負◇胸懷坦蕩。② 胸中懷着◇胸懷大志。

【胸有成竹】xiōngyǒuchéngzhú 宋代蘇軾《文與可畫篔簹谷偃竹記》："故畫竹，必先得成竹於胸中。" 後比喻做事之前已有成熟的計劃。(同) 成竹在胸、心中有數。

【胸無點墨】xiōngwúdiǎnmò 肚裏沒有一點墨水。形容讀書太少，沒有學問◇雖然家財萬貫，卻胸無點墨。

6 **胳〔肐〕** 〈一〉gē 粵gok3 各 見"胳膊"。〈二〉gé 粵gok3 各 見"胳肢"。〈三〉gā 粵gaak3 格 見"胳肢窩"。

【胳肢】gézhi 抓撓人癢處使發笑◇兩個人互相胳肢，笑鬧不止。

【胳膊】gēbo 肩以下手腕以上的部分。

【胳臂】gēbei 胳膊。

【胳肢窩】gāzhiwō 腋窩；上肢和肩膀連接處的底下呈窩狀的部分◇把書夾在胳肢窩裏。

6 **胲** 〈一〉gǎi 粵goi2 改 臉頰的肉；臉面◇胲頰|低首自慚胲。〈二〉hǎi 粵hoi2 海 有機化合物的一類，是羥胺的烴基衍生物◇硫酸胲。(英 hydroxylamine)

6 **胼** pián 粵pin4 篇4【胼胝】piánzhī 趼子；手掌或腳掌因長期勞動摩擦生成的硬皮◇胼手胝足|手足胼胝。

6 **脒** mǐ 粵mai5 米 有機化合物的一類◇磺胺脒。(英 amidine)

6 **胺** àn 粵on1/ngon1 安 氨的氫原子被烴基取代後所形成的有機化合物，大都具有弱鹼性，能和酸形成鹽◇苯胺。(英 amine)

6 **脅(胁)〔脇〕** xié 粵hip3 怯 ①腋下至腰以上的部位◇兩脅|脅下掛一個口袋。②挾持；逼迫◇脅迫|威脅。

【脅持】xiéchí 威脅挾持◇脅持人質。

【脅迫】xiépò 威脅逼迫◇遭他人脅迫。

【脅從】xiécóng ① 被脅迫而跟從◇脅從者判刑三年。② 指被迫相從者◇首惡和脅從要分清楚。

【脅肩諂笑】xiéjiān chǎnxiào 聳着肩裝出獻媚的笑臉。形容人阿諛逢迎的樣子。

6 **能** néng 粵nang4 ①本領；才幹◇能耐|才能|博學多能。②有本領的；有才幹的◇能人|能者多勞。③物理學中指能量◇電能|熱能|原子能。④善於；具有某種用途◇能説會道|酒精能消毒。⑤可能；能夠◇明天你能來嗎？⑥應該；可以◇公共場所不能吸煙|不能不講信用。

用法提示：能、會

初次學會某種技能或表示具備某種能力，可以用"能"或"會" ◇我會(能)説日語。至於恢復某種能力或表示達到某種效率，只能用"能"，不能用"會" ◇他能一口氣跑上七樓，不能説成"他會一口氣跑上七樓"。

【能力】nénglì 能勝任某種工作的才幹◇學習能力|有能力做好這件工作。

【能手】néngshǒu 技能高超的人；對某項工作、運動特別熟練的人◇運動能手|談判能手。(同) 高手。

【能事】néngshì 擅長的本領◇極盡舞文弄墨之能事。

【能耐】néngnai 本領；有本領◇有能耐|真能耐。

【能夠】nénggòu ① 表示有能力、有可能◇能夠起牀活動了|能夠如期完成。② 表示許可、

有條件◇湖裏能夠游泳了｜非會員也能夠參加。③表示善於（做）◇能夠把握商機｜一頓能夠吃三大碗飯。

【能量】 néngliàng ①度量物質運動的一種物理量，即"能"。②比喻人的活動能力◇別低估他的能量。

多樣表達：能量
動能 電能 磁能 光能 熱能 勢能 核能 化學能 原子能 機械能 太陽能 結合能

【能幹】 nénggàn 有辦事的才幹◇精明能幹。反 無能。

【能源】 néngyuán 產生能量的資源，如燃料、風力、水力等◇石油能源｜再生能源｜能源危機。

【能工巧匠】 nénggōng qiǎojiàng 技藝高超的工匠。

【能屈能伸】 néngqū néngshēn《易・繫辭下》："尺蠖之屈，以求信（伸）也。"意指尺蠖彎屈着是為了要伸展開來。後比喻人在不得志時能忍受屈辱，得意時能施展抱負。

【能說會道】 néngshuōhuìdào 非常善於辭令，很會説話。同 能言善辯 反 笨嘴拙舌、張口結舌。

7 **脖〔頖〕** bó 粵but6 勃 ①頭和軀幹連接的部分◇脖子｜脖頸。②借指器物上像脖子的部分◇腳脖｜瓶子脖兒。

7 **脯** 〈一〉fǔ 粵fu2 苦/pou2 普 經加工的肉乾、乾果肉等◇肉脯｜果脯。
〈二〉pú 粵pou4 蒲 胸部◇胸脯。

7 **脰** dòu 粵dau6 豆 頸項，脖子◇絕脰而死。

7 **脣〔唇〕** chún 粵seon4 純 ①人或某些動物嘴邊緣的肌肉組織，通稱嘴脣。②某些器官中樣子像嘴脣的部分◇陰脣｜耳脣。

【脣舌】 chúnshé 借指言辭◇白費脣舌。

【脣吻】 chúnwěn 嘴脣。借指言語、口才◇脣吻之間，流露出傲慢之意。

【脣齒】 chúnchǐ 嘴脣和牙齒。比喻互相依存、利害相關的雙方◇脣齒相依。

【脣亡齒寒】 chúnwáng chǐhán 嘴脣沒有了，牙齒就會感到寒冷。比喻雙方利害緊密相關，失去一方，另一方就會受到威脅、損害。

【脣槍舌劍】 chúnqiāng shéjiàn 形容辯論激烈，言辭鋒利◇脣槍舌劍，一來一往，爭論得非常激烈。

7 **脦** te 粵tik1 惕 見"肋脦"。

7 **脛（胫）〔踁〕** jìng 粵ging3 敬 小腿◇脛骨｜不脛而走。

7 **脡** tǐng 粵ting5 艇 ①長條的乾肉。②直。

7 **脢** méi 粵mui4 梅 脊椎兩旁的瘦肉；背◇脢腓｜脢子肉。

7 **脞** cuǒ 粵co2 楚 繁碎；瑣細◇脞説｜脞冗｜叢脞。

7 **脫** tuō 粵tyut3 ①（皮毛等）掉落◇脫皮｜脫髮｜脫殼。②除去；解除◇脫鞋｜脫脂｜脫貧。③離開；擺脫◇脫鈎｜脫險｜脫身。④漏掉◇脫漏。⑤失去◇虛脫。⑥賣掉，出空（貨物）◇出脫。⑦姓。

【脫水】 tuōshuǐ ①（物質）失去水分◇脫水蔬菜。②使水分失去◇風乾是脫水的一種方法。③指人體中液體大量減少的病情，多由嚴重嘔吐、腹瀉、出汗、失血等造成。

【脫手】 tuōshǒu ①（東西）出手，離手◇脫手打碎了杯子。②把貨物賣掉◇這批壓倉貨終於脫手了。

【脫臼】 tuōjiù 脫位；關節的骨頭因外傷或病變而脫離正常位置。

【脫身】 tuōshēn 抽身離開◇事務繁忙，一時無法脫身。

【脫軌】 tuōguǐ ①鐵路運輸事故。指列車行駛時脫離軌道。②比喻事情發展脫離常理，變得難以預計◇社會秩序脫軌。

【脫卸】 tuōxiè 擺脫；推卸◇脫卸罪責。

【脫俗】 tuōsú 脫離庸俗；不沾染俗氣◇打扮脫俗｜文字清新脫俗。

【脫胎】 tuōtāi ①道教指脫去凡胎◇脫胎成仙。②比喻一事物由另一事物孕育變化而產生◇北京大學由京師大學堂脫胎而來。③製作漆器的一道工序，除去漆器裏面的胎。

【脫逃】 tuōtáo 抽身逃走◇臨陣脫逃。

【脫略】 tuōlüè ①輕慢不拘◇舉止脫略。②脫漏，省略（文字）◇文字脫略頗多。

【脱期】tuōqī 延誤原定的日期。多指期刊延期出版◇刊物脱期｜工程脱了期。

【脱落】tuōluò ①（附着物）掉下◇頭髮脱落。②（文字）遺漏◇碑刻上的文字間有脱落，頗費猜測。

【脱節】tuōjié 分開或失去聯繫，不相連接◇與時代脱節。反 銜接。

【脱鈎】tuōgōu 原指火車車廂間的掛鈎脱開。比喻事物的聯繫中斷◇我公司已跟原總公司脱鈎，獨立經營了。

【脱誤】tuōwù 脱漏和錯誤◇訂正原書的脱誤。

【脱漏】tuōlòu 遺漏◇打印稿脱漏之處不少。

【脱稿】tuōgǎo ① 著作、文稿寫好完成◇文章已經脱稿。② 指演講者、講話人不需要文稿輔助而現場發揮。◇他已經背熟了內容，可以脱稿演講。

【脱銷】tuōxiāo（商品）售完後，一時供應不上◇持久的酷暑引發空調脱銷。

【脱離】tuōlí ① 離開◇脱離危險期。② 斷絕◇脱離父子關係。

【脱口秀】tuōkǒuxiù 指廣播、電視主持人或嘉賓以現場談話為主的節目形式◇他是近期大受歡迎的脱口秀演員。（英 talk show）

【脱口而出】tuōkǒu'érchū 不加考慮，隨口説出。反 守口如瓶。

【脱胎換骨】tuōtāi huàngǔ 原為道家修煉用語，指脱去凡胎換成仙骨。後比喻發生徹底的變化◇脱胎換骨，重新做人。

【脱穎而出】tuōyǐng'érchū《史記・平原君虞卿列傳》："平原君曰：'夫賢士之處世也，譬如錐之處囊中，其末立見…' 毛遂曰：'臣乃今日請處囊中耳。使遂蚤得處囊中，乃穎脱而出，非特其末見而已！'" 意思説如果他早被放入口袋中，就會連錐子全都脱露而出。穎，錐的尖端。後指有能力的人一旦遇到機會，才能就立即全部顯露出來。反 湮沒無聞。

7 **脘** wǎn 粵wun2 碗/gun2 管 中醫指胃的內腔◇胃脘。

7 **脲** niào 粵niu6 尿 有機化合物，通稱尿素。用作肥料，製造炸藥、塑料等。

7 **朘** 〈一〉juān 粵zyun1 專 ①削減；縮小◇朘損｜朘耗。②剝削◇朘剝｜朘民膏血。

〈二〉zuī 粵zeoi1 追 男孩的生殖器。

8 **腎（肾）** shèn 粵san6 慎 ①人和高等動物的泌尿器官，俗稱腰子◇腎虛｜補腎。②指外腎，男子和雄性動物的外生殖器◇腎囊。

8 **腈** jīng 粵cing1 青 含有氰基的有機化合物，為無色液體或固體，有特殊氣味，遇酸或鹼即分解。

【腈綸】jīnglún 聚丙烯腈纖維，耐光、耐腐蝕，用於製毛線、人造毛皮及其他紡織品◇腈綸毯｜腈綸布。

8 **脹（胀）** zhàng 粵zoeng3 障 ①身體內壁受到壓迫而產生的不適之感◇肚脹｜頭昏腦脹。②體積擴大◇膨脹｜熱脹冷縮。

8 **腖（胨）** dòng 粵dung3 凍 蛋白腖的簡稱，用作細菌的培養基。（英 peptone）

8 **腌** 〈一〉yān 粵jip3 業3/jim1 淹 同"醃"。用鹽醬糖等調料浸漬。

〈二〉ā 粵ap1 噏【腌臢】āza ①骯髒；不乾淨◇衣服穿得真腌臢。②弄髒；使變髒◇別腌臢我這塊地方。③惱人的；令人不快的◇這事辦得真讓人腌臢。④卑鄙；醜惡◇你這個腌臢貨。

8 **腆** tiǎn 粵tin2 田2 ①豐盛；豐厚◇腆厚｜腆贈。②善；美好◇辭無不腆。③方言。凸出；挺起◇腆着肚子。④靦腆。指慚愧、害羞。

8 **腓** féi 粵fei4 肥 ①腿肚子◇腓大於股，難以快走。②病害；枯萎◇百卉具腓。③古代剔除膝蓋骨或斷足的酷刑◇腓辟。

8 **腴** yú 粵jyu4 餘 ①肥胖；豐滿◇腴肥｜豐腴。②肥沃；肥美◇膏腴之地。

8 **脾** pí 粵pei4 皮 人和高等動物的內臟之一，作用是製造血球和破壞衰老的血球，產生淋巴球和抗體，調節脂肪、蛋白質的新陳代謝等◇脾胃｜沁人心脾。

【脾性】píxìng 脾氣；性格；習性◇各人脾性不同｜熟習馬匹的脾性。

【脾胃】píwèi ① 脾和胃◇助肝氣，養脾胃。② 比喻觀念、習性、想法◇這話不對他的脾胃。

【脾氣】 píqi ① 性格；習性◇脾氣暴躁｜摸不透他的脾氣。② 怒氣；急躁的情緒◇發脾氣。

8 **腋** yè 粵jik⁶ 亦 ①上臂和肩膀相接內側呈窩狀的部分，俗稱夾肢窩◇腋下｜腋臭。②特指狐狸腋下的毛皮◇集腋成裘。③植物體上類似腋的部分◇腋芽。

8 **腑** fǔ 粵fu² 苦 中醫總稱人體內部主管飲食消化和吸收、傳送的器官，如膽、胃、腸等◇臟腑｜肺腑之言。

8 **腙** zōng 粵zung¹ 忠 有機化合物的一類，是醛或酮的羰基和聯氨或苯肼等縮合後的衍生物◇醛腙｜酮腙。(英 hydrazone)

8 **腚** dìng 粵ding⁶ 定 方言。臀部，屁股。

8 **腔** qiāng 粵hong¹ 康 ①人和動物體內中空的部分◇口腔｜腹腔｜滿腔熱血。②物體像腔的部分◇爐腔。③話◇開腔｜答腔。④說話的聲音、語調◇京腔｜打官腔｜油腔滑調。⑤曲調◇高腔｜花腔｜字正腔圓。

【腔調】 qiāngdiào ① 戲曲、音樂等的曲調和聲律◇腔調很美。② 說話的口音、語調◇聽腔調他是山東人。③ 論調◇他們都是一個腔調。

8 **腕** wàn 粵wun² 碗 手與前臂之間或腳與小腿之間相連的、可以活動的部位◇手腕｜腳腕。

8 **腒** jū 粵geoi¹ 居 乾腌的鳥肉。

8 **胬** qǐ 粵kai² 啟 古書上指小腿肚子上的肌肉。

8 **腐** fǔ 粵fu⁶ 父 ①腐爛；腐臭◇肉腐出蟲｜流水不腐，戶樞不蠹。②思想陳舊、古板◇腐儒｜迂腐｜陳腐。③豆腐◇腐乳｜腐竹。

【腐化】 fǔhuà ① 腐爛變質◇腐化變質的肉不能吃。② 思想、行為變壞◇腐化墮落｜貪污腐化。③ 使腐化◇拜金主義腐化了他。

【腐朽】 fǔxiǔ ① 腐爛朽敗◇楠木不容易腐朽。㊐ 朽爛。② 比喻思想陳腐或社會敗壞。

【腐敗】 fǔbài ①（有機體）腐爛變質◇木樁腐敗得發黑了。② 腐化墮落◇腐敗分子｜腐敗案件。③（制度、組織、機構等）腐朽衰敗◇清朝官場日漸腐敗。

【腐蝕】 fǔshí ① 物質由於化學作用而逐漸消損毀壞◇腐蝕性｜腐蝕劑。② 比喻因壞的思想、行為或環境影響等因素逐漸侵蝕而使人變壞◇黃色網站容易腐蝕青少年。

【腐儒】 fǔrú 迂腐的讀書人。

【腐爛】 fǔlàn ①（有機體）腐化敗壞◇樹葉腐爛成為肥料。② 腐敗糜爛◇生活腐爛。

9 **腠** còu 粵cau³ 臭 皮下肌肉之間的空隙◇腠理。

9 **腩** nǎn 粵naam⁵ 南⁵ 牛肚子上鬆軟的肌肉；人、魚腹部鬆軟而肥的肉◇牛腩｜肚腩｜魚腩。

9 **腰** yāo 粵jiu¹ 邀 ①身體中部胯上脅下的部位◇腰圍｜彎腰。②腎臟◇腰子｜炒腰花。③衣褲套在腰部的部分◇腰身｜褲腰。④比喻中部；中段◇山腰｜唱到半中腰。⑤腰狀的事物◇腰果｜腰豆。⑥姓。

【腰子】 yāozi 腎；特指作食物用的動物腎。

【腰包】 yāobāo 繫在腰帶上的錢包；泛指錢包、錢財◇自掏腰包。

【腰杆】 yāogǎn ① 腰部◇挺直腰杆做人。② 比喻靠山、依靠的力量◇他的腰杆硬得很。

【腰身】 yāoshēn ① 人體的腰部◇腰身纖細。② 指衣服腰部的尺寸◇這條連衣裙腰身太肥。

【腰板】 yāobǎn ① 人的腰和背，腰部◇挺起腰板走路。② 借指體格◇老人腰板還硬朗。㊐ 腰杆。

【腰肢】 yāozhī 腰身；身段；體態◇腰肢纖弱。

【腰斬】 yāozhǎn ① 古代一種從腰部把人斬為兩段的酷刑。② 比喻把事物攔腰切斷◇節目被腰斬｜文章被無端地腰斬了。

【腰眼】 yāoyǎn ① 腰椎骨兩側的部位。② 比喻關鍵◇這話算是點到腰眼上了。

9 **腸**（肠）〔膓〕 cháng 粵coeng⁴ 祥 ①管狀消化器官，上端連胃，下接肛門，分大腸、小腸兩部分◇腸道｜腦滿腸肥。②指心思、情感◇心腸｜愁腸｜衷腸。③用肉、魚、作料等塞進腸衣而製成的食品◇香腸｜雞肉腸。

【腸斷】 chángduàn 形容極度悲傷。㊐ 斷腸。

【腸肥腦滿】 chángféinǎomǎn《北齊書・琅邪王儼傳》："琅邪王年少，腸肥腦滿，輕為舉措。"肚腸鼓鼓，肥頭大耳，形容飽食終日，無所用心。㊜ 瘦骨伶仃、骨瘦如柴。

9 膃〔膃〕wà 粵wat[1] 屈【膃肭】wànà ①形容肥軟的樣子◇憨厚膃肭的大熊貓。②指海狗。

9 腥 xīng 粵sing[1] 星/seng[1] 聲 ①生魚蝦的氣味◇腥氣｜這魚的腥味太重。②指魚、肉類等食物◇葷腥。

【腥臊】xīngsāo 腥臭；腥臭的氣味◇滿屋腥臊氣。

【腥風血雨】xīngfēngxuèyǔ 形容屠殺殘酷、死傷慘重的景象。

9 腮〔顋〕sāi 粵soi[1] 鰓 面頰的下半部◇尖嘴猴腮｜抓耳撓腮。

9 腡（脶）luó 粵lo[4] 羅 指紋◇腡紋。

9 腭〔齶〕è 粵ngok[6] 岳 口腔的上膛，分隔口腔和鼻腔的組織◇軟腭｜硬腭｜腭裂。

9 腫（肿）zhǒng 粵zung[2] 總 皮膚、肌肉等因受傷、病變而脹大◇浮腫｜腫瘤｜腫起一個包。

9 腹 fù 粵fuk[1] 福 ①肚子，軀幹的下半部分◇腹腔｜空腹。②形容器物、地區中間像肚子的部分◇瓶腹｜山腹｜腹地。③前面，"背後"的反面◇腹背受敵。④指人的內心◇腹稿｜以小人之心度君子之腹。

【腹心】fùxīn ① 比喻中心、要害◇深入腹心之地｜腹心之患。② 比喻真誠的心意◇互通腹心。③ 比喻親信、心腹◇重用腹心。

【腹地】fùdì 內地；近中心的地區◇沙漠腹地｜深入敵人腹地。

【腹稿】fùgǎo 心裏已構思成熟而未寫出的文稿、書畫、計劃、謀略◇事先打好腹稿，臨場一揮而就。

【腹誹】fùfěi 嘴上不説，心裏非議◇專制使人沉默，但無法杜絕腹誹。

9 腺 xiàn 粵sin[3] 線 生物體內由腺細胞組成的能分泌化學物質的器官◇汗腺｜乳腺｜淚腺｜甲狀腺。

9 腯 tú 粵dat[1] 突[1]（豬）肥。

9 腧 shù 粵syu[3] 恕 人體的穴位；腧穴的省稱◇胃腧。

【腧穴】shùxué 人體上的穴位。也指肢體遠端的五腧穴。

9 腳〔脚〕〈一〉jiǎo 粵goek[3] ①人或動物用以支撐身體和行走的最下端的接地部分。②物體最下面的部分；最基礎的◇褲腳｜山腳｜牆腳｜腳本。③指靠體力搬運為生的（人或行業）◇腳夫｜腳行。

〈二〉jué 粵goek[3] 同"角"。角色；演員◇腳色｜主腳｜配腳。

【腳力】jiǎolì ① 兩腿的力氣。指走路的能力◇老人腳力尚健。② 舊時傳遞文書或搬運貨物的差役◇在碼頭當腳力。③ 腳錢。

【腳下】jiǎoxià ① 腳底下◇青山在我腳下。② 接近地面的地方◇秦皇陵在驪山腳下。③ 方言。現在；馬上◇要是依着我，腳下就動手。

【腳夫】jiǎofū ① 搬運工人。② 趕着牲口供人僱用的人。

【腳本】jiǎoběn 戲劇表演、影視拍攝所依據的文字底本。

【腳行】jiǎoháng 搬運業或搬運工人。

【腳步】jiǎobù ① 邁步時兩腳之間的距離◇腳步細碎。② 走路時腿的動作◇停下腳步｜邁開腳步。③ 比喻前人留下的規範◇順着前人的腳步前進。

【腳脛】jiǎojìng 小腿◇腳脛抽筋。

【腳註】jiǎozhù 放在書頁下端的註釋文字。

【腳跟】jiǎogēn ① 腳的後部◇腳跟痛。② 比喻立場◇站穩腳跟，不能動搖。

【腳錢】jiǎoqián 付腳夫的工錢；給送信送禮物的人的賞錢◇腳夫拿了腳錢走了。

【腳鐐】jiǎoliào 套在犯人腳上的刑具，由一條鐵鏈連着兩個鐵箍做成。

【腳丫子】jiǎoyāzi 方言。腳。

【腳手架】jiǎoshǒujià 建築工人在空中作業時臨時搭建的架子。

【腳踏實地】jiǎotàshídì 比喻做事認真踏實。㊜ 好高騖遠。

【腳踏兩隻船】jiǎotàliǎngzhīchuán ① 比喻左右搖擺，跟對立的或不同的兩個方面都保持關係，看風頭行事。②指與多於一方有感情關係，對伴侶不忠。

9 **腤** ān 粵am1 庵 烹煮(魚、肉)。

9 **腱** jiàn 粵gin3 建/gin6 件 連接肌肉和骨骼的白色結締組織，質地堅韌◇肌腱|腱子。

9 **腦(脑)** nǎo 粵nou5 努 ①人和脊椎動物中樞神經系統的主要部分，主管知覺、運動、思維、記憶等活動◇大腦|用腦過度。②指頭部◇搖頭晃腦|鬼頭鬼腦。③指人的思考、記憶等能力◇腦筋|腦力|動腦。④顏色、形狀或作用像腦的東西◇電腦|豆腐腦。

【腦力】nǎolì 人的記憶、理解、想像等的能力◇徒費腦力|腦力勞動。

【腦汁】nǎozhī ①腦漿；腦髓。②腦筋；腦力◇絞盡腦汁。

【腦海】nǎohǎi 腦子；特指思想、記憶的器官◇腦海中浮現出他的影子。

【腦筋】nǎojīn ①腦神經，指思維器官。也指思考、記憶等能力◇腦筋靈活。②指思想、意識◇你這個老腦筋也該換換了。

【腦際】nǎojì 腦海裏；記憶中◇這個想法在我的腦際盤旋。

【腦機介面】nǎojījièmiàn 人或動物大腦與外部設備之間的直接連接，以傳送生物中樞神經系統的信號，實現大腦與設備之間的資訊交換。

10 **腪** chēn 粵can1 親 腫脹。

10 **膊** bó 粵bok3 博 上肢近肩的部分。也指手腕和肩膀之間的部位◇臂膊|赤膊上陣。

10 **膈** 〈一〉gé 粵gaak3 格 人或哺乳動物分隔胸腔和腹腔的膜狀肌肉◇膈膜|橫膈膜。

〈二〉gā 粵gaak3 格 膈肢窩。

【膈肢窩】gāzhiwō 胳肢窩。

10 **膇** zhuì 粵zeoi6 序 腳腫◇重膇之疾。

10 **膍** pí 粵pei4 陪 古代指牛的百葉，即胃。

10 **膀〔髈〕**〈一〉bǎng 粵bong2 綁 ①手臂上部靠近肩的部位。也指整個手臂◇肩膀|臂膀|膀大腰圓。②鳥類和某些昆蟲的翅膀。

〈二〉bàng 粵bong2 綁 見“吊膀子”。

〈三〉páng 粵pong4 旁 見“膀胱”。

〈四〉pāng 粵pong1 乓 浮腫◇腿腳都膀起來了。

【膀胱】pángguāng 人和高等動物位於盆腔內暫存尿液的囊狀器官，上接輸尿管，下通尿道◇膀胱發炎。

【膀腫】pāngzhǒng 浮腫。

【膀臂】bǎngbì ①臂膀；胳膊。②比喻得力的助手◇身邊多一個膀臂多一份力量。

10 **腿** tuǐ 粵teoi2 退2 ①人和動物用來支撐身體和行動的部分◇大腿|後腿。②器物下部起支撐作用的部分◇桌腿|牀腿。③指火腿◇雲腿。

10 **膏** 〈一〉gāo 粵gou1 高 ①脂肪；油脂；肥肉◇膏火(燈火)|脂膏|膏粱。②很稠的糊狀物◇唇膏|牙膏|藥膏。③肥沃◇膏腴|膏壤。④中醫名詞。心尖上的脂肪◇病入膏肓。

〈二〉gào 粵gou3 告 ①給車子或機器加潤滑油◇膏油|給車軸膏點油。②毛筆蘸墨，在硯台上掭◇膏筆|膏墨。

【膏肓】gāohuāng 中醫學以心尖脂肪為膏，心臟與膈膜之間為肓，認為是藥力達不到的地方◇病入膏肓，無藥可治。

【膏腴】gāoyú ①肥沃；肥美◇膏腴之地。㊊貧瘠。②比喻文辭華美。

【膏粱】gāoliáng ①肥肉和細糧。泛指精美食物、美味佳餚。②借指富貴人家◇膏粱子弟。

【膏澤】gāozé ①滋潤作物的雨水◇膏澤潤豐年。②比喻恩惠◇務使膏澤加於百姓。

10 **膂** lǚ 粵leoi5 呂 脊梁骨◇腰膂。

【膂力】lǚlì 體力◇膂力過人。

10 **膋(膋)** liáo 粵liu4 料4 古書上指腸子裏的脂肪。

11 **膚(肤)** fū 粵fu1 呼 ①身體的表皮，皮膚◇膚色|體無完膚。②淺薄；表面的◇膚見。

【膚淺】fūqiǎn 淺薄；沒有深度◇認識膚淺。㊐浮淺㊊深刻。

【膚皮潦草】fūpíliáocǎo 形容敷衍馬虎、不認真。同 浮皮潦草 反 腳踏實地。

11 **膜** mó 粵mok6 莫 ①生物體內像薄皮一樣的組織◇耳膜|角膜|竹膜。②像膜的東西◇塑料薄膜|牛奶上結了一層膜。

【膜拜】móbài 兩手在額前合掌，跪地叩拜◇頂禮膜拜。

11 **膝**〔厀〕xī 粵sat1 失 連接大腿和小腿的關節的前部◇膝蓋|護膝。

【膝下】xīxià ①兒女幼時常依於父母膝下，故用來表示在父母身邊◇在雙親膝下活到十三歲。②用作對父母的敬辭。多在書信中◇父母親大人膝下。③相當於"膝前""在我面前"，多表示有無子女◇膝下一子|膝下猶虛。

11 **膘**〔臕〕biāo 粵biu1 標 肥厚的脂肪；肥肉。多用於牲畜，用於人時帶貶義或玩笑語氣◇長膘|膘滿肉肥。

11 **膛** táng 粵tong4 堂 ①胸腔◇胸膛|開膛破肚。②器物中空的部分◇槍膛|爐膛|子彈上了膛。

11 **膕**（腘）guó 粵gwok3 國 膝蓋後的腿彎處◇膕窩。

11 **膗** chuái 粵ceoi4 除 方言。肥胖而肌肉鬆弛。

11 **膙** jiǎng 粵koeng5 強 膙子，趼子。手足因長期勞動摩擦而生的硬皮。

11 **膠**（胶）jiāo 粵gaau1 交 ①用動物的皮、角熬製或用植物分泌物加工而成的黏性物質，用於粘合器物，有些可食用或入藥◇果膠|阿膠|鹿角膠。②用人工合成的用來粘合器物的物質◇膠水|萬能膠。③像膠一樣具有黏性的◇膠泥。④用膠粘合◇膠合|木板膠得很牢。⑤橡膠◇膠鞋|膠皮。⑥指塑料、塑膠◇膠盒。

【膠片】jiāopiàn 塗有感光藥膜的塑料軟片，用於照相、拍電影等。

【膠布】jiāobù ①塗有黏性物質的布，用來包紮電線接頭。②醫用橡皮膏的俗稱◇在傷口貼上膠布。

【膠卷】jiāojuǎn 捲在軸上的照相底片◇沖洗膠卷。

【膠結】jiāojié 比喻如同膠一樣凝結着、僵持着，不易化解或難以解決◇糨糊已經膠結了|事情膠結着沒取得進展。

【膠着】jiāozhuó 像膠黏着一樣。比喻相持不下，難以解決◇談判處於膠着狀態。

【膠柱鼓瑟】jiāozhùgǔsè《史記·廉頗藺相如列傳》：趙括打仗行事就像膠住調音的柱而奏瑟，不知變通。後比喻做事拘泥刻板，不會隨機應變。同 刻舟求劍 反 隨機應變、通權達變。

12 **膩**（腻）nì 粵nei6 尼6 ①肥厚；食物中脂肪過多◇油膩|今天的菜太膩。②因過多而覺得厭煩◇這話我聽膩了|這種遊戲玩膩了。③細緻而有光澤◇肌膚柔膩|描寫細膩。④形容又黏又澀◇抹布油膩膩的。⑤污垢◇塵膩|垢膩。

【膩味】nìwei ①膩煩◇天天這麼幹，真膩味。②糾纏得讓人厭煩◇別膩味人了。同 膩歪、膩外。

【膩煩】nìfan ①因同一事物反反復復或時間拖得過長而感到厭倦◇我已經膩煩了乏味的生活。②厭惡◇一天到晚嘮叨個沒完，免不了惹人膩煩。

12 **膵** cuì 粵seoi6 睡 胰臟的舊稱。

12 **膨** péng 粵paang4 棚 體積脹大。

【膨化】pénghuà（穀物等）在加熱、加壓後突然減壓而膨脹◇膨化食品。

【膨脹】péngzhàng ①體積脹大◇空氣受熱膨脹。②擴大；增長◇通貨膨脹。

12 **膰** fán 粵faan4 凡 古代祭祀用的熟肉◇膰肉。

12 **膧** tóng 粵tung4 同【膧朦】tóngméng不明亮的樣子。

12 **膪** chuài 粵zaa6 乍 見"囊膪"。

12 **膳**〔饍〕shàn 粵sin6 善 飯食◇膳食|午膳|請用膳。

【膳食】shànshí 日常吃的飯菜◇改善膳食結構。

【膳宿】shànsù 吃飯和住宿◇妥善安排膳宿。

【膳費】shànfèi 飯食所需的費用◇膳費自理。

12 **膦** lìn 粵leon⁶論 有機化合物的一類，由磷化氫的氫原子被烴基代替而形成◇二甲膦｜三甲膦。

13 **臌** gǔ 粵gu²古 凸起；脹大。也指腹部脹起的一種病◇水臌｜臌脹｜兩腮臌起。

13 **膿(脓)** nóng 粵nung⁴農 傷口潰爛形成的黃白或黃綠色黏液，是死亡的白血球、細菌、蛋白質、脂肪等的混合物◇膿瘡｜化膿。

13 **臊** (一) sāo 粵sou¹蘇 像尿的腥臭氣味◇臊臭｜狐臊。

(二) sào 粵sou³掃 害羞；羞辱◇害臊｜當着人前臊我。

13 **臉(脸)** liǎn 粵lim⁵斂 ①面部，頭的前部從額到下巴的部分。②面子；體面◇丟臉｜賞臉｜沒臉見人。③臉上的表情◇臉色｜笑臉｜翻臉。

【臉孔】liǎnkǒng 面孔；臉上的表情◇氣得臉孔煞白。

【臉皮】liǎnpí ①面皮◇臉皮上有道疤。②情面◇撕破臉皮。③指羞恥的心理◇臉皮薄｜厚着臉皮。

【臉色】liǎnsè ①臉上的顏色；氣色◇臉色蒼白。②臉上的表情；神色◇看老闆的臉色行事。

【臉相】liǎnxiàng 相貌；面部的表情◇兇惡的臉相。

【臉面】liǎnmiàn ①面孔◇臉面消瘦。②面子；情面◇兒子有出息，做父親的也有了臉面｜看在老朋友的臉面上，幫你一次。

【臉紅】liǎnhóng 害羞；羞愧◇一見生人就臉紅｜你做事比新手都慢，真該臉紅才是。

【臉蛋】liǎndàn 臉頰；泛指臉◇親親小臉蛋｜漂亮的臉蛋。

【臉盤】liǎnpán 臉的形狀、輪廓◇鵝蛋形的臉盤。

【臉譜】liǎnpǔ 傳統戲曲演員面部化裝的譜式。在面部勾畫出一定的彩色圖案以顯示劇中人物的性格特徵。

【臉龐】liǎnpáng 臉的輪廓◇圓圓的臉龐。

13 **膾(脍)** kuài 粵kui²繪 ①細切；切割◇膾鯉｜膾肝。②切得很薄很細的肉、魚◇鱸魚膾｜食不厭精，膾不厭細。

【膾炙人口】kuàizhìrénkǒu 膾，切細的肉；炙，烤肉。膾和炙都是美味佳餚，人人愛吃。比喻為人傳誦和稱揚讚譽的詩文、事物。

13 **膽(胆)** dǎn 粵daam²擔² ①膽囊，儲存膽汁的內臟器官◇苦膽｜肝膽相照。②膽量；勇氣◇壯膽｜膽大心細。③放在器物內部，用來充氣、盛水保溫等的部件◇球膽｜暖瓶膽。

【膽力】dǎnlì 膽量和魄力◇膽力出眾。

【膽怯】dǎnqiè 膽小畏縮◇膽怯怕事。

【膽略】dǎnlüè 膽識和謀略◇膽略過人。

【膽敢】dǎngǎn 有膽量敢於（做某事）◇沒人膽敢向他挑戰。

【膽量】dǎnliàng 指不怕危險的精神、敢作敢為的勇氣◇膽量大｜他做事有膽量，有魄力。

【膽寒】dǎnhán 害怕；惶恐◇他屢建戰功，讓對手膽寒。

【膽識】dǎnshí 膽量和見識◇既有計謀，又有膽識。

【膽大妄為】dǎndàwàngwéi 膽量大，無法無天，甚麼事都敢幹。同 恣意妄為、肆無忌憚 反 膽小如鼠、謹小慎微。

【膽戰心驚】dǎnzhàn xīnjīng 戰，發抖。形容非常害怕◇站在懸崖邊，嚇得他膽戰心驚。

13 **羶〔羴羴〕** shān 粵zin¹煎 羊身上的氣味；泛指臊氣◇羶味｜羶腥氣。

13 **臁** lián 粵lim⁴廉 小腿；小腿的兩側◇臁骨｜臁瘡。

13 **臆** yì 粵jik¹益 ①胸；胸口◇胸臆。②主觀地；無根據地◇臆說。

【臆度】yìduó 主觀推測。

【臆造】yìzào 憑主觀想像編造◇不能無根據地臆造新聞。

【臆測】yìcè 主觀地推測◇主觀臆測。

【臆想】yìxiǎng 主觀地想像◇憑空臆想，不足為憑。

【臆斷】yìduàn 憑臆測來決斷；憑臆測做出的判斷◇主觀臆斷｜報告純屬臆斷，與實際不符。

13 **臃** yōng 粵jung2 擁 腫◇臃腫。

【臃腫】yōngzhǒng ①肌肉腫脹；身體十分肥胖◇雙足臃腫｜這人生得臃腫肥胖。②形容物體或機構龐大、不靈活◇穿上羽絨衣顯得太臃腫｜行政機構臃腫。

13 **膺** yīng 粵jing1 英 ①胸◇撫膺｜義憤填膺。②承受；擔當◇身膺重任｜榮膺最佳球員。③打擊；征討◇膺懲。

【膺選】yīngxuǎn 當選◇膺選參議員。

【膺懲】yīngchéng 打擊和懲治◇膺懲賣國賊。

13 **臀**〔臋〕tún 粵tyun4 團 人體兩腿上端與腰相連的部位，俗稱屁股；也指動物身體後端靠近肛門的部分◇臀部。

13 **臂** 〈一〉bì 粵bei3 祕 ①胳膊◇手臂｜振臂高呼。②動物的前肢◇長臂猿｜螳臂擋車。

〈二〉bei 粵bei3 祕 見"胳臂"。

【臂章】bìzhāng 佩戴在左袖上臂部分，用來表示身份或職務的標識。

【臂膊】bìbó ①胳膊◇臂膊上掛着黑紗。②指左右手、得力助手◇他們可是總經理的臂膊。

【臂膀】bìbǎng ①胳膊。②比喻得力的助手。

14 **臑** nào 粵naau6 鬧 牲畜的前肢；中醫指人的上臂靠近腋部的肌肉。

14 **臍**（脐）qí 粵ci4 詞 ①肚臍，在腹部正中◇臍帶。②螃蟹腹部的甲殼◇團臍（雌蟹）｜尖臍（雄蟹）。

【臍帶】qídài 哺乳類的胚胎與母體的胎盤相連的帶狀物，由兩條動脈和一條靜脈組成，是胚胎吸取養料和排出廢料的通道。

14 **臏**（膑）bìn 粵ban3 殯 ①膝蓋骨◇臏骨。②古代剔去膝蓋骨的酷刑。

15 **臘**（腊）là 粵laap6 立 ①古代在農曆十二月合祭百神祖先叫臘◇臘日｜臘祭。②指農曆十二月◇臘八｜臘月。③冬天醃製後再風乾、燻乾的（魚肉雞鴨等）◇臘肉｜臘味。④姓。

16 **臛** huò 粵fok3 霍 肉羹。

16 **臚**（胪）lú 粵lou4 勞 陳列；陳述◇臚列｜臚陳｜臚舉。

18 **臟**（脏）zàng 粵zong6 撞 人或動物體內器官的統稱◇內臟｜心臟｜五臟六腑。

18 **臞** qú 粵keoi4 渠 同"癯"。清瘦◇清臞｜臞儒（消瘦的儒者）。

19 **臢**（臜）zā 粵zaam1 站1 見"腌臢"。

19 **臠**（脔）luán 粵lyun5 攣 ①把肉切成小塊◇臠割。②切成小塊的肉◇嚐一臠肉，而知一鑊之味。

臣部

0 **臣** chén 粵san4 神 ①奴隸；奴僕◇臣虜｜臣僕。②君主時代的官吏◇臣子｜一朝天子一朝臣。③古代官吏對皇上的自稱◇老臣｜臣以為此事萬不可行。

【臣民】chénmín 君主國家的臣子和百姓。

【臣虜】chénlǔ 古代的奴隸和俘虜◇淪為臣虜。

2 **臥**〔卧〕wò 粵ngo6 餓 ①躺着◇仰臥｜坐臥不寧。②用於睡眠的◇臥鋪｜主人臥房。③火車的臥鋪◇軟臥｜硬臥。④隱居◇山中高臥。⑤趴，伏◇臥地乞討｜藏龍臥虎。⑥把去殼的雞蛋放進開水裏煮◇給你往麪裏臥了一個雞蛋。

【臥內】wònèi 臥室；內室◇臥內陳設豪華。

【臥病】wòbìng 生病躺下◇臥病不起。

【臥榻】wòtà 矮牀。也泛指牀◇臥榻之側，豈容他人鼾睡！

【臥龍】wòlóng 比喻才智超羣的隱士◇諸葛先生者，臥龍也。

【臥薪嘗膽】wòxīn chángdǎn《史記·越王勾踐世家》：春秋時吳國打敗了越國，越王勾踐立志復仇。他在柴草上睡覺，飲食前先嘗苦膽，以此策勵自己不忘恥辱，終於滅吳復仇。後形容刻苦自勵，發憤圖強。

8 **臧** zāng 粵zong1 裝 ①善，好◇臧否。②姓。

【臧否】zāngpǐ ①善惡；得失◇未知臧否｜

考察名實，區別臧否。② 品評；褒貶◇臧否人物。

11 **臨（临）** lín 粵lam⁴林 ①由高處往低處看◇居高臨下。②來到；到達◇光臨｜身臨其境。③靠近；面對着◇臨街｜把酒臨風。④將要；就要◇臨產｜臨別贈言。⑤摹仿着寫或畫◇臨摹。

【臨危】línwēi ① 垂危，人病重將死◇臨危之時，神志清醒。② 遇到危難◇臨危不懼。

【臨帖】líntiè 照着字帖練習寫字。多指毛筆字◇臨帖之前先要讀帖。

【臨近】línjìn（時間或地點）靠近；接近◇臨近春節｜住所臨近大河。

【臨牀】línchuáng 醫生給病人診治疾病◇臨牀經驗。

【臨盆】línpén 即將分娩。古代在盆中生孩子，故稱。㊐ 臨產。

【臨時】línshí ① 事情發生的時候◇臨時抱佛腳。② 暫時的；非正式的◇臨時工｜臨時住所。

【臨終】línzhōng 人即將死亡時◇臨終囑咐｜臨終關懷。

【臨場】línchǎng ① 在考場參加考試；在競賽場地參加競賽◇臨場慌亂｜臨場發揮。② 親自到現場◇臨場處置墜機事件。

【臨摹】línmó 照着字、畫原樣摹仿學習◇臨摹碑帖。

【臨機】línjī 掌握時機◇臨機應變｜臨機立斷，化險為夷。

【臨頭】líntóu（危險或災禍等）落到身上◇死到臨頭還執迷不悟。

【臨難】línnàn 身處危難；面臨死亡◇臨難託孤｜從容臨難，毫無懼色。

【臨危授命】línwēi shòumìng《論語・憲問》："見利思義，見危授命。"在危難的時刻勇於獻出生命。

【臨陣磨槍】línzhèn móqiāng 槍，古代用於刺殺的兵器。到要上陣打仗時，才匆忙去磨槍。比喻事到臨頭才倉促準備。

【臨渴掘井】línkějuéjǐng《素問・四氣調神大論》："夫病已成而後藥之，亂已成而後治之，譬猶渴而穿井，鬬而鑄錐，不亦晚乎！"到口渴時才去挖井。比喻平時不早作準備，遇到問題才急着想辦法。

【臨淵羨魚】línyuānxiànyú《淮南子・說林訓》："臨河而羨魚，不若歸家織網。"羨，希望得到。面對深潭，幻想得到魚；空想無益，不如早做實事。

自部

0 **自** zì 粵zi⁶字 ①自己◇自稱｜自斟自酌。②自然；當然◇自不待言｜自有公論。③從；由◇自上海至香港。

【自大】zìdà 自以為了不起，看不起人◇自大狂｜狂妄自大。

【自己】zìjǐ ① 自身；本身。② 複指前面的名詞或代詞◇你自己開車去吧｜這行李我自己來搬｜她穿了一條自己設計的裙子。③ 親近的；關係密切的◇都是自己人，有甚麼話你就直說吧。

【自已】zìyǐ 控制住自己。多用於否定◇興奮之情難以自已。

【自由】zìyóu ① 不受限制，不受約束◇自由參加｜自由選擇。② 在憲法和法律範圍內公民享有的按個人意願進行活動的權利。

【自白】zìbái 自我表白◇自白書。

【自立】zìlì 依靠自己的能力獨立生存◇幾個子女都已自立。

【自在】㈠ zìzài 無拘無束，不受限制◇自由自在｜和陌生人坐在一起，他覺得不大自在。㊊ 拘束。

㈡ zìzai 安閒舒適◇小日子過得挺自在。

【自如】zìrú ① 活動或操作不受阻礙◇伸縮自如。② 不拘束，保持常態◇鎮定自如。

【自我】zìwǒ 針對着自己（做某事）；指自己◇自我欣賞｜自我保護｜放下自我，才能虛心，才有進步。

【自拔】zìbá 主動從痛苦、錯誤或罪惡中解脫出來◇陷在痛苦中不能自拔。

【自制】zìzhì 克制自己的心情；克制自己的情緒◇極度悲痛，難以自制。

【自卑】zìbēi 看不起自己，認為自己不如別人

◇消除自卑的心理障礙。㊐ 自餒 ㊍ 自信。

【自命】zìmìng 自己認為◇自命不凡。

【自疚】zìjiù 內心感到慚愧、不安和自責。

【自治】zìzhì 在法律範圍內獨立行使管理自己事務的權力◇民族區域自治。

【自封】zìfēng ① 自稱；自加的封號◇自封為理論家。② 自我限制；給自己劃定不可逾越的框框◇故步自封。

【自持】zìchí 控制住自己的感情、慾望等◇悲憤已極，不能自持。

【自重】zìzhòng ① 使自己的言行符合人格標準◇君子自重，小人自輕。② 物體本身的重量◇這台機器自重 1200 公斤。③ 抬高自己的地位◇擁兵自重。

【自便】zìbiàn 按自己的意願或做法行事◇如何處理，請你自便。

【自信】zìxìn ① 對自己有信心◇他言談舉止很自信。② 對自己的信心◇充滿自信。㊍ 自卑。

【自律】zìlǜ 把自己限制在某種規範內；自己約束自己◇公眾場所，吸煙者應當自律。

【自負】zìfù ① 自己負責；自己負擔◇後果自負 | 自負盈虧。② 自以為了不起◇自負的人總覺得別人都比不上他。

【自首】zìshǒu 作案人主動向警方或相關部門承認犯罪事實。㊐ 投案。

【自修】zìxiū ① 自學◇自修英語。② 自習◇充分利用自修時間。

【自理】zìlǐ ①（自己的事情）自己處理◇生活不能自理。② 由自己承擔◇食宿費用自理。

【自控】zìkòng ① 自我控制◇兒童自控能力差。② 自動控制◇生產線的自控系統。

【自救】zìjiù 自己設法救助自己◇立足於自救，不依靠別人 | 消防人員教授大家在火災時應如何自救。

【自動】zìdòng ① 自己率先採取某一行動◇自動捐獻。② 不靠外力，本身自行發生變化◇自動消失 | 自動退出。③ 不靠人力，靠機械裝置操作的◇自動扶梯。

【自得】zìdé 自鳴得意；感到舒適得意◇洋洋自得 | 學有所成，他也頗感自得。

【自從】zìcóng 從，表示時間的起點。由某一時間向後算起◇自從離開鄉間，就難得聽到鳥鳴了。

用法提示：從、自從

兩個都表示起點，但"從"後的起點可以是時間，也可以是地點、範圍或發展變化的起點；"自從"後只能是時間。"從"後面的時間可以是將來的，也可以是過去的；"自從"後只能是過去的時間。

【自問】zìwèn ① 自我省問◇捫心自問。② 自我權衡◇自問這樣做值得不值得。

【自強】zìqiáng 奮發圖強◇自古男兒當自強。

【自然】〈一〉zìrán ① 自然界◇回歸大自然。② 天然的；原本就有的◇自然美。③ 理所當然◇一年最熱的季節自然是夏季。
〈二〉zìran 不勉強；不拘束；不造作◇她的表演很自然。

【自尊】zìzūn 尊重自己，不看低自己，也不讓別人看低自己◇自尊心。㊐ 自重。

【自發】zìfā ① 不受外力影響，完全由自己產生的。② 自然；不自覺◇大家自發地聚到一起。

【自給】zìjǐ 自我供給；自我滿足需要◇資源貧乏，不能自給。

【自傲】zì'ào ① 自以為了不起，看不起別人◇居功自傲。② 自豪◇短時間做出這樣的成績，你值得自傲。

【自傳】zìzhuàn 敍述自己生平的文章或書籍。

【自愛】zì'ài 愛惜自己的名譽；懂得檢點自己的言行◇做人要知自愛，知進退。㊐ 自重。

【自新】zìxīn 改正錯誤，重新做人◇改過自新。

【自稱】zìchēng ① 稱呼自己◇漢族人自稱"炎黃子孫"。② 聲稱◇他自稱曾拿過跳高冠軍。

【自豪】zìháo（為自己或與自己有關的成就）感到光榮◇做出這樣的成績，她深感自豪。

【自滿】zìmǎn 滿足於已有的成績◇銳意進取，永不自滿。

【自慚】zìcán 內心感到慚愧◇深感自慚 | 不知自慚，就不會進步。

【自嘲】zìcháo 自我嘲笑；自我戲謔◇常年在山頂工作，以"世外高人"自嘲。

【自餒】zìněi 自己失去信心和勇氣◇困難面前不自餒，成就面前不自傲。

【自慰】zìwèi ① 自我安慰◇聊可自慰｜聊以自慰。② 自我滿足性慾要求。

【自謙】zìqiān 向他人表示謙虛◇自謙之詞｜無需自謙。

【自覺】zìjué ① 自己覺得；自己感覺到◇我寫了篇遊記，自覺不錯。② 自己就能認識到或領悟到◇自覺遵守紀律。

【自駕遊】zìjiàyóu 自助旅遊的一種，遊客自己駕駛車輛到處觀光◇他這次去澳洲選擇自駕遊。

【自媒體】zìméitǐ 由普通大眾通過互聯網等途徑向外發佈新聞或所創作品的傳播方式。

【自由行】zìyóuxíng ① 不受限制地旅行。指出外旅行不參加旅遊團。② 特指港澳個人遊計劃，即容許中國內地特選城市的居民以個人方式前往香港、澳門兩地旅遊◇赴港自由行。

【自投羅網】zìtóuluówǎng ① 比喻鑽進別人設好的圈套。② 比喻自動去送死。

【自求多福】zìqiúduōfú《詩・大雅・文王》："永言配命，自求多福。"靠自己去找尋更多的福祉。

【自吹自擂】zìchuī zìléi 吹，吹喇叭；擂，擊鼓。比喻吹噓自己。(同) 大吹大擂。

【自動駕駛】zìdòngjiàshǐ 無需人手操控，由電腦控制的全自動化車輛運行系統。

【自知之明】zìzhīzhīmíng 明瞭自己的長處和短處，説話做事同自己相稱，不做非分之舉。(反) 自以為是。

【自命不凡】zìmìngbùfán 自以為了不起，超過他人。(反) 自慚形穢。

【自相魚肉】zìxiāngyúròu 內部互相殘殺。(同) 同室操戈、自相殘殺。

【自食其果】zìshíqíguǒ 自己吞食自己種出的苦果。比喻自己造成的後果自己承擔◇人類破壞自然環境，必將自食其果。

【自怨自艾】zìyuàn zìyì《孟子・萬章上》："太甲悔過，自怨自艾。"① 悔恨自己做錯了事，想要改正。② 悔恨、責怪自己。(同) 悔之無及。

【自欺欺人】zìqīqīrén 用自己明知是謊言或騙人的手法去欺騙別人；欺騙自己也欺騙別人。

【自圓其説】zìyuánqíshuō 用自己的説法堵住漏洞，使自己所説的內容順理成章，不自相矛盾。(反) 自相矛盾、破綻百出。

【自慚形穢】zìcánxínghuì 原指因容貌舉止不如他人而感到慚愧，後泛指自愧不如別人。(同) 自愧弗如。

【自暴自棄】zìbào zìqì《孟子・離婁上》："自暴者，不可與有言也；自棄者，不可與有為也。"後形容自甘墮落，或自甘落後，不求進取。(同) 自輕自賤。

【自顧不暇】zìgùbùxiá 照顧自己都來不及，更無力管別人的事。

【自然語言處理】zìrányǔyánchǔlǐ 主要研究能實現人與電腦之間用自然語言進行有效通信的各種理論和方法。

4 **臬** niè ●jit6 熱/nip6 捏 ①射箭的目標；靶子。②測日影的標桿。③標準；法度◇圭臬。

4 **臭** (一)chòu ●cau3 湊 ①污濁的惡氣◇一股惡臭。②氣味污濁難聞◇臭氣｜腥臭。③令人厭惡的；醜惡的◇擺臭架子｜臭名遠揚。④低劣的；笨◇臭棋｜這辦法也太臭了。⑤不高明的◇三個臭皮匠，合成一個諸葛亮。⑥狠狠地◇臭罵一頓。

(二)xiù ●cau3 湊 ①氣味◇乳臭未乾｜無聲無臭｜其臭如蘭。②嗅，用鼻子聞◇警犬臭出了藏在行李中的毒品。

【臭罵】chòumà 痛罵；狠狠地罵◇捱了一頓臭罵。

【臭名昭著】chòumíngzhāozhù 惡劣的名聲盡人皆知。

【臭味相投】chòuwèixiāngtóu 比喻在壞的觀念、興趣等方面，彼此很合得來。

6 **臯〔皋〕** gāo ●gou1 高 ①沼澤◇鶴鳴於九臯。②水邊的高地。也泛指高地◇江臯｜山臯。

10 **鼿** niè ●jit6 熱【鼿卼】nièwù 動盪不安。

至部

0 **至** zhì 粵zi3 志 ①到；到來◇賓至如歸|口惠而實不至。②到了極點◇仁至義盡。③最；極◇水至清則無魚，人至察則無徒。④至於◇甚至|竟至。

【至上】zhìshàng 最高◇客戶至上。

【至少】zhìshǎo 表示最小的限度◇建造教學樓，至少得投資上千萬。(同) 最少。

【至今】zhìjīn 直到現在◇那裏的老百姓至今還記得他。

【至多】zhìduō 表示最大的限度◇看上去至多不過二十歲。(同) 最多。

【至交】zhìjiāo 最知心的朋友◇朋友雖多，無話不談的至交卻沒有。

【至於】zhìyú ① 達到；到…地步。於，語助詞，無實義◇若早些治療，何至於病入膏肓！② 連詞。表示提起另一件事◇至於她是不是同意，我沒把握。

用法提示：至於、關於

"至於"是在本話題以外，另起一個話題；"關於"只有一個話題◇關於會面的地點，還有待安排。"關於"還可用於書名或篇名，"至於"不能。

【至若】zhìruò 表示轉而敍述另一事◇至若龍舟齊發，壯士急鼓，則又是湖上另一勝景。(同) 至如、至於。

【至尊】zhìzūn ① 最尊貴◇學者，天下至尊之稱。② 最尊貴的人或事物◇天文學家是他心目中的至尊。③ 至高無上的地位。古代多指帝位或皇帝◇初登至尊|奉至尊之命。

【至聖】zhìshèng 最聖明的◇至聖先師孔子。

【至誠】zhìchéng 極其真誠◇待人一片至誠。(反) 虛偽。

【至親】zhìqīn 血緣關係最近的親屬或親戚◇骨肉至親|至親好友。

【至囑】zhìzhǔ 極其懇切地叮囑。多用於書信。

【至高無上】zhìgāowúshàng 高過一切，沒有再超過它的。

【至理名言】zhìlǐmíngyán 最正確的道理，最精闢深刻的話。

3 **致** zhì 粵zi3 至 ①發給；給予◇致函|致電。②表達；表示◇致謝|致歉。③引起；使達到◇致病|學以致用。④歸還◇致仕。⑤竭盡(精力)；集中(意志)◇致力|專心致志。⑥興趣；情趣◇興致|景致|曲折有致。⑦以致◇一不留心，致生差錯。

【致力】zhìlì 竭盡力量去做◇政府致力保護瀕危動植物。

【致仕】zhìshì 古時官員辭官回故里；退休◇屢請致仕。

【致死】zhìsǐ 導致死亡◇意外中毒致死。

【致使】zhìshǐ 以致，由於某種原因而使得◇水旱頻仍，致使糧食減產。

【致命】zhìmìng 可使喪失生命的；危害極其嚴重的◇致命打擊|致命的弱點。

【致哀】zhì'āi 對死者表示哀悼。

【致富】zhìfù 達到富裕；富裕起來◇勤勞致富。

【致敬】zhìjìng 向人敬禮或表示敬意。

【致意】zhìyì 表示問候、感謝等心意◇點頭致意。

8 **臺(台)** tái 粵toi4 抬 同"台"。

10 **臻** zhēn 粵zeon1 津 ①至；達到◇漸臻佳境|日臻完善。②聚集◇臻萃|百福並臻。

臼部

0 **臼** jiù 粵kau5 舅 ①舂米或搗物用的器具。多用石頭鑿成或木頭製成，中間深凹下去◇臼杵|石臼。②形狀像臼的◇臼齒。

2 **臾** yú 粵jyu4 餘 見"須臾"。

3 **臿** chā 粵caap3 插 同"鍤"，挖土的工具。

3 **舁** yú 粵jyu4 餘 抬；扛。

4 **舀** yǎo 粵jiu5 繞 用勺、瓢等器具取東西(多指液體)◇舀米|舀一碗湯。

5 **舂** chōng 粵zung1忠 把東西放在臼裏，用杵搗去穀物外殼或搗碎◇舂米。

6 **舄** xì 粵sik1色 ①古代一種有木底的鞋。②鞋的通稱◇履舄交錯。

6 **與(与)** 〈一〉yǔ 粵jyu5雨 ①給予◇贈與|與人方便。②交往◇相與。③讚許；贊助◇與人為善。④介詞，跟◇與疾病作鬥爭。⑤連詞，和◇老師與學生。

〈二〉yù 粵jyu6遇 參加◇參與。

【與共】yǔgòng 在一起◇生死與共。

【與其】yǔqí 用在表示比較而有所取捨的語句中，常與"不如"連用◇與其臨淵羨魚，不如退而結網。

【與會】yùhuì 參加會議◇與會來賓。

【與人為善】yǔrénwéishàn 原指贊助人學好，現多指善意幫助別人。

【與日俱增】yǔrìjùzēng 隨着時間的推移而不斷增長◇他們的感情與日俱增。

【與世長辭】yǔshìchángcí 婉稱人去世。

【與世無爭】yǔshìwúzhēng 不與世人爭奪名和利。

【與虎謀皮】yǔhǔmóupí 跟老虎商量取下虎皮。比喻所商量的事跟對方利害衝突，難以辦到。

7 **舅** jiù 粵kau5臼 ①母親的兄弟◇大舅|舅父|舅舅。②妻子的兄弟◇妻舅|小舅子。③丈夫的父親◇舅姑。

【舅子】jiùzi 妻子的兄弟◇大舅子|小舅子。

【舅姑】jiùgū 公公和婆婆。

9 **興(兴)** 〈一〉xīng 粵hing1兄 ①興盛；流行◇文藝復興。②使盛行◇大興文字獄。③開始；創立◇興辦|百廢待興。④起來◇夙興夜寐。⑤准許（多用於否定句）◇說話要有根據，不興胡說。⑥或許◇興許。⑦姓。

〈二〉xìng 粵hing3慶 興致；興趣◇助興|雅興。

【興亡】xīngwáng 興盛和滅亡，多指國家◇天下興亡，匹夫有責。

【興兵】xīngbīng 起兵討伐。

【興旺】xīngwàng 興盛；旺盛◇人丁興旺。

【興起】xīngqǐ 開始出現並興盛起來◇近代自然科學的興起。

【興致】xìngzhì 興趣◇興致勃勃。

【興修】xīngxiū 開始修建，多指大的工程◇興修農田水利。

【興衰】xīngshuāi 興盛和衰落◇封建王朝的興衰。

【興盛】xīngshèng 蓬勃發展◇事業興盛。

【興許】xīngxǔ 或許；也許。

【興隆】xīnglóng 興盛◇生意興隆。

【興趣】xìngqù 愛好；喜好◇興趣廣泛|對繪畫感興趣。

【興頭】xìngtou 因高興或感興趣而產生的勁頭。

【興奮】xīngfèn ①振奮；激動。②大腦皮層的兩種基本神經活動過程之一，是在外部或內部刺激之下產生的。興奮引起或增強皮層和相應器官機能的活動狀態，如肌肉的收縮等。③使興奮。

【興學】xīngxué 興辦學校。

【興辦】xīngbàn 創辦。

【興沖沖】xìngchōngchōng 形容興致很高。

【興利除弊】xīnglì chúbì 興辦有利的事業，革除弊端。

【興風作浪】xīngfēng zuòlàng 比喻挑起事端或進行破壞活動。

【興師動眾】xīngshī dòngzhòng 發動很多人一起做某事。

【興高采烈】xìnggāo cǎiliè 興致高，情緒熱烈。

9 **舉(举)〔擧〕** jǔ 粵geoi2矩 ①向上托；往上伸◇舉手|高舉着火把。②動作；行為◇舉措|義舉|一舉兩得。③發動；興起◇舉兵起義。④推選◇舉薦|推舉。⑤舉人◇中舉|武舉。⑥提出；揭示◇檢舉|舉例。⑦全◇舉家出遊。

【舉人】jǔrén 明清兩代稱考取鄉試（每三年在省城舉行一次的考試）的人。

【舉止】jǔzhǐ 人的動作、姿態、風度◇言談舉止|舉止大方文雅。

【舉火】jǔhuǒ ①點火◇舉火為號。②燒火做飯◇古代民俗，寒食節三日不舉火。

【舉世】jǔshì 全世界；全社會◇舉世關注|舉世聞名。

【舉目】jǔmù 抬起眼睛（看）◇舉目無親。

【舉行】jǔxíng 進行（正式或隆重的活動）◇舉行畫展｜舉行歡迎儀式。

【舉例】jǔlì 提出例子◇舉例說明。(同) 列舉。

【舉措】jǔcuò 行動和措施◇舉措得當｜採取重大舉措。

【舉動】jǔdòng 動作；行動◇舉動得體｜輕率的舉動。

【舉報】jǔbào 向檢察或司法部門檢舉報告違法行為。(同) 檢舉 (反) 包庇。

【舉發】jǔfā 檢舉告發。

【舉辦】jǔbàn 舉行（活動）；興辦◇舉辦講座｜舉辦運動會。

【舉薦】jǔjiàn 推舉；推薦◇舉薦優秀人才。(同) 薦舉。

【舉證】jǔzhèng 提供證據◇原告負有舉證責任。

【舉一反三】jǔyī fǎnsān《論語·述而》："舉一隅不以三隅反，則不復也。"從一件事情類推而知道許多事情。

【舉足輕重】jǔzúqīngzhòng《後漢書·竇融傳》："方蜀漢相攻，權在將軍，舉足左右，便有輕重。"有實力的人，在兩強之間稍微傾向一方，就能打破均勢。後比喻處於重要地位，一舉一動都會影響全局。◇在深化國際交往合作方面，香港將會扮演更舉足輕重的角色。

【舉重若輕】jǔzhòngruòqīng 舉沉重的東西像拿很輕的東西一樣。形容做繁重艱難的事情，能從容面對，穩妥解決，並不顯得困難。

【舉案齊眉】jǔ'ànqíméi《後漢書·梁鴻傳》："每歸，妻為具食，不敢於鴻前仰視，舉案齊眉。"後表示夫妻恩愛，相敬如賓。

【舉棋不定】jǔqíbúdìng 拿起棋子決定不了如何走下一步。後形容處事猶豫不決。(同) 優柔寡斷 (反) 當機立斷。

12 **舊（旧）** jiù 粵gau^6 究^6 ①使用過的◇舊書｜衣服穿舊了。②過去的；過時的◇舊觀念｜舊款式。③以往；從前◇舊事｜舊址。④老朋友◇故舊｜懷舊。

【舊日】jiùrì 往日，過去的日子◇不忘舊日的恩情。

【舊地】jiùdì ①曾經居住過的地方◇重返舊地。②曾經到過的地方◇舊地重遊。(同) 故地。

【舊交】jiùjiāo 老朋友◇舊交新知。

【舊好】jiùhǎo ①以前的交情◇重修舊好。②以前的好友◇不忘舊好。

【舊事】jiùshì 過去的事；往事◇舊事重提。

【舊知】jiùzhī 舊友，舊日結識的知己◇他鄉遇舊知。(同) 故知。

【舊居】jiùjū 昔日居住過的地方◇舊居至今保存完好。

【舊故】jiùgù 舊交，老朋友◇新朋舊故。(同) 故舊。

【舊俗】jiùsú 既有的風俗或陳舊的習俗。

【舊時】jiùshí 過去；從前◇舊時王謝堂前燕，飛入尋常百姓家。

【舊國】jiùguó 國，指國都。舊都；故都。(同) 故國。

【舊章】jiùzhāng 過去的典章制度；老規矩◇率由舊章｜不循舊章。

【舊情】jiùqíng 過去的情誼◇難忘舊情。

【舊習】jiùxí 舊的習慣或習俗。多指不好的。

【舊業】jiùyè 原先從事的職業◇重操舊業。

【舊詩】jiùshī 舊體詩，用文言和傳統格律寫的詩，包括古體詩和近體詩，分五言、七言和絕句、律詩等。

【舊聞】jiùwén ①社會上過去發生的事件或傳聞。②指掌故、軼事等。

【舊觀】jiùguān 原來的模樣◇恢復名人故居的舊觀。

12 **舋** xìn 粵jan^3 印 ①用香燻身體◇舋浴。②嫌隙；爭端◇尋舋。

舌部

0 **舌** shé 粵sit^6 泄^6 ①舌頭◇搖脣鼓舌｜舌為利害本，口為禍福門。②借指言語◇舌戰｜鸚鵡學舌。③形狀像舌頭的東西◇帽舌｜火舌。

【舌頭】shétou ①辨別滋味、幫助咀嚼和發音的器官，在口腔底部，根部固定在口腔底上。②活捉來的供偵訊敵情用的敵人◇抓了兩個舌頭。

2 **舍** 〈一〉shè 粵se^3 瀉 ①住處；房屋◇校舍|左鄰右舍。②謙稱自己的家或親屬◇寒舍|舍弟。③飼養家畜、家禽的圈或窩◇豬舍|雞舍。④古代一舍為三十里◇退避三舍。⑤姓。

〈二〉shě 粵se^2 寫 同"捨"。

【舍利】shèlì 佛教稱釋迦牟尼遺體火化後結成的珠狀物。後來也指德行較高的僧人死後燒剩的遺骨。(梵 śarīra)

【舍間】shèjiān 謙稱自己的家◇先生光臨舍間，有失遠迎。

4 **舐** shì 粵saai^5/saai^2 徙 用舌頭舔◇舐糠及米|老牛舐犢。

【舐糠及米】shìkāngjímǐ 舔盡了糠皮，就輪到吃米了。比喻一步步蠶食或步步進逼。

6 **舒** shū 粵syu^1 書 ①伸展◇舒心|舒筋活血。②緩慢；從容◇舒緩|舒步。③安寧；輕鬆愉快◇安舒|舒適。④姓。

【舒心】shūxīn 心情舒暢、輕鬆◇日子過得舒心無憂。

【舒坦】shūtan 心情平靜愉快◇聽你一席話，心裏舒坦多了。

【舒服】shūfu 身體或精神感到輕鬆、暢快、愉悅◇聽到老師表揚，心裏覺得很舒服。

【舒展】shūzhǎn ① 展開，伸展開來◇臉上的皺紋也好似舒展開來了。② 放得開，自然不拘束◇動作舒展自如，富有韻律。③ 舒適，輕鬆，愉快◇見女兒的病逐漸好轉，心裏舒展多了。

【舒散】shūsàn ① 活動肢體◇舒散筋骨。② 消除疲勞或寬解憋悶的心情◇這是個觀賞風光、舒散身心的好地方。

【舒暢】shūchàng 舒適暢快◇天氣晴好，令人心情舒暢。

【舒適】shūshì 舒服安適◇房子雖小，但環境舒適。反 難受。

【舒緩】shūhuǎn ① 從容不迫◇腳步舒緩。② 緩和；鬆弛下來◇語調也舒緩了許多。③ 使…緩和下來◇舒緩民眾的情緒。④ 平緩◇走在舒緩的山路上，倒也輕鬆。

8 **舔** tiǎn 粵tim^2 添^2 用舌尖接觸東西或取食◇舔嘴脣|舔碗底。

9 **鋪** 〈一〉pù 粵pou^3 普^3 同"鋪〈二〉"。

〈二〉pù 粵pou^1 普^1 同"鋪〈三〉"。

舛部

0 **舛** chuǎn 粵cyun^2 喘 ①不順◇命運多舛。②錯誤；錯亂◇訛舛。

【舛誤】chuǎnwù 謬誤；差錯◇報刊報道的內容有舛誤。

【舛錯】chuǎncuò ① 錯誤；錯亂◇引文舛錯|書中多有舛錯。② 錯雜；交錯◇縱橫舛錯。

【舛謬】chuǎnmiù ① 差錯；錯誤◇資料多有舛謬。② 荒謬◇極其舛謬。

6 **舜** shùn 粵seon^3 信 傳説中的古代帝王名。

8 **舞** wǔ 粵mou^5 母 ①舞蹈◇芭蕾舞|集體舞。②跳舞◇載歌載舞|手之舞之，足之蹈之。③揮舞；舞動◇聞雞起舞|舞刀弄棒。④耍弄；玩弄◇舞弊|舞文弄墨。

【舞弄】wǔnòng 揮舞耍弄◇舞弄紅綢。

【舞台】wǔtái ① 供演員表演節目的台子◇舞台生涯。② 比喻人們活動的場所◇政治舞台|國際舞台。

【舞弊】wǔbì 以欺騙的方式做違法亂紀的事；作弊◇徇私舞弊|舞弊枉法。

【舞蹈】wǔdǎo ① 一種以有節奏的動作和人體造型為主要表現手段的藝術形式，一般有音樂伴奏，或有伴唱◇舞蹈家|舞蹈造型。② 表演舞蹈◇隨着音樂舞蹈起來。

【舞文弄墨】wǔwén nòngmò 玩弄文字技巧◇他從小就喜歡舞文弄墨。

舟部

0 **舟** zhōu 粵zau^1 周 船◇同舟共濟|逆水行舟|一葉扁舟。

【舟車】zhōuchē ① 船和車。泛指交通工具◇舟車不通。② 借指旅途◇舟車勞頓。

【舟楫】zhōují 船和槳。泛指船隻◇舟楫往來。

3 **舡** chuán 粵gong1 剛 同"船"。

3 **舢** shān 粵saan1 山【舢舨】shānbǎn 一種用槳划行的小船。多作救生使用。

4 **舭** bǐ 粵bei2 比 船底和船側間的彎曲部分。(英 Bilge)

【舭艏】bǐdá 古代的一種船。

4 **舨** bǎn 粵baan2 板 見"舢舨"。

4 **般** (一)bān 粵bun1 搬 ①種；樣◇這般人｜十八般武藝。②似的；一樣◇珍珠般的露水｜兩尊傀儡宛如真人般。

(二)bō 粵bo1 波 見"般若"。

【般若】bōrě 佛教(佛經)語。智慧。(梵 Prajñā)

【般配】bānpèi 兩方面的條件相當或搭配相稱。多指戀愛、婚姻◇這倆人看上去很般配｜這身打扮同她的身份不般配。

4 **航** háng 粵hong4 杭 ①船◇慈航普渡。②航行◇航海｜航空。

【航天】hángtiān 在地球大氣層之外的空間航行◇航天器｜航天飛機。

【航向】hángxiàng ①船舶或飛機航行的方向◇改變航向。②比喻前進的方向。

【航行】hángxíng 輪船在水面行駛，或飛機等飛行器在空中或空間飛行。

【航次】hángcì ①船舶、飛機出航編排的次序。②指出航的次數。

【航空】hángkōng ①飛機在空中飛行◇航空表演｜航空管制。②同飛機飛行有關的◇航空信｜航空母艦。

【航班】hángbān ①輪船或飛機在各航線上的航行班次。②指某班次的輪船或飛機◇香港到上海有很多航班。

【航海】hánghǎi 船隻在海洋上航行◇航海家。

【航程】hángchéng 船舶、飛機航行的路程◇航程一千餘公里。

【航道】hángdào 船舶在水域中安全行駛的通道◇疏浚航道。同 航路。

【航運】hángyùn 水上運輸◇內河航運。

【航標】hángbiāo 指示船舶安全航行的標誌◇航標燈。

【航線】hángxiàn 船舶、飛機等預定的航行路線◇開闢新航線｜偏離了預定航線。

【航天飛機】hángtiānfēijī 利用助推火箭垂直起飛，然後啟動軌道推行器在預定的軌道上航行，可滑翔降落返回地面的一種新型航空航天飛行器。

【航空母艦】hángkōngmǔjiàn 作為海軍飛機海上活動基地的大型軍艦，能長期遠離海岸機動作戰。簡稱"航母"。

4 **舫** fǎng 粵fong2 訪 船◇遊舫｜畫舫｜石舫。

5 **舸** gě 粵ho2 可/go2 哥2 大船。也泛指船。

5 **舳** zhú 粵zuk6 族 船尾。

【舳艫】zhúlú 艫，船頭。頭尾相接的許多船隻◇舳艫相繼。

5 **舴** zé 粵zaak3 責【舴艋】zéměng 小船◇乘舴艋過江。

5 **舶** bó 粵bok6 薄/paak3 拍 航海的大船。也泛指一般的船◇巨舶｜船舶。

【舶來品】bóláipǐn 指進口的貨物。

5 **舲** líng 粵ling4 零 有窗戶的小船。

5 **船**〔舩〕chuán 粵syun4 旋 水上的交通運輸工具◇帆船｜船到橋頭自會直。

【船夫】chuánfū 在木船上工作的人。

【船户】chuánhù ①船家，靠駕駛自己的小船維持生活的人。②以船為家的水上住戶。

【船舶】chuánbó 船的總稱◇船舶製造。

5 **舷** xián 粵jin4 言 船、飛機等的左右兩側◇船舷｜左舷｜右舷。

【舷梯】xiántī 上下輪船、飛機等用的梯子。

【舷窗】xiánchuāng 飛機或船體兩側密封的窗子。

5 **舵** duò 粵to4 駝 船或飛機等控制航行方向的裝置◇掌舵｜見風使舵。

【舵手】duòshǒu ①掌船舵的人。②中國的某些武林派別或教派稱其首領。也稱"舵主"。

6 **艑** xī 粵sai¹ 西【艑裝】xīzhuāng 船上設備和裝置的統稱。

7 **艄** shāo 粵saau¹ 筲 ①船尾◇船艄。②舵◇掌艄｜艄公。

【艄公】shāogōng ① 船上掌舵的人。② 泛稱船夫。

7 **艇** tǐng 粵ting⁵ 挺/teng⁵ 廳⁵ 輕便的小船◇遊艇｜救生艇｜登月艇。

7 **艅** yú 粵jyu⁴ 餘【艅艎】yúhuáng 大木船。

7 **艉** wěi 粵mei⁵ 美 船的尾部。

8 **艋** měng 粵maang⁵ 猛 見"舴艋"。

9 **艓** dié 粵dip⁶ 碟 小船◇萬艓齊發，兩岸歡聲雷動。

9 **艘** sōu 粵sau¹ 收/sau² 手 量詞。用於船隻◇一艘輪船｜兩艘軍艦。

9 **艎** huáng 粵wong⁴ 王 見"艅艎"。

9 **艏** shǒu 粵sau² 手 船體的前端或前部◇船艏｜艦艏。

9 **艑** biàn 粵bin¹ 邊 大船。

10 **艓〔艌〕** tà 粵taap³ 塔 大船。

10 **艙（舱）** cāng 粵cong¹ 倉 船或飛機內部用來坐人或裝貨的空間◇客艙｜貨艙｜機艙。

10 **艕** bàng 粵bong³ 膀 ①船和船相靠。②同"搒"。

10 **艖** chā 粵caa¹ 叉 小船。

11 **艚** cáo 粵cou⁴ 曹 一種運貨用的木船。

12 **艟** chōng 粵cung¹ 充 見"艨艟"。

13 **艤（舣）** yǐ 粵ngai⁵ 蟻 讓船靠岸。

14 **艨** méng 粵mung⁴ 蒙【艨艟】méngchōng 古代比較大的戰船。

14 **艦（舰）** jiàn 粵laam⁶ 濫 大型戰船◇艦隊｜導彈驅逐艦｜航空母艦。

【艦艇】jiàntǐng 各種戰船。

16 **艫（舻）** lú 粵lou⁴ 勞 船頭◇舳艫。

艮部

0 **艮** ㈠ gèn 粵gan³ 巾³《易》卦名。八卦之一，卦形為☶，代表山。

㈡ gěn 粵gan³ 巾³ 方言。①(食物)不鬆脆◇花生米艮了｜艮蘿蔔不好吃。②脾氣倔；説話生硬◇艮性子｜這人説話太艮。

1 **良** liáng 粵loeng⁴ 涼 ①好◇優良｜苦口良藥。②善良的人◇除暴安良。③很◇良久｜良多｜用心良苦。

【良人】liángrén ① 好人，善良的人。② 古代女子對丈夫的稱呼。同 夫君。③ 古代指平民百姓。

【良方】liángfāng ① 治病的好藥方◇百草良方｜食療良方。② 比喻高明的辦法◇救急良方。

【良心】liángxīn 善良的心地。多指內心對是非、善惡的正確認識◇出賣良心｜良心發現。

【良辰】liángchén ① 美好的日子◇良辰吉日。② 美好的時光◇良辰美景。

【良言】liángyán 好話；有益的話◇良言相勸｜良言一句三冬暖。同 忠言。

【良知】liángzhī ① 古代儒家指人們先天具有的判斷是非善惡的知識◇良知良能。② 好友；知己◇賞心唯良知。③ 良心◇毫無良知｜良知發現。

【良性】liángxìng ① 有好效果的◇良性循環。② 沒有惡果的◇良性腫瘤。反 惡性。

【良家】liángjiā 清白人家◇良家婦女。

【良策】liángcè 好的計謀或主意◇別無良策｜急謀良策。同 良謀、善策。

【良緣】liángyuán 美滿的姻緣◇喜結良緣｜天賜良緣。

【良機】liángjī 最佳的時機◇坐失良機｜千載

難逢的良機。反 厄運。

【良藥】liángyào 能治好病的藥物◇對症良藥｜良藥苦口利於病，忠言逆耳利於行。

【良辰美景】liángchén měijǐng 美好的時光和優美的景色◇良辰美景奈何天，賞心樂事誰家院。

【良師益友】liángshī yìyǒu 使自己在道德、學識、處世等方面受益非淺的老師和朋友。

【良莠不齊】liángyǒubùqí 莠，狗尾草，喻指品質惡劣的人。比喻好人壞人混在一起，難以區分。同 魚龍混雜。

11 **艱(艰)** jiān 粵gaan1奸 困難，面臨極不容易解決的問題◇艱難｜舉步維艱。

【艱巨】jiānjù 艱難而繁重◇艱巨的使命｜工程非常艱巨。

【艱辛】jiānxīn 艱苦，艱難困苦◇歷盡艱辛｜艱辛的歲月。

【艱苦】jiānkǔ 艱難困苦◇生活艱苦｜經過艱苦努力。同 艱辛。

【艱深】jiānshēn 深奧難懂◇內容艱深｜艱深的學問。

【艱險】jiānxiǎn 困難和危險◇不畏艱險｜歷盡艱險。

【艱難】jiānnán 困難◇艱難困苦｜老人行動艱難，需要別人照顧｜戰爭讓他年輕時的生活很艱難。

【艱苦卓絕】jiānkǔzhuójué 極端的艱難困苦。

色部

0 **色** 〈一〉sè 粵sik1式 ①顏色◇紅色｜五顏六色。②臉上的表情◇喜形於色｜和顏悅色。③情景；景象◇景色｜夜色｜春色。④漂亮女子的容貌◇姿色｜好色｜色狼。⑤種類◇貨色齊備｜各色各樣。⑥物品(多指金銀)的質量◇成色｜足色。

〈二〉shǎi 粵sik1式 ①顏色。用於口語◇落色｜掉色｜套色｜不變色。②色子，一種遊戲或賭博用具，一般為木製或骨製。

【色色】sèsè 樣樣；各種各樣◇形形色色｜色色的鮮果，擺了一桌子。

【色盲】sèmáng 眼睛不能辨別顏色的病。

【色相】sèxiàng ① 佛教稱世間萬物的形象。② 女子姣美的姿容◇靠出賣色相生活。

【色狼】sèláng 比喻貪色並對他人進行性騷擾、性侵犯的人。同 色魔。

【色彩】sècǎi ① 顏色◇色彩鮮豔｜色彩繽紛。② 比喻某種情調或傾向◇感情色彩｜宗教色彩。

【色情】sèqíng 男女間的情愛、情慾◇色情影片。同 情慾、色慾。

【色調】sèdiào ① 可引起某種感受的色彩◇冷色調｜色調淡雅。② 比喻感情傾向◇音樂帶有幾分感傷的色調。

【色澤】sèzé 顏色和光澤◇色澤鮮明。

【色厲內荏】sèlì nèirěn《論語・陽貨》:“色厲而內荏，譬諸小人，其猶穿窬之盜也與？”荏，軟弱。外表強硬，內心怯弱。

5 **艴** fú 粵fat1忽【艴然】fúrán 形容惱怒生氣的樣子◇艴然不悅｜艴然而起。

艸部

2 **艾** 〈一〉ài 粵ngaai6捱6 ①多年生草本植物。葉子有香味，可用來針灸，並可驅蚊蠅。②老人◇耆艾。③美女◇嬌艾。④停止◇方興未艾。

〈二〉yì 粵ngaai6捱6 ①同“刈”。收割。②同“乂”。治理；改正◇自怨自艾。

2 **艿** nǎi 粵naai5乃 見“芋艿”。

3 **芋** yù 粵wu6互 ①見“芋艿”。②泛指馬鈴薯、甘薯等◇洋芋｜山芋。

【芋艿】yùnǎi 多年生草本植物。地下塊莖呈球形或卵形，富含澱粉，可食用；塊莖大者，稱作“芋頭”。

3 **芏** dù 粵dou6杜 見“茳芏”。

3 **芊** qiān 粵cin1 千【芊芊】qiānqiān草本茂盛的樣子◇芳草芊芊。

【芊綿】qiānmián 形容草木繁茂。

3 **芃** péng 粵pung4 篷 形容植物茂盛。

3 **芍** sháo 粵zoek3 雀【芍藥】sháoyao 多年生草本植物。花也叫芍藥。花像牡丹，有粉紅、紫紅等顏色，供觀賞。

3 **芄** wán 粵jyun4 元【芄蘭】wánlán 多年生蔓草。莖、葉、種子都可入藥。

3 **芒** máng 粵mong4 忙 ①多年生草本植物。葉子細長，莖頂生穗，果實多毛。②稻、麥等子實外殼上的細刺◇麥芒。③刀劍等利器的尖或刃◇鋒芒畢露。④光芒。

【芒種】mángzhòng 二十四節氣之一。一般在公曆六月六日前後。

【芒刺在背】mángcìzàibèi《漢書・霍光傳》："宣帝始立，謁見高廟，大將軍光從驂乘，上內嚴憚之，若有芒刺在背。"好似芒刺扎在背上。形容內心忐忑不安。同 如坐針氈 反 泰然自若。

3 **芑** qǐ 粵hei2 起 ①一種優良的穀子。也稱白粱粟。②一種像苦菜的野菜。

3 **芎** xiōng 粵gung1 工【芎藭】xiōngqióng 多年生草本植物。也叫川芎。葉子像芹菜，根莖可入藥。

4 **芙** fú 粵fu4 符【芙蓉】fúróng ①荷花的別名◇出水芙蓉。②指木蓮，又叫木芙蓉。落葉灌木，花有紅白兩色，可供觀賞。

【芙蕖】fúqú 荷花。

4 **芫** (一)yuán 粵jyun4 元 見"芫花"。
(二)yán 粵jyun4 元 見"芫荽"。

【芫花】yuánhuā 落葉灌木。花紫色，可供觀賞。花蕾可入藥。

【芫荽】yánsui 又稱香菜。一年或二年生草本植物。莖和葉有特殊香氣，可調味，果實可製香料和入藥。

4 **芸** yún 粵wan4 雲【芸芸】yúnyún形容眾多◇芸芸眾生｜萬物芸芸。

【芸香】yúnxiāng 多年生草本植物。花黃色。全草有香氣，古人用以避蠹蟲，也作藥用。

【芸編】yúnbiān 指書籍。古人藏書放入芸香防蛀蟲，故稱。

【芸芸眾生】yúnyúnzhòngshēng ① 佛教語，指一切生物。② 指世間眾多的普通百姓。

4 **芾** (一)fèi 粵fai3 費 見"蔽芾"。
(二)fú 粵fat1 忽 草本繁盛。

4 **芰** jì 粵gei6 技 菱角。

4 **芣** fú 粵fau4 浮【芣苢】fúyǐ 古人指車前草。

4 **苊** è 粵ak1/ngak1 握 碳氫化合物的一類。無色的針狀結晶體，溶於熱酒精，可做媒染劑。

4 **芽** yá 粵ngaa4 牙 ①植物或種子初生的可以發育成莖、葉或花的部分◇嫩芽｜豆芽｜種子發芽。②像芽的東西◇肉芽。

【芽茶】yáchá 最嫩的茶葉。

4 **芘** (一)bì 粵bei3 祕 遮蔽。
(二)pí 粵pei4 皮 見"芘芣"。

【芘芣】pífú 草名。即錦葵。

4 **芷** zhǐ 粵zi2 只 白芷。多年生草本植物。根粗大，有香氣，可入藥。

4 **芮** ruì 粵jeoi6 銳 姓。

4 **芼** mào 粵mou6 冒 拔取；採摘◇參差荇菜，左右芼之。

4 **花** huā 粵faa1 化1 ①種子植物的有性繁殖器官。由花瓣、花萼、花托、花蕊組成。有各種形狀和顏色◇鮮花。②供玩賞的開花植物◇種花｜花木。③像花朵的東西◇雪花｜煙花｜雕花｜淚花｜油花。④用花或花紋圖案裝飾的◇花燈｜花轎｜花被面。⑤色彩或種類混雜的◇花貓｜花名冊｜頭髮花白。⑥比喻精華◇藝術之花｜名將之花。⑦迷惑人的；不真實的◇花招｜花言巧語。⑧指某些幼小的動物◇蠶花。⑨指天花◇孩子沒有出過花兒。⑩作戰時受的外傷◇掛花了。⑪比喻美女、女子◇校花｜交際花｜姊妹花。⑫指妓女或跟妓女有關的◇花魁｜吃花酒｜柳巷花街。⑬耗費◇花錢｜花精力。⑭模糊不清◇頭昏眼花｜老眼昏花。⑮姓。

【花心】huāxīn ① 花蕊的俗稱◇蝴蝶停在花上，咂吮花心。② 對愛情不專一，見異思遷◇花心男人。③ 見異思遷的心思、想法◇她不相信丈夫有花心。

【花卉】huāhuì ① 總稱供觀賞的花草。② 指以花卉為題材的中國畫◇花卉冊頁｜寫生花卉。

【花甲】huājiǎ 古時以天干地支紀年，每六十年為一花甲，故用花甲指六十歲◇年過花甲。

【花白】huābái (鬚髮) 黑白混雜◇頭髮花白。

【花色】huāsè ① 花紋和顏色◇花色美觀的春裝。② 種類；名目◇花色繁多。

【花招】huāzhāo ① 武術中靈巧好看的動作。② 比喻巧妙的手法◇他做生意的花招真多。③ 騙人的手段、計謀等◇玩弄花招。

【花瓶】huāpíng ① 插花用的瓶子。常用作擺設◇景泰藍花瓶。② 比喻供人利用來裝點門面的◇她不過是有職無權的花瓶罷了。

【花消】huāxiao 同"花銷"。① 花費(錢)◇這點錢不夠花消。② 花費的錢◇人多花消大。

【花鳥】huāniǎo ① 供觀賞的花木和鳥兒。② 特指以花鳥為題材的中國畫◇老畫師的花鳥精於設色，最為人稱道。

【花費】(一)huāfèi 支出；用掉；消耗◇花費不起｜花費精力｜花費時間。
(二)huāfei 消耗的錢財◇出國旅遊的花費很大。

【花絮】huāxù ① 一些花木種子上的白色茸毛◇柳樹的花絮隨風飄舞。② 比喻各種有趣的零星新聞◇拍攝花絮｜賽場花絮。

【花樣】huāyàng ① 花紋的式樣。② 指事物的種類和式樣◇花樣新穎｜花樣翻新｜花樣滑冰。③ 繡花用的樣稿◇枕頭套的花樣。④ 騙人的花招◇玩花樣｜耍花樣。

【花環】huāhuán 用鮮花或人工花紮成的環狀物。用來裝飾、表演、歡迎賓客或祭奠死者等。

【花燭】huāzhú 舊式結婚時，新房裏燃點的蠟燭，上面多有龍鳳圖案◇洞房花燭夜。

【花架子】huājiàzi ① 好看但不實用的武術架勢◇打仗要不得花架子。② 比喻只是好看，實際上沒有價值的東西◇做事要扎實，不搞花架子。

【花天酒地】huātiān jiǔdì 形容荒淫腐化、吃喝嫖賭的生活。(同) 紙醉金迷。

【花好月圓】huāhǎo yuèyuán ① 比喻生活圓滿美好。② 比喻夫妻融洽恩愛。也用作賀人新婚的祝頌語。③ 比喻家人團聚。(反) 花殘月缺。

【花言巧語】huāyán qiǎoyǔ ① 虛假動聽的話◇不要聽信他的花言巧語。(同) 甜言蜜語。② 說虛假動聽的話◇你再怎麼花言巧語也沒人信。

【花枝招展】huāzhīzhāozhǎn 開滿鮮花的枝條迎風擺動。形容女人打扮得十分豔麗。

【花前月下】huāqián yuèxià ① 比喻美好的時光、美好的景象。② 比喻恩愛的時刻。

【花團錦簇】huātuán jǐncù 花成團，錦成簇。形容五彩繽紛、絢麗多彩的景象。

【花裏胡哨】huālihúshào ① 形容色彩紛繁，非常豔麗。稍含貶義◇打扮得花裏胡哨。② 虛虛實實，似有若無。形容靠不住、花言巧語、耍弄花招◇說起話來花裏胡哨，難分真假。(同) 花麗狐哨。

4 **芹** qín 粵kan4 勤 蔬菜名。莖、葉可食用，全草和果實可作藥材◇水芹｜旱芹｜藥芹。

4 **芥** jiè 粵gaai3 介 ①蔬菜名。種子味辣，可研成碎末調味。②小草。比喻細微的事物◇草芥。

【芥蒂】jièdì 細小的梗塞物。比喻內心的怨恨或不快◇心存芥蒂｜胸無芥蒂。

【芥菜】jiècài 一年或二年生草本植物，葉柄長，葉肥厚。莖和嫩葉是常用蔬菜。也說"蓋菜"。

4 **芩** qín (1)粵kam4 琴 蘆葦一類的植物。(2)粵sam4 岑 黃芩。多年生草本植物，根可入藥。

4 **芬** fēn 粵fan1 昏 香，芬芳。

【芬芳】fēnfāng ① 香◇芬芳的美酒。② 香氣◇屋裏瀰漫着桂花的芬芳。(反) 惡臭。

【芬菲】fēnfēi 芳香◇花草的芬菲不時襲來。

【芬馥】fēnfù 香味濃厚◇山花芬馥。

4 **芪** qí 粵kei4 其 黃芪。多年生草本植物。主根圓柱形，可入藥。

4 **芴** wù 粵mat6 物 ①一年生草本植物。開淡紫花，莖、葉可以食用，種子可以榨油。②有機化合物。白色片狀結晶。可製染料、殺

蟲劑和藥物。（英 fluorene）

4 **芡** qiàn 粵him3 欠 ①水生草本植物。果實叫芡實，又叫雞頭，可以吃，也可製澱粉。②做菜時用澱粉加水調成的汁◇勾芡。

4 **芨** jī 粵gap1 急/kap1 給 白芨。多年生草本植物。地下莖為塊莖，可入藥，有止血作用。

【芨芨草】jījīcǎo 多年生草本植物。葉細長，可做飼料。莖、葉可造紙，可編織蓆、筐等物。

4 **芟** shān 粵saam1 三 ①割（草）◇芟草。②除去◇芟除異己。

4 **苄** biàn 粵bin6 便【苄基】biànjī 碳氫化合物的一種。有機化學上常把它看作一個化合單位，所以叫做苄基，又叫苯甲基。

4 **芝** zhī 粵zi1 之 ①靈芝。寄生在枯木上的一種菌類，菌蓋赤色或紫色，有環紋，可入藥。②香草◇芝蘭。

【芝士】zhīshì 奶酪◇芝士蛋糕。（英 cheese）

【芝麻】zhīma 一年生草本植物。莖直立，四棱形。花白色或淡紫色。種子也叫芝麻，顆粒小而扁平，白色或黑色，可以吃，也可榨油。

【芝蘭】zhīlán 香草名。比喻德行高尚或事物美好◇芝蘭玉樹｜芝蘭之室。

【芝麻官】zhīmaguān 比喻職位低、權力小的官員。含諧謔意◇九品芝麻官。

4 **芳** fāng 粵fong1 方 ①香；芳香◇芬芳｜芳草。②花卉◇孤芳自賞｜野芳散發着幽香。③比喻美好的名聲◇千古流芳。④敬辭。用於對方或跟對方有關的；用於女性或同女性有關的◇芳鄰｜芳容。

【芳名】fāngmíng ① 稱年輕女子的名字◇請問小姐芳名？② 美好的名聲◇芳名遠播。

【芳香】fāngxiāng 芬芳的香氣◇芳香撲鼻｜飄來陣陣芳香。

【芳草】fāngcǎo ① 香草◇芳草鮮美，落英繽紛。② 比喻品德高尚的人或意想中的女性◇樹上柳綿吹又少，天涯何處無芳草。

【芳容】fāngróng 女子美麗的容貌◇芳容端麗。同 玉容。

【芳馨】fāngxīn 芳香◇滿園芳馨。同 馨香。

【芳齡】fānglíng 稱年輕女子的年齡◇芳齡二八。

4 **芯** ㈠xīn 粵sam1 心 ①燈草。用作油燈的燈芯◇家有千金，不添雙芯。②安裝在用具、器具、機具內部的東西◇機芯｜鉛筆芯。

㈡xìn 粵sam1 心 見"芯子"。

【芯子】xìnzi ① 裝在物品中心的捻子◇蠟燭芯子｜爆竹芯子。② 蛇和蜥蜴等動物可伸縮的細長舌頭◇吐芯子。

4 **芭** bā 粵baa1 巴 芭蕉◇芭葉。

【芭蕉】bājiāo 多年生草本果木植物。果實也叫芭蕉，貌似香蕉。

【芭蕾舞】bālěiwǔ 一種起源於意大利的歐洲古典舞蹈。舞蹈結合音樂、啞劇進行表演。女演員穿特製的舞鞋，以腳尖着地。也指以這種舞蹈為主要表現手段的舞劇。（法 ballet）

4 **芤** kōu 粵kau1 溝 ①葱的別名。②中醫脈象名。脈搏浮、空、軟，按起來如葱管。多見於大出血之後。

4 **苧** ㈠zhù 粵cyu5 柱 三棱草。多年生草本植物。莖直立，三棱形。

㈡xù 粵zeoi6 序 古書上指橡樹或橡實。

4 **芻（刍）** chú 粵co1 初 ①餵牲口吃的草◇芻秣｜反芻。②謙辭，稱自己的（言論、見解等）◇芻見｜芻言。③割草◇芻蕘。

【芻蕘】chúráo ① 割草打柴。② 淺陋的見解。多用於謙辭◇芻蕘之言｜芻蕘之見。

【芻議】chúyì 淺陋的議論。多用於謙稱自己的見解。

5 **茉** mò 粵mut6 沒【茉莉】mòli 一種常綠灌木。開小白花，有濃香，可供觀賞，可薰製茶葉。花也叫茉莉。

5 **苷** gān 粵gam1 今 糖苷。有機化合物的一類。多為白色晶體。由糖類和非糖類的各種有機化合物縮合而成。

5 **苦** kǔ 粵fu2 虎 ①味道像膽汁或黃連的◇這藥真苦｜酸甜苦辣。②難受；痛苦◇苦惱｜苦不堪言。③艱苦；辛苦◇困苦｜吃苦耐勞。④刻苦◇埋頭苦幹。⑤使受苦◇這可苦了你了。⑥對某種情況感到苦惱◇苦夏｜苦旱。⑦竭力地；耐心地◇苦思｜苦勸。

【苦力】kǔlì ① 艱苦的重體力勞動◇賣苦力。

②幫人做重活的人◇在碼頭上當苦力。

【苦口】kǔkǒu ①形容不辭辛苦反復勸説◇苦口婆心｜苦口規勸。②使嘴裏發苦◇良藥苦口利於病，忠言逆耳利於行。

【苦水】kǔshuǐ ①味道苦的水。②比喻藏在內心的痛苦◇一見面，他就大吐苦水。③比喻艱苦的或使人痛苦的環境◇老一輩人不少是在苦水裏泡大的。

【苦心】kǔxīn ①費盡心思◇苦心經營｜苦心鑽研。②所付出的巨量心血或精力◇煞費苦心｜辜負了他的一片苦心。

【苦功】kǔgōng 刻苦的功夫◇要學好技術，就要下苦功。

【苦役】kǔyì 所從事的繁重勞役◇服苦役。

【苦果】kǔguǒ ①味苦的果實◇結苦果。②比喻使人痛苦的或壞的結果◇自食苦果｜一念之差，種下苦果。

【苦苦】kǔkǔ ①竭力；盡力◇苦苦思索｜苦苦挽留。②極其痛苦地◇身心俱疲，苦苦支撐。

【苦笑】kǔxiào 心情不愉快而勉強做出笑容◇她無可奈何地苦笑幾聲。

【苦衷】kǔzhōng 內心的痛苦；為難的心情◇她有難言的苦衷｜我們都了解你的苦衷。

【苦海】kǔhǎi ①佛教比喻苦難煩惱的人世間◇苦海無邊，回頭是岸。②比喻困苦艱難的處境◇脱離苦海。

【苦勞】kǔláo 付出的辛苦勞動◇沒有功勞也有苦勞。

【苦惱】kǔnǎo 痛苦煩惱◇自尋苦惱｜這件事叫人越想越苦惱。

【苦寒】kǔhán ①十分寒冷◇寶劍鋒從磨礪出，梅花香自苦寒來。②極其貧寒◇出身於苦寒之家。

【苦悶】kǔmèn 苦惱煩悶◇苦悶的心情｜他內心很苦悶。㊦暢快。

【苦楚】kǔchǔ 痛苦。多指生活上受折磨◇風裏來，雨裏去，受盡苦楚。

【苦頭】kǔtou 痛苦；磨難◇吃盡苦頭｜連續動兩次手術，吃了不少苦頭。㊐苦楚。

【苦戰】kǔzhàn 艱苦地作戰；竭力地爭鬥◇與敵人苦戰三晝夜｜經過五局苦戰，終於拿到了冠軍。

【苦澀】kǔsè ①(味道)又苦又澀◇苦澀的野果。㊦甘美。②形容心情愁苦難受◇內心苦澀｜苦澀的表情。

【苦難】kǔnàn 痛苦和災難◇苦難深重。

【苦肉計】kǔròujì 故意使自己肉體吃苦，以騙取對方信任的計謀。

【苦口婆心】kǔkǒu póxīn 像老太太一樣慈愛，懇切、耐心地再三勸説。

5 **苯** běn 粵bun^{2}本 一種有機化合物。無色液體，有芳香氣味，易揮發，易燃燒。可以做燃料、溶劑、香料等。

5 **苣** (一)jù 粵geoi^{6}具 見"萵苣"。
(二)qǔ 粵geoi^{6}具見"苣蕒菜"。

【苣蕒菜】qǔmǎicài 多年生草本植物。也稱苦菜。花黃色，莖葉嫩時可吃。

5 **苛** kē 粵ho^{1}坷 ①苛刻；過於嚴厲◇苛求｜苛責。②煩瑣；繁細◇苛細｜苛捐雜税。

【苛求】kēqiú 過嚴過高的要求◇不必苛求完美。㊐苛責。

【苛刻】kēkè 嚴厲刻薄◇待人苛刻。

【苛法】kēfǎ 嚴厲苛刻的法律。

【苛政】kēzhèng 殘酷剝削壓迫人民的暴政◇苛政猛於虎。

【苛重】kēzhòng 苛刻沉重◇税收苛重。

【苛待】kēdài 苛刻地對待◇苛待下屬。

【苛責】kēzé 過分嚴厲的責備◇改了就好，不必苛責。

【苛細】kēxì 過分煩瑣◇規則太苛細，不好執行。

【苛捐雜税】kējuān záshuì 名目繁多的種種捐税。

5 **苤** piě 粵pei^{2}鄙【苤藍】piělan 二年生草本植物。葉有長柄，花黃白色。莖扁球形，肉質，是常見蔬菜。

5 **若** (一)ruò 粵joek^{6}弱 ①好像；如同◇旁若無人｜海內存知己，天涯若比鄰。②你；你的◇若輩｜更若役，復若賦。③假如◇若要人不知，除非己莫為。
(二)rě 粵je^{5}野 見"般若"。

【若干】ruògān 多少。表示不定數◇若干人｜若干問題。

【若何】ruòhé 如何；怎樣◇前景若何，尚難預料。

【若非】ruòfēi 要不是；如果不是◇若非寒徹骨，怎得梅花香？

【若有所失】ruòyǒusuǒshī 好像丟了甚麼東西。形容心神不定，恍恍惚惚。

【若即若離】ruòjí ruòlí 好像要靠近，又像要分開。形容關係不密切或心裏有距離。(反) 難捨難分。

【若無其事】ruòwúqíshì 好像沒那回事。形容故作鎮靜或不把事情放在心上。(反) 驚慌失措。

5 **茇** bá 粵bat6拔 ①草根。②宿在草野中。

5 **茂** mào 粵mau6貿 ①茂盛◇繁茂|根深葉茂。②美好◇圖文並茂|聲情並茂。

【茂盛】màoshèng ① 繁茂旺盛◇荒草茂盛。② 比喻興旺◇財源茂盛。

【茂密】màomì 茂盛繁密◇茂密的森林｜湖邊的蘆葦生長茂密。

5 **苫** (一) shān 粵sim1閃1 草簾子或草墊子◇寢苫枕塊。
(二) shàn 粵sim3閃3 遮蓋◇拿塑料布苫上。

5 **苡** yǐ 粵ji5耳 薏苡◇苡仁|苡米。

5 **苴** jū 粵zeoi1追 ①大麻的雌株◇苴服|苴布之衣。②補◇補苴。

5 **苜** mù 粵muk6木【苜蓿】mùxu 多年生草本植物。葉子長圓形，花紫色。可作牧草或綠肥。

5 **苗** miáo 粵miu4描 ①剛長出來的植物◇麥苗|秧苗|樹苗。②一些蔬菜的嫩莖或嫩葉◇蒜苗|豌豆苗。③某些初生的動物◇蟹苗|魚苗。④後代◇獨苗。⑤事物初露出來的跡象◇苗頭|礦苗。⑥形狀像苗的東西◇火苗。⑦疫苗◇卡介苗|牛痘苗。⑧指苗族◇苗寨|苗家姑娘。⑨姓。

【苗木】miáomù 樹苗，綠化、造林等用的幼株。

【苗牀】miáochuáng 培育植物幼苗的地方。

【苗圃】miáopǔ 培育植物幼株的園地。

【苗條】miáotiao 形容婦女身材細長秀美◇身材苗條。

【苗裔】miáoyì 後代子孫。

【苗頭】miáotou 事物剛剛露出的跡象◇好苗頭｜壞苗頭。

【苗而不秀】miáo'érbúxiù《論語・子罕》："苗而不秀者有矣夫！"只長了苗卻不開花結實。比喻本身資質雖好卻沒有成就，也比喻徒有其表。

5 **苢** yǐ 粵ji5以 見"芣苢"。

5 **苒** rǎn 粵jim5染 見"荏苒"。

【苒苒】rǎnrǎn ① 草木茂盛的樣子◇苒苒齊芳草，飄飄笑斷蓬。② 時間悄然流去◇苒苒光陰。③ 漸進的樣子◇是處紅衰翠減，苒苒物華休。

5 **苘〔檾〕** qǐng 粵gwing2冏 苘麻。

【苘麻】qǐngmá ① 一年生草本植物，莖皮多纖維，葉子大，心臟形，密生柔毛。花單生，黃色。是重要的纖維植物之一，供製繩索用，種子供藥用。② 這種植物的莖皮纖維。

5 **英** yīng 粵jing1嬰 ①花◇落英繽紛。②傑出的◇英才。③比喻事物的精華或傑出的人物◇精英|羣英薈萃|含英咀華。④指英國◇英鎊。

【英才】yīngcái ① 傑出的才智◇大展英才。② 有傑出才智的人◇英才輩出｜盡得天下英才。(反) 庸才。

【英名】yīngmíng 英雄人物的姓名或名聲◇英名天下聞｜英名永垂青史。

【英武】yīngwǔ 英俊威武◇英武善戰。

【英明】yīngmíng 有卓識；有遠見◇英明決策｜英明果斷。(反) 昏庸。

【英俊】yīngjùn ① 才智傑出◇英俊有為。② 容貌俊美有風采◇英俊少年。

【英姿】yīngzī 英俊威武，朝氣勃勃◇英姿颯爽｜英姿勃勃。

【英勇】yīngyǒng 非常勇敢◇英勇殺敵｜英勇搏鬥。

【英烈】yīngliè ① 英武剛烈◇英烈青年。② 英勇犧牲的烈士◇民族英烈。

【英華】yīnghuá 精華◇藝苑英華。(反) 糟粕。

【英雄】yīngxióng ① 為崇高的理想和事業做

出重大成就或獻身的傑出人物◇民族英雄。②不畏強暴且勇武過人的人◇英雄好漢。反懦夫。③具有英雄品質的◇英雄壯舉。

【英傑】yīngjié 英豪◇一代英傑。

【英豪】yīngháo 英雄豪傑。

【英靈】yīnglíng 英魂，對生前有卓越功績的死者的敬稱◇告慰英靈。

【英雄氣短】yīngxióng qìduǎn 有志之士因遭受困厄或沉迷於情愛而喪失進取心。

5 **茁** zhuó 粵zyut3 輟 動植物生長旺盛的樣子。

【茁壯】zhuózhuàng ①（生長）旺盛◇秧苗茁壯生長。②壯健◇牛羊茁壯。

5 **苲** zhǎ 粵zaa2 渣2 苲草。金魚藻之類的水生植物的統稱。

5 **茌** chí 粵ci4 詞 用於地名，如茌平（在山東）。

5 **苻** fú 粵fu4 符 ①同"莩"。蘆葦莖中的薄膜。②姓。

5 **苽** gū 粵gu1 姑 同"菰"。

5 **苶** nié 粵nip6 捏 ①疲倦；萎靡不振◇疲苶｜孩子今天有點兒苶，許是病了。②痴痴呆呆的樣子。

5 **苓** líng 粵ling4 零 見"茯苓"。

5 **茚** yìn 粵jan3 印 有機化合物。無色液體，是製造合成樹脂和油漆溶劑的原料。

5 **苟** gǒu 粵gau2 九 ①隨便；馬虎◇一絲不苟。②暫且；姑且◇苟延殘喘。③假如◇苟富貴，毋相忘。④姓。

【苟且】gǒuqiě ①只顧眼前勉強過得去◇苟且偷安｜苟且偷生。②草率；馬虎◇苟且從事｜一個細節都不敢苟且。③不正當的。多指男女情愛◇苟且之事｜苟且男女。

【苟同】gǒutóng 隨便、輕易地贊同◇不敢苟同。

【苟全】gǒuquán 苟且保全（性命）◇苟全性命於亂世，不求聞達於諸侯。

【苟合】gǒuhé ①隨便附和或迎合◇苟合之言不可取。②男女間不正當地結合◇偷情苟合。

【苟安】gǒu'ān ①只顧眼前安適◇苟安一隅。②一時的安適◇貪圖苟安。同偷安。

【苟活】gǒuhuó 苟且偷生◇與其苟活，不如反抗。

【苟延殘喘】gǒuyáncánchuǎn 暫且拖延一下將斷的氣。比喻姑且勉強維持生存。

5 **茆** 〈一〉mǎo 粵maau5 牡/lau5 柳 蒓菜。

〈二〉máo 粵maau4 矛 同"茅"。茅草。

5 **苑** 〈一〉yuàn 粵jyun2 婉 ①古代指飼養禽獸、種植樹木的地方。多指帝王的園林◇鹿苑｜梅苑｜上林苑。②（學術、文藝等）薈萃的地方◇文苑｜藝苑。

〈二〉yuān 粵jyun2 婉 姓。

【苑囿】yuànyòu 畜養禽獸的園林。

5 **苞** bāo 粵baau1 包 花未開時包着花骨朵的小葉片◇花苞｜含苞待放。

5 **范** fàn 粵faan6 犯 姓。

5 **苧（苎）** zhù 粵cyu5 柱【苧麻】zhùmá 多年生草本植物。莖皮纖維堅韌，可做繩子、織夏布。

5 **苆** xué 粵jyut6 穴 ①苆子。高粱稈或蘆葦的篾編製的粗蓆，圍起來可以囤糧食。②用苆子圍起來囤糧食。

5 **苾** bì 粵bit6 別 香氣濃烈。

5 **苠** mín 粵man4 文 農作物生長期較長，成熟期較晚◇苠稻｜苠高粱。

5 **茀** fú 粵fat1 忽 野草塞路◇道茀不可行。

5 **茄** 〈一〉jiā 粵gaa1 家 荷的莖。

〈二〉qié 粵ke4 騎 茄子。一年生草本植物。果實也叫茄子，呈球形或長圓形，是普通蔬菜。

5 **苕** 〈一〉tiáo 粵tiu4 條 ①蘆葦的花穗◇葦苕。②苕菜。也稱紫雲英。是優良綠肥作物，也作蔬菜和家畜飼料。

〈二〉sháo 粵siu4 韶 甘薯。又叫紅苕。

5 **苔** 〈一〉tāi 粵toi1 胎 舌苔。舌頭上的垢膩，中醫根據其變化來診斷病情◇黃苔｜白苔。

〈二〉tái 粵toi4 台 一種苔蘚類植物。根、莖、葉沒有明顯區別，綠色，長在陰濕的地方◇青苔｜蒼苔。

5 **茅** máo 粵maau4 矛 ①茅草。多年生草本植物。根可入藥。②姓。

【茅舍】máoshè 茅屋，茅草房◇竹籬茅舍。

【茅屋】máowū 屋頂用茅草或稻草蓋的房子，簡陋矮小。

【茅草】máocǎo 白茅，是造紙的原料。根可入藥。

【茅廬】máolú 茅草屋◇三顧茅廬。同 茅舍。

【茅塞頓開】máosèdùnkāi 茅塞，被茅草堵塞。比喻受到啟示或得到靈感，突然明白過來了。

6 **荊** jīng 粵ging1 京 ①一種落葉灌木。枝條柔韌，可以編筐、籃、籬笆等。果實球形，黑色，可以做藥材。②荊條，古代用作刑杖◇負荊請罪。③對人謙稱自己的妻子◇拙荊|荊妻。④古代楚國的別稱。

【荊棘】jīngjí 山野叢生的多刺小灌木。

6 **茸** róng 粵jung4 容 ①草初生時纖細柔軟的樣子◇綠茸茸一片。②形容濃密細軟◇茸毛。③鹿茸的簡稱◇參茸。

6 **荁** huán 粵jyun4 元 堇菜一類的草本植物。古人用以調味。

6 **茜** (一)qiàn 粵sin6 善 ①茜草。多年生草本植物。根紅色，可做染料。②紅色◇茜紗|茜裙。

(二)xī 粵sai1 西 用於人名。多用於翻譯外國女性名字。

6 **茬** chá 粵caa4 茶 ①莊稼收割後殘留在田地上的短莖◇麥茬|稻茬。②短而硬的頭髮、鬍子◇頭髮茬|鬍子茬。③在同一塊田地上農作物種植或收割的次數，一次叫一茬◇頭茬|二茬韭菜。④指提到的事或剛說完的話◇接茬|搭茬。

6 **荑** (一)tí 粵tai4 提 ①植物初生的嫩芽◇新荑|手如柔荑。②一種像稗子的草◇荑稗。

(二)yí 粵ji4 兒 除去田裏的雜草◇芟荑。

6 **茈** (一)zǐ 粵zi2 只 茈草。即紫草。多年生草本植物。根皮均紫色。根可入藥，也可作染料。

(二)cí 粵ci4 詞 鳧茈。即荸薺。

6 **草**〔艸〕cǎo 粵cou2 粗2 ①草本植物的總稱。莖稈柔軟，多為野生，也有種植的◇春草|稻草。②荒野；山野◇草野|草澤|落草為寇。③微賤；民間◇草民|崛起草間。④馬虎；簡略◇潦草|草草了事。⑤初步的；未定的◇草稿|草案。⑥起稿；起頭◇草擬|草創|草此奉覆。⑦指稿子◇起草。⑧草書。一種簡略而連筆快寫的字體◇行草|章草。⑨雌性的(家禽或家畜)◇草雞|草馬。

【草包】cǎobāo ①用稻草等編成的袋子。②比喻沒有本領的人。

【草書】cǎoshū 漢字字體的一種。特點是筆劃相連，書寫快速。

【草坪】cǎopíng 平坦的草地◇碧綠如茵的草坪。

【草芥】cǎojiè 小草。比喻輕賤的東西◇如棄草芥|視富貴榮華如草芥。

【草草】cǎocǎo 匆忙；草率◇草草過目|草草收兵|草草了事。

【草根】cǎogēn ①草的根部。②指平民百姓；普通羣眾◇如此高消費的生活對草根階層來說是難以想像的。

【草原】cǎoyuán 半乾旱地區長滿野草，或間有耐旱樹木的大面積土地。

【草案】cǎo'àn 未正式確定的法令、規章、計劃等◇憲法草案|五年計劃草案。

【草莽】cǎomǎng ①叢生的雜草。②民間◇草莽出身|草莽英雄。

【草率】cǎoshuài ①輕率，不慎重◇草率誤事，謹慎成事。②馬馬虎虎，不認真。

【草創】cǎochuàng 開始創辦、組建◇現在是草創階段，設備還不齊全。

【草稿】cǎogǎo 初步擬定的底稿◇寫文章最好先打草稿。

【草擬】cǎonǐ 初步寫出或設計◇草擬文稿|草擬計劃。

【草簽】cǎoqiān 締約各方代表在條約草案上臨時簽署自己的姓名。草簽後仍需正式簽字，條約才能生效。

【草木皆兵】cǎomùjiēbīng《晉書·苻堅載記》：前秦苻堅攻打東晉，在淝水被戰敗，登壽春城而望晉軍，見陣容齊整，又北望八公山，見山上草木皆像人形，疑為晉軍，非常害怕。後形容心裏驚恐而疑神疑鬼。

【草根階層】cǎogēn jiēcéng 普通民眾。

【草菅人命】cǎojiānrénmìng 菅，茅草。把人命看得像野草一樣。形容任意殘害人命。

6 **茼** tóng 粵tung⁴同【茼蒿】tónghāo 一年或二年生草本植物。嫩莖和葉有香味，是一種常見蔬菜。

6 **茵** yīn 粵jan¹因 墊子或褥子◇綠草如茵。

6 **茴** huí 粵wui⁴回【茴香】huíxiāng ①小茴香。多年生草本植物。莖葉嫩時可吃，果實可做調味香料，也可入藥。②大茴香。常綠小喬木。果實八角形，可作調味品或入藥。

五香
茴香 花椒 八角 桂皮 丁香

6 **茱** zhū 粵zyu¹朱【茱萸】zhūyú 落葉喬木。有山茱萸、吳茱萸、食茱萸等，有濃烈的香氣，果實可入藥。古人在重陽節佩茱萸囊驅邪。

6 **茯** fú 粵fuk⁶服【茯苓】fúlíng 寄生在松樹根上的菌類植物。球形或橢圓形，像甘薯，中醫入藥。

6 **荏** rěn 粵jam⁵音⁵ ①一年生草本植物。花白色，種子可榨油。通稱白蘇。②軟弱◇色厲內荏。

【荏苒】rěnrǎn 時光逐漸過去◇光陰荏苒。

6 **荇** xìng 粵hang⁶幸【荇菜】xìngcài 多年生草本植物。葉浮在水面，根生在水底。莖可吃。◇參差荇菜，左右流之。

6 **荃** quán 粵cyun⁴全 一種香草。即菖蒲。

6 **茶** chá 粵caa⁴查 ①茶樹。常綠灌木。嫩葉加工後就是茶葉。②用茶葉或其他原料製成的飲料◇清茶|杏仁茶。③像濃茶一樣的顏色◇茶色|茶鏡|茶晶。④指山茶樹、油茶樹◇茶花|茶油。⑤舊時訂婚聘禮的代稱◇下茶|受茶|三茶六禮。

中國名茶
龍井 碧螺春 鐵觀音 銀針 毛峯 毛尖 瓜片 祁紅 普洱

【茶炊】cháchuī 用銅、鐵等製成的燒水沏茶的器具。有兩層薄壁，四圍灌水，中間燒火。

【茶房】cháfang 舊稱茶館、旅館、火車、劇場等處從事供應茶水等雜務的人員。

【茶食】cháshi 糕點、果脯之類的食品。常在飲茶時食用，故稱。

【茶座】cházuò ①茶館裏供顧客喝茶的座位。②賣茶和飲料的休閒場所◇音樂茶座。

【茶飯】cháfàn 茶和飯。泛指飲食◇悲痛之極，不思茶飯。

【茶會】cháhuì 備有茶水、飲料、點心的社交性集會。

【茶樓】chálóu ①用樓房開設的茶館。也泛指茶館◇茶樓酒肆。②指酒樓。

【茶錢】cháqián ①在茶館喝茶所付的錢。②指小費。

【茶館】cháguǎn 專賣茶水並設有座位的店鋪，可供顧客喝茶、休息、閒聊。

【茶點】chádiǎn 茶水和點心◇到茶樓吃茶點去。

6 **荀** xún 粵seon¹詢 姓。

6 **荈** chuǎn 粵cyun²喘 晚採的茶。

6 **茗** míng 粵ming⁵冥 ①茶樹的嫩芽。②沏出的茶水◇品茗。

6 **茖** gé 粵gaak³格【茖葱】gécōng多年生草本植物，野生，莖細，葉子長橢圓形，花白色。莖葉可以吃，也可以入藥。

6 **茭** jiāo 粵gaau¹交 ①作飼料的乾草。②菇的別名。

【茭白】jiāobái 菇的肥大嫩莖。是蔬菜，可食用。

6 **茨** cí 粵ci⁴詞 ①用蘆葦、茅草蓋屋◇環堵之室，茨以生草。②用蘆葦、茅草蓋的屋頂◇茅茨。③蒺藜◇牆有茨。

6 **荒** huāng 粵fong¹方 ①沒有耕種過的土地◇開荒|墾荒。②荒蕪；無人耕種的◇荒地。③偏僻；冷落◇荒僻|荒無人煙。④年成不好；災荒◇荒年|逃荒。⑤嚴重缺乏◇水荒|糧荒。⑥荒廢；荒疏◇業精於勤荒於嬉。⑦破爛；廢棄物◇收荒|拾荒。⑧不合情理的◇荒謬。⑨放蕩；放縱◇荒淫無度。⑩久遠◇地老天荒。

【荒年】huāngnián（糧食作物）收成不好或沒有收成的年頭。

多樣表達：荒年
荒歲 歉年 歉歲 儉歲 凶年 凶歲 年饉 無年 大饑

【荒村】huāngcūn 人煙稀少的鄉村◇荒村野外。

【荒原】huāngyuán 荒涼的原野◇開發荒原。

【荒唐】huāngtáng ①離奇古怪，不近人情◇滿紙荒唐言｜想法荒唐。②行為放蕩，不加檢點◇生活荒唐。

【荒野】huāngyě 荒涼的原野◇渺無人煙的荒野。

【荒淫】huāngyín 貪戀酒色◇荒淫無度｜荒淫無恥。

【荒涼】huāngliáng 人煙少，冷清淒涼◇一片荒涼的景象。

【荒疏】huāngshū 荒廢生疏◇早戀會荒疏學業。(反) 嫻熟。

【荒亂】huāngluàn 形容社會秩序極不安定◇荒亂的年代。

【荒歉】huāngqiàn 荒年歉收◇救濟荒歉地區。(反) 豐稔。

【荒漠】huāngmò ①荒涼廣漠◇荒漠的原野。②荒涼的沙漠或曠野◇戈壁荒漠｜荒漠變良田。

【荒僻】huāngpì 荒涼偏僻◇荒僻的山區。

【荒誕】huāngdàn 形容極不真實、不近情理◇荒誕不經｜荒誕劇。

【荒廢】huāngfèi ①該種而沒有耕種◇荒廢土地。②荒疏◇荒廢學業。③白白浪費，不加利用◇荒廢青春。

【荒蕪】huāngwú 土地荒棄、雜草叢生的樣子◇田園荒蕪。

【荒謬】huāngmiù 毫無道理，非常錯誤◇荒謬絕倫。(同) 荒誕 (反) 合理。

【荒腔走板】huāngqiāng zǒubǎn 本指戲曲演員唱戲時音調不準，不合板眼。比喻説話離題或行為舉止超出規範◇他的發言怎麼總是荒腔走板，不知所云？

6 **荄** gāi 粵goi1 該 草根◇草荄｜驚風摧千仞之木，不能拔弱草之荄。

6 **茺** chōng 粵cung1 充【茺蔚】chōngwèi 益母草。一年或二年生草本植物。莖葉和子實可入藥。

6 **茳** jiāng 粵gong1 江【茳芏】jiāngdù 多年生草本植物。莖呈三角形，可用來編蓆。

6 **茫** máng 粵mong4 忙 ①廣闊無邊的樣子◇茫無邊際｜蒼茫大地。②模糊不清◇渺茫｜暮色昏茫。③一無所知◇茫然。

【茫昧】mángmèi 模糊不清◇往事多已茫昧。

【茫茫】mángmáng ①遼闊，無邊無際◇茫茫大海｜天蒼蒼，野茫茫。②模糊不清◇夜霧茫茫｜前途茫茫。

【茫然】mángrán ①形容茫無所知、完全不明白的樣子◇茫然不知所措。②失意的樣子◇茫然若有所失。

6 **茛** gèn 粵gan3 巾3 毛茛。多年生草本植物。莖葉有毛，植株有毒，可供藥用。

6 **荍** qiáo 粵kiu4 橋 ①古書上指錦葵。②同"蕎"。

6 **茹** rú 粵jyu4 餘 吃◇茹草｜茹毛飲血。

【茹毛飲血】rúmáo yǐnxuè《禮記・禮運》："未有火化，食草木之實，鳥獸之肉，飲其血，茹其毛。"帶毛生吃禽獸的肉，喝禽獸的血。形容非常原始。

【茹苦含辛】rúkǔ hánxīn 含辛茹苦，非常困苦。(反) 養尊處優。

6 **荔〔茘〕** lì 粵lai6 例【荔枝】lìzhī 常綠喬木。果實也叫荔枝，果肉色白多汁，味甘美。

6 **茲〔玆〕** (一) zī 粵zi1 之 ①此；這個；這裏◇茲日｜立於茲｜茲事體大。②今；現◇自茲以後｜茲訂於九月一日舉行開學典禮。③年◇今茲｜來茲。

(二) cí 粵ci4 詞 見"龜茲"。

7 **莰** kǎn 粵ham2 砍 有機化合物。白色結晶，有樟腦的香味。(英 camphane)

7 **茝** chǎi 粵coi2 彩 古代指一種香草。即白芷。

7 **荸** bí 粵but6 勃【荸薺】bíqi 多年生草本植物。種植在水田裏。地下莖也叫荸薺，扁圓形，皮深褐色，肉白色，可食用。(同) 馬蹄、地梨。

7 **莆** pú 粵pou4 蒲 ①同"蒲"。水草名。②地名，莆田，在福建省。

7 **莢（荚）** jiá 粵gaap³ 甲 豆類植物的果實◇豆莢。

7 **莽** mǎng 粵mong⁵ 網 ①茂密的草◇草莽。②茂密◇莽原。③大；廣闊◇莽莽人間。④粗魯；冒失◇莽撞｜魯莽。

【莽原】mǎngyuán 草長得茂盛的原野◇林海莽原。

【莽莽】mǎngmǎng ①草木繁茂◇草木莽莽。②廣闊無邊◇莽莽原野。

【莽蒼】mǎngcāng 形容景色迷茫◇日暮莽蒼的原野。

【莽漢】mǎnghàn 粗魯莽撞的男人。

【莽撞】mǎngzhuàng 粗率魯莽◇説話莽撞。

7 **莖（茎）** jīng 粵ging³ 敬 ①植物的主幹。下部和根連接，上部生長枝葉。②像莖的東西◇陰莖｜劍莖。③量詞。用於細長條形的東西◇數莖白髮｜幾莖柴草。

7 **莫** mò 粵mok⁶ 寞 ①沒有誰；沒有甚麼◇天下之水，莫大於海。②不要◇閒人莫入。③不◇愛莫能助。④表示揣測或反問◇莫非｜莫不是。⑤姓。

【莫如】mòrú 不如◇與其你去，莫如他來。

【莫非】mòfēi 表示揣測或反問◇他沒來上學，莫非病了？

【莫逆】mònì 沒有抵觸。形容彼此情意相合，十分融洽◇莫逆之交。

【莫不是】mòbúshì 莫非◇莫不是又要出差？

【莫須有】mòxūyǒu《宋史・岳飛傳》：秦檜誣告岳飛謀反，韓世忠質問其有沒有證據，秦檜説"莫須有"。後表示憑空捏造。

【莫名其妙】mòmíngqímiào 沒有人能説出其中的奧妙。形容不合常理，無法理解。

【莫衷一是】mòzhōngyíshì 衷，決斷。意見分歧，不能斷定哪一個對。

7 **莧（苋）** xiàn 粵jin⁶ 現 莧菜。一年生草本植物。莖細長，葉子橢圓形，嫩莖和葉子是常見蔬菜。

7 **莒** jǔ 粵geoi² 舉 地名。在山東省。

7 **莪** é 粵ngo⁴ 鵝【莪蒿】éhāo 多年生草本植物。生在水邊，葉子像針，嫩葉可吃。

7 **莛** tíng 粵ting⁴ 停 草本植物的莖◇草莛｜麥莛｜油菜莛。

7 **莉** lì 粵lei⁶ 利 見"茉莉"。

7 **莠** yǒu 粵jau⁵ 有 ①生在禾苗中的一種野草。穗形似狗尾，俗稱狗尾草。②喻指品質不好的人◇良莠不齊。

7 **莓** méi 粵mui⁴ 梅 灌木或多年生草本植物。種類很多，常見的是草莓。果實紅色，味酸甜，可食用，或製果醬。

7 **荷** 〈一〉hé 粵ho⁴ 河 ①蓮◇荷花｜荷葉。②指荷蘭◇荷盾。

〈二〉hè 粵ho⁶ 賀 ①肩扛；背負◇荷擔｜荷槍實彈。②承擔；擔負◇荷天下之重任。③所承擔的重量、重任◇載荷｜肩負重荷。④承受恩惠，多作書信用語◇感荷。

【荷包】hébāo 一種隨身攜帶的裝零錢和零星東西的小包。

【荷重】hèzhòng 建築物能夠承受的重量◇這座橋荷重 15 噸。

【荷負】hèfù 擔負。

【荷載】hèzài ①承擔；負載◇荷載重任。②物體所承受的外力◇荷載為 200 公斤。

7 **莜** yóu 粵jau⁴ 由【莜麥】yóumài 一年生草本植物。俗稱油麥，也稱裸燕麥。子實供食用或作飼料，莖葉可作青飼料。

7 **荼** tú 粵tou⁴ 途 ①一種苦菜◇荼苦。②茅草、蘆葦之類的白花◇如火如荼。

【荼毒】túdú 荼菜的苦味和蛇蠍的毒液。比喻毒害、殘害◇荼毒生靈。

【荼蘼】túmí 落葉小灌木。夏季開白花，有香氣。

7 **莝** cuò 粵co³ 錯 ①鍘（草）。②鍘碎的草。

7 **莩** 〈一〉fú 粵fu¹ 呼 蘆葦莖裏的薄膜。

〈二〉piǎo 粵piu⁵ 漂⁵ 同"殍"。餓死的人◇民有飢色，野有餓莩。

7 **荽** suī 粵seoi¹ 雖 見"芫荽"。

7 **荻** dí 粵dik⁶ 滴 多年生草本植物。形狀像蘆葦，生長在水邊◇荻花。

7 **莘** 〈一〉shēn 粵san1 身 ①眾多◇莘莘學子。②地名。莘縣，在山東省。

〈二〉xīn 粵san1 身 用於地名，如莘莊(在上海)。

7 **莎** 〈一〉shā 粵saa1 沙 見"莎雞"。

〈二〉suō 粵so1 蔬 見"莎草"。

【莎草】suōcǎo 多年生草本植物。地下的塊根叫香附子，可入藥。

【莎雞】shājī 蟲名。俗稱紡織娘。黃褐色或綠色。雄的能發出像紡車的聲音。

7 **莞** 〈一〉guān 粵gun1 官 莞草。俗稱水葱、蓆草。莖細，可用以編蓆。

〈二〉guǎn 粵gun2 管 用於地名，如東莞(在廣東)。

〈三〉wǎn 粵wun5 碗5【莞爾】wǎn'ěr 微笑的樣子◇莞爾一笑。

7 **莨** 〈一〉liáng 粵loeng4 良 見"薯莨"。

〈二〉làng 粵long6 浪【莨菪】làngdàng 多年生草本植物。也稱天仙子。全株有特殊臭味，有毒。種子、根、莖、葉都可入藥。

7 **莙** jūn 粵gwan1 軍 古代指一種水藻。

【莙薘菜】jūndácài 一年或二年生草本植物。葉大有長柄，花綠色。是常見的蔬菜。也稱牛皮菜、厚皮菜。

7 **莊(庄)** zhuāng 粵zong1 裝 ①莊重；嚴肅◇端莊|莊嚴。②村莊◇祝家莊。③皇家、貴族佔有的大片土地；歸私人所有並經營的大範圍的土地◇皇莊|莊園。④大商店◇錢莊|布莊。⑤牌局中的主持人◇輪流坐莊。⑥姓。

【莊戶】zhuānghù 農戶◇莊戶人家。

【莊重】zhuāngzhòng 端莊穩重，不輕浮◇莊重大方|舉止莊重。

【莊雅】zhuāngyǎ 莊重典雅；高雅◇舉止莊雅|詩文貴在莊雅。

【莊稼】zhuāngjia 地裏栽種的農作物(多指糧食作物)◇收割莊稼。(同) 禾稼。

【莊嚴】zhuāngyán 莊重嚴肅◇莊嚴肅穆|會場佈置得十分莊嚴。

8 **菶** běng 粵bung2 捧【菶菶】běngběng 形容草木茂盛◇菶菶萋萋。

8 **華(华)** 〈一〉huá 粵waa4 蛙4 ①光彩；光輝◇華燈|日月光華。②月亮周圍的彩色光環◇月華。③美麗；有文采◇華服|華章。④繁盛；興旺◇繁華|榮華富貴。⑤精萃◇精華|含英咀華。⑥不切實的虛榮◇浮華。⑦(美好)時光◇韶華|似水年華。⑧(頭髮)花白◇華髮。⑨敬辭。用於跟對方有關的◇華誕|華翰。⑩指中國◇華僑|華人。⑪指漢族(語言文字)◇華文|華語。

〈二〉huā 粵faa1 花 ①同"花"◇華鄂|蓮華並蒂開。②開花◇春華秋實。

〈三〉huà 粵waa6 話 ①山名。華山，是"五嶽"之一，在陝西華陰。②姓。

【華人】huárén ①中國人。②外國國籍、中國血統的人◇美籍華人。

【華表】huábiǎo 古代宮殿、陵墓等建築物前面用作裝飾的巨大石柱，柱身多雕刻龍鳳等圖案，上部橫插着雕花的石板(多為雲紋形)。

【華冑】huázhòu ①華夏族的後代。②名門貴族的後代◇皇族華冑。

【華美】huáměi 華麗◇服飾華美。

【華夏】huáxià ①中國。②中華民族◇華夏子孫。

中國的別稱

華夏 中華 赤縣 神州 九州 九區 九有 九原 九域

【華貴】huáguì ①豪華富貴◇華貴之家。②華麗珍貴◇穿戴華貴。

【華鄂】huā'è 鄂，花托。《詩經・常棣》："常棣之華，鄂不韡韡。凡今之人，莫如兄弟。"後喻指兄弟友愛◇華鄂情深。

【華裔】huáyì ①華僑在僑居國所生並取得了僑居國國籍的子女。②泛指在國外的華人後代。

【華蓋】huágài ①帝王車上的傘蓋。後泛指達官貴人者所乘的車◇食有魚，行有華蓋。②古星名。民俗以為命中犯了華蓋星，就會倒運◇交上了華蓋運。

【華僑】huáqiáo 僑居國外的中國人◇歸國華僑。

【華髮】huáfà 花白的頭髮◇華髮蒼顏。

【華誕】huádàn 敬辭。用於稱人生日或學校機構等建立之日◇恭慶八十華誕|母校百年華

誕。

【華燈】huádēng 裝飾精美，光輝燦爛的燈◇華燈璀燦｜華燈齊放。

【華麗】huálì 美麗有光彩◇華麗的舞蹈｜大廳裝飾華麗。㊞ 簡樸。

【華爾茲】huá'ěrzī 起源於奧地利民間的一種三拍的舞蹈。後演變成交際舞的一種。（英 waltz）

【華而不實】huá'érbùshí《左傳・文公五年》："且華而不實，怨之所聚也。"只開花不結果。比喻外表好看，沒有實際內容。

8 **菁** jīng ●zing1 精 ①韭菜的花◇秋韭冬菁。②水草◇菁藻。③蕪菁。菜名。俗稱大頭菜。

【菁英】jīngyīng 精華。

【菁華】jīnghuá 精華◇萃取草木菁華。

【菁菁】jīngjīng 形容草木茂盛◇高樹茂密，翠葉菁菁。

8 **菾** tián ●tim4 甜【菾菜】tiáncài 甜菜。二年生草本植物。根肥大，含糖質，是製糖的原料。

8 **萇（苌）** cháng ●coeng4 祥 姓。周代有萇弘。

8 **菝** bá ●bat6 拔【菝葜】báqiā落葉藤本植物，葉子多為橢圓形，花黃綠色，漿果球形。根莖入中藥。

8 **著** ㈠zhù ●zyu3 註 ①明顯；顯著◇昭著｜著名。②顯出◇頗著成效。③編寫；寫作◇編著｜著書立說。④作品；著作◇名著｜專著。⑤生長；居住◇土著。

㈡zhuó ●zoek3 爵 穿。今多用"着"。◇著衫｜穿著打扮。

【著名】zhùmíng 出名，很有名◇著名詩人｜著名數學家。

【著作】zhùzuò ① 寫作◇傾心著作。② 寫的書或文章。

【著述】zhùshù ① 撰寫；編著◇埋頭著述。② 撰寫、編著的作品◇著述等身。

【著稱】zhùchēng 因著名而被人稱道◇蘇繡以工藝精巧著稱。

【著錄】zhùlù 記錄；記載◇著錄勛業。

8 **菱** líng ●ling4 零 一年生水生草本植物。葉略呈三角形，花白色。果實有硬殼，俗名菱角，可供食用及製澱粉。

8 **萁** qí ●kei4 其 豆秸◇萁在釜下燃，豆在釜中泣。

8 **𦯒** lǐn ●lam4 林 拂𦯒，中國古代稱東羅馬帝國。

8 **菥** xī ●sik1 色【菥蓂】xīmì 薺菜的一種。嫩時可作蔬菜，全草可做藥材。

8 **菘** sōng ●sung1 鬆 菘菜。色青白的俗稱青菜、白菜，色淡黃的俗稱黃芽菜。

8 **萘** nài ●noi6 內 一種有機化合物。白色晶體，有特殊的氣味，易揮發，可製造染料、樹脂、香料、藥品等。（英naphthalene）

8 **萊（莱）** lái ●loi4 來 ①草名。即藜。嫩葉可吃。②野草，雜草◇草萊。③古代指郊外輪休的田地。也指荒地。

【萊菔】láifú 蘿蔔。

【萊塞】láisè 激光的舊稱。（英 laser）

8 **萋** qī ●cai1 妻【萋萋】qīqī 形容茂盛◇芳草萋萋。

8 **菽** shū ●suk6 熟 ①大豆。②泛指豆類◇稻菽。

【菽麥】shūmài 豆和麥◇不辨菽麥。

【菽粟】shūsù 豆子和小米。泛指糧食◇菽粟多而民食足。

8 **菓** guǒ ●gwo2 果 同"果"，用於水菓等。

8 **菖** chāng ●coeng1 昌【菖蒲】chāngpú 多年生草本植物。生在水邊，有香氣。葉形似劍，民間在端午節用來和艾葉紮成束，掛在門前，借以避邪驅蟲。

8 **萌** méng ●mang4 盟 ①（草木）發芽◇萌芽。②（事物）開始發生◇故態復萌。

【萌生】méngshēng 開始產生或出現◇心裏萌生了一個想法。

【萌芽】méngyá ① 植物生芽◇一到春天，草木萌芽。② 比喻剛剛發生◇兩人的感情還處在萌芽狀態。

【萌發】méngfā ① 種子或孢子發芽。② 比喻思想、意念等開始發生◇萌發奇想。

8 **萜** tiē 粵tip3 貼 有機化合物的一類。多為有香味的液體，松節油、薄荷油等都是含萜的化合物。(英 terpenes)

8 **菌** (一)jūn 粵kwan2 細 低等菌類生物，如細菌、真菌等。

(二)jùn 粵kwan2 細 高等菌類植物。即蕈。

8 **菲** (一)fēi 粵fei1 飛 花草芳香◇春草芳菲。

(二)fěi 粵fei2 匪 ①古代指蘿蔔一類的菜。②微薄◇致上菲禮。

【菲酌】fěizhuó 謙辭。很平常或很簡單的酒飯◇聊備菲酌。

【菲儀】fěiyí 謙辭。微薄的禮物。

【菲薄】fěibó ① 微薄◇薪酬菲薄｜菲薄的禮物。② 輕視◇不宜妄自菲薄。

8 **萎** wěi 粵wai2 委 ①(植物)乾枯◇枯萎|草死木萎。②衰落；衰退◇精神萎靡|經濟萎縮。

【萎蔫】wěiniān 植物因缺乏水分而莖葉萎縮下垂。

【萎縮】wěisuō ① 枯萎收縮；變小縮形◇樹苗萎縮｜肌肉萎縮。②（經濟）衰退◇貿易萎縮。

【萎謝】wěixiè 枯萎凋謝◇時當深秋，草木萎謝。

8 **萸** yú 粵jyu4 餘 見"茱萸"。

8 **萑** huán 粵wun4 緩 蘆葦一類的植物◇萑葦。

8 **萆** bì 粵bei1 悲 ①同"蓖"。②萆薢。

【萆薢】bìxiè 多年生藤本植物，葉互生，雌雄異株。根狀莖橫生，呈圓柱形，表面黃褐色，可入藥。

8 **菂** dì 粵dik1 的 蓮子。

8 **菜** cài 粵coi3 賽 ①蔬菜◇青菜。②指油菜◇菜油。③菜餚◇葷菜|素菜。

【菜色】càisè 青黃色。多用來形容營養不良的臉色◇連年饑饉，民有菜色。

【菜餚】càiyáo 烹調好的各色葷菜、素菜。

【菜圃】càipǔ 菜園，種蔬菜的園子。

【菜單】càidān ① 開列各種菜餚名稱及價格供顧客點菜用的單子。② 電腦顯示在顯示屏上的選項列表。也稱選單。

【菜蔬】càishū ① 蔬菜。② 菜餚。

【菜點】càidiǎn 菜餚和點心◇特色菜點。

【菜譜】càipǔ ① 顧客點菜的菜單。② 介紹菜餚烹調方法的書◇《川菜菜譜》。

8 **菔** fú 粵fuk6 服/baak6 白 見"萊菔"。

8 **菟** (一)tú 粵tou4 途 見"於菟"。

(二)tù 粵tou3 兔 見"菟絲子"。

【菟絲子】tùsīzǐ 一年生草本植物。莖細長，呈絲狀，多纏繞在其他植物上，對農作物有害。也指它的種子，可入藥。

8 **萄** táo 粵tou4 途 見"葡萄"。

8 **萏** dàn 粵daam6 淡 見"菡萏"。

8 **菊** jú 粵guk1 谷 菊花。多年生草本植物。秋季開花，品種繁多，供觀賞。有的花可入藥，也可作飲料◇春蘭秋菊。

8 **萃** cuì 粵seoi6 睡 ①聚集◇薈萃|文萃。②聚在一起的人或物◇出類拔萃。

【萃集】cuìjí 聚集；匯集。

【萃聚】cuìjù 聚在一起◇羣英萃聚｜萃聚一堂。

8 **菩** pú 粵pou4 蒲【菩提】pútí佛教指覺悟的境界。(梵Bodhi)

【菩薩】púsà ①"菩提薩埵"的簡稱。佛教信奉的地位僅次於佛的神。(梵 Bodhisattva) ② 泛指崇拜的神或偶像◇觀音菩薩。③ 比喻心地善良的人◇菩薩心腸。

8 **菼** tǎn 粵taam2 探2 荻。

8 **菏** hé (1)粵go1 哥 古水名。在今山東。(2)粵ho4 河 菏澤，地名，在山東。

8 **萍** píng 粵ping4 評 浮萍。在水面浮生的草本植物。可供藥用，也可作飼料或綠肥。

【萍蹤】píngzōng 像浮萍一樣漂泊不定的行蹤◇萍蹤浪跡｜萍蹤無定。

【萍水相逢】píngshuǐxiāngféng 浮萍隨水漂動，偶然聚集在一起。比喻素不相識的人偶然相遇。

8 **菹** zū 粵zeoi¹追 ①醃菜，酸菜。②剁成肉醬◇菹醢。

8 **菠** bō 粵bo¹波【菠菜】bōcài一年或二年生草本植物。葉子略呈三角形，根帶紅色。是常見蔬菜。

【菠蘿】 bōluó 即鳳梨。多年生草本植物，生長於熱帶地區，葉大，花紫色，果實也叫菠蘿，外部呈鱗片狀，果肉芳香，味酸甜。

8 **菪** dàng 粵dong⁶蕩 見"莨菪"。

8 **菅** jiān 粵gaan¹奸 多年生草本植物。葉子細長，多茸毛◇草菅人命。

8 **菀** 〈一〉wǎn 粵jyun²婉 藥草名。有紫菀、白菀。

〈二〉yù 粵wat¹屈 茂盛的樣子。

8 **菉（菉）** lù 粵luk⁶ 六 地名用字。例如梅菉，在廣東。

8 **菰** gū 粵gu¹姑 多年生草本植物。生在淺水中。嫩莖的基部經黑穗病菌寄生後膨大，叫茭白，可做蔬菜。

8 **菡** hàn 粵haam⁵咸⁵【菡萏】hàndàn 荷花。

8 **菇** gū 粵gu¹姑 形狀像傘的菌類植物。無毒的可吃◇香菇|冬菇。

8 **菑** 〈一〉zī 粵zi¹之 ①除草◇菑除。②剛開墾一年的田地。

〈二〉zāi 粵zoi¹災 同"災"。

8 **⿱艹戾** lì 粵leoi⁶ 累【⿱艹戾草】lìcǎo狼尾草。

9 **葜** qiā 粵hat⁶瞎 見"菝葜"。

9 **葑** 〈一〉fēng 粵fung¹風 蕪菁。又叫大頭菜。

〈二〉fèng 粵fung³諷 茭白的根◇四面湖澤，皆是菰葑。

9 **葚** 〈一〉shèn 粵sam⁶甚 桑樹的果實。有甜味，可以吃◇桑葚。

〈二〉rèn 粵sam⁶甚 口語音。只用於桑葚。

9 **葉（叶）** 〈一〉yè 粵jip⁶業 ①植物吸收營養的器官之一。長在莖上，多呈片狀，綠色。②像葉子的東西◇百葉窗。③同"頁"◇活葉文選。④世；時期◇明代中葉|十九世紀末葉。⑤姓。

〈二〉shè 粵jip⁶業 古邑名，在今河南省。

【葉公好龍】 yègōng hàolóng 漢代劉向《新序・雜事五》：古代有位葉公子高，對龍非常喜愛，房屋裏畫的和雕刻的都是龍。天龍聽說了，就降臨到他的家。葉公見到真龍，卻嚇得失魂落魄，扭頭就跑。後比喻表面上喜愛而實際並不真正喜愛。

【葉落歸根】 yèluòguīgēn 樹葉總是掉落在樹根邊上。比喻人或事物都有一定的歸宿。現多比喻客居異國他鄉的人最終要回到故土◇樹高千丈，葉落歸根。

9 **葫** hú 粵wu⁴湖【葫蘆】húlu 一年生草本植物。莖蔓生，花白色。果實也稱葫蘆，中間細，像兩球相連。嫩時可吃，成熟後可作容器或供觀賞。

9 **葙** xiāng 粵soeng¹商 青葙。一年生草本植物。俗稱野雞冠。花淡紅色，供觀賞。種子叫青葙子，可入藥。

9 **葳** wēi 粵wai¹威【葳蕤】wēiruí 形容枝葉茂盛◇園中花木葳蕤。

9 **葬** zàng 粵zong³壯 用掩埋或用其他方法處理死者遺體◇安葬|埋葬|火葬|海葬。

【葬身】 zàngshēn ①埋葬屍體◇死無葬身之地。②比喻死亡或毀滅◇葬身火海。

【葬送】 zàngsòng 斷送；毀滅◇葬送青春|葬送了前程。

【葬禮】 zànglǐ 殯葬儀式◇舉行葬禮|參加葬禮。

9 **蒈** kǎi 粵kaai²楷 有機化合物。蒈的重要衍生物蒈酮，氣味像樟腦。（英 carane）

9 **葭** jiā 粵gaa¹家 初生的蘆葦◇蒹葭。

9 **葺** qì 粵cap¹輯 ①用茅草覆蓋屋頂。②修理房屋◇修葺一新。

9 **葛** 〈一〉gé 粵got³割 ①多年生草本植物。莖蔓生，莖皮可做紡織原料。②葛布。用葛織成的布◇葛衣|葛巾。③指葛布衣服◇冬一裘，夏一葛。

〈二〉gě 粵got³割 姓。

【葛藤】 géténg 葛的藤蔓。比喻糾纏不清的關係。

9 **葸** xǐ 粵saai² 徙 畏怯◇畏葸不前。

9 **萵（萵）** wō 粵wo¹ 窩【萵苣】wōjù 一年或二年生草本植物。葉長圓形，花黃色。嫩的莖葉是常見蔬菜。一般分葉用的生菜和莖用的萵筍兩種。

9 **萼〔蕚〕** è 粵ngok⁶ 岳 花萼。托在花瓣下部的綠色小片。

9 **萩** qiū 粵cau¹ 秋 一種蒿類植物。葉白色，莖高大，跟艾相似。

9 **董** dǒng 粵dung² 懂 ①監督管理◇董理。②董事的簡稱◇校董。③姓。

【董事】dǒngshì 董事會的成員。

【董事會】dǒngshìhuì 企業、學校或團體的決策監管機構。

9 **葆** bǎo 粵bou² 保 ①草茂盛的樣子。②保持◇永葆青春。

【葆真】bǎozhēn 保全本性。

9 **葩** pā 粵paa¹ 趴 草木的花◇奇葩異草。

9 **葎** lǜ 粵leot⁶ 率【葎草】lǜcǎo一年生或多年生草本植物，密生短刺，葉子對生，掌形分裂，花淡綠色，果穗略作球形。果實可入藥。

9 **葡** pú 粵pou⁴ 蒲 ①見"葡萄"。②國名，葡萄牙的簡稱。

【葡萄】pútao 落葉藤本植物。果實也叫葡萄，成串，圓形或橢圓形，是常見的水果，也用來釀酒。

9 **葱〔蔥〕** cōng 粵cung¹ 充 ①多年生草本植物。葉子圓筒形，中空，有大葱、香葱等，是普通蔬菜和調味品。②青綠色◇葱翠|鬱鬱葱葱。

【葱葱】cōngcōng 草木青翠繁茂◇羣山鬱鬱葱葱。

【葱翠】cōngcuì 蒼翠，青翠◇林木葱翠｜葱翠的竹林。

【葱綠】cōnglǜ ① 淺綠而微黃的顏色◇葱綠的裙子。② 青翠，翠綠◇麥苗葱綠喜人。

【葱蘢】cōnglóng 草木青翠繁盛◇草木葱蘢。㊐ 葱鬱。

【葱鬱】cōngyù 草木青翠茂盛◇山林葱鬱。

9 **葶** tíng 粵ting⁴ 停【葶藶】tínglì 一年生草本植物。花黃色。種子叫葶藶子，黑褐色，可入藥。

9 **蒂〔蔕〕** dì 粵dai³ 帝 ①花或瓜果跟枝莖相連的部分◇瓜熟蒂落。②末尾◇煙蒂。

9 **葹** shī 粵si¹ 思 蒼耳。一年生草本植物。果實有刺，可入藥。

9 **蔿（蒍）〔蔿〕** wěi 粵wai² 委 姓。

9 **葓** hóng 粵hung⁴ 紅 同"葒"。

9 **蒎** pài 粵paai³ 派 有機化合物。化學性質穩定，不易被無機酸和氧化劑分解。（英 pinane）

9 **落** 〈一〉luò 粵lok⁶ 樂 ①掉下來◇落葉。②下降◇水落石出。③使下降◇落幕|落下簾子。④衰敗◇衰落|家道中落。⑤掉在後面◇落後。⑥停留；留下◇落腳|不落痕跡。⑦停留或聚居的地方◇下落不明|小村落。⑧指某個範圍◇角落|院落。⑨歸屬◇大權旁落。⑩得到◇落了個好名聲。⑪寫下◇落款|落筆成文。⑫建築完工◇落成。

〈二〉là 粵lok⁶ 樂 ①遺漏；脱漏◇丢三落四|這句落了一個字。②丢下◇書包落在教室裏了。③掉在後面，跟不上◇落在後頭。

〈三〉lào 粵lok⁶ 樂 ①見"落子"。②用於一些口語詞，如"落色""落枕""落架"。

【落子】làozi ① 北方曲藝"蓮花落"的俗稱◇落子館。② 指早期的評劇◇唐山落子。

【落地】luòdì ① 從高處掉在地上◇樹葉紛紛落地。② 生下嬰兒來◇呱呱落地。

【落成】luòchéng 建築物竣工◇落成典禮｜大樓落成了。

【落伍】luòwǔ ① 掉在隊伍後面。② 比喻跟不上時代。

【落色】làoshǎi 布匹、衣服等的顏色逐漸脱落；褪色。

【落枕】làozhěn 睡覺時脖子受寒或姿勢不對，造成脖子疼痛，活動不便。

【落空】luòkōng 沒有着落。指希望、目的等沒有實現◇擔心這件事可能落空。

【落英】luòyīng 落花◇落英繽紛｜風雨過後，滿地落英。

【落後】luòhòu ① 行進中落在別人後面。② 泛指落在先進水平或客觀形勢後面◇經濟落後｜產品落後。

【落架】làojià 方言。房屋的木架倒塌。比喻家業敗落。

【落荒】luòhuāng 向荒野（逃去）◇落荒而逃。

【落敗】luòbài 遭到失敗◇選舉落敗。

【落款】luòkuǎn ① 在書畫上題寫姓名、日期等。也泛指在書信、文章、禮品等上面署名。② 指落款的文字。

【落筆】luòbǐ 下筆（寫或畫）◇落筆成章｜想好了再落筆。

【落落】luòluò ① 形容性格開朗，舉止瀟灑◇落落大方。② 形容性情孤傲，同別人合不來◇落落寡合。

【落腳】luòjiǎo 暫時停留或住下◇找個旅店落腳。同 歇腳。

【落榜】luòbǎng 考生未被錄取，榜上無名◇會考落榜。

【落實】luòshí ①（計劃、措施、政策等）得到實際執行◇措施必須落實。② 使做到；使落實◇落實資金。

【落網】luòwǎng 比喻罪犯被捕。

【落魄】luòpò ① 失落魂魄。比喻驚惶失措◇嚇得失魂落魄。② 不得志；不如意◇半生落魄，鬱鬱不得志。

【落難】luònàn 遭遇災難，陷入困境。

【落井下石】luòjǐng xiàshí 比喻乘人之危，進一步打擊陷害。

【落花流水】luòhuā liúshuǐ ① 形容暮春景色衰敗零落的樣子。② 比喻被打得大敗。

【落落大方】luòluòdàfāng 形容開朗瀟灑，舉止自然，不拘謹。

【落落寡合】luòluòguǎhé 形容性情孤傲，同別人合不來。

9 **萱**〔藼〕xuān 粵hyun^{1} 圈 萱草。多年生草本植物。葉狹長，花漏斗形，可供觀賞。花蕾稱黃花菜、金針菜，乾的可食用。古人認為它可以使人忘憂，故又叫忘憂草。

9 **葖** tū 粵dat^{6} 突 見"蓇葖"。

9 **葷**（荤）〈一〉hūn 粵fan^{1} 芬 ①指雞鴨魚肉等肉類◇葷菜。②指葱蒜等有特殊氣味的菜蔬◇五葷。

〈二〉xūn 粵fan^{1} 分 見"葷粥"。

【葷油】hūnyóu ① 動物的脂肪熬製的油。② 特指豬油◇老年人要少吃葷油。

【葷粥】xūnyù 中國古代北方匈奴族的別稱。

【葷腥】hūnxīng 用雞鴨魚肉等肉類做成的食品◇出家人不吃葷腥。

9 **萹** biǎn 粵bin^{2} 扁 萹豆，即扁豆。

9 **葦**（苇）wěi 粵wai^{5} 偉 蘆葦◇葦塘｜葦蓆。

9 **葵** kuí 粵kwai^{4} 攜 指一些開大花的草本植物，如向日葵、錦葵、蜀葵等。

【葵心】kuíxīn 葵，向日葵。比喻傾慕嚮往之心。

【葵扇】kuíshàn 用蒲葵葉做成的扇子。俗稱芭蕉扇。

9 **葒**（荭）hóng 粵hung^{4} 紅 葒草。一年生草本植物。莖很高，花白色或紅色，供觀賞。

9 **葤**（葤）zhòu 粵zau^{6} 就 ①用草包物。②量詞。碗碟等用草繩綁紮，一捆叫一葤◇一葤碗。

9 **葯**（药）yào 粵joek^{3} 約 香草名。即白芷。

10 **蓁** zhēn 粵zeon^{1} 津 叢生的草木◇深蓁。

【蓁蓁】zhēnzhēn 形容草木茂盛◇桃之夭夭，其葉蓁蓁。

10 **蒜** suàn 粵syun^{3} 算 多年生草本植物。葉子和花軸嫩時可做菜。地下莖俗稱蒜頭，分瓣，味辣，供食用或做調味品。

10 **蓍** shī 粵si^{1} 思 蓍草。多年生草本植物。也叫鋸齒草。全株可入藥、可製香料。古人用它的莖來占卜。

10 **蓋**（盖）〈一〉gài 粵goi^{3} 該^{3}/koi^{3} 丐 ①器物上的蓋子◇壺蓋｜鍋蓋。②古代車上遮陽光和雨的傘狀物；車篷◇華蓋｜雨蓋。③遮

擋；蒙上◇掩蓋|蓋被子。④建造◇蓋房子。⑤印上◇蓋圖章。⑥壓倒；勝過◇英才蓋世。⑦人體某些部位形狀像蓋的骨骼；某些動物背部的甲殼◇膝蓋|天靈蓋|烏龜蓋。⑧大概◇與會者蓋千人。⑨姓。

〈二〉gě 粵gap3 鴿 姓。

【蓋世】gàishì（功績、成就、才能等）壓倒世上一切人◇蓋世無雙。

【蓋頭】gàitou 舉行婚禮時新娘蒙在頭上遮住臉的紅綢巾。

【蓋棺論定】gàiguānlùndìng 一個人一生的是非功過到死後才能作出定論。

10 **蓐** rù 粵juk6 肉 ①草蓆；草墊子。②坐時鋪在身體下面的墊子◇牀蓐。

10 **蒔（莳）**〈一〉shì 粵si6 士 ①移栽◇蒔秧。②種植◇蒔花。

〈二〉shí 粵si4 時 見"蒔蘿"。【蒔蘿】shíluó 多年生草本植物。通稱土茴香。花黃色。果實可提取芳香油，可入藥。

10 **蓇** gū 粵gwat1 骨【蓇葖】gūtū ①果實的一種類型，成熟時果皮只有一面裂開。如芍藥、八角的果實。②沒有開放的花朵。也叫骨朵。

10 **蒽** ēn 粵jan1 因 有機化合物。無色晶體，發青綠色熒光。可製造有機染料。（英 anthracene）

10 **蓧（莜）** diào 粵diu6 調 古代除草用的農具。

10 **蓓** bèi 粵pui5 倍【蓓蕾】bèilěi 含苞待放的花蕾。

10 **蒐** sōu 粵sau1 收 同"搜①"。尋找◇蒐尋|蒐集。

10 **蓖** bì 粵bai1 跛【蓖麻】bìmá 一年或多年生草本植物。葉大。種子叫蓖麻子，榨成的油叫蓖麻油，中醫用作瀉藥，工業上作潤滑油。

10 **蓏** luǒ 粵lo2 裸 瓜類植物的果實◇瓜蓏|果蓏。

10 **蒼（苍）** cāng 粵cong1 倉 ①深綠色，藍綠色，青色◇蒼松|蒼天。②灰白色◇蒼白。③指天◇上蒼。④姓。

【蒼天】cāngtiān 青天；天（古人認為天是主宰萬物的神）◇悠悠蒼天|蒼天庇佑。

【蒼生】cāngshēng 百姓，一切生靈◇他經常心繫蒼生。

【蒼白】cāngbái ①白裏帶青；灰白色◇臉色蒼白|蒼白的嘴唇。②形容沒有生氣和活力◇語言貧乏，內容蒼白。

【蒼老】cānglǎo ①衰老◇他顯得蒼老了。②形容筆力雄健老練◇字跡蒼老。

【蒼穹】cāngqióng 天空；蒼天◇仰望蒼穹，思緒萬千。

【蒼勁】cāngjìng ①蒼老挺拔◇蒼勁的古柏。②雄健遒勁；老練自如，有力度◇書法蒼勁有力。

【蒼茫】cāngmáng ①空闊無邊◇蒼茫的原野|蒼茫的大海。②形容迷迷茫茫◇暮色蒼茫。

【蒼涼】cāngliáng 淒涼；悲涼◇蒼涼的荒野|悲壯蒼涼的聲音。

【蒼蒼】cāngcāng ①深綠色◇松柏蒼蒼。②灰白色◇兩鬢蒼蒼。③蒼茫◇天蒼蒼，野茫茫。

【蒼翠】cāngcuì（草木等）濃綠◇秋天的松柏蒼翠挺拔。㊀ 枯黃。

【蒼龍】cānglóng ①星宿名。二十八宿中東方七宿（角、亢、氐、房、心、尾、箕）的合稱。也代指東方。◇左朱雀之茇茇兮，右蒼龍之躍躍。②中國古代傳説中的祥瑞動物"四靈"（蒼龍、白虎、朱雀、玄武）之一。

10 **蓊** wěng 粵jung2 擁（草木）茂盛◇樹木蓊鬱蒼翠。

10 **蒯** kuǎi 粵gwaai2 拐 ①蒯草。多年生草本植物，莖可織蓆、製繩或造紙。②姓。

10 **蒭（芻）** chú 粵co1 初 同"芻"。

10 **蓑〔簑〕** suō 粵so1 蔬 蓑草。多年生草本植物。葉子狹長，可製蓑衣、草鞋等。

【蓑衣】suōyī 用草或棕編成的披在身上的防雨用具。

10 **蒿** hāo 粵hou1 好1 蒿子。二年或多年生草本植物。葉子羽狀，有特殊氣味，可入藥。種類多，常見的有茼蒿、青蒿、艾蒿等。

【蒿萊】hāolái 蒿和萊。借指野草、雜草。

10 蓆〔席〕xí 粵zek6 隻6/zik6 夕 用蘆葦、竹篾、蒲草等編成的鋪墊用具◇草蓆|蓆薦。

10 蒺 jí 粵zat6 疾【蒺藜】jílí 一年生草本植物。葉羽狀，莖鋪生在地上。果實也叫蒺藜，果皮有尖刺，可入藥。

10 蒟 jǔ 粵geoi2 舉【蒟蒻】jǔruò ①多年生草本植物，掌狀複葉，小葉羽狀分裂，花紫褐色，花軸上部棒形，地下莖球形，可以吃，又可製澱粉。②這種植物的地下莖。

【蒟醬】jǔjiàng 用蔞葉果實做的醬，有辣味，供食用。

10 蒡 bàng 粵bong2 綁 牛蒡。二年生草本植物。嫩葉和根可以食用。種子叫牛蒡子，可入藥。

10 蓄 xù 粵cuk1 速 ①貯存；積聚◇儲蓄|養精蓄鋭。②保存；留着◇蓄髮。③(心裏)藏着◇蓄意|蓄謀已久。

【蓄意】xùyì 存心；故意。多含貶義◇蓄意肇事。(同) 蓄謀。

【蓄積】xùjī 積聚；儲存◇蓄積力量|把零錢蓄積起來。

【蓄謀】xùmóu 心中早就存在的謀劃；早就在策劃中。多含貶義◇蓄謀已久。

10 蒹 jiān 粵gim1 兼 沒有長穗的蘆葦◇蒹葭蒼蒼，白露為霜。

10 蒴 shuò 粵sok3 索 蒴果，乾果的一種類型。由多個心皮構成，包含許多種子，成熟乾燥後開裂，撒出種子，如芝麻、百合、鳳仙花等的果實。

10 蒲 pú 粵pou4 普4 ①香蒲。多年生草本植物。生長在淺水中。葉子狹長，可編蒲蓆、蒲扇、蒲包。②菖蒲◇蒲劍。

【蒲月】púyuè 農曆五月。是蒲節所在的月份，故稱。

【蒲節】pújié 端午節。民俗端午節家家在門上掛菖蒲以避邪，故稱。

【蒲團】pútuán 用香蒲草編成的圓形坐墊。多為僧人打坐、拜佛用。

10 蒞〔莅涖〕lì 粵lei6 利 來；到◇蒞會|蒞職。

【蒞臨】lìlín 敬辭。到來；來臨◇蒞臨指導。(同) 光臨。

10 蒗 làng 粵long6 浪 用於地名，如寧蒗(在雲南)。

10 蓉 róng 粵jung4 容 ①四川成都的別稱◇蓉城。②瓜果、豆類磨成的粉狀物，用以做月餅等糕點的餡◇蓮蓉|椰蓉|豆蓉。

10 蒙 〈一〉méng 粵mung4 朦 ①遮擋；覆蓋◇蒙住眼睛|蒙頭睡覺。②隱瞞；掩蓋真相◇蒙混。③無知；愚昧◇蒙童|啟蒙。④遭；受◇蒙難|承蒙指教。⑤姓。

〈二〉mēng 粵mung4 朦 ①昏迷◇一棍子把他打蒙了。②不知究裏，胡亂猜測◇這條謎語讓她蒙對了。③欺騙◇連蒙帶騙。

〈三〉měng 粵mung4 朦 蒙古的簡稱。

【蒙古】měnggǔ ① 中國少數民族之一，分佈在內蒙古自治區、吉林、黑龍江等地。② 指蒙古國。

【蒙受】méngshòu 受到；遭受◇蒙受損失|蒙受不白之冤。

【蒙昧】méngmèi ① 原始的，沒有文化的◇蒙昧時代。② 不明事理；愚昧◇蒙昧無知。

【蒙冤】méngyuān 蒙受冤屈◇蒙冤受屈。(同) 銜冤。

【蒙蔽】méngbì 隱瞞真相，使人上當◇被花言巧語所蒙蔽。

【蒙騙】mēngpiàn 欺騙◇你們都被她蒙騙啦！

【蒙難】méngnàn 遭受到人為的或意外的災禍◇飛機失事，一百多人蒙難。

10 蓂 〈一〉míng 粵ming4 名 見"蓂莢"。

〈二〉mì 粵mik6 覓 見"菥蓂"。

【蓂莢】míngjiá 古代傳説中的一種瑞草。從初一到十五每天生一莢，十六日以後每天落一莢，看莢數就知道是哪一天。

10 蒻 ruò 粵joek6 若 嫩蒲草◇青蒻笠，綠蓑衣。

10 蓀(荪) sūn 粵syun1 宣 古代的一種香草。

10 蒸 zhēng 粵zing1 精 ①液體受熱轉化為氣體上升◇水蒸氣。②利用上升的熱氣使食物變熱、變熟◇蒸饅頭。

【蒸汽】zhēngqì 水蒸氣◇蒸汽機。

【蒸氣】zhēngqì 由液體蒸發、沸騰或固體升華而成的氣體◇浴室裏瀰漫着蒸氣。

【蒸發】zhēngfā ①液體表面緩慢地變成氣體◇氣温越高，蒸發越快。②比喻消失不見◇那人像從人間蒸發了，再也不見蹤影。

【蒸餾】zhēngliú 用加熱的方法使液體變成蒸氣，再用冷卻的方法使蒸氣變成液體，以除去其中的雜質。

【蒸騰】zhēngténg 水蒸氣向上散發◇廚房裏熱氣蒸騰。

【蒸蒸日上】zhēngzhēngrìshàng 蒸蒸，形容上升的樣子。比喻事業興旺，天天發展◇業務蒸蒸日上。

10 **蒓(莼)〔蓴〕** chún 粵seon4 純 蒓菜。多年生水草。也稱水葵。葉橢圓形，背面有黏液，浮在水面上。嫩葉做羹湯食用。

11 **蔧** huì 粵wai6 惠 地膚。一年生草本植物。嫩苗可食，莖葉長老了可做掃帚。

11 **蔫** niān 粵jin1 煙 ①植物的花、葉枯萎，色澤不鮮潤◇花曬蔫了|樹葉蔫了。②比喻精神不振◇他今天有點蔫，是生病了吧？

11 **蓷** tuī 粵teoi1 推 古書上指茺蓷，即益母草。

11 **蓮(莲)** lián 粵lin4 連 多年生草本植物。生淺水中。葉大而圓，花粉紅或白色。地下莖叫藕，種子叫蓮子，都可食用◇蓮花|蓮葉。

【蓮蓬】liánpeng 蓮花開過後的花托。倒圓錐形，裏面有蓮子。

11 **蔌** sù 粵cuk1 速 蔬菜◇山餚野蔌。

11 **蓽(荜)** bì 粵bat1 不【蓽撥】bìbō 多年生藤本植物。葉呈心形。花小，雌雄異株。漿果橢圓形，果穗可入藥。

11 **蔞(蒌)** lóu 粵lau4 流【蔞蒿】lóuhāo 多年生草本植物。生在淺水中，也叫水蒿。

11 **蔓** 〈一〉màn 粵maan6 慢 ①蔓生植物的枝莖◇枝蔓。②滋長；擴展◇蔓延|滋蔓。
〈二〉wàn 粵maan6 慢 同"蔓〈一〉"。用於口語◇瓜蔓|爬蔓|壓蔓。
〈三〉mán 粵maan4 蠻 見"蔓菁"。

【蔓延】mànyán 像蔓草一樣不斷向周圍擴展◇火勢很快蔓延開來。

【蔓衍】mànyǎn 延伸擴張。

【蔓菁】mánjing 方言。蕪菁。

11 **蔑** miè 粵mit6 滅 ①輕視◇侮蔑|蔑視。②無，沒有◇蔑有。

【蔑視】mièshì 輕視，看不起◇蔑視權貴|蔑視的眼神。

【蔑稱】mièchēng 輕蔑的稱呼。

11 **蓨(蓚)** tiáo 粵tiu4 調 古地名，在今河北景縣南。

11 **蔦(茑)** niǎo 粵niu5 鳥 常綠小灌木。莖細長，攀援在其他樹木上。

【蔦蘿】niǎoluó 一年生草本植物。開紅色或白色小花，可供觀賞。

11 **蔸** dōu 粵dau1 兜 ①某些植物的根或靠近根的莖◇樹蔸|禾蔸。②量詞。相當於"棵"或"叢"◇三蔸菜|兩蔸草。

11 **蓰** xǐ 粵saai2 徙 五倍◇倍蓰(數倍)。

11 **蓯(苁)** cōng 粵cung1 充【蓯蓉】cōngróng 草藥名。草蓯蓉和肉蓯蓉的統稱。

11 **蔔(卜)** bo 粵baak6 白 見"蘿蔔"。

11 **蓬** péng 粵pung4 篷 ①飛蓬。多年生草本植物。葉子像柳葉，花白色，子實有毛。②鬆散；散亂◇蓬頭垢面。③量詞。用於枝葉茂盛的花草◇滿山杜鵑，一蓬挨着一蓬。

【蓬勃】péngbó 興盛；旺盛◇蓬勃發展。

【蓬茸】péngróng 形容草木茂盛◇綠草蓬茸。

【蓬亂】péngluàn（草或毛髮等）蓬鬆雜亂◇雜草蓬亂|蓬亂的頭髮。

【蓬鬆】péngsōng（草、絨毛、毛髮等）鬆散◇松鼠搖擺着蓬鬆的大尾巴。

【蓬頭垢面】péngtóu gòumiàn 形容頭髮凌亂、臉上污髒。

11 **蔡** cài 粵coi3 菜 ①周代諸侯國名。在今河南上蔡和新蔡一帶。②姓。

11 **蔗** zhè 粵ze3 借 甘蔗。一年生或多年生草本植物。莖含很多糖汁，可以生吃或製糖。

11 **蔴〔麻〕** má 粵maa[4] 麻 草本植物。有大蔴、亞蔴、苧蔴等，種類很多。蔴莖的表皮纖維長而柔韌，可編織繩索、織蔴布，工業用途也較廣。

11 **蔽** bì 粵bai[3] 閉 ①遮蓋；遮擋◇衣不蔽體|烏雲蔽日。②概括◇一言以蔽之。

【蔽芾】bìfèi 形容樹木枝葉幼嫩。

【蔽匿】bìnì 隱瞞；藏匿◇上下蔽匿。

【蔽野】bìyě 遮蔽原野◇旌旗蔽野。

【蔽塞】bìsè 閉塞。

11 **蔀** bù 粵bou[6] 部 ①遮蔽。②古代曆法稱七十六年為一蔀。

11 **蔟** cù 粵cuk[1] 速 蠶蔟。也稱蠶山。供蠶吐絲作繭的麥秸叢。

11 **蔊** hàn 粵hon[2] 罕【蔊菜】hàncài一年生的草本植物，葉形變化很大，基部葉子分裂多，莖部葉子長橢圓形，花小，黃色，結角果。全草中醫入藥。

11 **蔻** kòu 粵kau[3] 扣 見"豆蔻"。

11 **蓿** xu 粵suk[1] 叔 見"苜蓿"。

11 **蔚** 〈一〉wèi 粵wai[3] 畏 ①茂盛◇翠竹蔚然。②形容瀰漫的樣子◇蔚成風氣。③薈萃。
〈二〉yù 粵wat[1] 屈 地名。蔚縣，在河北省。

【蔚然】wèirán ①繁茂◇松柏蔚然。②形容瀰漫擴展開來的樣子◇蔚然成風。

【蔚藍】wèilán 清純而稍深的藍色◇蔚藍的天空|蔚藍的海洋。

【蔚為大觀】wèiwéidàguān 薈萃聚集在一起，相當可觀◇山谷裏各色野花競相怒放，蔚為大觀。

11 **蔣（蒋）** jiǎng 粵zoeng[2] 掌 姓。

11 **蓼** liǎo 粵liu[5] 了 一年或多年生草本植物。花白色或淺紅色。生長在河邊或水中。有水蓼、馬蓼、蓼藍等多種。

11 **蔭（荫）** 〈一〉yīn 粵jam[3] 音[3] ①樹木遮住日光形成的陰影◇綠蔭蔽日。②(枝葉)遮蓋◇蔭蔽|蔭翳(遮蔽)。③日影。
〈二〉yìn 粵jam[3] 音[3] ①陽光照不到，又涼又潮濕◇蔭涼|地下室很蔭。②庇護◇蔭庇|蔭佑。③古時因父祖有功而給予其子孫爵位或授予特權◇封妻蔭子。

12 **蕘（荛）** ráo 粵jiu[4] 搖 ①柴草◇薪蕘。②割草打柴。

12 **蕙** huì 粵wai[6] 慧 ①佩蘭。多年生草本植物。秋初開紅花，氣味很香。②蕙蘭。多年生草本植物。葉叢生，狹長而尖。初夏開黃綠色花，有香味，供觀賞。

【蕙心】huìxīn 比喻女子純潔的心◇蕙心蘭質。

【蕙質】huìzhì 比喻女子優雅的氣質。同 蘭質。

12 **蕈** xùn 粵seon[3] 信/cam[5] 尋[5] 傘菌一類的植物。無毒的可以食用，如香菇、草菇等。

12 **蕆（蒇）** chǎn 粵cin[2] 淺 完成◇蕆事|蕆工(竣工)。

12 **蕨** jué 粵kyut[3] 決 多年生草本植物。生長在山野草地中。嫩葉叫蕨菜，可食用。根莖可製澱粉。全草可入藥。

12 **蕤** ruí 粵jeoi[4] 鋭[4] 見"葳蕤"。

12 **蕓（芸）** yún 粵wan[4] 云 芸香。

【蕓薹】yúntái 油菜的一種。一年或二年生草本植物。莖綠色或紫色，花黃色，角果。種子可榨油，是重要的油料作物。

12 **蕞** zuì 粵zeoi[3] 最【蕞爾】zuì'ěr 形容小◇蕞爾小國。

12 **蕺** jí 粵cap[1] 輯 蕺菜，也稱魚腥草。多年生草本植物。莖和葉有魚腥味。嫩莖葉可作蔬菜，全草可入藥。

12 **蕢（蒉）** kuì 粵gwai[6] 跪 古時用草編的筐子◇荷蕢。

12 **蕒（荬）** mǎi 粵maai[5] 買 見"苣蕒菜"。

12 **蕪（芜）** wú 粵mou[4] 毛 ①田地荒廢，雜草叢生◇荒蕪。②叢生的草◇綠蕪。③雜亂；雜亂的東西◇去蕪存菁。

【蕪劣】wúliè 拙劣，沒有條理(多指文章)。

【蕪菁】wújīng 二年生草本植物。塊根扁球形，肉質，可以食用，俗稱大頭菜。同 蔓菁。

【蕪穢】wúhuì 雜草叢生的樣子◇蕪穢荒涼|

庭院蕪穢。

【蕪雜】wúzá 雜亂◇內容蕪雜｜人員蕪雜。

12 蕎(荞) qiáo 粵kiu⁴橋 蕎麥，一年生草本作物。莖紫紅色，開白色或淡紅色小花。子實也叫蕎麥，可磨粉食用。

12 蕉 jiāo 粵ziu¹焦 芭蕉、香蕉等芭蕉類植物的統稱。也指葉子像芭蕉葉的植物，如美人蕉。

12 蕃 〈一〉fán 粵faan⁴凡 ①繁殖◇蕃息｜蕃衍。②(草木)茂盛◇花木蕃茂。

〈二〉fān 粵faan¹翻 指外國或外族◇蕃茄｜蕃邦。

〈三〉bō 粵bo³播 吐蕃。中國古代的少數民族，居住在今青藏高原。

【蕃衍】fányǎn 滋生繁殖◇蕃衍出珍奇品種。

12 蕕(莸) yóu 粵jau⁴由 ①古代指一種有臭味的草。多用來比喻壞人◇薰蕕不同器(比喻善惡不能同處)。②落葉小灌木。葉子卵形或披針形，花淡紫色，果實上部有毛。莖葉可入藥。

12 蕖 qú 粵keoi⁴渠 見"芙蕖"。

12 蕩(荡) dàng 粵dong⁶盪 ①搖動；擺動◇飄蕩｜蕩鞦韆。②沖洗◇滌蕩污垢。③清除；弄光◇掃蕩殘匪｜傾家蕩產。④閒逛◇蕩馬路。⑤行為放縱，不檢點◇放蕩｜淫蕩。⑥寬闊；平坦◇坦蕩｜浩蕩。⑦淺水湖◇蘆葦蕩。

【蕩除】dàngchú 徹底清除◇蕩除陳規陋習。同 滌除。

【蕩滌】dàngdí 洗滌；清除◇蕩滌污泥濁水。

【蕩漾】dàngyàng 水波微動◇碧波蕩漾。

【蕩蕩】dàngdàng ① 形容壯闊浩大、壯闊盛大◇浩浩蕩蕩的江水｜遊行隊伍浩浩蕩蕩。② 形容心胸寬廣◇為人坦坦蕩蕩。③ 形容空無所有的樣子◇大廳空蕩蕩的。

【蕩氣迴腸】dàngqìhuícháng 形容非常感人、有相當強的感染力。

12 蕰〔薀〕wēn 粵wan¹温【蕰草】wēncǎo 多年生水草。俗稱金魚藻。多生於淺水中。可作飼料或肥料。

12 蕊〔蘂蕋〕ruǐ 粵jeoi⁵鋭⁵ 花蕊，植物的生殖器官。分成雄蕊和雌蕊，雄蕊的花粉授給雌蕊，結出果實。

12 蕁(荨) 〈一〉xún 粵cam⁴尋 見"蕁麻疹"。〈二〉qián 粵cam⁴尋 見"蕁麻"。

【蕁麻】qiánmá 多年生草本植物。莖葉有細毛，莖皮纖維可作紡織原料。

【蕁麻疹】xúnmázhěn 一種過敏性皮膚病。皮膚上成片地紅腫、發癢，消退後可復發。俗稱"風疹塊"。

12 蔬 shū 粵so¹梳 蔬菜。

12 薌(芗) xiāng 粵hoeng¹香 ①古人用以調味的香草。②同"香"。

13 蕻 〈一〉hòng 粵hung⁶空⁶ ①茂盛。②某些蔬菜的長莖◇菜蕻。

〈二〉hóng 粵hung⁴紅 雪裏蕻，也寫作"雪裏紅"。一年生草本植物。芥菜的變種，莖葉可醃食。

13 蓬(荙) dá 粵daat⁶達 見"莙蓬菜"。

13 薔(蔷) qiáng 粵coeng⁴祥【薔薇】qiángwēi 落葉灌木。莖細長，密生小刺。花白色或淡紅色，有芳香。

13 薑(姜) jiāng 粵goeng¹疆 多年生草本植物。根莖也叫"薑"，黃褐色，有辣味，是常用的調味品，也可入藥。

13 薤 xiè 粵haai⁶械 多年生草本植物。葉細長，花紫色。地下有鱗莖，可作蔬菜。也稱"藠頭"。

13 蕾 lěi 粵leoi⁵呂 含苞未放的花朵◇花蕾｜蓓蕾。

13 蕗 lù 粵lou⁶路 甘草的別名。

13 薯〔藷〕shǔ 粵syu⁴殊 甘薯、馬鈴薯、木薯等薯類農作物的統稱。

【薯莨】shǔliáng 多年生草本植物。地上有纏繞莖，地下有塊莖。塊莖也叫薯莨，外表紫黑色，裏面棕紅色，內含膠質，可做染料。

【薯蕷】shǔyù 多年生草本植物。莖蔓生。塊根圓柱形，含澱粉和蛋白質，可供食用，也可入藥。通稱山藥。

13 薨 hōng 粵gwang¹轟 古代專稱諸侯亡故。後也泛指皇親國戚、達官顯宦死亡。

13 **薙** tì 粵tai3 替 ①除去野草。②同“剃”。

13 **薛** xuē 粵sit3 泄 姓。

13 **蒮** yù 粵juk1 玉1 見“蘡蒮”。

13 **薇** wēi 粵mei4 眉 ①古稱野豌豆。多年生草本植物。花紫紅色，種子可食◇採薇而食。②見“薔薇”。

13 **薈（荟）** huì (1)粵wai3 畏/wui6 匯 草木茂盛◇木薈草蔚。(2)粵kui2 潰聚集◇薈集。

【薈萃】 huìcuì 聚集到一起◇人文薈萃之地｜薈萃一堂。

13 **薆（薆）** ài 粵oi3 愛 ①隱蔽。②草木茂盛的樣子。

13 **薊（蓟）** jì 粵gai3 計 多年生草本植物。花紫紅色，果實橢圓形。全草可入藥。

13 **薢** xiè 粵gaai1 街 見“萆薢”。

13 **薦（荐）** jiàn 粵zin3 箭 ①草蓆；草墊子◇草薦。②草◇麋鹿食薦。③推薦；介紹◇薦舉｜保薦。④進獻；獻上◇以果品薦先祖。

【薦引】 jiànyǐn 推薦；介紹◇薦引人才。

【薦拔】 jiànbá 舉薦提拔◇薦拔賢能。

【薦舉】 jiànjǔ 推薦；推舉◇薦舉他當校長。

13 **薋（薋）** cí 粵ci4 詞 堆積雜草。

13 **薪** xīn 粵san1 身 ①做燃料用的草木◇卧薪嘗膽｜抱薪救火。②薪金；工資◇月薪｜加薪。

【薪水】 xīnshui 薪金。

【薪金】 xīnjīn 薪酬，工作的報酬。同 薪水。

【薪俸】 xīnfèng 薪水和俸給。多指官吏的薪金◇薪俸優厚。

【薪給】 xīnjǐ 薪酬。

【薪盡火傳】 xīnjìnhuǒchuán《莊子・養生主》：“指窮於為薪，火傳也，不知其盡也。”前面的柴燒完時已把後面的柴點燃，火一直燃燒，永不熄滅。後比喻師生傳授，學問、技藝代代流傳下去。◇這門手藝薪盡火傳。

13 **薏** yì 粵ji3 意【薏苡】yìyǐ 草本植物。稈直立粗壯，果實橢圓形。果仁白色，叫薏米、薏仁，可食，可入藥。

13 **蕹** wèng 粵ung3 甕【蕹菜】wèngcài 一年生草本植物。莖蔓生，中空；葉心臟形。嫩的莖葉可做蔬菜。也稱空心菜。

13 **薄** 〈一〉báo 粵bok6 博6 ①厚度小◇紙很薄。②冷漠；不關心◇待他不薄。③淡，不濃◇菜沒鹽味，太薄。④不肥沃◇土地薄。

〈二〉bó 粵bok6 博6 ①微；少◇微薄｜薄利多銷｜廣種薄收。②不厚道◇刻薄。③不健壯◇身體單薄。④不莊重◇輕薄。⑤不肥沃◇薄田。⑥輕視；慢待◇鄙薄｜厚此薄彼。⑦迫近◇日薄西山。⑧減輕◇輕繇薄賦。⑨姓。

要點注意

“薄”在句中為單音詞，習慣上可讀báo；在合成詞和成語中，讀bó不讀báo◇淡薄｜刻薄｜瘠薄｜如履薄冰。

〈三〉bò 粵bok6 博6 見“薄荷”。

【薄田】 bótián 貧瘠的田地。

【薄技】 bójì 微小的技能。謙稱自己的技藝◇略有薄技在身。

【薄命】 bómìng 命運不好。多指女子◇紅顏薄命。

【薄待】 bódài 冷淡地對待◇從不薄待門客。同 慢待 反 款待。

【薄弱】 bóruò 不雄厚；不堅強◇薄弱環節。

【薄荷】 bòhe 多年生草本植物。莖和葉有清涼的香味，可入藥。

【薄情】 bóqíng 感情淡薄。形容不顧情義、背棄情義。多用於男女情愛◇薄情寡倖。

【薄暮】 bómù 黃昏，傍晚。

【薄曉】 bóxiǎo 拂曉，天快亮的時候。反 薄暮。

【薄禮】 bólǐ 微薄的禮物。謙稱自己送的禮物◇請笑納薄禮。

13 **薜** bì 粵bai6 幣【薜荔】bìlì 常綠藤本植物。莖蔓生，葉子橢圓形。果實可做涼粉，莖、葉、果實都可入藥。也稱木蓮。

13 **薅** hāo 粵hou1 蒿 ①拔去雜草◇薅草。②揪◇薅住頭髮不放。

【薅鋤】 hāochú 用來除草的短柄小鋤。

13 **蕷**(蓣) yù 粵jyu^{6}遇 見“薯蕷”。

14 **藉**(〈二〉③④借) 〈一〉jí 粵zik^{6}夕 ①踐踏；欺凌。②雜亂；眾多◇狼藉｜藉藉。

〈二〉jiè 粵ze^{3}借/zik^{6}夕 ①墊子◇草藉。②墊；襯◇枕藉｜藉草而坐。③憑藉；依靠◇藉助｜藉外力。④假託◇藉故｜藉口。

【藉口】jièkǒu ①假借某種理由◇找藉口。②也作“借口”。假借的理由◇用種種藉口推卸責任。

【藉助】jièzhù 借助。憑藉別人或其他事物的幫助◇風箏藉助風力越飛越高。

14 **薹**(苔) tái 粵toi^{4}台 ①蒜、韭菜、油菜等開花的莖，嫩的可作蔬菜食用◇蒜薹｜抽薹。②薹草。多年生草本植物。生長在水田裏，葉子可製蓑衣、斗笠。

14 **藂** cóng 粵cung^{4}從 聚集。

14 **藍**(蓝) lán 粵laam^{4}籃 ①蓼藍。一年生草本植物。葉子可以提製藍色染料◇青出於藍而勝於藍。②指可做藍色染料的植物或葉子是藍綠色的植物◇木藍｜馬藍｜甘藍｜芥藍。③像晴天天空的顏色◇藍天｜藍布。④姓。

【藍本】lánběn 著作所根據的事實或底本。因其作用就像施工的藍圖，故稱◇這部小說以真實的故事為藍本。

【藍圖】lántú ①用感光紙複製的圖紙。因感光後多變藍而得名。②比喻總體設想或規劃◇政府公佈創新科技發展藍圖。

【藍領】lánlǐng 指從事體力勞動的人，因他們工作時一般穿藍色工作服，故稱。

【藍籌股】lánchóugǔ ①指行業內佔有重要支配地位、業績優良、成交活躍的大公司的股票。②股票指數的成分股。

14 **藏** 〈一〉cáng 粵cong^{4}牀 ①躲藏；隱藏◇無地藏身｜笑裏藏刀。②收藏；保存◇藏書｜珍藏。

〈二〉zàng 粵zong^{6}狀 ①儲存東西的地方◇寶藏｜礦藏。②佛教或道教經典的總稱◇道藏｜大藏經。③西藏或藏族的簡稱。

【藏書】cángshū ①收藏圖書◇藏書樓。②收藏的圖書◇把藏書捐給了學校。

【藏之名山】cángzhīmíngshān 漢代司馬遷《報任少卿書》:“僕誠以著此書，藏諸名山，傳之其人，通邑大都，則僕償前辱之責。”後借指著作價值極高，足以代代相傳。常與“傳之後世”連用。

【藏污納垢】cángwū nàgòu 藏匿、包容壞人壞事。

【藏頭露尾】cángtóu lùwěi 形容半明半暗，遮遮掩掩。

14 **薷** rú 粵jyu^{4}餘 香薷。一年生草本植物。莖和葉可提取芳香油。全草可入藥。

14 **藊** biǎn 粵bin^{2}扁 藊豆。即扁豆。

14 **薰** xūn 粵fan^{1}芬 ①一種香草。常比喻好人◇薰蕕不同器(比喻好壞不能共處)。②花草的香氣◇陌上草薰。③和暖◇薰風。

【薰染】xūnrǎn 感染、沾染，受到漸進的影響。

14 **藐** miǎo 粵miu^{5}秒 ①小◇藐小。②輕視◇藐視。

【藐視】miǎoshì 輕視；看不起◇一向藐視他的為人。同 蔑視。

14 **藑** qióng 粵king^{4}鯨【藑茅】qióngmáo古書上說的一種草。

14 **藁** gǎo 粵gou^{2}稿 ①同“槁”。枯槁。②同“稿”。(1)農作物的莖。(2)文稿。

14 **薺**(荠) 〈一〉jì 粵cai^{5}妻^5 薺菜。一年或二年生草本植物。葉呈羽毛狀，莖葉嫩時可吃，全草可入藥。

〈二〉qí 粵cai^{4}齊 見“荸薺”。

14 **薸** piáo 粵piu^{1}飄 浮萍。

14 **蕭**(萧) xiāo 粵siu^{1}消 ①冷落；沒有生機◇蕭索｜蕭疏。②姓。

【蕭索】xiāosuǒ 冷落淒涼◇蕭索的晚秋景象。

【蕭條】xiāotiáo ①冷落沒有生氣◇冬天萬物蕭條。②形容死寂、衰退、不興旺◇市場蕭條｜經濟蕭條。

【蕭然】xiāorán ①寂寞冷清◇滿目蕭然。②空蕩蕩；空虛◇四壁蕭然。

【蕭疏】xiāoshū ①稀落；稀少◇草木蕭疏。

②冷落淒涼◇秋意蕭疏。

【蕭瑟】xiāosè ①形容風吹樹木的聲音◇秋風蕭瑟。②形容寂寞淒涼◇園內一片蕭瑟景象。

【蕭蕭】xiāoxiāo ①形容馬鳴聲或風聲◇馬鳴蕭蕭｜西風蕭蕭。②稀疏◇白髮蕭蕭。

【蕭規曹隨】xiāoguī cáosuí 漢代揚雄《解嘲》："夫蕭規曹隨，留侯畫策，陳平出奇。"蕭，蕭何；曹，曹參。漢初蕭何為相，制定法令，後曹參繼為相，遵蕭何法令行事。後比喻按照前任的成規辦事。㊚破舊立新、棄舊圖新。

14 **藎(荩)** jìn 粵zeon^{6}盡 ①藎草。一年生草本植物。花紫褐色或灰綠色，莖和葉可作染料，莖皮纖維可造紙。②忠，忠誠◇藎臣。

14 **薩(萨)** sà 粵saat^{3}殺 姓。

15 **藝(艺)** yì 粵ngai^{6}毅 ①技能；本領◇多才多藝｜藝高人膽大。②藝術◇文藝｜曲藝。

【藝人】yìrén ①戲曲、曲藝、雜技、演唱等方面的演員。②挑花、刺繡、雕刻等手工藝工人◇刺繡藝人。

【藝林】yìlín ①典籍圖書聚集的地方。②藝術界◇享譽藝林。

【藝苑】yìyuàn 文藝人才或作品會合集中的地方。泛指文藝界◇藝苑奇才｜藝苑新葩。

【藝員】yìyuán 演員。

【藝術】yìshù ①通過塑造形象表現作者情感理想的作品，如文學、雕塑、舞蹈、繪畫等。②比喻高明的、具有創造性的方式方法◇領導藝術｜外交藝術。

15 **藪(薮)** sǒu 粵sau^{2}手 ①水少草多的湖澤◇山林藪澤。②人或物聚集的地方◇盜藪｜淵藪。

15 **藟** lěi 粵leoi^{5}屢 ①藤；葛藤。②纏繞。③同"蕾"。

15 **藜** lí 粵lai^{4}黎 一年生草本植物。莖直立粗壯，夏秋開黃綠色小花。嫩葉可食，老莖可做枴杖。

【藜杖】lízhàng 用藜的老莖做成的枴杖。

15 **藠** jiào 粵kiu^{2}矯/kiu^{5}繑【藠頭】jiàotou 即薤。

15 **藕** ǒu 粵ngau^{5}偶 蓮的地下莖，可食用。橫生泥中，肥大有節，中空為管狀小孔，折斷後有絲。

【藕斷絲連】ǒuduàn sīlián 藕折斷後絲還連着。比喻關係雖斷，實際上仍相牽掛。多用於愛情。

15 **藥(药)** yào 粵joek^{6}若 ①藥材；治病的藥物◇對症下藥。②有特殊作用的化學物品◇農藥｜炸藥｜麻藥。③用藥治療◇不可救藥。④用藥毒殺◇藥老鼠。

【藥方】yàofāng ①醫生診病後給病人開列的藥物名稱、劑量、服法。②寫有藥方的單子◇照藥方取藥。

【藥草】yàocǎo 可以用作藥物的草本植物。

【藥劑】yàojì 根據藥典或處方配製而成的藥物製劑。

15 **藤〔籐〕** téng 粵tang^{4}騰 某些植物的匍匐莖或攀援莖◇瓜藤｜葡萄藤。

15 **藦** mó 粵mo^{6}麼^6 蘿藦。即芄蘭。，草本植物，可入藥。

15 **藨** biāo 粵biu^{1}標 藨草。多年生草本植物。莖呈三棱形，可用於織蓆、編草鞋，又可造紙。

15 **藩** fān 粵faan^{4}凡 ①籬笆◇藩籬。②屏障◇藩屏。③封建王朝分給諸侯王的封國或屬地◇藩國｜藩屬。

【藩籬】fānlí ①用竹木編成的籬笆。②比喻束縛思想的障礙◇衝破舊觀念的藩籬。

15 **藭(䓖)** qióng 粵kung^{4}窮 見"芎藭"。

15 **蘊(蕴)〔薀〕** yùn 粵wan^{2}穩 ①積聚；蓄藏◇蘊含｜蘊藏。②事理的深奧處◇底蘊｜精蘊。

【蘊含】yùnhán 包含◇蘊含着深刻的哲理。

【蘊涵】yùnhán 蘊含。

【蘊蓄】yùnxù 積聚在裏面而沒有顯露出來◇一片深情永遠蘊蓄在我心中。

【蘊藏】yùncáng 蓄積在裏面而沒有顯露或發掘◇蘊藏着豐富的石油。

【蘊藉】yùnjiè 含蓄，不顯露◇詩意蘊藉不露。

16 **蘀（萚）** tuò 粵tok[3]託 草木脱落的皮或葉。

16 **蘼（𦶜）** lì 粵lik[6]力 見"葶藶"。

16 **藿** huò 粵fok[3]霍 ①豆類作物的葉子。②藿香。多年生草本植物。莖葉有香味，可入藥。

16 **蘋（苹）**〈一〉pín 粵pan[4]貧 多年生蕨類草本植物。生長在淺水中。葉柄長，頂端有四片小葉。全草入藥，也作豬飼料。又稱田字草、四葉菜。

〈二〉píng 粵ping[4]評 蘋果。落葉喬木。葉橢圓形，花淡紅或淡紫紅色，果實也稱蘋果，圓而味甜，是普通水果。

16 **蘆（芦）** lú 粵lou[4]勞 ①蘆葦◇蘆花。②姓。

【蘆葦】lúwěi 多年生草本植物。多生在水邊。莖中空，表面光滑，可編蓆和造紙。根可入藥。

16 **藺（蔺）** lìn 粵leon[6]論 ①燈心草。多年生草本植物。莖可以編蓆，莖心可點油燈、可入藥。②姓。

16 **蘄（蕲）** qí 粵kei[4]其 ①祈求◇蘄生。②一種香草。可藥用。③姓。

16 **蘅** héng 粵hang[4]恆 杜蘅。多年生草本植物。花暗紫色。全草入藥，可提取芳香油。

16 **蘇（苏）** sū 粵sou[1]酥 ①藥草名◇紫蘇｜白蘇。②像鬍鬚一樣下垂的東西◇流蘇。③江蘇省的簡稱◇蘇北。④蘇州的簡稱◇上有天堂，下有蘇杭。⑤從昏迷中醒過來◇復蘇｜蘇醒。⑥姓。

【蘇白】sūbái ①蘇州話。②昆曲中用蘇州話說的道白。

【蘇醒】sūxǐng 昏迷後醒過來◇經搶救，他終於蘇醒了。

【蘇繡】sūxiù 江蘇蘇州一帶刺繡產品的總稱。是中國著名刺繡之一，與粵繡、湘繡、蜀繡齊名。

【蘇丹紅】sūdānhóng 有機化合物，是工業用染料，呈紅色，常用於溶解劑、機油、蠟等，具有致癌性。

16 **藹（蔼）** ǎi 粵oi[2]/ngoi[2]靄 ①和氣；親切◇和藹｜藹然可親。②形容草木茂盛◇藹藹。

16 **蘑** mó 粵mo[4]磨【蘑菇】mógu ①食用蕈類◇鮮蘑菇。②糾纏◇這是董事會的決定，跟我蘑菇沒用。③拖延時間◇你再蘑菇，就遲到了。

16 **蘢（茏）** lóng 粵lung[4]隆【蘢蔥】lóngcōng 草木青翠茂盛的樣子◇枝葉蘢蔥。

16 **藻** zǎo 粵zou[2]早 ①藻類植物。生長在水中。沒有根、莖、葉的區別。種類很多，可食用的有紫菜、海帶等。②有華美色彩的◇藻井｜藻舟。③華麗的詞語◇辭藻。④修飾◇藻飾。

【藻井】zǎojǐng 中國傳統建築物天花板上的一種裝飾。多為方形或圓形，有彩色圖案。

【藻思】zǎosī 才思◇博學有藻思。

【藻飾】zǎoshì 用華麗的詞藻修飾◇文章不假藻飾。

17 **蘧** qú 粵keoi[4]渠 ①驚喜的樣子◇蘧然。②姓。

【蘧麥】qúmài 多年生草本植物。花淡紅色或白色，可供觀賞。全草可入藥。

17 **蘡（蘡）** yīng 粵jing[1]英【蘡薁】yīngyù 落葉藤本植物，枝條細長有棱角，葉子闊卵形，有三到五個深裂，圓錐花序，漿果黑紫色。莖的纖維可以做繩索。

17 **蘭（兰）** lán 粵laan[4]欄 ①蘭草。即澤蘭。一種香草。②蘭花。也稱春蘭。花芳香，可供觀賞◇春蘭秋菊。③木蘭。一種香木◇蘭舟｜蘭槳。④姓。

17 **蘩** fán 粵faan[4]凡 白蒿。一年或二年生草本植物。嫩苗可以食用。

17 **蘖** niè 粵jit[6]熱 草木被截斷後，從斷處長出來的新芽。

17 **蘞（蔹）** liǎn 粵lim[5]斂 多年生蔓生草本植物。有白蘞、赤蘞等。

17 **蘚（藓）** xiǎn 粵sin[2]冼 苔蘚植物的一類。莖葉很小，無真根，綠色，叢生在陰暗潮濕的地方。

17 **蘘** ráng 粵joeng[4]陽【蘘荷】ránghé多年生草本植物，根莖圓柱形，淡黃色，葉子互生，橢圓形披針形，花大，白色或淡黃色，蒴果卵形。莖和葉可以編草鞋，根入中藥。

19 **蘸** zhàn 粵zaam3 湛 把吃的或用的東西往液體或粉末裏沾一下◇蘸墨|蘸糖|蘸點果醬。

19 **蘿(萝)** luó 粵lo4 羅 指某些爬蔓植物◇藤蘿|蔦蘿。

【蘿蔔】luóbo 一年或二年生草本植物。葉子呈羽狀。塊根也叫蘿蔔，圓柱形或球形，是普通蔬菜。種子可入藥。

19 **蘼** mí 粵mei4 眉【蘼蕪】míwú 芎藭的苗，有香氣。

19 **蘺(蓠)** lí 粵lei4 厘 江蘺。藻類植物的一種。暗紅色，細圓柱形，生長在海灣淺水中，可直接食用或製成瓊脂食用。

21 **虉(鹝)** yì 粵jik6 亦【虉草】yìcǎo多年生草本植物，葉子條形，圓錐花序。嫩時可作飼料，稈可用來編織器物。

21 **虆(蘽)** léi 粵leoi4 雷 土筐。

虍部

2 **虎** hǔ 粵fu2 苦 ①大型貓科食肉類哺乳動物，毛黃褐色，有黑色斑紋，性兇猛。通稱“老虎”。②比喻威武勇猛◇虎將|虎威。③比喻殘酷兇暴◇虎狼之心。④像虎的東西◇虎符。⑤借指某些捕食活物的動物◇蠅虎|蠍虎|壁虎。⑥臉上表情嚴厲◇整天虎着臉。

【虎口】hǔkǒu ①比喻十分危險的境地◇虎口餘生。②拇指與食指之間相連的部位◇一掌打下去，把虎口都震破了。

【虎穴】hǔxué 老虎的洞穴。比喻危險的境地◇不入虎穴，焉得虎子。

【虎虎】hǔhǔ 威武或氣勢旺盛的樣子◇虎虎有生氣。

【虎威】hǔwēi ①老虎的威風◇狐假虎威。②威武的氣概◇重振虎威，連下三局。

【虎符】hǔfú 古代調兵用的信物。多用銅鑄成，形狀像老虎。分為兩半，右半存朝廷，左半給統兵將帥。調動軍隊時須合符驗證。

【虎穴龍潭】hǔxué lóngtán 比喻極其危險的境地。

【虎背熊腰】hǔbèi xióngyāo 形容人身體健壯魁偉。同 膀大腰圓。

【虎視眈眈】hǔshìdāndān《周易·頤》:“虎視眈眈，其欲逐逐。”眈眈，注視的樣子；逐逐，急於得利的樣子。形容貪婪地注視着，伺機攫取。

【虎踞龍盤】hǔjù lóngpán 像虎蹲着，像龍盤着。形容地勢雄偉險要。

【虎頭虎腦】hǔtóu hǔnǎo 形容憨厚壯實。

【虎頭蛇尾】hǔtóu shéwěi 虎頭大，蛇尾細。比喻有始無終，開頭做得大，越做越鬆勁。

3 **虐** nüè 粵joek6 若 殘暴；兇狠◇暴虐|虐殺。

【虐政】nüèzhèng 暴政，苛政。

【虐待】nüèdài 用殘暴狠毒的手段對待人◇虐待戰俘。

【虐殺】nüèshā 虐待致死◇慘遭虐殺。

4 **虔** qián 粵kin4 乾 恭敬◇虔誠|虔敬。

【虔心】qiánxīn 誠懇恭敬的心◇虔心禮佛。

【虔敬】qiánjìng 非常恭敬◇為和平而虔敬祈禱。

【虔誠】qiánchéng 恭敬而誠懇。多用於宗教信仰。

4 **虒** sī 粵si1 思 ①傳説中一種像虎而有角的獸，能行水中。②虒亭，地名，在山西省。

4 **虓** xiāo 粵haau1 敲 虎怒吼◇虎在檻中，虓吼震地。

5 **彪** biāo 粵biu1 標 ①虎身上的斑紋。②文采◇彪煥。③小老虎◇熊彪顧盼。④魁偉高大◇彪形大漢。⑤量詞。用於隊伍◇一彪人馬。

【彪炳】biāobǐng ①文采煥發◇文章彪炳。②照耀◇彪炳史冊|戰績彪炳。

【彪圓】biāoyuán 又大又圓◇雙眼睜得彪圓。

5 **處(处)** 〈一〉chǔ 粵cyu2 杵 ①居住◇五方雜處。②生活；交往◇共處|難以相處。③位置在…◇地處南方|處在有利地位。④在某種狀況下◇養尊處優。⑤看待；對待◇泰然處之。⑥處置；辦理◇裁處|處理。⑦懲

罰◇處死|論處。⑧古代指隱居不做官◇處士。⑨女子未嫁◇處女。

〈二〉chù ❶cyu³柱³ ①處所；地方◇住處|絕處逢生。②事物的方面和部分◇益處|大處着眼，小處着手。③部門，機構◇處長|辦事處|總務處。

【處士】chǔshì ①有才德、隱居不願作官的人。②指未作官的讀書人。

【處子】chǔzǐ 處女◇靜若處子，動如脫兔。

【處女】chǔnǚ ①未出嫁、未曾有過性行為的女子。②比喻未開發的或初次的◇處女地|處女作。

【處分】chǔfèn ①處罰犯錯誤的人。②所作的處理◇予以平反，撤消處分。

【處方】chǔfāng ①醫生給病人開藥方。②醫生開出的藥方◇憑處方買藥。

【處世】chǔshì 社會交往的總和；在社會上生活、與人交際往來◇為人處世。

【處決】chǔjué ①執行死刑。②處理決定◇總裁休假期間，一切事項由副總裁處決。

【處治】chǔzhì ①處罰或懲辦◇處治走私犯。②處理；處置◇處治塌樓傷人事件。

【處理】chǔlǐ ①安排；解決◇此事處理不當，會留下後患。②做出處罰決定◇犯這麼大錯誤，不處理不行。③加工工件或產品，以提高性能。也泛指加工，使符合標準◇冷處理|熱處理|污水處理。④降價出售◇處理品|專門出售處理羊毛衫。

【處置】chǔzhì ①處理；安排◇餘下的事，由他自行處置。②發落；懲治◇依法處置貪污腐敗分子。

【處境】chǔjìng 所處的境地、境況◇處境艱難。

【處罰】chǔfá ①處分犯錯誤的人或懲治罪犯。②犯錯誤或犯罪的人所受到的處分或懲辦。

【處女地】chǔnǚdì 未開墾的土地。

【處女作】chǔnǚzuò 作者第一次發表的作品。

【處之泰然】chǔzhītàirán 泰然，毫不在意的樣子。形容碰到困難或緊急情況沉着鎮定。

【處心積慮】chǔxīnjīlǜ 處心，存心；積慮，長期謀劃。費盡心機，蓄謀已久。

6 **虛(虚)** xū ❶heoi¹去¹ ①空◇座無虛席|彈無虛發。②空出來；留着◇虛席以待。③空隙；弱點◇乘虛而入|避實擊虛。④假；不真實的◇弄虛作假。⑤不自滿，不驕傲◇虛懷若谷。⑥膽怯；缺乏勇氣◇心虛|膽虛。⑦衰弱◇體虛。⑧徒然，白白地◇虛度年華|不虛此行。⑨星宿名。二十八宿之一。⑩指政治、觀念、方針、政策等方面的道理、看法◇務虛。

【虛心】xūxīn 不自滿，不自傲◇虛心使人進步。

【虛幻】xūhuàn 幻想出來的；不真實的◇虛幻故事|虛幻的夢中世界。

【虛名】xūmíng 不符合實際的名聲◇注重實幹，不圖虛名。

【虛妄】xūwàng 荒誕、沒有事實根據的◇誇張、怪異、虛妄、離奇的故事。

【虛汗】xūhàn 由於衰竭、患病或心裏緊張等原因，在非正常情況下出的汗◇出了一身虛汗。

【虛字】xūzì 古人稱沒有實在意義的字，其中一部分相當於現代的虛詞。

【虛浮】xūfú 不切實；浮誇◇言談虛浮，不可信賴。

【虛弱】xūruò ①身體不壯實，衰弱◇體質虛弱。②實力不強◇國力虛弱。

【虛偽】xūwěi 不真誠；心口不一致◇做人虛偽|揭開虛偽的面具。

【虛假】xūjiǎ 跟實際不符合的◇虛假廣告。

【虛脫】xūtuō ①人體因大量失血或脫水，突然出現衰竭的現象：體溫和血壓下降，脈搏微細，出冷汗，面色蒼白等◇中暑虛脫。②發生虛脫◇連續演出，累得快要虛脫了。

【虛情】xūqíng 虛假的情意◇虛情假意|一片虛情。

【虛無】xūwú ①空虛，不存在實體性的東西。②道家指"道"的本體有若無，實若虛，無處不在，但無形象可見◇至高無上的虛無境界。③似有若無◇虛無縹緲。

【虛詞】xūcí 意義抽象，一般不能單獨成句，但起幫助成句作用的詞。漢語的虛詞包括介詞、連詞、助詞、歎詞、副詞、象聲詞六類。

【虛誇】xūkuā 言不由衷，誇大其詞◇廣告總有虛誇成分。

【虛構】xūgòu 憑想像編造；憑空構想◇故事情節純屬虛構。

【虛榮】xūróng 顯示給人看的、表面上的榮耀◇貪圖虛榮。

【虛實】xūshí ① 虛和實，假和真◇虛實結合的創作手法。② 指內部情況◇探聽虛實。

【虛擬】xūnǐ ① 虛構◇虛擬故事情節。② 模擬◇京劇常用虛擬的程式化動作。

【虛擲】xūzhì 白白地丟棄◇虛擲光陰。

【虛辭】xūcí 虛誇不實的言辭或文辭◇溢美虛辭丨用虛辭應付。

【虛有其表】xūyoǔqíbiǎo 表，外表。外表好看，中看不中用，有名無實◇沒想到他是虛有其表的紙老虎。

【虛度年華】xūdùniánhuá 年華，光陰。白白地耗費時光。形容無所追求，一事無成。

【虛張聲勢】xūzhāngshēngshì 張，張揚。故意製造聲勢，藉以迷惑、嚇唬對方。

【虛擬現實】xūnǐxiànshí 可以創建和體驗虛擬世界的電腦模擬系統。(英 virtual reality)

【虛無縹緲】xūwúpiāomiǎo 唐代白居易《長恨歌》："忽聞海上有仙山，山在虛無縹緲間。"縹緲，隱隱約約、若有若無的樣子。形容虛幻渺茫，不可捉摸。

【虛與委蛇】xūyǔwēiyí 委蛇，隨順的樣子。《莊子・應帝王》："吾與之虛而委蛇。"原指沒有任何心機，只順應事物的變化。後表示假意相待，敷衍應付。

【虛應故事】xūyìnggùshì 故事，例行的事。依照慣例做樣子、走過場，敷衍了事。

【虛懷若谷】xūhuáiruògǔ 胸懷像山谷那樣深廣。形容非常謙虛，氣量很大。

7 **虜(虏)** lǔ 粵lou5 老 ①打仗時捉住◇虜獲丨俘虜。②打仗時捉住的敵人◇囚虜丨押送俘虜。③古代指奴隸◇臣虜丨逃亡之虜。④古代蔑稱敵方◇胡虜丨強虜灰飛煙滅。

【虜獲】lǔhuò 俘虜；俘虜繳獲◇虜獲一千餘人丨乘勝進擊，多有虜獲。

7 **虞** yú 粵jyu4 餘 ①料想；預測◇不虞之禍。②憂慮；擔心◇安全無虞。③欺騙◇爾虞我詐。④遠古部落名，有虞氏。其領袖為舜。⑤周代諸侯國名。在今山西平陸東北。⑥姓。

7 **號(号)** 〈一〉hào 粵hou6 浩 ①名稱◇年號丨國號。②別號，別名◇李白號青蓮居士。③標誌；區別的標誌◇句號丨暗號。④商店◇寶號丨商號。⑤排定的次序和等級◇編號丨頭號。⑥標上記號或號碼◇在社區裏號房子。⑦召喚◇號召。⑧發佈(命令)◇號令。⑨命令◇發號施令。⑩軍隊或樂隊中的喇叭◇號兵丨吹號。⑪表示特定意義的號聲◇衝鋒號丨集合號丨軍號嘹亮。⑫種；類。多含貶義◇別跟他那號人計較。⑬量詞。(1)表示人數◇一百多號。(2)表示次序◇六十七號公寓。(3)表示型號◇二號電池。⑭切脈診病◇號脈。

〈二〉háo 粵hou4 毫 ①大聲叫喊◇呼號丨鬼哭狼號。②大風呼嘯◇狂風怒號。③出聲大哭◇號哭丨捶胸頓腳地乾號起來。

【號子】hàozi 許多人勞作時用來協調動作和減輕疲勞所唱的歌。多由一人領唱，大家應和◇船工號子。

【號叫】háojiào 拖長聲音大聲叫喊◇病人疼得大聲號叫。

【號令】hàolìng ① 軍隊內傳達長官的命令，指揮行動◇號令三軍。② 軍事長官所發佈的命令◇號令嚴明。③ 泛指發出的命令、指示◇一聲號令，千帆競發。

【號外】hàowài 在定期出版的報紙之外，為及時報道突然發生的重大事件而臨時印發的新聞專頁。

【號召】hàozhào ① 向公眾發出召喚(去做某事)◇號召美化環境。② 對公眾發出的召喚◇發出號召。

【號衣】hàoyī 帶有獨特標誌或編號的統一服裝◇清兵號衣丨囚犯號衣。

【號角】hàojiǎo ① 古代軍隊中傳達命令所用的可吹響的東西。② 指軍號◇吹響戰鬥的號角。

【號房】hàofáng ① 科舉考場中，為考生食宿、答卷準備的小房間。每間只容一人，都編上號。② 舊時接待來人、傳達通報的房子，或做傳達通報工作的人。

【號哭】háokū 連喊帶叫地大聲哭◇孩子在地上號哭打滾。

【虢脈】hàomài 中醫切脈，按脈診病。

【號啕】háotáo 放聲大哭◇一時激動，號啕大哭。

【號稱】hàochēng ① 名義上説是◇號稱天下無敵。② 因某種公認的特色而被叫作◇昆明市號稱春城。

【號碼】hàomǎ 表示順序的數目字◇電話號碼｜排隊的人都編上號碼。

8 **虡**〔簴〕jù 粵geoi6 具 古代懸掛鐘或磬的架子兩旁的柱子。

9 **虢** guó 粵gwik1 周代的諸侯小國。有西虢（在今陝西寶雞東）和東虢（在今河南鄭州西北）。

10 **虣** bào 粵bou6 步 ①猛獸◇伏虣藏虎。②同"暴"。兇暴◇虣虐。

11 **虧**（亏）kuī 粵kwai1 規 ①缺損◇月滿則虧。②折損；損失◇吃虧｜自負盈虧。③不足；缺少◇理虧｜功虧一簣。④虛弱◇腎虧｜體虧。⑤虧負；虧待◇虧心｜難道我還會虧你嗎？⑥幸而；幸虧◇多虧她幫助｜這件事全虧了你。⑦多虧的反語。表示譏諷或斥責◇虧你説得出口。

【虧欠】kuīqiàn 虧空；拖欠◇補交虧欠税款。

【虧心】kuīxīn 做了壞事或不當的事，問心有愧◇平生不做虧心事。

【虧本】kuīběn 折損本錢；賠錢◇虧本大拍賣。同 虧損。

【虧折】kuīshé 虧損，折本◇經營不善，兩年內虧折過半。

【虧空】kuīkong ① 支出超過收入而無法彌補◇虧空了幾百萬。② 所欠的債務◇這兩年拉了很大的虧空。

【虧待】kuīdài 待人不公平或待遇不到位◇放心吧，公司不會虧待你的。

【虧負】kuīfù 辜負，對不起◇虧負你的栽培！

【虧損】kuīsǔn ① 經營收入少於支出；虧本。② 因傷病、勞累或缺乏營養而身體虛弱◇氣血虧損。

【虧蝕】kuīshí ① 日蝕和月蝕。② 虧損；虧本◇賬面虧蝕嚴重。

12 **虩** xì 粵gwik1 隙 虩虩，形容恐懼。

虫部

1 **虬**〔虯〕qiú 粵kau4 求 ①古代傳説中一種無角的龍。②盤曲；彎曲◇虬髯｜虬枝。

2 **虱**〔蝨〕shī 粵sat1 失 虱子。一種昆蟲，寄生在人和豬、牛等動物身上。吸食血液，傳染疾病◇捫虱。

3 **虺** 〈一〉huǐ 粵wai2 委 一種類似蝮蛇的毒蛇◇虺蛇｜毒虺。

〈二〉huī 粵fui1 灰【虺隤】huītuí 疲勞生病（多用於馬）。

3 **虹** 〈一〉hóng 粵hung4 紅 ①天空中的小水滴經日光照射和反射而形成的弧形彩色光帶，有紅、橙、黃、綠、靛、藍、紫七種顏色◇彩虹。②橋的代稱◇長虹臥波。

〈二〉jiàng 粵hung4 紅 同"虹〈一〉"。口語詞。限於單用◇快看，天上出虹了。

3 **虼** gè 粵gat1 吉 虼蚤，跳蚤的俗稱。

3 **虻**〔蝱〕méng 粵mang4 萌 昆蟲名。似蠅而稍大，身體灰黑色，翅透明。生活在野草叢裏，雄性吸植物的汁液，雌性吸牲畜的血◇牛虻。

4 **蚨** fú 粵fu4 符 青蚨，古代傳説中的一種蟲，也借指銅錢。

4 **蚜** yá 粵ngaa4 牙 蚜蟲，昆蟲名。身體卵圓形，綠色、黃色或棕色，用針狀口器吸食豆類、棉花、菜類、稻、麥等作物汁液，是農業害蟲。

4 **蚍** pí 粵pei4 皮【蚍蜉】pífú 大螞蟻◇蚍蜉撼大樹，可笑不自量。

4 **蚛** zhòng 粵zung6 誦 蟲咬。

4 **蚋** ruì 粵jeoi6 鋭 昆蟲名。體型像蠅，頭小色黑，吸人畜的血液。幼蟲生活在水中。

4 **蚌** 〈一〉bàng 粵pong5 旁5 一種生活於淡水中的軟體動物。肉可食用，有的殼內產珍珠◇蚌殼｜老蚌出明珠。

〈二〉bèng 粵pong5 旁5 用於地名，如蚌埠市（在安徽）。

4 **蚧** jiè 粵gaai3 介 見"蛤蚧"。

4 **蚡** fén 粵fan4 焚 同"鼢"。

4 **蚣** gōng 粵gung1 工 見"蜈蚣"。

4 **蚊**〔螡蟁〕wén 粵man1 炆 蚊子。昆蟲名。成蟲有一對翅膀和三對細長的腳。雌蚊吸食人畜的血液，能傳播多種疾病。雄性吸植物的汁液。幼蟲叫孑孓，生活在水裏。

4 **蚪** dǒu 粵dau2 斗 見"蝌蚪"。

4 **蚓** yǐn 粵jan5 忍 見"蚯蚓"。

4 **蚩** chī 粵ci1 痴 痴愚；無知◇蚩拙|無知蚩氓。

【蚩尤】chīyóu 傳說中的遠古部族首領。同黃帝戰於涿鹿，兵敗被殺。

4 **蚤** zǎo 粵zou2 早 跳蚤，昆蟲名。赤褐色，善跳躍，寄生在人畜身體上，吸血液，能傳播疾病。俗稱"虼蚤"。

5 **蚶** hān 粵ham1 堪 蚶子。一種軟體動物，貝殼厚而堅硬，有突起的瓦壟狀縱線。生活在淺海泥沙中，肉味鮮美。也稱"瓦楞子"。

5 **蛄** (一)gū 粵gu1 姑 見"螻蛄""蟪蛄"。(二)gǔ 粵gu2 古 見"蝲蛄""蝲蝲蛄"。

5 **蛆** qū 粵zeoi1 追 蒼蠅的幼蟲，體柔軟，有環節，白色，多生在糞便等不潔淨的地方◇蛆蟲。

5 **蚰** yóu 粵jau4 由【蚰蜒】yóuyán 一種節肢動物。像蜈蚣而略小，生活在陰濕的地方。

5 **蚺** rán 粵jim4 嚴 蟒蛇◇蚺蛇。

5 **蚱** zhà 粵zaa3 詐【蚱蜢】zhàměng 昆蟲名。像蝗蟲，身體綠色，頭灰褐色，觸角短，善跳躍。吃稻葉等，是害蟲。

5 **蚯** qiū 粵jau1 休【蚯蚓】qiūyǐn 環節動物名。身體柔軟，體形圓長。生活在土壤中，能疏鬆土壤，糞能肥田。俗稱蛐蟮。

5 **蛉** líng 粵ling4 零 ①昆蟲名◇白蛉。②見"螟蛉"。

5 **蛀** zhù 粵zyu3 註 ①蛀蟲。咬樹木、衣物、書刊等的小蟲。②(蛀蟲)咬壞◇書讓蟲蛀了。

【蛀蝕】zhùshí ①由於蟲咬而受損害◇牆壁幾乎被白蟻蛀蝕一空。②比喻腐蝕、傷害◇蛀蝕靈魂。

5 **蚿** xián 粵jin4 言 節肢動物。身體圓長，長一寸多，由很多環節組成，各節有足一至二對。有臭腺，會放出臭味禦敵。生活在陰濕的地方，吃草根或腐爛植物。又名"馬陸、百足"，俗稱"香延蟲"。

5 **蛇**〔虵〕(一)shé 粵se4 佘 爬行動物。身體圓而細長，種類很多，有的有毒，捕食蛙、鳥、鼠等小動物◇虎頭蛇尾|打草驚蛇。(二)yí 粵ji4 兒 見"虛與委蛇"。

【蛇行】shéxíng ①伏在地上爬行◇匍匐蛇行。②蜿蜒曲折地行進◇汽車在盤山道上蛇行。

【蛇足】shézú 指多餘的事物◇影片的結尾屬蛇足之筆。

【蛇蠍】shéxiē 蛇和蠍子。①形容兇惡狠毒◇蛇蠍心腸。②比喻兇惡狠毒的人。

【蛇頭】shétóu 人蛇的頭目。指帶人非法偷越國境，進入他國，從中牟取暴利的人。

【蛇心佛口】shéxīn fókǒu 形容心地狠毒，滿口慈悲假話。

5 **蛁** diāo 粵diu1 丟 古書上指蟬。

5 **蚴** yòu 粵jau3 幼 一些寄生蠕蟲的幼體◇毛蚴|尾蚴。

5 **蛋** dàn 粵daan6 但 ①禽類和蛇龜等動物產的卵◇雞蛋。②像蛋的球形物◇糞蛋|山藥蛋。③貶低人或罵人所用的詞◇笨蛋|糊塗蛋|王八蛋。

【蛋撻】dàntà 一種西式點心，用雞蛋、奶油等製成，小碟狀，餡料露在外面◇媽媽最愛吃香甜的蛋撻。

【蛋白質】dànbáizhì 天然的高分子有機化合物，由多種氨基酸組成。是構成生物體活質的最重要部分，是生命的基礎。種類很多，如球蛋白、血紅蛋白和某些激素等。

6 **蛩** qióng 粵kung4 窮 ①蝗蟲◇飛蛩滿野。②蟋蟀◇蛩聲|吟蛩。

6 **蛬** qióng 粵gung2 拱 古書上指蟋蟀。

6 **蛙**〔鼃〕 wā 粵waa1 娃 兩棲動物名。無尾，善於跳躍和泅水，捕食昆蟲。種類很多，以青蛙為常見◇蛙鳴|井底之蛙。

【蛙人】 wārén ① 戴着防水面具和腳蹼、背着氧氣筒的潛水員。② 指進行水下行動和自水下登陸實施作戰行動的兩棲特種兵。

6 **蛣** qī 粵kit3 竭【蛣蜣】qīqiāng古書上指蜣螂。

6 **蛭** zhì 粵zat6 疾 環節動物的一類。身體一般長而扁平，生活在淡水中或濕潤的地方，有的吸食人畜血液，如螞蝗、水蛭、山蛭、草蛭等。通稱"螞蝗"。

6 **蛐** qū 粵kuk1 曲 ①見"蛐蛐兒"。②見"蛐蟮"。

【蛐蟮】 qūshàn 蚯蚓的俗稱。

【蛐蛐兒】 qūqur 方言。蟋蟀。

6 **蛔**〔蛕〕 huí 粵wui4 回 蛔蟲，人或家畜腸子裏的一種寄生蟲。像蚯蚓而沒有環節，白色或米黃色，能為被寄生者帶來疾病。

6 **蛛** zhū 粵zyu1 珠 蜘蛛◇蛛網。

【蛛網】 zhūwǎng 蜘蛛用蛛絲結成的網，用以粘捕昆蟲◇洞中蛛網密佈。

【蛛絲馬跡】 zhūsī mǎjì 比喻不明顯的線索和跡象。

6 **蛞** kuò 粵kut3 括【蛞蝓】kuòyú見"蜒蚰"。【蛞螻】kuòlóu 見"螻蛄"。

6 **蛤** 〈一〉gé 粵gap3 鴿 見"蛤蚧""蛤蜊"。
〈二〉há 粵haa4 霞/haa1 哈 見"蛤蟆"。

【蛤蚧】 géjiè 爬行動物。形似壁虎而大，背部灰色，有紅色斑點，吃蚊蠅等小蟲子。可入藥。

【蛤蜊】 gélí 軟體動物。體外有殼，卵圓形，生活在淺海處，肉可食用。

【蛤蟆】 háma 青蛙和蟾蜍的統稱。也作"蝦蟆"。

6 **蛟** jiāo 粵gaau1 交 古代傳說中似龍而無角，能興雲雨、發洪水的神獸◇蛟龍|騰蛟起鳳|擒虎拿蛟。

6 **蛘** yáng 粵joeng4 羊 米象，米穀中生的小黑甲蟲◇蛘子。

6 **蛑** móu 粵mau4 謀 見"蝤蛑"。

7 **蜇** 〈一〉zhē 粵zit3 節 ①毒蟲叮刺◇被馬蜂蜇了一下。②皮膚或黏膜受刺激而微痛◇切大葱蜇得眼睛疼。
〈二〉zhé 粵zit3 節 海蜇，生活在海中的腔腸動物，可以吃◇蜇皮|蜇頭。

7 **蜃** shèn 粵san6 腎 ①大蛤蜊◇蜃蛤。②古代傳說中的蛟類動物，能吐氣成幻景◇蜃景|海市蜃樓。

【蜃景】 shènjǐng 古代傳說中的蜃吐氣所形成的樓台景觀。實際是大氣中光線的折射，把遠處的景物顯示到空中或地面上的奇異幻景。多在夏天的海邊或沙漠地帶出現。

7 **蛺**（蛱） jiá 粵gaap3 甲【蛺蝶】jiádié蝴蝶◇穿花蛺蝶深深見，點水蜻蜓款款飛。

7 **蛸** 〈一〉xiāo 粵siu1 消 見"螵蛸"。
〈二〉shāo 粵saau1 筲 見"蠨蛸"。

7 **蜆**（蚬） xiǎn 粵hin2 顯 軟體動物。殼圓形或心臟形，有輪狀紋。生活在淡水軟泥裏。肉可吃，殼可入藥。

7 **蜎** yuān 粵jyun1 淵 ①孑孓。蚊子的幼蟲。②見"蜎蜎"。

【蜎蜎】 yuānyuān 形容蟲子蠕動爬行的樣子。

7 **蜈** wú 粵ng4 吳【蜈蚣】wúgōng 節肢動物。體長而扁，有許多對足。第一對足像鈎子，能分泌毒液，捕食小蟲。可入藥。

7 **蛾** é 粵ngo4 鵝 蛾子。形狀像蝴蝶的昆蟲，有翅兩對，多在夜間活動，常飛向燈火◇蠶蛾|燈蛾|飛蛾投火。

【蛾眉】 éméi ① 女子的秀眉。因其細長而彎曲，似蠶蛾的觸鬚，故稱。② 借指美女◇六軍不發無奈何，宛轉蛾眉馬前死。

7 **蜓** tíng 粵ting4 廷 見"蜻蜓"。

7 **蜊** lí 粵lei4 厘 見“蛤蜊”。

7 **蜍** chú 粵ceoi4 隋 見“蟾蜍”。

7 **蜉** fú 粵fau4 浮 見“蜉蝣”。

【蜉蝣】fúyóu 昆蟲名。幼蟲生活在水中，成蟲有翅，常在水面飛行。壽命很短，交尾產卵後即死◇蜉蝣朝生而暮死。

7 **蜂**〔螽 蠭〕fēng 粵fung1 風 ①昆蟲名。種類很多，有毒刺，羣居◇馬蜂｜黃蜂。②特指蜜蜂◇蜂房｜蜂蠟。③比喻成羣的、眾多◇蜂起｜蜂擁｜蜂聚。

【蜂起】fēngqǐ 像蜂飛一樣紛紛而起◇百家蜂起｜羣雄蜂起，逐鹿中原。

【蜂擁】fēngyōng 像蜂羣一樣擁擠着◇蜂擁而至。

7 **蜕** tuì 粵teoi3 退 ①蛇、蟬等脱下的皮殼◇蛇蜕｜蟬蜕｜蠶蜕。②蛇、蟬等脱去皮殼◇蜕皮｜蟬飽而不食，三十日而蜕。③脱落◇蜕牙｜蜕去舊毛，長出新毛。④變化；變質◇蜕化｜蜕變。

【蜕化】tuìhuà 蟲類脱皮後，變為另一種形態。比喻人墮落變壞◇蜕化變質。同 蜕變。

【蜕變】tuìbiàn ① 人或事物發生質的變化◇社會蜕變時期｜由父母官蜕變成腐敗分子。② 物理學名詞。指放射性元素放射出某種粒子後變成另一種元素。通稱“衰變”。

7 **蛹** yǒng 粵jung5 勇 昆蟲從幼蟲變為成蟲的一種過渡形態。其間不食不動，外皮變厚，身體縮短，一般呈棗核形◇蠶蛹。

7 **蜀** shǔ 粵suk6 淑 ①古國名。在今四川省成都一帶。②蜀漢的簡稱。三國之一（公元221–263年）◇樂不思蜀｜蜀中無大將，廖化作先鋒。③四川省的別稱◇蜀繡｜巴蜀風光。

【蜀漢】shǔhàn 魏、蜀、吳三國之一（公元221–263年）。在今四川和雲南、貴州以及陝西漢中一帶，為劉備所建立。

【蜀犬吠日】shǔquǎnfèirì 吠，狗叫。四川多雨，少見太陽，太陽一出，狗就叫起來。比喻少見多怪。出自唐代柳宗元《答韋中立論師道書》：“僕往聞庸、蜀之南，恆雨少日，日出則犬吠。”

8 **蜯** bàng 粵pong5 蚌 同“蚌”◇巨蜯函珠。

8 **蜻** qīng 粵cing1 青【蜻蜓】qīngtíng 昆蟲名。身體細長，生活在水邊，捕食蚊子等小飛蟲。雌性用尾點水而產卵於水中◇小荷才露尖尖角，早有蜻蜓立上頭。

【蜻蜓點水】qīngtíngdiǎnshuǐ 蜻蜓稍接觸水面，即一掠而過。比喻做事點到即止，膚淺不深入。

8 **蜞** qí 粵kei4 其 見“蟛蜞”。

8 **蜥** xī 粵sik1 色【蜥蜴】xīyì 爬行動物。身體表面有細鱗，尾巴很長，易斷，腳上有鈎爪。雄性背部青綠色，雌性背部淡褐色。生活在草叢裏。俗稱“四腳蛇”。

8 **蜮** yù 粵wik6 域/waak6 或 古代傳説中的一種動物，專躲在水中含沙射人◇鬼蜮伎倆。

8 **蜾** guǒ 粵gwo2 果【蜾蠃】guǒluǒ 一種寄生蜂。常用泥土在牆上或樹枝上做窩，捕捉螟蛉存在窩裏，留作幼蟲的食物。

8 **蜴** yì 粵jik6 亦 見“蜥蜴”。

8 **蜘** zhī 粵zi1 之【蜘蛛】zhīzhū 節肢動物。身體呈圓形或長圓形，胸部有足四對，腹部有紡績器，能分泌黏液結網，粘捕昆蟲作食料。

8 **蜒** yán 粵jin4 言【蜒蚰】yányóu 軟體動物。身體像蝸牛，圓而長，無殼，表面多黏液，頭上有長短觸角各一對，眼長在長觸角上。吃蔬菜或瓜果的葉子，對農作物有害。也稱“蛞蝓”。

8 **蜺** ní 粵ngai4 危 ①寒蟬。②同“霓”◇氣貫虹蜺。

8 **蜱** pí 粵pei4 皮 節肢動物。體扁平，頭胸和腹部合在一起，成蟲有足四對。種類很多，對人畜及農作物有害。

8 **蜩** tiáo 粵tiu4 條 蟬◇五月鳴蜩｜烈日當空，蜩蟬亂鳴。

8 **蜣** qiāng 粵goeng1 疆【蜣螂】qiānglángs 昆蟲名。全身黑色，會飛，吃糞、尿和動物的屍體。俗稱“屎殼郎”。

8 **蜷** quán 粵kyun4 權 彎曲◇蜷作一團。

【蜷曲】quánqū 彎曲；不伸展◇一條小蛇蜷曲在草叢裏｜枝幹蜷曲。

【蜷伏】quánfú 蜷曲着身體臥倒◇小狗蜷伏在門口。

【蜷縮】quánsuō 肢體彎曲着縮在一起◇一陣寒風吹來，他把身子蜷縮成一團。

8 **蜿** wān ◉jyun1 淵【蜿蜒】wānyán ①蛇類曲折爬行的樣子◇蜿蜒爬行的毒蛇。②比喻彎彎曲曲◇汽車在蜿蜒的山路間緩緩行駛。

8 **蜢** měng ◉maang5 猛 見"蚱蜢"。

8 **蜚** 〈一〉fěi ◉fei2 匪 ①一種蟑類小飛蟲，食稻花◇有蜚為災。②見"蜚蠊"。

〈二〉fēi ◉fei1 飛 同"飛" ◇蜚語｜蜚短流長。

【蜚聲】fēishēng 揚名，聲譽傳揚◇蜚聲海外。

【蜚蠊】fěilián 蟑螂。

8 **蝕（蚀）** shí ◉sik6 食 ①蟲蛀◇蛀蝕｜蠹蝕。②受到侵害、損傷◇侵蝕｜腐蝕。③（錢財）虧損◇做生意蝕了本。④同"食"。日月虧缺的現象◇日蝕｜月蝕。

【蝕本】shíběn 賠本，虧損資本◇蝕本生意。

【蝕底】shídǐ 方言。吃虧；受損失◇怕蝕底。

8 **蜜** mì ◉mat6 物 ①蜂蜜，蜜蜂採集花粉釀成的黏稠甜汁◇採得百花成蜜後，為誰辛苦為誰甜？②像蜂蜜那樣甜的◇蜜棗｜蜜橘。③外觀或味道像蜜的食物◇糖蜜｜菠蘿蜜。④比喻甜美◇口蜜腹劍。

【蜜月】mìyuè ① 新婚的第一個月◇蜜月情濃。② 新婚配偶到外地旅遊，度過休閒時光。

【蜜餞】mìjiàn ① 用蜜或濃糖漿浸漬果品。② 用蜜或濃糖漿浸漬而成的果品。

9 **蝽** chūn ◉ceon1 春 椿象，昆蟲，種類很多。圓形或橢圓形，頭部有單眼。有的能放出惡臭。多數是害蟲。

9 **蝶〔蜨〕** dié ◉dip6 碟 蝴蝶◇粉蝶｜蝶戀花｜招蜂引蝶。

9 **蝴** hú ◉wu4 湖【蝴蝶】húdié 昆蟲名。種類很多。翅膀闊大，顏色美麗，靜止時，四翅豎立在背部。喜在花間、草地飛行，吸食花蜜。

9 **蝻** nǎn ◉naam4 男 蝗蟲的幼蟲。外形像成蟲而較小，頭大，僅有翅芽，常成羣而出危害莊稼◇蝻子｜蝗蝻。

9 **蝘** yǎn ◉jin2 演 ①見"蝘蜓"。②古指蟬類昆蟲。

【蝘蜓】yǎntíng 壁虎。一種小型爬行動物，背面暗灰色，腳趾上有吸盤，能在牆壁上爬行。尾巴易斷，可再生。捕食蜘蛛、蚊、蠅等小動物。同 守宮、蠍虎。

9 **蝲** là ◉laat6 辣【蝲蛄】làgǔ 甲殼動物。形狀似龍蝦而較小，生活在淡水中。

【蝲蝲蛄】làlàgǔ 螻蛄的通稱。

9 **蝠** fú ◉fuk1 福 見"蝙蝠"。

9 **蝰** kuí ◉fui1 灰【蝰蛇】kuíshé 一種毒蛇。生活在森林或草地裏，吃小鳥、青蛙等。

9 **蝦（虾）** 〈一〉xiā ◉haa1 哈 節肢動物。腹部有很多環節，外有殼。生活在水中，種類很多，可食用◇青蝦｜對蝦｜龍蝦。

〈二〉há ◉haa4 霞 同"蛤" ◇蝦蟆。

【蝦米】xiāmi ① 去頭去殼的乾蝦肉。② 小蝦◇大魚吃小魚，小魚吃蝦米。

【蝦兵蟹將】xiābīng xièjiàng 神話小説中海龍王手下的兵將。比喻不中用的兵將或爪牙、幫兇。

9 **蝟（猬）** wèi ◉wai6 位 刺蝟。

9 **蝸（蜗）** wō ◉wo1 窩 蝸牛◇蝸休於殼｜鼠腹蝸腸之輩。

【蝸牛】wōniú 軟體動物。有螺旋形扁圓的硬殼，頭部有兩對觸角，吃草本植物的嫩葉或皮。

【蝸居】wōjū ① 比喻窄小的住處◇蝸居生活｜蝸居臨海，濤聲聒耳。② 居住◇一家七口，蝸居斗室之中。

【蝸窄】wōzhǎi 狹小◇家中雖蝸窄，不多你一人。

9 **蝌** kē ◉fo1 科【蝌蚪】kēdǒu 青蛙、蟾蜍的幼體。黑色，橢圓形，有長尾，生活在水中。逐漸發育出後肢和前肢，尾巴消失，最後變為成體。

9 **蝮** fù ◉fuk1 福【蝮蛇】fùshé 一種毒蛇。頭大，略呈三角形，身體灰褐色，有斑紋。生活在山野裏，捕食老鼠等小動物，也能傷害人或家畜。

9 **蝗** huáng 粵wong4 王 蝗蟲。農業的主要害蟲。軀體細長，綠色或黃褐色。前翅狹窄而堅韌，後翅寬大而柔軟，善於飛行；後肢發達，善於跳躍。俗稱"螞蚱"◇蝗災|飛蝗蔽天。

9 **蝓** yú 粵jyu4 餘 見"蛞蝓"。

9 **蝜（蝂）** fù 粵fu6 負【蝜蝂】fùbǎn寓言中說的一種好負重物的小蟲（見於唐朝柳宗元《蝜蝂傳》）。

9 **蝣** yóu 粵jau4 由 見"蜉蝣"。

9 **蝤** 〈一〉qiú 粵cau4 酬 見"蝤蠐"。
〈二〉yóu 粵jau4 由 見"蝤蛑"。

【蝤蛑】 yóumóu 海裏生長的一種螃蟹。因甲殼略呈梭形，故又稱"梭子蟹"。

【蝤蠐】 qiúqí ① 天牛的幼蟲。黃白色，圓筒形。② 古時用以比喻美女的頸項◇領如蝤蠐。

9 **螂〔蜋〕** láng 粵long4 郎 見"螳螂""蟑螂""蜣螂"。

9 **蝙** biān 粵bin1 邊/pin1 篇【蝙蝠】biānfú 哺乳動物。頭和身體像鼠，前後肢都有翼膜和身體相連。夜間在空中飛翔，捕食蚊蛾等昆蟲。

9 **蝥** máo 粵maau4 矛 斑蝥。昆蟲，翅上有黃黑色斑紋。乾燥的全蟲可入藥，中醫用來治疥癬、瘰癧等病。

10 **融〔螎〕** róng 粵jung4 容 ①固體受熱變成液體◇融化|冰雪消融。②融合；調和◇融洽|水乳交融。③流通◇金融。

【融化】 rónghuà（冰、雪等）變成液體◇冰川融化|積雪融化。

【融合】 rónghé 幾種不同的事物合成一體◇貫通古今，融合中外。

【融和】 rónghé ① 和暖◇天氣融和。② 和諧◇關係融和|氣氛融和。③ 融合◇歌聲和山谷的回聲融和在一起。

【融洽】 róngqià 彼此感情好，關係和諧◇相處得非常融洽。同 和洽。

【融通】 róngtōng ① 融合流通◇資金融通的渠道不暢。② 融會貫通◇融通古今，自成一家。③ 通過溝通而變得融洽◇融通感情，消除隔閡。

【融會】 rónghuì 融合；融會貫通◇融會當地的風俗。

【融解】 róngjiě 融化◇冰河融解。

【融資】 róngzī 通過借貸、租賃、集資等方式融合資金，使之流通◇貿易融資|融資渠道。

【融融】 róngróng ① 和睦快樂的樣子◇其樂融融。② 和暖宜人◇春光融融。

【融會貫通】 rónghuì guàntōng 貫通，貫穿前後，全面理解。指把各種知識融合貫穿起來，求得全面透徹的理解◇博採眾長，融會貫通，形成自己的獨特風格。

10 **螓** qín 粵ceon4 巡 一種綠色小蟬。方頭廣額，身有彩紋。

10 **螞（蚂）** 〈一〉mǎ 粵maa5 馬 見"螞蟻""螞蟥"。
〈二〉mà 粵maa6 罵 見"螞蚱"。
〈三〉mā 粵maa1 媽 見"螞螂"。

【螞蚱】 màzha 蝗蟲的俗稱。

【螞螂】 mālang 蜻蜓。

【螞蟥】 mǎhuáng 蛭綱動物的通稱。也特指金錢蛭，體呈紡錘形，有一小一大前後兩吸盤，捕食小動物。

【螞蟻】 mǎyǐ 蟻的通稱。一般體小，頭大，有一對複眼，觸角長，腹部卵形。在地下築巢，成羣穴居。

10 **螈** yuán 粵jyun4 元 見"蠑螈"。

10 **螅** xī 粵sik1 色 腔腸動物。圓筒形，褐色。依靠口周圍的觸手捕食，附生在池沼、水溝中的水草上◇水螅。

10 **螄（蛳）** sī 粵si1 思 見"螺螄"。

10 **螗** táng 粵tong4 堂 古書上記載的一種蟬。形體較小，背青綠色，鳴聲清亮◇蜩螗。

10 **螃** páng 粵pong4 旁【螃蟹】pángxiè 節肢動物。全身有甲殼，褐綠色，有足五對，前面一對像鉗子的叫螯，橫着爬行。水陸兩棲。也單稱"蟹"。

10 **螠** yì 粵jik1 益 無脊椎動物的一綱，雌雄異體，身體呈圓筒形，不分節，有少數剛毛，生活在海底泥沙中。

10 **螟** míng 粵ming^4 名 螟蟲，螟蛾的幼蟲。一種危害水稻等作物的害蟲。

【螟蛉】mínglíng ① 水稻螟蟲的幼蟲。② 養子的代稱。《詩經・小雅・小宛》："螟蛉有子，蜾蠃負之。" 蜾蠃常捕捉螟蛉儲存在巢裏，留作幼蟲的食物。古人誤以為蜾蠃餵養螟蛉為子，故以螟蛉代稱養子。

10 **螣** 〈一〉téng 粵tang^4 騰 見"螣蛇"。〈二〉tè 粵dak^6 特 古書記載的一種吃苗葉的害蟲。

【螣蛇】téngshé 傳說中一種能飛的蛇◇螣蛇無足而飛。

10 **螢（萤）** yíng 粵jing^4 形 一種發綠光的昆蟲。身體黃褐色，腹部末端有發光器官。夜間活動。通稱"螢火蟲" ◇囊螢映雪|銀燭秋光冷畫屏，輕羅小扇撲流螢。

【螢火】yínghuǒ ① 螢火蟲發出的光亮◇夏夜裏螢火點點。② 比喻微弱的光亮◇每晚陪伴他的只有青燈螢火，黃卷古書。

11 **螫** shì 粵sik^1 色 ①毒蟲或毒蛇咬刺◇蜜蜂螫人|蝮蛇螫手，壯士解腕。②毒害；危害◇毒螫。

11 **螯** áo 粵ngou^4 遨 螃蟹等節肢動物的第一對腳。能像鉗子一樣開合，用來取食或防衛。

11 **蟄（蛰）** zhé 粵zat^6 疾/zik^6 直 ①動物冬眠，藏起來不食不動◇蟄蟲|蟄伏。②比喻人隱居不出◇蟄居|蟄處僻鄉。

11 **蟒** mǎng 粵mong^5 網 ①一種無毒的大蛇。背黃褐色，腹白色，生活在近水的森林裏，捕食小動物。②用蟒的圖形裝飾的◇蟒袍。

【蟒袍】mǎngpáo 明清時大臣所穿的禮服，上面繡有金黃色的蟒蛇圖案◇盤金蟒袍。

11 **蟆〔蟇〕** má 粵maa^4 麻 見"蛤蟆"。

11 **蟎（螨）** mǎn 粵mun^5 滿 節肢動物。體微小，種類繁多。寄生於地下、地上、水中、人和生物體上，傳染多種疾病或危害農作物。

11 **螬** cáo 粵cou^4 曹 見"蠐螬"。

11 **螵** piāo 粵piu^1 飄【螵蛸】piāoxiāo ①螳螂的卵塊。②烏賊魚的骨。

11 **蠘** qī 粵cik^1 斥 不同科、屬的一羣軟體動物的統稱。這類動物的背殼隆起，略呈圓錐形，沒有螺旋紋。生活在海邊礁石上，吃浮游生物和藻類。

11 **螮（蝃）〔蝃〕** dì 粵dai^3 帝【螮蝀】dìdōng 虹。

11 **螳** táng 粵tong^4 堂【螳螂】tángláng 昆蟲名。全身綠色或土黃色，頭呈三角形，有翅兩對，前腿發達，好像鐮刀。捕食害蟲◇螳螂捕蟬，黃雀在後。

【螳臂當車】tángbìdāngchē 螳螂舉起前腿想擋住車子前進。比喻不自量力，必然失敗。出自《莊子・人間世》："汝不知夫螳螂乎，怒其臂以當車轍，不知其不勝任也。" 也說"螳臂擋車"。

11 **螻（蝼）** lóu 粵lau^4 流 見"螻蛄"。

【螻蛄】lóugū 昆蟲名。褐色，有翅，前腳能掘土。吃農作物的嫩莖，俗稱"蝲蝲蛄"。

【螻蟻】lóuyǐ 螻蛄和螞蟻。泛指微小的生物◇螻蟻尚且貪生，為人何不惜命！

11 **螺** luó 粵lo^4 羅 ①軟體動物。體外包有迴旋形硬殼◇海螺|田螺。②特指螺殼◇螺號。③人的螺旋形指紋◇一螺好，二螺巧，三螺四螺揹稻草。④具有螺旋形紋理的◇螺絲|螺釘|螺母。

【螺紋】luówén ① 手指和腳趾上的環狀紋理。② 機件上的外表面或內孔表面上製成的螺旋線形的凸棱◇螺紋鋼。

【螺旋】luóxuán ① 像螺螄殼紋理的曲線◇螺旋體 | 螺旋形。② 簡單機械。由具有內螺紋的物體孔眼和具有外螺紋的圓柱體配合組成，旋轉其中一個就可以使兩者沿螺紋運動。螺旋在機械上應用很廣，如壓榨機、千斤頂等。

【螺號】luóhào 用大海螺殼做成的號角。

【螺螄】luósī 淡水螺的通稱。一般較小，可供食用◇螺螄殼裏做道場。

【螺黛】luódài ① 螺形畫眉墨◇平列十九峯，峯峯染螺黛。② 女子秀眉的代稱◇螺黛蹙，鳳眸凝。③比喻盤旋的青山◇一江帆影，千堆螺黛。

11 **蟈（蝈）** guō 粵gwok³國【蟈蟈】guōguo 昆蟲。綠色或褐色，翅短，腹大，雄性能發出清脆的鳴聲。

11 **蟋** xī 粵sik¹色【蟋蟀】xīshuài 昆蟲名。身體黑褐色，觸角很長，後腿粗大，善於跳躍。雄性好鬥，兩翅摩擦能發聲。同促織、蛐蛐兒。

11 **螭** chī 粵ci¹痴 古代傳說中沒有角的龍。古代常用牠的形狀做裝飾◇金輝獸面，彩煥螭頭。

11 **蟑** zhāng 粵zoeng¹章【蟑螂】zhāngláng 昆蟲名。體扁平，黑褐色。能發出臭味，並能傳染疾病。同蜚蠊。

11 **蟀** shuài 粵seot¹恤 見"蟋蟀"。

11 **䗪** zhè 粵ze³借【䗪蟲】zhèchóng地鱉。

11 **螾** yǐn 粵jan⁵引 同"蚓"。

11 **螽** zhōng 粵zung¹忠【螽斯】zhōngsī 昆蟲名。身體綠色或褐色，善跳躍。常棲於叢林草間，種類很多。

11 **螲** dié 粵dit³跌【螲蟷】diédāng一種生活在地下洞穴裏的蜘蛛。

11 **䖬** wén 粵man¹蚊 同"蚊"。

11 **螿（螀）** jiāng 粵zoeng¹章 寒螿。一種蟬。又叫"寒蟬"◇籬暗螿啼菊，園荒蟻上茄。

11 **蟊** máo 粵mau⁴謀 吃苗根的害蟲。

【蟊賊】máozéi 比喻危害民眾、國家的人。

12 **蟯（蛲）** náo 粵jiu⁴搖 蟯蟲。寄生蟲，白色，像線頭。寄生在人的小腸下部和大腸裏，雌蟲常從肛門爬出來產卵。患者常覺肛門奇癢，並有消瘦、食慾不振等症狀。

12 **蟢** xǐ 粵hei²起 蟢子。一種蜘蛛，古代稱"蠨蛸"，又叫"喜子""喜蛛"。古人把蟢子出現作為有喜事的好兆頭◇鵲噪蟢飛。

12 **蟛** péng 粵paang⁴棚【蟛蜞】péngqí 螃蟹的一種。體小，生長在水邊。

12 **蟥** huáng 粵wong⁴王 見"螞蟥"。

12 **蟪** huì 粵wai⁶慧【蟪蛄】huìgū 一種蟬。身體較小，青紫色，有黑紋。雄性能鳴叫，夏末從早到晚鳴聲不息◇蟪蛄不知春秋。

12 **蟫** yín 粵jam⁴吟/taam⁴談 蠹魚。蛀食衣服、書籍的小蟲子。

12 **蟲（虫）** chóng 粵cung⁴松 ①昆蟲的通稱。②泛指動物◇長蟲（蛇）|大蟲（老虎）。③比喻具有某種特點的人。含詼諧或鄙視意◇書蟲|網蟲|應聲蟲|可憐蟲。

【蟲豸】chóngzhì ①蟲子◇劇毒蟲豸。②比喻下賤的人。罵人的話◇簡直是個豬狗不如的蟲豸。

12 **蟬（蝉）** chán 粵sim⁴禪 ①昆蟲名。種類很多，雄性腹部有發音器，能連續不斷發出響亮的聲音，雌性不發聲。幼蟲生活在土裏。俗稱"知了"◇蟬噪林逾靜，鳥鳴山更幽。②連續不斷◇蟬聯。

【蟬蜕】chántuì ①蟬的幼蟲變為成蟲時脫下的殼，可入藥。同蟬衣。②蟬脫下外殼。比喻解脫、擺脫◇蟬蛻塵埃｜蟬蛻濁穢。

【蟬聯】chánlián 連續保持◇蟬聯冠軍。

12 **蟘（蟦）〔螣〕** tè 粵dak⁶特 古書上指吃苗葉的害蟲。

12 **蟠** pán 粵pun⁴盤 盤曲；環繞◇蟠曲|虎踞龍蟠。

【蟠曲】pánqū 屈曲環繞◇百年大樹枝幹蟠曲。

【蟠桃】pántáo ①神話中的仙桃◇蟠桃勝會。②桃的一個變種。果實扁圓形，味甜，核小。

【蟠據】pánjù ①盤踞；佔據◇擁兵蟠據。同盤據。②盤曲蹲踞的形狀◇金龍蟠據。

12 **蟮** shàn 粵sin⁶善 見"蛐蟮"。

12 **蟣（虮）** jǐ 粵gei²己 蟣子，虱子的卵◇蟣虱。

13 **蠆（虿）** chài 粵caai³猜³ 蝎子一類的有毒的蟲◇蜂蠆|蜂蠆有毒|蠆螫其手，呻呼無賴。

13 **蟶**（蛏）chēng 粵cing[1] 青 軟體動物。由兩扇介殼包着，形狀狹而長。生長在沿海泥中，肉可食。

13 **蠍**〔蝎〕xiē 粵hit[3] 歇/kit[3] 揭 蠍子。節肢動物，胎生。口部兩側有一對螯，胸腳四對，後腹狹長，末端有毒鈎，用來禦敵和捕食。可入藥。

13 **蠅**（蝇）yíng 粵jing[4] 形 昆蟲名。種類很多，通常指家蠅。有一對複眼，在骯髒腐臭的東西上產卵，幼蟲叫蛆。成蟲能傳播多種疾病。通稱"蒼蠅"。

【蠅頭小利】yíngtóuxiǎolì 比喻微小的利益。

【蠅營狗苟】yíngyíng gǒugǒu 像蒼蠅那樣四處鑽營，像狗一樣苟且存活。比喻追名逐利，不擇手段，卑劣無恥。

13 **蟾** chán 粵sim[4] 禪 ①蟾蜍。②傳説月中有蟾蜍，因借指月亮◇蟾光。

【蟾宮】chángōng 中國神話傳説，月亮裏有蟾蜍、玉兔、桂樹、廣寒宮、嫦娥仙女和神人吳剛。古人常以"蟾宮"代稱月亮◇又是秋之半，蟾宮幾缺圓。

多樣表達：蟾宮

月亮 月輪 玉輪 冰輪 嬋娟 月宮 玉兔 桂樹 嫦娥 蟾蜍 廣寒宮 嫦娥奔月

【蟾蜍】chánchú ① 兩棲動物。身體表面有許多疙瘩，內有毒腺，能分泌黏液。吃昆蟲、蝸牛等，對農業有益。俗稱"癩蛤蟆"。② 傳説月中有蟾蜍，所以作為月亮的代稱。

13 **蟺** shàn 粵sin[6] 善 同"鱔"。鱔魚。

13 **蠊** lián 粵lim[4] 廉 見"蜚蠊"。

13 **蟻**（蚁）yǐ 粵ngai[5] 危[5] ①螞蟻◇蟻附|蟻聚|蟻穴|如蟻慕膻。②比喻卑微、微末◇蟻民|蟻命。

13 **蟹**〔蠏〕xiè 粵haai[5] 避 螃蟹◇河蟹|大閘蟹|一蟹不如一蟹。

【蟹青】xièqīng 像螃蟹殼那樣灰而發青的顏色◇蟹青的屋簷。

【蟹粉】xièfěn 用來做菜或餡的蟹黃和蟹肉◇蟹粉豆腐｜蟹粉包子。

13 **蠃** luǒ 粵lo[2] 裸 見"蜾蠃"。

14 **蠖** huò 粵wok[6] 獲 尺蠖。蟲名。又名"步屈"，尺蠖蛾的幼蟲。身體細長，顏色像樹皮，行動時一曲一伸地前進。成蟲翅大。種類較多。

14 **蠓** měng 粵mung[5] 懵 昆蟲名。成蟲體小，褐色或黑色，翅短而寬。雌蠓吸人畜的血，能傳染疾病。統稱"蠓蟲"。

14 **蠕**〔蝡〕rú 粵jyu[4] 如【蠕動】rúdòng像蟲類爬行那樣慢慢地移動◇蠶寶寶在桑葉上蠕動。

14 **蠔**〔蚝〕háo 粵hou[4] 毫 牡蠣，海蠣子◇蠔殼。

【蠔油】háoyóu 用牡蠣的肉提製成的濃汁，是一種調味品◇蠔油牛肉。

14 **蠐**（蛴）qí 粵cai[4] 齊【蠐螬】qícáo金龜子的幼蟲。白色，圓柱狀，長一寸左右。生活在土裏，吃農作物的莖和根。

14 **蠑**（蝾）róng 粵wing[4]榮【蠑螈】róngyuán兩棲動物。形狀像蜥蜴，頭扁，表皮粗糙，背黑色，腹朱紅色。生活在水中或濕地草叢中。

15 **蠢**〔惷〕chǔn 粵ceon[2] 春[2] ①蟲子慢慢爬動◇蠢動。②愚蠢；笨拙◇蠢材|蠢貨。

【蠢材】chǔncái 蠢笨的傢伙。罵人的話◇這幫蠢材都幹了些甚麼？

【蠢動】chǔndòng ① 蟲子爬動。② 形容壞人進行活動的樣子◇販毒團夥最近又有蠢動跡象。

【蠢笨】chǔnbèn 笨拙；愚笨◇小兒蠢笨，不堪教誨。

【蠢蠢欲動】chǔnchǔnyùdòng ① 形容蟲子爬動的樣子。② 形容準備做壞事或騷擾作亂的樣子◇不法之徒蠢蠢欲動。

15 **蠛** miè 粵mit[6] 滅【蠛蠓】mièměng 古書上指蠓◇水腐而後蠛蠓生。

15 **蠣**（蛎）lì 粵lai[6] 例 牡蠣，也稱"蠔"，一種軟體動物。殼形不規則。肉味鮮美◇蠣黃(牡蠣的肉)。

15 **蠟**（蜡）là 粵laap[6] 立 ①動物、植物或礦物中所產生的油質，具有可塑性，易熔化，不溶於水，可用來防潮、密封、

澆塑、做蠟燭◇蜂蠟|石蠟|味同嚼蠟。②蠟燭◇蠟台|瞎子點燈白費蠟。③像蠟的淡黃色◇蠟梅。

【蠟紙】làzhǐ ①表面塗蠟的紙。常用於包裹東西防潮◇零件都用蠟紙包好了。②印着規格線、用蠟液浸過的紙，刻寫或打字後用作油印的底版。今已很少使用。

【蠟筆】làbǐ 把顏料摻在蠟裏製成的筆，用來畫畫◇五彩蠟筆。

【蠟像】làxiàng 用蠟塑成的人或物的形象◇蠟像陳列館。

【蠟燭】làzhú 用蠟或其他油脂製成的照明用品。多為圓柱形，中有棉紗蕊，可以點燃◇蠟燭有心還惜別，替人垂淚到天明。(同) 蠟炬。

15 **蠡** (一) lí 粵lai5禮 用貝殼做的瓢◇以蠡測海。(二) lǐ 粵lai5禮 用於地名，如蠡縣(在河北)。

【蠡測】lícè“以蠡測海”的略語。比喻以淺薄的眼光觀察事物◇蠡測之見 | 戰爭風雲蠡測。

17 **蠱(蛊)** gǔ 粵gu2古 ①傳説是人工培養的一種毒蟲，用於巫術。把許多毒蟲放在器皿裏互相吞食，最後剩下不死的毒蟲叫蠱，可以用來毒害人◇蠱毒。②誘惑；迷惑◇蠱惑。

【蠱惑人心】gǔhuòrénxīn 迷惑人心◇散佈謠言，蠱惑人心。

17 **蠲** juān 粵gyun1捐 減免；除去◇蠲免|蠲除。

18 **蠹** dù 粵dou3到 ①蠹蟲；蛀蟲◇木蠹|書蠹。②蛀蝕；侵害◇流水不腐，戶樞不蠹。

【蠹蟲】dùchóng ①蛀蝕器物的蟲子◇蠹蟲經常蛀壞書籍。②比喻侵害社會和民眾利益的人◇清除隊伍裏的蠹蟲。

18 **蠶(蚕)** cán 粵caam4慚 能吐絲結繭的昆蟲。種類很多，通常指家蠶。幼蟲以桑葉為食，四次蛻皮後吐絲作繭，在繭裏變成蛹，最後變成蠶蛾。家蠶吐出的絲是綢緞絲織品的原料◇桑蠶|春蠶到死絲方盡，蠟炬成灰淚始乾。

【蠶食】cánshí 蠶吃桑葉。比喻逐漸侵佔或侵吞◇蠶食鯨吞 | 蠶食鄰國領土。

【蠶室】cánshì ①飼養桑蠶的專用房間。要求保温、不透風，適合蠶的生長。②古代執行宮刑的專用房間。也作為受宮刑人的獄室◇司馬遷無罪受宮刑下蠶室，發憤而寫成《史記》。

【蠶桑】cánsāng 養蠶和種桑◇故里是江南有名的蠶桑之鄉。

【蠶蟻】cányǐ 剛孵出的幼蠶。身體小而黑，像螞蟻◇蠶蟻吃着嫩嫩的桑葉，漸漸長大。

18 **蠨(蟏)** xiāo 粵siu1消【蠨蛸】xiāoshāo 蜘蛛的一種。身體和腿腳均細長，暗褐色。民間以為是喜慶的預兆，故又稱“喜蛛、喜子”◇見蠨蛸滿室，蓬蒿滿徑。

18 **蠵** xī 粵kwai4葵 蠵龜，一種大海龜。體長可達一米，頭部有對稱的鱗片，尾短，吃魚、蝦、蟹。

19 **蠻(蛮)** mán 粵maan4 ①古代稱南方民族◇蠻夷|荊蠻。②不講理；粗野◇野蠻|蠻不講理。③魯莽；強悍◇蠻幹|蠻勁。④滿；很◇蠻好|蠻不錯|人倒蠻老實。

【蠻夷】mányí 古代指南方少數民族◇蠻夷之地。

【蠻幹】mángàn 魯莽地幹；隨心所欲地硬幹◇要巧幹，不能蠻幹。

【蠻橫】mánhèng 粗暴不講理◇蠻橫無理 | 態度蠻橫。

血部

0 **血** (一) xuè 粵hyut3 ①血液。人和高等動物體內循環系統中的紅色液體◇血管|頭破血流。②有血統關係的◇血緣|血親。③比喻激烈、剛強◇血戰|血性。

(二) xiě 粵hyut3 血液。用於口語，多單用◇吐血|流了點兒血。

【血本】xuèběn 經商做生意的老本◇血本無歸 | 不惜血本，削價出售。

【血肉】xuèròu ①血液和肌肉◇血肉橫飛。②比喻非常密切的關係◇血肉相連。

【血洗】xuèxǐ 像用血洗過一樣。比喻極殘暴的屠殺。

【血氣】 xuèqì ① 精力◇血氣方剛。② 血性，剛毅的氣概◇富有血氣的青年。

【血案】 xuè'àn 傷人、殺人的案件。多指殺人。

【血書】 xuèshū 用自己的鮮血寫成的文字，表示仇大、冤深或志向堅決。

【血液】 xuèyè ① 流動於心臟和血管的不透明的紅色液體，由血漿、血細胞、血小板構成◇血液循環。② 比喻事物的重要組成部分◇公司亟需吐故納新，吸收新鮮血液。

【血統】 xuètǒng 血緣，祖先同後代、父母同子女之間的連續關係。

【血債】 xuèzhài 殘殺無辜的罪行，像欠債一樣，必須償還◇血債要用血來還。

【血腥】 xuèxīng 血液的腥臊味。比喻流血的或非常殘酷的◇血腥鎮壓｜血腥暴行。

【血漬】 xuèzì 血跡◇衣物上有血漬。

【血緣】 xuèyuán 血統◇血緣關係｜血緣相近。

【血口噴人】 xuèkǒupēnrén 比喻栽贓嫁禍或誣衊別人。同 含血噴人。

【血雨腥風】 xuèyǔ xīngfēng 比喻紛爭、戰亂，極不太平。

4 **衃** pēi 粵pui^{1} 胚 凝聚的血◇衃血。

4 **衄〔衂〕** nǜ 粵nuk^{6} ①鼻孔出血◇鼻衄。②泛指出血◇齒衄。③戰敗；挫折◇衄折｜衄挫。

15 **衊（蔑）** miè 粵mit^{6} 滅 造謠破壞他人的名譽◇污衊。

18 **衋** xì 粵sik^{1} 色 悲傷；痛。

行部

0 **行** 〈一〉xíng 粵hang^{4} 恆 ①走◇讀萬卷書，行萬里路。②外出；遠走◇千里之行，始於足下。③出行的；同出行有關的◇行旅｜行蹤｜行期。④運行；轉動◇日月之行。⑤流通；傳遞◇發行｜推行。⑥流動的；臨時的◇行商｜行宮。⑦做；從事某項活動◇執行｜行善。⑧能幹◇你真行！⑨將，將要◇行將竣工。⑩可以◇行還是不行？⑪古詩體裁之一◇《琵琶行》|《兵車行》。⑫漢字字體之一◇行書｜行草。

〈二〉xíng 粵hang^{6} 幸 品行；行為◇德行｜罪行。

〈三〉háng 粵hong^{4} 杭 ①行列◇雁行｜垂柳成行。②行業◇三百六十行。③店鋪；營業機構◇車行｜銀行。④量詞。排成一列的，叫一行◇兩個黃鸝鳴翠柳，一行白鷺上青天。

〈四〉háng 粵hong^{6} 巷 排行；兄弟姐妹出生的次序◇你行三？

【行人】 xíngrén 在路上走着的人◇清明時節雨紛紛，路上行人欲斷魂。

【行止】 xíngzhǐ ① 行蹤◇行止不定。② 行為舉止；品行◇行止放蕩｜行止不端。

【行文】 xíngwén ① 所寫的文句、文章；文字的組織、表達◇行文簡練流暢。② 向下屬或有關方面發公文◇行文各縣。

【行令】 xínglìng 行酒令，喝酒時比輸贏的遊戲◇喝酒行令。

【行市】 hángshi 行情，市場上商品的總體價位及其變化趨勢◇先看看行市再説吧。

【行刑】 xíngxíng ① 施以刑罰。② 執行死刑。

【行列】 hángliè ① 人或物排列成的直行或橫行◇進入高科技行列｜排成整齊的行列。② 指隊伍◇站在行列的最前面。

【行伍】 hángwǔ 古代軍隊編制五人為“伍”，二十五人為“行”。後借指軍隊◇行伍出身｜在行伍混了十年。

【行色】 xíngsè 出行前後人的情態或所處環境的氣氛◇行色匆匆｜眾人舉酒，壯其行色。

【行走】 xíngzǒu ① 步行，走路◇沿着小路行走。② 走動◇愛護家園，不要在草坪上行走。

【行李】 xíngli 旅行攜帶的包裹、箱子等物。

【行者】 xíngzhě ① 離家外出的人。② 出家而未曾剃度的佛教徒。

【行事】 xíngshì 做事，辦事，處理問題◇見機行事｜謹慎行事｜草率行事。

【行刺】 xíngcì 暗殺。

【行使】 xíngshǐ 執行；使用◇行使職權｜行使否決權。

【行政】 xíngzhèng ① 依照法定權限管理政府各級權力機構負責的事務。② 指進行行政管理方面的◇行政經費｜行政人員｜行政事務。

【行星】xíngxīng 太陽系裏沿軌道環繞太陽運行的天體。本身不發光，反射出的太陽光使它發亮。國際天文學聯合會為行星下的定義是：在一條圍繞太陽的軌道上運行，而不是圍繞另一顆行星運行；擁有足夠的質量，得以靠自身的引力保持球體狀態；必須能支配它自己運行軌道的天體。太陽系有八大行星，依次是水星、金星、地球、火星、木星、土星、天王星和海王星，木星最大，土星次之。

【行為】xíngwéi 人的一舉一動；人所做出的事情◇行為光明磊落。

【行軍】xíngjūn 軍隊攜帶作戰裝備向指定的目的地進發◇急行軍｜強行軍。

【行時】xíngshí ① 走運；得勢◇人老了，不行時啦！㊎ 背時、悖時。② 時興；流行當世◇你穿的這件上衣現在正行時。

【行徑】xíngjìng ① 通行的小路。② 人的所做所為。含貶義◇無恥行徑｜侵略行徑。

【行旅】xínglǚ ① 出行；旅行◇行旅艱辛。② 走遠路的人；來往的旅客◇接待行旅。

【行酒】xíngjiǔ 依次斟酒、勸飲◇行酒猜枚。

【行家】hángjia 深刻了解某一領域的業務並精通該業務的人◇向行家請教。

【行宮】xínggōng 建在京都以外，供帝王臨時居住和處理事務的宮室◇承德避暑山莊是清帝避暑的行宮。

【行書】xíngshū 漢字字體的一種。形體和筆勢介於草書和楷書之間。

【行動】xíngdòng ① 行走，動作◇人過七十，行動就遲緩多了。② 所採取的步驟或舉措◇祕密行動｜軍事行動。③ 行為；舉動◇行動反常｜失去行動自由。

【行貨】hánghuò ① 指質地粗糙的服裝、器具等日用百貨。② 指獲得生產商許可在指定地區銷售的產品◇行貨手機｜水貨衝擊行貨市場。

【行商】xíngshāng ① 經商；做買賣◇一年三百六十天都在外行商。② 沒有固定營業場所的商人◇行商坐賈。

【行情】hángqíng ① 市場上某類商品的總體價位及變化趨勢◇小麥的行情｜有色金屬的行情。② 金融市場上利率、匯率、股票、債券等金融品種的總體狀況◇國債行情看漲。

【行程】xíngchéng ① 路程◇行程萬里。② 比喻事物的進程◇歷史發展的行程。③ 旅行的日程◇行程早就安排定了。

【行聘】xíngpìn 舊俗，訂婚時男家向女家致送聘禮。

【行業】hángyè 工商業或職業的類別◇服務行業｜建築行業｜金融行業。

【行當】hángdang ① 職業；行業◇幹這行當已經三十年了。② 戲曲演員專業分工的類別，根據角色類型劃分，如京戲有生、旦、淨、丑等行當。

【行賄】xínghuì 用財物買通人◇向人行賄。

【行路】xínglù ① 供眾人通行的道路。② 走路◇行路難。

【行會】hánghuì 舊時城市中從事同一行業的商人、小生產者建立的組織，借以保障本身的利益◇每個行會都有自己的行規。

【行話】hánghuà 各行業內所特有的專門用語◇別跟我說那些行話。

【行裝】xíngzhuāng 旅行攜帶的衣物、用品等◇整理行裝。

【行駛】xíngshǐ 車、船等交通工具向前開。

【行輩】hángbèi 輩分◇我們幾個人，他行輩最大。

【行樂】xínglè 尋歡作樂；消遣娛樂。

【行頭】xíngtou ① 戲曲演員演出時所用的服裝和道具。② 泛指服裝◇這兩年沒買新行頭。

【行轅】xíngyuán ① 行營。② 高級行政首腦出行在外，臨時駐足處理政務的地方。

【行營】xíngyíng ① 臨時紮下的軍營。② 出征時軍事長官辦公的地方。

【行禮】xínglǐ 作出表示致敬的姿勢◇向國旗行禮｜行大禮。

【行藏】xíngcáng ① 指做官或退隱。藏，不露面◇用捨行藏。② 行跡；底細◇早就識破她的行藏了。

【行醫】xíngyī 從事醫生工作◇世代行醫｜在貧苦社區義務行醫多年。

【行蹤】xíngzōng 行動的蹤跡，在不斷轉移中出沒的身影（多指暫時停留的地方）◇行蹤飄忽｜行蹤不定。

【行獵】 xíngliè 打獵◇到深山去行獵。

【行騙】 xíngpiàn 用謊言或圈套進行詐騙活動◇結夥行騙。

【行囊】 xíngnáng 旅行所用的背包或袋子◇身背行囊。

【行若無事】 xíngruòwúshì ① 在緊要關頭鎮靜如常，好像沒事一樣。② 對所發生的事聽之任之，毫無反應。㊎ 驚慌失措、六神無主。

【行屍走肉】 xíngshī zǒuròu 行屍，可以走動的屍體；走肉，可以走動但沒有靈魂的軀體。比喻無所作為，徒具形骸，庸庸碌碌過日子的人。

【行將就木】 xíngjiāngjiùmù 快要進棺木了。說人臨近死亡。㊐ 風燭殘年。

【行雲流水】 xíngyún liúshuǐ 飄浮的雲，流動的水。① 比喻詩文自然飄逸，不受拘束◇人如閒雲野鶴，文如行雲流水。② 比喻無足輕重，轉眼即逝的事物◇我向來不看重高官厚祿，不外是行雲流水，過眼輕煙。

【行遠自邇】 xíngyuǎnzì'ěr 走遠路必須從最近的一步開始。比喻凡事都要從頭做起，扎扎實實，一步步做下去。出自《禮記·中庸》："君子之道辟如行遠必自邇，辟如登高必自卑。"

【行行出狀元】 hánghángchūzhuàngyuán 喻指每種職業都能湧現傑出的人才◇三百六十行，行行出狀元。

3 **衎** kàn ㊥hon[3] 漢 ①快樂。②剛直。

3 **衍** yǎn ㊥jin[2] 演 ①孳生；蔓延；擴展◇繁衍｜敷衍成文。②多餘的（文字）◇衍文。③低而平坦的土地◇平衍的沃野。

【衍文】 yǎnwén 古代書籍因抄寫、刻版錯誤而多出來的字或詞句。

【衍生】 yǎnshēng ① 繁衍生息。② 在演進變化中產生出來的◇溫室效應衍生了很多環境問題。③ 一種化合物與其他原子或原子團發生化學置換反應派生出新的化合物，叫作衍生。

【衍變】 yǎnbiàn 演變。

4 **衏** háng ㊥hong[4] 杭【衏衏】hángyuàn 舊時指妓院。也指妓女。也作"行院"。

5 **術（术）** shù ㊥seot[6] 述 ①方法；策略◇戰術｜權術。②技藝；學術◇醫術｜不學無術。

【術士】 shùshì ① 方士，從事占卜、星相、求仙、煉丹等活動的人◇江湖術士。② 古代指儒生◇焚詩書，坑術士。

【術科】 shùkē 技術科目，多指體育、美術、音樂等。

【術語】 shùyǔ 各學科的專門用語◇天文術語｜地質地理學的術語。

6 **街** jiē ㊥gaai[1] 佳 ①街道；城鎮中兩邊有建築物的道路◇走街串巷。②集市◇趕街。

【街市】 jiēshì ① 商店較多的市區◇街市整潔。② 方言。集中售賣蔬菜、禽、肉、魚、蛋、水果等食物的地方。

多樣表達：街市

市井 里巷 弄堂 衚衕 街巷 街道 鬧市街區 市區 城區 社區 商業區 住宅區 步行街 金融區 貧民區 棚戶區 貧民窟

【街坊】 jiēfang 鄰居◇街坊鄰居｜我倆從小就是街坊。

【街道】 jiēdào ① 兩旁有房屋、商店，比較寬闊的道路◇寬闊的街道。② 關於街道居民的◇街道辦事處。

【街頭】 jiētóu 街；街上面◇十字街頭｜露宿街頭。

【街燈】 jiēdēng 路燈。

【街衢】 jiēqú 城市中四通八達的道路。

【街談巷議】 jiētán xiàngyì 大街小巷人們的談說議論◇街談巷議也是輿論。

【街頭巷尾】 jiētóu xiàngwěi 街巷，大街小巷◇叫賣聲響徹街頭巷尾。

6 **衖** 〈一〉lòng ㊥lung[6] 弄 同"弄"。民居小巷◇里衖｜衖堂。

〈二〉xiàng ㊥hong[6] 項 同"巷〈一〉"。

7 **衙** yá ㊥ngaa[4] 牙 衙門，舊時稱官署◇縣衙｜官衙。

【衙內】 yánèi ① 唐代擔任警衛的官員，多以官府子弟充任。② 指官府子弟。

【衙役】 yáyì 舊時稱在衙門中當差的人。

【衙門】 yámen 舊時官員處理政務的所在地◇八字衙門朝南開，有理無錢莫進來。

【衙署】 yáshǔ 官署；衙門。

9 **衚** hú 粵wu4 湖【衚衕】hútòng 小巷；街巷◇北京的衚衕，上海的弄堂，風情各不相同。

9 **衝〔冲〕**〈一〉chōng 粵cung1 充 ①通向四方的重要地方◇要衝。②向前勇猛突進◇衝殺|衝鋒陷陣。③強有力地向上升；強力向上◇氣衝霄漢|怒髮衝冠。④大力碰撞◇衝突|衝撞。⑤抵消◇衝賬|衝銷。

〈二〉chòng 粵cung3 充3/cung1 充 ①力量大；氣勢猛◇勁兒用得太衝了|她這人説話就是這麼衝。②向着；對着◇大門衝南|別衝她發火。③憑；依據◇衝你這樣子，還能掙得到錢？④用機械壓、鑽◇衝牀|小心點，別衝壞了。

【衝口】chōngkǒu 不加思索地説出◇衝口而出。

【衝子】chòngzi 一種打眼用的金屬工具。同銃子。

【衝天】chōngtiān ① 直向天空◇火光衝天。② 比喻情緒昂揚或激烈◇幹勁衝天 | 怒氣衝天。

【衝犯】chōngfàn 頂撞、冒犯對方◇剛才的話衝犯了你，很對不起。

【衝決】chōngjué ① 水流衝垮堤防。② 比喻突破屏障或束縛◇衝決攔截的人牆 | 衝決舊觀念的束縛。

【衝刺】chōngcì ① 賽跑臨近終點時突然加速向前猛衝◇向終點衝刺。② 比喻事情做到最後階段加緊做出努力。

【衝要】chōngyào ① 要衝。軍事或交通的重要之地◇軍事衝要 | 交通衝要。② 比喻重要事務、重要職位◇久任衝要之職。

【衝勁】chòngjìn 猛烈的勁頭◇有這股衝勁，不怕不成功。

【衝突】chōngtū ① 存在矛盾，互相抵觸◇他説的話前後衝突。② 發生爭執、爭鬥或小規模戰鬥◇邊境衝突 | 兩人一時口角衝突起來。

【衝動】chōngdòng ① 引起某種動作或反應的神經興奮。② 情緒受一時刺激，不能理智地控制自己◇一時衝動，説了幾句錯話。

【衝撞】chōngzhuàng ① 衝擊碰撞◇旅遊巴士與貨櫃車衝撞上了。② 冒犯◇不料這句話竟衝撞了上司。

【衝壓】chòngyā 用衝牀進行金屬加工◇衝壓模具。

【衝鋒】chōngfēng 向敵人迅猛衝擊◇衝鋒陷陣。

【衝擊】chōngjī ① 勇猛進攻◇向敵陣發起最後衝擊。②（水流、氣流等）猛烈撞擊◇山洪衝擊巨石發出轟雷似的響聲。③ 為奪取某項成果而全力以赴◇衝擊世界紀錄。④ 干擾，使不能正常運作◇衝擊樓市、股市。

9 **衛(卫)** wèi 粵wai6 慧 同"衞"。

10 **衡** héng 粵hang4 恒 ①秤杆。泛指秤重量的器具◇衡權。②秤重量。引申為掂量、比較◇衡其輕重|權衡得失。③平；不傾斜◇均衡|平衡。④架在屋梁或門窗上的橫木。

【衡宇】héngyǔ 簡陋的房屋。泛指屋宇◇乃瞻衡宇，載欣載奔。

【衡量】héngliáng ① 比較；評定◇衡量優劣。② 考慮；斟酌◇這件事我衡量過，還是不同他們合作為好。

【衡器】héngqì 稱重量的器具，如秤、天平等。

10 **衞〔衛〕(卫)** wèi 粵wai6 慧 ①保衞；護衞◇守衞|捍衞。②擔任保衞的人◇警衞|門衞。③明代軍隊的駐防區，每一防區設"衞"。後用以稱"衞"的所在地◇威海衞|天津衞。

【衞士】wèishì 負責警衞的兵士。

【衞生】wèishēng ① 清潔乾淨◇養成良好的衞生習慣。② 合乎清潔標準的環境狀況◇你們這裏的衞生搞得不錯。

【衞戍】wèishù 警衞和守備（多用於首都）◇衞戍部隊。

【衞兵】wèibīng 擔任警戒、護衞工作的士兵。

【衞星】wèixīng ① 圍繞着行星運行的天體。本身不發光，靠反射太陽光發亮。如地球的衞星月球。② 指人造衞星◇氣象衞星。③ 比喻像衞星環繞某個中心運行那樣的事物◇衞星城。

【衞冕】wèimiǎn 比賽中保持住上次獲得的冠軍稱號◇衞冕成功。

【衞道】wèidào ① 護衞正統觀念。② 指維護舊道德、舊觀念、舊制度◇衛道士。

【衛護】wèihù 護衛。保衛，捍衛保護。

18 衢 qú 粵keoi4 渠 四通八達的大路◇通衢。

衣部

0 衣 〈一〉yī 粵ji1 伊 ①衣服◇衣冠|豐衣足食。②包在物體外面那一層薄的東西◇糖衣|筍衣。

〈二〉yī(舊讀yì) 粵ji3 意 穿，着◇衣錦還鄉。

【衣衫】yīshān 衣服；外衣◇衣衫襤褸。

【衣冠】yīguān ① 衣服和帽子。泛指衣着穿戴◇衣冠塚|衣冠楚楚。② 穿衣戴帽◇衣冠禽獸。

【衣缽】yībō ① 佛教僧尼傳授給弟子的袈裟和缽盂◇衣缽相傳。② 指傳授下來的學問、思想、技能等◇繼承衣缽。

【衣着】yīzhuó 指衣服、帽子、鞋、襪等身上穿戴的東西◇衣着入時|衣着樸素。

【衣裳】yīshang 古代上衣叫"衣"，下裙叫"裳"。後世統稱衣服為衣裳。

【衣不解帶】yībùjiědài 不脫衣，不解帶。形容草草睡覺，十分操勞。

【衣食父母】yīshífùmǔ 供給衣食的人。比喻賴以為生的人或事物◇客戶就是公司的衣食父母。

【衣冠禽獸】yīguān qínshòu 形容人所做所為形同禽獸，極其惡劣。

【衣錦還鄉】yījǐnhuánxiāng 做官或富貴之後，重返故里(向鄉親父老炫耀)。同 衣錦榮歸。

2 表 biǎo 粵biu2 標2 ①外面，外層◇由表及裏。②表示，顯示◇深表同情。③榜樣◇為人師表。④分類排列記錄事項的表格◇登記表。⑤測量用的儀器◇電表|儀表。⑥表親◇表叔|表兄妹。⑦古代奏章的一種。後也泛稱用於較重大事件的文體◇陳情表|論佛骨表|賀表|戰表|降表。⑧中醫稱用藥物把體內所受的風寒發散出來◇表汗|受了涼，最好服藥表一表。

【表示】biǎoshì ① 用言語、行為表明思想、感情、態度等◇表示同情|表示慰問。② 事物本身或憑藉其他事物顯示出來的某種意義◇紅燈表示停止。③ 顯示出思想感情的言語、動作或神情◇沉默就是同意的表示。④ 指表達感謝之情的禮物等◇一點兒表示，不成敬意。

【表白】biǎobái 向別人說明(自己的意思、想法等)◇表白心意。

【表決】biǎojué 由法定成員通過投票、舉手、口頭表示等方式表明贊成、反對或棄權，並以多數的意見作為決定。

【表明】biǎomíng 明白表示；表達清楚◇表明心跡|表明觀點。

【表述】biǎoshù 表達，陳述◇用簡明的文字來表述抽象的概念。

【表面】biǎomiàn ① 物體的外層◇月球表面有環形山。② 事物的外在現象◇表面上氣壯如牛，實際上膽小如鼠。

【表格】biǎogé 用格子分立若干欄目，供分類填寫文字或數字內容的書面材料。

【表現】biǎoxiàn ① 明白地顯示出來◇表現出不服輸的頑強精神。② 故意顯示自我。含貶義◇好表現自己。③ 言行中所顯示的狀況◇他的表現很不錯。

【表率】biǎoshuài 榜樣。

【表情】biǎoqíng ① 表達內心的感情◇表情達意。② 面部或肢體表現出的感情◇臉上流露出激動的表情。

【表揚】biǎoyáng 公開讚揚◇表揚優秀學生。

【表象】biǎoxiàng 人已感知過的客觀事物在腦中再現的形象，是感性認識的高級形式。

【表達】biǎodá 用語言文字或行動把思想、感情表示出來◇表達謝意|送一束紅玫瑰表達愛情。

【表彰】biǎozhāng 隆重地表揚(功績、事跡等)◇表彰優秀員工。

【表演】biǎoyǎn ①(戲劇、舞蹈、雜技等)演出◇口技表演|精彩表演。② 做示範性的動作◇表演新的操作方法。③ 裝模作樣◇這兒不是舞台，你別再表演了。

【表態】biǎotài 表示對人或事情的態度◇就事件表態|遲遲不表態。

【表露】biǎolù 思想、感情、想法顯現出來◇他不停地顫抖，表露出內心緊張。

2 **初** chū 粵co1磋 ①開始；開始的階段◇初春|年初。②第一個；第一次◇初賽。③最低的◇初級|初等。④原來的；原來的情況◇初衷|和好如初。⑤姓。

【初交】chūjiāo 認識不久或交往時間很短的朋友。

【初步】chūbù 開始階段的；不完備的◇選舉結果初步揭曉。

【初度】chūdù 剛生下來的那個時候。也指生日◇五十初度。

【初衷】chūzhōng 原來的心願；當初的心願◇不改初衷|初衷並非如此。

【初創】chūchuàng ①剛成立起來；開始創立◇學校初創，校舍比較差。②處於起步階段的企業，強大的發展潛力會為市場和傳統行業帶來刺激。（英 Start Up）

【初試】chūshì ①第一次試驗◇載人航天飛行初試即告成功。②第一次考試◇報考戲劇學院，初試已經通過。

【初戀】chūliàn 第一次戀愛◇沉浸在初戀的幻想中。

【初出茅廬】chūchūmáolú 東漢末年，諸葛亮隱居於南陽的茅草屋，經劉備三次邀請，答應出來輔佐劉備。初掌兵權，便大破曹（操）軍，被稱做"初出茅廬第一功"。後比喻剛出來工作，閱歷不深。

【初生之犢不怕虎】chūshēngzhīdúbúpàhǔ 剛生下來的牛犢（小牛）不怕老虎。比喻青年人勇敢膽大，無所畏懼。

3 **衫** shān 粵saam1三 單上衣◇襯衫|羊絨衫。

3 **衩** 〈一〉chǎ 粵caa3詫 見"褲衩"。〈二〉chà 粵caa3詫 衣裙下邊開的口◇裙子開衩太高。

4 **袁** yuán 粵jyun4元 姓。

4 **衾** qīn 粵kam1襟 大被子◇布衾|同枕共衾。

4 **衰** 〈一〉shuāi 粵seoi1雖 ①弱而不強◇未老先衰。②由強變弱；減退；減少◇衰退|衰減。

〈二〉cuī 粵ceoi1吹 古代用粗麻布做的一種喪服，披在胸前。

【衰亡】shuāiwáng 由衰落直到滅亡◇自行衰亡|朝代從興起到衰亡，不足二十年。

【衰老】shuāilǎo 因年老，身體、精力越來越弱◇日漸衰老|抗衰老的藥物。

【衰朽】shuāixiǔ ①衰老無用◇衰朽殘年。②衰敗沒有生氣◇一座衰朽的古城。

【衰退】shuāituì 一步步減弱；逐漸趨向衰微◇經濟衰退|記憶力衰退。

【衰弱】shuāiruò ①不強壯，虛弱◇體質衰弱。②由強轉弱◇神經衰弱|氣勢衰弱。

【衰敗】shuāibài 衰落；敗壞◇事業衰敗|王朝逐漸衰敗。同 衰頹 反 興盛。

【衰萎】shuāiwěi ①衰落萎縮◇股市衰萎。②枯萎◇大片森林衰萎。

【衰殘】shuāicán 衰老◇衰殘的身體。

【衰敝】shuāibì 衰落破敗◇生產衰敝。

【衰減】shuāijiǎn 減弱；減退◇視力衰減。

【衰落】shuāiluò 由興盛轉向沒落；由強大轉為弱小◇家境日益衰落|國力衰落。

【衰微】shuāiwēi 衰敗，不興旺◇國力衰微。

【衰竭】shuāijié ①生理機能嚴重減弱以致喪失◇心力衰竭|腎功能衰竭。②減退到淨盡◇士氣衰竭。

【衰頹】shuāituí 越來越頹廢；衰落頹敗◇精神衰頹|家業衰頹。

【衰謝】shuāixiè ①敗落◇家道衰謝。②凋謝◇深秋季節，花葉衰謝。

【衰變】shuāibiàn 放射性元素放射出粒子後，轉變成另一種物質的物理變化過程。同 蛻變。

4 **衷** zhōng 粵zung1忠/cung1充 ①內心◇苦衷|言不由衷。②正中不偏◇折衷。③決斷◇莫衷一是。

【衷心】zhōngxīn 出自內心的◇衷心感謝|衷心希望合作成功。

【衷曲】zhōngqū 心事◇互相傾吐衷曲。同 衷腸。

【衷情】zhōngqíng 真情；內心的情感◇吐露衷情|互訴衷情。

【衷腸】zhōngcháng 內心的話◇暢敘衷腸。

4 **衲** nà 粵naap^{6} 納 ①縫補◇百衲衣|衣皆自衲。②密密地縫◇衲鞋底。③和尚的衣服◇破衲芒鞋。④和尚自稱◇老衲。

4 **衽**〔袵〕rèn 粵jam^{6} 任 ①衣襟。②睡覺用的蓆子◇衽蓆。

4 **衿** jīn 粵gam^{1} 今/kam^{1} 襟 ①衣服的領子◇青青子衿，悠悠我心。②繫衣裳的帶子。

4 **袂** mèi 粵mai^{6} 米^{6} 衣袖◇衣袂|聯袂。

5 **袋** dài 粵doi^{6} 代 ①用軟性材料製成、軟而薄的有口盛器◇手袋|衣袋|麻袋|塑料袋。②量詞。用於成袋的東西◇一袋米|兩袋花生米。

5 **袠** zhì 粵dit^{6} 迭 同"帙"。

5 **衮** gǔn 粵gwan^{2} 滾/kwan^{2} 菌 古代君王的禮服◇衮服|華衮。

【衮衮諸公】gǔngǔnzhūgōng 指尸位素餐的眾多官僚。

5 **袤** mào 粵mau^{6} 茂 南北的長度；長度◇廣袤千里。

5 **袪** qū 粵keoi^{1} 拘 ①衣袖。②指袖口。③同"祛"。除去。

5 **袒** tǎn 粵taan^{2} 毯 ①脱下或敞開上衣，露出(身體的一部分)◇袒露|袒胸露背。②袒護；庇護◇偏袒。

【袒露】tǎnlù ①裸露◇袒露前胸。②比喻坦率地表露或流露◇袒露真情。

【袒護】tǎnhù 偏袒維護兩方中的一方。

5 **袖** xiù 粵zau^{6} 就 ①袖子，衣服套在胳膊上的筒狀部分◇衣袖|長袖善舞。②放在袖筒內◇袖着手站在那裏。

【袖珍】xiùzhēn 袖中珍藏的，可以放在衣袋裏的。形容體積小，便於攜帶◇袖珍本|袖珍照相機。

【袖章】xiùzhāng 套在或別在袖子上表示身份或職務的標誌。

【袖手旁觀】xiùshǒu pángguān 把手揣在袖子裏。比喻置身事外，不過問或不協助。

5 **袗** zhěn 粵can^{2} 診 ①單衣。②華美◇袗衣。

5 **袍** páo 粵pou^{4} 蒲 袍子，中式長外衣◇長袍|皮袍|旗袍。

5 **袢** pàn 粵paan^{3} 盼 ①同"襻"。②見"袷袢"。

5 **被** 〈一〉bèi 粵pei^{5} 婢 ①被子，睡覺時蓋在身上供保暖之用◇買了兩牀棉被。②遮蓋◇覆被。

〈二〉bèi 粵bei^{6} 鼻 ①遭受◇被難|被屈含冤。②表示被動◇被激怒的水牛|樹被狂風吹倒了。

〈三〉pī 粵pei^{1} 披 同"披"。

【被動】bèidòng ①受到外力推動才動起來◇不動腦筋的學習是被動的學習。②不能按自己的意願行動◇陷於被動|這件事之前我完全不知情，現在搞得我很被動。反 主動。

5 **袎** yào 粵aau^{3} 拗 襪筒◇襪袎高了一點兒。

5 **袈** jiā 粵gaa^{1} 家【袈裟】jiāshā 和尚身上披的法衣，用許多長方形的彩色小布片拼綴而成。

6 **裁** cái 粵coi^{4} 才 ①剪裁；切開◇裁衣|裁紙。②削減，去掉多餘的一部分◇裁軍|裁員。③控制◇制裁|獨裁統治。④作出判斷◇裁判|裁決。⑤事先考慮出的安排取捨◇別出心裁。⑥文章的格式、形式◇體裁不限。

【裁判】cáipàn ①法院依照法律條文對案件作出判斷◇法院作出的裁判是公正的。②體育競賽中，對運動員的成績和競賽中發生的問題作出評判◇合乎規則的公正裁判。③指在體育競賽中擔任評判工作的人◇主裁判|籃球裁判|國際裁判。

【裁汰】cáitài 裁減淘汰◇裁汰冗員。

【裁決】cáijué ①法定機構對案件或事件做出決定◇陪審團一致裁決被告無罪。②法定機構對案件或事件所做的決定◇尊重司法機構的裁決。③考慮決定◇我們去不去，由你裁決吧。

【裁定】cáidìng ①法院對所審理案件的案情和最終處理做出決定。②仲裁機構對所仲裁的事件做出裁決。

【裁處】cáichǔ 裁決處置◇酌情裁處。

【裁減】cáijiǎn 削減；減去一部分◇裁減軍備|裁減冗員。

【裁縫】〈一〉cáifeng 以做衣服為業的人。

(二)cáiféng 裁剪縫製◇上衣裁縫得體。

【裁斷】 cáiduàn 裁決判斷◇事情複雜，一時難以裁斷。

6 **裂** (一)liè 粵lit6 列 分開◇山崩地裂|牆裂了一條縫。

(二)liě 粵lit6 列 方言。物件相合的兩部分朝兩邊分開◇窗簾沒拉好，裂着一條縫。

【裂紋】 lièwén ① 物體、器物將要裂開的紋路◇花瓶有明顯的裂紋。② 瓷器上有意做成的像裂縫似的花紋。

【裂痕】 lièhén ① 物體、器物上輕微的裂紋。② 感情不合、關係疏遠或意見分歧的最初跡象。

【裂隙】 lièxì ① 裂開的縫隙。② 比喻感情、關係方面的隔閡◇雙方裂隙已深。同 裂痕。

【裂變】 lièbiàn ① 一個重原子核分裂成兩個質量相近的核，並放出中子，同時釋放出巨大的能量。反 聚變。② 分裂變化◇山體已裂變多年，隨時有滑坡危險。

6 **裒** póu 粵pau4 剖4 ①聚集◇裒集|裒聚。②減去；取出◇裒多益寡。

6 **袺** jié 粵git3 潔 手撩起衣襟兜東西。

6 **袱** fú 粵fuk6 服 用來包裹或覆蓋的布◇包袱。

6 **袷** (一)qiā 粵gip3 劫 見"袷袢"。

(二)jiá 粵gaap3 甲 同"袷"。雙層衣被。

【袷袢】 qiāpàn 維吾爾、塔吉克等民族穿的對襟長袍。

6 **袼** gē 粵gok3 各【袼褙】gēbei 用舊布、碎布等裱糊成的厚片，多用來做布鞋◇打袼褙。

6 **裉** kèn 粵kang3 啃 衣服靠腋下的接縫部分◇抬裉(上衣從肩頭到腋下的尺寸)。

7 **裘** qiú 粵kau4 求 ①皮衣◇狐裘|裘皮|集腋成裘(比喻積少成多)。②姓。

7 **裊(裊)〔嫋嬝〕** niǎo 粵niu5 鳥 細長柔弱◇裊娜。

【裊裊】 niǎoniǎo ① 煙氣盤旋上升的樣子◇炊煙裊裊。② 形容細長柔軟的東西擺動的樣子◇垂柳裊裊。③ 形容聲音繚繞不絕，婉轉動聽◇餘音裊裊。

【裊娜】 niǎonuó ① 形容草木細長柔軟。② 形容女子體態輕盈柔美。

【裊裊婷婷】 niǎoniǎotíngtíng 形容女子婷婷玉立，體態柔美。

7 **裏(里)〔裡〕** (一)lǐ 粵lei5 理 衣物、棉被等的內層◇被裏|衣服裏兒也是絲綢的。

(二)lǐ 粵leoi5 呂 ①裏面；內部◇家裏|從裏到外。②一定範圍以內◇夜裏|這裏|節日裏。

【裏應外合】 lǐyìng wàihé 內外相互配合。

7 **裔** yì 粵jeoi6 銳 ①後代◇後裔|華裔(在海外出生的華人)。②邊緣；邊遠的地方◇邊裔|四裔。③姓。

7 **裟** shā 粵saa1 沙 見"袈裟"。

7 **補(补)** bǔ 粵bou2 保 ①添加材料，修理破損的東西◇修補|補衣服。②補充；彌補◇補選議員|取長補短。③滋養◇滋補身體。④用處；益處◇不無小補|於事無補。

【補丁】 bǔding ① 補在衣服或其他物件破損處的東西◇衣服上有個補丁。② 堵塞電腦軟件漏洞的程序◇下載操作系統的補丁。

【補白】 bǔbái ① 報刊上填補版面空白處的短文◇為報刊趕寫一篇補白。② 補充説明◇你這幾句補白完全是多餘的。

【補考】 bǔkǎo 為未參加考試或考試不合格的人再次舉行考試◇我補考數學|她補考及格了。

【補充】 bǔchōng ① 有損失或不足時增加一部分◇補充裝備|補充兩點意見。② 在原有或主要事物之外再追加◇補充規定|補充教材。

【補足】 bǔzú 補充使足數◇補足缺額。

【補品】 bǔpǐn 補養身體的食品或藥物◇進食補品。

【補缺】 bǔquē ① 彌補缺漏◇拾遺補缺。② 補齊缺額◇招聘一人補缺。③ 候補的官員得到實職。

【補倉】 bǔcāng 投資者在持有一定數量的有價證券的基礎上，又買入同一種證券。

【補救】 bǔjiù 出了差錯或意外以後採取措施彌補；挽救◇及時補救|大海嘯造成無法補救的損失。

【補習】bǔxí 為了補足知識，在業餘或課外學習◇補習班｜補習英語。

【補報】bǔbào ① 事後報告◇改動原因容後補報。② 事後報答◇大恩大德，日後補報。

【補貼】bǔtiē ① 額外給予的◇補貼她一筆生活費。② 所補貼的費用◇補貼一到手，就去買冬裝。(同) 補助。

【補給】bǔjǐ 補充供給；後續供給◇補給線｜作戰物資急需補給。

【補過】bǔguò 彌補過失◇將功補過｜提供一個補過的機會。(同) 抵過。

【補語】bǔyǔ 動詞或形容詞後邊的一種補充成分，用來表示動作的結果或性狀的程度等。如"寫得好"的"好"，"妙得很"的"很"。

【補課】bǔkè 補學或補教所缺的功課◇那堂課我沒來，現在要補課｜為缺課的同學補課。

【補養】bǔyǎng 用富有營養的食物或藥物來滋養身體◇病後虛弱，身體需要補養。(同) 將養。

【補償】bǔcháng 補足（缺欠）；抵償（損失）◇佔用農田要補償農戶｜金錢無法補償她內心的痛苦。

7 **裋** shù ●syu^{6}樹 粗布衣服。

【裋褐】shùhè 古代貧賤的人所穿的粗布衣服。

7 **裌〔夾〕** jiá ●gaap^{3}甲 雙層的衣、被◇裌衣｜裌被。

7 **裎** 〈一〉chéng ●cing^{4}晴 裸露身子◇裸裎。〈二〉chěng ●cing^{4}晴 古代的一種對襟單衣。

7 **裕** yù ●jyu^{6}遇 ①豐富；充足◇寬裕｜豐裕｜充裕。②使富足◇富國裕民。

7 **裙〔帬裠〕** qún ●kwan^{4}羣 ①裙子，一種圍在腰部以下的服裝◇迷你裙｜石榴裙。②像裙子的東西◇圍裙｜裙褲。

7 **裝〔装〕** zhuāng ●zong^{1}莊 ①包裹；行囊◇輕裝｜整裝待發。②服裝◇時裝｜西裝｜冬裝。③修飾；打扮◇化裝。④演員化裝時穿戴塗抹的東西◇上裝｜卸裝。⑤假裝；故作◇不懂裝懂｜裝作不知道。⑥安裝；裝配◇裝電燈｜電腦已經裝好了。⑦放進◇裝箱｜舊瓶裝新酒。⑧商品包裝的式樣◇散裝｜瓶裝。⑨書籍、字畫裝訂的式樣◇線裝｜精裝｜蝴蝶裝。

【裝扮】zhuāngbàn ① 裝飾；打扮◇裝扮得十分華麗。② 打扮成的模樣◇瞧他這身裝扮，就知道是剛剛旅行回來。③ 化裝；假扮◇裝扮成農民｜把自己裝扮成好人。

【裝束】zhuāngshù ① 打扮◇學生裝束｜裝束素雅。② 整理行裝◇裝束完畢。

【裝配】zhuāngpèi 把零件或部件配合起來組成可使用的整體◇飛機裝配線｜電視機裝配好了。(同) 組裝 (反) 拆卸。

【裝修】zhuāngxiū ① 粉刷修飾房屋，或鋪設地面、安裝門窗、水電、盥洗衛生設備等◇裝修房屋。② 指各項具體的裝修內容◇你家的裝修共花了多少錢？

【裝備】zhuāngbèi ① 配備◇用新式武器裝備部隊。② 配備的武器、彈藥、機械、控制系統等◇裝備精良｜電子裝備。

【裝載】zhuāngzài ① 容納◇這輛客車可裝載四十人。② 用工具或人力把貨物裝進運輸工具去◇正往船裏裝載糧食。

【裝置】zhuāngzhì ① 安裝配置◇裝置報警器。② 構造比較複雜並有獨立功用的設備◇發電裝置｜遙控裝置。

【裝飾】zhuāngshì ① 為了美化而在人體或物體上添加東西◇舞台裝飾美觀。② 用來增加美感的物品◇有了這些裝飾，大廳更雅致了。

【裝裱】zhuāngbiǎo 裱褙字畫◇裝裱名人字畫。

【裝潢】zhuānghuáng ① 裝飾物品、房屋等，使美觀◇裝潢門面。② 物品外表的裝飾◇裝潢設計｜大廳的裝潢格調淡雅。

【裝點】zhuāngdiǎn 裝飾點綴◇裝點門面｜用鮮花裝點庭院。

【裝腔作勢】zhuāngqiāng zuòshì 故意拿腔拿調，做出某種姿態◇你別裝腔作勢嚇唬人。(同) 拿腔作勢。

【裝模作樣】zhuāngmú zuòyàng 故意做出某種樣子給人看◇他裝模作樣地翻了幾頁書，就走了。

8 **裳** 〈一〉shang ●soeng^{4}常 見"衣裳"。〈二〉cháng ●soeng^{4}常 古人穿的下衣◇綠衣黃裳。

8 **裴** péi 粵pui4 陪 姓。

8 **製(制)** zhì 粵zai3 制 ①剪裁(衣服)。②做;造◇製鞋|製藥|精製。③指著述、作品◇巨製|佳製。

【製作】zhìzuò ①製造◇手工製作|製作模型。②寫作;創作◇製作電視節目。

【製品】zhìpǐn 製造出來的物品◇生物製品|音像製品。

【製造】zhìzào ①把原料加工成物品◇製造工藝|製造飛機。②造成某種氣氛或局面◇製造糾紛|製造混亂。

【製程工藝】zhìchénggōngyì 在生產中央處理器過程中集成電路的精細度,即集成電路內每一個電路間的距離。

8 **裹** guǒ 粵gwo2 果 ①包紮;纏繞◇包裹|急風裹着塵沙|濕褲子裹住他的腿。②使捲入;使夾雜進去◇裹脅|急流裹着泥沙向下沖。

【裹脅】guǒxié ①使用威脅逼迫的手段,使對方為己所用◇裹脅他人犯罪。②受脅迫不得不跟從對方被其利用◇把被裹脅的人分化出來。

【裹足不前】guǒzúbùqián 腳被纏住,邁不開步。比喻停止不前。

8 **裱** biǎo 粵biu2 表 用紙、布或絲織品把書、畫等襯托粘糊或加以修補◇裝裱|裱字畫。

【裱褙】biǎobèi 以特定的紙或絹等絲織品粘合起來作襯托,把字畫裝飾起來(或修補字畫),使之美觀和得到保護。裝飾、修整字畫的正面,叫作"裱";用未染色的紙或絹等絲織品,在字畫的背面層層粘起來,襯托住字畫,使之平整、堅挺、耐久,叫作"褙"。

8 **褂** guà 粵gwaa3 掛 中式的單上衣◇褂子|大褂|長袍馬褂。

8 **褚** (一)chǔ 粵cyu2 杵 姓。(二)zhǔ 粵zyu5 柱 ①絲綿衣服。②在衣服裏鋪絲綿。③口袋。

8 **裲(裲)** liǎng 粵loeng5 兩【裲襠】liǎngdāng 古代指背心。

8 **裸〔躶臝〕** luǒ 粵lo2 倮 沒有遮掩;露出◇裸體|裸露|赤裸裸|裸子植物。

【裸露】luǒlù 沒有遮蓋;露在外面◇上身裸露|電線老化,銅線裸露出來了。

8 **裼** (一)tì 粵tai3 替 裹嬰兒的小被子。(二)xī 粵sik3 脫去上衣,露出身體的一部分◇袒裼。

8 **裨** (一)bì 粵bei1 悲 ①彌補◇裨補闕漏。②補益◇裨益|於事無裨。(二)pí 粵pei4 皮 輔佐的;副◇裨將。

【裨益】bìyì 補益;幫助◇大有裨益|有所裨益。

8 **裯** chóu 粵cau4 酬 單層的被子。又泛指被子◇衾裯。

8 **裾** jū 粵geoi1 居 ①衣服的前襟或後襟◇裾長曳地。②衣服寬大◇裾衣博袍。

8 **裰** duō 粵zyut3 輟 ①縫補衣服◇補裰。②見"直裰"。

9 **褒〔襃〕** bāo 粵bou1 煲 ①(衣服)寬大◇褒衣博帶。②誇獎;讚揚◇褒獎|褒貶。

【褒揚】bāoyáng 稱讚表揚◇褒揚先進,鞭策後進。同 讚揚。

【褒貶】bāobiǎn 讚美或貶低;評論好壞優劣◇褒貶不一|妄加褒貶。

【褒義】bāoyì 詞句裏面所含的讚許或表揚的意思◇褒義詞。

【褒獎】bāojiǎng 表揚並獎勵◇褒獎優秀學生。

9 **褎〔褏〕** xiù 粵zau6 袖 同"袖"。

9 **褙** bèi 粵bui3 貝 把布或紙一層層地粘貼在一起◇裱褙|糊袼褙。

9 **褐** hè 粵hot3 喝 ①粗布或粗布衣服◇褐衣|裋褐。②黑黃色◇褐煤|茶褐色。

多樣表達:褐色
栗色 茶褐色 茶色 深褐色 古銅色 赤褐 紅褐

9 **複(复)** fù 粵fuk1 福 ①再一次;重複◇複寫|複製|複本。②不單一;繁雜◇複姓|複雜。

【複本】fùběn 同一種書刊或文件,收藏不止一部時,第一部以外的稱為複本。同 副本 反 正本。

【複句】fùjù 由兩個或兩個以上有密切關係的

單句構成的句子。如“天晴了，路也乾了。”一個複句只有一個句終語調，有一個結句的標點。

【複印】fùyìn ①照原樣重印。②特指用複印機依照原樣複製。

【複姓】fùxìng 不止一個字的姓，如司馬、諸葛、上官、歐陽等。

【複述】fùshù 把自己説過的或別人説過的話重説一遍◇複述電影內容。

【複寫】fùxiě 把複寫紙夾在兩張或幾張紙之間書寫，可同時寫成一式多份。

【複線】fùxiàn 軌道交通工具使用的兩組或多組線路的軌道，相對方向可以同時行車◇東鐵複線鐵路。

【複雜】fùzá（種類或頭緒）繁多雜亂◇關係複雜｜錯綜複雜。㊀ 單純。

【複音詞】fùyīncí 有兩個或兩個以上音節的詞，如“健康、甜絲絲”等。

9 **褓**〔緥〕bǎo 粵bou2 保 見“襁褓”。

9 **褕** yú 粵jyu4 餘 ①（衣服）華美◇褕衣甘食。②見“襜褕”。

9 **褌**（裈）kūn 粵gwan1 軍 古稱有襠的褲子。

9 **褊** biǎn 粵bin2 扁 狹小；狹隘◇褊小｜褊窄。

【褊狹】biǎnxiá ①（地域、面積等）狹小◇土地褊狹。㊀ 廣闊。②（氣量、見識等）狹隘◇心胸褊狹。㊀ 開闊。

9 **褘**（祎）huī 粵fai1 揮 古代皇后穿的一種祭服。衣上有野雞的圖案。

10 **褭**（袅）niǎo 粵niu5 鳥 同“裊”。

10 **褰** qiān 粵hin1 牽 掀起；撩起◇褰帷｜褰衣｜褰裳渡河。

10 **褡** dā 粵daap3 答【褡褳】dālian ①中間開口，兩頭裝東西的長口袋，大的搭在肩上，小的拴在腰間。②中國式摔跤運動所穿的用多層厚布製成的上衣。

10 **褥** rù 粵juk6 肉 褥子，牀上鋪墊的東西。一般用布套着棉絮或用獸皮等製成◇被褥｜牀褥。

10 **褟** tā 粵taap3 塔 ①貼身的單衣◇汗褟。②在衣物上鑲花邊◇褟花邊。

10 **褫** chǐ 粵ci2 齒 ①剝去衣服。②剝奪◇褫奪｜褫職。

【褫奪】chǐduó 依據規定或法律剝奪◇褫奪公民權。

10 **褯** jiè 粵zik6 夕【褯子】jièzi 嬰兒的尿布。

10 **褲**（裤）〔袴〕kù 粵fu3 庫 穿在腿和腰部以下的服裝◇長褲｜短褲｜絨褲｜牛仔褲｜西裝褲。

【褲衩】kùchǎ 貼身穿的短褲。

10 **褪** 〈一〉tuì 粵teoi3 退 ①脱下衣裝◇她褪去外衣。②顏色、痕跡等變淡或消失◇褪了色的軍裝｜牆上的墨跡還沒有褪去。③脱落；剝落◇小鴨褪了黃毛｜桌子褪了漆，顯得很舊。

〈二〉tùn 粵tan3 吞3 退縮身體某部分，使套着的東西脱離下來◇褪下手鐲｜褪下一隻袖子。

10 **褦** nài 粵naai6 乃6【褦襶】nàidài 衣服粗重寬大，比喻不懂事◇褦襶子（不懂事的人）。

11 **褻**（亵）xiè 粵sit3 泄 ①貼身的（衣服）◇褻衣。②侮辱；不敬重◇褻瀆｜狎褻。③淫穢◇褻語｜猥褻。

【褻瀆】xièdú 也作“褻黷”。輕慢；不恭敬◇褻瀆尊長｜褻瀆神靈。

11 **襄** xiāng 粵soeng1 商 幫助；協助◇襄助｜襄理｜共襄義舉。

【襄助】xiāngzhù 幫助；從旁協助◇鼎力襄助。

【襄理】xiānglǐ ①協助辦理◇襄理軍務。②銀行、企業中協助經理主持業務的人，類似“經理助理”。

【襄贊】xiāngzàn 襄助；贊助◇同心襄贊。

11 **襀**（𫌀）jī 粵zik1 即 衣服中褶。

11 **褳**（裢）lián 粵lin4 連 見“褡褳”。

11 **褾** biǎo 粵biu2 表 ①袖口。②衣服等的組邊。③同“裱”。用絲織物裱糊書畫。

11 **褸**（褛）lǚ 粵leoi5 旅 見“襤褸”。

11 **襀(𫌀)** kuì 粵kui² 繪 ①用繩子、帶子等拴成的結◇活襀。②拴；繫◇把牲口襀上。

11 **襁〔繈〕** qiǎng 粵koeng⁵ 鏹 背負嬰兒的背帶或布兜◇襁褓。

【襁褓】qiǎngbǎo 背嬰兒的背帶或包嬰兒的被子。泛指包嬰兒的小被子。

11 **褶** zhě 粵zip³ 接 衣裙、紡織品上的褶子或皺痕。

【褶皺】zhězhòu ①巖層受到地殼運動的壓力而形成的連續彎曲的構造形式。②皺紋◇奶奶年紀大了，滿臉都是褶皺。

12 **襆** fú 粵fuk⁶ 服 ①包裹，包袱。②覆蓋或包紮衣物等用的布單。

12 **襇(裥)** jiǎn 粵gaan² 簡 衣裙上打的褶子◇衣服打襇。

12 **襌(𫋹)** dān 粵daan¹ 單 單衣。

12 **襏(袯)** bó 粵but⁶ 撥 【襏襫】bóshì 古時指農夫穿的蓑衣之類。

13 **襟** jīn 粵kam¹ 琴¹ ①上衣或袍子的前面部分◇大襟｜對襟｜衣襟上別着一朵小花。②連襟，姐妹丈夫之間的稱呼◇襟兄｜襟弟。③心懷；抱負◇胸襟｜襟懷。

【襟抱】jīnbào 抱負；胸懷◇襟抱不凡。

【襟懷】jīnhuái 胸襟；胸懷◇襟懷坦蕩｜寬廣的襟懷。

多樣表達：襟懷

心眼 心量 心胸 心氣 心懷 宏量 度量 氣量 器量 雅量 胸懷 胸襟 襟抱

13 **襠(裆)** dāng 粵dong¹ 當 ①兩條褲腿相連的地方◇褲襠｜開襠褲。②兩腿之間的部位◇從襠底下鑽了過去。

13 **襖(袄)** ǎo 粵ou²/ngou² 懊² 有裏子的上衣◇棉襖｜夾襖｜皮襖。

13 **襝(裣)** liǎn 粵lim⁵ 臉 【襝衽】liǎnrèn ①整理衣襟，表示恭敬◇襝衽而拜。②元代以後專指婦女行禮。

13 **襜** chān 粵cim¹ 簽 【襜褕】chānyú 古代一種較長的單衣。

13 **襞** bì 粵bik¹ 碧 ①衣服上的褶子或皺紋◇皺襞。②腸胃等內臟上的褶皺◇胃襞。

14 **襤(褴)** lán 粵laam⁴ 藍 【襤褸】lánlǚ 衣服破爛◇衣衫襤褸，露宿街頭。

14 **襦** rú 粵jyu⁴ 餘 短衣；短襖◇裙襦｜繡襦。

15 **襫** shì 粵sik¹ 色 見"襏襫"。

15 **襪(袜)〔韤〕** wà 粵mat⁶ 物 襪子，貼腳穿的筒狀織物◇襪筒｜鞋襪｜線襪｜絲襪。

15 **襮** bó 粵bok³ 博 ①表露◇表襮。②外表。

15 **襬(摆)** bǎi 粵baai² 擺 衣、裙、袍下面的部分◇下襬。

16 **襲(袭)** xí 粵zaap⁶ 習 ①進攻；侵襲◇空襲｜寒意襲人｜夜風輕輕襲來。②照樣子做◇抄襲｜沿襲｜因襲陳規。③繼承◇世襲｜襲位。④量詞。用於衣被。相當於"套、件"◇一襲棉被｜一襲婚紗。

【襲用】xíyòng 沿用◇襲用老規矩。

【襲取】xíqǔ ①出其不意地攻佔◇乘夜襲取機場。②沿用◇不能一成不變地襲取前人的經驗。

【襲奪】xíduó 乘對方不備而奪取◇襲奪敵軍陣地。

【襲擊】xíjī ①出其不意地突然攻擊◇行至半路，遭到襲擊。②比喻意外侵襲◇遭遇颱風襲擊。

【襲擾】xírǎo 襲擊騷擾◇襲擾敵人的補給線。

16 **襯(衬)** chèn 粵can³ 趁 ①貼近身體的(衣服)◇襯衫｜襯褲。②在裏面或下面加上一層◇襯上一件毛衣｜下面襯一張紙。③陪襯；襯托◇映襯｜反襯。④附在鞋帽等裏面的布製品◇鞋襯｜帽襯。

【襯托】chèntuō 用一事物陪襯、對照另一事物，使其突出或顯示得更清楚◇綠葉襯托得紅花更加鮮豔。

【襯映】chènyìng 襯托比照◇寶石在陽光的襯映下，分外耀眼。

17 **襶** dài 粵daai³ 帶 見"褦襶"。

17 **襴(襕)** lán 粵laan⁴ 蘭 古時上下衣相連的服裝。

17 **穰** ráng 粵joeng6 漾 鑲◇衣服穰了。

【穰解】rángjiě 迷信的人向鬼神祈禱消除災殃。

19 **襻** pàn 粵paan3 盼 ①扣住紐扣的套，一般用布做成◇中式上衣的紐襻。②形狀或功用像襻、用以套繫的東西◇車襻｜鞋襻。③繫上；縫上◇用繩子襻上｜把開線的地方襻上幾針。

襾部

0 **西** xī 粵sai1 犀 ①西方，日落的方向◇西半球｜日落西山。②西洋；西洋式樣的◇西服｜西點｜中西結合。③指西方極樂世界◇一命歸西。④常與"東"對舉。表示到處或零散◇東遊西逛｜東拉西扯｜東一榔頭西一棒槌。⑤西班牙的簡稱。

【西天】xītiān ① 佛教徒指印度。印度古稱天竺，在中國西南方，故稱◇不到西天，取不到真經。② 佛教徒指極樂世界。

【西文】xīwén 指歐美國家語言文字◇舊文人多不諳西文。

【西方】xīfāng ① 日落的方向。② 指歐美各國◇西方文明。③ 佛教指西天◇西方極樂世界。

【西風】xīfēng ① 西面吹來的風。多指秋風◇西風漸起，桂花飄香。② 西洋風俗、文化等◇西風東漸。③ 比喻一種勢力◇東風壓倒西風。

【西施】xīshī 春秋時越國美女。據漢代趙曄《吳越春秋・勾踐陰謀外傳》中説吳越爭戰，越國敗於會稽，越王勾踐把西施獻給吳王夫差。相傳吳國滅亡以後，范蠡攜西施泛舟五湖。後成為美女的代稱◇情人眼裏出西施。

【西洋】xīyáng ① 元明時稱今南海以西的海洋及沿海各地◇鄭和七下西洋。② 指歐美各國◇西洋參｜西洋樂器｜西洋文化。

【西席】xīxí ① 古代以西為尊，賓主相見，主位在東，客位在西。② 尊稱家塾教師或幕友◇為教訓小兒，請來秀才作西席。

【西域】xīyù 漢代以後對玉門關（今甘肅敦煌西）以西地區的總稱，大致包括新疆和中亞細亞等地。

【西塾】xīshú 清末稱外國人在中國辦的學校，也指西洋式的學校。此類學校的學生以學自然科學和社會科學為主。

【西漢】xīhàn 史學上的朝代名，又叫前漢。本名"漢"，從公元前 206 年劉邦稱漢王起，至公元 8 年王莽代漢止，共歷十二帝，建都長安（今陝西西安）。其後劉秀建立的"漢"朝，史稱"東漢"，又叫"後漢"。

【西學】xīxué 清末稱歐美國家的自然科學和社會科學◇中學為體，西學為用。

【西王母】xīwángmǔ 中國古代神話中的女神。傳説住在崑崙山的瑤池，園林裏種有蟠桃，吃了能長生不老。

【西洋鏡】xīyángjìng ① 一種民間娛樂活動用的裝置。把多幅畫片裝在一個大木匣裏，觀眾能從木匣的透鏡中看到放大移動的畫面。因最初畫片多為西洋畫，故稱。② 比喻騙人的行為或手法◇拆穿西洋鏡。

3 **要** ㈠yào 粵jiu3 腰3 ①重要的；主要的◇要事｜要件。②核心的或重要的內容◇綱要｜摘要。③想；希望◇要人尊重，先得自重｜若要人不知，除非己莫為。④討，向別人索取◇要錢｜要飯。⑤請求；要求◇他要我幫忙｜父母要他回家過年。⑥叫；讓◇哪能要你花錢！⑦概括；總括◇要而言之。⑧應該；必須◇借東西要還｜過馬路要走斑馬線。⑨需要◇這棟房子要多少錢？⑩表示做某事的意願◇天要下雨，娘要嫁人。⑪將要◇車要開了｜天要黑了。⑫表示估計，用於比較◇這裏的東西要便宜些。⑬如果，要是◇你要能來，那該多好啊！⑭表示幾種意願的選擇關係◇要就他去，要就你去，總得去一個人。

㈡yāo 粵jiu1 腰 ①求◇要求。②脅迫◇要挾。

【要人】yàorén 顯要人物。多指官位高、權力大的人◇政經要人。

【要之】yàozhī 總之◇要之，這是一個不易達成協議的問題。

【要犯】yàofàn 重要的犯人◇通緝要犯。

【要旨】yàozhǐ 主要的意思◇概述論文要旨。

【要好】 yàohǎo ① 感情好，親密◇他倆是要好的朋友。(同) 相好。② 發生好感，願意親近◇想跟她要好的人不少。③ 求上進◇從小就知道要好，不用家長操心。

【要求】 yāoqiú ① 提出具體的願望或事項，希望實現◇要求學生按時交作業。② 提出的具體願望或事項◇無法滿足她的要求。

多樣表達：要求

企求 企盼 企望 祈求 乞求 苛求 妄求 強求 請求 務求 祈望 祈請 期求 期望 切望 需求

【要命】 yàomìng ① 使喪失性命◇槍一旦走火，會要命的。② 陷於困窘局面的埋怨語◇真要命，到現在還沒來！③ 形容程度達於極點◇喜歡得要命｜東西貴得要命。

【要津】 yàojīn ① 重要的渡口。② 指戰略位置◇徐州地處要津，是兵家必爭之地。③ 指顯要的地位或職位◇身居要津。

【要素】 yàosù 構成事物的基本成分◇蛋白質是構成生命的要素。

【要挾】 yāoxié 利用所掌握對方的污點或依仗自己的權勢，威脅對方滿足自己的要求。

【要害】 yàohài ① 一旦受到損傷，容易喪命的身體部位◇要害部位要注意保護。② 比喻軍事要地◇扼守要害。③ 比喻事物的關鍵所在或重要部分◇一語點到要害｜情報處是要害部門。

【要略】 yàolüè 簡要的敍述；概述。多用於書名◇《史學要略》｜《修辭學要略》。(同) 概略、概要。

【要訣】 yàojué 關鍵的訣竅◇成功的要訣。

【要強】 yàoqiáng 好勝心強，不願落後◇生性要強。(同) 好強。

【要飯】 yàofàn 向人乞討食物或錢物◇你就是要飯，我也跟你在一起。

【要道】 yàodào ① 重要的道路◇交通要道。② 重要的道理、方法◇治世要道。

【要塞】 yàosài 在有戰略意義的險要地方構築的防禦重地◇邊防要塞｜軍事要塞。

【要隘】 yào'ài 險要的關口◇娘子關是著名的險關要隘。

【要緊】 yàojǐn 事情重要或嚴重◇最要緊的是母女平安｜事情鬧得很要緊，不平息不行。

【要領】 yàolǐng ① 要點，主要內容◇說來說去，總不得要領。② 基本要求◇掌握動作要領。

【要端】 yàoduān 重要的事項；要點◇舉其要端，有三個方面。

【要衝】 yàochōng 交通要道的交會之處。

【要點】 yàodiǎn ① 主要內容或主要部分◇閱讀要點。(同) 要旨、要端。② 重要的據點◇軍事要點。

【要職】 yàozhí 重要的職位◇身居要職。

【要言不煩】 yàoyánbùfán 說話、寫文章簡明扼要，不煩瑣。(反) 廢話連篇。

5 **覂** fěng (粵)fung2 封2 (車馬)翻◇覂駕。

6 **覃** (一) tán (粵)taam4 談 深◇研精覃思。(二) qín (粵)cam4 尋 姓。

7 **勡** fiào (粵)fiu3 方言。"勿、要"二字的合音，流行於江浙一帶◇機會難得勡錯過。

12 **覆** fù (粵)fuk1 福 / fau6 阜 ①翻轉；傾覆◇翻天覆地｜水能載舟，也能覆舟。②遮蓋；掩蔽◇覆蓋｜覆被。③答覆；回覆◇覆信｜回覆電郵。

【覆沒】 fùmò ① 船翻而沉沒◇打撈覆沒的漁船。② 被消滅◇全軍覆沒。

【覆滅】 fùmiè 全部被消滅；徹底滅亡◇覆滅的命運。

【覆蓋】 fùgài ① 遮住；蓋住◇白雪覆蓋着大地。② 指地面上的植物◇土地裸露，沒有一點覆蓋。

【覆壓】 fùyā 覆蓋壓住◇雪花覆壓住山嶺。

【覆轍】 fùzhé 翻車的輪跡。比喻招致失敗的教訓。出自《後漢書・范升傳》："馳騖覆車之轍，探湯敗事之後，後出益可怪，晚發愈可懼耳。"騖，奔馳；探湯，探試沸水◇重蹈前人的覆轍。

【覆水難收】 fùshuǐ nánshōu《後漢書・何進傳》："國家之事，亦何容易！覆水不可收，宜深思之。"潑在地上的水難以收回。比喻事情已成定局，無可挽回。

【覆盆之冤】 fùpénzhīyuān 晉代葛洪《抱朴子・辨問》："豈可以聖人所不為，便云天下無仙，是責三光不照覆盆之內也。"三光，日、月、星；覆盆，翻過來扣着的盆子，光照不到裏面去。後比喻無處申辯的冤屈。(同)

不白之冤。

【覆雲翻雨】fùyún fānyǔ 翻手作雲，覆手作雨。①形容人反覆無常。②比喻慣於玩弄手段和權術。③比喻男女間的牀笫之事。

【覆巢無完卵】fùcháowúwánluǎn 南朝宋劉義慶《世説新語・言語》：“孔融被收，中外惶怖…融謂使者曰：‘冀罪止於身，二兒可得全不？’兒徐進曰：‘大人，豈見覆巢之下，復有完卵乎？’尋亦收至。”翻倒的鳥窩裏沒有完好的鳥蛋。比喻遭滅門大禍，沒有一人能幸免。也比喻整體覆滅了，個體也不能幸免。

見部

0 **見**(见)〈一〉jiàn 粵gin3 建 ①看到◇百聞不如一見。②會面◇他想來見你。③接觸；遇到◇病人怕見風。④看得出；顯現出◇路遙知馬力，日久見人心。⑤指明出處或參考處◇另見|參見。⑥看法；見解◇愚見|遠見。⑦表示感覺到◇聽見|聞見香味。⑧被；受到◇見愛|見笑於大方之家。⑨用在動詞前，表示對方對自己的作為◇見示|見諒。

〈二〉xiàn 粵jin6 現 顯現；出現◇圖窮匕首見。

【見外】jiànwài 當作外人看待◇請不要見外。

【見地】jiàndì 見解◇她的看法很有見地。

【見長】〈一〉jiàncháng 在某方面顯出特長◇著作豐碩，尤以小説見長。

〈二〉jiànzhǎng 眼看着比以前高、大起來◇雨後的莊稼立刻見長。

【見怪】jiànguài 責怪；怪罪◇冒昧到訪，請勿見怪。

【見笑】jiànxiào ①惹人笑話。多用作謙辭◇唱得不好，見笑，見笑。②笑話（我）◇彈得不好，請別見笑。

【見效】jiànxiào 有效，發生效力。

【見教】jiànjiào 客套話。教（我）◇不知你有何見教？

【見習】jiànxí 實習◇見習記者|見習期一年。

【見解】jiànjiě 對於事物的認識和看法◇見解與眾不同。(同) 見地。

【見聞】jiànwén 看到和聽到的事◇回鄉見聞|學問深，見聞廣|增廣見聞。

【見識】jiànshi ①見聞；知識◇見識廣|長見識。②接觸事物，增長見聞知識◇多見識新鮮事物。③見解◇別和孩子一般見識。

【見證】jiànzhèng ①親眼看見，可以作證◇見證新車上市|古老的城門見證了歷史滄桑。②指證人或證物◇目擊者是最好的見證。

【見仁見智】jiànrén jiànzhì 見“仁者見仁，智者見智”。

【見風使舵】jiànfēngshǐduò 見“看風使舵”。

【見異思遷】jiànyìsīqiān 看見不同的事物就想改變原先的主意。形容意志不堅定或喜愛不專一。

【見景生情】jiànjǐngshēngqíng 看到眼前的景物，就在內心引起感觸。(同) 即景生情。

【見義勇為】jiànyìyǒngwéi 見到正義的事情，不怕危難，果敢地去做。(反) 袖手旁觀。

【見機行事】jiànjīxíngshì 按照情況的變化，捕捉機會，靈活辦事。(同) 隨機應變。

4 **規**(规)〔槼〕guī 粵kwai1 虧 ①畫圓的工具◇圓規。②法度；規則；章程◇法規|校規|陳規。③勸告◇規勸|規諫。④謀劃；設法◇規劃|規避。

【規定】guīdìng ①按照既定規矩或標準提出要求◇對社會保障機制予以明確規定。②定出的要求或標準◇產品符合質量規定。

【規則】guīzé ①共同遵守的具體規定◇交通規則|比賽規則。②規律；法則◇尊重自然界的規則。③合乎一定的格式、形式◇城市建築佈局很規則。

【規律】guīlǜ ①事物發展的本質聯繫和必然趨勢◇自然規律|生物演變規律。②整齊而有規則◇起居規律，身體健康。

【規格】guīgé 規定的要求或標準◇產品規格|接待規格很高。

【規矩】〈一〉guījǔ 畫圓形和方形的兩種工具。

〈二〉guīju ①一定的標準、法則或慣例◇守規矩|老規矩。②老實本分，行為端正◇做事規矩。

【規章】guīzhāng 規則章程◇按規章辦事。

【規程】guīchéng 分章分條的規則◇安全操作規程。

【規劃】guīhuà ① 全面而長遠的發展計劃◇城市遠景規劃。② 制定規劃。

【規模】guīmó 事物形成的格局和範圍◇初具規模｜規模宏大。

【規範】guīfàn ① 約定俗成或明文規定的標準◇遵守行業規範。② 合乎規範◇這個字寫得不規範。③ 使符合規範；使不越出規定的範疇、標準或準則◇用傳統價值觀規範人們的行為。

【規勸】guīquàn 鄭重地勸告◇好言規勸。

4 覓（觅）mì 粵mik^{6} 汨 尋找；尋求◇尋覓｜覓得佳句。

5 覘（觇）chān 粵cim^{1} 簽 窺看；觀察◇覘望。

5 覗（觇）sì 粵zi^{6} 自 窺視。

7 覡（觋）xí 粵hat^{6} 瞎 男巫師，古代以巫術祈禱鬼神的男人。

8 覥（觍）tiǎn 粵tin^{2} 田^{2} ①羞愧◇覥顏。②厚着臉皮◇覥着臉湊上去。

9 覦（觎）yú 粵jyu^{4} 餘/jyu^{6} 預 希望得到。多指非分的◇覬覦。

9 親（亲）〈一〉qīn 粵can^{1} 趁^{1} ①指父母。也單指父或母◇雙親｜父親｜母親。②親生◇親骨肉｜親女兒。③血統最近的◇親姐妹｜親兄弟。④有血統關係或婚姻關係的◇親屬｜姻親。⑤婚姻◇定親｜提親。⑥特指新娘◇娶親｜迎親。⑦關係密切；感情好◇親切｜親熱。⑧親信的人◇眾叛親離。⑨愛；親近◇不親酒色｜親賢臣，遠小人。⑩接觸◇男女授受不親。⑪特指用嘴唇或臉接觸，表示親愛、喜愛◇親吻｜親孩子的臉。⑫親自；自己◇親臨｜親生。

〈二〉qìng 粵can^{3} 趁 見"親家"。

【親人】qīnrén ① 一家內的人◇思念親人。㊀反 外人。② 關係親密，有深厚感情的人◇四海之內處處有親人。

【親切】qīnqiè ① 親密，很親近◇親切感。② 熱情，關心◇親切慰問｜待人親切。

【親生】qīnshēng ① 自己生育◇這個小女孩是她親生的。② 自己生育的或生育自己的◇親生子女｜親生母親。

【親身】qīnshēn ① 親自◇親身經歷過這種生活。② 自身的◇親身感受。

【親近】qīnjìn ① 親密；密切◇關係親近。② 親密地接近◇大家都願意親近她。

【親昵】qīnnì 非常親熱◇親昵的稱呼。㊀同 親密。

【親信】qīnxìn ① 親近並信任◇不可親信逢迎之人。② 心腹，親近而信任的人。含貶義◇安插親信。

【親家】qìngjia ① 因子女婚配結成的親戚◇兒女親家。② 夫妻雙方父母間的互稱◇親家託人傳話來。

【親戚】qīnqi 跟自己的家庭有血緣關係或婚姻關係的家庭或人◇我們兩家是親戚。

【親眷】qīnjuàn ① 親戚和眷屬。② 親戚或眷屬。

【親情】qīnqíng 親人之間的感情◇骨肉親情。

【親密】qīnmì 感情深，關係密切◇親密無間。

【親愛】qīn'ài 關係密切，感情深厚。㊀反 憎惡。

【親熱】qīnrè ① 親密而熱情◇久別重逢，分外親熱。② 用動作表示親密和熱愛◇去跟孩子們親熱親熱。

【親歷】qīnlì 親身經歷◇親歷其境。

【親舊】qīnjiù 親戚故舊◇回鄉後遍訪親舊。

【親屬】qīnshǔ 跟自己有血緣關係或婚姻關係的人◇直系親屬｜旁系親屬。

10 覯（觏）gòu 粵gau^{3} 救 遇見。

10 覬（觊）jì 粵gei^{3} 記 希望；希圖。

【覬覦】jìyú ① 希望得到不該得的東西◇覬覦王位。② 非分的希望或企圖◇心生覬覦。

11 覲（觐）jìn 粵gan^{6} 近 ①朝見（君主）◇覲見。②朝拜（聖地）◇朝覲。

12 覷（觑）〈一〉qù 粵ceoi^{3} 趣 ①看◇面面相覷。②窺伺◇敵寇覷邊。

〈二〉qū 粵ceoi^{3} 趣 ①瞇起眼睛◇覷起眼睛。②瞇起眼睛看◇覷了他一眼。

13 覺（觉）〈一〉jué 粵gok^{3} 各 ①對外界刺激的感受和辨別◇味覺｜觸覺。②感受到◇覺得｜不知不覺。③醒；睡醒◇大夢初覺。④醒悟；明白◇覺悟｜覺今是而昨非。

〈二〉jiào 粵gaau^{3} 教 睡眠◇睡午覺｜睡一覺。

【覺悟】juéwù ① 醒悟；由迷惑而明白◇他終於覺悟到知識可以幫助擺脱貧困。同 覺醒。② 對事物的認識◇覺悟不高。

【覺得】juéde ① 感覺到◇覺得兩眼昏花。② 認為◇我覺得這樣做不好。

【覺察】juéchá 察覺；看出來◇從臉色上覺察到他有心事。

【覺醒】juéxǐng 醒悟，明白過來了◇他覺醒得太晚了。

14 **覽（览）** lǎn 粵laam[5] 欖 看；觀看◇閲覽｜一覽無餘。

【覽古】lǎngǔ 觀賞或遊覽古跡◇長城覽古。

【覽勝】lǎnshèng 觀賞或遊覽勝景、勝地◇三峽覽勝。

14 **覼（觇）** luó 粵lo[4] 羅【覼縷】luólǚ 詳細敍述◇不煩覼縷｜非片言所能覼縷。

15 **覿（觌）** dí 粵dik[6] 滴 見；相見◇覿面。

18 **觀（观）** 〈一〉guān 粵gun[1] 官 ①看◇觀日出｜旁觀者清。②參觀；觀察◇觀光｜聽其言而觀其行。③景象或樣子◇景觀｜恢復舊觀。④對事物的看法或認識◇樂觀｜人生觀。

〈二〉guàn 粵gun[3] 貫 ①高大的建築物◇樓觀｜台觀。②道教的廟宇◇道觀｜白雲觀。

【觀光】guānguāng 參觀遊覽名勝景物、體察社會風情等。

【觀念】guānniàn ① 人的意識◇新觀念｜傳統觀念。② 概念；大概的印象◇對山區的貧困狀況有了初步的觀念。

【觀看】guānkàn 特意地看；參觀◇觀看油畫展覽｜觀看飛行表演。

【觀眾】guānzhòng 看影視、表演、比賽、展覽等的人或人羣。

【觀望】guānwàng ① 張望；眺望◇從山頂觀望四周。② 靜觀事態的發展變化◇他並不急於做決定，而是在一旁觀望。

【觀測】guāncè ① 觀察並測量◇觀測天象。② 觀察並測度◇觀測事態發展。

【觀感】guāngǎn 看到事物以後所產生的印象和感想◇城市觀感。

【觀察】guānchá 仔細察看◇觀察地形｜觀察社會現象。

【觀賞】guānshǎng 觀看欣賞◇觀賞藝術體操表演。

【觀摩】guānmó 觀看對方舉行的活動，了解情況，吸取經驗◇觀摩傘兵空降演習。

【觀點】guāndiǎn 對事物或問題的看法◇學術觀點｜作者的觀點。

【觀禮】guānlǐ 應邀參加觀看盛大的慶典◇升旗儀式結束後，觀禮嘉賓出席慶祝酒會。

【觀瞻】guānzhān ① 觀賞，瞻望◇到半山腰觀瞻四圍景色，分外壯麗。② 外觀形象或外觀形象給人的印象◇有礙觀瞻。

【觀覽】guānlǎn 參觀遊覽◇觀覽西湖。

角部

0 **角** 〈一〉jiǎo 粵gok[3] 各 ①牛、羊、鹿等動物頭上或吻前長出的長而彎的堅硬骨狀物◇犄角｜鳳毛麟角。②形狀像獸角的東西◇皂角｜菱角。③物體兩個邊緣相接之處◇牆角｜拐彎抹角。④突入海中的尖形陸地。多用於地名◇成山角（在山東）。⑤僻遠的地方◇天涯海角。⑥形如角狀的古代樂器，一般用獸角製成。也用作軍號◇號角｜鼓角相聞。⑦某些器官兩部分的接合處◇眼角｜嘴角。⑧數學名詞。如鋭角、直角、夾角、三角形等幾何圖形。⑨星宿名。二十八宿之一。⑩中國輔幣名，俗稱“毛”，十角合一元。⑪量詞。用於從整體劃分出角形的一部分◇一角餅。⑫詞尾。與前面詞幹部分合成名詞◇視角。

〈二〉jué 粵gok[3] 各 ①古代酒器。似爵而無柱，角口兩尾呈角形，有蓋。②角色；演員◇主角｜名角。③戲劇演員專業分工的類別◇旦角｜丑角。④古代五音宮、商、角、徵、羽之一，相當於簡譜的“3”。⑤星宿名。二十八宿之一。⑥較量；競爭◇口角｜角逐。⑦姓。

多樣表達：角

內角 外角 直角 鈍角 鋭角 平角 底角 頂角 仰角 俯角 對角 鄰角 交角 對頂角

【角色】juésè ① 演員扮演的劇中人物。② 比喻某一類型的人物◇在這個事件中，他扮演的角色很尷尬。

【角度】jiǎodù ①表示角大小的量，通常用度或弧度來表示◇射門的角度準確。②比喻看事物、問題的出發點◇換個角度來看｜從技術角度考量。

【角鬥】juédòu 搏鬥；格鬥◇角鬥士。

【角逐】juézhú ①競爭；互相爭奪◇羣雄角逐。②競賽，比賽◇場角逐冠軍。

【角觝】juédǐ 一種兩人角力爭鬥的活動，中國古代的相撲。又稱角觝戲。戰國已有，秦、漢時把角觝作為一種觀賞活動。

【角落】jiǎoluò ①建築物兩堵牆交接處凹入的一角◇卧房的角落。②指隱蔽、偏僻的地方或場所◇歌聲傳遍世界每個角落。

【角膜】jiǎomó 眼球表面的透明薄膜，有屈光作用，含有豐富的感覺神經。

2 **觔** jīn (粵)gan[1]巾 ①同"筋"◇挑觔剔骨。②同"斤"。

【觔斗】jīndǒu 跟頭◇翻觔斗。(同) 觔兜、跟斗、斤斗。

4 **觖** 〈一〉jué (粵)kyut[3]決 不滿；怨恨。
〈二〉kuì (粵)kwai[3]愧 企求；希望◇觖望。

【觖望】〈一〉juéwàng 不滿；怨恨◇連年征戰，軍中士卒漸生觖望。(同) 怨望。
〈二〉kuìwàng 企求；希望。

5 **觚** gū (粵)gu[1]姑 ①古代飲酒器，相當於酒杯，口、底呈圓形。後世也仿其形狀製成花瓶。②古代指多角棱形的器物。也指器物的邊角、棱角。③古代寫字用的木簡◇觚木。

5 **觝** dǐ (粵)dai[2]底 ①動物用角頂◇觝觸。②碰撞；頂撞◇角觝。

6 **觜** 〈一〉zī (粵)zi[1]之 ①貓頭鷹頭上的毛角。泛指像毛角者◇鴟觜。②星宿名。二十八宿之一。
〈二〉zuǐ (粵)zeoi[2]嘴 同"嘴"。鳥嘴。泛指嘴或形狀像嘴的東西◇山觜。

6 **觥** gōng (粵)gwang[1]轟 ①古代盛酒或飲酒器。腹橢圓形或方形，有蓋和足◇觥籌交錯。②形容剛直的樣子◇觥觥。

6 **解** 〈一〉jiě (粵)gaai[2]佳 ①用刀、鋸等工具分開；剖開◇解剖｜庖丁解牛。②把束縛着或繫着的東西打開◇解開｜解扣子｜解下繩子繩結。③分裂；離散◇解體｜土崩瓦解。④排除；消除◇解渴｜解毒。⑤停止；廢除◇解僱｜解嚴。⑥講解；註釋◇解答｜解詁（解釋古文）。⑦明白；理解◇大惑不解｜不求甚解。⑧排泄大小便◇小解。⑨代數方程中未知數的值。也指演算方程式◇方程的解｜正在學解方程。
〈二〉jiè (粵)gaai[3]介 ①押送◇解款。②交付；典押◇錢都解過去了｜到當鋪用首飾解錢救急。③古代鄉試◇解試｜解元。
〈三〉xiè (粵)haai[5]蟹 ①武術套數。也指雜技技藝◇解數｜跑馬賣解。②用於地名，如解州（在山西）。③神獸名◇解豸。④姓。

【解手】jiěshǒu 排泄大小便。(同) 方便。

【解甲】jiějiǎ 脱下盔甲戰袍。指將士復員不再打仗◇解甲歸田。

【解乏】jiěfá 消除疲勞，恢復體力。

【解決】jiějué ①問題得到處理，有了結果◇解決紛爭｜事情得到妥善解決。②消滅；除掉◇把暗哨先解決掉。

【解放】jiěfàng ①解除束縛，使得到自由、發展。(反) 禁錮。②特指推翻舊政權。

【解毒】jiědú ①解除毒素◇給他洗胃腸解毒。(反) 中毒。②中醫指解除體內或體表的邪毒，如發熱、上火等症狀◇清熱解毒。

【解恨】jiěhèn 消除心中的怨恨◇真要把他痛罵了一頓，這才算解恨。

【解凍】jiědòng ①由冰凍狀態融化為液體◇河上的冰解凍了。②比喻解除政治、經濟、外交等方面的凍結狀態◇兩國關係開始解凍。③解除對資金等的凍結。(反) 凍結。

【解剖】jiěpōu ①剖開人體或動植物體觀察研究其構造，或尋求病因、死因。②比喻進行分析、探究◇解剖人物的內心世界。

【解送】jièsòng 押送（財物或犯人）◇解送珠寶｜解送嫌犯。

【解除】jiěchú 消除；去掉◇解除顧慮｜解除職務｜醫管局解除隔離確診病人的安排。

【解救】jiějiù 使脱離危難◇解救人質。(同) 搭救 (反) 陷害。

【解脱】jiětuō ①佛教語。指擺脱人世的糾纏◇遁入空門，求得解脱。②從中擺脱出來◇從繁重的工作中解脱出來。

【解散】jiěsàn ① 集合在一起的人分散開◇遊行隊伍解散。② 取消(團體或組織)◇解散協會。

【解圍】jiěwéi ① 解除敵方的包圍。② 使走出困境◇幸虧他出面給我解了圍。

【解答】jiědá 解釋回答◇圓滿解答問題。㊀反 提問。

【解悶】jiěmèn 排解憂煩或沉悶的情緒◇看電影解悶。

【解聘】jiěpìn 解除聘約，不再聘用。㊀反 聘請。

【解僱】jiěgù 停止僱用◇他被老闆解僱了。

【解疑】jiěyí 解釋疑難；消除疑問◇解疑釋難。

【解說】jiěshuō ① 解釋說明◇課文解說｜清楚解說機器的運作。② 疏解說情◇二姊替弟弟解說打架的事。

【解憂】jiěyōu 解除憂愁◇何以解憂？唯有杜康。

【解數】xièshù 武術的套路。泛指手段、本事◇使出了渾身解數。

【解嘲】jiěcháo 因被人嘲笑而自作解釋◇自我解嘲。

【解壓】jiěyā ① 緩解壓力◇運動、唱歌等都是積極的解壓方法。② 將電腦系統中壓縮檔案裏的內容提取出來。

【解嚴】jiěyán 解除非常的戒備措施◇空襲過後，解嚴的警報就響了。

【解釋】jiěshì ① 解說；說明◇解釋詞義｜向委員會解釋事情的原委。② 消除；解除◇兩人的前嫌終獲解釋。

【解囊】jiěnáng 打開口袋，拿出財物◇慷慨解囊。

【解體】jiětǐ ① 整體分裂開來◇車輛被撞得完全解體了。② 瓦解；崩潰◇封建帝制解體。

【解饞】jiěchán 充分滿足食慾◇這是地道的家鄉菜，非常解饞。

7 **觫** sù 粵cuk1 速 顫抖的樣子◇身上如觸電般觫了一下。

8 **觭** jī 粵gei1 機 指偏斜、偏頗◇不偏不觭。

9 **觱** bì 粵bat1 不【觱篥】bìlì 古代簧管樂器名。一種管口安上蘆製哨子的九孔竹管樂器。

10 **觳** ㈠ hú 粵huk6 酷 見"觳觫"。㈡ què 粵gok3 各 瘠薄；簡陋◇觳土｜觳陋。

【觳觫】húsù ① 恐懼發抖的樣子◇觳觫哀啼。② 借指牛◇門前便取觳觫乘。

11 **觴(觞)** shāng 粵soeng1 商 盛滿酒的杯子。泛指飲酒器◇舉觴敍舊。

12 **觶(觯)** zhì 粵zi3 至 古代飲酒器。青銅製，圓腹，略大口，圈足，或有蓋。

13 **觸(触)** chù 粵zuk1 足/cuk1 速 ①碰；撞；接觸◇觸電｜觸了她一下。②感動；引起◇感觸｜觸發。③冒犯◇觸怒。

【觸及】chùjí 接觸到；涉及◇觸及切身利益｜調查案情觸及的人。

【觸犯】chùfàn ① 冒犯；衝撞◇觸犯了他的尊嚴。㊀同 得罪 ㊀反 迎合。② 違反；違背◇觸犯法律。㊀反 遵守。③ 侵犯；損害◇觸犯他人的合法權益。㊀反 維護。

【觸角】chùjiǎo 昆蟲、軟體動物或甲殼類動物的感覺器官之一，生在頭上，呈絲狀的。也叫觸鬚。

【觸底】chùdǐ (價格、數量、狀態等) 達到最低點◇股價觸底反彈。

【觸怒】chùnù 惹怒；冒犯使發怒◇觸怒了眾人，可不值得。

【觸動】chùdòng ① 碰撞◇無意中觸動了一下鍵盤。② 觸犯◇此議案觸動到小團體的利益。③ 觸及；打動◇觸動內心的痛處。

【觸發】chùfā 引發；引起◇觸發暴亂｜簫聲幽咽，觸發她無限鄉情。

【觸礁】chùjiāo 航行中的船隻撞上礁石。比喻遇到困難或阻礙◇婚姻觸礁｜合作的事觸礁了。

【觸覺】chùjué 人或動物同物體接觸時的感覺。比喻敏銳的感覺◇觸覺靈敏。

【觸目驚心】chùmù jīngxīn 同"怵目驚心"。

【觸景生情】chùjǐngshēngqíng 看到眼前的景象，引起感觸。㊀同 即景生情、見景生情。

【觸類旁通】chùlèipángtōng 掌握了一種事物的知識、規律，便能推知同類的其他事物。

(同) 舉一反三。

14 **觺** yí (粵)ji4 而 觺觺，形容獸角鋭利。

18 **觿** xī (粵)kwai4 葵 ①古代用來解繩結的象骨錐，有時也用作佩飾◇童子佩觿。②比喻爭鬥◇雙方經年相觿相鬥。

言部

0 **言** yán (粵)jin4 然 ①話；言語◇留言|方言|言簡意賅。②一個字；一句話◇七言詩|一言興邦。③説◇言之有理|沉默寡言。④姓。

【言行】yánxíng 言語和行為◇言行一致。

【言教】yánjiào 用講説的方式教育人◇身教勝於言教。(反) 身教。

【言情】yánqíng ① 抒情◇文字有敍事、狀物、説理、言情等作用。② 談情説愛或描述男女情愛◇言情小説。

【言喻】yányù 用言辭來説明◇心中的痛苦難以言喻。

【言路】yánlù 向政府或上級進言的途徑◇廣開言路，傾聽民意。

【言語】(一)yányǔ 説的話；語言◇言語粗魯|言語幽默生動。

(二)yányu 説；説話◇有事就言語一聲。

【言論】yánlùn 發表的議論或意見◇言論自由|他的言論引起媒體注意。

【言談】yántán ① 交談；談論◇不擅言談。② 説話的內容、風度◇言談舉止。

【言辭】yáncí 説話、寫作所用的詞句◇言辭懇切。也作“言詞”。

【言不由衷】yánbùyóuzhōng《左傳・隱公三年》：“周鄭交惡。君子曰：信不由中，質無益也。”説人以言為信，話不發自內心，最終是無用的。後指心口不一，説的不是真話。也作“言不由中”。

【言之鑿鑿】yánzhīzáozáo 鑿鑿，非常確鑿。形容所説的話完全真實。

【言過其實】yánguòqíshí 話説得過分，不符合實際情況。

【言傳身教】yánchuán shēnjiào《後漢書・第五倫傳》：“以身教者從，以言教者訟。”説以身作則比口頭教訓作用大。後指既用言語傳授，又以行動作出榜樣。

【言簡意賅】yánjiǎn yìgāi 賅，齊全。言辭簡練，意思完備◇《論語》言簡意賅，義深詞嚴。(同) 要言不煩。

【言聽計從】yántīng jìcóng《史記・淮陰侯列傳》：“漢王授我上將軍印，予我數萬眾，解衣衣我，推食食我，言聽計用，故吾得至於此。”後指説的話、出的主意全都被採納照辦。形容對某人非常信任。

2 **訇** hōng (粵)gwang1 轟 ①形容巨大的聲響◇訇訇|訇的一聲，整座大樓倒了下來。②阿訇。伊斯蘭教主持教儀、講授經典的人。(波斯 AKhund)

2 **訄** qiú (粵)kau4 求 逼迫。

2 **訂(订)** dìng (粵)ding3 丁 ①商定；擬定◇訂婚|訂一個讀書計劃。②預約；約定◇訂貨|訂閱雜誌。③修改；改正◇校訂|訂正。④裝訂◇把材料訂起來。

【訂正】dìngzhèng 改正文字、計算等方面的錯誤◇訂正書稿中的錯誤。

【訂立】dìnglì 用書面形式確立(條約、合同等)◇訂立出租合約。(同) 簽訂。

【訂金】dìngjīn 為預訂項目事先支付的部分款項，表示確認◇預付訂金。(同) 定金。

2 **計(计)** jì (粵)gai3 繼 ①計算◇核計|計功行賞。②總計；統計◇計收衣服168件。③考慮；計較。多用於否定◇不計個人得失|不計陰晴，演出都會舉行。④主意；謀略◇妙計|詭計多端|三十六計，走為上計。⑤用於測量或計算的儀器◇溫度計。⑥經濟◇國計民生。⑦姓。

【計量】jìliàng ① 計算◇污染造成的損失是無法計量的。② 度量，衡量◇計量單位|要精確計量，不能有半點偏差。

【計策】jìcè 計謀策略◇巧妙的計策。

【計較】jìjiào ① 計算比較。形容錙銖必較，不肯吃半點虧◇斤斤計較。② 爭論◇不必跟他計較。③ 打算；考慮；安排◇先把人請來再作計較。

【計算】jìsuàn ① 用數學方法根據已知數求取未知數；演算◇計算成本｜計算數學題。② 核算◇總賬可要計算清楚。③ 考慮；盤算◇購物前先計算一下是否合算。(同) 權衡。④ 暗中用計謀對付、整治人◇不要在背後計算人。

【計劃】jìhuà ① 預先擬定的工作、行動的內容和步驟◇擬訂計劃。② 打算；籌劃；規劃◇計劃去西藏旅遊｜計劃投資生產線。

【計謀】jìmóu 計策；策略；做法◇出計謀｜運用計謀。

【計議】jìyì 謀劃；商議◇從長計議。

【計日程功】jìrìchénggōng 程，估量、計量。數着日子計算功效。形容進展極快，能如期完成。(同) 指日可待。

2
訃(讣)
fù (粵)fu^{6}父 報喪◇訃告。

【訃告】fùgào ① 報喪◇訃告親友。② 報喪的文告。

【訃聞】fùwén 報喪的文告，多附有死者生卒年月及簡歷。(同) 訃文。

3
訐(讦)
jié (粵)git^{3}潔/kit^{3}揭 揭發，攻擊（他人的隱私、過錯或短處）◇訐發｜攻訐。

3
訏
xū (粵)heoi^{1}虛 ①誇口。②大◇訏謨。

3
訌(讧)
hòng (粵)hung^{4}紅 爭吵；混亂◇內訌。

3
討(讨)
tǎo (粵)tou^{2}土 ①征伐◇征討。②探索；查究◇討論｜檢討。③尋覓；尋找◇討生活。④索取；求取◇討價｜討教｜討回公道。⑤娶◇討老婆。⑥招惹；引起◇討人厭｜自討苦吃。

【討巧】tǎoqiǎo 做事不費力，又佔便宜；取巧◇冬裝夏裝同場打折，商家兩面討巧。

【討伐】tǎofá 聲討罪惡，用武力攻打◇討伐亂黨。

【討好】tǎohǎo ① 阿諛奉承，想求得他人的好感◇討好上司。② 取得好效果◇吃力不討好。

【討教】tǎojiào 請求指教◇討教烹飪手藝。(同) 請教。

【討厭】tǎoyàn ① 厭惡；不喜歡◇從來就討厭他｜討厭這黃梅天！(同) 厭煩 (反) 喜愛。② 惹人厭惡；不招人喜歡◇為人討厭｜討厭的蚊子。③ 麻煩；事情難辦，令人心煩◇護照丟了，這下可討厭了。

【討論】tǎolùn 共同商討、論辯◇展開討論｜討論股市的前景。(同) 探討。

【討饒】tǎoráo 請求寬恕◇服軟討饒。(同) 求饒。

【討便宜】tǎo piányi 存心佔便宜；取巧。

【討價還價】tǎojià huánjià ① 買賣雙方爭議價格；要價和還價。② 比喻談判或接受任務時，雙方就所提條件斤斤計較，反復爭執。

3
訕(讪)
shàn (粵)saan^{3}傘 ①譏諷；毀謗◇訕誚｜謗訕。②羞慚；難為情◇訕搭搭的｜臉上發訕。

【訕笑】shànxiào ① 譏笑◇怕人家訕笑。② 厚着臉皮勉強裝笑◇站在一旁尷尬地訕笑。

3
訖(讫)
qì (粵)ngat^{6}兀 ①完結；完畢◇付訖｜驗訖。②截止；結束◇起訖。③到；至◇自古訖今。

3
託〔托〕
tuō (粵)tok^{3}拓 ①託付；請託◇寄託｜委託｜託孤｜託人情。②推託；假託◇託詞。③依靠；依賴◇託你的洪福，我身體很好。

【託付】tuōfù 請別人代為辦理或照料◇託付後事｜把孩子託付給鄰居。

【託名】tuōmíng ① 假借名義◇《漢武故事》託名漢朝班固所作，其實是後代人寫的。② 將自己的名字寄託於某事物◇託名風雅。

【託孤】tuōgū《論語・泰伯》："可以託六尺之孤，可以寄百里之命。"後世君主臨終前，把兒子託付給大臣，命其輔佐幼君。

【託胎】tuōtāi 佛教語。指人死後投胎轉世，再次做人。(同) 託生。

【託情】tuōqíng 説情，央求他人協助成全某事◇找人託情。(同) 託人情。

【託詞】tuōcí 也作"託辭"。① 找藉口◇託詞謝絕。② 藉口◇這完全是託詞。

【託福】tuōfú 依賴別人的福氣，使自己幸運。多用於客套話，回答別人的問候。

【託夢】tuōmèng 過世的先人、親朋故舊，出現在夢裏，有所囑託。

3 **訓（训）** xùn 粵fan3 糞 ①教誨；斥責◇訓導|不要訓人。②訓練◇培訓。③解釋；解說◇訓詁。④教導、勸誡的話◇家訓|遺訓。⑤標準；法則◇不足為訓。⑥姓。

【訓斥】 xùnchì 訓誡斥責◇遭父親訓斥丨被訓斥了一頓。同 斥責 反 庇護。

【訓詁】 xùngǔ ① 解釋古書的字句。② 對古書字句所作的解釋。也指訓詁學。

【訓話】 xùnhuà ① 教導和告誡的話◇正在聽隊長的訓話。② 對下級進行教導和告誡◇每週必定要訓話。

【訓誡】 xùnjiè 教導勸誡◇訓誡不良青年。同 告誡 反 放任。

【訓練】 xùnliàn 使學習知識和技能，並實際演練◇軍事訓練丨訓練運動員。

3 **訊（讯）** xùn 粵seon3 信 ①詢問◇問訊。②審問◇審訊。③消息；信息◇訊息|音訊全無|通訊社。

【訊息】 xùnxī 信息；消息◇人分兩地，常通訊息。

【訊問】 xùnwèn ① 向人發問；詢問◇她到處訊問兒子的下落。② 審問◇訊問被告。

3 **記（记）** jì 粵gei3 寄 ①印在腦子裏不忘掉◇銘記|記憶|博聞強記。②記錄；載錄◇記賬|登記。③記載事物的書冊、文章或作品◇簿記|札記。④標誌；符號◇記號|標記。⑤皮膚上天生的斑塊◇胎記。⑥量詞。用於動作的次數◇打三記手心。⑦姓。

【記名】 jìmíng 記載姓名，用以確認◇無記名投票。

【記者】 jìzhě 報刊、通訊社、電視台、電台等負責採寫新聞及報道新聞的人。

【記事】 jìshì ① 記錄事情◇記事本。② 指小孩記憶事情的能力◇孩子已經開始記事了。③ 一種記述歷史、人物或事件的文體◇記事體史書丨寫了一篇人物記事。

【記念】 jìniàn 同“紀念”。懷念◇記念劉和珍君丨留作記念。

【記性】 jìxing 記憶力◇記性差，好忘事。

【記述】 jìshù 用文字記錄、敍述◇記述生平事跡。

【記掛】 jìguà 牽念；惦念◇我心裏一直記掛着她。同 掛記。

【記載】 jìzǎi ① 把事情寫下來◇記載談判的內容。同 記錄。② 指記載事情的文章◇查閱古書上的記載。

【記號】 jìhao 為幫助識別、記憶或引起注意而做的標記。

【記過】 jìguò 記錄過失，是一種處分的形式◇屢犯校規，給予記過處分。

【記錄】 jìlù ① 把事情或話語用文字如實寫下來◇記錄案情丨做了詳實的記錄。② 記錄下來的材料◇談話記錄丨刪除記錄。③ 在一定時期、一定範圍內創下的最好成績◇打破世界記錄。④ 做記錄的人。

【記憶】 jìyì ① 印在心裏並能想起來◇年紀大了，對往事仍記憶分明。② 對過去事物的印象◇在我的記憶中，他總是充滿活力。③ 記性，記憶力◇他的記憶真好！

【記憶猶新】 jìyìyóuxīn 過去的事仍然記得清清楚楚，就像昨天的事一樣。反 置諸腦後。

3 **訑（訑）〔詑〕** yí 粵ji4 而 訑訑，自滿自足的樣子。

3 **訒（讱）** rèn 粵jan6 刃 (言語)遲鈍。

4 **訝（讶）** yà 粵ngaa6 迓 驚奇；詫異◇驚訝|訝異。

4 **訥（讷）** nè 粵neot6 眲 ①說話遲鈍；口齒笨拙◇木訥。②喃喃低語的樣子◇她嘴裏訥訥着。

【訥口】 nèkǒu 口拙，不善於言辭◇為人純樸訥口。

【訥言敏行】 nèyán mǐnxíng《論語・里仁》："君子欲訥於言而敏於行。"後指說話謹慎，辦事機敏。

4 **許（许）** xǔ 粵heoi2 栩 ①答應；允諾◇許願|默許。②稱讚；讚許◇稱許|許為詩聖。③同意；許可◇許諾|准許|不許失約。④許配◇許婚|許了人家。⑤表示大概的數◇年二十許|午後一時許。⑥表示程度◇許多|少許糖|些許東西。⑦相當於代詞“這、此”◇問渠那得清如許？為有源頭活水來。⑧表示處所、地方◇何許人也？⑨或許；可能

◇許是生病不能來了。⑩周朝國名，後為楚國所滅。在今河南許昌東。⑪姓。

【許久】xǔjiǔ 好長時間；很久◇許久不見｜商議許久。反 短暫、瞬間。

【許可】xǔkě 准許；同意◇未經許可，不准進入。反 禁止、反對。

【許配】xǔpèi 舊時女子由家長作主，跟某人婚配◇把女兒許配給了馬家。

【許諾】xǔnuò ① 答應；同意◇許諾儘早完成項目。② 所應允的話◇作出選舉許諾。

【許願】xǔyuàn ① 向神佛祈求保佑，答應給予酬謝。② 承諾，事先答應給予好處◇爸爸許願暑期全家去旅遊。

4 **訛（讹）** é 粵ngo4 鵝 ①虛假◇訛言。②錯謬；錯誤◇訛誤｜訛傳。③謠言◇以訛傳訛。④敲詐；勒索◇訛人錢財。

【訛詐】ézhà ① 敲詐勒索◇製造事故，借機訛詐。② 威脅恫嚇◇核訛詐。

【訛傳】échuán 誤傳，錯誤的傳說。

【訛奪】éduó 指文字上的錯漏◇訂正訛奪之處。

【訛謬】émiù 錯誤◇訂正訛謬。

4 **訢（䜣）** 〈一〉xīn 粵jan1 因 同"欣"。喜悅◇訢然。

〈二〉xī 粵hei1 希 形容投合的樣子◇訢合。

4 **訟（讼）** sòng 粵zung6 頌 ①打官司；為人辯護◇訴訟｜訟冤。②爭論；爭辯◇訟辯｜爭訟。③責備◇自訟。

【訟冤】sòngyuān 申訴冤屈；申辯冤枉。同 申冤。

【訟詞】sòngcí 狀紙上寫的文字。也作"訟辭"。

4 **設（设）** shè 粵cit3 徹 ①設置；陳列；安排◇設點｜陳設｜天造地設。②籌劃；謀劃◇設法｜設計。③假設◇設想｜設身處地。④連詞。假如；倘若◇設無積蓄，何以為繼。

【設立】shèlì 設置建立；成立◇設立氣象觀測站。

【設色】shèsè（繪畫）着色，敷彩◇她的工筆畫，設色尤其考究。

【設防】shèfáng ① 存有戒備之心◇他心地善良，對人從不設防。同 防備。② 佈設防衞力量◇步步為營，處處設防。

【設法】shèfǎ 籌劃；想辦法◇設法按時趕到營地。

【設計】shèjì ① 設下計謀◇設計陷害。② 根據要求預先制定方案、圖樣等◇設計廣告｜設計開發方案。③ 制定出來的方案、圖樣◇封面設計｜建築的設計很特別。

【設施】shèshī 為滿足需要而建立的機構、組織、系統、建築物，以及各種應用設備、裝備等◇軍事設施｜教學設施｜印刷設施。

【設備】shèbèi ① 設立具備；設置，佈置◇設備先進儀器。② 有特定用途的成套工具、儀器、機械和各種裝置等◇設備齊全。

【設想】shèxiǎng ① 假想；想像◇後果不堪設想｜設想種種可能的情況。② 着想；打算◇處處為老百姓設想。③ 指一種想像、假想◇談談我的設想。

【設置】shèzhì ① 設立◇機構設置｜設置專案小組。② 安裝；裝備；陳設◇辦公室都設置了空調｜櫥窗設置得很有新意。

【設身處地】shèshēnchǔdì 設想自身處在別人的境地。指從別人的角度、立場出發，替別人的處境着想。

4 **訪（访）** fǎng 粵fong2 紡 ①看望；探問◇訪問｜探親訪友。②國際間外交上的拜會、交往◇訪美｜兩國互訪。③尋問；調查◇訪察｜查訪｜明查暗訪。④姓。

【訪求】fǎngqiú 探訪尋找◇訪求諸葛亮的遺跡。同 尋求。

【訪客】fǎngkè 來訪的客人。

【訪問】fǎngwèn ① 拜會；看望◇出國訪問｜我剛訪問過他家。② 尋訪；打聽◇到舊居訪問她的下落。

【訪談】fǎngtán 訪問並交談◇商界訪談錄。

4 **訣（诀）** jué 粵kyut3 決 ①就事物要點編成的順口韻語或易記語句◇口訣。②祕訣；巧妙的方法。③辭別；分別。多指生死離別◇訣別。

【訣別】juébié 分別；永別◇與妻訣別書。

【訣竅】juéqiào 可以巧妙解決問題的方法。同 竅門。

5 **詈** lì 粵lei6 利 ①罵◇詈言|怨詈。②責備。

【詈言】lìyán 罵人的話。

5 **詁(诂)** gǔ 粵gu2 古 用通行語言解釋古文或古代字詞的意義◇解詁|訓詁。

5 **訶(诃)** hē 粵ho1 苛 ①同“呵”。呵斥；責罵◇訶叱|訶佛罵祖。②姓。

5 **評(评)** píng 粵ping4 瓶 ①議論；評論◇評理。②評判；判別◇評獎|評分|品評。③議論、評判的話或文辭◇好評|短評|影評。

【評判】píngpàn 判別是非、勝負、優劣◇評判員｜我説了不算，請大家來評判。

【評述】píngshù 評論述説◇評述中肯｜時事評述。

【評理】pínglǐ 評議判斷是非曲直◇咱們找人評理去！

【評語】píngyǔ 評論的話◇評語好壞參半。

【評説】píngshuō 品評論説◇千秋功罪，後人自有評説。

【評價】píngjià ① 評定、衡量人或事物的價值◇評價歷史人物｜評價新型戰機的性能。② 評定、衡量出來的結果◇獲得良好的評價｜予以適當評價。

【評論】pínglùn ① 評議，説出看法◇分析員評論動盪的股市。(同) 評説。② 一種新聞體裁。評述事件或社會問題的文章◇報章評論切中時弊。

【評審】píngshěn ① 評議審核◇評審準則。② 擔任大會評審工作的人。

【評選】píngxuǎn 評比選拔；評比推選◇評選年度優秀員工。

【評點】píngdiǎn ① 古人在詩文中寫評語或圈點。② 評論指點◇評點範文。

【評議】píngyì 提出看法，作出評判◇評議税制改革方案。

【評頭品足】píngtóu pǐnzú 原指品評女子容貌體態，後泛指對人對事説長道短，隨意評論◇不要背着人家指手畫腳，評頭品足。

5 **詎(讵)** jù 粵geoi6 具 豈；難道；哪裏。表示反詰◇詎料|詎能卻之？

5 **詛(诅)** zǔ 粵zo2 左 詛咒；咒罵。

【詛咒】zǔzhòu ① 祈求鬼神加禍於所恨的人。② 因忿恨而咒罵對方遭災受禍。

5 **詗(诇)** xiòng 粵hing3 慶 ①偵察；刺探◇詗探|詗伺。②尋求◇詗諸史乘。

5 **詘(诎)** qū 粵wat1 屈 ①捲曲；彎曲◇詘曲|詘身。②折服；屈服◇詘人|詘服。③委屈；冤屈◇詘辱。④言語艱澀◇詰詘。⑤姓。

5 **詐(诈)** zhà 粵zaa3 炸 ①欺騙◇爾虞我詐。②用假話、假事、假情況等手段誘使對方透露真情◇不妨詐他一下，看他説不説實話。③假裝；偽裝◇詐病|詐降。

【詐唬】zhàhu 欺騙嚇唬◇瞎詐唬。

【詐騙】zhàpiàn 訛詐騙取◇詐騙錢財。

5 **訴(诉)〔愬〕** sù 粵sou3 掃 ①述説；傾吐◇告訴|訴衷腸。②控告◇訴訟|公訴。③求助◇訴諸武力。

【訴求】sùqiú 要求；請求◇駁回對方的賠款訴求。

【訴狀】sùzhuàng 起訴人向法院提起訴訟的書面文件◇呈上訴狀。(同) 起訴書、狀子、狀紙。

【訴苦】sùkǔ 向人訴説自己的苦難。

【訴訟】sùsòng 打官司，向法院起訴◇刑事訴訟。

【訴説】sùshuō 詳細、盡情地陳述◇訴説婚姻的不幸遭遇。(同) 陳訴。

5 **診(诊)** zhěn 粵can2 疹 ①醫生檢查病人的病情◇會診|確診。②醫治◇診治。

【診療】zhěnliáo 診斷並治療◇住院診療。

【診斷】zhěnduàn ① 了解病情，判斷病症◇診斷下來怕是癌症。② 診斷的結論◇要相信醫生的診斷。

5 **詆(诋)** dǐ 粵dai2 底 ①毀謗，誣衊◇詆毀。②呵斥，指責◇詆斥。

【詆毀】dǐhuǐ 誣衊；毀謗◇惡意詆毀。

5 **註〔注〕** zhù 粵zyu3 駐 ①記載；記在…上面◇註冊|註銷。②解釋，解説◇批

註。③指作註解的文字◇註腳|註文。

【註冊】zhùcè 把必要的事項登記在冊，備案待查◇入學註冊。

【註明】zhùmíng 寫明原委，記載上去◇把該注意的事項一一註明|請註明出生日期。

【註腳】zhùjiǎo ① 解釋字詞文句的文字◇晦澀難懂的詞都加了註腳。② 所做的説明或解釋◇他的文章等於給案件做了註腳。

【註解】zhùjiě ① 用淺近的文字來解釋字句。② 用來解釋艱深字句的文字◇註解用小字夾註在句末。

【註銷】zhùxiāo 撤銷已經登記的事項◇註銷營業牌照。

【註釋】zhùshì ① 用文字註解詩文中的字句◇重新註釋古書。② 用來註解詩文的文字◇書中附有註釋。

5 **詠**〔咏〕yǒng 粵wing^6 泳 ①吟誦或歌唱◇吟詠|歌詠。②用詩詞等形式寫景抒情◇詠雪|詠梅。

【詠懷】yǒnghuái 用詩詞抒發情懷或抱負。同 抒懷。

【詠讚】yǒngzàn 歌頌讚美◇偉大的長城值得世人詠讚。

5 **詞**（词）cí 粵ci^4 池 ①能獨立運用的最小語言單位◇詞彙|遣詞造句。②語句；話語；篇章◇歌詞|台詞|答詞。③一種詩歌體裁。始於唐，盛於宋，句法多長短不一◇唐詩宋詞。

【詞典】cídiǎn 給詞語加上音義、註釋，或提供例證及有關資料，供人查檢的工具書。

【詞性】cíxìng 詞的語法屬性，按其在語句中的語法功能而確定，如“一把鎖”的“鎖”是名詞，“鎖門”的“鎖”則是動詞。

【詞訟】císòng 也作“辭訟”。訴訟；打官司的事◇包攬詞訟。

【詞彙】cíhuì ① 一種語言裏所有的詞、詞素和固定短語的集合◇漢語詞彙|英語詞彙。② 作家或作品所使用的全部詞語◇莎士比亞詞彙|《紅樓夢》詞彙。

【詞語】cíyǔ ① 詞和短語◇生僻詞語。② 文辭◇古詩中的詞語都很文雅。

【詞藻】cízǎo 用作修飾的華麗詞語或內含典故的詞語◇詞藻華麗|堆積詞藻。

5 **詔**（诏）zhào 粵ziu^3 照 ①教導，告誡，告知（下屬或晚輩）◇詔示。②特指皇帝頒發的命令◇下詔。

【詔命】zhàomìng 皇帝的命令。

【詔書】zhàoshū 皇帝頒發的文告、命令。

5 **詖**（诐）bì 粵bei^3 祕/bei^1 悲 ①偏頗；不正◇詖邪|詖辭。②諂佞◇詖淫|險詖。

5 **詒**（诒）yí 粵ji^4 兒 ①遺留◇詒言（遺言）。②贈送；給予◇詒贈。

6 **訾** 〈一〉zǐ 粵zi^2 只 詆毀；指責◇訾笑（詆毀譏笑）|訾議（非議）。

〈二〉zī 粵zi^1 之 ①同“貲”。計算；估量◇所費不訾。②姓。

6 **詹** zhān 粵zim^1 尖 姓。

6 **誆**（诓）kuāng 粵hong^1 筐 ①用謊言騙人◇誆人|誆騙。②哄；引逗◇別用甜言蜜語誆我了！

6 **誄**（诔）lěi 粵loi^6 睞 ①追述死者的事跡、德行，以表示哀悼。多用於上對下。②悼念死者的文章◇誄文。

6 **試**（试）shì 粵si^3 嗜 ①嘗試；試探◇試航|試工。②檢測；檢驗◇試驗|試金石。③考查測驗知識、技能◇考試|口試。

【試看】shìkàn 請看；且看◇今日文壇，試看誰與爭鋒？

【試飛】shìfēi 飛機等製成或修理後作測試性飛行；在新闢航線上作測試性飛行。

【試航】shìháng 飛機、船隻等進行試驗性航行◇明天下水試航。

【試探】〈一〉shìtàn 試着探索、探究，一步步試着做◇試探着朝洞的深處走。

〈二〉shìtan 用某種方式引起對方的反應，藉以了解對方的意圖◇暗中試探。

【試問】shìwèn ① 試探着提出問題。② 請問。表示質問◇試問你這樣做究竟懷着甚麼目的？

【試想】shìxiǎng 試想一下；設身處地想一下。多用於質問◇試想你處在那種情況，會不着急嗎？同 設想。

【試圖】 shìtú 打算；企圖◇試圖翻越頂峯。

【試播】 shìbō ① 新建電台或電視台進行測試性播放◇音樂台今天開始試播。② 節目製作完成後進行初播，以得知觀眾或聽眾的反應。

【試錯】 shìcuò 指在不能確定解決問題的辦法是否正確時，通過不斷嘗試來排除錯誤決策◇創業要勇於試錯。

【試鏡】 shìjìng 影視演員入選後，先拍幾個鏡頭供導演確定是否符合角色的要求。

【試驗】 shìyàn ① 為檢驗、觀察事物的實際情況或性能而進行特定活動◇核試驗 | 農業試驗 | 反復試驗。② 舊指考試測驗。

【試金石】 shìjīnshí ① 一種質地堅硬的黑、灰色硅質巖石，可用來粗略測定黃金的純度。② 比喻精確可靠的檢驗方法或判斷是非的依據。

6 **詿(诖)** guà (粵)gwaa3 掛 ①欺騙。②連累，牽連。

【詿誤】 guàwù 被人牽連而受到處分或損害。(同) 罣誤。

6 **詩(诗)** shī (粵)si1 思 ①一種文學體裁。以精煉、有韻律節奏感的語言抒情敍事，使用韻腳和分行排列◇律詩 | 詩言志。②指《詩經》。

【詩意】 shīyì ① 詩的內容和蘊含的意境。② 給人以美感的、像詩歌一樣的意境。

【詩歌】 shīgē 統稱各種體裁的詩。

【詩篇】 shīpiān ① 詩歌的總稱◇短小雋永的詩篇。② 比喻感人的事跡或故事◇壯麗的詩篇。③ 古代以色列人對上帝真正敬拜者所記錄的一輯受感示的詩歌集。

【詩情畫意】 shīqíng huàyì 如詩如畫，給人以美感的情致和意境◇一片詩情畫意的田園風光。

6 **詰(诘)** 〈一〉jié (粵)kit3 揭 追問；責問◇詰問 | 反詰 | 盤詰。

〈二〉jí (粵)gat1 吉 見“詰屈”。

【詰屈】 jíqū 見“佶屈”。

【詰問】 jiéwèn 追問；責問◇女友詰問他為甚麼失約。(同) 質問。

【詰難】 jiénàn 責難；質問◇屢遭詰難 | 互相詰難。

6 **誇(夸)** kuā (粵)kwaa1 跨 ①誇大；說大話◇矜誇。②稱讚；讚揚◇誇獎 | 王婆賣瓜，自賣自誇。

【誇口】 kuākǒu 吹牛說大話，實際上做不到。(反) 謙遜。

【誇張】 kuāzhāng ① 誇大事實；言過其辭◇報告全是事實，絲毫也沒有誇張。② 一種修辭手法，以誇大的言語來形容事物，如“黃河之水天上來”“白髮三千丈”。

【誇獎】 kuājiǎng 稱道；讚揚◇誇獎他做人勤奮。(反) 貶低。

【誇嘴】 kuāzuǐ 誇口◇你別誇嘴，還是先做給大家看看。(同) 吹牛。

【誇耀】 kuāyào 自誇，炫耀◇誇耀自己的能耐。(反) 謙虛。

【誇讚】 kuāzàn 誇獎稱讚◇他輸了球，卻誇讚對手發揮得出色。

【誇大其詞】 kuādàqící 虛浮誇張，用語超過事實。

【誇誇其談】 kuākuāqítán 形容說話浮誇，不切實際。

6 **詼(诙)** huī (粵)fui1 灰 戲謔；嘲笑。

【詼諧】 huīxié 談吐幽默風趣◇不修邊幅，言談詼諧。(反) 嚴肅。

6 **誠(诚)** chéng (粵)sing4 乘 ①真誠；真實◇赤誠 | 誠實 | 誠心誠意。②的確；實在◇此誠危急存亡之秋也！③假如；如果◇誠能如此，則成功之日可期。④姓。

【誠心】 chéngxīn ① 真實的心意◇請接受我的一份誠心。② 心意真誠；誠懇的◇我是誠心幫你。③ 存心；故意◇誠心拆我的台。

【誠服】 chéngfú 真誠地服從；真誠地佩服◇心悅誠服。

【誠信】 chéngxìn 誠實，守信用◇做生意當以誠信為本。(反) 詭詐。

【誠然】 chéngrán ① 的確；實在◇小狗誠然可愛。② 固然。引起下文轉折◇漂亮誠然令人羨慕，但更可貴的是心靈美。

【誠意】 chéngyì 真誠的心意◇充滿誠意 | 感謝你的一番誠意。

【誠實】 chéngshí 真誠老實◇誠實守信。(反)

狡猾。

【誠摯】chéngzhì 誠懇真摯◇表示誠摯的謝意。㊀虛偽。

【誠樸】chéngpǔ 誠懇而樸實◇為人誠樸可靠。㊀奸滑。

【誠篤】chéngdǔ ①真誠忠厚◇拘謹誠篤，沉默寡言。②虔誠◇燒香拜佛，十分誠篤。③真誠深厚◇感情誠篤。

【誠懇】chéngkěn 真誠懇切◇誠懇待人。

【誠惶誠恐】chénghuáng chéngkǒng 漢代許沖《上說文解字書》："臣沖誠惶誠恐，頓首頓首，死罪死罪。"說內心惶恐不安，是古代奏章中的套話。後泛指心中惶恐不安。

6 **誅（诛）** zhū 粵zyu1 珠 ①殺戮；殺死◇罪不容誅。②責備；處罰◇口誅筆伐。③索要；勒索◇誅求無已。

【誅伐】zhūfá 討伐；聲討。

【誅除】zhūchú 消滅；剪除◇誅除異黨。㊂鏟除。

【誅戮】zhūlù 誅殺；殺害◇妄加誅戮。㊂殺戮。

【誅心之論】zhūxīnzhīlùn 擊中對方要害的深刻議論。

6 **詵（诜）** shēn 粵san1 身【詵詵】shēnshēn 同"莘莘"。形容眾多的樣子◇孔子門下，弟子詵詵。

6 **話（话）〔語〕** huà 粵waa6 華6 ①語句；言語◇說話｜話裏帶刺。②說；談◇話別｜話舊。

【話柄】huàbǐng ①談話的資料；被作為談笑資料的言行◇不肯落人話柄，受人訕笑。㊂笑料、話把兒。②話頭；話語◇重拾他的話柄，繼續談起鍛煉身體的心得。

【話音】huàyīn ①說話的聲音◇話音未落，人已跑遠了。②言外之意，未公開說出的意思◇聽他的話音，似乎對你不滿意。

【話語】huàyǔ 人所說出的言語。

【話說】huàshuō 古代話本、小說常用的開頭語，等於說"我下面說的是…"。

【話舊】huàjiù 久別重逢，敘談往事故情。㊂敍舊。

【話題】huàtí 談話的題目；談論的主題◇換個話題｜抓住話題不放。

【話不投機】huàbùtóujī 彼此意見、情趣不合，說不到一起◇酒逢知己千杯少，話不投機半句多。

【話裏有話】huàlǐyǒuhuà 話裏套着別的意思，想說的真實意思在言外。

6 **詬（诟）** gòu 粵gau3 救/kau3 扣 ①恥辱；羞辱◇厚顏忍詬。②辱罵；責難◇詬罵｜詬病。

【詬病】gòubìng 指責；嘲弄◇受人詬病。㊂責難。

6 **詮（诠）** quán 粵cyun4 全 ①詳細解釋；闡明。②道理；事物的規律◇真詮。

【詮釋】quánshì 說明；解釋◇詮釋經典。

6 **詭（诡）** guǐ 粵gwai2 鬼 ①欺詐；奸猾◇詭計。②奇異◇吊詭｜詭異｜波譎雲詭。③假冒◇詭託(假借名義)。④姓。

【詭怪】guǐguài 奇異怪誕◇行為詭怪。

【詭計】guǐjì 狡詐的計謀◇詭計多端｜別中了他的詭計。

【詭祕】guǐmì 神祕；隱祕◇行蹤詭祕。

【詭詐】guǐzhà 狡詐；欺詐◇詭詐貪婪。

【詭譎】guǐjué ①奇異多變化◇黃山雲霧詭譎多變。②奇特；怪誕◇行事詭譎，捉摸不定。③狡詐，狡黠◇陌生人詭譎地對我一笑。

【詭辯】guǐbiàn ①強詞奪理的論說◇整份報告充滿了詭辯。②無理狡辯◇竭力詭辯，為自己開脫。

6 **詢（询）** xún 粵seon1 荀 查問；徵求意見◇質詢｜諮詢。

【詢問】xúnwèn 向人打聽、查問情況◇詢問學生在學校的情況。

6 **詣（诣）** yì 粵ngai6 毅 ①前往；造訪◇詣門求教。②學業、能力、技藝等所達到的程度◇造詣。

6 **詾〔訩〕** xiōng 粵hung1 空【詾詾】xiōngxiōng ①形容喧鬧紛爭或議論紛紛。②形容驚恐不安的樣子。

6 **該（该）** gāi 粵goi1 改1 ①應當；應當是◇應該｜該熄燈了｜論成績，該小韋最好。②輪到◇現在該你發言了。③理應如此◇該！誰叫他頑皮來着。④大概，表示推測◇這

麼晚還不回來，該不會出甚麼事吧？⑤欠◇他還該我錢呢。⑥代詞。指上文所說的人或事◇該校|該同學。⑦用於感歎句中加強語氣◇他要是能來，該多好啊！⑧同"賅"。廣博。

【該死】 gāisǐ ① 表示氣憤或詛咒◇這個壞東西，早該死了。② 表示責備、悔恨或自我埋怨◇該死的，亂踩人的腳 | 真該死，我把這事給忘了。

【該博】 gāibó 同"賅博"，指淵博◇學識該博。

【該當】 gāidāng 應該承當；應該◇都三十歲了，也該當成家了。(同) 應當。

6 **詳（详）** xiáng 粵coeng4 祥 ①細說；說明◇內詳|餘事另詳。②清楚；知悉◇屈原的生卒年月不詳。③詳細◇詳略得當。④詳情；細節◇後來的事，不知其詳。⑤推測；揣摩◇詳夢。⑥姓。

【詳明】 xiángmíng 詳細明白◇詳明有據。

【詳情】 xiángqíng 詳細的情形◇其中詳情我並不知道。

【詳密】 xiángmì 詳細周密◇立論新穎，分析詳密。

【詳細】 xiángxì 周密完備；周到細緻◇詳細計劃 | 了解得很詳細。

【詳實】 xiángshí 同"翔實"。詳細確實◇報告寫得詳實有見地。

【詳盡】 xiángjìn 詳細全面，沒有遺漏◇履歷寫得很詳盡 | 詳盡的調查報告。

6 **詫（诧）** chà 粵caa3 岔 驚訝；感到意外、奇怪◇驚詫。

【詫異】 chàyì 覺得驚異、奇怪◇莫名詫異。

6 **詡（诩）** xǔ 粵heoi2 許 誇耀；吹噓◇誇詡|自詡。

7 **誓** shì 粵sai6 逝 ①莊重地表示按照所說的話去做，絕無變化◇誓師|誓不兩立。②誓言，表示絕對履行承諾的話◇發誓|宣誓。

【誓言】 shìyán 立誓或宣誓的內容。(同) 誓詞。

【誓約】 shìyuē 起誓時立下的誓言或約定◇違背誓約。

【誓師】 shìshī 軍隊出征或羣眾某項活動開始前集合宣誓，表示完成任務的決心◇誓師大會。

【誓詞】 shìcí 誓言，表示決心的言辭◇立下誓詞。

【誓不兩立】 shìbùliǎnglì 發誓絕不同對手共存。形容仇恨極深，你死我活。(同) 不共戴天。

【誓死不屈】 shìsǐbùqū 就算是死，也不屈服。(同) 寧死不屈。

7 **誡（诫）** jiè 粵gaai3 介 ①警告；勸告◇告誡|勸誡。②訓條；格言◇女誡。

7 **誌〔志〕** zhì 粵zi3 至 ①記住；記載◇永誌不忘|誌怪小說。②記載的文字◇墓誌|地方誌。③記號◇標誌。

【誌哀】 zhì'āi 表示哀悼。(同) 致哀。

7 **誣（诬）** wū 粵mou4 毛 以不實之詞冤枉人；誣衊，陷害◇誣良為盜。

【誣告】 wūgào 無中生有地控告人。

【誣害】 wūhài 誣告陷害◇橫遭誣害。(同) 誣陷。

【誣陷】 wūxiàn 誣告陷害◇他遭人誣陷。

【誣賴】 wūlài 把捏造的或自己犯下的過錯、罪責，推到清白人身上◇誣賴好人。

【誣衊】 wūmiè 把捏造的事實或罪名加給別人◇造謠誣衊。

7 **語（语）** 〈一〉yǔ 粵jyu5 雨 ①說；談論◇不言不語|竊竊私語。②詞語；語句；話語◇俗語|千言萬語。③像語言一樣，起傳遞信息作用的方式、動作或聲音◇旗語|手語|人聲鳥語。④白話◇語體文。

〈二〉yù 粵jyu6 預 告訴◇回頭語小姑，莫嫁如兄夫。

【語句】 yǔjù 文句；成句的話◇文中一些語句欠通順。

【語言】 yǔyán ① 人類特有的交際工具和思維手段，是以語音為物質外殼、由詞彙和語法構成的符號體系。② 話語◇你我之間沒有共同語言。

【語法】 yǔfǎ 語言的結構方式，包括構詞和造句的規則。

【語氣】 yǔqì ① 說話的口氣◇語氣強硬。② 指語法範疇。分陳述、疑問、祈使、感歎等語氣。

【語病】 yǔbìng 語言文句上的毛病，如用詞不當、語法錯誤等。

【語詞】yǔcí 泛指詞和短語；除專門術語之外的普通詞語◇方言語詞。

【語彙】yǔhuì ① 一種語言或一個人所用的詞語的總和◇作家語彙研究。② 泛指詞語◇語彙豐富｜語彙貧乏。

【語調】yǔdiào ① 説話的腔調，説話時話音的輕重、高低、快慢等變化。② 腔調；口音◇學明星的語調説話。

【語錄】yǔlù 言論的記錄或摘錄◇朱子語錄。

【語重心長】yǔzhòng xīncháng 言辭懇切，情意深長。

【語焉不詳】yǔyānbùxiáng 話説得不清不楚、不明不白。出自唐代韓愈《原道》："荀與揚也，擇焉而不精，語焉而不詳。"

【語音辨識】yǔyīnbiànshí 以語音為研究對象，通過技術手段讓機器理解人類語言，並將其轉換為電腦可輸入的數字信號的一門技術。

【語音合成】yǔyīnhéchéng 利用電腦和一些專門裝置去模擬製造人類語音的技術。

【語音助手】yǔyīnzhùshǒu 一種應用程式。可通過人和程式的語音對話（智能交互），幫助用戶實時解決問題，或完成用戶指令。

【語無倫次】yǔwúlúncì 説話顛三倒四，沒有邏輯條理。㊇ 條理井然。

7
誚（诮） qiào 粵ciu3 俏 ①責備◇誚責｜誚呵。②嘲笑；諷刺◇誚笑｜誚諷｜譏誚。

7
誤（误） wù 粵ng6 悟 ①差錯◇錯誤｜謬誤。②不正確的◇誤解｜誤判。③不是故意地；不慎◇誤傷。④耽誤，因拖延、錯過時機等原因而造成不良後果◇誤事｜誤點。⑤使受損害◇誤人子弟。

【誤事】wùshì ① 因拖延、錯過時機，事情辦不成◇晚來一天，結果誤了事。② 把事情辦糟了◇沒有認真的市場調查就開發產品，只會誤事。

【誤差】wùchā ① 差錯；偏差◇及時改正了工作上的誤差。② 某個量的觀測值或計算值與實際值之間的差數。

【誤會】wùhuì ① 錯誤地理解，同本意不合◇你誤會了他的意思。② 對別人意思的誤解◇鬧了一場誤會。㊐ 誤解。

【誤解】wùjiě ① 不正確地理解◇誤解了我的話。② 不正確的理解◇消除誤解。

【誤導】wùdǎo 錯誤地引導；造成錯覺◇這個廣告誇大其詞，有誤導消費者之嫌。

【誤點】wùdiǎn 晚點，定班交通工具錯過了出發或到達的規定時間。

7
誥（诰） gào 粵gou3 告 ①告訴（下屬）◇誥諭。②帝王給臣下的命令◇誥命。③古代一種勸誡性的文體◇酒誥。

7
誘（诱） yòu 粵jau5 有 ①勸導；引導◇循循善誘。②引誘，設法引出某種結果或滿足某種意願◇誘拐｜誘姦。

【誘供】yòugòng 誘使被告人或證人按偵查、審訊人員的意願供述案情。

【誘捕】yòubǔ 先引誘過來，再加以捕捉◇誘捕嫌犯｜誘捕飛蛾。

【誘惑】yòuhuò ① 引誘迷惑◇不為名利所誘惑。② 吸引；招引◇美妙動聽的音樂格外誘惑人。

【誘發】yòufā ① 誘導啟發◇誘發學生自學。② 造成；導致發生◇經常接觸砷，可能誘發癌變。

【誘餌】yòu'ěr ① 用來誘捕動物的食物◇拿蚯蚓當誘餌釣魚。② 比喻引人上鉤的事物◇用巨額金錢作誘餌。㊐ 釣餌。

【誘導】yòudǎo 勸誘教導；引導◇誘導學生獨立思考。

【誘騙】yòupiàn 誘惑哄騙◇誘騙老人的錢。

7
誨（诲） huì 粵fui3 悔 ①教導；訓導◇誨誡｜教誨。②教唆；引誘◇誨淫誨盜。

【誨人不倦】huìrénbújuàn《論語・述而》："子曰：默而識之，學而不厭，誨人不倦，何有於我哉！"教育人很有耐心，不知疲倦。

【誨淫誨盜】huìyín huìdào《周易・繫辭上》："慢藏誨盜，冶容誨淫。"意為不仔細保管財物會誘人來盜取，妝飾容貌則引人來淫己。後指引誘人幹姦淫盜竊的壞事。

7
誑（诳） kuáng 粵gwong2 廣 ①欺騙；用假話哄人◇誑騙｜我不會誑你。②方言。騙人的話；謊言◇扯誑。

【誑言】kuángyán 謊話，假話。同 誑話、誑語。

7 **說(说)** 〈一〉shuō 粵syut^{3}雪 ①用言語表達；表演◇說話｜說相聲。②講授；解釋◇說戲｜解說。③批評；數落◇說了他幾句。④撮合；說合◇說婆家。⑤針對；意思上指◇你這話是說誰呢？⑥言論；主張◇學說｜著書立說。

〈二〉shuì 粵seoi^{3}稅 勸說人接受(意見、主張等)◇游說｜說客。

【說合】shuōhe ①從中介紹，促使成事或把雙方拉到一塊兒◇親事是他說合成的。同 撮合。②說和◇經他再三說合，他倆的隔閡消除了。③商量；商議◇這事得大家一起說合說合。

【說明】shuōmíng ①解說明白◇說明用法和注意事項。②證明◇這份作品不能說明你的成績。③解說的話語或文字◇圖片說明｜產品說明。

【說和】shuōhe 勸說、調解使對立的雙方和解◇他們又吵開了，你去說和說和吧。

【說服】shuōfú 述說理由讓人心服◇口號具說服力｜終於說服了他。

【說法】〈一〉shuōfǎ 宣講佛法◇現身說法。
〈二〉shuōfa ①這事敘述的方式；措辭◇換了一個說法。②意見；見解◇不同意你這個說法。③理由；根據◇這事總得有個說法吧。

【說客】shuìkè 善於用言語打動、勸說人的人；游說之士◇你來做說客的吧？

【說理】shuōlǐ ①說明道理◇文字樸實，說理透徹。②講理，說話做事遵照道理◇你這個人說理不說理？

【說教】shuōjiào ①(宗教徒)宣傳教義◇傳道說教。②比喻空講道理◇空洞的說教｜要讓小孩聽話，靠的不是訓斥說教。③宣傳；講授◇小說應讓人物和故事本身去說教。

【說情】shuōqíng 代人求情◇請託說情。

【說項】shuōxiàng 替人從中說好話◇託人說項。同 說情。

【說話】shuōhuà ①用言語表達思想，發表意見◇高聲說話｜她嘴甜，很會說話。②閒談；聊天◇他們在房裏說話。③說理；交涉◇你再耍賴，找你爸爸說話去。④指責；非議◇事情沒辦成，難免人家背後說話。⑤意見；言辭◇沒有更多的說話，同意大家的看法。⑥一會兒，說幾句話的短時間◇他們說話就到。⑦唐宋時一種以講述故事為主的說唱文藝，相當於後代的說書。說話用的底本叫話本。

【說辭】shuōcí 辯解或推託的言辭◇房東和租客對租賃合約各有說辭。

【說一不二】shuōyībú'èr 說話算數，講出來就不更改。

【說三道四】shuōsān dàosì ①信口亂說；隨意談論別人的事。②批評；指責◇他不了解情況，有何資格說三道四？

【說長道短】shuōcháng dàoduǎn ①漢代崔瑗《座右銘》："無道人之短，無說己之長。"後用"說長道短"指隨便議論人的是非好壞◇不該在人背後說長道短。同 說白道黑。②隨意談論各種事情。多指瑣事◇他為人嚴謹，不喜歡說長道短。

【說東道西】shuōdōng dàoxī 隨意談論品評別人的事。

7 **認(认)** rèn 粵jing^{6}英^{6} ①辨別；辨識◇辨認｜認字。②結識；承認同對方存在某種關係◇認乾媽｜認祖歸宗。③承認；同意◇認錯｜認可。④願意承受；接受◇認賬｜默認。

【認可】rènkě 同意；許可◇他表現出色，得到了大家的認可｜認可資格。

【認生】rènshēng 怕見陌生人。多指幼兒。

【認同】rèntóng 同他人的看法一致；認可，贊同◇我認同多數人的意見。

【認定】rèndìng ①辨識無誤，確定下來◇認定產品來源再購買。②確切地認為；肯定◇認定目標｜認定他是合適的人。

【認為】rènwéi 對人或事物提出看法，做出判斷◇我認為他的能力可以勝任｜你認為醫療服務完善嗎？

用法提示：認為、以為

"認為"一般用於正面論斷；"以為"既可作正面論斷，也可用於與事實不符的判斷，但下一句要說明事情的真相。

【認真】rènzhēn ①信以為真；當真◇開個玩笑，何必認真！②嚴肅對待，不苟且◇認真學習。

【認領】rènlǐng ① 經過確認後取回來◇認領失物。② 把別人的孩子當作自己的來撫養◇認領孤兒。

【認賬】rènzhàng ① 承認欠人的錢財。② 承認説過的話或做過的，以及有關聯的事◇翻臉不認賬。

【認輸】rènshū 承認輸掉；承認失敗◇他性格倔強，從不認輸。

【認購】rèngòu 應承購買◇認購債券。

【認識】rènshi ① 能確定無疑地分辨清楚◇這個人我認識。② 指人腦對外在事物的反映◇理性認識｜家長談了對這件事的認識。

【認證】rènzhèng 官方機構對事物給予正式認可◇已獲官方認證。

【認賊作父】rènzéizuòfù 把盜賊或仇敵當作父親一樣，甘心投靠。

7 **誦（诵）** sòng 粵zung[6] 頌 ①讀出聲音；朗讀◇朗誦。②背誦◇過目成誦。③敘説；稱道◇傳誦｜稱誦。

【誦習】sòngxí 誦讀學習◇誦習唐詩。

【誦讀】sòngdú 朗讀（詩文）◇高聲誦讀。

8 **誾（訚）** yín 粵ngan[4] 銀 辯論時和顏悦色。

【誾誾】yínyín 和悦而正直地爭議◇閔子侍側，誾誾如也。

8 **諐** qiān 粵hin[1] 牽 同“愆”。

8 **請（请）** qǐng 粵cing[2] 拯/ceng[2] 青[2] ①提出事項，要求給予滿足◇申請｜請辭｜請人幫忙。②邀約◇請柬｜邀請。③聘任◇聘請｜延請。④敬辭。用於要求對方做某事時◇請進｜請勿吸煙。⑤買神佛像和香煙等禮佛用品的敬語◇請香｜請一尊觀世音菩薩。⑥宴請◇吃請｜請客。⑦姓。

【請示】qǐngshì 請求給予指示◇請示主管。

【請安】qǐng'ān 向尊長問安，祝福安好之意。

【請求】qǐngqiú ① 提出要求，希望得到滿足◇請求你幫我一把。② 指所提出的要求◇答應請求。

【請帖】qǐngtiě 邀請客人的通知。同 請柬。

【請命】qǐngmìng ① 代人請求保全生命或解除困苦◇為民請命。② 下級向上司請求指示、命令。

【請柬】qǐngjiǎn 請帖。

【請便】qǐngbiàn ① 請對方自行定奪。用作敬語◇你有事忙，請便。② 怎麼做隨便你。用作貶詞，含斥逐之意◇你要走，那就請便吧！

【請客】qǐngkè ① 宴請客人◇請客吃飯。② 為他人償付費用◇他請客看電影。

【請教】qǐngjiào 請求指教；請求告知◇請教問題。同 求教。

【請問】qǐngwèn ① 提出問題，要求解答◇請問圖書館在哪裏？② 試問，話語中使用的一種假設性提問，能引起受眾的注意◇請問，要不是我們幫助，他能成功嗎？

【請願】qǐngyuàn 以集體行動要求政府或主管當局滿足所提的要求◇遊行請願。

【請纓】qǐngyīng《漢書・終軍傳》：“軍自請，願受長纓，必羈南越（粵）王而致之闕下。”纓，古代兵器上的穗狀飾物。後表示自告奮勇請求殺敵。

【請君入甕】qǐngjūnrùwèng《資治通鑒・唐則天皇后天授二年》：來俊臣奉武則天之命審周興，問周：“犯人不認罪怎麼辦？”周答道：“可取大甕一隻，四周用炭火烤，叫犯人蹲甕中，不怕他不招供。”來即命人備大甕及炭火，並且對周説：“請兄入此甕。”後指用整別人的方法來整他自己。

8 **諸（诸）** zhū 粵zyu[1] 珠 ①眾；各位（個）◇諸君｜諸子百家｜公司諸部門。②“之於”的合音◇君子求諸己，小人求諸人。③“之乎”的合音◇有諸？④姓。

【諸多】zhūduō 許多；好些個◇諸多不便｜諸多理由。

【諸如】zhūrú 舉例用語，放在所舉的例子前面，表示不止一個例子◇諸如此類。

【諸位】zhūwèi 各位，列位◇歡迎諸位光臨。

【諸侯】zhūhóu 中國商周和漢初時期由帝王分封的列國的君主◇挾天子以令諸侯。

8 **諏（诹）** zōu 粵zau[1] 周 ①商量；諮詢◇以諮諏善道，察納雅言。②選擇◇諏日。

【諏議】zōuyì 商議。

8 **諑(诼)** zhuó 粵doek³ 琢 毀謗；讒言◇謠諑。

8 **課(课)** kè 粵fo³ 貨 ①按內容性質劃分的教學科目◇課程|語文課。②教材裏劃分的單元◇今天教第三課。③教學的時間單位◇下課|上午第三節課。④占卜的一種◇占課|起課。⑤古代的一種賦稅、租稅◇免課。⑥徵收(賦稅)；差派(勞役)◇課稅|課以半月拘役。⑦考核；督促◇課吏(考核官員)|課責(督責)。

【課室】 kèshì 教室，教學的大房間。

【課堂】 kètáng 正在進行教學活動的教室或場所。

【課程】 kèchéng 學校教學的科目或進程安排◇一年級有三門課程|課程大綱。

【課業】 kèyè 功課和作業◇減輕課業負擔。

【課題】 kètí ① 學習、研究或討論的重要問題◇研究課題。② 擺在面前急待解決的問題◇北方缺水是個亟待解決的課題。

8 **諓(䛳)** jiàn 粵zin⁶ 靜 巧言；能言善辯。

8 **誹(诽)** fěi 粵fei² 匪 毀謗◇誹議。

【誹謗】 fěibàng 以不實之辭詆毀他人名譽◇控告他誹謗|惡意誹謗。同 毀謗 反 讚譽。

8 **諉(诿)** wěi 粵wai² 委 推託；推委◇諉過於人。

8 **誕(诞)** dàn 粵daan³ 旦 ①生育；出生；生日◇誕生|誕辰|聖誕。②虛妄；荒唐◇怪誕|荒誕不經。

【誕生】 dànshēng ① 出生◇耶穌誕生。② 比喻事物產生◇經過多年研究，這項使用尖端科技的新產品終於誕生。

【誕辰】 dànchén 生日。多用於長輩和受尊敬的人◇每年的九月二十八日是孔子的誕辰。反 忌辰。

8 **諛(谀)** yú 粵jyu⁴ 餘 諂媚；奉承◇阿諛逢迎。

【諛詞】 yúcí 諂媚的言辭；奉承人的好聽話。

8 **誰(谁)** 〈一〉shéi 粵seoi⁴ 垂 疑問代詞。指代一人或多人◇你是誰|明天的活動有誰參加？

〈二〉shuí 粵seoi⁴ 垂 代詞。①指代假設存在的、不是實指的人◇有誰能幫幫我就好了。②指代任何人◇誰説也沒用。③用在反問句中，指代所有人◇誰人不知，誰人不曉！

【誰家】 shéijiā ① 哪戶人家◇她是誰家的女兒？② 誰人，哪個人◇誰家愛管她的事！③ 何處，哪個地方◇花落誰家？

8 **論(论)** 〈一〉lùn 粵leon⁶ 吝 ①分析；説明事理◇議論|平心而論。②評價；看待◇相提並論|一概而論。③衡量，評定；判定◇論功行賞|以判國罪論處。④考慮；問◇不論是非，各打五十大板。⑤分析、説明事理的言論或文章◇輿論|奇談怪論。⑥學説；理論；觀點◇相對論|不可知論。⑦介詞。從某一角度；以某個標準來説◇論鐘點計酬|論經驗，誰也比不上他。⑧姓。

〈二〉lún 粵leon⁴ 鄰《論語》的簡稱◇論孟(《論語》和《孟子》)。

【論文】 lùnwén ① 談論文章◇説詩論文。② 研究、討論問題的文章◇博士論文。

【論述】 lùnshù ① 分析；説明；論證；系統性地説明◇論述深奧的理論。② 指論述的內容◇精闢的論述。

【論説】 lùnshuō ① 議論評説◇論説文。② 按理説；就常理看◇論説他是該名列前茅的。

【論據】 lùnjù ① 立論的根據。用來證明論點的理由和事實◇論據不足。② 邏輯學指用來證明論題的判斷。

【論壇】 lùntán 公眾發表意見的平台◇讀者論壇。

【論點】 lùndiǎn 觀點或主張◇論點精闢|與會者大都贊成他的論點。

【論題】 lùntí ① 議論的題目◇熱門論題。② 邏輯學上指真實性需要證明的命題◇火星上有生命這一論題尚待證明。

【論證】 lùnzhèng ① 用論據來證明論題的過程◇只有觀點，沒有論證。② 指立論的根據◇提出有力的論證。③ 論述並證明◇論證開明政治的重要性。

【論功行賞】 lùngōngxíngshǎng 評定功勞大小，分別給予不同的獎賞。

8 **諍(诤)** zhèng 粵zang³ 爭³ 直言規勸◇諫諍。

【諍友】zhèngyǒu 能直言相勸的朋友。

【諍言】zhèngyán 直言勸人改正錯誤的話◇千金難買諍言。

8 **諗(谂)** shěn 粵sam^{2}審 ①知悉；知道◇諗知|敬諗。②規諫；勸告。

8 **調(调)** (一) tiáo 粵tiu^{4}條 ①配合得當、和諧◇風調雨順。②使配合得當、和諧◇調酒師|眾口難調。③調解◇協調|調和。④重新定位、組合、搭配，或求得新的平衡◇調價|調整|調配。⑤嘲弄；挑逗；挑撥◇調侃|調情|調唆。

(二) diào 粵diu^{6}掉 ①更動；分派◇調職|調兵遣將。②訪查；了解◇調查。③抽取◇抽調|調檔案。④腔調；音調◇聲調。⑤比喻言論、主張、意見◇陳詞濫調|老調重彈。⑥風度；品格◇格調|情調|筆調。⑦樂曲、戲曲中樂音的音高；音樂上高低長短配合成組的音◇C大調。⑧語音高低升降的值◇聲調|陰平調。

【調子】diàozi ①樂曲的曲調。②說話的音調、節奏或所帶的情緒◇說話的調子又高又快。③比喻說法、範圍◇不要先定調子，讓大家發表看法。

【調皮】tiáopí ①頑皮◇調皮搗蛋。②不馴順；難對付◇再調皮的馴猴到他手裏也聽話了。

【調味】tiáowèi 加調料使菜餚味美可口；調和味道。

【調和】tiáohé ①勻整和諧；協調◇色彩調和|家庭關係調和不起來。②調解；平息爭端◇調和矛盾。(同)調停、調解。③妥協；讓步。多用於否定◇沒有調和的餘地。

【調侃】tiáokǎn 用詼諧幽默的話戲弄、譏諷◇切忌當眾調侃人。(同)調笑。

【調查】diàochá 了解、查明實際情況◇作實地調查|展開調查。

【調配】(一)tiáopèi ①調和；摻合◇調配顏色。②按照需求對人或物進行調整、搭配、組合◇調配技術人材|調配銷售網點。

(二)diàopèi 調動分配◇調配民用物資。

【調唆】tiáosuō 慫恿；教唆◇調唆他出面反對。

【調笑】tiáoxiào 戲謔取笑；開玩笑◇無端調笑對手。

【調料】tiáoliào 調味用的佐料，如油、鹽、薑、葱等。

【調理】tiáolǐ ①調治將養；調養◇調理身體。②調教；訓練◇調理烈馬。③擺弄整理◇對着鏡子調理頭髮|調理思路。④料理；打理◇媽媽把家調理得很好。

【調教】tiáojiào ①針對不同情況，採取適用有效的方法進行教育引導◇調教有術。②訓練牲畜禽鳥，使其行為動作等合乎人的要求◇把馬調教得真聽話。

【調停】tiáotíng 居間調解，平息爭端◇經調停，雙方達成和解協議。

【調換】diàohuàn ①更換◇請給我調換一個顏色。②交換；對換◇調換工作|調換一下座位。

【調節】tiáojié 調整原有的事物，使適合新要求◇調節室內溫度|調節人力物力。

【調整】tiáozhěng 重新調配整合，使適應新的情況◇調整物價|調整稅率。

【調劑】tiáojì ①根據處方配製藥品。②調節，從一種狀況或狀態轉到所希求的另一狀況、狀態◇調劑供應的品種|調劑一下枯燥的生活。

【調戲】tiáoxì 對婦女侮辱性的挑逗戲弄。

【調羹】tiáogēng 舀湯的小勺；湯匙。

【調兵遣將】diàobīng qiǎnjiàng ①調動兵力，選派將領。指準備打仗。②泛指組織調配人力◇調兵遣將，着手展開工作。

【調虎離山】diàohǔlíshān 比喻用計設法使人離開原來有利的位置，乘虛行事。

8 **諂(谄)** chǎn 粵cim^{2}潛^{2} 奉承；巴結；討好。

【諂笑】chǎnxiào 故意做出的、討好對方的笑容◇一臉諂笑。

【諂媚】chǎnmèi 奉承討好◇諂媚上司。

8 **諒(谅)** liàng 粵loeng^{6}亮 ①料想◇諒也無妨。②寬容◇原諒|諒解。③姓。

【諒解】liàngjiě 了解實情後予以原諒◇萬望能諒解我的苦衷|得到諒解。

【諒察】liàngchá 原諒體察。多用於書信◇望乞諒察。

8 **諄(谆)** zhūn 粵zeon1 津 ①懇切◇諄誨|諄囑。②忠誠；忠厚◇諄樸。

【諄諄】 zhūnzhūn ① 形容誠懇殷切、懇切耐心◇諄諄教導|諄諄不倦。② 形容反復告誡、一再叮囑的樣子。

8 **誶(谇)** suì 粵seoi6 睡 ①斥責；責罵◇誶罵|誶詬。②質問；詰問。

8 **談(谈)** tán 粵taam4 潭 ①説；談論◇懇談|談情説愛。②話語；言論；主張◇奇談怪論|老生常談。③姓。

【談天】 tántiān 閒聊；聊天。

【談心】 tánxīn 在閒談之中説心裏話◇邊散步，邊談心|把酒談心。

【談吐】 tántǔ 指説話時的措辭和風度◇舉止大方，談吐非凡。

【談判】 tánpàn 雙方對有待解決的問題進行商談◇版權談判技巧|談判破裂。

【談論】 tánlùn 用談話的方式議論◇談論感情。

【談天説地】 tántiān shuōdì 形容漫無邊際地閒聊。

【談虎色變】 tánhǔsèbiàn 受老虎傷害過的人一談到虎就驚恐異常。比喻一提到身受其害的事就會驚慌恐懼。

【談笑風生】 tánxiàofēngshēng 形容有説有笑，意趣橫生。

8 **誼(谊)** yì 粵ji4 宜/ji6 二 交情；情分◇友誼|深情厚誼。

9 **諾(诺)** nuò 粵nok6 喏 ①答應；應允◇承諾|允諾。②答應的聲音。表示同意◇一呼百諾|唯唯諾諾。

【諾言】 nuòyán 應允別人的話；承諾◇信守諾言。

9 **謀(谋)** móu 粵mau4 牟 ①計策；主意◇陰謀|足智多謀。②策劃；算計◇謀害|謀算。③商討；計議◇與虎謀皮|不謀而合。④設法求得◇以權謀私|謀福利。

【謀士】 móushì 會出主意、獻出計策的人。

【謀生】 móushēng 設法維持生計◇到城市打工謀生。

【謀求】 móuqiú 尋求；設法取得◇謀求利益。

【謀取】 móuqǔ 設法取得◇謀取私利。同 求取。

【謀事】 móushì ① 計劃事情◇謀事在人，成事在天。② 謀求職業◇在社會上謀事。

【謀面】 móumiàn 見面；認識◇素未謀面。

【謀略】 móulüè 計謀策略◇謀略深遠|富有謀略。

【謀算】 móusuàn ① 計策；主意。② 算計；背後策劃損人利己的主意◇暗中謀算對手。③ 盤算，想做事的辦法、安排、方式等◇在心裏謀算如何早日還清貸款。

【謀劃】 móuhuà 策劃；想主意，找辦法◇謀劃對策。

9 **諶(谌)** chén 粵sam4 岑 ①相信◇天難諶，命無常。②真誠◇諶摯。③的確，確實。④姓。

9 **諜(谍)** dié 粵dip6 碟 ①偵察；刺探◇諜報。②刺探對方情報的人◇間諜。

9 **諫(谏)** jiàn 粵gaan3 澗 ①對上提出批評和勸告◇進諫。②姓。

【諫諍】 jiànzhèng 直言規勸，指出問題。

9 **諧(谐)** xié 粵haai4 孩 ①配合得當；協調◇和諧。②商量好；辦成◇事諧之後，定有重謝。③風趣；幽默；滑稽◇諧趣|詼諧|寓諧於莊。

【諧和】 xiéhé 協調；和諧◇配搭諧和。

【諧音】 xiéyīn ① 諧和的聲音。② 字詞的音相同或相近。

【諧趣】 xiéqù 詼諧風趣◇故事曲折而有諧趣。

【諧謔】 xiéxuè 風趣滑稽，略帶戲謔。

9 **謔(谑)** xuè 粵joek6 若 開玩笑；戲弄◇謔笑|戲謔。

9 **謁(谒)** yè 粵jit3 噎 ①晉見；拜見◇拜謁。②瞻仰◇敬謁黃帝陵。③姓。

【謁見】 yèjiàn 進見地位或輩分高的人。同 晉見。

9 **謂(谓)** wèi 粵wai6 慧 ①説◇所謂|可謂巧奪天工。②稱為；叫做◇何謂鐳射|此之謂以毒攻毒。③意思；意義◇敢問何謂也|無謂的舉動。

【謂語】 wèiyǔ 句子成分。對主語加以陳述，説明主語怎樣或者是甚麼。在漢語一般的句子中，謂語通常在主語之後，多由動詞或短語充當。

9 **諤(谔)** è 粵ngok6 岳 ①正直；直言。②同"愕"。驚愕◇聞之諤然。

【諤諤】è'è 形容説話直率、無所顧忌◇千人之諾諾，不如一士之諤諤。

9 **諭(谕)** yù 粵jyu6 遇 ①告知；吩咐；教誨。用於上對下◇面諭。②知道；明白◇曉諭。③上對下的指示◇手諭|上諭。④皇帝的詔令◇諭旨。⑤姓。

9 **諼(谖)** xuān 粵hyun1 圈 ①欺詐。②忘記。

9 **諷(讽)** fěng 粵fung3 風3 ①誦讀；背誦◇諷誦|諷經。②委婉地勸告、暗示◇諷諫|借古諷今。③用尖刻的話譏刺、指責◇譏諷|冷嘲熱諷。

【諷刺】fěngcì 用比喻、誇張的言辭進行譏刺、挖苦、嘲笑。

多樣表達：諷刺

非笑 見笑 取笑 恥笑 嗤笑 訕笑 笑話 嘲笑 嘲弄 嘲諷 譏刺 譏諷 譏誚 挖苦 奚落 揶揄 解嘲 冷嘲熱諷 貽笑大方

【諷諭】fěngyù 用委婉含蓄的故事説明事理◇諷諭時事。

9 **諮(谘)** zī 粵zi1 之 商議；詢問。

【諮詢】zīxún 徵求意見；聽取意見。

9 **諳(谙)** ān 粵am1/ngam1 庵 ①熟悉；知道◇不諳水性。②料想◇不諳她來這一手。

【諳熟】ānshú 非常熟習◇諳熟做生意的訣竅。反 生疏。

【諳練】ānliàn ①熟習；熟練◇從小就諳練騎射。②練達；通達事理，歷練老成◇諳練達觀的人。

9 **諦(谛)** dì 粵dai3 帝 ①注意；仔細◇諦視|諦思。②真實無謬的道理；泛指意義◇真諦|妙諦。

【諦聽】dìtīng 注意地聽；仔細聽。

9 **諺(谚)** yàn 粵jin6 現 諺語◇農諺|俗諺。

【諺語】yànyǔ 流傳於民間的、簡練通俗、寓意豐富的固定語句。如"新官上任三把火""世事無難事，只怕有心人"。

9 **譌** é 粵ngo4 鵝 同"訛"。錯誤◇譌誤|譌言|以譌傳譌。

9 **諠(喧)** xuān 粵hyun1 圈 ①同"喧"。聲音大而嘈雜◇諠嘩。②同"諼"。(1)欺詐。(2)忘記。

9 **諢(诨)** hùn 粵wan6 運 ①詼諧逗趣；開玩笑◇諢話|插科打諢。②哄騙◇諢騙。

【諢名】hùnmíng 綽號，別人給起的含有戲謔性的外號◇蔣忠諢名蔣門神。

9 **諞(谝)** piǎn 粵pin5 篇5 誇口；炫耀◇諞她能幹|諞他家有錢。

9 **諱(讳)** huì 粵wai5 偉 ①有所顧忌而不敢説；隱瞞◇忌諱|諱莫如深。②必須隱蔽、不得明説的事物。古時對帝王要避諱，講究的人家對尊長也避諱。③姓。

【諱疾忌醫】huìjí jìyī 隱瞞疾病，不願醫治。比喻掩飾缺點錯誤，害怕批評。

9 **諝(谞)** xū 粵seoi1 須 ①才智◇才諝。②計謀◇詐諝。

10 **謄(誊)** téng 粵tang4 騰 抄寫◇謄寫|謄正。

10 **講(讲)** jiǎng 粵gong2 港 ①説；談◇講話|講故事。②解釋；説明◇講理|講明白。③商議；商量◇講價|講條件。④講求；注重◇講排場|講信用。⑤就某方面或某種情況來説◇講能力他實在不如你。⑥姓。

【講求】jiǎngqiú 追求；重視◇講求效率|講求實際。同 講究。

【講究】jiǎngjiu ①講求；重視◇講究衛生。②精美，精緻；考究◇穿着講究。③一定的方法或道理◇朗誦看似簡單，其實大有講究。

【講述】jiǎngshù 敍述；述説◇講述往事。

【講理】jiǎnglǐ ①評判是非；評理◇蠻橫不講理。同 説理。②明白事理；服從道理◇看上去像個講理的人。

【講授】jiǎngshòu 授課；講解傳授◇講授經濟學。

【講堂】jiǎngtáng ①教室。多指較大的。②寺院中講經説法的場所。

【講情】jiǎngqíng 替人求情，請求寬恕或幫助◇誰來講情也沒用。同 説情、求情 反 絕情。

【講解】jiǎngjiě 解說；解釋◇詳細講解｜聽老師講解。

【講義】jiǎngyì 為教學而編寫的教材◇編寫講義。

【講演】jiǎngyǎn ① 面對受眾講述知識、學術、主張等◇巡迴講演。② 所講演的內容。(同) 演講。

【講壇】jiǎngtán 講台。泛指講演、宣傳或討論的場所◇自由發表意見的講壇。

10 **謊(谎)** huǎng 粵fong1 方 ①不真實的話；騙人的話◇說謊｜謊言。②欺騙；哄騙◇謊報｜謊稱。③虛假；荒誕離奇◇越說越謊。

【謊言】huǎngyán 謊話◇誤信謊言。

【謊報】huǎngbào 故意報告虛假的情況。

【謊話】huǎnghuà 不真實的話；騙人的話◇謊話連篇｜說謊話不臉紅。(反) 真話、實話。

10 **謌(哥)** gē 粵go1 歌 同"歌"。

10 **謖(谡)** sù 粵suk1 叔 挺；起立。

10 **謏(谀)** xiǎo 粵siu2 小 小◇謏才｜謏聞。

10 **謝(谢)** xiè 粵ze6 借6 ①拒絕；辭退◇謝絕｜辭謝。②凋落；消逝◇凋謝｜新陳代謝。③認錯；請求原諒◇謝罪。④向人表示感激◇感謝。⑤姓。

【謝世】xièshì 去世；死去。(同) 辭世。

【謝忱】xièchén 感謝的誠意◇借此機會，聊表謝忱。

【謝頂】xièdǐng 成年人隨年齡的增長或因患某種病，頭髮從頭頂部逐漸脫落。

【謝絕】xièjué 推辭；拒絕◇婉言謝絕｜謝絕參觀。

【謝罪】xièzuì 向人認錯，請求原諒◇特地登門謝罪。(同) 請罪。

【謝意】xièyì 感謝的心意◇謹致謝意。

【謝幕】xièmù 演出結束後，演員重返前台答謝觀眾。

10 **謠(谣)** yáo 粵jiu4 搖 ①民間流行的歌謠◇謠諺｜民謠。②沒有事實根據的傳言◇謠言｜造謠。

10 **謅(诌)** zhōu 粵zau1 周 信口胡言；隨口編造◇胡謅｜瞎謅。

10 **謗(谤)** bàng 粵bong3 邦3 ①指責◇謗言。②惡意中傷；污衊◇誹謗｜毀謗。

【謗書】bàngshū ① 誹謗、攻訐人的書信。② 抨擊世事的書。

【謗議】bàngyì 非議◇誹言謗議。

10 **謎(谜)** mí 粵mai4 迷/mai6 米6 ①謎語◇猜謎。②比喻尚未弄清楚或難以理解的事物◇謎團｜他的身份至今還是個謎。

【謎底】mídǐ ① 謎語的答案。② 比喻真相◇揭開謎底。

【謎語】míyǔ ① 供人猜測的一種隱語。由謎面和謎底兩部分組成。如"瓜熟蒂落"（謎面）射的字是"爪"（謎底）。② 比喻奧祕的事物。

10 **謚(谥)〔諡〕** shì 粵si3 試 ①謚號◇歐陽修，謚文忠。②稱；叫◇身死無名，謚為至愚。

【謚號】shìhào 古代有地位的人死後依其生前行為事跡而給予的帶有褒貶意義的稱號。如陶淵明的謚號叫靖節。

多樣表達：謚號

(1) 表揚的：文 景 武 惠 昭 宣 元 成 平 明 桓 獻 康 穆；(2) 批評的：靈 煬 厲；(3) 同情的：哀 愍 懷

10 **謙(谦)** qiān 粵him1 欠1 虛心；不自滿◇自謙｜滿招損，謙受益。

【謙虛】qiānxū ① 虛心謙讓而不自滿◇做事謙虛謹慎。② 說謙虛的話◇他謙虛了幾句，也就答應了下來。

【謙稱】qiānchēng ① 謙虛的稱呼◇"寡人"是皇帝的謙稱。② 謙遜地說；說好聽話。

多樣表達：謙稱

(1) 自稱：敝 晚 愚 弟 不才 不佞 在下 鄙人 區區 小子 不肖 小人 兄弟 小弟 愚弟 愚兄 老朽 舍下 舍間 寒舍 晚生 敝體 敝公司；(2) 稱自己的親屬：家 舍 家父 家君 家嚴 嚴父 嚴君 嚴親 家母 家慈 慈親 北堂 家兄 家姊 舍弟 舍妹 舍姪 舍親

【謙遜】qiānxùn 謙虛恭謹，有禮貌◇他為人謙遜禮讓。

【謙讓】qiānràng 謙遜禮讓；謙遜退讓。

【謙謙君子】qiānqiānjūnzǐ 稱彬彬有禮、謙遜禮讓的人。㊡ 狹邪小人。

10 謐(谧) mì 粵mat⁶ 物 ①寂靜◇靜謐。②安寧◇謐安。

10 謇 jiǎn 粵gin² 堅² ①結巴，口吃◇謇吃。②正直◇謇正|謇辭。③驕傲◇恃才謇傲。④姓。

11 謨(谟)〔謩〕mó 粵mou⁴ 毛 ①計謀；謀略◇宏謨|開國遠謨。②謀劃◇謨謀。③姓。

11 謷 áo 粵ngou⁴ 熬 詆毀。

11 謦 qǐng 粵hing³ 慶【謦欬】qǐngkài ①咳嗽。②借指談笑◇親承謦欬。

11 謹(谨) jǐn 粵gan² 緊 ①慎重；小心◇謹言慎行。②鄭重；恭敬◇謹啟|謹此致謝。③嚴格；嚴密◇謹守|謹嚴。

【謹防】jǐnfáng 嚴謹防備；小心防範◇謹防盜竊。

【謹慎】jǐnshèn 小心慎重，以免發生不利或不幸的事◇處事謹慎。㊡ 大意。

【謹嚴】jǐnyán ① 謹慎嚴肅，一絲不苟◇校風謹嚴。② 嚴密，無懈可擊◇文章的結構謹嚴，説理清晰。

11 謳(讴) ōu 粵au¹/ngau¹ 勾 ①歌唱；吟誦◇謳歌|謳吟。②民歌◇吳謳。

【謳歌】ōugē 歌頌；讚美◇謳歌人類登月的偉大成就。

11 謼(谑) hū 粵fu¹ 呼 ①同"呼"。大聲喊叫◇謼叫|仰天大謼。②驚嚇◇謼得魂不附體。③姓。

11 謾(谩)〈一〉mán 粵maan⁴ 蠻 欺騙；蒙騙◇欺謾|謾哄。

〈二〉màn 粵maan⁶ 慢 ①不要，莫◇謾説是你，就是你師傅恐怕也難勝任。②毀謗；侮慢◇謾罵。③同"慢"。不尊重人；沒有禮貌◇傲謾。

【謾罵】mànmà 無節制地辱罵◇肆意謾罵。

11 謫(谪)〔讁〕zhé 粵zaak⁶ 宅 ①譴責；責備◇謫罵|指謫。②處罰；懲罰。③古代官吏遭貶黜或流放◇貶謫。

【謫戍】zhéshù 古時獲罪被發往邊陲守衛當地。

【謫遷】zhéqiān 古代官員因獲罪而被貶黜到邊遠地區任職。㊞ 左遷。

11 謬(谬) miù 粵mau⁶ 茂 ①差錯；失誤◇荒謬|大謬不然。②謙辭。説評價、榮譽或獎勵高過實際，其實不該得到◇謬讚|謬獎。

【謬見】miùjiàn 荒謬的見解。也用以謙稱自己的見解、主張。

【謬種】miùzhǒng ① 指荒謬錯誤的觀點、言論、學術流派等◇謬種流傳，誤人不淺。② 詈詞。壞東西；孽種。

【謬誤】miùwù 錯誤；差錯◇文中多有謬誤。

【謬論】miùlùn 荒謬的言論◇批判謬論。

12 譁(哗) huá 粵waa¹ 娃 ①同"嘩"。喧嘩。②譁拳，搳拳。

12 譚(谭) tán 粵taam⁴ 談 ①同"談"。(1)話語◇天方夜譚。(2)説；談話◇譚論。②姓。

12 譖(谮) zèn 粵zam³ 浸 誣陷；中傷◇譖毀|譖言。

12 譙(谯)〈一〉qiáo 粵ciu⁴ 潮 ①譙樓，古代城門上的瞭望樓。②姓。

〈二〉qiào 粵ciu³ 俏 同"誚"。譴責；責備◇譙責|譙讓。

12 識(识)〈一〉shí 粵sik¹ 色 ①識別；辨識◇目不識丁。②知道；了解◇不識好歹|不識箇中奧妙。③知識；見解◇學識|遠見卓識。

〈二〉zhì 粵zi³ 至 ①標誌；記號◇標識|款識。②記住；記載◇博聞強識|識於泰山。

【識見】shíjiàn 見識；見解◇別有識見。

【識別】shíbié 辨認；鑒別◇難以識別真偽|識別好人壞人。㊞ 辨別 ㊡ 混淆。

【識相】shíxiàng ① 知趣，看風向、看別人的臉色行事◇他很不識相，賴着不肯走。② 認識鑒別；識別真相◇這畫的真偽，豈是你我所能識相？

【識荊】shíjīng 唐代李白《與韓荊州書》："生不用封萬戶侯，但願一識韓荊州。"韓朝宗時為荊州長史，喜結識提拔後進，為人所重。

後成為初次見面的敬辭。

【識破】shípò 看出；看穿◇識破陰謀｜識破了他耍的花招。同 看破 反 蒙蔽。

【識辨】shíbiàn 識別辨認◇語音識辨。同 辨識。

【識途老馬】shítúlǎomǎ 見“老馬識途”。

12 譜(谱) pǔ 粵pou2 普 ①按照事物類別或系統編成的表冊、圖書等◇棋譜｜圖譜｜家譜。②用符號記錄的音樂作品◇樂譜。③大致標準；大概範圍◇離譜｜心裏早就有譜了。④顯示出來的派頭、排場◇擺譜。⑤為歌詞配曲◇譜曲。

【譜寫】pǔxiě 為歌詞配曲或創作樂曲。

12 譔(譔) zhuàn 粵zaan6 賺 同“撰”。

12 證(证) zhèng 粵zing3 正 ①憑據◇物證｜身份證。②根據可靠的憑據來表明或判斷◇證明｜證實｜查證。③佛教語。指參悟、修行得道◇證悟｜證果。④病情；症候。

【證人】zhèngrén 提供案情證據的非當事人；作證的人。

【證件】zhèngjiàn 證明身份、經歷、資格等的文件，如身份證、會員證。

【證明】zhèngmíng ①用事實或材料斷定真實性◇事實證明孩子沒說謊。②證人；證據◇請你來做個證明｜一面之詞不能當作唯一證明。③起證明作用的文本、文件◇工作證明｜當局給我開了證明。

【證供】zhènggòng 證言，證詞。

【證券】zhèngquàn 表示對貨幣、資本、商品等有價物擁有所有權的憑證，如股票、債券等。

【證書】zhèngshū 用來證明資格、榮譽、權力的文件◇畢業證書。

【證實】zhèngshí 證明不虛假，確實如此◇證實有罪｜傳言未被證實。

【證據】zhèngjù 用作證明屬實不假的真憑實據◇證據確鑿。

12 譎(谲) jué 粵kyut3 決 ①欺詐；詭詐◇狡譎。②奇異；怪誕◇奇譎｜詭譎。

12 譏(讥) jī 粵gei1 機 諷刺；嘲弄◇反脣相譏。

【譏刺】jīcì 議論嘲諷。同 諷刺、嘲諷。

【譏笑】jīxiào 諷刺嘲弄◇不怕人家譏笑。同 嘲諷。

【譏評】jīpíng 譏笑議論；諷刺批評◇無理的譏評。

【譏諷】jīfěng 用旁敲側擊或尖刻的話挖苦嘲笑人◇冷言冷語譏諷人。

13 警 jǐng 粵ging2 竟 ①告誡，使引起注意◇警告。②戒備；保持警覺◇警戒｜警惕。③反應敏銳，及時應變◇機警。④危急或意外的情況◇火警｜報警。⑤警察◇警長｜刑警。⑥警察所使用的◇警服｜警犬。⑦姓。

【警告】jǐnggào ①嚴正告誡，使其醒悟過來、迷途知返。②紀律處分的一種◇給予警告處分。

【警惕】jǐngtì 保持警覺，專注戒備◇提高警惕。

【警務】jǐngwù 指警察維持社會治安的任務◇執行警務｜警務處長。

【警報】jǐngbào 危急可能來臨的通報或信號◇颱風警報。

【警號】jǐnghào 報警的信號◇發出洪水警號。

【警察】jǐngchá ①政府維護社會秩序與安全的武裝力量◇警察局。②政府維護社會秩序與安全的武裝人員◇路上有警察。

【警醒】jǐngxǐng ①覺醒；發現錯了，想要改正過來◇她聽了大家的話，有些警醒，知道自己誤入歧途了。同 醒悟。②告誡他人，使從錯誤中醒悟過來或避免重蹈覆轍◇警醒後人。③睡得不沉，容易感受到周圍發生的情況。

【警覺】jǐngjué ①對可能出現的不利情況或壞事情具有敏銳感覺◇提高警覺。②警醒覺悟；警悟◇看到那人鬼祟可疑，立刻警覺起來。

【警鐘】jǐngzhōng 在遇險或發生意外時報警的鐘，多用作比喻◇警鐘長鳴。

13 譽(誉) yù 粵jyu6 預 ①稱讚；讚美◇讚譽｜稱譽。②美名，好名聲◇譽望｜譽稱｜譽滿天下。③姓。

13 **譟〔噪〕** zào 粵cou3 澡 同"噪"。叫嚷；喧鬧◇譟聲。

13 **譯（译）** yì 粵jik6 亦 ①把一種語言文字轉換成另一種語言文字◇翻譯｜英譯中。②把古代語文轉換成現代語文◇把古文譯成白話文。③把代表語言文字的代碼符號轉換成對應的語言文字◇破譯密電。

【譯文】yìwén 翻譯出來的文字。

【譯本】yìběn 翻譯成另一種文字的文本◇英譯本｜中譯本。

13 **譫（谵）** zhān 粵zim1 尖 病中胡言亂語◇譫言｜譫語。

13 **議（议）** yì 粵ji5 耳 ①商量；討論；評說◇商議｜議政｜非議。②言論；意見◇建議｜異議。③議會◇議員｜議院。

【議決】yìjué 商議討論作出決定◇這些問題等待校董會議決。

【議和】yìhé 和談；進行談判，停止對抗或結束戰爭。

【議案】yì'àn 列入議事日程的提案。

【議程】yìchéng 會議確定下來的討論問題的程序◇這個問題已排上議程了。

【議會】yìhuì 實行代議制國家的最高立法機構，一般由上、下兩院組成，立法權在議會，並監督政府的權力運作。

【議價】yìjià 買賣雙方或同業共同商討決定貨品的價格。

【議論】yìlùn ①發表意見，論列是非、得失、優劣等◇議論紛紛。②發表的意見、言論◇坊間對此事有很多議論。

13 **譬** pì 粵pei3 屁 ①打比方；比喻◇譬如｜譬喻說。②比方；比喻的方法◇設譬｜取譬。③曉諭；勸導◇譬之以理。

【譬如】pìrú 比如；比方說◇旅館設備齊全，譬如空調、熱水器。

14 **譸（诪）** zhōu 粵zau1 周 ①詛咒。②同"侜"。欺騙◇譸張（作假欺詐）。

14 **護（护）** hù 粵wu6 互 ①保衞；照顧◇護航｜護衞｜愛護。②包庇；偏袒◇官官相護。

【護士】hùshi 從事護理病人的醫務人員。

【護送】hùsòng 陪同保護，使安全到達目的地◇護送傷員。

【護理】hùlǐ ①配合醫生治療，看護和料理病人◇特別護理。②養護，照看◇護理花草。

【護照】hùzhào 由政府主管部門發給，用來證明持有人身份的證件。

【護衞】hùwèi 保護；保衞◇護衞員｜消防員護衞着幼童撤離火場。

【護養】hùyǎng ①保護養育；護理培養◇護養幼女｜護養花木。②維護保養◇護養公路。

【護身符】hùshēnfú ①道士、巫師所畫的符或被唸過咒語的物件，據說帶在身上可以辟邪消災。②泛指用來避災護身的人或物。

14 **譴（谴）** qiǎn 粵hin2 顯 ①責備；申斥◇自譴。②古代官員獲罪降職。

【譴責】qiǎnzé 嚴厲責備；嚴正斥責◇強烈譴責性別歧視。

【譴謫】qiǎnzhé ①古代官員貶到外地擔任降格的官職。②指責，責備。

15 **讀（读）** 〈一〉dú 粵duk6 獨 ①照着文字唸◇宣讀｜朗讀。②閱覽；閱讀◇讀報｜值得一讀。③感受；領會◇從惶惑的神色，我讀出她內心的焦慮。④指上學、學習◇讀初中｜正在讀設計。⑤字詞的唸法◇音讀｜正讀。
〈二〉dòu 粵dau6 豆 同"逗"。語句中的停頓。區別於一句結束時的"句"◇彼童子之師，授之書而習其句讀者。

【讀帖】dútiè 玩味字帖上的字，揣摸其寫法特點◇聚精會神地讀帖。

【讀書】dúshū ①閱讀；朗讀或默讀書本、課文◇埋頭讀書｜讀書作畫。②學習功課；求學◇讀書很用功｜在中學讀書。

15 **譾（谫）〔譭〕** jiǎn 粵zin2 展 淺薄◇學識譾陋｜譾才（薄才）。

【譾陋】jiǎnlòu 淺陋◇學識譾陋。

16 **讎（雠）〔讐〕** chóu 粵cau4 酬 ①校對；校勘◇校讎。②同"仇"。仇敵；仇恨◇吾所以為此者，以先國家之急而後私讎也。

16 **讆（䜣）〔䛭〕** wèi 粵wai6 位 虛妄◇讆言。

16 **讌（䜩）** yàn 粵jin3 宴 ①同"宴"。宴飲◇讌席｜讌樂。②聚談。

16 **變（变）** biàn 粵bin^{3} 便^{3} ①發生了變化，情況與原來的不同◇變心。②變成；變為◇漁村變港口，土丘變高樓。③變賣◇變產還債。④正在變動的◇變數|變局。⑤突然的變動◇變亂|七·七事變。⑥"變文"的簡稱。唐説唱文學體裁的一種。

【變化】biànhuà ①從原來的情況轉變成新的情況◇氣候變化。②改換◇變化行事的方式以適應新的工作環境。

【變心】biànxīn 愛情或忠誠發生變化。多指從好向壞的變化◇痴情郎竟然也會變心！同 負心。

【變幻】biànhuàn 變化不定；沒有規律地改變◇風雲變幻｜人生變幻無常。

【變色】biànsè ①顏色發生變化◇變色龍。②比喻時局變化或政權更迭。③臉色改變。多指生氣發怒◇勃然變色。

【變形】biànxíng 形狀發生變化◇變形蟲｜車門撞得變形了。

【變法】biànfǎ 指歷史上對國家法令制度進行重大的變革◇商鞅變法｜戊戌變法，百日維新。

【變革】biàngé 改變事物的本質。多指改變社會的政體或社會制度◇歷史變革。

【變相】biànxiàng 改變外形，但內容、本質不變。多指變換手法、借用新形式做壞事◇變相整人｜變相貪污。

【變異】biànyì 因發展變化而產生出來的差異◇基因變異。

【變動】biàndòng 變化；改變◇人事變動｜局勢變動得很快｜蔬菜價格隨季節變動。

【變通】biàntōng 依據變化的實際情況，不拘於成規，靈活地變動。

【變換】biànhuàn 變化更換◇變換姿勢。

【變節】biànjié 失節；改變自己的志節操守。一般指改變立場，轉向敵對的一方◇變節投敵。反 守節。

【變態】biàntài ①形態變化◇毛毛蟲長成蝴蝶是變態的過程。②指人的生理、心理處於不正常的狀態◇心理變態｜性格扭曲變態。反 常態。

【變賣】biànmài 出賣財產物品換取現款◇變賣古董首飾還債。

【變遷】biànqiān 情況的變化轉移◇時代變遷｜歷經變遷。

【變數】biànshù 表示變量的數。借指事物中可變的因素◇市場存在變數。

【變質】biànzhì 人和事物的本質、品質發生變化。一般指向壞的方面轉變◇位高權重，容易變質｜冷藏食物不易變質。

【變化多端】biànhuàduōduān 變來變去，不穩定。同 變化無常 反 始終如一。

【變本加厲】biànběnjiālì 比原來變得更加嚴重。多指缺點、錯誤等。

16 **讋（讋）** zhé 粵zip^{3} 接 懼怕◇讋服（畏懼服從）。

17 **讕（谰）** lán 粵laan^{4} 蘭 ①誣陷◇讕言。②抵賴◇抵讕。

【讕言】lányán ①誣陷的不實之辭。②傳言；無稽之談◇里巷讕言不可信。

17 **讖（谶）** chèn 粵cam^{3} 侵^{3} ①預言吉凶的文字、圖籙。②預言；預兆◇讖語|讖兆。

17 **讒（谗）** chán 粵caam^{4} 慚 ①説別人壞話；説誣陷人的話。②陷害人的話；毀謗的話◇進讒|信讒。

【讒言】chányán 誣害、離間人的壞話◇誤信讒言｜讒言可憎。

【讒害】chánhài 用讒言陷害。

【讒毀】chánhuǐ 進讒言毀謗。

17 **讓（让）** ràng 粵joeng^{6} 樣 ①把方便和好處推給別人◇謙讓。②請人接受招待◇快把客人讓進來。③把權力、所有權或使用權轉給別人◇讓位|出讓|轉讓。④離開所在地；避開◇讓路|退讓。⑤遜色；亞於◇巾幗不讓鬚眉。⑥容許；指使；聽任◇讓他去|不讓説下去。⑦表示願意；希望◇讓生活更美好。⑧責問◇責讓。⑨相當於"被"，表示被動◇東西讓他找到了。⑩姓。

【讓步】ràngbù 作出退讓或妥協，使事情能辦成◇不肯讓步。

【讓利】rànglì 把部分利潤或利益轉給別人◇讓利銷售。

【讓位】ràngwèi ①讓出地位或職位◇讓位給

有為者。② 讓出座位◇讓位給老年乘客。

【讓座】ràngzuò ① 讓座位給別人◇給孕婦讓座。② 請客人入座◇熱情地讓座、遞茶。

【讓路】rànglù ① 給對方讓出道路◇給救護車讓路。② 為完成主要的工作，放棄或暫緩次要的工作◇給新碼頭工程讓路。

【讓賢】ràngxián 把職位讓給賢能的人◇退位讓賢。

17 讔（𬤊）yǐn 粵jan2 隱 隱語；謎語。

19 讚 zàn 粵zaan3 贊 ①稱美；頌揚◇讚揚|讚譽。②文體的一種。以讚美為主◇英雄讚。

【讚美】zànměi 讚頌；頌揚◇交口讚美。

【讚許】zànxǔ 稱讚；推許◇獲得一致讚許|點頭讚許。

【讚揚】zànyáng 稱讚表揚◇交口讚揚|演技備受讚揚。

【讚頌】zànsòng 讚揚歌頌◇讚頌母愛的偉大。

【讚歎】zàntàn 稱讚，歎賞◇雜技表演令人讚歎不已。

【讚賞】zànshǎng 稱讚賞識◇備受讚賞。

【讚不絕口】zànbùjuékǒu 不停地稱讚。形容非常讚賞。

20 讞（谳）yàn 粵jin6 現 ①議罪；審訊◇讞案|讞鞫。②斷定；判定◇定讞。

20 讜（谠）dǎng 粵dong2 擋 正直◇讜直|讜論(正直的話)。

22 讟（𬤎）dú 粵duk6 獨 怨言。

谷部

0 谷〈一〉gǔ 粵guk1 穀 ①山間低凹而狹長的通道或水道◇山谷|深谷|峽谷。②姓。

〈二〉yù 粵juk6 欲 見"吐谷渾"。

10 谿 xī 粵kai1 溪 ①同"溪"。山間流水的通道◇谿谷。②山谷◇不臨深谿，不知地之厚也。

【谿刻】xīkè 苛刻；刻薄◇待人谿刻。

10 豁〈一〉huò 粵kut3 括 ①寬闊的山谷。②開闊；寬敞◇開豁。③通達；開朗◇豁達|豁朗。④免除；取消◇豁免|豁其賠償。⑤轉眼間；一下子◇豁然貫通。⑥姓。

〈二〉huō 粵kut3 括 ①裂開；缺損◇豁口|豁嘴。②捨棄；決心付出◇豁出去了。

〈三〉huá 粵waa4 華 見"豁拳"。

【豁口】huōkǒu 缺口◇門牙豁口。

【豁免】huòmiǎn 取消；免除◇豁免申請|外交豁免權|所欠税款特予豁免。

【豁亮】huòliàng ① 寬敞明亮◇書房豁亮整潔。同 敞亮。② 明白◇心裏豁亮。③ 宏大響亮◇嗓門豁亮。

【豁拳】huáquán 同"劃拳"。飲酒時二人同時伸出手指並各説一個數，誰説的數同雙方伸出手指總數相合者為勝，負者飲酒。

【豁達】huòdá 胸襟開闊，豪爽大方◇為人豁達大度|豁達開朗。同 曠達。

豆部

0 豆 dòu 粵dau6 竇 ①古代盛食物的器皿。形似高腳盤◇俎豆。②豆類作物。也指豆類作物的種子◇大豆|豌豆|種瓜得瓜，種豆得豆。③形狀像豆的東西◇土豆|花生豆|咖啡豆。

【豆沙】dòushā 赤豆或綠豆煮爛搗成泥並加糖製成的食品，用作點心的餡◇豆沙包子。

【豆油】dòuyóu 大豆榨的油，主要供食用。

【豆莢】dòujiá 豆類植物的果實。俗稱豆角。

【豆豉】dòuchǐ 用黃豆或黑豆泡透蒸熟或煮熟，經過發酵而製成的食品。有鹹淡兩種，主要用於調味。

【豆蓉】dòuróng 大豆、豌豆或綠豆煮熟曬乾後磨成的粉，用來做點心的餡◇豆蓉月餅。

【豆蔻】dòukòu ① 多年生草本植物。外形像芭蕉。花淡黃色，果實扁球形。種子像石榴子，有香味。果實和種子也叫豆蔻，可入藥。② 比喻少女◇豆蔻梢頭二月初。

【豆腐】dòufu 大豆經浸泡、磨細、濾淨、煮漿後，加入石膏或鹽鹵使凝結成塊，用布包着壓去一部分水而成的豆製品◇紅燒豆腐｜麻婆豆腐。

【豆蔻年華】dòukòuniánhuá 唐代杜牧《贈別》詩：“娉娉裊裊十三餘，豆蔻梢頭二月初。”後稱少女十三四歲的年紀。

3 **豇** jiāng 粵gong1 江【豇豆】jiāngdòu ①一年生草本植物。花淡青或淡紫色，果實為長莢，嫩莢和種子都可吃。②該植物的莢果和種子。

3 **豈（岂）** qǐ 粵hei2 起 表示反問。相當於“哪、怎麼、難道”◇豈敢｜豈有此理｜兩全其美，豈不更好？

【豈止】qǐzhǐ 何止，哪裏止。用反問的語氣表示不止◇值得高興的事豈止這一件？

【豈但】qǐdàn 用反問的語氣表示“不但”◇豈但我不贊成，大家也都反對。

【豈非】qǐfēi 難道不是。用反問的語氣表示“肯定”◇豈非不打自招？

【豈敢】qǐgǎn 哪敢。用反問的語氣表示“不敢”◇豈敢違命｜豈敢怠慢？

【豈有此理】qǐyǒucǐlǐ 哪有這個道理。表示對荒謬言行的反感和氣憤◇恃強凌弱，豈有此理！

4 **豉** chǐ 粵si6 士 見“豆豉”。

8 **豎（竖）〔竪〕** shù 粵syu6 樹 ①跟地面垂直的◇豎立｜豎井。②上下或前後方向的◇橫七豎八｜對聯要豎着寫。③使直立◇豎旗杆。④漢字的筆畫。從上往下直着寫，形狀是“丨”◇“十”字是一橫一豎。⑤小孩子◇婦豎（婦孺）。⑥古人稱年輕的僕人◇豎子。

【豎子】shùzǐ ①小子、這小子。含輕蔑意◇世無英雄，遂使豎子成名。②年輕的僕人。

【豎立】shùlì ①物體垂直地立着◇嚇得汗毛都豎起來。②把物體垂直地立起來◇把旗杆豎立在廣場上。

8 **䜺** chǎi 粵caak3 策 碾碎了的豆子或玉米◇豆䜺｜把玉米磨成䜺。

8 **豌** wān 粵wun1 碗1【豌豆】wāndòu ①一年或二年生草本植物。莖蔓生，開白色或淡紫色花，結莢果，種子球形。嫩的莢葉和種子可做菜吃。②該植物的莢果和種子。

11 **豐（丰）** fēng 粵fung1 風 ①茂盛◇豐茂｜豐草。②富足；豐富◇瑞雪兆豐年。③大◇豐碑｜豐功偉績。④姓。

【豐年】fēngnián 農作物收成好的年份◇瑞雪兆豐年。(反) 荒年。

多樣表達：豐年

大年 熟年 康年 富歲 樂歲 大有年

【豐收】fēngshōu 獲得好收成；收穫很大◇玉米豐收｜事業愛情雙豐收。(反) 歉收。

【豐沛】fēngpèi 豐富充足◇雨量豐沛。

【豐茂】fēngmào 繁密茂盛◇林木豐茂｜樹木叢生，百草豐茂。(反) 枯萎。

【豐盈】fēngyíng ①豐滿◇體態豐盈。②財物充裕◇家境豐盈。

【豐盛】fēngshèng 多而且好◇豐盛的午餐。(反) 貧乏。

【豐富】fēngfù ①種類多或數量大◇物產豐富｜教學經驗豐富。②使豐富◇豐富學生課餘生活。

【豐裕】fēngyù 富裕，充足有餘◇日子過得很豐裕｜收入豐裕。(反) 清貧。

【豐碑】fēngbēi 記載豐富的高大石碑。碑，古人刻碑記述生平事跡、功勛、重要歷史事件等。後比喻不朽的功績或傑作等◇歷史的豐碑｜文學史上的豐碑。

【豐稔】fēngrěn ①豐收◇風調雨順的豐稔之年。②富足◇自古以來，四川就是豐稔之邦。

【豐碩】fēngshuò 又多又大◇豐碩的果實｜取得豐碩成果。

【豐滿】fēngmǎn ①體態圓潤勻稱◇身材豐滿。(同) 豐盈。②東西堆積得滿滿的。多指糧食之類◇糧倉豐滿。

【豐潤】fēngrùn 豐滿滋潤◇豐潤的面龐。

【豐饒】fēngráo 豐富；富饒◇土地肥美，物產豐饒。

【豐功偉績】fēnggōng wěijì 偉大的功勞和業績◇豐功偉績彪炳史冊。

【豐衣足食】fēngyī zúshí 穿的吃的都豐富充足。形容生活富裕。(反) 飢寒交迫。

21 **豔（艳）〔豓艷〕** yàn 粵jim6 驗 ①色彩鮮明、美麗◇鮮豔｜嬌豔｜紅豔豔｜百花爭豔。②有關愛情方面的◇豔史。③羨慕◇豔羨。

【豔冶】yànyě 妖豔，豔麗但不莊重◇穿着豔冶｜豔冶女郎。同 妖冶。

【豔妝】yànzhuāng 女子用化妝品打扮出來的濃豔妝飾。同 濃妝 反 素妝、淡妝。

【豔情】yànqíng 關於男女愛情的◇豔情小說。

【豔陽】yànyáng 明亮的太陽◇豔陽高照｜三月豔陽天。

【豔詞】yàncí 豔麗的文辭◇豔詞麗曲。

【豔羨】yànxiàn 非常羨慕◇令人豔羨的職業。

【豔聞】yànwén 有關男女情愛的傳聞◇豔聞祕史。

【豔麗】yànlì 鮮豔美麗◇色澤豔麗。反 淡雅、素淨。

豕部

0 **豕** shǐ 粵ci[2] 齒 豬◇犬豕｜豕突狼奔。

3 **豗** huī 粵fui[1] 灰 ①撞擊。②轟響；喧鬧◇飛湍瀑流爭喧豗。

4 **豚** tún 粵tyun[4] 團 小豬。也泛指豬◇豚蹄｜雞豚。

4 **豝** bā 粵baa[1] 巴 母豬。

5 **象** xiàng 粵zoeng[6] 丈 ①陸地上現存最大的哺乳動物。耳大，眼小，鼻子長圓筒形，能捲曲，多有一對長大的門牙伸出口外。產於中國雲南、東南亞、印度和非洲等地。②景象；形象◇氣象萬千｜萬象更新。③模仿；仿效◇象形文字。

【象形】xiàngxíng 中國文字學上的"六書"之一，是描摹實物形狀的造字法。如"日"，畫一個太陽的形狀"☉"；"月"，畫一個新月的形狀"☽"。

【象徵】xiàngzhēng ① 用具體事物表現抽象的意義◇火炬象徵光明｜白色象徵純潔。② 用來表現特殊意義的具體事物◇白鴿是和平的象徵。

6 **豢** huàn 粵waan[6] 患 餵養；飼養。

【豢養】huànyǎng ① 飼養◇豢養牛羊。② 比喻蓄養利用◇他像一條被人豢養的走狗。

7 **豨** xī 粵hei[1] 希 豬；大豬。

7 **豪** háo 粵hou[4] 毫 ①有傑出才能的人◇英豪。②有氣魄；直爽，無拘束◇豪邁｜豪爽。③強橫霸道◇巧取豪奪。④指強橫霸道的人◇土豪劣紳。⑤感到光榮、驕傲◇自豪。

【豪壯】háozhuàng 豪邁雄壯◇豪壯的誓言。

【豪雨】háoyǔ 暴雨◇豪雨成災。

【豪放】háofàng 氣魄大，不受拘束◇豪放不羈｜氣勢豪放。反 拘謹。

【豪門】háomén 有錢有勢的人家◇嫁入豪門。

【豪俠】háoxiá ① 果敢，講義氣。② 指勇敢而講義氣的人。

【豪爽】háoshuǎng 性格和作風明快、開放、爽氣◇為人豪爽，不拘小節。反 拘謹。

【豪情】háoqíng 豪邁的情懷◇壯志豪情。

【豪強】háoqiáng ① 蠻橫不講理◇豪強霸道。② 依仗權勢欺壓民眾的人◇豪強劣紳。

【豪紳】háoshēn 在地方上有勢力、仗勢欺人的紳士。

【豪華】háohuá ① 奢侈◇豪華的生活。同 奢華。② 富麗堂皇◇客廳裝修豪華。反 簡樸。

【豪傑】háojié 才能出眾的人◇英雄豪傑｜豪傑輩出。同 英傑、俊傑 反 庸人。

【豪舉】háojǔ 有魄力的舉動；慷慨的舉動。

【豪邁】háomài 有魄力，有氣勢◇神情豪邁｜氣概豪邁。

【豪言壯語】háoyán zhuàngyǔ 氣魄大、有膽識的話語。

【豪情壯志】háoqíng zhuàngzhì 豪邁的情懷，遠大的志向。

8 **豬〔猪〕** zhū 粵zyu[1] 珠 哺乳動物。身體肥壯，耳大，四肢短小，肉供食用，皮製革，鬃、骨作工業原料。

【豬玀】zhūluó 方言。豬。

8 **䝋** zòng 粵zung[3] 眾 公豬。

9 **豫** yù 粵jyu[6] 遇 ①安樂；安逸◇逸豫。②喜悅；高興◇面露不豫之色。③預備，事先作準備◇凡事豫則立，不豫則廢。④河南省的別稱◇豫劇。

10 **豳** bīn 粵ban¹奔 古地名。在今陝西旬邑西南。

12 **豶（豮）** fén 粵fan⁴墳 ①雄性的牲畜。特指公豬。②閹割過的豬。

豸部

0 **豸** zhì 粵zi⁶自/zaai⁶寨 ①本指長脊獸，如貓、虎之類。引申為不長足的蟲。泛指蟲類◇蟲豸|獬豸。②姓。

3 **豺** chái 粵caai⁴柴 哺乳動物。體形比狼瘦小而較狐大，行蹤詭祕，動作敏捷，捕捉羊兔等動物為食。也叫豺狗。

【豺狼當道】cháiláng dāngdào《東觀漢紀·張綱》:"豺狼當道，安問狐狸！"說為何放着豺狼似的大壞人不管，卻去整治狐狸一類的小壞人。後比喻壞人當權。

3 **豹** bào 粵paau³炮 ①哺乳動物。全身有斑點或花紋，似虎而小，性情兇猛，善於跳躍，能上樹，主食中小型食草動物。②姓。

5 **貂** diāo 粵diu¹丟 ①哺乳動物。形似鼬，肢短體長，皮毛極珍貴，保暖性好。②姓。

6 **貆** huán 粵wun⁴緩 ①豪豬◇貆豬。②幼貉。

6 **貊** mò 粵mak⁶默 古代北方國名、部族名。

6 **貅** xiū 粵jau¹休 傳說中的猛獸名。見"貔貅"。

6 **貉** hé 粵hok⁶學 哺乳動物。似狐而胖，尾短，耳小而圓，食小動物及果、草等，毛皮珍貴。通稱貉子，也叫狸。

7 **貍** lí 粵lei⁴厘 ①豹貓。又叫狸貓、山貓。②指家貓。

7 **貌** mào 粵maau⁶矛⁶ ①面容；容顏◇容貌|年輕貌美。②外表；外觀◇概貌|風貌|貌合神離。③姓。

【貌似】màosì 外表上很像◇貌似強大，實則虛弱。㊐ 形似。

【貌相】màoxiàng ① 人的相貌◇貌相和善。② 根據外貌判斷人◇人不可貌相，海水不可斗量。

【貌合神離】màohé shénlí 表面上合得來，實際上兩條心。

9 **貓〔猫〕** māo 粵maau¹矛¹ ①哺乳動物。圓臉大眼小耳朵，瞳孔可隨光線強弱而縮小放大，腳掌有肉墊，走路無聲，善捕鼠類。②方言。躲藏◇貓在家裏不出門。

10 **貔** pí 粵pei⁴皮 古籍中的猛獸名，似虎◇貔虎|貔貅。

【貔貅】píxiū 古籍中的兩種猛獸，一說似虎，一說似熊，雄者曰貔，雌者稱貅。後多用以比喻勇猛的將士。

11 **貘** mò 粵mak⁶默 ①哺乳動物。似豬而大，尾短，鼻圓而長，屈伸自如。生活在熱帶叢林，善游泳。②古籍中的獸名。一說似熊，一說為白豹。

11 **貙（䝙）** chū 粵syu¹書 古籍中的猛獸名。又叫貙虎。後用於比喻勇士。

貝部

0 **貝（贝）** bèi 粵bui³輩 ①螺、蚌、蛤蜊等介殼軟體動物的統稱◇貝殼|貝類。②古代用貝殼做的貨幣◇錢貝|貝幣。③姓。

【貝殼】bèiké 貝類的硬殼。

【貝雕】bèidiāo 用貝殼雕刻、鑲嵌而成的工藝品。

2 **貞（贞）** zhēn 粵zing¹晶 ①堅定不移，有節操◇忠貞不屈。②古代特指女性不失身、不改嫁的操守◇貞節烈婦。③占卜；問卦◇貞卜。

【貞節】zhēnjié ① 堅貞的節操◇慷慨正氣、寧死不屈的貞節。㊀ 變節。② 封建禮教指婦女不失身、不改嫁的道德◇貞節牌坊。㊀ 失節。

【貞潔】zhēnjié 婦女貞操清白，沒有污點。

【貞操】zhēncāo 貞節。

2 **負**(负) fù 粵fu⁶父 ①用背部背◇背負。②擔負◇文責自負。③背負的東西◇如釋重負。④承擔的任務或責任◇減負。⑤仗恃；依靠◇自負|負隅頑抗。⑥遭受◇負傷。⑦享有◇久負盛名。⑧違背；背棄◇負約。⑨辜負◇有負重託。⑩虧欠◇負債。⑪輸；失敗◇不分勝負。⑫小於零的◇負數。⑬表示陰電◇負極。

【負心】fùxīn 背棄過去的情誼。多指背棄愛情◇痴情女子負心漢。反 痴心。

【負疚】fùjiù 內心感到慚愧不安，對不起人。同 內疚、愧疚。

【負重】fùzhòng ① 背負重物◇負重泅渡。② 承擔重任◇忍辱負重。

【負氣】fùqì 賭氣◇負氣離家出走。

【負責】fùzé ① 承擔責任◇這件事由你負責。② 盡心盡力，不逃避責任◇工作認真負責。

【負荷】fùhè ① 負擔，承擔◇不勝負荷。② 設備、生理組織等在單位時間內承擔的工作量◇超負荷工作。③ 建築構件承受的力◇鋼梁的負荷超過極限。

【負債】fùzhài 欠人錢財◇負債纍纍。

【負擔】fùdān ① 承擔◇自行負擔學費。② 承受的壓力；承擔的責任、費用等◇心理負擔|減輕家庭負擔。

【負資產】fùzīchǎn 指物業當前的市值低於未償還的按揭貸款金額◇淪為負資產。

【負荊請罪】fùjīngqǐngzuì 荊，荊條，古代用作鞭笞的刑具。《史記・廉頗藺相如列傳》：戰國時趙國的藺相如因功拜為上卿，位居大將廉頗之上。廉頗不服，想侮辱他。藺相如為了國家的利益，處處忍讓。後廉頗明白過來，深感慚愧，便脱去上衣，背着荊條，向藺相如謝罪，請他責罰。後表示主動誠懇地賠禮道歉。

【負隅頑抗】fùyúwánkàng 隅，角落或山勢彎曲險要的地方。依靠險要的地勢頑固對抗。反 坐以待斃。

3 **貢**(贡) gòng 粵gung³工³ ①進貢，古代臣民或屬國向皇帝進獻物品◇貢品|貢奉。②進貢的物品◇納貢|進貢。③科舉時代為朝廷選拔舉薦人才◇貢舉|貢士。

【貢奉】gòngfèng 進貢，向朝廷貢獻物品◇遣使貢奉。

【貢獻】gòngxiàn ① 原指向朝廷進貢。現指把自己的財物、力量等獻給國家、社會或公眾◇貢獻綿薄之力。② 為國家、社會和公眾所做的好事◇貢獻巨大。

3 **財**(财) cái 粵coi⁴才 錢和物資◇生財有道|不義之財不可取。

【財迷】cáimí 迷戀財富或一心追求發財的人。

【財產】cáichǎn 屬於國家、集體或個人擁有的財富和產業◇公共財產|私有財產。

【財務】cáiwù 有關資金的管理、運營和現金的出納、保管、結算，以及核算成本、盈虧等事務。

【財富】cáifù 一切有價值的東西，包括有形的和無形的◇物質財富|精神財富。

【財源】cáiyuán 錢財的來源◇開闢財源|財源滾滾。

4 **責**(责) zé 粵zaak³窄 ①責任◇天下興亡，匹夫有責。②要求◇責己嚴，責人寬。③責備◇斥責|譴責。④懲處，處罰◇責罰。⑤特指為懲罰過失而打◇杖責|鞭責|重責四十大板。

【責令】zélìng 要求遵照指示做成某事◇責令停業整頓。

【責成】zéchéng 要求負責辦成某件事◇責成有關部門嚴肅處理。

【責任】zérèn ① 分內應盡的職責◇履行社會責任。② 應承擔的過失◇推卸責任|追究責任。

【責怪】zéguài 責備怪罪◇出了問題，不要互相責怪。

【責問】zéwèn 質問，用責備的口氣問◇嚴詞責問。

【責備】zébèi 批評；指責◇不要過分責備孩子，他是無心之失。同 責怪 反 諒解。

【責罰】zéfá 懲罰◇擔心受到責罰|甘願接受責罰。

【責罵】zémà 用嚴厲的話斥責◇不要輕易責罵孩子。

【責無旁貸】zéwúpángdài 貸，推卸。自己分內的責任，不能推卸給別人。(反) 推三阻四。

4 **販(贩)** fàn 粵faan3 泛 ①販賣◇販私｜販毒。②販賣貨物的小商人◇小販｜攤販。

【販子】fànzi ① 往來各地以販賣贏利的人◇人口販子。② 比喻製造禍害的人◇戰爭販子。

【販賣】fànmài 買進貨物後轉手賣出◇販賣手工藝品。

4 **貨(货)** huò 粵fo3 課 ①財物，金錢、珠寶、布帛等的總稱◇殺人越貨。②貨物；商品◇走俏貨。③錢◇貨幣｜通貨。④指人。含貶意◇蠢貨｜賤貨。

【貨色】huòsè ① 貨物的品種或質量◇時尚貨色。② 借指人、思想、作品等。含貶義◇下流貨色｜那人不是甚麼好貨色。

【貨物】huòwù 供買賣的物品◇進口貨物。

【貨品】huòpǐn 貨物或貨物的品種◇貨品繁多｜商店裏貨品琳瑯滿目。

【貨幣】huòbì 充當一切商品等價物的特殊商品。用來換取商品、儲存財富和計量財富。

【貨真價實】huòzhēn jiàshí ① 貨品質量可靠，價錢公道。② 比喻真實可靠◇我說的情況貨真價實。

4 **貪(贪)** tān 粵taam1 探1 ①過分愛財◇貪夫徇財，烈士徇名。②利用職權非法取得財物◇貪官污吏。③求多；不知滿足◇貪吃。④貪戀◇貪生怕死。

【貪心】tānxīn ① 貪求的慾望◇是貪心害了她。② 貪求沒個夠◇貪心不足蛇吞象。

【貪污】tānwū 利用職權暗中非法取得財物◇貪污腐敗｜貪污受賄。(反) 廉潔。

【貪婪】tānlán ① 貪心大，不知足◇貪婪無厭。② 比喻抱有強烈的追求慾望◇貪婪地學電腦網絡知識。

【貪圖】tāntú 極力希望得到（某種好處）◇貪圖享樂｜貪圖錢財。

【貪戀】tānliàn 非常留戀而不願捨棄◇貪戀舒適的生活。

【貪得無厭】tāndéwúyàn 貪婪像無底洞，永不滿足。(反) 廉正自守。

【貪贓枉法】tānzāngwǎngfǎ 貪污納賄，歪曲法律。(反) 廉潔奉公。

4 **貧(贫)** pín 粵pan4 頻 ①窮，缺乏錢財◇貧病交加。②窮人◇憐貧恤老。③缺乏；不足◇貧血｜貧礦。④反復說些廢話◇嘴貧討人嫌。⑤謙辭。用於僧、道自稱◇貧僧｜貧道。

【貧乏】pínfá ① 貧窮◇家境貧乏。(同) 貧寒。② 短缺；缺少◇金融知識貧乏。

【貧民】pínmín 生活貧苦的人◇關心貧民。

【貧困】pínkùn 貧窮，生計艱難◇一心想擺脫貧困。

【貧苦】pínkǔ 貧窮困苦◇貧苦人家｜生活貧苦。

【貧寒】pínhán 貧窮寒微；窮困◇出身貧寒｜貧寒的生活。

【貧賤】pínjiàn 窮困，社會地位低下◇出身貧賤之家。

【貧瘠】pínjí（土地）不肥沃◇貧瘠的土地。(同) 瘠薄。

【貧窮】pínqióng 窮困；不富裕◇貧窮的偏遠山區。

【貧嘴】pínzuǐ 絮叨廢話◇貧嘴薄舌，惹人討厭。

4 **貫(贯)** guàn 粵gun3 灌 ①古代穿銅錢的繩子◇貫朽粟腐。②古代的銅錢有孔，用繩穿一千個為一貫◇萬貫家私。③穿通◇橫貫｜縱貫南北。④一個一個互相銜接◇魚貫而入。⑤貫通；通曉◇學貫中西。⑥事，事例◇一仍舊貫。⑦出生地；世代居住的地方◇籍貫。

【貫注】guànzhù ①（精神或精力）集中◇全神貫注。②（說話或行文）連貫◇一氣呵成，前後貫注。

【貫穿】guànchuān ① 穿過；連通◇地鐵線貫穿港島東西。② 從頭到尾都包含體現着◇新理念貫穿決策的全過程。

【貫通】guàntōng ① 連接相通◇大橋貫通兩岸。② 全部透徹了解◇融會貫通。

【貫徹】guànchè 完全按照決定、指示、計劃等去做◇貫徹董事會決議。

5
貳(贰) èr 粵ji6 二 ①"二"的大寫◇貳拾圓。②不忠實；背叛◇貳心|貳臣（叛臣）。

5
賁(贲) 〈一〉bì 粵bei3 祕 光彩華美◇賁臨。〈二〉bēn 粵ban1 奔 見"賁門"。

【賁門】bēnmén 食管與胃相連接的部分，是食物進入胃的通道。

【賁臨】bìlín 敬辭。光臨。

5
貰(贳) shì 粵sai3 世 ①賒欠◇貰賬。②買◇貰酒。③出借；出租◇貰物。④赦免◇貰罪。

5
貼(贴) tiē 粵tip3 帖 ①把薄片狀的東西粘在另一東西上◇剪貼|張貼。②靠近；挨近◇貼近|貼心。③補助◇貼他點錢。④補助的錢◇房貼|飯貼。⑤適合；妥當◇妥貼。⑥順從◇服貼。⑦量詞。用於中草藥、膏藥◇開三貼藥|一貼膏藥。

【貼切】tiēqiè 恰當；確切◇用詞貼切|比喻貼切。

【貼心】tiēxīn 最親密；最知心◇貼心人|貼心話。

【貼身】tiēshēn ① 跟隨在身邊的◇貼身保鏢。② 緊挨着身體的◇貼身內衣。③ 合身◇這件上衣很貼身。

【貼近】tiējìn ① 靠近；緊挨着◇別墅貼近大海|貼近耳朵説悄悄話。② 親近◇身邊連個貼近的人也沒有。

【貼金】tiējīn ① 在神佛塑像上貼上金箔。② 比喻誇耀或美化◇別總是往自己臉上貼金。

【貼補】tiēbǔ ① 從經濟上幫助◇貼補家裏一些錢。② 用積蓄的財物填補日常開支◇這點私房錢先貼補着用吧。

5
貺(贶) kuàng 粵fong3 況 ①賜予；贈送◇貺賜|貺贈。②指賜贈的物品◇厚貺。

5
貶(贬) biǎn 粵bin2 扁 ①降低（官職或價值）◇貶官|貶值。②給予低的或差的評價◇褒貶|貶得一錢不值。

【貶斥】biǎnchì ① 降低官職◇累遭貶斥。㊐ 貶黜。② 貶低並排斥◇貶斥異己。

【貶低】biǎndī 故意壓低對人或事物的評價◇貶低文章的價值|貶低別人，抬高自己。

【貶值】biǎnzhí ① 貨幣購買力下降。② 降低本國單位貨幣的含金量或同外幣的兑換比價。㊜ 升值。③ 泛指事物的價值降低◇信仰貶值。

【貶義】biǎnyì 字句裏含有厭惡或否定的意思◇貶義詞。㊜ 褒義。

【貶謫】biǎnzhé 古代官吏被降職並派到偏遠地方去做官◇白居易曾被貶謫到江州做司馬。

5
貯(贮) zhù 粵cyu5 柱 儲存；積存◇貯藏|貯糧。

【貯存】zhùcún ① 儲存◇貯存新鮮水果。② 儲存的物品◇動用倉庫貯存。

【貯藏】zhùcáng ① 儲藏◇貯藏戰略物資。② 蘊藏◇煤炭貯藏量。

5
貽(贻) yí 粵ji4 而 ①贈送◇余嘉其能行古道，作《師説》以貽之。②遺留◇貽人以口實。

【貽害】yíhài 留下禍害；使受損害◇貽害社會。

【貽患】yíhuàn 留下禍患◇貽患無窮|貽患後人。

【貽誤】yíwù ① 因錯誤而造成不良後果◇貽誤大局|貽誤青年。② 耽擱；錯過◇貽誤戰機。

【貽笑大方】yíxiàodàfāng 讓行家笑話。大方，指見多識廣或有專長的人。

5
貴(贵) guì 粵gwai3 季 ①價格高；價錢大◇昂貴|名貴。②值得重視，值得珍愛◇珍貴|寶貴。③以…為可貴◇人貴有自知之明。④地位高◇富貴|貴人多忘事。⑤指地位高的人◇達官顯貴。⑥敬辭。稱跟對方有關的事物◇貴姓|貴校。⑦貴州省的簡稱◇雲貴高原。

【貴重】guìzhòng 價值高；珍貴◇貴重儀器|貴重金屬。

【貴族】guìzú 君主制國家中享有世襲特權的社會上層◇貴族出身|名門貴族。

5
買(买) mǎi 粵maai5 埋5 ①購進；拿錢換東西◇買花|買衣服。②用錢、物等換取好處◇收買人心。③僱；租◇買舟回鄉。

【買通】mǎitōng 用錢財等手段收買人◇買通裁判。

【買單】mǎidān 結賬，來源於粵語的"埋單”◇服務員，買單！

【買賣】mǎimai ① 做生意；販賣貨物◇買賣公平，童叟無欺。② 生意◇做了一筆大買賣。③ 商店◇開了兩處買賣。

【買賬】mǎizhàng 佩服或服從對方。多用於否定式◇質量差的商品，價格再低，顧客也不買賬。

【買辦】mǎibàn 做外國人在本國市場上經營企業、開設銀行等業務的代理人。

【買櫝還珠】mǎidúhuánzhū《韓非子・外儲説左上》：有楚人去鄭國賣珍珠，把珍珠匣子裝飾得非常華貴。有個鄭國人買了匣子，把珍珠退還給楚國人。後比喻捨本逐末，取捨不當。

5 **貸**(贷) dài 粵taai[3] 太 ①借入或借出◇貸款。②指借出或借入的款項◇借高利貸。③推卸◇責無旁貸。④寬恕◇嚴懲不貸。

【貸款】dàikuǎn ① 銀行等金融機構借錢給需款者，或需款者向銀行等金融機構借錢。按約定付利息，到期償還本金。② 借貸的款項◇償還貸款。

5 **貿**(贸) mào 粵mau[6] 茂 ①交易；買賣◇商貿|外貿。②輕率◇貿然。

【貿易】màoyì 用錢買物、以物賣錢等商品交換活動◇自由貿易｜貿易談判。

【貿然】màorán 輕率；冒失◇情況不明，切勿貿然行動。

5 **費**(费) fèi 粵fai[3] 廢 ①費用◇旅費|學費。②花費；消耗◇費錢|費工夫。③花費多；消耗多◇浪費|大功率空調費電。④姓。

【費心】fèixīn ① 耗費心力；操心◇媽媽還在為婚事費心。② 客套話。用於請託或致謝◇勞你費心幫我打聽一下虛實。同 費神。

【費用】fèiyong 需要花費的錢；開支◇生活費用｜節省費用。同 開銷。

【費事】fèishì ① 花工夫◇掌握了竅門，做起來就不費事。② 麻煩◇在家裏招待客人太費事。反 省事。

【費神】fèishén ① 耗費精神◇雪天駕車很費神。② 客套話。用於請託或致謝◇有勞你費神。

【費解】fèijiě 難懂；不易理解◇這番話實在令人費解。

【費話】fèihuà 耗費言辭，費唇舌◇一點就通，無需費話｜費話連篇，不知所云。

【費難】fèinán 不容易辦；犯難◇這點事順便就做了，不費難。

【費手腳】fèishǒujiǎo 費事，麻煩◇辦這件事不費手腳。

5 **賀**(贺) hè 粵ho[6] 荷 ①祝賀；慶賀◇恭賀新禧。②姓。

【賀卡】hèkǎ 祝賀節日、生日、喜事的卡片，上面寫有或印有祝辭等◇新年賀卡｜生日賀卡。

【賀喜】hèxǐ 祝賀別人喜慶的事。

【賀壽】hèshòu 祝賀壽辰◇給老人賀壽。同 祝壽 反 弔喪。

【賀儀】hèyí 賀禮，祝賀時贈送的禮物。

6 **賈**(贾) (一)gǔ 粵gu[2] 古 ①商人◇富商大賈。②做生意◇長袖善舞，多錢善賈。③買◇賈馬。④招引；招致◇賈禍。⑤賣◇餘勇可賈。

(二)jiǎ 粵gaa[2] 假[2] 姓。

6 **貲**(赀) zī 粵zi[1] 之 ①計算◇不可貲計。②同“資”。錢財◇家貲鉅萬。

6 **賊**(贼) zéi 粵caak[6] 冊[6] ①傷害◇戕賊。②危害國家和人民的人◇奸賊|獨夫民賊。③偷竊財物的人◇竊賊|做賊心虛。④邪惡的；不正派的◇賊心|賊頭賊腦。⑤狡猾◇這傢伙真賊。⑥方言。很；非常◇賊亮|蜻蜓飛得賊低。

【賊心】zéixīn 做壞事的念頭◇賊心不死｜有賊心沒賊膽。

【賊船】zéichuán 盜賊的船。比喻幹壞事的團夥◇上賊船容易，下賊船難。

【賊眉鼠眼】zéiméi shǔyǎn 形容鬼鬼祟祟或邪惡不正的樣子。

【賊喊捉賊】zéihǎnzhuōzéi 做賊的人喊叫別人去捉賊。比喻做了壞事的人為逃脱罪責，故意轉移目標、混淆視聽。

6 **賄**(贿) huì 粵kui[2] 繪/fui[2] 灰[2] ①財物◇貨賄。②用財物買通人◇賄賂|行賄。

③用來買通人的財物◇受賄|納賄。

【賄賂】huìlù ①用財物買通人◇賄賂公行。②用來買通人的財物◇收受賄賂。

【賄選】huìxuǎn 用財物賄賂選舉人，使選舉自己或同黨◇杜絕賄選。

【賄賂公行】huìlùgōngxíng 公開地行賄受賄◇賣官鬻爵，賄賂公行。反 弊絕風清。

6 **賂(赂)** lù 粵lou⁶ 路 ①贈送財物。②贈送財物◇賂秦而力虧，破滅之道也。③財物◇貨賂。

6 **賅(赅)** gāi 粵goi¹ 該 ①完備；齊全◇賅備|言簡意賅。②概括；包括◇舉一賅百|以偏賅全。

6 **賃(赁)** lìn 粵jam⁶ 任 租借◇租賃。

6 **資(资)** zī 粵zi¹ 之 ①錢財；費用◇資產|郵資。②(用資財)幫助◇資助。③天賦；稟賦◇天資穎敏。④年資，資格，經歷◇論資排輩。⑤提供◇可資借鑒。⑥材料◇茶餘飯後的談資。

【資本】zīběn ①賺取利潤的本金◇籌集資本|資本市場。②比喻所憑藉的條件◇健康是事業的資本。③比喻牟取利益所憑藉的條件◇政治資本。

【資助】zīzhù 用財物幫助別人◇資助困難老人。

【資料】zīliào ①生產和生活上所用的東西◇生產資料。②文字、圖像、信息等方面的材料◇報刊資料|圖書資料。

【資格】zīgé ①指人的經歷、地位、身份等◇擺老資格|不論在公司裏的資格如何，只要有能力，都有機會晉升。②所應具備的條件；合乎要求的條件◇代表資格|取消比賽資格。

【資訊】zīxùn 資料和信息◇人才資訊|交換資訊|資訊存儲。

【資源】zīyuán ①物資的天然來源◇水力資源|石油資源。②任何一種有形或無形，可利用的事物◇人力資源。

【資質】zīzhì ①人的天資和素質◇資質很高|資質各異。②所具備的條件和能力◇資質論證|資質鑒定。

【資歷】zīlì 資格和經歷◇他的資歷尚淺。

7 **賕(赇)** qiú 粵kau⁴ 求 賄賂◇受賕枉法。

7 **賑(赈)** zhèn 粵zan³ 振 救濟◇賑濟|賑災。

7 **賒(赊)** shē 粵se¹ 些 ①賒欠◇賒賬|賒購。②售物延期收款◇賒銷。

【賒欠】shēqiàn 買物延期付款◇本店概不賒欠。

【賒購】shēgòu 用延期付款的方式購買◇賒購汽車。

7 **賓(宾)** bīn 粵ban¹ 奔 客人◇來賓|賓客|賓朋滿座。

【賓白】bīnbái 戲曲中的説白。中國戲曲以唱為主，以説為副，故稱。

【賓主】bīnzhǔ 客人和主人◇賓主歡聚，共敘別情。

【賓服】〈一〉bīnfú 服從；歸順◇遠人賓服。〈二〉bīnfu 佩服◇我算賓服你啦！

【賓語】bīnyǔ 句子成分。動詞的一種連帶成分，表示動作涉及的對象。在漢語一般的句子中，賓語通常在謂語之後，多由名詞、代詞或短語充當。

【賓至如歸】bīnzhìrúguī 客人到了這裏就像回到家裏一樣。形容接待客人親切周到。

8 **賣(卖)** mài 粵maai⁶ 邁 ①出售，拿東西換錢◇賣金銀首飾。②用勞動、技藝等換取錢財◇賣藝|賣苦力。③叛賣◇賣國|賣友求榮。④儘量使出來◇賣命|賣力。⑤故意顯示；炫耀◇賣弄|倚老賣老。⑥給予◇樂得賣個人情。

【賣力】màilì 使出十二分力氣◇做事很賣力。

【賣弄】màinong 誇示；炫耀◇賣弄才能。

【賣身】màishēn ①把自己或妻子兒女賣給別人◇賣身契。②賣淫◇賣藝不賣身。

【賣乖】màiguāi 賣弄小聰明◇得了便宜還賣乖。

【賣命】màimìng ①用盡全力◇賣命似地賺錢。②冒着生命危險去做◇不願替主子賣命。

【賣俏】màiqiào 故意做出嬌媚的姿態誘惑人◇她打扮得花枝招展，到處賣俏。

【賣座】màizuò ①顧客上座的情況◇粵劇團的演出賣座一直很平穩。②上座率高◇影片上映後很賣座。

【賣淫】màiyín 女子出賣色相和肉體。

【賣點】màidiǎn 商品能吸引消費者、喚起消費者購買慾望的特點和優勢。

【賣藝】màiyì 藝人在街頭或娛樂場所表演武術、雜技、曲藝等掙錢。

【賣關子】màiguānzi 説書人説到情節關鍵處停止不説，藉以吸引聽眾接着往下聽。

【賣身投靠】màishēntóukào ① 把自己出賣給別人，求得依靠和庇護。② 比喻拋棄人格，不顧道義，投靠、依附惡人或惡勢力。

8 **賚**（赉） lài ⓐloi6 來6 賜給；賞賜◇賚賜｜賞賚。

8 **賷**（赍）〔齎〕 jī ⓐzai1 劑 ①送錢物給人◇賷助。②攜帶◇賷帶。③懷着，心中存有◇賷恨。

8 **賢**（贤） xián ⓐjin4 言 ①有道德有才能◇賢人。②有道德有才能的人◇任人唯賢。③良，好◇賢內助。④敬辭。多用於平輩或晚輩◇賢弟｜賢姪。⑤勝過；超過◇師不必賢於弟子。

【賢良】xiánliáng ① 有才有德◇賢良之士。② 有才有德的人◇薦舉賢良。同 賢能。

【賢明】xiánmíng ① 才能出眾，見識高遠◇賢明的君主。② 有才能、有見識的人◇敦請賢明，主持大計。

【賢哲】xiánzhé ① 德行、智慧都超人◇古今中外的賢哲之士。② 有德行有智慧的人◇博覽羣書，與古今賢哲對話。

【賢能】xiánnéng ① 德才兼備◇人人稱讚他賢能。② 德才兼備的人◇請另選賢能。

【賢淑】xiánshū 賢惠◇溫柔賢淑。

【賢惠】xiánhuì 形容婦女善良溫順、通情達理◇賢惠媳婦。

【賢達】xiándá 有道德、有才能、有聲望的人◇社會賢達。

【賢內助】xiánnèizhù 賢惠能幹的妻子。

8 **賞**（赏） shǎng ⓐsoeng2 想 ①賞賜；獎賞◇賞罰分明｜論功行賞。②賞賜或獎賞的東西◇懸賞｜領賞。③讚揚◇讚賞｜歎賞。④欣賞；觀賞◇中秋賞月｜雅俗共賞。

【賞光】shǎngguāng 客套話。用於請對方接受邀請◇舍間略備薄酒粗餚，務請賞光。同 賞臉。

【賞賜】shǎngcì ① 把財物賞給下級或晚輩◇策勛十二轉，賞賜百千強。② 賞賜的財物◇獲得賞賜。

【賞識】shǎngshí 看中某人的才能或作品的價值而予以重視、讚揚◇他深得上司賞識｜老師很賞識他的文筆。

【賞心悦目】shǎngxīn yuèmù 因欣賞到美好的景物而心情舒暢◇桂林山水令人賞心悦目，流連忘返。

8 **賦**（赋） fù ⓐfu3 庫 ①古代田地税◇賦税。②交給；給予◇天賦良材。③人生成的資質◇天賦｜稟賦。④吟誦；創作◇賦詩一首。⑤古代一種文體。盛行於漢魏六朝，講究文采、韻律，兼具詩歌與散文的性質。

【賦予】fùyǔ 交給；給予◇賦予重任。

【賦性】fùxìng 天性，生來就有的性情◇賦性謙卑｜賦性聰穎。

【賦税】fùshuì 田地税和各種捐税的總稱。

【賦閒】fùxián 晉代潘岳辭官回家閒居，作《閒居賦》。後來稱沒有職業、在家閒住為賦閒。

8 **賙**（赒） qíng ⓐcing4 呈 承受◇賙受財產｜別淨賙現成的。

【賙受】承受；繼承。

8 **賬**（账） zhàng ⓐzoeng3 障 ①關於錢款、貨物進出的記錄。②記賬的本子◇兩本賬｜這批貨沒入賬。③債務◇欠賬｜還賬。

【賬房】zhàngfáng ① 舊指企業或大戶人家管理財物收支的處所。② 在賬房管理財物收支的人。

【賬面】zhàngmiàn 指錢款、貨物在賬本上分項的記錄情況◇賬面並無差錯。

8 **賭**（赌） dǔ ⓐdou2 倒 ①賭博◇賭錢｜禁賭｜聚賭。②泛指爭輸贏◇打賭。

【賭咒】dǔzhòu 用“如所言虛妄將遭某種惡報”的話來發誓◇我敢賭咒，絕無此事。

【賭注】dǔzhù 賭博時所押的錢財◇下了三百賭注。

【賭氣】dǔqì 因不滿意或不服氣而任性行動◇賭氣離家出走。

【賭博】dǔbó 以錢物作注，用賭具定輸贏。

8 **賤（贱）** jiàn 粵zin6 煎6 ①價錢低◇賤賣|穀賤傷農。②地位低下◇卑賤|貧賤。③卑鄙；下流◇卑賤|賤貨。④輕視，看不起◇貴五穀而賤金玉。⑤謙辭。稱有關自己的事物◇賤內。

【賤骨頭】jiàngǔtou ① 不自重或不知好歹的人。罵人的話。② 有福不會享，自己作踐自己的人。用於自嘲◇我是生成的賤骨頭，閒着享清福反而難受。

8 **賜（赐）** cì 粵ci3 次 ①賞給（用於上對下、長輩對小輩）◇恩賜|賜予。②給予的財物或好處◇給予厚賜。③敬辭。用於求人做事◇賜教|盼賜覆。

8 **賙（赒）** zhōu 粵zau1 周 接濟；救濟◇賙濟|賙急濟貧。

【賙濟】zhōujì 接濟，給予貧困者財物支援◇賙濟孤寡老人。同 救濟。

8 **賠（赔）** péi 粵pui4 陪 ①賠償◇賠款|索賠。②向人道歉或認錯◇賠禮|賠罪。③做生意虧損◇賠本|賠錢。

【賠款】péikuǎn ① 用錢來補償給對方造成的損失。② 戰敗國向戰勝國賠償損失和戰爭費用。③ 所賠償的錢。

【賠罪】péizuì 得罪了人，向人認錯道歉。同 謝罪。

【賠償】péicháng 因給對方造成損失而給予補償◇照價賠償|賠償精神損失。

【賠不是】péibúshi 向人認錯道歉。

【賠了夫人又折兵】péilefūrényòuzhébīng 三國時吳國大將周瑜定計，把孫權的妹妹嫁給劉備，想趁劉備來東吳成婚時把他扣作人質，奪回荊州。結果，劉備成婚後帶着夫人逃出東吳，周瑜帶兵追趕，又被諸葛亮的伏兵打敗。後比喻本想撈到好處，結果反遭雙重損失。

8 **賧（赕）** dǎn 粵daam6 淡 奉獻◇賧佛。

8 **質（质）** 〈一〉zhì 粵zi3 至 ①抵押◇以祖屋質錢。②作抵押的人或物◇人質。
〈二〉zhì 粵zat1 姪1 ①東西的質地◇流質|木質。②事物的根本屬性◇本質|蛻化變質。③品質，質量◇優質|劣質。④樸實◇質樸。⑤詢問◇質疑問難。

【質子】zhìzǐ 構成原子核的基本粒子之一。帶正電，所帶電量和電子相等。

【質地】zhìdì 東西的結構性質；東西的內在品質◇質地堅硬|質地柔軟。

【質問】zhìwèn 責問，就問題的原因、現狀、結果等方面提出疑問，要求明確回答。

【質量】zhìliàng ① 產品或工作的好壞程度◇提高產品質量|檢查教學質量。② 量度物體慣性大小和引力作用強弱的物理量。單位為千克。

【質疑】zhìyí 提出疑問◇質疑證詞真偽。

【質樸】zhìpǔ 樸實◇質樸忠厚|為人質樸。同 淳樸。

【質變】zhìbiàn 事物的根本性質發生變化。反 量變。

8 **賡（赓）** gēng 粵gang1 庚 繼續；連續◇賡續不斷。

8 **賨（賨）** cóng 粵cung4 從 秦漢間今四川、湖南一帶少數民族交納的賦稅名稱，交的錢幣叫賨錢，交的布匹叫賨布。這一部分民族也因此叫賨人。

9 **賴（赖）〔頼〕** lài 粵laai6 籟 ①依靠◇依賴。②不認賬；抵賴◇賴賬。③誣賴◇自己做錯了，不能賴別人。④留在一處不肯走◇整天賴在家裏不出門。⑤無賴◇耍賴|撒賴。⑥責怪◇這事能賴誰呢？⑦差；壞◇這東西真不賴。⑧姓。

【賴皮】làipí ① 無賴◇你這樣賴皮，誰會跟你做生意。② 無賴的作風和行為◇耍賴皮。③ 無賴的人。

【賴賬】làizhàng ① 欠賬不還或不承認所欠的賬。② 比喻說話不算數◇說過的話可不能賴賬。

9 **賵（赗）** fèng 粵fung3 諷 ①用財物幫助人辦喪事◇賻賵。②送給辦喪事人家的東西。

10 **購（购）** gòu 粵gau3 救/kau3 扣 買◇收購|選購。

【購置】gòuzhì 購買（長期使用的器物）◇購置傢俬|購置房產。

10 **賺**(赚)〈一〉zhuàn 粵zaan^{6} 贊^{6} ①獲利◇賺了不少錢。②利潤◇有賠有賺。③掙(錢)◇靠打工賺錢。④招致；惹引◇賺來很多人的讚譽。

〈二〉zuàn 粵zaan^{6} 贊^{6} 騙，欺騙◇賺人|你賺我白跑了一趟。

10 **賽**(赛) sài 粵coi^{3} 菜 ①比較高低◇比賽。②比賽活動◇足球賽。③勝過；比得上◇一個賽過一個。④古代祭祀酬神活動◇迎神賽會。

【賽事】sàishì 比賽活動◇體育賽事。

【賽程】sàichéng ①比賽的日程、進度◇排定賽程。②體育比賽中徑賽的距離◇馬拉松的賽程為 42 195 米。

【賽璐玢】sàilùfēn 玻璃紙的一種。無色，透明，可以染成各種顏色，多用於包裝。(英 cellophane)

11 **贅**(赘) zhuì 粵zeoi^{6} 序 ①入贅，男子結婚並定居於女家◇招贅|贅婿。②多餘的；無用的◇累贅。

【贅言】zhuìyán ①說多餘的話◇不再贅言。②多餘的話◇純屬贅言。

【贅述】zhuìshù 重複陳述；再多說一遍◇恕不贅述。

【贅疣】zhuìyóu ①疣。俗稱瘊子。②比喻多餘而無用的東西◇剔除贅疣。

11 **贄**(贽) zhì 粵zi^{3} 至 初次拜見尊長時所送的禮物。

【贄見】zhìjiàn 拿着禮物拜訪人。

【贄敬】zhìjìng 拜師時所送的禮物。

11 **賾**(赜) zé 粵zaak^{3} 責 深奧；玄妙◇探賾索隱。

12 **贗**(赝)〔贋〕yàn 粵ngaan^{6} 雁 假的；偽造的◇贗品|贗本。

12 **贉**(贉) dàn 粵taam^{5} 探^{5} ①買東西預先付錢。②書冊或書畫卷軸卷頭上貼綾的地方。

12 **贈**(赠) zèng 粵zang^{6} 增^{6} 贈送◇捐贈|敬贈。

【贈別】zèngbié 與親友分別時贈送(物品或詩文)◇贈別詩|賦詩贈別。

【贈言】zèngyán 分別時說給或寫給對方的勉勵性的話◇臨別贈言|互相題寫贈言。

【贈送】zèngsòng 把東西無償地送給別人◇贈送禮品|贈送花籃。

12 **贊**(赞)〔賛〕zàn 粵zaan^{3} 讚 ①輔助，幫助◇贊助|襄贊。②主持禮儀◇贊禮。③同意◇贊成。④同"讚"。

【贊成】zànchéng ①幫助促成◇有意贊成這門婚事。②同意◇這個提議我贊成。

【贊同】zàntóng 贊成；同意。

【贊助】zànzhù 支持幫助。多指以財物資助◇贊助拍攝影片。

【贊禮】zànlǐ ①舉行婚喪等儀式時，在旁邊宣唱儀式的程序。②贊禮的人；司儀◇三叔公常擔任祭祖的贊禮。

13 **贍**(赡) shàn 粵sim^{6} 閃^{6} ①供給；供養◇贍養。②充足；足夠◇豐贍。

【贍養】shànyǎng 供給生活必需品。特指子女供養父母◇贍養費|贍養父母。同 供養。

13 **贏**(赢) yíng 粵jing^{4} 形/jeng^{4} ①勝◇輸贏|打贏官司。②獲利；有餘◇贏利|贏餘。

14 **贓**(赃)〔贜〕zāng 粵zong^{1} 莊 ①貪污、受賄或盜竊所得的財物◇退贓|貪贓。②貪污、受賄或盜竊所得的◇贓款。

【贓物】zāngwù 偷盜、搶劫或貪污、受賄得來的財物；非法得到的財物。

【贓官】zāngguān 貪污、受賄，搜刮民財的官員。同 貪官。

14 **贔**(赑) bì 粵bei^{6} 鼻 氣勢壯。

【贔屭】bìxì ①壯猛有力的樣子。②傳說中形狀像龜的動物。力大，能負重。古代石碑的石座多雕成贔屭的形狀。

14 **贐**(赆) jìn 粵zeon^{2} 準 臨別時贈送給出行者的財物◇致贐|奉贐。

15 **贖**(赎) shú 粵suk^{6} 淑 ①用財物換回人身自由或抵押品◇贖身|贖當。②抵銷◇贖罪。

【贖身】shúshēn 古代奴婢、妓女等用財物換取人身自由。

【贖罪】shúzuì 抵銷罪過◇立功贖罪。

17 **贑**(赣)〔灨〕gàn 粵gam^{3}禁 同"贛"。

17 **贛**(赣)〔贑灨〕gàn 粵gam^{3}禁 ①贛江。水名，在江西。②江西的別稱◇贛劇。

赤部

0 **赤** chì 粵cik^{1}斥/cek^{3}尺 ①比朱紅稍淺的顏色。泛指紅色◇近朱者赤，近墨者黑。②純淨◇金無足赤。③純真◇赤心。④空，甚麼也沒有◇赤手空拳。⑤光着；裸露◇赤腳|赤身露體。

【赤子】chìzǐ ①剛出生的嬰兒◇赤子之心（純潔的心）。②對祖國、家鄉懷有純真感情的人◇海外赤子。

【赤地】chìdì（嚴重的旱災、蟲災造成的）寸草不生的土地◇赤地千里。

【赤字】chìzì 財政上支出超過收入的差額數字。賬目上這種數字用紅筆書寫，故稱◇財政赤字。

【赤忱】chìchén ①赤誠◇赤忱相待。②赤誠的心意◇滿懷赤忱。

【赤貧】chìpín 窮得一無所有◇赤貧如洗。

【赤誠】chìchéng 極其真誠◇赤誠相待。

【赤道】chìdào 環繞地球表面距離南北兩極相等的圓周線，把地球分成南北兩半球。赤道的緯度是0°，赤道以北的緯度叫北緯，以南的緯度叫南緯。赤道一帶的氣候炎熱。

【赤膽忠心】chìdǎnzhōngxīn 形容非常忠誠。

4 **赧** nǎn 粵naan^{5}難^{5} 因害羞或慚愧而臉紅◇羞赧|愧赧。

【赧紅】nǎnhóng 因害羞而臉色發紅。同 臉紅。

【赧然】nǎnrán 形容羞愧的樣子◇赧然汗下。

【赧愧】nǎnkuì 羞愧◇赧愧而退。同 愧赧。

【赧顏】nǎnyán 因害羞而臉紅。同 羞赧。

4 **赦** shè 粵se^{3}瀉 赦免◇特赦|十惡不赦。

【赦免】shèmiǎn 依法定程序減輕或免除對罪犯的刑罰。

6 **赩** xì 粵sik^{1}色 赤色。

7 **赫** hè 粵haak^{1}客^{1} 顯著；盛大◇顯赫|赫赫有名。

【赫然】hèrán ①形容令人突然感到震驚的樣子◇慘狀赫然在目。②非常憤怒的樣子◇赫然大怒。同 勃然。③顯赫盛大的樣子◇聲名赫然。

【赫赫】hèhè 顯著盛大的樣子◇威名赫赫|赫赫戰功。同 顯赫。

8 **赭** zhě 粵ze^{2}者 紅褐色◇赭衣|赭石。

多樣表達：赭
赭石色 紅褐色 棕色 淡赭 淺棕 駝色 咖啡色 橙赭 黃赭 紅赭

9 **赬**(赪) chēng 粵cing^{1}清 紅色。

10 **赯** táng 粵tong^{4}唐 紅色。多指人的臉色◇紫赯臉。

走部

0 **走** zǒu 粵zau^{2}酒 ①跑◇奔走相告。②步行◇慢走|行走。③離開◇我明天要走了。④前去◇還是你走一趟吧。⑤交往◇走親戚。⑥移動◇錶不走了。⑦改變；失去◇茶葉走味了。⑧走漏；泄露◇走了風聲。⑨死的婉辭◇一個老朋友昨天走了。⑩通過◇走後門|走內線。

【走火】zǒuhuǒ ①因不小心而使武器發射◇手槍走火了。②比喻話説過頭◇很抱歉，剛才我説話又走火了。同 過火。③電線破損漏電引起燃燒◇起火原因是電線走火。

【走向】zǒuxiàng（山川、道路、巖層等）延伸的方向◇河流走向|東西走向的喜馬拉雅山脈。

【走私】zǒusī 不經海關通道、不報關、避檢查、避納關税，暗中偷運貨物違法出境入境。

【走狗】zǒugǒu ①古代指獵狗。②走卒，依靠他人並幫其作惡的人。

【走俏】zǒuqiào（商品）銷路好，賣得快。

【走風】zǒufēng 走漏風聲，泄漏消息◇會議內容保密，不要走風。

【走紅】zǒuhóng ① 走紅運，遇到好運氣。② 受歡迎，很吃得開◇最走紅的歌手是誰？

【走動】zǒudòng ① 行走；使身體活動◇坐久了要走動走動。②（親友間）交往◇兩家經常走動。

【走訪】zǒufǎng 前去訪問；拜訪◇走訪著名作家｜走訪貧困山區。

【走廊】zǒuláng ① 屋簷下可通行的過道；房屋之間有頂的過道。② 比喻連接兩個較大地區的狹長地帶◇河西走廊。

多樣表達：走廊

遊廊 畫廊 長廊 後廈 前廊 迴廊 穿廊 穿堂

【走勢】zǒushì ① 走向◇山谷的走勢。② 發展的趨勢◇房地產走勢。

【走運】zǒuyùn 事情正合自己的心願；有好運氣。反 倒運。

【走樣】zǒuyàng 跟原來的樣子不一樣◇照片上的人走樣了。同 走形。

【走獸】zǒushòu 泛指獸類◇飛禽走獸。同 野獸。

【走讀】zǒudú（學生）只去學校讀書，不在學校住宿。

【走投無路】zǒutóuwúlù 四面八方都無路可走。比喻陷入絕境。同 山窮水盡 反 萬事亨通、一帆風順。

【走馬觀花】zǒumǎguānhuā 騎在奔跑的馬上看花。比喻匆忙粗略地觀察事物。同 走馬看花。

2 **赴** fù 粵fu^{6}父 ①前往；去◇赴宴｜奔赴。②投入◇全力以赴。③在水裏游◇赴水。④同"訃"。

【赴任】fùrèn 官員到任就職◇即日赴任。

【赴約】fùyuē 去跟約會的人見面◇欣然赴約。

【赴湯蹈火】fùtāng dǎohuǒ 投身沸水烈火。比喻不避艱險、奮不顧身。同 出生入死 反 畏首畏尾。

2 **赳** jiū 粵gau^{2}九/dau^{2}斗【赳赳】jiūjiū 雄壯威武的樣子◇赳赳武夫。

3 **赸** shàn 粵saan^{3}傘 ①走；走開。②跳躍。

3 **起** qǐ 粵hei^{2}喜 ①起來，由臥而坐或由坐、臥而站立◇早睡早起。②由下向上升◇一起一落。③(皮膚上)長出、呈現出◇起痱子｜起風疹。④離開原來的位置◇起身｜起飛。⑤取出；拔出◇起貨｜起釘子。⑥產生；發生◇起疑｜起火了。⑦發動；興起◇起兵｜起事。⑧建造；興建◇另起爐灶。⑨草擬◇起草。⑩開始◇從現在起。⑪量詞。件；次；批◇一起案子｜幾起事故｜來了一起客人。⑫用在動詞後，表示動作的趨向或開始◇抬起｜從頭學起。⑬用在動詞後，並同"得、不"連用，表示夠得上或夠不上◇經得起｜買不起。⑭用在動詞後，表示動作涉及人或事◇他常常問起你｜一再提起這件事。

【起用】qǐyòng ① 重新任用已經退職或免職的人◇起用舊人。② 提拔◇起用新銳。

用法提示：起用、啟用

"啟用"的對象是新的事物，是開始使用；"起用"的對象是人，人是舊的，是再一次任用。

【起因】qǐyīn 發生的原因◇調查事故的起因。

【起先】qǐxiān 起初，最初◇起先他還不肯來。

【起伏】qǐfú ① 連續地一起一落◇波濤起伏｜公路起伏不平。② 比喻情緒、情況等變化不定◇情緒起伏多變｜病情又有起伏。

【起色】qǐsè 好轉；進步◇病情有起色｜工作最近有起色。

【起步】qǐbù 開始走。比喻剛剛開始做某件事◇公司業務起步晚，但發展快。

【起身】qǐshēn ① 動身◇明天起身去北京。② 站起來◇起身告辭。③ 起牀◇每天一起身就去跑步。

【起初】qǐchū 最初；開始◇這些舊書起初沒人要，現在都搶着要。

【起來】〈一〉qǐlái ① 由躺而坐；由坐、臥而站立◇扶他起來｜站起來讓座。② 起牀◇她五點就起來了。③ 奮起；興起◇起來造反｜炒股熱潮又起來了。

〈二〉qǐlai ① 用在動詞後，表示向上◇撿起來｜抱起來。② 用在動詞後，表示動作完成或達到目的◇終於記起來了。③ 用在動詞後，表示估計或着眼於某一方面◇病情看起來有好轉｜桂花雖不好看，聞起來卻很香。④ 用在動詞、形容詞後，表示開始並繼續下去◇笑了起來｜天氣和暖起來。

用法提示：起來、下來
兩個都可以放在形容詞後表示狀態意義，但“起來”表示變化的開始，所搭配的形容詞多表示積極意義◇堅強起來｜激動起來。“下來”可以表示從變化開始一直到完結，形容詞限於表示消極意義的◇慢下來｜冷靜下來。

【起居】qǐjū 活動和休息。借指日常生活◇安排好飲食起居。

【起勁】qǐjìn 情緒高，勁頭大◇他越説越起勁。

【起飛】qǐfēi ①（飛機、火箭等）啟動飛行。②比喻事業開始飛速發展◇經濟起飛。

【起草】qǐcǎo 草擬，初步寫出◇起草文件｜起草協議書。

【起訖】qǐqì 開始和結束◇起訖日期。

【起家】qǐjiā ①創立家業◇靠經商起家。②比喻開創事業◇白手起家。

【起眼】qǐyǎn 引人注目。多用於否定◇他躲在一個不起眼的角落。同 惹眼。

【起動】qǐdòng 開始發動、運作或實施◇運載火箭點火起動｜工程兩天前起動。同 啟動。

【起程】qǐchéng 啟程。

【起訴】qǐsù 向法庭、法院提起訴訟◇遭民事起訴。

【起意】qǐyì 產生某種念頭。多指壞的◇見財起意。

【起義】qǐyì ①發動武裝鬥爭◇農民起義。②脱離一方投向另一方◇率部起義。

【起源】qǐyuán ①開始產生◇據説人類起源於非洲。②事物產生的根源◇生命的起源。

【起鬨】qǐhòng ①（許多人在一起）故意胡鬧搗亂◇瞎起鬨。②當眾亂開別人的玩笑。

【起碼】qǐmǎ ①最低限度的◇最起碼的要求。②至少◇起碼要等兩天。

【起頭】qǐtóu ①開始；開頭◇事情剛起頭｜萬事起頭難。②開始的時候◇起頭不説，中途又要改計劃。③開始的地方◇文章起頭要寫好。

【起點】qǐdiǎn ①開始的地點或時間◇地鐵起點站。②田徑賽的起跑點。

【起爆】qǐbào 點燃引信或按動控制鈕使爆炸物爆炸。

5 **越** yuè 粵jyut^{6} 月 ①跨過◇翻山越嶺。②超出（範圍）◇越權｜越界。③經過◇越冬作物。④勝過或超出（一般）◇卓越｜優越。⑤昂揚◇激越。⑥搶劫◇殺人越貨。⑦更加，表示程度加深◇薑越老越辣。⑧周朝諸侯國名。在今浙江，後有所擴展，建都會稽，滅於楚。

【越軌】yuèguǐ 超出道德規範或規章制度所允許的範圍。同 出軌。

【越發】yuèfā 更加◇出落得越發漂亮。同 越加、益發。

【越俎代庖】yuèzǔdàipáo 俎，古代盛牛羊祭品的器具；庖，廚師。《莊子・逍遙遊》：“庖人雖不治庖，尸祝不越樽俎而代之矣。”比喻越權辦事或包辦代替。

5 **趄** （一）qiè 粵ce^{3} 車^{3} 傾斜◇趄着身子。（二）jū 粵zeoi^{1} 追 見“趑趄”。

5 **趁〔趂〕** chèn 粵can^{3} 襯 ①追；趕◇趁了兩步過來攔住她。②表示利用時機、條件等◇趁早｜趁機｜趁年輕力壯。③掙；賺◇趁錢養家。

【趁早】chènzǎo 抓緊時機，及早（行動）◇趁早動手｜有病趁早治療。

【趁勢】chènshì 乘着有利的形勢、時機◇趁勢發起進攻｜趁勢一腳，把球踢進球門。同 就勢、乘勢。

【趁機】chènjī 利用機會◇趁機溜走｜趁機搗亂。同 乘機。

【趁火打劫】chènhuǒdǎjié 在人家失火的時候去搶劫。泛指趁人危難時撈取好處。

【趁熱打鐵】chènrèdǎtiě 趁鐵燒紅時用錘子敲打。比喻抓緊時機把事情做好。

5 **超** chāo 粵ciu^{1} 昭 ①越過◇超車。②高出；勝過◇超羣。③多過；長過◇超額｜超期。④越出範圍；不受限制◇超自然｜超現實。

【超人】chāorén 能力、智力、體力等超過一般人◇智力超人｜超人的記憶力。

【超支】chāozhī ①支出超過收入。②超過限定的數額。

【超度】chāodù 佛教道教指誦經、做道場，使死者靈魂脱離苦難◇超度亡靈。

【超前】chāoqián ①超過前人◇超前絕後。②超越當前的；提前的◇超前意識｜超前消費。

【超脱】chāotuō ①不受傳統觀念或成規習俗

的約束◇超脱世俗。② 脱離，解脱◇超脱人事糾紛。

【超越】chāoyuè 超出；越過◇超越職權｜超越前人。

【超羣】chāoqún 超出一般；超過眾人◇智慧超羣｜超羣出眾。

【超凡入聖】chāofánrùshèng 越出凡人到達聖賢的境界。比喻學問、道德、技能之高深，非同一般。

6 **趔** liè 粵lit⁶ 列【趔趄】lièqie 腳步歪斜，走路不穩◇一個趔趄，險些摔倒。

6 **趑** zī 粵zi¹ 支【趑趄】zījū 想進又不敢進，猶豫徘徊的樣子◇趑趄不前。

7 **趙（赵）** zhào 粵ziu⁶ 召 ①周朝諸侯國名。戰國七雄之一。在今山西北部和中部、河北西部和南部。②姓。

7 **趕（赶）** gǎn 粵gon² 稈 ①追◇趕得上他。②加快；抓緊進行◇趕路｜趕工作。③驅逐◇把他趕出去！④駕馭◇趕牲口｜趕大車。⑤到（某處去）◇趕集｜趕廟會。⑥搭乘◇趕火車去上海。⑦碰到；遇到◇趕巧了｜趕上一場雪。⑧等到（某個時候）◇趕明天我陪你去玩。

【趕工】gǎngōng 為按時或提前完成任務而加快工作進度。

【趕巧】gǎnqiǎo 碰巧；湊巧◇正要去找他，趕巧就遇上了。

【趕忙】gǎnmáng 趕緊；急忙◇時間快到了，他趕忙出門。

【趕快】gǎnkuài 抓緊時間；加快速度◇趕快做作業｜他剛走不久，你趕快去追。同 儘快、趕緊。

【趕集】gǎnjí 到集市上買賣貨物◇今天是趕集的日子。

【趕緊】gǎnjǐn 抓緊時機；盡快進行◇趕緊搶救｜夜深了，趕緊回去吧。

【趕時髦】gǎnshímáo 追隨時尚。

8 **趣** qù 粵ceoi³ 翠 ①趣味◇自討沒趣。②有趣味的◇趣聞。③志向◇志趣相投。

【趣事】qùshì 有趣味的事◇鄉間趣事｜童年趣事。

【趣味】qùwèi 人對事物產生的愉快、有興味的感覺；情趣◇趣味無窮｜趣味相投。

8 **趟〔蹚〕** 〈一〉tāng 粵tong¹ 湯 同"蹚"。①從淺水裏走過去◇趟過溪流。②用犁鋤等翻地除草◇趟地。

〈二〉tàng 粵tong³ 燙 ①量詞。(1)用於來往的次數◇來了兩趟｜回了一趟家。(2)用於成套的武術動作◇打完一趟拳。(3)用於成行、成條的東西◇犁了兩趟地｜只隔一趟街。②行進中的行列◇跟不上趟。

10 **趨（趋）** qū 粵ceoi¹ 吹 ①快步走◇疾趨而過。②奔向◇趨之若鶩。③向某個方向發展◇物價趨於平穩。④迎合◇趨附。

【趨向】qūxiàng 朝着某一方向發展演變◇眾人意見趨向一致。

【趨附】qūfù 投靠依附◇趨附權貴。

【趨勢】qūshì 向着某個方向發展的勢頭◇天氣有轉暖的趨勢｜電子貨幣是交易的新趨勢。

【趨炎附勢】qūyán fùshì 炎，火熱，比喻有權勢的人。巴結、依附有權勢的人。

14 **趯** tì 粵tik¹ 惕【趯趯】tìtì 跳躍的樣子。

19 **趲（趱）** zǎn 粵zaan² 盞 ①趕路；加快走◇趲路｜趲行。②積聚◇趲錢。

足部

0 **足** zú 粵zuk¹ 竹 ①腳◇手舞足蹈。②器物下部形狀像腳的支撐部分◇鼎足而三。③指足球運動或足球隊◇足壇｜女足。④充足；足夠◇豐衣足食｜孩子七足歲了。⑤滿足◇不知足。⑥指身體素質好◇先天不足。⑦表示夠得上某個數量或某種程度◇足有一人高｜一小時足可以做完。⑧值得；足以。多用於否定式◇微不足道｜不足為憑。

【足下】zúxià ① 雙足之下◇千里之行，始於足下。② 敬稱朋友◇足下高見｜某某仁兄足下。

【足以】zúyǐ 完全可以◇足以證明｜足以說明。

【足色】zúsè（金銀）成色十足◇足色紋銀。

【足赤】 zúchì 足金◇金無足赤，人無完人。

【足見】 zújiàn 完全可以看出◇能夠進入決賽，足見他實力不凡。

【足金】 zújīn 成色十足的黃金。一般指含金量 99.96% 以上的黃金。

【足夠】 zúgòu ① 達到了滿足需要或應有的程度◇餘糧足夠吃一年｜電腦有足夠的內存。② 充足；充分◇水分足夠｜足夠重視。㊦ 欠缺、缺乏。

【足智多謀】 zúzhì duōmóu 智謀很多。形容工於心計，善於謀劃。

2 **趴** pā 粵paa1 扒1 ①胸腹部向下臥倒◇趴在草地上。②上身向前靠在東西上◇趴在窗口上往外看。

【趴窩】 pāwō ① 母雞在窩裏趴着不動。多指下蛋或孵雛。② 因勞累、患病、慪氣等在家躺倒◇為了這點小事你就趴窩不幹啦！③ 比喻機械、車輛因故而不能運轉或行駛◇我的車趴窩了。

3 **趵** bào 粵paau3 豹 跳躍；向上跳躍◇趵突泉。

4 **趼** jiǎn 粵gin2 繭2/gaan2 簡 手腳上因摩擦而生成的硬皮◇手上起老趼了。

4 **趺** fū 粵fu1 呼 ①盤腿打坐◇趺坐。②石碑的底座◇石趺｜龜趺。③同"跗"。腳；腳背。

4 **跂** 〈一〉qí 粵kei4 其 ①多生出的腳趾。②形容蟲子爬行◇跂行。

〈二〉qǐ 粵kei5 企 踮起腳跟站着◇吾嘗跂而望矣，不如登高之博見也。

4 **趾** zhǐ 粵zi2 止 ①腳◇趾高氣揚。②腳指頭◇趾骨。

【趾高氣揚】 zhǐgāo qìyáng 走路時腳抬得很高，神氣十足。形容驕傲自滿、得意忘形的樣子。㊦ 低三下四。

4 **趿** tā 粵taat3 撻【趿拉】tāla 把鞋後幫踩在腳後跟下(行走)◇趿拉着鞋走過來。

5 **距** jù 粵keoi5 拒 ①雄雞、雉等禽鳥腿後面突出像腳趾的部分◇雞距。②距離；離開◇兩家相距不遠｜距今已有十年。③兩者之間相隔的長度◇株距｜行距。

【距離】 jùlí ① 空間或時間上相隔◇廣州距離香港不遠｜距離開車時間還有半小時。② 兩者相隔的長度◇保持距離｜兩座樓之間有四十米的距離。③ 差距◇看法距離很遠｜感情距離越拉越大。

5 **跖**〔蹠〕 zhí 粵zek3 隻 ①腳掌。也指腳。②踩；踏◇跖耒而耕。

5 **跋** bá 粵bat6 拔 ①翻山越嶺◇跋山涉水。②寫在書籍、文章等後面的短文，多是評價內容或説明寫作經過◇序跋｜題跋。

【跋涉】 báshè 爬山趟水。形容旅途艱苦◇長途跋涉｜跋涉千山萬水。

【跋扈】 báhù 驕橫霸道◇飛揚跋扈｜專橫跋扈。

5 **跕** 〈一〉diē 粵dip6 疊 墜落。

〈二〉diǎn 粵tip3 帖 同"踮"。

5 **跔** jū 粵keoi1 區 腿腳因寒冷而痙攣。

5 **跚** shān 粵saan1 山 見"蹣跚"。

5 **跌** diē 粵dit3 秩3 ①失足摔倒◇跌了一跤。②(物體)往下落◇從晾台上跌落下來。③(物價)下降◇價格下跌｜行情看跌。

【跌足】 diēzú 跺腳◇跌足歎惜｜跌足大哭。

【跌宕】 diēdàng ① 性格灑脱，不受約束◇跌宕不羈｜風流跌宕。② 抑揚頓挫或起伏不定，富於變化◇歌聲跌宕｜故事情節跌宕起伏。㊐ 跌蕩。

【跌幅】 diēfú（價格、產量等）下降的幅度◇石油期貨跌幅不小。

【跌勢】 diēshì 下跌的趨勢◇股市跌勢持續。

【跌落】 diēluò ① 往下掉◇眼鏡跌落在地上。②（價格、產量等）下降◇最近物價跌落了不少。

【跌跤】 diējiāo ① 跌倒，摔跟斗。② 比喻失敗或犯錯誤◇一步走錯，跌了個大跤。

【跌蕩】 diēdàng 跌宕。

【跌眼鏡】 diēyǎnjìng 形容事情的發展或結果出乎意料，令人吃驚◇強隊主場落敗，球迷大跌眼鏡。

【跌跌撞撞】 diēdiezhuàngzhuàng 形容來回搖擺俯仰、不穩定的樣子◇醉漢跌跌撞撞地走回家。

5 **跗** fū 粵fu1 呼 ①腳背◇跗面｜跗骨。②腳。

5 **跅** tuò 粵tok3 託【跅弛】tuòchí 放蕩不羈。

5 **䟡** zhī 粵zi1 之 見“跰䟡”。

5 **跑** 〈一〉pǎo 粵paau2 拋2 ①奔，迅速向前躍進◇奔跑。②走；去◇從鄉下跑到上海讀書。③逃走◇跑了和尚跑不了廟。④為事情而奔走◇跑買賣。⑤丟掉；失去◇如果是你的，終歸跑不了。⑥漏；揮發◇電線跑電|茶葉的味跑光了。

〈二〉páo 粵paau4 刨 走獸用蹄、爪刨地◇跑槽|虎跑泉（在杭州）。

【跑馬】pǎomǎ ① 騎着馬奔跑◇跑馬賣藝。② 賽馬◇跑馬場。

【跑路】pǎolù ① 走路◇一歲多的兒子剛學會跑路。② 逃跑；出逃◇店舖關門，老闆捲款跑路。

【跑腿】pǎotuǐ 替別人奔走做雜事。同 打雜。

【跑調】pǎodiào 唱戲、唱歌、演奏樂器走調◇他五音不全，唱歌老跑調。

【跑題】pǎotí 寫文章或講話離開主題◇作文跑題了丨言歸正傳，別跑題了。

【跑龍套】pǎolóngtào ① 在戲曲中扮演隨從或兵卒的角色。② 比喻在人手下做無關緊要的事。

5 **跎** tuó 粵to4 駝 見“蹉跎”。

5 **跏** jiā 粵gaa1 加【跏趺】jiāfū 佛教徒的一種坐法。盤腿，兩腳腳背交叉放在大腿上。

5 **跛** bǒ 粵bo2 波2/bai1 閉1 腿或腳有毛病，走路不能保持身體平衡◇跛腳。

【跛鱉千里】bǒbiēqiānlǐ《荀子·修身》：“故蹞步而不休，跛鱉千里。”跛腳的鱉不停地爬，也能走千里路。比喻只要努力不懈，即使條件差，也能有所成就。

6 **跫** qióng 粵kung4 窮 腳步聲。

【跫然】qióngrán 形容腳步聲◇足音跫然。

6 **跬** kuǐ 粵kwai2 規2 ①一隻腳邁出去的距離◇不積跬步，無以致千里。②眼前的；一時的◇跬譽。

6 **跨** kuà 粵kwaa1 誇/kwaa3 誇3 ①抬起一隻腳向前邁步◇跨入寫字樓。②騎；架在上面◇跨上馬背|大橋橫跨海灣。③超越◇跨季節|跨地區|跨行業。④附在旁邊的◇跨院。

【跨度】kuàdù ① 橋樑、屋頂、桁架等建築結構或構件跨越空間的相鄰兩支點之間的距離◇這座拱橋跨度五十米。② 泛指跨越的幅度◇這部作品時間跨度很大。

【跨越】kuàyuè 越過某個界限或障礙◇跨越黃河丨跨越障礙。

【跨國公司】kuàguó gōngsī 從事國際性生產經營活動的企業。在多個國家建立子公司、分公司，由母公司進行有效控制和統籌決策。

6 **跐** 〈一〉cǐ 粵caai2 踩 ①踏；踩◇腳跐兩隻船。②踮◇跐起腳來。

〈二〉cī 粵ci1 癡 腳下滑動◇腳一跐摔倒了。

6 **跩** zhuǎi 粵jai6 曳 方言。走路搖擺◇走起來兩條腿一跩一跩的。

6 **跣** xiǎn 粵sin2 冼 赤腳◇跣足。

6 **跲** jiá 粵gaap3 甲 絆倒。

6 **跳** tiào 粵tiu3 眺/tiu4 條 ①跳躍◇連蹦帶跳。②物體向上彈起◇皮球用力拍就跳得高。③跳動，一起一伏地動◇心跳|眼跳。④越過◇跳高|跳級。

【跳板】tiàobǎn ① 供人上下車船的長板。② 比喻某種過渡的方式或途徑◇把婚姻當作撈錢的跳板。③ 游泳池邊供跳水用的長板。

【跳槽】tiàocáo 牲口離開所在的槽頭到別的槽頭去吃食料。比喻人離原職到新地方就職◇跳槽到別的公司去了。

【跳盪】tiàodàng ① 跳動；擺動◇跳盪的火苗。② 心情激動◇不覺心中跳盪。

【跳躍】tiàoyuè 兩腳離地躍起◇原地跳躍。

【跳梁小丑】tiàoliáng xiǎochǒu 跳梁，跳躍。在舞台上跳跳蹦蹦、嬉笑取鬧的丑角。比喻上竄下跳的卑劣小人。

6 **跺**〔跥〕duò 粵do2 朵 腳用力踏地◇急得直跺腳。

6 **跪** guì 粵gwai6 櫃 兩膝彎曲，單膝或雙膝着地◇下跪。

【跪拜】guìbài 跪在地上磕頭◇舊時過春節，

小輩要向長輩跪拜｜寺廟裏，信徒虔誠地燒香跪拜。

6 **路** lù 粵lou⁶露 ①道路，供人和車通行的地方◇車到山前必有路。②路程◇路太遠，坐車去吧。③路線◇乘8路公共汽車。④途徑；門路◇另謀生路｜廣開言路。⑤地區；方面◇南路貨｜外路人。⑥條理◇思路清楚。⑦種類◇一路貨色。⑧量詞。用於隊伍的行列◇分兩路進發。⑨姓。

【路人】lùrén 路上的行人。比喻不認識或不相干的人◇路人皆知｜視若路人。㊀知交。

【路上】lùshang ①道路上面◇路上停着一輛轎車。②在路途中◇他倆在回家的路上相遇。

【路子】lùzi 途徑；門路；辦法◇做事路子對了，就可事半功倍。

【路徑】lùjìng ①道路◇路徑上滿是落葉。②通向目的地的路線◇路徑走錯了。③比喻門路◇成功的路徑。

【路途】lùtú ①道路◇我熟悉這一帶的路途。②路程◇路途遙遠。

【路程】lùchéng ①道路的遠近◇五公里的路程。②比喻事物的發展過程◇漫漫人生路程。

【路障】lùzhàng 道路上設置的障礙物◇清除路障。

【路標】lùbiāo 交通標誌；指示路線或道路情況的標誌◇公路路標｜探險隊留下的路標。

【路數】lùshù ①路子；辦法◇摸索投資的路數。②手法；招數◇兩人繪畫的路數完全不同｜少林高手的拳腳路數。③底細◇這人神神祕祕，弄不清他的路數。

【路線】lùxiàn ①從一地到另一地所經過的道路◇長跑的路線已經確定。②所遵循的原則、方向◇奉行務實路線。

【路人皆知】lùrénjiēzhī 據史書記載：三國時魏國的司馬昭權勢日重，存心篡位，魏帝召集心腹大臣，說："司馬昭之心，路人所知也。吾不能坐受廢辱，今日當與卿等自出討之。"後指醜惡隱私、險惡用心、陰謀詭計、野心等暴露無遺，人所共知。

【路不拾遺】lùbùshíyí 東西掉在路上沒有人撿走。形容社會風氣良好。

【路絕人稀】lùjué rénxī 道路阻斷，人煙稀少。形容到了無路可走的地步，陷入困境。㊐窮途末路。

6 **跡〔迹蹟〕** jì 粵zik¹即 ①腳印◇人跡罕至。②痕跡◇墨跡。③行為◇劣跡。④前人遺留的事物◇古跡｜遺跡。

【跡象】jìxiàng 事物所表露出來的形跡和現象◇經濟呈現復蘇的跡象。

6 **跤** jiāo 粵gaau¹交 跟頭，摔倒或跌倒的動作◇絆了一跤。

6 **骿** pián 粵pin⁴篇⁴【骿胝】piánzhī 同"胼胝"。

6 **跟** gēn 粵gan¹根 ①腳或鞋、襪的後部◇腳跟｜鞋後跟。②尾隨；緊接在後面◇別跟着我。③伴隨◇跟着丈夫到了國外。④追趕◇跟上優秀的同學。⑤嫁給（某人）◇最後她還是跟了他。⑥同；向◇我跟你去｜我跟你學。⑦和◇他跟我是同學。

【跟帖】gēntiě ①在互聯網上回覆他人發表帖子◇要注意文明跟帖。②在互聯網上跟隨他人發表的帖子◇這篇報道引來了很多跟帖。

【跟風】gēnfēng 沒有主見，遇事隨着風向倒◇跟風炒股。

【跟前】〈一〉gēnqián ①身體的近旁◇他走到跟前，我才發覺。②靠近的地方◇坐在窗戶跟前看報。

〈二〉gēnqian 身邊。專就有無子女說◇跟前有個小女兒｜老人跟前無兒無女。

【跟從】gēncóng 跟隨；追隨◇她跟從師傅學藝多年。

【跟頭】gēntou ①身體失去平衡而摔倒◇摔了一個跟頭。②身體彎曲，向前或向後翻轉的動作◇連翻幾個跟頭。

【跟蹤】gēnzōng 追蹤；緊緊跟在後面(監視、服務等)◇跟蹤採訪｜售後跟蹤服務。

7 **踅** xué 粵zyut⁶絕 ①來回走動◇在屋子裏惶急地踅來踅去。②回轉；轉過去◇踅身進屋去了｜走到門口，又踅了回來。③形容動作輕◇踅手踅腳。

7 **踉** liàng 粵loeng⁶亮【踉蹌】liàngqiàng行走不穩的樣子◇一個踉蹌，差點摔倒。

7 **跼** jú 粵guk6 局 彎曲◇俯首跼足。

【跼促】 júcù 同“局促”。

7 **跽** jì 粵gei6 技 長跪，挺直上身雙膝跪地。

7 **踆** cūn 粵seon1 詢 ①踢。②退；止。

【踆烏】 cūnwū 古代傳説太陽中的三足烏，後來借指太陽。

8 **踖** jí 粵zik1 即 見“踧踖”。

8 **踦** (一)qī 粵kei1 崎 ①一隻腳。②偏重◇強弱相踦。
(二)yǐ 粵ji2 椅 用力抵住◇膝之所踦。

8 **踐(践)** jiàn 粵cin5 前5 ①踩；踏◇踐踏。②實行；履行◇踐行。

【踐約】 jiànyuē 履行已經約定的事情。(同)履約 (反)毀約。

【踐踏】 jiàntà ①腳踏；踩。②比喻蹂躪。

【踐諾】 jiànnuò 履行諾言。

8 **踧** cù 粵cuk1 速 ①驚懼不安的樣子。②同“蹙”。

【踧踖】 cùjí 恭敬而不安的樣子。

8 **踔** (一)chuō 粵coek3 卓 ①跳躍；騰躍◇踔騰|踔躍。②超越◇踔越。
(二)zhuō 粵coek3 卓/zoek3 雀 ①高超；卓越◇踔絕。②遙遠◇踔遠。

【踔厲】 chuōlì 精神振奮，議論縱橫◇踔厲風發。

8 **踝** huái 粵waa5 華5 踝骨，腳腕兩旁凸起的部分，包括內踝和外踝。

8 **踢** tī 粵tek3 抬起腿用腳撞擊◇踢足球|一腳把門踢開。

【踢蹬】 tīdeng ①腳亂踢亂蹬◇嬰兒夜裏容易把被子踢蹬掉。②揮霍；亂花錢◇這點錢兩天就踢蹬光了。③清理；處理◇終於把這些雜務踢蹬完了。

【踢騰】 tīteng 踢蹬。

8 **踏** (一)tà 粵daap6 答6 ①用腳踩◇踏青|踏上了故土。②到現場(查看)◇踏看。
(二)tā 粵daap6 答6 見“踏實”。

【踏青】 tàqīng 春天到長滿青草的郊野散步遊玩◇春光明媚宜遊園踏青。

【踏春】 tàchūn 春天到郊外遊玩。

【踏勘】 tàkān ①工程設計前到現場勘察地形、地質等情形◇踏勘油田。②到現場察看◇踏勘災情。

【踏訪】 tàfǎng 親自去查訪◇踏訪事故現場。

【踏實】 tāshi ①做事認真、實在◇工作踏實。(反)飄浮。②安定；安穩◇睡得不踏實|心裏踏實。

8 **踟** chí 粵ci4 詞 【踟躕】 chíchú ①徘徊不進◇踟躕不前。②猶豫◇踟躕不決。

8 **踒** wō 粵wo1 窩 肢體因突然偏折而使筋骨受傷◇踒了腳|手腕子踒了。

8 **踩〔跴〕** cǎi 粵caai2 猜2 用腳踏或蹬◇踩了一腳泥|猛地踩住剎車。

【踩水】 cǎishuǐ 一種游泳技術，人直立深水中，兩腳交替踏水，不下沉並能前進。

【踩雷】 cǎiléi 比喻意外遭遇不幸或受到欺騙◇投資理財有陷阱，謹防踩雷。

【踩踏】 cǎità 踐踏◇不要踩踏草地。

【踩緝】 cǎijī 追捕◇踩緝兇手。

【踩點】 cǎidiǎn ①盜賊作案前察看作案地點的路徑、地形和周圍情況。②經辦人事前到舉辦活動的地方了解、熟悉情況。

8 **踮** diǎn 粵dim3 店 提起腳跟，用腳尖着地◇踮着腳往窗外看。

8 **踣** bó 粵baak6 白 向前仆倒◇踣跌在地。

8 **踞** jù 粵geoi3 句 ①蹲；坐◇龍蟠虎踞。②佔據◇盤踞。

9 **踳** chuǎn 粵cyun2 喘 同“舛”。

9 **踸** chěn 粵cam2 寢 【踸踔】 chěnchuō ①跛着腳走路的樣子。②騰躍◇天馬忽騰空，踸踔不可縶。

9 **蹀** dié 粵dip6 碟 踏；踩◇蹀足|蹀屍踐血。

【蹀躞】 diéxiè ①小步行走◇從容蹀躞。②徘徊◇蹀躞不前。

9 **蹅** chǎ 粵caa1 差 (在雨雪、泥水中)踩◇鞋被蹅濕了|蹅了一腳泥。

9 **踶** dì 粵dai6 第 ①(用蹄子)踢◇一不小心，讓馬踶了。②踩；踏。

9 **踹** chuài 粵caai2 踩 ①踩；踏◇一腳踹在爛泥裏。②穿，登(鞋)◇腳踹一雙尖頭靴。③用腳底蹬◇一腳踹開門。

9 **踵** zhǒng 粵zung2 總 ①腳後跟◇摩肩接踵。②跟隨◇踵至|踵其後。③繼承◇踵事增華。④(親自)走到◇踵謝|踵門相告。

【踵武】zhǒngwǔ 武，足跡。跟着前人的足跡走。比喻繼承前人的事業◇踵武前賢。

【踵事增華】zhǒngshìzēnghuá 南朝梁蕭統《文選序》："蓋踵其事而增華，變其本而加厲。"繼承前人的事業，並發揚光大。

9 **踽** jǔ 粵geoi2 舉【踽踽】jǔjǔ 形容獨自走路，孤零零的樣子◇踽踽獨行。

9 **踱** duó 粵dok6 鐸 慢慢行走◇踱來踱去。

9 **蹄〔蹏〕**(一)tí 粵tai4 提 ①獸類生在趾端的角質保護物◇牛蹄。②獸類有角質保護物的腳◇馬不停蹄。

(二)dì 粵tai4 提 (用蹄子)踢◇驢不勝怒，蹄之。

【蹄子】tízi ①蹄。②豬的肘子。③辱罵女子的話◇不知羞恥的小蹄子。

【蹄筋】tíjīn 牛、羊、豬四肢中的筋的乾製品。經漲發，可烹製菜餚。

9 **蹁** pián 粵pin4 篇4 腳偏斜不正◇立而跂，坐而蹁。

【蹁躚】piánxiān 形容輕快地旋轉舞動的樣子◇蹁躚起舞。

9 **踺** jiàn 粵gin6 件【踺子】jiànzi 騰空翻身的動作。

9 **踴（踊）** yǒng 粵jung2 湧/jung5 勇 往上跳；跳躍◇踴躍|一踴三丈。

【踴躍】yǒngyuè ①跳躍；躍起◇踴躍歡呼。②爭先恐後◇發言踴躍。③情緒激昂◇羣情踴躍。

9 **蹂** róu 粵jau4 由 踏；踩。

【蹂躪】róulìn 踐踏。比喻用暴力欺凌、摧殘、侮辱◇慘遭蹂躪|慘遭戰火蹂躪。

10 **蹎** diān 粵din1 顛 跌倒。

10 **蹋** tà 粵daap6 踏 ①踏◇蹋地為節。②踢◇蹋鞠。

10 **蹈** dǎo 粵dou6 杜 ①踏；踩◇赴湯蹈火。②跳動◇舞蹈。③遵循◇循規蹈矩。

【蹈襲】dǎoxí 因襲；沿用◇蹈襲舊例|蹈襲前人陳言。

10 **蹊** (一)xī 粵hai4 奚 小路◇蹊徑|桃李不言，下自成蹊。

(二)qī 粵kai1 溪【蹊蹺】qīqiao 奇怪；可疑；有內情◇蹊蹺古怪|這事有點蹊蹺。

10 **蹌（跄）** qiàng 粵coeng3 唱 見"踉蹌"。

10 **蹓** (一)liū 粵lau4 流 ①滑行；往下滑◇蹓冰|順着竹竿蹓了過去。②悄悄走開◇見勢不妙，一個個往外蹓。

(二)liù 粵lau6 漏 ①悠閒地散步◇出去蹓蹓。②牽着牲畜或架着鳥緩緩而行◇蹓馬|蹓狗|蹓鳥。

【蹓躂】liūda 隨意散步；隨意走走◇去公園蹓躂蹓躂。

10 **蹐** jí 粵zik3 即3/zek3 隻 ①小步走路。②局促◇蹐促。

10 **蹉** cuō 粵co1 初 ①失足；傾倒◇一腳蹉空，摔到路旁去了。②失誤；差錯。

【蹉跌】cuōdiē 失足跌倒。比喻失誤。

【蹉跎】cuōtuó 虛度光陰◇蹉跎歲月。

10 **蹍** niǎn 粵zin2 展 踩◇不小心蹍了人家的腳。

10 **蹇** jiǎn 粵gin2 堅2 ①跛◇蹇驢。②困苦，不順利◇命運多蹇。

11 **蹙** cù 粵cuk1 速 ①緊迫；急迫◇窮蹙|語咽氣蹙。②皺；縮在一起◇蹙額|眉頭緊蹙。

【蹙額】cù'é 皺眉頭，表示憂愁◇疾首蹙額。

11 **蹣（蹒）** pán 粵pun4 盤【蹣跚】pánshān 腿腳不靈便，走路緩慢、搖晃的樣子◇步履蹣跚。

11 **蹚** tāng 粵tong1 湯 ①從淺水裏走過去◇蹚水過河。②用犁、鋤等把土翻開，除去雜草◇蹚地。

11 **蹕（跸）** bì 粵bat1 不 ①帝王出行時開路清道，禁止通行◇警蹕。②帝王出行的車駕◇駐蹕。

11 **蹦** bèng 粵bang1 崩 ①**兩腳並攏跳**◇連蹦帶跳。②**昆蟲跳動**◇秋後的螞蚱蹦不了幾天了。③**東西落地再彈起**◇乒乓球蹦得很高。

11 **蹤〔踪〕** zōng 粵zung1 忠 **腳印；蹤跡**◇千山鳥飛絕，萬徑人蹤滅。

【蹤跡】zōngjì **行動留下的痕跡**◇發現獵物的蹤跡。

【蹤影】zōngyǐng **蹤跡和形影**◇不見蹤影。

11 **蹢** (一)dí 粵dik1 的 **獸蹄**◇有豕白蹢。
(二)zhí 粵zaak6 宅【蹢躅】zhízhú **躑躅**。

11 **蟀** shuāi 粵seot1 恤 同"摔"。**跌倒；向下跌落**◇從馬上蟀了下來。

12 **蹩** bié 粵bit6 別 ①**手腕或腳腕扭傷**◇手蹩了一下|走路不小心，蹩了腳。②**跛**◇蹩着一隻腳。

【蹩腳】biéjiǎo ① **跛腳**。② **質量低劣；水準不高**◇蹩腳貨|畫得太蹩腳了。

11 **蹜** sù 粵suk1 叔 **蹜蹜，形容小步快走**。

11 **蹡（蹌）** (一)qiāng 粵coeng1 窗 **蹡蹡**，同"**蹌蹌**"。
(二)qiàng 粵coeng3 唱 **蹡踉**，同"**蹌踉**"。

12 **蹺（跷）〔蹻〕** qiāo 粵hiu1 囂 ①**抬起（腿）；豎起（指頭）**◇蹺起二郎腿|蹺着大拇指讚不絕口。②**跛；瘸**◇蹺腳。③**抬起腳後跟，以腳尖着地**◇蹺起腳往裏頭看。④**有踏腳裝置的木棍，供人踩着表演舞蹈**◇高蹺。

【蹺蹊】qiāoqi 見"**蹊蹺**"。

12 **躇** chú 粵cyu4 廚 見"**躊躇**"。

12 **蹶** (一)jué 粵kyut3 決 **跌倒。比喻失敗或受挫折**◇一蹶不振。
(二)juě 粵kyut3 決 見"**蹶子**"。

【蹶子】juězi **騾馬等後腿向後踢的動作**◇尥蹶子。

【蹶倒】juédǎo **跌倒**。

12 **蹽** liāo 粵liu4 聊 ①**跑；迅速地走**◇一氣蹽了十多里路。②**大步地跨**◇蹽開長腿向門外走去。③**悄悄地走**◇見勢不妙就蹽了。

12 **蹼** pǔ 粵buk6 僕 ①**青蛙、烏龜、鵝、鴨等動物腳趾間相連的皮膜**。②**形狀像蹼的用具**◇腳蹼。

12 **蹯** fán 粵faan4 凡 **獸類的腳掌**◇熊蹯。

12 **蹴〔蹵〕** cù 粵cuk1 速 ①**踩；踏**◇一蹴而就。②**踢**◇蹴鞠（踢球）。

12 **蹾** dūn 粵deon1 敦 **把東西猛地放到地上**◇易碎品不可往地上蹾。

12 **蹲** (一)dūn 粵deon1 敦 ①**兩腿彎曲像坐着，但臀部不着地**◇下蹲|蹲在角落裏。②**呆着；閒居**◇蹲在家裏不出門。
(二)cún 粵cyun4 全 **方言。腿、腳着地過猛而受傷**◇往下跳時蹲了腿。

12 **蹭** cèng 粵sang3 擤 ①**摩擦**◇不小心蹭破了手。②**沾上**◇蹭了一身油漆。③**方言。不花代價而得到好處**◇蹭戲|蹭車。④**拖延**◇蹭時間|磨蹭。⑤**慢吞吞地走**◇一步步往前蹭。⑥**蹬**◇蹭下去一塊石頭。

【蹭蹬】cèngdèng **受挫折；不得志**◇一生蹭蹬，未嘗得意。

12 **蹬** (一)dēng 粵dang1 登 ①**踩；踏**◇兩腳蹬空，摔了下來。②**腿腳向下用力**◇蹬三輪車。③**拋棄；丟棄**◇把結髮妻子給蹬了。④**穿（鞋）**◇蹬上靴子。
(二)dèng 粵dang6 鄧 見"**蹭蹬**"。

13 **躉（趸）** dǔn 粵dan2 燉2 ①**整批**◇躉買|躉賣。②**整批買進**◇現躉現賣。

13 **躂（跶）** da 粵taat3 撻 見"**蹓躂**"。

13 **躁** zào 粵cou3 澡 **性子急；不冷靜**◇急躁|暴躁。

【躁急】zàojí **性情急躁**◇輕率躁急。

【躁動】zàodòng ① **急躁衝動**◇躁動不安。② **不停地活動**◇胎兒在腹中躁動。

【躁進】zàojìn **急於進取。多指追求功名**◇貪功躁進。

13 **躅** zhú 粵zuk6 族 見"**躑躅**"。

13 **躈** qiào 粵kiu3 橋3 **牲畜的肛門**。

13 **躄** bì 粵bik1 碧 ①**腳跛；腿瘸**◇兄弟三人，皆得躄疾。②**仆倒**。

14
躊(踌) chóu 粵cau4 囚 見"躊躇""躊躇滿志"。

【躊躇】chóuchú ① 徘徊◇躊躇不前。② 猶豫，遲疑不決◇躊躇難決。③ 反復思考；深思◇這是個難題，如何解決，讓人頗費躊躇。④ 形容得意的樣子◇躊躇滿志。

【躊躇滿志】chóuchúmǎnzhì《莊子·養生主》:"提刀而立，為之四顧，為之躊躇滿志。"形容對自己取得的成就心滿意足、從容自得的樣子。

14
躋(跻) jī 粵zai1 劑 登上；上升◇躋攀|躋升|躋於先進行列。

【躋身】jīshēn 使自身上升到(某個位置)◇躋身名流。

14
躍(跃) yuè 粵joek3 約/joek6 若 跳◇一躍而起|龍騰虎躍。

【躍動】yuèdòng 跳動◇燈火微微躍動。

【躍進】yuèjìn ① 跳着前進。② 形容快速前進。

【躍然】yuèrán 形容生動、活躍地呈現出來◇寥寥數筆，一個慈父的形象便躍然紙上。

【躍躍欲試】yuèyuèyùshì 躍躍，急切、激動的樣子。急着想試一試。

15
躚(跹) xiān 粵sin1 先 見"蹁躚"。

15
躒(跞) 〈一〉lì 粵lik6 力 跳躍；跨躍。〈二〉luò 粵lok6 落 見"卓躒"。

15
躓(踬) zhì 粵zi3 至 ①跌倒，被絆倒◇躓仆|顛躓。②比喻事情不順利、失敗◇屢試屢躓。

15
躕(蹰) chú 粵cyu4 廚 見"踟躕"。

15
躔 chán 粵cin4 前 ①獸的足跡。泛指足跡、行跡。②日月星辰在黃道上運行。

15
躑(踯) zhí 粵zaak6 宅【躑躅】zhízhú 徘徊不前，在一個地方來回地走◇獨自在街頭躑躅。

15
躐 liè 粵lip6 獵 ①踩；踐踏。②越過；超越。

【躐級】lièjí ① 不按照次序。② 越級提拔。同躐等。

【躐等】lièděng ① 逾越梯級；不按次序。② 不依照等級、次序擢升。

17
躞 xiè 粵sip3 涉【躞蹀】xièdié 見"蹀躞"。

18
躡(蹑) niè 粵nip6 捏 ①踩◇以足躡之。②登上◇世胄躡高位，英俊沉下僚。③跟隨；追蹤◇躡蹤隨形。④抬起腳後跟◇躡着腳輕輕走進來。

【躡手躡腳】nièshǒu nièjiǎo 輕手輕腳。多形容走路不出聲。

18
躥(蹿) cuān 粵cyun1 川 ①往上或向前猛跳◇一下躥得老遠|一個箭步躥上去。②噴射◇鼻子躥血。

19
躦(躜) zuān 粵zyun1 專 ①向上或向前鑽。②鑽營；想辦法◇虧他躦上躦下，到底把事辦成了。

20
躪(躏) lìn 粵leon6 論 ①踐踏◇牛躪他人田。②蹂躪；摧殘。

身部

0
身 shēn 粵san1 申 ①人或動物的軀體◇身正不怕影子斜。②指生命◇捨身|獻身。③畢生，一輩子◇生前身後。④親身；自己◇感同身受。⑤品格；修養◇立身揚名|修身養性。⑥物體的中部或主要部分◇樹身|車身。⑦量詞。用於衣服◇一身新衣服。

【身子】shēnzi ① 身體◇大病初癒，身子虛弱。② 身孕◇懷着身子。

【身手】shēnshǒu 技藝；本領◇身手不凡|大顯身手。

【身心】shēnxīn 身體和精神◇身心健康。

【身世】shēnshì 個人的經歷、遭遇。多指不幸的◇身世淒涼。

【身孕】shēnyùn 指懷胎◇懷有身孕。

【身份】shēnfen ① 指人的出身、地位和資格◇身份證|官方身份。② 特指受人尊敬的地位◇你說這話有失身份。

【身材】shēncái 人體的高矮、胖瘦◇身材苗條，面目清秀。

【身受】shēnshòu 親身受到或遭受◇感同身

受｜身受凌辱。

【身段】shēnduàn ①女性的身姿體態。②戲曲演員表演時的各種舞蹈化的身體動作。

【身後】shēnhòu ①人死後◇身後事。(反)生前。②背後，指個人的社會背景◇他身後有人撐腰。

【身家】shēnjiā ①自身和全家◇保住身家性命。②指出身◇身家清白。③指財產◇少說也有三千萬的身家。

【身教】shēnjiào 用自身的行為影響、教育別人◇身教勝於言教。(反)言教。

【身條】shēntiáo 身材◇身條勻稱｜細高身條。

【身價】shēnjià ①人身買賣的價錢。②人的名聲和地位◇身價百倍。③指個人的財產◇身價過千萬。

【身軀】shēnqū 身體◇身軀高大。

【身體】shēntǐ 人或動物的全身。有時專指頭以外的軀幹和四肢◇身體健壯｜保持身體平衡。

【身不由己】shēnbùyóujǐ 身體的行動不能由自己作主。指事情由不得自己◇我是奉命辦事，身不由己。

【身先士卒】shēnxiānshìzú ①作戰時將帥衝在士兵前面。②比喻長官、領導者起帶頭作用。

【身敗名裂】shēnbài mínglìè 地位喪失，名譽掃地，徹底失敗。

【身體力行】shēntǐlìxíng 親身體驗，努力實行。

3 **躬** gōng 粵gung1 工 ①身體◇鞠躬。②親自；親身◇事必躬親｜躬逢盛世。③向前彎下身子◇打躬作揖。

【躬行】gōngxíng 親自去實行◇紙上得來終覺淺，絕知此事要躬行。

【躬身】gōngshēn 向前彎下身子◇躬身下拜。

【躬耕】gōnggēng 親自耕種◇躬耕壟畝｜臣本布衣，躬耕於南陽。

【躬逢其盛】gōngféngqíshèng ①親自參加了那個盛會或盛舉。②親自經歷了那個興盛的時代。

6 **躲** duǒ 粵do2 朵 ①避開◇明槍易躲，暗箭難防。②隱藏◇躲暗處。

【躲閃】duǒshǎn 側轉身體躲避◇躲閃不及，撞在一起。

【躲債】duǒzhài 因欠債不能償還，避開債主◇外出躲債。(同)逃債。

【躲避】duǒbì ①有意離開或隱蔽起來，不讓人看見。②避開對自己不利的事◇躲避困難。

【躲藏】duǒcáng 隱藏起來不讓人發現。

【躺槍】tǎngqiāng 躺着也中槍，比喻無端受到攻擊或傷害（多指言辭方面）◇這件事原本與他無關，他只是無辜躺槍。

8 **躺** tǎng 粵tong2 倘 ①身體平卧◇躺在牀上。②物體平放或倒伏在地◇瓶子別躺着放｜一輛車翻躺在路上。

11 **軀(躯)** qū 粵keoi1 拘 身體◇身軀｜捐軀。

【軀殼】qūqiào 人的肉體◇她空有人的軀殼，沒有靈魂。

【軀幹】qūgàn ①人身體中不包括頭部、四肢的部分。②比喻事物的主要部分◇機身是飛機的軀幹。

【軀體】qūtǐ 身體◇軀體健壯，頭腦簡單。

車部

0 **車(车)** (一) chē 粵ce1 奢 ①陸上有輪子的交通運輸工具◇火車｜汽車。②利用輪軸轉動的器械◇紡車｜車牀。③泛指機器◇車間｜試車成功。④用轉動的器械工作◇車零件｜車螺絲。⑤姓。

(二) jū 粵geoi1 居 象棋棋子的一種。

【車程】chēchéng 汽車等車輛行駛的路程。

【車輛】chēliàng 各種車的總稱。

【車水馬龍】chēshuǐ mǎlóng《後漢書・明德馬皇后紀》："前過濯龍門上，見外家問起居者，車如流水，馬如游龍。"車絡繹不絕，有如流水；馬首尾相接，好像游龍。形容車馬往來不絕，非常熱鬧。(同)川流不息。

1 **軋(轧)** (一) yà 粵aat3 壓/zaat3 扎 ①碾壓；滾壓◇軋馬路。②排擠◇傾軋。③象聲詞。形容機器發出的聲音◇機聲軋軋。

〈二〉zhá 粵zaat3 扎 用機器壓鋼坯◇軋鋼|冷軋|熱軋。

〈三〉gá 粵gaat3 嘎 方言。①擠◇軋到人堆裏看熱鬧。②結交◇軋朋友。③結算；核對◇這筆賬軋不平。

2 **軌(轨)** guǐ 粵gwai2 鬼 ①車轍，車輪碾壓的痕跡。②車子兩輪間的距離◇車同軌，書同文。③一定的路線；軌道◇軌跡|有軌電車。④鋪設軌道用的鋼條◇鋼軌。⑤比喻法度、規矩、秩序等◇納入正軌|越軌。

【軌跡】guǐjì ①車的轍印。②物體有規律的運動所經過的路線◇上升軌跡。③某點移動所通過的全部路徑◇記錄火箭運行軌跡。④比喻人生的經歷或事物發展的過程◇人生軌跡。

【軌道】guǐdào ①用條形的鋼材鋪成的供火車、電車等行駛的線路。②物體在空間運動的路徑。③法規或規範。

2 **軍(军)** jūn 粵gwan1 君 ①軍隊◇陸軍|海軍。②軍隊編制單位，在師以上。③有關軍事或軍隊的◇軍費|軍旗。

【軍事】jūnshì 跟軍隊或戰爭有關的◇軍事演習|軍事工程。

【軍法】jūnfǎ 軍隊的刑法◇以軍法論處。

【軍官】jūnguān 統稱被授予尉官以上軍銜的軍人。

【軍師】jūnshī ①古代稱為軍中主將出謀劃策的人。②泛指替人出主意的人。

【軍備】jūnbèi 軍事編制和軍事裝備◇擴充軍備|裁減軍備。

【軍需】jūnxū 軍隊所需的一切物資和器材。

【軍餉】jūnxiǎng 軍人的薪金和給養。

【軍閥】jūnfá ①指擁有軍隊、割據一方、自成派系的人◇北洋軍閥。②泛指控制政治的軍人或軍人集團。

【軍樂】jūnyuè ①古代指軍中的音樂。②指用管樂器和打擊樂器演奏的音樂，因軍隊中常用而得名◇軍樂團。

【軍機】jūnjī ①有關軍事的方針、策略、措施等◇貽誤軍機。②軍事機密◇泄漏軍機。

3 **軒(轩)** xuān 粵hin1 牽 ①古代一種前頂高、上面有帷幕的車◇朱軒|乘軒。②高◇軒昂。③有窗戶的長廊或小屋子。常用於字號或書齋名◇臨湖軒|朵雲軒。④欄杆◇戎馬關山北，憑軒涕泗流。

【軒昂】xuān'áng ①高大◇佛殿軒昂。②形容意氣風發，氣度不凡◇氣宇軒昂。

【軒輊】xuānzhì 車頂前高後低叫軒，後高前低叫輊。比喻高低、輕重、優劣◇沒有高下之別、軒輊之分。

【軒轅】xuānyuán 傳説中的遠古帝王黃帝的名字。傳説姓公孫，居住在軒轅之丘，所以名叫軒轅。後世的中國人尊奉其為共同祖先。

【軒然大波】xuānrándàbō 高湧的波濤。比喻大的糾紛或風潮。

3 **軑(轪)** dài 粵daai6 大 ①古代車轂上包的金屬帽。②指車輪。

3 **軏(軏)** yuè 粵jyut6 月 古代車轅與橫木相連接的銷釘。

3 **軔(轫)** rèn 粵jan6 刃 阻擋車輪不讓它轉動的木頭，車開動時須撤去◇發軔。

4 **軚(轪)** dài 粵taai5 太5 古同“軑”。①車軸前端之帽蓋②車輪。

4 **軛(轭)** è 粵aak1/ngaak1 握 駕車時套在牲口脖子上的人字形器具。

4 **軟(软)〔輭〕** ruǎn 粵jyun5 遠 ①柔軟；不硬◇軟木|鬆軟可口的蛋糕。②懦弱◇欺軟怕硬。③柔和；溫和◇軟風|軟性子。④沒有氣力◇兩腿發軟。⑤不堅決；不強硬◇心軟|心慈手軟。⑥比較差；能力弱◇貨色軟|配角軟了一點。

【軟化】ruǎnhuà ①由硬變軟◇骨質軟化。②使變軟◇軟化血管。③比喻由堅定變為動搖◇對方的立場開始軟化。

【軟件】ruǎnjiàn ①電腦進行計算、判斷和信息處理的程序系統。②借指管理、服務、文化氣息、人員素質等方面。反 硬件。

【軟弱】ruǎnruò ①缺乏力氣◇軟弱無力。②不堅強◇個性軟弱。

【軟禁】ruǎnjìn 不關進監獄，但受監視，只許在指定範圍內活動◇遭軟禁多年。

【軟骨頭】ruǎngǔtou 比喻沒有骨氣的人。

【軟飲料】ruǎnyǐnliào 不含酒精的飲料。如可口可樂、橘汁等。

【軟綿綿】ruǎnmiánmián ① 形容柔軟◇軟綿綿的被褥。② 形容虛弱，沒有力氣◇這幾天感冒，渾身軟綿綿。③ 柔和◇說話軟綿綿的。

【軟暴力】ruǎnbàolì 用言語、表情、態度等對他人造成傷害◇他慣常使用軟暴力欺壓別人。

【軟硬兼施】ruǎnyìngjiānshī 同時使用軟硬兩種手段。

5 **軲**（轱）gū 粵gu1 姑【軲轆】gūlu ①車輪◇大車軲轆。②滾動；轉動◇球軲轆遠了|軲轆軲轆轉。

5 **軻**（轲）〈一〉kē 粵o1/ngo1 柯 用於人名。孟軻，即孟子。

〈二〉kě 粵ho2 可 見"轗軻"。

5 **軸**（轴）〈一〉zhóu 粵zuk6 族 ①穿在輪子中間、支持輪子的圓柱形東西◇車軸。②用來支持機械中轉動的部件的圓柱形零件◇直軸|曲軸|轉軸。③供繞線或捲書畫等用的圓柱形器物◇線軸|畫軸。④把平面或立體分成對稱部分的直線◇對稱軸。⑤量詞。用於帶軸的東西◇兩軸線|一軸花鳥畫。

〈二〉zhòu 粵zuk6 族 一場折子戲演出中的主要節目。排在最末的一齣戲叫大軸子，倒數第二齣戲叫壓軸子◇壓軸|承軸|大軸。

【軸子】zhóuzi ① 安在字畫的下端便於懸掛或捲起的圓桿。② 弦樂器上的圓桿，用來調節音的高低。

【軸承】zhóuchéng 支承軸的機件。軸可以在軸承上旋轉並保持其確定的位置。

5 **軹**（轵）zhǐ 粵zi2 止 車軸的末端。

5 **軼**（轶）yì 粵jat6 日 ①後車超過前車。②超過，超越◇軼羣（超羣）。③散失◇軼文。

【軼才】yìcái 突出的才能。

【軼事】yìshì 世人不甚知道，不見於正式記載的事跡。

5 **軱**（轱）gū 粵gu1 姑 大骨。

5 **軫**（轸）zhěn 粵zan2 珍2 ①古代指車廂底部四面的橫木。也借指車。②弦樂器上轉動弦線的軸◇以軫調聲。③悲痛；傷痛◇軫悼|軫念。④星宿名。二十八宿之一。

5 **軺**（轺）yáo 粵jiu4 搖 古代一種輕便馬車。通常用一匹馬駕駛。

6 **載**（载）〈一〉zài 粵zoi3 再 ①裝運◇載人宇宙飛船。②充滿◇怨聲載道。③又；且◇載歌載舞。

〈二〉zǎi 粵zoi2 宰/zoi3 再 ①記錄；刊登◇記載|載入史冊。②年◇千載難逢。

【載重】zàizhòng（交通運輸工具）承載重量◇載重汽車|一節車皮載重多少噸？

【載譽】zàiyù 帶着榮譽◇載譽歸來。

【載體】zàitǐ ① 科學技術上指能傳遞能量或運載其他物質的物質。如工業上用來傳遞熱能的介質就是載體。② 指一切能夠承載其他事物的事物。如電腦硬碟用來存儲信息，就是一種載體。

6 **軾**（轼）shì 粵sik1 色 古代車廂前面做扶手的橫木。

6 **輀**（轜）〔轜〕ér 粵ji4 而 喪車◇靈輀。

6 **輊**（轾）zhì 粵zi3 至 見"軒輊"。

6 **輈**（辀）zhōu 粵zau1 舟 ①古代車前面彎曲的獨木車轅。也泛指車轅。②車。

6 **輇**（辁）quán 粵cyun4 全 ①沒有輻條的車輪。②淺薄◇輇才。

6 **輅**（辂）lù 粵lou6 路 ①古代一種大車。多指帝王乘坐的車。②古代車轅上用來供人牽挽的橫木◇挽輅。

6 **較**（较）jiào 粵gaau3 教 ①比較；較量◇相較之下，方顯差距|他倆暗中較勁。②計較◇錙銖必較。③明顯◇彰明較著。④稍；略◇用較少的錢，辦較多的事。⑤比◇較去年長高了。

【較量】jiàoliàng ① 比較高低或勝負◇不服氣就較量一下。② 計較◇不再較量那些小事。

6 **輧**（𫚓）píng 粵ping4 評 古代一種有帷幕的車。多為貴族婦女所乘。

6 **輋**（𫐄）shē 粵ce4 邪 用於地名，如禾輋（在香港沙田）。

7 **輒(辄)〔輙〕** zhé 粵zip³ 接 ①總是；常常◇下筆輒數萬言。②立即；就◇淺嘗輒止|動輒得咎。

7 **輔(辅)** fǔ 粵fu⁶ 父 ①車兩旁的板。②面頰◇團輔圓頤。③協助；從旁幫助◇相輔相成。④古代指輔佐帝王的人◇宰輔。⑤古代指京城附近的地方◇畿輔。

【輔助】fǔzhù ① 協助；幫助。② 輔助性的；非主要的。

【輔佐】fǔzuǒ 輔助；協助◇輔佐朝政 | 輔佐帝王。

【輔弼】fǔbì ① 輔佐；佐助◇輔弼之臣。② 輔佐帝王的人。多指宰相◇國之輔弼。

【輔導】fǔdǎo 幫助和指導◇課外輔導 | 心理輔導。

【輔車相依】fǔchēxiāngyī《左傳・僖公五年》："諺所謂'輔車相依，脣亡齒寒'者，其虞虢之謂也。"輔，大車兩旁的攔板。車攔板和車身互相依靠。比喻兩者相互依存，關係極為密切。同 脣齒相依。

7 **輕(轻)** qīng 粵hing¹ 兄/heng¹ ①重量小◇這包裹很輕|輕於鴻毛。②不笨重◇輕巧。③沒有負擔；輕鬆◇輕音樂|無官一身輕。④不費力；用力不大◇輕拿輕放。⑤不重要；不貴重◇民貴君輕。⑥不看重◇輕敵。⑦不嚴肅；不莊重◇輕狂|輕浮。⑧隨便；不慎重◇輕信|輕率。⑨程度淺◇病得不輕。

【輕巧】qīngqiǎo ① 重量輕並且精巧◇輕巧的車。② 輕快靈巧◇動作輕巧。③ 簡單容易◇說起來輕巧，做起來難。

【輕生】qīngshēng 不愛惜自己的生命。多指自殺。

【輕舟】qīngzhōu 輕快的小船◇兩岸猿聲啼不住，輕舟已過萬重山。

【輕狂】qīngkuáng 輕浮放浪◇出言輕狂 | 舉止輕狂。

【輕快】qīngkuài ①（行動）不費力◇步履輕快。② 輕鬆愉快◇神情輕快 | 沐浴後渾身輕快。

【輕易】qīngyì ① 不費力；容易◇做事不要輕易放棄。② 輕率；隨便◇他從不輕易作決定。

【輕佻】qīngtiāo 輕浮，不莊重◇舉止輕佻。

【輕重】qīngzhòng ① 重量的大小◇掂量一下包裹輕重。② 聲音強弱◇朗讀要注意讀音的輕重。③ 主要的和次要的；嚴重的和不嚴重的◇辦事要權衡輕重緩急。④ 言行的分寸◇說話要知輕重。

【輕便】qīngbiàn ① 不笨重；使用方便◇輕便易攜。② 不繁重◇輕便活。③ 簡易◇輕便鐵路。

【輕風】qīngfēng ① 微風◇輕風拂面。② 氣象學上指風速在 1.6 米/秒至 3.3 米/秒之間的二級風。

【輕盈】qīngyíng ① 形容女子姿態柔美、行動輕巧◇體態輕盈 | 輕盈的舞步。② 輕鬆歡快◇輕盈的歌聲。

【輕柔】qīngróu 輕而柔軟；輕而柔和◇絲綢質地輕柔 | 音樂輕柔動聽。

【輕浮】qīngfú 言行隨便，不穩重◇舉止輕浮。

【輕捷】qīngjié 輕快敏捷◇輕捷的腳步 | 輕捷一躍，縱身上馬。

【輕率】qīngshuài 言行隨便，不慎重◇不要輕率下結論。同 草率。

【輕視】qīngshì ① 看不起◇不願被人輕視。同 蔑視。② 不重視或不認真對待◇不該輕視生命 | 輕視理論學習。同 忽視。

【輕微】qīngwēi 數量少；程度淺◇損失輕微 | 輕微的頭痛。

【輕慢】qīngmàn 態度傲慢，不尊重人◇待人輕慢。

【輕聲】qīngshēng ① 低聲◇輕聲細語。② 說話時有些字音很輕很短，叫做"輕聲"。如普通話"看了、提着、大的、桃子、木頭"中的"了、着、的、子、頭"都讀輕聲。

【輕薄】qīngbó ① 輕佻；不莊重◇嬉皮笑臉，一副輕薄相。同 輕佻。② 又輕又薄◇新推出的筆記型電腦都追求輕薄，方便攜帶。③ 玩弄；侮辱（多指對女性）◇不准輕薄女性。

【輕鬆】qīngsōng ① 不費精力；鬆弛，不緊張◇工作輕鬆 | 輕鬆的心情。② 放鬆；使不緊張◇項目完成了，先輕鬆一下頭腦。

【輕蔑】qīngmiè 輕視；看不起◇輕蔑的口吻 | 輕蔑地一笑。同 鄙視、鄙薄 反 尊重。

【輕飄飄】qīngpiāopiāo ① 輕得像要飄起來的樣子。② 形容動作輕快◇走路輕飄飄。③ 形容洋洋得意◇一誇他好，他就輕飄飄了。④ 隨便而滿不在乎的樣子◇把甚麼事情都看得輕飄飄的。

【輕而易舉】qīng'éryìjǔ 非常容易就做到了、辦成了。

【輕車熟路】qīngchē shúlù 車載的東西少，走熟悉的路。比喻熟悉所辦的事，很容易就處理好了。同 駕輕就熟。

【輕車簡從】qīngchējiǎncóng 車上裝載的行李物品和隨從人員都不多，行動便捷。

【輕描淡寫】qīngmiáo dànxiě ① 繪畫時用淺淡的顏色輕輕描繪。② 比喻對關鍵問題或情節輕輕帶過，刻意迴避。

【輕舉妄動】qīngjǔ wàngdòng 沒有慎重考慮就輕率地行動。

7 **輓（挽）** wǎn 粵waan5 挽 ①牽引；拉拽◇牽輓。②哀悼逝者◇輓詞｜輓聯。

8 **輦（辇）** niǎn 粵lin5 連5 ①古代一種用人拉的車。後來特指帝王、后妃乘坐的車子◇帝乘輦而行。②古時借指京都◇輦下。

8 **輛（辆）** liàng 粵loeng6 亮 量詞。用於車類◇一輛小巴｜車輛。

8 **輥（辊）** gǔn 粵gwan2 滾 機器中能滾動的圓柱形機件◇輥軸。

8 **輞（辋）** wǎng 粵mong5 網 車輪的外框。

8 **輗（輗）** ní 粵ngai4 危 古代大車轅端與橫木相連接的關鍵。

8 **輪（轮）** lún 粵leon4 鄰 ①輪子。車輛或機器上能轉動的圓形部件◇車輪｜齒輪。②形狀像輪子的東西◇月輪｜年輪。③輪船◇海輪｜客輪。④輪流◇輪休｜輪換。⑤量詞。(1)用於日月◇一輪紅日｜一輪明月。(2)用於循環的事物◇第二輪會議｜他也屬羊，大我一輪。

【輪迴】lúnhuí ① 佛教指有生命的東西永遠像車輪運轉一樣在天堂、地獄、人間等六個範圍內循環轉化。② 循環◇四季輪迴。

【輪班】lúnbān 分批次輪流做同一樣事◇輪班趕修跑道。

【輪流】lúnliú 依照次序一個接替一個，不斷循環◇輪流值班。

【輪換】lúnhuàn 交換；一個個依次接替◇輪換發球｜輪換放哨。

【輪番】lúnfān 多批次交替◇輪番守衛｜輪番轟炸。

【輪廓】lúnkuò ① 構成物體或圖形邊緣的線條◇勾畫人物的輪廓。② 事情的大概情況◇此事我只略知一點輪廓。

8 **輬（辌）** liáng 粵loeng4 良 見"轀輬"。

8 **輨（辖）〔錧〕** guǎn 粵gun2 管 包在大車轂頭上的鐵。

8 **輟（辍）** chuò 粵zyut3 茁 中止；停止◇輟學｜輟耕｜日夜不輟。

【輟筆】chuòbǐ 停筆，中止寫作或畫畫。

【輟業】chuòyè ① 停止勞作◇輟業閒居。② 中止學業◇因病而中途輟業。

【輟演】chuòyǎn（演員）停止演出◇因故輟演。

【輟學】chuòxué 中途停學◇因病輟學。

8 **輜（辎）** zī 粵zi1 之 古代一種有帷蓋的車。

【輜重】zīzhòng 行軍打仗時由運輸部隊攜帶的軍械、糧草、被服等物資。

8 **輩（辈）** bèi 粵bui3 貝 ①等；類◇汝輩｜無能之輩。②行輩；輩分◇前輩｜晚輩｜同輩。③指人的一生◇一輩子｜前半輩子。④一批一批地◇英雄輩出。

【輩分】bèifen 家族、親戚中的長幼次第◇論輩分，他算晚輩。

【輩出】bèichū 一批接一批連續出現◇人才輩出｜名家輩出。

8 **輝（辉）〔暉〕** huī 粵fai1 揮 ①光芒；光彩◇落日餘輝｜熠熠生輝。②照射；閃耀◇輝映｜與日月同輝。

【輝光】huīguāng 閃爍耀眼的光芒◇朝陽的輝光照耀着羣山。

【輝映】huīyìng 照耀；映照◇湖光山色交相輝映。

【輝煌】huīhuáng ① 光彩奪目；光輝燦爛◇金碧輝煌｜燈火輝煌。② 形容顯著、出色

◇戰果輝煌｜輝煌的業績。

【輝耀】huīyào 照耀；閃耀◇晨光輝耀｜金碧輝耀。

9 **輳(辏)** còu 粵cau3 臭 ①車輪的輻條集中於轂上◇如輻輳轂。②聚集◇輳集。

9 **輻(辐)** fú 粵fuk1 福 車輪上連接軸心和輪圈的直條◇輻條｜輪輻。

【輻射】fúshè ① 像車輻那樣從中心向各個方向沿着直線伸展出去。② 熱的一種傳播方式，從熱源沿直線向四處發散出去。光線、無線電波等電磁波的傳播也叫輻射◇熱輻射｜光輻射｜太陽輻射。

【輻輳】fúcòu 像輻條集中到車轂上一樣聚集在一起◇車馬輻輳｜碼頭是遠近貨物輻輳之地。

9 **輯(辑)** jí 粵cap1 緝 ①收集材料並系統地整理、加工和編選◇編輯｜剪輯。②以某項內容為中心而編輯的一期刊物、一組文章或單冊的書◇專輯｜特輯。③整套書或資料的一部分◇叢書第一輯。

【輯要】jíyào 輯錄的重要內容。多用作書名◇《農桑輯要》。

【輯錄】jílù 收集、摘錄有關的資料或著作，編輯成書◇輯錄歌謠。

9 **輴(辅)** chūn 粵ceon1 春 ①靈車。②古代用於泥濘路上的交通工具。

9 **輼(辒)〔轀〕** wēn 粵wan1 温

【輼輬】wēnliáng 古代的卧車。車廂有帷幔和窗戶。後用作喪車。

9 **輸(输)** shū 粵syu1 書 ①運送；傳送◇運輸｜輸電。②灌注；注入◇輸液｜輸血。③捐獻◇輸財助學。④負；失敗◇勝負輸贏｜球賽輸了。

【輸入】shūrù ① 從外部送到內部◇輸入新鮮血液。② 從國外、境外買進商品或引入資本◇輸入商品｜資本輸入。③（能量、訊號等）進入設備或裝置◇能量輸入｜輸入電腦。㊀反 輸出。

【輸出】shūchū ① 從內部送到外部◇血液從心臟輸出。② 向國外、境外銷售商品或投放資本◇輸出資本｜勞務輸出。③（能量、訊號等）從設備或裝置發出◇輸出信號。反 輸入。

【輸捐】shūjuān 捐獻◇慷慨輸捐。

【輸送】shūsòng 從一處送到另一處；運送◇輸送養分｜輸送彈藥。

【輸納】shūnà 繳納◇輸納錢糧。

【輸理】shūlǐ 在道理上站不住腳◇公平競賽，輸球不輸理。

9 **輶(輶)** yóu 粵jau4 由 ①古代一種輕便的車。②輕。

9 **輮(𫐓)** róu 粵jau4 由 ①車輪的外框。②同"揉"。

10 **轂(毂)** gǔ 粵guk1 谷 ①車輪中心有圓孔插軸的部分。②借指車或車輪。

【轂下】gǔxià ① 輦轂之下。借指京城◇暫留轂下。② 書信或談話中對人的敬稱◇明公使君轂下。

10 **轅(辕)** yuán 粵jyun4 元 ①大車前面駕牲口的兩根直木◇車轅｜駕轅。②古代統兵將帥所在的軍營大門◇轅門。③借指軍政官署◇行轅。

10 **轄(辖)** xiá 粵hat6 瞎 ①安在車軸頭上的鐵銷子，起固定車輪的作用。②管轄；管理◇統轄｜直轄市。

10 **輾(辗)** 〈一〉zhǎn 粵zin2 展 轉過來，轉過去◇輾轉。

〈二〉niǎn 粵nin5 年5 同"碾"。滾動着壓過去◇車從草坪上輾了過去。

【輾轉】zhǎnzhuǎn ① 躺在牀上翻來覆去◇輾轉不眠。② 中間經過很多人或很多地方◇輾轉相告｜輾轉流傳。

【輾轉反側】zhǎnzhuǎnfǎncè《詩·周南·關雎》："悠哉悠哉，輾轉反側。"形容心事重重，翻來覆去難以入眠。

10 **輿(舆)** yú 粵jyu4 餘 ①車廂。②車◇假輿馬者，非利足也，而致千里。③轎◇彩輿｜肩輿。④眾人的◇輿論。⑤地域◇輿地｜輿圖。

【輿論】yúlùn 公眾的議論◇國際輿論｜輿論嘩然。

11 **轉(转)** 〈一〉zhuǎn 粵zyun2 專2 ①轉動◇轉身。②輾轉；轉移◇轉戰南北。③通過處於中間的人或物傳送◇轉交｜轉播。④轉變◇轉危為安。

〈二〉zhuàn 粵zyun[3]鑽 ①旋轉◇車輪轉得飛快。②旋繞◇轉圈子。③閒逛◇上街轉一轉。④量詞。一圈叫一轉◇繞了三轉。

〈三〉zhuǎi 粵zyun[2]專[2] 見"轉文"。

【轉口】zhuǎnkǒu ①貨物由一個港口運到另一個港口，或由一國運到另一國◇轉口貿易。②改口；改變說法◇見他不高興聽，就轉口說別的事了。

【轉化】zhuǎnhuà 轉變；改變◇把挫折轉化為奮發圖強的動力。

【轉文】zhuǎiwén 說話時不用口語，用文言的字眼，顯示有學問◇說話愛轉文，滿口之乎者也。

【轉正】zhuǎnzhèng 非正式的成員轉為正式成員◇試用期滿，予以轉正。

【轉向】〈一〉zhuǎnxiàng ①改變方向◇颱風轉向在海南登陸了。②改變立場◇臨近表決，他突然轉向。

〈二〉zhuànxiàng 迷失方向◇暈頭轉向。

【轉交】zhuǎnjiāo 把一方的東西交給另一方◇請把禮品轉交給他。

【轉折】zhuǎnzhé ①原來的趨勢、形勢被改變了◇轉折點｜形勢發生重大轉折。②內容由原來的方面轉向另一個方面◇文章的第二段轉折得很自然。

【轉告】zhuǎngào 把一方的話告訴另一方。多指受人委託的。同 轉達。

【轉角】zhuǎnjiǎo 拐角；拐彎處◇樓梯轉角｜馬路轉角。

【轉注】zhuǎnzhù 漢字六書之一。清代學者戴震、段玉裁認為轉注就是互訓，即意義上相同或相近的字互引解釋。例如以"考"註"老"，以"老"註"考"。

【轉念】zhuǎnniàn 改換念頭，改變主意◇轉念一想｜他剛想開口，但一轉念，覺得還是不說為好。

【轉型】zhuǎnxíng 社會政治、經濟結構、文化形態、價值觀念、生活方式等發生轉變◇中國經濟正處在轉型。

【轉述】zhuǎnshù 把別人的話說給另外的人聽◇轉述會議內容。

【轉眼】zhuǎnyǎn 轉動眼珠。形容時間短促◇天剛才還好好的，轉眼就烏雲密佈。同 瞬間、轉瞬。

【轉移】zhuǎnyí ①改換方向或位置◇部隊明天要轉移了。②轉變；改變◇轉移社會風氣。

【轉動】〈一〉zhuǎndòng 身體或身體的某部分轉移活動◇眼珠骨碌碌地轉動着。

〈二〉zhuàndòng 物體作圓周運動◇車輪轉不動了｜地球繞太陽轉動。

【轉換】zhuǎnhuàn 改換；變換◇轉換話題｜轉換角色。

【轉達】zhuǎndá 把一方的話轉告給另一方◇轉達問候。

【轉嫁】zhuǎnjià ①女人改嫁。②把負擔、損失、罪名等轉移到別人身上◇轉嫁危機｜偽造證據，轉嫁罪責。

【轉機】zhuǎnjī ①向好的方面轉變的希望◇事情有了轉機。②中途換乘別的飛機。

【轉戰】zhuǎnzhàn 在不同的地區輾轉作戰◇轉戰千里。

【轉瞬】zhuǎnshùn 轉眼◇中秋節轉瞬就到了。同 瞬間。

【轉變】zhuǎnbiàn 由一種情況變到另一種情況；改變◇轉變態度｜想法轉變了。

【轉讓】zhuǎnràng 把自己的東西或享有的權利讓給別人◇技術轉讓｜轉讓專利。

【轉折點】zhuǎnzhédiǎn 使事物改變發展方向的決定性事件或時間，也說"轉捩點"◇歷史轉折點。

【轉危為安】zhuǎnwēiwéi'ān 從危險的局面中擺脫出來，消除了威脅。同 化險為夷。

【轉彎抹角】zhuǎnwānmòjiǎo ①形容道路曲折或順着曲折的路走。②比喻說話繞彎子，不直截了當。同 拐彎抹角。

11 **轆(辘)** lù 粵luk[1]麓 車輪碾壓。

【轆轆】lùlù 象聲詞。形容車輪滾動或類似的聲音◇車聲轆轆｜飢腸轆轆。

【轆轤】lùlu ①安在井上汲水的起重裝置。②指機械上的絞盤。

11 **轇(轇)** jiāo 粵gaau[1]交【轇輵】jiāogé 交錯。

12 **轎（轿）** jiào ⓖgiu[6] 叫[6]/kiu[2] 喬[2] 轎子。由人抬着走或騾馬馱着走的舊式交通工具◇花轎|轎夫。

12 **轍（辙）** zhé ⓖcit[3] 設 ①車輪碾出的痕跡◇車轍|如出一轍。②行車規定的路線方向◇順轍|上下轍。③戲曲、唱詞所押的韻◇合轍|十三轍。④辦法；主意◇沒轍|事情成敗，就看你有轍沒有。

12 **轔（辚）** lín ⓖleon[4] 鄰【轔轔】línlín象聲詞。形容很多車行走的聲音◇車轔轔，馬蕭蕭。

13 **轕（轕）** gé ⓖgot[3] 割 見"轇轕"。

13 **轗（轗）** kǎn ⓖham[2] 砍【轗軻】kǎnkě ⓓ"坎坷"。

13 **轘（轘）** 〈一〉huán ⓖwaan[4] 環 地名用字。例如轘轅，在河南轘轅山。

〈二〉huàn ⓖwaan[6] 患 古代一種用車分裂人體的酷刑。

14 **轟（轰）** hōng ⓖgwang[1] 肱 ①用大炮、炸彈、火箭等破壞◇炮轟|轟炸。②趕走◇把他轟出去。③象聲詞。形容雷鳴、爆炸等巨大的聲響◇轟隆|雷聲轟轟。

【轟動】hōngdòng 驚動許多人並引起注意◇轟動一時的案件。

【轟然】hōngrán 形容聲音大、響聲巨大◇轟然大笑|轟然倒塌。

【轟鳴】hōngmíng 發出轟隆轟隆的巨響◇炮聲轟鳴|掌聲轟鳴。

【轟轟烈烈】hōnghōnglièliè 形容氣勢宏偉、聲勢浩大。

15 **轢（轹）** lì ⓖlik[1] 礫 ①車輪碾軋。②欺壓，欺凌◇凌轢|以富轢貧。

15 **轡（辔）** pèi ⓖbei[3] 祕 駕馭馬的韁繩◇鞍轡。

【轡頭】pèitóu 馬籠頭◇南市買轡頭，北市買長鞭。

16 **轤（轳）** lú ⓖlou[4] 勞 見"轆轤"。

辛部

0 **辛** xīn ⓖsan[1] 身 ①辣◇辛辣。②悲傷；痛苦◇辛酸|苦辛。③勞累；勞苦◇含辛茹苦。④天干的第八位。⑤姓。

【辛苦】xīnkǔ ① 身心勞苦◇誰知盤中餐，粒粒皆辛苦。ⓓ 辛勞 ⓕ 舒適。② 客套話。用於問候或求人做事◇這事還得請你辛苦一趟。

【辛勞】xīnláo 辛苦勞累◇日夜辛勞|不辭辛勞。ⓕ 安逸。

【辛勤】xīnqín 辛苦勤勞◇辛勤耕耘|辛勤的園丁。

【辛辣】xīnlà ① 味道辣◇生薑辛辣可祛寒。ⓕ 甘美。② 比喻文章或説話尖鋭，刺激性強◇文章幽默辛辣|辛辣的嘲諷。

【辛酸】xīnsuān 辣味和酸味。比喻悲傷、痛苦◇滿紙荒唐言，一把辛酸淚。ⓕ 欣喜。

5 **辜** gū ⓖgu[1] 姑 ①罪；罪過◇無辜|死有餘辜。②姓。

【辜負】gūfù 對不住、違背別人的希望、好意或幫助◇別辜負人家一番美意。

6 **辟** 〈一〉pì ⓖpik[1] 僻 ①法律；刑法◇大辟（古代指死刑）。②透徹，準確◇精辟。

〈二〉bì ⓖbik[1] 碧/pik[1] 僻 ①帝王；君主◇復辟。②徵召◇辟召。③驅除◇辟邪。

【辟邪】bìxié 指用符籙、咒語或象徵物等驅除邪祟◇驅鬼辟邪。ⓕ 拜佛、祈禱、祈福。

7 **辣** là ⓖlaat[6] 瘌 ①像薑、蒜、辣椒所具有的刺激性味道◇辛辣|酸甜苦辣。②辣味刺激（口、鼻、眼）◇洋葱辣得我眼睛直流淚。③兇狠◇心狠手辣。

【辣椒】làjiāo 一年生草本植物。果實也叫辣椒，有錐形、燈籠形等，成熟後由青色轉為紅色，一般都有辣味，供食用。

9 **辨** biàn ⓖbin[6] 便 ①區別；區分開來◇明辨是非。②同"辯"。(1)爭論；辯論。(2)辯解；辯護。

【辨別】biànbié 分辨區別◇辨別是非|辨別真假|辨別方向。ⓓ 分別 ⓕ 混淆。

【辨析】biànxī 辨別分析◇詞語辨析。

【辨認】 biànrèn 根據特點辨別，作出判斷◇辨認假鈔｜字跡模糊，難以辨認。

【辨識】 biànshí 辨認識別◇人臉辨識系統。

9 **辦(办)** bàn 粵baan6 扮 ①做；處理◇承辦｜一手包辦。②採購；購置◇置辦｜採辦。③經營；創立◇籌辦｜辦公司。④處罰；懲辦◇法辦｜查辦。⑤辦公室的簡稱◇控煙辦。

【辦公】 bàngōng ①處理公事◇提高辦公效率。②上班工作◇辦公時間才受理申請。

【辦法】 bànfǎ 處理事情或解決問題的方法◇尋找解決問題的辦法。

【辦理】 bànlǐ 處理（事務）；承辦（業務）◇辦理手續｜裝修事宜由裝飾公司辦理。

【辦貨】 bànhuò 採購貨物◇採購員到外地辦貨去了。

12 **辭(辞)〔辤〕** cí 粵ci4 池 ①文詞；言詞◇修辭｜辭令。②古體詩的一種◇楚辭｜辭賦。③告別◇與世長辭｜不辭而別。④推託；躲避◇不辭勞苦｜義不容辭。⑤請求卸任◇辭去總裁職務。⑥解僱◇無故被辭。

【辭令】 cílìng 交際應酬的言詞◇外交辭令｜不善辭令。

【辭行】 cíxíng 遠行前向親友告別◇向東道主辭行。

【辭色】 císè ①言詞和神色表情◇雙方越吵聲音越大，辭色也憤激起來。②溫和的言詞，和悅的面容◇不假辭色｜形於辭色。

【辭別】 cíbié 告別。

【辭典】 cídiǎn 詞典。

【辭退】 cítuì ①解僱◇辭退員工。㊜聘用。②婉拒不受；謝絕◇辭退賀禮。㊐辭謝。

【辭職】 cízhí 主動卸職；請求解除自己的職務。

【辭藻】 cízǎo 作修飾用的詞語、詞句、典故，以及成語和名言名句等引用語◇辭藻華麗｜堆砌詞藻。

【辭讓】 círàng 謙遜地推讓◇辭讓之心，禮之端也。㊐推辭。

14 **辯(辩)** biàn 粵bin6 便 ①說明白，說清楚◇辯白。②爭論；辯論◇爭辯｜事實勝於雄辯。

【辯白】 biànbái 說清楚事情的真相，澄清不實之處◇面對眾人的指責，他一時無從辯白。

【辯解】 biànjiě 分辨和解釋清楚事實，推倒憑空加給自己的東西◇蒼白無力的辯解。

多樣表達：辯解
分析 分辯 申訴 申述 申辯 狡辯 爭辯 強辯 詭辯 剖白 剖析 辯白 辯誣 辯護 巧舌如簧 強詞奪理 能言善辯

【辯駁】 biànbó 反駁或駁斥對方，並為自己辯解、辯護◇無可辯駁的事實。

【辯論】 biànlùn 彼此對問題持不同的觀點、看法，進行爭論◇電視辯論｜展開辯論。

【辯護】 biànhù ①為保護別人或自己而申辯◇他為自己的過失辯護。②法庭審判案件時被告或其律師進行申辯。

辰部

0 **辰** chén 粵san4 臣 ①地支的第五位。②十二時辰之一。指上午七點到九點◇辰時。③日子；時光◇誕辰｜良辰美景。④星宿名。即心宿，二十八宿之一◇參辰。⑤日、月、星的總稱◇三辰。⑥眾星◇星辰。

【辰光】 chénguāng 方言。時候；時間◇啥辰光再來｜辰光不早了。

3 **辱** rǔ 粵juk6 肉 ①羞恥◇恥辱。②使受到羞恥◇喪權辱國。③玷污；辜負◇不辱使命。④謙辭。表示承蒙◇辱臨｜辱賜。

【辱沒】 rǔmò 玷污，使蒙受恥辱◇辱沒家門｜辱沒母校聲譽。㊐玷辱。

【辱命】 rǔmìng 辜負使命◇幸不辱命。

【辱蒙】 rǔméng 謙辭。表示承蒙◇辱蒙指教。

【辱罵】 rǔmà 污辱謾罵◇遭辱罵｜辱罵執法人員。

6 **農(农)〔辳〕** nóng 粵nung4 濃 ①種田；種莊稼◇農活。②農事；農業◇務農｜農作物。③農民◇菜農。

【農事】 nóngshì 農業生產方面的各項活動。

【農具】 nóngjù 從事農業生產所使用的工具。一般指非機械類，如犁、耙、鍬、鋤等。

【農時】nóngshí 適合農作物種植、收穫的生產時節。

【農家】nóngjiā 務農的人家◇農家菜丨農家子弟。

【農場】nóngchǎng 進行規模經營農業生產的單位。

【農閒】nóngxián 指農事較少、空閒較多的時節。通常是在冬季。反 農忙。

【農業】nóngyè 栽培農作物和飼養牲畜的生產事業。

【農曆】nónglì ① 中國的傳統曆法。一般叫作陰曆，也叫夏曆。平年全年 354 天或 355 天，12 個月，大月 30 天，小月 29 天。十九年裏設置 7 個閏月。有閏月的年份全年 383 天或 384 天，較平年增加一個月。又根據太陽的位置，把一年分成二十四個節氣，便於農事。② 農業上使用的曆書。

【農作物】nóngzuòwù 農業上栽培的各種植物，包括糧食、油料、棉花、煙草、蔬菜等。分糧食作物和經濟作物兩大類。

辵部

0 **辵** chuò 粵coek³ 卓 忽走忽停。

3 **迂** yū 粵jyu¹ 於 ①彎；曲折◇迂曲。②繞◇迂道相訪。③不切實際，不合時宜◇迂闊丨為人太迂。

【迂迴】yūhuí ① 曲折迴旋◇山路迂迴。② 繞向敵人側面或後方進攻◇迂迴包抄丨突擊隊迂迴到敵軍左翼。③ 不照直表達，而是曲折地間接表達◇你説話過於迂迴，別人都不明白你要説甚麼。

【迂腐】yūfǔ 觀念和言行陳舊過時，完全不合時宜◇為人迂腐。同 陳腐。

【迂闊】yūkuò 所言所為不切合實際，行不通◇辦事迂闊。

3 **汕〔𨑨〕** chān 粵caam¹ 參 地名用字。例如龍王汕，在山西。

3 **迄** qì 粵ngat⁶ 屹/hat¹ 乞 ①至；到◇迄今為止。②始終；一直◇迄無音信。

3 **迅** xùn 粵seon³ 信 快；迅速◇迅猛丨迅雷不及掩耳。

【迅即】xùnjí 立即，即刻；迅速◇接到舉報，警方迅即展開調查。

【迅疾】xùnjí 迅速，非常快◇雷雨來得迅疾猛烈。反 遲緩。

【迅捷】xùnjié 快捷靈敏，反應迅速◇行動迅捷。

3 **巡〔廵〕** xún 粵ceon⁴ 秦 ①巡視；來回查看◇巡夜。②量詞。遍。用於依次給席上賓客斟酒◇酒過三巡。

【巡行】xúnxíng 沿着定好的路線巡視◇巡行街市。

【巡查】xúnchá 巡迴查檢◇晝夜巡查丨巡查堤防。

【巡捕】xúnbǔ ① 搜捕◇分頭巡捕。② 清代總督、巡撫的隨從人員。③ 過去租界裏的警察。

【巡迴】xúnhuí 按既定路線到多處進行同一項活動◇巡迴展覽丨巡迴演出。

【巡訪】xúnfǎng 巡迴訪問◇巡訪沿岸城市。

【巡視】xúnshì ① 到各地視察。②（目光）來回掃視；環顧◇他站在船上巡視水面情況。

【巡遊】xúnyóu ① 外出遊覽◇巡遊名山大川。② 巡行（察看）◇巡警在馬路上巡遊。③ 為慶祝或紀念在街道上結隊而行◇盛裝巡遊丨萬聖節巡遊。

【巡撫】xúnfǔ ① 巡視並安撫◇巡撫流亡人戶。② 明代指臨時派遣到地方巡視和監察民政、軍政的大臣；清代指省級政府的長官，掌管一省的民政、軍政。

【巡禮】xúnlǐ ① 宗教徒朝拜廟宇或聖地◇去麥加巡禮。② 觀光遊覽◇西湖巡禮。③ 參觀考察；遊覽◇活動巡禮。

【巡警】xúnjǐng ① 稱呼警察。② 專指負責治安巡邏的警察。

【巡邏】xúnluó 巡查警戒◇夜間巡邏。

4 **迓** yà 粵ngaa⁶ 訝 迎接◇有失迎迓。

4 **迍** （一）zhūn 粵zeon¹ 津 見"迍邅"。（二）zhūn 粵tyun⁴ 團 見"迍迍"。

【迍迍】zhūnzhūn 遲緩不進的樣子◇馬兒迍

迍的行，車兒快快的隨。

【迍邅】zhūnzhān ①行路艱難的樣子◇山路崎嶇，步履迍邅。②困頓，處境困難◇自古英雄多迍邅。

4 **迕** wǔ 粵ng^{5}午 ①遇見◇外出，與友相迕。②違背；不順從◇迕逆|違迕。

【迕逆】wǔnì ①違逆；違背；違抗◇迕逆上司意願。②不孝順◇迕逆不孝之人。

4 **近** jìn 粵gan^{6}覲/kan^{5}勤^{5} ①距離小◇遠水救不了近火。②歷時短◇近日|最近。③接近；靠近◇夕陽無限好，只是近黃昏。④親密；密切◇最親近的人。⑤淺顯◇言近旨遠。

【近世】jìnshì 離現在不太遠的時代。

【近代】jìndài ①距離現代較近的時代。②中國歷史一般分為古代、近代、現代三期。近代一般指1840年鴉片戰爭至1919年"五四"運動這段時期。

【近乎】(一)jìnhū 接近於◇以近乎成本的價錢出售。

(二)jìnhu 密切；親密◇套近乎|越來越近乎。

【近因】jìnyīn 直接引起事件發生的原因。反 遠因。

【近似】jìnsì 類似；相似◇兄弟性格全無近似之處。

【近侍】jìnshì ①在身邊侍奉的人。②跟隨在左右的侍從辦事人員。

【近況】jìnkuàng 最近的情況、狀況◇了解朋友的近況。

【近便】jìnbian 距離近，走起來方便◇抄小路更近便些。

【近海】jìnhǎi 接近陸地的海域◇近海捕魚|近海島嶼。

【近視】jìnshì ①視力缺陷的一種，能看清近的東西，看不清遠的東西。②比喻目光短淺◇做事切忌近視短見，只管眼前。

【近親】jìnqīn 血緣關係比較近的親戚◇近親不宜通婚。反 遠親。

【近水樓台】jìnshuǐlóutái "近水樓台先得月"的略語。宋代俞文豹《清夜錄》："范文正公鎮錢唐，兵官皆被薦，獨巡檢蘇麟不見錄，乃獻詩云：'近水樓台先得月，向陽花木易為春。'"比喻由於近便而獲得優先的機會。

【近在咫尺】jìnzàizhǐchǐ 咫，古代以八寸為一咫。形容距離很近。同 近在眼前、近在眉睫。

【近朱者赤，近墨者黑】jìnzhūzhěchì, jìnmòzhěhēi 接近朱砂容易變紅，接近墨容易變黑。比喻環境可以影響、改變人的習性。

4 **返** fǎn 粵faan^{2}反 回；歸◇一去不復返。

【返工】fǎngōng 因品質不合要求而再加工或重新做。

【返本】fǎnběn ①恢復原來的狀態◇返本歸真。②歸還本金◇生意利薄，十年後才返本。

【返青】fǎnqīng 一些植物的幼苗移栽或越冬後，由黃色變為綠色，恢復生機◇麥苗返青。

【返祖】fǎnzǔ 生物體已退化的器官或組織又出現在機體上的現象。如個別人長有尾巴或全身生毛。

【返哺】fǎnbǔ 指烏鴉的雛鳥長大，銜食餵養母鴉。比喻報答父母養育之恩。

【返照】fǎnzhào ①（夕陽）回照◇回光返照。②（光線）反射◇陽光返照，海面閃起金光。

【返潮】fǎncháo 由於空氣濕度大或地下水分上升，使衣物、地面、牆根等變得潮濕。

【返顧】fǎngù 回頭看◇義無返顧|返顧往昔，無限感慨。

【返老還童】fǎnlǎohuántóng 由老年回到少年；由衰老恢復青春。反 未老先衰。

4 **迎** yíng 粵jing^{4}形/jing^{6}認 ①迎接◇送往迎來。②讓自己的言行適合別人的心意◇迎合|阿諛逢迎。③對着；朝着◇迎面走來|迎風而立。

【迎合】yínghé 故意使自己的言行符合別人的心意◇迎合顧客心理。同 投合 反 冒犯。

【迎迓】yíngyà 迎接◇有失迎迓，萬望見諒。同 迎候。

【迎風】yíngfēng ①對着風迎風灑淚，對月傷懷。同 臨風。②隨着風◇迎風飄揚。

【迎面】yíngmiàn ①對着臉；朝着面前◇西北風迎面吹來。②正面；前面◇走進院子，迎面是一座影壁。

【迎候】yínghòu 到某個地方等候迎接(客人)◇在車站迎候歸來的親人。

【迎接】yíngjiē ① 迎上前去接客人◇到機場迎接客人。(同) 迎候。② 比喻作好準備，等待將要發生或到來的事情◇迎接新的挑戰。

【迎戰】yíngzhàn ① 前去與來犯的敵人正面作戰。② 比喻準備同對手進行比賽◇迎戰廣東隊。

【迎刃而解】yíngrèn'érjiě《晉書·杜預傳》：“今兵威已振，譬如破竹，數節之後，皆迎刃而解。”劈開竹子的頭幾節，下面的就順着刀口裂開。比喻關鍵問題一解決，其他問題也跟着解決了。

【迎頭趕上】yíngtóugǎnshàng 迅速追上最前面的。(反) 望塵莫及。

4 **迒** háng (粵)hong4 航 ①野獸的腳印或車輪的痕跡。②道路。

5 **述** shù (粵)seot6 術 陳説；敍述◇陳述|略述一二。

【述評】shùpíng ① 評述；評論◇時事述評。② 評論性的文章◇發表述評。

【述説】shùshuō 陳述；説明◇述説自己的身世。(同) 敍述。

【述職】shùzhí 向主管部門匯報履行職務的情況◇到北京述職。

【述懷】shùhuái 敍述心中的抱負或感想。常用作詩文篇名◇《五十述懷》。

5 **迪** dí (粵)dik6 滴 引導；開導◇啟迪。

【迪斯科】dísīkē 一種起源於黑人歌舞的搖擺舞音樂，節奏快而強烈。也指用這種音樂伴奏的舞蹈。(英 disco)

5 **迥〔逈〕** jiǒng (粵)gwing2 炯 ①遠◇天高地迥。②完全；差別很大◇迥不同於前者。

【迥異】jiǒngyì 相差甚遠，完全不同◇兩人性情迥異。

【迥然不同】jiǒngránbùtóng 完全不一樣◇山南山北，自然風光迥然不同。(反) 一模一樣。

5 **迭** dié (粵)dit6 秩 ①輪流；交替◇季節更迭。②屢次◇迭挫強敵。③及◇忙不迭|後悔不迭。

【迭出】diéchū 一次又一次地出現◇精品迭出|能人迭出。

【迭次】diécì 屢次，不止一次◇迭次出現驚險場面。

【迭起】diéqǐ 一次又一次地興起、出現◇歌聲迭起|高潮迭起。

【迭連】diélián 接連；連續◇迭連獲勝。

5 **迮** zé (粵)zaak3 責 ①狹窄◇迮狹。②姓。

5 **迤〔迆〕** (一)yǐ (粵)ji5 耳 ①斜着延伸◇山路由西南迤向東北。②往；向◇小石橋迤西的河道平緩。

(二)yí (粵)ji4 而 見“逶迤”。

【迤邐】yǐlǐ ① 曲折綿延◇迤邐的青山。② 左拐右轉；彎彎曲曲◇隊伍沿着小路迤邐前行。③ 依次；漸次◇有板有眼，迤邐説下去。

5 **迫〔廹〕** (一)pò (粵)bik1 碧 ①逼迫；強迫◇脅迫|迫害。②急迫◇從容不迫。③逼近；接近◇迫近。

(二)pǎi (粵)bik1 碧 見“迫擊炮”。

【迫切】pòqiè 十分急切◇迫切要求|迫切需要|氣候暖化是迫切的問題。

【迫使】pòshǐ 強迫別人做某事◇迫使就範。

【迫降】(一)pòjiàng ① 飛機因迷航、故障、天氣惡劣或燃料用盡等原因，被迫降落。② 採取強制手段迫使飛機在指定的機場降落。

(二)pòxiáng 逼使敵人投降。

【迫害】pòhài 加害於人，把災難強加給別人◇飽受敵人殘酷迫害。(反) 救助。

【迫擊炮】pǎijīpào 從炮口裝彈，以曲射為主的火炮。炮身短，射程較近。

【迫不及待】pòbùjídài 急迫得不容等待。(反) 從容不迫。

【迫不得已】pòbùdéyǐ 被逼迫而不得不那樣做◇我是迫不得已才答應的。(同) 萬不得已。

【迫在眉睫】pòzàiméijié 已經到了眼前。形容情況非常緊急。

5 **迦** jiā (粵)gaa1 家 譯音用字。如“迦太基”“釋迦牟尼”。

5 **迢** tiáo (粵)tiu4 條【迢迢】tiáotiáo ①形容遙遠◇千里迢迢。(同) 迢遙。②形容高聳◇迢迢百尺樓。③形容久長◇夜迢迢，路漫漫。

【迢遠】tiáoyuǎn 遙遠◇路途迢遠。

【迢遙】tiáoyáo 形容遙遠◇迢遙萬里。

5 **迨** dài 粵doi⁶ 代 ①等到◇迨明日再議。②將近；差不多◇離家出外，迨十年之久。

6 **迺** nǎi 粵naai⁵ 奶 同"乃"。

6 **迴(回)** huí 粵wui⁴ 回 ①旋轉◇風迴雪舞。②環繞；曲折◇迴形針|山迴水曲。③避開◇迴避。

【迴文】huíwén ①一種修辭方式。通過詞語反復迴環使用，表達二者互相依存或彼此制約的關係，如"人人為我，我為人人""饒人不痴漢，痴漢不饒人"。②迴文詩。古代一種順讀倒讀都可以成詩的詩體。如"池蓮照曉月，幔錦拂朝風"就是兩句迴文詩。

【迴旋】huíxuán ①盤旋◇飛機在空中徐徐迴旋。②比喻可進退、可商量◇這件事沒有迴旋的餘地。

【迴廊】huíláng 曲折環繞的走廊。

【迴環】huíhuán 曲折環繞◇迴環的長廊 | 山路迴環曲折。

【迴盪】huídàng 迴旋盪漾；迴旋激盪◇歌聲在山谷迴盪 | 心中迴盪着激情。

【迴避】huíbì ①躲避；避開◇刻意迴避見面。②指同案件、事項有牽連的人，不參與該案件的偵查、調查和審判，不參與該事項的處理。

【迴腸盪氣】huíchángdàngqì 形容文章、樂曲等十分婉轉動人。

6 **适** kuò 粵kut³ 括 用於人名。宋代有洪适。

6 **追** zhuī 粵zeoi¹ 錐 ①追趕◇奮起直追。②追究◇追查。③追求◇追名逐利。④追溯；回憶◇追述|追念。⑤事後補辦◇追贈；追封。

【追加】zhuījiā 在原定的數額以外再增加◇追加預算 | 追加投資。

【追求】zhuīqiú ①努力爭取達到某種目的◇追求真理。②向異性求愛◇追求女孩。⊜追逐。

【追究】zhuījiū 追查(原因、責任等)◇追究責任。

【追查】zhuīchá 事後根據線索進行調查◇追查事故的原因。

【追述】zhuīshù 述説往事◇追述十年前的往事。

【追記】zhuījì ①事後補記◇事後追記會議的討論內容。②在人死後給他記上(功勛)◇為烈士追記一等功。

【追悔】zhuīhuǐ 事後感到悔恨◇追悔莫及。⊜後悔。

【追逐】zhuīzhú ①追趕◇互相追逐。②追求◇追逐名利。

【追悼】zhuīdào 追念哀悼死者◇追悼會 | 追悼陣亡將士。

【追問】zhuīwèn 追根究底地盤問◇再三追問。

【追補】zhuībǔ ①彌補；補償◇損失難以追補。②追加◇追補投資。

【追尋】zhuīxún 緊跟蹤跡尋找◇追尋玄奘西行的足跡。

【追逼】zhuībī ①追趕進逼◇乘勝追逼，不給對手喘息的機會。②用強硬的辦法索取或追究◇追逼還債 | 受不過追逼，説了實話。

【追溯】zhuīsù 逆流走向江河源頭。比喻推求事物的由來，也比喻回顧過去的人或事◇追溯歷史淵源 | 追溯往事。

【追認】zhuīrèn ①事後認可(決議、法令等)。②批准某人生前提出的要求或追授榮譽稱號◇追認為烈士。

【追憶】zhuīyì 回想◇追憶似水年華 | 追憶往事，歷歷在目。

【追隨】zhuīsuí 緊緊跟隨◇追隨時尚 | 追隨左右，寸步不離。

【追擊】zhuījī ①追趕着攻擊◇乘勝追擊。②跟蹤；回顧◇時事追擊。

【追蹤】zhuīzōng 根據蹤跡或線索尋找◇追蹤調查。

【追贓】zhuīzāng 追查收繳贓款贓物。

【追根究底】zhuīgēn jiūdǐ 追究根源或底細、內情。⊜究根問底。

6 **逅** hòu 粵hau⁶ 后 見"邂逅"。

6 **逃** táo 粵tou⁴ 途 ①逃亡；逃跑◇潛逃|逃出虎口。②逃避；躲避◇逃學|在劫難逃。

【逃亡】táowáng 被迫出逃，流浪在外◇逃亡海外。

【逃生】táoshēng 從危險中逃出以求生存◇死裏逃生｜無處逃生。

【逃荒】táohuāng 因遭遇災荒而離開家鄉外出謀生◇收容逃荒的難民。

【逃匿】táonì 逃跑並躲藏起來◇逃匿深山密林。

【逃脫】táotuō ① 逃跑；逃掉◇臨陣逃脫｜借故逃脫。② 擺脫；躲開◇逃脫險境。

【逃跑】táopǎo 為躲避危險或不利的情況而迅速離開◇越獄逃跑。

【逃逸】táoyì 逃跑◇司機肇事後逃逸。

【逃遁】táodùn 逃跑，逃避◇獵物負傷逃遁。

【逃避】táobì 躲開◇逃避現實。

【逃竄】táocuàn 逃跑流竄◇四處逃竄。

【逃難】táonàn 為躲避戰亂或災禍而逃往他鄉◇逃難在外。

【逃之夭夭】táozhīyāoyāo《詩經・周南・桃夭》："桃之夭夭。"原説桃花茂盛而豔麗，但因"桃、逃"同音，故後用於形容逃得無影無蹤。(反) 插翅難逃。

6
逄 páng 粵pong⁴旁 姓。

6
迻 yí 粵ji⁴而 同"移"。

【迻錄】yílù 抄錄；謄錄。

【迻譯】yíyì 翻譯。也作移譯。

6
迸 bèng 粵bing³併 ①向四外濺射或爆開◇石頭迸碎｜銀瓶乍破水漿迸，鐵騎突出刀槍鳴。②突然向外發出◇他半天不響，突然迸出一句話來。

【迸射】bèngshè 噴射◇水從管道的接口處迸射出來。

【迸裂】bèngliè 突然破裂；驟然破裂並向外飛濺◇瘡口迸裂｜管道迸裂。

【迸發】bèngfā 從內向外突然噴射出或發出◇火山迸發｜一輪朝日，迸發萬道霞光。

6
送 sòng 粵sung³宋 ①運送；遞交◇送貨｜送信。②贈給◇千里送鵝毛，禮輕情義重。③送行；陪着離去的人走◇送君千里，終有一別。④斷送◇白白地送了前程。

【送行】sòngxíng ① 到啟程地點和遠行人告別◇到機場去送行。② 餞行◇設宴為他送行。

【送別】sòngbié 送行並告別◇灑淚送別。(反) 迎接。

【送命】sòngmìng 送死；斷送性命。

【送終】sòngzhōng 長輩親屬臨終時，在身邊照料及辦理喪事等◇養老送終。

【送喪】sòngsāng 送殯。

【送葬】sòngzàng 送靈柩下葬或送遺體到火化的地點。

【送殯】sòngbìn 陪送靈柩到安葬的地方。

【送人情】sòngrénqíng ① 給人好處、方便，討好人◇送個順水人情。② 送禮。

6
迷 mí 粵mai⁴謎 ①分辨不清；失去判斷力◇迷糊｜迷了路。②過度愛好而沉醉其中◇迷上電子遊戲。③沉醉於某一事物的人◇戲迷｜球迷。④受迷惑或沉醉於某一事物的狀態◇執迷不悟｜使人入迷。⑤使迷惑；使沉醉◇鬼迷心竅｜春色迷人。

【迷人】mírén 叫人迷戀；讓人陶醉◇歌聲迷人｜秋景煞是迷人。(反) 煩人。

【迷失】míshī 分辨不清；弄不明白◇迷失方向。

【迷信】míxìn ① 信仰神、仙、鬼、怪、命運等。② 信仰，崇拜◇今人更有作為，不必迷信古人。(同) 崇信。③ 指迷信的觀念、意識◇破除迷信。

【迷津】míjīn 迷失的、找不到的渡口。比喻待尋找的正確方向、未來、做法等◇指點迷津。

【迷茫】mímáng ① 又廣闊又不清楚◇原野一片迷茫｜遠處迷茫的羣山。②（神情）迷離恍惚◇神情迷茫｜迷茫的眼神。

【迷宮】mígōng ① 門戶道路複雜難辨，人走進去就很難出來的宮室。② 比喻奧祕、不易探明的領域◇數學迷宮。

【迷途】mítú ① 迷路，走錯了道路◇迷途的羔羊。② 歧途，錯誤的道路◇迷途知返。

【迷惘】míwǎng 迷惑；因分辨不清而困惑◇對前途感到迷惘。

【迷惑】míhuò ① 弄不明白；辨別不清◇迷惑不解｜被假象迷惑。② 使迷惑◇他的相貌迷惑了不少人。

【迷路】mílù ① 迷失道路◇街道複雜，容易迷路。② 比喻偏離正道，走上歧途◇耐心幫助迷路的人。

【迷亂】 míluàn 迷惑混亂◇心神迷亂。(同) 惑亂。

【迷漫】 mímàn 茫茫一片，看不分明◇雲霧迷漫。

【迷糊】 míhu ① 模糊不清◇腦子迷糊了。(反) 清醒。② 使模糊不清◇淚水迷糊了他的眼睛。③ 小睡；打盹◇躺在沙發上迷糊了一會兒。

【迷濛】 míméng 昏昏茫茫，看不清楚◇月色迷濛 | 煙雨迷濛。

【迷霧】 míwù ① 迷漫的濃霧◇迷霧籠罩着山谷。② 比喻使人迷惑的事物◇驅散心頭的迷霧。

【迷離】 mílí 模糊不清，難以分辨◇睡眼迷離 | 雄兔腳撲朔，雌兔眼迷離。

【迷戀】 míliàn 過度愛好而難以捨棄◇迷戀奢華的生活。

【迷魂藥】 míhúnyào ① 傳說是陰曹地府中的一種使剛死的人喝了會失去記憶的湯藥。② 比喻迷惑人的言行◇別灌迷魂藥，我不聽那一套。

6 **逆** nì (粵)jik6 亦 / ngaat6 ①迎接◇逆戰。②方向相反的◇逆水行舟，不進則退。③抵觸；違背◇忤逆 | 順之者昌，逆之者亡。④不順利◇逆境。⑤背叛◇叛逆 | 逆賊。⑥背叛的人◇附逆。⑦預先◇逆料。

【逆天】 nìtiān ① 違背天意或天道◇逆天而行是沒有好結果的。② 形容超出常理或程度極高◇這部作品展現出了逆天的想像力。

【逆耳】 nì'ěr 刺耳，聽起來不舒服◇忠言逆耳利於行，良藥苦口利於病。(反) 順耳、悅耳。

【逆差】 nìchā 進口商品總值大於出口商品總值。(反) 順差。

【逆料】 nìliào 預料◇比賽結果尚難逆料。(同) 預測。

【逆流】 nìliú ① 朝着水流相反的方向◇船逆流而上。② 主流中倒流的水。比喻倒退的社會潮流◇堅持真理，不為逆流所動。

【逆境】 nìjìng 不順利的處境◇身處逆境時更應發奮。

【逆轉】 nìzhuǎn ① 倒轉，向回轉◇風向逆轉。② 向相反的方向轉變，變好或變壞◇形勢逆轉。

【逆襲】 nìxí 在逆境中成功反擊，也泛指扭轉不利的局面◇球隊多年苦練，終於在大賽中實現逆襲。

【逆水行舟】 nìshuǐxíngzhōu 朝着水流相反的方向行船。比喻不努力前進就會後退。

【逆來順受】 nìláishùnshòu 對別人的欺負、逼迫或不公正的待遇採取順從和忍受的態度。(同) 忍氣吞聲。

6 **退** tuì (粵)teoi3 褪 ①退卻；向後移動◇進退兩難。②打退；使向後移動◇退敵 | 把子彈退出槍膛。③離開；辭去◇退場 | 退職。④返回；回歸◇洪水退了 | 退回原位。⑤退還；撤銷◇退聘 | 退掉這門親事。⑥消退；減退◇退色 | 暑熱漸退。

【退化】 tuìhuà ① 生物體在進化過程中某些器官的構造和機能逐漸萎縮或消失◇雞的翅膀已經逐漸退化。(反) 進化。② 泛指事物衰退◇懶於用腦子，智力就會退化。

【退回】 tuìhuí ① 退還◇原件退回。② 返回◇退回大本營。

【退休】 tuìxiū 到了規定年齡或因患病等原因，退職終止工作，轉入過晚年養老生活。

【退步】 tuìbù ① 落後，比原來差◇成績退步。(反) 進步、上進。② 退路；迴旋的餘地◇預先給自己留了退步。

【退役】 tuìyì ① 軍人退出現役或停止服預備役。(反) 服役。② 軍事裝備因陳舊而淘汰。③ 運動員結束比賽生涯。

【退卻】 tuìquè ① 作戰的軍隊向後退◇敵軍全線退卻。② 因畏難而退避◇困難再大，我也不退卻。

【退路】 tuìlù ① 往後退卻的路◇切斷敵軍的退路。② 迴旋的餘地◇凡事得留個退路。

【退學】 tuìxué 學生因故中止學業或被取消學籍◇因病退學。

【退縮】 tuìsuō ① 向後退回去◇嚇得往後退縮到牆角。② 畏縮◇面對困難不退縮。

【退讓】 tuìràng ① 後退讓路◇來不及退讓，濺了一身水。② 讓步◇他堅持原來的價錢，不肯退讓。

【退避三舍】 tuìbìsānshè《左傳·僖公二十八年》：春秋時，晉楚兩國在城濮交戰，晉文公遵守過去對楚成王許下的諾言，主動讓晉軍後撤三舍（古代行軍三十里為一舍，三舍是九十里）。後比喻主動讓步，避免與對方較量。

7 **逝** shì 粵sai^{6}誓 ①往，離去◇光陰易逝|稍縱即逝。②死亡◇病逝。

7 **逑** qiú 粵kau^{4}求 配偶◇窈窕淑女，君子好逑。

7 **連（连）** lián 粵lin^{4}憐 ①相接；接在一起◇連接|藕斷絲連。②連續◇連演三場。③包括；加上◇連皮帶肉|連家眷算，總共七人。④軍隊編制單位。在排以上、營以下。⑤表示強調，有"甚至"的意思◇連看也不看一下|他連我都不認識。⑥姓。

【連手】 liánshǒu ① 互相勾結、串通◇連手作弊 | 連手打壓對方。② 雙方攜手合作◇連手打擊邊境走私活動。

【連任】 liánrèn 連續擔任◇競選連任 | 連任廠長。

【連夜】 liányè ① 當天夜裏◇連夜趕回來。② 連續幾夜◇一夜不睡還行，連夜不睡就支持不住啦。

【連珠】 liánzhū ① 連接成串的珍珠◇美如連珠。② 比喻接連不斷◇妙語連珠。

【連理】 liánlǐ ① 不同根的樹的枝幹連生在一起。古人認為是吉祥的徵兆◇連理枝。② 比喻恩愛夫妻◇結為連理。

【連接】 liánjiē ① 銜接；聯繫◇命運把我們連接在一起。反 切斷。② 使連接◇一座懸索橋連接南北兩岸。

【連帶】 liándài ① 關聯◇負連帶責任。② 牽連◇內情複雜，連帶了不少人。③ 附帶◇借今天的會，連帶把加薪的事也說一下。

【連連】 liánlián 連續不斷◇連連招手 | 連連點頭。

【連累】 liánlei 牽連到別人，使別人受到損害◇這事我一力承擔，決不連累她。

【連貫】 liánguàn 連接貫通◇連貫東西的交通樞紐。

【連結】 liánjié 聯結。

【連綿】 liánmián 接連不斷◇春雨連綿 | 連綿的羣山。

【連橫】 liánhéng 戰國時張儀游説六國共同臣服秦國稱"連橫"。同蘇秦的"合縱"相對。

【連鎖】 liánsuǒ ① 像鎖鏈那樣一環扣一環。形容接連不斷◇連鎖反應。② 像鎖鏈那樣一個接一個◇連鎖店。

【連續】 liánxù 一個接一個；一次接一次◇連續不斷。反 中斷。

【連篇累牘】 liánpiān lěidú 牘，古人用來寫字的木片。形容篇幅過多，文字冗長。

7 **逋** bū 粵bou^{1}褒 ①逃亡◇逋逃。②拖欠◇逋租|逋債。

7 **速** sù 粵cuk^{1}促 ①迅速；快◇速去速回|欲速則不達。②速度◇車速|水的流速。③邀請；招致◇至丹以荊卿為計，始速禍焉。

【速成】 sùchéng 快速完成。特指在短時間內很快學完。

【速決】 sùjué ① 從速決定；儘快做決定。② 迅速分出勝負◇速戰速決。

【速度】 sùdù ① 沿着一定方向運動的物體在單位時間裏所經過的距離。② 泛指快慢的程度◇加快建橋速度。

【速效】 sùxiào 見效快◇速效藥。

【速寫】 sùxiě ① 一種繪畫方法。用簡練的線條把對象的主要特徵迅速地勾畫出來◇人物速寫。② 一種文體。以簡潔生動的文筆，及時反映現實生活中的人物或事件。

7 **逗** dòu 粵dau^{6}豆 ①停留◇逗留。②句中的停頓◇逗號。③引逗；招惹◇逗孩子玩|一句話逗得大家都笑起來。④有趣；滑稽◇你這人可真逗。

【逗引】 dòuyǐn 引逗；誘使◇逗引小狗玩。

【逗留】 dòuliú 暫時停留◇在東京逗留幾天。

【逗號】 dòuhào 標點符號"，"，表示句子中較小的停頓。

【逗遛】 dòuliú 同"逗留"。

7 **逐** zhú 粵zuk^{6}族 ①追趕◇隨波逐流。②驅逐；趕走◇下逐客令。③競爭◇角逐。④追求◇捨本逐末。⑤依次◇逐字逐句講解。

【逐一】 zhúyī 一個一個地◇逐一檢查旅客的行李。

【逐次】zhúcì 依次；一次又一次地◇逐次核實｜逐次增加。

【逐步】zhúbù 一步一步地◇逐步推廣｜逐步實行。

【逐鹿】zhúlù《史記·淮陰侯列傳》："秦失其鹿，天下共逐之。"用鹿比喻帝位。後比喻爭奪天下或其他方面的爭奪◇逐鹿中原｜市場上各大品牌競相逐鹿。

【逐漸】zhújiàn 漸漸◇晨霧逐漸消散了。

【逐客令】zhúkèlìng《史記·秦始皇本紀》："李斯上書說，乃止逐客令。"本指秦始皇頒佈的驅逐客卿的命令，後泛指請客人離開的示意或話語◇工作人員向強行闖入者下了逐客令。

7 **逍** xiāo 粵siu1 消【逍遙】xiāoyáo自由自在，無拘無束◇逍遙自在。

【逍遙法外】xiāoyáofǎwài 罪犯未受到法律制裁，依然自由自在。

7 **逞** chěng 粵cing2 請 ①炫耀；顯示◇逞能｜逞威風。②實現；達到目的。多指壞事◇陰謀得逞｜詭計未逞。③放縱◇逞性子。

【逞能】chěngnéng 顯示自己本事大◇他愛逞能，就讓他試一下。

【逞強】chěngqiáng 顯示自己比別人強◇逞強好勝。

7 **造** 〈一〉zào 粵zou6 做 ①給予生命。多用於表示感恩◇再造之恩。②製作◇造紙｜製造。③憑空編出來◇造謠｜捏造。④指農作物的收穫次數◇晚造｜一年兩造。

〈二〉zào 粵cou3 澡 ①前往；到◇造訪｜登峯造極。②達到(某種程度或境界)◇造詣。③培養◇深造。

【造化】〈一〉zàohuà ① 指自然界的創造者◇造化不侮人。② 指自然界◇造化鍾神秀，陰陽割昏曉。

〈二〉zàohua 運氣；福分◇兒子這麼有出息，是你的造化。

【造次】zàocì ① 匆忙；倉促◇造次之間，每多疏漏。② 魯莽；輕率◇說話不可造次。

【造型】zàoxíng ① 塑造人體或物體的形象◇造型藝術。② 塑造出來的人或物的形象◇造型優美。③ 製作用於鑄造的砂型。

【造訪】zàofǎng 登門拜訪◇日前造訪未遇｜改日造訪，親聆教誨。

【造就】zàojiù ① 培養使成才◇不堪造就｜造就了許多人才。② 成就◇爭取在學術上有所造就。

【造詣】zàoyì 學問、藝術等達到的水平◇學術造詣。

【造福】zàofú 使人得到幸福◇造福子孫｜為他人造福。(反) 禍害。

【造孽】zàoniè 佛教指做要受報應的壞事。(同) 作孽 (反) 積德。

【造物主】zàowùzhǔ 指創造萬物的上帝。

7 **透** tòu 粵tau3 頭3 ①通過；穿過◇透風｜透光。②暗地裏告訴◇透露。③顯露◇面色白裏透紅。④徹底；透徹◇我看透了他的用心。⑤達到足夠的程度◇恨透了｜下了一場透雨。⑥超過◇透支。

【透支】tòuzhī ① 儲戶經銀行同意提取超過存款的數目。② 開支超過收入◇今年的家用又透支了。(反) 盈餘。③ 預先支取(薪酬)。④ 比喻過度消耗精神、體力◇體力透支。

【透明】tòumíng ① 光線能穿透的◇透明玻璃。② 比喻公開，讓公眾都清楚◇決策透明，便於社會監督。

【透亮】tòuliàng ① 非常明亮◇玻璃窗擦得透亮。(反) 漆黑。② 清楚；明白◇你這麼一說，我心裏就透亮了。

【透頂】tòudǐng 達到極點。多含貶義◇腐朽透頂｜荒謬透頂。

【透視】tòushì ① 用線條或色彩在平面上表現立體空間的方法。② 利用 X 射線透過人體，在熒光屏上產生影像來觀察人體的內部結構◇肺部透視。③ 比喻看得透徹、深刻◇犯罪心理透視。

【透漏】tòulòu 透露；泄露◇透漏消息。

【透徹】tòuchè 詳盡而深入◇分析得十分透徹。(反) 浮淺、膚淺。

【透露】tòulù ① 泄漏◇透露隱情。② 顯露◇真相終於透露出來了。

7 **途** tú 粵tou4 徒 道路◇道聽途說｜老馬識途。

【途徑】tújìng 道路；門路◇合作途徑｜病毒

傳播途徑。

【途程】túchéng 路程；道路。多用於比喻◇人生的途程｜生活的途程。

7 **逛** guàng 粵gwaang[6]/kwaang[3] 框[3] 出外閒遊；遊覽◇閒逛｜逛公園。

7 **逖〔逷〕** tì 粵tik[1] 剔 遠。

7 **逢** (一)féng 粵fung[4] 馮 ①遇到；遇見◇逢凶化吉｜久別重逢。②迎合，討好◇逢迎。

(二)páng 粵pung[4] 篷 姓。

【逢迎】féngyíng 迎合別人；巴結人◇曲意逢迎｜逢迎上司。

【逢場作戲】féngchǎngzuòxì 原指賣藝的人遇到合適的地方就開場表演，後比喻在需要的場合，故意做出應付性的情態或表示。

7 **這（这）** (一)zhè 粵ze[2] 姐 ①指示較近的人或事物◇這學生｜這地方｜這三年。②代替比較近的人或事物◇這是電腦｜這是舊產品。③與"那"相反。泛指各種對象◇怕這怕那｜看看這裏，瞧瞧那裏。④現在；這時候◇我這就走。⑤這麼；這樣◇你這一説我全懂了。

(二)zhèi 粵ze[2] 姐 "這一" 的合音。一般用於口語◇這個｜這些｜這年。

【這兒】zhèr ① 這裏◇這兒太危險！② 這時候。只用在"打、從、由"後面◇打這兒起我戒了煙。

【這麼】zhème 指示性狀、方式、程度等◇有這麼高｜這件事就這麼辦｜山上的空氣這麼新鮮。㊐ 這末。

【這樣】zhèyàng 指示狀態、方式、程度等◇這樣的事經常發生｜不要這樣無理取鬧。

7 **通** (一)tōng 粵tung[1] 統[1] ①可以到達◇水路直通杭州。②沒有阻礙，可以穿過◇暢通無阻。③使不堵塞◇疏通。④連接；連通◇身無彩鳳雙飛翼，心有靈犀一點通。⑤交往；交換◇互通有無。⑥明瞭；通曉◇通今博古。⑦精通某一方面的人◇中國通。⑧通順◇文理不通。⑨全部；普遍◇通病。⑩告訴，使知道◇通知。⑪量詞。用於文書等◇往來十通書信。

(二)tòng 粵tung[1] 統[1] 量詞。用於某些動作，相當於"遍、次"◇又説了一通｜擂了一通鼓。

【通才】tōngcái 學識廣博、兼備多種才能的人◇培養通才。

【通天】tōngtiān ① 形容極大、極高◇通天本事。② 比喻跟最高層的領導人有聯繫◇通天人物。

【通用】tōngyòng ①（在某一範圍）普遍使用◇普通話全國通用。② 一些字形不同而讀音相同的漢字彼此可以換用◇"措詞"和"措辭"可以通用。

【通共】tōnggòng 一共；總共◇我們旅行團通共有三十位團友。㊐ 總共。

【通行】tōngxíng ①（行人、車輛等）在交通線上通過◇前面施工，禁止通行。② 通用；流行◇行業內通行的辦法。

【通告】tōnggào ① 普遍通知◇通告全市。② 通知事項的文告◇張貼通告。

【通知】tōngzhī ① 把情況告訴別人◇通知大家到時開會。② 通知事情的文字或口信◇停電通知。

【通例】tōnglì 常規；慣例◇春節按通例放假三天。

【通俗】tōngsú 淺顯易懂，適合一般人需要的◇通俗歌曲｜通俗讀物。㊀ 高深。

【通風】tōngfēng ① 空氣流通◇房間四面通風。② 使空氣流通◇打開窗子通風。③ 透露消息◇通風報信。

【通氣】tōngqì ① 使空氣流通◇打開窗戶通氣。② 互相交流信息◇有甚麼情況及時通氣。

【通航】tōngháng 有船隻或飛機來往◇新航線正式通航。

【通訊】tōngxùn ① 通信◇通訊處。② 利用電訊設備傳遞信息◇網絡通訊｜無線通訊。③ 一種新聞體裁。對新聞人物與事件的報道要比消息具體詳盡◇寫通訊。

【通病】tōngbìng 普遍存在的缺點、毛病◇用詞不當是初學造句的通病。

【通宵】tōngxiāo 整夜◇通宵營業｜趕了一個通宵。

【通常】tōngcháng 一般；平常◇通常的情況｜他通常六點鐘起牀。

【通透】tōngtòu ① 透明◇玻璃擦得明亮通透。② 全面，透徹◇道理講得十分通透。

【通貨】tōnghuò "流通貨幣" 的簡稱。包括硬幣、紙幣等◇硬通貨丨通貨膨脹。

【通商】tōngshāng 國家、地區之間進行貿易。

【通通】tōngtōng 全部；無一例外◇把這些書通通拿去吧。也說"統統"。

【通報】tōngbào ① 稟報◇請你通報經理一聲。② 把有關情況用書面形式告知下級。③ 上級通告下級的文件。④ 告知。特指國與國或國際組織之間告知重要事項。

【通順】tōngshùn 在語言、邏輯方面沒有毛病◇文章通順，琅琅上口。

【通脹】tōngzhàng "通貨膨脹"的簡稱。指在一段時間內，紙幣的發行量超過流通中所需要的貨幣量，引起紙幣貶值，整體物價上漲的現象。

【通達】tōngdá ① 暢通無阻◇南北通達。② 明白；懂得◇通達事理。

【通路】tōnglù ① 大路◇這是村裏通向外面的唯一通路。② 泛指物體通過的途徑◇電流的通路。

【通過】tōngguò ① 走過；穿過◇運動員從主席台前通過。② 經過同意而成立◇大會通過了三項決議。③ 以人或事物作為媒介或途徑◇通過了解，加深了感情。

用法提示：通過、經過

兩個都可作介詞，表示以某人、某事或某活動為媒介，達到某種目的的意思。但"通過"主要用以引進作為媒介的人、事、方式、手段等◇通過這次會面，彼此增進了認識。"經過"引進的通常是某個過程，有"經歷"的意思◇經過認真考慮以後，他決定辭職。

【通牒】tōngdié 一國通知另一國並要求對方答覆的外交文書◇最後通牒。

【通道】tōngdào ① 大路◇這是去縣城的通道。② 通往外面的路◇安全通道。③ 電腦內傳遞信息和數據的通路。

【通暢】tōngchàng ① 暢通無阻◇道路通暢。② 通順流暢◇文字通暢。

【通稱】tōngchēng ① 通常叫做◇木樨通稱桂花。② 通常的名稱◇菠蘿是鳳梨的通稱。

【通緝】tōngjī 執法部門發出通令，搜查緝捕在逃犯罪嫌疑人◇通緝令。

【通融】tōngróng ① 不固守條例而採取變通辦法處理◇這件事還有通融的餘地。㊎ 刁難。② 短期借貸◇能不能通融五十萬？

【通曉】tōngxiǎo 透徹地了解、掌握◇通曉中外歷史丨天文地理無不通曉。

【通縮】tōngsuō "通貨緊縮"的簡稱。指在一段時間內，紙幣的發行量少於流通中所需要的貨幣量，引起整體物價下跌的現象。

【通識】tōngshí 一種教育理念，要求對不同的學科有所認識，將不同的知識融會貫通，以培養獨立思考的能力。

【通觀】tōngguān 總體來看；全面觀察◇通觀全局才能發現問題。

7 **逡** qūn 粵ceon[1] 春【逡巡】qūnxún ①退避◇逡巡畏縮，不敢進來。②從容◇逡巡就坐。③猶豫不決◇逡巡半晌。

8 **逵** kuí 粵kwai[4] 葵 四通八達的道路◇逵途丨逵衢。

8 **逴** chuō 粵coek[3] 綽 ①遙遠。②超越。

8 **逶** wēi 粵wai[1] 威【逶迤】wēiyí形容山脈、河流、道路等彎彎曲曲，連綿不斷的樣子◇五嶺逶迤騰細浪。

8 **進（进）** jìn 粵zeon[3] 俊 ①前行；向前移動◇不進則退。②從外面到裏面◇走進房間。③接納；收入◇進款丨進貨。④呈上；奉上◇進言丨進獻。⑤中式住宅的前後層次，一排稱一進◇三進四合院。

【進士】jìnshì 科舉時代稱殿試考取的人◇新科進士。

【進口】jìnkǒu ①（船隻）進入港口◇貨輪就要進口了。② 從國外購買貨物運進本國◇進口成套設備。③ 建築物或場地的入口處。

【進化】jìnhuà 事物由簡單到複雜，由低級到高級的發展變化◇生物進化。㊎ 退化。

【進犯】jìnfàn 侵犯。

【進而】jìn'ér 表示在原有的基礎上再進一步◇先緩和雙方的矛盾，進而促成和解。

用法提示：進而、從而

"進而"強調在已有的基礎上進一步行動，◇先學好漢語，進而再學習專業課程。"從而"除表示進一步的行動外，還跟上文有條件或因果的關係◇公司進行了合理的分工，從而提高了工作效率和產品質量。

【進行】jìnxíng ① 行進；前進◇進行曲。② 從事持續性的活動◇事情進行得很順利。

【進攻】jìngōng ① 主動向敵人發起攻擊。② 在競爭或比賽中向對方發動攻勢◇球隊的進攻好過防守。

【進步】jìnbù ① 比原來有提高、有發展◇虛心使人進步，驕傲使人落後。② 合乎時代潮流、促進社會發展的◇進步人士｜進步力量。

【進取】jìnqǔ 努力上進，力求有所作為◇積極進取。反 落後。

【進度】jìndù 推動或進展的速度◇工作進度｜清理河道的進度太慢。

【進貢】jìngòng ① 古代藩屬對宗主國或臣民對君主進獻禮品。② 因有求於人而向有關的人送禮。含譏諷意。

【進退】jìntuì ① 向前行與向後退◇進退兩難。② 舉止行動◇一切進退都聽指揮。③ 錄用與解僱◇今後進退工人，要我先同意。④ 猶豫◇深思良久，終是進退不決。⑤ 可說可做的，不該說不該做的。指把握分寸◇知所進退｜進退有度。

【進展】jìnzhǎn 向前推進；向前發展◇工程進展順利｜談判取得進展。

【進程】jìnchéng 事物發展變化的過程◇歷史的進程｜加快改革進程。

【進逼】jìnbī 步步緊逼，不給對方緩解的機會。反 後退。

【進獻】jìnxiàn 向長輩或上級奉獻◇進獻一份孝心。

【進行曲】jìnxíngqǔ 適合於隊伍行進時演奏或歌唱的樂曲。曲調雄壯有力，節奏鮮明。

【進退維谷】jìntuìwéigǔ《詩經·大雅·桑柔》："人亦有言，進退維谷。"維，語氣助詞；谷，山谷，比喻困境。無論進退都陷於困境。同 進退兩難 反 進退自如。

8 **週〔周〕** zhōu 粵zau¹ 周 ①環繞；環繞一圈◇週而復始。②全；普遍◇眾所週知。③週期，一個循環的時間◇週年｜上週｜週末。

【週年】zhōunián 一年，一整年◇週年紀念。

【週知】zhōuzhī 一一都告知◇因停電，會議推遲一天召開，望週知｜俾眾週知。

【週遊】zhōuyóu 全部遊覽；一一遊覽◇週遊世界。

8 **逸** yì 粵jat⁶ 日 ①逃跑；奔跑◇逃逸。②散失；失傳◇逸文｜逸事。③安樂；安閒◇好逸惡勞。④隱遁；隱居◇隱逸。⑤超出一般◇逸羣之才。

【逸士】yìshì ① 隱士。② 超脱世俗的文人◇騷人逸士。

【逸才】yìcái ① 才智出眾的人◇曠世逸才。② 出眾的才能◇天生逸才，無人能比。

【逸史】yìshǐ 正史以外的歷史記載。同 野史。

【逸事】yìshì 同"軼事"。不見於正式記載的事跡◇奇聞逸事｜名人逸事。

【逸致】yìzhì 安閒的情趣◇閒情逸致。

【逸聞】yìwén 正式記載以外的傳聞◇逸聞趣事。也作"軼聞"。

【逸趣】yìqù 灑脱超俗的情趣◇閒情逸趣。

【逸興】yìxìng 歡快豪放的興致◇蕩舟西湖，逸興大發。同 豪興。

8 **逭** huàn 粵wun⁶ 换 逃；避◇罪實難逭。

8 **逮** (一) dài 粵dai⁶ 弟 ①及；到◇力有未逮。②捉拿◇逮捕。

(二) dǎi 粵dai⁶ 弟 捉；抓◇逮住他｜貓逮老鼠。

【逮捕】dàibǔ ① 捉拿。② 依法強制羈押犯罪嫌疑人◇逮捕歸案｜肇事者已被逮捕。

9 **達（达）** dá 粵daat⁶ 笪⁶ ①到達◇抵達。②達到◇欲速則不達。③通曉；明白◇知書達理。④心胸開闊，不受世俗觀念束縛◇曠達｜豁達。⑤告知；表達◇轉達｜詞不達意。⑥顯貴◇達官貴人。

【達人】dárén ① 通達事理、樂觀豁達、行為不為世俗所拘束的人。② 在某方面（學術、藝術、技術等）非常精通的人；高手◇他是一個時尚達人。

【達成】dáchéng 經過商談後雙方都認可◇達成協議｜達成共識。

【達到】dádào 實現目的或上升到某一程度◇達到目的｜達不到要求。

【達意】dáyì 用語言文字把意思表達出來◇詞不達意。

【達標】dábiāo 達到規定的標準◇普通話水平

達標。

【達觀】dáguān 心懷開朗通達，凡事都看得開◇做人達觀，煩惱就少。(反) 悲觀。

【達官貴人】dáguān guìrén 地位高的官吏和尊貴顯赫的人物。

9 逼〔偪〕bī 粵bik1 碧 ①迫近；接近◇大軍直逼城下。②迫使；威脅◇逼迫|兩眼射出逼人的冷光。③強行索取◇逼債。④狹窄◇逼仄。

【逼近】bījìn 接近；靠近◇考試的日子一天天逼近。

【逼供】bīgòng 用嚴刑或其他非法手段迫使受審人招供。

【逼迫】bīpò 用壓力促使；強迫◇不能逼迫業主搬遷。

【逼真】bīzhēn ①幾乎同真的一樣◇人物形象刻畫逼真。②真切；清楚確實◇看得逼真，一點不錯。

【逼上梁山】bīshàngliángshān 原指《水滸傳》中林沖等人因遭官府迫害不得已上梁山造反。後用來比喻被迫起來造反或採取反擊行動。

9 遐 xiá 粵haa4 霞 ①遠◇遐邇聞名。②長久◇松鶴遐齡。

【遐方】xiáfāng 遠方◇遐方絕域。

【遐思】xiásī 遐想◇瞑目遐思|沉浸在遐思之中。

【遐想】xiáxiǎng ①想像，聯想，思索◇遐想聯翩。②超脱現時、不切實際的想法◇腦子裏淨是遐想。

【遐邇】xiá'ěr 遠處和近處◇聲聞遐邇|名聞遐邇。

【遐齡】xiálíng 高齡；長壽◇一對長壽夫妻，共享遐齡。

9 遇 yù 粵jyu6 預 ①相逢◇不期而遇。②遇到；遭逢◇遇雨|遇難。③對待◇禮遇|冷遇。④機會◇機遇難得。

【遇險】yùxiǎn 遭遇危險◇輪船夜行容易遇險。

【遇難】yùnàn ①因受迫害或意外事故而死亡◇登山探險隊遭暴風襲擊，有一名遇難。②遭遇危難◇想不到在這件事上遇難。

【遇難成祥】yùnànchéngxiáng 碰到禍難卻能化解為吉祥。(同) 遇難呈祥。

9 遏 è 粵aat3/ngaat3 壓 阻止；抑制◇遏止|怒不可遏。

【遏止】èzhǐ 阻止◇遏止通貨膨脹。(同) 制止。

【遏抑】èyì 抑制◇遏抑私慾，潔身自好。

【遏制】èzhì 阻止；制止◇遏制濫伐林木|遏制不住激動的心情。

【遏阻】èzǔ 阻止；攔住◇遏阻球迷上街鬧事。

9 過（过）〈一〉guò 粵gwo3 果3 ①經過；走過◇沉舟側畔千帆過，病樹前頭萬木春。②過去◇事過境遷。③超過；勝過◇過半數|武藝過人。④轉移◇過戶。⑤過分；太甚◇過譽|過謙。⑥過失；錯誤◇將功抵過。⑦度過；過活◇過日子|你過得比我好。⑧使經過(某種處理)◇過濾|過油肉。⑨用眼看或用腦子記◇過目|在心裏過了一遍。⑩探望；拜望◇過訪。⑪婉辭。去世◇他是幾時過的？⑫量詞。用於動作的次數◇每日臨帖數過。⑬用在動詞後面。(1)表示經過某處或從一處到另一處◇從門前走過|手裏接過盤子。(2)表示掉轉方向◇背過身子|把車調過來。(3)表示超過界限◇睡過頭了。(4)表示勝過◇三個臭皮匠，賽過諸葛亮。

用法提示：過來、過去

"動＋過來"表示回到原來的、正常的或較好的狀態◇病人醒過來了。"動＋過去"表示失去正常狀態，多用於不好的意思。常用的動詞限於"暈、昏迷、死"等少數幾個◇病人昏迷過去了。

〈二〉guō 粵gwo1 戈 姓。

〈三〉guo 粵gwo3 果3 ①用在動詞後面，表示動作完畢◇吃過晚飯|這本書我看過了。②用在動詞後面，表示從前發生的事情◇最近回過一次家鄉。③用在形容詞後面，表示從前有過的情況◇熱鬧過一陣子|從來沒有這樣高興過。

【過分】guòfèn（言行）超過一定的限度或分寸◇過分強調客觀因素|炒作這件新聞有些過分。(同) 過度。

【過火】guòhuǒ 過頭，超過適當的限度◇批評得過火了|開玩笑開得過火了。

【過目】guòmù ①看一遍◇過目不忘。②指審核◇報告已寫好，請過目。

【過失】guòshī ①因疏忽大意而造成的錯誤◇從過失中吸取教訓。②因疏忽大意（非故意）導致的犯罪行為◇過失殺人。

【過往】 guòwǎng ① 來去◇馬路上過往的車輛很多。② 往來，交往◇兩人過往甚密。③ 過去，以前◇過往他可不這樣認真。

【過夜】 guòyè ① 度過一夜。多指在外住宿◇今晚就在營地過夜。② 隔夜◇過夜的茶不好喝。

【過門】 guòmén ① 女子出嫁到男家◇新過門的媳婦。② 唱段或歌曲的前後或中間，只由樂器演奏的部分，有承前啟後的作用。

【過度】 guòdù 過分，超過限度◇過度勞累｜飲酒過度。

【過活】 guòhuó 過日子；生活◇靠修理鐘錶過活。

【過時】 guòshí ① 過了規定或約定的時間◇過時不候。② 已經不時興的、陳舊的◇過時的式樣｜過時的觀念。

【過敏】 guòmǐn ① 有機體對藥物或外界刺激產生的異常反應◇藥物過敏｜花粉過敏。② 過分敏感◇神經過敏。

【過訪】 guòfǎng 訪問◇過訪親友。

【過問】 guòwèn 關注並參加意見；管；干涉◇不要過問別人的私事｜他很少過問公司的業務。

【過剩】 guòshèng ① 數量超過需要限度，剩餘過多◇勞動力過剩。② 供給遠遠超過需要或市場購買力◇國際原油供應過剩｜產品過剩。㊎ 不足。

【過程】 guòchéng 事情進行或事物發展所走過的歷程◇導彈研發過程。

【過渡】 guòdù ① 渡過江河湖海等水面◇乘船從對岸過渡過來。② 事物由一個階段向另一階段轉變◇過渡時期。

【過節】 guòjié ① 度過節日◇熱熱鬧鬧過節。② 嫌隙；隔閡◇解開兩個人長久存在的過節。

【過境】 guòjìng 通過國家或地區管轄的地界◇過境簽證。

【過慮】 guòlǜ 過分地憂慮◇事情好辦，不必過慮。

【過獎】 guòjiǎng 謙辭。過分地稱讚或誇獎◇你過獎了，我只是做了分內事。

【過錯】 guòcuò 過失；錯誤◇過錯無論大小，都必須改正。

【過激】 guòjī 過分激烈或激進◇行為過激｜過激的言論。㊂ 偏激。

【過濾】 guòlǜ 通過濾紙、濾布等多孔材料，把氣體或液體中的固體物或有害成分分離出去◇把湯藥裏的渣滓過濾乾淨。

【過關】 guòguān ① 通過海關、關卡、檢查站等。② 比喻合乎標準、得到認可◇產品質量不過關。

【過繼】 guòjì 把自己的兒子給兄弟或親戚做兒子；沒有兒子的人把兄弟或親戚的兒子當自己的兒子。

【過癮】 guòyǐn 某種癖好或愛好得到了充分滿足◇過一把癮｜這場球賽看得真過癮。

【過目成誦】 guòmùchéngsòng 看一遍就能背誦出來。形容記憶力極好。㊂ 過目不忘。

【過河拆橋】 guòhéchāiqiáo 比喻達到目的後就把幫助過自己的人一腳踢開。㊂ 忘恩負義。

【過眼雲煙】 guòyǎnyúnyān 從眼前掠過的浮雲輕煙。比喻存在不久、很快就消失的事物。

【過猶不及】 guòyóubùjí《論語・先進》:“子曰：過猶不及。”事情做得過分了，就和做得不夠一樣。

9 遻 è (粵)ng^{6} 誤 遇到。

9 遄 chuán (粵)cyun^{4} 全 迅速；迅疾◇遄行｜遄急。

9 遑 huáng (粵)wong^{4} 王 ①閒暇◇不遑顧及。②急迫◇遑急地等待她的到來。③何；怎能◇遑論｜乃不能治家，遑問天下？

【遑遑】 huánghuáng ① 匆匆忙忙◇急急遑遑。② 匆促不安◇終日遑遑，不知如何是好。

【遑論】 huánglùn 不必論及；談不上◇糊口尚不得，遑論衣着。㊂ 何論。

9 遁〔遯〕 dùn (粵)deon^{6} 頓 ①逃走◇逃遁。②隱藏；隱避◇隱遁｜遁跡山林。

【遁世】 dùnshì 避世，逃避現實而隱居◇隱形遁世。

【遁形】 dùnxíng 隱身◇遁形匿跡。

【遁詞】 dùncí 逃避責任或掩飾錯誤的話◇尋

託遁詞。

【遁跡】dùnjì 隱避蹤跡；隱居◇遁跡海外｜遁跡藏名。

9 **逾〔踰〕** yú ●jyu⁴餘 ①越過；超過◇逾牆｜逾期。②更加◇蟬噪林逾靜，鳥鳴山更幽。

【逾分】yúfèn 過當；過分◇要求不可逾分。

【逾矩】yújǔ 出軌，越出規矩◇動不越規，行不逾矩。

【逾常】yúcháng 超過尋常◇欣喜逾常｜悲痛逾常。

【逾越】yúyuè 跨越；超越◇不可逾越的障礙。

【逾期】yúqī 超過規定的期限◇逾期作廢。㊐過期。

9 **遊〔游〕** yóu ●jau⁴由 ①遊覽；閒逛◇旅遊｜遊山玩水。②嬉戲◇遊樂。③與人交往◇交遊甚廣。④流動；不固定◇遊牧｜遊資。

【遊子】yóuzǐ 遠離家鄉或久居外地的人◇海外遊子｜慈母手中線，遊子身上衣。

【遊方】yóufāng ①僧、道雲遊四方◇遊方和尚。②江湖郎中流動行醫◇遊方郎中。

【遊牧】yóumù 無固定住地，據水、草情況，四處流動放牧◇遊牧民族。

【遊記】yóujì 記敍旅遊途中見聞的著述◇看遊記可以豐富地理知識。

【遊說】yóushuì ①古代說客周遊各國，憑着口才勸說君主採納他的政治主張。②尋找理由、憑口才勸說打動他人，從而達到目的◇聘請公關，遊說議員。

【遊蕩】yóudàng ①遊手好閒，不做正事◇他不求上進，天天無所事事地遊蕩。②為消遣而閒逛◇獨自在街上遊蕩。

【遊歷】yóulì 遊覽；遊覽考察◇遊歷名山大川｜近年來遊歷了南亞各國。

【遊學】yóuxué 離開家鄉到外地或外國求學◇遊學海外。

【遊戲】yóuxì ①玩耍。②指娛樂活動◇遊戲機｜玩捉迷藏的遊戲。

【遊覽】yóulǎn 遊玩觀賞（景物、名勝等）◇遊覽杭州西湖。

【遊刃有餘】yóurènyǒuyú《莊子・養生主》："以無厚入有間，恢恢乎其於遊刃必有餘地矣。"遊刃，移動刀刃；有餘，有餘地。原指宰牛時刀刃在牛骨縫之間無阻礙地自由移動。後比喻做事輕而易舉。㊀力不從心。

【遊手好閒】yóushǒuhàoxián 遊手，閒着不做事。形容遊蕩懶散，不務正業。

9 **遒** qiú ●cau⁴囚 強勁有力。

【遒拔】qiúbá 雄健挺拔◇峭壁上的古松蒼老遒拔。

【遒勁】qiújìng 雄健有力；剛勁◇千年碑刻，依然遒勁峻峭。

【遒健】qiújiàn 剛勁有力◇筆力遒健。

9 **道** dào ●dou⁶杜 ①路◇林蔭道。②水流的途徑◇河道｜下水道。③志向◇志同道合。④方法◇生財有道。⑤技藝◇醫道｜棋道。⑥道理；事理◇公道｜坐而論道。⑦道德；道義◇得道多助，失道寡助。⑧指好的政治局面或政治措施◇天下有道。⑨學術、宗教或思想體系◇傳道｜離經叛道。⑩用話表示；說◇一語道破｜說長道短。⑪以為；認為◇我道是誰呢，原來是你。⑫道教；道教徒◇道士｜老道。⑬指教派組織◇一貫道。⑭線條◇畫了不少紅道。⑮量詞。(1)用於長條狀的東西◇萬道金光｜一道分界線。(2)用於門牆◇一道門｜一道圍牆。(3)用於題目、命令◇兩道題目｜一道命令。(4)次◇漆了三道。

【道白】dàobái 戲曲中的對話或獨白。㊐唸白、說白。

【道地】dàodì ①貨品來源正宗，不是冒牌的◇道地的福州圓眼荔枝。㊐地道。②很好，品質上等◇質量道地，酒味淳香。③純正，不雜◇說一口道地的蘇州話。④圓滿周到◇銀行的服務確實很道地。

【道具】dàojù ①佛家應用的器物，如錫杖、戒尺等。②戲劇、影視和其他演出所需的一切用具的總稱。

【道破】dàopò 說破；說穿◇一語道破｜道破其中的奧祕。㊐拆穿。

【道理】dàolǐ ①事物發展變化的內在規律◇種田有種田的道理。②是非得失的根據、理由◇做人做事都要講道理。③打算；方法◇對付他。我自有道理。

【道教】dàojiào 中國主要宗教之一，由東漢張道陵創立。奉太上老君為教祖，以《老子》為主要經典。

多樣表達：道教

天尊 真人 元君 八仙 仙姑 天仙 道宮 道觀 道士 道長 上清宮 太清宮 青羊宮 玉皇 玉皇大帝 太上老君 老君爐 丹砂 丹藥 金丹 煉丹 洞天 洞府 洞天福地

【道賀】dàohè 就別人的喜慶之事，向人道喜祝賀。

【道路】dàolù ① 陸地上供人或車馬通行的路◇山間的道路崎嶇不平。② 水陸交通線◇到那裏有兩條道路好走，一條乘船去，一條坐火車去。③ 比喻事物經過或發展的途徑◇漫長的人生道路。

【道義】dàoyì 道德和正義◇道義之交丨鐵肩擔道義，辣手著文章。

【道歉】dàoqiàn 就所做不當之事或不當的行為，向人表示歉意◇上次失約了，向你道歉。㊀ 致歉。

【道學】dàoxué ① 理學。② 迂腐，古板◇道學先生。

【道德】dàodé 人與人之間相處的行為準則◇社會公共道德。

【道謝】dàoxiè 就別人給予自己的幫助或好處，向人表示感謝。㊀ 稱謝。

【道不拾遺】dàobùshíyí 見"路不拾遺"。

【道貌岸然】dàomào'ànrán 形象莊重，神態嚴正。岸然，高峻的樣子。多用以形容看似端莊正派，實則偽善。

【道聽途說】dàotīngtúshuō《論語·陽貨》："道聽而塗説，德之棄也。"路上聽來的話，就在路上又傳播開去。泛指沒有根據的傳聞。

9
遂 〈一〉suì ㊥seoi⁶睡 ①通達◇何往而不遂。②稱心如意◇未能遂願。③成功；完成◇功成名遂。④於是；就◇勸降不果，遂於拂曉攻城。

〈二〉suí ㊥seoi⁶睡 活動自如◇半身不遂。

【遂心】suìxīn 稱心；滿意◇遂心如意丨事事遂心。㊀ 如願。

【遂意】suìyì 稱心如意◇日子過得不遂意。

【遂願】suìyuàn 如願；滿足心願◇嚮往多年，今終遂願。

9
運(运) yùn ㊥wan⁶混 ①運動；轉動◇運轉丨日月運行。②運送；搬運◇海運丨販運。③使用；運用◇運筆丨運思。④命運；運氣◇財運丨時來運轉。

【運用】yùnyòng 使用；利用◇運用自如丨熟練地運用。

【運行】yùnxíng ① 週而復始地運轉◇列車運行時刻表丨環繞地球運行。② 活動◇地鐵在地下運行。③ 開展工作◇公司按照新體制運行。

【運作】yùnzuò 經營；運轉；正常、有序地開展工作。

【運河】yùnhé 人工挖成的通航的河道◇京杭大運河丨巴拿馬運河。

【運氣】〈一〉yùnqì 把氣貫注到身體某部位◇練氣功要學會運氣。

〈二〉yùnqi ①命運◇碰運氣。②幸運◇今天真運氣，中了頭獎。

【運動】yùndòng ① 物體所在的位置不間斷地變化。㊁ 靜止。② 哲學上指宇宙間所發生的一切變化和過程。③ 體育活動◇運動場丨田徑運動。④ 進行體育活動◇每天早上運動一小時。⑤ 有組織、有目的的大規模羣眾性活動◇五四運動丨反戰運動。⑥ 為達到某種目的而奔走尋找門路◇這事得找人運動運動才辦得成。

【運道】yùndao ① 命運；運氣。② 世道。

【運算】yùnsuàn 根據數學法則進行計算◇四則運算丨運算法則。

【運數】yùnshù 命運；氣數◇運數天定。

【運輸】yùnshū 用交通工具把物或人從一地運往另一地。

【運營】yùnyíng ①（車、船等）運行並經營◇新建鐵路已通車運營。② 經營，有序地進行工作◇公司的運營狀況良好。

【運轉】yùnzhuǎn ① 沿着一定的軌道轉動運行◇通訊衞星圍繞着地球運轉。② 指機器正常轉動◇機組開始運轉發電。③ 運作，有序地進行工作◇子公司剛剛開始運轉。

【運籌帷幄】yùnchóuwéiwò《史記·高祖本紀》："夫運籌帷幄之中，決勝於千里之外，吾不如子房。"運籌，進行策劃；帷幄，古時軍中帳幕。① 在後方策劃、做決定。② 泛指策劃、指揮。

9 **遍〔徧〕** biàn 粵pin3 騙/bin3 變 ①到處；全面◇遍地|遍野。②量詞。次；回◇説兩遍|看一遍。

【遍及】biànjí 普遍達到◇足跡遍及全世界。

【遍地】biàndì 到處◇春天來了，遍地都是鮮花。

【遍佈】biànbù 分佈到各個地方◇華人遍佈全球。

【遍野】biànyě 遍佈原野◇漫山遍野。

【遍體鱗傷】biàntǐlínshāng ① 傷痕像魚鱗一樣密集。形容傷勢很重。② 形容受到嚴重破壞的景象。

9 **違（违）** wéi 粵wai4 圍 ①離別；離開◇久違了|暌違多年。②違背；違反◇不違農時|陽奉陰違。

【違反】wéifǎn 觸犯，不遵守◇違反校規｜違反紀律。

【違心】wéixīn 違背自己的真實想法或願望◇不説違心話，不做違心事。

【違犯】wéifàn 違背和觸犯（法規、紀律等）◇違犯禁令｜違犯國家法令。

【違抗】wéikàng 違反抗拒◇軍令如山，不容違抗。(反) 服從。

【違拗】wéi'ào 不依從；有意違背◇違拗家人的心願。(反) 順從、聽從。

【違例】wéilì ① 違反常例、慣例◇違例停車。② 違反比賽規則◇發球違例。

【違法】wéifǎ 違犯法律、法令◇違法經營｜違法亂紀。

【違背】wéibèi 違反◇違背良心｜違背承諾。(反) 遵守。

【違約】wéiyuē 違背條約或契約的規定◇承擔違約責任。(反) 履約。

【違理】wéilǐ 違反常理◇逾情違理。

【違禁】wéijìn 違反禁令◇查處違禁品。

【違誤】wéiwù 違反並延誤。多用於公文◇迅即辦理，不得違誤。

10 **遘** gòu 粵gau3 救 遭遇；遇到◇遘禍|遘難（遭遇災難）。

10 **遠（远）** (一)yuǎn 粵jyun5 軟 ①距離長◇遠方|高瞻遠矚。②經歷的歲月久；時間長◇遠古|為期不遠。③差距大◇差得遠|遠遠超過。④深奧；深遠◇言近旨遠。⑤關係不密切◇疏遠。

(二)yuàn 粵jyun6 願 不接近；不親近◇敬而遠之。

【遠大】yuǎndà 長遠而宏大；宏大◇目光遠大｜前程遠大｜遠大的抱負。

【遠古】yuǎngǔ 遙遠的古代◇遠古時代｜遠古文化。

【遠見】yuǎnjiàn 遠大的眼光◇他雖年輕，卻很有遠見。(反) 短見。

【遠足】yuǎnzú 比較遠的徒步旅行。

【遠東】yuǎndōng 歐洲人稱亞洲東部地區。

【遠近】yuǎnjìn ① 遠處和近處◇無論遠近我一定準時到達。② 距離的長短◇這兩條路遠近差不多。③ 四處，指很大的範圍◇遠近聞名。

【遠征】yuǎnzhēng 遠道出征或長途行軍◇遠征軍｜何日平胡虜，良人罷遠征。

【遠房】yuǎnfáng 血統疏遠的宗親◇遠房親戚｜遠房叔姪。

【遠洋】yuǎnyáng 距離大陸遠的海洋◇遠洋航行｜遠洋捕魚。

【遠涉】yuǎnshè 遠渡，渡過長距離的水域◇遠涉重洋。

【遠眺】yuǎntiào 從高處向遠處看◇登高遠眺，飽覽秋色。(反) 近觀。

【遠景】yuǎnjǐng ① 遠處的景物◇畫面上的遠景是縹緲的山峯。② 未來的景象◇遠景規劃。

【遠程】yuǎnchéng 路程遠的；射程遠的◇遠程運輸｜遠程導彈。(反) 短程。

【遠道】yuǎndào ① 遠路，很長的路程◇走遠道很辛苦。(反) 近路。② 歷經遙遠的路程◇姑媽從非洲遠道而來。

【遠謀】yuǎnmóu ① 做長遠打算◇此人短視，難與遠謀。② 深遠的謀劃◇胸無遠謀，手無良策。

【遠親】yuǎnqīn ① 血統關係或婚姻關係疏遠的親戚。(反) 近親。② 居住在遠方的親戚◇遠親不如近鄰。

【遠識】yuǎnshí 高遠的見識◇缺乏遠識，難當大任。

【遠見卓識】yuǎnjiàn zhuóshí 遠大的眼光，卓越的見識。(反) 坐井觀天。

【遠水救不了近火】yuǎnshuǐjiùbùliǎojìnhuǒ 比喻緩慢的救助辦法，解決不了眼下的急難。(同) 遠水不解近渴。

10 **遢** tā 粵taap3 塔 見“邋遢”。

10 **遣** qiǎn 粵hin2 顯 ①差遣；指派◇派遣丨調兵遣將。②送◇遣返戰俘。③排除；消除◇排遣丨消遣。

【遣返】qiǎnfǎn 送回原來所在的地方◇遣返難民丨遣返偷渡者。

【遣送】qiǎnsòng ① 發送；送走◇遣送流放地。② 把不合居留條件的人送走◇遣送回國丨遣送出境。

【遣散】qiǎnsàn ① 解散◇遣散隊伍。② 按照條件分別開來，一一送走◇遣散冗員。

【遣詞】qiǎncí 運用詞語◇遣詞造句丨遣詞立意。

【遣興】qiǎnxìng 抒發興致；排遣情懷◇遣興之作丨消閒遣興。

【遣懷】qiǎnhuái 抒發情懷◇賦詩遣懷。

10 **遝** tà 粵daap6 踏 同“沓”。多而雜亂◇雜遝。

10 **遞（递）** dì 粵dai6 弟 ①傳送◇傳遞丨遞眼色。②依次；順次◇遞減丨遞增。

【遞交】dìjiāo 親手送交◇遞交申請表。

【遞補】dìbǔ 按照次序補充◇依排名次序遞補。

【遞解】dìjiè ① 古代把犯人押往遠地，由沿途的官衙派人分程押送。② 遣送；發送◇遞解回國。

10 **遙〔遥〕** yáo 粵jiu4 搖 ①(距離)遠◇路遙知馬力，日久見人心。②(時間)長◇遙夜漫漫。

【遙控】yáokòng ① 利用通訊和自動操作裝置控制遠處對象的作為◇遙控器。② 泛指遠距離指揮操縱◇遙控指揮丨受人遙控。

【遙遠】yáoyuǎn 距離或時間很長很長◇路途遙遠丨遙遠的古代。

【遙遙】yáoyáo ① 形容距離很遠◇遙遙相望。② 形容時間相距很長◇遙遙無期。

【遙相呼應】yáoxiānghūyìng 不在一處的雙方互相配合、照應。

10 **遛** (一)liú 粵lau4 流 見“逗遛”。
(二)liù 粵lau6 漏 ①緩步行走◇遛彎丨遛大街。②牽着牲畜或帶着鳥慢慢走◇遛馬。

10 **遜（逊）** xùn 粵seon3 信 ①讓出來◇遜位。②謙讓；恭順◇出言不遜丨傲慢不遜。③差；不如◇稍遜一籌。

【遜色】xùnsè ① 不及之處◇毫無遜色。② 差勁◇一點也不遜色。

【遜順】xùnshùn 謙讓恭順◇態度遜順。

11 **遨** áo 粵ngou4 熬 遊玩◇遨遊。

【遨遊】áoyóu 漫遊；遊歷◇遨遊太空丨遨遊名山。

11 **遭** zāo 粵zou1 糟 ①遭受◇遭人陷害。②四圍，周圍◇周遭。③量詞。(1)周；圈◇多繞幾遭丨繞着跑道走了兩遭。(2)次；回◇走一遭丨我還是第一遭去。

【遭劫】zāojié ① 遭受災難。② 被搶劫或被劫持。

【遭受】zāoshòu 遇到（不幸）；受到（損害）◇遭受打擊丨遭受損失。

【遭殃】zāoyāng 遭受禍難◇受累遭殃丨樓上漏水，樓下遭殃。

【遭逢】zāoféng 遇上；碰到◇遭逢喪亂丨遭逢盛世。

【遭遇】zāoyù ① 遇到（不幸的事）◇遭遇水災。② 遇到的事情。多指不幸的◇述說了不幸的遭遇。

【遭罪】zāozuì 受罪，碰到不利的事或受到壞的待遇◇坐長途夜車，人睡不好覺，真遭罪。

【遭難】zāonàn 遭受災難；遇難◇山洪爆發，村民遭難丨在戰鬥中不幸遭難。

11 **遷（迁）** qiān 粵cin1 千 ①從一地移到另一地◇遷徙。②轉變；變更◇時過境遷。③官職調動。一般指提升◇升遷。

【遷延】qiānyán 拖延◇此事已遷延多時。(同) 延宕、延擱。

【遷居】qiānjū 搬家；移居◇遷居國外。

【遷怒】qiānnù 自己受了氣或不如意時拿別

人出氣◇你即使受了委屈，也不該遷怒他人。

【遷移】qiānyí 由一地搬遷到另一地◇工廠遷移到珠三角地區。

【遷徙】qiānxǐ ①遷移；轉換地方◇遷徙自由。②特指候鳥因季節變化而轉移棲居地。

【遷就】qiānjiù 降低要求，容忍和認可別人的言行◇凡事要看是非曲直，不能一味遷就。

11 **遮** zhē 粵ze1 者1 ①阻擋；攔住◇橫遮豎攔｜青山遮不住，畢竟東流去。②擋住後面的人或東西，使之露不出來◇遮住臉面｜烏雲遮不住太陽。③掩蓋；掩飾◇遮羞｜這事總算遮過去了。

【遮掩】zhēyǎn ①遮蔽◇月亮被烏雲遮掩住了。②掩飾◇他勉強笑了笑，遮掩內心的痛苦。

【遮羞】zhēxiū ①掩蓋身體上不能讓人看見的部分◇遮羞布。②掩蓋丟臉的事◇遮羞掩醜。

【遮蓋】zhēgài ①從上面或外面蓋住◇大雪遮蓋了山間小路。②掩蓋；隱瞞◇事實真相遮蓋不住。

【遮蔽】zhēbì 遮住；擋住◇濃蔭遮蔽了陽光。

【遮擋】zhēdǎng ①遮蔽阻擋◇遮擋風雨。(同)遮攔。②用作遮蔽阻擋的東西◇荒郊野外，甚麼遮擋也沒有。

【遮醜】zhēchǒu 掩蓋不體面的東西◇休想找理由來遮醜。

【遮天蔽日】zhētiān bìrì 遮蔽住天空和太陽。形容東西多而密集地佈滿上空。

11 **適(适)** shì 粵sik1 色 ①往，到…去。②出嫁◇尚未適人。③適合，符合，合乎◇合適。④舒服◇舒適｜身體不適。⑤恰好◇適得其反。⑥剛；剛才◇適才｜適從何處來？

【適才】shìcái 剛才；方才◇適才到達｜適才見到她。

【適中】shìzhōng ①正好，既不太過，也無不及◇衣服裁剪適中，穿着舒服。②位置不偏於哪一面◇地點適中，大家來去都方便。

【適用】shìyòng 合乎使用◇這種面霜適用於油性皮膚。

【適合】shìhé 符合；合宜◇這工作不適合你。

【適宜】shìyí 合適；正好◇濃淡適宜｜氣候適宜。(反)不宜。

【適度】shìdù 恰當；恰到好處◇規模適度｜深淺適度。

【適時】shìshí 正合時機；不早不晚◇適時播種｜你提出的建議很適時。(反)失時。

【適值】shìzhí 正值；恰好遇到◇適值春節，商店裏年貨琳琅滿目。

【適量】shìliàng 數量適當，不太多也不太少◇飲食要適量。

【適當】shìdàng 合適；恰當◇適當的時候｜他是適當的人選。

【適意】shìyì 舒適；快意◇在榕樹下乘涼很適意。(反)痛楚。

【適應】shìyìng 習慣；順應◇不適應高原氣候。

【適齡】shìlíng 年齡適合要求◇適齡兒童就近入學。

【適可而止】shìkě'érzhǐ 達到適當的程度就停止，不做過頭◇凡事都要適可而止。

12 **遼(辽)** liáo 粵liu4 聊 ①遙遠◇遼遠。②開闊◇遼闊。③朝代名。公元916年遼太祖耶律阿保機建立契丹國，947年改國號為遼。1125年為金所滅。

【遼遠】liáoyuǎn ①遙遠◇故鄉遼遠。②遼闊廣大◇遼遠的晴空，沒有一絲雲彩。

【遼闊】liáokuò 廣闊；寬廣◇遼闊的草原。

12 **遺(遗)** 〈一〉yí 粵wai4 圍 ①丟失◇遺失。②丟失的東西◇道不拾遺。③漏掉◇遺漏。④漏掉的東西◇補遺。⑤留下◇養虎遺患。⑥特指死人留下的◇遺產｜遺著。⑦排泄◇遺尿。

〈二〉wèi 粵wai6 惠 贈送◇遺贈｜遺之千金。

【遺老】yílǎo ①改朝換代後依然效忠前朝的老人◇前朝遺老｜遺老遺少。②經歷世變，閱歷豐富的老人◇關於小鎮的變遷，你不妨請教當地的遺老。

【遺址】yízhǐ 已經湮沒或早已毀壞的前人居住、活動過的處所或建築物所在地◇阿房宮遺址。

【遺物】yíwù 前人留下來的東西◇清理遺物。

【遺命】yímìng 遺囑；遺言◇臨終遺命。

【遺孤】yígū 死者留下的孤兒◇撫養遺孤。

【遺風】yífēng 前人傳下來的風氣、作風◇太白遺風。

【遺恨】yíhèn ①到死還感到悔恨、憾恨◇遺恨終天。②前人留下來的憾恨◇千古遺恨。

【遺留】yíliú 過去留存下來◇解決歷史遺留的問題。

【遺容】yíróng ①人死後的容貌◇瞻仰遺容。②指遺像◇父親的遺容一直掛在牆上。

【遺書】yíshū ①後人刊印的前人留下來的著作◇《船山遺書》。②死者臨死前留下的書信。

【遺教】yíjiào 前人遺留下來的教訓、學説、主張等。

【遺產】yíchǎn ①死者留下的財產。②歷史上遺留下來的精神或物質財富◇文學遺產｜古代文化遺產。

【遺棄】yíqì ①拋棄；丟棄◇處理租客遺棄的物品。②拋棄應該贍養或撫養的親屬不管◇遭遺棄的嬰兒。

【遺跡】yíjì 過去的事物遺留下來的痕跡◇歷史遺跡｜仰韶文化遺跡。

【遺傳】yíchuán 生物體的構造和生理機能由上代傳給下代。

【遺像】yíxiàng 死者生前的相片、畫像或塑像。

【遺澤】yízé 前人遺留下來的恩澤、財富或實物。

【遺憾】yíhàn ①抱恨◇終生的遺憾。②不稱心；感到惋惜◇不無遺憾｜令人遺憾。③外交辭令。用於表示不滿或歉意◇對此事件，我們深表遺憾。

【遺囑】yízhǔ 人在生前或臨終時就處理自己的財產和身後事，所作的口頭或書面的説明。

【遺臭萬年】yíchòuwànnián 壞名聲永遠洗刷不掉，受人唾罵。(反) 流芳千古、名垂青史。

12 **遴** lín 粵leon4 鄰 挑選；選擇◇遴選。

【遴選】línxuǎn 選拔；挑選◇遴選人材。

12 **遵** zūn 粵zeon1 津 依從；按照◇遵命照辦。

【遵守】zūnshǒu 按照規定、規則、約定去做，不違背◇遵守時間｜遵守校規。

【遵從】zūncóng 遵照；服從◇遵從法律｜遵從命令。(同) 聽從。

【遵循】zūnxún 遵照◇遵循導師的教誨。

【遵照】zūnzhào 依照；遵從◇遵照規定辦理｜遵照公司的指引行事。(反) 違反。

【遵囑】zūnzhǔ 遵照囑咐◇遵囑辦理。

12 **遲(迟)** chí 粵ci4 池 ①慢；緩慢◇事不宜遲。②晚。指時間拖後◇推遲｜姍姍來遲。③姓。

【遲鈍】chídùn 反應慢；不敏捷◇頭腦遲鈍｜動作遲鈍。(同) 駑鈍 (反) 機敏。

【遲疑】chíyí 猶豫，拿不定主意◇遲疑不決。

【遲誤】chíwù 延遲耽誤◇此事重要，遲誤不得。

【遲滯】chízhì ①緩慢◇拖着遲滯的腳步前行。②呆滯不靈活◇她滿懷心事，目光遲滯。③阻止，使緩慢下來◇設置障礙物遲滯追兵。

【遲暮】chímù ①指傍晚◇日色遲暮。②比喻晚年◇遲暮之年。

【遲緩】chíhuǎn 緩慢；不迅速◇行動遲緩｜進程遲緩。

【遲遲】chíchí ①形容陽光温暖柔和◇遲遲的日影。②慢慢，向後推一推◇這事遲遲再説吧。③拖延；延遲◇發出的郵件遲遲未到。

12 **選(选)** xuǎn 粵syun2 損 ①挑選◇精選良種。②選舉◇選他當代表。③被選中的人或物◇人選｜入選。④被選出來編在一起的作品◇短篇小説選。

【選材】xuǎncái ①挑選合適的人才◇運動員選材。②選擇符合要求的材料或素材◇圍繞主題，精心選材。

【選拔】xuǎnbá 挑選◇選拔人才｜選拔運動員。

【選派】xuǎnpài 挑選符合條件的人派遣出去◇選派優秀學生參加競賽。

【選修】xuǎnxiū 學生從自由選擇的科目中挑出自己要學的科目◇選修法語。(反) 必修。

【選聘】xuǎnpìn 挑選聘任◇選聘教師。

【選擇】xuǎnzé 挑選◇選擇地點｜沒有選擇的餘地。

【選購】xuǎngòu 選擇合適的商品購買。

12 **遹** yù 粵wat⁶ 核 遵循。

13 **邁(迈)** mài 粵maai⁶ 賣 ①抬腳向前跨◇邁了一大步。②年老◇年邁力衰。③英里。用於行車時速◇ 1 小時跑 80 邁。(英 mile)

【邁進】màijìn 跨着大步向前進◇向着新的目標邁進。

13 **遽** jù 粵geoi⁶ 具 ①匆忙；急迫◇匆遽|急遽。②驟然；馬上◇物價遽增|不敢遽下斷語。③慌張；恐懼◇神色惶遽。

【遽然】jùrán 驟然；突然◇如風雨雷電，遽然而至。

【遽爾】jù'ěr 猝然；突然◇遽爾作古，死因蹊蹺。

13 **還(还)** 〈一〉huán 粵waan⁴ 頑 ①返回(原地)◇還鄉|出門未還。②恢復(原狀)◇返老還童。③歸還◇原物奉還。④回報；用…回給對方◇還禮|以牙還牙。

〈二〉hái 粵waan⁴ 頑 ①仍然；依舊◇他還在寫|直到現在還記得。②更。表示進一層◇他比你還高|心比石頭還硬。③再，又◇還有件事跟你說。④差不多；過得去◇生意還順利|人長得還可以。⑤尚且◇他收入還不夠自己開銷，哪有可能再幫別人。⑥表示強調語氣◇他還真行。⑦或者。表示選擇◇他去，還是你去？

用法提示：還、又

"還、又"是一對同義詞，都可以表示動作再一次出現，但"還"主要表示未實現的動作，"又"主要表示已實現的動作◇他昨天來過，明天還來(待實現)|他昨天來過，今天又來了(已實現)。

【還手】huánshǒu 回擊對方◇對手面前只有招架之功，全無還手之力。同 還擊。

【還本】huánběn 歸還本金。

【還俗】huánsú 出家的僧尼或道士恢復普通人的身份和生活。反 剃度。

【還嘴】huánzuǐ 受指責時進行辯駁；捱罵時反罵對方。

【還擊】huánjī 回擊，反擊對方◇面對歹徒挑釁，警員拔槍還擊。

【還禮】huánlǐ ① 回答對方的敬禮◇舉手還禮。② 向對方回贈禮品。

【還願】huányuàn ① 兌現對神、佛許下的回報。② 比喻兌現諾言。

13 **邀** yāo 粵jiu¹ 腰 ①攔阻◇半路邀截。②求取；謀求◇邀名|邀功。③邀請◇應邀前往。

【邀功】yāogōng 求取功名◇邀功請賞。

【邀約】yāoyuē 約請◇很早就來邀約我，一起去吃海鮮。

13 **邂** xiè 粵haai⁶ 械/haai⁵ 蟹【邂逅】xièhòu 事先未約而偶然相遇◇異地邂逅格外親切。

13 **邅** zhān 粵zin¹ 煎 見"迍邅"。

13 **避** bì 粵bei⁶ 鼻 ①躲開；迴避◇避暑|避而不談。②防止◇避孕。

【避免】bìmiǎn 防止；免除◇避免損失|避免發生矛盾。

【避風】bìfēng ① 躲避風吹◇風太大，先找個地方避避風。② 比喻躲開對自己不利的勢頭◇他見情勢不對，就到鄉下避風去了。

【避暑】bìshǔ ① 天氣炎熱時到涼爽的地方去住◇避暑勝地。② 避免中暑◇喝酸梅湯可以避暑。

【避亂】bìluàn 躲避戰亂◇隨母避亂江南。

【避嫌】bìxián 避開嫌疑◇這事你要避嫌。

【避諱】〈一〉bìhuì 古人說話、寫作時避免涉及君主或尊長的名字。如漢文帝名"恒"，就改"恒山"為"常山"，避"恒"字諱；蘇軾祖父名"序"，他作"序"時就改"序"為"敍"或"引"，避"序"字諱。

〈二〉bìhui ① 因有所忌諱而避免使用不吉利的詞語。如船家忌說"翻"或"沉"。② 迴避◇都是一家人，用不着避諱。

【避難】bìnàn 躲避災難或迫害◇出外避難|政治避難。

【避風港】bìfēnggǎng ① 可供船隻躲避大風浪的港灣。② 比喻可以躲避是非或禍難的安全地方。

【避重就輕】bìzhòng jiùqīng ① 避開困難的事，揀容易的來做。② 故意避開要害問題，只談無關緊要的。

14 **邇(迩)** ěr 粵ji⁵ 耳 近◇名聞遐邇|邇來(近來)。

14 **邈** miǎo 粵miu[5]秒 遙遠◇永結無情遊，相期邈雲漢。

【邈遠】 miǎoyuǎn 遙遠。

14 **邃** suì 粵seoi[6]遂 ①深遠◇邃古｜幽邃。②精深◇精邃｜深邃。

【邃密】 suìmì ① 幽深◇宅院邃密。② 精深◇治學邃密。

【邃遠】 suìyuǎn ① 深遠；遙遠。② 久遠。

15 **邊(边)** biān 粵bin[1]辮 ①邊疆；邊境◇戍邊｜邊防。②邊緣；旁邊◇海邊｜馬路邊。③鑲在、畫在邊緣上的條狀裝飾◇金邊眼鏡｜花邊新聞。④界線；盡頭◇無邊無際。⑤近旁◇身邊｜黃河邊。⑥方面◇雙邊會談。⑦兩個或幾個"邊"字分別用在動詞前，表示動作同時進行◇邊學邊幹｜邊吃邊走邊談。⑧後綴。用在方位詞後面◇裏邊｜下邊｜前邊。⑨數學上指夾成角的射線或圍成多角形的線段。⑩姓。

【邊防】 biānfáng ① 邊境地區的防務◇邊防部隊。② 指邊境地區◇守衛邊防。

【邊界】 biānjiè 國家之間或地區之間的界限◇邊界線｜地處兩地邊界。

【邊患】 biānhuàn 邊境遭到侵犯的禍患◇根除邊患。

【邊幅】 biānfú ① 紡織物的幅面、寬度。② 邊緣◇照片陳舊，邊幅都磨損了。③ 比喻人的儀表、穿戴◇不修邊幅。

【邊陲】 biānchuí 邊境；邊疆。

【邊塞】 biānsài ① 設在邊疆的要塞。② 泛指邊疆地方◇邊塞風光。

【邊遠】 biānyuǎn 靠近邊界的；遠離中心地區的◇邊遠縣份｜關心邊遠地區的教育。

【邊境】 biānjìng 靠近邊界的地方◇中俄邊境｜邊境貿易。同 邊陲 反 內地。

【邊際】 biānjì 邊緣；界限◇漫無邊際｜一片遼無邊際的雪原。

【邊緣】 biānyuán ① 沿着邊的部分◇懸崖邊緣｜池子的邊緣。② 處於邊緣位置，同幾方面都有關係的◇邊緣學科。③ 臨近某一時刻◇戰爭邊緣。

【邊疆】 biānjiāng 靠近國界的地區。

15 **邋** lā 粵laap[6]臘【邋遢】lāta 髒亂；不整潔◇房間裏邋遢得很｜衣着邋遢。

19 **邐(逦)** lǐ 粵lei[5]理 見"迤邐"。

19 **邏(逻)** luó 粵lo[4]羅 巡察；巡視◇巡邏。

【邏輯】 luójí ① 邏輯學。② 思維的規律◇你這話説得不合邏輯。③ 客觀事物的規律性◇從大量的事實中尋找可信的邏輯。

【邏輯學】 luójíxué 哲學的一個分支。研究思維的形式和規律。

邑部

0 **邑** yì 粵jap[1]泣 ①古代的封地◇食邑｜采邑。②城市◇城邑｜通都大邑。③古代縣的別稱◇郡邑｜邑宰。

3 **邗** hán 粵hon[4]寒 ①古地名。在今江蘇揚州市北。②邗溝。水名，即今江蘇揚州至淮安之間的一段運河。也稱邗江。

3 **邘** yú 粵jyu[4]餘 周朝諸侯國名。在今河南沁陽境內。

3 **邛** qióng 粵kung[4]窮 土丘。山名用字，如邛崍，在四川滎經縣西。

3 **邙** máng 粵mong[4]忙【邙山】mángshān ①山名。又稱北邙山。在河南洛陽市。漢魏時王侯公卿多葬於此。②借指墓地。

3 **邕** yōng 粵jung[1]翁 ①邕江。水名，在廣西壯族自治區。②廣西南寧市的別稱。

4 **邢** xíng 粵jing[4]形 姓。

4 **邪〔衺〕** (一) xié 粵ce[4]斜 ①邪惡；不正當◇邪路｜改邪歸正。②妖異怪誕的事◇避邪｜不信邪。③中醫指引起疾病的環境因素◇風邪｜濕邪。④不正常；不尋常◇邪門｜不知哪來的邪勁。⑤偏斜◇目不邪視。

(二) yé 粵je[4]耶 用於句尾，表疑問或反問的語氣。相當於"嗎、呢"◇是邪，非邪｜吏不當若是邪？

【邪心】 xiéxīn 邪念◇起了邪心。

【邪念】xiéniàn 不正當的念頭◇萌生邪念。

【邪氣】xiéqì ① 不正當的作風或風氣◇歪風邪氣。② 中醫指導致人生病的因素。

【邪惡】xié'è ①（心術、行為）不正而且兇惡◇邪惡勢力｜邪惡念頭。② 指邪惡的人或勢力◇鏟除邪惡，伸張正義。

【邪說】xiéshuō 荒謬有害的言論或主張◇異端邪說。

【邪魔】xiémó 妖魔◇驅逐邪魔。

4 **邨** cūn 粵cyun^1 川 同"村"◇杏花邨。

4 **邦** bāng 粵bong^1 幫 國家◇友邦｜鄰邦｜多難興邦。

【邦交】bāngjiāo 國與國之間的正式外交關係◇建立邦交。

【邦聯】bānglián 兩個或兩個以上的國家所組成的聯合體。成員國擁有完全的獨立主權，只是在軍事、外交、經濟等方面聯合採取某些行動或措施。

4 **邠** bīn 粵ban^1 奔 同"豳"。

4 **邡** fāng 粵fong^1 方 地名用字。例如什邡，在四川。

4 **那** 〈一〉nà 粵naa^5 拿^5 ①指代較遠的人或事物◇那些人｜那地方｜那本書。②與"這"相對。泛指各種對象◇不圖這，不圖那，就圖他人老實。③那麼◇既然同意了，那就好好幹吧。

〈二〉nèi 粵naa^5 拿^5 一般用於口語音。"那"和"一"的合音，相當於"那一"，如那人即那一個人。但指數量時可以是"一"，也可以不限於"一"。

〈三〉nǎ 粵naa^5 拿^5 哪裏◇阿婆不嫁女，那得孫兒抱？

〈四〉nuó 粵no^6 懦 姓。

〈五〉nā 粵naa^5 拿^5 姓。

【那麼】nàme ① 遠指性質、狀態、方式、程度等◇像石榴那麼紅｜事情不像你想得那麼簡單。② 放在數量詞前，表示估計或強調數量之多或少◇有那麼一屋子書｜才喝了那麼兩口酒就醉了。③ 根據前面所說的事實或假設，得出後面的結果◇如果大家都同意，那麼咱們就去吧。

【那樣】nàyàng ① 指示性質、方式、程度等◇那樣的機會不多，你要好好珍惜｜話可不能那樣說｜他不像你那樣膽小怕事。② 代替某種情況或動作◇事實不是你想的那樣｜那樣一說，他就明白了。

5 **邯** hán 粵hon^4 寒【邯鄲】hándān戰國時趙國國都。在今河北邯鄲市。

【邯鄲學步】hándānxuébù《莊子・秋水》：有個燕國人到了趙國的邯鄲，見當地人走路的姿勢很好看，就跟着學起來。結果不但沒學好，反而"失其故行"，"直匍匐而歸"。後比喻模仿不成，反而連自己的長處也丟掉了。

5 **邴** bǐng 粵bing^2 丙 姓。

5 **邳** pī 粵pei^4 皮 古地名。故址在今江蘇邳州市邳城鎮。

5 **邱** qiū 粵jau^1 休 ①同"丘"。②姓。

5 **邸** dǐ 粵dai^2 底 ①古代諸侯王為朝見皇帝而在京城設置的住所◇迎王侯於邸。②泛指高級官員辦事或居住的處所◇官邸｜府邸｜私邸。

5 **邲** bì 粵bat^6 拔 古地名，在今河南鄭州東。

5 **邵** shào 粵siu^6 紹 姓。

5 **邰** tái 粵toi^4 台 姓。

6 **邽** guī 粵gwai^1 歸 姓。

6 **郁** yù 粵juk^1 沃 ①多文采的樣子◇郁然。②香氣濃烈◇濃郁｜馥郁的花香。

【郁郁】yùyù ① 富有文采的樣子。② 形容香氣濃厚。

【郁烈】yùliè 香氣濃烈◇八月的桂花，香氣郁烈。同 濃郁。

6 **邾** zhū 粵zyu^1 諸 ①周朝鄒國原稱。②姓。

6 **郈** hòu 粵hau^6 後 姓。

6 **郃** hé 粵hap^6 合 郃陽，舊地名。在今陝西省中部。今改作"合陽"。

6 **郄**〔郤〕qiè 粵gwik¹ 隙 ①姓。

6 **郇** ㈠xún 粵seon¹ 詢 周朝諸侯國名。在今山西省臨猗西南。
㈡huán 粵waan⁴ 頑 姓。

6 **郊** jiāo 粵gaau¹ 交 城市周圍的地區◇郊外|近郊|荒郊野外。

【郊野】jiāoyě 郊外的曠野◇郊野公園。

【郊遊】jiāoyóu 到郊外遊覽◇全家出外郊遊。

【郊縣】jiāoxiàn 城市周圍的行政上隸屬於該市的縣。

6 **郎** láng 粵long⁴ 狼 ①古代官名◇侍郎|員外郎。②稱青年男子◇新郎|三國周郎。也泛稱青年人◇女郎。③女子對丈夫或情人的稱呼◇郎君|情郎。④稱別人的兒子◇令郎。⑤對從事某種職業的人的稱呼◇貨郎|牛郎。⑥姓。

【郎中】lángzhōng ①古代官職名稱。②中醫醫生的俗稱◇急驚風碰到慢郎中。

7 **郝** hǎo 粵kok³ 確 姓。

7 **郚** wú 粵ng⁴ 吳 地名用字。例如郚郚，在山東。

7 **郟**(郏) jiá 粵gaap³ 甲 ①地名用字。例如郟縣，在河南。②姓。

7 **郕** chéng 粵sing⁴ 成 周朝國名，在今山東汶上北。

7 **郜** gào 粵gou³ 告 姓。

7 **郢** yǐng 粵jing⁵ 英⁵ 春秋戰國時楚國的國都。在今湖北江陵北。

7 **郗** ㈠xī 粵hei¹ 希 姓。
㈡chī 粵ci¹ 雌 姓。

7 **郤** xì 粵gwik¹ 隙 ①同"隙"。②同"郄"。③姓。

7 **郛** fú 粵fu¹ 呼 古代指外城◇郛郭。

7 **郡** jùn 粵gwan⁶ 君⁶ 古代行政區劃名。秦以前比縣小，秦以後比縣大，沿革至明代廢除。

8 **都** ㈠dū 粵dou¹ 刀 ①大城市◇都會。②首都◇建都|故都。③建都◇都於洛陽。④總共◇百年都幾日？⑤姓。
㈡dōu 粵dou¹ 刀 ①全，全部◇都來|全部費用都包括在內。②已經◇天都亮了。③表示強調或語氣加重◇一點兒都不冷|這東西連小孩子都搬得動。

【都市】dūshì 大城市◇都市生活|都市風光。

【都城】dūchéng 首都；國都。

【都會】dūhuì 大城市。

8 **郴** chēn 粵sam¹ 心 郴州，地名。在湖南省南部。

8 **郪** qī 粵cai¹ 妻 郪江，水名。在四川，流入涪江。

8 **郫** pí 粵pei⁴ 陪 地名用字。例如郫縣，在四川。

8 **郭** guō 粵gwok³ 國 ①外城，古代在城的外圍加築的一道城牆◇城郭|五里之城，十里之郭。②姓。

8 **部** bù 粵bou⁶ 步 ①統率；指揮◇漢王部五諸侯兵凡五十六萬人，東伐楚。②軍隊◇率部突圍。③安排◇部署。④部位；部分◇胸部|外部。⑤部門◇門市部|銷售部。⑥政府機構的名稱◇教育部。⑦軍隊指揮部所在地◇師部|司令部。⑧量詞。(1)用於影片、書籍等◇兩部電影|一部小說。(2)用於機器、車輛等◇一部卡車|兩部紡織機。

【部分】bùfen ①構成整體的個體◇展覽會分四部分。②局部◇部分地區遭受旱災。

【部件】bùjiàn 機器中的一個獨立組成部分，由若干零件裝配而成。

【部位】bùwèi 位置。多指人體的◇發音部位|病變部位。

【部門】bùmén 某一整體下屬的單位◇銷售部門|財務部門。

【部首】bùshǒu 字典、詞典為方便編排、查找，根據漢字不同的形體結構，把漢字分別歸入各自所屬的門類，每一類即是一個部首。

【部落】bùluò 由血緣相近的氏族結合而成的集體◇原始部落|部落酋長。

【部署】bùshǔ 安排，佈置◇部署兵力。

【部屬】bùshǔ 部下；下屬。

8 **郯** tán 粵taam⁴ 談 郯城。地名，在山東。

9 **鄀** ruò 粵joek⁶ 弱 春秋時楚國的郡城，在今湖北宜城東南。

9 **鄢** yǎn 粵jin² 演² 鄢城。地名，在河南。

9 **鄄** juàn 粵gyun³ 眷 鄄城。地名，在山東。

9 **鄂** è 粵ngok⁶ 岳 ①湖北的別稱。②姓。

9 **郵(邮)** yóu 粵jau⁴ 由 ①古代傳遞文書、供應食宿和車馬的驛站◇郵亭。②郵寄；郵匯◇郵信|給妹妹郵錢。③有關郵政業務的◇郵件|郵筒。④郵票◇集郵。

【郵政】 yóuzhèng 郵政局開辦的業務。主要辦理寄遞信件和包裹，以及匯兑、儲蓄等業務。

【郵匯】 yóuhuì 通過郵政局匯款。

【郵資】 yóuzī 寄遞郵件的費用◇郵資總付|附寄郵資。

【郵遞】 yóudì 由郵政局遞送◇郵遞信件|郵遞包裹。

【郵購】 yóugòu 用郵遞方式購買貨物。

【郵戳】 yóuchuō 郵政局在單據或郵票上加蓋的、標有日期的圖章。

9 **鄅** yǔ 粵jyu⁵ 如⁵ 周朝國名，在今山東臨沂。

9 **鄃** shū 粵syu¹ 書 古縣名，在今山東夏津附近。

9 **鄆(郓)** yùn 粵wan⁶ 運 ①鄆城。地名，在山東。②姓。

9 **郿** méi 粵mei⁴ 眉 舊縣名。在陝西。今作眉縣。

9 **鄉(乡)** xiāng 粵hoeng¹ 香 ①中國農村的基層行政區劃。②泛指城市以外的農村地區◇鄉村。③出生地；家鄉◇背井離鄉。④地方；地區◇外鄉|他鄉。⑤指某種狀態、情況◇睡鄉|醉鄉。

【鄉土】 xiāngtǔ ①家鄉；故土◇鄉土觀念。②地方；區域◇鄉土教材|鄉土文學。

【鄉井】 xiāngjǐng 家鄉。同 鄉里。

【鄉里】 xiānglǐ ①家鄉。同 鄉梓。②同鄉的人。

【鄉思】 xiāngsī 想念家鄉的心情◇用詩歌寄託鄉思。

【鄉音】 xiāngyīn 家鄉話的口音◇少小離家老大回，鄉音無改鬢毛衰。

【鄉氣】 xiāngqì 土氣。

【鄉梓】 xiāngzǐ 指家鄉。見“桑梓”。同 鄉里。

【鄉情】 xiāngqíng 對家鄉的感情◇濃鬱的鄉情。

【鄉紳】 xiāngshēn 在鄉間有地位、有名望的人。

【鄉愁】 xiāngchóu 思念家鄉的憂傷心情。

【鄉親】 xiāngqīn ①同鄉的人◇父老鄉親。②農村中對當地人的通稱◇鄉親們，我們不能再這樣窮下去。

10 **鄖(郧)** yún 粵wan⁴ 雲 縣名。在湖北。

10 **鄔(邬)** wū 粵wu¹ 烏 姓。

10 **鄒(邹)** zōu 粵zau¹ 周 ①周朝諸侯國名，在今山東省。②姓。

10 **鄗** hào 粵hou⁶ 浩 古縣名，在今河北柏鄉北。

10 **鄌** táng 粵tong⁴ 堂 地名用字。例如鄌郚，在山東。

11 **鄢** yān 粵jin¹ 煙 ①周朝諸侯國名。在今河南鄢陵。②姓。

11 **鄚** mào 粵mok⁶ 莫 古縣名。戰國趙邑，漢置縣。在今河北任丘北鄚州鎮。

11 **鄞** yín 粵ngan⁴ 銀 地名用字。例如鄞縣，在浙江。

11 **鄠** hù 粵wu⁶ 互 地名用字。例如鄠縣，在陝西。今作戶縣。

11 **鄙** bǐ 粵pei² 披² ①邊境；邊遠地區◇邊鄙。②庸俗；淺陋◇鄙俗|鄙陋。③輕視◇鄙視|鄙薄。④謙辭。用於自稱◇鄙人|鄙意。

【鄙人】 bǐrén 謙辭。對人稱自己◇鄙人才疏學淺。

【鄙吝】 bǐlìn ①鄙俗。②過分吝嗇。

【鄙俚】 bǐlǐ 粗俗淺薄◇言辭鄙俚。

【鄙俗】 bǐsú 粗俗；庸俗◇談吐鄙俗。

【鄙陋】 bǐlòu ①淺薄◇鄙陋無知|見識鄙陋。②醜陋◇容貌鄙陋。

【鄙野】 bǐyě ①郊野◇居於鄙野。②粗野◇舉止鄙野。

【鄙視】 bǐshì 輕視；看不起◇他用鄙視的眼

光注視着她。

【鄙棄】bǐqì 鄙視厭棄◇同居三年，終遭鄙棄。

【鄙薄】bǐbó ①輕視；看不起◇臉上顯出鄙薄的神情。同 鄙視。②鄙陋，淺薄◇學識鄙薄。

11 **鄘** yōng 粵jung4 容 周朝國名，在今河南汲縣北。

11 **鄜** fū 粵fu1 呼 舊縣名。在今陝西中部。今改作"富縣"。

11 **鄣** zhāng 粵zoeng1 張 周朝國名，在今山東東平東。

12 **鄲**（郸） dān 粵daan1 丹 見"邯鄲"。

12 **鄱** pó 粵po4 婆 鄱陽，湖名。在江西北部。

12 **鄮** mào 粵mau6 貿 古縣名，在今浙江寧波市一帶。

12 **鄯** shàn 粵sin6 善 鄯善，古代西域國名，原名樓蘭。在今新疆鄯善。

12 **鄰**（邻）〔隣〕 lín 粵leon4 輪 ①鄰居◇遠親不如近鄰。②鄰近；靠近◇東鄰大海|鄰水靠山。③鄰近的；靠近的◇鄰縣|鄰邦。

【鄰邦】línbāng 邊界相接的國家◇友好鄰邦。

【鄰里】línlǐ ①家庭所在的地方◇回鄰里探親。②街坊；鄰居◇鄰里和睦。

【鄰近】línjìn ①位置靠近◇我家鄰近郊區。②附近◇鄰近就有商場。

【鄰舍】línshè 鄰居；住處相鄰的人家◇隔壁鄰舍。

12 **鄭**（郑） zhèng 粵zeng6 井6 ①謹慎、莊重。②周朝諸侯國名。在今河南新鄭一帶。③姓。

【鄭重】zhèngzhòng 嚴肅認真◇鄭重聲明|態度很鄭重。反 隨便、輕率。

【鄭重其事】zhèngzhòngqíshì 嚴肅認真地對待面臨的事情。反 若無其事、隨隨便便。

12 **鄩**（郭） xún 粵cam4 尋 古國名，斟鄩，在今山東濰坊西南。

12 **鄧**（邓） dèng 粵dang6 登6 姓。

13 **鄴**（邺） yè 粵jip6 葉 ①古地名。在今河南安陽市北。②姓。

13 **鄶**（郐） kuài 粵kui2 繪 ①周朝國名，在今河南密縣東北。②姓。

14 **鄹** zōu 粵zau1 周 春秋時魯國邑名。孔子的家鄉。在今山東曲阜東南。

15 **鄾** yōu 粵jau1 優 周朝國名，在今湖北襄樊北。

15 **鄺**（邝） kuàng 粵kwong3 曠 姓。

17 **酃** líng 粵ling4 令 地名用字。例如酃縣，在湖南。

18 **酆** fēng 粵fung1 風【酆都】fēngdū ①傳說中陰曹地府所在地。②地名。在重慶市東部長江沿岸。今改作"豐都"。

19 **酈**（郦） lì 粵lik6 力 姓。

酉部

0 **酉** yǒu 粵jau5 有 ①地支的第十位。②十二時辰之一。指下午五點到晚上七點◇酉時。

2 **酊** 〈一〉dǐng 粵ding2 鼎 見"酩酊"。〈二〉dīng 粵ding1 丁 酊劑。把藥物浸在酒精中製成的藥劑◇碘酊。(拉丁tinctura)

2 **酋** qiú 粵cau4 囚/jau4 由 ①酋長。部落的首領。②稱盜匪、敵方的頭子◇匪酋|敵酋。

3 **酐** gān 粵gon1 干 酸酐。一般指酸性氧化物。

3 **酎** zhòu 粵zau6 袖 重釀的醇酒。

【酎金】zhòujīn 諸侯給皇帝的貢金，供祭祀之用。

3 **酌** zhuó 粵zoek3 雀 ①斟酒；飲酒◇對酌|獨酌|自斟自酌。②酒飯；酒席◇小酌|便酌。③商量；考慮◇酌辦|字斟句酌。

【酌定】zhuódìng 權衡具體情況，而後決定◇處理辦法請酌定。

【酌情】zhuóqíng 斟酌具體情況◇酌情減免災區稅收。

【酌量】zhuóliang 斟酌考慮◇酌量分配給養|如何答覆，請你酌量。

3 **配** pèi 粵pui3 佩 ①配偶。多指妻子◇元配|繼配。②結婚◇婚配。③牲畜交合◇交配|配種。④按一定的比例調和◇配方|配顏色。⑤有計劃地分派；安排◇分配|配備人力。⑥把缺少的東西添補上◇配零件|配玻璃。⑦陪襯；襯托◇配角|紅花配綠葉。⑧相稱；夠得上◇衣服顏色和膚色非常相配|般配|不愛學生的人不配當老師。⑨流放◇發配。

【配方】pèifāng ① 按照處方配製藥品。② 配製藥品的處方。③ 指一些食品、飲料、化學製品、冶金產品等的配製方法。

【配伍】pèiwǔ ① 把兩種或兩種以上的藥物配合起來同時使用。② 泛指把兩種或兩種以上的東西配合起來。

【配合】pèihé ① 分工合作，完成共同的任務◇配合默契。② 合在一起顯得合適、相稱◇建築風格同周圍環境配合得很協調。

【配套】pèitào 把若干相關的事物組合成一整套◇設備配套 | 配套方案。

【配偶】pèi'ǒu 指丈夫或妻子。

【配搭】pèidā ① 跟主要的人或事物合在一塊起陪襯作用◇這部戲裏主角和配角配搭得不錯。② 搭配◇這幾樣菜配搭得非常可口。

【配備】pèibèi ① 根據需要分配或佈置◇配備人力 | 配備兵力。② 指成套的設備、裝備等◇一流的配備 | 現代化軍事配備。

3 **酏** yǐ 粵ji4 而 / ji5 耳 ①釀酒所用的薄粥。②酏劑。含有糖和揮發油或另含有主要藥物的酒精溶液的製劑。

3 **酒** jiǔ 粵zau2 走 ①用糧食、水果等發酵釀製的含酒精的飲料◇白酒|葡萄酒|醉酒。②飲酒◇酒後吐真言。③酒席◇擺兩桌酒。

【酒力】jiǔlì 酒的醉人作用◇酒力發作。

【酒保】jiǔbǎo 古代稱賣酒的人或酒店伙計。

【酒家】jiǔjiā 賣酒的店鋪。現多用作餐館飯店的名稱◇天府酒家 | 海鮮酒家。

【酒意】jiǔyì 快要醉時的感覺和神情◇小酌數杯，酒意正濃。

【酒精】jiǔjīng 乙醇。一種有機化合物，無色可燃液體。在工農業和醫藥上用途很廣。

【酒駕】jiǔjià 酒後駕駛◇法律規定嚴禁酒駕。

【酒窩】jiǔwō 笑時臉上出現的小圓窩。

【酒囊飯袋】jiǔnáng fàndài 裝酒飯的口袋。比喻只會吃喝，不會做事的人。

4 **酞** tài 粵taai3 太 具有酞結構的有機化合物的一類，如酚酞。（英 phthalein）

4 **酕** máo 粵mou4 毛【酕醄】máotáo 大醉的樣子◇高歌痛飲，酕醄大醉。

4 **酗** xù 粵heoi3 去 ①沉迷於飲酒◇酗酒。②發酒瘋◇好酒而酗。

【酗酒】xùjiǔ 沒有節制地喝酒◇酗酒爭鬥。

4 **酚** fēn 粵fan1 芬 苯酚。也稱石炭酸。是醫藥上常用的防腐殺菌劑。（英 phenol）

4 **酘** dòu 粵tau4 頭 再釀的酒。

5 **酣** hān 粵ham4 含 ①酒喝得暢快◇酣飲|酒酣耳熱。②泛指暢快、盡興◇酣暢|酣睡|酣歌。③激烈◇酣戰。

【酣夢】hānmèng 熟睡中做的夢◇不要驚擾他的酣夢。

【酣睡】hānshuì 熟睡◇酣睡未醒。

【酣暢】hānchàng ① 形容非常痛快◇老朋友見面，交談得酣暢淋漓。② 形容作品行文暢達並耐人尋味◇文筆酣暢 | 文字酣暢，值得一讀。

5 **酤** gū 粵gu1 姑 ①買酒。②賣酒。

5 **酢** 〈一〉zuò 粵zok6 鑿 客人以酒回敬主人。〈二〉cù 粵cou3 澡 同"醋"。

5 **酥** sū 粵sou1 蘇 ①酥油。牛羊奶製成的食品。②含油多而鬆脆的點心◇桃酥|杏仁酥。③疏鬆；鬆軟◇酥脆|酥糖。④酥軟◇肢體酥麻。

【酥軟】sūruǎn 發軟無力◇四肢酥軟。

5 **酡** tuó 粵to4 駝 ①因飲酒而臉上發紅◇不勝酒力，面帶酡紅。②泛指臉色紅潤◇鶴髮酡顏。

6 **酮** tóng 粵tung4 同 ①用馬奶製成的酸酪。②有機化合物的一類。是一個羰基和兩個羥基連接而成的化合物，如丙酮等。（英 ketone）

6 **酰** xiān 粵sin1 先 酰基。無機或有機含氧酸分子中除去羥基後所餘下的原子團。（英 acyl）

6 **酯** zhǐ ⓐzi² 只 有機化合物的一類。由醇和含氧酸相互作用失去水後生成。是動植物油脂的主要部分。(英 esters)

6 **酪** ⟨一⟩ lào ⓐlok³ 絡 用動物的乳汁做成的半凝固食品◇乳酪|奶酪。

⟨二⟩ lào ⓐlou⁶ 路 用植物的果實做成的糊狀食品◇杏仁酪|核桃酪。

6 **酩** mǐng ⓐming⁵ 皿【酩酊】mǐngdǐng形容大醉的樣子◇酩酊大醉。

6 **酬**〔酧醻〕chóu ⓐcau⁴ 囚 ①向客人敬酒◇酬酢。②用財物等報答◇酬謝|酬報。③報酬◇薪酬|同工同酬。④交際往來◇應酬。⑤實現(志願)◇壯志難酬。

【酬金】chóujīn 酬勞的錢◇支付酬金。

【酬報】chóubào 用財物或行動來報答◇他助人為樂，不求酬報|當選後，他要履行承諾，酬報選民|符合要求者將獲得優等的酬報。

【酬酢】chóuzuò ① 賓主相互敬酒。② 泛指交際應酬◇終日酬酢，無暇讀書。

【酬答】chóudá ① 酬謝◇助人為樂不求酬答。② 用詩文應答◇賦詩一首，聊以酬答。

【酬勞】chóuláo ① 酬謝幫助做事的人◇派紅包酬勞員工。② 付給幫助做事的人的報酬◇酬勞微薄。

【酬賓】chóubīn 以優惠價格把商品賣給顧客◇開業大酬賓。

【酬應】chóuyìng ① 應答，對答◇喊了你半天，怎麼也不酬應一聲？② 應酬。交際，應付人際關係◇不喜煙酒，不善酬應。

【酬謝】chóuxiè 用錢物等對別人的幫助表示謝意◇若有機會，當面酬謝。

7 **酵** jiào ⓐgaau³ 較 發酵。有機物由於某些微生物的作用而分解。

【酵母】jiàomǔ 一種能引起發酵的真菌。ⓢ酵母菌。

7 **酺** pú ⓐpou⁴ 葡 聚會飲酒。

7 **酲** chéng ⓐcing⁴ 晴 酒醉後神志不清◇憂心如酲。

7 **酷** kù ⓐhuk⁶ 哭⁶ ①殘忍；暴虐◇酷刑|酷吏。②極；非常◇酷似|酷暑|酷愛音樂。③棒；帥，形容人外表英俊瀟灑或個性深沉剛毅◇扮酷|一身裝束非常酷。(英 cool)

【酷似】kùsì 極其相似◇他倆長得酷似。ⓢ貌似。

【酷烈】kùliè ① 殘酷◇酷烈的摧殘。② 濃郁◇香氣酷烈。③ 熾烈◇驕陽酷烈。

【酷暑】kùshǔ 極熱的夏天◇嚴冬酷暑。ⓢ盛夏、盛暑 ⓕ酷寒。

【酷愛】kù'ài 非常愛好◇酷愛打乒乓球|酷愛唱歌。

【酷熱】kùrè 指天氣極熱◇酷熱如焚|酷熱難耐。

7 **酶** méi ⓐmui⁴ 梅 酶素。生物體內產生的具有催化能力的蛋白質，能加速體內進行的化學變化。酶製劑廣泛應用於紡織、皮革、食品等工業和醫藥衛生等方面。

7 **酴** tú ⓐtou⁴ 途 ①釀酒用的酒母。②酴酒，酒釀。重釀的甜米酒。

【酴醾】túmí ① 酴酒，酒釀。② 同“荼蘼”。

7 **酹** lèi ⓐlyut³ 劣/laai⁶ 賴 把酒灑在地上表示祭奠◇人間如夢，一尊還酹江月。

7 **酸** suān ⓐsyun¹ 孫 ①像醋的味道◇甜酸味|酸菜。②悲痛；傷心◇辛酸|悲酸。③微痛無力的感覺◇一身酸軟|腰酸背痛。④寒酸；迂腐◇窮酸|酸秀才。⑤化學上稱能在水溶液中產生氫離子的物質◇硝酸|鹽酸。

【酸奶】suānnǎi 牛奶經人工發酵而成的乳製品。帶酸味，易消化吸收，營養價值高於鮮牛奶。

【酸楚】suānchǔ 辛酸苦楚◇酸楚的往事。ⓢ痛楚。

【酸腐】suānfǔ 迂腐◇為人酸腐，不知變通。

【酸澀】suānsè 又酸又澀的滋味或感覺◇酸澀的青梅|眼睛酸澀|酸澀的人生。

【酸溜溜】suānliūliū ① 形容酸的味道◇湯酸溜溜的，好像發酵過。② 形容輕微嫉妒、心裏通不過的感覺◇一看到他們親密無間，我心裏就酸溜溜的。③ 形容輕微酸痛的感覺◇逛了一天，兩條腿酸溜溜的。④ 形容言談迂腐、裝腔作勢的樣子◇這人說話總是酸溜溜的。

【酸文假醋】suānwén jiǎcù 形容言談舉止故作斯文或迂腐的樣子。

【酸甜苦辣】suāntián kǔlà 指各種味道。比喻人生的種種遭遇◇他在外幾年，飽嚐人世的酸甜苦辣。

8 **醋** cù 粵cou3 澡 ①一種液體調味品，味酸。用米、麥、高粱等釀製，也可用酒或酒糟發酵製成◇陳醋|米醋。②比喻嫉妒。多指男女感情方面◇吃醋|醋意大發。

8 **醃〔腌〕** yān 粵jip3 業3/jim1 淹 用鹽、醬、糖等調料浸漬肉魚菜蛋等◇醃肉|吃醃過的食品，對健康不利。

8 **醌** kūn 粵kwan1 昆 有機化合物的一類。最常見的有對苯醌和蒽醌。（英quinone）

8 **醄** táo 粵tou4 途 見"酕醄"。

8 **醇** chún 粵seon4 純 ①酒味濃厚◇醇酒|醇醪。②純粹；純正◇醇和|醇正。③有機化合物的一類。如甲醇、乙醇。

8 **醉** zuì 粵zeoi3 最 ①喝酒過多，神志不清◇他喝醉了。②用酒浸製的（食品）◇醉蝦|醉蟹。③沉迷；過分地愛好◇醉心|陶醉。

【醉心】zuìxīn 對某一事物強烈愛好而一心專注◇他一向醉心於研究語言文字。

【醉生夢死】zuìshēng mèngsǐ 像喝醉了酒和做夢那樣，糊裏糊塗地過日子。

【醉翁之意不在酒】zuìwēngzhīyìbúzàijiǔ 宋代歐陽修《醉翁亭記》："醉翁之意不在酒，在乎山水之間也。"後人以此句表示另有用意或別有用心。

8 **醅** pēi 粵pui1 胚 沒有過濾的酒◇盤飧市遠無兼味，樽酒家貧只舊醅。

8 **醊** zhuì 粵zyut3 絕 祭奠。

8 **醁（醁）** lù 粵luk6 六 見"醽醁"。

9 **醐** hú 粵wu4 胡 見"醍醐"。

9 **醍** tí 粵tai4 提【醍醐】tíhú從牛奶中提煉出來的精華。佛教比喻最高的佛法、智慧。

【醍醐灌頂】tíhúguàndǐng ①佛教弟子入門時須經本師用醍醐或水澆灌頭頂。比喻灌輸智慧，使人徹底醒悟。②比喻從精微的道理中得到極大的啟發。

9 **醞（酝）〔醖〕** yùn 粵wan2 穩 ①釀酒◇醞造|醞釀。②酒◇佳醞。

【醞釀】yùnniàng ①造酒的發酵過程。②比喻事前考慮、磋商，做好準備◇醞釀總經理人選|重組正在醞釀中。

9 **醒** xǐng 粵sing2 省/seng2 腥2 ①睡醒或還沒睡着◇一覺醒來|整夜醒着，睡不着。②酒醉、麻醉或昏迷後神志恢復正常◇酒醒|甦醒。③由糊塗而明白、覺悟◇醒悟|覺醒|清醒。④明顯；引人注意◇這行字印得真醒。⑤指和好麪團後，放一會兒，使麪團軟硬均勻。

【醒目】xǐngmù 明顯，引人注目◇這幅標語很醒目|兩行醒目的大字映入眼簾。

【醒悟】xǐngwù 由迷惑中清醒、覺悟過來◇猛然醒悟|從錯誤中醒悟過來。

【醒豁】xǐnghuò 明顯清楚◇她把道理説得很醒豁，大家一聽就明白。

9 **醑** xǔ 粵seoi2 水 ①美酒。②醑劑。揮發性物質溶解在酒精中所成的製劑◇樟腦醑。（拉丁spiritus）

10 **醛** quán 粵cyun4 全 有機化合物的一類。重要的有甲醛和乙醛。（英aldehyde）

10 **醢** hǎi 粵hoi2 海 ①肉醬。②古代一種酷刑。把人殺死後剁成肉醬。

10 **醜（丑）** chǒu 粵cau2 瞅 ①相貌難看◇醜陋|醜小鴨。②令人厭惡的；可恥的◇醜聞|醜名|醜態百出。③醜態；醜事◇出醜|家醜不可外揚。

【醜化】chǒuhuà 把本來不醜的事物歪曲或形容成醜的◇醜化政府形象。

【醜陋】chǒulòu ①相貌或樣子難看◇長相醜陋，心地善良。反 漂亮。②思想行為卑劣或不文明◇靈魂醜陋|醜陋的惡習。

【醜惡】chǒu'è 醜陋惡劣◇醜惡行為|心地醜惡。反 美好、純潔。

【醜態】chǒutài 醜惡的樣子或舉動◇醜態百出。

10 **䤖（𰾷）** qiāng 粵coeng1 窗 藏族用青稞釀成的一種酒。

10 **醚** mí 粵mai4 迷 有機化合物的一類。一般為液體，如甲醚、乙醚。（英 ether）

10
醡 zhà 粵zaa³ 炸 同"榨"，酒榨。

11
醨 lí 粵lei⁴ 離 薄酒。

11
醪 láo 粵lou⁴ 勞 ①濁酒，汁渣混合的酒。又叫醪糟。②泛指酒◇甘醪。

【醪糟】láozāo 酒釀。糯米加酒麴釀造的食品。甘甜，酒味淡。同 糯米酒、江米酒。

11
醫（医） yī 粵ji¹ 衣 ①醫生◇病急亂投醫。②醫學◇醫書｜醫理。③治病◇醫治｜有病早醫。

【醫治】yīzhì 治療◇醫治失眠。同 醫療。

【醫術】yīshù 醫療技術◇精通醫術｜醫術高明。

【醫務】yīwù 醫療方面的事情◇醫務部門｜醫務工作者。

【醫學】yīxué 以預防和治療疾病為研究內容的科學。

【醫療】yīliáo 治療疾病◇幸虧醫療及時，病人才脫離危險。

【醫藥】yīyào ①醫療和藥品◇醫藥費用。②指藥品◇醫藥商店。

【醫囑】yīzhǔ 醫生對病人在醫療、用藥方面的囑咐◇用藥請看說明或遵醫囑。

11
醬（酱） jiàng 粵zoeng³ 障 ①用發酵後的豆、麥加上鹽做成的糊狀調味品◇甜麪醬｜豆瓣醬。②像醬的糊狀物品◇果子醬｜花生醬。③用醬或醬油醃製、燉煮◇醬了一罐蘿蔔｜把那牛肉醬一醬。④用醬或醬油醃製的或燉煮的◇醬菜｜醬肘子。

【醬油】jiàngyóu 用豆、麥和鹽釀成的液體調味品。

【醬菜】jiàngcài 用醬或醬油醃製的鹹菜。

【醬園】jiàngyuán 製造並出售醬油、醬菜等的作坊或商店。

12
醰 tán 粵taam⁴ 談 ①酒味醇厚。②醇厚；濃厚。

12
醭 bú 粵buk⁶ 僕/pok³ 樸 醋、醬、醬油等表面上長的白色黴菌。

12
醮 jiào 粵ziu³ 照 ①古代結婚時用酒祭神的禮儀。②指女子出嫁◇再醮。③道士設壇祭神唸經◇打醮。

12
醯 xī 粵hei¹ 希 ①醋。②酸◇醯梅。

12
醱（酦） 〈一〉pō 粵put³ 潑 再釀（酒）◇醱醅。

〈二〉fā 粵faat³ 發【醱酵】fājiào 同"發酵"。

13
醵 jù 粵geoi⁶ 巨/koek⁶ 卻⁶ ①湊錢喝酒◇合醵為歡。②泛指湊錢、集資◇醵金｜醵資興辦。

13
醴 lǐ 粵lai⁵ 禮 ①甜酒。②甜美的泉水◇醴液。

13
醲（醲） nóng 粵nung⁴ 農 酒味濃。

14
醺 xūn 粵fan¹ 昏 酒醉◇醉醺醺｜醺醺大醉。

17
醽 líng 粵ling⁴ 零【醽醁】línglù 古代一種美酒。

17
釀（酿） niàng 粵joeng⁶ 讓 ①釀造◇釀酒。②蜜蜂做蜜◇釀蜜。③酒◇佳釀。④逐漸形成◇醞釀｜釀成巨變。

【釀造】niàngzào 利用發酵作用製造酒、醋等。

17
醾 mí 粵mei⁴ 眉 見"酴醾"。

18
釁（衅） xìn 粵jan⁶ 刃 爭端◇挑釁｜起釁｜尋釁鬧事。

19
釃（酾） shī 粵si¹ 思 ①濾（酒）◇擊牛釃酒。②斟（酒、茶）◇釃酒。③分流；疏導。

20
釅（酽） yàn 粵jim⁶ 驗 液汁濃；味道厚◇釅茶｜釅醋。

采部

1
采 〈一〉cǎi 粵coi² 彩 ①容色；神態◇神采奕奕｜沒精打采。②同"彩"。③同"採"。

〈二〉cài 粵coi³ 菜 采地，采邑，古代卿大夫的封地。

5
釉 yòu 粵jau⁶ 右 釉子。用石英、長石、硼砂等研粉調水後製成。塗在陶瓷半成品表面，經燒製後能生成玻璃樣薄層，起美觀、加

固、絕緣等作用◇釉陶|釉色|青釉。

13 **釋(释)** shì ⓐsik[1] 色 ①解說；說明◇釋義|詮釋。②消除；消融◇釋嫌|渙然冰釋。③解開；脫掉◇釋縛|釋甲。④放開；放下◇如釋重負|手不釋卷。⑤釋放◇保釋|獲釋。⑥佛教始祖釋迦牟尼的簡稱。也泛指佛教或僧人◇釋典|釋氏。

【釋放】shìfàng ①讓被關押、拘留者重獲自由◇釋放戰俘。㊜監禁。②物質將其內部的物理能量放出來◇利用核反應釋放的能量發電。③比喻人擺脫約束，充分表現◇釋放魅力|釋放激情。

【釋然】shìrán 疑慮、嫌隙消解後心情平靜的樣子◇心中釋然。㊐安然。

【釋義】shìyì ①解釋詞義或文義◇解經釋義，頗為精當。②解說詞義或文義的文字◇辭典釋義淺白易懂。

【釋疑】shìyí ①解釋疑難◇釋疑解難。②消除疑慮或疑問。㊜質疑、存疑。

【釋懷】shìhuái 從心中消除；放心無牽掛。多用於否定◇不能釋懷。㊜縈懷。

里部

0 **里** lǐ ⓐlei[5] 李 ①許多人家聚居的地方◇里巷|鄰里。②古代社會的底層結構，以二十五家為一里。③家鄉◇榮歸故里。④市制距離單位。1 里等於 500 米。

【里巷】lǐxiàng 小街小巷。㊐胡同。

【里程】lǐchéng ①路程◇飛行里程。②比喻人生的經歷或事情發展的過程◇人生的里程|戰鬥的里程。

【里程碑】lǐchéngbēi ①設在路邊、說明里數的標誌。②比喻作為重要歷史性標誌的大事。

2 **重** 〈一〉zhòng ⓐzung[6] 頌 ①價值大◇貴重。②重要◇重任。③重視◇器重|重男輕女。④莊重；不輕率◇隆重|老成持重。

〈二〉zhòng ⓐcung[5] 充[5] ①重量大；分量大◇輕重|話說得太重了。②重量◇這隻雞幾斤重？③數量多◇重金|繁重。④濃厚◇濃墨重彩。⑤大◇人多勢重。⑥程度深◇情深誼重。⑦加重◇重罰。

〈三〉chóng ⓐcung[4] 蟲 ①疊；重複◇山重水複疑無路，柳暗花明又一村。②再，又一次◇故地重遊。③量詞。層◇一重重|千重浪|萬重山。

【重力】zhònglì ①地球吸引其他物體的力。也叫地心引力。②泛指天體吸引其他物體的力◇月球重力|火星重力。

【重大】zhòngdà ①大而重要◇重大使命。②巨大；嚴重◇重大成就|重大打擊。

【重心】zhòngxīn ①力學上指物體各部分所受重力的合力的作用點◇她身體突然失去重心，跌倒在地。②比喻事情的中心或主要部分◇國家政策的重心是發展經濟|工作的重心是發展經濟。

【重任】zhòngrèn 重要的職務；重大的責任◇委以重任|身負重任。

【重要】zhòngyào 具有重大的意義、作用或影響的。

【重負】zhòngfù 沉重的負擔◇如釋重負。

【重洋】chóngyáng 一重重的海洋；遠洋◇遠渡重洋。

【重視】zhòngshì 因看重而認真對待◇重視友誼|高度重視。

【重量】zhòngliàng ①物理學上指物體所受重力的大小。單位為牛頓。②生活中用於表示物質的質量。常用單位有克、千克等。③重要的，有影響力的◇重量級人物。

【重創】zhòngchuāng 使蒙受慘重損傷或損失◇重創敵軍|經濟受到重創。

【重陽】chóngyáng 中國傳統節日，在農曆九月初九。民間有在這一天登高、賞菊的習俗。

【重新】chóngxīn ①再一次◇重新檢查一次。②從頭另行開始◇重新做人。

【重演】chóngyǎn ①再次演出相同的劇目。②比喻同樣的事情再次出現◇決不允許這樣的悲劇重演。

【重複】chóngfù 同樣的事物第二次出現。

【重擔】zhòngdàn 沉重的擔子。比喻重大的責任◇生活的重擔。

【重點】zhòngdiǎn ①重要的；主要的◇重點

工程項目。② 主要的、關鍵的地方◇做事要把握住重點。③ 有重點地◇重點扶持｜重點進攻。

【重鎮】zhòngzhèn 在軍事上或其他方面佔重要地位的城鎮◇軍事重鎮｜工業重鎮。

【重聽】zhòngtīng 聽覺不靈；耳朵背◇老人重聽，聲音小了聽不見。

【重疊】chóngdié ① 層層堆疊◇山巒重疊｜重疊的雲層。② 重複設置◇機構重疊。

【重整旗鼓】chóngzhěngqígǔ 重新整頓軍旗和戰鼓。比喻失敗後重新積聚力量。

【重蹈覆轍】chóngdǎofùzhé 再走翻過車的老路。比喻不吸取失敗的教訓，重犯過去的錯誤。

4 **野**〔埜壄〕yě 粵je5 惹 ①郊外；野外◇郊野｜滿山遍野。②界限◇視野｜分野。③野生的；無人豢養的◇野草｜野牛。④民間；不當政的地位◇野史｜下野。⑤蠻橫；不講理◇粗野無禮｜説話太野。⑥不受約束◇野性｜心都玩野了。⑦非正式的；不合法的◇野種｜野老公。

【野心】yěxīn 對領土、權位、名利等方面的大而非分的貪慾◇野心勃勃。

【野生】yěshēng 生物在自然環境裏生長，不由人工栽培或飼養◇野生植物｜野生動物。

【野外】yěwài 遠離居住區的地方；田野，山野，荒野◇野外勘探｜荒郊野外。

【野味】yěwèi ① 供食用的野生禽獸。② 用野生禽獸製成的菜餚。

【野性】yěxìng ① 放縱、不馴順的性情◇他這人散漫慣了，野性難改。② 動物難以馴服的本性◇讓圈養的老虎到野外生活，以恢復野性。

【野餐】yěcān ① 在野外吃飯。② 帶到野外去吃的各種食品◇豐盛的野餐。

【野獸】yěshòu ① 野生的獸類。② 比喻施展暴行的人。

【野蠻】yěmán ① 未開化的，不文明的◇野蠻時代。② 粗魯；蠻橫殘暴◇野蠻行為｜野蠻屠殺。(反) 文明。

5 **量**〈一〉liáng 粵loeng4 良 ①用器具測定輕重、長短、大小、多少等◇量體重｜量血壓｜車載斗量。②估計；考慮◇估量｜思量。

〈二〉liàng 粵loeng6 亮 ①古代指斗、升一類計量體積的器物◇度量衡。②能容納和承受的限度◇酒量｜過量。③數量◇產量｜出口量。④估計；衡量◇量力而行｜量才錄用。

【量變】liàngbiàn 事物在數量和程度上的漸次變化。(反) 質變。

【量販店】liàngfàndiàn 以批量銷售、薄利多銷為營銷特色的商店。

【量入為出】liàngrùwéichū 按照收入的多少來決定支出。(反) 寅吃卯糧。

【量力而行】liànglì'érxíng 依照自己實際的力量或能力，來決定如何辦。(反) 不自量力。

11 **釐**（厘）lí 粵lei4 梨 ①治理；整理◇釐治。②長度單位。尺的千分之一。10 毫等於一釐◇釐米。③重量單位。兩的千分之一。10 毫等於一釐。④利率單位。年利率 1 釐為本金的百分之一，月利率 1 釐為本金的千分之一。

【釐正】lízhèng 訂正，改正。也用作請人評定詩文書畫的敬辭◇敬請釐正。

【釐定】lídìng 整理制定◇釐定制度｜釐定章程。

金部

0 **金** jīn 粵gam1 今 ①貴重金屬元素，符號Au。赤黃色，質地軟，通稱金子、黃金。②金屬的通稱◇五金｜冶金｜鋁合金。③古代金屬製造的打擊樂器◇鳴金｜金鼓齊鳴。④錢◇現金｜罰金。⑤顏色像黃金的◇金黃色｜金碧輝煌。⑥比喻貴重、尊貴◇金玉良言。⑦五行之一。⑧朝代名。公元1115–1234年，女真族完顏阿骨打所建，在中國北部。⑨姓。

【金玉】jīnyù ① 黃金和美玉。泛指珍寶◇金玉滿堂。② 比喻貴重，價值極高◇金玉良言。③ 比喻華美◇金玉其外，敗絮其中。

【金石】jīnshí ① 金屬和石頭。比喻堅硬的東西◇精誠所至，金石為開。② 古代指鐘鼎之類的銅器和石碑。金石上多刻有文字。③ 指鐘、磬之類的樂器◇金石絲竹｜金石之音。

【金星】jīnxīng 太陽系八大行星之一，按離太陽由近而遠的次序排在第二位。自轉周期為 22 4.7 地球天，繞太陽公轉周期為 243 地球天。

【金秋】jīnqiū 秋天；秋季◇金秋時節。

【金牌】jīnpái ① 古代傳達君王緊急詔命所使用的金字牌。② 獎牌的一種，獎給冠軍。

【金融】jīnróng 貨幣資金的融通。包括貨幣發行、流通和回籠，以及匯兑、借貸、儲蓄及證券交易等經濟活動。

【金屬】jīnshǔ 有光澤和延展性，具有易導電、傳熱等性質的物質。除汞之外，常溫下均為固體，如金、銀、銅、鐵、錫等。

【金字塔】jīnzìtǎ 古代埃及、美洲等地的一種建築物。用石頭建成，呈三面或多面的角錐形，狀如漢文“金”字。埃及金字塔是古代法老的陵墓。

【金枝玉葉】jīnzhī yùyè 原形容美好的花木枝葉，後比喻帝王子孫及出身高貴的人。

【金城湯池】jīnchéng tāngchí 銅鑄的城牆，灌滿沸水的護城河。比喻堅固設防，不可攻破的城池。同 固若金湯。

【金科玉律】jīnkē yùlǜ 原指必須遵循的權威的法令、法規。後比喻不可變更的信條。

【金屋藏嬌】jīnwūcángjiāo《漢武故事》載：漢武帝小時候，一次長公主把他抱在膝上，指着自己的女兒問他：“阿嬌好不好？”武帝説：“好！若得阿嬌作婦，當做金屋貯之。”後形容娶進嬌妻美妾，或另闢外室供養女人。

【金碧輝煌】jīnbìhuīhuáng 金碧，金黃色和碧綠色。形容建築物等富麗堂皇或色彩鮮豔明亮。

【金蟬脱殼】jīnchántuōqiào 蟬變為成蟲時要脱去一層殼。比喻用計脱身，使人不能及時發覺。

1 **釓(钆)** gá 粵gaa[1]家 稀土金屬元素，符號 Gd。銀白色，超導性能良好，原子能工業上用作反應堆的結構材料。

1 **釔(钇)** yǐ 粵jyut[3]乙 稀土金屬元素，符號 Y。呈灰黑色粉末狀。可用於微波技術、製特種玻璃和合金等。

2 **釘(钉)** ㈠ dīng 粵ding[1]丁/deng[1]盯 ①釘子◇鐵釘。②緊隨不捨；看住◇釘梢｜釘住對方中鋒。③緊逼；催促◇釘問｜釘着病人吃藥。

㈡ dìng 粵ding[1]丁/deng[1]盯 ①用釘子固定東西◇釘馬掌。②用針線縫住◇釘被子。

【釘子】dīngzi ① 金屬或竹木等製成的細條形尖頭物件。用於固定、連接或懸掛物品等。② 比喻解決問題的障礙◇釘子戶｜碰釘子。③ 比喻暗藏在對方內部的人◇安插在我們內部的釘子。

【釘梢】dīngshāo 同“盯梢”。

2 **針(针)〔鍼〕** zhēn 粵zam[1]斟 ①縫製、編織衣物時用來引線的細而尖的工具，金屬製成◇大海撈針｜只要工夫深，鐵杵磨成針。②形狀像針的東西◇別針｜指針｜松針。③注射的針劑◇打針吃藥。④中醫用特製的金屬針刺入人體穴位治病◇針灸。

【針灸】zhēnjiǔ 中醫針法和灸法的合稱。針法是用特製的金屬針，刺入人體內一定的穴位，運用操作手法以達到治病的目的。灸法是把燃燒的艾絨，溫灼穴位的皮膚表面，利用熱刺激來治病。

【針對】zhēnduì 對準，就着面對的人或問題◇針對問題，採取措施。

【針線】zhēnxiàn ① 針和線◇拿出針線縫了幾針。② 縫紉、刺繡等女紅的總稱◇做針線｜停針線。同 針黹。

【針鋒相對】zhēnfēngxiāngduì 針尖對針尖。比喻雙方尖鋭對立。同 水火不容 反 妥協退讓。

2 **釗(钊)** zhāo 粵ciu[1]超 勸勉。多用於人名。

2 **釙(钋)** pō 粵pok[3]樸 放射性金屬元素，符號 Po，銀白色。

2 **釕(钌)** ㈠ liǎo 粵liu[5]了 金屬元素，符號 Ru。銀灰色，質硬而脆。純釕可以作裝飾品。

㈡ liào 粵liu[6]廖【釕銱兒】liàodiàor 扣住門窗等的鐵扣。

2 **釜** fǔ 粵fu² 苦 古代一種類於鍋子的炊具◇破釜沉舟。

【釜底抽薪】fǔdǐchōuxīn 從鍋底下抽出柴火。比喻從根本上解決問題。反 揚湯止沸、火上澆油。

【釜底游魚】fǔdǐyóuyú 指在鍋底游動的魚。比喻瀕臨絕境的人或物。

3 **釷(钍)** tǔ 粵tou² 土 放射性金屬元素，符號 Th。銀白色，質軟，可製核燃料或做耐火材料、電極等。

3 **釭(釭)** gāng 粵gong¹ 剛 油燈。

3 **釦(扣)** kòu 粵kau³ 扣 ①用金玉等裝飾器物。②同"扣"。紐扣。

3 **釺(钎)** qiān 粵cin¹ 千 一頭尖或扁的鋼棍，是打鑿孔眼的工具。

3 **釧(钏)** chuàn 粵cyun³ 寸 手鐲，鐲子◇金釧|銀釧金釵。

3 **釤(钐)** ㈠shàn 粵sin³ 線 ①長柄大鐮刀◇釤鐮。②割；砍◇釤禾|釤草。
㈡shān 粵saam¹ 衫 放射性稀土金屬元素，符號 Sm。銀白色，質硬。用作鐳射材料、永磁材料等，或用於原子能工業。

3 **釣(钓)** diào 粵diu³ 吊 ①用帶餌的鈎捕捉魚蝦等水生動物◇垂釣。②用手段謀取(名利)◇沽名釣譽。

【釣餌】diào'ěr ① 用來引誘魚類上鈎的食物◇以蚯蚓作釣餌。同 魚餌。② 比喻用來引誘人的事物◇動聽的許諾，不過是誘惑人的釣餌。

3 **釩(钒)** fán 粵faan⁴ 凡 金屬元素，符號 V。銀白色，質堅硬，在常溫中不易氧化。釩與鋼的合金在工業上用途很廣。

3 **釹(钕)** nǚ 粵neoi⁵ 女 稀土金屬元素，符號 Nd。銀白色，在空氣中容易氧化。用來製合金和光學玻璃等，或用作鐳射材料。

3 **釵(钗)** chāi 粵caai¹ 猜 婦女的首飾。由兩股簪子合成、別在髮髻上◇銀釵|荊釵布裙。

4 **鈃(钘)** xíng 粵jing⁴ 形 ①古代盛酒的器皿。②同"鉶"。

4 **鈇(𫓧)** fū 粵fu¹ 夫 鍘刀◇鈇鑕(鍘刀和鍘刀座)。

4 **鈣(钙)** gài 粵koi³ 丐 金屬元素，符號 Ca。銀白色，質軟而輕。鈣是人體不可缺少的元素，其化合物廣泛用於建築和醫藥方面。

4 **鈦(钛)** tài 粵taai³ 太 金屬元素，符號 Ti。銀白色，熔點高，耐腐蝕。鈦合金是新型的結構材料，質硬而輕，主要用來製造飛機、船艦和化工設備等。

4 **鈜(𫓩)** hóng 粵wang⁴ 宏 形容金屬撞擊的聲音。

4 **鈍(钝)** dùn 粵deon⁶ 頓 ①不鋒利◇鈍刀子割肉。②比喻失利、不順利◇成敗利鈍。③不靈敏；笨拙◇遲鈍|頑鈍。

【鈍角】dùnjiǎo 數學名詞。大於直角而小於平角的角。

【鈍拙】dùnzhuō 遲鈍笨拙◇手腳鈍拙｜天性鈍拙。同 愚拙 反 敏捷、靈敏。

【鈍滯】dùnzhì 遲鈍呆滯◇目光鈍滯。

4 **鈚(𬬱)〔鎞〕** pī 粵pai¹ 批 鈚箭，箭頭較薄而闊，箭桿較長。

4 **鈔(钞)** chāo 粵caau¹ 抄 ①紙幣◇現鈔|美鈔。②同"抄"。依照原文寫◇鈔錄|鈔本|詩鈔。

4 **鈉(钠)** nà 粵naap⁶ 納 金屬元素，符號 Na。銀白色，易氧化。鈉和其化合物如食鹽、小蘇打、鹼等在工業上用途很廣。鈉也是人體肌肉和神經組織中的主要成分之一。

4 **鈈(钚)** bù 粵bat¹ 不 放射性金屬元素，符號 Pu。銀白色，化學性質和鈾相似，可作核燃料。

4 **鈑(钣)** bǎn 粵baan² 板 ①餅狀金銀塊。②指板狀金屬材料◇鋼鈑|鋁鈑。

4 **鈐(钤)** qián 粵kim⁴ 鉗 ①鎖。比喻管束◇不服鈐束。②古代低級官吏所用的印◇鈐記|接鈐任事。③蓋章；蓋印◇用印鈐蓋。

【鈐印】qiányìn ① 蓋章；蓋印◇老畫師在下款後鄭重鈐印。② 印章印在紙上的痕跡◇鈐印一方，模糊不辨。

【鈐記】qiánjì ① 古代低級官吏所用的印。後也泛指公章。(同) 印記、印信。② 泛指印章◇名人鈐記。

4 **鈞(钧)** jūn 粵gwan1 軍 ①古代重量單位，合三十斤◇千鈞一髮。②製作陶器所用的轉輪◇陶鈞。③敬辭。用於稱尊長或上級◇鈞命|鈞鑒。

4 **鈎(钩)〔鉤〕** gōu 粵ngau1 勾 ①古代兵器。像劍而彎曲◇鈎戟|吳鈎。②鈎子，探取、連接或懸掛器物的用具，形狀彎曲◇釣鈎|掛鈎|衣鈎。③鈎取；鈎掛◇把牀底的鞋子鈎出來|她用一隻手鈎着母親的脖子。④探求；求取◇鈎沉(鈎取散失的東西)。⑤漢字的一種筆畫，如"亅、乛、乚"等。⑥鈎形符號(✓)，一般作為"正確、確定"的標誌。⑦用鈎針編織◇鈎毛衣。⑧縫紉方法。用針線來回地縫◇鈎花邊。⑨某些場合報數時代替"9"◇洞鈎(09)。

【鈎心鬥角】gōuxīn dòujiǎo 唐代杜牧《阿房宮賦》:"廊腰縵迴，簷牙高啄，各抱地勢，鈎心鬥角。"鈎、鬥，鈎連結合；心、角，宮室的中心和簷角。本指宮室結構錯綜交叉，後比喻人與人之間各用心機、明爭暗鬥。

4 **鈁(钫)** fāng 粵fong1 方 ①古代青銅方形壺，用來盛酒。②放射性金屬元素，符號Fr。

4 **鈧(钪)** kàng 粵kong3 抗 稀土金屬元素，符號 Sc。銀白色，質軟，易溶於酸。用來製造特種玻璃、輕質耐高溫合金等。

4 **鈥(钬)** huǒ 粵fo2 火 稀土金屬元素，符號Ho。銀白色，有光澤。可作真空管的吸氣劑。

4 **鈄(钭)** tǒu 粵dau2 抖 姓。

4 **鈕(钮)** niǔ 粵nau2 扭 ①同"紐"。紐扣。②器物上起調節或開關作用的部件◇旋鈕|電鈕|按鈕。③姓。

4 **鈀(钯)** 〈一〉bǎ 粵baa2 把 金屬元素，符號Pd。銀白色，化學性質不活潑，能大量吸附氫氣。用作氫化或脱氫的催化劑。其合金可製電器儀錶、牙科材料等。

〈二〉pá 粵paa4 爬 同"耙"。

5 **鈺(钰)** yù 粵juk6 肉 ①堅硬的金屬。②珍寶。

5 **鉦(钲)** zhēng 粵zing1 精 古代一種銅製打擊樂器，行軍時用來調整步伐◇敲鉦擊鼓。

5 **鉗(钳)** qián 粵kim4 黔 ①鉗子。夾住或夾斷東西的工具◇鉗子|老虎鉗。②用鉗子夾◇鉗鉛絲。③控制；約束◇鉗制。

【鉗制】qiánzhì 用強力限制，使不能自主行動◇鉗制言論|部隊實施正面鉗制和翼側突擊。(同) 壓制。

【鉗口結舌】qiánkǒu jiéshé 用鐵圈圈住嘴，把舌頭捆起來。形容懾於威勢，不敢説話。(同) 噤若寒蟬、緘口結舌。

5 **鈷(钴)** gǔ 粵gu2 古 金屬元素，符號Co。銀白色的結晶，用於製造特種鋼和超耐熱合金，放射性鈷可以代替鐳治療惡性腫瘤。

5 **鉅(钜)** jù 粵geoi6 具 ①硬鐵。②鈎子。③同"巨"。大。

【鉅子】jùzǐ 各學派、行業的頭面人物或代表人物◇政界鉅子|商業鉅子。(同) 巨頭。

5 **鉥(鉥)** shù 粵seot6 術 長針。

5 **鉕(钷)** pǒ 粵po2 頗 人工獲得的放射性稀土金屬元素，符號Pm。銀白色，用於製造熒光粉、航標燈等。

5 **鈸(钹)** bó 粵bat6 拔 銅製打擊樂器。圓形，中間隆起處有孔，兩片相擊發聲。鈸在地方音樂及管弦樂隊中應用廣泛。

5 **鉞(钺)** yuè 粵jyut6 月 古代兵器。形狀像板斧而略大，有長柄。多用於儀仗◇斧鉞。

5 **鉏(鉏)** 〈一〉chú 粵co4 鋤 同"鋤"。

〈二〉jǔ 粵zeoi2 嘴 【鉏鋙】jǔyǔ同"齟齬"。對不上，合不到一起。比喻意見不合，互相抵觸。

5 **鉬(钼)** mù 粵muk6 木 金屬元素，符號Mo。銀白色，質堅韌，耐腐蝕。用來製造特種鋼、電子器件等。

5 **鉭(钽)** tǎn 粵taan2 毯 金屬元素，符號Ta。銀白色，熔點高，極堅硬，耐腐蝕。用於製造化工器材、電器元件、切削刀具和鑽頭等。

5 **鉀(钾)** jiǎ 粵gaap3 甲 金屬元素，符號K。銀白色，容易氧化。對動植物生長和發育有很大作用，其化合物在工農業上用途很廣。

5 **鈾(铀)** yóu 粵jau4 由 放射性金屬元素，符號U。灰黑色或銀白色，化學性質活潑。鈾在自然界中分佈極少，是產生原子能的重要元素。

5 **鈿(钿)** 〈一〉diàn 粵din6 電 ①古代用金銀珠寶等鑲成的花朵形首飾◇花鈿｜翠鈿。②用金、銀、貝殼之類鑲嵌器物◇木龕以金銀五香木雜鈿之。

〈二〉tián 粵tin4 田 方言。錢◇銅鈿｜房鈿。

5 **鉑(铂)** bó 粵bok6 薄 金屬元素，符號Pt。銀白色，富有延展性，導熱、導電性能好，化學性質穩定。可製坩堝、電極等，或作催化劑。俗稱白金。

5 **鈴(铃)** líng 粵ling4 零 ①用金屬製成的響器。像鐘而小，內有舌或丸，振動發聲◇風鈴｜銅鈴。②泛指用於提醒、告知或呼喚的音響器具◇電鈴｜鈴聲四起。③形狀像鈴的東西◇槓鈴｜啞鈴｜棉鈴。

5 **鉛(铅)〔鈆〕** 〈一〉qiān 粵jyun4 元 ①金屬元素，符號Pb。青灰色，質軟耐腐蝕，用來製造合金、蓄電池、電纜的外皮和防X射線的裝置等。②用石墨等物做的筆芯◇鉛筆。

〈二〉yán 粵jyun4 元 用於地名，如鉛山(在江西)。

5 **鉚(铆)** mǎo 粵maau5 牡 ①器物接榫的地方凹入的部分◇一鉚頂一楔｜釘是釘，鉚是鉚。②用鉚釘連接金屬構件◇鉚接｜鉚工。③方言。集中(全力)◇咱們得鉚足勁兒幹。

5 **鈰(铈)** shì 粵si5 市 稀土金屬元素，符號Ce。灰色，質軟，化學性質活潑。用作還原劑和製造合金等。

5 **鉉(铉)** xuàn 粵jyun5 遠 穿在鼎的兩耳中用以扛鼎的器具◇金鉉鼎。

5 **鉈(铊)** 〈一〉tuó 粵to4 駝 秤錘◇秤不離鉈。

〈二〉tā 粵taa1 他 金屬元素，符號Tl。白色，質軟，易溶於硝酸，不溶於鹼。用來製合金、光電管、溫度計及光學玻璃等。鉈的化合物有毒。

5 **鉍(铋)** bì 粵bit1 必 金屬元素，符號Bi。白色或粉紅色，質軟。鉍合金熔點很低，可做保險絲和汽鍋上的安全塞等。

5 **鈮(铌)** ní 粵nei4 尼 金屬元素，符號Nb。有光澤，質硬，化學性質穩定。主要用於製造耐高溫的合金鋼、電子管等。

5 **鈹(铍)** 〈一〉pī 粵pei1 披 ①古代兵器。形狀像刀，兩邊有刃。②中醫針砭用的長針◇鈹針。

〈二〉pí 粵pei4 皮 金屬元素，符號Be。灰白色，質硬而輕。鈹鋁合金用於製造飛機、火箭等。

6 **銎** qióng 粵kung4 窮 斧子上安柄的孔◇銎孔。

6 **銜(衔)** xián 粵haam4 咸 ①口裏含着；用嘴叼着◇春燕銜泥｜口銜煙斗。②心裏懷着◇銜悲。③相連接◇前後銜接。④官階、職務等級或稱號◇軍銜｜官銜｜頭銜。

【銜枚】xiánméi 枚，類似筷子，兩端有帶，可繫於頸上。古代軍隊進行祕密行動時，在士兵口中勒上枚，禁止發聲。

【銜恨】xiánhèn 含恨，心中懷着怨忿或悔恨◇沉冤未雪，銜恨而終。

【銜冤】xiányuān 含冤，冤屈得不到昭雪◇負屈銜冤。

【銜接】xiánjiē 互相連接◇幾項計劃銜接不起來｜這個課程是為銜接大學而設。

6 **鈲(𬬿)** pì 粵pik1 僻 裁截；割裂。

6 **銬(铐)** kào 粵kaau3 靠 ①鎖住手腕的刑具◇手銬腳鐐。②給人戴上手銬◇反銬住雙手。

6 **銠(铑)** lǎo 粵lou5 老 金屬元素，符號Rh。銀白色，質硬耐磨。常鍍在探照燈的反光鏡上，也可製合金或作催化劑。

6 **鉺(铒)** 〈一〉èr 粵ji5 耳 鈎形飾物◇扇鉺。

〈二〉ěr 粵ji5 耳 稀土金屬元素，符號Er。銀白色，質軟。用於製造有色玻璃、陶瓷等，也能使水分解。

6 **鉷(𬭎)** hóng 粵hung4 紅 弩弓上射箭的裝置。

6 **銪（铕）** yǒu 粵jau5 有 稀土金屬元素，符號Eu。銀白色，化學活性很強。用作核反應堆的中子吸收劑、彩色電視機的熒光粉和鐳射材料等。

6 **鋮（铖）** chéng 粵sing4 乘 用於人名。明末有阮大鋮。

6 **銍（铚）** zhì 粵zat6 疾 ①短的鐮刀。②割禾穗。

6 **銅（铜）** tóng 粵tung4 同 ①金屬元素，符號Cu。五金之一，富延展性，導電導熱性能強。銅的合金是重要的工業原料，用途廣泛。②指錢◇銅臭。③比喻堅固◇銅牆鐵壁。

【銅臭】 tóngxiù 銅錢的臭味。用來譏諷只重錢財、唯利是圖的人◇你怎麼沾染了一身銅臭。

【銅錢】 tóngqián ① 古代銅質的輔幣。圓形，中有方孔。② 方言。泛指錢。

6 **銱（铞）** diào 粵diu3 吊 見"釕銱兒"。

6 **銦（铟）** yīn 粵jan1 因 金屬元素，符號In。銀白色，質軟，熔點低，能拉成細絲。可用作低熔合金、電光源、半導體的原料。

6 **銖（铢）** zhū 粵zyu1 朱 ①古代重量單位。約二十四銖等於舊制一兩◇錙銖必較。②泰國的本位貨幣。

6 **銑（铣）** 〈一〉xiǎn 粵sin2 冼 ①最有光澤的金屬。②初煉的鐵◇銑鐵（生鐵）。

〈二〉xǐ 粵sin2 冼 用一種能旋轉的多刃刀具切削金屬材料◇銑工｜銑刀。

6 **銩（铥）** diū 粵diu1 丟 稀土金屬元素，符號Tm。銀白色，質軟，用來製造不需電源的簡易X射線機等。

6 **銛（铦）** xiān 粵cim1 簽 ①銳利的兵器◇刀銛在前，鼎鑊在後。②鋒利◇銛利。

6 **銓（铨）** quán 粵cyun4 全 ①稱量◇手銓輕重。②衡量◇銓衡｜銓度。③古代選拔官吏◇銓選｜銓授。

【銓選】 quánxuǎn 選才授官◇銓選考試。

6 **鉿（铪）** 〈一〉jiā 粵hap6 合 象聲詞。鑽穿堅固東西的聲音；擊打樂器的聲音。

〈二〉hā 粵haa1 蝦 金屬元素，符號Hf。熔點高，用作X射線管的陰極、核反應堆中的中子吸收劑等。

6 **銚（铫）** 〈一〉diào 粵diu6 掉 一種帶柄有嘴的小鍋，口小肚深。舊時多用於燒水、煎藥◇水銚子｜藥銚。

〈二〉yáo 粵jiu4 搖 古代一種大鋤。

〈三〉yáo 粵tiu4 條 矛◇長銚利兵。

6 **鉻（铬）** gè 粵gok3 各 金屬元素，符號Cr。銀白色，質硬而脆，耐腐蝕。用於電鍍或製造合金等。

6 **銘（铭）** míng 粵ming4 名/ming5 茗 ①在器物上刻字記事◇銘鏤｜在青銅器銘文。②刻在器物、碑碣等上面的紀念或警示性文字◇陋室銘｜墓誌銘。③感受深刻，永記不忘◇銘刻。

【銘心】 míngxīn 永遠記在心中◇刻骨銘心。同 銘刻、銘記。

【銘刻】 míngkè ① 在金石器物上面刻文字或圖案。② 牢牢記住，感念不忘◇銘刻在心。

【銘記】 míngjì 牢牢地記住◇銘記老師的教誨。

6 **銫（铯）** sè 粵sik1 色 金屬元素，符號Cs。銀白色，熔點低，在所有金屬中質最軟，化學性質極活潑。用於製造光電管和高精度原子鐘等。

6 **鉸（铰）** jiǎo 粵gaau2 狡 ①用剪刀剪◇鉸辮子。②用鉸刀切削◇鉸孔。③指鉸鏈◇鉸接。

【鉸刀】 jiǎodāo ① 剪刀。② 金屬切削刀具。用來加工工件上的孔，提高其精度和光潔度。

【鉸鏈】 jiǎoliàn 連接機械、門窗、器物的兩個部分的裝置或零件，所連接的部分能繞着鉸鏈的軸轉動。

6 **銥（铱）** yī 粵ji1 衣 金屬元素，符號Ir。銀白色，質硬而脆。可用來製造科學儀器、筆尖等。

6 **銃（铳）** chòng 粵cung3 充3 ①舊時用火藥發射彈丸的管形火器◇火銃｜鳥銃。②銃子，用金屬做成的打眼器具◇鐵銃。

6 **銨（铵）** ǎn 粵on[1]/ngon[1] 安 由氨衍生而成的帶正電荷的基，即銨離子，也叫銨根。含有此基的化合物有氯化銨、硫酸銨等。

6 **銀（银）** yín 粵ngan[4] 垠 ①金屬元素，符號Ag。白色，導電、導熱性能極強，用途很廣，主要用於電鍍，製造器皿、貨幣等。②貨幣或與貨幣有關的◇銀行｜抽緊銀根。③像銀子的顏色◇一頭銀髮｜火樹銀花。

【銀芽】yínyá ① 豆芽菜。② 泛指各類植物的嫩芽◇碧螺茶銀芽。

【銀河】yínhé 晴天夜空出現的銀白色光帶，看上去像一條銀色的河，故名。是由許許多多的恆星、星雲、星團等物質構成的星系◇飛流直下三千尺，疑是銀河落九天。同 天河、河漢、銀漢。

【銀紙】yínzhǐ ① 塗上銀粉的紙。多用於宗教和祭祀活動。② 方言。紙幣，鈔票。

【銀彈】yíndàn ① 比喻金錢的力量◇用銀彈左右局勢。② 比喻用金錢賄賂的手段◇用銀彈攻下了腐敗官員。

【銀錠】yíndìng ① 熔鑄成錠的白銀。也特指銀元寶。② 用錫箔摺成或糊成的假元寶，焚化給鬼神享用。

【銀樣鑞槍頭】yínyàng làqiāngtóu 銀樣，好看；鑞槍頭，不中用。表面看來很像樣，實際上中看不中用。鑞，錫和鉛的合金，色如白銀，質地很軟。

6 **铷（铷）** rú 粵jyu[4] 餘 金屬元素，符號Rb。銀白色，質軟而輕，熔點低，可用來製造光電管、真空管等。铷的碘化物可供藥用。

7 **鋬** pàn 粵paan[3] 盼 提梁，器物上供手提的部分。

7 **鋆** yún 粵wan[4] 雲 金子。

7 **鋩（铓）** máng 粵mong[4] 忙 刀劍等利器的尖鋒◇劍鋩。

7 **銶（銶）** qiú 粵kau[4] 求 古代一種鑿子。

7 **鋪（铺）** 〈一〉pū 粵pou[1] 普[1] ①展開；攤開◇鋪牀｜鋪地毯。②鋪設◇鋪路｜鋪鐵軌。③敍述◇平鋪直敍。④量詞。用於炕或牀◇一鋪炕。

〈二〉pù 粵pou[3] 普[3] ①商店◇店鋪｜藥鋪。②古代驛站。今多用於地名◇十六鋪。

〈三〉pù 粵pou[1] 普[1] 牀位；牀◇牀鋪｜卧鋪。

【鋪位】pùwèi ① 設有牀鋪的位置。多指輪船、火車、旅館等為旅客安排的。同 牀位。② 方言。指獨立的商用單元◇商場鋪位。

【鋪砌】pūqì 用磚石等覆蓋地面或建築物的表面，使平整美觀◇石板鋪砌的小路｜大理石鋪砌的台階。

【鋪陳】pūchén ① 展開敍述，陳説◇向當局鋪陳政事。② 陳設；佈置；鋪開來展示◇把各色鑽戒鋪陳到枱面上。③ 講排場，擺闊氣◇替女兒辦婚事極盡鋪陳。④ 方言。指被褥等卧具◇要了兩牀鋪陳。

多樣表達：鋪陳
陳述 敍述 敍事 鋪敍 順敍 倒敍 追敍 插敍 補敍

【鋪設】pūshè 鋪（鐵軌、管線）；修（鐵路）◇鋪設地下管道。同 敷設。

【鋪張】pūzhāng ① 渲染誇張◇描寫得很鋪張。② 過分講究排場◇婚宴辦得太鋪張了。

【鋪蓋】〈一〉pūgài 覆蓋；平鋪着蓋住◇被子鋪蓋在身上叫人懶洋洋的不想動。

〈二〉pūgai 褥子和被子◇打開鋪蓋睡覺｜捲鋪蓋回家。

【鋪頭】pùtou 方言。設有門面出售商品的處所。同 商鋪。

7 **鋙（铻）** 〈一〉yǔ 粵jyu[5] 雨 見"鉏鋙"。〈二〉wú 粵ng[4] 吳 見"錕鋙"。

7 **鋏（铗）** jiá 粵gaap[3] 甲 ①夾取東西的金屬工具◇鐵鋏子。②劍；劍柄◇長鋏歸來乎，食無魚！

7 **鋱（铽）** tè 粵tik[1] 惕 稀土金屬元素，符號Tb。銀灰色，有毒。鋱的化合物可用作殺蟲劑，也可治療某些皮膚病。

7 **鋣（铘）** yé 粵je[4] 耶 見"鏌鋣"。

7 **銷（销）** xiāo 粵siu[1] 消 ①熔化金屬◇銷熔。②消除；解除◇勾銷｜撤銷。③賣出◇供銷｜脱銷。④消費；花費◇花銷｜開銷｜銷金窟。⑤銷子，能插入器物起固定作用

的小圓棍◇插銷|銷釘。⑥插上銷子◇把門窗銷上。

【銷行】xiāoxíng 向各地銷售◇銷行全國|新書總計銷行了一百多萬冊。

【銷售】xiāoshòu 賣出商品◇商品銷售一空|銷售旺季。

【銷路】xiāolù ①(貨物)銷售的出路◇努力拓展銷路。②銷售的狀況◇新產品銷路極好。

【銷毀】xiāohuǐ 熔化毀掉、燒掉;毀滅掉◇銷毀核武器|罪證被銷毀了。

【銷贓】xiāozāng ①銷售贓物。②銷毀贓物◇銷贓毀證。

【銷聲匿跡】xiāoshēng nìjì 同"消聲匿跡"。銷,消失。隱藏起來,不公開露面或不再出現。

7 **鋥(锃)** zèng 粵caang3 撐3 器物經摩擦後閃光耀眼◇鋥亮。

7 **鋇(钡)** bèi 粵bui3 貝 金屬元素,符號Ba。銀白色,質軟,易氧化。用於製作去氧劑和高級白色顏料。

7 **鋤(锄)〔鉏耡〕** chú 粵co4 耡 ①除草、鬆土用的農具◇鋤頭|鐵鋤。②用鋤除草、鬆土◇鋤禾日當午,汗滴禾下土。③除掉,鏟除◇鋤強扶弱。

【鋤奸】chújiān 鏟除內部通敵的奸細◇鋤奸懲惡。

7 **鋰(锂)** lǐ 粵lei5 理 金屬元素,符號Li。銀白色,質軟,在金屬中比重最輕。用於原子能和冶金工業、製造特種合金等。

7 **鋁(铝)** lǚ 粵leoi5 呂 金屬元素,符號 Al。銀白色,質輕堅韌,導電、導熱性能好。鋁合金可作飛機、汽車、火箭等的結構材料,也用於製作日用器皿。

7 **鋯(锆)** gào 粵gou3 告 金屬元素,符號Zr。灰色,質硬,熔點高,耐腐蝕。緊密壓製的純鋯用作核反應堆的鈾棒外套,鋯基合金是重要的耐腐蝕化工材料。

7 **鋨(锇)** é 粵ngo4 鵝 金屬元素,符號 Os。灰藍色,質硬而脆。鋨和銥的合金用於製造鐘錶和儀器中的軸承、筆尖等。

7 **鋌(铤)** 〈一〉dìng 粵ding3 丁3 鑄成條塊的金屬◇白金一鋌。

〈二〉tǐng 粵ting5 挺 形容疾走的樣子◇鋌而走險。

7 **銹(锈)〔鏽〕** xiù 粵sau3 秀 ①金屬表面因受潮氧化而形成的物質◇鐵銹。②生銹◇刀銹得厲害。③像銹的東西◇水銹|茶銹。

【銹病】xiùbìng 植物的一種病害,會造成減產。由真菌引起,葉子和莖出現鐵銹色斑點。

7 **銼(锉)〔剉〕** cuò 粵co3 錯 ①銼刀,一種手工用的磨器◇木銼|鋼銼。②用銼刀磨◇銼平。

7 **鋝(锊)** lüè 粵lyut3 劣 古代重量單位。一鋝約合187.5克。

7 **鋒(锋)** fēng 粵fung1 風 ①刀劍等兵器的尖端◇劍鋒|刀鋒。②器物的尖端部分◇筆鋒。③居於前列的人◇前鋒|先鋒。④比喻説話或文章所顯示出的鋭氣◇談鋒|詞鋒。

【鋒刃】fēngrèn 刀劍等器物的尖端和刃口◇匕首的鋒刃上有個小缺口。

【鋒芒】fēngmáng ①鋒刃。比喻鬥爭的矛頭◇鋒芒所向。②指書法、繪畫的筆鋒。③比喻鋭利的氣勢和顯露的才華◇鋒芒初露。④比喻言辭尖鋭、所向犀利◇她感受到那句話的鋒芒。

【鋒利】fēnglì ①兵器、工具等頭尖或刃薄,容易刺入或切割其他物體。㊂尖利、鋭利。②指言論、文筆犀利有力◇言辭鋒利。㊂尖鋭、犀利。

【鋒芒畢露】fēngmángbìlù 形容傲氣十足,鋭盛之氣逼人。㊀沉默寡言。

7 **鋅(锌)** xīn 粵san1 身 金屬元素,符號Zn。淺藍白色,用於製合金、鍍鐵板等。

7 **鋭(锐)** ruì 粵jeoi6 裔 ①尖;鋒利◇尖鋭|鋭而不挫。②指鋭利的兵器◇披堅執鋭。③勇往直前的◇鋭氣。④勇往直前的氣勢◇養精蓄鋭。⑤疾速;急劇◇鋭進|鋭增。⑥急切;迫切◇鋭意革新。⑦靈敏◇敏鋭。

【鋭利】ruìlì ①(鋒、刃等)又尖又快◇鋭利的小刀|鋭利的鷹爪。②(目光、言論等)尖鋭◇目光鋭利|筆鋒鋭利。

【鋭減】ruìjiǎn 急劇減少◇野生動物數量鋭

減｜客流銳減。㊀暴增、暴長。

【銳意】ruìyì 願望迫切◇銳意進取。

【銳不可當】ruìbùkědāng 當，抵擋。勇往直前的氣勢，不可抵擋。㊂勢如破竹 ㊀草木皆兵。

7 **銻（锑）** tī 粵tai1 梯 金屬元素，符號 Sb。銀灰色，質硬。多用於化學工業和醫藥上。銻的合金可用來製造軸承等。

7 **鋃（锒）** láng 粵long4 郎【鋃鐺】lángdāng ①鎖繫囚犯的鐵鏈◇鋃鐺入獄｜拖着沉重的鋃鐺。②鐵鏈發出的響聲◇橋邊鐵鏈，鋃鐺作響。

7 **鋟（锓）** qǐn 粵cim1 簽 刻；特指雕刻書版◇鋟版｜鋟刻工致。

7 **鋦（锔）** (一) jū 粵guk1 谷 ①鋦子。一種兩端彎曲的釘子，用以接合破裂的器物。②用鋦子把破裂的器物依照原樣固定好◇鋦鍋｜鋦碗。

(二) jú 粵guk6 局 人工獲得的放射性金屬元素，符號 Cm。銀白色，可用作人造衛星和太空船的熱電源。

7 **鋈** wù 粵juk1 旭 ①白銅、白銀之類的白色金屬。②鍍◇鋈金。

8 **錆（锖）** qiāng 粵coeng1 昌【錆色】qiāngsè 某些礦物表面的氧化膜所呈現的色彩。

8 **錶（表）** biǎo 粵biu1 標/biu2 表 計時的器具，比鐘小，可隨身攜帶◇手錶｜懷錶。

8 **鋹（张）** chǎng 粵cong2 廠 銳利。

8 **鍺（锗）** zhě 粵ze2 者 金屬元素，符號 Ge。灰白色，質脆，有單向導電性，自然界分佈極少。是重要的半導體材料。

8 **錤（锘）** jī 粵gei1 機 見"鎡錤"。

8 **錯（错）** (一) cuò 粵co3 挫 ①不正確◇錯字｜陰錯陽差。②過失◇過錯｜出錯。③岔開，使不碰上或不衝突◇錯開時間。④壞；差。只用於否定◇字寫得不錯｜人品不錯。

(二) cuò 粵cok3 剒 ①打磨玉器的石頭◇他山之石，可以為錯。②打磨玉器◇不琢不錯，不離礫石。③互相摩擦◇上下牙錯得很響。④用金銀鑲嵌、裝飾◇黃金錯刀。⑤交叉；間雜◇錯綜｜錯雜。⑥雜亂；參差◇錯亂｜錯落。

【錯失】cuòshī ①錯誤；失誤◇若有錯失，也不可責罵。②錯過，失去（時機）◇錯失良機｜不容錯失的商機。

【錯怪】cuòguài 因誤會而錯誤地責怪人◇對不起，錯怪了你。

【錯愕】cuò'è 事發突然或事出意外，感到很驚愕。

【錯落】cuòluò ①不規則地分佈。②交錯紛雜◇錯落有致。③錯雜，間雜◇寺廟依山而建，蒼松翠柏錯落其間。

【錯愛】cuò'ài 謙辭。表示受到對方的恩惠、愛護或憐愛◇承您錯愛，十分感謝。

【錯亂】cuòluàn 沒有次序；失去常態◇前後錯亂｜精神錯亂。㊂失常、反常。

【錯誤】cuòwù ①不正確；與實際不符◇判斷錯誤｜錯誤的詮釋。②不正確的認知或行為◇人要勇於承認錯誤。

【錯綜】cuòzōng 交錯聚合◇錯綜複雜｜枝葉錯綜，繁花似錦。

【錯覺】cuòjué 錯誤的感覺；錯誤的認知、看法◇產生錯覺｜現實糾正了以前的錯覺。

8 **錛（锛）** bēn 粵ban1 奔 ①錛子，砍削木料的工具。柄較長，與刃具垂直成丁字形。刃具扁而寬，使用時向下向裏用力。②用錛子砍削◇錛木頭。③用類似錛的工具挖掘◇用鎬錛地。④刀斧等的刃出現缺口◇用力過猛，把斧子錛了。

8 **錡（锜）** (一) qí 粵kei4 其 ①古代的一種三腳鍋◇錡釜。②古代的一種鑿子。

(二) yǐ 粵ji2 綺 懸掛弓弩的架子。

8 **錸（铼）** lái 粵loi4 來 金屬元素，符號Re。銀白色，熔點高，電阻高，機械性能良好。用於製造電燈燈絲、耐腐蝕耐高温的合金，或用作催化劑。

8 **錢（钱）** qián 粵cin4 前 ①銅錢◇一吊錢｜一枚古錢。②泛指貨幣◇一分錢。③款項；費用◇工錢｜車錢。④財物◇有錢有勢。⑤形狀像錢的東西◇紙錢｜榆錢兒。⑥市制重量單位。十錢等於一兩。⑦姓。

【錢財】qiáncái 金錢和財物的統稱◇騙人錢財｜貪圖錢財。

【錢鈔】qiánchāo 指錢◇錢鈔當面點清｜家裏所寄錢鈔不夠日常開銷。

【錢糧】qiánliáng ① 貨幣和糧食。② 田賦；租稅◇早完錢糧｜廣收錢糧。

8 **鍀(锝)** dé 粵dak[1] 得 人工獲得的放射性金屬元素，符號 Tc。是良好的超導體。

8 **錁(锞)** kè 粵gwo[2] 果 金銀鑄成的用作貨幣的小錠◇銀錁｜金錁子。

8 **錕(锟)** kūn 粵kwan[1] 昆【錕鋙】kūnwú 古書上記載的山名。相傳所產的鐵鑄刀劍可切玉，因此也指寶刀或寶劍◇錕鋙劍利。

8 **鍆(钔)** mén 粵mun[4] 門 人工獲得的放射性金屬元素，符號 Md。

8 **錫(锡)** xī 粵sik[3] 色[3]/sek[3] 石[3] ①金屬元素，符號 Sn。銀白色，富有延展性。用於鍍鐵、焊接或製造合金等◇錫壺｜錫紙｜焊錫。②指江蘇無錫◇錫劇。③僧人用的錫杖的簡稱。

【錫箔】xībó ① 塗有一層薄錫的紙。多做成元寶形，焚化給亡靈享用。② 錫紙，銀白色的金屬紙。

8 **錮(锢)** gù 粵gu[3] 故 ①用金屬熔液填塞空隙。②禁錮。③閉塞。

8 **鋼(钢)** 〈一〉gāng 粵gong[3] 絳 鐵和碳的合金，含碳量小於 2%，比熟鐵更富彈性，是極重要的工業材料。

〈二〉gàng 粵gong[3] 絳 ①磨（刀口）◇把刀鋼一鋼。②把鈍刀等刀具回火加鋼◇斧子捲了刃，該鋼了。

【鋼筋】gāngjīn 混凝土建築中作骨架的鋼條。可以增加混凝土的抗拉強度。

【鋼鐵】gāngtiě ① 鋼和鐵的合稱。有時專指鋼。② 比喻堅固◇鋼鐵長城。③ 比喻堅強◇鋼鐵戰士。

【鋼鏰兒】gāngbèngr 小面額的金屬硬幣。幣值多為分、角、圓。

8 **錐(锥)** zhuī 粵zeoi[1] 追 ①錐子，有尖頭的鑽孔工具◇針錐｜錐處囊中。②用錐子刺或用錐子形的工具鑽◇錐股｜錐探。③形狀像錐子的東西◇冰錐｜毛錐（毛筆）。④數學名詞。指圓錐◇錐體｜錐面。

【錐股】zhuīgǔ《戰國策・秦策一》載："（蘇秦）讀書欲睡，引錐自刺其股。" 後形容發憤苦讀。

8 **錦(锦)** jǐn 粵gam[2] 感 ①有彩色花紋的絲織品◇織錦｜錦衾繡枕。②比喻美好的事物◇集錦｜什錦。③形容色彩鮮豔華麗◇錦霞｜錦繡江山。④舊時書信中的敬辭◇錦註｜錦念。

【錦標】jǐnbiāo 錦製的旗幟。古時贈給競渡的領先者。今泛指獎給競賽優勝者的獎品。

【錦繡】jǐnxiù ① 精美華麗的絲織品。② 比喻美麗或美好◇錦繡河山｜錦繡前程。

【錦上添花】jǐnshàngtiānhuā 在有彩色花紋的絲織品上再繡花。比喻美上加美，好了更好。㊀ 雪中送炭。

8 **鍁(锨)** xiān 粵hin[1] 牽 掘土或鏟東西用的工具，有板狀的頭，用鋼鐵或木頭製成，後面安有把手。

8 **錚(铮)** 〈一〉zhēng 粵zang[1] 憎 見"錚錚"。〈二〉zhèng 粵zang[1] 憎 方言。形容器物表面光亮耀眼◇錚亮。

【錚錚】zhēngzhēng ① 金屬、玉器相撞擊的聲音；樂器發出的聲音◇金石錚錚｜五弦錚錚。② 比喻剛強◇錚錚鐵骨｜錚錚誓言。

8 **錇(锫)** péi 粵pui[4] 陪 人工獲得的放射性金屬元素，符號 Bk。

8 **錈(锩)** juǎn 粵gyun[2] 卷 刀劍的鋒刃捲曲◇刀口錈了。

8 **錟(锬)** tán 粵taam[4] 談 長矛。

8 **錠(锭)** dìng 粵ding[3] 丁[3] ①舊時用作貨幣的金塊、銀塊◇金錠｜銀錠。②成塊狀的金屬或藥物◇鋼錠｜鋁錠。

8 **鋸(锯)** jù 粵geoi[3] 句/goe[3] ①薄鋼片製成的有許多尖齒的切分工具，用以斷開木料、鋼材等◇鋸子｜鋼鋸｜電鋸。②用鋸子斷開◇鋸木頭。

8 **錳(锰)** měng 粵maang[5] 猛 金屬元素，符號 Mn。銀白色，主要用來製造錳鋼、錳銅等合金。

8 **錄(录)** lù 粵luk6 六 ①記載；抄寫◇記錄|謄錄。②記載的文字或簿冊◇目錄|回憶錄|備忘錄。③採用；任用◇選錄|收錄|錄用。④用儀器記錄（聲音、圖像等）◇錄音|錄像。

【錄取】lùqǔ ① 通過考核選定合格者◇擇優錄取|獲大學錄取。② 記錄摘取◇隨手錄取有用的材料。③ 訊問取得並記錄下來◇錄取口供。

【錄像】lùxiàng ① 用專門設備把圖像、語音和音樂等記錄下來。② 錄製成的影像◇播放錄像。同 錄影。

8 **錒(锕)** ā 粵aa3/ngaa3 亞 放射性金屬元素，符號 Ac。由鈾衰變而成。

8 **錣([钅叕])** zhuì 粵zeoi3 最 趕馬杖上端用來刺馬的鐵針。

8 **錙(锱)** zī 粵zi1 之 古代重量單位，一兩的四分之一◇錙銖必較。

9 **[金泉]([钅泉])** xiàn 粵sin3 扇 金屬線。

9 **鍥(锲)** qiè 粵kit3 揭 用刀子刻；雕刻◇鍥石鑿池。

【鍥而不捨】qiè'érbùshě 原指雕刻一件器物，一直刻下去不放手。比喻有恆心，堅持不懈。反 一曝十寒。

9 **鍩(锘)** nuò 粵nok6 諾 人工獲得的放射性金屬元素，符號 No。

9 **鍈(锳)** yīng 粵jing1 英 鈴聲◇丁丁鍈鍈的銀鐘聲，歡快悅耳。

9 **錨(锚)** máo 粵maau4 矛/naau4 撓4 鐵製的爪鈎形停船器具，用鐵鏈連在船上。停船時拋到水底或岸邊，用以穩定船舶◇鐵錨|拋錨。

9 **鍇(锴)** kǎi 粵kaai2 楷/gaai1 佳 好鐵；精鐵◇鍇鐵快刀。

9 **鎪(锼)** sōu 粵sau2 手 ①鏤刻（木材）◇雕鎪。②侵凌；侵蝕◇霜風鎪病骨。

9 **鍘(铡)** zhá 粵zaap6 習 ①一種裝着樞紐、可以扳轉切割的刀具，主要用於切草。古代也用作處決人的刑具◇銅鍘|虎頭鍘。②用鍘刀切◇鍘碎草料。

9 **鍚(钖)** yáng 粵joeng4 羊 ①馬額上的金屬裝飾物。②盾背上的金屬裝飾物◇鍚盾雕戈。

9 **鍶(锶)** sī 粵si1 思 金屬元素，符號Sr。銀白色，質軟，化學性質活潑。用來製造合金、光電管，也是製造煙火的原料。

9 **鍋(锅)** guō 粵wo1 窩 ①烹煮食物的炊具◇鐵鍋|砂鍋。②功能像鍋的器具◇鍋爐|火鍋。③器物上像鍋的部分◇煙袋鍋。

【鍋巴】guōbā ① 煮飯時緊貼着鍋底、焦黃的一層飯。② 用粟、米等加佐料烘製成的食品◇五香鍋巴|麻辣鍋巴。

9 **鍔(锷)** è 粵ngok6 岳 刀劍的刃◇鋒鍔。

9 **錘(锤)〔鎚〕** chuí 粵ceoi4 除 ①秤砣◇秤錘。②古代兵器，柄的上頭有一個金屬圓球◇銅錘。③錘子，敲擊東西的工具◇鐵錘|汽錘。④用錘子敲打◇錘打。⑤像錘子的東西◇鉛錘|紡錘。

【錘煉】chuíliàn ① 磨煉；鍛煉◇錘煉意志。② 反復鑽研、琢磨、加工，精益求精◇錘煉語言。

9 **鍤(锸)** chā 粵caap3 插 鐵鍬，挖土的工具。

9 **鍬(锹)〔鍫〕** qiāo 粵ciu1 超 用於挖土或鏟東西的工具◇鐵鍬。

9 **鍾(钟)** zhōng 粵zung1 忠 ①聚集◇鍾靈毓（養育）秀。②專注，集中在一個方面◇鍾愛|鍾情。③古代盛酒的圓壺。④酒盅◇來我家喝兩鍾。⑤姓。

【鍾馗】zhōngkuí 傳說中能打鬼的神。舊俗端午節多懸鍾馗像驅鬼避邪。

【鍾情】zhōngqíng 感情專注於一人或某一個方面。多指愛情◇一見鍾情。

【鍾愛】zhōng'ài 特別喜愛◇鍾愛女兒|中國絲綢成了最受鍾愛的禮物。

9 **鍛(锻)** duàn 粵dyun3 端3 錘擊已加熱的金屬，使成型並提高機械性能◇鍛造|鍛壓。

【鍛煉】duànliàn ① 鍛造冶煉。② 進行體育運動，增強體質◇鍛煉身體。③ 在社會活動或工作中磨煉，增長經驗、提升能力◇歷經磨難鍛煉。

9 **鍠（锽）** huáng 粵wong[4] 王 ①鐘鼓聲◇鐘鼓鍠鍠。②古代兵器，似劍，三刃◇鍠斧。

9 **鍰（锾）** huán 粵waan[4] 頑 ①古代重量單位。一鍰即一鋝，約合187.5克。②錢款◇提高罰鍰金額。

9 **鎄（锿）** āi 粵oi[1]/ngoi[1] 哀 人工獲得的放射性金屬元素，符號 Es。

9 **鍍（镀）** dù 粵dou[6] 杜 使一種金屬（多為有光澤的）附着在別的金屬或物體的表面，形成薄層◇鍍銀｜鍍金。

9 **鎂（镁）** měi 粵mei[5] 美 金屬元素，符號 Mg。銀白色，燃燒時會發出眩目白光。鎂粉可用來製作閃光粉、煙火和照明彈，鎂鋁合金可製飛機、飛船。

9 **鎡（镃）** zī 粵zi[1] 之【鎡錤】zījī 大鋤，鋤田農具。

9 **鍵（键）** jiàn 粵gin[6] 件 ①樂器、打字機、電腦或其他機器使用時按動的部分◇琴鍵｜鍵盤。②門閂；鎖簧◇關鍵｜管鍵。③機械零件之一◇鍵槽。④在化學結構式中表示元素原子價的短橫線。

9 **鎇（镅）** méi 粵mei[4] 眉 人工獲得的放射性金屬元素，符號 Am。銀白色，是同位素測量儀和同位素 X 熒光儀等的常用放射源。

9 **鍪** móu 粵mau[4] 謀 ①古代青銅製的鍋◇三足銅鍪。②古代戰士的頭盔◇鍪甲｜兜鍪。

10 **鎮（镇）** zhèn 粵zan[3] 振 ①用重物壓◇鎮尺｜鎮紙。②抑制；震懾◇鎮痛劑｜幾句話就把他鎮住了。③用強力壓制◇鎮爆｜鎮壓。④用武力據守◇鎮守｜坐鎮。⑤鎮守的地方◇軍事重鎮。⑥安定◇鎮定。⑦整；全◇鎮日。⑧常，時常◇鎮相連似影追形，分不開如刀劃水。⑨市集；集鎮。中國縣以下的一級行政單位◇村鎮｜鄉鎮｜鎮長。⑩食物、飲料同冰塊放在一起或浸入冷水中使變涼◇冰鎮汽水｜把西瓜鎮一下。

【鎮守】 zhènshǒu 軍隊在軍事要地駐防◇鎮守邊關｜鎮守西沙羣島。

【鎮服】 zhènfú 壓服◇人心只能悦服不能鎮服。

【鎮定】 zhèndìng ① 碰到意外或緊急情況不慌亂◇鎮定自若。② 使鎮定◇鎮定軍心。

【鎮壓】 zhènyā ① 用強力壓制◇鎮壓叛亂。② 作物栽培措施之一。將土壓緊，減少水分蒸發，利於植物吸收水分養料◇播種之後要鎮壓。

【鎮靜】 zhènjìng ① 情緒穩定或平靜◇保持鎮靜。② 使鎮靜◇鎮靜劑｜竭力鎮靜自己。同鎮定。

【鎮懾】 zhènshè 以威力使人害怕畏服◇鎮懾敵人。

10 **鎛（镈）** bó 粵bok[3] 博 ①古代鋤草的農具。②古代樂器。平口的小鐘◇鎛鐘｜獸形銅鎛。

10 **鎘（镉）** gé 粵gaak[3] 格 金屬元素，符號 Cd。銀白色，質軟，易溶於酸。用於電鍍、製造合金、顏料和核反應堆的中子吸收棒等。

10 **鎖（锁）〔鎻〕** suǒ 粵so[2] 所 ①鏈子◇鎖鏈｜枷鎖。②用在門、箱、抽屜等的開合處，控制開啟的器具◇門鎖｜銅鎖｜掛鎖。③用鎖關住◇鎖門｜鎖上箱子。④形狀像鎖的東西◇石鎖｜金鎖。⑤封閉；關閉◇封鎖｜鎖國。⑥緊皺◇雙眉緊鎖。⑦一種縫紉方法，使衣物或扣眼的邊緣緻密整齊◇鎖邊｜鎖扣眼。

【鎖定】 suǒdìng ① 固定◇鎖定財經節目。② 確定在某一目標上◇警方已鎖定嫌犯。③ 緊緊跟定◇偵測器能同時鎖定十個空中目標。

【鎖國】 suǒguó 比喻一個國家不和外國往來◇閉關鎖國。

【鎖鏈】 suǒliàn ① 用鐵環連接成串的器具。② 比喻無形的束縛◇打碎心理上的鎖鏈。

【鎖鑰】 〈一〉suǒyuè ① 比喻做成某件事的關鍵◇教育成功的鎖鑰在於尊重學生。② 比喻軍事要地◇山海關是橫截關內外的鎖鑰。
〈二〉suǒyào 鎖和鑰匙。

10 **鎧（铠）** kǎi 粵hoi[2] 海 鎧甲，古代打仗用的護身服，多用金屬片連綴而成。

10 **鎳（镍）** niè 粵nip1 聶1/nip6 捏 金屬元素，符號 Ni。銀白色，質堅硬，延展性強，不生銹。用於電鍍、製電熱器和合金等。

10 **鎢（钨）** wū 粵wu1 烏 金屬元素，符號 W。灰色或棕黑色，耐高溫。用於製燈絲和特種合金鋼。

10 **鎞（锟）** bī 粵bai1 閉1 ①釵。②篦子。

10 **鎿（镎）** ná 粵naa4 拿 放射性金屬元素，符號 Np。銀白色。

10 **鎗** 〈一〉chēng 粵caang1 撐 象聲詞。形容鐘聲和各種響亮的聲音◇鎗然有聲。
〈二〉qiāng 粵coeng1 昌 同"槍"。

10 **鎦（镏）** 〈一〉liú 粵lau4 流 見"鎦金"。
〈二〉liù 粵lau6 漏 見"鎦子"。

【鎦子】liùzi 方言。戒指◇白金鎦子。

【鎦金】liújīn 用溶解在水銀裏的金子塗在器物表面，是中國特有的一種鍍金方法◇鎦金銅佛像。

10 **鎬（镐）** 〈一〉hào 粵hou6 號 西周的國都，在今陝西西安西南。又稱鎬京。
〈二〉gǎo 粵gou2 稿 用於刨土的有柄工具◇鎬頭｜十字鎬。

10 **鎊（镑）** bàng 粵bong6 傍 英國、埃及等國的本位貨幣◇英鎊。（英 pound）

10 **鎰（镒）** yì 粵jat6 日 古代重量單位。一鎰合二十兩或二十四兩。

10 **鎵（镓）** jiā 粵gaa1 家 金屬元素，符號 Ga。銀白色，質軟。可用於製低溫合金、微波材料、半導體材料，或製高溫溫度計。

10 **鎔（镕）** róng 粵jung4 容 ①鑄造器物的模型、模具。②比喻規範、模式。③同"熔"◇鎔鑄｜落日鎔金。

10 **鎯（锒）** láng 粵long4 郎【鎯頭】lángtou 同"榔頭"。

10 **鎣（蓥）** yíng 粵jing4 形 ①採鐵。②用於地名。重慶有華鎣山。

10 **鎏** liú 粵lau4 流 ①成色好的金子。②同"鎦"◇鎏金無量壽佛像。

11 **鏊** ào 粵ngou6 傲 一種烙餅用的平底鍋，中心稍凸，下有三足◇鏊鍋｜傍鏊求餅。

11 **鏨（錾）** zàn 粵zaam6 站 ①鑿金屬或石頭的小鑿子◇用鋼鏨破石。②在金屬或石頭上鑿刻◇鏨字｜鏨花工藝。

11 **鏌（镆）** mò 粵mok6 莫【鏌鋣】mòyé 古代寶劍名。也作"莫邪"。

11 **鏈（链）** liàn 粵lin6 練/lin2 ①用金屬環連接而成的長條◇錶鏈｜項鏈。②海上距離的計量單位。十分之一海里為一鏈，合185.2 米。

11 **鏗（铿）** kēng 粵hang1 亨 象聲詞。形容響亮的聲音◇鐘聲鏗鏗｜刀槍鏗鳴。

【鏗鏘】kēngqiāng ①形容富有節奏而響亮的聲音◇鏗鏘悅耳。②形容文章的內容振聾發聵，犀利有力◇鏗鏘有力的社論。

11 **鏢（镖）** biāo 粵biu1 標 ①標槍◇持鏢負弩。②舊時用的金屬投擲暗器，形如矛頭◇飛鏢。③舊時稱保護運送的財物◇鏢局｜鏢行｜保鏢。

11 **鏜（镗）** 〈一〉tāng 粵tong1 湯 ①同"嘡"。形容敲擊鐘、鼓、鑼等發出的聲音◇鐘聲鏜鏜地打響了。②樂器名◇小鏜鑼。
〈二〉táng 粵tong4 堂 加工零件內孔的一種方法。

11 **鏤（镂）** lòu 粵lau6 漏 雕刻◇鏤空｜金石可鏤。

【鏤空】lòukōng 雕刻出穿透物體的花紋、圖形。

11 **鏝（镘）** màn 粵maan6 慢 ①抹子，泥瓦工塗牆的工具◇泥鏝。②塗抹；粉飾◇鏝新屋的牆。

11 **鏰（镚）** bèng 粵bang1 崩 ①清末發行的無孔小銅幣。②鏰子，指小額硬幣。多為分、角、圓◇鋼鏰。

11 **鏦（枞）** cōng 粵cung1 充 古兵器，短矛。

【鏦鏦】cōngcōng 象聲詞，形容金屬相擊的聲音。

11 **鎩（铩）** shā 粵saat3 殺 ①古代的一種長矛。②摧殘；傷害◇鎩羽。

【鎩羽而歸】shāyǔ'érguī ①比喻遭到失敗或受了挫折，垂頭喪氣地回來。②比喻不得志或碰了壁，落拓、掃興地歸來。

11 **鏞（镛）** yōng (粵)jung4 容 古樂器。大鐘◇金鏞大鏞。

11 **鏃（镞）** zú (粵)zuk6 族 箭頭◇利鏃｜箭鏃如雨。

11 **鏟（铲）〔剷〕** chǎn (粵)caan2 產 ①用來撮取粒狀物或散碎東西的金屬工具，有長柄◇鐵鏟｜煤鏟｜鍋鏟。②用鍬或鏟撮取或削平◇鏟煤｜鏟平。

【鏟除】chǎnchú 連根除去。比喻徹底消滅◇鏟除雜草｜鏟除腐敗。(同) 根除、清除 (反) 保護。

11 **鏡（镜）** jìng (粵)geng3 頸3 ①鏡子，能映出物體形象的梳妝用具。古代用厚銅片磨製，近代改用塗水銀的玻璃製成◇照鏡｜明鏡高懸｜破鏡重圓。②借鑒◇以人為鏡，可以知得失。③用以矯正視力，或進行觀察、實驗等所使用的器具，鏡片一般用玻璃、塑膠製成◇眼鏡｜反射鏡｜天文望遠鏡。

【鏡戒】jìngjiè 可以借鑒，引為教訓，使人警惕的人或事◇這教訓給後人以鏡戒。(同) 鑒戒。

【鏡頭】jìngtóu ① 攝影機、照相機由透鏡組成的光學裝置。用來在底片或屏幕上形成影像◇伸縮鏡頭。② 照相的一個畫面。③ 電影攝影機等每拍攝一次所拍下的一系列畫面◇動作鏡頭。

【鏡花水月】jìnghuā shuǐyuè ① 鏡中花，水中月。比喻虛幻的景象。② 比喻詩中的空靈意境◇這首詩有如鏡花水月，給人以朦朧迷幻的感受。

11 **鏑（镝）** 〈一〉dí (粵)dik1 的 箭頭；箭◇箭鏑｜鳴鏑（響箭）。

〈二〉dī (粵)dik1 的 稀土金屬元素，符號 Dy。銀白色，質軟。用作核反應堆材料、鐳射材料等。

11 **鏇（旋）** xuàn (粵)syun4 船/syun6 篆 ①用車牀切削或用刀子轉着圈削◇鏇零件｜鏇個水果。②鏇子，溫酒時盛水的金屬器具◇酒鏇。③用鏇子溫酒◇鏇一杯熱酒來吃。

11 **鏹（镪）** 〈一〉qiāng (粵)koeng5 強5 鏹水。強酸的俗稱。

〈二〉qiǎng (粵)koeng5 強5 ①古代指成串的錢。也泛指錢幣◇藏鏹巨萬。②銀子◇燦燦白鏹。

11 **鏘（锵）** qiāng (粵)coeng1 昌 玉石或金屬相擊的聲音◇鑼聲鏘鏘｜鏘鏘登場。

11 **鏐（镠）** liú (粵)lau4 流 成色好的金子◇不惜金鏐｜寶石精鏐。

11 **鏁（鏁）** suǒ (粵)so2 所 同"瑣"。

11 **鏖** áo (粵)ou1/ngou4 遨 鏖戰◇鏖兵沙場。

【鏖戰】áozhàn ① 激戰；苦戰◇半月鏖戰，傷亡慘重。② 比喻互相爭奪輸贏勝負◇在麻將桌上鏖戰了一天一夜。

12 **鐃（铙）** náo (粵)naau4 撓 ①古代軍樂器。口朝上，有柄，以槌敲擊發聲◇進軍擊鼓，退軍鳴鐃。②打擊樂器。比鈸大，兩片相擊發聲◇鐃鈸齊奏。

12 **鏵（铧）** huá (粵)waa4 華 三角形鐵器，安裝在犁的下端，用以翻土◇犁鏵｜雙鏵犁。

12 **鐔（镡）** xín (粵)taam4 談 ①劍首，劍柄頂端用於護手的部分◇以黃金裝飾劍鐔。②古代兵器。似劍而小◇一柄霜鐔。

12 **鐐（镣）** liào (粵)liu4 聊 套在腳上的刑具◇腳鐐｜鐐銬。

12 **鏷（镤）** pú (粵)pok3 撲 放射性金屬元素，符號 Pa。灰白色，有光澤。

12 **鐦（锎）** kāi (粵)hoi1 開 人工獲得的放射性金屬元素，符號 Cf。能自發裂變產生中子。

12 **鐧（锏）** 〈一〉jiǎn (粵)gaan2 簡 古代兵器，金屬製成，長條形，有四棱，無刃，上端略小，下端有柄。

〈二〉jiàn (粵)gaan3 間3 嵌在車軸上的鐵條，可以保護車軸並減少摩擦。

12 **鐫（镌）〔鎸〕** juān (粵)zyun1 專 雕刻◇鐫刻｜鐫石。

12 **鐓（镦）** 〈一〉duì (粵)deoi6 隊 矛柄下端的平底銅套。

〈二〉dūn (粵)deon1 敦 衝壓金屬坯料，使其變形◇冷鐓｜熱鐓。

12 **鐘（钟）** zhōng (粵)zung1 忠 ①古代的打擊樂器。中空，用銅或鐵鑄成，以槌叩擊發音。②專指佛寺或其他地方懸掛的鐘。用以做佛事、報時、報警、召集眾人的信號◇姑蘇城外寒山寺，夜半鐘聲到客船。③計時器◇座鐘│鬧鐘│石英鐘。④指鐘點、時刻◇一點鐘│一刻鐘。

【鐘鼎】zhōngdǐng ① 古代作為樂器的鐘和作為炊器的鼎。② 借指富貴。古代貴族擊鐘列鼎而食，故稱◇鐘鼎人家。③ 泛指古代青銅器◇鐘鼎文。

【鐘樓】zhōnglóu ① 安置大鐘的樓，樓內按時敲鐘，報告時辰。② 安裝時鐘的較高的建築物。

【鐘點】zhōngdiǎn ① 指某個特定的時間◇晚上一到鐘點就睡覺。② 小時◇遲一個鐘點關門。

【鐘鳴鼎食】zhōngmíng dǐngshí 鐘，古代樂器；鼎，古代貴族用的食器。擊鐘奏樂，列鼎而食。形容豪華富貴。

12 **鐠(镨)** pǔ 粵pou2 普 稀土金屬元素，符號 Pr。黃綠色。鐠的化合物可用來製造有色玻璃和特種合金。

12 **鐒(铹)** láo 粵lou4 勞 人工獲得的放射性金屬元素，符號 Lr。

12 **鐋(铴)** tāng 粵tong1 湯【鐋鑼】tāngluó 小銅鑼。

12 **鐨(镄)** fèi 粵fai3 費 人工獲得的放射性金屬元素，符號 Fm。銀白色，化學性質活潑。

12 **鐙(镫)** 〈一〉dēng 粵dang1 登 ①古代盛熟食的陶器◇瓦鐙。②同"燈"。油燈◇青鐙獨照。

〈二〉dèng 粵dang3 凳 掛在馬鞍兩旁的鐵腳踏◇馬鐙。

12 **鏺(钹)** pō 粵put3 潑 ①用鐮刀、釤刀等掄開來割（草、穀物等）。②一種鐮刀。

12 **鐍(镢)** jué 粵kyut3 決 ①箱子上安鎖的環形物。借指鎖◇鐍鑰。②上鎖，鎖住◇鐍其門而出。

13 **鐵(铁)** tiě 粵tit3 ①金屬元素，符號 Fe。灰色或銀白色，質硬，能延展，可煉鋼或製作各種用具。②指刀槍等兵器◇手無寸鐵。③像鐵的顏色◇鐵青。④形容堅固◇銅牆鐵壁。⑤牢靠，靠得住◇鐵飯碗│鐵哥們兒。⑥形容堅定、堅強或強悍◇鐵拳│鐵漢│鐵騎。⑦形容確定不移◇鐵證如山│鐵了心要去。⑧形容橫暴或無情◇鐵蹄│鐵石心腸│鐵腕。⑨形容嚴肅、冷峻◇鐵着臉一聲不吭。⑩姓。

【鐵定】tiědìng 確定無疑◇鐵定法則│鐵定上市。

【鐵桿】tiěgǎn ① 比喻十分可靠◇鐵桿衞隊│鐵桿盟友。② 比喻頑固不化◇鐵桿漢奸。

【鐵面無私】tiěmiànwúsī 形容辦事公正嚴明、不講情面。㊜ 徇私枉法。

【鐵案如山】tiě'ànrúshān 證據確鑿，穩重如山，誰也推翻不了。㊐ 鐵證如山。

【鐵樹開花】tiěshùkāihuā 鐵樹原產熱帶，不常開花。用來比喻事情非常罕見或難以實現。

13 **鐳(镭)** léi 粵leoi4 雷 放射性金屬元素，符號 Ra。銀白色，質軟。可用來治療癌症或皮膚病。

【鐳射】léishè 激光◇鐳射唱片│鐳射手術。（英 laser）

13 **鐻(𬬭)** 〈一〉jù 粵geoi6 巨 古代懸掛鐘鼓的架子。

〈二〉qú 粵keoi4 渠 金銀製成的耳環。

13 **鐺(铛)** 〈一〉chēng 粵caang1 撐 底平而淺的鐵鍋◇餅鐺。

〈二〉dāng 粵dong1 當 ①見"鋃鐺"。②女子的耳飾◇金鐺玉珮。③金屬撞擊聲◇鐺地一聲。

〈三〉tāng 粵tong1 湯 ①小銅鼓名◇鐺鼓輕敲，絲竹按節。②鼓聲◇鐺鼛。

13 **鐸(铎)** duó 粵dok6 踱 ①古樂器。一種大鈴，古代宣佈政令或有戰事時用以警眾。②鐸鈴。風鈴，懸掛在屋簷角上，風吹作響。

13 **鐶(镮)** huán 粵waan4 頑 ①環，圓圈形的東西。②銅錢。多用為銅錢的量詞，表示小量約數◇捐錢數鐶。

13 **鐲(镯)** zhuó 粵zuk6 族 戴在手腕或腳腕上的環形裝飾品◇手鐲│金鐲。

13 **鐮(镰)〔鎌〕** lián 粵lim4 廉 鐮刀，割草或收割莊稼的農具◇掛鐮│開鐮。

13 **鐿（镱）** yì 粵ji3 意 稀土金屬元素，符號 Yb。銀白色，質軟，用於製特種合金、鐳射材料等。

13 **鐾** bèi 粵bai3 閉 把刀在布、皮、石等上面反復摩擦，使鋒利◇鐾刀｜鐾刀布。

14 **鑒（鉴）〔鑑〕** jiàn 粵gaam3 監3 ①古代指銅鏡。②照◇水清可鑒｜光可鑒人。③可引為教訓或警戒的事情◇前車之鑒｜引以為鑒。④審察◇鑒定｜鑒賞｜鑒別。⑤看到；考慮到◇鑒於目前情況，此次會議取消。⑥敬辭。書信用語。請對方看信◇台鑒｜鈞鑒。

【鑒戒】jiànjiè ①引用過去的事例作為教訓◇近百年的歷史足可鑒戒。②指可以引為教訓的事情◇引為鑒戒。同 鏡鑒。

【鑒別】jiànbié 鑒定，觀察辨別（真偽優劣）◇鑒別真偽｜鑒別古玉。同 辨識。

【鑒定】jiàndìng ①評定人的優缺點◇自我鑒定。②指對人的優缺點作出評定的文字◇寫一份鑒定。③辨別並確定事物的優劣、真偽◇鑒定古畫｜請專家鑒定。

【鑒賞】jiànshǎng 鑒別和玩賞◇名畫鑒賞｜鑒賞珍玩古物。

【鑒證】jiànzhèng 審察證明；見證◇評估鑒證｜此情此心，上天可資鑒證。

14 **鑊（镬）** huò 粵wok6 獲 ①古時指無足的鼎，用於煮食物◇嚐一肉，而知一鑊之味。②指烹人的刑具。在鑊中燒滾水把人煮死◇赴湯鑊而無懼色。③鐵鍋◇鑊子｜大鑊。

14 **鑄（铸）** zhù 粵zyu3 註 ①熔化金屬，倒入模子製成器物◇鑄造｜澆鑄。②造成◇鑄成大錯。

【鑄造】zhùzào ①把熔化的金屬倒進模子裏，凝固成器物◇鑄造銅像｜鑄造工藝。②培養；造就◇十年創業，鑄造輝煌。

14 **鑌（镔）** bīn 粵ban1 奔 精煉的鐵◇鑌刀。

14 **鑔（镲）** chǎ 粵caa2 叉2 打擊樂器，即小鈸◇一鑼一鑔。

15 **鑢（鑢）** lǜ 粵leoi6 累 ①打磨銅、鐵、骨、角等的工具。②打磨。

15 **鑠（铄）** shuò 粵soek3 削 ①熔化（金屬）◇眾口鑠金。②損害；削弱◇耗鑠元氣。

15 **鑕（锧）** zhì 粵zat1 質 ①鐵砧板。②古代腰斬刑具的墊座◇斧鑕｜伏鑕就刑。

15 **鑥（镥）** lǔ 粵lou5 老 稀土金屬元素，符號 Lu。銀白色，質軟。用於原子能工業。

15 **鑣（镳）** biāo 粵biu1 標 ①勒馬口的器具，馬嚼子兩端露出嘴外的部分◇分道揚鑣。②同"鏢"◇保鑣｜鑣局。

15 **鑞（镴）** là 粵laap6 立 錫和鉛的合金。用以焊接金屬或製造器皿。通稱白鑞、錫鑞、焊錫。

16 **鑫** xīn 粵jam1 音 富有的；興旺的。多用於人名或商店字號。

17 **鑭（镧）** lán 粵laan4 蘭 稀土金屬元素，符號 La。銀白色，在空氣中容易氧化。可製光學玻璃、電子管的陰極材料等，又可做催化劑。

17 **鑰（钥）** 〈一〉yào 粵joek6 若 鑰匙◇庫鑰｜金鎖銀鑰。

〈二〉yuè 粵joek6 若 ①鎖◇門鑰｜啟鑰。②比喻關鍵、重要的地方◇北門鎖鑰（指居庸關至八達嶺的險要地帶，是古代拱衛北京的要塞重鎮）。

【鑰匙】yàoshi 開鎖用的工具。同 鎖匙。

17 **鑱（镵）** chán 粵caam4 慚 ①古代一種鐵製的掘土工具◇木柄長鑱。②刺◇峻嶺萬仞鑱破天。

17 **鑲（镶）** xiāng 粵soeng1 商 把物體嵌進去或在外緣加邊◇鑲牙｜鑲花邊｜金鑲玉嵌。

【鑲嵌】xiāngqiàn 把物體嵌入另一物體內◇皇冠上鑲嵌了許多寶石。

18 **鑷（镊）** niè 粵nip6 捏 ①鑷子，拔毛或夾取細小東西的工具◇尖嘴鑷。②用鑷子夾◇鑷去細毛。

18 **鑹（镩）** cuān 粵cyun1 川 ①鐵製的鑿冰工具，尖頭如錐，有倒鉤◇鑹鉤子｜冰鑹鉤。②用鑹鉤子鑿◇鑹鉤冰。

19 **鑼（锣）** luó 粵lo4 羅 銅製的圓盤形打擊樂器，用槌敲打發聲◇鳴鑼開道｜

鑼鼓喧天。

19 **鑽(钻)〔鑚〕** 〈一〉zuàn ⓐzyun[3] 轉[3] ①穿孔用的工具◇風鑽|電鑽|手搖鑽。②鑽石◇鑽戒。

〈二〉zuān ⓐzyun[1] 專 ①穿孔，打眼◇鑽探|鑽木取火。②穿過；進入◇鑽山溝|鑽入水底。③深入研究◇鑽研|鑽學問。④找門路，謀利益◇鑽營|鑽空子。

【鑽研】zuānyán 深入細緻地研究◇鑽研業務|鑽研學問。

【鑽營】zuānyíng 走門路，鑽空子，巴結有權有勢的人，想方設法謀求私利◇擅長投機鑽營的小人。

【鑽牛角尖】zuānniújiǎojiān 比喻人固執、不知變通，費力研究沒有意義或無法解決的問題。

19 **鑾(銮)** luán ⓐlyun[4] 聯 ①古代皇帝車駕上掛的鈴鐺。②指皇帝的車駕◇隨鑾|迎鑾。

20 **鑿(凿)** záo ⓐzok[6] 昨 ①鑿子，挖槽或打孔用的工具◇平鑿|扁鑿|菱形鑿。②穿孔；挖掘◇鑿孔|鑿壁|開鑿運河。③確實；可靠◇確鑿|言之鑿鑿。④卯眼◇圓鑿方枘。

【鑿枘】záoruì ①卯眼和榫頭。鑿枘相應，用來比喻彼此相合◇兩人鑿枘相投。②"圓鑿方枘"的略語。比喻格格不入。見"方枘圓鑿"。

【鑿壁偷光】záobìtōuguāng《西京雜記》卷二：匡衡勤學苦讀，家貧無燭，就鑿穿隔壁鄰居的牆，借鄰居的燭光讀書。後形容刻苦攻讀。

20 **钂(镋)** tǎng ⓐtong[2] 躺 古代兵器。形似叉，上有利刃◇流金钂|钂鈀。

20 **钁(镢)〔鐝〕** jué ⓐfok[3] 霍 方言。钁頭，挖土、鋤草的農具。

長部

0 **長(长)** 〈一〉cháng ⓐcoeng[4] 祥 ①時間或空間兩端之間的距離大◇漫長|長途。②長度◇全長|身長。③永遠◇萬古長青。④特長；優點◇一技之長|取長補短。⑤擅長◇長於繪畫。⑥多餘，多出來的◇身無長物。⑦常常；經常◇茅簷長掃靜無苔，花木成畦手自栽。

〈二〉zhǎng ⓐzoeng[2] 掌 ①輩分高或年紀大◇長輩|年長。也指輩分較高或年紀較大的人◇尊長|學長。②首領；首腦；領導人◇市長|局長。③生；生出◇長銹|山坡上長滿花草。④撫養◇父母長我育我。⑤生長；成長◇長大|揠苗助長。⑥增多；促進◇長見識|吃一塹，長一智。

【長久】chángjiǔ 長期；時間很長◇長久以來|打算在這裏長久住下。㊀ 短促、頃刻。

【長天】chángtiān ①遼遠的天空◇落霞與孤鶩齊飛，秋水共長天一色。同 長空。②一整天，全日◇長天在外奔波，回到家他精疲力竭。同 終日。

【長老】zhǎnglǎo ①佛教尊稱佛祖釋迦牟尼的上首弟子。②佛寺中住持僧的尊稱。

【長年】chángnián ①全年；一年到頭◇長年累月。②多年；長期◇長年臥病|長年在外經商。③長壽◇富貴長年。

【長者】zhǎngzhě ①年紀大、輩分高的人。②德高望重的人◇長者風範。

【長物】chángwù 多餘的東西◇身無長物|眼前無長物，窗下有清風。

【長征】chángzhēng ①遠征，到遠方去征伐。②長途遠行。③指中國工農紅軍1934–1935年由江西轉移到陝北的二萬五千里長征。

【長官】zhǎngguān ①指高級軍政官吏◇戰區司令長官。②尊稱一般官員◇按長官意志辦。③稱首席行政官員◇香港特區行政長官|外交通商部長官。

【長空】chángkōng 遼闊的天空◇長空萬里。

【長相】zhǎngxiàng 相貌；容貌◇長相俊俏。

【長俸】chángfèng 退休後終生領取的退休金。

【長處】chángchù 特長，優點◇一無長處|做事有條理是他的長處。反 短處、缺點。

【長途】chángtú ①路程遙遠的；遠距離的◇長途巴士|長途電話。②長途巴士、長途電

話的代稱。

【長短】chángduǎn ① 尺寸、距離的長度；時間的長度◇衣服長短正合適｜壽命長短。② 意外的變故。多指危險◇他萬一有個長短，我可擔待不起。③ 長處和短處；僅指短處◇人各有長短｜背後議論人長短不好。④ 橫豎，無論如何◇說了半天，他長短不聽。

【長進】zhǎngjìn 學問、技術、能力、品行有進步◇技術大有長進。㊟ 退步。

【長遠】chángyuǎn 時間很久◇長遠規劃｜目光要放長遠些。㊟ 眼前、眼下。

【長輩】zhǎngbèi 輩分高的人。㊟ 晚輩。

【長篇】chángpiān ① 內容多；長的篇幅。指言論、作品◇長篇大論｜長篇巨著。② 指長篇小說。

【長龍】chánglóng 比喻排成的長隊◇排長龍。

【長袖善舞】chángxiùshànwǔ《韓非子・五蠹》："鄙諺曰：'長袖善舞，多錢善賈。'此言多資之易為工也。"比喻在哪方面有資本、有長處，就能在哪方面充分施展、把事情做好。

【長歌當哭】chánggēdàngkū 用引吭高歌代替哭泣，以抒發傾瀉內心的悲憤或苦痛。實則是說內心非常悲憤沉痛。

門部

0 門（门）mén 粵mun⁴瞞 ①建築物、車船等出入口◇屋門|校門|車門。②裝在出入口的能開關的屏蔽物◇大鐵門|防盜門。③形狀或作用像門的東西◇球門|閘門。④指人身的孔竅◇產門|肛門。⑤門前；門外◇窗含西嶺千秋雪，門泊東吳萬里船。⑥訣竅；辦法◇竅門|歪門斜道。⑦宗教或學術上的派別◇佛門|旁門左道。⑧稱跟師傅有關係的◇門徒|門生。⑨指家庭或家族◇雙喜臨門|名門望族。⑩類別；種類◇五花八門|分門別類。⑪生物分類系統上所用的等級之一，在界以下，綱以上◇脊索動物門|裸子植物門。⑫量詞。(1)用於炮◇一門大炮。(2)用於技術、功課等◇一門技術|三門功課。(3)用於親戚、婚事等◇這是認的哪門親|趕快把這門親事退掉。

【門戶】ménhù ① 門的總稱◇門戶緊閉。② 比喻出入必經的地方◇廣州是南海的陸上門戶和交通樞紐。③ 家庭；人家◇自立門戶。④ 門第；家庭的社會地位◇門戶相當。⑤ 宗派；派別◇門戶之見。

【門市】ménshì ① 商店的零售業務◇假日期間門市很旺。② 商店或服務行業提供服務的處所。

【門房】ménfáng ① 設立在大門內側的小房間。② 借指看門的人。

【門面】ménmian ① 店面，商店房屋沿街營業的部分◇店鋪的門面裝飾樸素。㊐ 鋪面。② 外表，局面◇就靠她支撐門面，難有更大發展。③ 面子；體面；排場◇花錢裝門面｜他請客喜歡講門面。

【門風】ménfēng 由家族世代相傳的處世態度和作風◇敗壞門風｜門風嚴謹。

【門神】ménshén 舊俗門上貼的神像，用來辟邪、驅鬼逐怪。

【門徒】méntú ① 弟子；徒弟◇廣招門徒｜門徒眾多。㊐ 門生。② 宗教的信徒◇佛教門徒｜耶穌及十二門徒。

【門庭】méntíng ① 門前空地；門口和院子◇門庭若市。② 指門第或家庭◇光耀門庭。③ 派別◇改換門庭。

【門第】méndì 家庭在社會上所處的層次、位置，由其社會地位、權勢財富和文化教養等因素決定◇書香門第｜門第觀念。㊐ 門戶。

【門牌】ménpái ① 釘在大門外的地址標誌牌，上面標明街巷名稱和房子號碼。② 方言。門匾；招牌。

【門診】ménzhěn 醫生在醫院或診所給不住院的病人檢查、治病◇專科門診｜中醫門診。

【門路】ménlu ① 辦事的途徑、方法或竅門◇尋找創業的門路。② 指達到個人目的的途徑◇鑽營門路。

【門衛】ménwèi ① 在門口守衛◇門衛森嚴。② 在門口擔任警衛的人。

【門聯】ménlián 貼在門上的對聯。一般由上聯、下聯、橫眉組成。

【門檻】ménkǎn ① 門框靠着地面部位的橫木或條石。② 比喻尺度、標準◇降低投資門檻。③ 方言。比喻竅門或心計◇他門檻精得很，吃虧的事決不做。㊂ 門坎、門限。

【門類】ménlèi 按事物的特徵分成的類別◇藝術門類｜商品門類齊全。

【門可羅雀】ménkěluóquè《史記・汲鄭列傳論》：翟公做廷尉的時候，賓客盈門，及至被廢，“門外可設雀羅”。羅，誘捕鳥雀的網。後形容門庭冷落，沒人來往。㊀ 門庭若市。

【門庭若市】méntíngruòshì 門前像集市一樣，人多熱鬧。形容來客很多。㊀ 門庭冷落、門可羅雀。

1 **閂（闩）** shuān 粵saan^1 山 ①橫插在門後，使門推不開的厚木條或鐵棍。②把門閂上◇把門閂上。

2 **閃（闪）** shǎn 粵sim^2 陝 ①閃電◇電閃雷鳴。②突然出現◇閃擊戰｜身影一閃。③形容光亮忽隱忽現或光彩耀眼◇眼裏閃着淚花｜閃閃發光。④(身體)猛然晃動◇過橋時身子閃了一下。⑤扭傷◇閃了腰。⑥意外的差錯或危險◇閃失。⑦側身躲避◇躲閃｜閃開。⑧拋棄；丟下◇你不能說走就走，閃下我一個人。

【閃身】shǎnshēn 側着身子迅速一躲◇他一閃身躲進街邊的小巷。

【閃念】shǎnniàn 突然出現的短暫念頭◇閃念之間｜疑問在她心中閃念而過。

【閃亮】shǎnliàng ① 閃閃發亮◇一頭烏黑閃亮的秀髮。② 透出光亮◇遠處的霓虹燈還在閃亮。③ 形容光鮮亮麗◇演員們一個個閃亮登場。

【閃現】shǎnxiàn 突然出現◇往事在腦海裏一幕幕閃現。

【閃電】shǎndiàn ① 雲層之間或雲和地面之間發生放電現象時發出的強光◇一道閃電。② 形容突然而迅速◇閃電戰。

【閃避】shǎnbì 迅速側轉，向旁邊躲避◇閃避不及。

【閃縮】shǎnsuō ① 閃爍◇火光閃縮，人聲沸騰。② 躲躲閃閃◇他的眼神閃縮着躲避我。③ 心神不定◇面試時一定不要惶惑閃縮。

【閃爍】shǎnshuò ① 亮光閃動，忽明忽暗◇夜空中繁星閃爍。② 比喻說話藏頭露尾，不肯明白地說◇閃爍其辭。

【閃耀】shǎnyào 閃爍；光彩耀眼◇白色大理石閃耀着銀光。

3 **閈（闬）** hàn 粵hon^6 汗 ①里巷的門。②牆垣。

3 **閉（闭）** bì 粵bai^3 蔽 ①合上；關上◇閉口不談｜夜不閉戶。②結束；停止◇閉會｜閉經。③堵塞不通◇閉門塞戶。

【閉合】bìhé ① 合攏◇花瓣到了夜間就閉合起來。② 癒合◇傷口閉合。③ 封閉的；首尾相連的◇閉合電路。

【閉塞】bìsè ① 堵塞◇下水道閉塞。② 交通不便；偏僻◇交通閉塞｜閉塞的山區。③ 不開通◇小山村文化落後，風氣閉塞。④ 消息不靈通◇孤陋寡聞，信息閉塞。

【閉幕】bìmù ① 演出結束時合上舞台前的幕布◇演員在閉幕後出來謝幕。② 會議、展覽等結束◇閉幕典禮。

【閉鎖】bìsuǒ ① 關閉封鎖，與外界隔絕◇心理閉鎖。② 醫學上指瓣膜、管狀組織等嚴密閉合◇主動脈瓣閉鎖不全。

【閉門羹】bìméngēng 唐代馮贄《雲仙雜記・迷香洞》：“史鳳，宣城妓也。待客以等差…下列不相見，以閉門羹待之。”等差，分成等級，區別對待；下列，下等。本指關門不接見，只給點湯羹吃。後泛指拒絕客人進門或主人不在客人進不了門。

【閉目塞聽】bìmù sètīng 合上眼睛，堵住耳朵。比喻對身外之事不聞不問，或欠缺消息來源，一無所知。

【閉關自守】bìguānzìshǒu ① 關閉關卡，同外界斷絕來往。② 比喻因循守舊，不肯接受新事物。

4 **閏（闰）** rùn 粵jeon^6 潤 地球公轉一周的時間為三百六十五天五小時四十八分四十六秒。而陽曆一年定為三百六十五天，陰曆一年定為三百五十四天或三百五十五天。為了調整曆法與地球公轉的差距，陽曆規定每四年在二月份增加一天，陰曆規定約每三年增加一個月，這種彌合差距的辦法叫做“閏”。

【閏日】rùnrì 陽曆四年一閏，在二月末加一天，這一天叫做"閏日"。

【閏月】rùnyuè 陰曆約三年一閏。每逢閏年加的一個月叫做"閏月"，閏月加在某月之後，稱為"閏某月"。

【閏年】rùnnián 陽曆有閏日或陰曆有閏月的年份叫做"閏年"。陽曆閏年有三百六十六天，陰曆閏年有十三個月。

4 **開**(开) kāi 粵hoi[1] 海[1] ①打開；拉開；張開◇開鎖|開弓。②開闢，打通；開發；挖掘◇開路|開礦。③解除◇開戒|開禁。④隊伍由駐地出發◇部隊開走了。⑤舉行；舉辦◇開會。⑥支付◇開支|開薪資。⑦開始◇開工|開演。⑧展開；舒展◇開花|眉開眼笑。⑨創辦；建立◇開廠|開國元勛。⑩開創◇別開生面。⑪革除；釋放◇開除|開釋。⑫得，獲◇不怕開罪人。⑬發動；操縱◇開炮|開車。⑭列出；寫出◇開藥方|開清單。⑮(液體)沸騰；(固體)融解◇開鍋|開凍。⑯啟發◇開導。⑰整張紙的若干分之一◇開本。⑱按比例分開◇三七開。⑲黃金純度單位◇純金二十四開。(英 karat)⑳用在動詞後，表示分開、離開、擴展、容下等◇拉開|躲開|消息傳開了|人多坐不開。

【開山】kāishān ① 為採石、築路等目的挖開或炸開山◇開山劈嶺，修築公路。② 指在一定時期開放已封的山地，准許進行放牧、採伐等活動。③ 佛教語。在名山創建寺院◇開山祖師。

【開支】kāizhī ① 付出(錢)◇越是公帑，越是不能隨便開支。② 付出的費用◇國防開支|削減開支。③ 方言。發工資◇今天是公司開支的日子。

【開化】kāihuà ① 開導教化；引導教育◇開化教導。② 人類由原始狀態進入文明的發展階段。③ 開明，不守舊◇思想開化。④ 化解；融化開來◇河凍就開化了。

【開火】kāihuǒ ① 開槍開炮，開始交戰或發生衝突。② 比喻激烈地指責、批評、抨擊。

【開心】kāixīn ① 心情愉快；高興◇玩得開心點。② 取笑、戲弄別人，使自己高興◇你們別拿我開心。

【開光】kāiguāng 佛教語。佛像塑成後，選擇吉日舉行隆重儀式，為佛像畫眼點睛，正式開始供奉，叫做開光。

【開局】kāijú ①(棋賽或球賽)開始◇一開局他就給對手造成了很大威脅。②(棋賽或球賽)開始的階段◇開局打得很好。③ 泛指工作、活動的開始◇項目剛開局就吸引了眾多投資者。④ 泛指工作、活動的開始階段◇春季促銷開局良好。

【開拓】kāituò ① 開發；開墾◇開拓西北荒原|開拓出肥田沃土。② 開闢◇開拓道路。③ 擴展；擴大◇開拓視野|開拓市場。

【開明】kāimíng ① 天色由暗轉為明朗◇天空逐漸開明起來。② 通達，明智◇開明豁達。③ 隨得上時代潮流，觀念不陳舊、不保守◇開明紳士。

【開放】kāifàng ①(花苞)展開◇曇花在夜間開放。②(公共場所)接待外人◇博物館免費開放|圖書館延長開放時間。③ 解除禁令、約束、限制等◇改革開放|開放市場。④ 性格開朗，言行不拘謹◇思想開放。

【開始】kāishǐ ① 從頭起；從某一點起◇新學年開始了|一切從零開始。② 着手進行◇明天開始施工。③ 開始的階段◇新入行，開始總會遇到一些困難。

【開赴】kāifù 部隊或成羣的人一同奔赴目的地◇開赴前線|開赴建設工地。

【開朗】kāilǎng ① 寬闊明亮◇走出山洞，眼前豁然開朗。同 豁朗。② 明朗◇天氣開朗。③ 坦率爽朗◇個性開朗。

【開展】kāizhǎn ① 大規模地展開◇保護環境的工作正在全面開展。② 使大規模地展開◇開展競賽。③ 開朗；開闊◇心胸開展。

【開除】kāichú 將成員從所在單位(政府、軍隊、政黨、學校等)中除名◇開除公職|開除學籍。

【開採】kāicǎi 開挖採掘(資源)◇開採油田。

【開掘】kāijué 開鑿；挖掘◇開掘水井|開掘古墓。

【開設】kāishè ① 開辦；設立◇開設工廠|開設專賣店。② 設置(課程)◇開設公共關係課。

【開張】kāizhāng ① 張開◇全身毛孔開張。

② 恢宏◇氣勢開張。③ 商店設立後或停業一段後又開始營業◇擇吉日開張｜門面裝修後重新開張。④ 商店每日的第一筆交易◇市道不好，小店一天都沒開張。⑤ 比喻事項、事業的開始◇重建計劃一開張，就遭到反對。

【開創】kāichuàng 開闢；創立◇開創新局面｜開創歷史新紀元。

【開發】kāifā ① 通過開採、墾殖等手段達到利用自然資源的目的◇開發水力資源｜開發荒山。② 把潛在的能量發揮出來，產生成效◇開發智力資源｜人才開發中心。

【開路】kāilù ① 開闢道路◇逢山開路，遇水架橋。② 尋求門路、途徑◇同他打交道要用感情開路。③ 在前面引路◇貴賓車隊由摩托車開路。(同) 開道。

【開幕】kāimù ① 拉開舞台前的幕布。指演出開始◇演出已經開幕。② 泛指會議、展覽等開始◇開幕詞｜開幕典禮。

【開墾】kāikěn 把荒地翻耕成可以耕種的土地◇開墾荒地｜開墾處女地。(同) 墾荒、墾殖。

【開辦】kāibàn 建立；創辦◇開辦學校｜開辦電台。

【開闊】kāikuò ①（面積或空間的範圍）寬廣◇山下是一片開闊地｜海面開闊。(同) 廣闊 (反) 狹小。②（胸懷、思想）開朗◇心胸開闊。(同) 寬闊 (反) 狹窄。③ 使開闊起來◇開闊視野。

【開懷】kāihuái 敞開胸懷。形容沒有拘束，心情十分暢快◇開懷暢飲｜開懷大笑。

【開關】kāiguān ① 使電流中斷或使其流到其他電路的電子元件。② 打開關口或城門◇油門開關｜管道開關。

【開闢】kāipì ①“開天闢地”的略語。指宇宙的開始◇開闢之初｜開闢以來。② 打開通路；設定航線◇開闢道路｜開闢一條國際航線。③ 開創建立◇開闢根據地。④ 開拓擴展◇開闢市場。

【開鑿】kāizáo 挖掘（河道、隧道等）◇開鑿運河。

【開玩笑】kāiwánxiào ① 用言語或動作取笑、戲弄別人。一般不存在惡意。② 把嚴肅的事當作兒戲對待◇此行事關重大，可不是開玩笑。

【開夜車】kāiyèchē 比喻在夜間繼續學習或工作◇臨考前開夜車複習。

【開誠佈公】kāichéngbùgōng 以誠懇的心相待，光明磊落，不挾私心私慾。(反) 營私舞弊。

【開源節流】kāiyuánjiéliú《荀子・富國》：“故明主必謹養其和，節其流，開其源，而時斟酌焉，潢然使天下必有餘而上不憂不足。”後表示開闢財源、節約支出的意思。(反) 鋪張浪費。

4 **閑（闲）** xián 粵haan⁴ 嫻 ①柵欄。②馬廄。③法度；規範◇大德不逾閑，小德出入可也。④限制；防止◇防閑。⑤同“閒”。

【閑檢】xiánjiǎn 約束檢點◇才名遠聞，而為人不閑檢。

4 **閎（闳）** hóng 粵wang⁴ 宏 ①里巷的門。②宏大◇閎大不經。

4 **間（间）**〈一〉jiān 粵gaan¹ 奸 ①兩者之中◇字裏行間｜七八月間。②在一定的範圍內◇鄉間｜夜間｜人間。③房間◇套間｜亭子間。④量詞。用於房間◇一間教室｜兩間辦公室。

〈二〉jiàn 粵gaan³ 澗 ①縫隙；空隙◇親密無間。②隔開；不連接◇黑白相間。③更迭◇寒暑間替。④抄小路，走偏僻的近路◇間道。⑤挑撥；使人不和◇離間｜反間計。⑥拔除；鋤去◇間苗。

【間或】jiànhuò 偶爾；有時候◇間或打電話問候一下。

【間接】jiànjiē 通過中間環節發生關係的◇間接經驗｜間接傳染。(反) 直接。

【間距】jiānjù 兩者之間的距離◇車輛要保持一定的間距。

【間歇】jiànxiē ① 每隔一定時間停止一會兒◇間歇泉｜間歇性失憶。② 短暫停止的時間◇教練在訓練間歇和大家談心。

【間隔】jiàngé ① 時間或空間上分開◇兩地間隔萬里。② 時間或空間上拉開的距離◇幾年的間隔，家鄉的面貌大變。③ 一個隔着一個；夾雜◇中文書和英文書間隔地插在書架上。

【間斷】jiànduàn（連續的事物）中間隔斷，

不相連接◇雨不間斷地下了三天｜堅持鍛煉，從未間斷。

【間不容髮】jiānbùróngfà ① 形容兩者之間相距細微，或形容事物極精密。② 形容危急、緊迫。

4 **閒（闲）** xián 粵haan4 嫺 ①沒有事的時候◇農閒｜忙裏偷閒。②不做事◇遊手好閒。③放着不用◇閒錢。④隨便的；無關緊要的◇閒扯｜閒言碎語。

【閒心】xiánxīn 閒適的心情◇一盞清茶一份閒心。

【閒事】xiánshì 不重要的瑣事；與己無關的事◇閒人閒事｜勿多管閒事。

【閒居】xiánjū 呆在家裏無事做◇閒居在家。

【閒聊】xiánliáo 閒談◇閒聊了幾句。

【閒散】xiánsǎn ① 清閒，無事可做◇過幾天閒散的日子。② 悠閒自在◇他閒散慣了的人，受不得拘管。③ 閒着不使用的（人或物）◇閒散人員｜閒散資金。

【閒暇】xiánxiá 空閒，不做事的時候◇享受片刻的閒暇。

【閒置】xiánzhì 放着不用◇閒置土地｜生產設備閒置。同 空置。

【閒話】xiánhuà ① 閒談◇白頭老友，閒話當年。② 題外的話◇扯扯閒話｜閒話休提。③ 背後的議論，多指不滿意的話◇背後説人閒話。

【閒談】xiántán 沒有明確話題，隨便交談◇品茶閒談。同 閒聊。

【閒適】xiánshì 悠閒安適◇享受山間的閒適生活。

【閒職】xiánzhí 不承擔實際責任、沒有具體工作的職務◇有名無實的閒職。

【閒情逸致】xiánqíng yìzhì 悠閒安逸的情致。

4 **閔（闵）** mǐn 粵man5 敏 ①同“憫”。②姓。

4 **閌（闶）** 〈一〉kàng 粵kong3 抗 形容高大◇台閣高閌。

〈二〉kāng 粵kong3 抗【閌閬】kāngláng ①形容空闊◇遠望天空蕩然閌閬。②方言。建築物中空廓的部分◇炕下面的閌閬大得很。

5 **閘（闸）〔牐〕** zhá 粵zaap6 習 ①攔住水流的建築物，可以隨時開關◇水閘｜閘門。②關閘截流◇閘住洪水。③制動器的通稱◇關閘｜剎閘。④指電閘◇拉閘限電。⑤方言。柵欄；門◇房間安裝了鐵閘。

【閘門】zhámén 水閘或管道上調節流量的設備◇防洪閘門｜開啟閘門。

5 **閟（閟）** bì 粵bei3 祕 ①關門；關閉。②神◇閟宮（神廟）。

6 **閨（闺）** guī 粵gwai1 歸 ①內室。②指女子的卧室◇深閨｜待字閨中。③借指女子◇閨怨。

【閨女】guīnü ① 未婚女子◇黃花閨女。② 女兒。

【閨秀】guīxiù 大戶人家的女兒。多指未婚的◇大家閨秀｜名門閨秀。

【閨房】guīfáng 稱女子的卧室。

【閨範】guīfàn ① 舊時指婦女應遵守的道德標準◇謹守閨範，勤做女紅。② 指女子的風範◇大家閨範。

6 **閩（闽）** mǐn 粵man5 敏 ①古代少數民族名，居住在今福建和浙江南部。②古國名，五代十國之一。歷時三十七年，為南唐所滅。③福建省的別稱◇閩劇｜閩南。

6 **閥（阀）** fá 粵fat6 佛 ①古代指有功勳的世家及名門望族◇門閥｜名閥。②有支配性勢力的人或集團◇學閥｜軍閥｜財閥。③管道或機器中用來調節流體的流量、壓力和流動方向的裝置◇閥門｜水閥｜氣閥。（英 valve）

6 **閤（阁）** gé 粵gap3 鴿 ①小門。②同“閣”。③姓。

6 **閣（阁）〔閤〕** gé 粵gok3 各 ①存放東西的架子◇束之高閣。②在大屋子裏隔出的小房間◇閣樓。③古代儲藏圖書的房子◇天一閣｜海源閣。④古代指中央官署◇台閣｜閣臣。⑤指內閣◇閣員｜組閣｜倒閣。⑥類似樓房的建築物，四周開窗，可以遠望◇滕王閣｜亭台樓閣。⑦閨房◇閨閣｜開我東閣門，坐我西閣牀。

【閣下】géxià 敬稱對方。多用於社交或外交場合◇大使閣下。

【閣樓】gélóu 在房間上部搭起的一層矮小的居室。

6 **閡(阂)** hé 粵hat6瞎 阻隔◇隔閡。

7 **閫(阃)** kǔn 粵kwan2菌 ①門檻◇閫石。②婦女居住的內室◇閨閫。③指婦女◇閫德|閫範。④指妻子◇閫命|令閫。

7 **閭(闾)** lǘ 粵leoi4雷 ①里巷的大門。②泛指門◇倚閭而望。③里巷；鄉里◇閭巷|村閭|鄉閭。④古代戶籍單位。二十五家為一閭。

7 **閱(阅)** yuè 粵jyut6月 ①檢閱；視察◇閱兵。②經過；經歷◇閱歷|閱世不深。③看；讀◇傳閱|訂閱。

【閱世】yuèshì 經歷世事◇隨着年齡增長，他閱世漸深。

【閱歷】yuèlì ① 經歷◇此人閱歷很簡單。② 從自身經歷獲得的經驗和知識◇豐富的閱歷使她獲得巨大成功。

【閱覽】yuèlǎn 看書報、雜誌等◇閱覽室。

【閱讀】yuèdú 看、讀書報等◇閱讀課文。

7 **閬(阆)** (一)láng 粵long4郎 見"閌閬"。(二)làng 粵long5朗 用於地名，如閬中(在四川)。

8 **闍(阇)** (一)dū 粵dou1刀 城門上的台。(二)shé 粵se4蛇【闍梨】shélí"阿闍梨"的簡稱。①高僧。②泛指僧侶。(梵Atcharya)

8 **閾(阈)** yù 粵wik6域 門坎。泛指界限或範圍◇視閾|聽閾。

8 **閹(阉)** yān 粵jim1淹 ①割去生殖器官◇閹雞|閹豬。②指宦官◇閹黨|逆閹魏忠賢。

【閹割】yāngē ① 割除睾丸或卵巢。② 比喻抽掉核心內容或曲解原意。

8 **閶(阊)** chāng 粵coeng1昌【閶闔】chānghé ① 傳說中的天門◇九天閶闔。②皇宮的正門◇宮城閶闔。

8 **閿(阌)** wén 粵man4民 閿鄉，舊縣名，在河南。

8 **閽(阍)** hūn 粵fan1芬 ①守門◇閽人|司閽。②守門人。③宮門◇叩閽|帝閽九重。

8 **閻(阎)** yán 粵jim4嚴 ①里巷的門◇閭閻。②指里巷◇窮閻漏屋。③姓。

【閻王】yánwang ① 閻羅◇閻王好見，小鬼難當。② 比喻極嚴厲或兇惡的人◇黑社會老大就是活閻王，誰也不敢惹。

【閻羅】yánluó ①"閻魔羅闍"的簡稱。佛教指主管地獄的神。也稱閻王、閻羅王。(梵Yamarājā) ② 比喻兇惡殘暴的人。

8 **閼(阏)** (一)è 粵aat3/ngaat3壓 ①堵塞◇閼塞。②閘板◇提閼。(二)yān 粵jin1煙【閼氏】yānzhī 漢代匈奴稱君主的正妻。

9 **闌(阑)** lán 粵laan4蘭 ①同"欄"。欄杆。②將盡◇那人卻在、燈火闌珊處。③擅自(出入)◇闌出邊關|闌入宮殿。

【闌干】lángān ① 欄杆◇湖畔有曲折的朱色闌干。② 縱橫交錯的樣子◇星斗闌干。

9 **闃(阒)** qù 粵gwik1隙 寂靜◇闃靜|四野闃然。

9 **闆(板)** bǎn 粵baan2版 見"老闆"。

9 **闊(阔)〔濶〕** kuò 粵fut3 ①寬；寬廣◇寬闊|海闊天空。②長；久◇闊步|闊別。③富裕；鋪張奢侈◇闊少|擺闊氣。④不切實際◇迂闊|高談闊論。

【闊少】kuòshào 富家子弟◇富家闊少。

【闊步】kuòbù 邁大步；大步走◇闊步前進|昂首闊步。

【闊別】kuòbié 長久地分別◇闊別多年的同學今日重聚。同 久別。

【闊佬】kuòlǎo ①很有錢的人。②闊氣，豪爽。

【闊氣】kuòqi 奢華；排場大◇婚禮辦得很闊氣。

【闊綽】kuòchuò 花錢滿不在乎；闊氣◇出手闊綽。

9 **闈(闱)** wéi 粵wai4圍 ①古代宮室側旁的小門。借指後宮◇宮闈。②父母的居室；內室◇親闈|繡闈。③科舉時代稱考場◇秋闈|春闈。

9 **闋(阕)** què 粵kyut3決 ①終止。②量詞。(1)詞或歌曲一首叫一闋。(2)詞的一段叫一闋◇上闋寫景，下闋言情。

10 **闖(闯)** chuǎng 粵cong² 廠 ①突然進入；猛衝◇闖入|橫衝直闖。②出外歷練；奔走謀生◇闖江湖|走南闖北。③開創新的成果或局面◇闖牌子|另闖天地。④招致(事端)◇闖出這麼大的亂子。

【闖禍】chuǎnghuò 因魯莽或疏忽大意而惹出事端或禍害◇酒後駕車容易闖禍。同 肇事。

【闖蕩】chuǎngdàng 出外謀生◇闖蕩江湖。

10 **闔(阖)** hé 粵hap⁶ 合 ①關閉◇闔門靜居。②全；整個◇闔家|闔城。

10 **闐(阗)** tián 粵tin⁴ 田 ①充滿◇賓客闐門。②喧鬧◇鑼鼓喧闐。③用於地名。和闐、于闐，均在新疆維吾爾自治區，今改作"和田""于田"。

10 **闒(阘)** tà 粵taap³ 塔 卑下；低劣◇闒懦|闒茸低劣庸碌。

10 **闓(闿)** kǎi 粵hoi² 海 ①開門。②開啟。

10 **闕(阙)** (一)què 粵kyut³ 決 ①古代宮門、城門兩邊的樓台◇城有樓闕，門有禁衛。②指帝王的居處◇巍峨的宮闕。③古代神廟、陵墓兩旁的石雕◇西風殘照，漢家陵闕。④兩山對峙的地方。

(二)quē 粵kyut³ 決 ①過錯；失誤◇闕失|拾遺補闕。②同"缺"。

【闕如】quērú 也作"缺如"。欠缺；空缺◇彌補闕如|詳細資料，史學界尚付闕如。

11 **關(关)** guān 粵gwaan¹ 慣¹ ①門閂◇門不上關。②閉合；合上◇關門|把窗關上。③使機械、電器停止運作◇關機|關電閘。④拘禁；不讓出來◇關押|春色滿園關不住，一枝紅杏出牆來。⑤城門外附近的地方◇城關。⑥古時邊境出入口或交通險要地的防衛處所◇邊關|山海關|閉關鎖國。⑦負責核查進出口貨物並徵稅的地方◇關稅|入關。⑧起轉折關聯作用的部分◇機關|牙關。⑨比喻重要的轉折點◇難關|緊急關頭。⑩比喻不易度過的時間點◇年關|熬不過這一關。⑪干係；牽連◇有關部門|無關緊要。⑫關心◇關愛|關照。⑬倒閉或歇業◇關張|工廠關了。⑭發放或領取(薪水)◇關餉。⑮中醫切脈部位之一◇人脈有寸、關、尺三部。⑯姓。

【關口】guānkǒu ①來往必須經過的地方◇長城有很多關口。②起決定作用的時機或轉折點◇萬分緊急的關口。

【關切】guānqiè ①關心◇對她的病情深表關切。②親切◇關切的話語溫暖了人心。

【關心】guānxīn 經常性或一慣地給予愛護或重視◇關心局勢發展|家事、國事、天下事，事事關心。

【關於】guānyú 表示涉及的事物或事物所涉及的範圍◇關於就業問題|關於網頁的設計。

用法提示：關於、對於

"關於…"作狀語，只用在主語前◇關於中草藥，我所知不多；不能寫成"我關於中草藥…"。"對於…"作狀語，用在主語前後均可◇對於他的死，我很悲痛|我對於他的死很悲痛。

【關注】guānzhù 關心重視◇關注民生疾苦。

【關係】guānxì ①人或事物之間的互相連繫◇關係密切|毫無關係。②人和人之間某種性質的聯繫◇親屬關係|師生關係|社會關係。③對相關事物的影響或重要性◇孩子多吃點苦沒關係|這起事故和他沒有關係。④指原因、條件等◇由於時間關係，不能一一點評。⑤牽連；牽涉◇這事關係到千家萬戶。

【關閉】guānbì ①使開着的東西合上；使開動的設備停止運行◇關閉門窗|關閉冷氣設備。②企業、商店、學校等歇業或停辦◇關閉污染環境的工廠。

【關節】guānjié ①骨頭互相連接的地方◇肩關節|關節疼痛。②最緊要的環節◇找出問題的關節。③指靠行賄等不正當手段勾通官吏◇打通關節。

【關愛】guān'ài 關心愛護◇關愛學生|關愛弱勢羣體。

【關頭】guāntóu 最重要的時機或轉折點◇生死關頭|危急關頭|緊要關頭。

【關聯】guānlián 二者之間或多角之間存在的相互牽涉和相互影響。同 關涉、相關。

【關鍵】guānjiàn ①門閂或功能類似門閂的東西。②事物的緊要部分；起決定的因素◇科技發展關鍵在於人才。③最緊要的；起決定作用的◇關鍵時刻|關鍵的一戰。

【關懷】guānhuái 關心，關注◇給予無微不至的關懷。

【關顧】guāngù 關心照顧◇多謝關顧｜關顧年邁的父母。同 關照。

12 **闞（阚）** kàn 粵ham³瞰 ①望；視◇窺闞｜俯闞。②姓。

12 **闡（阐）** chǎn 粵cin²淺 / zin²展 表明，説明白◇闡明｜闡述｜闡發。

【闡明】chǎnmíng 講述明白◇用淺顯的語言闡明深刻的道理。

【闡述】chǎnshù 清楚地陳述◇闡述施政大計。

【闡發】chǎnfā 把方方面面都清楚、深入地給予説明。

【闡釋】chǎnshì 深入闡發解説◇詳盡的闡釋。

13 **闥（闼）** tà 粵taat³撻 內門；門◇闥門｜排闥直入。

13 **闢（辟）** pì 粵pik¹僻 ①開拓；開發◇開天闢地｜另闢蹊徑。②透徹；深刻◇精闢｜透闢。③駁斥或排除◇闢謠。

【闢除】pìchú 排除；屏除◇闢除私怨｜闢除惡習。

【闢謠】pìyáo 駁斥謠言，説明真相◇官方發表闢謠聲明。

阜部

0 **阜** fù 粵fau⁶埠 ①土山；山。②盛多；豐富◇物阜民豐。

3 **阢** wù 粵ngat⁶屹【阢隉】wùniè 不安定，不安寧◇阢隉不安，如坐針氈。

3 **阡** qiān 粵cin¹千 ①田間南北方向的小路◇越阡度陌。②田間小路；道路◇鄉間阡陌。

【阡陌】qiānmò 田間小路◇阡陌交通，雞犬相聞。

4 **阱〔穽〕** jǐng 粵zing⁶靜/zeng⁶鄭 捕捉野獸的陷坑◇陷阱。

4 **阮** ruǎn 粵jyun⁵遠/jyun²苑 ①商代諸侯國名。在今甘肅涇川。②姓。

【阮囊羞澀】ruǎnnángxiūsè 元代陰時夫《韻府羣玉・七陽》：晉人阮孚帶着皂囊遊會稽，有人問："囊中是甚麼東西？" 阮孚答道："但有一錢看囊，空恐羞澀。" 後表示沒有錢財，經濟困難的意思。

4 **阨** è 粵aai³隘 險要的地方◇險阨。

4 **阪** bǎn 粵baan²板 ①山坡；斜坡◇峻阪｜阪上走丸。②大阪，日本地名。

4 **防** fáng 粵fong⁴房 ①堤岸◇堤防。②防備◇害人之心不可有，防人之心不可無。③防禦◇防衛｜防線。④指防禦設施◇城防｜海防。

【防止】fángzhǐ 事先設法制止◇防止山體滑坡｜防止發生交通事故。

【防汛】fángxùn 防止江河在漲水時期泛濫成災。

【防守】fángshǒu ①警戒守衛◇防守邊疆｜防守要塞。②在比賽或作戰時防備對方進攻◇運用防守戰術。同 守衛、防衛。

【防身】fángshēn 保護自己不受侵害◇習武既可健身又可防身。

【防治】fángzhì 預防和治療；預防和治理◇防治愛滋病｜防治風沙。

【防務】fángwù 有關國家安全防禦方面的事務◇國家安全防務。

【防備】fángbèi 為避免損害而預先準備◇毫無防備｜時刻防備。

【防暴】fángbào 防止在公共場合出現暴亂或暴力犯罪行為◇防暴警察。

【防範】fángfàn 防備；戒備◇防範風險｜防範小人。

【防線】fángxiàn ①連成一線的防禦工事◇長江防線｜軍事防線。②比喻保護自身的戒備意識◇心理防線。

【防衛】fángwèi 防禦保衛◇正當防衛。

【防禦】fángyù 防守抵禦◇消極防禦｜防禦工事。

【防患未然】fánghuànwèirán 要在禍難發生之前，就消除產生禍難的根源，及早從根本上解決問題。同 未雨綢繆。

【防微杜漸】fángwēi dùjiàn 在苗頭初現、剛剛萌生的時候，就採取預防措施，不使其發展起來。多針對負面的事物。反 養癰遺患。

5 **阿** 〈一〉ē 粵o^{1}/ngo^{1} 柯 ①(山、水)彎曲處◇山阿。②奉承；迎合◇剛正不阿。③指山東東阿◇九天阿膠。

〈二〉ā 粵aa^{3}/ngaa^{3} 亞 詞綴。用在排行、小名、姓或親屬名稱的前面◇阿三|阿王|阿姨。

【阿姨】 āyí ① 姨母。② 稱呼和母親年紀差不多的婦女。③ 稱呼保姆或幼稚園的保育員。

【阿諛】 ēyú 説好聽的話迎合、奉承別人◇阿諛奉承。同 諂媚。

【阿彌陀佛】 ēmítuófó ① 佛名。共有"無量壽佛""無量光佛""智慧光佛"等十三個名號，是淨土宗所信仰的佛，稱其為西方極樂世界的教主。在寺院中常同釋迦牟尼、藥師並座，合稱"三尊"。(梵 Amitāyus) ② 佛教徒唸佛時所唸的佛名號；佛門信徒誦唸的佛名號，表示感謝或祈求佛的保佑。

5 **阽** diàn/yán 粵dim^{3} 店/jim^{4} 嚴 臨近(危險)◇阽於死亡之際。

【阽危】 diànwēi 面臨危險。

5 **阻** zǔ 粵zo^{2} 左 ①險要的地方◇山川險阻。②障礙◇通行無阻。③使不能通過、不能行進或不能做欲做的事◇風雨無阻。④推卻；拒絕◇推三阻四。

【阻力】 zǔlì ① 物理學指妨礙物體運動的作用力◇減少空氣阻力。② 泛指阻礙發展或前進的力量◇改革遭受到來自公司內部的阻力。反 動力。

【阻止】 zǔzhǐ 制止，使停止◇阻止上街遊行|阻止惡意收購。

【阻梗】 zǔgěng ① 阻塞◇文思阻梗，靈感捲逃。② 阻撓；作梗◇為一己私利從中阻梗。

【阻絕】 zǔjué 被堵死了，受阻礙不能通過◇阻絕敵軍退路。

【阻塞】 zǔsè ① 因被堵而無法通過◇交通阻塞|河道阻塞。② 使阻塞；堵塞◇壓制輿論，阻塞言路。同 堵塞 反 暢通。

【阻滯】 zǔzhì 阻礙，阻擋，使停頓不前◇阻滯石油出口|海關檢查阻滯車輛通行速度。

【阻撓】 zǔnáo 阻礙，擾亂，使事情不能順利進行◇蓄意阻撓|從中阻撓。

【阻擋】 zǔdǎng ① 阻止；擋住◇歷史潮流不可阻擋。② 指阻擋物◇一望無際的平原上沒有一絲阻擋。

【阻擊】 zǔjī 以防禦手段阻止敵人推進◇浴血阻擊，戰鬥慘烈。

【阻擾】 zǔrǎo 阻撓◇工作受到阻擾|反對黨阻擾大選|展開罷工阻擾石油出口。

【阻礙】 zǔ'ài ① 使不能順利通過、進行或發展◇阻礙交通|阻礙執行公務。② 起阻礙作用的事物◇驕傲自滿是進步的最大阻礙。

【阻攔】 zǔlán 阻止，擋住◇前來採訪的記者遭到村民的阻攔。

5 **阼** zuò 粵zou^{6} 做 古代指大堂前東面的台階，為主人迎接賓客的地方◇阼階。

5 **附** fù 粵fu^{6} 父 ①接近；靠近◇附耳|吸附。②依從；從屬◇附庸|魂不附體。③外加的；附帶◇附錄|附寄戲票一張。

【附加】 fùjiā ① 另外加上◇附加郵費|附加燃油費。② 額外的◇附加條件。

【附和】 fùhè 言行追隨別人。和，隨別人的聲音應答◇隨聲附和|一味附和。

【附帶】 fùdài ① 附加，有所補充◇附帶條件。② 順便◇我附帶説一下對這件事的看法。③ 非主要的；輔助的◇以種田為主，附帶養魚。

【附着】 fùzhuó 較小的物體粘附在較大的物體上◇這類海洋生物附着礁石上生活|煙味附着在衣服上。

【附會】 fùhuì 把沒有聯繫的事物硬扯在一起；把本來沒有那種意義的，説成是有的◇牽強附會|穿鑿附會。

【附錄】 fùlù 附在正文後面與正文有關的文章或參考材料。

【附屬】 fùshǔ ① 從屬於某一主體◇附屬國。② 附設的；歸…管轄的◇醫科大學附屬醫院|這所小學附屬於音樂學院。

5 **陀** tuó 粵to^{4} 駝 ①山岡◇登陀。②團狀物◇肉陀。③見"陂陀"。

【陀螺】 tuóluó 一種兒童玩具，可以在地上直立旋轉。

5 **陂** 〈一〉bēi 粵bei^{1} 悲 ①池塘；湖泊◇陂塘|萬頃之陂。②邊；旁邊◇海陂|路陂。③山坡；斜坡◇山陂|陂田。

〈二〉pō 粵po^{1} 坡 見"陂陀"。

〈三〉pí 粵pei^{4} 皮 用於地名，如黃陂(在湖北)。

【陂陀】pōtuó 傾斜而不平坦◇陂陀蜿蜒的山路。

6 **陋** lòu 粵lau^{6} 漏 ①(住地)窄小◇陋室|陋巷。②見聞少，學識淺◇淺陋|孤陋寡聞。③簡單；粗劣◇簡陋|因陋就簡。④不文明；不合理◇陳規陋習。⑤難看◇容貌醜陋。

【陋俗】lòusú 不文明的風俗、習俗◇擯棄陋俗惡習。

【陋室】lòushì 簡陋的房屋◇身處陋室，心繫天下。

【陋習】lòuxí 不文明的習慣、習俗◇革除陋習。

6 **陌** mò 粵mak^{6} 默 ①田間東西方向的小路。泛指田間小路◇越阡度陌。②道路；街道◇忽見陌頭楊柳色，悔教夫婿覓封侯。

【陌生】mòshēng 生疏；不熟悉◇陌生人|初來乍到，他對周圍感到很陌生。

6 **降** 〈一〉jiàng 粵gong^{3} 鋼 ①往下落◇下降|升降。②使往下落◇降旗。③降低；貶低◇降價|降職。④降生；誕生◇我勸天公重抖擻，不拘一格降人才。

〈二〉xiáng 粵hong^{4} 杭 ①投降◇受降|詐降。②指投降的人◇招降納叛。③使服從；制服◇一物降一物。

【降水】jiàngshuǐ ①液態或固態的水從大氣中降落到地面◇人工降水。②從大氣中降落到地面的液態或固態的水，如雨、雪、霰、雹等。

【降伏】xiángfú 使馴服；制服◇降伏烈馬。

【降低】jiàngdī ①下降◇飯菜質量降低了。②使下降◇降低成本。

【降格】jiànggé 降低標準、規格、條件、身份等◇降格使用|降格以求。反 升格。

【降解】jiàngjiě 高分子化合物以生物或化學分解，使有機物含量降低。可有助環境消化相關物品。

【降温】jiàngwēn ①使温度降低◇防暑降温。②氣温下降◇明晨將降温到零度。③使緩和下來◇留學熱最近稍有降温。反 升温。

【降落】jiàngluò ①落下；下降着陸◇風箏徐徐降落|飛行員跳傘降落。②低落，降低◇物價有所降落。

【降臨】jiànglín 來到◇夜幕降臨|厄運降臨。

6 **陔** gāi 粵goi^{1} 該 ①台階的層級。②田埂。

6 **限** xiàn 粵haan^{6} 間^{6} ①門檻◇戶限為穿(形容進出的人很多)。②指定的範圍；限度◇界限|權限。③限制；限定◇不限人數|年齡不限。

【限止】xiànzhǐ 限制。

【限制】xiànzhì ①不許超過規定的範圍；約束◇限制車速|成本太高，限制了產品研發進度。②規定的範圍◇寫作不受年齡的限制。

【限定】xiàndìng 框定數量、範圍等◇限定人數|時間限定。

【限度】xiàndù 在規定的範圍裏最高或最低的數量、程度◇最低限度|有限度地降低錄取分數|因機件故障，只能有限度地提供服務。

【限期】xiànqī ①不許超過指定日期◇限期改正|限期到達。②指定的不得超越的日期◇簽證過了限期。

【限量】xiànliàng ①限定數量、範圍◇限量供應|前途不可限量。②限定的數量◇用藥不能超過限量。

7 **陡** dǒu 粵dau^{2} 斗 ①坡度大◇陡坡|陡峻。②突然◇態度陡變。

【陡峭】dǒuqiào (山勢等)坡度差不多是垂直的◇陡峭的峽谷。同 陡峻。

7 **陣(阵)** zhèn 粵zan^{6} 振^{6} ①交戰時兵力的部署方式◇嚴陣以待。②陣地；戰場◇臨陣脫逃。③一段時間◇這一陣子。④量詞。用於延續了一段時間的事情或現象◇一陣掌聲|一陣暴雨。

【陣地】zhèndì ①軍隊作戰時所佔據並修有工事的地方◇敵軍陣地。②比喻某些領域或活動場所◇文化陣地|輿論陣地。

【陣雨】zhènyǔ 時間短、開始和終止都很突然、降水強度變化很大的雨◇陰有陣雨|雷陣雨。

【陣容】zhènróng ①隊伍的組合方式、排列形式◇陣容壯觀|整齊威武的陣容。②比喻人力配備的狀態◇明星演唱會陣容強大|陣容不整。

【陣勢】zhènshì ① 軍隊作戰的佈置◇兩軍相遇，旗鼓相望，各列成陣勢。② 情勢；場面◇兩家公司擺出決戰陣勢｜他沒見過這樣的大陣勢，心裏有些慌。

【陣腳】zhènjiǎo 軍隊所佈陣勢的最前方。多用於比喻內部的秩序◇自亂陣腳｜壓不住陣腳。

【陣線】zhènxiàn 戰線。比喻為某一目的結合起來的力量◇救國陣線｜民主陣線。

【陣營】zhènyíng ① 軍隊的營壘。② 比喻為了共同的目標和利益而聯合起來的集團◇在野黨分成兩大陣營。

7 陜（陕）shǎn 粵sim² 閃 指陜西省◇陜甘（陜西、甘肅）。

7 陛 bì 粵bai⁶ 幣 台階。特指帝王宮殿的台階◇陛階｜層陛四重。

【陛下】bìxià 對帝王的尊稱。

7 陘（陉）〈一〉xíng 粵jing⁴ 形 山脈中間斷開成裂口的地方。

〈二〉jìng 粵ging³ 徑 同"徑"。

7 陟 zhì 粵zik¹ 即 ①登，登上◇陟彼高岡，我馬玄黃。②晉升；提拔◇黜陟｜陟罰臧否。

7 除 chú 粵ceoi⁴ 徐 ①台階◇階除｜灑掃庭除。②去掉；清除◇革除｜興利除弊。③不計算在內◇排除｜除此之外。④數學上指除法運算◇被除數。

【除夕】chúxī 農曆一年最後一天的夜晚或最後一天◇除夕之夜。

【除名】chúmíng 從名冊中除掉姓名，撤銷原有的身份◇公司將違規員工除名｜世界衞生組織把該國從疫區名單中除名｜他因為失誤而遭球會除名。

【除非】chúfēi ① 表示條件是唯一的，相當於"只有"，常跟"才、否則、不然"等連用◇若要人不知，除非己莫為。② 除去…之外，表示不計算在內◇這種話除非他，別人說不出來。

【除惡務盡】chú'èwùjìn 清除邪惡勢力，要連根拔除，不留後患。同 斬草除根。

7 院 yuàn 粵jyun⁶ 願/jyun² 苑 ①房屋前後用圍牆圍起來的空地◇庭院｜深宅大院。②機構或公共場所的名稱◇法院｜醫院｜電影院。③指學院◇高等院校。

【院落】yuànluò 院子；庭院◇四合院落｜民居院落。

8 陸（陆）〈一〉lù 粵luk⁶ 六 ①陸地◇水陸兩棲。②陸路◇陸運｜水陸並進。③姓。

〈二〉liù 粵luk⁶ 六 "六"的大寫。

【陸地】lùdì 地球表面除去海洋（或包括江河、湖泊等水面）的部分。

【陸路】lùlù 陸地道路。同 旱路 反 水路。

【陸運】lùyùn 鐵路、公路等陸路上的運輸。反 水運。

【陸離】lùlí 形容色彩繽紛、光彩絢麗◇斑駁陸離｜光怪陸離。

【陸續】lùxù 表示動作、行為接連不斷◇隊員陸續抵達。

8 陵 líng 粵ling⁴ 零 ①大的土山◇丘陵｜山陵。②陵墓◇中山陵。

【陵園】língyuán ① 古代帝王或諸侯的墓地。② 指以陵墓為主的園林◇烈士陵園。

【陵寢】língqǐn 帝王陵墓上的正殿。借指帝王陵墓◇皇家陵寢｜歷代帝王陵寢。

8 陬 zōu 粵zau¹ 周 ①山角◇在陵之陬。②角落◇暗陬｜城之陬。

8 陳（陈）chén 粵can⁴ 塵 ①擺設；擺放◇陳列｜陳設。②述說◇慷慨陳詞。③時間很久的；舊的◇陳年老賬｜推陳出新。④周代諸侯國名。在今河南淮陽和安徽亳州一帶。⑤朝代名。南朝之一。公元 557–589，陳霸先所建。⑥姓。

【陳列】chénliè 把物品整齊、有序地擺出來供人觀看◇展櫃裏陳列着明代青花瓷。

【陳年】chénnián 已有多年的；時間長久的◇陳年黃酒｜陳年舊事。

【陳述】chénshù 述說；有條理地一一說出來◇陳述意見｜陳述案情。

【陳規】chénguī 陳舊過時的規章制度◇陳規陋習｜衝破陳規的約束。

【陳設】chénshè ① 擺設◇客廳裏陳設着紅木傢具。② 擺設的東西◇卧室裏只有一些簡單的陳設。

【陳訴】chénsù 陳述訴說◇陳訴理由｜陳訴

冤屈。

【陳詞】 chéncí 陳舊過時或迂腐的言辭◇陳詞濫調。

【陳腐】 chénfǔ 陳舊不合時宜◇陳腐的學説｜摒棄陳腐觀念。(反) 開明、開放。

【陳舊】 chénjiù 以往許久的；過時的◇房屋陳舊｜設備陳舊。(反) 嶄新。

【陳陳相因】 chénchénxiāngyīn ① 舊糧上放新糧，新糧變舊糧，層層堆積。② 比喻沿襲舊東西，沒有新意。(同) 因循守舊 (反) 推陳出新。

【陳詞濫調】 chéncílàndiào 一次又一次重複、毫無價值的陳舊言詞。

8 **陴** pí (粵)pei⁴皮 女牆，城垛。

8 **陰(阴)〔隂〕** yīn (粵)jam¹音 ①河流的南面或山的北面◇江陰｜嶺北山陰。②天空被雲擋住不見陽光◇陰雨｜天色陰沉。③不見太陽的地方◇樹陰｜背陰處。④隱蔽的；不外露的◇陰溝｜陰河。⑤祕密；暗中◇陽奉陰違。⑥古代哲學概念。存在於宇宙一切事物中的兩大對立面之一◇陰陽。⑦指月亮◇陰曆｜太陰。⑧生殖器；特指女性生殖器◇陰部｜陰道。⑨凹進去的◇陰文。⑩關於鬼神的◇陰間｜陰曹地府。⑪帶負電子的◇陰電｜陰極。⑫姓。

【陰私】 yīnsī ① 不願公開的個人私事◇保護個人陰私。(同) 隱私。② 不可告人的壞事◇互揭陰私，兩敗俱傷。

【陰冷】 yīnlěng ① 陰暗寒冷◇天氣陰冷。(反) 晴和。② 陰沉冷漠，沒有熱情◇陰冷的目光。

【陰沉】 yīnchén ① 天色陰暗◇陰沉潮濕的天氣。② 板着臉的樣子◇臉色陰沉。③ 形容陰鬱、不開朗◇性格陰沉孤僻。

【陰毒】 yīndú 陰險刻毒◇陰毒刻薄。(同) 惡毒 (反) 善良。

【陰風】 yīnfēng ① 冷風◇一陣陰風捲起滿地黃葉。② 比喻邪惡不正的言論、活動、作為等◇暗地裏煽陰風。

【陰晦】 yīnhuì 陰沉昏暗◇天氣陰晦｜陰晦淒冷的黃昏。(反) 晴朗。

【陰涼】 yīnliáng ① 因陽光被遮蔽而涼快◇放到陰涼通風處｜榕樹下挺陰涼的。② 陰涼的地方◇樹大陰涼大。

【陰森】 yīnsēn 幽暗可怕◇陰森恐怖的古堡。

【陰暗】 yīn'àn ① 光線微弱◇房間陰暗潮濕｜天色陰暗。(反) 光亮。② 不可告人的；不光明的◇陰暗心理｜社會的陰暗面。③ 形容沉鬱、不明朗◇臉色陰暗｜表情略帶陰暗。

【陰影】 yīnyǐng ① 陰暗的影子◇柳樹的陰影在月光下婆娑搖曳｜畫素描不要急於畫陰影。② 比喻黯然的情緒◇留下心理陰影。

【陰曆】 yīnlì ① 曆法的一類。以月亮的月相周期，即朔望月（29.530588 天）為一個月，大月 30 天，小月 29 天，十二個月為一年，平年 354 天，閏年 355 天。伊斯蘭教曆是陰曆的一種。也稱“太陰曆”。② 農曆的通稱。

【陰謀】 yīnmóu ① 暗中策劃（做壞事）◇陰謀報復｜陰謀政變。② 暗中策劃的壞計謀◇陰謀詭計｜策劃陰謀。

【陰險】 yīnxiǎn 表面善良，內心險惡◇手段陰險毒辣。

【陰霾】 yīnmái ① 空氣中因懸浮着大量的煙、塵埃等而形成的混濁現象◇陰霾散盡，重見藍天。② 比喻黯然的情緒或惡劣的環境◇舉國上下籠罩着戰爭的陰霾｜走出心靈的陰霾。

【陰錯陽差】 yīncuòyángchā 本是古代曆法用的術語，後比喻因偶然因素而造成差錯、出現錯亂。(同) 陰差陽錯。

8 **陶** 〈一〉táo (粵)tou⁴途 ①用黏土燒製成的器物◇陶瓷｜彩陶。②製作陶器◇陶鑄｜陶工。③比喻培養、造就◇薰陶｜陶冶。④歡喜；愉快◇陶醉｜樂陶陶。⑤姓。

〈二〉yáo (粵)jiu⁴搖 用於人名。皋陶，傳説中舜的臣子。

【陶冶】 táoyě ① 燒製陶器和冶煉金屬。② 比喻給人的品德、性格、情趣以良好的影響◇陶冶心靈｜陶冶情操。

【陶醉】 táozuì ① 酣暢地醉飲。② 比喻沉浸在某種感受或境界之中◇明媚的春光令人陶醉。

8 **陷** xiàn (粵)haam⁶咸⁶ ①為捕捉野獸而挖的坑◇陷阱。②沉入；掉進◇下陷｜陷入泥潭。

③向下凹進去◇塌陷｜兩眼深陷。④設計害人◇誣陷。⑤攻破；佔領◇攻陷｜衝鋒陷陣。⑥被攻破；被佔領◇陷落｜淪陷。⑦欠缺；不足◇缺陷。

【陷入】xiànrù ① 落入◇汽車輪子陷入泥淖之中。② 比喻深深地進入一種境況或境界中◇陷入困境｜陷入沉思之中。

【陷阱】xiànjǐng ① 為捕捉野獸或敵人而挖的上面有偽裝物的坑。② 比喻害人的圈套◇生意場上處處有陷阱。

【陷害】xiànhài 設計謀害人◇歪曲事實，蓄意陷害。㊀ 誣陷、誣害。

【陷落】xiànluò ① 表層部分凹進去◇暴雨使公路陷落了一大片。㊀ 凹陷、塌陷。② 陷入，進入不良的狀態中◇情緒陷落谷底。③ 領土被敵方攻佔◇困守孤城，終告陷落。

8 **陪** péi ⓖpui⁴ 培 ①伴隨◇陪伴｜失陪。②協同；輔佐◇陪審。

【陪同】péitóng 陪伴着一起從事某一活動◇陪同參觀｜陪同首相訪問。

【陪客】péikè ① 陪伴客人◇我去找他的時候，他正在陪客。② 主人特邀來陪伴客人的人◇請女方至親當陪客。

【陪襯】péichèn ① 從旁襯托◇紅花也要綠葉陪襯。② 只做襯托的人或事物◇穿衣打扮要學會巧用陪襯。

9 **隋** suí ⓖceoi⁴ 徐 ①朝代名。公元581–618年，楊堅所建。②姓。

9 **階（阶）** jiē ⓖgaai¹ 佳 ①用磚、石等物砌成的一級高過一級的走道，多建在門前或坡面上◇石階｜階下囚。②等級◇軍階｜官階。

【階段】jiēduàn 事物進展變化中的段落◇步入不同的學習階段｜工程進入收尾階段。

【階級】jiējí ① 台階◇青石階級。② 指官職俸祿的等級◇他在軍中階級低微。③ 人在社會當中所處的地位、層級。一般由財富實力來決定◇中產階級｜貧民階級。

【階梯】jiētī ① 台階，梯子。② 比喻向上、升高的憑藉或途徑◇書籍是人類進步的階梯｜用勤奮打造通向成功的階梯。

【階層】jiēcéng ① 人們因經濟狀況、社會地位或謀生方式不同而分成的層次。② 因某種共同特徵而形成的社會羣體◇白領階層｜知識階層｜工薪階層。

【階下囚】jiēxiàqiú 官府衙門堂前台階下受審訊的囚犯。後泛指囚犯或失去自由者。㊁ 座上客。

9 **陽（阳）** yáng ⓖjoeng⁴ 羊 ①山的南邊或水的北邊◇洛陽｜泰山之陽。②太陽照到的地方◇陽坡好種瓜果。③外露的；表面的◇陽溝｜陽奉陰違。④太陽；陽光◇陽曆｜夕陽。⑤剛猛◇陽剛之氣。⑥古代哲學概念。存在於宇宙一切事物中的兩大對立面之一◇陰陽。⑦指男性生殖器◇陽萎。⑧凸出的◇陽文圖章。⑨屬於活人或人世的◇陽壽｜陽間。⑩帶正電荷的◇陽極。⑪姓。

【陽和】yánghé 和暖◇陽和的春日。

【陽春】yángchūn 和暖的春天◇陽春三月。

【陽曆】yánglì ① 曆法的一類。以地球繞太陽運行一周的時間（365.24219 天）為一年，分十二個月，平年 365 天，閏年 366 天。國際通用的公曆是陽曆的一種。也稱“太陽曆”。② 公曆的通稱。

【陽春麪】yángchūnmiàn 上海一帶指不附加菜餚的湯麪。又稱光麪。

【陽春白雪】yángchūn báixuě《陽春》《白雪》是戰國時楚國的高雅歌曲名。後世以之作為高雅音樂、高雅文藝作品的代稱。㊁ 下里巴人。

【陽奉陰違】yángfèng yīnwéi 陽，外露的；陰，隱蔽的。表面遵從，暗中違背。㊁ 表裏如一。

9 **隅** yú ⓖjyu⁴ 餘 ①角落◇城隅｜向隅而泣。②邊遠的地方◇失之東隅（日出處），收之桑榆（日落處）。

9 **隈** wēi ⓖwui¹ 偎 ①山、水等彎曲的地方。②隅，角落◇室隈｜牆隈。

9 **陲** chuí ⓖseoi⁴ 誰 邊疆；邊境◇邊陲｜西陲｜邊關重陲。

9 **隍** huáng ⓖwong⁴ 王 沒有水的護城壕◇城隍｜池隍。

9 **隉** niè ⓖnip⁶ 聶 見“阢隉”。

9 **隆** (一) lóng 粵lung4 龍 ①盛大◇隆重。②興旺；興盛◇興隆。③深。表示程度◇隆冬｜隆情厚意。④凸起◇隆起。

(二) lōng 粵lung4 龍 用於"黑咕隆咚"等詞語。

【隆冬】lóngdōng 嚴冬，冬天最寒冷的時期。(反) 盛夏。

【隆重】lóngzhòng 莊嚴而又盛大◇隆重開幕｜隆重的儀式。

【隆起】lóngqǐ 鼓起來；向上凸起◇地殼隆起。

9 **隊(队)** duì 粵deoi6 對6 ①行列◇排隊｜成羣結隊。②編制單位◇支隊｜連隊。③泛指有組織的集體◇艦隊｜球隊。④特指中國少年先鋒隊◇隊禮｜隊日。⑤量詞。用於排成隊列的人或動物◇一隊人馬。

【隊伍】duìwu ①部隊；軍隊◇抗日隊伍。②有組織的或自發形成的行列◇遊行隊伍｜售票處排起了長長的隊伍。③特定範圍裏的人員羣體◇公務員隊伍｜教師隊伍。

【隊員】duìyuán 以"隊"命名的組織的成員◇游擊隊員｜足球隊員。

10 **隔** gé 粵gaak3 格 ①攔斷；阻隔◇分隔｜隔牆有耳。②離開；相距◇相隔多年｜遠隔重洋。

【隔絕】géjué 阻隔斷絕◇天各一方，音信隔絕｜與世隔絕。

【隔閡】géhé ①障礙；存在差別，難以相通◇語言隔閡。②嫌猜；心存芥蒂◇兩人的隔閡消除了。(反) 融洽。

【隔膜】gémó ①疏遠，不親密◇父子之間有代溝，溝通上會有些隔膜。②隔閡，嫌隙◇尋求共識，化解隔膜。③不通曉；不明瞭◇我對文學實在隔膜得很。

【隔壁】gébì 左右毗鄰的人家或屋子◇隔壁鄰居。

【隔離】gélí ①不讓聚在一起，使斷絕往來◇隔離審查。②把患傳染病的人或動物同健康的分開，使避免接觸◇隔離病區｜消毒隔離。

【隔岸觀火】gé'ànguānhuǒ 比喻置身事外，袖手旁觀。(反) 見義勇為。

【隔靴搔癢】géxuēsāoyǎng ①比喻說話、做文章擊不中要害，只在外圍、枝節上兜圈子。(反) 切中要害。②比喻做事抓不住主要問題，徒勞無功。

【隔牆有耳】géqiángyǒu'ěr《管子·君臣下》："古者有二言：'牆有耳，伏寇在側。'"後用於表達小心被人聽到泄露祕密。(反) 密不透風。

10 **隙** xì 粵gwik1 虢/kwik1 ①裂縫◇牆隙｜孔隙｜門隙。②空閒(時間或空間)◇空隙｜農隙｜隙地。③空子；機會◇乘隙｜無隙可乘。④感情上的裂痕◇怨隙｜仇隙｜嫌隙。

10 **隕(陨)** yǔn 粵wan5 允 墜落；從高處向下落◇星隕如雨。

【隕石】yǔnshí 落到地面上的沒有完全燒毀的流星體的碎塊。

【隕落】yǔnluò ①天外星體墜落到地球。②比喻死亡◇巨星隕落。

10 **隗** (一) wěi 粵ngai5 蟻 ①高峻的樣子。②姓。

(二) kuí 粵kwai4 葵 姓。

10 **隘** ài 粵aai3/ngaai3 嗌 ①窄小；狹窄◇狹隘｜隘巷。②人的氣量褊狹◇狹隘。③關口；險要處◇關隘｜隘口。

11 **隞** áo 粵ngou4 熬 商朝的都城，在今河南鄭州西北。也作敖或囂。

11 **際(际)** jì 粵zai3 制 ①交界處或邊緣處相接觸◇浩浩湯湯，橫無際涯。②互相接觸；交往◇交際。③彼此間；相互間◇國際｜人際關係。④裏面；中間◇腦際｜胸際。⑤遭遇◇際遇｜遭際。⑥時候◇危急存亡之際。⑦正當；適時◇際此盛會。

【際遇】jìyù ①遭遇◇人生際遇。②機遇；機會◇千載難逢的際遇。

11 **障** zhàng 粵zoeng3 漲 ①阻隔；遮擋◇障礙｜一葉障目，不見泰山。②做為阻隔、遮擋的東西◇屏障｜設障盤查。

【障礙】zhàng'ài ①阻礙；阻擋◇障礙交通。②阻擋物◇克服障礙｜心理障礙。

11 **隟** xì 粵gwik1 隙 同"隙"。

12 **隤** tuí 粵teoi4 頹 同"頹"。

13 **隨(随)** suí 粵ceoi4 除 ①跟從；跟着◇隨同｜隨風潛入夜，潤物細無聲。②順從；順着◇隨意｜入鄉隨俗。③順便◇隨口說出｜隨手關門。④緊接着◇隨即｜隨後｜隨叫隨到。

⑤不拘；不論◇隨處|隨地。⑥任憑◇隨便|隨他説去。⑦依據；按照◇隨機應變。⑧像，好似◇他長得隨父親。

【隨心】suíxīn ① 順從自己的想法◇隨心所欲。② 滿意；稱心◇日子過得隨心。

【隨地】suídì 表示不管甚麼地方◇隨時隨地｜禁止隨地吐痰。

【隨身】suíshēn 帶在身上或跟在身邊◇隨身攜帶｜隨身物品。

【隨即】suíjí 馬上就；隨後就◇演講者話音剛落，隨即響起熱烈掌聲。

【隨便】suíbiàn ① 不拘束；不加限制◇他為人隨便，從不顧忌甚麼｜我們先隨便聊聊。② 漫不經心；不經過仔細考慮◇説話隨便｜隨便扔紙屑。(同) 輕易。③ 無論；不管；任何◇隨便你走到哪兒我都跟着｜隨便甚麼書，他都愛看。④ 簡單，簡便，不講究◇隨便做了些飯菜，將就着吃吧。

【隨後】suíhòu 緊接在某一情況或動作之後，多與"就"連用◇先是烏雲低垂，隨後就是暴雨大風。

【隨時】suíshí 不拘甚麼時候；有需要或必要的時候◇有事隨時來找我｜隨時報告工程進展。

【隨處】suíchù 到處；處處◇隨處可見｜這種貨色隨處都有。

【隨常】suícháng 平常；普通◇隨常衣物｜一日三餐都是隨常茶飯。

【隨感】suígǎn 即時的感受；一路下來的感想◇生活隨感｜遊新加坡隨感。

【隨意】suíyì ① 依照自己心裏想的◇隨意參觀｜豐儉隨意。② 隨便；任意◇請勿隨意浪費紙張。

【隨波逐流】suíbōzhúliú 隨着波浪起伏，跟着流水飄盪。比喻沒有主見，跟着別人亦步亦趨。

【隨遇而安】suíyù'ér'ān 無論處在甚麼樣的環境中都能安然自得。

【隨機應變】suíjīyìngbiàn 按照時機和情況的變化，採取相應的措施。

【隨聲附和】suíshēngfùhè 自己沒有定見，人云亦云。

13 **隩** 〈一〉yù 粵juk^1 旭 河岸彎曲的地方◇水隩|江隩。

〈二〉ào 粵ou^3/ngou^3 澳 同"奥"。

13 **險(险)** xiǎn 粵him^2 謙^2 ①險要，險峻◇險峯|險隘。②地勢險惡、極難通過的地方◇探險|長江天險。③危險的◇險情|險象環生。④危險的境況◇冒險|脱險。⑤心腸狠毒◇陰險。⑥幾乎；差一點◇險遭不測|險些翻車。⑦"保險"的簡稱◇壽險|財產險。

要點注意：險些、險些沒

(1)用"險些"的句子，是表示不希望實現的事情，動詞用肯定式或否定式，意思一樣，都表示沒有實現◇**車子險些掉進溝裏|車子險些沒掉進溝裏**。兩句都表示沒有掉進溝裏。(2)句子是表示希望實現的事情，如是肯定式，是惋惜未能實現◇**我險些把球踢進了球門**；如是否定式，是慶幸終於勉強實現◇**我險些沒把球踢進了球門**。

【險阻】xiǎnzǔ ① 地勢險峻，障礙重重◇崎嶇險阻的山路。② 比喻做事面臨很多困難和障礙◇不怕艱難險阻，研究小組終於堅持下來。

【險毒】xiǎndú 陰險惡毒◇用心險毒｜險毒的陰謀。(同) 險惡。

【險要】xiǎnyào 地勢險惡的交通要地◇地勢險要，易守難攻。

【險峻】xiǎnjùn ① 山勢高而險◇險峻的華山｜山路陡峭險峻。(反) 平緩。② 比喻（情勢）險惡、嚴重◇形勢險峻。

【險情】xiǎnqíng 出現危險情況◇山洪爆發險情不斷。

【險惡】xiǎn'è ① 危險可怕◇地勢險惡｜病情險惡。② 陰險歹毒◇居心險惡。

【險勝】xiǎnshèng 在比賽中，以接近的比分取勝◇他以微弱優勢險勝對手。

【險象】xiǎnxiàng 危險的徵兆◇會場秩序混亂，險象不斷。

【險象環生】xiǎnxiànghuánshēng 危險的跡象接連發生。形容處在危險的境地中。(同) 危機四伏 (反) 安如泰山。

13 **隧** suì 粵seoi^6 睡 穿越地下、山嶺、水面下的人工開鑿的通道。

【隧道】suìdào 在山中、地下、水下開鑿成的通道◇越江隧道｜海底隧道。

14 **隰** xí 粵zaap[6] 習 低濕的地方◇隰地｜山有榛，隰有苓。

14 **隱(隐)** yǐn 粵jan[2] 忍 ①隱藏；不使顯露出來◇隱瞞｜隱惡揚善。②潛伏的；藏在深處的◇隱患｜隱憂。③不明顯；不清楚；不明確◇隱約｜隱隱作痛。④精深；微妙◇探賾索隱，鈎深致遠。⑤藏於內心的事情◇難言之隱。⑥憐憫◇惻隱之心。

【隱私】 yǐnsī 不願公開的私事◇保護個人隱私。

【隱沒】 yǐnmò 隱蔽；被別的物體遮住◇別墅隱沒於綠樹中｜夕陽隱沒在地平線下。㊎ 出現。

【隱居】 yǐnjū 住在偏僻地方，不出來做官◇過隱居生活。㊐ 避世。

【隱約】 yǐnyuē 依稀；看不清楚◇遠處隱約傳來下課的鈴聲｜古城牆隱約可見。

【隱祕】 yǐnmì 祕密◇行蹤隱祕｜山洞有個隱祕的出口。㊎ 公開。

【隱晦】 yǐnhuì 所要表達的意思含蓄、曲折、不明顯◇這部電影內容隱晦。㊎ 顯明、顯豁。

【隱喻】 yǐnyù 比喻的一種。用"是""成""就是""成為""變為""等於"等詞語把甲事物比作相似的乙事物。如"經驗是最好的老師""希望就是明亮的燈塔"。㊐ 暗喻。

【隱語】 yǐnyǔ ① 不直述本意而是借別的詞語來暗示的話。類似謎語。② 暗語。

【隱蔽】 yǐnbì ① 隱藏，藉助別的東西來遮住，不暴露出來◇獵人隱蔽在巖石後面。② 被掩飾起來◇行蹤隱蔽｜手法隱蔽。

【隱隱】 yǐnyǐn 不顯明；顯示得不清楚◇青山隱隱水迢迢，秋近江南草木凋。㊐ 隱約。

【隱藏】 yǐncáng ① 藏起來；躲藏◇把值錢的東西隱藏起來。② 暗藏◇發掘這個建議隱藏的價值。

15 **隳** huī 粵fai[1] 揮 毀壞。

16 **隴(陇)** lǒng 粵lung[5] 壟 ①古代指隴西（甘肅南部）◇得隴望蜀。②同"壟"。田埂◇躬耕隴畝。③甘肅的別稱◇隴海鐵路。

隶部

9 **隸(隶)〔隷隸〕** lì 粵dai[6] 弟 ①被奴役的人◇奴隸｜僕隸。②舊時指差役◇皂隸｜隸卒。③附屬；從屬◇隸屬。④漢字的一種字體◇漢隸書法。

【隸役】 lìyì ① 僕役；僕人。② 服役的人。

【隸書】 lìshū 漢字字體的一種。由篆書演變而成，通行於漢代，筆畫比篆書簡單◇碑刻隸書。

【隸屬】 lìshǔ 從屬於；附屬於◇企業的隸屬關係｜建置隸屬沿革。

隹部

0 **隹** zhuī 粵zeoi[1] 追 短尾鳥。

2 **隼** sǔn 粵zeon[2] 準 猛禽名。形狀似小鷹，上嘴鈎曲，目光銳利，性兇猛，飛翔能力強。可以飼養幫助打獵。

2 **隻(只)** zhī 粵zek[3] 脊 ①單獨的；極少的◇隻身｜形單影隻｜片言隻語。②獨特的◇隻眼（慧眼）。③量詞。(1)用於動物。多指飛禽走獸◇一隻雞｜兩隻羊。(2)用於器物◇一隻船｜三隻茶杯。(3)用於成對的東西◇兩隻手｜一隻鞋。

3 **雀** què 粵zoek[3] 酌 ①鳥名。體型較小◇黃雀｜雲雀。②指麻雀◇鴉雀無聲。③泛指小鳥◇鳥雀｜門可羅雀。

【雀躍】 quèyuè 高興得像鳥雀那樣跳躍◇歡呼雀躍｜為之雀躍。

4 **雁〔鴈〕** yàn 粵ngaan[6] 顏[6] 一種候鳥。善於游泳和飛行，形狀像鵝，飛行時排列成行。

4 **雄** xióng 粵hung[4] 紅 ①公的；能產生精細胞的◇雄蕊｜雄雞。②剛強的；強有力的◇雄師｜雄辯。③宏偉的；有氣魄的◇雄圖｜雄心壯志。④比喻傑出的人或強有力的國家◇羣雄｜戰國七雄。

【雄心】 xióngxīn 遠大有氣魄的心願◇雄心壯志｜雄心勃勃。

【雄壯】 xióngzhuàng ① 強大有力◇威武雄壯。② 雄偉壯觀◇巍峨雄壯的大雄寶殿。③（聲音）宏亮有氣勢◇雄壯的旋律。

【雄奇】 xióngqí 雄偉奇特◇雄奇壯美的瀑布。

【雄厚】 xiónghòu（人力、財力、物力等）充足◇資金雄厚｜技術力量雄厚。反 微薄、單薄。

【雄姿】 xióngzī 雄健威武的姿態◇跨海大橋盡展雄姿。

【雄健】 xióngjiàn ① 雄壯強健◇體態雄健。② 剛健有力◇筆力雄健｜邁着雄健的步伐。

【雄偉】 xióngwěi ① 氣勢宏偉◇雄偉壯觀的中山陵。② 魁梧◇身材雄偉｜雄偉健壯。

【雄渾】 xiónghún 雄健渾厚◇氣象雄渾｜雄渾蒼涼。

【雄辯】 xióngbiàn ① 強有力的辯駁◇事實勝於雄辯。② 有説服力的◇一番雄辯，令人折服。

【雄才大略】 xióngcái dàlüè 傑出的才能和高遠的謀略。同 雄才偉略。

4 **雅** yǎ 粵ngaa5 瓦 ①合乎規範的；正統的◇雅正｜雅言。②高尚的；不粗俗的◇文雅｜雅俗共賞。③敬辭。用於稱對方的情意、舉動◇雅意｜雅教。④《詩經》中的一類詩篇，包括《小雅》和《大雅》，是西周朝廷上的樂歌。⑤平素；向來◇雅善鼓琴。⑥甚，很◇及相見，雅以為美。

【雅士】 yǎshì 高雅的文人◇雅士名流｜文人雅士。

【雅致】 yǎzhi 高貴不俗◇寓所佈置得很雅致。反 粗俗。

【雅座】 yǎzuò 指飯店、茶館等設置的高雅舒適的小房間◇樓上設有雅座。

【雅量】 yǎliàng ① 胸懷寬廣，豁達大度◇有容人的雅量。反 褊狹。② 酒量大◇他喝酒算得上雅量。

【雅興】 yǎxìng 高尚的興致、情趣◇雅興正濃｜雅興不淺。

【雅觀】 yǎguān 舉止文雅；裝束高雅。多用於否定式◇這個舉動不太雅觀。

4 **集** jí 粵zaap6 習 ①聚攏；會合◇集合｜百感交集。②定期的交易市場◇集市。③古代圖書分為經、史、子、集四部，文學作品列為集部。④由許多單篇、單本著作彙編成的書籍◇全集｜選集。⑤書籍中的一部分或影視片中分成的段落◇上下集｜第一集。

【集中】 jízhōng ① 把分散的聚集在一起◇集中資源｜集中火力。② 專注；不分散◇精神難以集中。

【集合】 jíhé ① 許多分散的人或事物聚集在一起◇集合地點｜緊急集合。② 使匯合、聚合◇吹哨子集合野營的同學｜集合各方的意見。反 解散。③ 數學名詞。指若干具有共同屬性的事物的總體。

【集會】 jíhuì ① 集合在一起開會◇在廣場集會｜遊行集會。② 集合在一起舉行的會議◇舉行集會抗議。

【集資】 jízī ① 籌措資金◇集資上市。② 合資◇幾個朋友集資開了一家咖啡廳。

【集團】 jítuán ① 為達到共同目的、獲取共同利益而組成的團體◇軍事集團。② 由若干同行業的企業組成的經濟實體◇報業集團｜出版集團。

【集錦】 jíjǐn 編在一起的精彩詩文、圖畫等。多用於標題◇郵票集錦｜藝術攝影集錦。

【集體】 jítǐ 許多人結合而成的整體◇集體回憶｜集體辭職。

【集思廣益】 jísī guǎngyì 廣，增加、擴展。集中眾人的智慧，以求得到更大的收益。反 獨斷專行。

【集腋成裘】 jíyèchéngqiú 聚集許多狐狸腋下的毛皮就能縫成一件皮袍。比喻積少成多。同 聚沙成塔。

【集體記憶】 jítǐ jìyì 相對於個人記憶，指社會羣體所共同擁有、傳承的回憶，記憶包括事件、人物、建築物、文字、圖片、影像等。

4 **雋** 〈一〉juàn 粵syun5 吮（言辭、詩文等）意味深長◇雋永。

〈二〉jùn 粵zeon3 進 同“俊”。才智出眾◇英雋｜雋人。

【雋永】 juànyǒng ① 食物甘美有回味。②（言辭、詩文等）意味深長◇詞句雋永，餘韻無窮。

【雋拔】jùnbá ① 才智出眾◇機智雋拔。② 俊逸挺拔；俊雅超拔◇字跡雋拔遒勁｜詩文雋拔，膾炙人口。

5 **雎** jū 粵zeoi1 追【雎鳩】jūjiū 鳥名。一種擅長捕魚的水鳥◇關關雎鳩，在河之洲。

5 **雉** zhì 粵zi6 自 ①鳥名。形狀像雞，雄性羽毛美麗，尾長，可做裝飾品；雌性羽毛黃褐色，尾較短。通稱野雞，也叫山雞。②量詞。古代用於計算城牆面積，長三丈，高一丈為一雉◇都城過百雉。

5 **雊** gòu 粵gau3 救 野雞叫。

5 **雍**〔雝〕yōng 粵jung1 翁 ①和諧；和緩◇雍和｜雍容閒雅。②姓。

【雍容】yōngróng 形容儀態溫和大方，舉止從容不迫◇雍容華貴｜雍容自得。

【雍睦】yōngmù 和睦◇合家雍睦｜雍睦如初。

6 **雌** cí 粵ci1 痴 ①母的；能產生卵細胞的◇雌雞｜雌蕊。②柔弱。

【雌雄】cíxióng ① 雌性和雄性◇雌雄難辨。② 成對的◇雌雄劍。③ 比喻勝負或高低◇一決雌雄。

6 **雒** luò 粵lok3 烙 同"洛"。洛河，水名，發源於陝西，流入河南。

8 **雕**〔彫〕diāo 粵diu1 丟 ①一種似鷹的猛禽◇金雕｜坐山雕｜彎弓射雕。②用刀刻畫◇雕花｜精雕細刻｜朽木不可雕。③修飾文辭◇雕章繪句。④用彩畫裝飾的◇雕樑畫棟。⑤指雕刻的藝術作品◇浮雕｜玉雕｜石雕。

【雕琢】diāozhuó ① 雕刻玉石，使成器物◇精心雕琢的紋樣。② 在修飾字句上下工夫，使文詞優美◇文章敍事簡練，不事雕琢。

【雕飾】diāoshì ① 雕刻修飾；過分刻畫修飾◇不加雕飾，更顯自然。② 雕刻成的裝飾、花紋等◇雕飾華美。

【雕塑】diāosù ① 造型藝術的一種，用雕刻和塑造的方法做成各種藝術形象◇繪畫和雕塑都屬視覺藝術。② 雕塑成的藝術品◇街頭雕塑。

【雕鏤】diāolòu 雕琢鏤刻◇九龍杯雕鏤精細。

【雕蟲小技】diāochóngxiǎojì 指微不足道的技能。

9 **雖**（虽）suī 粵seoi1 需 ①雖然◇麻雀雖小，五臟俱全。②即使；縱然◇雖敗猶榮。

【雖然】suīrán 連詞。即便如此；就算是；即使◇房子雖然簡陋，但我很喜歡｜她的話很動聽，雖然說得多做得少。

10 **雙**（双）shuāng 粵soeng1 商 ①兩個的；兩種的。多為對稱的◇雙人牀｜智勇雙全。②偶數的◇雙號｜雙月。③加倍的◇雙份｜雙料。④量詞。用於成對的東西◇一雙慧眼｜兩雙絲襪。

【雙生】shuāngshēng 孿生的俗稱◇雙生姐妹。

【雙全】shuāngquán 兩方面都具備◇父母雙全｜才貌雙全。

【雙重】shuāngchóng 兩層的；兩種的；兩方面的◇雙重人格｜雙重身份。

【雙料】shuāngliào 所用材料比同類物品加倍。多用於比喻◇雙料冠軍｜跨學科的雙料博士。

【雙聲】shuāngshēng 兩個字或幾個字相連時聲母相同叫雙聲，如"美滿"（měimǎn）、"方法"（fāngfǎ）。

【雙邊】shuāngbiān 兩個方面的，多指兩個國家的◇雙邊條約｜雙邊合作。

【雙管齊下】shuāngguǎnqíxià 管，指筆。本指畫畫時兩支筆同時並用，後比喻兩件事同時進行或同時採用兩種方法。

10 **雞**（鸡）〔鷄〕jī 粵gai1 計1 人所蓄養的最重要的家禽。嘴短，頭部有冠。翅膀短，不能高飛。肉和蛋是常用副食品。

【雞犬升天】jīquǎnshēngtiān 漢代王充《論衡·道虛》：淮南王劉安"得道，舉家升天，畜產皆仙，犬吠於天上，雞鳴於雲中。"後比喻依靠有權勢的人得勢或飛黃騰達。

【雞毛蒜皮】jīmáo suànpí 比喻無關緊要的瑣事或細小無用的東西。同 瑣瑣碎碎、零零碎碎。

10 **雘** huò 粵wok3 獲3 紅色或青色的可作顏料的礦物，泛指好的彩色◇丹雘。

10 **雛（雏）** chú 粵co^{1}初 / co^{4}鋤 ①幼禽。②泛指幼小的動物或幼兒◇虎雛｜挈婦將雛。③幼小的◇雛鶯乳燕｜雛鳳清於老鳳聲。

【雛形】chúxíng ①事物初具的形貌或規模。②按實物縮小的模型。

【雛鳥】chúniǎo 幼鳥。

10 **雜（杂）〔襍〕** zá 粵zaap^{6}習 ①不單純的；多樣的◇複雜｜雜色｜雜七雜八。②混合在一起◇錯雜｜混雜。③多而雜亂◇人多手雜。④正項以外的；非正規的◇雜費｜雜牌軍。

【雜文】záwén 散文的一種。以議論為主，兼及敍事、抒情。形式多樣，包括雜感、隨筆、筆記等。

【雜交】zájiāo 不同種屬、品種的動物或植物進行交配或結合◇雜交水稻｜雜交改良。

【雜沓】zátà 繁雜紛亂◇雜沓的腳步聲。㊀同 雜遝。

【雜念】zániàn 不純正的念頭◇雜念叢生。

【雜記】zájì ①正史以外、記載逸事見聞的筆記。②泛指零星的筆記◇旅遊雜記。③一種文體。題材多樣，以寫景、抒情、記事為主，包羅甚廣。

【雜差】záchāi ①各項雜事◇想找個看門打雜差的。②幹不固定工作的人◇當雜差。

【雜亂】záluàn 混亂；沒有秩序或條理◇思緒雜亂｜雜亂無章｜雜亂的辦公桌。同 凌亂 反 整齊。

【雜糧】záliáng 稻穀、小麥以外的糧食，如玉米、高粱、各種豆類◇五穀雜糧。反 細糧。

10 **雝** yōng 粵jung^{1}翁 同"雍"。

11 **難（难）** 〈一〉nán 粵naan^4 ①艱難的；不容易的◇困難｜難題｜進退兩難。②不大可能的◇難免｜難保。③不好◇難看｜難聽。④為難，覺得不好辦◇把他難住了。

〈二〉nàn 粵naan^6 ①災禍；危難、不幸的事◇遇難｜排憂解難｜救苦救難。②責問；指責◇發難｜非難。③故意阻礙對方◇刁難｜阻難。

【難友】nànyǒu 一同蒙難的人◇難友重逢｜獄中難友。

【難民】nànmín 由於戰亂或自然災害而流離失所的人◇難民收容所。

【難受】nánshòu ①身體不舒服◇渾身難受｜發高燒很難受。②心裏不痛快◇看到山區兒童失學，他心中非常難受。

【難怪】nánguài ①怪不得。表示明白了內情，不覺得奇怪◇你這樣説他，難怪他生氣。②不應當責怪◇這也難怪他，誰遇到這件事都會想不開。

【難看】nánkàn ①醜陋；不好看◇這身打扮很難看。反 好看、漂亮。②不光彩；不體面◇醜事做多了，不怕難看。反 光耀。③（神情、臉色）不悦；呈現病容◇輸了錢，臉色變得很難看｜病了半年，臉色黃得難看。

【難為】nánwei ①讓人為難，叫人做力所不及的事◇別再難為他了。②多虧；幸虧。用於感謝別人替自己做事◇難為你冒雨給我送傘。

【難處】〈一〉nánchǔ 不容易相處◇婆媳關係很難處。

〈二〉nánchù 為難的事；困難◇大有大的難處｜你有甚麼難處，儘管來找我。

【難得】nándé ①不容易得到的。含可貴意◇人才難得｜難得的機會。②表示不常或不易出現◇他的臉上難得有笑容。

【難產】nánchǎn ①婦女分娩時孩子不易生出。反 順產。②比喻事情阻滯重重，很不順利◇重組方案至今難產。

【難堪】nánkān ①承受不了；難以忍受◇車廂裏悶熱難堪｜令人難堪的窘境。②難為情；尷尬◇當眾指責，讓她很難堪｜陷入難堪的境地。

【難過】nánguò ①生活過得艱難◇難過的寒冬｜年年難過年年過。反 好過。②不舒服；痛苦◇聽到這個消息，心裏非常難過。

【難道】nándào ①用在反問句中，加強反問的語氣◇我這樣做難道有錯嗎？②是不是，表示疑惑或揣測的語氣◇一直沒有消息，難道他沒收到我的信？

【難説】nánshuō ①不能確切地定下來◇前景如何，目前還很難説。②難以説出口◇有甚麼難説的，照直説不就得了！

【難關】nánguān 很難通過的關口。比喻不易克服的困難◇共渡難關｜遇着重重難關。

【難聽】nántīng ①聲音不悅耳◇音響不好，他的歌聲很難聽。㊀動聽。②言語粗俗低下，讓人反感；說話不客氣，叫人接受不了◇那老頭罵得很難聽。㊀中聽、順耳。③不體面，不光彩◇這種事傳出去可夠難聽的。

【難為情】nánwéiqíng ①不好意思◇為婚事託人，怪難為情的。②情面上過不去◇這件事都不答應他，你不覺得難為情？

【難能可貴】nánnéngkěguì 不易做到的事竟然能做到，值得珍視。

【難解難分】nánjiě nánfēn ①旗鼓相當，相持不下◇兩派鬥得難解難分。②情意纏綿，不捨得分離◇兩人戀戀不捨，難解難分。

11 **離(离)** lí ⓐlei^{4}厘 ①分開；分別◇隔離｜離鄉背井。②指離婚。③違背；背離◇離譜｜眾叛親離。④相隔；相距◇離家很近｜離九點差十分鐘。⑤遠；多◇差不離。⑥缺少◇城市離不了綠化。⑦《易》卦名。八卦之一，卦形為“☲”，代表火。

【離別】líbié 長時間與人分離或離開某地◇離別故鄉。

【離奇】líqí 奇特怪異，不合常理◇離奇古怪｜神祕離奇的傳説。㊂奇異㊀尋常。

【離島】lídǎo 指大島嶼周圍的一系列小島。

【離異】líyì 離婚。

【離散】lísàn ①分離，不能相聚。多指親屬◇親人離散。㊀團聚。②渙散◇人心離散。

【離間】líjiàn 從中挑撥，使不和◇挑撥離間｜分化離間。㊀說合、撮合。

【離愁】líchóu 因離別而產生的愁苦◇離愁別緒。

【離亂】líluàn 因戰亂而離散◇全家因戰爭，飽受離亂之苦。

【離心離德】líxīn lídé 不同心，人心不齊；各懷異心。㊀同心同德。

雨部

0 **雨** yǔ ⓐjyu^{5}羽 ①從雲層中降下的水滴◇雷雨｜淋雨。②形容密集得像雨的東西◇槍林彈雨。

【雨水】yǔshuǐ ①因降雨而得的水。②二十四節氣之一，在公曆二月十九日前後。

【雨具】yǔjù 防雨的用具。如雨傘、雨衣等。

【雨絲】yǔsī 像細絲般的微雨◇天空中飄着綿綿雨絲。

【雨腳】yǔjiǎo 密集的雨點◇雨腳如麻｜密密的雨腳。

【雨露】yǔlù ①雨水和露水◇陽光雨露，滋潤萬物。②比喻恩惠、恩澤、情義◇雨露之恩，永銘在心。

【雨後春筍】yǔhòuchūnsǔn 春天的雨後，竹筍長得又多又快。比喻大量出現，蓬勃發展。

【雨過天晴】yǔguòtiānqíng 比喻事情由壞的轉變成好的。

3 **雩** yú ⓐjyu^{4}餘 古代求雨的祭祀活動。

3 **雪** xuě ⓐsyut^{3}說 ①雲層落下的白色結晶體。多為六角形◇瑞雪紛飛。②像雪那樣光潔的◇雪白。③洗刷；消除◇雪恥｜雪恨。

【雪亮】xuěliàng ①像雪那樣光潔明亮◇雪亮的軍刀。㊀暗淡。②比喻敏銳、明白◇她眼睛雪亮，誰也騙不了她。

【雪恨】xuěhèn 正義得到伸張或所切望的事得以實現，消解了心中的憾恨◇報仇雪恨。

【雪恥】xuěchǐ 洗刷恥辱◇忍辱十年，一朝雪恥。

【雪橇】xuěqiāo 在雪地或冰上滑行的一種輕便交通運輸工具，沒有輪子，多用狗、鹿等畜力拖拉。

【雪藏】xuěcáng 方言。①冰鎮；放在冰箱裏冷藏◇雪藏西瓜｜雪藏可樂。②打入冷宮，擱置不用◇因醜聞曝光，他被雪藏起來。

【雪上加霜】xuěshàngjiāshuāng 比喻禍難接踵而至，災難上又加災難。㊀錦上添花。

【雪中送炭】xuězhōngsòngtàn 下雪天給人

送去烤火的炭。比喻在別人急需時給予切實幫助。(反) 乘人之危。

4 **雲(云)** yún (粵)wan4 魂 ①飄浮在天空中、可移動的自然生成的物體◇白雲|陰雲|彩雲。②像雲一樣的◇雲集|雲遊四方。③比喻高◇雲梯。④指雲南省◇雲腿(宣威火腿)。⑤姓。

【雲表】yúnbiǎo 雲外，高空◇壁立千仞，高聳雲表。(同) 雲霄。

【雲雨】yúnyǔ 戰國楚宋玉《高唐賦》：楚懷王曾遊高唐，夢與巫山神女相會，神女臨去說自己"旦為朝雲，暮為行雨"。後代稱男女合歡。多見於舊小說◇雲雨之歡|雲雨私情。

【雲泥】yúnní 天空的雲彩和地上的泥土。比喻地位懸殊◇雲泥之隔|有如天壤雲泥|雲泥之別。(同) 霄壤。

【雲梯】yúntī ①古代攻城或現代救火用的長梯。②指高山上的石級。

【雲集】yúnjí 比喻從四面八方聚集在一起◇奧運健兒雲集北京。(反) 星散。

【雲煙】yúnyān ①雲氣和煙霧◇雲煙繚繞。②比喻容易消失的事物◇過眼雲煙。③雲南出產的烤煙或生產的香煙。

【雲端】yúnduān ①雲彩裏◇聳入雲端。②指天上。比喻高位◇不要把新人捧上雲端。③伺服器的全球遠端網絡。用戶可透過網絡伺服器執行程式、傳遞內容或服務、儲存及管理資料。

【雲漢】yúnhàn ①天河，銀河◇遙望雲漢星漸稀。(同) 河漢。②雲霄，高空◇一峯突起，直插雲漢。

【雲霄】yúnxiāo ①天際；高空◇飛入雲霄|響徹雲霄。②比喻高位◇寒窗雖苦讀，無路上雲霄。

【雲翳】yúnyì ①雲彩。②比喻芥蒂、嫌隙、陰影◇兩人之間的雲翳漸生漸厚。③眼角膜病變所生成的斑塊，可遮蔽視線。

【雲霞】yúnxiá 彩雲；彩霞◇雲霞出海曙，梅柳渡江春。

【雲霧】yúnwù ①雲和霧◇撥開雲霧見青天。②比喻鬱悶的臉色◇收到家書，他滿臉雲霧一掃而光。

【雲鬢】yúnbìn 指婦女濃密柔美的鬢髮◇當窗理雲鬢，對鏡貼花黃。

【雲靄】yún'ǎi 雲氣；霧氣◇雲靄蒼茫|雲靄繚繞。

【雲興霞蔚】yúnxīng xiáwèi 蔚，文采華美。雲氣蒸騰，彩霞燦爛。形容絢麗多彩。

4 **雰** fēn (粵)fan1 芬 霧氣。

4 **雯** wén (粵)man4 文 成花紋的雲彩◇錦衣如雯。

4 **雱** pāng (粵)pong1 乓 雨雪下得很大的樣子◇北風其涼，雨雪其雱。

5 **電(电)** diàn (粵)din6 殿 ①閃電◇電閃雷鳴。②電力能源，可發光、發熱、產生動力，廣泛應用於生產和生活◇發電廠。③電器◇家電。④觸電；電擊◇電線漏電，他被電了一下。⑤電報或電話◇賀電|來電顯示。⑥打電報，打電話◇電告|電賀。

【電力】diànlì 用來做功的電能。常指作為動力用的電◇電力不足。

【電子】diànzǐ 構成原子的基本粒子之一，帶負電，質量極微，在原子中圍繞原子核旋轉。

【電光】diànguāng ①電能所發的光。②閃電的光。

【電刨】diànbào ①用電能做動力的刨子或刨牀。②方言。電動剃鬚刀。

【電波】diànbō 在空間傳播的周期性變化的電磁場。光線、無線電波和X射線等都是波長不同的電波。又叫電磁波。

【電信】diànxìn 電訊。

【電訊】diànxùn 利用固網電話、移動電話、互聯網、收發報機、密碼機，或其他有線和無線設備傳送信息的通訊方式。

【電商】diànshāng ①電子商務的簡稱◇近兩年電商模式興起，許多傳統商家紛紛轉型。②從事電子商務的商家◇臨近節日，電商各出奇招進行促銷。

【電報】diànbào ①用電訊號傳遞文字、照片、圖表等的通訊方式。有無線電報和有線電報兩種◇打電報。②用電報裝置傳遞的文字圖表等◇發電報。

【電掣】diànchè ①掣，閃過。像電光一樣急閃而過。比喻速度極快◇風馳電掣。② 方言。電閘；電按鈕。

【電源】diànyuán 供給電能的設備或裝置，如發電機、各類電池等。

【電網】diànwǎng ① 用導電的金屬線佈設的防禦性障礙物，用於安全保護和軍事防衛◇院牆佈滿了電網。② 主要由發電設施、輸送電力和變電系統構成的、覆蓋廣闊地區的電力供應網絡。

【電髮】diànfà 方言。用電能美髮，把頭髮鬈曲、捋直，或做成各色花樣。

【電競】diànjìng 電子競技的簡稱。指以電腦遊戲進行競技，後發展成專業體育項目。

【電子戰】diànzǐzhàn 運用綜合性電子手段進行作戰的方式。電子戰包括干擾和抗干擾、偵察和反偵察、摧毀和反摧毀三條戰線。

【電光石火】diànguāng shíhuǒ 閃電的光和敲打燧石迸發的火星。① 比喻稍縱即逝或轉瞬即逝的事物。② 比喻飛快、極快。

5 **雷** léi 粵leoi4 擂 ①雲層放電時的響聲◇春雷｜迅雷不及掩耳。②像打雷一樣響亮、迅猛◇歡聲雷動｜雷厲風行。③一種由觸動或衝撞引爆的武器◇地雷｜水雷。④姓。⑤使震驚◇他的荒唐建議雷倒了在座的專家。

【雷公】léigōng 神話中主管打雷的神。

【雷同】léitóng ① 比喻隨聲附和◇他事事都有自己的見識，羞與他人雷同。② 比喻相同◇如有雷同，純屬巧合。

【雷池】léichí 古水名，在今安徽望江東南。《晉書・庾亮傳》：庾亮給溫嶠寫信說"足下無過雷池一步"，叫溫嶠坐鎮駐防地，不要越過雷池到京都建康（南京）來。後比喻界限◇豈敢擅越雷池。

【雷動】léidòng ① 雷聲震動。② 聲音像雷聲那樣響◇掌聲雷動｜廣場上歡呼雷動。

【雷達】léidá 利用極短的無線電波發現目標、測定目標位置、追蹤目標的電子裝置。主要由發射機、天線、接收機和顯示器等組成。（英 radar）

【雷鳴】léimíng ① 雷聲轟鳴◇電閃雷鳴，風雨交加。② 形容聲音響◇黃鐘毀棄，瓦釜雷鳴。

【雷霆】léitíng ① 暴雷，急而響的雷◇雷霆大作，暴雨傾盆。② 比喻威勢或暴怒◇面對置疑他大發雷霆。

【雷厲風行】léilì fēngxíng 像打雷一樣猛烈，像颳風一樣迅速。比喻聲勢大，行動快。

【雷霆萬鈞】léitíngwànjūn 巨雷挾萬鈞之力。形容氣勢磅礴、力量強大。鈞，古代重量單位，三十斤。㊀ 勢單力孤。

5 **零** líng 粵ling4 玲 ①落；掉下◇感激涕零。②花草樹木枯萎衰落◇飄零｜草木凋零。③細碎；小數目的◇化整為零｜零存整取。④零頭◇八十掛零。⑤無，沒有◇從零開始｜效率為零。⑥數的空位◇一百零八將。⑦量度的計算起點◇零下十度｜零點十五分。

【零星】língxīng ① 零碎的；數量不多的◇零星開支｜零星報導。② 稀疏的；稀稀落落的◇零星的火花｜部隊只遇到零星的抵抗。

【零售】língshòu 把商品不成批地賣給顧客◇零售商場｜百貨零售。

【零散】língsǎn 零碎的；分散的◇他利用零散時間做兼職｜山區零散分佈着自然村落。

【零落】língluò ① 凋謝；脱落◇草木零落｜零落成泥香如故。② 比喻死亡◇親友多零落。③ 衰落；破敗◇家境零落｜殘破零落的寺廟。④ 稀疏，不集中◇零落的槍聲｜零落的一片片流星，漫天穿梭。

【零碎】língsuì ① 細碎；瑣碎◇零碎布料｜零碎心得。② 零碎的東西◇收拾零碎。

【零亂】língluàn 凌亂；散亂◇我歌月徘徊，我舞影零亂。㊀ 整齊。

【零頭】língtóu ① 不足一個整單位的零碎數量◇本月開支大概六百元，零頭記不清了。② 剩下的零碎材料◇做褲子剩下一點零頭，你拿去做抹布吧。

5 **雹** báo 粵bok6 薄 冰雹，空中降下來的冰粒或冰塊◇雹災｜雹子。

6 **需** xū 粵seoi1 雖 ①需要，必須要有◇必需｜急需。②必須用的東西◇軍需。

【需求】xūqiú 因需要而要求得到◇市場需求。

【需要】xūyào ① 對事物的慾望、要求◇滿足用戶需要｜孩子最需要父母疼愛。② 應該有或必須有◇這件事需要馬上落實｜我們確實需要反思這段歷史。

7 **震** zhèn ⓐzan[3] 振 ①迅速、強烈的顫動◇地震｜震耳欲聾。②情緒過分激動◇震怒。③地震◇震中｜防震。④《易》卦名。八卦之一，卦形為"☳"，代表雷。

【震怒】zhènnù 暴怒；非常憤怒◇他大為震怒，暴跳如雷｜皇帝龍顏震怒。

【震悚】zhènsǒng 驚懼惶恐◇震悚失色｜他感到一陣震悚掠過脊梁。

【震動】zhèndòng ①受外力衝擊而顫動◇炮聲轟鳴，門窗劇烈震動起來。②震驚；驚愕◇這起重大事故震動高層主管。③轟動；激動◇勝利的消息不脛而走，全城震動。

【震撼】zhènhàn ①因受震盪而搖動◇炮聲如雷，震撼大地。㊐搖撼。②極大地震動、震驚◇震撼山嶽｜震撼人心。

【震盪】zhèndàng ①震動；搖盪◇回聲在山谷中震盪｜吊橋劇烈震盪起來。②動盪，不穩定◇政局震盪。

【震懾】zhènshè 使受到震動並感到恐懼◇震懾罪犯。㊐威懾。

【震驚】zhènjīng ①出乎意外，深受觸動而驚訝◇調查結果讓人感到震驚。㊐驚異。②使震驚◇震驚全國。

7 **霄** xiāo ⓐsiu[1] 消 ①雲氣◇雲霄。②高空◇九霄雲外。

【霄漢】xiāohàn 雲霄和天河。指高空◇氣衝霄漢｜直插霄漢。㊐雲漢。

【霄壤】xiāorǎng 天和地。比喻相去甚遠，差別極大◇霄壤之別｜相去霄壤。㊐天壤。

7 **霆** tíng ⓐting[4] 停 暴雷，響聲巨大的雷◇雷霆萬鈞。

7 **霉** méi ⓐmui[4] 梅 ①東西因受潮而變質◇發霉｜霉變。②背時，不走運◇倒霉。

【霉頭】méitou 方言。倒霉的事；壞運氣◇觸霉頭。

【霉爛】méilàn 發霉並腐爛◇霉爛變質。

7 **霅** zhà ⓐzip[3] 接 霅溪，水名，在浙江。

7 **霈** pèi ⓐpui[3] 佩 ①大雨◇喜降甘霈。②形容雨多◇天黑如漆，霈雨紛飛。

8 **霖** lín ⓐlam[4] 林 ①久下不停的雨◇秋霖。②久旱後降的大雨◇甘霖。

【霖雨】línyǔ ①霪雨，經久不停的雨◇霖雨連月。②比喻施恩澤，惠及百姓。

8 **霏** fēi ⓐfei[1] 非 ①形容雨雪大◇雨雪其霏。②霧氣或雲氣◇朦朦霏霧籠罩山谷。③飄灑；飄散◇煙霏雨散。

【霏霏】fēifēi 形容多而密的樣子◇細雨霏霏｜雪落霏霏｜煙雲霏霏。

8 **霓**〔蜺〕ní ⓐngai[4] 危 虹的一種，顏色比虹淡◇霓虹。

【霓虹燈】níhóngdēng 利用惰性氣體通電發光的燈。能變幻多種色彩。用於廣告或信號等。

8 **霍** huò ⓐfok[3] 攉 ①迅速；突然◇霍然一閃｜霍地立起。②象聲詞◇門霍地被打開了。③姓。

【霍霍】huòhuò ①象聲詞。磨刀的聲音◇磨刀霍霍。②閃動的樣子◇槍影重重，斧光霍霍。

8 **霎** shà ⓐsaap[3] 圾 瞬間，極短的時間◇霎時｜一霎那。

【霎時】shàshí 一會兒；極短的時間◇天空霎時烏雲密佈。㊐霎那。

用法提示：霎時、剎那

"霎時"是漢語固有語，"剎那"是外來詞，均表示極短的時間，但"霎時"無確定的量值，"剎那"是最短的時間單位，相當於一秒的七十五分之一。

8 **霑** zhān ⓐzim[1] 尖 同"沾"。潤濕；沾濕◇霑濡。

9 **霙** yīng ⓐjing[1] 英 古書上指雪花。

9 **霜** shuāng ⓐsoeng[1] 商 ①氣溫降到攝氏零度以下時，水汽在地面物體上凝結成的白色冰晶◇雪上加霜。②像霜的粉末◇鹽霜｜杏仁霜。③比喻白色◇霜鬢。

【霜凍】shuāngdòng 夜晚貼近地面的氣溫降至攝氏零度以下，使植物受到凍害的現象。

9 **霞** xiá ⓐhaa[4] 暇 ①日出或日落前後，因日光斜照而呈黃、橙、紅等顏色的雲◇晚霞｜彩霞。②像霞那樣美麗的、彩色的◇霞杯｜霞帔。③煙霧，煙雲◇煙霞。

【霞光】xiáguāng 像霞那樣美麗的彩色光芒◇霞光萬丈｜陰雲間透出一縷霞光。

10 **霤** liù 粵lau^{6}漏 ①屋簷。②從屋簷流下的水。多指雨水或融雪的水。③屋簷下接水的長槽。

11 **霪** yín 粵jam^{4}吟【霪雨】yínyǔ 連綿不斷、許久不停的雨◇四月的江南，霪雨綿綿。

11 **霨** wèi 粵wai^{3}畏 雲起的樣子◇雲霧霨然。

11 **霫** xí 粵zap^{6}集 霫霫，形容下雨。

11 **霧**（雾）wù 粵mou^{6}冒 ①霧氣◇迷霧｜雲消霧散。②像霧的小水點◇噴霧器。

【霧氣】wùqì 飄浮在近地面空氣中的微小水粒，由空氣中的水氣遇冷凝結而成◇平原上霧氣瀰漫。

【霧霾】wùmái 一種由固體顆粒形成的空氣污染。霧霾會造成空氣混濁、濕度較高、能見度低等情況，人體吸入後會引發呼吸系統疾病◇本市今日會遭遇霧霾侵襲。

【霧靄】wù'ǎi 霧氣◇晨雨飄過，山巒霧靄濛濛。

【霧裏看花】wùlǐkànhuā 看不真切，朦朦朧朧看不清楚。反 洞若觀火。

12 **霰** xiàn 粵sin^{3}線 天空中飄浮的白色不透明的小冰粒，由水蒸氣在高空中遇冷凝結而成，多在下雪前或下雪時出現。

【霰彈】xiàndàn 一種內裝金屬球等填充物的炮彈，爆炸時填充物四處迸射，加大殺傷力。

13 **霸**〔覇〕bà 粵baa^{3}巴^{3} ①霸主；盟主◇春秋五霸｜稱王稱霸。②專橫；不講理◇蠻橫霸道。③強行佔有◇霸佔。④依仗權勢或實力而橫行一方的人◇惡霸。

【霸王】bàwáng ①指項羽。項羽自立為西楚霸王◇霸王別姬。②蠻橫霸道、不講理的人◇切莫把獨生子女寵成小霸王。

【霸道】bàdào ①中國古代指憑藉武力、刑法等進行統治的政策。儒家認為以禮服人的"王道"優於以法治人的"霸道"。②蠻橫強暴，不講道理◇橫行霸道。

13 **露** 〈一〉lù 粵lou^{6}路 ①露水，夜間接近地面的水氣遇冷而凝成的小水珠◇露珠｜雨露｜甘露。②在住房外面◇露宿街頭。③顯出；出現；表現◇拋頭露面｜藏頭露尾｜真情流露。④用花、果、藥材等經蒸餾製成的飲料◇果子露｜金銀花露。

〈二〉lòu 粵lou^{6}路 用於口語詞。顯出；出現；表現◇露一手。

【露天】lùtiān ①在屋外的◇露天演唱會。②沒有遮蔽物的◇露天停車場。

【露台】lùtái 曬台；陽台。

【露怯】lòuqiè ①顯出膽怯的樣子◇面對強手要沉住氣，別露怯。②因缺少知識説錯話或做錯事，現出自己低能的一面◇兩人一交鋒她就露怯了。

【露面】lòumiàn 露出臉面。指在公開場合出現◇自醜聞曝光後，他就很少露面。

【露骨】lùgǔ ①屍骨暴露◇露骨中野。②用意顯著，毫不隱諱◇話説得太露骨。反 含蓄。

【露宿】lùsù 在室外或野外過夜◇風餐露宿。

【露臉】lòuliǎn ①露面，出面◇這事非得你露臉才行。②比喻臉上有光彩◇考試第一名，這下子你露臉了。

【露營】lùyíng ①軍隊在房舍外、野外或戰地宿營。②非軍人仿照軍隊組織形式到野外過夜◇登山露營｜野外露營。

【露馬腳】lòumǎjiǎo 無意中顯出真相或破綻。含貶義。

13 **霹** pī 粵pik^{1}僻【霹靂】pīlì 響聲巨大的雷◇晴天霹靂。

14 **霾** mái 粵maai^{4}埋 因懸浮着煙、塵等微粒而形成的混濁不清的空氣◇陰霾｜塵霾散盡｜灰暗的天空煙霾縈繞。

14 **霽**（霁）jì 粵zai^{3}制 ①雨過天晴◇雨霽。②泛指雪後或雲霧消散，天氣轉為晴朗◇冬雪初霽。③明朗◇光風霽月。④比喻怒氣消失，變得和顏悦色◇霽顏｜色霽。

16 **靆**（叇）dài 粵doi^{6}代 見"靉靆"。

16 **靂**（雳）lì 粵lik^{1}瀝 見"霹靂"。

16 **靈**(灵) líng 粵ling⁴ 玲 ①神仙；鬼怪◇神靈｜精靈。②靈魂◇幽靈｜在天之靈。③精神意志◇性靈｜心靈。④靈柩；有關死人的◇守靈｜靈堂。⑤有效驗的◇靈藥｜這法子很靈。⑥靈活；機敏◇機靈｜心靈手巧。

【靈巧】língqiǎo ① 靈活而巧妙◇心思靈巧｜動作靈巧敏捷。② 精緻小巧◇玩具做得十分靈巧。

【靈台】língtái ① 心，心靈。② 放靈柩或死者遺像、骨灰的台座。

【靈光】língguāng ① 神異的光輝、光環◇他腦海中靈光一現，計上心來。② 方言。有能力；效果好；做得好◇她這人幹甚麼都靈光｜別看他年紀大，耳朵可靈光。

【靈秀】língxiù 靈敏秀美◇模樣靈秀可愛。

【靈性】língxìng ① 天賦的聰明才智◇他自小就有表演靈性。② 動物所具有的感知能力。多指與人的溝通互動方面◇狗是很有靈性的動物。

【靈柩】língjiù 裝着死者的棺木。

【靈便】língbian ① 靈活敏捷◇手腳靈便｜耳目靈便。② 輕巧，使用方便◇操作靈便。

【靈活】línghuó ① 敏捷；不遲鈍◇手腳靈活｜腦子靈活。② 善於應變；不死板◇靈活應對｜經營手法靈活。

【靈堂】língtáng 停靈柩、放骨灰或掛遺像、設靈位，並供人弔唁的屋子。

【靈異】língyì ① 神怪◇靈異故事。② 神奇怪異◇誰能解釋飛碟這種靈異現象？

【靈敏】língmǐn 反應快；對外界的刺激特別敏感◇靈敏的耳朵｜狗的嗅覺很靈敏。

【靈通】língtōng 消息來得快、來源廣◇消息靈通人士。㊀ 閉塞。

【靈犀】língxī 犀牛角。古代傳説犀角中央色白，貫通兩端，感應靈敏，故稱。常用來比喻心意相通◇身無彩鳳雙飛翼，心有靈犀一點通。

【靈感】línggǎn 驟然產生出創新性設想、領悟、辦法等的頓悟現象，是人的創造性思維的產物◇創作靈感。

【靈魂】línghún ① 指在人體上起主宰作用、非物質的靈異東西。② 心靈；意識◇悔恨藏在她的靈魂深處。③ 人格；良知◇出賣靈魂的人。④ 比喻起主導、決定作用的因素◇他是整個球隊的靈魂。

【靈寢】língqǐn 停放靈柩的處所◇皇家靈寢。

【靈機】língjī 靈巧的心機；敏捷的思慮和反應◇他靈機一動，想出了應變的辦法。

16 **靄**(霭) ǎi 粵oi²/ngoi² 藹 雲氣，霧氣，煙氣◇煙靄｜暮靄沉沉。

【靄靄】ǎi'ǎi 雲霧濃重的樣子◇靄靄暮雲，濛濛細雨。

17 **靉**(叆) ài 粵oi² 藹【靉靆】àidài 形容濃雲蔽日◇暮雲靉靆｜陰雲靉靆。

青部

0 **青** qīng 粵cing¹清/ceng¹請¹ ①綠色◇青山綠水。②藍色◇青天。③黑色◇一頭青絲。④青色的東西◇丹青｜青黃不接。⑤比喻年輕◇青年。⑥青海省的簡稱◇青藏鐵路。

【青天】qīngtiān ① 藍色的天空◇明月幾時有，把酒問青天。② 比喻清官◇包青天｜守護正義的青天。

【青衣】qīngyī ① 黑色的衣服。② 古時地位低下的婢女多穿青衣，後代稱婢女。③ 傳統戲曲中旦角的一種，又叫“正旦”，多表現端莊穩重的婦女，因穿黑色戲裝，故名。

【青春】qīngchūn ① 春天◇白日放歌須縱酒，青春作伴好還鄉。② 青年時期◇青春年華｜青春活力。③ 青年人的年齡◇請問姑娘青春幾何？

【青苗】qīngmiáo 尚未成熟的莊稼（多指糧食作物）。

【青苔】qīngtái 陰濕的地方生長的綠色苔蘚植物◇青苔滿階｜青苔斑駁。

【青雲】qīngyún ① 高空的雲。借指高空。② 比喻高官或顯赫的地位◇青雲直上｜平步青雲。③ 比喻遠大的抱負或志向◇窮且益堅，不墜青雲之志。

【青葱】qīngcōng 葱綠，濃綠◇青葱的竹葉｜青葱翠綠的校園。㊀ 枯黃。

尊
觥
卣
敦
簋
觚
鬲
鼎
爵
甗
豆
斝

【青睞】qīnglài《世說新語·簡傲》註："籍(阮籍)能為青白眼，見凡俗之人，以白眼對之。"用黑眼珠看人。表示喜愛或看重。同 垂青 反 白眼。

【青銅】qīngtóng 銅、錫等的合金，青灰色或灰黃色，硬度大。中國在公元前2000年已鑄造青銅器物。

【青翠】qīngcuì 鮮綠◇滿樹嫩葉青翠欲滴｜登高望遠，滿目青翠。同 嫩綠。

5 **靖** jìng 粵zing6 靜 ①安定；平安◇地方不靖，軍食不充。②平定，使安定有秩序◇靖亂｜靖難。

【靖難】jìngnàn 平定叛亂；平息變亂。

7 **靚(靓)** 〈一〉jìng 粵zing6 靜 ①妝飾；打扮◇淺妝勻靚。②(妝飾)豔麗◇豐容靚飾。

〈二〉liàng 粵leng3 方言。漂亮；好看◇靚女｜靚車。

【靚麗】liànglì 豔麗◇靚麗動人｜樓台山水，花木靚麗。

8 **靜〔静〕** jìng 粵zing6 淨 ①停止不動◇靜坐｜風平浪靜。②(內心)平靜◇心靜如水。③安靜，沒有聲響◇寂靜｜夜深人靜。④使平靜或安靜◇請大家靜一靜。

【靜止】jìngzhǐ 停止不動或變化不顯著◇微風拂過靜止的湖面。反 運動。

【靜心】jìngxīn 使心情平靜；使心神安定◇靜心養病｜靜心複習功課。同 安心。

【靜寂】jìngjì 安靜，沒有聲音。

【靜態】jìngtài ① 非運動狀態的；相對靜止狀態的◇宇宙不存在絕對靜態｜靜態電流。② 着眼於靜態的◇靜態分析｜靜態描寫｜切莫靜態地評估行業發展。反 動態。

【靜穆】jìngmù 安靜肅穆◇靜穆的陵園｜大廳內氣氛靜穆。

【靜悄悄】jìngqiāoqiāo 沒有一點聲音。形容非常安靜◇假日的校園靜悄悄的。

8 **靛** diàn 粵din6 電 ①靛藍◇桃花碎影江如靛。②深藍◇靛青。

多樣表達：靛

藍 蔚藍 天藍 碧藍 青藍 寶藍 淡藍 淺藍 葱白 月白 品月 深藍 湛藍 靛藍 靛青 藏青 海軍藍

【靛藍】diànlán 一種深藍色有機染料，用蓼藍的葉子發酵製成，也可用化學方法合成，用來染布，顏色經久不退。

非部

0 **非** fēi 粵fei1 飛 ①不合；違背；超出限度◇非禮勿視，非禮勿聽，非禮勿言，非禮勿動。②錯誤；邪惡◇是非｜習非成是｜為非作歹。③反對；責備◇非議｜無可厚非。④不是原來的樣子◇物是人非。⑤不；不是◇非凡｜答非所問。⑥必須；一定要◇這事非她辦不成。⑦前綴，表示不在範圍之內◇非金屬｜非機動車。⑧指非洲◇北非｜西非。

【非人】fēirén ① 不適當的人；不可信賴的人◇所託非人。② 在人之外的；不是人應有的◇非人的生活｜非人的待遇。

【非凡】fēifán 不尋常；超出一般◇熱鬧非凡｜非凡的勇氣。同 出眾 反 平常。

【非分】fēifèn 不合本分；不是本分所應有的◇非分之想｜我不要非分之財。

【非但】fēidàn 不但◇他非但不道歉，反而指責起別人來。

【非命】fēimìng 遭受意外的災禍而死亡◇死於非命。

【非常】fēicháng ① 特殊的；不同尋常的◇非常事件｜非常時期。反 平常。② 十分；程度超出一般◇非常重視｜非常有趣。

用法提示：非常、十分

"非常、十分"意義相同，但用法略有不同。(1)"非常"可疊用，"十分"不能，如"非常非常精彩"，不能說"十分十分精彩"。(2)"十分"前可以用"不"，表示程度較低◇不十分好。"非常"前不能加"不"。

【非禮】fēilǐ ① 違背禮法的；不合禮節的◇來而不往，非禮也。② 指猥褻女性。

【非難】fēinàn 責難；指責◇非難紛紛而至｜遭到非難。

【非議】fēiyì 責備；批評◇調查結果公佈後，引起不少非議。

【非同小可】fēitóngxiǎokě ① 事關重大，不能等閒視之◇把這件事傳開去，非同小可。

②不是一般的人，要特別重視◇此人大有來頭，非同小可。反 無關緊要。

7 **靠** kào 粵kaau³ 銬 ①人或物倚在他人他物上，被其支持着◇靠在椅背上｜背靠背坐着。②(時間或空間等)接近◇船靠碼頭｜靠山吃山，靠水吃水｜我們認識也有靠十年了。③依賴；依仗◇無依無靠。④信得過◇可靠｜牢靠。

【靠山】kàoshān 比喻可以依仗的有權勢、財力、能力的人或集團◇他背後有靠山。

11 **靡** 〈一〉mǐ 粵mei⁵ 美 ①倒下◇望風披靡｜風靡一時。②無，沒有◇靡所不有｜靡日不思。③不。表示否定◇心神靡寧｜追悔靡及。

〈二〉mí 粵mei⁴ 眉 ①浪費◇侈靡｜奢靡。②同“糜”。爛◇靡爛。

【靡費】mífèi 浪費；消耗◇奢侈靡費｜靡費之風不可長。反 節儉。

【靡靡之音】mǐmǐzhīyīn 靡靡，柔弱、萎靡不振。萎靡頹廢的音樂。

面部

0 **面** miàn 粵min⁶ 麪 ①臉，面孔◇笑容滿面｜白面書生。②面子，情面◇打狗要看主人面。③當面◇面談。④面向，面對着◇背山面水。⑤見面◇謀面｜一面之交｜一面之緣。⑥事物的前面部分◇門面｜店面。⑦表面◇水面｜路面。⑧指紡織品的正面◇被面。⑨部位或方面◇正反兩面。⑩附在表示方位的詞後面，相當於“邊”◇上面｜裏面｜後面。⑪量詞。(1)用於平面的物件◇兩面錦旗｜一面鏡子。(2)用於見面的次數◇見過幾面。⑫幾何學上指線移動所形成的圖形，有長有寬，沒有厚度。

【面子】miànzi ①指東西的表面◇短大衣的面子。②體面◇愛面子｜顧全面子。③情面◇不講面子｜這點面子總要給我的吧。

【面世】miànshì 問世，(作品、產品等)呈現在世人面前◇新作面世｜新款手機已經面世。

【面目】miànmù ①相貌，臉的形狀◇面目可憎｜一副和善的面目。②臉面，面子◇沒有面目見老朋友。③比喻事物的樣子◇不識廬山真面目，只緣身在此山中。

【面面】miànmiàn 各個方面◇面面觀｜面面俱到。

【面洽】miànqià 當面接洽◇請派人前來面洽。

【面陳】miànchén 當面陳述◇面陳利弊。

【面貌】miànmào ①相貌；長相◇面貌秀麗。②比喻事物外表的樣子、狀況◇精神面貌｜社區的面貌。

【面談】miàntán 面對面交談◇雙方面談｜有些事需要面談。同 面議。

【面積】miànjī 平面或物體表面的大小。

【面臨】miànlín 面對着；眼前碰到的◇面臨困難｜面臨嚴峻的局面。

【面議】miànyì 當面商議◇價格面議。同 面商。

【面面相覷】miànmiànxiāngqù 覷，看。你看着我，我看着你，不知如何是好。形容人人驚懼或無可奈何的樣子。

【面面俱到】miànmiànjùdào 各方面都考慮到、照顧到，沒有遺漏。

7 **靦(䩄)** miǎn 粵min⁵ 免【靦覥】miǎntiǎn 見“腼腆”。

12 **頮(颒)** huì 粵fui³ 悔 洗臉。

14 **靨(靥)** yè 粵jip³ 業³ 酒窩，嘴兩旁的小圓窩◇笑靨｜酒靨。

革部

0 **革** gé 粵gaak³ 格 ①經過加工的獸皮◇皮革｜西裝革履。②革製的盔甲、盾牌等。③改變◇變革｜洗心革面。④撤除；開除◇革職｜革除。

【革命】gémìng 古代指改朝換代，後指社會制度或科學、技術、文化等發生根本性的變革◇辛亥革命｜技術革命｜思想革命。

【革除】géchú ①鏟除；去除◇革除弊端｜革除陋習。②開除；撤銷◇被革除職務。

【革新】géxīn 去除舊的，創立新的◇革新產品｜不斷革新。

【革職】gézhí 免去官職；撤職◇革職查辦。

【革故鼎新】gégù dǐngxīn《易 · 雜卦》："革，去故也；鼎，取新也。" 後指革除舊的，創建新的。㊐ 革故立新。

2 **靪** dīng ●ding1 丁 補鞋底◇靪鞋掌。

3 **靬** qián ●gin1 堅 用於地名，如驪靬（漢朝縣名，在今甘肅永昌）。

3 **靰** wù ●wu1 烏【靰鞡】wùla 中國東北地區一種用皮革做成，裏面墊着靰鞡草的防寒鞋。也說"烏拉"。

4 **靴〔鞾〕** xuē ●hoe1 靴子，有長筒的鞋◇皮靴｜雨靴｜馬靴。

4 **靳** jìn ●gan3 巾3 ①吝惜，捨不得給◇靳而不與。②姓。

4 **靸** sǎ ●saap3 圾 方言。把鞋後幫踩在腳下拖着走◇靸着鞋走出門。

4 **靷** yǐn ●jan5 引 引車前行的皮帶。

4 **靶** bǎ ●baa2 把/baa3 霸 靶子，練習射箭或射擊的目標◇靶場｜箭靶｜打靶。

5 **靺** mò ●mut6 沒【靺鞨】mòhé 中國古代居住在東北的少數民族，是女真族的祖先。

5 **靼** dá ●daat3 笪 見"韃靼"。

5 **鞅** 〈一〉yāng ●joeng2 央2 古代指套在駕車牲口脖子上的皮帶。

〈二〉yàng ●joeng2 央2 牛鞅，用牛拉車時架在脖子上的器具。

5 **靽** bàn ●bun3 半 駕車時套在牲口後部的皮帶。

5 **鞁** bèi ●bei6 鼻 ①鞍轡等馬具的統稱◇鞁鞍。②同"鞴"。把鞍轡等套在馬身上◇鞁馬。

5 **靿** yào ●aau3/ngaau3 拗 靴筒；襪筒◇高靿靴子｜長靿襪子。

6 **鞏（巩）** gǒng ●gung2 拱 ①牢固；堅固◇鞏固。②姓。

【鞏固】gǒnggù ① 牢固；穩固◇政權鞏固｜合作關係獲得鞏固。② 使牢固；使穩固◇鞏固學到的知識。

6 **鞋〔鞵〕** xié ●haai4 孩 穿在腳上走路的東西◇涼鞋｜皮鞋｜運動鞋。

6 **鞍〔鞌〕** ān ●on1/ngon1 安 ①鞍子，放在牲口背上供騎坐或負載重物的器具◇解鞍｜鞍前馬後。②形狀像鞍子的◇鞍鼻｜鞍馬。

【鞍馬】ānmǎ ① 馬和鞍子。借指路途奔波或戰鬥的生活◇一路鞍馬勞頓。② 體操器械名。形狀略像馬，背部有兩個環。③ 男子競技體操項目之一。運動員在鞍馬上，手握雙環或騎着馬背做各種動作。

【鞍韉】ānjiān 鞍子和托鞍的墊子◇東市買駿馬，西市買鞍韉。

7 **鞘** 〈一〉qiào ●ciu3 肖 裝刀、劍的護套◇刀鞘｜出鞘。

〈二〉shāo ●saau1 筲 鞭鞘，拴在鞭梢上的細皮條◇長鞘馬鞭。

7 **鞓** tīng ●ting1 庭1 皮腰帶◇鞓帶。

7 **鞔** mán ●mun4 門 ①把布蒙在鞋幫上◇鞔鞋。②把皮革繃緊，固定在鼓框的周圍，做成鼓面◇鞔鼓。

8 **鞡** la ●laai1 拉 見"靰鞡"。

8 **鞞** bǐng ●bing2 丙 刀鞘。

8 **鞠** jū ●guk1 谷 ①養育；撫養◇鞠養｜鞠育。②彎曲◇鞠躬。③古代一種革製的皮球。④姓。

【鞠躬】jūgōng ① 彎腰行禮，中國的傳統禮儀◇向長輩鞠躬問好。② 恭敬謹慎的樣子◇鞠躬盡瘁。

多樣表達：鞠躬

下拜 叩拜 叩首 跪拜 行禮 施禮 敬禮 還禮 回禮 答禮 禮節 禮儀 致禮 致敬 拱手 握手 抱拳 磕頭 作揖 打躬 作揖

【鞠躬盡瘁】jūgōngjìncuì 三國蜀諸葛亮《後出師表》："臣鞠躬盡力，死而後已。" 鞠躬，恭敬謹慎的樣子；瘁，勞累、勞苦。竭誠盡心，用盡全部力量。常與"死而後已"連用。

8 **鞟** kuò 粵kwok^{3} 擴 去毛的獸皮◇虎豹之鞟。

8 **鞛** běng 粵bung^{2} 同"琫"。

8 **鞚** kòng 粵hung^{3} 控 帶嚼子的馬籠頭。

9 **鞨** hé 粵hot^{6} 喝^{6} 見"靺鞨"。

9 **鞦(秋)** qiū 粵cau^{1} 秋【鞦韆】qiūqiān 運動和遊戲用具。架子上繫兩根長繩，繩端拴住一塊板，人在板上前後擺動◇盪鞦韆|打鞦韆。

9 **鞭** biān 粵bin^{1} 邊 ①鞭子，趕牲口、指揮其動作的用具◇馬鞭|皮鞭。②用鞭子抽打◇鞭打|鞭屍。③古代一種分節的鐵製兵器◇鋼鞭|竹節鞭。④竹根，竹的地下莖◇竹鞭|鞭筍。⑤成串的小爆竹◇鞭炮。⑥一些雄獸的陰莖◇牛鞭|鹿鞭。⑦泛指形狀細長像鞭子的東西◇教鞭。

【鞭笞】biānchī ①用鞭子或板子打◇遭受鞭笞。同 鞭撻。②比喻嚴厲譴責◇謳歌善良，鞭笞醜惡。同 抨擊。

【鞭策】biāncè ①鞭和策。泛指馬鞭。②鞭打，比喻督促前進◇把失敗作為鞭策自己的動力。同 激勵。

【鞭撻】biāntà 鞭打。比喻譴責、抨擊◇鞭撻時弊。

【鞭長莫及】biānchángmòjí《左傳・宣公十五年》:"古人有言曰:'雖鞭之長，不及馬腹。'"說鞭子再長，也要打到該打的地方，不能抽到馬肚上。後形容能力或力量達不到。

【鞭闢入裏】biānpìrùlǐ 分析明白，說理透徹，點中要害問題。反 言不及義。

9 **鞥** ēng 粵ang^{1}/ngang^{1} 鶯 馬韁繩。

9 **鞫** jū 粵guk^{1} 谷 審問◇鞫問|鞫審|鞫訊。

9 **鞧** qiū 粵cau^{1} 秋 ①套車時拴在駕轅牲口屁股周圍的皮帶、帆布帶等◇後鞧。②方言。收縮◇鞧着脖子。

9 **鞬** jiān 粵gin^{1} 堅 馬上盛弓箭的器具◇弓鞬。

9 **鞣** róu 粵jau^{4} 由 用栲膠、魚油等鞣料使獸皮柔軟，製成皮革。

10 **鞲** gōu 粵kau^{1} 溝【鞲鞴】gōubèi 活塞。(德 Kolben)

10 **鞴** bèi 粵bei^{6} 鼻 ①把鞍轡等套在馬身上◇鞴馬。②見"鞲鞴"。

10 **鞶** pán 粵pun^{4} 盤 ①古人革製的束衣大帶◇鞶帶。②古人佩於鞶帶上的小囊◇鞶囊。

11 **鞹(鞟)** kuò 粵kwok^{3} 擴 去毛的獸皮。

12 **鞽(鞒)** qiáo 粵kiu^{4} 橋 馬鞍拱起的部分◇鞍鞽。

12 **鞿(𩋙)** jī 粵gei^{1} 肌 馬韁繩。

13 **韃(鞑)** dá 粵taat^{3} 撻【韃靼】dádá 古代漢族對北方遊牧民族的統稱。後為蒙古族的別稱。

13 **韁〔繮〕** jiāng 粵goeng^{1} 疆 韁繩，牽牲口的繩子◇脫韁|信馬由韁。

13 **韂** chàn 粵cim^{3} 僭 墊在馬鞍下面的東西。垂於馬背兩旁，用以遮擋泥漿◇錦韂。

15 **韆(千)** qiān 粵cin^{1} 千 見"鞦韆"。

17 **韉(鞯)** jiān 粵zin^{1} 煎 馬上盛弓箭的器具◇東市買駿馬，西市買鞍韉。

韋部

0 **韋(韦)** wéi 粵wai^{4} 圍 ①熟皮，去毛後鞣製的獸皮◇韋衣|韋囊。②皮繩◇韋編三絕。③姓。

【韋編三絕】wéibiānsānjué 韋編，編聯竹簡的皮繩；三，指多次。《史記・孔子世家》:"孔子晚而喜《易》…讀《易》，韋編三絕。"原指孔子晚年反復研讀《周易》，以致編聯竹簡的皮繩斷了多次。後形容讀書勤奮，治學刻苦。

3 **韌(韧)〔靭靱〕** rèn 粵jan^{6} 刃/ ngan^{6} 銀^{6} 柔軟而結實，不易折斷◇堅韌|柔韌。

【韌性】rènxìng ① 物體柔軟結實不易折斷的性質◇這塊皮子有韌性。② 堅韌不拔、頑強持久的精神◇參加馬拉松賽跑要有韌性。

5 **韍**(韨) fú 粵fat¹ 忽 ①古代祭服前面用熟皮革製成的護膝圍裙。②古代繫璽印的帶子。

8 **韓**(韩) hán 粵hon⁴ 寒 ①古國名。(1)周代諸侯國。在今山西河津東北。後為晉所滅。(2)戰國七雄之一。在今河南中部和山西東南部。②指韓國。③姓。

8 **韔**(韔) chàng 粵coeng³ 唱 ①裝弓的袋子。②把弓裝入弓袋。

9 **韞**(韫)〔韞〕 yùn 粵wan² 穩 蘊藏；包含◇石韞玉而山輝。

9 **韙**(韪) wěi 粵wai⁵ 偉 是；對。常跟"不"連用◇冒天下之大不韙。

10 **韝**(韝) gōu 粵gau¹ 溝 古代皮製的臂套。

10 **韜**(韬) tāo 粵tou¹ 滔 ①盛弓或劍的套子。②隱藏◇韜晦。③"六韜"的簡稱。引申為謀略、兵法◇六韜|韜略。

【韜略】tāolüè 指兵書《六韜》和《三略》。後用來稱用兵作戰的謀略。

【韜光養晦】tāoguāngyǎnghuì ① 把才華隱藏起來，不讓它外露。② 收斂鋒芒，不使外露，培育、積累自己的能力。

11 **韠**(韠) bì 粵bat¹ 不 古代朝服的蔽膝。

12 **韡**(韡) wěi 粵wai⁵ 偉 光明；美盛。

韭部

0 **韭**〔韮〕 jiǔ 粵gau² 九 韭菜。多年生草本植物。葉子細長而扁，翠綠色。是普通蔬菜。

音部

0 **音** yīn 粵jam¹ 陰 ①聲音◇雜音|錄音。②樂音◇五音|靡靡之音。③口音。多為母語的口音◇鄉音。④讀音◇注音|語音。⑤音節◇單音詞|複音詞。⑥信息；消息◇佳音|回音。

【音信】yīnxìn 指消息、信件等◇音信全無|互通音信。同 音訊。

【音素】yīnsù 語音中最小的單位。分元音和輔音兩類，如 tā 是由除聲調以外的 t、a 兩個音素構成。

【音訊】yīnxùn 音信。

【音容】yīnróng 人的聲音和容貌。多指死者◇音容宛在|一別音容兩渺茫。

【音符】yīnfú 樂譜中表示樂音長短和高低的符號。

【音節】yīnjié 由一個或幾個音素組成的語音單位。一般來説，在漢語中一個音節就是一個漢字的字音。

【音像】yīnxiàng ① 錄音和錄像的合稱◇音像製品。② 錄音和錄像產品◇抵制盜版音像。

【音樂】yīnyuè 按照一定的節奏和旋律把樂音組合起來，以表現人的感情和生活的一種藝術。通常分為聲樂和器樂兩大類。

【音調】yīndiào ① 説話或吟誦詩文的腔調◇音調婉柔|唱出鏗鏘的音調。② 音樂上指音高或樂曲的旋律。

【音韻】yīnyùn ① 和諧的聲音◇音韻悠揚。② 指詩文的音節韻律◇音韻鏗鏘有力。③ 漢字字音的聲、韻、調的統稱◇音韻學。

【音響】yīnxiǎng ① 聲音。多指聲音產生的效果◇音響效果。② 指音響設備。

2 **章** zhāng 粵zoeng¹ 張 ①詩、歌、文的段落◇樂章|章節。②文章◇出口成章。③古代文體名。指臣下向君王報告情況或申述意見的文本◇奏章|向皇帝上表章。④印章◇公章|蓋章。⑤條理◇雜亂無章。⑥法規；規則◇憲章|招工簡章。⑦佩帶的標誌◇勛章|肩章。⑧量詞。(1)用於書籍的篇目◇全書共八章。(2)用於法規的條款◇約法三章。⑨姓。

編磬
搖鐘
排簫
阮咸
琵琶
笙

【章甫】zhāngfǔ ①古代的一種禮帽。②稱讀書人戴的帽子。

【章法】zhāngfǎ ①詩文的篇章結構；書畫的佈局◇章法謹嚴。②比喻辦事的程式和規則◇辦事毫無章法，一團混亂。

【章奏】zhāngzòu 臣僚向君主進呈的書面意見。

【章則】zhāngzé 章程規則◇擬定章則草案。

【章草】zhāngcǎo 草書的一種。筆畫保存一些隸書的筆勢，相傳為漢元帝時史游所作。因多用於奏章，故稱。

【章程】〈一〉zhāngchéng 用書面形式規定的原則、法規或條例。
〈二〉zhāngcheng 做事的辦法◇如何處理這件事情，你心裏有沒有個章程呢？

【章節】zhāngjié 章和節，書或文章內所劃分的各組成部分。通常分章，章中分節，內容依照次序分列在各章節裏。

【章回體】zhānghuítǐ 長篇小說的一種體裁。每回常用兩句對仗的句子標目，概括本回的內容。是中國古典長篇小說的主要形式。

2 **竟** jìng 粵ging^{2} 景 ①完畢；終了◇歲竟｜未竟之業。②整；全◇竟日｜竟夜。③終於；到底◇有志者事竟成。④居然，表示出乎意外◇竟有此事｜竟敢如此放肆！

【竟自】jìngzì ①竟然◇到如今已三年，竟自還沒消息。②徑自；只顧自己，不管其他◇他打開書，竟自看起來｜竟自一個人闖蕩江湖去了。

【竟然】jìngrán 居然，表示出乎意外◇這事竟然是真的｜誰知她竟然同意了。

4 **韵** yùn 粵wan^{6} 運 同"韻"。

5 **韶** sháo 粵siu^{4} 小^{4} ①傳説中虞舜時代的樂曲名。②美好◇韶光｜韶顏｜韶華。

【韶光】sháoguāng ①美好的時光。常指春光◇韶光無限好。②比喻青少年時期◇韶光易逝｜韶光一去不再來。同 韶華。

10 **韻〔韵〕** yùn 粵wan^{5} 允/wan^{6} 運 ①和諧好聽的聲音◇鐘韻悠揚。②韻母◇疊韻。③詩歌、辭賦的韻腳◇詩韻｜押韻。④情趣；風度◇神韻｜風韻。

【韻文】yùnwén 泛指有韻的文學作品。如歌謠、辭賦、詩、詞等。

【韻母】yùnmǔ 漢語字音中聲母和聲調以外的部分。韻母分為單韻母和複韻母。複韻母由韻頭、韻腹、韻尾組成。如"窗"chuāng的韻母是uang，其中u是韻頭，a是韻腹，ng是韻尾。每個複韻母一定有韻腹，韻頭、韻尾則可有可無。

【韻味】yùnwèi ①聲韻體現的意味◇這段唱腔韻味十足。②所含的意味。多指詩文等◇作詩要講究韻味。

【韻律】yùnlǜ ①聲韻和格律。指詩詞中的平仄格式和押韻規則。②指運動的節奏規律◇韻律操。

【韻致】yùnzhì 所含的韻味和情趣◇韻致深遠。

【韻腳】yùnjiǎo 韻文句末押韻的字。

12 **響（响）** xiǎng 粵hoeng^{2} 享 ①回聲◇反響｜影響｜響應。②聲音◇音響｜巨大的聲響。③發出聲音◇炮響了｜上課鈴響了。④指開口説話◇他悶聲不響。⑤聲音大◇響鼓不用重捶｜馬路上聲音太響。⑥説話有影響或聲名遠揚◇話説不響｜名氣很響。

【響亮】xiǎngliàng 聲音清朗洪亮◇歌聲響亮｜響亮的口號聲。反 細弱。

【響應】xiǎngyìng 回聲應和。比喻用言行表示贊同、支持某種號召或倡議◇響應政府號召｜全城響應。反 拒絕、回絕。

【響噹噹】xiǎngdāngdāng 形容敲打的聲音很響亮。比喻十分出色，極有名氣◇響噹噹的品牌。

頁部

0 **頁（页）** yè 粵jip^{6} 葉 ①書刊和各種冊簿中單張的紙◇散頁｜活頁。②量詞。單面印刷的書本中的一張；兩面印刷的書本中的一面◇第三頁｜全書共有108頁。

2 **頂（顶）** dǐng 粵ding^{2} 鼎/deng^{2} ①頭的最上部◇滅頂之災。②物體的最上

部◇樓頂|塔頂|山頂。③比喻上限◇我算做到頂了。④用頭撞擊◇頂球|頂牛。⑤用頭支承着；戴着◇頭上頂着籃子|披漁蓑，頂漁笠，作漁翁。⑥從下向上拱◇嫩芽頂出地面。⑦撐住；抵住◇用槓子頂上門。⑧對着；迎着◇頂頭風|頂風冒雨。⑨強硬地反駁。多用於上級或長輩◇頂撞|頂了父親幾句。⑩抵得上；相當◇老將出馬，一個頂倆。⑪擔當◇頂事|我一個人頂得了。⑫替代◇頂班|冒名頂替。⑬把本為他人所有的，原封不動轉讓到自己手中◇頂一爿廠。⑭極；最◇頂好|頂聽話。⑮量詞。用於覆蓋、遮蔽型的器物◇一頂帳子|幾頂帽子|一頂花轎。

【頂手】dǐngshǒu 方言。倒賣；轉手或轉讓◇倉庫場地頂手轉讓。

【頂用】dǐngyòng 管用◇我的話不頂用｜給他錢更頂用。同 頂事、中用。

【頂尖】dǐngjiān ① 物體的尖端◇東正教教堂的頂尖。② 達到最高水平的◇頂尖學府｜法學界頂尖的人物。

【頂峯】dǐngfēng ① 山的最高處。② 比喻事物發展的最高水準◇攀登事業的頂峯。

【頂級】dǐngjí 最高級別的；水準最高的◇頂級品牌｜世界頂級的魔術師。

【頂替】dǐngtì 由別的人、物接替或代替◇我是臨時頂替他上班。

【頂盤】dǐngpán 方言。從別人手中買下商店、企業、不動產等，繼續原來的經營活動。同 頂手。

【頂點】dǐngdiǎn ① 最高點；極限◇民眾的激動情緒達到頂點。② 數學名詞。角的兩條邊的交點；錐體的尖頂。

【頂梁柱】dǐngliángzhù 支持大梁的柱子。比喻起骨幹作用的力量。

【頂天立地】dǐngtiān lìdì 頭頂青天，腳踏實地。形容形象高大、氣概豪邁或光明正大。

【頂禮膜拜】dǐnglǐ móbài ① 頂禮，雙膝跪地，雙手伏地，頭頂尊者之足，是佛教最虔誠恭敬的拜佛禮儀；膜拜，跪地以雙手行禮。② 比喻致以最高、最尊崇的敬禮。

2 **頃(顷)** qǐng 粵king² 鯨² ①市制面積單位。1 頃等於 100 畝◇萬頃良田|一頃麥地。②很短的時間◇少頃|俄頃。③近來；剛才◇頃聞佳音。

【頃刻】qǐngkè 片刻，一會兒◇頃刻之間暴雨如注。同 剎那、霎那、俄頃。

3 **頇(顸)** hān 粵hon¹ 刊 ①見"顢頇"。②方言。粗◇這根棍子太頇。

3 **項(项)** xiàng 粵hong⁶ 巷 ①脖子的後部◇項背。②泛指脖子◇頸項|項鏈|項圈。③項目◇強項|提供多項選擇。④錢款；經費◇款項|用項。⑤量詞。用於分項目的事物◇一項工程|兩項任務。⑥數學名詞。代數式中不用加減號連接的單式，如 ab、2bc、ax^2 等。⑦姓。

【項目】xiàngmù 事物所劃分出的門類、種類◇科研項目｜城市規劃項目。

【項背】xiàngbèi ① 人的脖子後部和後背◇不可望其項背。② 指人的背影。

3 **順(顺)** shùn 粵seon⁶ 信⁶ ①向着同一個方向◇搭順風車|順流而下。②使方向一致◇把船順過來。③循着；沿着◇順藤摸瓜|順着河邊走。④趁便；隨帶◇順口説出|順手拿走。⑤依從；服從◇百依百順|順之者昌，逆之者亡。⑥依次◇順延。⑦次序◇筆順|順序顛倒。⑧通順；有條理◇文從字順。⑨使有秩序或有條理◇報告的文字還得順一順。⑩順利，無阻滯◇生意做得很順。⑪適合；如意◇順眼|風調雨順。

【順口】shùnkǒu ① 讀起來流暢，不拗口◇好文章總是很順口的。② 不加思考，隨口説出的◇順口答應｜順口背出一首唐詩來。

【順手】shùnshǒu ① 順利，沒有遇到阻礙◇有她幫忙，事情總會順手些。② 隨手，很輕易地動動手◇出去時順手把菜買了。③ 順便，趁便◇順手把照片取回來。

【順心】shùnxīn 稱心如意◇遇到不順心的事，他笑一笑就過去了。同 可心、可意。

【順利】shùnlì 沒有障礙、困苦、危難◇仕途順利｜工程進行得很順利。

【順序】shùnxù ① 次序；程序◇別把會議的順序弄亂了。② 按照次序◇順序上車｜順序出場。

【順便】shùnbiàn 趁着某種方便（做另一件

事）◇請順便給我捎個口信。(同) 就便、趁便 (反) 刻意、特意。

【順風】shùnfēng ① 順着風向◇順風轉舵。② 與行進方向一致的風◇回來是順風，自然快得多。③ 比喻順利平安◇一路順風。

【順差】shùnchā 對外貿易的出口超過進口的差額。(同) 出超 (反) 逆差、入超。

【順眼】shùnyǎn 看着合自己心意◇互相看不順眼。

【順從】shùncóng 服從別人的意思或命令◇順從民意｜不能盲目順從。(同) 服從、服帖。

【順情】shùnqíng ① 合乎人情◇他的要求順情順理。② 順着別人的情緒、好惡◇順情話誰不會説？

【順勢】shùnshì ① 趁勢；順着情勢◇順勢而為｜順勢應時，抓住機遇。② 趁便，順便；順手◇順勢帶上了房門。

【順境】shùnjìng 順利的境遇；沒有困窘、危難的環境◇生命中有順境，也有逆境。

【順應】shùnyìng 順從適應◇順應民情｜順應時代的變化。

【順風耳】shùnfēng'ěr ① 古代神話中能聽到很遠的聲音的人。② 比喻消息靈通的人◇真是個順風耳，甚麼事都瞞不過你。

【順水推舟】shùnshuǐtuīzhōu 順着當時的情勢説話、做事。

【順手牽羊】shùnshǒuqiānyáng 比喻順手拿走別人的東西。

【順風轉舵】shùnfēngzhuǎnduò 依照風向調整舵位。比喻見機行事或隨機應變。(同) 順風使舵、見風使舵。

【順理成章】shùnlǐchéngzhāng 本是説遵循事理，文章自然有章法。後指説話、做事合乎情理或自然而然。(同) 合情合理 (反) 豈有此理。

3 **須（须）** xū 粵 seoi1 雖 ①必定；一定◇必須｜務須。②必要，不可缺少的◇不須如此。③等待◇須友人一同前往。④姓。

【須知】xūzhī ① 一定要知道◇須知這是禁煙場所，不能吸煙。② 必須知道的事項◇入學須知｜考試須知。

【須臾】xūyú 片刻；一會兒◇須臾之間，烏雲密佈。(同) 頃刻。

【須要】xūyào 必定要；一定要◇學習須要專心｜須要立即送院。

4 **項（顼）** xū 粵 juk1 旭 顓頊，上古帝王名。

4 **頑（顽）** wán 粵 waan4 還 ①愚蠢無知◇冥頑不靈。②淘氣；調皮◇頑皮｜頑童。③固執，不易開導◇思想頑固。④死硬，不可改變的◇頑抗｜頑症｜頑敵。⑤堅定；堅強◇頑強。

【頑皮】wánpí 調皮；喜歡玩，喜歡鬧◇頑皮的弟弟。

【頑抗】wánkàng 抵抗或抗拒到底◇負隅頑抗。

【頑固】wángù ① 思想守舊，不願接受新事物◇思想頑固｜頑固不化。(同) 保守 (反) 開放。② 固守己見不改變◇態度頑固，寸步不讓。(反) 靈活。③ 不易制服或改變◇癲癇病很頑固，治好了又犯。

【頑症】wánzhèng ① 久治不癒或難治的病◇頑症纏身｜頑症痼疾。② 比喻難以解決的問題◇空氣污染已經成了城市的頑症。

【頑強】wánqiáng 堅強；不屈不撓◇頑強拚搏｜頑強的生命力。

4 **頓（顿）** 〈一〉dùn 粵 deon6 鈍 ①磕頭或跺地◇頓首｜捶胸頓足。②住宿；駐紮◇頓兵。③暫停；略停一下◇一字一頓｜抑揚頓挫。④立刻；忽然◇頓然｜頓生疑慮。⑤處理；安置◇整頓｜安頓。⑥用毛筆寫字或繪畫時，握筆用力着紙並稍作停留◇一提一頓，一轉一折，都力透紙背。⑦疲勞◇困頓｜勞頓。⑧量詞。表示行為的次數◇一頓飯｜給罵了一頓。

〈二〉dú 粵 duk6 獨 見"冒頓"。

【頓時】dùnshí 立刻；馬上◇開了暖爐，房間頓時暖起來。(同) 即刻、立刻。

【頓然】dùnrán 忽然；立刻◇頓然醒悟｜星光頓然黯淡｜滿懷傷感頓然淚下。

【頓號】dùnhào 標點符號"、"，表示句子內部並列詞語之間的停頓。主要用在並列的詞或並列的較短的詞組中間。

【頓開茅塞】dùnkāimáosè 見"茅塞頓開"。

4 **頎(颀)** qí 粵kei4 其 修長。

【頎長】qícháng 修長；高◇身材頎長。

4 **頒(颁)** bān 粵baan1 班 ①發佈；公佈◇頒佈法令。②頒發；授予◇頒獎。

【頒行】bānxíng 發佈施行。

【頒發】bānfā ① 發佈（命令、指示等）◇頒發主席令。(同) 公佈、頒佈。② 授予（勳章、獎狀等）◇頒發獎狀。

4 **頌(颂)** sòng 粵zung6 誦 ①《詩經》中三種詩歌類型之一，是周代祭祀用的舞曲歌詞。②讚揚◇讚頌|歌功頌德。③讚揚的詩或文章◇快樂頌。④祝願。多用於書信問候◇即頌安好。

【頌揚】sòngyáng 歌頌讚揚◇頌揚功德｜頌揚英雄事跡的小說。(同) 讚頌。

【頌歌】sònggē 用於祝頌的詩歌、歌曲◇敬獻頌歌｜一曲悲壯的頌歌。

【頌辭】sòngcí 頌揚或祝賀的言辭◇新年頌辭。

4 **頏(颃)** háng 粵hong4 杭 ①鳥向下飛。②咽喉。

4 **預(预)** yù 粵jyu6 遇 ①事先，事前（做某事）◇預習|預告。②事先的◇四十年前的預言。③過問；參與◇參預|干預。

【預示】yùshì 事先顯示◇商場人流不斷增加，預示經濟將復蘇。

【預先】yùxiān 在事情發生之前◇預先登記｜預先聲明，出了事故我不負責。(反) 事後。

【預兆】yùzhào ① 事先顯示將發生某種事情◇民間以喜鵲預兆喜事來臨。② 事先顯示的跡象◇吉凶的預兆。(同) 徵兆、先兆。

【預見】yùjiàn ① 預先斷定事物將來的發展和變化◇預見結局。② 能預先斷定事物將來狀況的見識◇科學預見。

【預告】yùgào ① 預先通告◇預告下週節目。② 預先發出的通告◇新書預告。

【預言】yùyán ① 預先說出將要發生的事情◇專家預言地球氣候將會暖化。② 事先說出將要發生甚麼事情的話◇想不到預言成真。

【預防】yùfáng 在事故、疾病等未發生前就採取防範措施◇預防火災｜預防疾病。(同) 防範。

【預定】yùdìng ① 事先制定或規定◇在預定地點集合。② 預訂，事先約定◇預定酒店。

【預計】yùjì 預先估算、計劃或推測◇預計虧損少於上年｜這項工程預計在兩年內完成。

【預約】yùyuē 預先約定；事先約好◇醫療預約服務｜公益講座不必預約。

【預報】yùbào ① 預先報告◇預報地震。② 預先的報告◇氣象預報。

【預期】yùqī 預先期待◇預期的目標｜沒達到預期的效果。

【預測】yùcè ① 事先推測◇大選結果不難預測。② 事先的推測◇做出準確的預測。

【預感】yùgǎn ① 事前感覺到◇預感到會面臨嚴峻的考驗。② 事前的感覺◇不祥預感。

【預算】yùsuàn ① 預先計算；事先估計◇工程預算年底完成。② 指未來一定時期內的收支計劃◇財政預算案。

【預謀】yùmóu ① 預先謀劃。多指做壞事◇預謀搶劫。② 做壞事前的謀劃◇早有預謀。

5 **頔(頔)** dí 粵dik6 敵 美好。

5 **領(领)** lǐng 粵ling5 嶺 ①頸部◇領帶|引領而望。②衣服上圍繞脖子的部分◇衣領|領口。③指領口◇圓領。④大綱；要點◇綱領|不得要領。⑤管轄的；領有的◇領空|佔領。⑥帶；引導◇率領|領隊|領唱。⑦領導人◇首領|將領。⑧接受◇領教|領情。⑨領取◇領獎|招領失物。⑩明白；了解◇心領神會。⑪量詞。用於衣衾之類◇一領皮袍|兩領蓆子。

【領土】lǐngtǔ 在一國主權管轄下的區域，包括領陸、領水、領海和領空。

【領先】lǐngxiān ① 共同前進時位置在最前面◇一路領先｜遙遙領先。② 比喻處於優勝地位◇他的支持率大幅領先對手｜太空科技的發展領先他國。

【領事】lǐngshì 由一國政府派駐外國城市或地區的外交官員◇領事館。

【領悟】lǐngwù 理解；明白◇深刻領悟｜多讀幾遍，你就能領悟作者的用心。

【領袖】lǐngxiù 國家、政治團體、羣眾組織等的領導人◇傑出的領袖｜社團領袖。

【領域】lǐngyù ① 一個國家行使主權的區域。② 人類活動的某個範圍◇科學領域｜文化領域。

【領教】lǐngjiào ① 客套話，表示接受對方的教益◇您老説得對，領教。② 請教◇當面領教｜我想向您領教一二，不知肯賜教否？③ 體驗，見識（含譏諷意）◇這傢伙的厲害你今天總算領教了。

【領略】lǐnglüè ① 領會；理解◇領略其中的含義。同 體會。② 感受；欣賞◇盡情領略｜領略文明古國的風情。

【領情】lǐngqíng 接受禮物、幫助或得到恩惠後心懷感激◇毫不領情｜謝謝好意，我領情了。同 心領。

【領跑】lǐngpǎo ① 領跑的人◇他是本次馬拉松的領跑。② 在隊伍的最前面領頭跑，也用於比喻◇時代的領跑者。

【領會】lǐnghuì 理解領悟◇你沒有領會我的意思｜深入領會。

【領導】lǐngdǎo ① 帶領並引導朝一定目標努力◇領導抗洪。② 擔任領導職務的人◇擔任集團領導。

5 **頗（颇）** pō 粵po^2 叵 ①偏歪不正◇有失偏頗。②甚；很◇頗為感人｜山路頗陡。

6 **頡（颉）** ⟨一⟩xié 粵kit^3 揭 見“頡頏”。⟨二⟩jié 粵kit^3 揭 用於人名，如倉頡，傳説中漢字的創造者。

【頡頏】xiéháng ① 鳥上下飛。② 不相上下；互相抗衡◇雙峯頡頏｜徐悲鴻的馬獨步畫壇，無人能與之相頡頏。

6 **頜（颌）** hé 粵hap^6 合 構成口腔上下部的骨骼和肌肉組織◇上頜｜下頜。

6 **頦（颏）** ⟨一⟩kē 粵hoi^4 海^4 下巴或下巴骨◇以手托頦，凝神不語。

⟨二⟩ké 粵hoi^4 海^4 用於鳥名。根據鳥類頦下的一塊黑色羽毛分類定名。例如藍點頦，一種像麻雀的鳥。雄性喉部羽毛呈天藍色，鳴聲悦耳。

6 **頞（頞）** è 粵aat^3 壓 鼻梁。

7 **頤（颐）** yí 粵ji^4 兒 ①面頰；腮◇支頤｜解頤（面現笑容）。②保養◇頤養。

【頤神】yíshén 保養精神◇靜心頤神｜綠茶有養氣頤神之功效。

【頤養】yíyǎng 保養◇頤養天年。

【頤指氣使】yízhǐ qìshǐ 不説話，只用面部表情和口鼻出氣發聲來支使別人。形容有權勢者指揮人的傲慢樣子。同 目指氣使。

7 **頭（头）** ⟨一⟩tóu 粵tau^4 投 ①人體最上面的部分或動物最前面的部分◇頭頂。②頭髮或髮型◇梳頭｜平頂頭｜白頭偕老。③物體形狀像頭的部分◇芋頭｜洋葱頭。④物體最上面或最前面的部分◇山頭｜火車頭。⑤事物的起點或終點◇從頭説起｜有頭有尾。⑥第一◇頭名｜頭獎。⑦次序在先的◇頭一次｜頭幾排。⑧賭博或買賣中抽取的回佣◇中間人還要抽頭。⑨物品的剩餘部分◇布頭｜粉筆頭。⑩為首的人◇巨頭｜流氓頭子。⑪方面◇心掛兩頭。⑫量詞。(1)用於一些牲畜◇一頭羊｜三頭牛。(2)用於形狀像頭的東西◇兩頭蒜。

⟨二⟩tou 粵tau^4 投 ①加在名詞、動詞、形容詞後面，構成名詞◇木頭｜念頭｜甜頭。②加在方位詞後面，構成名詞◇下頭｜外頭｜後頭。

【頭角】tóujiǎo 頭髮和鬢角。比喻氣概、才華◇嶄露頭角｜少年時便在同窗間初見頭角。

【頭等】tóuděng ① 第一等；第一流◇頭等獎｜頭等人才｜頭等艙。② 最重要的◇頭等大事。

【頭痛】tóutòng ① 頭部疼痛。一種病症。② 形容為難、麻煩或討厭◇一個令人頭痛的問題。

【頭號】tóuhào ① 第一號；最大的◇頭號新聞｜頭號通緝犯。② 最好的◇頭號藥品｜世界頭號種子。

【頭腦】tóunǎo ① 腦袋◇頭腦發脹。② 腦筋，思維能力◇頭腦清醒｜不要被成績衝昏了頭腦。③ 頭緒；要領◇摸不着頭腦。④ 首領；領頭人物◇沒人願意出面當頭腦。

【頭銜】tóuxián 指官銜、學銜、所任職務等◇名片上印着總經理、會長等六個頭銜。同 銜頭。

【頭領】tóulǐng 首領；領頭的人◇印第安人的

頭領。

【頭緒】tóuxù ① 蠶繭的絲頭。② 事情的條理、線索◇先理清頭緒再説｜茫無頭緒。

【頭臉】tóuliǎn ① 人的面貌◇用黑布蒙住頭臉。② 面子，臉面；地位◇這一帶有頭臉的人都到齊了。

【頭顱】tóulú 腦袋，人頭◇拋頭顱，灑熱血。

【頭面人物】tóumiànrénwù 在社會上有勢力和聲望的人物◇這兒是當地頭面人物吃茶的地方。

【頭頭是道】tóutóushìdào ① 佛教語。處處都有"道"，"道"無處不在。② 形容説話、做事有條理。

7 **頰(颊)** jiá 粵gaap³ 甲 臉的兩側◇面頰｜兩頰緋紅。

7 **頸(颈)** (一) jǐng 粵geng² 鏡² ①脖子◇長頸鹿｜刎頸之交。②器物像頸的部分◇瓶頸。

(二) gěng 粵geng² 鏡² 脖頸兒，頸的後部。

7 **頻(频)** pín 粵pan⁴ 貧 ①頻繁◇頻仍｜尿頻。②頻頻◇頻出故障｜流言頻起。③頻率◇高頻｜低頻。

【頻仍】pínréng 接連不斷。多用於不好的方面◇災害頻仍｜暴力事件頻仍。

【頻率】pínlǜ ① 物體每秒鐘振動的次數。單位是赫茲。② 在單位時間內重複出現的次數◇起跳前步子的頻率一定要掌握好。

【頻數】pínshuò 次數多而不斷◇小便頻數｜沙塵暴發生頻數。同 頻繁。

【頻頻】pínpín 屢次；連續不斷◇頻頻舉杯｜臨出門，母親頻頻囑咐。

【頻繁】pínfán 次數多◇往來頻繁｜工作調動頻繁。

7 **頲(颋)** tǐng 粵ting⁵ 艇 正直；直。

7 **頹(颓)〔穨〕** tuí 粵teoi⁴ 退⁴ ①倒塌◇頹垣斷壁。②下墜，落下◇紅日將頹。③衰敗；衰退◇頹敗｜頹風。④消沉；精神不振◇頹喪｜頹唐｜頹廢。

【頹唐】tuítáng ① 萎靡，不振作◇頹唐的神情。同 頹喪 反 奮發。② 境況衰敗◇家境日見頹唐。

【頹敗】tuíbài ① 破敗◇頹敗的廟宇。② 衰落；腐敗◇家運頹敗｜吏治頹敗。

【頹然】tuírán ① 坍塌的樣子◇廢寺頹然。② 昏昏欲倒的樣子◇頹然醉倒。③ 掃興或情緒低落的樣子◇觀眾紛紛退票，頹然散去｜他很失望，身子頹然倒在地上。

【頹勢】tuíshì 衰落的趨勢◇企圖挽救頹勢。

【頹廢】tuífèi ① 倒塌◇昔日名園，頹廢殆盡。② 精神萎靡不振◇消極頹廢｜春天是容易頹廢的季節。

【頹靡】tuímǐ 萎靡；消沉◇精神頹靡｜獲勝球隊一掃頹靡狀態。

7 **頷(颔)** hàn 粵ham⁵ 含⁵ ①下巴◇滿頷髯鬚，雜亂不修。②點頭◇微頷示意。

【頷首】hànshǒu 點頭。① 表示允許、贊同◇母親連連頷首。② 表示打招呼◇她略一頷首，算是打招呼了。

8 **䫏(𩓐)〔魌〕** qī 粵hei¹ 希 ①古代驅疫時扮神的人所蒙的面具，形狀很醜惡。②醜陋。

8 **顆(颗)** kē 粵fo² 火 ①小而圓的東西◇顆粒。②量詞。多用於小而圓的東西◇幾顆星星｜一顆牙齒。

【顆粒】kēlì ① 形狀小而圓的東西◇中藥顆粒。② 一顆一粒，每顆每粒。多指糧食◇春旱嚴重，顆粒無收。

9 **顑(𬱖)** kǎn 粵ham² 砍【顑頷】kǎnhàn形容飢餓。

9 **題(题)** tí 粵tai⁴ 提 ①題目◇文不對題｜借題發揮。②寫上；簽署◇題字｜題名。③品評；評論◇品題。

【題目】tímù ① 概括詩文、講演內容的標題◇論文題目｜演講的題目還沒想好。② 練習或考試時要求解答的問題◇考試題目｜作文題目。③ 藉口；名義◇正好藉這個題目大做文章。

【題材】tícái 編寫文藝作品內容所用的具體材料，即作品中所描寫的生活事件和社會事件◇歷史題材｜以戰爭為題材。

【題詞】tící ① 寫一段話表示紀念或勉勵◇在紀念冊上題詞。② 為表示紀念或勉勵而寫下的話◇扉頁上有作者的親筆題詞。

9 **顒（颙）** yóng 粵jung4 容 ①大。②仰慕。③盼望◇顒望。

9 **顎（颚）** è 粵ngok6 岳 ①同“腭”。口腔的上膛。②某些節肢動物攝取食物的器官◇上顎｜下顎。

9 **顓（颛）** zhuān 粵zyun1 專 ①愚昧◇顓蒙。②善良◇顓民。③同“專”◇顓門。

【顓頊】zhuānxū 中國上古的“五帝”之一。號高陽氏，相傳是黃帝之孫。

9 **顏（颜）** yán 粵ngaan4 眼4 ①臉；面容◇容顏｜鶴髮童顏。②臉皮；面子◇厚顏無恥｜落拓一生，無顏見人。③臉色；表情◇和顏悦色｜正顏厲色。④色彩◇顏料｜五顏六色。⑤姓。

【顏色】〈一〉yánsè ① 色彩◇顏色鮮豔。② 容貌；面色◇顏色憔悴。③ 讓別人知道厲害的臉色或行動◇給他點顏色看看。
〈二〉yánshai 顏料或染料。

【顏面】yánmiàn ① 面容◇顏面潮紅，積熱傷濕。② 臉面；面子◇顏面盡失。

【顏值】yánzhí 人的外貌◇演員要提高演技，不能單憑顏值吃飯。

9 **額（额）** é 粵ngaak6 握6 ①額頭，眉毛和頭髮之間的部分◇焦頭爛額｜吊睛白額虎。②物體上部接近頂端的部分◇門額｜碑額｜簾額。③牌匾◇匾額｜橫額。④一定的數目；規定的範圍◇餘額名額。

【額外】éwài 超出規定的數量或範圍◇額外收入｜額外負擔。

【額角】éjiǎo 額的左右兩側◇一綹白髮緊貼在額角上。

【額定】édìng 規定數目的◇額定產量｜車輛載客不得超過額定人數。

【額度】édù 規定的數量或範圍◇股票額度｜完成銷售額度。

10 **顛（颠）** diān 粵din1 巔 ①頭頂◇顛毛｜華顛。②泛指物體頂部◇山顛｜樹顛。③倒下；跌落◇顛覆｜顛撲不破。④上下或前後倒過來◇顛來倒去。⑤上下顛簸震動◇車顛得厲害。⑥方言。跳着跑◇連跑帶顛。⑦同“癲”。

【顛沛】diānpèi 形容生活窮困，被迫流轉離散◇顛沛流離｜飽受戰亂顛沛之苦。

【顛倒】diāndǎo ① 方向、位置、次序跟正常的相反◇日夜顛倒｜書放顛倒了。② 使顛倒◇顛倒黑白｜顛倒是非。③ 錯亂◇神魂顛倒。④ 反復；重複◇這咒語顛倒就唸了二十遍。

【顛連】diānlián ① 困苦◇顛連無告｜身世坎坷，受盡顛連。② 連綿不斷◇巨浪如顛連的山峯一排排撲來。

【顛頓】diāndùn ① 顛沛困頓◇顛頓艱辛。② 顛簸；上下起伏◇一路上顛頓風塵。

【顛覆】diānfù ① 翻倒◇列車顛覆。② 採用各種手段推翻合法政權◇顛覆政權。③ 徹底否定◇這次發現是對人們習慣的一種顛覆。

【顛簸】diānbǒ 上下起伏震動，不平穩◇路面凹凸不平，車輛顛簸得厲害。

【顛三倒四】diānsān dǎosì 形容説話、做事顛倒錯亂，沒有條理◇他失去了以往的機靈，説話也顛三倒四的。

【顛倒是非】diāndǎoshìfēi 把對的説成錯的，把錯的説成對的。同 顛倒黑白 反 黑白分明。

【顛撲不破】diānpūbúpò 撲，敲打。無論怎樣摔打都不破。比喻言論或學説牢固可靠，不會被駁倒。

10 **願（愿）** yuàn 粵jyun6 縣 ①願望◇心願｜事與願違。②肯；樂意◇自願｜心甘情願。③希望◇祝願｜願你長命百歲。④對神佛或人許下的承諾◇還願｜許願。

【願望】yuànwàng 希望將來能實現的想法◇願望落空｜多年的願望終於實現了。同 意願。

【願意】yuànyì ① 情願；樂意◇我非常願意陪你走一段路。② 希望◇大家都願意你留下來。

10 **顗（颉）** yǐ 粵ngai5 蟻 安靜。

10 **類（类）** lèi 粵leoi6 淚 ①按事物的性質或特點分出的種類◇同類｜分門別類。②相似；像◇類似｜畫虎不成反類犬。

【類比】lèibǐ ① 邏輯推理方法之一。根據兩類事物在某些特徵的相同或相似，推出在其他方面也可能相同或相似的結論。② 進行類比◇不能簡單地借古人古事來類比今人今事。

【類似】lèisì 大致相像◇不相類似｜情況類似｜房間很小，類似於學生宿舍。同 相似。

【類別】lèibié ① 不同的種類◇商品的類別。② 按種類不同而加以區別◇把所有的書聚在一起，略加類別，再放回書架。

【類型】lèixíng ① 具有共同性質、特徵等的事物所形成的類別◇產品類型｜舉辦各種類型的講座。② 指文學作品中具有某些共同或類似特徵的人物形象◇扮演不同類型的角色。

【類推】lèituī 比照某一事物的道理推出其他同類事物的道理◇依此類推。

10 **顙(颡)** sǎng 粵song2 爽 ①前額；腦門子。②"稽顙" 的簡稱。叩頭◇再拜顙。

11 **顢(颟)** mān 粵mun4 門【顢頇】mānhān ①糊塗；不明事理◇顢頇無能。②馬虎；敷衍◇做事不可顢頇含糊，自欺欺人。

11 **顣(颥)** cù 粵cuk1 速 皺(眉頭)。

12 **顥(颢)** hào 粵hou6 號 白而光亮◇大雪使天地間一片顥白。

12 **顧(顾)** gù 粵gu3 固 ①回頭看；看◇環顧|顧左右而言他。②拜訪◇三顧茅廬。③注意；照管◇兼顧|顧此失彼。④珍惜；眷念◇顧惜|顧念家庭的溫暖。⑤光顧，指來購物或要求服務◇主顧|惠顧。⑥卻；反而◇足反居上，首顧居下。⑦但是◇彼非不愛其弟，顧有所不能忍者也。⑧姓。

【顧及】gùjí 考慮到；照顧到◇顧及臉面｜無暇顧及。同 顧全 反 不顧。

【顧全】gùquán 照顧保全◇顧全大局｜顧全大家的面子。

【顧忌】gùjì 顧慮畏忌◇心存顧忌｜說起話來全無顧忌。

【顧盼】gùpàn 盼，看。向左右或四周看◇回眸顧盼｜顧盼自豪。

【顧客】gùkè 商店或服務行業稱來買東西或要求服務的人◇品質第一，顧客至上。

【顧惜】gùxī ① 顧全愛惜◇顧惜友情｜顧惜寶貴的水資源。② 憐惜◇顧惜他體弱多病。

【顧問】gùwèn 個人、機構或團體等聘請的備諮詢的專門人員◇理財顧問｜法律顧問。

【顧慮】gùlǜ ① 擔心帶來不利後果而不敢說話或行動◇有我們支持，你還顧慮甚麼！② 因擔心帶來不利後果而產生的疑慮◇顧慮重重｜消除顧慮。

13 **顫(颤)** ⟨一⟩chàn 粵zin3 戰 顫動◇顫悠|顫抖。
⟨二⟩zhàn 粵zin3 戰 發抖◇顫慄|打顫。

【顫抖】chàndǒu 顫動；抖動◇聲音顫抖｜全身凍得顫抖。

【顫動】chàndòng 短促而連續地振動；抖動◇走動時感到地板在顫動｜女孩面色蒼白，口唇顫動。

14 **顬(颥)** rú 粵jyu4 如 見"顳顬"。

14 **顯(显)** xiǎn 粵hin2 遣 ①露在外面，容易被看到的◇明顯|顯而易見。②露出；表現◇顯現|大顯神通。③有權勢、名聲的◇顯要|達官顯貴。④敬辭。子孫尊稱先人◇顯考|顯妣。

【顯示】xiǎnshì 明白地指示；清楚地表明◇自動顯示｜調查顯示，工作時間長是目前最受人關注的問題。

【顯現】xiǎnxiàn 顯露；呈現◇成效逐步顯現｜萬里邊疆顯現出一派塞外江南的美景。

【顯著】xiǎnzhù 極明顯◇成績顯著｜發生顯著變化。

【顯貴】xiǎnguì ① 顯達尊貴◇豪華車成了顯貴身份的象徵。同 權貴。② 顯達尊貴的人◇達官顯貴｜結交名流顯貴。

【顯然】xiǎnrán 非常明顯；容易看出或感覺到◇兩種情況顯然不同｜這套做法顯然行不通。

【顯達】xiǎndá ① 地位高，名聲大◇仕途顯達｜不求富貴顯達。② 指地位高、名聲大的人◇社會顯達。

【顯赫】xiǎnhè 權勢和名聲大◇顯赫一時｜戰功顯赫。

【顯豁】xiǎnhuò ① 顯著明白◇文字寓意顯豁。② 開闊◇書脊顯豁，插在書架上十分醒目。

【顯露】xiǎnlù 原來看不見的變成看得見的

◇臉上顯露出一絲笑容｜喜慶氣氛逐漸顯露。
同 顯現 反 隱藏。

15 **顰（顰）** pín 粵pan⁴ 貧 皺眉頭◇東施效顰。

【顰蹙】píncù 皺眉頭。形容煩悶憂愁的樣子◇雙眉顰蹙，一言不發。

16 **顱（颅）** lú 粵lou⁴ 勞 ①頭蓋骨◇腦在顱中。②指頭◇頭顱｜圓顱方趾（指人類）。

18 **顳（颞）** niè 粵nip⁶ 捏 見"顳顬""顳骨"。

【顳骨】niègǔ 顳顬部的骨頭，位於頂骨的下方，形狀扁平。

【顳顬】nièrú 頭部的兩側靠近耳朵上方的部位。

18 **顴（颧）** quán 粵kyun⁴ 權 顴骨◇高顴｜兩顴紅赤。

【顴骨】quángǔ 眼睛下面、腮上面突出的骨頭◇眼窩深陷，顴骨高突。

風部

0 **風（风）** fēng 粵fung¹ 封 ①空氣流動的自然現象◇颳風｜狂風大作。②借風力吹◇風乾｜晾乾。③借風力吹乾的◇風雞｜風肉。④像風那樣快或那樣普遍的◇風行｜風靡。⑤風氣；習俗◇蔚然成風｜移風易俗。⑥景象◇風景｜風光。⑦風度；作風◇風采｜學風。⑧風聲；消息◇聞風而動｜有人走了風了。⑨傳說的；沒有確實根據的◇風傳｜風言風語。⑩情況；聲勢◇看風使舵｜望風而逃。⑪畜類雌雄相誘◇風馬牛不相及。⑫指男女間的情愛◇爭風吃醋。⑬指民歌、民謠◇采風。⑭中醫指一種致病的重要因素或某些疾病◇風濕｜風寒｜痛風｜鵝掌風。

【風力】fēnglì ①風的力量◇風力發電。②風的強度。常用風級表示。風級越大，風速越快，風力就越強◇今天風力三到四級。

【風水】fēngshuǐ 住宅的位置、建築結構，內部的裝修、陳設等方面所處的狀態，決定或影響健康、財富、吉凶、禍福、子孫等方方面面。這種的因素，稱之為風水。

【風化】fēnghuà ①文明的風氣；文明的表現◇中國到了商代早期，風化始開。②社會風氣；社會道德規範◇有傷風化。③在風、雨、流水、海水等各種自然力的侵蝕破壞下，地殼表面逐漸受破壞或發生變化的現象。

【風光】fēngguāng ①自然景觀和人文景觀◇風光秀麗｜舊城風光。②體面；光彩◇風光不再。

【風帆】fēngfān ①船帆◇揚起風帆，乘風而去。②借指張帆的船◇風帆點點。

【風向】fēngxiàng ①風吹來的方向◇風向偏南。②比喻事態發展的動向◇看準風向再投資。

【風色】fēngsè ①風◇車到半途，風色大作。②風勢；風向◇看看風色順了，這才揚帆出海。③天氣◇風色陰沉，下着小雨。④風景◇當地的自然風色十分優美。⑤神色，面色◇我看她這幾天風色不對。⑥風聲、消息 ⑦情勢。

【風雨】fēngyǔ ①風和雨◇風雨交加。②比喻艱難困苦的境況◇一生備嘗風雨｜經風雨，見世面。③比喻議論和傳聞◇鬧得滿城風雨。

【風采】fēngcǎi 儀容、舉止所表現出的風度和蘊含的神韻◇學者風采。

【風波】fēngbō ①風浪◇風波甚急，船不能行。②比喻糾紛或騷亂◇風波又起｜球場風波。

【風俗】fēngsú 人們長期形成的風尚、禮節、習慣等的總和。

【風度】fēngdù 美好的言談舉止和儀容姿態◇風度翩翩｜有學者風度。

【風紀】fēngjì 作風和紀律◇整飭風紀｜風紀嚴明。

【風格】fēnggé ①作風；品格。多指好的◇發揚助人為樂的風格｜高尚的風格。②文藝作品的藝術個性和格調◇創作風格各不相同｜展出的畫作風格各異。

【風骨】fēnggǔ 人的品格◇他為人曠達，風骨俊秀。

【風氣】fēngqì 社會上普遍流行的作風、愛好或習慣◇社會風氣。同 風尚。

【風流】fēngliú ① 風尚和流派◇文人志向不同，風流殊別，從來如此。② 風雅瀟脱；有才華而不受拘管◇風流才子。③ 傑出不凡◇大江東去，浪淘盡，千古風流人物。④ 有關男女私情的◇風流韻事。⑤ 輕浮放蕩◇風流女子。

【風浪】fēnglàng ① 水面上的風和波浪◇風浪太大，不能出海。② 比喻生活中的艱難險阻◇經風浪，見世面。

【風情】fēngqíng ① 風采和神情◇風情素質。② 風雅的情味◇客廳、書房的陳設別具風情。③ 風土人情◇異國風情｜餐廳具有歐陸風情。④ 男女之間的情愛◇便縱有千種風情，更與何人説。

【風雲】fēngyún 風和雲。比喻變幻不定的局勢◇風雲突變｜風雲變幻。

【風景】fēngjǐng 可供觀賞的風光景色◇風景如畫。

【風勢】fēngshì ① 風力；風吹來的勢頭◇風勢變化不大｜風勢減弱。② 比喻情勢、情況◇先不要表態，看看風勢再説。

【風煙】fēngyān ① 風和煙氣；風和煙塵◇金色的秋天，風煙一掃而空｜每到春天，風煙滾滾。② 指戰亂、戰火◇風煙四起。

多樣表達：風煙
夕煙 炊煙 雲煙 煙雲 煙霧 煙霞 煙靄 暮靄 霧靄 風塵 煙塵 烽火 烽煙 狼煙 硝煙 戰火 戰亂

【風貌】fēngmào ① 事物的風格和面貌◇建築風貌｜年畫富有民間藝術的風貌。② 人的風度和容貌◇兄弟二人風貌不同。③ 風光，景象◇草原風貌。

【風趣】fēngqù ① 幽默有趣◇説話風趣。② 幽默有趣的情調◇饒有風趣。

【風暴】fēngbào ① 颳大風且伴有暴雨的天氣現象◇海上風暴。② 比喻規模大、氣勢猛烈的事件◇金融風暴｜革命風暴。

【風險】fēngxiǎn 可能遇到的危險◇股市有風險｜評估投資風險。

【風聲】fēngshēng ① 風吹的聲音◇風聲、雨聲、讀書聲，聲聲入耳。② 比喻透露出來的消息◇走漏風聲。

【風霜】fēngshuāng 風和霜。比喻所經受的艱難困苦◇飽受風霜之苦｜一個久經風霜的人。

【風靡】fēngmǐ ① 隨風勢倒伏下來。② 為…所傾心、所傾倒◇貓王的搖滾樂風靡了一代人。③ 風行，競相效仿◇風靡一時｜風靡全國。

【風韻】fēngyùn ① 美好的風度和神態。多用於女性◇徐娘半老，風韻猶存。② 指詩文書畫的風格、韻致。

【風騷】fēngsāo ① 指《詩經》中的《國風》和屈原的《離騷》。後用來泛指詩文。② 詩壇；文壇◇江山代有才人出，各領風騷數百年。③ 才華；文采◇唐代詩家輩出，可謂風騷盡展。④ 風情；輕佻的舉止。多指女性◇賣弄風騷。

【風行一時】fēngxíngyìshí 形容事物在一段時期裏盛行。同 風靡一時。

【風吹雨打】fēngchuī yǔdǎ 受風雨侵襲。比喻遭受打擊、摧殘、磨難等。

【風吹草動】fēngchuī cǎodòng 風稍一吹，草就搖動。比喻輕微的動盪或變故。

【風言風語】fēngyán fēngyǔ 流傳的沒有根據或惡意中傷的話。同 流言蜚語。

【風花雪月】fēnghuāxuěyuè ① 原指四時的自然景物，後多指抒寫閒情逸致、花花草草、兒女私情，或無病呻吟的詩文。② 借指男女風流韻事。

【風雨飄搖】fēngyǔpiāoyáo 比喻局勢動盪不安或岌岌可危。

【風和日麗】fēnghé rìlì 微風和煦，陽光明媚。形容天氣晴好。同 日麗風和。

【風流雲散】fēngliú yúnsàn 風一吹雲就消散。形容飄零四散。

【風馳電掣】fēngchí diànchè 像颳風和閃電一樣迅速。形容速度極快。

【風調雨順】fēngtiáo yǔshùn 調，調和；順，順適。天氣調和，雨量適度，不違農時◇風調雨順，五穀豐登。

【風聲鶴唳】fēngshēng hèlì 唳，鶴鳴。《晉書·謝玄傳》載：前秦苻堅率兵攻打東晉，在淝水之戰中被打得兵敗如山倒，自相踐踏，"聞風聲鶴唳"，以為是東晉的追兵到了。後形容恐慌疑懼，自相驚擾。同 草木皆兵。

【風燭殘年】fēngzhúcánnián 形容年邁的老

人，就像在風中搖曳不定的燭光一樣，隨時不久於世。

【風馬牛不相及】fēngmǎniúbùxiāngjí 風，走失；及，遇到。原指兩地相距很遠，即使走失，馬和牛也不會跑到對方的境內。出自《左傳・僖公四年》："君處北海，寡人處南海，唯是風馬牛不相及也。"後用來比喻兩者毫不相干。

5 **颭**(飐) zhǎn 粵zim2 尖2 風吹使物體顫動◇舟尾春風颭客燈。

5 **颮**(飑) (一) biāo 粵biu1 標 指風向驟變、風速劇增的氣候現象。常伴有雷雨冰雹，持續時間不長。

(二) páo 粵paau4 咆 風又急又大。

5 **颱**(台) tái 粵toi4 台 颱風，發生在北太平洋西部最強的熱帶氣旋。中心附近最大風力在12級或以上。颱風登陸後，強度逐漸減弱、消失。中國東南沿海地區常有颱風，以7–9月最為頻繁。颱風經過的地區挾有暴雨，沿海有高潮巨浪。

5 **颯**(飒)〔颭〕 sà 粵saap3 圾 ①象聲詞。形容風聲、雨聲。②見"颯爽"。

【颯爽】sàshuǎng ①形容英武矯健的樣子◇英姿颯爽。②清雅；清新◇心神颯爽。

【颯颯】sàsà 象聲詞。形容風聲、雨聲◇秋風颯颯｜颯颯松上雨，潺潺石中流。

6 **颳**(刮) guā 粵gwaat3 刮 風吹◇颳風下雨｜大風颳倒梧桐樹，自有旁人話短長。

8 **颶**(飓)〔颶〕 jù 粵geoi6 具 颶風，發生在大西洋西部、北太平洋東部的強烈風暴。氣象學上指風力等於或大於12 級的風。

9 **颺**(飏) yáng 粵joeng4 羊 因風吹而飄動◇飄颺｜飛颺。

9 **颸**(飔) sī 粵 si1 思 涼風◇涼颸。

9 **颼**(飕) sōu 粵sau1 收 ①方言。風吹使乾◇洗的衣服被風颼乾了。②象聲詞。形容東西快速經過的聲音◇颼的一聲，球飛過去了。

10 **飀**(飗) liú 粵lau4 流【颼飀】liúliú 微風吹動的樣子。

10 **颻**(飖) yáo 粵jiu4 搖 見"飄颻"。

11 **飄**(飘)〔飃〕 piāo 粵piu1 漂1 ①隨風搖動或飛揚◇柳條隨風飄動｜西風緊，梧葉飄黃。②輕浮；不踏實◇這人作風太飄。③同"漂"。浮在水面上◇飄流。

【飄忽】piāohū ①形容輕快、迅速◇白雲飄忽而散。②形容變化不定◇飄忽無常｜行蹤飄忽。③隱隱約約◇林間飄忽的燈光似乎是一處人家。

【飄泊】piāobó 同"漂浮"。①在水面上漂流或停泊。②比喻居無定所，顛沛流離。

【飄浮】piāofú 同"漂浮"。比喻浮在表面，不踏實，不深入◇辦事飄浮。

【飄揚】piāoyáng（在空中）隨風飄動◇旗幟迎風飄揚。

【飄散】piāosàn（氣體、煙霧等）隨風飛散◇花香飄散。

【飄逸】piāoyì ①灑脱自然◇神采飄逸。②飄散◇縷縷飄逸的輕煙。

【飄搖】piāoyáo 也作"飄颻"。①隨風飄飛搖擺◇柳絲在風中飄搖。②動盪不安◇政局飄搖。

【飄零】piāolíng ①（花、葉等）凋謝墜落◇秋風瑟瑟，黃葉飄零。②漂泊流落◇無依無靠，到處飄零。

【飄盪】piāodàng ①在空中隨風飄來盪去◇彩色風箏在遠空飄盪。②指飄泊不定；流浪。

【飄颻】piāoyáo 同"飄搖"。

【飄飄】piāopiāo ①風吹動的樣子◇風飄飄而吹衣。②輕鬆得意的樣子◇飄飄欲仙。

【飄灑】piāosǎ ①飄揚着落下◇潔白的雪花漫天飄灑。②瀟灑；灑脱自然◇風度飄灑。

12 **飆**(飙)〔飈〕 biāo 粵biu1 標 暴風◇狂飆。

【飆升】biāoshēng 急速上升◇股價飆升。

【飆車】biāochē ①傳説中御風飛行的神車。②方言。駕車高速飛馳，尋求刺激◇酒後飆車，釀成慘劇。

飛部

0 **飛(飞)** fēi 粵fei¹ 非 ①(鳥、蟲等)拍動翅膀在空中活動◇燕子飛來飛去。②利用機械在空中行駛◇起飛|班機飛往北京。③飄揚；飛舞◇大雪紛飛|龍飛鳳舞。④形容極快◇飛奔|時光飛逝。⑤氣體揮發◇時間久了，香味都飛淨了。⑥意外的；突如其來的◇飛來橫禍。⑦沒有根據的◇流言飛語。⑧向上翹◇斗拱飛簷。

【飛快】fēikuài ① 極快；非常迅速◇馬跑得飛快。② 非常鋒利◇刀磨得飛快。

【飛逝】fēishì 極快地消失◇光陰飛逝，眨眼又是一年。

【飛速】fēisù 速度極快◇飛速行駛|飛速發展。

【飛揚】fēiyáng ① 向上飄飛◇塵土飛揚|柳絮飛揚。② 精神振奮◇神采飛揚。③ 放縱◇飛揚跋扈。

【飛翔】fēixiáng ① 在空中盤旋地飛。② 泛指在空中飛◇一隊候鳥正向南飛翔。

【飛馳】fēichí 飛快地跑◇駿馬飛馳|列車飛馳而過。

【飛舞】fēiwǔ ① 飄飛；舞動◇雪花飛舞|蝴蝶在花叢中飛舞。② 形容生動活潑◇字勢飛舞。

【飛濺】fēijiàn 向四外迸射◇浪花飛濺|火星飛濺。

【飛騰】fēiténg ① 急速飛起◇煙塵飛騰。② 飛快地發展、提升◇經濟飛騰。

【飛躍】fēiyuè ① 連飛帶跳◇小鳥在樹林裏飛躍。② 比喻迅速發展◇經濟飛躍發展。

【飛揚跋扈】fēiyángbáhù 形容為所欲為，驕橫放肆，沒有忌憚。同 不可一世 反 謹小慎微。

【飛黃騰達】fēihuángténgdá 飛黃，古代傳說中的神馬名；騰達，上升。神馬騰空躍起。比喻官職、地位升得很快。多含貶義。

【飛蛾撲火】fēi'épūhuǒ 蛾撲向火中。比喻自取滅亡。

食部

0 **食** 〈一〉shí 粵sik⁶ 蝕 ①吃◇吞食|食肉動物。②吃飯◇絕食|寢食不安。③人吃的東西◇主食|甜食|豐衣足食。④動物吃的東西◇貓食|覓食。⑤供食用或調味用的◇食品|食鹽。⑥同"蝕"。日月虧缺或完全不見的現象◇日食|月食。

〈二〉sì 粵zi⁶ 自 拿東西給人吃。

〈三〉yì 粵ji⁶ 二 用於人名，如酈食其，秦漢之際劉邦的謀士。

【食言】shíyán 指說話不算數、失信於人◇決不食言。

【食指】shízhǐ ① 手的第二個指頭。② 比喻家庭人口◇食指眾多。

【食品】shípǐn 經過加工製造供人食用的東西◇健康食品|食品公司。

【食客】shíkè ① 古代寄食在貴族官僚家裏並為他們奔走效勞的人。② 飲食店的顧客。

【食宿】shísù 吃飯和住宿◇食宿自理|安排食宿。

【食慾】shíyù 想吃食物的慾望◇促進食慾|食慾旺盛。

【食療】shíliáo 飲食療法。中醫指用食物配合治療的方法。

【食糧】shíliáng ① 供人吃的糧食◇食糧短缺。② 泛指賴以存在、發展的東西◇精神食糧。

【食譜】shípǔ ① 介紹菜餚等用料及製作方法的書◇大眾食譜。同 菜譜。② 開列飯菜名目的單子。

【食不甘味】shíbùgānwèi 感覺不到所吃食物的美好滋味。形容心事重重或勤於做事，心不在吃上。同 臥不安寢。

【食不果腹】shíbùguǒfù 填不飽肚子。形容貧窮困苦。

【食古不化】shígǔbúhuà ① 讀書作畫只知道沿襲古人的做法，不懂得靈活運用。② 拘泥於前人或陳舊的東西，不能與時俱進、靈活變通。同 泥古不化。

【食言而肥】 shíyán'érféi 背信棄義，只顧追求自己的利益。

2 **飣（饤）** dìng 粵ding3 丁3 見"餖飣"。

2 **飢（饥）** jī 粵gei1 機 肚子空，想吃食物◇飢餓｜飢不擇食。

【飢寒交迫】 jīhánjiāopò 飢餓和寒冷同時襲來。形容生活十分貧困。同 啼飢號寒。

【飢腸轆轆】 jīchánglùlù 腹中空空，咕轆轆直響。形容非常飢餓。

3 **飥（饦）** tuō 粵tok3 託 見"餺飥"。

3 **飧〔飱〕** sūn 粵syun1 宣 ①晚飯。②熟食；飯食◇盤飧市遠無兼味，樽酒家貧只舊醅。

4 **飩（饨）** tún 粵tan4 吞4/tan1 吞 見"餛飩"。

4 **飪（饪）〔餁〕** rèn 粵jam6 任 把食物煮熟；做飯菜◇烹飪。

4 **飫（饫）** yù 粵jyu3 於3 飽；足◇飫足｜飫餐（飽餐）。

4 **飭（饬）** chì 粵cik1 斥 ①整頓◇整飭紀律。②命令；告誡◇飭令｜戒飭｜申飭了他一頓。③謹慎◇言行謹飭。

4 **飯（饭）** fàn 粵faan6 犯 ①煮熟的穀類食物。多指米飯◇炒飯｜稀飯。②每天定時吃的食物◇早飯｜晚飯。③吃飯◇茶飯不思｜飯前要洗手。

【飯店】 fàndiàn ① 飯館。② 規模較大、設備較好、提供住宿飲食的旅館。

多樣表達：飯店

茶樓 酒家 酒樓 酒館 飯莊 飯鋪 飯館 餐館 餐廳 酒店 客店 旅店 旅社 客舍 客棧 賓館

【飯桶】 fàntǒng ① 專供裝飯用的桶。② 比喻只會吃飯，不會做事的人。

【飯量】 fànliàng 一個人一頓飯的食量◇飯量不大｜增加飯量。

【飯碗】 fànwǎn ① 盛飯用的碗。② 比喻職業◇鐵飯碗｜砸了飯碗。

【飯館】 fànguǎn 出售飯菜供顧客喝酒、吃飯的店鋪。

4 **飲（饮）** 〈一〉yǐn 粵jam2 音2 ①喝；特指喝酒◇飲水思源｜開懷暢飲。②飲料◇冷飲｜熱飲。③含着；忍受着；壓制着◇飲恨終身。④沒入◇飲彈（中彈）。

〈二〉yìn 粵jam3 蔭 給牲畜水喝◇白日登山望烽火，黃昏飲馬傍交河。

【飲恨】 yǐnhèn 受屈含恨而無法申訴◇飲恨而終。

【飲品】 yǐnpǐn 各種飲料的總稱。

【飲食】 yǐnshí ① 吃喝◇飲食起居。② 吃的和喝的東西◇飲食太差了。

【飲料】 yǐnliào 經過加工製造的供人飲用的液體。如酒、茶、果汁、奶茶等。

【飲譽】 yǐnyù 享有很高聲譽◇飲譽文壇｜飲譽國內外影壇。

【飲水思源】 yǐnshuǐsīyuán 喝水的時候想到水的源頭、來源。比喻不忘本。

【飲泣吞聲】 yǐnqì tūnshēng 吞下眼淚，強忍住哭聲。形容格外悲痛，又不敢公開表現出來。

【飲鴆止渴】 yǐnzhènzhǐkě 鴆，一種毒鳥。用鴆羽浸泡的毒酒解渴。比喻以有害的辦法解決眼前的困難，不顧後果。

5 **飿（饳）** duò 粵deot1 見"餶飿"。

5 **飾（饰）** shì 粵sik1 色 ①裝點；修飾◇裝飾｜塗飾。②遮掩◇掩飾｜文過飾非。③裝飾品◇燈飾｜首飾。④扮演◇首度登台飾諸葛亮。

【飾物】 shìwù ① 首飾。② 器物上的裝飾品。如花邊、飄帶等。

【飾品】 shìpǐn 指耳環、項鏈、戒指等首飾。

【飾詞】 shìcí ① 掩蓋真相的話；託詞。② 粉飾文詞◇調文飾詞。

【飾演】 shìyǎn 扮演◇妹妹在劇中飾演小仙女。

5 **飽（饱）** bǎo 粵baau2 包2 ①吃足了◇吃飽了。②裝滿◇中飽私囊。③豐滿◇米粒很飽。④滿足◇大飽眼福。⑤充分；充足◇飽經風霜。

【飽含】 bǎohán 飽滿地含着，充滿◇飽含辛酸｜眼裏飽含着熱淚。

【飽和】bǎohé ① 在一定溫度和壓力下，溶液裏溶質的量達到最大限度，不能再溶解。② 事物的數量達到最大限度◇庫存早已飽和。

【飽滿】bǎomǎn ① 充實而豐滿◇穀粒飽滿｜天庭飽滿。② 充足；充沛◇精神飽滿｜飽滿的熱情。

【飽學】bǎoxué 學問淵博◇飽學之士。

【飽食終日】bǎoshízhōngrì 整天吃得飽飽的。形容甚麼事都不幹◇飽食終日，無所用心。

【飽經風霜】bǎojīngfēngshuāng 形容經歷過很多艱難困苦。㊐ 餐風宿露。

5 **飼（饲）〔飤〕** sì 粵zi^6 自 ①飼養◇飼雞｜飼蠶。②飼料◇打草儲飼。

【飼料】sìliào 餵養家畜、家禽或養殖魚蝦等的食物◇豬飼料｜雞飼料。

【飼養】sìyǎng 餵養家禽或動物◇飼養員。

5 **飴（饴）** yí 粵ji^4 兒 ①糖漿。一般用米、麥芽製成◇甘之如飴。②用飴做成的糖果◇高粱飴。

6 **餌（饵）** ěr 粵nei^6 膩 ①糕餅◇餅餌。②泛指食物◇果餌。③釣魚或誘捕禽獸用的食物◇釣餌｜誘餌｜毒餌。④用東西引誘◇以此餌敵｜餌以重利。

6 **餂（饣舌）** tiǎn 粵tim^5 恬 勾取；探取。

6 **餉（饷）〔饟〕** xiǎng 粵hoeng^2 享 ①用酒食款待◇餉客｜餉士卒。②軍糧或軍隊的俸給◇軍餉｜糧餉。③薪俸◇月餉｜發餉。

6 **餄（饸）** hé 粵gaap^3 甲【餄餎】héle 一種用蕎麥麪或高粱麪軋成的長條食品。煮着吃。

6 **餎（饹）** ⟨一⟩ gē 粵gok^3 各 見"餎餷"。⟨二⟩ le 粵lok^3 烙 見"餄餎"。

【餎餷】gēzha 一種用綠豆麪攤成的餅狀食品。薄厚不一，切成塊炸或炒着吃◇綠豆餎餷。

6 **餃（饺）** jiǎo 粵gaau^2 狡 餃子，用薄麪皮包上餡兒的食品◇水餃｜蒸餃｜煎餃。

6 **餅（饼）** bǐng 粵beng^2 柄^2 ①圓片狀的麪製食品◇月餅｜煎餅｜葱油餅。②形狀像餅的東西◇柿餅｜鐵餅。

【餅乾】bǐnggān 用麪粉加糖、雞蛋、牛奶等做成片狀，以火烘熟的食品。

【餅餌】bǐng'ěr 餅類食品的總稱。

6 **餈〔粢〕** cí 粵ci^4 詞 用糯米飯或糯米粉、黍米粉做成的糕餅。

6 **養（养）** yǎng 粵joeng^5 氧 ①供養◇贍養｜他要養一家人。②飼養；餵動物◇養鳥｜養虎遺患。③生育◇她養了一個女兒。④培植◇養花｜種花養草。⑤培養◇養成好習慣。⑥維護；保養◇養路｜養護。⑦療養；調養◇養傷｜養病。⑧修養◇素養｜涵養。⑨蓄；留◇養着大鬍子｜養起頭髮來還俗。⑩扶植；扶助◇以工養農。⑪撫養的，非親生的◇養女｜養父。

【養分】yǎngfèn 物質中所含的能供給有機體吸收的營養成分◇豆製品養分充足。

【養生】yǎngshēng ① 保養身體◇養生之道。② 奉養父母◇養生送死。

【養老】yǎnglǎo ① 奉養老人◇養老送終。② 老年人退休過晚年生活◇退休在家養老。

【養育】yǎngyù 撫養和教育◇養育子女｜報答養育之恩。

【養性】yǎngxìng 修養心性◇修身養性。

【養神】yǎngshén 靜下心來，使精神得到恢復◇閉目養神。

【養料】yǎngliào ① 能供給有機體營養的東西◇養料不足。② 比喻能滋助事物成長、發展、形成的成分◇她從討論中吸收了很多養料。

【養家】yǎngjiā 供給家庭生活所需和費用◇養家糊口｜掙錢養家。

【養殖】yǎngzhí 培育和繁殖水產動植物◇淡水養殖場。

【養護】yǎnghù ① 保養修護◇養護機器｜公路養護。② 養育保護◇養護嬰孩。

【養尊處優】yǎngzūn chǔyōu 處於尊貴的地位，過着優裕的生活。多含貶義。

【養精蓄鋭】yǎngjīng xùruì 養護精神和精力，積蓄力量。

【養癰遺患】yǎngyōngyíhuàn 癰，多生在頸部和背部的大毒瘡，常致人死命。生了毒瘡不及時治療，為自己帶來大禍。比喻姑息養奸，造成禍害。

7 **餐** cān ◎caan¹ 亲¹ ①吃（飯）◇聚餐｜餐風飲露。②飯食◇用餐｜西餐。③量詞。飲食的頓數◇一日三餐。

【餐具】cānjù 吃飯用的勺、碗、筷等器具。

【餐飲】cānyǐn ① 吃和喝◇她的餐飲一向很簡單。② 指經營飲食買賣◇餐飲業。

【餐廳】cāntīng① 吃飯的地方。② 提供食物及堂食服務的營業場所。

7 **餑（饽）** bō ◎but⁶ 勃【餑餑】bōbo方言。糕點、饅頭一類麪食。

7 **餔** bū ◎bou¹ 褒 ①晚飯；飯食◇餔食。②傍晚◇餔時。③餵別人食物。

7 **餗（餗）** sù ◎cuk¹ 速 鼎中的食物。

7 **餖（饾）** dòu ◎dau⁶ 豆【餖飣】dòudìng ①堆疊在器皿中供陳設的食品。②比喻堆砌辭藻。

7 **餓（饿）** è ◎ngo⁶ 臥 ①腹中空空，想吃東西◇飢餓。②使受餓◇餓了兩天｜別餓着孩子。

【餓狼】èláng 比喻貪婪的人。

【餓殍】èpiǎo 餓死的人◇途有餓殍。

7 **餘（余）** yú ◎jyu⁴ 如 ①剩下的；多出來的◇多餘｜餘下的工資。②剩下來的部分◇年年有餘｜攻其一點，不及其餘。③表示整數後面的零頭◇十餘人｜三十餘里。④以後；過後◇工作之餘｜課餘活動。

【餘生】yúshēng ① 人的晚年◇安度餘生。② 僥倖保住的生命◇劫後餘生｜虎口餘生。

【餘年】yúnián 晚年◇安享餘年。同 餘生。

【餘波】yúbō 比喻事件結束後留下的影響◇餘波未息。

【餘裕】yúyù 寬裕；富餘◇綽有餘裕｜餘裕的精力。

【餘暉】yúhuī 傍晚的陽光◇落日餘暉。同 餘輝。

【餘音繞梁】yúyīnràoliáng《列子・湯問》："昔韓娥東之齊，匱糧，過雍門，鬻歌假食。既去，而餘音繞梁欐，三日不絕。"歌唱停止後餘音彷彿仍在梁間迴旋。形容歌聲或音樂優美動聽，令人難忘。

7 **餒（馁）** něi ◎neoi⁵ 女 ①飢餓◇凍餒。②喪失勇氣◇氣餒。

7 **餕（馂）** jùn ◎zeon³ 進 吃剩下的食物。

8 **餦（张）** zhāng ◎zoeng¹ 張【餦餭】zhānghuáng ①乾的飴糖。②饊子之類的一種麪食。

8 **餞（饯）** jiàn ◎zin³ 箭/zin⁶ 賤 ①用酒食送行◇餞行｜餞別。②浸漬（果品）◇蜜餞海棠。③浸漬過的果品◇什錦果餞｜買兩斤蜜餞。

【餞行】jiànxíng 設宴送行◇為好友餞行。

8 **餜（馃）** guǒ ◎gwo² 果【餜子】guǒzi ①一種油炸的麪食◇香油餜子。②舊式糕點的統稱。

8 **餛（馄）** hún ◎wan⁴ 雲【餛飩】húntun 一種家常食品。用薄麪片包餡做成，煮熟後一般連湯吃。

8 **餚〔肴〕** yáo ◎ngaau⁴ 淆 燒熟了的魚肉等葷菜◇酒餚｜美味佳餚。

【餚饌】yáozhuàn 豐盛的飯菜◇風味餚饌。

8 **餡（馅）** xiàn ◎haam⁶ 陷 包在麪食、點心裏的鹹或甜的心子◇餃子餡｜湯圓餡。

8 **館（馆）〔舘〕** guǎn ◎gun² 管 ①接待賓客或供旅客住宿的地方◇賓館｜旅館。②華麗的住宅◇公館。③古代官署名◇集賢館｜弘文館。④外交人員常駐的處所◇大使館｜總領事館。⑤服務性商店的名稱◇茶館｜照相館。⑥文化體育活動的場所◇展覽館｜體育館。⑦舊時私塾老師教書的地方◇蒙館。

【館子】guǎnzi 飯館、酒館等賣酒食的店鋪◇下館子｜吃館子｜川菜館子。

【館藏】guǎncáng ① 圖書館、博物館等內的收藏◇館藏宋代善本書。② 圖書館、博物館等收藏的書籍、文物等◇館藏甚豐。

9 **餮** tiè ◎tit³ 鐵 貪食；貪◇饕餮。

9 **餬（𫗪）** hú ◎wu⁴ 湖 ①比較稠的粥。②用麪粉、米粉、藕粉、澱粉等加水調和煮成的黏稠狀食品。

9 **餷(馇)** 〈一〉chā 粵caa^{1}差 ①邊煮邊攪拌◇餷豬食。②方言。用小火煮熬◇餷粥。

〈二〉zha 粵zaa^{1}渣 見"餎餷"。

9 **餳(饧)** 〈一〉xíng 粵cing^{4}晴 ①用麥芽或穀芽等熬成的糖。②糖塊或麪糰變軟◇糖餳了|讓麪餳一餳。③眼睛半睜半閉，眼神凝滯◇眼睛發餳。

〈二〉táng 粵tong^{4}堂 同"糖"。蔗糖。

9 **餵(喂)** wèi 粵wai^{3}畏 ①給動物東西吃；飼養◇餵雞|家裏餵了幾頭豬。②把食物送到人口裏◇餵奶|餵孩子吃飯。

9 **餿(馊)** sōu 粵sau^{1}收 ①食物變質發出酸臭味◇餿飯|菜餿了。②指身上的汗臭味◇出了汗不換衣服，全身都發餿。③壞；不高明◇餿主意|餿點子。④特指豬隻的飼料◇豬餿。

9 **餭(𫗪)** huáng 粵wong^{4}王 見"餦餭"。

9 **餱〔糇〕** hóu 粵hau^{4}侯 乾糧◇餱糧。

9 **䭔(𫗫)** duī 粵deoi^{1}堆 古時的一種蒸餅。

10 **饁(馌)** yè 粵jip^{3}頁^{3} 給在田裏耕作的人送飯◇饁彼南畝。

10 **餺(馎)** bó 粵bok^{3}博【餺飥】bótuō古代一種用麪或米粉製成的食品。

10 **餶(馉)** gǔ 粵gwat^{1}骨【餶飿】gǔduò古時一種麪製食品。

10 **餼(饩)** xì 粵hei^{3}器 ①穀物；飼料。②活的牲口；生肉。③贈送(食物)。

10 **餾(馏)** 〈一〉liù 粵lau^{6}漏 把涼了的熟食蒸熱◇餾饅頭。

〈二〉liú 粵lau^{6}漏 用加熱等方法分解或分離物質◇蒸餾|分餾。

10 **餹(𫗮)** táng 粵tong^{4}堂 同"糖"。

10 **餸(𫗺)** sòng 粵sung^{3}送 方言。小菜◇到市場買餸|晚飯加餸。

11 **饃(馍)〔饝〕** mó 粵mo^{4}磨 ①餅類食物◇羊肉泡饃。②指饅頭◇白麪饃。

11 **饉(馑)** jǐn 粵gan^{2}緊 農作物歉收◇饑饉。

11 **饆(𬲹)** bì 粵bat^{1}不【饆饠】bìluó一種食品。

11 **饅(馒)** mán 粵maan^{6}曼【饅頭】mántou ①用發酵的麪粉蒸成的食品。一般上圓下平，無餡。②方言。包子◇肉饅頭。

11 **饈(馐)** xiū 粵sau^{1}收 精美的食物◇珍饈美味。

12 **饒(饶)** ráo 粵jiu^{4}搖 ①豐富；多◇富饒|饒有風趣。②外加，另外增添◇買一個饒一個。③寬容；寬恕◇一再求饒。④任憑；儘管◇饒你說得天花亂墜，我也不信。⑤姓。

【饒舌】ráoshé 多嘴；嘮叨◇幾杯酒下肚，變得格外饒舌。

【饒恕】ráoshù 不追究責任、不計較過失，加以寬免和容忍◇饒恕別人的罪過。

12 **饊(馓)** sǎn 粵saan^{2}傘^{2} 饊子，一種麪食。將麪拉成細條、扭出花樣，再經油炸而成◇蛋饊。

12 **饋(馈)〔餽〕** kuì 粵gwai^{6}跪 ①贈送◇饋贈禮品。②傳送(信息等)◇反饋。

【饋贈】kuìzèng 贈送◇饋贈紀念品。

12 **饌(馔)〔籑〕** zhuàn 粵zaan^{6}賺 ①飯食◇餚饌|盛饌。②吃喝◇有酒食先生饌。

12 **饑(饥)** jī 粵gei^{1}機 莊稼收成不好或沒有收成◇鬧饑荒|連年大饑。

【饑饉】jījǐn 荒年糧食歉收◇外無戰爭，內無饑饉。

12 **饗(飨)** xiǎng 粵hoeng^{2}享 ①用酒食款待人◇饗客。②請人享用◇刊登全文，以饗讀者。

13 **饕** tāo 粵tou^{1}滔 ①貪財；貪食◇饕貪無饜。②貪財或貪食的人◇老饕(貪食的人)。

【饕餮】tāotiè ①傳說中一種貪食的猛獸。古代鐘鼎彝器上常刻其頭形作為飾紋。②比喻貪婪或貪食的人◇饕餮之徒。

13 **饔** yōng 粵jung^1 翁 ①熟食。②早餐。

【饔飧】yōngsūn 早餐和晚餐◇饔飧不繼。

14 **饜(餍)** yàn 粵jim^3 厭/jim^1 淹 ①吃飽◇饜酒肉。②滿足◇饜足。

17 **饞(馋)** chán 粵caam^4 慚 ①貪吃；想吃◇嘴饞。②羨慕◇眼饞。

【饞涎】chánxián 因想吃而產生的口水◇饞涎欲滴。

【饞嘴】chánzuǐ ①貪吃◇饞嘴貓。②指貪吃的人◇那小孩是個饞嘴。

22 **饢(馕)** ㈠náng 粵nong^4 囊 一種烤製成的麪餅。維吾爾、哈薩克等族作主食。

㈡nǎng 粵nong^5 曩 拚命往嘴裏塞食物。

首部

0 **首** shǒu 粵sau^2 手 ①頭◇首飾｜昂首挺胸。②首腦；首領；為首的人◇元首｜羣龍無首｜罪魁禍首。③第一；最高的◇首屆｜首都｜首席法官。④初始；開端◇歲首｜篇首。⑤首先；最早◇首創｜武昌首義(指辛亥革命)。⑥方；面◇右首｜上首。⑦認罪或告發◇自首｜出首。⑧量詞。用於詩詞、歌曲等◇一首詩｜一首曲子｜唐詩三百首。

【首先】shǒuxiān ①最先；最早◇首先到達終點。②第一。用於列舉事項◇當好演員，首先是做人，其次才是演技。

【首尾】shǒuwěi ①開頭和結尾◇文章首尾照應。②從開始到末尾◇這座橋從設計到建成，首尾十個月。㊂前後。

【首長】shǒuzhǎng 稱政府機構中較高級的領導人或部隊中較高級的軍官。

【首肯】shǒukěn 點頭表示同意◇未獲首肯，不敢擅動。㊀反對。

【首相】shǒuxiàng 君主立憲國家內閣首腦，內閣總理◇英國首相。

【首要】shǒuyào ①最重要的；擺在第一位的◇首要問題｜求得知識是學生首要的事。②首腦◇政府各部首要都出席了會議。

【首席】shǒuxí ①最尊貴的席位◇坐首席。②職位最高的◇首席大法官。

【首都】shǒudū 國家最高政權機構所在的城市，是一國的政治中心。

【首惡】shǒu'è ①犯罪集團的頭目。②主謀，罪案的策劃者。

【首創】shǒuchuàng 創始，最先創造◇全國首創｜首創新療法。

【首飾】shǒushì 本指戴在頭上的裝飾品，今泛指耳環、項鏈、戒指、手鐲等飾物。

【首腦】shǒunǎo 第一領導人。多指政府、政府部門或其他權力機構的最高負責人◇政府首腦｜首腦會議。

【首領】shǒulǐng ①頭和脖子◇保全首領。②為首的人；領導人◇起義軍首領。

【首屈一指】shǒuqūyìzhǐ 屈指計算時，首先彎下大拇指，表示第一。比喻居首位。

【首當其衝】shǒudāngqíchōng 處在交通要道。比喻最先受到攻擊或遭遇災難。

【首鼠兩端】shǒushǔliǎngduān 首鼠，躊躇。在兩者之間搖擺不定，猶豫不決。㊂舉棋不定。

2 **馗** kuí 粵kwai^4 葵 同“逵”。

8 **馘** guó 粵gwok^3 國 ①古代戰爭中割掉所殺敵人的左耳，用來計功◇俘二百五十，馘百人。②指所割下的左耳◇獻馘。

香部

0 **香** xiāng 粵hoeng^1 鄉 ①氣味好◇香水｜芳香撲鼻｜酒香不怕巷子深。②味道好◇香甜可口。③吃得有味道◇這兩天胃口差，吃東西不香。④睡得酣暢◇你看他睡得真香。⑤受歡迎◇在市場上很吃香。⑥天然帶香味的東西◇麝香｜茴香。⑦用木屑加香料等材料做成的細條，點燃後用來祭拜祖先、神佛，或驅除異味、蚊子等◇燒香禮佛｜蚊香。⑧跟燒香拜神佛有關的事物◇香客｜香案。⑨指女子或跟女子有關的事物◇香閨｜憐香惜玉。

【香火】xiānghuǒ ① 香燃燒時的火◇爐中的香火蒸蒸騰騰。② 祭拜用的香燭◇香火錢｜香火鼎盛。③ 子孫祭祀祖先的事情。借指後代子孫◇無兒無女，斷了香火。

【香客】xiāngkè 到寺廟進香的人。

【香料】xiāngliào 添加在食品、化妝品等裏面的芳香物質。

【香煙】xiāngyān ① 燒香時產生的煙◇香煙繚繞。② 子孫祭祀祖先的事情。借指後世子孫◇香煙不絕。③ 捲煙◇兩包香煙。

【香燭】xiāngzhú 祭祀用的香和蠟燭。

【香豔】xiāngyàn ① 形容花草芳香豔麗◇香豔的山茶花。② 形容女子妖媚◇香豔女郎。③ 形容涉及閨閣或情愛、詞藻豔麗的詩文◇香豔詞｜香豔小説。

【香噴噴】xiāngpēnpēn 形容香氣襲人◇香噴噴的菜餚。

5 **馝** bì 粵bit6 別【馝馞】bìbó形容香氣很濃。

7 **馞** bó 粵but6 撥 見"馝馞"。

9 **馥** fù 粵fuk6 服 香氣◇馥郁。

【馥郁】fùyù 形容香氣很濃◇芳香馥郁｜馥郁的花香。

11 **馨** xīn 粵hing1 兄 ①芳香◇馨香｜芳馨。②散播很遠的香氣◇園中的花卉清馨四溢。

【馨香】xīnxiāng ① 芳香◇白玉蘭開了，滿院馨香。② 燒香的香味◇寺院裏馨香瀰漫。

馬部

0 **馬(马)** mǎ 粵maa5 螞 ①哺乳動物。面長，耳直立，頸上長鬃毛，尾上有長毛。四肢強健，善於奔跑。可供拉車、耕地、人騎◇人困馬乏｜馬到成功。②大◇馬蜂｜馬勺。③姓。

【馬上】mǎshàng 表示動作、行為或情況快要發生或緊接着某事發生◇馬上就做｜接到命令，馬上出發。(同) 立刻、立馬。

> **用法提示：馬上・立刻**
>
> "馬上、立刻"同為副詞，在很多情況下兩者可以互換◇馬上離開｜立刻離開。不過"馬上"有時所表示的緊迫性幅度較大；"立刻"只表示即刻要發生的，如"這學期馬上要結束了"，不能説成"這學期立刻要結束了"。

【馬虎】mǎhu 疏忽草率，不認真負責◇馬虎了事。(同) 大意 (反) 細心。

【馬腳】mǎjiǎo 比喻破綻◇露出馬腳。

【馬褂】mǎguà 舊時男子穿在長袍外面的對襟短褂。原為滿族人騎馬時所穿的服裝。

【馬戲】mǎxì 原指人騎在馬上所作的表演。現多指經過訓練的熊、馬、虎、狗、猴、獅子等參加的雜技表演。

【馬拉松】mǎlāsōng ① 馬拉松賽跑。一種超長距離的賽跑項目，全程為 42 195 米。(英 marathon) ② 比喻時間持續得很久◇馬拉松會議。

【馬前卒】mǎqiánzú ① 在車馬前頭供差遣的僕役。② 比喻替別人跑腿效勞的人。

【馬不停蹄】mǎbùtíngtí 比喻一刻也不停、不間斷。

【馬革裹屍】mǎgéguǒshī 用馬皮包裹屍體。指戰死沙場。出自《後漢書・馬援傳》："男兒要當死於邊野，以馬革裹屍還葬耳，何能卧牀上在兒女子手中邪？"

2 **馭(驭)** yù 粵jyu6 預 ①駕御；驅使◇馭手｜駕馭車馬。②統率；控制◇以簡馭繁。

2 **馮(冯)** 〈一〉féng 粵fung4 逢 姓。〈二〉píng 粵pang4 朋 ①徒步涉河◇暴虎馮河。②"憑"的古字。

3 **馱(驮)〔駄〕** 〈一〉tuó 粵to4 駝 用背負載東西◇馱運｜這些貨物都是用馬馱來的。
〈二〉duò 粵do6 惰 ①牲口馱着的貨物◇馱子｜卸馱。②量詞。用於牲口馱着的貨物◇兩馱貨｜四馱大米。

3 **馴(驯)** xùn 粵seon4 純 ①順從的；善良的◇溫馴。②使馴服◇馴馬｜馴虎。

【馴化】xùnhuà 野生動植物經長期馴養或培育後，改變原先的習性，成為家養動物或栽培植物。

【馴良】xùnliáng 和順善良；馴服和善◇性情馴良｜有的馬馴良，有的馬兇暴。同 溫順 反 暴烈。

【馴服】xùnfú ①服從順應◇馴服的小鹿。同 順從。②使溫良順服◇野馬被馴服了。

【馴順】xùnshùn 馴服和順◇馴順的小羊。同 溫順。

【馴養】xùnyǎng 飼養野生動物使逐漸馴服◇馴養野馬。同 豢養 反 野生。

3 **馳（驰）** chí 粵ci4 詞 ①（車馬等）快跑◇奔馳｜飛馳。②使快跑◇馳馬射箭。③傳揚◇馳名中外。④嚮往◇馳慕｜心馳神往。

【馳行】chíxíng 急速前行；飛速行駛◇驅車馳行。

【馳名】chímíng 名聲傳播開去◇桂林山明水秀，遠近馳名。同 聞名。

【馳騁】chíchěng ①奔馳；騎着馬快跑◇駿馬馳騁｜馳騁疆場。②比喻在某個領域充分展現才能◇馳騁歌壇。

【馳譽】chíyù 聲譽遠揚◇馳譽中外｜馳譽文壇。同 享譽。

【馳驅】chíqū ①（騎馬）快跑◇馳驅沙場。②奔走效勞◇為貴公司馳驅，是我的榮耀。

4 **馹（驲）** rì 粵jat6 日 古代驛站專用的車馬。

4 **駁（驳）〔駮〕** bó 粵bok3 博 ①馬毛色不純。②指顏色混雜不純◇斑駁陸離。③形容混雜、雜亂◇駁雜｜樹影斑駁。④辯駁，説出理由否定對方的意見◇批駁｜反駁。⑤用小船轉運◇接駁｜轉駁。⑥駁船◇拖駁｜鐵駁。

【駁斥】bóchì 反駁、斥責錯誤的言論或意見◇嚴厲駁斥｜駁斥得他啞口無言。

【駁回】bóhuí ①否定、拒絕對方的意見或請求◇他的心意我不好駁回。同 回絕。②法院對訴訟當事人提出的要求不予支持◇駁回上訴，維持原判。

【駁雜】bózá 混雜在一起◇文章寫得有點亂，內容很駁雜。

4 **駃（駃）** jué 粵kyut3 決【駃騠】juétí古書上説的一種駿馬。

5 **駔（驵）** ㈠zù 粵zou2 早 駿馬。㈡zǎng 粵zong2 裝2 馬匹交易的經紀人。

5 **駛（驶）** shǐ 粵sai2 洗 ①（車馬等）快跑◇疾駛｜飛駛而過。②操縱車船等前進◇駕駛｜停駛。

5 **駟（驷）** sì 粵si3 試 ①古代指同拉一輛車的四匹馬。②指套着四匹馬的車◇高車駟馬｜一言既出，駟馬難追。

5 **駙（驸）** fù 粵fu6 父 古代幾匹馬共同拉車，在轅外的馬叫駙。

【駙馬】fùmǎ 漢代有“駙馬都尉”的官職，三國時魏國公主的丈夫何晏任此官，此後皇帝的女婿都援例加“駙馬都尉”的稱號，簡稱“駙馬”，進而成了帝王女婿的代稱。

5 **駒（驹）** jū 粵keoi1 拘 ①年輕健壯的馬◇千里駒。②幼小的馬、驢、騾◇小馬駒｜小驢駒。

5 **駐（驻）** zhù 粵zyu3 註 ①停止不前◇駐馬｜駐足。②（軍隊）居留某地◇駐防｜駐地在深山裏。③設在某處◇駐港辦事處｜駐外使領館。

【駐守】zhùshǒu 駐紮防守◇駐守邊疆｜駐守海島。同 駐防。

【駐防】zhùfáng 軍隊駐守◇在要塞駐防｜駐防邊疆。

【駐軍】zhùjūn ①軍隊駐紮◇駐軍於邊陲要地。②駐紮的軍隊◇撤出駐軍。

【駐紮】zhùzhā 部隊紮營駐了下來◇軍隊駐紮在城外。

5 **駝（驼）〔駞〕** tuó 粵to4 佗 ①駱駝◇駝峯｜駝毛。②脊背像駝峯一樣彎曲◇駝背。③像駱駝毛的◇駝色（淺棕色）｜駝絨。

【駝峯】tuófēng ①駱駝背部隆起像山峯狀的部分。裏面儲藏大量脂肪，可供缺乏食物時消耗。②指鐵路調車用的斜坡。車輛可憑本身的重力自動滑到指定的鐵道上去。

【駝絨】tuóróng 見“駱駝絨”。

5 **駜（駜）** bì 粵bat6 拔 馬肥壯。

5 **駘(骀)**〈一〉tái 粵toi⁴ 台 劣馬。比喻庸才◇駑駘。

〈二〉dài 粵toi⁵ 怠【駘蕩】dàidàng ①放蕩。②使人舒暢；輕柔地蕩漾◇水波駘蕩|春風駘蕩。

5 **駑(驽)** nú 粵nou⁴ 奴 ①劣馬◇駑馬。②比喻愚笨無能◇駑鈍|駑才。

【駑鈍】núdùn 愚笨遲鈍◇生性駑鈍。

【駑馬十駕】númǎshíjià《荀子·勸學》："騏驥一躍，不能十步；駑馬十駕，功在不捨。"駕，馬走一天的路程。劣馬拉車走十天也會走得很遠。比喻愚人只要不斷努力，也能有成就。同 鍥而不捨 反 一曝十寒。

5 **駕(驾)** jià 粵gaa³ 嫁 ①把車套在馬等牲口身上◇駕轅。②駕駛◇駕車|駕飛機。③騎；乘◇駕鶴|騰雲駕霧。④帝王的車。借指帝王◇保駕|駕崩。⑤敬辭。稱對方的車。借指對方◇勞駕|尊駕|大駕光臨。⑥量詞。(1)馬一日所行的路程為一駕◇駑馬十駕。(2)輛。多用於馬車等◇一駕馬車。

【駕馭】jiàyù ① 驅使車馬行進◇這匹馬難駕馭。② 比喻掌握、控制◇駕馭語言的能力。

【駕御】jiàyù 同"駕馭"。

【駕駛】jiàshǐ 操縱車、船、飛機等使行駛◇駕駛執照|飛機駕駛員。

【駕臨】jiàlín 敬辭。稱對方到來◇敬候駕臨。同 光臨、蒞臨。

【駕輕就熟】jiàqīngjiùshú 唐代韓愈《送石處士序》："若駟馬駕輕車就熟路，而王良、造父為之先後也。"後比喻熟習所要處理的事務，做起來又容易又順手。

6 **駬(骓)** ěr 粵ji⁵ 以 見"騄駬"。

6 **駰(骃)** yīn 粵jan¹ 因 毛色淺黑帶白的馬。

6 **駪(㚬)** shēn 粵san¹ 申 駪駪，形容馬眾多。

6 **駱(骆)** luò 粵lok³ 絡 ①黑鬃的白馬。②姓。

【駱駝】luòtuo 一種反芻哺乳動物。頭小頸長，軀體高大，背上有駝峯。毛赤褐色，可織絨毯。耐飢渴，能負載重物在沙漠中遠行，號稱"沙漠之舟"。

【駱駝絨】luòtuoróng ① 駱駝身上長的絨毛。用來織衣料或毯子，也可做衣被的保暖填充物。② 呢絨的一種。背面用棉紗織成，正面用粗紡毛紗織成蓬鬆的毛絨。多用來做衣帽的裏子。

6 **駭(骇)** hài 粵haai⁵ 蟹 ①害怕；吃驚◇驚駭|駭怕|驚濤駭浪。②驚訝◇駭異。

【駭怪】hàiguài 驚訝；驚詫◇觀眾大為駭怪。同 驚異。

【駭異】hàiyì 驚異；驚訝◇沙漠中的綠洲，水草豐茂得讓人駭異。

【駭人聽聞】hàiréntīngwén 讓人聽了十分震驚◇駭人聽聞的消息。

6 **駢(骈)** pián 粵pin⁴ 篇⁴ ①兩馬並駕一輛車。②並列◇駢列|駢肩。③對偶◇駢文|駢句。

【駢文】piánwén 中國古代的一種文體。全篇多用雙句，要求詞句整齊對偶，講究對仗，聲韻和諧，詞藻華麗。始於漢魏，盛行於六朝。同 駢體、駢體文。

【駢列】piánliè 並列；並排◇羣山駢列。

7 **騁(骋)** chěng 粵cing² 請 ①奔跑◇馳騁。②放開◇騁懷|騁目。

7 **騂(骍)** xīng 粵sing¹ 星 赤色的馬、牛。

7 **駸(骎)** qīn 粵cam¹ 侵【駸駸】qīnqīn ①形容馬跑得很快。②比喻事業發展迅速。③急促；匆忙。

7 **騃(𫘤)** ái 粵ngoi⁴ 皚 呆；傻◇騃子|騃滯|騃痴。

7 **駿(骏)** jùn 粵zeon³ 進 ①良馬◇駿馬。②迅速◇駿奔。

8 **騏(骐)** qí 粵kei⁴ 其 有青黑色紋理的馬。

【騏驥】qíjì 駿馬◇乘騏驥以馳騁。

8 **騎(骑)**〈一〉qí 粵ke⁴ 茄/kei⁴ 其 ①兩腿跨坐在上面◇騎馬|騎摩托|騎單車。②兼跨兩邊◇騎縫章。

〈二〉qí 粵gei⁶ 忌 ①騎兵◇鐵騎|輕騎。②所騎的馬◇坐騎。

【騎士】qíshì ① 騎兵。② 歐洲中世紀領有封地、服騎兵兵役的軍人。曾被認為是具有忠誠、熱情、勇敢等品質的人◇騎士風度。

【騎樓】qílóu 樓房向外伸出遮蓋着人行道的部分。

【騎牆】qíqiáng 比喻站在對立雙方的中間，游移兩可◇騎牆派。

【騎縫】qífèng 兩張紙的交接處。多指單據和存根連接的地方◇在單據的騎縫上蓋章。

【騎虎難下】qíhǔnánxià 比喻事情很難繼續做下去，但又不能中止，處於兩難境地。(同) 進退維谷。

8 騑(骓) fēi 粵fei1 非 古時指車前駕在轅馬兩旁的馬。

8 騍(骒) kè 粵fo3 課 雌性的◇騍馬 | 騍騾。

8 騅(骓) zhuī 粵zeoi1 追 毛色黑白相雜的馬。

8 騄(騄) lù 粵luk6 六 【騄駬】lùěr古代駿馬名。也作騄耳。

9 騞(騞) huō 粵waak6 或 東西破裂的聲音。

9 騠(骎) tí 粵tai4 題 見“駃騠”。

9 騧(骃) guā 粵waa1 娃 古代指黑嘴的黃馬。

9 騣(骔)〔騌〕 zōng 粵zung1 中 馬鬃。

9 騙(骗) piàn 粵pin3 遍 ①用謊話或欺詐手段使人上當◇騙子 | 欺騙 | 哄騙小孩。②用欺騙的手段取得◇騙錢 | 詐騙錢財。③側身抬起一條腿跨上去◇騙馬。

【騙局】piànjú 騙人的圈套◇戳穿騙局 | 設下騙局。

【騙供】piàngòng 誘騙受審人招供。(同) 誘供。

9 騤(骙) kuí 粵kwai4 葵 騤騤，形容馬跑起來威武雄壯的樣子。

9 騖(骛) wù 粵mou6 冒 ①奔跑◇馳騖 | 奔騖。②致力；追求◇騖外 | 好高騖遠 | 心無旁騖。

10 騮(骝) liú 粵lau4 流 ①紅身黑鬃尾的良馬。②泛指駿馬。

10 騶(驺) zōu 粵zau1 周 古代主管養馬駕車的人。

10 騸(骟) shàn 粵sin3 線 割掉牲畜的睾丸或卵巢◇騸牛 | 騸豬。

10 騷(骚) sāo 粵sou1 蘇 ①擾亂，攪擾，造成失序不安定◇騷亂 | 騷擾。②指屈原的名作《離騷》◇騷體。③泛指詩文◇騷人墨客。④輕佻◇賣弄風騷。⑤方言。雄性的（牲口）◇騷馬 | 騷驢。⑥同“臊”。一種難聞、刺鼻的氣味。

【騷人】sāorén 詩人◇騷人雅士。(同) 騷客。

【騷動】sāodòng ① 波動，動盪不定◇物價暴漲，貧民騷動。② 動亂；擾亂和破壞秩序，造成不穩定◇天下騷動 | 內外騷動。

【騷亂】sāoluàn 混亂騷動◇驅趕騷亂的人羣 | 製造騷亂。

【騷擾】sāorǎo ① 擾亂，使不得安寧◇騷擾遊客 | 不准騷擾別人。② 動盪；喧嘩◇引起場內好一陣騷擾。③ 客套話。表示帶來麻煩◇對不起，騷擾你了。

【騷人墨客】sāorén mòkè 稱風雅的文人。(同) 騷人雅士。

10 騰(腾) téng 粵tang4 籐 ①奔馳；跳躍◇奔騰 | 龍騰虎躍。②上升；揚起◇騰飛 | 升騰。③使空出來◇騰出時間 | 騰些人手出來。④用在一些動詞後表示連續、反復◇翻騰 | 折騰。⑤姓。

【騰沸】téngfèi ①（液體）翻騰噴湧的樣子◇温泉裏的水一直在騰沸。② 形容人聲喧騰或情緒激動◇物議騰沸 | 熱血騰沸。

【騰空】(一)téngkōng 向天空飛升◇亮麗的煙火騰空而上。

(二)téngkòng 空出（時間、地方等）◇騰空去探望病友。

【騰飛】téngfēi ① 升騰飛翔◇騰飛的巨龍。② 比喻事物迅速崛起、蓬勃發展◇經濟騰飛。

【騰挪】téngnuó ① 挪用；掉換◇騰挪公款 | 禮品就選這些吧，別再騰挪了。② 指拳術中躥跳躲閃的動作。

【騰達】téngdá ① 上升◇陽氣騰達。② 仕途得意，職位高升◇飛黃騰達。

【騰踴】téngyǒng ① 跳躍；上升；飛漲◇騰

踴爭進｜泉水騰踴｜物價騰踴。② 旺盛；活躍◇建安之初，五言（詩）騰踴。

【騰騰】téngténg ①（煙霧、火焰等）濃烈，不斷上升的樣子◇霧氣騰騰｜烈焰騰騰。② 比喻（氣焰）很盛◇殺氣騰騰。

【騰雲駕霧】téngyún jiàwù ① 乘着雲霧飛行◇騰雲駕霧，遨遊太空。② 形容奔馳迅速◇騎上駿馬，如騰雲駕霧一般飛馳而去。③ 形容神志恍惚◇頭腦昏昏沉沉，好像在騰雲駕霧。

10 **騫（骞）** qiān 粵hin¹牽 高。多用於人名，如張騫。

10 **騭（骘）** zhì 粵zat¹質 ①公馬。②評定◇評騭。③陰德◇積陰騭。

11 **驃（骠）**〈一〉biāo 粵biu¹標 黃色雜有白斑的馬；黃色白鬃尾的馬。

〈二〉piào 粵piu³票 ①形容馬跑得快。②勇猛◇驃勇｜驃悍。

11 **驅（驱）〔敺〕** qū 粵keoi¹拘 ①趕（牲口）◇驅馬。②駕駛或乘坐（車輛）◇驅車前往。③奔馳，快速前進◇長驅直入。④趕走；驅除◇驅邪｜驅散烏雲。⑤迫使◇驅使。

【驅使】qūshǐ ① 迫使別人為自己奔走；使喚◇不堪主人驅使。② 推動◇受好奇心驅使｜責任感驅使他留下來。

【驅除】qūchú 趕走；除掉◇驅除心中的煩惱。

【驅逐】qūzhú 逐出；趕走◇驅逐出境｜驅逐非法入境者。

【驅散】qūsàn ① 驅逐使離開◇驅散鬧事的青年。② 消除◇陽光驅散了濃霧。

【驅趕】qūgǎn ① 駕馭◇驅趕馬車去送貨。② 驅逐趕走◇驅趕示威羣眾。

【驅遣】qūqiǎn ① 驅趕；趕走◇驅遣圍觀的人羣。同 驅散。② 支使；差遣◇驅遣僕役｜隨意驅遣。同 使喚。③ 排除；消除◇驅遣煩悶｜驅遣不盡的憤恨。同 排遣。

11 **騾（骡）〔蠃〕** luó 粵lo⁴羅 哺乳動物。無生殖能力，由公驢和母馬雜交所生。比驢大，略像馬，力強，善拉車和馱運。

11 **驄（骢）** cōng 粵cung¹充 毛色青白相雜的馬◇青驄馬。

11 **驂（骖）** cān 粵caam¹參 駕在車轅兩側的馬。

11 **驁（骜）** ào 粵ngou⁴熬 ①駿馬。②同"傲"。③狂妄；傲慢◇桀驁不馴。

11 **驀（蓦）** mò 粵mak⁶默 忽然；突然◇驀然。

【驀地】mòdì 出乎意料地；突然◇驀地站起來｜驀地闖進一個陌生人。

【驀然】mòrán 不經意地；猛然◇驀然回首｜驀然看去，這石頭像一頭臥牛。

12 **驍（骁）** xiāo 粵hiu¹囂 ①良馬。②勇猛◇驍將｜驍勇（勇猛）。

12 **驊（骅）** huá 粵waa⁴華【驊騮】huáliú ①赤色的駿馬。②泛指駿馬。

12 **驕（骄）** jiāo 粵giu¹嬌 ①猛烈；強烈◇驕陽。②傲慢；驕傲◇戒驕戒躁｜勝不驕，敗不餒。③同"嬌"。寵愛◇驕慣｜天之驕子。

【驕人】jiāorén ① 傲視別人◇不要獲得一點成績就驕人。② 值得自豪◇取得驕人的業績。

【驕子】jiāozǐ ① 受寵愛的兒子◇天之驕子。② 比喻傑出的人◇網絡時代的驕子。

【驕矜】jiāojīn 傲慢自負◇面有驕矜得意之色。

【驕氣】jiāoqì 驕傲自滿的心態和表現◇年紀不大，驕氣十足。同 傲氣。

【驕傲】jiāo'ào ① 自高自大，看不起別人◇虛心使人進步，驕傲使人落後。② 自豪◇中國幾千年的文化值得我們驕傲。③ 值得自豪的人或事物◇萬里長城是中華民族的驕傲。

【驕橫】jiāohèng 傲慢專橫◇驕橫跋扈。

【驕縱】jiāozòng 傲慢放縱◇恃功驕縱。

【驕奢淫逸】jiāoshē yínyì 奢侈放縱，荒淫無度。反 樸素儉約。

13 **驚（惊）** jīng 粵ging¹京 ①人因突然的刺激產生緊張或恐懼的情緒◇吃驚｜膽戰心驚。②驚動◇驚天動地｜打草驚蛇。③馬因受突然刺激而狂奔，不受控制◇馬驚了。

【驚人】jīngrén 讓人感到驚訝、驚異◇一鳴驚人｜驚人的耐力｜語不驚人死不休。

【驚奇】jīngqí 驚訝奇怪◇令人驚奇的結果｜川劇變臉的表演使觀眾感到非常驚奇。

【驚恐】jīngkǒng 驚慌恐懼◇驚恐萬分｜驚恐

得說不出話來。同 驚惶。

【驚異】jīngyì 驚奇詫異◇他忽然離家出走，家人都很驚異。同 驚詫。

【驚動】jīngdòng ① 使吃驚或受侵擾◇消息驚動了全村的人｜老人要是睡着了就別去驚動他。② 客套話。表示打擾、麻煩了對方◇這點小事怎麼敢驚動你。

【驚訝】jīngyà 感到奇怪、意外◇驚訝的神情｜覺得十分驚訝。同 驚詫。

【驚喜】jīngxǐ 又驚訝又高興◇驚喜若狂｜格外驚喜。

【驚惶】jīnghuáng 震驚惶恐◇驚惶不安。

【驚詫】jīngchà 驚訝詫異◇泰山日出之美，叫遊客驚詫不已。

【驚慌】jīnghuāng 恐懼慌張◇驚慌失措｜臉上露出了驚慌的神色。

【驚歎】jīngtàn 驚訝讚歎◇技藝之高超，令人驚歎。

【驚駭】jīnghài 驚恐害怕◇讓人驚駭的深淵。

【驚險】jīngxiǎn 情景或處境危險，叫人惶恐、緊張◇驚險的場面｜故事驚險曲折。

【驚蟄】jīngzhé 二十四節氣之一。在公曆三月六日前後。

【驚擾】jīngrǎo 驚動干擾◇這是件小事，犯不上去驚擾他。

【驚堂木】jīngtángmù 古代官吏審案時用來拍打桌案以壯聲威的長方形木塊。

【驚弓之鳥】jīnggōngzhīniǎo《戰國策・楚策四》載：戰國時魏人更羸善射，曾用空響弓弦而不發箭的辦法使受過箭傷的雁跌落地上。後比喻因受過驚嚇而遇事惶恐不安的人。

【驚天動地】jīngtiān dòngdì ① 形容聲音極為響亮。② 形容事情極不尋常，令人震驚。

【驚心動魄】jīngxīn dòngpò 心裏驚懼，魂魄震顫。形容非常驚險、緊張。同 驚心喪膽。

【驚惶失措】jīnghuángshīcuò 因驚恐過度而心慌意亂，不知如何是好。

【驚濤駭浪】jīngtāo hàilàng ① 叫人擔驚害怕的大浪。② 比喻險惡的境遇或尖銳激烈的鬥爭。

12 **驏(骣)** chǎn 粵zaan2 盞 騎馬不加鞍轡◇驏騎。

13 **驛(驿)** yì 粵jik6 亦 ①古代專供傳遞公文或來往官員使用的馬◇乘驛｜馳驛。②驛站◇驛卒｜驛吏｜驛亭。③用於地名，如龍泉驛(在四川)、馬底驛(在湖南)。

【驛站】yìzhàn 古代供傳遞公文的人或來往官員中途換馬、住宿休息的地方。

13 **驗(验)〔驗〕** yàn 粵jim6 豔 ①檢查；查考◇驗血｜驗貨｜考驗。②產生預想的效果◇應驗｜靈驗。③預期的效果◇效驗。④證據；憑據◇何以為驗？

【驗方】yànfāng 經過使用、證明有效的現成藥方。

【驗收】yànshōu 按照一定標準檢驗後認可並收下◇逐項驗收。

【驗明】yànmíng 查驗清楚◇驗明貨號。

【驗看】yànkàn 檢驗查看◇驗看護照。同 查看。

【驗證】yànzhèng 通過檢驗得到證實◇驗證真偽｜密碼驗證。

14 **驌(骕)** sù 粵suk1 叔【驌驦】sùshuāng 古代駿馬名。代稱駿馬。

14 **驟(骤)** zhòu 粵zaau6 爪6 ①馬奔跑◇縱橫馳驟｜步驟。②迅速；急速◇急驟｜暴風驟雨。③突然；忽然◇狂風驟起｜天氣驟冷。

【驟然】zhòurán 突然；忽然◇驟然而至｜驟然發現。

【驟變】zhòubiàn 突然變化◇態度驟變｜天氣驟變。同 突變。

16 **驥(骥)** jì 粵kei3 冀 ①跑得極快的良馬◇按圖索驥｜老驥伏櫪，志在千里。②比喻有才能的人◇驥才｜世不乏驥，求則可致。

16 **驢(驴)** lǘ 粵leoi4 雷/lou4 勞 哺乳動物。像馬而小，耳朵和臉都較長。毛多為灰褐色。能馱東西、拉車或供人騎乘◇驢騾(公馬和母驢雜交所生的家畜)｜黔驢技窮｜驢脣不對馬嘴。

【驢打滾】lǘdǎgǔn ① 又稱豆麪糕，是一種以糯米做皮，紅豆做餡的滿族傳統小吃。② 一種高利貸。放債時規定到期不還，利息加倍，以後越滾越多，像驢翻身打滾一樣，故稱。

17 **驦(骦)** shuāng 粵soeng¹ 商 見"驌驦"。

17 **驤(骧)** xiāng 粵soeng¹ 商 ①馬奔跑◇騰驤。②仰；上舉◇驤首。

18 **驩(欢)** huān 粵fun¹ 歡 同"歡"。

19 **驪(骊)** lí 粵lei⁴ 厘 ①純黑色的馬◇青驪。②黑色◇驪駒|驪龍|驪珠(驪龍頷下的寶珠)。

20 **驫(骉)** biāo 粵biu¹ 標 許多馬跑的樣子。

骨部

0 **骨** (一) gǔ 粵gwat¹ 橘 ①人和脊椎動物內支撐身體的骨骼◇筋骨|粉身碎骨。②支撐物體的架子◇傘骨|扇骨|鋼骨水泥。③比喻人的品質、氣概◇俠骨|媚骨|傲骨。④比喻作品剛健雄渾的藝術特色◇骨力|風骨。

(二) gū 粵gwat¹ 橘 見"骨碌""骨朵"。

【骨力】 gǔlì ①剛毅不屈的氣質。②剛健的筆力◇骨力遒勁的草書。

【骨肉】 gǔròu ①比喻父母、兄弟、子女等有血親關係的人◇親生骨肉|骨肉團聚。②比喻緊密相連、不可分割的關係◇骨肉情誼。

【骨氣】 gǔqì ①剛強不屈的氣概◇做人要有骨氣。同 志氣。②比喻書法筆力遒勁的氣勢◇這幅字寫得很有骨氣。

【骨幹】 gǔgàn ①骨骼的主幹。②比喻在總體中起主要作用的人或事物◇業務骨幹|骨幹力量。

【骨碌】 gūlu 滾，滾動◇把油桶骨碌過來|皮球在地上骨碌着。

【骨頭】 gǔtou ①人和脊椎動物內支撐身體的堅硬組織。②比喻人的骨氣、品質◇骨頭硬|軟骨頭。

【骨骼】 gǔgé 人和脊椎動物體內由骨頭構成的支架。

【骨鯁】 gǔgěng ①魚骨頭◇骨鯁在喉。②比喻正直、耿直◇骨鯁之氣|秉性骨鯁。

【骨朵兒】 gūduor 花蕾的俗稱◇花骨朵兒。

【骨瘦如柴】 gǔshòurúchái 形容極其消瘦。

【骨鯁在喉】 gǔgěngzàihóu 魚骨卡在喉嚨裏。比喻心裏有話，憋着不説出來就不舒暢。

3 **骭** gàn 粵gon³ 幹 ①小腿骨。也指小腿。②肋骨。

3 **骫** wěi 粵wai² 委 彎曲；枉曲◇骫曲(委曲遷就)|骫法(枉法)。

【骫骳】 wěibèi 曲折；屈曲。

4 **骱** jiè 粵gaai³ 介 方言。骨節與骨節相銜接的地方◇脱骱(脱臼)。

4 **骰** tóu 粵tau⁴ 頭/sik¹ 色 【骰子】 tóuzi 一種賭具。形狀為小立方體，六面分刻一至六點。賭博時拿來投擲，根據朝上一面的點數決定輸贏。同色子。

4 **骯(肮)** āng 粵ong¹/ngong¹ 盎¹ 【骯髒】 āngzāng ①不乾淨◇骯髒的衣服|清除骯髒的東西。②比喻卑鄙、醜惡◇靈魂骯髒|骯髒的交易。同污穢。

5 **骷** kū 粵fu¹ 呼 【骷髏】 kūlóu 無皮肉毛髮的死人頭骨或全身骨骼◇骷髏頭。

5 **骶** dǐ 粵dai² 底 腰部下面尾骨上面的部分◇骶骨。

5 **骳** bèi 粵bei⁶ 匕 見"骫骳"。

6 **骴** cī 粵ci¹ 雌 肉還沒有爛盡的屍骨◇骴骨。

6 **骼** gé 粵gaak³ 格 骨的通稱◇骨骼。

6 **骸** hái 粵haai⁴ 孩 ①人的骨頭◇骸骨|屍骸。②借指身體◇形骸|病骸。③物體的骨架◇飛機殘骸。

8 **髁** kē 粵fo¹ 科 ①大腿骨。②膝蓋骨。③骨頭兩端靠近關節處的凸出部分。

8 **髀** bì 粵bei² 比 ①大腿◇拍髀而歌|髀肉復生。②大腿骨◇髖髀。

9 **髃** yú 粵jyu⁴ 餘 肩前骨；肩頭。

9 **髂** qià 粵kaa³ 卡³ 髂骨，腰部下面、腹部兩側的骨頭。

10 **髆** bó 粵bok³博 肩胛；肩膀。

10 **髈** 〈一〉bǎng 粵bong² 榜 同"膀"。〈二〉pǎng 粵bong² 榜 大腿◇蹄髈。

11 **髏（髅）** lóu 粵lau⁴流 見"骷髏"。

11 **髎** liáo 粵liu⁴聊 骨節間的空隙。中醫常用以指針灸的穴位。

13 **髒（脏）** zāng 粵zong¹裝 骯髒，不乾淨◇髒錢。

【髒話】 zānghuà 粗俗下流的話。

13 **髓** suǐ 粵seoi⁵緒 ①骨頭裏像膠的東西◇骨髓｜敲骨吸髓。②像骨髓的東西◇腦髓｜石髓。③植物莖的中心部分。由薄壁組織構成。④比喻事物的精華部分◇精髓。

13 **體（体）** 〈一〉tǐ 粵tai² 替² ①人或動物的身體◇體重｜體弱多病。②指身體的一部分◇肢體。③事物的單個或全部◇個體｜整體。④事物的狀態◇固體｜氣體｜結晶體。⑤事物的規格、形式或規矩等◇體例｜體制｜體統。⑥文字的書寫形式；文章的表現形式◇草體｜體裁。⑦親身去做◇體會｜身體力行。⑧替人着想◇體諒。⑨幾何學上指具有長、寬、厚三度的形體◇長方體｜圓錐體。

〈二〉tī 粵tai² 替² 見"體己"。

【體己】 tīji ① 貼心的；親近的◇體己話｜體己人。② 家庭成員個人積蓄的私房錢◇攢了些體己。

【體系】 tǐxì 若干相互關聯的事物或觀念意識，聯結、制約構成的總體◇網絡體系｜理論體系。

【體例】 tǐlì 著作的編寫格式或形式◇編輯體例｜全書體例要一致。

【體育】 tǐyù ① 發展體力、增強體質的教育，通過學習、進行各項運動來實現。② 指體育運動◇體育用品。

【體面】 tǐmiàn ① 面子；名譽◇有失體面。② 光彩；光榮◇能獲得金牌真體面。③（相貌或樣子）好看；一表人材◇長得挺體面的｜穿着體面。

【體恤】 tǐxù 設身處地為人着想，給以同情和照顧。多用於上對下或長對幼◇體恤下情｜體恤孤兒。㊂ 存恤。

【體現】 tǐxiàn 具體表現出來；顯示出來◇古畫的價值在行家手裏才能體現出來｜體現真正的體育精神。

【體裁】 tǐcái 文章或文學作品的形式類別。文學作品的體裁有詩歌、小説、散文、劇本等；一般文章的體裁有議論文、記敍文、説明文、應用文等。

【體貼】 tǐtiē 體會別人的心情、處境，給予同情、關懷和照顧◇體貼入微｜懂得體貼人。

【體統】 tǐtǒng ① 定下來的規矩、準則◇成何體統！② 身份；身價◇不失體統。

【體會】 tǐhuì ① 體驗領會◇體會教練的苦心。② 體驗、領會到的東西◇個人體會很深。

【體察】 tǐchá ① 體會察看◇體察民情。② 體諒◇要多體察她的心情。㊂ 諒察。

【體態】 tǐtài 人體自然的和做出的體形姿態◇體態優美｜輕盈的體態。

【體魄】 tǐpò 體質和精力◇體魄強健。

【體質】 tǐzhì 身體素質。多指人體的健康水平、抵抗疾病的能力和對外界的適應能力。

【體諒】 tǐliàng 為對方着想，考慮對方的苦衷，加以理解、諒解或寬容◇體諒別人的苦況。㊂ 體察。

【體積】 tǐjī 物體所佔據的那部分空間。

【體驗】 tǐyàn 通過親身經歷來觀察和認識事物◇體驗生活｜飛行體驗。

【體無完膚】 tǐwúwánfū ① 全身的皮膚沒有一塊是好的。形容遍體鱗傷。② 比喻被批駁得一無是處或被責罵得厲害。

13 **髑** dú 粵duk⁶獨【髑髏】dúlóu 死人的頭骨。

14 **髕（髌）** bìn 粵ban³殯 ①膝蓋骨。②古代削去膝蓋骨的酷刑。

15 **髖（髋）** kuān 粵fun¹歡 髖骨，組成骨盆的大骨，左右各一，形狀不規則，由髂骨、坐骨和恥骨合成，俗稱"胯骨"。

高部

0 **高** gāo (粵)gou[1] 糕 ①由下向上距離大；離地面遠◇高空|天高地厚。②高度◇樹高千丈，葉落歸根。③高處◇登高|居高臨下。④地位、等級在上的◇位高權重|高級將領。⑤超過一般標準的；大於平均值的◇高溫|高價|高速。⑥大◇勞苦功高|風高放火，月黑殺人。⑦特指歲數大◇年高德劭。⑧聲音響亮或尖鋭◇有理不在聲高。⑨高尚◇德高望重。⑩高超；高明◇高人|高手。⑪熱烈◇興高采烈。⑫敬辭。稱對方的◇高姓|高足。⑬酸根或化合物中比標準酸根多含一個氧原子的◇高錳酸鉀。⑭三角形、平行四邊形等從底部到頂部的垂直距離。⑮姓。

【高人】gāorén ①品德高尚的人；超世俗的人◇高人雅士。(同)俗人。②技藝、才識、手段、眼光高超的人◇背後有高人指點。(同)高手。

【高下】gāoxià 水平的高低；優劣◇高下難分|一比高下。

【高手】gāoshǒu 技能、水準高超的人◇棋壇高手|高手雲集。

【高低】gāodī ①高度◇測量塔的高低。②高下；優劣◇兩人能力相當，難分高低。③指説話、做事的分寸◇這孩子不懂事，説話不知高低。(同)深淺。④不管怎樣，無論如何◇再説也沒用，他高低不去。(同)橫豎。

【高尚】gāoshàng ①高雅；道德品質上乘◇高尚的情操。②有意義的，不庸俗的◇高尚的精神生活。(反)低俗。

【高明】gāomíng ①（見解、技藝等）高超◇見解高明|醫術高明。②指高明的人◇另請高明。

【高昂】gāo'áng ①頭高高地昂起◇他很傲慢，頭總是高昂着。②（聲音、情緒等）向上揚起、升高◇情緒高昂|聲音高昂。(反)低沉。③昂貴◇價格高昂。(反)低廉。

【高度】gāodù ①高低的程度；上下的距離◇飛行高度|大樓的高度。②程度超過一般的◇高度重視|經濟高度發達。

【高原】gāoyuán 海拔較高，地形起伏較小的大片平地◇黃土高原|青藏高原。

【高峯】gāofēng ①高聳的山峯◇白雲深處有高峯。②比喻事物發展的最高階段◇商朝青銅器已達到青銅藝術的高峯。③比喻首腦，領導人中的最高層◇高峯會議。

【高深】gāoshēn（學問、技藝等）水準高，程度深◇莫測高深|高深的學問。

【高強】gāoqiáng（武藝、技巧等）高超◇本領高強|武藝高強。

【高超】gāochāo 遠遠超過一般水平◇醫術高超|演技高超。(反)低下。

【高雅】gāoyǎ 高尚不庸俗◇格調高雅|高雅藝術。

【高貴】gāoguì ①地位顯赫，家境富有◇高貴人家|門第高貴。(反)貧賤。②高尚可貴◇品質高貴。(反)低俗。③極有價值；非常珍貴◇衣着高貴。

【高傲】gāo'ào 自高自大，看不起別人◇這個人太高傲了。(反)謙遜。

【高歌】gāogē 高唱；放聲歌唱◇縱情高歌|高歌一曲。

【高漲】gāozhǎng ①（水位、物價等）急速上升◇河水高漲|物價高漲。(反)急跌。②（情緒等）變得異常熱烈◇士氣高漲。(反)消沉。

【高壓】gāoyā ①用強權壓制迫害◇高壓政策。(反)寬鬆。②較高的壓強或電壓。③心臟收縮時血液對血管的壓力。

【高潮】gāocháo ①潮水的最高水位◇珠江的水位已接近高潮。②比喻事物高度發展的階段◇迎接技術革命的高潮。③小説、戲劇、電影等情節中矛盾衝突發展的頂點。

【高層】gāocéng ①（建築物）層數多的或層次高的◇高層住宅|高層建築。②領導人中級別高的◇公司高層。

【高興】gāoxìng ①愉快而興奮◇很高興見到你。(反)掃興。②樂意；喜歡◇他高興怎麼做就怎麼做。

要點注意

漢語中雙音節形容詞的重疊一般都是 AABB 的形式，如"高高興興、輕輕鬆鬆"。但也有少量形容詞可以有 ABAB 的重疊形式，當它用這種方式重疊的時候，詞性往往變成動詞，即"高興高興、輕鬆輕鬆"。

【高聳】gāosǒng 又高又直地聳立着◇珠峯高聳入雲｜維港兩岸大廈高聳。

【高齡】gāolíng ① 敬辭。稱老年人的年齡◇九十高齡。② 在同類人中年齡較大的。就一般標準來説◇高齡產婦。

【高鐵】gāotiě 設計標準等級高、可供列車安全高速行駛的鐵路系統。

【高風亮節】gāofēng liàngjié 風骨高雅，節操堅貞。同 高風峻節。

【高屋建瓴】gāowūjiànlíng《史記・高祖本紀》:"(秦中) 地勢便利，其以下兵於諸侯，譬猶居高屋之上建瓴水也。" 建，傾倒；瓴，盛水的瓶子。從高屋頂上向下倒瓶裏的水。形容居高臨下，不可阻擋。同 勢如破竹。

【高談闊論】gāotán kuòlùn 不着邊際地大發議論。同 紙上談兵 反 實事求是。

【高瞻遠矚】gāozhān yuǎnzhǔ 瞻，向上或向前看；矚，注意看。站得高，看得遠。形容眼光遠大，富有預見性。反 坐井觀天。

髟部

3 髡 kūn 粵kwan¹ 昆 髡刑。古代一種剃去犯人頭髮的刑罰。

4 髦 máo 粵mou⁴ 毛 ①古代稱頭髮垂在前額的小孩髮式。②俊傑。③新穎，時尚◇時髦。

4 髣 fǎng 粵fong² 訪【髣髴】fǎngfú 同"彷彿"。

4 髧 dàn 粵daam⁶ 淡 頭髮下垂的樣子。

5 髮（发）fà 粵faat³ 法 頭髮，人頭上生長的毛◇理髮｜髮廊｜鶴髮童顏。

【髮式】fàshì 頭髮梳理成的樣式。

【髮妻】fàqī 漢代蘇武《雜詩》:"結髮為夫妻，恩愛兩不疑。" 結髮，指初成年。後指原配妻子。

【髮型】fàxíng 髮式◇新潮髮型。

【髮指】fàzhǐ 頭髮豎起來。形容非常憤怒◇令人髮指。

5 髯〔髥〕rán 粵jim⁴ 嚴 ①兩腮上的鬍鬚。②泛指鬍鬚◇美髯｜白髮蒼髯。

【髯口】ránkou 戲曲演員演出時所戴的假鬍子。

5 髴 fú 粵fat¹ 忽 見"髣髴"。

5 髫 tiáo 粵tiu⁴ 條 古代指兒童下垂的頭髮◇髫齡｜髫年(童年)｜黃髮垂髫。

5 髲 bì 粵bei⁶ 鼻 假髮。

5 髳 máo 粵mau⁴ 謀 中國古代西南少數民族名，分佈在四川、雲南交界處。

6 髻 jì 粵gai³ 計 梳在頭頂或腦後的髮結◇髮髻｜髻鬟。

6 髭 zī 粵zi¹ 之 嘴上面的鬍子◇短髭。

【髭鬚】zīxū 髭和鬚。泛指嘴周圍的鬍子◇白淨面皮，沒甚髭鬚。

6 髹 xiū 粵jau¹ 休 ①赤黑色的漆。②用漆塗器物◇髹漆。

7 鬁 lì 粵lei¹ 喱 見"鬎鬁"。

7 髽 zhuā 粵zaa¹ 渣 梳在頭頂兩邊的髮髻。

7 髢 dí 粵dik⁶ 滴 髢髻，古代婦女作裝飾用的假髮髻。

8 鬆（松）sōng 粵sung¹ 送¹ ①不緊密；不堅實◇螺絲鬆了｜土地鬆軟。②使不緊密；使不堅實◇鬆一下腰帶｜用鋤頭鬆土。③不緊張◇鬆快｜輕鬆。④不嚴格◇紀律太鬆。⑤解開；放開◇鬆綁｜鬆手。⑥經濟寬裕◇今年我手頭比較鬆。⑦用瘦肉、魚肉等製成的絨狀或碎末狀的食品◇肉鬆｜魚鬆。

【鬆口】sōngkǒu ① 張嘴把咬住的東西放開◇花貓咬住老鼠不鬆口。② 不堅持 (主張、意見等) ◇這件事你千萬不能鬆口。

【鬆弛】sōngchí ① 鬆散；不緊張◇肌肉鬆弛｜鬆弛精神。② 不嚴格◇紀律鬆弛。同 鬆懈。

【鬆勁】sōngjìn 勁頭減弱◇堅持到底，別鬆勁。

【鬆散】(一) sōngsǎn ① 散開；不緊密◇領扣鬆散着，露出頸上的肉。② 不集中；不緊湊

◇文章結構鬆散。③鬆懈◇紀律鬆散。

(二)sōngsan 輕鬆；舒展◇緊張了一天，該鬆散鬆散了。

【鬆綁】sōngbǎng ①給被捆着的人解開繩子。②比喻解除束縛。

【鬆懈】sōngxiè ①做事不抓緊；精神不集中◇學習鬆懈。②不堅定；不嚴格◇意志鬆懈｜紀律鬆懈。㊞鬆散、渙散。

8 **⿱髟委** wǒ ㊥wo¹ 窩【⿱髟委鬌】wǒtuǒ形容髮髻美好。

8 **鬅** péng ㊥pang⁴ 朋 頭髮散亂的樣子◇鬅頭散髮。

8 **鬇(⿱髟争)** zhēng ㊥zaang¹ 爭【鬇鬡】zhēngníng 頭髮蓬鬆。

8 **鬈** quán ㊥kyun⁴ 權 ①頭髮美。②頭髮彎曲◇鬈髮｜鬈曲。

8 **鬃〔騌鬉〕** zōng ㊥zung¹ 忠 馬、豬等動物頸上的長毛◇馬鬃｜豬鬃。

9 **鬍(胡)** hú ㊥wu⁴ 湖 嘴周圍和兩頰上長的毛◇鬍子｜鬍鬚。

9 **鬎** là ㊥laat⁶ 辣【鬎鬁】làli 方言。癩痢，黃癬。

8 **鬌** duǒ ㊥do² 朵 古代嬰兒滿三個月第一次剪髮時留下的一部分頭髮。

9 **鬏** jiū ㊥cau¹ 抽 頭髮盤成的結。

10 **鬐** qí ㊥kei⁴ 其 馬鬃。

10 **鬒** zhěn ㊥can² 診 頭髮稠密而黑◇鬒髮如雲。

10 **鬑** lián ㊥lim⁴ 廉【鬑鬑】liánlián 形容鬚髮長的樣子。

11 **鬘** mán ㊥maan⁴ 蠻 ①頭髮美好的樣子。②華鬘。戴在頭上身上作裝飾的花環。

11 **鬖** sān ㊥saam¹ 三 ①形容頭髮下垂或散亂的樣子◇白髮鬖鬖。②形容草木枝葉或他物下垂的樣子◇綠楊鬖鬖。

12 **鬚(须)** xū ㊥sou¹ 蘇 ①下巴上的鬍子。②泛指鬍子◇鬚髮斑白。③像鬍子的東西◇花鬚｜鬚根｜蘿蔔鬚。

【鬚眉】xūméi 鬍子和眉毛。借指男子◇堂堂鬚眉｜巾幗不讓鬚眉。

13 **鬟** huán ㊥waan⁴ 頑 ①古代婦女梳的環形髮髻◇雲鬟。②婢女◇丫鬟。

14 **鬢(鬓)** bìn ㊥ban³ 殯 面頰兩旁靠近耳邊的頭髮◇鬢角｜鬢髮。

14 **鬡(⿱髟宁)** níng ㊥ning⁴ 寧 見"鬇鬡"。

15 **鬣** liè ㊥lip⁶ 獵 馬、獅子等動物頸上的長毛◇馬鬣｜獅鬣。

鬥部

0 **鬥(斗)〔鬭鬪〕** dòu ㊥dau³ 豆³ ①對打；相爭◇搏鬥｜格鬥。②爭奪；比高下，爭勝負◇鬥智｜明爭暗鬥。③爭辯；爭吵◇鬥嘴｜鬥口。④為達到目標而努力◇奮鬥。⑤使動物互相爭鬥◇鬥雞｜鬥牛｜鬥蟋蟀。⑥湊；拼合◇用各色花布鬥起一件小襖。

【鬥志】dòuzhì 戰鬥的意志◇鬥志旺盛｜鬥志昂揚｜求生鬥志。

【鬥爭】dòuzhēng ①雙方互相衝突，一方力求戰勝另一方◇權力鬥爭。②努力奮鬥◇為理想而鬥爭。

【鬥氣】dòuqì 因不滿意或受指責而意氣用事◇為小事鬥氣。

【鬥智】dòuzhì 用智謀爭勝負◇鬥智鬥力。

【鬥豔】dòuyàn 比賽豔麗◇百花盛開，爭奇鬥豔。

5 **鬧(闹)** nào ㊥naau⁶ 撓⁶ ①熱鬧；喧嘩◇鬧哄哄｜鬧嚷嚷。②爭吵；吵鬧◇鬧翻了天。③擾亂◇鬧公堂｜大鬧天宮。④發泄◇鬧脾氣｜鬧情緒。⑤發生(疾病、災害等)◇鬧肚子｜鬧水災。⑥戲耍；耍笑◇鬧元宵｜鬧新房。⑦搞；弄◇鬧不出甚麼名堂｜這事我始終鬧不明白。

【鬧事】nàoshì 聚眾搗亂，製造事端◇尋釁鬧事。

【鬧哄】nàohong ①方言。吵鬧◇別在這裏鬧哄。②許多人在一起忙着辦事◇大家一陣鬧哄，把病人送到了醫院。

6 **鬨** hòng 粵hung6空6 ①爭鬥◇內鬨。②喧鬧；故意攪擾◇幾個人在那裏瞎起鬨。

8 **鬩（阋）** xì 粵jik1抑 爭吵；爭鬥。

【鬩牆】 xìqiáng 內鬥。出自《詩・小雅・常棣》："兄弟鬩於牆。"

18 **鬮（阄）** jiū 粵gau1鳩 供抓取的、做有記號的紙團或紙捲，用以賭輸贏或決定事情◇拈鬮|抓鬮。

鬯部

0 **鬯** chàng 粵coeng3唱 古代祭祀用的香酒。

19 **鬱（郁）〔欝〕** yù 粵wat1屈 ①草木茂盛◇蒼鬱|葱鬱。②心情不舒暢◇鬱憤|憂鬱。

【鬱抑】 yùyì 抑鬱；憂悶壓抑◇精神鬱抑｜心情鬱抑，終日悶悶不樂。

【鬱勃】 yùbó 形容氣勢旺盛或充滿生機◇春暖花開，草木鬱勃。

【鬱悒】 yùyì 憂愁；苦悶◇剩下她獨自一人，越想越鬱悒！

【鬱悶】 yùmèn ①煩悶◇宣泄鬱悶。②沉悶；不舒暢◇天氣鬱悶｜潮熱得讓人鬱悶。

【鬱結】 yùjié 憂愁煩悶積聚於心中不能發泄◇鬱結於中｜心事鬱結。

【鬱熱】 yùrè 悶熱◇一整天都鬱熱得很。

【鬱積】 yùjī 積聚在心裏，得不到發泄◇不愉快的情緒鬱積心中。同 鬱結。

【鬱鬱】 yùyù ①草木茂密◇鬱鬱葱葱。②心中煩悶◇鬱鬱不樂｜鬱鬱寡歡。

【鬱鬱而終】 yùyùérzhōng 因為不得志、理想不能實現，鬱悶地死去。

鬲部

0 **鬲** 〈一〉lì 粵lik6力 古代的烹飪器具。陶製或青銅製，圓口，三足中空◇陶鬲。

〈二〉gé 粵gaak3格 鬲津，水名。

11 **鬶（鬹）** guī 粵kwai1規 古代陶製炊事器具，有三個空心的足。

12 **鬻** yù 粵juk6肉 賣◇鬻文|鬻畫|賣官鬻爵。

鬼部

0 **鬼** guǐ 粵gwai2軌 ①中國古代尊稱去世先人的神靈◇驚天地，泣鬼神。②迷信的人認為人死後幻化成的精靈◇白日見鬼。③蔑稱具有不良嗜好或行為的人◇酒鬼|吸血鬼|吝嗇鬼。④不可告人的打算或行為◇心裏有鬼|背後搗鬼。⑤陰險、狡詐或不光明◇鬼鬼祟祟|一肚子鬼胎。⑥不好的；糟糕的◇鬼天氣|鬼地方。⑦機靈；狡黠◇小傢伙鬼得很！⑧稱逗人喜愛的人◇小鬼|機靈鬼。⑨星宿名。二十八宿之一。

【鬼怪】 guǐguài 惡鬼和妖怪。比喻邪惡勢力◇妖魔鬼怪。

【鬼胎】 guǐtāi 比喻不可告人的心思或打算◇心懷鬼胎。

【鬼神】 guǐshén 鬼怪和神明◇不信鬼神。

【鬼祟】 guǐsuì ①鬼怪作祟害人。②形容行為偷偷摸摸，不光明正大◇行動鬼祟。同 鬼鬼祟祟。

【鬼混】 guǐhùn ①糊裏糊塗地混日子◇整天在外面鬼混。同 胡混。②胡作非為，過不正當的生活◇跟一些不三不四的人在一起鬼混。

【鬼魂】 guǐhún 人死後的靈魂。

【鬼臉】 guǐliǎn ①兒童玩的畫有多種臉譜的假面具。②故意做出來、滑稽可笑的面部表情◇扮鬼臉。

【鬼斧神工】 guǐfǔshéngōng 形容技藝精巧，不是人力能做出來的。同 巧奪天工。

4 **魂** hún 粵wan4雲 ①附在人體內主宰人的一種非物質的東西◇魂不附體|像丟了魂似的。②指人的精神或情緒◇失魂落魄|神魂顛倒。③指存在於事物中的人格化的精神◇花魂|詩魂。④特指崇高的精神◇國魂|民族魂。

【魂魄】 húnpò 附在人體內、脱離人體也可存在的精神◇悠悠生死別經年，魂魄不曾來入夢。

【魂靈】húnlíng 靈魂。

【魂不守舍】húnbùshǒushè 靈魂離開了軀殼。形容精神不集中，恍恍惚惚。同 魂不守宅。

【魂不附體】húnbúfùtǐ 靈魂離開了軀體。形容神態失常，驚恐萬分。同 魂飛魄散。

4 **魁** kuí 粵fui1 灰 ①居首位的◇奪魁|罪魁禍首。②(身材)高大◇魁偉。③星名。北斗七星中成斗形的四顆星。或説是離斗柄最遠的一顆。

【魁元】kuíyuán 魁首。

【魁岸】kuí'àn 魁偉◇體態魁岸。

【魁首】kuíshǒu ① 首領；頭領。② 才華出眾，在同類中居首位的人◇文壇魁首 | 武林魁首。

【魁梧】kuíwú 魁偉；高大◇身材魁梧 | 他長得很魁梧。

【魁偉】kuíwěi 高大健壯◇魁偉的身材。

5 **魄** pò 粵paak3 拍 ①依附於人的軀體而存在的精神◇魂魄|魂飛魄散。②精力；魄力◇體魄|辦事很有氣魄。

【魄力】pòlì 處理問題的膽識和堅決果斷的作風◇要論解決問題，屬他有魄力。

5 **魅** mèi 粵mei6 味 ①傳説中的妖精鬼怪◇鬼魅|魑魅。②媚，迷惑◇魅惑。

【魅力】mèilì 非常吸引人、感動人的力量◇藝術魅力 | 他這個人極富魅力。

5 **魃** bá 粵bat6 拔 傳説中造成旱災的怪物◇旱魃(旱神)。

5 **魆** xū 粵fat1 忽 形容黑暗◇黑魆魆|洞裏魆黑，怪嚇人的。

7 **魈** xiāo 粵siu1 消 傳説中山裏的獨腳鬼怪◇山魈。

8 **魏** wèi 粵ngai6 毅 ①戰國七雄之一。在今河南北部、山西西南一帶。②朝代名。(1)三國之一，公元 220—265年，曹丕所建。(2)南北朝時北朝之一，公元 386—534 年，拓跋珪所建。③姓。

8 **魎(魉)** liǎng 粵loeng5 倆 見"魍魎"。

8 **魍** wǎng 粵mong5 網【魍魎】wǎngliǎng傳説是山林裏的精怪；鬼怪◇魑魅魍魎。

11 **魑** chī 粵ci1 雌【魑魅】chīmèi傳説中的山林妖怪◇魑魅魍魎。

【魑魅魍魎】chīmèiwǎngliǎng 害人的鬼怪的總稱。比喻各種各樣的壞人。

11 **魔** mó 粵mo1 麼 ①指害人的鬼怪◇魔怪|邪魔。②比喻害人的東西或邪惡勢力◇病魔|魔爪。③神祕；奇異◇魔法|魔力。

【魔力】mólì 神奇而巨大的力量。比喻使人着迷的吸引力◇藝術魔力 | 這部動畫片對孩子竟有這麼大的魔力。

【魔王】mówáng ① 魔鬼之王。② 比喻極其兇殘的惡人◇混世魔王。

【魔爪】mózhǎo 妖魔的手爪。比喻兇惡的勢力◇斬斷魔爪 | 伸出魔爪。

【魔幻】móhuàn 神祕而又變化多端的◇魔幻手法 | 魔幻世界。

【魔法】mófǎ ① 妖魔施展的法術。② 神奇、神祕的法術。

【魔鬼】móguǐ ① 泛指迷惑人、傷害人的鬼怪◇人世間沒有真正的魔鬼。② 比喻為非作歹的惡人。

【魔術】móshù 一種雜技。表演者以敏捷靈巧的動作或特殊的道具，使物體出現、消失或產生奇妙的變化。同 戲法。

【魔掌】mózhǎng 比喻壞人或惡勢力所控制的範圍◇陷入魔掌 | 逃出魔掌。

【魔窟】mókū 魔鬼居住的洞穴。比喻惡勢力盤踞的地方。

14 **魘(魇)** yǎn 粵jim2 掩 ①夢中遇到可怕的事而呻吟、驚叫◇夢魘。②説夢話◇魘話。③用法術、符籙、咒語等鎮壓或制伏。

魚部

0 **魚(鱼)** yú 粵jyu4 餘 ①水生脊椎動物。一般身體側扁，有鱗和鰭，用鰓呼吸，卵生。大部分可食用。②稱像魚類的水棲

動物◇鱷魚|鯨魚。③姓。

【魚水】yúshuǐ ① 魚和水。比喻彼此相處很好，關係密切◇魚水情深。② 比喻夫妻間親密和諧的情感或性生活◇魚水之歡。

【魚肉】yúròu ① 魚和肉。泛指葷腥食品。② 比喻受宰割者◇人為刀俎，我為魚肉。③ 用暴力欺凌、殘害◇魚肉百姓。

【魚汛】yúxùn 魚類因產卵、越冬的時期、覓食等原因羣集在一定的海域的時期。這個時期適於捕魚。

【魚具】yújù 捕魚或釣魚的器具。

【魚苗】yúmiáo 由魚卵剛剛孵化出來、供養殖的幼魚。

【魚秧】yúyāng 比魚苗稍大的小魚。

【魚書】yúshū 樂府詩《飲馬長城窟行之一》："客從遠方來，遺我雙鯉魚。呼兒烹鯉魚，中有尺素書。"後以"魚書"代書信。同 雁書、魚雁。

【魚貫】yúguàn 像游魚一樣一個挨一個地連接着◇魚貫而入|魚貫而行。

【魚雁】yúyàn 古代有借魚腹和雁足傳書的說法。後用"魚雁"代稱書信◇魚雁傳情。

多樣表達：魚雁

手書 信件 信札 信函 家信 家書 情書 書信 書札 書翰 尺素 魚素 魚書 雁札 雁書

【魚雷】yúléi 一種能在水中自行推進、自行控制方向和深度的炸彈。由艦艇發射或飛機投擲，用來攻擊敵方的艦艇。

【魚目混珠】yúmùhùnzhū 拿魚眼睛冒充珍珠。比喻以假充真。

【魚龍混雜】yúlónghùnzá 比喻好的和壞的混雜在一起，難以分辨。

2 **魛(鱽)** dāo 粵dou^{1} 刀 魚名。刀鱭。形體長而薄，像刀，是食用魚。也稱"刀魚"。

3 **魟(魟)** hóng 粵hung^{4} 紅 魚類的一屬，身體扁平，略呈方形或圓形，尾呈鞭狀，有毒刺。生活在中國沿海，吃無脊椎動物。

3 **魢(鱾)** jǐ 粵gei^{2} 己 魚類的一科。體側扁，呈橢圓形，頭小而鈍，口小，生活於熱帶、亞熱帶海底巖石間。

4 **魷(鱿)** yóu 粵jau^{4} 由 魷魚。海生軟體動物，形狀像烏賊而稍扁長，是常用海味。

4 **魨(鲀)** tún 粵tyun^{4} 團 河豚。體粗短，頭圓口小，味美。內臟和血液有劇毒。吃未淨毒的魨會中毒，甚至死亡。

4 **魯(鲁)** lǔ 粵lou^{5} 老 ①遲鈍；蠢笨◇愚魯。②粗野；莽撞◇粗魯。③周代諸侯國名。在今山東西南部。④山東省的別稱。⑤姓。

【魯莽】lǔmǎng 言行冒失、輕率◇性格魯莽|魯莽從事。同 莽撞。

【魯鈍】lǔdùn 愚笨遲鈍◇資質魯鈍。同 愚鈍。

4 **魴(鲂)** fáng 粵fong^{4} 防 魚名。形狀像鯿魚，但較寬，腹部隆起。銀灰色，味美。生活在淡水中。

4 **䰾(鲃)** bā 粵baa^{1} 巴 魚名。生活在淡水中的一種小型魚類。體側扁或略呈圓筒形，口部多有鬚，主要產於中國華南和西南。

5 **鮆(鮆)** cǐ 粵ci^{2} 此 魚類的一屬，體側扁，上頜骨向後延長，有的可達臀鰭。生活在近海。

5 **鮁(鲅)** bà 粵bat^{6} 拔 一種海水魚。身體呈紡錘形，背部黑藍色。性兇猛，常捕食小魚。可食用。也叫"馬鮫"。

5 **鮃(鲆)** píng 粵ping^{4} 評 比目魚的一種。身體側扁，呈片狀，長橢圓形，兩眼都在左側。生活在淺海中。肉可食。

5 **鮎(鲇)〔鯰〕** nián 粵nim^{4} 念^{4} 鮎魚。頭大而扁，口寬，無鱗，身體表面多黏液。可食用。生活在河湖池沼中。

5 **鮋(鲉)** yóu 粵jau^{4} 由 魚名。體側扁而長，頭大，有許多棘狀突起，口大，生活在近海巖石間。肉味美。

5 **鮓(鲊)** zhǎ 粵zaa^{2} 渣^{2} ①醃製過的魚類食品。②用米粉、麪粉等加鹽和其他作料拌製而成的菜◇茄子鮓|扁豆鮓。

5 **鮒(鲋)** fù 粵fu^{6} 父 鯽魚。

5 **鮊(鲌)** bó 粵baak^{6} 白 魚名。體側扁而長，口大而向上翹，腹面有肉棱，生活在淡水中。

5 **鮈（鮈）** jū 粵geoi1 居 魚類的一屬，身體小，側扁或圓筒形，有鬚一對，背鰭一般沒有硬刺。生活在溫帶淡水中。

5 **鮑（鮑）**〈一〉bào 粵baau1 包 ①鮑魚，海中一種軟體動物。貝殼橢圓形，肉味鮮美。殼可入藥，叫“石決明”。②姓。

〈二〉bào 粵baau6 包6 用鹽醃製的乾魚。腥味較濃。

5 **鮍（鮍）** pí 粵pei4 皮 見“鰟鮍”。

5 **鮐（鮐）** tái 粵toi4 台 魚名。體呈紡錘形。頭頂淺黑色，背青藍色，體側上部有深藍色斑紋。生活在海中。肉可以吃。也叫“油筒魚”。

6 **鮭（鮭）**〈一〉guī 粵gwai1 歸 魚的一類。身體略呈紡錘形，鱗細而圓。種類很多，常見的有大馬哈魚。肉味鮮美。

〈二〉xié 粵haai4 孩 古代指魚類菜餚。

6 **鮚（鮚）** jié 粵git3 結 蚌。

6 **鮪（鮪）** wěi 粵fui2 賄 ①魚名。體呈紡錘形，藍黑色，背側有若干條黑色斜帶，生活在溫帶及熱帶海洋中。②古代指鱘魚和鰉魚。

6 **鮞（鮞）** ér 粵ji4 而 ①魚苗；小魚。②魚名。

6 **鮦（鮦）** tóng 粵tung4 同 ①鱧魚，體呈圓柱狀，灰棕色或深褐色，頭部似蛇，口大，腹部白色，背有暗色縱帶，側邊有大塊暗色斑紋。②鮦城，地名。在安徽。

6 **鮰（鮰）** huí 粵wui4 回 古書上指鮠魚。

6 **鮡（鮡）** zhào 粵ziu6 趙 魚類的一科，全身無鱗，頭部扁平，有的種類胸前方有吸盤。生活在溪水中。

6 **鮠（鮠）** wéi 粵wai4 圍 魚類的一屬，身體前部扁平，後部側扁，眼小，尾鰭分叉。生活在淡水中。

6 **鮣（鮣）** yìn 粵jan3 印 魚，身體細長，灰黑色，圓柱形，頭和身體前端的背部扁平，有一長橢圓形吸盤，鱗小而圓。生活在海洋中，常用吸盤吸在其他大魚身體下面或船底下。

6 **鮨（鮨）** yì 粵ngai6 毅 魚類的一科，體側扁，紅色或褐色，有斑紋，口大，牙細而尖。大部分種類生活在海洋中。

6 **鮜（鮜）** hòu 粵hau6 后 魚名。即鯸。

6 **鮫（鮫）** jiāo 粵gaau1 交 鯊魚。

6 **鮮（鮮）〔鱻〕**〈一〉xiān 粵sin1 先 ①指魚、蝦等水產食物◇河鮮|海鮮。②剛收穫的新鮮食物◇時鮮|請你嚐鮮。③新鮮◇鮮花|鮮肉。④味道好◇魚湯很鮮。⑤鮮明；有光彩◇鮮亮|鮮豔。⑥姓。

〈二〉xiǎn 粵sin2 冼 少◇鮮有|鮮為人知。

【鮮妍】 xiānyán 鮮豔◇色彩鮮妍。

【鮮明】 xiānmíng ①色彩明亮◇色彩鮮明。②非常明確，毫不含糊◇主題鮮明|鮮明的性格特徵。

【鮮美】 xiānměi ①（食物）滋味好◇鮮美可口。②（花草等）新鮮美麗◇芳草鮮美。

【鮮活】 xiānhuó ①新鮮的；活着的（多指水產品）◇鮮活產品。②鮮明生動◇筆下的人物形象鮮活。

【鮮紅】 xiānhóng（顏色）紅而鮮豔◇鮮紅的玫瑰。

【鮮貨】 xiānhuò 新鮮的水果、蔬菜、魚蝦等。反 乾貨。

【鮮豔】 xiānyàn 新鮮豔麗；鮮明美麗◇鮮豔奪目|鮮豔的桃花。

6 **鮟（鮟）** ān 粵on1 安【鮟鱇】ānkāng魚，全身無鱗，頭大而扁，常潛伏在海底捕食，能發出像老人咳嗽一樣的聲音。通稱老頭魚。

7 **鯁（鯁）〔骾〕** gěng 粵gang2 梗 ①魚骨；魚刺◇如鯁在喉。②（骨、刺等）卡在喉嚨裏。③正直◇鯁直|鯁言。

【鯁直】 gěngzhí 同“耿直”。正直◇性格鯁直。

7 **鯉（鯉）** lǐ 粵lei5 李 鯉魚。體側扁，青黃色，嘴邊有鬚。生活在淡水中。

7 **鮸**（鮸）miǎn 粵min5 免 魚，身體長，側扁，棕褐色，口大而微斜，尾鰭呈楔形。生活在海中。通稱鰵魚。

7 **鯀**（鯀）gǔn 粵gwan2 滾 ①一種大魚。②古人名。傳說是大禹的父親。

7 **鯇**（鯇）huàn 粵waan5 挽 魚名。草魚，身體圓筒形，微綠色，是重要的淡水養殖魚之一。

7 **鮶**（鮶）jūn 粵gwan1 軍 魚名。體側扁，灰褐色，有不規則的黑色斑紋，生活在海中。

7 **鯽**（鯽）jì 粵zik1 即 魚名。身體側扁，頭部尖，青褐色，中國各地淡水中都有出產。肉味鮮美，是常見的食用魚。

7 **鯒**（鯒）yǒng 粵jung5 勇 魚類的一科。身體長而平扁，黃褐色，頭部扁而寬，口大，生活在温帶和亞熱帶海洋底層。

7 **餐**（鮤）cān 粵caan1 餐【餐鰷】cāntiáo 魚，身體小，呈條形，側扁，白色。生活在淡水中，也叫鰲魚或鰷魚。

7 **鯊**（鯊）shā 粵saa1 沙 鯊魚。生活在海洋中，種類很多，一般身體呈紡錘形，稍扁，尾鰭發達。行動敏捷，性兇猛，捕食其他魚類。鰭乾製成魚翅，是高貴食品。

8 **鯖**（鯖）〈一〉qīng 粵cing1 青 魚類的一科。身體梭形而側扁，鱗圓而細小，頭尖口大。

〈二〉zhēng 粵zing1 晶 肉和魚合起來做成的菜。

8 **鯪**（鯪）líng 粵ling4 零/leng4 靚4 魚名。體側扁，銀灰色，嘴邊有短鬚兩對，生活在淡水裏，是食用魚。

8 **鯕**（鯕）qí 粵kei4 其【鯕鰍】qíqiū魚名。身體長而側扁，黑褐色，頭大眼小，生活在海洋中。

8 **鯫**（鯫）zōu 粵zau1 周 ①小魚。②小；淺陋◇鯫生｜鯫儒。

8 **鯧**（鯧）chāng 粵coeng1 昌 鯧魚。身體側扁而短，銀灰色，鱗小，頭小，肉細嫩鮮美，生活在海洋中。

8 **鯤**（鯤）kūn 粵kwan1 昆 古代傳說中的大魚◇鯤鵬。

8 **鯝**（鯝）gù 粵gu3 故 魚名。體長而側扁，銀白帶黃色，口小，生活在江河湖泊中，為食用經濟魚類。

8 **鰄**（鰄）huò 粵kwik1 隙 魚類的一屬，身體長，側扁，牙齒呈絨毛狀，頭上的鱗圓形，其他部分的鱗呈櫛形。生活在海洋中。

8 **鯡**（鯡）fēi 粵fei1 飛 魚名。體長而側扁，背部青黑色、腹部銀白色，生活在海洋中，肉可食，是重要的經濟魚類。

8 **鯢**（鯢）ní 粵ngai4 危 ①兩棲類動物。有四足，生活在淡水中。分大鯢和小鯢兩種。大鯢叫聲像嬰兒，俗稱"娃娃魚"。②小魚◇尺澤之鯢。

8 **鯛**（鯛）diāo 粵diu1 丟 魚類的一屬，有真鯛、黑鯛、黃鯛、長棘鯛等，生活在海洋中。

8 **鯨**（鯨）jīng 粵king4 擎 一種水棲哺乳動物。胎生，形狀像魚，用肺呼吸，是世界上最大的動物，體長可達三十多米，生活在海洋中。俗稱"鯨魚"。

【鯨吞】 jīngtūn 像鯨一樣吞食。比喻大量吞併土地、財物等。同 併吞。

8 **鯥**（鯥）lù 粵luk6 六 魚類的一屬，身體側扁，眼和嘴都大，鱗呈櫛形。生活在近海岩石間。

8 **鯴**（鯴）shī 粵sat1 失 動物名。身體扁圓，形似臭蟲，頭部有一對吸盤，寄生在魚類的體表。

8 **鯔**（鯔）zī 粵zi1 之 鯔魚。身體長，稍側扁，銀灰色，有暗色縱紋，頭平扁，眼大，生活在淺海或河口鹹水和淡水交匯處，是常見的食用魚。

8 **鯗**（鮝）〔鮝〕xiǎng 粵soeng2 賞 剖開晾乾的魚◇鰻鯗｜白鯗。

【鯗魚】 xiǎngyú 乾魚；醃魚。

9 **鰈**（鰈）dié 粵dip6 碟 比目魚的一類。體側扁如薄片，兩眼都在右側，生活在淺海中。

9 **鰆**（鰆）chūn 粵ceon1 春 鰆魚，形狀跟鮁魚相似而稍大，尾部兩側有棱狀突起。生活在海中。

9 **鰏**(鲾) bī 粵bik1碧 魚名。身體小而側扁，呈卵圓形，青褐色，口小鱗細，生活在熱帶近海中。

9 **鯻**(𫚕) là 粵laat6辣 魚，身體側扁，灰白色，有黑色縱條紋，口小。生活在近海。

9 **鰊**(𬶠) liàn 粵lin6練 鯡。

9 **鯷**(鳀) tí 粵tai4提 魚名。體小而側扁，腹部呈圓柱形，生活在海洋中。加工後的幼鯷乾稱"海蜒"。

9 **鰂**(鲗) ㈠ zéi 粵caak6賊 烏鰂，即烏賊。軟體動物。體呈袋形，背腹略扁平，內有墨囊，遇敵則放出墨汁而逃。生活在海洋裏。通稱"墨魚"。

㈡ zé 粵zak1則 舊讀音。烏賊。用於地名，鰂魚涌(在香港)。

9 **鰮**(鳁)〔鰛〕 wēn 粵wan1温 鰛鯨，鯨的一種。外形像魚，頭上有噴水孔，無齒，有鯨鬚，生活在海洋中。

【鰛鯨】 wēnjīng 哺乳動物，外形像魚，體長6至9米，頭上有噴水孔，口內無齒，有鯨鬚，背鰭小，身體背面黑色，腹部帶白色。生活在海洋中。

9 **鰃**(鳂) wēi 粵wui1偎 魚名。身體側扁，紅色，眼大嘴大，鱗堅硬，生活在熱帶海洋中。又稱"金鱗魚"。

9 **鰓**(鳃) sāi 粵soi1腮 多數水生動物的呼吸器官。用來吸取溶解在水中的氧。

9 **鰖** huá 粵waat6滑 魚類的一屬，身體側扁，頭部略尖，有鬚一對，尾鰭分叉，生活在淡水中。

9 **鰍**(鳅)〔鰌〕 qiū 粵cau1秋 魚類的一科。身體圓柱形，頭小而尖，尾側扁，皮上有黏液，肉可吃。常見的有泥鰍、花鰍、長薄鰍等。

9 **鰒**(鳆) fù 粵fuk6服 鰒魚。俗稱鮑魚。海中一種軟體動物。

9 **鰉**(鳇) huáng 粵wong4王 鰉魚。體形和鱘相似，嘴突出，兩旁有扁平的鬚，生活在海中，夏季到江河中產卵。

9 **鰁**(鳈) quán 粵cyun4全 魚名。體小，稍側扁，深棕色，有斑紋，嘴小，生活在淡水的底層。

9 **鯿**(鳊) biān 粵bin1邊 鯿魚。身體側扁，背部隆起，頭尖尾小，生活在淡水裏。

9 **鰇**(𫚙) róu 粵jau4由 古書上指槍烏賊。

10 **鰭**(鳍) qí 粵kei4其 魚類和其他水生脊椎動物的運動器官。由刺狀的硬骨或軟骨支撐薄膜構成◇背鰭|尾鰭|胸鰭。

10 **鰣**(鲥) shí 粵si4時 鰣魚。體側扁，背部黑綠色，腹部銀白色，肉鮮嫩，鱗下多脂肪，是名貴的食用魚。

10 **鰨**(鳎) tǎ 粵taap3塔 比目魚的一類。體側扁，兩眼都在身體的一側，有細鱗，頭部短小，可食用。通稱"鰨目魚"。

10 **鰥**(鳏) guān 粵gwaan1關 ①無妻或喪妻的◇鰥居|鰥夫。②特指無妻或喪妻的老年人◇鰥寡孤獨。

【鰥夫】 guānfū 無妻或喪妻的人◇獨居鰥夫。

【鰥居】 guānjū 男子無妻，獨自生活◇夫人亡故後，他一直鰥居。

10 **鰤**(𫚘) shī 粵si1絲 魚，側扁，背部褐色，鰭灰褐色，鱗小而圓，尾鰭分叉。生活在中國近海中。

10 **鰩**(鳐) yáo 粵jiu4搖 魚名。身體扁平，略呈圓形或菱形，口小，牙齒小而多，生活在海中，可食用。

10 **鰫** wēng 粵jung1翁 魚類的一屬，身體側扁，有圓鱗，吻不尖。生活在近海。

10 **鰟**(鳑) páng 粵pong4旁【鰟鮍】pángpí 魚名。體形像鯽魚而較小。眼有彩色光澤，生活在淡水中，在蚌殼中產卵。

10 **鰜**(鳒) jiān 粵gim1兼 比目魚的一科。體側扁，兩眼都在身體的一側，嘴大，牙尖銳，主要產於中國南海地區。

11 **鰵**（鳘）mǐn 粵man[5] 敏 鰵魚，鮸魚的通稱。

11 **鰳**（鳓）lè 粵lak[6] 肋 魚名。頭小，體側扁，背部青灰色，腹部銀白色，生活在海中。也叫"鱠魚""白鱗魚""曹白魚"。

11 **鰱**（鲢）lián 粵lin[4] 連 鰱魚。身體側扁，背部青褐色，腹部銀白色，頭大鱗細。生活在淡水中。也叫"鱮"。

11 **鰹**（鲣）jiān 粵gin[1] 堅 鰹魚。身體呈紡錘形，側扁，頭大嘴尖，全身僅胸鰭附近有鱗片，生活在熱帶和亞熱帶海洋中。

11 **鰾**（鳔）biào 粵piu[5] 漂[5] 多數魚體內可以脹縮的囊狀物，裏面充滿氣體。魚靠鰾的收縮或膨脹而下沉或上浮。俗稱"魚泡"。

11 **鱈**（鳕）xuě 粵syut[3] 雪 鱈魚。體稍側扁，頭大尾小，灰褐色，有黑斑，性喜羣游，生活在海中，肝臟可製成藥用魚肝油。俗稱"大頭魚"。

11 **鰻**（鳗）mán 粵maan[4]蠻/maan[6]慢

【鰻鱺】mánlí 魚名。身體長形，前部近圓筒形，後部側扁，背部灰褐色，腹部白色，生活在淡水中，到海中產卵，肉味鮮美。又名"白鱔""白鰻"。

11 **鰷**（鲦）tiáo 粵tiu[4] 條 魚名。體形長而小，銀白色，生活在淡水中。

11 **鰶**（鲚）jì 粵zai[3] 製 魚，體長5至6寸，側扁，背部灰綠色，兩側銀白色。組成背鰭的鰭條中最後一根特別長。生活在中國沿海。

11 **鱇**（鱇）kāng 粵hong[1] 康 見"鮟鱇"。

11 **鱅**（鳙）yōng 粵jung[4] 容 鱅魚。身體暗黑色，鱗細而密，頭很大，生活在淡水中，是常見的食用魚。也稱"花鰱""胖頭魚"。

11 **鱂**（鳉）jiāng 粵zoeng[1] 章 魚類的一科。體小而側扁，腹突出，頭扁平，嘴小，生活在淡水中。又稱"青鱂"。

11 **鰃**（鳂）wèi 粵wai[3] 畏 魚類的一科。體側扁或呈鰻形，黃褐色，有黑色斑點，無鱗，生活在近海。

11 **鰼**（鳛）xí 粵zaap[6] 習 泥鰍。

11 **鰺**（鲹）shēn 粵sam[1] 心 魚類的一科。身體側扁，鱗細小，生活在熱帶和亞熱帶海洋中。

12 **鱝**（鲼）fèn 粵fan[5] 奮 魚名。身體扁平，呈菱形，尾部細長像鞭子，種類很多，生活在熱帶和亞熱帶海洋裏。

12 **鱚**（鱚）xǐ 粵hei[1] 希 魚，體長6至7寸，圓筒形，銀灰色，嘴尖，眼大。生活在近海沙底，也叫沙鑽魚。

12 **鱖**（鳜）guì 粵gwai[3] 季 鱖魚。背隆起，全身青黃色，有不規則的黑色斑點，口大，鱗細，肉質鮮美，是常用淡水食用魚。也稱"桂魚"。

12 **鱔**（鳝）〔鱓〕shàn 粵sin[5] 善[5] 鱔魚。體形像鰻或蛇，黃褐色，有黑色斑點，無鱗，生活在水邊泥洞裏，是常見的食用魚之一。又叫"黃鱔"。

12 **鱗**（鳞）lín 粵leon[4] 鄰 ①魚類、爬行動物等身體表面所長的骨質或角質的小薄片，起保護作用◇魚鱗|鱗甲。②像魚鱗一樣的◇遍體鱗傷。

【鱗爪】línzhǎo 鱗和爪，一鱗半爪。比喻零星、片斷或無關緊要的細小事物◇兒時的鱗爪記憶。

【鱗波】línbō 像魚鱗一樣的波紋◇鱗波閃閃。

【鱗鱗】línlín 形容波紋、雲層等像魚鱗一樣層層排列◇波光鱗鱗｜鱗鱗的雲片。

【鱗次櫛比】líncì zhìbǐ 次，順序；櫛，梳、篦的總稱；比，排列。像魚鱗和梳子齒那樣密密地依次排列。形容房屋等物密集排列◇高樓大廈鱗次櫛比。

12 **鱒**（鳟）zūn 粵zyun[1] 尊 鱒魚。體長，前部圓筒形，後部側扁，銀灰色，生活在淡水中，是常見的食用魚。也叫"赤眼鱒"。

12 **鱘**（鲟）xún 粵cam[4] 尋 鱘魚。體形略呈圓筒形，長可達三米多，背部深灰或灰黃色，腹部白色，口尖而小，生活在沿海或淡水中。

12 **鱍(鲅)** bō 粵but³ 缽 鱍鱍，形容魚擺尾游動的樣子。

13 **鱟(鲎)** hòu 粵hau⁶ 後 ①節肢動物，頭胸部的甲殼略呈馬蹄形，腹部的甲殼呈六角形，尾部呈劍狀，生活在海底。俗稱鱟魚。②方言。虹◇東鱟晴，西鱟雨。

13 **鱤(鳡)** gǎn 粵gam² 感 魚名。身體長而大，青黃色，吻尖，眼小，鱗小，尾鰭分叉，性兇猛，捕食其他魚類，對淡水養殖業有害。肉鮮嫩，可食用。也稱"黃鑽"。

13 **鱧(鳢)** lǐ 粵lai⁵ 禮 魚名。身體長圓筒形，青褐色，頭扁，性兇猛，肉肥美，可食用。也叫"黑魚""烏鱧"。

13 **鱠(鲙)** kuài 粵kui² 繪 鱠魚，即鰳魚，又名"快魚"。

13 **鱣(鳣)** zhān 粵zin¹ 煎 鰉魚。

14 **鱯(鳠)** hù 粵wu⁶ 互 魚名。身體細長，灰褐色，無鱗，口部有四對鬚，生活在淡水中。

14 **鱹(鳤)** guǎn 粵gun² 館 魚名。身體長筒形，銀白色，鱗細，頭小而尖，生活在淡水中，捕食小魚。

14 **鰔(衔)** xián 粵haam⁴ 函 魚類的一科，身體長數寸，無鱗，頭扁平，口小，吻尖。生活在近海。

14 **鱭(鲚)** jì 粵cai⁵ 妻⁵ 鱭魚。身體側扁，頭小，尾尖而細，銀白色，生活在海中。俗稱"鳳尾魚"。

15 **鱵(鱵)** zhēn 粵zam¹ 針 魚，身體呈圓柱形，下頜特長，呈針狀，鱗呈圓形，尾鰭分叉。棲息在近海中，也進入淡水。

15 **鱲(䲗)** 〈一〉liè 粵lip⁶ 獵 鱲魚，體長10-15釐米，側扁，兩側銀白色，雄魚帶紅色，有藍色斑紋，生殖季節色澤鮮豔。種類較多，生活在淡水中。也叫桃花魚。

〈二〉là 粵laap⁶ 蠟 用於地名。赤鱲角，在香港。

16 **鱷(鳄)〔鰐〕** è 粵ngok⁶ 岳 兇惡的爬行動物。長三至六米，頭及軀幹扁平，尾長，體表有硬皮和角質鱗，呈灰褐色，四肢短，善爬行和游泳，多生活在熱帶和亞熱帶海濱及江河湖澤中。揚子鱷是中國特產。俗稱"鱷魚"。

16 **鱸(鲈)** lú 粵lou⁴ 勞 鱸魚。身體側扁，嘴大，鱗細，銀灰色，背部和背鰭有黑斑，肉味鮮美。

19 **鱺(鲡)** lí 粵lei⁴ 厘 見"鰻鱺"。

鳥部

0 **鳥(鸟)** 〈一〉niǎo 粵niu⁵ 裊 脊椎動物的一大類。卵生，全身有羽毛，長翅膀，一般能飛翔，如鷹、燕、麻雀等◇禽鳥。

〈二〉diǎo 粵diu² 丟² 同"屌"。男人和雄性牲畜的生殖器。多用於罵人話。

【鳥瞰】niǎokàn ①從高處往下看◇鳥瞰維港全景。②概括性的說明、描述(多用於文章標題)◇環境保護現狀鳥瞰。

【鳥語花香】niǎoyǔ huāxiāng 鳥兒歌唱，花兒飄香。形容春天嫵媚的景象。

2 **鳧(凫)** fú 粵fu⁴ 符 ①水鳥。形狀像鴨子，略小。善游水，能飛，多羣棲於湖泊中。肉可食用。俗稱"野鴨"。②在水裏游◇鳧水。

2 **鳩(鸠)** jiū 粵gau¹/kau¹ 溝 ①形狀像鴿子的鳥。常見的是斑鳩，羽毛灰褐色，有斑紋。②聚集；集合◇鳩集。

【鳩合】jiūhé 糾合，集合。多用於貶義◇鳩合鬧事。同 聚集。

【鳩集】jiūjí 糾集，聚集。含貶義◇鳩集在一起，為非作歹。

【鳩佔鵲巢】jiūzhànquècháo 見"鵲巢鳩佔"。

3 **鳶(鸢)** yuān 粵jyun¹ 冤 鳥名。身體褐色，上嘴彎曲，趾有利爪。吃蛇、鼠、魚和鳥類。俗稱"老鷹"◇鳶飛魚躍。

3 **鳴(鸣)** míng 粵ming4 明 ①(鳥獸或昆蟲)叫◇鳥鳴|鹿鳴|蟲鳴。②發出聲音◇雷鳴|禮炮齊鳴。③使發出聲音◇鳴笛|鳴槍示警。④表示；發表◇鳴謝|替人鳴不平。

【鳴金】míngjīn 敲鑼。古代作戰時作為停止進擊的信號◇鳴金收兵。

【鳴冤】míngyuān 叫喊冤屈；申訴冤枉◇上書鳴冤|鳴冤叫屈。

【鳴鏑】míngdí 古代一種射出去帶響聲的箭。

【鳴謝】míngxiè 公開表示謝意◇登報鳴謝。

【鳴不平】míng bùpíng 對不公正的事表示憤慨、抗議。

【鳴金收兵】míngjīnshōubīng 意思是用敲鑼等方式發出信號撤兵回營，出自《荀子·議兵》："聞鼓聲而進，聞金聲而退。"後比喻戰鬥暫時結束◇托塔天王李靖見兩將俱敗，不能取勝，便急忙鳴金收兵。

【鳴琴垂拱】míngqínchuígǒng 比喻無為而治，出自魏徵〈諫太宗十思疏〉："鳴琴垂拱，不言而化。"◇他出任地方官後，鳴琴垂拱，輕刑簡政。

【鳴鑼開道】míngluókāidào 舊時官吏外出時，轎子前面的隨從會敲鑼叫行人讓路。後比喻為某種事物的出現創造條件，疏通渠道◇轎車為祭典的花車鳴鑼開道。

3 **鳳(凤)** fèng 粵fung6 奉 ①鳳凰◇百鳥朝鳳。②飾有鳳的圖案的◇鳳冠|鳳輦。

【鳳冠】fèngguān 古代后妃、貴夫人戴的禮帽，上面有金銀、珠寶等做的鳳凰形裝飾物。舊時女子出嫁時也戴鳳冠。

【鳳梨】fènglí 菠蘿。

【鳳凰】fènghuáng 古代傳説中的百鳥之王。雄的叫鳳，雌的叫凰，通稱鳳凰或鳳。中國傳統上以鳳凰象徵祥瑞◇鳳凰來儀。

【鳳雛】fèngchú 幼小的鳳。比喻英俊少年。

【鳳毛麟角】fèngmáo línjiǎo 鳳凰的毛，麒麟的角。比喻極為稀少難得的人才或事物。同 曠世奇才。

3 **鳲(鸤)** shī 粵si1 思 鳲鳩，布穀鳥。

4 **鳾(䴓)** shī 粵si1 絲 鳥，身體長約3寸，嘴長而尖，背部蒼灰色，翅膀的羽毛黑色，胸部白色，腹部淡褐色。生活在森林中，吃昆蟲。

4 **鴉(鸦)** yā 粵aa1/ngaa1 丫 鳥類的一種。全身多為黑色，嘴大，翅長。以烏鴉最常見。

【鴉片】yāpiàn 用罌粟果實中的乳狀汁液製成的一種毒品。也可藥用。同 大煙。

【鴉雀無聲】yāquèwúshēng 連烏鴉、麻雀的聲音都沒有。形容非常安靜。同 鴉鵲無聲。

4 **鴃(䴗)** jué 粵kyut3 決 古書上指伯勞。

【鴃舌】juéshé 比喻語言難懂。

4 **鴇(鸨)** bǎo 粵bou2 保 ①鳥名。形狀像雁，頭小，頸長，背上有褐色和黑色斑紋。善走不善飛，能涉水。②鴇母◇老鴇。

【鴇母】bǎomǔ 稱開設妓院的女人。

【鴇兒】bǎo'ér ①鴇母。②妓女。

4 **鴆(鸩)** zhèn 粵zam6 朕 ①傳説中的一種毒鳥。用牠的羽毛泡的酒，能毒死人。②鴆羽泡過的毒酒◇飲鴆止渴。

4 **鴂(鴂)** jué 粵kyut3 決 見"鶗鴂"。

5 **鴣(鸪)** gū 粵gu1 姑 見"鵓鴣""鷓鴣"。

5 **鴨(鸭)** yā 粵aap3/ngaap3 押 鳥類的一科。分家鴨、野鴨兩種(通常指家鴨)。嘴扁腿短，趾間有蹼，善游泳。肉、蛋供食用。

5 **鴞(鸮)** xiāo 粵hiu1 囂 見"鴟鴞"。

5 **鴦(鸯)** yāng 粵joeng1 央 見"鴛鴦"。

5 **鴥(鴥)** yù 粵wat6 核 形容鳥飛得很快。

5 **鴕(鸵)** tuó 粵to4 佗 鴕鳥。現代鳥類中最大的鳥。雄鳥高約三米，雌鳥稍小。兩翼退化，不能飛，腿長，善走。生活在非洲草原和沙漠地帶。

5
鴒(鸰) líng ⓪ling⁴零 見"鶺鴒"。

5
鴟(鸱) chī ⓪ci¹雌 鷂鷹。

【鴟梟】chīxiāo ① 鴟鴞。② 古人認為鴟梟是惡鳥，常用來比喻惡人。

【鴟鴞】chīxiāo 鳥名。俗稱貓頭鷹。頭大，嘴短而彎曲。吃鼠、兔、昆蟲等小動物。

【鴟鵂】chīxiū 貓頭鷹。

5
鴝(鸲) qú ⓪keoi⁴渠【鴝鵒】qúyù鳥名。俗稱八哥。

5
鴛(鸳) yuān ⓪jyun¹淵 鴛鴦◇鴛侶|鴛鴦戲水。

【鴛侶】yuānlǚ 像鴛鴦似的恩愛伴侶。比喻配偶。

【鴛鴦】yuānyang ① 鳥名。形體似野鴨，較小。能飛，善游水，羽毛美麗，雌雄成對而居。多比喻夫妻。② 香港的混合飲品，即是奶茶混合咖啡。

6
鳱(鳱) gōng ⓪gung¹工 鳥，大小如雞，羽毛黑褐色，有橫紋，嘴尖而長。善走而不善飛，吃昆蟲、蜘蛛等，也吃植物的根和種子。產於美洲。

6
鴯(鸸) ér ⓪ji⁴而【鴯鶓】érmiáo鳥，形狀像鴕鳥，嘴短而扁，羽毛灰色或褐色。翅膀退化，腿長，有三趾，善於走，僅分佈於澳洲森林中，吃樹葉和野果。(英emu)

6
鴷(䴕) liè ⓪lit⁶烈 啄木鳥。

6
鴰(鸹) guā ⓪kut³括 老鴰。即烏鴉。

6
鵂(鸺) xiū ⓪jau¹休【鵂鶹】xiūliú鳥名。形狀像貓頭鷹而較小。羽毛棕褐色，有橫斑。捕食鼠、兔等，是益鳥。

6
鴴(鸻) héng ⓪hang⁴恒 一種鳥。體形較小。嘴短而直，翅羽較長。有前趾，無後趾。多羣居海濱。

6
鵃(鸼) zhōu ⓪zau¹舟 見"鶻鵃"。

6
鴿(鸽) gē ⓪gap³急³ 鴿子。常見的一種鳥。分野鴿和家鴿。家鴿經過訓練可以傳送書信。常用作和平的象徵。

6
鵁(䴔) jiāo ⓪gaau¹交【鵁鶄】jiāojīng鳥名。形似鴨，高腳，長喙，頭頂有紅毛如冠。又名池鷺。

6
鴻(鸿) hóng ⓪hung⁴紅 ①大雁。一種羣居在水邊的候鳥◇鴻雁傳書。②大◇鴻福|鴻圖。③指書信◇海外來鴻。

【鴻毛】hóngmáo 大雁的羽毛。比喻微不足道的東西◇輕於鴻毛。

【鴻溝】hónggōu 古代運河名。在今河南滎陽。秦末楚漢相爭時曾劃鴻溝為界。後用來比喻界限或分歧、裂痕◇新舊界限，判若鴻溝。

【鴻運】hóngyùn 紅運；好運氣◇走鴻運。

【鴻圖】hóngtú 遠大而宏偉的設想或規劃◇大展鴻圖。⑥ 宏圖、弘圖。

【鴻儒】hóngrú 學識淵博的人◇談笑有鴻儒，往來無白丁。

【鴻鵠】hónghú 大雁和天鵝。因飛得很高，常比喻抱負遠大的人◇燕雀安知鴻鵠之志。

7
鵐(鹀) wú ⓪mou⁴毛 一種鳥。大小和形狀像麻雀。嘴閉合時，上嘴邊緣與下嘴邊緣不緊密相接。吃種子和昆蟲。

7
鵓(鹁) bó ⓪but⁶勃【鵓鴣】bógū 一種鳥。羽毛黑褐色。天要下雨或放晴時，常在樹上或屋脊上咕咕地叫。

7
鵑(鹃) juān ⓪gyun¹捐 見"杜鵑"。

7
鵠(鹄) 〈一〉hú ⓪huk⁶酷 天鵝◇鴻鵠。〈二〉gǔ ⓪guk¹谷 箭靶子◇中鵠。

7
鵝(鹅)〔鵞〕é ⓪ngo⁴娥 家禽。羽毛白色或灰色。頸長尾短，頭部有肉質突起。腳有蹼，善游水。肉和蛋供食用◇鵝行鴨步(形容走路緩慢而搖擺)。

【鵝毛】émáo 鵝的羽毛。比喻微薄的禮物◇千里送鵝毛，禮輕情意重。

【鵝黃】éhuáng ① 像雛鵝絨毛那種淡黃色。② 指淡黃色的東西，如初春新發的柳條。

多樣表達：鵝黃

淡黃 牙色 淺黃 嫩黃 緗 檸檬黃 乳黃 奶油色 蜜色 米黃 米色 橘黃 杏黃 橙黃 橙色 金色 金黃 正黃 土黃 石黃 深黃 濃黃

7 鴪(鴪) yù 粵juk⁶ 肉 見"鷸鴪"。

7 鵟(鵟) kuáng 粵kwong⁴ 狂 鳥，外形像老鷹，但尾部羽毛不分叉，全身褐色，尾部稍淡。吃鼠類，也叫土豹。

7 鵜(鹈) tí 粵tai⁴ 提【鵜鶘】tíhú 水鳥名。身體大，羽毛白色。嘴長而尖端鈎曲，嘴下有皮囊，可保存食物。善游水和捕魚。

8 䳇(䳇) wǔ 粵mou⁵ 武 見"鸚䳇"。

8 鶄(䴖) jīng 粵zing¹ 晶 見"鵁鶄"。

8 鵲(鹊) què 粵coek³ 綽/zoek³ 雀 鳥名。俗稱喜鵲。

【鵲起】 quèqǐ 喜鵲叫聲嘈雜。比喻人的名聲一下響亮起來◇聲名鵲起。

【鵲橋】 quèqiáo 古代傳説每年農曆七月初七的晚上，天上的織女通過喜鵲搭成的橋渡銀河與牛郎相會。常用來比喻男女結合的途徑。

【鵲噪】 quèzào 指喜鵲的叫聲。古人認為是吉兆。

【鵲巢鳩佔】 quècháojiūzhàn《詩經・召南・鵲巢》："維鵲有巢，維鳩居之。"喜鵲做成的巢被斑鳩強佔。比喻強佔別人的家園或位置等。

8 鶓(鹋) miáo 粵miu⁴ 媒 見"鴯鶓"。

8 鶇(鸫) dōng 粵dung¹ 冬 鳥類的一科。嘴細長而側扁，翅膀長而平，羽毛多為淡褐色或黑色。叫聲婉轉動聽，故常被寵養。吃昆蟲，為農林益鳥。

8 鵪(鹌) ān 粵am¹/ngam¹ 庵【鵪鶉】ānchún 鳥名。頭小尾短，羽毛赤褐色。肉和蛋味美可食。

8 鶆(鶆) lái 粵loi⁴ 來【鶆鷞】lái'ǎo美洲鴕。

8 鶤(鹍) kūn 粵kwan¹ 坤 / gwan¹ 軍 鶤雞，古書上指像鶴的一種鳥。

8 鵹(鵹) lí 粵lei⁴ 離 同"鸝"。

8 鶂(鹢)〔鷁〕 yì 粵jik⁶ 亦 同"鷁"。

8 鵯(鹎) bēi 粵bei¹ 悲 一種鳥。羽毛多為黑褐色，腿短而細。吃果實和昆蟲。

8 鵬(鹏) péng 粵paang⁴ 彭 傳説中最大的鳥◇鯤鵬展翅。

【鵬程】 péngchéng 遠大的前程◇鵬程萬里。

【鵬鯤】 péngkūn《莊子・逍遙游》："北冥有魚，其名為鯤…化而為鳥，其名為鵬。鵬之背不知其幾千里也。怒而飛，其翼若垂天之雲。"後比喻傑出的人物。

8 鵩(鵩) fú 粵fuk⁶ 服 古書上説的像貓頭鷹一類的鳥。

8 鵰〔雕〕 diāo 粵diu¹ 丟 ①同"雕"。一種類似蒼鷹的猛禽。鷙悍有力，目光鋭利，自高空搏擊地面小動物。②叼。

8 鵮(鹐) qiān 粵zaam¹ 站¹ 鳥用尖嘴啄東西。

8 鶉(鹑) chún 粵seon⁴ 純 ①鵪鶉。②比喻破爛的衣服◇懸鶉百結。

【鶉衣百結】 chúnyībǎijié 鶉衣，像鵪鶉的禿尾巴那樣的衣服。結，連綴。形容衣服補丁很多。

8 鶊(鹒) gēng 粵gang¹ 庚 見"鶬鶊"。

8 鵷(鹓) yuān 粵jyun¹ 淵【鵷鶵】yuānchú 傳説中像鳳凰一類的鳥。

9 鶘(鹕) hú 粵wu⁴ 胡 見"鵜鶘"。

9 鶪(䴗) jú 粵gwik¹ 隙 古書上指伯勞。

9 鶗(鹚) tí 粵tai⁴ 題【鶗鴂】tíjué古書上指杜鵑。

9 鶡(鹖) hé 粵hot³ 渴 一種鳥。像野雞，勇猛善鬥。

9 鶚(鹗) è 粵ngok⁶ 岳 鳥名。通稱魚鷹。背部褐色，頭頂、頸和腹部白色。性兇猛，捕食魚類。

9 鶖(鹙) qiū 粵cau¹ 秋 一種水鳥。像鶴，較鶴大，頭和頸上都沒有毛。

9 **鷀(鹚)〔鶿〕** cí 粵ci^{4}池 見"鸕鷀"。

9 **鵾(鹍)** kūn 粵gwan^{1}軍/kwan^{1}昆 鵾雞，一種形狀像鶴的鳥。

9 **鶥(鹛)** méi 粵mei^{4}眉 鳥類的一種。羽毛多棕褐色，嘴尖尾長。善跳躍。叫聲婉轉好聽。

9 **鶩(鹜)** wù 粵mou^{6}冒 鴨子◇趨之若鶩。

10 **鷇(𪆷)** kòu 粵kau^{3}構 初生的小鳥。

10 **鷊(鹝)** yì 粵jik^{6}亦 ①水鳥名。鷁。②草名。綬草。

10 **鷃(𬸘)** yàn 粵aan^{3}晏【鷃雀】yànquè 古書上說的一種小鳥。

10 **鶻(鹘)** (一)gǔ 粵gwat^{1}骨 鶻鵃。(二)hú 粵wat^{6}屈^6 一種鷹類猛禽。即隼。

【鶻鵃】gǔzhōu 一種鳥。像山鵲而小。短尾，羽毛青黑色。

10 **鶬(鸧)** cāng 粵cong^{1}倉【鶬鶊】cānggēng 鳥名。黃鸝。

10 **鶲(鹟)** wēng 粵jung^{1}翁 鳥類的一科。身體小，嘴稍扁平。棲息於林中，捕食飛蟲，是農林益鳥。

10 **鷈(䴘)** tī 粵tai^{4}題/tai^{1}梯 見"鸊鷈"。

10 **鷂(鹞)** yào 粵jiu^{6}耀/jiu^{4}搖 ①一種猛禽。像鷹，比鷹小。羽毛灰褐色，腹白色，有赤褐色橫斑。捕食小鳥。通稱"鷂鷹""鷂子"。②方言。風箏◇紙鳶。

10 **鶹(鹠)** liú 粵lau^{4}流 見"鵂鶹"。

10 **鶵(雏)** chú 粵co^{4}鋤 見"鵷鶵"。

10 **鶺(鹡)** jí 粵zik^{3}即^3/zek^{3}隻【鶺鴒】jílíng ①鳥名。體小，嘴尖細，尾長。生活在水邊。吃昆蟲和小魚，是益鳥。②比喻兄弟。

10 **鷁(鹢)** yì 粵jik^{6}亦 ①一種水鳥。形狀像鷺，能高飛。②古時在船頭畫鷁鳥。後以"鷁"或"鷁首"借指船。

10 **鶼(鹣)** jiān 粵gim^{1}兼【鶼鶼】jiānjiān 鳥名。比翼鳥。

10 **鶯(莺)** yīng 粵ang^1/ngang^{1}罌 ①鳥名。身體小，多為褐色或暗綠色，嘴短而尖。叫聲清脆動聽，種類很多。吃昆蟲，對農業和林業有益。②特指黃鶯（黃鸝）◇鶯聲燕語|鶯歌燕舞。

【鶯遷】yīngqiān《詩・小雅・伐木》："伐木丁丁，鳥鳴嚶嚶。出自幽谷，遷於喬木。"鶯從幽谷遷於喬木。用作祝賀人遷居或升官的頌詞。

10 **鶱(𬸣)** xiān 粵hin^{1}牽 形容鳥飛。

10 **鶴(鹤)** hè 粵hok^{6}學 生活在水邊的一種鳥。體大頭小，頸、嘴、腳都很長。羽毛白色或灰色，翅大善飛，吃魚蝦等。

【鶴立】hèlì 像鶴一樣引頸站立遠望。比喻熱切盼望期待◇鶴立雞羣。

【鶴壽】hèshòu 像鶴那樣長壽。祝人長壽的頌詞。

【鶴立雞羣】hèlìjīqún 比喻儀表或才能非常出眾。

【鶴髮童顏】hèfà tóngyán 見"童顏鶴髮"。

11 **鷙(鸷)** zhì 粵zi^{3}至 ①兇猛的鳥。如鷹、鵰等。②兇猛◇鷙鳥|鷙禽。

11 **鷗(鸥)** ōu 粵au^1/ngau^{1}勾 一種水鳥。翼長而尖，羽毛多為白色或灰色。主要捕食魚類◇羣鷗|海鷗。

11 **鷖(鹥)** (一)yī 粵ji^{1}衣 鷗鳥。(二)yì 粵ai^{3}隘/ngai^3 鳳凰◇駟玉虬以乘鷖兮。

11 **鷓(鹧)** zhè 粵ze^{3}借【鷓鴣】zhègū 鳥名。背部和腹部黑白兩色相雜，頭頂棕色，腳黃色。吃穀物和昆蟲等。雄性好鬥。分佈於中國南部。

11 **鷚(鹨)** liù 粵lau^{6}漏 一種鳥。身體比麻雀稍大。嘴細長，尾巴長。吃害蟲，是益鳥。

12 **鷰** yàn 粵jin^{3}燕 同"燕(一)"。燕子。

12 **鷯(鹩)** liáo 粵liu^{4}聊 見"鷦鷯"。

12 **鷳**（鹇）xián 粵haan4 閒 白鷳，鳥名。雄的背部白色，有黑紋，腹部黑藍色。是有名的觀賞鳥。

12 **鷦**（鹪）jiāo 粵ziu1 焦【鷦鷯】jiāoliáo 一種小鳥。羽毛赤褐色，尾羽短，略向上翹。因善於築巢，又叫"巧婦鳥"。吃昆蟲、蜘蛛等，是益鳥。

12 **鷗**（鸥）ǒu 粵ngou3 / ou3 懊 見"鷗鶦"。

12 **鷭**（𬸪）fán 粵faan4 凡 鳥，外形略像雞，身體黑灰色或黑褐色，前額有紅色塊狀物。生活在沼澤或河、湖岸邊，捕食昆蟲、小魚等。

12 **鷲**（鹫）jiù 粵zau6 就 ①鵰的別名。②鷲鳥。大型猛禽。嘴鈎曲，捕食其他鳥類和小獸。

12 **鷸**（鹬）yù 粵wat6 屈6 一種小鳥。羽毛茶褐色，嘴和腿都很長。在淺水邊或水田中覓食小魚、貝類、昆蟲等。

【鷸蚌相爭，漁人得利】yùbàngxiāngzhēng, yúréndélì《戰國策・燕策》中講，蚌張開殼曬太陽，鷸去啄牠的肉，蚌用殼夾住鷸的嘴，牠們互不相讓，漁翁來了，把牠們都捉走了。比喻雙方爭持不下，反而讓第三方得利。

12 **鷥**（鸶）sī 粵si1 思 鷺鷥。

13 **鷺**（鹭）lù 粵lou6 路 一種水鳥。體大而瘦削，嘴直而尖，頸和腳都長。生活在河湖岸邊或水田中。常見的有白鷺、蒼鷺、綠鷺等。

13 **䴉**（鹮）huán 粵waan4 頑 一種鳥。體大腿長，嘴細長而向下彎曲。生活在水邊。朱䴉是著名的保護動物。

13 **鸇**（鹯）zhān 粵zin1 煎 一種猛禽。像鷂鷹，羽色青黃。

13 **鷹**（鹰）yīng 粵jing1 英 鳥名。上嘴彎曲如鈎。翼大，爪利，性猛善飛，捕食小鳥及家禽。

14 **鸌**（鹱）hù 粵wok6 獲 鳥類的一科，身體大，嘴的尖端略呈鈎狀，趾間有蹼。會游泳和潛水，生活在海岸邊，吃魚類和軟體動物。

14 **鸑**（𬸚）yuè 粵ngok6 岳【鸑鷟】yuèzhuó 古書上說的一種水鳥。

14 **鷫**（鹔）sù 粵suk1 叔【鷫鸘】sùshuāng 水鳥名。雁的一種。

13 **鸊**（䴙）pì 粵pik1 僻【鸊鷉】pìtī水鳥，形狀略像鴨，比鴨小，翼短小，不善飛，羽毛暗黃褐色，兩翼灰褐色，頸和前胸淺赤褐色，腹部白色。通常浮在水面，有時潛入水中，捕食小魚、昆蟲等。

14 **鸏**（𬸯）méng 粵mung4 蒙 鳥類的一屬，身體大，灰色或白色，嘴大而直，尾部有長羽毛。生活在熱帶海洋上，吃魚類。

16 **鸕**（鸬）lú 粵lou4 爐【鸕鷀】lúcí 水鳥，羽毛黑色，有綠色光澤，嘴扁而長，暗黑色，上嘴的尖端有鈎。能游泳，善於捕魚，喉下的皮膚擴大成囊狀，捕得魚就放在囊內。中國南方多飼養來幫助捕魚。通稱魚鷹。有的地區叫墨鴉。

17 **鸘**（鹴）shuāng 粵soeng1 商 見"鷫鸘"。

17 **鸚**（鹦）yīng 粵jing1 英 見"鸚鵡""鸚鵡學舌"。

【鸚鵡】yīngwǔ 鳥名。嘴呈鈎狀，下嘴短小，舌大而軟，能模仿人說話。羽毛美麗，產於熱帶、亞熱帶。俗稱"鸚哥"。

【鸚鵡學舌】yīngwǔxuéshé 比喻別人怎麼說，也跟着怎麼說。同 人云亦云。

18 **鸛**（鹳）guàn 粵gun3 貫 水鳥名。外形像鶴，又像鷺，嘴長而直，羽毛白色、黑色或灰色，吃魚蝦等。

18 **鸜**（鸲）qú 粵keoi4 渠【鸜鵒】qúyù同"鴝鵒"。

19 **鸝**（鹂）lí 粵lei4 離 黃鸝。

19 **鸞**（鸾）luán 粵lyun4 聯 傳說中鳳凰一類的鳥◇鸞鳳|鸞翔鳳集。

【鸞書】luánshū 指情書或婚書。

【鸞鳳】luánfèng 鸞鳥和鳳凰。比喻夫妻◇鸞鳳和鳴。

【鸞儔】luánchóu 指夫妻◇永結鸞儔。

【鸞鳳和鳴】luánfènghèmíng《左傳・莊公

二十二年》："初，懿氏卜妻敬仲，其妻占之，曰'吉。是謂鳳皇于飛，和鳴鏘鏘。'" 和，應和。後比喻夫妻和美。常用作結婚的賀詞。

鹵部

0 **鹵（卤）** lǔ 粵lou5 老 ①鹽鹵。熬鹽剩下的汁，黑色，味苦有毒◇鹵水。②鹵素。

【鹵水】lǔshuǐ ①鹽鹵，熬鹽剩下的黑汁◇用鹵水點豆腐。②從鹽井裏汲出供熬鹽的鹹水。③做鹵味菜餚用的鹵汁。

【鹵汁】lǔzhī 做鹵味菜餚用的濃湯汁。

【鹵味】lǔwèi 用鹵法做成的冷菜。如鹵鴨、鹵肉、鹵豆腐乾等。

【鹵素】lǔsù 氟、氯、溴、碘、砹五種化學元素的統稱。鹵素中的各個元素化學性質相似，是很強的氧化劑。

【鹵莽】lǔmǎng 同"魯莽"。

9 **鹹（咸）** xián 粵haam4 咸 像鹽的味道◇鹹菜|說了一通不鹹不淡的話。

【鹹菜】xiáncài 用鹽醃製的菜蔬。

10 **鹺（鹾）** cuó 粵co4 鋤 ①鹽。②味鹹。

13 **鹽（盐）** yán 粵jim4 嚴 ①食鹽。化學成分是氯化鈉◇海鹽|鹽鹼地。②由金屬離子（正離子）和酸根離子（負離子）組成的化合物的通稱◇酸式鹽。

13 **鹼（硷）** jiǎn 粵gaan2 簡 ①含氫氧根的化合物的通稱。水溶液有澀味，能使石蕊試紙變藍。②純鹼。重要的化學工業原料。生活中常用來洗衣服，除油膩，去發麪的酸味。③被鹽鹼侵蝕◇新砌的牆全鹼了。

鹿部

0 **鹿** lù 粵luk6 六 ①哺乳動物。毛黃褐色，腿細長，一般雄的頭上有角，角可入藥。性情溫馴，聽覺、嗅覺很靈敏，善於奔跑。②比喻政權◇逐鹿中原。③姓。

【鹿茸】lùróng 雄鹿沒有長成硬骨的角，有茸毛。是貴重的中藥。

【鹿死誰手】lùsǐshéishǒu ①《晉書·石勒載記下》："當並驅於中原，未知鹿死誰手。" 鹿，比喻政權、權力。原比喻不知道天下會落到誰的手中。②泛指不知誰勝誰負。多用於競賽或競爭。

2 **麂** jǐ 粵gei2 己 小型鹿類動物。毛黃黑色，雄的有長牙和短角。腿細長，善跳躍。皮可做衣服和鞋子。通稱"麂子"。

2 **麀** yōu 粵jau1 休 ①母鹿。②泛指母獸。

5 **麇** 〈一〉jūn 粵gwan1 軍 獐子。
〈二〉qún 粵kwan4 羣 成羣◇麇集。

【麇至】qúnzhì 成羣或大批來到◇學子麇至|四方的土特產麇至京都。

【麇集】qúnjí 羣集；聚集◇十萬人馬麇集江邊。

5 **麈** zhǔ 粵zyu2 主 鹿類動物。尾巴毛可以做拂塵，古人用來驅趕蚊蠅和撣拭塵埃的工具。

5 **麚** jiā 粵gaa1 家 牡鹿。

6 **麋** mí 粵mei4 眉 麋鹿。一種珍貴的哺乳動物。毛淡褐色，雄的有角。角像鹿，頭像馬，身像驢，蹄像牛，故又稱"四不像"。

8 **麓** lù 粵luk1 碌 山腳◇山麓|華山南麓。

8 **麗（丽）** 〈一〉lì 粵lai6 例 ①美好；好看◇豔麗|秀麗|山河壯麗。②附着；依附◇附麗。

〈二〉lí 粵lei4 厘 用於地名。①麗水，浙江的地名。②高麗，朝鮮歷史上的王朝。

【麗人】lìrén 美人，美麗的女子◇三月三日天氣新，長安水邊多麗人。

【麗日】lìrì 明媚的太陽◇麗日藍天。

【麗質】lìzhì 女子美好的品貌◇天生麗質。

8 **麒** qí 粵kei4 其【麒麟】qílín 古代一種傳說中的動物。似鹿而大，頭上有角，全身有鱗甲。常作為吉祥的象徵。

8 **麑** ní 粵ngai4 危 小鹿。

8 **麖** jīng 粵ging¹京 鹿的一種。體大，頸長，腿長，尾短，全身棕褐色帶灰色，臀部灰白色。

10 **麝** shè 粵se⁶射 哺乳動物。似鹿而小，無角，後肢比前肢長，善跳躍。雄的臍下有香腺，分泌麝香。通稱"香獐"。

【麝香】shèxiāng 雄鹿臍下香腺的分泌物。可製香料，也可入藥，是名貴藥材。

12 **麟〔麐〕** lín 粵leon⁴鄰【麟角】línjiǎo麒麟的角。比喻罕見而難得的人才或事物◇鳳毛麟角｜學者如牛毛，成者如麟角。

麥部

0 **麥（麦）** mài 粵mak⁶默 糧食作物。有大麥、小麥、燕麥等多種。通常指小麥，子實磨麪粉供食用，也可用來釀酒、製糖◇麥芒（麥穗上長的針狀物）｜麥飯（磨碎的麥粒煮成的飯）。

【麥浪】màilàng 田地裏大片麥子被風吹得像波浪的樣子◇麥浪滾滾。

4 **麩（麸）〔麬〕** fū 粵fu¹呼 麩子。小麥磨成麪粉過篩後剩下的麥皮碎屑。俗稱"麩皮"。

4 **麪（面）〔麫麵〕** miàn 粵min⁶面 ①糧食磨成的粉。特指小麥磨成的粉◇麪粉｜玉米麪。②麪條◇切麪｜雞湯麪。③粉末◇胡椒麪。④方言。形容食物口感鬆軟◇麪倭瓜｜煮的紅薯很麪。

6 **麰（䴬）** móu 粵mau⁴謀 古代稱大麥。

8 **麴（曲）〔麯〕** qū 粵kuk¹曲 釀酒或發麪時用的發酵劑◇酒麴。

麻部

0 **麻** 〈一〉má 粵maa⁴麻 ①麻類植物的統稱，包括大麻、亞麻、黃麻等。②麻類植物的纖維，紡織業的重要原料◇麻繩。③指用粗麻布做的孝衣◇披麻戴孝。④指芝麻◇麻油｜麻醬。⑤表面不平，不光滑◇麻玻璃｜這張紙一面麻，一面光。⑥面部的疤痕◇麻臉。⑦帶細碎斑點的◇麻雀。⑧麻木，感覺不靈◇腿壓麻了｜舌頭發麻。⑨姓。

〈二〉mā 粵maa¹媽 見"麻麻亮""麻麻黑"。

【麻子】mázi ① 人出天花或水痘後留下的疤痕◇一臉麻子。② 指臉上有麻子的人。

【麻木】mámù ① 知覺不靈◇凍得手腳麻木。② 對外界事物反應遲鈍◇麻木不仁。

【麻利】máli 動作又快又利索◇手腳麻利｜無論做甚麼事都很麻利。

【麻痺】mábì 同"痲痺"。① 指人體某部分的感覺或運動功能完全或部分喪失◇小兒麻痺症。② 比喻疏忽大意，喪失警惕◇不要麻痺大意。③ 使失去警惕；使疏忽◇麻痹敵人。

【麻煩】máfan ① 煩瑣；費周折◇麻煩事｜手續麻煩。② 打擾；令別人費事◇麻煩你了。同 煩勞、有勞。③ 棘手的事；難對付的問題◇麻煩實在多｜遇上麻煩。

【麻醉】mázuì ① 用藥物、針刺使人暫時失去全部或部分知覺◇全身麻醉｜注射麻醉劑。② 比喻採用某種手段使意識模糊、意志消沉◇用喝酒來麻醉自己。

【麻麻亮】māmaliàng 方言。天剛有些亮◇天麻麻亮就出門了。

【麻麻黑】māmahēi 方言。天快要黑◇直到天麻麻黑，才收工回家。

【麻木不仁】mámùbùrén 不仁，麻痺或失去感覺。肢體發麻，感覺不靈。比喻對外界事物反應遲鈍或漠不關心。

3 **麼（么）** 〈一〉mó 粵mo¹魔 細小◇麼蟲｜幺麼。〈二〉ma 粵maa¹媽 語助詞。①同"嗎"。②同"嘛"。

〈三〉me 粵mo¹魔 ①詞的後綴◇這麼｜怎麼｜多麼。②歌詞中的襯字◇小呀麼小兒郎，揹着書包上學堂。

4 **麾** huī 粵fai¹揮 ①古代指揮軍隊的旗幟。②指揮（軍隊）◇麾軍前進。

【麾下】huīxià ① 在將帥的旗幟之下。指將帥的部下。② 敬稱將帥。

黃部

0 **黃** huáng 粵wong^{4}王 ①像金子或向日葵花那樣的顏色◇黃花|黃燦燦。②顏色變黃◇秋風吹來葉子黃。③黃顏色的東西◇蛋黃。④淫穢的，色情的◇查禁黃書。⑤黃河◇治黃工程。⑥黃帝◇炎黃子孫。⑦事情失敗或計劃落空◇買賣黃了|這門親事讓她攪黃了。⑧姓。

【黃牛】huángniú ①牛的一種。毛多呈黃色，角短。用來耕地或拉車。肉可食，皮製革。②搶購物資及車票、門票而後高價出售從中牟利的人。

【黃色】huángsè ①黃顏色。②象徵下流、低級。特指色情◇黃色小說 | 黃色電影。

【黃花】huánghuā ①菊花◇明日黃花。②金針菜◇黃花菜。③沒有發生過性行為的（青年男女）◇黃花後生 | 黃花閨女。

【黃金】huángjīn ①金子。②比喻寶貴◇黃金地段 | 黃金時間。

【黃昏】huánghūn 日落到天黑的一段時間◇夕陽無限好，只是近黃昏。反 清晨。

【黃柏】huángbò 落葉喬木，樹皮淡灰色，羽狀複葉，小葉卵形或卵狀披針形，開黃綠色小花，果實黑色。木材堅硬，可以製造槍托，莖可以製黃色染料。樹皮可入藥。也說"黃檗"。

【黃泉】huángquán ①地下的泉水。②人死後埋葬的墓穴。③陰間◇命歸黃泉。

【黃帝】huángdì 傳說為中國中原各族的共同祖先和原始部落聯盟的首領。號軒轅氏。

【黃袍】huángpáo 古代帝王穿的袍服◇黃袍加身。

【黃連】huánglián 多年生草本植物。根莖味苦，可入藥◇啞巴吃黃連，有苦說不出。

【黃髮】huángfà 老年人頭髮由白轉黃，故借指老人◇黃髮垂髫，並怡然自樂。

【黃曆】huángli 中國農曆曆書。排列月、日、干支、節氣和所謂宜忌等內容。

【黃鶯】huángyīng 黃鸝。

【黃鸝】huánglí 鳥名。羽毛黃色，有光澤，嘴淡紅色，叫聲清脆悅耳，是常見的觀賞鳥。

【黃大仙】huángdàxiān 著名道教神仙。本名黃初平，出生在浙江，在赤松山金華洞修煉成仙，後世稱赤松黃大仙。傳說黃大仙有求必應，籤文靈驗。

【黃梅天】huángméitiān 中國長江下游地區在夏初連續陰雨的天氣。因正是梅子黃熟的時候，故稱。

【黃粱夢】huángliángmèng 唐代沈既濟《枕中記》：盧生在邯鄲客店中遇見一道士借給他一個枕頭睡覺，這時店家正煮小米飯。盧生夢入枕中，享盡榮華富貴，一覺醒來，小米飯還沒有煮熟。後比喻虛幻的事或無法實現的願望。

【黃金時代】huángjīnshídài ①最繁榮昌盛的時期◇公司正處在蓬勃發展的黃金時代。②人一生中最可寶貴或最有作為的時期◇青少年時期是學習的黃金時代。

【黃道吉日】huángdàojírì ①吉祥日子。②適宜辦事的好日子。同 良辰吉日。

5 **黇** tiān 粵tim^{1}添 黇鹿，一種性情溫順的鹿。毛赤褐色或黃褐色，有白斑，角的上部扁平呈掌狀。

13 **黌（黉）** hóng 粵hung^{4}洪 古代稱學校◇黌門學子。

黍部

0 **黍** shǔ 粵syu^{2}鼠 黍子。糧食作物。子實去皮後叫黃米，煮熟後性黏。可釀酒、做年糕等。

3 **黎** lí 粵lai^{4}犁 ①眾；多◇黎民|黎庶。②同"黧"。黑而微黃◇面目黎黑。③及至；接近◇黎明。④中國少數民族之一，主要分佈於海南。⑤姓。

【黎元】líyuán 百姓；民眾。同 黎民、黎庶。

【黎民】límín 百姓；民眾◇黎民百姓。

【黎明】límíng 天濛濛亮或快要天亮的時候。

【黎庶】líshù 黎民；民眾◇上報國家，下安黎庶。同 黎民、黎元。

【黎黑】líhēi（臉色）黑◇面目黎黑。同 黧黑。

5 **黏** nián 粵nim4念4 能把一種東西粘連在另一種東西上的性質◇黏性。

【黏土】niántǔ 顆粒極細碎的土，與水混合後有黏性和可塑性。

【黏合】niánhé 用黏性的東西使兩個或幾個物體粘在一起◇黏合劑。

11 **黐** chī 粵ci1 雌 ①木膠。用細葉冬青的莖部內皮搗碎製成，可以粘物。②方言。黏合。

黑部

0 **黑** hēi 粵hak1 刻 ①像煤或墨的顏色◇黑芝麻|黑白分明。②沒有光；光線昏暗◇黑漆漆|屋裏很黑。③夜晚◇摸黑|起早貪黑。④祕密的；不合法的◇黑話|黑社會。⑤壞；惡毒◇黑心|心毒手黑。

【黑手】hēishǒu 比喻暗中搞陰謀活動的人或勢力◇黑手黨。

【黑心】hēixīn ① 心腸狠毒◇黑心人 | 不做黑心事。② 狠毒的心腸◇使黑心。反 善心。

【黑白】hēibái ① 黑色和白色◇黑白分明的眼睛。② 比喻是非、善惡◇混淆黑白 | 顛倒黑白。

【黑市】hēishì 進行非法買賣的市場◇取締黑市 | 黑市經營。

【黑客】hēikè 原指那些非專業的，但在電腦方面具有天賦的電腦用戶；現特指非法侵入他人的電腦系統，查看、更改、竊取系統內數據或干擾電腦程序的人。（英 hacker）

【黑馬】hēimǎ 比喻在競賽或選舉等中出人意料的獲勝者。

【黑貨】hēihuò 指漏税或違禁的貨物。

【黑暗】hēi'àn ① 沒有光◇屋外一片黑暗。反 明亮。② 比喻社會政治腐敗，暗無天日◇黑暗勢力 | 黑暗統治。

【黑道】hēidào ① 夜間無光的道路◇走黑道別忘帶手電筒。② 不正當的或非法的行徑◇黑道買賣。③ 指黑社會組織◇黑道人物。

【黑幕】hēimù 不可告人的醜惡內幕◇揭穿黑幕。

【黑錢】hēiqián 來路不正的錢◇通過銀行洗黑錢。

【黑幫】hēibāng 社會上祕密結合起來的犯罪團夥或反動組織。

【黑匣子】hēixiázi 飛行記錄儀的俗稱。用來自動記錄飛行中的各種信息，可據以分析失事或事故的原因。

【黑黝黝】hēiyōuyōu ① 黑得發亮◇黑黝黝的頭髮。② 光線昏暗，看不清楚◇街道上黑黝黝的。

3 **墨** mò 粵mak6 默 ①寫毛筆字、畫國畫用的塊狀黑色顏料。②墨汁◇磨墨|近朱者赤，近墨者黑。③泛指寫字、繪畫或印刷用的各種顏料◇油墨|墨水。④黑色；深色◇墨鏡|墨黑。⑤貪污，不廉潔◇墨吏|貪墨。⑥書畫的作品◇墨寶|舞文弄墨。⑦比喻學問、知識◇胸無點墨。⑧木匠用的墨線。比喻規矩、法則◇繩墨|矩墨。⑨古代一種刑罰。在犯人面額上刺字，並塗墨染黑◇墨刑。⑩戰國時期的墨翟或他所創立的墨家學派◇儒墨道三家。⑪姓。

【墨水】mòshuǐ ① 墨汁。今指寫鋼筆字用的帶各種顏色的水◇藍墨水 | 紅墨水。② 讀書識字的能力和知識◇胸無半點墨水。

【墨跡】mòjì ① 墨的痕跡。多指字跡、畫跡◇歷經千年，墨跡如新。② 書、畫的真跡◇名人書法墨跡。

【墨綠】mòlǜ 深綠◇一束花苞飽滿、葉片墨綠的玫瑰。

【墨寶】mòbǎo ① 珍貴的字畫。② 尊稱他人的字畫。

【墨守成規】mòshǒuchéngguī 墨守，戰國時墨翟善於守城，後稱善守為“墨守”；成規，現成的規章。形容人固執守舊，不肯變通。同 率由舊章、因循守舊 反 革故鼎新、推陳出新、不落窠臼。

4 **默** mò 粵mak6 脈 ①不説話，不出聲◇沉默|默哀。②無形；暗中◇潛移默化。③默寫◇默生字。

【默契】mòqì ① 心意不明説而暗相契合◇配合默契。② 祕密的條約或口頭協定◇雙方達成了默契。

【默哀】mò'āi 低下頭默默地站着，哀悼死者。

【默許】mòxǔ 暗示同意、允許，但不明說◇默許兒子的選擇。同 認可。

【默認】mòrèn 心裏承認，但不用言語表示出來◇不作聲就算是默認了。

【默默】mòmò 不說話；不出聲◇默默無言｜默默耕耘｜窗外雪花默默地落下。

【默讀】mòdú 不出聲地讀書。反 朗讀。

4 **黔** qián 粵kim^{4}箝 ①黑色◇黔首。②貴州的別稱◇黔劇。

【黔首】qiánshǒu 古代稱老百姓。古代平民以黑巾裹頭，故稱。

【黔驢技窮】qiánlǘjìqióng 唐代柳宗元《三戒・黔之驢》：黔地沒有驢，有人從外地帶來一頭，放在山下。老虎見牠是龐然大物，又聽見牠的叫聲很響，起初很害怕，躲得遠遠的。後來逐漸接近牠，戲弄牠，驢大發脾氣，就踢了老虎一腳。老虎看見驢的本領不過如此，就上去把驢咬死了。後比喻有限的一點本領用完了，再也沒有辦法對付了。

4 **黕** dǎn 粵dam^2 ①黑。②污垢◇黕點。

5 **點（点）** diǎn 粵dim^{2}店^2 ①液體的小滴◇水點｜雨點。②小的痕跡◇斑點｜污點。③一定的位置或限度◇起點｜終點｜沸點。④事物的方面或部分◇重點｜試點｜要點。⑤更點。古代一夜分五更，一更分五點◇五更三點。⑥時間單位。一晝夜的二十四分之一，一小時為一點◇上午十點開車。⑦規定的鐘點◇正點｜到點了，快走吧。⑧漢字的筆畫，形狀是"、"◇三點水。⑨用筆加上點子◇畫龍點睛｜標點句讀。⑩點綴◇裝點｜點染。⑪引着火◇點燈｜點火把。⑫向下微動或一觸即離的動作◇點頭稱是｜蜻蜓點水。⑬使物體一粒粒或一滴滴向下落◇點豆子｜點眼藥水。⑭查對；清查◇點票｜清點貨物。⑮指定；選定◇點戲｜點菜。⑯指點；啟示◇點撥｜點到為止。⑰點心◇茶點｜各式西點。⑱古代一種打擊樂器，形如小銅鼓。用於報時或奏樂時打節拍。⑲節奏；節拍◇鼓點｜步點。⑳數學名詞。(1)沒有長、寬、高而只有位置的幾何圖形。如兩條直線相交處或線段的兩端都稱"點"。(2)小數點。數學上表示小數的符號。如23.5讀作二十三點五。㉑量詞。(1)用於事項◇兩點說明｜三點建議。(2)表示少量◇喝點水｜多少吃點兒。

用法提示：有點兒、一點兒

兩者都表示程度不深，可是"有點兒"用在形容詞前，"一點兒"用在形容詞後◇他走得有點兒慢｜請你走慢(一)點兒。此外，"有點兒"多用於不如意的事情，所以多選擇帶消極意義或貶義的形容詞、動詞，如"有點兒糊塗"；"一點兒"沒有這種限制。

【點子】diǎnzi ①液體的小滴◇雨點子。②小的痕跡◇衣服上沾了墨點子。③要害；關鍵◇話沒說到點子上。④辦法；主意◇就數他鬼點子多。⑤方言。表示少量、一些◇小毛病，弄點子藥吃吃就好了。

【點火】diǎnhuǒ ①引火使燃燒◇點火做飯。②比喻挑起是非，製造事端◇煽風點火。

【點心】〈一〉diǎnxin 正餐以外所吃的食品，如糕餅之類。

〈二〉diǎnxīn 方言。稍微吃一些東西解餓◇先點心一下再說吧。

【點卯】diǎnmǎo 舊時指官廳每天卯時查點到班人員。泛指點名。同 畫卯。

【點破】diǎnpò 說穿；拆穿◇一句話就點破了她的心事。

【點評】diǎnpíng ①圈點評論◇請專家點評。②點評的講話或文章◇寫一篇點評。

【點滴】diǎndī ①一點一滴。形容細小零星◇點滴經驗｜點滴體會。②細小零星的事物。多用於文章標題◇足球賽事點滴。

【點綴】diǎnzhuì ①裝飾或襯托使更好看◇花園四周點綴着五顏六色的彩燈。②裝點門面；應景◇請顧問不是為了點綴。③作為點綴或應景的東西◇這只是一種點綴。

【點播】diǎnbō ①一種播種方法。每隔一定距離挖一小坑，放入種子。②請電台播放歌曲◇歡迎聽眾點播。

【點撥】diǎnbō 指點，指出要害或關鍵之處◇經你一點撥，我就明白了。

【點墨】diǎnmò 比喻極少的學識◇胸無點墨。

【點題】diǎntí 用扼要的話揭示說話或作文的中心意思◇文章點題很巧妙。

【點讚】 diǎnzàn ① 用手機、電腦等在網絡社交媒體上瀏覽貼文時，點擊“讚”的標記表示稱讚。② 泛指讚揚、支持◇很多網民都給這位見義勇為的小伙子點讚。

【點頭哈腰】 diǎntóu hāyāo 哈腰，彎腰。形容恭順或過分客氣。

5 **黜** chù (粵)ceot1 出 罷免；革除(官職)◇罷黜百家|廢黜。

【黜斥】 chùchì 革除官職，不予任用。

【黜免】 chùmiǎn 罷免◇黜免官職。(同) 罷黜。

5 **黝** yǒu (粵)jau2 休2 淡黑色◇黝黑。

【黝黑】 yǒuhēi ① 青黑色◇皮膚黝黑。② 黑暗◇窗外一片黝黑。(反) 白淨。

多樣表達：黝黑

青 烏 墨 黔 玄色 烏黑 烏亮 焦黑 烏油油 烏溜溜 玄青 天青

5 **黛** dài (粵)doi6 代 ①青黑色的顏料。古代婦女用以畫眉◇眉黛|粉黛。②青黑色◇黛綠|黛色。

【黛眉】 dàiméi 用青黑色顏料畫的眉。指女子的眉。

【黛綠】 dàilǜ ① 青黑色◇粉白黛綠。② 墨綠色。

多樣表達：黛綠

青 蒼 淡青 蛋青 鴨蛋青 玉色 縹 蟹青 鐵青 暗青 深青 黛色

6 **黠** xiá (粵)hat6 瞎 ①聰慧◇黠慧(聰明機敏)。②狡猾◇狡黠|黠吏。

6 **黟** yī (粵)ji1 衣 ①黑色。②用於地名，如黟縣(在安徽)。

7 **黢** qū (粵)zeot1 卒 黑◇黢黑|黑黢黢。

8 **黨(党)** dǎng (粵)dong2 擋 ①為私利而結成的小集團◇死黨|結黨營私。②偏袒◇無偏無黨。③政黨◇黨員|黨章。④親族◇父黨|妻黨。

【黨羽】 dǎngyǔ 集團首領下面的追隨者。含貶義。

【黨風】 dǎngfēng 一個政黨的作風。

【黨派】 dǎngpài ① 各政黨的統稱。② 同一政黨中的不同派別。

【黨魁】 dǎngkuí 政黨的首領。

【黨同伐異】 dǎngtóng fáyì 同自己的理念、宗旨一樣的，就袒護推許，不一樣的就攻擊撻伐。

8 **黥** qíng (粵)king4 鯨 ①古代一種刑罰。在犯人臉上刺字並塗墨染黑。也叫墨刑。②在身上刺文字、花紋或圖案，並塗上顏色。也叫文身。

8 **黦** yuè (粵)jyut3 乙 黃黑色。

8 **黧** lí (粵)lai4 黎 黑裏帶黃的顏色◇面目黧黑。

9 **黮** dǎn (粵)taam2 貪2 黑色。

【黮暗】 dǎn'àn ① 形容黑暗無光。② 形容社會黑暗腐敗。

9 **黯** àn (粵)am2/ngam2 暗2 ①昏暗；暗淡◇黯淡|陰黯。②沮喪；消沉◇神色黯然。

【黯淡】 àndàn ① 昏暗◇燈光黯淡。(反) 明亮。② 不鮮豔◇色彩黯淡。(反) 鮮明。③ 不光明◇前途黯淡。

【黯然】 ànrán ① 晦暗不明的樣子◇黯然無光|夜色黯然。② 感傷沮喪的樣子◇黯然神傷。

11 **黲(黪)** cǎn (粵)caam2 慘 灰黑色。

11 **黴(霉)** méi (粵)mei4 微 黴菌。

【黴菌】 méijūn 真菌的一種，用孢子繁殖，種類很多，如天氣濕熱時衣物上長的黑黴，製造青黴素的青黴，手癬、腳癬等皮膚病的病原體。

14 **黶(黡)** yǎn (粵)jim2 掩 ①黑痣。②黑；黑色痕跡。

15 **黷(黩)** dú (粵)duk6 獨 ①輕慢；褻瀆◇黷而不敬。②濫用◇窮兵黷武。

黹部

0 **黹** zhǐ (粵)zi2 只 縫紉；刺繡◇針黹。

5 **黻** fú 粵fat1 忽 古代禮服上繡的青黑相間的花紋。

7 **黼** fǔ 粵fu2 苦 古代禮服上繡的黑白相間的斧形花紋。

【黼黻】fǔfú 古代禮服上所繡的花紋。黑白相間叫黼，青黑相間叫黻。

黽部

0 **黽（黾）**〈一〉mǐn 粵man5 敏 見"黽勉"。〈二〉miǎn 粵min5 免 多用於地名，如黽池（在河南），也作"澠池"。

【黽勉】mǐnmiǎn 勉力，勤奮盡力◇黽勉從事。同 勤勉。

4 **黿（鼋）** yuán 粵jyun4 元 大鱉，爬行動物。吻短，背甲近圓形，頭上有小疣，生活在水中。俗稱"癩頭黿"。

11 **鼇（鳌）〔鰲〕** áo 粵ngou4 遨 傳說中海裏的大龜和大鱉。

【鼇頭】áotóu 唐宋時皇宮大殿前階正中石板上鐫刻的大鼇頭像。科舉考試所錄取的進士，唯有狀元才可站在鼇頭那裏，後代稱狀元或第一名◇獨佔鼇頭。

11 **鼈（鳖）〔鱉〕** biē 粵bit3 別3 爬行動物。形狀像龜，背上有軟皮，四周有軟邊。生活在淡水中。俗稱甲魚、團魚、王八。

12 **鼉（鼍）** tuó 粵to4 駝 爬行動物。體長二米多，背部、尾部有鱗甲，是鱷魚的一種。產於長江一帶，為中國特產。也稱揚子鱷、鼉龍、豬婆龍。

鼎部

0 **鼎** dǐng 粵ding2 丁2 ①古代烹煮用的器物。圓形，三足兩耳，也有長方四足的。②古代用鼎作為傳國的寶器。後用以比喻王位、帝業、國家◇問鼎｜定鼎。③比喻三方並峙◇鼎立｜鼎足之勢。④大；盛大◇鼎力相助｜大名鼎鼎。⑤更新◇鼎新。⑥正在；正當◇鼎盛。

【鼎力】dǐnglì 敬辭。大力，表示請託或感謝時用◇多蒙鼎力協助｜懇請鼎力支持。

【鼎立】dǐnglì 三方面像鼎的三條腿對峙◇形成鼎立之勢｜三國鼎立。

【鼎足】dǐngzú 鼎有三足，比喻三方面並立的局勢◇魏、蜀、吳三分天下，勢成鼎足。

【鼎沸】dǐngfèi 像鼎裏煮開的水沸騰一樣。形容喧鬧、嘈雜◇人聲鼎沸。

【鼎革】dǐnggé 指改朝換代或重大改革。

【鼎峙】dǐngzhì 鼎立，三方對立。

【鼎盛】dǐngshèng 正當興盛或強壯◇鼎盛時期。

【鼎鼎】dǐngdǐng 顯赫；盛大◇大名鼎鼎。

【鼎新】dǐngxīn 革新，更新◇革故鼎新。

【鼎鑊】dǐnghuò ①鼎和鑊。古代兩種烹煮器。②古代用鼎鑊烹人的酷刑。

2 **鼐** nài 粵naai5 乃 大鼎。

3 **鼒** zī 粵zi1 之 口小的鼎。

鼓部

0 **鼓** gǔ 粵gu2 古 ①打擊樂器。多為圓桶形或扁圓形，一面或兩面蒙着皮革，中空◇銅鼓｜敲鑼打鼓。②鼓聲◇鑼鼓喧天。③擊鼓◇一鼓作氣。④敲、彈或拍打使樂器或東西發出聲響◇鼓琴｜鼓掌。⑤形狀、作用、聲音像鼓的◇石鼓｜耳鼓｜蛙鼓。⑥用風箱等扇（風）◇鼓風。⑦激發；振奮◇鼓勵｜鼓足勇氣。⑧凸起◇鼓着嘴｜書包裝得鼓起來。⑨形容凸起◇口袋鼓鼓的。

【鼓舌】gǔshé 賣弄脣舌。形容花言巧語或詭辯◇搖脣鼓舌。

【鼓吹】gǔchuī ①宣揚；宣傳提倡◇鼓吹改革｜鼓吹發展實體經濟。②吹噓◇竭力鼓吹自己。

【鼓角】gǔjiǎo 戰鼓和號角。古代軍隊內用以報時和發號施令。

【鼓動】gǔdòng ① 抖動；顫動◇鼓動雙翅｜生命的脈搏在鼓動。② 用語言、文字等激發人們的情緒，使人們行動起來◇宣傳鼓動｜鼓動羣眾反抗。③ 煽動◇暗中鼓動鬧學潮。

【鼓掌】gǔzhǎng 拍手，多表示高興、贊成或歡迎◇熱烈鼓掌｜大家鼓掌歡迎。

【鼓舞】gǔwǔ ① 振作；興奮◇令人鼓舞｜歡欣鼓舞。② 使振作和興奮◇鼓舞鬥志｜受到鼓舞。

【鼓樓】gǔlóu 古代城市中放置巨鼓的樓，在樓內按時擊鼓，向全城報告時辰。

【鼓樂】gǔyuè 敲鼓和奏樂的聲音◇鼓樂喧天｜鼓樂齊鳴。

【鼓噪】gǔzào ① 古人出戰時為造聲勢而擊鼓吶喊，稱作鼓噪。② 喧嚷吵鬧◇一羣人在場地上鼓噪。

【鼓勵】gǔlì 激發和勉勵◇相互鼓勵｜鼓勵學生大膽嘗試。同 激勵。

5 **鼕**（冬）dōng 粵dung^{1}冬 象聲詞。形容敲鼓或敲門的聲音◇鼕鼕鼕，敲了三下門。

6 **鼗** táo 粵tou^{4}途 一種長柄鼓，鼓身兩旁繫有短繩，上拴圓球，轉動鼓柄，繩子帶動圓球敲擊鼓身發出響聲。俗稱"撥浪鼓"。

8 **鼙** pí 粵pei^{4}皮 古代軍中用的一種小鼓◇鼙鼓。

12 **鼟** tēng 粵tang^{1}滕^{1} 象聲詞。形容鼓聲◇鼓聲鼟鼟。

鼠部

0 **鼠** shǔ 粵syu^{2}暑 哺乳動物。種類很多，一般身體小，尾巴長。吃糧食，咬壞衣物，能傳播鼠疫等疾病，為害很大。通稱"老鼠"，也叫"耗子"。

【鼠標】shǔbiāo 鼠標器，可以用來控制顯示器上光標的位置，點擊上面的鍵，可以對電腦進行操作。

【鼠輩】shǔbèi 比喻微不足道的人。多用於罵人◇無名鼠輩。

【鼠竄】shǔcuàn 像老鼠一樣驚慌逃竄◇抱頭鼠竄。

【鼠目寸光】shǔmùcùnguāng 比喻眼光短淺，缺乏遠見。同 井蛙之見 反 高瞻遠矚。

【鼠竊狗偷】shǔqiè gǒutōu ① 小的偷盜或擾亂。② 小的偷盜者。③ 男女間的不正當行為。④ 比喻見不得人或委瑣卑微。

4 **鼢** fén 粵fan^{4}墳 鼢鼠，哺乳動物。尾短眼小，多為灰褐色，生活在田野裏，在地下打洞，吃植物的根、地下莖和嫩芽，危害農作物。也叫"盲鼠""地羊"。

5 **鼫** shí 粵sek^{6}石 古書上説的一種外形似兔的鼠類。能飛、能爬、能游、能跑、能藏，故又叫"五技鼠"。

5 **鼥** bá 粵bat^{6}拔 見"鼧鼥"。

5 **鼬** yòu 粵jau^{6}右 哺乳動物。身體細長，四肢短小，尾較粗，耳小而圓，脣有鬚。常見的有香鼬、黃鼬、白鼬、雪鼬等。

5 **鼪** shēng 粵sang^{1}生 鼬鼠。俗稱"黃鼠狼"。

5 **鼩** qú 粵keoi^{4}渠【鼩鼱】qújīng 小型哺乳動物。外形像鼠，尾短，吻部細而尖，生活在山林中，捕食蟲類，也吃植物種子和穀物。

5 **鼧** tuó 粵to^{4}駝【鼧鼥】tuóbá 即旱獺。哺乳動物。身體粗壯，全身灰黃色，頭闊耳小，前肢的爪發達，善掘土。成羣穴居，以植物為食。又叫"土撥鼠"。

7 **鼯** wú 粵ng^{4}吳 鼯鼠，哺乳動物。像松鼠，尾長，前後肢之間有薄膜，能藉此從高處向下滑翔。生活在高山森林中，晝伏夜出。

8 **鼱** jīng 粵zing^{1}精 見"鼩鼱"。

10 **鼹**〔鼴〕yǎn 粵jin^{2}演 鼹鼠，哺乳動物。外形像老鼠，毛黑褐色，頭尖，吻長，眼小，有利爪，善掘土。捕食昆蟲，也吃植物的根，對農作物有害。

10 **鼷** xī 粵hai^{4}奚 鼷鼠，常見的小家鼠。毛灰褐色，吻尖而長，耳大，尾巴細長，能傳播鼠疫。

鼻部

0 **鼻** bí 粵bei6 備 ①鼻子，人和高等動物呼吸和聞氣味的器官。②器物上凸起或有孔的部分◇門鼻兒|針鼻兒。③開端的；創始的◇鼻祖。

【鼻祖】bízǔ 始祖。比喻創始人◇開山鼻祖。

【鼻息】bíxī ① 由鼻腔出入的氣息◇仰人鼻息。② 指鼾聲◇鼻息如雷。

【鼻衄】bínù 鼻子出血。多因鼻外傷、黏膜過度乾燥等引起。

【鼻煙】bíyān 從鼻孔吸入的一種粉末狀的煙◇鼻煙壺。

2 **鼽** qiú 粵kau4 求 鼻子堵塞不通。

3 **鼾** hān 粵hon4 寒 睡着時粗重的呼吸聲。俗稱打呼嚕◇打鼾|鼾聲如雷。

【鼾睡】hānshuì 熟睡並打呼嚕。

5 **齁** hōu 粵hau1 口1 ①鼾聲。②食物太鹹或太甜，使喉嚨不舒服◇甜得齁人。③方言。很；非常◇齁冷|齁累。

10 **齆** wèng 粵ung3/ngung3 甕【齆鼻】wèngbí ①鼻孔阻塞，發音不清。②指齆鼻的人。

11 **齇〔皻〕** zhā 粵zaa1 渣 鼻子上的紅疱。有齇的鼻子俗稱酒渣鼻、酒糟鼻。

22 **齉** nàng 粵nong6 囊6 鼻塞不通，發音不清◇受了涼，鼻子發齉。

【齉鼻兒】nàngbír ① 因鼻塞而發音不清◇感冒了，說話有點齉鼻兒。② 指說話時鼻音特別重的人。

齊部

0 **齊（齐）** ⟨一⟩qí 粵cai4 妻4 ①整齊，長短、大小差不多◇參差不齊|排得很齊。②平，高低一樣◇舉案齊眉|齊腰深的水。③一致◇人心齊，泰山移。④一同；都◇齊唱|百花齊放。⑤完備；全◇齊備|人到齊了。⑥跟某一線或點取齊◇齊着這根線剪|齊着根割斷。⑦周代諸侯國名。在今山東及河北東南部。春秋時曾為霸主，戰國時為七雄之一，後被秦所滅。⑧朝代名。指南北朝時的南齊（公元479–502）和北齊（公元550–577）。⑨姓。

⟨二⟩jì 粵zai1 擠 同"劑"。

【齊心】qíxīn 心思、想法一致◇齊心合力|上下齊心。同 同心 反 貳心。

【齊全】qíquán（物品等）應有盡有◇品類齊全|設備齊全。同 齊備 反 殘缺。

【齊備】qíbèi 齊全◇貨色齊備。同 完備。

【齊楚】qíchǔ ① 整齊美觀。多指服裝◇衣冠齊楚|打扮齊楚。② 齊備；齊全。

【齊整】qízhěng ① 整齊；不雜亂◇一列樹木生長齊整。② 端正；漂亮◇相貌端莊齊整。

【齊聲】qíshēng 一齊發出同樣的聲音◇齊聲歌唱|齊聲朗讀。

【齊大非偶】qídàfēi'ǒu《左傳·桓公六年》載："齊侯欲以文姜妻鄭大子忽，大子忽辭。人問其故，大子曰：'人各有偶，齊大，非吾偶也。'"後以此作為拒婚的委婉說法，表示自己門第低微，高攀不起。

【齊頭並進】qítóubìngjìn 形容不分先後一同前進或同時進行◇三項配套工程齊頭並進。

3 **齋（斋）** zhāi 粵zaai1 債1 ①齋戒◇齋室|齋日。②佛教和道教徒所吃的素食◇吃齋。③供奉神佛的食品◇齋供|齋品|齋果。④施捨飲食給僧、道或窮苦人◇齋僧|齋給流浪兒一碗飯。⑤房屋。常用作書房、商店等的名稱◇書齋|五芳齋|榮寶齋。

【齋公】zhāigōng ① 對僧道的尊稱。② 指寺廟中管香火的人。③ 指吃素的人。

【齋戒】zhāijiè ① 古時祭祀前沐浴更衣、吃素、戒除嗜慾，以表示虔誠。② 伊斯蘭教規定，每年在該教教曆九月份，白天禁食，全月禁絕房事。

【齋食】zhāishí ① 齋戒時的飲食。② 泛指供僧道等吃的素食。

【齋飯】zhāifàn ① 佈施給僧尼的飯食。② 寺廟裏的素食。

【齋醮】zhāijiào 僧道設壇祈禱，替人求福或超度亡靈。同 打醮。

7 **齎（赍）** jī 粵zai¹ 擠 ①懷着；抱着◇齎志而歿（志未遂而死去）。②把東西送給人。

【齎恨】 jīhèn 抱恨◇齎恨而亡｜機遇若失，將齎恨終身。

【齎賞】 jīshǎng 賞賜。

9 **齏（齑）** jī 粵zai¹ 擠 ①薑、蒜或韭菜碎末製成的調味品。②細碎的◇齏粉。

【齏粉】 jīfěn 粉末；細粉◇碾為齏粉。

齒部

0 **齒（齿）** chǐ 粵ci² 此 ①牙，牙齒◇恆齒｜脣齒相依｜咬牙切齒。②像牙齒一樣整齊排列的東西◇鋸齒｜梳齒。③帶齒的◇齒輪。④並列；引為同類◇不齒於人類。⑤指人的年齡◇年齒｜序齒｜沒齒不忘。⑥說到；提起◇為人所不齒。

【齒冷】 chǐlěng 恥笑。笑時張口，牙齒會感到涼，故稱◇所作所為令人齒冷！

【齒數】 chǐshǔ 提及。常與"不"連用◇區區小事，不足齒數。

2 **齔（龀）** chèn 粵can³ 趁 換牙。兒童乳齒脫落，長出恆齒。

3 **齕（龁）** hé 粵hat⁶ 瞎 咬。

4 **齗（龂）** yín 粵ngan⁴ 銀 ①同"齦"。②齗齗，形容爭辯。

4 **齘（齘）** xiè 粵haai⁶ 械 ①牙齒相磨。②參差不密合。

5 **齟（龃）** jǔ 粵zeoi² 咀【齟齬】jǔyǔ 上下牙齒對不齊。比喻互相抵觸，意見不一◇合作久了，雙方不免發生齟齬。

5 **齡（龄）** líng 粵ling⁴ 零 ①歲數◇年齡｜百歲高齡。②年數◇工齡｜樹齡。③生物學上指動植物生長期所劃分的階段◇一齡蟲｜七葉齡。

5 **齣（出）** chū 粵ceot¹ 出 戲劇的一個獨立劇目或一個段落◇看了一齣戲。

5 **齙（龅）** bāo 粵baau⁶ 爆⁶ 齙牙，突出嘴脣外的牙齒。

5 **齠（龆）** tiáo 粵tiu⁴ 條 ①兒童換牙。②幼；年幼◇齠年｜齠男稚女。

6 **齧（啮）** niè 粵jit⁶ 熱 ①（鼠、兔等）用牙咬或啃。②侵蝕。③缺口。

6 **齜（龇）** zī 粵zi¹ 之 張嘴露出牙齒◇齜牙咧嘴。

6 **齦（龈）〔齗〕** yín 粵ngan⁴ 銀 包住牙根的肉，牙牀◇牙齦。

7 **齬（龉）** yǔ 粵jyu⁵ 雨 見"齟齬"。

7 **齪（龊）** chuò 粵cuk¹ 速 見"齷齪"。

8 **齰（齰）** zé 粵zaak⁶ 擇 咬。

8 **齮（齮）** yǐ 粵ji² 椅 咬◇齮齕。

【齮齕】 yǐhé ① 咬；啃。② 忌恨；傾軋。

8 **齯（齯）** ní 粵ngai⁴ 危 老年人牙齒落盡後重生的細齒，古時作為長壽的象徵。

9 **齲（龋）** qǔ 粵geoi² 舉 牙齒被蛀而形成空洞或缺損。

【齲齒】 qǔchǐ ① 牙齒發生腐蝕病變，破壞琺瑯質，形成空洞。② 指發生腐蝕病變的牙齒。俗稱蛀牙。

9 **齷（龌）** wò 粵ak¹厄 /ngak¹握【齷齪】wòchuò ①不乾淨；骯髒◇衣着齷齪。②比喻人品卑劣◇卑鄙齷齪。

13 **齼（齼）** chǔ 粵co² 楚 牙齒痠痛。

龍部

0 **龍（龙）** lóng 粵lung⁴ 隆 ①古代傳說中的一種神異動物。身長，有角、有鱗、有腳，能飛、能走，能興雲降雨◇龍騰虎躍｜畫龍點睛。②古代象徵帝王及帝王使用的東西◇龍顏｜龍袍。③形狀像龍或裝飾着龍的圖案的◇水

龍|龍燈|龍舟。④稱曾在地球存在過的巨大爬行動物，如恐龍。⑤比喻出眾的人◇望子成龍。⑥姓。

【龍王】lóngwáng 神話傳説中統領水中魚蝦等水族的王。主管興雲降雨，古代天旱時人們向龍王求雨。

【龍舟】lóngzhōu 龍船◇龍舟競渡|乘龍舟遊西湖。

【龍套】lóngtào ①戲曲演出中成羣的隨從或兵卒所穿的戲裝。因繡有龍紋而得名。②穿龍套的演員；無關緊要的角色◇跑龍套。

【龍宮】lónggōng 神話傳説中龍王住的水下宮殿。

【龍袍】lóngpáo 皇帝的朝服。上面繡有龍形圖案。

【龍船】lóngchuán 裝飾成龍形的船。中國許多地方端午節舉行划龍船比賽。

【龍頭】lóngtóu ①自來水管或其他液體容器上的放水活門◇關好水龍頭。②自行車的車把◇把穩龍頭。③比喻帶頭的、起主導作用的◇龍頭企業|龍頭產品。④方言。江湖上稱幫會首領◇龍頭老大。

【龍燈】lóngdēng 民間舞蹈用具。用布或紙做成的龍形的燈，燈架由許多環節構成，每節下面有一根棍子。表演時每人手持一棍同時舞動，形成一條飛舞的龍，一般用鑼鼓配合。

【龍鍾】lóngzhōng ①形容衰老、行動遲緩不靈便◇老態龍鍾。②形容流淚沾濕的樣子◇老淚龍鍾。

【龍飛鳳舞】lóngfēi fèngwǔ ①形容山勢蜿蜒起伏，氣勢奔放。②形容書法筆勢矯健，活躍舒展。

【龍馬精神】lóngmǎjīngshén 唐代李郢《上裴晉公》詩："四朝憂國鬢成絲，龍馬精神海鶴姿。"龍馬，古代傳説中的神馬。比喻人精神非常健旺，騰騰向上。

【龍盤虎踞】lóngpán hǔjù 地形像虎蹲着，龍盤着。形容地勢雄偉險要。

【龍潭虎穴】lóngtán hǔxué 龍、虎藏身的處所。比喻危險的境地。

4 **龑**（龑）yǎn 粵jim^2 掩 五代時南漢劉龑為自己名字造的字。

6 **龕**（龛）kān 粵ham^1 堪 供奉佛、神或祖先的小閣子或石室。◇佛龕|神龕|石龕。

6 **龔**（龚）gōng 粵gung^1 工 姓。

龠部

0 **龠** yuè 粵joek^6 若 ①古代一種管樂器。形狀像笛子。②古代容積單位，相當於半合。

5 **龢** hé 粵wo^4 禾 ①同"和"。②春秋晉國地名。

龜部

0 **龜**（龟）〈一〉guī 粵gwai^1 歸 爬行動物。體形長圓而扁，腹背都有硬甲，頭、尾和四肢能縮入甲殼內。多生活在水邊，常見的有烏龜、海龜。

〈二〉jūn 粵gwan^1 軍 同"皸"。皮膚因受凍或乾燥而裂開◇龜裂。

〈三〉qiū 粵gau^1 溝 見"龜茲"。

【龜甲】guījiǎ 烏龜的硬殼。古人用來占卜；中醫可入藥。

【龜茲】qiūcí 古代西域國名。在今新疆庫車縣一帶。

【龜縮】guīsuō 像烏龜那樣把頭縮到甲殼裏。比喻人膽怯退縮◇守敵龜縮在地堡裏。

【龜鶴】guīhè 古人認為龜和鶴都是長壽的靈物，用以比喻長壽◇龜鶴遐齡|龜鶴遐年。

【龜鑒】guījiàn 用龜甲占卜，用鏡照。比喻借鑒◇可資龜鑒|以歷史為龜鑒。㊐ 鑒戒、鏡鑒。

附錄一

漢語拼音方案

(附國語注音字母)

一、字母表							
字母 名稱	Aa ㄚ	Bb ㄅㄝ	Cc ㄘㄝ	Dd ㄉㄝ	Ee ㄜ	Ff ㄝㄈ	Gg ㄍㄝ
	Hh ㄏㄚ	Ii ㄧ	Jj ㄐㄧㄝ	Kk ㄎㄝ	Ll ㄝㄌ	Mm ㄝㄇ	Nn ㄋㄝ
	Oo ㄛ	Pp ㄆㄝ	Qq ㄑㄧㄡ	Rr ㄚㄦ	Ss ㄝㄙ	Tt ㄊㄝ	
	Uu ㄨ	Vv ㄪㄝ	Ww ㄨㄚ	Xx ㄒㄧ	Yy ㄧㄚ	Zz ㄗㄝ	

v只用來拼寫外來語、少數民族語言和方言。
字母的手寫體依照拉丁字母的一般書寫習慣。

二、聲母表							
b ㄅ玻	p ㄆ坡	m ㄇ摸	f ㄈ佛	d ㄉ得	t ㄊ特	n ㄋ訥	l ㄌ勒
g ㄍ哥	k ㄎ科	h ㄏ喝		j ㄐ基	q ㄑ欺	x ㄒ希	
zh ㄓ知	ch ㄔ蚩	sh ㄕ詩	r ㄖ日	z ㄗ資	c ㄘ雌	s ㄙ思	

在給漢字注音的時候，為了使拼式簡短，zh ch sh 可以省作 ẑ ĉ ŝ。

三、韻母表			
	i ㄧ　衣	u ㄨ　烏	ü ㄩ　迂
a ㄚ　啊	ia ㄧㄚ　呀	ua ㄨㄚ　蛙	
o ㄛ　喔		uo ㄨㄛ　窩	
e ㄜ　鵝	ie ㄧㄝ　耶		üe ㄩㄝ　約
ai ㄞ　哀		uai ㄨㄞ　歪	
ei ㄟ　欸		uei ㄨㄟ　威	
ao ㄠ　熬	iao ㄧㄠ　腰		
ou ㄡ　歐	iou ㄧㄡ　憂		
an ㄢ　安	ian ㄧㄢ　煙	uan ㄨㄢ　彎	üan ㄩㄢ　冤
en ㄣ　恩	in ㄧㄣ　因	uen ㄨㄣ　溫	ün ㄩㄣ　暈
ang ㄤ　昂	iang ㄧㄤ　央	uang ㄨㄤ　汪	
eng ㄥ　亨的韻母	ing ㄧㄥ　英	ueng ㄨㄥ　翁	
ong （ㄨㄥ）轟的韻母	iong ㄩㄥ　雍		

(1) “知、蚩、詩、日、資、雌、思”等七個音節的韻母用 i，即：知、蚩、詩、日、資、雌、思等字拼作 zhi，chi，shi，ri，zi，ci，si。

(2) 韻母ㄦ寫成 er，用作韻尾的時候寫成 r。例如：“兒童”拼作 ertong，“花兒”拼作 huar。

(3) 韻母ㄝ單用的時候寫成 ê。

(4) i 行韻母，前面沒有聲母時，寫成：yi(衣)，ya(呀)，ye(耶)，yao(腰)，you(憂)，yan(煙)，yin(因)，yang(央)，ying(英)，yong(雍)。

u 行韻母，前面沒有聲母時，寫成：wu(烏)，wa(蛙)，wo(窩)，wai(歪)，wei(威)，wan(彎)，wen(溫)，wang(汪)，weng(翁)。

ü 行韻母，前面沒有聲母時，寫成：yu(迂)，yue(約)，yuan(冤)，yun(暈)；ü 上面兩點省略。

ü 行韻母，跟聲母 j，q，x 拼時，寫成：ju(居)，qu(區)，xu(虛)，ü 上面兩點也省略；但跟聲母 n，l 拼時，寫成：nü(女)，lü(呂)。

(5) iou，uei，uen 前面加聲母時，寫成：iu，ui，un，例如 niu(牛)，gui(歸)，lun(論)。

(6) 在給漢字注音時，為了使拼式簡短，ng 可以省作 ŋ。

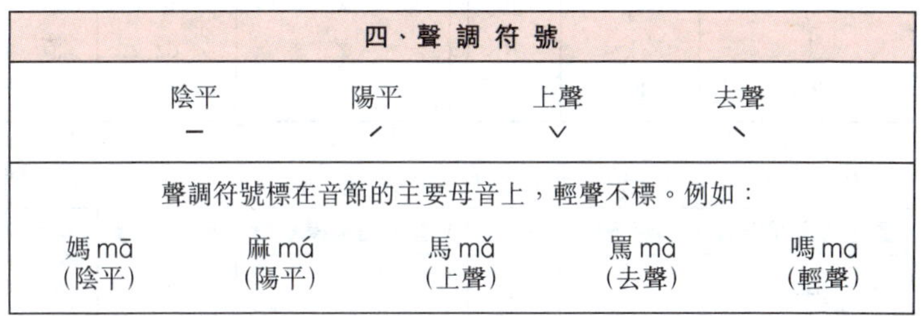

四、聲調符號

陰平	陽平	上聲	去聲
ˉ	ˊ	ˇ	ˋ

聲調符號標在音節的主要母音上，輕聲不標。例如：

媽 mā	麻 má	馬 mǎ	罵 mà	嗎 ma
(陰平)	(陽平)	(上聲)	(去聲)	(輕聲)

五、隔音符號

a，o，e 開頭的音節連接在其他音節後面的時候，如果音節的界限發生混淆，用隔音符號(’)隔開，例如：pi’ao(皮襖)。

附錄二

廣州話注音與國際音標對照表

本詞典採用香港語言學學會的注音系統為字頭標注廣州音。

一、聲母對照表					
香港語言學學會	國際音標	例字	香港語言學學會	國際音標	例字
b	b	巴	l	l	啦
c	ts	叉	m	m	媽
d	d	打	n	n	拿
f	f	花	ng	ŋ	牙
g	g	家	p	p	怕
gw	gw	瓜	s	s	沙
h	h	蝦	t	t	他
j	j	也	w	w	蛙
k	k	卡	z	dz	渣
kw	kw	誇			

二、韻母對照表					
香港語言學學會	國際音標	例字	香港語言學學會	國際音標	例字
aa	a	巴	au	ɐu	收
aai	ai	佳	am	ɐm	金
aau	au	交	an	ɐn	根
aam	am	函	ang	ɐŋ	耿
aan	an	晏	ap	ɐp	汁
aang	aŋ	坑	at	ɐt	疾
aap	ap	鴨	ak	ɐk	得
aat	at	壓	e	ɛ	借
aak	ak	百	ei	ei	悲
ai	ɐi	溪	eng	ɛŋ	鏡

二、韻母對照表

香港語言學學會	國際音標	例字
ek	ɛk	隻
i	i	似
iu	iu	耀
im	im	點
in	in	年
ing	iŋ	英
ip	ip	葉
it	it	列
ik	ik	力
o	ɔ	破
oi	ɔi	開
ou	ou	母
on	ɔn	安
ong	ɔŋ	方
ot	ɔt	割
ok	ɔk	國
u	u	烏
ui	ui	灰
un	un	碗
ung	uŋ	夢
ut	ut	活
uk	uk	曲
oe	œ	靴
oeng	œŋ	香
oek	œk	約
eoi	œy	女
eon	œn	春
eot	œt	律
yu	y	書
yun	yn	村
yut	yt	月
m	m̩	唔
ng	ŋ̍	五

三、聲調表

聲調	符號	例字	拼寫
陰平	1	詩	si^{1}
陰上	2	史	si^{2}
陰去	3	試	si^{3}
陽平	4	時	si^{4}
陽上	5	市	si^{5}
陽去	6	事	si^{6}
陰入	1	色	sik^{1}
中入	3	錫	sik^{3}
陽入	6	食	sik^{6}

附錄三

中國歷史朝代公元對照簡表

朝代／時代			年代
夏			約前 21 世紀－約前 16 世紀
商			約前 16 世紀－約前 11 世紀
周	西周		約前 11 世紀－前 771
	東周 春秋時代 戰國時代[1]		前 770－前 256 前 770－前 476 前 475－前 221
秦			前 221－前 206
漢	西漢[2]		前 206－公元 23
	東漢		25－220
三國	魏		220－265
	蜀		221－263
	吳		222－280
西晉			265－317
東晉 十六國	東晉		317－420
	十六國[3]		304－439
南北朝	南朝	宋	420－479
		齊	479－502
		梁	502－557
		陳	557－589
	北朝	北魏	386－534
		東魏	534－550
		北齊	550－577
		西魏	535－556
		北周	557－581

朝代／時代		年代
隋		581－618
唐		618－907
五代十國	後梁	907－923
	後唐	923－936
	後晉	936－946
	後漢	947－950
	後周	951－960
	十國❹	902－979
宋	北宋	960－1127
	南宋	1127－1279
遼		907－1125
西夏		1032－1227
金		1115－1234
元		1279－1368
明		1368－1644
清		1644－1911
中華民國		1912－1949
中華人民共和國		1949年10月1日成立

附註：❶這時期，主要有秦、魏、韓、趙、楚、燕、齊等國。

❷包括王莽建立的"新"王朝（公元9年－23年）。王莽時期，爆發大規模的農民起義，建立了農民政權。公元23年，新莽王朝滅亡。公元25年，東漢王朝建立。

❸這時期，在中國北方，先後存在過一些封建政權，其中有：漢（前趙）、成（成漢）、前涼、後趙（魏）、前燕、前秦、後燕、後秦、西秦、後涼、南涼、北涼、南燕、西涼、北燕、夏等國，歷史上叫做"十六國"。

❹這時期，除後梁、後唐、後晉、後漢、後周外，還先後存在過一些封建政權，其中有：吳、前蜀、吳越、楚、閩、南漢、荊南（南平）、後蜀、南唐、北漢等國，歷史上叫做"十國"。

附錄四

常用文言虛詞簡表

虛詞	詞性	說明	例句（附譯文）
乃	副詞	1. 可譯為“於是”、“才”、“這才”、“就”。	秦王恐其破璧，乃辭謝。（《史記・廉頗藺相如列傳》）——秦王擔心他把玉璧撞破，於是婉言道歉。
		2. 相當於“竟”。	劉表治水軍，蒙衝鬥艦乃以千數。（《資治通鑑・赤壁之戰》）——劉表訓練水軍，蒙着牛皮的戰船竟以千艘計算。
		3. 相當於“只”、“僅僅”。	羽復引而東，至東城，乃有二十八騎。（《史記・項羽本紀》）——項羽又率領殘兵往東，到東城，只剩二十八名騎兵。
		4. 相當於“是”。	若事之不濟，此乃天也！（《資治通鑑・赤壁之戰》）——如果事業不能成功，這是天意呵！
	人稱代詞	可譯為“你”、“你們”。	家祭無忘告乃翁。（陸游《示兒》）——祭祖時不要忘記把這件事稟告你的父親。
也	語氣詞	1. 表示判斷的語氣。	師者，所以傳道受業解惑也。（韓愈《師說》）——老師這種人，是用來傳道理、教知識、解答疑難的。
		2. 表示確認的語氣。	非吾徒也，小子鳴鼓而攻之可也。（《論語・先進》）——（冉有）不是我的學生，你們擂着鼓圍攻他就是了。

虛詞	詞性	說明	例句（附譯文）
也		3. 表示感歎語氣。	先生之恩，生死而肉骨也！(馬中錫《中山狼傳》) —— 先生的恩德，是使死人復活讓白骨長肉啊！
		4. 表示疑問語氣。	弟子何久也？(《史記・西門豹治鄴》) —— 弟子們怎麼去了這麼久呢？ 然則鄉之所謂知者，不乃為大盜積者也？(《莊子・胠篋》) —— 既然這樣，那麼往常所說的智謀，豈不是為大盜作準備嗎？
		5. 表示祈使語氣。	此中人語云："不足為外人道也。"(陶潛《桃花源記》) —— 這裏(桃花源裏)的人說："不必給外邊人講。"
		6. 用在句中，主要表示停頓。	懲山北之塞，出入之迂也，聚室而謀曰……(《列子・愚公移山》) —— 苦於大山的阻塞，出入的迂迴，便集合全家人來商議，說……
夫	指示代詞	略同於"此"、"彼"，可譯為"這"、"這個"、"那"、"那個"。	故為之說，以俟夫觀人風者得焉。(柳宗元《捕蛇者說》) —— 因此寫了這篇文章，以期待那些考察民情的人得到它。
	語氣助詞	1. 用在句首，表示議論的開始，可以不譯。	夫戰，勇氣也。(《左傳・曹劌論戰》) —— 打仗，全憑一股勇氣啊！
		2. 用在句末，表示感歎，可譯為"呀"、"啊"、"吧"。	嗟夫！予嘗求古仁人之心，或異二者之為。(范仲淹《岳陽樓記》) —— 唉呀！我曾經探求古代仁德的人的思想，大致和上面所說的這兩種人的表現是不同的。

虛詞	詞性	說明	例句（附譯文）
之	人稱代詞	1. 可譯為“他”、“她”、“他們”、“它”等。	豹往到鄴，會長老，問之民所疾苦。（《史記·西門豹治鄴》）——西門豹到了鄴縣，召集父老，問他們人民的疾苦是甚麼。
		2. 可活用於稱代自身或對方。	君將哀而生之乎？（柳宗元《捕蛇者說》）——你是要哀憐我，使我活下去嗎？
	指示代詞	相當於“這”、“此”。	均之二策，寧許以負秦曲。（《史記·廉頗藺相如列傳》）——比較這兩種對策，寧可答應（把玉璧給秦國），讓秦國擔負理虧的責任。
	助詞	1. 用在句末，無實義，不必譯出。	公將鼓之。（《左傳·曹劌論戰》）——莊公將要擂起戰鼓。
		2. 相當於“的”。	夫秦王有虎狼之心，殺人如不能舉……（《史記·鴻門宴》）——秦王有虎狼一樣的心，殺人如恐殺不盡……
		3. 用在句中，無實義，可不譯出。	始臣之解牛之時……（《莊子·庖丁解牛》）——開初我宰牛的時候……
以	介詞	1. 可譯為“拿”、“用”、“憑着”等。	翁曰：“以我酌油知之。”（歐陽修《賣油翁》）——老人說：“憑着我倒油的經驗知道這個道理。”
		2. 可譯為“按”；有的可不譯，就用“以”字。	餘船以次俱進。（《資治通鑑·赤壁之戰》）——其餘的船隻按次序前進。

虛詞	詞性	説明	例句（附譯文）
以		3. 可譯為“把”。	秦亦不以城予趙，趙亦終不予秦璧（《史記・廉頗藺相如列傳》）——秦國不把十五座城劃給趙國，趙國終於也不把和氏璧送給秦國。
		4. 可譯為“在”、“於”、“從”。	子厚以元和十四年十一月八日卒，年四十七。（韓愈《柳子厚墓誌銘》）——柳子厚在元和十四年十一月八日死，享年四十七歲。
		5. 可譯為“由於”、“因”、“因為”。	趙王豈以一璧之故欺秦耶？（《史記・廉頗藺相如列傳》）——趙王哪會由於一塊玉璧的緣故欺騙秦國呢？
	連詞	1. 可譯為“而”、“並且”。	夫夷以近則遊者眾，險以遠則至者少。（王安石《遊褒禪山記》）——平坦並且近便的地方遊人就多，艱險並且僻遠的地方到的人就少。
		2. 可譯為“來”、“去”、“為了”等。	又安能發狼蹤以指示夫子之鷹犬也？（馬中錫《中山狼傳》）——又怎麼能發現狼的蹤跡來指給您的獵鷹和獵狗看呢？
		3. 可譯為“以至於”等。	悲夫！有如此之勢而為秦人積威之所劫，日削月割，以趨於亡。（蘇洵《六國論》）——可悲歎呵！有這樣的局面卻被秦國積久的威勢所脅迫，土地一天一天地被削，一月一月地被割，以至於走向滅亡。

虛詞	詞性	説明	例句（附譯文）
以	副詞	通“已”，可譯為“已經”。	卒買魚烹食，得魚腹中書，固以怪之矣。（《史記・陳涉世家》）——士兵們買魚來煮了吃，發現魚肚子裏有寫上字的絹書，本來已經覺得這件事奇怪了。
且	連詞	1. 可譯為“又”、“又……又……”、“既……又……”等。	河水清且漣猗。（《詩經・伐檀》）——河水清清又泛着波紋喲。 先生且喜且愕。（馬中錫《中山狼傳》）——先生又高興又驚訝。 王不行，示趙弱且怯也。（《史記・廉頗藺相如列傳》）——大王要是不去，顯得趙國既弱小又膽怯。
		2. 可譯為“況且”、“而且”。	以君之力，曾不能損魁父之丘，如太行王屋何？且焉置土石？（《列子・愚公移山》）——憑你的氣力，還不能削平魁父這麼一塊小山，能對太行王屋兩座大山怎麼樣呢？況且，那麼多的土石又放到哪裏去呢？
		3. 可譯為“還是”、“或者”。	足下欲助秦攻諸侯乎，且欲率諸侯破秦也？（《史記・酈生陸賈列傳》）——你要幫助秦國進攻諸侯呢，還是要率領諸侯擊敗秦國呢？
	副詞	1. 可譯為“將”、“馬上”。	驢一鳴，虎大駭，遠遁，以為且噬己也。（柳宗元《黔之驢》）——驢子大叫一聲，虎很害怕，跑得遠遠的，以為驢子馬上要吃掉自己了。

虛詞	詞性	說明	例句（附譯文）
且		2. 可譯為“將近”、“約”。	北山愚公者，年且九十。(《列子・愚公移山》) —— 北山愚公，年紀將近九十歲。
		3. 可譯為“暫且”、“姑且”。	存者且偷生，死者長已矣。(杜甫《石壕吏》) —— 活着的暫且活一天算一天，死去的就永遠完了。
		4. 可譯為“尚且”、“還”。	臣死且不避，卮酒安足辭！(《史記・鴻門宴》) —— 我死尚且不怕，一杯酒哪值得推辭！
乎	語氣助詞	1. 表示詢問語氣。可譯為“嗎”、“呢”。	項王曰：“壯士，能復飲乎？”(《史記・鴻門宴》) —— 項王說：“好漢，能再喝酒嗎？”
		2. 表示反詰語氣。可譯為“嗎”、“呢”。	王侯將相寧有種乎？(《史記・陳涉世家》) —— 王侯將相難道是憑血統的嗎？
		3. 表示揣度語氣，兼有感歎意味，可譯為“吧”。	日食飲得無衰乎？(《戰國策・趙策》) —— 這幾天胃口恐怕減少些了吧？
		4. 表示感歎語氣，可譯為“啊”、“呀”。	天乎！吾無罪。(《史記・秦始皇本紀》) —— 天啊！我沒有罪。
		5. 表示祈使語氣，可譯為“吧”。	長鋏歸來乎！出無車！(《戰國策・齊策》) —— 長劍啊！(我們還是)回去吧！這兒出門沒車坐！
		6. 用在句中表示語氣停頓，可譯為“啊”、“呀”。	子曰：“參乎，吾道一以貫之”。(《論語・里仁》) —— 孔子說：“曾參啊！我的學說是用一條原則來貫串它的。”

虛詞	詞性	説明	例句（附譯文）
乎	介詞	用法與介詞“於”基本相同。	
耳	語氣助詞	1. 可譯為“罷了”。	虎因喜，計之曰：“技止此耳！”（柳宗元《黔之驢》）——老虎於是很高興，心裏盤算道：“（驢的）本領只是這樣罷了！”
		2. 表示確認語氣，可以不譯。	今肅可迎降操耳，如將軍不可也。（《資治通鑑・赤壁之戰》）——現在我魯肅去迎接曹操，向他投降，像將軍你可不行啊！
而	連詞	1. 可譯為“又……又”，不必譯出。	吾恂恂而起，視其缶，而吾蛇尚存，則弛然而臥。（柳宗元《捕蛇者説》）——我小心謹慎地起來，看看那個瓦罐，我的蛇還在，就放心地躺下。
		2. 可譯為“而且”。	君子博學而日參省乎己。（《荀子・勸學》）——君子廣博地學習而且天天用學習所得對照和反省自己。
		3. 可譯為“因而”、“便”。	表惡其能而不能用也。（《資治通鑑・赤壁之戰》）——劉表嫉妒他的才能，因而不能任用他。
		4. 可譯為“來”。	籍吏民、封府庫而待將軍。（《史記・鴻門宴》）——登記官吏名單和百姓的戶口，封存財庫和軍械庫來等待將軍你。
		5. 可譯為“卻”、“可是”。	未有封侯之賞，而聽細説，欲誅有功之人。（《史記・鴻門宴》）——沒有封侯的賞賜，卻聽信小人的話，想要殺害有功的人。

虛詞	詞性	説明	例句（附譯文）
因	介詞	1. 可譯為“按照”、“憑藉”。	然後踐華為城，因河為池。(賈誼《過秦論》) —— 然後據守華山作為城垣，憑藉黃河作為防守的城濠。
		2. 可譯為“趁着”。	楚兵罷，食盡，此天亡楚之時也，不如因其機而遂取之。(《史記・項羽本紀》) —— 楚兵疲累，糧食完了，這是老天要滅亡楚霸王的時候啊，不如趁着這機會就攻取它。
		3. 可譯為“通過”、“由”。	廉頗聞之，肉袒負荊，因賓客至藺相如門謝罪。(《史記・廉頗藺相如列傳》) —— 廉頗聽到這話，便脱衣露體，背着荊杖，由門客領到藺相如家請罪。
		4. 可譯為“由於”、“因為”。	振聲激揚，伺者因此覺知。(《後漢書・張衡傳》) —— 振動的聲音激越而傳揚，在旁觀察的人因為這樣便覺察知道。
	副詞	可譯為“於是”、“因而”、“就”。	虎因喜，計之曰：“技止此耳！”因跳踉大㘎，斷其喉，盡其肉，乃去。(柳宗元《黔之驢》) —— 老虎因而高興起來，心裏盤算道：“(它的)本領只不過這樣罷了！”於是跳起來大聲吼叫，咬斷驢子的喉嚨，吃光它的肉，才離開。
安	疑問代詞	1. 可譯為“哪裏”。	沛公安在？(《史記・鴻門宴》) —— 沛公在哪裏？
		2. 可譯為“從哪裏”、“在哪裏”等。	有其書無有？皆安受學？(《史記・扁鵲倉公列傳》) —— 有沒有那種醫書？都是在哪裏學習的？

虛詞	詞性	説明	例句（附譯文）
安		3. 可譯為“怎麼”。	安能辨我是雄雌？（佚名《樂府詩集・木蘭辭》）——怎麼能夠辨別我是男還是女？
	連詞	可譯為“就”、“於是”。	既而皆入其地，王安挺志。（《國語・吳語》）——等到都進人諸侯的國境以後，大王你就可以寬心。
何	疑問代詞	1. 可譯為“哪裏”。	豫州今欲何往？（《資治通鑑・赤壁之戰》）——劉備現在要到哪裏去呢？
		2. 可譯為“甚麼”。	然則何時而樂耶？（范仲淹《岳陽樓記》）——既然這樣，那麼甚麼時候才快樂呢？
		3. 可譯為“為甚麼”。	……而蓄積未及者，何也？（晁錯《論貴粟疏》）——但儲藏的糧食卻趕不上湯禹時代，這是為甚麼呢？
		4. 可譯為“怎麼”、“怎麼這樣”。	何竟日默默在此，大類女郎也？（歸有光《項脊軒誌》）——怎麼整天在這兒默默地不出聲，好像一個姑娘呀？
矣	語氣助詞	1. 用在陳述句末，可譯為“了”、“啦”。	有蔣氏者，專其利三世矣。（柳宗元《捕蛇者説》）——有一個姓蔣的人，獨享這種捕蛇抵賦的好處已經三代了。
		2. 表示感歎語氣，可譯為“啦”。	子固仁者，然愚亦甚矣。（馬中錫《中山狼傳》）——你固然是仁義的人，但愚蠢也太過分啦。

虛詞	詞性	說明	例句（附譯文）
矣		3. 表示祈使語氣，可譯為“吧”，或不譯。	須臾，豹曰：“廷掾起矣。狀河伯留客之久，若皆罷去歸矣。”（《史記・西門豹治鄴》）——一會兒，西門豹說：“廷掾起來吧！看來河伯留客也太久了，你們都散了回去吧！”
者	助詞	1. 相當於“……的人（事）”，或譯為“……的”。	往者不可諫，來者猶可追。（《論語・微子》）——過去的事就算了，今後的事還來得及。 僧富者不能至而貧者至焉。（彭淑珍《為學》）——富的和尚不能到達而窮的和尚卻到達了。
		2. 表示幾種人、幾件事、幾種東西。	此五者，邦之蠹也。（《韓非子・五蠹》）——這五種人，是國家的蛀蟲。
		3. 可譯為“……的樣子”。	然往來視之，覺無異能者。（柳宗元《黔之驢》）——可是走來走去觀察它，覺得好像沒有甚麼特殊能耐的樣子。
	語氣助詞	1. 語首提示，不必譯出。	陳勝者，陽城人也；吳廣者，陽夏人也。（《史記・陳涉世家》）——陳勝是陽城人，吳廣是陽夏人。
		2. 多用在時間詞後面，表示停頓語氣，不必譯出。	今者項莊拔劍舞，其意常在沛公也。（《史記・鴻門宴》）——此刻項莊拔劍起舞，他的目的時刻都在想殺死沛公。
		3. 用在分句的句末，先說明結果，下文點明原因。	吾所以為此者，以先國家之急而後私仇也。（《史記・廉頗藺相如列傳》）——我這樣做的原因，是把國家急務放在前頭，把私人的恩怨放在後頭啊！

虛詞	詞性	説明	例句（附譯文）
者		4. 用在疑問句句末，助表疑問語氣。	於是趙王乃齋戒五日，使臣奉璧，拜送書於庭。何者？嚴大國之威以修敬也。（《史記·廉頗藺相如列傳》）—— 於是趙王便齋戒了五天，派我捧着玉璧，在朝廷上行了大禮送出國書。為了甚麼呢？為的是尊重您大國的威望，表示我們的敬意啊！
其	人稱代詞	可譯為“他（們）的”、“她（們）的”、“它（們）的”。	斷其喉，盡其肉，乃去！（柳宗元《黔之驢》）—— 咬斷它的喉嚨，吃光它的肉，才離開。
	指示代詞	1. 可譯為“那”、“那個”、“這”。	有蔣氏者，專其利三世矣。（柳宗元《捕蛇者説》）—— 有個姓蔣的人家，獨享這種（捕蛇抵賦）好處已經三代了。
		2. 可譯為“其中的……”。	三人行，必有我師：擇其善者而從之，其不善者而改之。（《論語·述而》）—— 三個人同行，一定有我的老師：找出其中品德好的人向他學習，對照其中品德不好的人來改正我自己。
	副詞	1. 可譯為“大概”、“或許”、“可能”。	聖人之所以為聖，愚人之所以為愚，其皆出於此乎？（韓愈《師説》）—— 聖人之所以成為聖人，愚人之所以成為愚人，大概都是由於這個原因吧！
		2. 用同“豈”，可譯為“難道”。	欲加之罪，其無辭乎？（《左傳·僖公十年》）—— 要想加給一個人罪名，難道沒有藉口嗎？
		3. 可譯為“一定”、“應當”等。	吾子其無廢先君之功。（《左傳·隱公三年》）—— 你一定不要廢棄已故國君的功業。

虛詞	詞性	説明	例句（附譯文）
為	介詞	1. 可譯為“替”、“給”。讀若“胃”。	公為我獻之。(《史記・鴻門宴》) —— 你給我送上去。
		2. 相當於“因為”、“為了”、“因此”。讀若“胃”。	始知文章合為時而著，歌詩合為事而作。(白居易《與元九書》) —— 才知道文章應該為了反映時代而著述，詩歌應該為了反映事實而創作。
		3. 可譯為“被”。讀若“圍”。	今不速往，恐為操所先。(《資治通鑑・赤壁之戰》) —— 現在要是不趕快前去，恐怕被曹操搶了先。
		4. 可譯為“跟”、“對”。讀若“胃”。	寡人獨為仲父言，而國人知之，何也？(《韓詩外傳》卷四) —— 我只對你講，國人卻知道了這些話，為甚麼呢？
	語氣助詞	無實義，常與疑問代詞“何”、“焉”配合用，相當“呢”。讀若“圍”。	如今人方為刀俎，我為魚肉，何辭為？(《史記・鴻門宴》) —— 如今人家正是菜刀和砧板，我們乃是等着宰割的魚肉，為甚麼要告辭呢？
豈	副詞	1. 可譯為“難道”、“哪裏”。	趙豈敢留璧而得罪於大王乎？(《史記・廉頗藺相如列傳》) —— 趙國哪裏敢留下玉璧而得罪大王你呢？
		2. 可譯為“是不是”、“也許”等，或不譯出。	先生豈有志於濟物哉？(馬中錫《中山狼傳》) —— 先生是不是有心救助別人呢？
焉	兼詞	1. 相當於“於＋此”。可譯為“從這裏”。	積土成山，風雨興焉。(《荀子・勸學》) —— 積土成為高山，風雨就會從這裏產生。

虛詞	詞性	説明	例句（附譯文）
焉		2. 相當於“於＋何”，可譯為“在哪裏”、“從哪裏”等。	且焉置土石？（《列子・愚公移山》）——況且把土石放在哪裏？
	代詞	1. 相當於“之”字，可譯為“他”、“它”等。	又七年，還自揚州，復到舅家問焉。（王安石《傷仲永》）——過了七年，我從揚州回來，再到舅舅家詢問他（指方仲永）的情況。
		2. 相當於”安”，可譯為“何必”、“怎麼”等。	割雞焉用牛刀？（《論語・陽貨》）——殺雞何必用宰牛的刀呢？
	語氣詞	1. 用在句末，可譯為“呢”。	王若隱其無罪而就死地，則牛羊何擇焉？（《孟子・梁惠王上》）——君王如果可憐牛無辜而被宰殺，那麼牛和羊有甚麼區別呢？
		2. 用在句中，表示語氣的停頓，不必譯出。	今若是焉，悲夫！（柳宗元《黔之驢》）——現在如此下場，可悲啊！
	連詞	相當於“乃”，可譯為“才”。	必知亂之所自起，焉能治之。（《墨子・兼愛上》）——定要知道了禍亂是從哪裏產生的，才能治理它。
或	代詞	可譯為“有的”、“有人”、“有些人”等。	句讀之不知，惑之不解，或師焉，或否焉。（韓愈《師説》）——不懂得斷句，解不開疑難，有的拿去問老師，有的卻不去問老師。

虛詞	詞性	說明	例句（附譯文）
或	副詞	可譯為“有時”、“或許”等。	又入水擊蛟，蛟或浮或沒。（劉義慶編《世說新語．自新》）——又跳下水去搏擊蛟龍，那蛟龍有時浮上來，有時沉入水下。
	連詞	1. 可譯為“如果”、“偶或”。	或僧有所欲記錄，當作數句留院中。（蘇軾《答謝民師書》）——如果（惠力寺的）僧人想要讓我寫點甚麼，就準備給他寫下幾句留在寺院裏。
		2. 可譯為“或者”。	如逢魏兵，或戰或不戰，以驚其心。（《三國演義．失街亭》）——如果遇上魏國軍隊，或者戰，或者不戰，以使他們心懷驚疑。
所	助詞	可直譯為“所”，或不譯。	漁人一一為具言所聞。（陶潛《桃花源記》）——漁人一一對（桃花源裏人）詳細說了所知道的事。 嘗問衡天下所疾惡者。（《後漢書．張衡傳》）——（漢順帝）曾問過張衡，天下人痛恨的是甚麼。
於	介詞	1. 可譯為“在”、“從”、“到”。	遷客騷人，多會於此。（范仲淹《岳陽樓記》）——被降職調出京都的官吏，以及過路的詩人們，多半在這裏聚會。
		2. 可譯為“由於”。	業精於勤，荒於嬉。（韓愈《進學解》）——學業精進是由於勤奮，學業荒廢是由於嬉戲。
		3. 可譯為“在”、“到”。	苟全性命於亂世，不求聞達於諸侯。（諸葛亮《出師表》）——只想在亂世裏姑且保全性命，並不想在諸侯間揚名做官。

虛詞	詞性	説明	例句（附譯文）
於		4. 可譯為“向”、“對”、“給”等。	初，魯肅聞劉表卒，言於孫權曰……（《資治通鑑・赤壁之戰》）——當初，魯肅聽説劉表死了，就對孫權説……。
		5. 可譯為“對於”。	寡人之於國也，盡心焉耳矣！（《孟子・梁惠王上》）——我對於國事，是夠用心的啦！
		6. 相當於“被”。	臣誠恐見欺於王而負趙。（《史記・廉頗藺相如列傳》）——我確實擔心被你欺騙而對不起趙國。
		7. 可譯為“比”。	蜀道之難，難於上青天。（李白《蜀道難》）——四川道路的艱難險阻，比登上青天還難。
哉	語氣助詞	1. 表示感歎語氣，和“呵”、“呀”相當。	何可勝道也哉！（王安石《遊褒禪山記》）——怎麼能説得盡呵！
		2. 用在句末，帶有感歎意味，可譯為“呢”。	而此獨以鐘名，何哉？（蘇軾《石鐘山記》）——而唯有這座山用鐘來命名，為甚麼呢？
		3. 表示反詰語氣，可譯為“嗎”、“呢”。	相如雖駑，獨畏廉將軍哉？（《史記・廉頗藺相如列傳》）——我藺相如雖然愚笨，難道竟害怕廉將軍嗎？
耶	語氣助詞	1. 表示詢問語氣，可譯為“嗎”。	或曰：“六國互喪，率賂秦耶？（蘇洵《六國論》）——有的人説：“六國相繼滅亡，都是由於賂秦嗎？”

虛詞	詞性	說明	例句（附譯文）
耶		2. 表示反詰語氣，可譯為“嗎”、“呢”。	趙王豈以一璧之故欺秦耶？（《史記・廉頗藺相如列傳》）——趙王難道會因為一塊玉璧的緣故欺騙秦國嗎？
是	代詞	相當於“這”、“此”。	吾祖死於是，吾父死於是。（柳宗元《捕蛇者說》）——我的祖父死在這件事上，我的父親也是死在這件事上。
	助詞	表示語氣，不必譯出。	小國將君是望，敢不唯命是聽。（《左傳・襄公廿八年》）——小國只是仰望着楚君，豈敢不聽從命令！
則	連詞	1. 可譯為“就”、“便”、“那麼”等。	向吾不為斯役，則久已病矣。（柳宗元《捕蛇者說》）——假如當初我不幹這捕蛇的差使，早就困苦不堪了。
		2. 可譯為“卻”、“然而”、“可是”、“倒是”。	至則無可用，放之山下。（柳宗元《黔之驢》）——運到以後，卻沒有用處，便把它放在山下。
		3. 常和“非”、“不”呼應着用，可譯為“就是”、“不是……就是……”。	非死則徙爾。（柳宗元《捕蛇者說》）——不是死掉就是遷走啦。
		4. 可譯為“原來”、“早就”。	其子趨而往視之，苗則槁矣。（《孟子・公孫丑上》）——他的兒子趕快跑去一看，禾苗原來都枯乾了。
莫	代詞	可譯為“沒有人”、“沒有甚麼（東西、事情）”等。	溥天之下，莫非王土。（《詩經・小雅・北山》）——天府下沒有甚麼地方不是帝王的國土。

虛詞	詞性	説明	例句（附譯文）
莫	副詞	1. 可譯為“不”。	慭慭然，莫相知。(柳宗元《黔之驢》) ── 小心謹慎的樣子，不知道 (驢) 是甚麼東西。
		2. 可譯為“不要”、“別”。	莫等閒，白了少年頭，空悲切！(岳飛《滿江紅・怒髮衝冠》) ── 不要把人生看得隨隨便便，等到少年頭變成蒼蒼白髮，只能空自悲歎了！
孰	疑問代詞	1. 可譯為“甚麼”。	是可忍也，孰不可忍也？(《論語・八佾》) ── 這件事可容忍，還有甚麼不可容忍？
		2. 可譯為“誰”。	蓋有幸而獲選，孰云多而不揚？(韓愈《進學解》) ── 有些人可能因僥倖而當官，(但是) 誰説學問廣博而不能揚名呢？
		3. 可譯為“哪個”。	平公問叔向曰：“羣臣孰賢？”(《韓非子・外儲説左下》) ── 晉平公問叔向説：“羣臣中哪個賢能？”
然	指示代詞	可譯為“這樣”、“如此”。	父利其然也，日扳仲永環謁於邑人，不使學。(王安石《傷仲永》) ── 他父親認為這樣有利，天天牽着仲永到處拜訪本城官宦人家，不讓他學習。
	連詞	可譯為“可是”。	臣與將軍戮力而攻秦……然不自意能先入關破秦……。(《史記・鴻門宴》) ── 我和將軍你協力攻打秦國……可是自己沒料想到能夠先進入關中打敗秦國……。
	形容詞或副詞的詞尾	可譯為“……的樣子”、“……地”等。	慭慭然，莫相知。(柳宗元《黔之驢》) ── 小心謹慎的樣子，不知道 (驢) 是甚麼東西。

虛詞	詞性	說明	例句（附譯文）
爾	人稱代詞	可譯為"你"。	不狩不獵，胡瞻爾庭有縣貆兮？（《詩經・伐檀》）——你不曾打獵，為甚麼看到你的院子裏掛着貛子呢？
	形容詞詞尾	與"然"用法相似，可譯為"……的"。	蕞爾江南，獨違王命。（《晉書・淝水之戰》）——小小的江南（東晉），偏敢違抗我的命令。
	副詞詞尾	與"然"用法相似，可譯為"……地"。	俶爾遠逝。（柳宗元《小石潭記》）——（魚兒）突然地游向遠處。
蓋	副詞	可譯為"原來"、"大概"等。	蓋余所至，比好遊者尚不能十一。（王安石《遊褒禪山記》）——大概我到達的地方，比老遊客還不及十分之一。
	語氣助詞	無實義，可以不譯。	蓋天下萬物之萌生，靡不有死。（《史記・文帝本紀》）——世間萬物萌發生長，沒有不死的。
與	介詞	1. 可譯為"跟"、"同"。	微斯人，吾誰與歸？（范仲淹《岳陽樓記》）——假如沒有這樣的人，我跟誰在一道呢？
		2. 可譯為"給"、"替"等。	子厚與設方計，悉令贖歸。（韓愈《柳子厚墓誌銘》）——柳宗元替（他們）出主意，全部讓他們把子女贖回。
		3. 可譯為"跟……相比"。	吾與徐公孰美？（《戰國策・鄒忌諷齊王納諫》）——我跟徐公相比，誰更漂亮？
	連詞	可譯為"和"、"跟"等。	獨卿與子敬與孤同耳！（《資治通鑑・赤壁之戰》）——只有你和子敬跟我意見相同罷了。

虛詞	詞性	説明	例句（附譯文）
諸	代詞	相當於第三人稱代詞“之”，可譯為“他”、“他們”、“它”等。	冬，晉薦饑，使乞糴於秦。秦伯謂子桑：“與諸乎？”（《左傳・僖公十三年》）——冬天，晉國連年災荒，派人到秦國請求買糧，秦伯對子桑説：“給他們嗎？”
	代詞兼介詞	相當於“之＋於”。	投諸渤海之尾，隱土之北。（《列子・愚公移山》）——把它放到渤海的邊上，隱土的北面。

附錄五

常見修辭手法簡表

修辭	定義	用法	例句
比喻	找出事物的共同點、相似點，將一種事物指成另一種事物的修辭手法，本體、喻體、比喻詞為比喻修辭的三要素。	明喻：具備本體、喻體、比喻詞三要素，常用的比喻詞有像、好像、宛如、似的、猶如等。	天空像藍色的寶石，一碧如洗；樹葉像美麗的翡翠，青翠欲滴；溪流像透明的絲綢，清澈見底……
		暗喻：具備本體、喻體、比喻詞三要素，常用的比喻詞有是、成為、變成等。	蛋汁在油鍋裏變成了一朵大大的向日葵，黃燦燦的，漂亮極了。
		借喻：只存在喻體。	一把銀白色的彎刀掛在夜空。
比擬	利用想像，把「甲物」當作「乙物」來寫。	擬人：把事物當成人來寫，使事物擁有人的行為動作、思想感情等，或者是使用描寫人的詞語來描寫事物。	風兒清唱着歌，喚醒了沉睡中的大地。
		擬物：把人當作物來寫，或者把A當作B來寫。	在眾人的呼喝聲中，那個惡霸夾着尾巴逃走了。
借代	利用事物的相關性、特徵，以一物代替一物，借代的事物要容易令人聯想到本體。		一隊藍帽子到年宵市場外維持秩序。
通感	用形象性的語言轉移描寫的感覺，由一種感覺移到另一種感覺上。把人的各種感覺（視覺、聽覺、嗅覺、味覺及觸覺）通過比喻或形容溝通起來。		微風吹過，送來縷縷清香，彷彿遠處高樓上渺茫的歌聲似的。

<table>
<tr><th>修辭</th><th>定義</th><th>用法</th><th>例句</th></tr>
<tr><td rowspan="2">用典</td><td rowspan="2">通過引經據典來提高言語的表達效果，例如格言、諺語、詩詞、歇後語、成語、典故等</td><td>明引：通過使用引號，直接引經據典。</td><td>這件事讓我明白了孔子曾經説過的道理，「三人行，必有我師焉」。</td></tr>
<tr><td>暗引：不使用引號標示或者不指明出處，把引文直接寫入句子當中。</td><td>有時候一行白鷺上青天，背後還襯着黛青的山色和釉綠的梯田。</td></tr>
<tr><td rowspan="2">排比</td><td rowspan="2">將三句或以上結構長度相似、語氣一致的句子排列在一起的修辭手法。</td><td>單句排比：將三句或以上結構長度相似、語氣一致的單一句子排列在一起。</td><td>在厚重裏有瀟洒，在純樸裏有靈秀，在平凡裏有器用。</td></tr>
<tr><td>複句排比：將三句或以上結構長度相似、語氣一致的複句排列在一起。</td><td>燕子去了，有再來的時候；楊柳枯了，有再青的時候；桃花謝了，有再開的時候。</td></tr>
<tr><td>對偶</td><td colspan="2">將兩個字數相等、結構形式相同，意義對稱的一組短語或句子排列在一起，表達相對或者類近的意思。</td><td>我們在地上邊笑邊跑，風箏在天上越飛越高。</td></tr>
<tr><td>層遞</td><td colspan="2">按照事物的性質，例如大小、長短、深淺、遠近、輕重等，進行層層遞升或者層層遞降的描寫。</td><td>父親的付出不僅僅是為了自己的理想，更是為了這個家庭，甚至為整個社會作出貢獻。</td></tr>
<tr><td>頂真</td><td colspan="2">頂真，亦叫頂針、聯珠、蟬聯、連環。將上句的結尾用詞或者用字，用作下句的開頭。</td><td>悠悠的雲裏有淡淡的詩，淡淡的詩裏有綿綿的喜悦，綿綿的喜悦裏有遠方朋友輕輕的問候！</td></tr>
</table>

<table>
<tr><th>修辭</th><th>定義</th><th>用法</th><th>例句</th></tr>
<tr><td rowspan="2">襯托</td><td rowspan="2">利用反面事物或者有差別的事物進行陪襯，突出欲描述的主體的修辭手法</td><td>正襯：通過和主體相類似的次要事物進行正面陪襯。</td><td>現場的氣氛熱烈，舞獅表演周圍更是被圍得水泄不通。</td></tr>
<tr><td>反襯：通過使用和主體有相反特徵的事物進行反面襯托。</td><td>他的年紀小，器量可大。</td></tr>
<tr><td>對比</td><td colspan="2">把兩個相對或相反的事物，或者一個事物的兩個不同面並列，相互對照。</td><td>有的人活着，他已經死了；有的人死了，卻還活着。</td></tr>
<tr><td rowspan="2">反復</td><td rowspan="2">為了強調某個意思或者情感，而刻意重複某個句子或者詞語。</td><td>連續反復：反覆出現的詞語或者句子中間沒有其他東西間隔。</td><td>盼望着，盼望着，東風來了，春天的腳步近了。</td></tr>
<tr><td>間隔反復：反覆出現的詞語或者句子中間有其他詞語或語句間隔。</td><td>在運動場上他贏盡獎牌，出盡風頭，在學校裏他也是高材生，出盡風頭。</td></tr>
<tr><td>反問</td><td colspan="2">無疑而問、明知故問，用疑問的形式表達意思，答案在句子中顯而易見。運用疑問的語氣來表示肯定或否定的意思和強烈的感情。</td><td>全然忘卻，毫無怨恨，又有甚麼寬恕之可言呢？</td></tr>
<tr><td>設問</td><td colspan="2">故意不直接講出答案，以提出問題的形式，自問自答。答案緊跟在設問句後出現。</td><td>甚麼是路？就是從沒有路的地方踐踏出來的，從只有荊棘的地方闢闢出來的。</td></tr>
</table>

修辭	定義	用法	例句
誇飾	又稱誇張法，根據事物的客觀特徵或性質，進行刻意過分的修飾，以致與客觀事實相差甚遠，突出特點，達到一鳴驚人的表達效果。	擴大誇張：誇大描述事物的性質、特徵、程度等。	他拖着千斤重的箱子向遠處走去。
		縮小誇張：將事物的性質、特徵、程度等縮小描述。	這塊地只有手掌大，怎麼建房子！
		超前誇張：把之後才發生的事情，説成現在已經發生了，或是形容是現在的狀況。	他沒有胃口，飯還沒有入口，就已經飽了。
呼告	對文章中的事物進行直接呼喊，把它當作眼前可直接傾訴的對象。		鼓動吧，風！咆哮吧，雷！閃耀吧，電！
雙關	利用詞語的多意性、發音等的特點，在使用一個詞語的同時可以同時表達兩種事物或意義。	諧音雙關：利用字詞的諧音達到一語雙關的效果。	春蟬到死絲(思)方盡。
		利用詞語的兩種有聯繫的意義構成的雙關。	終不忘，世外仙姝寂寞林（樹林／林黛玉）。

附錄六

常用的同義詞及反義詞

1-3畫

詞彙	同義詞	反義詞
一木難支	獨木難支	
一日千里		蝸行牛步、老牛破車
一心一意		三心二意、見異思遷
一本正經		嬉皮笑臉
一再	再三	
一成不變		千變萬化、變化多端
一帆風順	順風順水	一波三折、焦頭爛額
一字千金	字字珠璣	
一步登天	平步青雲、青雲直上	
一見如故		白頭如新
一言九鼎	人微言輕	
一枕黃粱	黃粱一夢	
一往無前	勇往直前	望而卻步、望而生畏
一馬平川		坎坷不平
一氣呵成		拖拖拉拉
一貧如洗	囊空如洗、家徒四壁	

詞彙	同義詞	反義詞
一視同仁		厚此薄彼
一斑		全豹
一廂情願		兩廂情願
一絲不苟		粗枝大葉
一葉知秋	見微知著	
一概而論		就事論事
一語破的	一針見血	
一暴十寒	一曝十寒	鍥而不捨、持之以恆、滴水穿石、駑馬十駕
一舉兩得	一箭雙雕	
一蹶不振		百折不撓、再接再厲、東山再起
一蹴而就		難上加難
一籌莫展	束手無策	錦囊妙計、良謀善策、急中生智
一鱗半爪	一星半點	
丁憂	丁艱	
七上八下	七上八落	
人云亦云	亦步亦趨	另闢蹊徑、別出心裁

詞彙	同義詞	反義詞
三更半夜	半夜三更、深更半夜	
才疏學淺		才高八斗、學府五車
下里巴人		陽春白雪
下意識	潛意識	
寸草春暉		忘恩負義、背恩反噬
大刀闊斧		畏首畏尾、縮手縮腳、小手小腳、束手束腳
大大落落	大大方方	
大有所為	無所作為	
大名鼎鼎	赫赫有名	
大相徑庭	迥然不同	一模一樣、毫無二致
大庭廣眾	稠人廣眾	
大處落墨	大處着眼	
大張旗鼓	大張聲勢、轟轟烈烈	
大惑不解	茫然不解	茅塞頓開、恍然大悟
大智若愚	大巧若拙	
大發雷霆		平心靜氣、心平氣和
上方寶劍	尚方寶劍	
口是心非	言不由衷	心口如一
口蜜腹劍	笑裏藏刀	
山珍海味	山珍海錯	
山南海北	天南地北、地北天南	
千慮一失		千慮一得
亡羊補牢		未雨綢繆
子虛烏有		千真萬確、實實在在

4-6畫

詞彙	同義詞	反義詞
井井有條	井然有序、有條不紊	
天河	河漢、銀漢、星河、銀河	
木已成舟	生米煮成熟飯	未定之天
不以為然		深以為然
不刊之論	不易之論	
不可一世	目空一切、妄自尊大	
不自量力		量力而行
不即不離	若即若離	難捨難分
不知所措	手足無措	應付裕如、處之泰然
不近人情		通情達理
不相上下		高下懸殊、天壤之別

詞彙	同義詞	反義詞
不恥下問		好為人師
不動聲色		氣急敗壞
不稂不莠	不堪造就	孺子可教、大有作為
不勞而獲		自力更生、自食其力
不落窠臼	別具一格、獨具匠心	
不遺餘力	竭盡全力	敷衍了事
不學無術	胸無點墨	博學多才
比比皆是	俯仰皆是、觸目即是、浩如煙海	寥若晨星、海底撈針
日不暇給		無所事事
日薄西山		旭日東升、如日中天
水中撈月	海底撈月	立竿見影、唾手可得
水火不容	冰炭不容	水乳交融
水到渠成	瓜熟蒂落	揠苗助長、欲速不達
水落石出		石沉大海
手忙腳亂	驚慌失措	從容不迫、有條不紊、若無其事、行若無事
斤斤計較	掂斤播兩、錙銖必較	

詞彙	同義詞	反義詞
分道揚鑣	各奔東西	休戚與共
文從字順		佶屈聱牙
文過飾非	塗脂抹粉	
文質彬彬	粗裏粗氣	
方興未艾	蒸蒸日上	強弩之末
火中取栗		坐享其成
心心相印		格格不入
心甘情願		迫不得已
心平氣和		暴躁如雷
心灰意懶	心灰意冷	志得意滿
心血來潮		深思熟慮
心安理得		忐忑不安
心直口快	快人快語	
心明眼亮		懵懵懂懂
心悅誠服		心猶未甘
心慌意亂	六神無主	
心猿意馬		氣定神閑
心滿意足	如願以償、稱心如意	大失所望
心寬体胖		心力交瘁
心懷叵測		光明正大
心驚肉跳		處之泰然
引狼入室	開門緝盜	
引經據典	旁徵博引	
以卵擊石	以卵投石	

詞彙	同義詞	反義詞
以眼還眼，以牙還牙		逆來順受
以逸待勞		疲於奔命
玉石俱焚	同歸於盡	
打退堂鼓		一往直前
正人君子		狹邪小人
正本清源	撥亂反正	
正經八百	一本正經、正正經經	嬉皮笑臉、油腔滑調
石沉大海	泥牛入海	
石破天驚		平淡無奇
平白無故	無緣無故	事出有因
平易近人		盛氣淩人
旦夕	旦暮	
目不忍睹	慘不忍睹	
目不轉睛		東張西望
目中無人	旁若無人	
目光如豆	目光短淺	目光如炬
目空一切		虛懷若谷
另眼相看	刮目相看	不屑一顧
生死與共	患難與共	分道揚鑣
生吞活剝	囫圇吞棗	
生花之筆	大筆如椽、生花妙筆	
白花花		黑糊糊
白雲蒼狗	滄海桑田	

詞彙	同義詞	反義詞
白璧微瑕	白璧無瑕	
半斤八兩	不相上下	
民生塗炭	民不聊生、生靈塗炭	民康物阜、國泰民安
出爾反爾	言而無信	說一不二
奴顏卑膝	卑躬屈膝	
老成持重		稚氣可掬、年幼無知
老氣橫秋（形容年輕人缺乏朝氣，或倚老賣老）		天真爛漫
老當益壯		未老先衰
老態龍鍾		風華正茂
老謀深算		少不更事
有口皆碑	交口稱讚	千人所指
有年	豐年、豐歲、熟年	歉年、歉歲、荒年
有氣無力	沒精打采	生龍活虎
有條不紊	井井有條	雜亂無章
有意	有心	無心、無意
有機可乘	有隙可乘	
有聲有色	繪聲繪色	
百孔千瘡	瘡痍滿目	
百依百順		倔頭倔腦、桀驁不馴

詞彙	同義詞	反義詞
百廢俱興		百廢待興
存亡絕續		生死存亡
死心塌地		三心二意
死氣沉沉		生氣勃勃
成人之美		從中作梗
此一時，彼一時	時過境遷	
此起彼伏	此起彼落	
光明磊落	光明正大	
光宗耀祖	榮宗耀祖	
早春		暮春
同舟共濟	和衷共濟	分道揚鑣
先兆	預兆、徵兆	
先發制人		後發制人
任人唯賢		任人唯親
自吹自擂	大吹大擂	
自知之明		自以為是
自命不凡		自慚形穢、自愧弗如
自相魚肉	同室操戈、自相殘殺	
自怨自艾	悔之無及	
自圓其說		自相矛盾、破綻百出
自暴自棄	自輕自賤	
血口噴人	含血噴人	

詞彙	同義詞	反義詞
行將就木	風燭殘年	
危在旦夕	危如累卵	安如磐石、穩如泰山
旭日	朝日、朝陽	落日、夕陽
各行其是		齊心協力
名列前茅	獨佔鰲頭	名落孫山
衣錦還鄉	衣錦榮歸	
妄自菲薄		妄自尊大
妄自尊大	夜郎自大	
守口如瓶	三緘其口	和盤托出
安土重遷		四海為家
安分守己	安守本分	胡作非為
安居樂業		流離失所
防患未然	未雨綢繆	
防微杜漸		養癰遺患
如夢初醒	恍然大悟	執迷不悟
如雷貫耳	鼎鼎大名	默默無聞
好高騖遠		循序漸進
羽翼未豐		羽翼已豐

7-9畫

詞彙	同義詞	反義詞
吞吞吐吐	支支吾吾	暢所欲言、和盤托出
走投無路	山窮水盡	萬事亨通、一帆風順
走馬觀花	走馬看花	
芒刺在背	如坐針氈	泰然自若

詞彙	同義詞	反義詞
攻無不克	戰無不勝	不堪一擊
投井下石	落井下石	
扭捏		落落大方
杞人憂天	庸人自擾	
車水馬龍	川流不息	
束手待斃	坐以待斃	
步人後塵	亦步亦趨	
見景生情	即景生情、觸景生情	
見解	見地	
助紂為虐	為虎作倀	嫉惡如仇
別具隻眼	別具慧眼	
別樹一幟	不落窠臼	亦步亦趨、率由舊章
利令智昏	利慾熏心	不謀私利、清心寡慾
每況愈下	江河日下	
作壁上觀	坐觀成敗、坐山觀虎鬥	
低三下四	低聲下氣、卑躬屈膝	神氣活現、趾高氣揚
身後（人死後）		生前
坐井觀天	管窺蠡測、管窺之見	目光遠大、見多識廣
坐而論道	紙上談兵	身體力行

詞彙	同義詞	反義詞
坐收漁利	鷸蚌相爭，漁人得利。	
坐享其成	不勞而獲	火中取栗
肝腸寸斷	肝腸斷絕	
冷眼旁觀	坐觀成敗	
忘乎所以	得意忘形	
判若雲泥	天壤之別、天淵之別、天差地別、判若天淵	大同小異、別無二致
完璧歸趙	完璧、璧還	
改弦更張		舊調重彈
忍氣吞聲	逆來順受	忍無可忍
拔刀相助		袖手旁觀
拋頭露面		銷聲匿跡
花好月圓		花殘月缺
拐彎抹角		開門見山
抱殘守缺	墨守成規、因循守舊、陳陳相因、率由舊章	推陳出新、破舊立新、不落窠臼
披肝瀝膽	肝膽相照	虛情假意
披沙揀金	沙裏淘金	
枕戈待旦		高枕無憂
東牀	東牀坦腹、坦腹東牀	
事半功倍		事倍功半

詞彙	同義詞	反義詞
事必躬親		徒託空言、空口白話
兩全其美		顧此失彼
兩面三刀	口蜜腹劍、笑裏藏刀	表裏如一
妻離子散		合家團聚
非同小可		無關緊要
虎背熊腰	膀大腰圓	
門可羅雀		門庭若市
明哲保身	袖手旁觀、隔岸觀火	見義勇為
明察秋毫	洞若觀火	霧裏看花
明辨是非		混淆黑白、混淆是非
忠告		唆使
知足常樂		得寸進尺
知難而退		知難而進
垂手可得	唾手可得	大海撈針、來之不易
垂青	青睞	白眼
垂頭喪氣		趾高氣揚
刮目相看	士別三日，當刮目相看。	
欣欣向榮	蒸蒸日上	奄奄一息、每況愈下、氣息奄奄

詞彙	同義詞	反義詞
近在咫尺	近在眼前、近在眉睫	
所向披靡	所向無敵	望風潰逃
返老還童		未老先衰
金城湯池	固若金湯	
受寵若驚		寵辱不驚
念舊		絕情
朋比為奸	狼狽為奸	
迎頭趕上		望塵莫及
放虎歸山		斬草除根
刻舟求劍	膠柱鼓瑟	見機行事、隨機應變、通權達變
刻骨銘心	銘心刻骨	置諸腦后
沾沾自喜	自鳴得意	
油腔滑調	油頭滑腦、油嘴滑舌	
沿襲	因襲、因循	革新、獨創、首創
性命交關	性命攸關	
官官相護		鐵面無私
空口無憑	口說無憑	立此存照
空空如也		滿滿當當
居心叵測	居心不良、心懷叵測	
孤陋寡聞	閉目塞聽	見多識廣
孤掌難鳴	獨木難支	羣策羣力

詞彙	同義詞	反義詞
赴湯蹈火	出生入死	畏首畏尾
挑肥揀瘦	挑三揀四	
指日可待	計日程功	遙遙無期
挖苦	譏刺	
革故鼎新	革故立新	
胡思亂想	想入非非	
相形見絀	相形失色	
要言不煩	言簡意賅	廢話連篇
厚顏無恥	恬不知恥	無地自容
映雪囊螢	鑿壁偷光	
昭雪	平反、洗雪	誣陷、陷害、蒙冤
迥然不同		一模一樣
秋毫無犯		洗劫一空
鬼斧神工	巧奪天工	
迫不及待		從容不迫
迫不得已		萬不得已
待理不理		滿腔熱忱
後裔	苗裔	祖先、祖宗
食不甘味	臥不安寢	
食古不化（拘泥於前人或陳舊的東西，不能與時俱進、靈活變通）	泥古不化	
負隅頑抗		坐以待斃

詞彙	同義詞	反義詞
風行一時	風靡一時	
風言風語	流言蜚語	
風和日麗	日麗風和	
風聲鶴唳	草木皆兵	
怨天尤人		自怨自艾
怨聲載道		交口稱讚
急公好義		自私自利
急於事功	急於求成	
急風暴雨		和風細雨
急起直追		安於現狀
急流勇退		急流勇進
哀兵必勝		驕兵必敗
哀鴻遍野	赤地千里	
首鼠兩端	舉棋不定	
為非作歹	胡作非為	
為所欲為	恣意妄為、肆無忌憚、膽大妄為	循規蹈矩、膽小如鼠、謹小慎微
洗耳恭聽		置若罔聞
恒河沙數	數不勝數	寥寥無幾
恰如其分		言過其實
神采奕奕		沒精打采
屋上架屋	疊牀架屋	
眉清目秀		其貌不揚
除惡務盡		斬草除根

詞彙	同義詞	反義詞
怒不可遏		平心靜氣
怒目而視		相視而笑
飛揚跋扈	不可一世	謹小慎微
約定俗成	相沿成習	

10-12畫

詞彙	同義詞	反義詞
捕風捉影		有憑有據
振作		消沉
振奮	奮發	
捉襟見肘		應付自如
茹苦含辛		養尊處優
破釜沉舟	拼死一搏、背水一戰	
殊途同歸		南轅北轍、背道而馳
恩將仇報	以怨報德	
氣吞山河	氣壯山河	
氣味相投	沆瀣一氣、臭味相投	格格不入
氣急敗壞		從容不迫、平心靜氣
氣度恢弘	氣度不凡	
乘龍	快婿、乘龍快婿	
借風使船	借水行舟	
倒插門	入贅、上門	
息事寧人		無事生非

詞彙	同義詞	反義詞
烏七八糟	亂七八糟	
追根究底	究根問底	
徒有虛名	名不副實	名副其實
針鋒相對	水火不容	妥協退讓
殺身成仁		苟且偷生
拿獲	擒獲	
逃之夭夭	插翅難逃	
釜底抽薪		揚湯止沸
倉促	匆促、倉猝	從容
飢寒交迫	啼飢號寒	
胸有成竹	成竹在胸、心中有數	
狼心狗肺	蛇蠍心腸	菩薩心腸
狼吞虎咽		細嚼慢咽
記憶猶新		置諸腦後
高風亮節	高風峻節	
高屋建瓴	勢如破竹	
高談闊論	紙上談兵	實事求是
高瞻遠矚		坐井觀天、井蛙之見
疾言厲色	嚴詞正色、聲色俱厲	和顏悦色
疾惡如仇		助紂為虐、同流合污
凋敝（生活困苦）		豐饒、富足

詞彙	同義詞	反義詞
凋敝（衰敗）		繁榮
旁敲側擊		開門見山
逆來順受	忍氣吞聲	
涇渭分明	一清二楚	涇渭不分
流芳百世	名垂青史、流芳後世、流芳千古	遺臭萬年
浪費		節省、節約、節儉
家徒四壁	家徒壁立、四壁蕭然	家財萬貫
家喻戶曉	婦孺皆知	
容光煥發		面黃肌瘦
陰錯陽差	陰差陽錯	
能說會道	能言善辯	笨嘴拙舌
責無旁貸		推三阻四
理直氣壯	慷慨陳詞	理屈詞窮
理所當然	順理成章、合情合理	豈有此理
捧場		拆台
掛一漏萬		涓滴不漏、面面俱到
掛心	牽掛	放心
掉以輕心	滿不在乎	一絲不苟、兢兢業業
捶胸頓足		捧腹大笑
推心置腹		勾心鬥角

詞彙	同義詞	反義詞
推波助瀾	推濤作浪	息事寧人
執法犯法		奉公守法
執迷不悟		翻然悔悟
探囊取物	唾手可得	來之不易
掃興	敗興	盡興
專心致志	聚精會神、全神貫注	心不在焉、一心二用
盛氣淩人		人氣吞聲
雪上加霜		錦上添花
雪中送炭		乘人之危
堂堂正正	光明正大、光明磊落	偷偷摸摸、鬼鬼祟祟
眼明手快	眼疾手快	
問心無愧		無地自容、羞愧難當
異口同聲		眾說紛紜
唯唯諾諾	百依百順	
眾口鑠金	積毀銷骨	
甜言蜜語	花言巧語	
動人心弦	扣人心弦	
笨嘴拙舌		巧舌如簧
停當	妥貼	
偏癱	半身不遂	
假公濟私	損公肥私	大公無私
得寸進尺	得隴望蜀	
得心應手		事與願違

詞彙	同義詞	反義詞
從善如流	虛懷若谷、從諫如流	一意孤行、諱疾忌醫
貪得無厭		廉正自守
貪贓枉法		廉潔奉公
脱口而出		守口如瓶
脱節		銜接
望穿秋水	望眼欲穿	
望梅止渴	畫餅充飢	
粗茶淡飯	布衣蔬食	
清規戒律	條條框框	
添油加醋	添枝加葉	
淺嘗輒止		好學不倦
深謀遠慮		鼠目寸光
情急智生	急中生智	
惦記	掛念、掛記	
寅吃卯糧		綽綽有餘
寄人籬下		自食其力
視死如歸		貪生怕死
張牙舞爪	兇相畢露	心慈面軟、慈眉善目
張冠李戴		一絲不差、不爽分毫
強詞奪理	蠻不講理	
將信將疑	半信半疑	確信不疑
陽奉陰違		表裏如一
習以為常		不足為奇

詞彙	同義詞	反義詞
提心吊膽	心驚膽戰	
揚長而去		抱頭鼠竄
揚眉吐氣		忍氣吞聲
揚揚得意		垂頭喪氣
揚湯止沸		釜底抽薪
揭露		掩蓋、隱瞞
喜不自勝	樂不可支	悲痛欲絕
喜出望外	大喜過望	冷水澆頭
喜笑顏開	笑容滿面	笑逐顏開
插翅難逃		逃之夭夭
欺世盜名	盜名竊譽	
黃道吉日	良道吉日	
朝三暮四	朝秦暮楚	始終如一
朝氣蓬勃	生氣勃勃	暮氣沉沉
棘手	扎手、辣手、纏手	順手、便當
雄才大略	雄才偉略	
雲泥	雲壤、霄壤、天壤	
量入為出		寅吃卯糧
量力而行		不自量力
開誠佈公		營私舞弊
開源節流		鋪張浪費
單刀直入	直截了當	
喧賓奪主	反客為主	

詞彙	同義詞	反義詞
過目成誦	過目不忘	
過河拆橋	忘恩負義	
無地自容		厚顏無恥
無足輕重		舉足輕重
無事生非		息事寧人
無往不利	一波三折	
無所用心		冥思苦想
無所作為		大有作為
無法無天	膽大妄為	安分守己
無能為力		無所不能
無隙可乘	無機可乘	
無獨有偶		獨一無二
智勇雙全		有勇無謀
稀稀拉拉	稀稀落落、疏疏落落	
等而下之		等而上之
等量齊觀	相提並論	
筋疲力盡	精疲力盡、精疲力竭	力大無窮、精神抖擻
順風轉舵	順風使舵、見風使舵	
集思廣益		獨斷專行
集腋成裘		聚沙成塔
進退維谷	進退兩難、騎虎難下	進退自如
循序漸進	按部就班	操之過急

詞彙	同義詞	反義詞
痛改前非	悔過自新	怙惡不悛
惴惴不安	驚恐不安	
禍不單行	多災多難	洪福齊天
禍國殃民		強國富民
禍從天降	大禍臨頭	吉星高照
隔靴搔癢（比喻説話、做文章擊不中要害，只在外圍、枝節上兜圈子）		切中要害
隔牆有耳		密不透風
發奮圖強		自暴自棄

13-15畫

詞彙	同義詞	反義詞
魂不守舍	魂不守宅	
魂不附體	魂飛魄散	
損人利己		捨己為人
勢不兩立	不共戴天	
搖搖欲墜		穩如泰山、安如磐石
雷霆萬鈞		勢單力孤
當仁不讓	義不容辭	推三阻四
當頭棒喝	當頭一棒	
賄賂公行		弊絕風清
罪不容誅	死有餘辜	

詞彙	同義詞	反義詞
罪惡滔天	罪惡如山、罪惡山積	功德無量
鉗口結舌	噤若寒蟬、緘口結舌	
愛不釋手		不屑一顧
飽經風霜	餐風宿露	
腸肥腦滿		瘦骨伶仃、骨瘦如柴
腳踏實地		好高騖遠
意氣風發		垂頭喪氣
遊刃有餘		力不從心
義憤填膺	義憤填胸	
羣策羣力		勢孤力單
裝腔作勢	拿腔作勢	
遠見卓識		坐井觀天
截然不同	大相徑庭、迥然不同	一模一樣
誓死不屈	寧死不屈	
聚精會神		神不守舍
輔車相依	唇齒相依	
輕車熟路	駕輕就熟	
爾虞我詐		推心置腹
對答如流		張口結舌
暢所欲言	直抒己見	萬馬齊喑、吞吞吐吐
聞所未聞	見所未見	

詞彙	同義詞	反義詞
聞風而動	雷厲風行	
聞過則喜		諱疾忌醫、怙惡不悛
鳳毛麟角	曠世奇才	
獐頭鼠目		儀表堂堂、一表人才、氣宇軒昂
語無倫次		條理井然
旗開得勝		出師不利
旗鼓相當	勢均力敵	
鄭重其事		若無其事、隨隨便便
歉收	歉產	豐收
歉歲	歉年	豐歲、豐年
滿面春風	喜形於色、眉開眼笑、眉飛色舞	愁眉苦臉
滿腹經綸		不學無術、目不識丁
漫不經心	粗心大意、掉以輕心	小心翼翼、全神貫注
漁人之利	鷸蚌相爭，漁人得利	
滴水不漏	無懈可擊、天衣無縫	漏洞百出、破綻百出
慢條斯理		急如星火
寡廉鮮恥		知書達理

詞彙	同義詞	反義詞
實事求是		自行其是、自以為是
盡善盡美	完美無缺、十全十美	一塌糊塗
屢次三番	幾次三番、三番五次	
屢試不爽	屢試屢驗	
綽綽有餘	綽有餘裕	
撲朔迷離		一清二楚
播種		收穫
標新立異	另闢蹊徑、別出心裁	人云亦云、抱殘守缺
敷衍了事	敷衍塞責	一絲不苟
憂鬱	憂抑	
鴉雀無聲	鴉鵲無聲	
膚皮潦草	浮皮潦草	腳踏實地
暴風驟雨		風和日麗
暴跳如雷		平心靜氣
樂極生悲		否極泰來
銳不可當	勢如破竹	草木皆兵
鋒芒畢露		沉默寡言
摩拳擦掌		垂頭喪氣
潔身自好	潔身自愛	同流合污
窮山惡水		山明水秀、沃野千里
窮奢極侈		克勤克儉

詞彙	同義詞	反義詞
窮途末路	日暮窮途	
險象環生	危機四伏	安如泰山

16-28畫

詞彙	同義詞	反義詞
操之過急	急於求成	不慌不忙
操心	費心	省心
擁護		反對
頤指氣使	目指氣使	
橫七豎八	亂七八糟	整齊劃一
橫生枝節	節外生枝	一帆風順、順順當當
橫眉怒目		慈眉善目
機不可失		坐失良機、錯失良機
殫精竭慮	煞費苦心	無所用心
瞠目結舌	張口結舌	
瞭如指掌	一清二楚	
曇花一現		終古不息
學而不厭	好學不倦	淺嘗輒止
錦上添花		雪中送炭
磨穿鐵硯	鉄杵成針	
燈紅酒綠	紙醉金迷	
蕭規曹隨		破舊立新、棄舊圖新
聲名狼藉	名譽掃地	名滿天下
櫛風沐雨	風餐露宿	養尊處優

詞彙	同義詞	反義詞
優柔寡斷	猶豫不決、當斷不斷	當機立斷、多謀善斷、毅然決然
謙謙君子		狹邪小人
豐衣足食		飢寒交迫
鞭辟入裏		言不及義
轉危為安	化險為夷	
轉彎抹角	拐彎抹角	
覆盆之冤	不白之冤	
曠日持久		指日可待
雞毛蒜皮	瑣瑣碎碎、零零碎碎	
離心離德		同心同德
顛倒是非	顛倒黑白	黑白分明
穩操勝券	勝券在握	

詞彙	同義詞	反義詞
癡心妄想	白日做夢	
繪聲繪色	繪聲繪形、繪聲繪影	
觸類旁通	舉一反三	
繼往開來	承前啟後	
鐵面無私		徇私枉法
鐵案如山	鐵證如山	
聽天由命		事在人為
聽而不聞	充耳不聞	
囊空如洗	一貧如洗、家徒四壁	
變化多端	變化無常	始終如一
戀戀不捨	依依不捨	
鸚鵡學舌	人云亦云	

附錄七

中國行政區劃簡表

中國憲法規定，中國的行政區域劃分如下：

(一) 全國分為省、自治區、直轄市；

(二) 省、自治區分為自治州、縣、自治縣、市；

(三) 縣、自治縣分為鄉、民族鄉、鎮。

直轄市和較大的市分為區、縣。自治州分為縣、自治縣、市。

自治區、自治州、自治縣都是民族自治地方。

國家在必要時得設立特別行政區。在特別行政區內實行的制度按照具體情況由全國人民代表大會以法律規定。

目前中國有 34 個省級行政區，包括 23 個省、5 個自治區、4 個直轄市、2 個特別行政區（見下表）。在歷史上和習慣上，各省級行政區都有簡稱。省級人民政府駐地稱省會（首府），中央人民政府所在地是首都。北京是中國的首都。

香港和澳門是中國領土的一部分。中國政府已於 1997 年 7 月 1 日對香港恢復行使主權，成立了香港特別行政區。於 1999 年 12 月 20 日對澳門恢復行使主權，成立了澳門特別行政區。

北京	天津	河北	山西	內蒙古	遼寧
吉林	黑龍江	上海	江蘇	浙江	安徽
福建	江西	山東	河南	湖北	湖南
廣東	廣西	海南	重慶	四川	貴州
雲南	西藏	陝西	甘肅	青海	寧夏
新疆	香港	澳門	台灣		

附錄八

漢字書寫筆順規則

	規則	例字
基本規則	1. 先橫後豎	一 十　二 干
	2. 先撇後捺	丿 人　才 木
	3. 從上到下	一 二 三　一 𠮛 豆 豆
	4. 從左到右	亻 仁　𤣩 玐 班
	5. 先外後裏	⺆ 月　門 問
	6. 先外後裏再封口	丨 冂 日　冂 田 田
	7. 先中間後兩旁	亅 小
補充規則	1. 帶點的字	
	(1) 點在左上先寫點	⺀ 斗　丶 為
	(2) 點在右上後寫點	戈 戈　我 我
	(3) 點在裏面後寫點	瓦 瓦　叉 叉
	2. 兩面包圍的字	
	(1) 右上包圍結構，先外後裏	勹 句　𠃌 司
	(2) 左上包圍結構，先外後裏	厂 原　户 房
	(3) 左下包圍結構，先裏後外	斤 近　聿 建
	3. 三面包圍結構的字	
	(1) 缺口朝上的，先裏後外	乂 凶　氶 函
	(2) 缺口朝下的，先外後裏	⺆ 向　⺆ 周
	(3) 缺口朝右的，先上後裏再右下	一 王 匡　一 兀 匹